Dictionnaire étymologique
et historique
de la langue française

Dictionnaire étymologique et historique de la langue française

par

Emmanuèle Baumgartner

Professeur à l'Université de la Sorbonne-Nouvelle

et

Philippe Ménard

Professeur à l'Université de Paris-Sorbonne

Le Livre de Poche

Collection dirigée par
Mireille Huchon et Michel Simonin

Parus

Michèle Aquien
Dictionnaire de poétique

Mahtab Ashraf, Denis Miannay
Dictionnaire des expressions idiomatiques françaises

Delphine Denis, Anne Sancier-Chateau
Grammaire du français

Mireille Huchon
Encyclopédie de l'orthographe et de la conjugaison

Michel Jarrety (sous la direction de)
Lexique des termes littéraires

Jean Lecointe
Dictionnaire des synonymes et des équivalences

Olivier Millet
Dictionnaire des citations

Georges Molinié
Dictionnaire de rhétorique

Pierre-Marie Quitard
Dictionnaire des rimes

Mireille Huchon est professeur à l'Université de Paris-Sorbonne.

Introduction

En composant ce *Dictionnaire étymologique et historique* nous nous sommes proposé de dresser un état présent de nos connaissances, sans dissimuler nos incertitudes, et de faire connaître dans ses grandes lignes l'évolution du vocabulaire français depuis le Moyen Age jusqu'à nos jours.

Pour apporter aux étudiants et au public cultivé toutes les informations souhaitables un gros volume n'aurait pas suffi. Il a fallu deux tomes in-4°, d'environ 2400 pages, aux auteurs du Dictionnaire Robert intitulé *Dictionnaire historique de la langue française* (Paris, 1993) pour présenter un aperçu condensé de l'histoire de chaque mot. Vu le format réduit dont nous disposions, il importait d'aller à l'essentiel, d'être clair sans rien omettre d'important. On lira ci-dessous un bref exposé des principes qui nous ont guidés, mais d'abord nous tenons à indiquer les orientations qui sont nôtres par rapport à celles de nos devanciers.

Il existe des **dictionnaires étymologiques** (et partiellement historiques) plus ou moins analogues.

On mentionnera pour mémoire le *Dictionnaire étymologique du français* de Jacqueline Picoche (Paris, 1983), qui se fonde sur un tout autre type de présentation. Il rapproche, en effet, au sein du même article, des racines de sens identique, mais de formes différentes (comme le grec *hudor, hudatos* « eau » et le latin *unda*), des bases issues d'une même racine indo-européenne, mais divergentes ensuite au plan sémantique. Il en résulte des groupements très complexes : ainsi se trouvent juxtaposés le mot *genou*, la famille du grec *gnathos* « mâchoire », celle de *gonia*, « angle ». De tels assemblages peuvent intéresser les érudits, mais ne sauraient convenir à un large public.

Les deux principaux dictionnaires antérieurs (de format relativement réduit) sont celui d'O. Bloch et W. von Wartburg, *Dictionnaire étymologique et historique de la langue française* (1re éd., Paris, 1932 ; 4e éd., 1964, revue par von Wartburg, 682 p.) et celui d'A. Dauzat, *Dictionnaire étymologique de la langue française* (1re éd., Paris, 1938, 800 p.), revu et augmenté par J. Dubois et H. Mitterand, d'abord sous le nom de *Nouveau Dictionnaire étymologique et historique* (1re éd., Paris, 1964 ; 4e éd., Paris, 1988, 805 p.), puis *Dictionnaire étymologique et historique du français,* (nouv. éd., Paris, 1994, 822 p.), d'un format plus grand, mais presque identique pour le fond.

Ces dictionnaires présentent des **caractères différents**. Celui de Bloch et Wartburg, œuvre de deux dialectologues, par ailleurs éminents, ne s'intéresse guère à l'évolution sémantique. Il donne de temps en temps quelques sens anciens, tout en signalant çà et là des survivances dialectales. Il est très bref sur les valeurs des étymons latins, qu'il ne traduit pas. Il ne s'étend guère sur le sens des dérivés ou des composés et il n'en mentionne qu'une partie. Il donne parfois d'utiles informations sur les vocables voisins au sein de la Romania (en Italie et en Espagne) et met l'accent sur les problèmes phonétiques qui permettent de comprendre l'évolution des mots. Toutefois le lexique retenu paraît trop restreint. L'indifférence à l'évolution sémantique est gênante.

Le dictionnaire de Dauzat, Dubois et Mitterand, tel qu'il apparaît dans sa dernière version, se signale à la fois par son extrême densité de rédaction (très peu de sens sont donnés et l'évolution sémantique n'apparaît pas clairement) et par l'ampleur du vocabulaire considéré, qui englobe une foule de mots techniques. Il fait même un sort à des archaïsmes disparus du français depuis des siècles. Il enregistre beaucoup de mots savants, des termes d'argot et aussi des néologismes (le dictionnaire de Bloch-Wartburg, dont la première réalisation date des années 30, relevait peu de mots du français contemporain). Il mentionne les anglicismes et américanismes, y compris des termes non francisés comme *check-up*, sans en donner d'ailleurs le sens.

Notre dessein a été différent. Nous avons voulu prendre une **position intermédiaire** entre la perspective de Bloch-Wartburg et celle de Dauzat, Dubois, Mitterand et aussi **apporter des compléments historiques indispensables**, c'est-à-dire donner les informations essentielles sur les mots importants, indiquer les principaux changements sémantiques, et en même temps fournir suffisamment de mots secondaires pour que l'utilisateur y trouvât son profit.

Il nous est vite apparu que tous les mots n'offraient pas le même intérêt. Il y a, en effet, des **termes de premier plan**, qui concernent l'histoire de la culture, de la civilisation, des mentalités. Dans un dictionnaire comme le nôtre ils méritent d'occuper plus de place que les vocables techniques ou savants à l'aire sémantique réduite et aux évolutions limitées, menue monnaie du langage. Ainsi les mots *dame* et *danger* ont une tout autre portée que *dahlia* ou *dessicatif*; *bonhomme* et *bourg* ont une histoire assez riche, alors que *brachycéphale* ou *brome* n'ont guère de passé. On pourrait multiplier les exemples. L'adjectif *errant* et le verbe *errer* ont plus d'intérêt que le mot *épinard*, le terme *esprit* que le vocable *escargot*. Le *génie* mérite de retenir l'attention bien plus que la *génisse*. Il n'est pas nécessaire, semble-t-il, d'avancer de nombreux arguments pour défendre ces idées.

Nous avons tenu à distinguer **l'essentiel de l'accessoire** et à nous attacher surtout aux termes fondamentaux dont la place nous semble parfois un peu réduite dans les dictionnaires de ce genre. Il en va ainsi de mots importants du vocabulaire des idées comme *nation* ou *nature*, mais aussi de réalités courantes de l'existence, marquant des conditions sociales comme *demoiselle* ou *valet*, ou des aspects de la vie quotidienne comme *déjeuner, gagner* ou *rêver*. On pourra comparer les informations que nous apportons (par exemple sur *esprit*, *gentil*, *grâce, habile, handicap* pour prendre un mot assez récent, ou encore sur *paille, race, sauvage, titre*) et les renseignements donnés par les deux dictionnaires cités plus haut. Ces derniers ne présentent quasiment aucun des sens connus du mot *esprit* et sont assez concis sur les autres termes. Sans entrer dans tous les détails, nous avons cherché à donner une brève esquisse de la vie des mots.

Notre but principal est de faire comprendre dans ses grandes lignes **la filiation des emplois et des sens**. Ce n'est jamais une tâche aisée. La difficulté s'accroît dans un dictionnaire de format réduit, qui ne saurait s'appuyer sur des exemples. Dans certains cas, il est vrai, la filiation génétique reste incertaine. Lorsqu'elle est visible, nous essayons de la présenter rapidement. A propos de *badin*, par exemple, nous indiquons que ce terme du XVe siècle a d'abord eu le sens de « sot, niais », puis a désigné au théâtre un farceur qui fait rire (en faisant le sot), d'où l'acception nouvelle de « gai, enjoué », qui seule a survécu en français moderne. Chaque fois nous avons pris soin de vérifier les nuances exactes des mots latins dont procèdent les termes français et, à la différence d'autres dictionnaires, d'en indiquer soigneusement les sens. Nous avons tenu également à signaler les principales valeurs sémantiques prises en ancien français (XIIe-XIIIe siècles), puis, le cas échéant, en moyen français (XIVe-XVIe siècles).

Au plan lexical, comme dans la vie humaine, une **perspective historique est toujours indispensable**. Pour comprendre les valeurs actuelles des mots il ne faut pas ignorer leur **lointain passé**. Ainsi le substantif *influence*, attesté au XIIIe siècle, ne désigne nullement au début l'action exercée par un homme ou un phénomène, l'emprise d'un être, son crédit sur les autres. Le mot possède à l'origine une valeur astrologique. Il désigne le fluide qui proviendrait des astres et descendrait sur les hommes, d'où en français le sens premier de « action des astres sur les hommes ».

Dans un autre registre on se méprendrait sur le mot *vertu* si l'on oubliait que le latin *virtus* signifie d'abord « force » au sens physique et « énergie » au sens moral, qu'en ancien français ces valeurs ont perduré, que la *vertu des plantes*, expression toujours employée à notre époque, désigne dès lors leur « principe actif », que la *vertu* d'un homme a longtemps fait référence aux qualités viriles que constituent « la bravoure, le courage », que le mot a pris aussi très tôt le sens de « pratique des vertus chrétiennes, pratique du bien ». Le vocabulaire français plonge ses racines dans le passé. Quand on entrevoit quelque chose de l'histoire des mots, on devine un peu les nuances et les complexités de leur vie.

La **période médiévale** méritait tout particulièrement considération puisqu'elle représente les débuts de notre langue et de notre littérature, l'époque de formation d'une part notable du vocabulaire français. Nous avons prêté attention à cette époque de genèse et de profondes mutations. Bien des mots apparaissent aux XIe et XIIe siècles. Maints termes nouveaux sont empruntés au latin savant par les humanistes et traducteurs du XIVe siècle. Le vocabulaire issu du latin ou du germanique prend alors des formes et des sens qui persisteront longtemps dans l'histoire de la langue.

Nous ne croyons pas nous bercer d'illusions en faisant une large place à l'époque médiévale. Si l'on examine une foule de mots, comme *abandon, adouber, aise* ou *aisance*, *ban, banlieue, gagner, héberger, hôtel, ménage*, *vilain*, etc., on prend vite conscience de son importance dans l'histoire de la civilisation. On ne saurait saisir, par exemple, la valeur exacte du mot *danger* si l'on ignore que le terme a d'abord désigné le « pouvoir du seigneur » (sans doute en latin médiéval **dominarium*), « pouvoir exercé par le seigneur (*dominus*) », et qu'il en est résulté les valeurs courantes de « difficultés, obstacles » en ancien français aux XIIe et XIIIe siècles (le pouvoir d'un maître est toujours désagréable pour celui qui le subit). L'expression *estre en dangier* a dès lors pris le sens de « être soumis au pouvoir discrétionnaire de qqn », et dès le XIVe siècle par voie de conséquence elle a voulu dire « se trouver dans une situation difficile, dangereuse ». Le sens moderne de « péril » se répand à partir du XVIe siècle. Dans ce dictionnaire nous avons ainsi signalé succinctement les grandes étapes des évolutions ou mutations sémantiques.

Des changements notables se sont opérés en **latin chrétien**. Il suffit de considérer, par exemple, des mots français comme *clerc*, *confession, communion*, *extase*, *laïque* ou *laïc*, *pénitence* et quelques autres pour en avoir une idée. Nos abréviations distinguent le latin classique (*lat. clas.*), le latin chrétien (*lat. chrét.*), le latin médiéval (*lat. méd.*). Nous avons souligné les grandes innovations qui affectent les mots latins à l'époque chrétienne, notamment dans le domaine moral et religieux. Elles expliquent souvent les nouvelles valeurs prises par les mots français.

Les nombreux mots italiens entrés en français au XVIe siècle ont été signalés. Au cours de cette période créatrice assez attachante, à l'occasion des relations, à la fois excitantes et tourmentées, de la France et de l'Italie, de nombreux emprunts ont pénétré dans notre langue : *arlequin* et *bagatelle*, *burlesque* et *charlatan*, *escapade* et *pécore*, et naturellement des mots relevant des arts comme *arabesque, arcade, balcon, pilastre, volute*. L'enrichissement et le développement du vocabulaire français au XVIIe siècle apparaissent également tout au long du présent dictionnaire. Dans le domaine psychologique, des mots comme *dépit amoureux*, *franchise* ou *générosité* en sont l'illustration. Au XVIIIe siècle un renouvellement considérable du lexique s'opère à la faveur des idées nouvelles. Le livre de M. Frey, *Les transformations du langage français à l'époque de la Révolution (1789-1800)*, Paris, 1925, en donnait déjà une idée. Plusieurs études récentes l'ont précisé[1]. On trouvera dans notre dictionnaire maints termes politiques et sociaux, les uns nouveaux, les autres modifiés à cette époque, comme *vote*, *social, démocratie, nation, population, révolutionnaire,* sans parler de termes techniques comme *statistique* ou *inoculation*. L'influence de l'anglais est notable, surtout dans le domaine de la politique, du commerce et de l'industrie. Des changements considérables surviennent ensuite au XIXe siècle et surtout au XXe siècle en raison des progrès scientifiques et des échanges internationaux. De nombreux vocables d'origine anglaise, puis au XXe siècle de source américaine entrent alors dans notre langue.

Par souci de brièveté, conformément à la tradition, nous avons presque toujours renoncé aux **exemples**. En quelques cas pour des raisons de clarté des indications concrètes ont été données. Ainsi dans l'histoire du mot *merci* les expressions *crier merci* « demander grâce » et *Dieu merci* « grâce à Dieu » ont été relevées pour faire comprendre les premières valeurs du terme. On a signalé quelques emplois anciens ou modernes de *métier* pour éclairer l'histoire du mot, depuis le latin *ministerium* « fonction de serviteur, service » jusqu'au français d'aujourd'hui. Un dictionnaire dépourvu d'exemples paraît un peu sec. Il lui manque de la chair. On conviendra que par son volume notre ouvrage reste de proportions raisonnables.

Notre propos n'était pas d'embrasser l'ensemble du vocabulaire

---

1. Voir Jean-Pierre Seguin, *La langue française au XVIIIe siècle*, Paris, 1972 ; *Les mots de la Révolution, Reproduction du « Supplément du Dictionnaire de l'Académie » de 1798*, préface d'Isabelle Albaret, Paris, 1987 ; Henriette Walter, *Des mots sans-culottes, Pour servir à l'intelligence des mots dont notre langue s'est enrichie lors de la Révolution et à la nouvelle signification qu'ont reçue quelques anciens mots,* Paris, 1989.

français, du Moyen Age jusqu'au XXe siècle. Le lexique ancien, disparu de la langue, n'a aucun droit à figurer dans un dictionnaire du français moderne. Sur ce point nous nous séparons du *Dictionnaire* de Dauzat, Dubois et Mitterand. Nous conservons seulement dans le présent dictionnaire les **mots du français moderne**. Il nous semble fâcheux d'enregistrer en qualité de mots-souches, et même de recueillir au sein du dictionnaire, des termes désuets comme *mirliflore*, employé au XVIIIe siècle au sens de « gandin », comme *recors*, d'abord adjectif au XIIe siècle au sens de « qui se souvient », ultérieurement substantif au sens de « témoin assistant un huissier, officier de justice », sans doute utilisé au XVIIIe siècle, mais tout à fait sorti d'usage aujourd'hui. Nous ne rangeons pas *pécuniaire* sous *pécune*, mot obsolète du XIIe siècle, pas plus que nous ne classons *fardeau* sous *farde*, vieux mot qui a cessé depuis longtemps d'appartenir à notre langue. De même, nous écartons *fallace* « tromperie », mot attesté au XIIIe siècle, mais totalement disparu aujourd'hui. En revanche, l'adjectif *fallacieux*, du XVe siècle, existe bien. Il a droit de cité. Il provient d'ailleurs non point du substantif *fallace*, mais du latin tardif *fallaciosus* « trompeur ».

Pour les **mots savants** nous avons procédé à des choix. Il n'était pas souhaitable, en effet, de les recenser tous. Par exemple, à propos de l'élément *hydro-* issu du grec, nous mentionnons *hydrogène, hydrographie, hydrocéphale, hydrophobe, hydrocarbure*, *hydravion,* mais nous ne pouvions pas énumérer les soixante-huit mots commençant par *hydro-* que nous avons dénombrés. C'eût été sans grand profit pour les lecteurs. A quoi bon mentionner dans un dictionnaire historique *hydrocarbonate* ou *hydrocèle*, *hydrocotyle* ou *hydrolithe* ? Une sélection est à opérer. Tous les dictionnaires du même genre procèdent ainsi. L'ouvrage de Bloch-Wartburg mentionne seulement huit mots commençant par *hydro-*. Le volume de Dauzat, Dubois et Mitterand, bien plus complet, sans être exhaustif, en cite quarante-quatre.

Pour les termes scientifiques nous renvoyons aux dictionnaires du français moderne, dont la consultation s'impose. Nous ne prétendons pas rivaliser avec eux. Notre perspective étant d'apporter des informations sur l'histoire du vocabulaire, nous avons écarté sans trop de remords des mots savants comme *anaérobie* ou *anaglyphe*. Pour certains termes techniques qui relèvent de l'histoire des civilisations, comme *palestre*, transcription du latin *palaestra*, lui-même issu du grec *palaistra*, on pourrait hésiter. Après réflexion le mot n'a pas été maintenu dans le dictionnaire. Quelques termes relevant de la rhétorique comme *paronomase* ou *stichomythie* ne figurent pas non plus dans le livre. On les trouvera dans des ouvrages spécialisés.

Des remarques analogues doivent être faites à propos des **mots d'argot ou du langage familier**. Nous ne cherchons pas à exclure systématiquement ces vocables au nom du purisme ou d'un désir de respectabilité. Nous prenons acte de l'essor de l'argot à l'époque contemporaine, notamment depuis les trente dernières années. Nous constatons son entrée massive dans la langue parlée. C'est un fait linguistique. Nous avons donc relevé un certain nombre de mots populaires ou argotiques. Mais en ce domaine non plus nous ne visons pas à l'exhaustivité. Il y a d'excellents dictionnaires spécialisés, tel celui de G. Esnault, *Dictionnaire des argots* (Paris, 1965). Nous avons éliminé plusieurs termes d'argot comme *fafiot*, *falzar*, *pif*, *pignouf*, *pieu* au sens de « lit », *pioncer* « dormir », etc. Il faut avouer que ces mots posent souvent des problèmes insolubles. Ils ont fréquemment un aspect onomatopéique et une origine incertaine. Ils dissimulent des images implicites, souvent obscures. Ils passent vite de mode. Qui se souvient de *à juc* (Villon) « au repos » ou de *jarviller* (XIXe siècle) « causer » ? Les mentionner dans un dictionnaire comme le nôtre n'apporterait pas grand-chose aux lecteurs. Ils les trouveront ailleurs.

En revanche, pour la recension du **vocabulaire contemporain** nous avons fait un effort particulier. Nous avons signalé des verbes comme *recycler* et aussi *récupérer* au sens de « travailler pour remplacer des heures non faites ». Le sens politique du même mot « détourner un mouvement d'opinion à son profit » a été relevé. Des formes caractéristiques du XXe siècle, relevant par exemple de l'informatique, comme *initialiser*, *interface* ou *logiciel*, ont été citées. Notre dictionnaire offre des mots non relevés par des dictionnaires semblables comme *parcmètre, pesticide* ou *skipper*.

Pour les **mots anglais** entrés dans le français d'aujourd'hui une certaine prudence était nécessaire. Il semble fâcheux d'enregistrer des calques abusifs, contraires à la morphologie, à la sémantique et à la syntaxe de notre langue, comme *public relations* ou *software*. Des mots français parfaitement autorisés existent en lieu et place de ces formes étrangères au génie de notre langue : « rapports avec le public » pour le premier, « logiciel » pour le second. Nous reconnaissons, toutefois, qu'il est difficile de lancer des exclusives et de faire des choix. Avons-nous raison d'écarter *fashionable* ou *smart* ? L'avenir le dira. En revanche, nous avons enregistré *performance* au sens de « réalisation, résultat », *spot* « point lumineux » et « bref message publicitaire » ou *standing* « rang dans la société, niveau de vie ». Ces termes semblent entrés dans l'usage contemporain.

Pour l'**organisation de la matière** il était commode de suivre l'usage établi et de ranger les mots **par famille**. Certes, il n'est pas toujours aisé de sélectionner un mot-vedette. Faut-il adopter le terme le plus anciennement attesté ? On court le risque de se fier à des témoignages incomplets et donc arbitraires. Le mot choisi n'est pas forcément l'ancêtre réel. Faut-il s'en tenir au terme simple, celui dont les autres semblent dériver ? On peut parfois hésiter. Doit-on prendre comme chef de file le substantif *travail* ou bien le verbe *travailler* ? Conviendrait-il, en désespoir de cause, de placer les deux mots côte à côte, comme a fait le Dictionnaire de Dauzat, Dubois et Mitterand ? Ce dernier parti nous semble contestable. Nous avons finalement opté pour le verbe *travailler*. D'une manière générale les lecteurs du dictionnaire doivent savoir qu'il convient de chercher les composés et les dérivés sous la forme simple, qu'on trouve *entablement* sous *table* et *département* sous *partir*. Ils doivent se souvenir aussi qu'il existe des substantifs qui procèdent du verbe. On les appelle justement des déverbaux. On les trouvera à leur place à l'intérieur de la famille : ainsi *taille* sous *tailler* et *tir* sous *tirer*.

Pour le **classement et le choix des mots-vedettes** des hésitations sont toujours possibles. Faut-il mettre *hayon* à sa place alphabétique ou bien l'enregistrer sous *haie* ? Doit-on donner de l'autonomie à *pourlécher* ou bien le ranger sous *lécher* ? On observe sur ce point des divergences, d'ailleurs tout à fait admissibles, entre les dictionnaires. Le lexicographe est souvent écartelé entre deux exigences contradictoires. D'une part, il voudrait constituer des familles étendues et disposer beaucoup de descendants sous le même mot-souche à la fois pour des raisons de clarté et d'économie de place. D'autre part, il est conscient que les liens sémantiques se sont parfois distendus et que maints termes ont acquis leur autonomie. Les décisions prises ne devraient pas avoir d'incidences majeures.

Normalement l'**insertion d'un mot dans une famille** ne devrait pas gêner le lecteur. Il saura retrouver, espérons-nous, *syndicalisme* sous *syndic, enterrer* sous *terre*, *entailler* sous *tailler*. A certains moments il faudra peut-être quelque ingéniosité : *chevronné* se rencontre sous *chèvre*. Dans de nombreux cas on a mis des renvois. On a signalé que *dépêtrer* est à chercher sous *empêtrer*. Gageons que l'utilisateur se tirera heureusement d'affaire. Faisons observer aussi que dans le présent dictionnaire il peut y avoir à la fois mention brève du mot au sein de la famille et examen plus détaillé à la place alphabétique. On ne pouvait surcharger le livre d'une masse énorme de renvois. Au lecteur d'aller par lui-même dans les deux directions qui s'imposent : d'abord à la place alphabétique du terme envisagé, puis de toute façon, pour compléter son information, vers le mot-souche qui sert de chef de file à la famille.

A l'intérieur des familles, une fois le mot-souche arrêté, un problème délicat se pose : que convient-il de citer ? Très vite il nous est apparu qu'il était vain d'enregistrer tous les dérivés et tous les composés. Sous le mot *paille* on n'a donc pas mis des termes rares comme *paillon* ou *paillis*, mais on a cité *paillard, paillardise, paillasse, paillasson, paillette, pailleter, paillote, empailler, rempailler, rempailleur, rempaillage*. Le dictionnaire de Dauzat, Dubois et Mitterand, qui cherche à compiler le plus grand nombre possible de mots, mentionne même des termes disparus comme *paillot*. Pour notre part, sauf exceptions, nous ne citons pas tous les mots d'une famille. Le composé *pince-sans-rire* a été enregistré, mais non *pince-monseigneur* ou *pince-nez* ou *pince-fesses*. Nous écartons parfois les mots techniques peu utiles à notre propos, c'est-à-dire qui ne posent pas de problèmes d'étymologie ou de sémantique. Ils relèvent des dictionnaires habituels de langue. A l'intérieur de la famille nous signalons habituellement l'étymon des mots qui ne dérivent pas directement du mot-souche français. Il n'est pas sans intérêt de savoir que *souscription* n'est pas un dérivé français de *souscrire*, mais qu'il s'agit d'un emprunt au latin classique *subscriptio* « inscription, signature au bas d'un document », qu'*enfance* provient du latin *infantia*, qui désigne le premier âge de la vie, et non du mot *enfant*.

Au **plan étymologique** nous sommes restés prudents. Pour un grand nombre de mots les étymologies ne posent aucun problème. Pour d'autres, des hypothèses incertaines ou douteuses ont vainement tenté d'éclairer leur origine. Nous n'avons pas rappelé les conjectures qui nous semblent aventureuses. Dans les cas douteux il a paru préférable de n'indiquer aucune étymologie. Ainsi nous n'avons pas suivi l'hypothèse proposée pour *rabot* « outil du menuisier », qui voudrait faire dériver le mot de *rabotte* « lapin » ou pour *étui* « enveloppe, gaine » que l'on tirerait de l'ancien français *estuier* « enfermer » et qui remonterait donc à *studiare* « donner ses soins ». Entre ces deux derniers concepts l'écart sémantique nous paraît considérable. Cela nous fait douter de la pertinence de cette étymologie. Nous avons rejeté également la conjecture avancée pour *mitaine*, que l'on met hardiment en rapport avec le substantif d'ancien français *mite*, auquel on prête le sens imaginaire de « chatte ». Mieux vaut s'en tenir aux faits, sans entrer dans la voie périlleuse des rapprochements invraisemblables et des hypothèses invérifiables.

D'une manière générale, contrairement aux usages de maints dictionnaires, nous avons tenu à distinguer les termes normalement issus du latin par voie phonétique (nous disons alors *du latin*) et les emprunts savants (dans ce dernier cas nous disons *emprunté au latin*). Pour les autres langues, où il s'agit sans cesse d'emprunts, la mention *emprunté* n'est pas systématiquement utilisée.

Pour la **datation des mots** nous avons donné l'indication du siècle, sans spécifier davantage, autrement dit sans entrer dans des précisions souvent illusoires, toujours remises en question par de nouvelles découvertes. La datation des textes médiévaux est si incertaine qu'il est vain d'affirmer que le mot *blêmir* apparaît vraiment en 1080 et le mot *cheville* en 1160. Ce ne sont là que des approximations ou de fausses précisions. Les médiévistes savent qu'il est impossible d'assigner des dates assurées à la plupart des textes de notre ancienne littérature. En règle générale il a paru plus raisonnable de mentionner seulement le siècle.

Au **plan bibliographique** pour la confection de ce dictionnaire nous nous sommes appuyés sur le monumental travail de W. von Wartburg, le *Französisches Etymologisches Wörterbuch* (t. I, 1922, XXV vol. publiés, les premiers tomes étant présentement en cours de refonte sous la direction de J.-P. Chambon), sur l'important *Trésor de la langue française* (t. I paru en 1971 - t. XVI en 1994), sur le travail récent du *Dictionnaire historique de la langue française* de Robert (2 vol., 1993). Pour les anglicismes nous nous sommes servis du *Dictionnaire des anglicismes* de M. Höfler (Paris, 1982) et de celui de J. Rey-Debove et G. Gagnon (Paris, 3e éd., 1984). Le cas échéant nous avons utilisé pour le français moderne l'excellent *Petit Robert* (nouv. éd., Paris, 1993).

Pour l'ancien français nous avons consulté le *Dictionnaire historique de l'ancien langage françois* de J.-B. Lacurne de Sainte-Palaye (10 vol. Paris-Niort, 1875-1882, réimpr. Hildesheim, 1972), surtout le *Dictionnaire de l'ancienne langue française et de tous ses dialectes* de Fr. Godefroy (10 vol., Paris, 1880-1902), l'*Altfranzösisches Wörterbuch* d'A. Tobler et E. Lommatzsch, presque terminé maintenant (fascicule 1, Berlin, 1915 - fascicule 91, Wiesbaden, 1995), dans quelques cas l'*Anglo-Norman Dictionary* de L. W. Stone and W. Rothwell (Londres, 1977-1992).

Pour le XVIe siècle nous avons examiné le *Dictionnaire de la langue française du XVIe siècle* d'E. Huguet (Paris, t. I, 1925 - t. VIII, 1967), parfois le dictionnaire de Cotgrave (1611) ou celui de Nicot (1621). Pour la langue du XVIIe siècle nous avons exploité G. Cayrou, *Le français classique, Lexique de la langue du XVIIe siècle* (Paris, 1948 ; rééd., 1955), le dictionnaire de J. Dubois et R. Lagane, *Dictionnaire de la langue classique* (Paris, 1960), épisodiquement les dictionnaires de Richelet (1880), de Furetière (1690), de Trévoux (5 vol. dans l'éd. de 1732 et le *Supplément* de 1752), assez souvent le dictionnaire d'E. Littré, *Dictionnaire de la langue française* (Paris, 1863-1881), riche d'exemples du XVIIe siècle, dont l'historique nous a d'ailleurs servi à plusieurs reprises pour des emplois médiévaux.

Pour les langues étrangères nous avons utilisé les dictionnaires suivants : J. Corominas, *Breve Diccionario etimológico de la lengua castellana* (2e éd., Madrid, 1967) ; M. Cortelazzo et P. Zolli, *Dizionario etimologico della lingua italiana*, 5 vol. (Bologne, 1979-1988) ; J. De Vries, *Nederlands Etymologisch Woordenboek*, (Amsterdam, 1963) ; F. Kluge, A. Götze et W. Mitzka, *Etymologisches Wörterbuch der deutschen Sprache* (16e éd., Berlin, 1967) ; C. T. Onions, *The Oxford Dictionary of English Etymology* (Oxford, 1966). Pour le provençal on a eu recours au *Tresor dou Felibrige* de Fr. Mistral (Aix-en-Provence, 1879-1886, réimpr. Aix-en-Provence, 1979), pour l'ancien provençal au *Lexique roman ou dictionnaire de la langue des troubadours* de M. Raynouard (Paris, 1836-1845, réimpr. Heidelberg, Carl Winter Verlag, s. d.), et au *Provenzalisches Supplement-Wörterbuch* d'E. Levy (Leipzig, 1894-1923, réimpr., Hildesheim, 1973).

Pour le grec nous nous sommes servis du dictionnaire d'A. Bailly *Dictionnaire grec-français* (Paris, 26e éd., Paris, 1965). Pour le latin nous avons eu recours aux travaux de F. Gaffiot, *Dictionnaire latin-français* (Paris, 1934), de Charlton T. Lewis, *A Latin Dictionary* (Oxford, 1879, nouv. éd., Oxford, 1993), de J. F. Niermeyer, *Mediae Latinitatis Lexicon Minus* (Leiden, 1984), A. Blaise, *Dictionnaire latin-français des auteurs chrétiens* (Paris, 1954), A. Blaise, *Lexicon Latinitatis Medii Aevi* (Turnhout, 1975), R. E. Latham, *Revised Medieval Latin Word-List* (Londres, 1965) et le cas échéant de Ch. Du Cange, *Glossarium Mediae et Infimae Latinitatis* (Paris, 1678, dans l'éd. de 1733 en 6 vol. in-fol.).

Nous avons également tiré parti de plusieurs travaux spécialisés : R. Arveiller, *Addenda au F. E. W. (Orientalia)*, 24 articles publiés dans la *Zeitschrift für romanische Philologie* jusqu'en 1996 ; D. Behrens, *Ueber deutsches Sprachgut im Französischen* (Giessen, 1923) ; D. Behrens, *Ueber englisches Sprachgut im Französischen* (Giessen, 1927) ; G. Matoré, *Le vocabulaire et la société médiévale* (Paris, 1985) ; F. Nasser, *Emprunts lexicologiques du français à l'arabe, Des origines jusqu'à la fin du XIXe siècle,* (Beyrouth, 1966) ; W. F. Schmidt, *Die spanischen Elemente im französischen Wortschatz* (Halle, 1914) ; M. Valkhoff, *Les mots français d'origine néerlandaise* (Amersfoort, 1931) ; B. H. Wind, *Les mots italiens introduits en français au XVIe siècle* (Deventer, 1928).

Ce dictionnaire ne s'est pas fait sans peine. Nous croyons en voir les limites et les nouveautés. Nous espérons que les lecteurs de notre temps y trouveront à glaner. Pour notre part, avouons que les recherches entreprises nous ont procuré quelque plaisir et qu'elles nous ont aussi passablement instruits.

Abréviations

a.	ancien
abrév.	abréviation
a. cat.	ancien catalan
acc.	accusatif
accent.	accentuation, accentué
adapt.	adaptation
add.	addition
adj.	adjectif
admin.	administration, administratif
adv.	adverbe
a. esp.	ancien espagnol
affirm.	affirmation
a. fr.	ancien français
a. h. all.	ancien haut allemand
a. ital.	ancien italien
alchim.	alchimie, alchimique
all.	allemand
als.	alsacien
altér.	altération, altéré
améric.	américain
anal.	analogie, analogique
anat.	anatomie
angl.	anglais
anim.	animal
a. norr.	ancien norrois
antiq.	antique, antiquité
a. prov.	ancien provençal
appar.	apparenté
applicat.	application
ar.	arabe
aragon.	aragonais
arch.	archaïsme, archaïque
archéol.	archéologie, archéologique
architect.	architecture, architectural
arg.	argot, argotique
artist.	artistique
astron.	astronomie
attest.	attestation
attract.	attraction
auj.	aujourd'hui
av.	avant
béarn.	béarnais
bibl.	biblique
biol.	biologie, biologique
blas.	blason
botan.	botanique
bret.	breton
c.	cas
c.-à-d.	c'est-à-dire
catal.	catalan
celt.	celtique
cf.	confer
chang.	changement
chrét.	chrétien
clas.	classique
coll.	collectif
commerc.	commercial
comp.	composé, composition
compar.	comparatif
conjug.	conjugaison
cons.	consonne
construct.	construction
contract.	contraction
coord.	coordination
corresp.	correspondant
corrélat.	corrélation

cour.	courant
crit.	critique
c. r.	cas régime
c. s.	cas sujet
culin.	culinaire
déform.	déformation
dém.	démonstratif
dér.	dérivé, dérivation
dévelop.	développé, développement
déverb.	déverbal
dial.	dialecte, dialectal
dialect.	dialectique
dimin.	diminutif
eccl.	ecclésiastique
écon.	économie, économique
égal.	également
élargis.	élargissement
électr.	électricité
élém.	élément
élim.	éliminé
empl.	emploi, employé
empl. fig.	emploi figuré
empr.	emprunt, emprunté
énumér.	énumération, énumératif
équit.	équitation
équiv.	équivalent
esp.	espagnol
esthét.	esthétique
étym.	étymologie, étymologique
euphém.	euphémisme
évol.	évolution
ex.	exemple
except.	exceptionnel
excl.	exclamation
expres.	expression, expressif
ext.	extension
fam.	familier, familièrement
fém.	féminin
fig.	figuré
financ.	finance, financier
flam.	flamand
form.	formation
fortif.	fortification
fr.	français
franc.	francique
fr. clas.	français classique
fréq.	fréquent, fréquemment
fréquent.	fréquentatif
fr. mod.	français moderne
fr.-prov.	franco-provençal
gall.	gallois
gasc.	gascon
gaul.	gaulois
gén.	génitif
géogr.	géographie, géographique
géol.	géologie
géom.	géométrie, géométrique
germ.	germanique
goth.	gothique
gram.	grammaire, grammatical
graph.	graphie, graphique
h.	haut
hypocor.	hypocoristique
imp.	impérial
impers.	impersonnel
imprim.	imprimerie
incert.	incertain
industr.	industrie, industriel
infl.	influence
informat.	informatique
intellect.	intellectuel
intens.	intensif
inter.	interrogatif
interject.	interjection
interméd.	intermédiaire
intr.	intransitif
irl.	irlandais
iron.	ironique
ital.	italien
jap.	japonais
judic.	judiciaire
jur.	juridique
lang.	langue, langage
langued.	languedoc, languedocien
lat.	latin

lat. chrét. latin chrétien
lat. clas. latin classique
lat. eccl. latin ecclésiastique
lat. imp. latin impérial (Iᵉʳ-IIIᵉ s. de notre ère)
lat. jur. latin juridique
lat. mathémat. latin mathématique
lat. méd. latin médiéval
lat. médic. latin médical
lat. mod. latin moderne (à partir du XVIᵉ s.)
lat. scolast. latin scolastique (XIIᵉ-XVᵉ s.)
lat. tard. latin tardif (désigne des formes attestées)
lat. vulg. latin vulgaire (désigne des formes non attestées)
linguist. linguistique
lit. liturgique
litt. littéral, littéralement
littér. littéraire, littérature
liturg. liturgie, liturgique
loc. locution

M. A. Moyen Age
mar. marine
masc. masculin
mathémat. mathématique
mécan. mécanique
méd. médiéval
médec. médecine
médic. médical
métaphor. métaphore, métaphorique
métonym. métonymie
m. fr. moyen français (XIVᵉ-XVIᵉ s.)
m. h. all. moyen haut allemand
mil. milieu
milit. militaire
m. néerl. moyen néerlandais
mod. moderne
music. musical
myth. mythologie, mythologique

néerl. néerlandais
neut. neutre
norm. normand
normanno-pic. normanno-picard
norr. norrois
nouv. nouveau
numismat. numismatique

obsc. obscur
occid. occidental
occit. occitan
onomat. onomatopée, onomatopéique
opp. opposition
orig. origine

parl. parler, parlant
partic. particulier, particulièrement
part. pas. participe passé
part. prés. participe présent
pas. passé
p.-ê. peut-être
p. ex. par exemple
péj. péjoratif
person. personnel
pharmac. pharmacie, pharmaceutique
philos. philosophe, philosophie, philosophique
phonét. phonétique
pic. picard
plur. pluriel
plus. plusieurs
polit. politique
polon. polonais
pop. populaire
port. portugais
préc. précédent
préf. préfixe
prélat. prélatin
prép. préposition
prés. présent
pron. pronom
pronom. pronominal
prov. provençal
psychan. psychanalyse

psychol. psychologie, psychologique

qq. ch. quelque chose
qqn quelqu'un
qualif. qualifier, qualificatif

rac. racine
rad. radical
réduct. réduction
réf. référence
réfect. réfection
région. régional, régionalisme
relat. relatif
relig. religion, religieux
restr. restreint
restrict. restriction
rhétor. rhétorique, de la rhétorique
rom. romain

s. siècle
sav. savant
scand. scandinave
scient. scientifique
scol., scolast. scolastique
s. d. sans doute
sémant. sémantique
sept. septentrionale
signif. signifiant
sing. singulier
sociolog. sociologie, sociologique
souv. souvent
spéc. spécialement, spécialisé
subst. substantif, substantivé, substantivation
suff. suffixe

tard. tardif
tech. technique
télécom. télécommunication
théolog. théologie, théologique
topon. toponymie
typogr. typographie

ultér. ultérieurement
universit. universitaire
util. utilisé

v. vieil
val. valeur
v. angl. vieil anglais
var. variante
végét. végétal
versific. versification
voc. vocabulaire, vocalisme
vulg. vulgaire

zool. zoologie, zoologique

A

à (xe s.), du lat. *ad* « vers » marquant la destination, puis en lat. tard. l'attribution, la possession, le moyen.

abaisser, voir ***baisser***.

abandon (XIIe s.), de l'a. fr. *abandon* « pouvoir, autorité », d'où « libre vouloir », issu de *bandon*, dér. du germ. *ban* « pouvoir, ordre sous menace », employé en a. fr. dans les loc. *metre, laissier a bandon* « livrer, exposer, laisser aller ». A l'idée de pouvoir et d'autorité a succédé celle de libre disposition de sa personne, de liberté. La loc. *a bandon* est courante en a. fr. au sens de « en toute liberté, avec impétuosité ». Les valeurs habituelles du fr. mod. « action de renoncer, de se laisser aller » ont donc des racines anciennes. Seuls les sens dér. de « détente » (XVIIIe s.), d'où « confiance » (XIXe s.), sont récents. || ***abandonner*** (XIe s.), a en a. fr. le sens de « laisser en liberté, relâcher, permettre », puis celui de « laisser au pouvoir de qqn, renoncer, quitter définitivement », qui prédomine assez vite.

abaque (XIIe s.), empr. au lat. *abacus* « table à calculer », du grec *abax* « petite table, tablette à calculer ».

abasourdir (XVIIe s. au sens de « tuer »), d'étym. obsc., signifie « assourdir par un grand bruit » dès le XVIIIe s.

abattre (XIe s.), voir ***battre***.

abbé (XIIe s.), du lat. chrét. *abbas, abbatis*, de l'araméen *abba* « père », a désigné le chef d'une communauté religieuse, le supérieur d'une abbaye ; restriction de sens au XVIIe s. : l'*abbé* était un jeune prêtre non titulaire d'une cure, voire un laïque, abbé commendataire. Depuis une vingtaine d'années le mot n'est plus guère utilisé dans le lang. eccl. Il est remplacé par *père*. || ***abbesse*** (XIIe s.), du lat. eccl. *abbatissa* ; ***abbaye*** (XIe s.), du lat. eccl. *abbatia*.

abcès (XVIe s.), empr. au lat. médic. *abscessus,* équiv. du grec *apostéma*, passé du sens clas. de « éloignement » à celui de « désagrégation de la chair, amas de pus ». Le mot a supplanté le vieux terme *apostume*.

abdiquer (XVe s.), empr. au lat. *abdicare* « nier, dire que... ne pas, renoncer à une charge, se démettre ». ***abdication*** (XVe s.), empr. au lat. ; ***abdicatio***, au XVIIe s., au sens polit.

abdomen (XVIe s.), empr. au lat. *abdomen* « ventre ».

abécédaire (XVIe s. au sens de « alphabet », XIVe s. au sens de « liste, répertoire »), empr. au lat. tard. *abecedarium*, fait sur les premières lettres de l'alphabet.

abeille (XIVe s.), empr. au prov. *abelha*, issu du lat. *apicula,* dér. de *apis* « abeille ». En lat. imp. *apicula* était très rare et signifiait « petite abeille ». En lat. vulg. le dér. a pris le sens qu'avait le mot simple, selon un processus habituel pour les dérivés. Le simple *apis* a donné en a. fr. les formes *ef, é*, mots trop courts, remplacés en m. fr. par *avette, mouchette, mouche à miel*. L'ital. *ape* vient du mot simple, le catal. *abella*, l'esp. *abeja,* le port. *abelha* du dérivé.

aberration (XVIIe s.), mot sav., empr. au lat. *aberratio* « éloignement », avec infl. de l'angl. au XVIIIe s. L'emploi au sens de « effet d'optique, état d'une image qui s'écarte de la réalité, dispersion des rayons lumineux » remonte au XVIIIe s., d'où les sens de « irrégularité, déviation du jugement, égarement ».

abhorrer (XIVe s.), empr. au lat. *abhorrere* « avoir de l'aversion pour ».

abîme (XIIe s.), du lat. vulg. **abismus* « trou profond, insondable », empr. au lat. chrét. *abyssus*, du grec *abyssos* « sans fond », employé souvent pour désigner les gouffres dans les textes bibliques, l'enfer dans le *Nouveau Testament* (ce sens est conservé en a. fr. pour *abisme*). La finale *-ismus* était fréquente dans beaucoup de mots sav., d'où la déformation de *abyssus* en **abismus*. L'influence de la Bible a contribué à l'essor du mot chez les poètes et les moralistes.

abject (XVe s.), empr. au lat. *abjectus* « rejeté », terme de mépris tiré du lat. chrét., où *abjectio* a désigné l'abaissement volontaire, l'humilité du chrétien. || ***abjection*** (XIVe s.), empr. au lat. *abjectio* « action de rejeter » et « abattement ».

abjurer (XIVe s.), empr. au lat. *abjurare* « nier, rejeter par un faux serment ». Le sens premier en a. fr. est « rejeter par serment l'autorité (d'un seigneur, d'un souverain) ». La valeur de « renoncer à une croyance religieuse » apparaît au XVIIe s., où le mot devient synonyme de « renier sa religion ».

ablatif (XIVe s.), terme de gram., sixième cas de la déclinaison latine, empr. au lat. *ablativus* « enlevé » (calque du grec *aphairétos*), part. pas. de *auferre* « ôter, enlever » parce que ce cas sert notamment à marquer la séparation.

ablation (XIIIe s.), terme de chirurgie, empr. au lat. tard. *ablatio* « enlèvement ».

ablette (XIVe s.), dimin. de *able*, du lat. *albulus* « blanchâtre », en raison de la couleur de ce petit poisson.

ablution (XIIIe s.), mot sav., empr. au lat. chrét. *ablutio* « action de se laver (les mains), purification rituelle ».

abnégation (XIVe s.), empr. au lat. *abnegatio* « dénégation, refus », a le sens de « abjuration » et « renoncement » en m. fr. Le sens de « sacrifice volontaire » est attesté à partir du XVIIe s.

aboiement, voir ***aboyer***.

abolir (XVe s.), empr. au lat. *abolere* « détruire, anéantir » avec infl. du *i* de *abolitio*, a pris dès le XVe s. la valeur de « faire disparaître une coutume, abroger une loi ». || ***abolition*** (XIVe s.), empr. au lat. *abolitio* « suppression ». En droit ancien la *lettre d'abolition* d'un prince (XVe s.) était la grâce accordée à un crime.

abomination (XIIe s.), empr. au lat. chrét. *abominatio* « action de repousser avec horreur, horreur inspirée par qq. ch. d'impie, acte inspirant l'horreur », sens conservés en fr. || ***abominable*** (XIIe s.), empr. au lat. chrét. *abominabilis* « qui fait horreur », d'où en fr. « horrible, atroce ». Le lat. clas. *abominari* (de *ab* marquant l'éloignement et de *omen* « présage ») signifiait « écarter un mauvais présage », d'où « repousser avec horreur ». L'évol. de sens de cette famille s'est opérée en lat. chrét.

abonder (XIIe s.), empr. au lat. *abundare* « déborder, affluer », fait sur *unda* « eau », d'où déjà en lat. le sens de « être en abondance ». || ***abondant*** (XIIe s.) « riche, opulent » ; ***abondance*** (XIIe s.), du lat. *abundantia* « richesse, opulence » ; ***surabonder*** (XIIe s., sous la forme *sorabonder*) ; ***surabondance*** (XIIIe s.).

abonner (XIIIe s. au sens de « borner, délimiter »), de *bonne*, forme de *borne* « limite », d'orig. gauloise. Le sens de « souscrire un abonnement, une convention à un prix fixé » est du XIXe s. || ***abonnement*** (XIIIe s.), d'abord « convention à prix fixe », avec même évol. que le verbe. Le sens de « convention entre un fournisseur et un client pour l'utilisation d'un service régulier ou la livraison régulière de produits » date du XIXe s.

aborigène (XVe s.), « originaire du pays dans lequel il vit », mot savant, empr. au lat. *Aborigenes*, nom désignant les premiers habitants du Latium.

abord, voir ***bord***.

abortif (XIVe s.), « qui avorte, qui fait avorter », empr. au lat. *abortivus* « né avant terme, mort-né », puis « qui fait avorter », tiré du verbe *aboriri* « périr, avorter ».

aboulie (XIXe s.), terme philos., empr. au grec *aboulia* « irréflexion, imprudence ». Le mot est employé en fr. au sens de « absence de volonté ». || ***aboulique*** (XIXe s.).

aboutir, voir ***bouter***.

aboyer (XIIe s., sous la forme *abaier*, encore usitée au XVIe s.), onomat. || ***aboi*** (XIIe s., sous la forme *abai*) en m. fr. « aboiement du chien, hurlement ». L'expres. *être aux abois*, de la langue de la vénerie, désigne le moment où l'animal, cerné par la meute qui aboie, se trouve à la dernière extrémité ; ***aboiement*** (XIIIe s., sous la forme *abaiement*) ; ***aboyeur*** (XIIIe s., sous la forme *abaieor*), d'abord aux sens de « qui proteste » (en parl. d'un homme) et « qui aboie » (en parl. d'un chien). Les sens « crieur (à l'entrée d'une salle de spectacle) » et « bonimenteur » datent du XIXe s.

abracadabrant (XIXe s.), dér. de *abracadabra* (XVIe s.), désigne une parole mystérieuse à laquelle on attribue un effet magique, du lat. tard. *abracadabra*, empr. au grec cabalistique.

abréger (XIIe s.), du lat. tard. *abbreviare*, dér. de *brevis* « bref ». || ***abrégé*** subst. (XIVe s.) ; ***abréviation*** (XIVe s.), empr. au lat. tard. *abbreviatio* « action d'abréger ».

abreuver (XIIe s., sous la forme *abevrer*, parfois *abuvrer* en a. fr., devenu *abreuver* par métathèse), du lat. vulg. **abbiberare*, tiré de *bibere* « boire » précédé du préfixe *ad*. || ***abreuvoir*** (XIIIe s.) « lieu où les animaux viennent boire ».

abréviation, voir ***abréger***.

abri (XIIe s.), d'étym. peu sûre, p.-ê. déverb. du verbe d'a. fr. *abrier* « couvrir, protéger » (usité encore au XVIe s.), qui viendrait du lat. *apricari* « être chauffé par le soleil, s'exposer au soleil ». Le subst. *apricum* existe en lat. au sens de « place ensoleillée ». L'idée de protection, essentielle dans *abri* « lieu protégé des intempéries, du danger », d'où « asile, refuge », absente du mot invoqué comme source, serait une innovation. || ***abriter*** (XVe s., rare avant le XVIIIe s.).

abricot (XVIe s.), du catal. *albercoc*, ou de l'esp. *albaricoque,* qui viennent de l'ar. *al-barquq* « fruit précoce », empr. par l'intermédiaire du grec au lat. tard. *praecoquus* « précoce ». Le fruit, originaire de Chine, aurait été apporté en Occident par les Arabes.

abroger (XIVe s.), « annuler une disposition », du lat. *abrogare* « enlever ses attributions à qqn, supprimer une loi » (de *ab* marquant l'éloignement et *rogare* « proposer une loi »). || ***abrogation*** (XIVe s.), empr. au lat. *abrogatio* « suppression d'une loi ».

abrupt (XIVe s.), du lat. *abruptus* « escarpé », en fr. au même sens et aussi avec la valeur de « revêche ». La loc. *ex abrupto* (XVIIe s.), « brusquement » est empr. au lat.

abrutir, voir ***brute***.

abscisse (XVIIe s.), terme de géométrie désignant l'une des coordonnées en mathémat., empr. au lat. mathémat. *linea abscissa* « ligne coupée ».

abscons (XIVe s., rare avant le XIXe s.), empr. au lat. *absconsus* « caché, dissimulé », part. pas. de *abscondere* « cacher ».

absent (XIIe s.), empr. au lat. *absens, absentis*, de même sens. Le mot a signifié aussi « éloigné » au XVIIe s. || ***s'absenter*** (XIVe s.), empr. au lat. tard. *absentare* ; ***absence*** (XIIIe s.), empr. au lat. *absentia* « le fait de n'être pas là, séparation, éloignement », marque souvent la séparation, l'exil, chez les auteurs du XVIIe s. ; en fr. mod. « le fait de s'absenter, de manquer, de ne pas exister » et aussi « défaillance » ; ***absentéisme*** (XIXe s.), empr. à l'angl., a d'abord désigné l'habitude des propriétaires terriens de résider hors de leurs terres.

abside (XVIe s.), empr. au lat. *absida,* du grec *hapsis, hapsidos* « voûte ». Terme d'astron. « orbite d'une étoile » et d'architecture, désignant la construction pourvue d'une voûte des églises chrétiennes, d'où les sens de « rotonde », « chevet arrondi d'une église ». || ***absidiole*** (XIXe s.).

absinthe (XIIe s.), empr. au lat. *absinthium,* plante aromatique amère. Le sens dér. de « amertume », attesté du XVIIe s. jusqu'au début du XXe s., a disparu aujourd'hui.

absolu (XIIe s.), empr. au lat. *absolutus* « achevé, parfait, complet ». Ce sens existe en a. fr. dans les expres. *terre absolue* « Terre sainte », *jeudi absolu* « jeudi saint », *Vierge absolue* « Vierge sainte ». Le sens de « qui n'est borné par rien, qui s'exerce sans limites » se développe à partir du XIVe s. Les emplois politiques (*pouvoir absolu, monarchie absolue*), philosophiques (*absolu* s'opposant à *relatif*), scientifiques (*nombre absolu*), linguistiques (au sens de « indépendant ») se sont développés aux XVIIe et XVIIIe s. || ***absolutisme*** (XVIIIe s.).

absolution, voir ***absoudre***.

absorber (XIIe s., sous la forme *assorber* et *assorbir*), empr. au lat. *absorbere* « faire disparaître, engloutir ». || ***absorption*** (XVIe s.), empr. au lat. chrét. *absorptio* « engloutissement (de l'âme) ».

absoudre (Xe s., sous la forme *assoudre*), du lat. *absolvere* « libérer d'une obligation, déclarer innocent » (de *ab* marquant l'éloignement et de *solvere* « faire payer »). Mot très employé au sens jur. « déclarer innocent » et religieux « remettre les péchés ». || ***absoute*** (XIVe s.), part. pas. subst., a d'abord signifié « absolution (individuelle ou collective) des péchés ». Le sens de « prières prononcées par le prêtre autour du cercueil d'un mort » est second ; ***absolution*** (XIIe s.).

abstenir (s') (XIe s.), empr. au lat. *se abstinere* « se tenir éloigné de ». || ***abstention*** (XVIe s.), empr. au lat. tard. *abstentio* « action de s'abstenir », signifie « abstinence » en a. fr. Le sens politique date du milieu du XIXe s. ; ***abstentionnisme*** (XIXe s.), « refus de voter » ; ***abstentionniste*** (milieu du XIXe s.), « partisan du refus de voter » ; ***abstinent*** (XIIe s.) ; ***abstinence*** (XIe s.), empr. au lat. *abstinentia.* employé dans le lat. chrét. au sens de « privation de nourriture, de viande, jeûne » et aussi « continence sexuelle », a gardé les mêmes valeurs en fr. et a signifié également « abstention » jusqu'à la fin du XVIe s.

abstraire (XIVe s.), empr. au lat. *abstrahere* « détacher, éloigner », a pris un sens intellectuel et désigne, en lat. dès le XIIIe s., en fr. à partir du XIVe s., l'idée de séparation, d'isolation par la pensée, de concentration de l'esprit, d'éloignement du monde sensible. Les nuances de « faire abstraction de soi » ou « se retirer du monde » existent en m. fr. Le développement du sens philos. se fait surtout à partir des XVIIe et XVIIIe s. || ***abstrait*** (XIVe s.), empr. au lat. *abstractus* part. pas. de *abstrahere* ; ***abstraction*** (XIVe s.), empr. au lat. tard. *abstractio* « isolation d'un élément d'un ensemble ».

abstrus (XIVe s.), empr. au lat. *abstrusus* « caché, difficile à pénétrer ».

absurde (XIVe s.), empr. au lat. *absurdus* « choquant, discordant, déraisonnable ».

abus (XIVe s.), empr. au lat. *abusus* « consommation complète, épuisement », d'où « mauvais usage ». En m. fr. le mot signifie non seulement « mauvais usage », mais aussi « erreur, illusion ». || ***abuser*** (XIVe s.), « user mal, avec excès », et aussi très tôt « tromper, duper », sens qui survivent en fr. mod.

acabit (XVe s.), mot d'orig. obsc., empl. surtout au sens de « sorte, espèce, manière d'être ».

acacia (XVIe s., sous la forme *acacie*), empr. au lat. *acacia,* du grec *akakia.*

académie (XVIe s.), empr. à l'ital. *accademia* « société d'artistes ou d'érudits », du lat. *academia,* du grec *akademia* « jardin d'Académos à Athènes où Platon enseignait à ses disciples », a désigné à l'orig. une association d'érudits et aussi un institut supérieur d'enseignement. Les sens de « dessin d'après un modèle nu » (depuis le XVIIe s.), puis « modèle », « corps, anatomie » (XIXe s.), se sont développés tardivement. L'acception de « circonscription universitaire » date du début du XIXe s. (décret de 1808). || ***académique*** (XIVe s.), a pris un sens péj. à partir du XVIIIe s. et a désigné des paroles conventionnelles, fleuries, sans intérêt ; ***académicien*** (XVIe s.), au sens mod. au XVIIe s. ; ***académisme*** (XIXe s.), mot péj. « attachement étroit aux traditions anciennes ».

acajou (XVIe s.), du mot tupi *caju* par l'interméd. du portugais, a désigné le fruit d'un arbre du Brésil et un arbre au bois rouge.

acanthe (XVe s.), empr. au lat. *acanthus*, du grec *akanthos* « plante épineuse », dér. de *akantha* « épine, piquant ».

acariâtre (XVe s.), a, d'abord, signifié « fou, dément ». Le sens « d'humeur désagréable » remonte au XVIe s. Le mot est s. d. dér. de saint Acaire qui passait au M. A. pour guérir de la folie. L'adj. a dû à l'origine signifier « voué à saint Acaire », c'est-à-dire « fou ».

accabler (XIVe s.), forme norm., dér. de l'ancien norm. *cabler,* a. fr. *chabler* « abattre, renverser », dér. de l'a. fr. *chaable, caable* « catapulte », du grec *katabolé* « action de jeter, d'abattre ». Le sens de « écraser (sous un poids) » date du XVIe s., celui de « faire subir » du XVIIe s.

accaparer (XVIe s.), à l'origine « retenir une marchandise en donnant des arrhes », « acheter en grande quantité pour faire monter les cours » (dès le XVIe s.), empr. à l'anc. ital. *caparrare,* « acheter beaucoup de marchandises en donnant des arrhes (pour faire monter les prix) » corresp. à l'ital. moderne *accaparrare*, de *caparra* « arrhes ». Le sens de « monopoliser, prendre ou garder abusivement » remonte au XVIIIe s.

accastiller (XVIIe s.), terme de marine, à l'origine « munir un navire d'un château d'avant et d'un château d'arrière », de l'esp. *acastillar*, dér. de *castillo* « château ». || ***accastillage*** (XVIIe s.) « château d'avant et d'arrière d'un navire », puis « ensemble de la partie émergée d'un navire ».

accéder (XIIIe s., au sens de « s'approcher », rare en a. fr.), empr. au lat. *accedere* « aller vers, s'approcher », a eu aussi au XVIIIe s. le sens de « donner son consentement, acquiescer ». || ***accès*** (XIIIe s.), empr. au lat. *accessus* « arrivée, approche, surgissement d'une maladie » ; ***accession*** (XIIe s.), empr. au lat. *accessio* « arrivée, accroissement ». Le sens « avènement d'un souverain, fait de monter sur le trône » date du XVIIe s., de l'angl. *accession* « avènement au trône » ; ***accessible*** (XIVe s.).

accélérer (XIVe s.), mot savant, empr. au lat. *accelerare* « hâter, se hâter ». || ***accélération*** (XIVe s.), empr. au lat. tard. *acceleratio* « augmentation de la vitesse » ; ***accélérateur*** (XVIIe s.) ; ***décélérer*** (XXe s.).

accent (XIIIe s., rare en a. fr.), empr. au lat. *accentus* « son, ton, accentuation », a signifié d'abord « intonation », « élévation de la voix ». Le sens de « inflexions de la voix exprimant des sentiments » apparaît au XVIe s. || ***ac-***

centuer (XIVᵉ s.), empr. au lat. méd. *accentuare* ; **accentuation** (XVIᵉ s.) ; **accentuel** (XXᵉ s.).

accepter (XIVᵉ s.), mot sav., empr. au lat. *acceptare* « avoir l'habitude de recevoir, recevoir », en fr. « agréer ce qui est offert » || **acceptable** (XIIᵉ s.), empr. au lat. chrét. *acceptabilis* « qui peut être accepté, agréable » ; **acceptation** (XIIIᵉ s.), empr. au lat. *acceptatio* « action de recevoir, admission » ; **inacceptable** (XVIIIᵉ s.).

acception (XVIIᵉ s.), empr. au lat. *acceptio* « admission, accueil », en fr. « sens d'un mot ».

accès, voir ***accéder***.

accession, voir ***accéder***.

accessit (XVIIᵉ s.), mot lat. utilisé dans les distributions de prix pour désigner les distinctions décernées à ceux qui, sans avoir obtenu de prix, s'en sont approchés, du lat. *accessit proxime* « il s'est approché de très près (des prix) ».

accessoire (XIIIᵉ s.), empr. au lat. méd. jur. *accessorius* « complémentaire », possède depuis le M. A. la valeur de « qui s'ajoute à un élément principal ». Le sens technique du pluriel dans la langue du théâtre « objets nécessaires à une représentation théâtrale » apparaît au XIXᵉ s.

accident (XIIᵉ s.), « événement imprévisible, événement fâcheux », surtout utilisé en ce sens à partir du m. fr., empr. au lat. *accidens, accidentis*, part. prés. de *accidere* « tomber sur », employé dans la langue lat. au sens de « élément non essentiel » (par opp. à *substantia*), « événement fortuit » et aussi « malheur ». L'emploi philos. pour désigner les traits qui ne sont pas essentiels à l'être est courant dans le lat. de la scolastique méd. Le sens géogr. (*accidents de terrain*) est du XIXᵉ s. || **accidenter** (XIXᵉ s.) ; **accidentel** (XIIIᵉ s.), du lat. tard. *accidentalis* « qui ne caractérise pas la substance, non essentiel, accessoire ».

acclamer (XVIᵉ s.), empr. au lat. *acclamare* « pousser des cris (hostiles ou favorables) », a pris le sens de « saluer par des cris de joie », puis « applaudir, approuver ». || **acclamation** (XVIᵉ s.), empr. au lat. *acclamatio*, « cris poussés à l'adresse de qqn (hostiles ou favorables) », d'où « cris de joie » et « huée ». En fr. survit seule la valeur de « cris de joie, applaudissements, ovation ».

accointance (XIIᵉ s.), marque dès le M. A. la rencontre, la fréquentation et l'amitié envers qqn, dér. de l'a. fr. *(soi) acointier* « avoir des relations avec qqn », de l'adj. *acointe* « familier, ami », du lat. *accognitus* « connu, fréquenté ». En fr. mod. survit au plur. au sens de « fréquentation, relation », parfois péj.

accoler (XIᵉ s.), dér. de *col* « cou », empl. au sens de « jeter les bras autour du cou de qqn, embrasser », puis « mettre à côté, réunir » (XIXᵉ s.). || **accolade** (XVIᵉ s.), « action de mettre les bras autour du cou de qqn, action de serrer qqn dans ses bras », s. d. réfection à l'aide du suff. *-ade* du vieux mot *acolee*, de même sens, attesté à partir du XIVᵉ s. ; **racoler** (XIIᵉ s.), d'abord « embrasser de nouveau », puis « enrôler de force ou par ruse » (XVIIIᵉ s.), enfin « attirer, séduire » (XIXᵉ s.) ; **racolage** (XVIIIᵉ s.) ; **racoleur** (XVIIᵉ s.).

accommoder (XIVᵉ s.), empr. au lat. *accomodare* « adapter, appliquer ». Les sens de « arranger, réconcilier, faire un compromis » sont courants aux XVIIᵉ et XVIIIᵉ s. Le sens de « préparer des mets » date du XVIIᵉ s. Voir ***commode***.

accomplir (XIᵉ s.), de l'a. fr. *complir* « achever », du lat. *complere* « remplir ». || **accomplissement** (XIIIᵉ s.).

accordéon (XIXᵉ s.), empr. à l'all. *Akkordion* (1829), mot forgé par l'inventeur. || **accordéoniste** (XIXᵉ s.).

accorder (XIIe s.), du lat. vulg. **ac-cordare*, tiré de *concordare* « être d'accord », dès le M. A. aux sens de « mettre d'accord, mettre en harmonie, conclure un accord, concéder » et à la forme pronom. « être d'accord ». L'emploi music. est courant en a. fr. || ***accord*** (XIIe s.), déverb. de *accorder* dès le M. A. « entente, harmonie, traité, pacte ». Le sens music. « harmonie de sons émis simultanément » est attesté au XIVe s. La loc. *d'accord* « en accord » est attestée au XIIe s. ; son empl. au sens de « oui » est mod. ; ***désaccord*** (XIIe s.) ; ***désaccorder*** (XIVe s.) ; ***raccord*** (XIIe s.) ; ***accordailles*** (XVIe s.), aux sens de « réunion de signature d'un contrat de mariage » (jusqu'à la fin du XIXe s.) et de « fiançailles » (lang. pop.).

accort (XIVe s.), adj., empr. à l'ital. *accorto* « avisé, adroit », en a. fr. « avisé, adroit », depuis le XVIIe s. « aimable, enjoué, complaisant » (surtout empl. au fémin. en parlant d'une femme).

accoster (XIIe s.), « s'approcher de qqn » (depuis le XIIe s.), « aborder » (sens maritime depuis le XVIe s.), de *coste* « côte », avec infl. au XVIe s. de l'ital. *accostare* « aborder ». || ***accostage*** (XVIe s.).

accoucher, voir ***coucher***.

accoupler, voir ***couple***.

accourir, voir ***courir***.

accoutrer (XIIIe s.), en a. fr. surtout « disposer, arranger », à partir du XVIe s. « habiller, parer », d'étym. peu claire, p.-ê. du lat. vulg. **accosturare*, tiré de **acconsuturare* « coudre ensemble, raccommoder », de *consuere* « coudre ».

accoutumance, voir ***coutume***.

accréditer, voir ***crédit***.

accroc, **accrocher**, voir ***croc***.

accroire (XIIe s.), du lat. *accredere* « ajouter foi ». En fr. mod. le verbe n'existe plus que dans les loc. péj. *faire accroire, laisser accroire* « faire croire ce qui n'est pas vrai, abuser de la confiance de qqn ».

accroître, voir ***croître***.

accueillir, voir ***cueillir***.

acculer, voir ***cul***.

acculturation (XXe s.), « assimilation d'une culture étrangère, adaptation au milieu culturel ambiant », du lang. anthropologique améric., tiré du lat. *ad* et de *cultura*.

accumuler (XIVe s.), empr. au lat. *accumulare* « amasser ». || ***accumulation*** (XIVe s.) empr. au lat. tard. *accumulatio* « entassement », « quantité ».

accusatif (XIIe s.), terme de gram., empr. au lat. *accusativus* « qui fait paraître, qui manifeste ».

accuser (Xe s.), du lat. *accusare* « mettre en cause ». Les valeurs de « dénoncer, imputer, tenir pour coupable » et « signaler, rendre manifeste » existent depuis le M. A. Le tour *accuser réception* « manifester qu'on a reçu qq. ch. » est attesté depuis le XVIe s. || ***accusé*** (XIIIe s.) ; ***accusateur*** (XIVe s.), du lat. *accusator* ; ***accusation*** (XIIIe s.), du lat. *accusatio* « plainte en justice » et aussi « dénonciation (d'actions répréhensibles) ».

acéphale (XIVe s.), empr. au grec *akephalos* « sans tête ».

acerbe (XIIe s.), empr. au lat. *acerbus* « âpre, non mûr, amer, cruel ». Le sens gustatif est courant en a. fr. ; le sens moral « cruel, méchant » apparaît à la fin du XIIe s., celui de « pénible, douloureux » existe au XVIe s. || ***exacerber*** (XIVe s.), « rendre plus aigu », empr. au lat. *exacerbare* « affecter, irriter », puis en lat. tard. « aggraver ».

acéré, voir ***acier***.

acétate (XVIIIe s.), mot sav., empr. au lat. *acetum* « vinaigre ».

achalander, voir ***chaland***.

acharner, voir ***chair***.

achat, voir ***acheter***.

ache (XIIe s.), plante, du plur. neutre lat. *apia*, pris pour un fém. sing.

acheminer, voir ***chemin***.

acheter (XIIe s., sous la forme *achater*), du lat. tard. **accaptare* « chercher à prendre », de *captare* de même sens, de *capere* « prendre » (cf. l'ital. *accattare* « chercher, recueillir, mendier »). || ***achat*** (XIIe s.), déverb. de l'a. fr. *achater*; ***racheter*** (XIIe s.), « délivrer un prisonnier (par une rançon) » (XIIe s.), « sauver par la rédemption » (sens religieux ancien), « réparer (une faute) », « acheter de nouveau » (XIIe s.); ***rachat*** (XIIe s.), « action de racheter » et aussi « action d'obtenir la mise en liberté d'un prisonnier (moyennant rançon) »; ***acheteur*** (XIIe s.).

achever (XIe s.), de l'a. fr. *chief* « bout », d'où « mener à son terme ». || ***achèvement*** (XIIIe s.).

achopper (XIIe s.), de l'a. fr. *chopper* « trébucher », d'étym. obsc. || ***achoppement*** (XIIIe s.).

acide (XVIe s.), empr. au lat. *acidus* « aigre, piquant ». || ***acidité*** (XVIe s.), empr. au lat. tard. *aciditas* « aigreur »; ***acidifier*** (XVIIIe s.); ***acidification*** (XVIIIe s.); ***acidose*** (XXe s.), « maladie caractérisée par une prédominance de l'acidité dans le sang »; ***acidulé*** (XVIIIe s.), « légèrement acide », du lat. *acidulus* « aigrelet ».

acier (XIe s.), du lat. tard. **aciarium* « fer dur », du lat. clas. *acies* « pointe, tranchant ». || ***acéré*** (XIIe s.), dér. de la forme de l'a. fr. *acer* « acier », litt. « garni d'acier », d'où « aiguisé, tranchant, caustique »; ***acérer*** (XIVe s.); ***aciérie*** (XVIIIe s.).

acmé (XVIIIe s.), « apogée », terme du voc. médic. et philos., empr. au grec *akmé* « pointe ».

acné (XIXe s.), empr. à l'angl. médic. *acne* « couperose », du grec médic. tardif *akné* « éruption cutanée » (p.-ê. faute de lecture pour *akmé* « pointe »), d'où « crise, éruption ».

acolyte (XIIe s.), terme de liturgie eccl., empr. au lat. chrét. *acolythus*, du grec *akolouthos* « suivant ». Le sens de « auxiliaire, complice » date du XVIIIe s.

acompte, voir ***compte***.

acoquiner (s'), voir ***coquin***.

acoustique (XVIIIe s.), du grec *akoustikos* « qui concerne l'ouïe ».

acquérir (XIIe s., sous la forme *acquerre*, XIVe s., sous la forme *acquérir* par chang. de conjug.), du lat. vulg. **acquaerere*, réfection du lat. clas. *acquirere* « acquérir en plus, se procurer » d'après le verbe simple *quaerere*. || ***acquêt*** (XIIe s.), « bien acquis », du part. pas. du lat. vulg. **acquaesitum*, utilisé comme terme de droit matrimonial pour s'opposer à *bien propre* et pour désigner un bien acquis pendant le mariage et appartenant donc à la communauté des deux époux; ***acquéreur*** (XIVe s.); ***acquisition*** (XIIIe s.), du lat. tard. *acquisitio* « accroissement », puis « action d'acquérir ».

acquiescer (XIVe s.), empr. au lat. *acquiescere* « se reposer » et « avoir foi en ». Le sens de « consentir » est attesté dès le XIVe s. || ***acquiescement*** (XVIe s.).

acquitter, voir ***quitter***.

acre (XIe s.), ancienne mesure agraire (environ 50 ares), utilisée en Normandie et en Angleterre, s. d. de l'angl. *acre*, de même racine que le lat. *ager* « champ ».

âcre (XVIIe s.), « irritant, piquant », du lat. *acer* « perçant, vif ». || ***âcreté*** (XVIe s.).

acribie (XIXe s.), « observance scrupuleuse des règles, rigueur scientifique », du grec *akribeia* « souci d'exactitude ».

acrimonie (XVIe s.), empr. au lat. *acrimonia* « âcreté, âpreté ». Le sens premier a une connotation physique. Le sens moral « aigreur, hargne » date du XIXe s.

acro-, préfixe savant, du grec *akros* « qui est à l'extrémité ».

acrobate (XVIIIe s.), empr. au grec *akrobatos* « qui marche sur la pointe des pieds (sur une corde), funambule », désigne en fr. un artiste exécutant des exercices plus ou moins périlleux. || ***acrobatie*** (XIXe s.); ***acrobatique*** (XIXe s.).

acropole (XVIe s., sous la forme *acropolis*, XIXe s., sous la forme *acropole*), « ville haute des anciennes cités grecques », empr. au grec *akropolis* « ville haute, citadelle ».

acrostiche (XVIe s.), empr. au grec *akrostikhis* « pièce où les lettres initiales de chaque vers forment ensemble un mot pourvu de sens », de *akros* « extrême » et *stikhos* « vers ».

acte (XIVe s.), du lat. *acta* « actes, actions », plur. neutre de *actum*, a eu depuis le M. A. le sens de « écrit, document », depuis le XVIe s. celui de « action » et « partie d'une pièce de théâtre ». || ***acteur*** (XIIIe s.), empr. au lat. *actor* « celui qui agit », confondu avec *auctor* « celui qui fait avancer qq. ch. » (de *augere* « faire croître »), garant, instigateur, auteur », a désigné l'auteur d'un livre ou d'une action jusqu'au XVIIe s. Le sens de « interprète d'une pièce » (déjà attesté pour le lat. *actor*) n'apparaît qu'au XVIIe s.; ***entracte*** (XVIIe s.).

actif (XIIe s.), empr. au lat. *activus* « qui agit » et « qui concerne l'action », en lat. chrét. « pratique » (par opp. à *contemplativus*), en fr. terme de philos., de gram., de linguist., d'administration, aux sens de « qui agit, qui exerce une activité, qui fait appel à l'activité du sujet, qui aime à agir, dynamique » (par opp. à *passif* ou *contemplatif*). L'empl. comme subst. au sens financier de « biens non grevés de dettes ou créances d'un bilan, patrimoine, ressources » date du XVIIIe s. || ***activer*** (XVe s.), d'abord « faire agir », repris au XIXe s. au sens de « accélérer, aviver »; ***activité*** (XVe s.), empr. au lat. *activitas* « pouvoir d'agir », en fr. « faculté d'agir », puis « énergie » (XVIe s.), enfin au XIXe s. « action » et « période d'exercice d'une fonction »; ***inactif*** (XVIIIe s.); ***inactivité*** (XIXe s.); ***activisme*** (XXe s.), terme polit. « doctrine préconisant l'action directe » (parfois péj.); ***activiste*** (XXe s.), « partisan de l'action directe », d'où « extrémiste » (péj.); ***réactif*** (XVIIIe s.), d'abord terme de chimie « qui réagit ».

action (XIIIe s.), du lat. *actio*, qui avait déjà les sens de « acte, manifestation publique, action en justice ». Le sens économique « titre cessible et négociable représentant une fraction du capital d'une société » apparaît au XVIIe s. || ***actionner*** (XIVe s.), « mettre en mouvement »; ***actionnaire*** (XVIIe s.), « propriétaire d'une action »; ***inaction*** (XVIIe s.); ***réaction*** (XVIe s.), empr. au lat. scolast. *reactio*; ***réactionnaire*** (XVIIIe s.), adj. péj. « opposé aux mouvements présents, conservateur »; ***réacteur*** (XVIIIe s.); le sens de « moteur propulseur à réaction » date du XXe s.

actuaire (XVIIIe s.), terme jur. « spécialiste du calcul des probabilités », empr. à l'angl. *actuary*, tiré du lat. *actuarius* « comptable, rédacteur de livres de comptes (*acta*) ». || ***actuariat*** (XXe s.).

actuel (XIVe s.), empr. au lat. tard. *actualis* « actif, agissant », employé en lat. dans la langue théolog. et philos. du M. A. au sens de « réel », puis au XVIIIe s. au sens temporel « du moment présent », au sens philos. « qui se réalise » (par opp. à *potentiel, virtuel*). || ***actualité*** (XIIIe s.), du lat. méd. *actualitas* « exécution » et dans la philos. méd. « force opérante », « qualité de ce qui est en acte (et non en puissance) ». Le sens mod. « événements récents » apparaît au XIXe s., au plur. celui de « nouvelles du moment » (*actualités télévisées*) au XXe s.

acuité (XIVe s., rare avant le XVIe s.), du lat. tard. *acuitas* « caractère aigu ».

acupuncture (XVIIIe s.), empr. au lat. méd. *acupunctura* « piqûre (*punctura*) au moyen d'aiguilles (*acus*) ».

adage (XVIe s.), calque du lat. *adagium* « sentence ».

adagio (XVIIIe s.), terme de musique, « lentement », de l'ital. *ad agio* « à l'aise ».

adapter (XIVe s.), empr. au lat. *adaptare* « ajuster, appliquer », de *aptus* « attaché, joint, approprié ». || ***adaptation*** (XVIe s.), empr. au lat. méd. *adaptatio* « action d'adapter, de s'adapter ». Le sens de « transposition, arrangement » date du XXe s. ; ***adaptateur*** (XIXe s.) ; ***inadapté*** (XXe s.).

addenda (XVIIIe s.), empr. au lat. *addenda* « choses devant être ajoutées, supplément ».

addition (XIIIe s.), empr. au lat. *additio* « action d'ajouter ». || ***additionner*** (XVIe s.) ; ***additionnel*** (XVIe s.) ; ***additif*** (XIXe s.), du lat. tard. *additivus* « qui concerne l'addition ». Le subst. au sens de « ajout, supplément » date du XXe s.

adduction (XVIe s.), empr. au lat. *adductio* « action d'amener ». || ***adducteur*** (XVIIe s.).

adepte (XVIIe s.), empr. au lat. des alchimistes *adeptus* « qui a atteint les secrets », d'où « initié » dans le voc. de la franc-maçonnerie (XVIIIe s.). Le mot a pris le sens de « sectateur zélé » au XIXe s.

adéquat (exemple isolé au XIVe s., fréq. à partir du XVIIIe s.), empr. au lat. *adaequatus*, part. pas. de *adaequare* « rendre égal ». Le sens de « approprié » est courant depuis le XVIIIe s. || ***adéquation*** (XIXe s.), « rapport de convenance, équivalence » ; ***inadéquat*** (XIXe s.) ; ***inadéquation*** (XXe s.).

adhérer (XVe s.), empr. au lat. *adhaerere* « être attaché à », au sens physique comme au sens moral « être du parti de, approuver ». Le mot se développe surtout à partir du XVIe s. et remplace alors l'a. fr. *aerdre*, de même sens et de morphologie irrégulière. || ***adhérence*** (XIVe s.), empr. au lat. tard. *adhaerentia* « état d'adhésion à » ; ***adhérent*** (XIVe s.), « qui adhère », d'où « partisan » (XIVe s.) ; ***adhésion*** (XIVe s.), empr. au lat. *adhaesio* « adhérence », puis en lat. chrét. « approbation, ralliement » ; ***adhésif*** (XIVe s., repris au XIXe s.), empr. au lat. méd. *adhaesivus* « adhérent à, collé à ».

adieu (XIIe s.), abrègement de l'expres. d'a. fr. *a Dieu vous commant* « je vous recommande à Dieu », prononcée au moment de se séparer.

adipeux (XVIe s.), dér. sav. du lat. *adeps, adipis* « graisse ».

adjacent (XIVe s.), marquant la proximité géographique, du lat. *adjacens*, part. prés. de *adjacere* « être situé auprès ».

adjectif (XIVe s.), empr. au lat. tard. *adjectivum (nomen)* « terme qui s'ajoute », correspondant au grec *epitheton*.

adjoindre, **adjonction**, voir ***joindre***.

adjudant (XVIIe s.), empr. à l'esp. *ayudante* « aide, auxiliaire », de *ayudar* « aider », a eu des valeurs diverses au cours de l'histoire dans le voc. militaire.

adjuger (XIIIe s.), du lat. *adjudicare* « attribuer (par jugement) », sens conservé en fr. Le sens de « juger, condamner » apparaît au XVIe s. || ***adjudication*** (XIVe s.), d'abord « jugement », puis « mise aux enchères, attribution d'un marché par voie de libre concurrence », empr. au lat. jur. tard.

adjudicatio « attribution d'un titre de propriété par voie de mise aux enchères ».

adjurer (XIIIe s.), empr. au lat. *adjurare* « jurer, affirmer sous serment » et en lat. chrét. « jurer, sommer au nom de Dieu, conjurer, exorciser », s'applique à une prière ou à un ordre pressant et solennel. Dans ces emplois le mot *adjurer* a quasiment la même valeur que *conjurer.* || ***adjuration*** (XVe s.), empr. au lat. tard. *adjuratio* « action de jurer », en lat. chrét. « prière instante au nom de Dieu ».

adjuvant (XVIe s.), empr. au lat. *adjuvans* « qui aide », part. prés. de *adjuvare* « aider », en fr. d'abord adj. « auxiliaire », puis subst. (XIXe s.).

admettre (XIIIe s.), empr. au lat. *admittere* « laisser venir, laisser aller, permettre », en fr. « accepter, permettre » et « considérer comme acceptable, déclarer recevable, admettre comme hypothèse ». || ***admission*** (XVIe s.), du lat. *admissio* « action d'admettre » ; ***admissible*** (XVe s.), « qui peut être admis ». Le sens « admis à subir les épreuves définitives » date du XIXe s. ; ***admissibilité*** (XVIIIe s.), de même évolution ; ***inadmissible*** (XVe s.).

administrer (XIIIe s., sous les formes *amenistrer, aministrer* aux sens de « prendre soin, fournir »), empr. au lat. *administrare* « s'occuper de, diriger ». || ***administration*** (XIIIe s.), empr. au lat. *administratio* « exécution, gestion », en fr. d'abord au sens de « gestion ». L'emploi du mot au sens de « ensemble des personnes et des services chargés d'assurer la marche de l'Etat » date de la fin du XVIIIe s. ; ***administratif*** (XVIIIe s.).

admirer (XVIe s.), empr. au lat. *admirari* « s'étonner, admirer ». || ***admirable*** (XIIe s., sous la forme *amirable*), empr. au lat. *admirabilis* « étonnant, digne d'admiration ». Mêmes sens en a. fr., où l'on emploie *mirable (la mirable cité)* plutôt qu'*admirable* ; ***admiration*** (XIIe s., sous la forme *amiration*), a aussi à l'origine les deux valeurs d'étonnement et d'émerveillement ; ***admiratif*** (XIVe s.) ; ***admirateur*** (XVIe s.).

admonester (XIIIe s., sous la forme *amonester*), s. d. du lat. vulg. **admonestare*, tiré de *admonere* « rappeler, avertir ». Les sens au M. A. sont plutôt « avertir » et « conseiller, exhorter ». Le sens de « blâmer, faire des remontrances » semble assez rare avant le XVIIe s. || ***admonestation*** (XIIIe s., ex. isolé, usuel au XIXe s.).

adolescence (fin du XIIIe s.), empr. au lat. *adulescentia* « jeunesse » ; ***adolescent*** (XIVe s.), empr. au lat. *adulescens* « qui est en train de grandir, jeune homme ». Ces mots qui se développent aux XVe et XVIe s., remplacent les termes médiévaux de *jovente* et *bacheler.*

adopter (XIVe s.), empr. au lat. *adoptare* « choisir, accueillir comme enfant ». || ***adoption*** (XIIIe s.), empr. au lat. *adoptio* « action d'adopter » ; ***adoptif*** (XIIe s.), empr. au lat. *adoptivus* « qui est adopté » et « qui adopte ».

adorer (XIe s., sous la forme *aorer*), empr. au lat. *adorare* « prier, implorer les dieux, leur rendre un culte ». Au M. A. les sens courants sont « honorer, vénérer Dieu, rendre un culte ». La valeur de « aimer passionnément », qui apparaît au XIIe s., s'explique par une métaphore religieuse. Le sens profane « aimer beaucoup » ne se répand qu'au XVIIIe s. || ***adoration*** (XVe s.), empr. au lat. *adoratio* ; ***adorable*** (XIVe s.), empr. au lat. *adorabilis* ; ***adorateur*** (XVe s.), empr. au lat. *adorator.*

adosser, voir ***dos***.

adouber (XIe s.) « faire entrer dans la classe des chevaliers », du franc. **dubban* « frapper », car on portait un coup symbolique sur la nuque du candidat à la chevalerie. En a. fr. *adouber* signifie aussi « armer, équiper ». ||

adoubement (XIIᵉ s.) ; ***radouber*** (XIIIᵉ s.), « remettre en état, calfater un navire » ; ***radoub*** (XVIᵉ s.), « opération d'entretien et de réparation d'un navire ».

adoucir, voir ***doux***.

adresser (XIIᵉ s., sous la forme *adrecier*), « envoyer directement vers un destinataire », de *a* et *drecier*, du lat. **directiare*, fait sur l'adj. *directus* « direct, sans détours ». || ***adresse*** (XIIᵉ s.), dér. de *adrecier*, surtout « direction, droit chemin » en a. fr. Aux XVIᵉ et XVIIᵉ s. les sens de « destination » et « destinataire » sont courants, au XVIIIᵉ s. celui de « requête, pétition (au roi) » est empr. à l'angl. *address*, de même sens. Le sens dér. de « agilité, habileté » apparaît au XVIᵉ s. et s'est développé en relation avec l'adj. *adroit*.

adret (XXᵉ s.), mot régional (Alpes, Provence) désignant le bon côté, le versant d'une montagne exposé au soleil, du prov. mod. *adret,* variante de *adroit* « bon côté ». Voir ***ubac***.

adroit (XIIᵉ s.), en a. fr. terme de la littérature courtoise, « svelte, élégant » et aussi « pourvu d'adresse physique et morale », dér. s. d. de *droit* « qui va droit au but, qui se tient bien droit ».

aduler (XIVᵉ s.), empr. au lat. *adulari* « flatter », en fr. d'abord « flatter », puis au XIXᵉ s. « fêter, choyer ». || ***adulateur*** (XIVᵉ s.), « flatteur, courtisan » ; ***adulation*** (XIIᵉ s.), « flatterie ».

adulte (XIVᵉ s.), empr. au lat. *adultus* « qui a grandi », part. pas. de *adolescere* « grandir ».

adultère (XIIᵉ s., sous la forme *avoutre* pour le nom d'agent, *avoutire* pour le nom d'état), du lat. *adulter* pour l'agent et *adulterium* pour l'état. La famille a été refaite aux XVᵉ-XVIᵉ s. avec des formes savantes, tirées de *adultérer* (XIVᵉ s.). || ***adultérin*** (XIVᵉ s.), empr. au lat. *adulterinus*, au XVIᵉ s. « qui est né d'un adultère » ; ***adultérer*** (XIVᵉ s.), empr. au lat. *adulterare* « commettre un adultère » et « falsifier », sens conservés en a. fr. Le fr. mod. ne connaît plus que le second sens ; ***adultération*** (XVIᵉ s.), empr. au lat. *adulteratio* « falsification ».

advenir (XIIᵉ s., sous la forme *avenir* « arriver, survenir, se produire »), du lat. *advenire* « arriver ».

adventice (XVIIIᵉ s.), empr. au lat. *adventicius* « qui vient du dehors, de l'étranger ».

adverbe (XVᵉ s.), empr. au lat. *adverbium*, de *ad* « auprès » et *verbum* « verbe » au sens de « mot qui s'ajoute au verbe ». || ***adverbial*** (XVIᵉ s.).

adversaire (XIIᵉ s., sous la forme pop. *aversier* et sav. *aversaire*), du lat. *adversarius* « qui se tient en face, opposé ». La forme *adversaire* se généralise au XVIᵉ s.

adverse (XIIᵉ s., sous la forme *avers*), en a. fr. au sens de « opposé, ennemi, hostile », du lat. *adversus* « situé en face, opposé ». || ***adversité*** (XIIᵉ s., sous la forme *aversité*), empr. au lat. chrét. *adversitas* « sort fâcheux ». Le sens de « hostilité » (XIIᵉ s.) en a. fr. semble venir de *adversitas* du lat. clas.

aède (XIXᵉ s.), empr. au grec *aoidos* « poète ».

aérer (XIVᵉ s.), dér. sav. du lat. *aer* « air », en fr. « faire entrer de l'air » et « exposer à l'air ». || ***aération*** (XIXᵉ s.) ; ***aérien*** (XIIᵉ s.).

aéro-, premier élém. de mots savants, comme ***aérodrome***, ***aéroplane***, du grec *aer* « air ».

affable (XIVᵉ s.), empr. au lat. *affabilis* « à qui l'on peut parler, accueillant ». || ***affabilité*** (XIIIᵉ s.).

affabulation (XVIIIᵉ s.), empr. au lat. tard. *affabulatio* « moralité d'une fable », a d'abord signifié « sens moral d'une fable » (sens encore attesté au XIXᵉ s.), puis « trame d'une œuvre imaginaire ». || ***affabuler*** (XXᵉ s.).

affaire, voir ***faire***.

affaisser, voir ***faix***.

affaler (XVIIᵉ s.), p.-ê. du néerl. *afhalen* « faire descendre », d'abord terme de marine « faire descendre un cordage » et aussi « pousser vers la côte, être poussé vers la côte, s'échouer ».

affamer, voir ***faim***.

affecter (XIVᵉ s.), du lat. *affectare* « chercher à atteindre », a en m. fr. quatre sens principaux : 1° « désirer, rechercher » (fréq. au XVIᵉ s., encore présent au XVIIᵉ s., disparu auj.), 2° « adopter une manière d'être, feindre, simuler », 3° « toucher, impressionner (au plan physique ou moral) », 4° « attribuer, destiner ». Les trois premiers sens dérivent du sens premier, le quatrième, qui date du XVIᵉ s., procède p.-ê. de l'a. fr. *afaitier* « arranger, disposer ». || ***affection*** (XIIᵉ s.), « disposition de l'âme (venant d'une influence reçue) », empr. au lat. *affectio*, qui avait déjà le même sens ; ***affectionner*** (XIVᵉ s.) ; ***affectif*** (XVᵉ s.), empr. au lat. tard. *affectivus* « qui exprime un désir », en fr. d'abord « sensible, touchant », puis « qui concerne les sentiments et les émotions » (XVIIIᵉ s.) ; ***affectivité*** (XIXᵉ s.) ; ***affectueux*** (XIVᵉ s.), empr. au lat. *adfectuosus*, *affectuosus* « qui éprouve de l'affection » ; ***affectation*** (XVᵉ s.), empr. au lat. *affectatio*, a d'abord signifié « désir, recherche », parfois « attribution ». La valeur de « feinte » est tardive (début du XVIIᵉ s.). Le sens de « feinte ostentatoire » vient p.-ê. de l'idée de « prétention », parfois présente dans le lat. *affectatio* « désir, aspiration » ; ***désaffection*** (XVIIIᵉ s.), « perte de l'affection » ; ***désaffecter*** (XIXᵉ s.).

afférent (XIIIᵉ s., sous la forme *aferant*), part. prés. de l'a. fr. *aferir* « convenir, appartenir », avec réfection orthographique au XVIIᵉ s., du lat. vulg. **afferire* pour le lat. clas. *afferre* « apporter ».

affermer, voir ***fermer***.

affermir, voir ***ferme 1***.

afféterie (XVIᵉ s.), dér. de *affété* (XVIᵉ s., rare aujourd'hui), signifiant « gracieux, joli, séducteur, habile » et aussi « recherché, apprêté, affecté », réfection de l'a. fr. *afaitié* « agencé, paré, habillé avec recherche, affecté » et aussi « habile, prudent », du lat. *affectatus* « recherché, peu naturel », p.-ê. sous l'infl. de l'ital. *affettato* « qui agit avec affectation, simulateur ».

affiche, voir ***ficher***.

affidé (XVIᵉ s.), d'abord « digne de foi », puis « partisan, complice » depuis le XIXᵉ s., s. d. part. pas. du lat. méd. *affidare* « s'engager par serment ».

affilée (d'), voir ***fil***.

affiler, voir ***fil***.

affilier (XIVᵉ s.), empr. au lat. méd. *affiliare* « adopter pour fils », fait sur *filius*.

affinité (XIIᵉ s.), empr. au lat. *affinitas* « voisinage » et « parenté par alliance ». Les deux sens apparaissent au XIIIᵉ s.

affiquet (XIIIᵉ s.), « petit bijou agrafé aux habits », dimin. de *afique*, *affique*, forme pic. de l'a. fr. *afiche, affiche* « attache, agrafe », dér. du verbe *afichier*, « fixer, attacher », lui-même dér. de *fichier*, du lat. vulg. **ficcare*, issu de **figicare*, venant du lat. clas. *figere* « attacher, fixer ».

affirmer (XIIIᵉ s.), empr. au lat. *affirmare* « affermir, donner comme sûr, affirmer ». || ***affirmation*** (XIIᵉ s.), empr. au lat. *affirmatio* « action d'affirmer » ; ***affirmatif*** (XIIIᵉ s.), empr. au lat. tard. *affirmativus*, de même sens.

affliger (XIIᵉ s.), empr. au lat. *affligere* « frapper, abattre ». Le sens étymologique est seul connu au M. A. Le sens de « désoler », qui prédomine aujourd'hui, date du XVIᵉ s. Au XVIIᵉ s. apparaît parfois la valeur de « mortifier (son corps) ». || ***affliction*** (XIᵉ s.), empr. au lat. *afflictio* « action d'infliger » ; ***afflictif*** (XIVe s.), « qui frappe (le criminel), qui punit physiquement » (terme de droit au XVIe s. qualifiant un châtiment physique, distinct de la *peine infamante*).

affluer (XIVe s.), empr. au lat. *affluere* « couler vers, couler en abondance ». || ***affluent*** (XVIe s.), d'abord adj. aux sens de « abondant » et « qui coule », puis « confluent ». Le subst. au sens mod. de « cours d'eau qui se jette dans un autre » date du XIXe s. ; ***affluence*** (XIVe s.), empr. au lat. *affluentia* « abondance », d'abord en ce sens en fr., puis « foule » ; ***afflux*** (XVIIe s.), empr. au lat. méd. *affluxus* « arrivée massive de gens ».

affoler, voir ***fou***.

affranchir, voir ***franc***.

affres (XVe s., d'abord au sing., puis au plur. d'intensité) « angoisse, épouvante », p.-ê. empr. au prov. *affre* « effroi », s. d. du goth. **aifrs* « horrible, terrible ». Mot qui survit dans quelques syntagmes littér. comme les *affres de la mort*. || ***affreux*** (XVIe s.), d'abord au sens de « qui cause l'effroi, terrible, horrible ».

affréter, voir ***fret***.

affronter, voir ***front***.

affubler (XIe s.), du lat. vulg. **affibulare* « agrafer », fait sur *fibula* « agrafe ». En a. fr. le mot signifie « agrafer » et aussi « vêtir ». L'emploi péj. actuel « vêtir d'habits bizarres, ridicules » remonte au XVIIe s. || ***affublement*** (XIIIe s.).

affûter, voir ***fût***.

agacer (XIIe s., sous la forme *aacier* « agacer les dents », et *agacier* « importuner » et aussi « crier comme la pie », appelée *agace* en a. fr., de l'a. h. allem. *agaza* « pie »), mot d'étym. peu claire, p.-ê. d'un lat. vulg. **adaciare* « irriter », issu de **adacidare*, fait sur *acidus* « aigre ». || ***agacement*** (XVIe s.) ; ***agacerie*** (XVIIe s.).

agape (XVIe s.), « repas fraternel des premiers chrétiens », empr. au lat. chrét. *agape*, issu du grec *agapê* « affection, repas fraternel ». En fr. mod. le mot s'emploie surtout au plur.

agate (XIIe s.), empr. au lat. *achates*, du grec *Akhatês* (nom d'une rivière de Sicile où cette pierre précieuse aurait été trouvée).

agave (XVIIIe s.), plante mexicaine, mot sav. tiré de l'adj. grec fém. *agavê* « admirable ».

âge (XIIe s., sous la forme *eage, aage*), dér. de l'a. fr. *eé, aé,* du lat. *aetas, aetatis* « âge » et du suff. *-age* ou du lat. vulg. **aetaticum*, empl. aux sens de « vie, durée de la vie, temps écoulé » (*à la fleur de l'âge*), « moment de la vie » (*jeune âge*), « période de l'histoire du monde, époque » (*âge d'or*). Le sens de « génération » (XVIe s.) a disparu. || ***âgé*** (XIIIe s.), d'abord au sens de « majeur », puis au sens mod. à partir du XIVe s.

agencer (XIIe s., sous la forme *agencier* « arranger, embellir, parer »), s. d. du lat. **adgentiare* « rendre beau », fait sur *genitus* « né, bien né » pris au sens de « beau ».

agenda (XIVe s.), empr. au lat. *agenda* « choses à faire », d'abord en fr. « livre de comptes », « livre de choses à faire ». Le sens de « carnet de notes » date du XVIIe s.

agent (XIVe s.), empr. au lat. méd. *agens, agentis* « qui agit », avec infl. de l'ital. *agente* « chargé d'affaire ». || ***agence*** (XVIIe s.), empr. à l'ital. *agenzia* « emploi d'agent », en fr. en ce sens, puis « administration confiée à un agent », enfin aux sens de « comptoir de commerce, établissement servant d'intermédiaire », puis de « succursale » (XVIIe s.) et « organisme administratif » (XIXe s.).

agglomérer (XVIIIe s.), empr. au lat. *agglomerare* « rattacher, réunir ». ||

agglomération (XVIIIe s.), d'abord « entassement », puis « ville » (XIXe s.).

agglutiner (XIVe s.), empr. au lat. *agglutinare* « coller à ». || ***agglutination*** (XVIe s.), empr. au lat. tard. *agglutinatio* « action de réunir ensemble ».

aggravation, **aggraver**, voir ***grave***.

agile (XVe s.), empr. au lat. *agilis* « preste, actif ». || ***agilité*** (XIVe s.), empr. au lat. *agilitas* « facilité à se mouvoir ».

agio (XVIIe s.), terme bancaire, empr. à l'ital. *aggio* « avantage obtenu dans une opération de change monétaire », d'orig. inconnue. || ***agioter*** (XVIIIe s.) ; ***agioteur*** (XVIIIe s.).

agir (XVe s.), du lat. *agere* avec chang. de conjugaison. Au XVIe s. sont attestés les sens de « faire, discuter, plaider ». || ***agissements*** (XVIIIe s.), d'abord « manière d'agir », puis « manœuvres condamnables » (XIXe s.).

agiter (XIIIe s.), empr. au lat. *agitare* « mettre en mouvement, poursuivre, agiter dans son esprit », fréquent. de *agere*. || ***agitation*** (XIVe s.), empr. au lat. *agitatio* « mouvement, agitation » ; ***agitateur*** (XVIe s.), empr. au lat. *agitator* « cocher ». Le sens politique « meneur, factieux » (XVIIIe s.) est empr. à l'angl. *agitator*.

agneau (XIIe s.), du dimin. lat. *agnellus*, qui a remplacé le simple *agnus*. || ***agnelet*** (XIIe s.).

agnostique (XIXe s.), empr. à l'angl. *agnostic*, mot créé au XIXe s. au sens de « qui croit que l'au-delà est inconnaissable à l'homme ».

agonie (XIVe s.), empr. au lat. chrét. *agonia* « angoisse », du grec *agoneia* « combat », d'où « agitation intérieure, angoisse », a d'abord signifié « lutte intérieure, angoisse ». Le sens de « moment précédant la mort » date du XVIe s. || ***agoniser*** (XIVe s.), empr. au lat. chrét. *agonizare* « combattre », a signifié également « combattre » en m. fr.

agrafer (XVIe s.), s. d. dér. de *grafer* (XIVe s.) « accrocher », de *grafe* « crochet », du germ. *krapfo*, de même sens. || ***agrafe*** (XVe s.) ; ***agrafeuse*** (XXe s.) ; ***dégrafer*** (XVIe s.).

agraire (XIVe s.), empr. au lat. *agrarius* « relatif aux champs ».

agréable, **agréer**, **agrément**, voir ***gré***.

agréger (XVe s.), empr. au lat. *aggregare* « associer, réunir », fait sur *grex, gregis* « troupeau ». || ***agrégation*** (XIVe s.), empr. au lat. tard. *aggregatio* « adjonction », en fr. d'abord « rattachement, admission à une compagnie », puis « emploi universitaire » au XVIIIe s., enfin au sens mod. scolaire au XIXe s. ; ***agrégat*** (XVIe s.), du part. pas. lat. *aggregatum* « chose assemblée, agglomérat » ; ***désagréger*** (XVIIIe s.) ; ***désagrégation*** (XVIIIe s.).

agrès (XIIe s., sous la forme *agroi*), s. d. déverb. de *agreier*, *agreer*, du norr. *greida* « équiper, préparer », d'abord au sens général de « équipement », puis au sens de « gréement (d'un navire), matériel mobile indispensable à la manœuvre d'un navire » (XVe s.). Le sens « appareils de gymnastique » date du XIXe s. Voir ***gréer***.

agresseur (XVe s.), empr. au lat. tard. *aggressor* « attaquant », de *aggredi* « attaquer ». || ***agression*** (XIVe s.), empr. au lat. *agressio* « attaque » ; ***agresser*** (XIVe s.) ; ***agressif*** (XVIIIe s.) ; ***agressivité*** (XIXe s.).

agreste (XIIIe s.), empr. au lat. *agrestis* « relatif aux champs, champêtre ».

agricole (XIVe s. au sens de « cultivateur »), empr. au lat. *agricola* « cultivateur », en fr. « relatif à l'agriculture, consacré à l'agriculture ». || ***agriculteur*** (XVe s.), empr. au lat. *agricultor* ; ***agriculture*** (XIIIe s.), empr. au lat. *agricultura* « culture des champs ».

agripper, voir ***gripper***.

agro-, premier élém. de mots savants

comme ***agronome***, tiré du grec *agros* « champ ».

agrume (XVIIIe s.), empr. à l'ital. *agrume* désignant les fruits du genre des citrons, du lat. méd. *acrumen* « fruits acides », du lat. tard. *acrus*, de *acer* « âcre », sens conservés en fr.

aguerrir, voir ***guerre***.

aguet (XIIe s., sous la forme *agait*), déverb. du verbe d'a. fr. *agaitier,* dér. de *gaitier* « guetter », du franc. **wahron* (cf. l'all. *wahren*), utilisé seulement en fr. mod. dans la loc. *aux aguets* « en embuscade ».

aguicher (XIXe s. dans la langue pop.), « exciter », d'orig. peu claire. On a soutenu que le mot viendrait de l'a. fr. *aguichier* « mettre une courroie au bouclier » (d'origine germ.) avec l'idée intermédiaire de « attacher », mais la filiation n'est pas nette.

ah (XIe s.), onomat.

ahan (Xe s.), déverb. du lat. vulg. **afannare* « faire des efforts pénibles » (cf. a. prov. *afanar*, ital. *afannare*), d'orig. peu claire, en a. fr. « peine, fatigue » et « labeur » (XIIIe s.), puis « terre à labourer », en fr. mod. seulement au sens de « effort ». || **ahaner** (XIIe s.), dér. de *ahan*, « faire des efforts, se fatiguer ».

ahuri, **ahurissant**, voir ***hure***.

aider (Xe s.), du lat. *adjutare,* de même sens. || ***aide*** (XIIe s., sous la forme *aïe*), déverb., « action d'aider, assistance », « service dû au seigneur, corvée » et « personne qui aide » ; ***entraider*** (XIIe s.) ; ***entraide*** (XIXe s.).

aïeul (XIIe s.), du lat. vulg. **aviolus*, dimin. de *avus* « aïeul, grand-père », en a. fr. « grand-père » et « ancêtre » (XIIIe s.). || ***bisaïeul*** (XIIIe s.).

aigle (XIIe s.), du lat. *aquila,* de même sens. || ***aiglon*** (XVIe s.), « petit de l'aigle ».

aiglefin (XIVe s.), poisson, altér. de *esclevis*, du néerl. *schelvisch.*

aigre (XIe s.), du lat. tard. *acrus*, du lat. clas. *acer* « âcre, acide », sens conservés. Le mot a eu aussi en a. fr. le sens de « avide » (XIIe s.) || ***aigrir*** (XIIe s.), « devenir aigre » ; ***aigreur*** (XIe s.), « saveur aigre », puis « acrimonie » (XVIe s.) ; ***aigrelet*** (XVIe s.) « un peu aigre ».

aigrefin (XVIIe s.), d'orig. incert., p.-ê. du poisson *aiglefin* (à la bouche énorme), empl. au sens de « escroc ».

aigrette (XIVe s.), de l'a. prov. **aigreta* « sorte de héron ». Le sens de « bouquet de plumes » est ancien et tient au fait que le héron blanc a une aigrette de plumes sur la tête.

aigu (XIe s., sous la forme *agu*), du lat. *acutus* « aigu, coupant, pénétrant ». || ***aiguiser*** (XIe s., sous la forme *aguisier* en a. fr.), du lat. vulg. **acutiare* « rendre aigu », du lat. clas. *acutare* ; en fr. « rendre tranchant » et aussi dès le M. A. « rendre plus vif, plus pénétrant ».

aigue-marine (XVIe s.), s. d. empr. au prov. **aiga marina* « eau de mer » en raison de la couleur bleu-vert de la pierre.

aiguière (XIVe s.), empr. au prov. *aiguiera,* du lat. vulg. **aquaria* « pot à eau », fait sur l'adj. *aquarius* « qui concerne l'eau ».

aiguille (XIIe s., sous la forme *aguille*, avec prononciation *ü* et *l* mouillé), du lat. vulg. **acucula* « petite aiguille », dér. de *acus* « aiguille ». La forme en *ai-* a subi l'infl. de l'adj. *aigu.* || ***aiguiller*** (XIIIe s.), d'abord « piquer avec une aiguille », mot repris au XIXe s. « diriger un train (par un système d'aiguillage) » ; ***aiguillage*** (XIXe s.), « système de rails mobiles (appelés aiguilles) permettant d'orienter un train sur une autre voie » ; ***aiguilleur*** (XIXe s.) ; ***aiguillette*** (XIIe s., sous la forme *aguillette*), d'abord « petite aiguille », puis « petit cordon (utilisé pour attacher les chausses) ».

aiguillon (XIe s., sous la forme *aguillon* avec prononciation *ü* et *l* mouillé), du lat. vulg. **aculeonem*, acc. de *aculeo*, dér. de *aculeus* « aiguillon » désigne un bâton pointu pourvu d'une pointe de fer. La forme actuelle s'explique par l'influence de *aigu* et de *aiguille.*

aiguiser, voir ***aigu***.

ail (XIIe s.), du lat. *allium*, de même sens. || ***aïoli, ailloli*** (XVIIIe s.), empr. au prov. *aioli*, fait de *ai* « ail » et *oli* « huile » désigne une mayonnaise à l'ail et à l'huile d'olive.

aile (XIIe s.), du lat. *ala*, de même sens. || ***ailer*** (XVIe s.) « donner des ailes » ; ***ailette*** (XIIe s.) ; ***aileron*** (XIIe s.).

ailleurs (XIe s.), p.-ê. du lat. vulg. **aliore,* abrév. de *in aliore loco* « dans un autre endroit », la forme **alior, *alioris* étant un comparatif supposé de *alius* « autre ».

aimant (XIIe s., sous la forme *aïmant*), du lat. vulg. **adimas*, **adimantis*, de *adamas* « fer dur, acier, diamant », du grec *adamas*. En a. fr. le mot a signifié d'abord « diamant », puis « aimant » (XIIIe s.). || ***aimanter*** (XIVe s.) ; ***aimantation*** (XVIIIe s.). Voir ***diamant***.

aimer (XIe s., sous la forme *amer*), du lat. *amare*, en a. fr. « éprouver de l'affection, de l'amour » et aussi « apprécier, trouver agréable » et « estimer » (XIIe s.). || ***amant*** (XIIe s.), au sens de « amoureux, qui aime ». La nuance mod. « qui a une liaison avec qqn » date du XVIIe s. ; ***aimable*** (XIIe s.), du lat. *amabilis* « qui mérite d'être aimé », « agréable » ; ***amabilité*** (XVIIe s.), empr. au lat. *amabilitas* de même sens ; ***amateur*** (XVe s.), empr. au lat. *amator* « qui aime », en fr. « qui aime, qui a du goût pour, qui est intéressé par qq. ch. ». Le sens de « qui s'intéresse à qq. ch. (sans être professionnel) » date du XVIIIe s., celui de « qui pratique un sport à titre gratuit » du XIXe s. ; ***amateurisme*** (XIXe s.).

aine (XIIe s.), de l'acc. lat. vulg. **inguinem*, au lieu du lat. clas. neut. *inguen*, désigne une partie du corps.

aîné (XIIe s., sous la forme *ainz né* « né avant, né le premier »), de *ainz* « avant » (lat. vulg. **antius*) et du part. pas. *né*. || ***aînesse*** (XIIIe s.), « qualité de l'enfant né le premier » et « prérogatives du premier né (en matière de succession) ».

ainsi (XIe s., sous la forme *einsi* ; autres formes en a. fr. : *ensi, issi, eissi*), formé d'un premier élément variable et d'un second élément *si* affirmatif, issu du *sic* latin « ainsi ».

air (XIIe s.), du lat. *aer, aeris*, en a. fr. au sens de « atmosphère que l'on respire », « espace au-dessus de la terre » et « vent ». Le sens de « apparence extérieure » s'est développé au XVIe s. L'origine de ce dernier sens est peu claire. Peut-être est-ce une extension de l'empl. fig. « atmosphère » ou l'infl. de l'a. fr. *aire* (du lat. *area*) signifiant « lieu d'origine » et aussi « caractère ». L'acception musicale de « mélodie, air chanté » date du XVIIe s. : c'est un calque de l'ital. *aria*. qui désigne non seulement l'air que l'on respire, mais aussi la mélodie (ainsi d'ailleurs que l'apparence extérieure du visage).

airain (XIIe s., sous la forme *arain*), du lat. tard. *aeramen* « airain, bronze », du lat. clas. *aes, aeris*.

aire (XIe s.), du lat. *area* « surface plane », conserve ce sens en a. fr. et signifie aussi « nid » et « famille, race, extraction », d'où « nature, caractère ». En fr. mod. n'a survécu que la première valeur au sens de « surface, région plus ou moins étendue ». || ***débonnaire*** (XIe s., sous la forme *de bon aire*, le mot étant masc.), d'abord au sens de « de bonne extraction », puis de « bon, bienveillant » (XIIe s.). La valeur péj. « complaisant » date du XVIe s.

airelle (XVIe s.), mot du Massif central ou des Alpes, dér. d'un mot simple attesté par le prov. *aire,* de l'adj. fém.

lat. *atra* « noire ». On dit *myrtille* dans le Nord.

ais (XIIe s.), du lat. *axis* « planche », de même sens en fr. Le mot a pris le sens tech. de « plat de la reliure d'un livre » au XIVe s.

aise (XIe s.), s. d. du lat. *adjacens* « qui se trouve à proximité », part. prés. de *adjacere* « être situé auprès », en a. fr. au sens de « espace libre à côté de qqn », puis de « situation agréable, commodité, bien-être, agrément » (sans marquer la proximité). L'adj. *aise* en a. fr. signifie « tranquille, apaisé, content ». || ***aisance*** (XIIIe s.), du lat. *adjacentia*, part. prés. subst. au sens de « environs », a signifié « dépendances d'une maison » et surtout « commodités » (XIIIe s.) au plur. Le sens de « latrine » est attesté au XVIe s. ; ***aisé*** (XIIe s., sous la forme *aaisié*) ; ***malaise*** (XIIe s.) ; ***malaisé*** (XIVe s.).

aisselle (XIIe s.), du lat. vulg. **axella*, du lat. clas. *axilla* « creux sous le bras ».

aître (XIIe s.), du lat. *atrium* « pièce principale de la maison romaine », en lat. tard. au sens de « portique », en a. fr. « terrain libre » et « cimetière ».

aîtres, **êtres** (Xe s.), du lat. *extera* « parties situées à l'extérieur », a désigné en a. fr. diverses parties de l'habitation (notamment le courtil).

ajonc (XIIIe s.), d'étym. obsc., p.-ê. mot dialectal, d'une racine prélat., avec attract. de *jonc*.

ajourer, voir ***jour***.

ajourner, voir ***jour***.

ajouter (XIe s.), p.-ê. dér. de l'a. fr. *joster* « réunir », du lat. vulg. **juxtare*, ou bien directement du lat. vulg. **adjuxtare* « mettre à côté, tout près ». || ***ajout*** (XIXe s.) « supplément ».

ajuster, voir ***juste***.

alacrité (XVe s.), empr. au lat. *alacritas* « vivacité, entrain », en fr. « enjouement, allégresse » et « entrain, ardeur » (XVIe s.).

alambic (XIIIe s.), empr. à l'esp. *alambico*, de l'ar. *al-ambiq* « récipient pour distiller ». || ***alambiquer*** (XVIe s.), « distiller à l'alambic ». Le part. pas. *alambiqué* est attesté au XVIIe s. au sens « exagérément compliqué ».

alarme (XIVe s.), empr. à l'ital. *all'arme* « aux armes », d'abord cri de guerre et d'alerte « aux armes ! », puis subst. « inquiétude, trouble » (XVe s.). || ***alarmer*** (XVIe s.), « appeler à s'armer, donner l'alarme », puis « inquiéter » (XVIIe s.) ; ***alarmiste*** (XVIIIe s.).

albâtre (XIIe s., sous la forme *albastre, aubastre*), du lat. *alabaster*, de même sens, désignant un minerai blanc.

albatros (XVIIIe s.), empr. à l'angl. *albatros*, désigne un oiseau des terres australes.

albinos (XVIIe s.), empr. à l'esp. et au port. *albinos*, plur. de *albino* « blanchâtre », la personne affectée de cette maladie ayant la peau et les yeux blanchâtres.

album (XVIIe s.), mot lat. *album amicorum* « carnet blanc (où l'on recueille des autographes d'amis) », empr. à l'all., du lat. *album* « tableau blanc, liste ».

albumine (XVIIIe s.), empr. au lat. tard. *albumen* « blanc d'œuf ».

alcade (XVe s.), empr. à l'esp. *alcalde*, empr. à l'ar. *al-quadi* « juge », désigne un juge de paix en Espagne.

alcali (XVIe s.), de l'ar. *al-qilyi* « soude ».

alchimie (XIIIe s., sous la forme *alkimie, arquemie*), empr. au lat. méd. *alchemia*, de l'ar. *alkimiya*, d'origine grecque, p.-ê. du grec tard. *khemia* « magie noire », a désigné en a. fr. la pratique de la chimie, notamment la recherche de la transmutation des métaux et de la pierre philosophale. || ***alchimiste*** (XIVe s., sous la forme *alkemiste*), empr. au lat. méd. *alchimista* ; ***alchimique*** (XIVᵉ s.), empr. au lat. méd. *alchimicus*.

alcool (XIVᵉ s., très rare avant le XVIᵉ s.), d'abord « poudre d'antimoine très fine », puis « esprit-de-vin » (liquide obtenu par distillation), de l'ar. *al-kuhul* « poudre d'antimoine », passé dans le latin des alchimistes pour désigner un produit obtenu par purification. || ***alcooliser*** (XVIIᵉ s.) ; ***alcoolisation*** (XVIIIᵉ s.) ; ***alcoolique*** (fin XVIIIᵉ s.).

alcôve (XVIIᵉ s.), « enfoncement destiné à recevoir un lit dans une chambre », empr. à l'esp. *alcoba,* de l'ar. *al-qubba* « coupole, petite chambre » et aussi « renfoncement ménagé dans une chambre pour y placer un lit », a désigné au XVIIᵉ s. un lieu où l'on recevait et où l'on tenait salon. Le sens de « lieu de rapports amoureux, d'aventures sexuelles » date du XIXᵉ s.

alcyon (XIIIᵉ s.), « oiseau de mer fabuleux », empr. au lat. *alcyon*, du grec *alkuon*.

aléa (XIXᵉ s.), empr. au lat. *alea* « jeu de dés, hasard, risque », en fr. d'abord au sens de « hasard (favorable ou défavorable) », puis de « risque », sens répandu auj. || ***aléatoire*** (XVIᵉ s.), empr. au lat. *aleatorius* « qui concerne le jeu », en fr. « soumis au hasard » (XVIᵉ s.), auj. « incertain, problématique » (XIXᵉ s.).

alêne (XIIᵉ s., sous la forme *alesne*), du germ. **alisna* (cf. l'all. *Ahle,* de même sens), désignant un poinçon de cordonnier.

alentour, voir ***entour***.

alérion (XIIᵉ s.), du franc. **adalaro* « aigle » (cf. l'all. *Adler*), désigne un grand aigle et aussi un animal fantastique. Dans la langue du blason « aigle sans bec ni pattes » (XVIᵉ s.).

alerte adj. (XVIᵉ s.), empr. à l'ital. *all'erta* « sur la hauteur, sur ses gardes », de *erta* « hauteur, éminence », d'abord loc. *estre à l'erte* « être vigilant ». Le sens de « vif, agile » date du XVIIᵉ s. L'empl. subst. « alarme, signal de menace, appel à la vigilance » date du XVIIIᵉ s. || ***alerter*** (XIXᵉ s.).

alèse, **alaise** (XVᵉ s.), de *à l'aise* par fausse coupe.

aléser (XVIIᵉ s.), de l'a. fr. *alaisier*, du lat. vulg. **allatiare* « agrandir », en fr. au sens de « calibrer une pièce métallique ». || ***alésage*** (XIXᵉ s.).

alevin (XIIIᵉ s.), s. d. du lat. vulg. **allevamen*, de *allevare* « lever » qui a p.-ê. signifié « élever des animaux ».

alexandrin (XVᵉ s. au sens de vers de 12 syllabes), dér. du *Roman d'Alexandre,* qui a rendu ce type de vers célèbre.

alezan (XVIᵉ s.), empr. à l'esp. *alazán*, « brun rougeâtre, fauve (en parlant d'un cheval) », de l'ar. *az'ar,* de même sens.

alfa (XIXᵉ s.), de l'ar. *halfa* « plante herbacée ».

algarade (XVIᵉ s.), empr. à l'esp. *algarada* « incursion brusque sur les ennemis ». Au XVIᵉ s. le sens de « mouvement brusque, attaque » est courant. Le sens de « vive sortie contre qqn, altercation » est attesté au XVIᵉ s.

algèbre (XIVᵉ s.), empr. au lat. méd. *algebra*, de l'ar. *al-gabr* « réduction », désigne une branche des mathématiques utilisant des symboles et des formules pour traiter des problèmes. Les sens de « analyse abstraite » et « domaine difficile à comprendre » datent du XIXᵉ s. || ***algébrique*** (XVIᵉ s.).

algorithme (XIIIᵉ s., sous la forme *algorisme* au sens de « calcul utilisant les chiffres arabes, arithmétique »), empr. au lat. méd. *algorithmus,* tiré du nom d'un mathématicien ar. *Al-Khawarizmi*, nom propre pris pour un nom commun et déformé sous l'infl. du grec *arithmos* « nombre », d'abord au sens de « système de numération décimale en chiffres arabes », puis

« règles opératoires permettant de résoudre un certain nombre de problèmes ».

algue (XVIe s.), empr. au lat. *alga*.

alias (XVe s.), mot lat. *alias* « une autre fois, autrement, ailleurs », en fr. au sens de « autrement appelé ». Le terme est utilisé au XXe s. dans la langue de l'informatique au sens de « fichier intermédiaire (entre l'ordinateur et le fichier original, permettant d'accéder plus rapidement à l'original) ».

alibi (XIVe s.), mot lat. *alibi* « ailleurs », attesté avec valeur jur. dès l'origine au sens de « défense contre une accusation, fondée sur le fait qu'on se trouvait ailleurs », d'où le sens de « excuse, justification » et « subterfuge » (XVe s.).

aliéner (XIIIe s.), empr. au lat. *alienare* « donner à autrui, céder son droit de propriété, éloigner », tiré d'*alienus* « qui appartient à un autre ». Le sens de « priver de raison, égarer l'esprit » est attesté en lat. et apparaît en fr. dès le XIVe s. || ***aliénation*** (XIIIe s.), empr. au lat. *alienatio* « transmission d'un bien à un autre » et « éloignement, séparation », sens conservés en fr. Le sens de « trouble mental » (*aliénation d'entendement* au XIVe s.) vient aussi du lat. *alienatio mentis*, celui de « perte d'un droit » est attesté au XVIIIe s. ; ***aliénable*** (XVIe s.) ; ***inaliénable*** (XVIe s.).

aligner, voir ***ligne***.

aliment (XIIe s.), empr. au lat. *alimentum*, de même sens, désigne en a. fr. toute chose favorisant l'entretien du corps ou de l'esprit. Les sens biologiques et moraux sont attestés dès le M. A. || ***alimenter*** (XIVe s., rare avant le XIXe s.), empr. au lat. *alimentare* « nourrir » ; ***alimentaire*** (XIVe s.), empr. au lat. *alimentarius* « propre aux aliments » ; ***alimentation*** (XVe s., repris au XIXe s.), empr. au lat. méd. *alimentatio*.

alinéa (XVIIe s.), s. d. empr. au lat. méd. *a linea* « (écrire) en s'éloignant de la ligne (déjà utilisée) », donc « en passant à une nouvelle ligne », en fr. d'abord « ligne en retrait (indiquant le début d'un nouveau paragraphe) », puis « passage compris entre deux alinéas » (XIXe s.).

alise (XIIe s., sous la forme *alie*), p.-ê. d'orig. gauloise, désigne le fruit de l'alisier. || ***alisier*** (XIIe s.).

alizé (XVIIe s.), d'orig. incert., s'applique à des vents réguliers soufflant sur l'Atlantique.

allécher (XIIe s.), s. d. du lat. vulg. **allecticare*, de *allectare*, fréquent. de *allicere* « attirer à soi ». || ***alléchant*** (XVe s.).

allée, voir ***aller***.

allégation, voir ***alléguer***.

allégeance (XVIIe s.), empr. à l'angl. *allegiance* « obligation de fidélité et de service au roi », lui-même empr. de l'a. fr. *ligence*, *ligance* « situation de l'homme lige, vassalité envers un seigneur ».

alléger (XIe s.), du lat. tard. *alleviare* « soulever, alléger, soulager », fait sur *levis* « léger ». || ***allégement*** (XIIe s.).

allégorie (XIIe s.), empr. au lat. *allegoria*, « discours figuré présentant un sens littéral et un sens caché », du grec *allégoria*, fréq. chez les auteurs chrét. pour l'interprétation de l'Ecriture, a désigné au M. A. un sens figuré distinct du sens littéral et a pris ensuite des sens divers « expression symbolique », « personnification d'abstractions ». || ***allégorique*** (XVe s.) ; ***allégorisation*** (XIXe s.).

allègre (XIIe s.), du lat. *alacrem* « alerte, vif, plein d'entrain », s. d. altéré en lat. vulg. sous la forme **alacrus* ou **alecrus*. Le sens étym. est conservé en fr. La nuance de « gai (avec vivacité) » date du XIXe s. || ***allégresse*** (XIIIe s.) « joie vive ».

alléguer (XIIIe s.), empr. au lat. *allegare* « envoyer en mission, déléguer, avancer une justification », en fr. « citer comme justification », puis « invoquer, mettre en avant » (XIVe s.). || ***allégation*** (XIIIe s.), empr. au lat. *allegatio* « excuse (présentée devant les juges) », en fr. aux sens de « assertion », « preuve », « affirmation ». Le sens péj. de « assertion infondée » semble mod.

alléluia (XIIe s.), du lat. chrét., empr. à l'hébreu *hallelou-yah* « louez l'Eternel », pris au sens de « chant de louange et d'allégresse (dans la liturgie) ».

aller (XIe s.), du lat. *ambulare* « marcher » pour certaines formes, pour d'autres de *ire* et de *vadere*. || ***allée*** (XIIe s.), d'abord « action d'aller », puis « passage, voie » ; ***allure*** (XIIe s.) ; ***allant*** (XIVe s.), adj., puis subst. (XXe s.) au sens de « entrain, ardeur ».

allergie (fin XIXe s.), empr. à l'all. *Allergie*, mot forgé à partir du grec *allos* « autre » et *ergon* « action » pour désigner la nouvelle réaction d'un organisme à l'action d'un agent pathogène. || ***allergique*** (XXe s.), « qui concerne l'allergie », puis « qui ne peut supporter » (en parl. d'une personne).

alleu (XIIe s.), du franc. **al-od* « pleine propriété », terme féodal « propriété exempte de toute redevance ».

alliacé « qui a rapport à l'ail, qui sent l'ail » (XIXe s.), création faite sur *ail* et le suff. *-acé*.

allier (XIe s.), du lat. *alligare* « attacher, lier », de même sens en fr., notamment « unir des familles et des personnes par mariage » et aussi « mélanger des métaux » (XIIIe s.). || ***alliance*** (XIe s.), « union », puis « lien juridique (entre deux familles) », « accord, entente, pacte » ; ***alliage*** (XVIe s.), « mélange de métaux » et « corps résultant de ce mélange » ; ***mésallier*** (XVIe s.) ; ***mésalliance*** (XVIIe s.), « mauvaise alliance, alliance avec une personne de condition ou de revenus inférieurs » ; ***rallier*** (XIe s.) ; ***ralliement*** (XIIe s.).

alligator (XVIIe s.), empr. à l'angl., tiré de l'esp. *el lagarto* « le caïman », à l'orig. « lézard », désigne le crocodile d'Amérique.

allitération (XVIIIe s.), mot forgé du lat. *ad* et de *littera*, d'après le mot *adlocutio* « discours », désigne le phénomène de répétition de consonnes initiales (figure de rhétorique et de style). || ***allitératif*** (XIXe s.).

allo, interject. au début des communications téléphoniques (fin XIXe s.), s. d. de l'interject. américaine *hello, halloo*.

allo-, premier élém. de mots savants, formé à partir du grec *allos* « autre ».

allocation, voir ***allouer***.

allocution (XIIe s.), empr. au lat. *allocutio* « discours ».

allouer (XIe s.), du lat. vulg. **allocare*, fait sur *locare* « placer, disposer, donner à loyer ». || ***allocation*** (XVe s.), dér. de *allouer* avec infl. de *location*, d'abord « enregistrement », puis « action d'allouer » (XVIe s.) ; ***allocataire*** (XXe s.), « bénéficiaire d'une allocation ».

allumer (XIe s.), du lat. vulg. **alluminare*, dér. de *luminare* « éclairer », en a. fr. aux sens de « mettre le feu » et « éclairer, rendre lumineux », sens conservés en fr. mod. || ***allumage*** (XIXe s.) ; ***allumette*** (XIIIe s.).

allusion (XVIe s.), empr. au lat. tard. *allusio* « action de jouer avec », de *alludere* « badiner, plaisanter, faire allusion », empl. en fr. d'abord au sens de « jeu formel ». Le sens de « évocation, insinuation » est attesté au XVIIIe s. || ***allusif*** (XVIIIe s.).

alluvion (XVIe s.), empr. au lat. *alluvio* « inondation, alluvion », en fr. d'abord « inondation, débordement », puis « dépôt de sédiments laissé par les eaux, accroissement de terrain ». || ***alluvionnaire*** (XIXe s.).

almanach (XIVe s.), empr. au lat. méd. *almanachus* « calendrier », de l'ar. *al-manakh*, p.-ê. issu du syrien *l-manhai* « l'an prochain », en a. fr. « calendrier (donnant des informations météorologiques, astronomiques et pratiques) », puis « recueil d'informations statistiques » (XVIIIe s.).

aloès (XIIe s.), empr. au lat. clas. *aloé*, gén. *aloés*, issu du grec de même forme, devenu *aloés* en lat. méd., s. d. par infl. du tour *lignum aloés*, désigne une plante exotique.

aloi (XIIIe s.), « alliage (notamment de monnaies) », déverb. de l'a. fr. *aloier*, forme de *allier* au sens de « mélanger des métaux ». L'expres. *de bon aloi* est attestée au XIIIe s.

alopécie (XIVe s.), empr. au lat. *alopecia* « chute des cheveux », du grec *alopekia* (maladie qui fait tomber les cheveux comme les poils du renard, qui se dit *alopex* en grec).

alors, voir ***lors***.

alose (XIIe s.), du lat. tard. *alausa*, empr. au gaulois, désigne un poisson.

alouette (XIIe s., sous la forme *aloete*), dér. de l'a. fr. *aloe*, du lat. *alauda*, empr. au gaulois.

aloyau (XIVe s.), p.-ê. de l'a. fr. *aloel* « alouette », la pièce de bœuf cuisinée pouvant ressembler à une alouette lardée.

alpaga (XVIIIe s., sous la forme *alpaque*, *alpague*, *alpaca*), empr. à l'esp. *alpaca*, s. d. empr. au quechua du Pérou, en fr. désigne le mammifère et aussi l'étoffe en laine d'alpaga.

alpha (XIIe s.), empr. au grec *alpha*, première lettre de l'alphabet grec, empl. au sens de « commencement ».

alphabet (XIVe s.), empr. au lat. tard. *alphabetum*, composé de *alpha* et *béta*, les deux premières lettres de l'alphabet grec. || ***alphabétique*** (XVe s.) ; ***alphabétiser*** (XIXe s.) ; ***alphabétisation*** (XXe s.) ; ***analphabète*** (XVIe s.).

altercation (XIIIe s.), empr. au lat. *altercatio* « dispute », empl. avec le même sens en fr.

altérer (XIVe s.), empr. au lat. tard. *alterare* « changer ». La valeur péj. « corrompre, détériorer » est présente en a. fr. Au XVIe s. le mot signifie aussi « exciter, troubler, irriter ». Le sens de « exciter la soif, assoiffer » est attesté au XVIe s. || ***altérable*** (XIVe s.), empr. au lat. méd. *alterabilis* « qui peut être modifié, qui peut s'altérer » ; ***inaltérable*** (XIVe s.) ; ***altération*** (XIIIe s.), empr. au lat. tard. *alteratio* « changement », en fr. surtout au sens de « mauvais changement, dégradation » ; ***désaltérer*** (XVIe s.).

altérité (XIIIe s. au sens de « changement »), empr. au lat. tard. *alteritas* « différence ». Développement du mot dans la philosophie moderne comme antonyme de *identité*.

alterner (XIIIe s.), empr. au lat. *alternare* « faire tour à tour, changer tour à tour ». || ***alternatif*** (XIIIe s.) ; ***alternative*** (XVe s.), d'abord « succession d'éléments divers ou opposés », puis « choix entre deux propositions contradictoires » (XVIIe s.) ; ***alternance*** (XIXe s.).

altesse (XVIe s.), empr. s. d. de l'ital. *altezza*, titre de respect.

altier (XVIe s.), empr. à l'ital. *altero, altiero* « hautain », en fr. d'abord « élevé », puis « fier, hautain » (XVIIe s.).

altitude (XVe s., repris au XIXe s. comme terme de géogr.), empr. au lat. *altitudo* « hauteur », d'abord au sens de « hauteur », puis « élévation au-dessus du niveau de la mer » (XIXe s.).

alto (XVIIIe s.), terme de musique, empr. à l'ital. *alto* « haut », désigne un instrument, puis une voix de femme (de contralto) au XIXe s.

altruisme (XIXe s.), création attribuée

à A. Comte, faite sur le début du lat. *alter* et la fin du fr. *autrui*, désigne la bienveillance envers autrui, la philanthropie. || ***altruiste*** (XIXᵉ s.).

aluminium (XIXᵉ s.), formé par le chimiste angl. Davy sur le lat. *alumen* « alun », à partir de l'angl. *alumina* « terre d'alun ».

alun (XIIᵉ s.), du lat. *alumen.*

alvéole (XVIᵉ s.), empr. au lat. *alveolus* « petit récipient », dim. de *alveus* « cavité », signifie en fr. « petite cavité ».

amabilité, voir ***aimer***.

amadou (XVIIᵉ s., sous la forme *amadoue*), d'étym. peu claire. || ***amadouer*** (XVIᵉ s.) s. d. à l'orig. « frotter avec un onguent d'amadou », puis « caresser, enjôler » (XVIᵉ s.).

amalgame (XIVᵉ s.), empr. au lat. des alchimistes *amalgama* « mélange », s. d. tiré de l'ar. *amal al-gama'a* « œuvre de l'union charnelle » selon une métaphore fréq. des alchimistes, en fr. d'abord au sens de « mélange, alliage d'éléments hétérogènes » et « alliage de mercure et d'un métal ». Le sens politique « assemblage artificiel et malveillant » date du XXᵉ s. || ***amalgamer*** (XIVᵉ s.).

amande (XIIᵉ s., sous la forme *alemande*), du lat. tard. *amandula,* altér. de *amygdala* « amande », du grec *amugdalé*, désignant le fruit de l'amandier. || ***amandier*** (XIVᵉ s.).

amarante (XVIᵉ s.), empr. au lat. *amarantus* « plante aux fleurs pourpres ».

amarrer (XIIIᵉ s.), empr. au m. néerl. **aenmarren* « attacher », en fr. d'abord terme de marine « attacher un navire au moyen d'une amarre », puis « fixer, attacher ». || ***amarre*** (XIIIᵉ s.) ; ***amarrage*** (XVIᵉ s.) ; ***démarrer*** (XIVᵉ s.), d'abord « rompre les amarres, enlever les amarres ». Le sens de « mettre en marche » date du XVIIᵉ s. ; ***démarrage*** (XVIIIᵉ s.).

amas, voir ***masse 1***.

amateur (XVᵉ s.), voir ***aimer***.

amazone (XIIIᵉ s.), empr. au lat. *Amazones,* femmes guerrières de l'Antiquité. Le sens de « femme qui monte à cheval » est du XVIIᵉ s.

ambages (XIVᵉ s.), empr. au lat. *ambages* « sinuosités, ambiguïtés », en fr. « détours dans les paroles, circonlocutions ».

ambassade (fin du XIIIᵉ s., sous la forme *ambasce* dans un texte franco-italien, puis au XIVᵉ s. *ambaxade*), empr. à l'ital. *ambasciata* « mission diplomatique », en fr. « mission officielle (d'abord temporaire) auprès d'un Etat étranger », puis « représentation diplomatique permanente ». || ***ambassadeur*** (XIIIᵉ s.), empr. à l'ital. *ambasciatore*, désigne d'abord un personnage envoyé pour une mission diplomatique temporaire ou porteur d'un message officiel spécifique.

ambiant (XVIᵉ s.), empr. au lat. *ambiens*, part. prés. de *ambire* « entourer », en fr. « qui entoure, qui environne ». La notion de *monde ambiant*, de croyances imprégnant la société, se développe au XIXᵉ s. || ***ambiance*** (XIXᵉ s.), aux sens de « environnement, atmosphère morale ».

ambigu (XVᵉ s.), empr. au lat. *ambiguus* « entre deux, incertain, difficile à préciser, douteux ». || ***ambiguïté*** (XIIIᵉ s.), empr. au lat. *ambiguitas.*

ambition (XIIIᵉ s.), empr. au lat. *ambitio* « tournée électorale, ambition », en fr. « désir de pouvoir et d'honneurs ». Le sens affaibli de « désir » est attesté au XVIIᵉ s. || ***ambitieux*** (XIIIᵉ s.), empr. au lat. *ambitiosus*, « ambitieux, désireux, intrigant » ; ***ambitionner*** (XVIᵉ s.).

ambivalence (XXᵉ s.), empr. à l'all. *Ambivalenz* terme de psychol. et psychan. « caractère comportant deux composantes de sens contraire ». ||

ambivalent (XXe s.), empr. à l'all. *ambivalent.*

amble (XIIIe s.), déverb. du verbe de l'a. fr. *ambler* « aller l'amble », du lat. *ambulare* « se promener », désigne l'allure modérée d'un animal (avançant tour à tour les deux jambes d'un même côté).

ambre (XIIe s.), empr. au lat. méd. *ambar*, de l'ar. *anbar.*

ambroisie (XVe s.), empr. au lat. *ambrosia*, du grec *ambrosia* « nourriture des immortels, des dieux ».

ambulant (XVIe s.), empr. au lat. *ambulans*, part. prés. de *ambulare* « marcher », en fr. au sens de « qui se déplace, qui circule ». || ***ambulance*** (XVIIIe s.) au sens de « hôpital militaire ambulant » ; ***ambulancier*** (XIXe s.) ; ***ambulatoire*** (XVe s.), empr. au lat. tard. *ambulatorius* « qui se déplace ».

âme (IXe s.), du lat. *anima* « souffle, air, principe de vie, principe spirituel », en fr. avec les mêmes valeurs et aussi « être vivant » (XIIe s.), « partie vitale d'un ensemble » (XVe s.).

améliorer (XIIe s., sous la forme *ameillorer*, rare avant le XVIe s.), réfection, d'après le lat. *melior* « meilleur », du m. fr. *ameillorer*, tiré de l'a. fr. *meillor, meilleur.* || ***amélioration*** (XVe s.), rare avant le XVIIe s.

amen (XIIe s.), terme du lat. chrét. *amen*, tiré du grec, lui-même du mot *amen*, marquant l'adhésion en hébreu, au sens de « assurément ».

amender (XIIe s.), du lat. *emendare* « améliorer, corriger » avec un nouveau préfixe, sens conservés en fr. || ***amende*** (XIIe s.), déverb., d'abord « réparation ». Le sens de « peine pécuniaire » apparaît aussi en a. fr. L'*amende honorable* « reconnaissance publique d'une faute » est attestée à partir du XVe s. ; ***amendable*** (XIVe s.) ; ***amendement*** (XIIIe s.), d'abord au sens de « amélioration ». Le sens parlementaire « modification apportée à un texte soumis à une assemblée » est du XVIIIe s. et vient de l'angl. *amendment* « modification », lui-même empr. au fr.

amène (XIIIe s.), empr. au lat. *amoenus* « agréable ». || ***aménité*** (XIVe s.), empr. au lat. *amoenitas* « agrément, charme où entre la douceur », sens conservé jusqu'au XIXe s., puis « amabilité » (XVIIIe s.).

amer 1 adj. (XIIe s.), du lat. *amarus*, de même sens. || ***amertume*** (XIIe s.), de l'acc. lat. *amaritudinem*, de *amaritudo* « amertume, aigreur » avec chang. de suff., empl. en a. fr. à la fois au sens physique de « saveur amère » (XIIIe s.) et au sens moral de « ressentiment » (XIIe s.).

amer(s) 2 subst. (XVIIe s.), du norm. *merc* « marque », issu du scand. *merki*, « objet fixe servant de point de repère en mer ».

améthyste (XIIe s.), empr. au lat. *amethystus*, du grec *améthustos.*

ami (Xe s.), du lat. *amicus* « lié d'amitié, d'amour », au sens politique « partisan, défenseur, allié », de mêmes sens en fr. Terme important du monde courtois méd. et des relations amoureuses. || ***amical*** (XIIe s.), empr. au lat. *amicalis* ; ***amitié*** (XIe s.), de l'acc. du lat. vulg. **amicitatem*, de **amicitas*, qui a supplanté le lat. clas. *amicitia*, en fr. au sens de « affection, amitié, amour » et aussi « marque d'amitié, salutation amicale » depuis le XIIe s. Le sens de « inclination » est attesté au XVIIe s. ; ***amiable*** (XIe s.), du lat. tard. *amicabilis* « aimable, conciliant ».

amiante (XVIe s.), empr. au grec *amiantos.*

amict (XIIe s.), empr. au lat. *amictus* « vêtement de dessus », en fr. désigne un linge liturgique placé sur les épaules du prêtre.

amidon (XIVe s.), empr. au lat. méd. *amidum*, du lat. *amylum*, du grec *amylon* « non moulu ». || ***amidonner*** (XVIe s.).

amiral (XIe s. au sens de « chef des Sarrasins »), de l'ar. *amir al-'ali* « très grand chef ». Le sens de « chef de la flotte » apparaît au XIIIe s. || ***amirauté*** (XIIIe s.) « fonction d'amiral », puis « administration de la marine » (XIVe s.).

ammoniac (XIVe s.), empr. au lat. *ammoniacum*, du grec *ammoniakon*, gomme ammoniaque recueillie près du temple de Zeus Ammon en Libye. || ***ammoniacal*** (XVIIIe s.) ; ***ammoniaque***, ***ammoniaqué*** (XIXe s.).

amnésie (XVIIIe s.), empr. au grec chrét. *amnêsia* « oubli », en fr. terme médic. « perte de mémoire ». || ***amnésique*** (XIXe s.).

amnistie (XVIe s.), empr. au grec *amnestia* « pardon », désigne une mesure collective d'annulation des poursuites et des peines pour certains délits ou crimes. || ***amnistier*** (XVIIIe s.).

amodier (XIIIe s.), empr. au lat. méd. *admodiare* « donner à bail, à ferme », fait sur *modium* « mui, boisseau », puis « mesure de terre » (litt. « étendue qu'on peut ensemencer avec un mui de blé »). Ce verbe tech. existe encore en fr. (langue de l'agriculture). || ***amodiation*** « location d'une terre contre une redevance », empr. au lat. méd. *admodiatio* « action d'affermer une terre ».

amollir, voir ***mou***.

amonceler, voir ***monceau***.

amorce (XIIIe s. au sens de « appât »), part. pas. fém. de l'a. fr. *amordre* « mordre », d'où « attirer », du lat. *admordere* « mordre ». || ***amorcer*** (XIVe s.) « garnir d'un appât », d'où « attirer, séduire », puis « commencer une opération » (XVIe s.) ; ***désamorcer*** (XIXe s.).

amorphe (XIXe s.), empr. au grec *amorphos* « sans forme ».

amortir (XIIe s.), du lat. vulg. **admortire* « tuer ». En a. fr. le verbe signifie « tuer, mourir » et aussi « rendre comme mort, affaiblir (un coup) ». Le sens financier « éteindre une dette, une dépense » est attesté dès le XVe s. || ***amortissable*** (XVe s.), « qui peut être éteint » (en parlant d'une dette) ; ***amortissement*** (XIIIe s.), « affaiblissement, extinction progressive d'une dette » ; ***amortisseur*** (XIXe s.), « dispositif destiné à affaiblir (une trépidation, un choc) ».

amour (IXe s.), du lat. *amor*. La forme du mot n'est pas phonétique. En a. fr. le terme (du genre féminin) a déjà un très large champ sémantique. Il désigne à la fois la dévotion religieuse, l'affection familiale, l'attachement, le dévouement, la charité envers autrui, et aussi l'attachement à une personne, la passion, l'instinct sexuel. || ***amour-propre*** (XVIe s.), « attachement exclusif à soi » et « fierté » ; ***amourette*** (XIIe s.), « amour passager » ; ***amouracher (s')*** (XVIe s.), « tomber amoureux (pour un temps) », de l'ital. *amoracciarsi* « s'éprendre », mot péj. en fr. ; ***amoureux*** (XIIe s.), du lat. tard. *amorosus* ; ***s'énamourer*** (XIIe s.), « s'éprendre » ; ***mamours*** (XIXe s.), subst. plur. « marques d'affection, câlineries », agglutination de l'ancienne forme *m'amour* (XIIe s.) « mon amour ».

amovible (XVIIe s.), dér. sav. du lat. *amovere* « éloigner », en fr. « qui peut être déplacé ». || ***inamovible*** (XVIIIe s.) « qui ne peut être ni suspendu ni déplacé (en parlant du titulaire d'une charge ou d'un emploi) ».

ampère (XIXe s.), du nom du physicien Ampère.

amphi-, premier élém. de mots savants, comme ***amphibie***, du grec *amphi* « des deux côtés, autour de ».

amphibologie (XIIIe s.), empr. au lat. tard. *amphibologia*, altér. du grec *amphibolia*, de *amphibolos* « équivoque ».

amphithéâtre (XVIe s.), empr. au lat. *amphitheatrum*, du grec *amphithéatron* « enceinte ronde pour des spectacles », en fr. terme d'antiquité romaine « enceinte garnie de gradins », puis « salle de spectacle en gradins » (XVIIe s.), « espace circulaire en pente » (XVIIe s.), « salle d'enseignement en gradins » (XVIIIe s.).

amphitryon (XVIIIe s.), nom d'un personnage mythologique. Le sens de « hôte qui offre un repas » vient de l'*Amphitryon* de Molière.

ample (XIIe s.), du lat. *amplus* « large, considérable », de même sens en fr. || ***ampleur*** (XVIIIe s.) ; ***ampliation***, empr. au lat. imp. *ampliatio* « augmentation, addition » et « remise d'un jugement (pour un supplément d'enquête) », en fr. « agrandissement » (XIVe s.), « action de compléter (un acte) ». Le sens de « duplicata » est du XVIIe s. ; ***ampliatif*** (XVe s.), « qui complète » ; ***amplifier*** (XVe s.), « agrandir, développer » ; ***amplification*** (XIVe s.), empr. au lat. *amplificatio* « agrandissement, action d'augmenter ».

ampoule (XIIe s.), empr. au lat. *ampulla* « petite fiole ». || ***ampoulé*** (XVIe s.), du verbe *ampouler* « gonfler, enfler », lui-même empr. au lat. *ampullari* « s'exprimer avec emphase », en fr. en parlant du style « enflé, boursouflé, sottement emphatique » depuis le XVIe s.

amputer (XVe s.), empr. au lat. *amputare* « couper, retrancher ». || ***amputation*** (XVe s.).

amuir (s') (XIXe s.), terme de phonétique, mot repris à l'a. fr. *amuir* « rendre muet », du lat. vulg. **admutire* de même sens, en fr. « ne plus se prononcer, disparaître (en parl. d'un son) ». || ***amuissement*** (XIXe s.), « disparition d'un son ».

amulette (XVIe s.), empr. au lat. *amuletum* « objet magique jouant un rôle protecteur ».

amuser, voir ***muser***.

amygdale (XVIe s.), empr. au lat. *amygdala* « amande » désigne une glande en forme d'amande.

an (XIe s.), du lat. *annus*, de même sens. || ***année*** (XIIe s.), p.-ê. du lat. vulg. **annata* (cf. l'ital. *annata*) ; ***annales*** (XVe s.), empr. au lat. *annales libri* « chronique relatant les événements année par année », d'abord en ce sens en fr. ; ***anniversaire*** (XIIe s.), empr. au lat. *anniversarius* « qui revient tous les ans » ; ***annuaire*** (XVIIIe s.), fait sur le lat. *annus* « annuel », en fr. « recueil publié annuellement » ; ***annuel*** (XIe s.), empr. au lat. imp. *annualis* ; ***annuité*** (XIVe s.), empr. au lat. méd. *annuitas* « paiement annuel, revenu annuel » ; ***suranné*** (XIIIe s., d'abord sous la forme *soranné*) « qui a plus d'un an », puis « qui a cessé d'être valable », enfin « désuet, démodé » (XVIe s.).

anabaptisme (XVIe s.), empr. au grec *anabaptismos* « nouveau baptême », en fr. « doctrine d'une secte protestante ». || ***anabaptiste*** (XVIe s.).

anachorète (XIIe s., sous la forme *anacorite*), empr. au lat. chrét. *anachoreta*, du grec *anakhorétés* « qui se met à l'écart », en fr. s'applique à un religieux retiré du monde, vivant en ermite dans la solitude.

anachronisme (XVIIe s.), mot sav. fait avec le préfixe grec *ana-* « en remontant » et le subst. *khronos* « temps », d'abord en fr. « confusion de dates », puis « erreur sur les mœurs et les usages suivis aux diverses époques de l'histoire ». || ***anachronique*** (XIXe s.), de même évolution. Le sens « périmé, désuet, en retard sur le cours de l'histoire » date du XXe s.

anacoluthe (XVIIIe s.), empr. au lat. tard. *anacoluthon*, empr. au grec *anakoluthon* « sans suite ».

anagogie (XVIe s.), empr. au lat. méd. *anagogia* « sens spirituel des Ecritures », du grec *anagogia iéra* « sacrifice en vue d'une heureuse traversée ». ‖ ***anagogique*** (XIVe s.), empr. au lat. *anagogicus* « spirituel, surnaturel », formé sur l'adv. grec *anagogikos* « au sens spirituel ».

anagramme (XVIe s.), empr. au grec *anagrammatismos* « transposition de lettres ».

analgésie (XIXe s.), mot sav. du préf. grec *an-* à valeur négative et de *algos* « douleur ». ‖ ***analgésique*** (XIXe s.), « qui fait disparaître la douleur ».

analogie (XIIIe s.), empr. au lat. *analogia*, du grec *analogia* « ressemblance, conformité », en fr. « ressemblances entre des réalités différentes ». ‖ ***analogue*** (XVIe s.), empr. au grec *analogos* « en rapport avec » ; ***analogique*** (XVIe s.), empr. au lat. *analogicus*, du grec *analogicos* « qui présente un rapport de ressemblance ».

analyse (XVIe s.), empr. au lat. méd. *analysis*, du grec *analusis* « décomposition, résolution d'un tout en ses parties », de même sens en fr., puis « méthode de réflexion et de démonstration » (XVIIe s.). ‖ ***analyser*** (XVIIe s.) ; ***analyste*** (XVIIe s.) ; ***analysable*** (XIXe s.) ; ***analytique*** (XVIe s.), empr. au lat. tard. *analyticus*, du grec *analutikos* « qui procède de la décomposition des éléments constitutifs d'un ensemble ». Le sens mathémat. date du XVIIe s. Divers sens tech. Le sens général est « qui procède par analyse, par décomposition des éléments d'un ensemble ».

ananas (XVIe s.), empr. à l'esp. *ananás* ou au port., tiré du tupi-guarani du Brésil.

anaphore (XVIe s.), empr. au lat. *anaphora* « phénomène de répétition » (terme de rhétorique), du grec *anaphora*. ‖ ***anaphorique*** (XIXe s.), empr. au grec *anaphorikos*.

anarchie (XIVe s.), empr. au grec *anarkhia* « absence de chef, désordre, refus d'obéissance », sens conservés en fr. ‖ ***anarchique*** (XVIe s.), « en proie au désordre, n'obéissant à aucune règle » ; ***anarchiste*** (XVIIIe s.) ; ***anarchisme*** (XIXe s.), « opposition systématique à l'autorité de l'Etat » et plus généralement « refus de l'ordre, de l'autorité et de toute contrainte ».

anathème (XIIe s.), empr. au lat. chrét. *anathema* « excommunication », du grec *anathéma*, « offrande votive » en grec clas., puis « malédiction, condamnation » dans le grec de la Bible des Septantes, en fr. « condamnation lancée par l'Eglise contre une personne que l'on retranche de la communauté des fidèles ».

anatomie (XIVe s.), empr. au lat. *anatomia* « dissection », du grec *anatomé* « incision, dissection », d'abord en fr. « étude par dissection de la structure des êtres », puis « squelette » (XVe s.), « dissection » (XVIe s.). ‖ ***anatomique*** (XVIe s.), empr. au lat. tard. *anatomicus* « relatif à l'anatomie ».

ancêtre (XIe s., c. s. *ancestre*, c. r. *ancessor*), du lat. tard. *antecessor* « prédécesseur », en fr. d'abord « aïeul, ascendant » et « devancier, précurseur » (XIXe s.). ‖ ***ancestral*** (XIXe s.), qui remonte aux ancêtres.

anche (XVIe s.), du germ. **ankja* « jambe, tuyau », d'abord attesté au sens de « tuyau », « embouchure », puis « lamelle mobile (d'un instrument de musique) » (XVIe s.).

anchois (XVIe s.), empr. s. d. à l'a. prov. *anchoia*, du lat. *apua*, *aphye*, du grec *aphué* « anchois ».

ancien (XIe s.), du lat. vulg. **antianus* « qui est antérieur », fait sur *ante* « avant ». ‖ ***ancienneté*** (XIIe s.).

ancillaire (XIXe s.), empr. au lat. *ancillaris* « de servante, concernant les servantes », fait sur *ancilla* « servante ».

ancolie (XIVe s.), du lat. tard. *aquileia*, signifiant p.-ê. « qui recueille l'eau ».

Le mot a s. d. subi l'attraction de *mélancolie*.

ancre (XIIe s.), empr. au lat. *ancora*. ‖ ***ancrer*** (XIIe s.) ; ***ancrage*** (XVe s.).

andain (XIIIe s.), d'orig. peu claire, d'abord en a. fr. « enjambée », puis « étendue de pré de la largeur d'un coup de faux, herbe abattue par la faux » (XIIIe s.), enfin « rangée d'herbe fauchée » (XVIe s.).

andante (XVIIIe s.), empr. à l'ital. *andante* « qui va », désigne un mouvement musical modéré, moins lent que l'*adagio*.

andouille (XIIe s.), du lat. vulg. **inductilia* « ce qu'on introduit (dans le boyau) », a désigné en a. fr. une saucisse et parfois par analogie le membre viril (XIIe s.). Le sens péj. « niais, imbécile » date du XIXe s.

andouiller (XIVe s.), s. d. du lat. vulg. **anteoculare (cornu)* « cor qui se trouve devant les yeux », avec infl. de *andouille*, mot du lang. de la chasse désignant la ramification du bois des cervidés.

andr(o)-, premier élém. tiré du grec *aner, andros* « homme mâle » et entrant dans la construct. de mots sav. comme ***androgyne***, ***androgène***.

âne (Xe s.), d'abord *asne*, du lat. *asinus*, au propre et au fig. ‖ ***ânier***, (XIIe s.), du lat. *asinarius* ; ***ânon*** (XIIe s.) ; ***ânonner*** (XVIIe s.), au sens propre de « mettre bas », XVIIe s. au sens fig. de « lire, parler mal » ; ***ânerie*** (XVe s.) « ignorance grossière ».

anéantir, voir ***néant***.

anecdote (XVIIe s.), terme sav., du grec *anekdota*, « choses inédites », et aussi titre du livre de Procope, *Anekdota*, est attesté à partir du XVIIIe s. au sens courant de « court récit d'un fait curieux ». ‖ ***anecdotique*** (XVIIIe s.).

anémie (XVIIIe s.), terme sav., du grec *anaimia* « manque de sang », XIXe s. au sens fig. ‖ ***anémier*** (XIXe s.) ; ***anémique*** (XIXe s.).

anémone (XIVe s. d'abord *anemoine*), empr. au lat. *anemone*, repris au grec pour désigner une fleur qui s'ouvre sous l'effet du vent (en grec *anémos*).

anesthésie (XVIIIe s.), terme sav., rare avant le XIXe s., du grec *anaisthésia*, « insensibilité », de *an-* préf. nég. et de *aisthésia*, « sensation », est s. d. un empr. à l'angl. *anaesthesia* ; XIXe s. au sens fig.

aneth (XIIIe s., d'abord *anet*), empr. au lat. *anethum*, du grec *anéthon*, « sorte de fenouil ».

anévrisme (XVe s.), terme sav., du grec *aneurysma* « dilatation, et spéc. de l'artère ».

anfractueux (XVIe s.), empr. au lat. tard. *anfractuosus* « tortueux », empl. au sens fig., dér. de *anfractus*, « sinuosité », est très rare en fr. mod. ‖ ***anfractuosité*** (XVIe s. et d'abord au sens médic.), est surtout attesté au plur. en fr. mod. au sens de « cavités profondes et irrégulières ».

ange (XIe s.), d'abord sous la forme *angele*, puis *angle* et *angre*, empr. au lat. eccl. *angelus*, du grec *angélos* « messager », spéc. en grec eccl. au sens de « messager de Dieu », est attesté à partir du XVIe s. au sens fig. ‖ ***angelot*** (XIIe s.) ; ***angélique 1*** (XIIIe s.), empr. au lat. chrét. *angelicus* « qui est de la nature des anges », a suivi l'évol. de *ange* ; ***angélique 2*** (XVIe s.), nom de plante ; ***angélus*** (XVIIe s.), désigne une prière catholique, en usage dès le XIVe s. au moins, et commençant par le mot lat. *angelus* ; ***archange*** (XIIe s.), empr. au lat. eccl. *archangelus*, du grec eccl. *arkhangélos* « ange chef », de *arkhein* « commander ».

angine (XVIe s.), empr. au lat. *angina*, même sens, de *angere* « serrer à la gorge ».

anglais (XIIe s.), dér. de *Angle*, peuple

germanique venu s'installer au VIe s. en Angleterre. || ***anglaise,*** subst. fém., au XVIIIe s. au sens de « écriture cursive penchée » et XIXe s. au sens de « boucle de cheveux ».

angle (XIIe s.), du lat. *angulus* « coin, angle », d'abord au sens concret de « coin », puis comme terme de géométrie. || ***angulaire*** (XIVe s.), empr. au lat. *angularis* « qui a des angles », a remplacé l'a. fr. *anguler*, au sens de « qui forme un angle » ; XVIe s. *pierre angulaire* ; ***anguleux*** (XVIe s.), empr. au lat. *angulosus* « qui a de nombreux angles », XVIIIe s. au sens fig.

anglican (XVIe s.), de l'angl. *anglican,* lui-même empr. au lat. méd. *anglicanus,* au sens de « qui appartient à l'Eglise réformée d'Angleterre ». || ***anglicanisme*** (XIXe s.).

angoisse (XIIe s.), du lat. *angustia* « lieu resserré », au fig. « difficulté, situation critique », très rare au sing. en lat. clas., de *angustus* « étroit, resserré », s'emploie dès l'a. fr. et jusqu'au XVIe s. au sens propre de « lieu étroit, défilé » et au sens fig., courant en fr. mod., de « oppression, anxiété physique et morale ». || ***angoisser*** (XIe s.), du lat. eccl. *angustiare* « mettre dans l'embarras, dans les difficultés », a connu la même évol.

angora (XVIIIe s.), du nom de la ville d'*Angora* (l'actuelle Ankara).

anguille (XIIe s.), empr. au lat. *anguilla*, dim. de *anguis* « serpent ».

anicroche (XVIe s.), écrit d'abord *hanicroche* au sens de « sorte d'arme en forme de croc », comp. de *croche* « crochet » et de *ani-*, d'orig. obsc. ; XVIIe s. au sens fig. « petite difficulté, obstacle ».

animal 1, subst. (XIIe s.), empr. au lat. *animal, animalis,* « être vivant », formé sur *anima* « souffle de vie, principe vital », s'emploie dès le XIIe s. au sens de « partie physique de l'homme » en opposition à « partie spirituelle » ; la valeur péj. se développe à partir du XVIIe s. Du plur. neutre *animalia* est issu l'a. fr. *aumaille* au sens de « gros bétail, bêtes à cornes » ; ***animal 2***, adj. (XIIe s.), empr. au lat. *animalis* « animé », sert d'adjectif au précédent dont il a suivi l'évol. || ***animalier*** (XVIIIe s.) ; ***animalité*** (XIIe s.), rare avant le XVIIIe s. ; ***animalisation*** (XVIIIe s.).

animer (XIVe s.), empr. au lat. *animare* « donner la vie », de *anima* « souffle vital ». || ***animation*** (XIVe s.), empr. au lat. *animatio* « qualité d'un être animé », au fig. « animation, ardeur », s'emploie d'abord au sens de « agitation, emportement ». Les sens fig. de ces deux mots « donner de l'éclat, de la vivacité, donner l'impression de la vie, du mouvement » se développent au XIXe s.

animisme (XVIIIe s.), dér. sav. du lat. *anima* « âme ». || ***animiste*** (XVIIIe s.).

animosité (XIVe s.), empr. au lat. *animositas* « courage », en lat. chrét. « inimitié », dér. de *animosus* « courageux », de *animus* « courage », a signifié jusqu'au XVIe s. « courage, hardiesse », puis « sentiment de malveillance, emportement ».

anis (XIIIe s.), empr. au lat. *anisum*, du grec *anison,* de même sens. || ***anisette*** (XVIIIe s.).

ankylose (XVIIIe s.), terme sav., du grec médic. *ankulôsis* « courbure », l'ankylose provoquant une sensation de « courbature ».

annales, voir ***an***.

anneau (XIe s.), aussi *anel* en a. fr., du lat. *anellus* « petit anneau, bague » dimin. de *anulus* « anneau ». || ***annelé*** (XVIe s.), part. pas. de l'anc. verbe *anneler*, est surtout employé en parlant des cheveux.

annexe (XIIIe s.), empr. au lat. *annexus,* part. pas. de *annectere* « attacher, joindre », d'abord attesté comme adj. au sens de « uni, attaché, joint à », devient également subst. fém. au XVe s. pour désigner « ce qui est uni, rattaché à une chose principale ». || ***annexer*** (XIIIe s.) ; ***annexion*** (XIVe s.) ; ***annexionniste*** (XIXe s.).

annihiler, **annihilation** (XIVe s.), d'abord graphiés *annichiler, annichilation,* empr. au lat. méd. *annichilare* « réduire à rien », *annichilatio* « action de réduire à rien », fait sur *nichil,* graphie médiévale du lat. clas. *nihil* « rien ».

anniversaire, voir ***an***.

annoncer (XIe s.), du lat. *annuntiare* « annoncer », dér. de *nuntius* « message et messager ». || ***annonce*** (XVe s.), ***annonceur*** (XIVe s.), ont des emplois étendus, au XXe s., dans le voc. du commerce et de la publicité ; ***annonciation*** (XIIe s.), empr. au lat. eccl. *adnuntiatio*, en concurrence en a. fr. avec *anuncion,* dérivé du verbe *annoncer,* s'emploie jusqu'au XVIIe s. au sens de « action d'annoncer », mais le sens spécialisé de « annonce faite à la Vierge » et de sa fête commémorative, seul usuel en fr. mod., remonte au lat. eccl.

annoter, voir ***note***.

annuaire, **annuel**, **annuité**, voir ***an***.

annulaire (XVIe s.), empr. au lat. *anularius,* de *anulus* « anneau », devient subst. au XVIe s. par ellipse de *doigt* dans l'expres. *doigt annulaire.*

annuler, voir ***nul***.

anoblir, voir ***noble***.

anode (XIXe s.), de l'angl. *anode*, de même sens, formé sur le grec *anodos* « chemin d'accès à une hauteur », de *ana* « en haut » et *odos* « chemin ». Voir ***cathode***.

anodin (XVIe s.), empr. au lat. médic. *anodynon,* du grec *anodunon* « qui calme la douleur » de *oduné* « douleur » et *an-* préf. nég., est d'abord employé au sens du lat., le sens de « inoffensif », puis le sens fig. péj. de « qui est sans gande portée » se développant à partir du XVIIe s.

anomal (XIIe s.), empr. au lat. tard. gram. *anomalus* « irrégulier », du grec *anomalos,* est d'abord attesté au sens de « irrégulier » et, à partir du XVIe s., au sens de « qui s'écarte de la règle ». || ***anomalie*** (XVIe s.), d'abord terme technique de gram., d'astron., est entré dans le voc. courant au XIXe s.

anonyme (XVIe s.), empr. au lat. tard. *anonymos* « sans nom », du grec *anonumos* de *onoma* « nom » et *an-* préf. nég. || ***anonymat, anonymie*** (XIXe s.).

anorak (XXe s.), mot esquimau, dér. de *anoré* « vent », au sens de « vêtement qui protège contre le vent ».

anorexie (XVIe s.), empr. au lat. méd. *anorexia* « défaut d'appétit », du grec *an-* préf. nég. et *orexis* « désir de nourriture ». || ***anorexique*** (XXe s.).

anormal (XIIIe s.), empr. au lat. scolast. *anormalis* « contraire à la règle », formé sur *norma* « règle », avec s. d. l'infl. sémant. de *anomalus* « anomal ».

anse (XIIIe s.), du lat *ansa* « anse d'un panier », au XVe s. au sens de « petite baie ».

antagoniste (XVIe s.), empr. au grec *antagonistés* « adversaire », dér. de *agon* « combat », est d'abord attesté comme terme médic. (*muscles antagonistes*), puis (XVIIe s.) au sens de « adversaire », et à partir du XIXe s. dans le voc. politique et économique. || ***antagonisme*** (XVIe s.), d'abord *antagonie*, a suivi la même évol.

antan (XIIe s.), du lat. vulg. **anteannum* « l'année d'avant », ne s'emploie plus en fr. mod. que dans des expressions littéraires comme *les neiges d'antan.*

antarctique, voir ***arctique***.

antécédent (XIVe s.), empr. au lat. *antecedens* « qui précède », part. prés., adj. et subst. de *antecedere* « précéder » est d'abord spécialisé aux sens gram. et philos. ; l'emploi du mot en fr. mod., le plus souvent au pluriel, au sens de « actes, faits appartenant au passé de qqn et en relation avec des aspects de sa vie actuelle », date du XVIIIe s.

antenne (XIIIe s. *antaine*), empr. au lat. *antemna,* « vergue », est d'abord attesté en ce sens en a. fr. ; l'emploi dans le voc. zoologique date du XVIIIe s. ; employé au sens fig., le terme a connu un grand développement à partir du début du XXe s. au sens de « émetteur de radio, émission » (*prendre l'antenne*) ; *avoir des antennes* « avoir de l'intuition » (XXe s.).

antérieur (XVe s.), empr. au lat. *anterior* « qui est placé avant », comparatif de *ante* « devant », est d'abord attesté au sens local, puis temporel (XVIIe s.). Voir ***postérieur***.

anthologie (XVIe s.), terme sav., du grec *anthologia*, au sens propre « action de cueillir des fleurs », de *anthos* « fleur » et *légein* « choisir », au fig. « recueil de morceaux choisis », seul sens usuel en fr. mod.

anthracite (XVIIIe s.), terme sav., du grec *anthrax, anthrakos* « charbon » ; le sens grec et latin de *anthracitis*, pierre précieuse, est attesté pour *anthracite* au XVIe s.

anthrax (XVe s.), d'abord *antrac,* « tumeur noirâtre », du grec *anthrax,* « charbon, ulcère ».

anthropo-, élém. tiré du grec *anthropos* « homme », entrant dans la construct. de termes scient. comme ***anthropologue***, ***anthropologie***, ***anthropophage***, ***anthropomorphe***.

anti-, préf. issu du grec *anti-* « qui est en face », d'où « qui est contraire, opposé ».

antibiotique (XXe s.), composé de *anti-* « contre » et du grec *biotikos* « qui concerne la vie ».

antichambre (XVIe s.), composé de *anti-* et de *chambre* d'après l'ital. *anticamera* « chambre de devant » ; *faire antichambre* « attendre d'être reçu » et les emplois fig. du terme se développent au XIXe s.

anticiper (XIVe s.), empr. au lat. *anticipare,* « prendre par avance », a gardé le sens de « devancer l'action de qqn » jusqu'au XVIIIe s. Le sens de « exécuter qq. ch. avant la date prévue » (XVe s.) et la construction « anticiper sur » sont seuls usuels en fr. mod. || ***anticipation*** (XVe s.), empr. au lat. *anticipatio* « connaissance anticipée », d'abord employé au sens de « fait de prendre les devants », s'est étendu aux voc. jur., philos., rhétorique, et plus récemment dans le domaine de la science-fiction.

antidote (XIIe s., d'abord *antidot*), empr. au lat. *antidotum* « remède contre le poison », est aussi attesté dès l'a. fr. au sens fig. de « remède contre un mal moral ».

antienne (XIIe s.), d'abord sous les formes *antevene, antene, antevre, antoine,* est emprunté au lat. eccl. *antiphona* « hymne chantée à deux chœurs qui se répondent », du grec *anti-* « contre, en face de » et *phoiné,* « voix » ; XVIIe s. au sens fig.

antilope (XIIIe s. au sens de « animal fabuleux »), empr. au lat. méd. *anthalopus* « animal fabuleux », du grec byzantin *anthalops*, a été repris au XVIIe s. au sens moderne à l'angl. *antelope*, lui-même issu du fr.

antimoine (XIVe s.), empr. au lat. méd. *antimonium,* p.-ê. de l'ar. *ithmid* « antimoine en poudre, khôl ».

antipathie (XVIe s.), terme sav. empr. au grec *antipatheia* « aversion », de *anti-* « contre » et *pathos* « passion ».

antiphonaire (XIIe s.), d'abord attesté sous la graphie *antefinier*, puis *antiphonier* (XVe s.), au sens de « recueil de chants liturgiques », est emprunté au lat. eccl. *antiphonarium,* lui-même dér. de *antiphona.* Voir ***antienne***.

antipode (XIVe s.), empr. au lat. *antipodes*, du grec *antipous, antipodos* « qui a les pieds opposés aux nôtres ».

antique (XIVe s.), d'abord au XIIe s., sous la forme *antic* et surtout sous la forme pop. *antif*, empr. au lat. *antiquus* « ancien, d'un lointain passé », sens conservé en fr. ; depuis le XVIe s., « qui appartient à l'Antiquité gréco-romaine » (*la civilisation antique*) et aussi au sens péj. « vétuste, démodé, usé ». || ***antiquité*** (XIe s.), empr. au lat. *antiquitas* « temps d'autrefois, grande ancienneté », sens conservés en fr. ; également au XIVe s. « vieillesse » ; depuis le XVIe s. « ancienne civilisation historique », notamment gréco-romaine et, au plur. « monuments, œuvres d'art (de la civilisation gréco-romaine) » (les *Antiquités de Rome*) ; ***antiquaille*** (XVe s.), de l'ital. *anticaglia* « ruines, antiquités archéologiques », devenu péj. à partir du XVIe s. au sens de « vieilleries » ; ***antiquaire*** (XIIe s.), empr. au lat. *antiquarius* « relatif à l'antiquité », puis « qui aime l'antiquité », dér. de *antiquus*, est d'abord empl. en fr. au sens de « copiste (reproduisant des textes anciens) », le sens de « archéologue, érudit tourné vers l'étude de l'Antiquité » se développant à partir du XVIe s., celui de « amateur et collectionneur d'objets anciens » à partir du XVIIe s., enfin celui de « marchand d'objets anciens » au XIXe s., sous l'infl. de l'all. *Antiquar.*

antithèse (XVIe s.), terme sav. empr. au grec *antithêsis,* de *anti-* « contre » et *thésis* « thèse ».

antonyme (XIXe s.), terme sav., empr. au grec *anti-* « contre » et *onoma* « nom ».

antre (XVe s.), empr. au lat. *antrum* « caverne, grotte », du grec *antron.*

anus (XIVe s.), du lat. *anus* « anneau ». || ***anal*** (XIXe s.).

anxieux (XIVe s.), empr. au lat. tard. *anxiosus,* dér. du lat. *anxius* « qui ressent de l'anxiété, inquiet », de *angere* « serrer, étrangler » est d'abord attesté au sens de « qui engendre l'anxiété », le sens médic. se développant au XIXe s. || ***anxiété*** (XIIe s.), empr. au lat. *anxietas* « disposition à l'inquiétude ».

aorte (XVe s.), du grec *aorté,* de même sens.

août (XIIe s.), du lat. *augustus (mensis)*, refait en lat. tard. en *agustus,* « mois consacré à l'empereur Auguste » (Ier s. av. J.-C.), et en remplacement de l'appellation ancienne *sextilis (mensis),* « sixième mois », a aussi le sens en a. fr. de « moisson ». || ***aoûter*** (XIIe s.), s'emploie encore au sens de « moissonner » au XVIIe s. ; ***aoûtat*** (XIXe s.) ; ***aoûtien*** (XXe s.), « vacancier du mois d'août ».

apache (XIXe s.), de l'anglo-améric. *apache,* nom désignant une tribu indienne ; début du XXe s. au sens de « voyou, pègre des grandes villes ».

apaiser, voir ***paix***.

apanage (XIIIe s.), dér. de l'a. fr. *apaner* (du lat. méd. *appanare,* composé de *ad* et de *panis* « pain ») est attesté depuis le XIIIe s. au sens large de « pourvoir un fils cadet, une fille d'une dotation ». Le sens restreint de « donner en fief à un prince du sang (qui renonce alors au pouvoir) une partie du domaine royal » est attesté du XIVe s. au XIXe, le dernier apanage concédé l'ayant été par Louis XVIII en faveur de la maison d'Orléans ; fin XVIIe s. au sens fig. « ce qui est le propre de, le bien exclusif de ».

aparté (XVIIe s.), tiré de la loc. lat. *a parte* « à part, séparément », est d'abord employé dans le voc. du théâtre.

apathie (XIVe s.), du grec *apatheia* « insensibilité », formé avec le préf. privatif *a-* sur *pathos* « passion », est d'abord employé comme terme philos.

au sens de « insensibilité du sage » ; le sens de « indolence, paresse » date du XVIIe s.

apatride (XXe s.), mot sav. formé du préf. privatif *a-* et du rad. de *patrie*, au sens de « qui est sans nationalité ».

apercevoir, **aperçu**, voir ***percevoir***.

apéritif (XIIIe s.), empr. au lat. méd. *aperitivus*, de *aperire*, « ouvrir » ; l'emploi au sens médic. « qui favorise l'élimination » est seul attesté en m. fr. et jusqu'au XVIIe s. Le sens du fr. mod. « qui ouvre l'appétit, » et l'emploi comme substantif *un apéritif* se développent à partir du XIXe s.

aperture (XIVe s.), empr. au lat. *apertura* « ouverture », est d'abord employé au sens de « intelligence » (XIVe s.), puis comme terme d'architecture (XVIe s.), l'emploi comme terme de phonétique, seul usuel en fr. mod., datant du XXe s.

aphasie (XIXe s.), mot sav., du grec *aphasia* « mutité » formé du préf. privatif *a-* et de *phasis*, « parole ». || ***aphasique*** (XIXe s.).

aphérèse (XVIe s.), mot sav., du grec *aphaerésis*, « action d'enlever un phonème ou un groupe de phonèmes au début d'un mot ».

aphone (XIXe s.), mot sav. du grec *aphonos* « sans voix ». || ***aphonie*** (XVIIe s.), empr. au grec *aphonia*.

aphorisme (XIIIe s.), d'abord *auforisme, amphorisme*, empr. au lat. *aphorismus* (pour désigner les préceptes médicaux d'Hippocrate), lui-même du grec *aphorismos* « définition brève » ; le sens plus large de « maxime, précepte, adage » date du XIXe s.

aphrodisiaque (XVIIIe s.), adj. ou subst., du grec *aphrodisiakos* « qui concerne les plaisirs de l'amour », dér. de *Aphrodité* (Vénus), déesse de l'amour.

aphte (XVIe s.), du lat. médic. *aphtae* « petite ulcération », empr. au grec *aphthai*, de *aphtein*, « brûler ». || ***aphteux*** (XVIIIe s.).

api (XVIIe s.), utilisé dans l'expres. *pomme d'api*, d'abord *pomme apie* (XVIe s.) ou *d'Apie*, empr. au lat. *Appius*, l'introduction à Rome de cette variété de pomme étant attribuée dès l'Antiquité à *Claudius Appius*.

apiculteur, **apiculture** (XIXe s.), mots sav. formés sur le lat. *apis* « abeille ».

apitoyer, voir ***pitié***.

aplanir, voir ***plan 1***.

aplatir, voir ***plat***.

aplomb, voir ***plomb***.

apocalypse (XIIe s.), empr. au lat. eccl. *apocalypsis*, « révélation divine concernant la fin des temps, la fin du monde » (voir l'*Apocalypse* de Jean, dans le canon de la Bible), du grec eccl. *apokalupsis* « révélation, dévoilement » ; XIXe s. au sens de « catastrophe comparable à la fin du monde ». || ***apocalyptique*** (XVIe s.), du grec eccl. *apokaluptikos* « qui révèle, qui découvre ».

apocryphe (XIIIe s.), d'abord graphié *apocrife*, adj. et subst., empr. au lat. eccl. *apocryphus*, « tenu secret », du grec eccl. *apokruphos*, souvent utilisé au pluriel, *apokrupha*, pour désigner les textes non retenus par l'Eglise dans le Canon, est attesté dès l'a. fr. dans un contexte relig., au sens de « dont l'authenticité n'est pas établie », et à partir du XVIe s. en parlant d'un écrit que l'Eglise ne reconnaît pas comme canonique.

apogée (XVIe s.), du grec *apogeion* « qui est éloigné de la terre », est d'abord attesté comme terme d'astron., le sens fig. « sommet, zénith » datant du XVIIe s.

apologie (XVe s.), empr. au lat. eccl. *apologia* « discours, écrit servant à justifier ou à défendre une doctrine ou un individu », empr. au grec *apologia* « défense parlée ou écrite ». || ***apologétique*** (XVe s.), du grec *apologétikos* « propre à défendre, justificatif ».

apologue (XVe s.), empr. au lat. *apologus* « discours, récit destiné à illustrer une leçon morale », du grec *apologos* « récit détaillé, narration ».

apophtegme (XVIe s.), empr., aux sens de « parole mémorable », « maxime », au grec *apophtegma* « sentence ».

apoplexie (XIIIe s.), empr. au lat. médic. *apoplexia,* de même sens, lui-même du grec *apopleksia,* de *apoplettein,* « renverser ». || ***apoplectique*** (XIIIe s., sous la forme *appopletique*).

aporie (XVIIIe s.), empr. au lat. tard. *aporia* emprunté au grec, de *a-* privatif et *poros* « chemin » et désignant, dans le voc. de la logique, une difficulté paraissant sans issue.

apostasie (XIIIe s.), empr. au lat. eccl. *apostasia* « action de se détourner de Dieu, de renier sa foi », du grec *apostasia* « abandon, défection », de *apo* « loin de » et *stenai* « se tenir ». || ***apostat*** (XIIIe s.), empr. au lat. eccl. *apostata* « qui a abandonné son ordre religieux, renié ses vœux », du grec *apostatés* « qui fait défection » ; ***apostasier*** (XVe s.).

a posteriori (XVIIe s.), loc. empruntée au lat. scolast., comp. de *a* « en partant de » et de *posteriori,* de *posterior* « qui vient après », et employée dans le voc. de la logique au sens de « en partant des données de l'expérience ». Voir ***postérieur*** et ***a priori.***

apostille (XVIe s.), « annotation en marge », déverb. de *apostiller,* formé sur l'a. fr. *postille,* « annotation, glose sur les textes sacrés », du lat. méd. *postilla,* dér. du lat méd. *posta* pris au sens de « page ». Le sens mod. « note marginale », puis « mot de recommandation », se développe au XIXe s.

apostolat (XIIIe s.), empr. au lat eccl. *apostolatus,* dér. de *apostolus* « apôtre ». || ***apostolique*** (XIIIe s.). Voir ***apôtre***.

apostrophe 1 (XVIe s.), empr. au lat. *apostropha* « action de se détourner », du grec *apostrophé,* pour désigner une figure de rhétorique qui consiste à interpeller une personne en se détournant de son développement ; XVIIIe s. « interpellation brusque ». || ***apostropher*** (XVIIe s.).

apostrophe 2 (XVIe s.), empr. au lat. gram. *apostrophus* « signe marquant l'élision d'une voyelle finale », tiré du grec *apostrophos* « signe tourné, recourbé ».

apothéose (XVIe s.), empr. au lat. *apotheosis* « déification des empereurs romains », du grec *apothéosis,* formé sur *théos,* « dieu » ; à partir du XVIIe s., au sens de « honneurs extraordinaires rendus à qqn » puis de « épanouissement sublime ».

apothicaire (XIIIe s.), d'abord *apotecaire,* empr. au lat. tard. *apothecarius* « marchand, boutiquier », de *apotheca* « réserve » (empr. au grec), qui a pris en lat. méd. le sens de « celui qui prépare les médicaments » ; employé en a. fr. au sens spéc. de « celui qui prépare ou vend des drogues », *apothicaire* est en fr. mod. un synon. péj. ou ironique de *pharmacien.*

apôtre (XIe s.), d'abord *apostle* ou *apostre,* empr. au lat. eccl. *apostolus,* du grec *apostolos* « envoyé », spécialisé en grec eccl. dans le sens de « envoyé de Dieu » ; XVIIe s. au sens fig. « personne qui propage une opinion, une doctrine ».

apparaître (XIe s.), d'abord *aparoistre,* du lat. tard. *apparescere,* formé sur *apparere* « apparaître, être visible », qui a donné en a. fr. *apparoir. Apparoir* ne subsiste en fr. mod. que dans la forme figée *il appert,* « il est évident ».

apparat (XIIIe s.), empr. au lat. *appa-*

ratus « préparation, apprêt, ce qui est préparé, pompe, somptuosité », formé sur *parare* « préparer », est attesté en a. fr. au sens de « action de s'apprêter, préparatifs », le sens moderne « pompe, préparatifs somptueux, ornements » se développant à partir du XVIe s.

appareiller 1 (XIe s.), du lat. vulg. **appariculare* « préparer », dér. du lat. clas. *apparare*, de même sens, est attesté en a. fr. au sens de « préparer » et au sens spéc. de « apprêter un navire » ; XVIe s. « faire les manœuvres pour quitter le port ». || ***appareil*** (XIIe s.), dér. de *appareiller*, est attesté dès l'a. fr. au sens, vieilli ou littéraire en fr. mod., de « préparatifs » et au sens de « éléments disposés pour une fonction précise » dans des emplois comme *appareil de justice* mais aussi *appareil digestif*, etc. ; le sens de « instrument » (appareils ménagers, appareil photo, etc.) s'est développé au XXe s. ; ***appareillage*** (XIVe s.), est d'abord employé au sens de « préparatifs », au XVIIIe s. comme terme de marine, au XXe s. au sens de « ensemble d'appareils et d'accessoires ».

appareiller 2 « mettre ensemble des objets semblables ». Voir ***pareil***.

apparence (XIIIe s.), du lat. tard. *apparentia* « aspect extérieur, apparence », plur. subst. du part. prés. de *apparere* « être visible », est emprunté en a. fr. au sens, disparu, de « preuve apparente » et au sens courant de « aspect extérieur ». || ***apparent*** (XIIe s.), part. prés. de *apparoir*. Voir ***apparaître***.

appariteur (XIVe s.), empr. au lat. *apparitor* « huissier attaché au service d'un magistrat (qui se montre auprès de) », de *apparere* « apparaître, être visible ».

apparition (XIIe s.), empr. au lat. eccl. *apparitio* « apparition d'un être surnaturel, épiphanie », dér. de *apparere* « apparaître », qui traduit le grec *epiphaneia*, « épiphanie, apparition », s'emploie d'abord pour désigner l'Epiphanie ou *Apparition* du Christ aux apôtres ; le sens s'est étendu à partir du XIVe s., sous l'influence de *apparaître*.

appartement (XVIe s.), empr. à l'italien *appartamento*, de même sens, lui-même empr. à l'esp. *apartamiento* « action de s'écarter », d'où « lieu écarté, habitation », dér. de *apartarse* « s'écarter », du lat. *pars, partis*. Voir ***part***.

appartenir (XIe s.), empr. au lat. tard. *appertinere* « dépendre de, tenir à », dér. de *pertinere* « s'étendre de manière continue », est attesté dès l'a. fr. au sens de « faire partie de » et de « être la propriété de » ; le sens de « convenir, être l'apanage de », bien attesté en a. fr., ne subsiste que dans l'impersonnel *il appartient à* ; le sens de « se donner physiquement » date du XIXe s. || ***appartenance*** (XIIe s.).

appât (XVIe s.), d'abord *appast*, formé sur *past*, usuel en a. fr. au sens de « nourriture, repas » et dérivé du lat. *pastus*, « nourriture » de *pascere* « nourrir » ; le sens mod. de « amorce pour attirer des animaux » est attesté dès le XVe s., le sens fig. date du XVIe s. ; la forme du pluriel, *appas*, graphiée ensuite *appâts*, est spécialisée à partir du XVIIIe s. dans le sens fig. de « attraits, charmes féminins ». || ***appâter*** (XVIe s.), au sens propre et au sens fig.

appeau, voir ***appeler***.

appeler (Xe s.), empr. au lat. *appellare* « s'adresser à, faire appel à, nommer ». || ***appel*** (XIe s.) est employé dès l'a. fr. au sens jur. ; la forme *appeau* s'est spécialisée en fr. mod. au sens de « instrument pour attirer les oiseaux », puis de « leurre », sens également attestés en a. fr. ; ***appellation*** (XIIe s.), empr. au lat. *appellatio* « action d'adresser la parole, appel en justice, dénomination » est d'abord repris en a. fr. au sens jur. « appel en justice » et à partir du XIIIe s. au sens de « dénomination » ; ***rappeler*** (XIe s.) ; ***rappel*** (XIIIe s.).

appendice (XIIIe s.), empr. au lat *appendix* « ce qui est suspendu à, qui dépend de », formé sur *appendere* « suspendre », et qui a pris dès le lat. le sens de « supplément placé à la fin d'un livre », est d'abord attesté en a. fr. au sens concret de « dépendances », puis au sens de « prolongement » ; XVIe s. au sens anatomique ; XVIIe s. « addition à un livre ». || ***appendicite*** (fin XIXe s.), mot créé par un chirurgien américain.

appendre (XIe s.), d'abord emprunté au sens du lat. *appendere* « dépendre de », puis au sens, vieilli en fr. mod., de « suspendre ». || ***appentis*** (XIe s.), « construction annexe », de l'a. part. pas. *appent* de *appendre.*

appétence (XVIe s.), empr. au lat. *appetentia* « vif désir (et spéc. de nourriture) », de *petere* « demander » appartient surtout, ainsi que ***inappétence*** (XVIe s.), au voc. médic.

appétit (XIIe s.), empr. au lat. *appetitus* « vif désir », formé sur *adpetere,* « chercher à atteindre », désigne jusqu'au XVIIe s. le désir en général, l'élan vers, puis se spécialise au sens de « désir de manger » ; XIXe s. au sens fig. « désir de pouvoir, de gloire ». || ***appétissant*** (XIVe s.).

applaudir (XIVe s.), empr. au lat *applaudere* « battre des mains », au XVIe s. au sens fig. de « approuver ». || ***applaudissement*** (XVIe s.).

appliquer (XIIIe s.), empr. au lat. *applicare* « appliquer un objet contre » et « appliquer son esprit à » ; le terme français, ainsi que le dérivé ***application*** (XIVe s.), ont conservé les deux valeurs d'emploi. || ***applicable*** (XIIIe s.) ; ***applique*** (XIVe s.), d'abord « action d'appliquer », au XIXe s. au sens de « appareil d'éclairage fixé sur un mur » ; ***rappliquer*** (XIVe s.), « rattacher », puis « appliquer de nouveau » (XVIIe s.). Le sens arg. « revenir, se précipiter » date du XIXe s.

appogiature (XVIIIe s.), empr. à l'ital. *appogiatura*, dér. de *appogiare* « appuyer » pour désigner une « note d'agrément hors mesure ».

appointer, voir ***point***.

apporter (Xe s.), du lat. *apportare* « porter qq. ch. à qqn, transporter ». || ***apport*** (XIIe s.), déverbal, d'abord « offrande des fidèles à l'Eglise » et « action d'apporter », « fait d'apporter », au XVIIIe s. comme terme de droit, au XXe s. au sens fig. de « contribution positive » ; ***rapporter*** (XIIe s.) ; ***rapport*** (XIIIe s.) ; ***rapporteur*** (XIVe s.).

apposer (XIIe s.), du préf. *a-* et *poser,* est employé en a. fr. au sens de « poser sur » et spéc. « apposer un sceau » ; XVIIe s. *apposer sa signature.* || ***apposition*** (XIIIe s.), empr. au lat. *appositio,* utilisé d'abord au sens général de « fait de placer à côté de » se spécialise au XVIIe s. dans le sens gram.

apprécier (XIVe s.), empr. au lat chrét. *appretiare* « déterminer, évaluer », formé sur *pretium* « prix » est d'abord attesté au sens de « déterminer le prix, la valeur », puis (XVe s.) « juger, évaluer » ; au XVIIIe s. « porter un jugement favorable sur ». || ***appréciation*** (XIVe s.), empr. au lat. tard. *appretiatio* « estimation », d'abord « action d'évaluer », au XIXe s. « jugement porté » ; ***appréciable*** (XVe s.).

appréhender (XIIIe s.), empr. au lat. *apprehendere* « saisir concrètement », puis « concevoir intellectuellement », est employé dès l'a. fr. au sens de « saisir, prendre » (XVe s. comme terme de droit « saisir au corps »), et au sens, rare avant le XVIe s., de « saisir par l'esprit » ; à partir du XVIe s. au sens de « concevoir avec crainte, redouter ». || ***appréhension*** (XIIIe s.), empr. au lat. tard. *apprehensio,* a suivi l'évol. du verbe, mais seul est bien attesté en fr. mod. le sens fig. de « crainte ».

apprendre (xe s.), du lat. pop. *apprendere* « prendre, saisir », du lat. clas. *apprehendere*. Ont été développés en lat. eccl. les sens de « saisir par l'esprit, acquérir une connaissance », mais aussi « apprendre aux autres, enseigner », sens qui se retrouve dans les dérivés ***apprenti*** (xiie s., d'abord *apprentif*), et ***apprentissage*** (xive s.). || ***malappris*** (xiiie s.).

apprêter, voir ***prêt 2***.

apprivoiser (xiie s.), du lat. vulg. **apprivatiare*, formé sur *privatus* « familier, domestique », aux sens de « rendre familier, accoutumer à la vie domestique (en parlant des animaux) », et à partir du xve s. au sens fig.

approcher, voir ***prochain***.

approfondir, voir ***profond***.

approprier, voir ***propre***.

approuver (xiiie s.), du lat. *approbare* « prouver, faire approuver » formé sur *proba*, « preuve », est employé en a. fr. au sens de « prouver » et « éprouver » et au sens du fr. mod. « trouver bon, donner son accord ». || ***approbation*** (xiiie s.), empr. au lat. *approbatio* « assentiment, agrément ».

approvisionner, voir ***provision***.

approximation (xive s.), empr. au lat. méd. *approximatio* « action d'approcher », formé sur *proximus* « très proche », est usuel à partir du xviiie s. au sens de « estimation, valeur approchée ». || ***approximatif*** (xviiie s.).

appuyer (xie s.), du lat. pop. *appodiare* « soutenir », formé sur *podium* « soubassement », du grec *podion* « petit pied », est d'abord attesté au sens concret de « soutenir, faire soutenir, supporter » et au sens fig. dès la fin du xiiie s. || ***appui*** (xiie s.), déverb. de *appuyer*, est d'abord attesté au sens fig. ; au xive s. au sens concret de « ce qui sert à soutenir » ; *point d'appui*, au xviiie s. au sens fig.

âpre (xiie s.), du lat. *asper* « rugueux, dur, âpre au goût, violent », s'emploie dès l'a. fr. aux sens de « violent, ardent » et de « avide, cupide » et (xiie s.) au sens concret, vieilli en fr. mod., de « rude au toucher ». || ***âpreté*** (xiie s.), d'après le lat. *asperitas* « aspérité, dureté, rudesse », vieilli en fr. mod. au sens concret de « rudesse désagréable », est employé au sens fig. de « dureté, sévérité » ; ***aspérité*** (xiie s.), empr. au lat. *asperitas*, s'emploie à partir du xvie s. au sens de « ce qui est rude au toucher » et du xviiie s. au sens de « partie saillante d'une surface inégale ».

après (xe s.), du lat. tard. *ad pressum* « près de, proche », forme renforcée de *pressum* (voir ***près***), a remplacé en gallo-roman l'adv. *post* « après » pour marquer la postériorité dans le temps ; le sens locatif, bien attesté en a. fr. à côté du sens temporel, prédominant, subsiste encore en fr. mod. (*après le pont, courir après qqn*).

a priori (xviie s.), du lat. scolast. *a priori* « en partant de ce qui est donné avant », de *prior* « qui est premier, avant ». Voir ***a posteriori***.

apte (xiie s., sous la forme *ate*), empr. au lat. *aptus* « approprié, fait pour », s'est développé au xviiie s. comme terme jur. et au xixe s. au sens courant de « qui a des dispositions pour ». || ***aptitude*** (xive s.), du lat. tard. *aptitudo*, a suivi l'évol. de l'adj.

aquafortiste (xixe s.), de l'ital. *acqua forte* « eau-forte ».

aquarelle (xviiie s.), de l'ital. *acquarella*, dér. de *aqua* « eau ».

aquarium (xixe s.), empr. au lat. *aquarium* « réservoir d'eau », dér. de *aqua*.

aqua-tinta (xixe s.), de l'ital. *acqua tinta* « eau teinte ».

aquatique (xiiie s.), du lat. *aquaticus* « aquatique, humide », dér. de *aqua*.

aqueduc (xvie s.), empr. au mot

comp. lat. *aquae ductus* « qui conduit l'eau ».

aqueux (XVIe s.), empr. au lat. *aquosus* « aqueux, humide », dér. de *aqua* « eau ».

aquilin (XVe s.), empr. au lat. *aquilinus* « en forme d'aigle », dér. de *aquila* « aigle ».

aquilon (XIIe s.), empr. au lat. *aquilo, aquilonis* « vent qui vient du nord » est un terme littéraire en fr. mod.

arabe (XVIe s., d'abord *arrabit, arabi*), empr. au lat. *arabs, arabis,* et aussi *arabus,* empr. à l'ar. *Arab.* || ***arabesque*** (XVIe s.), empr. à l'ital. *arabesco,* d'abord empoyé au sens de « propre aux Arabes », se spécialise (XVIIe s.) au sens de « ornement de style arabe » ; ***arabisant*** (XVIIe s.), se spécialise au XIXe s. au sens de « spécialiste de la langue et de la littérature arabe » ; ***arabisation*** (mil. du XXe s.) ; ***arabique*** (XIIIe s.).

arable (XIIe s.), empr. au lat. *arabilis* « qui peut être labouré », dér. de *arare* « labourer ».

arachide (fin XVIIIe s.), empr. au lat. *arachidna,* du grec *arakhidna,* pour désigner la graine de la plante (voir **cacahuète**), puis la plante elle-même et l'huile qui en est extraite.

arachnide (XIXe s.), dér. sav. du grec *arakhné* « araignée ».

arack (XVIe s.), de l'ar. *arak* « sueur, lait », pour désigner une liqueur à base de riz fermenté, de canne à sucre, etc.

araignée (XIIe s.), forme dérivée de l'a. fr. *araigne, aragne,* du lat. *aranea* « araignée, toile d'araignée », formé sur *araneus* « araignée ». *Araigne, aragne* désigne en a. fr. et jusqu'au XVIIe s. l'insecte, *araignée* désignant la toile qu'elle file. La substitution de *araignée* à *araigne* est en corrélation avec la formation de l'expression *toile d'araignée.*

araire (XIIe s.), d'abord *arere,* du lat. *aratrum* « charrue », réempr. au XVIIIe s. au prov. *araire* de même sens.

araser, voir ***ras***.

arbalète (XIe s.), d'abord *arbaleste, arbalestre,* est issu du lat. *arcuballista,* formé de *arcus* « arc » et *ballista* « machine de jet ».

arbitre (XIIIe s.), empr. au lat. *arbiter, arbitrium* « juge entre deux partis ». Le sens du fr. mod., « personne qui juge dans un débat, un litige, une compétition », est attesté dès l'a. fr. qui a également développé le sens de « volonté, liberté de décision » dans l'expres. *franc arbitre* devenue (XVIe s., Calvin) *libre arbitre.* || ***arbitraire*** (XIVe s.), empr. au lat. *arbitrarius* « voulu, volontaire, arbitraire », signifie d'abord « qui dépend de la décision d'un arbitre », le sens de l'adj. en fr. mod. « non motivé, injuste, illégal », sa valeur péjorative se développent à partir du XVIIe s. ; ***arbitrer*** (XIIIe s.) ; ***arbitrage*** (XIIIe s.).

arborer (XIVe s.), de l'a. ital. *arborare* au sens de « dresser un mât » ; au XIXe s. au sens fig., seul attesté en fr. mod., « porter ostensiblement ».

arborescence, **arborescent**, **arboriculture**, voir ***arbre***.

arbouse (XVIe s.), empr. au prov. *arbousso* « fruit de l'arbouse », du lat. *arbuteus* « d'arbousier », dér. de *arbutus* « arbousier ». || ***arbousier*** (XVIe s.).

arbre (XIe s.), du lat. *arbor, arboris,* mot fém. passé en roman au masc. Le sens de « axe » qui existe dès le latin explique aussi bien les emplois anciens de *arbre* pour désigner un « mât », une « pièce d'un pressoir », etc. que des emplois modernes comme *arbre à cames, arbre de transmission.* || ***arbrisseau*** (XIIe s.), du lat. vulg. **arboriscellus,* diminutif de *arbor* ; ***arbuste*** (XVe s.), empr. au lat. *arbustum* « lieu planté d'arbres, arbre » ; ***arborescent*** (XVIe s.), empr. au lat. *arborescens,* part. prés. de *arborescere*

« devenir arbre » ; ***arborescence*** (XIXe s.).

arc (XIe s.), du lat. *arcus* « arc » ; la prononciation du *c* final, amui en a. et m. fr., est due à l'influence de la langue écrite. *Arc* entre dans la composition de nombreux termes comme *arc-boutant* (XIVe s.), *arc-en-ciel* (XIIIe s.). || ***archer*** (XIIe s.) ; ***archet*** (XIIe s.) ; ***arceau*** (XIIe s.) ; ***arcade*** (XVIe s.), empr. de l'ital. *arcata,* dér. de *arco* « arc », d'abord « espace, distance à tir d'arc » et attesté comme terme d'architecture au XVIIIe s., ou empr. à l'a. prov. *arcada* « arche » ; ***arcature*** (XIXe s.) ; ***arche*** (XIIe s.), au sens de « voûte en forme d'arc » du lat. vulg. **arca,* plur. neutre devenu fém. du lat. *arcus* ; ***arquer*** (XVIIe s.), a remplacé *archer* (XIIIe s.) « courber en arc ».

arcane (XIVe s.), empr. au lat. *arcanum* « mystère », de *arcanus* « secret, caché », d'abord attesté au sens de « secret, opération mystérieuse », se spécialise (XVIIe s.) au sens de « préparation mystérieuse qu'utilisaient les alchimistes ». En fr. mod. *arcane* est surtout empl. au plur. dans des expressions comme *les arcanes de la science.*

archaïsme (XVIIe s.), du grec *arkhaismos*, dér. de *arkhaios* « ancien ». || ***archaïque*** (XVIIIe s.).

archal (XIIe s.), du lat. *aurichalcum* « laiton, cuivre jaune », refait, d'après *aurum* « or », sur *orichalcum*, du grec *oreikhalkos* « laiton », n'est plus attesté, à partir du XVIe s., que dans l'expres. *fil d'archal* « de laiton ».

archange, voir ***ange***.

arche 1 « voûte », voir ***arc***.

arche 2 (XIIe s.), du lat. *arca,* « coffre », empr. au lat. eccl. pour désigner, dans la Vulgate, *l'arche de Noé, l'arche d'alliance,* sens repris en fr.

archéo-, du grec *arkhaios* « antique, qui remonte aux origines », empr. au sens de « qui appartient à la préhistoire ou à une période très reculée », entre dans la construct. de termes sav. comme ***archéologue***, ***archéologie***.

archétype (XIIIe s. d'abord *architipe*), empr. au lat. *archetypos,* lui-même empr. au grec *arkhétupos* « modèle, type primitif », formé de *arkhé-* (voir ***archéo-***) et de *tupon* « type ».

archi-, préfixe tiré du grec *arkhi-* « le chef de », du verbe *arkhein* « commander », et marquant la supériorité hiérarchique ou le degré intensif absolu, entre dans la construct. de mots sav. comme ***archevêque***, ***archiépiscopal***, ***archiprêtre***, ***archimandrite***, ***archiduc***, ***architrave*** et peut être, en fr. mod., librement combiné avec des adjectifs comme ***archiplein***, ***archifaux***.

archipel (XIVe s., d'abord sous la forme *archepelague*), empr. à l'ital. *arcipelago*, formé sur le grec *pélagos* « mer » et désignant la mer Egée et les îles qui s'y trouvent, s'emploie à partir du XVIe s. au sens de « groupe d'îles ».

architecte (XVIe s.), également attesté en m. fr. et au XVIe s., sous la forme *architecteur*, est un empr. au lat. *architectus* « architecte, auteur, artisan », lui-même empr. au grec *arkhitekton,* de *tekton,* « ouvrier travaillant le bois, charpentier » ; au XVIe s. au sens fig. de « maître d'œuvre ». || ***architecture*** (XVe s., d'abord sous la forme *archisseture*), empr. au lat. *architectura*, de même sens.

archives (XVe s.), empr. au lat. tard. *archivum* « archives », du grec *arkheion* « ancien », au plur. neutre *arkheia* « lieu où l'on conserve les archives (ce qui est ancien) », puis « les archives elles-mêmes ». || ***archiviste*** (XVIIIe s.).

archivolte (XVIIe s.), terme d'architecture empr. à l'ital. *archivolto* « voûte maîtresse », du lat. méd. *archivoltum.*, forme latinisée de l'a. fr. *arvol* (XIIe s.), du lat. *arcus volutus* « arc voûté ».

arçon (XIe s.), du lat. vulg. **arcionem*, acc. de *arcio*, dimin. de *arcus*, « arc », s'emploie en a. fr. aux sens de « petit arc » et de « archet » et au sens spéc., courant en fr. mod., de « partie de la selle » (*cheval d'arçon, pistolet d'arçon*).

arctique (XIVe s., comme l'antonyme *antarctique*), empr. au lat. *arcticus*, du grec *arktikos*, formé sur *arktos* « ours » et « constellation de la Grande et de la Petite Ourse, le pôle Nord ». ‖ ***antarctique***, empr. au lat. *antarcticus* « qui est opposé à la région de la Grande Ourse ».

ardent (Xe s.), empr au lat. *ardens*, part. prés. du verbe *ardere* « brûler », bien attesté en a. et m. fr. sous les formes *ardre, ardoir*. Le sens propre « qui brûle » (voir l'expres. *le mal des ardents* pour désigner les malades atteints d'érysipèle gangréneux ou le *Bal des Ardents*, 1392), coexiste dès l'a. fr. avec le sens fig. « bouillant, passionné ».

ardeur (XIIe s.), du lat. *ardor, ardoris* « feu, embrasement », au fig. « ardeur, passion », de *ardere* « brûler » est usuel dès l'a. fr. au sens de « chaleur brûlante » et au sens fig.

ardillon, voir ***hart***.

ardoise (XIIe s.), du lat. vulg. **ardesia* (propre au Nord de la France), p.-ê. dér. du gaulois **ard(u)-* « haut, élevé ».

ardu (XIVe s.), empr. au lat. *arduus* « élevé, difficile à gravir », s'emploie au sens propre jusqu'au XVIIe s., le sens fig. « qui présente de grandes difficultés » étant seul courant en fr. mod.

are (XVIIIe s.), terme formé sur le lat. *area*, « surface » (voir ***aire***), pour désigner une unité de mesure agraire. ‖ ***centiare*** (XVIIIe s.) ; ***hectare*** (XVIIIe s.).

arène (XIIe s.), du lat *arena* « sable » et par extension « sable de l'amphithéâtre », s'emploie sous la graphie *araine, areine*, au sens de « sable » jusqu'au XVe s. ; *arène* est repris au XVIe s. comme terme sav. et littéraire, comme terme d'archéologie pour désigner un amphithéâtre romain ; XVIIIe s. au sens fig. (*arène politique, descendre dans l'arène*).

aréole (XVIIe s.), empr. au lat. *areola* « petite surface », dimin. de *area* « aire ».

aréopage (XVe s.), empr. au lat. *areopagus*, du grec *Areios pagos* « la colline d'Arès » sur laquelle siégeait l'Aréopage, est d'abord employé au sens propre ; au XVIIIe s. au sens fig. « assemblée de savants, de juges compétents ».

arête (XIIe s.), du lat. *aresta*, lat. clas. *arista* « barbe d'épi » et « arête de poisson », est employé dès l'a. fr. au sens, disparu, de « barbe d'épi », au sens de « arête de poisson » et au sens de « saillie anguleuse ».

argent (IXe s.), du lat. *argentum* « métal », mais aussi « monnaie », « richesse », sens repris en fr. ‖ ***vif-argent*** (XIIIe s.), terme du voc. de l'alchimie, est repris au lat. clas. *argentum vivum* ; ***argentier*** (XIIe s.), d'abord attesté au sens de « ouvrier travaillant l'argent », désigne à partir du XIIIe s. un banquier puis, à partir du XVe s., un trésorier, sens conservé dans l'expression familière *Grand Argentier* (XXe s.), pour désigner le ministre des Finances ; ***argenter*** (XIIIe s.) ; ***désargenter*** (XVIIe s.) ; ***argenterie*** (XIIIe s.).

argile (XIIe s.), du lat *argilla* « argile, terre de potier », du grec *argillos* « argile de potier ». ‖ ***argileux*** (XIIe s.).

argot (XVIIe s.), d'abord attesté au sens de « corporation des gueux », d'où *argotier*, « gueux », *argoter*, « mendier » ; le sens mod. « langage des gueux, des voleurs » apparaît à la fin du XVIIe s. ; *argot* est un terme d'orig. obsc. qu'on a rapproché du verbe de l'a. fr. *argoter* « quereller » et du subst. *argot, ergot* attesté jusqu'au XVIe s. au sens de

« vol ». || ***argotique*** (XVIIe s.) ; ***argotisme*** (XIXe s.).

argousin (XVe s.), d'abord attesté au sens de « bas officier chargé de surveiller des forçats », est d'orig. napolitaine et sicilienne, où le terme a été empr. à l'a. catal. *algutzir*, de même orig. que l'esp. *alguazil* ; l'évol. au sens de « surveillant, officier subalterne » s'explique s. d. par l'infl. de l'esp. *alguacil* ; mot péj. et vieilli en fr. mod. au sens de « agent de police ».

arguer (XIe s.), empr. au lat. *arguere*, « prouver, accuser », bien attesté en a. fr. au sens de « harceler, accuser, blâmer », puis de « argumenter », n'est usuel en fr. mod. que dans des constructions comme *arguer de qq. ch.* « mettre qq. ch. en avant, s'en servir comme argument ». || ***argument*** (XIIe s.), empr. au lat. *argumentum* « argument, preuve, matière, sujet », d'abord au sens de « raisonnement servant de preuve » et à partir du XVIe s. au sens de « sujet d'une œuvre littéraire, d'un discours » ; ***argumenter*** (XIIe s.) ; ***argumentation*** (XIIIe s.) ; ***argumentaire*** (XXe s.).

argus (XVIe s.), nom de personnage myth., *Argus*, devenu nom commun au sens de « surveillant, espion » ; XXe s., titre d'un journal spécialisé dans l'automobile.

argutie (XVIe s.), empr. au lat. *argutiae* « tout ce qui est expressif, vivant » et « finesse, subtilité », dér. de *argutus* « expressif, parlant », est empl. en fr. au sens de « raisonnement pointilleux ».

aria (XVIIIe s.), de l'ital. *aria* « air de musique ». || ***ariette*** (XVIIIe s.), de l'ital. *arietta*. Voir ***air***.

aride (XIVe s.), empr. au lat. *aridus* « sec, desséché » et « sec (en parlant du style) » de *arere* « être desséché » ; au XVIIe s. au sens fig. || ***aridité*** (XIIe s.), empr. au lat. *ariditas* « sécheresse », a suivi l'évol. de *aride*.

aristarque (XVIe s.), du nom propre *Aristarchus*, célèbre critique alexandrin du IIe s. av. J.-C., employé dès le latin comme nom commun au sens fig., repris en fr., de « critique sourcilleux ».

aristocratie (XIVe s.), du grec *aristokratia*, formé de *aristos* « le meilleur » et *kratein* « commander », d'abord empr. au sens de « forme de gouvernement où le pouvoir appartient aux nobles, aux grands », s'emploie à partir du XVIIIe s. au sens de « noblesse », puis au sens fig. « élite ». || ***aristocrate***, subst. et adj. (XVIe s.), (abrév. pop. *aristo* XIXe s.), se répand vers la fin du XVIIIe s. et sous la Révolution.

arithmétique (XIIe s., d'abord *arimetique, arismetique*), empr. au lat. *arithmetica*, de même sens, du grec *arithmétiké* « science des nombres », de *arithmos*, « nombre ».

arlequin (XVIe s.), également graphié *harlequin* jusqu'au XVIIIe s., et qui a subi l'infl. de l'ital. *arlecchino*, qui désigne un personnage bouffon de la comédie italienne, est issu de l'a. fr. *Hellequin* qui serait lui-même l'aboutissement de **Herle King*, le légendaire roi Harilo. L'expression *maisnie* (troupe) *Hellequin*, qui qualifie en a. fr. un cortège d'êtres malfaisants se déplaçant la nuit en volant est bien attestée en fr. à partir du XIIe s. || ***arlequinade*** (XVIIIe s.).

armagnac (XIXe s.), de *Armagnac*, nom d'une région d'Aquitaine.

armateur (XVIe s.), empr. au lat. *armator* « celui qui équipe », de *armare* « équiper », s'est spécialisé en fr. dans le voc. maritime. Voir ***arme***.

armature (XIIIe s., puis au XVIe s.), empr. au lat. *armatura* « armure, armes », d'abord empl. en fr. au sens de « armure », développe des emplois tech. à partir du XVIIe s. ; XIXe s. au sens fig.

arme (XIe s.), du lat. *arma* « ustensile, instruments », plur. neutre devenu fém. sing. en lat. vulg. ; XVIe s. au sens fig. || ***armure*** (XIIe s.), du lat. *armatura* « armure, armes » de *armare* « armer, équiper » ; ***armer*** (fin XIe s.), du lat. *armare* « armer » et spéc. « préparer un bateau », a conservé en fr. mod. le sens restreint de « préparer un bateau » et le sens courant de « pourvoir en armes offensives et défensives », de « munir d'une arme, mettre une arme (ou un appareil quelconque) en état d'attaque, de marche » ; *s'armer, armer* sont aussi employés à partir du XVIe s. au sens fig. (*s'armer de courage, de patience*) ; ***armée*** (XIVe s.), part. pas. fém. de *armer*, a éliminé à partir du XVIe s. l'a. fr. *ost* du lat. *hostis*, qui, à partir de l'expres. *ire ad hostem*, « marcher contre l'ennemi », avait pris le sens général de « armée, expédition militaire », et qui ne subsiste que dans l'expression technique *le service d'ost* ; ***armement*** (XIIIe s.), d'abord dans le voc. maritime ; au XVIIe s. au sens de « action d'armer, de pourvoir d'armes pour la guerre ». Voir ***alarme***.

armistice (XVIIe s.), empr. au lat. méd. *armistitium*, de *arma* « arme » et *statio* « état d'immobilité », au sens de « arrêt des armes », est rare avant le XIXe s.

armoire (XIIe s.), également graphié en a. fr. *armaire, almaire,* du lat. *armarium,* dér. de *arma* « ustensiles », au sens de « lieu pour ranger des objets de ménage, des habits, des livres » est attesté dès l'a. fr. au sens spéc. de « bibliothèque, armoire à livres » et au sens courant de « meuble de rangement ».

armoiries (XIVe s., d'abord *armoierie*), est dérivé de l'a. fr. *armoyer* « combattre », qui a pris au XIVe s. le sens de « garnir un écu des figures du blason » (à partir de l'emploi fig. de *armes* au sens de « blason ») ; d'abord employé aux sens de « ensemble des armes » et de « salle d'armes », *armoiries* est attesté à partir du XIVe s. au sens, seul usuel en fr. mod., de « signes héraldiques, blason ». || ***armorial*** (XVIIe s.), formé sur le modèle de l'a. fr. *historial* « relatif à l'histoire », au sens de « recueil contenant des armoiries » ; ***armorier*** (XVIIe s.), formé sur le modèle de *historier*, a remplacé *armoyer*.

armoise (XIIe s., d'abord *hermoiz*), du lat. *artemisia*, d'un mot grec signifiant « plante d'Artémis ».

armure, voir ***arme***.

arnaquer (XXe s.), forme altérée, p.-ê. pic., de *arnacher, harnacher* (XIXe s.) « accoutrer », empl. au sens fig. de « tromper pour voler ». || ***arnaque*** (XIXe s., d'abord sous la forme *arnache*) ; ***arnaqueur*** (fin XIXe s.).

arnica (XVIIe s.), empr. au lat. médic. *arnica,* sans doute forme altérée du grec *ptarmiké* « plante qui fait éternuer », de *ptarmos* « éternuement ».

arome, **arôme** (XIIe s.), empr. au lat. *aroma*, lui-même empr. au grec, est d'abord empl. au sens de « aromate », au XVIIIe s. au sens du fr. mod. « émanation de susbtances odoriférantes ». || ***aromate*** (XIIIe s.), empr. au lat. *aromata* « épice, aromate », plur. neutre pris comme fém. de *aroma* « aromate, épice », du grec *aroma,* même sens ; ***aromatiser*** (Xe s.), du lat. tard. *aromatizare,* d'abord « embaumer (le corps d'un mort) », à partir du XVIe s. au sens du fr. mod. ; ***aromatique*** (XIIIe s.).

aronde (XIIe s.), empr. au lat. *hirundo* « hirondelle », et le dér. *arondelle,* encore attestés au XVIIe s., ont été éliminés par la forme *hirondelle,* reprise aux parlers du midi où s'est conservé le timbre *i* de la voyelle initiale du mot en lat. clas. Voir ***hirondelle***.

arpège (XVIIIe s.), de l'ital. *arpeggio*, au sens propre « jeu de harpe », issu de *arpeggiare.*

arpent (XIe s.), du lat. tard. *arepennis* ou *arapennis,* latinisation d'un mot gaulois au sens de « mesure agraire de superficie ». || ***arpenter*** (XIIIe s.) ; ***arpentage*** (XIIIe s.) ; ***arpenteur*** (XIIIe s.).

arquebuse (XVe s.), d'abord graphié *harquebuche, hacquebute,* du m. h. all. *Hakenbüchse* « canon (*büchse*) à crochet (*haken*) » ; la forme *arquebuse,* seule usuelle à partir du XVIIe s., aurait été modifiée sous l'influence de *arc* et de *buse* « oiseau de proie ». || ***arquebusade*** (XVe s.), « coup d'arquebuse », puis « coup de feu » ; ***arquebusier*** (XVIe s.).

arquer, voir ***arc***.

arracher (XIIe s.), est issu par substitution de préf. de l'a. fr. *esrachier,* attesté jusqu'au XVIe s., du lat *exradicare, eradicare* « déraciner, détruire », formé sur *radix, radicis* « racine » ; *d'arrache-pied* « sans désemparer », XVIe s. || ***arrachement*** (XIIIe s.) ; ***arrachage*** (XVIe s.), rare avant le XIXe s.

arraisonner, voir ***raison***.

arranger, voir ***rang***.

arrérages, voir ***arrière***.

arrêter (XIe s.), du lat. vulg. **arrestare* « (s')arrêter », du lat. clas. *restare* « rester, demeurer », est attesté dès l'a. fr. aux sens de « empêcher d'aller plus loin, d'avancer, suspendre une action » et de « maintenir dans un lieu » et à la forme pronom. *s'arrêter.* || ***arrêt*** (XIIe s.), déverb. de *arrêter,* n'est attesté qu'au XIVe s. au sens jur. ; ***arrêté*** (XVe s.) ; ***arrestation*** (XIVe s.), réfection savante de l'a. fr. *arestaison, arestison* au sens large de « arrêt », est usuel à partir du XVIIIe s. au sens de « fait d'arrêter et d'emprisonner qqn ».

arrhes (XIIe s.), est d'abord attesté sous la forme *erre,* du lat. *arr(h)a* « gage », lui-même empr. au grec *arrhabon* « arrhes », à rapprocher de l'hébreu *erabôn,* « gage » ; la forme *arrhes,* réfection orthographique faite au XVIe s. d'après le mot latin, s'impose au XVIIIe s. ; spécialisé dans le voc. du commerce, le mot s'emploie au sens fig. de « assurance, gage » à partir du XIXe s.

arrière (XIe s.), s. d. du lat. vulg. **adretro,* comp. du lat. clas. *ad* « à » et *retro* « en arrière », est attesté dès l'a. fr. comme adv. et comme subst. ; la forme simple *riere* est encore attestée en a. fr. || ***arrérages*** (XIIIe s.), d'abord *arrierages,* forme usuelle jusqu'au XVIIe s. ; ***arriéré*** (XVIIIe s.), adj. et subst., apparaît d'abord comme terme de finances, puis au XIXe s. au sens de « qui est en retard dans son développement mental » ; ***arrière*** entre comme premier élém. dans la construct. de nombreux mots comme ***arrière-boutique***, ***arrière-garde***, ***arrière-pays***, ***arrière-grand-père***, ***arrière-grand-mère***, ces deux derniers mots tendant à remplacer en fr. mod. *bisaïeul(e).*

arrimer (XIVe s.), au sens de « ranger la cargaison dans la cale d'un navire », puis de « ranger, disposer en général », peut être rapproché du m. angl. *rimen* « débarrasser » ; usuel en fr. mod. au sens de « caler, fixer un chargement avec des cordes ». || ***arrimage*** (XIVe s.) ; ***arrimeur*** (XIVe s.).

arriver (XIe s.), du lat. vulg. **arripare,* formé sur *ripa* « rive » au sens de « toucher au rivage » ; ce sens propre bien attesté jusqu'au XVIe s. coexiste dès le XIIe s. avec le sens courant. || ***arrivage*** (XIIIe s.), est d'abord empl. au sens de « droit d'aborder, de débarquer », et à partir du XIVe s. au sens de « arrivée de marchandises, débarquement » ; ***arrivée*** (XVIe s.), part. pas. fém. subst. de *arriver* ; ***arriviste*** (XIXe s.), péj. comme ***arrivisme*** (XXe s.).

arrogant (XIIIe s.), empr. au lat. *arrogans* « insolent, présomptueux », part. prés. de *arrogare* « demander en plus » et « demander en réclamant ». || ***arrogance*** (XIIe s.), empr. au lat. *ar-*

rogantia « arrogance, présomption » ; ***(s')arroger*** (XVe s.), empr. au lat. *arrogare*, au XVIe s. comme pronom. au sens de « s'attribuer un droit, une qualité sans y avoir droit ».

arroi (XIIIe s.), déverb. de l'a. fr. *areer* « arranger, disposer », du lat. vulg. **arredare* « pourvoir de provisions », s. d. formé sur le subst. gothique **reps* « provisions », est attesté en a. fr. au sens de « manière d'être, arrangement », puis de « équipage » ; le mot, vieilli en fr. mod., ne s'emploie guère que dans l'expres. *en grand arroi* « avec une suite brillante ». Voir ***désarroi***.

arrondir, **arrondissement**, voir ***rond***.

arroser (XIIe s.), du lat. vulg. **arrosare,* altér. du lat. tard. *adrorare,* « couvrir de rosée », formé sur *ros, rosis,* « rosée ». || ***arrosoir*** (XIVe s.), d'abord « goupillon », XVe s. au sens du fr. mod. ; ***arrosage*** (XVIIe s.) ; ***arroseur*** (XVIe s.).

arsenal (XIIIe s., sous la forme *tarsenal,* XVe s., sous la forme *archenal,* la forme *arsenal* datant du XVIIe s.), empr. à l'ar. par l'intermédiaire des dialectes italiens, est d'abord empl. au sens de « lieu où l'on construit, répare des navires », puis à partir du XVIIe s. aux sens de « lieu où l'on fabrique des armes » et de « dépôt d'armes » ; à partir du XVIIIe s. au sens fig.

arsenic (XIIIe s.), empr. au lat. *arsenicum,* du grec *arsénikon.*

art (XIe s.), du lat. *ars, artis,* terme masc. ou fém. jusqu'au XVIe s., s'emploie jusqu'au XVIIe s. au moins au sens de « métier, technique » et encore en fr. mod. dans des expressions comme *l'art militaire, les arts martiaux, l'Ecole des arts et métiers*. Les *sept arts libéraux* désignent dans l'enseignement médiéval les sept branches du savoir qui constituent le *trivium* (grammaire, dialectique, rhétorique) et le *quadrivium* (arithmétique, géométrie, histoire, musique), d'où le dérivé *artien* « écolier de la faculté des Arts » et le titre académique de *maître ès arts.* Le *grand art* désigne plus spécialement l'alchimie. Le sens de « méthode, règles propres à une discipline » se développe à partir du XVIe s. Date du XVIIIe s. l'expression *les beaux arts* pour désigner les activités et les œuvres visant à l'expression d'un idéal esthétique, le sens absolu de *art* comme expression de cet idéal se développant à partir du XIXe s. || ***artisan*** (XVIe s.), empr. à l'ital. *artigiano* au sens de « qui exerce un art mécanique, un métier manuel » ; au XVIIe s. au sens fig. ; ***artisanal*** (XXe s.) ; ***artisanat*** (XXe s.) ; ***artiste*** (XIVe s.), empr. au lat. méd. *artista*, dérivé de *ars,* s'emploie d'abord et jusqu'au XVIIe s. au sens de « artisan », mais aussi de « lettré » ; il est employé comme adjectif au XVIe s. au sens de « fait avec art », le fr. mod. ayant plutôt généralisé en ce sens le dérivé ***artistique*** (XIXe s.) ; l'emploi de *artiste* au sens de « celui qui cultive un art » se développe à partir du XVIIIe s. parallèlement à l'évol. de *art.*

artère (XIIIe s.), empr. au lat. *arteria* « trachée-artère », du grec *artéria* de même sens. || ***artériel*** (XIVe s., sous la forme *arterial*).

artésien (XIXe s.), désignant un puits, est dérivé de *Artois,* région où fut foré le premier puits de ce genre.

arthrite (XVIe s.), du lat. *arthritis* « maladie de la goutte », empr. au grec *arthritis* de *arthron* « articulation ». || ***arthritique*** subst. et adj., d'abord *artetique* (XIIe s.).

artichaut (XVIe s.), du lombard *articiocco,* forme altérée de l'ital. *carciofo* « artichaut », provenant lui-même de l'hispano-arabe *harsufa.*

article (XIIe s.), du lat. *articulus* « articulation » et « membre de phrase, partie, division, moment précis », de *artus* « articulation », est vieilli en fr. mod. au sens propre de « articulation » (voc. de l'anatomie) ; datent de l'a. fr. le sens jur. de « disposition légale », celui de « point de doctrine », du XVe s. le sens de « division d'un écrit » (d'où *article de journal*) ; au XVIIIe s. au sens de « chose particulière » d'où « marchandise, objet de commerce » ; le sens de « division du temps » se retrouve dans l'expres. (XVIIe s.) *à l'article de la mort.* ; le sens gram. apparaît au XIIIe s. || **articuler** (XIIIe s.), est d'abord attesté au sens fig. de « prononcer des sons », le sens anatomique « réunir par une articulation » datant du XVIe s. ; **articulation** (XVe s.), empr. au lat. *articulatio*, reprend les deux sens du verbe.

artifice (XIIIe s.), d'abord *artefice*, empr. au lat. *artificium*, de *ars* « art » et *facere*, « faire », est d'abord attesté au sens de « art, métier d'artisan » d'où « habileté » (XVIe s.), puis « art employé à déguiser la vérité », sens usuel à partir du XVIIe s. || **artificiel** (XIVe s.), empr. au lat *artificialis* « fait avec art, selon l'art », s'emploie en fr. en ce sens jusqu'au XVIIIe s., mais la valeur péjorative est ancienne ; **artificieux** (XIIIe s.), empr. au lat. *artificiosus* « fait suivant l'art », est attesté dès le XIIIe s. au sens de « qui est plein de ruse (en parlant d'une personne) » ; **artificier** au sens de « celui qui fait un **feu d'artifice** (XVe s. de l'ital. *fuoco artifiziale*), date du XVIe s. ; **artefact** (XXe s.), est sans doute repris à l'angl. *artefact* « produit artificiel ».

artillerie (XIVe s.), au sens de « ensemble des engins de guerre », est formé sur l'a. fr. *artillier* (XIIIe s.) « garnir d'engins » forme refaite sous l'infl. de *art* de l'a. fr. *atillier* (XIIe s.), « se parer, s'équiper » ; ce verbe provient p.-ê. du lat. vulg. **apticulare*, dér. de *aptare* « rendre capable de, disposer » ou bien il a subi l'infl. de l'a. fr. *atirier* (XIIe s.), « disposer, arranger » ; *artillerie* se spécialise à partir du XIVe s. pour désigner les canons, les obusiers, etc. ; au XVIIe s. au sens de « corps de l'armée chargé du service de ce matériel ». || **artilleur** (XIVe s.).

artimon (XIIIe s.), du génois *artimone*, du lat. *artemo, artemonis* « mât ou voile de proue », du grec *artémon*.

artiste, voir **art**.

aruspice (XIVe s.), terme d'antiq. rom., du lat. *haruspex, haruspicis* « devin (qui prédisait en examinant les entrailles) ».

aryen (XVIe s.), d'abord *arien*, du lat. *arianus* « habitant de l'Ariana, (région de Perse) » est repris au XIXe s. comme adj. et subst. dans le voc. des doctrines racistes.

as (XIIe s.), empr. au lat. *as* « unité de monnaie, de mesure », est employé dès l'a. fr. comme terme du jeu de dés (XIIe s.), puis du jeu de cartes (XVIe s.) ; le sens fam. de « personne de valeur » date du XXe s. ainsi que l'expres. fam. *être plein aux as*.

ascendant (XIVe s.), empr. au lat. *ascendens, ascendentis*, part. prés. de *ascendere* « monter », d'abord spécialisé comme terme d'astrologie puis d'astronomie, a pris le sens de « influence dominante » à partir du XVIIe s. L'emploi comme terme de parenté (du lat. tard. jur. *ascendentes* « ascendants ») pour désigner la ligne généalogique date, comme pour l'antonyme *descendant*, du XVIIe s. || **ascendance** au sens fig. de « influence, supériorité exercée sur » date du XVIIIe s. ; XIXe s. en généalogie et en astronomie.

ascension (XIIe s.), empr. au lat. *ascensio* « action de monter », s'est d'abord employé au sens religieux pour désigner l'*Ascension* du Christ. Le sens propre et les sens fig. se développent à partir du XVIIe s. || **ascensionnel** (XVIIe s.) ; **ascenseur** (XVIe s.), dér. du lat. *ascensum* supin de *ascendere* « monter », est d'abord attesté au sens de « cavalier », XIXe s. au sens courant.

ascète (XVIe s.), d'abord *aschete*,

empr. au lat. chrét. *ascetes*, du grec *askétés* « celui qui exerce une profession » et spéc. « qui se consacre aux exercices de piété », de *askein* « exercer un métier », s'emploie à partir du XIXe s. au sens courant de « personne qui mène une vie austère ». || ***ascétique*** (XVIIe s.) ; ***ascétisme***, ***ascèse*** (XIXe s.).

asepsie (XIXe s.), mot du voc. médic., comp. du rad. du grec *septos* « qui engendre la putréfaction » et du préf. *a-*. || ***aseptiser***, ***aseptique*** (fin XIXe s.). Voir ***septique***.

asile (XIVe s.), empr. au lat. *asylum* « lieu inviolable, refuge », du grec *asulon,* même sens, formé sur le verbe *sulan* « s'emparer de » et le préf. nég. *a-*, est emprunté comme terme d'antiq. rom. ; au XVIIe s. au sens courant « lieu où l'on peut se mettre à l'abri du danger, refuge » ; au XIXe s. « établissement privé ou d'assistance publique » (*asile de vieillards, asile de fous*).

asparagus (XVIIIe s.), empr. au lat. *asparagus* « asperge ». Voir ***asperge***.

aspect (XVe s.), empr. au lat. *aspectus* « regard » et « apparence, aspect », de *aspicere* « regarder », s'emploie au sens de « regard, vue », le sens de « apparence » au propre et au fig. datant du XVIIe s. ; au XIXe s. au sens gram.

asperge (XIIIe s.), d'abord *esparge* jusqu'au XVIIe s., du lat. *asparagus,* du grec *asparagos,* de même sens.

asperger (XIIe s.), empr. au lat. *aspergere* « arroser », de *spargere* « répandre », est d'abord employé comme terme de la liturgie chrétienne au sens de « asperger d'eau bénite » ; au XVIe s. au sens courant du fr. mod. || ***aspersion*** (XIIe s.), empr. au lat. *aspersio* « action d'asperger », est d'abord empl. comme terme de liturgie.

aspérité, voir ***âpre***.

asphalte (XIIe s.), empr. au lat. tard. *asphaltus,* empr. au grec *asphaltos* « bitume » ; les emplois argotiques ou familiers, *faire l'asphalte* « faire le trottoir », etc. datent du XIXe s. || ***asphalter*** (XIXe s.).

asphodèle (XVIe s.), d'abord *afrodille* (XVe s.), empr. au lat. *asphodelus* « asphodèle, ache royale », du grec *asphodélos.*

asphyxie (XVIIIe s.), terme sav., du grec *asphuxia* « arrêt du pouls ». || ***asphyxier*** (XVIIIe s.) ; au XIXe s. au sens fig. « étouffer ».

aspic (XIIe s.), empr. au lat. *aspis, aspidis,* du grec *aspis* « serpent d'Egypte », est attesté à partir du XVe s. au sens fig. de « personne venimeuse » dans l'expres. *langue d'aspic*. *Aspic* (XVIIIe s.), « plat froid en gelée » (*aspic de foie gras*), est d'orig. obsc. (préparation d'abord coulée dans des moules en forme de serpents roulés, ou de la couleur du serpent ?).

aspirer (XIIe s.), empr. au lat. *aspirare* « souffler vers » et « aspirer à », est attesté à partir du XIVe s. au sens fig. de « désirer fortement » (*aspirer à*), et au sens de « attirer l'air dans les poumons ». || ***aspiration*** (XIIe s.), empr. au lat. *aspiratio* « aspiration de l'air, inspiration (divine) » et terme gram., est d'abord attesté dans le voc. relig. au sens de « inspiration (divine) », à partir du XIVe s. au sens concret, au XVe s. comme terme de gram. et au XVIe s. au sens de « action de porter son désir vers » ; ***aspirant*** subst., désigne à partir du XVe s. « celui qui aspire à un grade, une fonction » (*aspirant de marine, aspirant au sacerdoce*) ; ***aspirateur*** (XIXe s.), au XXe s. au sens de « appareil de nettoyage ».

aspirine (XIXe s.), de l'all. *Aspirin,* formé avec le préf. priv. *a-* et le lat. *spiraea* « spirée », litt. « fait sans spirée », parce que cet acide synthétique n'est pas tiré de cette plante qui le contient naturellement.

assaillir (Xe s.), du lat. pop. *assalire,* réfection du lat. clas. *assilire* « sauter sur », d'après le verbe simple *salire* « sauter », est employé dès l'a. fr. au sens de « attaquer brusquement », au propre et au fig. || ***assaillant*** (XIIe s.).

assainir, voir ***sain***.

assaisonner, voir ***saison***.

assassin (XVIe s.), empr. d'abord au sens de « tueur à gages », puis de « meurtrier avec préméditation » à l'ital. *assassino,* de l'ar. *hassasin,* plur. de *hassas* au sens de « fumeurs de hachisch », nom donné au M. A. par leurs ennemis aux Ismaéliens de Syrie, cet ordre religieux ayant été responsable, durant les Croisades, de nombreux assassinats à l'égard de Chrétiens comme de Musulmans. || ***assassinat***, ***assassiner*** (XVIe s.).

assaut (XIe s.), du lat. vulg. **assaltus*, réfection du lat. clas. *assultus* « assaut, attaque » d'après *saltus* « saut », est attesté dès l'a. fr. au sens propre et au fig.

assécher, voir ***sec***.

assembler (XIe s.), du lat. vulg. **assimulare* « mettre ensemble » fait sur *simul* « ensemble ». || ***assemblée*** (XIIe s.), « action de mettre ensemble, rassemblement », est employé en a. fr. aux sens de « bataille, combat corps à corps, tournoi, rencontre amoureuse, réunion à caractère politique, jur., festif, etc. » Le fr. mod. a principalement gardé le sens de « personnes réunies en un même lieu pour un même motif » et le sens plus spécialisé de « réunion des membres d'un corps constitué », puis « les membres de ce corps », notamment l'*Assemblée nationale.* || ***assemblage*** (XVe s.) ; ***rassembler*** (XIIe s.) ; ***rassemblement*** (XVe s.).

assener, **asséner** (XIIe s.), dér. de l'a. fr. *sen* « direction dans laquelle on marche », mot différent de *sens,* du lat. *sensus,* est s. d. un empr. au germ. occid. **sinno* « direction, intelligence » par l'intermédiaire du lat. vulg. **sinnum* ; *assener* est attesté dès l'a. fr. au sens de « viser, porter un coup », et à partir du XVIe s. au sens fig. (*assener une vérité*).

assentiment (XIIe s.), dér. de l'a. verbe *assentir* « approuver », du lat. *assentire* « donner son adhésion ».

asseoir (Xe s.), du lat. vulg. **adsedere,* du lat. clas. *adsidere* « être assis auprès de », est bien attesté dès l'a. fr. au sens de « placer solidement qqn ou qq. ch. » mais aussi de « assiéger », sens disparu en fr. mod., et sous la forme pronom. *s'asseoir.* || ***assise*** (XIIe s.), est usuel dès l'a. fr. au sens de « rangée de pierres posées à l'horizontale » d'où « base », et au sens jur. « assemblée de seigneurs rendant la justice », puis « séance d'un tribunal » (*cour d'assises,* début XIXe s.) ; ***assesseur*** (XIIIe s.), empr. au lat. *assessor*, empl. au sens de « celui qui est assis à côté de » d'où « qui assiste » ; ***rasseoir*** (XIIe s.) « asseoir de nouveau » et « replacer ». Le part.-adj. *rassis* signifie « calme, pondéré » dès le XIIe s. et aussi « qui n'est plus frais » dans l'expres. *pain rassis* (XVIe s.).

assermenter, voir ***serment***.

assertion (XIIIe s.), empr. au lat. *adsertio* « action de revendiquer, affirmation », terme jur. dér. de *adserere* « revendiquer, affirmer » est employé en fr. au sens de « affirmation ». || ***assertif*** (XVIe s.).

asservir, voir ***serf***.

assez (Xe s.), du lat. vulg. **adsatis,* forme étoffée du lat. clas. *satis* « assez », est attesté dès l'a. fr. et jusqu'au XVIe s. au sens de « beaucoup » à côté du sens courant en fr. mod. de « suffisamment ».

assidu (XIIIe s.), empr. au lat. *adsiduus* « qui se tient continuellement qq. part, qui a une durée persistante », de *adsidere* « être assis auprès de, siéger », est d'abord employé au sens de « continuel » ; au XVIe s. au sens du fr. mod. « qui est continuellement auprès de (en parlant d'une personne) ». ‖ ***assiduité*** (XIIIe s.), empr. au lat. *adsiduitas* « présence constante », a suivi l'évol. de l'adj., l'emploi au pluriel, au sens de « empressement importun auprès d'une femme », se développant au XIXe s.

assiéger, voir ***siège***.

assiette (XIIIe s.), du lat. tard. *assedita,* part. pas. fém. subst. de *adsedere* « être assis auprès de », tiré d'une forme de part. pas. *seditum,* pour le lat. clas. *sessum,* est d'abord attesté au sens financier, « manière dont est disposé, réparti l'impôt », mais le sens de « manière d'être assis, posé » se conserve dans des expres. comme *avoir une bonne assiette (à cheval),* ou, au fig., *ne pas être dans son assiette.* Le sens moderne de « élément d'un service de table, pièce de vaisselle » date du XVIe s. et peut être dérivé du sens de « service dans un repas » (XIVe s.) ; au XVIe s. « place, disposition des convives ». ‖ ***assiettée*** (XVIIe s.) ; ***pique-assiette*** (XIXe s.).

assigner (XIIe s.), empr. au lat. *adsignare* « attribuer, imputer », dér. de *signum* « signe », s'emploie dès l'a. fr. au sens de « attribuer, fixer, affecter à ». ‖ ***assignat*** (XIVe s.), est d'abord attesté au sens de « constitution d'une rente », mais son emploi au sens de « papier monnaie garanti par les biens nationaux » se développe à partir de 1789 ; ***assignation*** (XIIIe s.), empr. au lat. *adsignatio* « assignation, répartition » comme terme jur. « convocation à comparaître » (*assignation à résidence*).

assimiler (XVe s.), empr. au lat. *adsimulare* « reproduire, rendre semblable, assimiler » fait sur *similis* « semblable », est attesté à partir du XVIIe s. au sens fig. « intégrer, s'approprier (une idée, des connaissances) ». ‖ ***assimilation*** (XVIe s.), empr. au lat. *assimulatio* « reproduction simulée » et « ressemblance, comparaison », s'emploie d'abord au sens de « action d'intégrer », puis au sens médic. ; le sens gram. date du XIXe s. ; les emplois dans le voc. philos. et sociologique sont récents ; ***dissimilitude*** (XIIIe s.), empr. au lat. *dissimilitudo* « dissemblance, différence » ; ***dissimiler*** (XIXe s.).

assise, voir ***asseoir***.

assister (XIVe s.), empr. au lat. *adsistere* « se tenir auprès de », d'où « aider, assister en justice », s'emploie dès le m. fr. au sens de « fournir aide et protection à qqn », au XVIe s. au sens de « être présent (à un spectacle, un événement, etc.) ». ‖ ***assistance*** (XVe s.), « aide, secours », « action d'assister » et par ext. « ceux qui assistent à » ; ***assistant*** est empl. comme subst. dès le m. fr.

associer (XIIIe s.), empr. au lat. *adsociare* « joindre, associer », de *socius* « compagnon ». ‖ ***association*** (XVe s.), à rapprocher du lat. méd. *associatio* « action de réunir » ; ***associé*** est empl. comme subst. à partir du XVIe s. ; ***associatif*** (XVe s.) est d'emploi rare avant le XIXe s.

assoiffer, voir ***soif***.

assombrir, voir ***sombre***.

assommer (XIIe s.), dér. de *somme,* du lat. *somnus,* « sommeil », est attesté dès l'a. fr. aux sens de « abattre moralement » et de « étourdir d'un coup sur la tête, tuer » ; au XVIIe s. au sens fig. « ennuyer ». ‖ ***assommoir*** (XVIIIe s.), « instrument qui sert à assommer », désigne plus particulièrement au XIXe s. un débit de boisson de bas étage ; ***assommant*** (XVIe s.), à partir du XVIIe s. au sens de « qui accable, qui ennuie ».

assomption (XIIe s.), empr. au lat. *assumptio* « action de prendre, d'ajouter », de *sumere* « prendre », d'abord spéc. en lat. chrét. pour désigner l'Ascension du Christ, puis à partir du XIIIe s. la fête anniversaire de l'enlèvement miraculeux de la Vierge (célébré le 15 août).

assonance (XVIIe s.), terme de rhétor. et de poétique, est un empr. à l'esp. *asonancia,* du verbe *asonar*, issu du lat. *assonare* « faire écho », dér. de *sonus* « son ». || ***assonant*** (XIIe s.), empr. au lat. *assonans,* part. prés. de *assonare.*

assortir (XIVe s.), comp. sur *sorte*, est attesté à partir du XVIe s. au sens de « mettre ensemble des choses qui s'accordent », puis en parlant de personnes. || ***assortiment*** (XVe s.), au XVIIe s. au sens de « assemblage complet de choses qui vont ensemble ».

assoupir (XVe s.), réfection de *assouvir,* du lat. vulg. **assopire* « satisfaire, rassasier », dér. de *sopire* « assoupir, endormir » est employé dès le XVIe s. au sens fig. de « calmer », à côté du sens propre de « endormir » ; XVIIe s. *s'assoupir* « s'endormir à demi, somnoler ». || ***assoupissement*** (XVIe s.). Voir ***assouvir***.

assouplir, voir ***souple***.

assourdir, voir ***sourd***.

assouvir (XIIe s.), du gallo-roman **assopire* « calmer, endormir », dér. de *sopire* « endormir » est attesté dès l'a. fr. au sens de « satisfaire complètement, combler » s. d. sous l'infl. de l'a. fr. *assevir* « achever », du lat. vulg. **assequire* pour le lat. clas. *assequi*, au sens de « poursuivre, atteindre ». || ***assouvissement*** (XIVe s.), d'abord « achèvement », puis au XVIe s. au sens de « contentement, satisfaction ». Voir ***assoupir***.

assujettir, voir ***sujet***.

assumer (XVe s.), empr. au lat. *assumere* « prendre pour soi », dér. de *sumere* « prendre », est aussi employé en fr. au sens du lat. chrét. « se charger de » ; au XXe s. « accepter consciemment une situation, un état, etc. ».

assurance, **assurer**, voir ***sûr***.

astérisque (XVIe s.), empr. au lat. méd. *asteriscus* « signe d'écriture en forme d'étoile », du grec *astériskos* « petite étoile ».

astéroïde (XIXe s.), de l'angl. *asteroid,* du grec *astéroidés* « en forme d'étoile ».

asthénie (XVIIIe s.), du grec *asthénia,* « manque de force ». || ***asthénique*** (XIXe s.) ; ***neurasthénie, neurasthénique*** (XIXe s.).

asthme (XIIIe s., d'abord *asme*), empr. au lat. *asthma* « oppression, asthme », du grec *asthma,* a eu aussi en a. fr. le sens de « angoisse, anxiété » ; au XIVe s. au sens médic. || ***asthmatique*** (XIVe s.), empr. au lat. *asthmaticus.*

astic, voir ***astiquer***.

asticot (XIXe s.), « petit ver blanc » peut-être déverb. de *asticoter* « agacer », le ver servant à agacer, attirer le poisson.

asticoter (XVIIIe s.), altér. de *dasticoter,* terme dial. du Nord et de l'Est, au sens de « parler allemand », puis « contredire, importuner, agacer » ; *dasticoter* serait lui-même issu de la tournure d'imprécation proférée par les lansquenets allemands *dass dich Gott,* « que Dieu te ... », perçue sous la forme *dasticot.*

astigmatisme, **astigmate** (XIXe s.), mots sav. comp. du grec *stigmé* « point » et du préf. nég. *a-*. Voir ***stigmate***.

astiquer (XIXe s.), « nettoyer, fourbir », d'abord dans le voc. milit., est dérivé de **astic** (XVIIIe s.), mot dial. du Hainaut, d'orig. obsc. attesté au sens de « petit instrument en os, en métal, en bois dur, servant à polir le cuir ».

astracan, **astrakan** (XVIIIe s.), du nom de la ville russe d'Astrakhan d'où provenait cette fourrure.

astragale (XVIe s.), empr. au lat. *astragalus,* du grec *astragalos* « vertèbre », puis « talon » et terme d'architecture au sens de « osselet », empl. en fr. comme terme d'anatomie « os du pied » et au sens de « moulure, ornement ».

astre (XIIe s.), empr. au lat. *astrum* « astre, étoile », du grec *astron,* est usuel au sens fig. à partir du XVIIe s. ‖ ***astral*** (XVIe s.), du lat. tard. *astralis* « qui est relatif aux astres » ; ***astrolabe*** (XIIe s.), d'abord *astrelabe*, du grec *astrolabos* « instrument pour prendre la position des astres » ; ***astronomie*** (XIIe s.), empr. au lat. *astronomia* « astronomie », du grec *astronomia* et ***astronome*** (XVIe s., d'abord *astronomien* XIIe s.), empr. au lat. *astronomus* « astronome », du grec *astronomos*, désignent en a. fr. aussi bien « l'étude des astres » que « les pratiques de divination par les astres » ; ***astronomique*** (XIVe s.), au XXe s. au sens fam. de « très élevé » ; ***astrologie***, empr. au lat. *astrologia* « étude des astres, astronomie », empr. au grec, date du XIIIe s. au sens de « étude des astres » et plus spécialement de « étude de l'influence des astres sur la destinée des hommes », seul sens attesté en fr. mod. ; ***astrologue*** (XIVe s.), empr. au lat. *astrologus* « astronome » et « astrologue », empr. au grec, s'emploie d'abord au sens de « astronome », et à partir du XVIe au sens de « celui qui pratique, s'adonne à l'astrologie » ; ***astronautique*** (XIXe s.), comp. de l'élém. *astro-*, correspondant à *astre,* et d'un empr. au grec *nautikos* « qui concerne la navigation », employé en fr. au sens de « astronomie utilisée en navigation », s'est spéc. au XXe s. aux sens de « navigation spatiale » et « science de la navigation spatiale » ; ***astronaute*** (XXe s.), est en concurrence avec *cosmonaute* ; ***astrophysique*** (XXe s.).

astreindre (XIIe s.), d'abord écrit *astraindre,* sur le modèle des verbes en *-aindre,* empr. au lat. *astringere* « attacher étroitement », au fig. « lier, enchaîner », est employé dès l'a. fr. au sens de « obliger strictement qqn à qq. ch. » ‖ ***astreinte*** (XIXe s.), d'abord comme terme de droit, puis au sens étendu et littéraire de « contrainte » ; ***astreignant*** (XIXe s.) ; ***astringent*** (XVIe s.), terme médic. sav., issu du part. prés. lat. *astringens* « qui resserre », de *astringere.*

astrolabe, **astrologie**, **astronaute**, **astronomie**, voir ***astre***.

astuce (XIIIe s.), empr. au lat. *astutia* « ruse », mais aussi « habileté », sens encore usuel au XVIe s. ‖ ***astucieux*** (XVe s.), est d'abord employé au sens de « perfide, rusé », à partir du XVIe s. au sens du fr. mod. « adroit, malin ».

asymétrie, voir ***symétrie***.

asymptote (XVIIe s.), terme de mathémat. et de géom., du grec *asumptotos* « qui ne s'affaisse pas », de *sumpiptein* « tomber sur ».

asyndète (XIXe s.), terme de gram., empr. au lat. gram. *asyndeton* « suppression des particules de liaison », mot grec, de *a-* préf. privatif et *sundein* « lier ensemble ».

ataraxie (XVIe s.), du grec *ataraxia* « absence de trouble, tranquillité d'âme ».

atavique, **atavisme** (XIXe s.), termes sav. dérivés du lat. *atavus* « quatrième aïeul, ancêtre », aux sens de « qui se transmet par hérédité » et de « transmission continue de caractère héréditaire ».

ataxie (XVIIIe s.), terme sav., du grec *ataxia* « désordre ».

atelier (XIVe s.), d'abord employé au sens de « tas d'éclats de bois », puis de « chantier, lieu où travaillent ensemble des artisans, des ouvriers, lieu où travaille un artiste, etc. », est dér. de l'a. fr. *astelle* « petit morceau de bois ». Voir ***attelle***.

atermoyer (XIIIe s.), formé sur l'a. fr. *termoier* « ajourner, vendre à terme », dér. de *terme,* est d'abord attesté au sens de « renvoyer à un terme plus éloigné », au XIXe s. au sens de « user de délais, retarder ». || ***atermoiement*** (XVIIe s.). Voir ***terme***.

athée (XVIe s.), mot sav., empr. au grec *athéos* « qui ne croit pas aux dieux » comp. de *a-* préf. nég. et de *théos* « dieu ». || ***athéisme*** (XVIe s.).

athlète (XVe s.), terme sav. empr. au lat. *athleta* et *athleticus*, du grec *athlétés* « celui qui s'exerce à la lutte », de *athlein* « lutter, concourir ». || ***athlétique*** (XVIe s.), empr. au lat. *athleticus* ; ***athlétisme*** (XIXe s.).

atlas (XVIe s.), nom donné en 1585 à un recueil de cartes figurant en frontispisce un personnage mythologique, le géant *Atlas*, et désignant par la suite tout recueil de cartes géographiques. || ***atlantique*** (XVIe s.), empr. au lat. *Atlanticus* « Atlantique », du grec *Atlantikos* et désignant la mer d'*Atlas* (montagne d'Afrique du Nord).

atmosphère (XVIIe s.), comp. sav. formé du grec *atmos* « vapeur » et *sphaira* « sphère » pour désigner la couche d'air qui entoure le globe terrestre, puis au XVIIIe s. en parlant de l'air d'une ville, d'un lieu, etc. et au sens fig. || ***atmosphérique*** (XVIIIe s.).

atoll (XIXe s.), empr. à la langue des îles Maldives, par l'intermédiaire de l'angl., pour désigner ces sortes d'îles, a remplacé la forme plus ancienne *atolon* (XVIIe s.).

atome (XIVe s.), empr. au lat. *atomus*, du grec *atomos* « élément insécable », de *temnein* « couper, diviser ». || ***atomique*** (XVIe s.), ***atomiste***, ***atomisme*** (XVIIIe s.), appartiennent d'abord comme *atome* au vocabulaire de la spéculation philosophique et physique. Les emplois comme termes de physique nucléaire datent du XXe s. ; ***atomisation***, ***atomiser***, ***atomiseur*** (XXe s.).

atone (XIXe s.), **atonie** (XIVe s., mais rare jusqu'au XVIIIe s.), empr. au grec *atonos*, *atonia* « relâché, relâchement », s'emploient d'abord comme termes de médecine ; au XIXe s. aux sens de « inerte, languissant » et de « inertie » ; le sens gram. se développe à partir du XIXe s.

atour (XIIe s.), empl. en a. fr. au sens de « vêtement, ornement », déverbal de *atourner*, « équiper » et « parer, orner », verbe encore usité régionalement au début du XXe s., ne s'emploie plus en fr. mod. que dans l'expres. vieillie *mettre ses plus beaux atours* ; au XVIIe s. *dame d'atour* « dame dont la charge était de présider à la toilette d'une reine, d'une princesse ».

atout (XVe s.), formé de *à* et de *tout*, s. d. à partir de l'expres. *jouer atout* « jouer pour prendre tout l'enjeu », d'où serait tiré un subst. *atout* au sens de « carte permettant de gagner le tout », puis de « couleur maîtresse » ; au XIXe s. au sens fig.

atrabilaire (XVIe s.), « relatif à la bile noire » et « celui en qui la bile noire exerce une influence dominante » d'où « irritable, coléreux », est formé sur ***atrabile*** (XVIe s.), terme de la médecine ancienne, « humeur noire, cause de la mélancolie maladive », formé sur le lat. *atra bilis* « bile noire » et disparu en fr. mod. Voir ***bile***.

âtre (XIIe s.), du lat. tard. *astracum* « pavé, carrelage », du grec *ostrakon* « vaisselle » et « tesson », est d'abord attesté au sens de « partie de la cheminée où l'on fait le feu », au XVIe s. au sens courant de « foyer ».

atroce (XIVe s.), empr. au lat. *atrox*, *atrocis* « cruel, atroce, affreux ». || ***atrocité*** (XIVe s.), empr. au lat. *atrocitas* « atrocité, horreur ».

atrophie (XVIe s.), empr. au lat. *atrophia* « consomption », du grec *atrophia* « absence de nourriture, dépérissement », de *a-* préf. nég. et *trophein* « nourrir », est d'abord attesté dans le voc. médic., au XIXe s. au sens fig. || ***atrophier*** (XVIe s.).

attabler, voir ***table***.

attacher (XIe s.), issu avec substitution de préf. de l'a. fr. *estachier* « ficher, fixer », dér. du subst. *estache* « pieu » (fin XIe s.), du franc. **stakka* « pieu », est attesté dès l'a. fr. au sens propre et au sens fig. de « lier, unir à qqn par un sentiment ». || ***attache*** (XIIe s.), déverbal de *attacher,* d'abord attesté au sens de « ce qui sert à attacher », garde jusqu'au XVIIe s. le sens fig. de « attachement, intérêt passionné » ; ***attachement*** (XIIIe s.) ; ***rattacher*** (XIIe s.) ; ***rattachement*** (XIXe s).

attaquer (XVIe s.), de l'ital. *attaccare* « assaillir, investir », est d'abord employé dans le voc. milit. ; au XVIIIe s. *attaquer en justice* ; à partir du XVIIe s. aux sens de « saisir (en parlant d'un mal) », de « critiquer » et de « entreprendre (un travail, un sujet, etc.) ». || ***attaque*** (XVIe s.).

attarder, voir ***tard***.

atteindre (XIe s.), du lat. vulg. **attangere* refait d'après *tangere* sur le lat. clas. *attingere* « toucher à, atteindre », est attesté dès l'a. fr. aux sens de « parvenir près de qqn, rejoindre » et de « attaquer, toucher ». || ***atteinte*** (XIIIe s.), n'est plus attesté au sens concret de « possibilité d'atteindre » que dans l'expres. *hors d'atteinte* « hors de portée », l'emploi au sens fig. de « dommage matériel ou moral » se développant à partir du XVIIe s.

atteler (XIIe s.), du lat. vulg. **attelare,* issu, avec changement de préf., de *protelare* « conduire jusqu'au bout », puis s. d. « atteler », d'après le subst. *protelum* « attache de l'attelage, attelage ». || ***attelage*** (XVIe s.) ; ***dételer*** (XIIe s.), au sens fig. au XIXe s.

attelle (XIIe s.), d'abord *astele*, au sens de « éclat de bois, éclat de lance », issu du lat. tard. *astella* « éclat de bois, copeau », du lat. clas. *assula* « fragments du bois, copeau », est un terme aujourd'hui spécialisé dans des emplois tech.

attenant (XIVe s.), part. prés. de l'a. fr. *attenir* « tenir » et « tenir à, dépendre de », du lat. vulg. **attenire,* du lat. clas. *attinere,* s'emploie à partir du XIVe s. comme adj. au sens de « contigu à ». Voir ***tenir***.

attendre (XIe s.), du lat *attendere* « tendre vers, porter son attention sur », est attesté dès l'a. fr. au sens courant du fr. mod., l'a. fr. connaissant également le sens de « porter son attention vers », attesté jusqu'au XVIe s. || ***attente*** (XIe s.), est le fém. subst. d'une forme supposée de part. pas. **attenditus* au sens de « attention portée à » ; ***attentif*** (XIIe s.) ; ***attention*** (XVIe s.), empr. au lat. *attentio* « attention, application » ; ***attentisme***, ***attentiste*** (XXe s.).

attendrir, voir ***tendre***.

attenter (XIVe s.), empr. au lat. *attemptare, attentare* « chercher à prendre, à attaquer », de *tentare,* (voir ***tenter***), est employé dès le m. fr. au sens de « faire une tentative criminelle contre qqn ». || ***attentat*** (XIVe s.) ; ***attentatoire*** (XVIIe s.).

atténuer, voir ***ténu***.

atterrer, **atterrir**, voir ***terre***.

attester (XIIIe s.), empr. au lat *attestari* « attester, prouver » dér. de *testis* « témoin ». || ***attestation*** (XIIIe s.), empr. au lat. *attestatio* « témoignage ».

attifer (XIIIe s.), comp. sur l'a. fr. *tifer* « parer », d'orig. obsc., usuel jusqu'au XVIe s., est d'abord attesté au sens de « orner, parer », puis à partir du XVIIe s. avec valeur péj.

attique (XVIe s.), empr. au lat. *atticus,* du grec *attikos* « d'Athènes », est d'abord employé comme adj. (*sel attique,* XVIIe s.), puis aussi comme subst. masc. dans le voc. de l'architecture.

attirail (XVe s.), formé sur l'a. fr. *atirier* « disposer, mettre en ordre », est d'abord attesté dans le voc. milit. ; au XVIIe s. au sens péj. « équipement compliqué, ridicule, etc. ».

attirance, **attirer**, voir ***tirer***.

attiser (XIIe s.), du lat. vulg. **attitiare* de *titio* « tison » est attesté dès l'a. fr. aux sens propre et fig.

attitrer, voir ***titre***.

attitude (XVIIe s.), de l'ital. *attitudine* « situation, position du corps », du lat. tard. *actitudo,* dér. de *actitare,* fréquent. de *agere,* appartient d'abord, au sens de « posture », au voc. de la peinture ; le sens plus général de « manière de se tenir, comportement » est usuel dès le XVIIe s. ; le sens de « disposition à l'égard de qqn ou qq. ch. » date du XIXe s.

attoucher, **attouchement**, voir ***toucher***.

attraction (XIIIe s.), empr. au lat. tard. *attractio* « contraction » et « action de tirer à soi », dér. du supin *attractum* de *attrahere* « tirer à soi », d'abord attesté au sens de « action d'attirer », se développe à partir du XVIIe s. dans le voc. de la physique, de l'électr., et, au XVIIIe s., au sens fig. de « force qui attire les êtres vers qq. ch. ou qqn » ; l'emploi au sens de « spectacle », repris à l'angl. *attraction,* date du XIXe s. || ***attractif*** (XIIIe s.), empr. au lat. tard. *attractivus.*

attrait (XIIe s.), part. pas. subst. de l'a. fr. *attraire* (du lat. vulg. **attragere*) au sens de « attirer », attesté jusqu'au XVIe s. et qui ne subsiste plus que sous la forme du part. prés. *attrayant* (XIIIe s.) ; *attrait,* « qualité de ce qui attire, charme », est aussi employé au plur. au sens de « aspect plaisant » et spéc. au sens, littéraire, de « appas ».

attraper, voir ***trappe 1***.

attribuer (XIVe s.), empr. au lat. *attribuere* « attribuer, donner, imputer », de *tribuere* « attribuer ». || ***attribut*** (XIVe s.), empr. au lat. méd. *attributum* « propriété, qualité », terme de philos., employé au sens de « ce qui est propre à un être, à une chose », au XVIIe s. comme terme gram. ; ***attribution*** (XIVe s.), empr. au lat. *attributio,* au XIXe s. comme terme gram.

attrister, voir ***triste***.

attrouper, voir ***troupeau***.

aubade, voir ***aube***.

aubaine (XIIIe s.), forme fém. de l'adj. *aubain* « étranger », du franc. **aliban* « appartenant à un autre ban » (voir ***ban***), et attesté jusqu'au XVIIIe s. Le sens ancien se conserve dans l'expres. *droit d'aubaine* « succession revenant au roi des biens d'un étranger mort dans son domaine » ; le sens du fr. mod., « profit inattendu », date du XVIIe s.

aube (XIe s.), du lat. pop. *alba,* fém. subst. au sens de « aurore » de l'adj. *albus* « blanc », s'emploie également dès l'a. fr. pour désigner une composition poético-musicale chantant le lever du jour ; sens conservé dans le dérivé ***aubade*** (XVe s.) empr. à l'a. prov. *albada* ; *aube* « tunique blanche des prêtres » (XIe s.) est issu d'un sens spéc. de *alba* en lat. eccl.

aubépine (XIIIe s.), d'abord sous la forme du masc. *albespin, aubépin,* attesté jusqu'au XVIe s., issu du lat. vulg. **albispinus* « aubépine », du lat. clas. *alba spina* « épine blanche ».

auberge, voir ***héberger***.

aubergine (XVIIIe s.), du catal. *albergínia,* de l'ar. *al-badingan,* de même sens, d'orig. persane.

aubier (XIVe s.), forme issue avec changement de suff. de l'a. fr. *aubour* (XIIe s.), du lat. *alburnum,* dér. de *albus* « blanc », désignant la partie tendre et blanchâtre qui se forme entre l'écorce et le bois dur d'un arbre, sens repris en fr.

auburn (XIXe s.), de l'angl. *auburn,* lui-même empr. à l'a. fr. *auborne*

« blond », du lat. tard. *alburnus* « de couleur blanche ».

aucun (Xe s.), du lat. vulg. **aliquunus,* dér. de *aliquis* « quelqu'un » et *unus* « un », a une valeur positive jusqu'au XVIIe s. La valeur négative en fr. mod. vient de l'emploi en liaison avec la négation *ne. D'aucuns,* au sens de « quelques-uns » est vieilli et littéraire. || ***aucunement*** (XIIe s.), a suivi l'évol. de *aucun* et signifie encore au XVIIe s. « en quelque façon ».

audace (XIVe s.), empr. au lat. *audacia* « hardiesse, témérité », dér. de *audere* « désirer, oser ». || ***audacieux*** (XVe s.).

audible (XVe s.), empr. au lat. tard. *audibilis* « qu'on peut entendre ».

audience (XIIe s.), empr. au lat. *audientia* « action de prêter l'oreille », de *audire* « écouter », a éliminé l'a. fr. *oiance*, dérivé de *oïr.* Le sens jur. de « séance d'un tribunal » apparaît au XVIe s. Le sens de « réception, intérêt porté à qq. ch. » est récent. || ***auditeur*** (XIIIe s.), au sens de « officier de justice » et au sens courant en fr. mod. ; ***audition*** (XIIIe s.), empr. au lat. *auditio* « action d'entendre, audition », d'abord terme de droit, est empl. à partir du XVIe s. au sens de « fonction du sens de l'ouïe » ; au XIXe s. *audition d'un artiste*, d'où ***auditionner*** (XXe s.) ; ***auditif*** (XIVe s.), dér. du supin *auditum*, de *audire* ; ***auditoire*** (XIIIe s.), empr. au lat. *auditorium* « lieu, salle où l'on s'assemble pour écouter, tribunal, assemblée des auditeurs », est attesté à partir du XVe s. au sens courant en fr. mod. de « ensemble des personnes qui écoutent » ; ***auditorium*** (XIXe s.), empr. au lat. *auditorium* ; ***audiovisuel*** (XXe s.), comp. du rad. *audio-* et de *visuel.*

auge (XIIe s.), du lat. *alveus* « vase, récipient », de *alvus* « ventre ».

augmenter (XIVe s.), empr. au lat. *augmentare* « augmenter, accroître ». || ***augmentation*** (XIVe s.), empr. au lat. tard. *augmentatio* « ce qui accroît, augmente qq. ch. ».

augure, au sens de « présage, divination » (XIIe s.), est un empr. au lat. *augurium* « observation et interprétation des signes, présage », et au sens de « prêtre chargé d'observer certains signes » (XIVe s.), est un empr. au lat. *augur*, de même sens. || ***augurer*** (XIVe s.), empr. au lat. *augurare* « donner un présage, conjecturer », mais le sens fig. prédomine à partir du XVIIe s. ; ***augural*** (XVIe s.), empr. au lat. *auguralis* « relatif aux augures ».

auguste (XIIIe s. mais rare jusqu'au XVIIe s.), est employé aux sens du lat. *augustus* « saint, consacré, vénérable, auguste ». L'emploi du mot au XIXe s. pour désigner une sorte de clown est s. d. un empr. à l'all.

aujourd'hui, voir ***jour***.

aulique (XVIe s.), empr. au lat. *aulicus* « qui appartient à la cour », dér de *aula* « cour, cour d'un prince », lui-même empr. au grec.

au(l)ne (XIIe s.), du lat. *alnus* « aulne ». || ***au(l)naie*** (XVe s.), réfection de l'a. fr. *auneiz* (XIIe s.), du lat. tard. *alnetum* « lieu planté d'aulnes ».

aumône (Xe s.), empr. au lat eccl. *elemosyna,* du grec *éléémosuné* « compassion, don charitable », spéc. en grec chrét. au sens de « don généreux fait aux pauvres ». || ***aumônier*** (XIIe s.), est d'abord attesté comme adj. au sens de « qui fait souvent l'aumône », au XVIIe s. au sens de « chapelain », au XIXe s. au sens courant du fr. mod. « ecclésiastique chargé de l'instruction religieuse dans un établissement » ; ***aumônière*** (XIIe s.) ; ***aumônerie*** (XIIe s.), « charge d'aumônier » et « lieu où s'exerce cette charge ».

aune (XIe s.), ancienne mesure de longueur, supprimée en 1840, du franc. **alina,* au sens propre « avant-bras », n'est guère empl. en fr. mod. que dans des expres. comme *mesurer à l'aune de.*

auparavant, voir ***avant***.

auprès, voir ***près***.

aura (XVIIIe s.), mot lat. signifiant « souffle » ; le sens fig. apparaît au XXe s. En a. fr. est attestée (XIIe s.) la forme *aure* « souffle du vent », disparue en fr. mod.

auréole (XIIIe s.), empr. au lat. *aureola (corona)* « couronne d'or », de *aureus* « en or », s'emploie au sens propre pour désigner le cercle lumineux qui, en peinture, entoure la tête de Dieu, de la Vierge, des saints ; au XIXe s. au sens fig. || ***auréoler*** (XIXe s.).

auri-, premier élément de comp. signifiant « or », empr. au lat. *aurum* « or ».

auriculaire (XVIe s.), empr. au lat. *auricularius* « de l'oreille », de *auricula* « oreille ».

aurifère (XVIe s.), empr. au lat. *aurifer* « qui porte de l'or ».

aurochs (XVe s.), de l'all. *Auerochse* de *Ochse* « bœuf » et du germ. *Ur* qui a donné le lat. *urus* « taureau sauvage ».

aurore (XIIIe s.), empr. au lat. *aurora* « moment où le jour se lève », rare avant le XVIe s. ; *aurore boréale* (XVIIe s.).

ausculter (XVIe s.), d'abord au sens de « examiner, confronter », empr. au lat. *auscultare* « écouter avec attention ». Le sens moderne de « procéder à un examen clinique » se développe ainsi que celui du dérivé ***auscultation*** (XVIe s.), dans le voc. médic. du XIXe s.

auspice (XIVe s.), empr. au lat. *auspicium* « présage », au sens propre et (XVIIe s.) au plur. « circonstances présageant qq. ch. d'heureux ou de malheureux ».

aussi (XIIe s.), adv. et conjug., du lat. vulg. **ale*, altér. de *alid*, forme de *aliud*, neutre de *alius* « autre », et de *si*, a élim. l'a. fr. *altresi*, de même sens.

aussitôt, voir ***tôt***.

austère, austérité (XIIIe s.), empr. au lat *austerus* « âpre, aigre » et fig. « sévère, austère » et *austeritas* « âpreté », au fig. « sévérité, gravité » sont usuels dès l'a. fr. au sens fig. du lat.

austral (XIVe s.), empr. au lat. *australis* « qui vient du midi », désigne en fr. mod. « ce qui est au sud du globe terrestre », par opposition à *boréal.*

autan (XVIe s.), de l'a. prov. *auta*, du lat. *altanus* « vent de la haute mer », dér. de *altus* « haut », est limité en fr. mod. au voc. poétique.

autant, voir ***tant***.

autarcie (XVIIIe s.), mot sav., du grec *autarkeia*, de *autos* « soi-même » et *arkein* « suffire », qui apparaît aussi au XIXe s., sous la forme *autarchie*, est d'abord employé au sens de « frugalité, sobriété » ; il prend son sens mod. de « système autonome, économie fermée » au XIXe s. || ***autarcique*** (XXe s.).

autel (XIe s.), altér. de l'a. fr. *alter*, du lat. eccl. *altare* surtout empl. au plur. en lat. clas., *altaria* « lieu élevé réservé aux sacrifices ».

auteur (XIIe s.), également en a. fr. sous la forme *auctor, autor,* est un empr. au lat. *auctor,* dér. de *augere* « faire croître », et attesté en lat. au sens de « instigateur, conseiller », dans le voc. jur. au sens de « garant » et au sens de « créateur, auteur, écrivain » ; *auteur* est attesté dès l'a. fr. aux sens de « celui qui fait autorité », de « celui qui est à l'origine de, qui est l'instigateur de (spécialement en parlant de Dieu) » et au sens de « écrivain ». Voir ***acte***, ***acteur***.

authentique (XIIIe s.), empr. au lat. *authenticus,* du grec *authenticos* « garanti, inattaquable ». || ***authenticité*** (XVIe s.) ; ***authentifier*** (XIXe s.) ; ***authentification*** (XXe s.).

autisme (XXe s.), de l'all. *Autismus,* formé sur le grec *autos* « soi-même ». || ***autiste*** (XXe s.).

auto-, préf. signifiant « de soi-même », du grec *autos* « soi-même », premier élém. de mots sav. ou de mots empruntés comme ***autobiographie***, ***automobile***, ***autonomie***, ***autographe***.

autochtone (XVIe s.), du grec *autokhthon* « issu du sol même, indigène », comp. de *autos* « soi-même » et de *khthon* « terre ».

autocritique, voir ***critique***.

autodafé (XVIIIe s.), du port. *auto de fe* « acte de foi » est usuel en fr. mod. au sens de « destruction par le feu (spéc. de livres jugés dangereux), faite de propos délibéré ».

automate (XVIe s.), du grec *automatos* « qui se meut de soi-même », est d'abord empl. comme adj., puis au XVIIe s. comme subst., au sens propre et au sens fig. || ***automatique*** (XVIIIe s.) ; ***automatisme*** (XVIIIe s.) ; ***automatisation*** (XIXe s.) ; ***automatiser*** (XVIIIe s.), au XIXe s. au sens de « rendre automatique ».

automne (XIIIe s.), empr. au lat. *autumnus* « automne ». || ***automnal*** (XIIe s.), du lat. *autumnalis* « d'automne ».

automobile (XIXe s.), terme d'abord attesté comme adj., qui s'emploie également comme subst. (masc. ou fém. jusqu'au début du XXe s.), formé du préf. grec *auto-* « de soi-même » et de *mobile*. L'abréviation *auto* date de la fin du XIXe s. Les dérivés se sont formés soit sur *auto-*, par exemple ***autobus*** (XXe s. sur le modèle de *omnibus*), ***autocar*** (XIXe s.), ***autoroute*** (XXe s.), etc., soit sur *automobile,* comme ***automobiliste*** (XIXe s.).

autopsie (XVIe s.), du grec *autopsia* « action de voir de ses propres yeux », d'abord employé au sens médical, « examen systématique d'un cadavre », au XIXe s. au sens fig. || ***autopsier*** (XIXe s.).

autoriser (XIIe s.), empr. au lat. méd. *auctorizare* « confirmer », formé sur *auctor* (voir **auteur**), signifie d'abord en a. fr. « confirmer, sanctionner » ; au XVe s. au sens de « permettre légitimement ». || ***autorisation*** (XVe s.), XVIIe s. au sens de « acte, écrit qui autorise » ; ***autorité*** (XIIe s.), empr. au lat. *auctoritas* « garantie de la chose écrite, autorité, influence, crédit », dér. de *auctor*, est attesté dès l'a. fr. aux sens de « texte, écrit authentique », de « pouvoir d'imposer l'obéissance », de « crédit, réputation ». La forme plurielle, *les autorités*, date du XVIIIe s. ; ***autoritaire*** (XIXe s.) ; ***autoritarisme*** (XIXe s.).

autour 1, voir ***tour***.

autour 2, oiseau rapace (XIe s., d'abord *hostur*), s. d. du lat. tard. *auceptor,* du lat. clas. *accipiter* « épervier ».

autre (Xe s.), du lat. *alter* « l'autre (de deux) ». La forme *autrui* est en a. fr. la forme du cas régime indirect de *autre,* formé sur le modèle de *lui.* || ***autrement*** (XIe s.). Voir ***altérité***, ***altruisme***.

autrefois, voir ***fois***.

autruche (XIIe s.), d'abord *ostruce,* la graphie *autruche* datant du XVIe s., est issue du lat. vulg. **austruthio* puis **austruthia,* comp. du rad. du lat. *avis* « oiseau », et de *struthio* « autruche » empr. au grec.

autrui, voir ***autre***.

auvent (XIIe s.), d'orig. obsc., à rapprocher de l'a. prov. *amban, anvan* « entour, retranchement ».

auxiliaire (XVIe s.), empr. au lat. *auxiliaris* « qui secourt », dér. de *auxilium* « secours », est d'abord attesté dans le voc. milit., au XVIIe s. comme terme de gram.

avachir, voir ***vache***.

aval 1, **avaler**, voir ***val***.

aval 2 (XVIIe s.), « garantie qu'on donne pour le paiement d'une lettre de change », est s. d. l'abrév. graphique de la formule *à valoir*. || ***avaliser*** (XIXe s.). Les sens figurés de *aval* et de *avaliser* datent du XXe s.

avalanche (XVIe s.), d'abord *lavange* et *lavanche* « coulée de neige », est issu du terme alpin *avalanche*, croisement de *aval, avaler* « descendre », et du terme alpin *lavanche*, d'orig. obsc.

à-valoir (XVIIIe s.), comp. de *à* et de *valoir*.

avancer (XIIe s.), du lat. vulg. **abantiare*, formé sur *abante* (voir **avant**), au XVe s. au sens de « prêter de l'argent ». || ***avance*** (XIVe s.), au XVe s. au sens financier et au sens de « action d'avancer », au XVIIe s. au sens de « espace qu'on a parcouru avant qqn » ; ***avancée*** (XVIIIe s.) ; ***avancement*** (XIIe s.), usuel depuis le XVIIIe s. au sens de « promotion ».

avanie (XVIe s.), de l'ital. *avania* « imposition, vexation », du grec méd. *abania* « calomnie, délation », p.-ê. de l'ar. *hawan* « traître », désigne d'abord un impôt injustement perçu sur les marchands chrétiens par les Turcs du Levant ; le sens fig. de « affront », seul usuel en fr. mod., date du XVIIIe s.

avant (IXe s.), du lat. tardif *abante*, forme renforcée de *ante* « avant ». Au sens local, *avant* est concurrencé dès les premières attestations par le composé *davant*, puis *devant*, formé de *de* et de *avant*, qui a pu également avoir le sens temporel jusqu'au XVIIIe s. (*ci-devant*, terme désignant les aristocrates sous la Révolution). La forme renforcée de *avant*, ***auparavant*** (XIVe s.), a pu être employée comme préposition jusqu'au XVIIe s. || ***avantage*** (XIIe s.) ; ***avantager*** (XIIIe s.) ; ***avantageux*** (XVe s.) ; ***désavantage*** (XIIIe s.) ; ***désavantager*** (XVIe s.) ; ***désavantageux*** (XVe s.) ; ***davantage*** (XVe s.), adv. ; ***devanture*** (XIIIe s.), dér. de *devant*, s'emploie d'abord au sens propre de « ce qui est devant » ; le sens du fr. mod., « façade de boutique », puis « étalage de marchandises », date du XVIIe s. ; ***dorénavant***, adv., est issu de formes plus anciennes du type *d'or en avant, des or en avant* (XIIe s.), où *or* signifie « maintenant ».

avare (XIIe s.), empr. au lat. *avarus* « avide d'argent, qui donne parcimonieusement », vieilli en fr. mod. au sens ancien de « avide, cupide ». || ***avarice*** (XIIe s.), empr. au lat. *avaritia* « convoitise, avidité, cupidité » ; ***avaricieux*** (XIIIe s.), vieilli ou plaisant en fr. mod.

avarie (XIIIe s.), de l'ital. *avaria*, de l'ar. *awariya*, dér. de *awar* « faute, manque ». || ***avarier*** (XVIIIe s.), surtout usuel au part. pas. (*marchandises avariées*).

avatar (XIXe s.), du sanskrit *avatara* « descente sur terre d'un être divin, incarnations successives » ; le sens fig. date aussi du XIXe s. ; au XXe s. au sens de « événement fâcheux ».

ave ou **ave Maria** (XIVe s.), 2e pers. sing. de l'impératif du verbe lat. *avere* « bien se porter », est une formule de salutation latine reprise pour désigner, d'après ses mots initiaux, l'*Ave Maria*, prière à la Vierge.

avec (XIe s.), prép. et adv., d'abord *avuec, avoec* et plus tardivement *avecque(s)*, est issu du lat. vulg. **apud hoc* « avec cela », renforcement de *apud* « auprès de », qui a pris en lat. vulg. le sens de *avec* et a éliminé en ce sens, en français et en provençal, l'adverbe *cum*. L'a. fr. connaît également une forme *o(d)*, du lat. *apud*, au sens de *avec*, utilisée jusqu'au XVIe s.

aven (XIXe s.), mot du Rouergue empl. comme terme de géol.

avenant (XIe s.), part. prés. adj. de l'a. fr. *avenir* « convenir », aux sens de « affable, aimable, gracieux ». Voir ***advenir***.

avènement (XIIe s.), dér. de l'a. fr. *avenir* « arriver » et d'abord employé au sens de « arrivée » et spéc. « venue du Christ, sur la terre », s'est spécialisé à partir du XIVe s. au sens de « accession au trône ».

avenir (XVe s.), substantivation de l'expres. *temps à venir* « temps futur » ; au XVIIIe s. au sens fig. « carrière, destin, destinée ».

avent (XIIe s.), empr. au lat *adventus* « arrivée », dér. de *advenire* « arriver », s'est spécialisé en lat. eccl. pour désigner la venue du Christ, puis les quatre semaines précédant Noël.

aventure (XIe s.), du lat. vulg. **adventura* « ce qui doit arriver », part. fut. au plur. neutre de *advenire* « arriver », est employé dès l'a. fr. aux sens de « événement inattendu » et de « action extraordinaire » ; à partir du XVIIe s. au sens de « relation amoureuse passagère » ; *à l'aventure* (XIVe s.). || ***aventurer***, ***aventureux***, ***mésaventure*** (XIIe s.) ; ***aventurier*** (XVe s.), XIXe s. au sens péj. ainsi que pour ***aventurière***.

avenue (XIIe s.), part. pas. fém. subst. de l'a. fr. *avenir* « arriver », d'abord employé au sens de « arrivée » ; au XVIe s. au sens fig. de « voie d'accès » et au XVIIe s. au sens de « allée bordée d'arbres », puis (fin XIXe s.) « large voie urbaine ».

avérer (XIIe s.), empr. au lat. méd. *averare*, dér. de *verus* « vrai », n'est employé en fr. mod. qu'à la forme pronom. *s'avérer* « apparaître comme vrai ».

avers (XIXe s.), empr. au lat. *adversus* « qui est en face », est, comme *revers*, un terme de numismatique désignant le côté d'une médaille portant le motif essentiel ou l'effigie.

averse, voir ***verser***.

aversion (XIIIe s.), empr. au lat. *aversio* « fait de se détourner », de *avertere* « détourner » ; d'abord employé au sens de « égarement », puis au XVIIe s. comme terme médic. au sens de « répulsion ». Le sens étendu du fr. mod. date du XVIIe s.

avertir (XIIe s.), du lat. vulg. **advertire*, lat. clas. *advertere* « détourner de ». || ***avertissement*** (XIVe s.), d'abord « préface », au XVe s. au sens courant de « action d'avertir, appel à la prudence » ; XVIIIe s. au sens fiscal ; ***avertisseur*** (XIIIe s.), d'abord « personne qui avertit », au XIXe s. au sens de « appareil destiné à donner un signal ».

avette, voir ***abeille***.

aveu, voir ***avouer***.

aveugle (XIe s.), d'orig. discutée, s. d. du lat. tard. *ab oculis* « privé d'yeux », p.-ê. sur le modèle du grec *ap'ommaton* « sans yeux », a éliminé le lat. *caecus* « aveugle », a. fr. *cieu,* qui ne subsiste que dans le dérivé sav. *cécité*, et l'a. fr. *orb,* du lat. *orbus* « privé de », tous deux utilisés jusqu'au XVIe s. || ***aveugler*** (XIe s.) ; ***aveuglement*** (XIIe s.), au sens propre de « qui a perdu la vue » et au sens fig., seul usuel en fr. mod. ; ***aveuglette*** (XVe s.), employé comme adv. jusqu'au XVIIe s., a été remplacé par l'expres. *à l'aveuglette.*

aveulir, voir ***veule***.

aviation, **aviateur**, **avion** (XIXe s.), termes sav. formés sur le lat. *avis* « oiseau ».

aviculture, **aviculteur** (XIXe s.), termes sav. formés sur le lat. *avis* « oiseau » et *culture*.

avide, **avidité** (XVe s.), termes sav. dérivés du lat. *avidus* « avide, avare, cupide » et *aviditas* « avidité, cupidité ».

avilir, voir ***vil***.

aviron (XIIe s.), s. d. déverb. de l'a. fr. *avironner* au sens de « tourner », formé sur l'a. fr. *viron*, employé à la fois comme subst. « cercle » et adv. « autour », et lui-même dérivé de *virer.*

avis (XIIe s.), d'abord attesté en a. fr. dans la loc. *ce m'est a vis,* ou *avis* « il me semble que », elle-même formée sur le lat. *mihi visum est* « il m'a semblé bon » pour le lat. clas. *mihi videtur,* de même sens. ; *avis* est employé à partir du XIIe s. au sens de « opinion sur un sujet » et à partir du XIVe s. au sens de « conseil » et au sens de « annonce ». || ***aviser*** (XIIIe s.), dér. de *avis* au sens de « avertir » ; ***préavis*** (XIVe s.).

aviser (XIe s.), dér. de *viser* aux sens de « reconnaître » et de « commencer à regarder » ; *s'aviser de qq. ch.* (XIIIe s.) « s'en apercevoir ».

aviso (XVIIIe s.), de l'esp. *barca de aviso* « barque chargée de porter des avis » et utilisé pour désigner un petit navire de guerre employé comme escorteur.

aviver, voir ***vif***.

avocat 1 (XIIe s.), empr. au lat. *advocatus* « homme appelé auprès de », puis « homme dont la profession est de plaider », est employé dès l'a. fr. au sens propre et au sens fig.

avocat 2 (XVIIIe s.), « fruit de l'avocatier », de l'esp. *avocado, abogado,* forme altérée, sous l'infl. de *abogado* « avocat » (au sens jur.), de *aguacate,* mot d'orig. aztèque.

avoine (XIIe s.), d'abord en a. fr. et jusqu'au XVIe s., sous la forme *aveine, avaine,* du lat. *avena,* de même sens.

avoir (IXe s.), du lat. *habere* « avoir », est également attesté dès le XIe s. comme subst. « ce que l'on possède ».

avoisiner, voir ***voisin***.

avorter (XIIe s.), du lat. *abortare* « avorter », dér. de *aboriri,* formé de *ab-* préf. nég. et de *oriri* « naître », est attesté dès l'a. fr. au sens propre et au sens fig. || ***avortement*** (XIIe s.) ; ***avorton*** (XIIIe s.), XVIe s. au sens fig. ; ***abortif*** (XIIIe s.), du lat. *abortivus* « qui fait avorter », est spéc. au sens médic. ; ***avorteur*** (XIXe s.).

avoué (XIe s.), empr. au lat. *advocatus* « homme appelé comme défenseur auprès de » et dont la forme savante en français est *avocat,* désigne en a. fr. d'une manière très large celui qui représente en justice, qui défend une communauté religieuse, une ville, etc. Le sens spécialisé du fr. mod. « officier ministériel chargé de représenter les parties devant un tribunal » (et dont les fonctions ont désormais fusionné avec celles d'avocat) date de la Révolution.

avouer (XIIe s.), du lat. *advocare* « appeler près de soi », est un terme de droit féodal signifiant en a. fr. « reconnaître qqn pour son seigneur » et « reconnaître qqn pour sien » ; d'où l'expres. *un homme sans aveu,* au sens de « un homme que personne ne reconnaît, que personne ne protège, vagabond », et en fr. mod. « homme sans scrupules ». Le sens de « confesser, reconnaître pour vrai » se développe à partir du XVIe s. || ***aveu*** (XIIIe s.), fait sur *avouer,* d'après les formes de l'a. fr. du type *j'aveu,* a suivi l'évol. du verbe ; ***désavouer*** (XIIIe s.) ; ***désaveu*** (XIIIe s.).

avril (XIe s.), d'abord *avrill,* du lat. tard. *aprilius* pour le lat. clas. *aprilis* « avril » ; *poisson d'avril* (XVIIIe s.).

axe (XIVe s.), empr. au lat. *axis* « essieu », est essentiellement utilisé dans des voc. spécialisés (astron., géom., mathémat., etc.). || ***axer*** (XVIe s.), d'abord au sens de « fixer sur un axe », prend au XIXe s. le sens de « orienter, diriger » ; ***désaxer*** (XIXe s.) ; ***désaxé*** (XXe s.).

axiologie (XXe s.), terme sav. fait sur le grec *axios* « digne » et *logos* « science » au sens de « science des valeurs philosophiques, morales, esthétiques ». || ***axiologique*** (XXe s.).

axiome (XVIe s.), empr. au lat. *axioma,* du grec *axiôma* au sens de « proposition évidente, qui s'impose ». || ***axiomatique*** (XVIe s.), adj. au sens de « qui exprime l'autorité », se spéc.

à partir du XIXe s. dans le voc. philos. et en logique ; au XXe s. comme subst. fém.

ayatollah (fin XXe s.), mot ar. comp. de *ayat-*, plur. de *aya* « signe miraculeux » et « verset du Coran » et du nom divin *allah* et désignant un religieux musulman chiite de haut rang.

azalée (XVIIIe s.), du fém. de l'adj. grec *azaléos* « sec, desséché », ces plantes étant adaptées aux terrains secs.

azimut, voir ***zénith***.

azote (XVIIIe s.), mot sav. comp. de *a-* préf. négatif et du grec *zoé* « vie ».

aztèque (XIXe s.), mot mexicain.

azulejo (XIXe s.), de l'esp. *azulejo* « carreau de faïence orné », de *azul* « bleu ».

azur (XIe s.), du lat. méd. *azurium*, forme issue de l'ar. *lazaward* « lapis-lazuli », du persan *lazward,* désigne d'abord en a. fr. la « couleur bleue » au sens propre et dans le vocabulaire de l'héraldique ; le sens figuré et symbolique de « ciel, immensité, absolu » se développe à partir de la fin du XVIIIe s. || ***azurer*** (XIVe s.).

azyme (XIIIe s.), empr. au lat. eccl. *azymus* « pain sans levain », lui-même du grec *azumos* comp. de *a-* préf. nég. et de *zumé* « levain ».

B

baba 1 (XVIIIe s.), « sorte de gâteau », empr. au polon. *baba.*

baba 2 (XVIIIe s.), mot fam., s. d. redoublement de la rac. onomat. *ba-, bab-.*

babélique (XIXe s.), **babélisme** (XIXe s.), **babélien** (XXe s.), dérivés de *Babel*, ville de la Bible et lieu symbolique de l'orgueil humain et de la confusion des langages.

babeurre, voir ***beurre***.

babiller (XIIe s.), formé sur la rac. onomat. *bab-* exprimant le mouvement des lèvres, est d'abord attesté aux sens de « bégayer, parler d'une manière peu claire » ; au XVIe s. au sens du fr. mod. « parler avec abondance, volubilité ». || ***babil*** (XVe s.) ; ***babillage*** (XVIe s.), rare avant le XIXe s. ; ***babillement*** (XVIIIe s.) ; ***babillard*** (XVIe s.).

babine (XVe s.), formé sur la rac. onomat. *bab-*, au sens de « lèvre pendante d'un animal » et, par extension (XVIe s.), « lèvres d'une personne ». Voir ***babouin***.

babiole (XVIe s.), empr. à l'ital. *babbola* « bêtise, enfantillage ».

bâbord (XVe s.), empr. au m. néerl. *bakboord* au sens de « bord du dos » parce que le pilote manœuvrait en tournant le dos au côté de gauche, et, lors de l'emprunt en français, d'abord écrit et interprété *bas bord* (d'où l'accent circonflexe en fr. mod.) parce l'équipage se tenait de ce côté, le côté de *tribord* étant réservé aux officiers. Voir ***tribord***.

babouche (XVIe s.), empr. au turc *papuch* « chaussure », lui-même empr. au persan.

babouin (XIIIe s.), formé à partir de la rac. onomat. *bab-* exprimant le mouvement des lèvres, a d'abord signifié « nigaud, sot », puis « effronté, coquin », sens attestés jusqu'au XVIIe s. ; le sens zoologique apparaît au XIIIe s., le sens fig. de « homme à figure difforme, être laid et ridicule » se développe à partir du XVe s. Voir ***babine***.

baby, voir ***bébé***.

bac 1 (XIIe s.), du lat. vulg. **baccus* « récipient », attesté par les dérivés comme *baccarium* « vase à vin ou à eau », désigne dès l'a. fr. un bateau plat, servant à passer d'un bord à l'autre des hommes ou des marchandises. Le sens de « cuve à divers usages, auge » (fr. mod. *bac à sable*) se développe à partir du XVIIe s. || ***baquet*** (XIIIe s.), « cuve ».

bac 2 (XIXe s.), **bachot** (XIXe s.), abrév. fam. de *baccalauréat.* || ***bachoter***, ***bachotage*** (XIXe s.).

baccalauréat (XVIIe s.), empr. au lat. méd. *baccalaureatus*, s. d. issu du croisement de *bacchalariatus* « grade inférieur parmi les chanoines » et de *baccalaureus*, forme altérée de *baccalarius* « bachelier » rapprochée de *bacca laurea* « baie de laurier », le laurier étant l'emblème du triomphe. Voir ***bachelier***.

baccara (XIXe s.), d'orig. obsc., désigne un jeu de cartes connu depuis le XVIe s.

baccarat (XIXe s.), désigne la variété de cristal propre aux manufactures de *Baccarat* (Meurthe-et-Moselle).

bacchanales (XIVe s.), empr. au lat. *Bacchanalia* « fêtes en l'honneur de Bacchus », d'abord attesté au sens propre, puis, à partir du XVIIIe s., au sens de « fêtes bruyantes, orgie ».

bacchante (XVIe s.), subst. fém. (la forme masculine *bacchant* est rare), empr. au part. prés. *bacchans*, de *bacchari* « se livrer au délire inspiré par Bacchus », est d'abord attesté au sens propre, puis au sens fig. et souvent péj. (XVIIe s.) de « femme en proie à un délire sensuel ».

bacchantes, **bacantes** (XIXe s.),

fam. au sens de « favoris, moustaches », p.-ê. de l'all. *Backe* « joue ».

bâche (XVIe s.), d'abord au sens de « filet pour prendre le poisson », puis de « auge » (XVIIe s.), est p.-ê. le même terme que *bâche* attesté à partir du XVIIIe s. au sens de « couverture de grosse toile, servant à protéger des chargements ». Le terme serait issu dans ses deux acceptions essentielles de l'a. fr. *baschoe, baschoue,* « récipient de bois ou d'osier, hotte », lui-même issu du lat. *bascauda* « cuvette où on lave la vaisselle ». || ***bâcher*** (XVIe s.).

bachelier (XIIIe s.) est la forme altérée par changement de suffixe de l'a. fr. *bacheler* (XIe s.), du lat. méd. **baccalaris,* d'orig. obsc., attesté sous la forme *baccalarius* ; le terme désigne d'abord en a. fr. un jeune homme noble aspirant au rang de chevalier et, plus généralement, tout chevalier non encore pourvu d'un fief, donc disponible (sens conservé en angl., *bachelor* « célibataire »). *Bachelier* désigne également à partir du XIVe s. « celui qui est promu au premier des grades universitaires » (voir **baccalauréat**). || ***bachelière*** (XVe s.), s'emploie au XVIIIe s. au sens de « femme lettrée, savante ».

bacille (XIXe s.), empr. au lat. *bacillum* « baguette ».

bâcler (XIIIe s.), du lat. vulg. **bacculare,* de *baculum* « bâton » d'abord attesté (et jusqu'au XVIIe s.) au sens propre de « fermer une porte avec une barre » ; au XVIIe s. au sens de « conclure » et au XIXe s. au sens de « conclure trop rapidement qq. ch. ». Voir ***débâcle***.

bacon (XIIe s.), du franc. **bakko* « jambon, flèche de lard », est utilisé en ce sens jusqu'au XVIIe s. ; le mot a été réempr. à l'angl. au XIXe s. au sens de « lard fumé assez maigre ».

bactérie (XIXe s.), adaptation du lat. scient. *bacterium* « bâton », empr. au grec *baktérion.* || ***bactérien***, ***bactéricide***, ***bactériologie*** (XIXe s.).

badaud (XVIe s.), empr. à l'a. prov. *badau* « niaiserie » et « niais », dérivé de *badar* « rester bouche bée », signifie d'abord comme adj. « niais », puis s'emploie comme subst. à partir du XVIe s. au sens de « celui qui s'arrête devant des spectacles futiles, qui flâne ». Voir ***bayer***.

baderne (XVIIIe s.), terme de marine, d'orig. obsc. à rapprocher sans doute du prov. *baderno,* d'abord attesté au sens de « tresse faite de vieux cordages » ; *vieille baderne* (XIXe s.), fam. « homme âgé et borné ».

badge (XXe s.), mot anglais (XIVe s.) empl. au sens de « insigne ».

badigeon (XVIIe s.), d'orig. obsc., d'abord attesté au sens propre de « couleur, peinture en détrempe » ; au sens fig. au XIXe s. || ***badigeonner*** (XVIIIe s.) ; ***badigeonnage*** (XIXe s.).

badin (XVe s.), empr. au prov. *badin* « nigaud », dérivé de *badar* « bayer », d'abord attesté au sens de « sot, nigaud » jusqu'au XVIIe s., a pris le sens de « enjoué, plaisant » en parlant d'un être ou d'une chose par suite de l'emploi de *badin* pour désigner un personnage de bouffon dans la comédie aux XVe et XVIe s. || ***badinage***, d'abord attesté (XVIe s.) au sens de « sottise, niaiserie », puis de « marivaudage » (XVIIe s.) ; ***badine*** (XVIIIe s.), au sens de « canne légère », est dér. de *badiner* « flotter au vent, s'agiter légèrement ».

bafouer (XVIe s.), p.-ê. formation expressive à partir de l'onomat. *baff-* exprimant la dérision, à rapprocher de l'a. prov. *bafa* « moquerie » et de l'a. fr. *befe* (XIIe s.) « plaisanterie ».

bafouiller (XIXe s.), d'abord arg. au sens de « se tromper dans une réponse », puis « parler d'une manière confuse », est p.-ê. un empr., avec infl. de *bafouer,* au lyonnais *barfouiller,* ou a été formé sur la rac. onomat. *baff-*

exprimant le fait de parler la bouche pleine et *fouiller.*

bâfrer (XVIe s., d'abord *baufrer*), formé sur l'onomat. *baff-*, exprimant qq. ch. d'épais, de boursouflé. || ***bâfreur*** (XVIe s.) ; ***bâfrerie*** (XIXe s.).

bagage (XIIIe s.), formé sur *bagues,* attesté au XIVe s. au sens de « effets, hardes », est à rapprocher de l'a. prov. *baga* « sac, bourse » (XIVe s.) ; au sens fig. au XIXe s. || ***bagagiste*** (début du XXe s.).

bagarre (XVIIe s.), sans doute empr. au prov. *bagarro* « rixe », lui-même empr. au basque *batzarre* « confusion de personnes ». || ***bagarrer***, ***bagarreur*** (XXe s.).

bagatelle (XVIe s.), empr. à l'ital. *bagatella* « chose de peu d'importance, de peu de valeur », dérivé de *baca* « baie », d'abord attesté au sens de « chose frivole, de peu d'importance », désigne également depuis le XIXe s., dans le domaine musical et littéraire, des pièces légères. Le sens galant date du XIXe s.

bagne (XVIIe s., d'abord sous la forme *baing*), de l'ital. *bagno* « bain », a d'abord désigné un établissement de bain de Livourne, où étaient enfermés les détenus, mais le sens courant est attesté dès le XVIIe s. || ***bagnard*** (XIXe s.).

bagnole (XIXe s.), mot d'orig. dial. utilisé dans les parlers du Nord au sens de « carriole », dérivé de *banne* « tombereau, voiture » ; l'emploi pop. au sens de « vieille, mauvaise voiture » date du XIXe s.

bagou(t) (XVIe s.), d'abord *bagos* « bavardage », déverbal de *bagouler* (XVe s.) « railler grossièrement », que l'on peut rapprocher de l'a. fr. *goule* « bouche ».

bague (XIVe s.), d'abord écrit *wage,* du m. néerl. *bagge, bage* « anneau », qui se rattacherait à l'all. *biegen* « courber ». || ***baguier*** (XVIe s.).

baguenaude (XVe s.), attesté au sens de « fruit du baguenaudier », est p.-ê. un empr. à un parler du Sud, à rapprocher du languedocien *baganaudo* « fruit » ; le sens fig. (XVe s.) de « futilité » proviendrait du fait que ce fruit servait à l'amusement des enfants. || ***baguenauder*** (XVe s.), « passer son temps à des choses frivoles ».

baguette (XVIe s.), de l'ital. *bacchetta,* dimin. de *bacchio* « bâton » formé sur le lat. *baculum* est attesté dès le XVIe s. dans des expres. du voc. militaire comme *mener à la baguette* (dont étaient munis les officiers).

bahut (XIIIe s.), d'orig. obsc. est d'abord attesté au sens de « coffre de voyage » ; le sens de « meuble ancien, armoire » se développe au XIXe s., l'emploi arg. « lycée, collège » date du XIXe s.

bai (XIIe s.), du lat. *badius* « de couleur brun-rouge », en parlant de la robe d'un cheval.

baie 1 (XIIe s.), du lat. *baca,* terme usuel pour désigner les fruits et graines des arbustes et arbrisseaux.

baie 2 (XIIe s.), au sens de « ouverture pratiquée dans un mur », est issu de l'a. fr. *baee* « ouverture », dérivé de *baer.* Voir ***bayer***.

baie 3 (XIVe s.), au sens de « petit golfe », d'orig. incert., est p.-ê. issu de l'esp. *bahia,* ou dér., comme *baie 2,* de *baer* « être ouvert ».

baigner, **baigneur**, **baignade**, voir ***bain***.

bail, voir ***bailler***.

bailler (XIe s.), du lat. *bajulare* « porter sur son dos », attesté en lat. méd. au sens de « exercer une fonction ». Le terme, maintenant vieilli, s'emploie en a. fr. au sens de « porter, apporter ». Au sens, également attesté dès la fin du XIe s., de « donner », *bailler* concurrence jusqu'au XVIIe s. le verbe *donner* par lequel il a été finalement éliminé. || ***bail*** (XIIe s.), d'abord au sens de

« pouvoir d'administrer, tutelle », puis de « contrat par lequel on cède la jouissance de qq. ch. » (XIIIe s.), se spécialise en ce dernier sens à partir du XVIIe s. ; ***bailleur*** (XIVe s.).

bâiller (XIIe s.), d'abord *baaillier*, du lat. tard. *bataculare*, formé sur *batare* « avoir la bouche ouverte », s'est confondu avec *bayer* dont il assume en fr. mod. la plupart des emplois ; au XVIIe s. au sens de « être ouvert, mal fermé ». || ***bâillon*** « instrument de torture », (XVe s.) ; ***bâillonner*** (XVIe s.) ; ***bâillement*** (XIIe s.) ; ***entrebâiller*** (XVe s.). Voir ***bayer***.

bailli (XIIe s.), d'abord *baillif*, déverb. de l'a. fr. *baillir* « administrer, gouverner », lui-même issu de l'a. fr. *bail*, du lat. *bajulus* « portefaix » qui a pris en lat. méd. les sens de « tuteur » et de « gouverneur » désignait sous l'Ancien Régime « l'officier qui rendait la justice (dans son *bailliage*) au nom du roi ou d'un seigneur ». || ***bailliage*** (XIIIe s.), « tutelle », au XIVe s. au sens de « territoire sous la juridiction d'un bailli ».

bain (XIe s.), du lat. vulg. **baneum*, lat. clas. *balneum* « bain », est d'abord attesté au sens de « lieu du palais, de la maison, où l'on se baigne », au XVIIe s. au sens de « lieu de cure thermale ». || ***bain-marie*** (du nom de *Marie*, sœur de Moïse) s'emploie d'abord dans le voc. de l'alchimie (XVIe s.) ; ***baigner*** (XIIe s.), du lat. tard. *balneare* « se baigner » ; ***baigneur*** (XIVe s.) ; ***baignoire*** (XIIIe s.), attesté au sens de « récipient » et « lieu où l'on se baigne » est remplacé en fr. mod. dans le second emploi par ***baignade*** (XVIIIe s.), qui a d'abord désigné, sous la Révolution, un mode d'exécution collective par noyade.

baïonnette (XVIe s.), de *Bayonne*, ville où cette arme fut d'abord fabriquée.

baiser (Xe s.), d'abord *baisier*, du lat. *basiare* « donner un baiser » ; employé en fr. jusqu'au XVIIe s. au sens de « donner un baiser », le verbe a été éliminé dans cette acception par « embrasser », en raison peut-être de l'emploi de *baiser* au sens de « faire l'amour » ; au XIXe s. au sens arg. de « tromper ». Est resté en revanche usuel l'inf. subst. *baiser*, concurrencé dans le lang. pop. par *bise* (XXe s.), s. d. issu d'une forme dial. de l'Ouest, *biser*, de *baiser* « embrasser ». || ***baisement*** (XIIe s.) ; ***baisemain*** (XIVe s.), a d'abord désigné le geste d'hommage du vassal à son seigneur ; au XVIe s. au sens de « geste de politesse ».

baisser (XIe s.), d'abord *baissier*, du lat. vulg. **bassiare*, de *bassus* « bas ». || ***baisse***, d'abord au sens propre de « lieu bas et souvent marécageux » (XIIIe s.), s'emploie au sens de « baisse des prix, etc. » à partir du XVIIIe s. ; ***abaisser*** (XIIe s.) ; ***rabaisser*** (XIIe s.) ; ***rabais*** (XIVe s.), « action de rabaisser », s'emploie au sens financier dès le m. fr.

bajoue, voir ***joue***.

bakchich (XIXe s.), mot turc, « pourboire, don », lui-même empr. au persan.

bakélite (XXe s.), « matière plastique », du nom de l'inventeur, le chimiste belge *Bakeland*.

bal (XIIe s.), déverbal de l'a. fr. *baller* « danser », du lat. tard. *ballare* « danser » ; *baller* a été employé au sens de « danser » jusqu'au XVIIe s. || ***ballade*** « pièce poétique ou musicale », attesté dès le XIIIe s., est empr. au prov. *balada* ; ***balade*** « promenade » (XIXe s.) est le déverb. de ***balader*** (XVe s.), dér. de *ballade*, d'abord empl. au sens de « chanter des ballades », au XVIIe s. « demander l'aumône (en chantant des ballades) », au XIXe s. « marcher sans but » ; ***ballet*** (XVIe s.), empr. à l'ital. *balletto*, dimin. de *ballo* « bal » ; ***baladin***, d'abord employé (XVIe s.) au sens de « danseur de ballets », désigne depuis le XVIe s. un bouffon, un comédien ambulant ; ***ballerine*** (XIXe s.), de l'ital. *ballerina,* de même sens.

balade, **ballade**, voir ***bal***.

balafre (XVIe s.), s. d. issu du croisement de l'a. fr. *leffre* « lèvre » (XIIIe s.) et de *balevre* (voir ***lèvre***), par analogie entre les lèvres d'une plaie et celles du visage. || ***balafrer*** (XVIe s.).

balai (XIIe s., d'abord *balain*), « faisceau de genêts », du breton *balazn, balain* « genêt », arbuste qui a très tôt servi à fabriquer des balais. Le terme a éliminé les descendants du lat. *scopa* « balai », qui subsiste dans des dérivés comme *écouvillon.* || ***balayer*** (XIIIe s.) ; ***balayures,*** d'abord *balieures* (XIVe s.), est aussi employé à partir du XVIe s. au sens fig. ; ***balayeur*** (XIIIe s.) ; ***balayage*** (XVIIe s.) ; ***balayette*** (XIIIe s.), n'est usuel qu'à partir du XIXe s.

balais (XIIIe s.), dans l'expression *rubis balais* « de couleur rose ou rouge foncé », empr. au lat. méd. *balagius,* lui-même de l'ar. *balahs* « sorte de rubis ».

balance (XIIe s.), du lat. vulg. **bilancia* « balance à deux plateaux » formé sur *bis* « deux fois » et *lanx* « plateau de balance », s'emploie dès l'a. fr. ainsi que le verbe dérivé *balancer*, au sens propre et au sens fig. dans des expressions comme *mettre en balance* || ***balancer*** (XIIe s.) ; ***balancement*** (XVe s.) ; ***balancier*** (XVIe s.) ; ***balançoire*** (XVIe s.). Voir ***bilan***.

balancelle (XIXe s.), empr. p.-ê. par l'intermédiaire du prov. mod. *balancello* au génois *barancella* « sorte d'embarcation ». La forme du français suppose une attraction de *balance.*

balbutier (XIVe s.), empr. au lat. *balbutire* « bégayer », de *balbus* « bègue », refait en **balbutiare.* || ***balbutiement*** (XVIIIe s.).

balcon (XVe s.), de l'ital. *balcone* « saillie sur la façade d'un bâtiment », puis « balustrade de cette saillie », issu du longobard **balko,* du franc. **balco* « poutre ». Le sens de « galerie d'une salle de spectacle » se développe à partir du XVIIIe s. ; les sens fig. ou pop. datent du XIXe s. || ***balconnet*** (XXe s.), aux sens de « balustrade de protection » et de « sorte de soutien-gorge ».

baldaquin (XIIe s.), d'abord *baldekin, baudequin,* formes dérivées de l'a. fr. *Baudas* « Bagdad », ville longtemps réputée pour sa production d'étoffes de soie ; la forme *baldaquin* (XIVe s.) vient de l'ital. *baldacchino* « étoffe de soie de Bagdad », en a. ital. *baldacco.* Le sens de « dais (d'étoffe ou de pierre) » se développe à partir du XIVe s.

baleine (XIe s.), empr. au lat. *ballaena, ballena* « baleine », empr. au grec *phallaina,* désignant tout animal marin monstrueux. || ***baleinier*** (XIVe s.).

balise (XVe s.), « dispositif de signalisation », empr. au port. *baliza,* dér. mozarabe du lat. *palus* « pieu ». || ***baliser***, ***balisage*** (XVe s.).

baliste (XVIe s.), empr. au lat. *ballista* « machine de guerre », du grec *ballein* « lancer ». || ***balistique*** (XVIIe s.), empr. au lat. scient. *ballistica* (XVIIe s.).

baliveau (XIIIe s., d'abord sous la forme *boiviau, baiviau*), d'orig. incert., au sens propre « jeune arbre préservé dans les coupes ». Le passage de *baiveau*, attesté jusqu'au XVIe s., à *baliveau* fait difficulté.

baliverne (XVe s.), mot d'orig. obsc.

ballast (XIVe s.), « lest de gravier et de sable pour les navires », empr. au néerl. *ballast,* est concurrencé en ce sens par *lest.* L'emploi en fr. mod. (XIXe s.) au sens de « pierres concassées tassées sous les traverses d'une voie ferrée » est empr. à l'angl. *ballast.*

balle 1 (XVIe s.), « objet pour jouer » et « projectile d'armes à feu », empr. à l'ital. du Nord *balla* pour l'ital. *palla*. || ***ballotter***, dér. de *ballotte* « petite balle » et « boule exprimant les suffrages », est d'abord empl. (XVe s.) au sens de « voter avec des ballottes », puis à partir du XVIe s. au sens de « agiter fortement » et au sens fig. ; ***ballottage*** (XVIe s.), « vote avec des ballottes ou petites boules » ; le sens du fr. mod. « résultat négatif d'un premier tour de scrutin » se développe à partir du XIXe s. ; ***ballottine*** (XVIIIe s.), terme de cuisine, dér. de *ballotte*.

balle 2 (XIIIe s.), au sens de « paquet », du franc. **balla* que l'on retrouve dans l'all. *Ballen* « balle de marchandises ». Le terme est mieux attesté en fr. mod. à travers ses dérivés. || ***ballot*** (XVe s.), au XIXe s. « sot » ; ***emballer*** (XIVe s.) ; ***emballage*** (XVIe s.) ; ***déballer*** (XVe s.) ; ***déballage*** (XVIIe s.) ; ***remballer*** (XVIe s.).

ballerine, **ballet**, voir ***bal***.

ballon 1 (XVIe s.), de l'ital. du Nord, *ballone*, correspondant à l'ital. *pallone* « grosse balle », désigne aussi bien, dès le XVIIe s. « une grosse balle » qu'« un grand vase de verre utilisé en chimie ». Les sens fig. et arg. de *ballon* se développent au XIXe s. ; *ballon* « aérostat » (XVIIIe s.). || ***ballonner*** (XVIe s.), rare avant le XIXe s., spéc. dans le voc. médic. ; ***ballonnement*** (XIXe s.).

ballon 2 (XVIe s.), terme de géogr., est s. d. un calque de l'all. *Belchen* désignant une montagne au sommet arrondi, dans les Vosges, etc.

bal(l)uchon (XIXe s.), dér. de *balle* « paquet de marchandises », d'abord utilisé en arg. au sens de « ballot de butin », puis de « petit paquet d'effets ».

balnéaire (XIXe s.), empr. au lat. *balnearius* « de bain ». Voir ***bain***.

balourd (XVe s.), p.-ê. issu du m. fr. *bellourd* « épais, informe », formé sur *lourd* et le préf. péj. *bes* au sens de « stupide, grossier » ou de l'ital. *balordo* « sot, stupide » avec réfection d'après *lourd*. || ***balourdise*** (XVIIe s.).

balsamique (XVIe s.), au sens de « qui contient du baume », formé sur le lat. *balsamum* « baumier, baume ». Voir ***baume***.

balustre, **balustrade** (XVIe s.), de l'ital. *balaustro, balaustrata,* de l'a. ital. *balaustra* désignant la fleur et le fruit du grenadier, puis, par métaphore, en raison de l'analogie de forme, une colonnette de forme renflée.

bambin (XVIe s.), surtout usité à partir du XVIIIe s., empr. à l'ital. *bambino,* désigne d'abord, en peinture, l'Enfant Jésus.

bamboche (XVIIe s.), d'abord attesté au sens de « petite marionnette », de l'ital. *bamboccio* « pantin, marionnette ». *Bamboche* (XVIIIe s.) fam. au sens de « ripaille » peut être rapproché de ***bambochade*** (XVIIIe s.), de l'ital. *bambocciata*, terme de peinture qualifiant des scènes rustiques et caricaturales, mises à la mode à Rome au XVIIe s. par le peintre Pieter van Laer, surnommé *Bamboccio*.

bambou (XVIe s.), empr. par l'interm. du néerl. au port. *bambu* ou *mambu,* lui-même s. d. empr. aux langues de la côte ouest de l'Inde.

bamboula (XVIIe s., d'abord sous la forme *bambalon* « sorte de tambour africain »), empr. à un dialecte bantou ; fam. et vieilli au sens de « fête », *faire la bamboula* (XXe s.).

ban (XIIe s.), du franc. **ban* « loi, ordre dont la non-observance entraîne une peine », est empl. en a. fr. comme terme de droit féodal. *Ban* désigne en a. fr. la « convocation des vassaux par le seigneur », puis, plus généralement, la « proclamation du seigneur pour interdire ou ordonner qq. ch. » et dès le XIIIe s. la « proclamation publique de promesse de mariage », sens encore usuel en fr. mod. ; *arrière-ban* (XIIe s.), d'abord *riere ban,* altér. pop. d'après *arrière,* de l'a. fr. *herban, arban,* du franc. **hariban,* comp. des éléments *hari* « armée » et *ban,* désigne une « proclamation qui s'étend aux vassaux et aux vassaux de vassaux ». *Ban* s'emploie également dès le XIIIe s. au sens de « territoire soumis à la juridiction d'un seigneur ». || ***banlieue*** (XIIIe s.), comp. de *ban* et de *lieue,* d'abord « espace d'une lieue sur lequel s'exerce l'autorité du seigneur », à partir du XVIIIe s. au sens de « ensemble des agglomérations qui entourent une grande ville » ; ***banlieusard*** (XXe s.) ; ***banal*** (XIIIe s.), désigne d'abord au sens propre « ce qui appartient au seigneur et dont il impose l'usage à ses sujets moyennant redevance » (*four banal*) ; le sens du fr. mod. « qui est commun, accessible à tous, etc. », puis, avec valeur péj., « qui manque d'originalité », se développe à partir du XVIIIe s. ; ***banalité*** (XVIe s.), d'abord terme de droit féodal, « obligation pour les gens d'une seigneurie de se servir du four, du moulin banal moyennant redevance », est attesté à partir du XVIIIe s. au sens de « ce qui est banal, commun, vulgaire » ; ***banaliser*** (XIXe s.) ; ***banalisation*** (XXe s.). Voir ***bannière***.

banane (XVIIe s.), du port. *banana,* empr. à un parler guinéen. || ***bananier*** (XVIIe s.).

banc (XIe s.), du germ. **bank-* « siège allongé », désigne dès l'a. fr. un « siège étroit » mais aussi « l'étal d'un marchand » et au XVe s. « l'étal où se faisait le commerce de l'argent ». A partir du XVIe s., *banc* désigne par analogie des « amas de matière, sable, terre, vase, rocher, corail, etc. ». || ***bancal*** est d'abord attesté (XVe s.) au sens de « pièce d'étoffe recouvrant un banc » ; le sens du fr. mod., « qui a les jambes de travers (comme les pieds d'un banc) », date du XVIIIe s. Voir ***banque***.

banco (XVIIe s.), empr. à l'ital. *banco* « banque », s'est spéc. au XIXe s. au sens de « enjeu » dans le voc. des jeux de cartes (*faire banco*).

bande 1 (XIIe s., d'abord écrit *bende*), du germ. **bindo* « bande flexible », désigne dès l'a. fr. un morceau d'étoffe, de cuir, etc. servant à lier, à maintenir ou à orner. Les emplois du mot se sont encore étendus en fr. mod. dans le voc. notamment du cinéma et de l'informatique ; *bande dessinée* (XXe s.). || ***bandeau*** (XIIe s.) ; ***bandelette*** (XIVe s.) ; ***bander*** (XIIe s.), au XVIe s. au sens de « être en érection » ; ***bandage*** (XVIe s.).

bande 2 (XVe s.), « groupe de plusieurs personnes », empr. à l'a. prov. *banda* « troupe, compagnie de gens », qui provient p.-ê. du germ. **bandwa* « étendard », le sens de « troupe d'hommes armés » dérivant de celui de « troupe assemblée sous un étendard » ; au XVIe s. au sens de « réunion de personnes » ; la valeur péj. est très ancienne. || ***débander*** (XVIe s.), « mettre en fuite » ; ***débandade*** (XVIIe s.).

bande 3 (XIVe s.), terme de marine, dans l'expres. *donner de la bande,* p.-ê. empr. à l'a. prov. *banda* « bord, lisière ».

banderille (XVIIIe s.), terme de tauromachie, empr. à l'esp. *banderilla* « petite bannière », dimin. de *bandera* « bannière ».

banderole (XVe s.), d'abord *bannerolle* « bande d'étoffe flottante, ornant un mât, un casque, un fer de lance, etc. », de l'ital. *banderuola,* dimin. de *bandiera* « étendard ».

bandit (XVIIe s.), de l'ital. *bandito* « hors-la-loi, banni » ; la valeur péj. se développe vers la fin du XVIIe s. || ***banditisme*** (XIXe s.).

bandoulière (XVIe s.), du catal. *bandolera* « bande de cuir servant à suspendre le mousqueton », dér. de *bandoler* « hors-la-loi, bandit », par allusion à la façon dont les bandits portaient leurs armes.

banlieue, voir ***ban***.

banne (XIIe s.), du lat. tard. *benna*

« chariot en osier », d'orig. gaul., d'abord empl. au sens de « charrette », au XIVe s. au sens de « grand panier ». || **bannette** (XIIIe s.) ; **benne** (XVIe s.), var. de *banne*, s. d. du Nord-Est, d'abord empl. au sens de « tombereau », au XVIIIe s. dans le voc. de la mine, puis pour désigner la partie basculante d'un engin, d'un camion, etc. ou comme synonyme de *cabine* (*télébenne*, XXe s.).

bannière (XIIe s.), terme de droit féodal, s. d. dér. de *ban* et du suff. *-ière*, d'abord empl. au sens de « enseigne du seigneur à la guerre », puis « enseigne, étendard » en général ; au XIIIe s. au sens fig. de « parti, signe de ralliement ». Voir ***ban***.

bannir (XIe s.), d'abord attesté en a. fr. au sens de « faire une proclamation, convoquer une armée », est dérivé en ce sens du franc. **bannjan* « proclamer, convoquer des troupes » ; mais le verbe a été rapproché du subst. *ban* dont il a suivi l'évol., *bannir* signifiant à partir du XIIIe s. « condamner à l'exil, exclure du ban ». || ***bannissement*** (XIIIe s.), « exil ». Voir ***forban***.

banque (XVe s.), empr. à l'ital. *banca* au sens de « table, comptoir de vente », qui a été assimilé au fém. *banque* (XIVe s.) de *banc* au sens de « table de changeur », puis « lieu où l'on fait le commerce de l'argent ». *Banque* comme terme de jeu (XVIIe s.), s'est développé à partir de l'ital. *banco* « somme engagée au jeu ». Le fr. mod. a développé, au XXe s., les emplois de *banque* au sens de « réserves d'organes, de sang, de données, etc. ». || ***banquier*** (XIVe s.) est s. d. un empr. à l'ital. *banchiero*, de même sens ; ***bancaire*** (XIXe s.). Voir ***banc***.

banqueroute (XVe s.), de l'ital. *bancarotta* « banc rompu », car on cassait au M. A. le comptoir du banquier en faillite.

banquet (XIVe s.), dont le sens usuel de « repas d'apparat » ne se développe vraiment qu'à partir du XVe s., est un empr. à l'ital. *banchetto* « petit banc » (s. d. en raison de la coutume germanique de disposer des bancs autour des tables pour les banquets). || ***banqueter*** (XIVe s.).

banquette (XVe s.), du langued. *banqueta*, dimin. de *banc*.

banquise (XVIIIe s.), du scandinave *packis*, issu lui-même de *pakki* « paquet » et *iss* « glace ». L'altération de la syllabe initiale en français proviendrait d'un croisement de sens avec *banc*.

baobab (XVIIIe s., une première attestation au XVIe s.), d'abord emprunté à l'ar. *buhibab*, au sens de « fruit d'Afrique », puis de « arbre immense de l'Afrique occidentale ».

baptême (XIe s.), d'abord *batesma*, empr. au lat. eccl. *baptisma*, *batesma* « sacrement destiné à laver le péché originel », du grec chrétien *baptizma* « ablution, lavage rituel ». Le *p* ne s'est jamais prononcé ni dans *baptême* ni dans les dérivés. || ***baptiser*** (XIe s.), du lat. eccl. *baptizare*, du grec *baptizein* « immerger qqn », puis « baptiser par immersion » ; ***baptismal*** (XIIe s.), adj. surtout usuel dans l'expres. *fonts baptismaux* ; ***baptistère*** (XVIIe s.), réfection de *baptisterie* (XIe s.) et de *baptestire* (XIIe s.), empr. au lat. eccl. *baptisterium*, d'abord « piscine de bain » puis « édifice où l'on baptise ».

baquet, voir ***bac 1***.

bar 1 (XIIe s.), « poisson », empr. au m. néerl. *baerse*.

bar 2 (XIXe s.), « débit de boissons », de l'angl. *bar*, abréviation de *bar-room* « barre de comptoir » (*bar* étant empr. au fr. *barre*), une barre séparant à l'origine les consommateurs (debout) du comptoir.

bar 3 (XXe s.), « unité de mesure », terme sav., empr. au grec *baros* « lourd ».

baragouin (XIVe s.), d'abord attesté

dans l'ouest de la France au sens de « étranger, barbare, qui parle un langage incompréhensible » et terme d'injure, de mépris, appliqué aux Bretons, est formé à partir de deux mots bretons *bara* « pain » et *gwin* « vin », souvent utilisés, et mal compris ; *baragouin* désigne dès le XVIe s. une « langue barbare et incompréhensible ». || ***baragouiner*** (XVIe s.), à partir du XVIIe s. au sens de « parler une langue qui paraît barbare à ceux qui ne la comprennent pas » ; ***baragouinage*** (XVIe s.) ; ***baragouineur*** (XVIIe s.).

baraka (XXe s.), mot arabe signifiant « bénédiction », fam. en fr. au sens de « chance ».

baraque (XVIe s.), empr., s. d. par l'intermédiaire du prov. au catal. *barraca* « petite construction servant d'abri » ; *barraca* peut être un dér. préroman de **barra* « barre transversale » ou de **barrum* « limon », mot préroman, d'origine ibérique. || ***baraquement*** (XVIe s.) ; ***baraqué*** (XXe s.) pop. au sens de « bien bâti » (en parlant d'un homme ou d'une femme).

baratin (XXe s.), d'abord attesté dans l'argot des voleurs au sens de « portefeuille vide, substitué à celui qui est volé », puis au sens de « flot de paroles vides destinées à duper », dérive p.-ê. de l'a. fr. *barat* « tromperie », d'orig. obsc.

baratte (XVIe s.), « instrument à battre la crème pour la transformer en beurre », est issu de l'a. fr. *barater* « agiter », lui-même dér. de l'a. fr. *barate* « agitation, tumulte » et qui s'est spécialisé à partir du XVIe s. ; en fr. mod. *baratter* « battre la crème du lait ».

barbacane (XIIe s.), terme de fortification, au M. A., au sens de « ouvrage extérieur de fortification, percé de meurtrières », puis de « ouverture étroite », est d'orig. obsc.

barbaque (XIXe s.), terme d'argot, est p.-ê. un empr. à l'esp. du Mexique *barbacoa* « sorte de gril servant à fumer la viande », que l'on peut également supposer à l'origine de ***barbecue***, mot empr. au XXe s. à l'anglo-améric.

barbare (XIVe s.), subst. et adj., empr. au lat. *barbarus* « barbare, étranger, inculte », lui-même issu du grec *barbaros*, est empr. en fr. au sens de « homme étranger à la civilisation, inculte » ; le sens fig. « violent, cruel, non civilisé, etc. » se développe à partir du XVIe s. || ***barbarie*** (XVe s.), empr. au lat. *barbaria* « barbarie, manque de culture » ; ***barbarisme*** (XIIIe s.), empr. au lat. *barbarismus* « expression vicieuse », du grec *barbarismos*.

barbaresque (XVIe s.), adj. « relatif aux peuples de la Barbarie », puis subst., est un empr. à l'ital. *barbaresco*, lui-même dér. de *Barberia* « la Barbarie », désignation ancienne des peuples d'Afrique du Nord.

barbe 1 (XIe s.), du lat. *barba*, de même sens. || ***barbu*** (XIIIe s.), du lat. vulg. **barbutus*, lat. clas. *barbatus*, a élim. l'a. fr. *barbé* ; ***barbier*** (XIIIe s.), a désigné aussi bien en a. fr. le barbier que le chirurgien ; ***barbon*** (XVIe s.), de l'ital. *barbone*, dér. de *barba* ; ***barbelé*** (XIIe s.), dér. de l'a. fr. *barbel* « petite barbe », d'où « pointe », d'abord au sens de « hérissé de pointes » ; ***barbiche*** (XVIIIe s.), d'abord « homme qui porte la barbe », le sens de « petite barbe » datant du XIXe s. ; ***barbichette*** (XXe s.) ; ***barber*** (XIVe s.), d'abord « raser, faire la barbe », au sens fig. à la fin du XIXe s. ; ***barbouze*** (XXe s.), arg. ; ***imberbe*** (XVIe s.), empr. au lat. *imberbis* « qui est sans barbe, qui n'a pas encore de barbe », dér. de *barba*.

barbe 2 (XVIe s.), « cheval de Barbarie », de l'ital. *barbero*, dér. de *Barberia* « la Barbarie ». Voir ***barbaresque***.

barbeau (XIIe s.), « poisson de rivière », du lat. vulg. **barbellus*, dimin.

de *barbus* « poisson muni de barbillons », fait sur *barba.*

barbecue, voir ***barbaque***.

barbiturique (XIXe s.), terme sav. comp. de *barbitur-* de l'all. *Barbitursaüre* « acide barbiturique » et de l'adj. *urique,* dér. de *urée.*

barboter (XIIIe s.), d'abord sous la forme *borbeter,* « s'agiter dans la boue », mais aussi en a. fr. « parler entre ses dents, marmotter », peut être rapproché, pour le premier sens, de *borbe, bourbe* « boue épaisse » ; le sens argotique de « voler » date du XIXe s. || Le sens de « gigoter » est bien attesté dans le dér. ***barboteuse*** (XVIIIe s.), d'abord au sens de « femme des rues », au XXe s. comme terme d'habillement ; ***barbotine*** (XVIIIe s.), « pâte de porcelaine délayée » ; ***barbotage*** (XVIe s.), « action de barboter dans l'eau », au XIXe s. comme terme tech. (chimie) et au sens fig. et fam. de « vol ».

barbouiller (XVe s.), d'abord attesté au sens de « agiter, troubler », puis de « peindre, écrire grossièrement », est s. d. issu de *barboter* avec changement de suff. sur le modèle de *brouiller, souiller,* etc.|| ***barbouillage*** (XVIe s.) ; ***débarbouiller*** (XVIe s.).

barcarolle (XVIIIe s.), du vénitien *barcarola* « chant du *barcarolo* » (gondolier), de *barca* « barque ».

bard (XIIe s., d'abord *baiart*), « grande civière à claire-voie », d'orig. discutée. || ***barder*** (XVIIIe s.), « charger sur un bard », n'est plus empl. en ce sens en fr. mod. ; ***débarder*** (XVIe s.).

barda (XIXe s.), de l'ar. algérien *barda'a* « bât d'âne ».

barde 1 (XVIe s.), au sens de « poète », empr. au lat. *bardus* « poète, chanteur », s. d. d'orig. gauloise.

barde 2 (XIIIe s.), de l'ar. *barda'a* « bât d'âne », est d'abord attesté au sens de « selle, bât » puis de « armure faite de lames de fer ». || ***barder*** (XVIe s.), signifie d'abord « barder de fer », l'emploi dans le voc. culinaire de *barde* et de *barder* datant du XVIIe s. Voir ***barda***.

barder (XIXe s.), d'abord empl. dans l'argot militaire, au sens de « faire un travail pénible, trimer », peut se rattacher à *barder* « charger », dérivé de *bard.*

bardot (XIVe s.), empr. comme l'ital. *bardotto* « mulet » et l'esp. *albarda* « bât » à l'ar. *barda'a,* s. d. par l'interméd. du prov. *bardo* « bât », pour désigner un animal hybride, issu du croisement du cheval et de l'ânesse. Voir ***barda***.

barème (XVIIIe s.), du nom de François *Barrême,* mort en 1703, auteur des *Comptes-Faits du grand commerce* (1670).

barge, voir ***barque***.

barguigner (XIIe s.), d'abord *bargaignier,* au sens de « marchander », du franc. **borganjan,* est issu du croisement du franc. **borgen* « emprunter » avec **waidanjan* « gagner » ; on a également proposé une formation franc. **warbanjan,* sur **warb* « affaire, métier ». En fr. mod. le terme est vieilli ou fam. au sens de « hésiter ».

baril (XIIe s.), « petit tonneau », du gallo-roman *barriculus,* sans doute dimin. de **barrica* (voir ***barrique***). || ***barillet*** (XIIe s.), signifie d'abord « petit baril », les sens techniques de « étui, dispositif de forme cylindrique » se développant à partir du XVIIe s.

barioler (XVIe s.), d'abord attesté au part. pas. et adj. *barrolé,* (XVe s.), est issu du croisement de l'a. fr. *barré* au sens de « rayé » et de *riolé* « rayé, bigarré » (XIVe s.), dér. de *riule* « règle » (XIIe s.), du lat. *regula,* de même sens. || ***bariolage*** (XVIe s.).

barmaid, **barman** (XIXe s.), mot empr. à l'angl. Voir ***bar***.

baro-, **bary-**, premier élém. tiré du grec *barus* « lourd » et entrant dans la construct. de termes sav., signifiant

« pesanteur » ou « pression » comme ***baromètre***, ***barysphère***, ***baryte***.

baron 1 (xe s.), du franc. **baro*, c. s., **barone* au c. r., « homme libre ». Ce terme, usuel en fr. mod. comme terme du voc. féodal, pour désigner un titre de noblesse ou au sens fam. de « personnage important » (dans le domaine de la finance, de la politique, depuis le XIXe s.), présentait en a. fr. des emplois beaucoup plus étendus et s'employait aussi aux sens de « homme brave, guerrier de valeur », de « mari, époux », pour désigner un saint, etc. || ***baronnie*** (XIIe s.).

baron 2 (XXe s.), terme culinaire, p.-ê. empr. à l'angl. *baron of beef* « gros morceau de bœuf ».

baroque (XVIe s.), désigne d'abord une perle de forme irrégulière, du port. *barroco*, de même sens. Le sens fig. « bizarre, choquant » et l'emploi dans le voc. architect., littér., artist. se développent à partir du XVIIIe s. || ***baroquisme***, ***baroquiste*** (XXe s.).

baroud (XXe s.), mot marocain empr. au sens de « combat ». || ***barouder***, ***baroudeur*** (XXe s.).

barque (XIIIe s.), de l'ital. (ou de l'a. prov.) *barca* « barque », du lat. tard. *barca* « chaloupe » s. d. issu d'une base **barica*, elle-même dér. du grec *baris* « galiote égyptienne ». || ***barge*** (XIe s.), du lat. méd. *barga* a été élim. comme terme général par *barque* ; ***barquette*** (XIIIe s.), « petite barque », au XVIIe s. « sorte de pâtisserie », au XXe s. « petit panier » ; ***débarquer*** (XVIe s.) ; ***embarquer*** (XVIe s.) ; ***embarquement*** (XVIe s.) ; ***débarquement*** (XVIe s.) ; ***embarcation*** (XVIIe s.), de l'esp. *embarcación* « petit bateau » ; ***embarcadère*** (XVIIe s.), de l'esp. *embarcadero*, dér. de *embarcar* « embarquer » ; ***débarcadère*** (XVIIe s.), formé sur *débarquer* sur le modèle d'*embarcadère*.

barre (XIIe s.), du lat. vulg. **barra*, qu'on peut rapprocher du lat. méd. *barra* « barrière » et du gaulois **barro-* au sens de « extrémité, sommet ». || ***barrer*** (XIIe s.) ; ***barreau*** « barre de bois » (XIIIe s.), a désigné au XVIe s. l'espace (fermé par une barre) réservé aux avocats, puis par extension la profession d'avocat ; ***barreur*** au sens de « qui tient la barre d'un bateau » date du XIXe s. ; ***barrage*** (XIIe s.), à partir du XVIIe s. au sens de « ouvrage hydraulique » ; ***barrière*** (XIVe s.) ; ***barrette***, « petite barre », est rare avant le XVIIe s. ; au XIXe s. aux sens de « bijou » et de « pince à cheveux ».

barrette 1 (XIVe s.), empr. à l'ital. dial. *barretta*, en toscan *berretta*, pour désigner un petit bonnet plat et plus spécialement la calotte de cardinal. Voir ***béret***.

barrette 2, voir ***barre***.

barrique (XVe s.), empr. à l'occit. du Sud-Ouest *barriqua* formé sur le même radical que *baril* (voir ce mot). || ***barricade*** (1588, Journée des *Barricades*) provient du fait que les premières barricades furent faites avec des tonneaux ; ***barricader*** (XVIe s.).

barrir (XVIe s.), empr. au lat. *barrire*, de même sens. || ***barrissement*** (XIXe s.).

bartavelle (XVIIIe s.), du prov. mod. *bartavelo* « anneau de verrou, loquet », du lat. vulg. **bertabella* « loquet », pour désigner la perdrix rouge du Midi, dont le chant ressemble au bruit d'un loquet.

baryton (XIXe s.), du grec *barytonos* « dont la voix a un son grave », en fr. « voix d'homme intermédiaire entre le ténor et la basse ».

bas (XIIe s.), du lat. tard. *bassus* « gras, obèse », puis « bas, peu élevé », s'emploie dès l'a. fr. comme adj. et comme subst. ou en composition dans des termes comme *basse-cour* (XIIIe s.), *basse-fosse* (XVe s.). *Bas* au sens de « pièce de vêtement » (XVIe s.) est issu de l'expression *bas-de-chausses* (voir

chausses); ***bas-bleu*** (XIXe s.) est une adaptation de l'angl. *blue stocking.* || ***basset***, d'abord adj. (XIIe s.), désigne à partir du XVIe s. une sorte de chien; ***bassesse***, (XIIe s.), usuel en a. fr. aux sens disparus de « partie basse » et de « état inférieur », s'emploie à partir du XVIIe s. au sens fig. et moral de « absence de dignité, servilité » et de « action basse ».

basalte (XVIe s.), empr. au lat. *basaltes,* forme altérée de *basanites,* dér. du grec *basanos*, « pierre de touche ».

basane (XIIe s.), d'abord sous la forme *bazan, bezanne* « peau de mouton tannée », de l'a. prov. *besana, basana,* empr. par l'intermédiaire de l'esp. *badana* à l'ar. *bitana* « doublure d'un vêtement ». || ***basané*** (XVIe s.).

basculer (XVIIe s.), réfection d'après *bascule* de l'a. fr. *baculer* (XIVe s.), comp. de *bas* et de *cul*, « frapper sur le derrière » et à partir du XVIe s. « faire un mouvement de bascule ». || ***bascule*** (XVIIe s.), d'abord *bacule* (XVe s.), déverb. de l'a. fr. *baculer*; ***basculement*** (XIXe s.).

base (XIIe s.), empr. au lat. *basis* « base, piédestal », du grec *basis* « marche, allure », puis « assise », est d'abord empl. au sens propre de « partie inférieure, assise » et à partir du XVIe s. au sens fig. de « point de départ, référence ». || ***baser*** (XVIe s.); ***basique*** (XVIe s.), au XIXe s. dans le voc. de la chimie.

base-ball (XIXe s.), mot anglo-améric. désignant un jeu de balle pratiqué aux Etats-Unis, comp. de *base* « ligne ou piquet de jeu » et *ball* « balle ».

bas-fond, voir ***fond***.

basilic 1 (XIIe s.), « reptile fabuleux », empr. au lat. *basiliscus,* « serpent venimeux », du grec *basiliskos*, « petit roi », puis « reptile ».

basilic 2 (XIVe s.), « plante aromatique », empr. au lat. tard. *basilicum,* du grec *basilikon* « plante royale », forme substantivée de *basilikos* « royal ».

basilique (XVe s.), empr. au lat. *basilica* « basilique (grand édifice avec portiques extérieurs et intérieurs) », du grec *basiliké (stoa)* « portique, édifice où siège l'archonte-roi ». Le terme, de formation savante, a d'abord été utilisé au XVe s. pour désigner une église chrétienne, bâtie sur le plan des basiliques romaines, puis comme terme d'archéol. romaine (XVIe s.) pour désigner un « édifice civil de forme rectangulaire ». Il n'a jamais sérieusement concurrencé en français les termes *église* et *moûtier* (voir ces mots), même s'il s'emploie en fr. mod. pour qualifier certains sanctuaires particulièrement importants (Sacré-Cœur, Notre-Dame de Lourdes) ou s'inspirant de la forme des basiliques romaines, comme la basilique Sainte-Sophie de Constantinople. Voir ***basoche***.

basin (XVIIe s.), « sorte d'étoffe », d'abord *bombasin* (XIIIe s.), de l'ital. *bambagino*, dér. de *bambagia* « coton », issu du lat. méd. *bambax* que l'on a rapproché de *bombyx* « ver à soie ». La syllabe initiale, *bom-*, a été sans doute confondue avec *bon*, puis élim.

basket-ball (XIXe s.), de l'anglo-améric. au sens de « balle au panier ». || ***basketteur*** (XXe s.).

basoche (XVe s.), du lat. *basilica* « église », désigne à partir du XVe s. la communauté des clercs du Parlement de Paris ou *basochiens.* Le terme est bien attesté comme toponyme en a. fr. pour désigner plus partic. une église érigée en mémoire d'un martyr. On peut supposer, pour expliquer le sens du m. fr. « ensemble des clercs d'une cour de justice », que *basoche* a également désigné l'ensemble des ecclésiastiques attachés à une église. || ***basochien*** (XVe s.). Voir ***basilique***.

basque (XVIe s.), subst. fém., d'abord *baste* (XIVe s.) au sens de « rempli d'une pièce d'étoffe », au XVIe s. au sens de « partie d'étoffe qui part de la taille », empr. au prov. *basto* « troussis, rempli d'étoffe » a été refait sur ***basquine*** (XVIe s.), de l'esp. *basquina* « seconde jupe que l'on met pour sortir », dér. de *basco,* « natif du pays basque » ; *être pendu aux basques de qqn* (XVIIIe s.).

basse (XVIe s.), terme du voc. music., attesté d'abord dans le composé *basse-contre,* opposé à *haute-contre,* est un empr. à l'ital. *basso* « bas ». || ***basson*** (XVIIe s.), de l'ital. *bassone* « grosse basse » ; ***contre-basse*** (XVIe s.), de l'ital. *contrabasso* « basse qui est contre le violoncelle ».

bassesse, voir ***bas***.

bassin (XIIe s.), d'abord « récipient creux », du lat. vulg. **baccinus,* du lat. tard. *bacchinon* « bassin », de même orig. que *bac.* Le sens dérivé « construction pour recevoir de l'eau » et l'emploi comme terme d'anatomie et de géographie se développent à partir du XVIe s. || ***bassine*** (XVIe s.) ; ***bassiner*** (XIVe s.), au sens de « chauffer avec une bassinoire » au XVe s. ; l'emploi arg. au sens de « ennuyer » provient d'un emploi dial. du verbe au sens de « faire un charivari, taper sur des ustensiles de cuisine pour de nouveaux mariés » ; ***bassinet*** (XIIe s.) ; ***bassinoire*** (XVe s.).

baste (XVIe s.), interjection, forme francisée de l'ital. *basta* « il suffit ».

bastide (XIVe s.), de l'a. prov. *bastida* (XIIIe s.), dér. de *bastir* (voir ***bâtir***), « ouvrage de fortification » et « ville nouvelle », sens d'abord repris en fr. ; au XIVe s. au sens disparu de « cabane, hutte », d'où (XVIe s.), « petite maison de campagne » (surtout en Provence) ; ***bastille*** (XIVe s.), « ouvrage de fortification » et spéc. « château fort commencé à Paris sous le règne de Charles V », provient également de *bastida* avec changement de suff. ; ***embastiller*** (XVe s.), d'abord au sens disparu de « mettre des troupes dans une bastille », au XVIIIe s. au sens mod.

bastingage (XVIIIe s.), dér. de **bastinguer** (XVIIe s.), « munir de bastingues (toiles matelassées) », empr. au prov. *bastengo* « toile matelassée », à rapprocher de l'a. prov. *bastir* « tisser ».

bastion (XVe-XVIe s.), de l'ital. *bastione* « ouvrage de fortification ».

bastonnade, voir ***bâton***.

bastringue (XVIIIe s.), pop., d'abord au sens de « bal, cabaret dansant », puis de « tapage », est d'orig. obsc.

bât (XIIIe s.), du lat. vulg. **bastum,* dérivé de **bastare* « porter ». || ***bâter*** (XVIe s.). Voir ***bâton***.

bataclan (XVIIIe s.), « attirail, équipage embarrassant », est d'orig. obsc. ; p.-ê. formation onomat.

bataille (XIe s.), du lat. tard. *battalia,* altér. de *battualia* « combat d'escrime », dérivé de *battuere* « battre », attesté dès l'a. fr. au sens de « combat de deux armées » s'emploie aussi en a. fr. aux sens de « combat singulier », de « corps de troupe » et de « armée en ordre de combat », d'où l'expression *en bataille rangée* (XIVe s.). || ***batailler*** (XIIe s.) ; ***batailleur*** (XIIIe s.) ; ***bataillon*** (XVIe s.), de l'ital. *battaglione* « grand escadron de soldats ».

bâtard (XIIe s.), adj. et subst., est issu du lat. méd. *bastardus,* s. d. empr. au germ. **banstu-* au sens de « mariage avec une seconde femme de rang inférieur ». || ***bâtardise*** (XVIe s.) ; ***abâtardir*** (XIIe s.) ; ***abâtardissement*** (XVe s.).

batavia (XVIIIe s.), « sorte de salade », de *Batavia,* nom latin de la Hollande.

bateau (XIIe s.), dérivé avec le suff. *-ellus* de l'a. angl. *bât* (angl. mod. *boat*) ; terme usuel en fr. mod. pour désigner des ouvrages flottants, destinés à la navigation et de toutes dimensions ; en a. fr., où il est en concurrence avec *nef, vaissel*, etc., *batel, bateau* désigne surtout une embarcation de petite taille utilisée en rivière. || ***batelier*** (XIIIe s.) ; ***batellerie*** (XIVe s.).

bateleur (XIIIe s.), « personne exécutant des tours d'adresse, acrobate », dér. de l'a. fr. *baastel, bastel* (XIIIe s.), « instrument d'escamoteur », qui se retrouverait en fr. mod. dans le subst *bateau* (XIXe s.), arg. au sens de « mensonge, mystification ».

batho-, **bathy-**, premier élém. tiré du grec *bathus* « profond », entrant dans la construct. de termes comme ***bathyscaphe***, ***bathysphère***.

batifoler (XVIe s.), d'orig. obsc., vient peut-être de l'a. prov. *batifol* « moulin à battre (les draps, l'écorce, etc.) ». || ***batifolage*** (XVIe s.).

bâtir (XIIe s.), issu, d'abord au sens de « coudre à grands points », du franc. **bastjan*, de **basta* « fil de chanvre » (d'où les sens de « faufiler, tisser » au XVIe s.), est également attesté dès le XIIe s. aux sens de « composer, arranger » et de « édifier, construire ». || ***bâtiment*** (XIIe s.), « édifice » signifie aussi jusqu'au XVIIe s. « action de construire », sens conservé dans des expressions comme *ouvriers du bâtiment* ; ***bâtisse*** (XVIIe s.), « action de bâtir », puis « construction de grandes dimensions » (XIXe s.) ; ***bâtisseur*** (XVIe s.).

batiste (XVe s., d'abord *batiche*), « toile de lin très fine », s. d. dérivé du rad. de *battre*, attesté en a. fr. au sens de « arçonner la laine ».

bâton (XIe s.), du lat. vulg. **basto*, dér. du lat. tard. *bastum* « bâton » qu'il faut sans doute rattacher au lat. tard. **bastare* « porter », est attesté dès l'a. fr. aux sens fig. de « emblème d'autorité », de « soutien » (*bâton de vieillesse*) et, à partir du XIIIe s., en héraldique, au sens de « bande dans un blason » ; *à bâtons rompus* (XVIIe s.) « à la façon de bâtons entremêlés », puis au sens fig. « de façon décousue ». || ***bâtonnet*** (XIIe s.) ; ***bâtonnier*** (XIIIe s.) s'emploie dès le XIVe s. au sens de « celui qui porte le bâton, l'emblème d'une confrérie » et à partir du XVIIe s. se spécialise au sens de « représentant élu de l'ordre des avocats » ; ***bastonnade*** (XVe s.), empr. soit à l'ital. *bastonata*, soit à l'esp. *bastonada*, soit à l'a. prov. *bastonada*.

batracien (XVIIIe s.), terme sav., du grec *batrakhos* « grenouille ».

battre (XIe s.), du lat. *battere*, forme pop. de *battuere* « frapper le visage de qqn ». Les sens techniques *battre monnaie, battre l'or* ou fig., *avoir le cœur qui bat, battre les buissons*, sont bien attestés dès l'a. fr. || ***battement*** (XIIe s.), d'abord « action de battre », au XVIe s. *battement des mains*, au XVIIe s. *battement du cœur* ; ***batterie*** (XIIIe s.), d'abord « prix reçu pour avoir battu le grain », s'emploie à partir du XVe s. au sens de « réunion de pièces d'artillerie » ; au XIIIe s. *batterie de cuisine*, à partir de la notion d'objets semblables, d'où à partir du XVIIIe s. l'emploi dans le voc. de la physique, de l'électr., de la psychol., etc ; au XVIIe s. « manière de battre le tambour », au XXe s. « ensemble des instruments à percussion d'un orchestre » ; ***battoir*** (XIIIe s.) ; ***battue*** (XVe-XVIe s.), d'abord terme de chasse, « action de battre, de fouiller » ; ***battage*** (XIVe s.), d'abord spéc. au sens de « action de battre les épis de blé, etc. », fin XIXe s. « publicité tapageuse » ; ***abattre*** (XIe s.) ; ***rabattre*** (XIIe s.) ; ***s'ébattre*** (XIIe s.).

baudet (XVIe s.), « âne » et au XVIIe s. « niais », dérivé de l'a. fr. *baud* « gai, lascif ».

baudrier (XIIe s.), forme issue avec chang. de suff. de l'a. fr. *baudré, baldrei* « bande de cuir supportant l'épée », p.-ê. du lat. *balteus* « bande, baudrier ».

baudroie (XVIe s.), grand poisson de mer, du prov. *baudroi*, d'orig. obsc.

baudruche (XVIIe s.), mot d'orig. inconnue.

bauge (XVe s.), p.-ê. var. de *bauche* « torchis, mortier grossier », puis « hutte en torchis », que l'on rattache au gaulois **balcos* « fort », se spécialise à partir du XVIe s. pour désigner le gîte de certains animaux et notamment du sanglier. Les emplois métaphoriques se développent à partir du XIXe s.

baume (XIIe s.), d'abord *balme, basme,* du lat. *balsamum* « baumier » et « baume », du grec *balsamon*, employé au sens de « onguent calmant », puis comme nom de nombreuses plantes odoriférantes, dont il désigne aussi le produit. || ***embaumer*** (XIIIe s., d'abord *embasmer*) ; ***embaumement*** (XIIe s.).

bauxite (XIXe s.), du nom des *Baux-de-Provence* où fut trouvé le premier gisement de ce minerai.

bavard, voir ***bave***.

bave (XIVe s.), s. d. du lat. vulg. **baba,* onomat. exprimant le babil des enfants, s'emploie aussi, à partir du XVe s., comme le verbe ***baver*** (XIVe s.), aux sens de « bavardage, bavarder », souvent de manière futile ou médisante. || ***bavard*** (XVIe s.), au XIXe s. « avocat » (en argot) ; ***bavarder*** (XVIe s.) ; ***bavardage*** (XVIIIe s.) ; ***bavette*** (XIIIe s.), d'abord « lieu où l'on bavarde » (XVe s.), puis « bavette d'enfant » (XVIIIe s.), en concurrence en ce sens avec ***bavoir*** (XVe s.), d'abord empl. au sens disparu de « lieu où l'on bavarde », au XVIIIe s. « bavette » ; ***bavure*** (XIVe s.), au XVIIIe s. « trace, tache », au XXe s. au sens fig.

bayadère (XVIIe s.), du port. *balhadeira,* pour désigner les danseuses sacrées de l'Inde.

bayer, béer (XIIe s.), d'abord *baer,* du lat. vulg. **batare*, d'orig. onomat., a signifié en a. fr. « ouvrir tout grand » spéc. la bouche, (*être bouche bée*), d'où le sens fig. de « aspirer à, désirer ». Le verbe s'est confondu en fr. mod. avec *bâiller* et ne subsiste guère, sous la graphie *bayer,* que dans l'expression *bayer aux corneilles, aux chimères* « rêvasser ». || ***béance*** (XIIIe s.), formé sur *béant,* part. prés. de *baer,* est d'abord attesté en a. fr. au sens fig. de « désir, intention », au XIXe s. dans le voc. médic. « état d'un organe présentant une ouverture » ; ***ébahir*** (XIIe s.), est formé sur *baer,* avec changement de conjugaison. Voir ***bâiller***, ***baie***, ***badin***, ***bégueule***.

bazar (XVe s.), du persan *bazar* « souk, marché public ». Le sens du fr. mod. « magasin où l'on vend des marchandises variées », comme les emplois dépréciatifs, se développe au XIXe s. || ***bazarder*** (XIXe s.), fam., « se débarrasser rapidement de qq. ch. ».

béat (XIIIe s.), empr. au lat. *beatus* « heureux », d'abord au sens de « qui est heureux en Dieu », puis « heureux » (XVIe s.), et à partir du XVIIe s. au sens de « qui témoigne d'une satisfaction niaise ». || ***béatitude*** (XIIIe s.), empr. au lat. chrét. *beatitudo* « bonheur », d'abord en fr. dans le voc. théologique au sens de « félicité dont jouissent les élus », au XVIIe s. « bonheur » ; ***béatifier*** (XIVe s.), empr. au lat. chrét. *beatificare* « rendre heureux », puis « proclamer bienheureux » ; ***béatification*** (XIVe s.), empr. au lat. méd. *beatificatio* « action de proclamer bienheureux ».

beatnik (XXe s.), empr. à l'anglo-améric., formé sur *beat* au sens de « éreinté, épuisé », d'où en argot « paumé » et de *-nik,* suff. yiddish, indiquant le lien d'une personne avec une chose précise.

beau (IXe s.), du lat. *bellus* « charmant, élégant, aimable », qui a éliminé *pulcher, decorus* et *formosus* pour signifier la beauté physique et l'impression esthétique, intellectuelle, morale qu'elle produit. *Beau* a été très utilisé en a. fr. comme épithète de courtoisie ou d'affection dans des syntagmes du type *beau frère, belle sœur, beau père, belle mère*, etc. qui ont progressivement éliminé, pour désigner en fr. mod. les relations de parenté, des termes comme l'a. fr. *serorge* « beau-frère », du lat. *sororius,* « mari de la sœur », *parâtre, marâtre* (qui ont pris un sens péj.). || ***beau-fils*** « gendre », (XVIe s.) ; ***belle-fille*** « épouse du fils », (XVe s.), au XVIe s. « fille née d'un autre mariage » ; ***beaux-parents*** (XVIIIe s.) ; ***beaux-arts*** (XVIIe s.) ; ***belles lettres*** (XVIIIe s.) ; ***beauté***, dér. de *bel, beau,* est d'abord attesté (XIe s.) sous la forme *beltet, belté* ; ***beaucoup*** (XIIIe s.), formé sur *beau* et *coup* a remplacé à partir du XVIe s. l'adv. *mout* du lat. *multum* ; ***embellir*** (XIIe s.), ***embellie*** (XIXe s.), « éclaircie du temps » ; ***embellissement*** (XIIIe s.). Voir ***belette***, ***bellâtre***.

bébé (XVIIIe s.), d'abord attesté comme terme d'affection donné au XVIIIe s. par le roi Stanislas Leczynski à son nain, est formé sur *beb-* var. de la rac. onomat. *bab-* (voir ***babiller***, ***babine***). || ***baby*** (XIXe s.), anglicisme.

bébête, voir ***bête***.

bec (XIIe s.), du lat. *beccus* « bec d'oiseau », qui a éliminé le lat. *rostrum* et qu'on a rapproché d'un rad. celte *bacc-* « crochet » ; ***béjaune*** (XIIIe s.), « jeune oiseau non dressé », au sens fig. « jeune homme niais » et ***bédane*** (XIIIe s.), « poignée », composés respectivement de *bec jaune* et de *bec d'ane* (de l'a. fr. *ane* « canard »), attestent de la disparition ancienne du *c* devant consonne (voir cependant *bec de lièvre, bec de gaz,* etc.). Les sens fig. de *bec,* pour désigner la bouche d'un être humain, le bavardage, le caquet, etc. se développent dès l'a. fr. || ***becquée*** (XIVe s.) ; ***becqueter*** (XIIIe s.), d'abord « critiquer », « tourmenter », au XVIe s. « mordiller, donner des coups de bec », au XVIIIe s., fam. « manger », d'où ***becquetance*** (XIXe s.), fam. « nourriture » ; ***bécot*** (XVIIIe s.), fam. « baiser » ; ***bécoter*** (XIXe s.) ; ***bécasse*** (XIIe s.), dér. de *bec,* au XVIe s. « femme sotte » ; ***bécassine*** (XVIe s.), d'abord nom d'oiseau, au XXe s. « jeune fille niaise » (du prénom d'un personnage breton d'une bande dessinée).

bécane (XIXe s.), d'orig. obsc., d'abord « mauvaise locomotive, mauvaise machine », puis au sens de « bicyclette » et de « moto ».

bécarre (XVe s.), **bémol** (XIVe s.), de l'ital. *b quadro* « b à la panse carrée » et *b molle* « à la panse arrondie ».

béchamel (XVIIIe s.), « sorte de sauce », du nom de Louis de *Béchamel,* gourmet de la fin du XVIIe s.

bêcher (XIIe s.), d'orig. douteuse, p.-ê. du lat. vulg. **bessicare* « bêcher », dér. du lat. *bessus* « bêche », attesté en lat. méd. ; au XIXe s. fam. au sens de « critiquer, mépriser ». || ***bêche*** (XIIe s.), déverb. de ***bêcher***.

bedaine (XIVe s.), s. d. altér. de l'a. fr. *boutine, boudine* « nombril, ventre » qui appartient à une famille dérivée de la rac. onomat. **bod-* désignant qq. ch. d'enflé. || ***bedon*** (XVe s.), formé à partir du même rad. **bod-*, d'abord « sorte de tambour », puis au sens fam. « gros ventre » ; ***bedonner*** (XVIe s.), d'abord « résonner », au XIXe s. « prendre du ventre » ; ***bedonnant*** (XIXe s.).

bedeau (XIIe s.), du franc. **bidil* « représentant de l'ordre », d'abord au sens de « sergent de justice subalterne », s'est spéc. depuis le XVIe s. au sens de « employé laïque préposé au service matériel et à l'ordre dans une église ».

bédouin (XIIe s.), d'abord subst. au sens de « arabe du désert », puis aussi adj., de l'ar. *badawi* « habitant du désert ».

béer, **béant**, voir ***bayer***.

beffroi (XIIe s., d'abord *berfroi*), du franc. **bergfripu,* au sens de « ouvrage de défense qui garde la paix » (de *berg*, all. *bergen* « sauver » et *frid*, all. *Frie-*

den « paix ») ; spéc. en fr. mod. aux sens de « tour urbaine » et de « tour d'une église » surtout dans le nord de la France et en Belgique.

bégayer, voir **bègue**.

bégonia (XVIIIe s.), nom de plante, créé en l'honneur de *Bégon*, intendant de Saint-Domingue (Haïti) au XVIIIe s.

bègue (XIIIe s., d'abord *beggue, becgue*), déverb. de l'a. fr. *béguer*, est s. d. issu du néerl. **beggen* « bavarder ». || ***bégayer*** (XVe s.), formé sur *bègue* et le suff. *-oyer* devenu *-ayer* a éliminé l'a. verbe *béguer* ; ***bégaiement*** (XVIe s.).

bégueule (XVe s.), formé de *bée*, part. pas. fém. de *béer* (voir **bayer**) et de *gueule* au sens de « qui fait l'étonné à tout propos », puis « qui est excessivement prude » (XVIIIe s.).

béguine (XIIIe s.), « religieuse de Belgique et des Pays-Bas soumise à la vie conventuelle mais n'ayant pas prononcé de vœux », mot formé à partir de *bégard* « membre d'une communauté religieuse ne prononçant pas de vœux », empr. au m. néerl. *beg(g)aert*, d'orig. obsc., à rapprocher p.-ê. du m. néerl. **beggen* « réciter des prières d'une manière monotone ». || ***béguin*** (XIIIe s.), d'abord masc. correspondant à *béguine*, et souvent employé avec valeur péj., désigne aussi la coiffe que portaient les béguines (XIVe s.), puis un bonnet à bride pour enfants ; l'expres. *avoir le béguin pour* (XVIIIe s.) peut provenir du verbe *embéguiner*, au sens fig. de « se mettre dans la tête, se coiffer de » ; ***béguinage*** (XIIIe s.), « couvent de béguines ».

bégum (XVIIe s.), empr. à l'angl. *begum* (XVIIe s.), lui-même empr. à l'ourdou (d'orig. persane) *begam*, du turc *bigim* « princesse ».

beige (XIIIe s., d'abord *bege*), au sens de « sans couleur », « de la couleur de la laine naturelle », d'orig. obsc., a été rapproché de l'ital. *bambagia* « coton », avec aphérèse de la syllabe initiale (voir **basin**, de *bombasin*).

beigne (XIVe s., d'abord *buigne* et *bigne*), « bosse provoquée par un coup », est d'orig. obsc., p.-ê. d'une base **bunnia* « souche d'arbre » d'orig. celt. || ***beignet*** (XIIIe s.), d'abord *buignet*, « pâtisserie soufflée ».

béjaune, voir **bec**.

bêler (XIIe s.), du lat. tard. *belare* « pousser un bêlement », var. du lat. *balare*, formation expres., s'emploie dès le XIIIe s. au sens fig. de « se lamenter, gémir ». || ***bêlement*** (XVIe s.).

belette (XIIIe s.), surnom en forme de diminutif tiré de *belle* « la jolie », pour conjurer les effets nuisibles de l'animal, a remplacé l'a. fr. *mostoile*, du lat. *mustela* « belette ».

bélier (XVe s.), autre forme, avec chang. de suff., de l'a. fr. *belin* (XIIe s.), issu de *Belinus*, nom du mouton dans l'*Ysengrimus* (voir **renard**) et lui-même s. d. empr. au néerl. *belhamel* (de *bel* « cloche » et *hamel* « mouton ») « mouton à sonnaille, qui marche en tête du troupeau » ; à partir du XVIe s. au sens de « machine de guerre ».

belladone (XVIe s.), « plante toxique », de l'ital. *belladonna* « belle dame », p.-ê. en raison du fard qu'en tiraient les Italiens.

bellâtre (XVIe s.), dér. de *bel* avec suff. péj. *-astre, -âtre* au sens de « qui a une beauté mêlée de fadeur ».

belliqueux (XVe s.), empr. au lat. *bellicosus* « guerrier », fait partie d'une série de mots sav. comme ***bellicisme***, ***belliciste*** (XIXe s.), ***belligérant*** (XVIIIe s.), ***belligérance*** (XIXe s.), formés sur le lat. *bellum* « guerre ». Voir ***guerre***.

belluaire (XIXe s.), « gladiateur qui combattait les bêtes féroces », dérivé sav. du lat. *bellua* « bête fauve ».

belote (XXe s.), « jeu de cartes », d'orig. contestée.

belvédère (XVIe s.), de l'ital. *belvedere,* de *bel* « beau » et *vedere* « voir », empl. au sens de « construction établie dans un lieu élevé d'où la vue est agréable ou étendue ».

bémol, voir ***bécarre***.

bénédicité (XIIIe s.), empr. au lat. *benedicite* « bénissez », d'abord au sens de « prière », puis spéc. au XVIe s. pour désigner la prière récitée avant le repas et qui commence par ce verbe (XVIe s.).

bénédictin (XIIIe s.), rare jusqu'au XVIe s., empr. au lat. eccl. *benedictus,* du nom latin *Benedictus* de saint Benoît, qui fonda cet ordre. Le sens fig., *un travail de bénédictin*, se développe à partir du XVIIe s., les bénédictins de la congrégation de Saint-Maur s'étant spécialisés, aux XVIIe-XVIIIe s., dans les travaux d'érudition. || ***bénédictine***, liqueur (XIXe s.).

bénédiction, voir ***bénir***.

bénéfice (XIIe s.), empr. au lat. *beneficium* « bienfait », de *bene* « bien » et *facere* « faire », d'abord attesté au sens de « service, bienfait », usuel jusqu'au XVIIe s., se spécialise dès l'a. fr. aux sens de « bénéfice ecclésiastique » et de « tenure concédée à un vassal ». Les sens de « profit, gain, avantage » et le sens fig. se développent à partir du XVIIe s. || ***bénéficier*** (XIIIe s.), empr. au lat. méd. *beneficiare* « concéder un bénéfice », est d'abord attesté en fr. en ce sens, au XIXe s. au sens de « jouir, profiter de » ; ***bénéfique*** (XVIe s.), empr. au lat. *beneficus* « bienfaisant » ; ***bénéficiaire*** (XVIIe s.).

benêt, voir ***bénir***.

bénévole (XIIIe s.), empr. au lat. *benevolus* « bienveillant », est d'abord attesté au sens de « animé de bonnes dispositions », le sens usuel en fr. mod. « à titre gracieux » se développant à partir du XIXe s. || ***bénévolat*** (XXe s.).

bénin (XIIe s.), d'abord sous la forme *benigne*, la forme de masc. *bénin* datant du XVe s., est un empr. au lat. *benignus* « bienveillant », et se développe à partir du XIXe s. au sens de « qui ne présente pas de caractère alarmant ». || ***bénignité*** (XIIe s.), empr. au lat. *benignitas* « bienveillance ».

bénir (XIe s.), d'abord *beneïr,* du lat. *benedicere* « dire du bien de qqn », qui se spécialise en lat. chrét. aux sens de « louer Dieu », « répandre ses bienfaits sur » (en parlant de Dieu), « bénir les fidèles », « consacrer un lieu ». Le part. pas. *beneeit, beneoit,* usuel jusqu'au XVIe s. (et conservé dans le prénom *Benoît,* et dans l'adj. *benoît*) a été remplacé par *béni.* La distinction entre *bénit* (*pain bénit, eau bénite*) et *béni* date du XIXe s. || Sur *eau bénite* a été formé en a. fr. un dérivé *eaubenoitier,* puis *benoitier*, en fr. mod. ***bénitier*** (XVIIe s.) ; ***bénédiction*** (XIVe s.), empr. au lat. chrét. *benedictio* « grâce divine », a remplacé à partir du XVIe s. la forme populaire de l'a. fr. *beneïçon* (XIe s.) ; ***benêt,*** qui est en a. fr. une autre forme de *benoît, béni,* a pris le sens de « niais, sot » au XVIe s. par allusion ironique au texte de l'Evangile de Matthieu, V, 3, « Heureux les pauvres en esprit ».

benjamin (XVIIIe s.), « le plus jeune enfant d'une famille », du nom de *Benjamin,* dernier des fils de Jacob et son préféré (Genèse, XXXV, 18) ; au XVIIIe s. au sens de « enfant préféré ».

benjoin (XVe s., d'abord *benjuyn*), « substance aromatique riche en acide benzoïque », empr. au catal. *benjui,* lui-même de l'ar. *luban gawi* « encens de Java ». || ***benzine*** (XIXe s.), empr. à l'all. *Benzin,* mot créé à partir d'un rad. *benz-*, dér. du lat. botan. *benzoinum,* latinisation de *benjoin*, qui se retrouve aussi dans ***benzène*** (XIXe s.).

benne, voir ***banne***.

benoît, voir ***bénir***.

benzène, **benzine**, voir ***benjoin***.

béotien (XVIIIe s.), au sens de « indifférent à la beauté esthétique », de *Béotien* « habitant de la Béotie », du grec *Boiôtios* déjà attesté en grec au sens fig. de « lourdaud ».

béquille (XVIIe s.), dér. régressif de *béquillon* « petit bec », p.-ê. sous l'infl. de l'a. fr. *anille* « béquille », la traverse de la béquille ayant été comparée à un bec. Voir **bec**.

bercail (XIVe s., d'abord *bercal*), est issu avec changement de suff., sous l'influence de *bétail*, du lat. vulg. **vervicale* « bergerie », d'où **berbicale*, dér. de *vervex* « brebis » (voir **brebis**). L'emploi fig. « famille, foyer » et d'abord au sens relig. se développe à partir du XVIIe s. à partir de la parabole du Bon Pasteur.

berceau (XVe s.), dér. de l'a. fr. *bers* (XIIe s.), s. d. issu du lat. vulg. **bertium*, peut-être d'orig. gauloise, d'un rad. celte *berta-* « secouer » ou issu, avec substitution de suff., de l'a. fr. *bercuel*; *berceau* a éliminé dès le XVIIe s. l'ancien mot *bers*. || **bercer** (XIIIe s.), dér. de l'a. fr. *bers*; **bercement** (XVIe s.); **berceuse** (XIXe s.).

béret (XIXe s.), du béarnais *berret*, dér., comme l'ital. *berretta*, du lat. tard. *birrum* « sorte de capote à capuchon », p.-ê. d'orig. celtique. Voir **barrette**.

bergamasque (XVIe s.), de l'ital. *bergamasca* au sens de « danse, air de danse », de *Bergamo*, Bergame, ville d'Italie d'où est originaire cette danse.

bergamote (XVIe s.), de l'ital. *bergamotta*, peut-être empr. au turc *beg armudi* « poire du bey, du prince ».

berge (XIVe s., d'abord *berche*), p.-ê. empr. au lat. vulg. **barica* « bord », d'orig. celt.

berger (XIIe s., d'abord *berchier*), du lat. vulg. **vervecarius*, dér. de *vervex* « brebis ». || **bergère** (XIIe s.), désigne aussi un siège à partir du XVIIIe s.; **bergerie** (XIIe s.); **bergeronnette** (XIIIe s.), d'abord « petite bergère », puis « oiseau qui vit dans le voisinage des troupeaux » (XVIe s.).

béribéri (XVIIe s.), terme médical empr. au cinghalais où ce mot serait d'orig. malaise.

berline (XVIIIe s.), de la ville de *Berlin*, où cette sorte de voiture fut mise à la mode à la fin du XVIIe s.

berlingot (XVIIe s.), s. d. empr. à l'ital. *berlingozzo* « sorte de macaron », à rattacher à l'ital. *berlengo* (arg.) « table où l'on prend les repas ». *Berlengo* est lui-même empr. à l'a. fr. *brelenc* « table où l'on joue aux dés ». Voir **brelan**.

berlue (XIIIe s.), d'abord *bellue*, « fable, discours extravagant », mot d'orig. obsc. à rapprocher de l'a. fr. *belluer* (XIVe s.) « éblouir ». || **éberluer** (XVIe s.).

bermuda (XXe s.), de l'anglo-améric. *Bermuda shorts*, portés dans les îles Bermudes.

bernard-l'ermite (XVIe s.), empr. au languedocien *bernart l'ermito*, nom donné par plaisanterie à ce crustacé qui se loge dans une coquille vide.

berne (XVIIe s.), terme de marine, peut-être empr. au néerl. *berm* « repli, bord »; *mettre le pavillon en berne* (XVIIe s.).

berner (XVe s.), « moquer », dérivé avec métathèse de l'a. fr. *bren* « son », *berner* ayant sans doute eu d'abord le sens de « vanner le blé »; à partir du XVIe s. au sens, attesté jusqu'au XVIIe s., de « faire sauter qqn dans une couverture pour se moquer »; XVIIe s. « se moquer de ».

béryl (XIIe s.), empr. au lat. *beryllus* « béryl, aigue-marine », du grec *bérullos*, de même sens.

besace (XIIIe s.), du lat. tard. *bisaccia*, plur. neutre pris comme fém. de *bisaccium*, comp. de *bis* et de *saccum*

« sac » au sens de « double sac ». Voir **bissac**.

besant (XIe s.), empr. au lat. tard. *byzantius nummus* « monnaie d'or d'époque byzantine ».

besicles (XIVe s.), d'abord *bericle* « lunette », forme altérée d'après la finale *-cle* de *escarboucle,* de *béryl* (voir ce mot), le *béryl* ayant servi à faire des verres de lunettes. *Béricle* est devenu *besicle* par assibilation du *r* intervocalique.

besogne (XIIe s.), du franc. **bisunnia* « soin, souci », formé sur le franc. **sunnja* « souci », s'emploie en a. fr. et jusqu'au XVIe s. au sens de « nécessité, besoin » ; le sens de « tâche, travail imposé » se développe à partir du XIIIe s. || ***besogner*** (XIIe s.), et ***besogneux*** (XIe s.), d'abord aux sens de « être dans le besoin », « qui est dans le besoin », ont suivi l'évol. de sens du subst. ; *besogne* et *besogner* au sens érotique sont attestés dès le XIIIe s. ; ***besoin*** (XIe s.), s. d. du franc. **bisun(n)i* « soin, besoin », s'emploie surtout en a. fr. dans des locutions verbales du type *être besoin,* « être nécessaire », *avoir besoin de* « ressentir la nécessité de » ; l'emploi au plur. date du début du XIXe s.

bestiaire, **bestial**, voir **bête**.

best-seller (XXe s.), empr. à l'angl. au sens de « mieux vendu », de *best* « meilleur » et *to sell* « vendre ».

bétail, voir **bête**.

bête (XIe s.), empr. au lat. *bestia,* dont une forme pop. *bistia* est à l'origine de l'a. fr. *bisse* (voir **biche**). *Bête* subst. et adj. possède dès le XIIe s. le sens propre de « animal » et le sens fig. de « stupide ». || ***bêtise***, dér. de *bête* (XVe s.) ; ***bêta*** (XVIe s.) ; ***bêtifier*** (XVIIIe s.) ; ***bestiole*** (XIIe s.), empr. au lat. *bestiola,* de même sens, dim. de *bestia* ; ***bétail*** (XIIIe s.), d'abord *bestiaille,* puis *bestail,* terme collectif désignant « l'ensemble des animaux de ferme », est dérivé de *bête* sur le modèle de l'a. fr. *aumaille* « gros bétail à cornes », du lat. *animalia,* qu'il a ensuite éliminé ; ***bestiaux*** (XVe s.), est le pluriel de l'a. fr. *bestial,* « bétail », qui a disparu en raison de son homophonie avec ***bestial*** (XIIe s.), adj., empr. au lat. chrét. *bestialis* au sens de « qui tient de la bête » ; ***bestialité*** (XIIIe s.), empr. au lat. méd. *bestialitas* « caractère de ce qui est propre à la bête » ; ***bestiaire*** (XIIe s.), empr. au lat. méd. *bestiarius* « qui concerne les animaux », désigne un recueil de récits allégoriques sur les animaux ; au XVe s. au sens de « gladiateur combattant contre les bêtes ».

béton (XIIe s.), d'abord *betun* « mortier, ciment », du lat. *bitumen,* dont est également issu *bitume.* || ***bétonner*** (XIXe s.).

bette (XIIe s.), empr. au lat. *beta* « bette » (plante), aussi sous la forme *blette* (XIVe s.), empr. au lat. méd. *bleta,* issu du croisement de *beta* et du lat. *blitum.* || ***betterave*** (XVIIe s.), de *bette* et de *rave.*

beugler (XIIe s.), d'abord *bugler* « corner », dér. de l'a. fr. *bugle* « jeune bœuf », issu du lat. *buculus,* de même sens. Le sens du fr. mod. « mugir » est attesté à partir du XVIe s. || ***beuglement*** (XVIe s.) ; ***beuglant*** « cabaret », fam. et vieilli (XIXe s.) ; ***beuglante*** (XXe s.), pop. d'abord « chanteuse de café-concert », puis « vive protestation ».

beurre (XIIe s.), d'abord *burre,* du lat. *butyrum,* empr. au grec *bouturon* ; la forme *beurre*, dialectale, s'impose au XVIe s. ; les emplois fig. *faire son beurre,* etc., se développent au XIXe s. || ***beurrer*** (XIIIe s.) ; ***beurrier*** (XIIIe s.) ; ***beurrée*** (XVIe s.), « tartine beurrée », et fam. au sens de « état d'ivresse », d'après ***beurré*** « ivre » ; ***babeurre*** (XVIe s.), de *bat(tre)* et *beurre*, « liquide blanc qui reste après le battage de la crème ».

beuverie, voir **boire**.

bévue (XVIIᵉ s.), « méprise grossière due à l'inadvertance, à l'ignorance », dér. de *bes-, bé-* devant cons., du lat. *bis,* fonctionnant comme particule de renforcement à valeur péj. et de *vue.*

bey (XVᵉ s.), d'abord sous la graphie *baya,* du turc *beg* « seigneur ».

bi-, **bis-**, préf. signifiant « double », issu du lat. *bis* « deux fois » et indiquant le redoublement par répétition ou duplication dans des termes comme ***bicolore***, ***biconcave***, ***biconvexe***, ***bimensuel***, ***bimillénaire***, ***bimoteur***, etc.

biais (XIIIᵉ s.), d'abord attesté dans la loc. adv. *de biais* « qui n'est pas coupé dans le droit fil », apparaît aussi à partir du XVIᵉ s. comme adj. et subst. au sens fig. de « oblique, détourné » ; *biais* est s. d. un empr. à l'a. prov. *biais* « direction oblique », p.-ê. dér. du lat. **biaxius* « qui a deux axes ». || ***biaiser*** (XVᵉ s.) ; ***biaisement*** (XVIᵉ s.).

bibelot (XVᵉ s., d'abord *biblot*), dér. de la racine onomat. *bib-,* désignant de petits objets, et du suff. *-elot,* ou à rapprocher de l'a. fr. *beubelet* (XIIᵉ s.), de même sens, formé par redoublement expressif de *bel (beau).* || ***bimbelot*** (XVIᵉ s.), var. de *bibelot*, est vieilli en fr. mod. au sens de « petit jouet d'enfant » ; ***bimbeloterie*** (XVIIIᵉ s.), dér. de *bimbelot.*

biberon (XIVᵉ s.), d'abord au sens de « goulot, bec d'un vase » jusqu'au XVIᵉ s., puis au sens fig. de « ivrogne », est s. d. dérivé du lat. eccl. *biber(e)* « boisson » plutôt que du verbe lat. *bibere* « boire ». Le sens usuel du fr. mod. date du XIXᵉ s. || ***biberonner*** (XIXᵉ s.), fam. au sens de « boire beaucoup ».

bible (XIIᵉ s.), empr. au lat. eccl. *biblia* « livres sacrés », transcription du grec *ta biblia,* formé sur *biblion* « livre » ; le sens fig. de « grand livre, travail important, faisant autorité » se développe dès le M. A. || ***biblique*** (XVIIᵉ s.).

biblio-, premier élém. de mots sav. comme ***bibliobus*** (sur le modèle de *autobus*), ***bibliographe*** (du grec *graphein,* « écrire »), ***bibliographie***, ***bibliophile*** (du grec *philein* « aimer »), tiré du grec *biblion* « livre ».

bibliothèque (XVᵉ s.), mot sav., du grec *bibliothéké* « endroit où l'on dépose les livres », a éliminé en ce sens l'a. fr. *armoire* et *librairie* (voir ces deux mots). || ***bibliothécaire*** (XVIᵉ s.), empr. au lat. *bibliothecarius* « personne s'occupant d'une bibliothèque ».

bicentenaire, voir ***centenaire***.

biceps (XVIᵉ s.), empr. au lat. *biceps* « à deux têtes », car ce muscle a deux attaches à sa partie supérieure. Voir ***triceps***.

biche (XIIᵉ s.), forme dial., normanno-pic., de l'a. fr. *bisse, bise,* s. d. du lat. tard. *bistia*, du lat. clas. *bestia.* Les emplois métaphoriques et hypocoristiques (*des yeux de biche, ma biche*) se développent à partir du XVIᵉ s. ; au XVIIIᵉ s. au sens vieilli de « femme entretenue ». || ***bichette*** (XIIᵉ s., d'abord *bissete*), « petite biche » et au XIXᵉ s. comme terme d'affection ; ***bibiche*** (XIXᵉ s.), terme d'affection. Voir ***bête***.

bichon (XVIᵉ s.), « petit chien au poil long », est une forme abrégée de *barbichon* dér. de *barbe.* || ***bichonner*** (XVIIᵉ s.), d'abord « friser comme on fait d'un bichon », au XIXᵉ s. « parer, pomponner, arranger avec soin ».

bicoque (XVIᵉ s.), du XVIᵉ au XVIIᵉ s. au sens de « petite place peu ou mal fortifiée », puis depuis le XVIIIᵉ s. de « pauvre maison », est un empr. à l'ital. *bicocca,* de même sens.

bicorne (XIVᵉ s.), empr. au lat. *bicornis* « qui a deux cornes », d'abord empl. en ce sens, désigne depuis le XIXᵉ s. un chapeau à deux pointes.

bicot (XIXᵉ s.), péj. au sens de « tirailleur algérien », puis de « arabe », de *arbicot,* de même sens dér. de l'ar. *arbi.*

bicyclette, voir ***cycle***.

bidet (XVIe s.), « petit cheval », puis (XVIIIe s.), « meuble de toilette », à rapprocher p.-ê. de l'a. fr. *bider* « trotter », d'orig. obsc. || ***bidoche*** (XIXe s.), « viande » en argot militaire, est p.-ê. une altér. de *bidet* au sens de « petit cheval ».

bidon (XVIe s.) au sens de « récipient portatif et fermé », est p.-ê. un empr. à l'a. norr. **bida* « récipient ». Le sens dér. arg. « ventre » date du XIXe s., celui de « bluff » du XXe s. || ***bide*** (XIXe s.), arg., forme abrégée de *bidon,* au sens de « ventre », au XXe s. au sens de « échec total ».

bief (XIIe s.), d'abord attesté en a. fr. sous la forme *bied, biez* « lit d'un cours d'eau », puis au XIIIe s. « canal creusé pour amener de l'eau », est issu du gaulois **bedu-* « canal, fosse ». La graphie *bief* date du XVIIe s.

bielle (XVIe s.), d'abord au sens de « manivelle », puis au XVIIIe s. au sens mod., est d'orig. inconnue.

bien (Xe s.), du lat. *bene* « bien », employé dès l'a. fr. comme adv. de manière et comme subst., sert de premier élément à de nombreux mots composés.

bien-être, voir ***être***.

bienfait (XIIe s.), part. pas. subst. du verbe de l'a. fr. *bienfaire,* est d'abord attesté au sens de « faveur, avantage, acte de générosité », au XVIIIe s. au sens de « action bienfaisante d'une chose ». || ***bienfaisant*** (XIIe s.) ; ***bienfaisance*** (XIVe s.), à partir du XVIIIe s. au sens de « pratique de la charité envers le prochain » ; ***bienfaiteur*** (XIIe s.).

bienheureux, voir ***heureux***.

biennal (XVIe s.), empr. au lat. tard. jur. *biennalis* « qui a lieu tous les deux ans », de *annus* « an » ; au XXe s. *biennale,* comme subst. fém., au sens de « manifestation qui a lieu tous les deux ans ».

bienséance, voir ***seoir***.

bientôt, voir ***tôt***.

bienveillance (XIIe s.), dér. du rad. de *bienveillant,* sur le modèle du lat. *benevolentia* « bienveillance, disposition à vouloir du bien », a élim. l'a. fr. *benevolence* usuel jusqu'au XVIe s. || ***bienveillant*** (XIIe s.), comp. de *bien* et de *voillant, veillant,* ancien part. prés. de *vouloir,* d'après le lat. clas. *bene volens* « qui veut du bien, favorable ».

bienvenue, voir ***venue***.

bière 1 (XIe s.), d'abord au sens de « civière, brancard destiné à transporter les morts ou les blessés » (voir l'a. fr. *biere chevaleresque*, tirée par des chevaux), puis synonyme de « cercueil », est issu du franc. **bera* « civière pour porter les morts ».

bière 2 (XVe s.), boisson alcoolisée, du néerl. *bier,* a élim. le terme plus ancien de *cervoise.*

biface (XXe s.), terme sav. dérivé de *face* et du préf. *bi-*.

biffer (XVIe s.), dér. de l'a. fr. *biffe* (XIIIe s.), « étoffe rayée », d'orig. obsc., au sens de « annuler, barrer ». || ***biffure*** (XVIe s.) ; ***biffin*** (XIXe s.), synonyme de « chiffonnier », est s. d. dér. de *biffe,* qui a pris la valeur péj. de « chiffon, tissu de mauvaise qualité ».

bifide (XVIIIe s.), empr. au lat. *bifidus* « fendu en deux », dér. de *findere* « fendre ».

bifteck (XVIIIe s.), empr. à l'angl. *beefsteak,* de *beef* « viande de bœuf » et *steak* « tranche ».

bifurquer (XVIe s.), dér. du lat. *bifurcus* « fourchu », de *furca* « fourche », est d'abord employé comme terme scientifique, puis se spécialise dans le voc. des voies de communication. || ***bifurcation*** (XVIe s.), a suivi la même évol.

bigame (XIIIe s.), empr. au lat. eccl. *bigamus* « veuf remarié », fait sur le grec *digamos,* de *gamos* « mariage », désigne d'abord en a. fr. « celui qui s'est remarié » ou « qui a épousé une veuve », le sens de « qui a simultanément deux femmes » datant du XVe s. || ***bigamie*** (XVe s.).

bigarrer (XVe s.), d'orig. obsc., est s. d. comp. du préf. *bi-* et du m. fr. *garre* « de deux couleurs », lui-même d'orig. obsc. || ***bigarrure*** et ***bigarreau*** (variété de cerise) datent du XVIe s.

bigle (XIVe s., d'abord *bigre*, *bigle* au XVe s.), est s. d. dér. de *biscler* « loucher », attesté au XVIe s., avec attraction de *aveugle*. *Biscler* provient p.-ê. du lat. vulg. **bisoculare* « loucher », de *bis* « deux fois » et *oculus* « œil ». || ***bigler***, réfection mod. de *biscler* (XVIe s.) ; ***bigleux*** (XXe s.), pop. et péj.

bigorneau (XVe s.), dér. de *bigorne* (XIVe s.), empr. au lat. *bicornis* « qui a deux cornes », est d'abord empl. au sens de « petite enclume », puis au XVIIe s. « petit coquillage ».

bigot (XIIe s.), d'abord attesté comme terme d'injure adressé par les Français aux Normands, réapparaît au XVe s. au sens de « personne qui montre une dévotion excessive », mais le passage d'un sens à l'autre n'est pas facile à suivre ; on peut penser pour le sens second à un nouvel emprunt à une langue germanique. *Bigot* provient sans doute d'un juron de l'a. angl. *be gode !* « par Dieu ! » || ***bigoterie*** (XVe s.).

bigoudi (XIXe s.), mot d'orig. obsc.

bigre (XVIIIe s.), interj. et subst. masc. exprimant l'étonnement, l'admiration, la crainte, est un euphémisme pour *bougre*. Voir ***bougre***.

bijou (XVe s.), empr. au breton *bizou* « anneau pour le doigt », dér. de *biz* « doigt ». || ***bijoutier*** (XVIIe s.), est d'abord attesté au sens de « qui aime les bijoux », le sens du fr. mod. datant du XVIIIe s. ; ***bijouterie*** (XIVe s.), d'abord « objets précieux », au XVIIe s. « fabrication, commerce de bijoux », au XXe s. « lieu où l'on vend des bijoux ».

bikini (XXe s.), nom d'un atoll du Pacifique, où fut expérimentée (1946) la bombe atomique par la marine américaine, et qui a ensuite servi à désigner un maillot de bain deux-pièces très réduit (produisant un effet de bombe).

bilan (XVIe s.), empr. à l'ital. *bilancio* « balance », de *bilanciare* « peser, mettre en équilibre ». Voir ***balance***.

bilboquet (XVIe s.), d'abord *bille boucquet* et *billeboquet*, est s. d. comp. d'un premier élém. dér. du verbe *biller* « jouer au bâtonnet », fait sur *bille* « pièce de bois », ou d'un verbe *biller* « jouer aux boules », formé sur *bille* « petite boule » et d'un second élément dimin. de *bouc*, terme de plaisanterie adressé à la boule, ou formé sur *boucque* « boule ».

bile (XVIe s.), **bilieux** (XVIe s.), du lat. *bilis* « bile » et *biliosus* « bilieux » ; le sens pop. de *se biler* date du XIXe s. Voir ***atrabilaire***.

bilingue (XVe s.), empr. au lat. *bilinguis* « qui a deux langues », d'où « fourbe », d'abord empl. au sens de « fourbe », à partir du XVIIe s. au sens du fr. mod. « qui est en deux langues ». || ***bilinguisme*** (XXe s.).

billard (XIVe s.), dér. de *bille* « pièce de bois » avec le suff. *-ard*, est d'abord employé au sens de « bâton recourbé pour pousser des boules », les sens du fr. mod. « jeu », puis « table » et « maison où l'on tient le jeu », se développant à partir du XVIe s.

bille 1 (XIIe s.), au sens de « pièce de bois prise dans la grosseur du tronc » est issu du lat. méd. *billia* « tronc d'arbre », p.-ê. d'orig. gauloise. || ***billon*** (XIIIe s.), d'abord « monnaie de cuivre », au XVIe s. « monnaie décriée », en fr. mod. « bille de bois courte » ; ***billot*** (XIVe s.), dér. de *bille*. Voir ***billard***, ***habiller***.

bille 2 (XIIe s.), « petite boule », s. d. du franc. **bikkil* « dé ».

billet (XVe s.), forme masc. de *billette* (XIVe s.), forme altérée de l'a. fr. *bullette,* dimin. de *bulle,* avec attraction de *bille* « boule », est d'abord attesté au sens de « courte lettre, petit écrit ». L'emploi dans le voc. financier « billet de change, payable au porteur, billet de banque, etc. » se développe à partir du XVIIe s.

billevesée (XVe s.), au sens de « parole vide de sens », s. d. empr. à un parler de l'Ouest, est comp. de *vezé, vesé* « ventru, gonflé », le premier élém. demeurant d'orig. obsc.

billion, voir ***mille***.

bimbelot, **bimbeloterie**, voir ***bibelot***.

binaire (XVIe s.), empr. au lat. tard. *binarius* « double ».

biner (XIIIe s.), du lat. vulg. **binare* « retourner la terre pour la seconde fois », dérivé du lat. *bini* « deux par deux » puis « deux ». || ***binette*** (XVIIe s.), « instrument de jardinage ».

binette 1, voir ***biner***.

binette 2 (XIXe s.), mot d'argot, au sens de « figure comique », d'orig. obsc., l'hypothèse traditionnelle qui rattache le terme à *Binet,* coiffeur de Louis XIV, n'étant pas assurée.

biniou (XVIIIe s.), mot empr. au breton *biniou* « cornemuse ».

binocle (XVIIe s.), désignant d'abord un télescope, puis attesté à partir du XIXe s. au sens de « lorgnon à deux verres fixes », est issu du lat. scient. *binoculus,* formé de *bini* « deux fois, deux » et *oculus* « œil ». || ***binoculaire*** (XVIIe s.) ; ***binoclard*** (XIXe s.), fam.

binôme (XVIe s.), sans accent circonflexe avant le XIXe s., est s. d. issu du lat. méd. *binomium* « quantité algébrique à deux termes » composé de *bis* et de *nomen.*

bio-, premier élém. de mots sav. comme ***biochimie***, ***biographie***, ***biologie***, ***biogenèse***, etc., tiré du grec *bios* « vie ».

biparti (XIVe s.), **bipartite** (XVIIIe s.), du préf. *bi-* et de *parti,* part. pas. de l'a. fr. *partir* « partager ». || ***bipartition*** (XVIIIe s.), ***bipartisme*** (XXe s.).

bipède (XVIe s.), empr. au lat. *bipes, bipedis* « qui a deux pieds ».

biplan (XIXe s.), en parlant d'un planeur ayant deux plans de sustentation superposés, du préf. *bi-* et de *plan.*

bique (XVIe s.), « chèvre », d'orig. incert., est p.-ê. une altération de *biche* par croisement avec *bouc.* || ***biquet*** (XIVe s.), d'abord au sens de « support », au XVIIe s. « petit de la bique » ; ***biquette*** (XIXe s.).

birbe (XIXe s.), vieilli et péj. au sens de « vieillard », empr. à l'ital. *birba* « coquin, vaurien ».

biribi (XVIIIe s.), « jeu de hasard », empr. à l'ital. *biribisso,* de même sens. L'emploi en argot militaire, « compagnie disciplinaire de l'Afrique du Nord », date du XIXe s.

bis 1 (XIe s.), « couleur gris foncé », d'orig. obsc.

bis 2 (XVIIe s.), adv., du lat. *bis* « deux fois ». || ***bisser*** (XIXe s.).

bisbille (XVIIe s.), de l'ital. *bisbiglio* « murmure », est d'abord attesté au sens de « murmure », puis de « dispute » (XVIIIe s.).

biscornu (XIVe s.), d'abord *bicornu* « qui a deux pointes », d'où « irrégulier » (XVIe s.), puis « mal bâti », est dér. avec le préf. *bi-* de *cornu* « qui a des cornes ».

biscotte (XIXe s.), d'abord masc., puis fém., empr. à l'ital. *biscotto,* formé de *bis* et de *cotto,* part. pas. de *cuocere* « cuire ».

biscuit (XIIe s., d'abord *bescuit*), de *bes,* issu de *bis* et du part. pas. *cuit* de *cuire.*

bise 1 (XIIe s.), « vent du nord-est », du franc. **bisia*, de même sens.

bise 2, voir ***baiser***.

biseau (XVe s.), d'orig. obsc. est p.-ê. dér. de *biais*. || ***biseauter*** (XVIIIe s.).

bismuth (XVIe s.), du lat. des alchimistes *bisemutum*, empr. à l'all. *Wismut*, d'orig. inconnue.

bison (XIVe s.), empr. au lat. *bison, bisontis*, de même sens, d'orig. germ.

bisque (XVIIe s.), « potage à base de crustacés », d'orig. inconnue.

bisquer (XVIIIe s.), pop., d'orig. obsc., p.-ê. du prov. *bisco* « mauvaise humeur ».

bissac (XVe s.), du préf. *bis* « deux fois » et *sac*.

bissecteur, **bissectrice**, voir ***secteur***.

bissextile (XVIe s.), en a. fr. *bissexte* (XIIe s.), empr. au lat. tard. *bisextillis* formé sur *bi-(s)sextus* « deux fois sixième », pour désigner le jour intercalé tous les quatre ans dans le calendrier julien et qui était ainsi nommé parce que, placé après le 24 février, soit le sixième jour avant les calendes de mars, il doublait ce jour.

bistouri (XVe s.), s. d. dér. de l'ital. **pistorino* « de Pistoia », lieu de fabrication de couteaux tranchants, a d'abord signifié « poignard ». Le sens tech. d'instrument de chirurgie apparaît dès le XVIe s. chez Ambroise Paré.

bistre (XVIe s.), d'étym. inconnue, « suie détrempée », désigne une teinte brun noirâtre. || ***bistré*** (XIXe s.).

bistro(t) (fin du XIXe s.), mot pop., d'orig. obscure, a d'abord désigné un marchand de vin (XIXe s.), puis un café (début XXe s.).

bitume (XIIe s., sous la forme *betumoi, betume*), du lat. *bitumen*, désigne une subst. minérale, puis par métonym. la chaussée recouverte de bitume (XIXe s.). || ***bitumer*** (XVIe s., rare avant le XIXe s.).

bivalent (XXe s.), terme de chimie, formé de *bi-* « double », « deux fois » et de *valent*, tiré de *valence*, d'abord au sens « qui a la valence 2 », puis « qui offre deux possibilités, qui a deux fonctions ». || ***bivalence*** (XXe s.).

bivouac (XVIIe s.), du suisse alémanique *Biwacht*, de *bi* « auprès de » (all. *bei*) et de *Wacht* « garde », a d'abord signifié « garde nocturne, patrouille nocturne », puis « campement provisoire en plein air » (XIXe s.). || ***bivouaquer*** (XVIIIe s.).

bizarre (XVIe s.), aussi sous la forme *bigearre* aux XVIe et XVIIe s., de l'ital. *bizzarro* « capricieux », a longtemps signifié « fantasque, extravagant ». La nuance de « surprenant, insolite » auj. est un sens affaibli. || ***bizarrerie*** (XVIe s.), « singularité, excentricité ».

bizut(h) (XIXe s.), d'étym. inconnue, terme d'argot scolaire, « jeune recrue, débutant ». || ***bizuter*** (XXe s.), « infliger des brimades aux nouveaux venus » ; ***bizutage*** (XXe s.).

blackbouler (XIXe s.), de l'anglais *blackball* « voter contre, repousser », la boule noire (*black ball*) dans un vote marquant l'opposition et la boule blanche l'accord.

black-out (XXe s.), mot anglais signifiant à proprement parler « totalement noir », à l'orig. dans la langue du théâtre « action d'éteindre la rampe de la scène », a désigné pendant la deuxième guerre mondiale le couvre-feu, la coupure d'électricité, l'obscurité totale requise par la défense passive. Le sens de « silence officiel gardé sur une affaire » remonte aux années 50.

blafard (XIVe s.), du m. h. all. *bleichvar* « de couleur pâle », en fr. « pâle, blême, livide ».

blague (XVIIIe s.), d'abord « petit sac de poche où les fumeurs mettent leur tabac », s. d. tiré par métathèse du néerl. *balg* « peau d'un animal ». Le sens de « mensonge plaisant, hâblerie » apparaît au début du XIXe s. dans la langue pop. || ***blaguer*** (XIXe s.), « plaisanter » ; ***blagueur*** (XIXe s.).

blaireau (XIVe s.), dér. de l'adj. *bler* « tacheté de blanc » (le blaireau ayant une tache blanche sur le museau). Le mot a remplacé le vieux terme médiéval *taisson,* d'origine germanique (cf. all. *Dachs*). Le sens de « pinceau à barbe » (en poils de blaireau à l'origine) apparaît au XIXe s. || ***blairer*** (XXe s.), terme pop., « sentir, aimer », dér. du subst. pop. ***blair*** (XXe s.) « nez, flair », issu de *blaireau*, en raison du nez pointu de l'animal.

blâmer (XIe s.), du lat. vulg. **blastemare,* altér. du lat. chrét. *blasphemare* « outrager Dieu ou la religion en paroles », empr. au grec *blasphémein.* Dès l'apparition du mot en a. fr. le sens affaibli de « reprocher » est le seul utilisé. || ***blâme*** (XIe s.) ; ***blâmable*** (XIIIe s.).

blanc (XIe s.), du franc. **blank* « brillant ». Cet adj. a supplanté le lat. *albus*, qui ne survit plus que dans quelques toponymes comme *Aubeterre* ou de rares composés comme *aubépine.* || ***blancheur*** (XIIe s.) ; ***blanchâtre*** (XIVe s.), « tirant sur le blanc » ; ***blanchir*** (XIIIe s.), « rendre blanc, éclaircir, nettoyer ». Le sens « disculper, innocenter » date du XIIIe s. L'expres. *blanchir de l'argent* (XXe s.) signifie « donner une apparence légale à des fonds d'origine frauduleuse » ; ***blanchissage*** (XVIe s.) ; ***blanchiment*** (XVIIe s.) ; ***blanchisseur*** (XIVe s.), « personne qui blanchit et repasse le linge » ; ***blanchisserie*** (XVIIe s.) ; ***blanquette*** (XVIIe s.), « vin blanc pétillant du Languedoc » ou « ragoût de viande blanche » (XVIIIe s.), diminutif de *blanc* ; le composé ***blanc-seing*** « signature apposée sur une feuille blanche (avant rédaction du document) » apparaît au XVIe s. ; ***blanc-bec*** (XVIIIe s.), « jeune homme inexpérimenté et sûr de lui ».

blaser (XVIIe s.), d'orig. peu claire, « émousser les sens, rassasier, soûler », puis au part. pas. *blasé* « dégoûté, fatigué, indifférent, sceptique » (XVIIIe s.).

blason (XIIe s.), d'orig. obsc., désigne en a. fr. « le bouclier », puis « les signes distinctifs, c'est-à-dire les armoiries représentées sur le bouclier » ; au XVIe s., « pièce de vers faisant l'éloge ou la satire détaillée (souvent du corps ou d'une partie du corps) », (XVIe s.). || ***blasonner*** (XIVe s., fréq. au XVIe s.) a signifié « peindre les armoiries, décrire », puis « louer, célébrer », enfin « critiquer ».

blasphème (XIIe s.), mot savant, du latin chrét. *blasphemia*, du grec *blasphémia* « parole de mauvais augure, injure » et « parole impie », d'où en lat. chrét. « parole qui outrage Dieu, sacrilège ». || ***blasphémer*** (XIVe s.), du lat. *blasphemare* « énoncer des paroles sacrilèges » ; ***blasphémateur*** (XIVe s.) ; ***blasphématoire*** (XVIe s.). Voir ***blâmer***.

blatte (XVIe s.), du lat. *blatta*, désigne un insecte comme le cancrelat.

blazer (XXe s.), de l'angl. *to blaze* « flamboyer », a désigné d'abord une veste rayée aux couleurs vives, ensuite une veste de couleur unie.

blé (XIe s., parfois sous la forme *blef* en a. fr.), p.-ê. issu du franc. **blad,* a désigné en a. fr. non seulement la plante, mais aussi le champ de blé. || ***emblaver*** (XIIIe s.), fait sur la forme *blef* « ensemencer » ; ***emblavure*** (XVIe s.), « terre ensemencée ». Voir ***déblayer***.

bled (fin XIXe s.), mot péjoratif (langage colonial), empr. à l'ar. maghrébin *bled* « terrain, pays », désigne un endroit isolé, sans agrément.

blêmir (XIe s.), p.-ê. du franc. **blesmjan* « faire pâlir », signifiait en a. fr.

soit « flétrir, se flétrir », soit « blesser, endommager ». Le sens moderne « pâlir » est attesté dès le m. fr., notamment au XVIe s. || ***blême*** (XIVe s.), déverb. ; ***blêmissement*** (XIIe s.).

blenno-, premier élém. de mots savants comme ***blennorragie***, empr. au grec médic. *blenna* « morve, pituite », indiquant un écoulement des humeurs.

blépharite (XIXe s.), mot savant empr. au grec *blepharon* « paupière », désigne une inflammation des paupières.

bléser (XIIIe s.), s. d. dér. de l'a. fr. *bles, blois* « bègue », du lat. *blaesus* « qui balbutie », en fr. « parler avec un défaut de prononciation ». || ***blésement***, ***blaisement*** (XIXe s.).

blesser (XIe s.), sous la graphie *blecier* en a. fr., du franc. **blettjan* « meurtrir », d'où dès l'a. fr. « endommager, blesser » et au sens moral « froisser, faire tort ». || ***blessure*** (XIIe s., d'abord sous la forme *blesceüre*) ; ***blet*** adj., fém. *blette* (XIIIe s.), « meurtri », d'où « trop mûr, ramolli (en parl. d'un fruit) ».

blette, plante potagère, voir ***bette***.

bleu (XIe s.), en a. fr. sous les formes *blo, bloi, blef*, issu du franc. **blao* (cf. l'all. *blau*). La loc. *passer au bleu* (XIXe s.), d'abord « laver, nettoyer (au moyen d'une lessive bleue), enlever des taches avec un liquide bleu », puis « effacer, faire disparaître ». || ***bleuâtre*** (XVe s.), « qui tire sur le bleu » ; ***bleuet*** (XIVe s.), « plante bleue », puis « baie bleue de l'airelle des bois », (XVIIe s.) ; ***bleuir*** (XIVe s.) ; ***bleuté*** (XIXe s.), « légèrement bleu ».

blinder (XVIIe s.), terme militaire, de l'all. *blenden* « rendre aveugle » (cf. l'angl. *blind* « aveugle »), d'où « protéger contre des projectiles en bouchant les ouvertures, entourer d'une cuirasse protectrice ». || ***blindage*** (XVIIIe s.).

blinis (XIXe s.), du russe *bliny*, plur. de *blin* « petite crêpe ».

blizzard (XIXe s.), mot améric. d'orig. obsc. « tempête de neige ».

bloc (XIIIe s.), du néerl. *bloc* « tronc abattu ». L'idée de masse compacte prédomine dans presque tous les emplois modernes. L'emploi familier au sens de « prison, salle de police » (XIXe s.) viendrait du *bloc de bois* mis aux pieds des prisonniers. || ***bloquer*** (XVe s.) ; ***blocage*** (XVIe s.) ; ***débloquer*** (XVIe s.) ; ***blockhaus*** (fin du XVIIIe s.), empr. à l'all. *Blockhaus* « maison renforcée par des poutres, fortin », d'où « ouvrage militaire fortifié » ; ***blocus*** (XVIe s.), empr. au néerl. *blochuus* « fortin », de même formation que l'all. *Blockhaus*, a signifié au XVIe s. « fortin servant à assiéger », avant de désigner à partir du XVIIe s. le siège d'une ville ou l'investissement complet d'un territoire.

blond (XIe s.), mot d'étym. peu claire, s. d. d'orig. germ., s'applique à des cheveux et à des réalités jaune doré. || ***blondir*** (XIIe s.) ; ***blondin*** (XVIIe s.) ; ***blondeur*** (XIIIe s.) ; ***blondinet*** (XIXe s.) ; ***blondasse*** (XVIIIe s.).

blottir (se) (XVIe s.), s. d. issu du bas all. *blotten* « écraser, s'écraser ». || ***blottissement*** (XIXe s.).

blouse (XVIIIe s.), mot d'étym. obscure. || ***blouson*** (XXe s.), à proprement parler « petite blouse », d'où « veste courte serrée aux hanches ».

blue-jean (XXe s.), mot américain formé de *jean* « toile, treillis » et *blue* « bleu », désigne un pantalon de forte toile bleue.

blues (XXe s.), mot du voc. des Noirs américains, tiré de *blue devils* litt. « diables bleus », c'est-à-dire « idées noires », désignant une forme musicale de jazz, une musique nostalgique.

bluette (XVIe s.), s. d. dér. de l'a. fr. non attesté **belue* « étincelle », dont l'existence est suggérée par l'a. prov. *beluga* « étincelle ». L'étymon serait le lat. vulg. **biluca* « petite étincelle ».

Le sens de *bluette* est « étincelle » au XVIe s. Le sens mod. de « petit ouvrage sans prétention » est surtout attesté depuis le XVIIIe s.

bluff (vers 1840), mot américain désignant une attitude de vantardise et d'intimidation au jeu de poker. || ***bluffer*** (XIXe s.) ; ***bluffeur*** (XIXe s.).

bluter (XIIe s., d'abord *buleter*, puis *beluter*), p.-ê. du moyen néerl. *biutelen* « tamiser » ou du m. h. all. *biuteln*, de même sens. || ***blutage*** (XVIe s.) ; ***blutoir*** (XIVe s.), « tamis ».

boa (XIVe s.), empr. au latin *boa* « serpent d'eau ». Le sens de « fourrure portée autour du cou » date du XIXe s.

bobard (XXe s.), d'orig. peu claire, « propos mensongers ».

bobèche (XIVe s.), s. d. onomat., désigne le disque concave d'un chandelier.

bobine (XVe s.), d'orig. peu claire, d'abord « petit cylindre où s'enroule un fil », puis « rouleau de film photographique », (XIXe s.). Le sens pop. « vilaine figure » est d'orig. arg. (XIXe s.). || ***bobiner*** (XVIIe s.) ; ***embobiner*** (XIXe s.) ; ***débobiner*** (XIXe s.) ; ***bobinette*** (XVIIe s.).

bobo (XVe s.), onomat. du langage enfantin.

bobsleigh (XIXe s.), mot anglais *bobsleigh*, de *sleigh* « traîneau » et *to bob* « se balancer », désigne un traîneau fait pour glisser à grande vitesse sur une piste spéciale.

bocage (XIIe s.), forme dial., provenant du norm. ou du pic. *boscage*, correspondant à l'a. fr. *boschage*, issu de **bosc*, du germ. **bosk* « bois » (cf. all. *Busch* « buisson »). La forme fr. *bosc* n'est pas attestée, mais elle a dû exister antérieurement à la forme médiévale *bos*. || ***bocager*** (XVIe s.), « propre aux bocages, champêtre » et « boisé ». Voir ***bois***.

bocal (XVIe s.), empr. à l'ital. *boccale*.

boche (XXe s.), d'orig. peu claire (on a invoqué une aphérèse de *caboche* « tête » dans l'expres. *tête de boche*), terme péj. et arg. signifiant « allemand », empl. surtout entre 1914 et 1950.

bock (XIXe s.), empr. à l'all. *Bockbier* « bière de Bavière », empl. au sens de « pot à bière ».

body (XXe s.), de l'angl. *body* « corps », désigne un vêtement ou un sous-vêtement féminin moulant le corps.

bœuf (XIIe s.), du lat. *bos, bovis*. || ***bouvier*** (XIIe s.), s. d. du lat. *bovarius* pris au sens « qui s'occupe des bœufs », en fr. « gardien de bœufs, conducteur de bœufs » ; ***bouvillon*** (XVe s.), « jeune bœuf » ; ***bovin*** (XIIe s.), empr. au lat. *bovinus* « de bœuf » ; ***bovidé*** (XIXe s.).

bog(g)ie (XIXe s.), empr. à l'angl. *bogie* « charrette à quatre roues », désigne dans la lang. des chemins de fer un châssis mobile supportant un wagon.

bohème (XIVe s., sous la forme *boesme*), empr. au lat. méd. *Bohemus* « de Bohême », en fr. d'abord « habitant de Bohême », puis « tsigane, vagabond », (XVe s.). Le sens de « marginal, menant une vie déréglée » date du XVIIe s. et s'est répandu au XIXe s. Le subst. fém. désignant « la vie déréglée (des artistes et des écrivains) » est attesté au XIXe s. || ***bohémien*** (XVe s.), a désigné dès le XVe s. des tsiganes, des troupes de vagabonds.

boire (Xe s.), du latin *bibere*, de même sens. || ***boisson*** (XIIIe s.), du lat. tard. *bibitio, bibitionis* « action de boire » ; ***beuverie*** (XIIe s., sous les formes *beverie, buverie*), « action de boire avec excès » ; ***buvable*** (XIIIe s.), « qui peut se boire », d'où « acceptable » (XXe s.) ; ***imbuvable*** (XVIIe s.), même évol. ; ***buveur*** (XIIe s., sous la forme *beveor*) ; ***buvard*** (XIXe s.), « papier poreux qui boit (l'encre) » ; ***buvette*** (XVIe s.), d'abord « action de boire », puis « petite réunion (où l'on boit) », enfin « cabaret », (XVIIe s.) ; ***breuvage*** (XIIe s.) ; ***déboire*** (XVe s.), « arrière-goût désagréable laissé par une boisson », d'où « déception, déconvenue », (XVIe s.) ; ***pourboire*** (XVIIIe s.) « argent donné à titre de gratification ». Voir ***imbu***, ***fourbu***.

bois (XIe s.), « groupe d'arbres » moins important que la forêt, du germ. **bosk* « buisson, bois ». || ***boiser*** (XVIIe s.) ; ***boisement*** (XVIIIe s.) ; ***boiserie*** (XVIIIe s.) ; ***déboiser*** (XIXe s.) ; ***déboisement*** (XIXe s.) ; ***reboiser*** (XIXe s.) ; ***reboisement*** (XIXe s.). Voir ***bocage***.

boisseau (XIIIe s.), ancienne mesure de capacité, s. d. tiré du lat. vulg. **buxitellum*, dér. de *buxida* « boîte ».

boisson, voir ***boire***.

boîte (XIe s.), du lat. vulg. **buxita*, du lat. tard. *buxida*, du lat. clas. *pyxis* « petite boîte (en buis) », empr. au grec *puxis*, de même sens. || ***boîtier*** (XIIIe s.) ; ***emboîter*** (XIVe s.) ; ***déboîter*** (XVIe s.) ; ***emboîtement*** (XVIIe s.) ; ***déboîtement*** (XVIe s.).

boiter (XVIe s.), mot d'étym. incertaine. On y a vu un croisement de *pied-bot* et de *boiste* ou un dér. de *boiste* au sens de « cavité ». Ce dernier élément est peu justifié au plan sémantique. || ***boiteux*** (XIIIe s.), « qui boite, qui claudique », puis « déséquilibré, privé d'harmonie », (XVIe s.) ; ***boitiller*** (XIXe s.), « boîter un peu ».

bol 1 (XIXe s.), de l'angl. *bowl* « récipient ». || ***bolée*** (XIXe s.), « contenu d'un bol ».

bol 2 (XIIIe s.), empr. au lat. méd. *bolus*, du grec *bolos* « motte de terre, masse en forme de boule », mot tech. surtout de pharmac. et de médec. empl. en fr. mod. dans l'expres. *bol alimentaire* « masse d'aliments avalés ».

bolchevik (XXe s.), du russe *bolchevik* « partisan du maximum », a pris le sens en 1917 d'adepte du collectivisme marxiste. || ***bolcheviser*** (XXe s.) ; ***bolcheviste*** (XXe s.).

boléro (XIXe s.), de l'esp. *bolero* « danseur », désigne une danse espagnole et l'air sur lequel on la danse. L'acception de « petite veste de femme » est de la fin du XIXe siècle.

bolet (XVIe s.), empr. au latin *boletus*, du grec *bolitès* « champignon, bolet », nom savant du *cèpe*.

bolide (XVIe s.), empr. au lat. *bolis, bolidis,* du grec *bolis, bolidos* « sonde, jet », de la famille de *ballein* « jeter », a signifié au XVIe s. « sonde » et « météore igné », (terme d'astron.). Le sens moderne de « engin rapide » remonte au début du XIXe s.

bombance (XIe s.), attesté en a. fr. sous la forme *bobance* « faste, pompe, orgueil, arrogance », (étym. peu claire). La forme *bombance* apparaît timidement au XVIe s. à côté de *bobance*, bien plus répandue. Les sens de « vanité ostentatoire » et surtout de « train fastueux » prédominent. La nuance de « repas plantureux », seule attestée auj., constitue une restriction de sens. Dans le langage pop. existe depuis la fin du XIXe s. l'abrév. *bombe* avec la même valeur.

bombarde (XIVe s.), dér. du lat. *bombus* « bruit sourd », désigne en a. fr. une trompette, puis une « machine de guerre (lançant des boulets de pierre) ». || ***bombarder*** (XVIe s.) et ***bombardement*** (XVIIe s.) sont passés au XXe s. dans le voc. de l'artillerie et de l'aviation ; ***bombardier*** (XVe s.), d'abord « artilleur ». L'empl. dans le voc. de l'aviation date du XXe s.

bombe (XVIIe s.), « projectile », de l'ital. *bomba* « projectile incendiaire », tiré du lat. *bombus* « bourdonnement ». Le sens de « projectile explosif » est attesté dès le XVIIe s. || ***bomber*** (XVIIe s.), « rendre convexe (comme une bombe) », d'où « enfler » (*bomber le torse*), puis « aller vite (comme une bombe) », (XXe s.), « peindre à la bombe », (XXe s.) ; ***bombement*** (XVIIe s.), « renflement ».

bon (XIe s.), du lat. *bonus*. La forme accentuée *buen* a été supplantée par la forme prétonique *bon*, placée avant le substantif et fréquente en a. fr. || ***bonifier*** (XVe s.), du lat. *bonificare* « rendre meilleur, améliorer » ; ***bonification*** (XVIe s.) ; ***bonjour*** (XVe s.), formule de salutation ; ***bonsoir*** (XVe s.) ; ***bon-papa*** (XIXe s.), d'abord terme enfantin « grand-père » ; ***bonne-maman*** (XVIIe s.), d'abord terme enfantin. Voir ***bonbon***, ***bonhomme***, ***bonne***, ***bonté***.

bonace (XIIIe s.), « calme de la mer succédant à une tempête ou précédant une tempête », du lat. vulg. **bonacia* ; au XVIIe s. également sens fig. de « tranquillité ». Déformation du lat. *malacia*, de même sens, tiré du grec *malakia*, afin d'obtenir un premier élément de sens favorable de la racine de *bonus*.

bonasse (XVe s.), p.-ê. de l'ital. *bonaccio* « accommodant », en fr. adj. péj. « complaisant, faible ».

bonbon (XVIIe s.), « friandise », réduplication de *bon*. || ***bonbonnière*** (XVIIIe s.).

bonbonne, **bombonne** (XIXe s.), du provençal *boumbouno* « gros récipient rond », de la famille de *bombe*.

bond, voir ***bondir***.

bonde (XIIIe s.), p.-ê. du gaul. **bunda* qui signifierait « base, support », désigne l'ouverture au fond d'un étang, le trou dans la douve d'un tonneau, le bouchon obturant le trou. || ***bonder*** (XVe s.), d'abord « fermer avec une bonde, remplir un tonneau jusqu'à la bonde ». Le part.-adj. ***bondé*** au sens de « plein, bourré » est attesté au XIXe s.

bondir (XIe s.), du lat. vulg. **bombitire*, issu du lat. tard. *bombitare* (onomatopée signifiant « faire un bruit sourd ») a signifié au M. A. « retentir, faire résonner ». Ce sens existe encore au XVIe siècle. Les sens dérivés, seuls attestés aujourd'hui, de « s'élever brusquement en l'air, sauter », puis « s'élancer précipitamment » sont rares au M. A. || ***bond*** (XVe s.), déverb. « saut, rebond » ; ***bondissement*** (XIVe s.) ; ***rebondir*** (XIIe s.), même évol. que *bondir* ; ***rebondi*** (XVe s.), adj. « arrondi » ; ***rebond*** (XVIe s.) ; ***rebondissement*** (XVe s.), le sens de « développement imprévu, événement inattendu » datant du XXe s.

bonheur, voir ***heur***.

bonhomme (XIIe s.) a eu une valeur tantôt laudative et tantôt condescendante. Au M. A. le terme peut signifier « homme de bien », mais l'appellation *bon homme* « honnête homme, brave homme » s'applique habituellement à quelqu'un d'une classe sociale inférieure, souvent un paysan. Au sens de « paysan, homme simple » le mot continue de s'employer jusqu'à la fin du XVIIe siècle. Au XVe s. l'appellation *bon homme* s'emploie parfois ironiquement pour désigner un mari trompé. Au XVIe siècle trois sens sont courants : « homme brave, bon soldat », « paysan » et « homme vieux, vieillard ». Au XVIIe s. les deux dernières acceptions sont toujours vivantes en même temps que « homme de bien » et « homme simple, peu avisé, crédule ». L'emploi familier et affectueux du mot pour désigner un petit garçon semble exister depuis le XVIIIe s. Le terme est auj. familier et condescendant. || ***bonhomie*** (XVIIIe s.), « bonté et simplicité ».

bonification, **bonifier**, voir ***bon***.

boniment (XIXe s.), « propos de charlatan, propos mensonger », d'orig. incertaine, p.-ê. de l'argot, *bonnir* « en dire de bonnes ». || ***bonimenteur*** (XIXe s.).

bonjour, voir ***bon***.

bonne (XVIIIe s.), féminin de *bon*, qualificatif des servantes dans la bouche des maîtres et de leurs enfants. || ***bon(n)iche*** (XXe s.), pop. et péj.

bonnet (XIIe s.), d'orig. inconnue, a d'abord désigné une étoffe servant à faire une coiffe, puis la coiffe elle-même. || ***bonnetier*** (XVe s.), « fabricant d'articles en tricot » ; ***bonneterie*** (XVe s.) ; ***bonnetière*** (XXe s.), « petite armoire (pour ranger des bonnets, du linge) », empl. régional.

bonsoir, voir ***bon***.

bonté (XIIe s.), du lat. *bonitatem*, a désigné surtout au M. A. « l'excellence », « la valeur », parfois « le bienfait ». La valeur étymologique était alors très sensible. Aux siècles classiques le sens « indulgence », « bienveillance » est également très répandu, y compris au sens amoureux : les *bontés* sont les faveurs témoignées par une femme à un homme. Le mot est courant dans le voc. de la politesse avec la valeur « amabilité » (*je suis confus de vos bontés*). Il s'emploie aussi assez souvent ironiquement.

bonus (XXe s.), empr. à l'angl. *bonus* « excédent de recette, gratification supplémentaire », du lat. *bonus* « bon », en fr. « gratification accordée par un employeur » ou « réduction d'une prime d'assurance ».

bonze (XVIe s.), empr. au portugais *bonzo*, lui-même tiré du japonais *bonzu* « prêtre », désigne un prêtre bouddhiste. Le sens fam. « personnage important » date du XXe s.

bookmaker (XIXe s.), terme de jeu, empr. à l'angl. « homme qui prend les paris dans les courses et les inscrit (dans un livre) ».

boom (XIXe s.), mot américain signifiant « détonation », a pris la valeur économique de « explosion », de « soudaine expansion industrielle ».

boomerang (XIXe s.), empr. à l'angl. d'Australie, désigne une arme de jet courbe qui revient à son point de départ.

boqueteau (XVIe s.), dér. de *boquet* « petit bois », terme dialectal de Normandie et de Picardie, dér. de *bosc* « bois ».

borax (XIIIe s., sous la forme *borrache*), du lat. méd. *borax*, de l'ar. *buraq* « salpêtre ». || ***borate*** (XVIIIe s.), « qui contient du bore », fait sur *borax* ; ***borique*** (XIXe s.).

bord (XIIe s.), du franc. **bord* « côté d'un navire » (terme de marine). Dès le M. A. apparaissent les sens de « bordure, limite, extrémité ». En fr. clas. le sens de « rivage » est fréquent, et aussi par ext. celui du « navire » lui-même. || ***border*** (XIIe s.) ; ***bordée*** (XVIe s.), dér. de *bord*, est un terme de marine qui a désigné la route suivie par un bâtiment en louvoyant sans virer de bord (XVIe s.), la ligne de canons placée sur chaque bord (XVIIe s.), la salve d'artillerie tirée par tous les canons du même bord (XVIIe s.), la partie de l'équipage de service à bord (XVIIIe s.), une attaque verbale (XVIIIe s.). Le sens de « virée de cabaret en cabaret » est attesté au XIXe s. ; ***bordage*** (XVe s.) ; ***bordure*** (XIIIe s.) ; ***aborder*** (XIIIe s.) ; ***abordable*** (XVIe s.) ; ***inabordable*** (XVIIe s.) ; ***abordage*** (XVIe s.) ; ***abord*** (XVe s.), déverb. ; ***déborder*** (XIIIe s.) ; ***rebord*** (XVIe s.), déverb. de l'a. fr. *reborder* ; ***transborder*** (XVIIIe s.), « faire passer d'un bord à un autre » ; ***transbordeur*** (XIXe s.) ; ***transbordement*** (XIXe s.).

bordel (XIIe s., sous la forme *bordel*, *bordeau*), mot vulgaire, dér. de *borde* « cabane rustique », du franc. **borda* « cabane de planches », désigne dès le M. A. un lieu de prostitution. || ***borderie*** (XIVe s.), « petite ferme, métairie » et ***bordier*** (XIIe s.), « métayer », mots région., conservent encore auj. la valeur rurale originelle ; ***bordélique*** (XXe s.), pop.

boréal (XVe s.), empr. au lat. *borealis* « du Nord », en fr. « qui est au Nord, qui est voisin du pôle Nord ».

borgne (XIIe s.), d'orig. inconnue, a signifié en a. fr. « qui louche » et même « aveugle ». Ce dernier sens existe encore couramment au XVIe s. et dans les patois. Le sens mod. « qui ne voit que d'un œil » est attesté dès le XIIe s. || ***éborgner*** (XIIe s.) ; ***éborgnement*** (XVIIe s.).

borne (XIIe s.), p.-ê. du lat. vulg. **botina* « borne frontière », issu du gaulois, attesté en a. fr. sous les formes *bodne, bonne, bone, bosne, borne* au sens de « frontière, limite, fin, terme ». || ***borner*** (XIIe s) ; ***bornage*** (XIIIe s.). Voir ***abonner***.

bortsch (XXe s.), mot russe, « soupe au chou et à la betterave ».

bosquet (XVIe s.), empr. de l'ital. *bosquetto* « petit bois », dér. de *bosco* « bois ».

boss (XIXe s.), mot américain, « patron » dans la langue familière des employés, du néerl. *baas* « maître ».

bosse (XIIe s.), d'étym. peu sûre. On a supposé un germ. **bottja* « coup », empl. en divers sens tech. pour désigner une protubérance. Le mot de ***ronde-bosse*** (XVIIe s.) est un terme tech. désignant « une sculpture en relief » (autour de laquelle on peut tourner). || ***bossu*** (XIIe s.) ; ***bossage*** (XVIIe s.), « saillie laissée à la surface d'un moellon » ; ***bosseler*** (XIIe s.), « déformer par des bosses » ; ***bosselure*** (XVIe s.) ; ***bosser*** (XIXe s.), pop. au sens de « travailler », sens s. d. issu de « se courber sur le travail » ; ***bossette*** (XIIe s.), « petite bosse » ; ***embosser*** (XVIIIe s.), dér. de *bosse* au sens de « cordage (avec des nœuds) ».

bot (XVIe s.), dans *pied-bot* « pied difforme », s. d. du germ. **butta* « émoussé ».

botanique (XVIIe s.), du grec *botaniké* « qui concerne les plantes », fait sur *botané* « plante ». || ***botaniste*** (XVIe s.).

botte 1 (XIVe s.), « ensemble de tiges de végétaux liées ensemble » du m. néerl. *bote* « touffe de lin ». || ***botteler*** (XIVe s.), « lier en bottes » ; ***bottelage*** (XIVe s.).

botte 2 (XIIe s.), « chaussure », d'orig. incert. Au M. A. les bottes se disaient *hueses*. La *bote* était une chaussure grossière. || ***bottine*** (XIVe s.), « petite botte » ; ***bottillon*** (XIXe s.) ; ***bottier*** (XVe s.) ; ***botter*** (XIIIe s.), d'abord « chausser ». L'empl. pop. « donner un coup de pied » date du XIXe s. ; ***débotter*** (XIIe s.), « retirer les bottes » ; l'expres. ***au débotté*** signifie littéralement « quand on retire les bottes », d'où « à l'arrivée », puis « à l'improviste ».

botte 3 (XVIe s.), « coup d'épée ou de fleuret », de l'ital. *botta* « coup d'épée », de *bottare* « frapper », de la même famille que l'a. fr. *bouter*.

botulisme (XIXe s.), mot savant, empr. au lat. *botulus* « boudin, boyau », désigne une intoxication alimentaire tenant à des viandes avariées.

boubou (XIXe s.), « longue tunique flottante portée par les Noirs d'Afrique », vient du nom du singe en malinké (Guinée), puis « vêtement en peau de singe », enfin « vêtement traditionnel ample ».

bouc (XIIe s.), du gaul. **bucco*. Le sens particulier « courte barbe au menton » n'apparaît qu'au XIXe s. (par référence à la barbe du bouc).

boucan 1 (XVIe s.), du tupi (Brésil) *moukem* « viande fumée ». || ***boucaner*** (XVIe s.), « fumer de la viande », puis par anal. « dessécher, tanner la peau » ; ***boucanier*** (XVIIe s.), « chasseurs de bœufs sauvages », puis par ext. « pirate » (dans la mer des Antilles).

boucan 2 (XVIIIe s.), d'orig. peu claire, p.-ê. déverb. de *boucaner* « faire le bouc », a d'abord signifié « lieu de débauche », puis dès le XVIIIe s. « vacarme, tapage ».

bouche (XIᵉ s.), du lat. fam. *bucca* « joue gonflée », puis « bouche », mot expressif qui a remplacé le lat. clas. *os, oris.* || ***bouchée*** (XIIᵉ s.), « morceau, aliments mis dans la bouche ». Le sens culinaire de « pâte feuilletée » date du XIXᵉ s. ; ***aboucher*** (XIVᵉ s.), littéralement « approcher la bouche, se pencher, adresser la parole », d'où « mettre en rapport » ; ***emboucher*** (XIIIᵉ s.), « mettre à la bouche » ; ***mal embouché*** (XIVᵉ s.), d'abord « rétif » (en parlant d'un cheval qui n'obéit pas au mors), puis « mal élevé, grossier » (XVIᵉ s.). Le mot ***embouche*** (XVᵉ s.) garde la valeur concrète de « engraissement du bétail dans des prés » ; ***embouchure*** (XIVᵉ s.) ; ***déboucher*** (XVIIᵉ s.), « sortir d'un lieu resserré », d'où « aboutir ». Le part. pas. devenu subst. ***débouché*** (XVIIIᵉ s.) a les sens de « issue », « marché » et « accès à une profession, à un emploi ».

boucher 1 (fin XIIᵉ s.), subst., dér. de *bouc*, littéralement « celui qui tue des boucs, marchand de viande de bouc », a désigné dès le M. A. le marchand de viande bovine, ovine et porcine. || ***boucherie*** (XIIᵉ s.).

boucher 2 (XIIIᵉ s.), verbe, s. d. de l'a. fr. *bousche* « faisceau ou poignée de paille ou de branchage (pour obturer) », du lat. vulg. **bosca* « buisson, faisceau de branchages », du germ. *bosk* « buisson ». || ***bouchon*** (XIVᵉ s.) est de même origine. L'empl. de *bouchon* au sens de « taverne » (XVIᵉ s.) tient au fait qu'une touffe de feuillage, un rameau de verdure servait d'enseigne aux tavernes ; ***bouchonner*** (XVIIIᵉ s.).

boucle (XIIᵉ s.), du lat. *buccula* « petite joue », a signifié d'abord en a. fr. « bosse de bouclier », puis « anneau ». || ***bouclier*** (d'abord *bocler*, puis par substitution de suffixe *bouclier*) est à l'origine un adj. qui s'emploie dans le tour *escu bocler, escu boclier* « écu bombé, écu pourvu d'une bosse centrale ». Dès le XIIIᵉ s. le mot *bouclier* devient substantif et désigne l'écu ; ***boucler*** (XVᵉ s.), « attacher par une boucle », d'où « fermer » (XVIᵉ s.), « donner la forme d'une boucle, friser » (XVIIᵉ s.) ; ***bouclette*** (XIIᵉ s.), « petite boucle » ; ***bouclage*** (XIXᵉ s.).

bouder (XIVᵉ s.), « prendre une attitude de mécontentement », terme expressif sans étym. assurée. || ***boudoir*** (XVIIIᵉ s.), « cabinet élégant où se retirent les dames recherchant la solitude » a été appelé ainsi par plaisanterie ; ***bouderie*** (XVIIᵉ s.) ; ***boudeur*** (XVIIᵉ s.).

boudin (XIIIᵉ s.), d'orig. peu claire, terme de charcuterie, empl. ensuite en divers sens tech. désignant habituellement des éléments cylindriques. || ***boudiner*** (XIXᵉ s.), « tordre, serrer ».

boue (XIIᵉ s.), du gaul. **bawa*, reconstitué d'après le gallois *baw* « fange ». || ***boueux*** (XIIᵉ s.) ; ***ébouer*** (XIXᵉ s.), « enlever la boue » ; ***éboueur*** (XIXᵉ s.), « employé chargé d'enlever les ordures ».

bouée, (sous la forme *boue* au XIVᵉ s.), p.-ê. du m. néerl. *boeye* « corps flottant (servant de signal) », de la même famille que le germ. **bauk* « signal ».

bouffer (XIIᵉ s.), onomat., « souffler en gonflant les joues, être gonflé » et « être enflé de colère » (du XIIᵉ s. au XVIIIᵉ s.). L'emploi pop. au sens de « manger goulûment (en gonflant les joues) » est attesté au XVIᵉ s. || ***bouffée*** (XIIᵉ s.), « souffle intermittent », puis « manifestation, mouvement passager » (XVIIᵉ s.) ; ***bouffarde*** (XIXᵉ s.), dér. de *bouffée* (de fumée) ; ***bouffant*** (XVᵉ s.), adj. « gonflé, froncé » ; empl. en papeterie pour désigner un papier spécial, non apprêté, assez grenu (XIXᵉ s.) ; subst. dans la langue du costume ; ***bouffir*** (XIIᵉ s.), « enfler » ; ***bouffi***, part. pas., d'abord « enflé, gonflé » (XIIᵉ s.), a pris le sens de « gonflé de colère » (XVIIᵉ et XVIIIᵉ s.) ; ***bouffe 1*** (XVIIᵉ s.), d'abord « gonflement des joues », puis « nourriture, repas » (XXe s.) dans le lang. pop. ; ***boustifaille*** (XIXe s.), mot pop. « nourriture, repas ».

bouffon (XVIe s.), empr. de l'ital. *buffone*, dér. de *buffa* « plaisanterie ». L'adj. ***bouffe 2*** dans *opéra bouffe* (XIXe s.) appartient à la même famille. || ***bouffonner*** (XVIe s.) ; ***bouffonnerie*** (XVIe s.).

bougainvillée, **bougainvillier** (XIXe s.), plante, du nom du navigateur Bougainville.

bouge (XIIe s.), s. d. du lat. *bulga* « bourse de cuir », p-ê. d'un mot gaul. non attesté, en a. fr. aux sens de « sac rond, besace » et aussi « pièce de débarras, décharge ». La seconde acception provient p.-ê. du sens « petite pièce ronde ». En fr. mod. l'emploi courant est celui de « logement misérable », de « cabaret mal famé ».

bouger (XIIe s.), « remuer », du lat. vulg. **bullicare* « bouillonner », de *bullire* « bouillir ». || ***bougeotte*** (XIXe s.).

bougie (XIVe s.), « cire pour chandelle importée de la ville de Bougie en Algérie », puis « chandelle ». || ***bougeoir*** (XVIe s.), « petit support de bougie à anse ».

bougna(t) (fin XIXe s.), apocope populaire de *charbougna* « charbonnier » (par imitation du parler auvergnat, en raison des nombreux Auvergnats dans la profession), désignait un « marchand de charbon » et aussi un « café » (les deux métiers étant souvent réunis).

bougnoul(e) (XIXe s.), de *bou gnoul* « noir », du ouolof du Sénégal, terme péj. en fr. à l'égard des Africains et des Maghrébins.

bougonner (XVIIIe s.), « grommeler », s. d. onomatopée. || ***bougonnement*** (XIXe s.) ; ***bougon*** (XIXe s.), déverb.

bougre (XIIe s.), du lat. tard. *Bulgarus* « Bulgare », employé aux sens de « hérétique » (en raison de l'hérésie bogomile) et aussi « sodomite ». Terme de mépris devenu très tôt une injure. En fr. mod., mot populaire qui peut être utilisé comme injure, comme juron, parfois sur un ton familier et amusé au sens de « gaillard » pour désigner un individu de bas étage, qui peut être sympathique.

bouillabaisse (XIXe s.), du prov. *bouiabaisso*, p.-ê. déformation de *bouie peis !* « bous, poisson ! » On a interprété (s. d. à tort) littéralement « bous et abaisse-toi ! » (impératifs adressés au contenu de la marmite).

bouillir (XIe s.), du lat. *bullire*, de même sens. || ***bouillie*** (XIIe s.) ; ***bouilleur*** (XVIIIe s.), « qui distille » ; ***bouillon*** (XIIe s.) ; ***bouillonnement*** « agitation d'un liquide qui bout, breuvage » ; ***bouillonner*** (XIIIe s.), d'abord « être en ébullition », puis « être en effervescence » (XVIe s.). Le sens mod. en parl. de journaux « avoir de nombreux invendus » date du XXe s. ; ***bouillotte*** (XVIIIe s.) ; ***ébouillanter*** (XIXe s.).

boulanger (XIIe s.), du pic. méd. *boulenc* « fabricant de pains ronds », du lat. méd. *bulingarius, bolengarius*, terme de la France du Nord fait sur le radical de *boule*, le boulanger fabriquant du pain en boule. || ***boulangerie*** (XIVe s.).

boule (XIIe s.), du lat. *bulla* « bulle, boule ». || ***bouler*** (XIVe s.) ; ***boulet*** (XIVe s.), « masse sphérique » ; ***boulette*** (XIVe s.) ; ***boulier*** (XIXe s.), « abaque munie de boules » ; ***bouliste*** (XIXe s.) ; ***boulot*** (XIXe s.) adj. « gros et court » ; ***bouleverser*** (XVIe s.), fait de *bouler* « repousser » et de *verser* « renverser » ; ***bouleversement*** (XVIe s.) ; ***boulon*** (XIIIe s.) d'abord « petite boule », puis « pièce de fixation munie d'une tête ronde » ; ***boulonner*** (XVe s.), « fixer avec des boulons » ; le sens pop. de « travailler » date du XIXe s. ; ***débouler*** (XVIIIe s.),

« tomber en roulant » et « déguerpir » ; ***déboulonner*** (XIXe s.).

bouleau (XVIe s.), de l'a. fr. *boul*, du lat. vulg. **betullus*, tiré du lat. clas. *betulla*, de même sens.

bouledogue (XVIIIe s.), de l'angl. *bulldog*, litt. « chien taureau ».

boulevard (XIVe s., sous la forme *boulevert*), du moyen néerl. *bolwerc*, terme de fortification, d'abord « ouvrage de madriers, rempart de terre et de madriers ». Le mot a signifié au XVIe s. « bastion, courtine, ouvrage de défense ». Il a changé de sens au début du XIXe s. lorsque les fortifications ont été démolies et l'espace disponible planté d'arbres ; d'où le sens de « promenade plantée d'arbres, large rue plantée d'arbres ». Au XIXe s. apparition sur les grands boulevards de Paris au nord de la ville de cafés à la mode et de théâtres d'un comique léger et populaire ; d'où l'emploi technique du mot *boulevard* pour désigner ce genre. || ***boulevardier*** (XIXe s.).

boulimie (XIVe s.), du grec *boulimia* « faim de bœuf », c'est-à-dire « faim dévorante ». || ***boulimique*** (XIXe s.).

boulingrin (XVIIe s.), « parterre de gazon », empr. de l'angl. *bowlinggreen*, litt. « pelouse pour le jeu de boules ».

boulot 1 adj., voir ***boule***.

boulot 2 subst. (XIXe s.), « travail », mot pop., p.-ê. de *boulotter* « vivoter ». L'évolution sémantique n'est pas claire.

boulotter (XIXe s.), d'abord « se laisser vivre, vivoter », puis « manger ». Le second sens est le seul attesté auj.

boum (XIXe s.), onomat. désignant un bruit sonore, une explosion.

bouquet (XVe s.), dér. de *bosc*, nom dial. du bois en Normandie et en Picardie, qui a d'abord désigné un bosquet d'arbres (cet emploi survit encore), puis un assemblage de fleurs coupées ou de feuillage dès le XVe s. Du sens de « assemblage d'herbes aromatiques (mises dans la cuisine) » on est passé au sens de « arôme d'un vin » (XVIIIe s.). L'emploi du mot dans le vocabulaire pyrotechnique pour désigner le couronnement d'un feu d'artifice, son splendide dénouement date du XVIIIe s. La formule ironique *c'est le bouquet* au sens de « c'est le comble », pour marquer qu'on se trouve dans une situation plus fâcheuse que les précédentes est attestée au XIXe s. dans la langue fam.

bouquetin (XIIIe s., sous la forme *bukestein*, puis XVIe s.), empr. par la Savoie à l'all. *Steinbock* « bouc de rocher ».

bouquin (XVe s.), « vieux livre », dimin. du néerl. *boek* « livre » ; dans la langue fam. mod. signifie « livre ». || ***bouquiner*** (XVIIe s.) ; ***bouquiniste*** (XVIIIe s.).

bourbe (XIIe s.), du gaul. **borva*. || ***bourbeux*** (XVIe s.) ; ***bourbier*** (XIIIe s.) ; ***embourber*** (XIIIe s.).

bourde (XIIe s.), d'orig. inconnue, « plaisanterie, baliverne » depuis le M. A. Le sens de « faute, erreur grossière » n'apparaît qu'au XVIIIe siècle. || ***bourdon*** « faute (en typographie), omission d'un ou plusieurs mots ».

bourdon 1 (XIIIe s.), « long bâton de pèlerin », du lat. vulg. **burdonem*, de *burdus* « mulet », le bâton qui soutient le pèlerin ayant été assimilé à un mulet.

bourdon 2 (XIIIe s.), onomat., avec deux sens principaux depuis le M. A. : 1° insecte (au bourdonnement caractéristique), 2° ton servant de basse continue dans divers instruments de musique, notamment la cornemuse. La nuance de « grosse cloche » est moderne. || ***bourdonner*** (XIIIe s.), « faire entendre un bourdonnement » et « émettre un son grave » ; ***bourdonnement*** (XVIe s.) ; ***faux-bourdon*** (XVe s.), d'abord au sens de « fausse basse», puis divers sens tech. musicaux.

bourdon 3, voir ***bourde***.

bourg (XIe s.), du lat. tard. *burgus*, fusion de *burgus* «château fort» tiré du grec *purgos* «tour» et du germ. *burg* (cf. all. *Burg*), a désigné au M. A. une ville fortifiée et aussi une agglomération marchande. En fr. mod. le mot ne s'applique plus qu'à un gros village où se tiennent des marchés. || ***faubourg*** (XVe s.), altér. de *fors bourg* désignait la partie de l'habitat sise en dehors du bourg fortifié ; ***bourgeois*** (XIe s.), mot complexe, qui a connu des variations sémantiques importantes selon les moments de l'histoire. Au M. A. le terme désigne les habitants des villes, affranchis du pouvoir seigneurial et bénéficiant de privilèges. Par opposition à la noblesse et à la paysannerie le monde des bourgeois est lié à la vie urbaine et aux activités de commerce. Au XVIe et au XVIIe s., les sens de «habitant d'une ville» ou «citoyen d'une cité» dans une société qui n'était pas encore centralisée (*bourgeois* s'emploie encore en Suisse en ce sens) existent toujours. La notion de bien-être ou du moins d'honnête aisance est également associée au mot. En fr. mod. on parle de *cuisine bourgeoise*, de *quartier bourgeois*. Les notions d'argent aussi et de classe moyenne font partie du concept. Des analyses modernes distinguent les *grands bourgeois* possédant les entreprises économiques (classes dirigeantes) et les *petits bourgeois* aux ressources et au genre de vie plus simple. Au plan social et moral s'ajoutent des notions d'ordre, de vie réglée, d'attachement aux biens matériels ; ***bourgeoisie*** (XIIIe s.) ; ***s'embourgeoiser*** apparaît au début du XIXe s. ; ***bourgmestre*** (XIVe s.), empr. au m. h. all. *Burgermeister* «chef des bourgeois», désigne le premier magistrat d'une commune en pays germanique, Belgique, Pays-Bas et Suisse.

bourgade (XVe s.), empr. à l'a. prov. *borgada* ou à l'italien *borgata*, désigne un petit bourg.

bourgeon (XIIe s.), de l'acc. du lat. vulg. **burrionem*, de **burrio*, tiré du lat. clas. *burra* «bourre». || ***bourgeonner*** (XIIe s.) ; ***bourgeonnement*** (XVIIe s.).

bourgeron (XIXe s.), de l'a. fr. *borge*, *bourge*, du lat. vulg. **burrica* «en burre», désigne une grosse blouse de travail d'ouvrier.

bourlinguer (XIXe s.), de *bourlingue* d'origine peu claire, mot du voc. familier des marins «avancer péniblement», puis par ext. «naviguer beaucoup, voyager beaucoup». || ***bourlingueur*** (XIXe s.).

bourrade, voir ***bourre***.

bourrasque (XVIe s.), «coup de vent», empr. de l'ital. *burrasca*, de *boreas* «vent du nord».

bourre (XIIIe s.), du lat. tard. *burra* «laine grossière, déchet de la laine, étoffe grossière», de même sens en fr. || ***bourru*** (XVIe s.), «grossier, incivil» ; ***bourrelet*** (XIVe s.), divers sens tech. ; ***bourrelier*** (XIIIe s.), «fabricant et vendeur de harnais», de l'a. fr. *bourrel* «collier, harnais» ; ***bourrer*** (XVIe s.), «emplir de bourre, emplir, tasser», puis «frapper, maltraiter» ; ***bourrade*** (XVIe s.), «poussée brusque» ; ***bourrée*** (XIVe s.), «fagot (de menues branches bourrées ensemble)» et au XVIe s. «danse rustique» (sans doute avec des mouvements rudes), p.-ê. dér. de *bourrer* «frapper» ; ***bourratif*** (XXe s.) ; ***rembourrer*** (XIIe s.).

bourreau (XIVe s.), de *bourrer* «frapper», «exécuteur des décisions de justice en matière criminelle», puis «meurtrier», «qui torture», «qui abat beaucoup (de cœurs, de travail)». || ***bourreler*** (XVIe s.), «torturer».

bourriche (XVIe s.), d'orig. peu claire, empl. au sens de «panier oblong». Le sens de «tête» (XIXe s.) est pop. ||

bourrichon (XIXe s.), « tête » dans la lang. pop.

bourrique (XVIIe s.), « ânesse » (ton fam. ou pop.), de l'espagnol *borrico* « âne ». || ***bourricot*** ou ***bourriquot*** (fin du XIXe s.).

bourru, voir ***bourre***.

bourse 1 (XIIe s.), « petit sac de cuir », du lat. tard. *bursa* « peau, cuir ».

bourse 2 (XVIe s.), « lieu de réunion des négociants et des agents de change », p.-ê. issu de la dénomination de l'hôtel particulier de la famille *Van den Burse* à Bruges sur une place qui servit de centre de rencontre aux marchands. || ***boursicoter*** (XVIe s.), dér. de *boursicot* « petite bourse, petit pécule », d'abord « se constituer des économies », puis « faire de petites opérations en Bourse » (XIXe s.).

boursoufler, voir ***souffler***.

bousculer, voir ***cul***.

bouse, d'étym. incert., p.-ê. de même racine que *boue*.

boussole (XVIe s.), de l'ital. *bussola* « petite boîte ».

bout, **boutade**, voir ***bouter***.

bouteille (XIIe s., sous la forme *boutele*), du lat. tard. *butticula*, dér. de *buttis* « tonneau ». || ***bouteiller*** (XIIe s.), empr. au lat. méd. *buticularius* « officier de la cour royale chargé de l'administration du vin » ; ***embouteiller*** (XIXe s.) ; ***embouteillage*** (XIXe s.).

bouter (XIe s.), mot ancien, « frapper, pousser », du franc. **botan* « frapper ». || ***bout*** (XIIe s.), déverbal de *bouter,* en a. fr. « coup », puis « extrémité » ; le sens de « morceau, fragment » date du XVIe s. ; ***boutoir*** (XIVe s.) ; ***boutade*** (XVIe s.), d'abord « caprice » et « trait d'esprit, saillie » (XVIe s.), puis « attaque, sortie brusque » et « brusque changement d'humeur », (XVIIe s.) ; ***bouture*** (XVe s.), « pousse » ; ***aboutir*** (XIVe s.) ; ***aboutissement*** (XVe s.) ; ***emboutir*** (XIVe s.) ; ***embout*** (XIXe s.) ; ***rebouter*** (XIIe s.), « remettre, replacer » ; ***rebouteux*** (XIVe s., sous la forme *rebouteur*), dér. de *rebouter*, « personne qui remet en place les membres démis » ; ***boute-en-train*** (XVIIe s.), d'abord « cheval chargé de stimuler les femelles en vue de l'accouplement » (terme de haras), depuis le XVIIIe s. « amuseur (dans une réunion) ». Voir ***bouton***, ***débout***, ***débouter***.

boutique (XIIIe s., sous la forme *bouticle*), du grec *apothéké* « magasin », p.-ê. avec l'infl. du prov. *botiga*, en fr. d'abord « local commercial ouvert sur la rue », puis « atelier », (XVIe s.). || ***boutiquier*** (XVe s., sous la forme *bouticlier*).

bouton (XIIe s.), d'abord au sens de « bourgeon », puis « pustule » (XVIe s.), de *bouter* « pousser ». Le sens « attache (d'un vêtement) » est attesté au XIIe s. || ***boutonner*** (XIIe s.), d'abord « bourgeonner ». Le sens « attacher avec un bouton » date du XIIe s. ; ***boutonnière*** (XIVe s.), « fente où l'on passe un bouton » ; ***déboutonner*** (XIVe s.).

bouvier, **bouvillon**, **bovidé**, voir ***bœuf***.

bouvreuil (XVIIIe s.), oiseau appelé « jeune bœuf » s. d. par plaisanterie.

bovin, voir ***bœuf***.

bowling (XXe s.), mot angl. désignant un jeu de quilles particulier.

bow-window (XIXe s.), « fenêtre en saillie », de l'angl. *bow bay window* « fenêtre en avancée formant un arc ».

box (XVIIIe s.), de l'angl. *box* « boîte, compartiment », en fr. « loge de théâtre », puis « stalle d'écurie (pour un cheval) » (XIXe s.), « compartiment cloisonné dans un tribunal » (XIXe s.), « dans un bureau ou un garage » (XXe s.).

boxe (fin du XVIIe s.), de l'angl. *box* « coup ». || ***boxer*** (XVIIIe s.) ; ***boxeur*** (XVIIIe s.).

boxer 1, voir ***boxe***.

boxer 2 (XXᵉ s.), « chien », de l'all. *Boxer* « boxeur », nom donné à l'animal en raison de son ardeur à combattre.

boy (XIXᵉ s.), de l'anglais *boy* « jeune garçon », a désigné un jeune domestique indigène au temps de la colonisation (en Afrique ou en Extrême-Orient). A l'époque moderne le pluriel *boys* désigne les « jeunes hommes, les jeunes soldats » (américanisme). || ***boy-scout*** (XXᵉ s.), abrégé en ***scout*** (XXᵉ s.); ***scoutisme*** (XXᵉ s.).

boyard (XVIᵉ s.), du russe *boiar* « seigneur ».

boyau (XIIIᵉ s., sous la forme *boel, boiel*), du lat. *botellus* « boudin, boyau ».

boycotter (1880), du nom d'un propriétaire irlandais nommé Boycott, qui subit ce sort vers 1880. || ***boycott*** (XIXᵉ s.); ***boycottage*** (XIXᵉ s.).

bracelet, voir ***bras***.

brachy-, premier élément de mots sav. comme ***brachycéphale***, du grec *brachus* « court ».

braconner (XIIIᵉ s.), du germ. **brakko* « chien braque » (cf. l'all. *Bracke*), d'abord « chasser avec des braques », puis « prendre du gibier ou du poisson sans autorisation ». || ***braconnier*** (XIIᵉ s.), d'abord « chasseur », puis « qui chasse ou pêche furtivement au mépris de la légalité »; ***braconnage*** (XIIIᵉ s.). Le sens mod. de ces mots ne semble pas antérieur au XVIIIᵉ s.

brader (XVᵉ s., au sens de « rôtir »), du m. néerl. *braten* « rôtir » et « gaspiller », en fr. « vendre à bas prix » depuis le XIXᵉ s. || ***braderie*** (XVᵉ s.), d'abord au sens de « rôtisserie ». La valeur « foire annuelle d'articles à bas prix », puis « vente à bas prix » date du XIXᵉ s.; ***bradeur*** (XVᵉ s.), de même évol.

braguette, voir ***braies***.

braies (XIIᵉ s.), « pantalon ample », du gaul. **braca*. || ***braguette*** (XIVᵉ s., sous la forme *brayette*), dim. de *brague* « culotte » (XIVᵉ s.), désignant au XIVᵉ s. une petite poche attachée au-dessus de l'entrejambe sur le devant du pantalon, puis une ouverture au même endroit (XVIIᵉ s.).

braille (XXᵉ s.), écriture en relief, inventée au XIXᵉ s. par Louis Braille pour les aveugles.

brailler (XIIIᵉ s.), terme expressif et pop., « crier fort », du lat. vulg. **bragulare*, dér. du lat. vulg. **bragere* « crier ». || ***braillerie*** (XVIᵉ s.); ***braillement*** (XVIᵉ s.); ***braillard*** (XVIᵉ s.).

brain-trust (1933), « équipe d'experts », de l'amér. *brain trust* « équipe d'intellectuels », dont s'entoura Roosevelt, de *brain* « cerveau » et *trust* « confiance », d'où « conseillers ».

braire (XIᵉ s.), du lat. vulg. **bragere* « crier, faire du bruit », d'abord en ce sens en fr. La restriction de sens au cri de l'âne remonte au XVIIᵉ s. || ***brai(e)ment*** (XIIᵉ s.), d'abord au sens de « cri », puis « cri de l'âne » (XVIᵉ s.).

braise (XIIᵉ s.), p.-ê. du germ. **brassa*. || ***braiser*** (XVIIIᵉ s.); ***brasier*** (XIIᵉ s.); ***embraser*** (XIIᵉ s.); ***embrasement*** (XIIᵉ s.). Le dér. ***brésil*** (XIIᵉ s.), dér. de l'a. fr. *breze*, autre forme de *braise*, « bois de teinture colorant en rouge » vient du même radical, en raison de sa couleur, proche de la braise ardente. Le nom donné au *Brésil* vient de l'abondance de ces bois exotiques sur place. Voir ***embrasure***.

bramer (XVIᵉ s.), du prov. *bramar*, d'origine germanique, d'abord « mugir », avant de s'appliquer au cri du cerf. || ***bramement*** (XVIIIᵉ s.).

bran (XIIIᵉ s.), du lat. vulg. **brennus* « son », en fr. d'abord « son, déchet du son », puis « excrément » (XVᵉ s.).

brancard (XIVᵉ s.), au XVIᵉ s. « grosse branche », puis « bras d'une civière », enfin « civière », dér. normand de *branque* « branche ». || ***brancardier*** (XVIIe s.).

branche (XIe s.), d'orig. peu claire, p.-ê. du lat. tard. *branca* « patte d'un animal », passé au sens de « rameau d'un arbre » au XIe s. || ***branchu*** (XIIe s.) ; ***branchage*** (XVe s.) ; ***brancher*** (XIVe s.), « se percher sur les branches », puis « connecter, relier » (XIXe s.), « mettre au courant » (XXe s.) ; ***branchement*** (XVIe s.), de même évol. ; ***débrancher*** (XIXe s.) ; ***ébrancher*** (XIIe s.) ; ***embrancher*** (XVe s.) ; ***embranchement*** (XVe s.).

branchie (XVIIe s.), empr. au grec *branchia* « ouïe des poissons » et « conduit des poumons ».

brandade (XVIIIe s.), terme de cuisine, empr. au prov. *brandado* « mets remué ».

brande (XVe s.), « bruyère », s. d. du vieux verbe *brander* « brûler », du germ. **brand* « tison », car on brûlait les bruyères dans les défrichements.

brandebourg (XVIIe s.), terme de costume, empr. au nom de la province allemande de ce nom.

brandir (XIe s.), « agiter une arme », dér. de **brand* « tison », puis « épée » en raison de l'éclat du métal.

brandon (XIIe s.), dér. du germ. **brand* « tison », en fr. d'abord « faisceau de paille enflammé », puis « débris enflammés » (XVIIe s.).

brandy (XIXe s.), « eau-de-vie de raisin ou de fruit », de l'angl. *brandwine, brandy wine,* de *to brand* « brûler, distiller ».

branler (XIe s.), d'étym. peu claire, p.-ê. du lat. vulg. **brandiculare,* « mouvoir, agiter, balancer, se remuer, chanceler ». || ***branle*** (XIIe s.), déverb., d'abord « mouvement oscillatoire », puis « danse » (XIIIe s.) ; ***branle-bas*** (XVIIe s.), terme de marine « action de jeter bas les hamacs (*les branles*) pour se préparer au combat » ; ***ébranler*** (XVe s.) ; ***ébranlement*** (XVe s.) ; ***inébranlable*** (XVIIe s.).

braque (XIIIe s.), « chien de chasse », p.-ê. empr. au prov. *brac*, issu du germ. **brakko.*

braquer (XVIe s.), « tourner, faire tourner », d'orig. peu claire, employé surtout à l'époque moderne. || ***braquage*** (XIXe s.), « action de braquer ». L'empl. pop. au sens de « attaque à main armée » date du XXe s.

bras (XIe s.), du lat. *bra(c)chium*, de même sens. || ***brassée*** (XIIe s.) ; ***brassière*** (XIIIe s.) ; ***brassard*** (XVIe s.), d'abord « partie de l'armure qui protège le bras », puis « pièce d'étoffe sur le bras » (XIXe s.) ; ***bracelet*** (XIIe s.), d'abord « petit bras », puis « armure protégeant le bras » (XIVe s.), enfin « ornement du bras en forme d'anneau » (XVe s.) ; ***embrasser*** (XIe s.), « serrer dans ses bras, étreindre ». Le sens de « donner des baisers » date du XVIIe s. ; ***embrassade*** (XVIe s.) ; ***embrasse*** (XIVe s.).

brasero (XVIIIe s.), mot espagnol, de même sens, dér. de *brasa* « braise ».

brasse (XIIe s., sous la forme *brace* « ensemble des deux bras »), du lat. *brachia,* plur. à valeur collective. Le sens de « nage » date du XIXe s.

brasser (XIIe s., sous la forme *bracier*), p.-ê. du lat. vulg. **braciare*, de *braces* « orge trempée » (mot gaulois), en a. fr. « mélanger, remuer, brasser de la bière » et « méditer, tramer » au sens moral. || ***brassage*** (XIVe s.) ; ***brasserie*** (XIVe s.) ; ***brasseur*** (XIIIe s.).

bravache (XVIe s.), « faux brave », de l'ital. *bravaccio,* de *bravo* « mercenaire ».

bravade (fin XVe s.), de l'ital. *bravata* « action de bravoure, de défi », désigne le « défi ». En Provence, *bravado,* d'où le fr. *bravade,* « défilé et décharge de fusils un jour de fête ».

brave (XVIe s.), s. d. de l'ital. *bravo* « courageux » et « sauvage », p.-ê. du lat. *barbarus* « farouche, sauvage », devenu **brabus*, en fr. au XVIe s. « orgueilleux, fier, noble, courageux, excellent » et aussi « beau, bien vêtu, paré, luxueux ». Le sens guerrier de « courageux » prédomine aux XVIe s. et XVIIe s. Au XVIIe s. apparaît le sens spécial de « bretteur, assassin ». Le sens de « courageux » a supplanté tous les autres en fr. mod. La valeur condescendante « honnête et bon », quand l'adj. est placé devant le nom (*un brave homme*) est attestée au XVIIIe s. || ***bravo*** (XVIIIe s.), empr. à l'italien *bravo* « excellent, parfait » est une exclamation d'applaudissement ; ***braver*** (XVIe s.), tantôt péj., tantôt laudatif, « faire le fanfaron, parader, menacer » au XVIe s., « défier, ne pas craindre » en fr. mod. ; ***bravoure*** (XVIIe s.), empr. à l'ital. *bravura,* a toujours valeur laudative.

break (XIXe s.), de l'angl. *break* « voiture découverte à quatre roues ».

breakfast (XIXe s.), de l'angl., littéralement « ce qui rompt le jeûne », petit déjeuner à l'anglaise.

brebis (d'abord *berbis* au XIe s.), du lat. vulg. **berbicem,* lat. tard. *berbecem,* lat. clas. *vervecem.* Le mot latin a d'abord signifié « mouton, bélier », avant de désigner la femelle à basse époque en Gaule.

brèche (XIIe s.), du m. h. all. *brecha* « fracture ». || ***ébrécher*** (XIIIe s.).

bredouiller (XVIe s.), d'étym. obscure. || ***bredouille*** (XVIe s.), d'abord « embarrassé » ; ***bredouillis*** (XVIIe s.) ; ***bredouillement*** (XVIIe s.) ; ***bredouillage*** (XVIIe s.).

bref adj., adv. et subst. (fin XIe s., sous la forme *brief*), du lat. *brevis* « court ». L'adj. « bref » s'emploie au sens spatial et temporel. Le subst., du lat. méd. *breve* « sommaire, liste, lettre, écrit », a signifié couramment « lettre » et aussi « amulette, talisman (avec des caractères magiques) » en a. fr. La lettre appelée *brief* devait s. d. être courte. || ***brevet*** (XIIe s., sous la forme *brievet*), surtout répandu au XVIe s. au sens de « écrit, billet, talisman », « privilège accordé par le roi » au XVIIe s., depuis le XVIIIe s. « titre ou diplôme délivré par les pouvoirs publics » ; ***breveter*** (XVIIIe s.) ; ***brièveté*** (XIIIe s.) ; ***bréviaire*** (XIIIe s.), empr. au lat. eccl. méd. *breviarium* « abrégé de l'office liturgique ».

brelan (XIIe s., sous la forme *brelenc*), de l'a. h. all. *bretling* « table de jeux », d'abord en ce sens, puis « jeu qui se joue à trois cartes » (XVIIe s.), par ext. « tripot, maison de jeux » (XIVe s., rare avant le XVIIe s.) et à certains jeux « réunion de trois cartes de même valeur » (XVIIIe s.), seul sens conservé.

breloque, **berloque** (XVIIe s.), mot expres. d'orig. inconnue, « babiole, petit objet sans valeur », « horloge » et « roulement de tambour ».

brésil, voir ***braise***.

bretèche (XIIe s.), terme de fortification, « ouvrage de défense en saillie avec mâchicoulis », du lat. méd. *brittisca* « fortification bretonne ».

bretelle (XIIIe s.), de l'a. h. all. *brittil* « rêne », en a. fr. « bandoulière ». Le sens de « bande élastique retenant le pantalon » n'est pas antérieur au XVIIIe s.

bretteur (XVIIe s.), « escrimeur », de *brette* « longue épée », de **britta* « (épée) bretonne ».

bretzel (fin du XIXe s.), terme de pâtisserie, de l'alsac. *bretzel*, de la famille de *bracchium* « bras », le *bretzel* ayant la forme de deux bras entrelacés.

breuvage, voir ***boire***.

brevet, voir ***bref***.

bréviaire, voir ***bref***.

bribe (XIIIe s.), étym. inconnue, p.-ê. onomat., d'abord « morceau de pain (donné à un mendiant) », puis « restes insignifiants ».

bric-à-brac (XVIIe s.), **de bric et de**

broc (fin du XVIIIe s.), tournures expressives pour marquer un assemblage hétéroclite.

brick (fin XVIIIe s.), « voilier à deux mâts », de l'angl. *brig*, abrév. de *brigantine*.

bricole (XIVe s.), de l'ital. *briccola*, en a. fr. « catapulte (machine de guerre) » ; au XVIe s. dévelop. du mot aux sens de « coup indirect, rebond (au jeu de paume et au billard) », « zigzag », « tromperie ». Le sens de « chose insignifiante » vient p.-ê. du travail de hasard fait par les ouvriers en tirant une petite voiture avec un harnais (*bricole*). || ***bricoler*** (XVe s.), d'abord « aller en zigzag ». Le sens mod. de « s'occuper à de petits travaux manuels domestiques » n'est pas antérieur au XIXe s. ; ***bricoleur*** (XVIIIe s.), de même évol. ; ***bricolage*** (XXe s.).

bride (XIIIe s.), du m. h. all. *bridel* « rêne ». || ***brider*** (XIIIe s.) ; ***débrider*** (XVe s.).

bridge 1 (XIXe s.), jeu de cartes issu du whist, de l'anglais *bridge*, d'abord *biritch*, *britch*, d'orig. inconnue, p.-ê. orientale ou russe. || ***bridger*** (XXe s.) ; ***bridgeur*** (XIXe s.).

bridge 2 (XXe s.), « prothèse dentaire », de l'angl. *bridge* « pont ».

briefing (vers 1945), « réunion d'aviateurs avant le départ en mission », de l'angl. *to brief* « donner des instructions », s'est répandu au sens de « exposé, conférence de travail ».

brigade (XIVe s.), « troupe », de l'ital. *brigata* ; au XVIe s. s'emploie souvent au sens de « troupe » sans idée militaire ; dès le XVIIe s. a désigné une unité militaire. Jusqu'aux deux dernières guerres la brigade était composée de deux régiments (cf. *général de brigade*). Le sens de « petit détachement » conservé encore aujourd'hui (*brigade de gendarmerie, brigade de sergents de ville*) est ancien. || ***brigadier*** (XVIIe s.), « chef d'une brigade » (valeurs diverses selon les moments de l'histoire et les corps) ; ***embrigader*** (XVIIIe s.) ; ***embrigadement*** (XVIIIe s.).

brigand (XIVe s.), d'abord « soldat à pied », puis « soldat indiscipliné » et « malfaiteur », de l'ital. *brigante* « qui va en troupe ». || ***brigandine*** (XVe s.), « armure portée par les soldats à pied » ; ***brigandage*** (XVe s.).

brigue (XIVe s.), de l'ital. *briga* « lutte, querelle », en fr. d'abord « dispute », puis « intrigue ». || ***briguer*** (XVe s.), d'abord « se quereller », puis « solliciter » et « intriguer » (XVIe s.).

briller (XVIe s.), de l'ital. *brillare*, a signifié « s'agiter » au XVIe s. et aussi « resplendir, attirer les regards, se distinguer ». Les emplois figurés sont très fréquents dans la langue du XVIIe s. || ***brillant*** (XVIe s.) ; ***brillantine*** (XIXe s.).

brimbaler (XVIe s.), **bringuebaler**, **brinquebaler** (XXe s.), d'orig. expres., d'abord « s'agiter », puis « se balancer », (XIXe s.). || ***brinbalement*** (XVIe s.), ***bringuebalement***, ***brinquebalement*** (XXe s.).

brimborion (XVIe s.), altération de *breviarium*, d'abord « prières marmonnées rapidement », puis au XVIIe s. « chose sans valeur, babiole ».

brimer (XIXe s.), « soumettre à des épreuves vexatoires », d'orig. incert., p.-ê. mot arg. || ***brimade*** (XIXe s.).

brin (XIVe s.), d'étymol. incertaine. || ***brindille*** (XIVe s.).

brio (1812), terme de musique « vivacité brillante », de l'ital. *brio*. L'emploi s'est généralisé en dehors du domaine musical.

brioche (XVe s.), p.-ê. du norm. *brier*, forme de *broyer* « pétrir la pâte » désigne une pâtisserie. L'emploi fig. « bedaine » est pop. (XXe s.).

brique (XIIIe s.), sous la forme *briche*, p.-ê. du m. néerl. *brike*, de la famille du néerl. *brecken* « casser » (cf. l'all.

brechen « briser »). Le sens de « matériau de construction cuit au four » existe au M. A. Au XVIe s. le mot a le sens courant de « morceau, pièce », qui est peut-être le sens premier. || ***briquet*** (XIVe s.), « petit morceau », puis « pièce d'acier frottée sur un silex afin de produire du feu » (XVIIIe s.), enfin « petit appareil servant à produire du feu » (XIXe s.) ; ***briquer*** (XIXe s.), « nettoyer (à la brique) », puis « nettoyer vigoureusement » ; ***briqueterie*** (XVe s.) ; ***briqueter*** (XVe s.) ; ***briquetier*** (XVIe s.).

brise (XVIe s.), « vent léger », terme de marine d'étym. incert.

briser (XIe s.), du lat. vulg. **brisare*, p.-ê. d'orig. gaul. || ***bris*** (XVe s.), déverb., « rupture d'un scellé, effraction », qui a signifié aussi « naufrage, épave » (terme de marine) depuis le XVIe s. ; ***brisant*** (XVIe s.), « écueil où la mer se brise » ; ***brisées*** (XIIIe s.), terme de vénerie, « branches brisées par le veneur pour indiquer les traces de la bête recherchée » ; ***brisure*** (XIIe s.) ; ***débris*** (XVIe s.), déverb. de l'a. fr. *debrisier* « briser », d'abord « action de briser », puis « restes d'une chose brisée, ruines, fragments, détritus ».

bristol (1867), de l'angl. *Bristol board* « carton de Bristol ».

broc (XIVe s.), « cruche », p.-ê. issu de l'adj. lat. *brocchus* « qui avance, proéminent » qualifiant une cruche à bec ou du grec *brokhis* « pot ».

brocanter (XVIIe s.), d'orig. peu claire, « vendre d'occasion des objets d'antiquité ou des curiosités ». || ***brocanteur*** (XVIIe s.) ; ***brocante*** (XVIIIe s.).

brocard 1 (XVe s.), adage juridique, du lat. méd. *brocardus* « aphorismes de droit » compilés par Burckard au XIe s.

brocard 2 (XIVe s., surtout répandu à partir du XVIe s.), « paroles piquantes, railleries », s. d. de la forme norm. et pic. *broquer*, de l'a. fr. *brochier* « piquer ». || ***brocarder*** (XVe s.).

brocart (XVIe s.), riche tissu orné de figures, de l'ital. *broccato* « broché » avec changement de suffixe.

broche (XIIe s.), du lat. vulg. **brocca*, de l'adj. *brocc(h)us* « saillant, pointu ». || ***brocher*** « piquer, éperonner » depuis le M. A. ; depuis le XVIIIe s. au sens de « coudre les feuilles d'un livre et y mettre une couverture en papier » ; ***brochage*** (XIXe s.) ; ***brochure*** (XIVe s.), d'abord « décor d'un tissu broché ». Le sens de « opuscule imprimé et broché » date du XVIIIe s. ; ***brocheur*** (XVIIe s.) ; ***brochet*** (XIIIe s.), poisson au museau pointu ; ***brochette*** (XIIe s.), « petite broche » ; ***débrocher*** (XIVe s.), « sortir de la broche » ; ***embrocher*** (XIIe s.), « mettre en broche ».

brocoli (XVIe s.), de l'ital. *broccoli* « pousses de choux », de *brocco* « rameau pointu, pousse ».

brodequin (XIVe s.), d'orig. peu claire, a désigné diverses chaussures, auj. « chaussures montantes (de marche) ».

broder (XIIe s.), p.-ê. du franc. **brozdon*. || ***brodeur*** (XIIIe s.) ; ***broderie*** (XIIIe s.).

brome (XIXe s.), mot sav., du grec *bromos* « puanteur », en raison de la mauvaise odeur de cette substance toxique. || ***bromure*** (XIXe s.).

bronche (XVIe s., sous la forme *bronchie*), empr. au lat. médical *bronchia*, du grec *bronkhia*. || ***bronchite*** (XIXe s.) ; ***bronchiteux*** (XIXe s.) ; ***broncho-***, ***bronchio-*** (XIXe s.), premier élém. de mots savants, comme ***broncho-pneumonie***, fait sur *bronche*.

broncher (XIIe s.), p.-ê. du lat. vulg. **pronicare* « pencher en avant », fait sur l'adj. lat. *pronus*, a signifié en a. fr. « pencher, baisser la tête ». Les valeurs de « tomber » et de « faire un faux pas, trébucher » (en parlant du cheval) se développent au XVIe s. et au XVIIe s.

bronze (XVIe s.), de l'ital. *bronzo*, d'orig. obsc. || ***bronzer*** (XVIe s.), d'abord « recouvrir de bronze », puis « recouvrir d'une couleur de bronze, brunir » (XVIIIe s.) ; ***bronzier*** (XIXe s.) ; ***bronzage*** (XIXe s.).

brosse (XIIe s.), s. d. du lat. vulg. **bruscia*, d'origine peu claire. En a. fr. le mot désigne un terrain broussailleux, empli de buissons épineux. Nombreux ex. en toponymie. Le sens courant aujourd'hui d'ustensile de toilette et de ménage existe déjà au XIIIe s. || ***brosser*** (XIVe s.), qui a signifié surtout au XVIe s. « avancer à travers les broussailles » ; ***brossage*** (XIXe s.) ; ***brousse*** (fin XIXe s. dans le vocabulaire colonial), empr. au prov. *brousso* « broussaille », en fr. « étendue couverte de broussailles ou d'arbustes en Afrique » ; ***broussard*** (XXe s.).

brou (XVe s.), de l'a. fr. *brout* « pousse », de *brouter*, désigne l'enveloppe externe de certains fruits comme la noix, puis la teinture liquide obtenue (*brou de noix*).

brouet (XIIIe s.), de l'a. h. all. **brod* « jus, bouillon » (cf. l'ital. *brodo*), en fr. « bouillon léger », puis « mets simple, peu consistant » (XVIIe s.).

brouette (XIIIe s.), du lat. tard. *birota* « véhicule à deux roues ». || ***brouettée*** (XIVe s.) ; ***brouetter*** (XIVe s.).

brouhaha (XVIe s.), s. d. onomat. désigne un bruit confus.

brouillard (XVe s.), s. d. altér. de l'a. fr. *brouillas* « air brouillé, brouillard ». || ***brouillasse*** (XIXe s.) ; ***brouillasser*** (XIXe s.).

brouiller (XIIIe s., sous la forme *brooillier*), « mélanger », terme p.-ê. expressif, d'étym. peu claire. || ***brouille*** (XVIIe s.), « mésentente », mot pop. aux XVIIe et XVIIIe s. ; ***brouillage*** (XVIe s.) ; ***brouillon*** (XVIe s.), adj. « confus, désordonné » et subst. « premier griffonnage, première rédaction (confuse) d'un écrit » ; ***débrouiller*** (XVIe s.), « rendre clair », à la forme pronom. « se tirer d'affaire » (XIXe s.) ; ***débrouillard*** (XIXe s.) ; ***débrouillardise*** (XXe s.) ; ***embrouiller*** (XIIIe s.) ; ***embrouille*** (XVIIIe s., repris au XXe s.).

broussaille (XIIe s.), dér. de l'a. fr. *brosse, brousse* « buisson ». || ***broussailleux*** (XVIIe s.) ; ***embroussailler*** (XIXe s.) ; ***débroussailler*** (XIXe s.).

brousse, voir ***brosse***.

brouter (XIIe s.), p.-ê. de l'a. fr. *brost* « jeunes pousses », du franc. **brust* « bourgeon », en fr. « manger l'herbe et les feuilles ». || ***broutilles*** (XVe s.), « petites pousses », d'où « objets sans valeur » (XVIe s.) ; ***broutement*** (XVIe s.).

browning (1906), « pistolet automatique à chargeur », du nom de l'inventeur américain J. M. Browning.

broyer (XIIIe s.), du germ. **brekan* « briser », cf. l'all. *brechen*. || ***broyage*** (XIXe s.) ; ***broyeur*** (XVe s.).

bru (XIIe s.), « belle-fille », s. d. du gothique *bruths* « promise, jeune mariée » (all. *Braut* « fiancée »). Mot provincial, remplacé auj. par *belle-fille*.

brugnon (XVIIe s.), s. d. du provençal *brinho*, du lat. vulg. **prunea* « prune ».

bruine (XIIe s., sous la forme *broïne*), du lat. *pruina* « gelée blanche », avec p.-ê. influence de *bruma* « brouillard léger », en a. fr. semble plutôt désigner un brouillard épais, au XVIe s. une pluie fine et froide. || ***bruiner*** (XVIe s.).

bruire (XIIe s.), du lat. vulg. **brugere*, fait par croisement du lat. clas. *rugire* et du lat. vulg. **bragere*. || ***bruit*** (XIIe s.), déverb., aussi au sens de « renommée » (XIIe s.), « nouvelle » (XIVe s.) ; ***bruyant*** (XIIe s.) ; ***bruissement*** (XVe s.) ; ***ébruiter*** (XVIe s.) ; ***bruitage*** (XXe s.) ; ***bruiteur*** (XXe s.).

brûler (XIIe s.), p.-ê. altér. de l'a. fr. *usler* du lat. *ustulare*, sous l'influence de *bruir, broïr* « brûler », du germ. **brojan*. || ***brûlure*** (XIIIe s.) ; ***brûlerie*** (XVe s.) ; ***brûlis*** (XIIe s.) ; ***brûlot*** (XVIIe s.), « petit navire en feu lancé sur des vaisseaux ennemis ».

brume (XIIIe s.), du lat. *bruma*. || ***brumeux*** (XVIIIe s.) ; ***brumaire*** (XVIIIe s.), mois du calendrier révolutionnaire ; ***embrumer*** (XIIIe s.) ; ***brumisateur*** (XXe s.), « atomiseur ».

brun (XIe s.), du lat. tard. *brunus*, du germ. occid. **brun* (cf. all. *braun*), a signifié en a. fr. « poli, luisant » et surtout « sombre, obscur ». || ***brunâtre*** (XVIe s.) ; ***brunet*** (XIIe s.) ; ***brunir*** (XIe s.), d'abord « rendre brillant, être brillant », puis « rendre brun, devenir sombre » (XVIe s.) ; ***rembrunir*** (XVIIe s.) ; ***brunissage*** (XVIIe s.), « polissage de l'acier, etc. ».

brunch (XXe s.), anglicisme, « fusion du petit déjeuner et du déjeuner de midi », amalgame de *breakfast* et de *lunch*.

brushing (XXe s.), anglicisme, technique de coiffure où le séchage s'accompagne d'un brossage (*brushing*).

brusque (XIVe s.), de l'ital. *brusco* « âpre, dur ». Ces sens existent au XIVe s. Le sens de « imprévu » est attesté au XVIIe s. || ***brusquer*** (XVIIe s.) ; ***brusquerie*** (XVIIe s.).

brut (XIIIe s.), empr. au lat. *brutus*, en a. fr. souvent associé à *beste* et signifiant « sauvage ». || ***brutal*** (XIVe s.), empr. au lat. méd. *brutalis* « animal, bestial », puis « violent » ; ***brute*** (XVIe s.), subst. de l'adj. *brut*, d'abord subst. masc. au sens de « animal » ; ***brutaliser*** (XVIe s.), d'abord « rendre sauvage », puis « traiter violemment » (XVIIIe s.) ; ***brutalité*** (XVIe s.) d'abord « bestialité », puis « violence » (XVIIe s.) ; ***abrutir*** (XVIe s.) ; ***abrutissement*** (XVIe s.).

bruyère (XIIe s.), du lat. vulg. **brucaria*, du lat. tard. *brucus*, du gaul. **bruko*, de même sens.

buanderie, voir ***buée***.

bubon (XIVe s.), empr. au lat. tard. *bubo, bubonis* « tumeur », du grec *boubon* « tumeur dans l'aine ». || ***bubonique*** (XIXe s.).

buccal (XVIIIe s.), dér. savant du lat. *bucca* « bouche », en fr. « qui concerne la bouche ».

buccin, **buccine** (XIVe s.), empr. au lat. *buccina* « trompette recourbée ».

bûche (XIIe s.), du germ. **busk* « baguette », puis « petit bois ». || ***bûcher*** subst. (XIIIe s.), « tas de bois » ; ***bûcher*** verbe (XIIIe s.), d'abord « heurter, frapper ». Le sens de « travailler intensément » date du XIXe s. ; ***bûchette*** (XIIIe s.) ; ***bûcheron*** (XVIe s.), réfection de *boscheron* « ouvrier qui abat du bois » (XIIIe s.) de *bosc* « bois » ; ***embûche*** (XIIIe s.), déverb. de *s'embuscher*, « embuscade (dans un bois) », puis « manœuvre de surprise » ; ***s'embusquer*** (XVe s.), réfect. de *embuschier* d'après l'ital. *imboscare* « se mettre en embuscade (dans un bois) ; ***embuscade*** (XVe s.), de l'ital. *imboscata* ; ***débusquer*** (XVIe s.), « chasser (le gibier) du bois ». L'idée de « bois, bosquet » est au cœur de tous ces dérivés.

bucolique (XIIIe s.), empr. au lat. *bucolicus* « pastoral », du grec *boukolikos* « qui concerne les bergers ».

budget (XVIIIe s.), de l'angl. signifiant « sac, bourse », puis « plan de dépenses et de recettes ». || ***budgétaire*** (XIXe s.) ; ***budgétivore*** (XIXe s.) ; ***budgétiser*** (XIXe s.) ; ***budgétisation*** (XXe s.).

buée (XIIIe s.), du verbe *buer* « faire la lessive », du franc. **bukon* de même sens (cf. l'all. *bauchen*), en a. fr. au sens de « lessive », qui survit dans la plupart des dialectes. Le sens second de « vapeur d'eau » n'est courant que depuis la seconde moitié du XIXe s. || ***buanderie*** (XVe s.) ; ***embué*** (XIXe s.).

buffet (XIIe s.), d'orig. inconnue, a désigné divers meubles : en a. fr. « escabeau », plus tard « armoire, coffre, table, dressoir » et aussi « vaisselle ».

buffle (XIIIe s.), de l'ital. *buffalo*.

building (vers 1895), « vaste immeuble à plusieurs étages », de l'angl. « bâtiment, construction ».

buis (XIIe s.), du lat. *buxus*.

buisson (XIIe s., sous les formes *boisson, buisson*), de *bois*. || ***buissonnier*** (XVIe s.), d'abord « qui se trouve dans les buissons ». L'expres. *école buissonnière* a désigné une « école tenue dans les campagnes » (XVIe s.), puis « vagabondage (hors de l'école) » (XVIIe s.).

bulbe (XVe s.), empr. au lat. *bulbus* « oignon ». || ***bulbeux*** (XVIe s.).

bulldozer (vers 1945), empr. à l'anglo-américain, littéralement « force d'intimidation », puis « engin à chenilles ».

bulle 1 (XIIe s.), « sceau, lettre patente du pape », empr. au lat. *bulla* « bulle d'eau, tête de clou, petite boule portée autour du cou », le sceau médiéval ressemblant à une petite boule.

bulle 2 (XVIe s.), empr. au lat. *bulla*. « bulle d'eau », de même sens en fr. Le sens « enceinte stérile » date du XXe s.

bulletin (XVIe s.), « billet, petit papier », s. d. de l'ital. *bolletino*. Les sens d'information officielle, de rapport, de certificat semblent modernes. Ils sont nés avec le développement de l'administration.

bungalow (vers 1808), « maison indienne basse entourée de vérandas », de l'angl., altér. de l'hindou *bangla* « du Bengale ».

bunker (vers 1942), « abri, casemate », de l'all. *Bunker*, d'abord « soute à charbon », puis « casemate bétonnée ».

buraliste, voir ***bureau***.

bure (XVIe s.), du lat. vulg. **bura*, du lat. clas. *burra*.

bureau (XIIe s., sous la forme *burel*), s. d. dér. de *bure*, d'abord aux XIIe et XIIIe s. « étoffe grossière de bure », à la fin du M. A. « couverture en bure (notamment d'une table de juge) ». Le sens de « table à écrire » apparaît au XIVe s. et s'étend au XVIe s., celui de « pièce où l'on a son bureau » est attesté au XVe s. et se développe ultérieurement. Au XVe s. apparaît aussi la valeur de « tribunal d'un juge, juridiction ». Le sens moderne « lieu de travail des employés d'une administration » (XVIe s.) se répand au XVIIIe s. || ***burelé*** (XIIIe s.), « rayé » (terme de blason) ; ***buraliste*** (XVIIe s.) « personne préposée à un bureau de recettes », puis « personne qui tient un bureau de tabac » (XIXe s.) ; ***bureaucratie*** (XVIIIe s.), « pouvoir des fonctionnaires » ; ***bureaucrate*** (XVIIIe s.) ; ***bureautique*** (XXe s.), « automatisation (informatique ou télématique) des techniques de bureau ».

burette (XIIIe s., sous la forme *buirette*), dér. de *buire* « cruche » en a. fr., empl. au sens de « petit flacon ». L'emploi liturgique est attesté au XIVe s.

burgrave (XVe s.), du m. h. all. *Burcgrâve* « comte d'un château fortifié », (cf. l'all. mod. *Burggraf*).

burin (XVe s.), « ciseau d'acier servant à graver », s. d. de l'ital. *burino*, de même sens, de la famille de l'all. *bohren* « percer ». || ***buriner*** (XVIe s.), « graver au burin ».

burlesque (XVIe s., sous la forme *bourlesque*), de l'ital. *burlesco*, dér. de *burla* « farce, plaisanterie ».

burnous (XVe s., sous la forme *albernous, albrenousse*, XVIIe s., sous la forme *albornoz*), au XIXe s. empr. à nouveau à l'ar. *barnus* « manteau à capuchon ».

bus (début du XXe s.), fam., abrév. du mot *autobus*.

buse 1 (XVe s.), rapace, de l'a. fr. *buison, buson,* du lat. *buteo, buteonis.* || ***busard*** (XIIe s.), oiseau rapace.

buse 2 (XIIIe s.), « tuyau », s. d. du m. néerl. *buyse*, de même sens.

business (XIXe s.), « affaires, travail professionnel », de l'angl. « activité, occupation ».

buste (XVIe s.), de l'ital. *busto.*

but « objectif » (XIIIe s., très rare en a. fr.) s. d. du franc. **but* « souche, billot », puis « cible de flèche ». Le subst. ***butte*** (XIIIe s.), féminin de *but*, aujourd'hui « tertre », appartient à la même racine et se développe au XVIe s. au sens de « cible, tertre portant la cible » et dans des expres. *estre en butte* « être exposé à », *mettre en butte* « avoir en vue, alléguer ». La formule *tirer de but en blanc* est à l'origine une expres. d'artillerie « tirer de la butte de tir (où se trouve le canon) vers le blanc de la cible », d'où « directement, sans correction de hausse, brusquement ». || ***buter*** (XIVe s.), « toucher à », puis au XVIe s. « viser, frapper au but » et « heurter le sol, trébucher », au XVIIe s. « se heurter à une difficulté » ; ***buté*** (XVIIe s.), « obstiné, entêté », littéralement « fixé à » ; ***butée*** (XVIIe s.), « massif de maçonnerie supportant une poussée » ; ***butoir*** (XVIIIe s.) ; ***buteur*** (XXe s.), terme de sport, « joueur qui sait tirer au but et marquer des buts » ; ***butter*** (XVIIe s.), dér. de *butte* ; ***débuter*** (XVIe s.), d'abord « déplacer, écarter une boule du but », puis « jouer le premier coup » (XVIIe s.), « commencer » ; ***début*** (XVIIe s.), déverb., d'abord « premier coup » (terme de jeu), puis « commencement » ; ***débutant*** (XVIIIe s.) ; ***rebuter*** (XIIIe s.) « repousser du but », puis « rejeter, repousser » ; ***rebut*** (XVe s.), « chose sans valeur, laissée de côté ».

butane (XIXe s.), mot sav. comp. de la racine *but-*, d'après le terme chimique *butyle*, et du suffixe *-ane*.

butin (XIVe s.), « dépouilles prises aux ennemis », du m. b. all. *bute* « échange, part qui échoit » (cf. all. *Beute* « proie »). || ***butiner*** (XIVe s.), d'abord « piller », puis au XVIIIe s. « récolter sur les fleurs (en parlant des abeilles) ».

butor (XIIe s.), p.-ê. du lat. vulg. **butitaurus*, du lat. *buteo, butio*, « échassier » et du mot *taurus* (le cri du butor étant proche du mugissement d'un taureau), empl. d'abord pour désigner l'oiseau, puis au sens de « homme grossier » (XVIIe s.).

butte, voir ***but***.

butyrique (XIXe s.), mot savant dér. de la racine du lat. *butyrum* « beurre » et du suff. *-ique*.

buvable, buvard, buvette, buveur, voir ***boire***.

bye-bye (XXe s.), salutation familière, « au revoir », de l'angl. *good-bye*, altér. de *God be with you* par influence de *good night*.

byzantin (XIVe s.), empr. au lat. tard. *byzantinus* « qui est de Byzance », d'abord empl. en ce sens, puis au sens de « d'une subtilité fâcheuse » (XIXe s.).

C

ça, voir ***ce***.

çà (XIe s.), du lat. tard. *ecce hac,* renforcement par *ecce* « voici » de l'adv. *hac* « par ici », également employé comme interject. (XIIe s.) au sens de « allons, voyons », n'est plus usuel en fr. mod. que dans l'expres. *çà et là.* || ***céans*** (XIIe s.), « ici dedans », composé de *çà* et de l'a. fr. *enz,* du lat. *intus* « dedans », qui s'opposait à *laienz* (voir ***là***), n'est plus utilisé que dans l'expres. *le maître de céans;* ***deçà*** (XIIe s.), surtout usuel dans l'expres. *en deçà de.*

cabale (XVIe s.), empr. à l'hébreu *qabbala* « tradition », empl. dès le XVIe s. aux sens de « tradition », de « science occulte » et de « manœuvres secrètes ». || ***cabaler*** (XVIIe s.); ***cabalistique*** (XVIe s.), d'abord « qui est relatif à la cabale juive », au XIXe s. au sens fig. « mystérieux, incompréhensible ».

caban (XVe s.), s. d. empr. par l'interméd. du prov. *caban* au sicilien *cabbanu* « manteau contre la pluie », lui-même de l'ar. *qaba* « tunique ».

cabane (XIVe s.), empr. au prov. *cabana* « chaumière », du lat. tard. *capanna,* mot d'orig. préromane; au XXe s., pop. au sens de « prison ». || ***cabanon*** (XVIIIe s.), d'abord « local où l'on enferme les fous », puis spéc. en Provence « petite maison de vacances » (XIXe s.).

cabaret (XIIIe s.), empr. au m. néerl. *cabaret* « auberge, restaurant bon marché », issu de l'a. pic. *camberete* « petite chambre » (voir ***chambre***) est d'abord employé au sens de « restaurant »; empl. à partir du XVe s. au sens de « lieu où l'on se retrouve pour boire et jouer », au début du XXe s. au sens de « petit établissement de spectacle ». || ***cabaretier*** (XIVe s.), vieilli ou plaisant en fr. mod. au sens de « tenancier d'un cabaret ».

cabas (XIVe s.), empr. à l'a. prov. *cabas* « panier contenant des figues ou des raisins », s. d. issu du lat. tard. *capacium,* d'orig. douteuse, p.-ê. de *capax* « qui contient ».

cabestan (XIVe s.), d'orig. obsc., p.-ê. empr. au prov. *cabestan,* forme altér. de *cabestran* « instrument servant à enrouler les câbles ».

cabillaud (XIIIe s.), « morue fraîche », empr. au m. néerl. *cab(b)eliau.*

cabine (XIVe s.), d'orig. obsc., mais à rapprocher de *cabane* et de l'angl. *cabbin* (m. angl. *caban*) à qui le mot a pu être réemprunté en m. fr., est d'abord attesté en pic. au sens de « maison de jeu », puis de « petite chambre à bord d'un bateau » (XVIe s.); *cabine* désigne aussi depuis le XIXe s. une « petite pièce où l'on se déshabille ». || ***cabinet*** (XVe s.), d'abord au sens de « petite pièce retirée et à usage intime », d'où spéc. « lieu d'aisance » (XVIIe s.); datent du XVIe s. le sens de « pièce où l'on se retire pour méditer, travailler » et du XIXe s. celui de « pièce où un médecin, un avocat, etc. reçoivent leurs clients »; dans le voc. polit. et admin., *cabinet* désigne depuis le XVIIe s. l'ensemble des proches conseillers du roi ou d'une personnalité officielle de l'Etat, et en régime parlementaire, l'ensemble des ministres.

câble (XIIe s.), du lat. tard. *capulum* « espèce de corde »; la forme normanno-pic. *câble* a très tôt concurrencé la forme francienne *chable,* disparue au cours du XVIIIe s.; *câble* est usuel au XIXe s. au sens de « ensemble de fils conducteurs » et, comme forme abrégée de *câblogramme,* au sens de « télégramme transmis par câble »; fin XXe s. dans le voc. de la télévision. || ***câbler*** (XVIIe s.), d'abord « façonner un câble » s'emploie à partir du XIXe s. au sens de « envoyer un message par câble télégraphique », puis (fin XXe s.), comme ***câblage*** (XIXe s.), dans le voc. de l'audiovisuel ; ***encablure*** (XVIIIe s.) « ancienne mesure de longueur utilisée pour les câbles des ancres ».

caboche (XIIe s.), forme normanno-pic. correspondant à l'a. fr. *caboce*, terme fam. au sens de « tête », est comp. de *ca-* et de l'a. fr. *boce* « bosse » ; au XVIIe s. au sens de « clou à grosse tête ». || ***cabochon*** (XIVe s.), « sorte de pierre précieuse », puis « clou » (XVIIIe s.) ; ***cabochard*** (XVIe s.), « opiniâtre », dér. de *caboche*.

cabosser (XIVe s.), comp. du préf. *ca-* et de *bosse* au sens de « faire des bosses ». Voir ***bosse***.

cabot 1 (XIXe s.), arg. pour « chien », d'orig. obsc., p.-ê. à rattacher au lat. *caput* « tête » par l'interméd. du prov.

cabot 2, voir ***cabotin***.

caboter (XVIIe s.), « longer les côtes » (en parlant d'un navire), d'orig. obsc. || ***cabotage*** (XVIIe s.).

cabotin (XIXe s.), d'abord empl. au sens de « comédien ambulant », puis (XIXe s.) au sens péj. de « mauvais acteur, qui manque de naturel », d'orig. discutée, p.-ê. du pic. *cabotin* « homme très petit », « petit sot ». || ***cabot*** (XIXe s.), abrév. fam. de *cabotin* ; ***cabotiner*** (XVIIIe s.) ; ***cabotinage*** (XIXe s.), même évol. que *cabotin*.

cabrer (se) (XIIe s.), s. d. dér. du rad. de l'a. prov. *cabra* « chèvre », du lat. *capra*, au sens de « se dresser sur ses pattes de derrière (en parlant d'un cheval) » ; au XVIIe s. au sens fig. « s'obstiner ».

cabri (XIVe s.), empr. à l'a. prov. *cabrit*, du lat. tard. *capritus* « bouc ».

cabriole (XVIe s.), empr. à l'ital. *capriola* « femelle du chevreuil » avec infl. de *cabri*, au sens fig. de « bond, saut fait en souplesse » ; *cabriole* s'est ensuite spécialisé comme terme de manège (XVIe s.) et de chorégraphie, (XVIIe s.) || ***cabrioler*** (XVIe s.) ; ***cabriolet*** (XVIIIe s.), « voiture légère (qui fait des sauts) », au XXe s. « voiture décapotable ».

caca (XVIe s.), formation expressive sur le rad. du lat. *cacare* (voir ***chier***) ; au XVIIe s. au sens de « ordure », au XXe s. « chose méprisable » ; *caca d'oie* (XIXe s.).

cacah(o)uète (XIXe s.), « fruit de l'arachide », de l'esp. *cacahuete* « arachide », empr. au nahuatl (Mexique) *tlacacahuatl*, de *tlalli* « terre » et *cacahuatl* « cacao ».

cacao (XVIe s.), de l'esp. *cacao*, empr. au nahuatl (Mexique) *cacahuatl* « fruit du cacaoyer ». || ***cacaoyer***, ***cacaotier*** (XVIIe s.).

cacatoès (XVIIe s., d'abord *cacatoua*, *cacatous*), « sorte de perroquet », empr. au port. *cacatua*, lui-même du malais *kakatuwa*, comp. de *kaka* « corneille » et *tuwa* « vieux », par alllusion à la longévité de ces oiseaux.

cachalot (XVIIe s.), s. d. empr. à l'esp. *cachalote*, lui-même du port., et dér. de *cachola* « grosse tête ».

cachemire (XVIIe s.), du nom français de la province du *Kashmir*, d'abord empl. comme nom de lieu, puis, au XVIIIe s. « étoffe fine en poil de chèvre du Cachemire » et au XIXe s. au sens de « châle ».

cacher (XIIIe s., d'abord *quachier*), du lat. vulg. **coacticare* « comprimer, serrer », du lat. *coactare* « contraindre » ; le sens de « dissimuler, cacher à la vue », rare jusqu'au XVIe s., sens assuré en a. et m. fr. par *escondre, esconser, musser*, est issu du sens de « presser, comprimer ». || ***cache*** (XVIe s.), d'abord « fait de se cacher », désigne aussi depuis le XIXe s. un objet faisant écran ; ***cache-*** entre dans la construct. de composés comme ***cache-nez***, ***cache-col***, ***cache-poussière***, ***cache-sexe***, ***cache-tampon***, etc ; ***cachette*** (XIVe s.), forme fém. de *quachet, cachet* (XIIe s.) a supplanté *cachet* et *cache*, usuels jusqu'au XVIe s., au sens de « lieu où l'on se cache » ; *en cachette* (XVe s.) ; **cachet** (XVe s.), d'abord « petit sceau » (*lettre de cachet*, XVIIe s.), puis (XVIe s.) « marque faite par un cachet », s'emploie aussi depuis le XVIIIe s. au sens de « carte sur laquelle on marque les prestations fournies (par un professeur, un artiste, etc.) », d'où l'expres. (XIXe s.) *courir le cachet ; avoir du cachet* (XIXe s.) ; au XIXe s. dans le voc. de la pharmacie ; **cacheter** (XVe s.) ; **décacheter** (XVIe s.) ; **cachot** (XVIe s.), d'abord « lieu secret », puis (XVIIe s.) « cellule de prison » ; **cachottier** (XVIIe s.) ; **cachotterie** (XVIIIe s.).

cachexie (XVIe s.), empr. au lat. médical *cachexia,* du grec *kakhexia* « mauvaise constitution », de *kakos* « mauvais » et *hexis* « état ».

cachou (XVIIe s.) empr. au port. *cacho*, s. d. du tamoul *kasu* « sorte d'acacia » et « substance tirée de cet arbre ».

cacique (XVIe s.), empr., d'abord par l'intermédiaire de l'ital., puis de l'esp. d'Amérique, à l'arawak (langue des Antilles) au sens de « chef de tribu » ; désigne depuis le XIXe s. dans l'argot de l'Ecole normale supérieure le premier d'une section et par ext. une personnalité influente dans son domaine.

caco-, préf. tiré du grec *kakos* « mauvais », entre dans la construct. de mots sav. comme **cacographie**, **cacophonie**.

cacochyme (XVe s.), vieilli ou plaisant en fr. mod. au sens de « débile, faible », empr. au lat. tard. *cacochymus* « qui a de mauvaises humeurs », du grec médical *kakokhumos,* de *kakos* « mauvais » et *khumos* « humeur ».

cactus (XVIIe s.), empr. au lat. *cactos, cactus* « cardon », lui-même du grec *kaktos* « artichaut épineux ».

cadastre (XVIe s.), empr. au prov. *cathastre, cadastre*, lui-même de l'ital. *catasto*, *catastro,* du vénitien *catastico* « liste de citoyens imposables » ; le mot vénitien provient du grec byzantin *katastikhon,* formé sur *stikhos* « ligne » au sens de « compte des taxes tenu ligne par ligne » ; d'abord attesté au sens de « registre servant de base à l'assiette de l'impôt foncier », puis (XVIIIe s.) de « plan topographique des propriétés d'une commune, servant notamment à fixer l'impôt », *cadastre* désigne aussi en fr. mod. l'administration fiscale chargée de cette tâche.

cadavre (XVIe s.), empr. au lat. *cadaver* « corps d'un homme mort ». || **cadavérique** (XVIIIe s.).

caddie, **caddy** (XIXe s.), « garçon qui porte le matériel du joueur, au golf » et « petit chariot », mot angl. signifiant « jeune homme commissionnaire ».

cadeau (XVe s.), empr. à l'a. prov. *capdel* « personnage placé en tête, capitaine », du lat. *capitellum ; capdel* a dû aussi s'empl. en a. prov. au sens de « grande initiale », d'où s. d. le sens en fr. (XVe s.) de « lettre capitale », puis de « lettre ornée de traits de plume » ; au XVIIe s. au sens, vieilli en fr. mod., de « fête, divertissement offert à une dame », et par ext. au sens usuel de « don, présent gracieux ».

cadenas (XVIe s.), empr. avec subst. de suff. à l'a. prov. *cadenat,* « chaîne servant à fermer un accès », du lat. tard. *catenatum,* de même sens, du lat. *catena* « chaîne ». || **cadenasser** (XVIIe s.).

cadence (XVe s.), empr. à l'ital. *cadenza* « conclusion », puis « rythme », du lat. vulg. **cadentia (verba),* neutre subst. du part. prés. de *cadere* au sens gram. de « se terminer » ; d'abord employé au sens de « rythme, mesure » (en chorégraphie, en poésie, en musique) et par ext. (XVIIe s.) de « répétition régulière de sons ou de mouvements ».

cadenette (XVIIe s.), dér. du nom du seigneur de *Cadenet* (Vaucluse), qui, sous Louis XIII, mit cette sorte de coiffure à la mode.

cadet (XVe s.), empr. au gascon *capdet* « chef, capitaine », var. de *capdel* (voir ***cadeau***) ; les chefs gascons venus servir dans les armées françaises au XVe s. étant souvent des fils puînés de familles nobles, *cadet* a pris au XVIIe s. le sens de « dernier enfant d'une famille » et, comme adj., de « moins âgé » ; au XIXe s. au sens fig. « mineur, sans importance ».

cadran (XIIIe s.), empr. au lat. *quadrans* « quatrième partie » et « quart d'une unité quelconque », d'abord empl. au sens de « cercle gradué servant à mesurer la hauteur du soleil », puis, au XIVe s. au sens de « cadran solaire », au XVe s. au sens de « cercle gradué d'une horloge, d'une pendule ».

cadre (XIVe s.), empr. à l'ital. *quadro* « carré », d'abord au sens de « quartier de lune », puis, au XVIe s., de « bordure (d'abord de forme carrée) entourant un tableau, une glace » ; au XVIIe s. « châssis fixe, chambranle » ; au XVIIIe s. au sens fig. de « décor, entourage, milieu » ; au XVIIIe s. au sens de « ensemble des officiers et sous-officiers de l'armée », d'où, au XIXe s., « ensemble des employés d'un rayon administratif » et au XXe s. « personnel d'encadrement dans une entreprise » ; *rayer des cadres* (XIXe s.). || ***cadrer*** (XVIe s.) intr. « s'adapter exactement » et trans. (XXe s.), spéc. dans le voc. de la photographie et du cinéma, comme ***cadrage*** (XIXe s.), au XXe s., au sens de « mise en place de l'image », et ***cadreur*** (XXe s.) ; ***encadrer*** (XVIIIe s.) ; ***encadrement*** (XVIIIe s.).

caduc (XIVe s.), empr. au lat. *caducus* « qui est près de sa chute », et terme médical « épileptique », de *cadere* « tomber », est usuel dès le m. fr. au sens propre et au sens médical (*mal caduc* « épilepsie ») ; au XVIe s. au sens fig. « fragile » et au XVIIe s. au sens jur. « annulé ». || ***caducité*** (XVe s.).

caducée (XVIe s.), empr. au lat. *caduceus* « verge, attribut des envoyés, des hérauts » et spéc. « emblème d'Hermès », du grec dorien *karukion* « bâton de héraut ».

cafard (XVIe s.), empr. à l'ar. *kafir* « incroyant », puis « converti à une autre religion » ; empl. au XVIe s. au sens de « faux dévot, hypocrite », au XIXe s. de « mouchard », *cafard* a été utilisé pour désigner une blatte (XVIe s.), s. d. à cause de la couleur noire de cet insecte, qui fuit la lumière ; le sens fig. de « mélancolie » (XIXe s.) est s. d. un emploi métaphorique du nom de l'animal. || ***cafarder*** (XVIe s.) au sens de « tenir un langage hypocrite », a suivi l'évol. de *cafard* ; ***cafardeux*** (XXe s.).

café (XVIe s.), empr. au turc *qahve*, de l'ar. *qahwa*, d'abord empl. aux sens de « graine de café » et de « boisson », à partir du XVIIe s., au sens de « débit de boisson » ; ***caoua***, forme pop., vient de l'argot des militaires en Algérie. || ***caféier*** (XVIIIe s.) ; ***caféine*** (XIXe s.) ; ***cafetier*** (XVIIe s.), ***cafetière*** « récipient » (XVIIe s.) ; ***cafétéria*** (XXe s.), mot anglo-améric., lui-même empr. à l'esp. du Mexique *cafeteria* « salon de café ».

cafetan, **caftan** (XVIe s.), empr. au turc *qaftan* « robe d'honneur », lui-même du persan.

cafouiller (XVIIIe s.), d'orig. pic. s. d. composé du préf. péj. *ca-* et de *fouiller* ou croisement de *cacher* et de *fouiller*. || ***cafouillage***, ***cafouillis*** (XXe s.).

cage (XIIe s.), du lat. *cavea* « enceinte où sont enfermés des animaux, cage pour les fauves, les oiseaux, etc. » et fig. « prison », de *cavus* « creux ». || ***cageot*** (XVe s.), « petite cage », au XIXe s. au sens de « emballage à claire-voie pour les fruits » ; ***encager*** (XIVe s.).

cagibi (XXe s.), « petit réduit », mot dial. de l'Ouest, issu par métathèse de *cabigit* « cahute ».

cagneux (XVIIe s.), « qui a les genoux tournés en dedans » (d'après la forme des pattes du chien), dér. de l'a. fr. *cagne* « chienne » (XIIe s.), de l'a. prov. *canha*, de même sens, du lat. vulg. **cania* formé sur *canis* « chien » ; *cagneux* ou *khâgneux* (XIXe s.) « élève d'une classe de *cagne* ou *khâgne* (XXe s.).

cagnotte (XIXe s.), empr. au prov. *cagnoto* « petite cuve à vendange », d'abord au sens de « plateau, corbeille où l'on met l'argent du jeu », puis de « somme en jeu » et de « argent ainsi recueilli ».

cagot (XVIe s.), « hypocrite », empr. au béarnais *cagot* « lépreux blanc » et appliqué par dérision aux bigots.

cagoule (XIIe s.), du lat. chrét. *cuculla* « vêtement de moine », forme fém. de *cucullus* « voile, capuchon », est vieilli en fr. mod. au sens de « vêtement de religieux », mais usuel au sens de « capuchon enveloppant la tête » et au sens de « passe-montagne » (XXe s.).

cahier (XIIe s.), d'abord *quaer*, issu avec chang. de suff. d'une forme **quaternum*, puis *quadernum*, du lat. *quaterni* « par quatre », dér. de *quattuor* « quatre », est d'abord empl. au sens de « assemblage de feuilles », au XVIe s. au sens de « document, mémoire » (*cahier de doléances* au XVIIe s.).

cahin-caha (XVIe s.), d'abord *kahu kaha* (XVe s.), d'orig. obsc., p.-ê. formation expressive infl. par *cahot*, *cahoter*.

cahoter (XIIIe s.), d'orig. obsc. || **cahot** (XVe s.) ; **cahoteux** (XVIIe s.).

cahute (XIIIe s.), d'orig. incert., soit du croisement de *hutte* avec des mots comme *cabane*, *caverne*, soit formé sur *hutte* avec préf. péj. *ca-*.

caïd (XIVe s.), de l'ar. *qaid* « chef », d'abord empl. au sens de « notable musulman », puis (XXe s.) au sens fig. et arg. de « personnage important » et de « chef de bande ».

caillasse, voir **caillou**.

caille (XIIe s.), issu d'une forme lat. tardive, d'orig. onomat. *quaccola*.

cailler (XIIe s.), du lat. *coagulare* de même sens. || **caillebotte** « masse de lait caillé » (XVIe s.), dér. de *caillebotter* (XIIIe s.), comp. de *caille* et de *botter* « mettre en bottes » ; **caillebottis** (XVIIe s.), « treillis, panneau de lattes », par anal. avec la claie sur laquelle on égoutte le fromage.

caillot (XVIe s.), dér. de l'a. fr. **caille* ou **cail* « lait caillé », du lat. *coagulum* « présure ».

caillou (XIe s.), forme normanno-pic., du gaul. **caljavo* « caillouteux » de **caljo* « pierre » qui a supplanté de bonne heure la forme francienne *chaillou* (XIIe s.) et le m. fr. *chail*, de même sens. || **caillouteux,** (XVIe s.), en m. fr. *cailloteux ;* **cailloutis** (XVIIIe s.) ; **caillasse** (XIXe s.), « pierre concassée » et « banc de calcaire grossier ».

caïman (XVIe s.), de l'esp. *cayman*, s. d. d'orig. caraïbe ; fin XIXe s. « surveillant répétiteur » dans l'argot de l'Ecole normale supérieure.

caïque (XVIe s.), d'abord *caïq*, du turc *qayiq* « sorte de bateau à rames ».

caisse (XIVe s.), empr. à l'a. prov. *caissa*, du lat. *capsa* « coffre à livres », puis « caisse servant à enfermer des choses diverses » ; du sens de « coffre » dérivent des emplois techniques comme « tambour » (XVIIe s.), d'où *grosse caisse* ; spéc. (XVIIe s.) au sens de « coffre où l'on dépose de l'argent », d'où l'expres. *tenir la caisse* et le sens de « établissement gérant des fonds » et de « guichet de versement-paiement » ; au XIXe s. *caisse noire* « fonds secrets » || **caissier** (XVIe s.) ; **cassette** (XIVe s.), dér. de l'a. fr. *casse*, d'abord « petit coffre renfermant des objets précieux », fin XXe s. « petite boîte enfermant une bande magnétique » ; **caisson** (XVe s., d'abord *caixon*), empr. à l'a. prov. *caisson*, dér. de *caissa* au sens de « caisse servant aux transports militaires, puis de marchandises », au XVIIe s. comme terme d'architecture ; à partir de la fin du XIXe s. dans le voc. de la marine, de la plongée, de l'énergie nucléaire ; ***encaisser*** (XVIe s.) ; ***encaissement*** (XVIIe s.). Voir ***châsse***.

cajoler (XVIe s.), d'abord et jusqu'au XVIIe s. terme de fauconnerie, « chanter, crier comme un geai », d'orig. inconnue, p.-ê. adapt. sous l'infl. de *cage* du m. fr. *gayoler* « babiller comme un oiseau » ; au XVIe s. au sens de « flatter par des paroles enjôleuses », puis « entourer de prévenances ». || ***cajolerie*** (XVIIe s.).

cajou (XVIIe s.), « fruit de l'anacardier » (*noix de cajou*), empr. au tupi *caju*. Voir ***acajou***.

cake (XVIIIe s.), empr. à l'angl. *cake*, d'abord au sens de « galette ».

cake-walk (XIXe s.), « danse syncopée », empr. à l'anglo-améric. pour désigner une danse pratiquée par les Noirs des Etats-Unis au sens de « promenade, marche du gâteau ».

cal (XIIIe s.), réfection sav. de l'a. fr. *chaul, chal*, du lat. *callus* « durillon ». || ***calleux*** (XIVe s.), empr. au lat. *callosus* ; ***callosité*** (XIVe s.), empr. au lat. *callositas*.

calame (XIVe s.), empr. au lat. *calamus* « roseau », lui-même empr. au grec, au sens de « roseau pour écrire ».

calamistrer (XIVe s.), dér. sav. du lat. *calamistratus* « frisé » de *calamistrum* « fer à friser ».

calamité (XIVe s.), empr. au lat. *calamitas* « fléau, désastre », spéc. en parlant des récoltes. || ***calamiteux*** (XVe s.).

calandre 1 (XIVe s.), « machine formée de cylindres », s. d. issu de l'a. fr. *colandre*, du lat. vulg. **colendra*, adapt. du grec *kulindros* « cyclindre » ; au XXe s. au sens de « grille décorative protégeant le radiateur d'une automobile ».

calandre 2 (XIIIe s.), « alouette méditerranéenne », empr. à l'a. prov. *calandra* « alouette », du lat. vulg. **calandra*, lui-même du grec *kalandros*.

calanque (XVIIe s.), « crique, petite baie », empr. au prov. *calanco* « pente rapide, ruelle, crique », dér. d'une base préindo-européenne **cala-* « abri de montagne » et « pente », s. d. par croisement avec *calare* « descendre ». Voir ***caler***.

calcaire (XVIIIe s.), empr. au lat. *calcarius* « qui concerne la chaux », de *calx, calcis* « chaux ». || ***calcifier*** (XVIIIe s.) ; ***calcification*** (XIXe s.) ; ***calcium*** (XIXe s.), dér. sav. de *calx*.

calcédoine (XIIe s.), du lat. *calchedonius* « de Chalcédoine », formé sur le toponyme *Calchedon*, nom d'une ville de Bithynie (sur le Bosphore) où l'on trouvait cette sorte de pierre précieuse d'un blanc laiteux.

calciner (XIVe s.), empr. au lat. méd. *calcinare* « soumettre des pierres calcaires à l'action du feu pour les transformer en chaux », d'où, au XVIe s., « soumettre un corps à une combustion totale ». || ***calcination*** (XVIe s.), empr. au lat. méd. *calcinatio*.

calculer (XIVe s.), empr. au lat. tard. *calculare* « déterminer un nombre », de *calculus* « caillou » et spéc. « caillou, jeton pour compter » ; au sens fig. à partir du XVe s. « prendre des mesures pour » ; au XVIIe s. aux sens de « estimer, évaluer » et de « être économe, avare ». || ***calcul*** (XVe s.), déverb. de *calculer*, a suivi l'évol. du verbe ; également comme terme de médecine (XVIe s.), « concrétion pierreuse » ; ***calculateur***, au XVIe s. au sens propre, au XVIIIe s. au sens fig. ; ***calculatrice***, subst (XXe s.), « machine de bureau effectuant les quatre opérations » ; ***calculette*** (XXe s.).

cale 1 (d'un navire), voir ***caler 1***.

cale 2 (XVIIe s.), « coin pour caler », s. d. empr. à l'all. *Keil* « coin, cale ».

‖ ***caler*** (XVIIe s.), « mettre d'aplomb » ; *calé,* au XVIIIe s. au sens fig. de « qui est installé, riche » et au XIXe s. « qui est savant » ; ***recaler*** (XVIIe s.), d'abord « caler de nouveau », au XXe s. « refuser à un examen ».

calebasse (XVIe s.), empr. à l'esp. *calabaza* « fruit du calebassier (dont l'écorce, séchée, sert de récipient) », d'orig. incert.

calèche (XVIIe s.), empr. à l'all. *Kalesche*, du tchèque *kolesa* ou du polonais *kolaska* « sorte de voiture ».

caleçon (XVIe s.), empr. à l'ital. *calzone* « vêtement pour homme ou pour femme », dér. de *calza* « chausse », désigne depuis le XVIIe s. un sous-vêtement masculin.

calembour (XVIIIe s.), d'orig. incert., dér. régressif de *calembredaine* ou formé de *calem-* et de *bourde.*

calembredaine (XVIIIe s.), premier élément d'orig. obsc., *-bredaine* peut être rapproché de *bredouiller.*

calendes (XIIe s.), empr. au lat. *calendae* « premiers jours du mois chez les Romains » ; au XVIIe s. *renvoyer aux calendes grecques*, c.-à-d. « à jamais ».

calendrier (XIIe s., d'abord *kalendier*), du lat. *calendarium*, d'abord « registre de comptes », en lat. tard. « calendrier », dér. de *calendae* « calendes ».

calepin (XVIe s.), empr. à l'ital. *calepino* « dictionnaire », du nom de A. *Calepino,* auteur d'un dictionnaire latin très répandu ; d'abord empl. au sens de « dictionnaire », puis de « carnet de renseignements » (XVIIe s.), au XIXe s. au sens de « petit carnet ».

caler 1 (XIIe s.), empr. à l'a. prov. *calar* « baisser » du grec *khalan* « relâcher », d'abord empl. au sens de « baisser la voile d'une embarcation », puis de « s'enfoncer, couler » (XIIIe s.) et à partir du XVIe s. au sens fig. de « reculer, renoncer ». ‖ ***cale*** (XIIIe s.), déverb. de *caler*, « fond d'un navire ».

caler 2, voir ***cale 2***.

calfater (XIIIe s.), empr. à l'ar. *qalfata* « rendre étanche le pont, les bordages d'un navire ». ‖ ***calfeutrer*** (XIVe s.), d'abord « calfater », altér. de *calfater* par croisement avec *feutre,* matériau servant de bourre.

calibre (XVe s.), empr. à l'ar. *qalib* « moule pour les métaux » et « forme de cordonnier », lui-même du grec *kalopous* « forme pour fabriquer des chaussures », de *kalon* « bois » et *pous* « pied », est d'abord empl. au sens de « diamètre intérieur d'un tube et spéc. d'une arme à feu » (XVIe s.), à partir du XVIIe s. au sens de « grosseur d'un projectile, etc. » ; au XVIe s. au sens fig. de « importance, envergure ». ‖ ***calibrer*** (XVIe s.) ; ***calibrage*** (XIXe s.).

calice 1 (XIIe s.), empr. au lat. *calix, calicis* « coupe à boire », employé en lat. chrét. en parlant de la Passion du Christ, du sang du Christ et du calice de l'Eucharistie ; au XVIIe s. au sens fig. de « épreuve cruelle », d'où l'expres. *boire le calice jusqu'à la lie* reprise à l'Evangile.

calice 2 (XVIe s.), « calice d'une fleur », empr. au lat. *calyx, calycis* « enveloppe de la fleur », du grec *kalux.*

calicot (XVIIe s.), « toile de coton assez grossière », du nom de la ville de *Calicut* (en Inde), s. d. par l'interméd. de l'angl. ; au XIXe s. au sens, vieilli, de « commis de magasin ».

calife (XIIIe s.), empr. à l'ar. *halifa,* au sens propre « successeur de Mahomet », dér. de *halafa* « succéder à ». ‖ ***califat*** (XVIe s.).

califourchon (à) (XIIIe s.), composé de *fourche* et d'un premier élém. d'orig. incert.

câliner (XVIIe s.), s. d. empr. au norm. *caliner* en parlant des animaux qui se reposent à l'ombre, du normand *caline* « chaleur lourde », du lat. vulg. **calina,* dér. de *calere* « être chaud », est d'abord attesté au sens de « paresser », puis, transitif, au sens de « dorloter, caresser » (XIXe s.). ‖ ***câlin*** (XVIe s.), d'abord au sens de « gueux, mendiant », puis de « paresseux » et de « cajôleur » (XIXe s.) ; fin XXe s. subst. « caresse ».

calisson (XIIIe s.), empr. au sens de friandise à l'a. vénitien *calisoni* ; au XIXe s. empr. au prov. *calisson,* forme dissimilée de *canisson*, dér. de *canitz* « claie utilisée par les pâtissiers », pour désigner une confiserie fabriquée à Aix-en-Provence.

calli-, premier élém. signifiant « beau », du grec *kalli-*, de *kallos* « beauté » et entrant dans la construct. de mots sav. comme ***calligraphie*** (XVIe s.), ***callipyge*** « aux belles fesses » (XVIIIe s.), ***calligramme*** (XXe s., créé par Apollinaire du croisement de *calligraphie* et *idéogramme*).

calmar (XVe s.), empr. au sens de « étui pour les plumes à écrire », sens attesté jusqu'au XVIIe s., à l'ital. *calamaro* « écritoire portatif », du lat. tard. *calamarium* « écritoire », de *calamus* (voir ***calame***) ; au XVIe s. au sens de « mollusque du genre seiche », de même orig., par analogie avec le liquide noirâtre qu'il répand.

calme (XVe s.), subst., empr. au grec *kauma* « forte chaleur », s. d. par l'interméd. d'une langue ibérique, est d'abord empl. comme terme de marine, « calme plat », au XVIIe s. au sens de « absence d'agitation » et au sens fig. ‖ ***calme*** (XVe s.) adj., s. d. adjectivation de *calme* ; ***calmer*** (XVe s.) ; ***accalmie*** (XVIIIe s.), d'abord terme de marine, au XIXe s. « arrêt momentané d'agitation, de trouble », forme comp. p.-ê. dér. de *calmir,* var. de *calmer.*

calomnie (XIVe s.), empr. au lat. *calumnia* « accusation fausse, injuste » ‖ ***calomnier*** (XIVe s.), empr. au lat. *calumniari ;* ***calomniateur*** (XIIIe s.), empr. au lat. *calumniator* « qui acccuse faussement », employé en lat. chrét. pour désigner le diable ; ***calomnieux*** (XIVe s.), empr. au lat. tard. *calumniosus* « faux, trompeur ».

calorie (XIXe s.), dér. sav. du lat. *calor, caloris* « chaleur ». ‖ ***calorique*** (XVIIIe s.), dér. sav. du lat. *calor* ; ***calorifique*** (XVIe s.), empr. au lat. *calorificus* « qui échauffe » ; ***calorifère*** (XIXe s.).

calot (XVIIIe s.) « petite calotte », puis « coiffure militaire » (XIXe s.) et « coiffure féminine », dér. de l'a. fr. *cale* « coiffure » (XIIe s.), d'orig. obsc.

calotte (XIVe s.), empr. à l'a. prov. *calota,* d'orig. obsc., a spéc. désigné la coiffure portée par les ecclésiastiques et par ext. et de manière irrévérencieuse l'ensemble du clergé (XVIIIe s.), d'où l'expres. *à bas la calotte !* ; au XIXe s. « gifle » ; nombreux emplois techniques depuis le XVIIe s. (*calotte crânienne, calotte glaciaire*, etc.). ‖ ***calotin*** (XVIIIe s.) « membre du Régiment (imaginaire) de la Calotte » et, par ext., péj. pour « prêtre » et « partisan du pouvoir temporel des prêtres » ; ***décalotter*** (XVIIIe s.).

calquer (XVIIe s.), empr. à l'ital. *calcare* « reproduire un modèle en l'appliquant sur une surface », du lat. *calcare* « fouler, presser », de *calx, calcis* « talon » ; au XVIIIe s. au sens fig. et parfois péj. « imiter ». ‖ ***calque*** (XVIIIe s.), empr. à l'ital. *calco,* même évol. que le verbe ; ***décalquer*** (XVIIe s.) ; ***décalquage*** (XIXe s.) ; ***décalcomanie*** (XIXe s.).

calumet (XVIIe s.), forme normanno-pic. de *chalumeau,* avec substitution de suff., est d'abord attesté au sens de « roseau servant à faire des pipes », puis au sens spéc. de « pipe à long tuyau des Indiens d'Amérique » (XVIIIe s.).

calvados (XIXe s.), du nom du département, en Normandie, où se fabrique cette eau-de-vie de cidre.

calvaire (XIIe s.), empr. au lat. chrét.

calvaria « crâne », utilisé pour désigner le lieu où fut crucifié le Christ et qui traduit le grec *kranion* « crâne », lui-même de l'araméen *gulgolta* « crâne » et « sommet », mot qui a passé en fr. comme nom propre sous la forme *Golgotha* ; au XIXe s. au sens fig. de « épreuve ».

calvitie (XIVe s.), empr. au lat. *calvities,* de même sens, de *calvus* « chauve ».

camaïeu (XIIe s.), d'orig. obsc., d'abord empl. au sens de pierre fine, puis (XVIIe s.) pour désigner une peinture où l'on n'emploie qu'une couleur avec des tons différents.

camail (fin XIIe-début XIIIe s.), empr. à l'a. prov. *capmailh* « capuchon de mailles protégeant le cou et les épaules », dér. d'un verbe **capmalhar* « revêtir la tête d'une cuirasse », d'abord empl. dans ce sens, et au XVIe s. au sens de « courte pèlerine portée par les ecclésiastiques ».

camarade (XVIe s.), empr. à l'esp. *camarada* « chambrée », formé sur *camara* « chambre », est empl. au XVIe s. au fém. au sens de « chambrée de soldats », mais aussi comme subst. masc. et fém. au sens de « qui partage le sort d'une autre personne » ; au XIXe s. dans un contexte politique, et comme trad. du russe *tovaritch.* || **camaraderie** (XVIIe s.).

camard, voir **camus**.

cambiste (XVIIe s.), empr. à l'ital. *cambista* « banquier spécialisé dans les opérations de change », dér. de *cambio* « change ».

cambouis (XIVe s.), d'orig. inconnue.

cambrer (XIIIe s.), dér. de l'a. fr. *cambre,* forme normanno-pic. de *chambre* « courbé, replié », du lat. *camur, camurus* « recourbé » ; d'abord empl. au sens de « faire un détour », puis au XVIe s. au sens de « courber légèrement en forme d'arc ». || **cambrure** (XVIe s.).

cambrioleur (XIXe s.), dér. au sens de « dévaliseur de chambres » du mot d'argot *cambriole* « chambre, petite boutique » (XVIIIe s.), du prov. *cambro* « chambre ». || **cambriolage**, **cambrioler** (XIXe s.).

cambrous(s)e (XVIIe s.), au sens de « servante », empr. au prov. mod. *cambrouso* « femme de chambre » et au sens de « campagne », de *cambrousso* « bouge », formés sur *cambra* « chambre » ; le sens péj. de « province, campagne » (XIXe s.) est p.-ê. issu d'expres. comme *garçon de cambrouse* « voleur de grand chemin, logé dans un bouge » ou de *courir la cambrousse.*

cambuse (XVIIIe s.), empr. au néerl. *kombuis* « cuisine de navire, chaufferie » au sens de « magasin du bord où sont contenus les vivres d'un équipage », puis au XIXe s. au sens péj. de « chambre, logis pauvre, mal tenu ».

came 1 (XVIIIe s.), terme tech. empr. à l'all. *Kamm* « peigne » et spéc. pour désigner un mécanisme permettant de réaliser une transformation de mouvement (*arbre à cames*).

came 2 « drogue », voir **camelot 2**.

camée (XVIIIe s.), empr. à l'ital. *cameo* « pierre fine sculptée en relief », d'orig. obsc., comme **camaïeu**.

caméléon (XIIe s.), empr. au lat. *chamaeleon,* du grec *khamailéon* « lion nain » ; au XVIIe s. au sens fig.

camélia (XVIIIe s.), nom donné à cette fleur par Linné en l'honneur du botaniste G. J. *Kamel* (fin XVIIe s.).

camelot 1 (XIIe s.), empr. à l'ar. *hamlat,* plur. de *hamla* « peluche de laine », avec substitution du suff. *-ot* pour désigner une grosse étoffe faite à l'origine de poils de chameau, puis de poils de chèvre.

camelot 2, voir **camelotier**.

camelotier (XVIe s.), « mercier, marchand », forme altérée d'après *camelot 1* de *coesmelotier* « mercier, marchand », dér. du m. fr. *coesme* « gros mercier » (XVIe s.), d'orig. obsc ; **camelote** (XVIIIe s.), s. d. dér. de *camelotier* ; **cameloter** (XIXe s.), d'abord « marchander », puis « fabriquer de la mauvaise marchandise » ; **camelot** (XIXe s.), « colporteur » et « marchand ambulant », s. d. dér. régressif de *cameloter* ; **came** (XIXe s.) fam., abrév. de *camelote* « marchandise » et « drogue ».

camembert (XIXe s.), du nom d'un village de l'Orne où s'est d'abord fabriqué ce fromage.

caméra (XIXe s.), empr. à l'angl. *camera*, terme d'optique empr. au lat. scientifique ; le sens de « appareil cinématographique de prise de vues » est empr. à l'anglo-améric. *movie camera*, de *movie* « film de cinéma », réduction de *moving picture* « image mobile ». || **caméraman** (XXe s.), empr. à l'angl.

caalériste (XVIIIe s.), forme altérée de *camariste*, de l'esp. *camarista* « dame de la chambre d'une princesse », formé sur *camara* « chambre ». Voir **chambrière**.

camion (XIVe s.), d'orig. obsc., d'abord au sens de « charrette », puis au XVIIIe s. « voiture à quatre roues » et « gros véhicule automobile de transport » (début XXe s.). || **camionneur** (XVIe s.) d'abord « cheval de trait pour un camion » ; **camionnette** (XIXe s.).

camisard (XVIIe s.), dér. avec suff. péj. *-ard* du languedocien *camiso* « chemise » pour désigner les Calvinistes cévenols qui se rebellèrent après la révocation de l'Edit de Nantes (1685), les chemises, blanches, servant de signe de ralliement.

camisole (XVIe s.), empr. au prov. *camisola*, dimin. de *camisa* « chemise » ; au XIXe s. au sens spéc. de *camisole de force*.

camomille (XIVe s.), empr. au lat. méd. *camomilla*, du lat. imp. *chamaemelon*, lui-même empr. au grec, au sens de « pomme du sol », par référence à l'odeur de cette fleur.

camoufler (XIXe s.), s. d. formé sur le rad. de *camouflet*, le sens de « dissimuler » étant alors issu de celui de « émettre de la fumée ». *Camoufler* est d'abord attesté au sens de « déguiser, falsifier », au XXe s. dans le voc. militaire. || **camouflage** (XIXe s.) a suivi l'évol. du verbe.

camouflet (XVe s.), forme modifiée à l'aide du préf. *ca-* de *chault mouflet* « fumée épaisse que l'on souffle au nez de qqn », *mouflet* provenant s. d. du wallon *moufler* « enfler ses joues » ; au XVIIe s. au sens fig. de « avanie, affront » ; au XIXe s. en arg. « chandelier », d'où le dér. arg. **camoufle** « chandelle, bougie » (XIXe s.).

camp (XVe s.), s. d. forme normanno-pic. de « champ », pris au sens militaire, et d'abord attesté dans l'expres. *lit de camp ;* au XIXe s. au sens de « groupe qui s'oppose à un autre » ; au XXe s. *camp de concentration* et au sens fig. dans des expres. comme *changer de camp*. || **camper** (XVe s.), « établir des troupes dans un camp », puis « s'installer de manière provisoire » (XVIIe s.) et terme d'escrime « se mettre bien en garde », d'où « avoir une posture assurée, hardie » ; au début du XXe s. au sens de « pratiquer le camping » ; **campement** (XVIe s.) ; **campeur** (XXe s.) ; **décamper** (XVIe s.) a éliminé le m. fr. *escamper* qui ne subsiste que dans le dér. **escampette** (*prendre la poudre d'escampette*).

campagne (XVIe s.), forme normanno-pic. (ou prov.) de l'a. fr. *champagne* qu'elle a éliminé au sens de « vaste étendue de pays plat », issue du lat. tard. *campania*, de *campaneus* « de la plaine, champêtre », formé sur *campus* « champ » ; désigne aussi depuis le XVIe s. un « terrain d'opération militaire », d'où, au XVIIe s., une « expédition militaire » et au sens fig.

un « plan de campagne » (XIXe s.). || ***campagnard*** (XVIIe s.).

campanile (XVIe s.), empr. à l'ital. *campanile* « tour bâtie auprès d'une église », puis « clocher », dér. du lat. tard. *campana* « cloche », en a. fr. *campane.* || ***campanule*** (XVIIe s.), empr. au lat. méd. *campanula* « petite cloche », spéc. comme terme de botanique.

camphre (XIIIe s.), empr. au lat. méd. *camphora* « substance tirée du camphrier », forme altérée de l'ar. *kafur*, lui-même d'orig. sanscrite. || ***camphrier*** (XVIIIe s.).

camping (XXe s.), mot angl. dér. de *to camp* « camper », lui-même empr. au fr. *camper.*

campus (XXe s.), empr., au sens de « ensemble de bâtiments universitaires construits sur un vaste espace » et par l'intermédiaire de l'anglo-améric., au lat. *campus* « vaste espace, place ».

camus (XIIIe s.), d'orig. obsc., p.-ê. dér. par l'a. prov. *camus* « niais », du gaulois **kamusio* formé sur le rad. celt. **kam* « courbe ». || ***camard*** (XVIe s.), « au nez plat » dér. de *camus* avec substitution de suff., la forme fém. subst. ***la camarde*** étant depuis le XVIIe s. une appellation métaphorique de la mort.

canaille (XVe s.), empr. à l'ital. *canaglia,* de *cane* « chien », litt. « troupe de chiens », a éliminé l'a. fr. *chiennaille* (XIIe s.) ; d'abord empl. au sens de « bas peuple » (XIIe s.) ; au XVIIe s. au sens de « personne malhonnête ». || ***canaillerie*** (XIXe s.) ; ***encanailler (s')*** (XVIIe s.).

canal (XIIe s.), empr. au lat. *canalis* « conduite d'eau », également employé dès le lat. dans le voc. de l'anatomie, de l'architecture ; se spécialise à partir du XVIe s. au sens de « cours d'eau artificiel » ; au XVIIe s. au sens fig. de « intermédiaire, moyen » ; le mot connaît un développement récent, sous l'infl. de l'angl. *channel*, dans le voc. de la communication et de l'audiovisuel. || ***canaliser*** (XVIe s.), au XIXe s. au sens fig. de « diriger dans une voie » ; ***canalisation*** (XIXe s.).

canapé (XVIIe s.), forme altérée, avec chang. de sens, de l'a. fr. *conopé* (XIIe s.) « rideau de lit », du lat. *conopeum* « moustiquaire », empr. au grec *konopéon*, dér. de *konops* « moustique ».

canard (XIIe s.), formé sur la même racine onomat. que l'a. fr. *caner* « caqueter » (XIIIe s.), a remplacé à partir du XIIIe s. l'a. fr. *ane* pour éviter l'ambiguïté avec *âne ;* au XVIIIe s. au sens fig. de « fausse nouvelle », au XIXe s. au sens de « son discordant, fausse note », par analogie avec le cri de l'oiseau. || ***cane*** (XIVe s.), dér. régressif de *canard* ; ***canarder*** (XVIe s.), fam., « tirer d'un lieu où l'on est à couvert (comme à la chasse au canard) » ; ***canasson*** (XIXe s.), arg., altération péj. de *canard* au sens de « mauvais cheval » ; ***cancan***, « danse » (XIXe s.), redoublement du rad. *can-* de *canard,* par comparaison de la danse avec l'allure du canard ; ***caniche*** (XVIIIe s.), dér. de *cane,* cette espèce de chien barbet aimant beaucoup l'eau.

canari (XVIe s.), d'abord *canarin*, empr. à l'esp. *canario* « serin de couleur jaune vif, originaire des Canaries ».

canasta (XXe s.) jeu de cartes, empr. à l'hispano-améric. *canasta* « grand panier rond ».

cancan 1 (XVIe s.), d'abord *quanquan,* de la conj. latine *quamquam* « quoique », souvent employée dans les harangues scolaires ; au XVIIe s. au sens de « commérage », au XIXe s. « médisance ». || ***cancaner*** (XVIIe s.), surtout empl. depuis le XIXe s. au sens de « médire » ; ***cancanier*** (XIXe s.).

cancan 2, voir ***canard***.

cancer (XIVe s.), « signe du zodiaque », empr. au lat. *cancer* « écrevisse, crabe », du grec *karkinos* « crabe, chancre » ; au XVe s. au sens de « tumeur maligne », puis par ext. « toute prolifération anormale de cellules » ; au XVIIe s., au sens fig. || **cancéreux** (XVIIIe s.), empr. au lat. tard. *cancerosus* ; nombreux composés en **cancéri-**, **cancéro-** formés au XXe s. comme **cancérigène**, **cancérologue**.

cancre (XIIIe s.), empr. au lat. *cancer* (voir **cancer**), est usuel au sens de « crabe » jusqu'au XVIe s., à partir du XVIIe s. au sens fig. d'abord de « homme méprisable », puis de « élève nul » dans l'argot scolaire.

cancrelat (XVIIIe s.), réfection d'après *cancre* « crabe » du néerl. *kakkerlak* « blatte d'Amérique ».

candélabre (XIe s.), d'abord *chandelabre*, empr. au lat. *candelabrum*, dér. de *candela* « chandelle ».

candeur (XIVe s.), empr. au lat. *candor* « blancheur, éclat », également employé au sens moral « probité », est d'abord attesté en m. fr. au sens propre, au XVIe s. au sens fig. et moral de « pureté, probité », seul usuel depuis le XVIIe s.

candi (XIIIe s.), « sucre cristallisé », empr. à l'ar. *qandi*, de *qand* « sucre de canne ».

candidat (XIIIe s.), empr. au lat. *candidatus* dér. de *candidus* (voir **candide**), au sens de « vêtu de blanc » (les candidats aux fonctions publiques à Rome portant la *toga candida* « toge blanche »), est d'abord attesté au sens de « soldat d'élite », puis à partir du XVIe s. de « celui qui brigue une fonction publique, se présente à un concours ». || **candidature** (XIXe s.).

candide (XVe s.), empr. au lat. *candidus* « éclatant » et « bon, sincère », est d'abord attesté au sens propre « éclatant », puis à partir du XVIe s. au sens fig. « bon, bienveillant » ; au XVIIe s. au sens parfois péj. de « (trop) naïf ».

canette « bouteille », voir **canne**.

canevas (XVIe s.), issu du croisement entre l'a. fr. *chanevas, chenevas* « grosse toile » (XIe s.) et une forme pic. *canevach*, tous deux du rad. *chanev-* de *canapus* « chanvre » ; au XVIe s. au sens de « toile » et de « support pour ouvrages de tapisserie », d'où le sens fig. de « ébauche, esquisse, plan détaillé » (XVIIe s.).

caniche, voir **canard**.

canicule (XVe s.), empr. au lat. *canicula* « petite chienne », dér. de *canis*, terme d'astronomie désignant Sirius dans la constellation du Grand Chien, désigne au XVIIe s. l'époque (de forte chaleur) durant laquelle Sirius se lève et se couche avec le soleil, puis par ext. une très forte chaleur. || **caniculaire** (XVe s.) a suivi l'évol. du subst.

canif (XVe s., d'abord *quenif*, à partir de *canivet* « petit couteau », XIIe s.), est s. d. issu du franc. **knif* « couteau ».

canin (XIVe s.), empr. au lat. *caninus* « relatif au chien », dér. de *canis* « chien », et aussi appliqué aux dents pointues ; le subst. fém. **canine** « dent pointue » date du XVIe s.

caniveau (XVIIe s.), d'orig. obsc.

cannabis, voir **chanvre**.

canne (XIIe s.), du lat. *canna* « roseau », du grec *kanna*, qui a eu de nombreux sens tech. (« tuyau d'un instrument de musique », « mesure de longueur », « récipient »), est d'abord empl. (XIIe s.) au sens de « cruche », dès le XIIIe s. au sens de « roseau » (XVIIIe s. *canne à sucre*) et au XVIe s. au sens de « bâton aidant à la marche ». || **canneler** (XIVe s.) ; **cannelure** (XVIe s.), empr. à l'ital. *cannellatura* « moulure » ; **canner** (XVIIe s.), d'abord « mesurer à la canne », sens disparu, puis « garnir de canne » (XIXe s.), d'où **cannage** (XIXe s.) ; **cannette** (XIIIe s.), « petit vase », puis

(XVIIIe s.) « bouteille (spéc. pour la bière, les jus de fruits, etc.) » ; ***cannelle*** (XIIe s.) « écorce aromatique du cannelier », dér. de *canne* « roseau », à cause de la forme que prend cette écorce en séchant ; ***cannelloni*** (XXe s.), empr. à l'ital. *cannellone,* augmentatif. de *cannello* « petit tuyau », lui-même dér. de *canna.*

cannibale (XVIe s.), empr. à l'esp. *canibal,* de l'arawak *caniba,* désignant les Indiens Caraïbes des Antilles ; empl. dès le XVIe s. au sens de « anthropophage » en général ; au XVIIIe s. au sens fig. de « cruel, sauvage ». || ***cannibalisme*** (XVIIIe s.).

canoë, voir ***canot***.

canon 1 (XIIIe s.), dér. de *canne* au sens de « gros tube », d'où « conduit, tuyau » et « ornement attaché au bas des chausses » (XVIe s.) ; au sens de « pièce d'artillerie » (XIVe s.), le terme est empr. à l'ital. *cannone,* dér. de *canna.* || ***canonnade*** (XVIe s.), s. d. empr. à l'ital. *cannonata*, dér. de *cannone* « canon » ; ***canonnier*** (XIVe s.), d'abord empl. au sens de « fabricant de canons » est empl. en fr. mod. au sens de « celui qui sert un canon » ; ***canonnière*** (XVe s.), au XIXe s. « petit bâtiment militaire ».

canon 2 (XIIe s.), d'abord *cane*, empr. au lat. *canon* « modèle, règle », du grec *kanon* « règle » ; sont issus de l'empl. de *canon* en lat. chrétien les sens spécialisés de « règle en droit ecclésiastique » (XIIIe s.), d'où « droit canon » (XVIe s.), « partie essentielle de la messe » (XIIIe s.), « liste des saints » (XIVe s.), « ensemble des textes sacrés » (XVIIe s.) de la religion chrétienne, puis d'autres religions ; *canon* est également employé au sens de « ensemble de règles » dans le voc. musical (XVIIe s.), puis de la sculpture (XIXe s.). || ***canoniste*** (XVe s.), « versé dans la science du droit canon » ; ***canonique*** (XIIIe s.), empr. au lat. *canonicus* « conforme aux règles, régulier » ; ***canoniser*** (XIIIe s.), empr. au lat. eccl. *canonizare* « mettre au nombre des textes sacrés », spéc. en fr. au sens de « mettre dans la liste des saints » ; ***canonisation*** (XIIIe s.) ; ***canonicat*** (XVIIe s.), « bénéfice de chanoine », empr. au lat. eccl. *canonicatus.* Voir ***chanoine***.

canon, **canyon** (XIXe s.), empr. à l'esp. *canon,* d'abord *callon,* p.-ê. dér. de *calle* « route » et « chemin étroit ».

canot (XVIe s.), d'abord *canoe*, empr. à l'esp. *canoa,* de l'arawak des Bahamas au sens de « pirogue indienne », désigne depuis le XVIIe s. un « petit bateau utilisé pour le service d'un plus grand ». || ***canoter*** (XIXe s.) ; ***canotage*** (XIXe s.) ; ***canotier*** (XVIe s.) « matelot d'un canot », puis « amateur qui navigue sur un canot » (XIXe s.) et « sorte de chapeau » (XXe s.) d'abord utilisé par les *canotiers* ; ***canoë*** (XIXe s.), empr. à l'angl., lui-même empr. à l'esp.

cantabile (XVIIIe s.), empr. à l'ital. *cantabile* « facile à chanter, mélodieux », empr. au lat. tard. *cantabilis* « digne d'être chanté ».

cantal (XVIIe s.), du nom de la région de l'Auvergne où se fabrique ce fromage.

cantate (XVIIIe s.), empr. à l'ital. *cantata,* part. pas. fém. subst. de *cantare* « chanter ». || ***cantatrice*** (XVIIIe s.), empr. à l'ital. *cantatrice* « chanteuse, artiste lyrique », du lat. *cantatrix.*

cantilène (XVe s.), empr. au lat. *cantilena* « chant, chanson » et « air rebattu, refrain », de *cantilare* « fredonner », dimin. de *canere* « chanter », est d'abord employé au sens de « chant profane » (par opposition au motet, chant sacré), puis au XIXe s. de « chanson, romance », s. d. sous l'infl. de l'ital. *cantilena* « chant monotone, psalmodie ».

cantine (XVIIe s.), empr. à l'ital. *cantina* « cave, cellier », de *canto* « coin retiré », est d'abord empl. au sens de « petit coffre de transport, malle », puis au XVIIIe s. de « magasin d'approvisionnement » (pour militaires) et par ext. « lieu de repas pour une collectivité » (XIXe s.). || ***cantinier*** (XVIIIe s.).

cantique (XIIe s.), empr. au lat. *canticum* « chant, poème », spéc. en lat. eccl. au sens de « chant religieux ».

canton (XIIIe s.), empr. à l'a. prov. *canton* « coin, bord », dér. de *can* « côté, bord » avec infl. de l'ital. *cantone* « coin » et « portion de territoire », s'est spécialisé pour désigner les Etats composant la Confédération helvétique (XVe s.) et est usuel depuis le XVIIIe s. au sens de « subdivision d'un arrondissement » ; au XIIIe s., en héraldique, pour désigner les quatre zones d'angle de l'écu. || ***cantonner*** (XIVe s.) « se fixer », est vieilli en fr. mod. au sens de « faire séjourner des troupes dans un lieu déterminé », au XVIIe s. au sens fig. « se renfermer en soi-même » ; ***cantonnement*** (XVIIIe s.), spéc. au sens militaire ; ***cantonnier*** (XVIIe s.), d'abord arg. « prisonnier », puis « ouvrier chargé de l'entretien des routes. » (XIXe s.) ; ***cantonal*** (XIXe s.) ; ***cantonade*** (XVe s.), empr. au prov. *cantonado* « angle », d'abord empl. au sens de « coin de rue », ne survit que dans l'expres. *parler à la cantonade, cantonade* désignant au XVIIe s. le « coin de la scène à l'entrée des coulisses ».

canular, voir ***canule***.

canule (XIVe s.), empr. au lat. *cannula* « petit roseau », dimin. de *canna,* s'est spécialisé au XVe s. au sens de « petit tuyau qui forme l'extrémité d'une seringue ». || ***canuler*** (XIXe s.), fam. « ennuyer », dér. de *canule* par allusion aux désagréments causés par l'emploi de la *canule* ; ***canular*** (XIXe s.) abrév. du mot pseudo-latin *canularium* dans l'argot des élèves de l'Ecole normale au sens de « bizutage », puis « blague, plaisanterie ».

canut (XIXe s.), « ouvrier en soie des fabriques de Lyon », p.-ê. dér. de *canette* « bobine de fil ».

caoutchouc (XVIIIe s.), empr., comme pour l'esp. *caucho,* à une langue du Pérou. || ***caoutchouter*** (XIXe s.).

cap (Xe s.), au sens de « tête », empr. à l'a. prov. *cap* « extrémité, tête », du lat. *caput* ; n'est plus empl. en ce sens que dans l'expres. *de pied en cap* (XIVe s.) « des pieds à la tête ». *Cap* (XIVe s.), « pointe de terre qui s'avance dans la mer », est un nouvel empr. à l'a. prov. *cap* au sens de « extrémité », sens d'où provient aussi l'empl. de *cap* à partir du XVIe s. dans le voc. de la marine, puis de l'aviation au sens de « direction de l'avant, de la tête » (*mettre le cap sur*).

capable (XIVe s.), empr. au lat. chrét. *capabilis* « qui peut contenir, recevoir », de *capere* « prendre, recevoir, contenir », est d'abord employé au sens de « qui a le pouvoir de faire qq. ch. », puis au XVIe s. au sens de « compétent ». || ***incapable*** (XVe s.).

capacité (XIVe s.), empr. au lat. *capacitas* « faculté de contenir » et « aptitude à », dér. de *capax, capacis* « capable, qui peut contenir », a gardé ses sens concrets, mais s'emploie aussi à partir du XIVe s. au sens fig. « aptitude, faculté » ; au XVIIe s. dans le voc. jur. au sens de « aptitude légale ». || ***incapacité*** (XVIe s.).

caparaçon (XVe s.), empr. à l'esp. *caparaçon* « équipement ornemental ou protection pour les chevaux », d'orig. incert.

cape (XVe s.), empr. au prov. *capa* « manteau à capuchon », de même orig. que le fr. *chape* ; l'expres. *(rire) sous cape* (XVIIe s.) est une adaptation de *sous chape* « secrètement » ; l'expres. *(récit) de cape et d'épée* (XIXe s.) est issue d'expres. du type *n'avoir que la cape et l'épée* « être sans fortune ». || ***capot*** (XVIe s.) s'est spécialisé au XIXe s. au sens de « partie qui protège le moteur d'une voiture » ; l'expres. ***être capot*** (XVIIe s.) « qui n'a fait aucune levée (dans certains jeux de cartes) » est d'orig. obsc. ; ***capote*** (XVIIe s.), au sens de « grand manteau » et « capote de voiture » (XIXe s.) ; au XIXe s. *capote anglaise* « préservatif masculin » ; ***décapoter*** (XIXe s.) ; ***décaper*** (XVIe s.), d'abord *deschaper* « ôter la chape », puis par ext. « mettre à nu une surface, nettoyer en frottant », d'où ***décapant*** (XXe s.) qui s'emploie aussi, comme *décaper*, au sens fig.

capeline (XIVe s.), empr. à l'a. prov. *capelina* « casque, chapeau de fer », dér. de *capa* (voir **cape**), empl. au XVIIe s. au sens de « large coiffure féminine », puis au XXe s. de « chapeau pour femme à très larges bords ».

capharnaüm (XVIIe s.), du toponyme biblique *Capharnaüm,* nom d'une ville où Jésus, assailli par une foule hétéroclite de malades, fit de nombreux miracles, est surtout usuel à partir du XIXe s. au sens de « lieu renfermant un bric-à-brac d'objets divers ».

capillaire (XIVe s.), empr. au lat. imp. *capillaris* « relatif aux cheveux », dér. de *capillus* « cheveu », d'abord au sens de « fin comme un cheveu », puis de « qui concerne les cheveux » (XIXe s.). || ***capillarité*** (XIXe s.).

capilotade (XVIe s.), empr. s. d. par l'interméd. de l'ital. à l'esp. *capirotada* « préparation culinaire destinée à recouvrir d'autres mets », dér. par métaphore de *capirote* « capuchon », lui-même du gascon *capirot,* de *capa* « manteau » ; au XVIIe s. au sens fig. *mettre en capilotade.*

capitaine (XIIIe s.), empr. au lat. tard. *capitaneus* « qui est en tête, qui domine », dér. de *caput* « tête », subst. au sens de « chef militaire », a éliminé l'a. fr. *chevetain* (XIIe s.) et *capitain* (XIVe s.) ; empl. depuis le XVIe s. au sens de « officier commandant une compagnie », au XXe s. au sens de « chef d'une équipe sportive ». || ***capitainerie*** (XIVe s.).

capital (XIIIe s.), empr. au lat. *capitalis* « qui se trouve en tête » et « qui peut coûter la tête à qqn », dér. de *caput* « tête », sens retenus en fr. par l'adj. *capital.* ; le sens de « qui peut coûter la tête » se retrouve dans l'expres. *peine capitale* (XIIIe s.), celui de « qui est à la tête de » dans *ville capitale* (XVe s.), *lettre capitale* (XVIe s.), puis *capitale* (XVIe s.) ; *capital* subst. (XVIe s.), d'abord « partie principale d'une dette », puis au XVIIe s. « ensemble des biens que l'on fait valoir » et qui a p.-ê. subi l'infl. de l'ital. *capitale,* est le doublet sav. de l'a. fr. *chatel* « patrimoine » (voir ***cheptel***). || De l'emploi dans le voc. économique de *capital* dérivent ***capitalisme*** (XVIIIe s.) ; ***capitaliste*** (XVIIIe s.) ; ***capitaliser*** (XVIIIe s.) ; ***capitalisation*** (XIXe s.).

capitation (XVIe s.), empr. au lat. tard. *capitatio* « taxe par tête ».

capiteux (XIVe s.), empr. à l'ital. *capitoso* « obstiné », dér. du lat. *caput* « tête », est d'abord attesté au sens de « obstiné », puis à partir du XVIe s. de « qui excite les sens, monte à la tête ».

capiton (XIVe s.), empr. à l'ital. *capitone* « fil de soie de grosseur irrégulière, renflement dans un fil de soie », au sens propre « grosse tête » et dér. du lat. *caput* « tête », est d'abord empl. au sens de « bourre de soie », puis au XIXe s. pour désigner les divisions formées par la piqûre dans un siège rembourré ; au XXe s. « amas graisseux ». || ***capitonner*** (XVIe s.), usuel depuis le XIXe s. au sens de « rembourrer » et par ext. au part. pas. au sens de « qui est bien en chair ».

capitoul (XIVe s.), empr. à l'a. prov. *capitol* « magistrat de Toulouse » à partir de l'expres. *senhor de Capitol* (ce terme désignant l'assemblée municipale), du lat. méd. *capitulum* « assemblée (des bourgeois) ». Voir ***capitulaire***.

capitulaire (XIIIe s.), empr. au lat. méd. *capitularis* « qui a rapport au chapitre d'un couvent », dér. du lat. méd. *capitulum* au sens de « chapitre, assemblée de moines ».

capituler (XIVe s.), empr. au lat. méd. *capitulare* « énumérer, faire un rapport point par point » dér. de *capitulum* au sens de « chapitre, article (de la Bible notamment) », est d'abord empl. au sens de « diviser en parties », usuel jusqu'au XVIIe s., auquel s'est substitué, à partir du XVIe s., celui de « convenir d'un traité, d'un accord », et spéc. dans le voc. militaire au sens de « se rendre à un ennemi » (XVIIIe s.) ; au XVIIe s. au sens fig. « renoncer ». || ***capitulation*** (XVIe s.), empr. au lat. méd. *capitulatio* « convention » a suivi l'évol. du verbe.

capon (XVIIe s.), sans doute forme normanno-pic. de *chapon* au sens arg. de « faux mendiant, fripon », au XIXe s. au sens de « lâche, poltron », p.-ê. par référence à la couardise du chapon. Voir ***chapon***.

caporal (XVIe s.), empr. à l'ital. *caporale* « principal », dér. de *caput* « tête », s'est spécialisé dès le XVIe s. au sens de « militaire qui a le grade le moins élevé » ; au XIXe s. *tabac de caporal* et *caporal* au sens de « tabac ordinaire ». || ***caporaliser***, ***caporalisme*** (XIXe s.).

capot, **capote**, voir ***cape***.

capoter (XVIIIe s.), dér. de *capot* (voir ***cape***), au sens de *faire capot* « chavirer » en parlant d'un navire, puis par ext. d'une auto, d'un avion, et au fig. « échouer ».

cappuccino, voir ***capuche***.

câpre (XVe s.), condiment, empr. à l'ital. *cappero* « câpre, câprier », du lat. imp. *capparis* de même sens.

capriccio (XIXe s.), empr. à l'ital. *capriccio* et désignant un morceau de musique de forme libre. Voir ***caprice***.

caprice (XVIe s.), empr. à l'ital. *capriccio* « désir bizarre, idée fantasque ». || ***capricieux*** (XVIe s.), empr. à l'ital. *capriccioso* « qui a des caprices », dér. de *capriccio*.

capricorne (XIIe s.), empr. au lat. *capricornus*, comp. de *caper* « bouc » et *cornu* « corne », sur le modèle du grec *aigokéreus* « aux cornes de chèvre », pour désigner la constellation du *Capricorne*.

caprin (XIIIe s.), empr. au lat. *caprinus*, dér. de *caper* « bouc ».

capsule (XVe s., d'abord *casule*), empr. au lat. *capsula* « coffret », dimin. de *capsa*, (voir ***caisse***, ***châsse***), est d'abord employé au sens de « objet creusé en forme de boîte », puis spéc. au XIXe s. au sens de « enveloppe de certains médicaments » et de « couvercle métallique pour certaines bouteilles ». || ***capsuler*** (XIXe s.) ; ***décapsuler*** (XXe s.), d'où ***décapsuleur*** (XXe s.).

capter (XVe s.), empr. au lat. *captare* « chercher à saisir, à prendre », dér. de *capere* « prendre », est d'abord empl. au sens fig. de « gagner d'une manière insinuante », puis au XVIIIe s. comme terme de droit *(capter les suffrages)* et au XIXe s. au sens concret de « recueillir les eaux d'une source, etc. » ; au XXe s. au sens de « capter un message, une émission ». || ***captation*** (XIVe s.), empr. au lat. *captatio* « action de chercher à saisir », surtout usuel en fr. dans des emplois fig. et dans le voc. du droit ; ***captage*** (XIXe s.) ; ***capteur*** (XVIIIe s.), empr. au lat. tard. *captor* « celui qui prend », spéc. au XXe s. dans des emplois tech. (*capteur de pression, capteur solaire*, etc.).

captieux (XIVe s.), empr. au lat. *captiosus* « trompeur », littér. en fr. mod. au sens de « qui tend à induire en erreur ».

captif (XVe s.), empr. au lat. *captivus*, dér. de *capere* « prendre », empl. en lat. au sens de « prisonnier » et en lat.

chrét. au sens de « prisonnier du péché », d'où « malheureux, misérable ». *Captif* a éliminé son doublet de formation pop. *chétif* au sens propre de « prisonnier » et s'emploie aussi à partir du XVIIe s. au sens fig. de « qui est dominé par ses passions ». ‖ ***captiver*** (XVe s.), empr. au lat. tard. *captivare* « faire prisonnier » et « accaparer l'esprit » a supplanté l'a. fr. *chaitiver* « assujettir, rendre esclave » et n'est plus employé en fr. mod. qu'aux sens fig. « asservir, enchaîner » et « séduire, charmer » ; ***captivité*** (XIIIe s.), empr. au lat. *captivitas* « état de celui qui est prisonnier », a éliminé l'a. fr. *chaitiveté* « captivité », de formation pop. ; ***captivant*** (XIXe s.) ; ***capture*** (XVe s.), empr. au lat. *captura* « action de prendre » ; ***capturer*** (XVIe s.). Voir ***chétif***.

capuche (XVIe s.), forme pic. de *capuce* ou *capuchon*, dér. de *capa* (voir **cape**). ‖ ***capuchon*** (XVe s.), dér. de *capuche*, p.-ê. avec infl. de l'ital. *cappuccio*, de même sens, dér. de *cappa* ; ***capucin*** (XVIe s.), empr. à l'ital. *cappuccino* « capucin, qui porte un capuchon » (en raison du vêtement à grand capuchon porté par les moines de cette branche de l'ordre des Franciscains) ; ***capucine*** (XVIIe s.), dér. de *capuce* par analogie avec la forme en capuchon de cette fleur ; ***cappuccino*** (XXe s.), empr. à l'ital. pour désigner un « café au lait mousseux », par analogie plaisante avec la couleur marron de la robe des Capucins ; ***capuchonner*** (XVIe s.), supplanté en fr. mod. par ***encapuchonner*** (XVIe s.).

caque (XIIIe s.), « baril où l'on conserve les harengs salés », d'orig. incert., p.-ê. empr. à l'a. norrois *kaggi, kaggr* « tonneau ».

caquelon (XVIIIe s.), « marmite utilisée pour la fondue », terme empr. à la Suisse romande, dér. de *kakel* « casserole de terre ».

caqueter (XIVe s.), dér. du rad. onomat. *kak-* imitant le piaillement de certains oiseaux. ‖ ***caquet*** (XVe s.), déverbal de *caqueter* ; ***caquetage*** (XVIe s.).

car 1 (Xe s.), du lat. *quare,* adv. interrogatif « pourquoi » et adv. causal « c'est pourquoi », empl. dès l'a. fr. comme conj. de coord. marquant la causalité ; *car* s'est aussi employé en a. fr. comme particule introduisant un ordre (avec l'impératif) ou un souhait (avec le subj.) et jusqu'au XVIIe s. comme conj. de subordination dans des syntagmes du type *la raison est car.*

car 2 (XIXe s.), empr. à l'anglo-améric. *car* « véhicule sur rails », lui-même de l'a. fr. *char* sous la forme normanno-pic. *car* ; au XXe s. au sens de « véhicule de transport » par abrév. de *autocar*, lui-même empr. à l'angl.

carabin (XVIe s.), d'orig. incert., d'abord « soldat de cavalerie légère », puis au XVIIe s. *carabin de Saint-Côme* « chirurgien » et au XIXe s. « étudiant en médecine ». ‖ ***carabine*** (XVIe s.), d'abord « arme des carabins », puis au XVIIe s. « fusil léger à canon court » ; ***carabinier*** (XVIIe s.), « soldat armé d'une carabine », au XIXe s. « gendarme italien », au XXe s. « douanier espagnol » ; ***carabiné*** (XVIIe s.), d'abord dans le voc. maritime au sens de « violent », puis « violent, intense » (XIXe s.).

caraco (XVIIIe s.), d'orig. incert., p.-ê. empr. à l'hispano-amér. *caracol* « coquille d'escargot », pour désigner une blouse de femme droite et assez ample.

caracoler (XVIIe s.), terme d'équitation dér. de *caracole* (XVIIe s.), empr. à l'esp. *caracol* « escargot », d'orig. incert.

caractère (XIIIe s.), empr. au lat. *character* « marque, signe distinctif » et « particularité d'un style », en lat. chrét. « marque sacramentelle du baptême », du grec *kharakter* « empreinte, signe distinctif », est d'abord employé au sens de « empreinte », au XVIe s. « signe d'écriture » et au sens religieux, puis à partir du XVIIe s. également aux sens de « manière d'être propre » et de « traits dominants de la personnalité » ; au XVIIIe s. au sens de « énergie » (*avoir du caractère*). || ***caractériel*** (XIXe s.) ; ***caractériser*** (XVIe s.), d'abord empl. au sens de « marquer d'un signe », puis au XVIIe s. de « mettre en évidence les traits distinctifs » ; ***caractérisation*** (XIXe s.) ; ***caractéristique*** (XVIe s.), empr. au grec *kharaktéristikos* « qui sert à distinguer », d'abord empl. comme terme de gram., puis de mathémat., au XVIIIe s. au sens général de « ce qui caractérise une chose » ; ***caractérologie*** (XXe s.), empr. à l'all.

carafe (XVIe s.), empr. à l'ital. *caraffa* d'orig. obsc. ; au XXe s. au sens arg. de « tête, bouche », d'où l'expres. *rester en carafe* « rester court (la bouche ouverte) ». || ***carafon*** (XVIIe s.).

carambole (XVIIe s.), « fruit du carambolier », puis (XVIIIe s.), par analogie de couleur, « boule rouge du jeu de billard », du port. *carambola*, empr. au marathe (langue de l'Inde). || ***caramboler*** (XVIIIe s.), d'abord « toucher deux billes du même coup », puis (XIXe s.), « heurter » et « posséder sexuellement » ; ***carambolage*** (XIXe s.) ; ***carambouillage***, ***carambouille***, etc. « escroquerie » (XXe s.) sont des formes altérées de *carambole*, au sens arg. de « vol à l'étalage » par croisement avec des mots comme *fripouille, fouiller*, etc.

caramel (XVIIe s.), empr. à l'esp. *caramelo* lui-même du port. *caramelo*, s. d. issu du lat. tard. *calamellus*, dimin. de *calamus* « roseau », par analogie de forme entre le sucre durci et la tige du roseau. || ***caraméliser*** (XIXe s.).

carapace (XVIIe s.), empr. à l'esp. *carapacho*, de même sens, d'orig. incert., p.-ê. dér. du préroman **karapp-*, dér. de la rac. **kar-* « écale » ; au XIXe s. au sens fig.

carat (XIVe s.), empr. à l'ital. *carato*, de l'ar. *qirat* « graine de caroubier » et « petit poids », du grec *kération* « petit poids ».

caravane (XIIe s.), empr. à l'époque des croisades au persan *karwan* « file de chameaux, troupe de voyageurs » au sens de « groupe de voyageurs réunis pour traverser une contrée désertique » ; au XXe s. au sens de « remorque d'automobile aménagée en logement », d'après l'angl. *caravan*, lui-même empr. au fr. || ***caravanier*** (XVIIe s.) ; ***caravaning*** (XXe s.), empr. à l'angl. *caravaning*, dér. de *caravan*.

caravansérail (XVe s.), d'abord *carvansera*, puis *caravansérail* sous l'infl. de *sérail*, empr. au persan *karwan-saray* « abri pour voyageurs », de *karwan* « caravane » et *saray* « palais » ; d'abord empl. au sens de « cour, abri pour les caravanes » et au XIXe s. par ext. « lieu fréquenté par des étrangers de provenances diverses ».

caravelle (XVe s.), empr. au port. *caravela* « bateau léger à quatre mâts », dimin. de *caravo*, du lat. tard. *carabus* « barque recouverte de peaux » ; a désigné aux XVe-XVIe s., époque des grandes découvertes, un navire de petit ou moyen tonnage ; au XXe s. nom d'un avion à réaction moyen-courrier.

carbonaro (XIXe s.), mot ital. dér. de *carbone* « charbon », au sens propre « charbonnier », pour désigner les membres d'une société secrète fondée en Italie au début du XIXe s.

carbone (XVIIIe s.), empr. au lat. *carbo, carbonis* « charbon de bois ». || nombreux dérivés sav. comme ***(bi)carbonate***, ***carboniser***, ***carbonisation***, ***carbonifère***, ***carbonique***, ***carbonnade***, ***carburant***, ***carburer***, ***carburateur***, ***carburation***. Voir ***charbon***.

carcan (XIIe s.), « collier de fer (servant à attacher un condamné) », empr. au lat. méd. *carcan(n)um*, d'orig. obsc.

carcasse (XVIe s.), d'orig. obsc. ||

décarcasser (se), fam. « se démener » (XIXe s.).

carcéral (XXe s.), dér. sav. du lat. *carcer* « prison ». Voir ***incarcérer***.

carde (XIIIe s.), « outil servant à carder formé de plusieurs têtes de chardon », issu du lat. *carda*, plur. neutre de *carduus*, « chardon », ou p.-ê. déverb. de *carder*. || ***carder*** (XIIIe s.).

cardia-, **cardio-**, élém. préf. tiré du grec *kardia* « cœur » et utilisé dans la formation de termes de médecine comme ***cardiologie***, ***cardioscopie***, ***cardiogramme***.

cardiaque (XIVe s.), empr. au lat. *cardiacus* « malade de l'estomac » puis « malade du cœur », du grec *kardiakos* « relatif à l'estomac, au cœur », dér. de *kardia* « cœur » et « estomac ».

cardigan (XXe s.), empr. à l'angl. *cardigan* pour désigner une veste de laine, du nom du comte de *Cardigan*.

cardinal (XIIIe s.), empr. au lat. *cardinalis*, de *cardo* « gond, pivot d'une porte » au sens propre de « qui sert d'appui » et au sens fig. de « principal », d'où les emplois en théologie *vertus cardinales* (XIIIe s.), en géographie *vents cardinaux* (XIIIe s.), en arithmétique *nombre cardinal* (XVIIe s.). *Cardinal*, d'abord *chardenal*, est aussi employé comme subst. depuis le XIIe s. pour désigner certains dignitaires ecclésiastiques.

cardon (XVIe s.), empr. à l'a. prov. *cardo*, du lat. *cardo* « chardon » pour désigner une plante comestible.

carême (XIIe s., d'abord *quaresme*), du lat. vulg. **quaresima*, altér. du lat. chrét. *quadragesima (dies)* « le quarantième jour avant Pâques », désigne la période de 46 jours de jeûne et d'abstinence entre mardi gras et Pâques. || ***carême-prenant*** (XIIe s.), « carême commençant », désigne les trois jours de réjouissance, et notamment le mardi-gras, précédant le début du carême ; ***mi-carême*** (XIIIe s.).

carence (XVe s.), empr. au lat. tard. *carentia* « indigence, privation », dér. de *carere* « manquer de », est d'abord attesté au sens de « besoin, manque absolu » ; au XXe s. « fait de se dérober devant ses obligations ».

carène (XIIIe s.), empr. à l'a. génois *carena* « partie immergée de la coque d'un bateau lorsqu'il est chargé », du lat. *carina* « demi-coquille de noix », puis « coque de bateau ». || ***caréner*** (XVIIe s.), au XXe s. au sens de « donner un profil aérodynamique (à une carrosserie) ».

caresse (XVIe s.), empr. à l'ital. *carezza* « caresse », dér. de *caro* « cher », du lat. *carus* (voir ***cher***), au sens érotique à partir du XVIIe s. || ***caresser*** (XVe s.), empr. à l'ital. *carezzare* « chérir » formé sur *carezza*, au XVIIIe s. au sens fig. « entretenir, nourrir un projet ».

cargaison (XVIe s.), empr. à l'a. gascon *cargueson*, de l'a. prov. *cargar* « charger ». Voir ***charger***.

cargo (XIXe s.), abrév. de l'angl. *cargo-boat* « navire de charge », comp. de *cargo* « charge d'un bateau », empr. à l'esp *cargo* (voir ***charger***), et *boat* « bateau ».

carguer (XVIIe s.), « pencher sur le côté (en parlant d'un bateau) », puis « replier les voiles (d'un navire) », du lat. tard. *carricare* « charger » par l'interméd. d'une langue méditerranéenne (prov. ou esp. ?).

cari (XVIIe s.), **carry**, **curry**, condiment indien, empr. par le port. à une langue du Sud de l'Inde.

cariatide (XVIe s.), empr., p.-ê. par l'interméd. de l'ital. *cariatide*, au lat. imp. *caryatides*, lui-même du grec, et désignant, d'après leur modèle supposé (les femmes de la ville de *Karyes*), une statue de femme soutenant une corniche sur sa tête.

caribou (XVIIe s.), « renne du Canada », mot de l'algonquin du Nord.

caricature (XVIIIe s.), empr. à l'ital. *caricatura,* part. pas. subst. de *caricare* « charger » au sens de « charge, portrait exagéré ». || ***caricaturer***, ***caricaturiste***, ***caricatural*** (XIXe s.).

carie (XVIe s.), empr. au lat. *caries* « pourriture (spéc. des os) ».

carillon (XIIe s.), d'abord *quaregnon* « parchemin plié en quatre », du lat. vulg. **quadrinionem,* altér. du lat. tard. *quaternio* « groupe de quatre soldats », puis « cahier de quatre feuillets » ; le sens mod. « ensemble de cloches accordées à différents tons » est issu de l'expres. *sonner a carenon* (XIIe s.), « faire sonner quatre cloches ». || ***carillonner*** (XVe s.), « sonner en carillon », au XVIIe s. au sens de « proclamer bruyamment ».

caritatif, voir ***charité***.

carlingue (XIVe s.), empr. à l'a. norr. *kerling* « femme » et par métaphore sexuelle « contrequille d'un navire où s'implante le mât » ; au XXe s. dans le voc. de l'aéronautique « partie de l'avion où se trouve le poste de pilotage ».

carmagnole (XVIIe s.), mot du Dauphiné et de la Savoie désignant à l'origine une veste portée par des ouvriers italiens (s. d. de la ville de Toscane, *Carmagnola*) ; fin XVIIIe s. au sens de chant, ronde révolutionnaire (*Dansons la carmagnole*).

carme (XIVe s.), dér. régressif de *Carmel,* désignant un religieux de l'ordre de Notre-Dame du Mont-Carmel, du nom du mont d'Israël où fut fondé au XIIe s. ce monastère. || ***carmel*** (XIIe s.), « ordre religieux », du nom du monastère ; ***carmélite*** (XIVe s.).

carmin (XIIe s.), d'orig. obsc., p.-ê. du croisement de l'ar. *qirmiz* « cochenille » et du lat. *minium* « vermillon », désigne un colorant rouge tiré de la cochenille, puis une couleur rouge vif.

carnage (XIIe s.), s. d. forme normanno-pic. de *charnage*, dér. de l'a. fr. *char(n)* au sens de « chair » ; spéc. au XIIIe s. au sens de « période pendant laquelle on peut manger de la viande (par opposition à carême) » ; date aussi du XIIIe s. la spéc. de *carnage* au sens du fr. mod. « massacre, tuerie ». Voir ***chair***.

carnassier (XVIe s.), empr. au prov. *carnassier* « bourreau », dér. de l'a. fr. *charn* « chair » au sens de « qui se nourrit de chair », et au XVIe s. au sens, rare en fr. mod., de « cruel, féroce ». || ***carnassière*** (XVIIIe s.), « gibecière », empr. au prov. mod. *carnassiero*, de même sens.

carnation (XVe s.), adaptation de l'ital. *carnagione*, dér. de *carne* « chair » au sens de « aspect, couleur naturelle de la peau ».

carnaval (XVIe s.), d'abord *carneval,* empr. à l'ital. *carnevalo,* altér. du lat. méd. *carne levare,* de *carne* « viande » et *levare* au sens de « ôter, rompre le jeûne », ou par altér. plaisante de formules latines comme *jejunium levare de carne* « s'abstenir de viande ». *Carnaval* a remplacé en fr. *carême-prenant* au sens de « entrée en carême », puis de « veille de l'entrée en carême (jour de réjouissance, mardi-gras) » ; le mot est empl. dès le XVIe s. au sens de « fête se déroulant durant le carnaval ». || ***carnavalesque*** (XIXe s.), empr. à l'ital. *carnavalesco* « propre au carnaval ».

carne (XIXe s.), empr. de la langue de l'argot au normand *carne,* de l'a. norm. *carn* « viande », ou apocope de *carnage*, au sens de « mauvaise viande ».

carné (XVIIe s.), adj. dér. du rad. *carn-* du lat. *caro, carnis* « chair », attesté au XVIIe s. au sens de « qui a la couleur de la chair », au XIXe s. au sens de « qui consiste en viandes ». || ***carnivore*** (XVIe s.), empr. au lat. *carnivorus* « qui se nourrit de chair ».

carnet (XVe s.), d'abord « registre des impôts », au XIXe s. « petit cahier de poche », dér. de l'a. prov. *quern*. Voir ***cahier***.

carole (XIIe s.), « ronde accompagnée de chants », d'orig. incert., s. d. à rattacher au lat. *chorus*, grec *koros* « danse en rond » par l'interméd. du lat. vulg. **choreola*, dér. du lat. *chorea* « danse en chœur ».

caroncule (XVIe s.), terme de bot. et d'anat., empr. au lat. *caruncula* « petit morceau de chair », dimin. de *caro* « chair ».

carotide (XVIe s.), du grec *karotis, karotidos,* au plur. « artères carotides », dér. de *karoun* « endormir, engourdir », ces artères passant pour causer l'évanouissement ou l'apoplexie.

carotte (XIVe s.), empr. au lat. *carota*, du grec *karoton* « carotte » ; les emplois dans les voc. techniques sont fondés sur l'analogie de forme : *carotte de tabac* (XVIIIe s.) « rouleau de feuilles de tabac », puis « enseigne de débits de tabac » ; au XIXe s. comme adj. de couleur (*poil de carotte*), 2e moitié du XXe s. au sens fig. dans l'expres. *la carotte ou le bâton* || **carotter** (XVIIIe s.), d'abord « jouer très petit jeu », puis (XIXe s.), « escroquer » et « chercher à esquiver » ; ***carottage***, au XIXe s., fam., « tromperie », au XXe s. au sens tech. de « extraction de carottes ».

caroube (XIIe s.), empr. au lat. méd. *carubia*, de l'ar. *kharruba* « fruit comestible du caroubier ».

carpaccio (XXe s.), empr. à l'ital. pour désigner une préparation à base de viande crue dont la couleur évoque la couleur rouge utilisée par le peintre vénitien *Carpaccio*.

carpe 1 (XIIIe s.), empr. au lat. tard. *carpa* « gros poisson du Danube », entre aussi dans la formation d'expres. dépréciatives comme *faire des yeux de carpe, bâiller comme une carpe, être muet comme une carpe*.

carpe 2 (XVIe s.), terme d'anatomie, empr. au grec *karpos* « poignet ».

carpette (XVIe s.), empr. à l'angl. *carpet* « tapis de table, de sol », de l'a. fr. *carpite* « tissu épais », lui-même empr. par l'ital. au lat. méd. *carpita* « tissu à longs poils », dér. du rad. de *carpere* « déchirer, lacérer » ; au XXe s. au sens fig. « personne qui se conduit de façon servile ». Voir ***charpie***.

carquois (XIIIe s.), altér., p.-ê. sous l'infl. de *carcan, carcois,* de l'a. fr. *tarchais* (XIIe s.), empr. au grec méd. *tarkasion*, du persan *tirkas* « étui à flèches ».

carre, voir ***carrer***.

carré (XIIe s.), adj. (aussi écrit *quarré* jusqu'au XVIIIe s.), du lat. *quadratus* « à la section carrée, qui forme un angle droit » et « fort, largement développé », part. pas. de *quadrare* (voir ***carrer***), est attesté dès le XIIe s. au sens de « fort, robuste », au XVIIe s. au sens de « ferme, nettement tranché » ; du sens de « dont la section est carrée » (XIIe s.) dérivent les emplois techniques, en arithmétique, en géométrie (XVIIe s. *nombre carré, racine carrée, mètre carré*). *Carré*, nom masc., terme de géométrie (XVe s.) désigne ensuite par analogie de forme divers types d'objets (*carré de soldats, de tulipes,* etc.), *carré des officiers*, terme de marine, *carré* « foulard », *carré* « réunion de quatre cartes à jeu semblables ». || ***carrée*** (XIXe s.), pop., « chambre, logis ».

carreau (XIe s.), du lat. vulg. **quadrellus*, dér. de *quadrus* « carré », d'abord attesté au sens de « trait d'arbalète à fer en losange à quatre pans », a désigné dès le XIIe s. divers objets à section carrée ou rectangulaire ; d'où les emplois au sens de « pavé, pavement plat », *carreau des Halles* (XVIIIe s.), *carreau de la mine* (XIXe s.), de « rectangle de verre à vitre » (XIVe s.), puis « vitre » (XIXe s.) ; au XVIe s. dans le jeu de cartes, d'où l'expres. *se tenir à carreau* « sur ses gardes » (XIXe s.). || ***carreler*** (XIIe s.) ; ***carreleur*** (XVe s.), aux sens de « savetier » (disparu) et de « paveur » ; ***carrelage*** (XVIIe s.) ; ***carrelet*** (XIVe s.), « poisson » et par analogie de forme au XVIIe s. « filet de pêche ».

carrefour (XIIe s.), du lat. tard. *quadrifurcus* « qui a quatre fourches », subst. au sens de « lieu où se croisent quatre chemins », d'abord empl. au sens de « endroit où se croisent plusieurs voies », au XIXe s. au sens fig. « moment d'un choix » et « croisement d'influences ».

carrer (XIIe s.), du lat. *quadrare* « équarrir », est d'abord attesté au sens de « donner une section carrée », puis au XVIIe s., sous l'infl. de *carrure, se carrer* « prendre une attitude d'importance », « s'installer confortablement » au sens propre et fig. || ***carre*** (XIIe s., d'abord *querre*) déverb. de *carrer*, d'abord empl. au sens de « forme carrée », est usuel en fr. mod. pour désigner l'arête d'un ski, d'un patin ; ***carrure*** (XIIe s.), « largeur du dos d'une personne », au XIXe s. au sens fig. « force de caractère, d'esprit » ; ***contrecarrer*** (XVIe s.), formé sur le m. fr. *contrecarre* (XVe s.), « opposition » ; ***carrément*** (XIIIe s.), d'abord « en faisant un angle droit », au XIXe s. au sens fig.

carrière 1 (XIIe s.), « terrain d'où l'on extrait des pierres », du lat. vulg. **quadraria,* dér. du lat. tard. *quadrus lapis* « pierre de taille, carrée ».

carrière 2 (XVIe s.), « espace où l'on fait courir les chevaux », s. d. empr. à l'ital. *carriera* « chemin de chars » et « course d'un cheval » ; le mot ital. est lui-même un empr. à l'a. prov. *carreira,* de même orig. que l'a. fr. *char(r)iere* « chemin pour les chars » (XIIe s.), du lat. vulg. **carraria (via),* de même sens ; *carrière* s'emploie aussi au XVIe s. au sens, disparu, de « cours des astres », à partir du XVIIe s. au sens de « voie où l'on s'engage » et de « profession qui présente une progression ». || ***carriérisme*** (XXe s.) ; ***carriériste*** (XXe s.).

carriole (XIIIe s.), empr. à l'a. prov. *carriola* « brouette », dér. de *carri* « chariot », du lat. vulg. **carreum* pour *carrus* « char », ou à l'ital. *carriola,* lui-même de l'a. prov.

carrosse (XVIe s.), empr. à l'ital. *carrozza,* forme toscane de *carossa,* dér. de *carro* « char ». || ***carrossier*** (XVIe s.), d'abord « cocher », puis (XVIIIe s.), « celui qui vend des carrosses » et au XXe s. « fabricant de voitures de luxe » ; ***carrosserie*** (XIXe s.), usuel en fr. mod. au sens de « caisse d'une voiture ».

carrousel (XVIe s.), empr. au napolitain *carusello* « sorte de jeu équestre », d'abord empl. au sens de « parade, tournoi », puis, au XVIIIe s., de « lieu où se déroule ce jeu » (place du *Carrousel,* à Paris) ; au XIXe s. au sens de « manège de chevaux de bois » et au sens fig.

carrure, voir ***carrer***.

cartable (XVIIe s.), formé sur le lat. *charta* « carte », avec un suff. obscur, est d'abord empl. au sens de « registre », puis de « grand portefeuille », le sens du fr. mod. datant du début du XXe s.

carte (XIVe s.), empr. au lat. *charta* « feuille de papier pour écrire », est d'abord empl. au sens de « carte à jouer », puis au XVe s. au sens de « feuille de carton », d'où dérivent des emplois très nombreux comme *carte d'admission, carte d'identité* (XVIIIe s.), *carte des mets, carte de visite, carte postale* (XIXe s.), *carte de crédit* (XXe s.) ; depuis le XVIe s. dans le voc. de la géographie. || ***encarter*** (XVIIe s.), d'où ***encart*** (XIXe s.) ; ***carto-***, élément tiré de *carte*, entre dans la construct. de mots comme ***cartomancie***, ***cartomancien***, ***cartomancienne***

(XIXe s.), ***cartographie*** (XIXe). Voir ***charte***.

cartel (XVIe s.), « lettre de défi », empl. vieilli en fr. mod., empr. à l'ital. *cartello* « affiche, lettre de défi », dimin. de *carta* « papier » ; au XVIe s. en décoration « cartouche ornemental » ; début XXe s. empr. à l'all. *Kartell*, lui-même du m. fr. *cartel*, comme terme d'économie, *cartel de production*, et de politique, *cartel des gauches* (XXe s.).

cartilage (XIVe s.), empr. au lat. *cartilago* « tissu conjonctif ». || ***cartilagineux*** (XVIe s.), empr. au lat. *cartilaginosus*.

carton (XVIe s.), empr. à l'ital. *cartone*, dér. de *carta* « papier » ; au XVIIe s. dans le voc. de la peinture et au sens fig. *roi de carton* « de parade », au XVIIIe s. « boîte légère ». || ***cartonner*** (XVIIIe s.), « garnir de carton », puis au XIXe s. « jouer aux cartes » et « marquer des points » (fam.) ; ***cartonnage*** (XVIIIe s.).

cartouche 1 (XVIe s.), « ornement en forme de carte », empr. à l'ital. *cartoccio* « cornet de papier », dér. de *carta* « carte ».

cartouche 2 (XVIe s.), « enveloppe de carton, etc., contenant la charge d'une arme à feu », empr. avec chang. de suff. à l'ital. *cartoccio*, terme d'art militaire et de pyrotechnie ; par analogie de forme, d'emploi, *cartouche* désigne aussi en fr. mod. différents types d'étui (*cartouche d'encre*) et d'emballage (*cartouche de cigarettes*). || ***cartouchière***, ***cartoucherie*** (XIXe s.).

cartulaire (XIVe s.), « recueil d'actes, de chartes », empr. au lat. méd. *chartularium*, de même sens, de *charta*. Voir ***charte***.

cas (XIIIe s.), empr. au lat. *casus* « chute », d'où « incident fortuit, accident » et « accident fâcheux », part. pas. subst. de *cadere* « tomber », est empl. dès le XIIIe s. aux sens de « circonstance » et de « affaire importante » et au sens jur. « délit » ; au XVIIe s. dans le voc. religieux (*cas de conscience*), au XVIIIe s. dans le voc. de la médecine ; *cas* au sens de « ce qui arrive » entre dès le m. fr. dans des locutions comme *en tout cas, en aucun cas, au cas où* (qui remplace au XIXe s. *au cas que*), *en cas de* ; ***en-cas*** (XVIIe s.), « collation ». *Cas* est également depuis le XIIIe s. un terme de gram. désignant les formes d'un mot qui se décline. || ***casuel*** (XIVe s.), empr. au lat. *casualis* « fortuit, accidentel », subst. (XVIIe s.) au sens de « revenu s'ajoutant à un revenu régulier (spéc. pour les ecclésiastiques) » ; ***casuiste*** (XVIIe s.), « théologien qui cherche à résoudre les cas de conscience », s. d. empr. à l'esp. *casuista*, de même sens, dér. de *casus* au sens de « cas de conscience » ; ***casuistique*** (XIXe s.).

casanier (XIVe s.), d'abord *casenier* « prêteur d'argent italien établi en France », empr. à l'ital. *casenier* « prêteur d'argent », dér. de *casana* « boutique de prêteur d'argent », p.-ê. issu du croisement de *casa* « maison » et du vénitien *casnà* « monceau de deniers », empr. au turc *hazna* « trésor » ; au XVIe s. au sens mod. de « qui aime à rester au logis » (s. d. du fait que les prêteurs italiens établis en France étaient tenus de résider dans des endroits précis), et sous l'infl. de *case* « maison ».

casaque (XVe s.), « vêtement de dessus à larges manches », d'orig. obsc., p.-ê. empr. au turc *quzzak* « aventurier, vagabond », empl. à partir du XVIe s. pour désigner un habit militaire et spéc., au XVIIe s., l'habit des mousquetaires, d'où l'expres. *tourner casaque* (XVIIe s.), « fuir », puis « retourner sa veste » ; au XIXe s. « veste de jockey ».

casbah (XVIIe s.), d'abord *alcassave* « forteresse, citadelle », de l'ar. *qasaba* « forteresse » avec agglutination de l'article, puis au XIXe s. *casbah* « partie haute et fortifiée d'une ville arabe» (réservée aux musulmans).

cascade (XVIIe s.), empr. à l'ital. *cascata,* part. pas. subst. de *cascare* «tomber», est attesté dès le XVIIe s. au sens de «chute d'eau» et au sens fig. de «chute, culbute». || ***cascader*** (XVIIIe s.), d'abord dans le voc. du théâtre au sens, disparu, de «dire, faire des folies», au XIXe s. «faire des cascades»; ***cascadeur*** (XIXe s.).

case (XIIIe s.), empr. au lat. *casa* «cabane», en lat. méd. «maison». *Case*, dont l'étymon *casa* est à l'orig. de la préposition *chez* et qui est attesté sous la forme phonétique *chaise* dans des noms de lieu comme *Chaise-Dieu* «la maison de Dieu», a été concurrencé par *maison.* Au sens de «habitation traditionnelle, en Afrique, etc.» (XVIIe s.), *case* est un empr. au port. *casa* «maison»; au sens de «division, compartiment, subdivision» *case* a été empr. au XVIIe s. à l'esp. *casa* «case d'un jeu d'échecs». || ***caser*** (XVIe s.), «placer, ranger», au XVIIe s. comme terme de jeu; au XVIIIe s. au sens fig. *se caser* «s'établir».

caséine (XIXe s.), dér. sav. du rad. du lat. *caseus* «fromage».

casemate (XVIe s.), empr. à l'ital. *casamatta*, d'orig. obsc.

caserne (XVIe s.), d'abord «abri pour des soldats», empr. à l'a. prov. *caserna* «groupe de quatre personnes», du lat. vulg. **quaderna*, altér. de *quaterna* (voir **cahier**); au XVIIe s. au sens de «bâtiment pour loger des troupes». || ***caserner*** (XVIIIe s.); ***casernement*** (XIXe s.); ***encaserner*** (XIXe s.).

casher (XIXe s.), empr. à l'hébreu *kaser* «qui convient à l'usage rituel».

casier (XIIIe s.), forme pic., dér. au masc. de l'a. fr. *chasiere* «panier pour faire sécher les fromages», issu d'une expres. comme *forma casearia* (de *caseus* «fromage»), *casearia* étant attesté en lat. méd. au sens de «lieu où l'on fabrique et conserve le fromage». Sous l'infl. de *case, casier* a évolué du sens général de «panier» (au XIVe s. au sens de «casier à poissons», rare avant le XVIIIe s.) à celui de «compartiment, meuble à compartiments»; *casier judiciaire* (XIXe s.).

casino (XVIIIe s.), de l'ital. *casino,* dér. de *casa* «maison», d'abord au sens de «maison de plaisance», puis, au XIXe s., de «établissement de plaisir, de spectacle, de jeu».

casoar (XVIIe s.), empr. à l'angl. *cassawarway*, pour désigner un grand oiseau coureur de la Nouvelle-Guinée et de l'Australie, puis dans l'argot militaire le plumet ornant le shako des élèves de Saint-Cyr (XIXe s.).

casque (XVIe s.), empr. à l'esp. *casco* «armure pour la tête», dér. de *cascar* «briser», du lat. vulg. **quassicare,* du lat. *quassare* «casser». || ***casquette*** (XIXe s.).

casquer (XIXe s.), arg., empr. à l'ital. *cascare* «tomber» et «tomber dans un piège», spécialement en payant d'avance, d'où «payer» aux sens propre et fig.

casse 1 (XVIIe s.), «boîte divisée en casiers et contenant les caractères d'imprimerie», empr. à l'ital. *cassa* «caisse» qui a pris divers sens techniques.

casse 2, voir ***casser***.

casser (XIe s., d'abord écrit *quasser*), du lat. tard. *quassare* «agiter fortement», fréquentatif de *quatere* «secouer», est d'abord empl. au sens de «mettre en morceaux, briser»; le sens jur. «annuler» (XIIIe s.) s'est s. d. développé sous l'infl. du lat. *cassare* «annuler, casser (un acte)»; *cassant* au sens fig. de «autoritaire» date du XIXe s.; *cassé*, d'abord *quasse* est attesté dès l'a. fr. au sens de «brisé, affaibli»; dès le m. fr. se développent de nombreuses locutions comme *casser la cervelle, les oreilles, les pieds,* etc., au sens de « importuner ». || **casse** (XVIIe s.), d'abord au sens de « dégradation militaire », puis (XIXe s.) au sens de « action de casser » et « résultat de cette action » ; **casse-** entre dans la formation de nombreux composés comme ***casse-noix***, ***casse-tête***, ***casse-cou***, ***casse-pipe***, ***casse-gueule***, ***casse-pied(s)***, ***casse-croûte***, etc. ; **cassure** (XIVe s.), d'abord « fracture », au XIXe s. au sens de « rupture » ; **casseur** (XVIe s.), d'abord au sens de « celui qui frappe fort pour casser », puis « celui qui casse », spéc. fin XXe s. au sens de « personne qui commet des dégradations dans des manifestations » ; **cassation** (XVe s.), terme jur., dér. de *casser* « annuler » ; *cour de cassation* (XIXe s.) ; **casson** (XIVe s.), « sucre brut » ; **cassonade** (XVIe s.), s. d. empr. à l'a. prov. *cassonada* ; **cassis** (XVe s.), « caniveau » et par ext. « dépression brutale sur une route ».

casserole (XVIe s.), dér. du rad. de *casse* « récipient », empr. à l'a. prov. *cassa* « grande cuillère » et « récipient, casserole », du lat. méd. *cattia* « creuset », adaptation du grec *kuathos* « vase pour puiser ».

cassette, voir ***caisse***.

cassis 1 (XVIe s.), « arbrisseau », d'orig. obsc., p.-ê. transposition du lat. *cassia* d'où est issu **casse** (XIIIe s.), « plante médicinale ».

cassis 2, voir ***casser***.

cassolette (XVIe s.), s. d. dér. de *cassole* « petit récipient », formé sur *casse* « récipient ». Voir ***casserole***.

casson, **cassonade**, voir ***casser***.

cassoulet (XIXe s.), mot languedocien « plat cuit au four », dimin. de *cassolo* « mets qu'on fait cuire dans une terrine », dér. de *casso* « poëlon », forme masc. de *cassa*. Voir ***casserole***.

castagnette (XVIe s.), empr. à l'esp. *castañetas*, dimin. de *castaña* « châtaigne » en raison de la forme de cet instrument.

caste (XVIIe s.), empr. au port. *casta* « race », d'orig. discutée, d'abord empl. au sens de « classe de la société hindoue », puis, au XVIIIe s., de « classe sociale fermée ».

castel, voir ***château***.

castor (XIIe s.), empr. au lat. *castor*, lui-même du grec *kastor* pour désigner ce mammifère rongeur. Ce terme a éliminé l'a. fr. *bièvre*.

castrer (XXe s.), empr. au lat. *castrare* « châtrer ». || **castration** (XIVe s.), empr. au lat. *castratio*, de même sens, dér. du supin *castratum* de *castrare* ; **castrat** (XVIIIe s.), empr. à l'ital. *castrato* « qui a subi la castration », pour désigner spéc. un chanteur castré dès son enfance pour garder un timbre de soprano.

casuel, **casuiste**, **casuistique**, voir ***cas***.

cataclysme (XVIe s.), empr. au lat. *cataclysmus* « déluge », aussi au sens fig. de « destruction », du grec *kataklusmos* « inondation ».

catacombe (XIIIe s.), empr. au lat. chrét. *catacumbae* « cimetière souterrain », du grec *kata* « en bas » et du lat. *tumba* « tombe », pour désigner les premières sépultures chrétiennes creusées à Rome, puis par ext. d'autres cimetières souterrains.

catafalque (XVIIe s.), empr. à l'ital. *catafalco*, du lat. vulg. **catafalicum* qui a aussi donné *échafaud*.

catalepsie (XVIe s., d'abord *catalepse*), empr. au lat. tard. médical *catale(m)psia* « paralysie », du grec *katalepsis* « action de saisir ».

catalogue (XIIIe s.), empr. au lat. tard. *catalogus* « énumération, liste », du grec *katalogos*, de *kata* « de haut en bas » et *legein* « rassembler ». || **cataloguer** (XIXe s.), d'abord « établir une liste », le sens péj. de « classer selon un jugement péremptoire » datant du XXe s.

catalyse (XIXe s.), adaptation par le chimiste suédois Berzelius du grec *katalusis* « dissolution, décomposition ». || ***catalyser*** (XIXe s.) aussi empl. au sens fig. de « déclencher un effet » ; ***catalyseur*** (XIXe s.) ; ***catalytique*** (XIXe s.), adaptation, par Berzelius, du grec *katalutikos* « capable de dissoudre ».

catamaran (XVIIe s.), empr. au tamoul *kattumaram* « sorte de radeau », de *katta* « lier » et *maram* « bois », d'abord empl. au sens de « radeau des Indes », puis au XXe s. « embarcation à voile à deux coques accouplées ». || ***trimaran*** (XXe s.), bateau à trois coques, formé avec le préfixe *tri-* « trois ».

cataplasme (XIVe s.), empr. au lat. *cataplasma*, du grec *kataplasma* « emplâtre ».

catapulte (XIVe s.), empr. au lat. *catapulta* « machine de guerre », du grec *katapaltés*, de même sens. || ***catapulter*** (XXe s.), au sens propre de « lancer très loin » et au sens fig. et fam. de « placer brusquement à un poste important ».

cataracte (XVe s.), empr. au lat. imp. *cataracta* « chute d'eau » (d'abord en parlant du Nil), du grec *katarraktés* « chute d'eau » et « porte qui s'abat », d'abord empl. au sens de « violente chute d'eau » à partir de l'expres. biblique *cataractae coeli,* « les cataractes du ciel » pour désigner le déluge, puis « chute d'eau sur un fleuve » (XVIe s.) et par ext. « trombe de pluie » (XIXe s.). *Cataracte* (XIVe s.), « affection oculaire » (par comparaison avec un voile qui s'abat sur l'œil), est un empr. au lat. tard. médical *cataracta* au sens fig. de « porte qui s'abat ».

catarrhe (XIVe s.), empr. au lat. médical tardif *catarrhus*, du grec *katarrous* « rhume, flux d'humeur », de *katarrein* « couler d'en haut ». || ***catarrheux*** (XVe s.), empr. au lat. tard. *catarrhosus* « sujet au catarrhe ».

catastrophe (XVIe s.), empr. au lat. *catastropha* « coup de théâtre » et « dénouement (d'une comédie ou d'une tragédie) », du grec *katastrophé* « bouleversement, dénouement », dér. de *strophé* « action de tourner, évolution », d'abord empl. au sens de « fin, dénouement » et à partir du XVIIe s., s. d. sous l'infl. des dénouements des tragédies classiques, au sens de « événement fâcheux », « désastre brutal ». || ***catastrophique***, ***catastropher*** (XIXe s.).

catch (XXe s.), issu par réduction de l'angl. *catch as catch can* « attrape comme tu peux », pour désigner une forme de lutte libre.

catéchisme (XIVe s., d'abord *cathezime*), empr. au lat. chrét. *catechismus* « instruction religieuse » et « livre d'instruction religieuse », du grec *katékhismos* dér. de *katékhizein* « instruire oralement », lui-même dér. factitif de *katékhein* « instruire oralement » ; d'abord empl. au sens de « enseignement religieux », au XVIIe s. au sens de « livre contenant cette instruction », à partir du XVIIIe s. au sens de « leçon destinée à endoctriner » et de « exposé abrégé d'une science » ; au XIXe s. « cours d'instruction religieuse ». || ***catéchiser*** (XIVe s.), empr. au lat. chrét. *catechizare,* lui-même du grec, a suivi l'évol. de *catéchisme* ; ***catéchèse*** (XVIe s.), empr. au lat. chrét. *catechesis* du grec *katékhésis* « instruction », puis « instruction religieuse » ; ***catéchumène*** (XIVe s.), empr. au lat. chrét. *catechumenos,* du grec *katékhoumenos* « celui qui a reçu une instruction religieuse en vue du baptême », de *katékhein* « instruire oralement » ; au XIXe s. au sens fig. de « personne que l'on initie ».

catégorie (XVIe s.), empr. au lat. tard. *categoria*, terme de logique, du grec *katégoria* « accusation » et « qualité attribuée à un objet, attribut », formé sur *katégorein* « accuser », empl. dans le voc. de la logique aristotélicienne au sens de « énoncer, affirmer » ; d'abord terme de logique, puis de philosophie, *catégorie* s'emploie aussi à partir du XVIIe s. au sens courant de « classe d'objets, de personnes, etc. de même nature ». || ***catégorique*** (XVe s.), empr. au lat. tard. *categoricus* « qui concerne les catégories », usuel dès le XVIe s. au sens philos. et au sens de « clair, absolu, précis » ; ***catégoriser*** (XIXe s.) ; ***catégorisation*** (XIXe s.) ; ***catégoriel*** (XXe s.) ; ***catégoriquement*** (XVIe s.).

cathare (XVIIe s.), empr. au lat. méd. *catharus,* du grec *katharos* « pur, propre », pour désigner les membres de sectes hérétiques dualistes et spéc. les hérétiques de la région d'Albi ou Albigeois (XIe-XIIIe s.). || ***catharisme*** (XXe s.).

catharsis (XIXe s.), empr. au grec *katharsis* « purification » au sens médical et au sens fig., et spéc. chez Aristote, au sens de « purgation des passions produite sur le spectateur par la tragédie », sens empl. en fr. dans le voc. philos., puis dans celui de la psychanalyse.

cathédral (XIIe s.), empr. au lat. chrét. *cathedralis* « de la chaire de Rome », dér. de *cathedra* « siège » et spéc. « siège d'évêque », du grec *kathédra* « siège, banc », surtout empl. dans des expres. comme *siège cathédral* et *église cathédrale*, d'où par ellipse ***cathédrale*** (XVIIe s.) pour désigner l'église principale d'un diocèse, où se trouve le siège de l'évêque.

catherinette (XIXe s.), dér. de sainte *Catherine* d'Alexandrie, patronne des jeunes filles, et spéc. des ouvrières de la mode, ayant atteint vingt-cinq ans sans être mariées.

cathode (XIXe s.), empr. à l'angl. *cathode,* mot formé par Faraday, d'après le grec *kata* « en bas » et *odos* « chemin ». || Voir ***anode***.

catholique (XIIIe s., d'abord *chatoliche*), adj. et susbt., empr. au lat. chrét. *catholicus,* du grec *katholikos* « général, universel », dér. de *katholon* « en général » et de *holos* « tout entier », empl. au sens, vieilli en fr. mod., de « universel » et au sens usuel de « ce ou celui qui appartient à l'Eglise romaine » ; *pas très catholique,* expres. fig. et fam. au sens de « douteux ». || ***catholicisme*** (XVIe s.) ; ***catholicité*** (XVIe s.), au XVIIIe s. au sens de « ensemble des catholiques ».

catimini (en) (XIVe s.), « en cachette », d'orig. obsc., à rapprocher p.-ê. de formations comme ***chattemite***.

catin (XVIe s.), dimin. affectueux de Catherine, le sens péj. « prostituée, putain » étant cependant attesté dès le XVIe s.

catogan (XVIIIe s.), empr. à l'angl. *cadogan,* qui tirerait son origine du nom du général *Cadogan*.

cat(t)leya (XIXe s.), adaptation du lat. scient. *cattleya,* mot formé sur le nom du botaniste W. *Cattley* pour désigner une sorte d'orchidée.

cauchemar (XIVe s.), d'abord *cauquemare,* puis *cauchemare* ; le premier élément *cauche,* de *cauchier* « presser, fouler », est p.-ê. issu du croisement entre l'a. fr. *chauchier,* de même sens, du lat. *calcare,* et la forme pic. correspondante *cauquier*, le second élément, l'a. pic. *mare,* étant un empr. au m. néerl. *mare* « fantôme ». *Cauchemar* est d'abord empl. au sens de « suffocation, oppression nocturne », puis de « sorcière » (XVe s.), au XIXe s. au sens de « rêve effrayant » et au sens fig. de « personne ou objet effrayant ». || ***cauchemarder*** (XIXe s.) ; ***cauchemardesque*** (XXe s.).

cause (XIIe s.), empr. au lat. *causa* dont les deux sens principaux « cause, raison » et « procès, affaire judiciaire, intérêts de qqn, de qq. ch. » sont présents dès l'a. fr. || ***causer*** (XIIIe s.), « être à l'origine de », rare en ce sens avant le XVIe s., vient de *cause* au sens de « raison, motif » ; ***causalité*** (XIVe s.), empr. au lat. tard. *causalitas*, terme de philos. qui a pris en lat. méd. le sens de « rapport causal », est d'abord empl. au sens de « recherche de la cause première », puis à partir du XVIe s. au sens de « faculté de produire un effet » et de « rapport causal ».

causer 1, voir ***cause***.

causer 2 (XIIe s.), empr. au lat. *causari* « plaider, disputer » et « débattre des arguments », est d'abord employé au sens de « raisonner, expliquer » et à partir du XVIe s., par ext. du sens de « discuter », au sens de « bavarder » et au XVIIe s. de « parler en mal de qqn ». || ***causerie*** (XVIe s.), d'abord « bavardage », usuel en fr. mod. au sens de « entretien familier » ; ***causette*** (XVIIIe s.) ; ***causeuse*** (XVIIIe s.).

causse (XVIIIe s.), empr. à l'occitan *causse* « plateau calcaire », qui provient d'une base préindo-européenne *cal(a)-* « pierre, rocher ». Voir ***caillou***, ***calanque***.

caustique (XIVe s.), empr. au lat. *causticus* « qui brûle », du grec *kaustikos* « brûlant », de *kaiein* « brûler, cautériser » ; au XVIIe s. au sens fig. || ***causticité*** (XVIIIe s.), d'abord au sens fig., puis aussi dans le voc. de la chimie.

cautèle (XIIIe s.), empr. au lat. *cautela* « prudence, précaution », dér. de *cavere* « être sur ses gardes ». || ***cauteleux*** (XIIIe s.), d'abord « habile, rusé », puis, au XIXe s., « hypocrite, sournois ».

cautère (XIIIe s.), empr. au lat. *cauterium* « fer à cautériser », du grec *kautérion,* de *kaiein* « brûler », ou au lat. tard. *cauter,* de même sens. || ***cautériser*** (XIVe s.), empr. au lat. tard. *cauterizare* ; ***cautérisation*** (XIVe s.), empr. au lat. méd. *cauterisatio.*

caution (XIIIe s.), empr. au lat. *cautio* « précaution » et « garantie », formé sur *cavere* « prendre garde », d'abord empl. au sens de « garantie » puis, au XVIe s., de « personne qui se porte garante de » ; *sujet à caution* (XVIIe s.). || ***cautionner*** (XIVe s.), à partir du XVIIe s. au sens de « soutenir de son crédit, de son autorité » ; ***cautionnement*** (XVIe s.).

cavalcade (XIVe s.), s. d. empr. à l'ital. du Nord *cavalcata* « course à cheval », de *cavalcare* « chevaucher », dér. de *cavallo* « cheval » ; vieilli en fr. mod. au sens de « promenade à cheval et en groupe » et de « cérémonie d'accueil ou d'apparat à cheval », le mot s'emploie depuis le XVIIe s. aux sens de « défilé de cavaliers, de chars » et, au XIXe s., de « course bruyante et désordonnée ». || ***cavalcader*** (XIXe s.).

cavale (XVIe s.), empr. soit au prov. *cavalo,* soit à l'ital. *cavalla,* du lat. tard. *caballa,* fém. de *caballus* « cheval », est utilisé comme doublet poétique de *jument.* || ***cavaler*** (XVIe s.), d'abord au sens de « poursuivre », puis, au XVIIe s., de « aller à cheval » ; au XIXe s. aux sens pop. de « courir, filer » et de « mener une vie désordonnée » ; ***cavale*** (XIXe s.) déverb. de *cavaler* au sens arg. de « fuite, évasion ».

cavalier (XVe s.), empr. à l'ital. *cavaliere* « gentilhomme servant à cheval », a peu à peu éliminé *chevalier* dans la plupart de ses emplois (voir ce mot) et est empl. à partir du XVIIe s. aux sens de « homme monté à cheval » et de « personne accompagnant une dame », au XVIIIe s. au sens de « soldat à cheval » ; désigne aussi depuis le XVIIIe s. une pièce du jeu d'échecs. *Cavalier* adj., d'abord au sens, vieilli en fr. mod., de « propre au cavalier » (XVIIe s.), est usuel en fr. mod. au sens de « hardi, insolent » ; *allée, piste cavalière* (XXe s.). || ***cavalerie*** (XIVe s.), empr. à l'ital. *cavalleria,* s'est spécialisé pour désigner l'ensemble des troupes qui servent à cheval ; le sens fig. dans l'expres. *c'est de la grosse cavalerie* semble récent ainsi que l'emploi fam. *papiers, chèques de cavalerie.* Voir ***cheval***.

cavatine (XVIIIe s.), empr. à l'ital. *cavatina,* dimin. de *cavata,* « action de tirer un son », part. pas. subst. de *cavare* « creuser », pour désigner un air d'opéra d'une grande douceur.

cave 1 (XIIe s.), adj., empr. au lat. *cavus* « creux » ; *veine cave* (XVIe s.).

cave 2 (XIIe s.), subst., empr. au lat. *cava* « fossé », subst. fém. issu du plur. neutre *cava* de *cavus* « creux », est empl. jusqu'au XVIe s. aux sens de « caverne » et de « caveau », puis spéc. à partir du XIIIe s. au sens de « local souterrain où l'on conserve des provisions, du vin » ; au XVIIIe s. au sens de « ensemble des vins d'une cave » et au mil. du XXe s. au sens de « lieu servant de dancing ». || ***caveau*** (XIIIe s.), « petite cave », au XVIe s. au sens de « sépulture souterraine », au XVIIIe s. au sens de « café littéraire », puis au XIXe s. de « cabaret, théâtre de chansonniers » ; ***caviste*** (XVIIIe s.) ; ***caver 1*** « creuser » (XIIe s.), auj. vieilli ou région., empr. au lat. *cavare* « creuser » ou forme pic. correspondant à l'a. fr. *chaver, chever,* de même sens ; ***caver 2***, terme de jeu « miser » (XVIIe s.), empr. à l'ital. *cavare* « creuser » d'où « retirer de sa poche, dépenser » ; ***décaver*** (XIXe s.) surtout usuel au part. pas. *décavé* « qui a perdu toute sa mise » d'où « ruiné » ; ***cave*** (XIXe s.) arg. « niais, imbécile », s. d. issu de *caver* au sens de « tromper au jeu ».

caverne (XIIe s.), empr. au lat. *caverna* « grotte » et aussi terme d'anatomie. || ***caverneux*** (XIIIe s.), empr. au lat. *cavernosus* « percé de trous », spéc. en anatomie (XVIe s.), au XIXe s. au sens fig.

caviar (XVe s.), empr. au vénitien *caviaro,* du turc *kavyar.* || ***caviarder*** (XXe s.), « recouvrir d'un enduit noir un passage de journal pour le censurer », d'où « supprimer, censurer ».

cavité (XIIIe s., d'abord *caveté*), empr. au lat. tard. *cavitas* « creux », dér. de *cavus* « creux ». Voir ***cave***.

ce, pron. dém. neutre et particule, d'abord attesté (IXe s.) sous la forme *czo,* puis *ce* (XIe s.), du lat. vulg. **ecce hoc,* forme renforcée du dém. *hoc* « ceci ». *Ce* au fur et à mesure qu'il a perdu son accentuation, a été remplacé à partir du XIIIe s. par les formes renforcées ***ceci*** et ***cela***, sauf dans des tours syntaxiques et des locutions figés. || ***ça*** (XVIIe s.), contraction de *cela.*

ce, cet, cette, ces, adj. dém. (IXe s.), du lat. vulg. **ecce iste,* forme renforcée de *iste* « celui-ci », par opposition à *ille* « celui-là ». Voir ***celui*** et ***il***.

céans, voir ***çà***.

cécité (XIIIe s.), empr. au lat. *caecitas* « perte de la vue » et « aveuglement de l'esprit », de *caecus* « aveugle », a supplanté au sens propre *aveuglement* ; au sens fig. à partir du XIVe s.

céder (XIVe s.), empr. au lat. *cedere* « s'en aller » et « renoncer », est d'abord empl. au sens de « s'effondrer sous l'effet d'une pression », sens repris à partir du XVIIIe s. ; à partir du XVIe s. se développent les sens de « renoncer à, abandonner » et, dans le langage jur. « transférer ses droits sur » et les sens de « laisser la place à », puis « s'effacer » ; au XVIIe s. au sens fig. « ne pas être inférieur à » ; au XIXe s., en parlant d'une femme, au sens de « s'abandonner à un homme » et dans la loc. *céder le haut du pavé* « laisser la première place ». || ***cession*** (XIIIe s.), empr. au lat. jur. *cessio* « action de céder » ; ***cessible*** (XVIIe s.).

cédille (XVIIe s.), empr. à l'esp. *cerilla,* puis *cedilla* « petit z », dimin. de *zeda,* empr. au lat. *zeta* « z », lui-même du grec *zêta* « sixième lettre de l'alphabet grec ».

cédrat (XVIIe s.), empr. à l'ital. *cedrato* « fruit plus gros que le citron », dér. de *cedro* « citron », du lat. *citrus.* Voir ***citron***.

cèdre (XIIe s.), empr. au lat. *cedrus,* du grec *kedros* « cèdre » et « genévrier ».

ceindre (XIe s.), du lat. *cingere* « entourer, envelopper », littéraire en fr. mod. où il a été supplanté par *entourer,* est plutôt employé au sens fig. dans des expressions comme *ceindre la tiare* (XVIIe s.), « devenir pape », *ceindre le diadème* (XVIIIe s.), « devenir roi ». || ***ceinture*** (XIIe s.), du lat. *cinctura* « bande de tissu enserrant la taille », aussi empl. au sens de « pourtour, enceinte » à partir du XVe s. ; ***ceinturer*** (XVIe s.), surtout usuel à partir du XIXe s., a pris au XXe s. le sens de « saisir qqn pour le maintenir, l'arrêter » ; ***ceinturon*** (XVIe s.) ; ***enceindre*** (XIVe s.), réfection de l'a. fr. *aceindre* (XIIe s.), d'après le lat. *incingere* « entourer, ceindre » ; ***enceinte*** (XIIIe s.), réfection de l'a. fr. *aceinte*, empl. au sens de « clôture, rempart », puis au XVIIe s. « espace clos ».

célèbre (XVIe s.), empr. au lat. *celeber, celebris* « nombreux, fréquenté », d'où « réputé, illustre », est d'abord empl. au sens de « solennel, somptueux », sens éliminé à partir du XVIIe s. par celui de « dont le nom est partout connu ». || ***célébrer*** (XIIe s.), empr. au lat. *celebrare* « visiter en foule », puis « fêter solennellement (un jour, un rite) », est empl. dès l'a. fr. au sens de « accomplir solennellement un rite religieux » et spéc. « célébrer la messe », « marquer un événement par une cérémonie » et « honorer qqn, faire son éloge » ; ***célébration*** (XIIe s.), empr. au lat. *celebratio* « solennité », spéc. en lat. chrét. au sens de « célébration de la messe », est empl. dès l'a. fr. au sens de « action de célébrer une cérémonie, une fête » ; ***célébrité*** (XIVe s.), empr. au lat. *celebritas* « cérémonie solennelle » et « caractère de ce qui est connu », d'abord doublet de *célébration,* est usuel depuis le XVIe s. au sens de « qualité de ce qui est connu » et depuis le XIXe s. au sens de « personne de très grand renom ».

celer (XIe s.), du lat. *celare* « cacher », concurrencé par *cacher,* est en fr. mod. d'emploi littéraire. || ***déceler*** (XIIe s.), d'abord au sens de « dévoiler, découvrir ce qui est caché », puis au XVIe s. au sens de « faire connaître, être l'indice de » ; ***décelable*** (XIXe s.) ; ***receler*** (XIIe s.), « tenir caché », à partir du XIVe s. au sens de « garder, détenir un objet », au XVIIe s. au sens fig. de « garder, contenir en soi » ; ***recel*** (XIIe s.), d'abord « secret » puis « cachette » et terme jur. au sens de « fait de conserver illégalement un bien volé » (XIXe s.) ; ***receleur*** (XIVe s.) a suivi la même évol.

céleri (XVe s.), empr. au lombard *seleri,* du lat. tard. *selinon* « persil » et « céleri », du grec *sélinon.*

célérité (XIVe s.), empr. au lat. *celeritas* « rapidité dans l'exécution », dér. de *celer* « rapide ».

céleste (XIe s.), empr. au lat. *caelestis* « du ciel » et « qui se rapporte aux dieux », dér. de *caelum* « ciel », spéc. en lat. chrét. au sens de « venant de Dieu, divin », est empl. dès l'a. fr. au sens de « qui appartient au ciel (en tant que séjour de la divinité) », puis au XVIe s. au sens de « merveilleux, surnaturel » ; au sens propre dans l'expres. *la voûte céleste* (XVIe s.) ; le *Céleste Empire*, la Chine.

célibat (XVIe s.), empr. au lat. *caelibatus,* dér. de *caelebs* « célibataire ». || ***célibataire*** (XVIIIe s.).

cellier (XIIe s.), du lat. tard. *cellarium* « chambre » et « magasin à provisions », dér. de *cella* « petite chambre », est empl. dès l'a. fr. au sens de

« pièce où entreposer des provisions et du vin ». Voir ***cellule***.

cellophane (XXe s.), terme forgé par le Suisse J.-E. Brandenberger à partir de *cell(ulose)* et de *-phane* « qui paraît ». Voir ***diaphane***.

cellule (XVe s.), empr. au lat. *cellula*, dimin. de *cella* « petite chambre » et spéc. « cellule de prisonnier », puis, en lat. chrét. « cellule de moine ». *Cellule* est d'abord empl. au sens de « chambre d'un religieux », au XIXe s. au sens de « pièce où l'on enferme séparément les prisonniers » ; empl. comme terme d'anatomie, à partir du XVIe s., *cellule* désigne à partir du XIXe s. en biologie « l'unité fondamentale, morphologique et fonctionnelle de tout organisme vivant ». Les emplois de « élément d'un groupe social » et de « groupe, section (d'un parti politique) » se développent à partir de la fin du XIXe s. || ***cellulaire*** (XVIIIe s.), terme d'anatomie, puis de biologie, l'emploi dans des expres. comme *régime, voiture cellulaire*, etc. datant du XIXe s. ; ***cellulose***, ***cellulite***, ***celluloïd*** (XIXe s.).

celui, **celle**, **ceux**, **celles**, formes du pron. dém. issues du lat. vulg. **ecce illui, ecce illa(m), ecce illos, ecce illas*, formes renforcées du dém. lat. *ille*. Les formes *celui, celle, ceux, celles* spécialisées en m. fr. comme pronoms, peuvent être renforcées par les adverbes de lieu *ci* et *là*. Voir ***ce***, ***cet***.

cénacle (XIIIe s.), empr. au lat. *cenaculum* « salle à manger », « chambre haute », spéc. en lat. chrét. pour désigner la chambre haute où, d'après les Evangiles, le Christ institua l'Eucharistie, est passé en a. fr. avec ce sens ; au XIXe s. au sens de « coterie littéraire » et « cercle fermé ». Voir ***cène***.

cendre (XIe s.), du lat. *cinis, cineris* « cendre » et « dépouille mortelle » et en lat. chrét. « signe de deuil et de pénitence », est empl. dès le XIIe s. au sens propre et au XVIe s. au sens de « dépouille mortelle » ; à partir du XIIIe s. spéc. dans le voc. religieux au sens de « signe de deuil, de pénitence » d'où en liturgie, le mercredi des *Cendres*, symbole de la dissolution du corps. Le sens fig. « restes, souvenir » se développe à partir du XVIe s. || ***cendrier*** (XIIe s.), calque du lat. *cinerarius* « semblable à la cendre », au XIIIe s. « linge où l'on conserve des cendres pour la lessive », puis, au XVIIe s., « lieu où l'on met les cendres » et au XIXe s. « récipient pour fumeur » ; ***cendrée*** (XIIIe s.), « cendres du foyer », usuel depuis le XXe s. au sens de « mâchefer recouvrant la piste d'un stade » ; ***cendrillon*** (XVIIIe s.), « servante pauvre, souillon » d'après le nom de l'héroïne de Perrault, *Cendrillon* « celle qui travaille près de l'âtre » ; ***cinéraire*** (XVIIIe s.), empr. au lat. tard. *cinerarius* « relatif à la cendre », empl. dans des expres. du type *urne, amphore cinéraire* ; ***incinérer*** (XVe s., rare avant le XIXe s.), empr. au lat. méd. *incinerare* « réduire en cendres » ; ***incinération*** (XIVe s.), empr. au lat. méd. *incineratio*, rare avant le XVIIIe s. ; ***incinérateur*** (XIXe s.).

cène (fin Xe s.), empr. au lat. *cena* « dîner », spéc. en lat. chrét. pour désigner « le repas du Christ au cours duquel il institua l'Eucharistie », est empl. en ce sens et au sens de « communion » dès l'a. fr. ; au XVIIIe s. au sens de « représentation artistique de ce repas ». Voir ***cénacle***.

cénobite (XIIIe s.), empr. au lat. chrét. *coenobita* « moine vivant en communauté », dér. de *coenobium* « communauté, monastère », du grec *koinobion* « vie commune », puis « monastère » ; au XIXe s. au sens fig. « personne vivant de façon austère, loin du monde ».

cénotaphe (XVIe s.), empr. au lat. *cenotaphium* « tombeau vide élevé à la mémoire d'un mort », du grec *kénotaphion*, de *kénos* « vide » et *taphos* « tombeau ».

cens (XIIe s.), empr. au lat. *census*

« recensement », dér. de *censere* « évaluer la fortune et le rang de chacun », spéc. en lat. tard. au sens de « impôt », puis de « redevance due sur les terres », est empl. en a. fr. dans le voc. du droit féodal au sens de « redevance due au propriétaire d'une terre » et repris en 1830 pour qualifier « le montant d'impôt nécessaire pour être électeur ou éligible ». ‖ **censé** (XVIIe s.), part. pas. de l'a. verbe *censer* « censurer », du lat. *censere* « évaluer » d'où « estimer, juger », n'est plus empl. qu'au sens de « supposé, réputé », notamment dans l'expres. *nul n'est censé ignorer la loi* ; **censeur** (XIIIe s.), d'abord empr. comme terme d'hist. rom. au lat. *censor*, « magistrat romain chargé d'établir le cens, puis d'une fonction de surveillance » ; au XVIe s. au sens de « qui critique, exerce un contrôle », puis « qui exerce un contrôle officiel sur les publications » (XVIIe s.) ; au XIXe s. au sens de « fonctionnaire chargé de la discipline dans un lycée » ; **censure** (XIVe s.), empr. au lat. *censura* « charge, dignité de censeur », d'où « jugement, examen », d'abord empl. au sens de « mesure disciplinaire prise par l'Eglise », puis de « condamnation d'une pensée, d'une doctrine par l'Eglise » (XVIIe s.), se spécialise à partir du XVIIIe s. pour désigner le contrôle officiel des publications ; au XXe s. dans le voc. de la psychanalyse par empr. à l'all. *Zensur* (employé en ce sens par Freud dès 1897) ; **censurer** (XVIe s.) a suivi l'évol. du subst.

cent (fin Xe s.), du lat. *centum* « cent » et « un grand nombre ». ‖ **centaine** (XIIe s.), du lat. tard. *centena* « centaine d'hommes » dans le voc. militaire, fém. subst. de *centenus*, distributif de *centum*, est empl. au sens de « groupe de cent unités », puis au sens de « période de cent ans, siècle » (XVIe s.), d'où p.-ê. l'expres. *la centaine* (en parlant de l'âge) ; **centenaire** (XIVe s.), empr. au lat. *centenarius* « de cent, qui contient cent », d'abord empl. en ce sens, puis au XVIe s. « âgé de cent ans » et, au XIXe s. au sens de « qui revient tous les cent ans » ; **bicentenaire** (XIXe s.) ; **tricentenaire** (XXe s.) ; **centime** (XVIIIe s.), dér. de *cent* sur le modèle de *décime* (voir **dix**) au sens de « centième partie du franc » ; **pourcent**, **pourcentage** (XIXe s.) ; **centi-**, préf. tiré du rad. de *cent*, entre dans la construct. de noms désignant dans le système métrique la centième partie d'une unité comme **centiare**, **centigramme**, **centigrade**, **centilitre**, **centimètre**, etc. ; **centième** (XIIe s.), du lat. *centesimus* adj. ordinal de *centum* ; **centuple** (XIVe s.), empr. au lat. chrét. *centuplus*, de *centum* et *plicare* « plier » au sens de « cent fois plus grand, plus nombreux », est notamment empl. (XVIIe s.) dans l'expres. *rendre au centuple* ; **centurie** (XIIe s.), empr. au lat. *centuria*, aux sens de « division politique de cent citoyens » et de « groupe de cent hommes » ; **centurion** (XIIe s.), empr. au lat. *centurio* « officier commandant un groupe de cent hommes ».

centaure (XIIe s.), empr. au lat. *centaurus*, du grec *kentauros*, et désignant des êtres fabuleux mi-hommes, mi-chevaux et une constellation.

centon (XVIe s.), empr. au lat. *cento, centonis* « morceau d'étoffe ou vêtement rapiécé », d'où au sens fig., seul attesté en fr., « pièce composée de vers d'origines diverses ».

centre (XIIIe s.), empr. au lat. *centrum* « pointe sèche du compas », d'où « centre d'un cercle, d'une sphère » et spéc. « centre de la terre », du grec *kentron* « aiguillon » et « centre d'une circonférence », est empl. en a. fr. au sens général de « milieu », puis comme terme de géométrie. *Centre* est employé à partir du XVIIe s. dans le voc. de la stratégie militaire et à partir du XIXe s. dans celui de la politique ; au XVIIe s. au sens fig. de « lieu ou personne d'où émanent des idées, des modes, etc. », à partir du XIXe s. au sens de « agglomération, ville capitale », au

XXe s. dans des expres. comme *centre commercial.* Les emplois en mécanique, en physique, en anatomie se développent à partir du XVIIe s. ‖ **centrer** (XVIIe s.), d'abord terme d'optique, au XIXe s. dans le voc. de la mécanique ; XXe s. comme terme de sport et au sens fig. « donner comme centre d'action » ; **concentrer** (XVIIe s.), « faire converger vers un même centre », au XVIIIe s. dans le voc. de la chimie et au sens fig. *se concentrer* « appliquer son esprit à un seul objet » ; au XIXe s. dans le voc. milit. ; **concentration** (XVIIIe s.), d'abord terme de chimie, puis au XIXe s. au sens de « accroissement de l'intensité », est également employé dans le voc. politique, économique, militaire ; *camp de concentration* (début XXe s.), d'où **concentrationnaire** ; **central** (XIVe s.) empr. au lat. *centralis* « placé au centre », a suivi l'évol. de *centre* ; *école centrale* (XIXe s.), *(maison) centrale* (XIXe s.) « établissement pénitentiaire » ; *central, centrale,* subst., s'emploient depuis la fin du XIXe s. dans le voc. de la télécommunication (*central téléphonique*) en technologie (« usine productrice d'électricité »), dans le voc. politique et économique (*centrale syndicale*) ; **centraliser**, **centralisation**, **centralisme** (XVIIIe s.) ; **centrifuge** (XVIIIe s.), comp. sav. de *centrum* et de *fuga* « fuite », s'oppose à **centripète**, comp. sav. de *centrum* et de *petere* « chercher à gagner » ; **centrifugeur**, **centrifugeuse** (XIXe s.) ; **centrisme**, **centriste** (XXe s.) pour désigner une doctrine politique.

cep (XIe s.), du lat. *cippus* « poteau » et « entrave », empl. en ce sens en a. fr. et jusqu'au XVIIe s., s'est spéc. dès le XIe s. au sens de « pied ou bois de la vigne ». ‖ **cépage** (XVIe s.), « branchage (de la vigne) », puis spéc., au XIXe s., au sens de « variété de plants de vigne ».

cèpe (XVIIIe s.), empr. au gascon *cep,* du lat. *cippus* au sens de « tronc » (voir **cep**) par analogie avec la forme de ce champignon.

cependant, voir **pendre**.

céphalé-, **céphalo-**, éléments tirés du grec *képhalé* « tête ». ‖ **céphalée** (XVIe s.), « mal de tête », empr. au lat. *cephalea,* de même sens, lui-même du grec *képhalaia* ; **céphalique** (XIVe s.), empr. au lat. *cephalicus* « qui concerne la tête », du grec *képhalikos,* de même sens.

céramique (XIXe s.), empr. au grec *kéramikos* « d'argile », de *kéramon* « terre à potier, argile ». ‖ **céramiste** (XIXe s.).

cerbère (XVIe s.), empr. au lat. *Cerberus,* nom du chien à trois têtes qui, dans la mythologie antique, gardait les enfers, d'où au XVIe s. « portier intraitable ».

cercle (XIIe s.), du lat. *circulus* « objet de forme circulaire », « cercle de tonneau » et terme d'astronomie, de géométrie et de géographie, tous emplois attestés dès l'a. fr. ; au XVIIe s. au sens de « réunion de personnes dans un salon », puis au XVIIIe s. de « club » ; au XVIIe s. dans le voc. de la logique (*cercle vicieux*), l'expres. fig. *quadrature du cercle* (XVIIe s.) dérive de l'emploi du terme dans le voc. de la géométrie. ‖ **cercler** (XIIe s.), surtout empl. à partir du XVIIIe s. au sens de « entourer un tonneau de cercles (pour le consolider) » ; **encercler** (XIIe s.) est surtout usuel en fr. mod. au sens de « entourer à la manière d'un cercle », d'où **encerclement** (XVIe s.), d'abord « ce qui entoure », au XXe s. au sens milit. et diplomatique ; **cerceau** (XIIe s.), du lat. tard. *circellus,* « petit cercle », dimin. de *circus* « cercle », empl. au sens technique de « cercle en bois ou en métal servant à divers usages ». Voir **cirque**, **circuler**, **circulaire**.

cercueil (XIe s.), d'abord *sarqueu, sarcou,* puis *cercueil* (XVIe s.) par analogie avec des mots du type *aieul, aieux,* est un empr. au grec *sarko-*

phagos (voir **sarcophage**) formé de *sarx, sarkos* « chair » et *phagein* « manger » et désignant une pierre à chaux capable de consumer la chair et utilisée pour fabriquer les sarcophages ; désigne en a. fr. d'abord un sarcophage en pierre, puis un cercueil en bois.

céréale (XVIe s.), empr. au lat. *cerealis* « qui concerne *Cérès* (la déesse des moissons) », surtout empl. en fr. mod. sous la forme subst. *les céréales*, pour désigner les plantes à grain farineux et comestibles. || ***céréaliculture***, ***céréalier*** (XXe s.).

cérébral (XVIe s.), dér. du rad. du lat. *cerebrum* « cerveau », d'abord empl. au sens de « qui a rapport au cerveau », puis au XIXe s. « qui vit surtout par la pensée ». || ***cérébralité*** (XIXe s.).

cérémonie (XIIIe s.), du lat. *caerimonia* « respect religieux », puis « culte » et en lat. chrét. « cérémonies chrétiennes », est d'abord empl. au sens religieux, puis, au XIVe s., au sens général de « forme extérieure de solennité à l'occasion d'un événement, etc. » ; le mot est aussi empl. depuis la fin du XVe s. au sens de « marque (souvent excessive) de politesse ». || ***cérémonieux*** (XVe s.), au sens de « qui observe les règles de politesse » et « qui fait trop de cérémonies » ; ***cérémonial*** (XIVe s.), empr. au lat. tard. *caerimonialis*, d'abord adj. au sens de « relatif aux cérémonies, à la célébration du culte » et à partir du XVIIe s. comme subst. aux sens de « ensemble des cérémonies du culte, rituel » et de « ensemble de formules, de règles de politesse ».

cerf (XIe s.), du lat. *cervus* « cerf », le fém. *cerva* ayant été supplanté en fr. par *biche*. || ***cervidé*** (XIXe s.), dér. sav. du rad. de *cervus* ; ***cerf-volant*** (XVIIe s.), d'orig. obsc., d'abord nom d'insecte, puis jouet.

cerfeuil (XIIe s.), d'abord *cerfoiz*, du lat. *caerefolium*, de même sens, du grec **khairéphullon*, de *khairein* « se réjouir » et *phullon* « feuille », au sens de « feuille de la joie » en raison des vertus de cette plante.

cerise (XIIe s.), du lat. vulg. **ceresia*, neutre plur. pris comme fém. sing. du lat. tard. *ceresium*, du grec *kérasion*. || ***cerisier*** (XIIe s.) ; ***cerisaie*** (XIVe s.).

cerne (XIIe s.), du lat. *circinus* « compas, cercle », dér. de *circus* « cercle », d'abord empl. au sens de « cercle », s'est spécialisé dans le voc. de la magie (XIIIe s.-XVIIe s.). *Cerne* s'est restreint à partir du XIVe s. au sens de « marque circulaire autour de certains objets, des yeux, de la lune, d'une plaie » ; au XIXe s. « tache circulaire sur une étoffe ». || ***cerner*** (XIIIe s.), du lat. *circinare* « parcourir en faisant un cercle, arrondir », dér. de *circinus*, est d'abord empl. aux sens de « entourer » et de « détacher en faisant une incision », au XIXe s. dans le voc. médical et celui des arts graphiques, fin XIXe s. au sens fig. ; ***cerneau*** (XIIIe s.), « noix encore verte, tirée de sa coque », dér. de *cerner* au sens de « inciser ».

certain (XIIe s.), du lat. vulg. **certanus*, dér. de *certus* « sûr, assuré », qui a donné en a. fr. *cert*, éliminé par *certain* avant le XVIe s. || ***incertain*** (XIVe s.) ; ***certes*** (XIe s.), du lat. vulg. **certas*, acc. fém. plur. de *certus*, qui a supplanté le lat. *certo* « assurément » ; ***certitude*** (XIVe s.), empr. au lat. tard. *certitudo* « caractère de ce qui est vrai », « conviction » et « conviction dans la foi chrétienne », est d'abord empl. en fr. au sens de « caractère de ce qui est certain », puis au XVe s. au sens de « conviction » ; ***incertitude*** (XVe s.) ; ***certifier*** (XIIe s.), empr. au lat. chrét. *certificare* « confirmer qqn, puis qq. ch. », empl. aux sens de « affirmer » et, au XVIIe s., de « garantir par un acte », d'où l'expres. *certifié conforme* (XXe s.) ; ***certificat*** (XIVe s.), empr. au lat. méd. *certificatum*, part. pas. subst. de *certificare*, spéc. au XIXe s. au sens de « diplôme scolaire, universitaire ».

céruléen (XVIIIe s.), terme littéraire, dér. au sens de « d'un bleu intense » de ***cérulé*** (XVIe s.), empr. au lat. *caeruleus* « bleu comme le ciel », dér. de *caelus* « ciel ».

cérumen (XVIIIe s.), empr. au lat. méd. *caerumen* « cire de l'oreille », dér. de *cera* « cire ».

céruse (XIIIe s.), empr. au lat. *cerussa* « céruse » (substance blanche employée comme fard et en peinture), d'orig. obsc.

cerveau (XIe s.), du lat. *cerebellum* « petite cervelle », dimin. de *cerebrum* « cerveau » et désignant le siège de l'intelligence et des sentiments ; au XIXe s. au sens fig. de « organe de direction ». || ***cervelet*** (XVIIe s.), surtout terme d'anatomie ; ***cervelle*** (XIe s.), du lat. *cerebella,* plur. neutre de *cerebellum* pris comme fém. sing. pour désigner la substance du cerveau ; au XIIIe s. au sens fig. de « raison, intelligence », puis spéc. avec valeur péj. dans des expres. comme *une cervelle d'oiseau, tête sans cervelle* ; XVIIe s. dans le voc. culinaire ; ***écerveler*** (XIIe s.), d'abord au sens propre « faire jaillir la cervelle », n'est empl. en fr. mod. qu'au part. pas. *écervelé* et au sens fig. « étourdi » ; ***décerveler*** (XIIIe s.), repris par Jarry (fin XIXe s.) dans *Ubu roi,* a connu la même évol. ; ***cervelas*** (XVIe s.), empr. à l'ital. *cervellato,* charcuterie milanaise à base de viande et de cervelle de porc.

cervical (XVIe s.), dér. sav. du lat. *cervix, cervicis* « cou, nuque » au sens de « qui appartient à la partie postérieure du cou ».

cervoise (XIIe s.), du lat. imp. *cervesia,* mot d'orig. gauloise, désigne une boisson alcoolisée très répandue jusqu'au M. A.

césarienne (XVIe s.), dér. du nom de *César,* surnom notamment porté par *Caius Julius Caesar* et qui a été rattaché par les auteurs latins à *caesus,* part. pas. de *caesare* « couper », *caesar,* subst., désignant un enfant tiré du sein de sa mère par excision.

cesser (XIe s.), du lat. *cessare,* fréquentatif de *cedere* (voir **céder**) aux sens de « s'arrêter, se reposer », de « tarder » et de « faire défaut », est empl. dès l'a. fr. au sens de « s'arrêter, s'interrompre » et « mettre fin à ». || ***cesse*** (XIIe s.), « fin », déverb. de *cesser,* empl. dès l'a. fr. dans les expres. *n'avoir ni fin ni cesse, n'avoir de cesse que* et au XVe s. dans *sans cesse* ; ***incessant*** (XVIe s.) « qui ne s'arrête pas », d'où « continuel » ; ***incessamment*** (XIVe s.), adapt. du lat. tard. *incessanter* « sans s'arrêter » ; ***cessation*** (XIVe s.), empr. au lat. *cessatio* « lenteur, retard », empl. en fr. mod. dans le voc. jur. et administratif.

césure (XVIe s.), terme de métrique, empr. au lat. *caesura* « coupure », de *caedere* « couper ».

cétacé (XVIe s.), d'abord *cétacée,* s. d. dér. du lat. *cetacea,* dér. de *cetus* « gros poisson », du grec *kétos* « monstre marin ».

chacal (XVIIe s.), empr. au turc *çakal,* du persan *sikal,* qui est lui-même un empr. au sanskrit *srgala* « le hurleur ».

chacun (XIe s.), du lat. vulg. **cascunum,* croisement de *quisque (unus)* « chaque un » et de *catunum (unum cata unum)* « un à un », formé avec le lat. tard. *cata,* du grec *kata* employé comme distributif ; *catunum* a également donné l'a. fr. *cadhun* (IXe s.), *cheün,* éliminé ensuite par *chacun. Chacun* est employé comme adj. jusqu'au XVIIe s. où il est alors remplacé dans cette fonction par ***chaque*** (XIIe s., rare jusqu'au XVe s.), dér. de *chacun* par analogie avec *quelque, quelqu'un.*

chafouin (XVe s.), « rusé, sournois », emploi fig. de *chafouin* « fouine », mot dialectal du Centre, formé de *chat* et de *fouin,* forme masc. tirée de *fouine.*

chagrin 1 (XVIe s.), « cuir grenu », d'abord *(peau de) sagrin,* empr. au turc *sagri* « croupe d'un animal », d'où « peau que l'on en tire », altér. en *chagrin* sous l'infl. de *chagrin 2.*

chagrin 2 (XIVe s.) s. d. déverb. de *chagriner,* est d'abord attesté comme adj., au XVe s. comme subst. au sens de « peine, affliction ». || ***chagriner*** (XVe s.), comp. de *grigner* (XIIe s.) « grincer des dents, faire la grimace », du franc. **grinan,* la première syllabe, d'orig. obsc. représentant p.-ê. *chat* (*chagriner* signifiant alors « se lamenter comme un chat ») ; *(se) chagriner* exprime jusqu'au XVIIe s. comme *chagrin* aussi bien un état de tristesse, seul sens usuel en fr. mod., qu'un état de mauvaise humeur, sens conservé dans l'expres. *un esprit chagrin.*

chahuter (XIXe s.), « danser le chahut », puis « faire du tapage » et « manifester bruyamment », d'orig. obsc. ; p.-ê. formation onomat. issue de *huer* et, pour la 1re syllabe, d'un rapprochement avec *chat-huant.* || ***chahut*** (XIXe s.), « danse échevelée », puis « tapage », ***chahuteur*** (XIXe s.) ont suivi l'évol. du verbe.

chai (XVe s.), « cave au ras du sol où l'on prépare et emmagasine le vin », mot du Poitou et de la Saintonge qui a gagné la région de Bayonne et le Bordelais, s. d. issu du gaulois *caio.* Voir ***quai***.

chaîne (XIe s.), d'abord *chaiene,* du lat. *catena* « chaîne » et aux sens fig. « contrainte » et « enchaînement », est d'abord empl. au sens propre de « lien composé de maillons (pour retenir un prisonnier) » et aux sens fig. à partir du XVIIe s. de « lien affectif » et de « servitude » ; *chaîne* s'emploie aussi à partir du XIIIe s., pour désigner une suite ininterrompue d'éléments, de personnes, de réactions, dans le voc. des textiles (*fil de chaîne*) et des métiers (*travail à la chaîne,* au XXe s.), de la géographie (*chaîne de montagnes* au XVIIe s.), puis à partir du XIXe s., de l'anatomie, de la chimie (*réaction en chaîne*), du commerce (*chaîne de magasins*), de la radio et de la télévision, etc. || ***chaînette*** (XIIe s.) ; ***chaînon*** (XIIIe s.) d'abord « corde pour pendre un condamné », puis « anneau d'une chaîne » (XIVe s.), au sens fig. à partir du XVIIe s. ; ***enchaîner*** (XIe s.), d'abord au sens propre, au XVIIe s. « asservir » et « unir par un lien logique, coordonner » ; ***enchaînement*** (XIVe s.), d'abord au sens de « chaîne », surtout empl. à partir du XVIIe s. au sens fig. de « succession d'événements liés » ; ***déchaîner*** (XIIe s.), « enlever les chaînes de », mais surtout empl. en fr. mod. au sens de « laisser libre cours à ses passions » ; ***déchaînement*** (XVIIe s.) a suivi l'évol. du verbe.

chair (XIe s.), du lat. *caro, carnis* « chair » en opposition dès le lat. imp. et en lat. chrét. avec *animus,* désigne dès l'a. fr. au sens propre « la substance molle du corps humain », par opposition au squelette, et « l'aspect de la peau et la partie comestible du corps des animaux » ; en ce dernier sens, *chair* a été peu à peu éliminé par *viande.* Au sens fig. et religieux *chair* désigne dès le XIIe s. la nature humaine, le corps (par opposition à l'esprit, à l'âme) enclins au péché et spéc. au plaisir sexuel (*l'œuvre de chair, le péché de chair*) et dominés par les exigences des sens (*L'esprit est prompt, mais la chair est faible,* Matthieu XXVI, 41). || ***charnel*** (Xe s.), du lat. chrét. *carnalis* « de la chair, corporel » et spéc. en lat. chrét. « qui concerne les sens », d'où « impur », par opposition à *spiritualis* « qui concerne l'esprit, l'âme », est empl. dès l'a. fr. aux sens de « physique, corporel » et de « relatif à l'instinct sexuel, impur » ; ***charnier*** (XIe s.), du lat. *carnarium* « endroit où l'on conserve la viande », spéc. dès l'a. fr. et jusqu'au XVIIIe s. au sens de « cimetière », au XIXe s. « lieu d'un massacre » ; ***charnu*** (XIIIe s.), du lat. vulg. **carnutus*, dér. de *caro*, d'abord au sens de « bien formé de chair, musclé » puis « à la pulpe épaisse » (XVIe s.) ; ***charogne*** (XIIe s.), du lat. vulg. **caronia*, s. d. dér. de *caro*, est empl. dès l'a. fr. aux sens de « chair de cadavre » et « cadavre en décomposition », au XVIIe s. au sens fig. « individu immonde » ; ***acharner*** (XIIe s.), au XIIIe s., comme réfléchi, au sens de « s'attacher passionnément à » et au XVe s. de « exciter qqn contre qqn » ; ***acharnement*** (XVIIe s.), d'abord, comme *acharner*, terme de vénerie « action de donner le goût du sang, de la viande », n'est plus empl. en fr. qu'au sens fig. « ardeur furieuse, opiniâtreté » ; ***décharner*** (XIIIe s.) ; ***décharnement*** (XIXe s.).

chaire (XIIe s.), du lat. *cathedra* « siège à dossier » et spéc. « siège du professeur » et « charge de professeur », puis en lat. chrét. « chaire à prêcher » et « charge épiscopale », est empl. jusqu'au XVIIe s. au sens de « siège à dossier » puis éliminé par *chaise*. *Chaire* s'est spécialisé dès le XIIIe s. au sens de « siège d'où parle un professeur », d'où « charge d'un professeur à l'université » (XVIIe s.) et à partir du XVe s. au sens de « tribune d'où prêche le prêtre », puis de « charge de prédicateur » et peut aussi désigner la prédication elle-même (*l'éloquence de la chaire*). || ***chaise*** (XIVe s.), issu de *chaire* par assibilation du *r* intervocalique, entre aussi dans la comp. de syntagmes du type *chaise à porteurs* (XVIIe s.), *chaise percée* (XVe s.), *chaise longue* (XVIIIe s.).

chaland 1 (XIe s.), « grand bateau à fond plat », empr. au grec byzantin *khélandion*.

chaland 2 (XIIe s.), part. pas. subst. du verbe impers. de l'a. fr. *chaloir* « il importe », inusité à partir du XVIIe s. sauf dans l'expres. *peu m'en chaut*. D'abord empl. au sens de « protecteur (qui éprouve de l'intérêt pour qqn), ami », *chaland* s'est spécialisé au XVIe s. au sens de « client ». || ***achalander*** (XIVe s.), d'abord « fournir des clients », puis « fournir des marchandises » (XIXe s.).

châle (XVIIe s., rare jusqu'au début du XIXe s.), empr. à l'hindi *shal*, de même sens, lui-même du persan.

chalet (XIVe s.), mot de Suisse romande, à rattacher à la base préindo-européennne **cala* (voir ***calanque***) « lieu abrité, abri de montagne ».

chaleur (XIIe s.), empr. au lat. *calor, caloris* « chaleur » au sens propre et fig., de *calere* « être chaud, ardent », est d'abord empl. en a. fr. au sens propre, puis à partir du XVIe s. au sens fig. de « ardeur des sens », et de « ardeur, élan naturel, emportement » ; au XIVe s. pour désigner la période des amours chez les animaux. || ***chaleureux*** (XIVe s.), n'est empl. qu'au sens fig. à partir du XVIIe s. Voir ***chaud***.

châlit (XIIe s.), d'abord *chaelit*, du lat. vulg. **catalectus*, s. d. issu du croisement de *catasta* « estrade où sont exposés les esclaves mis en vente » et « lit de supplice » avec *lectus* « lit », est d'abord empl. aux sens de « lit de parade pour un mort » et de « bois de lit » ; en fr. mod. vieilli ou tech. au sens de « cadre de lit ».

challenge (XIXe s.), empr. à l'angl. *challenge* « défi, provocation » qui est lui-même un empr. à l'a. fr. *chalenge* « défi, accusation », de l'a. verbe *chalengier* issu du lat. *calumniare* (voir ***calomnie***). || ***challenger 1*** (XXe s.) « celui qui défie » ; ***challenger 2***, verbe (XXe s.), tous deux empr. à l'angl. *challenger*.

chaloir, voir ***chaland 2***.

chaloupe (XVIe s.), d'orig. obsc., soit emploi fig. de la forme dial. du m. fr. *chalope* « coquille de noix », de l'a. fr. *eschalope* de même sens (XIIIe s.), soit empr. au néerl. *sloep* « embarcation ». || ***chalouper*** (XIXe s.), fam., dér. de *chaloupe* au sens fig. (XIXe s.) de « danse échevelée ».

chalumeau (XIIe s.), du lat. tard. *calamellus,* dimin. de *calamus* « roseau », est empl. dès l'a. fr. au sens, vieilli, de « roseau », aux sens spéc. de « flûte champêtre » et de « tuyau pour aspirer les vapeurs d'un parfum », puis de « pipette » (XVIe s.) ; à partir du XVIIe s. « tuyau avec lequel on attise une flamme ».

chalut (XVIIIe s.), « grand filet de pêche remorqué », d'orig. obsc. || ***chalutier*** (XIXe s.).

chamade (XVIe s.), empr. à l'ital. du Nord *ciamada,* part. pas. fém. du verbe *ciama* « appeler », au sens de « batterie de tambour, pour demander à parlementer » ne subsiste que dans l'expres. *battre la chamade* « capituler », au sens fig. (XIXe s.) « battre très fort » en parlant du cœur.

chamailler (XIVe s.), s. d. issu d'un croisement entre *chapler* « tailler en pièces », du lat. vulg. **cappulare* « couper », dér. de *cappare*, lui-même dér. de *cappo* (voir **chapon**) et de *maillier* « donner des coups », dér. de *mail. Chamailler* est d'abord empl. au sens de « se frapper, se battre », puis pronom. au sens du fr. mod. « se disputer », (XVIIe s.). || ***chamaillerie*** (XVIIe s.).

chaman (XVIIe s.), empr. s. d. par le russe *chaman* « prêtre, magicien » aux langues de Sibérie. || ***chamanisme***, ***chamaniste*** (XIXe s.).

chamarrer (XVIe s.), dér. de ***chamarre*** (XVe s.), d'abord *samarre* « ample vêtement doublé de fourrure », empr. à l'esp. *zamarra* « vêtement de berger », est empl. au sens de « garnir d'ornements somptueux », d'où le sens fig. et parfois péj. « orner, surcharger d'ornements ». || ***chamarrure*** (XVIe s.).

chambarder (XIXe s.), forme altér. de *chamberder, chamberter,* d'orig. obsc., aux sens de « briser, renverser, abattre ». || ***chambardement*** (XIXe s.), fam., « bouleversement » et « bouleversement politique » ; ***chambard*** (XIXe s.), fam.

chambellan (XIIe s., d'abord *cambrelenc*), du franc. **kamerling* « personnage qui s'occupe de la chambre », formé à partir du lat. *camera* « chambre ».

chambouler (XIXe s.), mot d'orig. lorraine, dont le second élément est le verbe *bouler,* le 1er étant d'orig. discutée, est d'abord empl. au sens de « chanceler comme un homme ivre », puis, au XXe s. de « mettre sens dessus dessous », au propre et au fig.

chambranle (XIVe s.), « encadrement d'une porte, d'une fenêtre », forme altér. sous l'infl. de *branler* de *chambrande,* du lat. *camerandus,* du verbe *camerare* « construire en forme de voûte ».

chambre (XIe s.), du lat. *camera* « toit voûté, voûte », puis en lat. tard. « pièce (spéc. pour dormir) », d'abord empl. au sens de « pièce à dormir », désigne aussi à partir du XVIIe s. la pièce où dort un grand seigneur, roi, prince, etc., d'où l'expres. *musique de chambre* (XIXe s.), d'abord *musique de la chambre du roi. Chambre* s'emploie à partir du XIXe s. pour désigner des pièces spécialement aménagées, par ex. *chambre de chauffe, chambre des machines, chambre froide, chambre à gaz.* Depuis le XIVe s., dans le voc. des institutions, *chambre* désigne la salle où siègent des assemblées officielles et, par ext., les assemblées elles-mêmes, par ex. *Chambre des communes, Chambre des députés, Chambre de justice, d'un tribunal* (d'où *président de chambre*, etc.). Du sens de « endroit clos » dérivent des emplois tech. comme *chambre noire, chambre à air.* || ***chambrette*** (XIIe s.) ; ***chambrière*** (XIIe s., d'abord *chamberiere)* ; ***chambrer*** (XVIIe s.), au

XVIIIe s. « tenir qqn enfermé de force », puis « endoctriner » ; *chambrer un vin* (début XXe s.) ; ***chambrée*** (XIVe s.), d'abord « mesure de fourrage », au XVIe s. « ensemble des personnes, spéc. des soldats, qui couchent dans une même chambre » et « pièce où logent des soldats ».

chameau (XIe s.), d'abord *cameil*, du lat. *camelus*, du grec *khamélos*, lui-même empr. à une langue sémitique occidentale ; au XIXe s. terme d'insulte. || ***chamelier*** (XVe s.).

chamois (XIIe s.), d'abord *camois*, issu, par le lat. tard. *camox*, d'un préroman **kamoke* désignant cet animal, est d'abord empl. au sens de « objet en peau de chamois », puis à partir du XIIIe s. pour désigner l'animal ; *peau de chamois* (XIVe s.) ; au XXe s. *chamois* « épreuve de ski ». || ***chamoisine*** (XXe s.), « sorte de petit torchon ».

champ (XIe s.), du lat. *campus* « plaine, plaine cultivée, champ de bataille » et au fig. « champ d'action », est d'abord empl. en a. fr. aux sens de « terrain propre à la culture » et de « champ de bataille » ; *champ* s'emploie à partir du XIIIe s. en héraldique au sens de « secteur délimité », sens repris dans des emplois tech. en optique (XVIIIe s.) (*champ visuel*), au XXe s. dans le voc. du cinéma ainsi que dans le voc. médical (*champ opératoire*), scientifique, linguistique, etc. Les sens fig. dans des expres. comme *sur-le-champ* « aussitôt », *à tout bout de champ*, ou au sens de « domaine d'action » se développent à partir du XVIe s. || ***champi*** (XIVe s.), « enfant conçu ou trouvé dans les champs », mot repris au XIXe s. (*François le Champi*, 1850, roman de G. Sand) ; ***champêtre*** (XIe s.), du lat. *campester*, *campestris* « qui se trouve, vit dans la plaine, à la campagne », dér. de *campus*, au XVIe s. au sens de « qui a pour cadre la campagne », puis « qui évoque la campagne » (XVIIe s.) ; ***garde champêtre*** (XIXe s.).

champagne (XIe s.), du lat. tard. *campania* « plaine, campagne », plur. neutre subst. de *campaneus* « de la campagne », dér. tard. de *campus*, est d'abord empl. comme var. de *campagne*. Au sens de « grande étendue de pays plat » *champagne* s'est spéc. pour désigner la région autour de Reims et, par abrév. de l'expression *vin de Champagne* (fin XVIIe s.), qualifie le vin mousseux préparé dans cette région, d'où (XIXe s.), ***champagniser.*** Le sens de « campagne » se conserve dans ***fine champagne***, « eau-de-vie de la *champagne* de Cognac ».

champignon (XIVe s.), forme issue par substitution de suff. de l'a. fr. *champignuel* (XIIIe s.), du lat. vulg. **campaniolus* « produit des champs », de *campania* « campagne » qui a supplanté le lat. *fungus* « champignon ». Les nombreux sens fig. s'expliquent par analogie avec la forme caractéristique de ce végétal, sa nature spongieuse, sa croissance rapide (*pousser comme un champignon* au XVIIe s.). || ***champignonnière*** (XVIIe s.).

champion (XIe s.), d'abord *campiun*, issu, par le lat. méd. *campio*, du germ. **kampjo* « combattant dans un combat singulier » et dér. du germ. *kamp* « lieu de combat », est d'abord empl. au sens jur. de « qui combat en champ clos pour soutenir la cause de qqn » et par ext. à partir du XVIe s. et surtout au fig. pour qualifier « celui qui défend une personne, une cause ». Au XIXe s., le terme est empl. dans le langage sportif, sous l'infl. p.-ê. de l'angl. *champion*, pour désigner « celui qui a remporté la première place dans une compétition », puis « une personne qui excelle dans un domaine ». || ***championne*** (XVIe s.), d'abord « femme qui soutient un combat contre qqn » ; ***championnat*** (XIXe s.).

chance (XIIe s., d'abord *chaance*), forme subst. du lat. *cadentia*, part. prés. plur. neutre de *cadere* « tomber », au sens de « action de tomber » ;

d'abord empl. au sens neutre, se spéc. dès l'a.fr. au sens de « sort, hasard favorable », par opposition à *malchance* et à partir du XVIIIe s., au plur., au sens de « éventualité, probabilité » (*il y a des chances que...*). Sont issues du sens de « chute des dés » (XIIIe s.) des expres. fig. comme *jouer sa chance, donner sa chance à qqn.* || ***chanceux*** (XVIIe s.) ; ***malchance*** (XIIIe s.), d'abord *malechaance* formé avec le fém. de l'adj. *mal* « mauvais » ; ***malchanceux*** (XIXe s.). Voir ***cadence*** et ***choir***.

chanceler (XIe s.), du lat. imp. *cancellare* « disposer en forme de treillis », de *cancelli* « grille, treillis » (en fr. ***chancel*** « barrière séparant le chœur des autres parties d'une église », XIIe s.) qui a dû prendre en lat. pop. le sens fig. de « marcher en zigzaguant », est d'abord empl. au sens de « vaciller », au XIIIe s. au sens fig. de « hésiter ». || ***chancelier*** (XIe s.), du lat. tard. *cancellarius,* dér. de *cancelli* au sens de « qui se tient près de la barrière séparant la cour de justice du public », d'où « huissier », puis « greffier », et qui a désigné à partir du IXe s. « le chef de la chancellerie royale carolingienne », « le chancelier d'une abbaye (XIIe s.), d'une université » (XIIIe s.), tous sens repris en a. fr., désigne aussi à partir du XVIIe s. « celui qui a la garde des sceaux dans un consulat » ; ***chancellerie*** (XIIe s.).

chancre (XIIe s.), du lat. *cancer, canceris* « chancre, cancer » ; au début XVIIIe s. au sens fig. || ***échancrer***, ***échancrure*** (XVIe s.). Voir ***cancer***.

chandail (XIXe s.), abrév. pop. de *marchand d'ail,* désignant par métonymie le vêtement porté par les vendeurs de légumes aux Halles de Paris.

chandeleur (XIIe s.), issu par ellipse de l'expres. *festa *candelorum* (pour *candelarum*), « fête des chandelles » sous l'infl. de *festa cereorum* « fête des cierges ».

chandelle (XIIe s.), d'abord *chandeile,* du lat. *candella* « chandelle » avec substitution au cours du XIIIe s. du suff. *-elle* au suff. *-eile, -oile,* supplanté en fr. mod. par *bougie,* s'emploie aussi au sens fig. à partir du XVe s. dans des expres. comme *se brûler à la chandelle, le jeu n'en vaut pas la chandelle.* || ***chandelier*** (XIIe s.).

changer (XIIe s.), du lat. tard. *cambiare* « troquer », mot s. d. emprunté au gaulois, est empl. dès l'a. fr. aux sens de « transformer », comme pronom. « se transformer » et dans le voc. financier « changer des monnaies ». || ***change*** (XIIe s.), déverbal de *changer,* empl. dès l'a. fr. au sens de « troc, échange », et dans le voc. de la vénerie au sens de « direction vers un autre cerf que le cerf poursuivi », d'où au sens fig. dans des expres. comme *donner, prendre le change* ; *lettre de change* (XVIIe s.), *agent de change* (XVIIIe s.) ; ***changeur*** (XIIe s.) ; ***changement*** (XIIe s.) ; ***échanger*** (XIIe s.), du lat. vulg. **excambiare* ; ***échange*** (XIe s.) ; ***échangeur*** (XXe s.) ; ***interchangeable*** (XIXe s.) ; ***rechanger*** (XIIe s.), d'où ***rechange*** (XVe s.) surtout empl. depuis le XVIIIe s. dans l'expres. *de rechange.*

chanoine (XIe s.), d'abord *canonie,* du lat. chrét. *canonicus* « conforme aux règles de l'église, d'un ordre religieux » (voir ***canon***), puis subst. masc. « prêtre, membre du clergé d'une église, de son chapitre », est empl. en fr. au sens de « dignitaire ecclésiastique membre du chapitre d'une cathédrale, d'une collégiale, etc. ». || ***chanoinesse*** (XIIIe s.).

chanson (XIe s.), du lat. *cantionem,* acc. de *cantio* « chant (d'un être humain, d'un instrument) », dér. de *canere* « chanter ». || ***chansonnette*** (XIIe s.) ; ***chansonnier*** (XIVe s.), d'abord « recueil de chansons », puis « auteur de chansons » (XVIIe s.) et, au XIXe s., « artiste qui interprète des chansons, des couplets satiriques ».

chant (XIIe s.), du lat. *cantus* « chant ». || ***chanter*** (Xe s.), du lat. *cantare* « chanter », qui a éliminé *canere*, de même sens ; *faire chanter* (XVIIe s.), « extorquer des aveux », d'où ***chantage*** (XIXe s.) et ***maître chanteur*** (XIXe s.) ; ***chantre*** (XIIIe s.), du lat. *cantor* « chanteur », spéc. (XIIIe s.) au sens de « maître du chœur dans une église », puis « choriste », au XVIIe s. au sens de « qui célèbre de grands événements, les héros » ; ***chanteur*** (XIIe s.), issu de l'acc. *cantorem*, de *cantor* « chanteur » ; ***chanteuse*** (XVIIe s.) a éliminé l'a. fr. *chanteresse*, fém. de *chanteur* (XIIe s.) ; ***chantonner*** (XVIe s.) ; ***déchanter*** (XIIIe s.), d'abord « chanter le déchant (composition à deux voix) », au XVIIe s. au sens fig. « chanter sur un autre ton » et en fr. mod. « perdre ses illusions ».

chantier (XIIIe s.), d'abord sous la forme *gantier*, puis *cantier*, du lat. *cantherius* « mauvais cheval », d'où « chevron, support (pour fixer la vigne) », est empl. au XIIIe s. au sens de « support sur lequel on place des tonneaux », puis au XVIIe s. de « cale placée sous un objet », d'où l'expres. *mettre en chantier* (XVIIIe s.). Du sens de « lieu où l'on entasse des matériaux » (XIVe s.) proviennent les emplois du fr. mod. « atelier en plein air, chantier de construction, de démolition, etc. ».

chanvre (XIe s.), issu d'une forme altér. du lat. *cannabis*, du grec *kannabis* « plante textile », lui-même empr. à une langue non indo-européenne, et fém. jusqu'au XVIIe s. || ***chènevière*** (XIIIe s.), « champ où pousse le chanvre », du lat. vulg. **canaparia* ; ***chènevis*** (XIIIe s.), « graine de chanvre », du lat. vulg. **canaputium* ; ***cannabis*** (XIXe s.).

chaos (XIVe s.), empr. au lat. *chaos*, attesté au sens fig. en lat. tard., du grec *khaos*, utilisé par les Pères de l'Eglise pour désigner l'état de la terre avant l'intervention de Dieu, est d'abord empl. en ce sens en m. fr., puis au XVIe s. au sens fig. de « confusion, désordre » et au XVIIIe s. au sens de « désordre politique » et en géogr. au sens de « amas de rocs, de blocs ». || ***chaotique*** (XIXe s.).

chaparder (XIXe s.), d'abord dans l'arg. des zouaves d'Algérie, d'orig. obsc. || ***chapardage*** (XIXe s.).

chape (XIe s.), d'abord *cape*, du lat. tard. *cappa* « capuchon » et par ext. « manteau à capuchon », en particulier « vêtement de moine ». En concurrence avec *cape, chape* s'est spécialisé au sens de « manteau ecclésiastique » et dans des emplois fig., *chape de plomb* (d'abord instrument de torture) ou tech., *chape de béton*. || ***chapeau*** (XIIe s.), du lat. tard. *cappellus*, dér. de *cappa* au sens de « coiffe », aussi employé jusqu'au XVIe s. au sens de « couronne de fleurs » ; ***chapelet*** (XIIIe s.), dimin. formé sur l'a. forme *chapel* de *chapeau*, empl. au sens de « couronne de fleurs », puis de « objet de dévotion catholique » (XIVe s.) par analogie entre la couronne de roses dont on ornait la tête de la Vierge et le collier de grains formant une sorte de couronne ; au XVIIe s. au sens de « suite d'objets semblables liés ensemble » ; ***chapelier*** (XIIIe s.) ; ***chapellerie*** (XIIIe s.) ; ***chapeauter*** (XIXe s.), au XXe s. au sens fig. « recouvrir comme d'un chapeau » ; ***chaperon*** (XIIe s.), dimin. de *chape*, d'abord au sens de « coiffure », au XVIIe s. au sens de « personne servant de duègne à une jeune fille » ; ***chaperonner*** (XIIe s.), n'est usuel en fr. mod. qu'au sens de « accompagner qqn comme chaperon » et par ext. « guider ».

chapelle (XIe s.), du lat. tard. *capella*, dimin. de *cappa* « manteau à capuchon », est empl. en lat. méd. pour désigner le manteau de saint Martin, conservé à la cour des rois francs, puis par ext. l'oratoire où était conservée cette relique et au sens général de « lieu de prière privé ». D'abord attesté en a. fr. au sens de « chapelle du palais de Charlemagne à Aix », *chapelle* est usuel dès le XIIe s. au sens de « lieu de culte dans une demeure privée » et, à partir du XVe s., au sens de « autel secondaire dans une église » ; *chapelle ardente* (XVIe s.) ; au XVIe s. au sens de « groupe de musiciens et de chanteurs dirigés par un maître de chapelle » ; au XIXe s. au sens fig. « coterie ». || **chapelain** (XIIe s.), dér. de *chapelle* au sens de « prêtre desservant une chapelle ».

chapelure (XIVe s.), dér. du rad. de l'a. fr. **chapeler** (XIe s., d'abord *chapler*), « tailler en pièces », puis « réduire en miettes » (XIVe s.), du lat. vulg. **cappulare* « découper un mets », dér. du lat. tard. **cappare*, de même sens. Voir **chapon**.

chapiteau (XIIe s.), du lat. *capitellum*, dimin. de *caput* « tête », empl. au sens, repris en fr., de « partie élargie au sommet d'une colonne » ; au XXe s. « tente d'un cirque ».

chapitre (XIIe s.), empr. au lat. *capitulum*, dimin. de *caput* « tête », attesté en lat. tard. au sens de « partie d'un écrit » et en lat. méd. de « réunion de chanoines au début de laquelle on lisait un chapitre de la règle », puis de « salle capitulaire », tous sens repris en fr. ; *avoir voix au chapitre* (XVIIIe s.), « pouvoir se faire entendre ». || **chapitrer** (XVe s.), « faire des remontrances à un religieux en plein chapitre », en fr. mod. « faire la leçon ».

chapon (XIIe s.), du lat. vulg. **cappo*, var. de *capo, caponis* « chapon, jeune coq châtré » s. d. à rattacher à la racine indo-européenne **(s)kap-* « couper avec un instrument tranchant ».

chaque, voir **chacun**.

char (XIIe s.), du lat. *carrus*, empr. au gaulois pour désigner une voiture de charge à quatre roues, s'est spécialisé en fr. pour désigner une voiture à deux roues utilisée dans l'Antiquité pour les jeux du cirque, les combats, etc., puis au XVIe s., une voiture décorée dans les cortèges de carnaval, au XVIIe s. comme terme poétique ; au XVIIIe s. *char à bœufs, char à bancs,* au XXe s. *char d'assaut.* || **charrier** (XIe s.), « transporter sur un chariot », puis au début XVIIe s. « entraîner dans son cours », au XIXe s. au sens de « duper, tromper » p.-ê. sur le modèle d'expres. comme *mener en bateau* ; **charrette** (XIe s.), au XIXe s., dans l'argot des élèves d'architecture « travail intensif » ; **charretée** (XIe s.) ; **chariot** (XIIIe s.) ; **charretier** (XIIe s.) ; **charroi** (XIIe s.), déverb. de **charroyer** (XIIIe s.), au XIIIe s. au sens de « convoi » ; **charron** (XIIIe s.) ; **charriage** (XIIIe s.), spéc. au XIXe s. dans le voc. de la géologie (*nappe de charriage*).

charabia (XIXe s.), d'abord sobriquet appliqué aux émigrants auvergnats, puis par ext. « langage parlé ou écrit incompréhensible », d'orig. obsc., est p.-ê. dér. du prov. *charra* « faire conversation », d'un rad. onomat. *tcharr-* « bruit confus de paroles ».

charade (XVIIIe s.), s. d. empr. au prov. *charrado* « causerie », dér. de *charra* « faire la conversation, jaser », d'orig. onomat., est très tôt spécialisé au sens de « jeu, divertissement verbal ».

charançon (XIVe s.), d'orig. obsc., est p.-ê. dér. par métaphore du gaulois **karantionos*, dér. du rad. gaulois **ker-, kar-* désignant le cerf.

charbon (XIIe s.), du lat. *carbo, carbonis* « charbon de bois », aussi attesté en lat. méd. au sens de « charbon de terre », est d'abord empl. en a. fr. au sens de « charbon de bois », puis « charbon d'extraction » (XIIIe s.) ; à partir du XVIe s. dans le voc. médical. || **charbonner** (XIIe s.), au XVIe s. « dessiner au charbon » ; **charbonnier** (XIIe s.), du lat. *carbonarius*, dér. de *carbo,* adj. et subst. dès l'a. fr. ; **charbonneux** (XVIIe s.) ; **charbonnage** (XIVe s.), surtout empl. en fr.

mod. au sens de « exploitation du charbon dans une mine ». Voir ***carbone***.

charcutier (XVe s.), d'abord *chaircuttier*, formé sur *chair cuite* avec le suff. *-ier*. ‖ ***charcuterie*** (XVIe s.) ; ***charcuter*** (XVIe s.), « couper maladroitement de la viande », d'où (XVIIe s.), « opérer, traiter maladroitement qqn, qq. ch. ». Voir ***chair***.

chardon (XIe s.), du lat. tard. *cardo, cardonis*, lat. clas. *carduus* (voir ***carder***). ‖ ***chardonneret*** (XVe s.), forme altér. d'un type **chardonerez*, qui a remplacé l'a. fr. *chardonnerel, chardonnail*, pour désigner un oiseau qui se nourrit de graines de chardon.

charger (XIe s.), du lat. tard. *carricare* « charger », dér. de *carrus* « char », est empl. dès l'a. fr. aux sens de « mettre qq. ch. de pesant », de « attaquer violemment », au sens fig. « accuser », et de « confier qq. ch. à qqn » ; à partir du XVIe s. au sens de « charger une arme à feu, etc. » ; *chargé* « indigeste, pesant » (XVIIe s.). ‖ ***charge*** (XIIe s.), déverb. de *charger*, empl. à partir du XIIIe s. au sens de « fonction, mission », puis de « fonction publique » (XVIe s.) ; au XVe s. dans le voc. jur. d'où l'expres. *témoin à charge* ; au XVIIe s. « caricature » ; ***chargement*** (XIIIe s.), d'abord « obligation », au XVIIe s. « cargaison » ; ***chargeur*** (XIVe s.), d'abord « celui qui charge des marchandises », puis, au XIXe s. « dispositif permettant de charger une arme, une machine, etc. » ; ***décharger*** (XIe s.), empl. dès l'a. fr. au sens propre et au sens fig. « libérer, soulager », au XVIIe s., fam. « éjaculer » ; ***décharge*** (XIVe s.), « action de décharger » et « lieu où l'on dépose les ordures » (XVIIe s.), est également employé dans le voc. jur. et de la fiscalité (XIVe s.), au sens de « fait de décharger une arme à feu » (XVIIe s.), dans le voc. de l'électricité (XVIIIe s.) ; ***recharger*** (XIIe s.) ; ***recharge*** (XVe s.) ; ***surcharger*** (XIIIe s.) ; ***surcharge*** (XIIIe s.).

charisme (XIXe s.), empr. au grec *kharisma* « don, grâce d'origine divine », d'abord au sens de « don conféré par la grâce divine », puis de « influence exercée par une personnalité exceptionnelle » (XXe s.). ‖ ***charismatique*** (XXe s.).

charité (Xe s.), forme sav. empr. au lat. *caritas, caritatis* (qui a aussi donné *cherté*), « amour, tendresse », spécialisé en lat. chrét. aux sens de « amour de Dieu et du prochain » et de « aumône », est d'abord empl. comme nom de la troisième vertu théologale et à partir du XIIe s. au sens de « sentiment et manifestation de générosité envers les pauvres ». ‖ ***charitable*** (XIIe s.) ; ***caritatif*** (XIVe s.), empr. au lat. méd. *caritativus*, a été repris dans la 2e moitié du XXe s. au sens de « qui exerce une action charitable ».

charivari (XIVe s.), d'abord *chalivali*, d'orig. obsc., p.-ê. du lat. *caribaria*, du grec *karébaria* « mal de tête », est d'abord empl. au sens de « tapage organisé à l'occasion d'un remariage », puis de « chahut » (XVe s.).

charlatan (XVIe s.), empr. à l'ital. *ciarlatano* issu du croisement de *cerretano* « habitant de Cerreto », d'où « crieur de marché, charlatan » et de *ciarlare* « bavarder », d'orig. onomat.

charleston (XXe s.), empr. à l'anglo-améric. *charleston*, du nom d'une ville de Caroline du Sud donné par les Noirs américains à cette danse.

charlotte « entremets » (XIXe s.) et « chapeau de femme » (XXe s.), du prénom fém. *Charlotte*.

charme 1 (XIIe s.), arbre, du lat. *carpinus*. ‖ ***charmille*** (XVIIe s.).

charme 2 (XIIe s.), du lat. *carmen, carminis* « formule magique, incantation », est d'abord empl. au sens fort de « formule magique », d'où l'expres. *jeter un charme* (XVIIe s.). *Charme* s'emploie aussi à partir du XVIe s. au sens de « attrait, séduction » et spéc. au pluriel « attraits physiques ». || ***charmer*** (XIIe s.) a suivi l'évol. du subst. ; ***charmeur*** (XIIIe s.) a conservé le sens ancien de « qui exerce la magie » dans l'expres. *charmeur de serpents* ; ***charmant*** (XVIe s.).

charnel, **charnier**, voir ***chair***.

charnière (XIIe s.), s. d. dér. de l'a. fr. *charne* « pivot, pilier », du lat. *cardo, cardinis* « gond, pivot, point cardinal », d'où « point essentiel » ; au XXe s. au sens fig. de « point de jonction, de transition ».

charnu, **charogne**, voir ***chair***.

charpente (XVIe s.), issu de l'a. fr. *charpent* ou déverb. de *charpenter, charpent* étant lui-même issu du lat. *carpentum* « chariot à deux roues (constitué d'un assemblage de pièces de bois) », mot d'orig. gauloise ; au XVIIIe s. au sens fig. de « structure ». || ***charpenter*** (XIIe s.), dér. de l'a. fr. *charpent* ou issu du lat. vulg. **carpentare* « construire en bois », formé sur *carpentum,* ou dér. du rad. de *charpentier* ; ***charpentier*** (XIIe s.), du lat. *carpentarius* « relatif aux voitures », dér. de *carpentum,* qui a pris en lat. tard. le sens de « charron », puis de « charpentier ».

charpie (XIVe s.), s. d. part. pas. fém. subst. de *charpir* (XIe s.), « démêler de la laine à la main », puis « déchirer », du lat. tard. *carpire,* du lat. clas. *carpere* « cueillir, arracher, lacérer ».

charrette, **charrier**, **charroi**, **charron**, voir ***char***.

charrue (XIIe s.), du lat. *carruca,* dér. de *carrus,* mot gaulois, désignant d'abord un char de luxe, puis une voiture quelconque et spéc. ensuite pour désigner la charrue à deux roues par opposition à la charrue des Romains. Voir ***araire***.

charte (XIe s.), d'abord *chartre,* du lat. *chartula* « petit écrit » et en lat. méd. « acte, document », est empl. dès l'a. fr. aux sens de « lettre, écrit » et « titre de propriété, de vente, de privilège » et se spécialise à partir du XVIIIe s. au sens de « ensemble des lois constitutionnelles établies par un souverain », puis de « ensemble des principes fondamentaux » (XIXe s.). || ***chartiste*** (XIXe s.), usuel au sens de « élève de l'Ecole nationale des Chartes » (fondée en 1821) ; ***chartrier*** (XIVe s.), « recueil de chartes ».

chartreuse (fin XIIe-début XIIIe s.), du toponyme *Grande-Chartreuse,* lieu près de Grenoble où saint Bruno fonda en 1084 le 1er monastère de l'ordre des Chartreux, utilisé ensuite pour désigner les couvents de cet ordre, construits dans des lieux retirés ; au XIXe s., « liqueur fabriquée par les moines ».

charybde (XIIIe s.), empr. au lat. *Charybdis et Scylla,* du grec, noms d'un gouffre et d'un rocher situés dans le détroit de Messine, et surtout employé dans l'expres. prov. *tomber de Charybde en Scylla* (XVIe s.).

chas (XIIIe s.), « trou percé à l'extrémité d'une aiguille à coudre », d'orig. incert., p.-ê. à rapprocher, comme l'a. fr. *chas* « corps de bâtiment » et l'a. prov. *cas* « caisson, ballot », du lat. *capsus* « caisse (d'une voiture), cage », d'où « petit objet creux » et « cavité ».

châsse (XIIe s.), du lat. *capsa* « caisse », qui a pris en lat. méd. le sens de « coffret richement orné contenant la dépouille ou les reliques d'un saint ». || ***enchâsser*** (XIIe s.) ; ***enchâssement*** (XIVe s.), d'abord « châssis », au XVIIe s. « action d'enchâsser » ; ***châssis*** (XIIe s.), dér. de *châsse* au sens de « encadrement de fenêtre », puis par ext. à partir du XIVe s. de « cadre sur lequel on fixe une toile, du papier, du verre etc. » ; au XIXe s. au sens de « armature métallique supportant le moteur, la carrosserie d'un véhicule ». Voir ***caisse***.

chasselas (XVIIe s.), du nom de *Chasselas,* commune proche de Mâcon, où fut d'abord cultivée cette variété de raisin de table.

chasser (XIIe s.), du lat. vulg. **captiare*, forme parallèle à *captare*, fréquentatif de *capere* « attraper », qui a éliminé au sens de « chasser des animaux » le lat. clas. *venari*, est empl. dès l'a. fr. aux sens de « poursuivre des animaux », « pousser en avant, devant soi » et « pousser hors d'un lieu » ; au XVIe s. au sens de « priver d'un emploi », au XIXe s. au sens abstrait de « dissiper (des soucis, etc.) » ; à partir du XVIIe s., et d'abord dans le voc. maritime, au sens de « être poussé, dériver, glisser ». || **chasse** (XIIe s.), déverb. de *chasser* ; **chasseur** (XIIe s.), d'abord sous la forme *chacëor*, pour désigner un cheval rapide, au XIIIe s. au sens de « qui s'adonne à la chasse », au XIXe s. aux sens de « qui poursuit qq. ch. avec ardeur » et de « domestique en livrée attaché à un hôtel, etc. » ; *chasseurs à pied*, compagnie militaire créée en 1670 ; **chasseresse** (XIVe s.) ; **chasse-**, entre comme premier élément dans la formation de composés comme **chasse-marée**, **chasse-mouches**, **chasse-neige**, etc. ; **chassé-croisé** (XIXe s.) dans le voc. de la danse et au sens fig. ; **pourchasser** (XIe s.), aux sens de « chercher à se procurer » et de « poursuivre avec acharnement ».

chassie (XIIe s.), s. d. du lat. vulg. **caccita* « chiure », dér. de *cacare* « chier ». || **chassieux** (XIIe s.).

chaste (XIIe s.), issu du lat. *castus* « qui se conforme aux règles, aux rites », spéc. en lat. chrét. au sens de « vertueux, pur ». || **chasteté** (XIIe s.), empr. au lat. *castitas* « chasteté, virginité » empl. en lat. chrét., a éliminé l'a. fr. *chasteé*.

chasuble (XIIe s.), « vêtement sacerdotal », du lat. tard. *casub(u)la* « sorte de vêtement », s. d. altér. du lat. tard. *casula* « petite maison », employé au sens fig. de « manteau à capuchon » ; au XIXe s. au sens de « vêtement féminin enveloppant ».

chat (XIIe s.), du lat. tard. *cattus* « chat », d'orig. incert., qui a éliminé le lat. *feles* (voir **félin**). || **chatte** (XIIIe s.) ; **chatière** (XIIIe s.) ; **chaton** (XIIIe s.), au XVIe s. comme terme de botanique ; **chatterie** (XVIe s.), « ruse, friponnerie » et « caresse » ; **chattemite** (XIIIe s.), de *chatte* et *mite*, nom pop. du chat, s. d. d'orig. onomat. ; **chatoyer** (XVIIIe s.), dér. de *chat*, par analogie avec les reflets changeants de l'œil du chat ; **chatoiement** (XVIIIe s.).

châtaigne (XIIe s.), du lat. *castanea*, lui-même empr. au grec *kastanon* de même sens ; au XIXe s., au sens de « coup de poing ». || **châtaignier** (XIe s.) ; **châtain** (XIIe s.), d'abord *chastaigne*, employé comme adj., puis *châtain* (XIVe s.) et *châtaine* (XIXe s.).

château (Xe s.), du lat. *castellum*, dimin. de *castrum* « camp », attesté aux sens de « redoute » et de « château d'eau », puis en lat. méd. au sens de « citadelle », est d'abord empl. au sens de « forteresse », mais aussi de « grande et belle demeure » et de « résidence royale ou seigneuriale » (XVIIe s.) ; **château fort** (XIXe s.). || **châtelet** (XIIe s.) ; **châtelain** (XIIe s.), du lat. *castellanus* « celui qui habite dans un château fort et le défend », d'où en a. fr. « celui à qui la possession d'un château confère un rang dans la hiérarchie féodale » ; **châtellenie** (XIIe s.), « territoire sur lequel le châtelain exerce sa juridiction ».

chateaubriand, **châteaubriant** (XIXe s.), d'orig. incert., p.-ê. du nom de l'écrivain François-René de *Chateaubriand*, dont le cuisinier aurait inventé ce mode de préparation du filet de bœuf.

chat-huant (XIIIe s.), forme altér. d'après *chat* et *huant*, de *huer* « crier », du judéo-fr. *javan* « hibou » (XIe s.), lui-même issu du lat. tard. *cavannus*, d'orig. gauloise. Voir ***chouan*** et ***chouette***.

châtier (xe s.), du lat. *castigare* « corriger », dér. de *castus* « pur », spéc. en lat. eccl. au sens de « se mortifier », est empl. dès l'a. fr. au sens de « réprimander », de « punir » et de « se mortifier ». || ***châtiment*** (xiie s.), d'abord *chastoiement*, est usuel dès l'a. fr. au sens de « punition ».

chaton (xiie s.), « partie de la bague dans laquelle une pierre est enchâssée », du franc. **kasto* « boîte, caisse », est spécialisé en fr. dans le voc. de la joaillerie.

chatouiller (xiiie s.), d'abord *catellier*, puis *catoillier*, d'orig. incert., s. d. onomat., est empl. à partir du xve s. au sens fig. de « exciter » et de « provoquer des sensations agréables », au propre et au fig. || ***chatouilleux*** (xiiie s.), d'abord « sensible », au xvie s. au sens de « susceptible » ; ***chatouillement*** (xiiie s.) ; ***chatouille*** (xviiie s.).

chatoyer, **chatoiement**, voir ***chat***.

châtrer (xiie s.), du lat. *castrare* « rendre impuissant (un homme, un animal) », doublet de formation pop. de ***castrer***.

chattemite, **chatterie**, voir ***chat***.

chaud (xie s.), du lat. *cal(i)dus* « chaud » aux sens propre et fig. || ***chaude-pisse*** « blennorragie » (xiiie s.) ; ***chaudière*** (xiie s.), du lat. tard. *cal(i)daria* « chaudron », dér. de *calidus* ; ***chaudron*** (xiie s.), dér. du rad. de *chaudière* ; ***chaudronnier*** (xiiie s.) ; ***chaudronnerie*** (xviie s.) ; ***échauder*** (xie s.), empr. au lat. tard. *excaldare* « baigner dans l'eau chaude », de *ex-* préf. intensif et *caldare* « faire chauffer ».

chauffer (xiie s.), du lat. vulg. **calefare,* altér. de *calefacere,* de *calere* « être chaud » et *facere* « faire » au sens de « rendre chaud » et de « exciter », au sens fig. à partir du xviie s. || ***chauffage*** (xiiie s.) ; ***chauffeur*** (xviie s.), d'abord « personne qui s'occupe du feu d'une forge, etc. », puis dans le voc. des chemins de fer et au sens de « conducteur d'une automobile » (xixe s.), d'où ***chauffard*** (xixe s.) ; ***chauffe*** (xive s.), déverb. de *chauffer*, d'abord empl. au sens de « combustible, au xviiie s. dans le voc. de la métallurgie ; ***chauffe-***, élément entrant dans la construct. de termes comme ***chauffe-plats***, ***chauffe-bain***, ***chauffe-eau***, etc. ; ***échauffer*** (xie s.), du lat. vulg. **excalefare* « chauffer », empl. aux sens de « rendre chaud » et de « exciter, donner de l'animation » ; ***échauffement*** (xiiie s.) ; ***réchauffer*** (xiie s.) ; ***réchaud*** (xvie s.), réfection d'après *chaud* d'une forme **rechauf,* déverb. de *réchauffer* ; ***surchauffer*** (xixe s.), ***surchauffe*** (xixe s.).

chaume (xiie s.), du lat. *calamus* « roseau » et « tige d'une plante », lui-même du grec *kalamos.* || ***chaumière*** (xviie s.) a supplanté ***chaumine*** (xve s.).

chausse (xiie s.), du lat. vulg. **calcea,* forme fém. de *calceus* « chaussure », dér. de *calx* « talon », d'abord empl. au sens de « jambières, pantalon collant », désigne, à partir du xvie s., la partie du vêtement masc. couvrant le corps de la ceinture jusqu'aux genoux (*haut-de-chausses*) ou jusqu'aux pieds (*bas-de-chausses*). || ***chaussette*** (xiie s.) ; ***chausson*** (xiie s.), d'abord « chaussure de dessous en étoffe », au xixe s. au sens de « chaussure d'intérieur », au xviiie s., « pâtisserie ».

chaussée (xiie s.), du lat. vulg. **calciata (via)*, p.-ê. dér. de *calx, calcis* « chaux », les Romains ayant utilisé le mortier de chaux pour la construction de routes, d'abord empl. en fr. au sens de « route », désigne aussi depuis le xive s. « une élévation de terre pouvant servir de chemin ou de digue ». || ***rez-de-chaussée*** (xve s.), formé avec le doublet *rez* de *ras.* Voir ***ras***.

chausser (XIe s.), du lat. *calceare* « mettre des chaussures », de *calceus* « soulier ». || ***chaussure*** (XIIe s.) ; ***chausse-pied*** (XVIe s.) ; ***déchausser*** (XIIe s.), attesté dès l'a. fr. aux sens de « enlever ses chaussures » et de « se détacher des gencives (en parlant des dents) ».

chausse-trap(p)e (XVe s.), réfection d'après *chausser* et *trappe* de l'a. fr. *chauchetrepe* (XIIIe s.) formé de *chauchier* « fouler » et de *treper* au sens soit de « fouler aux pieds », soit de « sauter » (littéralement « foule, marche dessus »), est attesté au XIIIe s. au sens de « pièce de fer munie de pointes », puis de « piège pour prendre les animaux » (XIVe s.), par attraction de *trappe* « piège ».

chauve (XIIe s.), du lat. *calvus* « chauve », la forme masc. *chals* étant refaite au XIIIe s. sur le fém. Voir ***calvitie***.

chauve-souris, voir ***souris***.

chauvin (XIXe s.), du nom de Nicolas *Chauvin,* type du soldat patriote de l'Empire mis en scène par Cogniard dans *La Cocarde tricolore*, d'abord au sens de « soldat valeureux », puis de « qui manifeste un patriotisme excessif ». || ***chauvinisme*** (XIXe s.).

chaux (XIIe s.), du lat. *calx, calcis* « chaux ». || ***chauler*** (XIVe s.). Voir ***calcaire***.

chavirer (XVIIe s.), du prov. *cap-vira, cavira* « se retourner », de *cap* « tête » et de *vira* « tourner (voir ***virer***) », est d'abord empl. comme terme de marine, puis à partir du XIXe s. au sens de « chanceler », « vaciller » et de « aller à sa ruine ». || ***chavirement*** (XIXe s.).

chéchia (XVIe s.), empr. à l'ar. *sasiyya* « coiffure en forme de calotte », dér. de *sas,* ancien nom de la ville de Tachkent où l'on fabriquait ce type de coiffure.

chef (IXe s.), d'abord sous la forme *chief,* du lat. vulg. **capum,* en lat. clas. *caput* « tête », « extrémité », d'où « début » et aussi « celui qui est à la tête de ». Au sens propre de « tête », *chef* a été définitivement supplanté par *tête* à partir du XVIIe s. (sauf dans le composé ***couvre-chef*** et dans des emplois littéraires). Les emplois dérivés au sens de « qui est à la tête de » se développent dès le XIIe s. Le sens de « point principal » est conservé dans des expres. comme *chef d'accusation* (XVIIe s.), ou *au premier chef.* || ***derechef***, « de nouveau » (XIIe s.) ; ***chef-d'œuvre*** (XIIIe s.), d'abord « ouvrage que devait réaliser un artisan pour obtenir la maîtrise dans une corporation », au XVIe s. au sens fig. ; ***chef-lieu*** (XIIIe s.), composé de *chef* et de *lieu,* d'abord au sens de « principale résidence d'un seigneur », au XVIIIe s. au sens de « centre administratif d'une circonscription territoriale ».

cheftaine (XXe s.), adapt. de l'angl. *chieftain* « chef, capitaine », lui-même réfection, d'après *chief (chef),* de l'a. fr. *chevetaigne* « capitaine » (XIIIe s.), du lat. *capitaneus.* Voir ***capitaine***.

cheik(h) (XIVe s.), empr. à l'ar. *sayh* « vieillard » au sens de « chef de tribu arabe ».

chelem (XVIIIe s.), forme altér. de l'angl. *slam* « écrasement », d'orig. incert. pour désigner dans certains jeux de cartes la réunion de toutes les levées.

chélidoine (XIIe s., d'abord *celidoine*), empr. au lat. *chelidonia* (*gemma* ou *herba*), « pierre ou plante de l'hirondelle », empr. au grec *khélidonia*, dér. de *khélidon* « hirondelle » en raison des propriétés attribuées à cette plante.

chemin (XIe s.), du lat. vulg. **camminus,* d'orig. celt., est empl. dès l'a. fr. aux sens de « voie reliant un point à un autre », de « direction », de « distance à parcourir » (*à mi-chemin*) et au sens fig. de « parcours, progression ».

|| ***chemin de fer*** (XVIIIe s.), calque de l'angl. *railway*; ***cheminer*** (XIIe s.); ***cheminement*** (XIIIe s.); ***chemineau*** (XIXe s.), vieilli au sens de « vagabond » ; ***cheminot*** (XIXe s.), « ouvrier qui travaille sur les voies ferrées » ; ***acheminer*** (XIe s.); ***acheminement*** (XVe s.), repris au XXe s. dans le voc. des postes au sens de « fait de transporter du courrier, à destination ».

cheminée (XIIe s.), du lat. tard. *(camera) caminata* « salle pourvue d'une cheminée », d'où « cheminée », *caminata* dérivant de *caminus* « fourneau, âtre », du grec *kaminis* « four, fourneau », d'orig. inconnue. *Cheminée* s'emploie aussi jusqu'au XVIIIe s. au sens de « salle pourvue d'une cheminée » ; au XVIIe s. en parlant d'un volcan.

chemise (Xe s.), du lat. tard. *camisia* « vêtement porté à même la peau », puis « enveloppe », d'orig. obsc., est aussi empl. à partir du XVIIIe s. aux sens de « couverture cartonnée » et de « revêtement de protection ». || ***chemiser*** (XIXe s.); ***chemisier*** (XIXe s.), « personne qui fait ou vend des chemises », et au XXe s. « corsage de femme » ; ***chemisette*** (XIIIe s.).

chenal (XIIIe s.), réfection d'après *canal* de l'a. fr. *chanel, chenel* (XIIe s.), du lat. *canalis* (voir ***canal***). || ***chéneau*** (XVe s.), d'abord *chesneau*, s. d. altér. de la forme dial. *chenau* sous l'infl. de *chêne*, ce « petit canal » étant à l'orig. creusé dans un tronc de chêne.

chenapan (XVIe s.), empr. au néerl. *snaphaan* « voleur de grand chemin, maraudeur », lui-même de l'all. *Schnapphahn* « voleur de grand chemin monté à cheval », qui passera en fr. pendant les guerres du XVIIe s.

chêne (XIe s.), forme très tôt altérée sous l'infl. de *frêne*, de l'a. fr. *chasne*, du lat. vulg. *cassanus*, s. d. d'orig. gauloise et qui a éliminé le lat. *quercus* « chêne ». || ***chênaie*** (XIIIe s.), d'abord *chesnoie*.

chènevière, **chènevis**, voir ***chanvre***.

chenet, **chenil**, voir ***chien***.

chenille (XIIIe s.), du lat. *canicula* « petite chienne » (voir ***canicule***), en raison de la forme de la tête de la chenille ; au XVIIe s. au sens de « passementerie » et au XXe s. dans le voc. de l'automobile.

chenu (XIe s.), du lat. *canutus* attesté en lat. méd. au sens de « blanchi » (en parlant des cheveux), dér. du lat. *canus* « blanc » ; terme littéraire en fr. mod.

cheptel (XVIIe s.), réfection étymologique de l'a. fr. *chatel, chetel* « bien, propriété » (XIIe s.), du lat. *capitale,* forme subst. de *capitalis* au sens de « qui concerne la tête », d'où « principal », (voir ***capital***), est d'abord empl. jusqu'au XVe s. au sens de « bien, propriété », puis pour désigner un contrat de bail concernant le bétail ; *cheptel* est usuel depuis le XIXe s. au sens de « ensemble du bétail d'une ferme, d'une région, etc. ».

chèque (XVIIIe s.), empr. à l'angl. *check,* de même sens, dér. de *to check* « faire échec », d'où « contrôler », lui-même de l'a. fr. *eschec* (voir ***échec***). || ***chéquier*** (XIXe s.).

cher (Xe s.), du lat. *carus* « cher, coûteux » et « précieux, aimé, estimé », sens attestés dès l'a. fr. || ***cherté*** (Xe s.), d'abord « tendresse », au XIIe s. au sens de « disette » (causée par des prix élevés), au XIIIe s. « prix élevé » ; ***chérir*** (XIIe s.); ***enchérir*** (XIIe s.), « rendre plus cher » et « devenir plus cher » ; ***enchère*** (XIIIe s.); ***surenchérir***, ***surenchère*** (XVIe s.). Voir ***charité***.

chercher (XVe s.), forme issue par assimilation de l'a. fr. *cerchier* (XIIe s.), du lat. tard. *circare* « faire le tour, parcourir pour examiner », puis « fouiller, scruter », dér. de *circa, circum* « autour ». *Chercher* a éliminé à partir du XVIe s. *querre, querir.* || **chercheur** (XVIe s.), spéc. depuis le XIXe s. au sens de « personne qui se consacre à la recherche scientifique » ; **recherché**, part. pas. de **rechercher** (XIe s.), au XVIe s. au sens de « raffiné, étudié » et parfois « affecté », au XVIIIe s. au sens de « rare » ; **recherche** (XVe s.), déverb. de *rechercher.*

chère (XIe s.), d'abord *chiere*, du lat. tard. *cara* « visage », empr. au grec *kara* « tête », est empl. jusqu'au XVIe s. aux sens de « visage » et de « air du visage » et notamment dans l'expres. *faire bonne (mauvaise) chère* « bien (mal) accueillir qqn » ; à partir du XIIIe s. l'emploi de *chiere* au sens de « repas, nourriture » (sous l'infl. de *chair*) entraîne la spécialisation de l'expres. *faire bonne chère* au sens de « faire un bon repas ».

chérubin (XIe s.), empr. par l'intern-méd. du lat. chrét. à l'hébreu *kerub,* plur. *kerubim* « ange, notamment chargé de la tâche de gardien » (dans la religion hébraïque), et désignant dans la religion chrétienne « un ange du second rang de la première hiérarchie » ; au XVIe s. « tête d'enfant ailé », au XIXe s. terme d'affection.

chétif (Xe s.), du lat. vulg. **cactivus*, croisement du lat. *captivus* « captif » et du gaulois **cactos*, est empl. en a. fr. au sens propre de « prisonnier » (jusqu'au XVe s.) et au sens de « malheureux, misérable », dér. du sens de « prisonnier de ses passions, du péché », pris par *captivus* en lat. chrét. Le sens usuel en fr. mod. « malingre, de faible constitution », est rare avant le XVIIe s. Voir **captif**.

cheval (XIe s.), du lat. *caballus* « mauvais cheval » et « cheval hongre », qui a supplanté le lat. clas. *equus.* || **chevalet** (XIIIe s.), d'abord « petit cheval », puis « support » (XVe s.) ; **chevalier** (XIe s.), du lat. tard. *caballarius* « cavalier, guerrier à cheval », est empl. en a. fr. pour désigner un guerrier noble admis dans l'ordre de la chevalerie ; *chevalier errant* (XIIe s.) ; **chevalerie** (XIe s.), empl. en a. fr. aux sens de « exploit digne d'un chevalier », de « qualité, état du chevalier », de « ensemble des chevaliers » et de « ordre militaire », ces deux derniers sens étant conservés en fr. mod. ; **chevaleresque** (XVIIe s.), empr. avec l'infl. de *chevalier,* à l'ital. *cavalleresco* et qui a évincé l'a. fr. *chevalereux* au sens de « qui présente des qualités dignes d'un chevalier », d'où « généreux » ; **chevalin** (XIIe s.), du lat. *caballinus* « de cheval » ; **chevaucher** (XIe s.), du lat. tard. *caballicare,* d'abord empl. au sens de « aller à cheval », au XIVe s. au sens de « se recouvrir partiellement » ; **chevauchée** (XIIe s.), d'abord « troupe à cheval », puis « expédition militaire » et (XIIIe s.), « course, promenade à cheval » ; **chevauchement** (XVe s.), d'abord « action de chevaucher » puis (XIXe s.), « action de recouvrir en partie » ; **chevau-légers** (XVe s.), « corps de cavalerie légère de la garde du roi ». Voir **cavalier**, **cavalcade**.

chevet (XIIe s.), d'abord *chevez,* puis *chevet,* par substitution de suff. du lat. *capitium*, dér. de *caput* « tête », qui a pris en lat. méd. le sens de « tête de lit » et de « partie de l'église qui se trouve à la tête de la nef », est d'abord empl. en a. fr. au sens de « traversin », puis de « tête du lit » (XVe s.) et, à partir du XIIIe s., au sens de « partie d'une église ».

cheveu (XIe s.), du lat. *capillus* « cheveu, chevelure », a éliminé le lat. *crinis* (voir **crin**). || **écheveler** (XIIe s.), d'abord attesté au part. pas. *échevelé* (XIe s.), au XIXe s. au sens fig. « désordonné, effréné » ; **chevelu** (XIIe s.) ; **chevelure** (XIe s.), du lat. tard. *capillatura* « arrangement des cheveux » plutôt que dér. de l'a. fr. *chevel, cheveu.*

cheville (XIIe s.), du lat. vulg. **cavi-*

cula, forme dissimilée de *clavicula* « petite clé », dimin. de *clavis* « clef » qui s'est spécialisé en lat. méd. comme terme d'anatomie, est empl. dès le XIIe s. en a. fr. comme terme d'anatomie et au sens de « tige de bois, de métal, servant à accrocher, à assembler » ; à partir du XVIIe s., au sens fig., en poétique, « mot de remplissage » et au sens de « personne jouant un rôle important (*cheville ouvrière*) ». || ***cheviller*** (XIIe s.), au XVIIe s. au sens fig. de « unir de façon indissoluble » ; ***chevillette*** (XIIIe s.).

chèvre (XIIe s.), du lat. *capra,* fém. de *caper* « bouc ». || ***chevreau*** (XIIIe s.) ; la variante de l'a. fr. *chevrot* est à l'orig. de ***chevrotin*** (XIIIe s.), « petit du chevreuil », de ***chevrotine*** (XVIIe s.), « gros plomb de chasse », de ***chevroter*** (XIIIe s.), « bêler » et (XVIIIe s.), « parler en tremblant » ; ***chevron*** (XIIe s.), du lat. vulg. **caprione,* formé d'après *capreolus* « jeune chevreuil » et « support », a subi une évol. sémantique analogue à *chevalet, poutre,* etc. ; au XVIIIe s. au sens de « galon en forme de V renversé » et au XIXe s. au sens fig. *prendre du galon* ; ***chevronné*** (XIIIe s.), « garni de chevrons » (d'abord terme d'héraldique), au XIXe s. au sens fig. de « expérimenté » ; ***chevrier*** (XIIIe s.), du lat. *caprarius* « gardien de chèvres ».

chèvrefeuille (XIIe s.), d'abord *chievrefeuil,* puis *chèvrefeuille* sur le modèle de *feuille*, du lat. tard. *caprifolium* « feuille de chèvre ».

chevreuil (XIIe s., d'abord *chevreul*), du lat. *capreolus* « chevreuil », la forme ancienne *chevreul* ayant été remplacée (XVIIe s.) par *chevreuil* sur le modèle de mots comme *deuil, écureuil,* etc.

chevron, **chevrotine**, voir ***chèvre***.

chewing-gum (XXe s.), mot empr. à l'anglo-améric. au sens de « gomme à mastiquer », composé de *gum,* empr. au fr. *gomme,* et de *to chew* « mâcher ».

chez (XIIe s.), d'abord *chiés,* du lat. *casa* « maison » (voir **case**), au sens de « dans la maison de », puis (XVIIe s.), « dans le pays de » et « du temps de » et dès le XVIe s. au sens de « dans l'œuvre de ». || ***chez-soi***, ***chez-moi*** (XVIIe s.).

chiasme (XVIe s.), empr. au grec *khiasmos* « disposition en forme de croix », empl. comme terme de rhétorique à partir du XIXe s.

chic (XVIIIe s.), empr. à l'all. *Schick* « façon, manière qui convient » de *schicken* « arranger ». *Chic* s'est développé au XIXe s. d'abord comme terme de peinture au sens de « facilité à peindre » et par ext. au sens de « savoir-faire » et de « élégance désinvolte ». || ***chiqué*** (XIXe s.), « qui est fait avec chic », puis subst. péj. au sens de « affectation ».

chicaner (XVe s.), s. d. issu d'un croisement du rad. onomat. *tchikk-* exprimant la petitesse avec *ricaner*, est d'abord empl. au sens de « poursuivre en justice », puis, au XVIIe s., de « soulever des difficultés dans une affaire judiciaire » et de « contester sans fondement ». || ***chicane*** (XVIe s.), déverb. de *chicaner*, empl. au sens de « difficulté suscitée dans une affaire judiciaire » puis de « procédure », qualifie aussi de manière péj. au XVIIe s. le milieu juridique ; s'emploie également (fin XIXe s.) au sens de « passage en zigzag » et au sens fig. de « obstacle » ; ***chicaneur*** (XVe s.).

chiche 1 (XIIe s.), « qui regarde à la dépense », s. d. dér. du rad. onomat. *tchikk-* marquant la petitesse.

chiche 2 (XIIIe s.), s. d. forme altérée de l'a. fr. *cice* « pois chiche », du lat. *cicer,* de même sens.

chiche 3 (XIXe s.), exclamation, p.-ê. abrév. de l'expres. *ne pas être chiche* *de*, elle-même dérivée du sens de *chiche 1.*

chiche-kébab (XXe s.), empr. au turc *sis kebap*, de *sis* « broche, brochette » et de *kebap* « morceaux de viande grillée », termes empr. à l'ar.

chichi (XIXe s.), surtout employé dans l'expres. *faire des chichis*, « faire des difficultés », s. d. redoublement expres. du rad. *tchikk-*. Voir **chiche 1**.

chicorée (XIIIe s.), d'abord *cicorée*, puis *chicorée* sous l'infl. de l'ital. *cicoria*, empr. au lat. méd. *cicorea, cicoria*, du grec *kikhoria*, plur. de *kikhorion*, d'orig. obsc. Nom de plante, *chicorée* désigne aussi depuis le XVIIIe s. la racine torréfiée de cette plante et la boisson qu'on en tire.

chicot (XVIe s.), du rad. onomat. *tchikk-* exprimant la petitesse pour désigner le « reste d'une branche, d'un tronc » et depuis le XVIIe s. un « reste de dent cassée ou pourrie ».

chien (XIe s.), du lat. *canis* « chien, chienne » et aussi terme d'injure, s'emploie dès l'a. fr. au sens fig. et péj. ; voir aussi les expres. *de chien, vie, temps de chien* (XVIe s.) ; *chiens écrasés* (XIXe s.), « rubrique des faits divers » ; *chien de fusil* (XVIIe s.), terme technique, d'où l'expres. (XIXe s.) *dormir en chien de fusil* ; *avoir du chien* (XIXe s.), « avoir de l'allure ». || ***chienne*** (XIIe s.) ; ***chenil*** (XIVe s.), du lat. vulg. **canile*, au XVIIe s. au sens fig. de « logement sale » ; ***chenet*** (XIIIe s.) dér. de *chien*, en raison s. d. des têtes de chien qui ornaient ces ustensiles ; ***chiennerie*** (XIIIe s.), « ensemble de chiens », au XVe s. au sens fig. et péj. de « comportement dégradant » ; ***chiendent*** (XIVe s.), composé de *chien* et de *dent*, mais on attendrait *dent de chien* (voir **dent de lion**), au XVIIe s. au sens fig. de « embarras, complication » ; ***chien-loup*** (XVIIIe s.), calque de l'angl. *wolf-dog*, de *wolf* « loup » et *dog* « chien ».

chienlit, voir ***chier***.

chier (XIIIe s.), vulg., du lat. *cacare* « évacuer des excréments ». || ***chienlit*** (XVIe s.), comp. de *chie, en, lit* au sens de « celui qui chie au lit », au XVIIIe s. « masque de carnaval », d'où au XIXe s. « désordre, pagaille » ; ***chiasse*** (XVIe s.), vulg. ; ***chiure*** (XVIIe s.), spéc. au sens de « excréments d'insectes » ; ***chiant*** (XXe s.), vulg., « pénible, lassant » ; ***chiotte*** (XVIIIe s.), vulg., « cabinets d'aisances ».

chiffe (XVIe s.), « morceau d'étoffe usée, chiffon », altér. d'après *chiffre* au sens, attesté en a. fr., de « personne, chose sans valeur », de l'a. fr. *chipe* « chiffon », lui-même empr. au m. angl. *chip* « petit morceau, copeau » ; au XVIIIe s. au sens de « personne molle, sans caractère ». || ***chiffon*** (XVIIe s.) a repris les sens concrets de *chiffe* ; ***chiffonner*** (XVIIe s.), au XVIIIe s. au sens fig. de « chagriner » ; ***chiffonnier*** (XVIIe s.), « personne qui ramasse et vend de vieux chiffons » ; ***chiffonnière*** (XVIIIe s.), puis ***chiffonnier*** (XIXe s.), désigne aussi un petit meuble à tiroirs ; ***chiffonnade*** (XIXe s.).

chiffre (XIIIe s.), empr. à l'ar. *sifr* « vide, zéro » par l'interméd. du lat. méd. *cifra* « zéro », est d'abord employé en ce sens, au sens propre et au sens fig. de « personne, chose sans valeur » ; à partir du XVe s. au sens de « caractère qui représente les nombres », au XIXe s. au sens courant de « nombre » ; le sens de « écriture secrète, code » se développe à la fin du XVe s. || ***chiffrer*** (XVIe s.), « calculer » et « coder un message », au XIXe s. « compter, évaluer » ; ***déchiffrer*** (XVe s.), « lire ce qui est chiffré », au XVIIIe s. au sens de « lire une partition musicale », puis tout ce qui est difficile à lire ; ***déchiffrement*** (XVIe s.).

chignol(l)e (XVIIIe s.), « dévidoir », forme normanno-pic. de l'a. fr. *ceoingnole* (XIIe s.), « trébuchet pour prendre les animaux », puis « dévidoir », du lat. vulg. **ciconiola* « petite cigogne », au

XXe s. au sens de « vilebrequin, perceuse ».

chignon (XIIe s., d'abord *chäengnon*), du lat. vulg. **catenio* « nuque », dér. de *catena* « chaîne ». Le sens de l'a. fr. « nuque » dérive p.-ê. du sens de « carcan mis autour du cou d'un prisonnier » ; au XVIIIe s. au sens du fr. mod., « masse de cheveux relevés sur la nuque ».

chimère (XIIIe s.), empr. au lat. *chimaera,* du nom d'un monstre fabuleux tué par Bellérophon, est d'abord empl. comme adj. au sens de « insensé » et pour désigner un monstre fabuleux ; *chimère* s'emploie à partir du XVIe s. au sens de « vaine illusion ». || ***chimérique*** (XVIe s.).

chimie (XIVe s.), du lat. méd. *chimia* « art de transformer les métaux », doublet de *alchimia* (voir ***alchimie***). La distinction nette entre *alchimie* et *chimie* comme science de la constitution et des réactions de la matière est acquise au XVIIIe s. || ***chimiste*** (XVIe s.) ; ***chimique*** (XVIe s.), empr. au lat. méd. *chemicus* ; ***chimio-***, premier élément de composés comme ***chimiothérapie***, ***chimiosynthèse***, etc.

chimpanzé (XVIIIe s.), empr. à une langue indigène du Congo pour désigner un grand singe anthropoïde.

chinchilla (XVIe s.), empr. à l'esp. *chinchilla* « rongeur d'Amérique du Sud », lui-même empr. à une langue du Pérou, pour désigner d'abord l'animal, puis sa fourrure.

chiner 1 (XVIIIe s.), « faire alterner des couleurs sur les fils de chaîne avant le tissage », dér. de *Chine,* les tissus chinés reproduisant des modèles importés de ce pays.

chiner 2 (XIXe s.), « faire le métier de colporteur » et « brocanter, chercher des occasions », s. d. dér. par aphérèse de *échiner* « travailler dur, s'éreinter », dans la langue des colporteurs ; au XIXe s. au sens fig. de « critiquer, railler ».

chinois (XVIIe s.), « habitant de la Chine », au XIXe s. au sens de « langue parlée en Chine », les sens fig. de « raffinement cruel », de « subtilité, bizarrerie » se développant à partir du XIXe s. || ***chinoiser*** (XIXe s.) ; ***chinoiserie*** (XIXe s.), « objet dans le goût chinois » et « complication, tracasserie ».

chiot (XVIe s.), forme dial. correspondant à l'a. fr. *chael* (XIIe s.), du lat. *catellus* « petit chien ».

chiourme (XIVe s.), empr. dans l'argot des galériens à l'ital. *ciurma* « équipage d'une galère », issu par l'interméd. de l'a. génois du lat. tard. *celeusma* « chant rythmant le mouvement des rameurs », lui-même du grec *keleusma* « ordre ». || ***garde-chiourme*** (XIXe s.).

chiper (XVIIIe s.), s. d. dér. de *chipe* « petit morceau d'étoffe », (voir ***chiffe***), au sens de « voler un objet de peu de valeur ». || ***chipoter*** (XVe s.), dér. de *chipe* au sens de « tourmenter », puis, au XVIe s., de « faire des difficultés » ; au XVIIIe s. « manger par petits morceaux, sans plaisir » ; ***chipotage*** (XVIIe s.).

chipie (XIXe s.), p.-ê. contraction de *chiper* et de *pie* (oiseau ayant mauvaise réputation), pour désigner une femme difficile à vivre, dédaigneuse.

chipolata (XVIIIe s.), empr. à l'ital. *cipollata* « mets à base d'oignon », de *cipolla* « oignon ». Voir ***ciboule***.

chips (XXe s.), empr. à l'angl. *chip* « éclat, copeau de bois », désigne des pommes de terre frites finement coupées en rondelles.

chique 1 (XVIIe s.), « insecte parasite », empr. au caraïbe.

chique 2, voir ***chiquer***.

chiquenaude (XVIe s.), « léger coup

donné d'une brusque détente du doigt », d'orig. obsc.

chiquer (XVIIIe s.), « mâcher des feuilles de tabac », dér. de la racine onomat. **tchikk-* exprimant le bruit que fait celui qui mastique. || **chique** (XVIIIe s.), déverbal de *chiquer*.

chirographe (XIIe s.), empr. au lat. *chirographum* « écriture » et « acte signé », du grec *kheirographon* « manuscrit », formé sur *kheir* « main » et *graphein* « écrire », empl. en fr. au sens de « document écrit ou signé par son auteur ».

chiromancie (fin XIVe s.-début XVe s.), empr. au lat. méd. *chiromantia*, comp. du grec *kheir* « main » et de *manteia* « art de lire l'avenir »; **chiromancien** (XVIe s.), **chiromancienne** (XIXe s.).

chiropracteur (XXe s.), empr. comme terme médical à l'anglo-améric. *chiropractor*, dér. de *chiropratic* « traitement médical effectué par manipulations », formé sur *kheir* « main » et *praktikos* « efficace ».

chirurgie (XIIe s.), empr. au lat. *chirurgia*, de même sens, lui-même du grec *kheirourgia* « activité manuelle, puis « pratique chirurgicale ». || **chirurgien** (XIIe s.); **chirurgical** (XIVe s.), empr. au lat. méd. **chirurgicalis*, dér. de *chirurgicus*.

chistera (XXe s.), empr. au basque *xistera* « panier », puis « gant d'osier du joueur de pelote basque », empr. au lat. *cistella* « petite corbeille ».

chlore (XIXe s.), empr. au grec *khloros* « vert, d'un vert jaunâtre », désigne un métalloïde gazeux. || **chlorure** (XIXe s.); **chloroforme** (XIXe s.), comp. de *chloros* et du rad. de *(acide) formique*; **chlorophylle** (XIXe s.), comp. sav. de *chloros* et du grec *phullon* « feuille », désigne un pigment végétal de couleur verte; **chloro-**, élém. productif dans la formation de termes de chimie.

choc, voir **choquer**.

chocolat (XVIe s.), empr. à l'esp. *chocolate*, lui-même empr. au nahuatl du Mexique. || **chocolatier** (XVIIe s.).

chœur (XIIe s.), adaptation du lat. *chorus* « danse en rond, en chœur » et « troupe qui danse en chantant, chœur », du grec *khoros*, est empl. dès l'a. fr. pour désigner dans la langue religieuse le « chœur des anges » et « un groupe de personnes chantant en chœur » ainsi que « la partie de l'église où est placé l'autel » (autour duquel est chantée la messe); *enfant de chœur* (XVIe s.); au XVIe s. pour désigner le *chœur* dans le voc. du théâtre antique et moderne; au XVIIIe s. au sens de « partie d'une œuvre musicale chantée par plusieurs personnes ». || **choriste** (XIVe s.), empr. au lat. méd. *chorista*; **chorale** (XXe s.), ellipse de *société chorale*, dér. de *choral*, empr. au lat. méd. *choralis* « qui a trait au chœur d'une église », « destiné au chant liturgique ».

choir (Xe s.), du lat. *cadere* « tomber », a été supplanté à partir du XVIe s. par *tomber* et n'est plus guère attesté qu'à l'infinitif, à la 3e pers. du prés. et dans l'expres. *laisser choir*. Voir **chute**, **déchoir**, **échoir**, **méchant**.

choisir (XIe s.), du got. *kausjan* « goûter, examiner », empl. en a. fr. au sens, disparu en fr. mod., de « distinguer par la vue » et de « prendre de préférence », seul sens usuel en fr. mod. || **choix** (XIIe s.), déverbal de *choisir*, est d'abord empl. au sens de « action, liberté de choisir » et à partir du XVIIe s. au sens de « ensemble de choses parmi lesquelles on peut choisir ».

choléra (XVIe s.), empr. au lat. *cholera* « maladie qui vient de la bile », lui-même du grec *kholéra* désignant diverses maladies digestives et p.-ê. dér. de *kholé* « bile ». || **cholérique** (XIIIe s.), empr. au lat. imp. *cholericus*, lui-même du grec.

cholestérol (XIXe s.), réfection de

cholesterine (XIXᵉ s.), comp. sav. du grec *kholé* « bile, vésicule biliaire » et du grec *stéréos* « solide ».

chômer (XIIᵉ s.), du lat. tard. *caumare* « se reposer pendant la chaleur », dér. du lat. chrét. *cauma* « chaleur », empr. au grec *kauma*, de même sens, est d'abord empl. au sens de « rester inactif, ne pas travailler (et spéc. les jours fériés) » ; *chômer* s'emploie aussi à partir du XIIIᵉ s. au sens de « ne pas travailler par manque de travail », sens dominant depuis le XIXᵉ s. || ***chômage*** (XIIIᵉ s.) a suivi l'évol. de *chômer* ; ***chômeur*** (XIXᵉ s.).

chope (XIXᵉ s.), empr. au dial. alsacien *Schoppe* « verre à bière », à rapprocher du m. b. all. *schope, schopen* « puisoir de brasseur » d'où a été tiré ***chopine*** (XIIᵉ s.), « mesure pour les liquides, et spéc. le vin » et « quantité de vin contenue dans cette mesure ».

chopper (XIIᵉ s.), s. d. issu d'un rad. onomat. *tsopp-* imitant le bruit que fait une démarche boiteuse, empl. en a. fr. au sens de « trébucher », est vieilli en fr. mod. où est mieux attesté le composé ancien *achopper* (XIᵉ s.). || ***choper*** (XIXᵉ s.), arg. au sens de « voler », semble être une forme altérée de *chopper, se faire choper* « se faire prendre » étant l'équivalent au sens fig. de « tomber, prendre une gamelle ». Voir ***achopper***.

choquer (XIIIᵉ s.), d'orig. obsc., p.-ê. germ., est d'abord empl. au sens concret de « heurter, frapper » et à partir du XVIIᵉ s. au sens fig. de « offenser, heurter les principes, les bienséances » et « produire une impression désagréable ». || ***choc*** (XVIᵉ s.), d'abord empl. aux sens de « heurt, rencontre violente » et de « affrontement », à partir du XVIIᵉ s. au sens spéc. de « événement affectant la santé », puis de « traumatisme » (XIXᵉ s.) ; *choc* entre dans la composition de termes comme ***antichoc***, ***pare-chocs***, ***électrochoc***.

choral, **chorale**, voir ***chœur***.

chorégraphie (XVIIIᵉ s.), formé à partir du grec *khoreia* « danse », dér. de *khoros* « chœur », et d'une finale reprise aux mots terminés en *-graphie*, est empl. depuis le XIXᵉ s. au sens de « art de composer, d'ordonner des ballets ». || ***chorégraphe*** (XVIIIᵉ s.) ; ***chorégraphique*** (XVIIIᵉ s.).

chorus (XVIᵉ s.), empr. au lat. *chorus* « chœur », est d'abord empl. au sens de « chœur », puis de « reprise en chœur, à l'unisson », sens conservé dans l'expres. fig. *faire chorus* ; au XXᵉ s. au sens, empr. à l'angl., de « thème de jazz sur lequel on improvise ».

chose (IXᵉ s.), du lat. *causa* « cause » et « affaire », qui a pris en lat. tard. le sens de *chose* et a alors éliminé *res* (voir ***rien***). Voir ***cause***.

chou (XIIᵉ s.), du lat. *caulis* « tige des plantes, chou » ; au XVIᵉ s. « pâtisserie ». || ***chouchou*** (XVIIIᵉ s.), redoublement expressif de *chou*.

chouan (XVIIIᵉ s.), tiré du surnom de Jean Cottereau dit Jean *Chouan*, l'un des chefs des insurgés de l'Ouest contre la Révolution française, ainsi surnommé comme ses deux frères, parce qu'ils imitaient le cri du hibou en signe de ralliement ; *chouan* « hibou » est une forme de l'Ouest, sans doute refaite d'après *chouette*, de l'a. fr. *choan*. Voir ***chouette***.

choucas (XVIᵉ s.), s. d. formation onomat.

choucroute (XVIIIᵉ s.), forme altérée, d'après *chou* et *croûte* de l'alsacien *sûrkrût*, qui correspond à l'all. *Sauerkraut* « herbe aigre, sure ».

chouette (XIIIᵉ s., d'abord sous la forme *chouate*), est issu du croisement de l'a. fr. *çuete*, s. d. d'orig. onomat. et de l'a. fr. *choe* (XIᵉ s.), lui-même issu du franc. **kawa* « choucas ». || ***chouette*** (XIXᵉ s.), fam. « bon, parfait », d'orig obsc., p.-ê. emploi au sens fig. de *chouette* attesté au sens de

« femme coquette », par analogie avec le comportement de coquetterie attribué à l'oiseau.

choyer (XIIIe s.), d'orig. obsc.

chrême (XIIe s.), du lat. chrét. *chrisma* « onction postbaptismale, huile consacrée », du grec *khrisma* « onguent, parfum », dér. de *khriein* « oindre, enduire ».

chrestomathie (XVIIe s.), rare jusqu'au XIXe s., empr. au grec *khrestomatheia* « recueil de textes utiles, de morceaux choisis », comp. de *khrestos* « utile » et de *manthanein* « apprendre ».

chrétien (IXe s.), adapt. du lat. chrét. *christianus* « chrétien », dér. irrégulier de *Christus* « Christ », lui-même du grec *khristos* « oint, qui a reçu l'onction sainte ». || ***chrétienté*** (XIe s.), dér. de *chrétien,* d'après le lat. chrét. *christianitas* « ensemble des chrétiens », est empl. dès l'a. fr. au sens de « ensemble des pays chrétiens » ; ***christianisme*** (XIIIe s.), empr. au lat. chrét. *christianismus* « religion chrétienne » ; ***christianiser*** (XVIe s.), empr. au lat. chrét. *christianizare* « professer la religion chrétienne », empl. dès le XVIe s. au sens de « rendre chrétien ».

chrome (XVIe s.), empr. au grec *khroma* « couleur du corps humain », « couleur », mais aussi « coloris du style, modulation, mélodie », est d'abord empl. au sens de « dièse », puis se spécialise à partir du XVIIIe s. comme terme de chimie ; au XXe s. pour désigner un « accessoire en métal chromé ». || ***chromer*** (XXe s.) ; ***chromatique*** (XIVe s.), « qui procède par demi-tons successifs », au XVIIe s. « relatif aux couleurs » ; ***chromatisme*** (XIXe s.), « ensemble de couleurs ».

chromosome (XIXe s.), comp. sav. du grec *khromo-* dér. de *khroma* « couleur » et de *soma* « corps ».

chronique 1 subst. (XIIe s.), empr. au lat. imp. *chronica*, empr. au grec *khronika* (sous-entendu *biblia* « les livres ») « annales, recueils de faits présentés chronologiquement », neutre plur. de *khronikos* « qui concerne le temps », dér. de *khronos* « temps », est d'abord empl. au sens latin ; *chronique* a pu aussi désigner à partir du XVIIe s. un « ensemble de nouvelles, vraies ou fausses, se propageant oralement » dans des expres. comme *chronique scandaleuse, défrayer la chronique* ; à partir du XIXe s. au sens de « article de journal, etc. » ou de « émission de radio, de télévision produite avec régularité ». || ***chroniquer***, ***chroniqueur*** (XIVe s.) ont suivi l'évol. de *chronique.*

chronique 2 adj. (XIVe s.), terme médical empr. au lat. tard. *chronicus* pour désigner des maladies qui durent longtemps.

chrono-, élément tiré du grec *khronos* « temps » et entrant dans la construct. de termes sav. comme ***chronologie***, ***chronologique*** (XVIe s.) ; ***chronomètre*** (XVIIIe s.), ***chronométrer*** (XIXe s.), etc.

chrysalide (XVIe s.), empr. au lat. imp. *chrysalis,* du grec *khrusallis*, dér. de *khrusos* « or » en raison de l'aspect doré de certaines chrysalides.

chrysanthème (XVIe s.), empr. au lat. imp. *chrysanthemum,* du grec *khrusanthémon* « fleur d'or », de *khrusos* « or » et *anthémon* « fleur ».

chthonien (XIXe s.), dér. sav. du grec *khthonios* « souterrain », formé sur *khthon* « terre », pour qualifier des divinités infernales.

chuchoter (XVIIe s.), var. de *chucheter* (XIVe s.), formé sur l'onomat. *chu-* exprimant un murmure, un bruit assourdi. || ***chuchotement*** (XVIe s.) ; ***chuchotis*** (XIXe s.).

chuinter (XVIIIe s.), formation expressive à partir de l'onomat. *chu-*. || ***chuintant***, ***chuintement*** (XIXe s.).

chut (XVIe s.), interjection formée sur l'onomat. *chu-*.

chute (XIVe s.), forme refaite d'après le part. pas. fém. *cheüe, chue* de *choir* de l'a. fr. *cheoite* « chute », issu du lat. vulg. **cadecta.* D'abord empl. au sens de « fait de tomber », puis « action de se détacher de son support naturel » (XVIe s.), *chute* développe à partir du XVIe s. les sens fig. de « effondrement, ruine », « déchéance, faute, péché », « défaite, disgrâce, échec », et, dans le voc. de la rhétorique, de « fin d'un texte, d'une phrase ». || ***chuter*** (XIXe s.) ; ***rechute*** (XVe s.) ; ***rechuter*** (XVIIe s.), rare avant le XIXe s. ; ***parachute*** (XVIIIe s.), d'où ***parachutiste*** (XXe s.), abrégé dans le voc. militaire en *para* ; ***parachuter***, ***parachutage*** (XXe s.).

ci, voir ***ici***.

cible (XVIIe s.), empr. par le suisse romand à l'alémanique *schibe,* all. *Scheibe* « disque, carreau, cible » ; au XIXe s. aux sens fig. de « objectif que l'on veut atteindre » et de « objet d'attaques » ; 2e moitié du XXe s. dans le voc. de la publicité, comme ***cibler*** (XIXe s.), « viser comme sur une cible ».

ciboire (XIIe s.), d'abord *civoire,* empr. au lat. *ciborium* « coupe », qui a pris en lat. chrét. le sens de « dais surmontant l'autel d'une basilique ou la tombe d'un saint », est d'abord empl. au sens de « dais surmontant un tombeau », et à partir du XIVe s. au sens courant en fr. mod. de « vase liturgique renfermant l'Eucharistie ».

ciboule (XIIIe s.), « plante servant de condiment », empr. au prov. *cebula,* lui-même du lat. tard. *caepulla, cepulla,* dimin. de *caepa* « oignon » ; au XIXe s., arg. au sens de « tête » ainsi que le dér. ***ciboulot***. || ***ciboulette*** (XVe s.).

cicatrice (XIVe s.), empr. au lat. *cicatrix,* d'orig. inconnue, au XVIe s. au sens fig. || ***cicatriser*** (XIVe s.), empr. au lat. méd. *cicatrizare,* de même sens ; ***cicatrisation*** (XIVe s.).

cicerone (XVIIIe s.), empr. à l'ital. *cicerone* « guide pour les étrangers », dér. du nom de l'orateur latin *Ciceron,* par allusion plaisante à la verbosité des guides romains.

cidre (XIIe s.), du lat. chrét. *sicera* « boisson fermentée », qui transcrit l'hébreu *sekar* « boisson fermentée, liqueur forte » ; le sens spéc. de « boisson fermentée faite avec du jus de pommes » est relevé dès le XIIe s., et d'abord en Normandie.

ciel (IXe s.), au plur. *cieux* ou *ciels*, du lat. *caelum* « voûte céleste, séjour de la divinité » et « voûte ». Les sens de « voûte céleste » et de « séjour de la divinité » sont attestés dès l'a. fr., le sens technique de « dais » date du XIVe s., celui de « voûte d'une carrière », (*carrière à ciel ouvert*) date du XVIIe s. Le plur. *cieux* est en fr. mod. un collectif à coloration affective ou religieuse. || ***arc-en-ciel***, d'abord *arc du ciel* (XIIe s.). Voir ***céleste***.

cierge (XIIe s.), du lat. *cereus* « bougie », forme subst. de l'adj. *cereus* « de cire », dér. de *cera* « cire » qui présente en fr. un développement phonétique particulier, p.-ê. sur le modèle de *vierge.*

cigale (XVe s.), empr. au prov. *cigala,* issu du lat. imp. *cicada* avec un changement de suff.

cigare (XVIIe s.), empr. à l'esp. *cigarro,* de même sens, d'orig. incert., soit empr. au maya *zicar* « fumer », soit tiré de *cigarra* « cigale », par analogie de forme et de couleur. || ***cigarette*** (XIXe s.) ; ***cigarillo*** (XIXe s.) ; ***cigarière*** (XIXe s.).

cigogne (XIIe s.), empr. à l'a. prov. *cegonha,* avec infl. du lat. *ciconia*, a remplacé l'a. fr. *ceoigne,* issu de *ciconia* ; au XIIe s., par analogie de forme, « levier de forme recourbée ».

ciguë (XIIIe s.), réfection d'après le lat. de l'a. fr. *ceüe*, du lat. *cicuta,* de même sens.

cil (XIIe s.), empr. au lat. imp. *cilium* « paupière » et « cil ». || ***ciller*** (XIIe s.) ;

déciller ou ***dessiller*** (XIIIe s.), d'abord au sens de « découdre les paupières d'un oiseau de proie après dressage », est surtout empl. au sens fig. de « faire retrouver sa lucidité à qqn » (XVIe s.).

cilice (XIIIe s.), empr. au lat. *cilicium* « pièce d'étoffe en poil de chèvre (de *Cilicie*) ».

cimaise (XIIe s.), du lat. *cymatium,* terme d'architecture, empr. au grec, dér. de *kuma* « vague », désigne d'abord une moulure formant la partie supérieure d'une corniche et par ext. la moulure où est accrochée la première rangée des tableaux d'une exposition.

cime (XIIe s.), du lat. *cyma* « bourgeon tendre du chou, etc. » qui a pris en lat. méd. le sens de « pointe d'arbre » et de « sommet de colline », est un empr. au grec *kuma* « gonflement » et « vague ». *Cime* est empl. dès l'a. fr. au sens propre de « partie la plus élevée d'un objet » et au sens fig. de « degré le plus haut ». || ***cimier*** (XIIIe s.), d'abord au sens de « partie haute », au XVIIe s. dans le voc. de l'héraldique.

ciment (XIIe s.), du lat. *caementum* « pierre de taille, marbre taillé » puis « mortier », dér. de *caedere* « tailler, couper » ; au XVIe s. au sens fig. « ce qui rapproche, relie ». || ***cimenter*** (XIIIe s.), au XVIe s. au sens fig.

cimeterre (XVe s.), empr. à l'ital. *scimitarra,* lui-même empr. au persan *samsir* « épée ».

cimetière (XIIe s.), d'abord *cimetire,* du lat. chrét. *cimiterium,* en lat. clas. *coemeterium,* mot empr. au grec au sens de « lieu où l'on dort, où reposent les morts ».

cinéma, abrév. de *cinématographe,* mot composé en 1892 par les frères Lumière à partir du grec *kinéma* « mouvement » et de *-graphe* « qui transcrit » pour désigner d'abord un « appareil capable de reproduire le mouvement par enregistrement d'une suite de vues » puis au sens de « art de réaliser des films ». || Sur *cinématographe* ont été formés ***cinématographie***, ***cinématographique*** ; sur l'élément initial *ciné-,* ***cinéphile***, ***ciné-club***, ***cinéroman***, ***cinéaste*** ; sur *cinéma,* ***cinémathèque***, ***cinémascope***, etc.

cinématique (XIXe s.), formation savante sur le rad. du grec *kinéma* « mouvement ».

cinéraire 1, adj., voir ***cendre***.

cinéraire 2 (XIXe s.), subst. fém., plante à petites fleurs, empr. au lat. botanique *cineraria*, dér. de *cinis* « cendre », le dessous des feuilles de cette plante étant d'un gris cendré.

cingler 1 « frapper d'un coup vif » (XIIe s.), également *singler,* jusqu'au XVIIe s., à rapprocher s. d. de *sangle* et de *sangler,* avec une altér., qui s'explique mal, du vocalisme initial.

cingler 2 « faire voile vers » (XIe s.), d'abord *sigler*, empr. à l'a. norr. *sigla* « faire voile », modifié en *cingler* (XIIIe s.) sous l'infl. de *cingler 1.*

cinq (XIe s.), du lat. tard. *cinque,* dissimilation du lat. clas. *quinque.* || ***cinquième*** (XIIe s.) a éliminé l'a. fr. *quint* (XIIe s.) sauf dans *Charles Quint* ; ***cinquante*** (XIe s.), du lat pop.. *cinquaginta,* forme dissimilée du lat. clas. *quinquaginta* ; ***cinquantaine*** (XIIIe s.).

cintrer (XIVe s.), du lat. vulg. **cincturare* « entourer », dér. du lat. *cinctura* « ceinture », est d'abord empl. au sens de « bâtir en arc de cercle », puis, au XIXe s., « courber » ; au XXe s. au sens de « ajuster un vêtement à la taille » et arg. *être cintré* « être fou ». || ***cintre*** (XIIIe s.), d'abord au sens de « voûte », au XVIIIe s. « partie supérieure d'une scène de théâtre où l'on loge les décors », au XXe s. au sens de « support léger pour vêtement ».

cirage, voir ***cire***.

circoncire (XIIe s.), empr. au lat. chrét. *circumcidere* « pratiquer la circoncision », de *circum* « autour » et *caedere* « couper ». || ***circoncision*** (XIIe s.), empr. au lat. chrét. *circumcisio* « excision du prépuce ».

circonférence (XIIIe s.), empr. au lat. imp. *circumferentia* « circonférence, cercle », dér. de *circumferre* « faire le tour de ».

circonflexe (XVIe s.), empr. au lat. tard. *circumflexus (accentus),* part. pas. de *circumflectere* « décrire une courbe (en parlant des chars dans l'arène) », spéc. en gram. au sens de « prononcer une syllabe longue », calque du grec *perispoméné prosodia* « accent circonflexe ».

circonlocution (XIIIe s.), empr. au lat. *circumlocutio* « détour de langage », de *circum* « autour » et *locutio* « locution », calque du grec *périphrasis* « périphrase ».

circonscrire (XIVe s.), empr. au lat. *circumscribere* « tracer un cercle autour, borner », est d'abord empl. au sens fig. « définir des limites », puis au sens concret de « limiter un espace » (XVIe s.) et de « empêcher l'extension de » (XVIIIe s.). || ***circonscription*** (XIIe s.), empr. au lat. *circumscriptio* « cercle tracé, borne », empl. depuis le XIXe s. au sens de « division d'un pays, d'un territoire ».

circonspect (XIIIe s.), empr. au lat. imp. *circumspectus* « prudent, réfléchi », part. pas. de *circumspicere* « regarder autour de soi, examiner avec soin ». || ***circonspection*** (XIIIe s.), empr. au lat. *circumspectio* « action de regarder autour, attention prudente ».

circonstance (XIIIe s.), empr. au lat. *circumstantia* « action d'entourer » et « situation, circonstance », dér. de *circumstare* « se tenir autour de, entourer », empl. dès l'a. fr. au sens, disparu en fr. mod., de « ce qui est autour », et de « particularité qui accompagne un événement » ; au XVIIIe s. au sens de « occasion, conjoncture ».

circonvenir (XIVe s.), empr. au lat. *circumvenire* « venir autour, cerner », empl. dès le m. fr. aux sens de « entourer, envelopper » et de « séduire par des ruses », seul sens conservé en fr. mod.

circonvolution (XIIIe s.), dér. du rad. du lat. *circumvolutus,* part. pas. de *circumvolvere* « enrouler autour », spéc. depuis le XVIe s. comme terme d'anatomie.

circuit (XIIIe s.), d'abord *circuite* (au fém.), empr. au lat. *circuitus* « action de faire le tour, circuit », dér. de *circuire,* de *circum* « autour » et *ire* « aller », est d'abord empl. au sens de « chemin à parcourir pour faire le tour d'un lieu », puis de « chemin sinueux » (XVIe s.). *Circuit* désigne au XXe s. un « parcours organisé et circulaire » et s'emploie également depuis le XIXe s. comme terme technique, dans le voc. de l'électricité, etc. ou dans le voc. de l'économie. || ***court-circuit*** (XIXe s.), comme terme d'électricité, au XXe s. au sens fig. ; ***court-circuiter*** (XXe s.).

circuler (XIVe s.), empr. au lat. *circulari* « aller, se répandre d'un côté et d'autre », formé sur *circulus* « cercle », est d'abord empl. au sens de « décrire un mouvement circulaire », puis de « se déplacer » (XVIIIe s.), de « passer de mains en mains (en parlant de biens, de marchandises) » et de « se propager (en parlant d'idées, de nouvelles) ». || ***circulaire***, adj. et subst. fém. (XIIIe s.), empr. au lat. tard. *circularis* « qui décrit un cercle », le sens de « qui passe de mains en mains », en parlant d'une *(lettre) circulaire* datant du XVIIe s. ; ***circularité*** (XVIe s.), usuel depuis le XIXe s. ; ***circulation*** (XIVe s.), empr. au lat. imp. *circulatio* « orbite, circuit d'un astre » a suivi la même évol. que *circuler.*

circum-, **circon-**, premier élém. signifiant « autour de », du lat. *circum* « autour », et entrant dans la construct.

de mots sav. comme ***circumduction***, ***circumnavigation***, ***circumpolaire***.

cire (XIe s.), du lat. *cera* « cire » et spéc. « cire à cacheter les lettres ». || ***cirer*** (XIIe s.) ; ***cirage*** (XVIe s.), d'abord « action d'enduire de cire », puis, au XVIIe s., « produit servant à nettoyer le cuir ».

ciron (XIe s.), d'abord *seiron*, du franc. **seuro*, désigne un animal microscopique.

cirque (XIVe s.), empr. au lat. *circus* « cercle » et « enceinte circulaire où l'on célébrait les jeux », d'abord empl. en ce sens en m. fr., le sens de « spectacle » datant du XIXe s. ainsi que l'emploi comme terme de géographie.

cirrhose (XIXe s.), dér. du rad. du grec *kirros* « orange », cette maladie du foie se caractérisant par une production granuleuse de couleur rousse.

ciseau (XIIe s.), du lat. vulg. **cisellum*, forme altér. de **caesellum*, dér. du rad. *caes-* de *caedere* « couper », est empl. dès l'a. fr. au sing. au sens de « outil d'acier servant à travailler le bois, le fer, la pierre » et au pluriel au sens du fr. mod. ; a éliminé en ce dernier sens à partir du XVIe s. l'a. fr. *force(s)*, dér. du lat. *forfex*. || ***cisaille*** (XIIIe s.), du lat. vulg. **cisacula*, forme altér. de **caesacula* formé sur le rad. *caes-*, désigne depuis le XVIe s. de gros ciseaux ; ***cisailler*** (XVe s.) ; ***cisaillement*** (XVIe s.) ; ***ciseler*** (XIIIe s.), dér. de la forme d'a. fr. *cisel*, de *ciseau*, au sens de « travailler avec le ciseau des métaux, des pierres, etc. », au XIXe s. au sens fig. « travailler minutieusement son style » ; ***ciseleur*** (XVIe s.) ; ***cisèlement***, **cisellement** (XVIIe s.) ; ***ciselure*** (XIVe s.).

cistre (XVIe s.), « instrument de musique à cordes », altér. du m. fr. *citre*, du lat. *cithara* « cithare » sous l'infl. de *sistre* « instrument à percussion », du lat. *sistrum*, lui-même du grec.

citadelle (XVe s.), empr. à l'ital. *cittadella* « petite cité », dimin. de *cittade*, forme ancienne de *citta* « cité » (voir ***cité***) ; au XVIIe s. au sens fig. de « forteresse, bastion ».

citadin (XIVe s.), empr. à l'ital. *cittadino* « habitant de la cité », dér. de *cittade*, forme ancienne de *citta* « cité ».

citation, voir ***citer***.

cité (Xe s., d'abord *ciutat*), du lat. *civitas* « ensemble des citoyens qui composent une ville, cité, état », en concurrence en a. fr. avec *ville*, désigne plus spéc. à partir du XIVe s. la « partie la plus ancienne d'une ville », et à partir du XIXe s. « un groupe isolé d'immeubles ayant même destination » (*cité ouvrière, cité jardin, cité universitaire*, etc.). Le sens politique « territoire dont les habitants se gouvernent par leurs propres lois » (XVe s.) est conservé dans l'expres. *droit de cité* (XIXe s.) ; au XVIe s. au sens de « société idéale » (*cité céleste*). || ***citoyen*** (XIIe s.), d'abord *citeain*, puis refait au XIIIe s. en *citoien*, est jusqu'au XVIIe s. le doublet de *citadin*, le sens politique « membre d'un état, individu considéré comme personne civique » se développant à partir du XVIIe s. ; *citoyen, citoyenne*, appellations remplaçant Monsieur, Madame sous la Révolution (1792) ; ***citoyenneté*** (fin XVIIIe s.) ; ***concitoyen*** (XVIe s.), forme moderne de l'a. fr. *concitein* (XIIIe s.), fait lui-même sur le modèle du lat. tard. *concivis*.

citer (XIIIe-XIVe s.), empr. au lat. *citare* « citer en justice, proclamer », empl. dès le XIVe s. au sens de « sommer de comparaître en justice », au XVIIe s. au sens de « rapporter les paroles, les écrits de qqn à l'appui de ce que l'on avance » et au XVIIIe s. au sens de « signaler à l'attention, en exemple ». || ***citation*** (XIVe s.), empr. au lat. tard. *citatio* « proclamation » et, en lat. méd., « action de citer en justice », sens d'abord attesté en m. fr. ; au XVIIe s. au sens de « passage rapporté d'un auteur » et au XVIIIe s., dans le voc. militaire, au sens de « mention honorable décernée pour un haut fait ».

citerne (XIIe s.), du lat. *cisterna* « réservoir pour recueillir l'eau », dér. de *cista* « coffre », du grec *kisté* « corbeille ».

cithare (XIVe s.), empr. au lat. *cithara,* du grec *kithara* « sorte de luth ou de lyre ».

citoyen, voir ***cité***.

citron (XIIIe s.), empr. au lat. tard. *citrum* « fruit du cédratier » ou au lat. méd. *citrus,* de même sens, pour désigner le fruit du citronnier. || ***citronnier*** (XVe s.) ; ***citronnelle*** (XVIIe s.) ; ***citronnade*** (XIXe s.). Voir ***cédrat***.

citrouille (XVIe s.), forme refaite d'après les mots en *-ouille* de *citrole* (XIIIe s.), empr. au lat. méd. du domaine italien *citrolus,* dér. du lat. tard. *citrium* « variété de citrouille », de *citrus* « citron ».

civet (XIIIe s.), d'abord *civé*, puis *civet* par substitution de suff., dér. de *cive* (condiment entrant dans la préparation de ce ragoût de gibier), issu du lat. *caepa, cepa* « oignon ».

civette (XIIIe s.), « mammifère carnassier d'Afrique et de l'Inde » et « substance sécrétée par l'animal » (XVe s.), empr. à l'ar. *zabad* « écume, musc (sécrété par l'animal) », puis « civette » (animal).

civière (XIIIe s.), d'orig. obsc., d'abord « appareil destiné à porter des fardeaux », spéc. fin XIXe s. pour le transport des blessés.

civil (XIIIe s.), empr. au lat. *civilis* « qui concerne le citoyen, sa vie, ses droits » pour désigner ce qui concerne les citoyens en tant que particuliers, par opposition à *criminel* et à *militaire* (*droit civil*), ou les rapports entre citoyens (*mort civile,* XIVe s., *guerre civile,* XVIIIe s.) ; au XVe s. au sens de « poli, courtois », au XIXe s. pour désigner un homme qui n'est ni religieux ni militaire. || ***civiliser*** (XVIe s.) ; ***civilisation*** (XVIIIe s.), aux sens de « ce qui rend les hommes plus aptes à la vie en société » et de « processus historique d'évolution sociale et culturelle », au XIXe s. au sens de « ensemble des caractères communs aux sociétés évoluées », par opposition à *nature* et à *barbarie* ; ***civilité*** (XIVe s.), empr. au lat. *civilitas* « sociabilité, courtoisie » et « ensemble des citoyens », n'a conservé depuis le XVIe s. que le sens de « observation des règles du savoir-vivre en société » ; ***incivil*** (XIVe s.), empr. au lat. *incivilis* « violent, brutal » ; ***incivilité*** (XVe s.), vieilli ou littér. en fr. mod. ; ***civique*** (XVIe s.), empr. au lat. *civicus* « relatif au citoyen », empl. depuis la fin du XVIIIe s. au sens de « qui caractérise un bon citoyen » ; ***civisme*** (XVIIIe s.).

clac (XVe s.), interject. d'orig. onomat.

claque (XIVe s.), « coup », au XIXe s. « personnes payées pour applaudir un spectacle » et, en argot, « maison de jeu » et « maison de tolérance » ; *en avoir sa claque*, fam. « en avoir assez de qq. ch. » ; *chapeau claque* (XVIIIe s.). || ***claquer*** (XVIe s.), au XIXe s. *claqué* « déchiré (en parlant d'un muscle), épuisé » ; ***claquage*** (XXe s.) ; ***claquement*** (XVIe s.) ; ***claquette*** (XVIe s.) ; ***claquemurer*** (XVIIe s.), « enfermer très étroitement », dér. de *jouer à la claquemur*, s. d. « enserrer, serrer de près un joueur », terme comp. de *claque* et de *mur.*

clafoutis (XIXe s.), mot du Centre, passé dans la langue commune, dér. de l'a. fr. *claufir* « fixer avec des clous » (Xe s.), d'où « remplir, parsemer de qq. ch., spéc. de cerises ».

claie (XIe s.), du gaulois *cleta*, en lat. méd. *clida* « treillis sur lequel on mettait le cadavre d'un supplicié ou la victime d'un meurtre », est empl. dès l'a. fr. au sens de « treillis d'osier à claire-voie ». || ***clayon*** (XIVe s., d'abord *cloon*), dimin. de *claie* ; ***clayette*** (XIXe s.).

clair (XIe s.), du lat. *clarus* « clair, brillant, sonore, compréhensible », tous sens attestés dès l'a. fr. ‖ ***clairet*** (XIIe s.), d'abord *claré*, du lat. méd. *claratum* « vin de liqueur fait avec du miel et des épices », à partir du XIVe s. au sens de « vin rouge léger » ; ***clairière*** (XVIe s.) ; ***clairsemé*** (XIIe s.), d'abord *cler semé* ; ***clair-obscur*** (XVIe s.), terme de peinture, calque de l'ital. *chiaroscuro* ; ***clairvoyant*** (XIIe s.), d'abord *cler veant*, aux sens propre et fig. ; ***clairvoyance*** (XVIe s.) ; ***clairon*** (XIIIe s.), dér. de *clair* au sens de « sonore » ; ***clarine*** (XVIe s.), « clochette pour le bétail », fém. de *clarin*, d'abord empl. au sens de *clairon* ; ***clarinette*** (XVIIIe s.) ; ***clarté*** (Xe s.), empr. au lat. *claritas* « clarté, éclat », dér. de *clarus*, empl. dès l'a. fr. au sens propre et au sens fig. de « caractère de ce qui est illustre » ; au XVIe s. au sens de « ce qui est facilement intelligible, netteté, précision » et par ext. (XVIIe s.), au plur. « connaissance, notion ».

clamer (XIe s.), du lat. *clamare* « crier, réclamer à grands cris, proclamer », est empl. en a. fr. aux sens de « appeler », de « plaindre » et dans un contexte juridique de « revendiquer, réclamer, exiger ». Le terme est rare en fr. mod. au sens (XIIIe s.) de « crier fort, hurler ». ‖ ***clameur*** (XIe s.), de l'acc. lat. *clamorem* de *clamor* « cri » et plus spéc. « plainte en justice », sens passé en a. fr. et conservé jusqu'au XIXe s., à côté du sens de « ensemble de cris confus, tumultueux ».

clan (XVIIIe s.), empr. à l'angl. *clan* « groupe social issu d'un même ancêtre (en Ecosse) », d'où « tribu », employé en fr. au sens propre et au sens fig. de « petit groupe fermé, coterie ».

clandestin (XIVe s.), empr. au lat. *clandestinus* « qui se fait en secret, qui agit en cachette ». ‖ ***clandestinité*** (XVIe s.).

clapet, voir ***clapper***.

clapier (XIIIe s.), terme alpin désignant un terrain pierreux, dér. de *clap* « tas de pierres », d'un rad. préroman **klappo* « roche, pierre », est empl. à partir du XIVe s. au sens de « cabane où l'on élève des lapins ».

clapper (XIIIe s.), formé sur le rad. onomat. *klapp-*, d'abord empl. au sens disparu en fr. de « frapper », puis, au XIXe s. de « produire un bruit sec avec la langue ». ‖ ***clapet*** (XVIe s.) ; ***clapoter*** (XVIIe s.), formé sur le rad. *klapp-*, au XIXe s. au sens de « se couvrir d'ondes, de vagues » ; ***clapotement*** (XVIIe s.) ; ***clapotis*** (XVIIIe s.).

clarifier (XIIe s.), du lat. tard. *clarificare* « rendre illustre, glorifier », d'abord en ce sens en a. fr. Le sens mod. « rendre clair, rendre plus clair » commence à apparaître au XIVe s., celui de « purifier, épurer » au XVIe s. ‖ ***clarification*** (XVe s.).

clarine, voir ***clair***.

clarinette, voir ***clair***.

clarté, voir ***clair***.

clash (vers 1966), « éclat, conflit », de l'angl. *clash* « collision, rupture ».

classe (XIVe s.), empr. au lat. *classis* « catégorie de citoyens ». Le sens scolaire « ensemble des élèves faisant les mêmes études » date du XVIe s. Les valeurs dér. « enseignement dispensé à une catégorie d'élèves » (*faire la classe*) et « endroit où a lieu cet enseignement » sont attestées au XVIIe s. Le sens militaire « contingent appelé sous les drapeaux la même année » remonte au XVIIIe s., celui de « contingent libérable », puis « libération (des recrues) » (*vive la classe*) et « instruction militaire » (*faire ses classes*) au XIXe s. Les valeurs générales « ensemble d'individus ou d'objets ayant des caractères communs, catégorie d'êtres » apparaissent au XVIIe s. et se répandent au XVIIIe s. Les emplois au sens de

« grande division du règne animal ou végétal » ou bien au sens sociologique « groupe de personnes de même condition ou ayant une communauté d'intérêt et de réactions » (*classe sociale*) datent du XVIIIe s. L'expres. *lutte des classes* apparaît au XIXe s. Une idée de hiérarchie se rencontre aussi au XVIIe s. par glissement de l'idée de « catégorie » à celle de « valeur », d'où les sens de « rang, importance, valeur » (*de première classe, de grande classe*). || ***classer*** (XVIIIe s.), « ranger dans des catégories » et « placer dans un certain ordre » ; ***classement*** (XVIIIe s.), « répartition d'une place » et « rangement, ordre » ; ***classifier*** (XVIe s.) ; ***classification*** (XVIIIe s.) ; ***classeur*** (XIXe s.), d'abord « portefeuille ou meuble servant à classer des documents » ; ***déclasser*** (XIXe s.), « faire sortir de sa catégorie », d'où « faire tomber dans une catégorie inférieure » ; ***reclasser*** (XIXe s.) ; ***reclassement*** (XIXe s.) ; ***inclassable*** (XIXe s.) ; ***surclasser*** (XIXe s.).

classique (XVIe s.), empr. au lat. *classicus* « de première classe, de premier ordre », signifie « qui fait autorité » aux XVIIe et XVIIIe s. et désigne les textes considérés comme des modèles à l'usage des classes. D'où le sens « qu'on enseigne dans les classes » (XVIIe s.). Depuis le XVIIIe s. le terme s'est appliqué à l'Antiquité gréco-latine, considérée comme le fondement de la culture, d'où la valeur « qui appartient à l'Antiquité gréco-romaine ». A partir du début du XIXe s. il a désigné les auteurs du XVIIe s., qui se signalent par l'ordre, la clarté, la mesure, d'où l'emploi au sens de « qui appartient aux grands auteurs du XVIIe s. », « qui s'inscrit dans une tradition, qui ne s'écarte pas des règles en usage, qui témoigne de raison et de mesure ». D'où l'empl. dér. au sens de « habituel, ordinaire » (XIXe s.). En art le mot *classique* s'oppose à *romantique* et aux créateurs libérés des règles anciennes. || ***classicisme*** (XIXe s.), terme d'esthétique s'appliquant aux caractères des œuvres de l'Antiquité, puis du XVIIe s. Le mot s'est chargé des idées d'harmonie, d'équilibre, de respect des règles reçues.

claudication (XIIIe s.), empr. au lat. *claudicatio* « action de boiter ». || ***claudiquer*** (XVIe s.), empr. au lat. *claudicare* « boiter, vaciller ».

clause (XIIe s.), empr. au lat. méd. *clausa* qui a pris les sens de *clausula* « article » (lang. jur.), « fin de vers », « fin de phrase » (lang. rhétor.). En a. fr. le mot signifie « maxime, prescription particulière » et aussi « fin de vers ». Le sens littéral survit encore parfois au XVIIe s. Seul le sens jur. de « disposition particulière d'un contrat » a survécu. L'expres. *clause de style* désigne une disposition qui figure habituellement dans les actes de même nature, et donc une « disposition habituelle, formelle », d'où « sans importance ». || ***clausule*** (XIVe s.), empr. au lat. *clausula* « fin, conclusion » et « fin de phrase », terme de rhétorique.

claustral (XVe s.), empr. au lat. méd. *claustralis* « qui concerne le cloître, la vie monastique », de *claustrum* « barrière, verrou ». || ***claustration*** (XVIIIe s.), « enfermement, emprisonnement » ; ***claustrer*** (XIXe s.), « enfermer » ; ***claustrophobie*** (XIXe s.), « angoisse d'être enfermé, peur de se trouver dans un lieu clos », fait de l'élém. *claustro-* et de *phobie* « peur, aversion ». Voir ***cloître***.

clavecin (XVIIe s.), empr. au lat. méd. *clavicymbalum*, comp. de *clavis* « clé, clavier » et *cymbalum* « cymbale », désigne un instrument de musique à cordes pincées comportant un clavier. || ***claveciniste*** (XVIIe s.).

clavicule (XVIe s.), du lat. *clavicula* « petite clé », terme d'anatomie désignant un os long reliant l'omoplate au sternum.

clavier, voir ***clé***.

clayette, **clayon**, voir ***claie***.

clé, **clef** (XIe s.), « outil servant à fermer et à ouvrir une porte », du lat. *clavis*, de même sens. Le sens de « position stratégique » date du XIIIe s., celui de « voie d'accès, ouverture, explication » du XVIe s. Divers empl. tech. désignent des instruments variés. L'empl. en architecture (*clé de voûte*) est attesté au XIIIe s. pour désigner la pierre placée au sommet d'une voûte et retenant toutes les autres pierres. L'empl. en musique date du début du XVe s. || ***clavier*** (XIIe s.) a signifié en a. fr. la fonction de « portier, porte-clés (d'un monastère) ». Le sens musical « assemblage des clés, ensemble des touches d'un instrument de musique » est attesté depuis le XVe s. L'empl. au sens de « ensemble des touches d'une machine à écrire » date du XIXe s. ; ***claveau*** (XIVe s.), « pierre taillée en coin », d'après l'expres. *clé de voûte.*

clearing (XXe s.), de l'angl. *clearing* « compensation », terme financier désignant une technique de compensation pour éviter des transferts de fonds.

clebs (XIXe s.), mot pop. « chien », de l'arab. *kleb* « chien ».

clématite (XVIe s.), empr. au lat. *clematitis,* du grec *clematitis*, de même sens.

clémence (Xe s.), empr. au lat. *clementia* « bonté, douceur ». || ***clément*** (XIIIe s.), empr. au lat. *clemens* « doux, indulgent » (en parlant des personnes) et « doux, paisible » (en parlant des éléments naturels), sens conservés en fr. ; ***inclément*** (XVIe s.), empr. au lat. *inclemens* « dur, impitoyable » ; ***inclémence*** (XVIe s.), empr. au lat. *inclementia* « dureté, rigueur ».

clenche (XIIIe s.), du franc. **klinka* « levier oscillant, loquet servant de levier » (cf. l'all. *Klinke* « poignée (de porte) »), a signifié « verrou » en a. fr. || ***déclencher*** (XVIIIe s.), d'abord « ouvrir une porte », puis « mettre en marche un mécanisme » ; ***déclenchement*** (XIXe s.) ; ***enclencher*** (XIXe s.), « faire fonctionner un mécanisme », d'où « mettre en marche un processsus ».

clephte (1824), du grec *kleptés* « brigand », appellation des montagnards grecs luttant pour la libération de la Grèce de la sujétion des Turcs.

clepsydre (XIVe s.), empr. au lat. *clepsydra,* issu du grec *clepsudra*, littéralement « qui vole l'eau », désigne un appareil servant à mesurer le temps par un écoulement régulier d'eau d'un vase dans un autre.

clerc (Xe s.), du lat. chrét. *clericus* « membre du clergé » d'où « lettré, instruit », du grec *kleros* « héritage, part d'héritage », puis dans le grec chrét. « lot attribué à une église, à un prêtre », d'où « fonction de prêtre ». En a. fr. le mot s'applique à ceux qui ont embrassé l'état ecclésiastique et a pris très vite le sens de « instruit, lettré, savant » puisque l'Eglise avait le monopole de la vie intellectuelle. Le sens restreint de « employé dans une étude de notaire », etc. existe déjà au M. A. || ***clergé*** (XIIe s., sous la forme *clergié*), du lat. eccl. *clericatum* « état de clerc » et « ensemble des clercs », désigne en a. fr. « la classe des ecclésiastiques » ; ***clérical*** (XIVe s.), empr. au lat. chrét. *clericalis* « qui se rapporte au clergé », sens conservé. L'emploi au sens de « dévoué aux intérêts du clergé, partisan de l'Eglise » date du XIXe s. ; ***cléricalisme*** (XIXe s.), « attitude favorable au clergé », « doctrine défendant l'action du clergé dans le domaine temporel » ; ***anticlérical*** (XIXe s.) ; ***anticléricalisme*** (XXe s.).

clergyman « pasteur » (début du XIXe s.), de l'angl. « homme du clergé ».

clicher (XIXe s.), terme d'imprimerie « fabriquer l'empreinte d'une forme », onomat. || ***cliché*** (XIXe s.), d'abord terme de typographie « plaque en relief permettant de tirer une image », puis terme de photographie « image négative d'une photo » (XIXe s.).

client (XVe s.), empr. au lat. *cliens, clientis* « plébéien protégé (par un patricien) », d'abord terme politique de la civilisation antique, puis terme juridique à la fin du M. A. « personne qui confie ses intérêts à un avocat », enfin terme commercial à partir du XIXe s. « personne qui requiert des services ou qui achète des choses contre argent ». ‖ ***clientèle*** (XIVe s.), empr. au lat. *clientela* « état de protégé », « ensemble des protégés d'un patricien », en fr. « ensemble des vassaux soumis à un seigneur », puis au XIXe s. « ensemble des personnes faisant appel à un spécialiste, à un marchand contre argent » ; ***clientélisme*** (XXe s.), terme péj. « pratiques politiques visant à étendre le nombre de ses partisans en leur rendant des services ».

cligner (XIIe s., sous les formes *cluignier, clugnier, cligner* en a. fr.), « fermer à demi l'œil », « fermer et ouvrir rapidement l'œil », s. d. du lat. vulg. **cludiniare*, de *cludere*, forme tard. de *claudere* « fermer ». ‖ ***clin d'œil*** (XVe s.), déverb. ; ***clignoter*** (XIIIe s.), « fermer et ouvrir rapidement les yeux », puis « s'allumer et s'éteindre par intermittence (en parlant d'une lumière) » (XIXe s.) ; ***clignotement*** (XVIe s.) ; ***clignotant*** (XVIe s.).

climat (XIIe s.), empr. au lat. *clima, climatis* « inclinaison de la terre (par rapport au soleil et aux astres), climat, région », empr. au grec *klima* « inclinaison de la terre ». Le terme a désigné dans le lang. géogaphique depuis le XVIe s. l'espace compris entre deux degrés de latitude. En a. fr. le mot signifie « région terrestre » (par rapport aux astres), puis (par rapport à la température qui y règne), d'où « pays, région ». L'emploi du mot s'est répandu au XVIIe s. et surtout au XVIIIe s. Il a désigné alors la température de ces divers espaces, leurs conditions atmosphériques. La nuance morale de « ambiance, atmosphère » se rencontre à partir du XIXe s. ‖ ***acclimater*** (XVIIIe s.), « habituer à un nouveau climat », puis « introduire une réalité dans une région » ; ***acclimatation*** (XIXe s.) ; ***climatologie*** (XIXe s.) ; ***climatique*** (XIXe s.), « relatif au climat », puis « qui bénéficie d'un climat bienfaisant » ; ***climatiser*** (XXe s.), « maintenir dans une habitation une température et une humidité satisfaisantes » ; ***climatisation*** (XXe s.) ; ***climatiseur*** (XXe s.).

clinique (XVIe s.), empr. au lat. *clinicus* « qui est au lit, malade », « médecin visitant les malades au lit », du grec *klinikos* « qui concerne le lit » de *cliné* « lit », en fr. d'abord adj. de la langue médic. (XVIIe s.), « qui se fait au lit (des malades) » (*médecine clinique*), puis « qui concerne les symptômes de la maladie (observée directement) » (*examen clinique*). Le subst. *clinique* a d'abord le sens de « examen médical du malade au lit » (XVIIe s.), puis « service hospitalier où l'on donne un enseignement de médecine au chevet des malades » (XIXe s.), d'où le titre médical *chef de clinique* (XIXe s.), puis « établissement où l'on soigne les malades » (fin du XIXe s.) ‖ ***clinicien*** (XIXe s.) ; ***clinicat*** (fin du XIXe s.), « fonction de chef de clinique » ; ***polyclinique*** (fin du XIXe s.) ; ***policlinique*** (fin du XIXe s.).

clinquant (XVe s.), de *clinquer, cliquer* « faire du bruit », puis « briller » (voir **clique**), d'abord au sens de « bruyant » et « brillant ». Au XVe s. subst. pour désigner des lamelles brillantes d'or ou d'argent. D'où le sens « éclat factice » (XVIIe s.) et comme adj. « d'un éclat faux et trompeur, tapageur ».

clip 1 (XXe s.), de l'angl. *clip* « pince, agrafe », désigne une broche montée sur pince.

clip 2 (XXe s.), de l'améric. *clip* « coupure, extrait », empl. au sens de « extrait de film », puis « bref film vidéo aux effets percutants ».

clique (XIVe s. au sens de « fermeture de la porte »), de l'a. fr. *cliquer* « faire du bruit », s. d. onomat. Le sens de « société de gens » est attesté au XVIIe s., celui de « bande, cabale, coterie » au XVIIIe s., celui de « formation de tambours et de clairons » au XIXe s. || ***cliqueter*** (XIIIe s.), « produire un bruit sec » ; ***cliquetis*** (XIIIe s.), « succession de bruits secs » ; ***cliquer*** (XXe s.) dans le lang. de l'informatique vient de l'angl. *to click* ; ***déclic*** (XVIe s.), déverb. de l'a. verbe *décliquer* « bruit sec » et « déclenchement ».

clisse (XIIe s., sous la forme *clice*) en a. fr. « petite claie d'osier, palissade », d'orig. incert. On a voulu y voir une fusion de *claie* et *éclisse*.

clitoris (XVIIe s.), empr. au grec *kleitoris* « petite pierre », terme médic., désigne un organe érectile de la vulve.

cloaque (XIVe s.), empr. au lat. *cloaca* « égout », en fr. au sens de « bourbier, lieu d'immondices », puis « lieu malpropre » et « bas-fonds (au sens moral), foyer de corruption ».

cloche (XIIe s.), du lat. tard. *clocca* « instrument en bronze à percussion », s. d. mot celt. L'ital., l'esp. et l'a. prov. ont *campana*, du lat. tard., au sens de « cloche ». Le terme a désigné aussi des objets de forme semblable : *cloche à fromage* (XIXe s.), *chapeau cloche* (XXe s.), « chapeau évasé ». L'empl. arg. du mot au sens de « incapable, stupide » n'est pas d'orig. très claire. Le mot ***cloque*** « ampoule, boursouflure » (XVIIIe s.) est une forme picarde. || ***clocher*** (XIIe s.), « tour abritant la cloche d'une église » ; ***clochette*** (XIIIe s.), « petite cloche, sonnette ».

clocher 1, voir ***cloche***.

clocher 2 « boiter » (XIIe s.), du lat. vulg. **cloppicare*, de **cloppus* « boiteux ». || ***cloche-pied*** (XVe s.), « sur un seul pied » ; ***clochard*** (XIXe s.) signifie non pas « qui boite », mais « vagabond, sans domicile fixe » ; ***clochardiser*** (XXe s.) ; ***clopin-clopant*** « en boitant » (XVIIe s.), dér. de l'a. fr. *clop* « boiteux, qui marche péniblement », d'orig. obsc. Voir ***éclopé***.

cloison (XIIe s.), du lat. vulg. **clausio, clausionis* « clôture », de *clausus* « clos », a signifié en a. fr. « clôture », « muraille ». Les sens de « clôture » et « espace clos » ont longtemps survécu. Un affaiblissement sémantique s'est opéré à l'époque mod. Le sens de « séparation » existe toujours, mais s'y ajoute depuis le XVIe s. celui de « paroi légère ». || ***cloisonné*** (XVIIIe s.) ; ***cloisonner*** (XIXe s.) ; ***cloisonnement*** (XIXe s.).

cloître (XIIe s.), du lat. *claustrum* « barrière », d'où « enceinte », qui a désigné la clôture d'un monastère, la partie d'un monastère interdite aux laïcs, le monastère lui-même en a. fr. || ***cloîtrer*** (XVIIe s.), « faire entrer dans un couvent », d'où « enfermer ». Voir ***claustral***.

clone (XXe s.), mot savant, empr. à l'angl. *clone*, empr. au grec *klon* « pousse, rejeton », désigne « un groupe d'êtres génétiquement identiques issus d'un organisme unique ». || ***clonage*** (XXe s.) ; ***cloner*** (XXe s.).

clopin-clopant, voir ***clocher***.

cloporte (XIIIe s.), d'étym. inconnue.

cloque (XVIIIe s.), voir ***cloche***.

clore (XIIe s.), du lat. *claudere* « fermer, enfermer ». || ***clos*** (XIIe s.), part. pas. devenu adj. « fermé » (*espace clos*), puis « achevé, terminé » (*la séance est close*) ; le subst. (XIIe s.) désigne « un terrain cultivé entouré de murs ou de haies » ; ***clôture*** (XIIe s., sous la forme *closure*), du lat. *clausura*, a été refait d'après la finale très fréquente des mots en *-ture*, d'abord « action de fermer, moyen de fermer », d'où « fermeture, enceinte, barrière » et « action de terminer, fin » (XVe s.) ;

clôturer (XVIIIe s.), « fermer par une clôture » et « mettre un terme à » ; ***enclore*** (XIe s.) ; ***enclos*** (XIIIe s.), « lieu entouré d'une clôture » ; ***forclore*** (XIIe s.), terme jur. « exclure, priver d'un droit (qui ne s'est pas exercé dans les délais prévus) » ; ***forclusion*** (XVe s.), terme de droit « déchéance d'un droit qui ne s'est pas exercé dans les délais prescrits ».

clou (XIe s.), du lat. *clavus*, de même sens, a désigné aussi (par analogie) un « furoncle » du M. A. jusqu'à l'époque moderne. Les sens « mont-de-piété » et « partie (d'un spectacle, d'une exposition) qui retient l'attention » datent du XIXe s. ‖ ***clouer*** (XIIe s.) ; ***clouter*** (XIIIe s.) ; ***enclouer*** (XIIe s.) ; ***déclouer*** (XIIe s.) ; ***reclouer*** (XIIe s.).

clovisse (XVIIe s.), du prov. *clauvisso*, altér. de *clausisso* littéralement « coquillage fermé », de *claure* « fermer », ce coquillage étant difficile à ouvrir.

clown (début XIXe s.), empr. à l'angl. *clown* « rustre », puis « bouffon ». ‖ ***clownerie*** (XIXe s.).

club 1 (début du XVIIIe s.), de l'angl. *club* signifie « réunion, cercle ». Au sens de « association » le mot entre dans beaucoup de composés comme ***automobile-club***, etc.

club 2 (XIXe s.), « crosse de golf », de l'angl. *club* « gros bâton, bâton servant à lancer un objet ».

cluse (XVIe s., rare avant le XIXe s.), mot du Jura devenu un terme géographique, du lat. méd. *clusa*, de *clausa* « (vallée) fermée ».

clystère (XIIIe s.), terme médical, du lat. *clyster*, du grec *kluster* « lavement ».

coadjuteur (XIIIe s.), empr. au lat. tard. *coadjutor* « auxiliaire », terme de droit eccl. désigne un ecclésiastique nommé comme auxiliaire d'un prélat ou d'un supérieur.

coaguler (XIIIe s.), mot savant, du lat. *coagulare* « solidifier ». Voir aussi ***cailler***. ‖ ***coagulation*** (XIVe s.) ; ***coagulant*** (XIXe s.) ; ***anticoagulant*** (XXe s.).

coalescence (XVIe s.), dér. du verbe *coalescere* « s'unir, se réunir » (en parlant de la chair d'une plaie), empl. au sens de « réunion de deux éléments » en médecine, en linguistique, etc.

coalition (XVIIIe s.), de l'angl. *coalition* « réunion », du lat. méd. *coalitio* de même sens, fait sur le lat. *coalescere* « s'unir », en fr. d'abord au sens de « agrégation de plusieurs éléments ». Le sens « ligue, complot » date du XVIIIe s. ‖ ***coaliser*** (XVIIIe s.).

coasser (XVIe s.), empr. au lat. *coaxare* « pousser des cris (en parlant des grenouilles) », fait sur l'onomat. grecque *koax* (imitation du cri de la grenouille). ‖ ***coassement*** (XVIIe s.).

cobalt (1723, aussi sous la forme *cobolt* à l'origine), de l'all. *Kobalt*, *Kobolt*, variante de *Kobold* « lutin, génie des mines ».

cobaye (XVIIIe s.), du tupi guarani *sabuya*, s. d. par l'intermédiaire du port. *cobaya*.

cobra (XVIe s.), du port. *cobra* « couleuvre », du lat. vulg. **colobra*. du lat. clas. *colubra* « couleuvre ».

coca (XVIe s.), de l'esp. *coca*, empr. au péruvien, désigne un arbrisseau dont les feuilles contiennent de la cocaïne. ‖ ***cocaïne*** (XIXe s.).

cocagne (vers 1200), d'étym. inconnue, a d'abord désigné un pays imaginaire où fourmillent les biens matériels, puis « vie de plaisir et de fêtes ». L'expres. *mât de cocagne* désignant un mât au sommet duquel se trouvent des cadeaux est attestée au XIXe s.

cocaïne, voir ***coca***.

cocarde (XVe s.), fait sur l'a. fr. *coquart*, *cocart* « fier comme un coq », désigne « un insigne au chapeau fait de plumes de coqs ou faisant penser à la crête d'un coq », puis « un insigne aux couleurs nationales » (XVIIIe s.). || ***cocardier*** (XIXe s.), de *cocarde* « insigne aux couleurs nationales », en fr. au sens de « qui aime l'armée, les uniformes et les décorations », puis « d'un patriotisme exagéré ».

cocasse (XVIIIe s.), « bizarre », d'où « ridicule » p.-ê. altér. de *coquard*, qui a signifié « vaniteux ». || ***cocasserie*** (XIXe s.).

coccinelle (XVIIIe s.), du lat. scientifique *coccinella*, adapt. du lat. imp. *coccinus* « écarlate », fait sur le grec *kokkos* « cochenille » (insecte donnant la teinture d'écarlate).

coccyx (XVIe s.), du grec *kokkux* « coucou », en raison de la ressemblance de cet os avec un bec de coucou.

coche 1 (XIIe s.), « entaille », d'étym. peu claire. || ***cocher*** (XIVe s.), « marquer d'un trait » ; ***encocher*** (XIIe s.) ; ***encoche*** (XVIe s.) ; ***décocher*** (XIIe s.), litt. « enlever de la *coche*, c'est-à-dire de l'entaille », d'où « lancer une flèche ».

coche 2 (XVIe s.), « grande voiture », mot surtout empl. au XVIIe et au XVIIIe s., de l'all. *Kutsche*, p.-ê. issu du hongrois *kocsi* « grande voiture couverte ». || ***cocher*** (XVIe s.) ; ***cochère*** en parlant d'une porte permettant l'entrée d'un coche (XVIIe s.).

coche 3 (XIIIe s.), « bateau (halé par des chevaux) », d'orig. peu claire, p.-ê. du lat. tard. *caudica* « sorte de bateau ».

cochenille (XVIe s.), de l'esp. *cochinilla* « cloporte », désigne un insecte dont on tire une teinture rouge.

cochon (XIe s.), d'étym. inconnue, « porc ». Le sens de « personne sale » date du XVIIe s. || ***cochonner*** (XVe s.), d'abord au sens de « mettre bas (en parlant d'une truie) », puis « traiter sans soin » (XIXe s.) ; ***cochonnet*** (XIIIe s.), « petit cochon, cochon de lait », puis « petite boule (dans un jeu de boules) » (XVIe s.) ; ***cochonnaille*** (XVIIIe s.), « viande de porc, charcuterie » ; ***cochonnerie*** (XVIIe s.), « malpropreté », puis « chose sale, contraire à la décence » (XVIIe s.).

cocker (XIXe s.), empr. à l'angl. *cocker*, litt. « chasseur de bécasses », fait sur *woodcock* « coq de bruyère », désigne un épagneul angl. aux longues oreilles.

cocktail (XIXe s.), empr. à l'angl., litt. « queue de coq », désignant un cheval de trait (et non un pur-sang) à la queue coupée (*cocktailed horse*), à la queue courte qui se redresse en l'air. D'où l'idée d'abâtardissement, de mélange. Le sens de « mélange de boissons » (eau et alcool) viendrait de l'américain (XIXe s.). Le sens « réunion où l'on boit » provient de *cocktail-party*.

coco 1 (XVIe s.), « fruit du cocotier », du port. *coco*. || ***cocotier*** (XVIIe s.).

coco 2 (XIXe s.), onomat. du langage enfantin désignant un œuf de poule, ensuite servant de terme affectif, puis dépréciatif.

cocon (XVIIe s.), du prov. *coucoun* (le mot appartiendrait p.-ê. à la famille de *coque* « coquille d'un œuf »), désigne l'enveloppe soyeuse tissée par certaines chenilles avant de devenir chrysalides.

cocotte 1 (XVIIIe s.), « poule » dans le langage enfantin, « femme légère ». L'évol. du sens de *poule* a été semblable.

cocotte 2 (XIXe s.), d'orig. peu claire, « marmite, autocuiseur ».

cocu (XIVe s.), var. de *coucou*, lat. *cuculus* « qui pond ses œufs dans un nid étranger ». || ***cocufier*** (XVIIe s.), terme fam.

code (XIIIe s.), du lat. *codex* « tablette à écrire, registre », puis « recueil de lois » (depuis le Code de Justinien), en fr. au sens de « livre de droit, recueil de lois » (*code pénal*). Le sens dér. « ensemble de règles » (*code de l'hon-*

neur) est du XVIIIe s., celui de « système de symboles » (*code d'accès, code postal*) du XXe s. ‖ ***codex*** (XVIIe s.), « recueil de recettes pharmaceutiques » ; ***codicille*** (XIIIe s.), du lat. jur. *codicillus* « tablette à écrire », puis « modification ou complément apporté à un testament », sens conservé en fr. ; ***codicologie*** (XXe s.), « étude matérielle des manuscrits », fait sur le lat. *codex* au sens de « livre manuscrit » ; ***codifier*** (XIXe s.) ; ***codification*** (XIXe s.) ; ***coder*** (XXe s.), « transcrire un message dans les signes symboliques d'un code » (linguist., sémiotique, télécom., informat., etc.) ; ***codage*** (XXe s.) ; ***codeur*** (XXe s.). Voir ***décoder***.

coefficient, voir ***efficient***.

cœlacanthe (XIXe s.), poisson primitif, adapt. du lat. scientifique *coelacanthus*, empr. au grec *koilos* « creux » et *akantha* « épine ».

coercitif (XVIe s.), empr. au lat. *coercitus*, part. pas. de *coercere* « réprimer, contenir », en fr. « qui contraint ». ‖ ***coercition*** (XVIe s.), « contrainte », empr. au lat. *coercitio* « contrainte, châtiment » ; ***incoercible*** (XVIIIe s.), « qu'on ne peut contraindre, qu'on ne peut empêcher », fait sur l'adj. *coercible* (XVIIIe s.), tiré du lat. *coercere* « réprimer, châtier ».

cœur (XIe s., sous la forme *cuer*), du lat. *cor, cordis* « organe de la circulation sanguine », puis « estomac » et « siège des sentiments », en fr. comme dans l'Antiquité siège de la vie intérieure (*ouvrir son cœur*), du courage (*ne pas avoir le cœur de faire qq. ch.*), des sentiments et notamment de l'amour (*avoir le cœur serré, donner son cœur*), de la bonté (*avoir du cœur*), de la volonté (*avoir à cœur*), de la conscience morale, de l'intuition (*aux yeux du cœur*), des pensées et de la mémoire (*savoir par cœur, apprendre par cœur*). ‖ ***à contrecœur*** (XIVe s.), « malgré soi, avec répugnance » ; ***écœurer*** (XVIIe s., rare avant le XIXe s.), « soulever le cœur, dégoûter », puis « indigner » et « démoraliser » ; ***écœurement*** (XIXe s.), même évol. ; ***courage*** (XIe s.), dér. de *cœur*, en a. fr. au sens général de « cœur, dispositions de l'âme, intention ». Depuis le XVIIe s. prédominent les sens de « force d'âme » et aussi « énergie » ; ***courageux*** (XIIe s.) ; ***décourager*** (XIIe s.) ; ***découragement*** (XIIe s.) ; ***encourager*** (XIIe s.) ; ***encouragement*** (XIIIe s.).

coffre (XIIe s.), du lat. *cophinus* « corbeille, panier », du grec *kophinos*, de même sens, en fr. « caisse » et « meuble ayant la forme d'une caisse ». Le sens de « poitrine, thorax » date du XVIe s. L'expres. fam. *avoir du coffre* (XIXe s.) signifie d'abord « avoir une large poitrine, avoir du souffle », puis « avoir de l'audace, de l'aplomb ». Le comp. ***coffre-fort*** date du XVIe s. ‖ ***coffret*** (XIVe s.) ; ***coffrer*** (XVIe s.), fam. aujourd'hui, signifiait déjà « emprisonner » au XVIe s. ; ***coffrage*** (XIXe s.).

cogitation (XIIe s.), empr. au lat. *cogitatio* « réflexion », iron. depuis le XIXe s. ‖ ***cogiter*** (XVe s.), d'abord « réfléchir » (sans nuance ironique), empl. avec ironie depuis le XIXe s.

cognac (XIXe s.), du nom de la ville de *Cognac*, abrév. de eau-de-vie de Cognac (XVIIIe s.).

cognassier, voir ***coing***.

cognée (XIe s., fréq. sous la forme *cuigniee* en a. fr.), grosse hache à la lame étroite servant à abattre les arbres, du lat. méd. *cuneata*, qualif. de la hache, fém. de *cuneatus* « en forme de coin », de *cuneus* « coin ».

cogner (XIIe s.), du lat. *cuneare* « serrer avec un coin », a pris très tôt le sens de « frapper », mais en a. fr. conserve parfois le sens de « serrer ». ‖ ***cogne*** (XIXe s., arg. des malfaiteurs) désigne un gendarme, puis un agent de police.

cognition (XIIIe s., rare avant le XIXe s.), mot savant, empr. au lat. *cognitio* « action d'apprendre à connaître, connaissance », en fr. « processus d'acquisition de la connaissance ». || ***cognitif*** (XIVe s., rare avant le XIXe s.), « qui concerne la connaissance, les processus d'acquisition de la connaissance ».

cohérent (XVIe s.), empr. au lat. *cohaerens* « attaché ensemble, compact », en fr. indique que les éléments d'un ensemble sont liés et s'accordent entre eux, d'où le sens de « logique, ordonné » au XVIIIe s. (en parlant du discours ou de la pensée). || ***cohérence*** (XVIe s.) ; ***incohérence*** (XVIIIe s.) ; ***incohérent*** (XVIIIe s.).

cohésion (XVIIe s.), terme savant tiré de *cohaesus*, part. pas. de *cohaerere* « être attaché ensemble, former un tout », en fr. « union, solidarité (des membres d'un ensemble) ».

cohorte (XIIIe s.), empr. au lat. *cohors, cohortis* « troupe ».

cohue (XIVe s.), mot de l'Ouest, empr. s. d. au bret. *koc'hu* « halle », a signifié d'abord « assemblée de justice ». Le sens de « réunion tumultueuse, foule désordonnée » date du XVIIe s.

coi (XIe s. ; fém. *coie* en a. fr., *coite* depuis le XVIIIe s.), du lat. vulg. **quetus*, du lat. *quietus* « tranquille », en fr. au sens de « tranquille et silencieux », parfois « abasourdi, stupéfait » (XXe s.).

coiffe (XIe s.), du lat. tard. *cofia*, s. d. du germ. *kufia* « casque », a désigné en a. fr. une calotte de mailles de fer sous le heaume (XIIe s.), un ajustement de tête en toile pour les personnes des deux sexes (XIIIe s.), en fr. mod. encore empl. au sens de « coiffure féminine » (ancienne et régionale) et dans divers sens tech. || ***coiffer*** (XIIIe s.), « couvrir la tête (d'une coiffe, d'un chapeau) » au M. A. et au XVIe s., « arranger les cheveux » à partir du XIIIe s. ; ***coiffure*** (XVe s.) ; ***coiffeur*** (XVIIe s.) ; ***décoiffer*** (XIIIe s.), d'abord au sens de « enlever la coiffe », puis « déranger les cheveux de qqn » ; ***coiffeuse*** (XXe s.), « petite table (devant laquelle les femmes se coiffent) ».

coin (XIIe s., souvent sous la forme *coing* en a. fr.), du lat. *cuneus* de même sens, a désigné en a. fr. surtout le coin à fendre, puis le coin pour battre monnaie, le sommet du heaume (emploi disparu), plus rarement l'angle. En fr. mod. ce dernier sens l'emporte. Le sens de « endroit retiré » date du XVIe s. || ***coincer*** (XVIIIe s.), d'abord « fixer avec des coins », puis « empêcher de bouger » (XIXe s.), enfin « embarrasser » (XXe s. dans la langue fam.) ; ***écoinçon*** (XIVe s.), « ouvrage de bois ou de pierre formant encoignure » ; ***encoignure*** (XVIe s.), « angle intérieur », puis « petit meuble placé dans un angle » (XVIIIe s.) ; ***recoin*** (XVIe s.), « coin retiré », d'où « partie cachée » (XVIIe s.).

coïncider (XIVe s.), empr. au lat. méd. *coincidere* « tomber ensemble, s'accorder ». || ***coïncidence*** (XVe s.), empr. au lat. méd. *coincidentia* « similitude ». L'empl. au sens temporel « rencontre, concours de circonstances » est attesté au XVIIIe s.

coing (XIIe s.), fruit du cognassier, s. d. du lat. imp. *cotoneum malum* ou bien *cydonium malum* « pomme de Cydon (en Crète) », du grec *kudonia*, de même sens. Le *g* final est du XVIIe s. || ***cognassier*** (XVIe s.), dér. de *cognasse* (XVIe s.), « coing sauvage ».

coït (XIVe s.), « accouplement », du lat. *coitus* « réunion ».

coke (vers 1827), de l'angl. *coke*.

col, voir ***cou***.

colchique (XVIe s.), d'abord « plante de Cochide », du grec *kolkhikon*.

colère (XIIIe s.), d'abord terme médical, empr. au lat. *cholera* « bile, maladie provenant de la bile », du grec *kholéra*, désigne en a. fr. la bile (une des quatre humeurs fondamentales), la « colère » se disant *ire*. Au XVIe s. le sens de « bile » reste courant, mais celui de « irritation » (due à un tempérament bilieux) se développe. Depuis le XVIIe s. le sens de « irritation » l'a emporté. Le mot n'est plus en rapport avec l'idée d'un excès de bile. L'adj. ***colère*** « irrité » est employé au XVIe s. et surtout au XVIIe s. || ***coléreux*** (XVIe s.), « prompt à se mettre en colère » ; ***colérique*** (XIIIe s.), « bilieux » en a. fr. ; en fr. mod. « enclin à la colère » ; ***décolérer*** (XVIe s., repris au XIXe s.), « cesser d'être en colère », utilisé avec une négation.

colibri (XVIIe s.), « oiseau des Antilles », mot des Caraïbes.

colifichet (XVIIe s.), d'orig. peu claire, désigne un petit objet sans valeur, une « babiole ».

colimaçon, voir ***limace***.

colin (XIVe s.), poisson, s. d. de l'a. fr. *cole* de même sens, du néerl. *koolvis*.

colique, voir ***côlon***.

colis (XVIIIe s. aussi sous la forme *coli*), du pluriel ital. *colli* « charge portée sur le cou », de *collo* « cou ».

collaborer (XIXe s.), du lat. tard. *collaborare* « travailler en commun ». || ***collaboration*** (XVIIIe s.), « travail en commun », empr. au lat. méd. *collaboratio* ; ***collaborateur*** (XVIIIe s.). Ces deux derniers mots ont pris pendant la guerre (1939-45) le sens de « coopérant avec la puissance occupante », d'où « partisan des Allemands ».

collapsus (XVIIIe s.), mot lat., part. pas. de *collabi* « s'affaisser, tomber d'un coup », en fr. terme médic. « sorte de syncope ».

collatéral, voir ***latéral***.

collation (XIIIe s.), empr. au lat. *collatio* « comparaison » en lat. clas., « action de conférer » en lat. eccl., « conférence, débat, repas, action de conférer un bénéfice ecclésiatique » en lat. méd. Les sens intellectuels « action de comparer des textes », d'où « exposé, débat » existent en a. fr. La valeur de « repas léger pris à la place du souper » viendrait de l'usage monastique de prendre quelque nourriture le soir après un débat sur l'Ecriture sainte. La nuance de « repas léger pris dans l'après-midi » est mod. Le sens jur. « action de conférer un grade universitaire » continue l'ancien emploi du mot pour « conférer un bénéfice ». || ***collationner*** (XIVe s.) ; ***collationnement*** (XIXe s.).

colle (XIIIe s.), du lat. vulg. **colla*, du grec *kolla* « gomme, colle », empl. aux sens de « interrogation » et de « punition » dans l'argot des écoles au XIXe s. || ***coller*** (XIVe s.) ; ***collage*** (XVIe s.) ; ***décoller*** (XIVe s.) ; ***décollement*** (XVIIe s.) ; ***encoller*** (XIVe s.) ; ***recoller*** (XIVe s.) ; ***autocollant*** (XXe s.).

collecte (XIIIe s.), du lat. tard. *collecta* « action de recueillir, quête », en fr. « prière de la messe (où sont rassemblées les intentions des fidèles) », puis « action de ramassage » (XIVe s.), « action de recueillir des dons » (XVIIe s.). || ***collecter*** (XIVe s.) ; ***collecteur*** (XIVe s.) ; ***collection*** (XVIIe s.), d'abord « action de cueillir, de recueillir ». Les sens de « réunion d'objets remarquables » et « série d'ouvrages » datent du XVIIe s. ; ***collectionner*** (XIXe s.) ; ***collectif*** (XVe s.), empr. au lat. *collectivus* « ramassé », de *colligere* « réunir », en fr. « qui concerne un ensemble de personnes » ; ***collectivité*** (XIXe s.) ; ***collectivisme*** (XIXe s.) ; ***collectiviser*** (XIXe s.).

collège (XIVe s.), empr. au lat. *collegium* « association, confrérie ». Les sens de « compagnie, communauté, corps de personnes de même statut » et aussi « établissement religieux » existent dès le M. A. La valeur de « établissement d'enseignement » apparaît au XIVe s. || ***collégial*** (XIVe s.), empr. au lat. tard. *collegialis* « appartenant à une communauté», a signifié «qui concerne un collège de chanoines» et «qui est exercé par un groupe»; ***collégialité*** (XXe s.); ***collégien*** (XVIIIe s.).

collègue (XVIe s.), du lat. *collega* «qui exerce la même charge, compagnon».

collerette, **collet**, **collier**, voir ***cou***.

colline (XVIe s.), subst. créé à partir de l'adj. fém. *collina* «de colline, de coteau», du masc. *collinus*, de *collis* «colline».

collision (XVe s.), empr. au lat. *collisio* «choc».

colloque (XVe s.), empr. au lat. *colloquium* «entretien».

collusion (XIIIe s.), empr. au lat. *collusio* «entente secrète».

collutoire (XIXe s.), mot savant, formé sur le supin *collutum*, du lat. *colluere* «laver», désigne un médicament appliqué ou pulvérisé dans la bouche.

collyre (XIIe s.), du lat. *collyrium*, du grec *kollurion* «onguent». L'emploi au sens ophtalmique est attesté dès le M. A.

colmater (XIXe s.), dér. de l'ital. *colmata* «terrain comblé». || ***colmatage*** (XIXe s.).

colombage, voir ***colonne***.

colombe (XIIe s.), du lat. *columba*. || ***colombier*** (XIIe s.), «pigeonnier».

colon (XIVe s.), empr. au lat. *colonus* «cultivateur, paysan» et «habitant d'une colonie», de *colere* «cultiver». || ***colonie*** (XIVe s.), empr. au lat. *colonia* «population romaine installée dans une région contrôlée par Rome», d'où en fr. «territoire étranger placé sous la domination d'un autre pays qui le met en valeur» (XIVe s.), puis «population installée dans un pays conquis» (XVIe s.), «groupe de personnes réunies par des affinités communes» (XVIIIe s.). L'expres. *colonie de vacances* apparaît au début du XXe s.; ***colonial*** (XVIIIe s.), ***coloniser*** (XVIIIe s.), ***colonisation*** (XVIIIe s.); ***colonialisme*** (XXe s.); ***anticolonialisme*** (XXe s.); ***décolonisation*** (XIXe s.); ***décoloniser*** (XIXe s.).

côlon (XIVe s.), empr. au lat. *colon*, du grec *kolon* «gros intestin». || ***colique*** (XIIIe s.), empr. au lat. méd. *colica*, fém. subst. de *colicus* «qui souffre de l'intestin», du grec *kolikos*, de *kolon* «intestin», en fr. aux sens de «douleurs intestinales» et «diarrhée»; ***colite*** (XIXe s.), «inflammation du côlon».

colonel (XVIe s., fréq. sous la forme *coronel, couronel* jusqu'au XVIIe s.), de l'ital. *colonnello* «chef d'une colonne de soldats», de *colonna* «colonne, troupe de soldats», en fr. au sens de «chef d'un régiment».

colonne (XIIe s., sous la forme *colombe*, *columpne*), du lat. *columna*. || ***colonnade*** (XVIIe s.); ***colombage*** (XIVe s.), «colonnes ou solives de bois dans une muraille».

coloquinte (XIVe s.), empr. au lat. imp. *colocynthis*, du grec *kolokunthis*, nom de plante.

colorer, **colorier**, **coloris**, voir ***couleur***.

colosse (XVe s.), empr. au lat. *colossus*, du grec *kolossos* «statue gigantesque» (désignant le colosse de Rhodes). || ***colossal*** (XVIe s.).

colporter (XVIe s.), s. d. altér. de l'a. fr. *comporter* «porter», du lat. *comportare* «transporter», d'après *col* «cou», le colporteur étant un marchand ambulant qui porte des marchandises sur son dos, près de son cou. || ***colporteur*** (XIVe s.); ***colportage*** (XVIIIe s.).

colza (XVIIe s.), du néerl. *koolzaad*, litt. «semence de chou».

coma (XVIIe s.), du grec *koma* «sommeil profond», terme médic. désignant une perte de la conscience. || ***comateux*** (XVIIe s.).

combattre (XIe s.), du lat. vulg. **combattere*, du lat. tard. *combattuere* « se battre contre », en fr. de même sens. || ***combat*** (XVIe s.), « affrontement guerrier » et « lutte, opposition » ; ***combattant*** (XIIe s.), d'abord adj., puis subst. (XVIe s.) ; ***combatif*** (XIXe s.) ; ***combativité*** (XIXe s.).

combe (XIIe s.), du lat. tard. **cumba*, tiré du gaul., signifiait couramment « vallée » au M. A. Mot repris au XVIIIe s.

combien, voir ***comme***.

combiner (XIIIe s.), du lat. *combinare* « réunir, assembler », en fr. au sens de « agencer, disposer, organiser en vue d'un but ». || ***combinaison*** (XVIIe s.), empr. au lat. tard. *combinatio* « assemblage », mot abrégé dans le lang. pop. en ***combine*** (fin XIXe s.). Le sens de « plan, moyens élaborés en vue d'un but » date du XVIIIe s., celui de « sous-vêtement » ou « vêtement d'une pièce » du XIXe s. ; ***combinatoire*** (XVIIIe s.) ; ***combinat*** (XXe s.).

comble (XIIe s.), du lat. *cumulus* « amas, surplus » (au plan phonét.) et aussi du lat. *culmen* « faîte, sommet » (au plan sémantique), possède en a. fr. des sens matériels « tertre, sommet, plafond » et le sens de « excédent, haut degré ». Ce dernier emploi se développe surtout au XVIIe s. || ***combler*** « remplir à ras bords » (XIIe s.), du lat. *cumulare* « amonceler » ; ***comble*** adj. (XIIIe s.), « rempli ».

combustion (XIIe s.), empr. au lat. *combustio* « action de brûler (par le feu) ». || ***combustible*** (XVe s.) ; ***incombustible*** (XIVe s.).

comédie (XIVe s.), empr. au lat. *comoedia* « comédie » et « pièce de théâtre ». Ce sens général survit au XVIe s. et au XVIIe s., d'où le théâtre connu sous le nom de *Comédie-Française*. || ***comédien*** (XVIe s.), d'abord au sens de « acteur, interprète de pièces de théâtre ». Le sens de « qui feint des sentiments qu'il n'éprouve pas, hypocrite » date du XVIIe s.

comestible (XVe s.), empr. au lat. méd. *comestibilis* « pouvant être mangé », du lat. *comestus*, part. pas. de *comedere* « manger », en fr. « qui peut servir d'aliment ».

comète (XIIe s.), empr. au lat. *cometa*, du grec *kométês* « astre chevelu », désigne un astre qui se déplace avec une traînée lumineuse.

comice (XIVe s.), empr. au lat. *comitia* « assemblée générale du peuple romain ». L'expres. *comices agricoles* « réunion d'agriculteurs », puis « concours de bestiaux » est attestée depuis le XVIIIe s.

comique (XIVe s.), empr. au lat. *comicus* « qui appartient à la comédie ». Le subst. est attesté à partir du XVIe s. avec les sens de « auteur comique », « acteur comique » (XVIIe s.) et « genre comique » (XVIIe s.).

comité (XVIIe s.), de l'angl. *commitee* « commission ». Le mot s'est répandu à l'époque de la Révolution française.

commander (XIe s.), du lat. vulg. **commandare* (par anal. du verbe *mandare*), du lat. clas. *commendare* « confier, recommander ». Les deux sens de « confier » et de « ordonner » sont courants en a. fr. et au XVIe s. Les emplois de « exercer une autorité », « obliger, contraindre », « dominer (un lieu) », « passer commande à un artisan ou un commerçant » se développent surtout à partir du XVIIe s. || ***commande*** (XIIIe s.), « pouvoir, protection, dépôt » en a. fr. L'expres. *de commande* « par obligation », d'où « de manière insincère » apparaît au XVIIe s. Le sens de « câble » est connu au XVe s., d'où « organe pouvant déclencher ou arrêter un mécanisme » à partir du XVIe s. L'emploi dans le voc. commercial « achat, ordre » est courant à compter du XVIIe s. ; ***commandement*** (XIe s.) ; ***commandeur*** (XIIe s.), « chef, maître » ; ***commanderie***

(XIVe s.), « terres et maison forte possédées par un ordre militaire au M. A. » ; ***commandant*** (XVIIe s.) ; ***décommander*** (XIVe s.) ; ***recommander*** (Xe s.), d'abord « confier », puis « appuyer, signaler à l'attention bienveillante de qqn » et « demander avec insistance » ; ***recommandation*** (XIVe s.).

commandite (XVIIe s.), de l'ital. *accomandita* « dépôt, garde », en fr. « société formée d'associés solidaires ». || ***commanditaire*** (XVIIIe s.), d'abord « bailleur de fonds (dans une société en commandite) », puis « bailleur de fonds pour une entreprise » ; ***commanditer*** (XIXe s.).

commando (XXe s.), empr. à l'angl., issu de l'afrikaans « groupe de combat dans l'armée des Boers », lui-même du port. *comando* « commandement », en fr. surtout « groupe de combat ».

comme (IXe s.), du lat. *quomodo*. || ***combien*** (XIIe s.), de *com(me)* et *bien* ; ***comment*** (XIe s.).

commémorer (XIVe s.), empr. au lat. *commemorare* « rappeler le souvenir, évoquer ». || ***commémoration*** (XIIIe s.), empr. au lat. *commemoratio* « action de rappeler le souvenir de qq. ch. ».

commencer (Xe s.), empr. au lat. vulg. **cuminitiare*, fait de *cum* et *initiare*, aux sens de « initier » et « débuter », en fr. « débuter, entreprendre ». || ***commencement*** (XIIe s.) ; ***recommencer*** (XIe s.), etc.

commende (XVe s.), « concession d'un bénéfice eccl. à un laïc ou à un eccl. qui n'en assume pas la direction réelle », du lat. méd. *commenda* « dépôt ». || ***commendataire*** (XVe s.).

commensal (XIVe s.), empr. au lat. méd. *commensalis* « qui mange à la même table (*mensa*) ».

commensurable (XIVe s.), empr. au lat. tard. *commensurabilis* « de mesure commune ». || ***incommensurable*** (XIVe s.).

comment, voir ***comme***.

commenter (XIVe s.), empr. au lat. *commentari* « réfléchir, étudier ». || ***commentaire*** (XVe s.).

commerce (XIVe s.), empr. au lat. *commercium* « commerce, relations sociales ». Le sens de « relations sociales, sociabilité » se développe surtout au XVIIe s. || ***commercer*** (XVe s.) ; ***commerçant*** (XVIIe s.) ; ***commercial*** (XVIIIe s.) ; ***commercialiser*** (XIXe s.), etc.

commère (XIIIe s.), du lat. eccl. *commater* litt. « mère avec », d'où « marraine d'un enfant » (par rapport aux parents de l'enfant et au parrain). Le mot est employé aussi depuis le M. A. dans le langage familier comme terme d'amitié entre voisins au sens de « compagne », également au sens de « femme bavarde, femme curieuse ». || ***commérage*** (XVIe s.), qui a pris le sens de « propos de commères, médisances » depuis le XVIIIe.

commettre (XIIIe s.), du lat. *committerre* « assembler, entreprendre, risquer, commettre un acte répréhensible », en fr. dès le XIVe s. au sens de « confier, charger, désigner » (en fr. mod. *avocat commis d'office*), puis de « accomplir (une action blâmable) » (*commettre un délit*). Les sens de « charger, confier » et « exposer, mettre en danger, risquer », courants jusqu'à la fin du XVIIIe s., sont rares aujourd'hui. De même *se commettre* (XVIIe s.), au sens de « se compromettre ». || ***commettant*** (XVIe s.) ; ***commis*** (XIVe s.), autrefois « chargé d'une fonction », qui pouvait être noble ; ***commission*** (XIVe s.), empr. au lat. *commissio*, d'abord « action de mettre en contact », puis en lat. tard. « mandat », en fr. au sens de « mission » (XIIIe s.), d'où « charge, mandat », puis « réunion de personnes chargées d'un mandat » (XVIIIe s.),

« pourcentage, rémunération perçue » (XVIIe s.). Le sens de « message, service rendu, emplettes » est attesté dès le XVIIe s. ; ***commissaire*** (XIVe s.), « préposé à une fonction » ; ***commissariat*** (XVIIIe s.) ; ***commissionnaire*** (XVIe s.), « intermédiaire ».

comminatoire (XVIe s.), empr. au lat. méd. *comminatorius,* de *comminari* « menacer ».

commis, voir ***commettre***.

commisération (XVIe s.), empr. au lat. *commiseratio* « appel à la pitié », en fr. au sens de « compassion, attendrissement ».

commission, voir ***commettre***.

commissure (XIVe s.), empr. au lat. *commissura* « jointure », en fr. « point de jonction de deux parties » (*commissure des lèvres*).

commode, adj. (XVe s.), empr. au lat. *commodus* « convenable, approprié ». Le subst. au sens de « meuble utile » apparaît au XVIIIe s. || ***commodité*** (XVe s.), empr. au lat. *commoditas*, très employé au XVIIe s. en divers sens : « avantage, convenance, agrément, occasion favorable, moyen de transport avantageux », y compris au plur. au sens de « lieux d'aisances » ; ***accommoder*** (XIVe s.) ; ***accommodement*** (XVIe s.) ; ***incommode*** (XVIe s.) ; ***incommoder*** (XVe s.) ; ***incommodité*** (XIVe s.).

commotion (XIIe s.), empr. au lat. *commotio* « secousse ». || ***commotionner*** (XIXe s.).

commuer (XIVe s.), empr. au lat. *commutare* « changer complètement, échanger », en fr. « changer une peine en une autre (plus douce) ». || ***commutation*** (XIIe s.), empr. au lat. *commutatio* « changement » ; ***commutateur*** (XIXe s.) ; ***commuter*** (XVIIe s.), empr. au lat. *commutare* « changer complètement, échanger ».

commun (IXe s.), du lat. *communis* « qui appartient à plusieurs, qui concerne plusieurs ». || ***commune*** (XIIe s.), du lat. *communia,* au sens de « groupe d'hommes vivant en commun », plur. neutre de *communis*, devenu subst. féminin, a désigné en a. fr. « la ville affranchie de l'autorité seigneuriale » et « le corps des bourgeois » dirigeant la cité. Le sens de « collectivité territoriale » apparaît sous la Révolution ; ***communal*** (XIIe s.), empr. au lat. tard. *communalis* « de la communauté » ; ***communauté*** (XIIIe s.), s. d. réfect. de l'a. fr. *communité*, empr. au lat. *communitas* « collectivité, instinct social » ; ***communautaire*** (XIXe s.) ; ***communiste*** (XVIIIe s.) ; ***communisme*** (XIXe s.) ; ***communard*** (1871), du mouvement révolutionnaire parisien appelé *Commune*.

communier (Xe s.), empr. au lat. chrét. *communicare* « participer (au corps et au sang du Christ) » ; ***communion*** (XIIe s.), empr. au lat. chrét. *communio* « union, participation à la même foi, participation au sacrement de l'eucharistie ». Voir ***excommunier***.

communiquer (XIVe s.), du lat. *communicare* « mettre en commun », puis « entrer en relations » (lat. tard.), en fr. « être en relations, mettre en relations » (XIVe s.) et « faire connaître » (XVIe s.) || ***communication*** (XIVe s.) ; ***communicable*** (XIIe s.) ; ***communicatif*** (XIIIe s.) ; ***incommunicable*** (XVe s.) en fr. « intransmissible », « qui ne peut communiquer » et « qui ne peut être communiqué, inexprimable » ; ***incommunicabilité*** (XIXe s.) ; ***communiqué*** (XIXe s.), « annonce faite au public ».

compact (XIVe s.), empr. au lat. *compactus* « serré », en fr. « dense, serré », et sous l'infl. de l'angl. *compact* « contenant beaucoup de matière sous un faible encombrement » (XXe s.).

compagnon (XIe s.), du lat. tard.

companio, companionem « qui mange son pain avec qqn ». Le c. s. *compain* de l'a. fr. a existé jusqu'au XVIe s. Il survit dans le fr. mod. fam. **copain** (début du XIXe s.). || **compagnie** (XIIe s.), du lat. vulg. **compania* « assemblée, réunion, présence, fréquentation », avec les mêmes sens en a. fr. ; **accompagner** (XIIe s.) ; **compagnonnage** (XVIIIe s.).

comparaître (XVe s.), réfect. (d'après *paraître*) de l'a. fr. *comparoir*, du lat. jur. *comparere*. || **comparution** (XVe s.).

comparer (XIIe s.), empr. au lat. *comparare* « apparier, assimiler », en fr. « rapprocher, confronter ». || **comparaison** (XIIe s.), empr. au lat. *comparatio* ; **comparatif** (XIIIe s.), empr. au lat. *comparativus* « qui compare » ; **comparable** (XIIe s.), empr. au lat. *comparabilis* ; **incomparable** (XVe s.) ; **comparatiste** (XXe s.), « spécialiste de littératures comparées ».

comparse (XVIIe s.), de l'ital. *comparsa* « apparition », d'où « personnage muet ».

compartiment (XVIe s.), de l'ital. *compartimento* « division d'une surface », pris en fr. dans divers sens tech. L'empl. dans les chemins de fer date de la seconde moitié du XIXe s. || **compartimenter** (XIXe s.).

compasser (XIIe s.), du lat. vulg. **compassare* « mesurer avec le pas », fait sur *passus* « pas », d'abord « mesurer, régler » en a. fr. et au XVIe s. Le sens « régler avec minutie » date du XVe s. L'adj. *compassé* signifie « affecté, guindé » (XVIe s.). || **compas** (XIIe s.), qui a signifié en a. fr. « mesure, règle, cercle, circonférence, rayon » ne désigne plus auj. que l'instrument de mesure.

compassion (XIIe s.), empr. au lat. chrét. *compassio* « communauté de sentiment, sympathie », d'où en fr. « miséricorde, pitié ». || **compatir** (XVIe s.) ; **compatissant** (XVIIe s.).

compatible (XVe s.), « qui s'accorde avec, conciliable », empr. au lat. méd. *compatibilis* « susceptible d'exister avec, de s'accorder avec (en parlant d'un bénéfice ecclésiastique) ». || **compatibilité** (XVIe s.), s. d. dér. de *compatible* ; **incompatible** (XIVe s.), empr. au lat. méd. *incompatibilis* « qui ne peut coexister avec » ; **incompatibilité** (XVe s.), dér. de *incompatible*.

compenser (XIIIe s.), empr. au lat. *compensare* « mettre en balance, contrebalancer ». || **compensation** (XIIIe s.), empr. au lat. *compensatio* « action de rétablir l'équilibre » ; **compensatoire** (XIXe s.).

compère (XIIe s.), du lat. chrét. *compater* « père avec, parrain » (par rapport aux parents et à la marraine). Le mot s'est employé aussi depuis le M. A. dans le langage familier comme terme d'amitié entre voisins, entre compagnons et camarades. Le sens de « complice » est attesté depuis le XVIe s.

compétent (XIIIe s.), empr. au lat. *competens* « qui convient », en a. fr. « approprié ». Le sens « convenable, suffisant » (XIIIe s.) est courant au XVIe s. Le sens jur. « qui convient à (telle instance), qui appartient à (telle instance) », très répandu aujourd'hui, se développe à partir de la fin du XVe s. || **compétence** (XVe s.), empr. au lat. imp. *competentia* « juste rapport », d'abord en ce sens en a. fr., puis « autorité, pouvoir » (XVIe s.) et « capacité due au savoir, connaissance approfondie » (XVIIe s.) ; **incompétent** (XVIe s.) ; **incompétence** (XVIe s.).

compétiteur (XVe s.), empr. au lat. *competitor* « concurrent ». || **compétition** (XVIIIe s.), de l'angl. *competition* « rivalité » ; **compétitif** (XXe s.), s. d. dér. de l'angl. *competitive* « concurrent », auj. en fr. au sens de « qui supporte la concurrence, qui réalise de bons résultats ».

compiler (XIIe s.), empr. au lat. *compilare* « piller », en a. fr. et au XVIe s. a le sens de « assembler, composer » (valeur laudative). Le sens péj. est attesté à partir du XVIIIe s. || ***compilation*** (XIIIe s.), empr. au lat. *compilatio* « action de piller » ; ***compilateur*** (XVe s.), empr. au lat. tard. *compilator* « pillard ».

complainte (XIIe s.), en a. fr. « plainte » et « plainte en justice », de l'a. fr. *complaindre* (XIIe s.), du lat. vulg. **complangere*, du lat. clas. *plangere* « se lamenter » ; depuis le XIXe s. « chanson populaire sur un événement tragique ou une légende religieuse ».

complaire (XIIe s.), empr. au lat. *complacere* « être agréable » d'après *plaire*. || ***complaisant*** (XVIe s.) ; ***complaisance*** (XIVe s.).

complément (XIVe s., mot très rare avant la seconde moitié du XVIIe s.), de l'a. fr. *complir* « remplir, compléter » et du lat. méd. *complementum*. Emplois techniques divers aux XVIIe et XVIIIe s. Le sens grammatical est attesté au XVIIIe s. || ***complémentaire*** (XVIIIe s.) ; ***complémentarité*** (XXe s.).

complet (XIVe s.), adj. empr. au lat. *completus* « rempli, achevé ». Le subst. « vêtement d'homme » est attesté au XIXe s. || ***compléter*** (XVIIIe s.) ; ***incomplet*** (XIVe s.).

complexe (XIVe s., très rare avant la seconde moitié du XVIIe s.), du part. pas. lat. *complexus*, de *complecti* « entourer, embrasser ». Le sens de « qui réunit en soi plusieurs éléments différents » est attesté au XVIIe s. L'emploi du mot comme subst. date du XVIIIe s. Le sens psychanalytique (*complexe d'Œdipe*) date du XXe s. || ***complexion*** (XIIe s.), empr. au lat. *complexio* « assemblage », d'où « tempérament » en lat. tard. dans la théorie médicale des humeurs. Ce sens est courant en a. fr. et en fr. mod. ; ***complexité*** (XVIIIe s.) ; ***complexé*** (XXe s.), « qui souffre d'un complexe d'infériorité ».

complice (XIVe s.), du lat. tard. *complex, complicis* « uni étroitement à ». || ***complicité*** (XVe s.).

complies (XIIe s., sous la forme *complie*), terme liturgique, part. pas. du verbe *complir* (utilisé jusqu'au XVIe s.), « parfait, achevé », du lat. *complere* « remplir, achever », *complies* étant l'heure liturgique qui achève le service divin. En lat. méd. on disait *completorium*. Le pluriel apparaît déjà au M. A. sous l'infl. de *laudes, matines, vespres.*

compliment (XVIe s. au sens de « achèvement », XVIIe s. au sens moderne), dér. de l'a. fr. *complir* « achever », puis de l'esp. *cumplimiento* « accomplissement d'un devoir de courtoisie » ; en sa seconde acception le mot a d'abord signifié « paroles de civilité, politesse », puis « félicitations ». || ***complimenter*** (XVIIe s.).

compliquer (XVe s.), du lat. *complicare* « plier en roulant ». || ***complication*** (XIVe s.).

complot (XIIe s. au sens de « foule, rassemblement d'individus »), d'étym. inconnue. Le sens de « intrigue, conspiration » est attesté au XIIIe s. || ***comploter*** (XVe s.).

componction (XIIe s.), empr. au lat. chrét. *compunctio* « piqûre, regret des fautes commises », désigne en fr. le sentiment de repentir et a aussi le sens de « air sérieux, gravité affectée » (XVIIIe s.).

comporter (XIIIe s.), du lat. *comportare* « transporter, amasser », en a. fr. surtout au sens de « porter », rarement « supporter » ou « s'étendre ». Le sens de « supporter » prédomine en m. fr. Pour la forme pronom. le sens de « se conduire » est fréq. dès le XVIe s. Les emplois mod., y compris ceux de « contenir en soi, impliquer » et à la forme pronom. « se conduire, réagir », loin d'être des innovations radicales, procèdent des emplois passés et du sens premier de « porter ». || ***comportement*** (XVe s.).

composer (XIIe s.), du lat. *componere* « mettre ensemble » pour le sens et du fr. *poser* pour la forme. Le mot, rare en a. fr., a dès le XVIe s. les valeurs de « disposer » et aussi « apaiser, calmer ». || ***composant*** subst. (XIVe s.) ; ***composite*** (XIVe s.), du lat. *compositus* « disposé, bien agencé », puis en lat. tard. « formé d'éléments divers ». Le sens péj. de « hétéroclite, disparate » date du XIXe s. ; ***compositeur*** (XIIIe s.), empr. au lat. *compositor* « conciliateur » et « auteur », en fr. d'abord « conciliateur », au XVe s. « auteur », au XVIe s. « créateur de musique » ; ***composition*** (XIIIe s.), du lat. *compositio* « disposition, arrangement » et « accord, réconciliation », en fr. d'abord « assemblage d'éléments divers » et « conciliation, accord » (XIIe s.), ce dernier sens est courant jusqu'à la fin du XVIe s., puis « construction, équilibre ». Le sens de « création, œuvre littéraire ou musicale » date du XVIe s. ; ***décomposer*** (XVIe s.), d'abord « diviser un corps en ses éléments », puis « altérer une substance » (XVIIe s.). Le sens de « altérer les traits du visage » date du XIXe s.

composter (XXe s., de *composteur* (XVIIIe s.), instrument d'imprimerie, de l'ital. *compositore*. Le sens de « perforer un billet » date du XXe s.

compote (XIIe s.), du lat. vulg. **composita* « assemblage », subst. tiré de *compositus*, part. pas. de *componere* « mettre ensemble ». || ***compotier*** (XVIIIe s.).

comprendre (XIIe s.), du lat. *comprehendere* « saisir ». Le sens de « contenir » est répandu en a. fr., celui de « saisir par la pensée, appréhender » plus rare. Ce dernier sens prédomine en fr. mod. || ***compréhension*** (XVe s.), empr. au lat. *comprehensio* ; ***compréhensible*** (XVe s.), empr. au lat. *comprehensibilis* « qui peut être saisi (notamment par l'esprit) » ; ***compréhensif*** (XVe s.), du lat. tard. *comprehensivus* « qui comprend, qui contient », en fr. d'abord « capable de comprendre », d'où « bienveillant, indulgent », en linguistique « d'une large étendue sémantique » (en parlant d'un terme).

compresser (XIIIe s.), « comprimer », empr. au lat. *compressare*, de même valeur. || ***compresse*** (XIIIe s.), déverb. « action de comprimer » en a. fr. Le sens de « linge appliqué sur une plaie » date du XVIe s. ; ***compression*** (XIVe s.), du lat. *compressio* « action de comprimer ».

comprimer (XIVe s.), empr. au lat. *comprimere*. || ***comprimé*** (XXe s.), « pastille faite de poudre comprimée » (voc. de la pharmacie).

compromettre (XIIIe s.), empr. au lat. jur. *compromittere* « s'engager à s'en remettre à un arbitre ». Cette valeur fondamentale a duré jusqu'au XXe s. Le sens de « impliquer qqn, mettre qqn dans une situation fâcheuse » est un sens dér., attesté à partir du XVIIe s. || ***compromis*** (XIIIe s.), empr. au lat. jur. *compromissum* « engagement mutuel », a d'abord signifié « acceptation de s'en remettre à un arbitre ». Le sens de « accord par concessions réciproques » date du XVIIe s. ; ***compromission*** (XIIIe s.) a eu d'abord le même sens jur. que *compromis*. Le sens mod. de « action de transiger avec sa conscience » apparaît au XVIIIe s., puis s'impose au XIXe s.

compter (XIIIe s., sous la forme *conter*), du lat. *computare* « calculer ». En a. fr. la même forme servait pour les sens de « calculer » et de « raconter ». La distinction graphique apparaît en m. fr. Le part. prés. *comptant* s'est employé dès le XIIIe s. dans *deniers comptants*, puis au XVIe s. dans *argent comptant* « argent que l'on compte immédiatement ». || ***compte*** (XIe s.), du lat. tard. *computus* « calcul, compte » ;

compteur (XIIIe s.), d'abord au sens de « qui compte » ; ***comptable*** (XIVe s.), aux sens variés de « qui peut être compté », « qui concerne la comptabilité », « qui fait des comptes », « qui a des comptes à rendre, responsable » (XVe s.) ; ***comptabilité*** (XVIe s.) ; ***comptoir*** (XIVe s.) ; ***comptine*** (XXe s.), « formule enfantine » ; ***décompter*** (XIIe s.), « retrancher d'un compte » ; ***acompte*** (XVIIIe s.), « paiement partiel à valoir sur l'ensemble, avance » ; ***décompte*** (XIIe s.), « déduction » ; ***mécompte*** (XIIIe s.), « erreur », puis « désillusion » (XVIIe s.).

compulser (XVIe s.), empr. au lat. *compulsare* « contraindre », terme de droit « obliger un notaire à délivrer des actes », d'où « prendre connaissance, consulter des pièces » (XIXe s.). || ***compulsif*** (XVIe s.).

comput (XVIe s.), du lat. tard. *computus* « compte », en fr. « calculs permettant d'établir la date des fêtes mobiles dans le calendrier ». || ***computer*** (XVIe s.), empr. au lat. *computare* « compter ».

comte (XIe s., sous la forme *cuens* au c. s. et *conte*, *comte* au c. r. en a. fr.), du lat. *comes, comitis* « compagnon », puis à la fin de l'empire romain « haut dignitaire attaché à la suite de l'empereur », ensuite à l'époque carolingienne titre de noblesse. || ***comtesse*** (XIe s.) ; ***comté*** (XIIe s.), du lat. *comitatus*, souvent fém. en a. fr. ; ***vicomte*** (XIe s.), empr. au lat. méd. *vicecomes, vicecomitis* à l'orig. « suppléant du comte, délégué du comte », puis titre de noblesse.

con (XIIIe s.), mot vulg., du lat. *cunnus,* ne désignait en a. fr. que le sexe féminin. Le terme est devenu une injure vulgaire au sens de « abruti, imbécile » au XIXe s.

concasser (XIIIe s.), du lat. *conquassare* « briser, disloquer ». || ***concassage*** (XIXe s.).

concaténation (XVIe s.), empr. au lat. tard. *concatenatio* « enchaînement ».

concave (XIVe s.), empr. au lat. *concavus* « creux ». || ***concavité*** (XIVe s.), empr. au lat. tard. *concavitas*.

concéder (XIIIe s.), empr. au lat. *concedere* « se retirer, abandonner, renoncer à, admettre ». || ***concession*** (XIIIe s.), empr. au lat. *concessio* « action d'accorder » ; ***concessif*** (XIXe s.), empr. au lat. tard. *concessivus* « qui concerne la concession » (terme de grammaire).

concept (XVe s.), empr. au lat. *conceptus* « action de recevoir, conception » et aussi « pensée ». Le mot signifiait « conception, naissance » au XVIe s. Il est devenu un terme philos. au XVIIe s. || ***conception*** (XIIe s.), empr. au lat. *conceptio* « action de contenir, de recevoir », puis « formation » et « pensée » en lat. eccl., en fr. attesté au sens de « formation d'un être dans le corps d'une femme » (en parlant de la Vierge). Le sens de « formation d'un concept dans l'esprit » date du XIVe s. ; ***conceptuel*** (XIXe s.).

concerner (XIVe s.), empr. au lat. méd. *concernere* « concerner, considérer », dér. de *cernere* « distinguer, discerner ».

concert (XVIe s.), de l'ital. *concerto* « accord », d'abord employé au sens de « entente, accord » (cf. la loc. *de concert* « en accord ») ; au sens musical à partir du XVIIe s., sous la forme *concert de musique,* puis *concert*. || ***concerter (se)*** (XVIe s.) ; ***concertation*** (XVIe s.), empr. au lat. *concertatio* « conflit, discussion, débat », en fr. d'abord au sens de « lutte », puis « action de se concerter » (XXe s.) ; ***déconcerter*** (XVIe s.), d'abord « empêcher la réalisation d'un projet en commun », puis « décontenancer, embarrasser » (XVIIe s.) ; ***concerto***, au sens tech., empr. à l'ital. (XVIIIe s.).

concevoir (XIIe s.), du lat. *concipere* « être fécondée » et « concevoir (une idée) ». || ***concevable*** (XVIe s.) ; ***inconcevable*** (XVIe s.).

concierge (XIIe s.), « gardien (d'une maison) », p.-ê. du lat. vulg. **conservius* « serviteur », du lat. *servus* « esclave ».

concile (XIIe s.), empr. au lat. *concilium* « réunion, assemblée ». En a. fr. le mot n'est pas spécialisé pour désigner une assemblée d'évêques. Le sens eccl. apparaît au XIIIe s.

conciliabule (XVIe s.), du lat. eccl. *conciliabulum* « mauvais concile, concile irrégulier ». Terme péj. dès le XVIe s. Le sens de « conversation secrète » date du XVIe s.

concilier (XIIe s., rare avant le XVIe s.), du lat. *conciliare* au fig. « rendre bienveillant, ménager ». || ***conciliateur*** (XIVe s.), empr. au lat. *conciliator* « qui procure, qui ménage » ; ***conciliation*** (XIVe s.), empr. au lat. *conciliatio* « association, union, inclination » ; ***inconciliable*** (XVIIIe s.) ; ***réconcilier*** (XIIe s.) empr. au lat. *reconciliare* ; ***réconciliation*** (XIIIe s.), empr. au lat. *reconciliatio* ; ***irréconciliable*** (XVIe s.), empr. au lat. tard. *irreconciliabilis* « qu'on ne peut apaiser ».

concis (XVIe s.), empr. au lat. *concisus* « coupé, court ». || ***concision*** (XVe s. au sens de « coupure », XVIIIe s. au sens de « brièveté »), empr. au lat. *concisio* « action de couper ».

conclave (XIVe s.), empr. au lat. méd. *conclave* « pièce fermée à clé » (de *clavis* « clé »), « lieu où s'assemblent les cardinaux pour élire un pape » et « assemblée des cardinaux pour élire un pape ».

conclure (XIIIe s.), empr. au lat. *concludere* « enfermer, conclure », signifie en a. fr. « conclure » et aussi « réduire au silence (en argumentant), convaincre d'une faute ». || ***conclusion*** (XIIIe s.), empr. au lat. *conclusio* « achèvement, fin ».

concombre (XIIIe s., sous la forme *cocombre*), du prov. *cogombre*, du lat. *cucumis, cucumeris*.

concomitant (XVIe s.), empr. au lat. *concomitans* « accompagnant », part. prés. de *concomitari* « accompagner » ; ***concomitance*** (XIVe s.), empr. au lat. méd. *concomitancia* « simultanéité ».

concordat (XVe s.), empr. au lat. *concordatus* « d'accord », part. pas. de *concordare* « être d'accord ». Le sens religieux « traité entre le Saint Siège et une autorité souveraine » remonte au XVe s. || ***concordataire*** (XIXe s.).

concorde (XIIe s.), empr. au lat. *concordia* « accord, entente ». || ***concorder*** (XIIe s.), empr. au lat. *concordare* « s'accorder » ; ***concordance*** (XIIe s.), empr. au lat. méd. *concordantia* « accord », en a. fr. « accord, réconciliation », puis « conformité, correspondance, harmonie, ressemblance ». Le sens linguistique « index alphabétique des mots d'un texte (avec leur contexte) » s'est d'abord empl. au sujet de la Bible au XVIe s.

concourir (XVe s.), empr. au lat. *concurrere* « se rencontrer », avec infl. de *courir*, a d'abord signifié « se réunir, contribuer (à une œuvre collective) ». Le sens de « rivaliser » est attesté au XVIIe s. || ***concours*** (XIVe s.), empr. au lat. *concursus* « rencontre » (le sens de « concurrence » est attesté dans la lang. jur. du lat. tard.), a d'abord signifié « réunion, affluence » et « coopération », puis « compétition, rivalité » (depuis le XVIIe s.).

concret (XVIe s.), empr. au lat. *concretus* « condensé, compact ». Le sens « qui a une consistance réelle » (par opp. à *abstrait*) remonte au XVIIe s. L'emploi mod. « perçu par les sens, réaliste, matériel » date du XXe s. || ***concrétion*** (XVIe s.), empr. au lat. *concretio* « agrégat », désigne un corps solide, formé d'une agglomération de matière ; ***concrétiser*** (XXe s.) ; ***concrétisation*** (XXe s.).

concubine (XIIIe s.), empr. au lat. *concubina* « qui couche avec ». ‖ ***concubinage*** (XIVe s.).

concupiscence (XIIIe s.), empr. au lat. chrét. *concupiscentia* « convoitise ». ‖ ***concupiscent*** (XVIe s.), empr. au lat. *concupiscens* « désirant ardemment ».

concurrent (XIIe s.), empr. au lat. *concurrens* « qui accourt », mot tech. des traités d'établissement de dates, empl. au sens de « qui court ensemble, (jour) intercalaire ». Le sens de « rival » est attesté depuis le XVIe s., l'emploi au sens commercial depuis le XVIIe s. ‖ ***concurrence*** (XIVe s.), d'abord « rencontre ». Le sens de « rivalité » apparaît au XVIe s., celui de « rivalité économique » (langue du commerce) au XVIIe s. ; ***concurrencer*** (XIXe s.) ; ***concurrentiel*** (XIXe s.).

concussion (XVe s.), empr. au lat. *concussio* « secousse » en lat. clas. et « exaction » en lat. tard. jur. Ce dernier sens apparaît en fr. à partir du XVIe s.

condamner (XIIe s., rare en a. fr.), empr. au lat. *condemnare*, avec attract. de *damner* au plan phonétique. Le sens de « entraver, fermer » est attesté en m. fr. ‖ ***condamnation*** (XIIIe s.), empr. au lat. *condemnatio* ; ***condamnable*** (XVe s.).

condenser (XIVe s.), empr. au lat. *condensare* « rendre compact », en fr. dans la langue scient. « rendre plus dense », puis « réduire, abréger » (XIXe s.) ‖ ***condensation*** (XIVe s.), empr. au lat. tard. *condensatio*.

condescendre (XIIIe s.), empr. au lat. *condescendere* « se mettre au niveau de qqn ». ‖ ***condescendance*** (XVIIe s.), d'abord au sens laudatif « déférence, bons sentiments (envers autrui) », puis au sens péj. « hauteur, supériorité » (XIXe s.).

condiment (XIIIe s.), empr. au lat. *condimentum* « assaisonnement ».

condition (XIIe s.), empr. au lat. *condicio*, écrit *conditio* en lat. tard., « situation » et « stipulation ». En a. fr. *condition* a désigné aussi une « situation dépendante » ou bien une « condition noble », d'où au XVIIe s. *personne de condition* « personne noble ». ‖ ***conditionner*** (XIIIe s.), « soumettre à des conditions », d'où « préparer, traiter » (depuis le XVIIe s.), ensuite « être la condition de, déterminer, commander » (XXe s.) ; ***conditionnement*** (XIXe s.) ; ***conditionnel*** (XIVe s.), empr. au lat. tard. *condicionalis* « soumis à certaines conditions » ; ***inconditionnel*** (XVIIIe s.).

condoléances (XVe s., au sing. jusqu'à la fin du XVIIIe s.), de l'ancien verbe *condoloir*, *condouloir* « s'affliger avec qqn », du lat. *condolere* « compatir ».

condor (XVIe s.), empr. à l'esp., du quechua du Pérou.

condottiere (XVIIIe s.), mot ital. signifiant « chef de soldats mercenaires ».

conduire (XIIe s.), du lat. *conducere* « mener, conduire ensemble ». ‖ ***conduit*** (XIIe s.), qui signifiait surtout en a. fr. « conduite, escorte, guide, sauf-conduit » et aussi « tuyau » ; ***conducteur*** (XIIIe s.), réfect. de *conduitor*, d'après le lat. *conductor* « entrepreneur » ; ***conduite*** (XIIIe s.), « action de conduire », puis « action de se conduire », comportement » (XVIIe s.) ; ***conduction*** (XIIIe s.), empr. au lat. *conductio* « contraction » (rhétor. et médec.) et « fermage, bail », d'abord en a. fr. « location ». Le sens scient. « diffusion de chaleur, d'électricité » date du XIXe s.

cône (XVIe s.), empr. au lat. *conus*, du grec *konos*. ‖ ***conique*** (XVIIe s.), « en forme de cône », empr. au grec *konikos*, de même sens.

confection (XIIe s.), empr. au lat. *confectio* « action de faire, réalisation ». Le mot s'applique aux vêtements tout faits (*de confection*), par opp. aux vêtements faits sur mesure, depuis le XIXe s. || **confectionner** (XVIe s.).

confédérer (XIVe s.), empr. au lat. tard. *confoederare* « unir par un traité ». || **confédération** (XIVe s.), empr. au lat. tard. *confoederatio* « traité, pacte ».

conférence (XIVe s.), empr. au lat. tard. *conferentia* « réunion, confrontation », en fr. d'abord « discussion, entretien » et « réunion, assemblée de personnes ». Le mot a pris le sens de « exposé » à partir du XVIIe s. || **conférencier** (XVIIIe s.).

conférer (XIVe s.), empr. au lat. *conferre* « réunir, contribuer, échanger des propos, comparer, attribuer », en fr. à la fois « s'entretenir avec qqn » (depuis le XVe s.) et « attribuer, donner » (depuis le XIVe s.).

confesser (XIIe s.), s. d. du lat. chrét. **confessare* « avouer ses fautes », de *confessus*, part. pas. du lat. clas. *confiteri*. || **confesseur** (XIIe s.), empr. au lat. chrét. *confessor* « qui professe la foi chrétienne » ; **confession** (Xe s.), empr. au lat. *confessio* « aveu (des fautes) » et aussi en lat. chrét. « profession de foi » (la *Confession d'Augsbourg* est au XVIe s. la déclaration des articles de foi des églises protestantes). Le subst. **confesse** est attesté depuis le XIIe s. ; **confessionnal** (XVIIe s.), d'abord adj. « qui sert pour la confession ».

confetti (XIXe s.), à l'orig. « boulettes de plâtre lancées pendant le Carnaval à Nice », de l'ital. *confetti* « dragée ».

confidence (XIVe s.), du lat. *confidentia* « confiance », a conservé ce sens jusqu'au XVIIe s. || **confident** (XVe s.), de l'ital. *confidente* « confiant », n'a pris le sens de « personne à qui l'on se confie » qu'au XVIIe s. ; **confidentiel** (XVIIIe s.) ; **confidentialité** (XXe s.).

confier (XIVe s.), empr. au lat. *confidere* « se fier à ». || **confiance** (XVe s.), empr. au lat. *confidentia* « assurance, confiance en soi », réfect. d'après *fiance*.

configurer (XIIe s.), empr. au lat. tard. *configurare* « donner une forme, une figure ». || **configuration** (XIIe s.), empr. au lat. tard. *configuratio*.

confins (XIVe s.), empr. au lat. méd. *confinia*, du lat. *confinis* « limitrophe, voisin ». || **confiner** (XIIIe s.), « être limitrophe » et aussi « reléguer, enfermer ».

confire (XIIe s.), du lat. *conficere* « faire entièrement, réaliser » ; emploi culinaire en a. fr. au sens de « confectionner un plat », puis au sens fig. de « apprêter ». || **confit** (XIIIe s.), « bain de macération des cuirs ». Le sens de « viande cuite conservée dans sa graisse » est attesté au XIXe s. ; **confiture** (XIIIe s.), d'abord « aliments cuits et conservés dans du sucre », puis par restriction de sens « fruits cuits dans du sucre » (XIXe s.) ; **confiseur** (XVIIe s.) ; **confiserie** (XVIIIe s.) ; **déconfit** (XIIIe s.), part. pas. de l'a. fr. *déconfire* (XIe s.), « défaire un ennemi » ; **déconfiture** (XIIe s.), « défaite totale ».

confirmer (XIIIe s.), empr. au lat. *confirmare* « affermir ». || **confirmation** (XIIIe s.), du lat. *confirmatio* « action d'affermir, de fortifier, affirmation ». Le sens liturgique est attesté au XVIe s.

confisquer (XIVe s.), empr. au lat. *confiscare* « saisir au nom du fisc ». || **confiscation** (XIVe s.), empr. au lat. *confiscatio* « saisie opérée par le fisc ».

conflagration (XVe s.), empr. au lat. *conflagratio* « incendie », en fr. « embrasement, explosion, bouleversement ».

conflit (XIIe s.), empr. au lat. tard. *conflictus* « choc ». || **conflictuel** (XXe s.).

confluer (XIVe s., repris au XIXe s.),

empr. au lat. *confluere* « joindre ses eaux ». || **confluent** (XVIe s.), empr. au lat. *confluens*, part. prés. de *confluere*.

confondre (XIe s.), du lat. *confundere* « mélanger, bouleverser », est fréq. en a. fr. au sens de « détruire, anéantir ». L'acception de « réduire au silence », déjà attestée au XIIIe s. dans la langue de la dialectique, en est une valeur dér. Les sens de « troubler, interdire », « commettre une erreur » et aussi « réunir », très répandus aujourd'hui, sont apparus à partir du XVIe s. || ***confusion*** (XIe s.), empr. au lat. *confusio* « mélange, désordre » ; **confus** (XIIe s.), empr. au lat. *confusus* « désordonné, troublé ».

conformer (XIIe s.), empr. au lat. *conformare* « donner une forme, façonner ». || **conforme** (XIVe s.), empr. au lat. tard. *conformis* « tout à fait semblable » ; **conformité** (XIVe s.), empr. au lat. tard. *conformitas* ; **conformiste** (XVIIe s.), de l'angl. *conformist* « adepte de l'Eglise anglicane ». Le sens péj. mod. date du XXe s. ; **conformisme** (XXe s.) ; ***anticonformiste*** (XXe s.), ***non-conformiste*** (XVIIe s.).

confort (début du XIXe s.), de l'angl. *comfort* « bien-être physique et matériel », lui-même de l'a. fr. *confort* « soutien, réconfort », déverb. de ***conforter*** (Xe s.), issu du lat. tard. *confortare* « renforcer, réconforter ». || ***réconforter*** (XIe s.) ; ***réconfort*** (XIIe s.) ; **confortable** (XIXe s.), empr. à l'angl. *comfortable* « où l'on se sent à l'aise » et « qui est à l'aise » ; ***inconfort*** (XIXe s.) ; ***inconfortable*** (XIXe s.), d'après l'angl. *uncomfortable*.

confrère (XIIIe s.), du lat. méd. *confrater* « compagnon », terme utilisé pour les membres des associations médiévales. || **confrérie** (XIIe s.), du lat. méd. *confatria, confraria* « association » ; **confraternité** (XIIIe s.) ; ***confraternel*** (XVIIIe s.).

confronter (XIVe s.), empr. au lat. jur. méd. *confrontare* « mettre face à face », fait sur *frons* « front ». || ***confrontation*** (XIVe s.).

confus, **confusion**, voir ***confondre***.

congé (Xe s.), du lat. *commeatus* « permission d'aller et de venir » (fréquent dans la lang. militaire). En a. fr. le mot se construit habituellement avec *prendre, demander, donner*. C'est devenu un signe de politesse usuel, avant de quitter qqn. || ***congédier*** (XIVe s.), s. d. de l'a. fr. *congeer, congeier*, dér. de *congé*, car l'ital. *congedare* semble plus tardif.

congeler (XIIIe s.), empr. au lat. *congelare* « geler, figer ». || ***congélation*** (XIVe s.), du lat. *congelatio*.

congénère (XVIe s.), empr. au lat. *congener* « d'une nature semblable ».

congère (XIXe s.), mot dial., du lat. vulg. **congeria* « amas », du lat. clas. *congeries*, de même sens.

congestion (XIVe s.), empr. au lat. *congestio* « accumulation », en fr. empl. comme terme médical « afflux de sang dans une partie du corps ». || ***congestionner*** (XIXe s.).

conglomérer (XVIIe s.), empr. au lat. *conglomerare* « entasser ». || ***conglomérat*** (XIXe s.).

congratuler (XIVe s.), empr. au lat. *congratulari* « féliciter ». || ***congratulation*** (XVIe s.), empr. au lat. *congratulatio* « félicitation ».

congre (XIIIe s.), poisson, du lat. tard. *congrus*, du lat. clas. *conger*.

congrégation (XIIe s.), empr. au lat. *congregatio* « réunion, assemblée », a désigné en a. fr. et au XVIe s. toutes sortes d'assemblées ou d'associations, notamment profanes. Le sens de « communauté religieuse » se répand à partir du XVIIe s. || ***congréganiste*** (XVIIIe s.), « d'une congrégation ».

congrès (XVIIe s.), empr. au lat. *congressus* « rencontre », a désigné une « conférence internationale » depuis la fin du XVIIe s., une assemblée parlementaire depuis le XVIIIe s. (par imitation de l'améric. *congress*), une réunion de savants depuis la fin du XVIIIe s. || ***congressiste*** (XIXe s.).

congru (XIVe s.), empr. au lat. *congruus* « convenable, conforme ». L'expres. *portion congrue* « part spécifique » s'appliquait au XVIIe s. aux revenus attribués au curé par le titulaire du bénéfice. Le sens mod. à valeur péj. de « maigre part » n'est pas antérieur à la fin du XVIIIe s. || ***incongru*** (XVe s.), « inconvenant ».

conifère (XVIe s.), empr. au lat. *conifer* « qui porte des fruits en cône ».

conjecture (XIIIe s.), empr. au lat. *conjectura* « supposition », de même sens en fr. || ***conjecturer*** (XIVe s.), empr. au lat. *conjecturare* ; ***conjectural*** (XIVe s., rare avant le XVIe s.), empr. au lat. *conjecturabilis*.

conjoindre (XIIe s.), du lat. *conjungere* « unir », verbe courant jusqu'au XVIIe s. || ***conjoint*** (XIIe s.), part. pas. de *conjoindre,* « joint à, lié à ». Le subst. existe au sens de « époux » dès le M. A. ; ***conjonction*** (XIIe s.), empr. au lat. *conjunctio* « union, liaison », d'abord au sens de « union ». Le sens gram. remonte au XIVe s. ; ***conjoncture*** (XIVe s.), réfection de l'a. fr. *conjointure*, dér. de *conjoint*. Sous sa forme mod. le terme a eu, entre autres sens, celui de « concours de circonstances, rencontre de plusieurs événements au même moment ». La valeur de « situation économique (permettant des prévisions) » est du XXe s. ; ***conjoncturel*** (XXe s.) ; ***conjonctive*** (XVe s.), « membrane de l'œil » ; ***conjonctivite*** (XIXe s.), « inflammation de la conjonctive ».

conjugal (XIIIe s.), empr. au lat. *conjugalis* « relatif au mariage », de même sens en fr.

conjuguer (XVIe s.), empr. au lat. *conjugare* « unir », employé au sens gram. depuis le XVIe s. || ***conjugaison*** (XIIIe s., sous la forme *conjugacion*) du lat. *conjugatio,* d'abord au sens de « union ».

conjurer (XIe s.), du lat. *conjurare* « jurer ensemble, se lier par serment, conspirer », a surtout en a. fr. le sens de « lancer des paroles magiques, lancer des ordres magiques, chasser le démon (par ses exorcismes) » et plus rarement « prier instamment, adjurer au nom de qq. ch. de sacré ». De l'idée de serment collectif qui prédominait en latin clas. on est passé à la croyance au pouvoir magique de la parole. Le sens de « comploter », repris au lat. clas., apparaît au XVe s. Le sens de « écarter, repousser (un péril) », attesté depuis le XVIe s., découle du sens de « chasser les démons ». || ***conjuration*** (XIIe s.), empr. au lat. *conjuratio* « action de jurer ensemble », d'où « complot », en fr. aux sens de « pratique magique », et aussi de « conspiration » (par influence du latin).

connaître (XIe s., sous la forme *connoistre*), du lat. *cognoscere* « connaître, reconnaître ». || ***connaissance*** (XIIe s., sous la forme *connoissance*), « connaissance » et aussi « signe de reconnaissance, armoiries » en a. fr. ; ***connaisseur*** (XIIe s., sous la forme *connoisseur*) ; ***connaissable*** (XIIIe s., sous la forme *connoissable*) ; ***inconnaissable*** (XVe s.) ; ***inconnu*** (XIVe s.) ; ***méconnaître*** (XIIe s., sous la forme *mesconnoistre*) ; ***méconnaissance*** (XIIe s., sous la forme *mesconnoissance*) ; ***reconnaître*** (XIe s., sous la forme *reconnoistre*), du lat. *recognoscere* « retrouver, passer en revue », en fr. « saisir par la pensée, identifier » (*reconnaître qqn*) et « accepter, tenir pour vrai, avouer » (*reconnaître des fautes*), ***reconnaissance*** (XIIe s., sous la forme *reconnoissance*), « action de reconnaître », puis « action de reconnaître un bienfait », d'où « gratitude » (XVIe s.).

connecter (XVIIIe s.), empr. au lat. *conectere* « lier ensemble ». ||

connexe (XIIIe s.), empr. au lat. *conexus* « lié » ; ***connexion*** (XIVe s.), empr. au lat. *conexio* « liaison, enchaînement ».

connétable (XIIe s.), du lat. tard. *comes stabuli* « comte de l'étable, chef des écuyers » a désigné en a. fr. l'intendant d'une maison royale et aussi le chef de guerre.

connivence (XVIe s.), empr. au lat. tard. *coniventia* « indulgence », du lat. *conivere* « fermer les yeux ».

connotation (XVIIe s.), empr. au lat. méd. *connotatio* « signification seconde ». Le terme de linguistique mod. est empr. à l'angl. au XIXe s. avec la valeur de « sens qui s'ajoute au sens ordinaire d'un mot ». || ***connoter*** (XVIIe s.), empr. au lat. méd. *connotare* ; au XIXe s. en linguistique empr. à l'angl. « renvoyer par connotation ».

conque (XIVe s.), empr. au lat. *concha* « coquillage ».

conquérir (XIe s. ; sous la forme *conquerre*), du lat. vulg. **conquaererere*, du lat. clas. *conquirere* « rechercher », modifié d'après *quaerere*. || ***conquête*** (XIIe s.), du lat. vulg. **conquaesita*, part. pas. fém. subst. « action de conquérir, réalité conquise », « action de séduire », « personne séduite » (XVIIe s.).

consacrer (XIIe s., sous la forme *consecrer*), empr. au lat. *consecrare* « rendre sacré », refait sur *sacré*. || ***consécration*** (XIIe s.), empr. au lat. chrét. *consecratio* « action de consacrer ».

conscience (XIIe s.), empr. au lat. *conscientia* « connaissance », a en a. fr. le sens de « conscience morale, connaissance intérieure du bien et du mal » et celui de « pensées intimes », au XVIIe s. souvent la valeur de « scrupule ». Les deux grandes valeurs du mot en fr. mod. « connaissance de soi » et « conscience morale » sont déjà en germe au XIIe s., même si la notion de connaissance de soi reste encore hésitante. || ***consciencieux*** (XVIe s.) ; ***inconscience*** (XIXe s.) ; ***inconscient*** (XIXe s.) ; ***subconscient*** (XIXe s.).

conscrit (XVIIIe s.), « soldat récemment recruté », du lat. *conscriptus* « inscrit sur une liste, enrôlé ». || ***conscription*** (XVIIIe s.), s. d. dér. de *conscrit*, car le lat. *conscriptio* signifie « rédaction », et non « enrôlement » en lat. clas. et méd.

conseil (Xe s.), du lat. *consilium* « délibération, assemblée délibérante, intention, avis », a surtout en a. fr. le sens de « avis, aide, délibération, décision », plus rarement celui de « assemblée délibérante ». Le fr. mod. a développé le sens de « conseiller » et surtout, avec l'essor de la bureaucratie, celui de « assemblée délibérante ». || ***conseiller*** (IXe s.), comme subst., du lat. *consiliarius*, comme verbe (XIIe s.), du lat. pop. *consiliare* ; ***conseilleur*** (XIIe s.) ; ***déconseiller*** (XIe s.).

consensus (XIXe s., rare avant le XXe s.), du lat. *consensus* « accord », désigne en fr. l'accord d'une part importante de l'opinion publique.

consentir (Xe s.), du lat. *consentire* « être d'accord ». || ***consentement*** (XIIe s.).

conséquent (XIVe s.), empr. au lat. *consequens*, part. prés. de *consequi* « suivre ». || ***conséquence*** (XIIIe s.), empr. au lat. *consequentia* « suite » ; ***consécutif*** (XVe s.), dér. tiré du part. pas. lat. *consecutus* « qui suit », de *consequi* « suivre » ou empr. au lat. méd. *consecutivus*.

conserver (IXe s.), du lat. *conservare* « conserver, observer ». || ***conserve*** (XIVe s.), sens alimentaire ; terme de marine au XVIe s. « escorte de vaisseau », d'où *de conserve* « côte à côte, ensemble » ; ***conservateur*** (XIVe s.), empr. au lat. *conservator* « qui conserve, sauveur », d'abord au sens de « gardien », empl. dans le voc. des bibliothèques et des musées avec la valeur de « administrateur », au sens social et politique « favorable au maintien de l'ordre existant » depuis le XVIIIe s. (influence de l'angl.) ; ***conservatoire*** (XIVe s. comme adj., XVIIIe s. comme subst.), s. d. empr. au XVIIIe s. à l'ital. *conservatorio* « école de musique », depuis le XVIIIe s. au sens de « école d'art dramatique, de musique » ; ***conservatisme*** (XIXe s.).

considérer (XIIe s.), empr. au lat. *considerare* « examiner avec soin ». || ***considération*** (XIIe s.), empr. au lat. *consideratio* « action d'examiner avec attention », même sens en fr. et aussi « estime (envers qqn) » (XIVe s.). Le sens de « motif, raison pour agir » date du XVe s. ; ***considérable*** (XVIe s.), d'abord « qui doit être considéré », d'où « important » ; ***déconsidérer*** (XVIIIe s.) ; ***inconsidéré*** (XVIe s.), empr. au lat. *inconsideratus* « irréfléchi ».

consigner (XIVe s.), « délimiter », empr. au lat. *consignare* « sceller, enregistrer ». || ***consigne*** (XVIe s.), « surveillant » au XVIIe s., « instruction militaire » (XVIIIe s.), « interdiction de sortir, punition militaire » (XIXe s.), « lieu de dépôt des bagages dans les gares » (XIXe s.) ; ***consignation*** « dépôt » (XIVe s.).

consister (XVe s.), empr. au lat. *consistere* « se tenir ensemble, être composé de ». || ***consistance*** (XIVe s.) ; ***inconsistance*** (XVIIIe s.) ; ***consistoire*** (XIIe s.), empr. au lat. *consistorium* « lieu de réunion », empl. en fr. (depuis le XVIe s.) au sens de « assemblée de ministres du culte protestant ou israélite ».

console (XVIe s.), de *sole* « poutre » et de *consolider*, a désigné au XVIe s. dans la langue de l'architecture une moulure saillante soutenant une corniche. Autres emplois tech. dans le voc. du mobilier (depuis le XVIIIe s.), également dans celui de l'informatique et de l'enregistrement (XXe s.), « pupitre de commande ».

consoler (XIIIe s.), empr. au lat. *consolari* « réconforter ». || ***consolation*** (XIe s.), empr. au lat. *consolatio* « action de consoler, action de soulager ». Les deux nuances existent en fr.

consolider (XIIIe s.), empr. au lat. *consolidare* « rendre plus solide ». Le sens financier « réaménager les échéances d'une dette » date du XVIIIe s. || ***consolidation*** (XIVe s.), empr. au lat. tard. *consolidatio*.

consommer (XIIe s.), empr. au lat. *consummare* « additionner, achever », a en a. fr. le sens de « achever ». Cette acception est courante à tous les moments de l'histoire. Le sens de « utiliser, détruire » résulte de la confusion ancienne (surtout aux XVIe et XVIIe s.) de *consommer* et de *consumer* « faire disparaître par l'usage ». Le sens « prendre une boisson, une consommation (dans un café) » est attesté au XIXe s. || ***consommable*** (XVIIIe s.), « qui peut être consommé » ; ***consommateur*** (XVIe s.), d'abord « personne qui achève », puis « client » (XVIIIe s.) et « personne qui prend une boisson (dans un café) » (XIXe s.) ; ***consommation*** (XIIe s.), d'abord « achèvement » (*consommation du mariage*), puis « usage qui détruit » (*faire consommation*) et « boisson » (XIXe s.) (*prendre une consommation*) ; ***consommé*** (XXe s.).

consomption (XIVe s.), terme médical, empr. au lat. *consumptio* « épuisement », en fr. « affaiblissement, dépérissement ».

consonance (XIIe s.), empr. au lat. *consonantia* « concordance ». || ***consonne*** (XVIe s.), empr. au lat. *consonna (littera)*, « lettre qui sonne avec la voyelle », subst. dès le XVIe s. et aussi adj. au XVIIe s. ; ***consonantique*** (XIXe s.).

consort (XIVe s.), empr. au lat. *consors* « qui partage le même sort, associé à », d'où « complice » ; *prince consort* « prince ayant épousé une reine et ne régnant pas lui-même » vient de l'anglais *consort* « partenaire » (XVIIe s.), lui-même empr. au fr.

consortium (XXe s.), de l'angl. *consortium*, issu du lat. *consortium* « communauté ».

conspirer (XIIIe s.), empr. au lat. *conspirare* « comploter ». || ***conspiration*** (XIIe s.) ; ***conspirateur*** (XIVe s.).

conspuer (XVIe s., puis XVIIIe s.), du lat. *conspuere* « cracher sur », d'où en fr. « huer, bafouer ».

constant (XIIIe s.), empr. au lat. *constans* « ferme, stable », en fr. « inébranlable » et « fidèle (en amour) » ; **constance** (XIIIe s.), empr. au lat. *constantia* « permanence, fermeté du caractère ». || ***inconstant*** (XIIIe s.) ; ***inconstance*** (XIIIe s.) ; ***constante*** (XVIIe s.), terme mathémat.

constater (XVIIIe s.), du lat. *constat* (3e pers. de l'ind. prés.) « c'est un fait établi, il est avéré », de *constare.* || ***constatation*** (XVIe s., surtout XIXe s.) ; ***constat*** (XIXe s.), empr. au verbe lat. *constat*, pris comme subst. au sens de « procès-verbal, bilan ».

constellation (XIIIe s.), terme d'astronomie et d'astrologie, empr. au lat. *constellatio* « position des astres dans le ciel (pour dresser un horoscope) ». Le mot a longtemps gardé cette valeur. Il signifie surtout en fr. mod. « groupe d'étoiles (formant une figure dans le ciel) ». || ***constellé*** (XVIe s.), « parsemé d'étoiles » ; ***consteller*** (XVIe s., puis XVIIIe s.).

consterner (XIVe s.), empr. au lat. *consternare* « épouvanter ». || ***consternation*** (XIVe s.), empr. au lat. *consternatio.*

constiper (XIIIe s.), empr. au lat. *constipare* « serrer ». L'expres. fig. *avoir l'air constipé* « avoir l'air chagrin » existe depuis le XVIIe s. || ***constipation*** (XIIIe s.), empr. au lat. *constipatio.*

constriction (XIVe s.), terme de physiologie et de médec., empr. au lat. *constrictio* « action de serrer, de contraindre ».

constituer (XIIIe s.), empr. au lat. *constituere* « fixer, établir, organiser ». || ***constituant*** (XVe s.) et ***constitutif*** (XVe s.) sont devenus adj. politiques au XVIIIe s.

constitution (XIIe s.), empr. au lat. *constitutio* « situation, organisation, institution », empl. d'abord au sens de « action de constituer, établissement », « ensemble des institutions politiques transmises par la tradition » (XVIe s.), puis « ensemble de lois organiques » depuis le XVIIe s. Le mot est surtout fréquent à partir du XVIIIe s. || ***constitutionnel*** (XVIIIe s.) ; ***anticonstitutionnel*** (XVIIIe s.) ; ***inconstitutionnel*** (XVIIIe s.).

construire (XIIIe s.), empr. au lat. *construere* « bâtir », avec finale en *-ire* par anal. de *détruire.* || ***construction*** (XIIe s.), empr. au lat. *constructio* « assemblage, construction » ; ***constructeur*** (XIVe s.), empr. au lat. *constructor* ; ***constructif*** (XVe s.) ; ***constructible*** (XIXe s.).

consul (XIIIe s.), **consulaire** (XIIIe s.), **consulat** (XIIIe s.), adapt. du lat. *consul, consularis, consulatus*, désignant des magistrats romains. Au M. A. dans le midi de la France des magistrats municipaux (équivalant aux échevins de la France du Nord) ont porté ce nom.

consulter (XVe s.), empr. au lat. *consultare* « délibérer » et « interroger ». Mot qui se développe surtout au XVIe s. Les deux sens existent en fr. || ***consultation*** (XIVe s.), empr. au lat. *consultatio*, en fr. d'abord « délibération », « action de prendre l'avis de qqn » et depuis le XVIe s. « action d'examiner » (*consultation d'un expert, consultation d'un ouvrage*).

L'emploi médical du mot remonte au XVIIe s.

consumer (XIIe s.), empr. au lat. *consumere* « épuiser, détruire », a signifié aussi « consommer » aux XVIe et XVIIe s.

contact (XVIIe s.), empr. au lat. *contactus* « attouchement », de *tangere* « toucher ». || ***contacter*** (XIXe s.), « se mettre en rapport avec qqn », usuel dans le langage des affaires, vient de l'américain *to contact*.

contagion (XIVe s.), empr. au lat. *contagio* « contact, infection ». || ***contagieux*** (XIVe s.).

container (XXe s.), mot angl. « contenant, récipient ».

contaminer (XIIIe s.), empr. au lat. *contaminare* « souiller par contact ». || ***contamination*** (XIVe s.), empr. au lat. chrét. *contaminatio*.

contempler (XIIIe s., rare avant le XVIe s.), du lat. *contemplari* « regarder attentivement (un spectacle) ». || ***contemplation*** (XIIe s.), du lat. *contemplatio* « examen approfondi », en fr. aussi au sens de « méditation » (XIIIe s.) ; ***contemplatif*** (XIIe s.), empr. au lat. imp. *contemplativus* « spéculatif ».

contemporain (XVe s.), empr. au lat. tard. *contemporaneus* « du même temps que qqn ». L'emploi au sens de « de notre temps » est attesté au XVIIIe s.

contempteur (XVe s.), empr. au lat. *contemptor* « qui méprise ».

contenir (XIe s.), du lat. *continere* « enfermer, enfermer en soi », avec anal. de *tenir*. || ***contenance*** (XIe s.), d'abord « manière de se comporter, comportement, maintien, mine ». Le sens de « étendue » est attesté au XIIIe s., celui de « volume » au XVIIe s. L'expres. *perdre contenance* « se troubler, perdre son aplomb » est attestée au XIIIe s. ; ***contenant*** (XVIe s.), « ce qui contient » ; ***contenu*** (XIVe s.), « ce qui se trouve dans un contenant », d'où « teneur d'un texte » (XVIe s.) ; ***décontenancer*** (XVIIe s.), « faire perdre son assurance à qqn ».

content (XIIIe s.), du lat. *contentus* « satisfait ». || ***contenter*** (XIVe s.) ; ***contentement*** (XVe s.) ; ***mécontent*** (XVIe s.) ; ***mécontenter*** (XIVe s.) ; ***mécontentement*** (XVIe s.).

contentieux (XIIIe s., surtout utilisé à partir du XVIe s.), empr. au lat. *contentiosus* « chicaneur ». Le sens de « qui aime les disputes » survit encore au XVIIe s. L'empl. admin. et jur. au sens de « litigieux » s'est développé depuis le XVIIIe s. Le subst. (XVIIIe s.) désigne l'ensemble des litiges susceptibles d'être portés devant les tribunaux.

contention (au XIIIe s., sous la forme *contençon*), empr. au lat. *contentio* « tension, effort, rivalité » a surtout signifié en a. fr. « lutte, rivalité ». Le mot s'est appliqué à l'esprit en m. fr. au sens de « application, effort ». Le sens médical « maintien en place d'organes fracturés » date du XVIIIe s.

conter (XIe s.), du lat. *computare* (voir ***compter***). Les deux mots ne sont distingués dans la graphie qu'à partir du XVIe s. || ***conte*** (XIIe s.), déverb. ; ***conteur*** (XIIe s.) ; ***raconter*** (XIIe s.).

contester (XIVe s.), du lat. *contestari* « faire un procès en produisant des témoins (*testis*) ». Le sens de « discuter, disputer » est attesté dès le XVIe s. || ***conteste*** (XVIe s.), « contestation », aujourd'hui seulement dans le tour *sans conteste* ; ***contestation*** (XIVe s.), empr. au lat. *contestatio* « attestation » et « débat » ; ***contestataire*** (XXe s.) ; ***contestable*** (XVIIe s.).

contexte (XVIe s.), empr. au lat. *contextus* « assemblage, enchaînement », de *contexere* « tisser, assembler », désigne le texte qui entoure un fragment d'énoncé. L'empl. au sens de « situation, environnement » date du XXe s. || ***contexture*** (XVIe s.), « organisation d'un ensemble ».

contigu (XIVᵉ s.), empr. au lat. *contiguus* « qui touche à ». ‖ ***contiguïté*** (XVᵉ s.).

continent 1 (XIIᵉ s.), adj., empr. au lat. *continens* « qui se refrène » part. prés. de *continere*. ‖ ***continence*** (XIIᵉ s.), empr. au lat. *continentia* « maîtrise de soi, retenue », puis « chasteté » en lat. chrét. ; ***incontinent*** (XIVᵉ s.). L'empl. adverb. au sens de « aussitôt » est attesté au XIVᵉ s. ; ***incontinence*** (XIIᵉ s.).

continent 2 (XVIᵉ s.), subst., empr. au lat. *(terra) continens* « qui tient ensemble », d'où le sens de « terre ferme » par opp. à *île*. ‖ ***continental*** (XVIIIᵉ s.) ; ***intercontinental*** (XIXᵉ s.), « qui concerne plusieurs continents ».

contingent (XIVᵉ s.), empr. au part. prés. lat. *contingens,* de *contingere* « arriver par hasard, échoir en partage », empl. au sens de « qui peut se produire », d'où « éventuel, fortuit ». Le subst. signifie au sens philosophique « événement susceptible de se produire ou non » (XIVᵉ s.), puis « contribution, part qui revient à chacun dans la collaboration à une œuvre commune » (XIVᵉ s.-XVIᵉ s.), « nombre de soldats recrutés » (XVIIᵉ s.), « quantité de marchandises autorisées pour l'importation ou l'exportation » (XXᵉ s.). ‖ ***contingence*** (XIIIᵉ s.), empr. au lat. méd. *contingentia* « hasard, éventualité ».

continu (XIVᵉ s.), empr. au lat. *continuus* « joint à (dans l'espace), successif ». ‖ ***continuer*** (XIIᵉ s.), empr. au lat. *continuare* « joindre, continuer » ; ***continuation*** (XIIIᵉ s.), empr. au lat. *continuatio* « suite ininterrompue » ; ***continuel*** (XIIᵉ s.) ; ***continuité*** (XIVᵉ s.) ; ***discontinu*** (XIVᵉ s.), empr. au lat. méd. *discontinuus*.

contondant (XIVᵉ s.), du part. prés. du verb. lat. *contundere* « écraser », en fr. « qui blesse, qui meurtrit (sans couper) ».

contorsion (XIVᵉ s.), empr. au lat. tard. *contorsio*, du lat. clas. *contortio* « action de tourner, de tordre ». ‖ ***contorsionniste*** (XIXᵉ s.).

contourner (XIVᵉ s.), du lat. pop. *contornare* « tourner autour de », a surtout en a. fr. et au XVIᵉ s. le sens de « tourner ». ‖ ***contour*** (XIIIᵉ s.), « limite, bordure » ; le sens de « ligne délimitant un espace » vient de l'ital. *contorno*.

contraceptif (XXᵉ s.), empr. à l'angl. *contraceptive* « qui empêche la procréation ». ‖ ***contraception*** (XXᵉ s.), empr. à l'angl. *contraception*.

contracter « s'engager par un contrat » (XIVᵉ s.), empr. au lat. méd. *contractare*, fait sur *contractus*, part. pas. du lat. clas. *contrahere* « lier, engager (une affaire) ». Le sens de « réduire (de longueur, de volume) », attesté à partir du XVIIIᵉ s., vient du même *contrahere,* pris au sens de « restreindre » comme le subst. lat. *contractio*. ‖ ***contrat*** (XIVᵉ s.), empr. au lat. *contractus* « pacte, transaction » ; ***contractuel*** (XVIᵉ s.), « établi, réglé par contrat ». Le sens mod. « agent public non fonctionnaire » date du XXᵉ s. ; ***contraction*** (XIIIᵉ s.), empr. au lat. *contractio* « action de serrer, de contracter » ; ***contracture*** (XVIIIᵉ s.), empr. au lat. *contractura* ; ***décontraction*** (XIXᵉ s.) ; ***décontracter*** (XIXᵉ s.).

contradicteur, **contradiction**, voir ***contredire***.

contraindre (XIIᵉ s., sous la forme *constreindre*), du lat. *constringere* « serrer étroitement », a conservé le sens de « serrer » et a pris dès l'a. fr. (XIIIᵉ s.) le sens de « forcer à agir ». ‖ ***contrainte*** (XIIᵉ s.).

contraire (XIᵉ s.), empr. au lat. *contrarius* « opposé ». ‖ ***contrarier*** (XIIᵉ s., aussi sous la forme *contralier* en a. fr.), empr. au lat. tard. *contrariare* « contredire », a signifié en a. fr. « s'opposer à, résister, provoquer, contredire ». Le sens de « causer du dépit » date du XVIIIᵉ s. ; ***contrariété***

(XIIe s.), empr. au lat. tard. *contrarietas* « opposition ».

contralto (XVIIe s.), empr. à l'ital. *contralto* « près de l'alto » (en parlant d'une voix), désigne la voix de femme la plus grave.

contraste (XVIe s.), de l'ital. *contrasto* « opposition ». Le sens étymologique reste courant. L'emploi en peinture date du XVIIe s. || ***contraster*** (XVIe s.), de l'a. fr. *contrester* « s'opposer à, contester », du lat. vulg. *contrastare*. Le mot a changé de voyelle au XVIe s., sous l'influence de l'ital.

contrat, voir ***contracter***.

contravention, voir ***contrevenir***.

contre (XIe s.), du lat. *contra* « en face, contre ». Comme prép. marque la proximité, le contact, dans des emplois fréquents en a. fr., disparus aujourd'hui comme « dans la direction de, vers, vis-à-vis de, en comparaison de ». La valeur d'opposition s'est développée en fr. mod. || ***contrée*** (XIIe s.), s. d. du lat. méd. *contrata regio*, qui a dû désigner originellement le « pays d'en face », c'est-à-dire « situé sous les yeux » (cf. l'ital. *contrada*, de même formation et de même sens). Toutefois, le mot signifie simplement en a. fr. « région, pays », sans idée d'un emplacement situé en face. Le mot *contrée* désigne souvent le pays où l'on se trouve ou bien un pays lointain; ***rencontre*** (XIIIe s.), mot formé de *re-* et de *encontre* « rencontre », désigne une coïncidence fortuite, une occasion et aussi le fait de se rencontrer par hasard; ***rencontrer*** (XIIe s.). Voir ***encontre***.

contrebande (XVIe s.), de l'ital. *contrabbando* « contre le ban, contre la réglementation », désigne en fr. « l'introduction clandestine de marchandises prohibées ». || ***contrebandier*** (XVIIIe s.).

contrebasse (XVIe s.), empr. à l'ital. *contrabbasso* « voix la plus grave » et « instrument (de la famille des violons) aux sons les plus graves ».

contrecarrer (XVIe s.), de l'a. fr. *contrecarre* « opposition », fait de *contre* et de *carre* « objet carré », en fr. « s'opposer à ».

contredanse (XVIIe s.), altér. de l'angl. *country-dance* « danse de campagne, danse paysanne ».

contredire (IXe s.), empr. au lat. *contradicere* « parler contre qqn, réfuter ». || ***contradiction*** (XIIe s.), empr. au lat. imp. *contradictio* « action de contredire, objection »; ***contradicteur*** (XIIIe s.), empr. au lat. tard. *contradictor*; ***contradictoire*** (XIVe s.), empr. au lat. *contradictorius*.

contrefaire (XIIe s.), du lat. tard. *contrafacere* « reproduire par imitation », signifie « imiter » en a. fr. || ***contrefaçon*** (XIIIe s.); ***contrefait*** (XIe s.), « difforme » « imité frauduleusement, falsifié » (XIIIe s.) et (XIe s.).

contrefort (XIIIe s.), de *contre* et de *fort* « pilier ou mur servant d'appui ».

contrepoint (XIVe s.), terme de musique, de *contre* et *point* au sens de « note », désigne la superposition de plusieurs lignes mélodiques.

contrevenir (XIVe s.), empr. au lat. méd. *contravenire* « contrarier, enfreindre ». || ***contravention*** (XIVe s.), « infraction », dér. du supin du lat. *contravenire* « agir contre ».

contribuer (XIVe s.), empr. au lat. *contribuere* (XIVe s.), « fournir pour sa part ». || ***contribution*** (XIVe s.), empr. au lat. tard. *contributio* « action de contribuer »; ***contribuable*** (XVe s.), « personne qui paie une contribution, un impôt à l'Etat » (XVIe s.).

contrister (XIIe s.), empr. au lat. *contristare* « attrister ».

contrit (XIIe s.), terme important du voc. chrét. du repentir envers Dieu, empr. au lat. *contritus* « accablé ». || ***contrition*** (XIIe s.), empr. au lat. tard.

contritio « action de broyer », puis en lat. chrét. « accablement, regret d'avoir péché ». Le sens premier survit en fr. jusqu'au XVIe s.

contrôle, contraction de *contre-roole*, empr. au lat. méd. *contrarotulus* « registre tenu en double (permettant une vérification) », d'où le sens de « vérification ». || ***contrôler*** (XIIIe s.), empr. au lat. méd. *contrarotulare*, d'abord « vérifier un compte (en écrivant sur un second registre) », d'où « examiner soigneusement » (XVe s.). Le sens de « dominer, maîtriser » date du XVIIe s. ; ***contrôleur*** (XIIIe s.) ; ***contrôlable*** (XIXe s.) ; ***incontrôlable*** (XIXe s.).

controuvé (Xe s.), part. pas. s. d. du lat. méd. **contropare* « inventer », d'où en fr. le sens de « mensonger ». En a. fr. le verbe ***controuver*** signifie « inventer » et aussi « inventer fallacieusement ». Voir ***trouver***.

controverse (XIVe s.), empr. au lat. *controversia* « discussion, contestation ». || ***controverser*** (XVIe s.), empr. au lat. *controversari*.

contumace, (XIVe s.), subst., empr. au lat. *contumacia* « opiniâtreté » en lat. clas., « refus de comparaître devant un tribunal » en lat. tard. L'idée d'obstination et de résistance coupables est présente en a. fr. et au XVIe s. en même temps que le sens jur. d'absence du prévenu à l'audience. L'expres. *par contumace* « en l'absence de l'intéressé » est attestée dès le XVIe s. || ***contumax*** (XVIe s.), adj. « l'accusé étant absent », empr. au lat. *contumax* « obstiné, rebelle », en fr. « qui refuse de comparaître devant un tribunal ».

contusion (XIVe s.), empr. au lat. *contusio* « meurtrissure », de *contundere* « écraser ». || ***contusionner*** (XVIIe s.). Voir ***contondant***.

convaincre (XIIe s.), empr. au lat. *convincere* « prouver la culpabilité de qqn, confondre qqn », refait d'après *vaincre*. || ***conviction*** (XVIe s.), empr. au lat. imp. *convictio* « démonstration décisive », a signifié au XVIe s. « preuve irréfutable établissant la culpabilité de qqn ». Le sens de « certitude intime » est attesté depuis le XVIIe s.

convalescent (XVe s.), empr. au lat. *convalescens* « prenant des forces ». || ***convalescence*** (XIVe s.), empr. au lat. tard. *convalescentia*.

convenir (XIe s., sous la forme *covenir* jusqu'au XVe s.), du lat. *convenire* « être approprié à, être conforme à la situation », d'où « falloir ». || ***convenable*** (XIIe s.) ; ***convenance*** (XIIe s., sous la forme *covenance*), surtout « promesse, accord » en a. fr. ; ***déconvenue*** (XIIe s., sous la forme *desconvenue*), « fâcheuse rencontre », d'où « insuccès, mésaventure » ; ***inconvenance*** (XVIe s.) ; ***inconvenant*** (XVIIIe s.).

convent, **conventuel**, voir ***couvent***.

convention (XIIIe s., assez rare avant le XVIIIe s.), empr. au lat. *conventio* « assemblée, réunion » et « pacte ». Le sens de « assemblée » existe en a. fr. et au XVIe s. Au XVIIIe s. l'infl. de l'angl. lui redonne un nouvel essor, d'où l'empl. du mot *Convention* en 1792. || ***conventionnel*** (XVe s.), pris au sens politique en 1792.

converger (XVIIIe s.), empr. au lat. tard. *convergere* « se diriger de divers endroits vers un même lieu ». || ***convergence*** (XVIIe s.), empr. au lat. scient. *convergentia*.

convers (XIIe s.), empr. au lat. eccl. *conversus* « tourné (vers Dieu) », désigne en a. fr. un religieux chargé des travaux manuels dans un monastère. L'expres. *frère convers* existe encore en fr. mod.

converser (XIe s.), empr. au lat. *conversari* « vivre avec, fréquenter ». Le sens étym. subsiste jusqu'au XVIIIe s. En a. fr. et au XVIe s. la nuance de « séjourner, demeurer » est également attestée. L'emploi au sens de

« parler avec qqn » n'est pas antérieur au XVIIe s. Il est devenu le seul emploi courant. ‖ ***conversation*** (XIIe s.), empr. au lat. *conversatio* « séjour, fréquentation », a suivi la même évol. : des sens étymologiques, seuls connus en a. fr., le mot est passé à celui de « entretien » au XVIe s.

convertir (Xe s.), empr. au lat. *convertere* « tourner, se tourner, se changer », fréquent dans la langue religieuse (se tourner vers Dieu). ‖ ***conversion*** (XIIe s.), empr. au lat. *conversio* « mouvement circulaire » et « changement » en lat. clas., « conversion religieuse » en lat. chrét., fréquent au sens religieux depuis l'a. fr., rare au sens militaire de « mouvement tournant » avant le XVIIe s., s'est développé au sens de « changement » dans plusieurs langues tech. ; ***convertisseur*** (XVIe s., repris au XIXe s. au sens de « appareil ») ; ***convertible*** (XIIIe s.), empr. au lat. chrét. *convertibilis* « qui peut être changé » ; ***convertibilité*** (XIIIe s.), empr. au lat. chrét. *convertibilitas* ; ***inconvertible*** (XVIe s.) ; ***reconversion*** (XIXe s.), terme d'économie « changement qui rétablit un état antérieur » ; ***reconvertir*** (XVIe s., repris au XIXe s.), terme d'économie.

convexe (XIVe s.), empr. au lat. *convexus* « courbé ». ‖ ***convexité*** (XVe s.), empr. au lat. imp. *convexitas*.

conviction, voir ***convaincre***.

convier (XIIe s.), empr. au lat. vulg. **convitare*, fait sur le modèle et avec le sens de *invitare* « inviter ».

convive (XVe s.), empr. au lat. *conviva*, de même sens. ‖ ***convivialité*** (XIXe s.), empr. à l'angl. *conviviality* « goût des réunions ». Le sens « facilité d'accès » (XXe s.) en informatique vient de l'améric.

convoi, voir ***convoyer***.

convoiter (XIIe s., sous la forme *coveitier, covoitier*), s. d. du lat. vulg. **cupidietare* « désirer intensément », fait sur *cupiditas*. ‖ ***convoitise*** (XIIe s.) ; ***convoiteux*** (XIIe s., sous la forme *coveitos*), du lat. vulg. **cupidietosus*.

convoler (XVe s.), empr. au lat. *convolare* « voler vers », d'où « se remarier » d'après le lat. jur. *convolare ad secundas nuptias* « convoler en secondes noces ».

convoquer (XIVe s.), empr. au lat. *convocare* « appeler », en fr. d'abord « enjoindre de venir », puis « inviter à venir » (XIXe s.). ‖ ***convocation*** (XIVe s.), empr. au lat. *convocatio*.

convoyer (XIIe s.), du lat. vulg. **conviare* « faire route avec », fait sur *via* « chemin », a signifié « accompagner » en a. fr. ‖ ***convoi*** (XIIe s.), déverb., avait en a. fr. le sens de « escorte ». Il a pris ultérieurement des valeurs techniques.

convulser (XVIe s.), du part. pas. *convulsus* « atteint de spasmes, de convulsions » dans la langue médic., de *convellere* « arracher ». ‖ ***convulsion*** (XVIe s.), vient aussi du lat. médic. tard. *convulsio* « vive secousse du corps » ; ***convulsif*** (XVIe s.).

coolie (XVIIe s.), d'orig. peu claire, « manœuvre, porteur de bagages asiatique ».

coopérer (XIVe s.), du lat. tard. *cooperari* « participer à ». ‖ ***coopération*** (XVe s.), empr. au lat. chrét. *cooperatio* ; ***coopérateur*** (XVIe s.), empr. au lat. *cooperator* ; ***coopératif*** (XVIe s.) ; ***coopérative*** (XXe s.), abrév. de *société coopérative* « entreprise associative (rendant des services à ses membres) » ; ***coopérant*** (XXe s.), « spécialiste envoyé dans un pays étranger au titre de la coopération économique et culturelle ».

coopter (XVIIIe s.), empr. au lat. *cooptare* « associer, agréger à un corps ». ‖ ***cooptation*** (XVIIe s.), empr. au lat. *cooptatio*.

coordonner, **coordination**, voir ***ordonner***.

copain, voir ***compagnon***.

copeau (XIIe s., sous la forme *coispel*), s. d. du lat. vulg. **cuspellus*, du lat. *cuspis* « pointe de la lance ».

copie (XIIIe s.), du lat. *copia* « abondance », sens attesté en a. fr. Le sens « reproduction d'un écrit », attesté depuis le XIIIe s., viendrait p.-ê. du verbe lat. méd. *copiare* signifiant « reproduire (en abondance), multiplier les exemplaires ». || ***copier*** (XIVe s.) ; ***copiste*** (XVe s.) ; ***copiage*** (XVIIIe s.) ; ***copieur*** (XVe s.).

copieux (XIVe s.), empr. au lat. *copiosus* « abondant, bien pourvu ».

copte (XVIIe s.), « chrétien d'Egypte », du grec *aiguptios* « égyptien ».

copule (XVe s.), empr. au lat. *copula* « lien, union », attesté au sens de « accouplement » au XVe s., a pris un sens gram. depuis le XVIIIe s. || ***copulation*** (XIIIe s.), empr. au lat. *copulatio* « lien, assemblage ».

copyright (XIXe s.), mot angl. au sens de « droit de copie ».

coq 1 (XIIe s.), onomat. d'après le cri de l'animal. || ***coq-à-l'âne*** (XVIe s.), « discours sans suite ».

coq 2 (XVIIe s.), du lat. *coquus* « cuisinier » ou du néerl. *kok* « cuisinier ». Voir ***queux***.

coque « coquille » (XIIIe s.), étym. peu claire. L'empl. du mot s'applique à un navire depuis le XIXe s. || ***coquetier*** (XVIe s.).

coquelicot (XVIe s.), de *cocorico* « coq », s'est appliqué à la fleur dont la couleur rappelle celle de la crête du coq.

coqueluche (XVe s.), a d'abord désigné le « capuchon », puis la maladie, enfin le fait d'être fêté et choyé (XVIIe s.). L'étym. et l'évol. des sens ne sont pas nettes. On y a vu un dér. de *cucullus* « capuchon » et on a estimé qu'on se couvrait la tête d'un capuchon lors des crises de toux. Il s'agit p.-ê. d'un mot pop. et expressif, et non d'un mot savant.

coquet (XVe s.), de l'a. fr. *cochet, coquet* « petit coq », en fr. « qui cherche à plaire, empressé auprès des personnes de l'autre sexe », « bavard » (XVIIe s.), « qui veut plaire par sa tenue, élégant » (XVIIIe s.). || ***coqueter*** (XVIe s.), « se pavaner » ; ***coquetterie*** (XVIIIe s.).

coquille (XIIIe s.), du lat. tard. *conchylia*, du lat. clas. *conchylium* « coquillage ». || ***coquillage*** (XVIe s.), « mollusque pourvu d'une coquille ».

coquin (XIIe s.), « gueux, vagabond », d'étym. incert. On a proposé d'y voir un faux pèlerin, portant la coquille, attribut des vrais pèlerins. Mais la date tardive du m. fr. *coquillart* s'y oppose. Le mot n'a s. d. rien à voir avec *coq*. || ***acoquiner (s')*** (XVIe s.), « se lier à une personne peu recommandable ».

cor (XIe s., sous la forme *corn*), du lat. *cornu* « corne ». || ***corne*** (XIIe s.), du lat. vulg. **corna* ; ***corner*** (XIIe s.), « sonner du cor » ; ***cornet*** (XIIIe s.), « petit cor, objet en forme de corne » ; ***cornette*** (XIIIe s.), d'abord « coiffure de femme » et aussi « étendard (d'une compagnie de cavaliers) » (XVIe s.), d'où « officier (portant l'étendard) » (XVIe s.) ; ***cornichon*** (XVIe s.), littéralement « petite corne » ; ***écorner*** (XIIe s.), « endommager le coin d'un livre, d'une chose » ; ***écornifler*** (XVe s.), « se procurer qq. ch. aux dépens d'autrui ». Voir ***biscornu***.

corail (XVe s.), du lat. tard. *corallum*, du lat. clas. *corallium*.

coran (XIVe s., sous la forme *alchoran*), de l'ar. *al quran* « la lecture par excellence », désigne le livre sacré des musulmans.

corbeau (XIIe s.), dér. en *-el*, de l'a. fr. *corp*, issu du lat. *corvus* « corbeau ». Le sens « auteur de messages anonymes » date du XXe s. || ***encorbellement*** (XIVe s.) n'a qu'un sens architectural, tiré de *corbeau* « pierre en saillie ».

corbeille (XIIe s.), du lat. tard. *corbicula*, du lat. clas. *corbis* « panier léger ».

corbillard (XVIe s.), du nom de *Corbeil*, d'abord « coche d'eau de Paris à Corbeil », puis grand carrosse, enfin « voiture servant aux transports des défunts » (XVIIIe s.).

corde (XIIe s.), du lat. *chorda* « boyau, corde d'un instrument de musique ». || ***cordon*** (XIIe s.) ; ***cordeau*** (XIIe s.) ; ***cordage*** (XIIIe s.) ; ***cordelier*** « franciscain, portant une corde à trois nœuds (en guise de ceinture) » (XIIIe s.), de l'a. fr. *cordele* « corde » ; ***cordelière*** (XVe s.), « corde à plusieurs nœuds portée par les cordeliers », puis « cordon tressé » ; ***cordée*** (XVIe s.), « groupe d'alpinistes entourés par une corde » ; ***cordonnet*** (XVIe s.) ; ***encorder*** (XIIe s.).

cordial (XIVe s.), empr. au lat. méd. *cordialis* « cardiaque, cordial », en fr. « qui stimule le cœur », puis « qui vient du cœur » (XVe s.) ; ***cordialité*** (XVe s.).

cordonnier (XIIIe s., sous la forme *cordoanier*), de l'a. fr. *cordoan* « cuir de *Cordoue*, soulier en cuir de *Cordoue* », a désigné un fabricant et un marchand de chaussures (à l'origine en cuir de *Cordoue*).

coriace (XVIe s.), s. d. du lat. *coriaceus* « de cuir », en fr. « dur comme le cuir ».

cormier (XIIe s.), « arbre à cormes, sorbier », dér. de l'a. fr. ***corme*** (XIIIe s.), « fruit du cormier », du lat. vulg. **corma*, fait sur un mot gaulois.

cormoran (XIIe s., sous la forme *cormare(n)g*), s. d. de l'a. fr. *corp* « corbeau » et **marenc* « marin ».

cornac (XVIIe s.), s. d. du port. *cornaca*, d'un terme d'une langue de l'Inde signifiant « dompteur d'éléphants ».

corne, voir ***cor***.

cornée (XIXe s.), du lat. méd. *cornea* (fém.) « en forme de corne », désigne l'enveloppe de l'œil en forme de corne.

corneille (XIIe s.), du lat. vulg. **cornicula*, de *cornix* « corneille ».

cornemuse (XIVe s.), instrument de musique, de l'a. fr. *corne* « qui fait sonner » et *muse* subst. « musette ».

corniche (XVIe s.), de l'ital. *cornice* « bordure en saillie », d'abord terme d'architecture. L'empl. au sens de « route en saillie, en surplomb » date du XVIIIe s.

cornu (XIIe s.), du lat. *cornutus* « qui a des cornes ». || ***cornue*** (XVe s.), « récipient en forme de corne ».

corolle (XVIIIe s.), empr. au lat. *corolla* « petite couronne », dim. de *corona*. || ***corollaire*** (XIVe s.), empr. au lat. *corollarium* « petite couronne offerte en don », d'où « supplément » et divers sens tech. comme « conséquence ».

coron (XIIe s., au sens de « bout »), dér. de l'a. fr. *cor* « coin », du lat. *cornu*, mot dial. du Nord, attesté au XIXe s., désignant le bout d'une rue en dehors de la ville, où se trouvent les maisons de mineurs, puis « maison de mineur ».

coronaire (XVIe s.), empr. au lat. *coronarius* « en forme de couronne », employé dans le voc. médic.

corporation (XVIe s.), de l'angl. *corporation* « corps constitué ». || ***corporatif*** (XIXe s.) ; ***corporatisme*** (XXe s.).

corps (Xe s.), du lat. *corpus*. || ***corporal*** (XIIIe s.), empr. au lat. eccl. *corporale* « linge liturgique (relatif au corps du Christ) » ; ***corporel*** (XIIe s.) ; ***corpulence*** (XIVe s.), empr. au lat. *corpulentia* « embonpoint » ; ***corpulent*** (XIVe s.), du lat. *corpulentus* « bien en chair » ; ***corpus*** (XIXe s.), « recueil de documents » ; ***corpuscule*** (XVe s.), empr. au lat. *corpusculum* « petit corps, atome » ; ***corsage*** (XIIe s.), « corps » et « buste » en a. fr. ; ***corset*** (XIVe s.), vêtement de dessus en a. fr. Le sens de « gaine serrant la taille des femmes » date du XIXe s. ; ***corsé*** « qui a du corps » en parlant de mets (XIXe s.), d'où « riche, vigoureux » ; ***corser*** (XVe s.), « donner du corps, rendre plus fort » ; ***incorporer*** (XIIe s., sous la forme *encorporer*), empr. au lat. tard. *incorporare* « faire entrer dans un corps » ; ***incorporation*** (XVe s.), empr. au lat. tard. *incorporatio*.

correct, **correction**, voir ***corriger***.

corrélatif (XIVe s.), empr. au lat. scolast. *correlativus* « en relation avec ». ‖ ***corrélation*** (XVe s.), empr. au lat. *correlatio* « relation mutuelle », en fr. « interdépendance, réciprocité ».

correspondre (XIVe s.), empr. au lat. méd. *correspondere* « être en relation de conformité, de symétrie ». Le sens de « avoir des relations épistolaires » date du XVIIe s. ‖ ***correspondance*** (XIVe s.), « relation, rapport », « rapport de conformité (entre deux éléments) ». Les sens de « relation écrite entre deux personnes » et « lettres échangées » datent du XVIIe s., celui de « relation commode entre deux moyens de transport » du XIXe s.

corrida (XIXe s.), de l'esp. *corrida* « course de taureaux dans des arènes », de *correr* « courir ».

corridor (XVIe s.), de l'ital. *corridore* « galerie où l'on court (derrière les fortifications) ». Ce sens est attesté au XVIe s. L'empl. au sens de « couloir » est attesté au XVIIe s.

corriger (XIIIe s.), empr. au lat. *corrigere* « redresser, réformer ». ‖ ***correct*** (XVIe s.), empr. au lat. *correctus* « corrigé, amélioré », en fr. « conforme aux règles, aux usages, à la morale », « adapté à son objet », « acceptable » ; ***incorrect*** (XVe s.), « qui enfreint les règles », puis « contraire aux usages » (XIXe s.) ; ***correction*** (XIIIe s.), empr. au lat. *correctio* « action de redresser, réprimande », en fr. « action de corriger » et « conformité aux règles », « comportement correct » ; ***correcteur*** (XIIIe s.) ; ***incorrection*** (XVIe s.) ; ***correctionnel*** (XVe s.), « qui concerne les délits ».

corroborer (XIVe s.), empr. au lat. *corroborare* « fortifier ».

corroder (XIVe s.), empr. au lat. *corrodere* « ronger ». ‖ ***corrosif*** (XIIIe s.), en fr. « qui ronge, qui attaque, qui détruit » ; ***corrosion*** (XIVe s.), empr. au lat. tard. *corrosio* « action de ronger ».

corrompre (XIIe s.), empr. au lat. *corrumpere* « détruire, détériorer ». ‖ ***corrupteur*** (XVIe s.), empr. au lat. *corruptor* « qui corrompt » ; ***corruptible*** (XIIIe s.), empr. au lat. tard. *corruptibilis* « qui peut être corrompu » ; ***incorruptible*** (XIVe s.) ; ***corruption*** (XIIe s.), empr. au lat. *corruptio* « altération, détérioration », en fr. en ce sens et au sens moral de « souillure, dépravation » (XIVe s.).

corroyer (XIe s., sous la forme *conreer* « arranger, équiper, préparer »), du lat. vulg. **conredare,* du germ. *garedan* « pourvoir à ». Ce mot, très fréq. au M. A. pour toutes sortes de préparatifs, ne sert plus que dans des empl. tech. comme *corroyer le cuir.*

corsage, voir ***corps***.

corsaire (XVe s.), de l'ital. *corsaro* « navire rapide fait pour l'attaque et la capture des navires ennemis », en fr. en ce sens et au sens de « pirate attaquant les navires sur mer », puis « homme impitoyable, forban ».

corser, **corset**, voir ***corps***.

corso (XIXe s.), de l'ital. *corso* « grande avenue » et « défilé de chars sur la voie publique ».

cortège (XVIIe s.), de l'ital. *corteggio*

« suite de personnes accompagnant un grand personnage », de *corteggiare* « accompagner un personnage pour l'honorer et le servir ». En ital. le simple *corte* « court » a déjà ce sens dès le XIVᵉ s.

corvée (XIIᵉ s., sous la forme *corovee, corvee*), « travail obligatoire dû au seigneur », du lat. tard. *corrogata opera* « travail auquel on est prié de participer », devenu subst. sous la forme *corrogata, corvada* en lat. méd., de *corrogare* « inviter instamment, solliciter ». En fr. les sens courants sont « travail imposé » et « travail ingrat (auquel on ne peut se soustraire) ». L'empl. militaire « travail réglementaire imposé aux militaires » remonte au XIXᵉ s.

corvette (XVᵉ s.), terme de marine, empr. s. d. du m. néerl. *korver* « bateau de chasse », désigne en fr. mod. un « navire léger (servant à l'escorte) ».

coryza (XIVᵉ s.), empr. au lat. *coryza*, du grec *koruza* « écoulement nasal ».

cosaque (XVIᵉ s., empl. surtout à l'époque napoléonienne), du russe *kozak*, désigne un guerrier de l'armée russe, puis empl. au sens de « brutal, grossier » (XIXᵉ s.).

cosinus, voir ***sinus***.

cosmétique (XVIᵉ s.), du grec *kosmétikos* « qui concerne la parure ». Le sens de « produit servant à l'entretien de la peau et des cheveux » date du XVIIᵉ s.

cosmique (XIVᵉ s.), empr. au lat. *cosmicus*, du grec *kosmikos* « qui concerne l'univers, qui est aux dimensions de l'univers ».

cosmo-, premier élém. de termes savants comme ***cosmographie***, ***cosmonaute***, ***cosmopolite***, du grec *kosmos* « monde, univers ».

cosmos (XIXᵉ s.), empr. au grec *kosmos* « univers », en fr. au sens de « univers », puis « espace intersidéral » (XXᵉ s.).

cosse (XIᵉ s.), s. d. du lat. vulg. **coccia* « enveloppe », de la famille de ***coque***. || ***cossu*** (XIVᵉ s.), s. d. à l'origine « bien fourni en cosses de pois, de fèves », d'où « riche, opulent » ; ***écosser*** (XIIᵉ s.), « ôter la cosse ».

costume (XVIIᵉ s.), de l'ital. *costume* « comportement habituel d'une personne, usages sociaux et culturels d'un groupe humain », lui-même du lat. vulg. **costumen*, du lat. clas. *consuetudo* « habitude, coutume », a d'abord été employé au sens de « apparence extérieure conforme aux usages », « vérité des usages, naturel » (dans les créations littéraires et artistiques). Le sens mod. « manière de s'habiller, vêtement » apparaît au XVIIIᵉ s.

cote (XIVᵉ s.), terme admin., de l'adj. inter. lat. *quota* (*pars*) « quelle part (revient à chacun) ? », en fr. « part d'impôt de chaque contribuable » (XIVᵉ s.), puis « marque permettant un classement » (XVIIᵉ s.), « valeur d'une action ou d'une monnaie » (XVIIIᵉ s.), « estimation, appréciation » (*cote d'un cheval*). || ***coter*** (XVIᵉ s.) ; ***cotation*** (XVIᵉ s.) ; ***cotiser*** (XIVᵉ s.), dér. avec le suff. *-iser*, « verser une quote-part pour une dépense commune » ; ***cotisation*** (XVIᵉ s.), « somme à verser pour les membres d'un groupe ».

côte (XIIᵉ s.), du lat. *costa* « côte, flanc ». Le sens de « pente » est ancien en a. fr., celui de « rivage » remonte au XVIᵉ s. || ***côté*** (XIIᵉ s.), du lat. vulg. **costatum* « partie latérale » ; ***bas-côté*** (XVIIᵉ s.) ; ***coteau*** (XIIᵉ s.) ; ***côtelette*** (XIVᵉ s.), « petite côte (d'un animal de boucherie) » ; ***côtoyer*** (XIIᵉ s.) ; ***côtoiement*** (XIXᵉ s.) ; ***entrecôte*** (XVIIIᵉ s.).

coterie (XVIᵉ s.), du lat. méd. *coteria*, « petite tenure rurale », du franc. *kot* « hutte, cabane », à l'origine « héritage roturier », puis « association de paysans », ensuite « cabale, clan » au XVIIIᵉ s.

cothurne (XVIᵉ s.), empr. au lat. *co-*

thurnus « chaussure des acteurs de tragédie », du grec *kothornos.*

cotillon, voir ***cotte***.

coton (XIIe s.), de l'ital. *cottone*, de l'ar. *qutun*. || ***cotonnade*** (XVIIe s.) ; ***cotonneux*** (XVIe s.).

cotte (XIIe s.), du franc. **kotta* « manteau de laine », mot utilisé au sens de « tunique » en a. fr. || ***cotillon*** (depuis le XVe s.), « jupon des femmes du peuple », puis « danse (dansée le cotillon relevé) » (depuis le XVIIe s.). L'expres. *courir le cotillon* « courir les femmes » date du XVIIIe s.

cou, **col** (XIe s.), du lat. *collum*. || ***collet*** (XIIIe s.), « cou », puis très tôt en a. fr. « partie du vêtement entourant le cou » ; ***colleter*** (XVIIe s.), « prendre au collet, attaquer » ; ***collier*** (XIIIe s.), du lat. tard. *collarium* « concernant le cou » ; ***collerette*** (XIVe s.) ; ***décollation*** (XIIIe s.), empr. au lat. tard. *decollatio* « décapitation » ; ***décolleter*** (XIIIe s.), « laisser voir le cou ». Voir ***accoler***.

couard, **couardise**, voir ***queue***.

coucher (XIe s.), du lat. *collocare* « placer, établir », en a. fr. « étendre, coucher » et « mettre par écrit » (XIIIe s.). || ***couche***, déverb., d'abord « lit », puis « enfantement », « linge entourant le nouveau-né » (XVIe s.). Le sens de « enduit » est du XVIe s. ; ***coucheur*** (XVIe s.), auj. dans l'expres. *mauvais coucheur* (XIXe s.), « personnage qui empêche les autres de dormir », d'où « mauvais caractère » ; ***couchette*** (XIVe s.), d'abord au sens de « petit lit », puis « lit étroit » dans un bateau (XIXe s.) et dans un train (XXe s.) ; ***accoucher*** (XIIe s.), d'abord « se coucher », puis « mettre au monde » ; ***accouchement*** (XIIe s.) ; ***découcher*** (XIIe s.), d'abord à la forme pronom. « se lever », puis « dormir hors de chez soi » (XVIe s.).

coucou (XIIe s.), oiseau, du lat. *cuculus* et du cri de l'oiseau.

coude (XIIe s.), du lat. *cubitus* de même sens. || ***coudée*** (XIIe s.), « longueur d'un coude » ; ***coudoyer*** (XVIe s.), d'abord « pousser du coude », puis « côtoyer, fréquenter » (XVIIIe s.) ; ***s'accouder*** (XIIe s.), « s'appuyer sur le coude » ; ***accoudoir*** (XIVe s.).

coudre (XIIe s.), du lat. vulg. **cosere*, du lat. clas. *consuere* « coudre ensemble ». || ***couture*** (Xe s.), du lat. vulg. **co(n)sutura* « action de coudre » et « assemblage de points ». Le sens de « balafre, cicatrice allongée » date du XIIIe s. ; ***couturière*** (XIIe s.), « femme qui exécute des travaux de couture, ouvrière d'une maison de couture ». L'expres. théâtrale *répétition des couturières* ou par ellipse *couturière* s'applique à une répétition où les couturières font les dernières retouches ; ***découdre*** (XIIe s.), « défaire ce qui est cousu », d'où *en découdre* « se battre » (XVIe s.).

coudrier (XVIe s.), dér. de l'a. fr. *coudre* « noisetier », du lat. vulg. **colurus*, tiré du lat. clas. *corylus*, *corulus*, sous l'influence du gaul. **collo*.

couenne (XIIIe s.), du lat. vulg. **cutinna*, du lat. clas. *cutis* « peau, enveloppe », désigne la peau de porc flambée et raclée.

couette (XIIe s., sous les formes *coute*, *coite*), du lat. *culcita* « matelas, coussin », en a. fr. au sens de « matelas, lit de plume, coussin, oreiller », le mot impliquant une couche moelleuse qui s'oppose au lit de paille des pauvres, en fr. mod. parfois « lit de plume » (empl. région.), souvent « grand édredon ». Voir ***courtepointe***.

couffin (XVe s.), empr. au prov. *coffin*, du lat. imp. *cophinus* « panier », du grec *kophunos* « coffre », en fr. « panier souple (en osier) ».

couille (XIIe s.), mot pop., du lat. vulg. **colea*, du lat. *coleus* « testicule ». || ***couillon*** (XIIIe s.), mot pop., du lat. tard. *coleonem* (acc. de *coleo*, *coleonis*) « testicule ». Sens ultérieurs de

« poltron », d'abord sous la graphie *coïon*, empr. à l'ital. *coglione* (XVIe s.), puis de « imbécile, balourd » (XIXe s.) ; ***couillonnerie*** (XVIe s.), mot pop. ; ***couillonner*** (XVIIe s.), mot pop. « tromper ».

coule (XIIe s.), empr. au lat. tard. *cuculla*, du lat. clas. *cucullus* « capuchon » a désigné le capuchon monastique, et aussi l'habit de moine.

couler (XIIe s.), du lat. *colare* « filtrer », outre ce sens premier, a surtout pris le sens en a. fr. de « se mouvoir, se répandre » en parlant d'un liquide et celui de « glisser », valeurs conservées tout au long de l'histoire. Le sens de « s'enfoncer (en parlant d'un navire) » est attesté dès le XVIe s. || ***coulée*** (XVIIIe s.) ; ***coulis*** (XIIe s., sous la forme *couleïz*) ; ***coulisse*** (XIIIe s.), de l'a. fr. *couleïce* « qui glisse » ; ***couloir*** (XIIe s.) ; ***écouler*** (XIIe s.) ; ***découler*** (XIIe s.), d'abord « disparaître ». Le sens de « s'ensuivre par voie de conséquence » date du XVIIe s.

couleur (XIe s.), du lat. *colorem*. || ***colorer*** (XIIe s.) ; ***coloration*** (XIVe s.) ; ***coloris*** (XVIIe s.), de l'ital. *colorito* « couleur, peinture, teinte de couleur », en fr. « mélange de couleurs, teinte » ; ***colorier*** (XVIe s.) ; ***coloriage*** (XIXe s.) ; ***décolorer*** (XIe s.) ; ***décoloration*** (XVe s.) ; ***incolore*** (XIXe s.), empr. au lat. tard. *incolor*.

couleuvre (XIIe s.), du lat. vulg. **colobra* du lat. clas. *colubra*.

coulpe (Xe s., graphie *colpe*, puis fréq. *coupe*), du lat. *culpa* « faute ». || ***coupable*** (XIIe s.), du lat. tard. *culpabilis* ; ***culpabilité*** (XVIIIe s.).

coup (XIe s.), du lat. *colaphus* « coup de poing », du grec *kolaphos* « soufflet ». || ***couper*** (XIIe s.), « trancher (en frappant) » ; ***coupon*** (XIIIe s.), « morceau coupé (d'un ensemble) » ; ***couperet*** (XIVe s.), « coutelas » ; ***coupure*** (XIIIe s.), « action de couper ». Le sens de « fraction d'un billet de banque » date du XVIIIe s., d'où « billet de banque de moindre valeur que le billet type » ; ***recouper*** (XIIe s.) ; ***recoupement*** (XIIe s.), d'abord « action de couper, de retrancher ». Le sens de « confrontation de renseignements provenant de diverses sources » date du XXe s.

coupable, voir ***coulpe***.

coupe (XIIe s.), du lat. *cuppa* « grand vase en bois, tonneau », en fr. « récipient à boire ».

couperose (XIIe s.), d'orig. obsc., d'abord terme de chimie, puis de médec. désignant une affection cutanée (XVIe s.).

couple (XIIe s.), du lat. *copula* « lien », a très tôt en a. fr. le sens de « paire », en raison du fait que les animaux (par ex. les chiens de chasse) ou les choses étaient attachés deux à deux. L'empl. du mot au sens de « homme et femme réunis » date du XIIe s. || ***coupler*** (XIIe s.), du lat. *copulare* « attacher », d'abord « attacher », puis « assembler deux à deux » ; ***accoupler*** (XIIe s.), « mettre en couple » ; ***accouplement*** (XIIIe s.) ; ***découpler*** (XIIe s.), « détacher des chiens (attachés par paire) » ; ***couplet*** (XIIIe s.), d'abord « paire de deux vers de même rime », puis « strophe d'une chanson » (XIVe s.).

coupole (XVIIe s.), de l'ital. *cupola* « voûte en demi-cercle », du lat. tard. *cupula* « petit tonneau », en fr. « voûte ronde ».

cour (XIe s., sous la forme *court* jusqu'au XVe s.), du lat. méd. *cortis, curtis,* du lat. clas. *cohors, cohortis* « enclos, cour de ferme », puis à l'époque imp. « suite d'un général, d'un prince ». La disparition du *-t* est due (par fausse étym.) à l'influence du latin *curia* « lieu de réunion des assemblées romaines ». En a. fr. le mot désigne fréq. l'enclos d'une maison, mais aussi l'entourage d'un prince, l'assemblée des vassaux et aussi la cour de justice d'un seigneur. || ***courtois*** (XIIe s.), en a. fr. « élégant, policé, raffiné » ; ***cour-***

toisie (XIIe s.), en a. fr. « politesse raffinée et élégance morale (qui se trouvent dans les cours aristocratiques) » ; ***discourtois*** (XVe s.).

courage, voir ***cœur***.

courbature (XVIe s.), du prov. *courbadura* « courbure », avec influence de *court battu* « battu à bras raccourcis » par étym. pop. || ***courbatu*** (XVe s.) ; ***courbaturer*** (XIXe s.).

courbe (XIIIe s.), adj. et subst., réfect. de l'a. adj. *corb*, puis *corbe*, *courbe*, du lat. vulg. *curbus*, de l'adj. lat. *curvus* « courbé, recourbé » ; empl. comme subst. en géométrie, surtout à partir du XVIIe s. || ***courber*** (XIIe s.) ; ***courbure*** (XVe s.) ; ***courbette*** (XVIe s.), « saut de cheval (avec élévation et fléchissement des deux membres antérieurs) », puis « révérence, politesse obséquieuse » au XVIIe s.

courge (XIVe s.), mot dial. de l'Ouest, altér. de l'a. fr. *coorde, coourde*, du lat. *cucurbita* « courge ». Le mot ***gourde*** (XIIIe s. pour le fruit, et XVIe s. pour le récipient), de même orig., désigne le fruit séché d'un type de courge, devenu un récipient. || ***courgette*** (XXe s.).

courir (XIe s., sous la forme *courre*, qui existe encore dans le voc. de la chasse), du lat. *currere*. || ***courant*** (XIIe s.) ; ***coureur*** (XIIe s.) ; ***courrier*** (XIVe s.), de l'ital. *corriere* « messager » ; ***accourir*** (XIe s.) ; ***encourir*** (XII[e] s., d'abord sous la forme *encourre*), du lat. *incurrere*. Voir ***parcourir***, ***secourir***, ***recours***.

couronne (Xe s.), du lat. *corona*. || ***couronner*** (Xe s.) ; ***couronnement*** (XIIe s.).

courroie (XIe s.), du lat. *corrigia*.

courroucer (XIe s.), du lat. vulg. **corruptiare*, dér. de *corrumpere* « gâter, altérer », signifie en a. fr. « mécontenter, outrager, affliger ». Le sens du mot est très général. Restriction sémant. au seul sens de « irriter » en fr. mod. || ***courroux*** (Xe s.), déverb. d'abord au sens général de « déplaisir » et aussi de « colère ». Même restriction sémant. en fr. mod.

cours (XIIe s.), du lat. *cursus* « course, mouvement, marche, direction » est souvent employé en a. fr. à la place de *course*. Empl. pour le mouvement continu de l'eau (*cours d'eau* est attesté à la fin du XVe s.), pour le mouvement des astres, pour l'écoulement du temps (*le cours de la vie*), pour la circulation des marchandises, d'où le sens de « valeur à un moment précis » (*au cours du jour*). L'expres. *au long cours* s'applique à « un long voyage en mer » (*capitaine au long cours*). Nombreux empl. dans le domaine des études à partir du XVIIe s. « enseignement suivi, conférence », « manuel » (XVIIe s.), « degré des études » (XIXe s.), « établissement privé d'enseignement » (XIXe s.). || ***course*** (XIIIe s.), « action de courir », « épreuve de vitesse » (XVIe s.), « déplacement » (*faire une course en montagne*) (XVIIe s.). Au plur. sens de « allées et venues (pour une affaire) » (courant au XIXe s.), « déplacement (pour des achats) » (*faire les courses*). Empl. dans la langue maritime pour désigner les incursions des pirates (*guerre de course*). Sur ce point voir ***corsaire*** ; ***coursier 1*** (XIIe s.), « cheval de bataille (à l'allure rapide) » ; ***coursier 2*** (XIXe s.), « personne chargée de faire des courses, de porter des plis ».

coursive (XVIIe s.), terme maritime « couloir étroit à l'intérieur d'un navire », s. d. réfect. de *coursie* « passage de la proue à la poupe d'une galère », empr. à l'ital. *corsia*, de même sens.

court 1 (XIe s.), adj., du lat. *curtus* « écourté, incomplet ». || ***écourter*** (XIIe s.) ; ***raccourcir*** (XIIIe s.).

court 2 (XXe s.), subst., de l'angl. *court* « terrain délimité pour le tennis », lui-même empr. à l'a. fr. *court*.

courtepointe (XIIe s.), altér. de *coute pointe*, du lat. *culcita puncta* « coussin ouaté et piqué » a désigné en a. fr. une couverture de lit emplie de plumes. Voir ***couette***.

courtier (XIIIe s., sous la forme *couratier*), du prov. *courratier* « qui court, intermédiaire entre le vendeur et l'acheteur ». || ***courtage*** (XIIIe s.).

courtine (XIe s.), du lat. tard. *cortina* « rideau, voile » a signifié en a. fr. « rideau de lit, tenture » ; depuis le XVIe s. terme de fortification « mur entre deux bastions ».

courtisan (XIVe s.), de l'ital. *cortigiano* « homme de cour » ; le fém. a désigné une femme élégante (de mœurs légères) monnayant ses charmes. || ***courtiser*** (XVIe s.), de l'ital. *corteggiare* « faire sa cour à qqn, faire sa cour à une femme ».

courtois, **courtoisie**, voir ***cour***.

couscous (XVIe s., notamment sous la forme *coscosson*, puis au XVIIe s. *couscous*), empr. de l'ar. *kouskous*.

cousin 1 (XIe s.), forme abrégée du lat. *co(n)sobrinus* « cousin germain ». || ***cousinage*** (XIIe s.).

cousin 2 « moustique » (XVIe s.), du lat. vulg. **culicinus*, du lat. clas. *culex*.

coussin (XIIe s., sous la forme *colssin*), du lat. vulg. **coxinus* « coussin de hanche », de *coxa* « hanche, cuisse », le *coissin* étant mis sur les chaises ou bancs. || ***coussinet*** (XIIIe s.).

couteau (XIIe s.), du lat. *cultellus* « petit couteau », de *culter* « couteau ». || ***coutelier*** (XIIe s.) ; ***coutellerie*** (XIIIe s.) ; ***coutelas*** (XVe s.), p.-ê. de l'ital. *coltellacio* « poignard ».

coûter (XIIe s.), du lat. *constare* « consister, être à tel prix ». || ***coût*** (XIIe s.), « montant, prix » ; ***coûteux*** (XIIe s.), « qui coûte cher ».

coutil (XIVe s.), dér. de l'a. fr. *coute* « matelas de plume », désigne un tissu.

coutre (XIIe s.), du lat. *culter* « coutre de la charrue » (élément tranchant du soc).

coutume (XIIe s., sous la forme *costume*, *coustume*), du lat. *co(n)suetudo*. || ***coutumier*** adj. (XIIe s.), subst. (XIVe s.) ; ***accoutumer*** (XIIe s.) ; ***accoutumance*** (XIIe s.) ; ***désaccoutumer*** (XIIe s.) ; ***inaccoutumé*** (XIVe s.), « inhabituel ».

couture, voir ***coudre***.

couvent (XIIe s.), du lat. eccl. *co(n)ventus* « communauté de religieux », du lat. clas. *conventus* « assemblée ». La forme ***convent*** vient de l'angl. et désigne l'assemblée générale des francs-maçons (XIXe s.). || ***conventuel*** (XIIIe s.), empr. au lat. chrét. *conventualis* « qui concerne un couvent », en fr. « qui appartient à une communauté religieuse ».

couver (XIIe s.), du lat. *cubare* « être couché ». Le sens étym. n'existe plus dès l'a. fr. || ***couvée*** (XIe s.) ; ***couveuse*** (XVIe s.).

couvrir (Xe s.), du lat. *cooperire* « couvrir entièrement ». En a. fr. le mot signifie aussi « cacher » et « protéger ». || ***couvert***, part. pas. subst. (XIIe s.), « ce qui couvre, couverture », d'où « toit » (XVIe s.) : cf. l'expres. *le vivre et le couvert*. Le sens de « protection, responsabilité » dans l'expres. *sous le couvert de* date du XVIIe s. L'empl. spéc. « ce dont on couvre la nappe, nappe, ustensiles servant à manger » est attesté au XVIe s. ; ***couverture*** (XIIe s.) ; ***couvreur*** (XIIIe s.) ; ***découvrir*** (XIIe s.) ; ***découverte*** (XIIe s.) ; ***découvert*** (XIVe s.) ; ***couvercle*** (XIIe s.), du lat. *cooperculum* ; ***recouvrir*** (XIIe s.) ; ***recouvrement*** (XVIIe s.).

cow-boy (XIXe s.), de l'améric. « gardien de bœufs ».

crabe (XIIe s.), p.-ê. empr. par l'a. normand au norr. *krabbi*.

crac (XVe s.), onomat. || ***craquer*** (XVIe s.), « produire un bruit sec », puis « céder, lâcher » ; ***craquement*** (XVIe s.).

cracher (XIIe s.), du lat. vulg. **craccare*, d'orig. incert. || ***crachat*** (XIIIe s.) ; ***crachement*** (XIIIe s.) ; ***crachoter*** (XVIe s.).

crack (XIXe s.), de l'angl. *to crack* « se vanter », en fr. au sens de « fameux » (voc. du turf), d'où « poulain préféré » (dans une écurie) et « sujet très brillant, champion ».

craie (XIe s.), du lat. *creta.* || ***crayon*** (au XIIIe s., sous la forme *croion*, au XVIe s., sous la forme *creon*), d'abord petit morceau de craie pour écrire, puis morceau d'autres minerais ; ***crayonner*** (XVIe s.).

craindre (Xe s., sous la forme *criembre*), du lat. clas. *tremere* « trembler, redouter », devenu en lat. vulg. **cremere* sous l'influence du gaulois. || ***crainte*** (au XIIe s. *crieme*) ; ***craintif*** (XIVe s.).

cramer (XIXe s.), mot région., empr. au lat. *cremare* « brûler ». Voir ***crémation***.

cramoisi (XIIIe s.), de l'ar. *qirmizi* « rouge de kermès ».

crampe (XIe s. adj. et subst.), du franc. **kramp* « recourbé » (cf. all. *krampf*). || ***crampon*** (XIIIe s.), « agrafe » ; ***cramponner*** (XVe s.)

cran « entaille » (XIe s. aussi sous la forme *cren*), déverb. de *crener* « entailler », du lat. tard. **crinare,* tiré du gaul. Le sens de « audace » date du début du XXe s. dans le style fam. || ***créneau*** (XIIe s., sous la forme *crenel*) ; ***cranter*** (XXe s.), « pratiquer des crans, onduler des cheveux ».

crâne (XIVe s.), du lat. méd. *cranium,* du grec *kranion*. Le sens de l'adj. « décidé » date du XVIIIe s. || ***crâner*** (XIXe s.), « affecter le courage » ; ***crânerie*** (XVIIIe s.) ; ***crâneur*** (XIXe s.).

crapaud (XIIe s.), d'étym. peu claire. || ***crapaudine*** (XIIIe s.), pierre précieuse (qui passait pour venir de la tête du crapaud).

crapule (XIVe s.), empr. au lat. *crapula* « ivresse » (en lat. clas.) « excès de nourriture » (en lat. tard.), du grec *kraipalé.* Le mot a signifié « excès de boisson, ivresse grossière » jusqu'à la fin du XIXe s. || ***crapuleux*** (XVe s.).

craquer, **craquement**, voir ***crac***.

crash (XXe s.), de l'angl. *to crash* « s'écraser », dans le voc. de l'aviation « écrasement d'un avion au sol ».

crasse (adj. au XIIIe s., subst. au XIVe s.), du lat. *crassa,* fém. de l'adj. *crassus* « épais, grossier ». || ***crasseux*** (XIIIe s.) ; ***crassier*** (XVIIIe s.), « terril » ; ***décrasser*** (XIVe s.) ; ***encrasser*** (XVIe s.).

cratère (XVe s.), empr. au lat. *crater* « grand vase » et « cratère d'un volcan ».

cravache (XVIIIe s.), de l'all. *Karbatsche,* du polon. *karbatch*, issu du turc *qyrbatch* « fouet ».

cravate (XVIIe s.), autre forme de *Croate*, a désigné d'abord la bande d'étoffe légère que les cavaliers Croates servant en France portaient autour du cou.

crawl (XXe s.), de l'angl. *crawl-stroke* (1903), « nage par reptation ».

crayon, voir ***craie***.

créance, voir ***croire***.

crécelle (XIVe s.), s. d. du lat. vulg. **crepicella,* du lat. clas. *crepitacillum* « claquette ». L'oiseau nommé ***crécerelle*** (XIIIe s.) appartient à la même famille.

crèche (XIIe s.), du franc. **kripja* (cf. l'all. *Krippe*) « mangeoire pour animaux ». Le sens de « asile, établissement pour enfants » date du XVIIIe s.

crédence (XVe s.), de l'ital. *credenza* « confiance » et « action de faire l'essai des mets », empl. d'abord au sens de « croyance, confiance », puis au XVIe s. de « buffet », car on faisait l'essai des mets sur ce meuble.

crédibilité, **crédible**, voir ***croire***.

crédit (XVe s.), empr. s. d. à l'ital. *credito* « bonne réputation », d'où « vente sans paiement comptant, dette, emprunt », du lat. *creditum* « dette » de *credere* « confier en prêt, avoir confiance ». Les sens de « confiance inspirée par qqn, bonne réputation dont jouit qqn », d'où « influence, autorité reconnue » apparaissent au XVe et se développent au XVIe s. Le sens bancaire « confiance en la solvabilité d'autrui », d'où « paiement différé » et « prêt » (*vendre à crédit, lettre de crédit*) est attesté au XVIe s. || ***créditer*** (XVIIe s.) ; ***créditeur*** (XIVe s.) ; ***accréditer*** (XVIe s.) ; ***accréditation*** (XIXe s.) ; ***discrédit*** (XVIIIe s.), « diminution de la confiance dont on jouissait ».

crédule (XIVe s.), empr. au lat. *credulus* « prompt à croire, naïf ». || ***crédulité*** (XIIe s.), empr. au lat. *credulitas*.

créer (XIIe s.), empr. au lat. *creare*. || ***créateur*** au sens chrét. (XIIe s. avec aussi c. s. *criere*, c. r. *criator*), empr. au lat. *creator* ; ***création*** (XIIIe s., parfois *criacion*), empr. au lat. *creatio* ; ***créature*** (XIe s. aussi sous la forme *criature*), empr. au lat. chrét. *creatura*. Le sens de « protégé par qqn, membre d'une clientèle » est du XVIe s. et vient p.-ê. de l'ital.

crémaillère (XVIe s., sous cette forme, *carmeillere* au XIIIe s.), dér. de *cramail*, du lat. tard. *cramaculus*, du grec *kremaster* « qui suspend, instrument de supension ».

crémation (XIIIe s., très rare avant le XIXe s.), empr. au lat. *crematio* « action de brûler ». || ***crématoire*** (XIXe s.), « qui brûle, qui réduit les corps en cendres ».

crème (XIIe s.), du lat. tard. *crama*, d'orig. gaul., fusionné avec le lat. chrét. *chrisma* « huile consacrée ». || ***crémier*** (XVIIIe s.), « marchand d'œufs et de fromage » ; ***crémeux*** (XVIe s.) ; ***crémerie*** (XIXe s.) ; ***écrémer*** (XIVe s.) ; ***écrémage*** (XVIIIe s.).

créneau, voir ***cran***.

créole (XVIe s.), « né aux Antilles », de l'esp. *criollo*, p.-ê. d'un mot caraïbe ou bien du port. *crioulo*, fait sur *criar* « nourrir », du lat. *creare*, en fr. d'abord au sens de « personne de race blanche née aux colonies », puis « langue déformée, parlée aux colonies » (XVIIe s., repris au XIXe s.), enfin « langue mixte, née du contact d'une langue européenne et d'une langue indigène ».

crêpe (XIIe s., sous la forme *cresp*), du lat. *crispus* « frisé, qui ondule ». L'adj. « frisé » s'applique en a. fr. aux cheveux. Le subst. désigne en a. fr. une étoffe (XIIe s.), une fine pâtisserie qui ondule dans la poêle (XIVe s.). || ***crêper*** (XVIe s.), du lat. *crispare* « friser, faire onduler » ; ***crépon*** (XVe s.), subst. empl. en couture, puis en coiffure (XVIe s.) ; ***crépu*** (XIIe s.), « naturellement frisé » ; ***crépir*** (XIIe s.), « mettre un enduit grenu sur la surface d'un mur » ; ***crépi*** subst. (XVIe s.) ; ***crépine*** (XIIIe s.) ; ***crépinette*** (XIIIe s.) ; ***décrépir*** (XIXe s.).

crépiter (XVe s., rare avant le XIXe s.), empr. au lat. *crepitare* « faire entendre un bruit sec ». || ***crépitation*** (XVIe s.), empr. au lat. tard. *crepitatio* « action de crépiter » ; ***crépitement*** (XIXe s.).

crépuscule (XIIIe s.), empr. au lat. *crepusculum* « obscurité ». || ***crépusculaire*** (XVIIIe s.).

crescendo (XVIIIe s.), terme de musique, mot ital., signifiant « en augmentant (l'intensité du son) ».

cresson (XIIe s.), du franc. **kresso* (cf. l'all. *Kresse*). || ***cressonnière*** (XIIIe s.).

crétacé (XVIIIe s.), empr. au lat. *cretaceus* « de la nature de la craie », s'applique à la période géologique de formation des terrains à craie.

crête (XIIe s.), du lat. *crista* « crête, aigrette ». || ***écrêter*** (XVIIe s.).

crétin « atteint de débilité mentale et de dégénérescence physique » (XVIIIe s.), variante de *chrétien* « innocent » (empl. en ce sens dans le Valais). || ***crétinisme*** (XVIIIe s.).

cretonne (XVIIIe s.), d'orig. obsc., désigne une toile.

creuset (XVIe s.), altér. de l'a. fr. *croisuel* « lampe », p.-ê. du lat. vulg. **cruciolum* « lampe », par influence de *creux* et usage du suffixe *-et*.

creux (XIIIe s., sous la forme *crues*), du lat. vulg. **crosus* s. d. d'orig. gaul. || ***creuser*** (XIIe s.) ; ***creusage*** (XVIIIe s.).

crevasse (XIIe s.), du lat. vulg. **crepacia* « fente », de *crepare* « craquer ». || ***crevasser*** (XIVe s.).

crever (Xe s.), du lat. *crepare* « craquer », d'où « éclater, se fendre, crever », signifie en a. fr. souvent « éclater », « poindre » (en parlant de l'aurore) et même « mourir ». || ***crevaison*** (XIIIe s.) ; ***increvable*** (XXe s.).

crevette (XVIe s.), forme de l'Ouest de *chevrette*, nom du crustacé.

crible, du lat. tard. *criblum*, au lieu du lat. clas. *cribrum*. || ***cribler*** (XIIIe s.), du lat. tard. *criblare*, à la place du lat. imp. *cribrare*.

cric (XVe s.), s. d. empr. au m. h. all. *kriec*, désigne une machine à crémaillère et roues dentées régie par une manivelle, d'abord terme de technique militaire appliqué à l'arbalète.

cricket (XVIIIe s.), de l'angl. *cricket* « bâton » (sport qui se joue avec des battes de bois).

crier (Xe s.), du lat. vulg. **critare*, du lat. clas. *quiritare* « appeler les citoyens, appeler au secours ». || ***cri*** (Xe s.) ; ***criée*** (XIIe s.), d'abord « action de crier », puis « vente publique aux enchères » ; ***criard*** (XVe s.) ; ***crieur*** (XIIe s.) ; ***s'écrier*** (XIe s.) ; ***décrier*** (XIIIe s.), « rabaisser en criant, proclamer la suppression ou la dévaluation d'une monnaie » ; ***se récrier*** (XIIe s.), « pousser des cris, protester » ; ***criailler*** (XVIe s.) ; ***criaillerie*** (XVIe s.).

crime (XIIe s.), empr. au lat. *crimen* « accusation, grief », d'où « faute, méfait ». || ***criminel*** (XIe s.), empr. au lat. *criminalis* ; ***criminalité*** (XVIe s.).

crin (XIe s.), du lat. *crinis* « cheveu », puis tardivement « poil animal ». || ***crinière*** (XVIe s.).

crinoline (XIXe s.), de l'ital. *crinolino* « étoffe de lin à trame de crin ». Le sens de « jupe bouffante, jupe cloche » est du XIXe s.

crique (XIVe s. en Normandie), de l'anc. scand. *kriki*.

criquet (XIIe s.), s. d. onomat.

crise (XVe s.), empr. au lat. médic. *crisis* « accès d'une maladie », du grec *krisis* « décision ».

crisper (XVIe s.), empr. au lat. *crispare* « friser, agiter ». Le sens mod. « agacer » date du XIXe s. || ***crispation*** (XVIIIe s.).

crisser (XVIe s.), s. d. du franc. **kriskjan* « craquer, grincer ».

cristal (XIe s.), empr. au lat. *crystallus* « glace, cristal de roche », du grec *krystallos*. || ***cristallin*** (XIIIe s.), empr. au lat. *crystallinus* « de cristal, en cristal » ; ***cristalliser*** (XVIIe s.), « faire passer à l'état de cristaux », « fixer, rendre stable, donner corps » (XIXe s.) ; ***cristallisation*** (XVIIe s.).

critère (XVIIIe s.), **critérium** (XVIIe s.), empr. au lat. méd. *criterium* « preuve », du grec *kritérion* « règle pour discerner le vrai du faux », de *krinein* « discerner », en fr. « élément permettant d'opérer des distinctions et donc des jugements ». Sens sportif au XIXe s.

critique adj. (XVe s.), empr. au lat. médic. tard. *criticus* « décisif, dangereux (en parlant d'une crise de maladie) », du grec *kritikos*, de *krinein* « juger comme décisif ». Le sens médic. « décisif, relatif à une crise finale » est encore vivant au XVIe s. L'emploi (par extension) au sujet de situations ou de moments de la vie au sens de « difficile, délicat, crucial » se développe à partir du XVIIIe s. Le subst. au sens de « jugement esthétique », « jugement intellectuel », puis « censure » apparaît au XVIe s. Le sens de « art de critiquer » est attesté au XVIe s., et remonte au lat. *critica*, qui a déjà ce sens ; celui de « spécialiste qui juge les productions intellectuelles ou artistisques » (subst.) date du XVIIe s. et vient du lat. *criticus*. || ***critiquer*** (XVIe s.) ; ***critiquable*** (XVIIIe s.) ; ***autocritique*** (XXe s.).

croasser (XVe s.), onomat. On disait *croailler* au XVIe s. || ***croassement*** (XVIe s.).

croc (XIIe s.), du franc. **krok* « crochet ». || ***crochet*** (XIIe s.) ; ***croche*** (XVIe s.), d'abord adj. au sens de « crochu ». Au sens tech. musical le mot désigne une note dont la queue a un crochet (XVIIe s.) ; ***croquer*** (XIIIe s.), p.-ê onomat., a signifié en a. fr. « frapper sèchement ». Sens de « faire un bruit sec », puis « broyer sous la dent, dévorer », enfin « faire l'esquisse d'un tableau » (à partir du XVIIe s.). Les paysans révoltés ont été appelés ***croquants*** (XVIIe s.) pour des raisons peu claires ; ***croquis*** (XVIIIe s.) ; ***croque-mort*** (XVIIIe s.), « qui fait disparaître les morts » (terme s. d. ironique) ; ***croquette*** (XVIIIe s.) ; ***crocheter*** (XVe s.), d'abord « attraper, ouvrir avec un crochet » ; ***accrocher*** (XIIe s.) ; ***accroc*** (XVIe s.) ; ***accrochage*** (XVIe s.) ; ***décrocher*** (XIIe s.) ; ***raccrocher*** (XIVe s.), d'où ***raccroc*** (ex. isolé au XIVe s., repris en un autre sens au XVIIIe s.), au XVIIIe s. « heureux coup de hasard (dans un jeu) ». L'expres. *par raccroc* « par hasard » date du XIXe s.

crocodile (XVIe s.), de l'a. fr. *cocodrille*, empr. au lat. *crocodilus*, du grec *krokodeilos*.

crocus (XIVe s.), empr. au lat. *crocus*, du grec *krokos*.

croire (Xe s.), du lat. *credere* « confier, tenir pour vrai, penser, avoir confiance ». Les sens de « croire », mais aussi « avoir confiance », « faire crédit » sont présents en a. fr. || ***créance*** (XIe s.), d'abord « croyance, foi » et « confiance ». L'expres. *lettre de créance* au sens diplomatique de « lettre accréditant un ambassadeur » apparaît au XIIIe s. Le sens financier (« droit d'exiger un paiement », d'où « somme due ») s'est développé à partir du XVIIe s. ; ***créancier*** (XIIe s.) ; ***crédible*** (XVe s.), empr. au lat. *credibilis* ; ***crédibilité*** (XVIIe s.), empr. au lat. scolast. *credibilitas*. Voir **accroire**.

croisade (XVe s.), réfection de *croisee* « croisade » d'après l'a. prov. *cruzata* ou l'esp. *cruzada*. « expédition entreprise pour délivrer la Terre sainte des musulmans ». Voir **croix**.

croître (XIe s.), du lat. *crescere*. || ***croît*** (XIIe s.), « augmentation de biens », « augmentation d'un troupeau à la suite de naissances » (XIVe s.) ; ***croissant*** (XIIe s.), « temps pendant lequel la lune croît », puis « aspect de la lune » ; la pâtisserie est une traduction de l'autrichien *Hörnchen* (les premiers croissants remontant à la victoire de 1689 sur les Turcs) ; ***croissance*** (XIIe s.) ; ***cru*** (XIVe s.), d'abord au sens de « terroir où pousse la vigne » ; ***crue*** (XIIIe s.), « élévation du niveau de l'eau » ; ***accroître*** (XIIe s.) ; ***décroître*** (XIIe s.) ; ***décrue*** (XVIe s.), « diminution du niveau de l'eau ». Voir **excroissance**.

croix (Xe s.), du lat. *crucem*. || ***croiser*** (XIIe s., sous la forme *croisier*), « mettre en croix », à la forme pronom. « prendre la croix sur son vêtement (pour aller délivrer la Terre sainte) » ; ***croisée*** (XIVe s.), d'abord « croisade », puis « endroit où deux éléments se coupent à angle droit » ; ***croisière*** (XIIIe s.), d'abord au sens de « croisade ». Le sens de « voyage d'agrément » date du XIXe s. ; ***croiseur*** (XVIIe s.), navire de guerre de surveillance ; ***croisillon*** (XIVe s.).

croquer, voir ***croc***.

croque-mort, **croquette**, **croquis**, voir ***croc***.

croquet (XIXe s.), de l'angl., issu du fr. *crochet.*

cross-country (XIXe s.), **cross** (XXe s.), abrév. de l'angl. *cross-coutry running* « course à travers (*across*) la campagne ».

crosse (XIe s.), du franc. **krukja* « béquille », avec influence de *croc.*

crotale (XVIe s.), empr. au lat. *crotalum* « castagnette ». Le nom du serpent date du XIXe s.

crotte (XIIe s.), du franc. **krotta.* || ***crotter*** XIIe s.) ; ***décrotter*** (XIIIe s.) ; ***crottin*** (XIVe s.).

crouler (XIe s.), p.-ê. du lat. vulg. **corrotulare* « tournoyer ». En a. fr. « secouer, agiter », puis « s'effondrer ». || ***s'écrouler*** (XIIIe s.) ; ***écroulement*** (XVIe s.).

croupe (XIe s.), du franc. **kruppa.* || ***croupier*** (XVIIe s.), « auxiliaire d'un joueur », « auxiliaire du banquier » (littéralement « celui qui est en croupe derrière celui qui est au premier plan ») ; ***croupière*** (XIIe s.), « longe passée sur la croupe du cheval » ; ***croupir*** (XIIe s.), litt. « être accroupi », d'où « stagner » ; ***croupion*** (XVe s.), au sens de « derrière d'un être humain, fesses », « derrière d'un oiseau » (XVIe s.).

croûte (XIIe s.), du lat. *crusta* « enveloppe protectrice ». || ***croûton*** (XVIe s.) ; ***croustade*** (XVIIIe s.), du prov. *croustado* « mets recouvert d'une croûte » ; ***croustiller*** (XVIIe s.) ; ***encroûter*** (XVIe s.).

cru 1, voir ***croître***.

cru 2 (XIIe s.), du lat. *crudus* « saignant, brut, vert ». || Voir ***écru***.

cruauté, voir ***cruel***.

cruche (XIIe s.), du franc. **kruka* (cf. l'all. *Krug*).

crucial (XVIe s.), « en forme de croix », dér. de *crux* « croix » ; au sens mod. (XXe s.), empr. à l'angl. *crucial* « décisif, capital ».

crucifier (XIIe s.), empr. au lat. *cruci figere* « fixer sur la croix ». || ***crucifix*** (XIIe s.), empr. au part. pas. lat. *crucifixus* de *crucifigere* ; ***crucifixion*** (XVIe s.), empr. au lat. *crucifixio.*

crudité (XVe s.), empr. au lat. *cruditas* « indigestion » et au plur. « crudités, aliments non cuits ».

crue, voir ***croître***.

cruel (Xe s.), du lat. vulg. **crudalis*, du lat. *crudelis.* || ***cruauté*** (XIIe s.), du lat. *crudelitas*, p.-ê. sous l'influence de mots en *-auté.*

crustacé (XVIIIe s.), empr. au lat. *crustaceus*, de *crusta* « enveloppe ».

cryo-, premier élément de mots savants comme ***cryoscopie***, empr. au grec *kruos* « froid ».

crypte (XIVe s.), empr. au lat. *crypta* « caveau, grotte ».

crypto-, premier élément de mots savants, comme ***cryptogamme***, tiré du grec *kruptos* « caché ».

cube (XIIIe s.), empr. au lat. *cubus*, du grec *kubos.* || ***cubique*** (XIVe s.) ; ***cubisme*** (XXe s.) ; ***cubage*** (XVIIIe s.).

cubitus (XVIe s.), empr. au lat. *cubitus* « coude ».

cueillir (Xe s.), du lat. *colligere* « recueillir, ramasser, rassembler », signifie en a. fr. « récolter, rassembler, recueillir, accueillir, prendre, percevoir une taxe ». La plupart de ces sens survivent au XVIe s. En fr. mod. une réduction des emplois s'est opérée. || ***cueillette*** (XIIIe s.) ; ***cueillage***

(XIVe s.) ; ***accueillir*** (XIe s.). Voir ***recueillir***.

cuiller ou **cuillère** (XIe s.), du lat. imp. *cochlearium* « cuiller (servant à manger les escargots) », de *cochlea* « escargot ». || ***cuillerée*** (XIVe s.).

cuir (XIe s.), du lat. *corium* « peau des animaux, peau de l'homme ». || ***curée*** (XIIe s., sous la forme *curiée*), « abats de la bête tuée à la chasse donnés aux chiens sur la peau (*cuir*) de la bête morte » ; ***cuirasse*** (XIIIe s.), s. d. empr. à l'a. prov. *coirassa* « armure protectrice en cuir », du lat. tard. *coriacea (vestis)* « habit en cuir » ; ***cuirassier*** (XVIe s.), d'abord « soldat pourvu d'une cuirasse » ; ***cuirassé*** (XVIIe s.).

cuire (IXe s.), du lat. vulg. **cocere*, du lat. clas. *coquere*. || ***cuisson*** (XIIIe s.), du lat. *coctio*, avec infl. du verbe *cuire* ; ***cuisine*** (XIIe s.), du lat. vulg. **cocina*, du lat. clas. *coquina* « endroit où se fait la cuisine » et « art du cuisinier » ; ***cuisiner*** (XIIIe s.) ; ***cuisinier*** (XIIIe s.).

cuisse (XIe s.), du lat. *coxa* « hanche, cuisse ». || ***cuissot*** (XIIIe s.) ; ***cuisseau*** (XVIIe s.) ; ***cuissard*** (XVIe s.).

cuistre (XVIIe s.), s. d. de l'a. fr. *quistre, quistron* « marmiton, cuisinier », en fr. au sens de « pédant ridicule ».

cuivre (XIIe s.), du lat. vulg. **coprium*, du lat. clas. *cyprium (aes)* « cuivre de Chypre ». || ***cuivré*** (XVIe s.).

cul (XIIe s.), du lat. *culus* « derrière ». || ***culasse*** (XVIe s.) ; ***culée*** (XIVe s.) ; ***culot*** (XIIIe s.), d'abord « fond, sac ». Le sens de « effronterie » (fam.) date de la fin du XIXe s. ; ***culotte*** (XVIe s.) ; ***culbuter*** (XVIe s.), de *cul* et *buter*, au sens de « pousser au derrière », d'où « renverser » ; ***culbute*** (XVe s.), « chute brusque » ; ***acculer*** (XIIIe s.) ; ***éculé*** (XVIe s.), « usé (jusqu'au fond) » ; ***reculer*** (XIIe s.) ; ***recul*** (XIIIe s.) ; ***reculade*** (XVIIe s.) ; ***bousculer*** (XVIIIe s.), altér. de *bouteculer*. Voir ***basculer***.

culinaire (XVIe s.), empr. au lat. *culinarius* « qui concerne la cuisine ».

culminer (XVIIIe s.), terme astronomique, du lat. méd. *culminare* « atteindre son apogée » (en parlant d'un astre), d'où « atteindre le plus haut degré » (XIXe s.).

culot, **culotte**, voir ***cul***.

culpabilité, voir ***coulpe***.

culte (XVIe s.), empr. au lat. *cultus* « action de cultiver, d'honorer les dieux ».

cultiver (XIIe s.), empr. au lat. méd. *cultivare* fait sur *cultus*, part. pas. de *colere* « cultiver ». || ***cultivateur*** (XVe s.) ; ***culture*** (XIIe s., sous la forme *colture*), empr. au lat. *cultura* « culture du sol » et « culture de l'esprit » ; ***culturel*** (XXe s.), « relatif à la culture » ; ***inculte*** (XVe s.), empr. au lat. *incultus* « non cultivé ». Voir ***acculturation***.

cumin (XIIIe s.), empr. au lat. *cuminum*, du grec *kuminon* de même sens.

cumuler (XIVe s.), empr. au lat. *cumulare* « entasser, grossir ». || ***cumul*** (XVIIe s.) ; ***cumulus*** (XIXe s.), mot lat. signifiant « amas », en fr. « gros nuage ». Voir ***accumuler***.

cunéiforme (XVIe s. en anatomie, XIXe s. pour désigner l'écriture assyrienne), du lat. *cuneus* « coin » et *forme* « qui a la forme d'un coin ».

cupide (XVe s.), empr. au lat. *cupidus* « qui désire, avide ». || ***cupidité*** (XIVe s.), empr. au lat. *cupiditas* « avidité, convoitise ».

cupule (XVIIe s.), terme de botan., empr. au lat. *cupula* « tonnelet ».

curable, voir ***curer***.

curaçao (XIXe s.), du nom d'une île des Antilles.

curare (XVIIIe s.), de *curare*, de même sens, dans la langue des Caraïbes.

curcuma (XVIe s.), de l'ar. *kurkum*.

curée, voir ***cuir***.

curer (XIIe s.), du lat. *curare* « prendre soin, s'occuper de, soigner (au sens médical) ». En a. fr. et au XVIe s. sens général de « s'occuper de », sens matériel de « nettoyer », sens médical de « soigner ». Auj. restriction d'empl. « nettoyer en raclant ». || ***cure*** (XIe s.), du lat. *cura* « soin », « traitement médical » depuis le XVIe s., « fonction de curé », « résidence de curé » depuis le XVe s. ; ***curé*** (XIIIe s., d'abord sous la forme *prestre curé*), du lat. méd. *curatus animarum* « chargé du soin des âmes », d'où « chargé d'une paroisse » ; ***curateur*** (XIIIe s.), empr. au lat. *curator* « qui prend soin », terme de droit ; ***curatelle*** (XIVe s.), terme de droit ; ***curable*** (XIVe s.) ; ***curatif*** (XIVe s.), empr. au lat. méd. *curativus* « qui guérit un mal » ; ***récurer*** (XIIIe s.).

curie (XVIe s.), empr. au lat. *curia* « sénat », empl. au XIXe s. au sens de « gouvernement de l'Etat du Vatican ».

curieux (XIIe s.), empr. au lat. *curiosus* « soigneux, minutieux, avide de savoir, indiscret, espion », signifie surtout en a. fr. « soucieux, désireux ». Le mot aux XVIe et XVIIe s. a le sens de « soigneux, attentif, préoccupé de ». Il veut dire aussi « collectionneur » au XVIIe s. en parlant d'un homme, « qui retient l'attention » en parlant d'une chose. Le sens mod. « qui cherche à savoir, indiscret » en parlant d'un homme date du XVIe s. || ***curiosité*** (XIIe s.), empr. au lat. *curiositas* « désir de connaître », sens conservé en fr. Les sens « soin, souci, objet de collection » et celui de « désir indiscret de savoir » remontent au XVIIe s. Le sens de « chose rare, insolite » est déjà attesté en m. fr.

curry (XIXe s.), mot angl., voir ***cari***.

curseur (XIVe s.), empr. au lat. *cursor* « coureur », d'abord au sens de « coureur, messager », puis au sens de « pièce mobile d'un instrument » (XVIe s.).

cursif (XVIe s.), empr. au lat. méd. *cursivus* « qui court, hâtif », s'applique à une écriture rapide.

curvi-, premier élém. de mots savants, comme ***curviligne***, du lat. *curvus* « recourbé ».

cuscute (XIVe s.), plante, empr. au lat. méd. *cuscuta*, de l'ar. *kachut*.

custode (XIVe s.), empr. au lat. *custodia* « garde », en a. fr. d'abord au sens de « gardien ». Les valeurs de « étui, reliquaire » et « rideau » (XIVe s.) viennent du lat. méd. *custodia* qui avait ces sens. Aujourd'hui mot du voc. relig. spécialisé dans le sens de « petit récipient où le prêtre dépose l'hostie pour la transporter ».

cutané (XVIe s.), dér. du lat. *cutis* « peau ».

cuti-, premier élément de mots savants, comme ***cutiréaction***, du lat. *cutis* « peau ».

cutter (XXe s.), de l'angl. *cutter* « instrument coupant ».

cuve (XIe s.), du lat. *cupa* « grand récipient en bois, tonneau ». || ***cuvée*** (XIIIe s.), « quantité de vin mise dans la cuve » ; ***cuver*** (XVe s.) ; ***cuvette*** « petite cuve » (XIIe s.) ; ***cuvier*** (XIIe s.), au sens de « cuve à bain » ou « cuve à lessive » en a. fr.

cyano-, premier élément de mots savants, comme ***cyanose***, du grec *kuanos* « bleu foncé ».

cybernétique (XXe s.), de l'améric. *cybernetics*, du grec *kubernétiké*.

cyclamen (XVe s.), plante, du lat. imp. *cyclamen*, du grec tard. *kuklaminos*.

cycle (XVIe s.), empr. au lat. *cyclus* « cercle », du grec *kuklos*, utilisé en latin en un sens astronomique « cycle périodique d'années ramenant les mêmes phénomènes astronomiques », au sens médical « traitement par périodes ». En fr. le sens astronomique est le premier. Par généralisation apparaît ensuite l'emploi général de « succession de phénomènes qui s'enchaînent et se reproduisent dans le même ordre». Le sens littéraire un peu flou «série de poèmes épiques concernant le même sujet et où l'on retrouve toujours certains personnages» date du XIXe s. L'emploi scolaire pour désigner la suite des études (secondaires ou supérieures) est du XXe s. Le sens de «vélocipède» vient de l'angl. (XIXe s.). || ***cyclique*** (XVIe s.), empr. au lat. *cyclicus*; ***cycliste*** (XIXe s.), ***cyclisme*** (XIXe s.); ***bicyclette*** (XIXe s.).

cyclo-, premier élément de mots savants, comme ***cyclotron***, du grec *kuklos* «cercle».

cyclone (XIXe s.), de l'angl. *cyclone* «tempête avec tourbillons de vents», du grec *kukloma* «queue de serpent».

cyclope (XVe s.), du grec *Kuklops*, géant monstrueux de la littér. grecque.

cygne (XIIe s., sous la forme *cisne*), du lat. tard. *cicinus*, du lat. clas. *cycnus* ou *cygnus*.

cylindre (XIVe s.), empr. au lat. *cylindrus*, du grec *kulindros*. || ***cylindrée*** (XXe s.); ***cylindrique*** (XVIe s.).

cymbale (XIIe s.), empr. au lat. *cymbalum.*

cynique (XIVe s.), empr. au lat. *cynicus*, du grec *kunikos,* a désigné les philosophes antiques qui défiaient les convenances sociales à la façon des chiens. Le sens de «impudent, immoral» date du XVIIe s. || ***cynisme*** (XVIIIe s.), empr. au lat. *cynismus*.

cyno-, premier élément de mots savants, comme ***cynocéphale*** «à tête de chien», du grec *kuon, kunos* «chien».

cyprès (XIIe s.), empr. au lat. *cypressus*, du lat. clas. *cupressus,* du grec *kuparissos.*

cyrillique (XIXe s.), de Cyrille, inventeur présumé de l'alphabet slave.

cyst-, **cysti-**, **cysto-**, premier élément de mots savants, comme ***cystite*** (XVIIIe s.), du grec *kustis* «vessie».

cytise (XVIe s.), plante, empr. au lat. *cytisus*, du grec *kutisos*.

cyto-, premier élément de mots savants, comme ***cytologie***, du grec *kutos* «cellule».

D

da (XIIe s.), de l'a. fr. *dea* ou *dia*, contraction de *di va* (double impératif expressif), particule renforçant une affirmation (région.). || ***oui-da*** (du XVIe s. au début du XXe s.), tantôt exclamation d'étonnement « holà », tantôt particule renforçant l'affirmation « assurément ».

da capo (XVIIIe s.), expres. du voc. de la musique, loc. ital. « depuis le commencement, en reprenant depuis le début du morceau ».

dactyle (XIVe s.), empr. au lat. *dactylus*, du grec *daktulos* « doigt », terme de versific., désigne un pied (une longue et deux brèves) dans la métrique gréco-latine (par référence aux doigts qui ont une grande phalange et deux petites). || ***dactylique*** (XVe s.).

dactylographe (XIXe s.), abrégé en **dactylo** (XXe s.), du grec *daktulos* « doigt » et *graphein* « écrire », désigne « une personne qui écrit à la machine ». || ***dactylographie*** (XIXe s.).

dada (XVIe s.), onomat. enfantine, d'abord au sens de « cheval », puis « sujet favori, idée fixe, marotte » (XVIIIe s.) par calque de l'angl. *hobby-horse* « cheval de bois », puis « passe-temps favori ». Le mot a désigné (en signe de défi) à partir de 1916 un mouvement de révolte contre les valeurs artistiques et éthiques.

dadais (XVIIe s.), onomat., « nigaud, gauche ».

dague (XIIIe s.), d'étym. obsc. Dans le voc. de la vénerie désigne les premiers bois du jeune cerf (en forme de petites cornes) depuis le XVIe s. || ***daguet*** (XVIIe s.), « jeune cerf ».

daguerréotype (XIXe s.), procédé photographique ancien inventé par Niepce et Daguerre en 1839.

dahlia (XIXe s.), dér. avec suff. *-ia*, du nom du botaniste suédois *Dahl*, qui apporta la plante du Mexique en Europe à la fin du XVIIIe s.

daigner (IXe s.), du lat. vulg. **dignare* « juger digne », du lat. clas. *dignari*, de même sens, d'où en fr. « consentir, vouloir bien, condescendre ». || ***dédaigner*** (XIIe s.), « mépriser, repousser » ; ***dédain*** (XIIe s.) ; ***dédaigneux*** (XIIe s.).

daim (XIIe s.), du lat. tard. *damus*, du lat. clas. *dama* de même sens, désigne un type de cervidé.

dais (XIIe s. sous la forme *dois*), du lat. *discus* « plateau », a désigné en a. fr. une « table » (les tables médiévales étant de grands plateaux posés sur des tréteaux), parfois une table d'honneur dressée sur une estrade. Le sens mod. de « baldaquin, tenture déployée au-dessus d'une table, d'un siège ou d'un lit » date du XVIe s.

dalle (XIVe s.), d'étym. obsc., « plaque de pierre », p.-ê. empr. au scandinave *daela* « rigole pour l'écoulement des eaux à bord d'un navire ». || ***daller*** (XIVe s.) ; ***dallage*** (XIXe s.).

dalmatique (XIIe s.), vient du lat. chrét. *dalmatica (vestis)* « tunique de Dalmatie » et désigne encore une chasuble portée par les diacres et les sous-diacres (langue liturgique).

daltonisme (XIXe s.), mot tiré du nom du physicien anglais *Dalton*, qui décrivit le premier cette affection, la confusion visuelle de certaines couleurs. || ***daltonien*** (XIXe s.).

dam (IXe s.), du lat. *damnum* « dommage, préjudice ». Le mot, courant au M. A. ne s'emploie plus en fr. mod. que dans quelques loc. *au dam de, au grand dam de*. Voir ***dommage***.

damas (XIVe s.), du nom de la ville de *Damas*, importante ville commerçante du Moyen Age, désigne une étoffe à double face, en soie. || ***damasser*** (XIVe s.) ; ***damasquiner*** (XVIe s.), de l'ital. *damaschinare* « incruster des filets d'or ou d'argent sur des armes en acier », fait sur *Damasco*, nom de Damas en ital.

dame 1 (XIe s.), du lat. *domina* « maîtresse », apparaît dès les premiers textes et concerne une femme noble. Le mot est courant au M. A. pour désigner une femme qui détient un droit de souveraineté, qui est maîtresse d'un fief et assume une fonction de seigneur. Le sens de « femme de haute naissance » survit encore en fr. mod. Dans la poésie courtoise (XIIe-XIIIe s.) la femme aimée est toujours qualifiée de *dame*. Au M. A. une femme mariée (de noble condition) est aussi appelée *dame*. Une femme qui n'appartient pas à la noblesse n'y a pas droit, sinon par ironie. Les bourgeoises et les femmes du peuple s'attribueront ce titre au XVIe s. Le sens de « femme mariée, épouse » est attesté au XIIe s. Le mot désigne une pièce de jeu depuis le XVIe s. En italien *donna* prend parfois le sens général de « femme » dès le XIIIe siècle. En castillan *dueña* garde la valeur de « maîtresse, propriétaire, femme noble ». || ***damer*** (fin XIIIe s.), d'abord « proclamer dame », puis terme de jeu « prendre avantage sur qqn » (XVIe s.) ; ***damier*** (XVIe s.), plateau sur lequel on pousse les pions ; ***madame*** (XIIe s.) terme d'adresse qui marque d'abord en a. fr. un lien de dépendance féodale ou amoureuse, puis dès le XIIIe siècle appellatif de respect, sans lien de dépendance directe, exprimant la haute considération portée à une personne de statut supérieur.

dame 2, interject. (XVIIe s.). Abrév. probable de *par nostre Dame* ou bien de *Damedieu* « Seigneur Dieu ».

damner (Xe s.), mot sav. empr. au lat. eccl. *damnare* « condamner » en lat. clas., « condamner aux peines de l'enfer » en lat. chrét. || ***damnation*** (XIIe s.), du lat. chrét. *damnatio* « condamnation par Dieu, condamnation à la peine de l'enfer ».

damoiseau (XIIe s.), du lat. vulg. **dominicellus*, dimin. de *dominus*, « jeune noble (qui n'est pas encore chevalier), jeune seigneur ». Le mot a été employé comme terme plaisant et railleur au XVIIe s., car il était sorti de l'usage courant. || ***damoiselle*** (IXe s.). Voir ***demoiselle***.

dancing (XXe s.), tiré de l'angl. *dancing house* « établissement où l'on danse ».

dandiner (XVIe s.), d'orig. obsc. « balancer gauchement », usuel en. fr. mod. à la forme pronom. || ***dandin*** (XVIe s.), « sot, niais » se trouve au XVIe s. dans le nom propre Perrin Dandin ; ***dandinement*** (XVIe s.).

dandy (XIXe s.), empr. à l'angl. *dandy*, désignant des « élégants » ostentatoires à Londres vers 1815-20. || ***dandysme*** (XIXe s.).

danger (XIIe s., sous la forme *dangier*), du lat. vulg. **dominiarium*, « pouvoir de dominer », dér. de *dominus*, « seigneur », a signifié en a. fr. « pouvoir, domination » (du maître) et aussi « refus, opposition, difficulté, empêchement, résistance » (sens courant au M. A.) car tel semblait aux autres le pouvoir du maître. Dans le *Roman de la Rose* (1230) de Guillaume de Lorris, *Dangier* « Obstacle » est le nom du personnage désagréable chargé de surveiller la dame aimée. L'expres. *estre en dangier* signifiait « être à la merci de quelqu'un, être soumis à son pouvoir », d'où la nuance de « péril » (XIVe s.), qui se développe surtout au XVIe s. || ***dangereux*** (XIIIe s.), d'abord au sens de « difficile, qui fait des difficultés, sévère », puis « périlleux » (XVIe s.).

dans (XIIe s.), du lat. pop. *de intus* « dedans » (renforcement de *intus*), en a. fr. *denz*, adv. puis prép. || ***dedans*** (XIe s.) forme élargie et renforcée, à la fois adv. et prép. en a. fr., seulement adv. depuis le XVIIe s.

danser (XIIe s.), s. d. d'orig. germanique (on a supposé **dintjan*, « se mouvoir çà et là, mais la voyelle *a* de *danser* fait problème), a désigné d'abord, semble-t-il, une danse élégante, aristocratique, par opposition au mot *baler*, issu de *ballare*, désignant une danse populaire. || ***danse*** (XIIe s.), déverb. ; ***danseur*** (XVe s.).

dard (XIe s.), du franc. **daroth* « arme de jet », d'abord en ce sens en fr. Le sens de « aiguillon piquant » (de certains animaux) date du XVIIe s. || ***darder*** (XVe s.).

darne (XIIIe s.), empr. au bret. *darn* « morceau », désigne une tranche de gros poisson.

darse (XVe s.), du génois *darsena* « bassin abrité à l'intérieur d'un port », lui-même empr. à l'arabe *dar as-sin'a* « atelier ». Voir ***arsenal***.

dartre (XIIIe s.), du latin tard. *derbita*, s. d. d'orig. celtique, désigne une maladie de la peau.

datcha (XIXe s.), mot russe signifiant « maison de campagne ».

date (XIIIe s.), empr. au lat. méd. *data littera, data charta,* « lettre donnée », premiers mots de la formule finale indiquant la date à laquelle un acte a été rédigé. || ***dater*** (XIVe s.), d'abord « mettre la date », puis « attribuer une date ». Le sens « être vieilli, démodé » est attesté au XIXe s. ; ***datation*** (XIXe s.) ; ***dateur*** (XXe s.), « qui sert à dater » ; ***antidater*** (XVe s.), « mettre sur un document une date antérieure à la date réelle » ; ***postdater*** (XVIe s.), « mettre sur un document une date postérieure à la date réelle ».

datif (XIIIe s.), du lat. imp. *dativus casus*, de *dare* « donner », cas indiquant l'attribution dans une langue à déclinaison.

datte (XIIe s.), empr. s. d. au prov., lui-même tiré du lat. *dactylus* « datte », tiré du grec *daktulos* « doigt » en raison de la forme allongée de ce fruit. || ***dattier*** (XIIIe s.).

daube (XVIe s.), « cuisson à l'étouffée », empr. à l'ital. *dobba* « marinade », lui-même empr. au catal. *adob*, déverb. de *adobar* « préparer un mets, faire mariner ».

dauber (XVIe s.), d'étym. inconnue, « attaquer en paroles, railler ».

dauphin 1 (XIIe s.), du lat. pop. **dalphinus*, tiré du lat. clas. *delphinus*, sorte de cétacé.

dauphin 2, tiré du nom propre lat. *Delphinus,* devenu ensuite patronyme traditionnel (XIIe s.), puis titre des seigneurs du Dauphiné et aussi d'Auvergne (XIIIe s.), enfin titre du fils aîné du roi de France à partir de 1349, date de la cession du Dauphiné au roi de France.

daurade (XVIe s.), empr. au prov. *daurada* « poisson doré » ; la forme *dorade* est tirée de l'esp.

davantage, voir ***avant***.

davier (XVIe s.), nom d'outil, s. d. du nom de personne *David*.

de (IXe s.), du lat. *de*, prép. marquant en lat. clas. l'origine, la séparation et en lat. vulg. le complément de nom.

dé 1 (à jouer) (XIIe s.), d'orig. obsc., p.-ê. de **datum* « pion de jeu », part. pas. subst. de *dare* « jeter » (dans la langue des jeux) ; formes de même orig. en ital. et en esp. *dado*.

dé 2 (à coudre) (XIIIe s.), de l'a. fr. *deel*, du lat. *digitale* « ce qui concerne le doigt, ce qui couvre le doigt ».

dealer (XXe s.), abrév. de l'angl. *drug dealer* « trafiquant de drogue », de l'angl. *to deal* « distribuer », signifie « drogué qui revend de la drogue ».

déambuler (XVe s.), empr. au lat. *deambulare* « marcher, se promener ».

débâcle (XVIIe s.), de *débâcler* (XVe s.) « dégager un port » et « dégeler » (en parl. d'une rivière), d'abord au sens de « fonte de la couche de glace », puis de « fuite, déroute » (XIXe s.). Voir ***bâcler***.

déballage, **déballer**, voir ***balle 2***.

débandade, **débander**, voir ***bande 2***.

débarcadère, **débarquer**, voir ***barque***.

débardeur (XVIe s.), de *débarder* « décharger (avec un chariot) », désigne un ouvrier qui décharge à quai du bois et des marchandises. Le sens de « costume de débardeur » date du XIXe s., celui de « tricot court » du XXe s.

débarras, **débarrasser**, voir ***embarrasser***.

débattre (XIe s.), dér. de *battre*, d'abord au sens de « battre fortement », puis « discuter » (XIIIe s.). || ***débat*** (XIIIe s.), « discussion, controverse ». Au plur. le sens de « délibération » est attesté au XVIIIe s. et vient de l'angl *debate* « délibérations des députés au Parlement ».

débaucher (XIIe s.), dérivé s. d. de l'a. fr. *bauc, bauch* « poutre », a dû signifier « fendre, séparer, disperser », puis « détourner de son travail », enfin « détourner de ses obligations, de ses devoirs ». Le sens de « licencier des ouvriers » date du XIXe s. En fr. mod. *débaucher* s'oppose à *embaucher*. || ***débauche*** (XVe s.) a seulement le sens moral de « dévergondage, excès de plaisirs sensuels ».

débile (XIIIe s.), empr. au lat. *debilis* « faible, sans force », en ce sens en fr. Le sens de « atteint de déficience intellectuelle » date du XXe s. || ***débilité*** (XIVe s.), empr. au lat. *debilitas* « faiblesse ».

débiner (XVIIIe s.), « dénigrer ». Mot pop. et arg. d'orig. inconnue. Le pronom. || ***se débiner*** (XIVe s.) signifie « s'enfuir » et semble un autre mot.

débit 1 (XVIe s.), « écoulement continu de marchandises vendues au détail », déverb. de ***débiter***.

débit 2 (XVIIe s.), terme de comptabilité commerciale, empr. au latin *debitum* « dette », en fr. au sens de « état des sommes dues ». || ***débiter*** (XVIIIe s.).

débiter 1 (XIVe s.), du scand. *bitte* « billot », d'abord au sens de « découper du bois », puis « écouler une marchandise, vendre » (XIVe s.), enfin « détailler, raconter, déclamer » (XVIIe s.) et « produire » (XIXe s.). || ***débiteur*** (XIIIe s.), empr. au lat. *debitor* « qui a contracté une dette ».

débiter 2, voir ***débit 2***.

déblatérer (XVIIIe s.), du lat. *deblaterare* « bavarder à tort et à travers, débiter ».

déblayer (XIIIe s., sous la forme *desblaer, desblaver*), en a. fr. « ôter les blés coupés », puis « débarrasser un endroit de ce qui l'encombre » (XIVe s.), seul sens conservé en fr. mod. || ***déblai*** (XIIIe s.).

déboire, voir ***boire***.

débonnaire, voir ***aire***.

déborder, voir ***bord***.

débouler, voir ***boule***.

débourser (XIIIe s.), de *dé-* et de *bourse*, « tirer l'argent de sa bourse ». || ***débours*** (XVIe s.), déverb.

déboussoler (XXe s.), fait sur *boussole*, empl. au sens de « désorienter ».

debout (XIIe s.), de *bout* ; en a. fr. *de bot* signifie « directement, tout à fait, absolument ». Le sens de « sur un des bouts » d'où « verticalement » apparaît en m. fr. L'expres. de marine *avoir vent debout* (XVIIIe s.) signifie « avoir vent soufflant sur le bout du navire (sur l'avant) » c.-à-d. « avoir vent contraire ».

débouter (XIIe s.), de l'a. fr. *deboter* « repousser », intensif de *boter, bouter*. En fr. mod. le mot ne survit que dans le voc. jur. « rejeter une requête ».

débraillé (XVIe s.), de *dé-* et *braiel* « ceinture des pantalons », d'abord

« mal attaché », d'où « en désordre » (en parlant d'un vêtement).

débrayer (XVIIIe s.), forme réduite de *désembrayer* ; d'abord au sens de « séparer une pièce mobile d'un arbre moteur », puis « supprimer une connexion » (XIXe s.), « cesser le travail » (XXe s.). || ***débrayage*** (XIXe s.). Voir ***embrayer***.

débris (XVIe s.), voir ***bris***.

débrouillard, **débrouiller**, voir ***brouiller***.

débusquer, voir ***bûche***.

début, **débuter**, **débutant**, voir ***but***.

deçà, voir ***çà***.

déca-, premier élém. de mots sav. comme ***décalitre***, tiré du grec *déka* « dix ».

décade (XIVe s.), empr. au lat. *decas, decadis*, « dizaine », en fr. « période de dix jours ». Le sens « période de dix ans » est attesté au XIXe s. sous l'infl. de l'angl. *decade*.

décadence (XVe s.), du lat. méd. *decadentia* « déclin ». || ***décadent*** (XVIe s., rare avant le XIXe s.). Le terme a désigné un mouvement littéraire à la fin du XIXe s.

décaler (XIXe s.), de *dé-* et *caler* « enlever la cale », d'où « déplacer ». || ***décalage*** (XIXe s.).

décalogue (XVe s.), empr. au lat. chrét. *decalogus*, du grec *dékalogos* « code de dix commandements ».

décamper, voir ***camp***.

décan (XVIIIe s.), empr. au lat. *decanus* « chef qui commande à dix hommes », puis en astrologie « génie présidant dix degrés du zodiaque », d'où en fr. « division de dix degrés du zodiaque ».

décanat (XVIIe s.), empr. au lat. eccl. *decanatus* « fonction de doyen ». || ***décanal*** (XVe s.), « relatif au doyen ».

décanter (XVIIIe s.), du lat. alchim. *decanthare* (de *canthus* « bec d'un récipient »), « enlever les impuretés d'un liquide », d'où « clarifier, purifier ». || ***décantation*** (XVIIe s.), empr. au lat. alchim. *decanthatio* « purification ».

décaper, voir ***cape***.

décapiter (XIVe s.), empr. au lat. méd. *decapitare* « couper la tête », de *caput* « tête ». || ***décapitation*** (XIVe s.).

décatir (XVIIIe s.), dér. de *catir* (XIIe s.), « donner du lustre à une étoffe en la foulant », du lat. vulg. **coactire* « fouler », fait sur *coactus,* part. pas. de *cogere* « presser », terme tech. au sens de « enlever le lustre d'une étoffe ». Dans la langue pop. *décati* signifie « usé, décrépit » (XIXe s.).

décéder (XVe s.), empr. au lat. *decedere (de vita)* ou *decedere* seul « quitter la vie, disparaître ». || ***décès*** (XIe s.), empr. au lat. *decessus* « départ, mort ».

décembre (XIIe s.), empr. au lat. *decembris* « dixième » (dixième mois de l'année julienne).

décence (XIVe s.), empr. au lat. *decentia* « convenance, bienséance ». || ***décent*** (XVe s.), empr. au lat. *decens* « convenable, bienséant », part. prés. de *decere* « convenir » ; ***indécent*** (XIVe s.), empr. au lat. *indecens* ; ***indécence*** (XVIe s.).

décennal (XVIe s.), empr. au lat. *decennalis* « qui dure dix ans, qui revient tous les dix ans ». || ***décennie*** (XIXe s.).

déception, voir ***décevoir***.

décerner (XIVe s.), empr. au lat. *decernere* « décider », d'abord en fr. au sens de « décider, décréter », puis « accorder, attribuer » (XVIe s.). Le sens de « accorder une récompense, une distinction » se répand surtout à partir du XVIIe s.

décevoir (XIIe s.), du lat. *decipere* « tromper, abuser ». Ce sens survit en a. fr. ainsi que les nuances de « blesser » et de « fasciner, ensorceler ». Le sens très courant auj. de « tromper dans ses espérances, dans son attente » est déjà attesté au XIVe s. || ***déception*** (XIIe s.), du lat. *deceptio*, d'abord au sens de « tromperie ». La nuance de « déconvenue, désillusion » apparaît au XIXe s.

déchanter, voir ***chant***.

décharner, voir ***chair***.

déchaux, de l'a. fr. *deschaus*, du lat. vulg. **discalceus*, tiré de *discalceatus*, « pieds nus, sans chausses, sans souliers ». L'adj. qualifie aujourd'hui seulement des ordres religieux, comme les Carmes, qui ont les pieds nus dans des sandales.

déchéance, **déchet**, voir ***déchoir***.

déchiffrer (XVe s.), de *dé-* et *chiffre*, d'abord « comprendre qq. ch. d'obscur », puis « traduire en clair un texte chiffré » (XVIe s.), enfin « lire une écriture (inconnue, difficile) » (XVIIe s.). || ***déchiffrable*** (XVIIe s.) ; ***déchiffrement*** (XVIe s.) ; ***déchiffrage*** (XIXe s.).

déchiqueter (XIVe s.), p.-ê. de l'a. fr. *eschiqueté* « compartimenté comme un échiquier » (terme de blason).

déchirer (XIIe s., sous la forme *descirier*), s. d. du franc. **skerjan* « racler, gratter ». || ***déchirement*** (XIIe s.) ; ***déchirure*** (XIIIe s.).

déchoir (XIe s.), du lat. tard. *decadere*, tiré de *cadere* « tomber », en a. fr. au sens matériel de « tomber » (disparu ensuite) et au sens moral de « tomber dans un état inférieur, perdre son rang, se dégrader ». || ***déchet*** (sous la forme *dechié* au XIIIe s., puis *dechiet* au XIVe s.), d'abord « diminution, perte » en a. fr., puis « discrédit » au XVIIe s., enfin en fr. mod. « débris, résidu » ; ***déchéance*** (XIIe s.), « abaissement, déclin ». Le sens juridique « privation d'un droit » date du XVIIe s.

déci-, premier élément de mots sav. comme ***décilitre***, tiré du lat. *decimus* « dixième ».

décider (XVe s.), empr. au lat. *decidere* « couper, trancher ». Le sens moral « régler une affaire » existait déjà en lat. || ***décision*** (XIVe s.), empr. au lat. *decisio* « action de trancher une difficulté », en fr. d'abord terme jur. « jugement d'un point litigieux ». Le sens « qualité d'une personne qui n'hésite pas » est attesté au XVIIe s., celui de « acte volontaire, parti pris pour agir » du XVIIIe s. ; ***décisionnaire*** (XVIIIe s.) ; ***décisif*** (XVe s.), empr. au lat. méd. *decisivus* « qui tranche », en fr. d'abord « qui résout une difficulté », d'où « déterminant, capital » (XVIIe s.).

décime (XVe s.), du lat. *decimus* « dixième », en fr. d'abord « dîme levée sur le clergé », puis « dixième partie » (XVIIIe s.). || ***décimal*** (XIIIe s.), empr. au lat. méd. *decimalis* « habilité à prélever la dime », empl. d'abord en ce sens, puis « s'appliquant à un sur dix » (XVIe s.), enfin « qui procède par dix » (XVIIe s.).

décimer (XVIe s.), empr. au lat. *decimare* « mettre à mort un sur dix ». Le sens moderne « détruire, exterminer » remonte à la fin du XIXe s. || ***décimation*** (XIIIe s.), du lat. tard. *decimatio* « action de mettre à mort un homme sur dix », d'abord en fr. au sens de « dîme », puis au sens étymol. latin (XVIe s.).

déclamer (XVIe s.), empr. au lat. *declamare* « s'exercer à la parole, exposer éloquemment, invectiver », en fr. « exposer », puis « parler éloquemment, avec emphase, avec véhémence ». || ***déclamation*** (XIVe s.), empr. au lat. *declamatio* « exercice d'éloquence ». Le sens de « emphase, affectation » est attesté au XVIIe s. ; ***déclamatoire*** (XVIe s.), empr. au lat. *declamatorius* « qui se rapporte à l'exercice de la parole ». Le sens de « pompeux » est attesté au XVIIe s.

déclarer (XIIIe s.), empr. au lat. *declarare* « montrer clairement, annoncer officiellement, exprimer », d'abord au sens de « éclaircir, expliquer » jusqu'au XVIIe s. par confusion avec *desclairier* « rendre clair » et aussi « faire connaître, affirmer, révéler ». Le sens « faire connaître à une autorité l'existence d'un fait » date du XVIe s. Le pronom. *se déclarer* signifie d'abord « se montrer, se découvrir », puis « révéler son amour » (XVIIe s.). || ***déclaration*** (XIIIe s.), empr. au lat. *declaratio* « action de montrer, manifestation », en fr. « action de déclarer ». Le sens de « aveu des sentiments amoureux » date du XVIIe s.

déclencher, **déclenchement**, voir ***clenche***.

déclic (XVIe s.), voir ***clique***.

décliner (XIe s.), empr. au lat. *declinare* « incliner, dévier, s'écarter », en a. fr. au sens de « diminuer, décroître » (en parlant du soleil, du jour). Le sens énonciatif « réciter, énoncer » (XIe s.) est rare auj. Le sens jur. « récuser la compétence d'une juridiction » apparaît dès le XIVe s. || ***déclin*** (XIe s.), « action de décroître » ; ***déclinaison*** (XIIIe s.), empr. au lat. *declinatio* « inflexion, changement ». Le sens gram. est attesté au XIIIe s. ; ***indéclinable*** (XIVe s.), empr. au lat. *indeclinabilis* « qui ne dévie pas, qui ne fléchit pas ».

déclivité (XVe s.), empr. au lat. *declivitas* « pente ».

décocher, voir ***coche 1***.

décoction (XIIIe s.), empr. au lat. tard. *decoctio* « cuisson », de *coquere* « cuire », d'abord « infusion dans un liquide de substances médicamenteuses » et « liquide obtenu par ce procédé ». L'emploi pop. au sens de « volée de coups » date du XXe s.

décoder (XXe s.), adapt. de l'angl. *to decode* « transcrire en clair un message codé », terme de linguistique, de théorie de l'information. || ***décodage*** (XXe s.) ; ***décodeur*** (XXe s.).

décollation, voir ***cou***.

décolleter (XVIIIe s.), dér. de *collet* « pièce du vêtement qui entoure le cou », au sens de « découvrir le cou ». Le part. pas. *décolleté* a d'abord signifié « qui laisse la gorge découverte » ; subst. au XIXe s. au sens de « partie découverte de la gorge, échancrure d'un corsage laissant voir la gorge ».

décombres (XVe s.), déverb. de l'a. fr. *descombrer* « dégager, libérer, débarrasser », s. d. de *combre* signifiant « abattis d'arbres, barrage » d'orig. gauloise, d'abord au sens de « action d'enlever des débris d'un édifice », puis « restes d'un édifice ». Le mot ne s'emploie plus guère au sing.

déconfiture (XIIe s.), « défaite totale, faillite », subst. tiré du verbe d'a. fr. *deconfire* « défaire un ennemi », tiré de *confire*, du lat. *conficere* « faire entièrement, achever ». En fr. mod. ne survit plus que le part. passé *déconfit* « battu, défait », d'où « penaud ».

déconvenue, voir ***convenir***.

décorer (XIVe s.), empr. au lat. *decorare* « orner, parer ». || ***décoration*** (XIVe s.), du lat. tard. *decoratio* « ornement » ; ***décoratif*** (XVe s.) ; ***décor*** (XVIe s.), déverb., d'abord « ce qui convient », puis « ce qui sert à orner » (XVIIe s.), enfin « représentation figurée du lieu où se passe l'action » (sens théâtral depuis le XIXe s., cinématographique depuis le XXe s.). Les sens de « environnement, milieu, paysage » datent du XIXe s. ; ***décorateur*** (XVIe s.).

décortiquer (XIXe s.), du lat. *decorticare* « enlever l'écorce ».

décorum (XVIe s.), du lat. *decorum* « convenance », en fr. « ce qui orne » et « ce qui sied, bienséance, étiquette ».

décote (XXe s.), de *dé-* et *cote*, à proprement parler « réduction de l'imposition fiscale », d'où « exonération fiscale ».

découpler, voir ***couple***.

découragement, **décourager**, voir ***cœur***.

décours (XIIe s.), empr. au lat. *decursus* « descente », s'applique depuis l'a. fr. à la décroissance de la lune ou au déclin d'une maladie.

découvrir (XIIe s.), du lat. tard. *discooperire,* devenu courant en lat. méd., composé de *dis-* et de *cooperire* « couvrir entièrement », signifie en a. fr. « ôter ce qui couvre, dégarnir, mettre à nu, rendre visible, montrer, trahir ». Le sens de « trouver ce qui était caché, ce qui était ignoré », très répandu aujourd'hui, apparaît au XVIe s. || ***découverte*** (XIIIe s.), « action de découvrir ». L'expres. *à la découverte* a signifié d'abord « ouvertement », puis « dans le but de découvrir » (XVIe s.) ; ***découvert*** (XIIe s.), adj. ; le subst. date du XIVe s. au sens de « terrain découvert », du XIXe s. au sens de « dépenses faites sans fonds disponibles ».

décrépir, voir ***crêpe***.

décrépit (XIVe s.), empr. au lat. *decrepitus* « qui se fend, qui se lézarde », d'où « usé par la vieillesse, dégradé par le temps ». || ***décrépitude*** (XIVe s.).

decrescendo (XIXe s.), de l'ital. « en décroissant », terme de musique prescrivant une diminution progressive d'intensité dans l'exécution.

décret (XIIe s.), empr. au lat. *decretum* « décision, sentence », d'abord en a. fr. au sens de « décision de l'autorité ecclésiastique », puis de « droit canonique » (*faculté de Décret*). Au XVIe s. la valeur du mot s'est élargie au sens de « décision d'une autorité », « jugement d'un tribunal », valeurs qui subsistent au XVIIe s. En 1789 le *décret* est une décision écrite émanant du pouvoir exécutif. Aujourd'hui le *décret* est pris en Conseil des ministres et publié au Journal officiel. || ***décréter*** (XIVe s.) ; ***décrétale*** (XIIIe s.), empr. au lat. eccl. *decretalis* « décision officielle (du pape) ».

décrier, voir ***crier***.

décrire (XIIe s.), empr. au lat. *describere* « tracer, dessiner, exposer », en fr. « représenter par écrit », puis « tracer une ligne (courbe) » (XVIe s.). || ***description*** (XIIe s.), empr. au lat. *descriptio* « reproduction, copie, dessin, peinture, délimitation », en fr. « action de décrire » (XIIe s.) et « inventaire » (XVIIe s.) ; ***descriptif*** (XVe s.).

décrocher, voir ***croc***.

décroître, **décrue**, voir ***croître***.

décrypter (XXe s.), de *dé-* et du grec *kruptos* « caché », signifie « traduire en clair un message chiffré ». || ***décryptage*** (XXe s.). Voir ***crypte***.

décuple (XIVe s.), empr. au lat. *decuplus* « multiplié par dix ».

dédaigner, **dédain**, voir ***daigner***.

dédale (XVIe s.), du nom de *Daedalus* en lat., inventeur du labyrinthe de Crète d'après la mythologie.

dedans, voir ***dans***.

dédicace (XIIe s., sous la forme *dicace,* puis *dediace, dedicace, ducasse*), empr. au lat. eccl. *dedicatio* « consécration d'une église ». En m. fr. le mot signifie « fête du patron de l'église ». Ce sens existe encore dans le mot dialectal picard *ducasse*. Le sens de « action de dédier un livre à qqn, hommage de l'auteur » existe depuis le XVIe s. || ***dédicacer*** (XIXe s.), « dédier un livre ».

dédier (XIIe s.), du lat. eccl. *dedicare* « consacrer (un endroit à un dieu) » et « dédier (un livre) à qqn ». || ***dédicataire*** (XIXe s.), dér. du supin du lat. *dedicare*.

dédire, voir ***dire***.

déduire (XIe s.), empr. au lat. *deducere* « faire descendre, emmener d'un lieu dans un autre », s'emploie surtout en a. fr. à la voix pronom. au sens de « se divertir, se réjouir », p.-ê. tiré du sens de « passer son temps, se conduire (agréablement) ». Le sens de « retrancher, soustraire » n'apparaît pas au M. A., mais il existait déjà en latin. La valeur de « exposer en détail » est courante aux XVIe et XVIIe s. Le sens de « inférer, conclure », courant en fr. mod., est attesté depuis le XVIe s. || ***déduit*** (XIIe s.), très fréquent en a. fr. et m. fr. au sens général de « divertissement », et aussi de « plaisir amoureux ». Le mot est auj. archaïque ; ***déduction*** (XIVe s.), empr. au lat. *deductio* « action d'emmener », puis en lat. méd. « syllogisme, raisonnement à partir d'un principe posé », en fr. mod. « soustraction » et « raisonnement à partir d'un principe posé » ; ***déductif*** (XIXe s.) ; ***déductible*** (XXe s.).

déesse (XIIe s., également sous la forme *dieuesse*), dér. du lat. *dea,* de même sens, avec le suff. *-esse.*

défalquer (XIVe s.), empr. au lat. méd. *defalcare* « couper avec la faux (*falx*) », d'où « retrancher ». || ***défalcation*** (XIVe s.), empr. au lat. méd. *defalcatio* « action de retrancher ».

défausser, voir ***faux***.

défaut, **défaillance**, voir ***faillir***.

défectif (XIVe s.), empr. au lat. gram. *defectivus*, de *deficere* « faire défaut », au sens de « défectueux » en a. fr., puis au XVIIe s. au sens grammatical « qui n'a pas toutes ses formes » (en parlant d'un verbe) ; ***défection*** (XIIe s.), empr. au lat. *defectio* « abandon, désertion », en fr. « action de faire défaut, défaillance, abandon d'une cause » ; ***défectueux*** (XIVe s.), empr. au lat. méd. *defectuosus* « qui présente des imperfections » ; ***défectuosité*** (XVe s.), empr. au lat. méd. supposé **defectuositas* « imperfection ».

défendre (XIe s.), du lat. *defendere* « écarter, repousser, protéger, soutenir ». Ces valeurs existent en a. fr., et en outre les sens de « interdire », « contester ». || ***défendeur*** (XIIe s.), en a. fr. « défenseur » et « défendeur (en justice) » ; ***défense*** (XIIe s.), empr. au lat. tard. *defensa* « action de se défendre », en a. fr. et m. fr. au sens de « moyen de se défendre, résistance, protection » (au plur. « fortifications »), et aussi « interdiction » et « objection » ; ***défenseur*** (XIIIe s.) ; ***défensif*** (XIVe s.).

déféquer (XVIe s.), du lat. *defaecare* « débarrasser de la lie (*faex*) », en fr. « clarifier, épurer un liquide », puis « expulser les matières fécales » (XIXe s.). || ***défécation*** (XVIIe s.), empr. au lat. *defaecatio* « action de purifier », en fr. « clarification d'un liquide », puis « expulsion de matières fécales » (XIXe s.).

déférer (XIVe s.), empr. au lat. *deferre* « porter » et aussi « conférer, accorder » et « dénoncer, porter plainte », en fr. au XVIe s. aux sens de « accuser, porter une affaire devant une juridiction », « conférer un titre » et « s'en remettre à, avoir du respect pour ». || ***déférence*** (XIVe s.), d'abord « action d'attribuer », puis « égards envers qqn, considération respectueuse » (XVIIe s.).

déferler (XVIIe s., sous la forme *defreler*), « déployer les voiles », de *ferler* « plier les voiles », s. d. du lat. *ferula* « bâton, vergue ». L'emploi du mot au sens de « se briser sur le rivage » en parlant du mouvement des vagues (que l'océan semble déplier) n'est pas antérieur au XVIIIe s. Le sens fig. « s'élancer avec impétuosité, se répandre avec force » date du XIXe s. || ***déferlant*** (XIXe s.), adj. « qui déferle ». Le subst. *déferlante* au sens de « vague déferlante » est attesté au XXe s. ; ***déferlement*** (XIXe s.).

défi, **défiance**, **défier**, voir ***fier***.

déficient (XIIIe s.), empr. au lat. *deficiens*, part. prés. de *deficere*, « manquant », en fr. au sens de « insuffisant ». || ***déficience*** (XXe s.) « insuffisance organique ou psychologique ».

déficit (XVIe s. comme mot fr.), du lat. *deficit* « il manque, il fait défaut » (dans les inventaires). || ***déficitaire*** (XXe s.).

défiler, **défilé**, voir ***fil***.

définir (XVe s.), empr. au lat. *definire* « délimiter, déterminer » et « caractériser le sens d'un terme », en fr. mêmes sens. || ***définition*** (XIIe s.), empr. au lat. *definitio* « action de déterminer (les limites d'un objet), de fixer », même sens en fr. ; ***définitif*** (XIIe s.), empr. au lat. *definitivus* « délimité », d'où « fixé, décisif » en lat. tard., en fr. « fixé une fois pour toutes, irrévocable ». L'expres. *en définitive* (XVe s.) signifie « en conclusion » ; ***indéfini*** (XIVe s.), empr. au lat. *indefinitus* « dont les limites ne sont pas précisées », d'où en fr. « vague » et aussi « illimité, sans fin » ; ***indéfinissable*** (XVIIIe s.).

déflagration (XVIIe s.), du lat. *deflagratio* « combustion », de *flagrare* « brûler ».

déflation (XXe s.), de l'angl. *deflation* « dégonflement », terme économique, « diminution des moyens de paiement en circulation, diminution des prix ». || ***désinflation*** (XXe s.). Voir ***inflation***.

déflecteur (XIXe s.), dér. du rad. du lat. *deflectere* « fléchir, infléchir », désigne un appareil qui modifie la direction d'un courant.

déflorer (XIIIe s.), empr. au lat. tard. *deflorare* « prendre la fleur, flétrir ». Le sens de « ôter la virginité » existe depuis le XIIIe s.

défoliant (XXe s.), de l'améric. *defolient* « qui enlève le feuillage », en fr. adj. et subst. || ***défoliation*** (XXe s.), « destruction de la végétation ».

défoncer, voir ***fond***.

déformer (XIIIe s.), empr. au lat. *deformare* « modifier la forme, défigurer ». L'idée péj. d'altérer, de dénaturer une forme est toujours présente dans le mot. || ***déformation*** (XIVe s.), empr. au lat. *deformatio* « altération ».

défouler (XIIe s.), dér. de *fouler*, en fr. d'abord « fouler aux pieds », puis au XXe s. en psychan. « libérer une pulsion habituellement refoulée ». || ***défoulement*** (XVe s.), d'abord « action d'opprimer », puis au XXe s. en psychan. « libération d'une pulsion jusqu'alors refoulée dans l'inconscient ».

défrayer « décharger des frais, payer les frais », voir ***frais 2***.

défroquer, voir ***froc***.

défunt (XIIIe s.), empr. au lat. *defunctus* « qui s'est acquitté de la vie », d'où « mort », part. pas. de *defungi* « s'acquitter de ».

dégager, voir ***gage***.

dégât (XIIIe s.), déverb. de l'a. fr. *degaster* « dévaster, ravager », dér. de *gaster* d'après le lat. *devastare*, signifie « dommage, détérioriation ».

dégénérer (XIVe s.), empr. au lat. *degenerare* « s'abâtardir, dégénérer », de *genus* « race », en fr. « déchoir, perdre les qualités de sa race ». || ***dégénérescence*** (XVIIIe s.), « perte des qualités de sa race », d'où « décadence », puis empl. médic. au XIXe s. « modification pathologique ».

dégingandé (XVIe s.), d'étym. peu claire, « disloqué (dans la démarche) ».

déglinguer (XIXe s.), mot pop. d'étym. peu claire, empl. au sens de « disloquer, détériorer ».

déglutir (XIXe s.), empr. au lat. tard. *deglutire* « avaler ». || ***déglutition*** (XVIe s.).

dégobiller (XVIIe s.), mot dial. vulg., s. d. dér. du rad. de *gober*, empl. au sens de « vomir ».

dégoiser, voir ***gosier***.

dégouliner (XVIIIe s.), mot dial. fam. de l'Ouest, de *goule*, forme ancienne de *gueule*, empl. au sens de « couler lentement ».

dégourdir, **dégourdi**, voir ***gourd***.

dégrader (XIIe s.), « destituer », du lat. tard. *degradare*, de *gradus* « degré, position ». || ***dégradation*** (XVIIe s.), du lat. tard. *degradatio* « destitution ». Le sens de « détérioration » date du

XVIIe s., celui de « modification progressive » (sous l'infl. de l'ital. *digradazione*) du XVIIIe s.

dégrafer, voir ***agrafer***.

degré (XIe s.), du lat. *gradus* « pas » et « marche d'un escalier, niveau dans l'échelle sociale, situation sociale », conserve ces dernières valeurs en a. fr. et indique aussi la situation des générations au plan chronologique (dans l'ordre de la parenté), « degré de parenté, position dans un arbre généalogique ». A la fin du XVe s. *degré* prend le sens de « grade, diplôme » (grades militaires et universitaires). Le sens de « force, intensité » et celui de « phase d'une évolution » datent du XVIe s. Les emplois tech. en mathématique, géométrie, géographie, musique, physique, etc. au sens de « division d'une échelle » apparaissent à partir du XVIIe s.

dégressif (XXe s.), dér. sav. du lat. *degressus* « descendu », part. pas. de *degredi* « descendre », en fr. « qui va en diminuant, dont le taux décroît » (en parlant d'un impôt).

dégrever, voir ***grever***.

dégringoler (XVIe s.), dér. de *gringoler* « tomber », s. d. du m. néerl. *crinkelen* « friser, boucler », a désigné une chute par cercles successifs. || ***dégringolade*** (XIXe s.).

déguerpir (XIIe s.), de l'a. fr. *guerpir* « abandonner », du franc. **werpjan* « jeter (cf. all. *werfen*) », d'abord « abandonner », puis « abandonner précipitamment un lieu » (XVIe s), seul sens conservé en fr. mod.

déguisement, **déguiser**, voir ***guise***.

déguster (XIXe s.), empr. au lat. *degustare* « goûter attentivement, apprécier », même sens en fr. || ***dégustation*** (XVIe s.), empr. au lat. *degustatio* « action de goûter » ; ***dégustateur*** (XVIIIe s.).

dehors, voir ***hors***.

déifier (XIVe s.), empr. au lat. chrét. *deificare* « considérer comme un dieu ». || ***déification*** (XIVe s.), empr. au lat. *deificatio* « action de déifier ».

déicide, **déisme**, **déiste**, voir ***dieu***.

déjà (XIIIe s.) composé de *des* et *ja*, du lat. *jam* « dès maintenant ».

déjection (XIIe s.), empr. au lat. *dejectio* « action de jeter bas » et « évacuation (intestinale) », en lat. chrét. « abaissement, dépravation », en fr. d'abord « abjection », puis au sens médic. « évacuation des excréments » (XVIe s.). Le sens géologique et géogr. date du XIXe s.

déjeuner (XIIe s.), du lat. vulg. **disjunare*, « rompre le jeûne » (cf. *breakfast*), tiré du lat. **disjejunare*, de *jejunus* « à jeun ». Le verbe et le subst. se sont d'abord appliqués au déjeuner du matin (cf. l'angl. *breakfast*), mais peuvent désigner également le fait de manger (indépendamment de l'heure). Le verbe *desjeuner* ayant des formes fortes en *desjeun-* et des formes faibles en *disn-*, les mots *disner* et *desjeuner* ne sont pas distingués au M. A. *Desjeuner* semble plus fréquent pour le repas du matin qui rompt le jeûne et *disner* pour le repas du milieu du jour. Au XVIIe s. on emploie encore *dîner* en ce sens. Mme de Sévigné parle de *dîner à midi*. Les usages modernes, avec la distinction entre le *déjeuner*, repas du milieu du jour, et le *dîner*, repas du soir, n'apparaissent qu'au milieu du XIXe s. || ***dînatoire*** (XVIe s.), « où l'on dîne, qui sert de dîner » ; ***dînette*** (XVIe s.), « petit repas », d'où ***midinette*** ; ***après-dîner*** (XIVe s.).

déjouer, voir ***jeu***.

delà, voir ***là***.

délabrer (XVIe s.), d'étym. incert. « abîmer, mettre en lambeaux ». || ***délabrement*** (XVIIIe s.), « ruine, dégradation ».

délai (XIIe s.), déverb. de l'a. fr. *delaier* « différer », de *laier* « laisser », d'orig. incert., désigne « le laps de temps autorisé pour la réalisation d'une action », d'où « prolongation, répit ». L'expres. *sans délai* (XIIe s.) signifie « sans attendre, sans retard, immédiatement ».

délateur (XVIe s.), empr. au lat. *delator* « dénonciateur ». || ***délation*** (XVIe s.), du lat. *delatio* « dénonciation ».

délayer (XIIIe s.), p.-ê. du lat. *delicare* « transvaser, éclaircir », en fr. au sens de « détremper, diluer ». || ***délayage*** (XIXe s.).

délecter (XIVe s.), mot sav. qui a remplacé l'a. fr. *delitier*, du lat. *delectare* « attirer, charmer », en fr. d'abord « charmer, réjouir », puis « procurer un plaisir (que l'on savoure) ». || ***délectation*** (XIIe s.), empr. au lat. *delectatio* « plaisir » ; ***délectable*** (XIIe s.), empr. au lat. *delectabilis* « agréable, qui plaît », en fr. au sens de « qui provoque un vif plaisir, délicieux ».

déléguer (XIVe s.), du lat. *delegare* « confier, charger, s'en remettre à qqn », en fr. « charger d'une mission, transmettre un pouvoir à qqn ». || ***délégation*** (XIIIe s.), empr. au lat. *delegatio* « substitution officielle d'une personne à une autre (avec les pouvoirs afférents) ».

délétère (XVIe s.), empr. au grec *délétérios* « nuisible », même sens en fr.

délibérer (XIIIe s.), empr. au lat. *deliberare* « réfléchir mûrement, décider ». Au XVIe s. le sens de « avoir l'intention de, projeter de » est courant. Le part. pas. *délibéré* a toujours le sens de « décidé, résolu » au XVIIe s. Le subst. *délibéré* (XVIe s.) désigne dans un procès la phase de délibération des juges (qui peut être plus ou moins longue), avant de prendre une décision (*mise en délibéré*). || ***délibération*** (XIIIe s.), empr. au lat. *deliberatio* « consultation, examen » ; ***délibératif*** (XIVe s.), empr. au lat. *deliberativus* « qui délibère sur un problème », en fr. empl. au sens jur. « qui a compétence pour voter, pour décider dans une délibération ».

délicat (XVe s.), empr. au lat. *delicatus* « délicieux, fin, élégant » ; l'adj. *délicat*, qui a remplacé *delgié* et *delié* de l'a. fr., a les nuances de « fragile, ténu, fin, difficile, épineux, raffiné, subtil, scrupuleux ». || ***délicatesse*** (XVIe s.), p.-ê. de l'ital. *delicatezza* ; ***indélicat*** (XVIIIe s.) ; ***indélicatesse*** (XIXe s.), d'abord « manque de délicatesse », puis « malhonnêteté ».

délice (XIIe s.), empr. au lat. imp. *delicium* ; ***délices***, du lat. *deliciae* « jouissances, voluptés », désigne en fr. un plaisir qui ravit, un plaisir extrême. || ***délicieux*** (XIIe s.), empr. au lat. tard. *deliciosus* « très agréable, voluptueux ».

délictueux, voir ***délit***.

délinquant (XIVe s.), part. prés. de *délinquer* « commettre un délit » (XIVe s.), du lat. *delinquere* « commettre une faute ».

déliquescent (XVIIIe s.), du lat. tard. *deliquescere*, de *liquescere* « se liquéfier, se fondre », vieux terme de chimie au sens de « qui se dissout en liquide au contact de l'air ». La nuance péj. « qui se défait, qui tombe en décadence » apparaît au XIXe s. || ***déliquescence*** (XVIIIe s.), d'abord « liquéfaction », puis « dégénérescence, décadence, décomposition » pour stigmatiser l'école décadente (XIXe s.).

délirer (XVIe s.), empr. au lat. *delirare* « sortir de la ligne droite, extravaguer, délirer ». || ***délire*** (XVIe s.), du lat. tard. *delirium* « trouble mental ».

délit (XIVe s.), empr. au lat. *delictum* « faute, infraction », terme jur. qui désigne un acte illicite, une action prohibée. L'expres. *flagrant délit* s'applique à une infraction commise sous les yeux de celui qui la constate. || ***délictueux*** (XIXe s.).

délivrer (XIIe s.), du lat. tard. *delibe-*

rare « mettre en liberté », fait sur *liberare* « libérer ». En a. fr. sont fréquents les sens de « libérer » parfois « évacuer (un endroit) », « accoucher (une femme) » et aussi de « remettre, livrer », parfois « envoyer, expédier » (par influence de *livrer*). ‖ ***délivrance*** (XIIe s.), « action de délivrer ».

delta (XIIIe s.), empr. au grec *delta*, quatrième lettre de l'alphabet grec, a d'abord désigné l'embouchure du Nil (par analogie avec la forme de la lettre grecque).

déluge (XIIe s.), du lat. *diluvium* « inondation, débordement ».

déluré (XVIIIe s.), empr. à une forme dial. de *déleurrer* « qui ne se laisse pas prendre au leurre », fait sur *leurre* ; d'où en fr. « qui a l'esprit vif, malin » et « effronté ».

démagogue (hapax au XIVe s. et au XVIIe s., employé au XVIIIe s.), du gr. *demagogos* « qui conduit le peuple, chef d'une faction », d'où en fr. « qui défend les intérêts du peuple », puis « qui flatte le peuple » (péj.). ‖ ***démagogie*** (XVIIIe s.), même évol.

demain (XIIe s.), du lat. tard. *de mane* « à partir du matin », d'où « à partir du jour suivant » (cf. l'évolution de l'all. *morgen*), même sens en fr. ; en a. fr. *demain* est aussi un subst. : cf. en a. fr. *endemain* (XIIe s.) devenu ***lendemain*** (XIVe s.) par agglutination de l'article ; ***surlendemain*** (XVIIIe s.).

demander (Xe s.), du lat. *demandare* « confier », p.-ê. pris très tôt aux sens de *mandare* « transmettre à qqn », évol. sémant. peu claire, empl. en a. fr. aux sens de « exprimer un désir, solliciter » et « réclamer, exiger, commander » ainsi que « chercher à savoir ». ‖ ***demande*** (XIIe s.), déverb. ; ***demandeur*** (XIIIe s.).

démangeaison, **démanger**, voir ***manger***.

démanteler, voir ***mante 2***.

démarcation, voir ***marquer***.

démarrage, **démarrer**, voir ***amarrer***.

déménager, voir ***ménage***.

dément (XVe s., rare avant le XIXe s.), empr. au lat. *demens* « insensé », terme médic. à partir de la fin du XIXe s., « atteint d'un grave trouble mental ». ‖ ***démence*** (XIVe s.), empr. au lat. *dementia*.

demeurer (XIe s.), du lat. vulg. **demorare*, de *demorari* « demeurer, retarder ». Les deux sens « tarder, s'attarder » et « s'arrêter, rester » subsistent jusqu'au XVIIe s. ‖ ***demeure*** (XIIe s.), déverb., conserve les sens de « retard, délai » (quelquefois « attente ») et « séjour, résidence ». La loc. *il y a péril en la demeure* veut dire « tout retard cause du préjudice ». L'expres. jurid. *mettre en demeure* (XIXe s.) signifie « rendre responsable d'un retard, accuser d'un retard », d'où « sommer de remplir une obligation ».

demi (XIIe s.), du lat. vulg. **dimedius*, du lat. clas. *dimidius* « moitié », fait sur *medius*, en fr. adv. et préf.

démission (XIVe s.), empr. au lat. *demissio* « abaissement », en fr. « renonciation à une fonction » et au sens fig. « abandon, fuite » (XVIIe s.). ‖ ***démissionner*** (XVIIIe s.) ; ***démissionnaire*** (XVIIIe s.).

démiurge (XIXe s.), empr. au lat. *demiurgus*, du grec *démiourgos* « qui œuvre pour tous », d'où « créateur de l'univers ».

démocratie (XIVe s.), du grec *démokratia* « gouvernement exercé par le peuple ». ‖ ***démocrate*** (XIVe s.) ne devient usuel qu'à partir de la Révolution ; ***démocratique*** (XIVe s.) ; ***démocratisation*** (XVIIIe s.) ; ***antidémocratique*** (XVIe s.).

demoiselle (XIe s., sous la forme *damoisele*, attestée jusqu'au XVIe s.), du lat. vulg. **dominicella*, puis **domnicella*, dimin. de *domina*, s'applique en a. fr. à une femme noble, qu'il s'agisse d'une jeune fille ou d'une femme mariée, la qualité de « jeune fille » s'exprimant par le mot *pucelle*. La *damoiselle* dans la hiérarchie sociale du M. A. occupe un rang moins élevé que la *dame*. Elle appartient normalement à la petite noblesse, elle peut être la femme d'un écuyer. Elle est donc au-dessus des bourgeoises et a un certain pouvoir de commandement. || ***mademoiselle*** (XVIe s.) figé en un seul mot apparaît tardivement, car au M. A. le possessif implique une relation de dépendance et de sujétion. Depuis la fin du XVIIIe s. *mademoiselle* a perdu toute référence à la noblesse. Il est devenu un simple terme de politesse. Dans la lang. pop. l'abrév. *mam'zelle* est attestée depuis la fin du XVIIe s. Elle se répand surtout au XIXe s. ; ***donzelle*** (XIIe s., sous la forme *dancele, donzele*), de l'a. prov. *donzella*, de **domnicella*, signifie « jeune fille » en a. fr. Le sens péj. n'apparaît qu'au XVIIe s.

démolir (XIVe s.), empr. au lat. *demoliri* « mettre à bas, détruire », même sens en fr. || ***démolition*** (XIVe s.), empr. au lat. *demolitio* « action de mettre à bas ».

démon (au XIIe s., sous la forme *demoine, demoigne,* empr. au lat. *daemonium* ; au XVIe s., sous la forme *démon*), empr. au lat. eccl. *demon*, du grec *daimon* « génie protecteur, demi-dieu, divinité », empl. en fr. surtout au sens chrét. de « mauvais ange, diable », au XVIe s. parfois au sens grec de « génie, être surnaturel (intermédiaire entre les dieux et les hommes), puissance qui inspire », avec des survivances en fr. mod. (*c'est son mauvais démon*). Depuis le XVIIe s. le mot sert parfois de personnification d'un défaut (*le démon du jeu*) ou de désignation d'une personne néfaste (*c'est un vrai démon*). || ***démoniaque*** (XIIIe s.), du lat. *daemoniacus,* du grec *daimonikos* « qui a rapport au démon, possédé du démon ».

démonétiser (XVIIIe s.), dér. de *dé-* et du lat. *moneta* « argent monnayé », « dévaluer une monnaie », « retirer une monnaie de la circulation », d'où « déprécier » (XXe s.).

démontrer (Xe s., sous la forme de *mostrer, moustrer*), du lat. *demonstrare* « montrer, démontrer », en fr. au sens de « montrer, indiquer » et « fournir une preuve ». || ***démonstration*** (XIIIe s.), empr. au lat. *demonstratio* « action de montrer, de démontrer » ; ***démonstratif*** (XIIIe s.), empr. au lat. *demonstrativus* « qui sert à montrer » ; ***démonstrateur*** (XVIIe s.).

démordre, voir ***mordre***.

dendro-, premier élém. de mots sav. comme ***dendrochronologie***, tiré du grec *dendron* « arbre ».

dénégation (XIVe s.), empr. au lat. tard. *denegatio* « action de nier ». Voir ***dénier***.

déni, voir ***dénier***.

dénicher, voir ***nicher***.

denier (XIIe s.), du latin *denarius* « denier (monnaie romaine valant dix as à l'origine) », en a. fr. « denier » (douzième partie du sou, 240e partie de la livre), mais aussi par ext. « somme d'argent ». Dès l'a. fr. l'expression le *denier Dieu* désigne des « arrhes », versées ensuite pour une œuvre pie. Le *denier Saint Pierre* s'applique à l'origine à une contribution versée à la Papauté par l'Angleterre. Aux XVIe et XVIIe s. *denier* s'emploie couramment pour indiquer le taux d'intérêt de l'argent prêté : *prêter au denier dix*, c'est obtenir un denier d'intérêt pour dix deniers prêtés. || ***denrée*** (XIIe s.), « quantité de marchandise que l'on peut avoir pour un denier », valeur utilisée jusqu'à la fin du XVIe s., également au sens général de « marchandise » (XIIIe s.), et notamment de « produit comestible, aliment », valeur fréq. en fr. mod.

dénier (XIIe s.), du lat. *denegare* « dénier, refuser ». || ***déni*** (XIIIe s.), « action de dénier, refus ». L'expression *déni de justice* « refus de rendre la justice de la part d'un juge, manquement à la justice » existe depuis le XVIIe s.

dénigrer (XIVe s.), empr. au lat. *denigrare* « noircir », en fr. « critiquer, dire du mal ». || ***dénigrement*** (XVIe s.).

déniveler, **dénivellation**, voir ***niveau***.

dénoncer (XIIe s.), du lat. *denuntiare* « faire savoir, notifier », s'emploie couramment en a. fr. au sens de « annoncer ». Le sens de « signaler à la justice » existe déjà au XIIIe s. || ***dénonciation*** (XIIIe s.), empr. au lat. *denonciatio*.

denrée, voir ***denier***.

dense (XIVe s., rare avant le XVIIIe s.), du lat. *densus* « épais, serré », en fr. « épais, compact », utilisé en physique « dont la masse est importante par rapport au volume », en critique littéraire « qui enferme beaucoup d'éléments en peu de place ». || ***densité*** (XIVe s.), du lat. *densitas* « épaisseur ».

dent (XIe s.), du lat. *dens, dentis*, de même sens. || ***dentaire*** (XVIe s.), empr. au lat. tard. *dentarius* « qui concerne les dents » ; ***denté*** (XVe s.), « pourvu de dents » ; ***dentelle*** (XIVe s.), à l'orig. « petite dent », désigne depuis le XVIe s. un tissu ajouré ; ***denteler*** (XVIe s.) ; ***dentellière*** (XVIIe s.) ; ***dentier*** (XVIe s.), « rangée de dents », puis « rangée de dents artificielles » (XVIIe s.) ; ***dentifrice***, empr. au lat. *dentifricium* « pâte pour frotter les dents » ; ***dentiste*** (début XVIIIe s.) ; ***denture*** (XIVe s.) ; ***dentition*** (XVIIIe s.), empr. au lat. *dentitio* « pousse des dents, forme des dents » ; ***édenter*** (XIIIe s.) ; ***redent*** (XVIIe s.), terme d'architecture « ouvrage découpé en forme de dents », d'où « ressaut d'un mur, partie saillante ».

dénuder (XIIe s.), empr. au lat. *denudare* « mettre à nu, découvrir ». || ***dénudation*** (XIVe s.), empr. au lat. tard. *denudatio* « mise à nu ».

dénuer (XIIe s.), du lat. *denudare* « mettre à nu », en a. fr. d'abord « dénuder, dépouiller », puis au sens fig. « démunir, priver de » dès le XIIe s. || ***dénuement*** (XIVe s.), d'abord « mise à nu », puis « état d'une personne dénuée du nécessaire », d'où « indigence, misère ».

déontologie (XIXe s.), mot sav. empr. à l'angl. *deontology* « règles morales ». || ***déontologique*** (XIXe s.).

départ, voir ***partir 2***.

département, **départir**, voir ***partir 1***.

dépecer, voir ***pièce***.

dépêcher (XIIIe s.), de *dé-* et du rad. de *empêcher*, à la forme pronom. « se délivrer de qq. ch., se débarrasser de qqn », puis « en finir, se hâter », à la forme transitive « envoyer un messager en hâte » (XVe s.), « envoyer un courrier » (XVIIe s.). || ***dépêche*** (XVIIe s.), d'abord « lettre, courrier », puis « lettre officielle transmise par voie rapide » (XVIIe s.), enfin *dépêche télégraphique* (XIXe s.). Le sens de « nouvelle, information transmise » date du XIXe s.

dépenaillé (XVIe s.), s. d. de l'a. fr. *despaner* « déchirer une étoffe » et du m. fr. *penaille* « vêtements », en fr. au sens de « en haillons, déchiré (en parlant d'une étoffe) ».

dépendre 1 (XIe s.), empr. au lat. *dependere* « être suspendu à, dépendre de », d'où « se rattacher à, relever de », sens conservés en fr. || ***dépendance*** (XIVe s.) ; ***indépendant*** (XVIe s.) ; ***indépendance*** (XVIIe s.), terme du voc. politique moderne ; ***indépendantisme*** (XVIIe s.) ; ***interdépendance*** (XIXe s.).

dépendre 2 « détacher, décrocher », voir ***pendre***.

dépens (XIIe s., sous la forme *despens*), du part. pas. lat. subst. *dis-*

pensum, de *dispendere* « peser », à l'orig. de l'a. fr. *despendre* « dépenser » (car on pesait les pièces d'argent pour en vérifier l'aloi), a signifié en a. fr. « frais, dépense (à la charge de qqn) ». Depuis le XVIIe s. le mot n'existe plus que dans l'expr. *aux dépens* « aux frais de ». En fr. mod. l'expres. est seulement employée au sens moral « au préjudice de ». ‖ ***dépense*** (XIIe s., sous la forme *despense*), du lat. *dispensa*, en lat. méd. « choses nécessaires à l'entretien, provisions », part. pas. subst. de *dispendere*, en fr. au sens de « action de dépenser » et aussi de « repas », « salle à manger », « salle où l'on conserve les provisions » ; ***dépenser*** (XIIIe s.) s'est substitué définitivement à *despendre* au XVIIe s. ; empl. en fr. au sens de « employer de l'argent », puis « consommer une certaine quantité d'énergie » (XIXe s.), « employer son temps, ses efforts » (XIXe s.) ; ***dépensier*** (XIIe s.), désigne en a. fr. un serviteur chargé des dépenses de la table et de l'alimentation. Le sens mod. « qui dépense, qui aime dépenser » apparaît au XVIe s.

dépêtrer, voir ***empêtrer***.

dépit (XIIe s.), du lat. *despectus* « mépris », en a. fr. au sens de « mépris » et aussi « déception, vif déplaisir, ressentiment », puis « vexation, froissement d'amour-propre ». Le sens de « irritation violente » survit encore au XVIIe s. L'expres. *dépit amoureux* (XVIIe s.) désigne l'amertume éprouvée par un amoureux déçu. La loc. *en dépit de* conserve en fr. mod. la valeur « au mépris de, malgré ». ‖ ***dépiter*** (XVe s.), d'abord « mépriser », puis « irriter », enfin « froisser, vexer, désappointer, décevoir » (même évol. que le subst.).

déplier, **déploiement**, voir ***ployer***.

déplorer (XIIe s.), du lat. *deplorare* « pleurer » et « s'affliger sur, plaindre », sens conservés en a. fr. Le sens mod. « regretter vivement » est une valeur affaiblie. Au XVIIe s. le part. pas. *déploré* est fréq. au sens de « désespéré ». ‖ ***déploration*** (XVIe s.), empr. au lat. *deploratio* « plainte » ; ***déplorable*** (XVe s.), d'abord « qui est à plaindre, digne de pitié », puis « regrettable, fâcheux », enfin « très mauvais » (XIXe s.).

déporter (XIIe s.), du lat. *deportare* « transporter », qui a dû prendre en lat. tard. les sens de « se déplacer pour se divertir », puis « se divertir, passer son temps », en a. fr. au sens de « amuser, distraire ; à la forme pronom. « s'abstenir de » ; la valeur de « s'abstenir », encore connue au XVIIe s., vient s. d. du préfixe *de-* marquant la séparation, l'éloignement. Puis au XVe s. le mot s'empl. au sens de « éloigner, transporter en dehors du territoire, exiler dans un endroit déterminé », seule valeur connue auj. ‖ ***déportation*** (XVIe s.), empr. au lat. *deportatio* « transport », au sens de « transfert d'individus ou de population » a désigné au XVIIIe s. une peine afflictive, au XXe s. une politique criminelle de divers régimes modernes (par ex. soviétique ou nazi) ; ***déporté*** subst. (XXe s.), « personne internée hors de son pays dans un camp de concentration (notamment un camp nazi) ». Voir ***sport***.

déposer (XIIe s.), empr. au lat. *deponere* « mettre en dépôt, renoncer » avec infl. de *poser*, en fr. « dépouiller d'une autorité, faire déchoir » (XIIe s.), « poser, mettre en dépôt » (XVIe s.), « témoigner en justice » (XVIIe s.), « laisser tomber au fond (en parlant d'un liquide) » (XVIIIe s.). Le sens financier (*déposer de l'argent*) est attesté au XVIe s. ‖ ***déposition*** (XIIe s.), empr. au lat. tard. *depositio* « action de déposer » et « destitution », en fr. d'abord « déclaration faite devant la justice », puis « destitution » (XVe s.). Voir ***dépôt***.

dépositaire (XIVe s.), empr. au lat.

jur. *depositarius* « personne qui reçoit un dépôt ».

dépôt (XIVe s.), empr. au lat. jur. *depositum* « dépôt, consignation », en fr. au sens de « action de déposer », « chose déposée », « lieu de dépôt » (XVIIe s.), « accumulation de matière au fond d'un liquide » (XVIIe s.). L'expres. financière *dépôt de bilan* est attestée au XVIIIe s.

dépouiller (XIIe s.), du lat. *despoliare* « spolier, piller », a pris aussi en a. fr. le sens de « dégarnir » et « déshabiller, enlever (un vêtement, une armure) ». || ***dépouille*** est attesté dès le XIIe s. au sens de « vêtement enlevé » et de « butin » (auj. au plur. en ce sens), puis « peau enlevée à un animal » (XVIe s.). Au plur. le sens de « nominations systématiques dans les emplois laissés à la discrétion du gouvernement » (XXe s.) est un dér. du sens ancien de « butin » et vient de l'améric. *despoils* ; ***dépouillement*** (XIIe s.), d'abord au sens de « dépouille », puis « détachement, renoncement spirituel » (XVIIe s.), « examen minutieux de documents » (XVIIIe s.).

dépraver (XIIIe s., utilisé surtout à partir du XVIe s.), empr. au lat. *depravare*, « tordre, corrompre », fait sur *pravus* « mauvais », en fr. au sens moral « gâter, corrompre ». || ***dépravation*** (XVIe s.), empr. au lat. *depravatio* « torsion, corruption, altération ».

déprécation (XIIe s.), empr. au lat. *deprecatio* « prière pour détourner un malheur ».

déprécier (XVIIIe s.), empr. au lat. tard. *depretiare* « abaisser le prix de qq. ch. », sens conservé en fr. « diminuer le prix, la valeur », puis par généralisation « rabaisser, dénigrer ». || ***dépréciation*** (XVIIIe s.) ; ***dépréciatif*** (XIXe s.).

déprédation (XIVe s.), empr. au lat. tard. *depraedatio* « pillage », en fr. également au sens de « dommages causés à autrui ».

dépression (XIVe s. dans le lang. médic.), empr. au lat. *depressio* « affaissement, enfoncement ». Empl. géologique au XIVe s. Les empl. météorologiques, économiques, psychologiques datent du XIXe s. || ***dépressif*** (XIXe s.).

déprimer (XIVe s., surtout utilisé à partir du XVIe s.), du lat. *deprimere* « abaisser, enfoncer ».

dépucelage, **dépuceler**, voir ***pucelle***.

depuis (XIIe s.), comp. de *de* et de *puis* « à partir de ».

dépurer, **dépuratif**, voir ***pur***.

députer (XIIIe s.), empr. au lat. *deputare* « évaluer, assigner », en fr. d'abord au sens de « assigner », puis de « déléguer » (XIVe s.). || ***député*** (XIVe s.), empr. au lat. tard. *deputatus* « délégué », en fr. « délégué, envoyé ». Le sens mod. de « représentant élu » date du XVIIIe s. ; ***députation*** (XVe s.), empr. au lat. *deputatio* « délégation ». Le sens de « mandat de député » date du XVIIIe s.

déraper (XVIIe s.), du prov. mod. *derapar, derrabar* « arracher, déraciner », en fr. d'abord terme de marine, en parlant d'une ancre qui se déprend du fond de la mer ; à partir du XIXe s. « glisser (en parlant des roues d'un véhicule) », puis « échapper au contrôle » (XXe s.). || ***dérapage*** (XIXe s.).

dératé, voir ***rate***.

derby (XIXe s.), du nom du comte anglais qui organisa en 1780 cette course, désigne une grande course de chevaux qui a lieu tous les ans à Epsom.

derechef, voir ***chef***.

déréliction (XVIe s.), empr. au lat. *derelictio* « abandon », en fr. désigne surtout un état de solitude morale.

dérision (XIIIe s.), du lat. imp. *derisio* « moquerie, raillerie ». || ***dérisoire*** (XIVe s.), empr. au lat. *derisorius* « dérisoire, illusoire ».

dériver (XIIIe s.), empr. au lat. *derivare* « détourner un cours d'eau ». Le sens de « avoir son origine » remonte au XIIe s. L'empl. marin (XVIe s.), « être détourné de sa direction (en parlant d'un navire), s'abandonner aux flots et aux vents », provient du sens de « détourner ». Une influence de l'angl. *to drive* est peu vraisemblable. || ***dérive*** (XVIIe s.) a la même valeur et s'emploie fréq. dans le tour *à la dérive* « à vau-l'eau, au gré des courants » ; ***dérivation*** (XIVe s.), empr. au lat. *derivatio* « action de détourner les eaux » et « procédé de formation de nouveaux mots » ; ***dérivatif*** (XVe s.), empr. au lat. *derivativus* « qui dérive ».

derme (XVIIe s.), du grec *derma* « peau ». || ***dermatologie*** (XIXe s.) ; ***dermatologue*** (XIXe s.) ; ***dermatose*** (XIXe s.) ; ***épiderme*** (XVIe s.) ; ***épidermique*** (XIXe s.).

dernier (XVe s.), contraction de *derrenier* par analogie avec *premier*, dér. de *daerrain*, *derrain*, du lat. vulg. **deretranus*, dér. de *de retro* « derrière ».

dérober (XIIe s., sous la forme *desrober*), de l'a. verbe *rober* « voler », du germ. **raubon* (cf. l'all. *rauben*), en a. fr. au sens général de « voler, soustraire, enlever » (y compris par la violence), puis « prendre furtivement, par surprise » (XVIe s.), « cacher aux regards » (XVIe s.), « soustraire habilement » (XVIIe s.) et *se dérober* « disparaître, quitter, faire défaut ». || ***dérobée*** (XVIe s.), empl. dans l'expres. *à la dérobée* « en cachette » ; ***dérobade*** (XVIe s.).

déroger (XIVe s.), empr. au lat. *derogare* « abroger les dispositions d'une loi, s'en affranchir », en fr. d'abord « s'écarter des règles et des usages » (XIVe s.), puis « manquer (à l'honneur, à son rang, à l'autorité établie, à ses convictions) », d'où « déchoir » (XVIe s.). L'expres. *déroger à la noblesse* « perdre les privilèges de la noblesse (en exerçant une activité jugée déshonorante) » date du XVIe s. || ***dérogatoire*** (XIVe s.), empr. au lat. tard. jur. *derogatorius* « qui déroge à une loi » ; ***dérogation*** (XVe s.), empr. au lat. *derogatio* « action de déroger à une loi ».

déroute (XVIe s.), déverb. de *desrouter* « disperser, mettre en fuite », dér. de *route* « troupe, bande », en fr. d'abord « fuite désordonnée d'une armée, débandade », puis « confusion, désordre » (XIXe s.).

dérouter (XIIIe s., sous la forme pronom. *soi desrouter*), dér. de *route* « chemin frayé dans une forêt », au sens de « changer de chemin », à la forme active « détourner du chemin normal » (XVIe s.), puis « déconcerter » (XVIIIe s.).

derrick (XIXe s.), empr. à l'angl. *Derrick*, d'abord nom propre d'un bourreau, puis pris au sens de « gibet », enfin « haute grue », ensuite « charpente de forage », seul sens passé en fr.

derrière (XIe s., sous la forme *deriere*), prép. et adv. du lat. tard. *de retro* « en arrière » ; subst. depuis le XIIIe s. « partie postérieure ».

derviche (XVIe s., sous la forme *derviz, derviss*), du persan *dervich* « pauvre ».

dès (XIIe s.), du lat. vulg. **de ex*, renforcement de *ex* « hors de », marquant un mouvement « à partir d'un endroit, à partir d'un moment ». || ***désormais*** (XIIe s., sous la forme *des ore mais*), « à partir de ce moment-ci, à l'avenir ».

désabuser (XVIe s.), dér. de *abuser* « tromper, berner », du lat. méd. *abusare* « user mal », en fr. « détromper ». Le sens dér. « déçu, désenchanté » pour *désabusé* date du XIXe s.

désappointer (XIVe s.), dér. de *appointer* « donner des appointements à un soldat, rétribuer », en fr. d'abord « destituer, licencier qqn », puis « décevoir » (XVIIe s.), repris au XVIIIe s.

sous l'infl. de l'angl. *to disappoint* « tromper les espérances de qqn ».

désarçonner, voir ***arçon***.

désarroi (XIIe s., sous la forme *desroi* ; puis au XIVe s., sous la forme *desarroi* par infl. de *arroi* « arrangement, équipement, ordre »), déverb. de *desreer*, puis *desareer* « mettre en désordre », empl. en fr. au sens de « trouble, désordre, confusion totale ». Voir ***arroi***.

désastre (XVIe s.), de l'ital. *disastro* au sens de « mauvaise étoile » d'où « malheur ». || ***désastreux*** (XVIe s.), empr. à l'ital. *disastroso* « qui cause un désastre, qui subit un désastre, infortuné », en fr. d'abord aux deux sens « qui subit » et « qui cause un désastre », en fr. mod. seulement au sens actif, d'où le sens dér. « fâcheux, funeste ».

desceller, voir ***sceau***.

descendre (XIe s.), du lat. *descendere* « aller de haut en bas ». || ***descendance*** (XIIIe s.), « filiation, extraction » et « ensemble des descendants » (XIIIe s.) ; ***descendant*** (XIIIe s.) ; ***descente*** (XIVe s.).

description, **descriptif**, voir ***décrire***.

désemparer (XIVe s.), dér. de l'a. fr. *emparer* « fortifier », d'abord au sens de « démanteler (des fortifications) », puis « quitter un endroit ». Le mot s'empl. dans le voc. de la marine « mettre hors d'usage un navire ». Le part. pas. *désemparé* désigne « un navire qui a subi des avaries », puis une personne « déconcertée » (XXe s.). L'expres. *sans désemparer* (XVIIIe s.) est empl. au sens de « sans s'interrompre, sans quitter l'endroit ». Voir ***emparer (s')***.

désert (XIe s.), du lat. *desertus* « abandonné, inculte, sauvage », adj. et subst. (XIIe s.). || ***désertique*** (XIXe s.) ; ***déserter*** (XIe s.), d'abord « rendre désert, dévaster », puis « abandonner, délaisser » (XIIIe s.). L'empl. militaire « abandonner l'armée » est attesté au XVIIe s. ; ***déserteur*** (XIIIe s.), « qui abandonne », puis « qui abandonne l'armée » (XVIIe s.) ; ***désertion*** (XIVe s.), du lat. jur. tard. *desertio* « abandon de poste », sens conservé en fr., puis « fuite de l'armée » (XVIIe s.).

déshérence, voir ***hoir***.

desiderata (XVIIIe s.), mot lat., part. pas. neutre plur. « choses désirées ».

design (XXe s.), mot angl. « dessin, esquisse », désigne une esthétique industrielle.

désigner (XIVe s., rare avant le XVIe s.), empr. au lat. *designare* « marquer, désigner », en fr. « indiquer, signaler, choisir ». Le verbe *dessiner*, issu de l'ital., appartient à la même famille. || ***désignation*** (XIVe s.), empr. au lat. *designatio* « forme, figure » et « action de désigner ».

désinence (XIVe s.), « fin d'un mot », empr. au lat. méd. *desinentia* « fin », de *desinere* « mettre un terme ».

désinvolte (XVIIe s.), s. d. de l'ital. *disinvolto* « qui n'est pas embarrassé », et non de l'esp. *desenvuelto* « dégagé, qui n'est pas empêtré », en fr. tantôt laudatif « plein d'aisance », tantôt péj. « inconvenant, effronté ». || ***désinvolture*** (XVIIIe s.), de l'ital. *disinvoltura* « allure libre et dégagée », désigne l'aisance, la liberté du comportement.

désirer (XIe s.), du lat. *desiderare* « souhaiter, regretter l'absence », en fr. « rechercher, souhaiter ». || ***désir*** (XIIe s.), déverb. ; ***désirable*** (XIe s.) ; ***désireux*** (XIe s.) ; ***indésirable*** (XIXe s., répandu surtout au XXe s.), « qui n'est pas admis dans un pays » sous l'infl. de l'angl. *undesirable*.

désister (se) (XIVe s.), « renoncer », empr. au lat. *desistere* « s'abstenir ». || ***désistement*** (XVIe s.), « abandon d'un droit », « retrait de candidature ».

désoler (XIIe s.), empr. au lat. *desolare* « ravager, transformer en solitude », sens conservé en a. fr., puis « consterner, affliger » (XIVe s.). || ***désolation*** (XIIe s.), empr. au lat. tard. *desolatio* « désolation, destruction, ravage », d'abord en fr. « action de ravager un pays », puis « affliction » (XIVe s.).

désobliger (XIVe s.), dér. de *obliger*, d'abord au sens de « délier d'une obligation », puis « froisser l'amour-propre de qqn, vexer » (XVIIe s.). || ***désobligeant*** (XVIIe s.).

désopiler (XVIe s.), du lat. *dis* à valeur négative et *oppilare* « boucher », terme médic. « déboucher ». L'expres. *désopiler la rate* a pris au XVIe s. le sens dér. de « réjouir ». || ***désopilant*** adj. (XIXe s.), « comique ».

désormais, voir ***dès***.

despote (au XIIe s., sous la forme *despot*, puis au XIVe s., sous la forme *despote*), empr. au grec *despotés* « maître ». || ***despotique*** (XIVe s.); ***despotisme*** (XVIIe s.).

desquamer (XIXe s.), empr. au lat. *desquamare* « enlever les écailles ». || ***desquamation*** (XVIIIe s.).

dessein, voir ***dessiner***.

desservir 1 (XIIe s.), du lat. *deservire* « servir avec zêle, se consacrer à », en a. fr. « servir », « assurer un service religieux » et aussi « mériter, gagner, récompenser ». Le sens de « faire accéder à » date du XIXe s. || ***desservant*** (XIVe s.), « ecclésiastique qui sert une cure ».

desservir 2 (XIVe s.), de *des* et de *servir*, « débarrasser la table ». || ***dessert*** (XIVe s.), déverb., d'abord « dernier service du repas », puis « mets sucré servi à la fin du repas » ; ***desserte*** (XIVe s.), d'abord « action de desservir la table », puis « meuble où l'on pose les couverts et les plats enlevés » (XIXe s.). Voir ***servir***.

desservir 3 (XVe s.), de *des* et de *servir* « rendre un mauvais service à qqn ».

dessication (XIVe s.), empr. au lat. *dessicatio* « action de dessécher ». || ***dessicatif*** (XIVe s., surtout répandu au XVIe s.), empr. au lat. tard. *dessicativus* « propre à sécher » (mot médic.).

dessiller, voir ***cil***.

désigner (XIVe s., rare avant le XVIe s.), du lat. *designare* « marquer, indiquer, désigner à une fonction », en fr. d'abord « marquer, indiquer ». Le sens de « nommer à une fonction » est attesté au XVIIe s. || ***désignation*** (XIVe s.), empr. au lat. *designatio* « indication » et « nomination à une charge ».

dessiner (au XVIe s., sous la forme *desseigner, dessigner* ; au XVIIe s. apparition de la forme *dessiner*, concurrente de *desseigner, dessigner* toujours en usage), de l'ital. *disegnare* « dessiner » d'après le lat. *designare,* en fr. « représenter, tracer, rendre apparent ». Jusqu'à la fin du XVIIIe s. confusion graphique et sémantique entre le ***dessin*** graphique et le ***dessein*** moral « projet, intention », les deux sens existant dans le subst. ital. *disegno* comme dans le verbe *disegnare*. Au XVIIe s. on dit encore *desseigner* à la fois au sens de « avoir le projet » et « dessiner » comme au XVIe s. La graphie *dessin* s'imposera au XVIIIe s. || ***dessinateur*** (XVIIe s.), s. d. d'après l'ital. *disegnatore*.

dessous, voir ***sous***.

dessus (XIIe s.), du lat. *de sursum* « en haut, vers le haut », adv., prép., subst. (XIIe s.). Voir ***sus***.

destiner (XIIe s.), « prédestiner, assigner, promettre, présager, souhaiter » en a. fr., empr. au lat. *destinare* « fixer, affecter ». || ***destin*** (XIIe s.), déverb. « destination, projet » et « sort (heureux ou malheureux) », empl. au sens de « puissance réglant le cours des événements, fatalité » et « ensemble des événements de la vie humaine », puis « cours de l'existence » ; ***destinée*** (XIIe s.) ; ***destination*** (XIIe s.), empr.

au lat. *destinatio* « résolution, désignation ».

destituer (XIVe s.), « écarter », empr. au lat. *destituere* « abandonner ». Le sens de « démettre d'un emploi, d'une charge » apparaît au XVe s. || ***destitution*** (XIVe s.), empr. au lat. *destitutio* « abandon », en fr. « action de destituer ».

destrier (XIe s.), de *destre* « main droite », du lat. *dextra* parce que l'écuyer conduisait le *destrier* de la main droite lorsque celui-ci n'était pas monté par son maître, désigne un « cheval de bataille ». Voir ***dextre***.

destroyer (XIXe s.), « contre-torpilleur », de l'angl. *destroyer* « destructeur », qui a désigné ce bateau.

destructeur, **destruction**, voir ***détruire***.

désuétude (XVIe s., très rare avant le XVIIIe s.), empr. au lat. *desuetudo* « désaccoutumance ». || ***désuet*** (XIXe s.), empr. au lat. *desuetus* « qui n'est plus en usage, dont on a perdu l'habitude ».

détacher 1 « dégager d'une attache » (XIIe s., sous la forme *destachier*), création française, antonyme de *atachier*. || ***détachement*** (XVIIe s.), déjà empl. au sens milit. « groupe de soldats (détachés du gros de l'armée) » et au sens moral « renoncement au monde, libération des intérêts d'ici-bas ». Voir ***attacher***.

détacher 2, voir ***tache***.

détailler (XIIe s.), de *des* et *tailler*, « couper en morceaux ». Le sens de « vendre par petites quantités » existe déjà au XIIIe s. || ***détail*** (XIIe s.) déverb., appartient au voc. du commerce et signifie « petite quantité (vendue) ». Les sens de « circonstances d'un événement, petits éléments d'une affaire, parties d'un ensemble » et « élément accessoire » apparaissent au XVIIe s.; ***détaillant*** subst. (XIXe s.).

détaler (XVIe s.), de *dé-* et de *étaler*, au sens propre « remballer prestement la marchandise étalée, retirer de l'étal », puis « s'en aller au plus vite, déguerpir » (XVIe s.), mot fam. auj. Voir ***étal***.

détecter (XXe s.), de l'angl. *to detect* « découvrir, déceler l'existence ». || ***détecteur*** (XIXe s.), de l'angl. *detector* « appareil de détection »; ***détection*** (XXe s.), de l'angl. *detection* « action de découvrir ce qui est caché ».

détective (XIXe s.), mot angl. formé à partir de *to detect*, au sens de « policier chargé d'une enquête », en fr. au sens de « policier privé chargé de faire une enquête ».

dételer, voir ***atteler***.

détenir (XIIe s.), du lat. *detinere* « retenir » et du fr. *tenir*. En a. fr. le sens de « retenir » est courant. La nuance de « retenir en captivité » existe déjà au M. A. || ***détenu*** (XIXe s.), « prisonnier »; ***détention*** (XIIIe s.), empr. au lat. tard. *detentio* « action de détenir, séjour »; ***détenteur*** (XIVe s.), empr. au lat. *detentor* « qui détient ».

détente, voir ***tendre***.

détergent (XVIIe s.), de *déterger* (XIVe s.), « nettoyer », terme médic., du lat. *detergere* « nettoyer (en enlevant) ». || ***détersif*** (XIVe s.), mot sav. fait sur le rad. du lat. *detersus*, part. pas. de *detergere*, empl. au sens de « qui nettoie », d'abord utilisé dans le voc. médic.

détériorer (XVe s.), empr. au lat. tard. *deteriorare*, fait sur *deterior* « pire, plus mauvais ». || ***détérioration*** (XVe s.), empr. au lat. *deterioratio* « action de détériorer ».

déterminer (XIVe s.), empr. au lat. *determinare* « marquer des limites », en fr. « délimiter » et aussi « fixer, préciser, décider ». Au XVIIe s. les sens de « décider, régler, pousser (à agir), causer » sont fréq. || ***détermination*** (XIVe s.), empr. au lat. *determinatio* « fixation d'une limite », en fr. d'abord au sens de « caractérisation, définition », puis « décision, résolution » (XIXe s.) ; ***indéterminé*** (XIVe s.) ; ***indétermination*** (XVIIe s.) ; ***déterminisme*** (XIXe s.), empr. à l'all. *Determinismus,* doctrine scientifique d'explication causale des phénomènes ; ***déterministe*** (XIXe s.), empr. à l'all. *Determinist* ; ***prédéterminer*** (XVIe s.), du lat. eccl. *praedeterminare* « fixer d'avance » ; ***prédétermination*** (XVIIe s.).

détester (XVe s.), empr. au lat. *detestari* « détourner en prenant les dieux à témoin, repousser avec horreur, maudire », en fr. d'abord « maudire, proférer des malédictions » (XVe s.), sens qui reste courant au XVIIe s., puis « éprouver de l'aversion » (depuis le XVIe s.). || ***détestable*** (XIVe s.), empr. au lat. *detestabilis* ; ***détestation*** (XVe s.), empr. au lat. *detestatio* « malédiction, exécration », a eu la même évol. que le verbe.

détoner (XVIIe s.), empr. au lat. *detonare* « tonner fortement », empl. en fr. au sens de « produire un bruit intense (rappelant le tonnerre) ». || ***détonation*** (XVIIe s.) ; ***détonateur*** (XIXe s.).

détonner, voir ***ton***.

détourner (XIIe s., sous la forme *destourner*), dér. de *tourner*, en a. fr. « écarter, tourner dans une autre direction » et « dissuader ». Le sens de « tourner à son profit » est attesté au XIVe s. || ***détour*** (XIIe s., sous la forme *destor*, *destour*), déverb. de *destourner*, en fr. d'abord « lieu écarté », puis « faux-fuyant, subterfuge » (XIIIe s.) ; ***détournement*** (XIIe s.), « action de détourner ». Le sens de « action d'emporter » est attesté au XVIe s.

détracteur (XIVe s.), du lat. *detractor* « qui déprécie, qui rabaisse ».

détraquer (XVe s.), dér. du m. fr. *trac* « voie, chemin, piste », s. d. onomat., en fr. « détourner de la piste », puis « déranger dans sa marche, dans son fonctionnement » (XVIe s.). || ***détraqué*** (XVIe s.), adj. « dérangé dans son fonctionnement », puis « fou » ; ***détraquement*** (XVIe s.).

détremper (XIIe s.), du lat. *distemperare* « mélanger, délayer ». || ***détrempe*** (XIIIe s.), d'abord au sens de « breuvage (fait par délayage) », puis « solution colorante obtenue par délayage des couleurs dans de l'eau » (XIVe s.) et « peinture exécutée de cette façon » au XVIIe s.

détresse (XIIe s., sous la forme *destrece*), du lat. vulg. **districtia*, dér. de *districtus* « lié, enchaîné, serré », en fr. au sens de « serrement de cœur, angoisse, désarroi » et aussi « situation pénible, adversité » et « situation périlleuse ».

détriment (XIIIe s.), empr. au lat. *detrimentum* « perte, dommage ».

détritus (XVIIIe s.), empr. au lat. *detritus* « usé, broyé », part. pas. de *deterere* « user ».

détroit (XIe s.), du lat. *districtus* « enchaîné, empêché », d'abord adj. en a. fr. au sens de « serré, étroit, » et au plan moral « difficile, rigoureux, cruel, inquiet, angoissé », puis subst. « passage étroit, défilé », et « bras de mer resserré » (XVIe s.).

détruire (XIe s.), du lat. vulg. **destrugere*, du lat. *destruere* « démolir, anéantir », sens conservés en fr. || ***destruction*** (XIIe s.), empr. au lat. *destructio* « destruction, ruine » ; ***destructeur*** (XVe s.), empr. au lat. tard. *destructor* « qui détruit » ; ***destructif*** (XIVe s.), empr. au lat. tard. *destructivus* « qui peut être détruit » ; ***destructible*** (XVIIIe s.), empr. au lat. tard. *destructibilis* « capable de détruire » ; ***indestructible*** (XVIIe s.), empr. au lat. tard. *indestructibilis*.

dette (XIIe s.), du lat. tard. *debita*, tiré du lat. clas. *debitum* « obligation d'un débiteur envers un créancier ». || ***en-***

detter (XIIe s.); **endettement** (XVIIe s.).

deuil (au XIIe s., sous la forme *dol, duel*; au XVe s., sous la forme *dueil*), du lat. tard. *dolus* « douleur », de *dolere,* en a. fr. au sens général de « souffrance, chagrin », puis par restriction d'emploi au sens de « douleur de la mort de qqn » (XVIe s.), et diverses valeurs subséquentes, attestées au XVIe s., « perte d'un être cher », « cortège funèbre » (*conduire le deuil*), « signes extérieurs de deuil » (*porter le deuil, prendre le deuil*), « temps pendant lequel on porte le deuil », et par ext. « sentiment de profonde tristesse ». || **endeuiller** (XIXe s.).

deux (Xe s.), du lat. *duos*, acc. masc. plur. de *duo*. || **deuxième** (XIVe s.); **dualité** (XIVe s.), du lat. tard. *dualitas, dualitatis* « caractère de ce qui est double »; **dualisme** (XVIIIe s.), « existence de deux principes irréductibles », puis « existence de deux éléments différents ».

dévaluer, **dévaluation**, voir **valoir**.

devancer, **devant**, **devanture**, voir **avant**.

dévaster (Xe s.), empr. au lat. *devastare* « détruire, ravager, en faisant le vide », est rare jusqu'au XVIIIe s. || **dévastation** (XIVe s.), empr. au lat. tard. *devastatio* « ravage, dévastation »; **dévastateur** (XVIe s.), empr. au lat. tard. *devastator*.

développement, **développer**, voir **envelopper**.

devenir (Xe s.), du lat. clas. *devenire* « venir de, arriver à », qui a pris en lat. tard. le sens de « devenir, commencer à être ce qu'on n'était pas ». || **redevenir** (XIIIe s.).

dévergonder (se) (XIIe s.), dér. avec le préf. *dé(s)-* de l'a. fr. *vergonde,* var. de *vergogne.* || **dévergondage** (XIXe s.). Voir **vergogne**.

devers, voir **vers**.

déverser, voir **verser**.

dévider (XIe s., d'abord *desvuidier*), dér. de *vuidier, vider* avec le préf. *des-* au sens de « dérouler du fil (pour le mettre en écheveau) »; le sens de « raconter, débiter » date du XVe s. || **dévidoir** (XIIIe s.). Voir **vide**.

dévier (XIVe s.), empr. au lat. tard. *deviare* « s'écarter du droit chemin », au propre et au fig., dér. de *via* (voir **voie**), est d'abord empl. en français au sens fig. || **déviation** (XIVe s.), empr. au lat. tard. *deviatio* « action de s'écarter de l'orthodoxie » est d'abord empl. au sens fig.; **déviationnisme**, **déviationniste** (2e moitié du XXe s.).

devin (XIIe s.), du lat. clas. *divinus* passé par dissimilation à *devinus* en lat. tard. comme le verbe *divinare,* passé à **devinare*, est employé dès l'a. fr. au sens disparu de « théologien » et au sens de « qui pratique la divination ». || **deviner** (XIIe s.), empl. dès l'a. fr. aux sens de « découvrir par intuition » et « prédire »; **devinette** (XIXe s.); **devineresse** (XIIe s.), fém. de *devin,* forme également couple en a. fr. avec *devineur* au sens de « devin »; **divination** (XVIIIe s.), empr. au lat. *divinatio* « art de prédire », a remplacé l'a. fr. *devinoison, devinaison*; **divinatoire** (XIVe s.). Voir **divin**.

deviser (XIIe s.), du lat. vulg. **devisare*, altér. de **divisare,* du supin *devisum* de *dividere* « diviser, partager », est empl. en a. fr. aux sens de « exposer, raconter », de « parler », seul sens conservé en fr. mod., et de « ranger, ordonner, construire un plan »; le sens de « parler » s'est conservé jusqu'au XVIIe s. dans le déverbal **devis** (XIIIe s.), le sens de « description », puis de « description chiffrée », sens usuel en fr. mod., se développant à partir du XVe s. || **devise** (XIIe s.), empl. en a. fr. au sens de « séparation, division », s'emploie aussi en héraldique au sens de « emblème, marque distinctive »; le sens de « formule, sentence » (sur un blason, puis en général) se développe à partir du XVIe s. ; au XIXe s. au sens financier. Voir ***diviser***.

devoir (IXe s.), du lat. *debere* « devoir, être débiteur, être obligé à, être redevable de », sens conservés en fr. ; *devoir*, inf. subst. au sens de « obligation » date du XIIIe s., *dû,* part. pas. subst., du XIVe s. || ***indu*** (XIVe s.), dér. de *dû* ; ***redevoir*** (XIIe s.) ; ***redevance*** (XIIIe s.) ; ***redevable*** (XIIIe s.). Voir ***dette***.

dévolu (XIVe s.), d'abord adj. au sens de « attribué », empr. au part. pas. *devolutus* de *devoluere* « dérouler », qui a pris en lat. tard. le sens de « échoir » ; l'emploi comme subst. d'abord dans le droit canonique, puis au sens général (dans l'expression *jeter son dévolu*) se développe à partir du XVIe s.

dévorer (XIIe s.), empr. au lat. *devorare* « dévorer, engloutir ». || ***dévorateur*** (XIVe s.), empr. au lat. tard. *devorator* ; ***dévoration*** (XIVe s.), empr. au lat. tard. *devoratio.*

dévot (XIIe s.), empr. au lat. *devotus,* part. pas. de *devovere* « vouer, consacrer », qui a pris en lat. eccl. le sens de « voué à Dieu, pieux » ; au XVIIe s. au sens péj. || ***dévotion*** (XIIe s.), empr. au lat. eccl. *devotio* « dévotion », (en lat. clas. « attachement, dévouement »), d'abord empl. au sens de « zèle religieux », au XVIe s., au sens fig. dans l'expression *être à la dévotion de.*

dévouement, **dévouer**, voir ***vœu***.

dévoyer, voir ***voie***.

dextre (XIe s., d'abord *destre*), empl. comme subst. fém. au sens de « main droite », empr. au lat. *dextra, dextera,* « la main droite », fém. de l'adj. *dexter,* « droit », est vieilli ou plaisant en fr. mod. || ***dextérité,*** (XVIe s.), empr. au lat. *dexteritas* « adresse, habileté ». Voir ***destrier***.

di-, préf. empr. au préf. grec *di-* « deux fois » et servant à la construct. de termes sav. comme ***diphtongue***, ***diptyque***, ***dissyllabe***, ***dicéphale***.

di(a)-, préf. empr. au grec *dia* « à travers » et servant à la construct. de termes sav. comme ***diagonale***, ***diachronie***, ***dialyse***, ***diapositive***.

dia (XVIe s.), interjection s. d. d'orig. onomat., employée en couple avec *hue,* pour faire aller les chevaux à gauche ; au XVIe s., au sens fig., *aller, tirer à hue et à dia.*

diabète (XVIe s.), empr. au lat. méd. *diabetes,* du grec *diabêtês* « qui traverse ». || ***diabétique*** (XVIIIe s.).

diable (IXe s., d'abord sous la forme *diaule*), empr. au lat. chrét. *diabolus* « diable », du grec *diabolos* « calomniateur », est en concurrence en a. fr. avec des termes comme *ennemi, aversier* (« adversaire »), *maufé*, pour éviter l'emploi direct du terme ; ***diantre***, forme altérée de *diable*, attestée depuis le XVIe s., est surtout employée comme juron. Les emplois de *diable* au sens fig. et comme interjection sont attestés dès le XIIe s. || ***diablesse*** (XIIIe s.) ; ***diablerie*** (XIIIe s.), d'abord attesté au sens, conservé en fr. mod., de « action inspirée par le diable », a désigné aussi à partir du XVIe s. des pièces ou intermèdes mettant en scène le diable ; ***diabolique*** (XIIIe s.), empr. au lat. *diabolicus,* du grec *diabolikos* « calomniateur, démoniaque » ; ***diablotin*** (XVIe s.), dér. du m. fr. *diablot* ; ***endiablé*** (XVe s.) ; ***diabolo***, désignant un jeu d'abord nommé *diable*, date du début du XXe s. ainsi que *diabolo* « boisson », puis « boisson à la menthe ».

diachronie, mot créé en linguistique en 1916 par F. de Saussure à partir du grec *dia* « à travers » et du rad. *chron-* du grec *khronos* « temps ». || ***diachronique*** (XXe s.).

diacre (XIIe s., d'abord sous la forme *diacne*), empr. au lat. tard. *diaconus,* du grec *diakonos,* « serviteur » et « personne ayant une fonction religieuse », désigne d'abord les fidèles chargés de la distribution des aumônes. || ***diaconesse*** (XIVe s.), empr. au lat. tard. *diaconissa,* du grec, désigne une fille ou veuve chargée de certaines fonctions ecclésiastiques et, dans le protestantisme, une femme vivant en communauté ; ***diaconat*** (XVe s.), empr. au lat. chrét. *diaconatus.*

diacritique (XVIIe s.), empr. au grec *diakritikos* « qui permet de distinguer ».

diadème (XIVe s.), empr. au lat. *diadéma,* du grec *diadéma,* « bandeau entourant la tiare des rois de Perse », puis « bandeau, couronne royale », empl. au sens de « insigne du pouvoir royal », désigne aussi à partir du XVe s. une coiffure, puis au XIXe s. une parure de femme.

diagnostic (XVIIIe s.), subst. issu de l'adj. ***diagnostique*** (XVIe s.), empr. au grec *diagnostikos* « capable de discerner, de diagnostiquer » ; au XIXe s. au sens fig. || ***diagnostiquer*** (XIXe s.).

diagonal (XIIIe s.), empr. au lat. *diagonalis* « qui va d'un angle à un angle opposé », formé sur le grec *dia* « à travers » et *gonia* « angle » ; ***diagonale,*** subst. fém. (XVIe s.), est une abréviation de *ligne diagonale.*

diagramme (XVIe s.), empr. au lat. *diagramma* « échelle des tons », et « tracé, dessin », empr. au grec *diagramma*, comp. de *dia* « à travers » et *graphein* « écrire », est d'abord empl. dans le voc. de la musique et à partir du XIXe s. au sens de « représentation graphique ».

dialecte (XVIe s.), empr. au lat. *dialectus,* du grec *dialektos,* de *dialégein* « parler une langue particulière ». || ***dialectal*** (XIXe s.) ; ***dialectologie*** (fin XIXe s.) ; ***dialectalisme*** (XXe s.).

dialectique (XIIe s.), d'abord attesté comme subst. au sens de « art de raisonner avec méthode », empr. au lat. *dialectica,* du grec *dialektiké (tekhné)* « art de la discussion » ; l'emploi comme adj. date du XIXe s. || ***dialecticien*** (XIIe s.).

dialogue (XIIIe s.), rare avant le XVIe s., empr. au lat. *dialogus*, du grec *dialogos* « entretien, notamment philosophique », sur le modèle des dialogues de Platon, formé sur *logos* « discours », s'est spécialisé en français au sens de « entretien entre deux personnes ou groupes de personnes ». || ***dialoguer*** (XVIIIe s.) ; ***dialoguiste*** (fin XIXe s.), « auteur de dialogues de film ».

dialyse (XVIIIe s.), empr. au grec *dialusis* « séparation, dissolution », au XIXe s. dans le voc. médical.

diamant (XIIe s.), du lat. tard. *diamas, diamantis*, s. d. issu par métathèse de **adimas, adamantis* qui a donné *aimant.* || ***diamantaire*** (XVIIe s.). Voir ***aimant***.

diamètre (XIIIe s.), empr. au lat. *diametrus,* « corde d'un cercle passant par le centre », du grec *diamétros* « diagonale, diamètre », formé de *dia* « à travers » et *metron* « mesure ». || ***diamétral*** (XIIIe s.), empr. au lat. tard. *diametralis* ; ***diamétralement*** (XIVe s.) s'emploie dès le XVIe s. au sens fig.

diane (XVIe s.), empr. à l'ital. *diana* « roulement de tambour signalant le lever du jour », du lat. *Diana* « Diane », au sens propre « la lumineuse ».

diantre, voir ***diable***.

diapason (XIIe s.), rare jusqu'au XVIIe s. pour désigner l'étendue des sons que peut parcourir la voix ou un instrument, du plus aigu au plus grave, est empr. au lat. tard. *diapason* « octave », empr. à l'expression grecque *dia pason khordon* « par toutes les notes » ; au XVIIe s. au sens fig. et au XIXe s. au sens courant de « petit instrument qui donne le *la* ».

diaphane (XIVe s.), empr. au grec *dia-*

phanés « transparent, limpide », de *diaphainein* « laisser voir à travers ».

diaphragme (XIVe s.), empr. au lat. tard. *diaphragma*, lui-même empr. au grec au sens de « séparation, cloison », est d'abord empl. comme terme médical, puis au XVIIe s. comme terme d'optique.

diapositive (XXe s.), d'abord *diapositif*, mot sav. comp. du préf. *dia* et de l'adj. *positif*.

diaprer (XIIIe s.), dér. de l'a. fr. *diaspre* (XIIe s.), « étoffe de soie à ramages ou à arabesques », lui même empr. au lat. méd. *diasprum*, forme altérée du lat. clas. *jaspis* « jaspe ». ‖ ***diaprure*** (XIVe s.).

diarrhée (XIVe s.), empr. au lat. médical *diarrhoea* « flux de ventre », du grec *diarrhoia*, formé sur *rhein* « couler ».

diaspora (XXe s.), empr. au grec *diaspora* « dispersion », désigne spéc. la situation des communautés juives installées hors de Palestine.

diastase (XVIIIe s.), empr. au grec *diastasis* « séparation », d'abord empl. pour désigner une sorte de luxation, puis au XIXe s. dans le voc. de la chimie.

diastole (XIVe s.), empr. au grec *diastolé* « dilatation », d'abord utilisé comme terme de grammaire, puis, au XVIe s., comme terme médical.

diatribe (XVIe s.), empr. au lat. tard. *diatriba* « entretien, discussion » du grec *diatribé* « passe-temps » et notamment « entretien philosophique », d'abord employé au sens de « étude critique », au XVIIIe s. au sens de « discours violent, souvent injurieux ».

dichotomie (XVIIIe s.), empr. au grec *dikhotomia* « division en deux parties égales ». ‖ ***dichotomique*** (XIXe s.).

dictame (XIIe s., d'abord sous la forme pop. *ditan*), empr. au lat. *dictamnum*, du grec *diktamnon* « plante aromatique » ; au XVIIe s., au sens fig. « adoucissement, baume ».

dicter (XIIe s., d'abord sous la forme *ditier*), empr. au lat. *dictare* « dicter, prescrire », dér. de *dicere* « dire », a d'abord signifié en a. fr. « rédiger, composer », puis « prescrire, ordonner » ; au XVIIe s. au sens de « prononcer à haute voix ». ‖ ***dictée*** (XVIIe s.) ; ***diction*** (XIIe s.), empr. au lat. *dictio*, d'abord au sens de « mot, expression », puis, au XVIe s., de « manière de dire » ; ***dictionnaire*** (XVIe s.), empr. au lat. méd. *dictionarium*, dér. de *dictio* ; ***dicton*** (XVe s.), empr. au lat. *dictum* « mot, sentence », neutre subst. de *dictus*, part. pas. de *dicere* ; ***dictaphone*** (XXe s.).

dictateur (XIIIe s.), empr. au lat. *dictator*. ‖ ***dictature*** (XIIIe s.), empr. au lat. *dictatura* ; ***dictatorial*** (XVIIIe s.).

didactique (XVIe s.), empr. au grec *didaktikos* « propre à instruire », dér. de *didaskein* « enseigner ». ‖ ***didactisme*** (XIXe s.).

didascalie (XVIIIe s.), empr. au sens du grec *didaskalia* « enseignement, notice » et « instructions sur la manière de jouer une pièce ».

diérèse (XVIe s.), empr. au grec *diairésis* « séparation » comme terme de phonétique et de prosodie.

dièse, **dièze** (XVIe s.), empr. au lat. *diesis* « quart de ton », puis « demiton », du grec *diésis* « action de séparer », d'où « intervalle » (en musique).

diesel (XXe s.), du nom de l'ingénieur allemand, inventeur de ce type de moteur.

diète 1 (XIIIe s.), empr. au lat. tard. *diaeta*, du grec *diaita* « manière de vivre » et « diète », est d'abord empl. au sens de « manière de vivre, régime », puis de « abstention momentanée de nourriture » (XVIe s.). ‖ ***diététique*** (XVIe s.) ; ***diététicien*** (XIXe s.), empr. au lat. tard. *diaeteticus*.

diète 2 (XVIe s.), « assemblée politique », empr. au lat. méd. *dieta* « jour de travail », formé sur *dies* « jour », et à rapprocher de l'all. *Tag* au sens de « jour » et spéc. « jour assigné, session ».

dieu (IXe s., d'abord sous la forme *deo*), du lat. *deus* « dieu », est employé comme exclamation dès la fin du XIe s. ; le comp. *adieu* date du XIIe s. ; *dieu* entre souvent sous la forme altérée *bleu* dans la composition de nombreux jurons comme *corbleu* « par le corps de Dieu », *morbleu*, et aussi *mordienne, mordieu* « par la mort de Dieu », *parbleu, sacrebleu, tudieu*, etc. || ***bondieuserie*** (XIXe s.), fait sur *bon dieu* ; ***déicide*** (XVIe s.), empr. au lat. chrét. *deicida* fait sur le modèle de *homicida* « homicide » ; ***déifier*** (XIVe s.), empr. au lat. chrét. *deificare* « considérer comme un dieu » ; ***déisme*** (XVIIe s.), dér. sav. du lat. *deus* au sens de « croyance en Dieu, indépendamment de toute religion révélée » ; ***déiste*** (XVIe s.) ; ***déification*** (XIVe s.), empr. au lat. *deificatio* « action de déifier ».

diffamer (XIIe s.), empr. au lat. tard. *diffamare*, formé avec le préf. *dis-* sur *fama* « réputation, renommée », au sens de « décrier ». || ***diffamation*** (XIVe s.), empr. au lat. tard. *diffamatio* « action de divulguer, de répandre » qui a pris le sens péj. de « calomnie », a évincé l'a. fr. *difame* (XIIIe s.) ; ***diffamatoire*** (XIVe s.).

différer (XVIe s.), empr. avec chang. de conj. au lat. *differre* aux deux sens de « être différent » (XIVe s.) et de « retarder l'accomplissement de » (XIIIe s.). || ***différence*** (XIIIe s.), empr. au lat. *differentia* « différence, caractère spécifique » ; ***différencier***, ***différentier*** (XIVe s.) ; ***différenciation***, ***différentiation*** (XIXe s.) ; ***différent***, adj. (XIVe s.), empr. au lat. *differens*, distingué en fr. mod. par le *t* final, de ***différend***, empl. au sens de « désaccord, querelle » ; ***indifférent*** (XIVe s.), empr. au lat. *indifferens* ; ***indifférence*** (XIVe s.), empr. au lat. tard *indifferentia* ; ***indifférer*** (XIXe s.).

difficile, **difficulté**, voir ***facile***.

difforme (XIIIe s.), empr. au lat. méd. *difformis*, du lat. clas. *deformis* « laid, difforme », issu de *forma* « forme, beauté ». || ***difformité*** (XIVe s.), empr. au lat. méd. *difformitas*, du lat. clas. *deformitas* « difformité, laideur ».

diffraction (XVIIe s.), dér. du lat. *diffractum*, forme issue de *diffringere* « briser » avec le suffixe *-(t)ion*. || ***diffracter*** (XIXe s.).

diffus (XIVe s.), empr. au lat. *diffusus*, part. pas. de *diffundere* « répandre », au sens de « qui délaye trop sa pensée » (XVIIe s.). || ***diffuser*** (XVe s.), a pris aussi en fr. mod., comme le subst. ***diffusion*** (XVIe s., empr. au lat. *diffusio*), le sens de « répandre un ouvrage » et tout particulièrement au XXe s. le sens de « transmettre par le moyen de la radio ou de la télévision » ; ***rediffuser*** (XXe s.).

digérer (XIIIe s.), empr. au lat. *digerere* « mettre en ordre, répartir » d'où « dissoudre, digérer », d'abord attesté au sens médical, s'emploie aussi à partir du XVe s. au sens de « examiner soigneusement », d'où « assimiler » et au sens fig. de « supporter qq. ch., se résigner à », d'où « croire » (XVIIe s., fam.). || ***digestion*** (XIIIe s.), empr. au lat. *digestio* « classement » et spéc. « répartition de la nourriture dans le corps » ; ***digeste*** (XIIIe s.), empr. au lat. *digestus*, part. pas. de *digerere*, d'abord « qui a été digéré », au XIXe s. au sens de « facile à digérer » ; ***indigeste*** (XIVe s.), à partir du XVIe s. au sens de « difficile à digérer » ; ***indigestion*** (XIIIe s.), empr. au lat. *indigestio* ; ***digestif*** (XIIIe s.), empr. au lat. *digestivus*, de même sens, subst. au XVIe s. ; ***digest*** « résumé, condensé d'un livre » (XXe s.) est un empr. à l'angl. *digest*, de même sens, (du lat. *Digesta* « œuvre disposée en chapitres » et spéc. « recueil des décisions des plus célèbres jurisconsultes romains »).

digital, voir ***doigt***.

digne (XIe s.), empr. au lat. *dignus* « digne de ». || ***dignité*** (XIIe s.), empr. au lat. *dignitas, dignitatis* qui a donné en a. fr. *deintier* au sens de « mets délicats » et plus spécialement de « testicules du cerf » (ou *daintiers*) ; ***dignitaire*** (XVIIIe s.) ; ***indigne*** (XIIIe s.), empr. au lat. *indignus* « qui ne mérite pas » ; ***indignité*** (XVe s.), empr. au lat. *indignitas* « indignité de qqn, conduite indigne » ; ***indignation*** (XIIe s.), empr. au lat. *indignatio*, de même sens.

digression (XIIe s.), empr. au lat. *digressio* « action de s'éloigner », spécialisé comme terme de rhétorique. || ***digresser***, ***digressif*** (XIXe s.).

digue (XIIIe s., d'abord *diic*), du m. néerl. *dijc*, au XVIIe s. au sens fig. || ***endiguer***, ***endiguement*** (XIXe s.).

diktat, **dictat** (XXe s.), empr. à l'all. *Diktat* au sens de « ce qui est imposé par une force extérieure », dér. du lat. *dictare*. Voir ***dicter***.

dilacérer, **dilacération**, voir ***lacérer***.

dilapider (XIIIe s.), empr. au lat. *dilapidare* « cribler de pierres », d'où « disperser, gaspiller ». || ***dilapidation*** (XVe s.), empr. au lat. tard *dilapidatio* « destruction », rare avant le XVIIIe s. ; ***dilapidateur*** (XVe s.). Voir ***lapider***.

dilater (XIVe s.), empr. au lat. *dilatare* « élargir, étendre » au sens propre comme fig., formé sur *latus* « large ». || ***dilatation*** (XIVe s.), empr. au lat. tard. *dilatatio* « extension » au propre et au fig., est d'abord attesté au sens médical.

dilatoire (XIIIe s.), « qui tend à retarder, à prolonger », terme jur., empr. au lat. tard. *dilatorius* formé sur le supin *dilatum* de *differre* « retarder ».

dilection (XIIe s.), empr. au lat. chrét. *dilectio* « amour », formé sur *diligere* « chérir ». || ***prédilection*** (XVe s.).

dilemme (XVIe s.), empr. au lat. tard. *dilemma*, terme de logique, du grec *dilemma* formé de *dis* « deux fois » et *lemma* « argument ». Voir ***lemme***.

dilettante (XVIIIe s.), empr. à l'ital. d'abord au sens de « amateur de musique italienne », puis « amateur en général », formé sur *dilettare* « délecter ». || ***dilettantisme*** (XIXe s.).

diligent (XIIIe s.), empr. au lat. *diligens,* « qui manifeste un soin empressé », de *diligere* « chérir, aimer ». || ***diligence*** (XIIe s.), empr. au lat. *diligentia* « soin scrupuleux », vieilli en fr. au sens de « soin, minutie », s'emploie à partir du XVe s. au sens de « hâte, empressement » ; *voiture de diligence* (XVIe s.) puis *diligence,* appelée s. d. ainsi à cause de sa rapidité ; ***diligenter*** (XVe s.), spéc. en fr. mod. dans le voc. admin. et jur.

diluer (XVe s.), empr. au lat. *diluere* « détremper, dissoudre », rare avant le XIXe s. || ***dilution*** (XIXe s.).

diluvien (XVIIIe s.), formé sur le lat. *diluvium* « déluge ». || ***antédiluvien*** (XVIIIe s.), s. d. empr. à l'angl. *antediluvian.* Voir ***déluge***.

dimanche (XIIe s., d'abord sous la forme *diemanche*), du lat. chrét. *dies dominicus* « jour du Seigneur », passé par dissimilation à **diominicus*. || ***endimancher*** (XVIe s.) ; ***dominical*** (XVe s.), empr. au lat. tard. *dominicalis* « relatif au seigneur ».

dîme (XIIe s., d'abord *disme*), « le dixième », du lat. *decima (pars)*, pour désigner, dès l'époque romaine, un impôt s'élevant au dixième des récoltes.

dimension (XIVe s.), empr. au lat. *dimensio* « mesurage », qui a pris en lat. tard. le sens de « dimension », formé sur le supin *dimensum* de *dimetiri* « mesurer en tous sens ».

diminuer (XIVe s.), empr. au lat. *diminuere,* altération de *deminuere*

« amoindrir, affaiblir » formé sur *minus* « moins ». || ***diminution*** (XIIIe s.), empr. au lat. *diminutio*, altér. de *deminutio*, aussi employé au sens fig. à partir du XVIIe s. ; ***diminutif*** (XVe s.), empr. au lat. tard. *diminutivus*, usuel comme terme de gram. à partir du XVIe s.

dinar (XVIIe s.), empr. à l'ar. *dinar* « pièce de monnaie en or », lui-même du lat. *denarius* « denier ».

dînatoire, voir ***déjeuner***.

dinde (XVIIe s.), abrév. de « coq, poule d'Inde », qui désigne en a. fr. la pintade ; *Inde* renvoie à l'Abyssinie où la pintade vivait à l'état sauvage. L'expression a été ensuite appliquée à la dinde et au dindon, découverts par les Espagnols lors de la conquête du Mexique. || ***dindon*** (XVIIe s.), au XVIIIe s. au sens fig. (*être le dindon de la farce*) ; ***dindonneau*** (XVIIe s.).

dîner, **dînette**, voir ***déjeuner***.

dinguer (XIXe s.), mot pop. formé sur le rad. onomat. *ding-* var. de *dind-* exprimant le balancement, au sens de « aller de-ci de-là, divaguer ». || ***dingue*** (XXe s.) ; ***dingo*** (fin XIXe s.), tous deux fam. et pop.

dinosaure (XIXe s.), empr. à l'angl. *dinosaur*, du lat. *dinosaurus*, formé à partir du grec *deinos* « qui inspire la crainte » et *sauros* « lézard ».

diocèse (XIIIe s.), empr. au lat. *diocesis*, du grec *dioikésis* « administration », qui a pris en lat. eccl. le sens de « circonscription administrée par un évêque ». || ***diocésain*** (XIIIe s.), empr. au lat. chrét. *diocesanus*.

dionysiaque, **dionysien** (XVIIIe s.), termes formés sur le nom du dieu grec *Dionysos*, autre nom de Bacchus, et employés au sens propre comme au sens fig.

dioptrique (XVIIe s.), empr. au grec *dioptriké* « art de mesurer les distances », dér. de *dioptron* « ce qui sert à voir au travers ». || ***dioptrie*** (XIXe s.).

diorama (XIXe s.), mot formé sur le modèle de *panorama* avec le préf. *dia-*, au sens de « tableau donnant l'illusion du mouvement ».

diphtérie (XIXe s.), terme sav. formé à partir du grec *diphtéra* « membrane ». || ***diphtérique*** (XIXe s.).

diphtongue (XIIIe s.), empr. au lat. gram. *diphtongus*, du grec *diphtongos* « son double ». || ***diphtonguer*** (XVIe s.) ; ***diphtongaison*** (XIXe s.).

diplodocus (XIXe s.), comp. du grec *diplous* « double » et *dokos* « poutre », en raison de la morphologie de l'animal.

diplôme (XVIIe s.), empr. au lat. imp. *diploma* « pièce officielle », du grec *diplôma* « papier, tablette pliés en deux », est d'abord empl. au sens de « décret, charte », puis de « pièce officielle conférant un titre, un grade » (XIXe s.). || ***diplomatique*** (XVIIIe s.), empr. au lat. scient. moderne *diplomaticus*, dér. de *diploma*, s'emploie comme adj. au sens de « relatif aux diplômes, aux chartes », comme subst. fém. (*la diplomatique*), et comme adj. au sens de « relatif à la diplomatie », au XIXe s. au sens fig. ; ***diplomatie*** (XVIIIe s.), au sens propre et au sens fig. ; ***diplomate*** (XVIIIe s.), au XXe s. désigne aussi une sorte de gâteau.

diptyque (XVIIe s.), empr. au lat. tard. *diptycha*, du grec, désignant des tablettes doubles repliables.

dire (Xe s.), du lat. *dicere*, s'emploie aussi à partir du XIIIe s. comme subst. au sens de « parole ». Le part. pas. *dit* (XIIe s.), d'abord empl. au sens de « propos, paroles », puis de « parole donnée », désigne aussi en a. fr. une forme littéraire. Il entre dans la composition de termes comme *on-dit* (XVIIIe s.), *susdit* (XVIIe s.), au sens de « ci-dessus dit », *soi-disant* (XVe s.), *qu'en-dira-t-on* (XVIIe s.). || ***dédire***, ***dédit*** (XIIe s.) ; ***redire*** (XIIe s.) ; ***redite*** (XIVe s.) ; ***dicible*** (XVIe s.), empr. au lat. eccl. *dicibilis* « qui peut être dit, exprimable » ; ***indicible*** (XVe s.), empr. au lat. tard. *indicibilis* « inexprimable ». Voir ***contredire***, ***maudire***, ***médire***, ***prédire***.

direct (XIIIe s.), empr. au lat. *directus* « droit, sans détour », au sens propre et au sens fig., dér. de *dirigere* « diriger », est rare avant le XVIe s. || ***directeur*** (XVe s.), empr. au lat. tard. *director* « celui qui guide » ; ***direction*** (XIVe s.), empr. au lat. *directio* « ligne droite », qui a pris en lat. tard. le sens de « action de diriger vers un but », est empl. au sens de « action de diriger », au XVIe s. « directive, instruction », à partir du XVIIIe s. aux sens de « charge de directeur » et de « ensemble des services confiés à un directeur » ; à partir du XVIIIe s. au sens courant de « orientation, voie à suivre » ; au XXe s. comme terme tech. (*direction à vis, direction assistée,* etc.) ; ***directionnel*** (XXe s.) ; ***directif*** (XVe s.) ; ***directoire*** (XVe s.), spéc. au XVIIIe s. au sens de « conseil, tribunal élu » ; *le Directoire,* régime politique de la France de 1795 à 1799 ; ***directive***, ***directivité*** (XXe s.) ; ***indirect*** (XIVe s.), empr. au lat. *indirectus.*

diriger (XIVe s.), empr. au lat. *dirigere* « donner une direction, régler » ; les emplois au sens fig. de *diriger,* comme de *direction* et de *directeur,* notamment dans le voc. de la religion (*direction, directeur de conscience*), se développent à partir du XVIIe s. || ***dirigeable*** (XVIIIe s.), adj. et subst. ; ***dirigiste***, ***dirigisme*** (XXe s.).

dirimant (XVIIIe s.), « qui met obstacle à » (*empêchement dirimant*), empr. au lat. *dirimere* « séparer » aux sens propre et fig., d'où « annuler » en lat. chrét.

dis-, préf. d'orig. lat. exprimant la négation, la séparation.

discerner (XIIIe s.), empr. au lat. *discernere* « séparer, distinguer », est d'abord empl. au sens propre de « séparer », puis, au XIVe s., de « distinguer, identifier ». || ***discernement*** (XVIe s.), aussi empl. au sens propre de « séparation » au XVIIe s. ; ***discernable*** (XVIe s.), rare avant le XVIIIe s. Voir ***discret***.

disciple (XIIe s., d'abord *deciple*), empr. au lat. *discipulus* « élève » spécialisé en lat. chrét. au sens de « disciple du Christ, apôtre », est empl. dès l'a. fr. en ce sens et au sens général de « personne qui suit les préceptes de qqn ».

discipline (XIe s.), empr. au lat. *disciplina*, attesté en lat. clas. au sens de « action d'apprendre, matière d'enseignement, éducation », d'où « règles de vie » et spéc. en lat. chrét. aux sens de « règle monastique » et de « châtiment (imposé par la règle) », est empl. jusqu'au XIVe s. aux sens de « punition, châtiment, flagellation », de « instrument de flagellation » et de « massacre, carnage » ; dès le XIIe s. aux sens de « règle de conduite » et de « enseignement », au XIVe s. au sens de « matière enseignée ». || ***discipliner*** (XIIe s.), empr. au lat. chrét. *disciplinare*, s'emploie dès l'a. fr. aux sens de « châtier corporellement » et de « soumettre à une règle » ; ***disciplinaire*** (XVIe s.), repris au XIXe s. ; ***indiscipline*** (XVIe s.), empr. au lat. tard. *indisciplina* « manque d'instruction ».

discobole, voir ***disque***.

discontinu, voir ***continu***.

disconvenir, **disconvenance**, voir ***convenir***.

discorde (XIIe s.), empr. au lat. *discordia* « désordre, désunion » formé avec le préf. *dis-* et un rad. dérivé de *cor, cordis* « cœur ». L'a. fr. connaît aussi au sens de « querelle, brouille » une forme *descort* (fr. mod. *discord,* rare), qui désigne également un genre poétique. || ***discordant, discordance*** (XIIe s., d'abord *descordant, descordance*) formés sur *discorder*, en a. fr. *descorder* (XIIe s.), empr. au lat. *discordare* « être en désaccord, en discordance », au propre et au fig. L'emploi au sens musical de ces trois mots s'est développé à partir du XIIIe s. en relation avec *accorder*.

discount (XXe s.), mot angl. « rabais ».

discourir (XVIe s.), réfection d'après *courir* de l'a. fr. *descorre* (XIIe s.), « parcourir », empr. au lat. *discurrere* « courir en tous sens » puis, en lat. tard. « parler ». || ***discours*** (XVIe s.), empr., avec l'influence de *cours,* au lat. *discursus* qui a suivi l'évol. de *discurrere* ; ***discursif*** (XVIe s.), empr. au lat. scolast. *discursivus* « relatif au discours ».

discret (XIIe s.), empr. au lat. *discretus* « séparé, divisé », en lat. tard. « apte à juger », part. pas. de *discernere* (voir ***discerner***), est d'abord empl. au sens de « qui sait discerner » puis, à partir du XIVe s., de « qui témoigne de retenue, qui sait garder un secret ». || ***discrétion*** (XIIe s.), empr. au lat. tard. *discretio* « action de séparer », d'où « prudence, mesure », est empl. dès l'a. fr. au sens de « discernement », d'où les expressions *s'en remettre à la discrétion de* « à la libre appréciation de », *à discrétion* (XVIe s.), « à volonté, sans mesure », et a connu la même évol. que l'adj. ; ***indiscrétion*** (XIIe s.), empr. au lat. chrét. *indiscretio* « manque de discernement », d'abord empl. en fr. en ce sens ; ***indiscret*** (XIVe s.), empr. au lat. *indiscretus* ; ***discrétionnaire*** (XVIIIe s.).

discriminant, **discrimination**, **discriminer** (XIXe s.), mots sav. empr. au lat. *discriminans, discriminatio, discriminare* « séparer, distinguer », formé de *dis-* et *crimen* « point de séparation ». || ***discriminatoire*** (XXe s.), péj. « qui distingue, sépare (en rabaissant injustement) ».

disculper (XVIe s.), réfection, d'après le lat. *culpa* « faute » et le lat. méd. *disculpare,* de l'a. fr. *descouper, soi descouper,* dér. de *colpe, coulpe* « faute, péché ». Voir ***coulpe***.

discuter (XIVe s.), empr. au lat. tard. *discutere* « examiner, discuter », dér. de *dis-* et de *quatere* « secouer ». || ***discussion*** (XIIIe s.), empr. au lat. imp. *discussio* « examen attentif » ; ***discutable*** (XVIIIe s.) ; ***indiscutable*** (XIXe s.).

disert (XIVe s.), empr. au lat. *disertus* « qui parle facilement ».

disette (XIIIe s.), d'orig. obsc., p.-ê. du grec *disékhtos* « année bissextile », d'où « année malheureuse ».

disloquer (XVIe s.), doublet sav. de l'a. fr. *desloer, desloier,* empr. au lat. méd. médical *dislocare* « disloquer », du lat. vulg. **dislocare* « enlever de son lieu », est attesté au sens propre et au sens fig. à partir du XVIe s. || ***dislocation*** (XIVe s.), empr. au lat. méd. médical *dislocatio* « luxation », s'emploie aussi au sens fig. à partir du XVIe s.

disparaître, **disparition**, voir ***paraître***.

disparate (XVIIIe s.), adj. et subst. fém., empr. au lat. *disparatus* « différent », de *disparare* « diversifier ». Le genre du subst. s'explique par l'influence de *disparate*, « acte extravagant », subst. fém. empr. au début du XVIIe s. à l'esp. *disparate,* même sens.

disparité (XIIIe s.), formé sur l'adj. lat. *dispar* « inégal », comme antonyme à *parité*.

dispendieux (XVe s.), empr. au lat. imp. *dispendiosus* « dommageable », dér. du lat. *dispendium* « dépense, frais ». Voir ***dépens***, ***dépenser***.

dispenser (XIIIe s.), empr. au lat. *dispensare* « partager, distribuer », dér. de *dispendere* « distribuer », et qui a pris en lat. eccl. le sens de « accorder une dispense, autoriser à ne pas faire ». || ***dispense*** (XVe s.), déverbal de *dispenser* ; ***indispensable*** (XVIIe s.) ; ***dispensaire*** (XVIe s.), d'abord au sens, dér. de *dispenser* « doser », de « recueil de recettes pharmaceutiques », le sens du fr. mod. « établissement médical » (XVIIIe s.), étant empr. à l'angl. *dispensary*, dér. de *to dispense* « attribuer, distribuer », lui-même empr. au fr.

disperser (XVe s.), formé sur *dispersus*, part. pas. de *dispergere* « répandre çà et là » ou réfection du m. fr. *dispers, disperger*, de même orig. || ***dispersion*** (XIIIe s.), empr. au lat. tard. *dispersio* « dispersion, destruction », s'emploie aussi au sens fig. à partir du XIXe s.

dispos (XVe s.), adaptation de l'ital. *disposto* « qui est en bon état physique » de *disporre* « arranger, disposer », du lat. *disponere*.

disposer (XIIIe s.), empr., avec influence de *poser,* au lat. *disponere* « mettre en ordre, arranger ». *Disposer de* au sens de « décider de » et « utiliser à sa convenance qqn ou qq. ch. » date du XIIIe s. ; *disposé (bien ou mal)*, empl. au XIVe s. au sens propre, au XVIIe s. au sens fig. || ***disposition*** (XIIe s.), « manière de disposer », puis « manière d'être disposé » au sens propre, puis au sens fig., est empr. au lat. *dispositio* « manière d'arranger », qui a pris en lat. tard. le sens de « clause d'un acte juridique », sens attesté en fr. à partir du XVe s. ; ***dispositif*** (XIVe s.), d'abord attesté comme terme de droit, au XVIIIe s. dans le voc. militaire ; ***disponible*** (XVe s.), empr. au lat. méd. *disponibilis*, d'abord au sens de « dont on peut disposer », puis, au XIXe s., au sens de « qui est libre de tout engagement » ; ***indisponible*** (XVIIIe s.) ; ***disponibilité*** (XVe s.), a suivi la même évol. que l'adj. ; ***indisposer*** (XVe s.), au XIXe s. *indisposée* « qui a ses règles » ; ***indisposition*** (XVe s.) ; ***prédisposer*** (XVIIIe s.) ; ***prédisposition*** (XVIIIe s.).

disputer (XIIe s.), empr. au lat. *disputare* « examiner, discuter », d'abord empl. au sens de « discuter, débattre », puis à partir du XVIIe s. au sens de « rivaliser avec, (se) quereller ». || ***dispute*** (XVe s.), d'abord au sens (vieilli) de « discussion », a suivi l'évol. du verbe.

disque (XVIe s.), empr. au lat. *discus* « palet », connaît de nombreux emplois tech. depuis la fin du XIXe s. pour désigner des objets de forme circulaire et plate. || ***discobole*** (XVIe s.), empr. au lat. *discobolus,* du grec *diskobolos* « lanceur de disque » ; ***discothèque*** (XXe s.), formé d'après *bibliothèque* ; ***disquaire***, ***discophile***, ***discographie***, ***disquette*** (XXe s.).

dissection, voir ***disséquer***.

disséminer (XVIe s.), empr. au lat. *disseminare* « propager, répandre », formé sur *semen* « semence ». || ***dissémination*** (XVIIe s.), empr. au lat. tard. *disseminatio* « action de répandre ».

dissension (XIIe s.), empr. au lat. clas. *dissensio* « divergence d'opinions », de *dissentire* « être en désaccord » ; ***dissentiment*** (XIVe s.), vient sans doute du m. fr. *dissentir*, vieilli depuis le XVIIe s., empr. au lat. *dissentire.*

disséquer (XVIe s.), empr. au lat. *dissecare* « dépecer, découper », de *secare* « couper », est aussi empl. à partir du XVIIIe s. au sens fig. || ***dissection*** (XVIe s.), empr. au lat. tard *dissectio* « taille, coupe ».

disserter (XVIIIe s.), empr. au lat. imp. *dissertare* « discuter », fréquent. de *disserere* « enchaîner à la file des idées ». || ***dissertation*** (XVIIe s.), empr. au lat. imp. *dissertatio* « traité, étude », empl. au XVIIe s. au sens de « discussion », au XIXe s. au sens de « composition scolaire ».

dissident (XVIe s.), empr. au lat. *dissidens,* part. prés. de *dissidere* « être séparé, en désaccord », formé sur *dis-* et *sedere* « s'asseoir », s'emploie à partir du XVIIIe s. pour qualifier toutes sortes d'opposants, religieux, politiques, artistiques, etc. || ***dissidence*** (XVIe s.), empr. au lat. *dissidentia* « opposition », a suivi la même évol.

dissimiler, **dissimilitude**, voir ***assimiler***.

dissimuler, **dissimulation**, voir ***simuler***.

dissiper (XIIe s.), empr. au lat. *dissipare* « disperser, anéantir », est d'abord empl. au sens de « anéantir en dispersant », puis au sens de « gaspiller, dépenser sans compter » (XIVe s.) ; au XVIIe s. au sens fig. « laisser aller son esprit ». || ***dissipation*** (XVe s.), empr. au lat. *dissipatio* « dispersion, gaspillage » a suivi l'évol. du verbe.

dissocier (XVe s.), empr. au lat. *dissociare* « séparer, désunir », formé sur *sociare* « associer, unir », *de socius* « allié » et le préf. *dis-*, est rare avant le XIXe s. au sens propre « séparer des éléments associés » comme au sens fig. || ***dissociation*** (XVe s.). Voir ***associer***.

dissoner (XIVe s.), empr. au lat. imp. *dissonare* « rendre des sons discordants » et au sens fig. « différer », est empl. dès le m. fr., comme ***dissonance*** (XVe s.), au sens propre (voc. musical) et au sens fig. Voir ***assonance***.

dissoudre (XIIe s.), empr. au lat. *dissolvere* « détruire » et dont la conjug. a été refaite sur *absoudre*, est d'abord empl. en a. fr. ainsi que *dissolu* (empr. au lat. *dissolutus* « relâché, dépravé ») au sens fig. L'emploi dans le voc. de la chimie se développe à partir du XVIe s. || ***dissolution*** (XIIe s.), empr. au lat. *dissolutio* « dissolution » et « destruction », a suivi l'évol. du verbe ; ***indissoluble*** (XVe s.), empr. au lat. *indissolubilis* ; ***indissolubilité*** (XVIIe s.) ; ***dissolvant*** (XVIe s.) ; ***dissous*** (XVIIe s.).

dissuader (XIVe s.), empr. au lat. *dissuadere* « déconseiller qq. ch. », de *suadere* « persuader ». || ***dissuasion*** (XIVe s.), empr. au lat. *dissuasio* « action de parler contre, de détourner », d'abord empl. au sens du lat., est aussi empl. dans le voc. militaire et politique dans la 2e moitié du XXe s. comme ***dissuasif*** (XVIe s.), rare avant le XXe s.

dissyllabe, voir ***syllabe***.

distance (XIIe s.), empr. au lat. *distantia* « éloignement » et au fig. « différence », dérivé de *distare* « être éloigné, différent », est empl. au sens propre et au sens fig. dès l'a. fr. || ***distant*** (XIVe s.), empr. au part. prés. *distans* de *distare*, au XIXe s. au sens fig. ; ***distancer*** (XIVe s.), d'abord « être éloigné de », est usuel en fr. mod. au sens de « dépasser dans une course » (XIXe s.) sous l'influence de l'angl. *to distance* ; ***distanciation*** (XXe s.), dans le voc. de la critique théâtrale et littéraire.

distendre, **distension**, voir ***tendre*** (verbe).

distiller (XIIIe s.), empr. au lat. imp. *distillare* « faire tomber goutte à goutte », de *stilla* « goutte » ; le sens tech. ainsi que celui du dér. ***distillation*** (XIVe s., empr. au lat. *distillatio*) viennent du lat. méd. || ***distillateur*** (XVIe s.) ; ***distillerie*** (XVIIIe s.), dér. du rad. de *distiller*, p.-ê. sous l'infl. de l'angl. *distillery*.

distinguer (XIVe s.), empr. au lat. *distinguere* « séparer, différencier », formé sur *distinctus* « distinct », est aussi empl. au sens fig. « élever qqn du commun » à partir du XVIIe s. || ***distinct*** (XIIIe s.), empr. au lat. *distinctus* ; ***distinction*** (XIIe s.), empr. au lat. *distinctio* « action de distinguer, honneur », d'abord empl. au sens de « état de ce qui est différencié », puis, au XVIe s., au sens fig. de « subtilités, finesses de l'esprit », au XVIIe s. au sens de « supériorité qui place qqn au dessus du commun » et de « marque d'estime, honneur », au XIXe s. au sens courant de « manières élégantes dans le langage, la tenue » ; ***distinctif*** (XIVe s.) ; ***distinguo*** (XVIe s.), d'abord terme de logique « distinction dans une argumentation », puis en fr. mod. et fam. « distinction trop subtile », est empr. au lat. de la scolastique (*distinguo* « je distingue ») ; ***indistinct*** (XVIe s.), empr. au lat. *indistinctus* « indistinct, obscur » ; ***indistinction*** (XVIIIe s.).

distique (XVIe s.), empr. au lat. *distichon,* du grec *distikhon* « groupe de deux vers » formé sur *dis-* « deux fois » et *stikhos* « vers ».

distordre, **distorsion**, voir ***tordre***.

distraire (XIVe s.), empr. au lat. *distrahere* « tirer en divers sens », avec influence de *traire*. Le sens de l'a. fr. *detraire* (XIIe s.) « détourner de » se conserve dans les emplois (vieillis) de *distraire* au sens de « séparer, soustraire » ou au sens de « détourner l'esprit, son esprit, de » ; le sens de « (se) divertir » est tardif (fin XVIIIe s.). || ***distrait*** (XVIe s.), ***distraction*** (XIVe s.), empr. au lat. *distractio*, « déchirement, séparation » ont suivi l'évol. du verbe ; ***distrayant*** (XVIe s.).

distribuer (XIIIe s.), empr. au lat. *distribuere* « répartir, partager ». || ***distribution*** (XIVe s.), empr. au lat. *distributio* « division, distribution » ; ***distributif*** (XIVe s.), empr. au lat. *distributivus*, aussi empl. à partir du XVIIe s. dans le voc. de la gram. comme ***distributionnel*** (2e moitié du XXe s.) ; ***distributeur*** (XIVe s.), empr. au lat. tard. *distributor.*

district (XVe s.), empr. au lat. tard. *districtus* « territoire » dér. du supin *districtum* de *distringere* (voir ***détroit***), a éliminé l'a. fr. *destroit* et est d'abord empl. au sens de « circonscription territoriale », puis de « subdivision de département » (1789) et par extension (XXe s.) « groupement administratif de communes voisines ».

dithyrambe (XVIe s.), empr. au lat. *dithyrambus,* du grec *dithurambos* « poème lyrique en l'honneur de Bacchus ». || ***dithyrambique*** (XVIe s.), empr. au lat. *dithyrambicus,* du grec *dithurambikos,* empl. au sens propre, et surtout au sens fig. de « éloge (trop) enthousiaste ».

dito (XVIIIe s.), adaptation de l'ital. *ditto*, part. pas. de *dire* au sens de « déjà dit, de même ».

diurèse (XVIIIe s.), empr. au lat. médic. *diuresis,* du grec *diourein* « uriner ». || ***diurétique*** (XIIIe s.), empr. au lat. tard. *diureticus.*

diurne (XVe s.), empr. au lat. *diurnus* « de jour », formé sur *dies* « jour ».

diva (XIXe s.), mot ital., au sens propre « déesse », appliqué à une cantatrice de grand talent. || ***divette*** (XIXe s.), vieilli, vient de l'ital. *divetta* « chanteuse de café-concert ».

divaguer (XVIe s.), empr. au lat. tard. *divagari* « errer çà et là », vieilli au sens propre de « errer », est empl. en fr. mod. au sens fig. de « déraisonner » (XVIe s.). || ***divagation*** (XVIe s.), a suivi l'évol. du verbe.

divan (XVIe s.), empr. au turc *divan* (du persan *diwan* « registre, recueil de feuilles »), « conseil, salle du conseil », est d'abord empl. en ce sens, puis au sens de « salle de réception à l'orientale » ; au XVIIIe s. au sens de « siège sans dossier ni bras ».

diverger (XVIIIe s.), empr. au lat. tard. *divergere* « pencher, incliner », empl. comme antonyme de *converger*, est d'abord empl. comme terme tech., au XIXe s. au sens fig. || ***divergent*** (XVIIe s.), empr. au lat. scient. *divergens,* et ***divergence*** (XVIIe s.), empr. au lat. scient. *divergentia*, ont suivi l'évol. du verbe.

divers (XIIe s.), empr. au lat. *diversus*, part. pas. de *divertere* « aller dans des directions contraires » d'où « opposé, contraire », en lat. tard. « varié » et, au pluriel, « plusieurs », est également empl. en a. fr. et jusqu'au XVIe s. au sens de « hostile, effrayant » ; *divers* est aussi empl. comme adj. indéfini (au pluriel et antéposé) au sens de « plusieurs ». || ***diversité*** (XIIe s.), empr. au lat. *diversitas* « variété, divergence » ; ***diversion*** (XIVe s.), empr. au lat. *diversio* « diversion, digression », est d'abord attesté dans le voc. médic., puis dans le voc. militaire et, à partir du XVIe s., au sens fig. ; ***diversifier*** (XIIIe s.) ; ***diversification*** (XIIIe s.), au XIVe s. « action de diversifier », est rare avant le XIXe s. ; ***diversement*** (XIIe s.).

divertir (XIVe s.), empr. avec chang. de conj. au lat. tard. *divertere* « se détourner, se séparer », de *vertere* « se tourner », a signifié jusqu'au XVIe s. « détourner de qq. ch. », d'où au XVIIe s. « distraire ». || ***divertissement*** (XVe s.) a suivi la même évol.

dividende (XVIe s.), empr. au lat. tard. *dividendus* « dividende », adj. verbal dér. de *dividere* « diviser », terme d'arithmétique, puis de finances.

divin (XIe s.), adj. d'abord sous la forme *devin* (voir ce mot), empr. au lat. *divinus* « des dieux, de Dieu, merveilleux, excellent » ; l'emploi comme subst., attesté au XVIe s., se développe au XIXe s., l'emploi fig. « beau, excellent » est attesté à partir du XVIe s. || ***divinité*** (XIIe s.), empr. au lat. *divinitas* « être divin, perfection, excellence », qui en lat. chrét. a également désigné Dieu ; à partir du XVIe s. au sens fig. ; ***diviniser*** (XVIe s.), dér. de *divin,* d'abord empl. au sens de « mettre au rang des dieux », puis de « exalter » (XVIe s.) ; ***divinisation*** (XVIIIe s.). Voir ***devin***.

divination, voir ***devin***, ***deviner***.

diviser (XIVe s., rare avant le XVIe s.), est une réfection d'après le lat. *dividere* « diviser » de l'a. fr. *deviser* « diviser, séparer » ; au XVIe s. au sens fig. || ***division*** (XIIe s.), empr. au lat. *divisio* « partage, distribution », est d'abord empl. au sens de « action de diviser », puis dans le voc. de l'arithmétique (XIIIe s.) ; le sens militaire « unité d'une armée » (voir *divisionnaire,* XVIIIe s.) date du XVIIe s., le sens fig. « dissension », du XVe s. ; ***diviseur*** (XIIIe s.), empr. au lat. *divisor* « celui qui partage, qui répartit », est attesté dans le voc. de l'arithmétique à partir du XVe s. ; ***divisible*** (XIVe s.), empr. au lat. tard. *divisibilis* ; ***divisibilité*** (fin XIVe-début XVe s.) ; ***indivisible*** (XIVe s.), empr. au lat. tard. *indivisibilis ;* ***indivision*** (XVIe s.), rare jusqu'au début du XIXe s. ; ***indivis***, empr. au lat. *indivisus* « non partagé » ; ***divisionnaire*** (XVIIIe s.), spéc. dans le voc. admin. Voir ***deviser***.

divorce (XIVe s.), empr. au lat. *divortium* « divorce » et « séparation », de *dis-* « en sens contraire » et *vertere* « tourner », à partir du XIVe s. au sens jur. et au XVIIIe s. au sens fig. « rupture ». || ***divorcer*** (XIVe s.).

divulguer (XIVe s.), empr. au lat. *divulgare* « rendre public », formé sur *vulgus* « peuple ». || ***divulgation*** (XVIe s.), empr. au lat. tard. *divulgatio* « action de révéler ».

dix (XIe s.), d'abord *dis*, du lat. *decem* « dix ». || ***dixième*** (XIIe s.), d'abord *disime, disieme,* a remplacé l'a. fr. *disme* (fin XIe s.), du lat. *decimus* ; ***dizain*** (Xe s., d'abord *dezen*), « dixième » (jusqu'au XVe s.), dér. de *dix,* désigne aussi (XVe s.) une strophe ou un poème de dix vers ; ***dizaine*** (XIVe s.), « groupe de dix unités ».

djebel (XVIIIe s.), empr. à l'ar. *gabal* « montagne ».

djellaba(h) (XVIIIe s.), empr. à l'ar. du Maroc, *gallaba* « vêtement que portent les marchands d'esclaves ou qu'ils font porter aux esclaves ».

djinn (XVIIe s.), empr. à l'ar. *ginn* « génie, démon ».

do (XVIIIe s.), mot italien, attesté depuis le XVIe s., choisi pour remplacer *ut.*

docile (XVe s.), empr. au lat. *docilis*

« disposé à s'instruire, qui apprend aisément, docile », de *docere* « enseigner ». || ***docilité*** (XIIIe s.), empr. au lat. *docilitas* « facilité à apprendre » et « douceur » ; ***indocile*** (XVIe s.), empr. au lat. *indocilis* ; ***indocilité*** (XVIIe s.), empr. au lat. tard *indocilitas*.

docimologie (XXe s.), « science ayant pour objet l'appréciation des systèmes de notation », comp. du grec *dokimé* « épreuve » et du suff. *-logie*.

dock (XVIIe s.), mot angl. lui-même empr. au m. néerl. *docke*. || ***docker*** (XIXe s.), empr. à l'angl.

docte (XVIe s.), empr. au lat. *doctus*, part. pas. de *docere* « instruire », a éliminé l'a. fr. *duit* « habile, expérimenté », usuel jusqu'au XVIe s., part. pas. du verbe *duire* « instruire » (XIIe s.), aussi issu de *docere*. || ***docteur*** (XIIe s.), empr. au lat. *doctor* « celui qui enseigne » et en lat. eccl. « docteur de la loi, prêtre qui enseigne la religion », d'abord attesté au sens général de « savant, érudit », puis, au XIVe s., pour désigner un grade universitaire ; le sens spécialisé de « médecin » se développe au XIXe s. ; ***doctorat*** (XVIe s.), empr. au lat. méd. *doctoratus* ; ***doctoral*** (XIVe s.), empr. au lat. tard. *doctoralis*, d'abord au sens de « relatif au docteur » ; la valeur péj. est attestée dès le XVIe s. ; ***doctoresse*** (XVe s.), d'abord au sens (ironique) de « femme savante », puis (XIXe s.) de « femme médecin ».

doctrine (XIIe s.), empr. au lat. *doctrina* « enseignement » et « théorie, méthode » qui a pris en lat. chrét. le sens de « enseignement de Dieu », est attesté jusqu'au XVIIe s. au sens de « enseignement » à côté du sens actuel. || ***doctrinaire*** (XVe s.), d'abord au sens de « qui constitue un enseignement » puis, au XVIIIe s., au sens de « qui est attaché à ses opinions, dogmatique » ; ***doctrinal*** (XIIIe s.), empr. au lat. tard. *doctrinalis* ; ***endoctriner*** (XIIe s.), qui a supplanté ***doctriner*** (XIIe s.), « enseigner, instruire », est empl. au sens péj. comme ***endoctrinement*** (XIIe s.) et ***endoctriner*** (XIIe s.).

document (XIIIe s.), empr. au lat. *documentum* « enseignement », puis en lat. tard. « écrit servant de témoignage, preuve », du lat. *docere* « instruire », est d'abord empl. en a. fr. et jusqu'au XVIIe s. au sens de « ce qui sert à instruire » ; au début du XIXe s. au sens du fr. mod. || ***documenter*** (XVIIIe s.), ***documentaire***, ***documentation*** (XIXe s.), ***documentaliste*** (XXe s.).

dodéca-, du grec *dodéka* « douze », premier élém. de mots sav. comme ***dodécagone***, ***dodécaphonie***.

dodeliner (XVIe s.), mot formé par allongement de ***dodiner*** (XIVe s., vieilli), à partir de la racine onomat. *dod-* exprimant le balancement ; à rapprocher de ***dodu*** (XVe s.) et ***dondon*** (XVIe s.) du rad. *dond-* de même valeur.

dodo (XVe s.), formé sur la racine *dod-* exprimant le balancement (pour bercer un enfant) avec p.-ê. l'influence de *dormir*.

doge (XVIe s.), **dogaresse** (XVIIe s.), empr. au vénitien *doge*, et *dogaressa* « femme du doge », dér. du lat. *dux, ducis* « chef » (en ital. *duce)*, pour désigner le magistrat suprême de la République de Venise.

dogme (XVIe s.), empr. au lat. *dogma* « doctrine, thèse », du grec *dogma* « croyance » et qui a pris en lat. eccl. le sens de « croyance orthodoxe, dogme catholique ». || ***dogmatique*** (XVIe s.), empr. au lat. *dogmaticus* spéc. en lat. eccl. au sens de « qui concerne la foi chrétienne », est d'abord employé au sens de « relatif aux dogmes » et spéc., au XVIIe s., aux dogmes religieux et philosophiques, et à partir du XVIIe s. au sens péj. ; ***dogmatisme*** (XVIe s.), empr. au lat. chrét. *dogmatismus*.

dogue (XIVe s.), empr. à l'angl. *dog* « chien », également attesté en m. fr.

comme terme d'injure ; au XVIe s., au sens fig.

doigt (XIe s.), d'abord sous la forme *dei, doi,* du lat. *digitus* « doigt, orteil » passé à **ditus* en lat. vulg. ; la forme plurielle de l'a. fr. *deie, doie* « largeur d'un doigt » est issue de **dita,* plur. neutre à valeur collective. || ***doigté*** (XVIIIe s.), part. pas. subst. du verbe *doigter* (XVIIIe s.), terme de musique, est aussi employé au sens fig. à partir du XIXe s. ; ***doigtier*** (XIVe s.) ; ***digital*** (XVIIIe s.), empr. au lat. imp. *digitalis,* au sens de « relatif au doigt » et empr. au XXe s. à l'angl. *digital* au sens de « qui est exprimé par des nombres » (*code digital*) ; ***digitale*** (XVIe s.), « plante vénéneuse », empr. au lat. *digitalis* ; ***digitaline*** (XIXe s.).

dol (XIIIe s.), empr. au lat. *dolus* « ruse, tromperie », ne subsiste en fr. mod. que comme terme de droit « manœuvre frauduleuse ».

dolce (XVIIIe s.), mot italien au sens de « doux » utilisé dans le voc. musical.

doléance (XIVe s.), d'abord sous la forme *do(u)liance,* dér. de l'a. fr. *douloir* (Xe s.), du lat. *dolere* « souffrir » ; l'emploi au plur., seul usuel en fr. mod., au sens de « plainte orale ou écrite » (*cahiers de doléances*) est attesté à partir du XVe s.

dolent (Xe s.), empr. au lat. *dolens,* part. prés. de *dolere* « souffrir », est attesté dès l'a. fr. au sens propre et au sens fig. de « qui souffre moralement ». || ***indolent*** (XVIIe s.), empr. au lat. tard. *indolens* au sens de « insensible » et de « apathique » ; ***indolence*** (XIVe s.), empr. au lat. *indolentia* « absence de douleur », antonyme de ***dolence*** (XVIe s.), ce dernier terme étant rare et littéraire en fr. mod.

dollar (XVIIIe s.), empr. de l'anglo-améric. *dollar,* lui-même issu du bas-all. *daler* (all. *Thaler*), « monnaie d'argent ».

dolmen (XVIIIe s.), s. d. transcription inexacte du breton *tolmen,* formé de *tol* « table » et *men* « pierre ».

doloire (XIIe s.), du lat. tard. *dolatoria* « hache » formé sur *dolare* « dégrossir à la hache », d'où le fr. *doler* « amincir avec un instrument tranchant » ; à côté de l'emploi ancien au sens de « hache (de guerre, de justice) » et dans l'héraldique, *doloire* désigne aussi un instrument de charpentier, de maçon, de tonnelier, etc.

dolomie, **dolomite** (XVIIIe s.), du nom de *Dolomieu* (1750-1801) qui découvrit cette roche.

dom, voir ***don 2***.

domaine (XIIe s., d'abord *demaine*), empr. au lat. tard. *dominium,* formé soit sur *dominus* « maître » avec les sens, conservés en fr., de « pouvoir, autorité » et « propriété, droit de propriété », soit sur l'adj. *demainne* (XIIe s.), « qui appartient en propre », empr. au lat. *dominicus* « relatif au maître » ; au XVIIe s. au sens fig. « être du domaine de ». || ***domanial*** (XVIe s.), empr. au lat. méd. *domanialis* « qui appartient au seigneur ».

dôme 1 (XVIe s.), « cathédrale italienne », empr. à l'ital. *duomo* « église cathédrale », issu par ellipse du lat. eccl. *domus Dei* « maison de Dieu » ou *domus episcopi* « maison de l'évêque ».

dôme 2 (XVIIe s.), « coupole », empr. à l'a. prov. *doma* « toit en forme de coupole », empr. au grec *dôma* « maison ».

domestique (XIVe s.), empr. au lat. *domesticus* « de la maison, de la famille » dér. de *domus* et qui a donné en a. fr. l'adj. *domesche* « apprivoisé, cultivé » (en parlant des bêtes ou des plantes), est d'abord empl. comme adj., puis comme subst. au sens de « familier, intime » (XVIe s.) et de « celui qui est attaché à une maison, à une personne, souvent avec un salaire ». ||

domestiquer (XVe s.) ; ***domesticité*** (XVIIe), empr. au lat. tard. *domesticitas*, au XVIIe s. au sens de « état de domestique », puis de « ensemble des domestiques » (XVIIIe s.) ; ***domestication*** (XIXe s.).

domicile (XIVe s.), empr. au lat. *domicilium* « habitation », de *domus* « maison ». || ***domicilier*** (XVIe s.) ; ***domiciliation*** (XXe s.).

dominer (Xe s.), empr. au lat. *dominari* « être maître, dominer », de *dominus* « maître » ; au XVIIe s. au sens fig. « surplomber ». || ***domination*** (XIIe s.), empr. au lat. *dominatio* « souveraineté », désigne au plur., *Les Dominations*, une catégorie d'anges ; ***dominateur*** (XIVe s.), empr. au lat. *dominator* « maître, souverain » ; ***dominante*** (XVIIIe s.), part. prés. fém. de *dominer*, empl. comme subst. au sens de « élément essentiel » et dans le voc. de la musique ; ***dominance*** (XVe s.), rare avant le XVIIIe s.

dominicain (XVIe s.), dér. du nom lat., *Dominicus*, de saint Dominique, fondateur de cet ordre.

dominical, voir ***dimanche***.

dominion (XIXe s.), mot angl. désignant les états autonomes du Commonwealth et spéc. le Canada, empr. au lat. tard. *dominium* « autorité, pouvoir ». Voir ***domaine***.

domino (XVe s.), d'abord au sens de « camail noir à capuchon porté par les prêtres », puis de « vêtement flottant à capuchon porté dans les bals » (XVIIe s.), *domino* étant p.-ê. tiré plaisamment d'une formule de prière telle que *benedicamus domino* « bénissons le seigneur ». L'orig. de *domino* dans « jeu de dominos » (XVIIIe s.) est obsc.

dommage (XIe s., d'abord *damage*), dér. de *dam*, avec le suff. *-age*. ; le passage de *damage* à *dommage* est p.-ê. dû à l'infl. de l'a. fr. *dongier*, *danger*. || ***endommager*** (XIIe s.) ; ***dédommager*** (XIIIe s.) ; ***dédommagement*** (XIVe s.). Voir ***dam***.

dompter (XIIe s.), d'abord sous la forme *danter*, *donter*, du lat. *domitare* « dompter » ; la graphie avec *pt*, le *p* étant muet en fr. mod., date du XIVe s. *Dompter* est empl. dès l'a. fr. au sens propre et au sens fig. || ***dompteur*** (XIIIe s.) ; ***indompté*** (XVIe s.) ; ***indomptable*** (XVe s.).

don 1, **donation**, voir ***donner***.

don 2 (XVe s.), mot esp., forme abrégée du lat. *dominus*, titre d'honneur précédant le prénom des nobles en Espagne et au Portugal (*Don Juan*, *Don Quichotte*, etc.) ; le fém. *doña*, d'abord attesté (XIIIe s.), sous la forme *done*, vient du lat. *domina* ; le fr. a également empr. à l'ital. une forme *dom* (XVIe s.), de même origine. On rapprochera *don* et *dom* de l'a. fr. *dam*, *dant* « sire » (XIe s.), souvent employé comme formule d'adresse.

donc (Xe s.), aussi écrit en a. fr. *dont*, d'orig. obsc., est p.-ê. issu du lat. *dunc*, croisement de *dum* dans des expressions du type *agedum* « allons », *dic dum* « parle donc » et de *tunc* « alors » ; la forme élargie *donques*, usuelle jusqu'au XVIIe s., a subi l'influence de *onques*, issu de *unquam*.

dondon, voir ***dodeliner***.

donjon (XIIe s.), du lat. vulg. **dominio* « tour maîtresse », de *dominus* « seigneur ». Voir ***domaine***.

donner (IXe s.), du lat. *donare*, formé sur *donum* « don » et qui a supplanté en gallo-roman le verbe du lat. clas. *dare* « donner ». || ***don*** (Xe s.), du lat. *donum* « présent » ; ***donation*** (XIIIe s.), empr. au lat. *donatio* « action de donner » et en lat. tard. « donation », a éliminé la forme de l'a. fr. *donaison* ; ***donateur*** (XIVe s.), empr. au lat. *donator*, de même sens ; ***donataire*** (XVIe s.), terme sav., formé sur le rad. du supin *donatum* de *donare* avec le suff. *-aire* ; ***donnée*** (XIIIe s.), d'abord « aumône », au XVIIIe s. comme terme de mathémat. ; ***donne***, terme de jeu (XVIIIe s.) ; ***maldonne*** (XIXe s.) ; ***s'adonner*** (XIIe s.), du lat. vulg. **addonare*, empl. à partir du XIVe s. au sens courant et souvent péj. du fr. mod. « s'appliquer avec constance à une activité, une pratique, etc. ».

dont (IXe s.), pron. relatif, du lat. pop. *de unde* « d'où », renforcement de *unde*, pron. inter. qui a été employé dès le lat. clas. comme pron. relatif équivalent à *a, ex, de* employés avec *quo, qua, quibus*. *Dont* est également empl. en a. fr. au sens de *d'où*.

donzelle, voir ***demoiselle***.

doper (XXe s.), empr. à l'angl. *to dope* « administrer un narcotique » et spéc. « doper un cheval ». || ***dopage*** (XXe s.) ; ***doping*** (XXe s.), de l'angl. *doping*.

dorénavant, voir ***avant***.

dorer (XIIe s.), du lat. tard. *deaurare*, forme renforcée de *aurare* « dorer », de *aurum* « or ». Le sens fig. (*dorer la pilule*) date du XVIIe s. || ***dorure*** (XIIe s.), d'abord *doreüre* ; ***mordoré*** (XVIIe s.), de *more*, nom des habitants d'Afrique du Nord (*Mauritania* en lat.), qui ont le teint basané, et de *doré* ; ***redorer*** (XIVe s.), au XIXe s. au sens fig. (*redorer son blason*).

dorloter (XVIe s.), « choyer », d'abord attesté sous la forme *doreloter*, au sens de « friser les cheveux, la barbe », de l'a. fr. *dorelot*, exclamation d'orig. onomat. servant de refrain dans les pastourelles et qui a pu désigner par plaisanterie des accessoires de toilette, une boucle de cheveux, une frange, etc.

dormir (XIe s.), du lat. *dormire* « dormir ». || ***dormeur*** (XIIIe s.) ; ***dormition*** (XIVe s.), empr. au lat. *dormitio* « sommeil », spéc. pour désigner la mort de la Vierge Marie ; ***endormir*** (XIe s.) ; ***endormissement*** (XVe s.).

dorsal (XIVe s.), formé sur le rad. du lat. *dorsum* « dos » et le suff. *-al*. Voir ***dos***.

dortoir (XIIe s.), du lat. *dormitorium* « chambre à coucher » passé au sens de « dortoir, chambres communes (d'un couvent) » en lat. chrét.

doryphore (XVIIIe s.), empr. au lat. *doryphorus*, du grec *doruphoros* « qui porte une lance » et spéc. « garde du corps », de *phérein* « porter » et *doru* « lance », est d'abord empl. au sens de porte-lance », puis, au XIXe s., de « insecte coléoptère ».

dos (XIe s.), du lat. tard. *dossum*, altér. du lat. clas. *dorsum* « dos », spéc. « dos des animaux », a éliminé le lat. clas. *tergum* « dos des êtres humains ». || ***dossier*** (XIVe s.), au sens de « partie d'un siège sur laquelle on appuie le dos », puis au XVIIe s. au sens de « ensemble des pièces relatives à une affaire » (et portant une étiquette au *dos* du recueil) ; ***adosser*** (XIe s.) ; ***endosser*** (XIIe s.), est empl. à partir du XIVe s. au sens de « s'engager » et se spécialise à partir du XVIe s. dans le voc. commercial comme ***endossement*** (XIVe s.) et ***endos*** (XVIe s.).

dose (XIVe s.), empr. au lat. méd. *dosis* « dose », du grec *dosis* « ce qu'on donne, portion, dose » ; au XVIIe s. au sens fig. || ***doser*** (XVIe s.), d'abord comme terme médical « mesurer la quantité de », puis au XIXe s. au sens de « déterminer les proportions pour un médicament, un mélange quelconque » ; ***dosage*** (XIXe s.).

dot (XIIIe s.), empr. au lat. jur. *dos, dotis*, de même sens, dér. de *dare* « donner » est rare jusqu'au XVIe s. et jusque là en concurrence avec *douaire* (voir ***douer***). || ***doter*** (XIIe s.), rare jusqu'au XVIIe s., empr. au lat. *dotare* « doter » et « douer » ; ***dotation*** (XIVe s.), empr. au lat. méd. *dotatio*.

douaire, voir ***douer***.

douane (XIIIe s.), empr. à l'a. ital. *doana*, de l'ar. *diwan*, lui-même du persan *diwan* « douane » et « divan » (voir ce mot). || ***douanier*** (XIIIe s. comme subst.), au XIXe s. comme adj. ; ***dédouaner*** (XIXe s.), au XXe s. au sens fig.

douar (XVIIe s.), d'abord sous la forme *adouar* au sens de « groupe de tentes », empr. à l'ar. *duwwar* « campement de tentes établies en cercle ».

double (Xe s.), du lat. *duplus* aux sens de « deux fois autant » et de « deux fois aussi grand », qui a pris aussi le sens du lat. *duplex, duplicis* « qui a deux aspects », est attesté dès l'a. fr. au sens propre et au sens fig. de « qui fait preuve de duplicité ». *Double* est attesté dès l'a. fr. comme subst. au sens de « quantité qui vaut deux fois une autre » ; l'emploi au sens de « personne qui ressemble à une autre » date du XIXe s. ; au XXe s. dans le voc. du sport (tennis). *Double* forme le premier élém. de composés comme ***double-décimètre***, ***double-croche***, ***double-six***, ***doubles-rideaux***, ***double-fond***.

doubler (XIe s.), du lat. tard. *duplare* « doubler », est attesté dès l'a. fr. au sens de « rendre double », « mettre en double » et de « garnir intérieurement de qq. ch. » ; le sens de « franchir, dépasser » se développe à partir du XVIe s., le sens fig. « tromper », à partir du XVIIe s. ; le sens de « doubler un rôle (puis un acteur, un film, etc.) » à partir du XVIIIe s. || ***doublet*** (XIIe s.), d'abord au sens de « vêtement doublé », comme terme de linguistique à partir du XIXe s. ; ***doublure*** (XIVe s.), au sens de « étoffe servant à doubler », employé dans le voc. du théâtre à partir du XIXe s. ; ***doublage*** (XVe s.), d'abord au sens de « garnir un vêtement d'une doublure », utilisé en fr. mod. dans le voc. du théâtre et du cinéma ; ***doublon 1*** (XVIe s.), « monnaie d'or espagnole », empr. à l'esp. *doblón,* de *doble* « double d'un écu » ; ***doublon 2*** (XVIIe s.), « faute typographique » ; ***redoubler*** (XIIIe s.) ; ***redoublement*** (XIVe s.) ; ***dédoubler*** (XVe s.) ; ***dédoublement*** (XVIIIe s.).

douceur, voir ***doux***.

douche (XVIe s.), empr. à l'ital. *doccia,* dér. de *docciare* « couler en jet ». || ***doucher*** (XVIIIe s.).

douer (XIIe s.), du lat. *dotare* « doter de, pourvoir de », d'abord attesté au sens de « pourvoir d'un douaire » puis, au XIIIe s., de « pourvoir d'un bien, d'une qualité ». || ***douaire*** (XIIe s.), empr. au lat. méd. *dotarium,* de même sens, dér. de *dos, dotis* « dot », avec influence de *douer* ; ***douairière*** (XIVe s.), employé aussi au sens iron. de « vieille femme » (XIXe s.) ; ***surdoué*** (XXe s.).

douille (XIIIe s.), du franc. **dulja* « partie creuse d'un outil destiné à recevoir une tige ».

douillet (XIVe s.), dimin. de l'a. fr. *doille, douille* « mou, tendre », du lat. *ductilis* « malléable, ductile », est d'abord attesté au sens de « mou, moelleux », puis de « délicat, sensible » (XVIe s.). || ***douillette*** (XIXe s.), « vêtement chaud ».

douleur (XIe s.), du lat. *dolor, doloris* « souffrance, douleur ». || ***douloureux*** (XIe s.), forme refaite d'après *douleur* et issue du lat. tard. *dolorosus* « douloureux » ; ***indolore*** (XIXe s.), empr. au lat. tard. *indolorius* « qui ne souffre pas » ; ***dolorisme***, dér. sav. (XXe s.). Voir ***doléance***.

douter (XIe s.), du lat. *dubitare* « hésiter, douter », a pris en lat. tard. le sens de « craindre », sens bien attesté en fr. jusqu'au XVIIe s. à côté du sens de « hésiter, ne pas savoir que faire », puis de « n'être sûr de rien, être sceptique » (XVIe s.). || ***doute*** (XIe s.), déverbal de *douter* et ***douteux*** (XIIe s.) ont suivi l'évol. du verbe ; ***indubitable*** (XVe s.), empr. au lat. tard. *indubitabilis* « certain ».

douve (XIIe s.), du lat. tard. *doga* « sorte de vase », du grec *dokhé,* récipient », est attesté au sens de

« fossé » et au XIIIe s. au sens de « planche qui sert à la fabrication d'un tonneau ».

doux (XIe s.), du lat. *dulcis* « doux », est empl. dès l'a. fr. comme en lat. au sens propre et au sens fig. || ***douceur*** (XIe s.), d'abord sous la forme *dolçor,* forme refaite d'après *doux,* issue du lat. tard. *dulcor* « saveur douce » ; ***doucereux*** (XIIIe s.), « plein de douceur », péj. à partir du XVIIe s. ; ***douceâtre*** (XVIe s.) ; ***redoux*** (XXe s.), mot d'orig. régionale (Alpes, Jura) ; ***adoucir*** (XIIe s.) ; ***édulcorer*** (XVIIe s.), empr. au lat. méd. *edulcorare* issu du croisement du lat. tard. *dulcorare* « adoucir » et du lat. imp. *edulcare* « rendre doux », dér. de *dulcis*, d'abord terme de chimie, au XIXe s. au sens fig. ; ***édulcorant*** (XXe s.).

douze (XIe s.), du lat. vulg. **dodecim* pour le lat. clas. *duodecim.* || ***douzième*** (XIe s.), d'abord sous la forme *duzime* ; ***douzain*** (XIIIe s.), « mesure de capacité », puis « monnaie de douze deniers » (XVe s.) et « pièce de poésie de douze vers » ; ***douzaine*** (XIIIe s.). Voir ***in-douze***.

doyen (XIIe s.), d'abord sous la forme *deien, doien,* du lat. chrét. *decanus* « dizenier, qui a la charge de dix personnes dans un monastère », désigne, à partir du XIVe s. le chef élu d'un corps de métiers. L'empl. universitaire (*doyen de Faculté*) est attesté au XVIIe s. Voir ***décan***, ***décanat***.

drachme (XIIIe s.), empr. au lat. *drachma,* du grec *drakhmé* « unité de poids et monnaie à Athènes ».

draconien (XVIIIe s.), adj. formé sur *Dracon,* législateur d'Athènes (VIIe s. av. J.-C.) célèbre pour sa sévérité.

dragée (XIIIe s.), forme altérée du lat. imp. *tragemata* « dessert, friandises », empr. au grec, a pu aussi désigner depuis le XVIe s. du petit plomb de chasse. || ***drageoir*** (XIVe s.).

dragon (XIe s.), « monstre fabuleux », empr. au lat. *draco, draconis* « animal fabuleux », qui a pu aussi désigner en lat. eccl. « le diable, le démon », est attesté dès l'a. fr. au sens de « animal fabuleux », de « figure du démon » (dans l'iconographie chrétienne) et de « étendard » (où figurait p.-ê. un dragon) ; *dragon* s'emploie au fig. au sens de « femme acariâtre » à partir du XVIIe s., et pour désigner un « soldat de cavalerie », sens dérivé de « étendard », à partir du XVIe s. || ***dragonnades*** (XVIIIe s.), dér. de *dragon* « soldat de cavalerie » ; ***dragonne*** (XVIIe s.), d'abord « femme pénible », au XIXe s. « cordon à la poignée d'un sabre, d'une épée, puis d'un parapluie ».

drague (XIVe s.), empr. au m. angl. *dragge,* en angl. *drag* « crochet », de *to drag* « tirer, traîner », attesté au sens de « filet de pêche », puis, au XVIe s., de « appareil servant à curer ». || ***draguer*** (XVe s.), « curer à l'aide d'une drague », peut avoir au XXe s. le sens (fam.) de « chercher une aventure galante », comme *drague.*

drain (XIXe s.), empr. à l'angl. *drain* « conduit, canalisation », de *to drain* « assécher (un terrain) ». || ***drainage***, ***drainer*** (XIXe s.).

drakkar (XIXe s.), « navire utilisé par les Vikings », empr. au suédois *drakar,* plur. de *drake* « dragon (ornant la proue de ces bateaux) ».

drame (XVIIe s.), empr. au lat. tard. *drama,* du grec *drama* « pièce de théâtre » ; au XVIIIe s. au sens fig. || ***dramatique*** (XIVe s.), rare jusqu'au XVIIe s., empr. au lat. tard. *dramaticus* « qui concerne le théâtre », a suivi l'évol. de *drame* ; ***dramatiser*** (XVIIIe s.) ; ***dramaturge*** (XVIIIe s.), empr. au grec tard. *dramaturgos* ; ***dramaturgie*** (XVIIe s.), d'abord au sens de « catalogue d'ouvrages dramatiques » puis de « art de la composition dramatique » (XXe s.).

drap (XIe s.), du lat. tard. *drappus* « morceau d'étoffe », sans doute d'orig. gauloise, s'emploie dès l'a. fr. au sens général de « étoffe », au sens spéc. de « drap de lit » et, au plur., au sens, disparu, de « habit (de drap) ». || ***draper*** (XIIIe s.), d'abord au sens de « fabriquer le drap », puis, au XVIe s. de « habiller, vêtir », au sens propre et au sens fig. ; ***drapier*** (XIIIe s.) ; ***draperie*** (XIIe s.) « tissu ou vêtement de drap », puis « métier, commerce du drapier », s'emploie à partir du XVIIe s. pour désigner une étoffe, un vêtement ample, à grands plis décoratifs.

drapeau (XIIe s., aussi *drapel*), dér. de *drap* avec suff. *-el,* d'abord attesté au sens de « morceau de tissu » puis de « vêtement », désigne aussi en a. fr. et jusqu'au XVIIIe s. « les langes » ; *drapeau* au sens de « étendard » se développe à partir du XVIe s. sous l'infl. de l'ital. *drappello* « bannière » et élimine le terme de *enseigne*.

drastique (XVIIIe s.), empr. au grec *drastikos* « actif, énergique », est d'abord empl. comme terme de médecine ; au XIXe s. au sens fig.

dresser (XIe s.), du lat. vulg. **directiare* « redresser, mettre droit », de *directus* « droit ». Parmi les nombreux sens de *dresser,* on relèvera ceux de « disposer comme il faut (une table, etc.) » (XIIIe s.), de « dompter (un animal) » et de « former, éduquer » (XVIe s.), ainsi que l'emploi fig. et en construct. pronom. de « s'opposer à » (XIIe s.). || ***dressage*** (XVIIIe s.) ; ***dressoir*** (XIVe s.) ; ***redresser***, ***redressement*** (XIIe s.). Voir ***adresser***.

dribbler (XIXe s.), adaptation de l'angl. *to dribble,* spéc. dans le voc. du sport (football, etc.).

drille (XVIIe s.), au sens de « soldat vagabond » et qui n'est plus utilisé que dans l'expres. *bon, joyeux drille* se rattache p.-ê. à l'a. fr. *drille* « chiffon, guenille ».

drisse (XVIIe s.), empr. à l'ital. *drizza* « cordage servant à hisser une voile », de *drizzare* « dresser ».

drogue (XIVe s.), d'orig. obsc., l'hypothèse la plus sûre semblant être un empr. au m. néerl. *droge vate* « tonneaux secs », puis « contenu séché, ingrédients séchés ». *Drogue* est d'abord attesté au sens, souvent péj., de « ingrédient employé en pharmacie », puis de « médicament » ; le sens de « produit stupéfiant » s'est développé au XXe s. || ***droguer*** (XVIe s.), « administrer des médicaments », a suivi l'évol. de *drogue* ; ***droguiste*** (XVIe s.) ; ***droguerie*** (XIVe s.), d'abord « épices, drogues », le sens de « commerce où on vend des drogues, puis des produits de toilette, d'entretien, etc. » (voir ***drugstore***) se développant à partir du XIXe s.

droit (XIe s.), adj., du lat. *directus* « direct », d'où au fig. « sans détour, juste », est attesté dès l'a. fr. aux sens de « juste, exact », de « franc, honnête », de « sans détour » au propre comme au fig. ; *droit* remplace à partir du XVIe s. *destre* au sens de « qui est à droite ». *Droit* subst. (IXe s.) vient du lat. tard. *directum,* forme subst. de *directus* au sens de « application des principes du droit », puis de « ensemble des lois ». || ***droitier*** (XVIe s.) ; ***droiture*** (XIIe s.), d'abord au sens de « ce qui est légal, juste, ce qui est dû », puis, au XVIe s., de « équité, sincérité » et de « rigueur de la pensée » (XVIIe s.). Voir ***adroit***, ***endroit***, ***maladroit***.

drôle (XVe s.), s. d. empr. au m. néerl. *drol* « lutin », est d'abord empr. comme subst. au sens de « plaisant coquin, joyeux compagnon », d'où le sens, fréquent dans le Midi, de « garçon » (fém. *drôlesse* XVIe s.) à côté du sens péj. à partir du XVIIe s. de « fripon, rusé » ; au XVIIe s., adj., au sens de « qui fait rire ». || ***drolatique*** (XVIe s.), remis à la mode au XIXe s. (*Les Cent Contes drolatiques* de Balzac) ; ***drôlerie*** (XVIe s.).

dromadaire (XIIe s.), empr. au lat. tard. *dromedarius,* formé sur le grec *dromas* « coureur ».

dru (XIe s.), du gaul. **druto* « fort, vigoureux », est bien attesté en a. fr. aux sens de « ami, compagnon, amant (amante) » et de « vigoureux, gai », le fr. mod. n'ayant gardé que le sens de « vigoureux, dense ».

drugstore (XXe s.), mot anglo-améric. comp. de *drug* « drogue » et de *store* « magasin », désignant en France un ensemble comprenant un bar, un café-restaurant, des boutiques, etc. Voir ***drogue***.

druide (XIIIe s.), empr. au lat. clas. *druida,* mot gaulois rapproché du grec *drus* « chêne », à cause des pratiques religieuses des druides.

dryade (XIIIe s.), « nymphe des bois », empr. au lat. *dryas, dryadis*, du grec *druas, druados,* dérivé de *drus* « chêne ».

dualisme, **dualité**, voir ***deux***.

dubitatif (XIVe s.), empr. au lat. tard. *dubitativus*, du supin *dubitatum* de *dubitare* « douter ». Voir ***douter***.

duc (XIe s.), empr. au lat. *dux, ducis* « chef », désignant en a. fr. un « chef militaire, administratif de haut rang », se spécialise ensuite comme titre de noblesse le plus élevé après le prince. L'emploi de *duc* au sens de « rapace nocturne » date du XIIe s., (voir ***hibou***). || ***duché*** (XIIIe s., d'abord *ducheé*), dérivé de *duc* ; ***ducal*** (XIIIe s.) ; ***ducat*** (XIVe s.), empr. à l'ital. *ducato* « monnaie ducale, frappée à l'effigie d'un duc ».

ducasse (XIVe s.), « fête patronale », terme dial. du Nord, de l'a. fr. *dicasse*, forme pop. de *Dédicace* (voir ce mot), nom d'une fête chrétienne.

ductile (XVe s.), empr. au lat. imp. *ductilis* « qu'on peut conduire, malléable », formé sur *ducere* « conduire ». || ***ductilité*** (XVIIe s.).

duègne (XVIIe s.), empr. à l'esp. *dueña* au sens de « dame de compagnie », du lat. *domina* « dame ».

duel 1 (XVIe s.), empr. au lat. *duellum*, forme ancienne de *bellum* « combat, guerre » ; le sens repris en fr. de « combat singulier » s'est développé en lat. tard. sans doute sous l'infl. de *duo* « deux », par étym. pop.

duel 2 (XVIe s.), terme de gram., empr. au lat. gram. *dualis* formé sur *duo* « deux ».

duffel-coat (XXe s.), mot anglo-améric. formé sur *duffel* « gros drap molletonné » (de *Duffel*, ville de Belgique) et *coat* « manteau ».

dumping (XXe s.), « vente au rabais », mot anglo-améric. formé sur *to dump* « décharger, jeter en tas » et « jeter sur le marché en grandes quantités et à bas prix ».

dune (XIIe s.), empr. au m. néerl. *dune* de même sens.

duo (XVIe s.), terme de musique empr. à l'ital. *duo,* du lat. *duo* « deux » au sens de « composition musicale pour deux voix ». || ***duettiste*** (XXe s.).

duodécimal (XIXe s.), mot sav., fait à partir du lat. *duodecimus* « douzième », d'après *décimal.*

duodénum (XVe s.), empr. au lat. méd. médic. *duodenum digitorum* « de douze doigts » en raison de la longueur de cette partie de l'intestin grêle.

dupe (XVe s.), emploi plaisant de *dupe* « huppe », en raison de l'aspect stupide de cet oiseau (voir ***huppe***). || ***duper*** (XVe s.) ; ***duperie*** (XVIIe s.).

duplex (XIXe s.), empr. au lat. *duplex* « double », surtout usuel en fr. mod. dans le voc. de la radio, de la télévision et de l'immobilier.

duplicata (XVIe s.), empr. au lat. méd. *duplicata (littera)* « copie », part. pas. fém. du lat. *duplicare* « renouveler, copier en double ».

duplication (XIIIe s.), empr. au lat.

imp. *duplicatio* « action de doubler », d'abord empl. comme terme jur., au XVIe s. au sens de « doublement ».

duplicité (XIIIe s.), empr. au lat. *duplicitas* « état de ce qui est double », formé sur *duplex* « double », est surtout usuel au sens fig. et péj.

dur (Xe s.), du lat. *durus* « dur (au toucher) » et « pénible ». || ***durcir*** (XIIIe s.), formé sur *endurcir* d'après le lat. *durescere* « devenir dur » ; ***dureté*** (XIIIe s., d'abord *durté*) ; ***durcissement*** (XVIIIe s.) ; ***endurcir*** (XIIe s.), spéc. au sens fig. ; ***endurcissement*** (XVe s.) ; ***durement*** (Xe s.) est très employé en a. fr. comme adv. d'intensité ; ***durillon*** (XIIIe s.) ; ***dure-mère*** (XIVe s.), « méninge », calque du lat. *dura mater*.

durer (XIe s.), du lat. *durare* « durer ». || ***durée*** (XIIe s.) ; ***durant*** (XIIIe s.), part. prés. de *durer*, d'abord attesté dans des expressions comme *le mariage durant* (XIIIe s.), l'inversion de la construction et l'emploi comme préposition se développant à partir du XVIe s. ; ***durable*** (XIe s.), empr. au lat. imp. *durabilis* « qui dure ». Voir ***endurer***, ***perdurer***.

duvet (XIIIe s.), var. inexpliquée de *dumet*, dér. de *dum*, *dun*, empr. à l'a. norvégien *dunn* « duvet », est d'abord utilisé dans le voc. ornithologique, puis, au XVIIe s., pour les êtres humains. L'emploi au sens de « édredon » (puis au XXe s. de « sac de couchage ») se développe à partir du XVIIIe s. || ***duveteux*** (XVIe s.).

dynam(o)-, du grec *dunamis* « force », premier élém. de mots sav. comme ***dynamique***, ***dynamisme***, ***dynamite***, ***dynamo*** (abrév. de *machine dynamo-électrique*).

dynaste (XVIe s.), empr. au grec *dunastês* « souverain, prince ». || ***dynastie*** (XVe s.), du grec *dunasteia* « puissance », surtout attesté à partir du XVIIIe s. au sens propre « suite de souverains d'une même famille » et au sens fig. || ***dynastique*** (XIXe s.).

dys-, préf. issu du grec *dus* marquant la difficulté, le mauvais état, premier élém. de mots sav. comme ***dysenterie***, ***dyspepsie***, ***dyslexie***.

E

é-, **ef-**, **es-**, **ex-**, préf. issu du lat. *e, ex* « hors de », premier élém. de termes, surtout des verbes, exprimant l'idée de privation, de séparation, d'extraction, a également servi à former des comp. de valeur intensive ou factitive.

eau (XIe s.), du lat. *aqua,* d'abord *egua, ewe, eve,* puis *eaue,* forme attestée jusqu'au XVIe s. ; la forme du prov. *aigue* (*Aigues-Mortes*), se retrouve dans le dér. ***aiguière,*** empr. en fr. au prov. (XIVe s.), la forme *eve* dans le dér. ***évier***. || ***eau-de-vie*** (XVe s.), calqué sur le lat. des alchimistes *aqua vitae* ; ***eau-forte*** (XVIe s.), empr. à l'ital. *acqua forte* « acide azotique », puis au XIXe s. « gravure à l'eau-forte ».

ébahir, voir ***bayer***.

ébattre (s') voir ***battre***.

ébaubir (XIIIe s.), issu avec chang. de préf. de l'a. fr. *abaubir* (XIIe s.) « rendre bègue », formé sur *baube,* du lat. *balbus* « bègue », n'est plus employé que comme adj. : *ébaubi* « interdit, stupéfait ».

ébaucher (XIVe s.), dér. à l'aide du préf. *es-* de l'a. fr. *bauch* « poutre », empl. au XIVe s. au sens fig. « amorcer, esquisser un projet ». || ***ébauche*** (XVIIe s.) ; ***ébauchage*** (XVIe s.), terme tech.

ébaudir (XIe s.), vieilli au sens de « égayer, réjouir », formé sur l'a. fr. *bald* « joyeux, content ».

ébène (XIIe s.), empr. au lat. imp. *ebenus* « ébénier, bois de l'ébénier », du grec, lui-même empr. à l'égyptien. || ***ébéniste*** (XVIIe s.), « qui travaille l'ébène », puis par ext. « qui travaille des bois de choix » ; ***ébénisterie*** (XVIIIe s.).

éberluer, voir ***berlue***.

éblouir (XIIe s.), du lat. vulg. **ex-blaudire,* formé sur le rad. germ. **blaup* « faible ». || ***éblouissement*** (XVe s.), d'abord au sens fig. de « vive admiration ».

éborgner, voir ***borgne***.

éboueur, **ébouer**, voir ***boue***.

ébouler (XIIe s.), d'abord *esboeler* « éventrer, arracher les entrailles », formé sur *boel* « boyau », empl. à partir du XIIIe s. au sens de « provoquer un éboulement ». || ***éboulement*** (XVIe s.) ; ***éboulis*** (XVIIe s.).

ébouriffer (XVIIe s.), à rapprocher s. d. du lat. tard. *burra* « bourre » et du prov. *esbourrifa* « ébouriffé, dérangé » ; au XVIIIe s. au sens fig. « surprendre, étonner ».

ébranler, voir ***branler***.

ébraser (XVIIe s.), d'orig. obsc.

ébrécher, voir ***brèche***.

ébriété (XIVe s.), empr. au lat. *ebrietas* « ivresse », de *ebrius* « ivrogne ».

ébrouer (XVIe s.), s. d. de même rad. que *brouet* (voir ce mot), dér. de l'a. fr. *brou* « bouillon », d'où « écume qui vient à la bouche des chevaux », ne s'emploie plus en fr. mod. que sous la forme *s'ébrouer* aux sens propre et fig.

ébullition (XIVe s.), empr. au lat. tard. *ebullitio* « jaillissement par ébullition », dér. du supin de *ebullire* « sortir en bouillonnant », comp. de *ex* « hors de » et *bullire* « bouillir ». Voir ***bouillir***.

écaille (XIIIe s.), mot normanno-pic., du franc. **skalja,* (gothique *skalja* « écaille », angl. *schell* « coquillage »), à rapprocher du franc. **skala* « écaille, coquillage », d'où est issu ***écale*** « enveloppe extérieure de certains fruits » (XIIe s.) et ***écaler*** (XVIe s.). || ***écailler*** (XIIIe s.), « enlever les écailles d'un poisson », au XVe s. *s'écailler.*

écale, **écaler**, voir ***écaille***.

écarlate (XIIe s.), du lat. méd. *scarlata* « étoffe de différentes couleurs éclatantes », empr. au persan *saqirlat,* lui-même de l'ar. *sigillat* « tissu décoré de sceaux » auquel se rattache l'a. fr. *siglaton, ciglaton* « étoffe précieuse, d'orig. orientale, brodée de petites figures » (lat. *sigilla*). *Ecarlate* a désigné en a. fr. une « étoffe précieuse de couleur variable », puis « une étoffe, une couleur d'un rouge vif » ; au XVIIIe s. comme adj. au sens de « rouge vif ».

écarquiller (XVIe s.), forme altér. de *équartiller,* dér. de *quart.* || ***écarquillement*** (XVIe s.). Voir ***quart***.

écarteler (XIIe s.), altér. de l'a. fr. *esquarterer, escarteler,* « fendre par quartiers » (XIIe s.), dér. de *quartier,* empl. au XIXe s. au sens fig. || ***écartèlement*** (XVIe s.). Voir ***quart***.

écarter (XIIIe s.), du lat. vulg. **exquartare*, dér. du lat. *quartus* « quart » au sens de « partager en quatre », d'où « séparer ». || ***écart*** (XIIe s.), déverbal de *écarter* ; à partir du XVIIe s. comme terme de danse (*grand écart*) et au sens fig., comme *s'écarter* ; ***écartement*** (XIIIe s.), rare avant le XVe s.

ecchymose (XVIe s.), empr. au grec *ekkhumosis* « tache produite par un épanchement sanguin sous-cutané ».

ecclésiastique (XIIIe s.), empr. au lat. chrét. *ecclesiasticus* « relatif à l'église, au clergé », formé sur le grec *ekklésia* « assemblée du peuple » (voir ***église***), est aussi empl. comme subst. au sens de « membre du clergé » à partir du XVIe s.

écervelé, voir ***cerveau***.

échafaud (XIIe s.), forme altérée, d'après *échelle*, de l'a. fr. *chafaud* « échafaudage », du lat. vulg. **catafalicum* (voir ***catafalque***), comp. de *fala* « tour de défense en bois » et du grec *kata* « autour de », est employé au sens de « échafaudage, estrade » jusqu'au XVIe s. où apparaît le sens spéc. du fr. mod. || ***échafauder*** (XIIIe s.), au XVe s. au sens fig. ; ***échafaudage*** (XVIe s.), au sens fig. à partir du XVIIIe s.

échalas (XIIIe s.), forme altérée s. d. sous l'infl. de *échelle,* de l'a. fr. *escharat*, du lat. vulg. **caracium*, empr. au grec *kharax* « roseau » ; au XVIIe s. au sens fig. « personne longue et maigre ».

échalote (XVIe s.), issu par chang. de suff. de l'a. fr. *échalogne* (XIIe s.), dér. du lat. *ascalonia (cepa)* « oignon d'Ascalon » (ville de Palestine).

échancrer, **échancrure**, voir ***chancre***.

échanger, voir ***changer***.

échanson (XIIe s.), du franc. **skankjo,* au sens de « officier chargé de verser à boire dans les festins », d'abord empl. en ce sens en fr. ; à partir du XVIIIe s. au sens courant, et parfois plaisant, de « personne qui sert à boire ».

échantillon (XIIIe s.), forme altérée de l'a. fr. *eschandillon*, du lat. vulg. **scandiculum*, dér. du lat. *scandere* « gravir, monter », au sens de « échelle », d'où « jauge, mesure ». Le terme, d'abord empl. au sens de « étalon de poids et de mesures », a pris au XVe s. le sens de « morceau d'étoffe, de marchandise, etc. qu'on prélève pour donner une idée de l'ensemble » et au XVIe s. celui de « élément représentatif d'un genre, d'une espèce ». || ***échantillonner***, ***échantillonnage*** (XVe s.).

échapper (XIe s.), d'abord *escaper,* du lat. vulg. **excappare,* formé sur *cappa* « chape, froc », au sens de « sortir de la chape (en la laissant aux mains du poursuivant) » ou de « jeter la chape, le froc ». || ***échappement*** (XIIe s.), d'abord au sens de « moyen d'échapper », les sens tech. se développant à partir du XVIIIe s. ; ***échappatoire*** (XVe s.) ; ***échappée*** (XVe s.), d'abord au sens de « fait d'échapper, fuite », puis, au XVIIIe s., de « espace libre » ; fin XIXe s. dans le voc. sportif ; ***réchapper*** (XIIIe s.) ; ***rescapé*** (XXe s.), forme wallonne de *réchappé* qui s'est répandue au début du XXe s.

écharde (XIIe s.), d'abord *escherde*, du franc. **skarda* « éclat de bois », d'abord empl. au sens de « écaille », au XIIIe s. au sens mod.

écharpe (XIIe s.), d'abord *escherpe*, du franc. **skirpja* « panier de jonc », issu du lat. *scirpus* « jonc », est d'abord empl. en a. fr. au sens de « sacoche portée en bandoulière, bourse, besace de pèlerin », puis, au XIVe s., au sens de « bande d'étoffe nouée obliquement ou autour de la taille ».

écharper (XVIIe s.), variante de *escharpir* (XVIe s.), formée sur l'a. fr. *charpir* « déchirer » (voir ***charpie***), au sens de « balafrer, mutiler, mettre en pièces ».

échasse (XIIe s.), du franc. **skakkja,* (voir l'angl. *skate* « patin »), d'abord empl. au sens de « béquille, jambe artificielle », puis, au XIIIe s., de « longs bâtons munis d'étriers et servant à se déplacer ». || ***échassier*** (XIIe s.), au sens de « qui a une jambe artificielle », puis pour désigner un oiseau (XVIIIe s.).

échauder, voir ***chaud***.

échauffer, **échauffement**, voir ***chauffer***.

échauffourée (XIVe s.), issu du croisement de *fourrer* avec *chaufour*, par allusion à l'occupation du *chaufournier,* ouvrier travaillant dans un four à chaux, empl. au sens de « bagarre, petit combat isolé ». Voir ***four***.

échauguette (XIe s.), d'abord *escalguaite* « ensemble de sentinelles », du franc. **skarwahta* « action de monter la garde, groupe de sentinelles », de **skara* « troupe » et **wahta* « garde » ; au XIVe s. au sens de « guérite de guet, petite tour ».

échéance, voir ***échoir***.

échec (XIe s.), d'abord *eschec* et *eschac,* du lat. méd. *scacus* « pièce du jeu d'échecs », empr. au persan *shâh* « roi », par l'intermédiaire de l'ar., est employé à l'orig. comme interject. pour avertir que le roi est menacé ; le *c* final et la forme *eschec* viennent p.-ê. d'un croisement avec l'a. fr. *eschec* « butin » ; *échec* est attesté dès l'a. fr. aux sens de « jeu d'échec, pièces du jeu » et de « situation du roi menacé de prise » ; d'où, à partir du XIIIe s., le sens de « embarras, revers ». || ***échiquier*** (XIIe s., d'abord *eschaquier*), également attesté dès le XIIe s. au sens de « trésor royal » (à cause de l'utilisation à la cour des Ducs de Normandie d'un tapis quadrillé, pour faire les comptes), puis de « cour de justice » (en Normandie), d'où l'emploi du terme pour désigner en Angleterre l'administration financière centrale ; au XIXe s. au sens fig. « champ de bataille, terrain d'affrontement » ; ***échiqueté*** (XIIe s.), d'abord *eschequeré*, au sens de « divisé en carrés de diverses couleurs comme un échiquier », surtout employé comme terme d'héraldique.

échelle (XIIe s., d'abord *eschiele*), du lat. imp. *scala* « échelle ». Le sens de « escale » (lieu où poser l'échelle de débarquement), attesté au XVIIe s., s'est conservé dans *Echelles du Levant* ; les sens fig. « hiérarchie, série, suite » se développent à partir du XVIIIe s., le sens de « ligne graduée, d'échelle d'une carte », à partir du XVIIe s. || ***échelon*** (XIe s.) ; ***échelonner*** (XIVe s.), repris au XIXe s. dans le voc. milit. et au sens courant ; ***échelonnement*** (XIXe s.).

écheveau (XIIe s.), p.-ê. issu du lat. *scabellum* « escabeau » et par ext. « dévidoir », puis « écheveau » ; au XVIIe s. au sens fig. « affaire compliquée ». Voir ***escabeau***.

écheveler, voir ***cheveu***.

échevin (XIIe s.), du franc. **skapin*, du lat. méd. *scapinus,* désignant en a. fr. et jusqu'à la Révolution un magistrat municipal et en fr. mod. un magistrat adjoint au bourgmestre (Pays-Bas, Belgique) ou un conseiller municipal (Canada). || ***échevinage*** (XIIIe s.).

échine (XIe s.), du franc. **skina* « baguette de bois », a été employé par comparaison pour désigner la colonne vertébrale. || ***échiner***, ***échigner*** (XIIIe s.), au sens propre de « mettre à mal, éreinter » ; ***s'échiner*** (XVIIIe s.), « se donner du mal, s'éreinter ».

écho (XIIIe s.), empr. au lat. *echo* « son répercuté », du grec *ekho* ; d'abord empl. au sens tech. de « son qui se répète », au XVIIe s. au sens de « lieu où se produit l'écho » (*à tous les échos*) et en parlant d'une personne qui répète qq. ch., d'où les loc. *faire écho à*, *se faire l'écho de*, et au sens de « imitation » ; au XIXe s. au sens de « propos rapporté, rumeur qui se répand, nouvelle ». || ***échotier*** (XIXe s.) ; ***échographie*** (XXe s.).

échoir (XIIe s.), du lat. vulg. **excadere*, en lat. clas. *excidere* « tomber, sortir de, échoir », dér. de *cadere* « tomber », est empl. dès l'a. fr. au seul sens fig. de « advenir par le sort ou le hasard » ; au XVIIe s. au sens de « arriver à échéance ». || ***échéance*** (XIIIe s.), d'abord au sens de « succession, héritage », au XVIIe s. « terme d'un délai », d'où les loc. *à brève (courte, longue) échéance* ; *le cas échéant* « si l'occasion se présente » (XIXe s.) ; ***échéancier*** (XIIIe s.), d'abord « héritier », au XIXe s. dans le voc. de la comptabilité.

échoppe (XIIIe s.), d'abord *escope*, empr. au m. néerl. *schoppe* « boutique ».

échouer (XVIe s.), d'orig. inconnue, est empl. d'abord au sens propre de « toucher le fond par accident (en parlant d'un bateau) » ; au XVIIe s. au sens fig. || ***échouage***, ***échouement*** (XVIIe s.).

éclabousser (XVIIe s.), var. de l'a. fr. *esclabouter* (XIIIe s.), p.-ê. formé sur le rad. onomat. *klapp-*, *klabb-* et *bouter* ; au XXe s. au sens fig. || ***éclaboussure*** (XVe s.), ***éclaboussement*** (XIXe s.).

éclair, voir ***éclairer***.

éclaircir (XIIIe s.), réfection d'après *clair* de *esclarcir* (XIIe s.), du lat. vulg. **exclaricire*, réfection de **exclaricare*, lui-même formé sur le lat. imp. *claricare* « éclairer vivement » ; au XIIIe s. au sens fig. de « mettre en lumière, tirer au clair », au XIVe s. au sens de « rendre moins dense, moins épais ». || ***éclaircissement*** (XIIIe s.) ; ***éclaircie*** (XVIe s.).

éclairer (Xe s.), du lat. pop. **exclariare*, en lat. clas. *exclarare* « éclairer » ; au XIIIe s. au sens fig. de « faire comprendre ». || ***éclair*** (XIIe s.), qui a évincé l'a. fr. *espart* « foudre », *espartir* « faire des éclairs », est empl. au sens fig. à partir du XVIIe s. ; au XIXe s. « pâtisserie (qui se mange vite) » ; ***éclairage*** (XVIIIe s.), fin XIXe s. au sens fig. « point de vue » ; ***éclaireur*** (XIIIe s.), d'abord « ce qui éclaire », au XVIIIe s. comme terme militaire, au XXe s. dans le voc. du scoutisme. Voir ***clair***.

éclampsie (XVIIIe s.), empr. au lat. médic. mod. *eclampsia* « lumière éclatante », d'où « accès subit ».

éclater (XIIe s.), du franc. **slaitan* « fendre, déchirer » ; le sens de « briller d'un vif éclat » (XVIe s.) est vieilli ; à partir du XVIIe s. au sens de « se manifester tout à coup, avec évidence, s'imposer ». || ***éclat*** (XIIe s.), déverbal d'*éclater*, d'abord « fragment d'un corps qui éclate », puis « bruit violent produit par ce qui éclate » (XVe s.), les sens figurés se développant à partir du XVIe s. ; ***éclatement*** (XVIe s.), rare avant le XIXe s.

éclectique (XVIIe s.), empr. au grec *ekléktikos* « qui choisit », de *eklégein* « choisir ». || ***éclectisme*** (XVIIIe s.).

éclipse (XIIe s.), empr. au lat. *eclipsis* « éclipse », du grec *ékleipsis* « abandon, défection, éclipse », d'abord empl. comme terme d'astronomie ; à partir du XIIIe s. au sens fig. comme pour le verbe ***éclipser*** (XIIIe s.). || ***écliptique*** (XIIIe s.), rare avant le XVIe s., empr. au lat. imp. *eclipticus* « sujet aux éclipses ».

éclisser (XIe s.), du franc. **slitan* « fendre » ; au XVIe s. au sens de « maintenir un membre par des éclisses ». || ***éclisse*** (XIe s.), d'abord au sens de « éclat de bois », au XVIe s. aux sens de « claie en osier » et de « plaque de bois utilisée comme attelle ».

éclopé (XIIe s.), part. pas. du verbe de l'a. fr. *escloper, ecloper* « rendre boiteux », dér. de *cloper* « boiter », du lat. tard. *clopus* ; *éclopé* au sens fig. date du XIXe s. Voir ***clocher***.

éclore (XIIe s.), du lat. vulg. **excludere*, réfection d'après *claudere* « fermer » de *excludere* « chasser, rejeter », est empl. en a. fr. au sens général de « faire sortir », mais le verbe s'est très tôt spécialisé en parlant des œufs, des plantes ; le sens fig. « naître, apparaître » date du XIIIe s. || ***éclosion*** (XVIIIe s.).

écluse (XIe s.), rare avant le XIIIe s., du lat. tard. *exclusa* (*aqua*) « eau séparée du courant », part. pas. fém. du verbe lat. *excludere* « séparer, fermer, isoler », désigne ensuite la construction elle-même. || ***écluser*** (XIe s.), d'abord « barrer avec une écluse », au XIIe s. au sens fig., au XIVe s. « vider qq. ch. de son eau », au XXe s., pop. « boire » ; ***éclusier*** (XVe s.).

écœurer, voir ***cœur***.

écoinçon, voir ***coin***.

écolâtre (XIIIe s.), d'abord sous la forme *scolaistre* « clerc attaché à l'école d'une église cathédrale », est un empr. au lat. méd. *scholaster*, forme refaite sur *magister* « maître » de *scholasticus*. Voir ***scolastique***.

école (XIe s.), empr. au lat *schola* « loisir studieux » et « lieu où l'on enseigne », lui-même du grec *skholé* « loisir consacré à l'étude » et « ensemble de personnes recevant un enseignement », est attesté dès l'a. fr. aux sens de « lieu d'enseignement », de « ensemble de personnes recevant un enseignement » et de « enseignement, instruction dispensés » ; l'emploi comme terme d'équitation date du XVIIIe s. ; les sens de « doctrine, courant, système de pensée » se développent à partir du XIXe s. || ***écolier*** (XIIe s., d'abord *escoler*), empr. au lat. tard. *scholaris* « d'école » avec substitution du suff. *-ier*, est usuel au sens de « étudiant » jusqu'au XVIIIe s. Voir ***scolaire***, ***scolastique***.

écologie (1910), empr. à l'all. *Okologie*, du grec *oikos* « maison » et *logos* « discours » au sens de « étude des milieux où vivent des êtres vivants et des rapports de ces êtres avec le milieu ». || ***écologique***, ***écologiste*** (XXe s.).

éconduire (XVe s.), altér., d'après *conduire*, de l'a. fr. *escondire* « refuser, repousser », du lat. tard. *(se) excondicere* « refuser, s'excuser », formé sur le lat. clas. *condicere* « convenir de ».

économe (XIVe s.), empr. au lat. tard. *oeconomus* « administrateur », du grec *oikonomos*, de *oikos* « maison » et *nomos* « administration », est d'abord empl. comme subst., l'emploi comme adj. datant du XVIIe s. || ***économie*** (XIVe s.), empr. au lat. *oeconomia* « organisation, façon de disposer », du grec *oikonomia*, d'abord empl. au sens de « gestion prudente d'une maison », à partir du XVIIe s. au sens courant de « épargne » et au sens littér. en fr. mod., de « organisation, structure interne » ; à partir du XVIIIe s. au sens de « science des phénomènes touchant la production, la distribution, la consommation des biens matériels » ; ***économique*** (XIIIe s.), empr. au lat. *oeconomicus* « qui concerne la gestion d'une maison », vieilli en fr. en ce sens, au XVIIe s. au sens courant de « qui épargne la dépense », au XVIIIe s.

au sens de « qui concerne la production, la distribution, la consommation des biens matériels » ; *sciences économiques* (XXe s.) ; **économiser** (XVIIIe s.) ; **économiste** (XVIIIe s.) ; **économisme** (XVIIIe s.) ; **économétrie** (XXe s.) ; **économat** (XVIe s.), d'abord au sens de « fonction d'économe », au XIXe s. « service chargé de cette fonction ».

écope (XIIIe s.), du franc. **skôpa* « pelle, épuisette ». || **écoper** (XIXe s.), au sens de « vider l'eau d'un bateau avec une écope » et au sens fig. et fam. de « subir des dommages » et de « recevoir une sanction ».

écorce (XIIe s.), du lat. imp. *scortea* « manteau de peau », fém. subst. de *scorteus* « de cuir, de peau », dér. de *scortum* « peau », a en partie éliminé le lat. clas. *cortex* « enveloppe » (voir **écorcher**) ; au XIIIe s. au sens de « enveloppe de certains fruits » et au sens fig. de « enveloppe extérieure » par opp. à « moelle ». || **écorcer** (XIIe s.).

écorcher (XIIe s.), du lat. tard. *excorticare* « écorcer », formé sur *cortex* « enveloppe », est empl. dès l'a. fr. aux sens de « dépouiller de sa peau une personne, un animal », de « blesser en entamant la peau », mais aussi au sens fig. de « demander un prix excessif » ou de « causer une sensation pénible » ; au XVIe s. au sens de « mal prononcer une langue ». || **écorchure** (XIIIe s.) ; **écorcheur** (XIIIe s.), au XIVe s. au sens fig. « voleur » ; *écorcheur* a spéc. désigné en m. fr. des brigands qui rançonnaient les paysans durant la guerre de Cent Ans.

écorner, **écornifler**, voir **cor**.

écossais (XIVe s.), dér. de *Ecosse*, empl. à partir du XIXe s. pour désigner une sorte d'étoffe à carreaux ; *douche écossaise* (XIXe s.).

écosser, voir **cosse**.

écot (XIIe s.), du franc. **skot* « contribution », en fr. au sens de « quote-part à payer pour un repas à frais communs ».

écouler, **écoulement**, voir **couler**.

écoute 1 (XIIe s.), empr. à l'a. scand. *shaut* « angle inférieur de la voile », puis « cordage attaché à cet angle ». Voir **écoutille**.

écoute 2, voir **écouter**.

écouter (IXe s.), du lat. tard. *ascultare*, en lat. clas. *auscultare* au sens de « écouter avec attention, favorablement, obéir », avec changement du préf. *as-* en *es-* ; au XVIIe s. au sens de « se laisser guider par un sentiment, un principe ». || **écoute** (XIIe s.), d'abord au sens de « espion », puis au sens de « action d'écouter » (XVe s.) ; **écouteur** (XIIe s.), d'abord au sens de « celui qui écoute », repris dans le voc. de la télécommunication au début du XXe s.

écoutille (XVIe s.), empr. à l'esp. *escotilla* « ouverture dans le pont d'un navire ».

écouvillon (XIIe s.), dér. avec les suff. *-ille* et *-on*, de l'a. fr. *escouve* « balai », lui-même formé sur le lat. *scopa*, de même sens, désigne d'abord « un linge attaché à un bâton et servant à nettoyer un four à pain ».

écrabouiller (XVIe s.), s. d. issu du croisement entre *écraser* et l'a. fr. *esboillier* « éventrer, étriper » (XIIe s.), formé sur *boiel*. Voir **boyau**.

écran (XIIIe s.), d'abord empl. au sens de « paravent contre le feu », empr. au m. néerl. *scherm* « paravent, écran » avec métathèse du *e* et du *r*, est empl. fin XIXe s. au sens de « surface sur laquelle se reproduit l'image d'un objet », d'où les emplois au XXe s. dans le voc. du cinéma, de l'informatique, etc.

écraser (XVIe s.), empr., avec adjonction du préf. *é-*, au m. angl. *to crasen* « briser, mettre en morceaux », angl. *to craze*. || **écrasement** (XVIIe s.).

écrémer, **écrémage**, voir ***crème***.

écrevisse (XIIIe s.), du franc. **krebitja* « écrevisse » (cf. l'all. *Krebs*).

écrin (XIIe s.), du lat. *scrinium* « coffret, cassette ».

écrire (XIe s.), du lat. *scribere* « tracer des caractères, composer », est d'abord attesté sous la forme *escrivre,* refaite en *écrire* sur le modèle de *dire, lire.* || ***écrit*** (XIIe s.), comme subst. et adj. ; ***écriteau*** (XIVe s.) ; ***écritoire*** (XIIe s.), du lat. méd. *scriptorium* « style pour écrire sur la cire », est empl. en a. fr. aux sens de « lieu pour écrire » et de « nécessaire pour écrire », seul sens conservé en fr. mod. ; ***écriture*** (XIe s.), du lat. *scriptura* « écriture, écrit, ouvrage », qui peut avoir dès l'a. fr. le sens spéc., empr. au lat. eccl., de « écriture sainte » ; ***écrivain*** (XIIe s.), du lat. vulg. **scribanem,* dér. de *scriba* « greffier, scribe », attesté jusqu'à la fin du XIIIe s. au seul sens de « copiste ».

écrou 1 (XIIIe s.), « pièce de bois ou de métal dans laquelle on introduit une vis », d'abord au fém. *escröe*, du lat. *scrofa* « truie », qui a dû désigner en lat. tard. par une comparaison vulg. la « partie femelle de l'écrou ».

écrou 2 (de prison), (XIIe s.), d'abord au fém. *escröe*, du franc. **skrôda* « bout, lambeau », est d'abord empl. au sens de « morceau d'étoffe, de parchemin », puis de « registre de prisonniers » (XVe s.) ; au XVIIe s., masc., au sens du fr. mod. || ***écrouer*** (XVIIe s.).

écrouelles (XIIIe s.), d'abord *escröele*, du lat. vulg. **scrofellae*, dér. de *scrofa* « truie » (par analogie entre la saleté de l'animal et celle de cette maladie, d'ailleurs fréquente chez le porc). Voir ***scrofule***.

écrouir (XVIIe s.), terme tech. (voc. de la métallurgie), s. d. dér. de *crou,* forme wallonne de *cru* « qui n'a pas subi de préparation ». || ***écrouissage*** (XVIIIe s.).

écroulement, **écrouler (s')**, voir ***crouler***.

écru (XIIIe s.), dér. de *cru* avec préf. intensif *é-*, au sens de « qui est à l'état naturel ».

ecto-, préf. tiré du grec *ekto-* « en dehors » et entrant dans la construct. de mots sav. comme ***ectoplasme*** (XXe s.).

écu (XIe s.), du lat. *scutum* « bouclier ». L'emploi en héraldique date du XIIIe s., l'emploi au sens de monnaie (portant un écu en effigie) du XIVe s. ; *écu blanc* « monnaie d'argent » (XVIIe s.) ; *écu* désigne en fr. mod. l'ancienne pièce d'argent de cinq francs. || ***écusson*** (XIIIe s.), dér. de *écu,* d'abord empl. au sens héraldique ; ***écuyer*** (XIe s.), du lat. tard. *scutarius* « soldat portant un bouclier », puis « écuyer », dér. de *scutum* « écu », employé en a. fr. au sens de « valet », puis au sens de « jeune noble qui n'est pas encore chevalier » (XIIIe s.) ; les sens de « qui monte bien à cheval » et « qui enseigne l'équitation » se développent au XVIIe s. par rapprochement fautif avec le lat. *equus* « cheval » ; ***écuyère*** (XVIe s.), au XVIIe s. « femme qui monte bien à cheval » ; ***écurie*** (XIIIe s.), d'abord empl. au sens de « ensemble des écuyers », puis de « service des chevaux « (à la charge des écuyers dans les maisons nobles), à partir du XVIe s. « ensemble de chevaux », puis « bâtiment où ils sont gardés » ; au XXe s. au sens de « équipe de coureurs professionnels ».

écueil (XVIe s.), empr. à l'a. prov. *escueyll,* issu du lat. vulg. **scoclu,* du lat. *scopulus* « écueil » ; au XVIIe s. au sens fig.

écuelle (XIIe s.), du lat. vulg. **scutella* « petite coupe » ; le *u* long du lat. vulg. au lieu du *u* bref du lat. clas. s'explique par l'infl. de *scutum* « écu ».

éculé, voir ***cul***.

écume (XIIe s.), s. d. issu par croisement avec le lat. *spuma* « écume, bave », du germ. occid. **skum* « savon liquide », s. d. importé par les mercenaires germains ; *écume* est d'abord empl. en a. fr. au sens de « bave », au XIIIe s. « mousse blanchâtre » ; au XVIIIe s. au sens fig. « lie, rebut ». ‖ ***écumer*** (XIIe s.), au XIIIe s. au sens fig., au XVe s. au sens de « piller », comme ***écumeur*** (XIVe s.), d'abord empl. au sens de « pirate » ; ***écumeux***, ***écumoire*** (d'abord *escumoir*) (XIVe s.).

écureuil (XIIe s.), du lat. vulg. **scuriolus*, en lat. clas. *sciurius*, du grec *skiouros*, lui-même comp. de *skia* « ombre » et *oura* « queue ».

eczéma (XIXe s.), empr. au lat. médic. *eczema*, du grec *ekzéma* « éruption cutanée ».

edelweiss (XIXe s.), empr. à l'all. *Edelweiss*, de *edel* « noble » et *weiss* « blanc ».

éden (XIIIe s.), empr. à l'hébreu biblique *eden*, nom du paradis terrestre, d'abord attesté comme toponyme biblique et au XVIIIe s. au sens fig. « lieu de délices ». ‖ ***édénique*** (XIXe s.).

édenter, voir ***dent***.

édicter, voir ***édit***.

édicule (XIXe s.), empr. au lat. *aedicula* « édifice », dér. de *aedes* « maison ».

édifice (XIIe s.), empr. au lat. *aedificium* « édifice, bâtiment ». ‖ ***édifier*** (XIIe s.), empr. au lat. *aedificare* « construire » ; le sens fig. attesté dès l'a. fr. pour *édifier* est issu du sens pris par *aedificare* « fortifier dans la foi », en lat. eccl. ; ***édification*** (XIIIe s.), empr. au lat. *aedificatio* « construction », empl. en lat. eccl. au sens de « édification », est d'abord empl. en fr. au sens moral, au XIVe s., au sens de « action de construire ».

édile (XIIIe s.), terme d'histoire rom., empr. au lat. *aedilis* « édile » ; au XIXe s. au sens, parfois plaisant, de « conseiller municipal ».

édit (XIVe s.), empr. au lat. *edictum* « édit, ordonnance », de *edicere* « proclamer ». ‖ ***édicter*** (XIVe s.), réfection d'après le lat. *edictum* de *éditer,* au XIVe s. au sens de « prescrire, promulguer ».

éditer (XVIIIe s.), dér. du supin *editum* du verbe lat. *edere* « mettre au jour, produire ». ‖ ***édition*** (XVIe s.), empr. au lat. imp. *editio* au sens de « publication d'un ouvrage, impression » ; ***éditeur*** (XVIe s.), empr. au lat. imp. *editor* « qui produit, auteur », au XVIIIe s. au sens de « personne ou société qui édite » ; ***éditorial*** (XIXe s.), empr. à l'angl. *editorial* « propre à un éditeur », s'emploie aussi depuis le XIXe s. comme subst. au sens de « article émanant de la direction d'un journal, d'une revue, etc. » ; ***éditorialiste*** (XXe s.) ; ***inédit*** (XVIIIe s.), empr. au lat. *ineditus* « qui n'a pas été mis au jour, produit ».

édredon (XVIIIe s.), empr. au danois *ederdun* au sens de « duvet produit par l'oiseau eider », puis de « couvre-pied de duvet ».

édulcorer, **édulcorant**, voir ***doux***.

éduquer (XIVe s.), rare jusqu'au XVIIIe s., empr. au lat. *educare* « élever, instruire », dér. de *educere* « faire sortir, élever ». ‖ ***éducateur*** (XVIe s.), empr. au lat. *educator,* de même sens ; ***éducation*** (XVe s.), empr. au lat. *educatio* « action d'élever » et « instruction » ; ***éducatif*** (XVe s.) ; ***rééduquer***, ***rééducation*** (XIXe s.).

effacer, voir ***face***.

effarer (XIIIe s.), d'abord *efferé*, d'orig. discutée, dér. du lat. *ferus* « fier » ou doublet de l'a. fr. *esfreer, esfraer* (voir **effrayer**). ‖ ***effarement*** (XVIIIe s.).

effaroucher, voir ***farouche***.

effectif (XIVe s.), empr. au lat. *effectivus* « qui produit un effet » ; au XVIIIe s. comme subst., d'abord dans le voc. militaire.

efféminer, voir ***femme***.

effervescence (XVIIe s.), dér. du lat. *effervescens,* avec le suff. *-ence*; au XVIIIe s. au sens fig. || ***effervescent*** (XVIIIe s.), empr. au part prés. *effervescens,* du lat. *effervescere* « s'échauffer, entrer en ébullition ».

effet (XIIIe s.), du lat. imp. *effectus* « résultat, effet », dér. de *facere* « faire », d'abord empl. au sens de « événement produit par une cause » et de « impression produite », est empl. à partir du XVIIe s. au sens moral « impression produite, sensation » et, dans le domaine esthétique, *produire un effet*; au XIXe s. *effets de lumière*, au XXe s. *effets spéciaux*; depuis le XIVe s. emploi au sens financier « titre à ordre ou au porteur »; l'emploi au masc. plur. au sens de « vêtements, linge » date du XVIIe s.; ***en effet*** (XVIe s.), d'abord au sens de « réellement ». || ***effectuer*** (XVe s.), empr. au lat. méd. *effectuare* « produire ».

efficace (XIVe s.), adj., empr. au lat. *efficax* « qui produit l'effet attendu, atteint son but ». || ***efficace*** (XIIe s.), subst. fém. au sens de « efficacité », terme de théolog. et de philos., empr. au lat. imp. *efficacia* « efficacité »; ***efficacité*** (XVe s.), rare jusqu'au XVIIe s., empr. au lat. *efficacitas* « force, vertu »; ***inefficace*** (XIVe s.), empr. au lat. *inefficax* « sans effet utile »; ***inefficacité*** (XVIIe s.).

efficient (XIIIe s.), empr. au lat. *efficiens* « qui produit », part. prés. de *efficere* « exécuter, produire », spécialisé comme terme de philos. dans l'expres. *cause efficiente*. || ***efficience*** (XIXe s.), empr. à l'angl. *efficiency* « efficacité »; ***coefficient*** (XVIIIe s.).

effigie (XVe s.), empr. au lat. *effigies* « image, statue, portrait »; au XVIIe s. dans l'expres. *pendre, exécuter en effigie*.

effilocher, voir ***fil***.

effleurer, **efflorescence**, voir ***fleur***.

effluve (XVIIIe s.), empr. au lat. *effluvium* « écoulement », de *fluere* « couler », empl. en fr. au sens de « émanation, vapeur ».

effondrer, voir ***fond***.

effort, **s'efforcer**, voir ***force***.

effraction (XVe s.), rare jusqu'au XVIe s., dér. avec le suff. *-ion* du lat. *effractus,* part. pas. de *effringere* « briser, ouvrir avec effraction ».

effraie (XVIe s.), s. d. altér. de *orfraie,* désigne une chouette. Voir ***orfraie***.

effrayer (Xe s.), en a. fr. *esfreer, esfreier,* du lat. vulg. **exfridare,* comp. du préf. privatif *ex-* et du franc. **fridu* « paix ». || ***effroi*** (XIIe s.), fait sur les formes fortes (*esfroie,* etc.) de *effrayer*; ***effroyable*** (XVe-XVIe s.).

effréné, voir ***frein***.

effriter (XIIIe s.), forme altérée sous l'influence p.-ê. de *friable*, de *effruiter* (XIIIe s.), « dépouiller de ses fruits, rendre stérile », dér. de *fruit*, est d'abord empl. en ce sens en fr., au XIXe s. au sens du fr. mod. « rendre friable ». || ***effritement*** (XIXe s.).

effronté, **effronterie**, voir ***front***.

effusion (XIIe s.), empr. au lat. *effusio* « action de répandre » et « débordement, transport de joie », d'abord attesté au sens propre, au XVIIe s. au sens fig.

égailler (s') (XIIe s.), terme dial. de l'Ouest, sans doute du lat. vulg. **aegualiare* de *aequalis* « égal », d'abord verbe actif en a. fr. au sens de « répandre de façon égale, niveler », puis, à partir du XVe s., « éparpiller » et depuis le XIXe s. verbe pronom. au sens de « se disperser, se déployer ».

égal (XIIe s.), forme refaite, d'après le lat. *aequalis* « égal », qui a évincé les formes *evel, ivel,* également issues de *aequalis*, attestées jusqu'au XVe s. || ***égaler*** (XIIIe s.); ***également*** (XIIe s.), le sens de « en outre, aussi » datant du XVIIIe s.; ***égaliser*** (XVIe s.), d'abord attesté sous la forme *equaliser* (XVe s.);

égalisation (XVIe s.) ; **égalité** (XVe s.), formé sur *égal*, qui a évincé les formes d'a. fr. *equalité* (formé sur *aequalitas*), *igauté*, *egauté* ; **égalitaire**, **égalitarisme** (XIXe s.) ; **inégal** (XIVe s.), **inégalité** (XVIe s.), d'abord attestés sous les formes *inéqual*, *inéqualité* ; **inégalable** (XIXe s.).

égard, voir ***garder***.

égarer (XIe s.), du germ. **waron* « faire attention à », est employé dès l'a. fr. au sens fig. « troubler l'esprit » et au sens de « perdre le bon chemin » (*s'égarer*, XIVe s.), au XIVe s. au sens de « perdre momentanément un objet ». || ***égarement*** (XIIe s.), rare avant le XVIe s.

égérie (XIXe s.), empr. au sens de « inspiratrice » du lat. *Egeria*, nom d'une nymphe qui aurait conseillé le roi légendaire romain, Numa Pompilius.

égide (XVIe s.), empr. au lat. *aegis, aegidis*, désignant le bouclier de Jupiter et d'Athéna (du grec *aigis, aigidos* « peau de chèvre ») et désignant en fr. le bouclier d'Athéna ; le sens fig. de « défense, protection », attesté dès le XVIe s., se développe à partir du XVIIIe s. ; au XIXe s. *sous l'égide de* « sous la protection de ».

églantier (XIe s.), formé avec le suff. *-ier* sur l'a. fr. *aiglant* « églantier », du lat. vulg. **aquilentum*, dér. irrégulier, au sens de « muni d'épines », de *aculeus* « épine, piquant ». || ***églantine***, forme fém. subst. de *aiglantin* (XVIe s., dér. de *aiglant*) apparaît au XVIe s.

églefin, voir ***aiglefin***.

église (XIe s.), du lat. pop. *eclesia*, var. du lat. eccl. *ecclesia*, du grec *ekklésia* « assemblée de citoyens », employé dans le Nouveau Testament au sens de « assemblée des fidèles », a également désigné le « lieu de réunion des fidèles » en concurrence avec *basilica* (voir ***basilique***) ; *église* est attestée dès l'a. fr. aux sens de « édifice consacré au culte » (en concurrence avec *moutier*, voir *monastère*) et de « assemblée des fidèles » (écrit dans ce sens en fr. mod. avec un *e* majuscule), au XVIe s. au sens de « clergé » ; au XIXe s. au sens fig. « ensemble de personnes professant une même doctrine ».

églogue (XIVe s.), empr. au lat. *ecloga* « choix, recueil », d'où en lat. tard. « pièce de vers, églogue », lui-même du grec *eklogé* « choix, pièce choisie ».

égoïsme (XVIIIe s.), dér. du lat. *ego* « moi », avec le suff. *-isme*. || ***égoïste*** (XVIIe s.) ; ***égotisme*** (XVIIIe s.), empr. à l'angl. *egotism* ; ***égocentrique*** (XIXe s.) ; ***égocentrisme*** (XXe s.).

égorger, voir ***gorge***.

égosiller (s'), voir ***gosier***.

égout, **égoutter**, **égouttoir**, voir ***goutte***.

égratigner, **égratignure**, voir ***gratter***.

égrener, voir ***grain***.

égrillard (XVIe s.), d'abord *esgrillard*, « malfaiteur, voleur », s. d. dér. du m. fr. *griller* « glisser », issu de *écriller*, de même sens, par analogie avec la démarche du voleur ; au XVIIe s. au sens du fr. mod.

éjaculer (XVIe s.), empr. au lat. *ejaculari* « lancer avec force ». || ***éjaculation***, ***éjaculateur*** (XVIe s.).

éjecter (XVe s.), empr. au lat. *ejectare* « rejeter au dehors », dér. de *jactare*. || ***éjection*** (XIVe s.), empr. au lat. *ejectio* « action de jeter en dehors » et « expulsion ».

élaborer (XVIe s.), empr. au lat. *elaborare* « travailler avec soin, perfectionner ». || ***élaboration*** (XVe s.), empr. au lat. *elaboratio* « travail, application ».

élaguer (XIVe s.), p.-ê. dér. du franc. **lag* « entaille qu'on fait dans un arbre » ou de l'a. norr. *laga* « mettre en ordre, préparer » ; au XVIIIe s. au sens fig. || ***élagage*** (XVIIIe s.).

élan 1, **élancer**, voir ***lancer***.

élan 2 (XIIIe s.), « grand cerf des pays nordiques », d'abord sous la forme *hele,* puis *hellent,* s. d. empr. au h. all. *elen, elend,* de même sens, lui-même empr. aux langues baltiques.

élastique (XVIIe s.), empr. au lat. scient. *elasticus,* du grec *élastos,* « étiré, ductile », autre forme de *élatos* ; au XIXe s. au sens fig. || ***élasticité*** (XVIIe s.), empr. au lat. scient. *elasticitas.*

eldorado (XVIe s.), d'abord sous la forme *Dorado*, empr. à l'esp. *el (país) dorado* « le pays doré » pour désigner un pays fabuleux d'Amérique du Sud ; au XIXe s. au sens fig.

électeur, **élection**, voir ***élire***.

électrique (XVIIe s.), calqué sur l'angl. *electric,* lui-même empr. au lat. scient. *electricus,* dér. du lat. imp. *electrum,* du grec *élektron* « ambre jaune » (qui a la propriété d'attirer, quand on le frotte, des corps légers). || ***électricité*** (XVIIIe s.), également empr. à l'angl. *electricity* ; ***électricien*** (XVIIIe s.), au sens de « ingénieur, physicien s'occupant d'électricité », au XIXe s. au sens de « technicien, ouvrier » ; ***électrifier*** (XXe s.), ***électrification*** (XIXe s.) ; ***électriser*** (XVIIIe s.), au XIXe s. au sens fig. ; ***électro-***, premier élém. de nombreux mots tech. du fr. mod. et contemporain comme ***électro-aimant***, ***électrochoc***, ***électrolyse***, ***électromagnétique***, ***électroménager***, ***électrométallurgie***, ***électron***, ***électronique***, ***électrophone***.

électrocuter, **électrocution** (fin XIXe s.), empr. à l'anglo-améric. *to electrocute*, de même sens, formé de *electro-* et de *to execute* « exécuter » ou du subst. *execution.*

électrode (XIXe s.), empr. à l'angl. *electrode* formé sur *electr(ic)* et *(an)ode*. Voir ***anode***.

électuaire (XIVe s.), d'abord en a. fr. sous la forme *leituaire*, empr. au lat. *electuarium* « préparation pharmaceutique », p.-ê. forme altérée sous l'influence de *electus* « choisi, excellent », du grec médic. *ekleikton,* de même sens.

élégant (XIVe s.), empr. au lat. *elegans* « distingué, de bon goût, délicat » ; au XIXe s. comme subst. || ***élégance*** (XIVe s.), empr. au lat. *elegantia* « goût, délicatesse, distinction » ; ***inélégant***, ***inélégance*** (XVIe s.).

élégie (XVIe s.), empr. au lat. *elegia,* du grec *élégeia* « chant de deuil », d'où « chant triste », en fr. au sens de « poème lyrique de forme libre », et par ext. « œuvre poétique dont le thème est la plainte ». || ***élégiaque*** (XVe s.), empr. au lat. tard. *elegiacus* « qui est relatif à l'élégie », empr. au grec.

élément (IXe s.), empr. au lat. *elementum* « un des quatre éléments », souvent employé au plur. pour désigner des principes, des rudiments, lettres de l'alphabet ou quatre éléments constitutifs de l'univers, est attesté dès l'a. fr. aux sens de « matière, substance de l'univers », de « partie d'un tout » et, au plur., au sens de « fondements dans le domaine de la connaissance » ; au XVIe s. au sens de « milieu naturel » (*être dans son élément*). || ***élémentaire*** (XIVe s.), empr. au lat. *elementarius* au sens de « de l'alphabet », puis en lat. tard. aux sens de « relatif aux principes, aux rudiments (de la grammaire) » et de « relatif aux quatre éléments de l'univers ».

éléphant (XIe s.), plus souvent en a. fr. sous la forme *olifant,* empr. au lat. *elephantus* « éléphant », a eu aussi en a. fr. les sens de « ivoire » et « cor d'ivoire ». || ***éléphantesque*** (XIXe s.) ; ***éléphantiasis*** (XVIe s.), empr. au lat. *elephantiasis* « sorte de lèpre », lui-même du grec.

élever (XIIe s.), dér. de *lever*, d'abord au sens de « porter plus haut », puis de « amener un enfant à son plein développement physique et moral » (XIIIe s.). || ***élève*** (XVIIe s.), déverbal de *élever* ; ***élevage*** (XIXe s.) ; ***élévation*** (XIIIe s.), empr. au lat. tard. *elevatio* « action d'élever », d'abord attesté au sens relig., puis au sens de « état de ce qui est élevé » (XIVe s.), les sens fig. se développant à partir du XVIIe s. ; ***élévateur*** (XVIe s.), empr. au lat. tard. *elevator* « ce qui élève » ; ***surélever*** (XVe s.) ; ***surélévation*** (XIXe s.).

elfe (XVIe s.), empr. à l'a. suédois *älf* « génie de l'air ».

élider (XVIe s.), empr. au lat. *elidere* « pousser dehors, expulser », puis « supprimer des lettres dans un mot ». || ***élision*** (XVIe s.), empr. au lat. *elisio*, dér. de *elidere*.

éligible, **éligibilité**, voir ***élire***.

élimer, voir ***limer***.

éliminer (XVe s.), empr. au lat. *eliminare* « faire sortir, mettre dehors », de *limen* « seuil ». || ***élimination*** (XVIIIe s.) ; ***éliminatoire*** (XIXe s.), au XXe s. au plur. « épreuves de sélection ».

élire (XIe s.), du lat. vulg. **exlegere*, réfection du lat. clas. *eligere* « choisir » d'après *legere* « lire », est usuel au sens de « choisir » jusqu'au XVIIe s. ; le sens de « nommer à une fonction (par un vote) » (XIIIe s.) est rare jusqu'au XVIe s. || ***électeur*** (XIIIe s.), empr. au lat. tard. *elector* « celui qui choisit » ; ***élection*** (XIIe s.), empr. au lat. *electio* « choix », très utilisé dans le voc. relig. au sens de « choix fait par Dieu » et dès l'a. fr. au sens de « choix par un vote » ; ***électif*** (XIVe s.), empr. au lat. tard. *electivus* « qui choisit » ; ***électorat*** (XVIIe s.), usuel depuis le XIXe s. au sens de « ensemble des électeurs » ; ***électoral*** (XVIe s.), empr. au rad. du lat. *elector* ; ***éligible*** (XVe s.), empr. au lat. tard. *eligibilis* « qui peut être élu » ; ***éligibilité*** (XVIIIe s.) ; ***inéligible*** (XVIIIe s.) ; ***inégibilité*** (XVIe s.), repris au XVIIIe s. ; ***élite*** (XIIe s.), forme subst. de l'a. part. pas. *eslit*, remplacé en fr. mod. par *élu* ; ***élitisme*** (XXe s.).

élixir (XIIIe s.), empr. à l'ar. *al iksir* « la pierre philosophale », lui-même empr. au grec *kséron* « médicament à base de poudres sèches », est d'abord employé dans le voc. de l'alchimie, au XVIIe s. au sens de « préparation médicamenteuse » ; le sens fig. « quintessence d'une chose » date du XIXe s.

elle, **elles** (Xe s.), des formes toniques du lat. *illa, illas*.

ellébore (XIIIe s.), empr. au lat. *(h)elleborus*, du grec *helléboros* « plante médicinale » (utilisée contre la folie).

ellipse (XVIe s.), empr. au lat. imp. *ellipsis*, du grec *elleipsis* « manque », d'abord attesté comme terme de gram., au XVIIe s. comme terme de géométrie « cercle imparfait ». || ***elliptique*** (XVIIe s.), empr. au grec *elleiptikos*.

élocution (fin XIVe-début XVe s.), empr. au lat. *elocutio* « action, manière de parler ».

éloge (XVIe s.), empr. au lat. *elogium* « épitaphe, courte formule », du grec *élégeion* « mètre élégiaque, distique », qui sous l'influence du grec *eulogia* « beau discours, éloge » a pris en lat. tard. le sens de « louange ». || ***élogieux*** (XIXe s.).

éloigner, **éloignement**, voir ***loin***.

élongation (XIVe s.), empr. au lat. tard. *elongatio* « éloignement », comme terme d'astronomie ; au XVe s. dans le voc. médic.

éloquence (XIIe s.), empr. au lat. *eloquentia* « facilité d'expression, art de la parole », dér. de *loqui* « parler ». || ***éloquent*** (XIIIe s.), empr. au lat. *eloquens* « qui parle bien ».

élucider, **élucidation**, voir ***lucide***.

élucubration (XVIe s.), empr. au lat. tard. *elucubratio* « travail fait de nuit », de *elucubrare* « travailler en veillant » ;

au XIXe s. au sens péj. || ***élucubrer*** (XIXe s.), empr. au lat. *elucubrare.*

éluder (XVe s.), empr. au lat. *eludere* « jouer, se jouer de, esquiver », a eu également au XVIIe s. le sens de « tromper ». || ***élusif*** (XIXe s.), p.-ê. empr. à l'angl. *elusive.*

élysées (champs) (XIVe s.), aussi employé au XVIe s., sous la forme *champ Elysée* et *Elysée,* empr. au lat. *elysii campi,* traduit du grec *élusion pédion* « séjour des hommes vertueux après leur mort », devenu en lat. tard. *elysei campi* et aussi attesté au sing. *elyseum* (en lat. clas. *elysium*). *Champs Elysées* désigne depuis le XVIIIe s. une avenue de Paris, au bas de laquelle se situe le Palais de l'Elysée, résidence officielle, depuis 1873, du Président de la République. || ***élyséen*** (XVIe s.), d'abord empl. au sens mythologique, le sens de « qui concerne le Palais de l'Elysée » datant du XIXe s.

élytre (XVIIIe s.), empr. au grec *élutron* « étui ».

émacier (XVIe s.), empr. au lat. *emaciare* « rendre maigre », de *macies* « maigreur », surtout empl. au part. pas. et adj. *émacié.*

émail (XIIe s.), d'abord *esmal,* puis *esmail* par substitution de suff. à partir du plur. *esmauz,* du franc. **smalt,* de même sens, à rapprocher de l'all. *schmelzen* « fondre ». || ***émailler*** (XIIIe s.), au XVIIIe s. au sens fig. ; ***émailleur*** (XIIIe s.) ; ***émaillage*** (XIXe s.).

émanciper (XIVe s.), empr. au lat. jur. *emancipare* « libérer de l'autorité paternelle » ; au XVIIe s. *s'émanciper* « prendre des libertés » || ***émancipation*** (XIVe s.), empr. au lat. jur. *emancipatio.*

émaner (XVe s.), empr. au lat. *emanare* « couler de, provenir », au XIXe s. au sens fig. « se dégager de ». || ***émanation*** (XVIe s.), empr. au lat. chrét. *emanatio* « action de procéder de qq. ch. ou de qqn, et spéc. de Dieu », d'abord usuel au sens théologique ; au XVIIIe s. dans le voc. de la physique et de la chimie.

émarger, **émargement**, voir ***marge***.

émasculer (XIVe s.), empr. au lat. *emasculare* « châtrer », au XIXe s. au sens fig. || ***émasculation*** (XVIIIe s.).

emballage, **emballer**, voir ***balle***.

embarcadère, **embarquer**, voir ***barque***.

embarcation, voir ***barque***.

embarder (XVIIe s.), empr. au prov. *embarda* « faire une embardée », au sens propre « embourber », en parlant d'un navire qui tourne sur lui-même, dér. de l'a. prov. *bart* « boue ». || ***embardée*** (XVIIe s.), au XXe s. au sens fig.

embargo (XVIIe s.), empr. à l'esp. *embargo* « empêchement, obstacle », de *embargar* « embarrasser », du lat. vulg. **imbarricare* dér. de *barra* « barre ».

embarrasser (XVIe s.), empr. à l'esp. *embarazar,* lui-même empr. au léonais ou au port. *embaraçar,* dér. de *baraço* « courroie, corde ». || ***embarras*** (XVIe s.), déverbal de *embarrasser,* d'abord empl. aux sens de « obstacle » et de « situation difficile » ; au XVIIe s. au sens de « état de celui qui ne sait que faire » ; ***débarrasser*** (XVIe s.) ; ***débarras*** (XVIIIe s.).

embaucher (XVIe s.), formé comme antonyme de *débaucher.* || ***embauche*** (XVIIe s.), rare jusqu'au XXe s., déverb. de *embaucher.* Voir ***débaucher***.

embaumer, **embaumement**, voir ***baume***.

embellir, **embellissement**, **embellie**, voir ***beau***.

embêter, **embêtement**, voir ***bête***.

emblaver, **emblavure**, voir ***blé***.

emblée (d'), d'abord *en emblee* « en cachette » (XIIe s.), loc. adv. attestée depuis le XVe s. au sens de « du premier coup, immédiatement » et formée sur le part. pas. subst. de *embler* (Xe s.), verbe vieilli depuis le XVIIe s., au sens de « enlever, voler », du lat. *involare* « voler vers », d'où « se jeter sur, dérober ».

emblème (XVIe s.), empr. au lat. *emblema* « ornement rapporté », du grec *embléma,* est d'abord empl. au sens de « figure symbolique, généralement accompagnée d'une devise » et, par ext. « figure, attribut représentant une chose abstraite ». || ***emblématique*** (XVIe s.), empr. au lat. tard. *emblematicus* « plaqué », a suivi l'évol. du subst.

embobeliner (XVIe s.), au sens propre et vieilli de « emmitoufler » et au sens fig. et fam. de « tromper, séduire », dér. de l'a. fr. *bobelin* « chaussure grossière », p.-ê. dér. de l'onomat. *bob* signifiant l'aspect bouffi, difforme.

embobiner (XIXe s.), forme altérée d'après *bobine* de *embobeliner*, est fam. au sens de « enjôler, tromper ».

emboîter, voir ***boîte***.

embolie (XIXe s.), empr. au grec *embolé* « action de jeter, choc ».

embonpoint, voir ***point***.

emboucher, **embouchure**, voir ***bouche***.

embourber, voir ***bourbe***.

embout, **emboutir**, voir ***bout***.

embranchement, voir ***branche***.

embraser, voir ***braise***.

embrasser, **embrasse**, voir ***bras***.

embrasure (XVIe s.), formé sur *embraser* « enflammer » et « élargir » au sens de « action de mettre le feu », puis, au XVIIe s., de « ouverture dans un mur (pour pointer un canon ou pour recevoir une fenêtre, une porte) ».

embrayer (XIXe s.), terme de mécanique « mettre en communication une pièce mobile avec l'arbre moteur », s. d. dér. de *braie* « traverse de bois mobile d'un moulin à vent ». || ***embrayage***, ***embrayeur*** (XIXe s.) ; ***débrayer*** (XIXe s.) comme terme de mécanique et au sens fig. et fam. de « cesser le travail, faire grève » ; ***débrayage*** (XIXe s.).

embrocher, voir ***broche***.

embrocation (XIVe s.), terme de médecine, empr. au lat. méd. *embrochatio*, du lat. tard. *embrocha* « enveloppe humide », lui-même du grec. *embrokhé* « action d'arroser ».

embrouillamini (XVIIe s.), croisement de *brouillamini* et de *embrouiller* au sens de « désordre, confusion ».

embrouiller, voir ***brouiller***.

embrun (XVIe s.), rare avant le XIXe s., empr. au prov. *embrum* de *embruma* « bruiner ». Voir ***brume***.

embryon (XIVe s.), empr. au grec *embruon*, de *bruein* « croître » ; au XVIIe s. au sens fig. || ***embryonnaire*** (XIXe s.) ; ***embryo-***, élém. entrant dans la construct. de mots sav. comme ***embryogénie*** (XIXe s.), ***embryologie*** (XVIIIe s.), ***embryogenèse*** (XXe s.).

embûche, **embuscade**, **embusquer**, voir ***bûche***.

émeraude (XIIe s.), d'abord *esmaragde*, empr. au lat. *smaragdus*, lui-même du grec *smaragdos,* d'orig. orientale ; au XVIIIe s. au sens de « couleur verte ».

émerger (XVe s.), rare jusqu'au XIXe s., empr. au lat. *emergere* « sortir de, apparaître », est d'abord attesté en fr. au sens fig. || ***émergence*** (XVe s.).

émeri (XIIIe s.), s. d. empr. au grec byzantin *smérilion,* dimin. de *sméri* « émeri ».

émerillon (XIIe s.), dér. de l'a. fr. *esmerill* « petit faucon », du franc. **smiril*.

émérite (XIVe s.), rare jusqu'au XVIIIe s., empr. au lat. *emeritus* « qui a accompli son service militaire », de *emerere* « mériter », est d'abord empl. au sens de « qui a accompli sa carrière », le sens de « qui a une longue expérience de, éminent » datant du XIXe s.

émétique (XVIe s.), « qui a des propriétés vomitives », empr. au lat. tard. *emeticus,* du grec *émétikos*, de *émein* « vomir ».

émettre (XVe s.), empr. au lat. *emittere* « envoyer dehors, produire » fait sur *mittere* « envoyer », est empl. à partir du XVIIIe s. aux sens de « produire » (un son, etc.), spéc. dans le voc. de la physique, et de « mettre en circulation » (de l'argent, mais aussi une opinion, etc.) ; au XXe s. dans le voc. de la radio. || ***émission*** (XIVe s.), « action d'émettre », empr. au lat. *emissio* « action de lancer », a suivi l'évol. du verbe ; l'emploi dans le voc. de la physique est repris au XVIIIe s. à l'angl. *emission* ; ***émetteur*** (XVIIIe s.), d'abord dans le voc. financier, au XXe s. dans le voc. de la radio ; ***émissaire*** (XVIe s.), empr. au lat. *emissarius* « espion, émissaire » ; l'expres. *bouc émissaire*, calquée sur le lat. eccl. *caper emissarius*, date du XVIIe s.

émeute, voir ***émouvoir***.

émiettement, **émietter**, voir ***mie***.

émigrer (XVIIIe s.), empr. au lat. *emigrare* « changer de demeure ». || ***émigré***, ***émigration*** (XVIIIe s.), empr. au lat. *emigratio*, ***émigrant*** (XVIIIe s.), tous termes devenus très usuels à partir de la Révolution.

éminent (XIIIe s.), empr. au lat. *eminens*, part. prés. de *eminere* « s'élever au-dessus », d'abord empl. au sens propre, puis au sens fig. à partir du XVIe s. || ***éminence*** (XIVe s.), empr. au lat. *eminentia* « éminence, hauteur, supériorité », au sens fig. à partir du XVIe s. ; au XVIIe s., titre donné aux cardinaux.

émir (XIIIe s.), rare jusqu'au XVIe s., empr. à l'ar. *amir* « chef, commandant, prince », de *amara* « ordonner, commander ». || ***émirat*** (XXe s.). Voir ***amiral***.

émissaire, voir ***émettre***.

emmitoufler (XVIe s.), dér. avec le suff. *en-* du m. fr. *mitouflé* « qui porte des mitaines », mot issu du croisement de *mitaine* et de l'a. fr. *emmouflé* « enveloppé de moufles ». Voir ***mitaine***.

émoi (XIIe s.), d'abord *esmai*, issu de l'a. fr. *esmaier* (XIIe s.), « inquiéter, effrayer », du lat. vulg. **exmagare,* formé sur le germ. **magan* « pouvoir » et *ex-* préf. privatif. Le rapprochement entre la forme *émoi* et le verbe *émouvoir* est à l'orig. du sens de « trouble, émotion agréable » (voir l'expres. *doux émoi*) attesté à partir du XIXe s.

émollient (XVIe s.), empr. au lat. *emolliens,* part. prés. de *emollire* « amollir, rendre mou ».

émolument (XIIIe s.), empr. au lat. *emolumentum* « avantage, profit ».

émonder (XIIe s.), empr. au lat. *emundare* « nettoyer, purifier », d'abord empl. au sens de « purifier », le sens spéc. du fr. mod. « nettoyer les arbres » datant du XIIIe s. || ***émondage***, ***émondeur*** (XVIe s.).

émotif, **émotion**, voir ***émouvoir***.

émoulu (XIIe s.), part. pas. de l'a. fr. *esmoudre* « aiguiser » (XIIe s.), du lat. vulg. **exmolere* « aiguiser sur une meule, affiler », en lat. clas. *emolere* « moudre entièrement » ; au XVIIe s. au sens fig. dans l'expres. *frais émoulu.*

émousser (XVIe s.), « rendre moins tranchant, moins aigu », aux sens propre et fig., formé sur l'adj. *mousse* « émoussé », p.-ê. issu du lat. vulg. **muttius*, de même rad. que *mutilus* « tronqué ».

émoustiller (XVIIIe s.), var. employée au sens fig. de *amoustiller* (XVIe s.), « être sous l'effet du vin nouveau », de *moustille* « vin nouveau ». Voir ***moût***.

émouvoir (XIe s.), d'abord *esmovoir*,

du lat. vulg. **exmovere*, en lat. clas. *emovere* « remuer, ébranler », est empl. dès l'a. fr. au sens fig. de « troubler » qui a éliminé à partir du XVIIe s. le sens propre « mettre en mouvement », réservé en fr. mod. à *mouvoir*. || ***émeute*** (XIIe s.), d'abord *esmuete*, formé à partir du part. pas. *esmeu* de *esmovoir* sur le modèle de *meute*; ***émeutier*** (XIXe s.); ***émotion*** (XVe s.), formé d'après le lat. *motio* « mouvement » et « trouble », est vieilli au sens de « trouble, agitation d'une foule, du peuple »; ***émotif***, ***émotivité*** (XIXe s.).

empaler, voir ***pal***.

empan (XVIe s.), ancienne mesure de longueur, forme altérée de l'a. fr. *espan, espane* (XIIe s.), du franc. **spanna*. Voir ***épanouir***.

emparer (s') (XIVe s.), empr. à l'a. prov. *emparar* « protéger, défendre », du lat. vulg. **anteparare* « se protéger devant », est d'abord empl. (XIVe s.-XVIe s.) comme verbe transitif au sens de « protéger, fortifier », puis comme verbe pronominal au sens de « se rendre maître de » (XVIe s.) et au sens fig. de « exercer une domination sur » (XVIIe s.). Voir ***rempart***, ***désemparer***.

empêcher (XIIe s.), « entraver, embarrasser », du lat. tard. *impedicare* « prendre au piège, entraver », de *pedica* « entrave »; l'emploi pronom., au sens de « s'abstenir de », date du XVIe s. || ***empêchement*** (XIIe s.); ***empêcheur*** (XIIIe s.), rare après le XVIe s. et de nouveau usuel au XIXe s. (*empêcheur de danser en rond*). Voir ***piège***, ***dépêcher***.

empeigne (XIe s.), « partie de la chaussure recouvrant le pied », dér. de *peigne*, employé en a. fr. par analogie de forme au sens de « métatarse ».

empennage, **empenner**, voir ***penne***.

empereur (XIe s.), empr. à l'acc. *imperatorem* du lat. *imperator, imperatoris*; la forme de c. s. de l'a. fr., *emperere,* a disparu au XIVe s. || ***impératrice*** (XVe s.), empr. au lat. *imperatrix,* a remplacé la forme de l'a. fr. *empereriz, empereresse, emperesse*; ***impérial*** (XIIIe s.), empr. au lat. imp. *imperialis* « de l'empereur », dér. de *imperium* « empire »; ***impériale*** (XVIIe s.), « dessus d'une voiture pouvant recevoir des voyageurs »; ***impérialisme*** (XIXe s.); ***impérieux*** (XVe s.), empr. au lat. *imperiosus* « dominateur, hautain », dér. de *imperium*. Voir ***empire***.

empeser (XIe s.), « apprêter du linge avec de l'empois », dér. de l'a. fr. *empoise* « produit à base d'amidon, empois », du lat. *impensa* « dépense, ustensiles, matériaux achetés, ingrédients ». || ***empesage*** (XVIIe s.).

empêtrer (XIIe s.), « mettre une entrave », du lat. vulg. **impastoriare* « mettre une entrave », de *pastoria* « entrave », dér. de *pastus* « pâturage », est empl. dès l'a. fr au sens propre et au sens fig. || ***dépêtrer*** (XIIIe s.) pour **désempêtrer,* très tôt attesté au sens fig.

emphase (XVIe s.), empr. au lat. *emphasis* « expression forte », lui-même du grec, d'abord empl. comme terme de rhétorique, puis au sens de « exagération dans la manière de s'exprimer » (XVIIe s.). || ***emphatique*** (XVIe s.), empr. au grec *emphatikos*.

emphysème (XVIIe s.), empr. au grec médic. *emphuséma* « gonflement ».

emphytéose (XIIIe s.), empr. au lat. méd. *emphyteosis*, altér. du lat. jur. tard. *emphyteusis*, lui-même empr. au grec *emphuteusis,* de *emphuteuein* « planter », ce genre de bail de longue durée permettant de planter et de jouir de ses plantations. || ***emphytéotique*** (XIVe s.), empr. au lat. méd. *emphyteoticus*.

empiffrer (s') (XVIIe s.), formé sur *piffre* « homme ventru », de l'ital. *piffero*

« fifre », par comparaison plaisante entre la gorge et un fifre.

empiler, voir ***pile***.

empire (XIe s.), d'abord *empirie*, empr. au lat. *imperium* « pouvoir suprême, empire ».

empirer, voir ***pire***.

empirique (XIVe s.), empr. au lat. *empiricus*, du grec *empéreikos*, de *empeiros* « expérimenté », est d'abord empl. comme terme de médecine, et à partir du XIXe s. dans le voc. philos. || ***empirisme*** (XVIIIe s.) a suivi la même évol.

emplâtre (XIIe s.), empr. au lat. *emplastrum* « emplâtre », du grec *emplastron*, de *emplattein* « modeler, enduire » ; le sens fig. et fam. de « personne molle, encombrante » date du XVIIe s. || ***emplâtrer*** (XIIIe s.), XIXe s. au sens fig. de « gêner ». Voir ***plâtre***.

emplette (XIIIe s.), d'abord *emploite*, du lat. vulg. **implicta* « usage, application » à rapprocher de *implicare* « employer », est d'abord empl. au sens de « usage, emploi (de l'argent en achats) », puis de « achat » (XVe s.), en fr. mod. *faire des emplettes*. Voir ***employer***.

emplir (XIIe s.), terme vieilli et littéraire en fr. mod., du lat. vulg. **implire*, en lat. clas. *implere*, a été très tôt concurrencé par ***remplir*** (XIIe s.), d'abord *raemplir*, fait sur l'a. fr. *aemplir*. || ***désemplir*** (XIIe s.) ; ***remplissage*** (XVIe s.).

employer (XIe s.), du lat. *implicare* « plier dans, envelopper », empl. dès l'a. fr. au sens de « faire usage de », au XIVe s. *s'employer à* « s'occuper de », au XVIIe s. au sens de « prendre qqn à son service ». || ***emploi*** (XIIIe s.), déverbal d'*employer* ; ***employé*** (XVIIIe s.), comme subst. ; ***employeur*** (XVIIIe s.).

empoigner, voir ***poing***.

emporter, **emportement**, voir ***porter***.

empoté (XIXe s.), formé sur *main pote* « main gauche » s. d. de l'a. fr. *poe, pote* « patte ». Voir ***potelé***.

empreindre (XIIIe s.), du lat. vulg. **impremere*, en lat. clas. *imprimere* « appuyer sur, imprimer » est rare en fr. mod. || ***empreinte*** (XIIIe s.), part. pas. fém. subst. de *empreindre*, empl. au sens fig. à partir du XVIIe s.

emprise (XIIe s.), part. pas. subst. de l'a. fr. *emprendre* « entreprendre », usuel jusqu'au XVIe s., est issu du lat. vulg. **imprendere*, formé sur *prendere* ; empl. au sens de « entreprise, prouesse » jusqu'au XVIe s., le mot étant également attesté au sens juridique de « mainmise de l'administration sur une propriété privée » ; au XIXe s. au sens fig., seul usuel en fr. mod., de « domination intellectuelle ou morale ».

emprunter (XIIe s.), du lat. vulg. **imprumutuare*, altér. de **impromutuare*, formé sur le lat. jur. *promutuari* « emprunter », a aussi signifié en a. fr. « prêter » ; *emprunté* au sens fig. « gauche, maladroit » date du XIIIe s. || ***emprunt*** (XIIe s.), déverbal de *emprunter*, au sens fig. à partir du XVIe s. ; ***emprunteur*** (XIIIe s.).

empuantir, voir ***puer***.

empyrée (XIVe s.), d'abord *cieux empirees*, empr. au lat. chrét. *empyrius* « embrasé, de feu », du grec *empurios* « en feu » pour désigner les régions supérieures du ciel ; au XIXe s. au sens fig. « ciel, monde supraterrestre ».

émule (XIVe s.), empr. au lat. *aemulus* « celui qui cherche à égaler, en bonne ou en mauvaise part, rival ». || ***émulation*** (XIIIe s.), empr. au lat. *aemulatio* « désir d'égaler », d'abord empl. comme *émule* au sens de « rivalité, jalousie ».

émulsion (XVIe s.), formé sur le part.

pas. *emulsus,* du lat. *emulgere* « traire », puis « extraire ».

en 1 (IXe s.), prép., du lat. *in*, a été concurrencé dans plusieurs de ses emplois par *dans* ; la forme contractée *ou (en le)*, a disparu au XVIe s. ; la forme *ès (en les)* est restée dans des expres. comme *docteur ès lettres.*

en 2 (IXe s.), pron. adv., du lat. *inde* « de ce lieu, de là » et, par ext. en lat. tard. « de cela ».

en-, em-, préf. servant, avec le radical substantif qu'il précède, à la formation de verbes composés comme ***emboiter***, ***emprisonner***, ***enterrer***.

énarque (XXe s.), dér. de E.N.A., sigle de l'Ecole nationale d'administration (1967), avec le suff. sav. *-arque.*

encan (XIVe s.), « vente publique aux enchères », adapt. du lat. méd. *inquantum,* du lat. *in quantum* « pour combien ».

en-cas, voir ***cas***.

encastrer (XVIe s.), empr. à l'ital. *incastrare* « enchâsser », du lat. tard. *incastrare* « tailler pour introduire », formé sur *castrare* (voir ***châtrer***). || ***encastrement*** (XVIIe s.).

encaustique (XVIe s.), empr. au lat. imp. *encaustica* « art de peindre à la cire fondue », lui-même dér. du grec *enkaiein* « brûler » ; au XIXe s. au sens de « produit d'entretien pour les bois ». || ***encaustiquer*** (XIXe s.).

enceindre, voir ***ceindre***.

enceinte 1, voir ***ceindre***.

enceinte 2 (XIIe s.), adj. fém. « qui est en état de grossesse », du lat. *incincta* « entourée d'une ceinture », part. pas. de *incingere.* Voir ***ceindre***.

encens (XIIe s.), empr. au lat. chrét. *encensum* « toute matière brûlée en sacrifice, encens », part. pas. de *incendere* « incendier ». || ***encenser*** (XIe s.), empr. au lat. chrét. *incensare* « brûler de l'encens », employé au sens fig. comme *encens* à partir du XVIIe s. ; ***encensoir*** (XIVe s.).

encéphale (XVIIIe s.), terme d'anatomie, empr. au grec *enkephalos* « cerveau ». || ***encéphalite*** (XVIIIe s.), d'abord empl. au sens de « pierre imitant le cerveau humain », au XIXe s. au sens médic. ; ***encéphal(o)-***, élém. entrant dans la construct. de nombreux termes de médecine comme ***encéphalogramme***.

enchanter (XIIe s.), empr. au lat. *incantare* « chanter des formules magiques, ensorceler », de *cantare* « chanter », est aussi employé au sens fig. de « ravir, remplir de plaisir » depuis le XVIe s. || ***enchantement*** (XIIe s.) a suivi la même évol. ; ***enchanteur*** (XIe s.).

enchevêtrer (XIIe s.), du lat. tard. *incapistrare* « mettre un licou », de *capistrum* « licou » (a. fr. *chevestre,* de même sens), est vieilli en fr. mod. au sens de « mettre un chevêtre, un licou » ; au XIIIe s. au sens fig. || ***enchevêtrement*** (XVIe s.), d'abord empl. au sens propre, au XIXe s. au sens fig.

enclaver (XIIIe s.), du lat. vulg. **inclavare* « fermer avec une clé », de *clavis* « clé », est employé dès le XIIIe s. au sens dominant en fr. mod. de « contenir, entourer une autre terre (comme une enclave) ». || ***enclave*** (XIVe s.), déverbal de *enclaver* ; ***enclavement*** (XIVe s.).

enclencher, voir ***clenche***.

enclin (XIe s.), d'abord empl. au sens de « incliné, baissé », est dér. de l'a. fr. *encliner* « baisser » et « incliner vers », du lat. *inclinare,* qui a été remplacé au début du XVIIe s. par *incliner* ; le sens fig., seul usuel en fr. mod., apparaît dès le XIIe s. Voir ***incliner***.

enclitique (XVIe s.), empr. au lat. *encliticus* « penché », lui-même du grec *enklitikos.* || ***enclise*** (XXe s.), empr. au grec *enklisis* « inclinaison ».

enclore, **enclos**, voir ***clore***.

enclume (XIIe s.), du lat. vulg. **includinem*, forme altérée, p.-ê. d'après *includere* « enfermer », du lat. tard. *incudinem*, en lat. clas. *incus, incudis* « enclume ».

encoche, **encocher**, voir ***coche 1***.

encoignure, voir ***coin***.

encombrer (XIe s.), à rapprocher du lat. méd. *combrus* « barrage sur une rivière », s. d. issu d'un thème *combr-*, fait sur le gaulois **kombero*, est empl. dès l'a. fr. au sens de « gêner moralement » et au sens de « obstruer ». ‖ ***encombre*** (XIIe s.), déverbal de *encombrer*, d'abord empl. au sens de « malheur », puis de « gêne, obstacle » (XVIe s.) (*sans encombre*) ; ***encombrement*** (XIIe s.). Voir ***décombres***.

encontre (Xe s.), empr. au lat. tard *incontra* (voir ***contre***), ne subsiste en fr. mod. que dans la loc. *à l'encontre (de)*.

encorbellement, voir ***corbeau***.

encore, voir ***or 2***.

encouragement, **encourager**, voir ***cœur***.

encourir, voir ***courir***.

encre (XIe s.), d'abord *enque*, du lat. tard. *encau(s)tum* « encre de pourpre », réservée aux empereurs, puis « encre ordinaire », de *encaustus* « peint à l'encaustique », du grec *enkauston* (voir ***encaustique***) ; l'a. fr. connaissait également pour désigner l'encre noire (ordinaire) *arrement*, du lat. *atramentum*. ‖ ***encrier*** (XIVe s.) ; ***encrer*** (XVIe s.), d'abord « tacher d'encre », au XVIIIe s. dans le voc. de la typographie.

encyclique (XVIIIe s.), d'abord adj., *lettre encyclique*, empr. au lat. chrét. *encyclica (epistola)*, dér. du grec *enkuklios* « circulaire », sur *kuklos* « cercle ».

encyclopédie (XVIe s.), empr. au lat. de la Renaissance *encyclopaedia*, adapté de l'expres. grecque *enkuklios paideia* « instruction embrassant le cercle des connaissances » ; au XVIIIe s. au sens de « ouvrage qui embrasse l'ensemble des connaissances » ; *l'Encyclopédie* désigne particulièrement l'ouvrage publié au XVIIIe s. par Diderot et d'Alembert. ‖ ***encyclopédique***, ***encyclopédiste***, ***encyclopédisme*** (XVIIIe s.).

endémie (XVIe s.), empr. au grec *endémon noséma* « maladie fixée dans une région », de *démos* « peuple » et *noséma* « maladie ». ‖ ***endémique*** (XVIe s.), d'abord empl. au sens médic., au XIXe s. au sens fig. Voir ***épidémie***.

endive (XIVe s.), empr. au lat. méd. *endivia*, du grec méd. *entubon*, p.-ê. du lat. imp. *intubus* « chicorée sauvage ».

endo-, élém. tiré du grec *endon* « dedans » et entrant dans la construct. de mots sav. comme ***endocarde***, ***endocrine***, ***endocrinien***, ***endogamie***, ***endogène***, ***endomorphe***, ***endoscope***.

endroit (XIIe s.), forme subst. de l'adv. de l'a. fr. *endroit* « justement, exactement », comp. de la prép. *en* et de *droit*, est empl. dès l'a. fr. aux sens de « partie déterminée d'un espace, lieu » et de « côté d'une chose qui doit être vu, bon côté ». Voir ***envers***.

enduire (XIIe s.), du lat. *inducere* « mettre dans, sur », « appliquer (un enduit) sur ». ‖ ***enduit*** (XIIe s.). Voir ***induire***.

endurer (XIe s.), empr. au lat. *indurare* « endurcir son corps, son cœur », qui a pris en lat. chrét. le sens de « s'endurcir le cœur contre quelque chose », d'où le sens dès l'a. fr. de « supporter, souffrir ». ‖ ***endurance*** (XIIIe s.), rare jusqu'au XIXe s.

énergie (XVIe s.), rare jusqu'au XVIIe s., empr. au lat. tard *energia* « force, énergie », du grec *énergeia* « force en action » par opp. à *dunamis* « force en puissance », les sens fig. se développant à partir du XVIIe s. ‖

énergique (XVIe s.) ; ***énergétique*** (XVIIIe s.), empr. au grec *énergétikos.*

énergumène (XVIe s.), empr. au lat. chrét. *energumenos* « possédé du démon », lui-même du grec eccl. *énergouménos,* issu de *énergein* « agir » ; le sens de « personne emportée, au comportement inquiétant » se développe à partir du XVIIIe s.

énervement, **énerver**, voir ***nerf***.

enfant (Xe s.), empr. au lat. *infans, infantis* « qui ne parle pas », d'où « enfant en bas âge », qui a pris en lat. tard. les sens de *puer* et de *puella* « garçon, fille de six ans à quinze ans environ » et de *liberi* « enfants par rapport aux parents », est empl. dès l'a. fr. aux sens de « garçon, fille en bas âge » et de « qui a le caractère, la conduite d'un enfant » ; à partir du XVIe s. au sens de « descendant », au XVe s. de « originaire de ». || ***enfanter*** (XIIe s.), au XIIIe s. au sens fig. ; ***enfantement*** (XIIe s.) ; ***enfance*** (XIIe s.), empr. au lat. *infantia* « bas-âge, jeunesse », est empl. dès l'a. fr. au sens de « naïveté, enfantillage », à partir du XVIIe s. au sens de « origine, commencement » ; ***enfantillage*** (XIIIe s.), dér. de *enfantil* (XIIIe s.), du lat. tard. *infantilis,* d'abord empl. au sens de « temps de l'enfance », est empl. depuis le XVIIe s. au sens de « manière d'agir qui ne convient qu'à un enfant » ; ***enfantin*** (XIIIe s.), d'abord « qui se rapporte à l'enfant », au XIXe s. aux sens de « simple » et de « puéril » ; ***infantile*** (XVIe s.), empr. au lat. tard. *infantilis* « d'enfant, enfantin » remplace la forme *enfantil* ; ***infantilisme*** (XIXe s.).

enfer (Xe s.), d'abord *enfern*, empr. au lat. chrét. *infernum* « lieu d'en bas », qui a remplacé le lat. clas. *inferni* « les enfers, séjour des dieux d'en bas (*inferi*) », désigne en fr. au plur. le séjour des morts dans la mythologie gréco-latine ; *enfer* au sens fig. de « tourment » date du XIIIe s. || ***infernal*** (XIIe s.), empr. au lat. tard. *infernalis*, d'abord attesté au sens de « qui est relatif aux Enfers ».

enfin, voir ***fin 1***.

enfler (Xe s.), du lat. *inflare* « souffler dans, gonfler », est empl. en fr. au sens de « faire augmenter de volume » et au XVIe s. au sens fig. « exagérer, grossir ». || ***enflé*** « imbécile » (XVIIIe s.), adj. pop. ; ***enflure*** (XIIe s.) ; ***renfler*** (XIIe s.) ; ***renflement*** (XVIe s.).

enfoiré (XXe s.), vulg., part. pas. de *enfoirer* « souiller, salir » (XVIe s.), dér. de *foire* « diarrhée » avec préf. *-en* ; empl. au XXe s. au sens fig. de « maladroit, imbécile ».

enfouir, voir ***fouir***.

enfreindre (XIIe s.), d'abord *enfraindre*, du lat. vulg. **infrangere* refait sur *frangere*, en lat. clas. *infringere* « briser », est empl. dès l'a. fr. au sens de « violer une loi, un engagement ».

engager, voir ***gage***.

engeance (XVIe s.), s. d. dér. avec le suff. *-ance* de l'a. fr. *engier, aengier* « croître, prospérer » d'orig. obsc., est empl. dès le XVIe s. au sens de « race d'animaux, d'hommes », mais aussi au sens péj. de « catégorie de personnes méprisables ».

engendrer (XIIe s.), du lat. *ingenerare* « créer, enfanter », dér. de *genus, generis* « race ». || ***engendrement*** (XIIe s.).

engin (XIIe s.), du lat. *ingenium* « intelligence, talent » et « invention ingénieuse », qui a pris en lat. tard. le sens de « ruse », tous sens présents en a. fr. et attestés jusqu'au XVIe s. ; le sens de « dispositif, machine, machine de guerre », seul usuel en fr. mod., date du XIIe s.

engloutir (XIe s.), du lat. tard. *ingluttire* « avaler », en lat. clas. *gluttire.* || ***engloutissement*** (XVe s.). Voir ***glouton***.

engoncer, voir ***gond***.

engouer (s') (XIVe s.), empr. à un

dial. non identifié, se rattache à un rad. également attesté dans *joue* et dans *gaver* et est d'abord transitif, au sens de « avaler, se gaver de » ; le sens fig. de *s'engouer* « s'emballer, s'enticher » date du XVIIe s. || ***engouement*** (XVIIe s.), au sens propre et au sens fig.

engoulevent (XVIIe s.), comp. de la forme verbale *engoule* de *engouler* « avaler gloutonnement » (XIIe s.), dér. de *gueule,* et de *vent,* désigne à partir du XVIIIe s. un oiseau nocturne.

engourdir, **engourdissement**, voir ***gourd***.

engrais, voir ***graisse***.

engrenage, **engrener**, voir ***graine***.

énigme (XIVe s.), empr. au lat *aenigma* « parole obscure, équivoque », lui-même du grec *ainigma.* || ***énigmatique*** (XIVe s.), rare jusqu'au XVIe s.

enjeu, **enjoué**, voir ***jeu***.

enjôler, voir ***geôle***.

enliser (XVe s.), dér. de *lise* « sable mouvant », mot d'orig. normande. || ***enlisement*** (XIXe s.).

enluminer (XIe s.), empr. au lat. *illuminare* « éclairer, illuminer, embellir, orner », dér. de *lumen, luminis* « lumière », avec substitution du préf. *en-*, est empl. dès l'a. fr. aux sens de « orner, éclairer, illuminer » et de « décorer un manuscrit ». || ***enluminure*** (XIVe s.), d'abord au sens de « art d'enluminer », puis pour désigner les peintures elles-mêmes (XVIIe s.) ; ***enlumineur*** (XIIIe s.) aux sens de « celui qui éclaire » et de « celui qui enlumine un manuscrit ». Voir ***illuminer***.

ennemi (IXe s.), adapt. du lat. *inimicus* « ennemi particulier » (par opp. à *hostis* « ennemi public »), désignant aussi en lat. chrét. « le démon ». Voir ***ami***, ***inimitié***.

ennuyer (XIe s.), d'abord *enoiier,* empr. au lat. tard. *inodiare,* formé sur la loc. *in odio esse* « être un objet de haine ». Le sens fort de l'a. fr. « nuire, causer des tourments » s'affaiblit à partir du XVIIe s. || ***ennui*** (XIIe s.), déverbal de *ennuyer,* d'abord empl. au sens de « peine vive, tourment », a suivi l'évol. du verbe ; ***ennuyeux*** (XIIe s), du lat. tard. *inodiosus.*

énoncer (XIVe s.), empr. au lat. *enuntiare,* formé sur *nuntiare* « annoncer » (voir ***annoncer***). || ***énonciation*** (XIIIe s.), empr. au lat. *enuntiatio* ; ***énoncé*** (XVIIe s.) ; ***énonciateur*** (XIXe s.), du lat. tard. *enuntiator* « qui énonce » ; ***énonciatif*** (XIVe s.), empr. au lat. imp. *enuntiativus* « qui énonce », au XVIIIe s. comme terme de linguistique.

énorme (XIVe s.), empr. au lat. imp. *enormis* « qui est hors de la norme ». || ***énormité*** (XIIIe s.), empr. au lat. imp. *enormitas* « grandeur ou grosseur démesurée », qui a pris en lat. chrét. le sens de « outrage », d'abord empl. au sens de « crime énorme », puis, à partir du XIVe s. « ce qui sort des règles, des normes », et au XIXe s. « action, propos jugé énorme ».

enquérir (XIe s.), d'abord *enquerre* jusqu'au XIVe s., du lat. vulg. **inquaerere,* en lat. clas. *inquirere* « rechercher », est empl. en a. fr. et jusqu'au XVIIe s. comme verbe transitif au sens de « rechercher, interroger », et ne s'emploie plus en fr. mod. que comme pronom. au sens de « chercher à savoir (en examinant, en interrogeant) ». || ***enquête*** (XIIe s.), du lat. vulg. **inquaesita* formé sur **inquaerere,* au sens de « recherche », puis au sens jur. ; ***enquêter*** (XIIIe s.).

enrayer, voir ***rai***.

enrober, voir ***robe***.

enrouer (XIIe s.), dér. de l'a. fr. *ro, rau* (XIIe s.), « rauque », issu du lat. *raucus,* de même sens. || ***enrouement*** (XVe s.).

enseigne (XIe s.), dér. du plur. neutre lat. *insignia* (pris comme subst. fém.)

de *insigne* « marque, signe distinctif ». Des nombreux sens de l'a. fr. « signe, signe de ralliement, étendard, etc. », ne subsistent en fr. mod. que les sens de « enseigne de boutique, de magasin », et dans le domaine militaire le sens de « signe de ralliement » et de « enseigne de vaisseau » (grade militaire).

enseigner (XIe s.), du lat. vulg. **insignare*, en lat. clas. *insignire* « signaler, désigner », de *signum* « signe », est aussi employé en a. fr. aux sens de « instruire » et de « indiquer » (vieilli ou régional en fr. mod.). || ***enseignement*** (XIIe s.), signifie aussi en a. fr. « indication, information » ; ***renseigner*** (XIIe s.), « instruire, donner des indications » dès le M. A. ; ***renseignement*** (XVIIIe s.).

ensemble (XIe s.), adv. « l'un avec l'autre », du lat. vulg. **insemul*, en lat. clas. *insimul*, forme renforcée de *simul* « à la fois, en même temps » ; *ensemble*, subst. (XVIIIe s.), s'emploie d'abord dans le voc. des arts plastiques et à partir du XIXe s. pour désigner « la totalité des éléments constituant un tout » ou « un groupe de personnes, de choses réunies en un tout ».

ensevelir (XIIe s.), formé avec le préf. *en-* sur l'a. fr. *sevelir* (XIIe s.), du lat. *sepelire* « ensevelir », ou issu directement du lat. chrét. *insepelire* « ensevelir dans ». || ***ensevelissement*** (XIIe s.).

ensorceler, voir ***sorcier***.

ensuite, voir ***suivre***.

entamer (XIIe s.), du lat. tard. *intaminare* « souiller, profaner », formé sur le rad. de *tangere* « toucher » et qui a dû prendre le sens de « toucher », puis de « prendre une partie d'une chose » ; au XIIIe s. au sens de « commencer, entreprendre ». || ***entame*** (XIVe s.), déverbal de *entamer*, d'abord empl. au sens de « blessure », puis au XVIIIe s. de « premier morceau de quelque chose ».

entendre (XIe s.), du lat. *intendere* « tendre vers », d'où « s'appliquer à, porter son attention vers », qui a pris en lat. tard. les sens de « comprendre » et de « écouter, entendre », est empl. en a. fr. aux sens de « entendre », de « diriger son attention vers » et de « comprendre » ; *entendre* à partir du XVIIe s. a éliminé *ouïr* au sens de « écouter » et est devenu archaïque au sens de « comprendre » ; à partir du XIIIe s. *s'entendre à* « être habile dans ». || ***entendeur*** (XIIIe s.), conservé dans l'expres. proverbiale *à bon entendeur, salut* ; ***entendement*** (XIIe s.), d'abord empl. au sens de « intelligence », à partir du XVIIe s. dans le voc. philos. « faculté de comprendre » ; ***entente*** (XIIe s.), du part. pas. fém. subst. lat. **intendita* pour *intenta* (de *intendere*), signifie d'abord « attention, préoccupation » et « intelligence, compréhension (*à double entente*) » ; au XIXe s. au sens de « accord, bonne intelligence » (*l'Entente cordiale*) ; ***mésentente*** (XVIe s.) ; ***malentendu*** (XVIe s.) ; ***sous-entendu*** (XVIIe s.).

enter (XIe s.), du lat. vulg. **imputare* « greffer », dér. de *impotus* « greffe », formé sur le grec *emphuton*, de même sens. || ***ente*** (XIIe s.).

entériner, voir ***entier***.

entérite (XIXe s.), mot sav., dér. du rad. du grec *entéron* « intestin ».

enthousiasme (XVIe s.), empr. au grec *enthousiasmos* « transport divin », formé sur *théos* « dieu » ; au XVIIe s. aux sens de « exaltation poussant à agir avec joie » et de « admiration passionnée ». || ***enthousiasmer***, ***enthousiaste*** (XVIe s.).

enticher (s') (XVIe s.), de l'a. fr. *entechier*, part. pas. *entechié* « pourvu (d'une qualité, d'un défaut) » (XIIe s.), fait sur *teche, tache* « qualité bonne ou mauvaise », est d'abord empl. au sens de « commencer à gâter, à corrompre » ; au XVIIe s., *s'enticher de*, au sens usuel du fr. mod. « s'engouer de ». ||

entichement (XIXe s.), d'abord en a. fr. (XIIIe s.) *entechement.*

entier (XIIe s.), du lat. *integer, integrum* « non touché, non entamé, sain », avec suff. *-ier,* est également empl. en a. fr. au sens de « loyal, fidèle, sincère » et à partir du XVIIe s. au sens de « qui n'admet aucune demi-mesure ». || ***entériner*** (XIIIe s.), d'abord au sens de « accomplir entièrement », puis de « ratifier », dér. de l'a. fr. *enterin* « entier, complet » (XIIe s.), lui-même dér. de *entier.* Voir ***intègre***.

entité (XVIe s.), empr. au lat. méd. *entitas, entitatis,* lui-même issu de *ens, entis,* part. prés. de *esse* « être ».

entom(o)-, élém. tiré du grec *entomon* « insecte » et entrant dans la construct. de mots comme ***entomologie***, ***entomologiste***.

entorse (XVIe s.), part. pas. fém. subst. de l'a. fr. *entordre* (XIIe s., du lat. *intorquere* « tordre »), d'abord empl. dans le voc. médic. « torsion » ; au XVIIe s. au sens fig. *faire une entorse* « ne pas respecter ».

entortiller (XIIe s.), s. d. du lat. vulg. **intortiliare*, dér. de l'adj. *tortilis* « qui s'enroule », est empl. à partir du XVIIe s. au sens de « compliquer » et du XIXe s. au sens de « circonvenir, séduire ». || ***entortillement*** (XIVe s.) ; ***entortillage*** (XVIIIe s.).

entour (Xe s., d'abord *entorn*), comp. de *tour* et de *en,* empl. en a. fr. comme adv. et jusqu'au XVIIe s. comme prép. ; de la loc. adv. ***à l'entour*** (XVe s.) est issu le subst. plur. ***alentours*** (XVIIIe s.), « environs ». || ***entourer*** (XVIe s.) ; ***entourage*** (XVe s.), rare avant le XVIIIe s.

entourloupette (XXe s.), mot pop. créé sur *tour* au sens de « mauvais tour joué à qqn ».

entrailles (XIIe s.), du lat. tard. *intralia* « ce qui est à l'intérieur », issu par substitution de suff. du lat. clas. *interanea* (plur. neutre), « les intestins » (voir l'a. fr. *entraigne*) (XIIe s.), est aussi empl. dès l'a. fr. au sens fig., « partie la plus profonde, la plus intime ».

entrain, **entraîner**, voir ***traîner***.

entraver 1 (XIIe, puis repris au XVe s.), dér. de l'a. fr. *tref* « poutre », du lat. *trabs, trabis* « poutre », ou empr. à l'a. prov. *entravar,* de même sens, est d'abord empl. au sens de « mettre une entrave à un animal », au XVIe s. au sens fig. || ***entrave*** (XIIIe s.), déverb. de *entraver,* a suivi l'évol. du verbe.

entraver 2 (XVe s.), arg., « comprendre », forme altérée de l'a. fr. *enterver* (XIIe s.), « interroger », du lat. *interrogare,* refaite sur *entraver.*

entre (Xe s.), du lat. *inter* « entre, parmi », sert également de préf. devant des noms (pour désigner l'intervalle, l'espace entre deux choses ou une action mutuelle), et devant des verbes (pour marquer la réciprocité ou une action qui ne se fait qu'à demi).

entrechat (XVIIe s.), empr. à l'ital. *salto intrecciato* « saut entrelacé » de *intrecciare* « tresser ».

entrefaites (sur ces) (XIIIe s.), loc. adv. comp. de *entre* et du part. pas. subst. de *faire,* au sens de « à ce moment ».

entregent, voir ***gens***.

entreposer, **entrepôt**, voir ***poser***.

entreprendre, **entreprise**, voir ***prendre***.

entrer (Xe s.), du lat. *intrare* « entrer, pénétrer », de *inter* « entre », est empl. dès l'a. fr. comme en lat. aux sens propre et fig. || ***entrée***, ***rentrer*** (XIIe s.), ***rentrée*** (XIIIe s.).

entresol, voir ***sol 1***.

entre-temps (XIIe s.), d'abord *entretant,* composé de *entre* et de *tant,* refait au XVe s. en *entre-temps,* par fausse étymologie, sur *temps.*

entretenir, voir ***tenir***.

entropie (XIXe s.), s. d. empr. à l'all. *Entropie*, formé sur le grec *entropé* « retour en arrière ».

énucléer (XIXe s.), terme du voc. médic., empr. au lat. *enucleare* « extraire un noyau ». ‖ ***énucléation*** (XVe s.), d'abord empl. au sens fig. de « éclaircissement », dér. du rad. du part. pas. de *enucleare*, au XIXe s. au sens médic.

énumérer (XVIe s.), empr. au lat. *enumerare* « compter en entier, dénombrer », de *numerus* « nombre ». ‖ ***énumération*** (XVe s.).

énurésie (XIXe s.), dér. du grec *énourein* « ne pas pouvoir retenir son urine ».

envahir (XIe s.), du lat. vulg. **invadire*, en lat. clas. *invadere* « pénétrer dans, attaquer », est d'abord empl. au sens de « marcher sur, attaquer », puis au XVIe s., de « pénétrer de force dans un territoire ». ‖ ***envahissement*** (XIIe s.), « attaque », puis « action d'envahir » (XVIe s.) ; ***envahisseur*** (XIVe s.), même évol. Voir ***invasion***.

envelopper (Xe s.), dér. avec le préf. *en-* de l'a. fr. *voloper* (XIIe s.), « entourer, envelopper », d'orig. obsc. ‖ ***enveloppe*** (XIIIe s.), au XVIIe s. « enveloppe d'une lettre » ; ***enveloppement*** (XIIIe s.), rare jusqu'au XVIIIe s., au XIXe s. dans le voc. médic., au XXe s. dans le voc. militaire ; ***enveloppage*** (XXe s.), « emballage » ; ***développer*** (XIIe s.), ***développement*** (XVe s.).

envergure, voir ***vergue***.

envers 1 (Xe s.), prép. comp. de la prép. *en* et de la prép. *vers*, d'abord au sens de « dans la direction de, vers » ; le sens de « à l'égard de » (avec ou sans idée d'hostilité) est attesté dès l'a. fr.

envers 2 (XIIe s.), emploi comme subst. de l'adj. de l'a. fr. *envers* « à la renverse, sur le dos » (Xe s.), du lat. *inversus*, part. pas. de *invertere* « retourner, renverser » ; *à l'envers* (XIVe s.), loc. adv. d'abord au sens de « du mauvais côté », au XVIe s. au sens de « sens dessus dessous ». Voir ***endroit***, ***renverser***.

envi (à l') (XVIe s.), « à qui mieux mieux », loc. adv. issue de l'a. fr. *envi* (XIIe s.), « défi au jeu, provocation », dér. de l'a. fr. *envier* « inciter à, provoquer (au jeu) », du lat. *invitare* « engager, inviter ».

envie (Xe s.), adapt. du lat. *invidia* « malveillance, jalousie », empl. dès l'a. fr. aux sens de « jalousie haineuse » et de « désir de qq. ch. » ; au XVIIe s. aux sens de « lambeau de peau » et de « tache cutanée ». ‖ ***envier*** ; ***envieux*** (XIIe s.).

environ, voir ***virer***.

envoûter (XIIIe s.), dér. de l'a. fr. *volt, vout,* (XIIe s.), du lat. *vultus* « visage, physionomie » et qui signifiait à la fois « visage » et « image de cire servant à l'envoûtement ». ‖ ***envoûtement*** (XIIIe s.).

envoyer (Xe s., d'abord *enveiier*), du lat. tard. *inviare* « faire route », dér. de *via* « route », qui a dû prendre le sens, repris en fr., de « faire parcourir, envoyer ». ‖ ***envoi*** (XIIe s.), déverbal de *envoyer*, au XIVe s. au sens spéc. « demi-strophe terminale d'une ballade » ; ***renvoyer*** (XIIe s.) ; ***renvoi*** (XIVe s.), déverbal de *renvoyer*.

enzyme (XXe s.), terme sav. empr. à l'all. *Enzym* formé du préf. *en-* et du grec *zumé* « levain ».

éolien (XVIIIe s.), « relatif au vent » (XVIIIe s.), dér. sav. du lat. *Aeolus*, grec *Aiolos*, Eole « dieu des vents ».

épagneul (XIVe s.), d'abord *espaignol*, forme subst. de *chien espagnol* « originaire d'Espagne ».

épais (XIe s., d'abord *espés*), la graphie *épais* s'explique par le croisement de la forme de l'a. fr. *espés*, issue du lat. *spissus* « épais, dense, compact » avec une forme *espeis, espois* (XIIIe s.), à rapprocher de l'a. fr. *espeisse, es-*

poisse « épaisseur » et *espeissier, espoissier* « épaissir » (du lat. vulg. **spissia* et **spissiare,* en lat. clas. *spissare* « rendre épais »). || ***épaissir*** (XIIe s.), d'abord *espessir*, au XVIIIe s. au sens fig. de « perdre de sa vivacité d'esprit » ; ***épaisseur*** (XVIe s.), a éliminé l'a. fr. *espoisse* ; ***épaississement*** (XVIe s.).

épancher (XIIIe s.), empr. au lat. vulg. **expandicare,* en lat. clas. *expandere* « répandre », voir *épandre*, est d'abord empl. jusqu'au XVIIe s. au sens de « verser », puis de « exprimer ses sentiments ». || ***épanchement*** (XVIIe s.), « action de répandre un liquide » et « action de confier ses sentiments ».

épandre (XIe s.), empr. au lat. *expandere* « étendre, étaler ». || ***épandage*** (XVIIIe s.), réservé aux emplois tech. ; ***répandre*** (XIIe s.) a éliminé depuis le XVIIe s. le simple *épandre.*

épanouir (XIIe s.), d'abord *espannir*, du franc. **spannjan* « tendre, étendre » ; la finale *-ouir* est s. d. due à l'infl. de *s'évanouir.* || ***épanouissement*** (XVe s.), d'abord *espannissement.*

épargner (XIe s.), du franc. **sparanjan* « traiter avec indulgence », lui-même issu du germ. **sparon* « ne pas tuer », est empl. dès l'a. fr. aux sens de « ne pas tuer » et de « consommer avec mesure, accumuler par l'épargne ». || ***épargne*** (XIIe s.).

éparpiller (XIIe s.), d'abord *esparpeillier,* d'orig. discutée, p.-ê. du lat. vulg. **disparpaliare* « éparpiller », issu par gémination expressive du lat. tard. *dispalare* « répandre, disperser », ou du lat. vulg. **sparpiliare*, issu du croisement de *spargere* « répandre » et *papilio* « papillon », au sens de « disperser comme un vol de papillons ». || ***éparpillement*** (XIIIe s.).

épars (XIIe s.), d'abord *espars,* part. pas. de l'a. fr. *espardre* « disperser, répandre » (XIIe s.), du lat. *spargere* « répandre », empl. jusqu'au XVIe s., puis élim. par *répandre* et *disperser.*

épater (XIIIe s.), dér. de *patte* au sens de « écraser, aplatir » ; au XIXe s. au sens de « étonner, bluffer » (fam.), comme ***épate*** (XIXe s.), déverbal de *épater.*

épaule (XIe s.), d'abord *espalle*, du lat. tard. *spathula,* dér. de *spatha* « épée », au sens de « spatule, omoplate » et par ext. « épaule ». || ***épauler*** (XIIIe s.), d'abord au sens de « briser, démettre l'épaule », puis au XVe s. au sens tech. de « soutenir, appuyer » ; ***épaulette*** (XIIIe s.), d'abord terme d'anatomie ; le sens mod. « partie du vêtement qui recouvre l'épaule », date du XVIIe s., le sens de « ornement militaire » du XVIIIe s. Voir ***épée***.

épave (XIIIe s.), forme substantivée de l'adj. de l'a. fr. *espave* « égaré, dont on ne connaît pas le propriétaire », du lat. *expavidus* « qui s'enfuit sous l'emprise de la peur », de *pavere* « avoir peur » ; depuis le XVIe s. au sens de « objet échoué après un naufrage ».

épeautre (XIe s.), variété de froment, du lat. tard. *spelta*, de même sens, lui-même d'orig. germ.

épée (IXe s.), du lat. imp. *spatha* « battoir, spatule, épée large, à deux tranchants ». Voir ***épaule***.

épeler (XIe s.), d'abord *espelir* « expliquer, signifier », du franc. **spellon* « raconter, expliquer », puis *espeler* (XIVe s.), est empl. dès le XIIe s. au sens mod. « nommer successivement les lettres de l'alphabet ». || ***épellation*** (XVIIIe s.).

épenthèse (XVIIe s.), empr. au lat. gram. *epenthesis,* lui-même empr. au grec, au sens de « action de surajouter (une lettre) ».

éperdu (XIIe s.), part. pas. de l'a. fr. *soi esperdre* « être hors de soi, troublé » (XIIe s.), dér. de *perdre.*

éperlan (XIVe s.), empr. au m. néerl. *spierlinc,* de même sens.

éperon (XIe s.), du franc. **sporo*, de même sens, empl. à partir du XVe s. au sens de « pointe de la proue d'un navire ». || ***éperonner*** (XIe s.).

épervier (XIe s.), du franc. **sparwari.*

éphèbe (XVIe s.), empr. au lat. *ephebus* « jeune homme », du grec *éphébos*, de *epi* « sur » et *hébé* « jeunesse », parfois d'emploi iron. ou péj. en fr. mod.

éphémère (XIIIe s.), empr. au grec médical *éphéméros* « qui dure un jour » (en parlant de la fièvre) ; les autres sens ont été empr. au grec au XVIIe s. || ***éphéméride*** (XVIe s.), empr. au lat. *ephemeris, -idis* au sens de « récit de faits quotidiens, calendrier », lui-même empr. au grec ; au XXe s. au sens de « calendrier à effeuiller ».

épi (XIIe s.), du lat. *spicum*, var. de *spica* « pointe, épi ».

épice (XIIe s.), empr. au lat. *species* « espèce », qui a pris en lat. tard. le sens de « denrée », puis de « épice, drogue », est empl. en a. fr. aux sens de « substances aromatiques » et de « friandises sucrées » et désigne aussi à partir du XVe s. en droit ancien « les cadeaux faits à un juge ». || ***épicer*** (XIVe s.), d'abord « faire commerce d'épices », puis, au XVIe s., « assaisonner » ; ***épicier*** (XIIIe s.) ; ***épicerie*** (XIIIe s.).

épicéa (XVIIIe s.), altér. du lat. *picea* « sapin », de *pix* « poix ».

épicentre (XIXe s.), dér. de *centre,* avec le préf. *épi-* « sur ».

épicurien (XVe s.), au XVIe s. au sens fig., dér. avec le suff. *-ien* du nom du philosophe grec *Epicure.* || ***épicurisme*** (XVIe s.).

épidémie (XIIIe s.), empr. au lat. méd. *epidemia,* du grec *épidémos* « qui circule dans un pays », d'où « qui se propage », voir *endémique.* || ***épidémique*** (XVIe s.).

épiderme, **épidermique**, voir ***derme***.

épier (XIe s.), du franc. **spehon* « observer attentivement ». Voir ***espion***.

épieu (Xe s.), d'abord *inspieth,* puis *espiet* et *espiel,* du franc. **speot*, refait en *espiel, espieu*, p.-ê. sur le modèle de *pieu.*

épigone (XVIIIe s.), empr. au grec *épigonos* « né après, descendant », est littéraire en fr. mod. au sens de « successeur, imitateur ».

épigramme (XIVe s.), rare avant le XVIe s., empr. au lat. *epigramma* « inscription », d'où « petit poème », du grec *épigramma,* de *épi* « sur » et *graphein* « écrire », est empl. à partir du XVIe s. au sens de « poème ou trait satirique ».

épigraphe (XVIIe s.), empr. au grec *épigraphé* « inscription, maxime », de *graphein* « écrire », est d'abord empl. au sens de « inscription placée sur un monument », puis de « maxime placée en tête d'un ouvrage » (XVIIIe s.). || ***épigraphie***, ***épigraphique*** (XIXe s.).

épilepsie (XIVe-XVIe s., sous la forme *épilence*, *épilencie*), empr. au lat. tard. *epilepsia*, du grec médic. *épilepsia* « attaque convulsive ». Les formes premières viennent du lat. méd. *epilentia.* La forme mod. est attestée à partir du XVIe s. || ***épileptique*** (XIIe s., d'abord sous la forme *epilentique*), du lat. *epilepticus*, du grec *épileptikos* « qui concerne l'épilepsie, atteint de crises d'épilepsie ».

épiler (XVIIIe s.), dér. sav. du lat. *pilus* « poil ». || ***épilation*** (XIXe s.) ; ***épilatoire*** (XVIIIe s.).

épilogue (XIVe s.), empr. au lat. *epilogus*, du grec *épilogos* « conclusion d'un discours ». Le sens de « dénouement d'une affaire » est attesté au XXe s. || ***épiloguer*** (XVe s.), d'abord « récapituler », puis « faire de longs commentaires (souvent malveillants) » (XVIIe s.).

épinard (XIIIe s., sous la forme *espinace,* puis *espinarde, espinars, espinache*), s. d. empr. par le lat. méd. *spinarchia* à l'ar. d'Espagne *'isbinah.*

épine (Xe s.), du lat. *spina* « épine, arbuste épineux, piquants d'animaux, difficulté (au sens fig.) », mêmes sens en fr. ‖ ***épineux*** (XIIe s.), du lat. *spinosus* « couvert d'épines » ; ***épinoche*** (XIIIe s.), « poisson » (pourvu de plusieurs épines dorsales et donc de maintes arêtes) ; ***épinette*** (XIIIe s.), d'abord au sens de « arbrisseau épineux », puis au sens de « instrument de musique à cordes pincées (avec une pointe de plume ressemblant à une épine) » (XVe s.) sous l'infl. de l'ital. *spinetta* pour le second sens ; ***épine-vinette*** (XVe s.), arbuste à baies rouges, de *épine* « arbrisseau » et *vinette* tiré de *vin* (en raison des grappes de fruits rouges).

épingle (XIIIe s.), s. d. du lat. vulg. **spingula*, du lat. clas. *spinula* « petite épine », d'où le sens de « attache ». ‖ ***épingler*** (XVIe s.), d'abord « attacher avec une épingle ». Le sens mod. « arrêter, faire prisonnier » (fin du XIXe s.) vient de l'argot.

épiphanie (XIIe s.), empr. au lat. chrét. *epiphania*, du grec *épiphaneia* « apparition », désigne la fête de la manifestation du Christ aux Rois Mages.

épiphénomène (XVIIIe s.), du grec *épi* « sur, en plus » et de *phénomène*, d'abord terme médic. désignant un phénomène accessoire qui s'ajoute à un phénomène essentiel, puis terme philos.

épique (XVIe s.), empr. au lat. *epicus*, du grec *épicos* « qui concerne l'épopée », de même sens en fr., puis « digne de figurer dans une épopée », d'où « extraordinaire, mémorable » (emploi plaisant) (XIXe s.).

épiscopal, **épiscopat**, voir ***évêque***.

épisode (sous la forme *episodie* du XVe au XVIIe s.), empr. au grec *épeisodion* « partie du drame entre deux entrées du chœur (dans le théâtre grec) », d'où « élément accessoire, hors-d'œuvre, digression », en fr. au sens de « développement particulier, accessoire » (XVIIe s.), puis « section d'une œuvre (comprenant plusieurs parties dont chacune possède une certaine autonomie) », sens courant au XXe s. ‖ ***épisodique*** (XVIIe s.), d'abord « qui a les caractères d'un épisode », d'où « accessoire, secondaire », puis « qui se produit de temps en temps » (XIXe s.).

épisser (XVIe s.), terme de marine, empr. au néerl. *splissen* « entrelacer ». ‖ ***épissure*** (XVIIe s.), « assemblage de cordages entrelacés ».

épistémologie (XXe s.), empr. à l'angl. *epistemology* « étude critique des sciences » fait sur le grec *épistémé* « science » et *-logy* tiré du grec *logos* « parole, discussion, sujet d'étude ». ‖ ***épistémologique*** (XXe s.).

épistolaire (XVe s.), empr. au lat. méd. *epistolarium* « recueil liturgique d'épîtres ». Le sens de « relatif à la correspondance » (XVIe s.), seul attesté auj., vient du lat. tard. *epistolaris* « relatif à la correspondance », lui-même du lat. clas. *epistola* « lettre ». ‖ ***épistolier*** (XIIIe s.). Le sens de « qui écrit des lettres » date du XVIe s.

épitaphe (XIIe s.), empr. au lat. tard. *epitaphium* « inscription gravée sur un tombeau », du grec *épitaphios* « qui concerne un tombeau » (en parlant de jeux funéraires, d'un discours funéraire), fait sur *taphos* « tombeau », en fr. d'abord « inscription funéraire », puis « tablette portant une inscription funéraire » et « poème à la mémoire de qqn ».

épithalame (XVIe s.), empr. au lat. imp. *epithalamion*, lui-même du grec *épithalamion* « chant nuptial », désigne un poème composé à l'occasion d'un mariage.

épithète (XVIe s.), empr. au lat. gram.

epitheton, du grec *épithéton* « ajouté, adjectif », même sens en fr. Le sens de « qualification donnée à qqn » date du XVIe s.

épitoge (XVe s.), empr. au lat. *epitogium* « casaque portée sur la toge », désigne auj. une bande d'étoffe garnie de rangs d'hermine portée sur la toge des universitaires et magistrats.

épitomé (XIVe s.), empr. au lat. *epitome*, du grec *épitomé* « abrégé ».

épître (XIIe s.), empr. au lat. *epistula*, du grec *épistolé* « message, missive ».

épizootie (XVIIIe s.), création moderne faite sur le modèle de *épidémie* à partir du grec tard. *zootés* « animalité, nature animale », désigne « une épidémie frappant les animaux ».

éploré, voir ***pleurer***.

éployer, voir ***ployer***.

éplucher (XIIe s.), de l'a. fr. *espeluchier*, dér. de *peluchier* « nettoyer », du lat. tard. **piluccare*, tiré de *pilare* « enlever les poils ». || **épluchure** (XVIIe s.) ; **épluchage** (XVIIIe s.).

éponge (XIIIe s., sous la forme *espoigne, esponge*), du lat. vulg. **sponga*, issu du lat. clas. *spongia*, tiré du grec *spongia*, dér. de *spongos* de même sens. || **éponger** (XVIIIe s.), « étancher un liquide avec une éponge, essuyer avec un tissu spongieux ». L'empl. économique « faire disparaître un excédent financier » date du XXe s.

éponyme (XVIIIe s.), empr. au grec *éponumos* « qui donne son nom à ».

épopée (XVIIe s.), empr. au grec *épopoiia* « composition d'un récit en vers, poème épique ».

époque (XVIIe s.), empr. au grec *épokhé* « arrêt, interruption » et aussi « arrêt apparent d'un astre » en astronomie et « période de temps », d'abord en fr. au sens de « moment de l'histoire où se passe un événement remarquable », puis par extension « période de l'histoire caractérisée par certains traits spécifiques (au plan du style, des idées, des mœurs, etc.) ». L'expres. *la belle époque* (XXe s.) désigne les premières années du XXe s.

épouser (XIe s., sous la forme *esposer*), du lat. tard. *sponsare* « promettre en mariage, fiancer », en fr. « prendre pour époux, pour épouse, se marier ». Le sens fig. « s'attacher à, faire sien » (*épouser les intérêts de qqn*) est attesté depuis le XVIe s., celui de « s'adapter à une forme, mouler » depuis le XIXe s. || **époux**, **épouse** (XIe s.), du lat. *sponsus* « fiancé », de *spondere* « promettre solennellement, s'engager », en fr. « mari, femme mariée » ; **épousailles** (XIIe s.), du lat. *sponsalia* « fiançailles, repas de noces », en fr. « noces ».

épousseter, voir ***poussière***.

épouvanter (XIe s., sous la forme *espoenter*, puis *espoventer*), du lat. vulg. **expaventare*, formé sur le part. prés. *expavens*, du lat. tard. *expavere* « craindre », en fr. « effrayer, terrifier », puis avec un sens plus faible « stupéfier, inquiéter ». || **épouvantail** (XIIIe s.), « mannequin vêtu d'oripeaux mis dans les champs pour épouvanter les oiseaux », puis « être ou chose inspirant de vaines terreurs » ; **épouvantable** (XIIe s.) ; **épouvante** (XVIe s.), « effroi, terreur ».

éprendre (XIIe s.), dér. de *prendre* « s'enflammer, brûler », mot s'appliquant à la passion amoureuse dès le XIIe s. à la forme intransitive ; forme pronom. au XVIIe s.

épreuve, **éprouver**, **éprouvette**, voir ***prouver***.

épuiser, voir ***puits***.

épurer, voir ***pur***.

équanimité (XVIe s.), empr. au lat. tard. *aequanimitas* « égalité d'âme ».

équarrir (XIIIe s.), variante de l'a. fr. *esquarrer*, du lat. vulg. **exquadrare*, du lat. clas. *quadrare* « tailler en quartiers, rendre carré », en fr. au sens de

« tailler à angles droits », puis « dépecer (en quartiers) un animal mort » (XVIIIe s.) et « dégrossir » (XIXe s.). || ***équarrissage*** (XIVe s.) ; ***équarrisseur*** (XVIe s.).

équateur (XIVe s.), empr. au lat. méd. *aequator* « qui égalise », du lat. clas. *aequare* « rendre égal », d'abord terme astronomique s'appliquant au « cercle de la sphère céleste perpendiculaire à l'axe de rotation de la terre », puis terme géographique concernant le cercle de la sphère terrestre au sens de « ligne imaginaire perpendiculaire à l'axe de rotation de la terre, séparant le globe en deux hémisphères et permettant de calculer la latitude », d'où « régions traversées par la ligne imaginaire de l'équateur ». || ***équatorial*** (XVIIIe s.), « qui concerne l'équateur ».

équation (XVIIe s.), terme mathémat., du lat. *aequatio* « égalisation, égalité », puis « calcul » en lat. méd., désigne en mathémat. une relation entre deux quantités dépendant de variables ou d'inconnues. || ***péréquation*** (XVe s.), empr. au lat. jur. *peraequatio* « répartition égale (de l'impôt) », en fr. « rajustement des traitements, des impôts, des prix pour les adapter au coût de la vie ou pour diminuer des inégalités entre eux ».

équerre (XIIe s.), du lat. vulg. **exquadra*, déverb. de **exquadrare* « tailler en carrés », l'équerre étant un instrument permettant de tracer des angles droits. Les expres. *a esquerre* (XIVe s.), *d'équerre* (XVIIIe s.), *en équerre* (XVIIIe s.) signifient « à angle droit ».

équestre (XIVe s.), empr. au lat. *equestris* « de cheval, de chevalier », en fr. « qui représente une personne à cheval » (*statue équestre*) (XVIIe s.), « relatif à l'équitation » (*sports équestres*) (XIXe s.).

équi-, empr. au préf. lat. *aequi-*, du lat. *aequus* « égal », entrant dans la construct. de mots sav. comme ***équidistant***, ***équilatéral***.

équilibre (XVIe s.), empr. au lat. *aequilibrium* « équilibre, exactitude des balances », de *aequus* « égal » et *libra* « balance ». || ***équilibrer*** (XVIe s.) ; ***équilibrage*** (XIXe s.) ; ***équilibriste*** (XVIIIe s.), « acrobate » ; ***déséquilibrer*** (XIXe s.) ; ***déséquilibre*** (XIXe s.), déverb.

équinoxe (XIIIe s.), empr. au lat. *aequinoctium* « égalité du jour et de la nuit », désigne chacune des deux périodes de l'année où les jours et les nuits ont une durée égale.

équiper (XIIe s., sous les formes *eschiper, esquiper*), s. d. de l'a. norr. *skipa* « aménager, équiper » (on a pensé aussi à l'anglo-saxon *scipian* « naviguer », de la famille de l'angl. *ship*, de l'all. *Schiff* « navire »), en a. fr. « pourvoir un navire de ce qui est nécessaire à la navigation » et « prendre la mer », puis « pourvoir des choses nécessaires à une activité » (XVIe s.). || ***équipage*** (XVe s., sous la forme *écupage*), « ensemble des marins d'un navire », depuis le XVIe s. « ensemble du matériel d'une armée en campagne », « ensemble des personnes et objets nécessaires à un voyage, à une partie de chasse » depuis le XVIe s., depuis le XVIIe s., « costume, tenue » et « état, situation » (*être en piteux équipage*) ; ***équipe*** (XVe s.), « groupe de personnes unies dans une tâche commune », empl. dans le voc. des sports au XIXe s. ; ***équipier*** (XIXe s.), d'abord « homme d'équipe », puis « membre d'une équipe sportive » (XIXe s.) ; ***équipée*** (XVe s.), d'abord au sens de « expédition militaire », puis « action irréfléchie » (XVIIe s.) ; ***équipement*** (XVIIe s.).

équitation (XVIe s.), mot sav., empr. au lat. *equitatio* « action d'aller à cheval », désigne en fr. l'art de monter à cheval, le sport de ce nom.

équité (XIIIe s.), empr. au lat. *aequitas* « égalité d'âme, esprit de justice, impartialité ». || ***équitable*** (XVIe s.).

équivalent (XIVe s.), empr. au lat. *aequivalens* « d'égale valeur », part. prés. du lat. tard. ou méd. *aequivalere* « avoir une valeur égale ». || ***équivalence*** (XIVe s.), empr. au lat. méd. *aequivalentia* « valeur égale » ; ***équivaloir*** (XVe s.), empr. au lat. *aequivalere* « égaler, valoir autant » avec infl. de *valoir*.

équivoque (XIIIe s.), empr. au lat. tard. *aequivocus* « à double sens », adj. et subst., d'abord terme de versific. désignant à la rime un jeu de mots fondé sur l'homophonie. Les sens de « qui prête à des interprétations diverses » et « incertain, suspect » datent du XVIIe s.

érable (XIIIe s.), du lat. tard. *acerabulus*, issu du lat. clas. *acer*, de même sens.

éradication (XIIIe s.), empr. au lat. tard. *eradicatio* « déracinement, destruction », en fr. « action de déraciner, d'extirper », fréq. dans la langue de la chirurgie.

érafler, voir ***rafle 1***.

érailler (XIIIe s., sous la forme *esroeillier*), déformation de *esroeillier* « rouler les yeux », dér. de *roeillier*, du lat. vulg. **roticulare*, dér. de *rotare* « rouler », sous l'infl. de *railler* « aboyer, crier », d'abord « rouler les yeux en signe de colère » (jusqu'au XVIe s.). Le sens de « relâcher les fils d'un tissu, écorcher superficiellement » (sous l'infl. de *rayer*) remonte au XVIIe s. et celui de « rendre rauque (en parlant de la voix) » au XIXe s. || ***éraillement*** (XVIe s.).

ère (XVIe s.), empr. au lat. tard. *aera* « nombre, chiffre », d'où « époque », en fr. au sens de « point de départ d'une chronologie » (XVIe s.) et « période de temps à partir d'un événement important, époque qui inaugure un nouvel ordre des choses (*l'ère chrétienne*) » (XVIIe s.).

érection (XVe s.), empr. au lat. tard. *erectio* « action de dresser », en fr. « action d'élever » (*érection d'une statue*) et au sens physiologique « dilatation et redressement du pénis » (depuis le XVIe s.). || ***érectile*** (XIXe s.), « susceptible d'érection ».

éreinter, **éreintement**, voir ***rein***.

érésipèle, **érésypèle**, **érysipèle**, maladie de la peau (XIVe s.), empr. au lat. médic. *erysipelas*, du grec *érusipelas* « qui fait rougir la peau ».

erg(o)-, premier élément de mots savants, comme ***ergonomie***, issu. du grec *ergon* « travail ».

ergot (XIIe s., sous la forme *argot*), d'orig. obsc., désigne un appendice cornu à l'arrière du pied de certains oiseaux (*ergot de coq*) et par anal. une excroissance (*ergot de blé*).

ergoter (XIIIe s., et surtout XVIe s.), tiré du lat. méd. *ergo* « argument », de l'adv. lat. clas. *ergo* « donc, en conséquence », fréq. dans la lang. méd. de la scolast., en fr. « discuter, contester par des arguments captieux ». || ***ergoteur*** (XVe s.).

ériger (XVe s.), empr. au lat. *erigere* « dresser, édifier », de même sens en fr. et aussi « faire passer à une condition plus élevée » (XVIe s.).

ermite (XIIe s.), empr. au lat. chrét. *eremita*, du grec *érémités* « qui vit dans la solitude, dans le désert », de *érémos* « désert, solitaire ». || ***ermitage*** (XIIe s.), « habitation d'ermite » et « lieu écarté » ; ***érémitique*** (XVIe s.), empr. au lat. tard. *eremiticus* « propre à un ermite ».

éroder (XVIe s., rare avant le XIXe s.), empr. au lat. *erodere* « ronger », en fr. « ronger, détruire par une action lente ». || ***érosion*** (XVIe s.), empr. au lat. *erosio* « action de ronger », surtout utilisé dans le voc. de la géologie à partir du XVIIIe s. « lente usure de l'écorce terrestre ».

érotique (XVIe s.), empr. au lat. tard. *eroticus*, du grec *érotikos* « qui concerne l'amour » (*éros*), en fr. « relatif à l'amour » et surtout depuis le XVIIIe s. « relatif au désir sexuel ». || ***érotisme*** (XVIIIe s.).

erpétologie, voir ***herpétologie***.

errant (XIIe s.), part. prés. du verbe d'a. fr. *errer* « se déplacer, voyager », du lat. tard. *iterare* « voyager », seulement utilisé au sens de « qui se déplace sans cesse » dans des expres. comme *chevalier errant* ou *Juif errant*. || ***erre*** (XIIe s.), déverb. du verbe *errer* « se déplacer », fréquent au XVIe s. aux sens de « course, chemin », « trace » dans la langue de la vénerie, « façon d'agir », souvent utilisé au XVIIe s. au sens de « allure, vitesse » dans le tour *à grande erre* « à vive allure », auj. seulement dans l'expres. *courir sur son erre* « en profitant de la vitesse acquise » dans le voc. de la marine ; ***errance*** (XIIe s.), d'abord « voyage, chemin », puis « déplacement au hasard », d'où « hésitations » (XIXe s.) ; ***erratique*** (XIVe s.), empr. au lat. *erraticus* « errant, vagabond », en fr. « instable, sans localisation fixe, hors de son lieu d'origine (dans l'espace), non régulier (dans le temps) » ; ***errements*** (XIIe s.), d'abord au sens de « comportement », puis par infl. de *erreur* au sens de « mauvaise habitude, manière d'agir néfaste » (XVIIIe s.).

errata (XVIe s.), **erratum** (XVIIIe s.), du sing. lat. *erratum* et du plur. *errata*, part. pas. neutre subst. de *errare* « se tromper », en fr. « liste d'erreur(s) ».

errements, voir ***errant***.

errer (XIIe s.), du lat. *errare* « aller çà et là, errer, faire fausse route, se tromper ». || ***erreur*** (Xe s.), du lat. *error* « erreur, illusion, faute », en fr. aux sens de « voyage, course, circuit » (XVIe s. et XVIIe s.) et « action de se tromper » (XIIe s.), avant de se spécialiser uniquement au sens de « méprise, inexactitude, jugement faux, faute » ; ***erroné*** (XVe s.), empr. au lat. *erroneus* « errant, vagabond » en lat. clas., puis « faux, dans l'erreur » en lat. chrét.

ersatz (XXe s.), de l'all. *Ersatz* « remplacement ».

érubescence (XVIIe s.), empr. au lat. chrét. *erubescentia* « action de devenir rouge, rougeur, honte ». || ***érubescent*** (XVIIIe s.), empr. au lat. *erubescens* « rouge, honteux ».

éructation (XIIIe s.), empr. au lat. tard. *eructatio* « vomissement », en fr. « renvoi de gaz stomacal ». || ***éructer*** (XIXe s.).

érudit (XVe s.), empr. au lat. *eruditus* « instruit, savant ». || ***érudition*** (XVe s.), empr. au lat. *eruditio* « action d'enseigner, connaissance, science », en fr. d'abord « instruction, savoir », puis « savoir approfondi » (XVIIe s.).

éruption (XIVe s.), empr. au lat. *eruptio* « sortie brusque, irruption, jaillissement », en fr. mêmes sens, empl. d'abord dans la langue de la médecine, puis à propos des volcans (XVIIIe s.), enfin à propos du jaillissement soudain des sentiments (*éruption de colère*) à partir du XIXe s. || ***éruptif*** (XVIIIe s.).

érythème (XIXe s.), du grec médic. *éruthema* « rougeur de la peau ».

esbroufe « air important, bluff » (XIXe s.), mot fam., s. d. empr. au provençal *esbroufe* « gestes brusques, tapage ».

escabeau (XVe s.), empr. au lat. *scabellum* « petit banc », d'abord en fr. « petit siège sans bras ni dossier », puis « petit banc où l'on pose les pieds, marchepied » (XVe s.).

escadre (XVe s.), de l'ital. *squadra* « groupe de soldats (rangés en carré) », issu de *squadrare* « disposer en carré », d'abord en fr. au sens de « bataillon, escouade », puis « groupe de bâtiments de guerre » (à partir du XVIIe s.), enfin « unité de combat de l'armée de l'air » (XXe s.). || ***escadrille*** (XVIe s.), empr. à l'esp. *escuadrilla*, d'abord en fr. « petite troupe », puis « petite troupe de navires » (XVIIIe s.) et « petite troupe d'avions » (XXe s.) ; ***escadron*** (XVe s.), empr. à l'ital. *squadrone* à valeur augmentative, d'abord « troupe de cavaliers armés », « groupe important » (XVIe s.), enfin « subdivision d'un régiment » dans la cavalerie (depuis le XIXe s.) et dans les blindés (XXe s.).

escalade (XVe s.), empr. s. d. au prov. *escalada*, plutôt qu'à l'ital. *scalata* « assaut (à l'aide d'échelles) », d'abord en fr. « assaut d'une place forte au moyen d'échelles », puis terme d'alpinisme « ascension de parois rocheuses » (XIXe s.). || ***escalader*** (XVIIe s.), même évol.

escale (XIIIe s., rare avant le XVIe s.), empr. à l'ital. *scala* « échelle servant au débarquement des navires », d'où « arrêt d'un navire dans un port » et « lieu d'escale », empl. aussi au XXe s. dans le voc. de l'aviation.

escalier (XVIe s.), s. d. empr. au provençal *escalier*, issu d'un lat. tard. *scalarium* « escalier », tiré de *scala* « échelle ». Le mot s'est substitué au mot *degré*, courant en a. fr.

escalope (XVIIe s.), d'orig. obsc. (on a voulu y voir un dér. de *escale* « coquille », mais le sens d'*escalope* « mince tranche » est différent), p.-ê. empr. à un parler du Nord de la France, d'abord au sens de « façon d'apprêter la viande de veau », puis « mince tranche de veau » (XVIIIe s.).

escamoter (XVIe s.), d'orig. inconnue, semble d'abord un terme de prestidigitateur au sens de « faire disparaître subrepticement (un objet), soustraire à la vue », puis « attraper furtivement » (XVIIe s.) et « esquiver, éluder habilement, passer sous silence » ou « omettre, écourter » (XIXe s.).

escapade (XVIe s.), s. d. de l'esp. *escapada*. d'un lat. tard. **excappare* « jeter son manteau pour fuir plus vite », fait sur *cappa* « cape, manteau », d'abord en fr. au sens de « action d'échapper, fuite, évasion », puis de « disparition, fugue, équipée galante » (à partir du XVIIIe s.). Voir ***échapper***.

escarbille (XVIIe s.), mot dial., p.-ê. du néerl. *schrabben* « racler », en a. fr. « morceau de charbon incomplètement brûlé qui se mêle aux cendres ».

escarbot (XIe s., sous la forme *escharbot*), du lat. *scarabeus* avec le suff. *-ot* et influence de *escargot*, en a. fr., désigne un insecte coléoptère.

escarboucle (XIIe s.), altér. de l'a. fr. *escarbuncle*, empr. au lat. *carbunculus* « petit charbon, escarboucle », sous l'infl. de *boucle*, désigne une pierre précieuse (grenat rouge).

escarcelle (XIIIe s., rare avant le XVIe s.), s. d. empr. à l'a. prov. *escarcela* ou à l'ital. *scarsella* « bourse », signifiant p.-ê. à l'orig. « petite avare », dimin. de *escar* prov. ou de *scarso* ital. « avare (d'argent) », du lat. vulg. **excarpsus*, tiré du lat. clas. *excerpsus*, de *excerpere* « extraire, recueillir, mettre à part », dér. de *carpere* « cueillir ».

escargot (XIVe s.), du prov. mod. *escaragol*, issu de *caragol*, d'orig. peu claire. Le mot s'est substitué à l'a. fr. *limaçon*.

escarmouche (XIVe s.), s. d. empr. à l'ital. *scaramuccia*, d'étym. inconnue, en fr. « engagement militaire de courte durée entre de petits détachements ennemis ».

escarpe (XVIe s.), « talus du côté de la fortification », de l'ital. *scarpa* « talus », p.-ê. d'orig. germ. Le mot ital. *scarpa* « chaussure » parfois allégué comme étym. semble tout à fait différent. || ***escarpé*** (XVIe s.) ; ***escarpement*** (XVIIIe s.) ; ***contrescarpe*** (XVIe s.), « talus du côté de l'extérieur ».

escarpin (XVIe s.), de l'ital. *scarpino*, dimin. de *scarpa* « soulier », en fr. « chaussure très fine laissant le cou-de-pied découvert », d'où « chaussure de luxe ».

escarpolette (XVIIe s.), d'orig. incert., « balançoire ».

escarre (XVe s.), empr. au lat. tard.

médic. *eschara,* issu du grec *eskhara* « croûte sur une plaie », en fr. « nécrose cutanée avec ulcération ».

eschatologie (XIXe s.), mot sav., du grec *eskhatos* « dernier » et *logos* « discours », en fr. « étude des fins dernières de l'homme ». || ***eschatologique*** (XIXe s.).

escient (XIe s.), du part. prés. lat. à l'ablatif absolu du type *me sciente* « moi le sachant » en lat. clas., devenu s. d. **meo sciente* en lat. vulg., subst. au sens de « connaissance », empl. dans quelques loc. (*à mon escient, à bon escient*).

esclaffer (s') (XVIe s.), du prov. *esclafa* « éclater », en fr. « éclater, rire bruyamment ».

esclandre (XIIe s.), adapt. du lat. chrét. *scandalum,* issu du grec chrét. *skandalon* « pierre d'achoppement, piège placé sur le chemin qui fait trébucher », d'où « péché, scandale », d'abord en a. fr. aux sens de « piège, incident fâcheux, bruit scandaleux, querelle », puis limité au seul sens de « comportement bruyant et scandaleux » (depuis le XVe s.). Voir ***scandale***.

esclave (XIIe s.), du lat. méd. *sclavus,* déform. de *slavus* « slave », en raison du grand nombre de Slaves réduits en esclavage dans les Balkans durant le haut Moyen Age, en fr. « individu privé de liberté et soumis au pouvoir d'un maître ». || ***esclavage*** (XVIe s.), « condition d'esclave », puis « état de dépendance, contrainte » ; ***esclavagiste*** (XIXe s.), « partisan de l'esclavagisme des Noirs » ; ***esclavagisme*** (XIXe s.) ; ***antiesclavagisme*** (XIXe s.).

escogriffe (XVIIe s.), d'orig. obsc. « individu dégingandé » et « escroc ».

escompter (XVIIe s.), empr. à l'ital. *scontare* « décompter », en fr. « payer un effet de commerce avant l'échéance (moyennant une retenue) », puis « compter sur, prévoir ». || ***escompte*** (XVIe s.), de l'ital. *sconto* « escompte », au sens financ. de « retenue faite sur une somme payée avant l'échéance », puis « remise, réduction accordée lors d'un paiement effectué avant l'échéance ou fait comptant ».

escopette (XVIe s.), empr. à l'ital. *schiopetto,* dér. de *schioppo* « arme à feu portative », p.-ê. du lat. méd. *scloppus* « bruit fait en frappant une bouche gonflée », désigne une arme à feu portative à bouche évasée.

escorte (XVIe s.), empr. à l'ital. *scorta* « accompagnement, personnes qui accompagnent », s. d. du lat. *scorgere* « guider, accompagner », tiré du lat. vulg. **excorrigere* « diriger », issu du lat. clas. *corrigere* « redresser », en fr. au sens de « suite (souvent armée) accompagnant qqn ». || ***escorter*** (XVIe s.).

escouade (XVIe s.), adapt. fr. de *escadre,* de l'ital. *squadra,* (p.-ê. sous l'influence de l'esp. *escuadra*), en fr. « fraction d'une compagnie de fantassins ou de cavaliers (de l'armée de terre) ».

escrime (XVe s.), réfection d'après l'a. ital. *scrima* « art de combattre à l'épée » de l'a. fr. *escremie* « combat à l'épée », déverb. de *escremir,* du germ. *skirmjan* « défendre, protéger » (cf. l'all. *schirmen*). || ***escrimeur*** (XVe s.) ; ***escrimer*** (XVIe s.).

escroquer (XVIe s.), s. d. empr. à l'ital. *scroccare* « décrocher, vivre en parasite », de *crocco* « crochet ». || ***escroc*** (XVIe s.), empr. à l'ital. *scrocco* « qui crochète, écornifleur, parasite », issu d'un ancien *crocco* « crochet » ; ***escroquerie*** (XVIIe s.).

ésotérique (XVIIIe s.), empr. au grec *ésôtérikos* « de l'intérieur, réservé aux initiés ». || ***ésotérisme*** (XIXe s.).

espace (XIIe s.), empr. au lat. *spatium* « arène, étendue, distance, durée », en fr. aux sens de « étendue », « distance entre deux points » (XIVe s.), « laps de temps» (XIIe s.), puis terme scient. «milieu dans lequel ont lieu les phénomènes observés» (XVIIe s.), enfin «milieu aménagé» (*espace scénique, espace vert*) (XXe s.). || **espacer** (XVe s.); **espacement** (XVIIe s.).

espadon (XVIIe s.), empr. à l'ital. *spadone* «grande épée», dér. augmentatif de *spada* «épée», la mâchoire de ce poisson se prolongeant en forme d'épée.

espadrille (XVIIIe s.), déform. d'*espardille*, empr. au prov. *espardillo* «sandales de sparte», de l'a. prov. *espart* «sparte», issu du lat. *spartum*, provenant du grec *sparton* «jonc», désigne des sandales de toile à semelle de sparte ou de corde.

espagnolette (XVIIIe s.), dimin. de *espagnol* «fermeture des fenêtres» venant s. d. d'Espagne, s'applique à une ferrure à poignée tournante.

espalier (XVIe s.), terme d'horticulture, empr. à l'ital. *spalliera* «mur d'appui garni d'un treillage soutenant les branches d'un arbre», s. d. dér. de *spalla* «épaule» au sens de «appui», en fr. «rangée d'arbres prenant appui le long d'un mur ou d'un treillage».

espèce (XIIe s.), empr. au lat. *species* «aspect, apparence, traits caractéristiques, type, espèce (à l'intérieur d'un genre)», en fr. aux sens de «apparence sensible des choses», «catégorie d'êtres du même type» (XIIIe s.), puis «image, représentation» (XVIe s.). On notera l'emploi au sens de «moyen de paiement» (XVe s.), c.-à-d. «marchandises», puis au plur. *espèces* au sens de «argent liquide» (XVe s.). Dans la langue jur. le mot s'applique au XVIIe s. à un «point particulier et litigieux» (*cas d'espèce, en l'espèce*). Au plur. dans la langue théolog. les *saintes espèces* désignent depuis le XVIIe s. le corps et le sang du Christ sous les apparences du pain et du vin.

espérer (XIe s.), du lat. *sperare* «attendre, espérer», de même sens en fr. Le sens de «attendre» survit en fr. mod. et dans plusieurs langues romanes. || **espoir** (XIIe s.); **espérance** (XIIe s.); **désespérer** (XIIe s.); **désespoir** (XIIe s.); **désespérance** (XIIe s.); **inespéré** (XVe s.).

espiègle (XVIe s.), tiré du nom du héros d'un roman all. du XVIe s. *Till Eulenspiegel*, traduit en fr. sous la forme *Ulespiegle*, puis abrégé en *espiègle*, en fr. «malicieux». || **espièglerie** (XVIIe s.).

espion (XIIIe s., très rare avant le XVIe s.), du verbe *espier* avec le suff. *-on*, renouvelé au XVIe s., sous l'infl. de l'ital. *spione*, de même origine germ. que *épier*, en fr. «délateur, indicateur, agent secret». || **espionner** (XVe s.); **espionnage** (XVIe s.). Voir **épier**.

esplanade (XVe s.), empr. à l'ital. *spianata* «espace libre de terrain plat», tiré de *spianare* «rendre plat, aplanir», du lat. *explanare* de même sens, en fr. au sens de «espace libre devant le glacis d'une forteresse», puis de «espace aménagé (devant un édifice) (XVIIe s.), (sur une hauteur)» (XVIIIe s.).

esprit (XIIe s.), empr. au lat. *spiritus* «souffle, air», qui a pris le sens de «vie», «inspiration poétique» et enfin dans la poésie imp. «esprit, âme». En lat. chrét. outre les sens de «souffle», «vie», «esprit» (substance immatérielle) et «âme», on note celui de «inspiration divine» (très fréq.), et aussi de «puissance surnaturelle», «âme des défunts». En fr. les sens de «souffle, souffle vital» survivent et aussi «être immatériel», «conscience, principe de la vie intellectuelle, intelligence». Les sens de «produit d'une distillation», «intention, dessein» et «vivacité d'esprit, finesse» datent du XVIe s. Les nuances de «aptitude intellectuelle» et «mentalité d'un groupe» remontent au XVIIe s. Les strates diverses de l'histoire du mot sont bien attestées en fr. mod.

esquif (XVe s.), de l'ital. *schifo*, s. d. du longobard **skif*, issu du germ. **skip* « bateau ». Voir ***équiper***.

esquimau (XVIIe s.), du nom des habitants des régions arctiques. Le sens de « bonbon glacé » date du XXe s.

esquinter (XIXe s.), mot pop. empr. au prov. *esquinta* « déchirer, fatiguer », s. d. du lat. vulg. **exquintare* « couper en cinq, dépecer ». Dans l'arg. des malfaiteurs le verbe a signifié « blesser », puis au pronom. dans la langue fam. « se fatiguer ».

esquisse (XVIe s.), empr. à l'ital. *schizzo* « ébauche, dessin rapide », d'orig. peu claire. || ***esquisser*** (XVIe s.), d'abord *esquicher*, empr. à l'ital. *schizzare*.

esquiver (XVIIe s., *eschiver* en a. fr. depuis le XIe s.), du franc. **skiuhjan* « craindre ». La forme *esquiver* a été empr. s. d. à l'ital. *schivare* « éviter, fuir », de même orig., en fr. au sens de « éviter adroitement ». || ***esquive*** (XVIIIe s.), déverb.

essai (XIIe s.), du lat. tard *exagium* « pesage, poids », pris en fr. d'abord au sens de « épreuve, mise à l'épreuve, tentative, première entreprise », puis en critique littéraire avec la valeur de « entreprise littéraire à prétentions limitées » et « expérience » (XVIe s.), sens conservé au XVIIe s. dans l'expres. *faire essai* « faire l'expérience ». Auj. l'empl. du mot s'est étendu à divers domaines (sport, sciences, etc.). || ***essayer*** (XIIe s.), dénominatif de *essai* ; ***essayage*** (XIXe s.) ; ***essayiste*** (XIXe s.), empr. à l'angl. *essayist* « auteur d'essais littéraires ».

essaim (XIIe s.), du lat. *examen* « essaim d'abeilles, troupe d'animaux », en fr. « troupe d'abeilles (quittant une ruche pour aller s'établir ailleurs) ». || ***essaimer*** (XIIIe s.), « aller s'établir ailleurs (en parlant d'abeilles) ».

essart (XIIe s.), du lat. tard. *exsartum* « défrichement », tiré du verbe **exsarire* « défricher », du lat. clas. *sarire* « sarcler », en fr. « défrichement » et « lieu défriché ». || ***essarter*** (XIIe s.) ; ***essartage*** (XVIIIe s.).

essence (XIIe s.), empr. au lat. philos. *essentia* « nature d'une chose, caractères constitutifs d'une chose » (par opp. à *accident, existence*), dans le voc. de l'alchimie « substance pure (obtenue par distillation) » (XVIe s.), « produit de la distillation du pétrole » (XIXe s.). Le voc. de la chimie mod., de la pharmacie, de la sylviculture, de la parfumerie, de la cuisine utilise toujours le terme. || ***essentiel*** (XIIe s.).

essieu (XIIIe s.), s. d. forme picarde en *-ieu*, du lat. vulg. **axilis*, du lat. clas. *axis* « axe, essieu », désigne la barre transversale sous un véhicule, dont les extrémités entrent dans les moyeux des roues.

essorer (XIIe s.), du lat. vulg. **exaurare* « exposer à l'air », fait de *ex* et de *aura* « air », en a. fr. au sens de « aérer, faire sécher » et à la forme pronom. « s'élancer dans l'air » (en parl. d'un oiseau) ; en fr. mod. le sens de « enlever l'eau, faire sécher » est le sens dominant. || ***essor*** (XIIe s.), déverb., d'abord en a. fr. « air libre, exposition à l'air », puis « élan de l'oiseau ». Ce dernier sens a survécu. L'emploi au sens de « croissance, développement » date surtout du XIXe s. ; ***essorage*** (XIIIe s.) ; ***essoreuse*** (XIXe s.).

essuyer (XIIe s.), du lat. vulg. **exsucare* « exprimer le suc », du lat. *ex* et de *sucus* « suc », a pris dès le M. A le sens de « sécher (ce qui est mouillé) ». Le sens de « subir, supporter (un ennui) » est attesté au XVIIe s. || ***essuyage*** (XIXe s.).

est (XIIe s.), point cardinal, empr. au v. angl. *east*.

estacade (XVIe s.), empr. à l'ital. *steccata* « enceinte, palissade », en fr.

« barrage de pieux », puis « jetée à claire-voix », enfin « plate-forme en charpente » (voc. des chemins de fer).

estafette (XVIe s., sous la forme *stafette*), empr. à l'ital. *staffetta* « courrier à cheval, messager », de *staffa* « étrier », en fr. « courrier chargé d'une dépêche », puis « agent de liaison » (langage militaire).

estafilade (XVIe s.), empr. à l'ital. *staffilata* « coup d'étrivière, coup donné avec la courroie de l'étrier (*staffa*) ». Le sens de « entaille sur la peau » apparaît en fr. dès le XVIe s.

estaminet (XVIIe s.), p.-ê. du wallon *staminé* « salle de réunion », tiré de *stamon* « poteau », apparenté à l'all. *Stamm* « poteau, tronc », la salle de cabaret étant s. d. soutenue par des poteaux, en fr. d'abord « cabaret où l'on boit et où l'on fume », puis « petit café populaire » (XXe s.).

estampe (XVIe s.), empr. à l'ital. *stampa* « figure gravée, impression », déverb. de *stampare* « imprimer, représenter une figure », en fr. au sens de « image imprimée au moyen d'une planche gravée » depuis le XVIIe s.

estamper (XIIIe s.), du franc. *stampon* « broyer, piler », en a. fr. « écraser, broyer », puis « marquer, faire une empreinte » (XIVe s.), enfin « imprimer » (XVIIe s.) et « filouter » (lang. de l'arg.) (XIXe s.). ‖ ***estampille*** (XVIIIe s.), empr. à l'esp. *estampilla* « empreinte, cachet attestant l'authenticité » ; ***estampiller*** (XVIIIe s.).

estancia (XIXe s.), mot hispano-améric. désignant un grand domaine d'élevage (autour d'une habitation) en Amérique du Sud, dér. de *estar* « se tenir dans un lieu ».

ester (XIIe s.), du lat. *stare* « se tenir debout », d'où « soutenir une action en justice » en lat. jur. méd., conservé en fr. mod. dans l'expres. *ester en justice*.

esthétique (XVIIIe s.), subst. et adj., empr. au lat. sav. *aesthetica* « science du beau », créé à partir du grec *aisthétikos* « qui a la faculté de sentir, sensible ». ‖ ***esthète*** (XIXe s.), « personne qui prône le culte de la beauté », puis avec un sens péj. « qui affecte le culte exclusif de la beauté formelle » ; ***esthéticien*** (XIXe s.).

estimer (XIIIe s.), empr. au lat. *aestimare* « évaluer, apprécier », a éliminé l'a. fr. *esmer*, en fr. « déterminer la valeur » (XIIe s.), par ext. « calculer approximativement » (XVIIIe s.) et aussi « avoir une opinion sur, considérer, tenir pour » (XIIIe s.), « avoir une opinion favorable, apprécier » (XVIe s.). ‖ ***estime*** (XVe s.), d'abord « évaluation, estimation », sens conservé dans l'expres. *à l'estime* du voc. maritime « par évaluation approximative de la route parcourue », puis « opinion favorable du mérite de qqn » (XVIe s.) ; ***estimable*** (XVe s.) ; ***estimation*** (XIIIe s.), empr. au lat. *aestimatio* « évaluation, appréciation » ; ***inestimable*** (XIVe s.) ; ***mésestimer*** (XVIe s.), « avoir mauvaise opinion de qqn, ne pas apprécier à sa valeur » ; ***mésestime*** (XVIIIe s.) ; ***surestimer*** (XVIIe s.) ; ***sous-estimer*** (XIXe s.).

estival (XIIe s.), empr. au lat. imp. *aestivalis* « relatif à l'été ». ‖ ***estiver*** (XVe s.), empr. au lat. *aestivare* « passer l'été » (souvent terme de transhumance) ; ***estivant*** (XXe s.), subst., « personne qui passe l'été dans une station de villégiature ».

estoc (XIIIe s.), déverb. de *estochier, estoquer* « frapper », p.-ê. du néerl. *stocken* « piquer », s. d. de la famille du franc. **stok* « bâton » (cf. l'all. *Stock*), mot qui ne s'emploie plus que dans l'expres. *d'estoc* « avec la pointe de l'épée », par opp. à *de taille*.

estocade (XVIe s.), empr. à l'ital. *stoccata* « botte portée avec la pointe de l'épée », terme d'escrime et de tauromachie.

estomac (XIIe s.), empr. au lat. *stomachus*, du grec *stomachos* « orifice », d'où « estomac ». Le mot a désigné en m. fr., surtout au XVIe s. la poitrine, le cœur (siège des sentiments) dans la langue noble. Le sens dér. de « aplomb » est de la fin du XIXe s. || ***estomaquer*** (XVe s.), empr. au lat. *stomachari* « s'irriter ». L'empl. au sens de « frapper à l'estomac », d'où « couper le souffle, frapper d'étonnement » est attesté depuis le XVe s.

estompe (XVIIe s.), s. d. du néerl. *stomp* « bout », terme tech. de peinture « rouleau de papier ou de peau servant à étendre le crayon ou le pastel sur un dessin ». || ***estomper*** (XVIIe s.), d'abord « passer l'estompe », puis « rendre moins net, adoucir, atténuer » (XIXe s.).

estouffade (XVIIe s.), empr. à l'ital. *stuffata* « cuite à l'étuvée, à la vapeur (en parlant d'une viande) ».

estourbir (XIXe s.), p.-ê. d'un all. dialectal de la famille de *sterben* « mourir » (part. pas. *gestorben*), mot pop. pris au sens de « tuer, assommer ».

estrade 1 (XVe s.), empr. à l'ital. *strada* « route », du lat. tard. *via strata* « route pavée, recouverte », a remplacé l'a. fr. *estrée* et n'existe plus que dans des loc. anc. *battre l'estrade* « courir les chemins ».

estrade 2 (XVIIe s.), empr. à l'esp. *estrado* « salle de réception, partie surélevée d'une salle », du lat. *stratum* « endroit recouvert », en fr. « plancher surélevé ».

estragon (XVIe s., sous la forme *targon, estargon*), empr. au lat. *tarchon*, du grec tard. *tarchon*, de même sens.

estramaçon (XVIe s.), empr. à l'ital. *stramazzone* « coup donné avec le tranchant de l'épée », de *stramazzare* « abattre », fait sur *mazza* « masse d'armes », d'abord au sens étym. par opp. à *estocade*, auj. au sens de « longue et lourde épée à deux tranchants ».

estrapade, (XVe s.), s. d. empr. à l'ital. *strappata*, part. pas. de *strappare* « tirer violemment, arracher », en fr. « supplice ancien consistant à faire tomber qqn au bout d'une corde ».

estropier (XVe s.), empr. à l'ital. *stroppiare* « mutiler », en ce sens en fr., puis « déformer, défigurer (un mot) » (XVIIe s.).

estuaire (XVe s.), empr. au lat. *aestuarium* « endroit inondé par la mer à marée montante », de *aestus* « agitation de la mer, flot, marée », en fr. « embouchure de fleuve formant un large golfe ».

esturgeon (XIIe s.), du franc. **sturjo* (cf. l'all. *Stör*), poisson de mer.

et (IXe s.), du lat. *et*. || ***et cætera*, *et cetera*** (XVe s.), litt. « et les autres choses » empr. au lat. méd., empl. dans les séries pour éviter les énumér. inutiles.

étable (XIIe s.), du lat. vulg. **stabula*, plur. neutre de *stabulum* « lieu de séjour, auberge » et aussi « étable, écurie », en fr. dans ce dernier sens.

établir (XIe s.), du lat. *stabilire* « affermir, consolider », dér. de *stabilis* « ferme, solide », en fr. « installer, fixer, fonder » et par ext. « instaurer, instituer, constituer ». || ***établi*** (XIIIe s., sous la forme *establie*) « table de travail » ; ***établissement*** (XIIe s., sous la forme *establissement*), « fondation, institution, installation dans un lieu » et « organisme ayant une destination précise » ; ***rétablir*** (XIIe s.), « établir de nouveau », « remettre en bon état » ; ***rétablissement*** (XIIIe s.), « remise en état, retour à la santé ».

étage (XIIe s.), dér. du verbe *ester* « se tenir debout » a signifié en a. fr. « demeure, séjour, habitation » y compris au sens architect. pour désigner les niveaux successifs d'élévation en hauteur des appartements, puis « niveau, degré » et « condition, situation, rang » (*de bas étage*). On notera au XVIe s. le sens de « échafaudage, scène de théâtre (surélevée) ». || ***étager*** (XIIIe s.) ; ***éta-***

gement (XIXe s.); ***étagère*** (XVe s., rare avant le XIXe s.).

étai 1 (XIIe s.), de l'a. angl. *staeg* « cordage ».

étai 2 (XIIIe s.), du franc. **staka* (cf. l'all. *Stake* « gaffe »), pièce de charpente servant de soutien. || ***étayer*** (XIIIe s.).

étain (XIIIe s., sous la forme *estain*), du lat. *stagnum, stannum* « plomb argentifère, étain », p.-ê. d'orig. gaul. || ***tain*** (d'une glace) (XIIIe s.), abrév. de *étain*; ***étamer*** (XIIIe s.); ***étameur*** (XIVe s.); ***étamage*** (XVIIIe s.); ***rétamer*** (XIXe s.), « étamer de nouveau », puis « anéantir » dans le lang. pop.; ***rétameur*** (XIXe s.).

étal (XIe s., sous la forme *estal*), du franc. **stal* « position, situation, demeure, écurie », en a. fr. au sens de « position », « position ferme (dans un combat) » avec idée de résistance, et aussi « table, comptoir (où l'on expose les marchandises) », « table où le boucher découpe la viande », d'où « commerce de boucherie ». || ***étaler*** (XIIe s.), d'abord « installer », puis « exposer des marchandises à vendre », « montrer avec ostentation, déployer »; ***étale*** (XIIe s.), adj., « qui ne monte ni ne descend, stationnaire » (en parlant de la mer); ***étalage*** (XIIIe s.); ***étalement*** (XVIIe s.); ***étalagiste*** (XIXe s.).

étalon 1 (XIIIe s.), cheval reproducteur, du franc. **stallo*, dér. de *stall* « écurie ».

étalon 2 (XIIe s.), s. d. du franc. **stalo* « pieu, tige », d'où « bâton muni de marques », puis « modèle de poids ou de mesure » (XIVe s.). || ***étalonner*** (XIVe s.).

étambot (XVIe s.), terme de marine, altér. de *estambor*, du vieux scand. **stafnbord* « bord d'étrave » désigne en fr. une pièce de construction à l'arrière du navire.

étamer, voir ***étain***.

étamine 1 (XIIe s.), étoffe, du lat. *staminea* « chemise de laine », de *stamen* « fil ».

étamine 2 (XVIIe s.), terme de botanique, empr. au lat. imp. *stamina* « filament », plur. de *stamen* « fil ».

étancher (XIIe s., sous la forme *estanchier*), d'orig. peu claire, en a. fr. « arrêter un liquide de couler » et « apaiser (la soif) ». || ***étanche*** (XIIIe s.), de l'a. fr. *estanc* « qui ne laisse pas passer l'eau »; ***étanchéité*** (XIXe s.).

étançon (XIIe s.), s. d. dér. de *estance*, lui-même dér. du verbe *ester* « se tenir debout », du lat. *stare*, empl. en fr. au sens de « béquille, étai ».

étang (XIIe s.), s. d. dér. du lat. *stagnum*, avec infl. de *estanchier*, a dû signifier d'abord « arrêt de l'eau, eau stagnante ».

étape (XIIIe s., sous la forme *estaple*), empr. au m. néerl. *stapel* « entrepôt où les marchands apportent leurs marchandises pour les vendre », d'abord en ce sens en a. fr., puis « magasin de vivres (pour une armée en marche), approvisionnement » (XVIe s.), « endroit où s'arrête un voyageur en cours de route » (XVIIIe s.) et « distance parcourue entre deux haltes » (XIXe s.). L'expres. *brûler les étapes*, d'abord au sing. (XVIIIe s.), « ne pas s'arrêter à l'étape prévue » et donc « brûler l'approvisionnement », signifie « aller très vite ».

état (XIIIe s.), du lat. *status* « position, situation » et aussi « régime politique ». Le sens de « manière d'être durable » prédomine en a. fr. Le sens de « condition sociale et professionnelle » est courant depuis le XIIIe s. jusqu'à la fin de l'Ancien Régime. Le sens de « pouvoir souverain s'exerçant sur un peuple, gouvernement » se développe surtout à partir du XVIe s. || ***étatisme*** (XIXe s.); ***étatique*** (XXe s.); ***étatiser*** (XXe s.); ***étatisation*** (XXe s.); ***état-major*** (XVIIe s.), comp. de *état* « services généraux, administration » et du lat. *major* « plus grand, principal ».

étau (XVIIe s.) pron. pop. de *estoc*, du franc. **stok* « bâton ».

été (XIe s.), du lat. *aestas, aestatis*, de même sens.

éteindre (XIIe s.), du lat. vulg. **extingere*, du lat. clas. *extinguere*, de même sens. || ***éteignoir*** (XVIe s.).

étendard (XIe s.), du franc. **standhard* « stable, ferme, inébranlable », a désigné en a. fr. un signe de reconnaissance au combat, d'où le sens de « enseigne, drapeau », puis de « signe de ralliement (d'une cause) » (XVIIe s.).

étendre (XIIe s.), du lat. *extendere* « déployer dans l'espace, rendre plus long », mêmes sens en fr. et aussi « allonger sur le sol, renverser qqn » (XIIe s.). || ***étendue*** (XVe s.), part. pas. subst.

éternel (XIIe s.), empr. au lat. chrét. *aeternalis* « sans commencement et sans fin ». || ***éternité*** (XIIe s.) empr. au lat. *aeternitas* ; ***éterniser*** (XVIe s.).

éternuer (XIe s.), du lat. imp. *sternutare*, fréquent. de *sternuere*, de même sens. || ***éternuement*** (XIIIe s.).

éteule (XIIIe s.), var. dial. de *estoble*, du lat. tard. *stupula*, du lat. clas. *stipula* « tige des céréales, chaume ».

éther (XIIe s., sous la forme *ethere*, rare avant le XVIe s.), empr. sav. au lat. *aether* « air subtil des régions supérieures (au-dessus de l'atmosphère) », puis « ciel » dans la lang. des poètes, du grec *aither* (mêmes sens). Le mot a désigné depuis le XVIe s. l'air le plus pur ou bien dans la lang. poétique les espaces célestes. Comme terme de chimie au sens de « composé volatil » le mot apparaît au XVIIIe s. et se répand au XIXe s. || ***éthéré*** (XVe s.), empr. au lat. *aethereus* ; ***éthylique*** (XIXe s.), fait sur ***éthyle*** (XIXe s.), tiré du rad. de *éther* et du suff. *-yle* ; ***étylisme*** (XIXe s.).

éthique (XIIIe s.), subst., empr. au lat. imp. *ethica* « morale » ; adj., empr. au lat. *ethicus* « qui concerne la morale », du grec *éthikos*, de même sens.

ethnique (XVIe s.), empr. au lat. chrét. *ethnicus* « païen », du grec *ethnikos* « de la nation, de la race », d'où en grec chrét. « qui concerne les païens ». Le sens de « païen » existe jusqu'au XVIIe s. Le sens de « relatif à une population » date du XVIIIe s. et celui de « relatif à la race, à l'ethnie » du XIXe s. || ***ethnographie*** (XVIIIe s.) ; ***ethnologie*** (XIXe s.) ; ***ethnie*** (XIXe s.), dér. sav. du grec *ethnos* « peuple, nation », en fr. « individus rassemblés par une communauté de langue et de culture ».

éthylique, voir ***éther***.

étiage (XVIIIe s.), dér. du mot dial. de l'Ouest *étier* « canal faisant communiquer la mer avec un marais salant », de *aestuarium* « endroit inondé par la mer à marée haute », s'applique au niveau d'une rivière aux plus basses eaux, puis au sens fig. « niveau le plus bas ».

étincelle (XIIe s., sous la forme *estencelle*), du lat. vulg. **stincilla*, altér. du lat. clas. *scintilla*, de même sens. || ***étinceler*** (XIIe s.), d'abord « jeter des étincelles », puis « briller ».

étioler (XVIIe s.) p.-ê. d'une var. dial. de *éteule* en raison de la couleur pâle de la paille, en fr. « rendre une plante grêle et chétive », sens fig. « rendre chétif, pâle (une personne) » au XIXe s. || ***étiolement*** (XVIIIe s.).

étiologie (XVIIe s.), empr. au grec tard. *aitiologia* « recherche des causes ».

étique (XIIIe s.), empr. au lat. tard. *hecticus* « habituel » et « atteint de consomption » en lat. médic., du grec *hektikos* « habituel (en parlant de la fièvre) », en fr. d'abord au sens de « atteint de consomption » (XIIIe s.), puis « très maigre » (XVe s.).

étiquette (XIVe s.), dér. du verbe *estechier* en a. fr., *estiquier* en a. pic.

« attacher », du franc. **stikkjan*. Le sens de « écriteau, pancarte (sur un objet pour en indiquer la destination) » remonte au XVe s. et celui de « protocole, cérémonial de cour (marqué sur un formulaire), savoir-vivre » au XVIIe s. Ce dernier sens provient s. d. de l'esp. *etiqueta* utilisé avec cette valeur à la cour de Charles Quint. L'angl. *ticket,* empr. au fr., appartient à la même famille. || ***étiqueter*** (XVIe s.) ; ***étiquetage*** (XIXe s.).

étoffer (XIIIe s.), de l'a. h. all. **stopfon* « rembourrer » (cf. l'all. *stopfen*). || ***étoffe*** (XIIIe s.), déverb.

étoile (XIe s.), du lat. vulg. **stela*, du lat. clas. *stella*, de même sens. || ***étoiler*** (XIIe s.), « parsemer d'étoiles ».

étole (XIIe s.), empr. au lat. *stola* « longue robe », du grec *stolê*, a désigné dans la lang. eccl. une longue bande d'étoffe portée par le prêtre autour du cou et descendant sur la poitrine. Le sens de « écharpe de fourrure » date du XIXe s.

étonner (XIIe s.), du lat. vulg. **extonare* « foudroyer », fait sur *tonus* « tonnerre », a signifié en a. fr. et encore aux XVIIe et XVIIIe s. « ébranler, commotionner, étourdir (à la suite d'un coup) », d'où « frapper de stupeur » (XIIIe s.). Le sens s'est affaibli au XIXe s. et ne désigne plus qu'une simple surprise. || ***étonnement*** (XIIIe s.), d'abord « étourdissement », « épouvante », puis « stupéfaction » (XVIIe s.).

étouffer (XIIIe s., rare), p.-ê. altér. de l'a. fr. *estoper* « garnir d'étoupe, boucher », en fr. « priver d'air, asphyxier, gêner », puis « empêcher un sentiment de s'exprimer » (XVIe s.), « empêcher un son de se faire entendre » (XVIe s.), « empêcher une affaire de se développer » (XVIIe s.). || ***étouffement*** (XIVe s.) ; ***étouffée*** (XIVe s.) dans l'expres. *à l'étouffée* « cuit dans un récipient clos » ; ***touffeur*** (XVIIe s.), par aphérèse de *étouffeur* « chaleur étouffante ».

étoupe (XIIe s.), du lat. *stuppa* « filasse grossière ». || ***étouper*** (XIIe s.), d'abord « garnir d'étoupe », d'où « boucher ».

étourdir (XIe s.), du lat. vulg. **exturdire* « engourdir le cerveau, griser (comme une grive grisée par le raisin) », fait sur *turdus* « grive ». || ***étourdissement*** (XIIIe s.), « vertige, syncope, perte de conscience » ; ***étourderie*** (XVIIe s.), « faute commise par inattention, bévue, maladresse ».

étourneau (XIIe s.), du lat. vulg. **sturnellus*, du lat. clas. *sturnus* de même sens.

étrange (XIe s.), du lat. *extraneus* « du dehors, étranger », en fr. d'abord « étranger » et « hors du commun, extraordinaire », puis par affaiblissement « bizarre, singulier » (XVIIIe s.). || ***étranger*** (XIVe s.), « d'un autre pays », puis « qui n'est pas connu, qui n'est pas familier », « sans rapport avec » (XVIIe s.) ; ***étrangeté*** (XIVe s., rare avant le XVIIIe s.).

étrangler (XIIe s.), du lat. *strangulare* « étrangler, suffoquer ». || ***étranglement*** (XIIIe s.) ; ***étrangleur*** (XIVe s.).

étrave (XVIe s.), de l'a. scand. *stafn* « proue ».

être (XIe s.), verbe, du lat. vulg. **essere*, issu du lat. clas. *esse*, de même sens ; subst. à partir du XIIe s., d'abord au sens de « état, situation », puis « être vivant » (XIIIe s.), en philos. « le fait d'être, la qualité de ce qui est » (XIIIe s.), « personne humaine » (XVIIIe s.). || ***bien-être*** (XVIe s.).

étrécir, voir ***étroit***.

étreindre (XIIe s.), du lat. *stringere* « serrer ». || ***étreinte*** (XIIIe s.), part. pas. fém. subst.

étrenne (XIIe s., sous la forme *estreine, estrene* en a. fr., *estrine* en a. pic.), du lat. *strena* « présage, présent (offert à titre d'heureux présage) », en fr. au sens de « présent », « présent fait le premier jour de l'an » (au plur. *es-*

trennes dès le XIIIe s.), « commencement » (XIIe s.), ensuite « gratification donnée à la fin de l'année à certains employés ». || ***étrenner*** (XIIe s., sous la forme *estrener*), d'abord « faire un présent », puis « faire usage de qq. ch. pour la première fois » (XVIIe s.).

êtres, **aîtres** (XIIe s., sous la forme *estres*), du plur. neutre lat. *extera* « ce qui est à l'extérieur », de l'adj. *exterus* « extérieur », signifie en a. fr. « emplacement (ouvert sur l'extérieur) », d'où « porte, embrasure d'une fenêtre », en fr. mod. « disposition des pièces d'une maison ».

étrier (à partir du XIe s., en a. fr. sous les formes *estreu, estrieu, estrief*), s. d. du franc. **streup* « boucle, courroie », désigne l'anneau métallique soutenant le pied du cavalier. La forme *estrier* représente un chang. de suffixe. || ***étrivière*** (XIIe s., sous la forme *estriviere*), « courroie tenant l'étrier ».

étriller (XIIe s.), du lat. vulg. **strigilare* « frotter avec le racloir (*strigilis*) », en fr. « frotter un cheval avec un racloir ». Le sens « malmener, maltraiter » semble mod. (XIXe s.). || ***étrille*** (XIIIe s.), du lat. vulg. **strigila*, du lat. *strigilis* « racloir ».

étriper, voir ***tripe***.

étriqué (XVIIIe s.), du verbe *étriquer* « allonger, étendre, amincir », s. d. empr. au m. néerl. *striken* « étirer », en fr. « étroit, serré, privé d'ampleur ».

étroit (XIe s.), du lat. *strictus* « serré ». || ***étroitesse*** (XIIe s.) ; ***étrécir*** (XIVe s.), de l'a. fr. *estrecier* avec chang. de suff., du lat. vulg. **strictiare* « rendre plus étroit ».

étron (XIIIe s.), du franc. **strunt* « crotte ».

étude (XIIe s.), du plur. neutre *studia*, du lat. *studium* « application, zèle, effort intellectuel ». Le sens de « application, effort d'application, examen » reste courant en a. fr., celui de « lieu où l'on étudie », plus rare, est attesté dès le XIIIe s. L'emploi au sens de « cabinet de travail (d'un notaire, d'un avoué) », d'où « charge de notaire, d'avoué » apparaît au XVIIe s., de même celui de « exercice » dans la lang. de la peinture (XVIIe s.), de « travail préparatoire de recherche » dans la lang. de la culture (XIXe s.), de « morceau de musique écrit pour développer la tech. d'exécution » dans celle de la musique (XIXe s.). || ***étudier*** (XIIe s.), « prendre pour objet d'étude, examiner, analyser » ; ***étudiant*** (XIVe s.), en concurrence avec *escolier* jusqu'à la fin du XVIIe s.

étui (XIIe s.), déverb. de *estuier* « enfermer », d'orig. peu claire, « boîte où l'on enferme ».

étuve (XIe s., sous la forme *estuve*), du lat. vulg. **extupa* « salle pour bain de vapeur », déverb. du lat. vulg. **extupare*, du grec *tuphein* « fumer, enfumer », a désigné en a. fr. « le bain de vapeur » et « le bain chaud ». En fr. mod. le sens de « lieu clos pour le séchage à la vapeur » date du XVIIe s. || ***étuver*** (XIIe s., sous la forme *estuver*), du lat. vulg. **extupare* « prendre un bain de vapeur, un bain chaud », du grec *tuphein*, d'abord au sens de « baigner dans l'eau chaude », puis « passer à l'étuve » (XIVe s.) ; ***étuvée*** (XVe s.) « cuisson à la vapeur ».

étymologie (XIIe s.), empr. au lat. *etymologia* « origine d'un mot », du grec *étumologia* « sens véritable, sens primitif (d'un mot) ». || ***étymologique*** (XVIe s.) ; ***étymon*** (XIXe s.).

eu-, premier élém. de mots sav., comme ***eugénisme***, ***euthanasie***, tiré du grec *eu* « bien ».

eucalyptus (XVIIIe s.), terme de botanique, fait à partir du grec *eu* « bien » et *kaluptos* « couvert », pour désigner un arbre exotique, le bouton des fleurs de l'arbre étant recouvert jusqu'à la floraison.

eucharistie (XIIe s.), empr. au lat. chrét. *eucharistia*, du grec chrét. *euk-*

haristia « action de grâces », puis « pain consacré par l'action de grâces, sacrifice de l'Eucharistie ». || ***eucharistique*** (XVIe s.), empr. au lat. chrét. *eucharisticus.*

eugénisme (XIXe s.), empr. à l'angl. *eugenism,* mot sav. fait du grec *eu* « bien » et de *génos* « naissance », au sens de « recherche d'amélioration de la race humaine (par limitation des anormaux) ». || ***eugénique*** (XIXe s.), empr. à l'angl. *eugenics.*

eulogie (XVIe s.), empr. au lat. chrét. *eulogia,* du grec *eulogia* « bénédiction, pain bénit ».

eunuque (XIIIe s., sous la forme *eunuche*), empr. au lat. *eunuchus,* du grec *eunoukhos* « qui garde le lit, qui surveille la chambre des femmes, homme châtré », en fr. surtout « homme châtré gardant les femmes dans les harems », parfois « être sans virilité, impuissant, sans énergie » (XVIIIe s.).

euphémisme (XVIIIe s.), empr. au grec *euphémismos* « parole de bon augure », en fr. « expression atténuée, adoucie (pour éviter l'expression directe qui serait trop vive) ».

euphonie (XIVe s.), empr. au lat. *euphonia,* du grec *eu* « bien » et *phoné* « son », désigne l'harmonie des sons (en musique, stylistique). || ***euphonique*** (XVIIIe s.).

euphorbe (XIIIe s.), empr. au lat. imp. *euphorbea,* du nom du médecin *Euphorbus,* désigne une plante.

euphorie (XVIIIe s.), du grec tard. *euphoria* « force de supporter », pris au sens de « agréable disposition », en fr. « sentiment de bien-être ». || ***euphorique*** (XXe s.).

européen (XVIe s.), dér. de *Europe,* « qui concerne l'Europe, qui appartient à l'Europe ».

eurythmie (XVIIIe s.), empr. au lat. *eurythmia,* du grec *euruthmia* « harmonie », en fr. « équilibre, heureuse harmonie ».

euthanasie (XVIIIe s.), empr. au grec *eu* « bien » et *thanatos* « mort », en fr. « mort douce et sans souffrances donnée à un malade incurable ».

évacuer (XIIIe s.), empr. au lat. *evacuare* « vider », en fr. au sens de « rejeter de l'organisme », « faire sortir d'un lieu » et aussi « vider les lieux, se retirer d'un pays » (XVIIe s.). || ***évacuation*** (XIVe s.), empr. au lat. tard. *evacuatio* « action de vider ».

évader (s') (XIVe s.), empr. au lat. *evadere* « sortir de, s'échapper de ». || ***évasion*** (XIIIe s.), empr. au lat. tard. *evasio* « sortie, départ » ; ***évasif*** (XVIe s.), « qui cherche à éluder, fuyant, vague ».

évaluer, **évaluation**, voir ***valoir***.

évanescent (XIXe s.), du part. prés. du verbe lat. *evanescere* « s'évanouir, disparaître », en fr. « fugitif, qui disparaît graduellement ».

évangile (XIIe s.), empr. au lat. chrét. *evangelium,* du grec *euaggélion* « bonne nouvelle », en fr. « ensemble des livres contenant la doctrine du Christ », « doctrine du Christ » et « passage de l'Evangile lu pendant la messe » (XIIIe s.). || ***évangéliste*** (XIIe s.), empr. au lat. chrét. *evangelista* ; ***évangélique*** (XIVe s.), empr. au lat. chrét. *evangelicus* ; ***évangéliser*** (XIIIe s.), empr. au lat. chrét. *evangelizare* « prêcher la bonne nouvelle (du Christ), annoncer l'Evangile ».

évanouir (s') (XIIe s.), altér. de l'a. fr. *esvanir,* du lat. vulg. **exvanire,* du lat. clas. *evanescere* « disparaître, se dissiper », en fr. « disparaître sans laisser de trace » et « tomber en syncope ». || ***évanouissement*** (XIIIe s.).

évaporer (XIVe s.), empr. au lat. imp. *evaporare* « faire passer à l'état de vapeur », de même sens en fr. || ***évaporation*** (XIVe s.), empr. au lat. imp. *evaporatio* « passage à l'état de vapeur, disparition ».

évaser, dér. de *vase* « élargir à l'orifice ».

évasif, voir ***évader***.

évasion, voir ***évader***.

éveiller (XIe s.), du lat. vulg. **exvigilare*, du lat. clas. *evigilare* « éveiller, s'éveiller ». ‖ ***éveil*** (XIIe s.) ; ***réveiller*** (XIIIe s.) ; ***réveil*** (XIIIe s.) ; ***réveillon*** (XVIe s.), « repas tardif, repas nocturne » ; ***réveillonner*** (XIVe s., rare avant le XIXe s.) ; ***réveille-matin*** (XVe s.).

événement (XVe s.), mot sav. créé d'après le lat. *evenire* « arriver » et *eventus* « événement » sur le modèle de *avènement*, désigne « ce qui arrive, fait produit par une situation ». ‖ ***événementiel*** (XXe s.).

éventaire (XVIIe s.), d'orig. obsc., d'abord « plateau en osier pour porter les marchandises », puis « étalage extérieur d'un magasin ».

éventer, **éventail**, voir ***vent***.

éventuel (XVIIIe s.), dér. sav. tiré du lat. *eventus* « événement », en fr. « qui peut se produire ». ‖ ***éventualité*** (XVIIIe s.).

évêque (Xe s.), de **episcus*, forme abrégée du lat. chrét. *episcopus* « chef d'une communauté chrétienne », du grec *épiskopos* « surveillant, inspecteur », en fr. « dignitaire de l'Eglise chargé de la conduite d'un diocèse ». ‖ ***évêché*** (XIe s.) ; ***épiscopal*** (XIIIe s., rare avant le XVIIe s.), empr. au lat. chrét. *episcopalis* « relatif à l'évêque » ; ***épiscopat*** (XVIIe s.), empr. au lat. chrét. *episcopatus* « dignité d'évêque ».

évertuer (s'), voir ***vertu***.

éviction, voir ***évincer***.

évident (XIVe s.), empr. au lat. *evidens* « clair, apparent, manifeste », même sens en fr. ‖ ***évidence*** (XIVe s.), empr. au lat. *evidentia* « caractère visible ».

évier (XIIIe s.), du lat. vulg. **aquarium* « réservoir d'eau, abreuvoir », de *aquarius* « qui concerne l'eau », désigne un bassin destiné au lavage de la vaisselle muni d'un trou pour l'écoulement des eaux. Voir ***eau***.

évincer (XVe s.), empr. au lat. *evincere* « vaincre complètement, triompher », en fr. d'abord « déposséder qqn (par une décision de justice) », puis « écarter, éliminer (d'une place) » (XIXe s.). ‖ ***éviction*** (XIIIe s.), empr. au lat. tard. *evictio* « dépossession juridique d'un bien, d'une place » garde en fr. cette valeur jur.

éviter (XIVe s.), empr. au lat. *evitare* « fuir, esquiver », de même sens en fr. ‖ ***inévitable*** (XVe s.), empr. au lat. *inevitabilis* « qu'on ne peut éviter ».

évocation, voir ***évoquer***.

évolution (XVIe s.), empr. au lat. *evolutio* « action de dérouler, de parcourir », d'abord en fr. « manœuvre militaire », puis au XVIIIe s. « changement, transformation », p.-ê. sous l'infl. de l'angl. ‖ ***évoluer*** (XVIe s.) ; ***évolutif*** (XIXe s.) ; ***évolutionnisme*** (XIXe s.).

évoquer (XIVe s.), empr. au lat. *evocare* « appeler à soi, faire venir », d'abord « faire apparaître (l'esprit d'un mort) par une incantation magique, ressusciter », en un sens jur. « appeler devant soi une affaire (normalement réservée à une juridiction inférieure) », puis au XVIIIe s. « rappeler à la mémoire », au XIXe s. « faire référence, faire allusion » (fréq. en critique littér.). ‖ ***évocation*** (XIVe s.), empr. au lat. *evocatio* « appel », a les mêmes sens que le verbe ; ***évocateur*** (XIXe s.) ; ***évocatoire*** (XIVe s.), empr. au lat. *evocatorius* « qui appelle ».

exacerber, voir ***acerbe***.

exact (XVIe s.), empr. au lat. *exactus* « précis, exact », part. pas. de *exigere* « achever », d'abord en fr. « fait avec soin, conforme aux règles », puis « conforme à la vérité » (XVIIe s.). ‖ ***exactitude*** (XVIIe s.), d'abord « soin scrupuleux », puis « conformité à la vérité » ; ***inexact*** (XVIIe s.) ; ***inexactitude*** (XVIIe s.).

exaction (XIIIe s.), empr. au lat. *exactio* « action d'exiger un paiement », a pris dès l'a. fr. le sens de « recouvrement indu, extorsion », puis au XXe s. celui de « mauvais traitements ».

ex aequo (XIXe s.), mot lat. signifiant « également », empl. dans le voc. scolaire au sens de « sur le même rang ».

exagérer (XVIe s.), empr. au lat. *exaggerare* « entasser de la terre, amonceler, accumuler », dès le XVIe s. au sens de « grossir, amplifier » ; au sens de « développer, exprimer » aux XVIe s. et XVIIe s. ; en fr. mod. n'existe plus que l'idée d'excès. ‖ ***exagération*** (XVIe s.), empr. au lat. *exaggeratio* « accumulation, amplification ».

exalter (Xe s.), empr. au lat. *exaltare* « hausser, élever ». Le sens de « glorifier, magnifier » est courant au XVIIe s., celui de « enflammer, passionner » semble du XVIIIe s. ‖ ***exaltation*** (XIIIe s.), empr. au lat. chrét. *exaltatio* « action d'élever, de dresser ».

examen (XIVe s.), empr. au lat. *examen* « aiguille de balance », d'où « contrôle », en fr. « action d'examiner, investigation, inspection, recherche », « épreuve à laquelle est soumis un candidat » (depuis le XVe s.). ‖ ***examiner*** (XIIIe s.), empr. au lat. *examinare* « peser, examiner » ; ***examinateur*** (XIVe s.), empr. au lat. tard. *examinator* « personne qui examine, qui fait passer un examen ».

exaspérer (XIVe s., rare avant la fin du XVIIIe s.), empr. au lat. *exasperare* « irriter ». ‖ ***exaspération*** (XVIe s.), empr. au lat. *exasperatio* « irritation ».

exaucer (XVIe s.), var. graphique de *exhausser*, au sens de « écouter favorablement, accorder », sens dû p.-ê. à l'influence du lat. *exaudire* « écouter favorablement la prière de qqn ».

ex cathedra (XVIIe s.), mots lat. signifiant « du haut de la chaire », en fr. « d'une manière doctorale, d'un ton dogmatique ».

excaver (XVe s., rare avant le XVIIIe s.), empr. au lat. *excavare* « creuser », même sens en fr. ‖ ***excavation*** (XVIe s.), empr. au lat. *excavatio* « cavité ».

excéder (XIVe s.), empr. au lat. *excedere* « sortir, dépasser ». Les sens de « dépasser », « outrepasser », « irriter » sont courants au XVIIe s. ‖ ***excédent*** (XIVe s.), empr. au lat. *excedens* « qui dépasse, qui est en surnombre », d'où en fr. « surplus, reste » ; ***excédentaire*** (XXe s.).

exceller (XVIe s.), empr. au lat. *excellere* « surpasser, l'emporter ». ‖ ***excellent*** (XIIe s.), du lat. *excellens* « éminent, supérieur » ; ***excellence*** (XIIe s.), empr. au lat. *excellentia* « supériorité », empl. en fr. au sens de « degré éminent ». Le mot s'empl. comme titre honorifique depuis le XIIIe s.

excentrique (XIVe s.), empr. au lat. méd. *excentricus*, du grec *eks* et *kentron* « hors du centre », empl. d'abord en astron. (pour désigner les ellipses des corps célestes). Le sens « qui s'écarte des usages, extravagant » date du XIXe s. et vient de l'angl. *eccentric* « original » ‖ ***excentricité*** (XVIe s.), empr. au lat. méd. *excentricitas* « éloignement du centre ». Le sens de « originalité, singularité, bizarrerie » (XIXe s.) vient de l'angl. *eccentricity*.

excepter (XIIIe s.), empr. au lat. *exceptare* « retirer » avec infl. du sens de *exceptio* « restriction, stipulation ». ‖ ***exception*** (XIIIe s.), empr. au lat. *exceptio* « restriction, réserve » et en droit « clause restrictive », en fr. « action d'excepter, restriction, dérogation », puis « anomalie, singularité » (XIVe s.) ; ***exceptionnel*** (XVIIIe s.), « qui constitue une exception », puis « qui sort de l'ordinaire ».

excès (XIIe s.), empr. au lat. *excessus* au sens de « sortie » en lat. clas., puis « faute, péché » en lat. chrét., en fr. au sens de « dépassement de la mesure, abus ». L'idée de dépassement, d'abus (*excès de pouvoir* « action dépassant le pouvoir légal ») est courante en fr. || ***excessif*** (XIVe s.).

exciper (XIIIe s.), empr. au lat. *excipere* « stipuler expressément, par une clause spéciale », terme jur. au sens de « alléguer une exception », puis « se fonder sur une pièce pour défendre sa cause » (XVIIIe s.). || ***excipient*** (XVIIIe s.), terme de pharmacie, « substance qui incorpore les principes actifs d'un médicament ».

excision (XIVe s.), empr. au lat. tard. *excisio* « entaille, coupure », en fr. « ablation ». || ***exciser*** (XVIe s.).

exciter (XIIe s.), empr. au lat. *excitare* « faire sortir, élever, soulever », en fr. « provoquer, susciter, mettre en branle ». || ***excitation*** (XVe s.), empr. au lat. tard. *excitatio* « état de ce qui est excité, ardeur » ; ***excitable*** (XIVe s.) ; ***excitant*** (XVIIe s.) ; ***excitabilité*** (XIXe s.) ; ***surexciter*** (XIXe s.) ; ***surexcitation*** (XIXe s.).

exclamation (XIIIe s.), empr. au lat. *exclamatio* « éclat de voix, cri ». || ***exclamer (s')*** (XVe s.), empr. au lat. *exclamare* « pousser des exclamations ».

exclure (XIVe s.), empr. au lat. méd. *excludere* « ne pas admettre, exclure ». || ***exclusif*** (XVe s.), empr. au lat. méd. *exclusivus* « qui exclut » ; ***exclusive*** (XVIe s.), « mesure d'exclusion » ; ***exclusivité*** (XIXe s.), « droit réservé à une personne ou à un petit nombre de personnes ».

excommunier (XIIe s.), empr. au lat. chrét. *excommunicare* « rejeter hors de la communauté religieuse ». || ***excommunication*** (XIIe s.), empr. au lat. chrét. *excommunicatio* « exclusion de la communauté chrétienne ».

excoriation (XIVe s.), empr. au lat. méd. *excoriatio* « arrachement de la peau, écorchure ».

excrément (XVIe s.), empr. au lat. *excrementum* « déjections, sécrétion ».

excrétion (XVIe s.), empr. au lat. tard. *excretio* « criblure, évacuation de déchets ».

excroissance (XIVe s.), empr. au lat. tard. *excrescentia*, dér. de *excrescere* « croître ».

excursion (XVIe s.), empr. au lat. *excursio* « voyage, incursion », d'abord « course au dehors, incursion » (XVIe s.), puis « course, promenade » (XVIIIe s.), a signifié aussi au XVIIIe s. « digression » et « étude scientifique d'un point de détail ». || ***excursionner*** (XIXe s.) ; ***excursionniste*** (XIXe s.).

excuser (XIIe s.), empr. au lat. *excusare* « disculper, mettre hors de cause, justifier », mêmes sens en fr. || ***excuse*** (XIVe s.), déverb. ; ***excusable*** (XIIIe s.), empr. au lat. *excusabilis* ; ***inexcusable*** (XVe s.).

exeat (XVIIe s.), empr. au lat. *exeat* « qu'il sorte », en fr. « autorisation de sortie ».

exécrer (XVe s.), empr. au lat. *exsecrari, execrari* « lancer des imprécations, maudire » (lang. relig.), en fr. « avoir en horreur, avoir de l'aversion ». || ***exécrable*** (XIVe s.), empr. au lat. *execrabilis* ; ***exécration*** (XIIIe s.), empr. au lat. *execratio* « serment (accompagné d'imprécations solennelles en cas de parjure) » et « malédictions », en fr. « aversion, horreur », rarement « malédiction, imprécation » (XVIe s.).

exécution (XIIIe s.), empr. au lat. *exsecutio, executio* « achèvement, poursuite judiciaire ». Les sens de « accomplissement, réalisation » et de « mise à mort » sont attestés dès le M. A. || ***exécuter*** (XIVe s.) ; ***exécuteur*** (XIIe s.), empr. au lat. *exsecutor* « qui accomplit, qui exécute, qui exerce des poursuites » ; ***exécutif*** (XIVe s., rare avant le XVIIIe s.) ; ***exécutoire*** (XIVe s.), empr. au lat. tard. *executorius* « exécutif ».

exégèse (XVIIIe s.), empr. au grec *exégésis* « explication ». Le mot s'est d'abord empl. pour l'interprétation de la Bible, puis pour l'interprétation philologique et doctrinale d'autres textes. || ***exégète*** (XVIIIe s.), « interprète, commentateur » ; ***exégétique*** (XVIIe s.).

exemple (XIe s., sous la forme *essemple*), empr. au lat. *exemplum* « original, modèle, échantillon », en fr. aux sens de « modèle, parangon » et « chose semblable, échantillon, spécimen » (*par exemple* « à titre d'illustration »). || ***exemplaire***, subst. (XIIe s.), empr. au lat. tard. *exemplarium* « copie servant de modèle, original, type » ; adj. (XIIIe s.), empr. au lat. *exemplaris* « qui sert de modèle ».

exempt (XIIIe s.), empr. au lat. *exemptus*, part. pas. de *eximere* « retirer, enlever », en fr. « dispensé d'une obligation, soustrait à une juridiction » et depuis le XVIe s. « préservé, dépourvu (d'un défaut) ». || ***exempter*** (XIVe s.), « dispenser d'une charge, soustraire à une obligation » ; ***exemption*** (XVe s.), empr. au lat. *exemptio* « action d'ôter », en fr. « dispense d'une obligation ».

exercer (XIIe s.), empr. au lat. *exercere* « mettre en mouvement, faire agir, former par des exercices », en fr. « pratiquer une activité, mettre à l'épreuve ». || ***exercice*** (XIIIe s.), empr. au lat. *exercitium* « pratique », en fr. « pratique » et « activité » (*en exercice* « en activité »).

exergue (XVIIe s.), terme tech. de numismatique, du grec *ex* et *ergon* « œuvre », en fr. d'abord « espace hors d'œuvre », puis « inscription (placée dans cet espace) », enfin « inscription placée en tête d'un ouvrage ».

exfolier (XVIe s.), empr. au lat. tard. *exfoliare* « dépouiller de ses feuilles ». || ***exfoliation*** (XVe s.), dér. du supin de *exfoliare*, « action de détacher par plaques, par lamelles ».

exhaler (XIVe s.), empr. au lat. *exhalare* « souffler à l'extérieur », en fr. « émettre des odeurs, des vapeurs », « émettre un souffle, un soupir, un gémissement ». || ***exhalation*** (XIVe s.), empr. au lat. *exhalatio* « émanation qui s'échappe d'un corps » ; ***exhalaison*** (XVIe s.).

exhaustif (XIXe s.), empr. à l'angl. *exhaustive* « qui épuise une matière, qui traite à fond un sujet, complet », du lat. *exhaurire* « épuiser », de même sens en fr.

exhiber (XIIIe s.), empr. au lat. *exhibere* « présenter, faire paraître », en fr. « présenter, produire », « faire étalage » (XVIIIe s.). || ***exhibition*** (XIIe s.), empr. au lat. *exhibitio* « présentation, production » ; ***exhibitionnisme*** (XIXe s.) ; ***exhibitionniste*** (XIXe s.).

exhorter (XIIe s.), empr. au lat. *exhortari* « exciter, encourager », de même sens en fr. || ***exhortation*** (XIIe s.), empr. au lat. *exhortatio* « encouragement ».

exhumer (XVIIe s.), empr. au lat. méd. *exhumare* « retirer de terre un cadavre », fait d'après *inhumare*, de même sens en fr. || ***exhumation*** (XVIIe s.), empr. au lat. méd. *exhumatio* « action de retirer un cadavre de sa sépulture ».

exiger (XIVe s.), empr. au lat. *exigere* « pousser dehors, faire payer, réclamer », en fr. « demander impérativement ce qui est dû » et « rendre obligatoire » (XVIIe s.). || ***exigence*** (XIVe s.), empr. au lat. tard. *exigentia* « action d'exiger, ce qui est requis, besoin, nécessité » ; ***exigible*** (XVIIe s.) ; ***inexigible*** (XVIIIe s.).

exigu (XVe s.), empr. au lat. *exiguus* « petit, restreint », de même sens en fr. || ***exiguïté*** (XVe s., rare avant le XIXe s.), empr. au lat. *exiguitas* « petitesse ».

exil (XIe s.), réfect. sav. de l'a. fr. *eissil, essil*, d'après le lat. *exsilium* « bannissement, lieu d'exil », en a. fr. *essil* signifie « exil » et surtout « ravage, dévastation, tourment ». Le sens étym. « bannissement hors de sa patrie » existe seul depuis le XVIe s. || ***exiler*** (XIIe s.), même évolution.

existier (XVe s.), empr. au lat. *ex(s)istere* « sortir de, se manifester », a souvent en a. fr. le sens de « se trouver ». Les sens de « vivre » (XVIIIe s.) et dans le lang. philos. de « posséder une réalité » (XVIIIe s.) sont mod. || ***existence*** (XIVe s.), empr. au lat. tard. *existentia* « le fait d'exister » ; ***inexistence*** (XVIIe s.) ; ***coexistence*** (XVIe s.) ; ***coexister*** (XVIIIe s.) ; ***existentiel*** (XXe s.) ; ***existentialisme*** (XXe s.) ; ***préexister*** (XVe s.), rare avant le XVIIIe s., empr. au lat. tard. *praeexistere* « exister antérieurement à qq. ch. ».

ex-libris (XIXe s.), expres. lat. *ex libris* « faisant partie des livres (de) », inscription placée sur un livre pour indiquer le nom du propriétaire.

exo-, premier élément de termes savants, comme ***exogène***, ***exophtalmie***, du grec *ékso* « au dehors ».

exode (XIIIe s.), empr. au lat. *exodus*, du grec chrét. *exodos* « départ, fuite des Hébreux hors d'Egypte », d'abord terme biblique, puis au sens de « émigration de masse » (XIXe s.).

exogamie (XIXe s.), empr. à l'angl. *exogamy* « obligation de choisir le conjoint en dehors du groupe social ».

exonérer (XVe s.), empr. au lat. *exonerare* « décharger d'un fardeau, dégager », en fr. « dispenser d'une charge, d'une obligation financière ». || ***exonération*** (XVIe s.), empr. au lat. *exoneratio* « action de supprimer ou de diminuer une charge ». Voir ***onéreux***.

exorbitant (XVe s.), empr. au lat. tard. *exorbitare* « dévier, s'écarter », fait sur *orbita* « ornière », a signifié « qui sort des limites, qui dépasse la mesure » dès le XVIIe s., d'où « choquant, extravagant ».

exorbité, voir ***orbite***.

exorciser (XIVe s.), empr. au lat. eccl. *exorcizare*, du grec *exorkizein* « faire prêter serment », puis en grec chrét. « chasser un esprit mauvais », en fr. « chasser les démons du corps d'un possédé ». || ***exorcisme*** (XVe s.), empr. au lat. chrét. *exorcismus* « adjuration, action de chasser les démons » ; ***exorciste*** (XIIIe s.), empr. au lat. *exorcista*.

exorde (XVe s.), empr. au lat. *exordium* « commencement », même sens en fr.

exotique (XVIe s.), empr. au lat. *exoticus*, du grec *exotikos* « du dehors, extérieur », en fr. au sens de « qui vient de pays lointains ». || ***exotisme*** (XIXe s.).

expansion (XVIIe s.), terme tech., empr. au lat. méd. *expansio* « action d'étendre, déploiement, développement », mêmes sens en fr. || ***expansif*** (XVIIIe s.), « qui s'épanche avec effusion » ; ***expansivité*** (XIXe s.) ; ***expansionnisme*** (XXe s.), « expansion d'un pays au-delà de ses frontières » ; ***expansionniste*** (XXe s.).

expectative (XVe s.), subst. fém., tiré de l'adj. *expectatif* « qui attend », du lat. méd. *expectativus* de *expectare* « attendre », en fr. « attente fondée sur des probabilités » et « attente prudente » (XIXe s.).

expectorer (XVIIe s.), empr. au lat. *expectorare* « chasser du cœur », en fr. « expulser des mucosités de la poitrine », d'où « proférer difficilement ». || ***expectoration*** (XVIIe s.).

expédient (XIVe s.), adj. empr. au lat. *expediens*, part. prés. de *expedire* « dégager, débarrasser » et au sens intr. « être opportun, utile », en fr. « convenable, commode ». Le subst. apparaît au XIVe s. avec le sens de « avantage ». Le sens de « moyen de se tirer d'embarras », seul attesté en fr. mod., est connu depuis le XVIIe s. || ***expédier*** (XIVe s.) ; ***expéditif*** (XVIe s.), empr. au lat. méd. *expeditivus* « expédient, convenable », en fr. dès le XVIe s. « efficient, actif » et « rapide » ; ***expédition*** (XIIIᵉ s.), empr. au lat. *expeditio* « préparatifs, campagne militaire », d'abord en fr. « action de traiter, d'exécuter » (*expédition des affaires*), puis « opération militaire » (XVIᵉ s.) ; « copie littérale d'un acte » (XVIIᵉ s.), « envoi au destinataire » (XVIIᵉ s.), « voyage d'exploration » (XVIIᵉ s.) ; ***expéditeur*** (XVᵉ s.), d'abord au sens de « qui exécute rapidement », puis « commissionnaire » (XVIIIᵉ s.), « qui expédie une lettre, une marchandise » (XIXᵉ s.) ; ***expéditionnaire*** (XVIᵉ s.) ; ***réexpédier*** (XVIᵉ s.) ; ***réexpédition*** (XVIIIᵉ s.).

expérience (XIIIᵉ s.), du lat. *experientia* « essai, épreuve » et « pratique acquise », aux mêmes sens en fr. || ***inexpérience*** (XVᵉ s.), empr. au lat. *inexperientia* « absence d'expérience ».

expérimenter (XIVᵉ s.), empr. au lat. tard. *experimentare* « faire un essai », tiré de *experimentum* « essai », en fr. « connaître par expérience », « vérifier, essayer ». || ***expérimental*** (XVIᵉ s.), empr. au lat. méd. *experimentalis* « qui repose sur l'expérience » ; ***expérimentation*** (XIXᵉ s.) ; ***expérimentateur*** (XIVᵉ s., repris au XIXᵉ s.) ; ***inexpérimenté*** (XVᵉ s.).

expert (XIIIᵉ s., sous la forme *espert*), réfection au XIVᵉ s. à partir du lat. *expertus* « expérimenté, qui a fait ses preuves », en fr. adj. « habile, expérimenté, compétent » et subst. « spécialiste d'un domaine ». || ***expertise*** (XIVᵉ s., sous la forme *espertise*) ; ***expertiser*** (XIXᵉ s.) ; ***contre-expertise*** (XIXᵉ s.).

expier (XIIIᵉ s.), empr. au lat. *expiare* « purifier, réparer une faute (pour apaiser les dieux) », puis en lat. chrét. « réparer des péchés (en subissant une peine) », de même sens en fr. || ***expiation*** (XIIᵉ s.), empr. au lat. *expiatio* « action d'apaiser les dieux », puis en lat. chrét. « réparation d'une faute par une peine compensatoire », sens conservé en fr. ; ***expiatoire*** (XVIᵉ s.), empr. au lat. *expiatorius*, de même valeur.

expirer (XIIᵉ s.), empr. au lat. *ex(s)pirare* « souffler, exhaler, rendre le dernier soupir, finir », sens qui existent en a. fr. || ***expiration*** (XVᵉ s.), empr. au lat. *expiratio* « exhalaison », au même sens en fr. Le sens temporel « achèvement d'une durée fixée » date du XVIᵉ s.

explétif (XIVᵉ s.), empr. au lat. tard. *(conjunctio) expletiva* « qui remplit », c'est-à-dire « qui s'ajoute, sans être indispensable ».

expliquer (XIVᵉ s.), empr. au lat. *explicare* « déployer, dérouler, développer, tirer au clair », en fr. au XIVᵉ s. *soi expliquer* « se déployer », au XVᵉ s. *expliquer* « faire comprendre, rendre clair ». || ***explication*** (XIVᵉ s.), empr. au lat. *explicatio* « action de présenter clairement » ; ***explicable*** (XVIᵉ s.), empr. au lat. tard. *explicabilis* « qu'on peut rendre clair, qu'on peut expliquer » ; ***inexplicable*** (XVᵉ s.), empr. au lat. tard. *inexplicabilis* ; ***explicatif*** (XVIᵉ s.), « qui explique » ; ***explicite*** (XVᵉ s.), empr. au lat. *explicitus* « clair », part. pas. de *explicare* ; ***expliciter*** (XIXᵉ s.) ; ***explicitation*** (XIXᵉ s.).

exploit (XIᵉ s., sous la forme *esploit*), du lat. *explicitum* « accompli, réalisé », part. pas. de *explicare*, subst., en a. fr. au sens de « action, exécution, ardeur, profit » et aussi « action d'éclat (au combat) ». Le sens tech. « acte judiciaire (d'huissier) » apparaît déjà au XIVᵉ s. || ***exploiter*** (XIᵉ s.), du lat. vulg. **explicitare*, d'abord au sens de « agir, exécuter », puis « faire valoir une chose, tirer parti de, utiliser avantageusement » (XIIIᵉ s.). Le sens péj. « tirer abusivement profit de, abuser de » date du XIXᵉ s. ; ***exploitation*** (XIVᵉ s.), « action de faire valoir », puis « bien, affaire exploitée » (XVIIIᵉ s.). Le sens péj. « profit abusif, utilisation abusive » a été développé par la théorie marxiste ; ***exploitant*** (XVIIIe s.) ; ***exploitable*** (XIIIe s.) ; ***exploiteur*** (XIVe s.).

explorer (XVIe s.), empr. au lat. *explorare* « aller à la découverte », en fr. « parcourir un pays en l'étudiant », d'où « étudier, effectuer un travail de recherche » (XIXe s.). || ***explorateur*** (XIVe s.), empr. au lat. *explorator* « qui va à la découverte, observateur, éclaireur (dans la langue militaire) », en fr. d'abord au sens de « éclaireur », puis « personne qui part à la découverte d'un pays lointain » (XVIIe s.) ; ***exploration*** (XVIe s.), empr. au lat. *exploratio* « observation, examen », en fr. « action d'explorer un pays », puis « examen attentif » (XVIIIe s.).

explosion (XVIe s.), empr. au lat. *explosio* « action de repousser, de huer ». En fr. le sens de « surgissement rapide d'un phénomène » est attesté au XVIe s. en médec., celui de « éclatement, déflagration » au XVIIIe s. || ***explosif*** (XVIIe s.) ; ***exploser*** (XIXe s.) ; ***implosion*** (XIXe s.), formation sav. à partir de *explosion* ; ***imploser*** (XXe s.).

exponentiel (XVIIIe s.), mot sav., dér. du lat. *exponens* au sens mathémat. de « exposant ».

exporter (XVIe s.), empr. au lat. *exportare* « porter au dehors ». Le mot a été utilisé au sens commercial au XVIIIe s., s. d. sous l'infl. de l'angl. || ***exportation*** (XVIe s.), empr. au lat. *exportatio* d'abord au sens de « action de porter au dehors ».

exposer (XIIe s.), empr. au lat. *exponere* « présenter, mettre en vue, dire, expliquer » avec infl. de *poser*, mêmes sens en fr. || ***exposant*** subst. (XIVe s.), au sens mathémat. au XVIIe s. ; ***exposé*** subst. (XVIIe s.) ; ***exposition*** (XIIe s.), empr. au lat. *expositio* « explication, présentation » et « abandon (d'un enfant) », en fr. d'abord « action d'exposer, de mettre en vue ». Le sens de « présentation publique d'œuvres d'art » se développe au XVIIIe s.

exprès adj. (XIIIe s.), empr. au lat. *expressus* « exprimé nettement ». Le sens étym. de « clair, explicite » a été remplacé par celui de « chargé spécialement de transmettre la volonté de qqn », d'où le sens de « spécial et rapide » (*courrier exprès*) qui existe depuis le XVIIe s. Les adv. ***exprès*** (XIVe s.) et ***expressément*** (XIIe s.) signifient « avec intention spéciale, à dessein ».

express 1 (XIXe s.), adj. et subst., empr. à l'angl. *express (train)* « train spécial, train rapide ».

express 2 (XXe s.), empr. à l'ital. *espresso*, désigne un café concentré en pressant (dans un percolateur).

exprimer (XIIe s.), empr. au lat. *exprimere* « faire sortir en pressant, rendre sensible, manifester », mêmes sens en fr. || ***expression*** (XIVe s.), empr. au lat. tard. *expressio* « action de faire sortir en pressant », et « expression de la pensée, description », en fr. d'abord « action d'exprimer », puis « manière de s'exprimer, style » (XVIe s.), « le fait d'exprimer (des émotions) » (XVIIe s.) ; ***inexprimable*** (XVe s.) ; ***expressif*** (XVe s., rare avant le XVIIe s.) ; ***inexpressif*** (XVIIIe s.) ; ***expressivité*** (XXe s.) ; ***expressionnisme*** (XXe s.), courant artistique ; ***expressionniste*** (XXe s.)

expropriation, **exproprier**, voir ***propriété***.

expulser (XVe s.), empr. au lat. *expulsare* « lancer, renvoyer », en fr. « exiler, expatrier » et « chasser rudement ». || ***expulsion*** (XIVe s.), empr. au lat. *expulsio* « action d'expulser ».

expurger, voir ***purger***.

exquis (XIIIe s., sous la forme *esquis*), empr. au lat. *exquisitum* « recherché, délicat, raffiné », de même sens en fr.

exsangue (XVIe s.), empr. au lat. *ex-*

sanguis « qui n'a pas de sang », d'où « livide, sans force ».

exsuder (XVIe s.), empr. au lat. *exsudare* « s'évaporer, rendre par suintement ». || ***exsudation*** (XVIIIe s.), empr. au lat. *exsudatio* « émission de sueur ».

extase (XVe s.), empr. au lat. chrét. *extasis*, du grec *extasis* « le fait de sortir de soi », d'où « trouble, agitation, égarement de l'esprit » et aussi dans le voc. chrét. « transe, transport mystique ». || ***extatique*** (XVIe s.) ; ***extasier*** (XVIe s.).

extension (XIVe s.), empr. au lat. tard. *extensio* « action d'étendre, allongement, croissance », mêmes sens en fr. || ***extensible*** (XVe s.) ; ***extensif*** (XVIe s.), empr. au lat. tard. *extensivus* « qui peut s'étendre » ; ***extenseur*** adj. (XVIIe s.), subst. (XXe s.).

exténuer (XVe s.), empr. au lat. *extenuare* « diminuer, rendre mince », en fr. d'abord « rendre mince », puis « rendre faible, épuiser » (XVIIe s.). || ***exténuation*** (XVIe s.), empr. au lat. *extenuatio* « action de rendre mince, diminution », même évol.

extérieur (XVe s.), empr. au lat. *exterior*, comp. de *exterus* « qui est au dehors ». || ***extériorité*** (XVIe s.) ; ***extérioriser*** (XIXe s.).

exterminer (XIIe s.), empr. au lat. chrét. *exterminare* « bannir, exiler » en lat. clas., puis « détruire » en lat. chrét., en a. fr. au sens de « dévaster, détruire, tuer jusqu'au dernier ». || ***extermination*** (XIIe s.), empr. au lat. chrét. *exterminatio* « destruction » ; ***exterminateur*** (XIIIe s.), empr. au lat. chrét. *exterminator* « destructeur ».

externe (XVe s.), adj., du lat. *externus* « du dehors, extérieur, étranger », en fr. au sens de « du dehors » ; subst. à partir du XVIIe s. pour désigner un élève qui ne vit pas en pension dans un collège. || ***externat*** (XIXe s.).

extinction (XVe s.), empr. au lat. *extinctio* « fin, disparition » en lat. clas., puis « action d'éteindre le feu » en lat. chrét., tous sens conservés en fr. (*extinction des feux* « action d'éteindre » et *extinction de voix* « aphonie »). || ***extincteur*** (XVIIIe s.), empr. au lat. *extinctor* ; ***inextinguible*** (XVe s.), empr. au lat. tard. *inextinguibilis* « qui ne peut être éteint ».

extirper (XIIIe s.), empr. au lat. *exstirpare* « déraciner, arracher », même sens en fr. || ***extirpation*** (XVe s.), empr. au lat. imp. *extirpatio* « déracinement, arrachement ».

extorquer (XIVe s.), empr. au lat. *extorquere* « disloquer, arracher, obtenir par la force », en fr. « obtenir par la force ». || ***extorsion*** (XIIIe s.), empr. au lat. tard. *extorsio* « action d'extorquer ».

extra (XIXe s.), adj. pop., abrév. de *extraordinaire*, au sens de « de qualité supérieure ». Les sens de « supplémentaire » et « personne employée occasionnellement » (subst.) sont attestés depuis le XIXe s.

extra-, premier élém. de mots sav., du lat. *extra* « hors de », marquant l'extériorité comme ***extra-terrestre*** ou le superlatif comme ***extra-fin***.

extraction, voir ***extraire***.

extradition (XVIIIe s.), mot formé de *ex* « hors de » et *traditio* « action de livrer », en fr. « procédure permettant à un Etat de se faire remettre par un autre Etat une personne ayant commis des délits sur le sol du premier Etat ». || ***extrader*** (XVIIIe s.).

extraire (XVe s.), du lat. vulg. **extragere*, du lat. clas. *extrahere* « retirer de, arracher », en fr. « faire sortir, retirer, enlever » et « tirer d'un livre » (XIIe s.). || ***extrait*** (XIVe s.), « résumé », « passage tiré d'un texte », « substance obtenue par une opération chimique » (*extrait de quinquina*), « copie d'un arrêt » (XVIIe s.) ; ***extraction*** (XIIe s.), empr. au lat. tard. *extractio* « action de retirer » ; ***extracteur*** (XVIe s.).

extraordinaire (XIIIe s.), empr. au lat. *extraordinarius* « exceptionnel, supplémentaire », en fr. « exceptionnel, qui sort de l'ordinaire » et « singulier, prodigieux, très remarquable ».

extrapoler (XIXe s.), formé d'après *interpoler*, d'abord terme de mathémat., puis « déduire à partir du connu des conséquences dans un autre domaine » (XXe s.). || ***extrapolation*** (XIXe s.), formé d'après *interpolation*.

extravagant (XIVe s.), empr. au lat. méd. *extravagans* « étranger aux collections des Décrétales, étranger aux recueils canoniques », de *extra* « extérieur » et *vagans* « qui s'écarte de la voie », en fr. d'abord « n'appartenant pas aux collections canoniques (terme de droit canon) », puis « excessif », empl. surtout depuis le XVIe s. au sens de « bizarre, excentrique, déraisonnable ». || ***extravagance*** (XIVe s.), d'abord « excès », puis « bizarreries, excentricités » (XVIIe s.).

extraverti, **extroverti** (XXe s.), empr. à l'all. *extravertiet* « tourné vers le monde extérieur (par opp. à *introverti*) ».

extrême (XIIIe s.), empr. au lat. *extremus* « le plus à l'extérieur, dernier », en fr. « situé tout au bout, dernier, ultime », « situé au plus haut degré » et « excessif, immodéré ». || ***extrémité*** (XIIIe s.), empr. au lat. *extremitas* « bout, fin », en fr. « partie extrême » et « degré extrême » ; ***extrémisme*** (XXe s.), « tendance (surtout politique) à défendre des opinions extrêmes » ; ***extrémiste*** (XXe s.), « partisan d'opinions extrêmes ».

extrinsèque (XIVe s.), empr. au lat. *extrinsecus* « du dehors », en fr. « extérieur à l'objet que l'on considère (par opp. à *intrinsèque*) ».

exubérant (XVe s.), empr. au lat. *exuberans* « abondant, qui regorge », au même sens en fr. et aussi « expansif, sans retenue » (XIXe s.). || ***exubérance*** (XVIe s.), empr. au lat. *exuberantia* « abondance, débordement, excès ».

exulter (XIVe s.), empr. au lat. *exsultare* « sauter, bondir, être transporté (d'un sentiment violent) », qui a signifié aussi en lat. chrét. « glorifier », en fr. « être transporté d'une joie extrême, déborder de joie ». || ***exultation*** (XIIe s.), empr. au lat. *exultatio* « action de bondir » et « manifestation de joie ».

exutoire (XVIIIe s.), terme tech. de médecine, tiré du lat. *exutus* « débarrassé, dépouillé » et du suff. *-oire*, signifie d'abord « ulcère artificiel pour évacuer du pus », puis « moyen de soulager un besoin » (XIXe s.).

ex-voto (XVIIe s.), empr. au lat. *ex voto* « à la suite d'un vœu », en fr. « objet placé dans un sanctuaire en reconnaissance d'un vœu exaucé ».

F

fa (XIIIe s.), note de musique, première syllabe du mot lat. *famuli* au second vers de l'hymne de saint Jean-Baptiste de Paul Diacre.

fable (XIIe s.), empr. au lat. *fabula* « propos, récit imaginaire, récit légendaire, conte, pièce de théâtre », conserve en a. fr. la valeur de « propos » (*ne faire longue fable*) et « récit inventé, mensonger, fiction » ainsi que « petit conte », et possède les valeurs dér. « bavardage, chose sans valeur, plaisanterie » et « petit apologue mettant en scène des animaux ». Au XVIe s. le sens de « pièce de théâtre » est empr. au lat. Au XVIIe s. sens de « sujet, contenu d'un récit » et « récit mythologique ». || **fabliau** (forme pic., XIIe s., correspond à l'a. fr. *fablel, fableau*), « petit récit plaisant en vers » ; **fabuleux** (XIVe s.), empr. au lat. *fabulosus* « qui relève de la fable, légendaire », au même sens d'abord en fr. Le sens « incroyable, extraordinaire » date du XVIIIe s. ; **fabuliste** (XVIe s.), « auteur de fables », empr. à l'esp. *fabulista* ; **fabulation** (XIXe s.), empr. au lat. tard. *fabulatio* « propos » en lat. clas. et « propos mensongers » en lat. chrét. ; **fabulateur** (XVIe s.), d'abord « auteur de récits, de fables » (XVIe s.), puis « mythomane » (XIXe s.) ; **affabulation** (fin XVIIIe s.), empr. au lat. tard. *affabulatio* « moralité d'une fable », en fr. d'abord avec la signification latine « sens moral d'une fable », repris à la fin du XIXe s. avec le sens nouveau de « arrangement de la trame d'un récit imaginaire », puis au XXe s. par confusion avec le sens psychol. de *fabulation* « présentation d'un récit imaginaire comme une histoire réelle » ; **affabuler** (XXe s.).

fabriquer (XIIe s., rare avant le XVIe s.), empr. au lat. *fabricare* « façonner, confectionner ». Le sens industriel date du XVIIe s. et se répand au XIXe s. || **fabrique** (XIVe s.), déverb. (dont les sens ne viennent pas du lat. *fabrica* « métier d'artisan, action de façonner, de confectionner »), d'abord au sens de « construction », puis « fabrication » (cf. *marque de fabrique*). Le sens de « établissement créant des produits manufacturés, usine » remonte au XVIIe s. ; **fabrication** (XVe s.), « action de fabriquer » ; **fabricant** (XVIIIe s., au sens mod.) ; **préfabriqué** (XXe s.).

façade (XVIe s.), empr. à l'ital. *facciata* « devant d'un édifice », même sens en fr., puis « apparence trompeuse ».

face (XIIe s.), du lat. vulg. **facia*, du lat. clas. *facies* « forme extérieure, aspect, figure », en fr. « visage » (XIIe s.), « aspect extérieur » (XIIIe s.), « surface » (XIVe s.), « côté d'une chose » (XIVe s.), « côté d'une monnaie ou d'une médaille portant une figure » (XIXe s.). || **facette** (XIIe s.), « petite face », puis « petite surface plane » (XVIe s.) ; **faciès** (XVIIIe s.), empr. au lat. *facies* « aspect physique, figure », en fr. « aspect du visage », parfois péj. au XXe s. ; **facial** (XVIe s., rare avant le XIXe s.), dér. sav. de *facies* ; **effacer** (XIIe s.), litt. « faire disparaître une face, une figure », puis « faire disparaître ».

facétie (XVe s.), empr. au lat. *facetia* « plaisanterie ». || **facétieux** (XVe s.).

fâcher (XVe s.), s. d. du lat. vulg. **fasticare*, par chang. de suffixe du lat. tard. *fastidiare* « rebuter », du lat. clas. *fastidire* « être dégoûté, mépriser », a gardé le sens de « causer du déplaisir ». Au XVIe s. le mot a pris le sens de « peiner, affliger ». La valeur courante « irriter » date du XVe s. || **fâcherie** (XVe s.) ; **fâcheux** (XVe s.), a signifié au XVIe s. « importun ».

facile (XVe s.), empr. au lat. *facilis* « aisé, qui a de l'aisance ». || **facilité** (XVe s.), empr. au lat. *facilitas* « possibilité de faire, aisance à faire » et « affabilité » ; **faciliter** (XVe s.), empr.

à l'ital. *facilitare* de même sens ; ***difficile*** (XIVe s.), empr. au lat. *difficilis* de même sens ; ***difficulté*** (XIIIe s.), empr. au lat. *difficultas* de même sens.

façon (XIIe s.), du lat. *factio, -onis* « action de faire, manière de faire », en fr. « manière d'être, manière d'agir » et « action de donner une forme, de façonner, fabrication ». || ***façonner*** (XIIe s.) ; ***façonnage*** (XIIe s.) ; ***malfaçon*** (XIIIe s.), « défectuosité, défaut d'exécution » ; ***contrefaçon*** (XIIIe s.), « imitation, falsification ».

faconde (XIIe s.), empr. au lat. *facundia* « talent oratoire, éloquence », en fr. au sens de « facilité de parole », souvent péj.

fac-similé (XIXe s.), empr. au lat. signifiant « fais une chose semblable », en fr. « reproduction exacte ».

facteur (XIVe s.), empr. au lat. *factor* « créateur, auteur, fabricant ». Le mot a signifié en m. fr. « Créateur » (en parlant de Dieu), « auteur, écrivain » et aussi « agent, commis ». Le sens de « agent commercial » est rare auj. Le sens cour. de « porteur de courrier » remonte au XVIIe s. (d'abord *facteur de lettres*), celui de « élément contribuant à un résultat » date du XIXe s. || ***factorerie*** (XVIe s.), « comptoir d'un établissement commercial à l'étranger » ; ***facture*** (XIIIe s.), empr. au lat. *factura* « fabrication, œuvre », d'abord au sens de « fabrication », puis « travail ». Le sens de « pièce comptable, note à payer » (XVIe s.) dérive de *facteur* « agent commercial » ; ***factoriel*** (XIXe s.).

factice (XVIe s.), empr. au lat. *facticius* « artificiel ». Le sens de « faux, affecté, feint » semble du XIXe s. || ***facticité*** (XIXe s.).

faction (XIVe s.), empr. au lat. *factio* « parti, ligue ». Le sens militaire « service de garde d'un soldat », attesté depuis le XVIIe s., vient p.-ê. de l'ital. *fazione* « tour de garde ». || ***factieux*** (XVe s.), empr. au lat. *factiosus* « intrigant », en fr. adj. « séditieux, subversif » et subst. « mutin, rebelle » ; ***factionnaire*** (XVIe s.), d'abord « factieux », puis « soldat en faction » (XVIIe s.).

factitif (XIXe s.), dér. empr. au lat. *factitare* « faire souvent », terme de gram. « qui exprime que le sujet est cause de l'action (sans la faire lui-même) ».

factotum (XVIe s.), empr. au lat. *fac totum* « fais tout », en fr. « homme à tout faire (dans une maison) ».

factuel (XXe s.), empr. à l'angl. *factual* « relatif aux faits », en fr. « qui s'en tient aux faits ».

factum (XVIe s.), empr. au lat. *factum* « entreprise, ouvrage », en fr. terme de droit « mémoire d'un procès », puis « écrit polémique » (XVIIe s.).

facture, voir ***facteur***.

faculté (XIIIe s.), empr. au lat. *facultas* « capacité, possibilité », sens conservés en fr. Le sens universitaire « collège d'enseignement universitaire » et « professeurs chargés de cet enseignement » existe dans le lat. méd., puis en a. fr. depuis le XIIIe s. || ***facultatif*** (XVIIe s.), d'abord « qui donne la faculté, qui donne un droit », puis « laissé au choix, à option » (XIXe s.).

fadaise (XVIe s.), empr. au prov. *fadeza* « sottise », de *fat*, *fadas* « sot, fou », du lat. *fatuus* « insensé », en fr. au sens de « chose insignifiante ».

fade (XIIe s.), du lat. vulg. **fatidus* « faible », s. d. croisement du lat. *fatuus* « fade, insipide » et de *sapidus* « qui a de la saveur ». Les sens « faible, sans force » (en parl. d'un homme) et « sans saveur, insipide, déplaisant » sont attestés en a. fr. L'empl. comme qualif. du visage, de l'aspect physique ou moral « qui manque de relief, de vie, d'éclat » remonte au XVIIe s. || ***fadeur*** (XIIIe s.) ; ***fadasse*** (XVIIIe s.) ; ***affadir*** (XIIIe s.) ; ***affadissement*** (XVIe s.).

fading (XXe s.), empr. à l'angl. « action de disparaître, de s'effacer », terme de radio au sens de « disparition provisoire du son ».

fagot (XIIIe s.), d'orig. inconnue, « faisceau de branchages ». ‖ ***fagoter*** (XIIIe s.), « mettre en fagots », puis « composer à la hâte » (XVIe s.), « accoutrer » (XVIe s.).

faible (XIe s.), du lat. vulg. **febilis*, du lat. clas. *flebilis* « lamentable, qui fait pleurer, triste ». Le sens de « qui manque de force » est seul attesté en a. fr., puis en fr. mod. ‖ ***faiblesse*** (XIIe s.) ; ***faiblir*** (XIIe s.) ; ***affaiblir*** (XIIe s.) ; ***affaiblissement*** (XIIIe s.).

faïence (XVIe s.), du nom de la ville ital. de *Faenza*, célèbre lieu de fabrication de faïences. ‖ ***faïencerie*** (XVIIIe s.).

faille (XIIe s., au sens de « manque »), déverb. de *faillir* « manquer, faire défaut », terme de mine et de géologie, « fissure dans une couche géologique, fente dans un filon » (XVIIe s. en ce sens), d'où « faiblesse, point faible ».

failli (XVIIe s.), empr. à l'ital. *fallito* « en état de cessation de paiement », de *fallire* « manquer (d'argent) », du lat. *fallere* « tromper », pris au sens de « faire défaut, manquer », en fr. « qui a fait faillite ». ‖ ***faillite*** (XVIe s.), empr. à l'ital. *fallita* « état de cessation de paiement », au même sens en fr.

faillir (XIe s.), du lat. vulg. **fallire*, du lat. clas. *fallere* « tromper, échapper à ». Le verbe a pris en lat. vulg. les sens dér. de « manquer, faire défaut » et « commettre une faute », qui sont les valeurs fondamentales en a. fr. La valeur « manquer de peu, être sur le point de » est attestée depuis le XVIe s. ‖ ***faillible*** (XIIIe s.), empr. au lat. méd. *fallibilis* « susceptible de faillir » ; ***infaillible*** (XIVe s.), empr. au lat. méd. *infallibilis* « qui ne peut faire défaut, qui ne peut tromper, qui ne peut se tromper » ; ***infaillibilité*** (XVIe s.), « caractère d'une chose qui ne peut faire défaut, d'une personne qui ne peut se tromper » ; ***défaillir*** (XIe s.), « faire défaut », de l'a. fr. au XVIIe s., puis « s'affaiblir » ; ***défaillance*** (XIIe s.), même évol. ; ***défaut*** (XIIe s.), « manque » jusqu'au XVIIe s., puis « imperfection » à partir du XVIe s.

faim (XIe s.), du lat. *fames* « faim, disette, violent désir », aux mêmes sens en fr. ‖ ***famine*** (XIIe s.), aux sens de « disette généralisée » et « faim » (*crier famine*) (XVIe s.) ; ***famélique*** (XVe s.), empr. au lat. *famelicus* « affamé, qui ne mange pas à sa faim » ; ***affamer*** (XIIe s.), s. d. du lat. vulg. **affamare*.

faîne (XIIe s., sous la forme *faïne*), du lat. *fagina (glans)* « gland de hêtre », de même sens en fr.

fainéant (XIVe s.), altér. de *faignant, feignant* (XIIe s.), part. prés. de *soi feindre* « se dérober, manquer de courage, rester inactif », devenu par étym. pop. *fait néant*, en fr. « paresseux, qui ne veut rien faire ». ‖ ***fainéantise*** (XVIe s.) ; ***fainéanter*** (XVIIe s.).

faire (IXe s.), du lat. *facere* « réaliser, accomplir ». ‖ ***fait*** (XIIe s.), du lat. *factum* ; ***faiseur*** (XIIIe s.), « réalisateur, artisan, créateur » ; ***faisable*** (XIVe s.) ; ***infaisable*** (XVIIe s.) ; ***affaire*** (XIIe s.) ; ***affairiste*** (XXe s.) ; ***affairisme*** (XXe s.) ; ***affairé*** (XVIe s.) ; ***contrefaire*** (XIIe s.) ; ***défaire*** (XIe s., sous la forme *desfaire*) ; ***défaite*** (XIIIe s., sous la forme *desfaite*) ; ***défaitisme*** (XXe s.) ; ***malfaire*** (XIIe s.) ; ***malfaiteur*** (XIIe s.) ; ***méfait*** (XIIe s.), « mauvaise action ». Voir ***bienfait***, ***forfaire***.

fair-play (XIXe s.), mot angl. « jeu loyal », d'où « acceptation loyale des règles (d'un jeu, d'une situation) ».

faisan (XIIe s.), empr. au lat. *phasianus (ornis)* « oiseau du Phase (en Colchide) ». ‖ ***faisander*** (XIVe s.), « soumettre du gibier à un début de décomposition pour lui donner un fumet spécial ».

faisceau (XIIe s.), du lat. vulg. **fascellus*, dér. du lat. clas. *fascis* « assemblage de choses liées», de même sens en fr.

faisselle (XIIe s.), du lat. *fiscella* «petite corbeille, petit panier (en osier pour égoutter les fromages)», même sens en fr.

faîte (XIIe s., sous la forme *fest, feste*, refait en *faîte* d'après le lat. *fastigium* «sommet»), du germ. **first* «faîte, sommet d'un toit», en fr. «arête supérieure d'un toit», puis au sens fig. «sommet, point culminant». || ***faîtage*** (XIIIe s.); ***faîtier***, ***faîtière*** (XIIIe s., sous la forme *festiere*) «qui appartient au faîte d'un édifice».

faix (XIe s.), du lat. *fascis* «paquet, fardeau», en fr. «fardeau, charge». || ***affaisser*** (XIIIe s.); ***affaissement*** (XVIe s.); ***portefaix*** (XIIIe s.).

fakir (XVIIe s.), empr. à l'ar. *faqir* «pauvre».

falaise (XIIe s., d'abord sous la forme *faleise*), du franc. **falisa* «rocher» (cf. l'all. *Fels* «roche»), en fr. «escarpement rocheux en bordure de la mer».

falbala (XVIIe s.), p.-ê. du prov. *farbella* «frange, dentelle». Le sens premier de «bande d'étoffe au bas d'une robe» a été remplacé par celui de «ornements (prétentieux)» au XIXe s.

fallacieux (XVe s.), empr. au lat. tard. *fallaciosus* «trompeur», même sens en fr.

falloir (XIIe s.), du lat. *fallere* «tromper, échapper à», qui a donné aussi *faillir*. Le sens de «faire défaut, manquer» est courant en a. fr., celui de «être nécessaire, utile, convenable» apparaît au XVe s. Voir ***faillir***.

falot 1 (XIVe s.), de l'ital. *falo* «feu allumé», du grec tard. *fanos* «torche, lanterne».

falot 2 (XVe s.), s. d. de l'angl. *falow, fellow* «compagnon». Le sens premier «gaillard, joyeux compagnon» aurait été remplacé au XXe s. par celui de «terne, effacé».

falsifier (XIVe s.), empr. au lat. tard. *falsificare* «fausser, altérer». || ***falsification*** (XIVe s.), empr. au lat. méd. *falsificatio* «action de falsifier»; ***falsificateur*** (XVIe s.); ***falsifiable*** (XXe s.), empr. à l'angl. *falsifiable*; ***infalsifiable*** (XIXe s.).

famé (XIIe s.), de l'a. fr. *fame* «renommée», du lat. *fama* «bruit colporté, opinion», empl. en fr. mod. seulement dans l'expres. *mal famé*. Voir ***diffamer***.

famélique, voir ***faim***.

famille (XIVe s.), empr. au lat. *familia* «ensemble des serviteurs vivant sous le même toit, maison de famille» et au M. A. «tous ceux qui dépendent d'un seigneur». En a. fr. le mot est rare. Il signifie «serviteurs» et aussi «ensemble des personnes unies par les liens du sang ou par alliance et vivant sous le même toit». || ***familier*** (XIIe s.), empr. au lat. *familiaris* «qui fait partie de la maison», d'où «ami, intime», de mêmes sens en fr. et aussi «bien connu, d'usage habituel» (XVIe s.), «qu'on emploie naturellement (sans se surveiller)» (XVIIe s.); ***familiarité*** (XIIe s.), empr. au lat. *familiaritas* «amitié, intimité», d'où en fr. «liberté prise avec qqn» (XIVe s.); ***familiariser*** (XVIe s.); ***familial*** (XIXe s.).

famine, voir ***faim***.

fanal (XVIe s.), empr. à l'ital. *fanale*, du grec *fanos* «lanterne».

fanatique (XVIe s.), empr. au lat. *fanaticus* «inspiré, exalté», d'où en fr. «passionné» dès le XVIe s. || ***fanatisme*** (XVIIe s.).

fanage, **faner**, **faneur**, voir ***foin***.

fanfare (XVIe s.), d'orig. obsc. «air vif exécuté par des instruments de cuivre», «orchestre d'instruments de cuivre» et «bruit éclatant, fracas».

fanfaron (début XVIIe s.), empr. à l'esp. *fanfarrón* «hâbleur, vantard», de même sens en fr. || ***fanfaronner*** (XVIIe s.); ***fanfaronnade*** (XVIe s.).

fanfreluche (XVIe s.), altér. de l'a. fr. *fanfelue* (XIIe s.), « bagatelle », du lat. tard. *famfaluca*, du grec *pompholux* « bulle d'air », en fr. d'abord « petite chose légère emportée par le vent », puis « petit ornement de toilette » (XVIIe s.).

fange (XIIe s.), s. d. du germ. **fanga*, apparenté au nom de lieu all. *Fenn* « marais » et au wallon *fagne*. || ***fangeux*** (XIIe s.).

fanon (XIIe s.), du franc. **fano* « morceau d'étoffe, drapeau » (cf. l'all. *Fahne* « drapeau »). || ***fanion*** (XVe s.), d'abord « petite bande d'étoffe fixée au bout d'une lance servant d'emblème », d'où « petit drapeau » (XVe s.). Voir ***gonfalon***.

fantaisie (XIIe s.), empr. au lat. tard. *phantasia* « vision, imagination, rêve », pris au grec *phantasma* « apparition », d'où « image qui s'offre à l'esprit ». Le mot a signifié du XIIe s. jusqu'au XVIIe s. « vision », « imagination », parfois « bizarrerie ». Les sens de « esprit, pensée, opinion, production de l'imagination » apparaissent dès le XVIe s., celui de « caprice » se développe à la fin du XVe s. L'emploi musical se rencontre dès le XVIe s. En fr. mod. les valeurs d'originalité, de désir capricieux, de bizarrerie, d'extravagance prédominent. || ***fantaisiste*** (XIXe s.), « qui agit à sa guise », « qui agit par caprice », « qui se singularise ». Le sens « artiste comique de variétés » date du XXe s.

fantasia (XIXe s.), s. d. empr. à l'ar. du Maghreb *fantaziya* « panache », en fr. au sens de « parade de cavaliers arabes avançant au galop ».

fantasmagorie (XVIIIe s.), mot sav., empr. au grec *phantasia* « apparition » et à *-gorie*, s. d. finale de *allégorie*, a désigné d'abord des images lumineuses mobiles créées par une lanterne magique, puis a pris au XIXe s. le sens dér. de « spectacle fantastique ». || ***fantasmagorique*** (XVIIIe s.).

fantasme, **phantasme** (XIIIe s.), empr. au lat. imp. *phantasma* « fantôme, apparition, image », du grec *phantasma*, a signifié en a. fr. « illusion, fantôme » et en fr. mod. « représentation imaginaire » (XIXe s.), « vision hallucinatoire » (dans le voc. de la psychol. et de la psychan.).

fantasque (XVe s.), s. d. empr. à l'ital. *fantastico*, du lat. tard. *phantasticus* « fantastique », du grec *phantastikos* « qui concerne l'imagination », en fr. « bizarre ».

fantassin (XVIe s.), empr. à l'ital. *fantaccino* « soldat à pied », de même sens en fr.

fantastique (XIVe s.), empr. au lat. *phantasticus*, du grec *phantastikos* « qui concerne l'imagination » a signifié au XVIe s. « rêveur, insensé, extravagant », puis « imaginaire, surnaturel » depuis le XIXe s.

fantoche (XIXe s.), empr. à l'ital. *fantoccio* « marionnette », dér. de *fante* « enfant », en fr. d'abord « pantin, marionnette articulée », puis « personnage sans consistance » (XIXe s.).

fantôme (XIIe s.), empr. au grec tard. **phantauma*, altér. de **phantagma*, du grec clas. *phantasma* « apparition, vision », en fr. « apparition fantastique, revenant », puis « souvenir du passé » et « chimère » (XIXe s.). || ***fantomatique*** (XIXe s.).

faon (XIIe s.), du lat. vulg. **feto, fetonis*, dér. de *fœtus* « rejeton, enfant, petit d'un animal », en fr. à l'orig. « petit d'un animal ».

faquin (XVIe s.), s. d. empr. à l'ital. *facchino*, passé du sens de « employé de douane » à « porteur de bagages », en fr. « portefaix », puis terme de mépris et d'injure (XVIIe s.).

farandole (XVIIIe s.), empr. au prov. mod. *farandoulo*, « danse », puis « cortège dansant ».

faraud (XVIIIe s.), empr. à l'esp. *faraute* « messager, récitant du prologue d'une comédie », d'où « fier », en fr. « fat, prétentieux ».

farcir (XIIe s.), du lat. *farcire* « remplir, fourrer », de même sens en fr. || ***farce*** (XIIIe s.), du lat. vulg. **farsa*, « hachis », part. pas. fém. de *farcire*. Le sens de « plaisanterie » date du XIVe s., celui de « petite pièce comique » apparaît au XVe s., cette pièce étant un intermède plaisant inséré dans un spectacle sérieux ; ***farceur*** (XVe s.).

fardeau (XIIe s., sous la forme *fardel*), dér. de *farde* (XIIe s.), issu de l'ar. *farda* « charge d'un chameau », d'abord en fr. au sens de « ballot, paquet », puis « chose pesante, chose pénible ».

farder (XIIe s.), s. d. du franc. **farwidon* « teindre », de même sens en fr. et aussi « maquiller, déguiser » (XVe s.). || ***fard*** (XIIe s.), déverb., d'abord « apparence trompeuse » et « maquillage sur le visage » (XIIIe s.).

farfadet (XVIe s.), empr. au prov. mod., formé de *far-*, élément expressif et *fadet* « lutin ».

farfelu (XVIe s., très rare), d'orig. obsc., d'abord au sens de « dodu ». Le sens de « bizarre, fantasque » date du XXe s.

farfouiller, voir ***fouiller***.

faribole (XVIe s.), d'orig. obsc., « chose vaine, sans importance ».

farine (XIIe s.), du lat. *farina*. || ***farineux*** (XVIe s.), empr. au lat. tard. *farinosus* « qui a l'aspect de la farine » ; ***enfariné*** (XIVe s.), « couvert de farine (en parlant du visage) ».

farniente (XVIIe s.), empr. à l'ital. *far* « faire » et *niente* « rien », en fr. « agréable oisiveté ».

farouche (XIIIe s.), s. d. altér. de l'a. fr. *forasche* « sauvage », adj. dér. de l'adv. *foras* « dehors ». || ***effaroucher*** (XVe s.), « effrayer, alarmer, faire fuir ».

fascicule (XVIe s.), empr. au lat. *fasciculus* « petit paquet, bouquet », en fr. « petit paquet de feuilles formant une partie d'un ouvrage publié par livraisons », puis « ouvrage d'une collection ».

fasciner (XIVe s.), empr. au lat. *fascinare* « lancer un enchantement, un charme », de même sens en fr. || ***fascination*** (XIVe s.), empr. au lat. *fascinatio* « enchantement, charme ».

fascisme (XXe s.), empr. à l'ital. *fascismo*, dér. de *fascio* « faisceau (des licteurs romains) », pris au sens de « union dans un but commun », désigne le mouvement politique fondé par Mussolini, depuis 1945 terme péj. désignant un régime autoritaire et totalitaire. || ***fasciste*** (XXe s.), empr. à l'ital. *fascista*, de même évol., d'abord « partisan du fascisme », depuis 1945 qualificatif injurieux « partisan d'un régime autoritaire ».

faste 1 subst. (XVIe s.), empr. au lat. imp. *fastus* « orgueil, fierté », a signifié « déploiement de richesse, magnificence » et « étalage ostentatoire de magnificence ». || ***fastueux*** (XVIe s.), empr. au lat. tard. *fastuosus* « superbe, magnifique ».

faste 2 adj. (XVIe s.), empr. au lat. *fastus*, qualificatif du mot *dies* « jour où il est permis (par les dieux) de rendre la justice ». Le sens de « favorable » date du XXe s.

fastes (XVe s.), subst. plur., empr. au lat. *fasti (dies)* « jours fastes où l'on pouvait rendre la justice », puis « calendrier (où les jours fastes étaient consignés) », empl. en fr. comme terme d'antiquité rom. au sens de « tables chronologiques » et « registres, annales ».

fastidieux (XIVe s.), empr. au lat. *fastidiosus* « qui éprouve du dégoût, qui produit du dégoût », de même sens en fr.

fat (XVIe s.), empr. au prov. *fat*, du lat. *fatuus* « insensé, extravagant », a signifié « sot » et aussi au XVIIe s. « qui fait l'important, prétentieux ». || ***fa-***

tuité (XIVᵉ s.), empr. au lat. *fatuitas* « sottise », en fr. « satisfaction ridicule, prétention, vanité » ; ***infatuer*** (XIVᵉ s.), empr. au lat. *infatuare* « rendre sot, insensé », à la forme pronom. « se gonfler d'orgueil » (XVIIᵉ s.), d'où ***infatué*** (XVᵉ s.) « imbu, entiché », puis « content de soi » (XVIIᵉ s.).

fatal (XIVᵉ s.), empr. au lat. *fatalis* « du destin, fixé par le destin, funeste », de même sens en fr. ‖ ***fatalité*** (XVᵉ s.), empr. au lat. tard. *fatalitas* « puissance du destin » ; ***fataliste*** (XVIᵉ s.), « qui s'en remet au destin » ; ***fatalisme*** (XVIIIᵉ s.) ; ***fatidique*** (XVᵉ s.), empr. au lat. *fatidicus* « prophétique », en fr. « voulu par le destin ».

fatiguer (XIVᵉ s.), empr. au lat. *fatigare* « épuiser, inquiéter ». ‖ ***fatigue*** (XIVᵉ s.), déverb. ; ***fatigable*** (XVIᵉ s.) ; ***infatigable*** (XVIᵉ s.).

fatras (XIVᵉ s.), d'orig. peu claire, « amas confus de choses hétéroclites, de propos incohérents ».

faubourg, voir ***bourg***.

faucher (XIIᵉ s.), du lat. vulg. **falcare*, fait sur *falx* « faux, faucille », d'abord en fr. « couper avec une faux ». ‖ ***fauche*** (XIVᵉ s.), « action de faucher », « vol » dans la lang. pop. du XXᵉ s. ; ***faucheur*** (XIIᵉ s.) ; ***fauchaison*** (XIIᵉ s.) ; ***fauchage*** (XIVᵉ s.) ; ***faucheuse*** (XIXᵉ s.). Voir ***faux 2***.

faucille (XIIᵉ s.), du lat. tard. *falcicula* « petite faux ».

faucon (XIᵉ s.), empr. au lat. tard. *falco, -onis*, p.-ê. dér. de *falx* « faux ». Le nom de l'oiseau viendrait de la courbure de son bec ou de ses griffes. Le mot all. *Falke* aurait la même orig. ‖ ***fauconnier*** (XIIᵉ s.) ; ***fauconnerie*** (XIVᵉ s.).

faufiler (XVIIᵉ s.), « coudre provisoirement avant une couture définitive », altér. de *forfiler* (XIVᵉ s.), « coudre à l'extérieur », de *fors* « à l'extérieur » et *filer*. Le pronom. *se faufiler* (XVIIᵉ s.) signifie « s'introduire, s'insinuer, se glisser ». Voir ***fil***.

faune 1 subst. masc. (XIVᵉ s.), empr. au lat. *Faunus*, dieu de la fécondité champêtre, divinité champêtre.

faune 2 subst. fém. (XVIIIᵉ s.), empr. au lat. scient. *fauna*, s. d. créé d'après *flora* « description des animaux » et « ensemble des animaux ».

faussaire, **fausset**, **fausser**, **fausseté**, voir ***faux 1***.

faute (XIIᵉ s.), du lat. vulg **fallita* « action de faillir, de manquer », fém. subst. du part. pas. **fallitus*, qui a remplacé *falsus*, part. pas. de *fallere* « manquer, faire défaut ». ‖ ***fautif*** (XVᵉ s.) ; ***fauter*** (XVIᵉ s.).

fauteuil (XIᵉ s., sous la forme *faldestoel*), du franc. **faldistol* « siège pliant » (cf. all. *fallen* « plier » et *Stuhl* « siège »), d'abord « siège pliant portable (pour de hauts personnages) », puis « siège confortable à dossier et à bras » (XVIIᵉ s.).

fauteur (XIIIᵉ s.), empr. au lat. *fautor* « qui favorise, partisan », en fr. même sens.

fauve (XIᵉ s.), du franc. **falwa* (cf. l'all. *falb*), adj. de couleur, appliqué au XVIᵉ s. aux animaux sauvages et utilisé au XXᵉ s. dans le voc. de la peinture pour désigner des artistes épris de couleurs violentes. ‖ ***fauvette*** (XIIIᵉ s.), nom d'un passereau (en raison de la couleur de son plumage) ; ***fauvisme*** (1927), mouvement d'artistes peintres épris de couleurs violentes.

faux 1 adj. (XIᵉ s.), du lat. *falsus* « falsifié, trompeur ». ‖ ***fausser*** (XIᵉ s.), du lat. tard. *falsare* « falsifier, altérer », en fr. « manquer à sa parole » (*fausser compagnie* « partir brusquement sans demander congé ») et « altérer, déformer » ; ***faussaire*** (XIIIᵉ s.), empr. au lat. *falsarius* « qui commet un faux » ; ***se défausser*** (XVIIIᵉ s.), de *dé-* et *fausser*, « se débarrasser d'une carte inutile ou dangereuse » ; ***fausset***

(XIIe s.), « voix aiguë, voix de tête (donnant l'impression d'une voix fausse) » ; ***fausseté*** (XIIe s.), empr. au lat. tard. *falsitas* « caractère faux, mensonge ».

faux 2 subst. (XIIe s.), du lat. *falx* « faux ». Voir ***faucher***.

faveur (XIIe s.), du lat. *favor* « disposition bienveillante ». L'emploi au sens de « écharpe de femme » (XVIe s.) ou « ruban » (XVIIe s.) dans le voc. de l'habillement vient p.-ê. de l'idée de « grâce ». || ***favorable*** (XIIe s.), empr. au lat. *favorabilis* « qui attire la faveur », en fr. « animé de dispositions bienveillantes » ; ***favoriser*** (XIVe s.) « traiter avec une bienveillance particulière » ; ***défaveur*** (XVe s.) ; ***défavorable*** (XVe s.) ; ***défavoriser*** (XVe s.).

favori (XVIe s.), empr. à l'ital. *favorito* « objet de prédilection, préféré ». Au féminin le sens de « dame préférée d'un prince » est attesté au XVIe s. Le sens tech. « gagnant probable d'une course » (d'abord en hippisme) date du XIXe s., celui de « pattes (sur les joues) » (au plur.) du XIXe s. || ***favoritisme*** (XIXe s.).

fax (XXe s.), empr. à l'angl. *facsimile*, système de télécopie relié au téléphone.

féal, voir ***foi***.

fébrile (XVIe s.), empr. au lat. tard. *febrilis* « de fièvre, qui a rapport à la fièvre ». || ***fébrilité*** (XIXe s.) ; ***fébrifuge*** (XVIIe s.), empr. au lat. tard. *febrifuga* « qui fait fuir la fièvre ».

fèces (XVIe s.), empr. au lat. *faeces*, plur. de *faex* « résidu », en fr. « résidu épais, excréments ». || ***fécal*** (XVe s.).

fécond (XIIe s.), empr. au lat. *fecundus* « fertile, abondant ». || ***féconder*** (XIIe s.), empr. au lat. *fecundare* « rendre une femelle pleine, fertiliser » ; ***fécondité*** (XIe s.), empr. au lat. *fecunditas* « fécondité, fertilité » ; ***fécondation*** (XVe s.).

fécule (XVIIe s.), empr. au lat. *faecula* « résidu, tartre », dimin. de *faex, faecis* « lie, résidu ». || ***féculent*** (XVIe s.), du lat. *faeculentus* « trouble, plein de lie », en fr. « aliment contenant beaucoup de fécule ».

fédéral (XVIIIe s.), dér. du lat. *fœdus* « pacte, traité d'alliance », en fr. « qui concerne une fédération ». || ***fédération*** (XVIIIe s.), empr. au lat. *fœderatio* « alliance, union », en fr. « alliance politique » ; ***fédérer*** (XVIIIe s.), empr. au lat. tard. *fœderare* « unir par alliance », en fr. « réunir en une fédération » ; ***fédéralisme*** (XVIIIe s.) ; ***fédéraliste*** (XVIIIe s.) ; ***fédérateur*** (XXe s.). Voir ***confédération***.

fée (XIIe s.), du lat. vulg. **fata* « déesse du destin », issu de *fatum* « destin ». || ***féerie*** (XIIe s.) ; ***féerique*** (XIXe s.).

feignant, voir ***fainéant***.

feindre (XIe s.), du lat. *fingere* « façonner » et aussi « inventer faussement, forger, imaginer », en fr. « simuler, contrefaire ». || ***feinte*** (XIIIe s., rare en a. fr.), d'abord au sens de « fiction », puis « action de feindre, simulation, tromperie » (XVIe s.) ; ***feinter*** (XIXe s.), « tromper l'adversaire par une ruse » (langue des sports).

fêler (XIIIe s.), p.-ê. du lat. vulg. **fagellare*, du lat. clas. *flagellare* « frapper, fouetter », en fr. « fendre (sans briser) ». || ***fêlure*** (XIIIe s.).

félibre (XIXe s.), mot prov., d'orig. peu claire, « poète provençal ». || ***félibrige*** (XIXe s.).

félicité (XIIIe s.), empr. au lat. *felicitas* « chance, bonheur », de même sens en fr. || ***infélicité*** (XIVe s.), empr. au lat. *infelicitas* « infortune » ; ***féliciter*** (XVe s.), empr. au lat. tard. *felicitare* « rendre heureux », d'abord au sens de « rendre heureux », puis « complimenter » (XVIIe s.) ; ***félicitation*** (XVIIe s.), « action de féliciter », puis « compliment adressé à qqn ».

félin (XVIIIe s.), empr. au lat. *felinus* « qui concerne le chat ».

félon (Xᵉ s., c. s. *fel*, c. r. *felon*), du lat. tard. *fello, -onis*, s. d. du franc. **fillo* « celui qui flagelle, qui maltraite », a signifié en a. fr. « cruel, méchant » et surtout « déloyal, traître à son seigneur ». ‖ ***félonie*** (XIᵉ s.).

felouque (XVIᵉ s.), empr. à l'esp. *faluca*, de l'a. ar. *faluwa* « navire ».

femelle, voir ***femme***.

femme (Xᵉ s.), du lat. *femina* « femelle, femme », a désigné l'être humain de sexe féminin et a pris aussi en a. fr. le sens de « épouse ». ‖ ***femelle*** (XIIᵉ s.), du lat. *femella* « petite femme » ; ***femmelette*** (XIVᵉ s.) « femme malingre, femme sans force » ; ***féminin*** (XIIᵉ s.), empr. au lat. *femininus* « de femme, du genre féminin » ; ***féminité*** (XIIIᵉ s.) ; ***féministe*** (XIXᵉ s.) ; ***féminisme*** (XIXᵉ s.) ; ***féminiser*** (XVIᵉ s.) ; ***féminisation*** (XIXᵉ s.) ; ***efféminer*** (XIIᵉ s.), empr. au lat. *effeminare* « rendre efféminé, amollir ».

fémur (XVIᵉ s.), empr. au lat. *femur* « cuisse », en fr. « os de la cuisse ». ‖ ***fémoral*** (XVᵉ s.).

fenaison, voir ***foin 1***.

fendre (Xᵉ s.), du lat. *findere* « séparer, diviser ». ‖ ***fente*** (XIVᵉ s.), du part. pas. fém. subst. **findita* « chose fendue » ; ***fendant***, subst., tiré du part. prés. de *fendre*, terme d'escrime (XVIᵉ s.), terme de viticulture, nom d'un cépage (XVIIIᵉ s.), nom d'un vin du Valais ; ***fendiller*** (XVIᵉ s.), « faire de petites fentes » ; ***pourfendre*** (XIIᵉ s.), « fendre complètement ».

fenêtre (XIIᵉ s.), du lat. *fenestra* « fenêtre, ouverture ». ‖ ***défenestrer*** (XVIᵉ s.), « précipiter par les fenêtres ».

fenil (XIIIᵉ s.), du lat. *fenile* « grenier à foin ».

fenouil (XIIᵉ s.), du lat. tard. *fenuculum*, du lat. clas. *faeniculum*, de même sens.

féodal (XIVᵉ s.), empr. au lat. méd. *feodalis* « qui appartient à un fief » et « fondé sur le système du fief ». ‖ ***féodalité*** (XVIᵉ s.), « système politique fondé sur l'existence des fiefs ». Le sens péj. « puissance qui tend à devenir autonome en s'affranchissant du pouvoir de l'Etat » date du XXᵉ s. ; ***feudataire*** (XIIIᵉ s.), empr. au lat. méd. *feodatarius* « titulaire d'un fief », fait sur *feudum* « fief » ; ***inféoder*** (XVᵉ s.), empr. au lat. méd. *infeodare* « donner en fief ». Le sens de « soumettre à une autorité » date du XIXᵉ s.

fer (Xᵉ s.), du lat. *ferrum*, de même sens. Le sens de « objet en fer » est attesté dès le XIIᵉ s. Au plur. celui de « chaînes d'un prisonnier » date du XIIᵉ s. ‖ ***ferrer*** (XIIᵉ s.) ; ***ferraille*** (XIVᵉ s.) ; ***ferrailler*** (XVIIᵉ s.), « se battre à l'épée » ; ***ferrailleur*** (XVIIᵉ s.), d'abord « bretteur », puis « marchand de ferraille » (XVIIIᵉ s.) ; ***ferrure*** (XIIᵉ s.) ; ***ferreux*** (XVIIᵉ s.) ; ***ferronnerie*** (XIIIᵉ s.), dér. de *ferron* « forgeron » au XIIᵉ s. ; ***ferronnier*** (XVIᵉ s.) ; ***déferrer*** (XIIᵉ s.) ; ***enferrer*** (XIIᵉ s.) ; ***fer-blanc*** (XIVᵉ s.) ; ***ferblantier*** (XVIIIᵉ s.).

férié (XIIᵉ s.), empr. au lat. *feriatus* « de fête », du lat. *feriae* « fêtes, jours de repos », en fr. « jour chômé ».

férir (Xᵉ s.), du lat. *ferire* « frapper », fréq. en a. fr., d'emploi très restreint depuis le XVIᵉ s. Le part. ***féru*** a pris le sens de « épris de, passionné pour » depuis le XVIIᵉ s.

ferme 1 adj. (XIIᵉ s.), du lat. *firmus* « solide ». ‖ ***fermeté*** (XIIᵉ s.), empr. au lat. *firmitas* « solidité », d'abord en fr. au sens de « forteresse », puis de « solidité » (XIIIᵉ s.) ; ***affermir*** (XIVᵉ s.) ; ***affermissement*** (XVIᵉ s.) ; ***raffermir*** (XIVᵉ s.) ; ***raffermissement*** (XVIIᵉ s.).

ferme 2 subst., voir ***fermer***.

ferment (XIVᵉ s.), empr. au lat. *fermentum* « levain, fermentation », de même sens en fr. ‖ ***fermenter*** (XIIIᵉ s.), empr. au lat. *fermentare* « faire fermenter » ; ***fermentation***

(XVIe s.), empr. au lat. tard. *fermentatio* « action de fermenter ».

fermer (Xe s.), du lat. *firmare* « rendre ferme, fortifier, confirmer », a signifié « fortifier, clore » dès l'a. fr. || ***ferme*** subst. (XIIe s.), déverb. du verbe *fermer* pris au sens de « confirmer », a signifié « bail, convention » (portant sur un domaine rural), puis « exploitation agricole, habitation de l'agriculteur » depuis le XVIe s. ; ***fermier*** (XIIIe s.) ; ***fermage*** (XIVe s.) ; ***fermoir*** (XIIIe s.) ; ***fermeture*** (XIVe s.) avec *t* venant de l'infl. de *fermeté* ; ***affermer*** (XIIe s.) ; ***enfermer*** (XIIe s.) ; ***enfermement*** (XVIe s.) ; ***fermette*** (XXe s.), « petite maison de campagne ».

fermeté, voir ***ferme 1***.

féroce (XVe s.), empr. au lat. *ferox, -ocis* « impétueux, intrépide, fier » en lat. clas., puis « sauvage » en lat. chrét., a signifié « orgueilleux » au XVe s., puis « cruel » à partir du XVIIe s. || ***férocité*** (XIIIe s., rare avant le XVIIe s.), empr. au lat. *ferocitas* « fougue, fierté », puis « violence », en fr. mod. « naturel féroce, cruauté, sauvagerie ».

ferrade (XVIIe s.), empr. au prov. mod. *ferrado* « action de marquer le bétail (notamment les taureaux) au fer rouge ».

ferroviaire (XXe s.), empr. à l'ital. *ferroviaro* « relatif au chemin de fer ».

ferrugineux (XVIIe s.), empr. au lat. *ferrugineus*, de *ferrugo, -inis* « rouille (du fer), couleur rouille ».

ferry-boat (XVIIIe s.), de l'angl. *to ferry* « transporter » et *boat* « bateau », navire aménagé pour le transport des véhicules automobiles et des wagons de chemin de fer.

fertile (XIVe s., sous la forme *fertil*), empr. au lat. *fertilis* « fécond, abondant ». || ***fertilité*** (XIVe s.), empr. au lat. *fertilitas* « fécondité » ; ***infertile*** (XVe s.), empr. au lat. *infertilis* ; ***fertiliser*** (XVIe s.) ; ***fertilisation*** (XVIIIe s.).

féru, voir ***férir***.

férule (XIVe s.), empr. au lat. *ferula* « férule (plante) » et « baguette ».

ferveur (XIIe s.), empr. au lat. *fervor* « bouillonnement, chaleur, ardeur ». || ***fervent*** (XIIe s.), empr. au lat. *fervens* « échauffé, agité », en a. fr. aux sens de « enthousiaste » et « enflammé de zèle religieux ».

fesse (XIVe s.), du lat. vulg. **fissa* « fente », part. pas. subst. de *findere* « fendre ». || ***fesser*** (XVe s.) vient p.-ê. du lat. vulg. **fasciare* « donner des coups de verge », fait sur *fascis* « faisceau de verges » ; ***fessée*** (XVIe s.) ; ***fessier*** (XVIe s.).

festin (XIVe s.), empr. à l'ital. *festino* « petite fête », en fr. « repas de fête ».

festival (XIXe s.), empr. à l'angl. *festival* « fête », lui-même empr. à l'a. fr. *festival* « concernant une fête », en fr. « grande manifestation musicale ».

feston (XVIe s.), empr. à l'ital. *festone* « ornement des édifices (les jours de fête), guirlande de fleurs suspendue », même sens en fr., puis « bordure dentelée et brodée » (terme de couture au XVIIe s.). || ***festonner*** (XVIe s.), « décorer de festons ».

fête (XIe s.), du lat. *festa*, abrév. de *festa dies* « jour de fête ». || ***fêter*** (XIIIe s.) ; ***festoyer*** (XIIe s.) ; ***festivité*** (XIIIe s.), empr. au lat. *festivitas* « joie d'un jour de fête ».

fétiche (XVIIe s.), empr. au port. *feitiço* « artificiel », puis « sortilège », nom donné aux objets du culte des primitifs, puis « objet magique ». || ***fétichisme*** (XVIIIe s.), « culte des fétiches », puis « vénération excessive » (XIXe s.) et « perversion sexuelle » (XXe s.) ; ***fétichiste*** (XIXe s.), même évol.

fétide (XVe s.), empr. au lat. *fœtidus* « puant ».

fétu (XIIe s.), du lat. tard. *festucum* « tige, brin d'herbe, brin de paille », du lat. clas. *festuca* « brin de paille », même sens en fr.

feu 1 subst. (XIe s.), du lat. *focus* « foyer, feu de la maison ».

feu 2 adj. (XIe s., sous la forme *feü*), du lat. vulg. **fatutus* « qui a vécu, qui a accompli son destin », d'où « mort », de *fatum* « destin ».

feudataire, voir ***féodal***.

feuille (XIIe s.), du plur. neut. lat. *folia*, à valeur coll. devenu subst. fém., issu de *folium* « feuille, feuillage », désigne les feuilles des arbres (XIIe s.), les feuilles de papier (XIIIe s.). || ***feuillu*** (XIIe s.), « qui a beaucoup de feuilles » ; ***feuillet*** (XIIe s.), d'abord « petite feuille », puis « feuille de papier pliée sur elle-même », empl. dans plusieurs lang. tech. ; ***feuilleton*** (XVIIIe s.), d'abord « petit cahier de feuillets de format in-12 » (terme d'imprimeur), puis au XIXe s., « espace de journal réservé au bas d'une page pour un article (paraissant régulièrement) », ensuite « article paraissant régulièrement, fragment de roman paraissant régulièrement dans un journal » ; ***feuilleter*** (XVIe s.), « tourner les pages d'un livre » ; au part. pas. féminin une *pâte feuilletée* est une pâte légère beurrée et plusieurs fois pliée qui se présente sous forme de fines feuilles superposées ; ***feuillée*** (XIIe s.) ; ***feuillage*** (XIVe s.) ; ***feuillaison*** (XVIIIe s.), « renouvellement annuel des feuilles » ; ***effeuiller*** (XIVe s.), « dépouiller de ses feuilles », puis « dépouiller de ses pétales » ; ***effeuillage*** (XXe s.), pris au sens de l'angl. *strip-tease* « action de se déshabiller en public (en parlant d'une femme) ».

feutre (XIIe s.), du franc. **filtir* (cf. l'all. *Filtz*). || ***feutrer*** (XIIe s.) ; ***feutrine*** (XXe s.).

feuler (XIXe s.), d'orig. inconnue, « pousser un cri » (en parlant d'un tigre).

fève (XIIIe s.), du lat. *faba*, de même sens.

février (XIIe s.), du lat. vulg. **febrarius*, du lat. clas. *februarius* « mois des purifications », de *februare* « purifier ».

fez (XVIIe s.), coiffure en tronc de cône, du nom de la ville de *Fez* au Maroc.

fi (XIIe s.), onomat., interject. exprimant le dédain ou le mépris.

fiacre (XVIIe s.), du nom de saint *Fiacre*, dont l'effigie se trouvait sur une maison de louage de voitures.

fiancer (XIIe s.), de l'a. fr. *fiance* (XIIe s.), « engagement », d'abord au sens de « s'engager, promettre solennellement », puis « faire une promesse de mariage ». Le part. pas. devenu subst. signifie « personne engagée par une promesse de mariage ». || ***fiançailles*** (XIIIe s.), « promesse, engagement » et « engagement de mariage ». Le sens de « période de temps comprise entre la promesse de mariage et le mariage lui-même » date du XXe s.

fiasco (XIXe s.), empr. à l'ital. *far fiasco* « échouer », de *fiasco* « bouteille », en fr. « échec », parfois « échec sentimental », « échec sexuel ».

fibre (XIVe s.), empr. au lat. *fibra* « filament des plantes, des entrailles des animaux ». || ***fibreux*** (XVIe s.) ; ***fibrille*** (XVIIe s.), « petite fibre » ; ***fibrillation*** (XXe s.) ; ***fibrome*** (XIXe s.), « prolifération bénigne de tissus fibreux ».

fibule (XVIe s.), empr. au lat. *fibula* « broche, agrafe ».

ficelle (XVIe s.), du lat. vulg. **filicella*, de *filum* « fil ». || ***ficeler*** (XVIIe s.) ; ***déficeler*** (XVIIIe s.).

ficher (XIIe s.), du lat. vulg. **figicare*, dér. de *figere* « enfoncer, attacher, fixer ». Mot employé dans la langue argot. aux XIXe et XXe s. comme substitut de *foutre*. Le sens de « mettre sur des fiches » date du XXe s. || ***fichu 1*** part.

pas. et adj. (XVIIe s.), d'abord « mis à la hâte, mal fait », puis au XIXe s. « désagréable, en mauvais état » ; ***fichu 2*** subst. (XVIIe s.), « pièce d'étoffe jetée à la hâte sur les épaules » ; ***fiche*** (XVe s.), « tige destinée à être enfoncée ». Le sens de « feuille rigide, petit carton où l'on inscrit des renseignements » date du XIXe s. ; ***fichier*** (XXe s.) ; ***afficher*** (XIe s.) ; ***affiche*** (XIIIe s.), « agrafe » au M. A., puis « avis fixé à un endroit » à partir du XVe s. ; ***affichage*** (XVIIIe s.).

fiction (XIIIe s.), du lat. *fictio* « invention », a signifié « tromperie » en a. fr., puis « élément imaginaire ». Le sens de « création imaginaire » en fr. mod. n'est plus péj. || ***fictif*** (XVe s.), dér. du lat. *fictus*, part. pas. de *fingere* « inventé, forgé de toutes pièces ».

fidéicommis (XIIIe s.), terme de droit, empr. au lat. jur. *fidei commissum* « confié à la bonne foi (de qqn) », désigne un legs fait à une personne qui a la charge de le remettre à une autre.

fidèle (Xe s.), du lat. *fidelis* « sûr, solide ». || ***fidélité*** (XIIIe s.), empr. au lat. *fidelitas* « loyauté, constance » ; ***infidèle*** (XIVe s.), empr. au lat. *infidelis* « qui manque à sa parole » ; ***infidélité*** (XIIe s.), empr. au lat. *infidelitas* « manquement à la parole ».

fiduciaire (XVIe s.), empr. au lat. jur. *fiduciarius* « chargé d'un dépôt, confié en dépôt », de *fiducia* « confiance », en fr. « fondé sur la confiance » (s'applique à la circulation de la monnaie).

fief (XIe s.), du lat. tard. *feudum*, s. d. issu du franc. **fehu* « bétail » (cf. l'all. *Vieh*), passé au sens de « bien, possession », en fr. « terre concédée à un vassal ». || ***fieffer*** (XIIe s.), « pourvoir d'un fief ». L'emploi intens. et péj. de *fieffé* dans *fieffé coquin* « coquin au plus haut degré » est connu à partir du XVIe s. et bien attesté au XVIIe s. Voir ***féodal***.

fiel (XIIe s.), du lat. *fel*, de même sens. || ***fielleux*** (XVIe s.), « plein de fiel », d'où « haineux, méchant ».

fiente (XIIe s.), du lat. vulg. **femita*, de *fimus* « fumier, fange », en fr. « excrément (de certains animaux) ». || ***fienter*** (XIVe s.).

fier (se), verbe (XIe s.), du lat. vulg. **fidare* « avoir confiance, se confier », de *fidus* « fidèle, sûr ». || ***défier*** (XIe s.), « renoncer à la foi jurée », d'où « provoquer au combat » ; ***défiance*** (XIIe s.), « suspicion » ; ***défi*** (XVe s.) ; ***se méfier*** (XVe s.), « se garder de » ; ***méfiance*** (XVe s.).

fier adj. (XIe s.), du lat. *ferus* « farouche, sauvage », a signifié en a. fr. surtout « farouche, terrible », sens encore attesté au XVIIe s. Les nuances de « prodigieux » ou « noble, qui a le sentiment de l'honneur » sont plus rares. La valeur de « altier, orgueilleux » existe dès le XIIe s., celle de « satisfait » dès le XVIIe s. || ***fierté*** (XIe s.), d'après le lat. *feritas* « barbarie, cruauté », en fr. « hardiesse » et « sentiment de sa supériorité » (XIIe s.), « sentiment de l'honneur » (XVIIe s.).

fièvre (XIIe s.), du lat. *febris*, de même sens. || ***fiévreux*** (XIIe s.) ; ***enfiévrer*** (XVIe s.).

fifre (XVe s.), du suisse germ. *pfifer* « joueur de flûte » (all. *Pfeifer*), désigne une petite flûte au son aigu et aussi le joueur de fifre.

fifrelin (XIXe s.), mot pop., de l'all. *Pfifferling* « champignon » désignant une petite chose sans valeur.

figer (XIIe s.), d'orig. peu claire (on a invoqué le lat. vulg. **feticare* « prendre l'aspect du foie »), en fr. « coaguler, épaissir », puis « fixer, immobiliser » (XVIe s.).

figue (XIIIe s.), empr. au prov. *figa*, du lat. vulg. **fica*, du lat. clas. *ficus*, de même sens. || ***figuier*** (XIIIe s.).

fignoler (XVIIIe s.), d'orig. pop., s. d. dér. de *fin* « exécuter avec soin ». || ***fignolage*** (XIXe s.).

figure (Xe s.), du lat. *figura* « forme, manière d'être, structure, mode d'expression (rhétorique) ». En a. fr. le mot s'emploie au sens de « aspect matériel, forme extérieure » en parlant d'une personne, notamment de son visage et aussi au sens de « représentation figurée », d'où « dessin, image, effigie, statue ». L'emploi tech. de « moyen d'expression, figure de rhétorique » est également bien connu. || ***figurer*** (XIe s.), d'abord « donner forme », puis « représenter par l'image », « orner de représentations ». L'empl. pronom. au sens de « se représenter, s'imaginer » date du XVIIe s. ; ***défigurer*** (XIIe s.), « rendre méconnaissable (en altérant la figure) » ; ***figuration*** (XIVe s.), empr. au lat. *figuratio* « figure, forme » ; ***figuratif*** (XIIe s.), empr. au lat. *figurativus* « symbolique », en fr. « qui représente par symbole », puis « qui représente l'image de qq. ch. » (XVIIIe s.). Ce dernier sens est empl. à propos de l'art au XXe s. ; ***figurine*** (XVIe s.), d'abord « petite figure », puis « représentation de dimensions réduites, statuette » (XIXe s.).

fil (XIIe s.), du lat. *filum* « brin ». || ***filer*** (XIIe s.), du lat. tard. *filare* « étirer en fil », en fr. même sens et « couler, s'écouler » (XIIe s.), puis « dérouler » (XVIIe s.), « s'enfuir » (XVIIIe s.) ; ***file*** (XVe s.) ; ***filet*** (XIIe s.), d'abord « petit fil, fil ténu ». L'empl. dans le voc. de la boucherie, s. d. d'abord au sens de « morceau de viande (roulé et entouré d'un fil) » date du XIVe s. ; le sens de « réseau à mailles (pour capturer du gibier) » est attesté au XVIe s. ; ***fileter*** (XIIIe s.) ; ***filin*** (XVIIe s.) ; ***filage*** (XIIIe s.) ; ***filature*** (XVIIIe s.) ; ***fileur*** (XIIIe s.) ; ***filière*** (XIVe s.), d'abord « pelote de fil », puis « instrument pour réduire le métal en fils » (XIVe s.), d'où « succession de degrés à franchir avant de parvenir au but » (XVIIIe s.) ; ***affiler*** (XIIe s.), « aiguiser » ; ***d'affilée*** (XIXe s.), « à la file » ; ***défiler*** (XIIIe s.) ; ***défilé*** (XVIIe s.) ; ***effiler*** (XIe s.) ; ***effilocher*** (XVIIIe s.) ; ***enfiler*** (XIIe s.) ; ***enfilade*** (XVIIe s.) ; ***entrefilet*** (XIXe s.), d'abord « paragraphe entre deux filets » (terme d'imprimerie), puis « court article » ; ***filandreux*** (XVIIe s.), « fibreux », d'où « embrouillé » ; ***filandière*** (XIIIe s.), « femme qui file ».

filament (XVIe s.), empr. au lat. *filamentum* « assemblage de fils ». || ***filamenteux*** (XVIe s.).

filigrane (XVIIe s.), empr. à l'ital. *filigrana* « fil à grains », « ouvrage d'orfèvrerie orné de grains ». L'emploi en papeterie « dessin imprimé dans le papier » date du XIXe s.

fille (XIe s.), du lat. *filia*. || ***fillette*** (XIIIe s.) ; ***petite-fille*** (XIIIe s.) ; ***belle-fille*** (XVe s.).

filleul (XIIe s.), du lat. *filiolus* « fils chéri », dimin. de *filius* « fils », qui a pris en lat. chrét. le sens de « enfant que l'on a tenu sur les fonts baptismaux et dont on est devenu le parrain ».

film (XIXe s.), de l'angl. *film* « pellicule, feuille très mince ». || ***filmer*** (XXe s.) ; ***filmage*** (XXe s.) ; ***filmique*** (XXe s.).

filon (XVIe s.), empr. à l'ital. *filone* « gisement de minerai », sens conservé en fr.

filou (XVIe s.), mot pop. d'orig. inconnue. || ***filouterie*** (XVIIe s.) ; ***filouter*** (XVIIe s.).

fils (Xe s.), du lat. *filius*. || ***filial*** (XIVe s.), empr. au lat. tard. *filialis* « propre au fils (envers ses parents) » ; ***filiale*** (XIXe s.), « succursale, annexe » ; ***filiation*** (XIIIe s.), empr. au lat. tard. *filiatio* « lien de descendance » ; ***affilier*** (XIVe s.), empr. au lat. jur. *affiliare* « prendre pour fils » ; ***beau-fils*** (XVIe s.).

filtre (XVIe s.), empr. au lat. méd. des chimistes et alchimistes *filtrum* « passoire en étoffe éliminant les impuretés d'un liquide », du franc. **filtir* « feutre ». || ***filtrer*** (XVIe s.) ; ***filtrage***

(XIXe s.) ; ***infiltrer*** (XIVe s.) ; ***infiltration*** (XIVe s.).

fin 1 subst. (Xe s.), du lat. *finis* « limite, terme, comble, but ». ‖ ***enfin*** (XIIe s., sous la forme *en fin*) ; ***finir*** (XIe s., sous la forme *fenir*), du lat. *finire* « achever » ; ***final*** (XIIe s.), empr. au lat. tard. *finalis* « qui est à la fin, qui marque une fin » ; ***finale*** (XVIIIe s.), « position finale, élément en position finale ». Le sens sportif « épreuve achevant une compétition » date du XXe s. ; ***finissage*** (XVIIIe s.) ; ***finition*** (XIVe s.), empr. au lat. *finitio* ; ***finalité*** (XIXe s.) ; ***finaliste*** (XIXe s.), terme de sport.

fin 2 adj. (XIe s.), du lat. méd. *finus* « raffiné, parfait », du subst. clas. *finis* « terme, point extrême, degré suprême ». L'adj. signifie en a. fr. « accompli, parfait, délicat, habile ». ‖ ***finaud*** (XVIIIe s.) ; ***finesse*** (XVe s.) ; ***affiner*** (XIIIe s.) ; ***affinage*** (XIVe s.) ; ***raffiner*** (XVe s.) ; ***raffinement*** (XVIIe s.) ; ***raffineur*** (XVIIe s.) ; ***raffinerie*** (XVIIe s.).

finance (XIIIe s.), de l'a. fr. *finer* « accomplir une transaction », « payer », du lat. *finare* « faire payer » et « payer », a signifié en a. fr. « versement », puis « argent » (XIVe s.), enfin « ressources, moyens de paiement » (XVe s.). ‖ ***financer*** (XVIe s.) ; ***financier*** (XVe s.).

fiole (XIIe s.), empr. au lat. méd. *phiola* « petit récipient », du lat. clas. *phiala* « coupe », du grec *phialê* « vase ».

fiord (XIXe s.), empr. au norv. *fjord*, de même sens.

fioriture (XIXe s.), empr. à l'ital. *fioritura* « floraison » et « ornements ».

firmament (XIIe s.), empr. au lat. chrét. *firmamentum* « voûte céleste où sont fixés les astres ». En lat. clas. le mot signifiait seulement « appui, soutien ».

firme (XIXe s.), empr. à l'angl. *firm* « entreprise commerciale ».

fisc (XIIIe s.), empr. au lat. *fiscus* « panier d'osier » (dont se servaient les collecteurs des impôts), puis « trésor public, cassette de l'empereur ». Le mot n'est fréq. qu'à partir du XVIIe s. ‖ ***fiscal*** (XVe s.), empr. au lat. imp. *fiscalis* « du fisc » ; ***fiscalité*** (XVIIIe s.).

fissile (XVIe s.), empr. au lat. *fissilis* « qui peut être fendu », repris au XXe s. en physique nucléaire. ‖ ***fission*** (XXe s.), empr. à l'angl. nucléaire *fission* « phénomène de division d'un noyau atomique ».

fissure (XIVe s.), empr. au lat. *fissura* « fente ». ‖ ***fissurer*** (XVIIe s.).

fistule (XIVe s.), empr. au lat. médic. *fistula* « tuyau, conduit ».

fixe (XIIIe s.), empr. au lat. *fixus* « enfoncé, fixe ». ‖ ***fixer*** (XIVe s.) ; ***fixation*** (XVe s.) ; ***fixité*** (XVIIe s.) ; ***fixage*** (XIXe s.) ; ***fixatif*** (XIXe s.) ; ***fixateur*** (XIXe s.) ; ***fixiste*** (XIXe s.), « partisan de la fixité des espèces vivantes » (par opp. à *évolutionniste*).

flacon (XIVe s.), du lat. tard. *flasco, -onis* « bouteille », dér. du germ. **flaska* (cf. l'all. *Flasche*).

flageller (XIVe s.), empr. au lat. *flagellare* « fouetter ». ‖ ***flagellation*** (XIIIe s.), empr. au lat. chrét. *flagellatio* « action de fouetter ».

flageoler (XVIIIe s.), d'orig. inconnue, « trembler de fatigue, de faiblesse ».

flageolet 1 « flûte » (XIIIe s.), dim. de *flajol*, du lat. vulg. **flabeolum* « instrument où l'on souffle, flûte », de la famille de *flare* « souffler », en fr. « flûte à bec ».

flageolet 2 « haricot » (XIXe s.), dim. fait sur *flageole*, empr. à l'ital. *fagiolo* « haricot », du lat. *faseolus,* empr. au grec *phaseolos* « haricot ».

flagorner (XVe s.), d'orig. obsc., d'abord « bavarder », puis « flatter » (XVIe s.). ‖ ***flagorneur*** (XVe s.) ; ***flagornerie*** (XVIe s.).

flagrant (XVe s.), empr. au lat. *flagrans* « brûlant », d'où « éclatant, évident » dans la lang. jur. (*flagrant délit*

« délit commis sous les yeux mêmes de celui qui le constate »).

flairer (XIIIe s.), du lat. vulg. **flagrare*, du lat. clas. *fragrare* « exhaler une odeur », a signifié d'abord « exhaler une odeur » en a. fr., puis « sentir ». ‖ ***flair*** (XIIe s.), déverb., « odeur, odorat », puis « intuition » au XIXe s.

flamant (XVIe s.), empr. au prov. *flamenc* « oiseau couleur de flamme », du lat. *flamma*.

flamber (XIIe s.), de l'a. fr. *flambe* (XIIe s.), « flamme », issu du lat. *flammula* « petite flamme », en fr. d'abord « briller, étinceler », puis « brûler (en faisant des flammes, en dégageant une vive lueur) » au XIIIe s. ‖ ***flambeau*** (XIVe s.) ; ***flambée*** (XIIe s.), « embrasement », puis « explosion d'un sentiment » (XIXe s.) ; ***flamboyer*** (XIIe s.), « étinceler », puis « jeter des flammes » ; ***flamboiement*** (XVe s.).

flamenco (XIXe s.), de l'esp. *flamenco* « gitan » (litt. « originaire des Flandres »), a désigné le chant, la danse et la musique des gitans d'Andalousie.

flamme (Xe s.), du lat. *flamma*, de même sens. ‖ ***flammèche*** (XIIe s.), du franc. **falawiska* « cendre chaude », en fr. « parcelle enflammée » ; ***enflammer*** (XIe s.) ; ***inflammable*** (XIVe s.) ; ***ininflammable*** (XVIIe s.) ; ***inflammation*** (XIVe s.), empr. au lat. *inflammatio* « incendie, inflammation au sens médic., ardeur » ; ***inflammatoire*** (XVIe s.), terme de médecine.

flan (XIe s., sous la forme *flaon*), du franc. **flado* « gâteau ». Le sens numismatique « disque de métal destiné à recevoir une empreinte et à devenir une monnaie ou une médaille » est attesté au XIe s.

flanc (XIe s.), du franc. **hlanka* « hanche ». ‖ ***flanquer*** (XVIe s.), d'abord au sens de « garnir les flancs », puis « jeter (contre le flanc de qqn), jeter, donner » (XVIe s.) ; ***efflanqué*** (XVIe s.), « dont les flancs sont creusés », d'où « maigre ».

flancher (XIXe s.), mot s. d. d'arg., d'étym. incert. Il est peu vraisemblable que le verbe dérive de l'a. fr. *flenchir* « faiblir », issu du franc. **hlankjan* « plier, fléchir ». Le mot en fr. est devenu courant au sens de « céder, faiblir » (XIXe s.).

flanelle (XVIIe s.), de l'angl. *flannel*, tissu de laine.

flâner (XVIIe s.), s. d. mot normand, du scand. *flana* « aller çà et là ». ‖ ***flâneur*** (XVIe s.) ; ***flânerie*** (XIXe s.).

flaque (XIVe s.), mot du Nord, corresp. à l'a. fr. *flasche*, p.-ê. du néerl. *vlacke* « lieu encaissé au bord de la mer et recouvert d'eau à marée basse ». Le lien avec l'adj. a. fr. *flac* (masc.), *flasche* (fém.) « mou » semble peu vraisemblable.

flash (XXe s.), de l'angl. *flash* « éclair », d'abord terme de photographie « lampe servant à prendre des instantanés », puis terme de cinéma « scène rapide d'un film ». ‖ ***flash-back*** (XXe s.), mot angl. de *flash* « éclair » et *back* « en arrière », signifie « retour en arrière dans un film ».

flasque (XVe s.), forme pic. de *flac*, *flasche* « mou », du lat. *flaccus* « flasque, pendant », empl. en fr. au sens de « mou, sans vigueur, sans fermeté » au physique et au moral.

flatter (XIIe s.), « caresser, passer le plat de la main », dér. du franc. **flat* « plat ». Le sens moral « louer excessivement » ou « chercher à tromper » est attesté dès le XIIe s. Les empl. du verbe sont répandus au XVIIe s. avec les sens de « apaiser, satisfaire, favoriser, traiter avec indulgence, ménager à l'excès, séduire, bercer d'illusions ». Plusieurs survivent auj. ‖ ***flatterie*** (XIIIe s.) ; ***flatteur*** (XIIIe s.).

flatulent (XVIe s.), dér. sav. du lat. *flatus* « souffle, vent », en fr. « qui produit des gaz intestinaux». || ***flatulence*** (XVIIIe s.).

fléau (Xe s., sous la forme *flaiel*), du lat. *flagellum* «fouet» et en lat. chrét. «peine, châtiment», tous sens conservés en a. fr., et en outre «arme guerrière» (XIIe s.), «instrument pour battre les céréales» (XIIe s.) et au sens moral «tourment, calamité».

flèche 1 (XIIe s.), arme, p.-ê. du franc. **fliugika* «trait», a remplacé *saiete* (XIe s.), du lat. *sagitta*. || ***flécher*** (XVIe s.); ***fléchette*** (XIXe s.).

flèche 2 (XIVe s.), «pièce de lard», p.-ê. de l'anc. néerl. *vlecke*, de même sens.

fléchir (XIIe s.), var. de *flechier*, issu du lat. vulg. **flecticare*, fréquent. de *flectere* «plier». || ***fléchissement*** (XIVe s.); ***infléchir*** (XVIIIe s.).

flegme (XIIIe s., sous la forme *fleugme*, *fleume*), du lat. médic. *phlegma*, du grec *phlegma* «inflammation, humeur glaireuse, pituite, mucosité» (une des quatre humeurs fondamentales). Le mot a conservé ce sens jusqu'au XVIIIe s. Le sens de «caractère calme, imperturbable» apparaît au XVIIe s. || ***flegmatique*** (XIIe s.), empr. au lat. *phlegmaticus*, du grec *phlegmatikos* «plein de mucosités». Le sens de «calme» apparaît au XVIIe s.; ***flemme*** (XVIIIe s.), «lenteur, paresse» dans la lang. pop., de l'ital. *flemma* «lenteur, placidité»; ***flemmard*** (XIXe s.); ***flemmarder*** (XXe s.).

flétan (XVIe s.), p.-ê. empr. au néerl. **vleting*, dér. de *vlete* «sorte de raie».

flétrir 1 (XIIe s.), de l'adj. a. fr. *flaistre*, *flestre* «flétri, flasque», issu du lat. *flaccidus* «flasque, languissant», en fr. «faner, sécher, ternir». || ***flétrissure*** (XVe s.), «altération de la fraîcheur».

flétrir 2 (XIIe s., sous la forme *flastrir*), «marquer au fer rouge», d'orig. peu claire, p.-ê. altér. de *flatir* «pousser, frapper», issu du franc. **flatjan* «lancer». || ***flétrissure*** (XVe s.), «marque au fer rouge», puis «infamie, déshonneur» (XVIIe s.).

fleur (XIe s.), du lat. *flos, floris*, de même sens. || ***fleuret*** (XVIe s.), «épée d'escrime» (terminée par un bouton assimilé à une fleur), s. d. de l'ital. *fioretto*; ***fleurette*** (XIIe s.), «petite fleur». Le sens de «propos galant» est attesté au XVIIe s.; ***fleurir*** (XIe s.), du lat. *florire*; ***fleuriste*** (XVIIe s.); ***fleuron*** (XIVe s.), «ornement en forme de fleur»; ***affleurer*** (XIVe s.), «mettre de niveau, être de niveau», puis «apparaître à la surface du sol»; ***affleurement*** (XVIe s.); ***effleurer*** (XIIIe s.), d'abord «dépouiller de ses fleurs», puis «toucher légèrement» (XVIe s.); ***effleurement*** (XVIe s.); ***flore*** (XVIIIe s.), empr. au lat. *Flora* «déesse des fleurs»; ***floral*** (XVIe s.); ***florès*** (XVIIe s.), dans l'expres. *faire florès*, d'orig. peu claire «briller, obtenir du succès»; ***floraison*** (XVIIIe s.); ***défloraison*** (XIXe s.); ***florilège*** (XVIIe s.), empr. au lat. *florilegium* «anthologie»; ***efflorescence*** (XVIe s.), dér. sav. de *efflorescens*, part. prés. de *efflorescere* «fleurir», en fr. «floraison épanouie». Voir ***déflorer***.

fleurer (XIVe s.), «exhaler une odeur» et «sentir, flairer», s. d. dér. de *fleur* «odeur» (*flaor* en a. fr.), du lat. vulg. **flator*, issu du lat. clas. *flatus* «souffle, respiration».

fleuret, voir ***fleur***.

fleuve (XIIe s.), empr. au lat. *fluvius* «fleuve», le lat. *flumen* étant à l'orig. de l'a. fr. *flum*, usuel jusqu'au XVe s. || ***fluvial*** (XIVe s.), empr. au lat. imp. *fluvialis* «de fleuve».

flexible (XIVe s.), empr. au lat. *flexibilis*, dér. de *flexus*, part. pas. de *flectere* «courber»; au XVIe s., au sens fig. || ***flexion*** (XVe s.), empr. au lat. *flexio* «action de courber», attesté au sens de «déclinaison» en lat. tard., d'abord empl. au sens propre «fléchissement, courbure», au XIXe s. comme terme de gram.; ***flexibilité*** (XIVe s.), empr.

au lat. tard. *flexibilitas* ; ***inflexion*** (XIVe s.), empr. au lat. *inflexio* « action de plier » ; ***inflexible*** (XIVe s.), empr. au lat. *inflexibilis* ; ***inflexibilité*** (XVIIe s.).

flibustier (XVIIe s.), « corsaire des îles d'Amérique », puis au XVIIIe s. « brigand », au XIXe s., au sens fig., empr. à l'angl. *freebooter* « corsaire », lui-même du holl. *vrijbuiter* « celui qui fait librement du butin, pirate ». || ***flibuste*** (XVIIe s.) ; ***flibuster*** (XVIIIe s.) ; ***flibusterie*** (XIXe s.), aux sens propre et fig.

flic (XIXe s.), pop., s. d. empr. à l'argot des malfaiteurs allemands, *flick* « jeune homme, garçon ».

flingue, **flingot** (XIXe s.), « fusil », pop., s. d. empr. au bavarois *flinke, flinge* « fusil », var. de l'all. *Flinte,* de même sens. || ***flinguer*** (XXe s.), pop.

flipper 1 (XXe s.), « mécanisme dans un billard électrique », puis « le billard lui-même » mot anglo-améric. dér. de *to flip* « frapper, renvoyer ».

flipper 2 (XXe s.), « être excité ou abattu (sous l'effet de la drogue) », empr. à l'anglo-améric. *to flip*, au sens propre « secouer ».

flirter(XIXe s.), empr. à l'angl. *to flirt* « jeter, agiter », qui a pris au XVIIIe s. le sens de « badiner, faire la cour », d'orig. obsc. || ***flirt*** (XIXe s.), empr. à l'angl. *flirt* « personne avec qui l'on flirte ».

floc 1 (XVe s.), onomat. exprimant le bruit d'un plongeon.

floc 2, voir ***flocon***.

floche (XVIIe s.), adj., en parlant d'un tissu mou, s. d. empr. à l'a. gascon *floche* « flasque », du lat. *fluxus* « mou, flasque ».

flocon (XIIe s.), dér., au sens de « petite masse peu dense de forme sphérique », de ***floc*** (XIIe s.), du lat. *floccus* « flocon de laine ». || ***floconneux*** (XVIIIe s.).

flonflon (XVIIe s.), onomat.

flopée (XIXe s.), arg. aux sens de « volée de coups » et de « grande quantité de », de *floper* (XIXe s.), « battre », à rapprocher s. d. du lat. méd. *faluppa* « balle de blé ».

floraison, **flore**, **floral**, voir ***fleur***.

florès, **florilège**, voir ***fleur***.

florin (XIIIe s.), empr. à l'ital. *fiorino*, dér. de *fiore* « fleur », et qui désigne d'abord une monnaie frappée à Florence et portant le lis des armes de cette ville.

flot (XIIe s.), du rad. franc. **flot-* « flux, action de couler » ; au sens fig. (« flot de cheveux », etc.) à partir du XVIe s. Voir ***renflouer***.

flotte 1 (XIIe s.), « réunion de navires de guerre ou de commerce », empr. à l'a. norr. *floti* « flotte, radeau ». || ***flottille*** (XVIIe s.), empr. à l'esp. *flotilla,* dim. de *flota* « flotte ».

flotte 2 (XIXe s.), fam. « eau », d'orig. obsc. || ***flotter*** (XIXe s.), fam., « pleuvoir ».

flotter 1 (XIe s.), du rad. franc. **flot-* (voir ***flot***) avec infl. de *fluctuare* « flotter », au XIIIe s. au sens de « remuer au gré du vent », au XVIIe s. « être instable », au XIXe s. en parlant d'un vêtement, etc., au XXe s. dans le voc. financier. || ***flottage***, ***flottaison*** (XVe s.) ; ***flottement*** (XIVe s.), au XIXe s. au sens fig, au XXe s. au sens de « état d'une monnaie flottante » ; ***flotteur*** (XVe s.), d'abord « ouvrier employé au flottage », au XIXe s. au sens du fr. mod.

flotter 2, voir ***flotte 2***.

flou (XIIIe s.), d'abord *flo*, du lat. *flavus* « jaune » s. d. aussi empl. en lat. au sens de « fané, flétri », d'abord empl. aux sens de « désert » et de « épuisé, fatigué », puis, au XVIIe s., comme terme de peinture ; au XIXe s. au sens de « indistinct, indécis ». || ***fluet***

(XVIIe s.), altér. de *flouet* (XVe s.), dimin. de *flou*.

flouer (XVIe s.), d'orig. obsc., p.-ê. var. de l'a. fr. *froer* « briser, rompre », du lat. *fraudare* (voir ***fraude***), d'abord empl. au sens de « duper », puis de « tricher au jeu » (XIXe s.), sens vieilli, au XXe s. « tromper ».

fluctuation (XIIe s.), empr. au lat. imp. *fluctuatio* « agitation, hésitation ». || ***fluctuer*** (XIVe s.), aux sens propre et fig., empr. au lat. *fluctuare* « être agité » et « être irrésolu ».

fluer (XIIIe s.), empr. au lat. *fluere* « couler », mot littér. en fr. mod.

fluide (XIVe s.), empr. au lat. *fluidus* « qui coule », au XVIe s. au sens fig. || ***fluidité*** (XVIe s.), aux sens propre et fig. ; ***fluidifier*** (XIXe s.).

fluor (XVIIIe s.), d'abord *flueur* (XVIe s.), du lat. *fluor* « écoulement », qualifie comme adj. dans l'ancienne chimie des minéraux liquides ou fusibles ; au XIXe s. comme subst. au sens de « corps simple gazeux ». || ***fluorescence***, ***fluorescent*** (XIXe s.), empr. à l'angl. *fluorescence*, *fluorescent*, formés sur *fluor*.

flûte (XIIe s., d'abord *flaüte*), s. d. d'orig. onomat., la suite *a-u* pouvant s'employer pour rendre le bruit du vent dans un tuyau ; les cons. *fl* pourraient venir du lat. *flare* « souffler » (voir ***flageolet***) ; au XVIe s. au sens de « verre allongé » ; datent du XIXe s. les emplois fig. de « jambes maigres », « pain allongé » et l'emploi comme interjection. || ***flûter*** (XIIe s.) ; ***flûteau***, ***flûtiau*** (XIIIe s.), ***flûtiste*** (XIXe s.).

fluvial, voir ***fleuve***.

flux (XIVe s.), empr. au lat. *fluxus* « écoulement d'un liquide », de *fluere* « couler », d'abord empl. au sens médic., puis en parlant de l'eau, etc. (XVe s.) et au XVIe s. au sens fig.

fluxion (XIVe s.), terme médic., empr. au lat. tard. *fluxio* « écoulement ».

foc (XVe s.), empr. au m. néerl. *focke* « misaine ».

focal (XVe s.), dér. du lat. *focus* « foyer », est repris au XIXe s. comme terme scient. (optique). || ***focaliser*** (XXe s.), terme scient. et au sens fig.

foehn (XIXe s.), empr. au suisse all. *föhn* « vent sec et chaud », du lat. *favonius* « vent d'Ouest ».

fœtus (XIVe s.), empr. au lat. *fœtus*, *fetus* « enfantement, génération ». || ***fœtal*** (XIXe s.). Voir ***faon***.

foi (XIe s.), du lat. *fides* « foi, confiance, loyauté, parole donnée » qui a pris en lat. chrét. le sens de « croyance, confiance en Dieu », est empl. dès l'a. fr. aux sens de « croyance en Dieu », de « promesse, assurance donnée, serment » et de « loyauté, fidélité ». || ***féal*** (XIIe s.), issu par substitution de suff. de *feeil*, du lat. *fidelis*. Voir ***fidèle***.

foie (VIIIe s., sous la forme *figido*), du lat. tard. *ficatum* « foie gras », puis « foie », formé sur *ficus* « figue » sur le modèle du grec *hépar sukoton* « foie d'animal engraissé aux figues », a remplacé le lat. clas. *jecur* « foie ».

foin 1 (XIIe s.), d'abord *fein*, du lat. *fœnum*, *fenum* « foin ». || ***faner*** (XIIIe s.), d'abord *fener*, du lat. vulg. **fenare*, dér. de *fenum*, empl. au sens fig. de « perdre son éclat » dès le XIIIe s. ; ***fanage*** (XVIIe s.) ; ***faneur*** (XIIe s., d'abord *feneor*, formé sur *fener*) ; ***fenil*** (XIIe s.), « réserve à foin », empr. au lat. *fenile*, de même sens ; ***fenaison*** (XIIIe s.) ; ***sainfoin*** (XVIe s.), comp. avec l'adj. *sain*.

foin 2 (XVIe s.), interject. d'orig. obsc., soit altér. de *fi !*, soit emploi ironique de *foin*.

foire 1 (XIIe s.), du lat. tard. *feria* « marché, foire », en lat. clas. *feriae* « jours de fête », les foires se tenant les jours de fête.

foire 2 (XIIe s.), mot vulg. et vieilli, du lat. *foria* « diarrhée ». || ***foirer***

(XIIe s.), dér. de *foire 2*, d'abord au sens propre et au XVIe s. au sens fam. de « mal fonctionner » ; ***foireux*** (XIIe s.), même évol.

fois (XIe s., d'abord *feiz*), issu du lat. *vices*, plur. de *vicis* « succession d'événements, changement, vicissitude » ; le *f* initial s'explique mal. || nombreux composés comme ***autrefois*** (XIIe s.), ***parfois*** (XIIIe s.), ***quelquefois*** (XVe s.), ***toutefois*** (XIVe s.), d'abord *toutes voies*.

foison (XIe s.), du lat. *fusio* « action de répandre, diffusion », ne subsiste en fr. mod. que dans la loc. adv. *à foison* (XIIIe s.), « en abondance ». || ***foisonner*** (XIIe s.) ; ***foisonnement*** (XVIe s.).

fol, **folie**, **folâtre**, **folâtrer**, voir ***fou***.

folio (XVe s.), empr. sav. à l'ablatif *folio* de *folium* « feuille » au sens de « feuillet (d'un manuscrit, d'un registre, etc.) ». || ***folioter***, ***foliotage*** (XIXe s.). Voir ***feuille***.

folklore (XIXe s.), empr. à l'angl. *folklore* comp. de *folk* « peuple » et *lore* « savoir, connaissance », et désignant « les arts et traditions populaires (d'un pays, d'un groupe, etc.) ». || ***folklorique*** (XIXe s.) ; ***folkloriste*** (XIXe s.).

follicule 1 (XIVe s.), empr. au lat. *folliculus* « petit sac », terme d'anatomie et de botanique. || ***folliculine*** (XXe s.), terme médic.

follicule 2 (XVIIIe s.), mot créé par Voltaire au sens de « feuille imprimée, petit journal » par dér. impropre sur *folium* « feuille », d'où ***folliculaire*** (XVIIIe s.), de même orig., « petit journaliste sans talent ».

fomenter (XIIIe s.), empr. au lat. médic. tard. *fomentare*, dér. de *fomentum* « calmant », de *fovere* « chauffer », d'abord empl. au sens médic., le sens fig. de « exciter, provoquer » datant du XVIe s. || ***fomentation*** (XIVe s.), empr. au lat. tard. *fomentatio* « ce qui soulage », a suivi la même évol.

foncé, **foncer**, **foncier**, voir ***fond***.

fonction (XIVe s.), empr. au lat. *functio* « accomplissement », attesté en lat. jur. au sens de « office », dér. de *fungi* « s'acquitter de, accomplir ». || ***fonctionner*** (XVIIe s.) ; ***fonctionnement*** (XIXe s.) ; ***fonctionnaire*** (XVIIIe s.) ; ***fonctionnel*** (XIXe s.), au XXe s. au sens de « qui remplit une fonction pratique ».

fond (XIe s.), d'abord *fonz*, du lat. *fundus*, au double sens de « fond d'un objet » et de « fonds de terre » pour lequel a été spécialisée la graphie ***fonds***, la distinction sémantique et la répartition d'emplois entre *fond* et *fonds* datant du XVIIe s. || ***foncier*** (XIVe s.), au sens de « relatif à un fonds de terre », au XVe s. au sens fig. de « relatif à la nature de » ; ***foncer*** (XIVe s.), « mettre un fond », au fig. au XIXe s. « foncer sur » d'après « fondre sur » ; ***foncé*** (XVIIe s.) comme terme de couleur ; ***enfoncer*** (XIIIe s.) ; ***enfoncement*** (XVe s.) ; ***renfoncement*** (XVIIe s.) ; ***défoncer*** (XIVe s.) ; ***effondrer*** (XIIe s.), du lat. vulg. **exfunderare*, de même sens, dér. de *fundus* ; ***effondrement*** (XVIe s.), au XIXe s. au sens fig. ; ***bas-fond*** (XVIIe s.), au XIXe s. au sens fig. ; ***tréfonds*** (XIIIe s.), « ce qu'il y a de plus profond, de plus secret » par attraction de *fond*. Voir ***fondrière***, ***plafond***.

fondement (XIIe s.), du lat. *fundamentum* « fondement, fondation, support », en lat. méd. « anus », de *fondare* « fonder ». || ***fondamental*** (XVe s.), empr. au lat. chrét. *fundamentalis* « qui constitue le fondement ».

fonder (XIIe s.), du lat. *fundare* « fonder, établir, instituer ». || ***fondation*** (XIIIe s.), empr. au lat. chrét. *fundatio* « action de fonder, fermeté », depuis le XVIe s. au sens de « création d'un établissement d'intérêt général » ; ***fondateur*** (XIVe s.), empr. au lat. *fundator*, qui a remplacé l'a. fr. *fondeour*.

fondre (XIe s.), du lat. *fundere* « verser, répandre, fondre (un métal, une statue), renverser, abattre », a eu en a. fr. et jusqu'au XVIIe s. les sens de « être détruit, renversé » et de « s'écrouler, s'affaisser » sous l'infl. de *effondrer* ; le sens de « s'abattre sur » (XVIe s.) provient du voc. de la fauconnerie. || ***fonderie*** (XIVe s.) ; ***fondeur*** (XIIIe s.) ; ***fondue*** « fromage fondu » (XVIIIe s.) ; ***fonte*** (XVe s.), « action de fondre ou de se fondre », s. d. du lat. vulg. **fundita*, part. pas. fém. de *fundere*, en lat. clas. *fusus* ; ***refondre*** (XIIe s.), au XVIIe s. au sens fig. ; ***refonte*** (XVIe s.).

fondrière (XIIIe s.), rare avant le XVe s., dér. avec le suff. *-ière*, du lat. *fundus, funderis* « fond ». Voir ***fond***.

fonds, voir ***fond***.

fongicide (XXe s.), dér. sav. du lat. *fongus* « champignon ». || ***fongueux*** (XVIe s.), empr. au lat. tard. *fungosus* « spongieux », terme du voc. médic. comme ***fongosité*** (XVIe s.).

fontaine (XIIe s.), du lat. tard. *fontana* « source, fontaine », dér. du lat. clas. *fontanus* « de source » sur *fons, fontis* « source » ; le sens fig « principe, origine » date de l'a. fr. || ***fontanelle*** (XVIIe s.), réfection, d'après le lat. médic. du XVIe s., de l'a. fr. *fontenelle* « petite fontaine » et « haut du crâne » ; ***fonts (baptismaux)*** (XIe s.), du lat. *fontes*, plur. de *fons, fontis*, spéc. en lat. chrét.

fonte 1 (XVIIIe s.), « poche de cuir fixée à la selle » (XVIIIe s.), le plus souvent empl. au plur., empr., avec infl. de *fonte* (voir ***fondre***) à l'ital. *fonda* « bourse », puis « étui à pistolets », du lat. *funda* « fronde », puis en lat. tard. « petite bourse ».

fonte 2, voir ***fondre***.

football (XVIIe s.), rare jusqu'au XIXe s., empr. à l'angl. *football*, au sens propre « balle au pied ». || ***footballeur*** (fin XIXe s.).

footing (XIXe s.), empr. au sens de « marche hygiénique à pied » à l'angl. *footing* « position, pose des pieds ».

for (XVIIe s.), empr. au lat. *forum* au sens de « tribunal, juridiction » et en lat. chrét. au sens fig. de « jugement de la conscience », n'est conservé en fr. mod. que dans l'expres. *en son (mon, etc.) for intérieur* (XVIIe s.). Voir ***fur***.

forain (XIIe s.), du lat. tard. *foranus*, de *foris* « dehors », est empl. en a. fr. aux sens de « qui est à l'extérieur » et « étranger » ; le mot a été évincé en ce dernier sens par « étranger » et a été influencé par *foire* dans des expres. comme *marchand forain* (d'abord « qui vient de l'extérieur »), *fête foraine*. Voir ***fors***.

forban (XIIIe s.), issu de l'a. fr. *forbannir* « bannir », d'abord empl. au sens de « bannissement », est usuel à partir du XVIIe s., au sens de « pirate », puis, au XIXe s., de « individu sans scrupules, bandit ». Voir ***ban***.

forçat (XVIe s.), empr. à l'ital. *forzato* « galérien », de *forzare* « forcer, contraindre ».

force (XIe s.), du lat. imp. *fortia*, plur. neutre subst. de *fortis* « courageux », puis « fort ». || ***forcer*** (XIe s.), du lat. vulg. **fortiare*, dér. de *fortia*, d'abord empl. au sens de « faire violence à une femme », puis, à partir du XIIIe s., de « faire céder qqn par la force » ; ***efforcer (s')*** (XIe s.) ; ***effort*** (XIe s., d'abord *esforz*) ; ***renforcer*** (XIIe s.) ; ***renforcement*** (XIVe s.) ; ***renfort*** (XIVe s.), *à grand renfort de* (XVIe s.).

forcené (XIe s.), d'abord *forsené* « hors du sens », puis « violent », de *fors* et de *sen* « raison, sagesse », interprété, d'où la graphie du fr. mod., comme un dér. de *force*. Voir ***sens 1***.

forceps (XVIIIe s.), du lat. *forceps* « pinces, tenailles », spéc. en fr. dans le voc. médic.

forces (XIIe s.), aussi au sing. en a. fr. et au sens de « ciseaux », du lat. imp.

forfices « cisailles », plur. de *forfex.*, empl. en fr. mod. au sens de « grands ciseaux servant à tondre les moutons ».

forcing (XXe s.), empr. à l'angl. *forcing*, employé dans le domaine des sports au sens de « attaque soutenue », puis passé dans le voc. général.

forclore, **forclusion**, voir ***clore***.

forer (XIIe s.), empr. au lat. *forare* « percer, trouer ». || ***foret*** (XIIIe s.) ; ***forage*** (XIVe s.).

forêt (XIIe s.), d'abord *forest*, du lat. tard. *forestis*, abrév. de *forestis silva* « forêt en dehors (*foris*) de l'enclos » ou « forêt relevant de la cour de justice (*forum*) du roi », a éliminé avec *bois* les représentants du lat. clas. *silva*, a. fr. *selve*. || ***forestier*** (XIIe s.), d'abord empl. au sens de « celui qui exerce une charge dans la forêt », puis, au XVIe s., de « qui est relatif à la forêt », a conservé la prononciation du *s* sous l'infl. de la langue jur. qui a gardé la forme ancienne.

forfaire (Xe s.), comp. de *for-* (voir ***fors***) et de *faire*, vieilli ou littér. en fr. mod. au sens de « manquer gravement à ses devoirs ».

forfait 1 (Xe s.), « crime énorme », part. pas. subst. de *forfaire* ; ***forfaiture*** (XIIe s.), dér. sav. de *forfaire*, empl. à partir du XIIIe s. comme terme de droit féodal au sens de « violation du serment de foi et d'hommage ». Voir ***fors***.

forfait 2 (XVIe s.), d'abord *fayfort*, « clause d'un contrat » et « somme fixée d'avance », comp. de *fait* (de *faire*) et de *for(t)*, altér. sous l'infl. de *forfait* « crime » de l'a. fr. *fuer*, *fur* « taux ». Voir ***fur***.

forfait 3 (XIXe s.), « dédit », terme de course (XIXe s.), empr. à l'angl. *forfeit*, lui-même empr. à l'a. fr. *forfait* au sens de « transgression d'un engagement ».

forfanterie (XVIe s.), dér. de *forfant* « coquin », empr. à l'ital. *forfante*, de *furfare*, lui-même empr. au fr. *forfaire*, d'abord au sens de « coquinerie » ; le sens de « vanterie, vantard » (dès le XVIe s.) est p.-ê. dû à l'infl. de *fanfaron*.

forge (XIIe s.), du lat. *fabrica* « atelier, forge », de *faber* « ouvrier », à l'orig. de l'a. fr. *fevre* « ouvrier », s'est spécialisé au sens de « atelier où l'on travaille les métaux ». || ***forger*** (XIIe s.), du lat. *fabricare* « fabriquer, façonner », est empl. dès l'a. fr. aux sens de « créer », « travailler un métal » et « imaginer, inventer » ; ***forgeron*** (XIVe s.).

formaliser (se) (XVIe s.), dér. sav. du lat. *formalis* au sens de « se vexer, s'offusquer ».

format (XVIIIe s.), dér. de *forme* ou empr. à l'ital. *formato* « dimensions du papier », puis « mesure, dimension » en général, de *formare* « former ».

forme (XIe s.), aussi *fourme*, empr. au lat. *forma* « forme » ; les sens abstraits de *forme*, et du dér. ***formel*** (XIIIe s.), empr. au lat. *formalis* « qui a la forme de », se développent à partir du XIIIe s., sous l'infl. du lat. scolast. L'emploi jur. au sens de « manière de procéder, d'agir selon les règles convenues » se développe à partir du XVIe s. || ***former*** (XIIe s.), empr. au lat. *formare* ; ***formation*** (XIIe s.), empr. au lat. *formatio* « forme, confection », au XIXe s. au sens de « éducation d'un être humain » ; ***formateur*** (XVe s.) ; ***informel*** (XXe s.) ; sur le lat. *formalis* ont été formés à des époques différentes plusieurs dérivés sav. comme ***formalité*** (XVe s.) ; ***formaliser*** (XXe s.), « donner des structures formelles » ; ***formalisme*** (XIXe s.) ; ***formaliste*** (XVIe s.), d'abord « qui s'attache scrupuleusement aux formes », repris au XIXe s. dans le voc. philos. Voir ***conformer***, ***déformer***, ***difforme***, ***fromage***, ***informe***.

formidable (XIVe s.), empr. au lat. *formidabilis* « redoutable, terrible », d'abord empl. au sens de « qui inspire de la crainte » ; au XIXe s. au sens de « sensationnel, extraordinaire ».

formol (XIXe s.), dér. du rad. de *formique*, lui-même dér. du lat. *formica* « fourmi ».

formule (XIVe s.), empr. au lat. *formula* « cadre, règle, formule ». || ***formuler*** (XIVe s.), d'abord au sens de « énoncer avec netteté », au XVIIIe s. dans le voc. médic. ; ***formulaire*** (XIVe s.), dér. sav. de *formule* d'abord au sens de « recueil de formules », puis, au XXe s., de « imprimé à remplir » ; ***formulation*** (XIXe s.).

forniquer (XIVe s.), empr. au lat. chrét. *fornicare*, de *fornix, fornicis* « voûte » et par ext. « prostituée (demeurant dans un réduit voûté) ». || ***fornication*** (XIIe s.), empr. au lat. chrét. *fornicatio*, dér. de *fornix* ; ***fornicateur*** (XIIIe s.), empr. au lat. chrét. *fornicator*.

fors (Xe s.), du lat. *foris* « dehors », vieilli ou littér. en fr. mod., est empl. comme prép. ou adv. jusqu'au XVIIe s., puis évincé par *hors* ; *fors* subsiste dans de nombreux comp. comme ***forban***, ***forclore***, ***forcener***.

forsythia (XIXe s.), créé sur le nom du botaniste angl. G. *Forsyth*.

fort (Xe s.), du lat. *fortis* « fort, robuste, courageux », est empl. dès l'a. fr. aux sens de « pénible », de « difficile à envisager, à réaliser » ; *fort*, adv., « avec une grande intensité » date de la fin du XIe s. ; *fort*, subst. « endroit fortifié » du XIIIe s. || ***forteresse*** (XIIe s.), dér. de *fort* ; ***contrefort*** (XIIIe s.) ; ***fortifier*** (XIVe s.), empr. au lat. *fortificare* « rendre plus fort » ; ***fortifiant*** (XVIe s.), au XIXe s. au sens de « nourriture, médicament qui fortifie » ; ***fortification*** (XVIe s.) ; ***fortin*** (XVIIe s.), « petit fort », empr. à l'ital. *fortino*, de même sens.

forte (XVIIIe s.), terme de musique, empr. à l'ital. au sens de « fortement ». || ***fortissimo*** (XVIIIe s.), « très fort », mot ital., superlatif de *forte*. Voir ***piano***.

fortiori (a) (XIXe s.), expres. empr. au lat. scolast. *a fortiori causa* « par une raison plus forte ».

fortuit (XIVe s.), empr. au lat. *fortuitus* « qui se produit par hasard, accidentel ».

fortune (XIIe s.), empr. au lat. *fortuna* « hasard, sort, situation », au plur. « biens, richesses », de *fors* « hasard », est également empl. à partir du XVe s. au sens de « richesse ». || ***fortuné*** (XIVe s.), du lat. *fortunatus* « qui est favorisé par le sort », au XVIIIe s. au sens de « riche ». Voir ***infortune***.

forum (XVIIIe s.), empr. au lat. *forum* « place publique ».

fosse (XIe s.), du lat. *fossa* « excavation, trou », aussi « tombeau » en lat. chrét., dér. de *fodere* « creuser ». || ***fossette*** (XIIe s.), dimin. de *fosse* ; ***fossile*** (XVIe s.), empr. au lat. *fossilis* « tiré de la terre », au XVIIIe s. dans le voc. géol., au XIXe s. au sens fig. de « vieux, suranné » ; ***fossiliser*** (XIXe s.) ; ***fossoyeur*** (XIVe s.), formé sur ***fossoyer*** (XIIIe s.), dér. de *fosse*.

fou, fol (XIe s.), du lat. *follis* « sac, ballon », qui a pris en lat. tard. le sens de « sot, idiot » par comparaison des divagations du fou avec celles d'un ballon gonflé d'air ; *fou* « pièce du jeu d'échecs » (XVIe s.) a remplacé l'a. fr. *alfin, aufin*, de l'ar. *al fil* « l'éléphant ». || ***folie*** (XIe s.), dér. de *fol* ; *folie* au sens de « riche maison de plaisance » (XVIIe s.) peut être une forme altér. de *feuillée* (a. fr. *foillie, fullie*) « abri de feuillage, petite maison » ; ***affoler*** (XIIe s.) ; ***affolement*** (XIIIe s.) ; ***raffoler*** (XIVe s.), d'abord au sens de « être fou » ; au XVIIIe s. au sens de « adorer » ; ***folâtre*** (XIVe s.), « qui est un peu fou » ; ***folâtrer*** (XVe s.), d'abord « divaguer », puis « jouer gaiement » ; ***follet*** (XIe s.), aussi empl. en a. fr. comme subst. au sens de « lutin », comme adj. au sens, vieilli en fr. mod., de « un peu fou » ; *feu follet* (XVIIe s.) ; ***folichon*** (XVIIe s.).

fouace (XIIIe s.), « sorte de galette », du lat. vulg. **focacia*, de *focacius panis* « pain cuit sous la cendre », dér. de *focus* « foyer ».

fouailler, voir ***fouet***.

foucade, voir ***fougue***.

foudre 1 (XIe s.), empr. au lat. *fulgura,* plur. neutre de *fulgur, fulguris* « éclair » qui a éliminé le lat. *fulmen* « foudre » ; *coup de foudre* (XVIe s.), « événement qui déconcerte », au XIXe s. « amour subit ». || ***foudroyer*** (XIIe s.), dér. de *foudre*, à partir du XIVe s. au sens de « détruire, anéantir » ; ***foudroiement*** (XIVe s.).

foudre 2 (XIIIe s.), « grand tonneau », d'abord *voder, voudre*, empr. à l'all. *Fuder* « grand tonneau ».

fouet (XIIIe s.), dér. de l'a. fr. *fou* « hêtre » (XIIIe s.), du lat. *fagus*, a dû d'abord signifier « petit hêtre », puis « baguette de hêtre », d'où *fouet,* qui a éliminé l'a. fr. *escorgiee,* du lat. *corrigia* « courroie ». || ***fouailler*** (XIVe s. *foueillier*), dér. du rad. *fou-* ; ***fouetter*** (XVIe s.), au XVIIIe s. au sens de « stimuler, exciter », au XIXe s., pop. au sens de « puer », au XXe s. arg. au sens de « avoir peur » ; ***père Fouettard***, personnage de légendes enfantines, formé sur *fouettard* (XVIIIe s.).

fougère (XIIe s.), du lat. vulg. **filicaria* « fougeraie », dér. du lat. imp. *filix, filicis* « fougère ». || ***fougeraie*** (XVIIe s.).

fougue (XVIe s.), empr. à l'ital. *foga* « fuite précipitée », d'où « ardeur, impétuosité », du lat. *fuga* « fuite, course rapide ». || ***fougueux*** (XVIIe s.) ; ***foucade*** (XVIIe s.), d'abord « élan impétueux », puis « caprice ». Voir ***fugue***.

fouiller (XIIIe s.), du lat. vulg. **fodiculare*, en lat. clas. *fodicare* « percer » et p.-ê. « creuser », est d'abord empl. au sens de « creuser la terre », puis, au XVIe s., de « explorer en tous sens ». || ***fouille*** (XVIe s.) ; ***fouillis*** (XIVe s.), au sens de « action de fouiller », au XIXe s. « entassement d'objets » ; ***farfouiller*** (XVIe s.), avec particule d'orig. incert. exprimant le renforcement ; ***trifouiller*** (XIXe s., fam.), avec initiale reprise p.-ê. à *tripoter*.

fouine (XIIe s.), d'abord *foïne,* du lat. vulg. (*mustela*) **fagina* « martre des hêtres », la forme *fouine* ayant subi l'infl. de *fou* « hêtre », de *fagus.* || ***fouiner*** (XVIIIe s.), d'abord « s'esquiver », puis « chercher en furetant » ; ***fouineur*** (XIXe s.).

fouir (XIIe s.), du lat. vulg. **fodire*, en lat. clas. *fodere* « creuser ». || ***enfouir*** (XIe s.), du lat. vulg. **infodire,* altér. du lat. clas. *infodere* « creuser ».

foulard (XVIIIe s.), d'orig. incert., p.-ê. du prov. *foulat* « foulé, drap léger d'été », avec chang. de suff.

fouler (XIe s.), du lat. vulg. **fullare* « fouler une étoffe », dér. de *fullo* « foulon », est empl. dès l'a. fr. aux sens propres, « fouler la laine, les draps, etc. » et « presser, piétiner » et au sens fig. « écraser, piétiner » ; *ne pas se fouler* (XIXe s., pop.). || ***foule*** (XIIe s.), d'abord empl. au sens de « multitude de gens qui se pressent », au XVIIe s. au sens fig. « le commun des hommes » ; ***foultitude*** (XIXe s.), fam., croisement de *foule* et de *multitude* ; ***foulée*** (XIIIe s.), au XIVe s. terme de vénerie, « piste, empreinte », au XIXe s. « enjambée, d'un cheval, d'un coureur », *dans la foulée* (XIXe s.) ; ***foulage*** (XIIIe s.), terme tech. ; ***foulure*** (XIe s.), d'abord attesté comme terme de vénerie, au XIIIe s. au sens de « blessure, meurtrissure », à partir du XVIIe s. « entorse » ; ***refouler*** (XIIe s.), au XVIe s. au sens de « repousser » ; ***refoulement*** (XVIe s.), au XIXe s. au sens fig.

foulon (XIIe s.), « artisan qui foule la laine, etc. », du lat. *fullonem,* acc. de *fullo* « celui qui presse les étoffes ».

foulque (XIIIe s.), empr., s. d. par l'a.

prov. *folca*, au lat. *fulica* « sorte d'oiseau des marais ».

four (XIIe s.), d'abord *forn*, du lat. *furnus* « four » ; *faire un four* (XVIIe s.) « échouer » en parlant d'une pièce de théâtre (éteindre les lumières de la salle faute de spectateurs) ; *petits fours* (XIXe s.). || ***fourneau*** (XIIe s.), dim. formé sur *forn* ; ***haut-fourneau*** (XVIIIe s.) ; ***fournée*** (XIIIe s.), aux sens propre et fig. ; ***fournier*** (XIIe s.), du lat. imp. *furnarius* « boulanger », vieilli en fr. mod. ; ***fournil*** (XIIIe s.), « local où se trouve le four du boulanger » ; ***enfourner*** (XIIIe s.). Voir ***fournaise***.

fourbir (XIe s.), du franc. **furbjan* « nettoyer », spéc. au sens de « nettoyer un objet de métal, des armes, etc. ». || ***fourbi*** (XVIe s.), au XIXe s. au sens de « jeu frauduleux », de « trafic malhonnête », dans l'arg. milit. « équipement » et au sens courant en fr. mod. de « objets en désordre » (XIXe s.) ; ***fourbe*** (XVe s.), nom fém., a été remplacé par ***fourberie*** (XVIIe s.), seul usuel en fr. mod. ; *fourbe* est depuis le XVIIe s. adj. et subst. au sens de « hypocrite, sournois ».

fourbu (XVIe s.), emploi comme adj. du part. pas. de *forboire* « boire avec excès », d'où « être fatigué de trop boire ».

fourche (XIe s.), du lat. *furca* « fourche » et « instrument de supplice », empl. aussi en a. fr. au plur. au sens de « gibet » (*fourches patibulaires*, XIIIe s.). || ***fourcher*** (XIIIe s.), au sens fig. au XVIe s. ; ***fourchette*** (XIVe s.), au sens fig. au XIXe s. ; ***fourchu*** (XIIIe s.) ; ***enfourcher*** (XVIe s.) ; ***enfourchure*** (XIIe s.), « entrejambe », vieilli en fr. mod.

fourgon 1 (XIIe s.), « longue tige de métal servant à disposer les braises », du lat. vulg. **furico* « instrument pour fouiller », dér. de **furicare* sur *fur* « voleur » au sens de « qui furète ». || ***fourgonner*** (XIVe s.).

fourgon 2 (XVIIe s.), « long véhicule de transport de bagages, etc. », d'orig. incert., p.-ê. même mot que le précédent. || ***fourgonnette*** (XXe s.).

fourguer (XIXe s.), arg., sans doute issu de l'ital. *frugare* « fouiller », lui-même du lat. vulg. **furicare*, dér. de *fur* « voleur ». Voir ***fourgon 1***.

fourme, voir ***fromage***.

fourmi (XIIe s.), du lat. vulg. **formicus*, en lat. clas. *formica* « fourmi ». || ***fourmiller*** (XVIe s.), aux sens propre et fig., ***fourmilière*** (XIIe s.) ont remplacé l'a. fr. *formiier* « s'agiter comme des fourmis » du lat. imp. *formicare* « démanger » et *formiiere* de **formicaria* « habitation construite par des fourmis » ; ***fourmillement*** (XVIe s.) ; ***fourmilier*** (XVIIIe s.), désignant le tamanoir et un oiseau se nourrissant de fourmis.

fournaise (XIIe s.), forme fém. refaite sur l'a. fr. *fornaiz* « four », issu du lat. *fornax*, d'abord empl. au sens disparu de « grand four », et de « feu de l'enfer », au XIXe s. au sens de « lieu surchauffé » et au sens fig., spéc. « lieu où la bataille fait rage ».

fourneau, **fournée**, **fournier**, **fournil**, voir ***four***.

fournir (XIIe s.), du franc. **frumjan* « achever, exécuter » ; *fournir* au lieu de *fourmir* est p.-ê. dû à l'infl. de *garnir* ; *fournir* est empl. dès l'a. fr. aux sens de « donner, procurer ce qui est nécessaire » ; au XIIe s. *fournir un effort*. || ***fourni***, empl. à partir du XVIIe s. au sens de « épais » et « approvisionné » ; ***fourniture*** (XIIe s.) ; ***fournisseur*** (XVe s.).

fourrage (XIIe s.), dér. de l'a. fr. *fuerre, feurre* « paille » (XIIe s.), du franc. **fodar* « fourrage pour les animaux ». || ***fourrager*** (XIVe s.), « faire du fourrage », d'où « ravager, piller » et, au XVIIe s. « mettre en désordre en manipulant » ; ***fourragère*** (XIXe s.), « ornement d'uniforme militaire ». Dérivent de l'a. fr. *fuerre* : ***fourrier***

(XIIe s.), « officier chargé d'assurer le fourrage et le logement », ***fourrière*** (XIIIe s.), d'abord « local pour le fourrage », au sens mod. depuis le XIXe s.

fourreau (XIe s.), dér. de l'a. fr. *fuerre* « fourreau », du franc. **fodr-* « doublure, gaine, fourreau » ; au XVIIIe s. au sens de « robe étroite ». || ***fourrer*** (XIIe s.), dér. de l'a. fr. *fuerre* ; ***fourré***, subst. (XVIIIe s.) ; ***fourrure*** (XIIe s.).

fourvoyer, voir ***voie***.

foutre (XIIe s.), vulg., du lat. *futuere* « avoir des rapports avec une femme » ; au XVIIe s. *s'en foutre* « se moquer de ». || ***jean-foutre*** (XVIIIe s.).

fox-terrier (XIXe s.), « chien pour débusquer le renard » (en angl. *fox*).

fox-trot(t) (XXe s.), danse, mot comp. angl. signifiant « trot du renard ».

foyer (XIIe s.), du lat. vulg. **focarium*, forme subst. de *focarius* « qui concerne le feu », dér. de *focus* « feu ».

frac (XVIIIe s.), altér. de l'angl. *frock*, lui-même issu de *froc*. Voir ***froc***.

fracasser (XVIe s.), empr. à l'ital. *fracassare* « briser », s. d. issu du croisement du lat. *frangere* « briser » et *quassare* « secouer ». || ***fracas*** (XVIIe s.), déverb. de *fracasser* ou empr. à l'ital. *fracasso* ; *avec perte et fracas* « brutalement ».

fraction (XIIe s.), empr. au lat. tard. *fractio* « action de briser », du lat. *frangere* « briser », est d'abord empl. au sens de « action de rompre le pain eucharistique », puis à partir du XIIIe s. dans le voc. mathémat., « partie d'un tout ». || ***fractionner*** (XVIIIe s.) ; ***fractionnement*** (XIXe s.).

fracture (XIIIe s.), empr. au lat. *fractura* « éclat, fragment » et « fracture d'un membre », de *frangere* « briser », a éliminé l'a. fr. *fraiture*, de même orig. || ***fracturer*** (XVIe s.).

fragile (XIVe s.), empr. au lat. *fragilis* « fragile, cassant, périssable » qui a aussi donné *frêle*. || ***fragilité*** (XIIe s.), empr. au lat. *fragilitas*, a élim. l'a. fr. *fraileté*, dér. de *frêle* ; ***fragiliser*** (XXe s.). Voir ***frêle***.

fragment (XIIIe s., d'abord *frament*), empr. au lat. *fragmentum* « éclat, fragment, débris », de *frangere* « briser » ; au XVIIe s. au sens de « partie d'un ouvrage littéraire, œuvre inachevée ». || ***fragmenter***, ***fragmentaire***, ***fragmentation*** (XIXe s.).

fragrance (XIIIe s.), dér. du lat. clas. *fragrare* « répandre une odeur » ou empr. au lat. chrét. *fragrantia* « odeur suave ». Voir ***flairer***.

frai, voir ***frayer***.

frais 1, **fraîche** (XIe s., d'abord *freis*, *frois*, fém. *fresche*), du franc. **frisk* « frais », en parlant de la température, d'où « non flétri, récent », est empl. dès l'a. fr. aux sens propre et fig. || ***fraîcheur*** (XIIIe s.) ; ***fraîchir*** (XIIe s.), rare jusqu'au XVIIe s., est alors usuel dans le voc. de la marine au sens de « devenir plus fort » (en parlant du vent) et au sens de « devenir frais » en parlant du temps ; ***rafraîchir*** (XIIe s., d'abord *rafreschir*) ; ***rafraîchissement*** (XVe s.) ; ***défraîchir*** (XIXe s.), surtout empl. comme pronom. ou au part. pas. *défraîchi*.

frais 2 (XIIIe s.), subst. plur. en fr. mod., de l'a. fr. *frait*, *fret*, du lat. *fractum* « ce qui est brisé », dér. du lat. *frangere* « briser » ; le sens de « dépenses » attesté dès l'a. fr. est issu du sens premier de « dommage causé en rompant qq. ch. », d'où « dépense faite pour réparer » ; au XVIe s. au sens de « dépenses occasionnées par un acte juridique », au XIXe s. « dépense de fonctionnement (*frais de production*, *frais généraux*) ». || ***défrayer*** (XIVe s.), formé sur l'a. fr. *frayer* « faire les frais » ; ***défraiement*** (XIVe s.).

fraise 1 (XIIe s.), du lat. tard. *fraga*, en lat. clas. *fragum* « fraise (des bois) », la finale ayant subi l'infl. de l'a. fr. *frambeise*. Voir ***framboise***. || ***fraisier*** (XIVe s.).

fraise 2 (de veau) (XIIe s.), dér. de l'a. fr. *fraiser* « dépouiller de son enveloppe » (spéc. en parlant de fèves), du lat. vulg. **fresare*, de même sens, qui serait issu de *faba fresa* « fève broyée », de *frendere* « broyer ».

fraise 3, « collerette empesée » (XVIe s.), s. d. empl. fig. de *fraise 2*. || ***fraiser*** « galonner, plisser » (XIIe s.).

fraise 4 (XVIIe s.), « outil » est un emploi métaphorique de *fraise 3*. || ***fraiseuse***, « machine » (XIXe s.), d'où ***fraiseur*** (XXe s.).

framboise (XIIe s.), sans doute du franc. **brambasi* « mûre de ronce », le chang. de *b* initial en *f* venant s. d. de l'infl. de *fraise*.

framée (XVIe s.), « lance à fer très long », empr. au lat. *framea* « sorte de lance des Germains », s. d. mot germ.

franc 1, **franche** adj. (Xe s.), du franc. **frank*, adj. ethnique, latinisé dès le IIIe s. en *Francus*, est empl. en a. fr. au sens de « de condition libre, de naissance libre », d'où « exempt de certaines servitudes » ; le sens dérivé « qui s'exprime ouvertement, qui dit ce qu'il pense » apparaît dès le XIIe s. ; la forme fém. refaite, *franque*, s'emploie comme adj. ethnique. || ***franchise*** (XIIe s.), dér. de *franc*, a suivi l'évol. de l'adj. mais persiste en fr. mod. le sens de « exemption » (*franchise postale*) à côté du sens moral ; ***franchir*** (XIIe s.), dér. de *franc*, d'abord au sens de « libérer, affranchir », le sens de « passer par-dessus un obstacle, aller au-delà de » datant du XIVe s. ; ***franchissement*** (XIIIe s.), d'abord « affranchissement », au XIXe s. « dépassement » ; ***affranchir*** (XIIIe s.) ; ***affranchissement*** (XIVe s.). Nombreux composés du type ***franc-bourgeois*** (XVe s.), ***franc-tireur*** (XVIIIe s.).

franc 2 subst. (XIVe s.), « pièce de monnaie », d'orig. obsc., p.-ê. de la devise gravée sur les premières pièces, *Francorum rex* « roi des Francs ».

français (XIe s., d'abord *franceis*), formé sur *France*, du lat. tard. *Francia* « pays habité par les Francs ». || ***franciser*** (XVIe s.) ; ***francisation*** (XVIIIe s.) ; ***francisque*** (XVIe s.), empr. au lat. tard. *(securis) francisca* « hache franque ».

franciscain (XVIe s.), dér. du lat. méd. *Franciscus*, désignant un religieux de l'ordre fondé au début du XIIIe s. par saint François d'Assise.

franc-maçon (XVIIIe s.), adaptation de l'angl. *free mason*, au sens littéral « maçon libre », pour désigner un membre de la ***franc-maçonnerie*** (XVIIIe s.), d'abord *franche-maçonnerie*, empr. à l'angl. *freemasonery*.

franco (XVIIIe s.), empr. à l'ital. *franco* « dispensé de taxe », lui-même du fr. *franc*.

franco-, élém. tiré du rad. de *français* et entrant dans la construct. de mots comme ***franco-allemand***, ***franco-américain***, etc. ou (sans trait d'union) comme ***francophile***, ***francophone***, etc.

frange (XIIe s.), du lat. vulg. **frimbria*, en lat. clas. *fimbria* « extrémité, bords d'un vêtement ». || ***franger*** (XIIe s.).

frangipane (XVIIe s.), d'abord « parfum », du nom de son inventeur italien *Frangipani*, puis depuis le XVIIIe s. « crème aux amandes ».

franglais (XXe s.), composé par dérision de l'initale de *français* et de la finale de *anglais*.

franquette (à la bonne) (XVIIe s.), d'abord *à la franquette* « franchement », dér. de *franc*.

frapper (XIIe s.), plutôt formé sur l'onomat. *frap-* marquant un choc violent, qu'issu du franc. **hrappan* « arracher » ; *frapper la monnaie* (XVIIe s.). || ***frappe*** (XIIe s.), déverb. de *frapper*, d'abord empl. au sens de « situation difficile, piège », les sens tech. se développant à partir du XVIe s. (voc. de l'imprimerie, de la dactylographie ; voc. militaire ; voc. sportif) ; ***frappement*** (XIIIe s.).

frasque (XVe s.), empr. à l'ital. *frasca* « sornette, caprice », d'orig. discutée.

fraternel, fraternité, fratricide, voir ***frère***.

fraude (XIIIe s.), empr. au lat. *fraus, fraudis* « mauvaise foi, tromperie, fraude ». || ***frauder*** (XIVe s.), empr. au lat. *fraudare* « faire tort par fraude » ; ***fraudeur*** (XIVe s.) ; ***frauduleux*** (XIVe s.), empr. au lat. tard. *fraudulosus*, de même sens.

frayer (XIIe s., d'abord *freier, froier*), du lat. *fricare* « frotter, polir, étriller », est d'abord empl. au sens de « frotter », et spéc. en parlant de la femelle des poissons (frottant son ventre contre le sable) ; au XIIIe s. « tracer un chemin, un passage », aux sens propre et fig. ; à partir du XVIIe s. au sens, souvent péj., de « entretenir des relations avec qqn ». || ***frai*** « ponte des œufs par la femelle des poissons » (XIVe s.), d'abord *froi*.

frayeur (XIIe s.), d'abord *freor*, du lat. *fragorem*, acc. de *fragor* « fracas, vacarme », a pris dès l'a. fr. le sens de « peur » par rapprochement avec *esfreer*, en fr. mod. *effrayer*.

fredaine (XVe s.), fém. de l'a. fr. *fredain* « mauvais », s. d. empr. à l'a. prov. *fradin* « scélérat », du gothique *fra-aitheis* « rebelle, révolté ».

fredonner (XVIe s.), dér. de *fredon* « chanson, refrain », s. d. d'orig. méridionale, p.-ê. issu, avec chang. de suff., du lat. *fritinnire* « gazouiller », puis « chanter (en parlant d'un oiseau) ».

frégate (XVIe s.), empr. à l'ital. *fregata* « petit bâtiment à rames », d'orig. discutée.

frein (XIe s.), du lat. *frenum* « bride, mors, frein » (au propre et au fig.), est empl. dès l'a. fr. aux sens propre et fig. || ***freiner*** (XIIe s.), du lat. *frenare* « brider, freiner », empl. dès l'a. fr. aux sens propre et fig. ; ***freinage*** (XXe s.) ; ***effréné*** (XIIIe s.), empr. au lat. *effrenatus* « débridé », dér. de *frenum* ; ***réfréner*** (XIIe s.).

frelater (XIVe s.), empr. au m. néerl. *verlaten* « transvaser », est d'abord empl. au sens de « transvaser », puis de « altérer par mélange » ; au XVIIIe s. au sens moral.

frêle (XIe s.), d'abord *fraisle*, du lat. *fragilis* « friable, cassant, fragile », est aussi employé au sens de « précaire » en a. fr. Voir ***fragile***.

frelon (XIIe s.), « grosse guêpe », du franc. **hurslo*.

freluquet (XVIIe s.), dér. de *freluque* « mèche de cheveux », formé sur le même rad. que *freluche* « ornement, chose de peu de valeur », var. de *fanfreluche*.

frémir (XIe s.), du lat. vulg. **fremire*, en lat. clas. *fremere* « faire entendre un bruit sourd, retentir ». || ***frémissement*** (XIIe s.).

frêne (XIe s.), du lat. *fraxinus*, de même sens.

frénésie (XIIIe s.), empr. au lat. méd. *phrenesia*, du lat. imp. *phrenesis*, lui-même empr. au grec au sens de « fureur voisine de la folie, délire », est empl. dans le voc. médic. jusqu'au XVIIIe s. et, depuis le XVIe s., au sens fig. || ***frénétique*** (XIIe s.), empr. au lat. *phreneticus*, a suivi la même évol. que le subst.

fréquent (XIVe s.), empr. au lat. *frequens* « peuplé, fréquenté » et « répété », est d'abord empl. au sens de « fréquenté », puis au XVe s. au sens de « qui se reproduit souvent ». || ***fréquence*** (XIIe s.), empr. au lat. *frequentia* « affluence, foule », est d'abord empl. au sens de « compagnie, assemblée », au sens mod. au XVIe s. ; ***fréquenter*** (XIIe s.), empr. au lat. *frequentare* « fréquenter, être assidu à », d'abord empl. au sens de « célébrer » et de « aller souvent dans un lieu », au XIVe s. au sens de « être en relations avec qqn » ; ***fréquentation*** (XIVe s.), empr. au lat. *frequentatio,* d'abord « action de fréquenter », au XIXe s. aussi au sens de « personne que l'on fréquente », au sing. et au plur.

frère (IXe s.), du lat. *frater, fratris* « frère », a pris aussi en lat. chrét. le sens de « moine », attesté en fr. dès le XIIe s. || ***fraternel*** (XIIe s.), dér. du lat. *fraternus,* de même sens ; ***fraternité*** (XIIe s.), empr. au lat. *fraternitas* « relations entre frères, entre peuples », est surtout empl. au sens de « lien existant entre les hommes comme membres de la famille humaine » ou de « sentiment de solidarité » ; ***fraterniser*** (XVIe s.) ; ***fratricide*** (XIIIe s.), rare jusqu'au XVIIIe s., empr. au lat. tard. *fratricidium* de *frater* et *caedere* « tuer ». Voir ***confrère***, ***confrérie***.

fresque (XVIe s.), empr. à l'ital. *fresco* « frais », employé comme terme de peinture dans des expres. comme *disegnare a fresco* « dessiner sur un enduit frais » ; le mot, masc. en ital., est devenu fém. en fr. sous l'infl. de *peinture.*

fressure (XIIIe s.), « ensemble des gros viscères d'un animal », du lat. tard. *frixura* « poêle à frire, action de frire » (la fressure pouvant être mangée frite).

fret (XIIIe s.), empr. au m. néerl. *vrecht, vracht* « cargaison » et « prix du transport par bateau » ; au XVIe s. au sens de « cargaison d'un bateau ». || ***fréter*** (XIIIe s.), d'abord « prendre en location un bâtiment », puis « donner en location » (XVIIe s.) ; ***affréter*** (XIVe s.).

frétiller (XIIe s.), s. d. dér. du rad. de l'a. fr. *froitier, freter* (voir ***frotter***). || ***frétillement*** (XIVe s.).

fretin (XIIe s.), d'abord empl. au sens de « menus débris, sans valeur », puis, au XVIIe s., de « petits poissons », dér. de l'a. fr. *frait, fret* part. pas. de *fraindre* « briser », du lat. *frangere* « briser, casser ».

freux (XIIIe s.), « corneille », s. d. du franc. **hrôk,* de même sens.

friable (XVIe s.), empr. au lat. *friabilis* « qui se rompt facilement ».

friand, **friandise**, voir ***frire***.

fric (XIXe s.), mot pop. pour « argent », p.-ê. abrév. de *fricot.* Voir ***fricoter***.

fricandeau (XVIe s.), « morceau de veau braisé », dér. du rad. *fric-* de *fricasser.*

fricasser (XVe s.), terme de cuisine, p.-ê. issu d'un croisement entre *frire* et *casser* ; au XVIIe s. au sens, disparu, de « gaspiller ». || ***fricassée*** (XVe s.), au XIXe s. au sens fig.

fric-frac (XVIIe s.), arg., d'orig. onomat. ; le sens de « vol avec effraction » (XIXe s.) vient s. d. de l'infl. de *fracture.*

friche (XIIIe s.), s. d. du m. néerl. *versch, virsch (lant),* « terre nouvelle, gagnée sur la mer ». || ***défricher*** (XIVe s.).

frichti (XIXe s.), mot pop., empr. à l'all. *Frühstück* « petit déjeuner », avec prononc. alsacienne *frichtik.*

fricot (XVIIIe s.), pop., dér. du rad. *fric-* de *fricasser.* || ***fricoter***, ***fricotage*** (XIXe s.), aux sens propre et fig. ; ***fricoteur*** (XIXe s.), d'abord au sens de « soldat maraudeur de chevaux (pour les faire *frire,* lors de la retraite de Russie) ».

friction (XVIe s.), empr. au lat. médic. *frictio*, de *fricare* « frotter », au XXe s. au sens fig. « désaccord ». || ***frictionner*** (XVIIIe s.).

frigide (XVIIIe s.), empr. au lat. *frigidus* « froid » aux sens propre et fig., est d'abord employé au sens de « froid », puis au XIXe s., au sens mod. || ***frigidité*** (XIVe s.), empr. au lat. tard. *frigiditas* « froid », a suivi l'évol. de l'adj. ; ***frigidaire*** (XXe s.), nom de marque, empr. au lat. *frigidarium* « chambre froide » ; ***frigorifique*** (XVIIIe s.), empr. au lat. *frigorificus*, comp. de *frigus, frigoris* « froid » et *-ficus*, dér. de *facere* « faire » ; ***frigorifier*** (XIXe s.) ; ***frigo*** (XXe s.), abrév. pop. de *frigorique, frigorifié* et *frigidaire*. Voir ***froid***.

frileux (XIIIe s.), du lat. tard. *frigorosus* « froid », dér. de *frigus*, avec dissimilation du second *r* en *l*.

frimas (XVe s.), dér. de l'a. fr. *frime* « gelée blanche », du franc. **hrîm*. || ***frimaire*** (XVIIIe s.), nom de mois (dans le calendrier républicain).

frime (XIIe s.), d'abord *frume*, d'orig. discutée, p.-ê. du lat. tard. *frumen* « gosier », empl. en a. fr. au sens de « mine, grimace », puis au XVe s. au sens actuel, à partir de l'expres. *faire frime de* « faire mine de ». || ***frimer***, mot fam. (XIXe s.) ; ***frimousse*** (XVIe s.), s. d. à rapprocher de *frime*.

fringale (XVIIIe s.), forme altér. de *faimvalle* « boulimie des chevaux », d'où « désir violent », puis « faim pressante » (XIXe s.).

fringant (XVe s.), part. prés. de *fringuer* « gambader » (XVe s.), empl. au sens de « vif » et de « sémillant, élégant ».

fringues (XIIIe s.), mot pop., d'abord « danse, gambade », d'orig. incert., p.-ê. d'un rad. expressif *fring-* exprimant un sautillement joyeux ; au XIXe s. au sens mod. « toilette, vêtements de luxe ». || ***fringuer*** (XVe s.), dér. de *fringues*, d'abord empl. au sens de « gambader », et de « parader », au XVIIIe s. « faire l'élégant », au XIXe s. pop. « habiller ».

fripe (XIVe s.), d'abord *frepe* « vieux vêtement, guenilles », s. d. du lat. tard. *faluppa* « chose sans valeur », au XXe s. « vêtement d'occasion ». || ***friper*** (XVIe s.), var. de l'a. fr. *freper*, empl. au sens de « défraîchir, froisser », au XIXe s. en parlant de la peau ; ***friperie*** (XVIe s.) ; ***fripier*** (XIIIe s., d'abord *frepier*).

fripon (XVIe s.), dér. du m. fr. *friper* « avaler goulûment, voler », d'abord empl. au sens de « gourmand », puis « qui vole de petites choses », à partir du XVIIe s. au sens de « enfant turbulent » ou, au fém., jeune femme coquette, délurée ». || ***friponner*** (XVe s.) ; ***friponnerie*** (XVIe s.).

fripouille (XVIIIe s.), s. d. dér. de *fripe* avec infl. de *fripon*. || ***fripouillerie*** (XIXe s.).

frire (XIIe s.), du lat. *frigere* « faire rôtir, griller ». || ***friand*** (XIIe s.), anc. part. prés. de *frire* « qui grille, frétille d'impatience », au XIXe s. comme subst. « petit pâté » ; ***friandise*** (XIVe s.), dér. de *friand* ; ***frite*** (XIXe s.), part. pas. subst. de *frire* ; ***friture*** (XIIe s.), du lat. vulg. **frictura*, de *frigere* ; ***friteuse*** (XXe s.).

frise (XVIe s.), empr. à l'ital. dial. du Nord, *friso*, ital. *fregio* « ornement », terme d'architecture, du lat. tard. *phrygium (opus)* « ouvrage phrygien, broderie, frange ». Voir ***orfroi***.

frise (cheval de) (XVIe s.), calque du néerl. *Friese ruiter* « cavalier de Frise », ce système de défense passant pour avoir été inventé en *Frise*.

friser (XVe s.), p.-ê. issu des formes *fris-* de *frire*, par analogie avec la forme d'un aliment qui frit ; au XVIe s. au sens de « frôler, effleurer ». || ***frison*** (XVIe s.), « boucle », ***frisure*** (XVIe s.) ; ***défriser*** (XVIIe s.), XIXe s. au sens fig. et fam. ; ***frisette*** (XIXe s.) ; ***frisot(t)er*** (XVIe s.) ; ***indéfrisable*** (XIXe s.).

frisquet (XIXe s.), dér. du wallon *frisque* « froid ».

frisson (XIe s., d'abord *friçon*), du lat. tard. *frictio, frictionis* « frisson » s. d. dér. de *frigere* « avoir froid », est ausi empl. au sens fig. « émoi, crainte » dès l'a. fr. || ***frissonner*** (XIVe s.) ; ***frissonnement*** (XVIe s.).

frivole (XIIIe s.), empr. au lat. *frivolus*

« de peu de valeur » et « futile ». || ***frivolité*** (XVIIIe s.).

froc (XIIe s.), du franc. **hrokk,* vieilli en fr. mod. au sens de « habit monacal (*jeter le froc aux orties* « quitter les ordres ») ; au XXe s. empl. pop. au sens de « pantalon ». || ***défroquer*** (XVe s.) ; ***défroque*** (XVe s.).

froid (XIe s.), du lat. *frigidus* « froid » et « qui laisse indifférent » ; à partir du XIIIe s. aussi au sens fig. « insensible ». || ***froidure*** (XIIe s.), terme littér. ; ***froideur*** (XIIe s.), au sens fig., seul usuel en fr. mod., dès le XIIe s. ; ***refroidir*** (XIe s.), a remplacé ***froidir*** (XIIe s.) ; ***refroidissement*** (XIVe s.).

froisser (XIe s., d'abord *froissier),* du lat. vulg. **frustiare* « mettre en pièces », dér. de *frustum* « morceau, fragment », empl. en a. fr. au sens de « fendre, briser, casser », puis, au XVe s., de « endommager, chiffonner », au XVIIe s. au sens moral « blesser par manque d'égards ». || ***froissement*** (XIIIe s.), au XIXe s. au sens fig. ; ***défroisser*** (XXe s.) ; ***infroissable*** (XXe s.).

frôler (XVe s.), d'abord « frotter, rosser », au XVIIe s. « toucher légèrement », d'orig. obsc., p.-ê. onomat. || ***frôlement*** (XVIIIe s.).

fromage (XIIe s.), du lat. tard. *formaticus (caseus)* « fromage moulé dans une forme », du lat. *forma* « moule, forme à fromage » (voir aussi ***fourme***, fromage du Cantal), a éliminé le lat. *caseus* « fromage » qui ne survit que dans des dérivés savants du type *caséine.* || ***fromager*** (XIIIe s.) ; ***fromagerie*** (XIVe s.). Voir ***forme***.

froment (XIIe s.), du lat. *frumentum* « céréale, grain, blé ».

fronce (XIe s.), du franc. **hrunkja* « ride », a d'abord conservé ce sens en a. fr. à côté de « plis d'une étoffe ». || ***froncer*** (XIe s.), même évol. ; ***froncement*** (XVIe s.).

frondaison (XIXe s.), dér. de *fronde* « frondaison » (XVe s.), empr. au lat. *frons, frondis* « feuillage ».

fronde (XIIIe s.), « arme de jet », s. d. du lat. vulg. **fundula* « petite fronde », dimin. du lat. clas. *funda* « fronde », d'où est issue la forme *fonde* (XIIe s.-XVIIe s.). || ***fronder*** (XIIIe s., d'abord *fonder*), au XVIIe s. au sens fig. « faire le mécontent », d'où ***frondeur*** (XIIIe s., d'abord au sens propre), au XVIIe s. « qui participait à la Fronde », puis « impertinent ».

front (XIe s.), du lat. *frons, frontis* « front, siège des sentiments, visage, contenance » et « partie antérieure d'un objet », est aussi empl. dès l'a. fr. au sens de « première ligne d'une armée » et de « partie antérieure, extrémité de qq. ch. » ; au XVIe s. au sens de « mine, attitude » puis « audace, arrogance » (*avoir le front de*). || ***frontal*** (XIIe s.), d'abord subst. « ornement du front », au XVIe s., adj. ; ***frontiere*** (XIIIe s.), « front d'une armée » et « place fortifiée faisant face à l'ennemi » ; le sens de « limite d'un territoire » (XIVe s.) semble issu de *pays de frontière* « partie d'un pays limitrophe d'un autre » ; ***frontalier*** (XVIIIe s.), empl. d'abord limité à la frontière espagnole, du gascon *frountalié* ; ***affronter*** (XIIe s.), d'abord empl. au sens propre « abattre en frappant sur le front », à partir du XIIIe s. « faire front, se confronter à » ; ***affront*** (XVIe s.), « injure, offense » ; ***effronté*** (XIIIe s.), litt. « sans front pour rougir » ; ***effronterie*** (XIVe s.).

frontispice (XVIe s.), empr. au lat. tard. *frontispicium* « fronton (d'un édifice) ».

fronton (XVIIe s.), empr. à l'ital. *frontone*, dér. de *front,* terme d'architecture.

frotter (XIIe s.), d'orig. incert., p.-ê. du lat. *frictare,* fréquent. de *fricare* « frotter ». || ***frottement*** (XVe s.), au XIXe s. au sens fig. ; ***frottis*** (XVIIe s.), d'abord « action de frotter », au XIXe s. au sens fig. et au sens médic.

frou-frou (XVIIIe s.), onomat. || ***frou-frouter*** (XIXe s.).

frousse (XIXe s.), dér. du rad. onomat. *frou-* pour exprimer l'effroi produit par un bruit soudain. || ***froussard*** (XIXe s.).

fructidor (XVIIIe s.), mois du calendrier républicain, formé sur le lat. *fructus* « fruit » et le grec *doron* « présent ».

frugal (XVIe s.), empr. au lat. tard. *frugalis* « sobre, sage ». || ***frugalité*** (XIVe s.), empr. au lat. clas. *frugalitas* « récolte des fruits » et « modération, sobriété ».

fruit (Xe s.), empr. au lat. *fructus* « rapport, production, profit » et « fruits des arbres et de la terre », a élim. en ce sens le lat. *pomum* « fruit d'un arbre » (voir **pomme**) ; *fruit* est empl. dès l'a. fr. au sens de « bénéfice, résultat avantageux », de « production des plantes », et de « produits de la terre servant à la nourriture » (d'où au XVIIIe s. l'expres. *fruits de mer*) ; au XVIIe s. au sens de « fruit comestible » ; le sens de *fruit* au sens de « enfant » (XIIe s.) (*le fruit de tes entrailles est béni*), est issu du lat. chrét. ; à partir du XVIe s. au sens de « revenu », sens repris au lat. jur. || ***fruitier*** (XIIIe s.), au XVIe s. comme adj. ; ***fructifier*** (XIIe s.), empr. au lat. imp. *fructificare* ; ***fructification*** (XIVe s.) ; ***fructueux*** (XIIIe s.), empr. au lat. *fructuosus* « qui donne des fruits », surtout empl. en fr. au sens de « qui donne des résultats » ; ***infructueux*** (XIVe s.), empr. au lat. *infructuosus*.

frusquin, **saint-frusquin** (XVIIe s.), mot pop., d'abord « habits », puis *saint-frusquin* (XVIIIe s.) au sens de « biens, avoir », est d'orig. incert. || ***frusques*** (XVIIIe s.), « vêtements », dér. régressif de *frusquin*.

fruste (XVIe s.), empr. d'abord comme terme d'art à l'ital. *frusto* « usé », de *frustare* « mettre en morceaux », issu du lat. *frustum* « morceau » ; au XIXe s. au sens de « qui manque de finesse ».

frustrer (XIVe s.), empr. au lat. *frustrare* « tromper, décevoir ». || ***frustration*** (XVe s.), du lat. *frustratio* « déception, désappointement ».

fuchsia (XVIIe s.), mot créé en l'honneur du botaniste all. *Fuchs*.

fucus (XVIe s.), empr. au grec *phukos* « sorte d'algue ».

fuel, **fuel-oil** (XXe s.), mot angl. comp. de *fuel* « combustible » et *oil* « huile ».

fugace (XVIe s.), empr. au lat. imp. *fugax* « qui fuit, rapide », sur *fugere* « fuir » ; au sens fig. à partir du XVIIIe s.

fugitif (XIVe s.), empr. au lat. *fugitivus* « qui s'enfuit », a éliminé l'a. fr. *fuitif* dér. de *fuite*.

fugue (XIIIe s.), empr. à l'ital. *fuga*, du lat. *fuga* « fuite », d'abord empl. au sens de « fuite », à partir du XVIe s. comme terme de musique, au XVIIIe s. au sens de « fuite momentanée ».

fuir (IXe s.), du lat. vulg. **fugire*, en lat. clas. *fugere* « fuir ». || ***fuite*** (XIIIe s.), fém. subst. d'un part. pas. issu du lat. vulg. **fugitus* ; au XVIIe s. au sens fig. « écoulement (du temps) », au XIXe s. au sens de « disparition de documents secrets » ; ***s'enfuir*** (XIe s.) ; ***fuyard*** (XVIe s.) ; ***faux-fuyant*** (XVIe s.), terme de chasse « sentiers par où s'échappe le gibier », forme altér. sous l'infl. de *faux* de *fors-fuyant* « fuyant au dehors », au XVIIe s. au sens fig.

fulgurant (XVe s.), empr. au lat. *fulgurans*, part. prés. de *fulgurare* « lancer des éclairs », de *fulgur* « éclair » (voir **foudre**). || ***fulguration*** (XVIe s.), empr. au lat. imp. *fulguratio* ; ***fulgurer*** (XIXe s.), refait d'après *fulgurant* ou empr. au lat. *fulgurare*.

fuligineux (XVIe s.), empr. au lat. tard. *fuliginosus* « couvert de suie », dér. du lat. clas. *fuligo, fuliginis* « suie ».

fulminer (XIVe s.), empr. au lat. *fulminare* « lancer la foudre », qui a pris aussi en lat. eccl. le sens de « lancer une condamnation », d'abord empl. au sens de « lancer la foudre » et comme terme de droit canonique « lancer une condamnation » ; au XVIIe s. au sens fig. de « s'emporter ». || ***fulmination*** (XVe s.), terme de droit canonique, empr. au lat. *fulminatio* « lancement de la foudre ».

fumer 1, « dégager de la fumée » (XIIe s.), du lat. *fumare* « exhaler de la fumée, de la vapeur » ; au XVIIe s. *fumer du tabac*. || ***fumée*** (XIIe s.), part. pas. fém. subst. de *fumer*, a éliminé l'a. fr. *fum*, du lat. *fumus* « fumée » ; ***fumet*** (XVIe s.) ; ***fumeur*** (de tabac) (XVIIe s.) ; ***fumeux*** (XIIe s.), du lat. *fumosus* « qui dégage de la fumée », d'abord empl. en ce sens, au sens fig. à partir du XIIIe s. ; ***fumage 1*** (XIVe s.), au XIXe s. au sens de « exposition d'un aliment à la fumée » ; ***fumoir*** (XIXe s.) ; ***enfumer*** (XIIe s.) ; ***fumiste*** (XVIIIe s.), ***fumisterie*** (XIXe s.), au XIXe s. au sens fig. et fam. de « farceur » et de « farce » ; ***fumerolle*** (XIXe s.), adapt. de l'ital. *fumaruolo* « orifice d'une cheminée », d'abord appliqué aux fumerolles du Vésuve ; ***fumigation*** (XIVe s.), empr. au lat. tard. *fumigatio* « fumigation, parfum » ; ***fumiger*** (XIVe s.) ; ***fumigène*** (XXe s.).

fumer 2, « amender une terre avec du fumier » (XIIe s.), du lat. vulg. **femare*, dér. de *femus* « fumier ». || ***fumier*** (XIIe s.), du lat. vulg. **femarium* « tas de fumier », dér. de *femus* « fumier », altér. du lat. clas. *fimus ;* ***fumage 2*** (XIVe s.), altér. de *femage* « action de fumer une terre ». Voir ***fiente***.

funambule (XVIe s.), empr. au lat. *funambulus* « danseur de corde », de *funis* « corde » et *ambulare* « marcher ». || ***funambulesque*** (XIXe s.).

funèbre (XIVe s.), empr. au lat. *funebris*, de même sens, dér. de *funus, funeris* « funérailles ». || ***funérailles*** (XIVe s.), empr. au lat. eccl. méd. *funeralia,* plur. neut. du lat. *funeralis* « relatif aux funérailles » ; ***funéraire*** (XVIe s.), empr. au lat. tard. *funerarius,* dér. de *funus.*

funeste (XIVe s.), empr. au lat. *funestus* « malheureux, dans le deuil » et « sinistre », dér. de *funus, funeris* « funérailles ».

funiculaire (XVIIIe s.), dér. du rad. du lat. *funiculus* « petite corde », dim. de *funis* « corde ».

fur (XIIe s.), issu de l'a. fr. *fuer* « prix, taux », du lat. *forum* « marché » d'où « opérations qui se font sur le marché », n'est plus empl. que dans l'expres. *au fur et à mesure que* (XVIIe s.). Voir ***for***.

furet (XIIIe s.), « petit mammifère », du lat. vulg. **furittus* « petit voleur », dér. du lat. clas. *fur* « voleur » ; au XVIIe s. « personne rusée, qui furète », au XIXe s. « jeu de société ». || ***fureter*** (XIVe s.), « chasser au furet », au XVIe s. au sens fig. ; ***fureteur*** (XIIIe s.).

fureur (Xe s.), empr. au lat. *furor*, est d'abord empl. au sens de « colère violente », puis à partir du XVIe s. au sens de « délire inspiré » et de « égarement de l'esprit, violence », au XVIIe s. en parlant des éléments naturels. || ***furibond*** (XIIIe s.), empr. au lat. *furibundus* « délirant, égaré » ; ***furie*** (XIVe s.), en a. fr. *fuire* (XIIe s.), empr. au lat. *Furia,* au plur. *Furiae,* désignant dans la mythologie antique les trois déesses de la vengeance, est d'abord empl. au sens de « fureur, passion violente », puis de « femme emportée » (XVIIe s.) ; ***furieux*** (XIVe s.), empr. au lat. *furiosus* « en délire, dément ».

furoncle (XIVe s.), réfection de *feronglе, feroncle,* du lat. imp. *furunculus* « abcès, excroissance » (dér. de *fur* « voleur »), au sens propre « bosse de la vigne à l'endroit du bouton, sarment sauvage (qui dérobe la sève) ». || ***furonculose*** (XIXe s.).

furtif (XIVe s.), empr. au lat. *furtivus,* de *furtum* « vol », dér. de *fur* « voleur ».

fusain (XIIe s.), du lat. vulg. **fusago, fusaginis*, de *fusus* « fuseau » (arbre dont on fait les fuseaux).

fuseau (XIIe s.), dér. de l'a. fr. *fus* « fuseau », du lat. *fusus*, de même sens ; à partir du XVe s. au sens fig., au XXe s. au sens de « pantalon de sport ». || ***fusée*** (XIIIe s.), dér. de l'a. fr. **fus*, d'abord au sens de « quantité de fil enroulée autour d'un fuseau », au XVe s. comme terme de pyrotechnie ; nombreux emplois techniques à partir du XVIe s. ; *fusée spatiale* (XXe s.) ; ***fuselage*** (XXe s.).

fuser (XVIe s.), dér. du lat. *fusus*, part. pas. de *fundere* « fondre », est d'abord empl. au sens de « se répandre en fondant », au XIXe s. au sens de « jaillir comme une fusée » (d'après ***fusée***). || ***fusion*** (XVIe s.), empr. au lat. *fusio* « action de répandre », puis en lat. tard. « fonte des métaux », d'abord empl. au sens de « diffusion, éparpillement » et de « liquéfaction », au XIXe s. au sens de « union intime », d'où ***fusionner*** (XIXe s.) ; ***fusible*** (XIVe s.), du lat. méd. *fusibilis* « qui peut fondre », dér. de *fundere*.

fusil (XIIe s.), d'abord *foisil*, puis *fuisil*, du lat. vulg. **focilis (petra)* « qui produit le feu », dér. du lat. *focus* « foyer, feu du foyer », désigne d'abord « la pièce d'acier avec laquelle on bat un silex pour faire jaillir des étincelles » ; au XIIIe s. « baguette d'acier pour aiguiser » ; au XVIIe s. « arme à feu ». || ***fusilier*** (XVIe s.), (*fusilier marin*) ; ***fusiller*** (XVIIIe s.) ; ***fusillade*** (XVIIIe s.).

fustiger (XVe s.), empr. au lat. tard. *fustigare* « bâtonner », dér. de *fustis* « bâton ».

fût (XIe s.), du lat. *fustis* « bois coupé, bâton, pieu », est d'abord empl. au sens de « bois de lance » et de « tronc d'arbre », au XIIIe s. « tonneau ». || ***futaie*** (XIIIe s.) ; ***futaille*** (XIIIe s.), dér. au sens de « tonneau » ; ***affûter*** (XIIe s.), d'abord au sens de « disposer, mettre en état, en position », au XVIIe s. « aiguiser » ; ***affût*** (XVe s.), au sens de « pièce de bois servant de support à un canon », au XVIIe s. comme terme de chasse.

futaine (XIIe s.), forme francisée du lat. méd. *fustaneum*, de *fustis* « fût », calqué sur le grec tard. *xulina lina* « tissu de bois, qui vient d'un arbre » et désignant un tissu croisé, de fil et de coton.

futé (XVIIe s.), s. d. part. pas. du m. fr. *se futer* « échapper au chasseur, esquiver les pièges » (d'orig. incert.), d'où « rusé, madré ».

futile (XVe s.), empr. au lat. *futilis* « qui laisse échapper son contenu, vain, inutile ». || ***futilité*** (XVIe s.), empr. au lat. *futilitas* « frivolité ».

futur (XIIIe s.), empr. au lat. *futurus*, part. futur de *esse* « être », adj. et subst. au sens de « avenir ». || ***futurisme*** (XXe s.), empr. à l'ital. *futurismo* « mouvement littéraire » ; ***futuriste*** (XXe s.), empr. à l'ital. *futurista* « partisan du futurisme en art ».

G

gabardine (XIXe s.), s. d. empr. à l'angl. *gabardine* « sorte de serge imperméabilisée » ou à l'esp. *gabardina*, lui-même croisement de *gaban* « paletot » et de *tabardina*, dimin. de *tabardo* « manteau », de l'a. fr. *tabart*, d'orig. obsc.

gabarit (XVIIe s.), empr. au prov. mod. *gabarrit* « modèle de construction d'un bateau », altér. par croisement avec *gabarre* de *garbi* « belle forme », d'où « modèle », issu du gothique **garwi* « préparation » ; au XIXe s. au sens de « modèle servant à vérifier la forme, les dimensions » et de « dimension, forme déterminée ».

gabar(r)e (XIVe s.), mot gascon, empr. à l'a. prov. *gabarra* « bateau plat à rames et à voiles », du grec byzantin *gabaros*, du grec *karabos* « écrevisse » et au fig. « bateau de charge ».

gabegie (XVIIIe s.), p.-ê. dér. du rad. de *gaber* « tromper » ; le sens de « désordre, gaspillage » l'emporte en fr. mod. sur celui de « fraude ».

gabelle (XIIIe s.), empr. à l'ital. *gabella* « impôt », lui-même empr. à l'ar. *qabala* « impôt », au sens de « impôt sur certaines denrées » et plus spéc. sur le sel. || **gabelou** (XVIe s.), forme dial. de *gabeleur* « employé de la gabelle », puis « employé de l'octroi », est péj. en fr. mod.

gabier (XVIIe s.), « matelot chargé de l'entretien, de la manœuvre des voiles », dér. du m. fr. *gabie* « hune », empr. à l'a. prov. *gabia* « cage » devenu terme de marine, du lat. *cavea* « cage ».

gabion (XVIe s.), empr. à l'ital. *gabbione* « grande cage », terme de marine, dér. de *gabbia* « cage ».

gâche 1 (de serrure) (XIIIe s.), du franc. **gaspia* « boucle ». || **gâchette** (XVe s.), d'abord *glachette* (XVe s.).

gâche 2, voir **gâcher**.

gâcher (XIIIe s.), du franc. **waskon* « laver, détremper », d'où « détremper le plâtre », empl. à partir du XVIIIe s. au sens de « travailler à trop bon compte », au XIXe s., « faire mal son ouvrage » et « perdre son temps, sa vie ». || **gâche**, « outil de maçon » (XIVe s.), déverb. de *gâcher* ; **gâchis** (XVIe s.), au XVIIIe s. au sens fig. « désordre, pagaille ».

gadget (XXe s.), mot angl., d'orig. incert., p.-ê. à rapprocher du fr. *gâchette* appliqué à des mécanismes.

gadoue (XVIe s.), d'orig. obsc.

gaffe 1 (XIVe s.), empr. à l'a. prov. *gaf* « crochet, perche », dér. de *gafar* « saisir » ; au XIXe s. au sens fig. « maladresse, bévue, impair » s. d. d'abord dans la langue des marins. || **gaffer** (XVIIe s.), a suivi l'évol. du subst. ; **gaffeur** (XIXe s.), seulement empl. au sens fig.

gaffe 2 (XXe s.), arg., empl. dans l'expres. pop. *faire gaffe*, p.-ê. issu du fr. *gaffre* (XVe s.) « sergent », du m. h. all. *kapfen, gaffen* « regarder bouche bée » ou de l'all. *Gaffer* « badaud », de même orig.

gag (XXe s.), mot angl. *gag* « histoire drôle », de *to gag* « étrangler, bâillonner ».

gage (XIIe s.), du franc. **waddi* « gage », en lat. tard. *wadium*, d'abord empl. comme terme jur., est empl. dès l'a. fr. au sens de « salaire, solde » ; au XVIe s. comme terme de jeu ; au XVIIe s. au sens de « dépôt fait à titre de garantie ». || **gager** (XIe s.), dér. de *gage* ou empr. au franc. **wadjare* « gagner », d'abord empl. au sens de « garantir au moyen de gages », au XIIIe s. « parier », au XVe s., « soutenir que » ; au XIVe s., « donner un salaire à » ; **gageure** (XIIe s.), d'abord empl. au sens de « gage, caution », au XVIIe s. au sens de « entreprise, action difficile à mener (qui ressemble à un pari) » ; ***dégager, engager*** (XIIe s.).

gagner (XIIe s.), du franc. **waidanjan* « faire paître le bétail » et « faire du butin, du profit » ; le sens de « s'assurer un profit, un gain (par le travail ou une activité autre) » est devenu dès l'a. fr. le sens dominant. || ***gain*** (XIIe s.), « ce qu'on gagne », déverbal de *gagner*, est aussi empl. en a. fr. au sens de « époque de la récolte, regain » (en ce sens issu du franc. **waida* « prairie ») ; ***gagne-pain*** (XIIIe s.), d'abord en a. fr. « ouvrier à petit salaire », et aussi « gantelet (qui servait dans les tournois et assurait les gains) » ; ***gagne-petit*** (XVIe s.), d'abord « rémouleur ambulant (qui gagne peu) », rare avant le XIXe s. ; ***regagner*** (XVIe s.). Voir ***regain***.

gai (XIe s.), p.-ê. empr., sous l'infl. des troubadours, à l'a. prov. *gai* « pétulant, gai », du gothique **gaheis* « impétueux », ou de l'a. h. all. *gahi* « brusque, impétueux » ; *gai* au sens de « homosexuel masculin » (fin XXe s.), en concurrence avec la forme *gay*, est repris de l'anglo-améric. *gay*. || ***gaieté, gaîté*** (XIe s.) ; ***égayer*** (XIIIe s.), a aussi signifié en a. fr. « se disperser, s'en aller au hasard ». Voir ***égailler***.

gaillard (XIe s.), dér. du gallo-roman **galia*, issu de la rac. celt. **gal-* « force » et du suff. *-ia* lui-même soit d'orig. gauloise, soit d'orig. latine, empl. au sens de « vigoureux » et de « valeureux », puis au XIIIe s. « réjoui, plein d'entrain » et au XVe s. « grivois, leste ». || ***gaillarde*** (XVIe s.), « sorte de danse » ; ***gaillardise*** (XVIe s.), d'abord « gaieté », vieilli en fr. mod. au sens de « gaieté un peu libre » (XVIIe s.) ; ***gaillard (d'avant, d'arrière)***, terme de marine (XVIe s.), abrév. de *château-gaillard*, de *château*, terme de marine et *gaillard* « fort, solide » ; ***ragaillardir*** (XVIe s.).

gain, voir ***gagner***.

gaine (XIIIe s.), d'abord *gaïne*, du lat. vulg. **wagina*, du lat. *vagina* « gaine, fourreau de l'épée, étui (en général) », avec infl. germ. sur la prononciation du *v*, est d'abord attesté au sens de « fourreau », puis par ext. de « enveloppe de protection » ; nombreux sens spécialisés à partir du XVIIe s. ; au XIXe s. au sens fig. de « contrainte, entrave » ; au XXe s. « sous-vêtement féminin ». || ***gainer*** (XVIIIe s.) ; ***dégainer*** (XIIIe s.), « tirer une arme de son fourreau » ; ***dégaine*** (XVIe s.), au XVIIe s. « allure bizarre, ridicule » ; ***rengainer*** (XVIe s.), d'abord « remettre dans le fourreau » comme ***engainer*** (XIVe s.), puis au XVIIe s. au sens fig. et fam. de « renoncer à ce qu'on voulait dire ». Voir ***rengaine***.

gala (XVIIe s.), empr. à l'esp. *gala* « vêtement de fête », lui-même empr. au m. fr. *gale* « réjouissance ». Voir ***galant***.

galact(o)-, élém. tiré du grec *gala, galaktos* « lait » et entrant dans la construct. de mots sav. comme ***galactique, galactose, galalithe***.

galant (XIVe s.), part. prés. de l'a. fr. *galer* « s'amuser », du gallo-roman **walare* « se la couler douce », formé sur le franc. **wala* « bien », est d'abord empl. au sens de « vif, alerte, entreprenant (spéc. avec les femmes) » (d'où *vert galant*, XVe s., surnom de Henri IV au XVIe s.), puis (à partir du XVIe s. et sous l'infl. de l'ital. *galante*) « qui a des manières d'agir honnêtes, courtois (spéc. envers les femmes) » ; *femme galante* (XVIe s.), « qui recherche les intrigues amoureuses », péj. depuis le XVIIIe s. ; depuis le XVIIe s. *galant* s'emploie aussi pour qualifier des choses ayant trait à l'amour (*fête galante, conte galant*, etc.). || ***galanterie*** (XVIe s.), a suivi l'évol. de l'adj.

galantine (XIIIe s.), altér. de *galatine*, dér. du lat. *gelare* « geler », s. d. empr. au dalmate de Raguse, ville produisant au M. A. des poissons en gelée. Voir ***gel, gélatine***.

galaxie (XVIe s.), empr. au lat. *galaxias* « voie lactée », lui-même empr. au grec, d'abord empl. comme terme d'astronomie ; au XXe s. au sens fig.

galbe (XVIe s., d'abord *garbe*), empr. à l'ital. *garbo* « forme, manière dont une chose est faite », de *garbare* « plaire », du gothique **garwon* « arranger ». || ***galber*** (XVIe s., d'abord *se garber* « se parer »), au XXe s. « donner du galbe » ; ***galbé*** (XVIe s.), d'abord « élégant », au XVIIe s. au sens mod.

gale (XVIe s.), var. de *galle* (XIIIe s.) « excroissance qui se produit sur les feuilles ou tiges des végétaux » et qui a ensuite désigné la gale des végétaux, puis des animaux. || ***galeux*** (XIVe s., d'abord *galeus* « calleux »), au XVe s. au sens mod. Voir ***galle***.

galéjade (XIXe s.), empr au prov. *galejado* « plaisanterie, raillerie », de *galeja* « plaisanter », à rapprocher de l'a. fr. *galer* (voir ***galant***). || ***galéjer*** (XIXe s.).

galène (XVIe s.), empr. au lat. *galena*, empr. au grec *galénê* « plomb ».

galère (XVe s.), empr. au catal. *galera*, issu de *galea* (qui a donné en a. fr. *galée)*, d'abord empl. au sens de « bateau de guerre à rames » ; au XVIe s. *être condamné aux galères*, à partir du XVIIe s. au sens fig. de « situation, séjour pénible », d'où ***galérer*** (fin XXe s.), fam. || ***galérien*** (XVIIe s.) ; ***galion*** (XIIIe s.), dér. de *galie* (XIe s., var. de *galée*), d'abord « petit navire de guerre », puis sous l'infl. de l'esp. « grand navire » (XVIIe s.).

galerie (XIVe s.), empr. au lat. méd. ital. *galeria*, p.-ê. issu avec chang. de suff. de *galilea* « porche d'église, de monastère », emploi fig. de *Galilaea* « Galilée » (pays des Gentils, par opp. à Judée, pays du peuple élu) ; au XIVe s. au sens de « lieu de passage couvert », puis au XVIIe s. « lieu où l'on réunit des collections » et « passage souterrain ».

galerne (XIIe s.), « vent du Nord-Ouest », mot de l'Ouest, d'orig. obsc.

galet (XIIe s.), dimin. de l'a. fr. *gal* « caillou », s. d. issu du gaulois **gallos* « pierre, rocher ». || ***galette*** (XIIIe s.), dér. de *galet* par analogie de forme.

galetas (XIVe s.), « logement situé tout en haut d'un édifice », du nom de *Galata*, tour dressée au point culminant de Constantinople ; au XVIIe s. au sens, seul usuel en fr. mod., de « logement misérable ».

galimafrée (XIVe s.), « mets peu appétissant », d'orig. obsc., sans doute croisement de l'a. fr. *galer* (voir ***galant***) et du pic. *mafrer* « manger beaucoup », empr. au m. néerl.

galimatias (XVIe s.), d'orig. obsc., p.-ê. du lat. tard. *ballematia* « chansons obscènes » ou forgé, dans le jargon des étudiants, sur *gallus* « coq » (pour désigner les étudiants participant aux discussions réglementaires) et terminaison grecque *-mathia* « science » au sens de « discours confus, psalmodie ».

galion, voir ***galère***.

galipette (XIXe s.), s. d. d'orig. dial., p.-ê. dér. de *galipia* « goinfre ».

galle (XIIe s.), « excroissance apparaissant sur une plante », empr. au lat. imp. *galla* « galle, noix de galle ».

gallican (XIIIe s.), empr. au lat. méd. *gallicanus* « français », en lat. clas. « gaulois », dér. de *gallicus*, de même sens, spéc. employé en parlant de l'Eglise de France. || ***gallicanisme*** (XIXe s.).

gallicisme (XVIe s.), dér. sav. du lat. *gallicus*. Voir ***gallican***.

gallinacé (XVIIIe s.), empr. au lat. imp. *gallinaceus* « de poule », de *gallina* « poule ». Voir ***geline***.

gallo-, élém. tiré du lat. *gallus* « gaulois » et entrant dans la construct. de mots comme ***gallo-romain***, ***gallo-roman***.

gallon (XVIIe s.), empr. à l'angl. *gal-*

lon, lui-même issu de l'a. normand *galon* « mesure de capacité », d'orig. discutée.

galoche (XIIIe s.), d'orig. discutée, p.-ê. du lat. *gallicula* « petite chaussure gauloise », dimin. du lat. clas. *gallica* « galoche » ou dér. picard du gaulois **gallos* (voir **galet**), la semelle du soulier étant comparée à une pierre plate (ou encore d'orig. grecque).

galonner (XIIe s.), d'orig. obsc., p.-ê. dér. de *galer* au sens de « se réjouir » (voir **galant**). || ***galon*** (XIVe s.), déverb. de *galonner*, au XIXe s. dans le voc. militaire.

galoper (XIIe s.), du franc. **wala hlaupan*, comp. de *wala* « bien » (voir **galant**) et *hlaupan* « sauter, courir ». || ***galop*** (XIe s.), déverb. de *galoper* ou issu directement du franc. **walhlaup* « mode de course vers le champ de bataille », de **wal* « champ de bataille » et **hlauf* « course » ; au XIXe s. « danse » ; ***galopade*** (XVIIe s.) ; ***galopin*** (XIIe s.), d'abord nom propre et surnom de messagers, puis au XIVe s. « jeune garçon chargé de faire les courses », au sens péj. depuis le XVIIe s.

galoubet (XVIIIe s.), mot région., empr. au prov. *galoubet* « flûte rustique », p.-ê. dér. de **galaubar* « bien jouer d'un instrument » de l'a. prov. *galaubeiar* « agir avec habileté ».

galvanisme (XVIIIe s.), dér. du nom de *Galvani*, physicien qui découvrit l'électricité animale en 1780. || ***galvaniser*** (XVIIIe s.), au XIXe s. au sens fig. « donner une impulsion nouvelle » et tech. « recouvrir d'une couche de zinc ».

galvauder (XVIIe s.), d'orig. obsc., p.-ê. croisement de l'a. fr. *galer* « s'amuser » et de *ravauder* « poursuivre » et « maltraiter » ; au XIXe s. au sens de « faire mauvais emploi de » et emploi pronom. au sens de « se compromettre ». || ***galvaudeux*** (XIXe s.), pop. « paresseux, vagabond » ; ***galvaudage*** (XIXe s.).

gambade (XVe s.), s. d. empr. à l'a. prov. *gambado, cambado*, dér. de *cambo* « jambe », du lat. tard. *gamba* « jambe ». || ***gambader*** (XVe s.), au XIXe s. au sens fig. ; ***gambe*** (*viole de gambe*) (XVIIe s.), empr. à l'ital. *viola da gamba* « viole qui se place entre les jambes ».

gambit (XVIIIe s.), empr. à l'ital. *gambetto* « croc-en-jambe », terme du jeu d'échecs, dér. de *gamba* « jambe ».

gamelle (XVIe s.), empr. à l'esp. *gamella* « récipient servant à divers usages », du lat. *camella* « coupe à boire ».

gamète (XIXe s.), empr. au grec *gameté* « épouse » ou *gamétés* « époux », de *gamos* « union », au sens de « cellule reproductrice sexuée ».

gamin (XVIIIe s.), d'orig. obsc., p.-ê. mot dial. de l'Est, d'abord attesté au sens de « jeune aide de verrier », puis au XIXe s. « jeune garçon espiègle, polisson ». || ***gaminerie*** (XIXe s.).

gamme (XIIe s.), empr. au lat. méd. *gamma*, du grec *gamma*, nom de la 3e lettre de l'alphabet, utilisé en musique (XIe s.) pour désigner la 1re note de la gamme, puis la gamme elle-même ; au XIXe s. au sens fig. de « série continue » (de couleurs, de sentiments, de sensations, etc.).

gammé (XIXe s.), surtout util. dans l'expres. *croix gammée*, les quatre branches de la croix ayant chacune la forme de la lettre grecque majuscule *gamma*.

ganache (XVIIe s.), « partie de la mâchoire inférieure du cheval », empr. à l'ital. *ganascia* « mâchoire des animaux », forme altér. du grec *gnathos* « mâchoire », est empl. dès le XVIIe s. au sens péj. de « personne stupide » (*vieille ganache*, XIXe s.).

gandin (XIXe s.), « dandy ridicule », s. d. terme dial. du Sud-Est, formé sur le rad. *gand-* (a. fr. *gandir* « s'échapper », du franc. **wandjan* « tourner »), qui aurait été rapproché du nom du Boulevard de *Gand* (actuel Boulevard des Italiens à Paris), lieu de rencontre des élégants au XIXe s.

gandoura(h) (XVIIIe s.), empr. à l'ar. d'Algérie *gandura* « longue tunique sans manches ».

gang (XIXe s.), empr. à l'angl. *gang*, d'abord au sens de « bande ou groupe de personnes », au sens péj. au XXe s. de « bande de malfaiteurs », sous l'infl. de l'améric. || ***gangster***, ***gangstérisme*** (XXe s.).

ganglion (XVIe s.), empr. au lat. tard. *ganglion* « sorte d'enflure », du grec *ganglion* « glande ».

gangrène (XIVe s.), empr. au lat. *gangraena* « gangrène », du grec *gangraina* « pourriture », a gardé les sens propre et fig. du latin. || ***gangrener*** (XVIIe s.) ; ***gangréneux*** (XVIe s.).

gangue (XVIe s.), d'abord empl. dans le voc. de la mine, empr. à l'all. *Gang* « chemin », qui a pris dans des composés le sens de « filon » ; au XIXe s. au sens fig.

ganse (XVIIe s.), s. d. empr. au prov. *ganso* « boucle, ganse », issu de l'adj. grec *gampsos* « courbé ». || ***ganser*** (XVIIIe s.).

gant (XIe s.), du franc. **want* « moufle, mitaine », outre son sens propre, fait dès l'orig. partie du voc. jur. de l'investiture et du défi, d'où l'emploi dans des loc. comme *jeter le gant, relever le gant* ; au XVIe s. *aller comme un gant* « convenir parfaitement » ; au XIXe s. *prendre des gants, se donner les gants de.* || ***gantier*** (XIIe s.) ; ***ganterie*** (XIIIe s.) ; ***ganter*** (XVe s.) ; ***gantelet*** (XIIIe s.), « gant couvert de lames de fer (pièce de l'armure) », puis au XVIIe s. « pièce de cuir (servant de protection) ».

garage, **garagiste**, voir ***garer***.

garance (XIe s.), « plante » et « teinture rouge tirée de cette plante », d'abord *warance*, du franc. **wratja* « garance », empr. au lat. *bractea, brattea* « feuille de métal », confondu avec *blatta, blattea* « pourpre ».

garant (XIe s.), part. prés. de l'a. fr. *garir* (du franc. **warjan* « désigner qq. ch. comme vrai », disparu en raison de son homophonie avec *garir* « guérir »), est d'abord empl. au sens de « personne qui répond de qq. ch., puis de qqn », et de « caution ». || ***garantir*** (XIe s.) ; ***garantie*** (XIe s.), aussi empl. au sens de « protection, défense » en a. fr.

garbure (XVIIe s.), empr. au gasc. *garburo* « soupe aux choux et au confit d'oie ou de canard », d'orig. obsc., à rapprocher de l'esp. *garbias* « sorte de ragoût ».

garce, voir ***garçon***.

garçon (XIe s.), du franc. **wrakkjo* « vagabond » qui a donné *gars*, *garçon* étant issu du cas régime **wrakkjone*, puis **warkjone*, désigne en a. fr. un « jeune homme de basse condition » par opposition à *valet* « jeune homme de naissance noble », d'où les emplois au sens de « valet, serviteur » (à l'armée, à la cuisine, etc.) et les nombreux emplois du fr. mod. au sens de « employé subalterne » ; *garçon de café, d'hôtel* (XVIIIe s.), *garçon de bureau* (XIXe s.) ; au XVIIe s. au sens de « célibataire », sens conservé dans des expres. comme *enterrer sa vie de garçon*, etc. || ***gars*** (XIIe s.), d'abord empl. en a. fr. comme terme d'injure, puis aux sens de « enfant mâle », de « valet » ; ***garce*** (XIIe s.), « jeune fille » et « fille ou femme débauchée » ; ***garçonne*** (XIXe s.) ; ***garçonnier, -ière*** (XIIe s.), d'abord au sens péj. « qui aime fréquenter les garçons », au XIXe s. « qui a des allures de garçon (en parlant d'une fille) » ; au XIXe s. ***garçonnière***, « logement pour célibataire, pour rendez-vous galants ».

gardénia (XVIIIe s.), du nom du botaniste écossais *Garden.*

garden-party (XIXe s.), mot angl.

comp. de *garden* « jardin », issu de la forme normande *gardin*, de *jardin*, et *party*, empr. au fr. *partie*.

garder (Xᵉ s.), du germ. **wardon* « regarder vers » ; en a. fr. le sens de « regarder » a été très généralement assuré par les composés *esgarder* et *regarder*, et *garder* a pris les sens de « veiller sur, prendre soin de » et de « conserver, mettre en réserve, veiller à ce que qq. ch. soit observé ». || ***garde*** (XIᵉ s.), subst. fém. et masc., attesté dès l'a. fr. aux sens de « action de garder » (*arrière-garde, avant-garde*), « surveillance, attention » et « personne ou groupe chargés de la surveillance, de la protection » ; *garde* entre dans la construct. de nombreux composés insistant sur l'idée de surveillance, de protection, de conservation comme ***garde-barrière***, ***garde-chasse***, ***garde-corps***, ***garde-fou***, ***garde-malade***, ***garde-manger***, ***garde-meuble(s)*** ; ***gardien*** (XIIᵉ s.), au XIXᵉ s., *gardien de la paix, gardien de but* ; ***gardiennage*** (XIXᵉ s.) ; ***garderie*** (XVIᵉ s.), d'abord « action de garder, garde », au XIXᵉ s. au sens de « étendue de bois gardée par un forestier » et de « local où l'on garde des enfants » ; ***égard*** (XIIᵉ s.), d'abord *esguart*, déverbal de l'a. fr. *esgarder* « veiller sur » ; ***regarder*** (XIᵉ s.) ; ***regard*** (fin Xᵉ s.), déverbal de *regarder*.

gardon (XIIIᵉ s.), d'orig. incert.

gare, voir ***garer***.

garenne (XIIᵉ s.), d'orig. discutée, p.-ê. empr. au lat. méd. *warenna*, terme de droit féodal désignant un domaine de chasse réservée, qui est p.-ê. issu du germ. **wardon* « garder » ou **waron* « garer » (en parlant d'un endroit où l'on garde le gibier) ou encore de *garir* « protéger » ; on peut aussi rapprocher *garenne* du gaulois **varros* « poteau » au sens de « étendue close et protégée » ; *garenne* est attesté depuis le XVᵉ s. au sens de « bois où les lapins vivent et se reproduisent en liberté », d'où *lapin de garenne* (XVIᵉ s.).

garer (XIIᵉ s., d'abord *varer*), terme qui ne se répand qu'au XVᵉ s., de l'a. nordique **varasck* « être sur ses gardes », à rapprocher du germ. **waron* « faire attention », est d'abord empl. dans le voc. maritime, « amarrer un navire », d'où par ext. « mettre à l'abri un bateau » et, à partir du XVIIᵉ s., au sens de « se garer » et de « garer un véhicule en général ». || ***gare 1***, interject. (XIIᵉ s., d'abord *gar*), forme abrégée de l'impératif de *garder*, rattachée à *garer* ; ***gare 2***, subst. fém. (XVIᵉ s.), d'abord « lieu disposé sur les rivières pour mettre à l'abri les bateaux », au XIXᵉ s. au sens mod. ; ***garage*** (XIXᵉ s.) ; ***garagiste*** (XXᵉ s.). Voir ***égarer***, ***égarement***.

gargariser (XIIIᵉ s.), empr. au lat. *gargarizare*, du grec *gargarizein* « gargariser, gargouiller » ; au XIXᵉ s. au sens fig. || ***gargarisme*** (XIᵉ s.), empr. au lat. tard. *gargarisma*, de même sens.

gargote (XVIIᵉ s.), « restaurant bon marché et de qualité médiocre », déverb. de *gargoter* (XVIᵉ s.) « manger, boire de manière malpropre », dér. du m. fr. *gargotte* « gorge, gosier ».

gargouille (XIIIᵉ s.), comp. de la racine onomat. *garg-* et de l'a. fr. *goule* « gueule ». || ***gargouiller*** (XIVᵉ s.), d'abord « gazouiller », puis « parler confusément », au XVIᵉ s. au sens du fr. mod. ; ***gargouillement*** (XVᵉ s.) ; ***gargouillis*** (XVIᵉ s.) ; ***gargoulette*** (XIVᵉ s.), « cruche de terre poreuse », dér. de l'a. fr. *gargoule*.

garnement (XIᵉ s.), formé sur *garnir* aux sens de « équipement, protection » et de « soldat, guerrier », à partir du XIIᵉ s. au sens péj. de « vaurien », au XVIIIᵉ s. « enfant, jeune homme insupportable ».

garnir (Xᵉ s.), du franc **warnjan* « prendre garde à qq. ch. », empl. dès l'a. fr. sous la forme pronom. *soi garnir* « se tenir sur ses gardes », emploi disparu, et comme verbe trans. *garnir* « protéger, munir, équiper un lieu pour le défendre, le protéger », « approvisionner », au XVIIIe s. « accompagner le plat principal ». || ***garnison*** (XIe s.), d'abord « protection, défense » et « équipement, approvisionnement » ; au XIIIe s. « corps de troupe mis dans une place pour la défendre » et « ville fortifiée » (*ville de garnison*) ; ***garniture*** (XIIIe s.) ; ***garnissage*** (XVIIIe s.).

garou (XIe s.), du franc. **werwolf*, de *wer* « homme » et *wolf* « loup ». || ***loup-garou*** (voir ***loup***).

garrigue (XVIe s.), empr. au prov. *garriga* « garrigue » de *garric* « chêne-kermès », a. fr. *jarrie*, pour désigner des terres arides.

garrot (XIIIe s.), « gros bâton, gourdin » et « trait d'arbalète », d'orig. discutée, p.-ê. dér. de *garokier* « barrer la route à qqn » du franc. **wrokkon* « tordre avec force » ou du franc. **wrok* « partie noueuse d'un tronc » ; au XVIe s. « instrument de supplice » comme le fém. dér. *garrotte* (repris au XVIIe s. à l'esp. *garrote*). || ***garrotter*** (XIIIe s.).

gars, voir ***garçon***.

gasconnade (XVIIe s.), « hâblerie », dér. de *gascon.*

gas-oil (XXe s.), mot anglo-améric., de *gas* « gaz » et *oil* « huile ».

gaspacho (XVIIIe s.), empr. à l'esp. *gazpacho,* d'orig. obsc., « potage ».

gaspiller (XVIe s.), s. d. issu du croisement d'un terme dial. de l'Ouest *gaspailler* « rejeter les balles du blé » puis « répandre la paiile (du blé) » avec le prov. *gaspilha* « grappiller, gaspiller », à rapprocher du m. fr. *gapiller* ; *gaspailler* est lui-même dér. de l'a. fr. *gaspail,* s. d. issu de **waspa*, mot gaulois au sens de « déchet » ; au XIXe s. au sens fig. || ***gaspillage*** (XVIIIe s.) ; ***gaspilleur*** (XVIe s.).

gastéro-, **gastr-**, **gastro-**, élém. tirés du grec *gaster, gastros* « estomac, ventre » et entrant dans la construct. de nombreux mots sav. comme ***gastéropode***, ***gastrite***, ***gastronomie***.

gâteau (XIIe s.), du franc. **wastil* « nourriture », dér. de **wahs* « cire ».

gâter (XIe s.), du lat. clas. *vastare* « rendre désert » avec infl. du germ. **wôstjan* « dévaster, ravager », est empl. au sens de « ravager » jusqu'au XVIIe s., et de « endommager » à partir du XIIIe s. ; au fig. (*enfant gâté*) à partir du XVIe s. ; au XVIIe s. au sens de « se montrer (trop) prévenant ». || ***gâte-***, tiré de *gâter*, forme des composés comme ***gâte-métier***, ***gâte-papier***, ***gâte-sauce*** ; ***gâtine*** (XIIe s.), « terre inculte », à rapprocher de l'a. fr. *gast* (XIe s.), « dévasté, désert, inculte » ; ***gâteux*** (XIXe s.), d'abord « qui se salit par incontinence d'urine » ; ***gâtisme*** (XIXe s.) ; ***gâterie*** (XVIIe s.), au XIXe s. au sens de « action de gâter » et de « petit cadeau ». Voir ***dégât***, ***dévaster***.

gauche (XIIIe s.), d'orig. obsc., d'abord empl. au sens de « maltourné, malfait, de travers », au XVIIe s. de « maladroit », s'est employé à partir du XVe s. en opposition à *droit* et a éliminé au XVIe s. l'a. fr. *senestre ;* terme du voc. polit. depuis la Révolution, d'où les dér. ***gauchiste***, ***gauchisme*** (XIXe s.). || ***gaucher*** (XVe s.) ; ***gaucherie*** (XVIIIe s.).

gauchir (XIIe s.), s. d. forme altérée de l'a. fr. *ganchir, guenchir* « faire des détours », du franc. **wenkjan* « vaciller » par croisement avec l'a. fr. *gauchier* « fouler, déformer » ; au XIIIe s. au sens de « dévier », puis, au XIVe s. « se dérober, chercher à éviter » et « perdre sa forme ». || ***gauchissement*** (XVIe s.).

gaucho (XIXe s.), « cavalier chargé de surveiller les troupeaux », empr. par l'esp. d'Argentine à l'araucan ou au quichua *cachu* « camarade » ou « pauvre ».

gaudriole (XVIIIe s.), s. d. formé du

croisement de l'a. fr. *gaudir* « se réjouir », du lat. *gaudire*, altér. du lat. clas. *gaudere* « se réjouir », et de *cabriole*. Voir ***jouir***.

gaufre (XIIe s.), du franc. **wafla* « rayon de miel » et « gâteau ». || ***gaufrier*** (XIVe s.) ; ***gaufrer*** (XVIe s.), « imprimer des motifs, en relief ou en creux », par analogie avec le dessin de la *gaufre*.

gaule (XIIIe s.), « longue perche », d'abord *waulle*, du franc. **walu* « bâton ». || ***gauler*** (XIVe s.), « frapper un arbre avec une gaule » puis « frapper qqn ».

gaulois (XVe s.), dér. de *Gaule*, du franc. **Walha* « les Romans », a remplacé l'a. fr. *gualeis, galois* (XIIe s.), du franc. **walhisk* « roman » ; au XVIIe s. au sens fig. « plaisant, licencieux, comique », mais aussi « grossier, inculte » ; ***gauloise***, nom de marque de cigarette (début XXe s.). || ***gauloiserie*** (XIXe s.).

gausser (se) (XVIe s.), « plaisanter, railler », d'orig. obsc., p.-ê. de l'esp. *gozarse* « se réjouir » de *gozo* « joie », du lat. *gaudium*, de même sens.

gave (XIVe s.), empr. à l'a. gasc. *gave* « cours d'eau », d'un rad. préroman **gabaru*, du lat. méd. *gabarus*.

gaver (XVIIe s.), dér. de l'a. pic. *gave* « jabot, gosier », var. dial. de l'a. fr. *joe* « joue », est d'abord empl. au sens de « faire manger à l'excès », au XIXe s. au sens fig. et en parlant des animaux. || ***gavage*** (XIXe s.).

gavotte (XVIe s.), « danse », empr. au prov. *gavoto* « danse des gavots », *Gavot* « habitant de la partie montagneuse de la Provence » dérivant de *gava* « gorge, goitre » (les goitreux étant nombreux dans les régions montagneuses).

gavroche (XIXe s.), du nom du personnage des *Misérables* de Victor Hugo, désigne un gamin parisien malicieux et frondeur.

gaz (XVIIe s.), mot créé par le chimiste flamand Van Helmont d'après le lat. *chaos* au sens de « substance subtile (unie aux corps) » ; au XVIIIe s. au sens mod. « fluide aériforme » ; au XIXe s. « gaz d'éclairage » ; au XXe s. *gaz asphyxiants* et au sens de « mélange gazeux utilisé dans les moteurs » ; *chambre à gaz* (XXe s.). || ***gazeux*** (XVIIIe s.) ; ***gazer*** (XIXe s.), « passer à la flamme », au XXe s. « intoxiquer par le gaz » ; nombreux termes formés à partir de l'élément ***gazo-***, comme ***gazomètre***, ***gazoline***, etc.

gaze (XVe s.), d'orig. obsc., p.-ê. empr. à l'ar. *qazz* « bourre de soie », lui-même empr. au persan, d'abord au sens de « tissu fin et léger » ; au XXe s. « tissu utilisé pour les pansements ».

gazelle (XIIe s.), empr. à l'ar. *gazal*, en lat. méd. *gazela*.

gazette (XVIIe s.), empr. à l'ital. *gazzetta* « feuille volante d'information », du vénitien *gazetta* « menue monnaie » (en raison du prix de la feuille), d'orig. discutée ; en fr. mod. *gazette* au sens de « écrit périodique contenant des nouvelles » a été généralement évincé par *journal*.

gazon (XIIe s.), d'abord *wason*, du franc. **waso* « motte de terre couverte d'herbe », a fait d'abord partie du voc. jur., la remise d'une motte de terre faisant partie du rituel de cession d'une terre. || ***gazonner*** (XIIIe s.).

gazouiller (XIVe s.), dér. du rad. onomat. *gas-* (voir ***jaser***). || ***gazouillement*** (XIVe s.) ; ***gazouillis*** (XVIe s.).

geai (XIIe s.), du lat. tard. *gaius* « geai », d'orig. discutée, s. d. tiré du nom propre *Gaius*, courant comme sobriquet pop. en lat.

géant (XIe s.), d'abord *jaiant*, du lat. vulg. **gagantem*, en lat. clas. *Gigas, Gigantis*, empr. au grec *Gigas, Gigantos*, souvent au plur. et désignant des personnages mythologiques ; au

XVIIIe s. au sens fig. « personne très remarquable ». Voir ***gigantesque***.

géhenne (XIIIe s.), du lat. chrét. *gehenna* « enfer », issu par le grec *gééna* de l'hébreu biblique *ge-hinnom* « vallée de Hinnon », lieu maudit, et par ext. « enfer », est employé à partir du XVIe s. au sens de « torture, lieu de torture » au propre et au fig. Voir ***gêne***.

geindre (XIIe s.), d'abord *giembre*, du lat. *gemere* « se plaindre, gémir », devenu péj. au XVIe s., est remplacé au sens propre par ***gémir*** (XIIe s.), issu du lat. *gemere*, avec chang. de suff. || ***geignement*** (XIXe s.) ; ***gémissement*** (XIIe s.).

geisha (XIXe s.), empr. au jap.

gel (XIe s.), d'abord *giel*, du lat. *gelu* « gelée, glace, grand froid ». || ***geler*** (XIIe s.), du lat. *gelare* « geler, congeler », aux sens propre et fig. ; dès le XVIe s. au sens fig. de « mettre mal à l'aise » ; au XXe s. au sens de « bloquer une activité, de l'argent, etc. ». || ***gelée*** (XIe s.), du lat. tard. *gelata*, part. pas. fém. de *gelare*, d'abord « givre, glace », puis (à partir du XIVe s.) par anal. « substance de consistance gélatineuse » ; ***engelure*** (XIIIe s.), dér. de l'a. fr. *engeler* (XIIe s.) « geler complètement », verbe disparu ; ***dégel***, ***dégeler*** (XIIIe s.) ; ***surgeler***, ***surgélation*** (XXe s.) ; ***antigel*** (XXe s.). Voir ***congeler***.

gélatine (XVIIe s.), « gelée comestible », empr. à l'ital. *gelatina*, de même sens, dér. de *gelare* « geler ». || ***gélatineux*** (XVIIIe s.) ; ***gélule*** (XXe s.), formé, d'après *capsule*, sur la première syllabe de *gélatine*.

géline (XIIe s.), « poule », du lat. vulg. *galina*, en lat. clas. *gallina*, mot vieilli en fr. mod.

gémeau (XIIe s.), autre forme, savante, de *jumeau*, du lat. *gemellus*, ne s'emploie plus en fr. mod. qu'au plur., pour désigner une constellation zodiacale (Castor et Pollux).

géminer (XVe s.), empr. au lat. *geminare* « doubler ». || ***gémination*** (XVe s.), dér. du rad. de *geminatum*, supin de *geminare*.

gémir, **gémissement**, voir ***geindre***.

gemme (XIe s.), empr. au lat. *gemma* « bourgeon » et « pierre précieuse ».

gémonies (XVIe s.), empr. au lat. *Gemoniae (scalae)* « escalier où l'on exposait à Rome le corps des suppliciés », d'où l'expres. *vouer aux gémonies* (XIXe s.) « accabler publiquement de mépris ».

gencive (XIIe s.), du lat. imp. *gingiva* de même sens, avec dissimilation du second *g*. || ***gingivite*** (XIXe s.), « inflammation des gencives », dér. du lat. *gingiva*.

gendarme, **gendarmer (se)**, **gendarmerie**, voir ***gens***.

gendre (XIIe s.), du lat. *gener, generis*, de même sens.

gène (XXe s.), « élément du chromosome », terme sav. formé sur le rad. grec *génos* « naissance ».

gêne (XVIe s.), réfection de *gehenne* (XIVe s.), forme altérée (par croisement avec *géhenne*) de l'a. fr. *gehine* (XIIIe s.) « torture », dér. de *gehir* (XIIe s.) « avouer sous la torture », du franc. **jehhjan* « dire, avouer », est empl. depuis le XVIe s. aux sens affaiblis de « malaise physique », de « contrainte », au XVIIIe s. au sens de « embarras, timidité » et « embarras financier ». || ***gêner*** (XIVe s.), d'abord *gehenner*, a suivi la même évol. Voir ***géhenne***.

généalogie (XIIe s.), empr. au lat. tard. *genealogia*, du grec *généalogia*, de même sens, de *génos* « race » et *logos* « traité ». || ***généalogique*** (XVe s.).

génépi (XVIIIe s.), « variété d'armoise », puis « liqueur faite avec cette plante », mot savoyard, d'orig. obsc.

général (XIIe s.), empr. au lat. *gene-*

ralis « qui appartient au genre, à l'espèce », dér. de *genus, generis* (voir **genre**), est d'abord empl. dans le voc. philos. au sens de « commun à un ensemble de cas, d'individus », d'où « général », la loc. *en général* datant du XIVe s. ; au XIXe s. au sens de « qui intéresse toutes les parties » (*répétition générale, assemblée générale*) ; à partir du XVIe s. comme susbt. au sens de « chef d'unités militaires » et, au XVIIe s., de « chef d'une communauté religieuse » (*général des Jésuites*). || **généralité** (XIIIe s.), « cas de ce qui est général » et au XVe s. « circonscription financière » ; **généraliser** (XVIIe s.) ; **généralisation** (XVIIIe s.) ; **généraliste** (XXe s.).

génération (XIIe s.), empr. au lat. *generatio* « engendrement, reproduction », en lat. chrét. spéc. au sens de « descendance », est empl. dès l'a. fr. au sens de « procréation » et de « ensemble de gens vivant à la même époque ». || **généreux** (XIVe s.), empr. au lat. *generosus* « qui a de la noblesse d'âme », d'abord empl. au sens de « capable d'engendrer », puis, au XVIe s. de « qui est de race noble » et « qui a de nobles sentiments », au XVIIe s. « libéral » ; **générosité** (XVIe s.), du lat. *generositas* « bonté de la race » et « magnanimité », même évol. que *généreux* ; **générer** (XIIIe s.), empr. au lat. *generare* « engendrer », qui a pris le sens en lat. chrét. de « régénérer (par le baptême) », est d'abord empl. en ce sens en a. fr. ; à partir du XVIe s. au sens de « produire qq. ch. ; l'emploi depuis le mil. du XXe s. de *générer* dans le voc. mathémat., linguist., etc., est un empr. à l'angl. *to generate*, de même orig. ; **générateur** (XVIe s.), d'abord empl. au sens de « celui qui engendre », au XVIIe s. spéc. dans le voc. scient., au XIXe s. au sens de « dispositif producteur ».

générique (XVIe s.), dér. du lat. *genus, generis* « race » au sens de « général », puis « qui se rapporte à un genre » ; au XXe s. subst. « présentation d'ensemble d'un film ».

genèse (XIIe s.), empr. au lat. chrét. *genesis*, du grec *génésis* « naissance, origine », d'abord empl. pour désigner le premier livre de l'*Ancien Testament* ; au XVIIe s. au sens de « formation d'un être » et par ext. « élaboration, formation d'une chose, d'une figure, d'une pensée, etc. ». || **génétique** (XIXe s.), empr. au grec *génétikos* « propre à la génération », d'abord empl. au sens de « qui concerne une genèse » et de « relatif à l'hérédité », comme subst. au XXe s. « science de l'hérédité » ; **généticien** (XXe s.).

genêt (XIIe s.), d'abord empl. sous la forme fém. *geneste*, issue du lat. *genesta*, var. de *genista* « genêt » (arbrisseau) ; la forme du masc. vient du fait que le fém. a été senti comme un collectif.

génie (XVIe s.), empr. au lat. *genius* « démon tutélaire présidant à la naissance et à la destinée d'un homme », dér. de *genus, generis* « naissance », qui s'est aussi employé en lat. imp., en concurrence avec *ingenium*, au sens de « caractère inné, dispositions naturelles », est d'abord empl. en ce dernier sens en fr., puis, au XVIIe s. au sens de « aptitude supérieure de l'esprit » et comme subst. au sens de « homme supérieur ». *Génie* a également gardé le sens de « divinité tutélaire influant sur la destinée » et de « être surnaturel, doué d'un pouvoir magique ». L'emploi dans le voc. milit., « art de fortifier des places » (fin XVIIe s.), *génie militaire, génie civil*, etc. est dû à l'infl. de *ingénieur*. || **génial** (XVIe s.), empr. au lat. *genialis*, usuel à partir du XIXe s. au sens de « qui a du génie ». Voir **engin, ingénieur**.

genièvre (XIe s.), d'abord *geneivre*, du lat. vulg. **jeniperus*, en lat. clas. *juniperus*. || **genévrier** (fin XIIIe-début XIVe s.).

génisse (XIIe s.), du lat. vulg. **juni-*

cia, altér. en **jenicia*, en lat. clas. *junix, junicis* « jeune vache ».

génital (XIVe s.), empr. au lat. *genitalis* « relatif à la reproduction », dér. du supin *genitum* de *gignere* « engendrer ». || ***génitoires*** (XIIe s., d'abord *genitaires*), vieilli ou plaisant en fr. mod., issu du neutre plur. de *genitalis, genitalia* « parties génitales », avec chang. de suff. ; ***géniteur*** (XIIe s.), « père », vieilli ou plaisant en fr. mod., empr. au lat. *genitor* « père, créateur » ; ***congénital*** (XIXe s.), dér. du lat. *congenitus.*

génitif (XIVe s.), empr. au lat. *genitivus (casus)*, dér. de *genitus*, de *gignere* « engendrer » au sens de « cas qui engendre » parce que ce cas, dans les langues à déclinaison, marque notamment l'origine.

génocide (XXe s.), mot formé sur le modèle de *homicide*, etc., du grec *génos* « naissance » et du suff. *-cide*, tiré de *caedere* « tuer ».

genou (Xe s.), d'abord empl. au sing. *genoil*, (plur. *genous*), du lat. vulg. **genuculum*, en lat. clas. *geniculum*, dimin. de *genu* « genou » ; la forme du sing. du fr. mod. *genou* est refaite sur le plur. *genoux.* || **genouillère** (XIIe s.), dér. de la forme d'a. fr. *genoil*, d'abord « partie de l'armure recouvrant le genou » ; ***agenouiller (s')*** (XIIe s.) ; ***génuflexion*** (XIVe s.), empr. au lat. chrét. *genuflexio* « fléchissement du genou ».

genre (XIIe s., d'abord *gendre)*, empr. au lat. *genus, generis* « origine, naissance » et « espèce, genre », est d'abord empl. au sens de « race » (*genre humain*), puis dans le voc. philos., gram., etc. ; le sens général de « manière, sorte » se développe à partir du XVe s. ; au XVIIe s. au sens de « ensemble d'œuvres ayant des caractères communs ».

gens (Xe s.), plur. coll. de l'a. fr. *gent*, du lat. *gens, gentis* « race, peuple », en lat. imp. au plur. « les gens » ; le fém. sing. *gent,* usuel en a. fr. au sens de « nation, peuple, groupe de personnes », est en fr. mod. rare et littéraire (*la gent trotte-menu)*, l'empl. de *gens* au plur., au sens de « les hommes », ayant entraîné le passage du mot au masc. à partir du XIIIe s. ; *gens* au sens de « humains » en général peut recevoir des qualificatifs du type *bonnes gens, jeunes gens*, etc., ou être employé avec un nom pour désigner une catégorie : *gens de lettres* (XVIe s) ; *gens d'Eglise, de robe.* || **gendarme** (XVe s.), de l'a. fr. *gens d'armes* « homme de guerre à cheval » ; ***gendarmerie*** (XVe s.), d'abord « ensemble de gens en armes » ; **se gendarmer** (XVIe s.), au XVIIe s. « se mettre sur la défensive » ; ***droit des gens*** (XVIIe s.), traduction du lat. *jus gentium* ; ***entregent*** (XVe s.), « adresse à se conduire en société ».

gent (XIe s.), du lat. *genitus* « né », puis « bien né », d'où en lat. tard. « noble, beau », empl. en ce sens jusqu'au XVIe s. ; vieilli ou plaisant en fr. mod.

gentiane (XIIIe s.), empr. au lat. *gentiana,* de même sens.

gentil 1 (XIe s.), du lat. *gentilis* « propre à la race, à la famille », de *gens, gentis* « race, peuple », est empl. en a. fr. au sens de « de bonne race, noble, généreux » et, à partir du XVIIe s., au sens de « aimable, gracieux, joli ». || ***gentillesse*** (XIIe s.), d'abord « noblesse de naissance, d'âme, de sentiments », a suivi l'évol. de l'adj. ; ***gentilhomme*** (XIe s.), d'abord *gentil hom,* comp. de *gentil* « noble » et de *homme*, au sens en a. fr. de « homme de naissance noble », d'où « qui montre de la noblesse, des qualités morales dans sa conduite » et, au XVIe s., « noble attaché à la personne d'un roi, d'un seigneur, etc. » ; ***gentilhommière*** (XVIIe s.), « maison de campagne d'un gentilhomme », puis « petit château à la campagne ».

gentil 2 (XVe s.), empr. au lat. chrét.

gentiles, plur. subst. de *gentilis* (voir **gentil 1**), et désignant « les païens », dans l'*Ancien* et le *Nouveau Testament*, par opp. au peuple de Dieu, le peuple d'Israël.

gentleman (XVIe s.), empr. à l'angl. *gentleman,* comp. (XIIIe s.) sur le modèle de *gentilhomme,* de *gentle* (a. fr. *gentil*) et *man* « homme ».

génuflexion, voir ***genou***.

géo-, élém. tiré du grec *gé* « terre » entrant dans la construct. de mots sav. comme ***géode*** (XVIe s.), ***géographe***, ***géographie*** (XVIe s.), ***géologue***, ***géologie*** (XVIIIe s.), ***géophysique*** (XXe s.), ***géopolitique*** (XXe s.), etc.

geôle (XIIe s., d'abord *jaiole),* du lat. tard. *caveola*, dimin. de *cavea* « cage », aussi empl. au sens de « cage » en a. fr., est vieilli en fr. mod. et concurrencé dès le XIIe s. par *chartre* et *prison.* || ***geôlier*** (XIIIe s.); ***enjôler*** (XIIIe s.), d'abord « emprisonner », puis, au XVIe s., au sens fig. « séduire ».

géomancie (XIVe s.), empr. au lat. tard. *geomancia* « divination par la terre », lui-même empr. au grec.

géométrie (XIIe s.), empr. au lat. *geometria*, du grec *géometria* formé sur *gé* « terre » et *métrein* « mesurer ». || ***géomètre*** (XIVe s.), d'abord *géométrien*, empr. au lat. *geometres* « celui qui mesure les terres », lui-même empr. au grec; ***géométrique*** (XIVe s.), empr. au lat. *geometricus*, empr. au grec.

géranium (XVIe s.), empr. au lat. des botanistes *geranium*, du grec *géranion* sur *géranus* « grue », par analogie entre le bec de la grue et la forme du fruit de cette plante.

gérant, **gérance**, voir ***gérer***.

gerbe (XIIe s., d'abord *garbe, jarbe*), du franc. **garba* « gerbe »; au XVIIIe s. au sens fig.

gercer (XIIe s., d'abord *jarser*), d'orig. obsc., p.-ê. du lat. tard. *charaxare* « couper, inciser », empr. au grec *kharassein* « faire une entaille, scarifier », est d'abord empl. en a. fr. au sens de « blesser, endommager » et de « scarifier »; au XVIe s. au sens du fr. mod. « faire de petites crevasses ». || ***gerçure*** (XIVe s.), même évol.

gérer (XVe s.), empr. au lat. *gerere* « porter, se charger de qq. ch. » et « administrer ». || ***gérant*** (XVIIIe s.); ***gérance*** (XIXe s.); ***gestion*** (XVe s.), empr. au lat. *gestio* « action de gérer », de *gerere* « faire »; ***gestionnaire*** (XIXe s.).

gerfaut (XIIe s., d'abord *girfalc, gerfalc*), comp. de l'a. fr. *gir* « vautour », empr. à l'a. h. all. *gîr,* de même sens, et *faus*, cas sujet sing. de *faucon.*

gériatrie (XXe s.), « médecine de la vieillesse », terme sav. formé sur le rad. du grec *géron* « vieillard » et le suff. *-iatrie,* du grec *iatreia* « traitement ».

germain 1 (XIIe s.), empr. au lat. *germanus* « germain », dér. de *germen, germinis* « progéniture » (voir ***germe***), est empl. jusqu'au XVIIe s. au sens de « né de même père et de même mère » et ne s'emploie plus en fr. mod. que dans les expres. *cousin germain* ou *cousins issus de germain(s).*

germain 2 (XVIe s.), empr. au lat. *Germanus* « de Germanie ». || ***germanique*** (XVIe s.), empr. au lat. *germanicus* « de Germanie »; ***germanisme*** (XVIIIe s.); ***germaniste*** (XIXe s.); ***germano-***, élém. correspondant à *germain* et entrant dans la construct. de mots sav. comme ***germano-soviétique***, ***germanophile***, ***germanophobe***, ***germanophone***.

germe (XIIe s.), du lat. *germen, germinis* « germe, bourgeon, rejeton », est employé à partir du XVIIe s. au sens fig. de « principe, élément de développement de qq. ch. », au XIXe s. au sens de « micro-organisme, bactérie ». || ***germer*** (XIIe s.), empr. au lat. *germinare* « germer », même évol. que le subst.; ***germinal*** (XVIIIe s.), « septième mois du calendrier républicain» et «relatif au germe» (XIXe s.); ***germination*** (XVIe s.), empr. au lat. *germinatio*, de même sens.

gérondif (XVe s.), dér. sav. du lat. gram. *gerundium*, de *gerere* «exécuter, faire» et désignant en fr. une forme verbale en *-ant*. et une forme verbale du latin.

géront-, **géronto-**, élém. tirés du grec *géron* «vieillard» et entrant dans la construct. de termes sav. comme ***gérontocratie*** (XIXe s.), ***gérontologie***, ***gérontologue*** (XXe s.).

gésier (XIIe s.), du lat. tard. *gigerium*, en lat. clas. *gigeria* «entrailles des volailles», le *s* du fr. provenant s. d. d'une dissimilation.

gésir (Xe s.), du lat. *jacere* «être étendu», est empl. en a. fr. au sens de «être couché» et plus spéc. «dans la tombe», (d'où la formule d'épitaphe *ci-gît*), de «accoucher» et au sens fig. «résider dans»; ne sont conservés en fr. mod. que la formule *ci-gît* et la forme *gît*. || ***gésine*** (XIIe s.), «accouchement», du lat. vulg. **jacina* «couche», de *jacere* «être couché»; ***gisant*** (XIIIe s.), au XXe s., subst. «statue représentant un mort étendu»; ***gîte*** (XIIe s.), a. part. pas. subst. de *gesir* «lieu où l'on trouve à se loger», au XIVe s. «partie de la cuisse du bœuf», au XIXe s. comme terme de marine «lieu où est échoué un navire»; ***gisement*** (XIIIe s.), dér. de *gesir* sur le rad. *gis-*, d'abord «action de se coucher», puis au XVIIe s. terme de marine et à partir du XVIIIe s. «masse de minéraux exploitables», fin XXe s. au sens fig. de «ce qui contient des richesses à exploiter».

gestapo (XXe s.), abrév. all. de *Geheime Staats Polizei* «police secrète d'Etat».

gestation (XVIe s.), empr. au lat. *gestatio* «action de porter», de *gestare* «porter» et spéc. «porter un enfant», est empl. en ce sens à partir du XVIIIe s.; au XIXe s. au sens fig.

geste 1 (XIIIe s.), empr. au lat. *gestus* «attitude, mouvement du corps, geste», de *gerere* «agir, faire», est aussi empl. au sens de *action* dans des expres. comme *faire un (beau) geste*. || ***gesticuler*** (XVIe s.), empr. au lat. *gesticulare* «faire des gestes, mimer par gestes»; ***gesticulation*** (XVe), empr. au lat. *gesticulatio*; datent du XXe s. des dér. comme ***gestuel***, ***gestualité***, etc.

geste 2 (XIe s.), empr. au lat. *gesta* «actions, exploits», plur. neutre du part. pas. *gestus* de *gerere* «agir, faire», est empl. en a. fr. au sens de «récit rapportant les hauts faits d'un peuple, d'un groupe», dans l'expres., reprise au XIXe s., *chanson de geste* et au sens étendu (jusqu'au XVIIe s.) de «hauts faits, exploits»; *geste* susbiste encore en ce sens en fr. mod. dans l'expres. *faits et gestes*.

gestion, **gestionnaire**, voir ***gérer***.

geyser (XVIIIe s.), empr. à l'islandais *Geysir*, d'abord nom propre d'une source chaude d'Islande.

ghetto (XVIe s.), mot ital. d'orig. vénitienne, désignant une île de Venise où était installée une fonderie de bombardes (*getto* en vénitien) et où furent relégués les Juifs (XVIe s.), puis par ext. tout quartier où l'on obligeait les Juifs à résider (XVIIe s.), enfin le lieu où une communauté, ethnique ou religieuse, vit isolée du reste de la population (XIXe s.); milieu XXe s. au sens fig.

gibbosité (XIVe s.), dér. du lat. *gibbosus* «bossu».

gibecière, **gibelotte**, voir ***gibier***.

gibet (XIIe s.), s. d. dim. du franc. **gibb* «bâton fourchu», d'abord au sens de «bâton», puis de «potence pour les condamnés à la pendaison»; empl. aussi au sens de «croix» dans l'expres. *le gibet du Christ*.

gibier (XIIe s.), issu par subst. de suff.

de l'a. fr. *gibiez* « chasse aux oiseaux », du franc. **gabaiti* « chasse au faucon » ; le sens du fr. mod. (XVIe s.) « animaux bons à manger que l'on prend à la chasse » dériverait de l'expres. *aller en gibier* (XIIe s.) « aller à la chasse » ; *gibier de potence* (XVIIe s.). || **giboyeux** (XVIIIe s.), dér. de *giboyer* (XIIe s.), « chasser aux oiseaux », puis « chasser en général » ; **gibecière** (XIIIe s.) ; **gibelotte** (XVIIe s.), dér. de l'a. fr. *gibelet* « plat préparé avec de petits oiseaux ».

giboulée (XVIe s.), d'orig. obsc., à rapprocher p.-ê. du prov. *gibourna* « grésiller ».

gibus (XIXe s.), « chapeau haut de forme monté sur ressorts », du nom de l'inventeur.

gicler (XVIe s.), rare jusqu'au XIXe s., est s. d. un empr. au franco-prov. *jicler, gigler*, du prov. *cisclar, gisclar* « siffler » et « pleuvoir », à rapprocher de l'a. fr. *ciscler* « fouetter », du lat. vulg. **cisculare* « fouetter », d'orig. incert. || **giclée** (XIXe s.).

gifle (XIIIe s., d'abord *giffe*), mot du Nord-Est, du franc. **kifel* « mâchoire », d'abord au sens de « joue », jusqu'au XVIIe s., puis « coup sur la joue » (XIXe s.) en raison s. d. du sens péj. du mot. || **gifler** (XIXe s.).

gigantesque (XVIe s.), empr. à l'ital. *gigantesco* « d'une taille supérieure à la normale », dér. de *gigante* « géant ». Voir **géant**, **gigantisme**.

gigogne (XIXe s.), de la Mère *Gigogne*, personnage de marionnettes au XVIIe s., devenu nom commun dans des expres. comme *mère gigogne* « femme ayant beaucoup d'enfants », d'où *table gigogne* (XXe s.) ; *gigogne* est s. d. une forme altérée de *cigogne*, oiseau connu pour son amour maternel.

gigolo (XIXe s.), d'orig. incert., p.-ê. dér. comme le fém. **gigolette** (XIXe s.), de *gigue*.

gigot (XVe s.), « cuisse de mouton », dér. de l'a. fr. *gigue* « instrument de musique » de forme semblable à celle d'un gigot, empr. à l'a. h. all. *giga* « instrument à cordes ». || **gigoter** (XVIIe s.), fréq. du m. fr. *giguer* « gambader, sauter », lui-même dér. de *gigue*.

gigue (XVIIe s.), danse, empr. à l'angl. *jig* « danse vive », d'orig. obsc., p.-ê. issu de *gigue* « instrument ».

gilet (XVIIe s.), empr. avec substitution de suff. à l'ar. *galika* « casaque des captifs chrétiens chez les Mores », lui-même empr. au turc *yelek* « camisole sans manches ». || **giletier** (XIXe s.).

gin (XVIIIe s.), « eau-de-vie de grains », empr. à l'angl. *gin*, abrév. de *geneva*, du néerl. *genever*. Voir **genièvre**.

gingembre (XIe s.), du lat. *zingiberi* et *zingiber*, transcrit du grec *ziggibéris* et s. d. d'orig. orientale.

gingivite, voir **gencive**.

ginseng (XVIIe s.), empr. au chinois *jen shen*, comp. de *jen* « homme » et *shen* « plante », la racine de cette plante ressemblant à un corps humain.

giorno (à) (XIXe s.), loc. ital. « par la lumière du jour ».

girafe (XIIIe s.), empr. à l'ital. *giraffa*, lui-même empr. à l'ar. *zarafa* ; les formes de l'a. fr. *giras* ou *orafle* (XIIIe s.) sont directement adaptées de l'ar.

girandole (XVIe s.), empr. à l'ital. *girandola* « faisceau de jets d'eau, de fusées », dimin. de *giranda* « gerbe de feu », formé sur *girare* « imprimer un mouvement circulaire », désigne « un chandelier à plusieurs branches » (XVIIe s.), puis, au XVIIIe s., un assemblage de pierres précieuses ; fin XXe s., au sens courant de « guirlande lumineuse ».

giratoire (XVIIIe s.), dér. sav. du supin *gyratum* du lat. tard. *gyrare* « faire tourner en rond », de *gyrus* « cercle ».

girofle (XIIe s.), du lat. *caryophyllum* « giroflier, clou de girofle », transcrit du grec, est p.-ê. d'orig. exotique ; le passage de *c* à *g* en lat. tard. est obscur ; *girofle* ne désigne plus en fr. mod. que l'épice « clou de girofle ». || **giroflée** (XIVe s.), fém. subst. de l'a. fr. *giroflé* « du girofle, parfumé au girofle » en raison de l'odeur de cette plante.

girolle (XVIe s.), p.-ê. dér. de l'a. fr. *girer* en raison de la forme de ce champignon, à rapprocher de l'a. prov. *giroilla* « sorte de champignon ».

giron (XIIe s.), du franc. **gero* « pièce d'étoffe coupée en pointe », d'abord empl. en a. fr. au sens de « pan », puis « partie qui s'étend de la ceinture jusqu'aux genoux d'une personne assise », est empl. au sens fig. dès le XIVe s. « sein de l'Eglise », puis « asile » (XVIe s.) ; *giron* « surface triangulaire » et le dér. **gironné** (XIIe s.) « qui a des pans » sont aussi des termes de blason et d'architecture.

girouette (XVIe s.), p.-ê. forme issue du croisement de l'a. norm. *wirewite, wirewire*, de l'a. scand. *vedrviti* « girouette », avec le verbe *girer* et des mots comme *pirouette* ; au XVIIe s. au sens fig.

gisant, **gisement**, voir ***gésir***.

gitan (XVIIe s.), d'abord *gitain*, empr. à l'esp. *gitano* « bohémien », issu par aphérèse de *Egiptano* « gitan » et « égyptien ».

gîte, voir ***gésir***.

givre (XVe s., d'abord *joivre*), d'orig. incert., p.-ê. d'une base prélatine **gev(e)ro*, a peu à peu évincé *frimas*. || ***givrer*** (XIIe s.), d'abord employé comme verbe impers., au XIXe s. transitif ; ***dégivrer*** (XXe s.), d'où ***dégivrage*** et ***dégivreur.***

glabre (XVIe s.), empr. au lat. *glaber* « glabre, chauve ».

glace (XIIe s.), du lat. tard. *glacia,* en lat. clas. *glacies,* est empl. dès l'a. fr. au sens de « glace » et de « miroir » et au sens fig. « froideur, insensibilité » ; au XVIIe s. au sens de « entremets glacé ». || ***glacer*** (XIIe s.), du lat. *glaciare* « glacer, durcir », d'abord « se transformer en glace », au XVIe s. « donner l'aspect de la glace à » ; ***glacial*** (XIVe s.), empr. au lat. *glacialis* « de glace » ; ***glaçon*** (XIIe s.) ; ***glacier*** (XVIIe s.), empr. au franco-prov. *glacier* (XIVe s.) et d'abord en concurrence avec *glacière* au sens de « champ de glace éternelle » ; au XVIIe s. au sens de « personne qui fabrique, vend des glaces » ; ***glacière*** (XVIIe s.), d'abord « cavité souterraine où l'on conserve la glace », au XIXe s. au sens du fr. mod. ; ***glacis*** (XIVe s.), au XVe s. au sens de « talus incliné qui s'étend en avant d'une fortification » de *glacer* « glisser », au XVIIIe s. au sens de « mince couche de couleur, transparente comme la glace » ; ***glaciaire*** (XIXe s.), dér. sav. du lat. *glacies* ; ***glaciation*** (XVIe s.), de même orig.

gladiateur (XIIIe s.), empr. au lat. *gladiator*, dér. de *gladius* « épée ».

glaïeul (XIIe s.), du lat. *gladiolus* « épée courte » et aussi « glaïeul » en raison de la forme des feuilles de cette plante.

glaire (XIe s.), du lat. vulg. **clarea,* s. d. dér. du lat. *clarus* « clair », le passage de *c* à *g* étant obscur, est d'abord empl. au sens de « blanc d'œuf cru », puis, au XVIIe s., de « matière visqueuse et claire sécrétée par les muqueuses ». || ***glaireux*** (XIIIe s.).

glaise (XIe s., d'abord *gleise* et *glise*), p.-ê. du gaulois **gliso,* attesté dans le comp. lat. *glisomarga* « marne argileuse ».

glaive (Xe s.), du lat. *gladius* « épée », le *v* pouvant s'expliquer par un croisement entre *gladius* et le lat. tard. *glavus,* lui-même issu du croisement de *gladius* et *clava* « massue » ; *glaive,* d'abord courant au sens de « lance » (XIIe-XIIIe s.), puis de « épée », est aussi attesté en a. fr. au sens de « calamité, châtiment par le glaive », puis au sens fig., à partir du XVIIe s., comme symbole de la guerre, de la puissance divine, de la justice.

gland (XIIe s.), du lat. *glans, glandis* « fruit du chêne » et « terme d'anatomie » ; au XIVe s. au sens de « objet en forme de gland », au XVIe s. au sens de « extrémité de la verge ». || ***glandée*** (XVIe s.) ; ***glander*** (XVIe s.), « ramasser des glands », au XXe s., en arg. « perdre son temps ».

glande (XIIe s., d'abord *glandre)*, du lat. médic. *glandula,* dimin. de *glans, glandis* « gland », avec dissimilation du second *l.* || ***glanduleux*** (XIVe s.), empr. au lat. médic. *glandulosus*, de même sens ; ***glandulaire*** (XVIIe s.).

glaner (XIIIe s.), du lat. tard. *glenare* « glaner », mot d'orig. gauloise, est empl. dès l'a. fr. aux sens propre et fig. || ***glane*** (XIIIe s.), déverb. de *glaner* ; ***glaneur*** (XIIIe s.) ; ***glanure*** (XVIe s.), au XVIIIe s. au sens fig. « courte note ».

glapir (XIIIe s.), forme altér., d'après *japper*, de l'a. fr. *glatir,* du lat. *glattire* « japper », d'orig. onomat. || ***glapissement*** (XVIe s.).

glas (XIIe s.), du lat. vulg. **classum,* en lat. clas. *classicum* « sonnerie de trompettes » ; le *g* s'explique par assimilation du *c* à la consonne sonore qui suit ; *glas* désigne en a. fr. diverses sortes de sonneries et spéc. à partir du XIIIe s. « sonnerie pour annoncer la mort de qqn » ; au sens fig. au XIXe s. *sonner le glas*.

glaucome (XVIIe s.), empr. au lat. imp. *glaucoma*, du grec *glaukoma*, dér. de *glaukos* « de couleur glauque », à cause de la couleur que cette affection donne au fond de l'œil.

glauque (XIIIe s.), empr. au lat. *glaucus* « glauque, verdâtre », du grec *glaukos* « vert tirant sur le bleu ».

glèbe (XVe s.), empr. au lat. *gleba* « boue, morceau » et « motte de terre » ; au XVIIIe s., empl. littér. au sens de « terre qu'on travaille ».

glisser (XIIe s.), issu du croisement de *glacier,* attesté en a. fr. au sens de « glisser » et de l'a. fr. *gliier* « glisser », du franc. **glidan,* de même sens, est empl. à partir du XVIIe s. au sens fig. de « ne pas approfondir, ne pas insister » et de « ne produire qu'une faible impression » et, transitif, au sens de « glisser furtivement, adroitement qq. ch. ». || ***glissade*** (XVIe s.) ; ***glissement*** (XVe s.) ; ***glissière*** (XIXe s.), « sentier frayé dans la glace pour glisser » et « dispositif de fermeture coulissante » ; ***glisse*** (XVIIIe s.), « traîneau, luge », au XXe s. « façon de glisser (des skis) ».

globe (XIVe s.), empr. au lat. *globus* « globe, boule, sphère », d'abord empl. au sens de « rouleau (de drap) », puis au XVIe s. « sphère » ; au XVIIe s. *globe oculaire* ; à partir du XVIIIe s. comme terme d'ameublement (*globe électrique*). || ***global*** (XIXe s.) ; ***globaliser*** (XXe s.) ; ***globe-trotter*** (XIXe s.), empr. à l'angl., composé de *globe* et *trotter* « celui qui marche, qui trotte » de *to trot* « trotter » ; ***globule*** (XVIIe s.), empr. au lat. *globulus* « petite boule », dimin. de *globus,* d'abord au sens de « corpuscule sphérique », puis terme de biologie (XVIIIe s.) ; ***globuleux*** (XVIe s.), dér. du lat. *globulus* « petite boule » ; ***globulaire*** (XVIIe s.), « qui a la forme d'un globe » ; ***globuline*** (XIXe s.) ; ***englober*** (XVIIe s.).

gloire (XIe s.), empr. au lat. *gloria* « renommée, réputation », en lat. chrét. au sens de « majesté de Dieu, béatitude, palme du martyre », empl. dès l'a. fr. aux sens de « renommée, célébrité, haute réputation » et dans le voc. relig., est vieux ou littér. au sens de « lustre, éclat » ; *vaine gloire* (XIIe s.) « présomption, vanité » ; *gloire* au XVIIIe s. « auréole enveloppant le corps du Christ ». || ***gloria*** (XIIe s., d'abord *glorie*), mot lat. « hymne religieux », au XIXe s. « café à l'eau-de-vie » par emploi ironique du mot *gloria*, fréquent dans les prières ; ***glorieux***

(XIe s.), empr. au lat. *gloriosus* « plein de gloire » et « fanfaron », empl. dès l'a. fr. au sens de « qui jouit de la gloire céleste », « qui s'est acquis de la gloire » et au sens, vieilli en fr. mod., de « suffisant, vaniteux » ; ***glorifier*** (XIIe s.), empr. au lat. chrét. *glorificare*, de *gloria* « gloire » et *facere* « faire », « louer Dieu ou une personne » ; ***glorification*** (fin XIIIe-début XIVe s.), empr. au lat. chrét. *glorificatio* « exaltation, glorification » ; ***gloriole*** (XVIIIe s.), empr. au lat. *gloriola* « petite gloire », dim. de *gloria*, empl. au sens de « vaine gloire ».

glose (XIIe s.), empr. au lat. tard. *glosa, glossa* « mot rare (qui a besoin d'être expliqué) », du grec *glossa* « langue » et « mot rare ou archaïque ». || ***gloser*** (XIIe s.) ; ***glossaire*** (XVIe s.), empr. au lat. *glossarium* « dictionnaire où l'on explique les mots rares ou vieillis » ; ***glossateur*** (XVe s.).

gloss(o)-, éléments tirés du grec *glossa* « langue ».

glossolalie (XIXe s.), mot comp. du grec *glossa* « langue » et de l'élém. *-lalie*, du grec *lalia* « bavardage », d'abord empl. au sens de « don surnaturel des langues » et au XXe s. dans le voc. médic.

glotte (XVIIe s.), empr. au grec *glottis*, var. de *glossis*, empl. au sens de « glotte, luette ».

glousser (XIVe s., d'abord *clocier*), du lat. vulg. **clociare*, altér. du lat. clas. *glocire* « glousser », d'orig. onomat. || ***gloussement*** (XVe s.).

glouton (XIe s.), ancienne forme de cas régime issue de *gluttonem*, acc. du lat. tard. *glutto* « glouton », dér. du lat. *glut(t)us* « gosier » et qui a donné en a. fr. une forme de cas sujet *gluz, glouz*, conservée comme arch. sous la forme *glout* jusqu'au XVIIe s. Usuel en a. fr. comme terme d'injure « traître, canaille, débauché », *glouton* s'emploie à partir du XIIIe s. au sens de « goinfre, vorace ». || ***gloutonnerie*** (XIIe s.).

glu (XIe s.), du lat. tard. *glus, glutis*, en lat. clas. *gluten, glutinis* « glu, colle » ; au XIXe s. au sens de « personne importune, collante ». || ***engluer*** (XIIe s.).

glucide (XIXe s.), mot sav. comp. du rad. du grec *glukos* « doux, sucré » et du suff. *-ide*.

glucose (XIXe s.), dér. sav. du grec *glukus* « doux ».

gluten (XVIe s.), mot du lat. clas. *gluten* « colle, gomme », d'abord empl. au sens de « glu », puis, au XVIIIe s., de « substance azotée de la graine des céréales ».

glycérine (XIXe s.), dér. sav. du grec *glukéros* « doux ».

glycine (XVIIIe s.), dér. sav. du grec *glukus* « doux » en raison de l'odeur de cette plante.

gnôle (XIXe s.), mot pop. « eau-de-vie très forte », mot franco-prov. p.-ê. issu de *yole*, var. de *hieble* « sureau dont on fait de l'eau-de-vie ».

gnome (XVIe s.), empr. au lat. des alchimistes *gnomus*, p.-ê. forme altér. de *genomus*, du grec *génomos* « habitant de la terre », avec infl. possible du grec *gnomé* « intelligence », en raison de l'intelligence prêtée à ces petits êtres. *Gnome* est d'abord empl. au sens de « petit génie de la terre », puis, au XIXe s., de « homme très petit et contrefait ».

gnomique (XVIIe s.), empr. au grec *gnomikos* « en forme de pensée, de sentence », d'abord empl. au sens de « qui s'exprime par sentences » ; au XVIIIe s. *poésie gnomique* ; au XXe s. dans le voc. gram.

gnose (XVIIe s.), empr. au grec *gnosis* « connaissance », d'abord empl. au sens de « connaissance suprême des mystères de la religion », puis au XIXe s. de « connaissance d'ordre initiatique et ésotérique». || ***gnostique*** (XVIe s.), empr. au grec *gnostikos*; ***gnosticisme*** (XIXe s.), empr. à l'angl. *gnosticism*. Voir ***agnostique***.

gnou (XVIIIe s.), mot hottentot désignant une grande antilope.

go (XXe s.), mot japonais désignant un jeu d'orig. chinoise.

go (tout de), voir ***gober***.

goal (XIXe s.), empr. à l'angl. *goal* «but»; le sens, usuel au XXe s. de «gardien de but», est une abrév. de l'angl. *goal-keeper*, de même sens.

gobelet (XIVe s.), dér. de l'a. prov. *gobel* «récipient pour boire»; au XVIe s. au sens de «ustensile de l'escamoteur».

gober (XVIe s.), dér. du gaulois **gobbo* «bec, bouche», d'abord au sens de «avaler sans mâcher», puis au sens fig. «croire sans discernement» (XVIIe s.), au XIXe s. au sens de «apprécier qqn». || ***go (tout de)*** (XVIIe s.), loc. issue de *avaler tout de gob* «d'un seul coup» (XVIe s.); ***gobe-mouche(s)*** (XVIe s.), d'abord nom d'un personnage bon vivant, puis «homme crédule» (XVIIIe s.), désigne aussi depuis le XVIIe s. un oiseau qui se nourrit d'insectes happés en vol. Voir ***dégobiller***.

goberger (se) (XVIe s.), s. d. dér. du m. fr. *goberge* «forfanterie», issu de l'adj. *gobe* «orgueilleux» et «somptueux» (XIIIe s.), formé sur *gober*.

godasse, voir ***godillot***.

godelureau (XVIe s.), formé d'un premier élém. issu de l'onomat. *god-*, cri d'appel à l'adresse des animaux domestiques et terme péj. désignant aussi depuis le XIIe s. des personnes (*godon* «anglais», *godel* «mignon») et de *lureau*, de *galureau*, terme comp. de *galer* (voir ***galant***) et de *lureau* (voir ***luron***).

godet 1 (XIVe s.), empr. au m. néerl. *kodde* «cylindre de bois» pour désigner un petit vase à boire sans anse ni pied, puis le petit récipient où les peintres mettent leurs couleurs.

godet 2 (XIXe s.), «ondulation, pli», terme de couture, dér. de *goder* (XVIIIe s.) «faire de faux plis».

godille (XVIIIe s.), d'orig. obsc., d'abord empl. au sens de «aviron à l'arrière d'un bateau», puis, au XXe s., *à la godille* «en zigzag» dans l'arg. des cyclistes, et aussi technique de ski. || ***godiller*** (XVIIIe s.), même évol.

godillot (XIXe s.), mot pop. «chaussure militaire», puis «grosse chaussure», du nom du fabricant de chaussures militaires qui inventa ce soulier. || ***godasse*** (XIXe s.), fam., forme altér. de *godillot*.

goéland (XVe s.), empr. au bret. *gwelan* «mouette», de l'a. celt. **voilenno*. || ***goélette*** (XVIIIe s.), s. d. dér. de *goéland* au sens de «hirondelle de mer» et de «navire léger».

goémon (XIVe s.), empr. au bret. *gwemon* «varech».

gogo (XIXe s.), d'abord nom d'un personnage crédule tiré de la pièce *Robert Macaire* (1834) et popularisé par Daumier.

gogo (à), voir ***goguette***.

goguette (XVe s.), dér. de l'a. fr. *gogue* (XIIIe s.), s. d. mot expres., d'orig. inconnue, signifiant «réjouissance, plaisanterie, raillerie», empl. au sens de «propos joyeux», puis «partie fine» dans l'expres. *être en goguette*. || ***gogo*** (XVe s.), dans l'expres. *à gogo* «en abondance, à cœur joie»; ***goguenard*** (XVIIe s.), «qui plaisante, railleur».

goinfre (XVIIe s.), d'orig. inconnue, d'abord «libertin», puis «vorace». || ***goinfrerie*** (XVIIe s.); ***se goinfrer*** (XVIIe s.).

goitre (XVe s.), d'orig. dial., s. d. de la région rhodanienne, dér. de l'a. fr. *goitron* «gorge, gosier», du lat. vulg. **gutturionem*, accusatif de **gutturio*, du lat. clas. *guttur* « gosier, gorge ». Le sens « gonflement du cou, tumeur de la tyroïde » est attesté depuis le XVIe s. || ***goitreux*** (XVe s.).

golf (XVIIIe s.), mot angl. désignant un jeu de plein air d'orig. écossaise. || ***golfeur*** (XXe s.)

golfe (XIIIe s., égal. sous la forme *goulfre*), empr. à l'ital. *golfo*, du lat. tard. *colpus*, du grec *kolpos* « creux » et « baie du rivage ».

gomme (XIIe s.), empr. au lat. tard. *gumma*, empr. au grec *kommi* (s. d. d'or. arabe). || ***gommer*** (XIVe s.); ***gommeux*** (XIVe s.), « qui produit de la gomme » et « de la nature de la gomme ». Le sens de « dandy prétentieux » (XIXe s.) tient p.-ê. au fait que ces élégants étaient « pommadés ».

gond (XIIe s.), empr. au lat. tard. *gomphus,* du grec *gomphos* « cheville », même sens en fr. « pièce de métal servant de pivot à une porte ou à une fenêtre ». || ***engoncer*** (XVIIe s.).

gondole (XIIIe s., sous la forme *gondelle*, attesté surtout depuis le XVIe s.), du vénitien *gondola* « petite barque », issu du grec byzantin *kontoura* « à la queue courte » (la gondole ayant une proue recourbée). || ***gondolier*** (XVIe s.), empr. au vénitien *gondoliere* « batelier de gondole »; ***gondoler*** (XVIIe s.), « se recourber, se bomber »; à la forme pronom. « se tordre de rire » (XIXe s.).

gonfalon, **gonfanon** (XIe s., sous la forme *gonfanon*), du franc. **gundfano* « étendard de combat » (cf. all. *Fahne* « drapeau »). || ***gonfalonier*** (XIe s., sous la forme *gunfanuner*). La forme *gonfalonier* date du XVe s.

gonfler (XVIe s.), empr. à l'ital. *gonfiare* ou à un dial. du Sud-Ouest, issu du lat. *conflare* « aviver, exciter en soufflant », d'où en lat. tard. « souffler », puis « enfler ». L'empl. pop. du part. pas. *gonflé* au sens de « hardi » date du XIXe s. || ***gonflement*** (XVIe s.); ***gonflage*** (XIXe s.); ***dégonfler*** (XVIe s., rare avant le XIXe s.). L'empl. pop. du part. pas. *dégonflé* « sans courage » date du XXe s.

gong (XVIIe s.), empr. au javanais *gong*.

goret (XIIIe s.), dér. de l'a. fr. *gore* « truie », s. d. onomat., « jeune porc ».

gorge (XIIe s.), du lat. vulg. **gorga*, du lat. clas. *gurges* « tourbillon d'eau, abîme ». || ***gorgée*** (XIIIe s.); ***gorger*** (XIVe s.), « emplir de nourriture jusqu'à la gorge », d'où « pourvoir à profusion »; ***dégorger*** (XIIIe s.); ***dégorgement*** (XVIe s.); ***égorger*** (XVIe s.); ***égorgement*** (XVIe s.); ***égorgeur*** (XVIe s.); ***engorger*** (XIIe s.); ***engorgement*** (XVIIe s.); ***regorger*** (XIVe s.); ***se rengorger*** (XVe s.), « avancer la gorge (en levant la tête) », d'où « faire le fier, se pavaner » (XVe s.).

gorille (XIXe s.), à l'orig. « être velu », du grec *gorillai*, nom donné à des singes. Le sens de « garde du corps » (XXe s.) vient de l'améric. *gorilla*.

gosier (XIIIe s.), s. d. d'orig. gaul. || ***dégoiser*** (XIIIe s.); ***s'égosiller*** (XVIIe s.).

gosse (XVIIIe s.), d'orig. obsc., « enfant ».

gothique (XVe s.), empr. au lat. tard. *gothicus* « qui concerne les Goths ». Le mot a pris au XVIIe s. un sens péj. et a désigné l'architecture médiévale. Le sens tech. mod. « style postérieur au style roman » date du XIXe s.

gouache (XVIIIe s.), terme de peinture, empr. à l'ital. *guazzo* « détrempe », désigne une peinture où les couleurs sont délayées dans de l'eau.

gouailler (XVIIIe s.), d'orig. inconnue, « railler sans délicatesse ». || ***gouaille*** (XVIIIe s.), « raillerie vulgaire »; ***gouailleur*** (XVIIIe s.); ***gouaillerie*** (XIXe s.).

gouape (XIXe s.), mot pop., empr. à l'esp. *guapa* « vaurien, canaille ».

goudron (XIIe s., sous la forme *catran*), de l'ar. *qatran.* || ***goudronner*** (XVe s.), « enduire de goudron » ; ***goudronnage*** (XVIIe s.).

gouffre (XIIe s.), empr. au lat. tard. *colpus, golfus*, du grec *kolpos* « repli, vallée profonde, golfe », d'abord « abîme, cavité béante » et « gorge, gosier », puis « personne vorace » (XIVe s.), « situation terrible où s'engloutissent les biens, la vie » (XVIe s.). Mot confondu avec *golfe* jusqu'au XVIIe s. || ***engouffrer*** (XVIe s.), « jeter dans un gouffre » et « engloutir ».

gouge (XIVe s.), du lat. tard. *gubia* « burin, gouge ».

gouine (XVIIe s.), mot pop. d'orig. peu claire, d'abord « prostituée », puis « lesbienne » (XIXe s.).

goujat (XVe s., au sens de « valet d'armée »), empr. à l'a. prov. *gojat* « jeune homme » (cf. *gouge* mot dial. « fille »), s. d. dér. de l'hébreu *goja* « servante chrétienne ». Le sens de « homme grossier » est attesté au XVIIIe s. || ***goujaterie*** (XVIIe s.). Le sens de « muflerie, impolitesse » apparaît au XIXe s.

goujon (XIVe s.), du lat. imp. *gobio, gobionis*, de même sens, désigne un petit poisson.

goulée, **goulot**, **goulu**, voir ***gueule***.

goupille (XVe s.), s. d. du lat. vulg. **vulpicula* « petit renard », en fr. au sens de « cheville ». || ***goupiller*** (XVIIe s.), d'abord « fixer par des goupilles », puis « combiner, manigancer » dans la langue pop. (XXe s.).

goupillon (XVe s.), var. de *guipellon* (XIIe s.), *guipillon* (XIIIe s.), d'orig. peu claire, « aspersoir servant à jeter de l'eau bénite ». Ni le mot *goupil* « renard », ni le franc. **wisp* « bouchon de paille » ne semblent convenir comme étym.

gourbi (XIXe s.), empr. à l'ar. d'Algérie *gurbi* « maison de terre », désigne une habitation sommaire.

gourd (XIIe s.), du lat. imp. *gurdus* « balourd, lourdaud », en fr. « engourdi de froid ». || ***dégourdir*** (XIIe s.) ; ***dégourdi*** (XVIe s.), d'abord au sens propre « qui n'est pas engourdi », puis « vif, habile » ; ***engourdir*** (XIIIe s.) ; ***engourdissement*** (XVIe s.).

gourde, voir ***courge***.

gourdin (XVIe s.), altér. de l'ital. *cordino* « corde », du lat. *corda* « corde », en fr. d'abord « corde servant à frapper les forçats des galères », puis « gros bâton » (XVIIe s.).

gourmand (XIVe s.), d'orig. inconnue. || ***gourmander*** (XIVe s.), a signifié d'abord « manger goulûment ». Le sens de « réprimander » date seulement du XVIIe s. ; ***gourmandise*** (XIVe s.).

gourme (XIIIe s.), du franc. **worm* « pus », en fr. depuis le XIVe s. « catarrhe nasal des jeunes chevaux, morve du jeune cheval ». L'expres. *jeter sa gourme* (XVIe s.) s'applique d'abord au jeune cheval qui laisse sortir la morve de ses naseaux, puis signifie « faire des folies de jeunesse » (depuis le XVIe s.). || ***gourmette*** (XVe s.), au sens de « chaînette fixant le mors du cheval ». Le sens de « bracelet en mailles de métal » est mod. et date de la fin du XIXe s. ; ***gourmer*** (XIVe s. au part. pas. au sens de « atteint de gourme »), au XVIe s. « frapper, réprimander », au XVIIe s. « brider un cheval avec la gourmette ». Le part. pas. *gourmé* a le sens de « qui a un maintien raide et compassé » depuis le XVIe s.

gourmet (XIVe s., sous la forme *gromet*), s. d. de l'a. angl. *grom* « jeune garçon », en fr. d'abord « valet de marchand de vins », puis « qui déguste les vins » (XVe s.), enfin « qui apprécie la bonne chère » (XVIIIe s.).

gourou (XVIIIe s.), empr. à l'hindi *guru*.

gousse (XIIIe s.), d'orig. inconnue, « enveloppe des graines ». || ***gousset*** (XIIIe s.), dér. de *gousse*, divers sens tech., d'abord « pièce de l'armure protégeant l'aisselle », puis « petite bourse » (XVIIe s.), « petite poche » (XVIIIe s.).

goût (XIIIe s.), du lat. *gustus* « sens du goût, action de goûter, saveur », mêmes sens en fr. et aussi « appétit, envie, penchant » (XIVe s.), « aptitude à sentir » (XVIe s.), « discernement esthétique » (XVIIe s.). || ***goûter*** (XIIe s.), du lat. *gustare* « déguster, savourer » et « faire collation » ; ***dégoûter*** (XIVe s. au part. pas., rare avant le XVIe s.) ; ***dégoût*** (XVIe s.) ; ***ragoût*** (XVIe s.), d'abord « assaisonnement qui relève le goût d'un mets », puis « viande et légumes cuits en sauce » (XVIIe s.) ; ***ragoûtant*** (XVIIe s.), « appétissant », de l'a. fr. *ragouster* (XIVe s.) « flatter, exciter le goût ». Voir ***déguster***.

goutte (XIe s.), du lat. *gutta* « petite partie d'un liquide ». Le sens médic. de maladie rhumatismale (XIIe s.) vient de la croyance que la maladie était due à des gouttes d'humeur corrompue. || ***gouttelette*** (XIIIe s.) ; ***gouttière*** (XIIe s.) ; ***dégoutter*** (XIIe s.) ; ***égoutter*** (XIIIe s.) ; ***égout*** (XIIIe s.), d'abord « écoulement des eaux », puis « canal servant à l'écoulement des eaux » ; ***égouttoir*** (XVIe s.) ; ***égoutier*** (XIXe s.).

gouvernail (XIe s.), du lat. *gubernaculum* « gouvernail d'un navire ».

gouverner (XIe s.), du lat. *gubernare* « diriger un navire, tenir le gouvernail » et « diriger, gouverner », en fr. « diriger » et surtout « exercer le pouvoir politique » (dès le XIe s.). || ***gouverneur*** (XIIe s.) ; ***gouverne*** « conduite » (XIIIe s.) ; ***gouvernante*** (XVIe s.) ; ***gouvernement*** (XIIe s.) ; ***gouvernemental*** (XIXe s.).

goyave (XVIe s.), de l'esp. *guyaba*, tiré de la langue des Caraïbes, fruit exotique.

grabat (XIe s.), du lat. *grabatus* « mauvais lit ». || ***grabataire*** (XVIIIe s.), « qui ne quitte pas le lit ».

grâce (XIe s.), empr. au lat. *gratia* « faveur, reconnaissance, agrément ». Le sens de « bienveillance, faveur » notamment dans le domaine spirituel par l'intervention divine est très répandu au M. A., de même celui de « reconnaissance, remerciement ». La valeur de « pardon, remise d'une peine » apparaît au XIIe s. Le sens de « charme, agrément » se répand surtout à partir du XVIIe s. || ***gracieux*** (XIIe s.), empr. au lat. *gratiosus* « qui a du crédit » et « bienfaisant, obligeant », en fr. « bienfaisant, agréable » et « qui a de l'agrément, du charme ». Le sens de « à titre de grâce, gratuit » (*à titre gracieux*) est attesté au XIXe s. ; ***gracier*** (XIe s.), « faire grâce à un condamné » ; ***gracieuseté*** (XVe s.) ; ***disgrâce*** (XVIe s.), empr. à l'ital. *disgrazia* « événement malheureux, perte de faveur » ; ***disgracié*** (XVIe s.), « qui n'est plus en faveur », d'où « défavorisé » ; ***disgracieux*** (XVIe s.) ; ***malgracieux*** (XIVe s.).

gracile (XVIe s.), empr. au lat. *gracilis* « grêle, chétif » ; doublet sav. de ***grêle***.

grade (XVIe s.), empr. au lat. *gradus* « pas, marche, degré », a désigné d'abord un « degré de dignité », puis « degré d'une hiérarchie » (XVIIe s.), « titre universitaire » (XVIIIe s.). Le sens de « centième partie du quart du méridien » date du XIXe s. || ***gradation*** (XVe s.), empr. au lat. *gradatio* « passage successif d'une idée à une autre » (terme de rhétor.), en fr. « progression insensible par degrés successifs » (XVIe s.), en peinture « passage insensible d'un ton à un autre » (XVIIe s.) ; ***gradin*** (XVIIe s.), empr. à l'ital. *gradino* « petite marche, plans successifs » ; ***dégrader*** (XIIe s.) ; ***dégradation*** (XVe s.) ; ***graduer*** (XVe s.), empr. au lat. méd. *graduare* « conférer une dignité » ; ***graduation*** (XVe s.), empr. au lat. méd. *graduatio* « action de graduer », d'où en fr. « division en degrés ».

graduel (XVIIe s.), empr. au lat. méd.

gradualis « concernant le graduel (répons chanté après l'épître) », fait sur *gradus* « marche, degré » le graduel étant chanté sur les marches de l'ambon, en fr. au sens de « qui progresse par degrés ».

graffiti (XIXe s.), empr. à l'ital. *graffito* « inscription sur un mur ».

grain (XIIe s.), du lat. *granum* « graine ». Le sens de « bourrasque » dans la langue des marins est attesté au XVIe s. et vient s. d. des grains de grêle accompagnant certaines tempêtes. || ***graine*** (XIIe s.), du lat. *grana*, de même sens ; ***grener*** (XIIe s.) ; ***grenu*** (XIIIe s.), « recouvert de petits grains » ; ***grenaille*** (XIVe s.) ; ***égrener*** (XIIe s.) ; ***engrener*** (XIIe s.), d'abord « emplir de grains ». Le sens « faire fonctionner des roues dentées » (XVIIe s.) vient s. d. de l'infl. du vieux mot *encrené* « entaillé de crans » ; ***engrenage*** (XVIIIe s.), fait sur *engrener*, sens tech. « système de roues dentées ».

graisse (XIIe s.), du lat. vulg. **crassia*, fait sur *crassus* « épais, gras ». || ***graisser*** (XVIe s.) ; ***graissage*** (XVe s.) ; ***graisseux*** (XVIe s.) ; ***dégraisser*** (XIIe s.) ; ***dégraissage*** (XVIIIe s.) ; ***engraisser*** (XIe s.) ; ***engraissement*** (XIIe s.) ; ***engrais*** (XIIe s.).

grammaire (XIIe s.), empr. au lat. *grammatica*, issu du grec *grammatikê tekhnê* « art de lire et d'écrire ». || ***grammairien*** (XIIIe s.) ; ***grammatical*** (XVe s.), empr. au lat. tard. *grammaticalis* « qui concerne la grammaire ».

gramme (XVIIIe s.), empr. au lat. *gramma*, « petit poids, vingt-quatrième partie de l'once ».

gramophone (XXe s.), nom d'une marque angl., « phonographe à disques ».

grand (Xe s.), du lat. *grandis*. || ***grandeur*** (XIIe s.) ; ***grandir*** (XIIIe s.) ; ***agrandir*** (XIIIe s.) ; ***agrandissement*** (XVIe s.).

grandiloquence (XVIe s.), mot sav. tiré du lat. *grandiloquus* « au style pompeux » avec infl. de *éloquence*, en fr. « emphase ». || ***grandiloquent*** (XIXe s.).

grandiose (XVIIIe s.), empr. à l'ital. *grandioso* « imposant par la grandeur, majestueux », de même sens en fr.

grange (XIIe s.), du lat. vulg. **granica* « bâtiment destiné à la récolte des grains ». || ***engranger*** (XIIIe s.).

granit (XVIIe s.), empr. à l'ital. *granito* « grenu » (cette roche dure semblant faite d'une matière aux grains visibles). || ***granité*** (XIXe s.).

granule (XIXe s.), empr. au lat. tard. *granulum* « petit grain », terme de pharmacie. || ***granulé*** (XVIIIe s.) ; ***granuleux*** (XVIe s.).

graphie (XVIIIe s.), du grec *graphein* « écrire ». || ***graphique*** (XVIIIe s.) ; ***graphisme*** (XIXe s.) ; ***graphologie*** (XIXe s.) ; ***graphème*** (XXe s.), fait d'après *phonème*.

grappe (XIIe s.), du franc. **krappa* « crochet » en raison de la forme de la grappe de raisin. || ***grappin*** (XIVe s.) « crochet » ; ***grappiller*** (XVIe s.) ; ***grappillage*** (XVIe s.).

gras (XIIe s.), du lat. *crassus* « épais, gras ». || ***gras-double*** (XVIIe s.), composé de *gras* et de *double* « panse des ruminants », en fr. « panse de bœuf » ; ***grasseyer*** (XVIe s., sous la forme *grassier*), « parler gras, avoir une prononciation gutturale des *r* » ; ***grassouillet*** (XVIIe s.).

gratifier (XIVe s.), empr. au lat. *gratificari* « faire plaisir à, accorder une faveur », en fr. d'abord « accorder libéralement une faveur », puis « être cause de plaisir » (XIXe s.). || ***gratification*** (XIVe s.), empr. au lat. *gratificatio* « libéralité », en fr. « libéralité, don fait à qqn ».

gratin, **gratiner**, voir ***gratter***.

gratis (XVe s.), du lat. *gratis*, var. de *gratiis* « par manifestations de faveur, par grâce », ablatif plur. de *gratia*, en fr. « gratuitement ».

gratitude (XVe s.), s. dér. de *ingratitude*, et non du lat. tard. *gratitudo*.

gratter (XIIe s.), du franc. **kratton* (cf. l'all. *sich kratzen* « se gratter »), en fr. « frotter légèrement », « faire disparaître », puis « mal jouer d'un instrument » (XIXe s.). || ***gratin*** (XVIe s.), a d'abord signifié « partie d'un mets qui s'attache au fond du plat et qu'il faut gratter et racler », puis « plat cuit au four et pourvu d'une croûte dorée » (XIXe s.), « élite de la société » (XIXe s.) ; ***gratiner*** (XIXe s.) ; ***grattoir*** (XVIe s.) ; ***égratigner*** (XIIe s., sous la forme *esgratiner*) ; ***égratignure*** (XIIIe s, *esgratineüre*) ; ***grattouiller*** (XIXe s.).

gratuit (XVe s.), empr. au lat. *gratuitus* « désintéressé ». || ***gratuité*** (XIVe s.).

gravats (XVIe s.), issu de *gravois* (XIVe s.) « débris », avec chang. de suff., lui-même dér. de *grave*, var. de *grève* « gravier », en fr. « gravier », puis « décombres ».

grave (XVe s.), empr. au lat. *gravis* « lourd, pesant, imposant ». || ***gravité*** (XIIe s.), empr. au lat. *gravitas* « pesanteur, dignité ». Le sens de « pesanteur » survit en fr. dans l'expres. *centre de gravité* ; ***gravissime*** (XXe s.) ; ***aggraver*** (XIIe s.), empr. au lat. *aggravare* « rendre plus lourd, plus pénible » ; ***aggravation*** (XVe s.).

gravelle (XIIe s.), « calcul de la vessie », dér. de *grave* « sable, gravier », var. de *grève*. || ***graveleux*** (XIIIe s.), d'abord « qui contient du gravier », puis « pénible au plan moral, licencieux, obscène » (XVIIIe s.).

graver (XIIe s., d'abord au sens de « faire une raie dans les cheveux »), du franc. **graban* « creuser » (cf. l'all. *graben* « creuser »). || ***graveur*** (XIVe s.) ; ***gravure*** (XIVe s.), d'abord « rainure, sillon », puis « action de graver un dessin, art de graver, ouvrage de graveur » (XVIe s.), enfin « reproduction, image imprimée » (XIXe s.).

gravier (XIIe s.), dér. de l'a. fr. *grave*, *grève* « ensemble de petits cailloux », conservé en ce sens. || ***gravillon*** (XVIe s.).

gravir (XIIIe s.), s. d. du lat. vulg. **gradivire*, issu du lat. clas. *gradi* « avancer ».

graviter (XVIIIe s.), mot sav., du lat. mod. *gravitare* « exercer un poids », puis « être affecté par la gravitation » (XVIIe s.), fait sur *gravitas* « pesanteur, lourdeur ». || ***gravitation*** (XVIIIe s.), empr. à l'angl. *gravitation* « attraction entre deux corps pesants ».

gré (Xe s.), du lat. *gratum*, neut. subst. de *gratus* « agréable », en fr. « accord, consentement, bonne grâce ». || ***agréer*** (XIIe s.) ; ***agrément*** (XVe s.) ; ***agréable*** (XIIe s.) ; ***désagréable*** (XIIe s.) ; ***désagrément*** (XVIIe s.) ; ***agrémenter*** (XVIIIe s.) ; ***malgré*** (XIIe s., sous la forme *mau gré*) prépos., formée de l'adj. *mal* et du subst. *gré* « accord, volonté », empl. au sens de « contre le gré de, en dépit de » ; ***maugréer*** (XIIIe s.), « manifester son déplaisir ».

gredin (XVIIe s., au sens de « gueux »), du m. néerl. *gredich* « avide », en fr. d'abord « mendiant », puis « misérable, coquin » (XVIIe s.).

gréer (XVIIe s., au XIIe s., sous la forme *agreier, agréer* « équiper »), de l'a. norr. *greida* « équiper, arranger ». || ***gréement*** (XVIIe s.), « équipement nécessaire à la manœuvre des navires ». Voir ***agrès***.

greffe (XIIe s.), du lat. *graphium* « poinçon », du grec *grapheion* « poinçon », en fr. d'abord « poinçon », puis « pousse d'une plante » (XIIIe s.). Le sens jur. « bureau où sont conservées les minutes des actes » est connu depuis le XIVe s. || ***greffer*** (XVe s.), « insérer une greffe » ; ***greffier*** (XIIIe s.), « officier du greffe », ***greffon*** (XVIe s.).

grégaire (XVIe s.), empr. au lat. *gregarius* « relatif au troupeau », d'où en fr. « qui pousse à se rassembler, qui est propre à la foule, qui porte à suivre docilement un groupe ».

grège (XVIIe s.), empr. à l'ital. *greggia* « naturelle, brute, non travaillée » (en parlant de la soie).

grégeois (XIIe s.), altér. de l'a. fr. *grezois*, du lat. vulg. **graeciscus* « grec », du lat. clas. *graecus*, dans la loc. *feu grégeois*, matière incendiaire brûlant même sur l'eau.

grégorien (XVe s.), empr. au lat. *gregorianus*, tiré de *Gregorius*, nom du pape Grégoire Ier, adj. qui concerne diverses réformes de l'Eglise.

grêle 1, voir ***grêler***.

grêle 2 adj. (XIe s.), du lat. *gracilis* « mince, maigre ». Voir ***gracile***.

grêler (XIIe s.), du franc. **grisilon*, de même sens. || ***grêle*** subst. (XIIe s.), déverb., « pluie sous forme de grains glacés » ; ***grêlon*** (XVIe s.), « grain de grêle ».

grelot (XIVe s.), d'orig. peu claire. || ***grelotter*** (XVIe s.), d'abord « faire un bruit de grelot », puis « trembler de froid » (XVIIe s.) ; ***grelottement*** (XVIe s.).

grenache (XIIIe s., sous la forme *vernache*, au XIVe s. *grenache*), « cépage », puis « vin », tiré du nom de ville ital. *Vernazza*.

grenade (XIIe s., sous la forme *pome grenate*), du lat. *malum granatum* « pomme grenue ». Le sens de « projectile explosif (lancé à la main) » date du XVIe s. || ***grenadier*** (XIVe s.), arbre ; soldat spécialisé dans le lancement des grenades (XVIIe s.) ; ***grenadine*** (XIXe s.).

grenaille, voir ***grain***.

grenat (XIIe s.), tiré de *pomme grenate* « grenade », désigne la pierre précieuse de couleur rouge sombre.

grenier (XIIe s.), du lat. *granarium* « endroit où l'on met le grain » (*granum*).

grenouille (XIIe s.), altér. de l'a. fr. *renouille*, du lat. vulg. **ranucula* « petite grenouille », dimin. de *rana* « grenouille », avec un *g* initial peu clair. || ***grenouillage*** (XXe s.), « manœuvres ».

grenu, voir ***grain***.

grès (XIIe s.), du franc. **griot* « gravier ».

grésiller (XIIe s.), s. d. du franc. **grisilon* « grêler ». || ***grésil*** (XIe s.), déverb. ; ***grésillement*** (XVIIIe s.).

grève (XIIe s.), du lat. vulg. **grava* « sable, gravier », d'orig. inconnue. Le sens de « chômage » (XIXe s.) vient de la réunion des ouvriers sans travail sur la place de Grève à Paris au Moyen Age. || ***gréviste*** (XIXe s.).

grever (XIIe s.), du lat. *gravare* « charger, appesantir » a signifié fréquemment en a. fr. « accabler, affliger » au sens moral. Les valeurs mod. représentent une restriction d'emploi. || ***dégrever*** (XIVe s., repris au XVIIIe s.), « décharger, alléger », terme fiscal depuis le XVIIIe s. ; ***dégrèvement*** (XVIIIe s.), « allégement fiscal ».

gribouiller (XVIIe s.), p.-ê. empr. au néerl. *kriebelen* « fourmiller, griffonner » avec chang. de suff., en fr. « griffonner, écrire de façon confuse ». || ***gribouillage*** (XVIIIe s.) ; ***gribouillis*** (XVIIe s.), « borborygme », puis « gribouillage » (XIXe s.).

grièche (XIIIe s., sous la forme *griesche*), du lat. *graecisca* « grecque » (en parlant d'une pie), désigne une sorte de pie.

grief (XIIIe s.), subst., s. d. tiré de l'adj. d'a. fr. *grief* « pénible », du lat. vulg. **grevis*, du lat. clas. *gravis* « lourd, pénible », en fr. d'abord « peine, dommage subi », puis « motif de plainte »

(XVIe s.). || ***grièvement*** (XIVe s.), de l'adj. d'a. fr. *grief* « pénible ».

griffe (XIVe s.), s. d. du franc. **grif* (cf. l'all. *Griff* « griffe »). || ***griffer*** (XIVe s.) ; ***griffu*** (XVIe s. au fém.) ; ***griffure*** (XVe s.) ; ***dégriffer*** (XXe s.), dans le voc. de l'habillement ; ***griffonner*** (XVIe s.) ; ***griffonnage*** (XVIIe s.).

griffon (XIe s.), de l'a. fr. *grif*, du lat. tard. *gryphus*, du lat. clas. *grypus*, empr. au grec *grups, grupos,* « oiseau fabuleux, moitié aigle, moitié lion, aux griffes puissantes ».

grignoter (XVIe s.), s. d. dér. de l'a. fr. *grigner* (XIIe s.) « plisser les lèvres, montrer les dents », du franc. **grinan* « faire la moue ». || ***grignotage*** (XIXe s.) ; ***grignotement*** (XIXe s.).

grigou (XVIIe s.), empr. au langued. *grigou* « gredin, filou », du lat. *graecus* « grec », pris au sens de « voleur, bandit ».

gril (XIIe s.), du lat. *craticulum* « petit gril ». || ***grille*** (XIIIe s.), du lat. *craticula* « petit gril » ; ***griller*** (XIIe s.) ; ***grillade*** (XVIIe s.) ; ***grillage*** (XIVe s.), « treillis (en forme de gril) » ; ***grillager*** (XIXe s.).

grillon (XVe s.), forme rare et tardive, issue d'un croisement entre *grillet* et *gresillon*, mots attestés en a. fr., dér. du lat. *grillus* « grillon ».

grimace (XIVe s.), dér. d'un franc. **grima* « masque », en fr. « contorsion du visage », puis « mine affectée » (XVIIe s.). || ***grimacer*** (XVe s.) ; ***grimacier*** (XVIe s.), d'abord « sculpteur de grotesques », puis « qui fait des grimaces » (XVIIe s.).

grimer (XIXe s.), de *grime* (XVIIIe s.) « moue », d'abord au sens de « vieillir (un acteur) », puis « farder, maquiller ».

grimoire (XIVe s, courant sous la forme *grammaire* en a. fr. au sens de « livre de magie »), altér. de *grammaire,* du lat. *grammatica,* « grammaire, art de lire et d'écrire correctement » et « livre écrit en latin, langue latine », d'où en fr. « livre de magie, de conjuration ». La valeur de « chose obscure, inintelligible » est déjà attestée au XVe s.

grimper (XVe s.), d'étym. incert. || ***grimpade*** (XIXe s.) ; ***grimpeur*** (XVIe s.).

grincer (XIVe s.), s. d. forme nasalisée de *grisser*, doublet de *crisser*, du franc. **kriskjan* « craquer ». || ***grincement*** (XVIe s.).

grincheux (XIXe s.), p.-ê. forme pic. de *grinceur* (XVIIe s.) « qui grince des dents », en fr. « revêche ».

gringalet (XVIIe s., au sens de « bouffon »), d'orig. obsc. La valeur de « homme chétif » date du XVIIIe s. Au sens de « cheval » en a. fr. le mot, attesté dès le XIIe s., semble d'orig. celtique et n'a pas la même étymologie.

griot (XVIIe s.), d'étym. incert., désigne un poète et musicien ambulant d'Afrique noire.

griotte (XVIe s.), empr. au prov. *agriota* « aigre », dér. de *agre*, du lat. *acer* « âpre, piquant », désigne une cerise au goût aigrelet.

gripper (XVe s., s. d. plus ancien, car *agripper* date du XIIe s.), du germ. **gripan* « saisir, accrocher » (cf. l'all. *greifen*), en fr. « agripper, accrocher ». || ***grippe*** (XIIIe s. au sens de « griffe »), p.-ê. déverb. de *gripper* ou issu d'un germ. **grip*. Le mot a signifié aussi au XVIIe s. « caprice soudain », au XVIIIe s. « maladie soudaine », puis « antipathie » (*prendre en grippe*) ; ***agripper*** (XIIe s.), d'abord au sens de « arracher », puis « saisir violemment » (XVe s.).

gris (XIIe s.), du franc. **gris* (cf. l'all. *greis*). Le sens de « sombre, maussade » est attesté depuis le XVIe s., celui de « légèrement ivre » depuis le XVIIe s. || ***grisâtre*** (XVIe s.) ; ***griser*** (XVIe s.), « devenir gris, grisonner ». Le sens de « enivrer un peu » date du XVIIIe s. ; ***griserie*** (XIXe s.), « ivresse légère » ;

dégriser (XVIe s.) ; ***grison*** (XIVe s.) ; ***grisonner*** (XVIe s.) ; ***grisonnement*** (XVIe s.) ; ***grisaille*** (XVIIe s.) ; ***grisette*** (XVIIe s.), fréq. pour désigner une étoffe ordinaire, ensuite à partir du XVIIe s. par métonymie une « fille de condition modeste, de mœurs faciles » (emploi fréq. à l'époq. romantique).

grisou (XVIIIe s.), forme dial. du Borinage, de *(feu) grégeois*, du lat. *ignem graecum* « feu grec ».

grive (XIIIe s.), fém. de l'adj. a. fr. *griu* « grec », du lat. *graecus*, l'oiseau étant un animal migrateur. || ***griveler*** (XIIIe s., sous la forme *grivelé* « tacheté »), de *grive*, « marauder » en raison du fait que l'oiseau picore dans les vignes. Le sens « consommer indûment, faire des profits illicites » est attesté au XVIIe s. ; ***grivèlerie*** (XVIe s.) ; ***grivois*** (XVIIe s.), subst. au sens de « soldat », puis « personne de mœurs libres » ; adj. (XVIIIe s.) au sens de « osé, hardi, licencieux ».

grog (XVIIIe s.), de l'angl. *Old Grog*, sobriquet fondé sur la tenue de *grogram* « étoffe de gros grain » portée par l'amiral Vernon, qui ordonna aux marins de mélanger de l'eau à leur rhum.

groggy (XXe s.), mot angl. « ivre, titubant », devenu terme de boxe « étourdi par les coups ».

grogner (XIIe s., sous la forme *gronir*), altér. d'après *groin* du lat. *grunnire* « grogner (en parlant du cochon) » et chang. de conjugaison. || ***grognerie*** (XVe s.) ; ***grognement*** (XVe s.) ; ***grognard*** (XIIIe s.), « de mauvaise humeur », a pris le sens de « soldat de la Garde » sous le Premier Empire ; ***grognon*** (XVIIIe s.).

groin (XIIe s.), du lat. tard. *grunium* « groin de porc », tiré de *grunnire* « grogner ».

grommeler (XIVe s., sous la forme *grumeler*), p.-ê. de l'all. *grummeln* « grogner ». || ***grommellement*** (XVIe s.).

gronder (XIIe s., sous la forme *grondir*, puis *gronder* « grogner, murmurer »), du lat. *grundire*, var. de *grunnire* « grogner ». || ***grondement*** (XIIIe s.). Voir ***grogner***.

groom (XVIIe s.), mot angl., signifiant « valet, valet d'écurie, palefrenier ». Le sens mod. « chasseur d'hôtel » date de la fin du XIXe s.

gros (XIe s.), du lat. imp. *grossus* « gros, épais », puis « rude, grossier », qui a remplacé *crassus* (voir ***gras***). En a. fr. l'adj. a signifié « important » (par ses dimensions, son volume, sa situation sociale, etc.), « enflé, gonflé » (XIIe s.) et aussi « rude, grossier » (*gros mots*) au XIIe s. || ***grossir*** (XIIe s.) ; ***grosse*** (XIIIe s.), « expédition d'acte rédigé en grosses lettres » (lang. jur.) ; ***grosseur*** (XIIe s.) ; ***grossissement*** (XVIe s.) ; ***grossiste*** (XIXe s.), « marchand en gros » ; ***dégrossir*** (XVIe s.) ; ***grossesse*** (XIIIe s.), « grosseur » et « état d'une femme enceinte » ; ***engrosser*** (XIIe s.) ; ***engrossement*** (XVe s.) ; ***grossier*** (XIIIe s.), a signifié d'abord « travaillant de grosses pièces, faisant du commerce de gros ». Les sens de « rustre, façonné sans finesse » remontent au XVIe s. ; ***grossièreté*** (XVIIe s.) ; ***gros-grain*** (XVIe s.), sorte d'étoffe.

groseille (XIIe s., sous la forme *groselle*), p.-ê. du franc. **krusil* (cf. l'all. *Krauselbeere* « groseille à maquereau »). La finale *-eille* est tard. (XVIe s.). || ***groseillier*** (XIIe s.).

grotesque (XVIe s.), empr. à l'ital. *grottesca* « décoration capricieuse ou fantastique » (découverte sous terre par des fouilles archéologiques dans des ruines ou des excavations appelées « grottes » par les Italiens, notamment dans la *Domus Aurea* de Néron). Le sens de « extravagant, ridicule » remonte au XVIIe s.

grotte (XIIIe s., rare avant le XVIe s.), empr. à l'ital. *grotta*, du lat. imp.

crypta « crypte, galerie souterraine », du grec *krupté* « souterrain ».

grouiller (XVe s.), d'étym. incert., « fourmiller ». || ***grouillement*** (XVIIIe s.) ; ***grouillot*** (XXe s.), « jeune employé de Bourse qui porte rapidement les ordres d'achat et de vente ».

groupe (XVIIe s.), empr. à l'ital. *gruppo* « ensemble de choses ou de personnes ». || ***grouper*** (XVIIe s.) ; ***groupement*** (XIXe s.) ; ***groupuscule*** (XXe s.) ; ***regrouper*** (XIXe s.) ; ***regroupement*** (XIXe s.).

gruau (XIIe s., sous la forme *gruel*), dér. de l'a. fr. *gru*, issu du franc. **grut*, en fr. « grain d'une céréale débarrassé de son ».

grue (XIIe s.), du lat. vulg. **grua*, du lat. clas. *grus, gruis*. Le mot désigne normalement l'oiseau échassier. Le sens de « appareil de levage » (sans doute par analogie de forme) est attesté dès le XVe s., celui de « prostituée » (XVe s.) fait référence à l'attente prolongée dans les rues (*faire le pied de grue* « attendre » (XVIIe s.), l'animal étant souvent immobile sur un pied).

gruger (XVe s.), du néerl. *gruizen* « écraser ». Le mot a signifié d'abord « réduire en grains », puis « croquer » (XVIIe s.), enfin « escroquer, duper » (depuis le XVIIe s.). || ***égruger*** (XVIe s.), « réduire en grains ».

grumeau (XIIIe s.), du lat. vulg. **grumellus*, du lat. clas. *grumulus* « petit tas ». || ***grumeleux*** (XIVe s.).

gruyère (XVIIe s.), du nom d'une région de Suisse, dans le canton de Fribourg, où l'on fabrique ce fromage.

gué (XIIe s.), du franc. **wad* « gué, bas-fond ».

guède (XIe s.), empr. au franc. **waizda* de même sens, désigne une plante tinctoriale de couleur bleue.

guenille (XVIIe s.), d'orig. incert. || ***déguenillé*** (XVIIe s.), « dépenaillé, vêtu de guenilles ».

guenon (XVIe s.), d'orig. inconnue, a signifié « singe à longue queue », puis « femelle du singe » (XVIIe s.), enfin « femme laide » (XVIIe s.), parfois « prostituée ».

guépard (XVIIe s., sous la forme *gapard*), empr. à l'ital. *gattopardo*, litt. « chat-léopard » de *gatto* « chat » et *pardo* « léopard, panthère ».

guêpe (XIIe s.), du lat. *vespa* et d'un franc. **waspa* (cf. l'all. *Wespe*). || ***guêpier*** (XIVe s.), a d'abord eu le sens de « nid de guêpes », puis celui de « endroit dangereux » (fin du XVIIIe s.) ; ***guêpière*** (XXe s.), sous-vêtement féminin serrant la taille et donnant une taille de guêpe.

guère (XIe s.), du franc. **waigaro* « beaucoup ». || ***naguère*** (XIIIe s.), de *n'a guère* « il n'y a pas beaucoup de temps ».

guéret (XIe s.), du lat. *vervactum* « jachère, terre en friche ». L'initiale a subi s. d. l'infl. d'un mot germ. commençant par *w*, en fr. « terrain labouré et non ensemencé » et « jachère », parfois en poésie « champ cultivé ».

guéridon (XVIIe s.), p.-ê. du personnage de farce, de chansons et de ballets portant ce nom.

guérilla (XIXe s.), empr. à l'esp. *guerrilla* « petite guerre ». || ***guérillero*** (XIXe s.), mot esp. « combattant pratiquant la guérilla ».

guérir (XIe s., sous la forme *garir*), du franc. **warjan* « défendre, protéger » (cf. all. *wehren* « défendre »). En a. fr. le mot s'emploie au sens de « garantir, protéger », mais déjà aussi de « recouvrer la santé ». || ***guérison*** (XIe s., sous la forme *garison*) ; ***guérissable*** (XIVe s., sous la forme *garissable*) ; ***guérisseur*** (XIVe s., sous la forme *gariseur*), qui prend au XVIIIe s. une valeur péj. ; ***inguérissable*** (XVe s., sous la forme *ingarissable*).

guérite (XIVe s.), de formation peu

claire, p.-ê. de la famille de *garir* « protéger », a signifié dès le M. A. « ouvrage de protection, refuge ».

guerre (XIe s.), du franc. **werra* « désordre, querelle », qui a pris la place du lat. *bellum*. Le sens de « conflit, lutte armée » est le seul attesté depuis le M. A. || **guerrier** (XIe s.) ; **guerroyer** (XIe s.) ; **aguerrir** (XVIe s.).

guet-apens (XVIe s.), altér. de *en aguet apensé* (XVe s.) « en embuscade, avec préméditation ». Le part. pas. *apensé* marquait que l'acte était « prémédité, intentionnel ».

guêtre (XVe s., sous les formes *guestes*, *guietres*), issu s. d. du franc. **wrist* « cou-de-pied ».

guetter (XIe s., sous la forme *gaitier* « surveiller, prendre garde »), du franc. **wahtôn* « veiller, surveiller » (cf. all. *wachten*). || **guet** (XIe s., sous la forme *gait*) ; **guetteur** (XIIe s.).

gueule (XIIe s., sous la forme *goule*), du lat. *gula* « gorge, bouche », a signifié en a. fr. « gorge », « gueule (des animaux) », « bouche (humaine) qui crie ou qui engloutit » et s'emploie avec une nuance péj. y compris au sens de « visage » au XVIe s., sauf dans la langue du blason, où *gueules* signifie « rouge » (il s'agissait à l'origine de morceaux de fourrure découpés dans le gosier de l'animal). L'emploi du mot reste pop. et fam. lorsqu'il s'applique à l'homme. La nuance de « ouverture béante » est connue depuis le XIIe s. || **goulée** (XIIe s.) ; **goulet** (XVe s.), « passage étroit » ; **goulot** (XVe s.), « col d'un récipient » ; **goulu** (XVe s.), « avide, vorace » ; **gueuler** (XVIIe s.), pop. ; **gueulard** adj. (XVIIe s.) pop. ; **gueuleton** (XVIIIe s.), pop. ; **dégueulasse** (XIXe s.), pop. ; **dégueuler** (XVe s.), pop. ; **engueuler** (XVIe s.), pop. ; **engueulade** (XIXe s.), pop. Voir **bégueule**.

gueux (XVe s), s. d. du m. néerl. *guit* « coquin, fripon », a signifié « coquin, mendiant, misérable, méprisable ». Au fém. **gueuse** est courant au sens de « femme de mauvaise vie ». || **gueuserie** (XVIIe s.).

gui (XIVe s.), du lat. *viscum* avec influence à l'initiale du franc. **wihsila* « cerise, griotte ».

guichet (XIIe s.), « petite porte, petite ouverture, passage étroit », s. d. de l'a. nord. *vik* « baie, recoin ». || **guichetier** (XVIIe s.).

guide (XIVe s.), s. d. empr. à l'ital. *guida* « conducteur, conduite ». Le sens de « ouvrage qui donne des conseils » date du XVIe s., celui de « rênes » du XVIIe s. || **guider** (XIVe s.), est une réfection d'après *guide* de l'a. fr. *guier* « conduire, guider », du franc. **witan*, de même sens ; **guidage** (XVIIe s.).

guidon (XVe s., au sens de « étendard »), de l'ital. *guidone* « étendard ». Les sens de « fanion », « pavillon (d'un navire) », « pièce de métal qui dirige la bicyclette » dérivent de l'idée de *guider*.

guigne 1 « cerise » (XIVe s., sous la forme *guine*), p.-ê. du franc. **wihsila* « griotte », mais le [*ñ*] du mot français est difficile à expliquer. || **guignolet** (XIXe s.) « liqueur de cerise ».

guigne 2, voir **guigner**.

guigner (XIIe s.), s. d. issu du franc. **wingyan* « faire signe » (cf. l'all. *winken*), devenu **gwingiare*, puis **gwiniare*, a signifié en a. fr. « faire signe de l'œil, lancer des œillades », au XVIe s. « lorgner, regarder à la dérobée ». Le sens de « convoiter » est attesté depuis le XVIIe s. || **guignon** (XVIIe s.), « malchance », sens dér. de l'idée de regarder de manière défavorable et donc de lancer des incantations maléfiques ; **guigne** « malchance » (XIXe s.).

guignol (XIXe s.), nom d'un personnage de marionnettes lyonnais. || **guignolesque** (XXe s.).

guilde, **ghilde** (XIIIe s., sous la forme

gilde), empr. au lat. méd. *gilda*, du m. néerl. *gilde* « troupe, corporation », en fr. « association, corporation de métier », puis « association commerciale faisant des conditions particulières à ses membres » (XXe s.).

guillemet (XVIIe s.), s. d. dimin. de *Guillaume*, nom vraisemblable de l'inventeur du signe typographique.

guilleret (XVe s.), d'orig. peu claire, a d'abord signifié « pimpant, séduisant ». Le sens de « gai, allègre » apparaît au XVIe s.

guillocher (XVIe s.), s. d. empr. à l'ital. *ghiocciare* « goutter, dégoutter », en fr. « orner de traits gravés en creux et entrelacés ».

guillotine (XVIIIe s.), du nom du médecin *Guillotin* qui en préconisa l'emploi.

guimauve (XIIe s., sous la forme *widmauve, vimauve*), mot formé de deux éléments : le premier est issu du lat. imp. *hibiscum* « sorte de mauve » réduit à **wis* par aphérèse et infl. du germ. **wihsila*, le second provient du lat. clas. *malva* « mauve ». La plante en question est proche de la mauve, mais s'en distingue.

guimbarde (XVIIe s.), s. d. empr. au prov. *guimbardo* « ancienne danse », d'abord en ce sens, puis de « instrument de musique » (XVIIe s.). Le sens de « chariot, voiture » vient s. d. des cahots ressentis par les passagers de ce moyen de transport qui donnait l'impression de danser.

guimpe (XIIe s., d'abord sous la forme *guimple*), du franc. **wimpil* (cf. l'all. *Wimpel* « banderole ») a désigné au M. A. la toile couvrant la tête et le visage des femmes, à l'époque moderne la pièce de costume encadrant le visage des religieuses (survivance médiévale), dans le costume profane une chemisette sans manches ou un corsage visant à atténuer un décolleté.

guinder (XIIe s.), du scand. *vinda* « hausser », terme tech. de marine signifiant « soulever un poids, hisser à l'aide d'un treuil ».

guinée (XVIIe s.), monnaie angl. (*guinea*) frappée avec l'or venant de la *Guinée* et valant 21 shillings, qui a longtemps servi de monnaie de compte.

guingois, **de guingois** (XVe s.), d'orig. obsc. signifie « de travers » dans le lang. pop.

guinguette (XVIIe s.), d'orig. obsc., a désigné un cabaret populaire (où l'on danse), souvent en plein air, et aussi à partir du XVIIIe s. une petite maison de campagne. Ce dernier sens a disparu.

guiper (XIVe s.), empr. au franc. **wipan* « envelopper », terme de passementerie et de broderie. || ***guipure*** (XIVe s.), « dentelle ajourée servant d'ornement ».

guirlande (XIVe s.), empr. à l'ital. *ghirlanda* « couronne de fleurs ou feuillages mise sur la tête comme ornement », puis « cordon décoratif ». || ***enguirlander*** (XVIe s.), d'abord « orner de guirlandes », puis « couvrir d'éloges » (XIXe s.), enfin « réprimander » (empl. fam.).

guise (Xe s.), du franc. **wisa* « manière, façon » (cf. all. *Weise* « manière »). || ***déguiser*** (XIIe s.), « changer d'aspect, modifier son apparence ». Les sens de « dissimuler », « modifier pour tromper » apparaissent déjà au M. A., mais sont surtout fréquents à partir du XVIe s. ; ***déguisement*** (XIIIe s.).

guitare (XIIIe s.), empr. à l'esp. *guitarra*, empr. à l'ar. *kitara*, issu du grec *kithara* « cithare ».

guivre (XIe s.), du lat. vulg. **wipera*, issu du lat. clas. *vipera* « vipère » avec une influence germanique à l'initiale, a désigné au M. A. un serpent fantastique, une sorte de dragon. Le mot n'est plus guère utilisé auj. que dans la langue du blason.

guttural (XVIe s.), adj. tiré du lat. *guttur* « gosier, gorge ».

gymkhana (XXe s.), de l'angl., lui-même emprunté à l'hindou, désigne une fête de plein air avec des épreuves d'adresse et des courses d'obstacles.

gymnase (XVIe s.), empr. au lat. *gymnasium*, du grec *gumnasion* « lieu d'entraînement aux sports et exercices corporels (dans l'Antiquité) ». Le sens de « école d'enseignement secondaire » attesté dans les pays germaniques et en Suisse date du XVIe siècle. || ***gymnastique*** (XIVe s.), empr. au lat. *gymnasticus*, du grec *gumnastikos* ; ***gymnaste*** (XVIe s.), empr. au grec *gumnastés* « maître de gymastique » ; ***gymnique***, empr. au lat. *gymnicus*, du grec *gumnikos* « qui concerne les exercices du corps », dér. de *gumnos* « nu » (ces exercices se faisant le corps nu).

gynécée (XVIe s.), empr. au lat. *gynaeceum* « appartement réservé aux femmes (dans la maison) », du grec *kunaikeia*, de même sens.

gynéco-, premier élém. de mots sav., comme ***gynécologie***, tiré de *guné, gunaikos* « femme ».

gypaète (XIXe s.), mot sav. fait sur le grec *gups* « vautour » et *aitos* « aigle ».

gypse (XIVe s.), empr. au lat. *gypsum* « pierre à plâtre, plâtre ».

gyro-, premier élém. de mots sav. comme ***gyrophare***, tiré du grec *guros* « cercle », indiquant un mouvement tournant.

H

habile (XIIIe s.), du lat. *habilis* « bien adapté, bien approprié, apte à », a d'abord signifié « capable, convenable », puis à partir du XVe s. « souple, agile, rapide » et depuis le XVIe s. « adroit, ingénieux, intelligent » et aussi « compétent » (XVe s.). || ***habileté*** (XIVe s., sous la forme *habilité*), empr. au lat. *habilitas* « aptitude » a d'abord signifié « capacité, aptitude » (jusqu'au XVIIe s. inclus), puis « adresse » ; ***habiliter*** (XIVe s.), empr. au lat. méd. *habilitare* « donner la capacité au plan jurique » ; ***habilitation*** (XIVe s.), empr. au lat. méd. *habilitatio* « capacité juridique ». Le sens de « capacité légale de postuler un emploi de professeur d'université » est un emploi récent du XXe s. ; ***réhabiliter*** (XIIIe s.), a signifié dès le XVe s. « rétablir dans ses droits et prérogatives ». Le sens de « rétablir dans l'estime » date du XVIIIe s., celui de « rénover » (XXe s.) vient de l'angl. *rehabilitate* ; ***réhabilitation*** (XVe s.) ; ***inhabile*** (XIVe s.), empr. au lat. *inhabilis* ; ***inhabileté*** (XIVe s.).

habiller (XIIIe s., sous la forme *abillier*), formé sur *bille*, a signifié d'abord « préparer une bille de bois », puis « préparer, équiper (pour la guerre), apprêter ». Le sens de « vêtir » apparaît au XVe s., sous l'infl. du mot *habit*. || ***habillement*** (XIVe s.) ; ***habillage*** (XVe s.), « mise en état, préparation », a signifié au XVIe s. « préparation (de la viande) » ; ***déshabiller*** (XVe s.) ; ***déshabillage*** (XIXe s.) ; ***rhabiller*** (XIVe s.), d'abord « remettre en état » ; ***rhabillage*** (XVIe s.).

habit (XIIe s.), empr. au lat. *habitus* « manière d'être », d'où « attitude, tenue, costume, complexion ». Le sens de « costume » est déjà connu au M. A., où *habit* désigne un « froc, vêtement de religieux » (*l'habit ne fait pas le moine*), puis signifie « ensemble des vêtements » (encore employé au XVIIe s.). Le sens de « veste de cérémonie » remonte au XVIIe s., mais s'emploie surtout à partir du XIXe s.

habitacle (XIIe s.), empr. au lat. eccl. *habitaculum* « petite maison » d'où « demeure », souvent employé en a. fr. pour désigner « la petite maison d'un ermite », en un sens plus général « demeure ». Les valeurs mod. « armoire » et « poste de pilotage » apparaissent au XVIIe s. dans le voc. de la marine. Au XXe s. emploi dans le voc. de l'aviation.

habiter (XIIe s.), empr. au lat. *habitare* « résider, occuper ». || ***habitation*** (XIIe s.), empr. au lat. *habitatio* « logement » ; ***habitant*** (XIIe s.) ; ***habitable*** (XIIe s.), empr. au lat. *habitabilis* ; ***inhabité*** (XVe s.) ; ***habitat*** (XIXe s.) ; ***cohabiter*** (XIVe s.), empr. au lat. *cohabitare* « habiter avec » ; ***cohabitation*** (XIIIe s.), empr. au lat. *cohabitatio*, de même sens.

habitude (XIVe s.), empr. au lat. *habitudo* « manière d'être », a d'abord le sens de « complexion, état général du corps » (encore utilisé au XVIIe s.), puis au pluriel, à partir du XVe s., celui de « relations, fréquentations habituelles » (sens courant au XVIIe s.), enfin depuis le XVIe s., sous l'infl. du verbe *habituer* celui de « manière d'être permanente, acquise par la répétition », « usage répété ».

habituer (XIVe s.), empr. au lat. méd. *habituare* « accoutumer », du lat. tard. *habituari* « avoir telle manière d'être ». || ***habituel*** (XVIIe s.), empr. au lat. méd. *habitualis* « usuel, ordinaire » ; ***inhabituel*** (XIXe s.).

hâbler (XVIe s.), empr. à l'esp. *hablar* « parler », du lat. *fabulari* « converser, parler », signifie d'abord « parler », puis prend aussi au XVIe s. la nuance péj. de « parler avec exagération, dire des vantardises ». || ***hâblerie*** (XVIIe s.) ; ***hâbleur*** (XVIe s.).

hache (XIIe s.), du franc. **happja*. ||

hacher (fin du XIIe s.), p.-ê. issu du verbe d'a. fr. *dehachier* (XIIe s.) « découper », a signifié « couper en petits morceaux, couper grossièrement, déchiqueter, mettre en pièces, exterminer ». Sens tech. postérieurs : « couvrir de hachures » (voc. du dessin, de la gravure) à partir du XIVe s., « entailler, ciseler » à partir du XIVe s., « barrer, raturer » depuis le XVIIIe s., « interrompre » depuis le XIXe s. || ***hacher*** (XIVe s.) ; ***hachette*** (XIIIe s.) ; ***hachis*** (XVIe s.) ; ***hachoir*** (XVe s.) ; ***hachure*** (XVe s.), terme de gravure depuis le XVIIe s. « traits ressemblant à des petits coups de hache et indiquant les demi-teintes et les ombres » ; ***hachurer*** (XIXe s.).

hachisch, **haschisch** (XVIe s., sous la forme *hasis*), de l'ar. *hachîch* « herbe, chanvre indien ».

hacienda (XIXe s.), empr. à l'esp. d'Amérique latine au sens de « vaste exploitation agricole », issu du lat. *facienda* « choses à faire ».

haddock (XVIIIe s. pour la reprise à l'angl., XIIIe s. en a. fr. sous la forme *hadot*), de l'angl. *haddock* « aiglefin fumé ».

hagard (XIVe s.), terme de fauconnerie, d'étym. incert., qui désigne le faucon resté « sauvage, farouche ». Depuis le XIVe s. l'adj. s'emploie en parlant de l'aspect physique des personnes au sens de « égaré, hébété ».

hagio-, premier élém. de mots sav. comme ***hagiographe***, tiré du grec *hagios* « saint ».

haie (XIe s.), du franc. **hagja* (cf. all. *Haag*, néerl. *haag*), a désigné une clôture végétale (arbres, arbustes ou branchages entrelacés), *haie vive* ou *haie sèche*, servant de protection des champs ou jardins et en empêchant l'accès. Parfois en a. fr. le mot s'applique à une forêt close, à une garenne. Le sens dér. de « barrière, obstacle » est attesté en sport et hippisme au XIXe s.

haillon (XIVe s.), s. d. du m. h. all. *hadel* « lambeau, guenille » et du suff. dimin. *-on*.

haïr « détester » (XIe s.), du franc. **hatjan* (cf. all. *hassen*, angl. *to hate*). || ***haine*** « ressentiment » (XIIe s., sous la forme *haïne*) ; ***haineux*** (XIIe s., sous la forme *haïnos*) ; ***haïssable*** (XVIe s.).

haire (Xe s.), du franc. **harja* « vêtement grossier fait de poils », a désigné une chemise de crin portée sur la peau par esprit de mortification, puis une étoffe grossière. En a. fr. le mot a eu aussi le sens de « souffrance, peine ».

haleine (XIe s., sous la forme *aleine*), déverb. de l'a. fr. *alener* (XIIe s.) « souffler, respirer », du lat. vulg. **alenare*, par métathèse du lat. clas. *anhelare* « respirer difficilement, exhaler ». L'initiale *h-* est une réfection graphique du XVe s., faite sur *halare* « exhaler une odeur, souffler ».

haler (XIIe s.), s. d. du m. h. all. *halon* « faire venir, tirer hors de », en fr. terme de batellerie, « tirer sur un cordage, sur un câble ». || ***halage*** (XVe s.).

hâler (XIIe s.), s. d. du lat. vulg. **assulare*, du lat. imp. *assare* « rôtir », fait sur *assus* « rôti, grillé, sec », en fr. « dessécher, devenir brun (sous l'effet du soleil) ». Le *h* initial vient s. d. de l'infl. d'un mot de la famille du germanique **hallon* « sécher ». En a. fr. le sens le plus fréq. est déjà « brunir, bronzer ». || ***hâle*** (XIIe s.).

haleter (XIIe s.), d'orig. peu claire. En a. fr. le mot s'applique surtout au cœur et signifie « battre précipitamment ». || ***halètement*** (XVe s.).

hall (XVIIe s., rare avant le XIXe s.), de l'angl. *hall* désignant une grande salle couverte, lieu de réunion d'un corps de métier, et aussi un grand vestibule. Le mot angl. est issu du franc. **halla*, comme le fr. *halle* et l'all. *Halle*.

hallali (XVIIe s.), formé de *hare*, devenu *hale* (cri d'excitation des chiens), issu du franc. **hara* « par ici » (voir

haro) et de *a lui*, devenu *a li* en a. fr. « vers lui », cri ou sonnerie de chasse à courre quand la bête poursuivie est aux abois.

halle (XIIIe s.), du franc. **halla* « vaste emplacement couvert », qui désigne depuis le M. A. un lieu abritant un marché.

hallebarde (XVe s.), du m. h. all. *Helmbarte* « hache (*Barte*) à poignée (*Helm*) » (all. mod. *Hellebarde*), désigne une arme d'hast, à longue hampe.

hallier (XVe s.), s. d. dimin. pourvu du suff. *-ier,* de la famille du germ. *hasla* « rameau », en fr. « ensemble de buissons épais ».

halluciné (XVIIe s.), empr. au lat. *hallucinatus* « qui divague, qui rêve, qui se trompe », en fr. « sujet à des hallucinations, à des phantasmes ». || ***hallucination*** (XVIIe s.), empr. au lat. *hallucinatio* « méprise, rêve, divagation » ; ***halluciner*** (XIXe s.) ; ***hallucinant*** (XIXe s.) ; ***hallucinatoire*** (XIXe s.).

halo (XIVe s.), du lat. *halos* « cercle lumineux autour du soleil ou de la lune », empr. au grec *halos.*

halo-, premier élém. de mots sav. comme ***halogène***, tiré du grec *hals, halos* « sel ».

halte (XVIe s.), empr. à l'all. *halt* « arrêt », subst. verb. de *halten* « s'arrêter », est employé comme subst. et comme interject. de commandement (voc. militaire) ou comme cri de protestation dans les manifestations publiques.

haltère (XVIe s., sous la forme *altère*), empr. au latin *halteres*, du grec *haltérés* « balanciers », en fr. « instrument de gymnastique formé de deux disques réunis par une tige ».

hamac (XVIe s., sous diverses formes *amache*, *amacca, hamaca*), empr. à l'esp. *hamaca*, lui-même empr. à une langue des Caraïbes.

hameau (XIIe s., sous la forme *hamel*), dimin. de l'a. fr. *ham* « petite agglomération de maisons » (mot très rare), du franc. **haim* (cf. all. *Heim* « foyer, domicile », angl. *home*), en fr. « petit groupe de maisons rurales situées à l'écart d'un village ».

hameçon (XIIe s.), dér. de l'a. fr. *ain, aim,* du lat. *hamus* « crochet, hameçon » et du suff. *-eçon*, « crochet placé au bout d'une ligne pour attraper le poisson ».

hammam (XVIIe s.), du turc, issu de l'ar. *hammam* « bain chaud » désigne un bain de vapeur dit bain turc.

hampe (XVe s.), altér. de l'a. fr. *hanste,* puis *hante* « lance, bois de lance », issu du mélange du lat. *hasta* « lance » et du franc. **hant* « main », en fr. « long manche de bois d'une arme d'hast ».

hamster (XVIIIe s.), de l'all. *Hamster* de même sens, désigne un petit mammifère.

hanap (XIIe s.), du franc. **hnapp* (cf. all. *Napf* « écuelle »), « coupe pour boire (au M. A.) ».

hanche (XIIe s.), du franc. **hanka* (cf. l'all. *hinken* « boiter »), qui a remplacé le lat. *coxa* « hanche, cuisse ». || ***déhancher*** (XVIe s.) ; ***déhanchement*** (XVIIe s.).

hand-ball (XXe s.), de l'all. *Handball* « balle à main », désigne un jeu qui se pratique uniquement avec les mains.

handicap (XIXe s.), de l'angl. *handicap*, contract. de *hand in cap* « la main dans le chapeau », allusion à un jeu où l'on déposait les mises dans un chapeau, puis mot appliqué aux courses de chevaux où un désavantage est imposé à certains concurrents pour égaliser les chances de succès de tous. Du sens de « compensation de l'inégalité des chances » on est passé au XXe s. à celui de « désavantage, gêne, infériorité », puis « infirmité ». || ***handicaper*** (XIXe s.). Au XXe s. le mot ***handicapé***

désigne qqn atteint d'une infirmité physique importante.

hangar (XIVe s.), s. d. du franc. **haimgard* « clôture autour de la maison ». Le sens de « remise servant à abriter les outils agricoles » est attesté au M. A.

hanneton (XIe s.), dimin. du franc. **hano* « coq », ce mot ayant servi à désigner divers insectes.

hanse (XIIIe s.), du m. h. all. *hanse* « association de marchands ». || ***hanséatique*** (XVIIe s.), s. d. empr. au lat. méd. *hanseaticus* « relatif à la hanse », car l'all. *hanseatisch* ne semble attesté qu'à partir du XVIIIe s.

hanter (XIIe s.), « fréquenter », s. d. de l'a. scand. *heimta* « conduire à la maison ». Le mot a dû se répandre à partir de la Normandie. Le sens de « visiter par des spectres » est p.-ê. un anglicisme (cf. *to haunt*) venu des romans fantastiques angl. de la fin du XVIIIe s. || ***hantise*** (XIIIe s.), au sens de « fréquentation » (courant encore au XVIe s.). Le sens dér. de « obsession » date du XIXe s.

happening (XXe s.), mot américain, de *to happen* « arriver, se produire », désigne « une manifestation improvisée, spontanée ».

happer (XIIe s.), s. d. onomat. expres. marquant un mouvement rapide de saisie. Des mots de forme et de sens voisins existent dans les langues du domaine germanique.

haquenée (XIVe s.), empr. à l'angl. *haquenei*, tiré de la ville de *Hackney*, célèbre pour ses chevaux, a désigné une jument trottant l'amble et aisée à conduire.

hara-kiri (XIXe s.), du japon. signifiant « ouverture du ventre » et désignant d'abord un suicide fait au sabre, puis le sacrifice de sa vie.

harangue (XVe s.), de l'ital. *aringa* « discours public », s. d. fait sur *aringo* « arène, place publique ». || ***haranguer*** (XVe s.)

haras (XIIe s.), d'étym. incert., a d'abord signifié « ensemble d'étalons et de juments », puis « établissement destiné à la reproduction des chevaux ».

harasser (XVIe s.), s. d. issu du cri *hare* « ici », d'orig. germ. (cf. a. fr. *haro*, all. *hier*), terme de vénerie, d'abord au sens de « harceler, exciter les chiens ». Le sens de « épuiser de fatigue », seul connu auj., est un sens dér., attesté depuis le XVIe s.

harceler (XVe s.), var. de *herceler*, dér. de *herser*, qui a signifié aussi en a. fr. « tracasser, tourmenter ». || ***harcèlement*** (XVIIe s.).

harde (XIIe s), var. de *herde*, du franc. **herda* « troupeau » (cf. l'all. *Herde* et l'angl. *herd*), « troupe de bêtes sauvages ».

hardes (XVe s.), semble un empr. au gasc. *harde* « vêtements, vieux vêtements ». Le mot corr. est *farde*, en a. fr. « charge, bagage, vêtements », issu de l'ar. *farda* « balle d'étoffes, de vêtements », comme l'esp. et le catal. *alfarda*. Au XVIIe s. *hardes* s'emploie au sens de « vêtements » et aussi de « bagages ».

hardi (XIe s.), ancien part. pas. d'un ancien verbe **hardir* « rendre dur, devenir hardi » déjà disparu en a. fr., du franc. **hardjan* « devenir dur » (cf. all. *hart* et angl. *hard* « dur »). L'adj. *hardi* s'emploie en a. fr. parfois en un sens positif « courageux, intrépide », souvent avec val. péj. « téméraire, imprudent ». Le sens de « provocant, impudique, insolent » est attesté dès le XIIIe s., celui de « heureusement hasardé » (dans le domaine de la création littéraire ou artistique) au XVIIe s. || ***hardiesse*** (XIIe s.) ; ***enhardir*** (XIIe s.).

harem (XVIe s., sous la forme *haram* au sens de « péché »), de l'ar. *haram* « chose interdite », désigne « l'appartement des femmes, qu'un étranger n'a pas le droit de voir », puis « l'ensemble des femmes d'un harem » (XVIIe s.).

hareng (XIIe s.), du germ. **haring* (all. *Herings*), de même sens.

hargne (XVe s.), p.-ê. déverb. de *hargner, hergner* « gronder, se quereller » (attesté tardivement, mais s. d. plus ancien), du franc. **harmjan* « insulter, tourmenter » (le terme *herne, hergne* du XIIIe s. n'a ni le même sens ni la même origine). Le mot a signifié « querelle, désagrément » jusqu'au XVIe s. || ***hargneux*** (XIIe s.).

haricot 1 (XIVe s.), « ragoût » (*haricot de mouton*), s. d. déverb. de *harigoter, haligoter* « couper en morceaux », p.-ê. du franc. **harion* « gâcher ».

haricot 2 (XVIIe s.), légume, d'étym. peu claire.

haridelle (XVIe s.), d'orig. inconnue, « mauvais cheval ».

harmonica (XVIIIe s.), de l'angl. *harmonica*.

harmonie (XIIe s.), empr. au lat. *harmonia* « harmonie, accord », du grec *harmonia*. || ***harmonieux*** (XVe s.) ; ***harmoniser*** (XVe s.) ; ***harmonisation*** (XIXe s.) ; ***harmonium*** (XIXe s.) ; ***harmonique*** (XIVe s.), empr. au lat. *harmonicus* « harmonieux » ; ***philharmonique*** (XVIIIe s.), d'abord adj. « qui aime la musique », puis subst. « société d'amateurs de musique » (XIXe s.).

harnais (XIe s., sous la forme *harneis, harnois*), de l'a. scand. **hernest* « provisions pour l'armée », s'emploie en a. fr. au sens de « équipement militaire d'un homme », « armure, harnachement du cheval », enfin « bagages d'une armée ». || ***harnacher*** (XIIe s., sous la forme *harneschier*) ; ***harnachement*** (XVe s.).

haro (XIIe s., aussi sous la forme *harou, hareu*), du franc. **hara* « ici, par ici », cri d'appel en cas de flagrant délit. Empl. fréquent dans le lang. judiciaire (notamment en Normandie) comme appel à l'aide et comme dénonciation du coupable. L'interject. a été aussi utilisée dans le voc. de la chasse pour exciter les chiens. Au XVIe s. *crier haro* signifie « dénoncer quelqu'un, désigner quelqu'un comme coupable ».

harpe (XIe s.), du germ. **harpa*, de même sens. || ***harpiste*** (XVIIe s.)

harpie (XIVe s.), du lat. *harpya*, du grec *harpuia*, a désigné des monstres de la mythologie antique à corps d'oiseau (avec des griffes) et à tête de femme.

harpon (XIIe s.), dér. de *harper* « s'accrocher », s. d. d'un germ. **harpan* « saisir ». || ***harponner*** (XVIIe s.).

hart (XIIe s.), « corde » et parfois « supplice de la pendaison », s. d. du franc. **hard* « filasse ». || ***ardillon*** (XIIIe s., sous la forme *hardillon*), d'abord « petite attache (corde, boucle) », puis « pointe de la boucle ».

hasard (XIIe s.), terme du jeu de dés, de l'ar. *az-zar* « jeu de dés », qui a désigné un jeu particulier aux dés, un coup heureux (le six). Le sens de « mauvais coup » (XIIIe s.), d'où « risque, danger » (XVe s.) est attesté postérieurement. L'idée de « marchandise d'occasion » est connue au XVIIe s. La valeur de « événement fortuit » date du XVIe s. || ***hasarder*** (XVe s.), d'abord au sens de « jouer aux dés », puis de « risquer » ; ***hasardeux*** (XVIe s.).

hase (XVIe s.), femelle du lièvre, de l'all. *Hase* « lièvre ».

haste 1 (XIIIe s.), « lance », du lat. *hasta* « lance ».

haste 2 (XIIIe s.), « broche à rôtir », croisement du lat. *hasta* « lance, pique, hampe » et du germ. **harst* « gril ».

hâte (XIIe s., sous la forme *haste*), du franc. **haist* « vivacité, violence », en fr. « rapidité, précipitation ». || ***hâter*** (XIe s.) ; ***hâtif*** (XIe s.).

hauban (XIIe s.), de l'a. scand. *hö-*

fudbendur « câble principal », en fr. « cordage servant à étayer le mât par le travers ou par l'arrière ».

haubert (XIIe s., sous la forme *halberc*), du franc. **halsberg* « ce qui protège le cou » (de *bergen* « protéger » et *Hals* « cou »), a désigné en fait la cotte de mailles qui recouvrait tout le corps du guerrier. La forme *osberc* est s. d. empr. à l'a. prov.

hausser, voir ***haut***.

haut (XIe s.), du lat. *altus*, avec infl. du franc. **hoh* « haut » (cf. all. *hoch* et angl. *high*). || ***hautain*** (XIIe s.), d'abord « élevé », « noble », puis « arrogant » (XIVe s.) ; ***hauteur*** (XIIe s.) ; ***hauturier*** (XVIIe s.), s. d. dér. de *hauteur* au sens de « haute mer », terme de marine « relatif à la haute mer » ; ***hautbois*** (XVe s.) ; ***haut-le-cœur*** (XIXe s.) ; ***haut-de-forme*** (XIXe s.) ; ***haut-le-pied*** (XVIIIe s.), d'abord « cheval ni attelé ni monté », puis « train vide de voyageurs », enfin « personne sans emploi fixe », « personne qui disparaît facilement » ; ***haute-contre*** (XVe s.), d'abord « baryton », puis « voix montant plus haut que le ténor » ; ***hausser*** (XIIe s.), du lat. vulg. **altiare* ; ***hausse*** (XIIIe s.) ; ***exhausser*** (XIIe s.) ; ***rehausser*** (XIIe s.).

hâve (XIIe s.), du franc. **haswa* « gris comme le lièvre », a signifié « terne, sombre », puis à partir du XVIe s. « maigre et pâle ».

havre (XIIe s., sous la forme *havene*), du m. néerl. *hafen* « port », (cf. all. *Hafen*, angl. *haven*), en fr. au sens de « port de mer » et aussi « refuge, abri » (XIIe s.).

havresac (XVIIe s.), de l'all. **Hawersack* « sac à avoine », a désigné dès le XVIIe s. le sac porté sur le dos par le fantassin en campagne et contenant son équipement.

hayon (XIIIe s.), dér. de *haie*, d'abord « claie formant étal ou abri », puis « panneau amovible (pour une charrette) » (XIXe s.), « partie mobile à l'arrière d'une voiture » (XXe s.).

hé (XIe s.), onomat.

heaume (XIe s.), du franc. **helm* « casque » (cf. all. *Helm* « casque »).

hebdomadaire (XIIIe s.), empr. au lat. chrét. *hebdomadarius* « en fonction une semaine, chaque semaine », du lat. chrét. *hebdomas, hebdomadis* ou *hebdomada, -ae* « semaine », du grec *hebdomas* « semaine ».

héberger (XIe s., sous la forme *herbergier*), du franc. **heribergon* « loger, camper » (en parlant d'une armée), signifie encore en a. fr. « loger, camper » en parlant d'une armée, mais aussi « loger (chez soi), donner l'hospitalité ». La famille du mot en a. fr. est assez fournie : *herberc, herberge, herbergerie, herbergement* au sens de « gîte, logement », parfois « tente ». Les formes commençant par *hé-* sont d'origine franc., celles commençant par *a-* d'origine germ. || ***hébergement*** (XIIe s.) ; ***auberge*** (XVe s.), de l'a. prov. *alberga* « logement, tente », en fr. d'abord au sens de « logement ». Le sens de « hôtellerie » semble tardif (fin du XVIe s., début du XVIIe s.). Le terme ***aubergiste*** (XVIIe s.) est plus tardif encore.

hébéter (XIVe s.), empr. au lat. *hebetare* « émousser », en fr. même sens et « engourdir ».

hécatombe (XVIe s.), mot sav., du lat. *hecatombe*, empr. au grec *hékatombé* « sacrifice de cent bœufs ». Le sens de « massacre d'un grand nombre de personnes » est attesté au XVIIe s.

hecto-, premier élém. de mots sav. comme ***hectolitre***, tiré du grec *hékaton* « cent ».

hédonisme (XIXe s.), mot sav., du grec *hédoné* « plaisir ».

hégémonie (XIXe s.), mot sav., du grec *hégémonia* « suprématie ».

hégire (XVIe s.), empr. à l'ital. *hegira*, de l'ar. *hedjira* « fuite (de Mahomet à Médine) », désigne l'ère des Musulmans.

hélas (XIIe s.), onomat. de *hé* interject. et *las* « malheureux » du lat. *lassus* « fatigué ».

héler (XVIe s.), du m. angl. *heilen* « appeler », (cf. l'angl. *to hail* « appeler »).

hélianthe (XVIIe s.), mot sav., du grec *hélios* « soleil » et *anthos* « fleur », désigne une fleur de la famille du tournesol.

hélice (XVIe s.), empr. au lat. *helix* « sorte de lierre, volute », du grec *hélix* « spirale », d'où « hélice ». || ***hélicoïde*** (XVIIIe s.), du grec *hélicoeidés* « en forme de spirale » ; ***hélicoïdal*** (XIXe s.) ; ***hélicoptère*** (XIXe s.), fait de *hélico-* et du grec *ptéron* « aile » ; ***héliport*** (XXe s.).

hélio-, premier élém. de mots sav. comme ***héliotrope***, tiré du grec *hélios* « soleil ».

héma-, **hémat-**, **hémato-**, **hémo-**, premier élément de mots sav. comme ***hématome***, ***hémorragie***, ***hémorroïde***, tiré du grec *haima, haimatos* « sang ».

hémi-, premier élém. de mots sav. comme ***hémicycle***, ***hémisphère***, ***hémiplégie***, tiré du grec *hémi* « demi ».

hendéca-, premier élém. de mots sav., comme ***hendécasyllabe***, tiré du grec *endéka* « onze ».

henné (XVIe s.), de l'ar. *hinna*, désigne un arbuste oriental et une teinture.

hennin (XVe s.), coiffure élevée portée par les femmes au XVe s., s. d. empr. au néerl. *henninck* « coq », la coiffure ayant été comparée à une crête de coq.

hennir (XIe s.), du lat. *hinnire* « hennir (en parlant du cheval) ». || ***hennissement*** (XIIIe s.).

hépatique (XIIIe s.), empr. au lat. *hepaticus* « qui concerne le foie », du grec *hépatikos* (même sens).

hépatite (XVIIe s.), empr. au lat. tard. *hepatitis, hepatitidis* « qui concerne le foie ».

hépato-, premier élém. de mots sav. comme ***hépatose***, tiré du grec *hépar, hépatos* « foie ».

hepta-, premier élém. de mots sav. comme ***heptacorde***, tiré du grec *hepta* « sept ».

héraldique (XVIIe s.), dér. du lat. méd. *heraldus* « héraut (d'armes) », en fr. « qui a rapport au blason, science du blason ».

héraut (XIIe s., sous la forme *hiraut*), du franc. **hariwald, *heriwald*, « chef d'armée », au M. A. « officier chargé de s'occuper des tournois, des blasons et de porter certains messages ».

herbe (XIe s.), du lat. *herba*, a désigné en a. fr. l'ensemble des plantes herbacées constituant la végétation, et aussi les jeunes pousses (dans leur période de croissance), les plantes médicinales, les plantes potagères, les légumes, les plantes aromatiques. Ces sens se sont conservés en fr. mod. L'emploi du mot au sens de « drogue » n'est pas attesté avant le XIXe s. || ***herbage*** (XIIe s.) ; ***herbeux*** (XIe s.) ; ***herbacé*** (XVIe s.), empr. au lat. imp. *herbaceus* ; ***herbier*** (XIIe s.), d'abord au sens de « lieu empli d'herbes », puis au XVe s. « traité sur les plantes » (sens empr. au lat. *herbarium*), au XVIIe s. « collection de plantes séchées » ; ***herbivore*** (XVIIIe s.), mot sav., « qui se nourrit d'herbes » ; ***désherber*** (XIXe s.), « enlever les mauvaises herbes » ; ***désherbage*** (XXe s.).

herboriste (XVe s., sous la forme *herboliste*), s. d. empr. à la langue d'oc, fait sur un dér. du lat. *herbula* « brin d'herbe ». Le mot est devenu *herboriste* par assimilation de *l* en *r*. Le sens premier a été « expert dans les plantes médicinales, botaniste », puis « marchand de plantes médicinales » (XVIIIe s.). || ***herboriser*** (XVIe s., sous la forme *arboriser*), « recueillir et étudier des plantes » ; ***herborisation*** (XIXe s.).

hère (XVIe s.), d'étym. incert., p.-ê. de l'all. *Herr* « seigneur », employé par dérision, signifiait déjà au XVIe s. « homme de rien, misérable », et ne survit en fr. mod. que dans l'expres. *pauvre hère*.

hérédité (XIe s., sous la forme *erité, ireté*), empr. au lat. *hereditas* « héritage, succession ». Le sens de « héritage, ensemble des biens laissés à la mort » est courant en a. fr., celui de « qualité d'héritier » est attesté au XVIe s. Le sens biol. « transmission aux descendants de caractères génétiques » date du XIXe s, mais il n'est fréq. qu'au XXe s. || ***héréditaire*** (XVe s.), empr. au lat. *hereditarius* « relatif à un héritage ».

hérésie (XIIe s., sous la forme *eresie*), empr. au lat. chrét. *haeresis* « doctrine contraire aux dogmes de l'Eglise », issu du grec *hairésis* « choix individuel », a eu en a. fr. la connotation fortement négative de « doctrine contraire à l'orthodoxie » et donc de « doctrine religieuse condamnable ». || ***hérétique*** (XIVe s.), empr. au lat. *haereticus*, a remplacé les formes plus anciennes *erege, herege, erite* « sectateur d'une hérésie » et aussi en a. fr. « sodomite » ; ***hérésiarque*** (XVIe s.), empr. au lat. chrét. *haeresiarches*, du grec chrét. *airésiarchés* « chef, auteur d'une hérésie ».

hérisser (XIIe s.), du lat. vulg. **ericiare*, fait sur *hericius, ericius* « hérisson », signifie en a. fr. « dresser (ses poils) », « se dresser ». Le sens de « garnir de choses désagréables » et « se révolter » semblent fréq. à partir du XVIe s. || ***hérissement*** (XVe s.) ; ***hérisson*** (XIIe s.), du lat. vulg. *hericius* « hérisson » et du suff. *-on*, d'abord au sens de « animal au dos couvert de piquants » et « poutre garnie de pointes de fer » (XIIe s.), puis divers sens tech. en fr. mod.

hériter (XIIe s., généralement sous la forme *eriter*), du lat. tard. *hereditare* « hériter de », en a. fr. « donner en héritage » et surtout « recevoir en héritage ». || ***héritage*** (XIIe s.), « patrimoine transmis en héritage », « domaine, fonds de terre, immeuble (durablement possédé) » ; ***déshériter*** (XIIe s.) ; ***héritier*** (XIIe s.), du lat. *hereditarius* « relatif à un héritage, reçu par héritage », a remplacé l'a. fr. *hoir* (XIIe s.) « héritier », issu de *heres, heredis*, de même sens.

hermaphrodite (XIIIe s.), empr. au lat. *hermaphroditus*, tiré du grec, à l'orig. nom d'un personnage de la mythologie, fils d'Hermès et d'Aphrodite, réunissant en lui les deux sexes.

herméneutique (XVIIIe s.), mot sav. tiré du grec *herméneutikhé (techné)* « art d'interpréter », s'est employé notamment pour l'interprétation des Ecritures saintes. Au XXe s. le mot désigne l'interprétation des signes.

hermétique (XVIe s.), terme d'alchimie, issu de *Hermes Trismegistus* « Hermès trois fois grand », qui passait pour l'inventeur de l'alchimie, a désigné d'abord une fermeture particulière des vases dans les opérations alchimiques, c'est-à-dire une fermeture « étanche », puis a pris depuis le XVIIe s. le sens de « relatif à l'alchimie », enfin depuis le XIXe s. celui de « obscur, secret, abscons, difficile à comprendre ». || ***hermétisme*** (XVIIIe s.).

hermine (XIIe s., sous la forme *ermine*), de l'a. adj. *(h)ermin*, du lat. *Armenius* « Arménien », car l'animal est abondant en Asie Mineure. Le mot désigne une fourrure (d'une blancheur éclatante, avec des pinceaux de poils noirs provenant de la queue de l'animal) très employée au M. A., d'où le sens de « fourrure d'hermine, fourrure blanche ». La présence du *h* à l'initiale n'est pas d'orig. très claire. || ***herminette*** (XVIe s.), « petite hache au tranchant recourbé (comme le museau de l'hermine) ».

hernie (XIVe s.), empr. au lat. *hernia* « excroissance formée par un organe intérieur ». || ***herniaire*** (XVIIe s.).

héroïne 1, voir ***héros***.

héroïne 2 (XXe s.), drogue, empr. à l'all. *Heroin*, la substance ayant été mise au point en Allemagne.

héron (XIIe s., sous la forme *hairon*), du franc. **haigro* « héron ».

héros (XIVe s.), empr. au lat. *heros*, du grec *hêros* « demi-dieu de la mythologie », a désigné d'abord un personnage en partie surnaturel, intermédiaire entre les dieux et les hommes, possédant des éléments de leurs deux natures. Dès le XVIe s. apparaît le sens de « homme supérieur, qui se distingue par ses exploits ». Le sens de « personnage principal d'une œuvre littéraire » (qui vit des aventures extraordinaires) » date du XVIIe s. || ***héroïne*** (XVIe s.), empr. au lat. *heroine* « demi-déesse, femme qui s'est distinguée » ; ***héroïque*** (XIVe s.), empr. au lat. *heroicus* ; ***héroïsme*** (XVIIe s.), « courage, force d'âme qui fait les héros » ; ***héroïser*** (XVIe s.) ; ***héroï-comique*** (XVIIe s.), adj., se dit d'un genre burlesque, qui tient de l'héroïque et du comique.

herpès (XIIIe s.), empr. au lat. imp. *herpes*, du grec *herpés*, « maladie de la peau ».

herpétologie, erpétologie (XVIIIe s.), empr. au grec *herpéton* « reptile », étude des reptiles.

herse (XIIe s.), du lat. vulg. **herpex*, du lat. clas. *hirpex* « herse (pour arracher les mauvaises herbes) ». || ***herser*** (XIIe s.).

hésiter (XVe s.), empr. au lat. *haesitare* « être embarrassé, empêché, éprouver une gêne, être incertain », même sens en fr. Dès le M. A. le mot signifie « être dans un état d'incertitude ». || ***hésitation*** (XIIIe s.), empr. au lat. *haesitatio* « embarras, incertitude », en fr. « indétermination, incertitude, doute ».

hétaïre (XVIIIe s.), du grec *hétaira* « courtisane ».

hétéro-, premier élém. de mots sav. comme ***hétérogène***, tiré du grec *hétéros* « autre ».

hétéroclite (XVe s.), empr. au lat. tard. *heteroclitus*, du grec *hétéroclitos* « irrégulier » (en grammaire). Le sens « mélangé, composite » est attesté au XIXe s.

hétérodoxe (XVIIe s.), empr. au grec *hétérodoxos* « qui pense autrement que les autres, qui s'écarte des opinions admises, qui a des opinions erronées ». || ***hétérodoxie*** (XVIIe s.), empr. au grec *hétérodoxia*.

hêtre (XIIIe s.), du franc. **haistr* « arbuste », qui a désigné d'abord les jeunes pousses de hêtre et a fini par éliminer le mot *fou* « hêtre » fréq. en a. fr. et issu du lat. *fagus*. || ***hêtraie*** (XVIIIe s.).

heur (XIIe s., sous la forme *eür*), du lat. vulg. **agurium*, du lat. clas. *augurium* « observation du ciel et du vol des oiseaux, présage, prédiction », a signifié en a. fr. « chance, sort », parfois « pouvoir magique ». Le mot s'emploie avec les adj. *bon* et *mal* pour qualifier l'heureux sort ou le sort fâcheux. Le *h* initial vient de la confusion du mot avec *heure*, issu de *hora*. || ***heureux*** (XIIe s.), « qui bénéficie d'un sort favorable », puis « qui connaît le bonheur » ; ***bonheur*** (XIIe s.), signifie d'abord « chance, sort heureux », puis « contentement, satisfaction, bien-être » ; ***malheur*** (XIIe s.), signifie d'abord « sort funeste », puis « événement fâcheux, situation pénible » ; ***malheureux*** (XIIe s.), signifie d'abord « frappé par un sort funeste, infortuné », puis « digne de pitié », « misérable », « qui annonce du malheur »,

« malchanceux, qui ne réussit pas », « mal venu » (en parlant d'un acte).

heure (XIe s., sous la forme *ore*), du lat. *hora*, a signifié en a. fr. « moment (où se passe un événement) », « temps précis », « moment de la journée ». Au plur. le mot *les heures* désigne les heures canoniales où un ecclésiastique doit réciter les prières du bréviaire, d'où le sens de « prières dites chaque jour à heures régulières » (*livre d'heures*). Le mot *heure* en fr. mod. conserve quelques emplois indéterminés (*les heures agréables*), mais fait surtout référence à un moment précis à l'intérieur de la journée (heure des montres et des horloges). || ***horaire*** (XVIe s.), adj., empr. au lat. méd. *horarius* « relatif aux heures canoniales », subst. (XIXe s.), empr. à l'ital. *orario* « emploi du temps ».

heuristique (XIXe s.), mot sav., s. d. empr. à l'all. *heuristisch*, du grec *heuristikê technê* « art de découvrir ».

heurter (XIIe s., sous la forme *hurter*), du franc. **hurt* « bélier ». Le son *u* est devenu *ö* tardivement au XIVe s. et s'est généralisé seulement au XVIe s. || ***heurt*** « choc, action de heurter » (XIIe s.), déverb. ; ***heurtoir*** (XIVe s.).

hévéa (XVIIIe s.), empr. au quetchua du Brésil *hyeve* « arbre à caoutchouc ».

hex-, **hexa-**, premier élém. de mots sav. comme ***hexagone***, ***hexamètre***, tiré du grec *hex* « six ».

hiatus (XVIe s.), empr. au lat. *hiatus* « ouverture », « rencontre de deux voyelles » (sens gram.). Le sens gram. reste courant en fr. mod. La valeur de « solution de continuité entre deux choses » apparaît au XIXe s.

hiberner (XIXe s.), mot sav., empr. au lat. *hibernare* « passer l'hiver, être en quartiers d'hiver ». || ***hibernal*** (XIXe s.), empr. au lat. tard. *hibernalis* « d'hiver » ; ***hibernation*** (XIXe s.), empr. au lat. tard. *hibernatio* « hivernage ».

hibou (XIe s., sous la forme *ibou*, rare avant le XVIe s.), d'étym. incert., p.-ê. onomat.

hic (XVIIe s.), mot fam., tiré de la langue judic., *hic* « ici » étant écrit dans la marge d'un acte pour attirer l'attention sur un point particulier, empl. en fr. au sens de « point difficile ».

hidalgo (XVIe s.), empr. à l'esp. *hidalgo*, contraction de *hijo de algo* « fils de qq. ch. pourvu d'ancêtres, de biens », d'où « gentilhomme, noble ».

hideur, **hideux** (XIIe s.), d'abord *hisdor, hisdos*, dér. de l'a. fr. *hisde* « horreur, frayeur » (XIIe s.), d'orig. obsc., p.-ê. germ.

hier (XIe s.), d'abord *ier*, du lat. *heri*, « hier », mais aussi en lat. tard. « naguère », d'où l'a. fr. *l'autrier* « naguère ». Le *h* a été rétabli au M. A. pour qu'on ne lise pas *jer*. || ***avant-hier*** (XIIe s.).

hiér(o)-, élém. tiré du grec *hiéros* « sacré », entrant dans la formation de mots sav. comme ***hiérogamie***.

hiérarchie (XIVe s.), d'abord *gerarchie*, empr. au lat. eccl. *hierarchia*, lui-même du grec *hiérarkhia*, de *hiéros* « sacré » et *arkhia* « commandement », est d'abord empl. au sens théologique de « ordre des différents chœurs des anges » ; les sens dérivés, « ordre » et « subordination dans l'église, dans l'armée, dans une société, etc. » se développent dès le M. A. ; au XVIIIe s. au sens fig. « classification selon un ordre croissant ou décroissant ». || ***hiérarchique*** (XIVe s.), empr. au lat. eccl. *hierarchicus* ; ***hiérarchisation*** (XIXe s.) ; ***hiérarchiser*** (XIXe s.).

hiératique (XVIe s.), empr. au lat. *hieraticus*, du grec *hiératikos*, « qui concerne les choses sacrées », de *hiéros* « sacré », est empl. en fr. mod. au sens courant de « solennel, raide, figé ».

hiéroglyphique (XVIe s.), empr. au lat. tard. *hieroglyphicus* « formé, couvert d'hiéroglyphes », du grec *hiérogluphikos* de *hiéros*, « sacré » et *gluphein*, « graver ». || ***hiéroglyphe*** (XVIe s.), dérivé régressif de *hiéroglyphique* ; au XVIIe s. au sens fig. « écriture impossible à déchiffrer ».

hilare (XIVe s., d'abord *islaire*), empr. au lat. *hilaris*, du grec *hilaros* « gai, joyeux », est rare avant le XIXe s. || ***hilarité*** (XIIIe s.), empr. au lat. *hilaritas* « joie, belle humeur », est d'abord empl. au sens de « joie douce et calme » ; au XIXe s. au sens de « gaieté subite » ; ***hilarant*** (XIXe s.), empr. au lat. *hilarans,* d'abord dans l'expres. *gaz hilarant* pour qualifier les effets de ce gaz.

hile (XVIIe s.), terme de botan., empr. au lat. *hilum* « point noir au haut de la fève ».

hindou (XVIIe s., d'abord *indou),* mot dérivé de *Inde,* pour éviter l'ambiguïté de *indien.* || ***hindouïsme*** (XIXe s.). Voir ***indien***.

hippie, **hippy** (XXe s.), mot anglo-améric. dér. du mot d'argot *hip, hep,* « au courant, dans le coup ».

hipp(o)-, élém. tiré du grec *hippos* « cheval » et entrant dans la construct. de mots sav. comme ***hippique***, ***hippisme***.

hippodrome (XIIIe s., d'abord *ypodrome*), « cirque pour les courses équestres », empr. au lat. *hippodromus,* lui-même du grec *hippodromos,* de *hippos* « cheval » et *dromos* « course ».

hippogriffe (XVIe s.), empr. à l'ital. *ippogrifo*, formé sur *hippos* et *grifo* « griffon », terme créé par l'Arioste (dans le *Roland furieux)* pour désigner un animal fabuleux, moitié cheval, moitié griffon. Le *h* initial est dû à l'influence des autres termes en *hippo-*.

hippopotame (XIIe s., d'abord *ypopotamox, ypotame*), empr. au lat. imp. *hippopotamus*, du grec *hippopotamos* « cheval du fleuve (du Nil) », composé de *hippos* et de *potamos* « fleuve ».

hirondelle (XVIe s.), empr. à l'a. prov. *irondela*, dimin. de *irunda*, du lat. *hirundo,* a supplanté après le XVIe s. l'a. fr. *arondelle*. Voir ***aronde***.

hirsute (XIXe s.), empr. au lat. *hirsutus* « hérissé, hirsute ».

hisser (XVIe s.), verbe fait sur la forme impérative *inse !* « en haut », dér. de l'all. *hissen,* ou du m. néerl. *hischen.*

hist(o)-, élém. tiré du grec *histos* « tissu » pour désigner un tissu vivant, et entrant dans la construct. de mots sav. comme ***histologie***, ***histopathologie***, ***histochimie***.

histoire (XIIe s., d'abord sous la forme *istorie, estoire*), empr. au lat. *historia* « récit, œuvre historique », du grec *historia* « recherche, information » et « résultat d'une enquête », d'où « récit, œuvre historique ». || ***historien*** (XIIIe s.) ; ***historier*** (XIVe s.), empr. au lat. méd. *historiare,* d'abord empl. au sens de « raconter des événements », s'est spécialisé dès le m. fr. au sens de « décorer de représentations figurées » sur des supports divers ; ***historiographe*** (XIIIe s.), empr. au lat. tard. *historiographus*, lui-même empr. au grec au sens de « celui qui écrit officiellement l'histoire » ; ***historiographie*** (fin XVe-début XVIe), empr. au lat. méd. *historiographia,* empr. au grec, de même sens ; ***historique*** (XVe s.), empr. au lat. *historicus,* empr. au grec, de même sens ; ***préhistoire***, ***préhistorique*** (XIXe s.).

histrion (XVIe s.), empr. au lat. *histrio* « mime, comédien, acteur » ; au XVIIe s. au sens péj. de « mauvais acteur ».

hiver (XIe s., d'abord *ivern,* le *h* ayant été ensuite rétabli sous l'infl. du latin), empr. au lat. tard. *hibernum* « hiver », en lat. clas. *hibernum tempus* « la saison hivernale », qui a évincé le lat. clas. *hiems*. || ***hivernal*** (XIIe s.), empr. au lat. tard. *hibernalis* ; ***hiverner*** (XIIe s.), du lat. *hibernare*, empl. en fr. au sens de « passer l'hiver à l'abri » ; ***hivernant*** (XIXe s.) ; ***hivernage***

(XIIIe s.) est d'abord empl. au sens de « semailles d'hiver », au XVIIe s. « action d'hiverner », spéc. au XVIIIe s. dans le voc. maritime, au XIXe s. « temps de séjour des bêtes à l'étable ». Voir ***hiberner***.

hobby (XIXe s.), empr. à l'angl. d'abord sous la forme *hobby-horse,* désignant un petit cheval, puis un jouet d'enfant, d'où le sens de « manie, passe-temps ».

hobereau (XIIe s.), d'abord empl. au sens de « petit oiseau de proie », dimin. avec le suff. *-ereau* de l'a. fr. *hobel* « oiseau de proie » (XIIIe s.), à rattacher à l'a. fr. *hobeler* « escarmoucher, piller », empr. au m. néerl. *hobbelen*, « se démener, vaciller » ; l'emploi aux sens fig. et péj. du fr. mod., « gentilhomme de petite noblesse vivant sur ses terres » date du XVIe s.

hocher (XIIe s.), du franc. **hottisôn* « secouer ». || ***hochet*** (XIVe s.), au XVIIIe s. au sens fig. ; ***hochement*** (XIVe s.) ; ***hochepot*** (XIIIe s.), « ragoût » (que l'on secoue pour qu'il n'attache pas), issu de *hoche* et de *pot* ; ***hochequeue*** (XVIe s.), oiseau qui remue sans cesse la queue.

hockey (XIXe s.), mot angl. || ***hockeyeur*** (XXe s.).

hoir (XIe s.), du lat. vulg. **herem*, en lat. clas. *heres, heredis* « héritier, légataire », mot vieilli, a été remplacé par *héritier* en fr. mod. || ***hoirie*** (XIVe s.), qui a remplacé l'a. fr. *erité,* a été à son tour concurrencé par *héritage* ; ***déshérence*** (XIIIe s.), « absence d'héritiers ». Voir ***hériter***.

holà (XIVe s.), interject. comp. de *ho* « halte », onomat. et de *là* ; au XVIIe s. *mettre le holà.*

holding (XXe s.), abrév. de l'angl. *holding company* « compagnie, société de portefeuille », de *to hold* « tenir, détenir des parts, des avoirs ».

hold-up (XXe s.), empr. à l'anglo-améric. *hold-up,* du verbe *to hold up* au sens de « voler sous la menace ».

holocauste (XIIIe s.), empr. au lat. chrét. *holocaustum* « sacrifice dans lequel la victime offerte est totalement consumée par le feu », du grec *holos* « tout » et *kaustos* « brûlé » ; le sens fig. « anéantissement total, sacrifice, religieux ou non » se développe à partir du XVIIe s.

holographe, voir ***olographe***.

homard (XVIe s.), sans doute empr. à l'a. scand. *humarr* (all. *Hummer*).

homélie (XIIe s.), empr. au lat. chrét. *homelia,* du grec *homilia* « réunion », puis « entretien familier » ; au XIXe s. au sens fig. « discours moralisant, ennuyeux ».

homéo-, **homo-**, élém. tiré du grec *homoios* et *homos* « semblable », que l'on retrouve dans des termes sav. comme ***homéopathe***, ***homéopathie***, ***homogène***, ***homologue***, ***homonyme***, ***homophone***, ***homosexuel***.

homicide (XIIe s., d'abord *omecide*), empr. au lat. *homicidium* et *homicida*, de *homo* « homme » et *caedere* « tuer », empl. dès l'a. fr. au sens de « action de tuer » et « celui qui tue ».

homme (Xe s.), du lat. *homo, hominem.* L'aboutissement de la forme de nominatif, *homo,* est en a. fr. *huem, hom*, formes qui ont été remplacées en m. fr. par la forme *homme*, issue de la forme d'accusatif *hominem* ; *homo* en position atone a également donné une forme *om, on,* qui fonctionne en français comme pronom indéfini. || ***hommage*** (XIIe s.), au sens de « devoir que le vassal doit rendre à son seigneur », puis de « marque de déférence, de courtoisie », est dér. de *homme* avec le suff. *-age,* au sens, bien attesté en a. fr., de « vassal, homme d'un seigneur » ; *homme* entre dans la construct. d'un certain nombre de termes qui remontent à l'a. fr. comme

bonhomme, ***prud'homme*** ou sont de formation mod. comme ***surhomme*** ou ***superhomme*** (XIXe s.) ; ***homuncule*** (XVIIe s.), empr. au lat. *homunculus* « petit homme », appartient au voc. de l'alchimie.

homosexuel, voir ***sexe***.

hongre (XIVe s.), ellipse de « cheval hongre », c.-à-d. « hongrois », l'usage de châtrer les chevaux venant de Hongrie.

honnête (XIe s.), empr. au lat. *honestus,* « honorable, digne d'estime », dérivé de *honos, honoris* « honneur », est d'abord empl. au sens de « honorable, digne d'estime » ; *honnête* a pris à partir du XVIe s. dans l'expres. *honnête homme* le sens de « poli, qui sait se conformer aux bienséances ». || ***honnêteté*** (XIIIe s.), réfection d'après *honnête* de l'a. fr. *onesté* (IXe s.), empr. au lat. *honestas, honestatis* « honneur, considération » et « honnêteté, noblesse d'âme » ; *honnêteté* est d'abord empl. au sens de « bienséance, convenance » et, au XVIe s. de « qualité de l'honnête homme » ; le sens du fr. mod. « probité » se développe à partir du XVIe s. ; ***malhonnête*** (XVe s.) ; ***malhonnêteté*** (XVIIe s.) ; ***déshonnête*** (XIIIe s.).

honneur (Xe s., d'abord *onor),* du lat. *honos, honoris* « marque de considération » mais aussi « charge, fonction publique ». En a. fr. *honneur* s'emploie au sens de « marque de considération, d'estime que l'on reçoit ou que l'on donne » ainsi qu'au sens de « sentiment que l'on a de sa dignité, sagesse du maintien, de la conduite », tous sens conservés en fr. mod., et il désigne également très fréquemment une charge octroyée par le roi et, par ext. la terre, le fief qui sont concédés à ce titre. || ***honorer*** (Xe s.), empr. au lat. *honorare* « honorer » ; ***déshonneur*** (XIe s.) ; ***déshonorer*** (XIIe s.) ; ***honorable*** (XIIe s.), empr. au lat. *honorabilis* ; ***honorabilité*** (XIIIe s.), jusqu'au XVIe s., sous la forme *onorableté* ; ***honorifique*** (XVe s.), empr. au lat. *honorificus* « qui procure des honneurs ».

honoraire (XVe s.), adj. empr. au lat. *honorarius* « honorifique ». || ***honoraires*** (XVIe s.), subst. masc. plur. en fr. mod., mais empl. au sing. jusqu'au XVIIIe s., est un empr. au lat. imp. *honorarium* au sens de « rétribution d'une charge » et plus spéc. en fr. mod. « rétribution perçue par les personnes exerçant une profession libérale ».

honnir (XIe s.), du franc. **haunjan* « railler, insulter », s'emploie en a. fr. au sens conservé en fr. mod. de « couvrir de honte, dénoncer, vouer au mépris public » et au sens disparu de « mettre à mort de façon humiliante » ; *honni soit qui mal y pense* (XVIIe s.), mais la formule est plus ancienne (XIVe s.). Voir ***honte***.

honte (XIe s.), du franc **haunipa, *haunita* « dédain, raillerie », est d'abord empl. au sens de « déshonneur humiliant », puis, au XVIe s., de « timidité, retenue ». || ***honteux*** (XIIe s.). Voir ***honnir***.

hôpital (XIIe s., d'abord *ospital),* empr. au lat. tard. *hospitalis (domus)* « lieu de refuge, d'accueil », est en concurrence en a. fr. avec *ostel* (voir ***hôtel***), pour désigner un lieu d'accueil, généralement dépendant d'un monastère, où l'on soigne et reçoit malades, pauvres, vieillards. *Hôpital* n'a été distingué de *hospice* qu'à partir du XVIIIe s. || ***hospitalier*** (XIIe s.), empr. au lat. méd. *hospitalarius*, dér. du lat. tard. *hospitale*, de *hospitalis* « de l'hôte », désigne d'abord en fr. un religieux de l'Ordre de Saint-Jean de Jérusalem, spécialisé dans les soins aux malades ; ***hospitalité*** (XIIIe s.), empr. au lat. *hospitalitas* « hospitalité » ; ***hospitaliser, hospitalisation*** sont des formations sav. du XIXe s. ; ***inhospitalier*** (XVIIe s.).

hoquet (XIVe s.), dér. de l'onomat.

hok- « bruit d'un choc, d'un coup », d'abord empl. comme terme musical (composition dans laquelle une voix se tait lorsque l'autre chante) ; au XVe s. au sens du fr. mod. || ***hoqueter*** (XIIIe s.) a suivi l'évol. du subst.

horaire, voir ***heure***.

horde (XVIe s.), mot à val. péj., empr. au tartare *orda* « camp militaire » ; l'orig. du *h* initial est inconnue.

horion (XIIIe s.), d'orig. incert., p.-ê. de l'a. fr. *orillon* « coup sur l'oreille », avec *h* expressif.

horizon (XIIIe s., d'abord sous la forme *orizonte*), empr. au lat. *horizon, horizontis* « horizon » (terme d'astronomie) et « borne de la vue », du grec *horizein* « borner, être à la limite de » ; au XIXe s. au sens fig. || ***horizontal*** (XVIe s.) ; ***horizontalité*** (XVIIIe s.).

horloge (XIIe s., d'abord *oriloge),* du lat. *horologium,* du grec *horologion* « qui dit l'heure », s'emploie d'abord pour désigner des cadrans solaires, des sabliers ; le genre fém. ne s'est imposé qu'au XVIIe s. || ***horloger*** (XIIIe s.), d'abord en concurrence avec *(h)orlogeur* ; ***horlogerie*** (XVIIe s.).

hormis (XIVe s.), lexicalisation de *hors mis,* part. pas. de *mettre hors* « exclure ». Voir ***hors***.

hormone (XXe s.), empr. à l'angl. *hormone,* formé à partir du verbe grec *horman* « mettre en mouvement, exciter ». || ***hormonal*** (XXe s.).

horo-, élém. tiré du grec *hora* « heure » et entrant dans la constr. de termes sav. comme ***horométrie***, ***horo(-)dateur***.

horoscope (XVIe s.), empr. au lat. *horoscopus* « constellation sous laquelle on est né », lui-même empr. au grec *horoskopos* « qui examine (*skopein*) l'heure de la naissance ».

horreur (XIIe s.), empr. au lat. *horror* « hérissement, frisson d'effroi, frisson religieux », dér. de *horrere* « se hérisser, trembler, frissonner de peur ». || ***horrible*** (XIIe s.), empr. au lat. *horribilis* « qui fait horreur » ; ***horrifique*** (XVIe s.), empr. au lat. imp. *horrificus* « effrayant, affreux » ; ***horrifier*** (XIXe s.), empr. au lat. *horrificare* « épouvanter ».

horripiler (XIXe s.), empr. au lat. *horripilare* « avoir le poil hérissé », de *horrere* « se hérisser » et *pilus* « poil ». || ***horripilation*** (XVe s.), empr. au lat. tard. *horripilatio* « hérissement du poil », au XIXe s. au sens fig. et courant « irritation extrême ».

hors (XIe s.), tiré de ***dehors*** (Xe s.), du lat. tard. *deforis*, alterne en a. fr. avec *fors,* usité jusqu'au XVIIe s., lui-même issu du lat. *foris* « hors de » ; le *h* initial provient p.-ê. du désir de souligner le hiatus dans *de hors* ; *hors* au sens de « en dehors de » ou de « à côté de » entre dans la constr. de nombreux termes comme ***hors-jeu*** (XXe s.), ***hors-la-loi*** (XIXe s.), calque de l'angl. *outlaw,* ***hors-bord*** (XXe s.), calque de l'angl. *out-board*, ***hors-série*** (XXe s.), ***hors-texte*** (XIXe s.).

hortensia (XVIIIe s.), dér. du prénom de *Hortense* Lepaute, femme de Lepaute, célèbre horloger du XVIIIe s.

horticole, **horticulteur**, **horticulture**, termes sav. dér. au XIXe s. du lat. *hortus* « jardin » sur le modèle de *agricole,* etc.

hosanna (Xe s., d'abord *osanna*), empr. au lat. chrét. *hosanna,* acclamation à l'adresse du Christ lors de l'entrée à Jérusalem, empr. à l'hébreu *hôschî'a-nâ* « sauve, je t'en prie » (Psaume 118, 25), formule de supplication qui a pris avec le christianisme la valeur d'une louange.

hospice (XIIIe s.), empr. au lat. *hospitium* « hospitalité », dér. de *hospes, hospitis* « hôte », est employé à partir du XVIIe s. au sens de « petit couvent bâti dans une ville pour y héberger les religieux de passage » et à partir du XVIIIe s. au sens de « établissement public ou privé accueillant des orphelins, des enfants abandonnés, des malades incurables, des vieillards ». Voir ***hôpital***.

hospitalier, **hospitalité**, **hospitalisation**, voir ***hôpital***.

hostie (XIIe s., d'abord *oiste),* empr. au lat. *hostia* « victime consacrée aux dieux », qui s'est spécialisé en lat. chrét. au sens de « victime eucharistique », puis de « pain consacré par le prêtre pendant la messe ».

hostile (XVIe s.), empr. au lat. *hostilis* « d'un ennemi, hostile », de *hostis* « ennemi ». || ***hostilité***, (XIVe s.), empr. au lat. tard. *hostilitas* « sentiments hostiles ».

hôte (XIIe s., d'abord *oste*), du lat. *hospes*, *hospitis* « celui qui donne l'hospitalité, celui qui la reçoit ». Voir ***hospice***, ***hôtel***, ***otage***.

hôtel (XIe s.), du lat. *hospitale (cubiculum)* « chambre destinée à recevoir des hôtes », a en a. fr. le sens très général de « demeure, logis, lieu où l'on vit, où l'on accueille et où l'on est accueilli » et s'emploie également de façon usuelle comme synonyme d'*hôpital* (*Hôtel-Dieu,* vers 1250) mais aussi de « logis seigneurial, palais royal » et par extension « demeure somptueuse » ; les sens spéc. de « maison, logis officiel » et de « demeure citadine d'un grand seigneur, puis d'une personne riche » *(hôtel particulier)* se développent vers la fin du XIVe s. ; *hôtel de ville* (XVIe s.) ; le sens de « maison servant de logement payant et d'auberge » apparaît au XIIIe s. et devient courant vers la fin du XVe s. || ***hôtelier***, ***hôtellerie*** (XIIe s.), d'abord empl. au sens de « celui qui est chargé de l'accueil des étrangers » et de « maison dépendant d'un monastère et servant de lieu d'accueil ».

hotte (XIIIe s.), du franc. **hotta* au sens de « grand panier que l'on porte sur le dos ».

houblon (XVe s.), dér. de *hoppe* « bière houblonnée » (XIVe s.), forme du Nord et du wallon, empr. au m. néerl. *hoppe* ; le suff. *-lon* vient de l'a. fr. *homlon* « houblon », lui-même issu du franc. **humilo,* de même sens. || ***houblonnière*** (XVIe s.).

houe (XIIe s.), du franc. **hauwa* « houe, pioche, binette ». || ***hoyau*** (XIVe s.).

houille (XVIe s., d'abord *oille*), empr. à l'ancien liégeois *hulhes,* s. d. issu du franc. **hukila* « tas, monceau, motte ». || ***houillère*** (XVIe s.), mot empr. à l'a. liégeois *huilhier* « mine de houille » (XVe s.) ; ***houiller*** (XVIIIe s.), « relatif à la houille » et « qui contient de la houille » ; ***houilleux*** (XIXe s.) ; ***houille blanche***, « énergie produite par l'eau » (XXe s.).

houle (XVe s.), s. d. même mot que le norm. *houle* « cavité », empr. à l'a. scandinave *hol* « caverne », s. d. par analogie avec la forme en creux des vagues ; au XIXe s. au sens fig. || ***houleux*** (XVIIIe s.), au XIXe s. au sens fig.

houlette (XIIIe s.), dér. de l'a. fr. *houler* « jeter » (XIIIe s.), terme s. d. d'origine franc., est d'abord empl. au sens de « bâton de berger », à partir du XVIe s. au sens de « bâton pastoral de l'évêque », puis symbolise par extension une forme d'autorité exercée avec modestie et humilité (*sous la houlette de qqn* « sous sa conduite »).

houppe (XIVe s.), s. d. du franc. **huppo* « touffe », est d'abord empl. au sens de « assemblage de brins de fil, de laine, etc. » et de « touffe (de plumes, de cheveux) » : cf. *Riquet à la houppe,* héros d'un conte de Ch. Perrault. || ***houppette*** (XIVe s.).

houppelande (XIIIe s.), s. d. adaptation de l'a. angl. *hop-pâda* « pardessus ».

hourd (XIIIe s.), « estrade », « échafaudage », du franc. **hurd* « claie ». ||

hourdis, « maçonnerie légère » (XIIe s.) ; ***hourder*** (XIIe s.).

hourra, **hurrah** (XVIIe s.), onomat., empr. à l'angl. *huzza* « cri des marins anglais » (XVIe s.), aussi *hurra(h)* (XVIIe s.).

houseau (XIIe s.), dér. de l'a. fr. *huese* « botte, guêtre », du franc. **hosa*, de même sens.

houspiller (XVe s.), d'abord *housse-pillier* « maltraiter en secouant », altér. de l'a. fr. *houcepingnie*r fait sur *houcer* « épousseter », d'où « maltraiter » et *pignier* « peigner » au sens de *battre.*

housse (XIIIe s.), p.-ê. du franc. **hulftia* « couverture ».

houx (XIIIe s.), du franc. **hulis,* de même sens.

hublot (XVIIIe s.), d'abord attesté comme terme de marine, d'orig. incert.

huche (XIIe s.), également sous la forme *huge,* du lat. tard. *hutica* « coffre », s. d. d'orig. germ.

hucher (XIIe s., d'abord *huchier),* du lat. vulg. **huccare* « appeler », p.-ê. issu d'une onomat. d'orig. germ. **hukk,* est empl. au sens de « crier, appeler » jusqu'au XVIIe s. ; terme vieilli ou régional en fr. mod.

huer (XIIe s.), d'abord attesté au sens de « lancer un chien en criant », puis par ext. « pousser des cris de dérision, d'hostilité », est formé sur l'onomat. *hue, hu.* || ***huée*** (XIIe s.), d'abord empl. au sens de « clameur », au XIVe s. dans le voc. de la chasse, à partir du XVIIe s. et au plur. « cris de dérision, de réprobation ».

huguenot (XVIe s.), au sens de « calviniste, protestant », est empr. au genevois *eyguenot,* lui-même issu du suisse alémanique *Eidgnossen* « confédérés », pour désigner les confédérés genevois (souvent partisans de la Réforme) adversaires du Duc de Savoie, puis par ext. terme de mépris pour désigner les Réformés.

huile (XIIe s., d'abord sous la forme *oile*), du lat. *oleum* « huile d'olive », de *olea* « olive, olivier » ; le *h* initial a été introduit pour assurer la lecture *u* et non *v.* || ***huiler*** (XIVe s.) ; ***huilerie*** (XVIe s.) ; ***huileux*** (XVe s.) ; ***huilier*** (XIIIe s.), « fabricant d'huile », au XVIIe s. « récipient à huile ».

huis (XIe s.), du lat. tard. *ustium,* altér. du lat. clas. *ostium* « entrée, ouverture » ; l'introduction du *h* initial assurant la lecture *u* et non *v. Ustium* a éliminé le lat. *janua* « porte », mais *huis* a été à son tour supplanté en français par *porte* et ne subsiste que dans des expressions comme à *huis clos* ou dans des dér. comme ***huissier*** (XIIe s.), d'abord empl. au sens de « portier », puis qui désigne aussi à partir du XVIe s. un « officier de justice » ou ***huisserie*** (XIIe s.) au sens de « chambranle de porte ».

huit (XIIe s., d'abord *oit*), du lat. *octo* « huit », l'ajout du *h* initial assurant la lecture *u* et non *v.* || ***huitain*** (XIIe s.), empl. en a. fr. au sens de « huitième », désigne depuis le XVe s. une pièce de poésie ou une strophe de huit vers ; ***huitaine*** (XIIIe s.), subst. fém. « ensemble de huit choses, ou d'environ huit éléments de même sorte » ; ***huitième*** (XIIe s.) ; ***huitante*** (a. fr. *oitante*), du lat. *octoginta* « quatre-vingt » est en fr. mod. d'usage régional (Suisse).

huître (XIIIe s.), jusqu'au XVIIe s., sous la forme *oistre*, du lat. *ostrea*, du grec *ostréon* ; l'ajout du *h* initial assurant la lecture *u* et non *v*.

hululer, **ululer** (XVe s.), empr. au lat. *ululare* « hurler » (en parlant des chiens, des loups), spéc. en fr. en parlant des oiseaux de nuit. || ***hululement***, ***ululement*** (XVIe s.).

hulotte (XVIe s.), « chouette de la taille d'un corbeau », dér. de l'a. fr. *uller* « pousser des cris stridents », du lat. imp. *ululare,* même sens.

humain (XIIe s.), empr. au lat. *hu-*

manus, dér. de *homo, hominis* « homme » et possédant les deux sens qui se retrouvent en français de « qui a les caractères de l'homme, d'un être animé » et « qui est bienveillant ». || ***humanité*** (XIIe s.), empr. au lat. *humanitas*, d'abord empl. comme *humain,* au sens de « ensemble des caractères qui constituent la nature humaine » et de « bienveillance », désigne à partir du XVe s. « l'ensemble de la race humaine » ; l'emploi (au pluriel) au sens de « études classiques » se développe au XVIe s. ; ***inhumain*** (XIVe s.), empr. au lat. *inhumanus* « qui manque d'humanité », empl. à partir du XVIe s. au sens de « qui ne semble pas être humain », d'où « insupportable » ; ***inhumanité*** (XIVe s.), empr. au lat. *inhumanitas* ; ***surhumain*** (XVIe s.) ; ***humaniste***, « homme érudit et lettré » (XVIe s.) ; ***humanisme*** (XVIIIe s.), d'abord « amour de l'humanité » et au XIXe s. « attitude philosophique » désigne aussi à partir du XIXe s. le mouvement intellectuel des XVe et XVIe s. préconisant le retour aux sources antiques ; ***humaniser*** (XVIe s.) ; ***humanitaire*** (XIXe s.).

humble (XIe s., d'abord *humele*), empr. au lat. *humilis*, dér. de *humus* « sol », au sens de « près du sol, bas », mais aussi au sens fig. « humble, modeste, conscient de sa faiblesse », seul sens repris en lat. chrét. puis en fr. || ***humilier*** (XIIe s.), empr. au lat. chrét. *humiliare* « abaisser, confondre » ; ***humiliation*** (XVe s.), empr. au lat. chrét. *humiliatio* « action d'abaisser, de mortifier » ; ***humilité*** (Xe s.), empr. au lat. *humilitas* « état modeste, abaissement, abattement », en lat. chrét. « humilité, modestie », sens empr. en fr.

humecter (XVIe s.), empr. au lat. *humectare* « mouiller ».

humer (XIIe s.), dér. de l'onomat. *hum-* exprimant une aspiration d'air, attesté au sens de « aspirer, flairer », puis de « aspirer avec délice » (XVIIe s.).

humérus (XVIe s.), empr. au lat. *humerus* « épaule ».

humeur (XIIe s.), empr. au lat. *humor, humoris* « eau, fluide, humidité », est d'abord empl. en a. fr. au sens propre de « élément constitutif du corps humain » ; à partir du XIIIe s., *humeur* a désigné plus spécialement les quatre composants dont le dosage détermine le tempérament de l'homme ; d'où à partir du XVIe s. le sens fig. de « sentiment, attitude, état d'esprit ». || ***humoral*** (XIVe s.), s. d. empr. au lat. méd. *humoralis* ; ***humour*** (XVIIIe s.), empr. à l'angl., qui est lui-même empr. à l'a. fr. *humeur* ; ***humoriste*** (XVIe s.), désigne d'abord « un homme de caractère difficile, sujet à des sautes d'humeur », à rapprocher de l'ital. *umorista* « fantasque, capricieux », le sens du fr. mod. apparaissant, en liaison avec l'angl. *humour* et *humorist,* au XVIIIe s. ; ***humoristique*** (XIXe s.), empr. à l'angl. *humoristic.*

humide (XIVe s.), empr. au lat. *humidus* « humide, mouillé ». || ***humidité*** (XIVe s.), empr. au lat. tard. *humiditas* ; ***humidifier*** (XVIIe s.) ; ***humidification***, ***humidificateur*** (XIXe s.).

humilier, **humilité**, **humiliation**, voir ***humble***.

humour, voir ***humeur***.

humus (XVIIIe s.), empr. au lat. *humus* « sol, terre ».

hune (XIIe s.), empr. à l'a. scand. *hûnn* « plate-forme fixée au mât d'un navire ». || ***hunier*** (XVIe s.).

huppe (XIIe s.), attesté d'abord au sens de « oiseau », puis également de « touffe de plumes sur la tête de certains oiseaux » (XIVe s.), du lat. tard. *uppa*, en lat. clas. *upupa,* d'orig. onomat. || ***huppé*** (XVe s.), d'abord au sens de « de haute taille », prend dès le m. fr. le sens fig. de « haut placé, notable ».

hure (XIIe s.), d'orig. inconnue, d'abord empl. au sens de « tête hirsute d'une bête féroce », puis « d'un être humain ». || ***huron*** (XIVe s.), d'abord empl. pour désigner un paysan révolté, puis au sens de « grossier » et, à partir du XVIIe s., pour désigner une peuplade indienne du Canada ; ***ahurir*** (XIIIe s.), s'applique d'abord à la tête hérissée du faucon, le sens du fr. mod. datant du XVe s. ; ***ahurissement*** (XIXe s.).

hurler (XIIe s.), d'abord sous la forme *usler, uller,* du lat. tard. *urulare,* forme dissimilée du lat. clas. *ululare* « hurler, vociférer » ; le *h* initial est sans doute d'orig. expressive. || ***hurlement***, d'abord *uslement*, (XIIe s.).

hurluberlu (XVIe s.), nom de saint imaginaire chez Rabelais, qui a p.-ê. empr. le mot à l'angl. *hurly-burly* « tumulte, confusion » (altération de *hurling and burling*) ; empl. ensuite au sens de « écervelé, farfelu ».

huron, voir ***hure***.

hussard (XVIe s.), d'abord attesté au sens de « cavalier de l'armée hongroise », puis de « soldat d'un corps de cavalerie légère », de l'all. *Husar* « cavalier de l'armée hongroise », empr. au hongrois *huszar,* au sens propre « le vingtième » (en raison du mode de recrutement, levée d'un homme sur vingt, de ce corps de cavalerie légère) ; le sens fig., notamment dans l'expres. *à la hussarde*, se développe à la fin du XVIIIe s.

hutte (XIIe s.), du franc **hutta* « cabane », au XIVe s. au sens mod., l'a. fr. utilisant plutôt, pour désigner une cabane, un abri rudimentaire, les termes de *loge* et de *feuillée.*

hyacinthe, voir ***jacinthe***.

hybride (XVIe s.), empr. au lat. *hibrida* « bâtard, de sang mélangé », altér. en *hybrida* s. d. sous l'infl. d'un faux rapprochement avec le grec *hubris* « violence ». || ***hybrider***, ***hybridation***, ***hybridité*** (XIXe s.).

hydrate (XIXe s.), dér. sav. du grec *hudor* « eau ». || ***hydrater*** (XIXe s.).

hydraulique (XVe s.), empr. au lat. *hydraulicus* « mû par l'eau », du grec *hudraulikos*, dér. de *hudraulis* « orgue hydraulique », comp. de *hudor* « eau » et de *aulos* « flûte, tuyau ».

hydr(o)-, élém. tiré du grec *hudor* « eau » et entrant dans la construct. de mots sav. comme ***hydrogène*** (XVIIIe s.), ***hydrographie*** (XVIe s.), ***hydrocéphale*** (XVIe s.), ***hydrophobe*** (XVIIe s.), ***hydravion***, ***hydrocarbure*** (XXe s.).

hydre (XIIIe s.), empr. au lat. *hydra, hydrus* « serpent d'eau », du grec *hudra, hudros,* formé sur *hudor* « eau », désigne d'abord un animal mythique (*l'hydre de Lerne*) ; au XVIIe s. au sens fig. ; au XVIIIe s. « polype d'eau douce ».

hydromel (XIVe s.), empr. au lat. *hydromeli*, empr. au grec et formé de *hudor* « eau » et *meli* « miel ».

hyène (XIIe s.), empr. au lat. *hyaena*, du grec *huaina.*

hygiène (XVIe s.), empr. au grec *hugieinon,* neut. de l'adj. *hugieinos* « qui concerne la santé », lui-même dér. de *hugiés* « bien portant ». || ***hygiénique*** (XVIIe s.), au XIXe s. comme adj.

hymen, **hyménée** (XVIe s.), d'abord empl. au sens propre de « dieu du mariage », puis de « mariage », du grec *Humen*, nom du dieu, et du lat. *hymenaeus,* empr. au grec au sens de « chant de mariage ». Le mot *hymen* « membrane vaginale » (XVIe s.), provient du lat. tard. *hymen,* du grec *humen,* de même sens, mais qui est peut-être un autre mot que le nom propre *Hymen.*

hymne (XIIe s.), empr. au lat. *hymnus,* du grec *humnos* « chant en l'honneur d'un dieu ou d'un héros », empr. en lat. eccl. pour désigner un chant en l'honneur de Dieu et tout particulièrement les Psaumes. Le mot s'emploie encore par tradition au fém. pour désigner un chant à la louange de Dieu. Il est masc.

au sens général de « chant solennel, célébration ».

hyp(o)-, préf. empr. au grec *hupo* « sous, dessous » et entrant dans la construct. de mots appartenant surtout au voc. scient. ou médic. (dans lequel il fait souvent couple avec *hyper)* comme ***hypocalorique***, ***hypotension***, ***hypotrophie***, ***hypokhâgne***.

hypallage (XVIe s.), figure de style, empr. au lat. tard. *hypallage,* de même sens, du grec *hupallagé* « échange ».

hyper-, préf. sav., du grec *huper* « au-dessus », qui exprime l'exagération, l'excès, le plus haut degré.

hyperbole (XIIIe s.), d'abord comme terme de rhétor., puis (XVIIe s.) comme terme de mathémat., empr. au lat. *hyperbole,* du grec *huperbolé,* dér. de *huperballein* « lancer par-dessus, au-delà, dépasser, surpasser » de *huper* et de *ballein* « lancer ». || ***hyperbolique*** (XVIe s.), empr. au lat. tard. *hyperbolicus* « excessif », empr. au grec.

hypermétrope (XIXe s.), formé à partir du grec *hupermétros* « excessif » et de *ops* « œil, vue ».

hypertrophie (XIXe s.), antonyme de *atrophie.* || ***hypertrophier*** (XIXe s.). Voir ***atrophie***.

hypn(o)-, élém. tiré du grec *hupnos* « sommeil » et qui entre dans la construct. de mots sav. comme ***hypnogène***.

hypnose (XIXe s.), formé sur le rad. de ***hypnotique*** (XVIe s.), empr. au lat. *hypnoticus* « relatif au sommeil », empr. au grec *hupnotikos* « du sommeil », dér. de *hupnos* « sommeil », empl. au XIXe s. au sens de « relatif à l'hypnose ». || ***hypnotiseur*** (XIXe s.) ; ***hypnotisme*** (XIXe s.), empr. à l'angl. *hypnotism.*

hypocondre (XVIIe s.), adj. au sens de « atteint d'hypocondrie », tiré de ***hypocondriaque*** (XVIe s.), empr. au grec *hupokhondriakos*, lui-même dér. de *hupokhondrion* « parties latérales de l'abdomen sous les fausses côtes », *l'hypocondrie* (XIVe s.), « état d'anxiété à propos de sa santé », ayant été attribuée à un trouble des *hypocondres.*

hypocoristique (XIXe s.), adj. et subst., empr. au grec *hupokoristikos* « caressant » et « propre à atténuer », de *korizesthai* « caresser ».

hypocras (XIVe s.), « vin sucré et aromatisé », s. d. altér., d'après les mots en *hypo-*, de l'a. fr. *borgerastre* « boisson aromatique » (XIIe s.), qui est p.-ê. issu du lat. vulg. **hippocrasticum vinum* « vin d'Hippocrate » (célèbre médecin grec), ou du grec byzantin *hupokéraston* « légèrement mélangé ».

hypocrite (XIIe s.), empr. au lat. tard. *hypocrita* « mime qui accompagnait l'acteur avec des gestes », empr. au grec *hupocritès* « acteur », d'où le sens fig., dès l'a. fr., de « fourbe, hypocrite ». || ***hypocrisie*** (XIIe s.), empr. au lat. tard. *hypocrisis* « mimique, imitation de la manière de parler, etc. » d'où « hypocrisie », du grec *hupocrisis* « rôle sur scène, jeu de l'acteur ».

hypogée (XVIe s.), empr. au lat *hypogeum,* du grec *hupogeion*, formé sur *gé* « terre » au sens de « tombeau souterrain ».

hypophyse (XIXe s.), terme d'anat., adaptation du grec *hupophusis* « croissance en dessous ».

hypostase (XIVe s.), empr. au grec *hupostasis* « action de placer en dessous », d'abord empl. dans le voc. médic., puis au XVIe s. en théologie « substance » et spéc. « chacune des trois personnes de la Trinité (en tant que substantiellement distinctes) ».

hypoténuse (XVIe s.), empr. au lat. *hypotenusa*, du grec *hupoteinousa* « se tenant sous les angles », de *hupo* « sous » et *tenein* « tendre ».

hypothèque (XIIIe s.), empr. au lat. jur. *hypotheca,* du grec *hupothéké*

« ce que l'on met dessous », d'où « gages ». || ***hypothéquer***, ***hypothécaire*** (XIVe s.), empr. au lat. tard. *hypothecarius*.

hypothèse (XVIe s.), empr. au lat. *hypothesis*, du grec *hupothesis* « ce qui est mis dessous », d'où « base d'un raisonnement, supposition ». || ***hypothétique*** (XIIIe s.), empr. au lat. tard. *hypotheticus,* du grec *hupothétikos,* de même sens.

hystér(o)-, élém. tiré du grec *hustera* « matrice, utérus » entrant dans la construct. de mots sav. comme ***hystérométrie***.

hystérie (XVIIIe s.), dér. régressif de ***hystérique*** (XVIe s.), empr. au grec *husterikos* « qui concerne la matrice ».

I

ïambe (XVIe s.), empr au lat. *iambus,* du grec *iambos,* d'abord au sens de « mètre gréco-latin », puis de « pièce satirique ».

ibidem (XVIIIe s.), mot lat. signifiant « ici même ».

ibis (XIIe s.), empr. au lat. *ibis*, lui-même empr. au grec.

iceberg (XVIIIe s.), empr. à l'angl. qui a adapté une forme du type du suédois *isberg,* comp. de *is* « glace » et *berg* « montagne ».

ichty(o)-, élém. tiré du grec *ikhthus* « poisson » et entrant dans la construct. de mots sav. comme ***ichtyologie*** (XVIIe s.), ***ichtyophage*** (XIIIe s.), « qui se nourrit de poissons », ***ichtyosaure*** (XIXe s.).

ici (XIe s.), forme renforcée de *ci* qui vient lui-même du lat. *ecce hic*, forme renforcée par *ecce* « voilà » de *hic* « ici ». Le *i* initial de *ici* provient s. d. de *iluec* et se retrouve en a. et m. fr. dans des formes de dém. comme *icil, icele,* alternant avec *cil, cele.* La forme simple *ci* ne subsiste que dans les formes composées de démonstratif comme ***celui-ci***, ***ceci***, etc. ou dans des formes comme ***voici***, ***ci-dessus***, ***ci-dessous***, ***ci-devant***.

icône (XIXe s.), empr. au russe *ikona* « image », du grec byzantin *eikona* « image, statue ». || ***iconoclaste*** (XVIIe s.), empr. au grec *eikonoklastés*, de *klaien* « briser » ; ***icon(o)-***, élém. tiré du grec *eikon* « image », entre dans la construct. de termes sav. comme ***iconophile***, ***iconographe***, ***iconolâtre***, ***iconologie***.

ictère (XVIe s.), empr. au lat. imp. *icterus* « ictère, jaunisse », du grec *iktéros.*

ictus (XVIe s., d'abord *icte*), rare avant le XIXe s., mot lat. signifiant « coup » et employé dans le voc. médic. « brusque attaque d'une maladie » et music. « accentuation d'une note ».

idéal, voir ***idée***.

idée (XIIe s.), du lat. *idea*, du grec *idéa* « forme visible, aspect » dér. du verbe *idein* « voir », est rare en a. fr. où il est d'abord attesté au sens de « représentation des choses présentes de toute éternité dans l'esprit divin » ; à partir du XIVe s. au sens de « notion intellectuelle préexistante d'un être, d'un objet » ; à partir du XVe s. se développent les sens de « forme, image » ; au XVIe s. « vue approximative de » ; au XVIIe s. au sens courant de « représentation élaborée par la pensée » et, au plur., de « opinions d'un groupe, d'un individu ». || ***idéal*** (XVIe s.), empr. au lat. méd. *idealis* « relatif à l'idée » au sens de « qui n'est conçu ou représenté que par l'esprit », puis au sens de « qui réunit toutes les perfections » (XVIIIe s.), au XVIIIe s. comme subst. (repris alors à l'all. *Ideal*) ; ***idéalisme*** (XVIIIe s), au sens de « doctrine philosophique » et au XIXe s. au sens de « recherche de l'idéal » ; ***idéaliste*** (XVIIIe s.) ; ***idéaliser*** (XVIIIe s.) ; ***idéalisation*** (XIXe s.) ; ***idéel*** (XVIIe s.), rare avant le XIXe s., se développe dans le voc. de la philos. par empr. ou réempr. à l'all. *ideel* pour signifier « ce qui constitue l'idée, qui est son essence même » et afin de lever les ambiguïtés de *idéal.*

idem (XVIe s.), mot lat. signifiant « la même chose ». || ***identifier*** (XVIIe s.), empr. au lat. scolast. *identificare* « rendre semblable » ; ***identification*** (XVIIe s.), empr. au lat. scolast. *identificatio* « action d'identifier » ; ***identité*** (XIVe s.), empr. au lat. tard. *identitas* « qualité de ce qui est le même », dér. de *idem* ; ***identique*** (XVIIe s.), empr. au lat. scolast. *identicus* « semblable à lui-même », dér. de *idem.*

idéo-, élém. tiré du grec *idéa* « idée » et entrant dans la construct. de termes sav. comme ***idéogramme*** (XIXe s.) ou

idéologie (XVIIIe s.) et ses dér. ***idéologue***, ***idéologiste***, ***idéologique***.

ides (XIIe s.), empr. au lat. *idus, iduum* « les ides », division du mois qui tombait vers le milieu, dans le calendrier romain.

idiome (XVIe s.), empr. au lat. tard. *idioma*, empr. au grec au sens de « particularité de style », est d'abord empl. au sens de « langage particulier d'une région » (XVIe s.), puis aussi, au XVIIe s., au sens de « ce qui est propre à une langue ». || ***idiomatique*** (XVIe s.), empr. au grec *idiomatikos* « particulier, spécial », a suivi la même évol.

idiosyncrasie (XVIe s.), empr. au grec *idiosunkrasia* « tempérament particulier », de *idios* « particulier » et de *sunkrasia* « mélange », est d'abord attesté comme terme médic. ; au XIXe s. au sens de « tempérament personnel ».

idiot (XIIe s., d'abord sous la forme *idiote* et au sens de « illettré »), empr. au lat. *idiota* ou *idiotes*, du grec *idiotés* « simple particulier », d'où « ignorant, homme sans éducation » ; la forme *idiot* qui remplace *idiote* en m. fr. est p.-ê. refaite sur *sot* ; au XIIIe s. au sens de « sot » et comme subst. ; au XVIIe s. « qui prouve un manque d'intelligence, de bon sens ». || ***idiotie*** (XIXe s.).

idiotisme (XVIe s.), empr. au lat. *idiotismus* « expression propre à une langue », du grec *idiotismos* « langage courant ».

idoine (XIIe s., d'abord *aoine*), empr. au lat. *idoneus* « approprié », est vieilli ou ironique en fr. mod. au sens de « approprié ».

idole (XIe s., d'abord *idele, idle*), empr. au lat. *idolum* « image, spectre », pris au sens de « idole » en lat. chrét., est empr. au grec *eidolon* « image », puis « image d'un dieu » en grec eccl. ; au XVIIe s. au sens fig. || ***idolâtre*** (XIIIe s.), forme réduite pour **idololatre*, empr. au lat. chrét. *idololatra* ou *idololatres,* lui-même du grec *eidololatrés,* de *eidolon* « image » et *latreuein* « adorer », l'allongement du *a* étant dû à une assimilation avec le suff. péj. *-astre, -âtre* ; ***idolâtrer*** (XIVe s.), d'abord au sens propre, le sens fig. se développant à partir du XVIe s. ; ***idolâtrie*** (XIIe s. d'abord *ydolatie*) est comme *idolâtre* une forme réduite de **idololatrie*, empr. au lat. chrét. *idololatria.*

idylle (XVIe s.), empr. par l'intermédiaire de l'ital. *idillio* au lat. de la Renaissance *idyllium,* pluriel *idyllia,* du grec *eidullion* « petit poème lyrique », désigne d'abord en fr. un petit poème d'inspiration bucolique ; au XIXe s. au sens fig. « amour naïf et tendre ». || ***idyllique*** (XIXe s.).

if (XIe s.), du gaulois **ivos.*

igloo (XIXe s.), empr. à l'angl. *igloo,* transcription d'un mot esquimau signifiant « habitation ».

igname (XVIe s.), « plante tropicale comestible », empr. au port. *inhame* qui a s. d. empr. le mot à une langue bantoue d'Afrique occidentale.

ignare (XIVe s.), empr. au lat. *ignarus* « ignorant ».

igné (XVe s.), empr. au lat. *igneus* « de feu, enflammé ». || ***igni-***, élém. tiré du lat. *ignis* « feu » et entrant dans la construct. de mots comme ***ignition*** (XIVe s.), ***ignifuge*** et ***ignifuger*** (XIXe s.).

ignoble (XIVe s.), empr. au lat. *ignobilis* « de basse naissance, inconnu, obscur », d'abord empl. au sens de « non noble », au XVIIe s. au sens usuel en fr. mod. de « vil, repoussant ».

ignominie (XVe s.), empr. au lat. *ignominia* « déshonneur, tache », comp. de *in-* préf. privatif et *nomen* « nom ». || ***ignominieux*** (XVe s.), empr. au lat. *ignominiosus* « dégradant ».

ignorer (XIVe s.), **ignorance** (XIIe s.), **ignorant** (XIIIe s.), empr. au lat. *ignorare, ignorantia, ignorans,* formés sur *in-* préf. nég. et *noscere* « connaître ». Voir ***ignare***.

iguane (XVIe s.), « sorte de reptile »,

empr. par l'intermédiaire de l'esp. *iguana* à une langue des Caraïbes.

il (IXe s.), pron. pers. sing. qui vient du lat. tard. *illi*, en lat. clas. *ille*, forme de démonstratif. La forme du pluriel *ils* (en a. fr. *il*) date du XIVe s. *Lui* représente le lat. vulg. **illui* refait sur le modèle du relatif *cui*, en lat. clas. *illi* ; l'a. fr. *eus*, puis *eux*, vient de *illos* et *leur*, a. fr. *lor*, vient de *illorum*, forme de génitif plur. de *ille*. Les formes féminines *elle* et *elles* viennent de *illa*, *illas* ; la forme d'a. fr. *li*, en fonction de complément et qui a été supplantée par *lui* ou par *elle*, vient du lat. vulg. **illaei*. Voir ***nenni***, ***oui***.

île (XIIe s., d'abord *isle*), du lat. vulg. **isula*, en lat. clas. *insula* « île ». || ***îlot*** (XVIe s.) a élim. l'a. fr. *islet* ; ***presqu'île*** (XVIe s.), calque du lat. *paeninsula*, formé sur *paene* « presque » et *insula*. Voir ***insulaire***.

iliaque (XIVe s.), terme d'anat., empr. au lat. *iliacus*, dér. de *ilia* « flancs ».

il-, **im-**, **in-**, **ir-**, formes du préf. nég. *in-* issu du lat. clas. *in-*. Les mots ainsi construits se trouvent pour la plupart cités aux mots simples.

illico (XVe s.), fam., empr. au lat. *illico* « sur la place, sur-le-champ » formé de *in* « dans » et de l'ablatif *loco* de *locus* « lieu, moment ».

illuminer (XIIe s.), empr. au lat. *illuminare*, dér. de *lumen* « lumière », qui a en lat. clas. les sens de « éclairer, orner, mettre en lumière, rendre illustre » et en lat. chrét. le sens de « éclairer l'âme par la grâce, par la Révélation », est d'abord empl. au sens de « rendre la vue aux aveugles » et de « éclairer de la lumière de la vérité » et à partir du XIVe s. au sens courant de « éclairer, répandre de la clarté ». Le part. pas. *illuminé* s'emploie aussi, depuis le XIXe s., au sens de « esprit mystique ou fanatisé, possédé ». || ***illumination*** (XIVe s.), empr. au lat. tard. *illuminatio*, d'abord empl. au sens de « action d'éclairer », a pu être employé (Rimbaud, *Les Illuminations*) au sens de l'angl. *illumination* « enluminure, gravure coloriée », lui-même empr. au fr. ; ***illuminisme*** (XIXe s.). Voir ***enluminer***, ***enluminure***.

illusion (XIIe s.), empr. au lat. *illusio* « tromperie, erreur des sens, mirage », dér. de *ludere* « se moquer de ». || ***illusionner***, ***illusionniste***, ***illusionnisme*** (XIXe s.) ; ***illusoire*** (XIVe s.), empr. au lat. tard. *illusorius* « trompeur ».

illustre (XVe s.), empr. au lat. *illustris* « clair, bien en vue, manifeste », dér. de *lustrare* « éclairer », est empl. au sens fig. « célèbre, renommé » dès le m. fr. || ***illustrer*** (XVe s.), empr. au lat. *illustrare* « éclairer » et « donner de l'éclat », d'abord empl. au sens fig. de « donner de l'éclat », de « éclairer » en parlant de Dieu, de la grâce, et de « expliquer », s'emploie aussi depuis le XIXe s. au sens de « orner, mettre des illustrations » ; ***illustration*** (XIVe s.), empr. au lat. imp. *illustratio* « action de rendre brillant », en lat. chrét. « glorification, apparition lumineuse, inspiration », est d'abord empl. dans le voc. religieux, puis au XVIe s. au sens de « action de rendre illustre », au XVIIe s. « action d'éclairer par des exemples », au XIXe s., par empr. à l'angl., au sens de « figure illustrant un texte » ; ***illustrateur*** (XIIIe s.), empr. au lat. chrét. *illustrator*, d'abord empl. au sens de « qui donne du lustre, qui fait connaître », en fr. mod. au sens de « artiste spécialisé dans l'illustration ».

ilote (XVIe s.), empr. au lat. *Ilotae*, lui-même empr. au grec et désignant les habitants de Laconie réduits à l'esclavage par les Spartiates ; à partir du XVIIIe s. au sens fig. « personne opprimée, asservie ».

image (XIe s., d'abord *imagine*), empr. au lat. *imaginem*, acc. de *imago* « représentation sous forme de statue ou de peinture, représentation par la pensée », est empl. dès l'a. fr. aux sens de « reproduction visuelle d'un objet réel », de « représentations graphiques ou sculptées », de « représentations mentales produites par l'esprit ou l'imagination, en rêve ou éveillé». *Image* au sens de «symbole» se développe à partir du XVIe s.; l'emploi dans le voc. de la rhétor. apparaît au XIIIe s. || ***imagerie*** (XIIIe s.), d'abord au sens de «art de l'imagier, du sculpteur», au XIXe s. aux sens de «fabrication et commerce d'image» et de «ensemble d'images de même origine ou de même genre»; ***imagier*** (XIIIe s.), d'abord au sens de «sculpteur, peintre» ne s'emploie guère en fr. mod. qu'au sens tech. de «enlumineur».

imaginaire (XVe s.), empr. au lat. imp. *imaginarius* «simulé, qui n'existe qu'en imagination», rare avant le XXe s., est empl. en fr. mod. comme subst. dans le voc. de la critique littér., de la philos., de la psychan. au sens de «ce qui relève du domaine de l'imagination».

imagination (XIIe s.), empr. au lat. imp. *imaginatio* «image, vision», formé sur *imaginari*, est d'abord empl. en a. fr. au sens de «image venant dans un rêve», puis, au XIIIe s., au sens de «faculté d'inventer des images ou de se représenter des images».

imaginer (XIIIe s.), empr. au lat. imp. *imaginari* «se figurer, s'imaginer», d'abord empl. au sens de «concevoir en esprit l'image d'un être ou d'une chose» prend aussi à partir du XVIIe s., comme pronom., le sens de «se figurer, croire sans fondement». || ***imaginable*** (XIVe s.), empr. au lat. tard. *imaginabilis,* de même sens; ***imaginatif*** (XIVe s.), empr. au lat. méd. *imaginativus* «qui a de l'imagination», au XVIe s. au sens de «qui a l'imagination fertile».

imam, **iman** (XVIe s.), empr. à l'ar. *'imam* «celui qui se tient devant, président».

imbécile (XVe s.), empr. au lat. *imbecillus* «faible de corps et d'esprit», d'abord empl. au sens de «faible de corps», au XVIe s. au sens du fr. mod. «faible d'esprit, sot, stupide». || ***imbécillité*** (XIVe s.), empr. au lat. *imbecillitas* «faiblesse physique et mentale», a suivi l'évol. de l'adj.

imberbe, voir ***barbe***.

imbiber (XVIe s.), empr. au lat. clas. *imbibere* «absorber, se pénétrer de».

imbriquer (XIXe s.), verbe comp. sur *imbriqué* (XVIe s.), dér. du lat. clas. *imbricatus* «ayant la forme d'une tuile creuse, disposé comme les tuiles», lui-même issu de *imbrex* «tuile creuse», surtout empl. comme pronom. aux sens propre et fig. || ***imbrication*** (XIXe s.).

imbroglio (XVIIe s.), mot ital. dér. de *imbrogliare* «embrouiller»; ***embrouille*** (XVIIIe s.) représente une forme plus francisée du même mot.

imbu (XVe s.), réfection d'après le lat. clas. *imbutus* «imprégné», part. pas. de *imbuere* «imbiber», d'une forme plus ancienne *embu,* part. pas. de *emboire*. Voir ***boire***.

imiter (XVe s.), empr. au lat. *imitari* «reproduire par imitation, représenter, simuler» qui a pris en lat. chrét. le sens spéc. de «reproduire des exemples de vertu, un modèle idéal». || ***imitation*** (XIIIe s.), empr. au lat. *imitatio* «imitation, copie, faculté d'imitation», qui a également pris en lat. chrét. le sens de «imitation de modèles de vertu», sens attesté par exemple dans le titre du traité spirituel du XVe s., *L'Imitation de Jésus-Christ*; ***imitateur*** (XVe s.), empr. au lat. *imitator*; ***imitable*** (XVIe s.); ***inimitable,*** (XVIe s.), empr. au lat. *inimitabilis.*

immaculé, voir ***maculer***.

immanent (XIVe s.), empr. au lat. scolast. *immanens,* part. prés. de *immanere* «demeurer dans», comp. de *in* et *manere* «rester». || ***immanence*** (XIXe s.).

immarcescible (XVe s.), empr. au lat. chrét. *immarcescibilis* «qui ne peut se flétrir», de *marcescere* «se flétrir».

immatriculer, voir ***matricule***.

immature, **immaturité**, voir ***maturation***.

immédiat (XIVe s.), empr. au lat. tard. *immediatus* au sens de « qui se fait sans intermédiaire, sans intervalle dans le temps ou dans l'espace ». || ***immédiateté*** (XVIIe s.), d'abord empl. comme terme de droit féodal « privilège d'un noble ou d'un fief immédiat de l'Empire », au XVIIIe s. « qualité de ce qui est immédiat ».

immémorial, voir ***mémoire***.

immense (XIVe s.), empr. au lat. *immensus* « sans limite, infini », d'abord empl. au sens disparu de « total, sans réserve », le sens du fr. mod. datant du XVe s. || ***immensité*** (XIVe s.), empr. au lat. *immensitas*, de même sens.

immerger (XVIe s.), empr. au lat. *immergere* « enfouir, plonger dans », dér. de *mergere* « plonger ». || ***immersion*** (XIVe s.), empr. au lat. *immersio*, formé sur le supin *immersum* de *immergere*.

immeuble, voir ***meuble***.

immigrer (XVIIIe s.), empr. au lat. *immigrare* « venir dans, s'introduire dans » dont le sens s'est spécialisé en français par opposition à *émigrer, émigration*. || ***immigration*** (XVIIIe s.), dér. de *immigrer* sur le modèle de *émigration* ; ***immigré***, part. pas. de *immigrer*, s'est spécialisé en fr. mod. au sens de « qui est venu d'un pays souvent peu développé pour travailler dans un pays industrialisé ».

imminent (XIVe s.), empr. au lat. clas. *imminens*, part. prés. de *imminere* « être suspendu au dessus de, menacer ». || ***imminence*** (XVIIIe s.), empr. au lat. tard. *imminentia* « proximité, menace ».

immiscer (s') (XVe s.), empr. au lat. clas. *se immiscere* « se mêler de qq. ch. ». || ***immixtion*** (XVIe s.), empr. au lat. tard. *immixtio* « action de mêler », est d'abord empl. au sens de « mélange, mixture », au XVIIIe s. au sens du fr. mod. « action de s'immiscer ».

immoler (XVe s.), empr. au lat. *immolare* « sacrifier ». || ***immolation*** (XIIe s.), empr. au lat. *immolatio*, de même sens.

immonde (XIIIe s.), du lat. *immundus* « sale, impur », dér. de *mundus* « propre, net », lui-même empl. en a. fr. et avec le même sens sous la forme *monde* ; *immonde* a dès l'a. fr. le sens fig. de « ignoble, impur ». || ***immondice*** (XIIIe s.), empr. au lat. *immunditia* « saleté, ordures » s'emploie surtout en fr. mod. et au plur. au sens propre de « ordures ».

immunité (XIIIe s.), du lat. clas. *immunitas* « exemption, dispense, remise », s'est aussi employé à partir du XIXe s. dans le voc. de la biol. « propriété que possède un organisme d'être réfractaire à certains agents pathogènes » ; au XIXe s. *immunité parlementaire, immunité diplomatique*. || ***immunitaire*** (XXe s.) ; ***immuniser*** (XIXe s.), dér. sav. du lat. *immunis* « exempt » ; ***immunisation*** (XIXe s.), terme du voc. médic.

immuno-, élém. tiré du lat. *immunis* « exempt de » et entrant dans la construct. de termes médic. comme ***immunologie***, ***immunogène***.

impact (XIXe s.), empr. au supin *impactum* du verbe *impigere* « frapper contre, heurter » ; au XXe s. au sens fig. « effet produit, retentissement ».

impartir (XIVe s.), empr. au lat. tard. *impartire, impartiri*, forme altérée du lat. clas. *impertire, impertiri* « partager, accorder en don », s. d. sous l'influence de *partire, partiri* « diviser en parts ».

impasse, voir ***passer***.

impassible, voir ***passion***.

impavide (XIXe s.), empr. au lat. *impavidus* « intrépide ».

impeccable (XVe s.), empr. au lat. *impeccabilis* « incapable de faillir », empl. en lat. chrét. au sens de « incapable de pécher », sens d'abord empr. en fr. ; au XVIIe s. au sens de « qui ne peut commettre une erreur », au XIXe s.

« sans défaut ». || ***impeccabilité*** (XVIe s.), empr. au lat. chrét. *impeccabilitas.*

impedimenta (XIXe s.), mot lat. désignant les « bagages d'une armée en campagne », plur. neutre de *impedimentum* « empêchement, entrave », est vieilli en fr. mod. au sens de « bagages encombrants » et littér. au sens fig. de « ce qui entrave une activité ».

impératif (XIIIe s.), empr. au lat. tard. *imperativus* « qui a été ordonné », formé sur le supin *imperatum* de *imperare* « commander », est d'abord empl. comme terme de gram., puis comme adj. au sens de « qui exprime ou impose un ordre » (XVe s.) et depuis le XIXe s. comme subst. au sens de « prescription d'ordre moral, esthétique, etc. ».

impératrice, **impérial**, **impériale**, **impérialisme**, **impérieux**, voir ***empereur***.

impéritie (XVe s.), « ignorance, incapacité », empr. au lat. *imperitia* « manque de connaissance, inexpérience », dér. de *peritus* « qui sait par expérience ».

impétigo (XIIIe s.), empr. au lat. *impetigo* « éruption cutanée », de *impetere* « attaquer ».

impétrer (XIIIe s.), mot vieilli, empr. au lat. *impetrare* « obtenir ». || ***impétrant*** (XIVe s.), terme de droit, part. prés. subst. de *impétrer* au sens de « qui a obtenu ce qu'il a demandé, bénéficiaire ».

impétueux (XIIIe s.), empr. au lat. tard. *impetuosus* « impétueux, violent », formé sur *impetus* « élan ». || ***impétuosité*** (XIIIe s.), dér. du rad. de *impetuosus.*

impie, **impiété**, voir ***pieux***, ***piété***.

implacable (XVe s.), empr. au lat. *implacabilis* « implacable », dér. avec le préf. nég. *in-* de *placabilis* « qui se laisse fléchir, apaiser », de *placare* « apaiser, calmer ». || ***implacabilité*** (XVIIIe s.), empr. au lat. tard. *implacabilitas* « inflexibilité ».

implanter, **implant**, **implantation**, voir ***planter***.

impliquer (XIVe s.), empr. au lat. *implicare* « plier dans, emmêler » formé de *in* et de *plicare* « plier », d'abord empl. au sens de « renfermer une incompatibilité », puis de « mettre en cause », prend aussi à partir du XIXe s. le sens de « comporter de façon implicite, entraîner comme conséquence ». || ***implication*** (XVe s.), empr. au lat. *implicatio* « enchaînement, embarras », d'abord empl. au sens de « fait d'être embrouillé », a suivi l'évol. du verbe ; ***implicite*** (XVe s.), empr. au lat. *implicitus* « enveloppé », part. pas. de *implicare,* a signifié aussi jusqu'au XVIIe s. « embrouillé, peu clair ».

implorer (XIIIe s.), empr. au lat. *implorare* « demander avec des larmes », dérivé de *plorare* « pleurer ». || ***imploration*** (XIVe s.), empr. au lat. *imploratio*, même sens.

imploser, **implosion**, voir ***explosion***.

importer 1 (XVIe s.), réfection, au XVIe s., et p.-ê. en corrélation avec l'ital. *importare* de l'a. fr. *emporter* « comporter, avoir pour conséquence », issu du lat. *importare* « être à la source de, causer ». Le sens du fr. mod. « avoir de l'importance pour qqn » se développe à partir du XVIe s. || ***importer 2*** au sens de « introduire des produits d'origine étrangère dans le territoire national » (XIVe s.) vient également du lat. *importare* au sens propre de « porter dans », mais le verbe ainsi que le subst. dér. ***importation*** (XVIIIe s.) se sont développés sous l'infl. de l'angl. *to import* et *importation* ; ***importateur*** (XVIIIe s.) ; ***import-export***, comp. empr. à l'angl. au XXe s. ; ***importance*** (XVe s.), empr. à l'ital. *importanza* « fait d'être important, affaire importante », empl. à partir du XVe s. au sens, disparu, de « événement important », de « autorité, influence d'une personne » et de « caractère de ce qui est important » ; ***important*** (XVᵉ s.), empr. à l'ital. *importante* « qui a de l'importance ».

importun (XIVᵉ s.), empr. au lat. *importunus,* au sens propre « qu'on ne peut aborder », puis « incommode, fâcheux », dérivé de *portus* « port », est d'abord empl. au sens de « pressant », le sens du fr. mod. « qui gêne, indiscret », se développant à partir du XVIᵉ s. || ***importuner*** (XVᵉ s.), ***importunité*** (XIVᵉ s.), empr. au lat. *importunitas* « position désavantageuse » et « caractère violent », en lat. méd. « sollicitation pressante », ont suivi la même évol. que *importun.*

imposer (XIVᵉ s.), francisation, d'après *poser,* du lat. *imponere* « placer sur, donner une charge à qqn », mais aussi « imposer un tribut » ou encore « tromper, abuser », sens repris dès le m. fr. et jusqu'en fr. mod., où *imposer* s'emploie au sens propre de « poser les mains sur » dans le voc. liturgique (dans le rituel de l'*imposition* des mains), au sens de « faire payer un tribut, un impôt », de « faire subir qq. ch. sous la contrainte » ou de « se faire reconnaître, admettre par sa valeur ». || ***imposition*** (XIIIᵉ s.), empr. au lat. tard. *impositio* « action d'appliquer », empl. au sens de « action d'imposer (les mains, un sceau, un nom, etc.) », de « impôt » et au XVIIᵉ s. dans le voc. de l'imprim. ; ***impôt*** (XIVᵉ s.), empr. au lat. *impositum* « ce qui est imposé ».

imposte (XVIᵉ s.), terme d'architect. empr. à l'ital. *imposta* « moulure saillante au-dessus d'un pilier, d'une porte, d'une arcade ou d'une baie », de même sens en fr.

imposture (XIIᵉ s., d'abord *emposture*), empr. au lat. imp. *impostura,* dér. de *imponere* au sens de « tromper, abuser ». || ***imposteur*** (XVIᵉ s.), empr. au lat. imp. *impostor,* de même sens.

impotent (XIVᵉ s.), empr. au lat. *impotens* « faible, impuissant », dér. de *posse* « pouvoir ». || ***impotence*** (XIIIᵉ s.), empr. au lat. *impotentia* « impuissance ».

imprécation (XIVᵉ s.), empr. au lat. *imprecatio* « malédiction », dér. de *precari* « prier ». || ***imprécatoire*** (XVIᵉ s.) ; ***imprécateur*** (XIXᵉ s.).

imprégner (XIIᵉ s.), du lat. tard. *impraegnare* « féconder », est d'abord empl. en a. fr. sous la forme *empregnier* au sens de « devenir enceinte » et a pris à partir du XVIIᵉ s. le sens de « pénétrer », puis de « influencer profondément », sous l'infl. de *empreindre* dont beaucoup de formes se confondaient avec celles de *empregnier.* || ***imprégnation*** (XIVᵉ s.), empr. au lat. méd. *impraegnatio* « action de concevoir », d'abord empl. au sens de « fécondation », a suivi l'évol. de *imprégner.*

imprésario (XVIIIᵉ s.), mot ital. dér. de *impresa* « entreprise ».

imprimer (XIVᵉ s.), empr. au lat. *imprimere* « appuyer sur, faire une figure en pressant », qui a également donné l'a. verbe *empreindre* (voir **empreinte**), est d'abord empl. au sens fig. de « graver dans le cœur, dans l'esprit, faire pénétrer », puis de « donner un certain caractère, une certaine marque » (XVIᵉ s.) ; *imprimer* s'est spéc., à partir de la fin du XVᵉ s., dans le voc. de l'imprim., d'où ***imprimé***, subst. masc. (XVIᵉ s.), aussi empl. en parlant de motifs reproduits sur un tissu. || ***imprimerie*** (XVIᵉ s.) ; ***imprimeur*** (XVᵉ s.) ; ***imprimante*** (XXᵉ s.), « machine à imprimer reliée à un ordinateur » ; ***impression*** (XIIIᵉ s.), empr. au lat. *impressio* « action d'appuyer, attaque, choc » et « effet produit sur le cœur, l'esprit », sens attesté à partir du XIIIᵉ s., est empl. à partir de la fin du XVᵉ s. au sens de « action d'imprimer un livre », au XVIIIᵉ s. au sens de « art d'imprimer les tissus » ; ***réimprimer*** (XVIᵉ s.) ; ***réimpression*** (XVIᵉ s.) ; ***surimpression*** (XXᵉ s.) ; ***impressionner*** (XVIIIᵉ s.) ; ***impressionniste***, mot créé par dérision à partir du tableau de Cl. Monet, *Impression : Soleil levant*

(1874), est lui-même à l'orig. du mot ***impressionnisme***.

impromptu (XVIIe s.), empr. à la loc. lat. *in promptu* « sous les yeux, sous la main », est empl. en fr. au sens de « sur-le-champ, sans préparation », et de « pièce, morceau improvisé ».

improviser (XVIIe s.), empr. à l'ital. *improvvisare*, dér. de *improvviso* « qui arrive de manière imprévue ». || ***improviste (à l')*** (XVIe s.), empr. à l'ital. *all' improvvista* « par surprise », a éliminé l'a. fr. *à l'impourvu*, attesté jusqu'au XVIIe s. ; ***improvisateur*** (XVIIIe s.) ; ***improvisation*** (XIXe s.).

impudence (XVIe s.), empr. au lat. *impudentia* « effronterie ». || ***impudent*** (XVIe s.), empr. au lat. *impudens* « effronté ».

impulsion, voir ***pulsion***.

imputer (XIIIe s.), d'abord *emputer*, empr. au lat. imp. *imputare* « porter en compte, faire valoir », est d'abord empl. au sens de « accuser », puis au XVIe s. au sens de « porter qq. ch. au compte de » et au XVIIe s. dans le voc. financier. || ***imputation*** (XVe s.), empr. au lat. chrét. *imputatio* « compte » et « accusation », a suivi la même évol.

inadvertance (XIVe s.), empr. au lat. méd. *inadvertentia*, comp. de *in-* préf. priv., et de *advertere* « se porter vers, faire attention », rare en fr. mod. au sens de « défaut d'attention » ; *par inadvertance* « par mégarde, par manque d'attention ».

inanité (XVe s.), empr. au lat. *inanitas* « vide », dér. de *inanis* « vide, vain ». || ***inanition*** (XIIIe s.), empr. au lat. tard. *inanitio* « état de vide », de *inanire* « vider », dér. de *inanis* « vide », vieilli en fr. mod. au sens de « état de jeûne » ; *tomber, mourir d'inanition* « par défaut de nourriture ».

inaugurer (XIVe s.), empr. au lat. *inaugurare* « consacrer la nomination de qqn, consacrer un emplacement », d'abord empl. au sens propre de « consacrer par une cérémonie officielle », prend aussi à partir du XIXe s. le sens de « mettre en pratique » et de « utiliser pour la première fois ». || ***inauguration*** (XIVe s.), empr. au lat. tard. *inauguratio* « consécration d'un lieu », a suivi l'évol. du verbe.

inca (XVIe s.), d'abord sous la forme *inge*, au sens de « titre porté par les princes de l'ancien Pérou », puis *inga*, *inca* au sens de « langue parlée par les Indiens du Pérou », au XIXe s. les *Incas*.

incandescent (XVIIIe s.), empr. au lat. *incandescens*, part. prés. de *incandescere* « être en feu, s'embraser ». || ***incandescence*** (XVIIIe s.).

incantation (XIIIe s.), empr. au lat. tard. *incantatio* « incantation, enchantement, sortilège », du lat. *incantare* « enchanter ». || ***incantatoire*** (fin du XIXe s.). Voir ***enchanter***.

incarcérer (XIIIe s.), empr. au lat. méd. *incarcerare* « emprisonner », comp. de *in-* et de *carcer* « prison », cf. *chartre*. || ***incarcération*** (XIVe s.), comme *incarcérer*, ne devient usuel qu'à partir du XVIIIe s.

incarnat (XVIe s.), empr. à l'ital. *incarnato* « d'un rouge clair et vif » (comme la chair), dér. de *carne* « chair ».

incarner (XIVe s.), empr. au lat. eccl. *incarnare*, formé sur *caro, carnis* « chair » au sens de « entrer dans un corps » et, tout spécialement en parlant du Christ, « revêtir la forme humaine » ; le sens fig. de « représenter une chose abstraite » se développe à partir du XVIe s., le sens de « jouer un rôle » au XIXe s. || ***incarné***, au sens médic. (XIXe s.), est une formation sav. pour l'a. fr. *encharné* de *encharner* « cicatriser » ; ***incarnation*** (XIIe s.), empr. au lat. eccl. *incarnatio*, spécialement empl. en parlant du Christ, a suivi l'évol. du verbe ; ***réincarner*** (XXe s.) ; ***réincarnation*** (XIXe s.).

incartade (XVIIe s.), « léger écart de conduite », empr. à l'ital. *inquartata*, terme d'escrime, comp. de *in* et *quarta* « parade portée à un coup droit en se jetant de côté (en faisant un quart de tour) ».

incendie (XVIIe s.), empr. au lat. *incendium* « feu » et « ardeur des sentiments », est également empl. au sens propre et au sens fig. en fr. || ***incendier*** (XVIe s.) ; ***incendiaire*** (XIIIe s.), empr. au lat. imp. *incendiarius,* d'abord empl. au sens propre, au XVIIIe s. au sens fig.

inceste (XIIIe s.), empr. au lat. *incestum* « sacrilège, inceste ». || ***incestueux*** (XIVe s.), empr. au lat. tard. *incestuosus,* de même sens.

inchoatif (XIVe s.), terme de gram., empr. au lat. tard. *inchoativus,* dér. du lat. *inchoare* « commencer ».

incident (XIIIe s.), substantivation du part. prés. *incidens* du verbe *incidere* « tomber dans, tomber sur, venir par coïncidence » ; au XVe s. comme adj. || ***incidence*** (XIIIe s.).

incinérer, **incinération**, voir ***cendre***.

inciser (XVe s.), réfection sur le modèle de ***incision*** (XIVe s., du lat. tard. *incisio* « coupure, entaille »), de l'a. fr. *enciser* (XIIe s.) « couper, trancher », du lat. tard. *incisare,* lui-même issu de *incidere* « entailler, inciser ». || ***incisif*** (XIVe s.), XIXe s. au sens fig. ; ***incisive***, subst. (XVIe s.).

inciter (XIIe s., d'abord sous la forme *enciter*), empr. au lat. *incitare* « pousser violemment, exciter ». || ***incitation*** (XIVe s.), empr. au lat. *incitatio* « impulsion, excitation ».

incliner (XIIIe s.), empr. au lat. *inclinare* « faire pencher, pencher », a éliminé l'a. et m. fr. *encliner* (voir ***enclin***) ; au XIVe s. au sens fig. *incliner à* « être favorable ». || ***inclination*** (XIIIe s.), empr. au lat. *inclinatio* « action de pencher » et « penchant », est surtout empl. au sens fig. ; ***inclinaison*** (XVIIe s.), dér. de *incliner,* empl. en fr. mod. au sens propre.

inclure (XIVe s.), d'abord attesté sous la forme de part. pas. *inclus,* empr. au part. pas. *inclusus* du lat. *includere* « enfermer », dér. de *claudere* « fermer », le verbe *inclure* étant attesté au XVIe s. || ***inclusion*** (XIIIe s.), empr. au lat. *inclusio* « emprisonnement », puis en lat. chrét. « réclusion (d'un ermite) », est d'abord empl. en ce sens en a. fr., les emplois techniques se développant à partir du XIXe s.

incognito (XVIe s.), mot ital. signifiant « inconnu », empr. au lat. *incognitus,* de même sens, formé sur *cognoscere* « connaître ».

incomber (XVe s.), empr. au lat. *incumbere* « se pencher sur, peser sur ».

incommensurable (XIVe s.), empr. au lat. tard. *incommensurabilis* « qui n'ont pas de commune mesure (en parlant de deux grandeurs) », terme de mathémat.

inconvénient (XIIIe s.), empr. au lat. *inconveniens,* comp. de *in-* préf. nég. et *conveniens* « qui est en accord avec », qui a pris en lat. imp. le sens de « qui ne convient pas, discordant » ; *inconveniens* est attesté en lat. tard. au neutre plur. au sens de « les choses qui ne conviennent pas », d'où l'emploi en fr. de *inconvenient* comme subst. au sens de « infortune, désagrément ».

incriminer (XVIe s.), empr. au lat. tard. *incriminare* « accuser », dér. de *crimen* « crime, accusation », est rare jusqu'à la fin du XVIIIe s.

incruster (XVIe s.), empr. au lat. *incrustare* « couvrir d'une croûte », dér. de *crusta* « croûte », d'abord empl. au sens de « couvrir d'un enduit, d'une croûte », au XVIe s. « orner une surface, un objet suivant un dessin gravé en creux », au XVIIe s. *s'incruster* au sens fig. || ***incrustation*** (XVIe s.), empr. au lat. tard. *incrustatio* « revêtement de marbre ».

incubation (XVIIe s.), empr. au lat. *incubatio* « couvaison », dér. de *incubare* « être étendu sur, couver », sur lequel a été formé ***incuber*** (XVIIIe s.).

incube (XIVe s.), empr. au lat. tard. *incubus* « cauchemar », de *incubare*

« coucher sur », est empl. en fr. au sens de « démon qui abuse des femmes pendant leur sommeil ».

inculper (XVIe s.), qui a remplacé l'a. fr. *encolper* (XIIe s.), est un empr. au lat. tard. *inculpare* « blâmer, accuser », formé sur *culpa* « faute ». || ***inculpation*** (XVIIIe s.), empr. au lat. tard. *inculpatio* « accusation, inculpation ». Voir ***coulpe***.

inculquer (XVIe s.), empr. au lat. *inculcare* « faire pénétrer », au sens propre « fouler », dér. de *calx, calcis* « talon ».

inculte, voir ***cultiver***.

incunable (XIXe s.), empr. au lat. *incunabula* « berceau », au fig. « commencement », s'est spécialisé au XVIIe s. pour désigner les premières productions de l'imprimerie (antérieures à 1500).

incurie (XVIIe s.), empr. au lat. *incuria* « manque de soin, d'organisation », dér. de *cura* « soin ». Voir ***cure***.

incursion (XIVe s.), empr. au lat. *incursio* « attaque, invasion », dér. de *incurrere* « se jeter contre » ; au XVIIIe s. au sens fig.

incurver (XVIe s.), empr. au lat. *incurvare* « courber », dér. de *curvare*. Voir ***courber***.

indécis (XVe s.), empr. au lat. méd. *indecisus* « non tranché ». || ***indécision*** (XVIIe s.).

indéfectible (XVIe s.), empr. au lat. méd. *indefectibilis* « indestructible », dér. du supin *defectum* de *deficere* « faire défaut ».

indélébile (XVIe s.), empr. au lat. *indelebilis* « indestructible », formé sur *delere* « détruire ».

indemne (XIVe s.), empr. au lat. *indemnis* « qui n'a pas subi de dommage », en lat. méd. « exempt », formé sur *in-* préf. nég. et *damnum* « dommage », est d'abord empl. au sens de « exempt », au XVIe s. au sens de « qui n'a pas subi de dommage ». || ***indemnité*** (XIVe s.), empr. au lat. *indemnitas* « fait d'être préservé de tout dommage », en lat. méd. « dédommagement », est d'abord empl. comme terme de droit féodal et à partir du XVIIe s. au sens de « dédommagement » ; ***indemniser*** (XVe s.).

index (XVIe s.), empr. au lat. *index* « qui indique, révélateur », mais aussi « doigt (qui indique), liste, catalogue », est d'abord empl. au sens de « doigt », l'emploi aux sens de « table à la fin d'un ouvrage » et de « catalogue des livres censurés par l'Eglise » datant du XVIIe s. ; au XIXe s. *mettre à l'index*. || ***indexer***, ***indexation*** (XXe s.). Voir ***indiquer***.

indice (XIIe s., d'abord *endice*), empr. au lat. *indicium* « dénonciation, signe révélateur, indice ». Les emplois du mot se sont beaucoup développés aux XIXe et XXe s. dans des domaines divers (*indice des prix, des traitements*, etc.) au sens de « indication numérique qui sert à exprimer un rapport ». || ***indiciaire*** (XVe s.), est d'abord empl. comme subst. au sens de « chroniqueur », puis adj. « qui révèle » (XVIe s.) ; ***indiciel*** (XXe s.).

indienne (XVIIe s.), substantivation de *toile indienne* (venue de l'Inde).

indifférent (XIVe s.), empr. au lat. *indifferens* « qui ne se préoccupe pas de » et « ni bon ni mauvais ». || ***indifférence*** (XIVe s.), empr. au lat. tard. *indifferentia*. Voir ***différent***, ***différence***.

indigène (XVIe s.), empr. au lat. *indigena* « originaire du pays », adj. et subst.

indigent (XIIIe s.), empr. au lat. *indigens* « qui est dans le besoin », de *indigere* « manquer ». || ***indigence*** (XIIIe s.), empr. au lat. *indigentia* « besoin », au XVIIe s. au sens fig. de « pauvreté intellectuelle, morale ».

indigo (XVIe s.), s. d. empr. au port. *indigo*, du lat. *indicum* « indien », en raison de la provenance de cette teinture bleue tirée de l'indigotier.

indiquer (XVIe s.), empr. au lat. *indicare* « indiquer, dénoncer, révéler », dér. de *index* « qui montre ». || ***indication*** (XIVe s.), empr. au lat. *indicatio* ; ***indicateur*** (XVIe s.), d'abord « qui indique », puis aussi « qui dénonce », désigne également à partir du XVIIIe s. un « livre », une « brochure », puis un « dispositif donnant des renseignements » ; ***indicatif*** (XVe s.), empr. au lat. *indicativus*, d'abord empl. au sens de « qui sert à indiquer », également subst. comme terme de gram. au XIVe s. ; au XIXe s. au sens de « signal distinctif » ; au XXe s. au sens de « musique, bruitage annonçant une émission de radio, de télévision » ; ***contre-indiquer*** (XVIIIe s.) ; ***contre-indication*** (XVIIe s.). Voir ***index***.

individu (XIVe s.), empr. au lat. *individuum* « ce qui est indivisible, individu » (par opposition à *genre* et à *espèce*). Les sens de « membre de l'espèce humaine, d'une collectivité humaine », de « unité dont se compose une société » se développent à partir du XVIIe s. ; fin XVIIIe s. au sens péj. || ***individuel*** (XIVe s.), au sens de « qui concerne, constitue un individu », le sens de « qui concerne une seule personne » datant du XIXe s. ; ***individualiser*** (XVIIIe s.) ; ***individualisme***, ***individualiste*** (XIXe s.) ; ***individuer*** (XVe s.), empr. au lat. scolast. *individuare* « donner son individualité à » ; ***individualité*** (XVIIIe s.), d'abord empl. au sens de « ensemble des caractères propres à un individu » et, au XIXe s., de « être doué d'une forte personnalité ».

indo-, élém. tiré du lat. *Indus* « de l'Inde », entrant dans la construct. de mots comme ***indo-européen***, ***indo-hellénique***, ***indochinois***, ***indonésien***.

in-douze (XVIe s.), « livre dont les feuilles sont pliées en 12 feuillets qui forment 24 pages », comp. du lat. *in* « dans » et de *douze*.

induire (XIIIe s.), réfection d'après le lat. *inducere* « amener à », de l'a. fr. *enduire* « inciter à », est d'abord empl. au sens de « conduire qqn à faire qq. ch. », puis, au XVIe s., de « tirer une conclusion ». || ***induction*** (XIIIe s.), empr. au lat. *inductio* « action d'amener » et terme de logique, est empl. en fr. comme terme de logique et à partir du XIXe s. dans le voc. scient. ; ***inducteur*** (XVIIe s.), empr. au lat. tard. *inductor* ; ***inductif*** (XIVe s.), dér. sav. de *inductum*, de *inducere*.

indulgence (XIIe s.), empr. au lat. *indulgentia* « bienveillance, complaisance », qui a pris en lat. chrét. le sens de « pardon des péchés » et de « remise de la peine due pour les péchés », est d'abord empl. en ce sens en fr., le sens étendu « facilité à excuser, à pardonner » datant du XVIe s. || ***indulgent*** (XVIe s.), empr. au lat. *indulgens* « bienveillant ».

indurer (XVe s.), empr. au lat. *indurare* « endurcir » (voir ***endurer***), est empl. à partir du XIXe s. comme terme médic. « durcir ». || ***induration*** (XIVe s.), empr. au lat. chrét. *induratio* « endurcissement du cœur », d'abord attesté en ce sens, puis au sens médic.

industrie (XIVe s.), empr. au lat. *industria* « activité, application », attesté jusqu'au XVIIIe s. au sens de « habileté » et de « pratique d'une activité manuelle », parfois avec val. péj. de ruse (*vivre d'industrie,* « d'expédients », *chevalier d'industrie* (XVIIe s.) « individu aux pratiques douteuses »), prend au XVIIIe s. le sens de « ensemble des activités économiques fondées sur la transformation de matières premières ». || ***industriel*** (XVe s.), au XVIIIe s. au sens de « qui concerne l'industrie », l'emploi comme subst. datant du XIXe s. ; ***industrialiser***, ***industrialisation*** (XIXe s.) ; ***industrieux*** (XVe s.), empr. au lat. tard. *industriosus* « actif », au sens de « qui fait preuve d'adresse, d'activité », en concurrence au XVIIIe s. au sens de « relatif à l'industrie » avec *industriel*.

inédit, voir ***éditer***.

ineffable (XVe s.), empr. au lat. *inef-*

fabilis « qu'on ne peut exprimer », dér. de *fari* « parler ».

inéluctable (XVIe s.), rare jusqu'au XVIIIe s., empr. au lat. *ineluctabilis* « insurmontable, inévitable », dér. à l'aide du préf. nég. *in-* de *eluctari* « surmonter en luttant ».

inepte (XVe s.), empr. au lat. *ineptus* « qui n'est pas approprié, apte », d'où « sot », dér. de *in-* préf. nég. et de *aptus* « apte » ; comme pour le dér. ***ineptie*** (XVIe s.), empr. au lat. *ineptia*, surtout usuel au plur. *ineptiae* « sottises, niaiseries », le sens de « sot, sottise » l'a emporté sur le sens propre, exprimé par *inapte* et *inaptitude*. Voir **apte**.

inerte (XVIe s.), empr. au lat. *iners* « inactif, sans énergie », dér. de *ars, artis* « art ». ‖ ***inertie*** (XIVe s.), empr. au lat. *inertia* « inaction, indolence » s'est développé dans le voc. scient. à partir du XVIIe s.

inexorable (XVIe s.), empr. au lat. *inexorabilis* « implacable ».

inexpugnable (XIVe s.), empr. au lat. *inexpugnabilis*, de *expugnare* « prendre d'assaut » ; au XVIIe s. au sens fig.

in extenso (XIXe s.), loc. formée de *in* « dans » et de l'ablatif *extenso*, de *extensum*, part. pas. neut. de *extendere* « étendre » au sens de « dans toute son étendue ».

in extremis (XVIIIe s.), loc. formée de *in* « dans » et *extremis*, ablatif plur. de *extremus* « extrême, dernier » au sens de « à la dernière limite, à l'article de la mort ».

inextricable (XIVe s.), empr. au lat. *inextricabilis*, dér. à l'aide du préf. nég. *in-* de *extricare* « démêler, débrouiller ».

infâme (XIVe s.), empr. au lat. *infamis* « mal famé, décrié », comp. de *in-* préf. nég. et *fama* « renommée ». ‖ ***infamie*** (XIVe s.), empr. au lat. *infamia* « mauvaise renommée, déshonneur », l'emploi spéc. de « flétrissure imprimée par la loi, par l'opinion publique » étant attesté à partir du XVIe s. ; ***infamant*** (XVIe s.), part. prés. de *infamer* « déshonorer », empr. au lat. *infamare*, verbe disparu.

infant, **infante** (XIVe s.), empr. à l'esp. *infante* « fils de roi ». Voir ***enfant***.

infanterie (XVIe s.), « troupes à pied », empr. à l'ital. *infanteria*, dér. de *infante* « enfant », au sens de « jeune soldat, fantassin ».

infanticide (XVIe s.), empr. au lat. chrét. *infanticidum* « meurtre d'un enfant ».

infantile, voir ***enfant***.

infarctus (XIXe s.), terme de médecine, empr. au lat. *infarctus*, part. pas. de *infarcire* « fourrer dans, remplir », pour désigner une grave lésion ou une nécrose.

infatuer, voir ***fat***.

infect (XIVe s.), empr. au lat. *infectus*, part. pas. de *inficere* « imprégner » et « empoisonner, infecter », est empl. au sens fig. « qui suscite le dégoût » à partir du XVIe s. ‖ ***infecter*** (XVe s.) ; ***infection*** (XIIIe s.), empr. au lat. tard. *infectio* « action de teindre », qui a pris en lat. chrét. le sens de « salissure, souillure », est d'abord attesté au sens de « souillure du péché », puis, au XVe s., de « puanteur, pourriture », le sens médic. se développant à partir du XIVe s. ; ***infectieux*** (XIXe s.).

inféoder, voir ***féodal***.

inférer (XIVe s.), « tirer une conséquence d'un fait, d'une proposition », empr. au lat. *inferre* « porter, porter une accusation, tirer une conséquence ».

inférieur (XVe s.), empr. au lat. *inferior*, compar. de *inferus* « placé dessous » et « d'un rang inférieur ». ‖ ***infériorité*** (XVIe s.).

infernal, voir ***enfer***.

infester (XIVe s.), empr. au lat. *infestare* « harceler, ravager » et au fig. « corrompre, altérer », est empl. à partir du XVIe s. dans le voc. médic. et au sens de « ravager, rendre peu sûr » ; au XVIIe s. au sens courant de « envahir (en parlant d'animaux, de plantes nuisibles) ». || ***infestation*** (XIVe s.), empr. au lat. tard. *infestatio* « attaque », au XXe s. dans le voc. médic.

infime (XVe s.), empr. au lat. *infimus* « le plus bas, le dernier » et au sens fig. « le plus humble », superlatif de *inferus* « placé dessous », est vieilli au sens de « qui est situé au plus bas », le sens courant de « tout petit » datant du XIXe s.

infini (XIIIe s.), empr. au lat. *infinitus* « non limité, sans fin ». || ***infinité*** (XIIIe s.), empr. au lat. *infinitas* « étendue infinie », est empl. dès l'a. fr. au sens de « très grande quantité, très grand nombre » ; ***infinitif*** (XIVe s.), empr. au lat. gram. *infinitus modus* « mode indéfini (n'exprimant ni la personne ni le nombre) ».

infinitésimal (XVIIIe s.), empr. à l'angl. *infinitesimal* « qui concerne des quantités extrêmement petites ».

infirme (XIIIe s., rare avant le XVIe s.), du lat. *infirmus* « faible, débile », réfection d'après le lat. de l'a. fr. *enferm* « faible, malade ». Le sens « impotent, invalide, atteint d'une affection incurable » est attesté au XVIIe s. || ***infirmité*** (XIe s., sous la forme *enfermeté*), réfection d'après le lat. *infirmitas*, a d'abord signifié « faiblesse, maladie » avant de prendre le sens mod. de « invalidité, maladie incurable » au XVIIe s. || ***infirmier*** (XIIIe s., sous la forme *enfermier*) ; ***infirmerie*** (XIIIe s., sous la forme *enfermerie*).

infirmer (XIVe s.), empr. au lat. jur. *infirmare* « affaiblir, annuler, détruire, renverser », même sens en fr. ; empl. tech. en droit « annuler une décision de justice ». || ***infirmation*** (XVe s.), empr. au lat. *infirmatio* « réfutation ».

inflammable, **inflammation**, voir ***flamme***.

inflation (XIVe s.), empr. au lat. *inflatio* « gonflement », a d'abord été un terme médic. Le sens écon. « accroissement de la masse monétaire et hausse des prix entraînant une dévaluation de la monnaie » vient de l'angl. *inflation*, répandu au moment de la crise monétaire qui a suivi la guerre de 1914-18. || ***inflationniste*** (XIXe s.), de l'angl. *inflationist* « qui a rapport avec l'inflation, partisan de l'inflation ». Voir ***déflation***.

inflexible, **inflexibilité**, **inflexion**, voir ***flexible***.

infliger (XVe s.), empr. au lat. *infligere* « assener un coup, faire subir », en fr. « appliquer une peine, faire subir ».

influenza (XVIIIe s.), empr. à l'ital. *influenza* « influence », en fr. « maladie infectieuse, contagieuse » (à la suite d'une épidémie).

influer (XIVe s.), « exercer une action, influencer » (surtout en parlant des astres), empr. au lat. *influere* « couler dans, pénétrer dans ». || ***influence*** (XIIIe s.), empr. au lat. méd. *influentia* « fluide provenant des astres et agissant sur les hommes », d'abord au sens astrologique de « action des astres », puis « action exercée sur une personne » (XIIIe s.). Le sens de « autorité, crédit, prestige » date de la fin du XVIIIe s. ; ***influencer*** (XVIIIe s.) ; ***influençable*** (XIXe s.) ; ***influx*** (XVIe s.), « fluide, force agissante », empr. au lat. tard. *influxus* « influence ».

in-folio (XVIe s.), expres. lat. signifiant « en feuille » et désignant un livre dont la feuille de papier est pliée en deux et forme donc deux feuillets, c.-à-d. quatre pages.

informe (XVIe s.), empr. au lat. *informis* « difforme, hideux », en fr. « sans forme propre » et « dont la forme n'est pas achevée, imparfait ».

informer (XIIIe s.), du lat. *informare* « façonner, représenter, décrire », a d'abord signifié « faire savoir », puis à partir du XIVe s. « faire une enquête, une instruction judiciaire ». Le sens de « interroger » est courant au XVIIe s. || ***information*** (XIIIe s.), d'abord « enquête judiciaire », puis « renseignements », enfin à partir du XIXe s. « événements communiqués au public, nouvelles ». Ce dernier sens tient au développement mod. de la presse ; ***informateur*** (XVe s.) ; ***désinformation*** (XXe s.), « information trompeuse » ; ***désinformer*** (XXe s.) ; ***informatique*** (XXe s.), mot créé à partir d'*information* et du suf. *-ique* pour définir un système automatisé de gestion de données ; ***informaticien*** (XXe s.).

infortune (XIVe s.), empr. au lat. *infortunium* « malheur, revers de fortune », de même sens en fr. || ***infortuné*** (XIVe s.), empr. au lat. *infortunatus* « malheureux ».

infra (XIXe s.), empr. au lat. *infra* « dessous », en fr. « ci-dessous, ci-après ».

infra-, premier élém. de mots sav., comme ***infrarouge*** « en deçà du rouge », tiré du lat. *infra* « en dessous », marquant un niveau inférieur.

infraction (XIIIe s.), empr. au lat. tard. *infractio* « action de briser », en fr. terme de droit au sens de « transgression d'une loi ou d'un engagement ».

infusion (XIIe s.), empr. au lat. *infusio* « action de verser dans », s'est employé avec le sens théolog. de « pénétration dans l'âme de grâces surnaturelles ». Le sens mod. « introduction de plantes dans un liquide », puis « liquide dans lequel des plantes ont trempé » date du début du XVIIe s. || ***infuser*** (XIVe s.), d'abord « laisser macérer », puis « verser, transfuser » (XVe s.) ; ***infus*** adj. (XIIIe s.), empr. au lat. *infusus* « répandu », apparaît dans l'expres. *science infuse* (XVIIe s.) « science donnée par Dieu (sans effort de l'homme pour apprendre) ».

ingambe (XVIe s.), empr. à l'ital. *in gamba* « sur ses jambes », d'où « alerte ».

ingénier (s') (XIVe s.), tiré du lat. *ingenium* « dispositions naturelles, talent », en fr. « faire preuve d'ingéniosité, se donner du mal ». || ***ingénieux*** (XIVe s.), réfect. d'après le lat. *ingeniosus* « intelligent, doué, inventif » de l'a. fr. *engignous*, *engignos* « habile, adroit ». Le sens de « doué » existe encore au XVIIe s. ; ***ingéniosité*** (XVe s.) ; ***ingénieur*** (XVIe s.), d'abord « constructeur de machines », réfect. de l'a. fr. *engigneor* « constructeur de machines de guerres ». Le sens mod. « expert doté d'une formation scientifique et technique » apparaît au XVIIIe s.

ingénu (XVe s.), empr. au lat. *ingenuus* « de condition libre », d'abord en ce sens en fr. Le sens de « innocent et naïf, simple » (avec valeur laudative ou péj.) est attesté à partir du XVIIe s. || ***ingénuité*** (XIVe s.), empr. au lat. *ingenuitas* « condition d'homme libre » et « sentiments nobles », a suivi la même évol., d'où le sens de « simplicité, franchise innocente » (XVIIe s.), puis de « naïveté ».

ingérer (s') (XIVe s.), du lat. *se ingerere* « se porter dans, se jeter dans », a signifié « se mêler de qq. ch. sans en être prié ou sans y avoir droit » dès le XIVe s. || ***ingérence*** (XIXe s.), « intervention indue ou illégale ». Le mot s'est employé dans le domaine de la polit. internationale (XIXe s.) ; ***ingestion*** (XVIe s.), empr. au lat. tard. *ingestio* « action d'ingérer ».

ingrat (XIVe s.), empr. au lat. *ingratus* « sans reconnaissance ». || ***ingratitude*** (XIIIe s.), empr. au lat. tard. *ingratitudo* « manque de gratitude ».

ingrédient (XVIe s.), empr. au lat. *ingrediens* « qui entre dans », s'est d'abord appliqué dans la langue des apothicaires à un élément entrant dans une préparation de remèdes.

inguinal (XVe s.), dér. sav. du lat. *inguen, inguinis* « aine ».

ingurgiter (XVe s., rare avant le XIXe s.), empr. au lat. *ingurgitare* « engouffrer, se gorger de », en fr. « introduire dans la gorge », et « avaler avidement ».

inhaler (XVIIIe s.), empr. au lat. *inhalare* « souffler sur, exhaler une odeur ».

|| ***inhalation*** (XVIIIe s.), empr. au lat. *inhalatio* « exhalaison ».

inhérent (XVIe s.), empr. au lat. *inhaerens* « fixé à, attaché à », s'est répandu aux XVIIe et XVIIIe s. au sens de « étroitement lié, durable, inséparable » et « intrinsèque » dans le voc. philos. || ***inhérence*** (XIVe s.), empr. au lat. méd. *inherentia* « caractère inhérent ».

inhiber (XIVe s.), empr. au lat. clas. *inhibere* « arrêter, retenir », puis en lat. méd. « empêcher, interdire », en fr. « défendre, interdire ». || ***inhibition*** (XIIIe s. au sens de « interdiction »), empr. au lat. *inhibitio* « action de ramer en sens contraire » en lat. clas., puis « défense » en lat. tard. Les sens physiologique et psychologique « arrêt, blocage » datent de la fin du XIXe s. ; ***inhibiteur*** (XIVe s., rare avant le XIXe), empr. au lat. tard. *inhibitor* « qui arrête, qui interdit ».

inhumer (XVe s.), empr. au lat. *inhumare* « mettre en terre ». || ***inhumation*** (XVe s.).

inimitié (XIIIe s.), réfect. d'après le lat. *inimicitia* de l'a. fr. *enemistié*.

inique (XIVe s.), empr. au lat. *iniquus* « inégal, défavorable, injuste, malveillant » ; dès le m. fr. le sens moral est presque le seul attesté. || ***iniquité*** (XIIe s.), empr. au lat. *iniquitas* « inégalité, injustice ».

initial (XIIIe s.), empr. au lat. *initialis* « primitif, primordial », adj. fait sur *initium* « début, commencement, principe », en fr. « qui commence », puis « qui commence un mot » (*lettre initiale*) au XVIIe s. || ***initiale*** (XVIIe s.), subst. ; ***initialiser*** (XXe s.), de l'angl. *to initialize* « faire une opération préliminaire (préparant un disque à recevoir des informations) », terme d'informatique.

initier (XIVe s.), empr. au lat. *initiare* « initier (aux mystères) » (double idée de commencement et de secret), a pris en fr. le sens de « admettre, introduire » (dans le voc. de l'alchim.), depuis le XVIIe s. « donner les rudiments d'une science, instruire », au XVIIe s. « admettre dans une secte ». || ***initiation*** (XVe s.), empr. au lat. tard. *initiatio* « action d'initier » ; ***initiateur*** (XVIe s.), empr. au lat. tard. *initiator*, de même sens ; ***initiative*** (XVIe s., rare avant le XIXe s.), « action, intervention » et aussi depuis le milieu du XIXe s. « disposition à entreprendre » (*esprit d'initiative*) ; ***initiatique*** (XXe s.).

injection (XVe s.), empr. au lat. *injectio* « action de jeter sur », puis au sens méd. « action d'introduire un liquide dans un organe », en fr. d'abord « action de jeter », puis au XVIe s. « action d'introduire un liquide dans un organe du corps » et « produit injecté » (sens médic.), enfin « introduction d'un fluide sous pression » (XIXe s.). || ***injecter*** (XVIe s., sous la forme *injetter*), empr. au lat. tard. *injectare* « jeter sur », en fr. « introduire un liquide dans un corps » (terme médic.).

injonction (XIIIe s.), empr. au lat. tard. *injunctio* « action d'imposer une charge, ordre », en fr. « commandement, sommation ».

injure (XIIe s.), empr. au lat. *injuria* « injustice, tort, dommage », a conservé les sens latins juqu'au XVIIe s. (*injures du temps*, *injures de l'âge*). Le sens de « parole offensante » est attesté dès le XVIe s. || ***injurier*** (XIIe s., sous la forme *enjurier*), empr. au lat. tard. *injuriari* « outrager, offenser », signifie d'abord « faire du tort », puis à partir du XVIIe s. « offenser (en paroles) » ; ***injurieux*** (XIIe s. au sens de « qui dit du mal »), empr. au lat. *injuriosus* « nuisible », signifie encore couramment « qui cause du tort » ou « injuste » aux XVIe et XVIIe s., et aussi « insultant ».

inné (XVIIe s.), empr. au lat. *innatus* « né dans », d'où « naturel, congénital », en fr. « que l'on a en naissant ».

innocent (XIe s.), empr. au lat. *innocens* « inoffensif, irréprochable, non coupable ». Le mot a désigné en lat. chrét. les jeunes enfants mis à mort par

Hérode (*massacre des Innocents*), d'où le sens de « tout jeune enfant » en a. fr. Le sens de « ignorant, naïf » est attesté au XIVe s. La val. de « inoffensif » est encore courante au XVIIe s. || ***innocenter*** (XVIe s.), attesté depuis le XVIIIe s. au sens de « déclarer non coupable, disculper » ; ***innocence*** (XIIe s.), empr. au lat. *innocentia* « mœurs irréprochables, vertu », d'abord en fr. « absence de volonté de faire le mal, de pécher », n'a pris le sens de « naïveté excessive » qu'à partir du XVIIe s.

innocuité (XVIIIe s.), dér. sav. tiré du lat. *innocuus* « inoffensif ».

innover (XIVe s. rare avant le XVIe s.), empr. sav. au lat. *innovare* « renouveler ». || ***innovation*** (XIIIe s.), empr. sav. au lat. tard. *innovatio* « renouvellement ». Du sens de « changement » on est passé dès le XVIIIe s. à celui de « invention » et « création nouvelle », valeurs largement répandues en fr. mod. ; ***innovateur*** (XVe s.), empr. au lat. tard. *innovator* « qui trouve du nouveau ».

in-octavo (XVIe s.), expres. lat. « en huitième », désignant un livre dont la feuille de papier est pliée en huit feuillets et forme donc seize pages.

inoculer (XVIIIe s.), de l'angl. *to inoculate*, empr. au lat. *inoculare* « greffer un bourgeon, implanter », mot passé du voc. de l'horticulture à celui de la médec. (soins contre la variole) « introduire dans l'organisme les germes d'une maladie » (XVIIIe s.). || ***inoculation*** (XVIe s.), empr. au lat. *inoculatio* « greffe en écusson », en fr. au sens médic. « introduction dans l'organisme des germes d'une maladie » (XVIIIe s.).

inonder (XIIe s.), empr. au lat. *inundare* « déborder, submerger ». || ***inondation*** (XIIIe s.), empr. au lat. *inundatio* « débordement » ; ***inondable*** (XIXe s.).

inopiné (XIVe s.), empr. sav. au lat. *inopinatus* « inattendu ».

inouï, voir ***ouïr***.

in partibus (XVIIIe s.), du lat. eccl. *in partibus infidelium* « dans les régions tenues par les Infidèles », s'applique à un évêque titulaire d'un diocèse situé en pays non-chrétien et impossible à évangéliser.

in petto (XVIIe s.), de l'ital. *in petto* « dans la poitrine, dans l'esprit », d'où « sans rien révéler, secrètement ».

in-quarto (XVIe s.), expres. lat. « en quatrième », désignant un livre dont la feuille est pliée en quatre feuillets et forme donc huit pages.

inquiet (XVIe s.), empr. au lat. *inquietus* « troublé, agité, qui ne trouve pas le repos ». Le sens moral de « soucieux, anxieux » prédomine depuis le XVIIe s. || ***inquiéter*** (XIIe s.), « agiter, troubler », empr. au lat. *inquietare*, de même sens ; ***inquiétude*** (XVe s.), empr. au lat. tard. *inquietudo* « absence de tranquillité, souci moral », de même sens en fr.

inquisition (XIIe s.), empr. au lat. *inquisitio* « recherche, enquête », qui a pris au XIIIe s. en lat. méd. le sens de « enquête concernant les croyances hérétiques », d'où en fr. la même évol. La nuance « enquête rigoureuse, arbitraire » est attestée au XVIIIe s. || ***inquisiteur*** (XIIIe s.), empr. au lat. *inquisitor* « qui recherche, enquêteur » ; ***inquisitorial*** (XVIe s.), dér. du lat. méd. *inquisitorius* « qui interroge, qui enquête ».

insane (XVIIIe s.), de l'angl. *insane* « fou », empr. au lat. *insanus* « insensé, extravagant ». || ***insanité*** (XVIIIe s.), empr. à l'angl. *insanity* « folie », en fr. « ineptie ».

insatiable (XIVe s.), empr. au lat. *insatiabilis* « qui ne peut être rassasié ». || ***insatiabilité*** (XVIe s.).

inscrire (XIIIe s.), empr. au lat. *inscribere* « écrire sur, graver, intituler ». || ***inscription*** (XVe s.), empr. au lat. *inscriptio* « action d'inscrire, ce qui est inscrit », en fr. « caractères écrits » et « action d'inscrire ».

insecte (XVIe s.), empr. au lat. *insecta* « insecte », part. pas. de *insecare*

« couper » (litt. « bêtes coupées » en raison des formes de leurs corps), calque du grec *entoma zoa* « bêtes coupées ». Le mot a désigné jadis beaucoup d'animaux néfastes (serpents, lézards, crapauds, etc.). Depuis le XVIIIe s. il s'applique seulement à de petits animaux invertébrés. || ***insecticide*** (XIXe s.).

insémination (XVIIe s.), dér. sav. du lat. *inseminatum* « semé dans », d'abord « transplantation », puis « fécondation artificielle d'une femelle » (XXe s.). || ***inséminer*** (XXe s.), empr. au lat. *inseminare* « semer dans, féconder ».

insérer (XIVe s.), empr. au lat. *inserere* « introduire ». || ***insertion*** (XVIe s.), empr. au lat. tard. *insertio* « insertion, greffe ». Le sens sociolog. « intégration dans un groupe » date du XXe s. ; ***réinsertion*** (XXe s.), « nouvelle intégration dans un groupe ».

insidieux (XVe s., rare avant le XVIIIe s.), empr. au lat. *insidiosus* « qui dresse des embûches, perfide ».

insigne 1 adj. (XVIe s.), empr. au lat. *insignis* « qui possède une marque distinctive, distingué, singulier ». || ***insigne 2*** subst. (XVe s.), empr. au lat. *insignia*, plur. du subst. *insigne* « marque distinctive, emblème d'une fonction ».

insinuer (XIVe s.), empr. au lat. *insinuare* « introduire, pénétrer, faire glisser à l'intérieur ». Du sens du lat. tard. de « communiquer, faire savoir » découle la valeur jur. « notifier, enregistrer (un acte) » attestée dès le XIVe s., courante au XVIe s. Le sens de « faire pénétrer insensiblement, adroitement (dans l'esprit de qqn), donner à entendre » apparaît au XIVe s. || ***insinuation*** (XIVe s.), empr. au lat. *insinuatio* « action de s'introduire, exorde habile » et dans la lang. jur. « notification », en fr. « notification d'un acte », « action de s'insinuer » (XVIIe s.), puis « allusion habile » (XVIIIe s.).

insipide (XVIe s.), empr. au lat. tard. *insipidus* « fade ».

insister (XIVe s.), empr. au lat. *insistere* « se placer sur, s'attacher à, s'appliquer à », en fr. « s'appliquer », « demander de manière pressante » (XVe s.), « s'arrêter avec force, souligner » (XVIIe s.). || ***insistance*** (XVIe s.), « action d'insister ».

insolation (XVIe s.), dér. tiré du lat. tard. *insolare* « exposer au soleil ».

insolent (XVe s.), empr. au lat. *insolens* « inaccoutumé, excessif, effronté ». Le sens de « audacieux, provocant » est courant au XVIIe s. || ***insolence*** (XVe s.), empr. au lat. *insolentia* « manque d'habitude, étrangeté, arrogance », en fr. d'abord « violence, audace excessive », puis « manque de respect, impertinence » (XVIIe s.).

insolite (XVe s.), empr. au lat. *insolitus* « inaccoutumé, inusité ».

insomnie (XVIe s.), empr. au lat. *insomnia* « absence de sommeil ». || ***insomniaque*** (XIXe s.).

inspection (XIIIe s.), empr. au lat. *inspectio* « examen ». Du sens de « action d'inspecter, contrôle » le mot a pris au XIXe s. le sens de « fonction d'inspection », puis « ensemble des inspecteurs d'un corps ». || ***inspecteur*** (XVe s.), empr. au lat. *inspector* « observateur » ; ***inspecter*** (XVIIIe s.), empr. au lat. *inspectare* « examiner ».

inspirer (XIIe s. au sens de « aspirer, respirer » et « animer d'un souffle divin »), empr. au lat. *inspirare* « souffler dans, insuffler, communiquer ». Le sens de « suggérer, inciter à » se développe aux XVe et XVIe s. || ***inspiration*** (XIIe s.), empr. au lat. tard. *inspiratio* « souffle, haleine », d'abord au sens de « impulsion surnaturelle, souffle divin », puis au XIVe s. « intuition », au XVIe s. « souffle créateur d'un artiste ». Le sens de « aspiration de l'air, respiration » est attesté au XVe s., celui de « influence » au XVIIIe s. ; ***inspirateur*** (XIVe s.), empr. au lat. tard. *inspirator* « personne qui inspire, instigateur » ; ***inspiratoire*** (XIXe s.), terme de physiologie.

installer (XIVe s.), empr. au lat. méd. *installare* « établir dans une place, dans une charge » (fait sur *stallum,* issu du franc. **stal* « position »), d'abord en ce sens en fr., puis « établir dans un lieu » (XVIe s.). || ***installation*** (XIVe s.), empr. au lat. méd. *installatio* « action d'établir dans une charge », même évol. en fr.

instance (XIIIe s.), empr. au lat. *instantia* « imminence, application assidue, demande pressante ». Les sens de « sollicitation pressante, soin empressé », puis « poursuite en justice » sont attestés au M. A. Le sens de « juridiction, tribunal » date du XIXe s. La locution *en instance* « en attente » (XXe s.) a d'abord eu une valeur judiciaire « en attente d'être jugé ». L'emploi du mot au sens de « organisme ayant autorité et détenant un pouvoir » est un néologisme du XXe s.

instant 1 adj. (XIVe s.), empr. au lat. *instans* « présent, menaçant », en fr. au sens de « imminent, pressant ». Le subst. ***instant 2*** (XIVe s.), désigne une durée très courte, un très petit espace de temps et provient de l'adj. substantivé ; ***instamment*** (XIVe s.), « d'une manière pressante » ; ***instantané*** (XVIIe s.), adj. « qui ne dure qu'un instant, qui se produit en un instant », empl. dans l'expres. *photographie instantanée* « faite sans pose, en un instant » (XIXe s.), d'où le subst. *instantané* (XIXe s.).

instar (XVIe s.), adapt. du lat. imp. *ad instar* « à la ressemblance de », empl. en fr. dans l'expres. *à l'instar de.*

instaurer (XIVe s., rare avant le XIXe s.), empr. au lat. *instaurare* « renouveler, célébrer à nouveau, établir solidement ». Le sens de « fonder, inaugurer » est attesté au XVIe s. || ***instaurateur*** (XVIe s., rare avant le XIXe s.), empr. au lat. *instaurator* « qui restaure, qui redonne vie », en fr. « qui fonde, qui établit pour la première fois » ; ***instauration*** (XVe s.), empr. au lat. *instauratio* « renouvellement », en fr. « action d'instaurer ».

instigation (XIVe s.), empr. sav. au lat. *instigatio* « action d'émouvoir, d'exciter ». || ***instigateur*** (XIVe s.), empr. au lat. *instigator* « qui excite ».

instiller (XVIe s.), empr. au lat. *instillare* « verser goutte à goutte, insinuer », fait sur *stilla* « goutte ». || ***instillation*** (XIVe s.), empr. au lat. *instillatio* « action de verser goutte à goutte ».

instinct (XVe s. au sens de « impulsion »), empr. au lat. *instinctus* « excitation, impulsion ». Le sens de « tendance innée, pulsion naturelle » date du XVIe s. Les nuances de « intuition, flair » et « aptitude à ressentir » remontent au XVIIe s. || ***instinctif*** (XIXe s.), « qui vient de l'instinct, qui provient d'une impulsion ».

instituer (XIIIe s.), empr. au lat. *instituere* « établir, organiser, former ». En fr. à partir du sens premier de « établir » s'est développé celui de « instruire » (XVe s.) et plus tard celui de « doter d'institutions politiques » (XVIIIe s.). || ***institution*** (XIIe s. au sens de « organisation, règle »), empr. au lat. *institutio* « organisation, éducation, principe », a pris au XVIe s. le sens de « éducation », puis au XVIIe s. celui de « établissement d'éducation » ; ***institutionnel*** (XXe s.), dér. de *institution* avec infl. de l'angl. *institutional* « qui se rapporte à une institution », en fr. fréq. au sens de « établi officiellement » et « relatif aux institutions de l'Etat » ; ***institut*** (XVe s.), empr. au lat. *institutum* « règle habituelle, disposition, organisation », a désigné la règle d'un ordre religieux (XVIe s.), puis l'ordre religieux lui-même, ensuite un corps constitué (XVIIIe s.), un établissement de recherche ou d'enseignement (XIXe s.). ; ***instituteur*** (XVe s.), empr. au lat. *institutor* « administrateur », puis en lat. tard. « maître, précepteur », a signifié « fondateur » aux XVIe et XVIIe s. Depuis la fin du XVIIIe s.

le mot désigne surtout un maître d'école primaire.

instruire (XIVe s.), réfect. de *enstruire* (XIIe s.), empr. au lat. *instruere* « assembler, disposer, enseigner ». Le sens de « donner des directives, des instructions » est attesté au XVIIe s. La valeur jur. « rassembler tous les éléments d'une affaire (pour permettre à un juge de se prononcer) » date du XVIe s. *(instruire un procès)*. || ***instruction*** (XIVe s.), empr. au lat. *instructio* « action de disposer », puis en lat. tard. « instruction d'un procès ». Les sens de « ordre, directive » (XIVe s.), « enseignement » (XVe s.), « enquête pour rassembler des informations sur une affaire judiciaire » (XVIIe s.) existent toujours en fr. mod. ; ***instructif*** (XIVe s.) « qui instruit ».

instrument (XIIIe s.), empr. au lat. *instrumentum* « matériel, outillage, documents », en fr. « objet servant à l'exécution d'un travail », empl. au sens de « instrument de musique » (XIIe s.), au sens général de « moyen » (XVe s.). || ***instrumental*** (XIVe s.) ; ***instrumenter*** (XVe s. au sens de « dresser un contrat, un acte public ») ; ***instrumentiste*** (XIXe s.), terme de musique ; ***instrumentation*** (XIXe s.), terme de musique.

insu (XVIe s.), dér. de *su*, part. pas. de *savoir*, d'abord adj. « inconnu, ignoré », puis empl. dans la loc. *à l'insu de* (XVIe s.) « sans que la chose soit sue de qqn ».

insuffler (XIXe s.), empr. au lat. tard. *insufflare* « souffler sur », en fr. « faire pénétrer en soufflant ». || ***insufflation*** (XIVe s.), empr. au lat. tard. *insufflatio* « action de souffler ».

insulaire (XVIe s.), empr. au lat. tard. *insularis* « relatif à une île ». || ***insularité*** (XIXe s.), de l'angl. *insularity* « caractère d'un pays formé d'une île ».

insuline (XXe s.), empr. sav. au lat. *insula* « île », cette hormone étant produite dans le pancréas par des corpuscules ressemblant à des îles.

insulter (XIVe s.), empr. au lat. *insultare* « sauter sur, braver, attaquer, outrager ». Ces sens survivent en m. fr. La nuance de « injurier » est postérieure et date du XVIIe s. || ***insulte*** (XIVe s.), a d'abord signifié « assaut, attaque » et « outrage, invective » (XVIIe s.).

insurger (s') (XVe s.), empr. au lat. *insurgere* « se dresser contre ». || ***insurrection*** (XIVe s., rare avant le XVIIIe s.), empr. au lat. tard. *insurrectio* « action de se dresser contre, révolte » ; ***insurrectionnel*** (XVIIIe s.).

intact (XVe s.), empr. au lat. *intactus* « non touché, préservé, pur », même sens en fr.

intaille (XIXe s.), empr. à l'ital. *intaglio* « pierre dure entaillée », en fr. « pierre dure gravée en creux ».

intégral (XIVe s.), dér. sav. du lat. *integer* « intact, entier ». Le sens mathémat., empr. au lat. mod. *integralis*, apparaît au XVIIe s. || ***intégrer*** (XIVe s.), empr. au lat. *integrare* « remettre en état », en lat. méd. « achever, rendre complet », en fr. d'abord « faire participer », puis au sens mathémat. « calculer l'intégrale d'une différentielle » (XVIIe s.), ensuite « faire entrer dans un ensemble » (XXe s.) ; ***intégration*** (XIVe s.), empr. au lat. tard. *integratio* « rétablissement », employé au XVIIe s. en mathémat. Le sens mathémat. est attesté au XVIIIe s., celui de « incorporation dans un ensemble » date du XIXe s., celui de « intégration politique et sociale d'individus d'origine étrangère » du XXe s.

intègre (XVIe s.), empr. au lat. *integer* « intact, entier », en fr. « probe, honnête ». || ***intégrité*** (XVe s.), empr. au lat. *integritas* « probité », même sens en fr. ; ***intégriste*** (XIXe s.), de l'esp. *integrista* « partisan de la subordination de l'Etat à l'Eglise », puis « défenseur de la totalité de la doctrine et de la tradition catholique » (XXe s.),

« musulman refusant toute évolution et toute adaptation de la religion au monde moderne » (XXe s.) ; ***intégrisme*** (XXe s.), empr. à l'esp. *integrismo*, « traditionalisme intransigeant refusant toute évolution dans la doctrine religieuse ». Voir ***entier***.

intellect (XIIIe s.), empr. au lat. *intellectus* « faculté de comprendre, intelligence, entendement ». || ***intellectuel*** (XIIIe s. au sens de « qui se rapporte à l'activité de l'esprit »), empr. au lat. tard. *intellectualis*. Le sens de « qui se consacre aux activités de l'esprit » (par opposition à *manuel*) remonte au XIXe s.

intelligent (XVe s.), empr. au lat. *intelligens*, part. prés. de *intellegere* « discerner, comprendre ». || ***intelligence*** (XIIe s.), empr. au lat. *intelligentia* « compréhension, faculté de comprendre ». Le sens de « entente, accord, connivence » est attesté dès la fin du XVe s. Il est courant aux XVIe et XVIIe s. || ***mésintelligence*** (XVe s.) ; ***intelligible*** (XIIIe s.), empr. au lat. *intelligibilis* « compréhensible » ; ***inintelligible*** (XVIIe s.) ; ***intelligibilité*** (XVIIIe s.) ; ***intelligentsia*** (XIXe s.), mot russe « classe des intellectuels libéraux » ; ***inintelligent*** (XVIIIe s.) ; ***inintelligence*** (XVIIIe s.).

intempérant (XVIe s.), empr. au lat. *intemperans* « qui ne se contient pas, excessif, incontinent, dissolu ». || ***intempérance*** (XIVe s.), empr. au lat. *intemperantia* « absence de retenue, excès », en fr. d'abord en ce sens, puis « abus des plaisirs de la table et des plaisirs sexuels » (XVIe s.).

intempérie (XVIe s.), empr. au lat. *intemperies* « état déréglé » et notamment « inclémence de l'atmosphère, orage », en fr. « mauvais temps, orage, rigueurs du climat » (*intempérie de l'air*) et aussi « dérèglement du corps » (désordre des humeurs) dans la médec. ancienne. Le sens de « déséquilibre du tempérament » est courant au XVIe s. L'emploi mod. s'est limité au sens de « mauvais temps » (XVIIIe s.).

intempestif (XVe s.), empr. au lat. *intempestivus* « hors de saison, inopportun », en fr. « déplacé, inopportun, importun ».

intendant (XVIe s.), dér. de *surintendant* (XIVe s.), issu de *superintendant*, « agent chargé de l'administration d'un service ou d'un domaine », d'où l'emploi du mot pour désigner un fonctionnaire du roi, chargé d'un service public (XVIe s.). Le sens de « administrateur des biens d'un particulier » est attesté depuis le XVIIe s. || ***intendance*** (XVIe s.). Parmi les divers sens tech. du mot on notera celui de « service de l'administration matérielle des armées » (depuis le XIXe s.).

intense (XIVe s.), empr. au lat. *intensus* « tendu, vif ». || ***intensif*** (XIVe s.), empr. au lat. méd. *intensivus* ; ***intensité*** (XVIIIe s.) ; ***intensifier*** (XIXe s.) ; ***intensification*** (XXe s.).

intenter (XIVe s.), empr. au lat. *intentare* « tendre contre, diriger contre », en fr. « entreprendre une action en justice contre qqn ».

intention (XIIe s.), empr. au lat. *intentio* « tension, application, effort vers un but, dessein ». || ***intentionnel*** (XIVe s., rare avant le XVIIe s.), empr. au lat. méd. *intentionalis* « en vue », en fr. au sens de « délibéré, prémédité » depuis le XVIIIe s.

inter-, élém. sav., empl. dans des mots comme ***interallié***, tiré du lat. *inter* « entre » et marquant une relation réciproque.

intercaler (XVIe s.), empr. au lat. *intercalare* « publier entre, insérer dans une série ». || ***intercalation*** (XVe s.), empr. au lat. *intercalatio* « action d'insérer » ; ***intercalaire*** (XIVe s.), empr. au lat. *intercalarius* « qui s'ajoute » (en parlant d'un jour).

intercéder (XVe s.), empr. au lat. *intercedere* « intervenir, s'interposer » qui a pris en lat. chrét. le sens de « prier pour qqn ». || ***intercesseur*** (XIIIe s.), empr. au lat. *intercessor* « médiateur, qui s'entremet » ; ***inter-***

cession (XIIIe s.), empr. au lat. *intercessio* « intervention, entremise ».

interception (XIIIe s.), empr. au lat. *interceptio* « vol, soustraction ». || ***intercepter*** (XVIe s.), « prendre au passage, arrêter dans son cours ».

interdire (XIIIe s.), empr. au lat. *interdicere* « défendre, refuser ». Le verbe a eu parfois le sens de « troubler » au XVIIe s., d'où le part. pas. *interdit* au sens de « déconcerté, troublé ». || ***interdiction*** (XVe s.), empr. au lat. *interdictio* « défense, prohibition » ; ***interdit*** subst. (XIIIe s.), empr. au lat. *interdictum* « défense », en fr. « interdiction (prononcée par l'autorité ecclésiastique) de célébrer des offices religieux ».

intérêt (XIIIe s.), « ce qui importe à qqn », du lat. *interest* « il importe », a signifié en a. fr. « dommage, préjudice », « indemnité pour la réparation d'un préjudice » (*dommages et intérêts*) au XVIe s., « avantage », « somme due au prêteur d'argent ». Les sens de « attention favorable », puis de « qualités suscitant l'attention », « parti, cause » sont attestés au XVIIe s. || ***intéresser*** (XIVe s.) ; ***intéressement*** (XVe s.), « action d'intéresser aux bénéfices d'une entreprise » ; ***désintéresser*** (XVIe s.) ; ***désintérêt*** (XIXe s.) ; ***désintéressement*** (XVIIe s.), « absence d'intérêt personnel », puis « compensation » (XXe s.).

interface (XXe s.), « lieu d'interaction entre deux domaines (terme de chimie et d'informat.), de l'angl. *interface* « lieu d'interaction et d'échange ».

interférer (XIXe s.), de l'angl. *to interfere* « s'entrechoquer, entrer en collision » (en parlant des ondes physiques). || ***interférence*** (XIXe s.), empr. à l'angl. *interference*, terme de physique.

intérieur (XVe s.), adj., adapt. du lat. *interior* « plus en dedans » ; subst. depuis le XVIe s. || ***intériorité*** (XVIe s.) ; ***intérioriser*** (XIXe s.).

intérim (XVe s.), empr. au latin *interim* « pendant un moment, dans l'intervalle », en fr. « intervalle de temps pendant lequel une fonction est vacante », puis « remplacement ». || ***intérimaire*** (XVIIIe s.).

interjection (XIIIe s.), empr. au lat. *interjectio* « insertion, interjection ». || ***interjeter*** (XVe s.), terme jur. « introduire un appel », fait sur le modèle du lat. *interjicere* « interposer ».

interlocuteur (XVIe s.), empr. au lat. de la Renaissance *interlocutor* « personnage intervenant dans un dialogue », du lat. *interloqui* « intervenir dans une discussion ». || ***interloquer*** (XVe s.), empr. au lat. *interloqui* « intervenir dans une discussion, couper la parole à qqn » ; ***interlocution*** (XVIe s.), empr. au lat. *interlocutio* « interruption » ; ***interlocutoire*** (XIIIe s.), dér. empr. au supin *interlocutum*, en fr. adj. jur. se rapportant à une décision de justice qui ordonne une instruction supplémentaire.

interlope (XVIIe s.), empr. à l'angl. *interloper* s'appliquant à des navires faisant un commerce frauduleux. Le sens de « louche » date du XIXe s.

interlude (XIXe s.), empr. à l'angl. *interlude* « intermède », désigne un petit intermède dans un programme dramatique, musical, de cinéma ou de télévision.

intermède (XVIe s.), empr. à l'ital. *intermedio* « qui se trouve au milieu » avec influence du sens du mot *intermezzo* « bref divertissement de chansons et de ballets au milieu d'un spectacle dramatique » (du XVIe s. au XVIIIe s.). || ***intermédiaire*** (XVIIe s.), dér. sav. du lat. *intermedius* « placé au milieu, interposé », en fr. d'abord adj. avec ce sens, puis subst. (XVIIIe s.) au sens de « état intermédiaire », « personne qui s'entremet, action de s'entremettre ».

interminable (XIVe s.), empr. au lat. tard. *interminabilis* « sans bornes ».

intermittent (XVIe s.), empr. au lat. *intermittens*, part. prés. du verbe *inter-*

mittere « laisser libre en intervalle, laisser du temps en intervalle, interrompre », en fr. « discontinu, irrégulier ». || ***intermittence*** (XVIIe s.).

interne (XVIe s.), empr. au lat. *internus* « de l'intérieur, du dedans ». Le sens de « pensionnaire dans un établissement scolaire » date du Premier Empire. || ***internat*** (XIXe s.) ; ***interner*** (XVIIIe s.), « enfermer » ; ***internement*** (XIXe s.).

interpeller (XIVe s.), empr. au lat. *interpellare* « interrompre qqn qui parle, troubler ». Les sens du mot lat. sont attestés en fr. depuis le XVIe s. de même que celui de « sommer, mettre en demeure (de s'expliquer) » encore utilisé aux plans jur. et parlementaire. || ***interpellation*** (XIVe s.), empr. au lat. *interpellatio* « interruption, sommation adressée à qqn », en fr. « action d'interpeller » et au sens polit. « demande d'explication adressée au gouvernement en séance publique » (XVIIIe s.).

interphone (XXe s.), empr. à l'angl. *interphone* « appareil de communication téléphonique intérieur ».

interpoler (XIVe s.), empr. au lat. *interpolare* « refaire », d'où « altérer, falsifier ». || ***interpolation*** (XIXe s.), empr. au lat. *interpolatio* « changement, altération » ; ***extrapoler*** (XIXe s.) ; ***extrapolation*** (XIXe s.).

interposer (XIVe s.), empr. au lat. *interponere* « intercaler, mettre entre, faire intervenir », avec infl. du fr. *poser*. || ***interposition*** (XIIe s.), empr. au lat. *interpositio* « insertion, intercalation ».

interprète (XIVe s.), empr. au lat. *interpres, -etis* « intermédiaire, traducteur ». || ***interprétation*** (XIIe s.), empr. au lat. *interpretatio* « explication, traduction » ; ***interpréter*** (XIIe s.), empr. au lat. *interpretare* « expliquer, traduire ».

interroger (XIVe s.), empr. au lat. *interrogare* « questionner ». || ***interrogation*** (XIIIe s.), empr. au lat. *interrogatio*, de même sens ; ***interrogatoire*** (XIIIe s.), empr. au lat. tard. *interrogatorius* « qui procède par interrogations », d'abord adj., puis subst. « suite de questions posées par un juge » (XIVe s.) ; ***interrogatif*** (XVe s.), empr. au lat. tard. *interrogativus*, de même sens.

interrompre (XIIe s.), empr. au lat. *interrumpere* « mettre en morceaux, arrêter le discours de qqn ». || ***interruption*** (XIIIe s.), empr. au lat. tard. *interruptio*, de même sens.

intersection (XVe s.), empr. au lat. *intersectio* « coupure, séparation ». Le sens géométrique « rencontre de lignes ou de surfaces qui se coupent » date du XVIIe s.

interstice (XVe s.), empr. au lat. tard. *interstitium* « espace entre, intervalle temporel », en fr. d'abord en ce sens, puis « espace vide, fente » (XVIe s.).

intervalle (XIIIe s.), empr. au lat. *intervallum* « espace entre deux pieux d'une palissade », d'où « intervalle » au sens local et au sens temporel.

intervenir (XVe s.), empr. au lat. *intervenire* « survenir pendant, venir en travers, se mêler à ». || ***intervention*** (XIVe s.), empr. au lat. tard. jur. *interventio* « garantie », en fr. « action d'intervenir, de survenir ». Les emplois aux sens polit. « fait d'agir en dehors des frontières » et chirurgical « traitement, opération chirurgicale » datent du XIXe s.

intervertir (XVIe s.), empr. au lat. *intervertere* « donner une autre direction, détourner de sa destination », en fr. « renverser l'ordre primitif, permuter ». || ***interversion*** (XVIe s.), empr. au lat. tard. *interversio* « renversement de l'ordre », même sens en fr.

interview (XIXe s.), de l'angl. *interview* « entrevue », puis « entretien avec un journaliste ». || ***interviewer*** (XIXe s.).

intestat (XIVe s.), empr. au lat. jur. *intestatus* « qui n'a pas fait de testament », terme jur.

intestin 1 adj. (XIVe s.), empr. au lat. *intestinus* « intérieur ». L'empl. au sens de « intime » ou bien « à l'intérieur de la société » (*guerre intestine*) est courant au XVIIe s.

intestin 2 subst. (XIVe s.), empr. au lat. *intestinum* « entrailles, intestin ». || ***intestinal*** (XIVe s.).

intime (XIVe s.), empr. au lat. *intimus* « qui est le plus au-dedans, qui est le plus intérieur » (superlatif de *interior*), a d'abord qualifié des relations étroites entre deux personnes, puis au XVIe s. la vie intérieure d'une personne au sens de « qui se trouve au plus profond d'un être ». La nuance de « personnel, privé, secret » se développe au XIXe s. (*journaux intimes*). || ***intimité*** (XVIIe s.) ; ***intimiste*** (XIXe s.).

intimer (XIVe s.), empr. au lat. tard. *intimare* « introduire, mettre dans », puis en lat. tard. « publier, faire connaître ». Les sens de « notifier, enjoindre » et « assigner en justice » apparaissent dès le XIVe s. Le terme jur. *l'intimé* désigne dans un procès « la partie assignée en justice, le défendeur ». || ***intimation*** (XIVe s.), empr. au lat. tard. *intimatio* « exposition, accusation », en fr. dès le XIVe s. « injonction » et « assignation en justice (en appel) ».

intituler (XIVe s.), empr. au lat. tard. *intitulare* « appeler, intituler ». || ***intitulé*** (XVIIe s.).

intonation (XIVe s.), dér. du lat. méd. *intonare* « entonner, faire sonner la voix » (fait sur *tonus* « ton »), a désigné au XIVe s. l'ouverture d'un chant conformément au ton requis par le plain-chant, puis au XVIe s. le ton musical de la voix qui chante, enfin au XVIIIe s. le ton de la voix qui parle. Voir ***ton***.

intoxiquer, voir ***toxique***.

intra-, premier élém. de mots sav. comme ***intradermique***, tiré du lat. *intra* « à l'intérieur ».

intransigeant (XIXe s.), empr. à l'esp. *intransigente* « qui ne compose pas avec le pouvoir » (en parlant des Républicains révoltés) (XIXe s.), dér. de *transigente*, part. prés. de *transigir* « transiger » du lat. *transigere* « traiter, négocier ». || ***intransigeance*** (XIXe s.).

intrépide (XVe s.), empr. au lat. *intrepidus* « qui est sans crainte ». || ***intrépidité*** (XVIIe s.).

intriguer (XVIe s.), empr. à l'ital. *intricare, intrigare* « embrouiller, embarrasser, machiner, se livrer à des manœuvres, exciter la curiosité », lui-même issu du lat. *intricare* « embrouiller, embarrasser ». Le verbe signifie encore « mettre dans l'embarras » au XVIIe s. || ***intrigue*** (XVIe s.), empr. à l'ital. *intrigo* « machinations », en fr. « liaison amoureuse », « situation compliquée », puis « manœuvres secrètes » (XVIIe s.). Le sens « ensemble compliqué des événements de l'action d'une œuvre littéraire » date du XVIIe s.) ; ***intrigant*** (XVIe s.), empr. à l'ital. *intrigante* « qui recourt à l'intrigue pour parvenir à ses fins ».

intriquer (s') (XIVe s.), empr. au lat. *intricare* « embrouiller, embarrasser », en fr. « s'entremêler ». || ***intrication*** (XIIIe s.), « enchevêtrement ».

intrinsèque (XIVe s.), empr. à l'adj. lat. méd. de la scol. *intrinsecus* « intérieur », tiré de l'adv. lat. *intrinsecus* « au-dedans, intérieurement ». Au XVIIe s. l'adj. signifiait encore « intérieur, intime ». Auj. il signifie seulement « qui fait essentiellement partie de ».

introduire (XIIe s.), empr. au lat. *introducere* « conduire, amener dans », a signifié en m. fr. « faire admettre, présenter dans beaucoup de domaines (lieux, personnes, milieux, institutions) ». || ***introduction*** (XIIIe s.), empr. au lat. *introductio* « action d'introduire », en fr. « action de faire entrer, d'insérer, de faire connaître ». Le sens de « préambule d'un livre » est attesté au XVIIIe s. ; ***introducteur*** (XIIe s.), empr. au lat. tard. *introductor* ; ***introductif*** (XVIe s.).

introït (XIVe s.), empr. au lat. *introitus*

« entrée », au sens de « prière chantée au début de la messe ».

intromission (XVᵉ s.), dér. sav. du supin *intromissum*, de *intromittere* « introduire ».

introniser (XIIIᵉ s.), empr. au lat. eccl. *inthronizare* « placer sur un trône (épiscopal) », tiré du grec *enthronizein*, en fr. « installer sur un trône (en parlant d'un souverain, d'un évêque) », puis « installer dans une fonction » (XIXᵉ s.). || ***intronisation*** (XIVᵉ s.).

introspection (XIXᵉ s.), de l'angl. *introspection* « examen à l'intérieur, examen psychologique », du lat. *introspicere* « regarder à l'intérieur ». || ***introspectif*** (XIXᵉ s.), empr. à l'angl. *introspective* « qui se livre à l'introspection ».

introversion (XXᵉ s.), empr. à l'all. *Introversion* et répandu par Jung « attitude psychologique de repliement de l'individu vers son monde intérieur », tiré du lat. *intro* « à l'intérieur » et *versus* « tourné vers ». || ***introverti*** (XXᵉ s.), empr. à l'all. *introvertiert* « replié sur soi, sur son intériorité ».

intrus (XIVᵉ s.), empr. au lat. méd. *intrusus* « qui s'est emparé d'une charge au mépris du droit », part. pas. de *intrudere*, issu du lat. clas. *introtrudere* « introduire de force », en fr. surtout en ce sens, puis « qui s'est immiscé » (XVIIIᵉ s.) et « importun, indésirable » (XIXᵉ s.). || ***intrusion*** (XIVᵉ s.), empr. au lat. méd. *intrusio* « introduction, ingérence illégale ».

intuition (XVIᵉ s.), empr. au lat. scolast. *intuitio* « contemplation, regard, connaissance » dér. de *intueri* « regarder, considérer attentivement ». Le mot a été employé par les philos. du XVIIᵉ s. au sens de « connaissance immédiate, étrangère au raisonnement discursif », puis au XIXᵉ s. au sens de « pressentiment ». || ***intuitif*** (XVᵉ s.), dér. sav. du lat. *intuitus* « coup d'œil, regard ».

intumescence (XVIIᵉ s.), tiré du lat. *intumescere* « enfler », terme médic. « gonflement, tuméfaction ».

invalide (XVIᵉ s.), empr. au lat. *invalidus* « faible, sans force », a signifié « qui n'est pas valable » (XVIᵉ s.), sens encore usité dans le voc. jur., « inapte à mener une vie active », et a désigné notamment les soldats qui ne sont plus en état de servir. || ***invalider*** (XVᵉ s.) « annuler, déclarer non valable » ; ***invalidité*** (XVIᵉ s.) ; ***invalidation*** (XVIIᵉ s.).

invasion (XIIᵉ s.), empr. au lat. tard. *invasio* « attaque » et « usurpation » tiré de *invadere* « se jeter sur, envahir ». Le mot conserve sa val. de « attaque belliqueuse » et il a pris aussi au XXᵉ s. les sens de « irruption » ou de « arrivée massive ».

invective (XVᵉ s.), empr. au lat. tard. *invectivae orationes* « discours agressif contre qqn ». || ***invectiver*** (XVIᵉ s.).

inventaire (XIVᵉ s.), empr. au lat. jur. tard. *inventarium* « dénombrement des biens ». || ***inventorier*** (XIVᵉ s.).

inventeur (XVᵉ s.), empr. au lat. *inventor* « qui trouve, qui découvre, auteur ». En fr. mod. prédomine le sens de « créateur » et « qui invente des choses nouvelles » (XVIᵉ s.). Le sens de « qui découvre un objet caché » *(inventeur d'un trésor)* est attesté depuis le XVᵉ s. || ***inventer*** (XVᵉ s.) ; ***invention*** (XIIᵉ s.), empr. au lat. *inventio* « action de trouver, découverte », en fr. au sens de « trouvaille, découverte », puis au XVᵉ s. « action d'inventer », « chose inventée, création », « fable, mensonge », a eu aussi au XVIIᵉ s. le sens de « capacité d'imaginer », d'où « habileté, adresse » ; ***inventif*** (XVᵉ s.).

invertir (XVIᵉ s.), empr. au lat. *invertere* « retourner, changer, intervertir ». Le subst. *inverti* (XIXᵉ s.), sans doute tiré de *sexuellement inverti*, désigne un homosexuel. || ***inverse*** (XVIIᵉ s.), empr. au lat. *inversus* « renversé, retourné », en fr. « contraire » ; ***inverser*** (XIXᵉ s.) ; ***inversion*** (XVIᵉ s.), empr. au lat. *inversio* « inversion, antiphrase, ironie », a pris plusieurs sens tech. impliquant un renversement, un changement de sens, une anomalie.

investigation (XVe s., rare avant le XVIIIe s.), empr. au lat. *investigatio* « recherche attentive ». || ***investigateur*** (XVIe s.), empr. au lat. *investigator* « qui recherche ». Voir ***vestige***.

investir 1 (XIIIe s.), empr. au lat. *investire* « revêtir, garnir », en fr. « mettre en possession d'un fief, d'une charge ». || ***investiture*** (XVe s.), empr. au lat. méd. *investitura* « mise en possession d'un fief ».

investir 2 (XIVe s.), de l'ital. *investire* « attaquer, assiéger », en fr. « assiéger, encercler ». || ***investissement 1*** (XVIIIe s.).

investir 3 (XXe s.), de l'angl. *to invest* « employer des capitaux dans une entreprise », en fr. « placer des fonds ». || ***investissement 2*** (XXe s.) ; ***investisseur*** (XXe s.).

invétérer (s') (XVe s.), empr. au lat. *inveterare* « devenir vieux, s'enraciner ». || ***invétéré*** (XVe s.), du part. pas. lat. *inveteratus* « devenu vieux, enraciné, implanté, ancien ». La nuance de « endurci par le temps, indéracinable, incurable » est courante en fr. depuis le XVIIe s.

inviter (XIVe s.), empr. au lat. *invitare* « convier, engager, inciter à faire qq. ch. ». || ***invitation*** (XIVe s., rare avant le XVIIIe s.), empr. au lat. *invitatio* ; ***invite*** (XVIIIe s.), déverb.

involution (XIVe s. au sens de « enroulement sur soi-même, complications, embarras »), empr. au lat. *involutio* « action d'envelopper, enroulement ». Le mot a pris au XXe s. divers sens tech., notamment celui d'inversion de l'évolution, de régression (*involution d'une tumeur, involution sénile).*

invoquer (XIVe s.), empr. au lat. *invocare* « appeler, appeler au secours, prendre les dieux à témoin », verbe dér. de *vox* « voix ». En lat. chrét. *invocare* signifie habituellement « appeler Dieu (au secours) ». Le sens de « mettre en avant, alléguer » est attesté depuis le XVIIIe s. || ***invocation*** (XIIe s. au sens de « appel à Dieu, prière »), empr. au lat. *invocatio* « appel ». Les sens dér. « patronage, protection » sont attestés au XVIIe s.

iode (XIXe s.), mot sav., du grec *iodés* « de la couleur de la violette ». || ***ioder*** (XIXe s.) ; ***iodique*** (XIXe s.).

ion (XIXe s.), mot angl. inventé par Faraday à partir du mot grec *ion,* part. prés. de *ienai* « aller » pour désigner une particule « qui va », qui est en mouvement. || ***ionisation*** (XIXe s.) ; ***ionosphère*** (XXe s.).

iota (XIIIe s.), nom de la lettre grecque *i,* la plus simple et la plus petite de l'alphabet grec. Par réf. à un verset de l'*Evangile* le mot a désigné une chose minime, insignifiante.

irascible (XIIe s.), empr. au lat. tard. *irascibilis* « prompt à se mettre en colère ».

ire (Xe s.), du lat. *ira* « colère », de même sens en a. fr., empl. littér. en fr. mod.

iris (XIIIe s.), empr. au lat. *iris* « arc-en-ciel, halo, pierre précieuse (de couleur arc-en-ciel), partie colorée de l'œil, plante (aux fleurs violettes) », pris au grec *iris* « arc-en-ciel, halo, etc. ». || ***iriser*** (XVIIIe s.), « colorer des couleurs de l'arc-en-ciel, faire chatoyer ».

ironie (XIIIe s., rare avant le XVIe s.), empr. au lat. *ironia* « interrogation (avec feinte ignorance) », dite « ironie socratique » et « raillerie par antiphrase » (terme de rhétorique), issu du grec *eironeia* « interrogation ». || ***ironique*** (XVIe s.) ; ***ironiser*** (XVIIe s.).

irradier (XVe s.), empr. au lat. *irradiare* « projeter ses rayons, rayonner (en parlant de la lumière) ». Le mot a pris au XIXe s. le sens de « propager, se propager », puis au XXe s. celui de « diffuser un rayonnement radioactif ». || ***irradiation*** (XIVe s. au sens de « émission de rayons lumineux »), empr. au lat. tard. *irradiatio* « rayonnement », en fr. mod. « émission de rayons visibles ou invisibles », notamment en médec. « traitement de tumeurs par les rayons X » (XXe s.).

irréconciliable, voir ***concilier***.

irrécusable (XVIe s.), empr. au lat. jur. tard. *irrecusabilis* « qu'on ne peut refuser, qu'on ne peut contester ».

irrédentisme (XIXe s.), dér. de l'ital. *irredento* « non racheté, non libéré, soumis à la domination étrangère » (en parlant d'un territoire), désigne un mouvement patriotique qui se propose de libérer des territoires encore soumis à la domination étrangère (comme les patriotes italiens face à l'Autriche, de 1915 à 1918). || ***irrédentiste*** (XIXe s.).

irréfragable (XVe s.), empr. au lat. tard. *irrefragabilis* « irréfutable », tiré de *refragari* « voter contre, s'opposer à », en fr. « qu'on ne peut contredire, irrécusable ».

irrémédiable, voir ***remède***.

irrémissible, voir ***remettre***.

irriguer (XIXe s.), empr. au lat. *irrigare* « conduire l'eau, arroser, baigner ». || ***irrigation*** (XVIe s.), empr. au lat. *irrigatio*.

irriter (XIVe s.), empr. au lat. *irritare* « exciter, provoquer, mettre en colère ». || ***irritation*** (XIVe s.), empr. au lat. *irritatio* ; ***irritable*** (XVIe s.), empr. au lat. imp. *irritabilis* ; ***irritabilité*** (XVIIIe s.).

irruption (XVe s.), empr. au lat. *irruptio* « invasion soudaine ».

isabelle (XVIe s.), tiré du prénom esp. *Isabel* (pour des raisons obscures), en fr. « de couleur jaune pâle » (en parlant d'un cheval).

isard (XIVe s.), d'orig. obsc., s. d. de substrat pyrénéen, « chamois pyrénéen ».

isba (XIXe s.), du russe *izba* « petite maison paysanne », en fr. « petite maison en bois de sapin ».

iso-, premier élém. de mots sav., comme ***isocèle*** « aux deux jambes égales » c.-à-d. « aux deux côtés égaux », tiré du grec *isos* « égal ».

isolé (XVIe s.), de l'ital. *isolato* « en forme d'île », d'où « à l'écart, séparé ». Les empl. du mot marquant la séparation avec l'environnement immédiat « séparé de son contexte, à l'écart », la solitude « sans famille ni amis », le caractère rare ou unique « seul de son espèce » datent du XVIIIe s. || ***isoler*** (XVIIe s.) ; ***isolation*** (XVIIIe s.) ; ***isolement*** (XVIIIe s.) ; ***isolateur*** (XVIIIe s.) ; ***isoloir*** (XVIIIe s.), le sens polit. « lieu où l'électeur s'isole pour voter » datant du XXe s. ; ***isolationnisme*** (XXe s.), de l'anglo-améric. *isolationism* « politique d'isolement d'une nation ».

issu (XIIe s., sous la forme *eissu*), part. pas. du verbe *eissir*, *issir*, du lat. *exire* « sortir de, provenir de ». || ***issue*** (XIIe s.), part. pas. fém. subst., a signifié « action de sortir, ouverture permettant une sortie, moyen de se tirer d'affaire, aboutissement d'une affaire ». Dans le voc. de la meunerie, sens tech. au plur. « restes de la mouture après production de la farine » c.-à-d. « son, etc. » (XVIIIe s.).

isthme (XVIe s.), empr. au lat. *isthmus*, lui-même du grec *isthmos* « passage resserré ».

italique (XVe s.), empr. au lat. *italicus* « d'Italie », terme de typographie désignant des lettres inclinées de gauche à droite dans l'expres. *lettres italiques* « lettres italiennes » (imprimées pour la première fois par l'imprimeur vénitien Alde Manuce).

item (XIIIe s.), adv., mot lat. « de même », empl. en fr. dans les énumérations. Le subst. (XXe s.) est empr. à l'angl. *item* « élément, unité » et possède le même sens.

itératif (XVe s.), empr. au lat. tard. *iterativus* « concernant une action qui se répète ». || ***itération*** (XVe s.), empr. au lat. *iteratio* « répétition » ; ***réitérer*** (XIVe s.), empr. au lat. tard. *reiterare* « recommencer ».

itinéraire (XVIIe s.), empr. au lat. tard. *itinerarium* « relation de voyage, carte de voyage ». Le sens dér. de « chemin à suivre » date du XIXe s. || ***itinérant*** (XIXe s.).

ivoire (XIIe s.), empr. au lat. vulg. **eboreum*, neut. subst. de l'adj. **eboreus* « en ivoire », tiré du subst. *ebur, -oris* « ivoire ».

ivraie (XIIe s.), du lat. vulg. **ebriaca (planta)* « plante rendant ivre » (cette herbe passant pour provoquer une certaine ivresse), fém. de l'adj. **ebriacus* « ivre », doublet de *ebrius*.

ivre (XIIe s.), du lat. *ebrius*, de même sens. || ***ivresse*** (XIIe s.) ; ***enivrer*** (XIIe s.) ; ***enivrement*** (XIIe s.) ; ***ivrogne*** (XIIe s. au sens de « état d'ébriété »), du lat. vulg. **ebrionia* « ivresse ». Le sens de « qui a l'habitude de s'enivrer » apparaît au XIIIe s. ; ***ivrognerie*** (XVIe s.) ; ***ivrognesse*** (XVIe s.) a signifié d'abord « ivrognerie », puis « femme qui s'enivre » (XVIIe s.).

J

jabot (XVIᵉ s.), d'étym. inconnue, p.-ê. d'un patois d'oc, lui-même issu d'une base pré-latine **gaba* « gorge, gosier ». Le sens dér. « ornement de dentelle au-dessous de la gorge » date du XVIIᵉ s.

jacasser (XIXᵉ s.), d'étym. incert., s'est employé à propos de la pie au sens de « crier », puis « bavarder longuement et bruyamment », « tenir des propos futiles ». || ***jacasserie*** (XIXᵉ s.).

jachère (XIIᵉ s.), d'étym. incert., p.-ê. d'orig. gaul., mot de la France septentrionale, qui a désigné une terre labourable qu'on laisse reposer.

jacinthe, **hyacinthe** (XIIᵉ s.), empr. au lat. *hyacinthus*, lui-même du grec *huakinthos* « jacinthe (plante) et « sorte d'améthyste », a d'abord désigné en a. fr. une pierre précieuse (plutôt *hyacinthe* auj.), puis au XIVᵉ s. une plante à bulbe (*jacinthe* auj.).

jackpot (XXᵉ s.), de l'angl., ayant plusieurs sens tech. au jeu de cartes, notamment « coup gagnant, gros lot », a désigné ensuite une machine à sous.

jacobin (XIIIᵉ s.), dér. du lat. *Jacobus* « Jacques », d'abord au sens de « religieux dominicain » (leur couvent étant établi rue Saint-Jacques), puis « membre d'un club révolutionnaire » (XVIIIᵉ s.) en raison de l'implantation du club dans un ancien couvent dominicain et « républicain intransigeant, défenseur de la centralisation étatique » depuis le XVIIIᵉ s., en raison des idées politiques défendues par ce club. || ***jacobinisme*** (XVIIIᵉ s.).

jacquerie (XIVᵉ s.), dér. du nom *Jacques*, surnom donné aux paysans soulevés en 1358.

jacquet (XIXᵉ s.), d'orig. incert., désignant une sorte de tric-trac.

jactance (XIIᵉ s.), empr. au lat. imp. *jactantia* « vantardise, ostentation ».

jaculatoire (XVIIᵉ s.), empr. au lat. chrét. *jaculatorius* « lancé rapidement », de *jaculari* « lancer », adj. qualif. des mots *oraison* ou *prière* pour désigner une prière fervente qui s'élance vers Dieu.

jade (XVIIᵉ s.), de l'esp. *piedra de la ijada* « pierre du flanc » (en raison de la vertu prêtée à la pierre de guérir les maladies des reins, notamment les coliques néphrétiques), pierre précieuse.

jadis (XIIᵉ s.), contract. ancienne de *ja a dis* « il y a déjà des jours, il y a longtemps ».

jaguar (XVIIIᵉ s.), du tupi du Brésil.

jaillir (XIIᵉ s.), d'étym. obsc., a signifié « jeter, lancer » et « sauter », puis à partir du XVIᵉ s. « sortir impétueusement » (notamment en parlant d'un liquide). || ***jaillissement*** (XVIIᵉ s.).

jais (XIIᵉ s., sous la forme *jaiet*), du lat. *gagates*, issu du grec *gagatés* « pierre de Gagas », a d'abord désigné en a. fr. une pierre précieuse de couleur noire.

jalon (XVIIᵉ s.), d'orig. inconnue, a désigné d'abord un repère planté en terre servant à déterminer un alignement (travaux d'arpentage, d'horticulture, etc.), puis « marque, repère ». || ***jalonner*** (XVIIᵉ s.) ; ***jalonnement*** (XIXᵉ s.).

jaloux (XIIᵉ s.), du lat. vulg. **zelosus* « ardent, empressé » (p.-ê. avec infl. de l'a. prov. *gelos* « jaloux » pour la finale en *-ous*), dér. du subst. *zelus* « émulation, jalousie », du grec *zélos* « empressement, ardeur, rivalité », a signifié en a. fr. « désireux, convoiteux », « farouchement attaché à », « exclusif en amour, tourmenté par la crainte d'être trompé ». Au XVIIᵉ s. les sens de « attaché à, zêlé pour, désireux de » (valeur laudative) coexistent avec les emplois péj. « envieux de, qui veut être aimé sans partage (*Dieu jaloux*), qui prend ombrage des sentiments portés à autrui, des succès d'autrui ». Ces valeurs survivent toujours en fr. mod. ||

jalousie (XIIe s.), d'abord « attachement farouche (à un bien ou à une personne), inquiétude sur la fidélité de l'être aimé », puis au XVIe s. « envie, dépit (à l'égard des biens d'autrui) » (valeur péj.) ; ***jalouser*** (XIVe s.), « envier, convoiter le bien d'autrui ».

jalousie 1, voir *jaloux*.

jalousie 2 (XVIe s.), empr. à l'ital. *gelosia*, désigne un treillis, un volet mobile dérobant les femmes aux regards.

jamais (XIIIe s.), soudure de *ja* (Xe s.), issu du lat. *jam* « à l'instant, maintenant, déjà », et de *mais* (Xe s.), issu du lat. *magis* « plus », ayant en a. fr. la valeur temporelle de « désormais, à l'avenir ». En a. fr. l'adv. porte sur l'avenir au sens de « un jour » (survivances en fr. mod. dans *si jamais* « si un jour », *à jamais* « dans tout le temps à venir, pour toujours »). L'emploi avec négation donne à l'adv. le sens de « en nul temps ». Cette val. négative apparaît en fr. mod. même lorsque la nég. n'est pas exprimée (*C'est le cas ou jamais*).

jambe (XIe s.), du lat. tard. *gamba* « paturon du cheval », a désigné en a. fr. la jambe des animaux et des hommes. || ***jambon*** (XIIIe s.), « haut de la jambe (d'un animal), cuisse » ; ***jambage*** (XIVe s.), fréq. dans le voc. de l'architect. pour désigner des montants verticaux ; ***enjambée*** (XIIe s.) ; ***enjamber*** (XVe s.) ; ***enjambement*** (XVIe s.), terme de versification.

janissaire (XVe s.), empr. (par l'interm. de l'ital.) au turc *yeniceri* « nouvelle troupe » (recrutée de force chez les chrétiens), a désigné des soldats d'élite appartenant à la garde du sultan.

jansénisme (XVIIe s.), dér. du nom du théologien *Jansen*. || ***janséniste*** (XVIIe s.).

jante (XIIe s.), du lat. vulg. **cambita* « recourbée », d'une rac. gaul. **cambo* « courbe ».

janvier (XIe s.), du lat. tard. *jenuarius*, du lat. clas. *januarius* « de Janus », dér. de *Janus* (dieu des commencements), nom du premier mois de l'année.

japper (XIIIe s.), onomat. « aboyer (en parlant d'un jeune chien) ». || ***jappement*** (XVIe s.).

jaquemart, **jacquemart** (XVIe s.), empr. à l'a. prov. *jacomart*, dér. de *jaqueme* avec le suff. *-art*, ancienne forme du prénom *Jacques*, désigne en fr. un « automate frappant les heures ».

jaquette (XIVe s.), dér. de l'a. fr. *jacque* « vêtement de paysan », lui-même du prénom *Jacques*, sobriquet donné aux paysans, désigne depuis le XIXe s. un vêtement de cérémonie, ajusté à la taille, à longs pans arrondis. Le sens de « chemise de couleur protégeant un livre » (XXe s.) vient de l'angl. *jacket*, de même sens, lui-même empr. au fr. *jaquette*.

jardin (XIIe s.), dér. du franc. **gart* ou *gardon* désignant la clôture (cf. all. *Garten*). L'expres. *jardin d'enfants* est un calque de l'all. *Kindergarten* (XIXe s.), nom donné à cette institution par son fondateur. || ***jardinier*** (XIIe s.) ; ***jardinage*** (XIIIe s.) ; ***jardiner*** (XIVe s.) ; ***jardinière*** (XVIe s.), subst. fém., d'abord au sens de « meuble », a désigné un meuble supportant un récipient contenant des fleurs, le récipient lui-même (XIXe s.), un mets composé de divers légumes coupés en morceaux (XIXe s.).

jargon (XIIe s.), d'orig. incert., p.-ê. d'une rac. onomat. *garg-* désignant la gorge, a signifié d'abord « gazouillement » (d'oiseaux), puis « langue incompréhensible », enfin « langue des voleurs, argot » (XIIIe s.). || ***jargonner*** (XIIIe s.) ; ***jargonnesque*** (XVIe s.).

jarre (XIIIe s.), empr. à l'ar. *garra* « grand vase en terre » par l'interméd. de l'ital. et du prov.

jarret (XIIe s.), du gaul. **garra* « jambe », en fr. « région postérieure du genou ». || ***jarretière*** (XIVe s.),

« bande fixant les bas au-dessous du genou ». || ***jarretelle*** (XIXe s.).

jars (XIIe s.), d'étym. obsc., « mâle de l'oie ».

jaser (XIIe s), onomat. « babiller » et « médire ». || ***jaseur*** (XVIe s.).

jasmin (XVe s.), de l'ar. *yasemin*, issu du persan *yasamin* « arbuste odorant ».

jaspe (XIIe s), empr. au lat. *iaspis* « agathe, jaspe », du grec *iaspis* « pierre précieuse ».

jatte (XIIe s.), du lat. vulg. **gabita*, issu du lat. clas. *gabata* « écuelle, jatte ».

jauge (XIIIe s.), « mesure de la capacité d'un récipient », du franc. **galga* « perche » (cf. all. *Galgen* « potence »). || ***jauger*** (XIIIe s.).

jaune (XIIe s.), du lat. *galbinus* « vert pâle, jaune-vert », couleur considérée parfois comme inquiétante ou infamante. L'expres. *rire jaune* (XVIIIe s.) s'applique à un rire feint qui traduit un profond déplaisir. || ***jaunâtre*** (XVIe s.) ; ***jaunir*** (XIIIe s.) ; ***jaunisse*** (XIIe s.) ; ***jaunissement*** (XVIIe s.).

java (XXe s.), danse exotique attribuée à l'île de *Java*. || ***javanais*** (XIXe s.), dér. du nom de *Java*, d'abord « habitant de Java », puis « langage argotique » (XIXe s.).

Javel (eau de) (XIXe s.), nom d'un quartier de Paris, autrefois un ancien village où se trouvait une usine de produits chimiques fabriquant cette eau. || ***javelliser*** (XXe s.).

javelle (XIIe s.), du lat. vulg. **gabella*, s. d. d'orig. gaul., a désigné des « poignées de blé coupé » (avant qu'il soit mis en gerbes), secondairement des « fagots de sarments » (XIVe s.).

javelot (XIIe s.), s. d. d'orig. celt., p.-ê. de l'anglo-saxon **zafeloc*, var. de *zafeluc*, arme de jet légère, qui appartiendrait à la famille du gallois *gafloch* « fourche, lance ». || ***javeline*** (XVe s.).

jazz (XXe s.), de l'améric. *jazz-band* « orchestre de jazz », a d'abord désigné une danse des Noirs d'Amérique, puis une musique.

je (XIe s.), du lat. *ego*.

jean (XXe s.), mot améric. désignant au plur. *jeans* des pantalons en toile (nommés *jean*). Voir ***blue-jean***.

jeannette (XVIIIe s.), du prénom fém. *Jeannette*, nom d'une croix suspendue à une chaîne, puis d'une planchette à repasser (XXe s.).

jeep (XXe s.), empr. à l'améric., transcription des initiales *G* et *P* (prononcés *dji* et *pi*), abréviation de *General Purpose* « tous usages », qualif. de ce type de voiture.

jérémiade (XVIIIe s.), mot péj., dér. du nom du prophète *Jérémie* (*Jeremias* en lat.), auteur du livre des *Lamentations* dans la Bible.

jéroboam (XXe s.), empr. à l'angl., tiré du nom du roi biblique *Jeroboam*, signifiant « grande coupe, grosse bouteille », en fr. « grosse bouteille d'une contenance de quatre bouteilles ordinaires ».

jerrycan (XXe s.), de l'angl. *jerrycan*, formé de *jerry* « allemand », dimin. de *jeremy*, altér. de *german* et de *can* « récipient ». Le mot a désigné d'abord un bidon de l'armée allemande.

jersey (XVIIe s.), nom de l'île anglo-normande réputée pour ses laines. Le sens mod. de « tricot souple, collant au corps (offrant le même aspect que le tricot à la main fait selon le point de Jersey) » date de la fin du XIXe s.

jésuite (XVIe s.), nom des membres de la Compagnie de Jésus, parfois en fr. mod. « dissimulé, fourbe, hypocrite » (depuis le XVIIIe s.).

jésus (XVIIIe s.), papier portant en filigrane le monogramme (I.H.S.) de Jésus, puis format de papier de grande dimension.

jet 1 (XIIe s.), voir ***jeter***.

jet 2 (XXe s.), de l'angl. *jet* « avion à

réaction ». || ***jet society*** (XXe s.), « petit groupe de gens très riches voyageant en jet ».

jeter (Xe s.), du lat. tard. *jectare*, altér. du lat. *jactare* « jeter précipitamment, jeter de côté et d'autre », intens. de *jacere*. Le verbe a signifié en a. fr. « pousser vivement », « lancer », « faire jaillir, faire mouvoir, émettre » (parfois des paroles hors de soi). L'expres. *jeter sur le papier* « rédiger à la hâte » est attestée dès le XVIIe s. || ***jet*** (XIIe s.), déverb. « action de jeter » ; ***jeton*** (XIIIe s.), vestige du vieux sens de *jeter* « compter, calculer », d'abord « pièce servant à compter », puis « marque de présence » ; ***jetée*** (XIIIe s.), d'abord « action de jeter », puis « construction jetée dans la mer, digue, môle » (XIVe s.).

jeu (XIIe s.), du lat. *jocus* « plaisanterie verbale, badinage », a désigné au M. A. toutes les formes de divertissement et a absorbé les valeurs du lat. *ludus*. Il s'est appliqué aux activités ludiques organisées selon des règles (ainsi le jeu d'échecs), à des activités impliquant un enjeu d'argent (jeu de dés), et aussi à des « représentations théâtrales », des « pièces de théâtre ». Les idées de « règles, conventions régissant le jeu », d'enjeu, et donc de « somme risquée », d'entreprise risquée, de « manière de jouer, manière d'agir, mouvement », d'instruments de jeu sont déjà connues au M. A. Le sens de « aisance dans le fonctionnement, dans le mouvement » est attesté au XVIIe s. || ***jouer*** (XIe s.), du lat. *jocari* « plaisanter, badiner » ; ***jouet*** (XIIIe s.), pris au sens fig. au XVIIe s. ; ***joujou*** (XVe s.), d'abord *jojo* dans l'expres. *faire jojo* « jouer » ; ***joueur*** (XIIe s.) ; ***déjouer*** (XIIe s.), « cesser de jouer », puis « faire échouer le jeu d'autrui », enfin « faire échec à » ; ***enjoué*** (XIIIe s.), « joyeux » ; ***enjouement*** (XVIIe s.) ; ***enjeu*** (XIVe s.), « somme mise en jeu dans une partie, somme risquée », d'où « entreprise risquée » (XVIIIe s.).

jeudi (XIIe s.), du lat. *Jovis dies* « jour de Jupiter ».

jeun (à), voir ***jeûner***.

jeune (XIe s., sous la forme *jovene*, *juene*), du lat. vulg. **jovenis*, du lat. clas. *juvenis* « jeune ». || ***jeunesse*** (XIIe s.) ; ***jeunet*** (XIIe s.) ; ***rajeunir*** (XIIe s., sous la forme *rajonir*, *rajovenir*) ; ***rajeunissement*** (XIIe s., sous la forme *rajouissement*).

jeûner (XIIe s.), du lat. chrét. *jejunare* « jeûner, faire abstinence (par esprit de pénitence) ». || ***jeûne*** (XIIe s.) ; ***jeun*** (XIIIe s.), du lat. *jejunus*, d'abord adj. « qui est à jeun, qui n'a rien mangé ». La loc. adverb. *à jeun* « sans avoir rien mangé » est attestée au XIIIe s. Voir ***déjeuner***.

joaillerie, **joaillier**, voir ***joyau***.

job (XIXe s.), de l'angl. *job* « besogne », puis « emploi rémunéré » (XIXe s.), en fr. « travail, emploi ».

jobard (XIXe s.), dér. du m. fr. *job(e)* « naïf, nigaud », attesté au XVIe s., d'orig. peu claire.

jockey (XVIIIe s.), de l'angl. *jockey*, dér. de *Jock*, forme nordique de *Jack*, appliqué aux palefreniers, d'abord en fr. « jeune domestique conduisant une voiture en postillon », puis « cavalier professionnel montant les chevaux de course » (XIXe s.).

jocrisse (XVIe s.), d'orig. peu claire, personnage niais du théâtre comique, d'où « benêt, nigaud ».

jogging (XXe s.), mot angl., « course à pied d'allure modérée en plein air ».

joie (XIe s.), du lat. *gaudia*, plur. de *gaudium* « joie, plaisir, volupté », pris en lat. tard. comme fém. sing. et dér. de *gaudere* « se réjouir, être joyeux » (voir ***jouir***), est empl. dès l'a. fr. au sens de « sentiment de bonheur intense » dans le domaine spirituel, érotique, etc. ; *feu de joie* (XVIe s.) ; *fille* *de joie* (XIVe s.). ‖ ***joyeux*** (XIVe s.); ***joyeuseté*** (XIIIe s.), empl. dans la langue littér.; ***rabat-joie*** (XIVe s.).

joindre (XIe s.), du lat. *jungere* « lier, unir » et au sens fig. « attacher, associer », dér. de *jugum* « joug », est aussi empl. jusqu'au XVIIe s. au sens de « atteindre, affronter ». ‖ ***joint,*** part. pas. de *joindre,* subst. à partir du XIIIe s., a développé de nombreux sens tech.; au XXe s. au sens de « cigarette de haschisch, » de l'anglo-amér. *joint*; ***jointure*** (XIe s.), du lat. *junctura* « articulation »; ***adjoindre*** (XIIe s.), d'abord *ajoindre,* empr. au lat. *adjungere* « ajouter »; ***adjonction*** (XIVe s.), empr. au lat. *adjunctio*; ***adjoint*** (XIVe s.); ***disjoindre*** (XIVe s.), forme refaite, d'après le lat. *disjungere* « séparer », de l'a. fr. *desjoindre* (XIIe s.); ***disjoncteur*** (XIXe s.); ***disjonction*** (XIVe s.), empr. au lat. *disjunctio* « séparation »; ***enjoindre*** (XIIe s.), empr. au lat. *injungere* « imposer », avec réfection sous l'infl. de *joindre* (voir ***injonction***); ***rejoindre*** (XIe s.).

joker (XXe s.), empr. à l'angl. *joker,* de *to joke* « plaisanter » au sens de « plaisantin, farceur », d'où « ce qui sert à faire un bon coup », spéc. au jeu de dés, puis au jeu de cartes, etc.

joli (XIIe s., d'abord *jolif*), s. d. dér. de l'a. norrois *jôl,* nom d'une grande fête païenne du milieu de l'hiver, est empl. jusqu'au XVIIe s. au sens de « gai, joyeux, lascif », le sens de « élégant, agréable à voir » se développant à partir du m. fr.; fam. dès le XVIe s. au sens de « digne de retenir l'attention » (*une jolie somme*), au XVIIe s. au sens de « déplaisant, désagréable ». ‖ ***joliesse*** (XIVe s.), littéraire; ***enjoliver*** (XIVe s.), d'abord « être plein d'entrain », au XVIIe s. au sens de « orner » et de « ajouter des détails plaisants à un récit »; ***enjolivure*** (XVIIe s.); ***enjoliveur*** (XVIIe s.), au XXe s. subst. « accessoire automobile ».

jonc (XIIe s.), du lat. *juncus* « jonc », au XVIIe s. « bague, bracelet », au XVIIIe s. en arg. « or ». ‖ ***joncher*** (XIe s.); ***jonchée*** (XIIe s.), « amas de branchages » et par analogie « grande quantité d'objets épars, de cadavres, etc. »; ***jonchet*** (XVe s.), surtout usuel au plur. « jeu de patience ».

jonction (XIIIe s.), empr. au lat. *junctio* « union, liaison », dér. de *jungere* (voir ***joindre***), est d'abord empl. en a. fr. au sens de « union charnelle », au XVIIe s. dans le voc. militaire, au XIXe s. « point où se rejoignent des voies de communication ».

jongler (XVe s.), forme altér. de l'a. fr. *jogler* « se jouer de » et « faire le métier de jongleur » (XIIe s.), du lat. *joculari* « dire des plaisanteries », le passage de *jogler* à *jongler* s'expliquant par l'infl. de l'a. verbe *jangler* (XIIe s., usuel jusqu'au XVIIe s.) au sens de « bavarder, plaisanter, médire », du franc. **jangalon* « bavarder ». D'abord empl. au sens de « faire des plaisanteries », *jongler* est usuel depuis le XVIIe s. au sens de « faire des tours de passe-passe », au XIXe s. au sens fig.

jongleur (XIIe s., d'abord *jogleor, jugleor*), du lat. *joculator* « rieur, bon plaisant », de *jocus* « plaisanterie », la forme *jongleur* (XIIIe s.) résultant du croisement avec l'a. fr. *jangleor, jangleür* « bavard, hâbleur, médisant », dér. de *jangler*; d'abord empl. au sens de « ménestrel », au XVIe s. au sens du fr. mod., au XIXe s. au sens fig. ‖ ***jonglerie*** (XIIe s.), au XVIIIe s. au sens fig. « art de feindre ».

jonque (XVIe s.), empr. par l'intermédiaire de textes ital., esp., néerl., au port. *junco* « grande embarcation en usage en Chine, au Japon, etc. », lui-même empr. au malais *djong.*

jonquille (XVIe s.), empr. à l'esp. *junquillo,* dér. de *junco* « jonc ».

jota (XIXe s.), mot esp., nom d'un chant et d'une danse populaires espagnols.

joual (XXe s.), transcription de la prononciation régionale de *cheval* au Québec, qualifiant le parler pop. des Canadiens francophones ; *parler joual* « parler mal ».

joubarbe (XIIe s.), « plante grasse », du lat. *Jovis barba* « barbe de Jupiter ».

joue (XIe s.), d'une forme **gauta,* s. d. dér. de la base prélat. **gaba* « gosier, jabot », par l'intermédiaire d'un dér. prélat. **gabota, *gabuta.* || ***bajoue*** (XIVe s.), comp. de *joue* et de *bas* « joue en bas » ; ***joufflu*** (XVIe s.), altér. d'après *joue* du m. fr. *giflu* « aux joues rebondies », dér. de *gifle.*

jouer, voir ***jeu***.

joug (XIIe s.), du lat. *jugum* « joug » au sens propre et au sens fig. de « servitude, soumission », sens présents dès l'a. fr. ; le *g* final étymologique est un rétablissement savant datant du XIIIe s.

jouir (XIIe s.), du lat. vulg. **gaudire,* en lat. clas. *gaudere* « se réjouir, aimer qqn, qq. ch. », a aussi signifié jusqu'au XVIIe s. « accueillir chaleureusement qqn » ; *jouir* est empl. dès l'a. fr. au sens de « tirer agrément, plaisir, de la possession de qq. ch. et de qqn (et spéc. au sens sexuel) ». || ***jouissance*** (XVe s.), d'abord empl. au sens jur. (au XVIIe s. au sens de « usufruit ») et au XVIe s. au sens de « plaisir des sens » ; ***jouisseur*** (XVIe s.), d'abord empl. dans le voc. jur., au XIXe s. au sens de « qui ne songe qu'aux jouissances matérielles » ; ***réjouir*** (XIIe s.), issu de l'a. fr. *esjoïr* « rendre joyeux » (XIIe s.), attesté jusqu'au XVIIe s. ; ***réjouissance*** (XVe s.).

joujou, voir ***jeu***.

joule (XIXe s.), nom d'unité d'énergie, du nom du physicien angl. *Joule* (1818-1889).

jour (Xe s., d'abord *jorn, jor),* du lat. *diurnum,* synonyme en lat. tard. de *dies* « jour » (voir ***midi***, ***lundi***, ***mardi***, etc.), forme subst. de l'adj. *diurnus* « qui se passe le jour, quotidien », est usuel dès l'a. fr. au sens de « intervalle de temps écoulé pendant une rotation de la terre », et de « intervalle entre le lever et le coucher du soleil » et au sens de « clarté, lumière naturelle » ; au XIVe s. au sens de « ouverture laissant passer la lumière », et au XVIIe s. au sens fig. « possibilité, moyen ». || ***journée*** (XIIe s.) ; ***toujours*** (XIe s.), formé de *tous* et *jours* ; ***aujourd'hui*** (XIVe s.), issu de la loc. *au jour d'hui* (XIIe s.) « au jour où l'on est » ; ***bonjour*** (XIIIe s.), d'abord « jour favorable », aux XVe-XVIe s. comme formule de salutation ; ***ajouré*** (XVIIe s.), de *jour* « ouverture », d'où ***ajourer*** (XIXe s.) ; ***ajourner*** (XIe s.), d'abord « faire jour », au XIIIe s. au sens jur. « fixer un jour (pour comparaître) », au XVIIe s. d'abord sous la forme *adjourner*, empr. à l'angl. *to adjourn,* au sens de « retarder, remettre » ; ***ajournement*** (XVIIIe s.), au sens de « renvoi à une date ultérieure » ; ***contre-jour*** (XVIIe s.).

journal (XIIe s.), formé sur *jorn* ou issu du lat. tard. *diurnalis* « de jour », de *diurnum,* est d'abord empl. comme adj. « du matin, du jour » ; l'emploi comme subst. au sens du fr. mod. se développe à partir du XIVe s. d'abord au sens de « livre d'enregistrement des actes », puis « livre de prières quotidiennes », et à partir du XVIIe s. « publication périodique, revue » et spéc., au XVIIIe s., « publication portant sur l'actualité », sens d'abord assumé par *gazette.* || ***journalier*** (XVIe s.), adj. au sens de « qui se fait chaque jour » et subst. au sens de « ouvrier travaillant à la journée » ; ***journaliste***, ***journalisme*** (XVIIIe s.) ; ***journalistique*** (XIXe s.).

jouter (XIe s., d'abord *juster, joster*), du lat. vulg. **juxtare* « toucher à, être attenant », de *juxta* « près de », empl. en a. fr. au sens de « rassembler, ordonner (spéc. des troupes) » et au sens, conservé en fr. mod., de « combattre à cheval à la lance » ; au XVIIIe s. au sens fig. || ***joute*** (XIIe s.), déverb. de *jouter*, a suivi l'évol. du verbe ; ***jouteur*** (XIIe s.).

jouvence (XIVe s.), altér. d'après *jouvenceau* ou *adolescence* de l'a. fr. *jovente* (XIe s.), du lat. *juventa* « jeunesse » (voir ***jeune***). || ***jouvenceau***, ***jouvencelle*** (XIIe s.), vieilli ou plaisant en fr. mod., du lat. pop. *juvencellus* et *juvencella,* « jeune homme, jeune fille », en lat. chrét. *juvenculus, juvencula,* dim. de *juventus* « jeune ».

jouxte (XIVe s.), réfect. sav. de l'a. fr. *joste, jouste* (XIe s.), du lat. *juxta* « côte à côte, tout près ». || ***jouxter*** (XIVe s.), réfect. sav. de l'a. fr. *joster* (XIe s.) « approcher de », en fr. mod. *jouxter* est vieilli ou littér. au sens de « être près de ». Voir ***jouter***, ***juxta***.

jovial (XVIe s.), empr. à l'ital. *gioviale* « qui concerne la planète Jupiter » et « soumis à l'influence bénéfique de cette planète », puis « joyeux », du lat. tard. *jovialis* « de Jupiter », dér. de *Jovis*, génitif lat. de *Jupiter.* || ***jovialité*** (XVIIe s.).

joyau (XIVe s.), réfect. graph. des formes de l'a. fr. *joiaus,* plur., *joiel, joel,* sing. (XIIe s.), dér. de *jeu* au sens de « ce qui fait plaisir, amuse, etc. », empl. en a. fr. au sens de « objet de valeur, objet précieux », est concurrencé à partir du XVIe s. par *bijou* ; dès le XIIIe s. *joyau* est attesté au sens fig. en parlant d'une personne, puis, au XIXe s., d'une chose. || ***joaillier*** (XIVe s., d'abord *jevelier*), dér. de *joel* ; ***joaillerie*** (XVe s., d'abord *jueleryе*).

joyeux, voir ***joie***.

jubé (XIVe s.), du lat. eccl. *jube,* impératif de *jubere* « ordonner », est le premier mot de la prière *Jube, Domine,* prononcée depuis cette tribune séparant, dans certaines églises, la nef et le chœur.

jubilé (XIIIe s.), empr. au lat. chrét. *jubilaeus*, substantivé dans *annus jubilaei* « année du jubilé », empr. à l'hébreu *yobhei* « bélier, trompette en corne de bélier », est d'abord empl. au sens de « solennité publique célébrée tous les cinquante ans selon la loi mosaïque », puis, au XVe s. au sens de « indulgence plénière accordée pour une année par le pape » ; au XIVe s. « fête célébrée à l'occasion du cinquantenaire de l'entrée dans une profession ». || ***jubilaire*** (XVIe s.).

jubiler (XIIe s.), empr. au lat. *jubilare* « pousser des cris », en lat. chrét. « pousser des cris de joie », sens spéc. dû p.-ê. à l'infl. de *jubilaeus* « jubilé » (pousser des cris de joie durant le jubilé). || ***jubilation*** (XIIe s.), empr. au lat. *jubilatio* « cris » ; ***jubilatoire*** (XIXe s.).

jucher (XIIe s.), s. d. issu, par croisement avec *hucher,* de l'a. fr. *jochier* « se percher » (XIIIe s.), dér. de *joc* « perchoir », du franc. **juk* « joug ».

judaïsme (XIIIe s.), empr. au lat. *judaismus* « religion juive », empr. au grec *ioudaismos,* de même sens, de *ioudaios* « juif ». || ***judaïque*** (XVe s.), empr. au lat. *judaicus* « qui concerne les juifs », lui-même empr. au grec ; ***judéo-***, élém. entrant avec le sens de « juif » dans la construct. de mots savants comme ***judéo-chrétien***. Voir ***juif***.

judas (XIIe s.), du nom propre *Judas*, empl. comme nom commun au sens de « traître » ; au XIXe s. « petite ouverture permettant de voir sans être vu ».

judo (XXe s.), mot japonais composé de *ju* « doux » et de *do* « moyen, méthode » et désignant un sport de combat sans armes.

juge (XIIe s.), de l'acc. lat. *judicem* de *judex, judicis* « juge, arbitre », au sens propre « celui qui montre le droit par la parole », dér. de *jus, juris* « droit » et de *dicere* « dire », est empl. dès l'a. fr. au sens jur., la spéc. des fonctions s'exprimant dans des syntagmes comme *juge de paix* (XVIIe s.), *juge-commissaire* (XIXe s.), etc. || ***juger***

(XIe s.), du lat. *judicare* « rendre un jugement » et « décider, apprécier », sens présents dès l'a. fr., au XVIIe s. *juger de qq. ch.* « imaginer, se représenter » ; ***jugement*** (XIe s.), d'abord empl. au sens jur. et dans le contexte religieux (*Jugement dernier*) ; au XIVe s. au sens de « faculté de l'esprit permettant de comparer, de porter un jugement » ; ***judiciaire*** (XIVe s.), empr. au lat. *judicarius* « relatif aux tribunaux », empl. au sens de « relatif à la justice » et de « qui se fait en justice » *(acte, casier judiciaire)* ; ***judicieux*** (XVIe s.), dér. sav. du lat. *judicium* au sens de « discernement, jugement » ; ***déjuger*** (XIIIe s.), d'abord « condamner », au XIXe s., pronom. « revenir sur son jugement » ; ***jugeote***, mot fam. (XIXe s.) ; ***méjuger*** (XIIIe s.). Voir ***adjuger***, ***préjuger***.

jugulaire (XVIe s.), dér. du lat. *jugulum* « gorge », empl. comme adj. dans le voc. de l'anat., au XIXe s. subst. fém. « attache d'une coiffure militaire ».

juguler (XIIIe s.), empr. au lat. *jugulare* « égorger, assassiner », d'abord empl. en ce sens jusqu'au XVIe s., au XIXe s. au sens du fr. mod. « entraver, enrayer le développement de ».

juif (Xe s.), d'abord attesté sous la forme *judeu*, puis *juiu*, la forme *juif* (XIIIe s.) étant refaite sur le fém. *juive*, est issu du lat. *Judaeus* « de la tribu de Juda », empr. par l'intermédiaire du grec *Ioudaios*, à l'hébreu et dér. de *Juda*, personnage de la Bible et chef d'une des douze tribus d'Israël. || ***juiverie*** (XIIe s.), « quartier juif » et « communauté juive », vieilli et péj. en fr. mod. Voir ***judaïsme***.

juillet (XIIIe s.), forme altér. de l'a. fr. *juignet* « juillet, petit juin » (XIIe s.), dér. de *juin*, d'après l'a. fr. *juil* « juillet » (XIIe s.), du lat. *julius mensis* « mois de Jules » (en l'honneur de *Jules César*).

juin (XIIe s.), du lat. *junius (mensis)* s. d. « mois de *L. Junius Brutus* (premier consul de Rome) ».

jujube (XIIIe s.), du lat. vulg. **zizupus*, altér. du lat. clas. *zizufum, zizuphum* « jujube », empr. au grec.

jules (XIXe s.), emploi iron. du prénom *Jules* au sens de « vase de nuit », au XXe s. empl. fam. au sens de « amant, mari » et en arg. « souteneur ».

jumeau (XIIe s.), du lat. *gemellus*, subst. « jumeau », adj. « qui est semblable ». || ***jumelle***, fém. de *jumeau*, s'est aussi spéc. au XIIIe s. dans le voc. de l'héraldique, et employé à partir du XIIIe s., surtout au plur., comme terme tech. ; au XIXe s., au sens courant de « instrument d'optique portatif » ; ***jumeler*** (XVIIe s.), au XVIIIe s. « ajuster ensemble deux choses semblables », au XXe s. en parlant de villes ; ***jumelage*** (XIXe s.), a suivi la même évol. que *jumeler*. Voir ***gémeau***.

jument (XIIe s.), du lat. *jumentum* « bête de somme », aussi attesté en ce sens en a. fr., s'est spéc. dès le XIIe s. au sens de « femelle du cheval », éliminant l'a. fr. *ive*, du lat. *equa*, fém. de *equus* « cheval ».

jumping (XXe s.), empr. à l'angl. *jumping* « action de sauter », de *to jump* « sauter ».

jungle (XVIIIe s.), empr. à l'angl. *jungle*, de même sens, qui a transcrit l'hindoustani *jangal* « territoire inhabité, désert » ; au XXe s. au sens fig. *loi de la jungle*.

junior (XVIIIe s.), empr. au lat. *junior* « plus jeune », comparatif de *juvenis* « jeune », surtout empl. depuis le XIXe s. dans le voc. sportif.

junte (XVIe s.), empr. à l'esp. *junta* « assemblée » et, plus spéc., « assemblée administrative, politique », spéc. au XXe s. au sens de gouvernement militaire ayant pris le pouvoir par un coup d'Etat » (*junte militaire).*

jupe (XIIe s.), empr. à l'ital. du Sud *jupa* « veste d'homme ou de femme », lui-même empr. à l'ar. *gubba* « veste de dessous », est d'abord empl. au sens de « pourpoint, vêtement couvrant le buste », au XVIIe s. au sens du fr. mod. ‖ **jupon** (XIVe s.), d'abord « tunique d'homme à manches », a suivi l'évol. de *jupe* ; **juponner** (XIXe s.).

jurer (IXe s.), du lat. *jurare* « jurer, prêter serment, engager par son serment », empl. dès l'a. fr. au sens de « promettre par serment, affirmer solennellement » et de « invoquer de manière sacrilège le nom d'êtres, de choses sacrés ». ‖ **juré** (XIIe s.), du lat. *juratus* « celui qui a prêté serment », d'abord empl. pour désigner un vassal ayant prêté serment et, au XIIIe s., celui qui a prêté serment dans le cadre d'une corporation, s'empl. à partir du XVIe s. au sens de « membre d'un jury de tribunal », d'abord en parlant de l'Angleterre, puis, à la fin du XVIIIe s., de la France ; **jury** (XVIe s.), empr. à l'angl. *jury*, transcription de l'a. fr. *juree* « serment » (XIIIe s.), d'abord empl. à propos de l'Angleterre, à la fin du XVIIIe s. dans le contexte français, au sens de « réunion de jurés d'un tribunal » ; **juron** (XVIe s.), jusqu'au XVIIe s. au sens de « serment », au XVIIe s. au sens du fr. mod. « blasphème » (XVIIe s.). Voir **abjurer**, **parjurer**.

juridiction (XIIIe s.), empr. au lat. *jurisdictio* « action et droit de rendre la justice », est d'abord employé au sens de « pouvoir juridique exercé », puis, au XVIe s. de « territoire sur lequel s'exerce un pouvoir ».

juridique (XVe s.), empr. au lat. *juridicus* « relatif à la justice, conforme à la justice », comp. de *jus, juris* « droit » et *dicere* « dire », empl. à partir du XVIe s. au sens de « qui a rapport au droit, qui se fait devant la justice ».

jurisprudence (XVIe s.), empr. au lat. tard. *jurisprudentia* « science du droit », comp. de *jus* « droit » et *prudentia* « connaissance, compétence », est empl. à partir du XVIIe s. au sens de « ensemble des décisions des tribunaux constituant une source du droit », au XIXe s. *faire jurisprudence*.

juriste (XIVe s.), empr. au lat. méd. *jurista*, dér. de *jus* « droit ».

jus (XIIe s.), du lat. *jus, juris* « jus, sauce, brouet ». ‖ **juteux** (XIVe s.), au XIXe s. au sens fig. et fam. de « profitable » ; **verjus** (XIIIe s.), de *vert* « aigre » et *jus* au sens de « suc acide extrait du raisin vert ».

jusant (XVe s.), « marée descendante », mot d'abord attesté dans l'Ouest et s. d. dér. de l'a. adv. *jus* « en bas », du lat. *deorsum* « vers le bas » ; la finale est p.-ê. due à l'infl. de mots comme *ponant, levant*.

jusque(s) (Xe s.), s. d. issu par aphérèse de la prép. plus tardivement attestée *enjusque*, du lat. *inde usque*, comp. de *inde* « d'ici » et *usque* « jusqu'à » ; le *s* intérieur, qui s'était amui, a été de nouveau prononcé à partir du XVIe s. d'après la série *lorsque, presque, puisque* ; l'empl. comme prép. pour indiquer la limite extrême est attesté depuis l'a. fr., l'empl. comme adv., depuis le XVIe s. ; *jusqu'à ce que*, loc. conj., à partir du XVe s. ‖ **jusqu'au-boutiste** (début XXe s.).

jusquiame (XIIIe s.), empr. au lat. tard. *jusquiamos*, altér. du lat. *hyoscyamos*, lui même empr. au grec *huoskuamos*, littéralement « fève à cochons », nom d'une plante aux propriétés toxiques et narcotiques.

justaucorps, voir **juste**.

juste (XIIe s.), empr. au lat. *justus* « conforme au droit, équitable », dér. de *jus, juris* « droit », empl. dès l'a. fr. comme subst. et comme adj. d'abord au sens de « conforme à la justice divine », puis, au XIIIe s. de « conforme à la justice laïque » et, à partir du XIVe s., au sens de « qui a de la justesse, qui est conforme à la vérité, à la raison » ; au XVIIe s. comme adverbe. ‖ **justesse** (XVIIe s.) ; **injuste** (XIIIe s.), empr. au lat. *injustus* ; ***ajuster*** (XIIIe s.) ; ***ajustage, ajustement*** (XIVe s.) ; ***ajusteur*** (XVIe s.) ; ***réajuster*** (XXe s.) ; ***justaucorps*** (XVIIe s.) ; ***juste-milieu*** (XVIIe s.).

justice (XIe s.), empr. au lat. *justitia* « conformité avec le droit, esprit d'équité », puis en lat. tard. « droit, lois » et au plur. « jugements », dér. de *justus* « juste », est empl. dès l'a. fr. au sens de « principe moral de conformité au droit », de « acte par lequel on rend justice » et de « institution chargée de rendre la justice ». || ***justicier*** (XIIe s.), d'abord « qui a le droit de justice », puis « qui fait régner la justice » ; ***justiciable*** (XIIe s.) ; ***injustice*** (XIIIe s.), empr. au lat. *injustitia* « rigueur injuste », empl. au sens de « absence de justice, négation de la justice ».

justifier (XIIe s.), empr. au lat. chrét. *justificare* « traiter avec justice, déclarer qqn juste », est d'abord empl. au sens de « disculper qqn en justice », puis au XVIe s. de « prouver le bien-fondé d'une opinion, d'un jugement » et comme terme de typographie « donner aux lignes la longueur requise d'une ligne d'impression ». || ***justifiable*** (XIVe s.), rare avant le XVIIIe s. ; ***injustifiable*** (XVIIIe s.) ; ***justification*** (XIIe s.), empr. au lat. chrét. *justificatio* « préceptes, lois de Dieu ; action de justifier », a suivi l'évol. de *justifier* ; ***justificatif*** (XVIe s.), dér. du supin *justificatum* de *justificare*, d'abord empl. comme adj. au sens de « qui sert à apporter la preuve de », au début du XXe s. comme subst. masc.

jute (XIXe s.), empr. à l'angl. *jute* « plante cultivée pour les fibres textiles de ses tiges », empr. au bengali *jhuto*.

juvénile (XIIe s.), empr. au lat. *juvenilis* « propre à la jeunesse, plein d'entrain », dér. de *juvenis* (voir ***jeune***).

juxta-, élém. tiré du lat. *juxta* « à côté de », entrant dans la construct. de mots comme ***juxtalinéaire***, ***juxtaposer***, ***juxtaposition***. Voir ***jouxte***.

K

kaki 1 (XVIIIe s.), mot jap., « arbre originaire d'Extrême-Orient ».

kaki 2 (XIXe s.), empr. à l'angl. *khakee* « de couleur brun jaunâtre » et « étoffe de cette couleur utilisée pour les uniformes de l'armée britannique en Inde », empr. à l'ourdou et hindi *khaki* « poussiéreux », lui-même empr. au persan, d'abord au sens de « tissu », puis comme adj. de couleur.

kaléidoscope (XIXe s.), empr. au mot angl. formé par D. Brewster, l'inventeur de l'instrument, à partir du grec *kalos* « beau », *eidos* « forme, aspect » et *skopein* « regarder ». || ***kaléidoscopique*** (XIXe s.).

kamikaze (XXe s.), « avion suicide », mot jap. comp. de *kami* « seigneur, dieu » et *kaze* « vent », désignant à l'origine deux typhons qui détruisirent au XIIIe s. une flotte d'invasion des Mongols.

kangourou (XVIIIe s.), empr. à une langue indigène d'Australie par l'intermédiaire de l'angl.

kaolin (XVIIIe s.), mot chinois *kao ling*, comp. de *kao* « haut » et *ling* « colline », pour désigner en fr. une sorte d'argile utilisée dans la fabrication de la porcelaine.

kapok (XVIIe s.), empr. au malais *kapuq*, désignant une fibre végétale.

karaté (XXe s.), mot jap., au sens propre « main vide », pour désigner une méthode de combat sans armes.

karma(n) (XXe s.), empr. au sanskrit *karman* ou *karma* « acte, action », désignant dans les philosophies et religions de l'Inde l'ensemble des actes d'un être vivant déterminant son destin.

kart (XXe s.), empr. à l'anglo-améric. *kart* et désignant une petite voiture de compétition.

kascher, voir ***casher***.

kayak (XIXe s.), mot esquimau désignant une embarcation légère.

keepsake (XIXe s.), mot angl. comp. de *to keep* « garder » et *sake* « amitié », désignant un livre-album offert comme souvenir.

keffieh (XXe s.), empr. à l'ar. *kaffiyah* ou *kuffiyeh*, rattaché au lat. tard. *cofea, cuphia* (voir ***coiffe***), et désignant la coiffure traditionnelle des Bédouins.

képi (XIXe s.), empr. à l'alémanique *Käppi*, dim. de *Kappe* « bonnet ».

kératine (XIXe s.), terme sav. dér. de l'élém. *kér(a)-, kérat(o)-,* du grec *kéras, kératos* « corne, matière cornée », pour désigner un groupe de protéines.

kermès (XVIe s.), empr. à l'ar. *qirmiz* « cochenille ».

kermesse (XIVe s.), empr. au flam. *kerkmisse* « fête patronale », également empl. à partir du XIXe au sens de « fête foraine » et de « fête de bienfaisance ».

kérosène (XIXe s.), empr. à l'angl. *kerosene*, dér. du grec *kéros* « cire ».

ketchup (XIXe s.), mot empr. à l'angl., lui-même s. d. empr. au chinois *koe chiap* « saumure de poisson ».

k(h)an 1 (XIIIe s.), empr. au mongol *kagan* « prince, souverain », à rapprocher du lat. tard. et du lat. méd. *gaganus, caganus* « roi chez les Huns et les Avars ».

k(h)an 2 (XVe s.), empr. au persan *han* « caravansérail, hôtellerie ».

khédive (XIXe s.), empr. au turc *hediw* « prince, roi, souverain », empr. au persan, titre donné au pacha d'Egypte Ismaïl Ier en 1867.

kibboutz (XXe s.), empr. à l'hébreu *qibbus*, du verbe *qibbes* « réunir, rassembler », au sens de « communauté agricole de l'Etat d'Israël ».

kidnapper (XIXe s.), empr. à l'angl. *to kidnap* de *kid* « chevreau », d'où « enfant » et de *to nap* « saisir, retenir », d'abord empl. à propos d'enlèvements d'enfants. || ***kidnapping*** (XXe s.).

kilo (XVIIIe s.), abrév. de *kilogramme*, comp. de l'élém. *kilo-* tiré du grec *khilioi* « mille » et de *gramme* ; *kilo-* a servi depuis la Révolution à composer des noms de mesure valant mille fois l'unité de base comme ***kilolitre***, ***kilomètre***, ***kilowatt***.

kilt (XVIIIe s.), empr. à l'angl. *kilt* « jupe de tartan, costume national des Ecossais », de *to kilt* « retrousser, plisser ».

kimono (XVIIe s.), mot jap. formé de *ki* « vêtir » et *mono* « chose » et désignant une longue tunique à manches, croisée devant.

kinésithérapie (XIXe s.), mot sav. comp. de *kinési-*, du grec *kinésis* « mouvement » et de *thérapie*, du grec *thérapeia* « traitement », désigne des massages et mouvements de rééducation ; souvent abrégé en *kinési* et *kiné*. || ***kinésithérapeute*** (XXe s.), abrégé en *kinési* et *kiné*.

kiosque (XVIIe s.), empr. par l'interméd. de l'ital. *chiosco* au turc *kiösk* « pavillon de jardin couvert d'un dôme ». Au XIXe s. apparaissent le *kiosque à musique*, puis le *kiosque à journaux*.

kippa (XXe s.), empr. à l'hébr. *kippa* « calotte ».

kirsch (XIXe s.), abrév. de l'all. *Kirschwasser* « eau-de-vie de cerises ».

kit (XXe s.), empr. à l'angl. *kit* « boîte, boîte à outils », puis « équipement » et « pièces détachées permettant de monter soi-même un objet », en fr. en ce dernier sens « ensemble prêt à monter ».

kitsch (XXe s.), de l'all. *kitsch* « de mauvais goût, tape-à-l'œil, pompier ».

kiwi (XXe s.), de l'angl. *kiwi fruit*, appellation donnée à un fruit de Nouvelle-Zélande, pays dont l'emblème est l'oiseau appelé *kiwi* en maori.

klaxon (XXe s.), empr. à l'améric. *klaxon*, nom de la firme qui fabriqua cet avertisseur d'automobiles. || ***klaxonner*** (XXe s.).

kleptomane (XIXe s.), mot sav., tiré du grec *kleptés* « voleur » et *mania* « folie », en fr. « personne poussée constamment à voler par pulsion obsessionnelle ».

knock-out (XXe s.), de l'angl. *to knock out* « frapper et mettre hors combat », terme de boxe, subst. « mise hors de combat », adj. « mis hors de combat », abrégé en K.-O.

kobold (XIXe s.), de l'all. *Kobold* « lutin (souvent gardien de métaux précieux) ».

kodak (XIXe s.), de l'améric., nom artificiel d'un appareil photographique.

kolkhoze (XXe s.), du russe *kolkhoz* « exploitation agricole collective ».

kopeck (XVIIe s.), du russe *kopejka* « centième partie du rouble », désigne une minuscule pièce de monnaie.

kougelhof (XIXe s.), de l'alémanique d'Alsace, *kugel* « boule » et *hof* s. d. « levain », désigne un gâteau alsacien cuit dans un moule rond.

koulibiak (XXe s.), empr. au russe *kulebjaka* « pâté en croûte russe à base de poisson ».

krach (XIXe s.), de l'all. *Krach* « craquement », d'où « effondrement des cours en Bourse », puis « grave crise financière ».

kraft (XXe s.), de l'all. *Kraft* « force », désigne un papier d'emballage très résistant.

kroumir (XIXe s.), de l'ar. *humair* désignant une population des confins tunisiens et algériens. Le mot a pris ensuite le sens de « sale individu », puis « chausson de basane ».

kyrielle (XIIe s.), empr. à l'invocation chrét. débutant par les mots grecs *Kyrié éleison* « Seigneur, prends pitié », en fr. d'abord au sens de « litanie », puis de « suite, série » (XVe s.).

kyste (XIVe s., sous la forme *kisti*), empr. au grec *kustis* « poche, vessie », terme médic. « cavité dans un tissu organique ».

L

la (XIIIe s.), première syllabe du mot lat. *labii* au 3e vers de l'hymne de saint Jean-Baptiste de Paul Diacre, note de musique, sixième note de la gamme.

là (XIe s.), du lat. *illac* « là-bas, par là ». || ***delà*** (XIIe s.), adv. formé de la préposition *de* marquant l'origine et de l'adverbe *là*.

label (XIXe s.), de l'angl. *label* « étiquette ». Le sens de « marque distinctive » date du XXe s.

labeur (XIIe s.), empr. au lat. *labor* « effort pénible, fatigue, travail ». || ***laborieux*** (XIIIe s.), empr. au lat. *laboriosus* « pénible », en fr. « qui coûte beaucoup d'efforts », « qui travaille beaucoup ». L'expres. *classes laborieuses* (XIXe s.) désigne « les travailleurs », et notam. « les ouvriers ».

labial (XVIe s.), « qui concerne les lèvres », dér. du lat. *labium* « lèvre ». || ***labialiser*** (XIXe s.) ; ***labialisation*** (XXe s.).

labile (XVe s.), « instable », empr. sav. au lat. tard. *labilis* « glissant ».

laboratoire (XVIIe s.), empr. sav. au lat., tiré du supin *laboratum*, du verbe *laborare* « travailler » avec le suff. *-oire*. Le mot a d'abord désigné le local où l'on prépare des remèdes chez l'apothicaire, puis le local du chimiste. || ***laborantin*** (XXe s.), fait sur le fém. ***laborantine***, lui-même empr. à l'all. *Laborantin* « auxiliaire féminin dans un laboratoire », fém. de *Laborant* « aide de laboratoire ».

laborieux, voir ***labeur***.

labourer (Xe s.), du lat. *laborare* « travailler, prendre de la peine », a signifié d'abord en a. fr. « travailler, se donner de la peine », plus rarement « agir » (*en pou d'heure Dieu labeure* « Dieu agit en peu de temps »). Le sens de « cultiver le sol » est attesté dès le XIIe s. || ***labour*** (XIIe s.), déverb. ; ***laboureur*** (XIIe s.) ; ***labourage*** (XIIe s.), au sens de « travail des champs », puis « action de labourer le sol » (XVIe s.).

labyrinthe (XVe s.), empr. au lat. *labyrinthus* « bâtiment dont l'issue est difficile à trouver », du grec *laburinthos*.

lac (XIIe s.), empr. au lat. *lacus*. || ***lacustre*** (XVIe s.).

lacer (XIe s.), du lat. *laqueare* « lier, enserrer », fait sur *laqueus* « lacet, nœud coulant ». || ***lacet*** (XIVe s.), dimin. ; ***lacis*** (XIIe s.), « réseau de fils entrelacés » ; ***lacs*** (XIe s., sous la forme *laz*), du lat. *laqueus* « lacet, filet, piège » (terme de chasse) ; ***entrelacs*** (XIIe s.), surtout empl. en fr. mod. comme terme décoratif au sens de « éléments entrelacés » ; ***délacer*** (XIe s.) ; ***enlacer*** (XIIe s.) ; ***enlacement*** (XIIe s.) ; ***entrelacement*** (XIIe s.).

lacérer (XIVe s.), empr. au lat. *lacerare* « mettre en morceaux, déchirer ». || ***lacération*** (XIVe s.), empr. au lat. *laceratio* « action de déchirer » ; ***dilacération*** (XIVe s.), empr. au lat. *dilaceratio* ; ***dilacérer*** (XVIe s.), empr. au lat. *dilacerare*.

lâcher (XIe s.), du lat. tard. *laxicare*, fréq. du lat. clas. *laxare* « étendre, relâcher », a signifié « laisser aller, ne pas retenir ». || ***lâche*** (XIIe s.), « peu serré » et « sans courage » ; ***lâcheté*** (XIIe s.) ; ***relâcher*** (XIIe s.), « abandonner, renoncer à » et aussi « pardonner une faute » ; ***relâche*** (XIIe s.), d'abord « interruption, suspension d'une activité », puis « repos » (XIIIe s.). Le sens de « arrêt d'un spectacle » est attesté depuis le XVIIIe s. ; ***relâchement*** (XIIe s.).

laconique (XVIe s.), empr. au grec *lakonikos* « de Laconie », d'où « bref, concis ». || ***laconisme*** (XVIe s.).

lacrymal (XIVe s., sous la forme *lacrimel*), empr. au lat. méd. *lacrimalis*

« relatif aux larmes », du lat. *lacrima* « larme ».

lactation, ***lacté***, voir ***lait***.

lacune (XVIe s.), empr. au lat. *lacuna* « cavité, vide, manque de ». Le sens de « rupture dans la continuité d'un texte, omission » date du XVIIe s. || ***lacunaire*** (XIXe s.).

lad (XIXe s.), de l'angl. *lad* « garçon d'écurie chargé de soigner les chevaux de courses ».

ladre (XIIe s.), du lat. chrét. *Lazarus*, nom du pauvre rongé d'ulcères dans l'*Evangile*, a pris le sens de « lépreux » au M. A., puis « insensible » (XVIe s.), « avare » (XVIIe s.). || ***ladrerie*** (XVIe s.), d'abord « lèpre », puis « léproserie » (XVIe s.), enfin à partir du XVIIe s. « avarice ».

lady (XVIIe s.), de l'angl. *lady* « madame ».

lago-, premier élém. de mots sav. comme ***lagopède***, du grec *lagos* « lièvre ».

lagon (XVIIIe s.), de l'ital. *lagone* « grand lac », désigne surtout auj. une étendue d'eau au centre d'un atoll.

lagune (XVIe s.), du vénitien *laguna* « étang », « étendue d'eau séparée de la mer par une bande de terre littorale », du lat. *lacuna* « fossé, trou ».

lai « laïque », voir ***laïque***.

laid (XIe s.), du franc. **laip* « désagréable » (cf. l'all. *leid* « pénible »). Le sens primitif « désagréable, repoussant, horrible, funeste » prédomine en a. fr. L'emploi au sens esthétique se développe surtout à partir du XIVe s. || ***laidir*** (XIIe s.) ; ***enlaidir*** (XIIe s.) ; ***laideur*** (XIIe s.) ; ***laideron*** (XVIe s.), « femme laide ».

laie 1 « femelle du sanglier » (XIIe s.), du franc. **leha*, de même sens.

laie 2 « sentier en forêt » (XIIe s.), dér. du verbe *layer* « marquer des arbres », puis « tracer un chemin dans une forêt », issu du franc. *lakan* « marquer », en fr. d'abord « espace déboisé au sein d'une forêt » (fréq. en toponymie), puis « chemin tracé en forêt (XVIe s.). || ***layon*** (attesté au XIXe s., mais s. d. plus ancien), « petit chemin forestier ».

laine (XIIe s.), du lat. *lana*. || ***lainage*** (XIIIe s.) ; ***laineux*** (XVe s.) ; ***lainier*** (XIIIe s.).

laïque, laïc (XIIIe s., rare avant le XVIe s.), empr. au lat. chrét. *laïcus*, issu du grec *laïkos* « du peuple », c'est-à-dire « membre du peuple chrétien, et non du clergé ». La forme ***lai*** (XIIe s.) n'existe plus auj. que dans l'expres. *frère lai* « frère convers » (laïc qui n'a pas reçu les ordres sacrés). Les sens de « indépendant de l'Eglise et de toute religion, strictement neutre à l'égard des diverses religions » ou encore « hostile à l'influence de l'Eglise » se sont répandus à partir du XXe s. || ***laïcat*** (XIXe s.) ; ***laïcité*** (XIXe s.) ; ***laïciser*** (XIXe s.) ; ***laïcisation*** (XIXe s.).

laisser (IXe s.), du lat. *laxare* « détendre, relâcher ». En a. fr. les sens de « laisser faire, permettre, négliger de faire, laisser de côté, renoncer à, s'abstenir de », « se séparer de, abandonner », « cesser » sont déjà répandus. Les idées de non-intervention, de refus de prendre, de séparation et d'abandon, de remise à autrui (y compris la notion de don, de cession d'un bien) sont courantes. || ***laisse*** (XIIe s.), « lien tenant un animal » et « tirade d'un texte » (on laissait s. d. aller la voix sur le même ton tout au long de la tirade rimée ou assonancée dans les chansons de geste, d'où l'idée de « suite ininterrompue ») ; ***laisser-aller*** (XVIIIe s.) ; ***laissez-passer*** (XVIIe s.) ; ***laissé(e) pour compte*** (XIXe s.), s'est d'abord appliqué à une marchandise dont le destinataire a refusé de prendre livraison ; ***délaisser*** (XIIe s.), a d'abord signifié « laisser, renvoyer », puis « abandonner » ; ***délaissement*** (XIIIe s.).

lait (XIIe s.), du lat. tard. *lactem*, accusatif empl. pour le neut. *lac, lactis*.

Les expres. *frère de lait, dent de lait* sont attestées au XVIe s. || ***laitier*** (XIIe s.), « qui vend du lait », « qui donne du lait », puis « relatif au lait » ; ***laitage*** (XIVe s.) ; ***laiterie*** (XIVe s.) ; ***laiteux*** (XVe s.) ; ***laitance*** (XIVe s.) ; ***lacté*** (XIVe s.), empr. au lat. *lacteus* « de lait, couleur de lait » ; ***lactation*** (XVIIe s.), empr. au lat. tard. *lactatio* « allaitement » ; ***allaiter*** (XIe s.), du lat. tard. *allactare* « téter », « nourrir de son lait » ; ***allaitement*** (XIIIe s.).

laiton (XIIIe s.), de l'ar. *latun* « cuivre ».

laitue (XIIe s.), du lat. *lactuca*, de même sens.

laïus (XIXe s.), terme de l'arg. scolaire, s. d. du nom de *Laïus*, père d'Œdipe, sur lequel les élèves de Polytechnique auraient eu à disserter, d'abord « discours sur Laïus », puis « discours, exposé », parfois « discours long et vide ».

lama 1 « prêtre bouddhiste » (XVIIe s.), empr. au tibétain.

lama 2 « animal du Pérou » (XVIe s.), empr. par l'interméd. de l'esp. *llama* au quechua du Pérou.

lambeau (XIIe s., sous la forme *label*, puis *lambel* au XIIIe s.), dimin. du franc. **labba* « morceau d'étoffe déchirée » (cf. l'all *Lappen* « loque, chiffon ») a eu des sens tech. « brisure héraldique » (sens du terme *lambel*), puis « ruban qui pend comme une frange ». Le sens étym. « morceau d'étoffe déchirée » s'est répandu à partir du XVe s.

lambin (XVIe s.), d'orig. peu claire. || ***lambiner*** (XVIIe s.).

lambrequin (XVe s., d'abord sous la forme *lambequin*), dér. du rad. de *lambeau* pourvu du suff. flamand *-quin*, d'abord « bande d'étoffe volante au cimier d'un heaume », puis terme d'héraldique à partir du XVIe s.

lambrisser (XIIe s., sous la forme *lambruschier*), du lat. vulg. **lambruscare* « décorer de vrilles de vigne », de **lambrusca*, tiré du lat. clas. *labrusca* « vigne sauvage ». || ***lambris*** (XIIe s., sous la forme *lambrus*), « revêtement décoratif des murs », s. d. dér. du verbe.

lame (XIIe s.), du lat. *lamina* « mince feuille, plaque, lame ». Dès le M. A. le mot a désigné aussi une pierre tombale. Le sens de « masse d'eau (amincie sur la crête) qui déferle » est attesté depuis le XVIIe s. || ***lamelle*** (XVe s.), empr. au lat. *lamella* « petite lame ».

lamenter (se) (XIIIe s.), du lat. tard. *lamentare*, du lat. *lamentari* « se plaindre, déplorer ». || ***lamentation*** (XIIIe s.), empr. au lat. *lamentatio* ; ***lamentable*** (XVe s.), empr. au lat. *lamentabilis*.

laminer (XVIe s.), « réduire en minces lames », dér. sav. du lat. *lamina* « lame », empl. dans le voc. de la métallurgie s. d. à partir du XVIIe s. || ***laminage*** (XVIIIe s.) ; ***laminoir*** (XVIIe s.).

lampadaire (XVIe s.), empr. au lat. méd. *lampadarium* « chandelier », du lat. *lampas, lampadis* « torche, flambeau », en fr. d'abord « support de lampe ». Le sens de « réverbère public » apparaît au XIXe s.

lampe (XIIe s.), du lat. tard. *lampeda*, du lat. *lampas*, du grec *lampas* « torche, flambeau ». || ***lampiste*** (XVIIIe s.), d'abord « fabricant et marchand de lampes », au XIXe s. « employé subalterne chargé de l'éclairage dans les chemins de fer », d'où « employé subalterne » (XXe s.). Le sens de « personnage subalterne accusé d'une faute commise par ses supérieurs » date du XXe s. ; ***lamparo*** (XXe s.), « lampe empl. par les pêcheurs », empr. à l'esp. *lampara* « lampe » ; ***lampion*** (XVIe s.), empr. à l'ital. *lampione* « grosse lanterne », a pris très vite une val. dimin. « petit récipient destiné à des illuminations ».

lamper, voir ***laper***.

lamproie (XIIe s.), du lat. tard. du haut M. A. *lampreda*.

lance (XIe s.), du lat. *lancea* « lance, pique ». || ***lancette*** (XIIIe s.), « petite lance » (emploi surtout chirurgical dès le M. A.) ; ***lancier*** (XVe s.), d'abord « fabricant de lances », puis « cavalier pourvu d'une lance » ; ***lancer*** (XIIe s.), « jeter », du lat. tard. *lanceare* « manier la lance », d'où les valeurs de « porter un coup » et « jeter devant soi » en a. fr., puis divers sens dérivés : « faire mouvoir vivement, faire sortir, émettre, pousser vivement devant soi » (*lancer un cheval*). Le sens de « pousser qqn en avant, mettre en valeur » date du XIXe s. ; ***lancée*** (XIXe s.) ; ***lancement*** (XIVe s.), « action de lancer » a pris au XIXe s. la valeur sociale de « action de faire connaître, mise en valeur » ; ***lanceur*** (XIIIe s.) ; ***élancer***, ***s'élancer*** (XIIe s.) ; ***élan*** (XVe s.), déverb. de *élancer* « mouvement ardent (au physique ou au moral) » ; ***relancer*** (XIIe s.), d'abord « lancer de nouveau » ; ***relance*** (XIXe s.), « action de relancer ». Le sens de « reprise économique » date du XXe s.

lancinant (XVIe s.), empr. au lat. *lancinans*, part. prés. de *lancinare* « mettre en morceaux, déchiqueter », a été employé dans le voc. médic. pour une douleur constante et aiguë (XVIe s.), puis au plan psychol. pour un souci obsédant (XIXe s.).

landau (XIXe s.), du nom de la ville all. de *Landau* où cette voiture à quatre roues et à capote pliante, tirée par des chevaux, a été fabriquée. Le sens de « voiture d'enfant » date du XXe s.

lande (XIIe s.), du gaul. **landa* « plaine, terre », a désigné en a. fr. un « terrain couvert d'arbustes », puis un « terrain inculte » (XVIIe s.).

landgrave (XIIIe s.), du m. h. all. *Landgrave* « comte (cf. all. mod. *Graf*) du pays (*Land*) ».

landier (XIIIe s.), « grand chenet », issu par agglutination de l'article, de l'a. fr. *andier*, du gaul. **andero-* « jeune taureau » parce que les landiers avaient souvent une tête d'animal à leur bout.

langage, voir ***langue***.

lange (XIIe s.), ancien adj. subst., du lat. *lanea* « en laine » (qualificatif d'une étoffe). Le sens de « vêtement de laine » usuel au M. A. a été remplacé par celui de « tissu enveloppant le corps d'un nourrisson » (XVIe s.). || ***langer*** (XIXe s.).

langouste (XIIe s.), de l'a. prov. *langosta*, du lat. *locusta* « sauterelle » et « homard ». Le mot a signifié « sauterelle » de l'a. fr. jusqu'au XVIIe s., puis à partir du XIVe s. également « langouste », p.-ê. à la fois en raison des mouvements du crustacé et de l'influence du mot latin. || ***langoustine*** (XIXe s.).

langue (XIe s.), du lat. *lingua* « langue, parole, langage, façon de parler ». Le sens de « personne bavarde, médisante » (*mauvaise langue*) et de « bande allongée » (d'une banderole ou d'une terre) est attesté aussi au M. A. || ***langage*** (Xe s., sous la forme *lentgage*) ; ***languette*** (XIIIe s.), « objet en forme de petite langue ».

langueur (XIIe s.), du lat. *languor* « faiblesse, lassitude, inactivité ». Le sens de « affaiblissement des forces, dépérissement » persiste depuis le M. A. Le sens de « indolence, apathie » date du XVIe s., celui de « abattement mélancolique, tristesse rêveuse » du XVIIIe s. || ***langoureux*** (XIe s. au sens de « malade »). Le sens de « alangui, mélancolique en amour (en réalité ou par pose) » remonte au XIVe s. || ***languir*** (XIIe s.), du lat. vulg. **languire*, du lat. clas. *languere* « être faible, abattu ». Le sens de « s'affaiblir » est courant en a. fr., ceux de « dépérir (par amour), souffrir (d'un amour déçu) » et « manquer d'ardeur, s'étioler » sont attestés dès le M. A. ; les valeurs de « s'ennuyer » (*languir d'ennui*) et de « attendre impatiemment » semblent remonter au XVIIe s.; ***alanguir*** (XVIe s.); ***alanguissement*** (XVIe s.).

lanière (XIIe s.), dér. de l'a. fr. *lasne* (XIIe s.) « lanière », s. d. issu du franc. **nastila* « lacet » (cf. l'all. *Nestel*).

lansquenet (XVe s.), « fantassin allemand servant comme mercenaire », empr. à l'all. *Landsknecht* « fantassin », composé de *Land* « pays » et *Knecht* « valet, serviteur » et désignant un soldat à pied.

lanterne (XIe s.), du lat. *lanterna* « lanterne, boîte d'éclairage portatif ». Les sens de « réverbère public, fanal placé sur une potence » et de « local situé au haut d'un édifice » existent depuis le XVIe s., ainsi que celui de « fadaise, conte absurde » au plur. || ***lanterner*** (XVIe s.), « perdre son temps », puis « temporiser, faire attendre » (XVIIe s.).

lapalissade (XIXe s.), dér. du nom propre *La Palice*.

laper (XIIe s.), onomat. « boire à coups de langue ». || ***lapement*** (XVIIe s.); ***lamper*** (XVIIe s.), « vider d'un trait », forme nasalisée de *laper*.

lapidaire subst. (XIIe s.), empr. au lat. *lapidarius* « qui concerne les pierres ». Le mot a désigné au M. A. un traité sur les pierres précieuses; au XVIIIe s. l'adj. signifie « concis » par réf. au style des inscriptions sur la pierre.

lapider (Xe s.), du lat. *lapidare* « attaquer à coups de pierres ». || ***lapidation*** (XIIIe s.), empr. au lat. *lapidatio* « action de jeter des pierres ».

lapin (XVe s.), p.-ê. issu d'une rac. prélat. **lappa* « pierre plate » (désignant sans doute le terrier du lapin) a éliminé le vieux mot *connil*. || ***lapereau*** (XIVe s.).

lapis-lazuli (XIIIe s.), du lat. méd. *lapis* « pierre » et *lazuli* issu de l'ar. pop. *lazurd* « couleur d'azur ».

laps (XIIIe s.), empr. au lat. *lapsus* « écoulement, course, action de glisser », empl. en parlant du temps.

lapsus (XIXe s.), empr. au lat. *lapsus* au sens de « faux pas, erreur ».

laquais (XVe s.), p.-ê. de l'ital. *olacho*, du turc *ulaq* « valet d'armée », en fr. d'abord au sens de « soldat, valet d'armée ». Le sens de « valet » est attesté depuis le XVIe s.

laque (XVe s.), empr. à l'ar. *lakk*, d'abord « substance résineuse », puis à partir du XVIe s. « vernis ». Le sens de « vernis de Chine » est attesté au XVIIIe s. || ***laquer*** (XIXe s.).

larbin (XIXe s.), terme d'arg., d'orig. obsc., a signifié « domestique » et « homme servile ».

larcin (XIIe s.), du lat. *latrocinium* « vol à main armée, brigandage », a d'abord signifié « vol » en a. fr. Auj. le mot est empl. simplement au sens de « menu vol » et aussi de « chose volée ».

lard (XIIe s.), du lat. *lardum*, de même sens, a désigné la graisse du porc, puis dans le lang. pop. la graisse de l'homme. Les expres. pop. et injurieuses *gros lard, tête de lard* « tête de cochon » semblent du XXe s. || ***larder*** (XIIe s.); ***lardon*** (XIIIe s.), « petit morceau de lard ». L'empl. au sens de « petit enfant » est pop. (XIXe s.); ***entrelardor*** (XIIe s.), « intercaler du lard », empl. au sens fig. de « entremêler » au XIIIe s.

lare (XVe s.), souvent au plur., du lat. *Lares* « divinités protectrices du foyer, âmes des ancêtres ».

large (XIe s.), du lat. *largus* « abondant, qui donne largement, généreux ». L'adj. a pris très tôt en a. fr. le sens de « étendu, vaste » possédé par le lat. *latus* et a supplanté l'adj. a. fr. *lé* issu de *latus*. L'emploi subst. au sens de « vaste étendue » et souvent « haute mer » est connu depuis le XIVe s. L'idée de « aise, aisance » semble attestée au XIXe s. || ***largesse*** (XIIe s.); ***largeur***

(XIIe s.) ; ***élargir*** (XIIIe s.), a signifié « libérer un prisonnier » à partir du XVe s. ; ***élargissement*** (XIVe s.).

largo (XVIIIe s.), empr. à l'ital. *largo* « largement », « assez lentement (en musique) ».

larguer (XVIIe s.), terme de marine, de l'esp. *largar* « laisser aller, lâcher (les écoutes) », puis dans la lang. pop. « abandonner qqn » (XXe s.). || ***largage*** (XXe s.), terme d'aviation.

larigot (à tire-) (XVIe s.), s. d. d'un refrain chanté *Larigot va larigot*. Le mot *larigot* a désigné une flûte, puis dans l'expression *à tire-larigot* (par analogie avec la flûte) « sans arrêt, d'un trait », d'où, en parlant de boire, « à longs traits, en grande quantité ».

larme (XIe s., sous la forme *lerme*), du lat. *lacrima*. || ***larmier*** (XIVe s. au sens architectural) ; ***larmoyer*** (XIIe s.), d'abord « pleurer », puis « pleurnicher » depuis le XVIe s. ; ***larmoiement*** (XVIe s.).

larron (Xe s.), du lat. *latro*, *latronis* « voleur, brigand ».

larve (XVe s.), empr. au lat. imp. *larva* « spectre, fantôme, masque de fantôme ». Le sens de « embryon d'insecte » apparaît au XVIIIe s. || ***larvé*** (XIXe s.), se dit d'une maladie cachée, « qui ne se manifeste pas », puis d'un événement « qui ne se déclenche pas » (*guerre larvée*) ; ***larvaire*** (XIXe s.), « propre aux larves », puis « ébauché, incomplètement formé » (XXe s.).

larynx (XVIe s.), empr. au grec *larunx* « gosier, gorge ». || ***laryngite*** (XIXe s.) ; ***laryngologie*** (XVIIIe s.) ; ***laryngoscopie*** (XIXe s.).

las, lasse (Xe s.), du lat. *lassus* « fatigué, épuisé », a signifié en a. fr. non seulement « fatigué », mais aussi « malheureux, misérable », parfois empl. en interject. au sens de « malheureux que je suis », d'où « hélas ». || ***lasser*** (XIe s.), du lat. *lassare* « fatiguer » a signifié aussi « décourager » à partir du XVe s. ; ***lassitude*** (XIVe s.), empr. au lat. *lassitudo* « fatigue » ; ***délasser*** (XIVe s.), « détendre, reposer », d'où « distraire » ; ***délassement*** (XVe s.) ; ***inlassable*** (XIXe s.).

lasagne (XVe s.), de l'ital. *lasagna* « sorte de pâte ».

lascar (XVIe s. au sens de « matelot », empl. surtout au XIXe s.), empr. par l'interm. p.-ê. de l'angl. au persan *laskari* « soldat », a surtout signifié dans la lang. fam. « gaillard, filou ».

lascif (XVe s.), empr. au lat. *lascivus* « folâtre, badin », d'où « sensuel ». Ce dernier sens prédomine auj. || ***lascivité*** (XVe s., sous la forme *lasciveté*), empr. au lat. *lascivitas* « libertinage ».

laser (XXe s.), empr. à l'améric. *laser*, fait des initiales de *Light Amplification by the Stimulated Emission of Radiation* « amplificateur de lumière par émission stimulée de radiations ».

lasso (XIXe s.), de l'esp. d'Argentine *lazo* « corde à nœud coulant pour attraper des bêtes ».

latent (XIVe s.), empr. au lat. *latens* « caché », est entré au XXe s. dans la langue de la psychanalyse. || ***latence*** (XIXe s.).

latéral (XIVe s.), empr. au lat. *lateralis* « qui tient aux côtés », signifie « situé sur le côté », d'où le sens mod. de « accessoire ». || ***unilatéral*** (XVIIIe s.), « d'un seul côté » ; ***bilatéral*** (XIXe s.), « qui se rapporte aux deux côtés » ; ***collatéral*** (XIIIe s.), empr. au lat. méd. *collateralis* « qui se trouve à côté », d'où « membre d'une même famille ».

latex (XVIIe s.), empr. au lat. *latex* « liqueur, liquide ».

latitude (XIXe s.), empr. au lat. *latitudo* « largeur, ampleur, étendue » a d'abord signifié « largeur », puis « faculté d'agir librement » (XVIIIe s.). La val. géogr. « distance d'un point à l'équateur mesurée en degrés par l'arc du méridien terrestre » est attestée au XVIe s.

latrines (XVe s.), empr. au lat. imp. *latrina* « lieux d'aisances ».

latte (XIIe s.), d'étym. obsc. « longue pièce de bois » (terme de charpenterie et de menuiserie). || ***lattis*** (XIIIe s.).

laudatif (XVIIIe s.), empr. sav. au lat. *laudativus* « qui concerne l'éloge, qui exprime une louange ». || ***laudateur*** (XVIe s.), empr. au lat. *laudator* « qui loue ».

laudes (XIIIe s.), terme de liturg., empr. au lat. chrét. *laudes*, plur. de *laus* « louange », partie de l'office composée de psaumes de louange qui se chantent après matines, au lever du jour.

lauréat (XVIIIe s.), empr. au lat. *laureatus* « couronné de laurier », d'où en fr. « qui a remporté un prix dans un concours ».

laurier (XIIe s.), dér. de l'a. fr. *lor* (XIe s.), issu du lat. *laurus* « laurier ».

lavabo (XVIe s.), tiré d'un psaume lat. *lavabo... manus meas* « je laverai mes mains » dit par le prêtre au cours de la messe, a désigné cette prière, puis le linge liturgique utilisé à ce moment-là, ensuite au XIXe s. un meuble de toilette, enfin la pièce où l'on peut faire sa toilette, au XXe s. le cabinet d'aisance (habituellement pourvu d'un lavabo).

lavallière (XIXe s.), sorte de cravate à nœud flottant, tiré du nom de Mlle de *La Vallière*, favorite de Louis XIV.

lavande (XIVe s.), s. d. de l'ital. *lavanda*, de même sens.

lave (XVIIIe s.), « pierre volcanique », de l'ital. *lava* « matière volcanique en fusion », issu du lat. *labes* « chute, éboulement, écoulement ».

laver (Xe s.), du lat. *lavare*. || ***lavoir*** (XIIe s.), « évier, bassin », du lat. tard. *lavatorium* ; ***lavement*** (XIIIe s.), « action de se laver », puis « clystère » (XVIIe s.) ; ***lavandière*** (XIIe s.) ; ***lavage*** (XVe s.) ; ***lavable*** (XVe s.) ; ***lavette*** (XVIIe s.), « morceau de linge servant à laver la vaisselle », puis « homme mou » dans la langue fam. (XIXe s.) ; ***lavis*** (XVIIe s.), terme tech. des beaux-arts « coloriage d'un dessin par application de couleurs trempées d'eau » ; ***délaver*** (XIIIe s.), d'abord « laver, purifier », puis « éclaicir à l'eau » (XVIe s.).

laxatif (XIIIe s.), empr. au lat. méd. *laxativus* « émollient, qui relâche ».

laxisme (XXe s.), dér. sav. du lat. *laxus* « lâche ». || ***laxiste*** (XXe s.).

layette (XIVe s.), dimin. de *laie*, s. d. empr. au m. néerl. *laeye* « boîte, coffre », d'abord au sens de « coffret », puis de « trousseau d'un nouveau-né » (XVIIe s.).

lazaret (XVIe s.), « lieu de quarantaine pour les voyageurs atteints de maladie contagieuse », de l'ital. *lazzaretto*, de S. *Lazzaro* patron des lépreux.

lazzi (XVIIe s.), de l'ital. *lazzi* « pantomimes bouffonnes (de la comédie italienne) », puis « saillies bouffonnes ».

le, **la**, **les** (XIe s.), du lat. *illum, illam, illos*.

lé (XIIe s.), adj. subst., du lat. *latus* « large », existe encore dans des lang. tech. (tapisserie, etc.) au sens de « largeur d'une étoffe, d'un papier peint ».

leader (XIXe s.), de l'angl. *leader* « celui qui conduit », en fr. surtout « chef d'un parti ». || ***leadership*** (XIXe s.), mot angl. « direction, hégémonie ».

leasing (XXe s.), mot angl., de *to lease* « louer », désigne une location, parfois une location-vente.

lécher (XIIe s.), du franc. **lekkon* (cf. l'all. *lecken* « lécher »). || ***se pourlécher*** (XVe s.), « lécher tout autour, se passer la langue sur les lèvres (en signe de satisfaction) » ; ***lèchefrite*** (XIIe s.), d'orig. peu claire pour le second élém., « ustensile de cuisine placé sous la broche et servant à recueillir le jus » ; ***lèche-vitrine*** (XXe s.).

leçon (XIIe s.), du lat. *lectio* « cueillette, lecture ». Le mot a eu au M. A. un sens liturgique « partie de l'office, lue à matines (fragments de la Bible et de la vie du saint du jour) », un sens universitaire « lecture commentée d'un texte », « enseignement d'un maître, cours magistral » (*leçon inaugurale* en fr. mod.), « enseignement que l'élève doit savoir par cœur », un sens général « conseil, règles de conduite, instruction, avertissement ». Les sens de « réprimande » (XVIIe s.) et « fragment de texte tel que le copiste l'a lu et interprété », d'où « version, variante » (XVIIe s.) sont plus tardifs. || ***lecteur*** (XIVe s.), avec divers sens tech. ; ***lecture*** (XIVe s.), empr. au lat. méd. *lectura*, a eu le sens de « instruction, enseignement », disparu auj., puis « action de lire ». L'emploi jur. « discussion d'un projet de loi par une assemblée » date du XVIIIe s.

légal (XIVe s.), empr. au lat. imp. *legalis* « relatif aux lois » a pris le sens de « qui est conforme à la loi, qui a valeur de loi » et aussi « loyal » (sens encore attesté au XVIe s.) ; ***légaliser*** (XVIIe s.) ; ***légalité*** (XVe s.) ; ***illégal*** (XIVe s.) ; ***illégalité*** (XIVe s.) ; ***légalisation*** (XVIIe s.) ; ***légalisme*** (XIXe s.) ; ***légaliste*** (XIXe s.).

légat (XIIe s.), empr. au lat. *legatus* « envoyé, délégué, ambassadeur ». Le mot s'est surtout employé pour désigner des ecclésiastiques envoyés par le Pape. || ***légation*** (XIIe s.), empr. au lat. *legatio* « ambassade », désigne depuis le XVIIIe s. une « mission diplomatique entretenue dans un pays où il n'y a pas d'ambassade ».

légataire (XVe s.), empr. au lat. jur. *legatarius* « destinataire d'un legs ».

légende (XIIIe s.), empr. au lat. méd. *legenda* « ce qui doit être lu (dans une vie de saint au cours de l'office liturgique) ». Les sens de « recueil contenant des vies de saints (*Légende dorée*) et « fragment de vie de saint lu à matines » sont courants au M. A. Les sens de « récit merveilleux », « inscription sur une monnaie », « texte accompagnant une image » datent du XVIe s. || ***légendaire*** (XVe s.), a d'abord été un subst. au sens de « recueil de légendes », « compilateur de légendes » (XVIe s.). Il n'est devenu adj. qu'au XIXe s. avec la valeur de « qui concerne les légendes », « qui n'existe que dans les légendes ».

léger (XIe s.), du lat. vulg. **leviarius*, tiré du lat. *levis* « qui ne pèse pas, agile, rapide, frivole ». || ***légèreté*** (XIIe s.).

légiférer, voir ***législateur***.

légion (XIIe s.), empr. au lat. *legio* « légion, corps de l'armée romaine ». Le sens de « grand nombre » apparaît au XIIe s. || ***légionnaire*** (XIIIe s.), empr. au lat. *legionarius* « soldat de la légion », en fr. d'abord « soldat de la légion romaine », au XIXe s. « membre de la Légion d'honneur », puis au XXe s. « soldat de la Légion étrangère ».

législateur (XIVe s., rare avant le XVIIIe s.), empr. au lat. *legislator* « celui qui propose une loi ». || ***législation*** (XIVe s.), empr. au lat. *legislatio*, de même sens ; ***législatif*** (XIVe s.) ; ***législature*** (XVIIe s.) ; ***légiférer*** (XVIIIe s.), dér. sav. du lat. *legifer* « qui établit les lois, législateur » ; ***légiste*** (XIIIe s.), empr. au lat. méd. *legista* « homme de loi ».

légitime (XIIIe s.), empr. au lat. *legitimus* « fixé par la loi, légal, conforme aux règles » ; ***légitimer*** (XIIIe s.) ; ***légitimation*** (XIVe s.) ; ***légitimité*** (XVIIe s.) ; ***légitimiste*** (XIXe s.), « partisan de la branche aînée des Bourbons » ; ***illégitime*** (XIVe s.), empr. au lat. *illegitimus*.

legs (XVe s.) altér. sous l'infl. du lat. *legatum* « legs, donation » de l'a. fr. *lais* (XIIe s.), déverb. de *laissier* « ce qu'on laisse, donation ».

léguer (XIIIe s., sous la forme *leghier*), empr. au lat. *legare* « laisser par testament, léguer ».

légume (XIVe s.), empr. au lat. *legumen* « plante potagère dont le fruit est en gousse », sens conservé au M. A. Le sens général de « plante potagère » date du XVIIe s. || ***légumier*** (XVIIIe s.) ; ***légumineux*** (XVIe s.).

leitmotiv (XIXe s.), « motif dominant », de l'all. *Leitmotiv* « motif conducteur (*leit* « qui conduit, directeur »), d'abord terme musical, puis « refrain, formule, phrase revenant à plusieurs reprises » (XIXe s.).

lemme (XVIIe s.), empr. au lat. *lemma*, du grec *lemma* « sujet d'un écrit, majeure d'un syllogisme ».

lénifier (XVe s.), empr. au lat. tard. *lenificare* « adoucir, calmer (une douleur) » (terme médic.) ; ***lénitif*** (XIVe s.), empr. au lat. méd. *lenitivus* « apaisant, calmant ».

lent (XIe s.), du lat. *lentus* « souple, lent ». L'adj. a eu jusqu'au XVIe s. les val., auj. disparues, de « calme, peu empressé, indolent, mou, faible, sans force ». En fr. mod. les sens se sont réduits à la seule perspective temporelle. || ***lenteur*** (XIVe s.) ; ***ralentir*** (XVIe s.), ***ralentissement*** (XVIe s.) ; ***ralenti*** (XVIIe s.), adj. « au rythme lent » ; puis subst. « régime bas d'un moteur » (XXe s.), « projection lente d'un mouvement à l'écran » (XXe s.).

lente (XIIIe s.), du lat. vulg. **lendis, lenditis*, issu du lat. clas. *lens, lentis* « œuf de pou ».

lentille (XIIe s.), du lat. *lenticula* « lentille » (plante). L'emploi dans le voc. de l'optique date du XVIIe s. || ***lenticulaire*** « en forme de lentille », empr. au lat. *lenticularis* « de lentille ».

lentisque (XIIIe s.), arbuste méditerranéen, s. d. empr. à l'a. prov. *lentiscle*, issu du lat. vulg. **lentisculus*, dimin. du lat. clas. *lentiscus*, de même sens.

léonin 1 (XIIe s.), « propre au lion », du lat. *leoninus* « de lion », en lat. tard. jur. « inéquitable, inique » (en parlant d'un partage, d'un contrat où qqn s'octroie la meilleure part, « la part du lion »).

léonin 2 (XIIe s.), adj. concernant la versification, formé soit sur le nom d'un poète latin du XIIe s., Léon de Saint-Victor, soit sur le nom du lion, animal supérieur, les vers léonins étant plus difficiles à réaliser puisqu'ils offrent une rime interne, à la fin des deux hémistiches.

léopard (XIIe s., sous la forme *leupart, liepart*), empr. au lat. tard. *leopardus*, de même sens.

lépidoptère (XVIIIe s.), « papillon », mot sav. tiré de deux élém. grecs, *lépis, lépidos* « écaille » et *ptéron* « plume d'aile », d'où « aile », les ailes de ces insectes étant couvertes de petites écailles.

lèpre (XIIe s.), empr. au lat. *lepra*, de même sens. || ***lépreux*** (XIe s.), empr. au lat. chrét. *leprosus*.

lesbien (XIXe s., adj. dér. de *Lesbos*), d'abord adj. géogr. « de Lesbos », puis au XVIIIe s. au fém. « femme homosexuelle » en raison des mœurs de la poétesse grecque Sapho, qui vivait à Lesbos.

lès, voir ***lez***.

léser (XVIe s.), dér. de *laesus*, part. pas. du verbe lat. *laedere* « blesser, offenser ». L'expres. *crime de lèse-majesté* est un calque du lat. jur. *crimen laesae majestatis* « crime de majesté lésée » (*laesae* étant le part. pas. de *laedere*).

lésine (XVIIe s.), empr. à l'ital. *lesina* « alène (de cordonnier) », puis « avarice sordide ». Le sens fig. vient de la *Compagnia della Lesina* qui mettait en scène des avares recousant eux-mêmes leurs chaussures avec une alène (*lesina*) pour éviter toute dépense. || ***lé-***

siner (XVIIe s.), « épargner avec avarice ».

lésion (XIIe s.), empr. au lat. *laesio* « dommage, blessure ». Le sens jur. de « dommage » est attesté dès le XIIe s., le sens médic. « atteinte physiologique », qui prédomine auj., dès le XIVe s.

lessive (XIIIe s. d'abord sous la forme *lissive*), du lat. *lixiva* « solution alcaline qui lave » (à l'origine *cinis lixiva* « cendre qui lave »). || ***lessiver*** (XIVe s.). Les sens pop. du passif *être lessivé* « perdre au jeu », puis « être éliminé d'une compétition » datent du XIXe s. et du XXe s. ; ***lessivage*** (XVIIIe s.) ; ***lessiveuse*** (XIXe s.).

lest (XIIIe s.), « poids, charge », empr. au m. néerl. *last*, de même sens. || ***lester*** (XIVe s.) ; ***délester*** (XVIe s.) ; ***délestage*** (XVIIe s.).

leste (XVIe s.), empr. à l'ital. *lesto* « habile, agile, alerte ». L'adj. a d'abord signifié « élégant », « bien équipé » et aussi « vif, agile » (XVIe s.). Le sens de « léger, sans scrupule » (notamment au plan des convenances) est attesté au XVIIIe s.

léthargie (XIIIe s., rare avant le XVIIIe s.), terme médic., empr. au lat. *lethargia*, du grec *léthargia* « sommeil profond, semblable à une mort apparente ». Le sens de « torpeur » apparaît au XVIIe s. || ***léthargique*** (XIVe s.), empr. au lat. *lethargicus*, du grec *léthargikos* « qui tient de la léthargie ».

lettre (Xe s.), du lat. *littera* « caractère d'écriture, écriture ». Au plur. en lat. *litterae* signifiait « missive », mais aussi « ouvrage, document écrit, littérature » et « connaissances littéraires ». En a. fr. le mot au sing. a le sens de « texte », « littérature, savoir contenu dans les textes » et aussi « sens littéral », au plur. celui de « missive, textes écrits, connaissances littéraires ». || ***lettré*** (XIIe s.), empr. au lat. *litteratus* « instruit, savant » ; ***illettré*** (XVIe s.), empr. au lat. *illiteratus* ; ***lettrine*** (XVIIe s.), empr. à l'ital. *letterina* « petite lettre (mise au-dessus d'un mot et servant d'appel de notes) », a désigné en fr. une lettre d'un corps plus gros, une lettre majuscule et parfois ornée ; ***lettrisme*** (XXe s.), mouvement littéraire ; ***littéraire*** (XVIe s.), empr. au lat. *litterarius* « relatif à la lecture et à l'écriture », en fr. « qui a rapport à la littérature » ; ***littéral*** (XIVe s.), empr. au lat. méd. *litteralis* « relatif aux lettres de l'alphabet », en fr. d'abord confondu avec *littéraire* « relatif à la littérature » (XIVe s.), puis « conforme à la lettre même du texte » (XVe s.) ; ***littérature*** (XIIe s.), empr. au lat. *litteratura* « écriture, philologie, érudition », en fr. d'abord « ce qui est écrit », puis « savoir acquis par les livres, ensemble des connaissances » (XVe s.), ensuite « ensemble d'ouvrages publiés sur un sujet », « œuvres dotées de qualités esthétiques et relevant de l'art d'écrire » (XVIIIe s.). Le sens de « création inventée » (s'opposant à *réalité*) date du XIXe s.

leucémie (XIXe s.), empr. à l'all. *Leukämie*, du grec *leukos* « blanc », maladie caractérisée par la prolifération anormale des globules blancs. || ***leucémique*** (XIXe s.).

leuco-, premier élém. de mots sav. comme ***leucocyte***, tiré du grec *leukos* « blanc ».

leur (Xe s., sous la forme *lor*), du lat. *illorum*, génitif plur. de *ille*.

leurre (XIIIe s., sous la forme *loire*), du franc. *lopr* « appât », en fr. « appât de cuir en forme d'oiseau sur le poing du fauconnier ». Le sens de « artifice spécieux » date du XVIe s. || ***leurrer*** (XIIe s., sous la forme *loirier*), d'abord « instruire, en fauconnerie », au XIVe s. « faire revenir le faucon (sur le leurre) », puis « attirer » (XVIe s.), enfin « tromper » (XVIIe s.).

levain (XIIe s.), du lat. vulg. *levamen* « pâte fermentée servant à faire lever la pâte du pain ».

lever (Xe s.), du lat. *levare* « alléger,

soulager, soulever ». Le verbe marque surtout un mouvement de bas en haut, mais il a également d'autres valeurs « retirer, supprimer, faire cesser (*lever le siège*) », « faire sortir un animal de son gîte » (voc. de la chasse), « percevoir, faire payer » (*lever un impôt*). || ***levée*** (XIIIe s.) ; ***levier*** (XIIe s.) ; ***levis*** (XIIe s.), en parlant d'un pont « qui se lève » ; ***lever*** (XIIe s.) ; ***levure***, dér. de *lever*, d'abord au sens de « élévation », puis « substance faisant lever la pâte » (XVe s.) ; ***enlever*** (XIIe s.) ; ***enlèvement*** (XVIe s.) ; ***soulever*** (XIIe s.) ; ***soulèvement*** (XIIe s.), « action de se soulever ». Voir ***relever***.

lévitation (XXe s.), de l'angl. *levitation* « action de s'élever en l'air ».

lévite (XIIe s.), empr. au lat. chrét. *levites*, issu du grec et de l'hébreu « membre de la tribu de Lévi et voué au service du Temple » a signifié à partir du XVIIe s. « clerc, prêtre ».

levraut, **levrette**, **lévrier**, voir ***lièvre***.

lèvre (Xe s.), du lat. *labra* plur. neutr. de *labrum*, pris pour un fém. || ***balèvre*** (XIIe s.), d'un élém. *ba-* d'orig. obsc. et du mot *lèvre*, d'abord au sens de « deux lèvres », puis « saillie de pierre » (XVIIIe s.).

levure, voir ***lever***.

lexique (XVIe s.), du grec *lexicon (biblion)* « livre concernant les mots, dictionnaire ». || ***lexical*** (XIXe s.) ; ***lexicaliser*** (XXe s.) ; ***lexicographe*** (XVIe s.), « qui fait un dictionnaire » ; ***lexicographie*** (XVIIIe s.) ; ***lexicologie*** (XVIIIe s.) ; ***lexicologue*** (XIXe s.), « qui étudie le lexique ».

lez (XIIe s.), ancienne prép. « à côté de » parfois écrite *lès*, du lat. tard. *latus* « côté, flanc », employée seulement dans les noms de lieu (*Plessis-lez-Tours*).

lézard (XIIe s., sous la forme *laizarde*), du lat. *lacertus*, de même sens, avec substitution de suffixe. || ***lézarde*** (XVIIe s.), « fissure, crevasse » ; ***lézarder*** (XIXe s.), « crevasser » et « paresser comme un lézard ».

liais (XIIe s., sous la forme *liois*), s. d. dér. de *lie* « dépôt épais », en fr. « pierre calcaire ».

liaison, voir ***lier***.

liane (XVIIe s.), s. d. empr. au fr. des Antilles, de la famille de *lien*.

liard (XIVe s.), p.-ê. de l'adj. a. fr. *liart* « grisâtre », au sens de « petite monnaie de bronze valant le quart d'un sou ».

liasse, voir ***lier***.

libation (XVe s.), empr. au lat. *libatio* « action de répandre du liquide en l'honneur d'un dieu » (terme de la langue religieuse). Le sens de « abondante absorption d'alcool » date du XVIIIe s.

libelle (XIIIe s. au sens de « petit livre »), empr. au lat. *libellus* « opuscule, pétition, requête ». Le mot s'est employé en droit pour désigner un mémoire jur. Le sens de « écrit diffamatoire, pamphlet » remonte au XVe s. || ***libeller*** (XVe s.), « rédiger dans les formes requises ».

libellule (XVIIIe s.), empr. au lat. sav. *libellula*, tiré du lat. clas. *libella* « niveau » par allusion au vol plané de l'insecte.

liber (XVIIIe s.), mot empr. au lat. *liber* « écorce d'arbre ».

libéral (XIIe s.), empr. au lat. *liberalis* « qui concerne un homme libre », « qui sied à un homme libre », d'où « noble, honorable, généreux ». Ces sens survivent encore au M. A. En fr. mod. l'adj. désigne des activités qui ne sont pas manuelles (l'expres. *profession libérale* est attestée au XIXe s.). Le sens social et polit. de « respectueux des libertés individuelles, tolérant » remonte au XVIIIe s. || ***libéralité*** (XIIIe s.), empr. au lat. *liberalitas* « don, générosité », conserve ce sens en fr. ; ***libéralisation***

(XVIIIe s.) ; ***libéraliser*** (XVIIIe s.) ; ***libéralisme*** (XIXe s.).

libération, **libérer**, **liberté**, **libertin**, **libertinage**, voir ***libre***.

libido (XXe s.), terme du voc. de la psychanalyse, empr. par Freud (en 1894) au lat. *libido* « envie, désir », spéc. « désir amoureux ». || ***libidineux*** (XVe s.), empr. au lat. *libidinosus* « qui suit son caprice, ses désirs », dér. de *libido.*

libraire (XIIIe s.), empr. au lat. *librarius,* dér. de *liber* « livre » et subst. au sens de « copiste », est d'abord attesté en fr. au sens de « auteur de livre » et, au XVe s., au sens de « celui qui imprime et vend des livres », au XVIIIe s. au sens mod. || ***librairie*** (XIVe s.), empr. au lat. imp. *libraria* « bibliothèque », plur. de *librarium,* empl. jusqu'au XVIIe s. au sens de « bibliothèque », les sens de « commerce des livres », de « magasin de libraire » se développant à partir du XVIe s.

libre (XIIIe s.), empr. au lat. *liber* « de condition libre, non occupé, sans entrave », est d'abord empl. au sens de « qui dépend de soi » et « qui n'appartient à aucun maître » ; le sens de « qui n'éprouve pas de gêne, qui est libre de » et de « qui n'est pas soumis à des contraintes physiques, morales » se développe à partir du XVIe s. ainsi que le sens philosophique « qui a le pouvoir de se déterminer (*libre arbitre*) ; *vers libre* (XVIe s.) ; au XVIIe s. au sens de « trop libre, licencieux » (*libre penseur*) ; *enseignement libre* (XIXe s.), *radio libre* (XXe s.). || ***libre-échange*** (XIXe s.), calque de l'angl. *free trade* « commerce libre » ; ***libre-penseur*** (XVIIIe s.), calque de l'angl. *free thinker* « qui pense librement » ; ***libre-service*** (XXe s.), adapté de l'anglo-améric. *self service* ; ***libérer*** (XVe s.), empr. au lat. *liberare* « rendre libre » ; ***libération*** (XIVe s.), empr. au lat. *liberatio,* dér. de *liberare* « délivrer » ; ***libératoire*** (XVIe s.) ; ***libérateur*** (XVIe s.), empr. au lat. *liberator ;* ***liberté*** (XIIIe s.), empr. au lat. *libertas* « liberté », dér. de *liber* « libre », d'abord empl. au sens philos. « libre arbitre » et, au plur. au sens de « immunités, franchises » a suivi l'évol. de *libre* ; les emplois au sens politique (*liberté politique, de la presse, individuelle,* etc.) se développent surtout à partir du XVIIIe s. ; au XIXe s. *liberté des cultes* ; ***liberticide*** (XVIIIe s.), dér. de *liberté* et du suff. *-cide* « qui tue » ; ***libertaire*** (XIXe s.) ; ***libertin*** (XVe s.), empr. au lat. *libertinus* « affranchi, rendu libre » d'abord empl. en ce sens, au XVIe s. au sens de « qui s'affranchit de la loi religieuse », au XVIIe s. « qui est déréglé dans ses mœurs », sens usuel du fr. mod. ; ***libertinage*** (XVIIe s.), a suivi l'évol. de *libertin.* Voir ***libéral***.

librettiste (XIXe s.), « auteur de livrets d'opéra », dér. de l'ital. *libretto* « livret », dimin. de *libro* « livre » au sens spéc. de « livret d'opéra ».

lice 1 (XIIe s.), du franc. **listia* « barrière », dér. de **lista* « liste, bordure », d'abord empl. au sens de « barrière, palissade », puis de « champ clos où se déroulent des lices » (XIIIe s.), d'où l'expres. *entrer en lice* « combattre » (XVIe s.) au sens propre, puis fig.

lice 2, voir ***lisse***.

licence (XIIe s.), empr. au lat. *licentia* « faculté, pouvoir de faire librement qq. ch. », dér. de *licere* « être permis », empl. dès l'a. fr. au sens, vieilli en fr. mod., de « liberté de faire qq. ch. », et de « autorisation accordée de faire qq. ch. » ; à partir du XVIe s. au sens de « dérèglement des mœurs, absence de décence » ; au XIVe s. « autorisation d'enseigner en faculté », puis « grade universitaire ». || ***licencié*** (XIVe s.), empr. au lat. méd. *licentiatus* « à qui a été accordée l'autorisation d'enseigner » ; ***licencier*** (XIVe s.), empr. au lat. méd. *licentiare* « congédier » et « permettre » ; ***licenciement*** (XVIe s.) ;

licencieux (XVIe s.), empr. au lat. *licentiosus* « libre, déréglé ».

lichen (XIVe s.), empr. au lat. *lichen,* du grec *leikhen* « lèpre, dartre » et « lichen », parce que cette plante semble, comme la maladie, lécher son support.

licite (XIVe s.), empr. au lat. *licitus* « permis, légitime », de *licere* « être permis ». || ***illicite*** (XIVe s.), empr. au lat. *illicitus.* Voir ***loisir***.

licol, **licou** (XIVe s.), « pièce de harnais que l'on met autour du cou des bêtes de somme », comp. de *lie* (de *lier*) et de *col, cou.* Voir ***cou***.

licorne (XIVe s.), empr. avec mauvaise coupure à l'ital. *alicorno,* altér. du lat. chrét. *unicornis* « licorne, qui n'a qu'une corne », calque du grec *monokéros,* en a. fr. *unicorne,* et désignant un animal fabuleux.

licteur (XIVe s.), empr. au lat. *lictor,* rapproché de *ligare* « lier », au sens de « appariteur attaché aux magistrats romains et portant un faisceau de verges liées et une hache ».

lido, voir **littoral**.

lie (XIIe s.), s. d. du celtique **liga,* qui remonterait à un rad. indo-européen *legh-* « se coucher, être couché » pour désigner le dépôt qui se forme au fond des récipients contenant du vin, etc. ; au XVe s. *boire (le calice) jusqu'à la lie ;* au XVIIe s. au sens fig. « rebut, partie méprisable ».

lied (XIXe s.), mot all. « chant, chanson », empr. au sens de « chanson ou mélodie populaire allemande ».

liège (XIIIe s.), du lat. vulg. **levius,* forme élargie de *levis* « léger » pour désigner l'écorce (légère) du chêne-liège.

lien (XIIe s.), du lat. *ligamen* « lien », d'abord *leien, loien,* puis *lien* sous l'infl. de *lier.* || ***limier*** (XIIe s.), dér. de *lien,* le limier étant au sens propre un « chien tenu en laisse ».

lier (Xe s., d'abord *leier, loier),* du lat. *ligare* « attacher, bander, entourer, unir, joindre », empl. dès l'a. fr. au sens propre et au sens fig. (d'abord dans un contexte religieux). || ***liasse*** (XIe s.), spéc. au sens de « amas de papiers liés » ; ***liaison*** (XIIIe s.), à partir du XVIe s. au sens de « rapport logique » (*mot de liaison*), et à partir du XVIIe s. au sens de « lien affectif, relation amoureuse » ; ***délier*** (XIIe s.), « détacher » ; ***délié*** (XIIe s.), « fin, subtil » étant adapté du lat. *delicatus* « délicat » ; ***relier*** (XIIe s.), spéc. à partir du XVIe s. au sens de « assembler les feuilles d'un manuscrit, d'un livre », au XIXe s., dans le voc. de la communication ; ***reliure*** (XVIe s.).

lierre (XIVe s.), issu par agglutination de l'art. déf. de l'a. fr. *ierre* « lierre » (Xe s.), du lat. *hedera,* de même sens.

liesse (XIe s., d'abord *leece*), du lat. *laetitia* « allégresse, joie collective », la forme *liesse* étant due à l'infl. de l'adj de l'a. fr. *lié,* du lat. *laetus* « joyeux.

lieu 1 (Xe s.), du lat. *locus* « lieu, endroit », qui a repris les sens du grec *topos* « lieu », et spéc. les sens tech. et rhétor., est empl. dès l'a. fr. au sens propre, au sens fig. de « situation, place dans la société » (*en haut lieu*) et dans des loc. comme *au lieu de, en temps et en lieu,* etc. ; les loc. comme *avoir lieu, donner lieu, il y a lieu de* apparaissent à partir du XVIe s. ; au XIIe s. *lieu saint* « temple, église », d'où au XVIIe s. *les Lieux saints* (en Palestine) ; au XVIe s. *lieux communs,* calque du lat. *loci communes* comme terme de rhétor. ; l'empl. de *lieux* au plur. à valeur de sing. (*en ces lieux, le maître de ces lieux, état des lieux,* etc.) se développe à partir du XVIe s. ; *lieux d'aisances* (XIXe s.). || ***lieu-dit*** (XIXe s.) ; ***non-lieu*** (XIXe s.) ; ***chef-lieu*** (voir ***chef***). Voir ***lieutenant***, ***milieu***.

lieu 2 (XVe s.), « poisson de mer », empr. à l'a. norrois *lyrr, lyr,* de même sens.

lieue (XIe s.), du lat. *leuca, leuga,*

d'orig. gaul. selon les auteurs latins. Voir ***ban***, ***banlieue***.

lieutenant (XIIIe s.), composé de *lieu* et de *tenant* au sens de « celui qui tient lieu de, remplaçant », spéc. à partir du XVe s. dans le voc. milit. || ***lieutenance*** (XIVe s.).

lièvre (XIe s.), du lat. *lepus, leporis* « lièvre » ; l'emploi au sens fig. et dans des expres. comme *lever un lièvre, courir deux lièvres à la fois* (XVIIe s.) provient du voc. de la chasse. || ***lévrier*** (XIIe s.), « chien qui chasse le lièvre » ; ***levraut*** (XIVe s.), « jeune lièvre » ; ***levrette*** (XIVe s.), « femelle du lévrier », au XVIIe s. pour désigner une posture érotique.

liftier (XXe s.), « garçon d'ascenseur », dér. du mot angl. *lift* « ascenseur » de *to lift* « lever, soulever ». || ***lifting*** (XXe s.), terme de chirurgie esthétique, empr. à l'angl. *face-lifting,* puis *lifting,* de *to lift* « relever une partie du visage ».

ligament (XVIe s.), empr. au lat. *ligamentum* « lien, bandage », de *ligare* (voir ***lier***). || ***ligamenteux*** (XVIe s.).

ligature (XIVe s.), empr. au lat. tard. *ligatura* « action de lier », spéc. dans le voc. médic. et dans divers sens tech. (typographie). || ***ligaturer*** (XIXe s.).

lige (XIe s.), du lat. vulg. **laeticus, *liticus,* dér. de *letus, litus,* terme d'orig. franque, désignant des hommes au statut intermédiaire entre liberté et servitude, qui a qualifié en a. fr. un vassal lié plus étroitement que d'autres envers son suzerain, d'où *homme lige, hommage lige* (XIIe s.). Voir ***allégeance***.

ligne (XIe s.), d'abord attesté au masc. *lign, lin,* du lat. *linea,* fém. subst. de l'adj. *lineus* « de lin », dér. de *linum* « lin » au sens de « fil de lin » et en lat. tard. « ligne de parenté », d'où l'emploi de *ligne* jusqu'au XVIe s. au sens de « suite des membres d'une même famille » ; *ligne* est attesté dès l'a. fr. au sens propre de « fil tendu dans une certaine direction, cordeau » et pour désigner un trait continu à la plume, au pinceau (*aller à la ligne* au XIXe s.) ; à partir du XVIIe s. au sens de « suite alignée (de choses, de personnes) », spéc. dans le voc. militaire ; à partir du m. fr. se développent les emplois au sens fig. de « voie, direction » (*suivre la ligne droite*) ; au XIXe s. dans le voc. des moyens de transport (*ligne de chemin de fer*). || ***lignage*** (XIe s.), ***lignée*** (XIIe s.) sont formés sur *ligne* au sens de « ligne de parenté » ; ***ligner*** (XIIIe s.) ; ***interligne*** (XVIIe s.) ; ***aligner*** (XIIe s.), « disposer sur une ligne droite », au XXe s., *s'aligner* au sens fig. dans le voc. de la politique ; ***alignement*** (XIVe s.), au XVe s. au sens de « action de disposer sur une ligne droite », au XVIIIe s. dans le voc. milit. ; ***souligner*** (XVIIIe s.), au XIXe s. au sens fig. « signaler en insistant » ; ***soulignement*** (XIXe s.). Voir ***alinéa***, ***linéaire***, ***linéament***.

ligneux (XVIe s.), empr. au lat. *lignosus* « semblable à du bois », de *lignum* « bois ». || ***lignite*** (XVIIIe s.), dér. sav. du lat. *lignum.*

ligoter (XVIIe s.), dér. de l'a. fr. *ligote* « courroie intérieure du bouclier » (XIIIe s.), s. d. d'orig. méridionale, d'abord empl. au sens de « émonder, nettoyer la vigne (la lier) », puis au XIXe s., dans l'argot des malfaiteurs, « lier, garrotter ».

ligue (XIVe s.), empr. à l'ital. *liga* « alliance », déverb. de *ligare,* anc. forme de *legare* « lier », au sens de « alliance d'Etats ayant des intérêts communs », puis, au XVe s., « association défendant des intérêts religieux, moraux, humanitaires » ; au XIXe s., péj. « complot, coalition ». || ***liguer***, ***se liguer***, ***ligueur*** (XVIe s.).

lilas (XVIIe s.), empr. à l'ar. *lilak*, du persan *lilak* « bleuté ».

lilial, voir ***lis***.

lilliputien (XVIIIe s.), empr. à l'angl. *Lilliputian,* dér. de *Lilliput,* nom d'un pays imaginaire inventé par l'écrivain anglais J. Swift.

limace (XIIe s.), du lat. vulg. **limacea*, fém. de **limaceus*, en lat. clas. *limax, limacis* « limace, escargot ». || **limaçon** (XIIe s.), dér. de *limace* ; **colimaçon** (XVIe s.), altér. de la forme normanno-pic. *calimachon*, est vieilli au sens de « escargot » ; *escalier en colimaçon* (XIXe s.).

limaille, voir ***lime***.

limande (XIIIe s.), d'orig. incert., p.-ê. dér. de l'a. et m. fr. *lime*, désignant ce même poisson, issu du lat. *lima* « lime » (outil), en raison de la rugosité de la peau de ce poisson.

limbe (XVe s.), empr. au lat. *limbus* « bord, marge, cercle zodiacal », empl. au sens de « bord gradué d'un cercle », puis, au XVIIe s., dans le voc. de l'astronomie et de la botanique ; **limbes**, plur. (XIVe s.) désigne le séjour des âmes des Justes, situé en *bordure* de l'enfer, avant la Rédemption, et le séjour des âmes des enfants morts sans baptême ; au XVIIIe s. au sens fig. « état incertain ».

lime (XIIe s.), du lat. *lima* « lime (outil) » et « correction », d'orig. inconnue. || ***limer*** (XIIe s.), du lat. *limare* « polir, perfectionner », au XVIe s. au sens fig. « perfectionner » ; ***limaille*** (XIIIe s.) ; ***élimer*** (XIIe s.), empl. en fr. mod. au sens de « user une étoffe par frottement ».

limier, voir ***lien***.

liminaire (XVIe s.), empr. au lat. *liminaris* « qui concerne le seuil », d'où « initial », dér. du lat. *limen* « seuil ». || ***liminal*** (XXe s.), empr. à l'angl. *liminal*, empl. au sens de « qui est au niveau du seuil de perception » ; ***préliminaire*** (XVIIe s.), empr. au lat. *praeliminaris*, de *prae* « en avant, devant » et *liminaris* au sens de « qui prépare une autre chose, de plus grande importance ».

limite (XIVe s.), empr. au lat. *limes, limitis* « chemin bordant un domaine, frontière », empl. au sens fig. à partir du XVIe s. || ***limiter*** (XIVe s.), empr. au lat. *limitare* « entourer de frontières » et au sens fig. « fixer, déterminer », empl. dès l'a. fr. au sens propre et au sens fig. ; ***limitation*** (XIVe s.), empr. au lat. *limitatio* « bornage, délimitation » ; ***limitatif*** (XVIe s.), dér. du supin *limitatum* de *limitare* ; ***délimiter***, ***délimitation*** (XVIIIe s.), empr. au lat. *delimitare* et *delimitatio*, de même sens ; ***illimité*** (XVIIe s.), empr. au lat. tard. *illimitatus* « sans limites » ; ***limitrophe*** (XVe s.), empr. au lat. *limitrophus* dans l'expres. *limitrophi fundi* « terres attribuées aux soldats des frontières pour se nourrir », comp. de *limes* « limite, frontière » et du grec *tréphein* « nourrir » et empl. en lat. méd., puis en fr., au sens de « contigu, voisin ».

limoger (XXe s.), dér. du nom de *Limoges*, ville où furent assignés à résidence, au début de la Première Guerre mondiale, des officiers d'état-major relevés de leurs fonctions, d'où « frapper d'une mesure de disgrâce, révoquer ».

limon 1 (XIe s.), du lat. vulg. **limonem*, acc. de *limo* « boue », dér. de *limus* « boue, vase », d'où est issu l'a. fr. *lum, lun*. || ***limoneux*** (XIVe s.).

limon 2 (XIVe s.), mot vieilli, empr. à l'ital. *limone* « sorte de citron » et « citronnier », du persan *limun*, de même sens. || ***limonade*** (XVIIe s.) ; ***limonadier*** (XVIIe s.), « fabricant de limonades », puis « cafetier ».

limon 3 (XIIe s.), « chacune des pièces de bois entre lesquelles on attache un animal de trait », s. d. d'orig. gaul.

limousine (XIXe s.), fém. subst. de *limousin*, (du lat. tard *Lemovicinium*, de *Lemovices* « peuple vivant dans cette région du Massif Central), d'abord empl. au sens de « manteau épais en forme de pèlerine », puis de « grande voiture de luxe », mais l'évol. sémant. est peu claire.

limpide (XVIe s.), empr. au lat. *limpidus* « clair, transparent » et au sens moral « pur, propre ». || ***limpidité*** (XVIIe s.), empr. au lat. tard. *limpiditas* « transparence ».

lin (XIIe s.), du lat. *linum* « lin », désignant la plante, le fil et le tissu qu'on en fait, sens présents dès l'a. fr. || ***linon*** (XVIe s.), dér. de *lin,* a remplacé le m. fr. *linomple* « linon », la finale *-omple* étant d'orig. incert., p.-ê. tirée de l'a. fr. *omple* « simple » (en parlant d'une étoffe) ; ***linotte*** (XIIIe s.), « oiseau friand de graines de lin ».

linceul (XIIe s.), du lat. *linteolum* « petite pièce de lin », dimin. de *linteum* « étoffe de lin », lui-même dér. de *linum* « lin », empl. en a. fr. au sens de « drap de lit » et au sens spéc., seul usuel en fr. mod., de « drap dans lequel on ensevelit un mort ».

linéaire (XVe s.), empr. au lat. *linearis* « linéaire, géométrique », dér. de *linea* « ligne ». || ***juxtalinéaire*** (XIXe s.) ; ***interlinéaire*** (XIVe s.), empr. au lat. méd. *interlinearis* « écrit dans l'interligne » ; ***linéarité*** (XXe s.) ; ***linéament*** (XVIe s.), empr. au lat. *lineamentum* « ligne, contours, traits », au XVIIe s. au sens fig. « ébauche ».

linge (XIIe s.), forme subst. de l'adj. de l'a. fr. *linge* « de lin, de toile » (XIIe s.), du lat. *lineus* « de lin, de toile », de *linum* « lin », d'abord empl. au sens de « toile, morceau de toile », puis pour désigner à partir du XIIIe s. le *linge de corps* ; au XVIe s. *linge de table.* || ***linger***, ***lingère*** (XIIIe s.) ; ***lingerie*** (XIVe s.), d'abord « commerce du linge », puis au XVIe s. « ouvrage en linge, pièces de linge », au sens courant en fr. mod. de « linge de corps pour les femmes » et de « local réservé à l'entretien du linge ».

lingot (XIVe s.), d'orig. obsc.

linguiste (XVIIe s.), dér. sav. du lat. *lingua* « langue » au sens courant en fr. mod. de « spécialiste de linguistique ». || ***linguistique*** (XIXe s.).

liniment (XVe s.), empr. au lat. *linimentum* « enduit », de *linire* « oindre, enduire », spéc. dans le voc. pharmaceutique.

linoléum (XIXe s.), mot angl. forgé avec le lat. *linum* « lin » et *oleum* « huile » et désignant une toile enduite d'un revêtement imperméable.

linon, **linotte**, voir ***lin***.

linotype (XIXe s.), empr. à l'anglo-améric. *linotype,* nom de marque déposée d'une machine à composer, fondant d'un seul bloc la ligne, contraction de *line of types* « ligne de caractères d'imprimerie ».

linteau (XIIe s.), issu par substitution de suff. de l'a. fr. *linter* (XIIIe s.), dér. du lat. tard. *limitaris* « seuil, entrée », forme subst. de l'adj. *limitaris* « relatif à la limite », dér. de *limen, liminis* « limite », d'abord empl. au sens de « seuil », puis, au XIIIe s., de « traverse formant la partie supérieure d'une porte ».

lion (XIe s.), empr. au lat. *leo, leonis* « lion » et aussi « constellation », sens présents dès l'a. fr. ; au XIXe s. *lion, lionne* « jeune homme, jeune femme à la mode, personne en vue », sens empr. à l'angl. *lion.* || ***lionceau*** (XIIe s.) ; ***lionne*** (XIIe s.). Voir ***léonin 1***, ***caméléon***.

lipide (XXe s.), dér. sav. du grec *lipos* « graisse », dans le voc. de la biochimie.

lippe (XIIe s.), empr. au m. néerl. *lippe* « lèvre », empl. au sens de « lèvre inférieure épaisse et proéminente », puis de « grimace » (au XIIIe s. *faire la lippe,* « faire la moue »). || ***lippée*** (XVe s.), « ce que l'on prend avec sa lippe », d'où « repas, bon repas » (*franche lippée* « bon morceau qui ne coûte rien » au XVIe s.) ; ***lippu*** (XVIe s.).

liquéfier (XIVe s.), empr. au lat. *liquefacere* « faire fondre, liquéfier », de *liquere* « être liquide » et *facere* « faire » ; *se liquéfier* est attesté à partir du XVIIe s. au sens fig. « perdre toute énergie ». || ***liquéfaction*** (XIVe s.), s. d. empr. au lat. méd. *liquefactio* « action de faire fondre », empl. en fr. dans le voc. de la chimie, rare et littér. au sens fig.

liqueur (XIIe s.), empr. au lat. *liquor* « liquide », de *liquare* « être clair, liquide », d'abord empl. au sens, vieilli en fr. mod., de « substance liquide », puis spéc. à partir du XIVe s. dans le domaine de la boisson, et empl. à partir du XVIIIe s. au sens courant en fr. mod. de « boisson sucrée et aromatisée à base d'alcool ou d'eau-de-vie ». || ***liquoreux*** (XVIe s.), d'abord « qui coule facilement », au XVIIIe s. au sens du fr. mod. « qui rappelle la liqueur par la saveur douce, le degré élevé d'alcool ».

liquide (XIIIe s.), empr. au lat. *liquidus* « clair, limpide » et « qui coule, fluide », dér. de *liquere* « être clair ou liquide » ; au XIVe s. comme terme de phonétique (*consonnes liquides*) ; au XVIIe s. comme subst. spéc. dans le voc. de la finance (XVIe s., *biens liquides* « libres de dettes ») par empr. à l'ital. *liquido.* || ***liquider*** (XVIe s.), s. d. empr. à l'ital. *liquidare* au sens spéc. de « liquider des dettes, régler une succession » ; au XIXe s. au sens de « mettre fin à une situation, se débarrasser de qq. ch. » et de « vendre à bas prix » ; ***liquidation*** (XVe s.), s. d. empr. à l'ital. *liquidazione,* terme de finance, a suivi l'évol. de *liquider* ; ***liquidité***, « caractère de ce qui est liquide » (XVIe s.), empr. au lat. *liquiditas* « fluidité de l'air », au XIXe s. au plur. au sens de « somme d'argent disponible immédiatement », en relation avec *liquider, liquide* empl. au sens financier.

lire 1 (XIe s.), du lat. *legere* « ramasser, lire des yeux, lire à haute voix », à partir du XVIe s. au sens fig. « discerner, comprendre le sens de certains signes ». || ***liseur*** (XIIe s.), le fém. *liseuse* s'étant spéc. au XIXe s. pour désigner un meuble, une veste légère, etc. ; ***lisible*** (XVe s.) ; ***lisibilité*** (XIXe s.), dér. sav. de *lisible* ; ***illisible*** (XVIIe s.).

lire 2, voir ***livre 2***.

lis, lys (XIIe s.), forme de plur., qui a éliminé l'a. fr. **lil*, du lat. *lilium* « lis », empl. dès l'a. fr. au sens propre et au sens fig. comme symbole de pureté, de vertu ; au XIIIe s. *fleur de lis,* terme d'héraldique, désignant à partir du XIVe s. la famille royale de France (*les lis)* ; au XVIe s. *fleur de lis* « marque au fer rouge sur l'épaule de certains condamnés ». || ***liseron*** (XVIe s.) ; ***lilial*** (XVe s., rare avant le XIXe s.), « qui rappelle le lis », dér. du lat. *lilium.*

lisière (XIIIe s.), d'orig. incert., p.-ê. du franc. **lisa* « ornière », d'abord empl. au sens de « bord d'une étoffe », puis à partir du XVIe s. au sens de « frontière, bord d'un terrain ». || ***liséré*** (XVIIIe s.), part. pas. de *liserer* (XVe s.), « ouvrage de broderie entourant qq. ch. » et « ruban étroit dont on borde un vêtement ».

lisse, lice (XIIIe s.), du lat. pop. *licia,* plur. neutre pris comme subst. fém. de *licium* « fil de trame » ; au XIVe s. *haute lisse,* au XVe s. *basse lisse,* techniques de tapisserie.

lisser (XIe s.), s. d. issu du croisement du lat. *lixare* « faire cuire dans l'eau », puis « repasser, polir » et du lat. *allisus* « élimé (en parlant d'un vêtement) ». || ***lisse*** adj. (XIIIe s.), déverb. de *lisser.*

liste (XVIe s.), empr. à l'ital. *lista,* au sens propre « bordure, lisière », empr. en fr. au sens de « suite de mots, de signes inscrits à la suite ou au-dessous les uns des autres » ; *liste noire* (XVIIIe s.), calque de l'angl. *black list* ; *liste civile* (XVIIe s.), de l'angl. *civil list* ; *scrutin de liste* (XVIIIe s.). || ***lister*** (XXe s.) ; ***listing*** (XXe s.), empr. à l'angl., spéc. dans le voc. de l'informatique ; ***listel*** (XVIe s.), empr. à l'ital. *listello* « petite moulure en bordure », dér. de *lista.*

lit (XIe s.), du lat. *lectus* « lit » et au

sens fig. « union conjugale », empl. dès l'a. fr. au sens propre et à partir du XVe s. au sens de « union conjugale », d'où l'expres. *enfants d'un même lit* ; au XIIIe s. « canal d'un cours d'eau », au XIVe s. *lit de justice.* || ***litière*** (XIe s.), empl. dès l'a. fr. au sens de « couche de paille pour les bêtes » et de « civière pour transporter les blessés, les cadavres » ; ***literie*** (XIXe s.) ; ***s'aliter*** (XIIe s.), « se mettre au lit pour cause de maladie », d'où ***alitement*** (XVIe s., rare avant le XIXe s.) ; ***se déliter*** (XVIe s.), dér. de *lit* au sens analogique de « se fendre dans le sens des couches de stratification », puis de « se désagréger ».

litanie (XIIe s.), empr. au lat. eccl. *litania* « prière », du grec *litaneia* « prière », dér. de *litaneuein* « supplier », empl. dès l'a. fr. au sens de « prière » et au sens fig. de « énumération », au XVIIe s. avec valeur péj.

litchi, **letchi** (XVIe s.), empr. au chinois *li-chi* pour désigner l'arbre et son fruit.

lith-, **litho-**, élém. tirés du grec *lithos* « pierre », servant à former des termes de sciences naturelles, de médec. et des mots tech. comme ***lithographe***, ***lithographie***.

lithiase (XVIIe s.), empr. au grec *lithiasis* « maladie de la pierre », de *lithos* « pierre ».

litige (XIVe s.), empr. au lat. *litigium* « contestation », dér. de *lis, litis* « procès, débat juridique ». || ***litigieux*** (XIVe s.), du lat. *litigiosus* « litigieux, où l'on plaide », empl. en fr. mod. au sens de « qui est ou peut être contesté ».

litote (XVIe s.), terme de rhétor. empr. au lat. tard. des grammairiens *litotes*, du grec *litotés* « simplicité » et aussi empl. comme terme de rhétor.

litre (XVIIIe s.), dér. de ***litron 1*** (XVIIe s.), « mesure de capacité », dér. du lat. méd. *litra* « mesure pour les liquides », empr. au grec de Sicile *litra* « livre de douze onces » (voir ***livre 2***). || ***litron 2*** (XIXe s.), pop. « litre de vin ».

littéral, **littéraire**, **littérature**, voir ***lettre***.

littoral (XVIIIe s.), empr. au lat. *li(t)toralis* « du rivage », dér. de *litus, litoris* « rivage, côte », d'abord empl. comme adj. au sens de « qui vit près du rivage », puis de « relatif à la zone de contact entre la mer et la terre » ; au XIXe s. comme subst. || ***lido*** (XIXe s.), du vénitien *lido*, dér. de *litus, litoris* « rivage », désignant spéc. la lagune de Venise.

liturgie (XVIe s.), empr. au lat. chrét. *liturgia* « service de Dieu », empr. au grec *leitourgia* « service public », spéc. dans le Nouveau Testament au sens de « service des prêtres et des lévites », empl. en fr. au sens de « culte officiel et public institué par une Eglise ». || ***liturgique*** (XVIIIe s.), empr. au grec *leitourgikos* « qui concerne le service du culte ».

livide (XIVe s.), empr. au lat. *lividus* « bleuâtre, noirâtre », d'abord empl. au sens, vieilli ou littér. en fr. mod., de « qui est d'une couleur plombée » et, depuis le XIXe s., au sens courant de « qui est d'une pâleur terne, blafard ». || ***lividité*** (XIVe s.), a suivi la même évol.

living-room (XIXe s.), mot angl., littéralement « pièce à vivre », composé de *room* « salle, pièce » et de *living* « fait de vivre, d'habiter » dér. de *to live* « vivre, habiter ».

livre 1 (XIe s.), empr. au lat. *liber* « partie vivante de l'écorce » (sur laquelle on écrivait autrefois) et par ext. « ouvrage, division d'un ouvrage, recueil » ; le mot est empr. en fr. au sens propre et à partir du XIIIe s. au sens de « subdivision d'un ouvrage » ; *livre de raison* (XVIe s.), *livre de bord* (dans le voc. maritime au XVIIe s.) ; *livre d'or* (XVIIIe s.), d'abord « registre où sont inscrits les noms des nobles Vénitiens », au XXe s. au sens du fr. mod. ; au XIXe s. *le livre*, au sing., pour désigner l'imprimerie et ses produits ; à partir du XVIe s. *les livres* pour désigner « la littérature, les grandes œuvres » ; au XVIIe s. *parler comme un livre.* || ***livret*** (XIIe s.), « petit livre », au XIXe s. au sens, vieilli, de « catalogue explicatif », courant en fr. mod. au sens de « carnet, registre » dans des expres. comme *livret militaire, livret de famille, livret scolaire*, etc. ; le sens de « texte d'un opéra » (XIXe s.) s'est développé sous l'infl. de l'ital. *libretto* ; ***livresque*** (XVIe s.), dér. avec le suff. *-esque,* empr. à l'ital. *-esco,* et avec valeur péj. Voir ***ex-libris***.

livre 2 (Xe s.), du lat. *libra* « mesure de poids », empl. en a. fr. pour désigner une unité de poids variant selon les provinces, fixée à 500 grammes en 1804, est aussi empl. en a. fr. au sens de « monnaie de compte », au XIXe s., en parlant d'une rente, et en fr. mod. pour désigner l'unité monétaire anglaise (*livre sterling*) ou d'autres pays. || ***lire*** (XVIe s.), « unité monétaire italienne », de l'ital. *lira*, également du lat. *libra.*

livrer (Xe s.), du lat. *liberare* « rendre libre, affranchir », en lat. pop. « laisser partir » et « fournir », se spéc. en a. fr. au sens de « mettre à la disposition de, mettre qqn ou qq. ch. au pouvoir de » et de « remettre une marchandise commandée » ; au XIIIe s. *se livrer* « accorder les dernières faveurs » ; au début du XVIe s. au sens de « remettre par trahison » ; les sens fig. « s'abandonner, se confier, montrer sa pensée » et « se consacrer à » se développent à partir du XVIIe s. || ***livraison*** (XIIe s.), d'abord empl. au sens de « salaire », puis de « fait de remettre ce qui a été demandé », au XVe s. « remise matérielle d'une marchandise », au XVIIIe s. « fascicule d'un ouvrage publié par parties » ; ***livrée*** (XIIIe s.), part. pas. fém. subst. de *livrer* au sens de « habits donnés par un seigneur aux personnes attachées à sa maison », puis au XIVe s. de « habits aux couleurs des armoiries du maître » ; au XVIIe s. au sens du fr. mod. « habits, uniforme portés par les domestiques d'une même maison ». || ***livreur*** (XIIe s.), au XIVe s. au sens du fr. mod.

lob (XXe s.), empr. à l'angl. *lob,* terme de cricket, puis de tennis, de *to lob* « se mouvoir ou lancer lourdement ». || ***lober*** (XXe s.).

lobby (XIXe s.), empr. à l'anglo-améric. *lobby* « groupe de personnes exerçant des pressions sur les milieux parlementaires, etc. ».

lobe (XIVe s.), empr. au grec *lobos* « lobe, partie arrondie du foie, de l'oreille ». || ***lobé*** (XVIIIe s.) ; ***lobotomie*** (XXe s.), « section de fibres nerveuses à l'intérieur du cerveau ».

local (XIIIe s.), empr. au lat. tard. *localis* « qui a rapport à un lieu », de *locus* « lieu », d'abord empl. comme adj. au sens de « qui touche une certaine partie du corps », « qui est propre à un lieu, une région » (*couleur locale* XVIIIe s.), comme subst. à partir du XVIIIe s. au sens de « emplacement », « pièce à usage déterminé ». || ***localiser*** (XVIIIe s.), d'abord « mettre en ordre », au XIXe s. « situer par la pensée en un lieu déterminé », puis « repérer » ; ***localisation*** (XIXe s.) ; ***localité*** (XVIe s.), empl. jusqu'au XVIIe s. au sens de « lieu, endroit », au XIXe s. au sens de « petite ville, village ».

locataire, **location**, voir *louer 2*.

locatif 1 (XIXe s.), dér. sav. du lat. *locus* « lieu », sur le modèle de *accusatif, vocatif,* au sens de « qui indique le lieu ».

locatif 2, voir *louer 2*.

loch (XVIIIe s.), empr. à l'angl. *loch* « lac ou bras de mer entrant profondément dans les terres ».

loche (XIIe s.), « poisson d'eau douce », et « petite limace grise »

(XVIe s.), d'orig. incert., p.-ê. du lat. vulg. **laukka* « poisson », du gaul. **leuka* « blancheur », à cause de la couleur de l'animal.

lock-out (XIXe s.), empr. à l'angl. *to lock-out* « condamner sa porte à qqn », composé de *to lock* « fermer » et *out* « dehors ».

locomotive (XIXe s.), ellipse de *machine locomotive,* est le fém. subst. de l'adj. *locomotif* (XVIe s.), issu du lat. des humanistes *loco motivum* « faculté de changer de place », de *loco*, ablatif de *locus* « lieu » et de *motivum,* neutre subst. de *motivus* « mobile », dér. de *movere* « mouvoir ». || ***locomotrice*** (XIXe s.) ; ***locomotion*** (XVIIIe s.), mot sav. formé de *loco-* et de *motion* « mouvement ».

locuteur (XXe s.), empr. au lat. *locutor* « celui qui parle », de *loqui* « parler ». || ***interlocuteur*** (XVIe s.), du lat. des humanistes *interlocutores* (au plur.) « ceux qui interviennent dans un dialogue » ; ***locution*** (XIVe s.), empr. au lat. *locutio* « action, manière de parler », au XVIIe s. comme terme de gram. Voir ***allocution***, ***élocution***.

loden (XXe s.), mot all. « tissu de laine imperméable », de l'a. h. all. *lodo* « étoffe grossière ».

lœss (XIXe s.), empr. à l'all. *Löss* « limon fin » comme terme de géologie.

lof (XIIe s.), p.-ê. empr. au m. néerl. *loef* « côté du vent », d'abord au sens de « coin de la basse voile du côté du vent », puis de « côté du navire frappé par le vent ». || ***louvoyer*** (XVe s.), d'abord dans le voc. maritime « naviguer en zigzag », au XVIIIe s. au sens fig. ; ***louvoiement*** (XXe s.).

logarithme (XVIIe s.), empr. au lat. scient. *logarithmus,* terme de mathématiques créé par l'Ecossais J. Napier (1614), comp. du grec *logos* « rapport » et de *arithmos* « nombre ».

loge (XIIe s.), du franc. **laubja* « vestibule, galerie », empl. en a. fr. au sens de « hutte, abri de feuillages », de « galerie, tribune (où se tiennent les spectateurs d'un tournoi) » et de « antichambre précédant la grand-salle d'un château », au XVIIe s. au sens de « loge de théâtre », d'où *être aux premières loges* (XIXe s.) et de « logement du gardien », au XVIIIe s. « petite pièce où se changent les acteurs » ; l'emploi dans le voc. de la franc-maçonnerie (XVIIIe s.) vient de l'angl. *lodge,* de même origine. || ***loger*** (XIIe s.), d'abord « établir un camp », puis au XVe s. *être logé* « avoir sa demeure en un endroit » ; au XVIe s. « mettre une chose quelque part » ; ***logeur*** (XVe s.) ; ***logement*** (XIIIe s.), d'abord « campement des troupes », au XVIIe s. « local à usage d'habitation » et « action de loger, de se loger » ; ***logis*** (XIVe s.) ; ***déloger*** (XIIe s.) ; ***loggia*** (XVIIIe s.), mot ital. « galerie ouverte à colonnes », du fr. *loge,* en fr. mod. « balcon couvert et fermé sur les côtés ».

logique (XIIIe s.), empr. au lat. *logica* « la logique », empr. au grec *logikê (tekhnê)* « la science du raisonnement », forme fém. subst. de *logikos* « qui concerne la parole, la raison » dér. de *logos* « discours, parole, raison », est d'abord empl. au sens de « science du raisonnement » et de « ouvrage de logique », au XVIIIe s. au sens de « manière de raisonner juste » ; ***logique*** adj. (XVIe s.), empr. au lat. *logicus* « logique, raisonnable ». || ***logicien*** (XIIIe s.) ; ***illogique*** (XIXe s.) ; ***logistique*** (XVIe s.), empr. au grec *logistikos* « relatif au calcul », dér. de *logizomai* « calculer, raisonner », désigne depuis le XVIIe s. une partie de l'arithmétique, au XIXe s. dans le voc. militaire au sens de « gestion du matériel, organisation du transport, du logement, du ravitaillement des armées » ; ***logiciel*** (XXe s.), mot dér. de *logique* avec le suff *-iel* pour traduire l'angl. *software* au sens de « ensemble des programmes, règles, etc., utilisés sur un matériel informatique ».

logo-, préf. tiré du grec *logos* « discours » et entrant dans la construct. de mots sav. comme ***logographe***, ***logogriphe***, ***logomachie***, ***logorrhée***.

loi (XIe s.), du lat. *legem,* acc. de *lex, legis* « loi religieuse » et « loi (en général) », qui a pris en lat. chrét. le sens de « loi de Dieu, religion » et en lat. méd. de « droit, coutume », est empl. dès l'a. fr. au sens de « loi divine » et plus généralement de « règles régissant une société », obligations à observer » ; à partir du XVIe s. au sens de « règle imposée par les choses », au XVIIe s. au sens de « règle dictée à l'homme par sa conscience » et au sens de « formule générale énonçant un rapport constant entre des phénomènes ». Voir ***légal***, ***législateur***, ***loyal***.

loin (XIe s.), du lat. *longe* « loin, au loin, longuement », au sens propre et au sens fig., empl. dès l'a. fr. au sens spatial et temporel, à partir du XVIIe s. dans des loc. comme *aller trop loin, voir loin* et avec valeur adversative (*loin de* suivi d'un infinitif). || ***lointain*** (XIIe s.), du lat. vulg. **longitanus,* dér. de *longe* « loin », adj. et subst. (au sens de *pays lointain*) dès l'a. fr. ; au XVIIe s. comme terme de peinture (*les lointains*) ; ***éloigner*** (XIe s.) ; ***éloignement*** (XIIe s.).

loir (XIIIe s.), du lat. vulg. **glis, gliris,* « loir », avec aphérèse du *g* initial.

loisir (XIe s.), forme subst. du verbe de l'a. fr. *loisir,* impers. « être permis », du lat. *licere,* de même sens, est d'abord empl. au sens de « possibilité de faire qq. ch. » et de « temps nécessaire pour faire qq. ch. », à partir du XIVe s. au sens de « temps dont on peut disposer à sa guise » et, au plur., « occupations, distractions pendant le temps de liberté ». || ***loisible*** (XIIIe s.), n'est plus empl. en fr. mod. que dans l'expres. *il est loisible de.*

lombes (XIIIe s.), empr. au lat. *lumbus* « rein, dos, échine », supplanté en fr. par *reins.* || ***lombaire*** (XVe s.).

lombric (XIIe s.), empr. au lat. *lumbricus* « ver de terre, ver intestinal ».

long, **longue** (Xe s.), du lat. *longus* « long, étendu dans l'espace et dans le temps ». || ***longe,*** ancien fém. de *long,* subst. au XIIe s. au sens de « courroie pour attacher un cheval, etc. » ; ***longueur*** (XIIe s.), empl. dès l'a. fr. au sens temporel et spatial, au XVIe s. au plur. « longs délais » et « passages trop longs » ; ***longuement*** (XIe s.) ; ***longer*** (XIIe s.), au XVIIIe s. au sens du fr. mod. « marcher le long de », au XIXe s. « s'étendre le long de » ; ***long-courrier*** (XIXe s.) ; ***longévité*** (XVIIIe s.), empr. au lat. tard. *longaevitas* « longue durée de vie », dér. de *longaevus* « d'un grand âge », de *aevum* « temps de la vie » ; ***longitude*** (XIVe s.), empr. au lat. *longitudo* « longueur », dér. de *longus,* aussi en lat. tard. « longitude céleste », d'abord empl. au sens de « longueur », puis au XVIe s. comme terme de géogr., par opp. à ***latitude*** ; ***longitudinal*** (XIVe s.), dér. sav. du lat. *longitudo* ; ***longiligne*** (XIXe s.) ; ***allonger*** (XIIe s.) ; ***allongement*** (XIIIe s.) ; ***rallonger*** (XIIIe s.) ; ***rallonge*** (XIVe s.), déverb. de *rallonger.* Voir ***élongation***, ***oblong***, ***prolonger***.

longanime (XVe s.), empr. au lat. tard. *longanimis* « patient », comp. de *longus* « long » et *anima* « âme ». || ***longanimité*** (XIIe s.), empr. au lat. tard. *longanimitas* « patience ».

longe (XIIe s.), du lat. vulg. **lumbea,* fém. subst. de **lumbeus* « qui concerne les reins », dér. de *lumbus* « lombes », empl. en fr. au sens de « morceau de viande pris dans la moitié de l'échine (du veau, du porc, etc.) ».

longtemps (Xe s.), d'abord *long temps*, comp. de *long* et de *temps,* termes soudés au début du XVe s.

looping (XXe s.), abrév. de l'angl. *looping the loop* « action de boucler la boucle », d'abord « exercice d'acrobate », puis « acrobatie aérienne ».

lopin (XIVe s.), dér. de *lope* « morceau », au XVe s. *lopin de terre* « petite surface de terre cultivable ». Voir ***loupe***.

loquace (XVIIIe s.), empr. au lat. *loquax, loquacis* « bavard, verbeux », dér. de *loqui* « parler ». || ***loquacité*** (XVe s.), empr. au lat. *loquacitas* « bavardage, verbosité ».

loque (XVe s.), empr. au m. néerl. *locke* « boucle, mèche de cheveux », empl en fr. au sens de « chiffon », le chiffon pendant, comme une mèche, de façon informe ; au XIXe s. « vieux vêtement usé » (*tomber en loques*) et au sens fig. « personne sans énergie ». || ***loqueteux*** (XVIe s.), dér. de *loquette* « frange », dimin. de *loque*.

loquet (XIIe s.), dimin. de l'a. norm. *loc* « loquet », empr. à l'a. angl. *loc* « serrure » (angl. *lock*) ou dimin. du mot correspondant en m. néerl., *loke*. || ***loqueteau*** (XVIIe s.).

lord (XVIe s.), empr. à l'angl. *lord* « seigneur », issu du vieil angl. et désignant à l'orig. le maître de la maison.

lorgner (XVe s.), dér. de l'adj. de l'a. fr. *lorgne* « qui louche », s. d. issu du germ. **lurni*, dér. du rad. **lur* « guetter, espionner », au XVIIe s. au sens de « regarder, observer, spéc. une femme » et « avoir des vues sur, convoiter ». || ***lorgnette*** (XVIIe s.), d'abord empl. au sens de « ouverture dans un éventail (pour voir sans être vu) », au XVIIIe s. « petite lunette » ; ***lorgnon*** (XIXe s.).

loriot (XIVe s.), altér. de *loriol*, provenant de l'agglutination de l'art. déf. à l'a. fr. *oriol* « oiseau » (XIIe s.), du lat. *aureolus* « d'or, de couleur d'or », dér. de *aurum* « or », en raison de la couleur jaune vif de l'oiseau ; au XIXe s. « orgelet ». || ***compère-loriot*** (XIXe s.), désigne l'oiseau et aussi un bouton au coin de l'œil.

lors (XIe s.), du lat. tard. *illa hora* « à cette heure », supplanté à partir du XVIIe s. par *alors*, ne subsiste guère que dans des loc. conj. *(lors même que, dès lors que)* ou comme adv. (*dès lors, depuis lors*). || ***lorsque*** (XVe s.), issu de la soudure de *lors que* (XIIIe s.), la prononciation du *s* ayant été rétablie au XVIIe s. ; ***alors*** (XIIe s.), rare jusqu'au XVe s., issu du renforcement expres. de *lors* par la prép. *à*.

losange (XIIIe s.), d'orig. discutée, p.-ê. du gaul. **lausa* « pierre plate, dalle de pierre », ou de l'ar. *lawzinag* « gâteau » ; au XIVe s. comme terme de géométrie.

lot (XIIe s.), du franc. **lot* « partie d'un tout partagée entre plusieurs personnes », d'abord empl. en fr. en ce sens, puis au XIIIe s. au sens fig. « ce que le hasard réserve à qqn », au XVIIe s. « ce qui échoit au gagnant dans une loterie ». || ***lotir*** (XIIe s.), « partager en lots » (*lotir un terrain* XXe s.), au XVIIe s. « pourvoir d'un lot », d'où *bien loti* ; ***lotissement*** (XVe s.), au XXe s. « ensemble de parcelles de terrain à construire ».

loterie (XVIe s.), empr. au néerl. *loterij*, de même sens, dér. de *lot*.

lotion (XIVe s.), empr. au lat. *lotio* « action de laver le corps », de *lautus, lotus*, part. pas. de *lavare* « laver », d'abord empl. au sens de « action de laver le corps », au XVIIe s. au sens du fr. mod. || ***lotionner*** (XIVe s.).

lotir, voir ***lot***.

loto (XVIIIe s.), empr. à l'ital. *lotto* « jeu de hasard, souvent régi par l'Etat », lui-même empr. au fr. *lot*.

lotte (XVIe s.), poisson, p.-ê. du gaul. **lotta*, de même sens.

lotus (XVIe s.), empr. au lat. *lotus, lotos*, lui-même empr. au grec et d'orig. obsc.

louche 1 (XIIe s.), généralisation de la forme fém. *losche*, du lat. *lusca*, fém. de *luscus* « qui ne voit pas bien », qui a donné en a. fr. *lois* ; d'abord empl. au sens de « qui ne voit pas bien, *lou-*

che est empl. à partir du m. fr. au sens du fr. mod. ; au XVIIe s. au sens fig. || ***loucher*** (XVIe s.), au XIXe s. au sens fig.

louche 2 (XIIIe s.), « ustensile de cuisine, de table », forme normanno-pic. de l'a. fr. *louce*, du franc. **lotja* « grande cuiller ».

louer 1 (Xe s.), du lat. *laudare* « louer, approuver », dér. de *laus, laudis* « éloge, louange » d'où est issu l'a. fr. *los* « louange », est aussi empl. au sens de « conseiller » jusqu'au XVIe s. || ***louange*** (XIIe s.), a éliminé l'a. fr. *los* ; le sens de l'a. fr. « mérite, titre de gloire » est encore présent dans l'expres. *chanter les louanges de.*

louer 2 (XIIe s.), du lat. *locare* « placer, donner à loyer », est employé dès l'a. fr. au sens de « donner un salaire, prendre à gages » et de « obtenir l'usage de qq. ch. moyennant paiement, prendre en location ». || ***louage*** (XIIIe s.), en concurrence avec *location* et *loyer* ; ***location*** (XIIIe s.), empr. au lat. *locatio* « louage », dér. du supin *locatum* de *locare* « louer », empl. au sens de « action de prendre ou de donner à louer » ; ***locataire*** (XVIe s.), dér. sav. de *locatum* ; ***loyer*** (XIe s.), du lat. *locarium* « prix d'un emplacement », dér. de *locare* « louer », d'abord empl. au sens, vieilli en fr. mod., de « salaire, récompense » et à partir du XIIIe s. au sens de « prix de location de choses, d'un local, etc. » ; ***loueur*** (XIIIe s.) ; ***locatif*** (XVIIe s.), dér. sav. de *locatum.*

loufoque (XIXe s.), altér. en jargon de *fou* en *louf*, p.-ê. avec une finale empr. à *phoque.*

louis (XVIIe s.), du nom de *Louis XIII,* qui le premier fit frapper cette monnaie.

loup (XIe s.), du lat. *lupus* « loup », d'abord sous les formes *lou, leu,* (conservé dans *à la queue leu leu),* *loup* s'étant imposé en partie sous l'infl. de *louve* ; au XVIIe s. « masque de velours noir ». || ***loup-cervier*** (XIIe s.), « lynx européen », du lat. *lupus cervarius* ; ***loup-garou*** (XIIIe s.), du franc. **wariwulf* signifiant déjà « homme-loup » ; ***louveteau*** (XIVe s.) ; ***louveterie*** (XIIIe s.), d'abord « tanière d'une louve », au XVIe s. « chasse au loup, équipage pour cette chasse » ; ***louper*** (XIXe s.), fam., « mal exécuter un travail », dér. de *loup* au sens de « malfaçon » (XIXe s.).

loupe (XIVe s.), d'orig. incert., p.-ê. d'un rad. *lopp-* créé en fr., désignant un morceau informe, d'abord empl. au sens de « pierre précieuse présentant un défaut », au XVIIe s. « excroissance qui se développe sur certains arbres » et au sens courant de « instrument d'optique ».

lourd (XIIe s.), s. d. du lat. vulg. **lurdus,* altér. du lat. clas. *luridus* « blême, qui rend livide », qui a éliminé le lat. clas. *gravis* « lourd » (voir ***grave***), est d'abord empl. au sens de « maladroit » et de « sot, stupide » et a pris progressivement le sens de « pesant, massif, difficile à déplacer ». || ***lourdaud*** (XVe s.), issu par substitution de suff. de l'a. fr. *lordel* « niais » ; ***lourdeur*** (XVIIIe s.) ; ***alourdir*** (XIIe s.), rare jusqu'au XVIIe s. Voir ***balourd***.

loustic (XVIIIe s.), empr. à l'all. *lustig* « gai, joyeux », désignant d'abord le bouffon qui accompagnait les régiments suisses, puis, au XVIIIe s., « individu facétieux, boute-en-train », au XXe s. dans le lang. pop. « homme, type ».

loutre (XIIe s.), du lat. *lutra* « loutre ».

louvoyer, voir ***lof***.

lover (XVIIe s.), s. d. empr., dans le voc. de la marine, au bas all. *lofen* « tourner », de *luven* « aller au lof » ; au XVIIIe s. *se lover* « s'enrouler sur soi-même ».

loyal (XIe s.), du lat. *legalis* « conforme à la loi, légal », est empl. jusqu' au XVIIe s. au sens de « légal » et à partir du XVIIIe s. au sens de « qui a le sens de l'honneur, de la fidélité, de la probité ». || ***loyauté*** (XIIe s.) ; ***loyaliste*** (XVIIIe s.), empr. à l'angl. *loyalist* au sens de « qui est dévoué, fidèle au roi, à la patrie » ; ***loyalisme*** (XIXe s.). Voir ***légal***, ***loi***.

loyer, voir ***louer 2***.

lubie (XVIIe s.), d'orig. obsc., p.-ê. création sav. d'après le verbe impers. lat. *libet, lubet*, « il plaît », avec une finale en *-ie* d'après *envie, jalousie*, etc., ou empr. à l'ital. *ubbia* « préjugé ».

lubrifier (XIVe s.), formé de *lubri-*, tiré du lat. *lubricus* « glissant » et *facere* « faire ». || ***lubrifiant*** (XIXe s.), adj. et subst.

lubrique (XVe s.), empr. au lat. *lubricus* « glissant » et « incertain, dangereux », en lat. chrét. « impudique, lascif », seul sens conservé en fr. || ***lubricité*** (XIVe s.), empr. au lat. tard. *lubricitas* « nature glissante, inconstance », même évol. que *lubrique*.

lucarne (XIVe s.), altér. de *lucanne* (XIIIe s.), du franc. **lukinna* « ouverture dans un toit », par croisement avec les représentants fr. du lat. *lucerna* « lampe » et « lucarne », comme l'a. subst. *luiserne* « flambeau, lumière ». Voir ***luzerne***.

lucide (XVe s.), empr. au lat. *lucidus* « clair, brillant » et au sens fig. « lumineux, manifeste », dér. de *lux, lucis* « lumière », d'abord empl. au sens concret, éliminé à partir du XVIIe s. par le sens fig. « pénétrant, perspicace ». || ***lucidité*** (XVe s.), même évol. ; ***élucider*** (XIVe s.), empr. au lat. tard. *elucidare* « rendre clair », dér. de *lucidus* ; ***élucidation*** (XVIe s.) ; ***extralucide*** (XIXe s.).

luciole (XVIIIe s.), insecte, empr. à l'ital. *lucciola*, de même sens, dér. de *lux* « lumière ».

lucre (XVe s.), rare avant le XVIIe s., empr. au lat. *lucrum* « profit » et « amour du gain », qui a donné l'a. fr. *loir*, n'est plus guère attesté que dans l'expres. *le goût, la passion du lucre*. || ***lucratif*** (XIVe s.), empr. au lat. *lucrativus* « profitable, avantageux ».

ludion (XVIIIe s.), empr. au lat. *ludio, ludionis* « histrion, danseur », pour désigner un appareil de physique.

ludique (XXe s.), dér. sav. du lat. *ludus* « jeu, amusement ».

luette (XIIIe s.), issu, par agglutination de l'art. déf., de l'a. fr. *uete*, du lat. vulg. **uvitta*, dimin. de *uva* « raisin » et par analogie « luette ».

lueur (XIIe s.), du lat. tard. *lucor, lucoris* « éclat », dér. de *lucere* « luire », est d'abord attesté au sens propre « lumière intense », puis au XVIe s. « lumière diffuse », à partir du XVIIe s. « trace, illumination soudaine, passagère ».

luge (XIVe s.), mot suisse romand et savoyard, p.-ê. du gaul. **slodia*, à rapprocher de l'all. *Schlitten* « traîneau » et de l'angl. *to slide* « glisser ».

lugubre (XIVe s.), empr. au lat. *lugubris* « de deuil, triste, sinistre », dér. de *lugere* « se lamenter, être en deuil ».

lui, voir ***il***.

luire (XIe s.), du lat. *lucere* « briller » et au sens fig. « être évident, apparent », dér. de *lux* « lumière ». || ***ver luisant*** (XVIe s.) ; ***reluire*** (XIe s.).

lumbago (XVIIIe s.), empr. au lat. tard. *lumbago* « faiblesse des reins », dér. de *lumbus* « rein ». Voir ***lombes***.

lumière (XIIe s.), du lat. *luminaria* « lumière », plur. neut. pris comme fém. sing. de *luminare* « astre, flambeau », qui a éliminé *lux* et *lumen*, est empl. au sens fig. dès l'a. fr., d'abord en contexte religieux (*ange de lumière, fils de lumière*) et à partir du XVIIe s. au sens de « connaissance, capacité intellectuelle », surtout en ce sens au plur. (*siècle, philosophie des lumières*, en parlant du XVIIIe s.). || ***lumignon*** (XIIe s.), du lat. vulg. **lucinium*, puis **luminium* (sous l'infl. de *lumen*), altér., d'après *lux,* du lat. tard. *licinium* « mèche de chandelle », mot empr. au grec ; ***luminaire*** (XIIe s.), empr. au lat. chrét. *luminare* « qui produit de la lumière, astre », dér. de *lumen*, est empl. dès l'a. fr. au sens de « ensemble des appareils d'éclairage » ; ***lumineux*** (XIIIe s.), empr. au lat. *luminosus* « brillant, remarquable », en lat. chrét. « clair, source de lumière », dér. de *lumen, luminis* « lumière », au sens fig. à partir du XVe s. ; ***luminosité*** (XVe s.).

lump (XVIIIe s.), empr. à l'angl. *lump,* désignant ce poisson, d'orig. incert.

lunaire, **lunatique**, **lunaison**, voir ***lune***.

lunch (XIXe s.), empr. à l'angl. *lunch*, à l'orig. « morceau, tranche épaisse », désigne un repas léger (souvent servi sur un buffet), une collation lors d'une réception.

lundi, voir ***lune***.

lune (XIe s.), du lat. *luna* « lune » et « mois lunaire », est d'abord empl. en a. fr. au sens de « astre satellite de la terre » ; au XVIe s. « mois lunaire » ; *lune de miel* (XIXe s.) calque de l'angl. *honeymoon*; *lune* entre dans des expres. marquant une période comme *pleine lune, nouvelle lune* ou qui témoignent de la croyance en l'infl. de la lune *(être dans la lune)*, ou qui font de la lune un symbole de l'impossible (*promettre, décrocher la lune,* etc.). || ***lunaison*** (XIIe s.), dér. de *lune* sur le modèle du lat. tard. *lunatio* « mois lunaire » ; ***lunaire*** (XIIIe s.), empr. au lat. *lunaris* « de la lune », au XVIIIe s. « qui évoque la lune » ; ***lunatique*** (XIIIe s.), empr. au lat. tard. *lunaticus* déjà empl. au sens de « qui vit dans la lune », d'où « maniaque, épileptique, fou », en a. fr. « qui a perdu la raison », au XVIIe s. « capricieux, fantasque » ; ***lundi*** (XIIe s.), du lat. vulg. **Lunis dies* « jour de la lune », en lat. clas. *Lunae dies* ; ***lunule*** (XVIIe s.), empr. au lat. *lunula* « petite lune, petit croissant » ; ***lunette*** (XIIIe s.), dimin. de *lune,* d'abord « objet en forme de lune », puis spéc. en optique, la forme du plur. au sens du fr. mod. étant attestée à partir du XIVe s. ; ***alunir***, ***alunissage*** (XXe s.), sur le modèle de *atterrir, atterrissage.*

lupanar (XVIe s.), mot latin, « maison de prostitution », dér. de *lupa* « louve » et « prostituée ».

lupin (XIIIe s.), empr. au lat. *lupinus* « herbe du loup », dér. de *lupus* « loup ».

lurette (XIXe s.), altér. de *heurette,* dimin. de *heure,* conservé dans l'expres. *il y a belle lurette* « il y a longtemps ».

luron (XVIe s.), « joyeux garçon, bon vivant », à rapprocher d'expres. comme *à lurelure* « au hasard » et *lures* « sornettes », attestés dans des refrains de chansons populaires.

lustre 1 (XIIIe s.), empr. au lat. *lustrum* au sens de « sacrifice expiatoire pratiqué à Rome tous les cinq ans », au XVIIe s. « période de cinq années », puis par ext. « longue durée », d'où l'expres. mod. *il y a des lustres* (XXe s.) « il y a longtemps ». || ***lustral*** (XIVe s.), empr. au lat. *lustralis* « qui sert à purifier ».

lustre 2 (XVe s.), empr. à l'ital. *lustro* « gloire, renommée » et « éclat », déverbal de *lustrare* « rendre illustre », du lat. *lustrare* « éclairer », au sens propre « purifier », dér. de *lustrum,* empl. en fr. au sens fig. de « éclat » et spéc. « apprêt qui donne de l'éclat aux étoffes » ; au XVIIe s. « appareil d'éclairage ». || ***lustrer*** (XVe s.) ; ***lustrine*** (XVIIIe s.), empr. à l'ital. *lustrino* « drap de soie brillant ».

luth (XIIIe s.), empr. à l'ar. *al'ud (ud* « bois », « luth »), s. d. par l'intermédiaire de l'a. prov. *lautz* ou de l'a. esp. || ***luthier*** (XVIIe s.), au XIXe s. « fabricant d'instruments de musique ».

lutin (XIIe s.), d'abord *netun, neitun,* puis *nuiton,* sous l'infl. de *nuit,* dér. de *Neptunus,* dieu de la mer chez les Romains assimilé ensuite à un démon païen, notamment de l'eau, de la nuit; *nuiton* a été altéré en *luiton* sous l'infl. de *luiter* « lutter », le changement de suff. venant de l'infl. de mots comme *hutin* « entêté, querelleur ». D'abord empl. au sens de « démon, esprit mauvais », *lutin* désigne à partir du XIVe s. un démon plus malicieux que méchant. || ***lutiner*** (XVIe s.), au XVIIIe s. « prendre des privautés avec une femme ».

lutrin (XIIe s.), du lat. vulg. **lectrinum*, dér. de *lectrum* « pupitre », formé sur le supin *lectum* de *legere* « lire », empl. au sens de « pupitre sur lequel on met à l'église les livres de chant ».

lutter (XIe s., d'abord *luiter*), du lat. *luctare* « combattre ». || ***lutte***, ***lutteur*** (XIIe s.).

luxe (XVIIe s.), empr. au lat. *luxus* « excès, splendeur, faste ». || ***luxueux*** (XVIIIe s.).

luxer (XVIe s.), empr. au lat. *luxare* « déboîter, démettre ». || ***luxation*** (XVIe s.), empr. au lat. tard. *luxatio* « déboîtement ».

luxure (XIIe s.), empr. au lat. *luxuria* « exubérance, excès, profusion » dér. de *luxus* (voir **luxe**), est empl. dès l'a. fr. au sens spéc. de « pratique excessive des plaisirs sexuels ». || ***luxurieux*** (XIIe s.), empr. au lat. *luxuriosus,* a suivi la même évol.; ***luxuriant*** (XIIe s.), empr. au lat. *luxurians,* part. prés. de *luxuriare* « être surabondant » et « s'adonner à la luxure », n'a conservé à partir du XVIe s. que le premier de ces sens; ***luxuriance*** (XVIIIe s.).

luzerne (XVIe s.), empr. au prov. *luzerno* « ver luisant » par analogie avec l'aspect brillant des graines de la plante, *luzerno* étant dér. de l'a. prov. *luzerna* « lampe », du lat. *lucerna.* Voir **lucarne**.

lycanthrope (XVIe s.), empr. au grec *lukanthropos* « homme loup », de *lukos* « loup » et *anthropos* « homme ».

lycée (XVIIIe s.), du nom du *Lycée,* gymnase au nord-est d'Athènes où enseignait Aristote, en lat. *Lyceum,* en grec *Lukéon,* dér. de *lukos* « loup », empl. au début du XIXe s. au sens de « établissement public d'enseignement secondaire ». || ***lycéen*** (XIXe s.).

lymphe (XVe s.), empr. au lat. *lympha* « eau », empl. en fr. comme terme de médec. || ***lymphatique*** (XVIe s.), empr. au lat. *lymphaticus* « fou », d'abord empl. en ce sens en fr., au XIXe s. au sens de « apathique »; ***lymph(o)-***, élém. représentant le mot *lymphe* et entrant dans la comp. de mots sav. comme ***lymphocite***.

lyncher (XIXe s.), empr. à l'anglo-améric. *to lynch* « exécuter sommairement, sans jugement », de *lynch law,* du nom de *Lynch,* fermier de Virginie (1742-1820) qui prit l'initiative de cette pratique.

lynx (XIIe s.), empr. au lat. *lynx,* lui-même empr. au grec; *œil de lynx* (XIIIe s.).

lyophile, **lyophiliser**, **lyophilisation** (XXe s.), comp. d'élém. tirés du grec *luein* « dissoudre » et *-phile.*

lyre (XIIe s.), empr. au lat. *lyra* « lyre » et « chant, poème lyrique », d'où « poésie », du grec *lura,* de même sens; au XVIe s. au sens fig. de « poésie lyrique ». || ***lyrique*** (XVe s.), empr. au lat. *lyricus* « relatif à la lyre », dér. de *lyra*; au XVIe s. pour qualifier des genres poétiques issus des genres lyriques de l'Antiquité; au XVIIIe s. en parlant de poésies qui expriment les sentiments intimes du poète, puis dans le voc. du théâtre en parlant d'une œuvre chantée sur une scène, d'où au XIXe s. *scène lyrique, drame lyrique, artiste lyrique*; ***lyrisme*** (XIXe s.), d'abord « mouvement lyrique du style, de l'expression », puis « manière passionnée, poétique, de vivre, de sentir ».

M

macabre (XIXe s. au sens de « qui évoque des images de mort, lugubre »), s. d. mauvaise lecture de *macabré,* attesté depuis le XIVe s. dans l'expres. *danse Macabré* « représentation allégorique de la Mort entraînant dans une ronde funèbre des personnages de toutes conditions », est une expres. d'orig. obsc., p.-ê. tirée du nom du peintre, *Macabré,* qui en aurait donné une représentation dont se serait inspiré Jean Le Fèvre dans un poème composé avant son *Respit de la Mort* (1396).

macadam (XIXe s.), empr. à l'angl., du nom de l'inventeur de cette méthode de pavage.

macaque (XVIIe s.), empr. au port. *macaco* « singe d'Asie », lui-même empr. aux langues bantoues.

macaron (XVIe s.), empr. à l'ital. du Sud *maccarone* (voir **macaroni**) au sens de « petit gâteau de forme ronde », au XIXe s. aux sens de « natte roulée sur l'oreille » et de « insigne de forme ronde », et spéc. au XXe s. au sens fam. de « rosette de la Légion d'Honneur ».

macaroni (XVIe s.), empr. à l'ital. du Sud *maccarone* « sorte de pâtes alimentaires », d'orig. obsc.

macaronique (XVIe s.), empr. à l'ital. *maccheronico* pour qualifier un type de poésie burlesque, entremêlée de mots latins, latinisés, etc.

macchabée (XVIIe s.), arg. et pop. au sens de « cadavre », s. d. sous l'infl. de *macabre* ou par allusion à la mise à mort des *Macchabées,* héros bibliques.

macédoine (XVIIIe s.), au sens de « mets composé d'un mélange de légumes » et au sens fig. (XIXe s.) de « assemblage hétéroclite », par allusion au royaume d'Alexandre, la *Macédoine,* composé de peuples très différents.

macérer (XVe s.), empr. au lat. *macerare* « rendre doux, amollir en humectant », qui a pris en lat. chrét. le sens de « mortifier sa chair », est d'abord attesté en ce sens en fr., puis au XVIe s. au sens concret de « faire tremper, faire mariner ». || ***macération*** (XIIIe s.), empr. au lat. *maceratio,* a suivi l'évol. du verbe.

mach (XXe s.), dans l'expres. *nombre de Mach,* unité de mesure, du nom du philosophe et physicien Ernst *Mach.*

mâche (XVIIe s.), « sorte de salade », s. d. altér. sous l'infl. de *mâcher* de *pomache* (XVIe s.), du lat. vulg. **pomasca,* dér. de *pomun* « fruit ».

mâchefer (XIIIe s.), d'orig. obsc., p.-ê. composé de *mâche,* du verbe *mâcher,* et de *fer* pour désigner les résidus solides de la fusion de minerais ferreux, etc.

mâcher 1 (XIIe s., d'abord *maschier*), du lat. tard. *masticare* « mastiquer », qui a remplacé les verbes du lat. clas. *mandere* et *manducare* (voir **manger**). || ***mâchoire*** (XIIe s., d'abord *machouere*) ; ***mâchonner*** (XVIe s.) ; ***mâchouiller*** (XIXe s.), d'orig. dial.

mâcher 2 (XIIIe s.), formé sur le rad. onomat. *makk-* « presser ensemble », est d'abord attesté au sens de « meurtrir, broyer », puis de « couper sans faire une section nette ». || ***mâchure*** (XVe s.), d'abord « contusion », puis « défaut dans le tissage d'une étoffe » ; ***mâchurer*** (XVe s.), au sens de « meurtrir », puis de « entamer, déchiqueter ».

machette (XVIIIe s.), empr. à l'esp. *machete* « grand coutelas (utilisé en Amérique du Sud) », dér. de *macho* « massue, enclume », s. d. var. du mozarabe *mazo,* du lat. vulg. **mattea.* Voir **masse**.

mâchicoulis (XVe s., d'abord *machecoleïs*), « galerie au sommet des murailles d'un château fort, percée de meurtrières pour observer l'ennemi ou envoyer des projectiles », dér. avec le suff. *-is* du m. fr. *machecol* « mâchicoulis », composé de *mâcher* « écraser » et de *col* « cou », en référence à la fonction du mâchicoulis.

machin, **machinal**, voir ***machine***.

machine (XIVᵉ s.), empr. au lat. *machina* « invention, machination », « engin de guerre » et aussi « structure de l'univers » et « ouvrage composé avec art », empr. au grec dorien *makhana* « moyen (en général) », d'où « machine », est d'abord attesté dans le syntagme *machine corporelle* « ensemble d'éléments ayant la complexité d'une machine ». *Machine* développe de nombreux sens tech. et concrets à partir du XVIᵉ s. ; datent du XVIIᵉ s. le sens de « être vivant considéré comme une combinaison d'organes, fonctionnant de manière mécanique », le sens de « ce qui fait progresser l'action, spéc. au théâtre » et le sens de « intrigue, artifice » ; au XVIIIᵉ s. au sens, vieilli, de « grand ouvrage d'art ». || ***machiner*** (XIVᵉ s.), empr. au lat. *machinari* « combiner » et « ourdir, comploter » ; ***machination*** (XIIIᵉ s.), empr. au lat. *machinatio* « artifice » ; ***machinerie*** (XVᵉ s.), d'abord au sens de « machination », puis au XIXᵉ s. au sens de « ensemble des machines réunies dans un même lieu et concourant à un but commun » ; ***machiniste*** (XVIIᵉ s.) ; ***machinal*** (XVIIIᵉ s.), au sens fig. de « qui est fait comme par une machine » ; ***machin*** (XIXᵉ s.), tiré de *machine,* d'empl. fam. pour désigner un objet dont on ignore le nom et péj. pour remplacer un nom propre de personne.

macho (XIXᵉ s.), empr. à l'hispano-améric. *macho* « homme qui fait preuve de machisme », de l'esp. *macho* « mâle ».

mâchoire, **mâchonner**, voir ***mâcher 1***.

mâchurer, voir ***mâcher 2***.

maçon (XIIᵉ s.), du franc. **makjo* « maçon », dér. de **makon* « faire » et attesté en lat. méd. sous la forme *macio, machio.* || ***maçonner*** (XIIIᵉ s.) ; ***maçonnerie*** (XIIIᵉ s.).

macramé (XIXᵉ s.), empr. à l'ital. de Gênes *macramé* « serviette, tissu », lui-même empr. à l'ar. *mahrama,* pour désigner un ouvrage de passementerie.

macreuse (XVIIᵉ s.), altér. du norm. *macrolle* « foulque noire », s. d. empr. au frison *markol* « poule d'eau », empl. au XIXᵉ s. au sens de « viande maigre de l'épaule du bœuf », s. d. par comparaison avec la chair de la macreuse, autorisée pendant les jours d'abstinence.

macro-, élém. tiré du grec *makros* « grand, long » et entrant dans la construct. de mots sav. comme ***macrocosme***, ***macroscopique***, ***macrocéphale***, etc. Voir ***micro-***.

maculer (XIIᵉ s.), empr. au lat. *maculare* « tacher » et « flétrir, déshonorer », dér. de *macula* « tache, souillure », empl. dès l'a. fr. au sens fig. et au sens propre. || ***immaculé*** (XVᵉ s.), empr. au lat. *immaculatus* « sans tache », et spéc., en lat. eccl., « sans péché » en parlant de la nature de la Vierge Marie dans l'expres. *Immaculée Conception.*

madame, voir ***dame***.

madeleine (XIXᵉ s.), « sorte de petit gâteau », d'orig. obsc., p.-ê. du nom de *Madeleine* Paumier, qui en aurait inventé la recette.

mademoiselle, voir ***demoiselle***.

madère (XVIIIᵉ s.), de l'île de *Madère,* d'où provient ce vin.

madone (XVIIᵉ s.), empr. à l'ital. *madonna,* comme désignation de la Vierge Marie dans le voc. des beaux-arts.

madrague (XVIIᵉ s.), empr. au prov. *madraga,* lui-même empr. à l'hispano-arabe *madraba* « lieu, endroit où l'on frappe », spéc. en Méditerranée au sens de « enceinte de filets fixes pour la pêche au thon ».

madras (XVIIIᵉ s.), du nom de *Madras,* ville de l'Inde, pour désigner d'abord cette sorte d'étoffe, puis un mouchoir noué sur la tête et servant de coiffure de femme.

madré (XVe s.), dér. au sens de « veiné, tacheté » de l'a. fr. *masdre, madre* (XIIe s.), « bois veiné » et « vase à boire », du franc. **maser* « excroissance rugueuse de l'érable », empl. à partir du XVIe s. au sens de « rusé, malin » par comparaison avec l'aspect varié du bois madré.

madrépore (XVIIe s.), « variété de corail », empr. par l'interméd. du lat. scient. *madrepora* à l'ital. *madrepora* formé de *madre* « mère » et de *poro* « passage, pore ».

madrier (XIVe s., d'abord *madier*), empr. avec adjonction d'un *r* à l'a. prov. *madier* « couverture de pétrin », du lat. tard. *materium* « bois de construction », en lat. clas. *materia,* (voir ***matière***), empl. dès le XIVe s. au sens de « planche très épaisse ».

madrigal (XVIe s.), empr. à l'ital. *madrigale,* d'orig. obsc., d'abord empl. pour désigner de courtes pièces en vers d'inspiration galante, puis au XVIIIe s. pour qualifier des pièces vocales polyphoniques.

maelström, **malstrom** (XIXe s.), de *Maelstrom,* nom d'un tourbillon proche de la côte norvégienne.

maestro (XIXe s.), empr. à l'ital. *maestro* « maître » au sens spéc. de « compositeur de musique renommé », puis de « chef d'orchestre ». || ***maestria*** (XIXe s.), mot ital. signifiant « maîtrise, habileté dans l'exécution ».

maf(f)ia (XIXe s.), mot ital. désignant une société secrète, issu du sicilien *mafia* « hardiesse, vantardise », d'orig. obsc.

magasin (XIVe s.), empr. à l'ar. *mahazin,* plur. de *mahzan* « entrepôt », par l'intermédiaire du prov. ou de l'ital. *magazzino,* d'abord empl. au sens, encore usuel, de « entrepôt » ; *magasin* désigne plus spécialement à partir du XVIIe s. un « lieu destiné à la vente des marchandises », en concurrence avec *boutique,* et tout particulièrement un « lieu de vente en gros » ; *grand magasin* (XIXe s.). || ***magasinage***, ***magasinier*** (XVIIIe s.) ; ***emmagasiner*** (XVIIIe s.).

magazine (XVIIIe s.), empr. à l'angl. *magazine,* lui-même empr. au fr. *magasin* au sens de « dépôt » et au sens fig. de « dépôt, recueil d'informations », puis comme titre d'un recueil périodique *The Gentleman's Magazine* (1731) ; *magazine* au sens de « revue périodique », a été en concurrence aux XVIIIe et XIXe s. avec *magasin* ; au XXe s. au sens de « émission périodique de radio, de télévision ».

mage (XVe s.), empr. au lat. *magus* « prêtre chez les anciens Perses » et « magicien, sorcier », du grec *magos,* d'orig. iranienne. || ***magie*** (XVIe s.), empr. au lat. *magia,* du grec *mageia* « religion des mages perses » et « sorcellerie » ; ***magique*** (XIIIe s.), empr. au lat. *magicus,* du grec *magikos* ; ***magicien*** (XIVe s.), dér. de *magique,* au XVIIIe s. au sens fig.

magister (XVe s.), mot lat. empr. au sens, vieilli, de « maître d'école de village », puis de « pédant ». || ***magistère*** (XIIIe s., d'abord sous la forme *maiestire*), empr. au lat. *magisterium,* dér. de *magister* « maître », d'abord attesté au sens de « art, talent », est empl. en fr. mod. au sens de « autorité morale, intellectuelle » et au XXe s. pour désigner un grade universitaire, sur le modèle de l'angl. *master (of art)* ; ***magistral*** (XIIIe s.), empr. au lat. tard. *magistralis,* de *magister* « maître », au sens de « digne d'un maître » puis « qui est relatif au maître » ; ***magistrat*** (XIVe s.), empr. au lat. *magistratus* « fonction publique » et « fonctionnaire public », dér. de *magister,* d'abord attesté au sens de « fonction publique », puis au sens de « officier civil » (XVIe s.) et spéc. de « fonctionnaire public de l'ordre judiciaire » ; ***magistrature*** (XVe s.), dér. de *magistrat,* spéc. à partir du XVIIe s. au sens de « fonction judiciaire ».

magma (XVIIe s.), empr. au lat. *magma* « résidu d'un parfum », empr. au grec *magma* « masse pétrie, onguent », de *mattein* « pétrir », empl. au XIXe s. comme terme de géologie et au sens fig. de « mélange confus ».

magnanerie (XIXe s.), terme adapté du prov. *magnanarié* « art d'élever les vers à soie », dér. de *magnan* « ver à soie ». || ***magnanarelle*** (XIXe s.), du prov. *magnanarello* « femme qui élève des vers à soie ».

magnanime (XIIIe s.), empr. au lat. *magnanimus* « noble, généreux », comp. de *magna*, fém. de *magnus* « grand » et *anima* « âme ». || ***magnanimité*** (XIIIe s.), empr. au lat. *magnanimitas* « grandeur d'âme ».

magnat (XVIe s.), empr. au plur. lat. *magnates* « les grands, les puissants », formé sur *magnus* « grand », utilisé au XVIIIe s. pour qualifier les membres de la haute noblesse en Pologne et en Hongrie, puis empr. à la fin du XIXe s. à l'anglo-améric. *magnate* au sens péj. de « gros capitaliste ».

magnésie (XVe s.), empr. au lat. méd. *magnesia* « pierre brillante », dér. du lat. *magnes (lapis)* « pierre d'aimant », formé sur le modèle du grec *magnês lithos* « pierre de Magnésie », du nom de la ville d'Asie Mineure, *Magnésia*, riche en aimants naturels. || ***magnétique*** (XVIIe s.), empr. au lat. tard. *magneticus* « relatif à l'aimant », au XIXe s. au sens fig. « fascinant » ; ***magnétisme*** (XVIIe s.) a suivi l'évol. de l'adj. ; ***magnétiser*** (XVIIIe s.) ; ***magnéto-***, élém. représentant l'adj. *magnétique* ou le subst. *magnétisme*, qui entre dans la construct. de termes sav. et tech. comme ***magnétomètre***, ***magnéto-électrique***, ***magnétophone***, ***magnétoscope***.

magnifier (XIIe s.), empr. au lat. *magnificare* « glorifier », dér. de *magnus* « grand », et très employé en lat. chrét., est d'abord attesté au sens de « célébrer (Dieu, puis qqn) », puis, au XVIe s., au sens de « rendre plus beau ». || ***magnifique*** (XIIIe s.), empr. au lat. *magnificus* « qui fait de grandes choses », dér. de *magnus* « grand », d'abord empl. au sens, vieilli, de « qui aime le faste, généreux », puis au XVIe s. de « qui est grandiose, somptueux » et par ext. (rare avant le XIXe s.) de « qui est très beau, splendide » ; ***magnificence*** (XIIIe s.), empr. au lat. *magnificentia* « grandeur d'âme », d'abord empl. au sens, vieilli, de « disposition à dépenser sans compter », puis au XIVe s. « qualité de ce qui est magnifique » ; ***magnificat*** (XIVe s.), « cantique de la Vierge Marie », du lat. *magnificat*, 3e pers. de l'ind. prés. de *magnificare*, 1er mot de l'action de grâce prononcée par la Vierge Marie.

magnolia (XVIIIe s.), mot du lat. des botanistes, forgé sur le nom du botaniste Pierre *Magnol*.

magnum (XIXe s.), emploi comme subst. du neutre de l'adj. *magnus* « grand » pour qualifier une bouteille contenant environ deux litres ou, au XIXe s., une cartouche qui a une charge de poudre élevée et, par métonymie, une arme à feu.

magot 1 (XVe s.), altér. de *Magog*, nom biblique désignant, associé à *Gog*, des peuples barbares et horribles, d'abord empl. au sens de « singe du genre macaque », puis au XVIe s. de « homme très laid » et au XVIIIe s., pour désigner une « figurine trapue de l'Extrême-Orient ».

magot 2 (XVe s.), « somme d'argent amassée et mise en réserve », d'orig. obsc., p.-ê. altér. de *mugot* « trésor caché », même mot que l'a. fr. *musgot*, *musgode* « provision de vivres », s. d. d'un germ. **musgauda*.

magret (XXe s.), mot gascon dér. de *magre* « maigre », *magret* désignant le filet maigre d'un gros canard.

maharadjah, voir ***rajah***.

mai (XIe s.), du lat. *maius (mensis)*, adj. dér. de *Maia*, nom d'une divinité italique.

maie (XIe s., d'abord *mait, maiz*), du lat. *magis, magidis* « pétrin », du grec *magis, magidos* « pâte à pain » pour désigner un pétrin, une grande huche à pain.

maïeutique (XIXe s.), empr. au grec *maieutiké (tekhné)* « art d'accoucher qqn », pour désigner la méthode d'enseignement pratiquée par Socrate et par ext. une méthode faisant appel à la réflexion intellectuelle.

maigre (XIIe s.), du lat. *macer, macrum* « maigre, chétif, mince » ; *faire maigre* (XVIIe s.). || ***maigreur*** (XVe s.) ; ***maigrir*** (XIIe s.) ; ***amaigrir*** (XIIIe s.) ; ***amaigrissement*** (XIVe s.) ; ***maigrelet*** (XVIe s.) ; ***maigrichon*** (XIXe s.).

mail (XIe s.), du lat. *malleus* « marteau, maillet », d'abord empl. en ce sens en a. fr., puis au XVIIe s. aux sens de « jeu de mail » et de « promenade, allée (où l'on joue à ce jeu) ». || ***maillet*** (XIIe s.).

mailing (XXe s.), empr. à l'angl. *mailing*, de *to mail* « poster », pour désigner une prospection auprès d'une clientèle au moyen de documents envoyés par la poste.

maille 1 (XIe s.), du lat. *macula* « tache », puis « maille de filet » ; le sens premier de « tache » maintenu dans des emplois techniques a été évincé dès l'a. fr. par ceux de « petit anneau en métal » (en parlant d'une armure, d'une cotte de mailles) et de « boucle de matière textile » (pour former un tissu, etc.). || ***maillon*** (XVIe s.), dér. de *maille* « anneau d'une chaîne ».

maille 2 (XIIe s.), du lat. méd. *medalia* « demi-setier », forme dissimilée de **medialia*, plur. neutre pris comme fém. sing. de *medialis* « qui est au milieu », et qui a désigné en a. fr. une monnaie de très faible valeur ; *maille* subsiste en fr. mod. dans les expres. *sans sou ni maille* ou *avoir maille à partir avec qqn* « avoir un différend avec qqn ».

maillot (XVIe s.), forme issue avec chang. de suff. de l'a. fr. *mailloel, maillol*, dér. de *maille*, par analogie entre les bandes entrelacées du maillot et les mailles entrelacées ; *maillot* est d'abord empl. au sens de « pièce d'étoffe dont on enveloppe un nouveau-né », puis au XIXe s. de « vêtement moulant le corps, et spéc. le haut du corps » et au XXe s. au sens de « costume de bain ». || ***emmailloter*** (XVIIe s.), au XIXe s. au sens fig. « gêner, brimer ».

main (Xe s.), du lat. *manus* « main », s'emploie dès l'a. fr., outre son sens concret, pour symboliser la prise de possession, l'autorité (*prendre en main*), la justice (*main de justice*), pour désigner différentes formes de travail et d'activité et pour qualifier des comportements rituels, culturels (*joindre les mains, donner, demander la main de, frapper des mains*). || ***mainmorte*** (XIIIe s.), d'abord terme de droit féodal (« droit du seigneur à disposer des biens laissés par son vassal à sa mort ») ; ***mainlevée*** (XVe s.), terme de droit civil ; ***mainmise*** (XIVe s.), terme de droit féodal, puis « action de s'emparer » ; ***main-forte*** (XVe s.), d'abord « secours que l'on porte à la justice », puis « aide en général » ; ***main-d'œuvre*** (XVIIIe s.), d'abord « travail d'un ouvrier », puis au XXe s. « ensemble des salariés ».

maint (XIIe s.), s. d. du germ. **manigipo* « grande quantité de », empl. au sens de « plusieurs, un grand nombre de » jusqu'au XVIIe s., est vieilli et littér. en fr. mod.

maintenant (XIIe s.), d'abord *de maintenant*, du lat. *manu tenendo*, gérondif de *tenere*, « pendant que l'on tient qq. ch. dans la main », expres. qui a ensuite servi à exprimer l'idée de rapidité du geste, de proximité spatiale, puis temporelle, d'où le sens en a. fr. de « aussitôt » ; le sens de « au moment présent », attesté au XIIIe s., se répand au XVIe s.

maintenir (XIIe s.), du lat. vulg. **manutenere* « tenir avec la main », altéré en **manutenire* (voir **tenir**), est empl. dès l'a. fr. aux sens de « protéger, défendre », de « conserver dans le même état » et de « affirmer, soutenir », ces deux derniers sens étant seuls usuels en fr. mod. ; au XVIIe s. au sens concret « empêcher de tomber ». || **maintien** (XIIIe s.) ; **maintenance** (XIIe s.), d'abord empl. au sens de « protection, soutien », puis sorti d'usage, est repris au XXe s. à l'angl. *maintenance* au sens de « entretien d'un matériel technique ».

maire (XIIe s.), forme subst. de l'adj. *maire* « plus grand », issu du lat. *major,* comparatif de *magnus* « grand » (voir **majeur** et **major**) désigne en a. fr. « celui qui dirige le corps municipal (dans les villes de commune) » et à partir de 1789 « le premier magistrat d'une commune, élu par le conseil municipal parmi ses membres ». || **mairie** (XIIIe s.), d'abord empl. aux sens de « territoire soumis à l'autorité d'un maire » et de « charge de maire », au XVIIIe s. au sens de « bâtiment administratif ».

mais (Xe s.), de l'adv. lat. *magis* « plus, davantage », attesté dès l'a. fr. comme adv. au sens (vieilli) de « plus, davantage » (*n'en pouvoir mais*) et comme conj., avec valeur adversative, restrictive, etc.

maïs (XVIe s.), empr. par l'intermédiaire de l'esp. *maíz* à une langue d'Haïti.

maison (Xe s.), de l'accusatif lat. *mansionem,* de *mansio,* du verbe *manere* « demeurer », qui signifie en lat. clas. « lieu de séjour, de halte ». En fr., *mansio* a remplacé le gallo-roman *case* (voir **case** et **chez**) et a éliminé le lat. clas. *domus* (voir **dôme**). D'abord attesté au sens de « lieu d'habitation » ou de « lieu destiné à un usage spécialisé » (*maison Dieu* « hôpital » ; *maison*, au XIIe s. « couvent » ; *maison de force*, au XVIIIe s. « prison pour femmes » ; *maison de campagne,* etc.), *maison* s'emploie dès la fin du XIe s. en concurrence avec *maisnie* (du lat. tard. *mansionata*) pour désigner l'ensemble des personnes qui assurent le service de l'empereur, des grands personnages, puis la domesticité en général (au XIXe s. *gens de maison*) ; de l'a. fr. date également le sens de « race, famille, descendance » et spéc. « lignée des familles nobles » ; au XXe s. apparaît l'expres. *fait maison*, au sens de « qui a été fait sur place ». || **maisonnée** (XVIIe s.).

maître (XIe s.), du lat. *magister* « chef, directeur, celui qui enseigne », qui a supplanté *dominus* (voir **dom**). D'abord attesté en apposition ou comme adj. au sens de « principal » (*maître-autel*), *maître* est usuel dès l'a. fr. aux sens de « celui qui exerce une autorité sur » et de « personne qualifiée pour diriger, surveiller et tout spéc. enseigner » ; à partir du XIIe s. comme titre honorifique pour les médecins, les gens de robe (XVe s.), etc. || **maîtresse** (XIIe s.), fém. de *maître,* s'emploie aussi en a. fr. au sens de « duègne, gouvernante » et spéc. à partir du XIIIe s. dans le langage amoureux au sens de « femme aimée », sens en concurrence à partir du XVIIe s. avec le sens du fr. mod. « femme qui s'est donnée à un homme hors mariage » ; **maîtrise** (XIIe s.), d'abord *mestrise*, est usuel dès le XIIe s. au sens fig. de « habileté, perfection digne d'un maître » ; à partir du XIIIe s. pour qualifier la fonction de maître dans certains métiers ; au XVIIIe s., « école d'éducation musicale », d'abord attachée à une église ; au XXe s. *agents de maîtrise* ; au XXe s. grade universitaire ; au XXe s. aux sens fig. de « domination de soi-même » et de « possession d'une chose dont on dispose à son gré » ; **maîtriser** (XIVe s.), d'abord « gouverner, dominer », puis à partir du XVIe s. surtout usuel au sens de « dominer une passion », puis de « dominer un phénomène naturel, un sujet d'étude » ; **contremaître** (XVe s.) ; **quartier-maître**, (voir **quartier**) ; **maitre queux** (XVe s.), (voir **queux**) ; **maître**

chanteur (XIXe s.), calque de l'all. *Meistersinger,* au sens spéc. de « membre d'une association de poètes musiciens », et au sens courant de « personne qui pratique le chantage ».

maïzena (XIXe s.), empr. à l'anglo-améric. *maizena* « fécule de maïs ».

majesté (XIIe s.), empr. au lat. *majestas* « grandeur, dignité », aux sens fig. « noblesse d'une personne, d'un style, d'un lieu », « souveraineté de l'Etat, du peuple romain » et en lat. méd. « souveraineté » (en général), est employé dès l'a. fr. pour qualifier la grandeur suprême de Dieu, du roi de France, comme appellatif (*votre majesté*), puis aussi au sens, bien attesté à partir du XVIe s., de « caractère de grandeur, de noblesse dans l'apparence ». || ***majestueux*** (XVIIe s.).

majeur (XIVe s.), empr. au lat. *major,* compar. de *magnus* « plus grand par la qualité, la force ou l'âge » et, en lat. méd., « qui a atteint l'âge de la majorité », est d'abord attesté dans le voc. logique (*la majeure d'un syllogisme*), puis dans des emplois spéc. en musique, dans le voc. relig. (*ordres majeurs* XVIIe s.) et au sens général de « très grand, très important » (XVIe s.) ; *majeur* qualifie à partir du XVIe s. « celui qui a atteint l'âge de la majorité légale » ; au XXe s. le « doigt du milieu ». || ***majorité*** (XIIIe s.), empr. au lat. méd. *majoritas* « majorité en nombre, âge majeur », d'abord attesté au sens de « supériorité quantitative » puis au XVIe s. d'« âge légal » ; au XVIIIe s., par empr. à l'angl., dans le voc. politique ; ***majoritaire*** (XXe s.) ; ***major*** (XVIe s.), empr. à l'esp. *mayor* « plus grand » pour désigner dans le voc. militaire différents grades, ***sergent-major*** (XVIe s.), ***tambour-major*** (XVIIe s.) ; ***majorer*** (XIXe s.), dér. sav. de *major,* au sens de « porter un prix à un chiffre plus élevé » et au sens fig. de « donner une valeur excessive » ; ***majoration*** (XIXe s.) ; ***majordome*** (XVIe s.), empr. à l'ital. *maggiordomo* « maître d'hôtel de grande maison », du lat. méd. *major domus* « chef des serviteurs » ; ***majorette*** (XXe s.), empr. à l'améric. *majorette,* par ellipse de *drum-majorette* « tambour-majorette », désignant une jeune fille défilant en uniforme de fantaisie à l'occasion de parades. Voir ***maire***.

majolique (XVIe s.), empr. à l'ital. *maiolica* « céramique émaillée », altér. de *Majorica,* nom de l'île de *Majorque* d'où fut importée en Italie cette technique d'origine arabe.

majuscule (XVe s.), empr. au lat. *majusculus* « un peu plus grand », dimin. de *major* (voir ***majeur***), d'abord dans l'expres. *lettre majuscule*, puis au XVIIIe s. comme nom.

mal, adj., adv. et subst. (IXe s. comme adj. et subst.), du lat. *malus,* adj. « mauvais, méchant, funeste » et de l'adv. *male* « mal, autrement qu'il ne faut » ; *mal* adj., concurrencé par *mauvais*, ne survit en fr. mod. que dans des expres. figées comme *bon gré, mal gré* ou *bon an, mal an* ; *mal* adv. (XIe s.) est d'abord attesté au sens « de manière défavorable, fâcheuse », puis au XIIIe s. aux sens de « de façon incomplète » et « de façon contraire à la morale » ; au XVIIe s. *pas mal*, loc. adv. ; *mal,* alternant avec *mau*, précède, pour en inverser le sens, un grand nombre d'adj. et de part. comme *maladroit, malaisé, maudit, mauvais, malappris*, etc. ; *mal* subst. d'abord au sens de « ce qui est contraire au bien », est usuel dès l'a. fr. aux sens de « souffrance physique, morale », au XVIIe s. « inconvénient » (*il n'y a point de mal à*) et de « effort » (*se donner du mal*) ; au XIXe s. dans les expres. *mal du pays, mal du siècle.*

malabar (XXe s.), pop., p.-ê. empr., dans l'argot des marins, de *Malabar* « Indien de la côte de Malabar », au sens de « homme fort, costaud ».

malachite (XIIe s.), empr. au lat. *molochitis*, du grec *molokhités* « sorte de pierre précieuse », dér. de *molokhé* « mauve ».

malade (Xᵉ s.), du lat. imp. *male habitus* « qui est en mauvais état, malade », formé de *male* (voir ***mal***) et de *habitus,* part. pas. de *habere* « être dans tel ou tel état », qui a éliminé le lat. clas. *aeger* « malade » ; au XVIᵉ s. au sens fig. || ***maladie*** (XIIIᵉ s.), au sens propre et au sens fig. ; ***maladif*** (XIIIᵉ s.), « sujet à être malade » et au XVIᵉ s. au sens de « excessif, anormal » ; ***maladrerie*** (XIIᵉ s., d'abord *maladerie*), « hôpital pour les lépreux », dér. de *malade* avec infl. de *ladre* « lépreux ».

maladroit (XVIᵉ s.), comp. de *mal* et de *adroit,* d'abord « qui manque d'adresse », au XVIIᵉ s. en parlant du comportement, des relations sociales. || ***maladresse*** (XVIIIᵉ s.), dér. de *maladroit* d'après *adresse.*

malaise, voir ***aise***.

malandrin (XIVᵉ s.), « bandit, voleur », empr. à l'ital. *malandrino*, dér. du lat. *malandria* « espèce de lèpre », p.-ê. au sens originel de « mendiant, lépreux ».

malappris, voir ***apprendre***.

malard, **malart** (XIIᵉ s.), « canard sauvage mâle », dér. de *mâle.*

malaria (XIXᵉ s.), empr. par l'angl. à l'ital. *malaria,* comp. de *mala* « mauvais » et *aria* « air ».

malaxer (XVᵉ s.), empr. au lat. imp. *malaxare* « amollir », formé sur l'aoriste *malaxai* du verbe grec *malassein* « amollir, adoucir », dér. de *malakos* « doux ».

mâle (XIIᵉ s.), du lat. imp. *masculus* « mâle, masculin », dér. de *mas, maris,* de même sens, qui a été éliminé. || ***masculin*** (XIIIᵉ s.), empr. au lat. *masculinus* « de mâle, d'homme », au XVIᵉ s. comme terme de gram. ; ***masculiniser*** (XVIᵉ s.).

malédiction, voir ***maudire***.

maléfice (XIIIᵉ s.), empr. au lat. *maleficium* « méfait, crime » qui a pris en lat. imp. le sens de « mauvais charme, sortilège », est d'abord employé au sens de « méfait », puis au XIIIᵉ s. au sens de « sortilège », seul sens usuel en fr. mod. || ***maléfique*** (XVᵉ s.), empr. au lat. *maleficus.*

malencontreux (XVᵉ s.), dér. du terme vieilli *malencontre* (XIIᵉ s.), « mauvaise rencontre », comp. de *male,* fém. de *mal,* et de *encontre* « rencontre », déverbal de *encontrer* « trouver qqn sur son chemin » (Xᵉ s.) (voir ***rencontrer***). || ***malencontreusement*** (XVIIᵉ s.).

malentendu, voir ***entendre***.

malfaçon, voir ***façon***.

malfaire, **malfaiteur**, voir ***faire***.

malgré, voir ***gré***.

malheur, **malheureux**, voir ***heur***.

malice (XIIᵉ s.), empr. au lat. *malitia* « nature mauvaise, méchanceté » et « ruse, finesse », dér. de *malus* (voir ***mal***), empl. aux sens forts de « inclination à nuire » et de « disposition à faire le mal » jusqu'au XVIIᵉ s., est usuel en fr. mod. au sens affaibli de « penchant à s'amuser aux dépens d'autrui » ; *boîte à malice, sac à malice* (XIXᵉ s.) conservent l'idée de « ruse, habileté ». || ***malicieux*** (XIIᵉ s.), empr. au lat. *malitiosus* « méchant, fourbe », dér. de *malitia,* a suivi l'évol. de *malice.*

malin (XIIᵉ s.), d'abord *maligne* au masc. et au fém., empr. au lat. *malignus* « de nature mauvaise, perfide », dér. de *malus* (voir ***mal***), est d'abord attesté au sens de « qui se plaît à faire le mal, porté à nuire », d'où *le malin* « le diable » ; au XVIᵉ s. au sens de « nocif, pernicieux », au XVIIᵉ s. au sens de « qui a de la ruse, de la finesse ». || ***malignité*** (XIIᵉ s.), empr. au lat. *malignitas* « méchanceté, malveillance », dér. de *malignus,* a connu au XVIIᵉ s. la même évol. que *malin.*

malingre (XIIIᵉ s.), d'abord attesté comme nom propre, au XVIᵉ s. comme adj., est d'orig. incert., p.-ê. du croisement de *mal* et de l'a. fr. *haingre* « chétif, maigre », d'orig. obsc. ; au XVIIe s. au sens du fr. mod. « qui est de constitution chétive, délicate ».

malle (XIe s.), du franc. **malha*, d'abord attesté au sens de « sac en cuir », puis de « coffre pour le voyage » ; les sens fig. (*faire ses malles*, etc.) se développent à partir du XVIIIe s. || ***mallette*** (XIIIe s.) ; ***malle-poste*** (XVIIIe s.).

malléable (XIVe s.), dér. du lat. *malleus* « marteau » au sens de « qui a la propriété de s'étendre sous le marteau », au XIXe s. au sens fig. « souple, influençable ». || ***malléabilité*** (XVIIe s.).

malléole (XVIe s.), terme d'anat., empr. au lat. *malleolus* « petit marteau », dim. de *malleus* « marteau ».

malotru (XIIe s.), altér. de **malastru*, du lat. vulg. **male astrucus* « né sous une mauvaise étoile », formé sur le lat. tard. *astrosus* dér. de *astrum* « astre », d'abord empl. au sens de « malheureux », puis au XIIIe s. de « disgracié » et de « balourd, grossier », seul sens attesté en fr. mod.

malséant, voir ***seoir***.

malt (XVIIIe s.), empr. à l'angl. *malt*, v. angl. *mealt* « orge germée artificiellement et séchée ».

malthusien (XIXe s.), s. d. dér. d'après l'angl. *malthusian*, du nom de T. R. *Malthus*, économiste anglais, qui préconisait la limitation des naissances par la continence. || ***malthusianisme*** (XIXe s.).

malveillant (XIIe s.), d'abord *mauvueillant*, forme refaite d'après *veillant* (voir ***veiller***), comp. de *mal*, adv., et de l'anc. part. prés. de *vouloir*, *vueillant*, sur le modèle du latin *malevolens* « mal intentionné ». || ***malveillance*** (XIIe s.).

malversation (XIVe s.), dér. du verbe vieilli *malverser* « détourner des fonds dans l'exercice de ses fonctions » (XIVe s.), empr. au lat. méd. *malversari* « agir de manière malhonnête », comp. de *male* « mal » et de *versari* « s'occuper de, se mêler de ».

maman (XIIIe s.), mot de formation expres. enfantine, qui se retrouve dans le grec *mammê*, le lat. *mamma*, etc. Voir ***mamelle***.

mamelle (XIIe s.), du lat. *mamilla*, dér. de *mamma* « mamelle » ; au XVIe s. au sens fig. || ***mamelon*** (XIVe s.), au XVIIe s. par analogie « protubérance arrondie » ; ***mamm(o)-***, élém. tiré de *mamma*, entrant au XXe s. dans la construct. de termes médicaux comme ***mammographie***, ***mammoplastie***, etc. Voir ***mammifère***.

mamelouk, **mameluk** (XIIe s., d'abord *mamelon*, *memeloc*), empr. à l'ar. d'Egypte *mamluk* « esclave blanc, celui qui est possédé », du verbe *malaka* « posséder », d'abord au sens de « cavalier d'une milice égyptienne », puis au début du XIXe s. de « soldat d'un escadron de la garde impériale ».

mamie (XXe s.), empr. à l'angl. *mammy* « maman » ou formé sur le rad. expressif que l'on retrouve dans *maman*.

mammifère (XVIIIe s.), formé à partir de l'élém. *mamm-*, du lat. *mamma* « mamelle » et de *-fère* « qui porte », du lat. *fero* « porter ».

mammouth (XVIIIe s.), empr. au russe *mamut*, de même sens ; au XIXe s. au sens fig. « énorme », empr. à l'anglo-améric.

mamours (XIXe s.), forme agglutinée de *m'amour* (forme élidée de *ma amour*).

manade (XIXe s.), empr. au prov. *manado* « troupeau de chevaux ou de taureaux sauvages », dér. de *mano* « main », du lat. *manus* aux sens de « poignée » et « ensemble de choses ».

manager (XVIIIe s.), subst., empr. à l'angl. *manager* « celui qui s'occupe de qq. ch. », de *to manage* « entraîner, conduire, s'occuper de», à l'orig. terme d'équitation s. d. empr. à l'ital. *maneggiare* (voir **manège**). || **management** (XXe s.), empr. à l'angl. *management* «action de conduire, de diriger, d'entraîner», dér. de *to manage.*

manant (XIIe s.), part. prés. subst. de l'a. fr. *manoir* «demeurer», du lat. *manere* (voir **manoir**), est d'abord empl. aux sens de «qui possède de grands biens» et de «habitant, résident», puis au XVIIe s. au sens péj. et vieilli de «paysan» et, par ext., «homme grossier, mal élevé».

manche 1 (XIIe s.), «partie d'un outil, d'un instrument, etc.», du lat. tard. *manicus* «poignée, partie d'un outil», de *manus* «main». || **emmancher** (XIIe s.).

manche 2 (XIIe s.), «partie du vêtement dans laquelle on passe le bras», du lat. *manica* «longue manche de tunique, gant», de *manus* «main», est empl. au sens fig. à partir du XVIIe s. dans des expres. comme *c'est une autre paire de manches, avoir qqn dans sa manche*, au sens géogr. *La Manche,* au sens de «tour de cartes», puis au XIXe s. de «partie liée à une autre» (*gagner la première manche*). || **manchette** (XIVe s.), «manche d'habit», puis au XVIe s., «ornement de manche»; au XIXe s., «gros titre à la première page d'un journal» et comme terme d'escrime (*coup de manchette*); **manchon** (XIIIe s.); **mancheron** (XIIIe s.), «petite manche»; **emmanchure** (XVe s.).

manche 3 (XVIe s.), empr. à l'ital. *mancia* au sens de «don», lui-même empr. au fr. *manche* 2, d'abord empl. en fr. au sens de «don», au XIXe s., arg., *faire la manche* «mendier».

manchot (XVIe s.), dér. de l'a. fr. *manc* (XIIe s.), «estropié», du lat. *mancus* «infirme de la main» et «mutilé»; au XVIIIe s. pour désigner un «oiseau palmipède».

mandarin (XVIe s.), empr. au port. *mandarim* «haut fonctionnaire de Malaisie, de Chine et d'Annam», lui-même empr. avec infl. de *mandar* «mander» au malais *mantari* «conseiller du roi, ministre», du sanskrit *mantrim* «conseiller d'Etat»; au XVIIe s. au sens de «haut fonctionnaire chinois»; au XIXe s. au sens fig. et péj. de «intellectuel», «lettré influent»; (*canard*) *mandarin* (XIXe s.). || **mandarinat** (XVIIIe s.), «dignité de mandarin», au XIXe s. au sens fig. et péj. de «groupe intellectuel ou professionnel exerçant une autorité plus ou moins arbitraire».

mandarine (XVIIIe s.), forme substantivée par ellipse de *(orange) mandarine,* s. d. par analogie avec la couleur des habits des mandarins. || **mandarinier** (XIXe s.).

mandat (XVe s.), empr. au lat. *mandatum* «mission de remplacer qqn», puis «charge», part. pas. de *mandare* «mander», est d'abord empl. pour désigner une «lettre du pape», puis à partir du XVIIe s. au sens de «acte, contrat par lequel une personne donne à une autre le pouvoir d'agir en son nom», d'où *mandat législatif, parlementaire*; au XIXe s., «procuration écrite» (*mandat postal, mandat télégraphique,* etc.); au XXe s., «autorisation donnée à un Etat d'administrer certains Etats». || **mandater** (XIXe s.); **mandataire** (XVIe s.), empr. au lat. tard. *mandatarius.*

mander (fin Xe s.), du lat. *mandare* «donner mandat à», puis «faire savoir», est vieilli ou littéraire depuis le XVIIe s. aux sens de «demander, commander», de «faire connaître une instruction, un ordre», de «faire venir» et de «faire savoir, spéc. par écrit». || **mandement** (XIIe s.), «ordre écrit», spéc. en droit canonique.

mandibule (XIVe s.), empr. au lat. tard. *mandibula* «mâchoire», dér. de *mandere* «mâcher». Voir **manger**.

mandoline (XVIIIe s.), empr. à l'ital. *mandolino*, dimin. de *mandola* «instrument à cordes de la famille du luth », à l'orig. du fr. *mandore.*

mandragore (XIIe s.), empr. au lat. *mandragoras,* empr. au grec, mot d'orig. obsc. désignant une plante dont la racine ressemble au corps humain et à qui étaient attribués des pouvoirs surnaturels, également attesté sous la forme *mandegloire, main de gloire,* par étym. pop.

manducation (XVe s.), empr. au lat. chrét. *manducatio* « action de manger, spéc. l'Eucharistie ». Voir ***manger***.

manécanterie (XIXe s.), empr. au lat. méd. *manicantaria,* du lat. *mane* « le matin » et *cantare* « chanter » au sens de « école formant des enfants au chant choral religieux ou profane ».

manège (XVIIe s.), empr. à l'ital. *maneggio* « dressage des chevaux », de *maneggiare* « manier » et spéc. « dresser un cheval », est d'abord employé au sens de « lieu où l'on exerce les chevaux », au XVIIe s. au sens fig. ; au XIXe s. *manège de chevaux de bois.* Voir ***manager***.

mânes (XVe s.), empr. au lat. *Manes* « âmes des morts », s. d. masc. plur. subst. de l'adj. archaïque *manis* « bon ».

manette (XIXe s.), « clé, levier, poignée que l'on manœuvre à la main », dér. sav. de *manus* « main ».

manganèse (XVIe s.), empr. à l'ital. *manganese,* p.-ê. altér. du lat. méd. *magnesia.* Voir ***magnésie***.

manger (fin Xe s.), du lat. *manducare* « mâcher », puis « manger », de *manducus* ou *manduco* « le baffreur » (personnage de comédie, caractérisé par sa gloutonnerie), formé sur *mandere* « mâcher » ; terme expressif, *manducare* a remplacé dans le lat. pop. *edere* « manger » ; dès le XIIIe s. sont attestés en fr. des emplois aux sens fig. « user, ronger, entamer », « dévorer, dilapider ». || ***mangeoire*** (XIIe s.) ; ***mange-tout*** (XVIe s.), d'abord « celui qui dilapide, dépense », au XIXe s. « variété de pois, de haricots » ; ***démanger*** (XIIIe s.), d'abord au sens de « ronger », puis « gratter », au XVIIe s. au sens fig. ; ***démangeaison*** (XVe s.).

mangouste (XVIIe s.), « petit mammifère carnivore », d'abord *mangousse,* s. d. empr. au port. *mangus,* lui-même empr. à une langue indienne.

mangue (XVIe s.), empr. par l'intermédiaire du port. au tamoul *man-gay* ou *man-kay,* pour désigner le fruit du manguier.

maniaque, voir ***manie***.

manichéen (XVIe s.), empr. au lat. tard. *Manichaeus,* empr. au grec et dér. du nom de l'hérésiarque Persan *Mani* ou *Manés* (IIIe s.) et de sa conception dualiste du bien et du mal comme deux forces opposées. || ***manichéisme*** (XVIIIe s.).

manie (XIVe s.), empr. au lat. tard. *mania* « folie », du grec *mania* « folie, fureur » et « passion, enthousiasme inspiré par la divinité », est d'abord attesté au sens de « folie, fureur », puis au XVIIe s. au sens de « goût excessif, déraisonnable » et au XVIIIe s. au sens de « habitude bizarre, ridicule » ; au XXe s. dans le voc. de la psychiatrie. || ***maniaque*** (XIIIe s.), empr. au lat. méd. *maniacus,* a suivi l'évol. de *manie.*

manier (XIIe s., d'abord *maneier*), dér. ancien de *main,* au sens de « toucher avec la main » puis de « avoir qq. ch. en main » et de « se servir de » ; au XIIIe s. au sens de « administrer » et à partir du XVe s. au sens de « influencer, diriger qqn ». || ***maniable*** (XIIIe s.), au XVIe s. au sens fig. « qui se laisse facilement diriger » ; ***maniement***, ***remanier*** (XIIIe s.) ; ***remaniement*** (XVIIe s.), d'abord en typographie « modification ».

manière (XIIe s.), fém. subst. de l'adj. de l'a. fr. *manier* « que l'on fait fonctionner avec la main », du lat. *manuarius* « que l'on tient en main », dér. de *manus* « main », est empl. dès l'a.

fr. au sens de « façon d'être, de se comporter » et au plur. « mode de vie, habitudes » ; au XVIIe s. dans l'expres. *les belles manières* ; au XIXe s. *faire des manières* ; à partir du XIIIe s. au sens de « façon de bâtir, style » et du XVIIe s. au sens de « façon de peindre ». *Manière* entre également dans de nombreuses loc. adv., prép. et conj. || ***maniéré*** (XIVe s.), empl. depuis le XVIIe s. au sens péj. de « affecté » ; ***maniériste*** (XVIIe s.), d'abord pour désigner un groupe de peintres ; ***maniérisme*** (XIXe s.), « style raffiné des artistes italiens entre la Renaissance et le baroque » et péj. au sens de « tendance au genre maniéré en art ».

manifeste 1 (XIIe s.), adj., empr. au lat. *manifestus* « palpable, évident » et « convaincu de », dér. de *manus* « main », empl. au sens de « avéré, notoire ». || ***manifester*** (XIIe s.), empr. au lat. *manifestare* « montrer, découvrir » et spéc. en lat. chrét. « révéler » et « se révéler aux hommes (en parlant du Christ) », est d'abord attesté au sens de « faire connaître publiquement », puis au XIVe s. de « montrer, indiquer » ; au XIIe s. réflexif « se montrer, se faire voir », d'abord en parlant d'une personne ; au XIXe s. au sens de « participer à une manifestation » ; ***manifestation*** (XIIIe s.), empr. au lat. chrét. *manifestatio* « révélation, apparition (en parlant du Christ) », est d'abord appliqué à la révélation divine ; au XVIIIe s. au sens de « démonstration publique d'un sentiment, d'une opinion », au XIXe s. « réunion publique et organisée pour exprimer une opinion, une volonté » et « cérémonie publique ».

manifeste 2 (XVIe s.), subst., « déclaration écrite, publique et solennelle par laquelle on expose un programme, on justifie une conduite, une opinion », s. d. empr. à l'ital. *manifesto* « dénonciation publique ».

manigance (XVIe s.), d'orig. obsc. || ***manigancer*** (XVIIe s.).

manille (XVIIe s.), « jeu de cartes », altér. de *malille* « neuf de carreau », empr. à l'esp. *malilla* « 2e carte maîtresse », proprement « petite malicieuse », dimin. de *mala* « méchante, malicieuse ».

manioc (XVIe s.), empr. au tupi (langue indienne du Brésil) *manioch* pour désigner une plante dont la racine fournit le tapioca.

manipule (XIVe s.), empr. au lat. *manipulus*, dér. de *manus* « main », d'abord empl. pour désigner un ornement liturgique, puis au XVe s. au sens de « poignée d'herbe » (en pharmacie) ; au XVIIe s. comme terme d'hist. rom. || ***manipuler*** (XVIIIe s.), dér. de *manipule* « poignée » au sens de « faire des manipulations, manier », au XIXe s. au sens fig. « influencer » ; ***manipulation***, empl. dès le XVIIIe s. au sens propre et au sens fig., au XXe s. dans le voc. de la prestidigitation.

manitou (XVIIe s.), empr. à l'algonquin *manitu* « grand esprit », au XIXe s. au sens fig. de « personnage très influent ».

manivelle (XIIIe s., d'abord *manevele*), du lat. vulg. **manabella*, altér. de **manibula*, var. de *manicula* « mancheron de charrue », dér. de *manus* « main », d'abord empl. au sens de « poignée de bouclier », puis au XIVe s. au sens mod. de « levier coudé servant à produire un mouvement de rotation ».

manne (XIIe s.), empr. au lat. chrét. *manna* « nourriture des Hébreux dans le désert », de l'araméen *manna*, empr. à l'hébreu *man*, de même sens ; au XIVe s. au sens fig. de « nourriture abondante et inespérée » ; au XIXe s. « bienfait inattendu ».

mannequin (XVe s.), empr. au m. néerl. *mannekijn* « petit homme », dimin. de *man* « homme », d'abord empl. aux sens de « petit homme » et de « figurine humaine », puis au XVIIe s. de « statue articulée à laquelle on peut donner diverses attitudes » ; au XVIIIe s.

au sens fig. de « homme sans caractère » et au XIXe s. au sens spéc. de « moulage, armature servant de modèle aux couturières », puis de « jeune femme employée pour présenter les modèles des couturiers ».

manœuvre 1 (XIIe s.), subst. fém., du lat. tard. *manuopera* « travail fait à la main », comp. de *opera* « œuvre » et *manu,* ablatif de *manus* « main », d'abord empl. au sens de « travail, corvée manuelle », spéc. à partir du XVIIe s. au sens de « opération servant à diriger un navire », puis dans le voc. militaire (*grandes manœuvres*) ; au XVIIe s. au sens fig. || ***manœuvrer*** (XIe s.) a suivi l'évol. du subst. ; ***manœuvrier*** (XVIe s.), « qui sait manœuvrer » au sens propre et au sens fig.

manœuvre 2 (XIVe s.), déverbal de *manœuvrer* au sens de « travailleur manuel sans qualification ».

manoir (XIIe s.), infinitif subst. au sens de « demeure, habitation, domaine », du verbe de l'a. fr. *manoir* « demeurer, habiter », du lat. *manere* « demeurer un certain temps », d'où « habiter » ; au XIXe s. « petit château ancien à la campagne ».

manomètre (XVIIIe s.), comp. de *mano-* « gaz », du grec *manos* « peu dense », et de *-mètre.*

manouche (XIXe s.), arg., empr. au tzigane *manuch* « homme » pour désigner les Gitans nomades.

manquer (XVIe s.), empr. à l'ital. *mancare* « faire défaut », dér. de *manco* « absent, perdu », « privé d'un bien », du lat. *mancus* « mutilé » (voir ***manchot***), d'abord empl. au sens de « faire défaut » (en parlant d'une personne ou d'une chose nécessaire), puis, à partir du XVIIe s. aux sens de « se soustraire à une obligation, faillir » et de « manquer de qq. ch. » et au sens moral de « être dénué de » ; au XVIIe s. trans. aux sens de « ne pas réussir », « ne pas rencontrer, ne pas assister à ». || ***manque*** (XVIe s.), empr. à l'ital. *manco* « absence d'une chose nécessaire », d'abord empl. au sens de « offense », puis au XVIIe s. de « fait de manquer » et « lacune » ; ***manquement*** (XIVe s.), empr. à l'ital. *mancamento* « défaut, manque » et « diminution », d'abord empl. au sens de « diminution », puis au XVIe s. « défaut, manque » et « fait de manquer à qq. ch., faute ».

mansarde (XVIIe s.), de l'expres. *comble à la mansarde,* du nom de l'architecte François *Mansard* (1598-1666).

mansuétude (XIIe s., d'abord *mansuetume*), empr. au lat. *mansuetudo, mansuetudinis* « douceur, bonté, bienveillance », de *mansuetus* « apprivoisé, doux, calme », empl. en fr. au sens de « disposition à pardonner généreusement ».

mante 1 (XVIIIe s.), « insecte carnassier », empr. au lat. *mantis,* du grec *mantis* « devin » et « sorte d'insecte », qui semble prier avant de saisir sa proie.

mante 2 (XVe s.), « sorte de manteau ample et sans manches », empr. à l'a. prov. *manta* « manteau, cape », issu soit du lat. *manta,* fém. de *mantum* « manteau », soit d'un rad. préindo-européen *mant-*. || ***manteau*** (Xe s.), du lat. *mantellum* « serviette, voile », dimin. de *mantum* « manteau » ; XVIe s. *sous le mantel de* « sous le prétexte de », au XVIIe s. dans l'expres. *sous le manteau* « clandestinement » ; nombreux sens analogiques, à partir du XIIIe s., en zoologie notamment ; ***mantille*** (XVIIIe s.), empr. à l'esp. *mantilla,* dér. de *manto* « mante de femme, vêtement de cérémonie » ; ***portemanteau*** (XVIe s.), d'abord « valise, malle » ; ***démanteler*** (XVIe s.), « détruire des fortifications », puis au XIXe s. au sens fig. de « abattre ».

manucure (XIXe s.), comp. du lat. *manus* « main » et de *-cure,* tiré du lat. *curare* « soigner », sur le modèle de *pédicure.*

manuel 1 (XIIIe s.), adj., empr. au lat. *manualis* « de main », dér. de *manus,* empl. dès l'a. fr. aux sens de « qui se fait à la main » et de « qui implique une activité physique ».

manuel 2 (XIIIe s.), subst. « ouvrage didactique », empr. au lat. tard. *manuale*, neutre subst. de *manualis* (voir ***manuel 1***), empl. en lat. tard. au sens de « étui de livre », puis de « livre portatif, manuel », p.-ê. d'après le grec *enkheiridon* « livre portatif, manuel », dér. de *kheir* « main ».

manufacture (XVe s.), empr. au lat. méd. *manufactura,* dér. de la loc. du lat. clas. *manu facere* « faire à la main », d'abord empl. au sens, vieilli, de « fabrication », puis au XVIe s. de « établissement dans lequel on pratique cette fabrication, grande fabrique » (*Manufacture des Gobelins*). || ***manufacturer*** (XVIe s.), d'abord « fabriquer » et par ext. « faire subir une transformation industrielle » (*produit manufacturé*).

manuscrit (XVIe s.), empr. au lat. *manu scriptus* « écrit à la main », comp. de *manu*, ablatif de *manus,* et de *scribere* « écrire », empl. à partir du XVIIe s. au sens de « ouvrage écrit, copié à la main » (avant la découverte de l'imprimerie) et au sens de « original d'un ouvrage non imprimé ».

manutention (XVe s.), empr. au lat. méd. *manutentio* « production, appui, aide », de *manutenere* (voir ***maintenir***), d'abord empl. aux sens de « soutien, conservation » et de « administration », au XIXe s. au sens du fr. mod. « action de manipuler des marchandises ».

mappemonde (XIIe s.), empr. au lat. méd. *mappa mundi* « carte géographique », du lat. *mappa* « nappe », puis « carte » et *mundus* « monde », d'abord empl. au sens de « carte plane », au XIXe s. au sens erroné de « sphère représentant le globe terrestre ».

maquereau 1 (XIIe s.), « poisson de mer », d'orig. obsc., p.-ê. emploi fig. de *maquereau 2,* ce poisson ayant la réputation (fausse) de rapprocher harengs mâles et harengs femelles.

maquereau 2 (XIIIe s.), mot pop., empr. au m. néerl. *makelare* « intermédiaire, courtier », au sens de « personne qui vit de la prostitution des femmes », d'abord empl. au fém. *maquerelle* « tenancière de maison close ».

maquette (XVIIIe s.), empr. à l'ital. *macchietta* « esquisse », dér. de *macchia* « tache », du lat. *macula* « tache », d'abord empl. au sens de « ébauche en réduction d'une sculpture », au XIXe s. au sens de « modèle réduit », au XXe s. dans le voc. des arts graphiques. || ***maquettiste*** (XXe s.), dans le voc. de la typographie et des arts graphiques.

maquignon (XIIIe s.), s. d. issu de *maquereau* « courtier », avec substitution de suff. au sens, parfois péj., de « marchand de chevaux ». || ***maquignonnage*** (XVIe s.).

maquiller (XVe s.), d'abord terme d'argot dér. de l'a. pic. *maquier* « faire » et « feindre », du m. néerl. *maken* « faire », empl. au sens de « travailler », puis de « voler », a pris au XIXe s., dans l'argot des joueurs de cartes, le sens de « falsifier, truquer », et dans l'argot du théâtre, celui de « se grimer ». || ***maquillage*** (XVIIe s.) a suivi l'évol. du verbe ; ***maquilleur*** (XIXe s.) ; ***démaquiller*** (XIXe s.), d'abord « défaire » puis « enlever le maquillage » ; ***démaquillant*** (XXe s.), subst. par ellipse de *(produit) démaquillant.*

maquis (XVIIIe s.), empr. avec suff. *-is* au corse *macchia* « végétation d'arbustes, de buissons touffus », proprement « tache » (au flanc des montagnes), du lat. *macula* « tache » ; au début du XXe s. au sens fig. de « complication inextricable ». || ***maquisard*** (XXe s.), nom donné au cours de la Seconde Guerre mondiale aux résistants réfugiés dans le maquis.

marabout (XVIe s.), empr. au port.

maraboto, lui-même empr. à l'ar. *murabit* « homme vivant dans un couvent fortifié, établi aux frontières de l'empire », par ext. « homme pieux, ermite, saint » et par métonymie « tombeau (d'un marabout) », empl. en fr. pour désigner un « homme pieux, un saint de l'Islam ou son tombeau » ; au XIXe s. « échassier de grande taille » et par métonymie « plume de cet oiseau (parure) ».

marais (XIe s., d'abord *maresc, mareis*), du franc. **marisk,* dér. du germ. **mari* « mer, lac », au sens de « nappe d'eau stagnante recouvrant un terrain » ; au XVIe s. *marais salant* ; au XVIIe s. pour désigner un quartier de Paris, *le Marais* ; sous la Révolution pour qualifier le Tiers Parti, les modérés. || **marécage** (XIIIe s.), dér. pic. de *maresc* ; **marécageux** (XIVe s.) ; **maraîcher** (XVe s.), « jardinier cultivant un marais » (à l'intérieur ou près de l'enceinte d'une ville), puis « jardinier qui cultive des légumes de manière intensive », d'où au XIXe s. l'adj. *maraîcher* (*culture maraîchère*).

marasme (XVIe s.), empr. au grec *marasmos* « consomption, épuisement », au XVIIIe s. au sens fig. de « stagnation ».

marathon (XIXe s.), du nom de *Marathon,* (ville grecque d'où courut jusqu'à Athènes le soldat portant la nouvelle d'une victoire sur les Perses), empl. au sens de « course à pied de grand fond » et au sens fig. de « épreuve d'endurance ».

marâtre (XIIe s.), du lat. pop. *matrastra* « femme du père », qui a remplacé le lat. clas. *noverca* « belle-mère », dér. de *mater* « mère », empl. dès le XIIIe s. au sens péj. par opp. à *mère* et remplacé au XVIe s. par *belle-mère* pour exprimer le lien de parenté ; le sens de « mauvaise mère » est attesté depuis le XVIIe s.

maraud (XVe s.), d'orig. incert., p.-ê. empl. au sens de « mendiant, filou » de *maraud,* nom dialectal du matou, ou à rapprocher du lat. *marra* « sorte de houe » et de *maraudise* « travail de paysan » (XIIIe s., dans un sens érotique) ; au XVIIe s. au sens de « homme de condition inférieure ». || **marauder** (XVIe s.) ; **maraudeur** (XVIIe s.) ; **maraude** (XVIIe s.), d'abord « vol de denrées commis par des soldats en campagne » ; fin XIXe s. *être en maraude* en parlant d'un fiacre, puis d'un taxi.

marbre (XIe s.), du lat. *marmor* « marbre », du grec *marmoros* « pierre blanche, marbre », est empl. à partir du XVIe s. dans le voc. de l'imprimerie et à partir du XVIIIe s. au sens fig. (*être, rester de marbre*). || **marbrier** (XIVe s.), « artisan qui travaille le marbre », au XIXe s. au sens de « fabricant de monuments funéraires » ; **marbrer** (XIIIe s.) ; **marbrerie** (XVIIIe s.) ; **marbrure** (XVIIe s.).

marc 1, voir ***mark***.

marc 2 (XIVe s.), déverb. de *marcher* « fouler », d'où « écraser », désigne le résidu des fruits que l'on a pressés ; au XVIIIe s. *eau-de-vie de marc*, puis *marc* et *marc de café.*

marcassin (XVIe s., d'abord *marquesin*), « jeune sanglier », s. d. dér. de *marque*, en raison des raies qui strient le corps de cet animal.

marcassite (XVe s.), empr. s. d. par l'intermédiaire de l'ital. *marcassita* à l'ar. *marqasita* « pyrite ».

marchand (Xe s.), du lat. vulg. **mercatantem,* acc. de *mercatans*, part. prés. de **mercatare* « faire le marchand », dér. de *mercatus* « marché » ; *marchand* « personne qui fait du commerce » a été concurrencé par *commerçant* (voir **commerce**) ; il reste courant en emploi déterminé : *marchand de vin, de couleurs, des quatre-saisons, de biens*, parfois péj. *marchand de soupe, de canons, d'esclaves* et est empl. dès l'a. fr. comme adj., *nef marchande, marine marchande* (XVIIIe s.), *valeur marchande.* || **marchandise** (XIIe s.) a aussi en a. fr.

le sens de « commerce, négoce » ; ***marchander*** (XIIIe s.), d'abord « faire du commerce », au XVIe s. au sens de « discuter le prix de » et au sens fig. ; ***marchandage*** (XIXe s.).

marche 1 (XIe s.), du germ. **marka* « frontière » pour désigner une « province frontalière ». || ***marquis*** (XIIIe s.), empr. à l'ital. *marchese* « titre de noblesse héréditaire donné à un seigneur gouvernant une *marche* », avec adaptation du suff. d'après l'a. fr. *marchis* (XIe s.), « gouverneur d'une marche » ; ***marquise*** (XIVe s.) ; ***marquisat*** (XVe s.), empr. à l'ital. *marchesato.*

marche 2, voir ***marcher***.

marché (Xe s.), du lat. *mercatus,* dér. de *merx, mercis* « marchandise », aux sens, utilisés dès l'a. fr., de « commerce, négoce, transaction » et « lieu où s'effectue le commerce » ; au XIXe s. comme terme de bourse, au XXe s. au sens de « ensemble de consommateurs réels ou potentiels » (*étude de marché*) ; *bon marché* (XVIIe s., d'abord sous la forme *a bon marchié* XIIe s.) ; *faire bon marché de* (XIIe s.), puis au sens fig. ; au XVIIe s. au sens de « pacte, accord passé ».

marchepied, voir ***marcher***.

marcher (XIIe s.), du franc. **markon* « marquer, imprimer (un pas) », empl. dès l'a. fr. aux sens de « fouler aux pieds, marcher sur » et de « se déplacer à pied » ; au XVe s. en parlant de troupes militaires ; au XVIIe s. aux sens de « fonctionner » et de « se faire, se réaliser » (en parlant d'une affaire) ; au XVIIIe s. *faire marcher qqn* « berner, tromper ». || ***marche*** (XIVe s.), déverbal de *marcher,* d'abord « partie de l'escalier où l'on pose le pied », au XVIe s. au sens de « action de se déplacer », spéc. à partir du XVIIe s. en parlant d'une troupe (*ordre de marche* ; *marche forcée*) ; au XVIIIe s. « musique militaire » ; ***marcheur*** (XVIe s.) ; ***marchepied*** (XIIIe s.), comp. de *marche* et de *pied,* d'abord au sens de « filet de pêche », est rare avant le XIXe s. au sens du fr. mod. ; ***démarche*** (XVe s.), déverbal de l'a. fr. ***demarcher*** « fouler aux pieds » et « commencer à marcher », est d'abord empl. au sens de « action de marcher », puis au XVIe s. « manière de marcher » et à partir du XVIIe s. au sens fig. de « manière de raisonner » et spéc. au plur. « effort, tentative faite auprès de qqn pour réussir une entreprise », sens repris au XXe s. par ***démarcher***, spéc. dans le contexte de la vente à domicile.

marcotte (XVIe s.), fém. de *marcot* (XIVe s.), dér. du lat. *marcus,* nom d'une sorte de cep de vigne utilisé en Gaule.

mardi (XIIe s.), d'abord *marsdi,* du lat. *Martis dies* « jour de Mars » ; ***Mardi gras*** (XVIe s.).

mare (XIIe s.), de l'a. norr. *marr* « mer, lac ».

marécage, voir ***marais***.

maréchal (XIe s.), du franc. **marhskalk* « domestique chargé de soigner les chevaux », comp. de *marh* « cheval » et *skalk* « valet », a pris dès l'a. fr. le sens de « artisan chargé de ferrer les chevaux » (*maréchal-ferrant* au XVIIe s.) et, dans le voc. militaire, celui de « officier préposé au soin des chevaux », puis au XIIIe s. de « grand officier commandant d'une armée » ; au XVIe s. *maréchal des logis* (d'abord chargé du logement des troupes), au XVIIe s. *maréchal de France* (le plus haut grade dans l'armée). || ***maréchaussée*** (XIIIe s.), d'abord *mareschaucie* « écurie » (XIe s.), « corps de cavaliers chargé des fonctions de la gendarmerie » ; au XXe s. fam. et plaisant pour « gendarmerie ».

marée (XIIIe s.), dér. du rad. de *mer*, et empl. aux sens de « poisson de mer » et de « mouvement alternatif des eaux de la mer » ; au XVIIe s. *marée haute, marée basse*. || ***mareyeur*** (XVIIe s.).

marelle (XIe s.), généralisation de la forme fém. de l'a. fr. *merel, marel* « palet, jeton », s. d. dér. d'un rad. préroman **marr-* « pierre, caillou », au sens de « jeton, pion » et pour désigner un jeu consistant à pousser des pions sur des carrés (XIIIe-XIVe s.) ; au XVIIe s. au sens du fr. mod. « jeu d'enfant ».

marengo (XIXe s.), du nom de *Marengo,* village d'Italie et lieu d'une victoire de Bonaparte, empl. pour désigner une couleur et un mode de préparation culinaire (*poulet à la Marengo*).

margarine (XIXe s.), dér. sav. du grec *margaron* « perle », en raison de la couleur de cette substance grasse.

marge (XIIIe s.), du lat. *margo, marginis* « bordure, bord », empl. dès l'a. fr. au sens de « espace blanc autour du texte écrit », au XVIIIe s. au sens de « intervalle de temps, latitude dont on dispose » (*avoir de la marge*) ; au XIXe s. *vivre en marge.* || ***marger*** (XIVe s.), « border » ; ***émarger*** (XVIIe s.), d'abord « signer en marge d'un compte », d'où « toucher un traitement » ; ***margelle*** (XIIe s.), du lat. vulg. **margella,* dér. de *margo* au sens concret de « bord, bordure » ; ***marginal*** (XVe s.), dér. sav. de *margo* « bord » au sens de « qui est situé dans la marge d'une page », au XXe s. dans le voc. de l'économie et au sens de « qui est en marge, non conforme aux normes » ; ***marginaliser***, ***marginalité*** (XXe s.).

margoulette (XVIIIe s.), pop. au sens de « bouche, mâchoire » et par métonymie « visage, figure », dimin. de *goule*, forme ancienne de *gueule*, le 1er élém. étant s. d. un empr. au verbe *margouiller* « mâchonner ».

margoulin (XIXe s.), pop., du verbe *margouliner,* attesté dans l'Ouest au sens de « aller vendre de bourg en bourg », dér. de *margouline* « bonnet », est d'abord empl. au sens de « petit commerçant », puis au sens péj. de « commerçant, homme peu scrupuleux dans l'exercice de sa profession ».

margrave (XVe s.), empr. au m. néerl. *marcgrave* « gouverneur d'une marche ». Voir ***marche***.

marguerite (XIIe s.), empr. au lat. *margarita* « perle », qui a éliminé la forme de l'a. fr. *margerie* « perle » ; le sens de « fleur », seul usuel en fr. mod., se développe à partir du XIIIe s.

marguillier (XIIe s.), empr. au lat. tard. *matricularius* « qui tient un registre », dér. de *matricula* « registre », d'abord empl. au sens de « bedeau », puis plus généralement de « laïc chargé de la garde et de l'entretien d'une église ».

mari (XIIe s.), du lat. *maritus,* dér. de *mas, maris* « mâle », qui a éliminé *vir* « homme » au sens de « époux ». || ***marier*** (XIIe s.), du lat. imp. *maritare* « donner en mariage, marier », au XVIe s. au sens fig. « unir étroitement » et au XVIIe s. « former un ensemble harmonieux » ; ***mariage*** (XIIe s.), d'abord « action de se marier » et « sacrement de l'Eglise catholique », puis au XVe s. « état de mariage » et au XVIIe s. « célébration des noces » ; ***marital*** (XVIe s.), empr. au lat. imp. *maritalis* « qui concerne le mari » ; *puissance maritale* (XVIe s.) ; ***remarier*** (XIIIe s.).

marial (XVIIe s.), « qui concerne la Vierge Marie », dér. du nom de *Marie,* mère du Christ.

marihuana, **marijuana** (XXe s.), mot hispano améric. d'orig. incert.

marin (XIIe s.), adj. « de mer », du lat. *marinus,* dér. de *mare* « mer » ; au XVIIe s. *avoir le pied marin* ; comme subst., à partir du XIIe s., *marin* est en concurrence en a. fr. avec *marinier, notonier* ; au XVIIIe s. au sens de « officier de marine », puis au sens général de « homme qui navigue » ; au XIXe s., *marin d'eau douce.* || ***marine*** (XIIe s.), fém. subst. de *marin,* d'abord « mer » et « rivage de la mer », au XVIIe s. « peinture ayant la mer pour sujet » ; à partir du XVIe s. au sens de « art de la navigation », puis au XVIIe s. « ensemble des navires appartenant à une même nation » (*marine marchande,* *militaire*) ; au XIXe s. pour désigner l'administration de la marine ; au XIXe s. *bleu marine* ; ***marinier*** (XIIe s.), d'abord « marin », puis spéc. à partir du XIIIe s. pour la navigation d'eau douce ; ***mariner***, d'abord au part. pas. *mariné* (XVIe s.), s. d. empr. à l'ital. *marinare* « préparer des poissons, etc. en les faisant tremper dans la saumure, dans une marinade », dér. du lat. *aqua marina* « saumure, eau de mer » ; au XIXe s. au sens fig. et fam « rester à attendre » ; ***marinade*** (XVIIe s.).

marionnette (XVe s.), dimin. de *Marie,* par l'interméd. de *Marion* ou par altér. de *Mariole, Mariolette, marionnette* étant d'abord attesté au sens de « pièce de monnaie portant l'effigie de la Vierge », puis pour désigner au XVIe s. de petites statues de la Vierge montrées dans des processions, des spectacles et par ext. des figurines représentant des êtres humains, des animaux ; au XVIIIe s. au sens fig. « pantin ».

maritime (XIVe s.), empr. au lat. *maritimus* « de mer, marin », dér. de *mare* « mer ».

marivauder, **marivaudage** (XVIIIe s.), dér. du nom de l'écrivain *Marivaux* (1688-1763).

marjolaine (XIVe s.), altér. de l'a. fr. *majorane,* du lat. méd. *majorana,* d'orig. obsc.

mark (XVIIIe s.), empr. d'abord sous la forme *marque* à l'all. *Mark* « unité monétaire des pays germaniques », dér. du franc. **marka* « signe marquant une frontière » (voir ***marche*** et ***marque***), et « marque officielle sur une pièce de métal, monnaie ». || ***marc*** (XIIe s.), de même orig. « ancienne unité de mesure pour peser l'or, l'argent ».

marketing (XXe s.), empr. à l'angl. *marketing,* dér. de *to market* « acheter et vendre », de *market* « marché » (voir ***marché***).

marmaille, voir ***marmotter***.

marmelade (XVIe s.), empr. au port. *marmelada* « confiture de coings », de *marmelo* « coing », issu du lat. pop. *melimellus,* en lat. clas. *melimelum* « pomme-miel », du grec *meli* « miel » et *melon* « pomme ».

marmite (XIVe s.), d'orig. peu claire, forme subst. de l'adj. de l'a. fr. *marmite* « hypocrite » (XIIIe s.), formé de *mite* de sens obscène, et de l'élément onomat. *marm-* (voir ***marmonner***, ***marmotter***) s. d. parce que la marmite est un récipient fermé, dérobant son contenu aux regards des curieux. || ***marmiton*** (XVIe s.).

marmonner (XVIe s.), de l'onomat. *marm-* exprimant le ronron du chat.

marmoréen (XIXe s.), dér. sav. du lat. *marmoreus* « de marbre », de *marmor.* Voir ***marbre***.

marmotte, voir ***marmotter***.

marmotter (XVe s.), dér. du rad. onomat. *marm-* exprimant un murmure indistinct. || ***marmot*** (XVe s.), « singe », s. d. dér. de *marmotter* en raison des mouvements que font les singes avec leurs babines ; aux XVe-XVIe s. « figure grotesque servant d'ornement architectural » ; au XVIIe s. « petit enfant », puis « petit garçon » ; *croquer le marmot* (XVIe s.), expres. d'orig. obsc. ; ***marmaille*** (XVIe s.), dér. de *marmot* au sens de « petit garçon », puis de « troupe d'enfants, gosses » ; ***marmouset*** (XIIIe s.), var. de *marmot,* d'abord au sens de « figure grotesque », au XIVe s. « favori d'un prince » et spéc. de Charles VI ; au XVIIe s. au sens fam. et péj. de « personnage insignifiant » ; ***marmotte*** (XIIe s.), s. d. dér. de *marmotter* en raison du mouvement des lèvres de l'animal.

marne (XIIIe s.), var. de l'a. fr. *marle* « mélange naturel d'argile et de calcaire », du gaul. **margila,* dér. de *marga* « marne ». || ***marner*** (XIIIe s.), « amender la terre avec de la marne », au XIXe s. arg., « travailler dur ».

maroquin (XVe s.), dér. de *Maroc,* s. d. par l'intermédiaire de l'esp. *marro-*

quí « cuir » pour désigner une manière de tanner le cuir de chèvre, de mouton empruntée aux Arabes ; au XVIIIe s. « carton couvert de peau pour ranger des dossiers » ; au XXe s. « portefeuille ministériel ». || ***maroquinerie*** (XVIIe s.).

marotte (XVe s.), dimin. de *Marie* (voir ***marionnette***), d'abord « image de la Vierge », puis « attribut du fou » ; au XVIIe s. au sens de « idée fixe ».

maroufle (XVIe s.), autre forme de ***maraud***.

marquer (XIIe s.), d'abord sous la forme normande, puis pic. *merchier* « faire une marque », dér. de *merc* (voir ***marque***), le *a* initial étant s. d. dû à l'infl. de *marcher* « fouler aux pieds, presser », est attesté à partir du XVIIe s. au sens fig. de « montrer, extérioriser un sentiment » et à partir du XVIIe s. dans le langage du jeu (*marquer un point*), puis du sport (XIXe s.) ; au XVIIe s. au sens de « laisser une trace, un souvenir ». || ***marque*** (XVe s.), déverb. de *marquer* au sens de « signe mis comme point de repère, d'identification ou pour indiquer une propriété », a remplacé l'a. fr. *merc* (XIIe s.), empr. à l'a. norrois *merki* « marque, borne » ; au XVIe s. « trace sur le corps » ; à partir du XVIIe s. dans le voc. du commerce, d'où au XIXe s. *marque de fabrique* et au XXe s. *marque déposée* ; **contremarque** (XVe s.) ; ***marqueterie*** (XVe s.) ; ***marqueter*** (XIVe s.) ; ***marquage*** (XVIIe s.) ; ***marqueur*** (XVe s.) ; ***démarquer*** (XVIe s.) ; ***démarcation*** (XVIIIe s.), empr. à l'esp. *demarcación*, dér. de *demarcar* « marquer les limites de » ; ***remarquer*** (XVIe s.) ; ***remarque*** (XVIe s.) ; ***remarquable*** (XVIe s.).

marquis, voir ***marche***.

marraine (XIe s.), issu avec substitution de suff. du lat. vulg. **matrina*, dér. de *mater* « mère », sur le modèle de *patrinus* (voir ***parrain***) ; le couple *parrain-marraine* a remplacé en fr. mod. le couple *compère commère.*

marre (XIXe s.), d'abord *maré*, s. d. déverb. de *se marer* « s'ennuyer », surtout employé dans l'expres. *en avoir marre.*

marrer (se) (XIXe s.), d'abord « s'ennuyer », puis par antiphrase « se tordre de rire », s. d. empr. à l'esp. *mareo* « mal de mer » et « ennui ». || ***marrant*** (début XXe s.).

marri (XIIe s.), vieilli et littér. au sens de « affligé, triste », est le part. pas. du verbe de l'a. fr. *soi marrir* « se fâcher » et « s'affliger », du franc. **marrjan* « fâcher ».

marron 1 (XVIe s.), « fruit du marronnier », empr. à l'ital. *marrone* « grosse châtaigne comestible », s. d. dér. d'un rad. préroman *marr-* « pierre, rocher » ; au XVIIIe s. comme adj. de couleur ; au XIXe s. fam. « coup de poing » ; *marron d'Inde* (XVIIIe s.). || ***marronnier*** (XVIe s.).

marron 2 (XVIIe s.), empr. au caraïbe *mar(r)on* « sauvage », issu par aphérèse de l'esp. *cimarrón* « élevé, montagnard » et par ext. « animal échappé redevenu sauvage » et « esclave fugitif » ; au XVIIIe s. au sens fig. « personne qui se livre à l'exercice illégal d'une profession » (*avocat, médecin marron*).

mars (XIIe s.), du lat. *martius* « mois de mars », de *Mars,* dieu de la guerre. Voir ***mardi***, ***martial***.

marsouin (XIe s.), repris au XIVe s., est s. d. un empr. au danois ou au suédois *marsvin* « cochon de mer ».

marsupial (XVIIIe s.), dér. sav. du rad. du lat. *marsupium* « bourse », du grec *marsipion,* pour désigner les animaux présentant une poche ventrale extérieure.

marteau (XIIe s.), du lat. tard. *martellus*, en lat. imp. *martulus,* altér. de *marculus,* à rapprocher de *malleus,* (voir ***mail***) ; au XVIe s. *avoir un coup de marteau* « être fou », d'où au XIXe s. *marteau*, pop. « fou » ; *donner, mettre martel en tête* (XVIe s.), est une expres. empr. à l'ital. *martello* « marteau », au fig. « jalousie, souci ». || ***marteler***

(XIIe s.), au XVIe s. au sens fig.; **martèlement** ou **martellement** (XIIIe s.).

martial (XIVe s.), empr. au lat. *martialis* « de Mars » aux sens de « qui concerne la guerre », de « valeureux, brave » et au XVIIIe s. « qui dénote, rappelle les habitudes militaires »; *cour martiale, loi martiale* (XVIIIe s.) sont des empr. à l'angl. *martial court, martial law*; *arts martiaux* (XXe s.).

martien (XVIe s.), dér. de *Mars* d'abord au sens de « guerrier », puis au XIXe s. « de la planète Mars »; au XXe s. comme subst.

martinet 1 (XIVe s.), « martin-pêcheur », dér. du nom propre *Martin* pour des raisons inconnues; au XVIe s. au sens de « oiseau passereau ». || **martin-pêcheur** (XVIe s.), d'abord *martinet-pêcheur.*

martinet 2 (XVIIIe s.), au sens de « petit fouet », p.-ê. dér. de *martin*, en raison de la forme de la queue de l'oiseau.

martingale (XVe s.), s. d. issu du prov. *martegalo,* fém. de *martegal* « habitant de Martigues », les *Martigaux* ayant eu une réputation de naïveté, de bizarrerie; d'où l'expres. *à la martingale* dans le syntagme *chausses à la martingale* « dont le fond s'attache à l'arrière »; au XVIIe s. « élément de harnachement du cheval »; au XIXe s. « bande de tissu placée dans le dos d'un vêtement »; au XVIIIe s. dans le voc. des jeux de hasard « doublement de la mise perdue au coup précédent » et au XIXe s. « combinaison visant à obtenir des gains ».

martre (XIe s.), du franc. **martar.*

martyr (XIe s.), empr. au lat. eccl. *martyr,* du grec *martur* « témoin », au sens spéc. de « témoin de Dieu, martyr de la foi », est empl. au sens fig. dès le XIIe s.; la forme *martre,* aussi attestée en a. fr. subsiste dans *Montmartre* « Mont des Martyrs ». || **martyre** (XIe s., d'abord *martirie*), empr. au lat. eccl. *martyrium,* du grec *marturion* « témoignage, preuve », empl. dès l'a. fr. aux sens de « mort endurée au nom de la foi chrétienne », de « massacre sanglant » et de « persécution, tourment, souffrance extrême »; **martyriser** (XIIe s.), empr. au lat. méd. *martyrizare* « livrer au martyre », au XVIe s. « faire beaucoup souffrir »; **martyrologe** (XIVe s.), « liste ou catalogue des martyrs », empr. au lat. méd. *martyrologium,* dér. de *martyr* sur le modèle de *elogium* (voir **éloge**).

marxisme (XIXe s.), subst. dér. du nom du philosophe all. Karl *Marx* (1818-1883).

mas (Xe s.), puis repris au XIVe s., est un mot prov. et languedocien, correspondant à l'a. fr. *mes* « ferme, habitation », du lat. *mansum,* de *manere* « rester ». Voir **manoir**, **manant**.

mascara (XXe s.), empr. par l'intermédiaire de l'angl. *mascaro, mascara* à l'esp. *máscara* « masque » au sens de « fard à cils ». Voir **masque**.

mascarade (XVIe s.), empr. à l'ital. *mascherata* « divertissement dont les participants sont déguisés », dér. de *maschera.* Voir **masque**.

mascaret (XVIe s.), empr. au gascon *mascaret* « barbouillé » et subst. « bœuf à la face tachetée », dér. de *mascar* « tacheté de noir », lui-même issu de la rac. **mask-* (voir **mâchurer**), pour désigner une vague déferlante (par comparaison avec le mouvement des bœufs lorsqu'ils courent).

mascotte (XIXe s.), du prov. *mascoto* « sortilège, ensorcellement », dér. de *masco* « sorcière », au sens de « être ou chose considéré comme portant bonheur ».

masculin, voir **mâle**.

masochisme (XIXe s.), dér. du nom de l'écrivain autrichien Léopold von Sacher-*Masoch* (1836-1895).

masque (XVIe s.), empr. à l'ital. *mas-*

chera « faux visage », du rad. préroman *maska-* « noir », en lat. méd. *masca* « masque » et « sorcière, démon » ; *maska-* est aussi à l'origine d'une forme élargie **maskara* « tache noire, salissure » (voir **mascara**) ; le sens de l'ital. *maschera* « masque » vient du fait qu'à l'origine les déguisements ont consisté à se noircir le visage. Dès le XVIe s., *masque* désigne à la fois l'objet, l'étoffe qui couvre en partie ou totalement le visage et la personne déguisée ; au XVIe s. au sens fig. de « fausse apparence », d'où l'expres. *lever le masque* (XVIIe s.). || **masquer** (XVIe s.), « dissimuler aux regards » et « déguiser sous une fausse apparence » ; **démasquer** (XVIe s.), surtout usuel au sens fig.

massacrer (XIIe s.), du lat. vulg. **matteuculare,* dér. gallo-roman de *matteuca* (voir **massue**). || **massacre** (XIe s.), au XVIe s. dans le voc. de la vénerie, empl. à partir du XVIIe s., comme *massacrer,* au sens de « action d'interpréter maladroitement (une œuvre musicale) », puis de « travail mal fait » ; *jeu de massacre* (XIXe s.).

masse 1 (XIe s.), du lat. *massa* « pâte » et « masse, tas », du grec *maza* « grosse crêpe d'orge », puis « boule », de *mattein* « pétrir » ; au sens, attesté dès l'a. fr., de « grande quantité d'hommes, foule » *masse* devient usuel vers la fin du XVIIIe s., spéc. dans le voc. politique (*la masse du peuple, les masses laborieuses*) ; *masse* est aussi usuel depuis l'a. fr. aux sens de « matière, substance qui n'a pas de forme définie » et de « réunion d'objets distincts, amas ». || **masser** (XIIIe s.), « entasser » ; **massif** (XVe s.), réfection de l'a. fr. *massis* « fait dans la masse », s. d. du lat. vulg. **massicius,* au XVIe s., adj. au sens de « qui forme une masse », puis au XVIIe s. au sens fig. « qui manque de finesse » ; comme subst. à partir du XVIe s., d'abord en architecture, au XVIIIe s. au sens géogr. ; **amasser** (XIIe s.), « assembler, spéc. des richesses » ; **amas** (XIVe s.), surtout usuel depuis le XVIe s. au sens de « réunion d'objets successivement apportés » ; **ramasser** (XIIIe s.), d'abord « rassembler des troupes, des gens » et « rassembler, réunir ce qui est dispersé », puis au XVIe s. « recueillir à terre des choses éparses » ; **ramassis** (XVIIe s.), péj. au sens de « réunion disparate de personnes, de choses » ; **ramassage** (XVIIIe s.).

masse 2 (XIIe s.), du lat. vulg. **mattea,* s. d. du lat. *mateola* « bâton, manche de la houe », d'abord empl. au sens de « arme munie d'un manche et d'une boule métallique », puis au XIVe s. de « bâton de cérémonie » (*sergent à masse*) ; au XVIe s. « gros maillet de bois, de métal ».

massepain (XVIe s.), empr. à l'ital. *marzapane* ou au prov. *massapan* d'abord « boîte à confiserie », sens aussi attesté en m. fr., puis « sorte de pâtisserie ».

masser 1 (XVIIIe s.), empr. à l'ar. *massa* « toucher, palper », l'art du massage provenant de l'Orient. || **masseur** (XVIIIe s.) ; **massage** (XIXe s.).

masser 2, voir **masse *1***.

massicot, **massicoter** (XIXe s.), du nom de l'inventeur, Guillaume *Massicot,* de cette machine à couper les feuilles de papier disposées en piles.

mass(-)media, voir ***media***.

massue (XIe s.), du lat. vulg. **matteuca,* de *mattea* « masse » ; *coup de massue,* au XVIIe s. au sens fig.

mastic (XIIIe s.), empr. au lat. tard. *masticum,* altér. du lat. clas. *mastiche,* du grec *mastikhê* « gomme du lentisque », d'abord empl. au sens de « résine du lentisque », puis au XVIe s. au sens de « mélange pâteux et adhésif » ; au XIXe s. dans l'argot des typographes « erreur d'impression ». || **mastiquer** (XVIe s.), « enduire, boucher un orifice ».

mastiquer 1 (XIVe s., d'abord *mastiguer* « mâcher »), empr. au lat. méd.

masticare « mâcher » et « méditer ». || ***mastication*** (XIIIe s.), empr. au lat. méd. *masticatio* « action de mâcher ».

mastiquer 2, voir ***mastic***.

mastoc (XIXe s.), mot fam. et péj., d'orig. incert., p.-ê. empr. à l'all. *Mastochse* « bœuf engraissé ».

mastodonte (XIXe s.), comp. du grec *mastos* « mamelle » et du grec *odous, odontos* « dent » pour désigner un mammifère préhistorique, puis au sens fig. « personne corpulente, machine de taille gigantesque ».

masturber (XVIIIe s.), empr. au lat. *masturbari* « pratiquer l'onanisme ». || ***masturbation*** (XVIe s.), dér. du lat. *masturbari.*

masure (XIIe s.), du lat. vulg. **ma(n)sura* « demeure », dér. du supin *mansum* de *manere* « rester », d'abord empl. au sens de « demeure », puis à partir du XVe s. de « vieille maison qui menace ruine ». Voir ***maison***, ***manoir***.

mat 1 (XIIe s.), « coup par lequel le roi est mat », tiré de l'expres. *échec et mat,* empr. à l'expres. arabe *as-sah mat(a)* « le roi est mort », employée aux échecs, du persan, *sah* « roi » et *mata* « il est mort ». || ***mater*** (XIIe s.), « vaincre, dompter » au propre et au fig. dès l'a. fr.

mat 2 (XIe s.), d'orig. obsc., p.-ê. du lat. *matus* « ivre, qui a le vin triste », forme dial. de **maditus,* part. pas. de *madere* « être mouillé, imprégné, ivre », d'abord empl. en a. fr. au sens de « abattu, affligé », puis de « flétri, fané », à partir du XVIe s. au sens du fr. mod. « qui n'est pas brillant, poli, qui manque d'éclat ». || ***matir*** (XIe s.), d'abord « dompter, abattre » et « épuiser », au XVIIe s. en orfèvrerie « rendre mat de l'or, de l'argent » ; ***mater*** (XIe s.), doublet de *matir,* ne conserve en fr. mod. que des emplois tech. (« rendre mat » et « refouler, comprimer un métal ») ; ***matité*** (XIXe s.).

mât (XIIe s.), du franc. **mast* « mât de navire », aussi empl. à partir du XVIIe s. au sens de « longue perche lisse, poteau » ; au XIXe s. *mât de cocagne.* || ***mâture*** (XVIIe s.) ; ***mâter*** (XIIe s.) ; ***trois-mâts***, ***deux-mâts*** (XIXe s.), de l'emploi métonymique de *mât* au sens de « navire » ; ***démâter*** (XVIe s.).

matador, empr. à l'esp. *matador* « tueur », puis « torero qui doit mettre à mort le taureau », dér. de *matar* « tuer », lui-même dér. de *mattus*, (voir ***mat 1***), est d'abord attesté au XVIIe s. au sens de « carte maîtresse dans le jeu de l'hombre », puis au XVIIIe s. au sens du fr. mod. « torero ».

matamore (XVIIe s.), empr. à l'esp. *Matamoros* « tueur de Maures », comp. de *matar* « tuer » (voir ***matador***), et *Moros,* plur de *Moro* « maure », pour désigner d'abord un faux brave de comédie, puis au sens de « fanfaron, vantard ».

match (XIXe s.), empr. à l'angl. *match* « compétition sportive », d'abord attesté en fr. dans le sport hippique.

matefaim (XVIe s.), « crêpe épaisse », mot lyonnais comp. de *mate* de *mater* « tuer » et *faim*.

matelas (XIVe s., d'abord *materas*), empr. à l'ital. *materasso* « grand coussin servant à garnir le lit », de l'ar. *matrah* « coussin, tapis », dér. de la rac. *taraha* « jeter », selon la coutume orientale de disposer les coussins, est d'abord empl. au sens de « tapis sur lequel on se couche » et au XIVe s. au sens mod. ; au XIXe s., par ext. « tout ce qui sert de protection » et en argot « tas de billets de banque ». || ***matelasser*** (XVIIe s.).

matelot (XIVe s.), empr. au m. néerl. *mattenoot* « compagnon de couche (partageant un même hamac) », de *matte* « natte », puis « couche » et *noot* « compagnon » au sens de « homme d'équipage ». || ***matelote*** (XVIe s.), dans l'expres. *à la matelote* « à la manière des matelots ».

mater 1, voir ***mat 1***.

mater 2, voir ***mat 2***.

mater 3 (XIXe s.), arg. « regarder, observer », d'orig. obsc., p.-ê. dér. de *mata,* dans l'expres. du français d'Afrique du Nord *faire la mata* « faire le guet » (*mata* « buisson », puis « lieu où l'on se cache pour faire le guet » et « guet » étant un empr. à l'esp.). || ***maton*** (XXe s.), arg., « mouchard », usuel au sens de « gardien de prison ».

matériel (XIIIe s.), empr. au lat. tard. *materialis* « constitué de matière », dér. de *materia* « matière », est d'abord empl. en lat. méd. comme terme de philos. scolast. (*cause matérielle*), puis au XIVe s. au sens de « formé de matière » ; à partir du XIVe s., en opp. à *spirituel* ; comme subst. *matériel* prend à partir du XIXe s. le sens concret de « ensemble des objets, instruments nécessaires à une activité ». || ***matériaux*** (XVIe s.), plur. de *matérial,* ancienne forme de *matériel,* d'abord empl. au sens de « matières nécessaires à la construction d'un édifice », à partir du XVIIe s. au sens de « données, éléments constitutifs d'une œuvre » ; ***matériau*** (XXe s.), « matière servant à fabriquer, à construire » ; ***matérialité*** (XVe s.), « caractère concret, matériel », puis au XIXe s. « intérêt pour les choses concrètes, état d'esprit matérialiste » ; ***matérialiser*** (XVIIIe s.) ; ***matérialiste*** (XVIIe s.), pour désigner une personne dont la doctrine ramène tout à la matière, d'où ***matérialisme*** (XVIIIe s.), au XIXe s. au sens péj. de « personne qui recherche des jouissances et des biens matériels » ; ***immatériel*** (XIVe s.), empr. au lat. eccl. *immaterialis* « incorporel », au XIXe s. au sens de « qui ne semble pas de nature matérielle, aérien ».

maternel (XIVe s.), dér. avec le suff. *-el* du lat. *maternus* « de la mère », de *mater* « mère » ou du lat. méd. *maternalis* ; *école maternelle* (XIXe s.), puis *la maternelle* subst. fém. || ***maternité*** (XVe s.), empr. au lat. méd. *maternitas* « état, qualité de mère », d'abord empl. en ce sens, puis au XIXe s. aux sens de « fait de mettre au monde un enfant » et de « maison hospitalière pour les femmes qui accouchent » ; ***materner*** (XXe s.).

mathématique (XIIIe s.), empr. au lat. *mathematicus,* du grec *mathématikos* « qui concerne les sciences mathématiques », de *mathéma* « science », dér. de la rac. du verbe *manthanein* « comprendre », est empl. dès l'a. fr. comme adj. et comme subst. sing. et plur., le plur. devenant usuel à partir du XVIe s. ; au XVIIe s., adj. au sens de « qui possède un caractère rigoureux, précis ». || ***mathématicien*** (XIVe s.), subst. et adj.

matière (XIIe s.), empr. au lat. *materia,* en lat. clas. *materies,* « bois de construction », puis « matériau de toutes sortes » et au sens fig. « matière, substance fondamentale des choses, sujet, contenu d'une œuvre », tous sens attestés dès l'a. fr. Voir ***matériel***.

matin (Xe s.), du lat. *matutinum,* adj. neutre tiré de *matutinum tempus* « temps du matin » ; *matin* a éliminé l'a. fr. *main*, du lat. *mane* (voir ***demain***). || ***matinée*** (XIIe s.), au XIXe s. « l'après-midi », par opp. à la soirée ; ***matinal*** (XIIe s.), d'abord *matinel* « qui a lieu le matin » et « qui se lève matin » ; ***matineux*** (XIVe s.), « matinal », vieilli depuis le XVIe s. ; ***matines*** (XIe s.), du lat. eccl. *matutinae,* fém. plur. subst. de *matutinus* « du matin » pour désigner un office catholique qui se dit entre minuit et le point du jour ; *sonner les matines* (XVIe s.) ; ***réveille-matin*** (XVe s.), d'abord « branle-bas au réveil », puis au XVIe s. « pendule ».

mâtin (XIIe s.), du lat. vulg. **ma(n)suetinus* « apprivoisé », dér. du lat. *mansuetus,* de même sens (voir ***mansuétude***), pour désigner un gros chien de garde. || ***mâtiner*** (XIIe s.), usuel en fr. mod. au sens de « couvrir une chienne de race » (en parlant d'un chien bâtard ou de race commune) et au sens fig. « abâtardir ».

matois (XVIe s.), d'abord mot de l'argot des voleurs « filou, bandit », dér. de *mate* « lieu de rendez-vous », s. d. de l'alémanique *Matte* au sens de « lieu de rendez-vous » ; au XVIIe s. comme adj. au sens de « rusé, madré ».

matou (XIVe s., d'abord *matoue*), mot d'orig. obsc., p.-ê. formé sur *mat-*, var. de *mit-*, onomat. servant à désigner le chat et désignant en fr. un « chat non castré ».

matraque (XIXe s.), empr. à l'ar. maghrébin *matraq*, en ar. clas. *mitraq* « bâton utilisé pour conduire les chameaux ». || ***matraquer***, ***matraquage*** (XXe s.), usuels au sens propre et aux sens fig. de « assommer le client par un prix excessif » et de « infliger avec insistance un message, une publicité ».

matriarcat (XIXe s.), dér. sav. du lat. *mater* sur le modèle de *patriarcat*. || ***matriarcal*** (XIXe s.).

matrice (XIIIe s.), empr. au lat. *matrix, matricis*, dér. de *mater* « mère » sur le modèle de *genitrix*, spéc. comme terme d'anatomie et au sens de « registre, rôle » (voir **matricule**), est d'abord empl. comme terme d'anatomie, synonyme d'*utérus* ; à partir du XVIIIe s. au sens fig. de « milieu où qq. ch. prend naissance » ; au XVIe s. « moule » dans le voc. de l'imprimerie, au XIXe s. en mathémat. (*calcul matriciel*), dans le langage admin. « liste des contribuables assujettis à l'impôt ». || ***matriciel*** (XIXe s.).

matricule (XVe s.), empr. au lat. tard. *matricula*, dimin. de *matrix* au sens de « registre, rôle » pour désigner « le registre où sont inscrits les noms d'un groupe, d'une société » ; au XIXe s. *numéro matricule*, puis *matricule* « numéro d'inscription d'un soldat, d'un prisonnier sur un registre ». || ***immatriculer*** (XVe s.), empr. au lat. méd. *immatriculare* « inscrire sur un registre » ; ***immatriculation*** (XVIIe s.).

matrimonial (XIVe s.), empr. au lat. tard. *matrimonialis* « qui concerne le mariage », dér. de *matrimonium* « mariage », dér. de *mater* sur le modèle de *patrimonium* (voir **patrimoine**) ; fin XIXe s. *agence matrimoniale*.

matrone (XIIIe s.), empr. au lat. *matrona* « femme mariée, mère de famille », est d'abord empl. en fr. au sens de « femme d'âge mûr et de caractère grave » ; au XIVe s. de « sage-femme » ; péj. à partir du XVIIIe s.

maturation (XIVe s.), empr. au lat. *maturatio* « célérité, hâte » et, en lat. tard., « action de mûrir », d'après *maturus* « mûr », sens usuel en fr. || ***maturité*** (XVe s.), empr. au lat. *maturitas* « état d'un fruit mûr », d'où « plein développement », a éliminé l'a. fr. *meürté* ; à partir du XVIe s. au sens fig. de « sagesse, expérience, sûreté du jugement » ; ***immature*** (XVIe s.), antonyme de l'adj. disparu *mature*, empr. au lat. *immaturus* « qui n'est pas mûr, qui n'a pas l'âge », empl. depuis la fin du XIXe s. en biologie et en psychologie ; ***immaturité*** (XVIe s.), empr. au lat. *immaturitas* « défaut de maturité » et « hâte », a suivi l'évol. d'*immature*. Voir ***mûr***, ***prématuré***.

maudire (XIe s.), empr. au lat. chrét. *maledicere* « maudire », en lat. clas. « dire du mal de » de *male* « mal » adv. et de *dicere* « dire » ; *maudire*, qui a éliminé l'a. fr. *maleïr*, est empl. dès l'a. fr. aux sens de « vouer qqn à la malédiction divine » et de « injurier, manifester sa colère contre qqn » ; au XVIe s. au sens de « exprimer son mécontentement ». || ***maudit*** (XIe s.) ; ***malédiction*** (XIVe s.), empr. au lat. *maledictio* « médisance », comp. de *male* « mal » et *dictio* « fait de dire, parole », qui a pris en lat. chrét. le sens de « paroles appelant sur qqn la colère divine », a supplanté à partir du m. fr. l'a. fr. *maudiçon* au sens de « exécration, imprécation », puis, au XVIIe s., de « malheur, fatalité ». Voir ***médire***.

maugréer, voir ***gré***.

mauresque (XIVe s.), empr. à l'esp. *morisco* « maure », lui-même du lat. méd. *mauriscus* « noirâtre », dér. du lat. *maurus*, empl. comme nom propre pour désigner les habitants de la Mauritanie, est d'abord empl. en fr. comme adj. au sens de « qui a rapport à l'art des Maures », au XVIIe s. comme subst. « femme maure ».

mausolée (XVIe s.), empr. au lat. *Mausoleum,* du grec *Mausoleion,* « tombeau de *Mausole,* roi de Carie », puis « tombeau magnifique ».

maussade (XIVe s.), comp. de l'élém. *mal* et de *sade* « savoureux, agréable à boire ou à manger, gracieux, agréable », du lat. *sapidus* « qui a du goût, de la saveur » (voir ***sapide*** et ***sage***) ; d'abord attesté au sens de « grossier, malappris », au XVIe s. au sens du fr. mod. « qui laisse voir de la mauvaise humeur, de l'ennui », puis au XVIIIe s. « qui inspire de l'ennui » (spéc. en parlant du temps).

mauvais (XIe s.), du lat. pop. *malifatius,* comp. de *malum,* neutre de l'adj. *malus* « mauvais » et de *fatum* « oracle, destinée » au sens de « qui est affecté d'un mauvais sort », antonyme de *bonifatius,* conservé en fr. dans le prénom *Boniface* ; à côté du sens de « infortuné, funeste, malheureux », *mauvais* a développé dès l'a. fr. les sens de « imparfait, défectueux », de « méchant, néfaste, nuisible » et de « qui est contraire à la loi morale, qui est enclin à faire le mal ».

mauve (XIIIe s.), du lat. *malva* désignant cette plante, au XIXe s. nom et adj. de couleur (violet pâle).

mauviette (XVIIe s.), dér. de *mauvis* (XIIe s.), « oiseau du genre merle », s. d. dér. de *mauve,* pour désigner une espèce d'alouette ; au XIXe s., fam. « personne chétive, maladive ».

maxi-, élém. tiré du lat. *maximum,* entrant dans la construct. de composés récents comme ***maxi-jupe***, ***maxi-bronzage***.

maxillaire (XIVe s.), empr. au lat. *maxillaris* « relatif aux mâchoires », dér. de *maxilla* « mâchoire ».

maxime (XIVe s.), empr. au lat. méd. *maxima,* ellipse de *maxima sententia* « sentence la plus grande », d'où « de portée générale », empl. dès le m. fr. au sens de « règle de conduite, jugement d'ordre général » ; au XVIIe s. au sens de « formule lapidaire » et pour désigner un genre littéraire. Voir ***maximum***.

maximum (XVIIIe s.), empr. au neutre subst. de *maximus* « le plus grand », superlatif de *magnus* « grand », d'abord empl. dans le voc. scient., puis, à la fin du XVIIIe s., pour désigner un prix limite (de vente du blé, de denrées alimentaires) ; au XIXe s. dans le domaine juridique (*maximum d'une peine*). || ***maximal*** (XIXe s.).

mayonnaise (XIXe s.), p.-ê. tiré du nom de *Mahon,* capitale de Minorque aux Baléares, à la suite de la prise de cette ville par le duc de Richelieu en 1756, pour désigner une sauce inventée par le cuisinier du duc avec les produits locaux (voir ***marengo***).

mazagran (XIXe s.), de *Mazagran,* village d'Algérie, d'abord empl. au sens de « café bu à la va-vite », puis de « sorte de café » et au sens courant de « verre à pied de porcelaine épaisse pour boire le café ».

mazette (XVIIe s.), s. d. emploi métaphorique du norm. *mesette* « mésange », d'abord empl. au sens de « mauvais petit cheval », au XVIIe s. « personne malhabile » et « homme sans courage », au XIXe s. comme interject. marquant la surprise ou l'admiration.

mazout (XIXe s.), empr. au russe *mazut,* de même sens, qui remonte s. d. à l'ar. *mahzulat* « restes, résidus, déchets ». || ***mazouter*** (XXe s.), « faire le plein de mazout » et « polluer de mazout ».

mazurka (XIXe s.), empr. au polonais *mazurka,* accusatif de *mazurek* « danse de *Masurie* », du nom de cette province du nord-est de la Pologne.

me, voir ***moi***.

mé-, **mes-**, **més-**, préf. issu de la particule franc. **missi* et qui sert en fr. à construire les formes nég. ou péj. de verbes et, plus rarement, de subst. et d'adj. comme ***médire***, ***méfaire***, ***méjuger***, ***mépriser***. Ce préf. n'est plus productif en fr. mod.

mea-culpa (XVIe s.), mots lat. signifiant « par ma faute » ; *faire son mea culpa* « avouer sa faute ».

méandre (XVIe s.), empr. au lat. *Maeander*, du grec *Maiandros*, fleuve d'Asie Mineure au cours très sinueux, empl. en fr. au sens de « détour sinueux d'un cours d'eau », puis au XVIIe s. au plur. « détours, digression dans le discours, dans la pensée ».

méat (XVIe s.), terme d'anatomie, empr. au lat. *meatus* « chemin, passage », de *meare* « passer, circuler ».

mécanique (XIIIe s.), empr. au lat. *mechanicus, mechanica*, du grec *mékhanikos* « qui concerne la machine », dér. de *mékhané* « machine », qualifiant en a. fr. les travaux, les métiers comportant l'usage d'instruments et l'emploi de la main (*métier mécanique*) et, comme subst. masc., au sens de « artisan, ouvrier manuel » ; à partir du XVIe s. *mécanique*, subst. fém., désigne la partie des mathématiques qui traite des lois du mouvement ; au XVIIIe s. *mécanique* est bien attesté aux sens de « machine considérée dans son fonctionnement » et de « mécanisme » au sens propre, comme au sens fig. de « structure, rouage » ; au XVIIIe s. comme adj. au sens de « machinal ». || ***mécanicien*** (XVIIe s.), d'abord « celui qui possède la science de la mécanique, construit des machines », puis au XIXe s. « celui qui répare, entretient des machines », abrév. en *mécano* (début XXe s.) ; ***mécanisme*** (XVIIIe s.), « agencement des pièces d'une machine » et « machine » et au sens fig. « mode de fonctionnement de ce qu'on assimile à une machine, qui échappe à la volonté » ; ***mécaniser*** (XVIe s.) ; ***mécanisation*** (XIXe s.).

mécène (XVIe s.), empr. au lat. *Maecenas*, nom d'un ministre d'Auguste protecteur des arts et des lettres (Ier s. av. J.-C.), déjà empl. en latin comme nom commun. || ***mécénat*** (XIXe s.).

méchant (XIIe s.), part. prés. du verbe de l'a. fr. *mescheoir* « arriver malheur », de *mes-* (voir ***mé-***) et *cheoir* « tomber, arriver » (voir ***choir***), est attesté comme adj. en a. fr. aux sens de « malchanceux », de « sans valeur, médiocre », puis de « mauvais » ; au XIVe s. comme subst. « personne portée à faire le mal (spéc. dans un contexte religieux) » ; au XVIIe s. *faire le méchant*, loc. au sens très affaibli en fr. mod. || ***méchanceté*** (XVe s.), dér. de l'a. fr. *mescheance* « mésaventure, malheur, accident fâcheux », lui-même dér. de *mescheant*, n'a gardé en fr. mod. que les sens de « caractère, comportement d'une personne méchante » et de « action, paroles méchantes ».

mèche 1 (XIIe s.), « cordon que l'on fait brûler », du lat. vulg. **micca* « mèche », altér. en gallo-roman, sous l'infl. du lat. *muccus* « morve », du lat. *myxa* « lumignon, mèche de lampe », du grec *muxa* « mucosité », est d'abord empl. au sens de « matière préparée pour prendre facilement feu », d'où les expres. comme *éventer la mèche* (XVIe s.), *vendre la mèche* (XIXe s.) ; par analogie (XIIIe s.) au sens de « petite bande servant à un traitement médical » ; au XIVe « touffe de cheveux » et « touffe de filaments quelconques » ; au XVIIe s. « tige d'acier, vrille ». || ***émécher*** (XVIe s.), « moucher une bougie », au XIXe s. « rendre légèrement ivre » (p.-ê. à partir de « mettre des cheveux en mèches », d'où « ébouriffer »).

mèche 2, conservée en fr. mod. dans l'expres. *être de mèche* (XVIIIe s.), « être complice de », est d'orig. obsc.

méchoui (XXe s.), empr. à l'ar. maghrébin *meswi* « rôti grillé, mouton rôti à la broche ».

mécompte, voir ***compter***.

mécontent, voir ***content***.

mécréant, voir ***croire***.

médaille (XVᵉ s.), empr. à l'ital. *medaglia* « monnaie ancienne d'environ un demi-denier », de même orig. que le fr. *maille* ; d'abord empl. au sens de « monnaie d'or en usage en Italie et au Levant », *médaille* a dès le XVIᵉ s. le sens mod. de « pièce de métal à l'effigie d'un personnage illustre ou commémorant un événement » ; au XVIIIᵉ s. « pièce de métal précieux donnée comme récompense », au XIXᵉ s. « distinction honorifique ». ‖ ***médaillon*** (XVIᵉ s.), empr. à l'ital. *medaglione* « grosse médaille », au XVIIIᵉ s. « bijou de forme ronde ou ovale » ; au XXᵉ s. terme de cuisine.

médecine (XIIᵉ s.), empr. au lat. *medicina* « art de guérir, remède, poison », fém. subst. de l'adj. *medicinus,* dér. de *medicus* « médecin », de *mederi* « soigner », est d'abord empl. au sens de « médicament, remède », au XVIIᵉ s. au sens fig. « chose désagréable » et au XIVᵉ s. au sens du fr. mod. « art de prévoir et de soigner les maladies ». ‖ ***médecin*** (XIVᵉ s.) a éliminé l'a. fr. *mire* (XIIᵉ s.), usuel jusqu'au XVIIᵉ s., issu du lat. *medicus.* Voir ***médical***.

média, **médias**, (XXᵉ s.), abrév. de *mass-media,* empr. à l'anglo-améric., de *mass* « masse » et de *media,* plur de *medium* (voir ***medium***), pour désigner une technique, un support de diffusion massive de l'information (par la presse, la radio, la télévision, etc.).

médian (XVᵉ s.), empr. au lat. *medianus* « du milieu », d'abord empl. au fém., *médiane,* au sens de « veine de l'avant-bras », spéc. en fr. mod. en géométrie.

médiat (XVᵉ s.), issu par aphérèse de *immédiat* au sens de « qui agit par intermédiaire ». ‖ ***médiateur*** (XIVᵉ s.), empr. au lat. tard. *mediator* ; ***médiatrice*** (XVᵉ s.), « intermédiaire », au XXᵉ s. terme de géométrie ; ***médiation*** (XIIIᵉ s.), empr. au lat. tard. *mediatio* « médiation, entremise », de *medius* « au milieu » (voir ***mi***), d'abord empl. au sens de « division », au XVIᵉ s. au sens de « entremise, conciliation » (spéc. entre Dieu et les hommes) ; ***médiatiser*** (XIXᵉ s.).

médical (XVIᵉ s.), empr. au lat. méd. *medicalis* « salubre, guérissable », altér. du lat. *medicinalis*, dér. de *medicus* « médecin ». ‖ ***médicament*** (XIVᵉ s.), empr. au lat. *medicamentum* « remède, drogue » ; ***médication*** (XIVᵉ s.), empr. au lat. *medicatio* « usage d'un remède », dér. de *medicari* « soigner » ; ***médicinal*** (XIIIᵉ s.), empr. au lat. *medicinalis* « médical, de médecin », spéc. en fr. mod. au sens de « qui a des propriétés curatives » ; ***medico-***, élém. représentant l'adj. *médical* et entrant dans la construct. de termes ayant trait à la médecine comme ***médico-légal***, ***médico-chirurgical***.

médiéval (XIXᵉ s.), dér. du lat. *medium aevum* « âge du milieu » au sens de « relatif au moyen âge ». ‖ ***médiévisme***, ***médiéviste*** (XIXᵉ s.).

médina (XIXᵉ s.), empr. à l'ar. *madina* « ville » pour désigner la partie musulmane, souvent ancienne, d'une ville en Afrique du Nord.

médiocre (XVᵉ s.), empr. au lat. *mediocris* « moyen » (de grandeur, de qualité), « ordinaire » (de personnes, de choses), dér. de *medius* « qui est au milieu », d'abord empl. au sens propre de « qui est entre le grand et le petit », l'emploi péj. « qui est au-dessous de la moyenne dans le domaine moral, artistique, social » se développant à partir du XVIᵉ s. ‖ ***médiocrité*** (XIVᵉ s.), empr. au lat. *mediocritas* « juste milieu, insignifiance » a suivi la même évol. ; ***médiocratie*** (XIXᵉ s.), sur le modèle d'*aristocratie* au sens de « pouvoir des médiocres ».

médire (XIIᵉ s.), dér. de *dire* et du préf. *mé-* (voir ***mes***). ‖ ***médisance*** (XVIᵉ s.) a éliminé l'a. fr. *mesdiz* (XIIᵉ s.).

méditer (XIVe s.), empr. au lat. *meditari* « préparer, avoir en vue qq. ch. », d'où « réfléchir », fréquent. de *mederi* « soigner ». || ***méditation*** (XIIe s.), empr. au lat. *meditatio* au sens religieux de « contemplation », puis de « action de réfléchir profondément » ; au XVIIe s. au sens de « écrit sur un sujet relig., philos. » ; ***méditatif*** (XIVe s.), empr. au lat. méd. *meditativus* « relatif à la méditation », rare avant le XVIIe s. au sens du fr. mod., « qui est porté à la méditation ».

médium (XVIe s.), empr. au lat. *medium* « milieu, centre », forme subst. de l'adj. *medius* « qui est au milieu », d'abord empl. au sens général de « milieu, moyen terme », puis spéc. dans le domaine de la logique et de la musique « registre de la voix entre le grave et l'aigu » (XVIIIe s.) ; comme terme de spiritisme et au sens de « personne réputée douée du pouvoir de communiquer avec les esprits » (XIXe s.), *médium* est un empr. à l'anglo-améric., où il aurait été introduit par E. *Swedenborg* (1688-1772).

médius (XVIe s.), forme subst. de l'adj. *medius* « du milieu » par ellipse de *medius (digitus)* « doigt du milieu ».

médullaire (XVIe s.), empr. au lat. *medullaris* « qui pénètre jusqu'à la moelle des os », de *medulla*. Voir ***moelle***.

méduse (XVIIIe s.), du nom propre *Méduse*, empr. au lat. *Medusa*, du grec, personnage mythologique à la tête hérissée de serpents, d'où la comparaison avec les tentacules de l'animal. || ***méduser*** (XVIIe s.), « frapper de stupeur », par référence à l'effet produit par la vue de la *Méduse* qui changeait en pierre celui qui la regardait.

meeting (XVIIIe s.), mot anglais dér. de *to meet* « rencontrer, rejoindre », au sens de « réunion publique ».

méfait, voir ***faire***.

méfiance, **se méfier**, voir ***fier (se)***.

méga-, **mégalo-**, élém. tirés du grec *méga-* et *mégalo-*, de *mégas*, *mégalou* « grand » entrant notamment dans la construct. de noms d'unité de mesure (***mégahertz***, ***mégawatt***) et de mots sav. comme ***mégalithe***, ***mégapole***, ***mégaphone*** ou de termes exprimant l'idée de grandeur, de développement excessifs comme ***mégalomane***, ***mégalomanie*** (XIXe s.).

mégarde (XIIe s.), déverb. de l'a. fr. *mesgarder* « mal garder », conservé en fr. mod. dans la loc. *par mégarde* « par inadvertance ».

mégère (XVe s.), empr. au lat. *Megaera*, empr. au grec, nom d'une des trois Furies (déesses de la vengeance), est empl. comme terme de mythologie, puis pour qualifier une femme acariâtre et méchante (XVIIe s.).

mégisserie (XIIIe s.), « métier et commerce des peaux mégissées » et « lieu où ils s'exercent », dér. de ***mégis*** (XIIIe s.), « peau assouplie dans un bain spécial », du verbe *megier* « soigner », du lat. *medicare*, au sens spéc. de « traiter le cuir pour la ganterie, la fourrure ».

mégot (XIXe s.), s. d. dér. avec le suff. *-ot* de *meg*, var. de *mec* « bonhomme ». || ***mégot(t)er*** (XXe s.), au sens fig. « lésiner ».

méhari (XVIIe s.), empr. à l'ar. d'Afrique du Nord *mahri*, plur. *mahara* « de la tribu de Mara », pour désigner un dromadaire de selle très rapide. || ***méhariste*** (fin XIXe s.).

meilleur (XIe s.), du lat. *meliorem*, acc. de *melior*, comparatif de *bonus* « bon » ; l'a. fr. a également connu une forme de cas sujet *mieldre*, *mieudre*, issu de *melior*. Voir ***mieux***, ***améliorer***.

méjuger, voir ***juger***.

mélancolie (XIIe s.), empr. au lat. *melancolia* qui transcrit le grec *melankholia* « bile, humeur noire » et « maladie engendrée par la bile noire », formé de *melas* « sombre, noir » et *-kholia*, tiré de *kholé* « bile », est d'abord empl. au sens de « tristesse profonde, humeur noire, fureur, délire », le sens affaibli du fr. mod. « état de tristesse douce et vague » se développant à partir du XVIIe s. ; au XIXe s. « maladie mentale entraînant un profond abattement ». || ***mélancolique*** (XIIIe s.), empr. au lat. *melancholicus* au sens de « relatif à la bile noire », puis au XIVe s. « qui a trop de bile noire » ; à partir du XVIe s. aux sens de « triste » et de « qui engendre la tristesse ».

mélange, **mélanger**, voir ***mêler***.

mélasse (XVe s.), du lat. méd. **mellacea* « résidus sirupeux qui subsistent après la cristallisation de la canne à sucre » (du lat. tard. *mellacium* « vin cuit et réduit »), sens qui s'est développé au M. A. avec l'expansion de la canne à sucre.

mêler (Xe s.), du lat. pop. *misculare*, forme élargie du lat. *miscere* « mélanger, troubler, bouleverser », est empl. en a. fr. au sens de « mélanger plusieurs choses » au sens propre et au sens fig., mais aussi de « se prendre de querelle avec » et de « s'occuper de » ; au XVIe s. aux sens de « participer à » et de « fréquenter ». || ***mêlée*** (XIe s.), part. pas. fém. subst. de *mêler*, empl. en a. fr. au sens de « querelle, combat », a été supplanté par *mélange* au sens concret ; au XIXe s. terme de rugby ; ***mélange*** (XIVe s.), dér. de *mêler* avec le suff. d'orig. germ. *-inge*, *-ange* au sens de « ensemble d'éléments divers », d'abord au sens propre, puis fig. ; ***mélanges*** « recueils d'articles » au XIXe s. ; ***mélanger*** (XVIe s.) ; ***emmêler*** (XIIe s.), au XVIIe s. au sens fig. ; ***entremêler*** (XIIe s.) ; ***démêler*** (XIIe s.), antonyme de *mêler* et de *emmêler* ; ***démêlé*** (XVe s.), « affaire compliquée », puis au plur. « difficulté causée par des oppositions » ; ***méli-mélo*** (XIXe s.), altér. de *pêle-mêle* au sens de « mélange confus de choses, de faits » (voir ***pêle-mêle***).

mélèze (XVIe s.), empr. à l'a. dauphinois *melesse*, de **melice* issu d'un mot préroman *melix*, croisement d'un rad. gaulois *mel-* désignant cet arbre et du nom lat. *larix* de ce même arbre.

mélisse (XIIIe s.), empr. au lat. tard. *melissa*, du grec *mélissophullon* comp. de *mélissa* « abeille » et de *phullon* « feuille » en raison de l'attirance des abeilles pour cette plante ; au XVIIe s. *eau de mélisse*.

mélodie (XIIe s.), empr. au lat. tard. *melodia* « air musical, harmonie, accord », du grec *mélodia* « chant d'un homme, d'un oiseau, poésie lyrique », dér. de *mélodos* « qui chante, mélodieux », comp. de *mélos* « chant accompagné de musique » et de *adein* « chanter ». || ***mélodieux*** (XIIIe s.) ; ***mélodique*** (XVIIe s.).

mélodrame (XVIIIe s.), comp. de l'élém. *mélo* (de *melos* « chant ») et de *drame*, est d'abord empl. au sens de « drame accompagné de musique », puis au XVIIIe s. « drame de ton populaire, aux situations et à la tonalité outrées ». || ***mélodramatique*** (XIXe s.).

mélomane (XVIIIe s.), comp. de *mélo* « chant » et de *-mane*. Voir ***manie***. || ***mélomanie*** (XVIIIe s.).

melon (XIIIe s.), du lat. tard. *melonem*, acc. de *melo*, de même sens, abrév. du lat. *melopepo*, empr. au grec, de *melon* « pomme » et *pepon* « cuit par le soleil, mûr », d'abord empl. pour désigner le fruit, au XIXe s. *chapeau melon*.

mélopée (XVIe s.), empr. au lat. tard. *melopoeia*, du grec *mélopoiia* « musique, mélodie », de *mélos* « chant » et *poiein* « faire », désigne d'abord en fr. un « chant rythmé et mesuré », puis au XIXe s. un « chant monotone et mélancolique ».

membrane (XIVe s.), empr. au lat. *membrana* « membrane, peau, parchemin », proprement « peau qui recouvre les membres », dér. de *membrum* « membre ».

membre (XIe s.), empr. au lat. *membrum* « membre du corps, partie d'un tout, membre de phrase », est d'abord empl. en fr. au sens de « partie du corps » et spéc. de « organe génital masculin » ; à partir du XIIIe s. au sens de « celui qui fait partie d'un tout » et comme terme de gram. || **démembrer** (Xe s.), au sens fig. dès le XIIe s. ; **démembrement** (XVIe s.) ; **remembrement** (XXe s.), terme d'économie agraire.

même (XIe s.), adj., pron. et adv., d'abord *meïsme,* du lat. vulg. **metipsimus*, dér. avec le suff. de superlatif *-imus* de **metipse* formé de la particule emphatique *-met,* qui servait à renforcer les pron. pers. (*egomet, nosmet*) et du démonstratif intensif *ipse (ipsus).* Les notions d'identité, d'insistance exprimées par *meesme* en a. fr. reprennent les emplois de *ipse* en lat. tard. qui, d'abord pronom intensif et adversatif, a repris en lat. imp. les emplois de *idem,* pronom marquant l'identité.

mémento (XIVe s.), empr. sav. de la 2e pers. de l'impératif de *meminisse* signifiant « souviens-toi », spéc. en liturgie pour désigner les prières du souvenir appartenant au canon de la messe qui commencent par ce mot ; au XIXe s. « carnet, agenda ».

mémère (XIXe s.), terme fam. et péj. issu du redoublement de la 1re syllabe de *mère.*

mémoire (XIe s.), subst. fém., du lat. *memoria* « aptitude à se souvenir » et « ensemble des souvenirs », dér. de *memor* « qui se souvient » ; comme subst. masc. *mémoire* est attesté depuis le XIIe s. au sens de « relation, écrit », puis en m. fr. de « écrit contenant des renseignements, des instructions » et au XVIe s. au plur., au sens de « ouvrage faisant le récit des événements dont l'auteur a été le témoin » ; au XVIIe s. au sens de « essai, dissertation sur un sujet précis » ; *mémoire,* subst. fém., désigne en informatique « un dispositif technique de traitement de l'information » (XXe s.), d'où les expres. *mémoire vive, mémoire morte.* || **mémorable** (XVe s.), empr. au lat. *memorabilis* « digne d'être raconté, gardé en mémoire » ; **mémorandum** (XVIIIe s.), subst. neutre sing. de *memorandus* « qui doit être rappelé », gérondif de *memorare* « rappeler, évoquer », d'abord empl. au sens de « note écrite d'un diplomate », puis de « recueil de notes, carnet » ; **mémorial** (XIIIe s.), empr. au lat. imp. *memoriale* « souvenir concret, monument » neutre de l'adj. *memorialis* « qui aide à se souvenir », empl. depuis le XVe s. au sens de « monument commémoratif », puis de « livre où l'on écrit ce dont on veut se souvenir » (*Mémorial de Sainte-Hélène*) ; **mémorialiste** (XVIIIe s.), « auteur de mémoires » ; **immémorial** (XVIe s.), empr. au lat. méd. *immemorialis* « qui manque de mémoire », a pris en fr. la valeur de « qui remonte à une époque très ancienne (dont on ne se souvient plus) » ; **mémoriser** (rare avant le XVIIIe s.), « fixer dans la mémoire ».

menace (IXe s.), du lat. vulg. **minacia*, dér. du lat. clas. *minae* « menace » qu'il a éliminé ; au XVIe s. au sens de « signes, indices d'un danger à venir ». || **menacer** (XIIe s.), du lat. vulg. **minaciare* de *minacia,* qui a éliminé le lat. clas. *minari* « menacer ».

ménage (XIIe s.), dér. du verbe de l'a. fr. *manoir* « demeurer », est d'abord empl. au sens de « demeure », à partir du XIIIe s. au sens, vieilli, de « administration des biens », de « bonne gestion, économie » et de « ensemble des meubles et ustensiles nécessaires à la vie domestique » (*monter son ménage*) et au sens de « vie en commun d'un couple » (*être, se mettre en ménage*), aux XVe-XVIe s. au sens de « tout ce qui concerne la vie domestique » (*faire le ménage*). || **ménager** (XIIIe s.), d'abord comme subst. masc. « personne travaillant la journée » ; au XIVe s. **ménagère**, d'abord « femme qui s'occupe des soins du ménage », au XXe s. « service complet de couverts de table » ; fin XVe s. adj., à partir du XVIe s.

au sens de « économe » et au sens usuel en fr. mod. de « qui concerne les choses du ménage » (*travaux ménagers, appareil ménager*) ; ***ménager***, verbe (XIVe s.), d'abord « vaquer aux soins du ménage », les emplois aux sens du fr. mod. « disposer, règler avec soin, employer (un bien) avec mesure, traiter qqn avec prudence, indulgence », se développant à partir du XVIe s. ; ***ménagement*** (XVIe s.), usuel à partir du XVIIe s. au sens fig. « mesure, réserve envers qqn » ; ***aménager*** (XIIIe s.), au XVe s. au sens du fr. mod. ; ***aménagement*** (XIVe s.), au XVIe s. au sens de « manière de disposer, d'adapter » ; ***emménager***, ***emménagement*** (XVe s.) ; ***déménager*** (XVIIe s.), au XVIIIe s. au sens de « perdre la tête » ; ***déménagement*** (XVIIe s.) ; ***déménageur*** (XIXe s.) ; ***ménagerie*** (XVIe s.), au XVIIe s. au sens du fr. mod. « endroit où sont rassemblés des animaux dangereux, exotiques, etc. ». Voir ***maison***.

mendier (XIe s.), du lat. *mendicare* « demander l'aumône », de *mendicus* « indigent, mendiant ». || ***mendiant*** (XIIe s.), part. prés. subst. et adj. de *mendier* ; *moine mendiant (*XIIIe s.), *ordres mendiants, (*XIVe s.) ; ***mendicité*** (XIIIe s.), empr. au lat. *mendicitas* « état d'indigence extrême » ; ***mendigot*** (XIXe s.), pop. « mendiant ».

meneau (XIVe s.), de *meienel, meienau,* dimin. de *meien,* forme ancienne de *moyen* (lat. *medianus* « qui est au milieu »), le *meneau* divisant en deux la baie des anciennes fenêtres. Voir ***moyen***.

mener (Xe s.), du lat. *minare,* susbtitué au lat. clas. *minari* « menacer », empl. en lat. pop. au sens de « pousser des animaux devant soi en les menaçant » et par ext. « mener, conduire », est empl. dès l'a. fr. aux sens de « accompagner qqn, marcher à la tête d'un groupe, diriger, commander, mener à bien qq. ch. » ; usuel en a. fr. au sens de « se livrer à une activité particulière » (*mener grand deuil*), *mener* est plus rare en ce sens en fr. mod. (*mener grand train, joyeuse vie*). || ***menée*** (XIe s.), d'abord « sonnerie de charge » et terme de vénerie ; au XVe s. au sens du fr. mod. « agissements secrets et artificieux » ; ***meneur*** (XIIe s.), au XVIe s. au sens du fr. mod. « personne qui a de l'influence sur les autres » ; ***amener*** (XIe s.) ; ***demener*** (XIe s.), d'abord « manifester un sentiment », sens disparu au XVIIIe s., au XIIe s. au sens du fr. mod. « s'agiter » ; ***emmener*** (XIe s.) ; ***malmener*** (XIIe s.) ; ***surmener*** (XIIIe s.), surtout usuel à partir du XIXe s. ainsi que ***surmenage*** (XIXe s.) ; ***promener*** (XIIIe s.), au XVe s. *se promener*, « marcher pour le plaisir » ; ***promenade*** (XVIe s.), « action de se promener » et « lieu aménagé pour se promener » ; ***promeneur*** (XVIe s.).

ménestrel (XIIe s.), empr. au lat. tard. *ministerialis* « serviteur », dér. de *minister*, de même sens, d'après *ministerium* « service », en fr. d'abord « serviteur » et aussi « jongleur, musicien ambulant ». || ***ménétrier*** (XIIIe s.), de *ménestrel* avec suff. *-ier*, empl. au XVIIe s. au sens de « musicien villageois ».

menhir (XIXe s.), du bas breton *men* « pierre » et *hir* « longue », désigne de longues pierres dressées verticalement.

méninge (XVe s.), empr. au lat. médic. tard. *meninga*, empr. au grec *meninx*, *meningos* « membrane ». || ***méningite*** (XIXe s.).

ménisque (XVIIe s.), mot sav., du grec *meniskos* « petite lune, croissant ».

ménopause (XIXe s.), du grec *men, menos* « mois » et *pausis* « cessation », désigne la cessation des cycles menstruels chez les femmes.

menotte (XVe s.), dimin. de *main*, a signifié dès l'orig. au sing. « petite main » et au plur. « entraves passées aux mains des prisonniers ».

mensonge (XIe s., sous la forme *mençonge*), s. d. du lat. vulg. **mentionica*, tiré, semble-t-il, de *mentio* « mention », d'où s. d. « mention trompeuse », désigne à la fois une « affirmation contraire à la vérité » et une « illusion ». || ***mensonger*** (XIIe s.).

menstrues (XIVe s.), empr. au lat. *menstrua* « écoulement sanguin utérin mensuel chez la femme », plur. neut. de *menstruus* « de chaque mois ». || ***menstruation*** (XVIIIe s.).

mensuel (XVIIIe s.), empr. au lat. tard. *mensualis*. || ***mensualité*** (XIXe s.).

mensuration (XVIe s., rare avant le XIXe s.), empr. au lat. tard. *mensuratio* « arpentage ».

mental (XIVe s.), empr. au lat. tard. *mentalis*, fait sur *mens* « esprit ».

mentalité (XIXe s.), de l'angl. *mentality* « état d'esprit, manière de penser (d'une collectivité, d'une époque, d'un individu) ».

menthe (XIIIe s.), du lat. *mentha*.

mention (XIIe s.), empr. au lat. *mentio* « action de mentionner, proposition, motion ». || ***mentionner*** (XVe s.).

mentir (Xe s.), du lat. vulg. **mentire* (lat. clas. *mentiri*) signifie « faire des mensonges » et aussi « manquer à sa parole » (*Bon sang ne peut mentir*). || ***menteur*** (XIIe s.) ; ***démentir*** (XIe s.), a signifié à la forme pronom. de l' a. fr. jusqu'à la fin du XVIIe s. « cesser de montrer les qualités dont on faisait preuve, se dégrader ». Le verbe actuel a pour sens « contredire, désavouer qqn, accuser qqn de mensonge » ; ***démenti*** subst. (XVe s.).

menton (XIe s.), du lat. vulg. **mento, mentonis*, issu du lat. clas. *mentum* de même sens.

mentor (XVIIIe s.), nom d'un personnage de l'*Odyssée*, conseiller de Télémaque, pris en fr. au sens de « sage conseiller ».

menu adj. (XIe s.), du lat. *minutus* « petit, mince, fin » a désigné des choses de peu de volume et d'importance. Au XVIIe s. les *menus plaisirs* désignent les divertissements royaux. Le subst. *menu* (XVIIIe s.) désigne le détail des plats d'un repas. || ***menuet*** (XIIe s. au sens de « fin, mince ») a désigné au XVIIe s. une danse faite à pas menus.

menuisier (XIIIe s.), s. d. dér. de *menuise* « menu bois », du lat. imp. *minutia* « petite parcelle », a d'abord signifié « ouvrier employé à des ouvrages menus », puis au XVe s. « ouvrier exécutant de petits ouvrages en bois » (par opposition au *charpentier* occupé à fabriquer des charpentes). || ***menuiserie*** (XVe s.) ; ***amenuiser*** (XIIe s.), dér. de l'a. verbe *menuiser*, d'abord au sens de « rendre plus petit, plus mince », puis au sens fig. « diminuer ».

méphitique (XVIe s.), empr. au lat. tard. *mephiticus*, tiré du subst. *mephitis* « exhalaison malfaisante ».

méplat (XVe s., sous la forme *mesplat*), dér. de *mes-* « mauvais » et de *plat*, litt. « mal plat », en fr. au sens « plus épais d'un côté que de l'autre » et « plus large qu'épais ».

méprendre, **méprise**, voir ***prendre***.

mépris, **mépriser**, voir ***priser***.

mer (XIe s.), du lat. *mare*. || ***amerrir*** (XXe s.).

mercantile (XVIe s.), de l'ital. *mercantile* « concernant le commerce ». Le sens de « cupide, intéressé » est attesté au XVIIIe s.

mercenaire (XIIIe s.), empr. au lat. *mercenarius* « qui travaille pour un salaire », fait sur *merces* « salaire, paye ». Du sens de « qui travaille moyennant une rémunération » est née dès le XIVe s. la valeur péj. de « intéressé, vénal ».

mercerie, voir ***mercier***.

merci (IXe s.), du lat. *merces, mercedis* « salaire, récompense », qui a pris tardivement et notamment en lat. chrét. le sens de « faveur, grâce », d'où « pitié (de Dieu) ». En a. fr. les sens de « grâce, pitié » sont habituels (encore en fr. mod. *crier merci* « demander grâce », *Dieu merci* « grâce à Dieu », etc.) et aussi dans le voc. courtois celui de « faveur amoureuse » (de la Dame), « amour (donné comme une grâce par la Dame) ». L'emploi de *merci* comme interject. pour exprimer un sentiment de gratitude, puis comme subst. au sens de « remerciement » est déjà attesté au XIIe s. et dérive du sens de « grâce », la gratitude étant la conséquence de la grâce. || ***remercier*** (XIIe s.), issu du simple *mercier*, en a. fr. « remercier », n'a pris qu'au XVIIe s. par euphémisme le sens de « congédier, renvoyer (avec des remerciements apparents) ».

mercier (XIIe s.), dér. de l'a. fr. *merz* « marchandise », du lat. *merx, mercis* « marchandise, denrée », a d'abord désigné un « marchand », et aussi à partir du XIIIe s. un petit marchand ambulant portant sur son dos de menues marchandises, principalement destinées aux femmes (cf. le proverbe *petit mercier, petit panier*). Le sens mod. « commerçant qui vend des accessoires de couture » est attesté à partir du XVIIe s. || ***mercerie*** (XIIe s.) a suivi la même évol.

mercredi (XIIe s., sous la forme *mercresdi*), du lat. vulg. **Mercuris dies*, altér. du lat. clas. *Mercuri dies* « jour de Mercure » (nom d'un dieu antique et d'une planète). L'ital. *mercoledi* a même orig.

mercure (XVe s.), nom d'un métal d'abord nommé *vif argent*, appelé mercure par les alchimistes du nom du dieu latin *Mercure* (la mobilité du métal ayant été comparée à celle du messager des dieux).

mercuriale 1 (XVIe s.), empr. au lat. *mercurialis* « de Mercure », a désigné une assemblée du Parlement au XVIe s. qui se tenait un mercredi, où le président faisait la critique des désordres de la justice, d'où les sens de « discours inaugural » et surtout de « remontrance » (XVIIe s.).

mercuriale 2 (XVIIIe s.), mot sav., du lat. *mercurialis* « de Mercure » (dieu des marchands), désigne le tableau officiel des prix des denrées vendues sur les marchés.

merde (XIIe s.), mot pop., du lat. *merda* « fiente, excrément ». || ***merdeux*** (XIIe s.) ; ***emmerder*** (XIVe s.) ; ***emmerdeur*** (XIXe s. dans la langue pop.) ; ***emmerdement*** (XIXe s.) ; ***se démerder*** (XIXe s. dans la langue pop.).

mère (Xe s.), du lat. *mater, matris*. L'expres. *fille-mère* est attestée au XIXe s. au sens de « femme non mariée ayant des enfants ». La mère d'un roi régnant est appelée *reine mère* depuis le XVIe s. Parmi les emplois de *mère* on notera dans un contexte religieux celui de « supérieure d'un couvent » et dans un contexte familier *la mère* (suivie du nom) pour désigner une femme du peuple d'un certain âge. || ***grand-mère*** (XVIe s.).

merguez (XXe s.), empr. à l'ar. d'Afrique du Nord *mergaz* « saucisse ».

méridien (XIVe s.), adj., empr. au lat. *meridianus* « de midi, du sud, méridional » ; subst. (XIVe s.), « demi-cercle joignant les pôles ».

méridienne (XIIIe s.), empr. au lat. *meridiana (hora)* « heure de midi » a désigné « l'heure de midi » (XIIIe s.), puis « la sieste faite au milieu du jour » (XVIIe s.), enfin un « canapé de repos » (XVIIIe-XIXe s.).

méridional (XIVe s.), empr. au lat. *meridionalis* « situé au midi ».

meringue (XVIIe s.), pâtisserie, d'étym. incert.

mérinos (XVIIIe s.), de l'esp. *merino* (pluriel *merinos*) désignant une race de mouton à laine fine. Par métonym. le mot désigne la laine de ce mouton et le tissu qui en sort (XIXe s.).

merise (XIIIe s.), « cerise sauvage », mot issu s. d. d'un croisement de *amer* et de *cerise*. || ***merisier*** (XIVe s.).

mérite (XIIe s.), empr. au lat. *meritum* « gain, salaire, service fait, conduite qui mérite qq. ch. », de *merere* « gagner, mériter », qui a pris en lat. chrét. le sens de « valeur spirituelle (digne de la miséricorde de Dieu) », utilisé en a. fr. aux sens de « salaire, récompense », « valeur, ce qui donne droit (à une récompense ou à un châtiment) ». Le sens de « qualités intellectuelles et morales qui rendent qqn digne d'estime » se développe au XVIIe s. ainsi que la nuance de « talent, habileté ». || ***mériter*** (XIVe s.) ; ***méritoire*** (XIVe s.) ; ***démériter*** (XVIe s.) ; ***immérité*** (XVe s.).

merlan (XIIIe s.), de l'a. fr. *merlenc*, dér. de *merle* désignant un « oiseau » et du suff. *-enc*, issu du lat. *merula* désignant à la fois un oiseau et un poisson. En a. fr. le *merlenc* désigne seulement un poisson.

merle (XIIe s.), du lat. *merula* « merle ».

merlu, merlus (XIVe s.), d'étym. peu claire. Le croisement de *merlan* et de *luz* « brochet », du lat. *lucius* a été proposé. Le même poisson s'appelle aussi *colin*. || ***merluche*** (XVIIe s.), « poisson séché, notamment morue séchée » semble un mot de la même famille ; ***merluchon*** (XIXe s.), « petit merlu ».

mérou (XVIIe s.), empr. à l'esp. *mero*, de même sens, d'orig. peu claire.

merrain (XIIe s., sous la forme *mairien*), du lat. vulg. **materiamen* « bois de construction », du lat. clas. *materia,* qui avait déjà ce sens.

merveille (XIe s.), du lat. vulg. **miribilia*, (plur. neut. devenu subst. fém.), du lat. clas. *mirabilia* « choses étonnantes, admirables » et en lat. chrét. « miracles ». En a. fr. le subst. est fréq. pour désigner des événements étonnants, étranges, extraordinaires. || ***merveilleux*** (XIIe s.) ; ***s'émerveiller*** (XIIe s.) ; ***émerveillement*** (XIIe s.).

mes-, més-, préf., voir ***mé-***.

mésange (XIIe s.), du franc. **mesinga* (cf. l'all. *Meise*).

mésaventure (XIIe s.), voir ***aventure***.

mésentère (XIVe s.), empr. au grec *mésos* « qui est au milieu » et *entéron* « intestin ».

mesquin (XVIIe s.), de l'ital. *meschino* « malheureux, misérable, pauvre, chétif », empr. à l'ar. *miskin* « pauvre », a signifié dès le XVIIe s. « qui manque de grandeur, pauvre, médiocre, étriqué » et aussi « chiche, ladre ». || ***mesquinerie*** (XVIIe s.).

mess (XIXe s.), empr. à l'angl. *mess* passé du sens de « mets » à celui de « réunion de personnes qui mangent ensemble » notamment dans la lang. militaire, puis « salle à manger, club ».

message (XIe s.), dér. de l'a. fr. *mes* (Xe s.), « envoyé, messager », du lat. *missus* de même sens, a signifié en a. fr. à la fois « communication, contenu de la communication, mission, ambassade » et « messager ». Le second sens a disparu au XVIe s. L'emploi polit. de « pensée profonde, communication importante » date du XXe s., celui de « communication officielle d'un souverain à un parlement » vient de l'Angleterre et date du XVIIIe s. Divers sens tech. (informatique, linguistique, biologie, etc.) sont nés au XXe s. || ***messager*** (XIe s.) a supplanté *message* au sens de « porteur de messages » ; ***messagerie*** (XIIIe s. au sens de « mission, transport de messages ») a pris dans l'histoire des transports la valeur de « service ou entreprise faisant le transport de colis, de voyageurs, de marchandises » (XVIIe s.). Au XXe s. *messagerie de presse* désigne une entreprise assurant la diffusion de la presse.

messe (Xe s.), du lat. chrét. *missa*, part. fém. subst. au sens de « congé, permission de partir » (de *mittere* lat. clas. « envoyer, congédier ») et aussi « service religieux, office divin » (d'abord « renvoi des catéchumènes après les premières prières », puis « office des catéchumènes », enfin « office divin »), employé dans la liturg. à la fin de l'office dans l'expression *ite, missa est* « vous pouvez partir, c'est le renvoi », puis « vous pouvez partir, la messe est finie ». En fr. l'emploi s'est généralisé pour désigner l'office religieux. || ***grand-messe*** (XIVe s.) désigne une messe chantée.

messidor (XVIIIe s.), mois des moissons dans le calendrier révolutionnaire, mot sav. tiré du lat. *messis* « moisson » et du grec *doron* « don ».

messie (XIIIe s.), du lat. chrét. *messias*, de l'araméen *meschika* « oint du Seigneur ». || ***messianisme*** (XIXe s.).

messire, voir ***sire***.

mesure (XIe s.), du lat. *mensura* « action de mesurer, estimation » et aussi « dimension, capacité, quantité, degré » (servant de norme). Tous ces sens existent en a. fr. ainsi que le sens nouveau de « modération ». L'emploi du mot au sens de « rythme musical » apparaît au XVIe s. L'idée de « rapport, proportion » s'est développée au XVIIe s. La valeur de « disposition prise (en vue d'une action) » date du XIXe s. Le voc. scient. mod. fait un grand usage du mot *mesure* depuis le XVIIIe s., surtout au XXe s. || ***mesurer*** (XIe s.), du lat. tard. *mensurare* « mesurer, estimer » ; ***démesuré*** (XIe s.) ; ***démesure*** (XIIe s.).

méta-, premier élém. de mots sav., comme ***métabolisme***, issu du grec *méta* « au milieu, parmi, avec, entre, vers », marquant participation, succession, changement.

métal (XIIe s.), empr. au lat. *metallum*, issu du grec *métallon* « mine, filon » et à date tardive « minerai, métal extrait ». || ***métallique*** (XVe s.), empr. au lat. *metallicus* « en métal » ; ***métallurgie*** (XVIIe s.), mot sav. fait de *métal* et du suff. *-urgie*, du grec *-ourgia* tiré de *ergon* « travail » ; ***métallurgique*** (XVIIIe s.).

métamorphose (XIVe s.), empr. au lat. imp. *metamorphosis*, du grec de forme identique « changement de forme ». || ***métamorphoser*** (XVIIIe s.).

métaphore (XIIIe s.), terme de rhétor. empr. au lat. *metaphora*, du grec *métaphora* « transport », d'où « transfert, transposition ». || ***métaphorique*** (XIVe s.).

métaphysique (XIIIe s.), mot sav. empr. au lat. scolast. *metaphysica*, tiré des premiers mots du traité de métaphysique d'Aristote *méta ta phusika* « après les choses de la nature », qui fait suite à son traité sur la nature. Le sens de « réflexion philosophique qui va au-delà de la nature et qui cherche à rendre compte par une théorie générale des principes fondamentaux de l'être » apparaît dès l'origine. L'emploi péj. « abus de réflexions abstraites » est attesté à partir du XVIIIe s. || ***métaphysicien*** (XIVe s.).

métastase (XVIe s.), terme médic., du grec *métastasis* « déplacement, changement », désigne habituellement une dissémination du cancer dans des foyers secondaires à partir d'un foyer principal. Le sens rhétor. (XIXe s.) est rare.

métayer (XIIe s., sous la forme *moitoier*), dér. de *moitié*, désigne un exploitant agricole qui donne pour fermage la moitié des produits du sol. || ***métairie*** (XIIIe s.) sous la forme *moitierie*.

métathèse (XVIe s.), terme de gram. empr. au grec *métathésis* « déplacement ».

méteil (XIIIe s.), s. d. du lat. vulg. **mistilium* « mélange », dér. de *mixtus* « mélangé » désigne un mélange de froment et de seigle semés et moissonnés ensemble dans le même champ.

métempsycose (XVIe s.), empr. au lat. tard. *metempsychosis*, lui-même issu du grec *métempsukhosis* « transmigration des âmes, passage d'une âme dans un autre corps ».

météore (XIIIe s.), empr. au lat. méd. *meteora*, empr. au grec *météora* « phénomènes célestes, corps célestes ». || ***météorite*** (XIXe s.) ; ***météorologie*** (XVIe s.), du grec *météorologia* « étude des phénomènes célestes », désigne en fr. l'étude des phénomènes atmosphériques et la prévision du temps.

métèque (XVIIIe s.), empr. au grec *metoikos* « étranger (domicilié à Athènes) », désigne de manière péj. un étranger jugé inquiétant.

méthode (XVIe s.), empr. au lat. *methodus*, du grec *méthodos* « route, direction vers un but » a signifié d'abord « manière particulière de soigner », puis « procédés raisonnés » (XVIe s.), notamment en pédagogie, « usage, habitude » (XVIIe s.), « ordre logique, arrangement ». A partir de Descartes terme philosophique « ensemble des procédés rationnels employés à la recherche de la vérité ». Les sens de « procédés techniques », « moyens », « règles qui commandent un art » sont courants depuis le XVIIIe s. || ***méthodique*** (XVe s.), empr. au lat. tard. *methodicus* ; ***méthodiste*** (XVIIIe s.), « membre d'une secte protestante », de l'angl. *methodist* ; ***méthodologie*** (XIXe s.), dér. de *méthode*, p.-ê. avec infl. de l'angl. *methodology*.

méticuleux (XVIe s.), empr. au lat. *meticulosus* « craintif, timide ». Le sens de « scrupuleux » date du XIXe s.

métier (IXe s., sous la forme *menestier*), du lat. *ministerium* « fonction de serviteur, service, fonction », en lat. chrét. « service de Dieu, sacerdoce » (p.-ê. en cet emploi y a-t-il eu confusion de *ministerium* devenu **misterium* et *mysterium* « rite, célébration »). En a. fr. le mot signifie « le service de Dieu », puis par extension « fonction, service, exercice d'un art manuel, travail artisanal ». Du sens de « service » est sorti celui de « usage, besoin, utilité » (fréq. en a. fr. dans des expres. comme *avoir mestier* « avoir besoin », *estre mestier* « être nécessaire »), d'où « objet utile », « instrument, machine servant à fabriquer » (cf. encore en fr. mod. *métier à tisser*). Le sens de « habileté d'exécution » (*avoir du métier*) date du XIVe s. L'emploi au sens général de « profession, activité permanente » (avec valeur laudative, sans référence péj. à des métiers manuels) ne semble pas antérieur au XVIIe s.

métis (XIIIe s.), du lat. tard. *mixticius* « mélangé », dér. de *mixtus*. Le sens mod. « né du croisement de deux races » date du XVIe s. et vient s. d. du port. *mestiço* « de sang mêlé ». || ***métisser*** (XIXe s.) ; ***métissage*** (XIXe s.).

métonymie (XVIe s.), terme de rhétor., du lat. tard. *metonymia*, du grec *métonumia* « dénomination ».

métope (XVIe s.), terme d'architecture, empr. au lat. tard. *metopa*, du grec *métopé* « intervalle (entre les triglyphes) ».

mètre 1 (XIVe s.), terme de versification signifiant « pied », empr. au lat. *metrum*, du grec *métron* « mesure, mesure d'un vers ». || ***métrique*** (XVe s.).

mètre 2 (XVIIIe s.), unité de mesure, empr. au grec *métron* « mesure ». || ***métrique*** (XVIIIe s.) ; ***métrage*** (XIXe s.) ; ***métreur*** (XIXe s.).

métro (XIXe s.), abrév. de *chemin de fer métropolitain*.

métro-, premier élém. de mots sav. tirés du grec *métron* « mesure », comme ***métrologie***, ou du grec *metra* « matrice », comme ***métropathie***.

métropole (XIIIe s.), empr. au lat. tard. *metropolis*, du grec *métropolis* « ville mère » (par rapport aux colonies qu'elle a fondées). En lat. tard. *metropolis* désignait la capitale administrative d'une province et aussi le siège d'un archevêché. En a. fr. ce dernier sens a survécu. En fr. le sens de « capitale d'une province » semble dater du XVIIe s., celui de « mère-patrie » du XIXe s. || ***métropolitain*** (XIIIe s.) a évolué comme *métropole*. L'emploi spéc. pour désigner le chemin de fer électrique souterrain d'une grande ville (XIXe s.) vient s. d. de l'angl. *metropolitan railway* « chemin de fer urbain ».

mets (XIIe s.), du lat. *missum*, part. pas. neut. de *mittere* « envoyer » en lat. clas., « poser » en lat. vulg., désignant ce qui est placé sur la table.

mettre (Xe s.), du lat. *mittere* « envoyer », puis « poser, placer », signifie « placer, disposer » (avec ou sans changement de lieu, avec ou sans changement d'état). || ***mise*** (XIIe s.), part. pas. fém. de *mettre*, « action de mettre » aux nombreux sens tech., souvent précisés par un complément. Le sens de « manière de se vêtir » date du XVIIIe s. ; ***miser*** (XVIIe s.), d'abord « acheter ou vendre aux enchères, enchérir », puis « mettre un enjeu, parier » (XIXe s.) ; ***démettre*** (XIIe s.), « déplacer (un os) » et « renvoyer d'un emploi » (XVe s.) ; ***s'entremettre*** (XIIe s.), « intervenir » ; ***entremise*** (XIIe s.), « intervention » ; ***entremetteur*** (XIVe s.), d'abord « intermédiaire », puis « intermédiaire dans une intrigue galante ».

meuble (XIIe s.), adj., du lat. *mobilis* « mobile, qui peut être déplacé », s'est d'abord employé largement en a. fr. selon le sens étym. (encore en fr. mod. dans *terre meuble* « terre aisée à remuer »), puis s'est spécialisé dans la langue du droit pour désigner les *biens meubles* par opp. aux *immeubles*. Comme subst. le mot désigne « les biens qui peuvent être transportés », au sens large « les objets servant à garnir et orner la maison (linge, vêtements, tapisseries, peintures, livres, ustensiles et outils divers) », puis par restriction de sens « le mobilier » à partir du Code Napoléon. En raison de l'emploi général de *meuble*, dans le voc. jur. pour désigner le mobilier par souci de précision on parle depuis le XVIIe s. de *meubles meublants.* En héraldique *meuble* désigne des objets figurés sur l'écu. L'expres. mod. *sauver les meubles* (XXe s.) veut dire « sauver l'essentiel » en cas de grand péril. || ***meubler*** (XIVe s.), d'abord « enrichir, pourvoir », puis « garnir de meubles » (XVIe s.) ; ***meublé*** (XIXe s.), subst. « local garni de meubles et ustensiles destiné à être loué » ; ***ameublement*** (XVIe s.) ; ***ameublir*** (XVIe s.), « rendre meuble (la terre) » ; ***démeubler*** (XIIIe s.), d'abord « dépouiller de ses biens », puis « dégarnir de ses meubles » (XVIe s.) ; ***immeuble*** (XIIIe s.), empr. au lat. *immobilis* « immobile, qui ne se meut pas », d'abord adj. en fr. « qui ne peut être déplacé », puis subst. « maison » (XIXe s.).

meugler (XVIe s.), empr. au lat. imp. *mugilare* « pousser un cri (en parlant de l'onagre) ».

meule 1 (XIIe s.), du lat. *mola* « meule de moulin, moulin ». || ***meulière*** (XVe s.), « propre à faire des meules », qualificatif de certaines pierres, dér. de *meule.*

meule 2 (XIIIe s.), d'orig. inconnue « tas de fourrage ».

meunier (XIIe s.), altér. du lat. tard. *molinarius*, tiré de *molina* « moulin ». || ***meunerie*** (XVIIIe s.).

meurtrir (XIe s., d'abord sous la forme *murdrir*), du franc. **murthrjan* « tuer, assassiner ». Le sens premier en a. fr. est « tuer », celui de « contusionner, blesser » apparaît au XVe s. par affaiblissement de sens. || ***meurtre*** (XIIe s.) ; ***meurtrier*** (XIIe s.) ; ***meurtrière*** (XVe s.), subst., fém. de l'adj., « fente dans une fortification permettant de tirer à l'arc (et donc de tuer ou de blesser autrui) ». Le mot a remplacé *archiere*, répandu au M. A. ; ***meurtrissure*** (XVe s.).

meute (XIIe s., sous la forme *muete*), terme de vénerie, du lat. tard. *movita* « mouvement », part. pas. substantivé tiré de *movere* « mouvoir ». En a. fr. le mot a un sens plus large. Il est employé avec la valeur de « troupe » ou « expédition », rarement « soulèvement », fréquemment « troupe de chiens pour la chasse à courre ». Le sens de « troupe de scouts » date du XXe s. || ***ameuter*** (XIVe s.), d'abord « réunir les chiens en meute » ; ***rameuter*** (XVIIe s.).

mezza, **mezzo**, premier élém. de comp. comme ***mezzo-soprano***, de l'ital. *mezzo* « qui est au milieu, intermédiaire ».

mezzanine (XVIIe s.), terme d'architecture, empr. à l'ital. *mezzanino* « entresol ». Le sens de « entresol » reste courant. Au XXe s. le mot désigne aussi un étage occupant une partie d'une pièce.

mi 1 (XIe s.), du lat. *medius* « qui est au milieu ». || ***parmi*** (XIe s.).

mi 2 (XIIIe s.), première syllabe du mot lat. *mira* dans l'hymne de saint Jean-Baptiste de Paul Diacre, troisième note de la gamme.

miasme (XVIIe s.), empr. au grec *miasma* « souillure », en fr. « émanation dangereuse ».

miauler (XIIIe s.), d'orig. inconnue. || ***miaulement*** (XVIe s.).

mica (XVIIIe s.), empr. au lat. *mica* « parcelle, miette », désigne d'abord un minéral, puis la lame transparente faite dans cette matière (XIXe s.).

miche (XIIe s.), du lat. vulg. **micca*, lat. clas. *mica* « parcelle, miette », a signifié « petit pain » en a. fr., puis « gros pain rond » (XIXe s.).

micmac (XVIe s.), altér. du m. fr. *mutemaque* « émeute », issu de la loc. néerl. *muyte maken* « faire une émeute », a d'abord signifié « intrigue, agissements secrets ». Le sens de « désordre inextricable » date du XIXe s.

micocoulier (XVIe s.), mot prov., du grec mod. *mikrokoukouli.*

micro (XXe s.), abrév. de *microphone*, tiré du grec *mikros* « petit » et *phonê* « voix », d'abord « appareil rendant audibles les sons les plus petits », puis « appareil transformant les ondes sonores en énergie électrique, puis en sons ».

micro-, premier élém. de mots sav., comme ***microfilm***, formé sur le grec *mikros* « petit ».

microbe (XIXe s.), mot sav., formé du grec *mikros* « petit » et *bios* « vie », en fr. « petit organisme vivant ».

microcosme (XIVe s., rare avant le XVIe s.), empr. au lat. méd. *microcosmos, microcosmus* « petit univers » (qualifiant l'homme, considéré comme une image réduite du monde). Le mot s'oppose à *macrocosme.*

micron (XIXe s.), empr. au grec *mikron* « petit ».

microscope (XVIIe s.), composé des deux éléments sav. *micro-* et *scope*, d'après *télescope.*

miction (XVIIe s.), empr. au lat. *mictio* « action d'uriner », terme médic.

midi (XIe s.), comp. de *mi* « qui se trouve au milieu » et de *di* « jour », issu du lat. *dies*. L'expres. *démon de midi* (XVIe s.) désigne, par référence à la croyance méd. concernant l'action funeste d'un démon au milieu du jour, une tentation amoureuse ou sexuelle apparaissant au milieu de la vie, à un âge avancé (XIXe s.). Le mot *midi* dès l'orig. a aussi la valeur spatiale de « sud », puis de « région située dans le Sud ». || ***après-midi*** (XVIe s.) ; ***midinette*** (XIXe s.), « qui se contente d'une dînette à midi » a désigné une jeune ouvrière, puis une femme frivole.

mie 1 (XIIe s.), du lat. *mica* « parcelle », en fr. « miette de pain ». || ***miette*** (XIIe s.), signifie parfois aussi au M. A. « mie (du pain) », à partir du XVIe s. « petit morceau » au sens général ; ***émietter*** (XVIe s.) ; ***émiettement*** (XVIIe s.).

mie 2 (XVIe s.), abrév. de *amie.*

miel (Xe s.), du lat. *mel.* || ***mielleux*** (XIIIe s.) ; ***emmieller*** (XIIIe s.), « enduire de miel », au XXe s. dans la lang. pop. au sens de « ennuyer » (par euphém. pour *emmerder*).

mien (XIe s.), de l'acc. lat. *meum* « qui

est à moi, qui m'appartient, qui se rapporte à moi », en fr. adj. et pron. possessif.

miette, voir ***mie 1***.

mieux (IXe s.), du lat. *melius*, neutre de *melior* « meilleur ».

mièvre (XIIIe s.), p.-ê. du scand. *snaefr* « leste, agile », signifie jusqu'à la fin du XVIIIe s. « plein de vivacité, espiègle, malin, malicieux, mutin ». Depuis le XIXe s. le sens de « puéril, fade » prédomine. || ***mièvrerie*** (XVe s.), d'abord « vivacité », a pris le sens de « grâce affectée, fade » au XIXe s.

mignard, voir ***mignon***.

mignon (XIIe s.), d'orig. peu claire. On a voulu y voir une racine *mign-* marquant la grâce, la séduction. Le mot apparaît au XIIe s. avec valeur péj. pour désigner un homosexuel. Au XVe s. les sens de « amant, favori » sont courants, et aussi ceux de « gracieux, joli, aimable ». Le terme s'applique au féminin à une « maîtresse » (XVIe et XVIIe s.). Il peut qualifier des enfants et être un hypocoristique chargé d'une nuance d'affection, de gentillesse, sans connotation sensuelle. || ***mignonnet*** (XVe s.) ; ***mignard*** (XVIe s.) a d'abord signifié « gracieux, agréable », puis au sens péj. « d'une grâce affectée » ; ***mignardise*** (XVIe s.) a évolué de même façon. Après avoir signifié « gentillesse mignonne, grâce délicate », le mot désigne auj. le manque de naturel, l'affectation.

migraine (XIIe s.), empr. au lat. médic. *hemicrania*, du grec *hémikrania* « mal de tête dans une moitié du crâne ». Au XXe s. le sens étym. est souvent oublié et le terme s'entend de toute céphalée.

migration (XVe s.), empr. au lat. *migratio* « changement de lieu ». Le mot s'est appliqué dès le XVIe s. à des déplacements importants de population. || ***migrateur*** (XIXe s.), empr. au lat. tard. *migrator* « qui se déplace » ; ***migratoire*** (XIXe s.) ; ***migrant*** (XXe s.), « qui se déplace, qui change de pays ».

mijaurée (XVIIe s.), d'orig. obsc., « femme prétentieuse et ridicule ».

mijoter (XVIIIe s.), s. d. dér. de *mijot, migeot* « lieu où l'on conserve, où l'on laisse mûrir les fruits », dont l'étym. n'est pas claire, terme dial. de l'Ouest, qui a d'abord signifié « faire mûrir », puis « cuire doucement ». Le sens dér. « préparer lentement » date du XIXe s.

mikado (XIXe s.), du jap. *mikado* « souverain », désigne l'empereur du Japon.

mil 1, voir ***mille***.

mil 2 (XIIIe s.), du lat. *milium* « millet ». Le mot est devenu très rare (sauf dans l'Ouest et le Sud). Il est remplacé par son dér. *millet*.

milady (XVIIIe s.), de l'angl. *my lady* « madame ».

milan (XVIe s.), mot prov., du lat. vulg. **milanus*, du lat. clas. *milvus* « milan, oiseau de proie ».

mildiou (XIXe s.), de l'angl. *mildew* « rouille des plantes », maladie de plusieurs plantes, notamment de la vigne.

milice (XIVe s., sous la forme *milicie*), empr. au lat. *militia* « service militaire, métier de soldat, campagne guerrière » a d'abord signifié en fr. « pratique de la guerre » et « troupe en armes ». Le sens de « troupe supplétive (renforçant une armée régulière) » remonte au M. A., mais s'est surtout développé aux XIXe et XXe s. || ***milicien*** (XVIIIe s.).

milieu (XIIe s.), comp. de *mi* et *lieu*. Outre les emplois spatiaux et temporels, le mot a les sens dér. de « situation intermédiaire », de « mesure, honnête moyenne » (*juste milieu*), enfin « espace dans lequel un corps est placé » (emploi scientifique d'abord attesté au XVIIe s.), puis « ensemble des actions qui s'exercent de l'extérieur sur un être vivant (*milieu ambiant*) » (zoologie, biologie au XIXe s., puis sociologie), enfin au plan général « entourage, environnement dans lequel se développe un être » (XIXe s.).

militaire (XIVe), empr. au lat. *militaris* « concernant la guerre, le soldat ». || ***militarisme*** (XIXe s.) ; ***militariser*** (XIXe s.) ; ***militarisation*** (XIXe s.) ; ***antimilitariste*** (XIXe s.) ; ***démilitariser*** (XIXe s.).

militer (XIVe s.), empr. au lat. *militare* « être soldat, faire son service militaire ». Le sens mod. « lutter pour une cause » date du XVIIe s. || ***militant*** (XIVe s.), d'abord « qui combat, qui lutte » est devenu subst. au XIXe s. au sens de « défenseur d'une cause » ; ***militantisme*** (XXe s.).

mille 1 (XIe s.), du lat. *milia*, plur. de *mille*. La forme *mil* (XIe s.), issue du sing. *mille*, est archaïque en fr. mod. || ***millième*** (XIIIe s.) ; ***millier*** (XIe s.) ; ***million*** (XIIIe s.), empr. à l'ital. *milione* « gros mille », « mille fois mille » ; ***millionième*** (XVIe s.) ; ***millionnaire*** (XVIIIe s.), « qui possède un ou plusieurs millions », d'où « très riche » ; ***milliard*** (XVIe s.), « mille millions » ; ***milliardaire*** (XIXe s.).

mille 2 (XIIIe s.), du lat. *mille*, désigne une unité de mesure de mille pas.

millénaire (XVe s.), empr. au lat. *millenarius* « qui contient mille unités ».

millésime (XVIe s.), empr. au lat. *millesimus* « millième », en fr. d'abord « chiffre exprimant le nombre mille », puis « chiffre indiquant la date (d'une monnaie, d'un vin) ».

millet, voir ***mil***.

milli-, premier élém. de mots sav., comme ***millimètre***, tiré du lat. *mille* « mille ».

milliaire (XIIIe s.), empr. au lat. *miliarium* « un millier » et « borne marquant un millier de pas ».

milord (XVe s.), de l'angl. *my lord* « monseigneur ».

mime (XVIe s.), empr. au lat. *mimus* « pantomime, acteur » et « farce, mime », a d'abord signifié « acteur bouffon », « comédie bouffonne », puis « imitateur » (XVIIIe s.), enfin « acteur muet s'exprimant par gestes » (XIXe s.). || ***mimique*** (XVIe s.), empr. au lat. *mimicus* du grec *mimikos* « qui caractérise un mime », a pris au XIXe s. le sens de « art de s'exprimer par gestes », « gestes et jeux de physionomie expressifs » ; ***mimer*** (XIXe s.) ; ***mimétisme*** (XIXe s.), mot sav. fait sur l'adj. grec *mimétéos* « qui imite » avec le suff. *-isme* ; ***mimodrame*** (XIXe s.) « œuvre dramatique sans paroles ».

mimosa (XVIIe s.), création du lat. des botanistes pour désigner une herbe (sensitive) qui se contracte comme un *mime*.

minable, voir ***mine 1***.

minaret (XVIIe s.), du turc *menaret*, empr. à l'ar. *manara* « phare » désigne une tour de mosquée.

minauder, voir ***mine 2***.

mince (XIVe s.), déverb. méd. de *mincier* « couper en menus morceaux », du lat. vulg. **minutiare* de même sens, désigne en a. fr. une petite monnaie. Le mot devient adj. et signifie seulement « menu, peu épais » au XVIe s., « de peu d'importance » au XVIIe s. Comme interject. le mot est pop. (XIXe s.) et semble un euphém. de *merde*. || ***minceur*** (XVIIIe s.) ; ***amincir*** (XIIIe s.) ; ***émincer*** (XVIe s.).

mine 1 (XIIIe s.), p.-ê. d'orig. gauloise. Le mot a signifié dès l'orig. à la fois le lieu souterrain contenant des métaux et le minerai (cf. *mine de crayon, mine de plomb*), et aussi « cavité souterraine creusée sous les remparts d'une ville » (XIVe s.), enfin « machination » (XVIIe s.) et « engin explosif » (XXe s.). || ***miner*** (XIIIe s.) ; ***minable*** (XVe s. au sens de « qui peut être miné »), au XIXe s. « usé par la maladie ou la misère », enfin au XXe s. « très médiocre, très mauvais » (style fam.). ; ***mineur*** (XIIe s.) ; ***minerai*** (XIVe s.) ; ***minier*** (XIXe s.).

mine 2 (XVe s.), d'orig. peu claire, p.-ê. empr. au bret. *min* « museau », signifie « apparence extérieure, air (notamment du visage) », « mimique, jeux de physionomie » dans de nombreuses expres. comme *avoir mauvaise mine* « avoir le visage fatigué », *faire bonne mine* « faire bon accueil », etc. || ***minois*** (XVe s.), « visage agréable » (parf. empl. par plaisanterie) ; ***minauder*** (XVIIe s.) « prendre des mines affectées ».

minéral (XVe s.), empr. au lat. méd. *mineralis* « qui concerne les minerais », issu du subst. méd. *minera* « mine ». || ***minéraliser*** (XVIIIe s.) ; ***minéralisation*** (XVIIIe s.) ; ***minéralogie*** (XVIIe s.) ; ***minéralogiste*** (XVIIIe s.) ; ***déminéraliser*** (XIXe s.) ; ***minéralogique*** (XVIIIe s.), d'abord « relatif à la minéralogie », puis « relatif au service des Mines » (XXe s.).

minerve (XIXe s.), de la déesse antique *Minerva*, déesse de l'intelligence ; en fr. appareil orthopédique tenant la tête droite.

minestrone (XXe s.), de l'ital. *minestrone* « soupe épaisse ».

minet (XVIe s.), p.-ê. onomat., d'abord nom pop. du chat, puis terme d'affection pop. || ***minou*** (XIVe s.), « petit chat » (langue enfantine).

mineur adj. (XIIIe s.), empr. au comparatif lat. *minor, minoris* « plus petit ». || ***minorité*** (XVe s.), empr. au lat. méd. *minoritas* « état d'une personne mineure ». Le sens polit « petit nombre » (XVIIIe s.) vient de l'angl. *minority* ; ***minoritaire*** (XXe s.).

mini-, premier élément de mots courants comme ***minijupe***, tiré du lat. *minimum* « très petit ».

miniature (XVIIe s.), empr. à l'ital. *miniatura* « peinture faite au minium et avec d'autres couleurs pour illustrer les manuscrits ». Le sens de « peinture, portrait de petites dimensions » est attesté dès le XVIIe s. L'idée de « en réduction » apparaît au XIXe s. || ***miniaturiste*** (XVIIIe s.) ; ***miniaturiser*** (XXe s.).

minime (XIVe s.), empr. au lat. *minimus* « le plus petit, très petit ». || ***minimum*** (XVIIIe s.), empr. au lat. *minimum*, superlatif neutre « très petit » ; ***minimiser*** (XIXe s.) ; ***minimal*** (XIXe s.).

ministre (XIIe s.), empr. au lat. *minister* « serviteur, agent ». Le sens de « conseiller d'un roi » apparaît au XVIe s., celui d'homme d'Etat membre d'un gouvernement au XVIIe s. Quelques empl. fig. comme *bureau ministre* « bureau de grande taille » ou *papier ministre* « papier de grande dimension et de belle qualité » témoignent de l'importance de la fonction de ministre dans les mentalités mod. || ***ministère*** (XIIIe s.), empr. au lat. *ministerium* « service, fonction », en fr. d'abord « charge à remplir », puis « concours, entremise » (*par ministère d'huissier*) au XVe s., puis au sens polit. « fonction de ministre », « ensemble des ministres » et « département ministériel » (XVIIe s.) ; ***ministériel*** (XVIe s.), empr. au lat. tard. *ministerialis* « relatif à un serviteur, à un agent », en fr. « relatif au ministère, à un ministère, à un ministre ».

minium (XIVe s.), empr. au lat. *minium* « vermillon ».

minorer, **minorité**, voir ***mineur***.

minuscule (XVIIe s.), empr. au lat. *minusculus* « assez petit », d'abord en ce sens dans l'expres. *lettre minuscule*, puis « très petit, infime » (XIXe s.).

minute 1 (XIIIe s.), empr. au lat. méd. *minuta* « menue division du temps », issu de l'adj. *minutus* « petit, menu ». || ***minuterie*** (XVIIIe s.) ; ***minutier 1*** (XIXe s.) ; ***minuter*** (XXe s.).

minute 2 (XIVe s.), empr. au lat. *minuta* « note, brouillon d'un écrit », désigne la première rédaction d'un écrit, l'original (écrit en caractères menus) sur lequel se font les copies. Le terme s'emploie toujours pour désigner l'original des actes notariés signé par les témoins et s'oppose à *grosse*. || ***minutier 2*** (XIXe s.), « dépôt des archives notariales ».

minutie (XVIIe s.), empr. au lat. imp. *minutia* « petite parcelle », signifie d'abord « menu détail », puis « soin attentif donné aux plus petits détails » à partir du XVIIIe s. ‖ ***minutieux*** (XVIIIe s.).

mirabelle (XVIIe s.), prune s. d. cultivée à *Mirabel* dans le Sud de la France.

miracle (XIe s.), empr. au lat. *miraculum* « prodige, merveille », qui a pris un sens religieux en lat. chrét., désigne un fait extraordinaire (souvent attribué à une intervention divine). En a. fr. le mot s'applique aussi à un genre dramatique mettant en scène les miracles de la Vierge ou des saints. En fr. mod. au XXe s. le mot s'emploie également pour « une réussite exceptionnelle » (*le miracle grec*). ‖ ***miraculeux*** (XIVe s.).

mirador (XVIIIe s.), de l'esp. *mirador* « belvédère », en fr. d'abord en ce sens, puis « poste d'observation surélevé » (XXe s.).

mirer (XIIe s.), du lat. vulg. **mirare* « regarder avec étonnement, admirer », du lat. clas. *mirari*, signifie d'abord « regarder attentivement, contempler, admirer », puis « regarder dans un miroir » (XIIe s.), « refléter » (XVIe s.). ‖ ***miroir*** (XIIe s.), « surface réfléchissant la lumière ou l'image des choses », au fig. « modèle » et « reflet fidèle, image exacte » dès le XIIIe s. ; ***miroitier*** (XVIe s.) ; ***miroiterie*** (XVIIIe s.) ; ***mirage*** (XVIIIe s.), « illusion d'optique », d'où « illusion trompeuse » (XIXe s.) ; ***mire*** (XIVe s.), au sens de « visée », (XVIe s.), « cible » (XVIIe s.), ***miroiter*** (XVIe s.) ; ***miroitement*** (XVIIe s.).

mirifique (XVe s.), empr. au lat. *mirificus* « étonnant, prodigieux ».

mirobolant (XIXe s.), d'orig. peu claire, « merveilleux, mirifique » (terme fam.).

misaine (XVe s.), terme de marine, désigne la grande voile du mât situé à l'avant du navire, altér., sous l'infl. de l'ital. *mezzana*, de *migenne*, empr. au catal. *mitjana* « du milieu, médian ».

misanthrope (XVIe s.), empr. sav. au grec *misanthropos* « qui hait les hommes ». ‖ ***misanthropie*** (XVIe s.), empr. au grec *misanthropia* « haine du genre humain, humeur farouche ».

mise, voir ***mettre***.

misère (XIIe s.), empr. au lat. *miseria* « malheur, adversité, inquiétude », signifie « malheur, souffrances » (XIIe s.), « pauvreté » (XIVe s., rare avant le XVIIe s.), « insignifiance, bagatelle, chose de peu d'importance » (XVIIIe s.). Le sens de « extrême pauvreté » (XVIIe s.) prédomine auj. ‖ ***miséreux*** (XIVe s.), d'abord au sens de « malheureux » ; ***misérable*** (XIIe s.), empr. au lat. *miserabilis* « digne de pitié », d'abord au sens de « malheureux » en fr.

miséricorde (XIIe s.), empr. au lat. *misericordia* « compassion, pitié », a d'abord désigné la bonté de Dieu envers les pécheurs, puis la pitié des hommes envers les malheurs d'autrui dès le XIIIe s. Certains empl. dér. sont anciens (dénomination d'un poignard, d'un support permettant aux chanoines de s'appuyer pendant l'office quand la stalle du chœur est relevée). L'excl. *miséricorde !* exprimant le désarroi devant un incident fâcheux est attestée au XVIIe s. ‖ ***miséricordieux*** (XIIe s.).

misogyne (XVIe s.), empr. au grec *misogunês* « qui hait les femmes ». ‖ ***misogynie*** (XIXe s.).

miss (XVIIIe s.), empr. à l'angl. *miss*, contraction de *mistress* « mademoiselle ». Le sens de « gouvernante anglaise » date du XIXe s., celui de « reine d'un concours de beauté » du XXe s.

missel (XIIe s., sous la forme *messel*), empr. au lat. eccl. *missalis liber* « livre de messe », c'est-à-dire « livre contenant les prières de la messe ».

missile (XVIIe s.), empr. au lat. *missile* « arme de jet », d'abord « projectile », puis au sens de « projectile téléguidé » d'après l'angl. *missile*.

mission (XIVe s., très rare avant le XVIIe s.), empr. au lat. *missio* « action d'envoyer, envoi ». Les sens de « tâche confiée », « évangélisation des peuples non christianisés » ou « prédication (pour la conversion des chrétiens) » datent du XVIIe s. || ***missionnaire*** (XVIIe s.).

missive (XVe s.), d'abord sous la forme d'adj. *lettre missive* « lettre adressée à qqn », empr. sav. au lat. *missus* « envoyé ».

mistral (XVIe s., sous la forme *mestral*), empr. à l'a. prov. *maestral* « qui souffle en maître », du lat. tard. *magistralis* « magistral, en maître », nom d'un vent très puissant.

mitaine (XIIe s.), d'orig. peu claire, « gants sans séparation pour quatre doigts ». Le mot ne semble pas un dér. de l'a. fr. *mite* « chatte ».

mite (XIIIe s.), s. d. du néerl. *mite*. || ***mité*** (XVIIIe s.), « rongé par les mites » ; ***miteux*** (XIXe s.), « en piteux état ».

mithridatiser (XIXe s.), du nom de Mithridate, qui se serait immunisé contre les poisons, d'où « immuniser (contre un poison), insensibiliser ». || ***mithridatisation*** (XXe s.).

mitiger (XIVe s.), empr. au lat. *mitigare* « amollir, rendre doux, calmer », conserve le sens initial « adoucir, atténuer les effets ». La valeur de « varier, mélanger » date du XIXe s. || ***mitigeur*** « robinet qui mélange l'eau chaude et l'eau froide » (XXe s.).

mitonner (XVIIe s.), empr. à un parler de l'Ouest, s. d. dér. de *mitonnée*, sorte de soupe, tiré de *miton* « mie de pain », d'abord « faire cuire longuement et lentement », puis « préparer doucement », enfin « dorloter ».

mitoyen (XIVe s.), « qui est à la limite de deux choses », altér. d'après *mi* de l'a. fr. *moitoien*, tiré du subst. *moitié*.

mitraille (XIVe s.), altér. de *mitaille*, dér. de *mite* « menue monnaie », a désigné un « morceau de métal », puis de la ferraille (XVIIe s.) et des balles mises dans les canons (XVIIIe s.), enfin des salves d'artillerie. || ***mitrailler*** (XVIIIe s.) ; ***mitrailleuse*** (XIXe s.) « arme automatique à tir rapide » ; ***mitrailleur*** (XVIIIe s.) ; ***mitraillade*** (XVIIIe s.) ; ***mitraillette*** (XXe s.).

mitre (XIIe s.), empr. au lat. *mitra* « coiffure orientale », issu du grec *mitra*, désigne la coiffure des évêques. || ***mitron*** (XVIIe s.), dér. de *mitre* en raison de la forme de la toque des garçons boulangers qui ressemblait à une mitre.

mixer (XXe s.), de l'angl. *to mix* « mélanger ». || ***mixeur*** (XXe s.), de l'angl. *mixer* « appareil servant à mélanger des aliments » ; ***mixage*** (XXe s.).

mixte (XIIe s.), empr. au lat. *mixtus* « mélangé », désigne des ensembles formés d'éléments de nature différente. Le mot s'applique couramment au mélange de personnes des deux sexes. || ***mixture*** (XIIe s.), empr. au lat. *mixtura* ; ***mixité*** (XIXe s.), altér. de *mixte*.

mnémonique (XIXe s.), empr. au grec *mnémonikos* « qui se souvient ».

mnémotechnique (XIXe s.), mot sav. dér. de ***mnémotechnie***, lui-même fait d'un élém. *mnémo-* tiré du grec *mnêmê* « mémoire » et de *technie*, tiré du grec *tekhnê* « art », en fr. « facilitant le souvenir, aidant la mémoire ».

mobile (XIVe s.), empr. au lat. *mobilis* « qui peut être déplacé, rapide, changeant ». || ***mobilité*** (XIIe s.), empr. au lat. *mobilitas* ; ***mobilier*** (XVIe s.), d'abord « qui concerne les biens meubles », puis « ensemble de meubles » (XVIIIe s.) ; ***mobiliser*** (XVIIIe s.), pris au sens de « rendre mobile, mettre en campagne, appeler sous les drapeaux » ; ***mobilisation*** (XVIIIe s.) ; ***démobiliser*** (XIXe s.) ; ***démobilisation*** (XIXe s.) ; ***immobile*** (XIVe s.), empr. au lat. *immobilis*, de même sens ; ***immobilier*** (XVIIIe s.), adj. ; ***immobiliser*** (XVIIe s.) ; ***immobilité*** (XIVe s.), empr. au lat. *immobilitas* ; ***immobilisation*** (XIXe s.) ; ***immobilisme*** (XIXe s.).

mocassin (XVIIe s.), empr. à l'algonquin *mocasin*, a désigné d'abord la chaussure souple des Indiens d'Amérique du Nord, puis une chaussure plate de marche cousue sur le dessus.

moche adj. (XVIIIe s.), terme pop. signifiant « laid, fâcheux », p.-ê. tiré du verbe *amocher*, lui-même dér. de *moche* « écheveau de fil », s. d. issu du franc. **mokka* « masse informe ».

mode 1 subst. fém. (XVe s.), empr. au lat. *modus* « mesure, manière, sorte, façon ». L'idée de « manière d'être durable », « manière collective de se comporter » attestée à date ancienne survit en fr. mod. Mais le sens le plus répandu concerne « les goûts passagers » (XVIe s.), notamment dans le domaine de l'habillement. Par métonym. le mot désigne parfois depuis le XVIIIe s. au sing. l'industrie ou le commerce de la toilette féminine, au plur. les accessoires de la toilette féminine, voire les chapeaux de femme (*travailler dans la mode, marchande de modes*). L'expres. culin. *bœuf mode* est une abrév. de *bœuf à la mode* « bœuf apprêté selon les recettes en usage ». || ***modiste*** (XVIIe s.), d'abord « personne qui suit la mode », puis « marchande de vêtements féminins » et « marchande de chapeaux » (depuis le XVIIIe s.), seul sens auj. ; ***démodé*** (XIXe s.).

mode 2 subst. masc. (XVIe s.), empr. au lat. *modus* « manière », mot sav. utilisé au sens de « forme, système, procédé » en linguistique, musique, mathématique, philosophie, grammaire, etc. || ***modal*** (XVIe s.) ; ***modalité*** (XVIe s.).

modèle (XVIe s.), de l'ital. *modello* « prototype destiné à être reproduit, exemplaire parfait digne d'être imité », du lat. vulg. **modellus*, altér. de *modulus* « mesure, module ». Le mot s'est employé souvent dans le voc. des arts pour désigner un dessin, un objet reproduit par un artiste ou bien une personne qui pose pour un artiste (XVIIe s.). A partir du XIXe s., en raison du développement de l'industrie, il désigne aussi un « prototype destiné à la fabrication en grande série ». Au XXe s. dans le voc. des sciences le mot signifie « représentation abstraite d'un système, des structures essentielles d'une réalité ». || ***modeler*** (XVIe s.) ; ***modelage*** (XIXe s.) ; ***modéliser*** (XXe s.), ***modéliste*** (XXe s.).

modérer (XIVe s.), empr. au lat. tard. *moderare* « tenir dans la mesure, régler, refréner », du lat. clas. *moderari*. || ***modération*** (XIVe s.), empr. au lat. *moderatio* « action de modérer, de diriger » ; ***modérateur*** (XVe s.), empr. au lat. *moderator* « qui modère » ; ***immodéré*** (XVe s.), empr. au lat. *immoderatus*.

moderne (XIVe s.), empr. au lat. tard. *modernus* « récent, actuel ». || ***moderniser*** (XVIIIe s.) ; ***modernisme*** (XIXe s.) ; ***modernisation*** (XIXe s.) ; ***modernité*** (XIXe s.).

modeste (XIVe s.), empr. au lat. *modestus* « modéré, réservé, discret » a d'abord signifié « qui a de la modération, dénué de tout excès », puis « simple, sans prétention, humble, pudique ». || ***modestie*** (XIVe s.), empr. au lat. *modestia* « modération, modestie », en fr. d'abord au sens de « retenue, modération », puis « simplicité, effacement, humilité, pudeur » (XVIe s.) ; ***immodeste*** (XVIe s.), empr. au lat. *immodestus* ; ***immodestie*** (XVIe s.).

modifier (XIVe s.), empr. au lat. *modificare* « régler, ordonner (suivant une mesure) », en fr. « changer (sans altérer profondément la nature d'une chose) ». || ***modification*** (XIVe s.), empr. au lat. *modificatio* « disposition mesurée », en fr. « changement ».

modique (XVe s.), empr. au lat. *modicus* « modéré », en fr. « faible, modeste ». || ***modicité*** (XVIe s.), empr. au lat. tard. *modicitas* « faibles ressources », en fr. « médiocrité, petitesse ».

module (XVIe s.), empr. au lat. *modulus* « mesure », désigne une unité de mesure, l'élément simple d'une structure d'après l'angl. *module* « élément autonome d'un ensemble ». || ***modulaire*** (XIXe s.).

moduler (XVe s.), empr. au lat. *modulari* « mesurer, soumettre à un rythme, émettre une mélodie ». Le premier sens attesté en fr. est « émettre des inflexions variées de voix », puis au sens musical « émettre des modulations, passer d'un ton à un autre selon les règles de l'harmonie » (depuis le XVIIIe s.). || ***modulation*** (XIVe s.), empr. au lat. *modulatio* « action de mesurer, cadence, mélodie ».

moelle (XIIe s., sous la forme *meolle*), du lat. *medulla* « moelle (des os) », puis « fond de l'être ». || ***moelleux*** (XVe s.) au sens de « doux, agréable » depuis le XVIIe s.

moellon (XIIe s., sous la forme *moilon*), s. d. issu du lat. vulg. **mutulio*, issu du lat. clas. *mutulus* (terme d'architecture) « modillon, corbeau ».

mœurs (XIIe s.), du lat. *mores* « genre de vie, usages, coutumes ».

mofette (XVIIIe s.), « exhalaison toxique », empr. à l'ital. *mofeta* de même sens.

mohair (XIXe s.), de l'angl. *mohair*, empr. à l'ar. *mukhayyar* « poil de chèvre angora ».

moi (IXe s.), forme tonique issue du lat. *me*, à l'orig. pron. person. La forme subst. existe depuis le XVIe s. et désigne la personnalité d'un être humain.

moignon (XIIe s.), d'étym. peu claire, s. d. de la même famille que l'a. fr. *esmoigner* « mutiler ».

moindre (XIIe s.), du lat. *minor* « plus petit ». || ***amoindrir*** (XIVe s.) ; ***amoindrissement*** (XIIe s.).

moine (XIe s.), du lat. chrét. *monachus* « solitaire, anachorète », issu du grec *monachos* « qui vit seul ». || ***moinillon*** (XVIIe s.) ; ***moineau*** (XIIe s.), l'oiseau ayant été appelé « petit moine » en raison de la couleur brune de ses plumes (qui rappelle la couleur de la robe monacale).

moins (XIIe s.), du lat. *minus*, comparatif de *parum* « peu » employé adverbialement.

moire (XVIIe s.), apprêt donné à certaines étoffes, emp. à l'angl. *mohair*. Le sens de « aspect changeant, chatoyant » date du XVIIIe s. || ***moirer*** (XVIIIe s.).

mois (XIIe s.), du lat. *mens, mensis* de même sens.

moïse (XIXe s.), désigne une petite corbeille servant de berceau, par référence à *Moïse*, déposé dans une corbeille après sa naissance.

moisir (XIIe s.), du lat. vulg. **mucire*, du lat. clas. *mucere* « être moisi, être gâté ». || ***moisissure*** (XIVe s.).

moisson (XIIe s.), du lat. vulg. **messio, -ionis*, du lat. clas. *messis* « récolte, moisson ». || ***moissonner*** (XIIe s.) ; ***moissonneur*** (XIIIe s.) ; ***moissonnage*** (XVe s.). ; ***moissonneuse*** (XIXe s.).

moite (XIIe s.), s. d. issu du lat. tard. *mucidus* (avec *u* bref) « moisi ». Le croisement de *mucidus* et de *mustum* « moût » semble peu vraisemblable. En fr. *moite* a toujours signifié « humide ». || ***moiteur*** (XVIIe s.).

moitié (XIe s.), du lat. *medietas, medietatis* « milieu », qui a pris tardivement le sens de « moitié ».

moka (XVIIIe s.), variété de café, du nom de *Moka*, port du Yémen.

molaire (XVe s.), empr. au lat. *dens molaris* « dent qui broie comme une meule », de *mola* « meule de moulin ».

môle (XVe s.), empr. à l'ital. *molo* « masse, digue ».

molécule (XVIIᵉ s.), mot sav. dér. du lat. *moles* « masse », en fr. d'abord au sens de « particule de matière, corpuscule ». ‖ ***moléculaire*** (XVIIIᵉ s.).

moleskine (XIXᵉ s.), étoffe de velours de coton, empr. à l'angl. *moleskin*, litt. « peau de taupe ».

molester (XIIIᵉ s.), empr. au lat. tard. *molestare* « importuner, fatiguer ». Le sens de « malmener, maltraiter » date du XVIIᵉ s.

molette (XIIIᵉ s.), dér. de *mole, meule*, en fr. d'abord « petite meule, petit pilon » avant de prendre divers sens tech.

mollet, voir ***mou***.

mollusque (XVIIIᵉ s.), empr. au lat. scient. mod. *molluscus* « animal à corps mou », fait sur *nux mollusca* « noix à l'écorce tendre ».

molosse (XVIᵉ s.), empr. au lat. *molossus* « chien du pays des Molosses », du grec *Molossos* « du pays des Molosses (pays d'Epire célèbre pour ses chiens) ».

moment (XIIᵉ s.), empr. au lat. *momentum* « mouvement, impulsion, pression d'un poids », d'où « influence, importance » et aussi « espace pendant lequel se produit un mouvement, durée d'un mouvement, instant », dér. de *movere* « mouvoir ». En fr. le mot signifie « instant, petit espace de temps », « espace de temps précis », « temps présent » (depuis le XVIIIᵉ s.), et aussi « occasion, circonstance » (XVIIᵉ s.), « phase d'une évolution » (XIXᵉ s.), « temps propice » (XIXᵉ s.) ; sens particulier en mécanique et mathématique depuis le XVIIᵉ s. (tiré de *momentum* « poussée d'un poids ») pour désigner le produit d'une force (*moment d'une force par rapport à un point* « produit d'une force par sa distance à ce point »). ‖ ***momentané*** (XIVᵉ s.), empr. au lat. tard. *momentaneus* « temporaire, passager ».

momerie (XVᵉ s. au sens de « mascarade »), mot ancien, d'orig. inconnue, semble un mot expressif, à rapprocher de l'esp. *momo* « grimace » et de l'all. ancien *Mumme* « masque ». Les sens de « bigoterie, affectation hypocrite » sont attestés au XVIᵉ s.

momie (XIIIᵉ s.), empr. au lat. méd. *mummia* « drogue extraite des corps embaumés », de l'ar. *mumiya* « mélange de pois et de bitume (servant à l'embaumement) ». Le sens de « cadavre embaumé » remonte au XVIᵉ s. Celui de « personne sèche » date du XVIIIᵉ s., celui de « vieillard figé » du XVIIIᵉ s. ‖ ***momifier*** (XVIIIᵉ s.) ; ***momification*** (XVIIIᵉ s.).

mon (Xᵉ s.), adj. possessif, du lat. *meum*.

monacal (XVIᵉ s.), empr. au lat. chrét. *monachalis* « monastique ».

monachisme (XVIᵉ s.), dér. sav. du lat. *monachus* « moine ».

monade (XVIᵉ s., rare avant Leibnitz au XVIIIᵉ s.), terme philos. désignant une individualité solitaire, empr. au lat. tard. *monas, monadis* « unité », issu du grec *monas, monados* « seul, isolé ».

monarque (XIVᵉ s.), empr. au lat. tard. *monarchus*, du grec *monarchés* « souverain, seul à commander ». ‖ ***monarchie*** (XIIIᵉ s.), du lat. tard. *monarchia* « gouvernement d'un seul », du grec *monarchia* de même sens ; ***monarchiste*** (XVIᵉ s.).

monastère (XIIIᵉ s.), empr. au lat. chrét. *monasterium*, du grec *monasterion* « résidence solitaire », puis « établissement où vivent des moines loin du monde ». ‖ ***monastique*** (XVᵉ s.), empr. au lat. chrét. *monasticus*, du grec *monastikos* « qui concerne les moines ».

monceau (XIIᵉ s.), du lat. tard. *monticellus* « colline, petite éminence ». Le sens de « tas, amas » apparaît dès l'origine en a. fr. ‖ ***amonceler*** (XIIᵉ s.) ; ***amoncellement*** (XIIᵉ s.).

monde (XIIᵉ s.), empr. au lat. *mundus* « univers, globe terrestre, terre habitée, hommes » et en lat. chrét. « vie dans la société profane » (par opp. à la vie religieuse, à l'écart de la société). Tous ces sens survivent en fr. Les emplois plus récents au sens de « ensemble des hommes » ou bien « société, milieu social particulier » sont fréq. en fr. mod. || **mondain** (XIIIe s.), empr. au lat. tard. *mundanus* « du monde », puis dans le lat. chrét. « du monde profane ». En fr. l'adj. a signifié « qui appartient au monde profane », puis « qui concerne la haute société, les divertissements de la haute société » (depuis le XIXe s.); ***mondanité*** (XIVe s.) a suivi la même évol.; ***mondial*** (XVIe s.), empr. au lat. *mundialis* « du monde »; ***mondialiser*** (XXe s.); ***mondialisation*** (XXe s.).

monder (XIIe s.), du lat. *mundare* « nettoyer », auj. terme tech. en fr. « purifier, nettoyer ».

monétaire (XVIe s.), empr. au lat. tard. *monetarius* « relatif à l'argent ». || ***monétiser*** (XIXe s.); ***démonétiser*** (XVIIIe s.); ***démonétisation*** (XVIIIe s.).

monial (XIIe s.), dér. de *moine* sous la forme méd. *monie*.

moniteur (XVe s.), empr. au lat. *monitor* « guide, conseiller », s'applique à des personnes jouant un rôle d'instructeur au plan pratique (surtout au XXe s.), et aussi, par infl. de l'angl. *monitor*, à des appareils de contrôle, de réception d'images (XXe s.).

monnaie (XIIe s.), du lat. *moneta*, qualificatif de Junon « celle qui avertit », puis nom du temple dédié à la déesse où l'on fabriquait la monnaie, enfin en lat. « argent monnayé », en fr. dès le XIIe s. « argent » et « pièce de métal frappée et servant de moyen de paiement ». || ***monnayer*** (XIIe s.); ***monnayeur*** (XIVe s.); ***monnayage*** (XIIIe s.); ***monnayable*** (XIXe s.); ***faux-monnayeur*** (XIVe s.).

mono-, premier élém. sav. formant des mots scient. comme ***monocellulaire***, ***monothéisme***, tiré du grec *monos* « seul, unique ».

monocle (XIIIe s.), empr. au lat. tard. *monoculus* « qui n'a qu'un œil, borgne », comp. hybride formé du grec *monos* « seul » et du lat. *oculus* « œil ». Le mot (très rare en a. fr.) signifie d'abord « qui n'a qu'un œil ». Le sens de « lunette pour un œil » apparaît au XVIIe s. et celui de « petit verre placé sous l'arcade sourcilière » au XVIIIe s.

monogame (XVe s.), empr. au lat. tard. *monogamus*, du grec *monogamos* « qui ne s'est marié qu'une fois, qui n'a qu'une femme ». || ***monogamie*** (XVIe s.), empr. au lat. tard. *monogamia*, du grec *monogamia*.

monogramme (XVIe s.), empr. au lat. tard. *monogramma* « monogramme », formé du grec *monos* « seul » et *gramma* « lettre », en fr. « marque stylisée, formée seulement des lettres initiales d'un nom et jouant le rôle d'une signature ».

monographie (XIXe s.), du grec *monos* « seul » et de *graphie* du grec *graphein* « écrire », mot sav. « étude détaillée d'un sujet ».

monolithe (XVIe s., rare avant le XIXe s.), empr. au lat. tard. *monolithus*, issu du grec *monos* « seul » et *lithos* « pierre », en fr. « ouvrage fait d'un seul bloc de pierre ». Le sens fig. « tout d'une pièce, figé » date du XXe s. || ***monolithique*** (XIXe s.).

monologue (XVe s.), de l'élément *mono* « seul » et de *-logue* (grec *logos* « discours »), sur le modèle de *dialogue*, désigne le discours tenu par un personnage de théâtre seul sur scène, puis à partir du XIXe s. signifie « soliloque, discours qu'une personne se tient à elle-même ». L'expres. *monologue intérieur* (XXe s.) s'applique à un entretien muet d'une personne avec elle-même, à une suite de pensées plus ou moins formulées. || ***monologuer*** (XIXe s.).

monôme (XVIe s.), mot sav., formé de *mono-* et de *-nôme*, empl. d'abord au sens mathémat. Dans le jargon des étudiants (XIXe s.), « cortège d'une file d'étudiants marchant l'un derrière l'autre », sens nouveau issu par plaisanterie de l'élém. *mono-* et du mot *homme*.

monopole (XIVe s.), empr. au lat. imp. *monopolium*, du grec *monopolion* « privilège exclusif de vendre ou d'acheter certaines marchandises ». Le sens de « privilège exclusif » date du XIVe s., celui de « possession exclusive d'une chose » du XIXe s. || ***monopoliser*** (XVIe s.).

monotone (XVIIIe s.), empr. au lat. tard. *monotonus*, du grec *monotonos* « uniforme » conserve en fr. le sens premier et signifie aussi « lassant ». || ***monotonie*** (XVIIe s.), empr. au grec *monotonia*.

monsieur (XIIIe s.), terme de politesse qui s'est substitué à *monseigneur*, comp. de *mon* et de *sieur*, cas régime de *sire*, issu de **seiorem*, forme abrégée de *seniorem* « plus âgé ». Le mot a été employé pour des nobles, y compris les princes du sang ou l'aîné des frères du roi, du M. A. au XVIIIe s. Il s'est appliqué à des personnages importants, au maître de maison, à un homme d'apparence bourgeoise dès le M. A., puis aux hommes de toutes conditions depuis le XXe s.

monstre (XIIe s., sous la forme *mostre, moustre*), empr. au lat. *monstrum* « fait prodigieux (qui avertit de la volonté des dieux), événement, être extraordinaire », en fr. d'abord au sens de « prodige » et « être extraordinaire, fantastique, féroce », puis dès le XIIIe s. s'est appliqué à des êtres laids et repoussants. Le sens de « chose mal ordonnée, incohérente » est attesté au XVIIe s. || ***monstrueux*** (XIVe s.); ***monstruosité*** (XVe s.).

mont (Xe s.), du lat. *mons, montis* « montagne », auj. archaïque, qui survit dans des noms géogr., employé du M. A. jusqu'au XVIIIe s. pour désigner une hauteur, une montagne. Les sens de « tas » et de « grande quantité » existent aussi au XIIe s. || ***mont-de-piété*** (XVIe s.), empr. à l'ital. *monte di pietà* « institution accordant des prêts d'argent sur gages », fait de *monte* « banque » et *pietà* « pitié » (litt. « établissement financier mû par la pitié »); ***amont*** (XIe s.), « en haut ».

montagne (XIIe s.), du fém. subst. *montanea*, du lat. tard. *montaneus*, du lat. clas. *montanus* « qui concerne la montagne ». || ***montagneux*** (XIIIe s.); ***montagnard*** (XVIe s.).

monter (XIe s.), du lat. vulg. **montare*, dér. de *mons* « montagne », a remplacé *ascendere*. Le mot signifie « s'élever » dans de nombreux emplois propres ou fig. Le sens de « se placer sur le dos d'un animal, utiliser comme monture » est attesté dès le XIe s. Le mot a aussi les sens tech. de « assembler les diverses parties d'une chose » (XVIe s.) et de « organiser, mettre sur pied (une pièce de théâtre) » (XVIIIe s.). || ***montant*** (XIIe s.); ***monte*** (XIIe s.); ***montée*** (XIIe s.); ***monture*** (XIVe s.); ***montoir*** (XIVe s.); ***montage*** (XVIIe s.); ***démonter*** (XIIe s.); ***démontage*** (XIXe s.); ***remonter*** (XIIe s.); ***remonte*** (XVe s.); ***remontée*** (XIIe s.); ***remontage*** (XVIe s.); ***surmonter*** (XIIe s.).

montgolfière (XVIIIe s.), du nom de *Montgolfier*, inventeur de cet aérostat.

monticule (XVe s.), empr. au lat. *monticulus* « petite éminence ».

montrer (Xe s., sous la forme *mostrer, moustrer*), du lat. *mo(n)strare* « indiquer, faire voir ». La nasale *n* a été restituée en m. fr. d'après la graphie latine, mais la forme *montrer* ne se répand qu'au XVIe s. || ***montre*** (XIIIe s.) a désigné en a. fr. l'inspection, la revue d'une armée, l'exposition de marchandises, la foire, l'exhibition. Les sens de « action de faire étalage, apparat » survivent encore en fr. mod. Du sens de « boîte d'étalage vitrée » le mot est passé à celui de « boîtier à cadran indiquant l'heure » surtout à partir du XVe s. (d'abord dans l'expres. *montre d'horloge*).

monument (XIe s.), empr. au lat.

monumentum « édifice commémoratif, texte commémoratif » de *monere* « faire souvenir », a signifié « tombeau » du M. A. au XVIIe s., puis « document écrit » au XVIe s., enfin « ouvrage d'architecture ou de sculpture destiné à perpétuer le souvenir de qq. ch. » (XVIIe s.). Le sens courant auj. de « édifice remarquable par son intérêt historique ou esthétique » se répand au XIXe s. || ***monumental*** (XIXe s.).

moquer (XIIe s.), d'orig. inconnue, s. d. mot expres. || ***moquerie*** (XIIIe s.) ; ***moqueur*** (XIIIe s.).

moquette (XVIe s.), d'orig. inconnue, désigne un tapis de fil velouté de laine, puis au XIXe s. un revêtement de sol.

moraine (XVIIIe s.), terme géogr., du savoyard *morena* « élévation de terre au bas d'un champ en pente », désigne les débris rocheux au bas d'un glacier.

moral adj. (XIIIe s.), empr. au lat. *moralis* « relatif aux mœurs », sens conservé jusqu'au XVIIe s. Le sens « conforme à l'éthique » date du XIVe s., la valeur « qui concerne l'esprit » (par opp. à *physique*, *matériel*) est attestée au XVIIIe s. Le subst. au sens de « état d'esprit, énergie » remonte au XIXe s. || ***moralité*** (XIIe s.), empr. au lat. tard. *moralitas* « trait caractéristique », a signifié en a. fr. « enseignement, sens moral » et désigne au XVe s. une pièce de théâtre à visée édifiante, dont les personnages sont des allégories. Les sens de « caractère moral, valeur morale » sont déjà connus au M. A. ; ***morale*** (XVIIe s.) ; ***moraliste*** (XVIIe s.) ; ***moraliser*** (XIVe s.) ; ***moralisme*** (XVIIIe s.) ; ***moralisateur*** (XIXe s.) ; ***amoral*** (XIXe s.) ; ***amoralité*** (XIXe s.) ; ***amoralisme*** (XXe s.) ; ***démoraliser*** (XVIIIe s.) ; ***immoral*** (XVIIe s.) ; ***immoralisme*** (XIXe s.) ; ***immoraliste*** (XIXe s.).

moratoire (XVIIIe s.), « qui accorde un délai », empr. au lat. jur. *moratorius* « qui retarde, dilatoire ».

morbide (XVe s.), empr. au lat. *morbidus* « malade, maladif, malsain ». Le sens mod. « anormal, dépravé » date du XIXe s. || ***morbidesse***, terme du voc. des beaux-arts (XVIe s.), « mollesse et délicatesse des carnations, douceur alanguie », de l'ital. *morbidezza* « délicatesse des couleurs, suavité, moelleux » ; ***morbidité*** (XIXe s.).

morbleu (XVIIe s.), juron, abrév. par euphémisme de *mort de Dieu*.

morceau (XIIe s.), dér. de l'a. fr. *mors* « morsure », a d'abord désigné une partie d'aliment saisie en mordant, puis une portion, un fragment d'un ensemble. L'emploi du mot en littér., en musique, en peinture date du XVIIe s. || ***morceler*** (XVIe s.) ; ***morcellement*** (XVIIIe s.).

mordicus (XVIIe s.), « obstinément », de l'adv. lat. *mordicus* « en mordant, opiniâtrement ».

mordoré, voir ***doré***.

mordre (XIe s.), du lat. vulg. **mordere* « mordre, déchirer, tourmenter ». || ***mordant*** adj. et subst. (XIIe s.) ; ***mordiller*** (XVIe s.) ; ***démordre*** (XIVe s.), d'abord « cesser de mordre », d'où « renoncer à ».

moresque (XIVe s. aussi sous la forme *morisque*), de l'esp. *morisco* (pour qualifier une danse) « à la façon des Maures ».

morfondre (se) (XIVe s.), « prendre un catarrhe » (en parlant d'un cheval), puis « prendre froid », empr. à l'a. prov. *marfondre, morfondre* « s'enrhumer », mot comp. de *mor* « museau » et *fondre* « couler ». Le sens de « s'ennuyer à attendre » date du XVIe s.

morganatique (XVIIe s.), empr. au lat. méd. fém. *morganatica* « (femme) recevant un douaire de son mari », tiré du lat. mérovingien *morganegyba* « don du matin », lui-même issu du germ. d'où est issu l'all. *Morgengabe* désignant la donation faite par le mari à l'épouse le lendemain des noces. Le sens mod. « mariage d'un souverain avec une personne de rang inférieur excluant le conjoint et les enfants de droit d'héritage et de succession» apparaît au XVIIe s. L'évol. sémant. est obsc.

morgue (XVe s.), déverb. de *morguer* «braver», d'orig. peu claire, signifie d'abord «mine», et aussi depuis le XVIe s. «attitude hautaine, arrogance». Le sens de «entrée d'une prison où l'on dévisage les prisonniers pour les identifier» (XVIe s.), puis «lieu où l'on expose les cadavres non identifiés» (XVIIe s.), «salle où reposent les morts dans un hôpital avant l'inhumation» (XXe s.) aurait p.-ê. pour origine l'acception de «endroit où l'on dévisage avec arrogance». Mais il se peut que les deux mots soient différents.

moribond (XVe s.), empr. au lat. *moribundus* «mourant».

moricaud (XVIe s.), dér. de l'a. fr. *more*, du lat. *Maurus* «africain, de Mauritanie» et du suff. *-aud*, en fr. «individu au teint basané».

morigéner (XIIIe s., d'abord sous la forme part. *moriginé, morigéné* «bien élevé»), empr. au lat. méd. *moriginatus, morigenatus* «complaisant, agréable», altér. du lat. clas. *morigeratus* «docile, soumis». Le sens premier est «instruire aux bonnes mœurs». Le sens mod. «réprimander, gourmander» date du XVIIIe s.

morille (XVIe s.), p.-ê. dér. de **mauricula*, dér. de *maurus* «brun» en raison de la couleur foncée de ce champignon.

morne 1 adj. (XIIe s.), «abattu», du franc. **mornon* «être triste, être inquiet» (cf. l'angl. *to mourn* «se lamenter»). Le mot s'est appliqué à des choses extérieures à l'homme au sens de «terne, monotone» à partir du XVIe s.

morne 2 subst. (XVIIe s.), mot des Antilles désignant une éminence, une colline, s. d. altér. de l'esp. *morro* «monticule».

morose (XVIIe s.), empr. au lat. *morosus* «maussade, exigeant». || ***morosité*** (XVe s.), empr. au lat. *morositas* «humeur chagrine».

morphine (XIXe s.), dér. de *Morphée*, lat. *Morpheus*, dieu du sommeil, le produit ayant des propriétés soporifiques.

morpho-, premier élém. de mots sav. comme ***morphologie***, tiré du grec *morphé* «forme».

mors (XIIe s.), du lat. *morsus* «action de mordre, morsure, action d'accrocher», a signifié au M. A. «action de mordre, agrafe, pièce métallique du harnais mis dans la bouche du cheval (et donc mordu par l'animal)». L'expres. *prendre le mors aux dents* «s'exciter, s'emballer (à l'orig. en parlant d'un cheval)» apparaît au XVIe s. || ***morsure*** (XIIIe s.).

morse 1 animal (XVIe s.), empr. au russe *morz*, lui-même empr. au lapon *morssa*.

morse 2 appareil et code (XIXe s.), du nom du physicien améric. S. F. *Morse*.

mort 1 (Xe s.), subst., du lat. *mors, mortis*, de même sens. || ***mortuaire*** (XIIIe s. comme subst., XVe s. comme adj.), empr. au lat. méd. *mortuarium* «mainmorte, droit de disposer des biens d'un vassal décédé», du lat. tard. *mortuarius* «funèbre». Le sens de «qui concerne la mort, qui concerne un mort» est attesté dès le XVe s.

mort 2 (IXe s.), adj., du lat. *mortuus*, de même sens. || ***mort-né*** (XIIIe s.); ***morte-saison*** (XIVe s.).

mortadelle (XVIe s.), empr. à l'ital. *mortadella* «gros saucisson», dér. du lat. *murtatum* «saucisse farcie de myrrhe» (*myrta, murta* «myrrhe»).

mortaise (XIIIe s.), d'orig. obsc., «entaille dans une pièce de bois pour recevoir un tenon». || ***mortaiser*** (XIVe s.).

mortel (XIe s.), empr. au lat. *mortalis* «sujet à la mort, périssable, humain». || ***mortalité*** (XIIe s.), du lat. *mortalitas* «condition mortelle», en a. fr. «ensemble de morts, épidémie, massacre ». Le sens de « proportion des décès par rapport à l'effectif de la population » (XVIIIe s.) existe seul en fr. mod. ; ***immortel*** (XIVe s.), empr. au lat. *immortalis* « qui n'est pas sujet à la mort, impérissable » ; ***immortalité*** (XIIe s.), empr. au lat. *immortalitas* « état de ce qui est immortel » ; ***immortaliser*** (XVIe s.) ; ***immortalisation*** (XVIe s.).

mortier (XIIe s.), du lat. *mortarium* « récipient pour piler, auge où l'on fait une sorte de ciment ». Le sens de « récipient pour piler » est courant jusqu'au début du XXe s. Par anal. de forme, « toque » de certains fonctionnaires, notamment des magistrats (depuis le XVe s.).

mortifier (XIIe s.), empr. au lat. chrét. *mortificare* « donner la mort (au péché), réprimer les tentations », d'où « infliger des souffrances dans un esprit de pénitence, pratiquer des macérations ». Valeurs conservées en fr. Le sens de « vexer, humilier » est attesté au XVIIe s. || ***mortification*** (XIIe s.), empr. au lat. chrét. *mortificatio* « mort, destruction ».

morue (XIIIe s.), d'étym. obsc. || ***morutier*** (XIXe s.).

morve (XIVe s.), p.-ê. altér. et métathèse de l'a. prov. *vorm* « morve du cheval », du franc. **worm*, dont est issu aussi *gourme* « maladie des voies respiratoires du cheval ». || ***morveux*** (XIIIe s.).

mosaïque 1 (XVe s.), de l'ital. *mosaïco* « composition décorative de parois ou de pavements en céramiques de diverses couleurs », du lat. méd. *opus musaicum* « œuvre exécutée à la façon des grottes en rocaille dédiées aux Muses », qui a remplacé *musivus* « qui concerne les Muses, en mosaïque ». En a. fr. l'adj. *music*, l'expres. *or music* s'employaient pour désigner les dorures en mosaïque. || ***mosaïste*** (XIXe s.).

mosaïque 2 (XVIe s.), du nom de *Moïse*.

mosquée (XIVe s. d'abord sous la forme *mesquite*, *musquete, mousquete*), de l'ital. *moscheta* « mosquée », de l'esp. *mezquita*, de même sens, de l'ar. *masgid* « lieu de prostration ».

mot (XIIe s.), du lat. tard. *mottum*, altér. du lat. *muttum* « grognement, son indistinct », signifie en a. fr. « son, parole, discours » et aussi « phrase musicale », « signal donné au cor pendant la chasse ». Les expres. *bon mot* « parole piquante », *mot à mot* « sans oublier un mot » existent au XIIIe s. || ***motet*** (XIIe s.), d'abord « petit mot », puis « composition harmonique à plusieurs voix, pièce polyphonique » (XIIIe s.) ; ***motus*** (XVIe s.), latinisation plaisante de *mot* au sens de « silence, pas un mot ». Le sens vient du fréq. emploi de *mot* dans des expres. négatives du type *ne sonner mot, ne dire mot*.

motard, voir ***moto***.

moteur (XIVe s.), empr. au lat. *motor* « qui remue », qui a pris en lat. méd. philos. le sens de « qui met en mouvement ». Le subst. au sens de « machine produisant un mouvement » date du XVIIIe s. || ***motoriser*** (XXe s.) ; ***motorisation*** (XXe s.) ; ***motrice*** (XXe s.) ; ***motricité*** (XIXe s.).

motif (XIVe s. au sens de « moteur, qui met en mouvement »), empr. au lat. tard. *motivus* « qui concerne le mouvement, mobile ». Le subst. *motivum* est attesté en lat. méd. au sens de « raison d'agir, action qui met en mouvement ». Le sens de « raison d'agir » apparaît au XIVe s., celui de « sujet d'une pièce musicale » au XVIIIe s., celui de « sujet d'un tableau » au XIXe s. || ***motiver*** (XVIIIe s.) ; ***motivation*** (XIXe s.) ; ***démotiver*** (XXe s.) ; ***immotivé*** (XIXe s.).

motion (XIIIe s.), empr. au lat. *motio* « mouvement, impulsion », d'abord aux sens de « mouvement » et « émeute », en fr. mod au sens jur. de

« proposition présentée dans une assemblée délibérante » (XVIIIe s.).

moto (XIXe s.), abrév. de *motocyclette*. || ***motard*** (XXe s.).

moto-, premier élém. de noms d'engins mus par un moteur, comme ***motoculteur*** (XXe s.), ***motocyclette*** (XIXe s.) d'après *bicyclette*.

motte (XIIe s.), p.-ê. d'une rac. prélatine **mutta* « amas de terre », au sens de « tertre (naturel ou artificiel) » sur lequel est édifié un château (fréq. en topon.), « petit morceau de terre » et ensuite « masse de beurre » (XVIIe s.).

mou (XIIe s.), du lat. *mollis* « souple, doux », au sens de « sans dureté, sans fermeté », tantôt laudatif « doux, tendre, agréable », tantôt péj. « sans énergie, faible ». || ***mollesse*** (XIIe s.); ***mollet*** adj. (XIIIe s.) et subst. (XVIe s. au sens de « gras de la jambe »); ***molleton*** (XVIIe s.); ***molletière*** (XIXe s.); ***mollir*** (XIIIe s.); ***amollir*** (XIIe s.); ***amollissement*** (XVIe s.); ***ramollir*** (XIVe s.); ***ramollissement*** (XIVe s.).

mouche (XIIe s.), du lat. *musca*, a désigné en a. fr. divers insectes volants (d'où l'expres. *Quelle mouche l'a piqué ?*) et s'emploie dans le voc. tech. (pêche, tir, escrime, billard, boxe). Le sens de « espion » est attesté au XVIe s., celui de « petit morceau de taffetas sur le visage » au XVIIe s. || ***moucheron*** (XIVe s.); ***moucheter*** (XIVe s.), « parsemer de taches » (XVIe s.); ***moucharder*** (XVIe s.); ***mouchardage*** (XVIIIe s.).

moucher (XIIIe s.), du lat. tard. *muccare* « débarrasser le nez des mucosités », de *muccus* « morve ». Le sens de « couper le bout de la mèche d'une chandelle » est attesté au XIVe s., celui de « réprimander, humilier qqn » au XVe s. || ***mouchoir*** (XVe s.).

moudre (XIIe s.), du lat. *molere*, de même sens.

moue (XIIe s.), du franc. **mauwa* « grimace ».

mouette (XIVe s.), dimin. de l'anglo-norm. *mave, mauve*, empr. au v. angl. *maew* (cf. l'angl. *mew*, l'all. *Möwe*), s. d. du franc. **mauwe*.

moufle (XIIe s.), « gant épais sans séparation entre quatre doigts », d'orig. obsc.

mouflon (XVIe s., sous la forme *muffle*), p.-ê. empr. au sarde *muvrone*, du lat. tard. *mufro, mufronis*.

mouiller (XIe s.), du lat. vulg. **molliare* « amollir en trempant », fait sur *mollis* « mou ». Du sens de « rendre humide, mettre à l'eau » on est passé à celui de « jeter l'ancre » (XVIe s.). || ***mouillage*** (XVIIe s.) au sens de « lieu où les navires sont à l'ancre », « action de jeter l'ancre » (XIXe s.), « action de mettre de l'eau » (XIXe s.); ***mouillure*** (XIIIe s.).

moujik (XVIIIe s.), empr. au russe *moujik* « paysan ».

moule 1 masc. (XIIe s.), empr. au lat. *modulus* « mesure, mouvement réglé », au sens de « modèle, matrice » en a. fr. || ***mouler*** (XIIe s.); ***moulage*** (XVe s.); ***moulure*** (XVe s.), « ornement moulé »; ***démouler*** (XVIe s.).

moule 2 fém. (XIIIe s.), du lat. *musculus*, de même sens.

moulin (XIIe s.), du lat. tard. *molinum*, de même sens. || ***mouliner*** (XVIIe s.), « broyer, écraser », « creuser le bois (en parlant d'insectes) ». Le sens de « faire des mouvements circulaires avec les bras ou un objet » est attesté au XVIIe s. || ***moulinet*** (XIVe s.); ***moulinette*** (XXe s.).

moult (Xe s.), « beaucoup » en style arch., du lat. *multum*, de même sens.

mourir (Xe s.), du lat. vulg. **morire*, du lat. clas. *mori*.

mouron (XIIe s.), p.-ê. dér. du m. néerl. *muer*, plante herbacée.

mousquet (XVIe s.), de l'ital. *moschetto*, d'abord « flèche de l'arbalète », puis « arme à feu », dér. de *mosca* « mouche », d'où « trait qui vole ». ||

mousquetaire (XVIe s.) ; ***mousqueton*** (XVIe s.), d'abord arme à feu de plus gros calibre que le mousquet, auj. fusil à canon court.

mousse 1 subst. fém. désignant une plante (XIe s.), du franc. **mosa* (cf. l'all. *Moos*). Les sens de « écume, amas de bulles » (XVIIe s.), « crème fouettée » (XVIIIe s.), « produit spongieux » (XXe s.) sont s. d. dér. || ***moussu*** (XIIe s.), « couvert de mousse » ; ***mousseux*** (XVIe s.) ; ***mousser*** (XVIIe s.).

mousse 2 subst. masc. (XVIe s.), « apprenti marin », s. d. empr. à l'esp. *mozo* « jeune homme, serviteur ».

mousseline (XVIIe s.), « tissu transparent », empr. à l'ital. *mussolina*, de l'ar. *mausili* « de Mossoul » (en Iran).

mousseron (XIIIe s.), « champignon », du lat. tard. *mussirionem, mussarionem* attesté au haut M. A.

mousson (XVIe s.), « vent saisonnier », empr. au port. *monçao*, de l'ar. *mausim* « saison, vent saisonnier favorable à la navigation ».

moustache (XVIe s., sous la forme *barbette moustache* « barbe au-dessus de la lèvre supérieure », puis simplement *moustache*), empr. à l'ital. *mostacchio*, du grec byzantin *moustakion, mustakion* (mode des Turcs), dér. du grec *mustax* « lèvre supérieure, moustache ». || ***moustachu*** (XIXe s.).

moustique (XVIIe s., sous la forme *mousquite*), altér. par métathèse de l'esp. *mosquito*, dér. de *mosca* « mouche ». || ***moustiquaire*** (XVIIIe s.).

moût (XIIIe s.), du lat. *mustum* « jus de raisin non encore fermenté ». || ***moutarde*** (XIIIe s.), dér. de *moût*, le condiment étant fait de graines aromatisées de sénevé broyées dans du moût ; ***moutardier*** (XIVe s.).

moutier (Xe s. au sens de « monastère » et aussi fréq. de « église »), du lat. tard. *monisterium*, altér. du lat. chrét. *monasterium*. « monastère », fréq. dans les noms de lieu, mot arch. dès le XVIIe s.

mouton (XIIe s.), du gaul. **multo* « mâle ovin châtré » a signifié aussi « machine de guerre, bélier » (XIIe s.) et « personne crédule » (XVIe s.). || ***moutonnier*** (XIVe s.) ; ***moutonner*** (XVIe s.), « onduler comme la toison d'un mouton ».

mouture (XIIIe s.), du lat. vulg. **molitura* « action de moudre, céréales moulues », de *molere* « moudre ».

mouvoir (XIe s.), du lat. *movere* « mettre en mouvement ». || ***mouvance*** (XVIe s.), « dépendance d'un fief par rapport à un autre », puis « changement » (XXe s.), « domaine d'influence » (XXe s.) ; ***mouvement*** (XIIe s.) ; ***mouvementé*** (XIXe s.).

moyen adj. (XIIe s.), du lat. *medianus* « qui est au milieu ». L'adj. subst. (XIVe s.) s'emploie au sens de « intermédiaire pour parvenir à un but, manière d'arriver à un but ». || ***moyen âge*** (XVIIe s.), « âge intermédiaire entre l'Antiquité et les Modernes », adapt. du lat. des humanistes *media aetas, medium aevum* ; ***moyenne*** (XIIIe s.), d'abord « milieu » ; ***moyennant*** (XIVe s.).

moyeu (XIIe s.), du lat. *modiolus* « petit récipient, auge d'une roue à eau, essieu d'un pressoir », de *modius* « boisseau » (mesure de capacité), en fr. « partie centrale de la roue ».

mozarabe (XVIIe s.), « chrétien d'Espagne sous la domination arabe », de l'esp. *mozarabe*, de l'ar. *mustarib* « arabisé ».

mozette, mosette (XVIIe s.), de l'ital. *mozzetta* « camail des ecclésiastiques ».

mucilage (XIVe s.), mot sav. empr. au lat. *mucilago* « mucosité ».

mucus (XVIIIe s.), empr. sav. au lat. *mucus* « morve ». || ***mucosité*** (XIVe s.) ; ***muqueux*** (XVIe s.) ; ***muqueuse*** (XIXe s.).

muer (XIe s.), du lat. *mutare* « changer, modifier, remplacer ». || ***mue*** (XIIe s.), « changement de plumes des oiseaux, changement de bois des cervidés », « changement du timbre de la voix » (XVIIe s.) ; ***immuable*** (XIVe s.), « qui ne change pas », dér. de *muable* (XIIe s.), « qui change » ; ***remuer*** (XIe s.).

muet (XIIe s.), dimin. de l'a. fr. *mu*, du lat. *mutus* « privé de parole, silencieux ». || ***mutisme*** (XVIIIe s.), dér. sav. de *mutus*.

muezzin (XVIe s.), du turc *muezzin*, de l'ar. *muadhdhin* « qui appelle à la prière ».

mufle (XVIe s.), « museau », var. de *moufle* (XVIe s.), « gros visage » par infl. de *museau*. Le sens de « lourdaud, grossier » date du XIXe s. || ***muflerie*** (XIXe s.), « grossièreté ».

mugir (XIIIe s.), réf. d'après le lat. *mugire* « beugler, crier » de l'a. fr. *muir* de même orig. || ***mugissement*** (XIIIe s.).

muguet, plante (XIIIe s.), de *mugue* « musc », forme altér. de *musc*, du lat. tard. *muscus* « substance odorante, parfum ». Le sens de « homme élégant » date du XVIe s. (par allusion au parfum utilisé), celui de « maladie des muqueuses (plaques blanches) » du XVIIIe s.

muid (XIIe s.), du lat. *modius* « mesure de capacité ».

mulâtre (XVIe s.), « personne à la peau sombre issue de l'union d'un blanc et d'une noire ou vice versa », du port. *mulato* « métis ».

mule 1 (XIVe s.), du lat. *mula*, de même sens. || ***mulet*** (XIe s.), dér. de l'a. fr. *mul*, du lat. *mulus* ; ***muletier*** (XIVe s.).

mule 2 « pantoufle » (XIVe s. au sens de « engelure au talon »), du lat. *mulleus* « brodequin ».

mulet 1, voir ***mule 1***.

mulet 2 « poisson » (XIIe s.), du lat. *mullus* « sorte de poisson » et suff. *-et*.

mulot (XIIIe s.), s. d. du franc. **mul* « taupe ».

multi-, premier élém. de mots sav., comme ***multicolore***, du lat. *multi* « nombreux ».

multiple (XVIe s.), empr. au lat. *multiplex* « qui a beaucoup de plis, d'éléments, bien plus nombreux », aux sens de « qui contient plusieurs éléments » (XVIIIe s.), « qui contient plusieurs fois un autre nombre » (XVIIe s.), « qui existe en plusieurs exemplaires » (XIXe s.). || ***multiplier*** (XIIe s.), empr. au lat. *multiplicare* « multiplier, accroître » ; ***multiplication*** (XIIIe s.), empr. au lat. *multiplicatio* ; ***multiplicité*** (XIIe s.), empr. au lat. *multiplicitas* de même sens ; ***multiplicateur*** (XVIe s.), empr. au lat. *multiplicator* « qui multiplie » ; ***multiplicande*** (XVIe s.) ; ***multiplicatif*** (XVIe s.), empr. au lat. *multiplicativus* « qui sert à multiplier » ; ***démultiplier*** (XXe s.), « réduire la vitesse dans la transmission d'un mouvement » ; ***démultiplication*** (XXe s.).

multitude (XIIe s.), empr. au lat. *multitudo* « grand nombre ».

municipal (XVIe s.), empr. au lat. *municipalis* « de municipe », de *municipium* « ville d'Italie possédant le droit de cité », signifie en fr. « relatif à l'administration d'une commune ». || ***municipalité*** (XVIIIe s.).

munificence (XVe s.), empr. au lat. *munificentia* « générosité, largesse ». || ***munificent*** (XIXe s.).

munir (XIVe s.), du lat. *munire* « construire, fortifier ». || ***démunir*** (XVIe s.) ; ***munition*** (XIVe s.), empr. au lat. *munitio* « travail de fortification », puis au M. A. « provisions », en fr. au sens de « approvisionnement en vivres » (XVIe s.), puis « projectiles » (XVIe s.) ; l'expres. *pain de munition* « pain distribué aux soldats comme approvisionnement » existe depuis le XVIe s.

muqueux, **muqueuse**, voir ***mucus***.

mur (Xᵉ s.), du lat. *murus*, de même sens. || ***murer*** (XIIᵉ s.) ; ***muraille*** (XIVᵉ s.) ; ***mural*** (XIVᵉ s.), empr. au lat. *muralis* « de mur » ; ***muret*** (XIIIᵉ s.) ; ***démurer*** (XIIIᵉ s.) ; ***emmurer*** (XIIᵉ s.) ; ***emmurement*** (XXᵉ s.).

mûr (XIIᵉ s., sous la forme *meür*), du lat. *maturus* « parvenu à maturité ». || **mûrir** (XIIIᵉ s.), qui a remplacé *meürer*, issu du lat. *maturare*, ***mûrissement*** (XVIᵉ s.).

mûre (XIIᵉ s., sous la forme *meure*), du lat. tard. *mora*, du lat. clas. *morum* « fruit du mûrier ». Le passage de *eu* à *ü* vient p.-ê. de l'analogie de l'adj. *mûr*. || ***mûrier*** (XIIᵉ s.).

murène (XIIIᵉ s.), empr. au lat. *muraena*, de même sens.

murmure (XIIᵉ s.), empr. au lat. *murmur* « bruissement sourd, grondement, plaintes, récriminations ». Les sens étym. persistent au M. A. Le sens de « chuchotement, paroles à voix basse » est attesté en a. fr. || ***murmurer*** (XIIᵉ s.), empr. au lat. *murmurare* « murmurer, se plaindre, faire entendre un bruit sourd, un grondement », a signifié « protester » dès le XIIᵉ s.

musaraigne (XVᵉ s.), du lat. vulg. **musaranea*, du lat. tard. *musaraneus*, de même sens, composé de *mus* « souris » et *aranea* « araignée », petit mammifère proche de la souris.

musc (XIIIᵉ s.), empr. au lat. tard. *muscus*, empr. au grec *moskos*, de même sens, lui-même pris au persan *musk* « testicule », désigne une substance glandulaire, devenue un parfum. || ***musqué*** (XVᵉ s.), « parfumé au musc ».

muscade (XIIᵉ s.), de l'a. prov. (*notz*) *muscada* « noix musquée ». Le sens de « petite boule de liège utilisée par les escamoteurs » est attesté au XVIIIᵉ s. et l'expres. *passez, muscade !* signifiant qu'un tour d'escamotage est réussi date du XIXᵉ s. || ***muscadin*** (XVIᵉ s., au sens de « pastille parfumée au musc »), « personnage à l'élégance affectée » (XVIIIᵉ s.).

muscat (XIVᵉ s.), du prov. *muscat* « à odeur musquée », s'applique surtout à une race de raisin et à du vin.

muscle (XIVᵉ s.), empr. au lat. *musculus* « petite souris », d'où « muscle (partie charnue) ». || ***musclé*** (XVᵉ s.) ; ***musculaire*** (XVIIᵉ s.) ; ***musculature*** (XVIIIᵉ s.) ; ***musculation*** (XIXᵉ s.).

muse (XIIIᵉ s.), du lat. *Musa*, chacune des déesses présidant aux neuf arts libéraux. Le sens de « poésie » et de « personne inspiratrice de la poésie » apparaît au XVIᵉ s., celui de « inspiration » au XVIIᵉ s.

museau (XIIIᵉ s.), s. d. dér. d'un a. fr. non attesté **mus*, issu du lat. tard. *musus*, de même sens, p.-ê. mot expressif. || ***museler*** (XIVᵉ s.) ; ***muselière*** (XIIIᵉ s.) ; ***démuseler*** (XIXᵉ s.).

musée (XIIIᵉ s.), empr. au lat. *Museum* « lieu consacré aux Muses, bibliothèque, académie », du grec *Mouseion*, de même sens. Le sens de « lieu de conservation de collections scientifiques ou artistiques » date du XVIIIᵉ s. || ***muséographie*** (XIXᵉ s.) ; ***muséologie*** (XXᵉ s.).

muser (XIIᵉ s.), « avoir le museau en l'air, flâner, perdre son temps », dér. de l'a. fr. **mus* « museau ». || ***musard*** (XIIᵉ s.) ; ***musarder*** (XIIIᵉ s., rare avant le XIXᵉ s.) ; ***amuser*** (XIIᵉ s. au sens de « faire perdre son temps, tromper, repaître d'illusions »). Le sens de « distraire, divertir » date du XVIIᵉ s. ; ***amusement*** (XVᵉ s.), d'abord au sens de « perte de temps, tromperie » ; ***amuseur*** (XVIᵉ s.) ; ***amusette*** (XVIIᵉ s.).

musette (XIIIᵉ s.), dér. de *muse* « cornemuse ». Le sens de « cornemuse » et de « composition musicale pour la cornemuse » est attesté jusqu'à la fin du XVIIIᵉ s. L'expres. *bal musette* (XIXᵉ s.) désigne un bal populaire au son de l'accordéon. Le sens de « sac en toile » (par anal. avec le sac de l'instrument) date du XIXᵉ s.

muséum (XVIe s.), « musée de sciences naturelles », empr. au lat. *museum*. Voir ***musée***.

music-hall (XIXe s.), « salle de spectacles de variétés », de l'angl. *music hall* « salle de musique ».

musique (XIIe s.), empr. au lat. *musica*, de même sens. || ***musical*** (XVe s.) ; ***musicalité*** (XIXe s.) ; ***musicien*** (XIVe s.) ; ***musicographe*** (XIXe s.) ; ***musicologue*** (XIXe s.).

musqué, voir ***musc***.

mustang (XIXe s.), de l'a. esp. *mestengo* « sans maître, sauvage », désigne un cheval de la pampa.

musulman (XVIe s.), empr. à l'ital., lui-même empr. au turc *musliman* « croyant », de l'a. ar. *muslim* « fidèle, croyant ».

mutation (XIIIe s.), empr. au lat. *mutatio* « changement, altération », « échange », signifie souvent « changement profond et radical ». Ainsi au plan génétique « brusque modification génétique » (XXe s.). Sens affaibli en droit fiscal « héritage, transmission d'un bien » (XVIIe s.). || ***muter*** (XIXe s.) ; ***mutant*** adj. et subst. (XXe s.) ; ***mutabilité*** (XIIe s.) ; ***mutationnisme*** (XXe s.).

mutiler (XIVe s.), empr. au lat. *mutilare* « retrancher, amoindrir ». || ***mutilé*** subst. (XIXe s.) ; ***mutilation*** (XIIIe s.), empr. au lat. *mutilatio*.

mutin (XVe s.), « insoumis, rebelle », dér. de l'a. fr. *muete* « soulèvement, émeute ». Le sens de « badin, espiègle » date du XVIIIe s. || ***se mutiner*** (XIVe s.) ; ***mutinerie*** (XVIe s.).

mutisme (XVIIIe s.), voir ***muet***.

mutuel (XIVe s.), dér. du lat. *mutuus* « réciproque, mutuel ». Le subst. *mutuelle*, issu de *assurance mutuelle* « société de secours mutuel », date du XIXe s. ; ***mutualité*** (XVIe s., rare avant le XVIIIe s.) ; ***mutualiste*** (XIXe s.).

myco-, premier élém. de mots sav. comme ***mycologie***, tiré du grec *mukés* « champignon ».

myo-, premier élém. de mots sav. comme ***myocarde***, tiré du grec *mus, muos* « muscle ».

myope (XVIe s.), empr. au lat. tard. *myops* « qui a la vue basse », du grec *muops* « qui cligne des yeux ». || ***myopie*** (XVIIe s.).

myosotis (XVIe s.) plante, du lat. *myosotis*, du grec *muos ota, muos otis* « oreille de souris » en raison de la forme des feuilles.

myria-, **myrio-**, premier élém. de mots sav. comme ***myriapode***, du grec *murias* « dix mille ».

myriade (XVIe s.), empr. au lat. tard. *myrias*, du grec *murias, muriados*, plur. *muriades* « dix mille ». Sens de « nombre immense » dès le XVIe s.

myrobolan (XIIIe s.), empr. au lat. tard. *myrobolanum*, du grec *murobolanos* « gland parfumé » (sorte de parfum).

myrrhe (Xe s.), empr. au lat. *myrrha*, du grec *murra*.

myrte (XIIIe s.), empr. au lat. *myrtus*, du grec *murtos*.

myrtille (XIIIe s. rare avant le XVIIIe s.), empr. au lat. *myrtillus*.

mystagogue (XVIe s.), empr. au lat. *mystagogus*, du grec *mustagogos* « guide, initiateur ».

mystère (XIIe s.), du lat. *mysterium*, habituellement au plur. neut. *mysteria* « cérémonies secrètes en l'honneur d'une divinité, accessibles seulement aux initiés ». En a. fr. à la fois « secret », « sacrifice de la messe » et « service, cérémonie, représentation dramatique à sujet religieux », par confusion de *mysterium* et *ministerium* « service, fonction ». En fr. mod. prédominent les notions de « secret », de « chose obscure ou inexplicable », de « connaissances cachées aux profanes ». || ***mystérieux*** (XIVe s.).

mystifier (XVIIIe s.), s. d. dér. de *myste*, du lat. *mysta*, du grec *mustés* « initié aux mystères », et du suff. *-ifier*. || ***mystification*** (XVIIIe s.) ; ***mystificateur*** (XVIIIe s.) ; ***démystifier*** (XXe s.), « détromper ».

mystique (XIVe s.), empr. au lat. *mysticus* « relatif aux mystères », signifie en a. fr. « qui concerne les mystères de la foi », puis « qui concerne des croyances surnaturelles étrangères à la raison, qui a une expérience directe de Dieu » (XVIIe s.), enfin « extrêmement passionné pour un idéal » (XIXe s.). || ***mysticisme*** (XIXe s.).

mythe (XIXe s.), empr. au lat. tard. *mythus*, du grec *muthos* « récit légendaire, fiction pourvue d'un sens caché ». Sens mod. « récit fabuleux, récit de la mythologie antique » (*mythe de Prométhée*), « histoire chargée d'un sens qui répond à des aspirations humaines » (*mythe de la caverne de Platon*), « représentation idéalisée d'un état ancien ou futur de l'humanité » (*mythe de l'âge d'or* ou *mythe du progrès*), « type idéal, représentation idéalisée d'un héros exemplaire » (*mythe de l'enfance* ou *mythe de don Juan* ou bien *mythe de Napoléon*), « pure construction de l'esprit, invention chimérique, chose rêvée », « chose rare ». Terme tantôt laudatif et tantôt péj. || ***mythologie*** (XIVe s.), empr. au lat. tard. *mythologiae*, titre d'un ouvrage de Fulgence (VIIIe s.), du grec *muthos* « récit » et *logos* « discours », « ensemble des récits légendaires de l'Antiquité, récits des légendes héroïques et divines du polythéisme antique », puis « tout système de mythes propre à une civilisation » (XIXe s.). ; ***mythologique*** (XVe s.) ; ***mythique*** (XVIe s.) ; ***mythomane*** (XXe s.), formé des élém. *mytho-* et *-mane*.

N

nabab (XVIIe s.), empr. par l'interméd. du port. *nababo* à l'hindoustani *nawwab* « vice-roi, gouverneur », au sens de « homme riche et fastueux » (XIXe s.).

nabi (XIXe s.), empr. à l'hébreu bibl. *nabhi* « prophète », pour désigner un groupe de peintres désireux de s'affranchir des règles traditionnelles de la peinture.

nabot (XVIe s.), « nain », s. d. déform. de *nain* et de *bot*, qualificatif des êtres de petite taille.

nacelle (XIe s.), du lat. tard. *navicella* « petit bateau », dér. de *navis* « bateau », d'abord « petite embarcation à rames », puis « réceptacle d'un aérostat » (XIXe s.), enfin « carénage (d'un avion) » (XXe s.).

nacre (XIVe s.), de l'ital. *naccaro* « substance à reflets irisés (à l'intérieur de certains coquillages) », de l'ar. *naqqara* « petit tambour », d'où « cor de chasse », puis « coquillage en forme de cor », désigne à la fois en fr. la matière calcaire, le coquillage, enfin les reflets irisés. || ***nacré*** (XVIIe s.).

nadir (XIVe s.), empr. à l'ar. *nazir* « opposé au soleil », désigne le point de la sphère céleste opposé au zénith.

nager (XIe s., sous la forme *nagier*), du lat. *navigare* « naviguer, voyager sur mer », sens conservé en a. fr., y compris avec la nuance de « ramer » ; le sens de « avancer sur l'eau, flotter (en faisant des mouvements) », connu à la fin du XIIe s., s'est répandu depuis le XIVe s., *nagier* ayant remplacé *noer*, issu du lat. vulg. **notare*, du lat. clas. *natare*. L'expres. *nager entre deux eaux* « refuser de s'engager entre deux partis » est attestée au XIVe s. || ***nage*** (XIIe s.), d'abord au sens de « navigation, action de ramer », puis « action de nager » (XVe s.). Le sens de « sueur » (*estre en nage*) apparaît au XVIIe s., celui de « court bouillon » semble dater du XIXe s. ; ***nageoire*** (XVe s.) ; ***nageur*** (XIIe s.), même évol. que *nage, nager* ; ***nageoter*** (XIXe s.) ; ***surnager*** (XIVe s.).

naguère, voir ***guère***.

naïade (XVe s.), empr. au lat. *Naias*, issu du grec *Naias, Naiadis* « nymphe des fontaines ».

naïf (XIIe s.), du lat. *nativus* « naturel, inné, primitif », au sens de « originel, natif, de nature » en a. fr., « qui imite le naturel, sincère, sans artifice » (*peinture naïve*) au XVIe s., « ingénu, candide, crédule, niais » (XVIIe s.). Au XXe s. l'expres. *art naïf* désigne une « création artistique de facture populaire (due à un autodidacte) ». || ***naïveté*** (XIIIe s.).

nain (XIIe s.), du lat. *nanus*, de même sens. || ***nanisme*** (XIXe s.).

naître (XIe s.), du lat. tard. *nascere*, lat. clas. *nasci* « venir au monde, prendre son origine, provenir ». Mêmes sens en fr. || ***naissance*** (XIIe s.), d'abord au sens de « venue au monde » et aussi « origine, extraction, début » ; ***naissain*** (XIXe s.), « embryon d'huître ou de moule » ; ***renaître*** (XIIe s.) ; ***renaissance*** (XIVe s.).

nantir (XIIIe s.), de l'a. fr. *nant* « gage », de l'a. norr. *nam* « prise de possession », terme jur. « mettre un créancier en possession d'un gage (en garantie d'une dette) ». || ***nantissement*** (XIIIe s.), « procédure de remise d'un bien à un créancier en garantie d'une dette ».

naphte (XVIe s.), empr. au lat. *naphta* « sorte de bitume », lui-même au grec *naphta*, de l'iranien **nafta* « produit humide », en fr. « bitume liquide ». || ***naphtaline*** (XIXe s.).

napoléon (XIXe s.), du nom de *Napoléon* représenté en effigie sur cette monnaie.

nappe (XIIe s.), du lat. *mappa* « serviette, serviette de table », désigne dès le XIIe s. le linge recouvrant la table avant qu'on dresse le couvert. || ***napperon*** (XIVe s.), « petite nappe » ; ***napper*** (XIXe s.).

narcisse (XIVe s. comme couleur, XVIe s. comme nom de plante), empr. au lat. *narcissus*, du grec *narcissos*, du nom du personnage myth. amoureux de lui-même et transformé en fleur. || ***narcissisme*** (XIXe s., fréq. au XXe s. en psychan.) désigne une attitude psychologique de repli sur soi ; ***narcissique*** (XXe s.).

narcose (XIXe s.), « torpeur, sommeil artificiel », du grec *narkosis* « engourdissement ». || ***narcotique*** (XIVe s.), empr. au lat. méd. *narcoticus*, du grec *narkotikos* « qui engourdit ».

nard (XVe s.), empr. au lat. *nardus*, plante et parfum, du grec *nardos*.

narguer (XVIe s., au sens de « railler »), s. d. du lat. vulg. **naricare*, fait sur *nares, narium* « narines » et signifiant « nasiller », en fr. « railler, braver ».

narguilé (XVIIIe s.), « pipe orientale au long tuyau où la fumée traverse un récipient empli d'eau », empr. au persan *narguilhé,* de même sens.

narine (XIIe s.), du lat. vulg. **narina*, fait sur *naris* « narine ».

narquois (XVIe s.), s. d. terme d'argot, d'orig. obsc., d'abord au sens de « soldat vagabond », puis « filou » (XVIIe s.), enfin « rusé, provocateur, goguenard » (XVIIe s.).

narrer (XIVe s.), empr. au lat. *narrare* « raconter, exposer ». || ***narration*** (XIIe s.), empr. au lat. *narratio* « action de raconter, récit » ; ***narrateur*** (XVIe s.), empr. au lat. *narrator* « celui qui raconte » ; ***narratif*** (XIVe s.), empr. au lat. *narrativus* « du récit » ; ***narrativité*** (XXe s.) ; ***inénarrable*** (XVe s.), empr. au lat. *inenarrabilis* « impossible à raconter en détail ».

narthex (XVIIIe s.), empr. au grec eccl. *narthex* « portique sur le devant des basiliques chrétiennes ».

narval (XVIIe s.), empr. au danois *nahrval.*

nasal (XIIe s.), « qui concerne le nez », dér. sav. du lat. *nasus* « nez ». || ***nasaliser*** (XIXe s.), « prononcer avec un son nasal » ; ***nasalisation*** (XIXe s.) ; ***dénasaliser*** (XIXe s.) ; ***dénasalisation*** (XIXe s.).

nasarde, **naseau**, **nasiller**, **nasillard**, **nasillement**, voir ***nez***.

nasse « panier d'osier pour la pêche », du lat. *nassa* « panier, situation fâcheuse ».

natal (XVIe s.), empr. au lat. *natalis* « qui concerne la naissance ». || ***natalité*** (XIXe s.) ; ***prénatal*** (XXe s.) ; ***nataliste*** (XXe s.).

natation (XVIe s.), empr. au lat. *natatio* « action de nager ». || ***natatoire*** (XIIe s.), empr. au lat. tard. *natatorius* « qui concerne la natation ».

natif (XIIe s.), empr. au lat. *nativus* « qui naît, naturel », a en fr. le sens de « originaire d'un endroit ». Le sens de « inné » date du XVIIIe s. || ***nativité*** (XIIe s.), empr. au lat. *nativitas* « naissance », empl. en ce sens en a. fr., a désigné également dans la Chrétienté l'anniversaire de la naissance du Christ.

nation (XIIe s., sous la forme *nacion*), empr. au lat. *natio* « naissance », puis « peuplade, race » (litt. « groupe d'hommes nés sur un territoire »), signifie en a. fr. « naissance », « origine », plus rarement « peuple ». Ce dernier sens s'applique à des groupements humains unis plus ou moins par l'origine ou la langue (*nacion picarde*). Au XVIIIe s. apparition de l'idée nouvelle de « personne juridique constituée par l'ensemble des citoyens d'un pays et dotée de la souveraineté » (distincte de l'Etat et de la royauté). Le concept mod. « groupe d'hommes qui aurait conscience de son unité (historique, linguistique, culturelle) et aspirerait à vivre ensemble » en dérive et se développe surtout au XIXe, puis au XXe s. || ***national*** (XVIe s.), adj. qui se développe sous la Révolution française (*assemblée nationale, garde nationale*) ; subst. fém. (XXe s.) par abrév. de *route nationale* ; ***nationaliser*** (XVIIIe s.), « déclarer propriété d'Etat » ; ***nationalisation*** (XIXe s.) ; ***dénationaliser*** (XIXe s.) ; ***nationalité*** (XVIIIe s.), d'abord « sentiment national », puis « qualité d'une personne appartenant à une nation déterminée » (XIXe s.), « aspiration, droit à l'indépendance et à l'autonomie chez des groupes humains qui ont conscience de leur identité » (*principe des nationalités*) au XIXe s. ; ***nationalisme*** (XVIIIe s.), d'abord « exaltation du patriotisme, du sentiment d'attachement à un pays », puis « revendication à l'indépendance et à l'autonomie » (XIXe s.), désigne fréq. auj. un courant de pensée traditionaliste, protectionniste et xénophobe ; ***nationaliste*** (XIXe s.) ; ***national-socialisme*** (vers 1921, répandu surtout à partir de 1932), de l'all. *Nationalsozialismus*, parti créé par Hitler ; ***nazi*** (1933) abrév. de *Nationalsozialist* ; ***nazisme*** (1931) ; ***international*** adj. (XIXe s.), empr. à l'angl. ; subst. au fém. (XIXe s.) par abrév. de *Association internationale des travailleurs* (fondée au XIXe s. par K. *Marx*) ; nom d'un hymne révolutionnaire (XIXe s.) ; ***internationalisme*** (XIXe s.) ; ***supranational*** (XXe s.) ; ***multinational*** (XXe s.), subst. fém. depuis 1972 au sens de « entreprise multinationale ».

natte (XIe s.), du lat. tard. *natta* « fibres végétales entrelacées ». Le sens de « tresse de cheveux entrelacés » date du XVIIe s. || ***natter*** (XIVe s.).

naturaliser, voir ***naturel***.

nature (XIIe s.), empr. au lat. *natura* « naissance, résultat de la naissance » (de *nasci* « naître »), d'où « nature, naturel, tempérament, constitution d'une chose », « principe actif (personnifié) qui régit l'univers, cours des choses, ordre établi », « ensemble des êtres et des choses qui composent l'univers, monde sensible ». Sens conservés en fr. Principaux emplois : 1° caractères innés, constitutifs d'un être ou d'une chose, d'où « essence, naturel, tempérament, dispositions innées » (*nature humaine* apparaît au XIIIe s. ; l'expres. *état de nature* « état conforme à la nature » s'oppose au XVIIe s. à l'action de la grâce divine, puis au XVIIIe s. à la vie en société), 2° principe fondamental qui régit l'univers (la Nature est personnifiée depuis le XIIe s.), d'où les idées de règles, d'ordre (*les lois de la nature*), de force vitale, de puissance biologique (*laisser faire la nature*, expres. attestée depuis le XVIIe s.), de modèle artistique (*d'après nature* depuis le XVIe s.) ou moral (*contre nature*), d'ensemble des êtres et des choses de l'univers, notamment le monde physique où vit l'homme (*le spectacle de la nature*). Le concept de *nature* est important dans la langue philos., scient. et artistique. L'empl. comme adj. dans le style fam. au sens de « conforme à la nature, réel » (*il est nature* ou *en grandeur nature*) date du XIXe s. L'expres. *nature morte* (XVIIIe s.), « peintures d'objets inanimés » est une transposition du néerl. *still leven* ou de l'angl. *still live* « vie immobile, paisible ». || ***naturisme*** (XVIIIe s.), d'abord système philos. fondé sur le concept de nature, puis au plan esthétique « reproduction fidèle de la réalité » (XIXe s.), enfin « style de vie prônant le retour à la nature, notamment le nudisme » (XXe s.) ; ***naturiste*** (XIXe s.) ; ***dénaturer*** (XIIe s.), d'abord à la forme pronom. « changer de nature, dégénérer » ; depuis le XVIIIe s. la forme active signifie « changer la nature, modifier la nature d'une substance », parfois avec les valeurs péj. « altérer, défigurer, déformer » ; ***dénaturation*** (XIXe s.).

naturel (XIIe s.), empr. au lat. *naturalis* « de naissance, naturel, inné, conforme aux lois de la nature, vrai », sens conservés en fr. depuis le M. A. On notera les valeurs de « conforme à la raison » (XVIe s.), « sans affectation, non factice » (XVIIe s.), « qui a son fondement dans la nature » (*droit naturel* depuis le XVIIIe s.), « sincère, spontané, sans apprêts » (*ton naturel*, par opp. à *contraint, artificiel*), « qui obéit à une logique interne » (*ordre naturel*). L'expres. *enfant naturel* (XIVe s.) désigne un enfant « illégitime » au regard du droit. Subst. depuis le XIVe s. au sens de « caractère, tempérament » (XVe s.), « ordre des choses » (XVIe s.), « aisance » (XVIIe s.). || ***naturaliser*** (XVe s.), d'abord « rendre légalement citoyen (d'une nation) », puis « assimiler » (XVIe s.), enfin « donner à un animal mort ou à une plante l'apparence de la nature vivante » (XIXe s.) ; ***naturalisation*** (XVIe s.) ; ***naturaliste*** (XVIe s.), d'abord au sens de « celui qui étudie l'histoire naturelle ». Le sens de « réaliste » date du XIXe s. ; ***naturalisme*** (XVIIIe s.), système philos. qui attribue l'existence et l'histoire du monde à la nature ; au XIXe s., terme d'esthét. littéraire « volonté de donner une représentation rigoureuse de la réalité » ; ***surnaturel*** (XVIe s.), « qui est au-dessus de la nature et ne saurait être expliqué par elle » ; subst. au XVIIIe s. au sens de « le sacré, le religieux ».

naufrage (XVe s.), empr. au lat. *naufragium*, issu de *navifragium* « fracassement d'un navire », qui signifie aussi « ruine, perte, destruction » et « épaves » ; en fr. sens conservés de « perte d'un navire en mer » et de « ruine, faillite, destruction ». || ***naufragé*** (XVIe s.) ; ***naufrageur*** (XIXe s.).

naumachie (XVIe s.), empr. au lat. *naumachia*, du grec *naumakhia* « combat de navires ».

nausée (XVe s.), empr. au lat. *nausea* « mal de mer », d'où « envie de vomir, dégoût », sens conservés en fr. || ***nauséabond*** (XVIIIe s.), empr. au lat. imp. *nauseabundus* « qui éprouve le mal de mer, qui provoque des nausées ». Le sens dér. de « répugnant » en fr. se développe à partir du XVIIIe s. ; ***nauséeux*** (XVIIIe s.).

nautique (XVIe s.), empr. au lat. *nauticus*, du grec *nautikos* « naval, de matelot », signifie en fr. « qui concerne la navigation » (XVIe s.), depuis le XVIIIe s. « qui concerne la navigation de plaisance, les sports de l'eau ». || ***nautisme*** (XXe s.).

nautonier (XIIe s.), empr. à l'a. prov. *nautonier* « matelot », dér. de *noton* « marin », du lat. vulg. **nauto, nautonis*, de même sens.

naval (XIVe s.), empr. au lat. *navalis* « qui concerne les navires ».

navarin (XIXe s.), terme de cuisine « ragoût de mouton préparé avec des navets et d'autres légumes », fait sur *navet*, transformé en *navarin* par référence plaisante à la bataille de *Navarin* (1827).

navet (XIIe s.), dér. de *nef*, du lat. *napus* « navet » (cf. ital. *napo*, esp. *nabo*).

navette (XIIIe s.), « pièce du métier à tisser en forme de petit bateau », dér. de *navis* « nef ». L'expres. *faire la navette* (XVIIIe s.) désigne un mouvement d'allées et venues (à l'image de la navette du tisserand).

naviguer (XIVe s.), empr. au lat. *navigare* « voyager sur mer ou sur eau », au XVIIIe s. « manœuvrer, se tirer d'affaire », au XIXe s. « aller et venir », au XIXe s. « diriger un avion ». || ***navigation*** (XIIIe s.), empr. au lat. *navigatio*, désigne aussi la *navigation aérienne* depuis le XVIIIe s. ; ***navigateur*** (XVIe s.) désigne aussi le membre d'équipage d'un avion (XIXe s.), un appareil automatique déterminant le point (XXe s.) ; ***navigable*** (XVe s.) ; ***navigabilité*** (XIXe s.).

navire (XIe s., sous la forme *navilie*), du lat. vulg. **navilium*, altér. du lat. clas. *navigium* « navire, embarcation », en a. fr. au sens de « navire » et au sens collectif de « ensemble de navires, flotte ». Ce dernier sens a disparu au XVIe s. et *navire* a remplacé peu à peu *nef*.

navrer (XIIe s.), d'orig. peu claire, p.-ê. de l'a. norr. **nafra* « transpercer », a signifié d'abord « blesser, transpercer (au sens physique) », puis au sens moral « atteindre, affliger » (XIIe s.), enfin au sens affaibli de « contrarier, décevoir » (XVIIIe s.). || ***navrant*** adj. (XVIIIe s.).

ne (Xe s., souvent sous la forme *nen* devant voyelle), forme proclitique du lat. *non*. || ***nenni*** (XIIe s.), ancienne particule de négation, de *nen* et *il*.

néant (Xe s., sous la forme *neient, noient*), du lat. vulg. **ne gentem* « pas un être, rien » ; subst. (XIIe s.), d'abord au sens de « vanité, illusion, chose sans fondement », puis « non-être » (XVIIe s.), « destruction, mort » (XVIIe s.) ; ***anéantir*** (XIIIe s.), d'abord « détruire totalement », puis « plonger dans l'abattement » (XVIIIe s.) ; ***anéantissement*** (XIVe s.) ; ***néanmoins*** (XIIIe s.).

nébuleux (XIIIe s.), empr. au lat. *nebulosus* « empli de brouillards, semblable à un nuage, obscur », de *nebula* « brouillard, brume, nuage », a signifié « chargé de nuages, en forme de nuage » et « vague, obscur » (XVIe s.). || ***nébulosité*** (XVe s.), empr. au lat. tard. *nebulositas* « obscurité » ; ***nébuleuse*** (XVIIe s.) subst., terme d'astron. « objet céleste ou ensemble d'étoiles présentant un aspect diffus et nuageux ».

nécessaire (XIIe s.), adj. et subst., du lat. *necessarius* « indispensable, urgent, inévitable ». Le subst. (XIVe s., surtout à partir du XVIe s.) désigne un « coffret contenant ce qui est indispensable pour une activité donnée » (XVIIIe s.). || ***nécessité*** (XIIe s.), empr. au lat. *necessitas* « nécessité, besoin impérieux, caractère nécessaire », d'abord au sens de « misère, pauvreté » (qu'on retrouve dans le dér. *nécessiteux*), « besoin impérieux » (l'expres. *de toute nécessité* est attestée au XVIIe s.), « contrainte, fatalité », « enchaînement nécessaire des causes et des effets » (XVIIe s.) ; ***nécessiter*** (XIVe s.), empr. au lat. méd. *necessitare* « contraindre », en fr. d'abord « contraindre », puis « rendre nécessaire » (XVIIIe s.) ; ***nécessiteux*** (XIVe s.), « dénué, démuni », puis « qui manque du nécessaire, indigent » (XVe s.).

nec plus ultra (XVIIIe s.), expres. latine signifiant litt. « pas au-delà, rien au-delà », d'abord au sens de « limite à ne pas dépasser », puis « degré le plus haut ».

nécro-, premier élém. de mots sav. comme ***nécrologie*** « notice biographique consacrée à un défunt », formé du grec *nekros* « mort ».

nécromancie (XIIe s., sous la forme *nigromance*), empr. au lat. *necromantia*, du grec *nekromanteia* « divination opérée par l'évocation des morts ». || ***nécromancien*** (XIVe s., sous la forme *nigromancien*).

nécropole (XIXe s.), empr. au grec *nekropolis* « ville des morts » (vaste agglomération de sépultures à Alexandrie).

nécrose (XVIIe s.), terme médic., empr. au grec *nekrosis* « gangrène », désigne une altération des tissus aboutissant à leur mort. || ***nécroser*** (XVIIIe s.).

nectar (XVIe s.), empr. au lat. *nectar*, du grec *nektar* « boisson des dieux », d'où le sens de « boisson exquise ».

nef (XIe s.), du lat. *navis* « navire ». Le sens de « partie d'une église » (par comparaison avec la coque d'un vaisseau) date du XIIe s.

néfaste (XIVe s., rare avant le XVIe s.), empr. au lat. *nefastus* « interdit par les dieux » (s'appliquant d'abord aux jours néfastes, *dies nefasti*, où il était interdit de rendre la justice), d'où en fr. « mauvais, funeste ».

nèfle (XIIe s., selon les régions sous les formes *mesle, melle* ou *mesple*, *nesple* ou *nefle*), du lat. vulg. **mespila*, plur. neutre de *mespilum*, du grec *mespilon* « nèfle, néflier ».

négatif (XIIe s.), empr. au lat. *negativus* « qui nie, qui refuse », en fr. s'oppose à *affirmatif* au sens de « qui exprime une négation, un refus » et à *positif* aux sens de « privé d'éléments réels ou constructifs », « qui se définit par l'absence de son contraire (*résultat négatif*) », « inférieur à zéro en mathémat. (*nombre négatif*) », « nuisible » par infl. de l'angl. (XXe s.). En photographie une *image négative* est l'inverse d'une image positive : elle a les parties lumineuses en noir et les parties sombres en blanc, d'où le subst. *un négatif* (XXe s.). || ***négation*** (XIIe s.), empr. au lat. *negatio* « négation, dénégation ».

négliger (XIIIe s.), empr. au lat. *negligere* « ne pas s'occuper, ne pas se soucier ». Le part. pas. *négligé* « vêtu avec négligence » est attesté au XVIIe s. Subst. *négligé* (XVIIe s.), « état d'une personne qui ne s'est pas encore parée », « tenue légère portée dans l'intimité ». || ***négligent*** (XIIe s.), empr. au lat. *negligens* « insouciant, indifférent » ; ***négligence*** (XIIe s.), empr. au lat. *negligentia* « insouciance, indifférence », signifie en fr. « manquement à ses devoirs, faute » au sens fort, « inattention, manque de soin » au sens faible ; ***négligeable*** (XIXe s.).

négoce (XIIe s.), empr. au lat. *negotium* « occupation, travail, affaire », d'abord au sens de « occupations, affaires » (XIIe s.), puis « activité commerciale » (XVIIe s.), auj. activité commerciale importante. || ***négocier*** (XIVe s.), empr. au lat. *negotiari* « faire du commerce » ; ***négociant*** (XVIe s.), d'abord « commerçant », auj. « commerçant important, en gros » ; ***négociable*** (XVIe s.) ; ***négociateur*** (XIVe s.), empr. au lat. *negociator* « marchand, banquier », en fr. d'abord « négociant », puis « diplomate » (XVIe s.) ; ***négociation*** (XIVe s.), du lat. *negotiatio* « commerce ». Le sens de « tractations, pourparlers » date du XVIe s.

nègre (XVIe s.), s. d. de l'esp. *negro* « noir ». Le sens de « collaborateur anonyme d'un écrivain » est attesté au XVIIIe s. || ***négresse*** (XVIIe s.) ; ***négrier*** (XVIIe s.), d'abord adj., puis subst. au XIXe s. aux sens de « navire faisant le commerce des nègres » et « marchand d'esclaves ». Le sens de « maître rigoureux » est attesté au XIXe s. ; ***négrillon*** « petit nègre, enfant noir » (XVIIIe s.) ; ***négritude*** (XXe s.) ; ***negro spiritual*** (XXe s.), empr. à l'améric., chant religieux des Noirs des Etats-Unis.

neiger (XIIe s., sous la forme *negier*), du lat. vulg. **nivicare*, fréquent. du lat. clas. *nivere*. || ***neige*** (XIVe s.), déverb. de *neiger*, a remplacé l'a. fr. *noif*, issu du lat. *nix, nivis* ; ***neigeux*** (XVIe s.) ; ***enneigé*** (XIIe s.) ; ***enneigement*** (XIXe s.).

nénuphar (XIIIe s.), empr. au lat. méd. *nenuphar*, empr. à l'ar. *nainufar* « lotus bleu ».

nenni, voir ***ne***.

néo-, premier élém. de mots sav. comme ***néologisme*** ou ***néophyte***, du grec *néos* « nouveau ».

néon (XIXe s.), gaz rare, empr. à l'angl., du grec *néon*, neutre de *néos*.

néophyte (XVe s.), empr. au lat. chrét. *neophytus* « nouveau converti », empr. au grec *néophutos* « nouvellement planté », d'abord au sens de « chrétien récemment baptisé », puis « nouvel adepte d'un art, d'une science » (XVIIe s.).

néphrite (XIXe s.), du lat. médic. *nephritis*, du grec *néphritis nosos* « maladie des reins, gravelle », de *nephros* « rein ». || ***néphrétique*** (XVe s.).

népotisme (XVIIe s.), de l'ital. *nepotismo* « faveurs faites à des membres de leur famille (par des papes qui procuraient des avantages à leurs neveux, *nepote*) », d'où au sens élargi « favoritisme » (XIXe s.).

nerf (XIe s.), du lat. *nervus* « tendon, ligament, nerf, membre viril, corde, force, énergie, partie essentielle d'une chose », tous sens qui survivent en a. fr. et au XVIe s. En fr. mod. depuis le XVIIIe s. *les nerfs* au plur. sont considérés comme exprimant les tensions intérieures, l'équilibre de l'individu (*crise de nerfs* apparaît au XIXe s. ; *être maître de ses nerfs* au XIXe s.). || ***nervure*** (XIVe s.) aux sens divers, notamment « élément saillant » (XVIIIe s.) ; ***innerver*** (XIXe s.) ; ***nerveux*** (XIIIe s.), empr. au lat. *nervosus* « plein de fibres, musculeux, vigoureux ». Le sens de « irritable, excitable » date du XVIIIe s. ; ***nervosité*** (XIXe s.) ; ***dénerver*** (XVe s.) ; ***énerver*** (XIIIe s.), empr. au lat. *enervare* « couper les nerfs » signifie « affaiblir » jusqu'au XVIIIe s. Le sens de « exciter » date du XIXe s. ; ***énervement*** (XVe s.), d'abord « affaiblissement », puis « impatience, nervosité » (XIXe s).

nervi (XIXe s.), de l'ital. *nervi*, plur. de *nervo* « vigueur », d'où le sens de « homme vigoureux », auj. « tueur ».

net (XIIe s.), du lat. *nitidus* « brillant, luisant, élégant, coquet », aux nombreuses nuances en fr. « pur, sans souillure, droit, irréprochable », « propre », « clair, précis », « délivré de ce qui encombre » (*faire place nette* ; *en avoir le cœur net* « être délivré de tout souci » ; *poids net* « poids de marchandises sans emballage »), en écon. « tous frais déduits » (*bénéfices nets*). || ***netteté*** (XIIe s.) ; ***nettoyer*** (XIIe s.), du lat. vulg. **nitidiare* « laver, rendre brillant » ; ***nettoyage*** (XIVe s.) ; ***nettoiement*** (XIIe s.).

neuf 1 (XIIe s.) numéral, du lat. *novem*. || ***neuvième*** (XIIIe s.) ; ***neuvaine*** (XIIIe s.), « exercices de piété faits pendant neuf jours ».

neuf 2 adj. (Xe s.), du lat. *novus* « nouveau ». || ***novateur*** (XVIe s.), empr. au lat. *novator* « celui qui renouvelle ». Voir ***innover*** et ***rénover***.

neume (XIIIe s.), empr. au lat. méd. *neuma* « note, mélodie », altér. de *pneuma* « souffle », empr. au grec *peuma*, de même sens, signes de la notation musicale du plain-chant au Moyen Age.

neurasthénie, **neurasthénique**, voir ***asthénie***.

neuro-, premier élém. de mots savants, comme ***neurologie***, du grec *neuron* « nerf ».

neurone (XIXe s., rare avant le XXe s.), mot sav., dér. du grec *neuron* « nerf ».

neutre (XIVe s.), empr. au lat. *neuter* « ni l'un ni l'autre », en fr. « qui ne prend pas parti dans un conflit » (XIVe s.), en gram. « ni masculin ni féminin » (XIVe s.) ou « intransitif » (en parlant d'un verbe), « terne » (en parlant d'une couleur) (XIXe s.), en chimie « qui n'est ni acide ni basique » (XVIIIe s.), en physique « qui n'est ni positif ni négatif » (XIXe s.). || ***neutralité*** (XIVe s.) ; ***neutraliser*** (XVIe s.) ; ***neutralisation*** (XVIIIe s.) ; ***neutralisme*** (XXe s.), « refus de prendre parti et d'entrer dans des alliances politiques entre Etats » ; ***neutraliste*** (XXe s.) ; ***neutron*** (XXe s.), « particule élémentaire sans charge électrique », empr. à l'angl.

névé (XIXe s.), mot des Alpes, dér. du lat. *nix, nivis* « neige », « masse de neige alimentant un glacier ».

neveu (XIe s.), du lat. *nepos, nepotis* « petit-fils », d'où en poésie *nepotes* au plur. « descendants ». Le mot a pris en lat. tard. le sens de « fils du frère ou de la sœur, neveu ». Les sens de « neveu » et aussi de « petit-fils » sont attestés en a. fr., celui de « descendants » au plur. depuis le XVIe s., mais en fr. mod. le sens de « neveu » prédomine. || ***arrière-neveu*** (XVIe s.), « fils du neveu (par rapport à l'oncle ou à la tante) », d'où au plur. « descendants » ; ***petit-neveu*** (XVIe s.), « fils d'un neveu ».

névralgie (XIXe s.), mot sav., du grec *névr(o)-* « nerf » et *algie* fait sur *algos* « douleur ». || ***névralgique*** (XIXe s.).

névrose (XVIIIe s.), s. d. adapt. de l'angl. *neurosis* « trouble du système nerveux », du grec *neuron* « nerf », désigne auj. dans le voc. de la psychan. une affection psychique moins grave que la psychose. || ***névrotique*** (XVIIIe s.) ; ***névrosé*** (XIXe s.).

nez (XIe s.), du lat. *nasus*, de même sens, signifie aussi « odorat, flair, finesse du goût ». || ***naseau*** (XVIe s.) ; ***nasiller*** (XVe s.), d'abord « renifler », puis « parler du nez » (XVIIe s.) ; ***nasillard*** (XVIIe s.) ; ***nasillement*** (XVIIIe s.) ; ***nasarde*** (XVIe s.).

ni (XIIIe s., très rare avant le XVe s.), conj. de coord. négative, a fini par supplanter *ne* (IXe s.), issu du lat. *nec* « et... ne pas ».

niais (XIIIe s.), du lat. vulg. **nidax, nidacis* « pris au nid » (en parlant d'un faucon), fait sur *nidus* « nid », désigne d'abord un jeune faucon pris au nid, qui n'est pas apprivoisé et ne sait pas voler, puis signifie « simple, sot » (XIIIe s.). || ***niaiserie*** (XVIe s.) ; ***déniaiser*** (XVIe s.), d'abord « leurrer, tromper », puis « faire perdre son innocence » (XVIe s.).

niche (XIVe s.), d'orig. obsc., « tour malicieux ».

nicher (XIIe s.), du lat. vulg. **nidicare* « faire son nid », abrègement de *nidificare*. || ***niche*** (XIVe s.), « emplacement creux », s. d. déverb. de *nicher*. Le sens de « réduit du chien » date du XVIIe s. ; ***nichée*** (XIVe s.), « ensemble d'une couvée » ; ***nichon*** (XIXe s.) « sein » dans le voc. pop. ; ***dénicher***, voir ***nid***.

nickel (XVIIIe s.), empr. à l'all. *Nickel* ou au suédois *nickel*, abrév. de *kopparnickel*, le métal ayant été découvert en Suède. || ***nickeler*** (XIXe s.), « couvrir d'une couche de nickel ». La loc. pop. *avoir les pieds nickelés* « refuser de marcher, d'agir » (fin du XIXe s.), s. d. à l'orig. « avoir des chaussures brillantes, rutilantes (parce qu'on ne bouge pas) », a été répandue par un texte plaisant *Les Aventures des Pieds Nickelés*.

nicotine (XIXe s.), dér. de *nicotiane* (XVIe s.), terme de botanique tiré du nom de Jean *Nicot* qui introduisit en France un plant de tabac venant de Floride.

nid (XIIe s.), du lat. *nidus* « nid d'oiseau » et « nichée », au XVIe s. au sens fig. « milieu favorable à l'éclosion de qq. ch. ». || ***dénicher*** (XIIe s.), formé à partir de *nicher* au sens de « déloger du nid », au XVIIIe s. « trouver qq. ch. (qu'il était difficile de découvrir) ».

nièce (XIIe s.), du lat. tard. *neptia*, en lat. clas. *neptis* « petit-fille », puis « nièce », fém. de *nepos* (voir ***neveu***), est aussi empl. jusqu'au XVIIe s. au sens de « petite-fille ».

nielle (XIe s.), du lat. tard. *nigella*, fém. subst. de *nigellus* « noirâtre », dér. de *niger* « noir », empr. au sens de « plante à graines noires et toxiques qui pousse souvent dans les blés ».

nieller (XIe s.), d'abord *neeler*, dér. de l'a. fr. *neel* « émail noir » (XIe s.), forme subst. du lat. *nigellus* « noirâtre », au sens de « orner d'émail noir ».

nier (Xe s.), du lat. *negare* « nier, dire que... ne pas », d'abord empl. au sens de « renier (Dieu) », puis de « démentir » et de « refuser qq. ch. à qqn » (XIIe s.), sens disparu au XVIIe s. ; au XVIe s. comme terme de droit (*nier une dette*).

nigaud (XVIe s.), p.-ê. dér. avec le suff. péj. *-aud* de *Nicodème*, nom d'un personnage biblique.

nihilisme (XVIIIe s.), dér. du lat. *nihil* « rien » avec le suff. *-isme*. || ***nihiliste*** (XVIIIe s.).

nimbe (XVIIe s.), empr. au lat. *nimbus* « pluie, nuage de pluie », en lat. chrét. « auréole de saint », d'abord terme de numismatique, puis au XVIIIe s. au sens de « auréole », au XIXe s. « halo lumineux entourant une personne, une chose ». || ***nimber*** (XIXe s.).

nimbus (XIXe s.), empr. au lat. *nimbus* « nuage de pluie ».

nippes (XVIIe s.), s. d. issu de *guenipe* « guenilles », avec chute du groupe *gue-* initial, empl. au sens disparu de « ensemble des objets de toilette et de parure », et au sens péj. de « vêtements usagés ».

nique (XIIIe s.), du rad. *nik-* marquant l'indifférence, le dédain, conservé dans l'expres. *faire la nique à* (XIVe s.) « se moquer avec mépris de ».

nirvana (XIXe s.), mot sanscrit, littéralement « extinction », spéc. dans la religion bouddhique au sens de « extinction du karman, du désir humain ; état de sérénité suprême », tiré du verbe *nirva* « cesser de souffler, s'éteindre ».

nitre (XIIe s.), empr. au lat. *nitrum,* du grec *nitron* pour désigner divers alcalis (soude, potasse), d'abord empl. au sens de « salpêtre », a été évincé par le dér. ***nitrate*** (XVIIIe s.).

niveau (XIVe s.), altér. de l'a. fr. *livel, liveau* (XIIIe s.), du lat. vulg. **libellus,* en lat. clas. *libella* « instrument servant à niveler, niveau », dér. de *libra* « balance à deux plateaux ou à contrepoids », puis « niveau », est d'abord empl. au sens technique ; les sens fig. de « comparaison dans le domaine intellectuel, artistique », de « place dans une hiérarchie » (*niveau social, niveau de vie, niveau de langue, niveau scolaire*) se développent à partir du XVIIe s. || ***niveler*** (XIIIe s.), d'abord « mesurer », au XIVe s. « rendre horizontal », au XVIIIe s. au sens fig. ; ***nivellement*** (XVIe s.), au XVIIIe s. au sens fig. ; ***déniveler***, ***dénivellation*** (XIXe s.).

nivôse (XVIIIe s.), dér. sav. du lat. *nix, nivis* « neige », pour désigner le quatrième mois du calendrier républicain.

noble (XIe s.), empr. au lat. *nobilis,* dér. de *noscere* « connaître » au sens de « connu », puis « très connu, illustre », est usuel dès l'a. fr. au sens de « qui l'emporte sur les autres par ses qualités, sa valeur » en parlant d'une personne ou d'un inanimé et, au XIIIe s., « qui appartient à la classe de la société réputée éminente », « qui fait partie de la noblesse ». || ***noblesse*** (XIIe s.), usuel dès l'a. fr. aux sens de « valeur, dignité », de « qualité d'être noble » et de « ensemble des nobles » ; ***nobiliaire*** (XVIIe s.), dér. sav. du lat. *nobilis* ; ***ennoblir*** (XIIIe s.), « rendre plus digne », supplanté au sens de « conférer la noblesse à qqn » par ***anoblir*** (XIVe s.) ; ***ennoblissement*** et ***anoblissement*** (XIVe s.) ont suivi l'évol. de *ennoblir* et *anoblir.*

noce (XIIe s.), du lat. vulg. **noptiae,* altér. du lat. clas. *nuptiae* « noces, mariage », dér. de *nubere* « voiler la tête », d'où « se marier (en parlant d'une femme) », est d'abord attesté au sens, empr. au lat. méd., de « noces mystiques avec Dieu », puis de « célébration d'un mariage », d'où « réjouissances, fête » ; au XIXe s. *faire la noce.* || ***nuptial*** (XIIIe s.), empr. au lat. *nuptialis* « qui concerne le mariage », dér. de *nuptiae,* empl. en fr. au sens du lat. ; ***noceur*** (XIXe s.).

nocher (XIIIe s.), terme poétique en fr. mod., empr. par l'intermédiaire du génois au lat. *nauclerus* « patron d'un navire », du grec *naukléros* « armateur, propriétaire d'un navire », de *naus* « navire ».

nocif (XVe s.), empr. au lat. *nocivus* « nuisible, dangereux », dér. de *nocere,* voir *nuire.* || ***nocivité*** (XIXe s.).

noctambule, **nocturne**, voir ***nuit***.

nocuité (XIXe s.), dér. sav. du lat. *nocuus* « nuisible », de *nocere* (voir ***nuire***). || ***innocuité*** (XVIIIe s.), dér. sav. du lat. *innocuus* « qui n'est pas nuisible ».

nodal, **nodosité**, **nodule**, voir ***nœud***.

noël (XIIe s.), du lat. *natalis*, adj. « de naissance, relatif à la naissance », dér. de *natus* « né » et subst. par abrègement de (*dies) natalis* au sens de « jour de naissance » s'est spéc. en lat. chrét. pour désigner la Nativité du Christ ; l'*o* de *noël* résulte d'une dissimilation des deux *a* de *natalis* ; au XVIe s. au sens de « cantique chanté à l'occasion de la fête de Noël » ; *arbre de Noël* (XIXe s.), *père Noël* (XIXe s.), d'où *croire au père Noël* « être naïf » (XXe s.).

nœud (XIIe s.), du lat. *nodus* « nœud » et « lien, difficulté », est attesté dès l'a. fr. au sens propre, au sens de « ornement vestimentaire » et au sens fig. de « liaison, attachement » ; à partir du XVe s. au sens de « point essentiel d'une affaire complexe », puis « d'une intrigue », d'où « difficulté, embarras » ; au XVIIIe s. dans le voc. de la marine ; à partir du XVIIe s. au sens de « point d'intersection ». || ***nodal*** (XVIe s.), dér. sav. du lat. *nodus* « nœud » ; ***nodosité*** (XIVe s.), empr. au lat. *nodositas* « état de ce qui est noué » comme terme de médecine et de botan. ; ***nodule*** (XVe s.), empr. au lat. *nodulus* « petit nœud », dér. de *nodus.*

noir (XIe s.), du lat. *niger* « noir, sombre, funèbre, funeste, perfide », est attesté dès l'a. fr. au sens propre, au sens moral « méchant, mauvais » et « triste, assombri par la mélancolie » (au XVIIIe s. *broyer du noir*) et pour désigner une personne de race noire ; au XIIe s. comme subst. ; au XIVe s. au sens de « couleur du deuil ». || ***noire*** « note de musique » (XVIIe s.) ; ***noirceur*** (XIIe s.), d'abord « qualité de ce qui est noir » ; « obscurité », au XVIIe s. « méchanceté » ; ***noircir*** (XIIe s.), du lat. vulg. **nigricire,* en lat. clas. *nigrescere* « devenir noir, noircir », est attesté dès l'a. fr. au sens de « rendre noir » et au sens fig., vieilli, de « s'assombrir (de douleur, d'émotion) », au XVe s. « calomnier, diffamer » ; au XVIIe s., péj., *noircir du papier* « écrire » ; ***noirâtre*** (XIVe s.) ; ***noiraud*** (XVIe s.).

noise (XIe s.), s. d. du lat. *nausea* « mal de mer », attesté en a. fr. aux sens de « bruit, tapage » et de « querelle, dispute », n'est conservé en fr. mod. que dans l'expres. *chercher noise à* « chercher querelle à qqn ».

noix (XIIe s.), du lat. *nux, nucis* « tout fruit à écale et à amande », au XVIIe s. comme terme de boucherie ; au XXe s. au sens de « sans valeur » (*à la noix*) et de quantité minime (*noix de beurre*). || ***noyer*** (XIIe s.), du lat. vulg. **nucarius* « noyer », dér. de *nux, nucis* « noix » ; ***noisette*** (XIIIe s.), dér. de *noix* ; ***noisetier*** (XVIe s.), en concurrence avec *coudre* (voir **coudrier**).

nom (IXe s.), du lat. *nomen* « dénomination, titre », est usuel dès le XIIe s. pour désigner un être humain, un animal, un objet et au sens de « réputation » ; *au nom de* (XIe s.), « en l'honneur de » et « de la part de » (XIVe s.). || ***prénom*** (XVIe s.), empr. au lat. *praenomen,* dér. de *nomen* ; ***surnom*** (XIIe s.), « nom ajouté », au XVIIe s. au sens de « désignation caractéristique qui se substitue au véritable nom » ; ***surnommer*** (XIIe s.), jusqu'au XVIe s. au sens de « nommer, appeler » ; ***prête-nom*** (XVIIIe s.).

nomade (XVIe s.), empr. au lat. imp. *nomas, nomadis* « membre d'une tribu de pasteurs itinérants », du grec *nomas, nomados* « qui change de pâturages, qui erre à la façon des troupeaux ». || ***nomadisme*** (XIXe s.).

nombre (XIIe s.), du lat. *numerus* « nombre, partie d'un tout, partie mesurée d'un tout », est usuel dès l'a. fr. au sens de « évaluation d'une pluralité d'êtres ou de choses » et en mathématiques (XIIe s. *nombre d'or*), au XIIIe s. comme terme de gram. et, à partir du XVIe s., dans le voc. de la rhétor., puis de la musique. || ***nombreux*** (XIVe s.), au XVIe s. au sens rhétor. de « bien rythmé » ; ***innombrable*** (XIVe s.) ; ***nombrer*** (XIIe s.), du lat. *numerare* « compter, dénombrer », a reculé au profit de ***dénombrer*** (XIIe s.), « compter exhaustivement et précisément » ; ***dénombrement*** (XIVe s.), d'abord terme de droit féodal, « déclaration d'un vassal à son seigneur de ce qu'il détient en fief » ; ***surnombre*** (XIXe s.), usuel dans l'expres. *en surnombre* ; ***numerus clausus*** (XXe s.), expres. lat. empr. au sens de « limitation du nombre de personnes à admettre dans certaines fonctions ».

nombril (XIIe s.), du lat. vulg. **um-*

biliculus, dér. du lat. clas. *umbilicus* (voir ***ombilic***), qui a donné *umblil,* puis par agglutination de l'art. déf. **lonblil* et *lonbril,* et par substitution du *-n* de l'art. indéfini, *nombril* ; au XIXᵉ s. au sens fig. de « centre de qq. ch. » || ***nombrilisme*** (mil. XXᵉ s.).

nomenclature (XVIᵉ s.), empr. au lat. *nomenclatura* « inventaire des termes employés pour désigner les différents objets d'une étude, d'une collection », de *nomenclator,* formé de *nomen* « nom » et *calare* « appeler », est d'abord empl. au sens de « ensemble de termes employés dans une technique, une science, etc. et méthodiquement classés », puis au XVIIIᵉ s. au sens de « méthode de classement de ces objets ». || ***nomenklatura*** (fin XXᵉ s.), empr. au russe, de même orig., pour désigner la « liste des personnalités du régime au pouvoir ayant droit à des privilèges ».

nominal (XVIᵉ s.), empr. au lat. imp. *nominalis* « qui concerne le nom, se rapporte au nom », dér. de *nomen* « nom », spéc. en lat. méd. dans le voc. de la scolast., est empl. en fr. aux sens de « qui se rapporte au nom » et « qui est relatif aux mots, aux noms et non aux choses elles-mêmes » ; au XVIᵉ s. dans le voc. gram., au XVIIIᵉ s. au sens de « relatif au nom de personnes ou d'objets individuels » (*appel nominal*) et dans le voc. économique (*valeur nominale*). || ***nominaliste*** (XVIᵉ s.), ***nominalisme*** (XVIIIᵉ s.), dans le voc. philos.

nommer (Xᵉ s.), du lat. *nominare* « désigner par son nom » et « proposer pour une fonction », dér. de *nomen* « nom », est d'abord empl. au sens de « donner un nom », de « désigner par son nom », au XIIIᵉ s. au sens de « désigner pour une charge, une fonction ». || ***nomination*** (XIVᵉ s.), empr. au lat. *nominatio* « action de nommer à une fonction », puis « dénomination », dér. de *nominare* « nommer », a été supplanté à partir du XVIIᵉ s. par ***dénomination*** au sens de « action de désigner par un nom » ; ***dénommer*** (XIIᵉ s.) ; ***nominatif*** (XIIᵉ s.) au sens de « cas exprimant la fonction sujet ou attribut du sujet », est un empr. au lat. des grammairiens *nominativus,* de même sens ; *nominatif,* adj. (XVIIIᵉ s.), « qui contient, qui énonce le nom », est un dér. sav. du lat. *nominare* ; ***innommable*** (XVIᵉ s.), au XIXᵉ s. au sens fig. ; ***renommer*** (XIᵉ s.), d'abord « nommer souvent et avec éloges », au XVIIᵉ s. « désigner de nouveau par un nom » ; ***renom*** (XIIᵉ s.) ; ***renommée*** (XIIᵉ s.).

non (IXᵉ s.), de l'adverbe de négation latin *non,* en position accentuée, attesté sous la forme affaibie *ne* en position atone ; les principaux emplois de l'adv. sont fixés en fr. avant la fin du XIIIᵉ s. ; ***non-***, comme élém. de composition devant un nom ou un adj., apparaît dès le XIIIᵉ s. (***non-sens***).

nonagénaire (XVIIᵉ s.), empr. au lat. *nonagenarius* « de quatre-vingt-dix », en lat. tard. « âgé de quatre-vingt-dix ans », dér. de *nonageni* « au nombre de quatre-vingt-dix chacun », lui-même dér. de *nonaginta,* d'où provient ***nonante*** « quatre-vingt-dix » (XIIᵉ s.), vieilli ou régional (Suisse romande, Belgique).

nonce (XVIᵉ s.), empr. à l'ital. *nunzio* « messager » (du lat. *nuntius* « messager », dér. de *nuntiare* « annoncer »), spéc. au sens de « prélat que le Pape envoie comme ambassadeur auprès d'un gouvernement étranger ». || ***nonciature*** (XVIIᵉ s.), empr. à l'ital. *nunziatura* « charge de nonce », puis « résidence du nonce ».

nonchaloir (XIIᵉ s.), forme subst. du verbe de l'a. fr. *nonchaloir* (XIᵉ s.), « négliger », composé de *non* et de *chaloir* « importer », est littéraire en fr. mod. || ***nonchalance*** (XIIIᵉ s.) ; ***nonchalant*** (XIIIᵉ s.), part. prés. de *nonchaloir.*

none (Xᵉ s.), empr. au lat. *nona (hora)* « neuvième heure du jour », spéc. en lat. eccl. au sens de « office de la neuvième heure » (vers trois heures de l'après-midi).

nonne (XIIe s.), du lat. eccl. *nonna* « religieuse », fém. de *nonnus* « moine », s. d. mot enfantin rappelant le grec *nennos, nannas* « oncle », vieilli en fr. mod. || ***nonnain*** (XIIe s.), « religieuse », ancien cas rég. de *nonne* ; ***nonnette*** (XIIIe s.), « jeune religieuse », au XIXe s. « petit pain d'épice rond » ; ***pet-de-nonne***, voir ***pet***.

nonobstant (XIVe s.), comp. de l'adv. de négation *non* et de l'a. fr. *obstant*, attesté dans la locution *ostant ce que*, du part. prés. *obstans*, du lat. *obstare* « faire obstacle », vieilli en fr. mod., est surtout utilisé dans le voc. jur. et par plaisanterie au sens de « cependant, néanmoins ».

nord (XIIe s.), d'abord attesté en Normandie, empr. au v. angl. *north* « direction marquée par l'étoile polaire » ; au XVIe s. au sens fig. *perdre le nord.* || ***noroît*** (XIXe s.), prononciation normande de *nord-ouest*, désignant aussi le vent qui vient de cette direction ; ***nordique*** (XIXe s.), terme de géogr. ; ***nordiste*** (XIXe s.), terme d'histoire américaine.

noria (XVIIIe s.), empr. à l'esp. *noria* « machine hydraulique servant à irriguer », altér. de l'a. esp. *(a)nora*, terme empr. à l'ar. ; au XXe s. au sens de « allées et venues fréquentes ».

normand (XIe s.), de l'a. norr. *nord man* « homme du nord », est d'abord attesté comme adj. ethnique, au XVIIe s. au sens fig. « rusé, adroit ».

norme (XIIe s.), empr. au lat. *norma* « équerre et règle de conduite », empl. en fr. au sens abstrait de « règle, état régulier ». || ***normal*** (XVe s.), empr. au lat. *normalis* « fait à l'équerre », puis « conforme à la règle », dér. de *norma*, d'abord au sens de « régulier », au XIXe s. au sens de « qui sert de modèle, de règle » ; *Ecole normale* (fin XVIIIe s.) ; ***normalien*** (XIXe s.), « élève de cette école » ; ***normaliser*** (XXe s.) ; ***normalisation*** (XIXe s.) ; ***normalité, anormalité*** (XIXe s.) ; ***normatif*** (XIXe s.).

noso-, élém. tiré du grec *nosos* « maladie » et entrant dans la construct. de termes comme ***nosographie***, ***nosologie***.

nostalgie (XVIIIe s.), empr. au lat. scient. *nostalgia*, du grec *nostos* « retour » et *algos* « souffrance », au sens propre de « mal du retour, du pays », au XIXe s. au sens fig. « regret mélancolique ». || ***nostalgique*** (XVIIIe s.), même évol.

nota bene (XVIIIe s.), expres. latine empr. au sens de « remarquez », formé de *nota*, 2e pers. de l'impératif de *notare* « noter » et de *bene* « bien ».

notable (XIIIe s.), empr. au lat. *notabilis* « digne d'être noté », dér. de *notare* « noter », d'abord empl. comme adj., au XIVe s., subst. au sens de « personne éminente, importante ».

notaire (XIIe s.), empr. au lat. *notarius* « secrétaire, sténographe », en lat. méd. « scribe de la chancellerie pontificale, puis d'une chancellerie royale », dér. de *nota* « note », d'abord empl. en contexte biblique au sens de « scribe », puis au sens de « notaire apostolique » ; au XIIIe s. au sens du fr. mod. pour désigner une « personne attachée à une juridiction, une cour et chargée de rédiger des actes ». || ***notariat*** (XVe s.), empr. au lat. méd. *notariatus*, au sens de « charge, fonction de notaire », puis de « corps des notaires ».

note (XIIe s.), empr. au lat. *nota* « signe, marque », est d'abord empl. au sens de « musique, mélodie », au XIVe s. au sens de « signe musical », puis de « son correspondant à ce signe » ; à partir du XIIIe s. se développe le sens de « ce qui est consigné par écrit », dans le voc. admin. et jur. ; au XVIIe s. au sens du fr. mod. « brève remarque » ; au XVIIe s. au sens de « compte, montant à payer » ; à partir du XIIe s. au sens fig., hérité du lat., de « blâme » (XVIe s. *note d'infamie*) ; au XIXe s. « appréciation donnée par un maître à un élève » et au XXe s. « appréciation chiffrée ». || ***noter*** (XIIe s.), empr. au lat. *notare* « marquer, tracer des caractères d'écriture, marquer d'une note d'infamie, désigner, consigner par écrit », est usuel dès l'a. fr. aux sens de « désigner », de « retenir dans la pensée », de « percevoir », de « consigner par écrit » ; au XIXe s. au sens de « porter une appréciation sur » ; l'emploi dans le voc. musical se développe à partir du XIIe s. ; ***notation*** (XIVe s.), empr. au lat. *notatio* « action de marquer d'un signe, remarque, observation », rare avant le XVIIIe s., se spécialise dans le voc. mathémat., puis au sens de « système, notation symbolique », notamment dans le voc. musical, pictural (XIXe s.) ; ***annoter*** (XVe s.), empr. au lat. *adnotare* « consigner » et « remarquer », d'abord empl. au sens de « inventorier », au XIXe s. au sens de « accompagner un texte de notes » ; ***annotation*** (XIVe s.), empr. au lat. *adnotatio,* usuel dès le m. fr. au sens du fr. mod. ; ***dénoter*** (XIIe s.) ; ***dénotation*** (XVe s.) ; ***notule*** (XVe s.), empr. au lat. *notula* « petite marque », en lat. méd. « glose, petite note critique ». Voir ***connotation***, ***notoire***.

notice (XIVe s.), empr. au lat. *notitia* « connaissance de qqn, de qq. ch., notion, notoriété », dér. du supin *notum* de *noscere* « connaître », d'abord empl. au sens de « connaissance », au XVIIe s. au sens du fr. mod. « texte bref présentant un sujet ».

notifier (XIVe s.), empr. au lat. jur. *notificare* « faire connaître », dér. de *notus* « connu », part. pas. de *noscere* « connaître », spéc. à partir du XVe s. dans le voc. jur. || ***notification*** (XIVe s.), de même évol.

notion (XVIe s.), empr. au lat. *notio* « acte de prendre connaissance, examen » et dans le voc. philos. « idée que se fait l'esprit, conception », d'abord empl. au sens de « connaissance immédiate, intuitive de qq. ch. », se spécialise à partir du XVIIe s. dans le voc. philos. || ***notionnel*** (XVe s.), dér. de *notion* sur le modèle du lat. méd. *notionalis* « conceptuel », rare avant le XVIIIe s., est spéc. dans le voc. philos.

notoire (XIIIe s.), empr. au lat. tard. jur. *notorius* « qui fait connaître », dér. du supin *notum,* de *noscere* « connaître », empl. en fr. au sens de « qui est de connaissance publique » ; au XVe s. *il est notoire que.* || ***notoriété*** (XVe s.).

notre, **nos**, (IXe s.), du lat. *noster*, dér. de *nos* « nous », marquant l'appartenance ; le plur. *nos,* d'abord *noz* (fin Xe s.), est s. d. issu de la forme d'accusatif latin *nostros* ; *le (la) nôtre, les nôtres* (XIe s.). || ***Notre-Dame*** (XIIe s.), la Vierge Marie.

notule, voir ***note***.

nouba (XIXe s.), empr. à l'ar. maghrébin *nuba* « service de garde » et « fanfare devant la maison d'un dignitaire », surtout empl. dans l'expres., vieillie, *faire la nouba* « faire la fête ».

nouer (XIIe s.), du lat. *nodare* « nouer, lier », dér. de *nodus* « nœud », est aussi empl. à partir du XVIe s. au sens fig. « établir un lien moral » ; au XVIe s. *nouer l'aiguillette* « rendre impuissant » ; *noué,* (XVIIe s.) au sens fig. de « borné », au XIXe s. « contracté, crispé ». || ***dénouer*** (XIIe s.) ; ***dénouement*** (XVIe s.), spéc. au XVIIe s. au sens fig. de « résolution d'une intrigue » ; ***renouer*** (XIIe s.), au XVIe s. au sens fig. de « rétablir des liens brisés ».

noueux (XIIIe s.), du lat. *nodosus* « noueux » et « qui noue les articulations (goutte) ».

nougat (XVIe s.), empr. au prov. *nougat* « confiserie faite de noix ou d'amandes et de miel », dér. de l'a. prov. *noga* « noix », du lat. vulg. **nuca,* en lat. clas. *nux* « noix ». || ***nougatine*** (XXe s.).

nouille (XVIIIe s.), empr. à l'all. *Nudel* « pâte alimentaire » d'orig. obsc. ; au XXe s. *style nouille* « style décoratif où prédominent les courbes » et au sens fig. de « personne molle, sans énergie ».

nourrice, voir ***nourrir***.

nourrir (Xe s.), du lat. *nutrire* « nourrir, entretenir », est empl. dès l'a. fr.

aux sens de « élever un enfant », de « allaiter », de « pourvoir à l'entretien de » et de « fournir les aliments nécessaires à » ; à partir du XVIe s. aux sens fig. de « former dans son esprit, méditer », de « alimenter une chose, faire durer » et de « produire, former à ». || ***nourriture*** (XIIe s.), empr. au lat. *nutritura* « action de nourrir », d'abord aux sens de « éducation, instruction donnée » et de « animal, enfant qu'on élève » ; au XIVe s. au sens du fr. mod. « ce qui sert à l'alimentation », au XVIe s. au sens fig. ; ***nourrice*** (XIIe s.), du lat. tard. *nutricia,* fém. de *nutricius* « qui nourrit, qui élève », dér. du lat. clas. *nutrix* « nourrice », est usuel au sens de « femme qui allaite un enfant », au XIIIe s. *mettre un enfant en nourrice* ; ***nourricier*** (XIIe s.), d'abord subst. « celui qui élève un enfant », est usuel à partir du XVIe s. comme adj. au sens de « qui fournit la nourriture » ; ***nourrisson*** (XIIe s.), du lat. tardif *nutritionem,* acc. de *nutritio* « nourriture », est usuel jusqu'au XVIIe s. au fém. au sens de « nourriture, éducation », à partir du XVIe s. au masc., au sens du fr. mod.

nous (IXe s.), du lat. *nos,* pron. pers. de la 1re pers. du plur., tonique et atone ; les emplois stylistiques, *nous* de majesté, de modestie, se développent à partir du XIIIe s.

nouveau, **nouvel** (XIIe s.), du lat. *novellus* « nouveau, jeune, récent », dimin. de *novus* « neuf », est empl. dès l'a. fr. aux sens de « jeune, frais, récent », et de « qui apparaît après un autre, qu'il remplace ou dont il donne la même image » ; au XVIIe s. au sens de « qui a les mêmes caractéristiques qu'un personnage célèbre » (*un nouveau Virgile*) et comme subst. (*du nouveau*). || ***nouveau-né*** (XIIIe s.) ; ***nouvelle*** (XIe s.), du lat. vulg. **novella* « choses récentes », plur. neutre de *novellus* « nouveau », pris comme subst. fém., est usuel au sens de « annonce d'un événement récent » ; l'emploi comme terme littéraire, qui se développe à partir du XVe s., est un empr. à l'ital. *novella* « récit bref et dramatique » ; ***nouveauté*** (XIIe s.), « nouvelle situation », puis « caractère de ce qui est nouveau » et « changement », est empl. à partir du XVIIe s. au sens de « œuvre littéraire d'un genre inédit » et, souvent au plur., dans le voc. de la mode ; ***renouveau*** (XIIe s.) ; ***renouveler*** (XIe s.), « recommencer » et « remplacer par du nouveau » ; ***renouvellement*** (XIIe s.). Voir ***neuf***.

novateur, voir ***neuf***.

novembre (XIIe s.), du lat. *november,* de même sens, dér. de *novem* « neuf », ce mois étant le neuvième de l'année romaine.

novice (XIIe s.), empr. au lat. *novicius* « nouveau, récent », dér. de *novus* « neuf », spéc. en lat. chrét. au sens de « novice en religion », est d'abord empl. au sens de « inexpérimenté », au XIIIe s. au sens relig. || ***noviciat*** (XVIe s.), d'abord spéc. au sens religieux.

noyau (XIIIe s.), du lat. tard. *nucalis* « de la grosseur d'une noix, semblable à une noix », dér. de *nux* « noix », empl. dès l'a. fr. au sens de « partie dure d'un fruit », au XVe s. au sens de « partie compacte d'un élément » ; les emplois dans le voc. scient. se développent à partir du XVIIIe s. ; à partir du XVIIe s. au sens de « petit groupe de personnes ». || ***noyautage*** (XXe s.), « infiltration d'un groupe social », sens dér. de *noyau* « petit groupe » ; ***noyauter*** (XXe s.) ; ***dénoyauter*** (XXe s.).

noyer 1, voir ***noix***.

noyer 2 (XIe s.), du lat. *necare* « tuer » qui a pris en lat. pop. le sens de « noyer », dér. de *nex, necis* « mort violente », est usuel dès l'a. fr. comme verbe transitif « faire périr dans l'eau » et comme réfl., et par ext. au sens de « recouvrir d'une quantité de liquide capable d'éteindre, de faire disparaître » ; à partir du XVIIe s. *se noyer* au sens fig. « se laisser submerger, se perdre dans les détails ». || ***noyade*** (XVIIIe s.).

nu (XIe s.), du lat. *nudus* « dévêtu » et « dépouillé de, pur, simple », est empl. dès l'a. fr. aux sens de « dépouillé de sa chair », de « dévêtu » et de « dépourvu de », au XVIe s. au sens de « simple, dépouillé ». || ***nu-pieds*** (XXe s.), subst. au sens de « sandale légère » ; ***nudité*** (XIVe s.), empr. au lat. tard. *nuditas*, « état de nudité, défaut d'ornement », a éliminé l'a. fr. *nueté* ; ***nudisme, nudiste*** (XXe s.), dér. sav. de *nudus*. Voir ***dénuer***, ***dénuement***, ***dénuder***.

nuage, **nuance**, voir ***nue***.

nubile (XVIe s.), empr. au lat. *nubilis* « (jeune fille) qui a l'âge de se marier », de *nubere* « se marier (en parlant d'une femme) ».

nucléaire (XIXe s.), dér. savant du lat. *nucleus* « noyau », au sens de « qui a rapport au noyau » (voc. de la botanique), spéc. depuis le début du XXe s. au sens de « relatif au noyau de l'atome » (*énergie nucléaire, le nucléaire*) et qui entre dans la construct. de termes scientifiques comme ***thermonucléaire***, ***électronucléaire***, ***nucléarisation***, ***dénucléariser***.

nue (XIIe s.), du lat. vulg. **nuba*, forme altér. du lat. clas. *nubes* « nuage, essaim », « obscurité » et « voile » (au sens fig.), empl. en a. fr. au sens de « nuage », a reculé au profit de ce dernier en fr. mod. et ne subsiste en fr. mod. que dans des expres. comme *tomber des nues* (XVIIe s.), *porter aux nues* (XVIIIe s.). || ***nuée*** (XIIe s.), « gros nuage », au XVIe s. au sens de « multitude d'objets ou de choses se mouvant dans l'air » ; au XXe s. *nuée ardente* ; ***nuage*** (XVIe s.), d'abord au sens collectif de « ensemble de nues » ; au XIXe s. *être dans les nuages* ; ***nuageux*** (XVIe s.) ; ***nuance*** (XIVe s.), dér. du verbe *nuer*, est d'abord attesté au sens propre, les emplois fig. se développant à partir du XVIIe s. ; ***nuancer*** (XVIIe s.), au XVIIIe s. au sens fig.

nuire (XIIe s.), du lat. vulg. **nocere* (avec *o* bref), forme altérée du lat. clas. *nocere* (avec *o* long) qui a donné en a. fr. la var. *nuisir*. || ***nuisance*** (XIIe s.), « tort, dommage », vieilli au XVIIe s., est repris depuis le XIXe s. sous l'infl. de l'angl. *nuisance* au sens de « facteur de gêne, d'insalubrité dans une zone donnée » ; ***nuisible*** (XIVe s.).

nuit (Xe s.), du lat. *noctem*, accusatif de *nox* « nuit, repos de la nuit, obscurité, nuit éternelle », est empl. dès l'a. fr. aux sens de « temps écoulé entre le coucher et le lever du soleil » et de « obscurité » ; au XVIIe s. au sens fig. « aveuglement spirituel et moral ». || ***minuit*** (XIIe s.) ; ***nuitée*** (XIIe s.) ; ***nocturne*** (XIIIe s.), empr. au lat. *nocturnus* « de la nuit, qui agit la nuit », empl. en fr. comme adj. et à partir du XIIIe s. comme subst., en liturgie, pour désigner chacune des parties de l'office de nuit, à partir du XVIIIe s. dans le voc. de la musique, au XIXe s. pour désigner certains oiseaux rapaces ; au XXe s. dans le voc. sportif (*en nocturne*) et dans le voc. commercial ; ***noctambule*** (XVIIIe s.), comp. de *nox, noctis* et de *ambulare* « marcher, se promener ». Voir ***équinoxe***.

nul, **nulle** (IXe s.), du lat. *nullus* « aucun, nul » et « sans valeur, sans importance », est d'abord employé comme adj. indéfini, l'emploi comme adj. qualificatif au sens de « sans valeur légale », puis de « dépourvu de toute valeur » se développant à partir du XIIIe s. || ***nullité*** (XVe s.) empr. au lat. méd. *nullitas* « nullité, invalidité » ; ***annuler*** (XIIIe s.), empr. au lat. chrét. *adnulare* « considérer comme nul, mépriser », empl. au sens jur. de « rendre nul » et par ext. de « supprimer » ; ***annulation*** (XIVe s.), empr. au lat. chrét. *adnulatio*, rare avant le XVIIIe s.

numéraire, **numéral**, voir ***numération***.

numération (XVe s.), empr. au lat. *numeratio* « action de compter de l'argent », de *numerare* « compter », terme technique en fr. mod. (biologie, arithmétique, etc.). || ***numéral*** (XVe s.), empr. au lat. tard. *numeralis* « numéral » (terme de gram.), dér. de *numerus*

« nombre » ; ***numérique*** (XVIIe s.), dér. sav. du lat. *numerus* ; ***numéraire*** (XVIe s.), empr. au lat. tard. *numerarius* « relatif au nombre » et « officier comptable », vieilli comme adj., au XVIIIe s. subst. au sens de « argent monnayé, espèces » ; ***surnuméraire*** (XVIIe s.), d'abord *supernuméraire,* empr. au lat. *supernumerarius* « en surnombre », spéc. depuis le XVIIIe s. dans le voc. administratif.

numéro (XVIe s.), empr. à l'ital. *numero* « nombre dans un registre » et « numéro dans un jeu de loterie », du lat. *numerus* « nombre », est d'abord attesté au sens de « chiffre mis sur un objet pour le distinguer », au XVIIe s. « nombre mis sur un billet de loterie », au XIXe s. « numéro tiré à la conscription », d'où l'expres. *avoir, tirer le bon numéro* ; au XVIIIe s. « numéro d'un journal » ; au XIXe s. dans le voc. du spectacle, d'où *faire son numéro* (XXe s.). || ***numéroter*** (XVIIe s.) ; ***numérotation*** (XIXe s.).

numismatique (XVIe s.), dér. du lat. *numisma, numismatis,* empr. au grec *nomisma* « pièce de monnaie », d'abord empl. au sens de « qui concerne la monnaie », au XIXe s. subst. fém. « science des médailles, des monnaies ».

nuptial, voir ***noce***.

nuque (XIVe s.), empr. au lat. méd. *nucha* « moelle épinière », de l'ar. *nuha,* de même sens, d'abord empl. au sens de « moelle épinière », au XVIe s. au sens du fr. mod.

nurse (XIXe s.), empr. à l'angl. *nurse,* lui-même empr. au fr. *nourrice*, spéc. au sens de « garde-malade, infirmière », est usuel en fr. pour désigner une femme s'occupant d'un jeune enfant. || ***nursery*** (XIXe s.), empr. à l'angl. *nursery*, pour désigner une pièce réservée aux enfants.

nutritif (XIVe s.), empr. au lat. méd. *nutritivus* « qui a rapport à la nutrition », dér. de *nutrire* « nourrir », empl. au sens de « qui nourrit ». || ***nutrition*** (XIVe s.), empr. au lat. tard. *nutritio* « action de nourrir » ; ***malnutrition*** (XXe s.).

nyctalope (XVIe s.), empr. au lat. *nyctalops* « celui qui ne voit pas la nuit », empr. au grec où le mot est attesté aux sens de « qui voit la nuit » et de « qui ne voit pas la nuit », s'est fixé en fr. au premier sens au début du XIXe s.

nylon (XXe s.), empr. du terme anglo-améric. créé arbitrairement.

nymphe (XIIe s.), empr. au lat. *nympha* « jeune fille, jeune femme, divinité » et terme d'anatomie, empr. au grec, empl. dès l'a. fr. au sens de « divinité des bois », à partir du XVIe s. comme terme d'anatomie, puis de botan. || ***nymphette*** (XVIe s.), empr. au XXe s. à l'angl. *nymphet* pour désigner une jeune fille qui cherche à séduire sous un air faussement innocent ; ***nymphomanie*** (XVIIIe s.).

nymphéa (XVIIIe s.), empr. au lat. *nymphea* « nénuphar », empr. au grec, nom scientifique du nénuphar blanc, usuel pour désigner des nénuphars de couleurs diverses.

O

oasis (XVIe s.), empr. au lat. tard. *Oasis*, nom propre de divers lieux du désert, en Egypte, du grec *oasis*, de même sens, usuel comme nom commun à partir du XVIIIe s., au XIXe s. au sens fig.

obédience (XIIe s.), empr. au lat. *oboedentia* « obéissance, soumission », empl. dès l'a. fr. aux sens de « obéissance à un supérieur » et de « établissement religieux dépendant d'un monastère », en fr. mod. au sens de « fidélité à une doctrine, à une autorité spirituelle ou politique ».

obéir (XIIe s.), empr. au lat. *oboedire* « prêter l'oreille à qqn », d'où « obéir », de *ob* « devant » et *audire* « écouter », d'abord empl. au sens usuel de « se soumettre à la volonté de qqn », au XVIe s. au sens de « se soumettre aux impulsions ». ‖ ***obéissance*** (XIIIe s.), d'abord aux sens de « juridiction » et de « autorité » (voir ***obédience***), le sens de « soumission, disposition à obéir » datant du m. fr. ; ***désobéir***, ***désobéissance*** (XIIIe s.).

obélisque (XVIe s.), empr. au lat. tard *obeliscus* « colonne en forme d'aiguille allongée », du grec *obéliskos,* au sens propre « broche à rôtir ».

obéré (XVIe s.), empr. au lat. *oboeratus* « endetté », est en fr. un terme admin. et littéraire comme ***obérer*** (XVIIe s.), « accabler de dettes ».

obèse (XIXe s.), empr. au lat. *obesus* dér. de *obedere* « ronger, miner », comp. de *edere* « manger », empl. en lat. imp. au sens repris en fr. de « qui dévore » d'où « gras ». ‖ ***obésité*** (XVIe s.), empr. au lat. *obesitas* « excès d'embonpoint ».

obituaire (XVIIe s.), « relatif au décès » (*registre obituaire*), empr. au lat. méd. *obituarius*, dér. du lat. *obitus* « mort ».

objecter (XIIIe s.), empr. au lat. *objectare* « mettre devant, opposer », fréquentatif de *objicere* (voir ***objet***). ‖ ***objecteur*** (XVIIIe s.), « qui fait des objections » ; *objecteur de conscience* (XXe s.), de l'angl. *conscientious objector* « qui refuse de se soumettre à certaines obligations (*objector*) en obéissant à sa conscience morale (*conscientious*) » ; ***objection*** (XIIIe s.), empr. au lat. tard. *objectio* « action d'opposer, de reprocher ».

objectif (XVIIe s.), empr. au lat. scolast. *objectivus* « qui appartient à l'objet de la pensée » et « qui constitue une représentation de l'esprit (et non une réalité) », est d'abord employé en ce dernier sens ; au XIXe s. au sens de « qui existe hors de l'esprit, qui repose sur l'expérience » et aux sens courants de « qui est conforme à la réalité » et de « qui manifeste un souci d'exactitude, d'impartialité » ; au XVIIe s. susbt. « système optique » ; au XIXe s. dans le voc. milit. et au sens de « but qu'on fixe à une action ». ‖ ***objectivité*** (XIXe s.) a suivi l'évol. de l'adj.

objet (XIVe s.), empr. au lat. scolast. *objectum,* part. pas. neutre subst. du lat. clas. *objicere* « jeter, placer devant » et « opposer », comp. de *ob* « devant, au devant » et « contre » et *jacere* « jeter », est d'abord empl. aux sens de « toute chose qui affecte les sens » et de « tout ce qui occupe l'esprit, la pensée » ; au XVIe s. au sens de « ce qui est la cause d'un sentiment » (*objet de ma flamme, de mon cœur*) ; à partir du XVIIIe s. au sens courant de « chose solide répondant à une certaine destination » ; *objet d'art* (XIXe s.) ; au XVIIIe s. dans le voc. de la gram., au XXe s. en psychanalyse.

objurgation (XIIIe s.), empr. au lat. *objurgatio* « reproche, blâme », dér. du supin *objurgatum* de *objurgare* « réprimander, blâmer », comp. de *ob*, marquant la cause, l'échange, et de *jurgare* « être en conflit, se disputer », d'abord empl. au sens de « vif reproche », au XIXe s. « prière instante ». ‖

objurguer (XVIe s.), empr. au lat. *objurgare* « réprimander ».

oblat (XVIe s.), empr. au lat. eccl. *oblatus* « offert », part. pas. de *offere* (voir ***offrir***), au sens de « celui qui a été offert dès l'enfance à un monastère », empl. en fr. en ce sens et aux sens de « laïque vivant dans un couvent auquel il a donné ses biens » et de « novice ». || ***oblation*** (XIIe s.), empr. au lat. eccl. *oblatio*, au sens repris en a. fr. de « action d'offrir, offrande » ; au XVIIe s. « partie de la messe où l'on offre à Dieu le pain et le vin avant la consécration ».

obliger (XIIIe s.), empr. au lat. *obligare* « attacher à » et au sens fig. « lier, engager (par un contrat, un vœu, un bienfait) », dér. de *ligare* « lier », est empl. dès l'a. fr. aux sens de « (s')engager dans des liens » et de « lier moralement », au XVe s. *obliger à* ou *de* au sens usuel en fr. mod. de « contraindre, forcer ». || ***obligé,*** d'abord adj., subst. à partir du XVe s. ; ***obligation*** (XIIIe s.), empr. au lat. *obligatio* « lien jur. », en lat. méd. « mise en gage » et « engagement spirituel, moral », d'abord empl. dans le voc. jur. et moral, au XIXe s. dans le voc. financier ; ***obligatoire*** (XIVe s.), empr. au lat. tard. jur. *obligatorius* « qui a la force d'obliger », d'abord empl. au sens jur. « qui a un caractère d'obligation » et moral, au XIXe s. au sens de « inévitable, nécessaire » ; ***obligataire*** (XIXe s.) ; ***obligeance*** (XIIIe s.), jusqu'au XVIe s. au sens de « engagement, obligation », puis « disposition à rendre service ».

oblique (XIIIe s.), empr. au lat. *obliquus* « allant de côté, en biais » et « détournés, indirects (propos) », d'abord empl. au sens concret, au XIVe s. comme terme de gram. et au sens fig. de « qui se fait de façon détournée ». || ***obliquer*** (XIIIe s.), rare avant le XIXe s.

oblitérer (XVIe s.), empr. au lat. *oblitterare* « effacer les lettres, faire oublier », d'abord empl. aux sens de « effacer le souvenir de » et de « rendre incompréhensible » ; au XVIIIe s. « atrophier, faire disparaître un organe » ; au XIXe s., au sens tech. de « apposer une marque sur un timbre-poste ». || ***oblitération*** (XVIIIe s.) a suivi l'évol. du verbe.

oblong (XVIe s.), empr. au lat. *oblongus* « allongé, plus long que large ».

obnubiler (XIVe s.), empr. au lat. *obnubilare* « couvrir d'un nuage », usuel au sens fig. de « obscurcir les facultés de l'esprit, obséder ». || ***obnubilation*** (XVe s.), empr. au lat. *obnubilatio* « action de couvrir comme avec un nuage ».

obole (XIIIe s.), empr. au lat. *obolus* « monnaie grecque », du grec *obolos* « monnaie athénienne », empl. jusqu'au XVIIIe s. au sens de « petite pièce de monnaie », au XIXe s. « petite aumône ».

obscène (XVIe s.), empr. au lat. *obscenus* « de mauvais augure, sinistre » et « immonde, sale, indécent », empl. en fr. au sens de « qui offense la pudeur ». || ***obscénité*** (XVIe s.), empr. au lat. *obscenitas* « indécence, obscénité ».

obscur (XIIe s.), empr. au lat. *obscurus* « sombre, ténébreux », au sens fig. « difficile à comprendre, caché, secret », empl. dès l'a. fr. au sens concret et au sens fig., « difficile à comprendre », à partir du XVIe s. au sens de « inconnu, sans renom, de basse naissance ». || ***obscurité*** (XIIe s.), empr. au lat. *obscuritas* « manque de clarté » a connu la même évol. que l'adj. ; ***obscurcir*** (XIIe s.), d'abord attesté au sens propre, puis au sens fig. de « priver de lumière, de clarté », au XIVe s. « troubler la vue, les yeux » et « rendre peu intelligible » ; ***obscurantisme*** (XIXe s.), mot péj., « hostilité au développement de l'instruction ou à l'exercice de la raison » ; ***obscurantiste*** (XIXe s.).

obsécration (XIIe s.), empr. au lat.

obsecratio « supplication adressée aux dieux pour les apaiser ».

obséder (XVIIe s.), empr. au lat. *obsidere* « assiéger, occuper, envahir », au propre et au fig., comp. de *ob* « devant » et *sedere* « s'asseoir », empl. en fr. au sens fig. de « tourmenter sans cesse, s'imposer sans relâche à l'esprit ». || ***obsession*** (XVe s.), empr. au lat. *obsessio* « action d'assiéger », d'abord empl. au sens concret de « siège », à partir du XVIIIe s. au sens mod. « image, pensée qui obsède », au XIXe s. dans le voc. psychiatrique ; ***obsessionnel*** (XXe s.).

obsèques (XIIe s.), empr. au lat. tard. *obsequiae* « funérailles », altér. du lat. clas. *exsequiae* « pompes funèbres », altér. due à un croisement avec *obsequia* « clients, suite, cortège », est dér. de *obsequi* « céder aux volontés de, obéir », formé sur *sequi* « suivre ». Voir ***obséquieux***.

obséquieux (XVIe s.), empr. au lat. *obsequiosus* « plein de complaisance », dér. de *obsequium* « complaisance, obéissance », d'abord empl. au sens de « attentif, respecteux », au XVIIIe s. au sens du fr. mod. « qui porte à l'excès le respect, les égards ». || ***obséquiosité*** (XVIe s.), même évol. que l'adj.

observer (Xe s.), empr. au lat. *observare* « porter son attention sur, surveiller, respecter », est d'abord empl. au sens moral, « se conformer à ce que prescrit la loi », à partir du XVIe s. au sens de « s'imposer comme règle », puis de « considérer avec attention, examiner afin de connaître, d'étudier ». || ***observation*** (XIIIe s.), empr. au lat. *observatio* « remarque, attention », en lat. eccl. « culte, religion », d'abord empl. au sens de « loi que l'on observe », à partir du XIVe s. « action de considérer attentivement la nature pour la connaître scientifiquement » ; à partir du XVIe s. « remarque, écrit exprimant le résultat d'une enquête », puis « parole par laquelle on fait remarquer qq. ch. » et au XIXe s. « reproche » ; ***observatoire*** (XVIIe s.) ; ***observance*** (XIIIe s.), empr. au lat. *observantia* au sens spéc. de « observation des devoirs religieux », d'abord empl. en ce sens et au sens de « règle, loi religieuse » ; ***observateur*** (XVe s.), empr. au lat. *observator* « qui remarque », en lat. eccl. « qui pratique un culte ».

obsidienne (XVIe s.), empr. au lat. *obsidianus* « pierre éruptive très foncée ».

obsidional (XVIe s.), empr. au lat. tard. *obsidionalis* « relatif au siège d'une ville », dér. de *obsidere* « assiéger » (voir ***obséder***), est spéc. en fr. mod. dans le voc. de la psychopathologie (*fièvre, folie obsidionale*).

obsolète (XVIe s.), empr. au lat. *obsoletus* « passé de mode, vieilli », dér. de *obsolescere* « tomber en désuétude, sortir de l'usage », empl. au XXe s. au sens de « périmé, dépassé ».

obstacle (XIIIe s.), empr. au lat. *obstaculum* « obstacle, empêchement », dér. de *obstare* « se tenir debout », au XIXe s. dans le voc. de l'équitation.

obstétrique (XIXe s.), dér. sav. du lat. *obstetrix* « sage-femme », dér. de *obstare* « se tenir devant », d'abord comme adj., puis subst. au sens de « technique, science de l'accouchement ». || ***obstétricien*** (XXe s.).

obstiner (XVIe s.), empr. au lat. *obstinare* « vouloir qq. ch. avec opiniâtreté » ; la forme pronominale est seule attestée en fr. mod. || ***obstination*** (XIIe s.), empr. au lat. *obstinatio* « constance, persévérance », souvent employé au sens péj.

obstruer (XVIe s.), empr. au lat. *obstruere* « construire (un mur) devant qq. ch. », d'où « fermer, boucher », comp. de *ob* « devant » et *struere* « construire », d'abord empl. au sens propre « boucher (un canal, un vaisseau) », au XVIIIe s. « faire obstacle, entraver » au sens propre, au sens fig. « ralentir le fonctionnement d'une activité ». || ***obstruction*** (XVIe s.), empr. au lat. *obstructio* « voile, dissimulation », en lat. tard. « action d'enfermer », d'abord empl. dans le voc. médic., au XVIIIe s. au sens fig. « ralentissement », au XIXe s. dans le voc. de la polit., sous l'infl. de l'angl. *obstruction* « manœuvres pour entraver des débats ».

obtempérer (XIVe s.), empr. au lat. *obtemperare* « obéir », comp. de *ob* « devant » et *temperare* (voir ***tempérer***), spéc. en fr. dans le voc. de l'administration et de la police.

obtenir (XIIIe s.), empr. au lat. *obtinere* « tenir fermement », d'où « posséder, conserver », comp. de *ob* et *tenere* « tenir », d'abord empl. au sens de « parvenir à se faire accorder ce que l'on désire », à partir du XVIe s. « réussir à atteindre », puis « arriver à produire ». || ***obtention*** (XIVe s.), dér. sav. du lat. *obtentus,* part. pas. de *obtinere.*

obturer (XVIe s.), empr. au lat. *obturare* « boucher, fermer », rare avant le XIXe s. || ***obturation*** (XVIe s.), empr. au lat. tard. *obturatio* « action de boucher », formé sur le supin *obturatum* de *obturare* ; ***obturateur*** (XVIe s.).

obtus (XIVe s.), empr. au lat. *obtusus* « émoussé, affaibli », part. pas. de *obtundere* « frapper contre », d'où « émousser, affaiblir », comp. de *ob* marquant l'hostilité et *tundere* « frapper », d'abord empl. au sens de « arrondi à son extrémité », au XVIe s. comme terme de géométrie et au sens fig. « qui manque de finesse ».

obus (XVIIe s.), empr. à l'all. *Haubitze* « obusier, canon court, à tir courbe », au XVIIIe s. au sens de « projectile ».

obvie (XIXe s.), empr. au lat. *obvius* « qui vient naturellement à l'esprit », comp. de *ob* « devant » et *via* « chemin », adj. philos. ou littéraire au sens de « évident ».

obvier (XIVe s.), empr. au lat. *obviare* « aller au-devant de », d'où « s'opposer à, éviter », n'est empl. en fr. mod. qu'au sens de « prévenir un mal ».

oc (XIVe s.), empr. à l'a. prov. *oc* « oui », correspondant à l'a. fr. *o* (voir ***oui***), du lat. *hoc,* neutre du dém. *hic,* est surtout usuel dans l'expres. *langue d'oc* « ensemble des dialectes romans du midi de la France ». || ***occitan*** (XXe s.), empr. au lat. méd. *occitanus.*

occasion (XIIe s.), empr. au lat. *occasio* « moment favorable, propice », formé sur *occasum,* supin de *occidere* « tomber » (voir ***occident***), a remplacé l'a. fr. *ochaison, achaison, achoison,* bien attesté aux sens de « accusation, poursuite en justice » et « occasion, motif » ; *occasion* est d'abord empl. au sens de « raison, motif », puis de « circonstance qui vient à propos » (XIVe s.) ; au XIXe s. aux sens de « marché avantageux » et de « marchandise souvent de seconde main » (*livre d'occasion, une occasion*). || ***occase*** (XIXe s.) abrév. fam. ; ***occasionnel*** (XVIIe s.), d'abord dans le voc. philos. ; ***occasionner*** (XVIe s.), empr. au lat. tard. *occasionari* « chercher querelle », a remplacé peu à peu l'a. fr. *ochaisoner, achaisoner* « accuser, poursuivre en justice » et s'emploie en fr. mod. au sens de « être l'occasion, la cause de qq. ch. ».

occident (XIIe s.), empr. au lat. *occidens,* part. prés. de *occidere* « tomber à terre, périr, se coucher (en parlant d'un astre) », comp. de *ob* et de *cadere* « tomber », empl. comme subst. dès l'a. fr. aux sens de « point cardinal situé à l'endroit où le soleil se couche » et de « partie ouest de la terre » ; au XVIe s. au sens fig. de « ruine, déclin » ; au XVIIe s. « partie ouest du continent européen » ; au XXe s. « ensemble des Etats membres de l'OTAN ». || ***occidental*** (XIIIe s.), empr. au lat. *occidentalis* « qui est situé à l'occident » ; ***occidentaliser*** (XIXe s.).

occiput (XIVe s.), empr. au lat. *occiput,* dér. de *caput* « tête » au sens, repris en fr., de « partie postérieure et inférieure de la tête ». || ***occipital*** (XVe s.).

occire (Xe s.), du lat. vulg. **aucidere,* altér. du lat. clas. *occidere* « couper, tuer », est usuel en fr. sous la forme *ocire* jusqu'au XVIe s. au sens de « tuer », vieux ou plaisant en fr. mod.

occlure (XVe s.), empr. au lat. *occludere* « clore, fermer », comp. de *ob* « devant » et *claudere* « fermer », d'abord empl. au sens de « investir une ville », au XIXe s. comme terme de médecine. || ***occlusion*** (XIXe s.), empr. au lat. tard. *occlusio* « action de boucher, obstruction », surtout empl. dans le voc. médic. ; ***occlusif*** (XIXe s.) ; ***occlusive*** (XIXe s.), terme de phonétique.

occulte (XIIe s.), empr. au lat. *occultus* « caché, secret », part. pas. de *occulere* « cacher », formé de *ob* et de *celare* « cacher », empl. dès l'a. fr. au sens de « secret, mystérieux », d'où *sciences occultes* (XVIIe s.). || ***occulter*** (XIVe s.), empr. au lat. *occultare* « cacher », fréquentatif de *occulere*, terme d'astronomie, aussi empl. en fr. mod. au sens de « rendre peu visible » et au sens fig. ; ***occultation*** (XIVe s.), empr. au lat. *occultatio* « action de cacher », a suivi la même évol. ; ***occultisme*** (XIXe s.), dér. de *occulte* au sens de « ensemble des sciences occultes » ; ***occultiste*** (XIXe s.).

occuper (XIIIe s.), empr. au lat. *occupare* « s'emparer de », comp. de *ob* « devant » et *capere* « prendre », d'abord empl. au sens de « passer son temps à », à partir du m. fr., transitif, au sens de « procurer des distractions, du travail, occuper l'esprit » ; à partir du XIVe s. au sens milit. « s'emparer d'un lieu », au XIXe s. « occuper une usine dans le cadre d'une grève, etc. », puis « prendre possession, habiter » ; au XVIe s. « remplir un emploi » et « remplir un certain espace de temps ». || ***occupation*** (XIIe s.), empr. au lat. *occupatio* « prise de possession » et « ce qui accapare l'activité », a suivi l'évol. d'*occuper* ; au XXe s. *l'Occupation*, « période de la seconde guerre mondiale durant laquelle la France a été occupée par les Allemands » ; ***occupant*** (XVe s.), au XXe s. au sens milit. ; ***inoccupation*** (XVIIIe s.). Voir ***préoccuper***.

occurrence (XVe s.), dér. sav. du lat. *occurrens*, part. prés. de *occurrere* « courir à la rencontre de », d'abord empl. au sens de « cas, circonstance », au XIXe s. *en l'occurrence* ; au XXe s. empr. à l'angl. *occurrence* comme terme de linguistique, « apparition d'une unité linguistique dans le discours ». || ***occurrent*** (XVe s.), au XXe s. en linguistique.

océan (XIIe s.), empr. au lat. *Oceanus*, du grec *Okeanos* « Océan (divinité marine), l'océan Atlantique », d'abord empl. au sens propre, le sens fig. *océan de peines, océan des âges,* se développant à partir du XVIe s. || ***océanique*** (XVIe s.), empr. au lat. *oceanicus* « qui appartient à l'océan » ; ***océanographie*** (XVIe s.), rare avant le XIXe s. au sens de « étude scientifique des océans et du milieu marin ».

ocelot (XVIIIe s.), abrév. du terme aztèque *tlalocelotl,* de *tlalli* « champ » et *ocelotl* « tigre, jaguar ».

ocre (XIVe s.), empr. au lat. *ochra* « sorte de terre jaune », du grec *okhra,* de même sens.

octa-, **octi-**, **octo-**, élém. tirés du lat. *octo* « huit » et entrant dans la construct. de mots sav. comme ***octogénaire***, ***octogone***, ***octosyllabe***.

octave (XIIIe s.), empr. au lat. méd. *octava*, fém. subst. de *octavus* « huitième », de *octo* « huit », empl. dès l'a. fr. en liturgie, pour désigner le huitième jour après certaines grandes fêtes (*octave de Pâques*) et au XVIe s. dans le voc. musical « intervalle de huit degrés dans la gamme diatonique ».

octobre (XIIe s.), empr. au lat. *october (mensis)* « octobre » (huitième mois de l'année romaine), dér. de *octo* « huit ».

octroyer (XIe s., d'abord *otreier*), réf. d'après le lat. *auctor* « garant » et le lat. *auctorare* « garantir », de l'a. fr. *otreier* « autoriser, consentir à » (XIe s.), du lat. méd. *auctorizare*. || ***octroi*** (XIVe s.), d'abord « action d'octroyer », au XVIIe s. « taxe que peut percevoir une municipalité » (*bureau d'octroi, barrière d'octroi*).

octuor (XIXe s.), dér. du lat. *octo* « huit » sur le modèle de *quatuor* aux sens de « morceau de musique à huit parties » et de « ensemble de huit musiciens ».

oculaire (XVe s.), empr. au lat. *ocularius* « qui concerne les yeux », dér. de *oculus* « œil » ; au XVIe s. *témoin oculaire.* || ***oculiste*** (XVIe s.), dér. sav. de *oculus* « œil ».

odalisque (XVIIe s.), empr. avec adjonction d'un *s* parasite au turc *odalik*, dér. de *oda* « chambre » avec le suff. *-lik* au sens de « ce qui appartient à la chambre » et spéc. « esclave destinée à la chambre du maître, concubine ».

ode (XVe s.), empr. au lat. tard. *oda* « ode, chant », du grec *odé* « chant » (voir ***aède***), pour désigner une forme poétique d'abord destinée au chant. || ***odelette*** (XVIe s.).

odéon (XVIe s.), empr. au lat. *odeum* « petit théâtre », du grec *oideion* « édifice destiné à des concours musicaux ».

odeur (XIIe s.), empr. au lat. *odor* « exhalaison (bonne ou mauvaise) », est aussi empl. dès le XIIe s. au sens fig. « impression produite », au XVIIe s. *en odeur de sainteté.* || ***odorant*** (XIIIe s.), part. prés. du verbe rare *odorer* (XIIe s.), empr. au lat. *odorari* « sentir » ; ***odoriférant*** (XIVe s.) ; ***inodore*** (XVIIIe s.), empr. au lat. *inodoris* « qui ne sent rien » ; ***odorat*** (XVIe s.), empr. au lat. *odoratus* « action de flairer, odeur », dér. de *odor* « odeur » ; ***malodorant*** (XXe s.) ; ***désodoriser*** (XIXe s.) ; ***désodorisant*** (XXe s.). Voir ***olfactif***, ***subodorer***.

odieux (XIVe s.), empr. au lat. *odiosus* « haïssable, désagréable », dér. de *odi* « je hais », d'abord empl. au sens de « plein de haine », puis à partir du XVIe s. au sens de « détestable, désagréable, insupportable ».

odyssée (XVIIIe s.), emploi comme nom commun du nom propre *Odyssée* (poème d'Homère consacré aux aventures d'Ulysse), aux sens de « récit de voyages et d'aventures » et de « voyage plein de péripéties ».

œcuménique (XVIe s.), empr. au lat. eccl. *oecumenicus* « de toute la terre habitée, universel », dér. de *oecumene* « la terre habitée », empr. au grec *oikoumené (gé)*, de même sens, est empl. en fr. au sens de « universel, général » et spéc. dans le voc. religieux « qui rassemble tous les catholiques ou toutes les confessions chrétiennes ». || ***œcuménisme*** (XXe s.).

œdème (XVe s.), empr. au grec *oidéma, oidématos* « gonflement, tumeur », spéc. dans le voc. médical.

œdipien (XXe s.), adj. dér. du nom propre *Œdipe,* personnage de la mythologie grecque, spéc. dans le voc. de la psychanalyse au sens de « relatif au complexe d'Œdipe ».

œil (Xe s.), du lat. *oculus* « œil » et « tout objet en forme d'œil », le plur. *yeux* étant issu de l'acc. plur. lat. *oculos* ; *œil* est empl. dès l'a. fr. aux sens de « organe de la vue », de « regard » (*en croire ses yeux*), le sens de « regard furtif » (*coup d'œil*) se développant à partir du XVe s., et au sens abstrait de « disposition, état d'esprit, jugement » (*voir d'un bon œil*) ; *œil* entre également dans de nombreuses expres. comme *œil pour œil* (XIIIe s.), *bon pied, bon œil* (XVe s.), comme symbole de la vigilance (*avoir l'œil*) ou, à partir du XVIIe s., dans le voc. galant (*un bel œil, faire les yeux doux, faire de l'œil*) ; par analogie *œil* désigne aussi des objets divers de forme circulaire (botanique, architecture, etc.). || ***œil-de-bœuf*** (XIIe s.) ; ***œil-de-perdrix*** (XVIIe s.), au XIXe s. « cor entre deux orteils » ; ***œillade*** (XVe s.) ; ***œillère*** (XIIe s.), d'abord « ouverture sur le devant du heaume, pour les yeux », au XVIIe s. dans le voc. de la sellerie, au XIXe s. au sens de « petit récipient qui sert aux bains d'yeux » ; ***œillet*** (XIIe s.), d'abord « petit œil », au XIIIe s. « petit trou rond dans une étoffe, petit anneau de métal », au XVe s. « fleur ».

œni-, **œno-**, élém. tiré du grec *oinos* « vin » et entrant dans la comp. de termes en rapport avec le vin et la vinification comme ***œnologie*** (XVIIe s.), « science de fabrication et de conservation du vin », ***œnothèque***.

œsophage (XIVe s.), empr. au grec *oisophagos* « segment du tube digestif conduisant les aliments dans l'estomac », au sens propre « qui transporte ce qu'on mange ».

œstrogène (XXe s.), « qui provoque l'œstrus, qui a une action féminisante », terme comp. de *œstro-*, du grec *oistros,* au sens fig. « désir violent » et de *-gène.*

œuf (XIIe s.), du lat. vulg. **ovum,* en lat. clas. *ovum* « œuf », dissimilé en *oum, ovum* étant refait sur le plur. *ova*, est empl. dès l'a. fr. au sens spéc. de « œuf de la poule », au XIVe s. *œuf de Pâques,* au XIXe s. au sens fig. *sortir de l'œuf, écraser une chose dans l'œuf*, à partir du XVIe-XVIIe s. dans des expres. comme *tondre un œuf, plein comme un œuf, marcher sur des œufs.*

œuvre (XIIe s.), du lat. *opera,* plur. de *opus, operis* « ouvrage, acte, travail », déjà utilisé par Plaute comme fém. sing. au sens de « travail, activité », est empl. dès l'a. fr. aux sens de « objet créé par l'activité, le travail de qqn », de « action, fait de travailler » (au XVe s. *mettre en œuvre*) et de « production artistique ou littéraire » (au XIXe s. *œuvre d'art*) ; au XIIIe s. au sens moral ou religieux (*bonnes œuvres*) ; au XIIe s. « union charnelle » (*œuvre de chair*) ; au XIXe s. « organisation religieuse ou laïque » (*œuvre de bienfaisance*) ; au masc., empl. littér. « ensemble de la production d'un écrivain, d'un artiste » (XVIe s.), au XVIIe s. dans le voc. de l'alchimie *grand œuvre, œuvre au noir* ; dès le XVe s. dans le voc. de l'architecture. || ***hors d'œuvre*** (XIVe s.), d'abord adj. « non travaillé » par opposition à *en œuvre*, puis dans le voc. de l'architecture « partie de l'édifice qui ne fait pas partie du plan d'ensemble », au XVIIe s. « intermède » dans le voc. du théâtre, et « mets servi au début du repas » ; ***œuvrer*** (XIIe s.), forme altérée sous l'infl. de *œuvre* de l'a. fr. *ovrer* « travailler », du lat. tard. *operare* « travailler, s'occuper de ». Voir ***ouvrer***.

off (XXe s.), empr. à l'anglo-améric. *off,* abrév. de *off stage* « hors de la scène, en coulisse » et de *off screen* « hors de l'écran » ; *voix off* (XXe s.).

offense (XIIIe s.), empr. au lat. *offensa* « action de se heurter », au sens fig. « fait d'être offensé », part. pas. fém. subst. de *offendere* « heurter » et « mécontenter », empl. dès l'a. fr. au sens de « parole ou action qui blesse » et au sens concret « attaque », sens disparu à partir du XVIIe s. ; au XVIIe s. dans le voc. relig. « péché ». || ***offenser*** (XVe s.), formé sur *offense*, « porter atteinte à la dignité, à l'honneur de qqn », vieilli ou littéraire en fr. mod. au sens de « blesser, meurtrir, blesser les sens » ; ***offensif*** (XVe s.), d'abord « qui offense », au XVIe s. « qui attaque », dér. en ce sens de l'a. fr. *offendre* « attaquer », du lat. *offendere* « attaquer, heurter » ; ***offensive*** (XVIe s.), dér. de *offensif* sur le modèle de *défensive,* d'abord employé dans le voc. milit. ; ***inoffensif*** (XVIIIe s.).

offertoire (XIIIe s.), empr. au lat. méd. *offertorium* « offrande », dér. de *offerre* « offrir », qui a aussi désigné des objets liturgiques, est empl. dès l'a. fr. au sens du fr. mod. « rites et prières accompagnant la bénédiction du pain et du vin ».

office (XIIe s.), empr. au lat. *officium* « fonction, devoirs d'une fonction, service, devoir, obligation morale », empl. dès l'a. fr. aux sens de « office religieux » et de « fonction, tâche à accomplir, charge », vieilli en ce sens en fr. mod. ; au XVe s. « service que l'on rend », d'où *bons offices* (XVIe s.) ; au XIIIe s. *d'office*, d'abord « en vertu des obligations de sa charge », puis à partir du XVIIe s. « sans en être requis » et

« de manière autoritaire » ; au XIXe s. « bureau, agence » et « service public », empr. à l'angl. *office* « lieu où se traitent les affaires publiques ou privées » ; **office** (XIVe s.), « lieu attenant à la cuisine, où l'on garde les provisions, la vaisselle, et réservé au service » est un empr. indépendant à *officium*.

officiel (XVIIIe s.), empr. à l'angl. *official*, du lat. *officialis* « relatif à une fonction, à une charge », au sens de « qui émane d'une autorité reconnue », par opposition à *officieux* ; au XIXe s. aux sens de « qui est rendu public », « qui est notoire » et « qui est de façade, de commande » ; dans le domaine de l'art, souvent péj., « qui est conforme aux règles reconnues ».

officier 1 (XIIIe s.), verbe, empr. au lat. méd. *officiare* « remplir sa charge, sa fonction » et « célébrer un office religieux », de *officium* « office », empl. en a. fr. aux sens du lat. ; au XIXe s. au sens fig. « agir avec cérémonie ».

officier 2 (XIVe s.), subst., empr. au lat. méd. *officiarius* « personne pourvue d'une charge », dér. de *officium* « office », est d'abord empl. au sens de « celui qui détient un office », d'où au XIVe s. *officier de justice*, au XIXe s. *officier ministériel* ; *officier* est surtout usuel à partir du XVIe s. dans le voc. milit., d'abord dans la marine ; au XVIIIe s. « grade dans un ordre honorifique » (*officier de la Légion d'honneur*).

officieux (XVIe s.), empr. au lat. *officiosus* « obligeant, serviable », dér. de *officium* « office », d'abord au sens de « qui rend service », au XIXe s. comme antonyme de *officiel*.

officine (XIIe s.), empr. au lat. *officina* « atelier, fabrique », altér. de *opificina*, d'abord empl. au sens de « dépendances (d'un monastère, d'une abbaye) », est réempr. au XIXe s. au sens de « boutique de pharmacien, d'herboriste » et au sens péj. de « lieu où se trame qq. ch. ». ‖ ***officinal*** (XVIIIe s.), empl. dans le voc. de la pharmacie.

offrande (XIe s.), empr. au lat. méd. *offerenda*, forme subst. du fém. de *offerendus* « qui doit être offert », adj. verbal de *offerre* « offrir », spéc. au sens religieux « don que l'on fait à Dieu », est d'abord empl. en ce sens en fr. ; au XIIIe s. « don, présent ».

offrir (XIIe s.), du lat. tard. *offerire*, « porter devant, présenter, fournir, procurer », altér. de *offerre*, comp. de *ob* « devant » et *ferre* « porter », est d'abord empl. au sens de « proposer, présenter une chose à qqn » et spéc. « donner qq. ch., vouer qqn à Dieu » ; *s'offrir* (XIIe s.), « proposer son amour », au XIXe s. « se donner (en parlant d'une femme) » ; au XIIIe s. transitif ou pronom. « (s')exposer à une chose dangereuse, pénible » ; au XVIe s. *s'offrir à la vue*. ‖ ***offre*** (XIIe s.), déverbal de *offrir*, d'abord « action d'offrir », à partir du XVIIe s. terme de droit et d'économie, « quantité de produits ou de services offerts sur le marché » (*loi de l'offre et de la demande*), au XXe s. *appel d'offres, offre publique d'achat (O.P.A.)*. Voir **offertoire**, **offrande**.

offset (XXe s.), empr. à l'angl. *offset* « report », de *off* « hors de » et *to set* « placer, disposer », pour désigner un mode d'impression par report.

offusquer (XIVe s.), empr. au lat. tard. *offuscare* « obscurcir, gêner la vision, diminuer l'éclat de qq. ch. », comp. de *ob* « devant » et *fuscus* « sombre, noir », est d'abord empl. au sens de « arrêter dans son fonctionnement », puis au XVe s. de « boucher la vue » et « obscurcir l'esprit » ; au XVIIIe s. au sens du fr. mod. « indisposer, choquer ».

ogive (XIIIe s.), d'orig. incert., p.-ê. empr. à l'esp. *aljibe* « citerne », lui-même empr. à l'ar. *al-djubb*, de même sens, en raison de l'équivalence entre le fr. *croix d'augive, croisée d'augive* (XIVe s.) et l'esp. *boveda de aljibe* « voûte de citerne », puis « voûte d'ogive » ; au XXe s. *ogive nucléaire*. ‖ ***ogival*** (XIXe s.).

ogre (XIIe s.), d'orig. incert., p.-ê. altér. (par métathèse du *r* et sous l'infl. de mots comme *bougre*) de **orc,* du lat. *Orcus,* nom d'une divinité infernale et par ext. nom des enfers et de la mort, est d'abord empl. au sens de « païen féroce », au XIVe s. au sens du fr. mod. || ***ogresse*** (XVIIe s.).

ohm (XIXe s.), « unité de mesure de résistance électrique », du nom du physicien allemand Georg Simon *Ohm* (1789-1854).

oie (XIIe s.), réfection d'après *oiseau* de l'a. fr. *oe, oue*, du lat. tard. *auca* « oie », contraction de **avica*, dér. de *avis* « oiseau » ; au XVIIe s. *jeu de l'oie* ; au XIXe s. « personne sotte, niaise » (*oie blanche*).

oignon (XIIe s.), du lat. *unionem,* acc. de *unio* « sorte d'oignon », terme dial. à côté du lat. *caepa* (a. fr. *cive*) ; au XVIIe s. *se mettre en rang d'oignons* ; au XVIe s. « racine bulbeuse de certaines plantes » ; au XVIIe s. « callosité au gros orteil » ; au XIXe s. « sorte de montre ».

oïl, voir ***oui***.

oindre (XIIe s.), du lat. *unguere* « enduire », spéc. en lat. chrét. au sens de « oindre d'huile sainte, consacrer (un roi, un prêtre) », empl. dès l'a. fr. au sens fig. et religieux « sacrer, consacrer » et au sens propre « enduire d'une matière grasse ».

oiseau (XIe s.), du lat. tard. *aucellus* « oiseau », forme syncopée de *avicellus*, dimin. du lat. clas. *avis* « oiseau ». || ***oiseler*** (XIIe s.) ; ***oiseleur*** (XIIe s.), spéc. dans le voc. de la vénerie ; ***oisillon*** (XIIe s.) a remplacé *oiselet* (XIIe s.), « petit oiseau » ; ***oisellerie*** (XIIIe s.).

oiseux (XIIe s.), du lat. *otiosus* « oisif » et « qui ne sert à rien » (en parlant d'une chose), dér. de *otium* « temps de repos, inaction », est empl. en a. fr. comme subst. fém., *oiseuse,* aux sens de « chose inutile, parole vaine » et de « paresse » et comme adj., seul emploi conservé en fr. mod., au sens de « qui ne sert à rien » ; *oiseux* au sens de « personne qui ne fait rien » a été supplanté par ***oisif*** (XIIIe s.), forme refaite sous l'infl. de *oiseux* de l'a. fr. *oisdif,* forme adjectivée de l'a. fr. *oisdive* (XIIe s.), « oisiveté ». || ***oisiveté*** (XIIIe s.). Voir ***négoce***.

oison (XIIIe s.), réfection d'après *oiseau* de l'a. fr. *osson* « petit de l'oie », du lat. vulg. **aucio, aucionis,* dér. de *auca* « oie » ; au XVIe s. au sens fig. « personne facile à tromper ».

okapi (XXe s.), empr. à l'angl. *okapi*, empr. à une langue d'Afrique occidentale pour désigner un mammifère de la famille des girafes.

oléagineux (XIVe s.), dér. sav. du lat. *oleagineus* « d'olivier », dér. de *olea* « olive » et servant d'adj. à *huile* ; au XIXe s. subst. « plante qui contient de l'huile ».

oléi-, **oléo-**, élém. tiré du lat. *olea* « olivier, olive » et entrant dans la construct. de nombreux termes sav. comme ***oléiculture***, ***oléoduc***, ***oléographie***.

olfactif (XVIe s.), dér. sav. du lat. *olfactus* « action de flairer, de sentir », dér. de *ol(e)facere* « sentir, flairer », lui-même dér. du verbe *olere* « exhaler une odeur ». || ***olfaction*** (XVIe s.), « fonction permettant la perception des odeurs ».

olibrius (XVIe s.), de *Olybrius*, nom de divers personnages de l'empire romain, utilisé pour qualifier un homme bravache et cruel et en fr. mod. un homme au comportement bizarre.

olifant (XIe s.), « ivoire, petit cor d'ivoire » par emploi synecdotique de *olifant,* var. en a. fr. de *éléphant.* Voir ***éléphant***.

olig-, **oligo-**, élém. tiré du grec *oligos* « petit, peu nombreux » et entrant dans la construct. de mots sav. comme ***oligo-élément***.

oligarchie (XIVe s.), empr. au grec *oligarkhia* « régime où commande un petit nombre ». || ***oligarchique*** (XIVe s.), empr. au grec *oligarkhikos*, de même sens.

olive (XIe s.), du lat. *oliva* « olivier » et « fruit de l'olivier », est aussi empl. au sens de « olivier » jusqu'au XVIe s., au XIIIe s. « fruit de l'olivier ». || ***olivier*** (Xe s.) ; ***olivette*** (XIIe s.), d'abord « petit olivier », au XVIIe s. « petite olive » ; ***oliveraie*** (XIIe s.), « lieu planté d'oliviers » ; ***olivâtre*** (XVIe s.), empr. à l'ital. *olivastro,* dér. de *oliva* pour qualifier une couleur jaune verdâtre, proche de celle de l'olive.

olographe, **holographe** (XIIIe s.), empr. au lat. tard. *holographus* « écrit en entier de la main de l'auteur », du grec *holographos*, comp. de *holos* « qui forme un tout » et de *-graphos* de *graphein* « écrire », surtout empl. dans l'expres. *testament olographe*.

olympiade (XIIIe s.), empr. au grec *Olumpias, Olumpiados* « célébration des jeux olympiques » et « période de quatre ans qui sépare deux célébrations », dér. de *Olumpia,* Olympie (ville de Grèce où se déroulaient ces jeux), est empl. avec ces deux sens en fr. || ***olympien*** (XVIe s.), dér. de *Olympe*, montagne de Thessalie où les Grecs avaient placé le séjour des dieux, au XIXe s. au sens fig. « majestueux, serein » ; ***olympique*** (XVIe s.), empr. au lat. *olympicus,* repris fin XIXe s., *jeux olympiques*.

ombelle (XVIe s.), empr. au lat. *umbella* « parasol, ombrelle », dimin. de *umbra* « ombre », dans le voc. de la botan. || ***ombellifère*** (XVIIIe s.).

ombilic (XIVe s.), empr. au lat. *umbilicus* « nombril », dér. de *umbo, umbonis* « pièce faisant saillie sur une surface », est d'abord empl. au sens de « nombril » ; au XIXe s. dans le voc. de la géométrie et au sens fig. de « point central, centre ». || ***ombilical*** (XVe s.), au XVIIIe s. *cordon ombilical.* Voir ***nombril***.

ombre (Xe s.), du lat. *umbra* « ombre produite par un corps, ombrage, objet donnant de l'ombre », d'où « protection, abri » et « ombre d'un mort », sens présents dès l'a. fr. ; à partir du XIIe s. aux sens de « vaine apparence » et de « image réfléchie » ; au XVIe s. au sens de « ombre d'un mort » (par référence à la mythologie gréco-lat.) ; au XVIIe s. *porter ombre à* « nuire » ; *ombres chinoises* (XVIIIe s.). || ***ombrage*** (XIIe s.), d'abord « ensemble de feuillages produisant de l'ombre » et « ombre donnée », au XVIe s. au sens fig. « défiance, jalousie », *porter, prendre ombrage, donner ombrage* ; ***ombrager*** (XIIIe s.), a évincé l'a. fr. *ombroier* ; ***ombrageux*** (XIVe s.), dér. de l'a. fr. *ombrage* (XIIe-XVIe s.), au sens concret (jusqu'au XVIIe s.) de « qui donne de l'ombre », et au sens fig., seul usuel en fr. mod., de « qui est sombre, soupçonneux » et « qui est facile à effaroucher » (en parlant d'un cheval) ; ***ombrer*** (XIIe s.), d'abord « donner de l'ombre » ; au XVIIe s. comme terme de peinture « représenter les ombres d'un tableau » ; ***ombreux*** (XIIIe s.), du lat. *umbrosus* « ombragé », synonyme littéraire de *ombragé* en fr. mod. ; ***ombrelle*** (XIIIe s.), empr. à l'ital. *ombrello, ombrella* « petit parasol », du lat. méd. *umbrella,* même sens, réfection de *umbella* (voir ***ombelle***), sous l'infl. de *umbra* « ombre ». Voir ***pénombre***.

oméga (XIIe s.), du grec *ô mega* « o grand », vingt-quatrième et dernière lettre de l'alphabet grec, prise dès l'a. fr. comme symbole du terme, de la fin, par opposition à *alpha,* spéc. à propos du Christ dit *l'alpha et l'oméga du monde*.

omelette (XVIe s.), altér. s. d. d'orig. méridionale, sous l'infl. de mots issus du lat. *ovum* « œuf », du m. fr. *amelette* « omelette », forme altér. de **alemette*, var. de *alumette,* mot issu avec chang. de suff. de *alumelle*, de *lemelle, lamelle* « petite lame », par analogie entre la forme aplatie de l'omelette et celle d'une lame.

omettre (XIVe s.), forme adaptée d'après *mettre* du lat. *omittere* « laisser échapper, oublier de », comp. de *ob* « devant » et de *mittere* « envoyer, laisser aller, passer sous silence » (voir ***mettre***). || ***omission*** (XIVe s.), rare avant le XVIe s., empr. au lat. tard. *omissio* « action d'oublier », formé sur *omissum,* supin de *omittere.*

omni-, élém. tiré du lat. *omnis* « tout » et entrant dans la construct. de mots sav. comme ***omnicolore***, ***omnipotent***, ***omniprésent***, ***omniscient***, ***omnisport***, ***omnivore***.

omnibus (XIXe s.), s. d. ellipse de (*voiture*) *omnibus* « voiture pour tous », *omnibus* étant le datif plur. de *omnis* « tout » (voir **omni-**), est aussi empl. dès le XIXe s. comme terme de chemin de fer, *train omnibus* « qui dessert toutes les stations ».

omoplate (XIVe s.), empr. au grec *omoplaté* « os triangulaire de l'épaule », de *omos* « épaule » et *platé* « surface plate ».

on (IXe s.), aussi graphié en a. fr. *hom,* du nominatif lat. *homo* « homme » empl. en position atone ; *on* est aussi empl. dès l'a. fr. avec l'art. défini, d'où *l'on.* || ***qu'en-dira-t-on*** (XVIIe s.), « opinion publique, critique » ; ***on-dit*** (XVIIIe s.), « bruit qui court ». Voir ***homme***.

onagre (XIIe s.), empr. au lat. *onager* « âne sauvage », du grec *onagros,* de *onos* « âne » et *agrios* « sauvage », désigne aussi à partir du XVIIe s. une plante également appelée « herbe aux ânes ».

onanisme (XVIIIe s.), dér. avec le suff. *-isme* de *Onan,* personnage de la Bible, et employé au sens de « masturbation masculine ».

once (XIIe s.), du lat. *uncia* « douzième partie d'un tout, petite quantité », d'abord empl. dans le voc. de la monnaie ; au XVIIe s. *n'avoir pas une once de* « n'avoir guère de » ; au XIXe s. « mesure de poids anglo-saxonne ». || ***oncial*** (XVIe s.), empr. au lat. tard. *uncialis* « haut d'un pouce » (douzième du pied), pour désigner un type d'écriture romaine (en grandes capitales arrondies).

oncle (XIe s.), du lat. *avunculus* « oncle maternel », dimin. de *avus* « grand-père, paternel ou maternel », qualifiant en fr. le frère de la mère ou du père ; *oncle d'Amérique* (XIXe s.). || ***grand-oncle*** (XVIe s.).

onction (XIIe s.), empr. au lat. *unctio, unctionis* « action d'oindre », du supin de *unguere* « oindre », d'abord empl. au sens de « geste rituel consistant à appliquer de l'huile sainte lors de l'administration de certains sacrements », au XVIe s. *extrême-onction*, puis au XIVe s. « action de frotter avec une substance », à partir du XIVe s. au sens fig. « douceur » et « douceur hypocrite ». || ***onctueux*** (XIIIe s.), empr. au lat. méd. *unctuosus,* dér. de *unguere* « oindre », d'abord empl. au sens propre « qui est moelleux, qui peut s'employer en onction », au XVIIIe s. au sens fig. et souvent péj. « doux, mielleux » ; ***onctuosité*** (XIVe s.), empr. au lat. méd. *unctuositas.*

onde (XIIe s.), du lat. *unda* « eau agitée, vague, agitation, tumulte (de l'air, d'une foule) », est empl. dès l'a. fr. pour qualifier les mouvements de l'eau ou ce qui les rappelle ; à partir du XIVe s. au sens fig. « ce qui affecte la personne d'une manière intermittente » ; au XVIIIe s. dans le voc. scient. et tech. || ***ondoyer*** (XIIe s.), « couler », au XVIe s. au sens fig. « former des ondes » (d'une chevelure), au XIXe s. « manquer de constance » ; au XIIIe s. « baptiser par ondoiement » (sans les cérémonies liturgiques ordinaires) ; ***ondoiement*** (XIIe s.), au XVIIIe s. « baptême où seule est faite l'ablution baptismale » ; ***ondoyant*** (XIIe s.), « qui s'élève et s'abaisse alternativement », au XIVe s. « chatoyant », au XVIe s. au sens fig. ; ***ondée*** (XIIIe s.), « chute brutale de pluie » ; ***ondine***, ***ondin*** (XVIe s.) dér. de *onde* « génie des eaux » (dans la mythologie germanique).

ondulation (XVIIe s.), dér. sav. du lat.

undula « petite onde », dimin. de *unda* « onde », d'abord terme de physique et par ext. (XVIIIe s.), « tout mouvement, toute forme qui imite le mouvement, la forme des ondes », spéc. en parlant des cheveux (XIXe s.). || ***onduler*** (XVIIIe s.) ; ***ondulatoire*** (XVIIIe s.), spéc. comme terme scient.

onéreux (XIVe s.), empr. au lat. imp. *onerosus* « pesant, lourd » au propre et au fig., dér. de *onus, oneris* « charge, fardeau », est d'abord empl. au sens de « qui est à charge, incommode », spéc. depuis le XVIIe s. au sens de « qui coûte beaucoup d'argent ». Voir ***exonérer***.

ongle (XIIe s.), du lat. *ungula* « serre, griffe, sabot, ongle », dér. de *unguis* « ongle », est empl. dès l'a. fr. pour désigner les serres, griffes, sabots des animaux et l'ongle humain. || ***onglée*** (XVe s.), d'abord dans l'art vétérinaire ; ***onglet*** (XIVe s.), « crochet en forme d'ongle », les sens techniques se développant à partir du XVIIe s., au XXe s. dans le voc. de la boucherie.

onguent (XVe s.), empr. au lat. *unguentum* « parfum liquide, huile parfumée », dér. de *unguere* « oindre », spéc. en fr. mod. au sens de « médicament d'usage externe, pommade », le sens de « parfum » étant vieilli en fr. mod.

onirique (XIXe s.), formé à partir de l'élém. *onir(o)-* tiré du grec *oneiros* « rêve », aux sens de « relatif aux rêves » et de « qui évoque un rêve ». || ***onirisme*** (XXe s.).

onomastique (XVIe s.), empr. au grec *onomastikos* « propre à dénommer, qui appartient au nom », dér. de *onomazein* « nommer, appeler », de *onoma* « nom », est empl. au XIXe s. comme subst. au sens de « liste des noms propres » et au sens usuel du fr. mod. « étude des noms propres » ; adj. au sens de « relatif aux noms propres, de personne ».

onomatopée (XVIe s.), empr. au lat. tard. *onomatopoeia,* terme empr. au grec, « création de mots, spéc. par imitation de sons », comp. d'un premier élém. *onomato-*, de *onoma* « nom », et de *poiein* « faire, créer » pour qualifier la création de mots suggérant ou prétendant suggérer par imitation phonétique la chose nommée.

ontologie (XVIIe s.), terme de philos. empr. au lat. scient. *ontologia*, formé de l'élém. *onto-*, issu du grec *to on, tou ontos,* part. prés. subst. du verbe *eimi* « je suis » et de *-logie*, pour désigner la partie de la métaphysique qui s'intéresse à « l'être en tant qu'être ».

onyx (XIIe s.), empr. au lat. *onyx* « sorte d'agate », sens spéc. en raison de l'analogie de couleur, du grec *onux* « ongle ».

onze (XIIe s.), du lat. *undecim*, de même sens, comp. de *unus* « un » et de *decim* « dix ». || ***onzième*** (XIIe s.), d'abord *unzime*.

opale (XIIe s.), empr. au lat. *opalus* « pierre précieuse », du grec *opallios*, de même sens. || ***opaline*** (XIXe s.), « substance vitreuse dont on fait des vases, des ornements, etc. ».

opaque (XVe s.), empr. au lat. *opacus* « obscur, sombre », au sens propre « qui est à l'ombre », est d'abord empl. au sens de « obscur, sombre », au XVIe s. au sens fig. « qui ne se laisse pas comprendre ». || ***opacité*** (XVIe s.), empr. au lat. *opacitas* « ombre », empl. en fr. aux sens propre et fig.

opéra (XVIIe s.), « drame lyrique chanté, habituellement sans dialogue parlé », de l'ital. *opera* « action, œuvre », d'où « œuvre (théâtrale) », « œuvre (musicale) ». || ***opéra-comique*** (XVIIIe s.), « drame lyrique où alternent des airs chantés et des dialogues parlés » ; ***opéra bouffe*** (XVIIIe s.), « petit opéra plaisant », de l'italien *opera buffa*, formé de *opera* « drame lyrique » et *buffa* « plaisanterie », car on distinguait au XVIIe s. en Italie *opera seria* et *opera buffa* ; ***opérette*** (XIXe s.), « petit opéra comique », empr. à l'ital. *operetta* « œuvrette ».

opercule (XVIIIe s.), empr. au lat.

operculum « couvercle », en fr. « membrane servant de couvercle ».

opérer (XIVe s.), empr. au lat. *operari* « travailler, s'occuper à », au sens de « accomplir une action, produire un effet ». L'emploi chirurgical « pratiquer une intervention chirurgicale » est attesté au XVIe s. || ***opéré*** subst. (XIXe s.) ; ***opérable*** (XVe s.) ; ***inopérable*** (XIXe s.) ; ***opération*** (XIIIe s.), empr. au lat. *operatio* « action, ouvrage », d'abord au sens de « action ». Emploi chirurgical au XIVe s., mathémat. au XVIe s., militaire au XVIIIe s. « mouvements et manœuvres de troupes », financier au XVIIIe s. ; ***opératoire*** (XVIIIe s.), empr. au lat. tard. *operatorius* « qui opère, efficace », empl. au sens chirurgical et psychol., puis au XXe s. au sens logique « qui concerne une opération logique méthodiquement ordonnée, qui sert à effectuer des opérations logiques » (*schème opératoire*) ; ***opérationnel*** (XXe s.), de l'angl. *operational* « propre à obtenir un résultat » ; ***opérateur*** (XIVe s.), empr. au lat. tard. *operator* « qui agit, travailleur », au sens de « personne qui exécute une action », d'où « personne qui se livre à une manipulation » (XVIe s.), « chirurgien » (XVIe s.), « charlatan » (XVIIe s.), puis « opérateur de prises de vues » (fin XIXe s.) et au XXe s. « personne faisant fonctionner un appareil » (de projection, de prise de vues, de liaison par radio, de liaison téléphonique, de saisie informatique, etc.) ; ***inopérant*** (XIXe s.).

ophtalmie (XIVe s.), empr. au lat. *ophtalmia*, du grec *ophtalmia* « maladie des yeux ». || ***ophtalmique*** (XVe s.) ; ***ophtalmologie*** (XVIIIe s.) ; ***ophtalmologique*** (XIXe s.) ; ***ophtalmologiste*** (XIXe s.).

opiacé, **opiat**, voir ***opium***.

opimes (XVIe s.), du lat. *opimus* « copieux, abondant », qualificatif des dépouilles d'un général ennemi rapportées à Rome par le général victorieux.

opiner (XIVe s.), empr. au lat. *opinari* « avoir une opinion, croire », au sens de « donner son avis, être d'avis ». L'expres. *opiner du bonnet* « exprimer son avis d'un signe de tête » date du XVIIe s.

opiniâtre (XVe s.), dér. fait à partir de *opinion* avec le suff. *-âtre*, d'où « tenace, entêté, fortement attaché à son opinion ». || ***s'opiniâtrer*** (XVIe s.) ; ***opiniâtreté*** (XVIe s.).

opinion (XIIe s.), empr. au lat. *opinio* « idée que l'on se fait, croyance, manière de penser, réputation », empl. au sens de « idée que l'on a, avis, point de vue », puis « jugement de valeur (bon ou mauvais) », également au sens collectif (depuis le XVIe s.) « idées et jugements d'un groupe social ou d'une société » (l'expres. *opinion publique* est attestée au XVIe s.).

opium (XIIIe s.), empr. au lat. *opium*, du grec *opion* « suc de pavot ». || ***opiomane*** (XIXe s.) ; ***opiacé*** (XIXe s.), « qui contient de l'opium », dér. sav. de *opium* avec le suff. *-acé* ; ***opiat*** (XVIe s.), empr. au lat. méd. *opiatum* « préparation pharmaceutique où entre de l'opium ».

opossum (XVIIe s.), « petit mammifère d'Amérique », de l'algonquin *oposon*.

oppidum (XVIIIe s.), « ville fortifiée », empr. au lat., de même sens.

opportun (XIVe s.), empr. au lat. *opportunus* « approprié, utile, propre à », empl. au sens de « qui vient à propos, favorable ». || ***opportunité*** (XIIIe s.), empr. au lat. *opportunitas* « condition favorable, avantage », au sens de « caractère opportun », puis sous l'infl. de l'angl. *opportunity* « occasion favorable » (XXe s.) ; ***inopportun*** (XIVe s.), empr. au lat. *inopportunus* ; ***opportunisme*** (XIXe s.), mot péj. en politique « accommodement des principes aux circonstances », d'où « manque de rigueur, louvoiement » ; ***opportuniste*** (XIXe s.).

opposer (XIIe s.), empr. au lat. *opponere* « placer devant, exposer, placer contre, faire obstacle » avec infl. de la finale de *poser*, d'abord au sens de « objecter, résister, faire obstacle », puis « mettre face à face (deux choses), mettre en contraste, empêcher, interdire ». || ***opposant*** au sens jur. « adversaire » (XIXe s.) ; ***opposable*** (XIXe s.), « que l'on peut faire valoir comme argument contraire » ; ***opposite*** (XIVe s.), adj. « opposé », empr. au lat. *oppositus* « opposé », subst. « le contraire, l'opposé » (XIVe s.). La loc. *à l'opposite*, d'abord « en face », puis « au contraire » date du XIVe s. ; ***opposition*** (XIIe s.), empr. au lat. tard. *oppositio* « contraste, antithèse », aux sens de « objection, contraste » (XIIe s.), « obstacle » (XVe s.), « antagonisme » (XVe s.), « procédure visant à empêcher l'accomplissement d'un acte jur. (*faire opposition*) », en polit. dans le régime parlementaire sous l'infl. de l'angl. *opposition* « minorité qui s'oppose au parti au pouvoir » (XVIIIe s.).

oppression (XIIe s.), empr. au lat. *oppressio* « action de presser, destruction, action d'étouffer, violence exercée contre qqn », au sens de « violences, domination injuste » (XIIe s.), « gêne respiratoire » (XVIIe s.), « malaise, angoisse » (XVIIIe s.). || ***oppresseur*** (XIVe s.) ; ***oppresser*** (XIVe s.) ; ***oppressif*** (XIVe s.).

opprimer (XIVe s.), empr. au lat. *opprimere* « presser, comprimer, accabler », de *premere* « presser », au sens de « accabler sous un poids, écraser violemment, soumettre à une violence injuste ». Le subst. ***opprimé*** pour désigner une personne injustement persécutée est attesté au XVe s.

opprobre (XIIe s.), empr. au lat. *opprobrium* « honte, outrage ».

opter (XVe s.), empr. au lat. *optare* « choisir, souhaiter ». || ***option*** (XIIe s.), empr. au lat. *optio* « choix » ; ***optionnel*** (XXe s.) ; ***optatif*** (XVe s.), empr. au lat. tard. *optativus* « qui exprime un souhait ».

opticien, voir ***optique***.

optimisme (XVIIIe s.), dér. sav. tiré du lat. *optimus* « le meilleur » avec le suffixe *-isme*, « disposition d'esprit bienveillante qui soutient que tout est pour le mieux », d'où « confiance, espoir ». || ***optimiste*** (XVIIIe s.).

optimum (XVIIIe s.), empr. au lat. *optimum* « le meilleur ». || ***optimal*** (XXe s.) ; ***optimiser*** (XXe s.), de l'angl. to *optimize* « tirer le meilleur parti possible de qq. ch. ».

optique (XIVe s.), empr. au grec *optikos* « qui concerne la vue », au sens de « relatif à l'œil » (XIVe s.), « relatif à la vision » (XVIe s.), « qui concerne la propagation de la lumière » (XVIIe s.). Le subst. « étude de la propagation de la lumière » est attesté depuis le XVIIe s. Autres sens du subst. : « aspect pris par un objet à distance » (XVIIIe s.), « ensemble des conditions de la vision » (XVIIIe s.), d'où *illusion d'optique* (XVIIIe s.), « perspective, point de vue » (XIXe s.). || ***opticien*** (XVIIe s.), d'abord « spécialiste d'optique », puis « fabricant d'instruments d'optique, de verres correcteurs » (XVIIIe s.).

opulent (XIVe s.), du lat. *opulentus* « qui dispose de beaucoup de ressources, riche, abondant ». || ***opulence*** (XVe s.), empr. au lat. *opulentia* « richesse ».

opuscule (XVe s.), empr. au lat. *opusculum* « petit ouvrage ».

or 1 subst. (IXe s.), du lat. *aurum*.

or 2 conj. servant à faire progresser le récit (par un fait nouveau), à lier des arguments (Xe s. au sens de « maintenant »), du lat. tard. *ha hora*, altér. de *hac hora* « à cette heure ». || ***encore*** (XIe s.), du lat. vulg. **hinc ad horam* « d'ici jusqu'à cette heure ».

oracle (XIIe s.), empr. au lat. *oraculum* « parole (d'un dieu) », d'où « prédiction, prophétie ». || ***oraculaire*** (XVIe s.), empr. au lat. *oracularius* « qui émet des oracles ».

orage (XIIe s.), dér. avec le suff. *-age* de l'a. fr. *ore* « vent », du lat. *aura*

« souffle du vent, air, vent ». Le mot signifie « vent favorable » (XIIe s.) et très tôt « tempête, tourmente, malheur » (XIIe s.). || **orageux** (XIIe s.).

oraison (XIe s.), empr. au lat. *oratio* « propos, parole », puis « prière » en lat. chrét., a d'abord signifié « prière » en a. fr. (XIIe s.), puis « discours » (XIVe s.). L'expres. *oraison funèbre* au sens de « éloge d'un défunt illustre » est attestée au XVIe s.

oral (XVIIe s.), dér. sav. du lat. *os, oris* « bouche », au sens de « énoncé de vive voix, qui se transmet par la parole, relatif à la bouche ». || **oralité** (XIXe s.).

orange (XIIIe s., sous la forme *pome orenge*, puis *pome d'orenge* au XIVe s.), empr. à l'a. ital. *melarancio, melarancia*, composé de *mela* « pomme » et de *arancio* « oranger », « orange », lui-même empr. à l'ar. *narang* (cf. l'esp. *naranja*). || **oranger** (XIVe s.) ; **orangé** (XVIe s.), « d'une couleur qui tire sur l'orange » ; **orangeade** (XVIIe s.) ; **orangerie** (XVIIe s.), « lieu fermé où l'on met les orangers à l'abri en hiver », « partie d'un jardin où l'on met les orangers à la belle saison » ; **orangeraie** (XXe s.) ; **orangette** (XIXe s.), d'abord « petite orange », puis « écorce d'orange entourée de chocolat ».

orang-outan(g) (XVIIIe s.), empr. au malais *orang* « homme » et *outan* « forêt », d'abord au sens de « homme des bois », puis « grand singe » (XIXe s.).

orateur (XIVe s.), empr. au lat. *orator* « qui parle en public », également en fr. au sens de « homme éloquent » (XIVe s.), « acteur servant de porte-parole d'une troupe de comédiens » (XVIIe s.), « prédicateur », « conférencier ». || **oratoire** adj. (XVIe s.), empr. au lat. *oratorius* « qui concerne l'orateur ». L'expres. *précaution oratoire* « habile développement visant à satisfaire l'auditoire » est attestée depuis le XVIIIe s.

oratoire 1 (XIIIe s.), subst., empr. au lat. chrét. *oratorium* « endroit où l'on prie Dieu », en fr. « lieu de prière, petite chapelle » et nom d'une congrégation religieuse fondée par P. *Bérulle* (XVIIe s.).

oratoire 2, voir **orateur**.

oratorio (XVIIIe s.), « œuvre chantée, proche de la cantate », empr. à l'ital. *oratorio* « genre musical (né dans des oratoires fondés par Philippe *de Néri*) ».

orbe (XVIe s.), terme d'astron., empr. au lat. *orbis* « cercle, disque de la terre », en fr. aux sens de « espace où se meut un corps céleste », « globe », « mouvement circulaire », puis « zone d'influence ».

orbite (XIVe s.), empr. au lat. *orbita* « empreinte, marque, révolution (d'un astre) », dér. de *orbis* « cercle, disque », terme médic. « cavité des yeux » (XIVe s.), astron. « trajectoire d'un corps céleste dans l'espace » (XVIIe s.). Les sens de « succès » ou « zone d'influence » sont attestés depuis le XIXe s. || **orbital** (XIXe s.) ; **exorbité** (XVIIIe s.), « proéminent, qui sort de son orbite ».

orchestre (XVIe s.), empr. au lat. *orchestra* « partie du théâtre réservée aux sénateurs », du grec *orchestra* « partie du théâtre où évoluait le chœur », a signifié aussi « ensemble d'instrumentistes » (XVIIIe s.), « ensemble des places sises au rez-de-chaussée ». || **orchestrer** (XIXe s.) ; **orchestration** (XIXe s.) ; **orchestral** (XIXe s.) ; **réorchestrer** (XIXe s.).

orchidée (XVIIIe s.), plante bulbeuse, empr. au lat. tard. *orchis, orchidis*, du grec *orkhis* « petit testicule » et « orchidée » (d'après la forme de la racine).

ordalie (XVIIe s.), « jugement de Dieu », empr. au lat. méd. *ordalium*, s. d. empr. au v. saxon *ordal*, de même sens, d'orig. franc. (cf. l'all. *Urteil* « preuve »).

ordinaire (XIIIe s.), empr. au lat. *ordinarius* « rangé par ordre, conforme à la règle » (*ordo*), adj. d'abord au sens de « habituel, normal », « qui exerce ses fonctions toute l'année » (XIVe s.),

« banal, commun » au sens péj. (XVIIe s.) ; subst. aux sens de « autorité diocésaine » (XIIIe s.), « livre contenant l'ensemble des prières invariables de la messe » (XIVe s.), « mets constituant habituellement un repas » (XVIe s.).

ordinal (XVe s.), empr. au lat. tard. *ordinalis* « qui marque l'ordre ».

ordinateur (XXe s.), empr. au lat. imp. *ordinator* « celui qui met en ordre, qui règle », en fr. d'abord adj. « qui met en ordre ; ordonnateur », puis subst. au sens de « machine informatique » (XXe s.) correspondant à l'angl. *computer.*

ordination (XIIe s.), empr. au lat. chrét. *ordinatio* « action de conférer le sacrement de l'ordre ».

ordo (XVIIIe s.), empr. au lat. *ordo* « ordre, classement », au sens de « calendrier liturgique qui donne la succession des jours de l'année au plan religieux ».

ordonner (XIIe s., sous la forme *ordener*), empr. au lat. *ordinare* « mettre en ordre, disposer, arranger », en fr. dès le XIIe s. aux sens de « disposer, mettre en ordre », « conférer le sacrement de l'ordre » et « enjoindre, prescrire » (l'idée de mise en ordre est liée à celle de commandement). Le sens de « prescrire un remède » est attesté au XVIe s. || ***ordonnance*** (XIIIe s., sous la forme *ordenance*), d'abord « mise en ordre, disposition », au XVIe s. « décision (d'une autorité), décret, prescription » (d'un juge, d'un médecin), au XVIIIe s. « décision du préfet de police ». Du sens de « cavalier servant de messager à un officier supérieur » (XVIIIe s.) est sorti celui de « soldat attaché au service domestique d'un officier » (XIXe s.) ; ***ordonnancer*** (XVIIIe s.), « disposer », « donner l'ordre de payer » (XIXe s.), « prescrire par ordonnance médicale » (XIXe s.) ; ***ordonnancier*** (XXe s.), « bloc de papier à en-tête utilisé pour rédiger des prescriptions médicales » ; ***ordonnancement*** (XVe s., rare avant le XIXe s.), « disposition » et « acte par lequel un administrateur donne au comptable l'ordre de payer » (XIXe s.) ; ***ordonnateur*** (XVIe s.), « personne qui met en ordre », « personne qui a qualité pour prescrire l'exécution des dépenses » (XIXe s.) ; ***ordonnée*** (XVIIe s.) en mathémat. ; ***coordination*** (XIVe s.), empr. au lat. tard. *coordinatio* « mise en ordre » ; ***coordonner*** (XVIIIe s.), « organiser, agencer » ; ***coordonnée*** (XVIIIe s.) ; ***désordonné*** (XIIIe s.).

ordre (XIe s., sous la forme *ordene*), empr. au lat. *ordo, ordinis* « rangée, grade, classe, succession, arrangement », empl. en fr. au sens de « disposition, organisation raisonnable, bon fonctionnement » (*l'ordre public, rentrer dans l'ordre*) (XIIe s.), « classe, catégorie » (XIIe s.), « commandement, prescription » (XIIIe s.). Un *mot d'ordre* (XVIIIe s.) est une « prescription écrite ». Dans la langue relig. ou profane « ensemble de personnes qui obéissent à une règle » (XIIe s.), d'où « congrégation, compagnie », parfois « catégorie professionnelle (*l'ordre des médecins*) ». Un désir de stabilité, le respect des règles en usage sont visibles dans l'expres. *homme d'ordre* (XVIIe s.). || ***désordre*** (XIIe s.), « manquement à l'ordre établi » ; ***contre-ordre*** (XVIIe s.).

ordure (XIIe s.), dér. de l'a. fr. *ord* « laid, sale » avec le suff. *-ure*, du lat. *horridus* « qui fait frissonner, terrible », en fr. au sens de « saleté » au propre et au fig. Les sens de « excréments, immondices » sont attestés dès le XIVe s. L'emploi comme injure date du XIXe s. || ***ordurier*** (XVIIe s.).

orée (XIVe s.), dér. de l'a. fr. *ore* « bord », du lat. *ora* « bord », et du suff. *-ée*, en fr. « bord, lisière ».

oreille (XIe s.), du lat. *auricula* « petite oreille, oreille », qui a remplacé le lat. *auris.* || ***oreiller*** (XIIe s.) ; ***oreillette*** (XIIe s.), litt. « petite oreille », divers empl. tech. ; ***oreillon*** (XIIIe s.), d'abord « coup sur l'oreille », puis au sens médic. « grandes oreilles, tuméfaction des oreilles », l'infection des parotides se portant sur les oreilles.

orfèvre (XIIIe s.), litt. « forgeron de l'or », fait de *or* et de *fevre*, issu du lat. *faber*. || ***orfèvrerie*** (XIIe s.).

orfraie (XIVe s.), « oiseau de proie de la nuit », s. d. altér. de **osfraie*, du lat. *ossifraga* « celle qui brise les os ». Voir ***effraie***.

orfroi (XIIe s.), « étoffe tissée avec des fils d'or », s. d. du lat. *aurum phrygium* « or de Phrygie ».

organe (XIIe s.), empr. au lat. *organum*, du grec *organon* « instrument, instrument de musique, orgue », d'abord « instrument de musique, voix humaine servant de moyen d'expression », puis « partie du corps humain » (XVe s.), « porte-parole, intermédiaire » (XVIe s.), « journal exprimant les idées d'un parti » (XVIIIe s.), « partie d'une machine » (XIXe s.), « institution chargée de faire fonctionner certains services » (XXe s.). || ***organiser*** (XIVe s., surtout à partir du XVIIIe s.) ; ***organisation*** (XVe s.), fréq. au sens de « action d'aménager, d'agencer » ; ***organisateur*** (XVIIIe s.) ; ***désorganiser*** (XVIIIe s.) ; ***désorganisation*** (XVIIIe s.) ; ***inorganisé*** (XVIIIe s.) ; ***organisme*** (XVIIIe s., rare avant le XIXe s.) ; ***organique*** (XIVe s.), « qui concerne les instruments », « qui concerne les organes d'un être vivant ». L'expres. *chimie organique* (XIXe s.) s'applique à la chimie étudiant les substances aptes à la vie, c'est-à-dire contenant du carbone ; ***inorganique*** (XVIe s.) ; ***organigramme*** (XXe s.), « tableau schématique de la structure d'ensemble d'une administration » ; ***réorganiser*** (XVIIIe s.) ; ***réorganisation*** XVIIIe s.).

orgasme (XVIIe s.), empr. au grec tard. *orgasmos* « ardeur amoureuse », dér. du verbe *organ* « être plein d'ardeur », en fr. « état d'excitation » (XVIIe s.), puis « état de jouissance sexuelle » (XVIIIe s.).

orge (XIIe s.), du lat. *hordeum*, de même sens. || ***orgelet*** (XVIe s.), « inflammation de la paupière ressemblant à un petit grain d'orge », dér. du m. fr. *orgeol*, issu du lat. tard. *hordeolus* « orgelet » ; ***orgeat*** (XIVe s.), d'abord « sirop fait avec une décoction d'orge ».

orgie (XVe s.), empr. au lat. *orgia* « mystères de Bacchus, fêtes en l'honneur de Bacchus », d'abord au sens étym., puis « partie de débauche » (XVIIe s.), au sens fig. « usage excessif » (XIXe s.). || ***orgiaque*** (XVIIIe s.).

orgue (XIIe s.), empr. au lat. *organum* « instrument, orgue ». L'expres. *point d'orgue* (XVIIe s.) a d'abord le sens de « signe placé au-dessus d'une note et marquant un temps d'arrêt dans la mesure », puis « prolongation de la durée d'une note ou d'un silence ». || ***organiste*** (XIIIe s.), empr. au lat. méd. *organista* « musicien qui joue de l'orgue ».

orgueil (Xe s.), du franc. **urgoli* « fierté », dér. de l'adj. *urgol* « excellent », aux sens de « présomption, suffisance, outrecuidance » et aussi « amour-propre, fierté » depuis le M. A. || ***orgueilleux*** (XIe s.), « présomptueux, insolent » et « fier, qui manifeste de la grandeur » ; ***s'enorgueillir*** (XIIe s.).

oriel (XIXe s.), de l'angl. *oriel window* « fenêtre en saillie ».

orient (XIe s.), empr. au lat. *oriens, orientis* « soleil levant, pays du levant ». || ***oriental*** (XIIe s.), empr. au lat. *orientalis* « d'Orient » ; ***orienter*** (XVe s.), « disposer par rapport aux points cardinaux », « indiquer la direction à prendre » ; ***orientation*** (XIXe s.) ; ***désorienter*** (XVIIe s.) ; ***orientaliste*** (XVIIIe s.).

orifice (XIVe s.), empr. au lat. *orificium* « ouverture ».

oriflamme (XIe s., sous la forme *orie flambe* « flamme dorée, étendard doré », *oriflamme* au XIVe s.), du lat. méd. *aurea flamma* « bannière dorée » s'applique au M. A. à la bannière rouge (en pointe) des rois de France, puis désigne une bannière d'apparat (XIXe s.).

origan (XIIIe s.), empr. au lat. *origanum*, désigne la marjolaine.

origine (XVe s.), empr. au lat. *origo, originis,* « ascendance d'un individu ou d'un groupe », « milieu social dont on provient », « commencement, cause » (XVIe s.). || ***original*** (XIIIe s.), empr. au lat. imp. *originalis* « qui existe dès l'origine, primitif, originaire », empl. au sens de « qui date de l'origine », « qui émane directement de son auteur » (XIVe s.) (le texte *original* est l'écrit authentique qui remonte à l'auteur ; l'*édition originale* d'un texte, expression attestée au XVIIIe s., est la première édition connue), « qui n'a pas de modèle connu, inédit, personnel » (XVIIe s.), au sens péj. « bizarre, excentrique » (XVIIe s.) ; ***originalité*** (XIVe s.) au sens de « singularité, bizarrerie » à partir du XVIIIe s. ; ***originel*** (XIVe s.), « qui existait à l'origine », « qui est à l'origine de qq. ch. » ; ***originaire*** (XIVe s.), empr. au lat. tard. *originarius* « indigène », en fr. à la fois « originel, qui est à l'origine » et « qui tire son origine de ».

oripeau (XIIe s., sous la forme *oripel*), fait de *orie* « doré » et de *pel* « peau », du lat. *aureus* et de *pellis*, d'abord lame ou étoffe qui a l'apparence de l'or, puis « apparence trompeuse » (XVIIe s.), « haillons » (XVIe s.), « vêtements clinquants et défraîchis » (XVIIe s.).

orme (XIIe s.), altér. de l'ancien *olme*, du lat. *ulmus* « orme, ormeau ». L'expres. *attendre sous l'orme* « attendre vainement » (au M. A. la justice était rendue souvent en plein air, sous un orme) est attestée au XVIIe s. || ***ormeau*** (XIIe s.).

ornement (XIe s.), empr. au lat. *ornamentum* « équipement, parure ». || ***ornemental*** (XIXe s.) ; ***ornementer*** (XVIe s., rare avant le XIXe s.) ; ***ornementation*** (XIXe s.).

orner (XIIIe s.), empr. au lat. *ornare* « équiper, préparer », et « parer, embellir », a remplacé l'a. fr. *aorner*, du lat. *adornare*, de même valeur. La seconde série de sens a seule survécu.

ornière (XIIIe s.), du lat. vulg. **orbitaria*, du lat. clas. *orbita* « trace d'une roue, ornière », dér. de *orbis* « cercle ».

ornitho-, premier élém. de mots savants, comme ***ornithologie***, tiré du grec *ornis, ornithos* « oiseau ».

oro-, premier élém. de mots savants, comme ***orographie***, du grec *oros* « montagne ».

oronge (XVIIIe s.), champignon, du prov. *ouronjo*, var. de *orange*. Le nom vient de la couleur orangée de ce champignon.

orpailleur (XVIIIe s.), s. d. altér. par croisement avec *or* du m. fr. *harpailleur*, d'abord « gueux », puis « mineur », « chercheur d'or ».

orphelin (XIIe s., sous la forme *orphenin*), du lat. chrét. *orphanus*, issu du grec *orphanos* « privé de père ou de mère ». || ***orphelinat*** (XIXe s.).

orphéon (XVIIIe s.), dér. sav. du nom d'*Orphée*, par infl. de *odéon*, « société de chant », puis « fanfare » (XIXe s.).

orteil (XIIe s.), altér. d'*arteil*, du lat. *articulus* « articulation, doigt », qui a pris le sens de « doigt de pied » en gallo-roman.

ortho-, premier élém. de mots sav., comme ***orthophonie***, du grec *orthos* « droit ».

orthodoxe (XVe s.), empr. au lat. chrét. *orthodoxus* « qui a la vraie doctrine » (par opp. à *hérétique*), du grec *orthodoxos*, de même sens, de *orthos* « droit » et *doxa* « croyance ». Le sens de « qui concerne les chrétiens d'Orient séparés de Rome » date du XIXe s. || ***orthodoxie*** (XVIe s.).

orthographe (XVIe s.), empr. au lat. *orthographia*, du grec *orthographia* « écriture correcte, orthographe ».

orthopédie (XVIIIe s.), empr. au grec

orthos « droit » et *pais*, *paidos* « enfant », art de corriger les difformités du corps chez les enfants, puis par confusion avec *pied* et le lat. *pes, pedis* étude des affections des membres inférieurs. ‖ ***orthopédique*** (XVIIIe s.), « relatif à la correction des malformations corporelles » ; ***orthopédiste*** (XVIIIe s.).

ortie (XIIe s.), du lat. *urtica*, de même sens.

ortolan (XVIe s.), s. d. empr. à l'ital. *ortolano*, du lat. *hortolanus* « (oiseau) du jardin », d'où en fr. « petit oiseau à la chair délicieuse ».

orviétan (XVIIe s.), empr. à l'ital. *orvietano* « originaire d'*Orvieto*, endroit où le produit fut inventé », désigne une drogue vendue par des charlatans.

os (XIe s.), du lat. tard. *ossum*, du lat. clas. *os, ossis* « os, ossement ». ‖ ***osselet*** (XIIe s.), « petit os », a désigné un jeu à partir du XVIe s. ; ***ossements*** (XIIe s.), empr. au lat. chrét. *ossamenta*, plur. de *ossamentum* ; en a. fr. empl. surtout au plur. pour désigner les os d'un mort ; ***osseux*** (XIIe s.) ; ***ossature*** (XIXe s.) ; ***ossifier*** (XVIIe s.) ; ***ossification*** (XVIIe s.) ; ***ossuaire*** (XVIIIe s.), empr. au lat. tard. *ossuarium* « urne sépulcrale », en fr. aux sens de « amas d'ossements » et « endroit où sont rassemblés des ossements humains » ; ***désosser*** (XIVe s.).

oscar (XXe s.), haute récompense décernée à l'orig. à des acteurs, s. d. du prénom *Oscar*, donné par plaisanterie à la statuette symbolisant le prix.

osciller (XVIIIe s.), empr. au lat. tard. *oscillare* « balancer », en fr. au sens de « se mouvoir alternativement de part et d'autre », puis « hésiter » (XVIIIe s.). ‖ ***oscillation*** (XVIIe s.), empr. au lat. *oscillatio* « action de se balancer », en fr. au sens de « mouvement de va-et-vient de part et d'autre d'un point d'équilibre », puis « fluctuation » (XVIIIe s.), nombreux sens tech. en mathémat., électr., etc. ; ***oscillatoire*** (XVIIIe s.), empr. au lat. *oscillatorius* « qui concerne un mouvement alternatif, un mouvement ondulatoire ».

oseille (XIIIe s.), du lat. tard. *acidula* « plante aigrelette », avec infl. à l'initiale de *oxalis* « oseille ».

oser (XIIe s.), du lat. tard. *ausare*, fait sur *ausus*, part. pas. du lat. clas. *audere* « être entreprenant, avoir l'audace (de faire) ».

osier (XIIe s.), dér. de l'a. fr. *osiere*, du franc. **alisaria*, dér. de **alisa* « aulne », avec changement sémantique, dû s. d. au fait que l'osier et l'aulne poussent dans les mêmes endroits humides.

osmose (XIXe s.), terme sav. créé à partir du grec *osmos* « poussée, impulsion », au sens fig. « interpénétration, mélange, influence ».

osso buco (XXe s.), mot ital. signifiant « os troué », de *osso* « os » et *buco* « trou », désigne un « jarret de veau servi avec un gros os à moelle ».

ostension (XIIIe s.), « action de montrer », empr. au lat. *ostensio*, de même sens. ‖ ***ostensoir*** « objet du culte servant à montrer l'hostie » (XVIIIe s.) ; ***ostensible*** (XVIIIe s.), empr. au lat. méd. *ostensibilis* « qu'on peut voir », fait sur *ostensus* part. pas. de *ostendere* « montrer », empl. au sens de « qu'on peut voir, apparent, manifeste ».

osté(o)-, premier élém. de mots savants, comme ***ostéotomie***, ***ostéosynthèse***, tiré du grec *ostéon* « os ».

ostentation (XIVe s.), empr. au lat. *ostentatio* « action de montrer, étalage, parade », empl. en fr. au sens péj. de « mise en valeur excessive, affectation ». ‖ ***ostentatoire*** (XVIe s., rare avant le XIXe s.) « voyant, tapageur ».

ostracisme (XVIe s.), empr. au grec *ostrakismos* « bannissement », au sens de « action d'exclure, de mettre à l'écart, action de repousser ».

ostréi-, premier élém. de mots savants, comme ***ostréiculture***, du lat. *ostrea* « huître ».

otage (XIe s.), dér. de *hôte*, avec le suff. *-age*, désigne une personne qui sert de garant à une promesse, à un accord. Le sens premier du mot a s. d. été « logement, demeure », puis « personne laissée en résidence chez celui qui veut s'assurer une garantie ».

otarie (XIXe s.), mot sav. tiré du grec *otarion* « petite oreille », en raison des petites oreilles de l'animal.

ôter (XIIe s.), du lat. *obstare* « faire obstacle, s'opposer à, empêcher », puis en lat. tard. « enlever », empl. en a. fr. seulement au sens de « enlever, faire disparaître ».

otite (XIXe s.), inflammation des oreilles, dér. sav. du grec *ous, otos* « oreille ».

oto-, premier élém. de mots sav., comme ***otoscopie***, du grec *ous, otos* « oreille ».

ou (Xe s.), du lat. *aut* « ou bien ».

où (Xe s.), du lat. *ubi* « où ».

ouaille (XIIe s.), altér. de l'a. fr. *oeille*, du lat. tard. *ovicula* « petite brebis », puis « brebis », dimin. de *ovis* « brebis », d'abord au sens de « brebis » (XIIe s.), puis très tôt « fidèles d'un prêtre », assimilé au pasteur d'un troupeau (XIIIe s.).

ouate (XVe s.), d'orig. peu claire, désigne du coton (servant souvent de bourre), puis « brume épaisse » (XVIIIe s.). || ***ouater*** (XVIIe s.).

oublie (XIVe s.), altér. de l'a. fr. *oblee* « pâtisserie légère, hostie », issu du lat. chrét. *oblata (hostia)* « pain eucharistique offert » (*oblata* étant part. pas. de *offerre* « offrir »), puis *oblata* devient un subst. Mot devenu rare au XXe s.

oublier (Xe s.), du lat. vulg. **oblitare*, de *oblitus*, part. pas. de *oblivisci* « oublier, perdre de vue », en a. fr. au sens de « ne pas garder présent à l'esprit », d'où « négliger », à la forme réfléchie « manquer à ses devoirs », « cesser d'avoir conscience de son existence personnelle », « perdre de vue sa dignité ». Le sens de « oublier ses intérêts, faire preuve d'abnégation » est attesté au XVIe s., celui de « faire ses besoins » au XIXe s. || ***oubli*** (XIe s.), même évolution que le verbe ; ***oublieux*** (XIIe s.) ; ***oubliette*** (XIVe s.), d'abord « oubli », puis « prison » (où un prisonnier est oublié) ; ***inoubliable*** (XIXe s.).

oued (XIXe s.), de l'ar. *wad* « lit de rivière, rivière ».

ouest (XIIe s.), point cardinal, dans la direction du soleil couchant, du v. angl. *west*.

oui (XIVe s.), particule d'affirmation, contraction de *oïl* (XIe s.) formé de *o* « cela », du lat. *hoc* et de *il* du lat. *ille*, dém. pris au sens du pronom person. de 3e pers., empl. en réponse à une question dans une phrase sans verbe signifiant « il a fait cela » ou « il a dit cela », d'où « oui » en réponse à une question.

ouiller (XIVe s., sous la forme *euillier*), « remplir un tonneau », fait sur *œil* « bonde ».

ouïr (Xe s.), du lat. *audire* de même sens, supplanté par *entendre* au XVIIe s. Le subst. ***ouï-dire*** (XIIIe s.), formé de *ouï*, part. pas. de *ouïr*, et du verbe *dire*, est empl. au sens de « ce qu'on a entendu raconter, bruit, rumeur ». || ***inouï*** (XVIe s.), « qui n'a jamais été entendu », d'où « extraordinaire » ; ***ouïe*** (XIe s.), « audition, oreille ».

ouistiti (XVIIIe s.), « petit singe », s. d. nom donné à l'animal d'après son cri.

ouragan (XVIe s.), « tornade, cyclone », empr. par l'esp. *huracán* « tornade » à une langue des Antilles. Au sens fig. idée de « déchaînement impétueux », de « mouvement violent » (XIXe s.).

ourdir (XIIe s.), du lat. pop. *ordire*, lat. clas. *ordiri* « faire une trame, commencer », en a. fr. au sens de « tisser, tramer, entreprendre ». || ***ourdissage*** (XVIIIe s.).

ourler (XIIe s.), du lat. vulg. **orulare*, dér. du lat. clas. *ora* « bord », en a. fr.

au sens de « garnir d'un bord, border ». || ***ourlet*** (XIVe s.), « bord, bordure d'un habit ».

ours (Xe s.), du lat. *ursus*. Le sens de « bourru, sauvage » date du XVIIe s. || ***ourson*** (XVIe s.) ; ***oursin*** (XVIe s.).

outarde (XIVe s.), du lat. vulg. **austarda*, du lat. clas. *avis arda* « oiseau lent ».

outil (XIIe s., sous la forme *oustil*), du lat. vulg. **usitilium*, sing. de *usitilia*, tiré du lat. clas. *utensilia* « choses nécessaires à la vie », dér. de *uti* « se servir de », en fr. aux sens de « objet nécessaire, objet fabriqué, instrument, ustensile » (XIIe s.) et « moyen d'action » (XIIIe s.). Le mot *machine-outil* date du XIXe s. || ***outiller*** (XIIe s.) ; ***outillage*** (XIXe s.).

outlaw (XVIIIe s.), mot angl. signifiant « hors la loi, proscrit ».

outrage (XIe s.), dér. de *outre*, d'abord au sens de « offense, injure », puis « dommage » (XVIIe s.). || ***outrageux*** (XIIIe s.) ; ***outrager*** (XIVe s.).

outre 1 (XIe s.), du lat. *ultra* « au-delà, par-delà ». || ***outrer*** (XIIe s.), au sens de « dépasser, exagérer, offenser, vaincre qqn ». Le sens de « indigner » date du XVIe s. ; ***outrance*** (XIIIe s.), d'abord au sens de « défaite, reddition » (XIIIe s.), litt. « état où l'on est au-delà du supportable, où l'on ne peut plus résister », puis « excès, démesure » (XVIe s.) ; ***outrancier*** (XIXe s.).

outre 2 (XVIe s.), du lat. *uter, utris* « sac de peau de bouc ».

outrecuidance (XIIe s.), de l'a. fr. *outrecuidier* « avoir en soi une confiance excessive ». || ***outrecuidant*** (XIIe s.), « présomptueux ».

outsider (XIXe s.), terme de turf, mot angl. « celui qui est à l'extérieur d'un groupe », de *outside* « extérieur, côté extérieur », désigne un cheval de course qui ne figure pas parmi les favoris d'une course, mais qui peut se classer honorablement.

ouverture (XIIe s.), du lat. vulg. **opertura*, altér. du lat. clas. *apertura* « action d'ouvrir, de commencer ». Divers sens tech. : « avances, offres de paix » (diplomatie), « attaque » (langue du sport), « début, inauguration », « pièce orchestrale servant d'introduction à un opéra », etc. || ***réouverture*** (XIXe s.).

ouvrage (XIIIe s.), dér. de *œuvre*, du lat. *opera* « travail, activité », a remplacé l'ancien *ovraigne*, empl. au sens de « action de mettre en œuvre, de travailler, travail », puis « produit du travail », « texte, production de l'esprit » (XVe s.). || ***ouvrager*** (XVe s.), « œuvrer, façonner ».

ouvrer (Xe s.), du lat. tard. *operare*, du lat. clas. *operari* « travailler, s'occuper », au sens de « agir, travailler, façonner ». || ***ouvrable*** (XIIe s.), conservé dans l'expres. *jour ouvrable* « jour consacré au travail, où l'on travaille » ; ***ouvroir*** (XIIe s.), d'abord « atelier », puis « lieu où l'on fait des travaux de couture et de broderie dans une congrégation religieuse » (XVIIe s.), d'où « atelier bénévole où l'on fait pour des pauvres des travaux d'aiguille » (XIXe s.).

ouvrier (XIIe s.), du lat. tard. *operarius* « homme de peine travaillant de ses mains, ouvrier », en a. fr. empl. au sens de « agent, auteur », « travailleur manuel, habile artisan, artiste », prend une valeur péj. au XIXe s. avec la révolution industrielle et l'apparition du prolétariat. Comme adj. « ouvrable, où l'on travaille » (XIIe s.), « qui travaille » (XVIIe s.), « qui concerne les travailleurs manuels » (XIXe s.).

ouvrir (XIe s.), du lat. vulg. **operire*, altér. du lat. clas. *aperire* « ouvrir, mettre à découvert », en fr. au sens de « rendre accessible, découvrir » (XIIe s.), « commencer, introduire » (XIVe s.), « percer, écarter » en des sens tech. (XIVe s.). || ***ouvreuse*** (XVIIe s., sous la forme *ouvreuse de loge*), d'abord « personne qui ouvre et surveille une loge de théâtre », puis « personne chargée de conduire les spectateurs à leur place » ; ***entrouvrir*** (XIIe s.) « ouvrir un peu, ouvrir à peine » ; ***rouvrir*** (XIVe s.).

ovaire (XVIIe s.), empr. au lat. scient. mod. *ovarium*, fait sur *ovum* « œuf », signifiant « organe génital féminin qui produit des ovules ».

ovale (XIVe s.), dér. sav. du lat. *ovum* « œuf », au sens de « en forme d'œuf ».

ovation (XVIe s.), empr. au lat. *ovatio* « petit triomphe (inférieur au *triomphe* proprement dit), honneur rendu à un général victorieux, cérémonie où le général se rendait à pied au Capitole », d'abord au sens antique, puis « acclamations publiques » (XVIIIe s.). || ***ovationner*** (XIXe s.).

overdose (XXe s.), empr. à l'angl. *overdose* « dose excessive de drogue ».

ovin (XIIIe s., rare avant le XIXe s.), « relatif aux moutons », du lat. *ovis* « brebis, mouton ».

ovipare (XVIe s.), mot sav. empr. au lat. *oviparus* « qui pond des œufs », comp. de *ovi-* « œuf » et *-pare* de *parere* « mettre bas ».

ovoïde (XVIIIe s.), « en forme d'œuf », du latin *ovo-* « œuf » et du grec *eidos* « forme ».

ovule (XVIIIe s.), dér. du lat. *ovum* « œuf » et du suff. à valeur diminutive *-ule*, « petit œuf ». || ***ovulation*** (XIXe s.).

oxy-, premier élém. de mots sav., comme ***oxyton***, empr. au grec *oksus* « aigu, pointu », empl. au sens de « aigu » et aussi « acide ».

oxyde (XVIIIe s.), produit de la combinaison de l'oxygène et d'un corps simple, du grec *oksus* « aigu, pointu, piquant ». || ***oxyder*** (XVIIIe s.) ; ***oxydation*** (XVIIIe s.) ; ***oxydable*** (XIXe s.) ; ***inoxydable*** (XIXe s.) ; ***désoxydation*** (XVIIIe s.) ; ***désoxydant*** (XIXe s.).

oxygène (XVIIIe s.), « qui produit des acides », mot sav. formé du grec *oksus* « acide » et de *gène*, tiré du grec *genos* « qui engendre ». || ***oxygéner*** (XVIIIe s.) ; ***oxygénation*** (XVIIIe s.).

oxymoron (XVIIIe s.), du grec *oksumoron* « ingénieuse alliance de mots » (terme de rhétorique), neutre de l'adj. *oksumoros* « fin sous une apparence de niaiserie », de *oksus* « aigu » et *moros* « fou ».

oxyton (XVIe s.), « accentué sur la dernière syllabe », du grec *oksutonos* « au son aigu », puis en grec tard. « accentué sur la dernière syllabe » ; ***paroxyton*** (XVIe s.).

ozone (XIXe s.), mot sav., du grec *ozein* « exhaler une odeur », ce gaz ayant une odeur forte. || ***ozoné*** (XIXe s.) ; ***ozonisation*** (XIXe s.).

P

pacage (XIVe s.), du lat. vulg. **pascuatica* dér. de *pascua*, plur. neutre, « pâturage, pâture », a d'abord désigné le lieu de pâture, puis l'action de faire paître le bétail. || ***pâquis*** (XIIIe s.), « pâturage », mot dialectal, surtout de l'Est, d'orig. peu claire.

pacemaker (XXe s.), stimulateur cardiaque, mot angl. signif. « qui règle le rythme (cardiaque) ».

pacha (XIVe s., sous la forme *bassat*, puis *bacha* au XVe s., ensuite *pacha* au XVIIe s.), du turc *pasha* « chef de l'armée, gouverneur de province », du persan *padischah* « souverain, roi ». Le sens dér. de « personnage puissant qui aime ses aises » date du XIXe s.

pachyderme (XVIe s.), empr. au grec *pakhudermos*, d'abord adj., s'applique à un animal « à la peau (*derma*) épaisse (*pakhus*) ». L'emploi au sens de « personne à la démarche lourde et lente » date du XIXe s., celui de « éléphant » du XXe s.

pacifier (XIIIe s.), empr. au lat. *pacificare* « faire la paix », d'où « apaiser ». Mêmes sens en fr. Le sens de « faire cesser une émeute, rétablir l'ordre » est attesté au XVe s. || ***pacification*** (XVe s.), empr. au lat. *pacificatio* « retour à la paix, réconciliation » ; ***pacificateur*** (XVIe s.), empr. au lat. *pacificator* « qui apporte la paix ».

pacifique (XVe s.), empr. au lat. *pacificus* « qui apporte la paix ». Les valeurs de « sans contestation » dans *possesseur pacifique* et « qui veut préserver la paix, sans violence, paisible » sont attestées au XVIe s., celle de « calme, sans tempêtes » (*Océan Pacifique*) au XVIe s. || ***pacifiste*** (XXe s.) ; ***pacifisme*** (XIXe s.), souv. péj.

pack (XIXe s.), de l'angl. *pack* « paquet », a désigné d'abord un bloc de glace flottant, puis au rugby l'ensemble des huit joueurs avant de l'équipe (XXe s.), enfin dans le voc. commercial un lot de marchandises formant un ensemble (XXe s.).

pacotille (XVIIIe s.), s. d. de l'esp. *pacotilla* « ballot de marchandises embarqué sur un navire sans payer de fret (et servant à la vente ou à l'échange) », dér. de *paquete* « paquet ». Le sens de « marchandise de qualité inférieure, sans valeur » date du XIXe s.

pacte (XIVe s., d'abord sous la forme *pact* qui survit épisodiquement au XVIIe siècle), empr. au lat. *pactum* « accord, convention, traité ». || ***pactiser*** (XIVe s., sous la forme *pactigier*), d'abord « conclure un pacte », puis depuis le XVIIIe s. « s'entendre avec qqn de manière répréhensible » et « transiger, composer ».

pactole (XVIIe s.), empr. au lat. *Pactolus*, nom d'une rivière de Lydie qui roulait, d'après la légende, des sables d'or.

paddock (XIXe s.), terme des haras, de l'angl. *paddock* « enclos pour les chevaux », désigne un enclos dans une prairie d'élevage, et aussi l'enceinte où les chevaux sont promenés avant les courses. L'emploi pop. au sens de « lit » date du XXe s. et semble venir du voc. de la prostitution.

paella (XXe s.), terme de cuisine, désignant du riz à la valencienne, empr. à l'esp. *paella* « poêle », ce plat étant cuit dans une grande poêle.

paf (XVIIIe s.), onomat.

pagaie (XVIIe s.), du malais *pengayuh* « rame de pirogue ». || ***pagayer*** (XVIIe s.).

pagaïe, **pagaye**, **pagaille** (XIXe s.), d'orig. incert., désigne le désordre dans la langue fam.

paganisme, voir ***païen***.

page 1 (XIIIe s., mais rare avant le XIVe s.), d'orig. incert., a signifié d'abord « jeune valet », puis « jeune garçon attaché au service d'un seigneur ».

page 2 (XIIe s.), du lat. *pagina* « feuillet, page ». L'expres. *être à la page* « être au fait, au courant », puis « être à la mode » date du XXe s. Les sens dér. « passage d'une œuvre, fragment d'œuvre » et « période de la vie » datent aussi du XXe s. || ***pagination*** (XIXe s.) ; ***paginer*** (XIXe s.).

pagne (XVIIe s.), vêtement rudimentaire drapé autour des reins, de l'esp. *paño* « pan d'étoffe », lui-même issu du lat. *pannus* « morceau d'étoffe ».

pagode (XVIe s.), du port. *pagode* « idole », du dravidien *pagodi* « déesse », a pris le sens de « temple consacré aux idoles », puis « temple d'Extrême-Orient au toit pyramidal ».

païen (IXe s.), du lat. *paganus*, d'abord « paysan, villageois », puis en lat. chrét. « qui ne croit pas en Dieu, qui pratique la religion polythéiste ». En a. fr., notamment dans les chansons de geste, le mot désigne fréq. les Sarrasins, qui sont pour les Chrétiens des impies, des mécréants refusant de se convertir à la religion chrétienne. En fr. mod. le mot s'emploie souvent pour désigner les cultes polythéistes de l'Antiquité classique, et par ext. les hommes de cette époque. || ***paganisme*** (XVIe s.), du lat. eccl. *paganismus* « croyances des infidèles », qui a remplacé l'a. fr. *paienisme* « religion des infidèles, pays des infidèles ».

paillard, voir ***paille***.

paille (XIIe s.), du lat. *palea* « balle du blé », puis par ext. « tige de céréale coupée et dépouillée de son grain, paille ». Les valeurs de « balle de blé », d'où « chose légère, sans valeur » (*fêtu de paille*) et aussi « tige de céréale, paille » existent au XIIe s. Le lit fait avec de la paille est une image de misère dès le XIIIe s. : cf. en fr. mod. *coucher sur la paille* (XVIIe s.), *mettre sur la paille* (XVIIIe s.). L'expres. *tirer à la courte paille* « tirer au sort (au moyen de pailles de longueur différente) » est attestée dès le XVIe s. Le mot *paille* est souvent appliqué à des réalités sans valeur : *feu de paille* « feu qui ne dure pas », *homme de paille* (XVIIe s.) d'abord au sens de « homme de rien, sans valeur », puis « prête-nom ». Le *vin de paille* est un vin blanc doux fait avec des raisins mûris sur de la paille. Le sens part. de « défaut, impureté dans une pièce de métal » et celui de « parcelle de métal, paillette, petite lamelle de métal » datent du XIVe s. Du premier emploi dérive la valeur de « point faible, obstacle » au XXe s. Le sens de « parcelle » survit dans *paille de fer* (XIXe s.) « copeaux de métal servant à nettoyer un parquet ». Mais le fr. mod. emploie normalement *paillette* en ce sens. || ***paillard*** (XIIIe s.), « gueux (qui couche sur la paille) », d'où « débauché » ; ***paillardise*** (XVIe s.) ; ***paillasse 1*** (XIIIe s.), « sac empli de paille servant de lit ou de fond de lit misérable ». Le sens de « prostituée de bas étage » apparaît dans la langue pop. et arg. (XIXe s.). Le sens dér. « dalle servant d'appui dans une cuisine, un laboratoire » (XVIIIe s.) vient p.-ê. du fait que ces appuis étaient des constructions sommaires en torchis, faites de terre et de paille ; ***paillasse 2*** (XVIIe s.), « bateleur de foire », empr. à l'ital. *pagliaccio*, comédien revêtu d'un habit grossier rappelant un sac de paille. Le sens de « fantoche, pantin » date du XIXe s. ; ***paillasson*** (XIVe s.), « petite paillasse ». Le sens de « natte de paille » semble dater du XVIe s. ; ***paillette*** (XIIe s.), depuis le XIVe s. « lamelle, parcelle » ; ***pailleter*** (XVIIe s.), « orner de paillettes » ; ***paillote*** (XVIIe s.), « hutte de paille » ; ***empailler*** (XVIIe s.), « garnir de paille (la peau d'un animal), naturaliser, garnir de paille un objet, un siège » ; ***rempailler*** (XVIIIe s.) ; ***rempailleur*** (XVIIIe s.) ; ***rempaillage*** (XVIIIe s.).

pain (Xe s.), du lat. *panis*, de même sens. En raison de l'importance du pain dans l'alimentation ancienne le mot s'emploie parfois dès le M. A. au sens de « aliment indispensable, moyen de subsistance ». Nombreux syntagmes : *pain bénit* (XIIIe s.), *pain d'épice(s)* (XIVe s.) « gâteau fait avec du miel et divers condiments », *pain de ménage* (XVIe s.) « pain fait à la maison », *pain de munition* (XVIe s.) « pain fabriqué pour les soldats », *pain de sucre* (XIVe s.) « bloc de sucre en forme de cône », etc. Nombreuses expres. : *gagner son pain* (XVIe s.) « gagner sa vie », *avoir du pain sur la planche* (XIXe s.), d'abord « vivre sans travailler », puis « avoir beaucoup de travail à faire » (XXe s.) ; *ne pas manger de ce pain-là* (XIXe s.) « refuser d'agir d'une façon déshonorante ». || ***paner*** (XVIe s.) ; ***panure*** (XIXe s.) ; ***panetière*** (XIIIe s.), d'abord « sac à pain », puis « corbeille, meuble pour conserver le pain » ; ***panifier*** (XVIIe s.) ; ***panification*** (XVIIIe s.) ; ***panifiable*** (XIXe s.).

pair (Xe s., sous la forme *per*), du lat. *par* adj. « égal, pareil, semblable » et subst. « compagnon, paire, couple ». L'idée d'égalité de rang social prédomine au M. A. : *être jugé par ses pairs, les douze pairs de Charlemagne, les douze pairs de France* « les douze grands vassaux de la couronne ». Le mot s'applique à des seigneurs de même rang. Diverses expres. *sans pair* « sans égal », *hors pair* (d'abord *hors du pair, hors de pair*) « sans égal », *au pair* (XVIe s.) dans le voc. de la banque « conformément à la valeur de change de la monnaie », puis au XIXe s. en Bourse « égal à la valeur nominale » en parlant de la valeur de l'émission ou du remboursement (d'une action ou d'une obligation), dans le voc. quotidien *être au pair, travailler au pair* « avoir logement et nourriture moyennant travail ». Le sens mathém. « divisible par deux » est attesté au XIIIe s. || ***pairie*** (XIIIe s.), d'abord « dignité de pair » ; au sens de « dignité de la Chambre des Pairs » empr. sémant. à l'angl. *peerage* ; ***parage*** (XIe s.), « extraction, lignée », dér. de *pair* sous la forme *per* avec passage phonét. de *per* à *par* ; ***parité*** (XIVe s.), du lat. tard. *paritas* « ressemblance, égalité » ; ***paritaire*** (XXe s.), « formé d'un nombre égal de représentants des parties en présence » ; ***disparité*** (XIVe s.) ; ***impair*** (XVe s.), empr. au lat. *impar* « dissemblable, inégal, injuste ». L'expres. *faire un double impair* (terme de jeu) « prendre deux fois de suite l'impair (par erreur ou imprudence) » a donné au mot *impair* le sens de « maladresse » (XIXe s.).

paire (XIIe s.), du lat. pop. *paria* « paire », plur. neut. de l'adj. *par*, désignant « deux choses de même nature qui vont ensemble » (*une paire de souliers*), « un couple ».

paisible, voir ***paix***.

paître (XIe s.), du lat. *pascere* « nourrir, faire pâturer, faire croître, manger ». || ***repaître*** (XIIe s.) ; ***repu*** (XIIIe s.), « rassasié » ; ***pâtis*** (XIIe s., sous la forme *pastis*), « terrain inculte où l'on mène paître des animaux », du lat. vulg. **pasticium* « pâture, lieu de pâture », dér. de *pastus* « pâture ».

paix (Xe s., sous la forme *pais*), du lat. *pax, pacis* « paix, tranquillité, faveur ». Les sens de « absence de guerre, accord, concorde, tranquillité, quiétude » existent en fr. dès le M. A. Le terme de *juge de paix* est attesté dès le XVIIe s. || ***paisible*** (XIIe s.), « qui reste en paix, qui ne trouble pas la paix, qui n'est pas troublé » ; ***apaiser*** (XIIe s.) ; ***apaisement*** (XIIe s.).

pal (XIIe s.), du lat. *palus* « pieu ». || ***empaler*** (XIIIe s.). Voir ***palis***.

palabre (XVIIe s.), de l'esp. *palabra* « parole », a signifié « assemblée coutumière (en Afrique noire) », puis « discours d'un Africain » (XVIIIe s.), « discours interminable » (XIXe s.). || ***palabrer*** (XIXe s.).

palace (XXe s.), « hôtel de grand luxe », de l'angl. *palace* « palais, demeure de luxe ».

paladin (XVIe s.), empr. à l'ital. *paladino* « personnage valeureux, pair de France », du lat. clas. *palatinus* « officier du palais impérial », puis en lat. méd. « comte palatin », a désigné en fr. un chevalier errant très valeureux.

palais 1 (XIe s.), du lat. *palatium* désignant d'abord le mont Palatin à Rome, puis le palais impérial construit là. Les sens de « demeure royale », « entourage d'un souverain », « édifice somptueux » sont bien attestés en fr. L'emploi au sens de « Palais de justice » tient au fait que le Palais royal de la Cité fut le siège des tribunaux royaux et qu'ils l'occupèrent seuls à la fin du XVe s. || ***palatin*** (XIIIe s.), empr. au lat. *palatinus* « officier du palais », a pris le sens de « dignitaire ayant une charge dans le palais du souverain », puis « personnage exerçant une souveraineté sur un territoire appelé palatinat dans le Saint Empire romain germanique » (*comte palatin*) ; ***palatinat*** (XVIe s.), « territoire gouverné par un comte palatin ».

palais 2 (XIIe s.), du lat. vulg. **palatium*, altér. de *palatum* « palais de la bouche ». || ***palatal*** (XVIIIe s.) ; ***palatalisation*** (XIXe s.) ; ***palataliser*** (XIXe s.).

palan (XVIIe s.), de l'ital. *palanco*, issu de l'ital. *palanca* « grosse poutre servant d'appareil de levage », du lat. clas. *palangae, phalangae* « leviers en bois », du grec *phalangés* « gros bâtons, leviers ».

palanquin (XVIe s.), du port. *palanquim*, de l'hindou *palaki* « litière portée à bras d'hommes ».

palatin, **palatinat**, voir ***palais 1***.

palatal, **palatalisation**, voir ***palais 2***.

pale (XIVe s.), s. d. du prov. *pala* « pelle », issu du lat. *pala*, de même sens, a signifié d'abord « rame » (XIVe s.), puis « partie plate d'une rame » (XVIIIe s.), enfin « ailette d'une hélice » (XXe s.). || ***palet*** (XIVe s.), « pierre plate », « petit disque » ; ***palette*** (XIVe s.), aux nombreux sens tech. désignant des objets plats et allongés. Le sens de « planchette où le peintre dispose et mélange ses couleurs » date du XVIIe s.

pâle (XIe s., sous la forme *pasle*), empr. au lat. *pallidus* « terne, blême, sans éclat ». || ***pâleur*** (XIIe s.) ; ***pâlir*** (XIIe s.) ; ***pâlot*** (XVIe s.).

palefrenier, voir ***palefroi***.

palefroi (XIe s.), « cheval de voyage » au M. A. et aussi « cheval monté par les dames », s'opposant à *destrier* « cheval de bataille », du lat. tard. *paraveredus* « cheval de poste, cheval de voyage », fait du grec *para* « auprès de » et de *veredus* « cheval de voyage », p.-ê. sur le modèle du grec tard. *parhippos* « cheval de voyage, cheval de renfort ». || ***palefrenier*** (XIVe s.), s. d. empr. à l'a. prov. *palafrenier* « qui s'occupe des chevaux, garçon d'écurie », dér. de l'a. prov. *palafren* « palefroi », altér. (p.-ê. sous l'infl. de *frenum* « frein, mors du cheval ») de *paraveredus*.

paléo-, premier élém. de mots sav., comme ***paléographie*** « étude des écritures anciennes », ***paléolithique*** « époque ancienne de la pierre taillée », tiré du grec *palaios* « ancien ».

paletot (XIVe s.), du m. angl. *paltok* « jaquette, casaque de paysan », a désigné d'abord une sorte de justaucorps. Le mot a été repris au XIXe s. pour désigner une veste. Il existe dans des loc. familières ou argot. *tomber sur le paletot* « agresser qqn » (XXe s.). || ***paltoquet*** (XVIIIe s.), d'abord « rustre », puis « prétentieux, insolent » (XXe s.).

palétuvier (XVIIe s.), empr. au tupi du Brésil *aparahiva* « arbre courbe », avec déformation p.-ê. sous l'infl. de *palud* « marais », l'arbre poussant dans des endroits marécageux.

palier (XIIIe s., sous la forme *paelier*), dér. de l'a. fr. *paele* « poêle », du lat. *patella* de même sens, pris d'abord au sens de pièce fixe de mécanique. Le sens de « plateforme » date du XVIe s., le sens fig. de « phase stable » du XXe s. L'expres. *en palier* « à l'horizontale » date du XXe s. || ***palière*** (XVIIe s.), adj. fém.

palimpseste (XVIe s.), empr. au lat. *palimpsestus*, du grec *palimpsestos*

« (parchemin) gratté à nouveau (pour écrire un nouveau texte) ».

palingénésie (XVIe s.), « retour à la vie », mot sav. empr. au lat. *palingenesia*, du grec *palingénésia* « renaissance, renaissance périodique ».

palinodie (XVIe s.), empr. au lat. tard. *palinodia*, du grec *palinodia* « reprise du chant, rétractation ». Du sens de « rétractation poétique » on est passé à « désaveu peu honorable » (XVIIIe s.), puis « volte-face politique » (XIXe s.).

palis (XIe s.), dér. de *pal*, du lat. *palus* « pieu ». || ***palissade*** (XVIIe s.), « barrière faite avec des pieux ».

palissandre (XVIIe s.), bois tropical, du néerl. *palissander*, empr. à un parler de la Guyane.

pallier (XIVe s.), empr. au lat. tard. *palliare* « couvrir d'un manteau, voiler, cacher ». Du sens de « dissimuler, excuser » (XIVe s.) on est passé très vite au sens médic. de « soulager, atténuer (faute de remède véritable) », puis « remédier (à un état fâcheux) » (XXe s.). || ***palliatif*** (XIVe s.), empr. au lat. *palliativus*.

palmarès (XIXe s.), empr. au lat. *palmares* « ceux qui méritent la palme », plur. de *palmaris*, a désigné la liste des lauréats dans une distribution de prix.

palme (XIIe s.), empr. au lat. *palma* « palmier, branche de palmier, emblème de la victoire ». Ces sens existent dès le XIIe s. La val. de « patte palmée » date du XIXe s., celle de « nageoire en forme de patte palmée » du XXe s. || ***palmier*** (XIIe s.) ; ***palmé*** (XVIIIe s.), empr. au lat. *palmatus* « en forme de palme » ; ***palmette*** (XVIIe s.), « ornement en forme de palme » ; ***palmeraie*** (XVIIe s.).

palmipède (XVIIIe s.), empr. au lat. *palmipes, palmipedis* « qui a le pied palmé ».

palombe (XVIe s.), empr. à l'a. gasc. *paloma* « pigeon », du lat. tard. *palumba*, du lat. clas. *palumbus* « pigeon-ramier ».

palourde (XIIIe s.), sorte de mollusque, du lat. vulg. **pelorida*, du lat. clas. *peloris, -idis*, du grec *peloris, -idos* « gros coquillage, huître énorme ».

palper (XVe s.), empr. au lat. *palpare* « tâter, toucher, caresser ». Empl. mod. « examiner le corps par un toucher médical » (XIXe s.), « inspecter, fouiller » (XXe s.), « toucher de l'argent » dans la lang. fam. (XVIIIe s.). || ***palpable*** (XIVe s.), empr. au lat. tard. *palpabilis* « tangible, que l'on peut toucher » ; ***impalpable*** (XVe s.), empr. au lat. tard. *impalpabilis* « impossible à toucher, à atteindre » ; ***palpation*** (XIXe s.).

palpiter (XVe s.), empr. au lat. *palpitare* « s'agiter, être agité ». En lat. le mot s'empl. notamment pour désigner les mouvements du cœur, et donc l'émotion. Cette val. apparaît surtout à partir du XVIIIe s. en fr. || ***palpitation*** (XVIe s.), empr. au lat. *palpitatio* « battement (du cœur), clignotement (des paupières) ». Les sens de « vive émotion » (XVIIIe s.) et « frémissement » (XIXe s.) sont tardifs.

paltoquet, voir ***paletot***.

palud, **palus** (XIIe s.), auj. litt. ou régional, du lat. *palus, -udis* « marais, terrain marécageux ». || ***paludisme*** (XIXe s.), mot sav. désignant une maladie endémique dans certaines régions marécageuses.

pâmer (XIIe s.), du lat. vulg. **spasmare* « éprouver des convulsions », du lat. tard. *spasmus*, empr. au grec *spasmos* « spasme, convulsion » a signifié en a. fr. « défaillir, s'évanouir, perdre connaissance ». A la forme pronom. le sens de « éprouver des transports extrêmes » (de joie, d'admiration, etc.) est attesté au XVIIe s. || ***pâmoison*** (XIe s.), « évanouissement ».

pampa (XVIIIe s.), de l'hispano-améric. *pampa*, empr. au quetchua, désigne une vaste plaine herbeuse.

pamphlet (XVIIe s.), empr. à l'angl. *pamphlet* « brochure, opuscule, petit ouvrage de circonstance », altér. de *pamflet* « brochure sur un sujet d'actualité ». Le sens de « écrit satirique », qui date en fr. du XVIIIe s., a seul survécu. || ***pamphlétaire*** (XVIIIe s.).

pampille (XIXe s.), « petite pendeloque servant d'ornement », s. d. d'une racine expres. *pamp-*.

pamplemousse (XVIIe s., sous la forme *pompelmous*), du holl. *pompelmoes*, de *pompel* « gros » et *limoes* « citron », désigne à la fois l'arbre et le fruit, originaire des îles de l'Océan Indien.

pampre (XVIe s.), « rameau de vigne », altér. dial. (des régions de la Loire), de l'a. fr. *pampe*, du lat. *pampinus* « branche de vigne, feuille de vigne ».

pan 1 (XIe s.), du lat. *pannus* « morceau, bande d'étoffe ». Le sens de « partie tombante (d'un vêtement) » est attesté dès le XIIe s. La val. de « partie, élément (d'une construction) » est ancienne (XIIe s.).

pan 2 (XIXe s.), interject., onomat.

pan-, **panto-**, premier élém. de mots sav., comme ***pangermanisme***, empr. au grec *pan, pantos* « tout », apportant une idée d'ensemble ou de totalité.

panacée (XIIIe s., très rare avant le XVIe s.), « remède universel », empr. au lat. *panacea*, du grec *panakeia* « plante légendaire guérissant tout », de *pan* « tout » et *akos* « remède », employé en fr. souvent par ironie.

panache (XVIe s., sous la forme *pennache, pannache*), de l'ital. *pennachio* « bouquet de plumes sur un casque », a conservé sa val. première « plume, bouquet de plumes sur la tête ». Le sens dér. « fière allure, bravoure » date du XIXe s. (*avoir du panache*). || ***panacher*** (XIVe s.), « orner un casque de plumes », puis « orner de diverses couleurs » (XVIIe s.) a pris au XXe s. le sens de « mélanger des noms de candidats concurrents sur une liste électorale » ; ***panachage*** (XXe s.) ; ***empanacher*** (XVIIe s.), « orner d'un panache à plumes ».

panade (XVIe s.), « bouillie faite de pain et d'eau », du prov. *panado* « soupe faite avec du pain ». Les sens de « mélange inconsistant » et « misère » dans le lang. fam. datent du XIXe s.

panais (XIIe s., sous la forme *pasnaie*), du lat. *pastinaca*, nom d'une plante.

panama (XIXe s.), « chapeau d'été », du nom de la ville de *Panama* d'où venaient ces chapeaux.

panaris (XVIe s., sous la forme *panarice*), empr. au lat. *panaricium* « inflammation d'un doigt », empr. au grec *paronuchia* « abcès situé près de l'ongle », de *para* « près de » et *onux* « ongle ».

pancarte (XVe s.), empr. au lat. méd. *pancharta* « charte de confirmation (des droits du destinataire) », a d'abord signifié « charte, document », puis « affiche indiquant un tarif » (XVIIe s.) et « écriteau, billet (donnant une information) » (XVIIe s.). Le sens de « écriteau portant un slogan brandi par des manifestants » date du XXe s.

pancréas (XVIe s.), mot sav. du grec *pankréas* désignant cette glande, de *pan* « tout » et *kréas* « chair » parce qu'elle ressemble à un morceau de chair. || ***pancréatique*** (XVIIe s.) ; ***pancréatite*** (XIXe s.).

pandore (XIXe s.), mot fam. pour désigner un gendarme, nom propre d'un gendarme dans une chanson de 1857, s. d. empr. au holl. *pandoer* « soldat hongrois, soldat », du hongrois *pandour* « soldat ».

panégyrique (XVIe s.), empr. au lat. *panegyricus* adj. « laudatif » et subst. « éloge », du grec *panégurikos* « éloge public prononcé dans une fête solennelle, devant un grand rassemblement populaire » a signifié dès le XVIe s. « discours d'apparat, discours solennel ». || ***panégyriste*** (XVIe s.).

panel (XXe s.), mot angl. « échantillon sélectionné à des fins de sondage ». Voir ***panneau***.

panier (XIIe s.), du lat. *panarium* « corbeille à pain », a désigné dès le M. A. par élargissement un réceptacle pour diverses denrées ou divers objets. Le sens de « vertugadin, armature servant à faire bouffer une jupe » date du XVIIIe s. L'expres. *mettre au panier* au sens de « jeter » est attestée au XIXe s.

panifier, voir ***pain***.

panique (XVIe s.), « épouvante », du grec *panikos* « de Pan », adj. associé habituellement à un subst. signifiant « terreur », les bruits redoutables entendus dans les montagnes ou les vallées étant attribués au dieu Pan. || ***paniquer*** (XIXe s.), « être affolé ».

panne (XVIe s., sous la forme *penne*), pièce d'une vergue de navire, du lat. *penna* « plume, aile », d'abord expres. de marine *mettre en panne* « équilibrer l'action du vent dans la voilure (pour immobiliser le navire) », puis « arrêt de fonctionnement d'un mécanisme » (XIXe s.), « arrêt accidentel d'une voiture » (XIXe s.). || ***dépanner*** (XXe s.) ; ***dépannage*** (XXe s.) ; ***dépanneur*** (XXe s.).

panneau (XIIe s., sous la forme *pannel*), du lat. vulg. **pannellus*, dér. de *pannus* « bande d'étoffe », d'abord au sens de « morceau d'étoffe », « coussin de selle » (XIIe s.), « filet tendu pour prendre le gibier » au XIIIe s. (*tomber dans le panneau*). Nombreux sens tech. en fr. m. Voir ***panel***.

panonceau (XIIe s., sous la forme *penoncel*), dim. de *penon* « étendard, bannière », surtout en a. fr. au sens de « banderole (attachée à la lance) », portant un signe de reconnaissance ou les armoiries du combattant, puis « écusson » (XVIe s.). Le sens de « plaque d'un officier ministériel » date du XIXe s.

panoplie (XVIe s.), empr. au grec *panoplia* « armure complète d'un hoplite », a désigné en fr. d'abord l'armure complète d'un chevalier du M. A., puis un ensemble d'armes de collection (XIXe s.), enfin une collection d'objets (XXe s.).

panorama (XVIIIe s.), mot angl. créé d'après le grec *pan* « tout » et *orama* « vue », désigne un vaste tableau circulaire peint en trompe l'œil, puis un vaste paysage (XIXe s.). || ***panoramique*** (XIXe s.).

panse (XIIe s.), du lat. *pantex, -icis* « intestin, abdomen », a désigné le ventre de l'homme, de l'animal (XIIe s.), la partie renflée d'un récipient (XIVe s.). || ***pansu*** (XIVe s.).

panser (XIVe s., sous la forme *penser*), « s'occuper de, soigner », spécialisation de *penser* au sens de « prendre soin ». || ***pansage*** (XVIIIe s.) ; ***pansement*** (XVIe s.).

pantalon (XVIe s.), de l'ital. *Pantaleone*, *Pantalone*, nom d'un personnage bouffon de la Comédie italienne dont les chausses tombaient droites jusqu'aux pieds, alors qu'on portait habituellement des hauts de chausse et des bas de chausse, mot pris d'abord au sens de « costume de Pantalon », puis « culotte longue descendant jusqu'aux pieds » (XVIIIe s.) par opposition à la *culotte* qui s'arrêtait aux genoux. || ***pantalonnade*** (XVIIe s.), « bouffonnerie », puis « attitude ridicule ou hypocrite » (XVIIIe s.).

pantelant, voir ***pantois***.

panthéisme (XVIIIe s.), empr. à l'angl. *pantheism*, du grec *pan* « tout » et *théos* « dieu », doctrine qui considère que le monde entier est dieu. || ***panthéiste*** (XVIIIe s.).

panthéon (XVe s.), empr. au lat. *Pantheon*, empr. au grec *Pantheion* « temple de tous les dieux ».

panthère (XIIe s.), empr. au lat. *panthera*, du grec *panther* « guépard, sorte de panthère ».

pantin (XVIIIe s.), d'orig. incert., « figurine de carton mue par un fil ». Le sens de « fantoche, personnage inconsistant » date du XVIIIe s.

pantois (XIVe s., sous la forme *pantais*

au sens de « halètement », adj. au XVIe s., sous la forme *pantois* au sens de « palpitant, haletant, ahuri »), dér. régressive du verbe *pantaisier, pantoisier* « haleter, frémir », du lat. vulg. **pantasiare* « avoir des visions, des cauchemars, suffoquer, être oppressé », empr. au grec *phantasioun* « se figurer, s'imaginer », fait sur *phantasia* « imagination ». || ***pantelant*** (XVIe s.), au sens de « haletant », part. de *panteler*, fait s. d. sur *pantoisier*, avec substitution du suff. *-eler* au suff. *-oisier*.

pantomime (XVe s.), empr. au lat. *pantomimus* « mime, comédien qui s'exprime seulement au moyen de gestes », employé en ce sens à partir du XVe s., puis « imitateur » (XVIIIe s.). Le sens de « gestes et mimiques » date du XVIIIe s.

pantoufle (XVe s.), d'orig. inconnue, a désigné des chaussures d'intérieur (XVe s.), mais aussi des chaussures à semelle épaisse (XVe s.), des chaussures élégantes (XVe s.). L'idée de confort et de facilité s'est développée au XIXe s. || ***pantoufler*** (XVIIe s.), a pris au XIXe s. dans l'arg. des grandes écoles le sens de « quitter le service de l'Etat pour entrer dans une entreprise privée » ; ***pantouflard*** (XIXe s.), « casanier ».

pantoum (XIXe s.), mot malais, poème à rimes croisées en écho (de strophes en strophes).

panty (XXe s.), gaine-culotte à jambes courtes, de l'améric. *panty, pantie* « pantalon court », abrév. de *pantaloons* « pantalons ».

paon (XIIe s., sous la forme *poun*), du lat. *pavo, pavonis,* de même sens.

papa (XIIIe s.), terme fam., d'abord du langage enfantin désignant le père. Il a des correspondances dans plusieurs langues (grec, catal., esp.). La nuance de « père de famille débonnaire » est attestée au XVIIIe s.

papaye (XVIe s.), fruit exotique, empr. à l'esp. *papaya*, lui-même issu d'une langue des Caraïbes.

pape (XIe s.), empr. au lat. eccl. *papa*, du grec *papas* « père », titre d'honneur donné aux évêques, puis réservé à l'évêque de Rome à partir du IXe s. de notre ère. En a. fr. pour désigner le chef de l'Eglise on dit couramment *apostole*. Le mot *pape* est, toutefois, connu. Il se répand surtout en m. fr. || ***papal*** (XIVe s.), empr. au lat. méd. *papalis* ; ***papauté*** (XIVe s.) ; ***papiste*** (XVIe s.), « partisan du Pape » (surnom donné par les protestants aux catholiques romains) ; ***papisme*** (XVIe s.) ; ***antipape*** (XIVe s.) ; ***papesse*** (XVe s.).

papelard 1 (XIIIe s.), d'orig. incert., « faux dévot, hypocrite ».

papelard 2, voir ***papier***.

papier (XIIIe-XIVe s.), adapt. sous la forme **paperium*, du lat. *papyrus, papyrum* « papyrus, roseau d'Egypte (dont la feuille a servi de support à l'écriture) », puis pris au sens de « papier de chiffon ». Nombreux empl. tech. du mot *papier*. Les sens de « document d'identité » et « article de journal » datent du XIXe s. La loc. *être* (*bien* ou *mal*) *dans les papiers de qqn* est attestée au XVIIIe s. || ***paperasse*** (XVIe s.) ; ***paperasserie*** (XIXe s.) ; ***papetier*** (XVIe s.), « fabricant de papier » et « marchand de papier » au XVIe s. ; ***papeterie*** (XVe s.) ; ***papelard*** (XIXe s.), « papier » dans la langue pop.

papille (XVe s.), « petite éminence conique », empr. au lat. *papilla* « mamelon du sein, bouton ».

papillon (XIIIe s.), s. d. de formation expressive, du lat. *papilio, papilionis,* de même sens, a remplacé l'a. fr. *paveillon, pavillon*, d'abord « papillon », vite empl. au sens de « tente ». || ***papillonner*** (XIVe s.), d'abord « battre des ailes, palpiter », puis au XVIIe s. « voltiger, sans se fixer (d'un être à un autre) ».

papillote (XVe s.), issu de *papillon* avec subst. de suffixe, d'abord au sens de « paillette (sur une étoffe) », puis « petit morceau de papier tortillé servant à rouler une mèche de cheveux » (XVIIe s.), « mèche frisée ». Le sens de

« papier d'emballage tortillé » date du XVIIIe s. || ***papilloter*** (XVe s.). Le sens de « cligner des yeux » date seulement du XVIIIe s.

papoter (XVIIe s.), s. d. mot expres. « bavarder ».

paprika (XIXe s.), mot hongrois, « piment hongrois ».

papyrus (XVIe s.), empr. au lat. *papyrus* « roseau d'Egypte utilisé pour la fabrication du papier » et « papier, livre » du grec *papuros*, en fr. « roseau d'Egypte » et « feuille de payrus ».

pâque(s) (Xe s., sous la forme *Pasches*), du lat. chrét. *Pascha*, issu du grec *Paskha*, empr. à l'hébreu *pesah* « passage » (fête juive célébrant la sortie d'Egypte). Par méton. le mot a désigné l'agneau pascal dans *manger la Pasque* (XIIIe s.) et la communion dans *faire ses Pâques* (XVe s.). La distinction entre *Pâque* (fête juive) et *Pâques* (fête chrét.) n'existe pas au M. A. L'expres. *Pâques fleuries* (XIIIe s.) désigne les « Rameaux ». || ***pâquerette*** (XVIe s.), « plante qui fleurit au temps de Pâques » ; ***pascal*** (XIIe s.), empr. au lat. chrét. *paschalis* « de Pâques ».

paquebot (XVIIe s.), de l'angl. *packet-boat* « bateau portant des paquets de courrier ». Selon l'usage ces navires prenaient en sus des passagers. D'où le sens de « navire transportant des passagers » (XIXe s.).

paquet (XIVe s.), dér. de l'a. fr. *paque* « ballot », empr. s. d. à l'angl. *pack*, lui-même issu du néerl. *pak*, de même sens. Nombreux emplois tech. marquant une idée d'assemblage de choses. || ***paqueter*** (XVe s.) ; ***paquetage*** (XIXe s.) ; ***empaqueter*** (XVIe s.) ; ***dépaqueter*** (XVe s.).

pâquis, voir *pacage*.

par (IXe s.), prép., du lat. *per*.

para- 1, premier élém. de mots sav., comme ***paraphlébite***, tiré du grec *para* « près de ».

para- 2, premier élém. de mots comme ***parachute***, etc., tiré de mots empr. à l'ital. comme ***parasol*** et possédant une idée de « protection contre ».

parabole 1 (XIIIe s.), du lat. chrét. *parabola* « récit allégorique possédant un sens caché », empr. au grec *parabolé* « comparaison ». Le sens de « récit allégorique » est attesté au XIIIe s. dans le *Roman de la Rose*.

parabole 2 (XVIe s.), terme de mathémat. désignant une courbe géométrique, empr. au grec *parabolé* « comparaison, rapprochement ». || ***parabolique*** (XVIe s.).

paraclet (XIIIe s.), empr. au lat. chrét. *paracletus* « défenseur, consolateur » (qualif. du Saint-Esprit), du grec *paraklétos* « qu'on appelle au secours.

parade 1 (XVe s.), terme de manège, empr. à l'esp. *parada* « action d'arrêter brusquement un cheval », a signifié dès l'orig., par infl. du sens du verbe *parer,* « étalage ». L'expres. *de parade* (XVIe s.) est utilisée au sens « d'apparat ». Le sens de « revue de troupes, défilé » est fréq. au XVIe s., celui de « farce bouffonne, exhibition foraine » date du XVIIe s. || ***parader*** (XVIe s.).

parade 2 (XVIIe s.), terme d'escrime, « action de parer un coup, riposte », dér. du verbe *parer*.

paradigme (XVIe s.), empr. au lat. *paradigma* « exemple, comparaison, modèle en grammaire », empr. au grec *paradeigma* « modèle, exemple », employé en gram. au sens de « ensemble des formes prises par un mot », en linguistique « ensemble des unités de même type », en épistémologie « ensemble théorique dominant ». || ***paradigmatique*** (XXe s.).

paradis (Xe s., sous la forme pop. *pareïs* et la forme sav. *paradis*), du lat. tard. *paradisus*, empr. au grec *paradeisos*, lui-même tiré du persan « parc, verger », désignant l'Eden et le séjour des élus. Le mot renvoie dès le M. A. à la fois au jardin merveilleux où Dieu créa Adam et Eve (*paradis terrestre*) et au séjour des justes dans le Ciel. || ***paradisiaque*** (XVIe s.).

paradoxe (XVe s.), empr. au lat. *paradoxon* « chose contraire à l'opinion », empr. au grec *paradoxon* de même sens, désigne depuis les orig. en fr. une idée contraire aux opinions communément admises. La val. péj. « opinion bizarre, déraisonnable » est attestée dès le XVIIe s. || ***paradoxal*** (XVIe s.).

paraffine (XIXe s.), tiré de l'all. *Paraffin*, mot créé à partir du lat. *parum affinis* « qui a peu d'affinité », car ce corps se combine difficilement avec les autres. || ***paraffiner*** (XIXe s.).

parage voir ***pair***.

parages (XVIe s.), d'abord terme de marine « espace de mer où vogue un navire », puis « région, environs » (XIXe s.), p.-ê. du gasc. *paratge*, empl. au plur. depuis le XVIIe s.

paragraphe (XIIIe s.), « partie d'un texte, subdivision d'un texte », empr. au lat. tard. *paragraphus* « marque marginale pour distinguer les différentes parties d'un exposé », d'où « paragraphe », du grec *paragraphé* de même sens (litt. « écrit à côté de »).

paraître (XIIe s.), du lat. tard. *parescere* « paraître, apparaître, se montrer », dér. du lat. clas. *parere*, de même sens. En a. fr. la forme courante est *paroir*. L'infinitif *paroistre* est rare avant le XVIe s. || ***parution*** (XVIIIe s., rare avant le XXe s.) ; ***disparaître*** (XVIIe s.) ; ***disparition*** (XVIe s.) ; ***reparaître*** (XVIIe s.).

parallaxe (XVIIe s.), empr. au grec *parallaxis* « changement, mouvement alternatif », empl. déjà en grec dans le voc. de l'astronomie.

parallèle (XVIe s.), empr. au lat. tard. *parallelus*, du grec *parallélos* « placé à côté, parallèle », empl. notam. dans l'Antiquité en géom. et en astron. Nombreux sens tech. Empl. fréq. en fr. m. pour marquer la simultanéité, la concomitance, la corrélation, la symétrie ; parfois au XXe s. avec la val. péj. de « en marge, officieux, non reconnu, illégal » (*marché parallèle*). || ***parallélisme*** (XVIIe s.), empr. au grec *parallélismos* ; ***parallélogramme*** (XVIe s.) ; ***parallélépipède*** (XVIe s.).

paralogisme (XIVe s.), mot sav. empr. au grec *paralogismos* « faux raisonnement, argumentation contraire à la logique ».

paralysie (XIIIe s.), empr. au lat. *paralysis*, du grec *paralusis* « relâchement, laisser-aller », d'où « incapacité de se mouvoir, perte de motricité d'une partie du corps ». || ***paralytique*** (XIIIe s.), empr. au lat. *paralyticus*, du grec *paralutikos*, de même sens ; ***paralysé*** (XVIe s.) ; ***paralyser*** (XVIIIe s.).

paramètre (XVIIe s.), mot sav., formé du grec *para* « à côté de » et du grec *métron* « mesure », mot tech. de mathémat. « variable dans une expression ou une équation (en algèbre) », « ligne invariable servant de mesure fixe dans la construction de surfaces (en géométrie) », puis « élément de base variable dans un ensemble » (XVIIIe s.), enfin « donnée essentielle d'un problème, d'une situation » (XXe s.).

parangon (XIIIe s., très rare avant le XVIe s.), de l'esp. *parangon*, empr. à l'ital. *paragone* « pierre de touche », puis « modèle », employé en fr. au sens de « modèle, type parfait » (*un parangon de vertu*). En bijouterie empl. tech. « pierre très belle ».

paranoïa (XIXe s.), de l'all. *paranoia* « folie », d'après le grec *paranoia* « désordre de l'esprit, folie », terme de psychiatrie. || ***paranoïaque*** (XXe s.).

parapet (XVIe s.), empr. à l'ital. *parapetto* « levée de terre, muraille » (litt. « protégeant la poitrine » *para* et *petto*), terme de fortification désignant à l'orig. la partie supérieure d'un rempart.

paraphe, **parafe** (XIVe s.), empr. au lat. méd. *paraphus*, abrév. de *paragraphus*, a désigné la marque marginale désignant la section d'un écrit

(XVe s.), et aussi dès le XVe s. un signe ajouté à la signature (pour l'orner et la rendre plus difficile à imiter), enfin une signature abrégée (XVe s.). Ces deux derniers sens survivent en fr. mod. || ***parapher*** (XVe s.).

paraphrase (XVIe s.), empr. au lat. *paraphrasis* « nouvelle énonciation d'une idée, explication », lui-même du grec *paraphrasis* de *paraphrazein* « dire la même chose en d'autres termes ». En fr. mod. souvent à val. péj. « développements verbeux » (depuis le XVIIe s.) || ***paraphraser*** (XVIe s.).

paraplégie (XVIe s.), paralysie des membres inférieurs, mot sav. empr. au grec *paraplégia* « paralysie partielle ».

parapluie, voir ***pluie***.

parasite (XVIe s.), empr. au lat. *parasitus* « invité, convive » (en bonne part) et « pique-assiette » (péj.), empr. au grec *parasitos* « commensal » (litt. « qui mange à côté »). Nombreux empl. péj. en fr. mod. au sens de « qui vit aux dépens d'autrui » y compris dans des langues tech. (biologie anim. et végét., médec., télécom., etc.). || ***parasitaire*** (XIXe s.) ; ***parasiter*** (XVIe s.) ; ***parasitisme*** (XVIIIe s.) ; ***parasitose*** (XXe s.), terme médic.

parasol (XVIe s.), de l'ital. *parasole* « protection contre le soleil ».

parataxe (XIXe s.), empr. au grec *parataxis* « rangement d'une armée en ordre de bataille » et « disposition », d'abord au sens militaire en fr. L'empl. gram. « juxtaposition de propositions » date du XXe s.

parâtre (XIe s.), « beau-père », du lat. tard. *patraster* « second mari de la mère », souv. empl. avec val. péj.

paravent (XVIe s.), « écran qui écarte le vent », de l'ital. *paravento*. Le sens de « qui écarte des regards indiscrets, qui protège, qui dissimule » date du XIXe s.

parbleu (XVIe s.), altér. du juron *par Dieu*.

parc (XIIe s.), du lat. tard. *parricus* « enclos », en fr. au sens de « clôture légère » (XIIIe s.), « enclos » (XIIe s.), « vaste étendue clôturée plantée d'arbres où l'on garde le gibier » (XIIe s.), « étendue boisée autour d'un château pour l'agrément » (XVIIe s.), « espace boisé aménagé pour le public » (XXe s.), « entrepôt du matériel d'une armée » (XVIe s.), « ensemble des véhicules, des machines » (XIXe s.). || ***parquer*** (XIVe s.) ; ***parquet*** (XIVe s.), d'abord « petit parc, petit enclos », « partie d'un tribunal où se tiennent les juges » (XIVe s.), « lieu où se tiennent les membres du Ministère public » (XVIe s.) et « magistrats du Ministère public », enfin « plancher » (XVIIe s.) ; ***parking*** (XXe s.), « endroit où l'on parque les voitures » (avec changement sémant. en fr.), de l'angl. *parking* « action de parquer une voiture » (l'emplacement où stationnent les voitures se disant *park* en angl.) ; ***parcmètre*** (XXe s.), « compteur de stationnement pour les véhicules automobiles », adapt. en fr. de l'améric. *parking meter* de même sens.

parcelle (XIIIe s.), du lat. vulg. **particella* « petite partie », du lat. clas. *particula*, dim. de *pars, partis* « partie ». || ***parcellaire*** (XVIIIe s.).

parchemin (XIe s.), du lat. tard. *pergamena* (*pellis*) « peau de Pergame », désigne une peau d'animal (mouton, agneau, chèvre), traitée pour devenir support de l'écriture au M. A. Le sens de « titre de noblesse » date du XVIe s., celui de « diplôme universitaire » du XVIIIe s. L'empl. péj. « peau sèche et jaune » est attesté au XIXe s. || ***parcheminé*** (XIXe s.).

parcimonie (XVe s., rare avant le XVIIIe s.), empr. au lat. *parcimonia*, *parsimonia* « épargne, économie ». Mot souv. péj. en fr. || ***parcimonieux*** (XVIIIe s.).

parcourir (XIIIe, très rare avant le XVIe s.), adapt. d'après *courir* du lat. *percurrere* « courir à travers, regarder successivement », désigne un déplacement réel ou métaphorique (de l'œil, de la pensée, de l'individu). || ***parcours*** (XIIIe s.), empr. au lat. tard. *percursus* « course à travers ».

pardessus (XIXe s.), subst. tiré de la prép. *par-dessus*, « vêtement porté par-dessus ».

pardonner (Xe s.), empr. au lat. tard. *perdonare* « donner complètement », a pris les sens de « faire grâce, ne pas tenir rigueur d'une faute, épargner, excuser ». L'emploi comme formule de politesse (*pardonnez-moi*) date du XVIe s. || ***pardon*** (XIIe s.) ; ***impardonnable*** (XIVe s.).

pareil (XIIe s.), du lat. tard. *pariculus* « semblable, identique », dimin. du lat. clas. *par* « égal ». || ***appareiller*** (XIIe s.), « assortir, unir » ; ***dépareiller*** (XIIIe s.), « rendre incomplet (un ensemble, un couple, une série) » ; ***rapareiller*** (XVIIe s.).

parenchyme (XVIe s.), empr. au grec *parenkuma*, mot médic. « tissu spongieux de certains organes (foie, reins, poumons) ».

parent (Xe s.), du lat. *parens, parentis* « père » ou « mère », « aïeul, ancêtre », de *parere* « mettre au monde ». Le sens de « membre de la même famille » apparaît dès le M. A. En fr. mod. sens de « proche, semblable ». || ***grands-parents*** (XVIIIe s.) ; ***parenté*** (XIe s.), du lat. vulg. **parentatus* « famille, lien du sang » ; ***parentèle*** (XIVe s.), « ensemble des parents », empr. au lat. jur. tard. *parentela* « parenté » ; ***parental*** (XVIe s.) ; ***apparenter*** (XIIe s.), d'abord « traiter en parent, rendre parent », à la forme pronom. « s'allier par mariage », puis « avoir une ressemblance » (à partir du XVIIe s.) ; ***apparentement*** (XXe s.), mot polit.

parenthèse (XVe s.), empr. au lat. *parenthesis*, terme de rhétor. « développement accessoire », empr. au grec *parenthesis* « action d'intercaler, insertion d'un élément », employé au sens de « phrase accessoire » (XVe s.), « signes typographiques marquant l'insertion d'un élément accessoire » (XVIIe s.), « digression » (XVIIe s.).

paréo (XIXe s.), mot de Tahiti, désignant un vêtement traditionnel du pays.

parer 1 (Xe s.), du lat. *parare* « préparer, apprêter, arranger ». La val. de « orner » apparaît au M. A. et est devenue prédominante. Le sens premier « préparer » survit dans des langues tech. : cuisine (*parer des fruits*), boucherie (*parer une viande*), peausserie (*parer une peau*), etc. || ***parement*** (Xe s.) ; ***parure*** (XIIe s.) ; ***déparer*** (XIe s.), d'abord « dégarnir de ce qui pare », puis « enlaidir ».

parer 2 (XVe s.), terme d'escrime, de l'ital. *parare* « se garder d'un coup, éviter une botte ». || ***parade*** (XVIIe s.) ; ***imparable*** (XVIIe s.) ; ***pare-brise*** (XXe s.) ; ***pare-chocs*** (XIXe s.).

paresse (XIIe s.), du lat. *pigritia* « indolence, paresse, lenteur ». Sens qui survivent en fr. S'y ajoutent depuis le XIIe s. « goût de l'inaction, du loisir », « absence d'énergie ». || ***paresseux*** (XIIe s.) ; ***paresser*** (XIIe s.).

parfaire (XIIe s.), empr. au lat. *perficere* « achever, accomplir », a d'abord signifié « achever », « compléter », puis « mener à la perfection ». || ***parfait*** (XIIIe s. sous cette forme), adj., du lat. *perfectus*, signifie en fr. depuis l'orig. « tout à fait accompli, excellent, exemplaire ». Nombreux empl. tech. ; subst. à partir du XVIe s. pour désigner un temps verbal marquant le passé accompli ; ***imparfait*** (XIVe s.), empr. au lat. *imperfectus*, adj., d'abord « inachevé, incomplet », puis « défectueux » ; subst. à partir du XVIIe s. pour désigner un temps verbal marquant une action inachevée, en voie d'accomplissement ; ***plus-que-parfait*** (XVIe s.), temps qui est au-delà de l'accompli.

parfois, voir ***fois***.

parfumer (XIVe s.), s. d. empr. à un ital. dial. *perfumare*, existant à côté de l'ital. normal *profumare*. || ***parfum***

(XVIe s.) ; ***parfumeur*** (XVIe s.) ; ***parfumerie*** (XIXe s.).

paria (XVIIe s.), empr. au port. *paria* « personnage de la dernière caste », lui-même tiré du tamoul *parayan* « joueur de tambour ».

parier (XIVe s.), du lat. tard. *pariare* « rendre égal, payer un compte ». Le sens nouveau de « mettre une somme en jeu, engager un enjeu » date du XVIe s. et vient de l'idée de « comparer (deux rivaux), mettre de pair », d'où « défier par un pari », puis par ext. « affirmer, soutenir » (XVIe s.). || ***pari*** (XVIIe s.), « enjeu » ; ***parieur*** (XVIIe s.).

pariétal (XVe s.), mot sav. (médec., botan., archéol.), empr. au lat. *paries, parietis* « paroi ».

paritaire, **parité**, voir ***pair***.

parjurer (XIe s.), empr. au lat. *perjurare, pejurare* « mentir, faire un faux serment », en fr. « violer son serment, faire un faux serment ». || ***parjure*** (XIIe s.), empr. au lat. *perjurus* « qui manque à ses engagements », d'où en a. fr. « fourbe, déloyal » et aussi « faux serment ».

parka (XXe s.), vêtement, empr. à l'anglo-améric. *parka*, lui-même pris à la langue des Esquimaux et désignant une veste en peau de castor (*parka* signifiant « peau »).

parking, voir ***parc***.

parlement (XIe s.), dér. de *parler*, en a. fr. « entretien, conversation », « assemblée délibérante », « cour de justice ». Le mot s'est employé pour désigner l'assemblée législative britannique (XIVe s., puis du XVIIIe s. jusqu'à la fin du XIXe s. d'après l'angl. *parliament*). Par analogie, il est entré dans la Constitution française au XIXe s. pour désigner l'assemblée législative fr. || ***parlementaire*** (XVIIe s.), d'abord « membre du Parlement britannique, relatif au Parlement britannique », d'après l'angl. *parliamentary*, puis « relatif à une assemblée législative » (depuis le XVIIIe s.) ; ***parlementer*** (XIVe s.), « conférer », puis « engager des pourparlers avec un ennemi » (XIVe s.) ; ***parlementarisme*** (XIXe s.) ; ***antiparlementaire*** (XXe s.).

parler (Xe s.), du lat. chrét. tard. *parabolare* « parler » dér. de *parabola* « récit allégorique du Christ », d'où « parole du Christ », qui a éliminé *loqui*, employé en a. fr. dès les premiers textes au sens de « émettre des sons articulés », « exprimer par la parole », « déclarer », « prononcer un discours », « conférer avec qqn », « s'exprimer par écrit ». Le sens de « traiter d'un sujet » est attesté au XIIe s. || ***parole*** (XIe s.), du lat. chrét. *parabola*, du grec *parabolê* « récit du Christ », puis « parole du Christ », puis « parole » ; ***parolier*** (XIXe s.) ; ***parlant*** adj. (XIIIe s.), « qui parle, qui aime parler, éloquent, expressif », puis dans le voc. du blason « qui suggère un nom par l'image » (*armes parlantes*), « qui reproduit la parole humaine » (*film parlant*) (XXe s.) ; ***parleur*** (XIIe s.) ; ***parloir*** (XIIe s.) ; ***parlotte*** (XIXe s.) ; ***pourparler*** (XIe s.), d'abord verbe au sens de « discuter », « comploter ». L'infinitif subst. est attesté au XVe s.

parme (XIXe s.), nom de couleur faisant référence à la violette de Parme, d'abord « mauve comme la violette de Parme ».

parmesan (XVIe s.), de l'ital. *parmigiano* « de Parme », fromage de la région de Parme.

parmi, voir ***mi***.

parodie (XVIIe s.), empr. au grec *parodia* « imitation bouffonne ». || ***parodier*** (XVIe s.) ; ***parodique*** (XIXe s.).

paroi (XIe s.), du lat. vulg. **pares, paretis*, issu du lat. clas. *paries, parietis* « mur, muraille ».

paroir, voir ***paraître***.

paroisse (XIe s.), du lat. tard. *parochia*, empr. au grec chrét. *paroikia* « séjour dans un pays étranger », puis « communauté », enfin « paroisse ». Le sens de « circonscription ecclésiastique » apparaît dès l'orig. en a. fr. || ***paroissien*** (XIIIe s.), du lat. chrét. *paro-*

chianus « membre d'une paroisse ». Le sens de « livre de messe » date du XIXe s., celui de « individu suspect » dans la langue fam. du XIXe s. ; ***paroissial*** (XIIIe s.).

parole, voir ***parler***.

paroxysme (XIVe s., sous la forme *parocisme*, *paroxime*), empr. au grec médic. *paroksusmos* « état aigu d'une maladie ». L'empl. dér. « phase extrême (d'une situation, d'une passion) » date du XIXe s. || ***paroxystique*** (XIXe s.).

parpaillot, « calviniste » (sobriquet péj.), d'orig. peu claire, p.-ê. de *parpaillon* « papillon » en langue d'Oc.

parpaing (XIIIe s.), terme de maçonnerie, « pierre de taille traversant toute l'épaisseur d'un mur », p.-ê. du lat. vulg. **perpetaneus* « ininterrompu ».

parquet, **parquer**, voir ***parc***.

parrain (XIIe s., sous la forme *parrin*), du lat. chrét. tard. *patrinus* (cf. ital. *padrino*, esp. *padrino*) « qui sert de père à un enfant sur les fonts baptismaux ». La forme en *-ain* vient d'une substitution de suffixe d'après *marraine*. Le mot *parrain* a remplacé *compère* courant en a. fr. Le sens de « personne qui présente qqn dans un cercle » date du XIXe s., celui de « chef d'un groupe de malfaiteurs » du XXe s. || ***parrainage*** (XIIIe s.) ; ***parrainer*** (XXe s.).

parricide (XIIe s.), empr. sav. au lat. *parricida* « meurtrier de son père, meurtrier d'un de ses parents, assassin, traître, sacrilège ». Le mot a désigné aussi en fr. celui qui attente à la vie du souverain (XIIIe s.).

part (IXe s.), du lat. *pars, partis* « partie, portion, côté, point de l'espace, cause, parti, rôle (d'un acteur) ». Les sens de « portion, fraction », « participation, rôle », « direction, côté, endroit, provenance » existent toujours en fr. || ***faire-part*** (XIXe s.), litt. « faire participer qqn (à une nouvelle) », désigne une lettre imprimée annonçant une nouvelle.

partage (XIIIe s.), du verbe a. fr. *partir* au sens de « séparer, diviser, partager » signifie « action de diviser, répartition » et aussi « lot attribué à qqn » ; ***partager*** (XVIe s.), avec les mêmes valeurs que le subst. ; ***départager*** (XVIIe s.).

partenaire (XVIIIe s.), empr. à l'angl. *partner* « associé, compagnon », employé en fr. dans des domaines très variés « coéquipier » (sport, jeu), « cavalier » (danse), « associé » (représentation théâtrale), « compagnon, compagne » (domaine sentimental, commerce et économie).

parterre, voir ***terre***.

parthénogénèse (XIXe s.), empr. à l'all. *Parthenogenesis* « reproduction sans fécondation », fait sur le grec *parthénos* « vierge » et *génésis* « création, production ».

parti, voir ***partir***.

partial (XVe s.), empr. au lat. tard. *partialis* au sens méd. de « attaché à un parti ». Le sens de « partisan, tendancieux » est attesté au XVIe s. || ***partialité*** (XVe s.), empr. au lat. méd. *partialitas* « esprit de parti », d'abord au sens de « faction », puis « parti pris » (XVIIe s.) ; ***impartial*** (XVIe s.) ; ***impartialité*** (XVIe s.).

participe (XIIIe s.), empr. au lat. gram. *participium* « qui participe (de la catégorie des noms et de celle du verbe) ».

participer (XIIIe s.), empr. au lat. *participare* « faire participer, partager, avoir sa part de », en fr. dès le XIIIe s. « avoir part à, être solidaire de ». || ***participation*** (XIIe s.), empr. au lat. tard. *participatio* « partage, participation ».

particule (XVe s.), empr. au lat. *particula* « petite partie, parcelle » et « petit élément » (en gram.). Nombreux emplois tech. en fr. dans la langue scient. L'expres. *particule nobiliaire* est attestée au XIXe s.

particulier (XIIIe s.), empr. au lat. tard.

particularis « qui concerne une seule réalité, spécial, spécifique, partiel ». || ***particularité*** (XIIIe s.), empr. au lat. *particularitas* ; ***particulariser*** (XVe s.) ; ***particularisme*** (XVIIe s.), au sens de « intérêt personnel », « caractères particuliers d'un groupe », « désir d'un groupe de conserver ses traits propres ».

partie, voir ***partir 1***.

partiel (XVIIe s.), empr. au lat. méd. *partialis* « qui forme une partie d'un tout, particulier, incomplet ».

partir 1 (Xe s.), du lat. vulg. **partire*, du lat. clas. *partiri* « diviser en parties, partager, répartir » (*avoir maille à partir* « avoir une petite pièce de monnaie à partager »). || ***parti*** (XIIe s.), part. pas. subst. de *partir*, au sens de « part revenant à qqn » au XIIIe s., d'où « situation, état » au XIVe s. (l'expres. *prendre parti* « s'engager dans une situation » est attestée au XVIIe s.), « condition avantageuse » au XVe s., « personne à marier » (*bon parti*) au XVIe s., « décision (pour régler une situation) » au XIVe s. (*prendre parti*), « groupe de personnes » au XVe s. (*être du parti de qqn*). Les emplois politiques se développent à partir du XIXe s. ; ***partie*** (XIIe s.), part. pas. fém. de *partir*, au sens de « fraction d'un tout », empl. pour désigner dès le XIIe s. une portion du corps (l'expres. *parties honteuses* est attestée au XVe s.), au XIIe s. l'activité de chacun, le rôle (*c'est ma partie*), au XIIIe s. une personne engagée dans un procès (*partie adverse*), depuis le XVIIe s. un divertissement pris en commun, une compétition (jeux, sports) ; ***contrepartie*** (XIIIe s.) ; ***partition*** (XIIe s.), empr. au lat. *partitio* « partage, division, répartition », d'abord en fr. au sens de « action de partager ». Le sens musical « partie à interpréter » date du XVIIe s. Le sens de « division, séparation d'un ensemble en éléments indépendants » (XXe s.) est réapparu sous l'infl. de l'angl. *partition* ; ***partitif*** (XIVe s.), empr. au lat. *partitivus* ; ***départir*** (XIe s.), au sens de « partager, répartir, disperser », puis à la forme pronom. « se séparer de, s'écarter de » ; ***département*** (XIIe s.), d'abord « action de partager, partage, distribution », puis « groupe séparé », « séparation, départ ». Le sens de « division administrative » date du XVIIIe s. ; ***répartir*** (XIIe s.) ; ***répartition*** (XIVe s.) ; ***répartiteur*** (XVIIIe s.) ; ***tripartition*** (XVIIIe s.).

partir 2 (XIIe s.), « quitter un endroit », également du lat. vulg. **partiri*, du lat. clas. *partire* « diviser, partager », d'où l'idée de séparation, de départ. || ***départ*** (XIIIe s.) ; ***repartir*** (XVIIe s.) ; ***partance*** (XVe s.).

partisan (XVe s.), empr. à l'ital. *partigiano* « qui prend parti pour qqn ou pour un groupe », signifie en fr. dès l'orig. « attaché à un parti », puis « financier prenant à ferme la levée de l'impôt » (XVIe s.), « soldat n'appartenant pas à l'armée régulière » (XIXe s.).

partitif, **partition**, voir ***partir 1***.

partout, voir ***tout***.

parturition (XVIIIe s.), empr. au lat. tard. *parturitio* « enfantement ». || ***parturiente*** (XVIe s.), empr. au lat. *parturiens, parturientis* « qui accouche ».

party (XIXe s.), mot angl. désignant une réception (*garden-party, surprise-party*).

parvenir (Xe s.), du lat. *pervenire* « arriver à destination, arriver à un but ». || ***parvenu*** (XVIIIe s.), au sens de « nouveau riche ».

parvis (XIIe s.), « place devant la façade d'une église ou d'une cathédrale », du lat. chrét. *paradisus* « parc, enclos », puis « place devant l'église ».

pas (Xe s.), du lat. *passus* « action de marcher, pas », empl. en a. fr. au sens de « mouvement en avant » et aussi « manière d'avancer, allure », « passage, défilé », toutes valeurs qui survivent en fr. mod. Les expres. *faux pas, pas de clerc* « mauvaise démarche » datent du XVIe s. La particule *pas* employée avec négation (*ne... pas*) a même orig. (litt. « pas même... un pas »).

pascal, voir ***pâques***.

pasquinade (XVIe s.), mot archaïque, de l'ital. *pasquinata* « satire », d'abord « écrit satirique », puis « bouffonnerie ».

passable, **passager**, voir ***passer***.

passacaille (XVIIe s.), ancienne danse, de l'esp. *pasacalle* (litt. « passe rue »).

passade (XVe s.), de l'ital. *passata* « passage, action de passer », a d'abord signifié « passage, bref passage ». Le sens de « liaison passagère » date du XVIIIe s.

passement (XIIe s. au sens de « passage », XVIe s. en passementerie), dér. de *passer*, désigne un tissu de fils précieux, un galon (qui passe sur les vêtements ou les tissus d'ameublement et sert de parure). ‖ ***passementerie*** (XVIe s.).

passer (XIe s.), du lat. vulg. **passare* « avancer, traverser », fait sur *passus* « pas ». ‖ ***passable*** (XIIIe s.), d'abord « qui passe », « par où l'on peut passer », puis « qui peut passer, acceptable » (à partir du XIVe s.) ; ***passage*** (XIe s.), au sens de « action de passer », « moyen de passer, endroit pour passer ». Le sens de « partie d'un texte » date du XIIe s. ; ***passager*** (XIVe s.), « qui sert à passer » (*nef passagière*), « qui ne fait que passer » (XVIe s.) ; ***passation*** (XVIe s.), « action de passer (un acte) ». Le sens de « transmission des pouvoirs » date du XXe s. ; ***passe*** (XIVe s.), déverb. de *passer*, d'abord « passage » (*mot de passe*), nombreux sens tech., notamment dans la langue des jeux ; ***impasse*** (XVIIIe s.), d'abord terme de jeu ; ***passe-partout*** (XVIe s.), « clé pouvant ouvrir plusieurs portes » ; ***passe-passe*** (XVe s.), « tour d'adresse des prestidigitateurs », d'où « tromperie » (XVIe s.) ; ***passe-droit*** (XVIe s.) ; ***passeport*** (XVe s.), « sauf-conduit permettant la liberté de circulation » ; ***passe-temps*** (XVe s.) ; ***passe-volant*** (XVIe s.), mot archaïque, « faux soldat figurant dans les défilés » ; ***passé*** (XVIe s.) ; ***passéiste*** (XXe s.) ; ***passerelle*** (XIXe s.) ; ***passeur*** (XIIIe s.) ; ***passoire*** (XIIIe s.) ; ***dépasser*** (XIIe s.) ; ***outrepasser*** (XIIe s.), « franchir (une limite) ». Voir ***repasser***, ***trépasser***.

passereau (XIIIe s.), dér. de l'a. fr. *passer*, issu du lat. *passer*, *passeris* « moineau ».

passible (XIIe s.), empr. au lat. tard. *passibilis* « susceptible de supporter, de souffrir », d'abord au sens de « capable de souffrir, d'éprouver des sensations », puis « qui encourt une peine, coupable » (à partir du XVIIIe s.). ‖ ***impassible*** (XIVe s.), empr. au lat. tard. *impassibilis* ; ***impassibilité*** (XIIIe s.), empr. au lat. tard. *impassibilitas*.

passif (XIIIe s.), du lat. tard. *passivus* « susceptible de subir, de souffrir qq. ch. », a d'abord le sens en a. fr. de « qui subit, qui n'agit pas ». ‖ ***passivité*** (XVIIe s.).

passion (Xe s.), du lat. tard. *passio* « action de supporter, de souffrir, souffrance », employé pour désigner les souffrances du Christ, puis des martyrs, puis au sens de « mouvement de l'âme, ardente affection ». Ces sens survivent en a. fr. La valeur de « impulsion irraisonnée » est attestée au XVIIe s. ‖ ***passionner*** (XIIIe s.), d'abord au sens de « tourmenter » ; ***passionnel*** (XVIe s.) ; ***dépassionner*** (XVIe s.).

pastel 1 (XIVe s.), empr. au langued. *pastel* « plante tinctoriale produisant une couleur bleue ».

pastel 2 (XVIIe s.), empr. à l'ital. *pastello* « bâtonnet de couleur fait de poudres solidifiées ».

pastèque (XVIIe s.), du lat. méd. *batheca*, empr. à l'ar. *bittiha* « melon d'eau ».

pasteur, voir ***pâtre***.

pasteuriser (XIXe s.), du nom de *Pasteur*. ‖ ***pasteurisation*** (XIXe s.).

pastiche (XVIIIe s.), de l'ital. *pasticcio*

« viande recouverte de pâte », « écrit confus », « œuvre écrite en collaboration ». Le sens de « imitation, contrefaçon » est attesté au XVIIIe s. || ***pasticher*** (XIXe s.).

pastille (XVIe s.), empr. à l'esp. *pastilla* « petit morceau de pâte odorante ou médicale », issu du lat. imp. *pastillus* « pastille (parfumée), pilule ».

pastis (XXe s. au sens de « boisson »), empr. au prov. *pastis* (XIVe s.) « pâté », issu du lat. vulg. **pasticium* « pâté », empl. régionaux anciens au sens de « pâtisserie », « mélange confus, désordre », en fr. surtout « boisson alcoolisée à l'anis ».

pastoral, **pastourelle**, voir ***pâtre***.

patache (XVIe s.), empr. à l'esp. *patache* « bateau », d'abord au sens de « bâtiment léger ». Le sens de « mauvaise diligence » date du XVIIIe s. || ***patachon*** (XIXe s.), au sens de « conducteur de patache ».

pataquès (XVIIIe s.), mot plaisant fait sur des fautes de liaison (addition de *t* à la négation *pas* et graphie *quès* pour *qu'est-ce*).

patate (XVIe s.), empr. à l'esp. *patata, batata,* a d'abord désigné une plante exotique. Le sens de « pomme de terre » (XVIIIe s.) dans la langue fam. vient de l'angl. *potato*.

pataud (XVe s.), nom de chien à grosses pattes. Le sens dér. « personnage pesant et embarrassé » date du XVIe s.

patauger (XVIIe s.), dér. de *patte*, « piétiner dans un endroit bourbeux ». || ***pataugement*** (XIXe s.).

patchwork (XIXe s.), mot angl. fait de *patch* « morceau » et *work* « travail », désignant un ouvrage de couture fait de pièces disparates.

pâte (XIIe s.), du lat. tard. *pasta* « pâte de farine », du plur. *pasta* « mets consistant fait avec de la farine ». L'expres. *en pâte* (depuis le XIIIe s.) s'applique à un mets entouré de pâte, de croûte (*coq en pâte* est attesté au XVIIe s.). Nombreux empl. tech. || ***pâté*** (XIIe s.) ; ***pâtée*** (XVIIe s.) ; ***pâteux*** (XIIIe s.) ; ***empâter*** (XIIIe s.) ; ***empâtement*** (XIXe s.).

patelin 1 (XVe s.), du nom du héros de la farce de *Maître Pathelin*, « doucereux, hypocrite ».

patelin 2 (XIXe s.), s. d. dér. de *pastiz* « pacage », « village, pays » dans la langue fam.

patène (XIVe s.), empr. au lat. *patena, patina* « plat creux ».

patenôtre (XIIe s.), empr. au premiers mots de la prière *Pater Noster,* désigne d'abord l'Oraison dominicale, puis est pris au sens de « prière » dès le XIIIe s. Le sens péj. de « paroles confuses » est attesté au XVIe s.

patent (XIVe s.), empr. au lat. *patens* « ouvert, découvert, manifeste », a d'abord signifié « ouvert » dans *lettres patentes* (XIVe s.), terme de chancellerie, puis a pris le sens de « manifeste » (XIVe s.). || ***patente*** (XVIe s.), abrév. de *lettre patente*, a d'abord désigné un privilège, une prérogative. Les sens de « brevet » et « impôt » datent du XVIIIe s. ; ***patenter*** (XVIIIe s.).

patère (XVIe s.), empr. au lat. *patera* « coupe évasée ».

paterne adj. (XIVe s.), empr. au lat. *paternus* « paternel », au sens de « bienveillant ». || ***paternité*** (XIIe s.), empr. au lat. chrét. *paternitas* « qualité de père », « sentiments de père » ; ***paternel*** (XIIe s.), formé sur le lat. *paternus*, de même sens ; ***paternalisme*** (XIXe s.), de l'angl. *paternalism* « conception patriarcale du rôle du chef d'entreprise », mot péj. dans la littér. syndicale et ouvrière ; ***paternaliste*** (XXe s.).

pathétique (XVIe s.), empr. au lat. tard. *patheticus*, du grec *pathétikos* « propre à émouvoir », dér. de *pathos* « état de l'âme agitée », « expression émue », empl. dès l'orig. en fr. au sens de « qui émeut vivement ». Subst. depuis le XVIIe s.

patho-, premier élém. de termes sav., comme ***pathologie***, tiré du grec *pathos* « maladie ».

patibulaire (XIVe s.), mot sav., empr. au lat. *patibulum* « potence, gibet », au sens de « qui concerne le gibet », puis « inquiétant » (*mine patibulaire*) à partir du XVIIe s.

patient (XIIe s.), empr. au lat. *patiens* « qui supporte ». || ***patience*** (XIIe s.), empr. au lat. *patientia* « le fait de supporter, endurance », d'abord en fr. en ce sens. Les valeurs de « persévérance » (XIIIe s.) et « art d'attendre » (XVIe s.) sont postérieures ; ***patienter*** (XVIe s.) ; ***impatient*** (XIIe s.), empr. au lat. *impatiens* « qui ne supporte pas » ; ***impatience*** (XIIe s.), empr. au lat. *impatientia*, de même sens ; ***impatienter*** (XVIe s.).

patin (XIIIe s.), dér. de *patte*, a d'abord désigné une chaussure à semelle épaisse (XIIIe s.). Le sens de « chaussure servant à glisser sur la glace » est attesté au XVe s. || ***patiner*** (XVIIIe s.) ; ***patineur*** (XVIIIe s.) ; ***patinage*** (XIXe s.) ; ***patinoire*** (XIXe s.).

patine (XVIIIe s.), de l'ital. *patina* « oxydation prise par les objets métalliques », « coloration prise par les objets ou les peintures avec le temps ». || ***patiner*** (XIXe s.).

patio (XIXe s.), de l'esp. *patio* « cour intérieure à ciel ouvert ».

pâtir (XVIe s.), du lat. *pati* « supporter, endurer ». Le sens de « souffrir » est attesté dès le XVIe s.

pâtis, voir ***paître***.

pâtissier (XIIIe s.), p.-ê. de l'a. fr. **pastitz* « pâté », du lat. **pasticium* « pâté », pris au sens de « qui travaille la pâte, qui fait de la pâtisserie ». || ***pâtisserie*** (XIVe s.).

patois (XIIIe s.), d'orig. peu claire, d'abord au sens de « langue incompréhensible » (XIIIe s.), puis « parler local » (XIVe s.). || ***patoiser*** (XIXe s.).

patraque (XVIIIe s.), s. d. de l'ital. *patacca* « monnaie de peu de valeur », en fr. d'abord « machine vétuste », puis « personne malade » (XXe s.)

pâtre (XIIe s., sous la forme *pastre*), forme au c. s., du lat. *pastor, pastoris* « berger », mot litt. depuis le XVIIIe s. || ***pasteur*** (XIe s.), c. r. en a. fr., du lat. *pastorem*, a désigné aussi le chef d'une communauté chrétienne, un ministre du culte ; ***pastoral*** (XIIIe s.) ; ***pastoureau*** (XIIe s.) ; ***pastourelle*** (XIIe s.), au sens de « bergère », avant de signifier « chanson de bergère » et de désigner un genre poétique du M. A.

patriarche (XIIe s.), empr. au lat. eccl. *patriarcha*, du grec chrét. *patriarkhés* « chef de clan » (chez les Hébreux), a désigné les chefs de clan (de l'Ancien Testament) (XIIe s.), les titulaires des premiers sièges épiscopaux (XIIe s.). Le sens de « ancêtre âgé et vénérable, vieillard vénérable » date du XVIIe s. || ***patriarcal*** (XVe s.), empr. au lat. eccl. *patriarchalis* ; ***patriarcat*** (XVe s.), empr. au lat. méd. *patriarchatus*.

patricien (XIVe s.), dér. du lat. *patricius* « membre de l'aristocratie » et du suff. *-ien*. || ***patriciat*** (XVIIe s.), empr. au lat. *patriciatus* « qualité de patricien ».

patrie (XVIe s.), empr. au lat. *patria* « pays natal, sol natal » (litt. « pays du père »), d'abord au sens de « pays des ancêtres », puis « communauté à laquelle on a conscience d'appartenir » (XVIe s.), « lieu où l'on a vu le jour » (XVIIe s.). L'expres. *petite patrie* pour désigner l'endroit où l'on est né date du XIXe s. Par opp. à *nation*, concept politique, *patrie* est un terme chargé d'affectivité. || ***expatrier*** (XIVe s., rare avant le XVIIIe s.) ; ***rapatrier*** (XVe s.), du lat. tard. *repatriare* « rentrer dans sa patrie », au sens de « assurer le retour de qqn dans son pays » et aussi « réconcilier » (sens disparu) ; ***rapatriement*** (XVIIe s.). Voir ***apatride***.

patrimoine (XIIe s.), empr. au lat. *patrimonium* « bien de famille ». || ***patrimonial*** (XIVe s.).

patriote (XVe s.), empr. au lat. tard. *patriota*, du grec *patriotês* « compatriote », d'abord au sens originel, puis « qui aime sa patrie, dévoué à sa patrie » (XVIIIe s.), « républicain, partisan de la Révolution » (XVIIIe s.). ‖ ***patriotique*** (XVIe s.), d'abord au sens de « paternel », puis « qui exprime l'amour de la patrie » (XVIIIe s.) ; ***patriotisme*** (XVIIIe s.) ; ***compatriote*** (XVe s.).

patristique (XIXe s.), adj. et subst., empr. au lat. sav. du XVIIe s. *patristica* (*theologia*) « théologie qui concerne les Pères de l'Eglise ». ‖ **patrologie** (XVIIIe s.), empr. au lat. sav. *patrologia*, désigne l'étude des Pères de l'Eglise, et aussi la collection complète des œuvres de ces Pères.

patron (XIIIe s.), empr. au lat. *patronus* « patricien protecteur » (par opp. à *cliens* « plébéien protégé »), et aussi « défenseur en justice », puis en lat. méd. « saint patron (d'une église, d'une corporation, d'un individu) », « maître » (par rapport à des esclaves), « seigneur » (par rapport à des vassaux), « commandant » (d'un navire), « défenseur en justice (d'une communauté religieuse) », « protecteur » (d'une église). Toutes ces valeurs existent en a. fr. Le sens de « maître de maison » (par rapport aux domestiques) apparaît au XVIIe s. et se répand surtout au XIXe s., celui de « chef d'entreprise » (par rapport aux ouvriers) date du XIXe s., celui de « médecin responsable d'un service hospitalier » du début du XXe s. On notera que l'empl. fig. au sens de « modèle (sur lequel travaille un artisan) » remonte au XIIe s. ‖ ***patronage*** (XIIIe s.), d'abord au sens de « appui, protection ». Le sens dér. « œuvre de bienfaisance » date du XIXe s. ; ***patronner*** (XIVe s.) ; ***patronnesse*** (XVe s.), d'abord « qui protège », puis dans l'expres. *dame patronnesse* (XIXe s.) « personne qui se consacre à des œuvres de bienfaisance », empr. à l'angl. *patroness* « femme patron » ; ***patronat*** (XVIe s.), empr. au lat. tard. *patronatus* « qualité de patron », en fr. d'abord au sens de « protection », puis « ensemble des patrons » (XIXe s.) ; ***patronal*** (XVIIe s.).

patronymique (XIIe s.), « nom donné aux descendants d'une famille (d'après le nom de l'ancêtre) », du lat. tard. *patronymicus*, empr. au grec *patronumikos* « qui porte le nom du père ». ‖ ***patronyme*** (XIXe s.), « nom de famille (transmis par le père) ».

patrouiller (XVIe s.), dér. de *patte* et du suff. *-ouiller*, d'abord au sens de « patauger », puis « faire une ronde de surveillance » (XVIe s.). ‖ ***patrouille*** (XVIe s.) ; ***patrouilleur*** (XVIIe s.). Le sens de « petit bâtiment de guerre » date de 1918.

patte (XIIe s.), onomat., « membre servant à la marche (chez les animaux) », puis « main » et « pied » de l'homme (style fam.). L'expres. *marcher à quatre pattes* est attestée au XVIIe s. Nombreux empl. tech. ‖ ***patte d'oie*** (XVIe s.), d'abord « difformité physique », puis « carrefour » (XVIIe s.) ; ***pattes de mouche*** (XVIIIe s.), « écriture petite et difficile à lire ».

pattemouille (XXe s.), de *patte* « chiffon » et *mouille* « humide », linge humide servant pour le repassage.

pâture (XIIe s.), du lat. tard. *pastura* « action de paître, de brouter », en a. fr. au sens de « lieu où paissent les animaux », « action de paître », « nourriture (des animaux) », puis « nourriture (de l'homme) » (XIIIe s.), « nourriture spirituelle » (XIIIe s.). L'expres. *vaine pâture* est attestée au XIVe s. pour désigner le droit de faire paître des animaux sur des friches ou bien sur des terres non closes, après l'enlèvement de la récolte. ‖ ***pâturer*** (XIIe s.) ; ***pâturage*** (XIIe s.).

paturon (XIVe s.), de l'a. fr. *pasture* « bas de la jambe du cheval ».

paume (XIe s.), du lat. *palma* « creux de la main ». ‖ ***paumelle*** (XIIIe s.), dimin. empl. en des sens tech. ; ***paumer*** (XIIIe s.), « toucher de la main, frapper de la main ». Le part. *paumé* a pris au

XXe s. dans la langue pop. le sens de « perdu, égaré » ; ***empaumure*** (XVIe s.) ; ***empaumer*** (XVIIe s.), d'abord « prendre dans la paume », puis « enjôler, séduire » (XVIIe s.).

paupérisme (XIXe s.), de l'angl. *pauperism* « état de pauvreté ». || ***paupérisation*** (XIXe s.).

paupière (XIIe s.), du lat. *palpetra*, var. de *palpebra*, de même sens.

paupiette (XVIIe s.), « viande roulée et farcie », p.-ê. de l'ital. *polpetta* « boulette roulée et farcie ».

pause (XVIe s.), empr. au lat. *pausa*, empr. au grec *pausis* « cessation, arrêt (d'une activité) ». Le sens music. de « silence » est attesté au XIVe s., celui de « phase de ralentissement » au XVe s.

pauvre (XIe s., sous la forme *povre*, fréq. jusqu'au XVIe s.), du lat. *pauper*, *pauperis* « nécessiteux », en a. fr. au sens de « indigent, sans ressources », « piètre, sans valeur » et aussi « pitoyable, qui inspire de la pitié » (en raison de l'éminente dignité des pauvres d'un point de vue chrétien). Le sens condesc. ou péj. « chétif, misérable » est attesté au XVe s. Le mot s'emploie pour marquer la pitié et la tendresse en parlant des défunts (*mon pauvre mari*) depuis le XIXe s. || ***pauvreté*** (XIIe s.), du lat. *paupertas*, *paupertatis* ; ***pauvresse*** (XVIIIe s.) ; ***appauvrir*** (XIIe s.) ; ***appauvrissement*** (XIIIe s.).

pavane (XVIe s.), danse majestueuse, de l'ital. *pavana*, forme dial. de *padovana* « de Padoue » (*Padova* en ital.). || ***se pavaner*** (XVIIe s.), « marcher avec ostentation, parader, tirer vanité » ; par infl. du lat. *pavo* « paon » et d'une fausse étym. on a donné à *se pavaner* le sens de « faire le paon ».

paver (XIIe s.), du lat. vulg. **pavare*, du lat. clas. *pavire* « aplanir, niveler ». || ***pavé***, subst. (XIVe s.), part. pas. de *paver*, « revêtement du sol » ; ***pavement*** (XIIe s.), empr. au lat. *pavimentum* ; ***pavage*** (XIVe s.), ; ***dépaver*** (XIVe s.) ; ***repaver*** (XIVe s.).

pavillon (XIIe s.), du lat. *papilio, papilionis* « papillon », puis « tente » en lat. tard. (ressemblance des deux pans de la tente aux ailes d'un papillon), d'abord en fr. au sens de « tente ronde », puis « corps de bâtiment, petit bâtiment » (XVIe s.), enfin « pièce d'étoffe hissée sur un navire » (XVIe s.). L'expres. *baisser le pavillon* « se rendre, reconnaître son infériorité » date du XVIIe s. || ***pavillonnaire*** (XXe s.).

pavois (XIVe s.), de l'ital. *pavese* « bouclier de Pavie », d'abord « grands boucliers », et aussi en terme de marine « boucliers disposés sur la coque d'un navire au-dessus du pont » (XIVe s.) et « pièces de toile, ensemble des pavillons du navire » (XIVe s.). || ***pavoiser*** (XIVe s.), d'abord « garnir de boucliers, protéger (une nef) avec des boucliers », puis « parer les navires de pavillons » (XVIIIe s.), « mettre des drapeaux aux fenêtres » (XIXe s.), « manifester une grande joie » (XXe s.).

pavot (XIIIe s.), plante, du lat. vulg. **papavus*, altér. du lat. clas. *papaver*, de même sens.

payer (Xe s.), du lat. *pacare* « pacifier, apaiser », attesté en a. fr. au sens de « s'acquitter d'une dette, verser de l'argent ». || ***payable*** (XIIIe s.), ***payeur*** (XIIIe s.) ; ***paie*** (XIIe s.) ; ***paiement*** (XIIe s.) ; ***impayable*** (XIVe s.), « qu'on ne peut payer », puis « inestimable » (XVIIe s.), enfin (par ironie) « extraordinaire » (XVIIIe s.) ; ***impayé*** (XVIIIe s.).

pays (Xe s., sous la forme *païs*), du lat. tard. *pagensis* « habitant d'un canton », « compatriote », « paysan », fait sur *pagus* « canton ». Le sens de « division territoriale, région géographique » vient s. d. de l'emploi de *pagensis* pour qualifier un territoire. En a. fr. le mot signifie « contrée, province, région », soit au sens large (vaste territoire habité par une collectivité), soit au sens étroit (région dont on est originaire, village natal) : cf. fr. mod. les expres. *enfant du pays* « originaire de la localité », *vin de pays* (XVIIIe s.) « vin de terroir ». Le sens de

« ensemble de la population » est attesté au XIIIe s. Les valeurs polit. du mot au sens de « nation, Etat » apparaissent à partir du XIVe s. L'emploi fam. au sens de « personne de la même région, compatriote », date du XVIIe s. ‖ ***paysage*** (XVIe s.), « ensemble du pays », « étendue que l'œil peut embrasser », « représentation d'une vue de la nature, généralement champêtre » (terme de peinture) ; ***paysagiste*** (XVIIe s.) ; ***dépayser*** (XIIIe s.), d'abord « faire changer de lieu », puis « déconcerter » (XVIIe s.) ; ***dépaysement*** (XVIe s.) ; ***paysan*** (XIIe s., sous la forme *païsant*), au sens de « qui habite le pays » et très tôt « qui habite la campagne, qui cultive la terre ». Des emplois péj. au sens de « rustre, grossier, nigaud » apparaissent dès le M. A. ; ***paysannerie*** (XVIe s.).

paysan, voir ***pays***.

péage (XIIe s.), s. d. dér. du lat. méd. *pedaticum* « droit de mettre le pied (*pes, pedis*) qq. part », toujours utilisé au sens de « taxe levée pour le passage ». L'empl. pour les autoroutes date du XXe s.

peau (XIe s., sous la forme *pel*), du lat. *pellis* « peau d'animal », empl. en a. fr. à la fois pour désigner la peau de l'animal et celle de l'homme, au sens de « épiderme, cuir, parchemin ». L'empl. au sens de « corps, personne, vie » (*laissier la pel* « y laisser la peau », *garantir sa pel* « sauver sa peau ») date du M. A. Nombreuses expres. pop. ou tech. ‖ ***pelletier*** (XIIe s.) ; ***pelleterie*** (XIIe s.) ; ***peaussier*** (XIIIe s.) ; ***peausserie*** (XVIIIe s.). Voir ***oripeau***.

pécan fruit exotique (XXe s.), de l'améric. *pecan*, empr. à l'algonquin *pakan* « noix ».

pécari (XVIIe s.), empr. à la langue des Caraïbes désignant un porc sauvage.

peccadille (XVIe s.), empr. à l'esp. *peccadillo* « petit péché ».

pêche 1 (XIIe s.), du lat. tard. *persica* « pêche » (litt. « fruit de Perse »). ‖ ***pêcher*** (XIIe s.).

pêche 2, voir ***pêcher 2***.

péché (Xe s.), du lat. *peccatum* « faute, action coupable ». ‖ ***pécher*** (XIIe s.), du lat. chrét. *peccare* « commettre une faute (contre Dieu) », « faillir, faire défaut » ; ***pécheur*** (Xe s., sous la forme *pecheor*) ; ***peccamineux*** (XVIIe s.), empr. au lat. méd. *peccaminosus* « qui relève du péché, coupable ».

pêcher 1, voir ***pêche 1***.

pêcher 2 (XIIe s.), du lat. vulg. **piscare*, lat. clas. *piscari* « attraper des poissons ». ‖ ***pêche*** (XIIIe s.) ; ***pêcheur*** (XIIe s.) ; ***pêcherie*** (XIIe s.) ; ***repêcher*** (XVIe s.), d'abord « pêcher de nouveau » et « tirer de l'eau », puis « admettre un candidat à un examen » (XIXe s.) ; ***repêchage*** (XIXe s.), « action d'admettre un candidat à un examen ».

pécore (XVIe s.), empr. à l'ital. *pecora* « brebis », d'où « bête stupide », mot péj. empl. en fr. pour qualifier une femme au sens de « sotte et prétentieuse ».

pectoral (XIVe s.), empr. au lat. *pectoralis* « qui concerne la poitrine », fait sur *pectus* « poitrine ».

pécule (XIIIe s.), empr. au lat. *peculium* « argent amassé par l'esclave, économies », en fr. au sens général de « économies », puis au sens tech. de « argent versé à une période déterminée (à un détenu, un militaire, un enfant devenu majeur) » (XIXe s.).

pécuniaire (XIIIe s.), empr. au lat. *pecuniarius* « qui concerne l'argent, qui consiste en argent », du lat. *pecunia* « argent ». ‖ ***impécunieux*** (XVIIe s.), négation de *pécunieux* (XIVe s.), empr. au lat. *pecuniosus* « pourvu d'argent », en fr. « sans argent ».

pédagogue (XIVe s.), empr. au lat. *paedagogus* « esclave qui accompagne les enfants, précepteur », du grec *paidagogos* de même sens, a signifié en fr. « maître d'école, éducateur » souv. avec nuance péj. (maître autoritaire, cuistre, désagréable) jusqu'à la fin du XIXe s., puis à partir du XXe s. avec valeur positive « enseignant », « spécialiste des sciences de l'éducation ». || ***pédagogie*** (XVe s.), empr. au grec *paidagogia* ; ***pédagogique*** (XVIIe s.), empr. au grec *paidagogikos*.

pédale (XVIe s.), empr. à l'ital. *pedale* « pièce actionnée par le pied » (s'applique d'abord à la pédale d'orgue). || ***pédaler*** (XIXe s.) ; ***pédalier*** (XIXe s.) ; ***pédalo*** (XXe s.).

pédant (XVIe s.), de l'ital. *pedante* au sens de « pédagogue, enseignant », déjà péj. en fr. au XVIe s. « cuistre, fat ». || ***pédantesque*** (XVIe s.), empr. à l'ital. *pedantesco* « excessivement minutieux et savant » ; ***pédanterie*** (XVIe s.) ; ***pédantisme*** (XVIe s.).

pédéraste (XVIe s.), du grec *paiderastês* « qui aime les jeunes garçons », empl. en fr. au sens de « homosexuel ». || ***pédérastie*** (XVIe s.).

pédestre (XVe s.), empr. au lat. *pedester* « qui est à pied, fantassin, qui se fait à terre ».

pédiatre (XIXe s.), empr. au grec *pais* « enfant » et *-iatre* du grec *iatros* « médecin », en fr. « médecin spécialiste des maladies infantiles ». || ***pédiatrie*** (XIXe s.).

pédicule (XVIe s.), empr. au lat. *pediculus* « petit pied, pédoncule ».

pédicure (XVIIIe s.), du lat. *pes, pedis* « pied » et *curare* « soigner ».

pedigree (XVIIIe s.), empr. à l'angl. *pedigree* « généalogie (d'un animal) ».

pédoncule (XVIIIe s.), mot sav. empr. au lat. *pedunculus* « petit pied », dimin. de *pes, pedis*.

peeling (XXe s.), du verbe angl. *to peel* « peler, enlever la peau », mot de chirurgie esthétique « enlèvement de la couche superficielle de l'épiderme ».

pègre (XVIIIe s.), p.-ê. empr. à l'arg. marseillais *pego* « voleur des quais ».

peigne (XIIe s.), réfect. de la forme *pigne*, du lat. *pecten, pectinis*, de même sens. || ***peigner*** (XIIe s.), du lat. *pectinare* ; ***peignoir*** (XVe s.), d'abord « linge mis sur les épaules quand on se peigne », puis « vêtement mis avant de se peigner, vêtement de bain » (XIXe s.), « vêtement léger d'intérieur » (XVIIe s.) ; ***peigné*** (en parlant d'une étoffe) (XVIIe s.), « aux fibres allongées, à l'aspect lisse ».

peindre (XIe s.), du lat. *pingere*, de même sens. || ***dépeindre*** (XIIIe s.), empr. au lat. *depingere* « représenter en peinture, décrire » ; ***peintre*** (XIIIe s.), du lat. vulg. **pinctor*, du lat. clas. *pictor* « peintre » ; ***peinture*** (XIIe s.), du lat. vulg. **pinctura*, du lat. clas. *pictura* ; ***peinturlurer*** (XVIIe s.), altér. de *peinturer* (XIIe s.) « peindre », au sens de « mal peindre, barbouiller ».

peine (Xe s.), du lat. *poena* « réparation, expiation, châtiment » en lat. clas. et « peine, souffrance » en lat. tard. Ces sens survivent en fr. || ***peiner*** (Xe s.), « se donner du mal » ; ***pénible*** (XIIe s.) ; ***penaud*** (XVIe s.), de *peine* et du suff. *-aud* ; ***peinard*** (XVIe s.), d'abord au sens de « faible, qui se dépense en vain », puis « tranquille » (XXe s.).

peintre, **peinture**, voir ***peindre***.

péjoratif (XVIIIe s.), du lat. tard. *pejorare* « rendre pire », en fr. « qui déprécie, défavorable ».

pelade, voir ***peler***.

pêle-mêle (XIIe s.), p.-ê. altér. de *mesle mesle* « dans la plus grande confusion », forme redoublée de l'impér. du verbe *mesler*.

peler (XIe s.), du lat. *pilare* « se couvrir de poils » et « arracher les poils, épiler », en fr. s'empl. aussi au sens de « enlever l'écorce d'un végétal, l'enveloppe ». || ***pelade*** (XVIe s.) ; ***pelage*** (XVe s.) ; ***pelure*** (XIIe s.). Voir ***épiler***.

pèlerin (XIe s.), du lat. *peregrinus* « étranger », puis en lat. chrét. « qui fait un voyage vers un sanctuaire (dans un esprit de dévotion) ». En fr. mod. le sens péj. « individu inquiétant, gaillard » date du XIXe s. || ***pèlerinage*** (XIIe s.) ; ***pèlerine*** (XVIIIe s.), terme de mode, d'abord « collet de femme », puis « manteau sans manches ».

pélican (XIIe s.), empr. au lat. tard. *pelicanus*, du grec *pelikan*, désignant l'oiseau de ce nom.

pelisse (XIIe s., sous la forme *pelice*), du lat. tard. *pellicia* « peau, fourrure », tiré de l'adj. *pellicius, pelliceus* « en peau, en fourrure », fait sur le subst. *pellis* « peau, cuir », désigne en a. fr. un vêtement doublé de fourrure.

pellagre (XIXe s.), de l'ital. *pellagra* « maladie de la peau ».

pelle (XIe s.), du lat. *pala* « bêche, pelle ». || ***pelletée*** (XVe s., sous la forme *palletee*) ; ***pelleter*** (XIXe s.) ; ***pelleteuse*** (XXe s.).

pelletier, **pelleterie**, voir ***peau***.

pellicule (XVIe s.), empr. au lat. *pellicula* « petite peau ». Nombreux sens tech. en fr. en rapport avec l'idée de « fine membrane ». L'empl. en photogr. et film. date de l'extrême fin du XIXe s. || ***pelliculaire*** (XIXe s.).

pelote (XIIe s.), du lat. vulg. **pilotta*, dim. de *pila* « balle, boule », sens conservés en fr. || ***peloton*** (XVe s.), d'abord « petite pelote de fil », puis « petit groupe d'hommes » (XVIIe s.) ; ***pelotonner*** (XVIIe s.), « mettre en peloton, enrouler en boule » ; ***peloter*** (XIVe s.), « rouler en boule », « lancer la balle ». Le sens de « palper, caresser » (empl. fam.) date du XVIIIe s.

pelouse (XVIe s.), s. d. empr. au prov. *pelouso*, subst. tiré de l'adj. *pelous*, du lat. *pilosus* « couvert de poils », a pris dès l'orig. le sens de « terrain couvert de gazon ».

peluche (XVIe s.), dér. du verbe d'a. fr. *peluchier* « éplucher », issu du lat. vulg. **pilucicare*, dér. de **pilucare*, lui-même dér. de *pilare* « couvrir de poils » et « épiler », désigne en fr. un tissu velu. || ***pelucher*** (XVIIIe s.), « devenir poilu comme la peluche » ; ***pelucheux*** (XIXe s.).

pelvien (XIXe s.), dér. sav. du lat. *pelvis* « bassin », s'applique au bassin du corps humain au sens de « qui concerne le bassin » (XVIe s.).

pénal (XIIIe s.), empr. au lat. *poenalis* « qui concerne le châtiment » (sens juridique). || ***pénalité*** (XIVe s.) ; ***pénaliser*** (XXe s.), empr. à l'angl. sportif *to penalize* « soumettre à une sanction » ; ***pénalisation*** (XXe s.), empr. à l'angl. *penalization* ; ***penalty*** (XIXe s.), dans la langue des sports, de l'angl. *penalty* « sanction ».

pénates (XVe s.), empr. au lat. *Penates* « dieux du foyer », a signifié également en fr. « foyer domestique » (XVIIe s.).

penaud, voir ***peine***.

pencher (XIIIe s.), du lat. vulg. **pendicare* « être incliné », dimin. de *pendere*. Le sens moral « être favorable à » est déjà attesté au XIIIe s. || ***penchant*** (XVIe s.), d'abord « pente d'une montagne, versant », puis « inclination, tendance, attirance » (XVIIe s.).

pendeloque (XIIIe s., sous la forme *pendeloche*, XVIIe s., sous la forme *pendeloque*), dér. de *pendre* avec déform. de la racine et add. du suff. *-oque*, désigne un bijou suspendu qui pend. Le sens de « élément de cristal en pendentif dans un lustre » est attesté au XVIIe s.

pendre (Xe s.), du lat. *pendere*, signifie en fr. dès le M. A. « suspendre par le haut, fixer par le haut », « mettre à mort par pendaison au gibet » et « descendre plus bas qu'il ne faudrait, retomber ». || ***pendant*** (XIIe s.) ; ***cependant*** (XIIIe s.) ; ***pendable*** (XIIIe s.) ; ***pendaison*** (XVIIe s.) ; ***penderie*** (XVIe s.), a signifié « pendaison » (XVIe s.) et « placard où l'on suspend des vêtements » (XIXe s.) ; ***pendard*** (XIVe s.), litt. « qui mérite la pendaison » ; ***pendentif*** (XVIe s.), formé sur le lat. *pendens, pendentis* ; ***pendiller*** (XIIIe s.) ; ***pente*** (XIVe s.), du lat. vulg. **pendita* « inclinaison ». Le sens moral de « penchant, tendance » date du XVIe s. ; ***penture*** (XIIIe s.), du lat. tard. *penditura* « qui pend », désigne une bande de fer fixée sur le battant d'une porte ou d'un volet; ***dépendre*** (XIIe s.), « décrocher, détacher ».

pendule (XVIIe s.), subst. masc., du lat. sav. *funependulus* « suspendu à un fil », de *pendulus* « qui pend » et *funis* « corde », pour désigner un corps mobile oscillant autour d'un point fixe. Le subst. fém. au sens de « horloge » est une abrév. de *horloge à pendule.* || ***pendulette*** (XIXe s.).

pêne (XIIIe s.), altér. de *pesle*, du lat. *pessulus* « verrou », désigne la partie mobile d'une serrure ou d'un verrou qui entre dans la gâche.

pénétrer (XIVe s.), empr. au lat. *penetrare* « faire entrer, entrer à l'intérieur ». Le sens dér. de « parvenir à connaître, comprendre » est attesté au XVe s. || ***pénétrant*** (XIVe s.); ***pénétrable*** (XIVe s.); ***impénétrable*** (XIVe s.), empr. au lat. *impenetrabilis*; ***pénétration*** (XIVe s.), empr. au lat. *penetratio.*

pénible, voir ***peine***.

péniche (XIXe s.), empr. à l'angl. *pinnace* « canot léger ». Le sens de « chaland » date du XIXe s.

pénicilline (XXe s.), remède antibiotique, de l'angl. *penicillin*, fait sur le lat. *penicillium* « pinceau, éponge » qui a désigné une moisissure disposée en pinceau.

pénil (XIIe s.), partie du pubis couverte de poils, du lat. vulg. **pectiniculum* « petit peigne », dér. de *pecten, pectinis* « peigne » et « poil sur le pubis ».

péninsule (XVIe s.), empr. au lat. *paeninsula* « presqu'île » de *paene* « presque » et *insula* « île ». || ***péninsulaire*** (XVIe s.).

pénis (XVIIe s.), « membre viril », empr. au lat. *penis* « queue des quadrupèdes » et « membre viril ».

pénitence (XIe s.), empr. au lat. *paenitentia* « regret, repentir (des fautes) », puis en lat. chrét. « mortification, peine expiatoire, mortification », « sacrement de réconciliation avec Dieu », sens conservés en fr. || ***pénitent*** (XIVe s.); ***pénitentiel*** (XVIe s.); ***pénitencier*** (XIIIe s.), empr. au lat. *poenitentiarius* « qui absout », en fr. « prêtre chargé d'absoudre les péchés graves », puis « lieu où l'on fait pénitence » (XVIe s.), « prison » (XIXe s.); ***pénitentiaire*** (XIXe s.), « qui concerne les détenus »; ***impénitent*** (XVIe s.), empr. au lat. chrét. *impaenitens*; ***impénitence*** (XIVe s.), empr. au lat. chrét. *impaenitentia.*

penne (XIe s.), du lat. *penna* « plume, aile », désigne en fr. les grandes plumes des ailes. || ***pennon*** (XIIe s.), « empennage d'une flèche »; ***empenner*** (XIe s.); ***empennage*** (XIXe s.).

pénombre (XVIIe s.), empr. au lat. sav. *paenumbra* « demi-jour, clair-obscur », à l'orig. terme de peinture et aussi d'astronomie.

penser (Xe s.), du lat. *pensare* « peser, apprécier » et en lat. tard. « penser, méditer ». Les sens de « réfléchir, imaginer, avoir dans l'esprit, songer à, avoir l'intention de » sont attestés dès le XIIe s. || ***pensée*** (XIIe s.), « réflexion ». L'empl. du mot pour désigner une fleur date du XVe s., cette plante étant un symbole du souvenir; ***arrière-pensée*** (XVIe s.), « pensée gardée par-devers soi »; ***penseur*** (XIIIe s., rare avant le XVIIIe s.); ***pensif*** (XIe s.); ***impensable*** (XIXe s.).

pension (XIIIe s.), empr. au lat. *pensio* « paiement, versement », en fr. avec les sens de « allocation versée régulièrement à une personne » (XVIIIe s.), « versement pour le logement et la nourriture » (XVIIe s.), « endroit où l'on est logé et nourri », « logement et nourriture », « institution scolaire assurant l'hébergement des élèves » (XVIIe s.). || ***pensionnaire*** (XIVe s.), « personne qui prend pension chez un particulier » (XVIe s.), « élève résidant dans l'établissement scolaire » (XVIe s.), « personne qui reçoit une pension » (XVIIe s.), « étudiant qui bénéficie d'un séjour dans une fondation » (XIXe s.);

pensionnat (XVIIIe s.) ; ***demi-pension*** (XVIIe s.).

pent(a)-, premier élém. de mots sav., comme ***pentacorde***, fait sur le grec *penté* « cinq ».

pente, **penture**, voir ***pendre***.

pentecôte (Xe s.), empr. au lat. chrét. *pentecoste*, empr. au grec *pentékosté* « cinquantième ». Le mot désigne la fête qui a lieu cinquante jours après Pâques.

pénultième (XIIIe s.), empr. au lat. *paenultimus* « presque dernier », c.-à-d. « avant-dernier ».

pénurie (XVe s., rare avant le XVIIIe s.), empr. au lat. *penuria* « manque de vivres, disette », a pris le sens en fr. dès le M. A. de « manque d'argent, pauvreté, misère », puis au XVIIIe s. « carence, défaut d'approvisionnement ».

pépie (XIIIe s.), du lat. *pituita* « pituite » (maladie des oiseaux), « mucus », désigne en fr. une maladie des oiseaux, puis par ironie la soif.

pépier (XIVe s.), du lat. *pipare* « piauler, glousser », en fr. au sens de « pousser de petits cris » (en parlant des jeunes oiseaux).

pépin (XIIe s.), mot expres. désignant une graine. Le sens de « ennui imprévu » (langue fam.) date du XIXe s. || ***pépinière*** (XIIIe s.), « terrain où l'on plante des semis d'arbres ».

pépite (XVIIIe s.), de l'esp. *pepita* « pépin de fruit », désigne une petite masse d'or.

percale (XVIIe s.), empr. par l'angl. *percale* à une langue indienne, du persan *pargala* « lambeau », a désigné un tissu de coton très fin.

percepteur, **perception**, voir ***percevoir***.

percer (XIe s.), du lat. vulg. **pertusiare*, fait sur *pertusus*, part. pas. de *pertundere* « trouer, percer », empl. au sens de « traverser, faire un trou, se frayer passage » dès le M. A. || ***perce*** (XVe s.), déverb. de *percer*. L'expres. *mettre en perce* (XVe s.) signifie « faire une ouverture (dans un tonneau) » ; ***percée*** (XVIIIe s.) ; ***percement*** (XVIe s.) ; ***perceuse*** (XIXe s.).

percevoir (XIIe s.), du lat. *percipere* « saisir par les sens, recueillir, comprendre », signifie « remarquer, comprendre » au XIIe s. Le sens de « procéder au recouvrement d'un impôt » est attesté dès le XIIIe s. || ***apercevoir*** (XIe s.) ; ***aperçu*** (XVIIIe s.), part. pas. subst. ; ***percepteur*** (XVe s.), dér. du lat. méd. *perceptor* « chargé du recouvrement des revenus d'un domaine », en fr. « préposé au recouvrement des impôts » ; ***perception*** (XIVe s.), d'abord au sens de « recouvrement des revenus ». Le sens philos. « opération de l'esprit pour se représenter les objets du monde extérieur » date du XVIIe s. ; ***perceptible*** (XIVe s.), empr. au lat. tard. *perceptibilis*.

perche 1 (XIIe s.), « poisson », du lat. *perca*.

perche 2 (XIIe s.), « pièce de bois », du lat. *pertica* « perche, gaule ». || ***percher*** (XIVe s.) ; ***perchoir*** (XVe s.).

perclus (XVe s.), empr. au lat. *perclusus* « obstrué », au sens de « impotent » en fr.

percolateur (XIXe s.), « filtre à café », empr. au lat. *percolare* « filtrer, passer ».

percuter (Xe s.), empr. au lat. *percutere* « frapper vivement ». Le sens de « frapper en explosant » date du XXe s. ; ***percutant*** (XIXe s.), adj. ; ***percussion*** (XIVe s.), empr. au lat. *percussio* « action de frapper, coup ». L'empl. du mot dans le voc. de la musique (*instrument à percussion*) date du XVIIe s. ; ***percussionniste*** (XXe s.).

perdre (IXe s.), du lat. *perdere* « ruiner, anéantir » et « cesser d'avoir, être privé de », sens conservés en a. fr. On notera les sens de « égarer, pervertir, gaspiller » (XIIe s.), « laisser s'échapper » (XVIIIe s.), « endommager, faire périr » (XVIIe s.), à la forme pronom.

aussi le sens de « cesser d'exister » (XVe s.). || ***perte*** (XIe s.), du lat. vulg. **perdita*, part. pas. de *perdere* ; ***perdition*** (XIe s.), empr. au lat. *perditio* « ruine, destruction » et en lat. chrét. « gaspillage, éloignement de Dieu », toujours en ces sens en fr. L'expres. *vaisseau en perdition* (depuis le XVIIIe s.) désigne un navire en danger de faire naufrage, qui risque la destruction ; ***déperdition*** (XIVe s.). Voir ***éperdu***.

perdrix (XIIe s.), du lat. *perdix, perdicis*, de même sens. || ***perdreau*** (XIVe s., sous la forme *perdriel* au sing., *perdriaus, perdreaus* au plur.), « jeune perdrix », p.-ê. de la fusion de *perdix* « perdrix » et de *gallus* « coq ».

père (Xe s.), du lat. *pater* « père » et aussi « ancêtre, fondateur, homme vénérable », empl. avec les mêmes valeurs en fr. Comme titre de respect donné à des ecclésiastiques et à des dignitaires de l'Eglise, le mot est empl. depuis le XIVe s. (*Saint-Père* désigne le pape dès le XIVe s.), pour désigner les théologiens des premiers siècles du christianisme (depuis le XVIIe s.). || ***grand-père*** (XIIe s.).

pérégrination (XIIe s.), du lat. *peregrinatio* « voyage à l'étranger ». Le sens de « allées et venues incessantes » date du XIXe s. || ***pérégriner*** (XIVe s.), empr. au lat. *peregrinari* « voyager à l'étranger ».

péremptoire (XIIIe s.), empr. au lat. jur. *peremptorius* « qui détruit (toute objection), définitif ». || ***péremption*** (XVIe s.), empr. au lat. *peremptio* « suppression, destruction », d'abord terme de droit « anéantissement d'un acte de procédure (en raison des délais) », puis en pharmacologie et alimentation pour désigner le moment où un produit ne doit plus être consommé (*date de péremption*). Voir ***périmer***.

pérennité (XIIe s.), empr. au lat. *perennitas* « durée continue, perpétuité », fait sur *perennis* « qui dure une année, permanent ». || ***pérenne*** (XVIe s.), empr. au lat. *perennis* ; ***pérenniser*** (XVIe s.).

péréquation (XVe s.), empr. au lat. jur. *peraequatio* « égalisation, répartition égale », terme d'administration financière et d'économie.

perfectible (XVIIIe s.), « qui peut se perfectionner », dér. sav. de *perfectus* « parfait ». || ***perfectibilité*** (XVIIIe s.) ; ***imperfectible*** (XIXe s.).

perfection (XIIe s.), empr. au lat. *perfectio* « achèvement complet », empl. dès le M. A. au sens de « état d'achèvement parfait, excellence », puis « qualité remarquable » (XVIe s.). || ***perfectionner*** (XVe s.) ; ***perfectionnement*** (XVIIIe s.) ; ***imperfection*** (XIIe s.), empr. au lat. *imperfectio* ; ***perfectionniste*** (XIXe s.).

perfide (Xe s.), empr. au lat. *perfidus* « sans foi, trompeur ». || ***perfidie*** (XVIe s.), empr. au lat. *perfidia* « déloyauté, mauvaise foi ».

perforer (XIIe s.), empr. au lat. *perforare* « percer, trouer ». L'expres. *carte perforée* date du XXe s. || ***perforation*** (XIVe s.), empr. au lat. *perforatio*.

performance (XIXe s.), de l'angl. *performance* « accomplissement, réalisation, résultat », en fr. d'abord « manière de se comporter, résultats », puis « résultats remarquables, exploits ». || ***performant*** (XXe s.), « compétitif ».

perfusion (XIVe s.), empr. au lat. *perfusio* « action de verser, de répandre », empl. en médecine au XXe s.

pergola (XIXe s.), de l'ital. *pergola* « tonnelle, treille ».

péri-, premier élém. de mots sav., comme ***péricarde*** ou ***périgée***, tiré du grec *péri* « autour de ».

péricliter (XIVe s.), empr. au lat. *periclitari* « être en danger », fait sur *periculum* « danger », d'abord terme de naufrage « périr », puis terme de commerce « décliner, dépérir, aller à la ruine » (XVIIe s.).

péril (Xe s.), du lat. *periculum* « danger ». || ***périlleux*** (XIIe s.), du lat. *periculosus* « dangereux ».

périmer (XVe s.), empr. au lat. *perimere* « détruire, faire périr », empl. en fr. au sens de « annuler ». L'empl. pronom. au sens de « perdre sa validité, cesser d'être valable » date du XIXe s.

périmètre (XVIe s.), empr. au lat. *perimetros*, du grec *périmétros* « circulaire ».

période (XIVe s.), empr. au grec *périodos* « circuit, laps de temps, phase d'une maladie, révolution des astres ». Le sens rhétor. « ample phrase oratoire » est attesté au XVIe s. || ***périodique*** (XVe s.) ; ***périodicité*** (XVIIe s.).

péripétie (XVIIe s.), empr. au grec *péripéteia* « événement imprévu, changement de situation ».

périphérie (XIIIe s.), empr. au lat. tard. *peripheria*, du grec *périphéria* « circonférence ». Le sens de « quartiers éloignés du centre » date du XXe s. || ***périphérique*** (XIXe s.).

périphrase (XVIe s.), empr. au lat. *periphrasis*, empr. au grec *périphrasis* « circonlocution ». || ***périphrastique*** (XVIe s.), empr. au grec *périphrastikos*.

périple (XVIIe s.), empr. au lat. *periplus*, du grec *périplous* « navigation autour, croisière, récit de navigation ».

périr (XIe s.), du lat. *perire* « s'en aller tout à fait, disparaître », empl. en fr. au sens de « être anéanti ». || ***périssable*** (XIVe s.), « exposé à périr » ; ***impérissable*** (XVIe s.) ; ***dépérir*** (XIIe s.) ; ***dépérissement*** (XVIe s.).

périscope (XIXe s.), mot sav., de l'angl. *periscope*, empr. au grec *périskopein* « regarder tout autour », d'où « examiner », en fr. « instrument d'optique à lentilles permettant de voir malgré les obstacles ».

péristyle (XVIe s.), empr. au lat. *peristylum*, du grec *péristulon* « colonnade, galerie autour d'un temple ».

péritoine (XVIe s.), empr. au lat. méd. *peritonaeum*, du grec *peritoniaon* « tendu tout autour », s'applique à une membrane qui tapisse la cavité abdominale. || ***péritonite*** (XIXe s.).

perle (XIIe s.), s. d. du lat. *perna* « coquillage ». || ***perlé*** (XIVe s.), « orné de perles, qui ressemble à des perles, qui a l'éclat des perles » (XVIIe s.) ; ***perler*** (XVIe s.).

permanent (XVIe s.), empr. au lat. *permanens* « qui dure ». || ***permanence*** (XIVe s.), empr. au lat. méd. *permanentia*.

perméable (XVIe s.), empr. au lat. tard. *permeabilis* « qui peut être traversé ». || ***perméabilité*** (XVIIe s.) ; ***imperméable*** (XVIe s.). Le subst. apparaît au XIXe s.

permettre (Xe s., rare avant le XVe s.), empr. au lat. *permittere* « abandonner, confier, laisser libre ». || ***permission*** (XIIIe s.), empr. au lat. *permissio* « action de permettre » ; ***permissionnaire*** « qui a obtenu une permission, une autorisation » (XVIIe s.) ; ***permis*** (XVIIIe s.).

permuter (XIVe s.), empr. au lat. *permutare* « changer complètement ». || ***permutation*** (XIIIe s.), empr. au lat. *permutatio* « échange, modification », en fr. d'abord « changement de lieu », puis « changement d'emploi » (XIVe s.), enfin « changement réciproque de deux choses ».

pernicieux (XIVe s.), empr. au lat. *perniciosus* « dangereux, funeste ».

péronnelle (XVe s.), « jeune fille sotte et bavarde », issu du nom propre de même forme, dér. de *Péronne*, fait sur *Perron*, dér. de *Pierre*.

pérorer (XIVe s.), empr. au lat. *perorare* « exposer jusqu'au bout, achever, terminer ». || ***péroraison*** (XVIIe s.), « conclusion d'un discours », empr. au lat. *peroratio* « long discours, conclusion du discours ».

perpendiculaire (XIVe s.), empr. au lat. tard. *perpendicularis*, fait sur *perpendiculum* « fil à plomb ».

perpétrer (XIIIe s.), empr. au lat. *perpetrare* « faire complètement, achever, exécuter ». Le sens de « exécuter un acte criminel » est attesté dès le M. A.

perpétuer (XIIIe s.), empr. au lat. *perpetuare* « ne pas interrompre ». || ***perpétuel*** (XIIe s.), empr. au lat. imp. *perpetualis* « continu, sans interruption » ; ***perpétuité*** (XIIIe s.), empr. au lat. *perpetuitas* « continuité ».

perplexe (XIVe s.), empr. au lat. *perplexus* « enchevêtré, embarrassé, obscur ». Le sens de « embarrassé, incertain » en parlant d'une pers. date du XVe s. || ***perplexité*** (XIVe s.), empr. au lat. tard. *perplexitas* « enchevêtrement, ambiguïté », en fr. d'abord au sens de « enchevêtrement », puis « embarras, incertitude ».

perquisition (XVe s.), empr. au lat. tard. *perquisitio* « recherche, examen ». || ***perquisitionner*** (XIXe s.).

perron, voir ***pierre***.

perroquet (XIVe s.), s. d. dimin. du nom de *Pierre*, a été d'abord un nom propre « petit Pierre » attribué à cet oiseau, puis un nom commun, qui a remplacé l'a. fr. *papegai, papegaut* au XVIe s., nom habituel de l'oiseau au M. A. Les empl. péj. s'appliquant à une personne apparaissent au XVIe s. L'emploi pour désigner une voile carrée au-dessus du mât d'artimon date aussi du XVIe s. || ***perruche*** (XVIIe s.), dér. de *perroquet* avec chang. de suff., empl. aussi pour désigner une voile (XVIIIe s.) et une femme bavarde (XIXe s.).

perruque (XVe s.), s. d. de l'ital. *parrucca, perruca* « chevelure », d'abord empl. en ce sens, puis au sens de « chevelure postiche ».

pers (XIe s.), du lat. tard. *persus* « bleu foncé, violet » (litt. « de Perse »), a désigné surtout la couleur bleue des yeux.

persécuteur (XIIe s.), empr. au lat. *persecutor* « qui poursuit (en justice) », d'où « qui tourmente (les chrétiens) ». || ***persécution*** (XIIe s.), du lat. *persecutio* (même évol. sémant.) ; ***persécuter*** (Xe s.), empr. au lat. *persecutare*.

persévérer (XIIe s.), empr. au lat. *perseverare* « persister, continuer ». || ***persévérance*** (XIIe s.), empr. au lat. *perseverentia*.

persienne (XVIIIe s.), fém. de l'adj. *persien* « de Perse », ce contrevent passant pour venir de ce pays.

persifler, voir ***siffler***.

persil (XIIe s.), du lat. vulg. **petrosilium*, du lat. clas. *petroselinum*, issu du grec *pétrosélinon*. || ***persillade*** (XVIIe s.) ; ***persiller*** (XVIIe s.).

persister (XIVe s.), empr. au lat. *persistere* « placer, arrêter », a signifié en fr. « continuer fermement », puis « durer » (XIXe s.). || ***persistance*** (XVe s.).

personne (XIIe s.), du lat. *persona* « masque (d'acteur) », « rôle théâtral », « personnage joué », « caractère, individualité, personnalité », a signifié en a. fr. « être vivant » au sens général, « apparence physique, corps, stature » (*li cuens Guillelmes a la fiere persone*) « personne importante », « titulaire d'une charge ecclésiastique » (cf. l'angl. *parson* « ecclésiastique »). || ***personnage*** (XIIIe s.), « bénéfice ecclésiastique, titulaire ecclésiastique », puis « personne mise en scène » (XIVe s.) ; ***personnifier*** (XVIIe s.) ; ***personnification*** (XVIIIe s.) ; ***personnel*** (XIIe s.), empr. au lat. jur. *personalis* « relatif à la personne », a signifié en fr. « qui concerne la personne, qui est propre à une personne ». La nuance de « lié à la personnalité profonde, original » date du XXe s. ; ***personnalité*** (XVe s.), empr. au lat. *personalitas* ; ***personnaliser*** (XVIIIe s.), d'abord au sens de « personnifier », puis au XXe s. sous l'infl. de l'angl. *to personalize* « rendre personnel » ; ***personnalisation*** (XIXe s.) ; ***dépersonnaliser*** (XIXe s.) ; ***impersonnel*** (XIIe s.), empr. au lat. *impersonalis* « qui ne renvoie pas un être déterminé ».

perspective (XIVe s., rare avant le XVIe s.), empr. au lat. méd. *perspectiva* (*ars*) « perspective géométrique » et « optique », a désigné au XVIe s. la représentation des objets en fonction de leur position et de leur éloignement dans l'espace. Le sens dér. de « éventualité, succession, probable d'événements » date du XVIIe s.

perspicace (XVe s.), empr. au lat. *perspicax, perspicacis* « qui a la vue perçante, clairvoyant ». || ***perspicacité*** (XVe s.), empr. au lat. tard. *perspicacitas*.

persuader (XIVe s.), empr. au lat. *persuadere* « convaincre, décider à faire ». || ***persuasion*** (XIVe s.), empr. au lat. *persuasio* ; ***persuasif*** (XIVe s.), empr. au lat. *persuasivus*.

perte, voir ***perdre***.

pertinent (XIVe s.), empr. au lat. jur. *pertinens* « qui concerne, relatif à, qui vise à », empl. en fr. dès le M. A. au sens de « qui a rapport à, approprié à ». L'adj. est utilisé en linguist. au XXe s. au sens de « qui a une fonction significative ». || ***pertinence*** (XIVe s.) ; ***impertinent*** (XIVe s.), empr. au lat. tard. *impertinens* « sans rapport avec », d'abord en ce sens en fr., puis au sens de « inconvenant » (XVe s.) et « insolent » (XVIIe s.) ; ***impertinence*** (XVe s.), même évol.

pertuis (XIIe s.), « trou », déverb. de *pertuisier* (XIIe s.), du lat. tard. *pertusiare* « percer, faire un trou », fréq. en a. fr., région. en fr. mod.

pertuisane (XVe s.), sorte de hallebarde, de l'ital. *partigiana* « arme de partisan ».

perturber (XIIe s., rare avant le XIXe s.), du lat. *perturbare* « troubler profondément, bouleverser ». || ***perturbateur*** (XVe s.), empr. au lat. *perturbator* ; ***perturbation*** (XIIIe s.), empr. au lat. *perturbatio* « trouble, désordre » ; ***imperturbable*** (XVe s.), empr. au lat. chrét. *imperturbabilis* « qu'on ne peut troubler ».

pervenche (XIIIe s.), du lat. *pervinca*, de même sens.

pervers (XIIe s.), empr. au lat. *perversus* « renversé, de travers, vicieux », a signifié en a. fr. « mauvais, méchant ». Les nuances « corrompu, dépravé » viennent de la psychopathologie du XXe s. || ***pervertir*** (XIIe s.), empr. au lat. *pervertere* « bouleverser », en lat. chrét. « corrompre » ; ***perversion*** (XVe s.), empr. au lat. tard. *perversio* ; ***perversité*** (XIIe s.), empr. au lat. *perversitas* ; ***pervertissement*** (XVe s.).

peser (XIe s.), du lat. vulg. **pesare*, issu de *pensare* « peser », d'abord au sens de « être pénible, être lourd » et « mesurer le poids », d'où « apprécier, évaluer ». Le sens de « exercer une influence » est attesté au XVIIe s. || ***pesant*** subst. (XIIe s.), « poids » ; ***pesanteur*** (XIIe s.) ; ***appesantir*** (XIIe s.) ; ***apesanteur*** (XXe s.) ; ***pesage*** (XIVe s.), « action de peser ». Le sens « action de peser les jockeys », d'où « enceinte fermée réservée au pesage avant les courses » date du XIXe s. ; ***pesée*** (XIVe s.) ; ***peson*** (XIIIe s.), d'abord au sens de « petit poids », puis « petite balance » ; ***soupeser*** (XIIIe s., sous la forme *sous peser*).

pessimisme (XVIIIe s.), empr. au lat. *pessimus* « très mauvais », a signifié « disposition d'esprit à ne voir les choses que du mauvais côté ». || ***pessimiste*** (XVIIIe s.).

peste (XVIe s.), empr. au lat. *pestis* « épidémie, peste, fléau, ruine », empl. en a. fr. au sens de « épidémie ». La val. « personne désagréable » date du XVe s. || ***empester*** (XVIe s.) ; ***pester*** (XVIIe s.), d'abord au sens de « traiter qqn de peste », d'où « protester » ; ***pestilence*** (XIIe s.), empr. au lat. *pestilentia* « épidémie » ; ***pestilentiel*** (XIVe s.) ; ***pestiféré*** (XVIe s.), dér. de *pestifère*, empr. au lat. *pestifer* « qui porte la peste, qui amène l'épidémie » ; ***pesticide*** (XXe s.), fait sur l'angl. *pest* au sens de « insecte ou plante nuisible », en fr. « produit chimique contre les parasites animaux et végétaux ».

pet (XIIe s.), du lat. *peditum* « vent, flatulence ». || ***pétard*** (XVe s.) ; ***péter***

(XIVe s.) ; ***pétarade*** (XVe s.), empr. au prov. *petarrada* « série de pets », puis « série de détonations, d'explosions » (XVIIe s.) ; ***pétarader*** (XVIe s.) ; ***pétiller*** (XVe s.), « crépiter, éclater » et « scintiller » ; ***pétillement*** (XVe s.) ; ***pétaudière*** (XVIIe s.), « lieu où règne le désordre ». Parmi les nombreux comp. ***pet-de-nonne*** (XVIIIe s.) désigne un beignet soufflé.

pétale (XVIIIe s.), mot sav. empr. au lat. des botanistes *petalum*, du grec *pétalon* « feuille ».

pétanque (XXe s.), du prov. *petanco* « pied fixe », désigne un jeu de boules.

pétarade, voir ***pet***.

pétiole (XVIIIe s.), empr. au lat. *petiolus* « petit pied, queue des fruits ».

petit (Xe s.), du lat. vulg. **pittitus* s. d. mot expressif. || ***petitesse*** (XIIe s.) ; ***petiot*** (XIVe s.), « tout petit », dimin. fam. ; ***rapetisser*** (XIVe s.), « devenir plus petit ». Nombreux comp. : ***petit-bourgeois*** (XVIIIe s.), « personne de la fraction la moins aisée de la bourgeoisie » ; ***petits-enfants*** (XVIIe s.) ; ***petit-fils*** (XVIe s.) ; ***petit-four*** (XIXe s.), « petit gâteau » ; ***petit-gris*** (XVIIe s.), « fourrure d'un petit écureuil » ; ***petit-maître*** (XVIIe s.), personnage élégant du XVIIIe s.

pétition (XIIe s.), empr. au lat. jur. *petitio* « requête, réclamation (en justice) ». L'empl. jur. a été repris au XVIIIe s. à l'angl. *petition* « requête officielle à une autorité ». L'expres. *pétition de principe* (XVIIe s.) vient de la scolast. méd. *petitio principii* « faute de logique, raisonnement vicieux ». || ***pétitionnaire*** (XVIIe s.), « personnage qui présente une pétition ».

pétoncle (XVe s.), empr. au lat. *petunculus* « petit peigne », nom donné au coquillage en raison de sa forme.

pétrel (XVIIe s.), nom d'oiseau, empr. à l'angl. *petrel*.

pétrifier, **pétrification**, voir ***pierre***.

pétrin (XIIe s.), du lat. *pistrinum* « moulin » et « boulangerie » a pris le sens de « coffre dans lequel on pétrit le pain » dès l'orig. L'empl. au sens de « difficulté » est attesté au XVIIIe s. dans la langue fam.

pétrir (XIIe s.), du lat. tard. *pistrire* « pétrir », fait sur le lat. clas. *pistor* « qui pile le grain, boulanger » (de *pinsare* « piler »), *pistrix*, *pristricis* « boulangère », au sens de « malaxer la pâte, façonner ». || ***pétrissage*** (XVIIIe s.).

pétrole (XIIIe s.), empr. au lat. méd. *petroleum oleum* « huile minérale » (litt. « huile de pierre »). || ***pétroleuse*** (XIXe s.), « femme qui provoquait des incendies avec des bidons de pétrole (pendant la Commune) », d'où « femme véhémente, aux idées révolutionnaires » (XXe s.) ; ***pétrolier*** (XIXe s.) ; ***pétrochimie*** (XXe s.).

pétulant (XIVe s.), empr. au lat. *petulans* « fougueux, impudent, effronté », signifie « d'une vivacité impétueuse » dès le M. A. || ***pétulance*** (XIVe s.), d'abord « insolence », puis « ardeur exubérante ».

peu (XIe s.), du lat. *paucum*, de même sens, indiquant une faible quantité.

peuple (IXe s.), du lat. *populus*, de même sens, désigne l'ensemble des hommes d'un pays, la population et aussi la masse de gens n'appartenant pas aux classes dominantes. L'empl. du subst. en fonct. d'adj. au sens de « populaire » est attesté au XVIIe s. || ***peuplade*** (XVIe s.), dér. de *peuple*, et non de l'esp. *poblado*, qui signifie seulement « village » ; ***peupler*** (XIIe s.) ; ***peuplement*** (XVIe s.) ; ***dépeupler*** (XIVe s.) ; ***surpeupler*** (XIXe s.) ; ***surpeuplement*** (XXe s.).

peuplier (XIIIe s.), dér. de l'a. fr. *peuple* « peuplier », issu du lat. *populus* de même sens et du suff. *-ier*.

peur (Xe s.), du lat. *pavor*, *pavoris*. || ***peureux*** (XIIe s.) ; ***apeuré*** (XIXe s.).

phaéton (XVIIe s.), du nom propre grec *Phaéton*, qui périt en prétendant conduire le char du Soleil, en fr. au sens de « conducteur d'attelage » et aussi « attelage léger ».

phagocythe (XIXe s.), du grec *phagein* « manger » et *kutos* « cellule », a désigné une cellule ayant la propriété d'absorber des particules étrangères ». || ***phagocyter*** (XIXe s.), « absorber et détruire ».

phalange 1 (XIIIe s.), du grec *phalanx,* « formation de combat dans l'armée grecque ». || ***phalangiste*** (XXe s.), « membre de la phalange espagnole ».

phalange 2 (XVIIe s.), empr. au grec *phalanx* « articulation (des doigts, des pieds) ».

phalanstère (XIXe s.), organisme communautaire imaginé par Fourrier, fait sur ***phalange 1***.

phalène (XVIe s.), « papillon », empr. au grec *phaleina* « papillon de nuit ».

phallus (XVIe s.), sexe masculin, empr. au lat. *phallus*, de même sens. || ***phallique*** (XVIIIe s.).

phantasme, voir ***fantasme***.

phare (XVIe s.), empr. au lat. *Pharos, Pharus,* nom d'une île d'Egypte près d'Alexandrie, célèbre par son phare.

pharisien (XIIe s.), empr. au lat. chrét. *Pharisaei*, nom d'une secte juive. Le sens de « hypocrite, faux dévot » date du XVIe s. || ***pharisaïque*** (XVIe s.), empr. au lat. chrét. *pharisaicus* ; ***pharisaïsme*** (XVIe s.).

pharmacie (XIVe s.), empr. au lat. tard. médic. *pharmacia* « ensemble de médicaments », du grec *pharmakeia*, tiré de *pharmakon* « remède », en fr. d'abord « remède », « science des remèdes » (XVIe s.), « profession de pharmacien » (XVIIe s.), « lieu où l'on prépare et vend les remèdes » (XVIIIe s.). || ***pharmacien*** (XVIIe s.). Le mot a remplacé peu à peu *apothicaire* ; ***pharmaceutique*** (XVIe s.), empr. au lat. méd. *pharmaceuticus* ; ***pharmacopée*** (XVIe s.), empr. au grec *pharmakopoiia* « confection de remèdes », pris au sens de « recueil officiel des médicaments », « ensemble de médicaments ».

pharynx (XVIe s.), du grec *pharunx* « gorge ». || ***pharyngite*** (XIXe s.), « maladie du pharynx ».

phase (XVIe s.), empr. au grec *phasis* « apparition d'une étoile », tiré du verbe *phainomai* « apparaître », dans le lang. de l'astron. « aspect des astres » (XVIe s.), au sens dér. « chacun des états successifs d'un phénomène » (surtout à partir du XVIIIe s.).

phénix (XIIe s.), empr. au lat. *phenix*, empr. au grec *phoinix*, désigne un oiseau fabuleux.

phénomène (XVIe s.), empr. au grec *phainoména* « ce qui apparaît », du verbe *phainein* « apparaître », en fr. d'abord comme terme d'astron., puis de philos. « ce qui se manifeste à la conscience » (XVIIIe s.), « manifestations surprenantes » (XVIIIe s.), « individu bizarre » (XIXe s.). || ***phénoménal*** (XIXe s.).

phil(o)-, premier élém. de termes sav., comme ***philodendron***, fait sur l'adj. grec *philos* « ami » dont est également dérivé le suffixe ***-phile***.

philanthrope (XIVe s., puis XVIIIe s.), du grec *philanthropos* « ami des hommes ». || ***philanthropie*** (XVIe s.) ; ***philanthropique*** (XVIIIe s.).

philatélie (XIXe s.), mot sav. fait sur le grec *philos* « ami » et *atéléia* « exemption d'impôts », d'où « affranchissement ». || ***philatéliste*** (XIXe s.).

philarmonique (XVIIIe s.), empr. à l'ital. *filarmonico* « ami de la musique ».

philippine (XIXe s.), empr. à l'all. *Vielliebchen* « bien aimé », mot à prononcer dans un jeu, puis nom du jeu.

philippique (XVIe s.), « discours polémique », tiré du lat. *Philippicae (orationes)*, du grec *Philippikoi*, nom des discours de Démosthène contre le roi Philippe de Macédoine.

philistin (XIXe s.), dans l'argot des étudiants allemands au sens de « bourgeois, esprit borné, esprit inculte », empr. au mot *Philistins*, nom de peuple ennemi des Juifs dans la Bible.

philologue (XVIᵉ s.), empr. au lat. *philologus* « lettré, savant, érudit », du grec *philologos* « qui aime les lettres, les sujets d'érudition », signifie au XVIᵉ s. « spécialiste de belles lettres, savant », puis au XIXᵉ s. « spécialiste de langue et littérature » (notamment des problèmes d'établissement, d'exégèse et d'interprétation des textes). || ***philologie*** (XVᵉ s., rare avant le XIXᵉ s.), désigne surtout l'exégèse et la critique des textes.

philosophe (XIIᵉ s.), empr. au lat. *philosophus* « penseur », du grec *philosophos* « ami de la sagesse », en a. fr. « savant », puis « penseur qui recherche les raisons des choses » (XVIIᵉ s.), « sage » (XVIIᵉ s.), « penseur qui se fonde sur la raison, et non sur la Révélation » (XVIIIᵉ s.). || ***philosophie*** (XIIᵉ s.), empr. au lat. *philosophia*, de même évol. ; ***philosophique*** (XIVᵉ s.) ; ***philosopher*** (XIVᵉ s.), d'abord au sens de « se livrer à la spéculation philosophique » ; ***philosophal*** (XVᵉ s.), dans le voc. de l'alchim. (*pierre philosophale* « pierre capable de changer les métaux en or »).

philtre (XIVᵉ s.), empr. au lat. *philtrum* « breuvage magique », du grec *philtron* « breuvage magique, charme (pour se faire aimer) », du verbe *philein* « aimer ».

phlébite (XIXᵉ s.), « inflammation des veines », mot sav. créé sur le grec *phlebs, phlebos* « veine ». || ***phlébologie*** (XVIIIᵉ s.) ; ***phlébotomie*** (XIIIᵉ s.), « incision d'une veine », du grec *phlebotomia*, de même sens.

phlegmon (XIVᵉ s.), « inflammation purulente », empr. au lat. *phlegmone*, empr. au grec *phlegmoné* « inflammation », de *phlegein* « brûler ».

phobie (XIXᵉ s.), empr. au grec *phobos* « effroi ». || ***phobique*** (XXᵉ s.).

phonique (XVIIIᵉ s.), empr. au grec *phoné* « voix ». || ***phonétique*** (XIXᵉ s.), du grec *phonétikos* « relatif à la voix » ; ***phonétisme*** (XIXᵉ s.) ; ***phonéticien*** (XIXᵉ s.) ; ***phonème*** (XIXᵉ s.).

phono-, premier élém. de mots sav., comme ***phonothèque***, du grec *phoné* « voix ».

phoque (XVIᵉ s.), empr. au lat. *phoca*, du grec *phoké* « phoque, veau marin ».

phosphate, voir ***phosphore***.

phosphore (XVIIᵉ s.), mot sav. empr. au grec *phosphoros* « lumineux, qui donne de la lumière ». || ***phosphorescence*** (XVIIIᵉ s.) ; ***phosphorescent*** (XVIIIᵉ s.) ; ***phosphorer*** (XVIIIᵉ s.), « mettre du phosphore », puis « briller avec éclat » (XIXᵉ s.), enfin « fournir un travail intellectuel intense » (XXᵉ s.) ; ***phosphate*** (XVIIIᵉ s.), création sav. faite sur la racine de *phosphore* avec le suff. *-ate* ; ***phosphater*** (XXᵉ s.) ; ***phosphatage*** (XXᵉ s.).

photo (XIXᵉ s.), abrév. de ***photographie***.

photo-, premier élém. de mots sav., comme ***photographie*** ou ***photocopie***, tiré du grec *phos, photos* « lumière ».

phrase (XVIᵉ s.), empr. au lat. *phrasis* « diction, locution, style », du grec *phrasis* « élocution, discours », empl. au sens de « assemblage de mots, façon de parler », « assemblage de mots offrant un sens complet » (XVIIIᵉ s.), « partie d'une ligne mélodique » (XVIIIᵉ s.). || ***phraser*** (XVIIIᵉ s.), « détacher les périodes successives d'un morceau de musique » ; ***phraseur*** (XVIIIᵉ s.), « rhéteur verbeux » ; ***phraséologie*** (XVIIIᵉ s.), « ensemble des tournures typiques (propres à un thème, un écrivain, une époque, un milieu) ».

phréno-, premier élém. de mots sav., comme ***phrénologie***, tiré du grec *phren, phrénos* « esprit, intelligence ».

phtisie (XVIᵉ s.), empr. au lat. *phtisis*, du grec *phtisis* « dépérissement, consomption », d'abord en fr. « consomption », puis « tuberculose pulmonaire » (XVIIᵉ s.). || ***phtisique*** (XIVᵉ s.) ; ***phtisiologie*** (XVIIIᵉ s.).

phylactère (XIIᵉ s.), empr. au lat.

chrét. *phylacterium* « amulette, reliquaire », du grec *phulaktérion* « talisman, amulette », en fr. d'abord au sens de « reliquaire, amulette ». Le sens de « banderole portant un texte » date du XIXe s.

phylloxéra (XIXe s.), maladie de la vigne, mot sav. créé à partir du grec *phullon* « feuille » et *xéros* « sec », s'appliquant à l'insecte qui dessèche la vigne.

physio-, premier élém. de mots sav., comme ***physiologie***, tiré du grec *phusis* « nature ».

physionomie (XIIIe s.), empr. au lat. tard. *physiognomia*, altér. de *physiognomonia*, du grec *phusiognomonia* « étude du caractère d'un être à partir des traits de son visage », d'abord en ce sens en fr., puis « traits, expression du visage » (XIVe s.), « apparence extérieure » (XVIIIe s.). || ***physionomiste*** (XVIe s.).

physique (XIIe s.), subst. fém., empr. au lat. *physica* « sciences naturelles », du grec *phusiké* « étude des choses de la nature », en a. fr. au sens de « médecine » et « étude des choses de la nature », puis « science des propriétés de la matière » (XVIIIe s.). L'adj. a d'abord signifié « naturel » (XIVe s.), puis « relatif au corps, à la sexualité » (XVIIIe s.). Le subst. masc. désigne « l'aspect extérieur » (XVIIIe s.), « ce qui est physique, charnel » (XVIIIe s.). || ***physicien*** (XIIe s.), d'abord au sens de « médecin » (cf. l'angl. *physician* « médecin »), puis « qui étudie les choses de la nature » (XVIe s.), enfin « spécialiste de physique » (XVIIe s.).

phyto-, premier élém. de mots sav., comme ***phytopathologie***, tiré du grec *phuton* « plante ».

piaffer (XVIe s.), s. d. onomat., d'abord au sens de « agir avec ostentation », puis « frapper le sol avec les pieds de devant (en parlant du cheval) » (XVIIe s.), enfin « piétiner » (XIXe s.).

piailler (XVIIe s.), onomat. « pousser des cris aigus (en parl. d'un oiseau) », puis en parl. d'humains (XVIIe s.).

piano 1 subst. (XVIIIe s.), abrév. de *piano-forte*, empr. à l'ital. *piano-forte*, abrév. de *clavicembalo col piano e forte,* instrument permettant de jouer doux ou fort. || ***pianiste*** (XIXe s.) ; ***pianoter*** (XIXe s.).

piano 2 adv. (XVIIe s.), empr. à l'ital. *piano* « doucement, tranquillement ».

piastre (XVIe s.), empr. à l'ital. *piastra*, d'abord « plaque de métal », puis « monnaie d'argent » en ital.

pic 1 (XVIe s.), « oiseau », du lat. vulg. **picus* « pivert ».

pic 2 (XIIe s.), « outil pour piocher », semble venir de *pic* « oiseau » avec infl. de *piquer.* || ***pioche*** (XIIIe s.), dér. de *pic*, réduit à *pi* dans la prononc., avec le suff. *-oche* ; ***piocher*** (XVe s.) ; ***piocheur*** (XVIe s.).

pic 3 (XVIIe s.), « pointe de montagne », s. d. de l'esp. *pico* de même sens. L'expres. *à pic* signifie « verticalement » dans *couler à pic* (XVIIe s.), « à propos » dans *arriver à pic* (langue fam. du XIXe s.).

picador (XVIIIe s.), mot esp., dér. de *picar* « piquer le taureau », dans les courses de taureaux « cavalier qui pique l'animal avec une lance ».

picaresque (XIXe s.), empr. à l'esp. *picaresco* « relatif aux picaros », fait sur *picaro* « aventurier espagnol ».

pichenette (XIXe s.), « chiquenaude », d'orig. peu claire.

pichet (XIIIe s.), terme dial. de l'Ouest, altér. de l'a. fr. *pichier,* issu du lat. tard. *picarium* « récipient ».

pickles (XIXe s.), mot angl. désignant des petits légumes macérés dans du vinaigre. A l'orig. le mot angl. signifie « saumure ».

pickpocket (XVIIIe s.), mot angl., « qui prend dans les poches ».

pick-up (XXe s.), terme tech. « tourne-disque », mot angl. de *to pick up* « ramasser, recueillir, reprendre ».

picorer (XVIe s.), s. d. terme arg. des soldats fait sur la racine de *piquer*, d'abord au sens de « marauder » (XVIe s.), puis « chercher de la nourriture (en parlant des abeilles) » (XVIIe s.) puis des poules.

picotement, **picoter**, voir ***piquer***.

picotin (XIIIe s.), d'orig. obsc., d'abord « mesure de capacité », puis « ration d'avoine (pour les chevaux) ».

pictural (XIXe s.), dér. du lat. *pictura* « peinture ».

pie 1 (XIIe s.), oiseau, du lat. *pica,* de même sens. Le mot s'emploie aussi pour qualifier la robe d'un cheval (XVIe s.). || ***pie-grièche*** (XVIe s.), litt. « pie grecque », sorte d'oiseau, pris au sens de « femme acariâtre et querelleuse » (XVIIe s.).

pie 2 (XIIe s.), du lat. *pius* « pieux », mot empl. dans l'expres. *œuvre pie.*

pièce (XIe s.), du lat. vulg. **pettia* « morceau », d'orig. gaul. (cf. le breton *pez*, le gallois *peth*, l'ital. *pezza*, l'esp. *pieza*), en fr. marque le fragment ou l'élément (parfois déchiré ou cassé) d'un ensemble. Le mot s'applique souvent à des morceaux d'étoffe ou de vêtement. L'empl. au sens de « pièce de monnaie » apparaît au XIIIe s. et celui de « œuvre littéraire » date du XVIe s. Divers empl. tech., notam. dans le commerce (*à la pièce, aux pièces*). || ***piécette*** (XIIe s.) ; ***dépecer*** (XIe s.), « mettre en pièces » ; ***rapiécer*** (XIVe s.), « réparer en mettant une pièce » ; ***empiècement*** (XIXe s.), « pièce rapportée formant le haut d'un vêtement ».

pied (Xe s.), du lat. *pes, pedis*, de même sens, s'applique en fr. à l'homme, à l'animal, aux objets (rôle de soutien et de support), sert d'unité de mesure de longueur, d'unité rythmique. Nombreuses expres. : *prendre pied* (XIVe s.), *au pied levé* « à l'improviste » (XVe s.), *de pied ferme* « sans reculer » (XVIe s.), *mettre à pied* « mettre dans une fâcheuse position » (XIIe s.), puis « renvoyer un employé » (XIXe s.), *être sur pied* « être guéri » (XVIIe s.), *faire le pied de grue* « attendre » (XVIIe s.), etc. || ***peton*** (XVIe s.), « petit pied » (fam.) ; ***piéton*** (XIVe s.), d'abord « fantassin », puis simplement « qui marche à pied » ; ***piétiner*** (XVIIe s.), « frapper le sol », « avancer difficilement, ne pas avancer » (XIXe s.), « fouler aux pieds » (XIXe s.) ; ***piétinement*** (XVIIIe s.) ; ***empiéter*** (XIVe s.), « prendre dans ses serres » (en parlant d'un faucon), puis « saisir, occuper » (XVIe s.), enfin « s'emparer pied à pied du terrain, du bien d'autrui » (XVIIe s.) ; ***empiétement*** (XVIIe s.).

piédestal (XVIe s.), de l'ital. *piedestallo* « support d'un élément décoratif (statue, colonne, etc.) ». L'empl. fig. « moyen de faire admirer » date de la fin du XVIIIe s.

piège (XIIe s.), du lat. *pedica* « liens aux pieds, lacets, lacs, piège », d'abord terme de chasse, empl. dér. au sens de « ruse ». || ***piéger*** (XIIIe s., puis XIXe s.).

pie-mère (XIIIe s.), membrane nourricière des centres nerveux, empr. au lat. méd. *pia mater* « mère compatissante ».

pierre (Xe s.), du lat. imp. *petra*, d'abord « roche, rocher », puis « pierre » en lat. méd., empr. au grec *pétra* « roche ». Le terme a remplacé le mot courant *lapis*. Nombreuses expres. en fr. Le sens de « concrétion intérieure, calcul » date du XIIe s. || ***pierreries*** (XIIIe s.), « pierres précieuses » ; ***pierraille*** (XIVe s.) ; ***pierreux*** (XIIe s.), réfect. de l'a. fr. *perros*, du lat. *petrosus* ; ***perron*** (XIe s.), d'abord « bloc de pierre (à proximité d'une résidence et servant à monter à cheval) », « construction extérieure avec marches et plate-forme » (XIIe s.), « pierre commémorative » (XVIe s.) ; ***empierrer*** (XIVe s.) ; ***empierrement*** (XVIIIe s.) ; ***pétrifier*** (XVIe s.), « transformer en pierres » ; ***pétrification*** (XVIe s.) ; ***pétrographie*** (XIXe s.).

pierrot 1 (XVIIe s.), personnage de

théâtre et de pantomime, nom d'un personnage de la Comédie italienne.

pierrot 2 (XVIIe s.), moineau, dimin. de *Pierre*.

piété (XIe s.), empr. au lat. *pietas*, a d'abord signifié en a. fr. « pitié », puis « attachement fervent envers Dieu » (XVIe s.), « attachement respectueux » (*piété filiale*) au XVIIe s. || ***impiété*** (XIIe s.), empr au lat. *impietas* « manquement aux devoirs (envers les dieux, les parents, la patrie), sacrilège ».

piétiste (XVIIIe s.), empr. à l'all. *Pietist*, nom d'une secte protestante.

piètre (XIIIe s., sous la forme *peestre*), du lat. *pedester* « qui va à pied », en a. fr. au sens de « mauvais, misérable » (en raison de la condition misérable des vagabonds).

pieu (XIIe s., sous la forme *pel*), « pièce de bois fichée en terre », du lat. *palus* « poteau ».

pieuvre (XIXe s.), « mollusque pourvu de tentacules », mot dial. anglo-normand, du lat. *polypus* « polype ».

pieux (XIVe s.), réfect. de l'a. fr. *pieu*, du lat. *pius* « qui remplit ses devoirs (envers les dieux, les parents, la patrie) » avec la finale *-eux*. || ***impie*** (XVe s.), empr. au lat. *impius*.

pigeon (XIIIe s.), du lat. tard. *pipio, pipionis* « pigeonneau », fait sur *pipiare* « pousser des cris », en a. fr. « petit d'un oiseau », « pigeon » (XIIIe s.). Le sens de « personne facile à duper » est attesté au XVe s. || ***pigeonneau*** (XVIe s.); ***pigeonnier*** (XVe s.); ***pigeonner*** (XVIe s.), « embrasser à la façon des pigeons ». Le sens de « roucouler, tenir des propos tendres » date du XIXe s, celui de « duper » (fam.) du XVIe s.

pigment (XIIe s.), empr. au lat. *pigmentum* « couleur pour peindre ». || ***pigmentation*** (XIXe s.); ***pigmenté*** (XIXe s.).

pignon 1 (XIIIe s.), terme d'architect., du lat. vulg. **pinnio*, fait sur *pinna* « pignon (d'un mur) », désigne la partie supérieure d'un mur. L'expres. *avoir pignon sur rue* « avoir des immeubles, être riche » est attestée au XVIe s.

pignon 2 (XVIe s.), « amande de pin », du prov. *pinhon* « amande de la pomme de pin ».

pignon 3 (XIVe s., sous la forme *paignon*), « roue dentée », terme de mécanique, dér. de *peigne*.

pilaf (XVIIe s., sous la forme *pilau*), mot turc, empr. au persan *pilaou* désignant un plat oriental épicé comprenant notamment du riz.

pilastre (XVIe s.), de l'ital. *pilastro* « élément d'architecture servant de support », fait sur le lat. *pila* « pilier ».

pile 1 (XIIe s.), « pilier », du lat. *pila* « pilier, colonne », empl. en fr. au sens de « pilier (d'un pont) », puis « amas de choses entassées » (XIIIe s.), enfin « appareil produisant de l'électricité » (XIXe s.) du fait qu'à l'origine il était composé de plaques de métal mises en pile. || ***pilotis*** (XIVe s.), dér. de *pilot* (XIVe s.) « pieu », en fr. mod. « pieux enfoncés dans l'eau »; ***empiler*** (XIIIe s.); ***empilement*** (XVIe s.); ***empilage*** (XVIIe s.); ***rempiler*** (XIVe s.), « empiler de nouveau ». Le sens de « se réengager dans l'armée » appartient à l'arg. milit. (XXe s.).

pile 2 (XIIe s.), « revers d'une monnaie », p.-ê. empl. fig. de ***pile 1***, d'abord au sens de « tige de fer, poinçon servant à graver sur le revers d'une monnaie une effigie ou une devise », puis « revers d'une monnaie, côté d'une pièce de monnaie opposée à la *face* ». Les sens fam. « exactement, au bon moment » (*tomber pile*) ou « brutalement » (*arrêter pile*) datent du XXe s.

piler (XIIe s.), du lat. tard. *pilare* « appuyer fortement, écraser (dans un mortier) », fait sur *pila* « mortier ». || ***pilon*** (XIIe s.), « instrument servant à écraser », « jambe de bois » (XIXe s.); ***pilonner*** (XVIIIe s.), « frapper, écraser », puis « écraser à coups d'obus » (XXe s.) ; ***pilonnage*** (XIXe s.).

pileux (XVe s.), empr. au lat. *pilosus* « poilu, velu ». || ***pilosité*** (XVe s., puis XIXe s.).

pilier (XIe s., sous la forme *piler*), du lat. vulg. **pilare* « colonne, pilier », devenu *pilier* par chang. de suff.

piller (XIIIe s.), s. d. du lat. vulg. **piliare*, du lat. clas. *pilare* « voler, dépouiller », en fr. d'abord au sens de « maltraiter », puis « prendre (de force) », « dépouiller, dévaster ». || ***pillage*** (XIVe s.) ; ***pilleur*** (XIVe s.) ; ***pillard*** (XIVe s.).

pilori (XIIe s.), empr. au lat. méd. *pilorium* « plateforme avec un pilier où l'on attachait le condamné (en signe d'infamie) », fait sur le lat. *pila* « pilier ».

pilote (XIVe s.), de l'ital. *piloto* « qui guide un navire », p.-ê. fait sur le grec *pulé* « entrée (du port) », en fr. empl. en marine dès le M. A., puis au sens général de « conducteur » (XVIIe s.), puis « conducteur d'avion, de véhicule terrestre, etc. » (XXe s.). || ***piloter*** (XVe s.) ; ***pilotage*** (XVe s.), d'abord « art de diriger un navire ».

pilule (XIVe s.), du lat. *pilula* « boulette, petit corps rond », empl. en pharmacie.

pimbêche (XVIe s.), d'orig. obsc., désigne une femme prétentieuse.

piment (Xe s.), du lat. *pigmentum* « matière colorante », pris en lat. tard. au sens de « aromate, épice », avec infl. sémant. de l'esp. *pimiento* « piment ». En a. fr. *piment* signifie surtout « boisson aromatisée », plus rarement « baume ». Le sens de « piment » date du XVIIe s. || ***pimenter*** (XIXe s.), « assaisonner avec des piments, épicer », puis « rendre piquant » (au sens moral).

pimpant (XVIe s.), d'orig. peu claire, empl. au sens de « frais, coquet, gracieux ».

pimprenelle (XIIe s., sous la forme *piprenelle*), plante, s. d. du lat. méd. *pipinella*, de même sens.

pin (XIe s.), du lat. *pinus*, de même sens. || ***pinède*** (XIXe s.) ; ***pinasse*** (XIVe s.), empr. à l'esp. *pinassa* « petit navire (à l'origine en bois de pin) » ; ***pinot*** (XIVe s.), « cépage » (la grappe ressemblant à une pomme de pin) ; ***pineau*** (XVe s.), d'abord sorte de raisin (XVe s.), « vin » (XVe s.), puis « vin de liqueur charentais » (*pineau des Charentes*) (XIXe s.) ; ***pinard*** (XIXe s.), « vin ordinaire » (lang. pop.).

pinacle (XIIIe s.), empr. au lat. chrét. *pinnaculum* « faîte, partie élevée d'un édifice ». Le sens de « situation élevée », « sommet des éloges » est attesté au XVIIe s.

pinacothèque (XVIe s.), empr. au lat. *pinacotheca* « galerie de tableaux », du grec *pinakothéké* « dépôt de tableaux », en fr. au sens de « galerie de peintures, musée de peintures ».

pinard, voir ***pin***.

pinceau (XIIe s.), du lat. vulg. **penicellus*, du lat. clas. *peniculus* « petite queue, brosse, plumeau, pinceau », fait sur *penis* « queue ».

pincer (XIIe s.), d'orig. peu claire, p.-ê. d'une racine expres. **pints-* marquant une saisie brusque (cf. ital. *pinzare* « piquer », esp. *pinchar* « piquer »), empl. au sens de « saisir », « serrer », « arrêter qqn ». L'expres. pop. *en pincer pour qqn* « être amoureux de qqn » est attestée au XIXe s. Le part. pas. et adj. *pincé* « raide, contraint » est attesté à partir du XVIIe s. || ***pince*** (XIVe s.), « outil servant à saisir et serrer », « extrémité du pied de certains animaux » (XIVe s.), « pli d'une étoffe » (XVIIe s.) ; ***pincée*** (XVIIe s.), « petite quantité » ; ***pincement*** (XVIe s.) ; ***pincette*** (XIVe s.), d'abord « petite pince », puis « longue pince pour les tisons » (XVIIe s.) ; ***pince-sans-rire*** (XVIIIe s.), « humoriste impassible ».

pinède, voir ***pin***.

pingouin (XVIIe s.), de l'angl. *pinguin*.

ping-pong (XXe s.), mot angl. onomat., « tennis de table ».

pingre (XVIIIe s.), mot d'arg., d'orig. obsc., empl. au sens de « avare, chiche ».

pinson (XIIe s.), s. d. du lat. vulg. **pincio, pincionis*, formé sur le radical *pinc-* exprimant p.-ê. le cri de l'oiseau.

pintade (XVIIe s.), du port. *pintada* « oiseau peint » (en raison de ses couleurs variées). || ***pintadeau*** (XVIIIe s.).

pinte (XIIIe s.), mesure de capacité, p.-ê. du lat. tard. *pincta* « mesure pourvue d'une marque » (litt. « peinte »). || ***pinter*** (XIIIe s.), d'abord « boire », puis « boire avec excès » (XVIe s.), devenu pop. en fr. mod.

pin-up (XXe s.), « illustration représentant une femme attirante », puis « femme attirante », de l'angl. *pin up girl* « (femme) affichée, fixée au mur ».

pioche, voir ***pic***.

piolet (XIXe s.), « bâton d'alpiniste », mot tech., empr. au valdôtain *piolet* « petite hache », dér. du piémontais *piola*, dér. avec aphérèse de *apia* « hache ».

pion (XIIe s., sous la forme *peon*), du lat. tard. *pedo, pedonis*, sobriquet « aux grands pieds », pris en lat. méd. au sens de « qui marche à pied, fantassin » (cf. ital. *pedone* « soldat qui marche à pied » et esp. *peón* de même sens), sens conservé en a. fr., puis « pauvre hère » (XVIe s.) en raison de la pauvreté des piétons au temps des transports à cheval, enfin « surveillant dans un collège » (XIXe s.) dans l'arg. scolast. L'empl. au jeu d'échecs est attesté au XVIIe s. || ***pionnier*** (XIIe s.), d'abord « fantassin » (XIIe s.), « sapeur dans l'armée, spécialiste de terrassement » (XIVe s.), puis « colon qui défriche des terres nouvelles » (XIXe s.) sous l'infl. de l'angl. *pioneer* « mineur, défricheur », enfin « créateur qui ouvre des voies » (XIXe s.).

pioncer (XIXe s.), arg. et pop., d'orig. incert., p.-ê. altér. d'après *ronfler* du verbe arg. *piausser* « coucher », de *piau* « lit ».

piou(-)piou (XIXe s.), onomat. enfantine employée pour désigner plaisamment de jeunes soldats.

pipe, voir ***piper***.

pipe(-)line (XIXe s.), mot angl. signif. « gros tuyau servant au transport des fluides sur de longues distances » (litt. « ligne (*line*) de tuyaux (*pipe*) ».

piper (XIIe s.), du lat. pop. *pippare*, du lat. clas. *pipare* « glousser » (en parl. du cri de la poule), empl. au sens de « pousser un petit cri », « imiter le cri de la chouette » à la chasse (pour attirer les oiseaux) (XIVe s.), « tromper » (XVe s.). L'expres. *sans piper mot* (XVIe s.) signifie « sans dire un mot, en gardant le silence ». || ***pipe*** (XIIe s.), d'abord « pipeau, chalumeau », puis « grande futaille, tonneau » (XIVe s.), « pipe à tabac » (XVIIe s.) ; ***pipeau*** (XVIe s.), « flûte champêtre », puis « appeau » (XVIe s.) ; ***pipée*** (XIVe s.), « chasse où l'on imite le cri des oiseaux ».

piperade (XXe s.), mot béarnais « plat fait d'œufs battus, de tomates et de poivrons », dér. du béarnais *piper* « piment, poivron ». Voir ***poivre***.

pipi, voir ***pisser***.

pique (XIVe s.), empr. au m. néerl. *pike* « arme faite d'une hampe garnie d'un fer plat et pointu », s'emploie à partir du XVIe s. pour désigner une des deux couleurs noires du jeu de cartes, représentant un fer de pique stylisé ; au XXe s. « arme dont se sert le *picador* dans une corrida ».

piquer (XIIIe s.), du lat. vulg. **pikkare* « entamer avec une pointe, frapper », dér. s. d. d'une onomat. *pikk*, est d'abord empl. au sens de « démolir à coups de pic », puis, à partir du XIVe s., de « percer avec la pointe de certains objets », d'où « aiguillonner, éperonner » (*piquer des deux*) (XVIIe s.) ; au XIVe s. au sens fig. « donner la sensation d'entamer avec une pointe » (*piquer la langue*) » ; *vin piqué* (XIXe s.) ;

au XVe s. « vexer, blesser » ; *se piquer de* « se vanter de, se prévaloir de ». || **piqûre** (XIe s.), « fait de piquer, résultat de cette action » ; au XVIe s. dans le voc. de la couture ; au XIXe s. « action d'injecter un médicament » ; **piquage** (XIXe s.) ; **piquant** (XIVe s.) ; **piqueur** (XVIe s.), pour désigner un valet de chasse, à partir du XVIIe s. dans le voc. du bâtiment, puis de l'industrie du textile ; **piquette** (XVIe s.), « boisson piquante », au XVIIe s. « mauvais vin » ; **piqué,** forme subst. de l'adj., au XVIIIe s. « tissu de coton façonné », au XIXe s. dans le voc. de la musique, au XXe s. dans le voc. de l'aviation ; **pique-**, élém. verbal entrant dans la construct. de noms comme **pique-assiette**, **pique-feu**, **pique-nique** (XVIIe s.), d'abord « repas où chacun paie son écot », au XIXe s. au sens mod. sous l'infl. de l'angl. *pic-nic* ; **picoter** (XIVe s.), d'abord « donner des coups de pic », au XVIIe s. « causer une irritation, démanger », au XVIIe s. « butiner, becqueter » ; **picotement** (XVIe s.) ; **repiquer** (XVIe s.) ; **repiquage** (XIXe s.).

piranha (XIXe s.), empr. par l'interméd. du port. au tupi (langue indienne) pour désigner un petit poisson carnivore.

pirate (XIIIe s.), empr. au lat. *pirata,* du grec *peiratés* « brigand, bandit », empl. à partir du XIXe s. au sens fig. « individu qui s'enrichit aux dépens d'autrui ». || **pirater** (XVIIe s.), a suivi la même évol. ; **piraterie** (XVIe s.).

pire (XIIe s.), du lat. *pejor,* comparatif de *malus* « mauvais », empl. dès l'a. fr. comme adj. et comme subst. ; le cas régime *peior,* issu de l'acc. *pejorem*, a disparu au XVe s. || **empirer** (XIIIe s.), réfect. d'après *pire* de l'a. fr. *empeirier*, du lat. vulg. **impejorare,* de *pejorare* « aggraver », est empl. dès l'a. fr. au sens de « devenir pire », en m. fr. en parlant de l'état d'un malade.

piriforme, voir **poire**.

pirogue (XVIIe s.), empr. au caraïbe *piraugue*, de même sens.

pirouette (XVe s.), s. d. altér., d'après *girouette,* de *pirouelle* « sorte de toupie », dér. de *rouelle* « petite roue » et d'un rad. **pir-* « cheville », est d'abord empl. au sens de « dé à quatre faces que l'on fait tourner sur une cheville », au XVIe s. au sens de « tour ou demi-tour que l'on fait sur soi-même », au XVIIIe s. au sens fig. « volte-face ». || **pirouetter** (XVIe s.).

pis 1 (Xe s.), du lat. *pectus* « poitrine, cœur », empl. dès l'a. fr. au sens de « mamelle de la femelle d'un mammifère », le sens de « poitrine, poitrail » ayant disparu au XVIIe s.

pis 2 (Xe s.), du lat. *pejus*, neutre de *pejor* (voir **pire**), empl. dès l'a. fr. comme adv., adj. et subst. ; *aller de mal en pis* (XIIIe s.). || **pis-aller** (XVIIe s.), subst. invar. issu de la loc. adv. *au pis aller* (XVe s.).

pisci-, élém. tiré du lat. *piscis* « poisson » et entrant dans la construct. de mots comme **pisciculture**, **piscivore**, **pisciforme**.

piscine (XIIe s.), empr. au lat. *piscina* « vivier, bassin », dér. de *piscis* « poisson », a d'abord désigné le bassin proche du Temple, à Jérusalem, où l'on purifiait les victimes pour le sacrifice, qui fut le lieu d'un miracle du Christ ; à partir du XVIe s. au sens de « vivier » et de « bassin où l'on se baigne », au XIXe s. « grand bassin de natation ».

pisé (XVIe s.), part. pas. subst. de *piser* « piler, broyer », mot tech. du lyonnais, du lat. vulg. **pi(n)siare,* en lat. clas. *pi(n)sare* « broyer », désigne une sorte de matériau de construction.

pissaladière (XXe s.), empr. au niçois *pissaladiero* « tarte à l'oignon, aux anchois et olives noires », dér. du niçois *pissala* « sauce piquante à base de poissons broyés et salés ».

pisser (XIIe s.), du lat. vulg. **pissiare* « uriner », d'orig. onomat., devenu vulgaire à partir du XIXe s. ; au XVIe s. par ext. « faire jaillir un liquide ». || **pisse** (XIIIe s.), d'abord *chaude-pisse,* « maladie des voies urinaires », au XIXe s., vulg. « urine » ; ***pisse-froid*** (XVIIe s.) ; ***pissenlit*** (XVe s.), comp. de *pisse, en* et *lit,* en raison des propriétés diurétiques de la plante ; *manger les pissenlits par la racine* « être mort », fam. (XIXe s.) ; ***pissotière*** (XVIe s.), dér. du m. fr. *pissot* « membre viril, urine », d'abord empl. en ce sens, au XVIIe s. « urinoir public » ; ***pipi*** (XVIIe s.), mot du voc. enfantin, formé par redoublement de la syllabe initiale de *pisser* ; *faire pipi* (XIXe s.).

pistache (XVIe s.), empr. à l'ital. du Nord *pistacchio,* du lat. *pistacium,* du grec *pistakion* « pistache », dér. de *pistaké* « pistachier ».

piste (XVIe s.), empr. à l'ital. *pista,* de *pistare* « broyer, fouler aux pieds », du lat. tard. *pistare,* de même sens, empl. dès le XVIe s. au sens de « trace laissée par un être vivant », d'où au sens fig. « ensemble d'indications, de repères, orientant les recherches » (XVIIe s.) et comme terme de manège « lignes tracées dans un manège par le passage des chevaux » ; à partir du XIXe s. *piste* s'emploie au sens de « chemin sommairement tracé » ou de « parcours aménagé (pour une course) » et au XXe s. au sens de « arène centrale d'un cirque, piste de danse ». ‖ ***dépister*** (XVIe s.), d'abord terme de chasse, au XIXe s. dans le voc. de la médecine, de la psychologie ; ***pister*** (XIXe s.), terme de chasse et fam. au sens de « guetter, filer qqn ».

pistil (XVIIe s.), empr. au lat. *pistillus* « pilon », par analogie de forme.

pistole (XVIe s.), empr. à l'all. *Pistole,* empr. au tchèque pour désigner d'abord une petite arquebuse et au XVIIe s. au sens du fr. mod. « monnaie d'or battue en Espagne, en Italie ». ‖ ***pistolet*** (XVIe s.), dér. de *pistole* au sens de « arme à feu portative, à canon court » ; au XIXe s. au sens fig. « individu bizarre (*drôle de pistolet*) » ; au XXe s. par analogie « pulvérisateur à main ».

piston (XVIe s.), empr. à l'ital. *pistone* « pilon de mortier », de *pistare* « broyer », au XVIIe s. au sens du fr. mod. « pièce cylindrique qui se meut dans un tube », au XIXe s. au sens fig. et en arg. *avoir du piston* « être appuyé, recommandé ». ‖ ***pistonner*** (XIXe s.), au sens fig. « appuyer, protéger qqn ».

pistou (XXe s.), « basilic broyé », mot prov. dér. de l'a. prov. *pestar, pistar* « broyer ». Voir ***piste***, ***piston***.

pitance (XIIe s.), empr. au lat. méd. *pietantia* « nourriture donnée aux moines », dér. de *pietas* « pitié et piété », les distributions de vivres étant souvent faites par des fondations pieuses ; mot vieilli en fr. mod. au sens de « portion de nourriture ».

pitchpin (XIXe s.), empr. à l'angl. *pitch-pine,* comp. de *pine* « pin, sapin » et *pitch* « poix, résine », pour désigner un bois très résineux.

piteux (XIIe s.), du lat. méd. *pietosus* « plein de compassion », dér. de *pietas* « piété et pitié », empl. en ce sens jusqu'au XVIIe s. et dès le XIIe s. au sens de « qui suscite la compassion » ; au XVIIe s. au sens péj. du fr. mod. « médiocre, pitoyable ».

pithécanthrope (XIXe s.), mot all. « mammifère primate fossile », formé du grec *pithékos* « singe » et *anthropos* « homme ».

pitié (XIe s.), du lat. *pietas* « piété (envers les dieux, les parents) », dér. de *pius* « pieux » (voir ***piété***), qui a pris en lat. imp. le sens de « clémence, sentiment de compassion » et, en lat. chrét., celui de « bonté, charité, compassion », est empl. dès l'a. fr. au sens de « sentiment de compassion », au XVIIe s. au sens de « sentiment de commisération mêlé de mépris » (*faire pitié).* ‖ ***pitoyable*** (XIIe s.), a élim. l'a. fr. *pitable* « doux, enclin à la pitié », d'abord au sens de « qui est enclin à la pitié », puis au XIIIe s. « qui inspire de la pitié » ; ***impitoyable*** (XVIe s.) ; ***apitoyer*** (XIIIe s.), réfection de l'a. fr. *apitier* « prendre en pitié », empl. dès l'a. fr. au sens de « attendrir » ; ***apitoiement*** (XIXe s.).

piton (XIVe s.), dér. avec le suff. *-on* du prov. *pitar* « picorer, picoter », d'un rad. expressif *pitt-* désignant qq. ch. de pointu, est d'abord empl. au sens de « clou, vis dont la tête forme un anneau ou un crochet », au XIXe s. comme terme de géographie.

pitre (XVIIIe s.), s. d. var. dial. de *piètre*, d'abord empl. au sens de « bouffon chargé d'attirer le public », au XIXe s. personne qui fait rire » (*faire le pitre*). || ***pitrerie*** (XIXe s.).

pittoresque (XVIIe s.), empr. à l'ital. *pittoresco* « à la manière des peintres », dér. de *pittore* « peintre », est d'abord empl. en ce sens, puis au XVIIIe s., d'abord dans le voc. de la peinture, au sens de « qui est expressif, original, qui surprend par son caractère insolite ».

pituite (XVIe s.), empr. au lat. *pituita* « mucus, humeur », qui a également donné *pépie*, qualifie dans l'ancienne médec. l'une des quatre humeurs cardinales du corps et la mucosité sécrétée par le nez ; au XIXe s. « rejet, par vomissement, de liquide glaireux ».

pivoine (XIVe s.), empr. au lat. *paeonia,* de même sens, qui a aussi donné l'a. fr. *pyoine,* empr. au grec *paionia* (qui qualifie surtout la racine de la plante en raison de ses propriétés médicinales), fém. subst. de *paionios* « relatif à Paeôn, le guérisseur », formé sur *paion* (un des noms d'Apollon).

pivot (XIIe s.), d'orig. obsc., est d'abord empl. au sens fig. de « axe autour duquel une chose se meut », au XIVe s. au sens tech. ; au XVIe s. au sens fig. « celui ou ce qui est au cœur d'une action, d'un système ». || ***pivoter*** (XVIe s.), « mettre sur pivot », au XIXe s. « tourner sur un pivot, comme autour d'un pivot ».

pizza (fin XIXe s.), mot ital. d'orig. obsc., d'abord attesté au sens de « fouace, galette », au XVIe s. au sens mod. || ***pizzeria*** (XXe s.).

placard, **placarder**, voir ***plaquer***.

place (XIe s.), du lat. vulg. **plattea*, en lat. clas. *platea* « rue large, place publique », avec gémination du *t,* s. d. sous l'infl. de *plattus* (voir ***plat***), est empl. dès l'a. fr. aux sens concrets de « lieu, endroit », de « partie déterminée d'un endroit où qqn peut se mettre, qq. ch. se faire » (d'où les expres. comme *faire place à, mettre en place, prendre place*), de « lieu public entouré de bâtiments » (*place publique* au XIVe s., *place forte* au XVe s.), de « siège pour une personne » (XVIe s.). Depuis le XVe s. est attesté le sens fig. de « situation, position, rang dans une hiérarchie ». || ***placer*** (XVIe s.), est d'abord attesté au sens concret « mettre qq. ch. ou qqn en un certain endroit, disposer », au XVIIe s. « mettre au moment choisi » (*placer un mot*) ; à partir du XVIIe s. au sens de « assigner une place de choix, un rang à qqn, à qq. ch. », de « pourvoir d'un poste », et de « investir de l'argent », au XVIIIe s. « localiser », et « situer dans le temps » ; ***placement*** (XVIIe s.), usuel à partir du XVIIIe s. au sens de « investissement financier », au XIXe s. « action de procurer du travail à qqn » ; ***emplacement*** (XVe s.), au XVIe s. au sens du fr. mod. « lieu choisi pour y exercer une activité, faire une construction », au XXe s. « lieu de stationnement aménagé pour un véhicule » ; ***placier*** (XVIIe s.), « homme s'occupant de la location des places sur les marchés » ; le sens de « représentant de commerce » date du XIXe s. ; ***déplacer*** (XVe s.) ; ***déplacement*** (XVIe s.) ; ***replacer*** (XVIIe s.) ; ***remplacer*** (XVIe s.) ; ***remplacement*** (XVIe s.) ; ***irremplaçable*** (XIXe s.).

placebo (XXe s.), empr. au lat. *placebo* « je plairai », pour désigner une substance neutre que l'on substitue à un médicament.

placenta (XVIIe s.), empr. au lat. *placenta* « galette, gâteau », en raison de la forme de cet organe chez l'être humain.

placer, voir ***place***.

placide (XVe s.), empr. au lat. *placidus,* de *placere* (voir **plaire**), qui a pris le sens de « calme, paisible ». || **placidité** (XVIe s.), empr. au lat. *placiditas.*

plafond (XVIe s.), comp. de *plat* et de *fond.* || **plafonner** (XVIIe s.), « garnir d'un plafond » ; au XXe s. « atteindre un plafond, un maximum » aux sens propre et fig. ; **plafonnier** (XIXe s.).

plage (XIIIe s.), empr. à l'ital. *piaggia* « espace plat et découvert au bord de la mer », du grec *ta plagia* « versant d'une montagne », de l'adj. *plagios* « oblique », est d'abord empl. en ce sens ; au XXe s. au sens de « espace de temps délimité » et de « chacun des espaces gravés d'un disque séparés par un intervalle ».

plagiaire (XVIe s.), empr. au lat. *plagarius* « celui qui vole les esclaves d'autrui », de *plagium* « vol d'homme » et au fig. « auteur qui en vole un autre », seul sens attesté en fr. || **plagiat** (XVIIe s.) ; **plagier** (XIXe s.).

plaid (XVIIe s.), empr. à l'angl. *plaid* « grande pièce de tissu de laine portée comme manteau », du gaélique d'Ecosse *plaid* « couverture », d'orig. obsc.

plaider (XIe s.), dér. de l'a. fr. *plaid* (IXe s.), du lat. *placitum,* part. pas. subst. de *placere* « plaire », qui a pris en lat. méd. les sens de « engagement à comparaître devant une assemblée, assemblée, séance judiciaire, procès » ; en a. fr. *plaider* est usuel au sens de « tenir ses assises, faire siéger la cour » et de « défendre une cause devant des juges » et au XVIe s. au sens plus général de « parler en faveur de ». || **plaideur** (XIIIe s.) ; **plaidoyer** (XIVe s.), d'abord « discours devant un tribunal », au XVIe s. « défense passionnée d'une personne, d'une cause » ; **plaidoirie** (XIVe s.), « fait de plaider devant des juges », empl. à partir du XIXe s., en concurrence avec *plaidoyer* au sens de « défense d'une personne, d'une cause ».

plaie (XIe s.), du lat. *plaga* « coup, blessure », est attesté dès l'a. fr. au sens concret et au sens fig. « blessure de l'amour » et « préjudice, fléau » (*plaies d'Egypte*).

plain (XIIe s.), du lat. *planus* « plan, plat, uni », usuel jusqu'au XVIIe s. au sens de « qui présente une surface unie, lisse », a été ensuite éliminé par son homophone *plein.* || **de plain-pied** (XVIIe s.), « au niveau du sol » et au sens fig. « sans difficulté », au XIXe s. « sur pied d'égalité » ; **plain-chant** (XVIIe s.), « chant monodique religieux » ; **plaine** (XIIe s.), fém. subst. de *plain;* a éliminé le subst. masc. *plain* et la forme d'a. fr. *plaigne.*

plaindre (XIe s.), du lat. *plangere* « frapper, se frapper en signe de deuil », en lat. imp. « se lamenter, pleurer qqn, qq. ch. », est usuel en a. fr. au sens, vieilli, de « déplorer la mort de qqn » et de « déplorer un événement », et au sens courant du fr. mod. de « exprimer de la compassion pour » et sous la forme pronom. *se plaindre* « manifester sa peine » et « exprimer son mécontentement ». || **plainte** (XIe s.), empl. dès l'a. fr. au sens de « expression de la douleur, du mécontentement » et de « plainte en justice » ; *porter plainte* (XVIIIe s.) ; **plaintif** (XIIIe s.), d'abord « qui a l'accent d'une plainte », au XVIIIe s. « qui évoque une plainte ».

plaire (XIIe s.), forme refaite, s. d. d'après *faire, traire,* de l'a. fr. *plaisir,* du lat. *placere* « être agréable à », est empl. dès l'a. fr. au sens de « agréer, être agréable à » (en parlant d'une chose, d'une personne) ; *s'il vous plaît* (XIIe s.) ; *se plaire à* (XVIe s.) « prendre plaisir à » et au XVIIe s. « trouver du plaisir à être dans un lieu, une compagnie ». || **plaisant** (XIIe s.), au XVIIe s. subst. *mauvais plaisant ;* **plaisanter** (XVIe s.) ; **plaisanterie** (XIIIe s.) ; **plaisantin** (XVIe s.) ; **plaisir** (XIIe s.), forme subst. de l'ancien inf. *plaisir,* éliminé en m. fr. par *plaire,* dont le sens ancien « ce qu'il plaît de faire, d'ordonner» s'est conservé dans des expres. comme *à plaisir, bon plaisir*; au XIVe s. au sens du fr. mod. «sensation, émotion agréable»; au XVIe s. *menus plaisirs,* d'abord «divertissements royaux», puis «amusements, distractions diverses»; ***déplaisir*** (XIIIe s.), au XVIIe s. «souffrance morale», en fr. mod. «impression désagréable».

plan 1 (XVIe s.), empr. au lat. *planus* «plat, uni, égal», d'abord empl. dans le voc. des géomètres, et également comme subst. au sens de «surface plane limitée», au XVIIe s. dans le voc. de la peinture (*plan perspectif*), puis du théâtre et au sens fig., au XIXe s., de «importance relative» (*au second plan*); au XXe s. dans le voc. de la photographie et du cinéma (*plan rapproché, gros plan*). || ***aplanir*** (XIe s.), dér. sav. du lat. *planus*, d'abord «niveler une surface», à partir du XVIIe s. au sens fig.

plan 2 (XVe s.), d'abord *plant*, déverb. de *planter,* est d'abord attesté dans l'expres. *être en plant* «être en prison», au XVIe s. au sens de «implantation de ce qui est édifié», d'où «représentation (d'une construction, etc.) en projection horizontale»; au XVIIe s. au sens fig. «projet élaboré». || ***planifier*, *planification*** (XXe s.).

planche (XIIe s.), du lat. tard. *planca,* altér. de *palanca* «rouleau de bois», p.-ê. sous l'infl. de *planus* «plat», est d'abord empl. au sens de «pièce de bois plane», puis à partir du XVIe s. au sens fig. «ce qui facilite, sert d'appui» (*planche de salut, planche pourrie*) et dans le voc. de la gravure, «plaque de bois, de métal que l'on grave»; *planche à dessin,* (XIXe s.); *planche à billets* (XIXe s.); l'empl. dans le voc. du théâtre de l'expres. *monter sur les planches* date du XVIIIe s.; divers sens spéc. au XXe s. dans le voc. sportif. || ***plancher*** (XIIe s.); ***planchette*** (XIIIe s.).

plancton (XXe s.), mot all. empr. au grec *plankton*, neut. de l'adj. *planktos* «qui vogue au hasard».

planer (XIIIe s.), s. d. dér. de *plain,* est d'abord empl. au sens disparu de «baisser le haut du corps sur l'encolure du cheval», au XIVe s. au sens de «flotter dans l'air (en parlant d'un oiseau)», puis au XIXe s. en parlant d'un aérostat, d'un avion. Datent du XVIIIe s. les sens fig. «dominer par la pensée, dominer du regard, être loin du réel», «être suspendu d'une manière menaçante» (en parlant d'une abstraction); au XXe s. «se sentir euphorique» (sous l'effet de la drogue). || ***planeur*** (XIXe s.).

planète (XIIe s.), empr. au lat. *planeta* «astre mobile, planète», du grec *planétés* «(astre) errant», de *planasthai* «errer çà et là». || ***planétaire*** (XVIe s.), «qui est relatif aux planètes», au XXe s. «mondial, relatif à la planète terre»; ***planétarium*** (XXe s.), latinisation de *planétaire*; ***interplanétaire*** (XIXe s.).

planifier, voir ***plan***.

planisphère, voir ***sphère***.

planning (XXe s.), empr. à l'angl. *planning* «réalisation, dessin de plan», au XXe s. «programmation dans l'économie, etc.».

planquer (XVIIIe s.), altér. en arg. de *planter* (XVe s.) «écouler de faux lingots, cacher», *se planquer* «se cacher» (XIXe s.). || ***planque*** (XIXe s.), déverb. de *planquer*.

plantain (XIIIe s.), du lat. *plantago* dér. de *planta* «plante du pied» par allusion à la forme des feuilles de cette plante.

plante 1 (XIIe s.), du lat. *planta* «plante du pied». || ***plantaire*** (XVIe s.), empr. au lat. méd. *plantaris,* attesté dès le lat. imp.; ***plantigrade*** (XVIIIe s.), comp. de *plante* et du lat. *gradior* «marcher», en fr. «qui marche sur la plante des pieds».

plante 2 (XIIIe s.), s. d. déverb. de *planter* plutôt qu'empr. au lat. clas. *planta* «jeune plant, bouture, rejeton», empl. en lat. scolast. au sens général de «exemplaire du règne végétal», est passé en fr. en ce sens ; à partir du XVIIe s. *plante* désigne couramment un végétal de petite taille, non ligneux, par opp. à *arbre* ; à partir du XVIIe s. au sens fig.

planter (XIIe s.), du lat. *plantare* « enfoncer, tasser la terre avec le pied, planter », est empl. dès l'a. fr. au sens de « fixer un végétal en terre », de « ficher, placer qq. ch. en l'enfonçant », de « mettre en place, fixer » et au sens fig. de « ancrer, enraciner qq. ch. » ; au XIIIe s. « disposer verticalement ». || ***plant*** (XVe s.) ; ***plantation*** (XIIe s.), empr. au lat. *plantatio* « ce qui a été planté », d'abord attesté au sens de « végétal qui a été planté », d'où au XVe s. « rejeton », au XVIIIe s. « action de planter » et « arbres, végétaux plantés dans un même espace ». Le sens de « établissement, colonie » et de « domaine rural aux colonies » (XVIIe s.) est empr. à l'angl. *plantation,* de même orig. ; ***implanter*** (XVIe s.), s. d. empr. au lat. méd. *implantare* ; ***implantation*** (XVIe s.) ; ***implant*** (XXe s.), terme du voc. médical ; ***replanter*** (XIIIe s.) ; ***transplanter*** (XIIe s.), empr. au lat. tard. *transplantare,* de même sens, comp. de *trans* « au-delà » et de *plantare* ; ***transplantation*** (XVIe s.).

plantigrade, voir ***plante 1***.

plantureux (XIIe s.), altér. de l'a. fr. *plentiveux,* dér. de *plenteïf* « fertile, abondant », lui-même dér. de l'a. fr. *plenté* « abondance, grande quantité », du lat. *plenitas* « abondance » (voir ***plénitude***), est empl. dès l'a. fr. au sens de « fertile, abondant », au XIXe s. en parlant d'une femme.

plaquer (XIIIe s.), empr. au m. néerl. *placken* « enduire, rapiécer, coller », d'orig. obsc., est empl. dès l'a. fr. au sens de « appliquer une chose sur une autre » ; au XVIe s. au sens fig. « abandonner qqn, qq. ch. » ; au XVIIIe s. au sens de « jeter qqn à terre », emploi repris au XXe s. dans le voc. du sport (d'où le dér. ***plaquage***). || ***plaque*** (XVIe s.), déverb. de *plaquer* au sens de « matériau plat et peu épais », au XVIIe s. « surface plane portant une inscription », au XIXe s. dans le voc. de la photographie ; ***plaquette*** (XVIe s.), « petite plaque », au XIXe s. « petit livre » et dans le voc. médical (*plaquette sanguine*) ; ***placard*** (XIVe s.), d'abord « lettre non pliée », puis au XVe s. « écrit que l'on affiche », spéc. « écrit injurieux ou séditieux » ; à partir du XIXe s. dans le voc. de l'imprimerie, (*épreuves en placard, placard publicitaire*) ; spéc. à partir du XVIe s. au sens de « enduit dont on revêt un mur, etc. » et au sens usuel en fr. mod. de « armoire » ; ***placarder*** (XVIIe s.), « afficher, couvrir d'affiches » ; ***plaqué*** (XVIIIe s.), part. pas. de *plaquer* employé comme adj. (*plaqué or, argent*) ; ***placage*** (XIVe s.), au XVIIe s. « application sur une matière d'une plaque d'un matériau plus précieux » ; au XVIIIe s. « partie d'une œuvre qui semble ajoutée » ; ***contre-plaqué*** (XXe s.), ***contre-placage*** (XIXe s.).

plasma (XVIIIe s.), du grec *plasma, plasmatos* « ouvrage façonné, modelé », d'abord empr. au sens de « émeraude broyée entrant dans la composition de certains médicaments », puis au XIXe s. « partie liquide du sang ». Les élém. ***plasma-***, ***plasmo-***, entrent dans la construct. de nombreux termes de médecine et de biologie.

plastic (XXe s.), empr. à l'angl. *plastic* « composition explosive », de même orig. que le fr. *plastique.* || ***plastiquer*** (XXe s.).

plastique (XVIe s.), empr. au lat. *plasticus* « relatif au modelage », empl. comme subst. au fém. *plastica, plasticae* « art du modelage », du grec *plastikos* « malléable, qui sert à modeler », est d'abord empl. comme adj. au sens de « qui vise à la création de formes par modelage » (au XIXe s. *arts plastiques* « ensemble des arts visant l'élaboration de formes visibles ») ; à partir du XIXe s. en biologie et en médecine (*chirurgie plastique*). A partir du XVIIIe s. *plastique* s'emploie aussi comme subst. fém. au sens de « recherche de la beauté par l'expression, la création, l'élaboration de formes », puis au sens courant de « forme, allure » et de « beauté des formes du corps ». Depuis le XIXe s. *plastique* adj. et subst. masc. désigne aussi « toute substance capable de reproduire par modelage ou moulage un objet type » *matière plastique, le plastique* (XXe s.). || ***plasticité*** (XVIIIe s.), dér. de *plastique,* au XIXe s. au sens fig. ; ***plasticien*** (XIXe s.), « artiste spécialisé dans les recherches en arts plastiques » ; ***plastifier*** (XXe s.).

plastron (XVe s.), empr. à l'ital. *piastrone* « pièce d'armure protégeant la poitrine », dér. de *piastra* « plaque (de métal, etc.) » (voir ***piastre***), est d'abord empl. comme terme d'escrime « plaque de protection », au XIXe s. dans le voc. du costume « partie de certains vêtements recouvrant la poitrine ». *Plastron* est vieilli au sens fig. de « personne en butte aux railleries » (XVIIIe s.). || ***plastronner*** (XVIIe s.), « protéger d'un plastron », au XIXe s. au sens fig. « prendre une pose avantageuse ».

plat (XIe s.), du lat. vulg. **plattus,* empr. au grec *platus* « large et plat », est empl. dès l'a. fr. comme adj. et comme subst. au sens de « ustensile à fond plat » ; les sens fig. de l'adj. apparaissent dès le m. fr. ; *eau plate* « eau pure » (XIVe s.). Date du XVIe s. le sens péj. « ce qui manque d'originalité » et « qui montre de la bassesse, au XVIIe s. « qui manque d'élégance (*un plat personnage*) ; *pied-plat* (XIIIe s.) d'abord au sens propre, au XVIe s. au sens fig. « personne grossière, inculte », *plat pays* (XIVe s.), *calme plat* (XVIIIe s.). || ***platine*** (XIIe s.), d'abord *plataine* « dalle funéraire », sens disparu, les emplois tech. étant dérivés du sens de « surface plane supportant les éléments d'un mécanisme », d'où au XXe s. « plateau d'un tourne-disque » ; ***platitude*** (XVIIe s.), d'abord attesté au sens fig. « absence d'élévation, d'originalité », est très rare au sens concret ; ***plateau*** (XIIIe s.), dér. ancien du subst. *plat* au sens de « support plat » ; à partir du XVIIe s. *plateau,* dér. de l'adj. *plat,* est employé comme terme de géographie (*haut plateau* au XIXe s.), au XIXe s. dans le voc. tech. « pièce circulaire plate sur une machine » et dans le voc. du théâtre, « plancher de la scène, scène », puis du cinéma ; ***aplatir*** (XIVe s.), *s'aplatir,* au sens fig. à partir du XIXe s. ; ***plat*** subst. entre dans la construct. de termes comme ***porte-plat***, ***monte-plats***, etc. ; l'adj. au fém. ***plate*** entre dans la construct. de termes comme ***plate-forme*** (XVe s.), ***plate-bande*** (XVIe s.).

platane (XVIe s.), empr. au lat. *platanus,* du grec *platanos,* dér. de *platus* « large et plat », par analogie avec la forme des feuilles de cet arbre.

plateau, voir ***plat***.

platine 1, voir ***plat***.

platine 2 (XVIIIe s.), empr. à l'esp. *platina* « métal précieux ». || ***platiner*** (XIXe s.).

platonique (XVe s.), empr. au lat. *platonicus* « disciple de Platon », d'abord synonyme de ***platonicien*** (XVe s.) au sens de « disciple de Platon », puis de « relatif à la philosophie de Platon », est empl. à partir du XVIIe s. au sens de « qui a un caractère pur, idéal » (*amour platonique*).

plâtre (XIIe s.), dér. par aphérèse de *emplâtre* par comparaison avec la consistance d'un emplâtre, *battre qqn comme plâtre* (XVe s.) ; *essuyer les plâtres* aux sens propre et fig. (XIXe s.). || ***plâtrer*** (XIIIe s.), au XVIe s. au sens fig. « masquer d'une apparence trompeuse », puis « se farder excessivement » ; ***plâtrage*** (XVe s.), a suivi l'évol. du verbe ; ***plâtras*** (XIVe s.) ; ***plâtrier*** (XIIIe s.).

plausible (XVIe s.), empr. au lat. *plausibilis* « digne d'être applaudi », de *plaudere* « applaudir », d'abord empl. au sens de « digne d'approbation », est usuel au sens de « qui semble devoir être admis ».

play-back (XXe s.), empr. à l'anglo-améric. *play-back,* subst. verbal de *to play back*, au sens de « interprétation ou diffusion mimée d'un enregistrement antérieur ».

play-boy (XXe s.), de l'angl. *play-boy* au sens de « jeune homme élégant et séducteur, menant une vie facile et oisive ».

plèbe (XIVe s.), empr. au lat. *plebs, plebis* « ensemble des citoyens romains non nobles », d'abord empl. comme terme d'hist. romaine est rare jusqu'à la fin du XVIIIe s. au sens, aujourd'hui vieilli et péj., de « masse populaire, bas peuple ». || ***plébéien*** (XIVe s.), d'après le lat. *plebeius* « de la plèbe, du commun du peuple », en fr. mod. « du peuple, populaire ».

plébiscite (XIVe s.), empr. au lat. *plebiscitum* « décret du peuple, de *plebs* (voir **plebe**), et du supin de *scisco* « agréer, décider », est d'abord empl. comme terme d'hist. romaine ; au XIXe s. « vote direct du corps électoral par oui ou par non ». || ***plébisciter*** (fin XIXe s.), « voter par voie de plébiscite » et par ext. « approuver ».

plectre (XIIIe s.), empr. au lat. *plectrum*, du grec *plectron*, de *plessein* « frapper un coup », pour désigner une baguette servant à faire vibrer les cordes de la lyre ou de la cithare.

pléiade (XIIIe s.), empr. au lat. *Pleiades,* nom d'une constellation de sept étoiles, empr. au grec et aussi employé, au sing., pour désigner le groupe des sept grands poètes alexandrins vivant au IIIe s. av. J.-C., est d'abord attesté comme terme d'astronomie, puis pour désigner sept poètes français du XVIe s. et, par ext., au sens de « groupe de personnes considérées comme illustres ou remarquables » (*Les Pléiades,* roman d'A. de Gobineau).

plein (XIe s.), du lat. *plenus* « plein, complet, entier, abondant », de *plere* « emplir », empl. dès l'a. fr. au sens fig. « empli du sentiment, de l'idée de », au sens concret « dont l'espace intérieur est entièrement occupé » et au sens de « ce qui se présente dans toute son ampleur, sa puissance » (*pleine lune*) et de « total, sans restriction » (*plein pouvoir*) ; à partir du XVIe s. *plein* s'emploie au sens de « massif, dense », au propre et au fig. et en parlant de l'écriture, par opp. à *délié*. L'emploi comme prép. apparaît à partir du XIIe s., comme adv. à partir du XIIIe s. (*tout plein de*). *Plein* s'emploie aussi comme subst. à partir du XIIe s. *Plein* entre dans la construct. de termes comme ***plein-air***, ***plein-cintre***, ***plein-vent***, ***trop-plein***, plus récemment ***plein emploi*** et ***plein temps*** (calques de l'angl. *full employment* et *full time*).

plénier (XIe s.), du lat. tard. *plenarius* « complet, plein », dér. de *plenus* (voir **plein**), surtout usuel en fr. mod. dans des expres. comme *cour plénière* « assemblée solennelle », *grâce, indulgence plénière*. || ***plénitude*** (XIVe s.), empr. au lat. *plenitudo* « ce qui remplit, accomplissement, achèvement », dér. de *plenus,* d'abord empl. dans le voc. religieux « accomplissement des temps », au XVIe s. « perfection, achèvement ».

plénipotentiaire (XVIIe s.), formé du lat. *plenus* « plein » et *potentia* « puissance » pour désigner une personnalité munie de pleins pouvoirs (*ministre plénipotentiaire* au XIXe s.).

pléonasme (XVIe s.), empr. au lat. tard. gram. *pleonasmus*, du grec *pleonasmos* « surabondance, excès », également empl. en fr. au sens spéc. de « mot qui ajoute une répétition à ce qui a été énoncé ».

pléthore (XIVe s.), empr. au grec médic. *plethoré* « surabondance de sang, d'humeurs », d'abord empl. dans le voc. médic. et au XVIIIe s. au sens fig. « surabondance amenant à un état fâcheux ». || ***pléthorique*** (XIVe s.).

pleural, voir ***plèvre***.

pleurer (Xe s.), du lat. *plorare* « se plaindre, se lamenter », synonyme expres. dans la langue pop. de *lacrimare* « verser des larmes », est empl. en ce sens en fr. || ***pleur*** (XIIe s.), déverb. de *pleurer*, souvent empl. en a. fr. au sing. avec valeur collective, est d'emploi littér. en fr. mod. *(verser un pleur sur)* ; ***pleurnicher*** (XVIIIe s.), s. d. forme altér. du normand *pleurmicher* « pleurer pour peu de chose », comp. expressif de *pleurer* et du normand *micher* « pleurer » ; ***éploré*** (XIIe s.), part. pas. adjectivé de l'a. fr. *soi esplourer* « être tout en pleurs, s'affliger ».

pleurésie, **pleuro-**, voir ***plèvre***.

pleurote (XIXe s.), empr. au lat. scient. *pleurotus*, comp. de l'élém. *pleuro-* « côté, flanc » et du grec *ous, otos* « oreille » pour désigner une sorte de champignon (à pied inséré sur le côté).

pleutre (XVIIIe s.), s. d. empr. au flamand *pleute* « chose sans valeur », d'où « coquin, vaurien », empl. en fr. au sens de « lâche, poltron ».

pleuvoir (XIIe s.), du lat. pop. *plovere*, en lat. clas. *pluere* « pleuvoir », empl. dès l'a. fr. comme verbe impersonnel, les emplois comme verbe personnel, attestés depuis le XIIe s., étant rares ou littér. Voir ***pluie***.

plèvre (XVIe s.), empr. dans le voc. médic. au grec *pleura*, plur. de *pleuron* « côte, côté, flanc » || ***pleural*** (XIXe s.), formé sur l'élém. *pleuro-*, tiré du grec *pleura* « côté », au sens de « ce qui est relatif à la *plèvre* ; ***pleurésie*** (XIIIe s.), empr. au lat. méd. *pleuresis* « inflammation de la plèvre », var. du lat. clas. *pleuritis*, empr. au grec, empl. en ce sens en fr.

plexiglas (XXe s.), empr. à l'all. *Plexiglas*, nom de marque déposée, formé sur l'all. *Glas* « verre » et un élém. *plexi-* de *plexus*, part. pas. de *plectere* « tordre ».

plexus (XVIe s.), empr. au lat. tard. *plexus* « entrelacement », dér. de *plectere* « tresser, tordre », empl. en fr. au sens de « réseau de nerfs ou de vaisseaux » ; *plexus solaire* (XIXe s.).

pli, **plier**, voir ***ployer***.

plinthe (XVIe s.), empr. au lat. tard. *plinthus*, du grec *plinthos* « brique, objet en forme de brique ou de carré » et spéc. en architecture « pierre placée sous le fût d'une colonne ou sur un chapiteau », est d'abord empl. en ce sens en fr. ; au XVIIe s. « bande au bas d'un mur ».

plisser, voir ***ployer***.

plomb (XIIe s.), du lat. *plumbum* « plomb, balle de plomb, tuyau de plomb », d'orig. obsc., est d'abord attesté en a. fr. sous la forme *plum*, le rétablissement du *b* étant dû en partie au dér. *plomber* ; *plomb* est usuel dès l'a. fr. pour désigner ce métal et au sens de « masse de métal servant à lester un fil pour déterminer la verticale » (*fil à plomb* XVIIIe s.) ; au XVIIe s. « projectiles d'une arme à feu », à la fin du XIXe s. dans le voc. de l'électricité (*plomb fusible*). Le sens fig. « ce qui provoque une impression de pesanteur » (*sommeil de plomb*) date du XVIIe s. || ***plomber*** (XIe s.), d'abord *plomer* « garnir de plomb », puis « donner la couleur du plomb », au XVIIIe s. en chirurgie dentaire ; ***plombage*** (XVe s.), d'abord « action de garnir de plomb », au XIXe s. « action de plomber une dent » ; ***plombier*** (XIIIe s.), « celui qui vend ou travaille le plomb », spéc. au XIXe s. au sens de « personne exécutant des travaux de plomberie » ; ***plomberie*** (XIVe s.), d'abord « fabrication des objets en plomb », au XIXe s. « travail du plombier », puis « canalisations d'un bâtiment » ; ***aplomb*** (XVIe s.), soudure de la loc. *a plomb* « à la verticale », pour désigner la « verticalité indiquée par le fil à plomb », puis « l'équilibre d'un corps », au XIXe s. au sens du fr. mod. « assurance » ; ***d'aplomb*** (XVIIIe s.); ***surplomber*** (XVIIe s.) ; ***surplomb*** (XVIIe s.) ; ***déplomber*** (XIXe s.), « dégarnir du sceau du plomb », de *plomb* au sens (au XIVe s.) de « sceau ».

plonger (XIIe s.), du lat. vulg. **plumbicare*, dér. de *plumbum* « plomb », en fr. « garnir de plomb des filets pour les faire descendre au fond de l'eau », empl. dès l'a. fr. au sens de « se précipiter dans l'eau » et au sens fig. de « enfoncer (une arme) dans un corps », « s'enfoncer au sein de qq. ch. », au XVIe s. « s'adonner à une occupation », au XXe s. dans le voc. du sport. || ***plongeur*** (XIVe s.), « celui qui plonge », au XIXe s. « celui qui nettoie la vaisselle » ; ***plonge*** (XIVe s.), « action de plonger », éliminé en ce sens par ***plongeon*** (XVIe s.), empl. depuis le XXe s. au sens de « action de faire la vaisselle dans un restaurant », à partir du sens spéc. de *plongeur* ; ***plongée*** (XVe s.), d'abord « action de se creuser, en parlant des vagues », à partir du XVIIIe s. pour désigner un mouvement rapide de haut en bas ; ***plongeoir*** (XIXe s.), au XXe s. au sens spéc. de « tremplin servant à plonger » ; ***replonger*** (XVIe s.).

ploutocratie (XVIe s.), empr. au grec *ploutokratia* « gouvernement ou domination des riches », composé de l'élém. *-kratia,* de *kratos* « force » et de *ploutos* « richesse », est d'abord empl. comme terme d'antiquité grecque, puis repris au XIXe s. à l'angl. *ploutocracy*, de même sens.

ployer (IXe s.), variante de *plier*, du lat. *plicare* « plier », est d'abord attesté sous les formes *pleier, ploier,* puis *ployer*, les formes du type *plie* ont été refaites d'après des verbes comme *nier, prier,* d'où au XVIe s. l'infinitif **plier**. Dès l'a. fr. *ployer,* vieilli ou littér. depuis la fin du XVIIe s. au sens de « plier », est usuel au sens concret de « contraindre une chose à se plier », de « perdre du terrain (dans le voc. milit.) » et au sens fig. « rendre plus souple qqn, briser la résistance de », au XVIe s. « incliner, fléchir une partie du corps » ; *plier,* synonyme usuel de *ployer*, est attesté dès l'a. fr. au sens de « rabattre une chose sur elle-même » et de « céder, faiblir » ; *plier bagage,* « s'en aller » et « mourir » (XVIe s.). || ***éployer*** (XVe s.), littér. ; ***déployer*** (XIIe s.), au XVIe s. dans le voc. milit., rare au sens fig. de « exhiber, faire étalage » avant le XVIe s. ; ***déploiement*** (XVIe s.), a suivi l'évol. du verbe ; ***redéployer***, ***redéploiement*** (XXe s.), d'abord empl. dans le voc. milit., puis écon. ; ***pli*** (XIIe s., d'abord *plei, ploi,* attesté jusqu'au XVe s.), déverb. de *plier*, est empl. au XIIIe s. au sens de « papier plié formant enveloppe », d'où au XIXe s. « message, lettre », au XIIIe s. au sens fig. de « disposition, état d'esprit », au XIXe s. dans les jeux de cartes et comme terme de géographie ; ***pliage*** (XVIIe s.) ; ***plisser*** (XVIe s.), formé sur le plur. *plis* ; ***plissement*** (XVIIe s.), spéc. au XXe s. en géologie ; ***pliant*** (XVe s.), au XVIIe s. comme subst. masc. ; ***replier*** (XIIIe s.), d'abord « plier à nouveau », *se replier* (XVIIe s.), « se refuser aux pressions extérieures », au XVIIIe s. dans le voc. milit. ; ***repli*** (XIIIe s.), d'abord *reploi,* au XVIe s. « partie secrète, dissimulée », au XXe s. dans le voc. milit. ; ***déplier*** (XVIe s.), réfection de *déployer* ; ***dépliant***, au XIXe s. comme subst. « prospectus (que l'on déplie pour le lire) ».

pluie (XIe s.), du lat. vulg. **ploia* issu d'un type **plovia,* à partir du XVIe au sens fig. || ***parapluie*** (XVIIe s.), de *para-* « contre » et *pluie.* Voir ***pleuvoir***.

plume (XIIe s.), du lat. *pluma* « duvet, plume », qui a éliminé *penna* (voir ***penne***), est d'abord empl. au sens de « duvet (pour rembourrer des coussins) », puis de « ensemble des plumes d'un oiseau », au XVe s. « instrument pour écrire ». || ***plumer*** (XIIe s.), au XIIIe s. au sens fig. « voler, dépouiller » ; ***plumage*** (XIIIe s.), « apparence extérieure de qqn » et « ensemble des plumes d'un oiseau » ; ***plumeau*** (XVIIe s.) ; ***plumet*** (XVe s.), au XVIIe s. au sens de « plume ornant un chapeau » ; ***plumetis*** (XVe s.), « sorte de broderie à l'aiguille » ; ***plumitif*** (XVIe s.), altér. dans le langage des clercs du m. fr. *plumetis* « brouillon d'un acte », est aussi attesté à partir du XVIe s. au sens de « greffier », au XVIIIe s. au sens du fr. mod. « écrivain médiocre » ; ***porte-plume*** (XVIIIe s.) ;

plumier (XIXe s.) ; ***emplumer*** (XIIe s.) ; ***remplumer*** (XIIIe s.), au XVe s., fam., « rétablir la situation financière de qqn », au XVIIe s., fam., « redonner de l'embonpoint ».

plupart (la) (XIVe s.), comp. de *plus* et de *part.*

pluralité (XIIIe s.), empr. au lat. *pluralitas* « le pluriel, la multiplicité », empl. au XVIe s. au sens de « majorité, plus grand nombre », a été éliminé en ce sens par *majorité* à la fin du XVIIIe s. || ***plural*** (XIXe s.), empr. au lat. *pluralis* « composé de plusieurs » ; ***pluralisme*** (XIXe s.) ; ***pluri-***, élém. tiré du lat. *plures* « plus nombreux, plusieurs » et entrant dans la construct. de termes comme ***pluridisciplinaire***, ***plurivoque***, ***pluridimensionnel***, ***plurilingue***.

pluriel (XVe s.), altér. sous l'infl. de *singuler, singulier*, de l'a. fr. *plurel*, du lat. *pluralis* « composé de plusieurs, pluriel », est spéc. dans le voc. de la grammaire.

plus (Xe s.), du lat. *plus,* usuel dès l'a. fr. comme comparatif au sens de « davantage », au XVIe s. comme subst. *le plus,* et au XVIIe s. comme signe de l'addition. Est attesté dès l'a. fr. l'emploi de *plus* avec la nég. *ne* d'abord avec valeur quantitative, puis au XIVe s. avec valeur temporelle « ne pas... plus longtemps ». || ***surplus*** (XIe s.), « ce qui vient s'ajouter à », sens disparu, puis « reste, excédent ».

plusieurs (XIe s., d'abord *pluisor)*, au XIVe s. *plusieurs,* du lat. vulg. **plusiores*, altér. d'après *plus* du lat. tard. *pluriores* « plusieurs », forme élargie du lat. clas. *plures,* pluriel de *plus,* est attesté dès l'a. fr. dans le syntagme *li pluisor* « la plupart, le plus grand nombre », disparu en fr. mod., et comme pron. et adj. indéf. pluriel.

plutonium (XIXe s.), d'abord nom du baryum, repris au XXe s. pour désigner un élément radioactif, est un dér. sav. du lat. *Pluto, Plutonis,* « Pluton, dieu des enfers ».

plutôt, voir ***tôt***.

pluvial (XIIe s.), empr. au lat. *pluvialis* « de pluie », d'abord attesté comme subst. « manteau liturgique », est empl. comme adj. au sens du fr. mod. au XVe s. « qui provient de la pluie ». || ***pluvieux*** (XIIIe s.), empr. au lat. *pluviosus* « pluvieux », de *pluvia* « pluie » ; ***pluviosité*** (XXe s.) ; ***pluviôse*** (XVIIIe s.), empr. au lat. *pluviosus* « pluvieux » pour désigner le cinquième mois du calendrier républicain (à cheval sur janvier et février) ; ***pluvio-***, élém. tiré du lat. *pluvia* « pluie » et entrant dans la construct. de termes comme ***pluviomètre***.

pluvier (XVIe s.), réfection de l'a. fr. *plouvier* (XIIe s.), du lat. vulg. **pluvarius* « oiseau qui annonce la pluie », dér. de *pluvia* « pluie » pour désigner un oiseau échassier migrateur.

pneumatique (XVIe s.), empr. au lat. imp. *pneumaticus* « relatif à l'air », empr. au grec *pneumatikos*, dér. de *pneuma* « souffle », est d'abord empl. au sens de « subtil », puis pour désigner ce qui se sert des propriétés de compressibilité de l'air comme source d'énergie ; au XIXe s. « qui contient, qui fonctionne à l'air comprimé » et comme subst. masc., sous l'infl. de l'angl. *pneumatic,* au sens de « bandage de roue, pneu » ; au XXe s. « lettre envoyée par tube pneumatique ». || ***pneu*** (XIXe s.), abrév. de *pneumatique* ; ***pneumo-***, élém. tiré du grec *pneuma, pneumatos* « souffle, air » entrant dans la construct. de termes comme ***pneumographie***, ***pneumologie***, ***pneumothorax***.

pneumonie (XVIIIe s.), empr. au grec *pneumonia* « inflammation des poumons », dér. de *pneumon* « poumon ».

pochade, **pochard**, voir ***poche***.

poche (XIIe s.), du franc. **pokka* « bourse, sac », est d'abord attesté au sens, vieilli ou dial. en fr. mod., de « petit sac, bourse », au XVIe s. au sens courant de « partie d'un vêtement où l'on met ce que l'on porte sur soi » ;

de poche (XVIIe s.), d'où *livre de poche* (XXe s.) sous l'infl. de l'angl. *pocket book* ; à partir du XIVe s. dans le voc. médical (*poches sous les yeux*, XXe s.) ; au XXe s. dans le voc. milit. (*poche de résistance*) et écon. (*poche de pauvreté*) ; à partir du XVIIIe s. *payer de sa poche*, *argent de poche*. || **pochette** (XIIe s.), « petite bourse », puis au XIXe s. « sorte de sac à main » et au XXe s. « petit mouchoir fin » ; ***pocher*** (XIIIe s.), d'abord « crever (un œil) », puis « meurtrir » ; au XIIIe s. *poché* (en parlant d'un œuf) ; au XVIIIe s. « esquisser rapidement un dessin », d'où ***pochade*** (XIXe s.) « croquis rapide » ; ***pochard*** (XIXe s.), fam., « ivrogne » ; ***pochoir*** (XIXe s.) ; ***empocher*** (XVIe s.), usuel au sens fig. de « toucher de l'argent ».

podagre (XIIIe s.), subst. fém., empr. au lat. *podagra,* du grec *podagra* « piège qui saisit l'animal par le pied » et « goutte aux pieds », dér. de *pous, podos* « pied », a remplacé l'a. fr. *poacre,* de même sens, et a été éliminé au XVIIIe s. par *goutte* ; *podagre,* adj. (XIVe s.) « goutteux », empr. au lat. imp. *podager*, du grec *podagros* « qui souffre de la goutte ».

podestat (XIIIe s.), empr. à l'ital. *podestà* « chef de l'administration et de la justice communales », du lat. *potestas* « pouvoir, pouvoir d'un magistrat ».

podium (XVIe s.), empr. au lat. *podium* « mur entourant l'arène de l'amphithéâtre et où se trouvaient des places d'honneur », empr. au grec *podium* « petit pied », dér. de *pous* « pied », d'abord attesté au sens de « degré supportant une rangée de colonnes », usuel depuis le XXe s., spéc. dans le voc. sportif, au sens de « estrade sur laquelle on fait monter les vainqueurs d'une épreuve ».

podo-, élém. tiré du grec *pous, podos* « pied » et entrant dans la construct. de mots sav. comme ***podologie***, ***podomètre***.

poêle 1 (Xe s.), empr. au lat. imp. *pallium* « couverture de lit, tenture d'appartement », d'abord attesté au sens de « riche étoffe », s'est spéc. en fr. dans la relig. catholique au sens de « drap funéraire recouvrant le cercueil pendant la cérémonie des funérailles ».

poêle 2 (XIVe s.), du lat. *pe(n)silis* « qui pend, suspendu » et « bâti sur pilier » d'où l'expres. *balnea pensilia* « bains construits sur des voûtes et chauffés par-dessous », est attestée jusqu'au XVIIe s. au sens de « chambre chauffée », à partir du XVe s. au sens courant de « fourneau de chauffage ».

poêle 3 (XIIe s.), du lat. *patella* « petit plat servant aux sacrifices, patelle », dimin. de *patera* (voir **patère**), usuel dès l'a. fr. au sens de « ustensile de cuisine muni d'une longue queue ». || ***poêler*** (XIXe s.) ; ***poêlon*** (XIVe s.).

poème (XIIIe s.), empr. au lat. *poema* « poème, ouvrage en vers, poésie », du grec *poiema* « ce que l'on fait », d'où « œuvre, création de l'esprit, œuvre en vers », est d'abord empl. en a. fr. au sens de « ouvrage en vers d'un auteur latin », à partir du XIVe s. au sens de « ouvrage en vers », au XVIe s. « ouvrage en vers d'une certaine étendue et d'un ton soutenu », et, à partir du XVIIIe s., « œuvre littéraire d'inspiration poétique » ; *poème en prose* (XVIIIe s.). A partir du XIXe s. *poème* désigne par ext. « toute œuvre d'art ou toute réalité naturelle empreinte de poésie ».

poète (XIIe s.), empr. au lat. *poeta*, du grec *poietés* « auteur, créateur, qui compose des vers, des ouvrages en prose, des discours, etc. », dér. de *poiein* « fabriquer, créer, composer un poème », est attesté dès l'a. fr. au sens de « créateur » et au sens du fr. mod. ; au XVIe s. au sens fig. « être étrange, rêveur ». || ***poétesse*** (XVe s.) ; ***poétiser*** (XIVe s.), d'abord « faire des vers », au XIXe s. « rendre poétique ».

poésie (XIVe s.), empr. au lat. *poesis* « poésie, œuvre poétique, genre poétique », du grec *poiesis* « création, fabrication, composition d'œuvres poétiques », dér. de *poiein,* (voir **poète**), d'abord empl. au sens de « pièce de vers » et de « art de faire des vers », au XVIe s. au sens de « manière propre à un écrivain, une école de pratiquer cet art » et à partir du XVIe s. au sens de « inspiration, sentiment poétique » et par ext. « ce qui suscite une émotion poétique » ; *poésie pure* (XIXe s.). ‖ ***poétique*** (XIVe s.), adj. empr. au lat. *poeticus* « poétique », du grec *poietikos* « capable de créer, inventif, poétique », d'abord empl. au sens de « ce qui est relatif, propre à la poésie » (*art poétique*), *licence poétique* (XVe s.), *fureur poétique* (XVIe s.), *fonction poétique* (XXe s.) ; *poétique* subst. fém. (XVIe s.) empr. au lat. *poetica* « poésie, travail, art du poète », empr. au grec, est usuel à partir du XVIIe s. au sens de « traité de poésie » (la *Poétique* d'Aristote), au XVIIIe s. « système d'expression poétique propre à un poète, à une école » et par ext. « esthétique, théorie d'un art ou d'un genre artistique en particulier », au XXe s. « théorie de la création littéraire ».

pogrom(e) (XXe s.), empr. au russe *pogrom*, dér. de *gromit'* « détruire » et du préf. *po-* indiquant l'achèvement pour désigner d'abord dans la Russie tsariste un « massacre et pillage des Juifs par la population » et par ext. « un violent soulèvement contre une communauté juive ».

poids (XIIe s., d'abord *pois*), du lat. *pensum* « ce qu'une chose pèse, poids de laine à filer », d'où « tâche, devoir » (sens conservé dans l'empr. sav. *pensum*), forme subst. du supin de *pendere* « suspendre », d'où « peser ». La forme *poids* est due à un rapprochement ultérieur avec le lat. *pondus* « poids » ; *poids* est attesté dès l'a. fr. au sens courant de « ce qui est lourd, pesant » et au sens de « objet de métal servant à peser », au XIVe s. au sens fig. « influence, importance », au XVIe s. « fardeau pénible », au XIXe s. dans le voc. sportif (*poids lourd, léger*, etc.), et de l'automobile (*poids lourd*). ‖ ***contre-poids*** (XIIe s.).

poignard (XVe s.), réfection de l'a. et m. fr. *poignal, poignel*, adj., « qu'on tient dans la main, qu'on manie avec le poing », du lat. vulg. **pugnalis* « qu'on manie avec le poing », dér. sur le modèle de *manualis* « qu'on tient dans la main » de *pugnus* « poing ». ‖ ***poignarder*** (XVIe s.), au XVIIe s. au sens fig.

poigne, **poignée**, **poignet**, voir ***poing***.

poil (XIe s.), du lat. *pilus* « poil », au sens fig. « un rien », empl. dès l'a. fr. au sens de « ensemble du système pileux humain », d'où « barbe » et « chevelure » (sens disparu en fr. mod.), au sens de « pelage, fourrure d'un animal », et par ext. « fil de soie, de coton, etc. » ainsi que dans de nombreuses expres. fig. comme *à rebrousse-poil, être de mauvais poil, être à poil, avoir un poil dans la main, brave à trois poils* (XVIIe s.) « homme courageux ». ‖ ***poilu*** (XIIe s., d'abord *pelu*), au XIXe s. dans l'arg. milit. « homme brave », et au début du XXe s. « combattant français de la Seconde Guerre mondiale » ; ***se poiler*** (XIXe s.), pop. « s'amuser, rire » ; ***pelage*** (XVe s.), dér. de *pel*, forme ancienne de *poil*.

poinçon (XIIIe s.), du lat. vulg. **punctionem*, acc. de *punctio* « action de piquer, piqûre », dér. de **punctiare* « piquer », formé sur le supin *punctum* de *pungere* (voir **poindre**). ‖ ***poinçonner*** (XIVe s.), au XXe s. au sens de « perforer un ticket » ; ***poinçonneur*** (XIXe s.), d'abord « ouvrier qui poinçonne ».

poindre (XIe s.), du lat. *pungere* « piquer » et « tourmenter », empl. dès l'a. fr. au sens, disparu, de « éperonner un cheval », de « faire souffrir » et de « commencer à paraître ». ‖ ***poignant*** (XIe s.), n'a gardé en fr. mod. que le sens fig. « qui blesse, fait souffrir ».

poing (XIe s.), du lat. *pugnus* « poing ». ‖ ***poignée*** (XIIe s.), au XIVe s. au sens fig. « petite quantité de » et au sens de « partie d'un objet par où on le saisit », *poignée de main*

(XIXe s.) ; **poigne** (XIXe s.), est surtout empl. au sens fig. *avoir de la poigne* « avoir de la fermeté, de l'énergie » ; ***poignet*** (XIVe s.), d'abord « partie du vêtement qui termine la manche », au XVe s. comme terme d'anatomie ; ***empoigne*** (XVIIIe s.), déverb. de ***empoigner*** (XIIe s.), (au XVIIIe s. *foire d'empoigne)* ; **empoignade** (XIXe s.) ; **coup-de-poing** (XVIIIe s.), « silex taillé » et « arme de main ».

point (XIe s.), du lat. *punctum* « piqûre, point, espace infime, point, coup de dés », dér. du supin de *pungere* (voir **poindre**), attesté dès l'a. fr. au sens de « piqûre », est employé en fr. mod. comme terme de couture, au sens fig. « douleur poignante (*point de côté*), au sens de « endroit fixe et déterminé », d'où les emplois spéc. en géométrie, astronomie, géographie (*faire le point* au XVIIIe s.), au sens temporel « moment précis », (*point du jour* procède de *poindre* au sens de « apparaître), de « élément que l'on isole pour le traiter à part », de « degré (d'une qualité), état à un moment donné » (*à point, en bon point*), d'où, au XVIe s. le subst. **embonpoint**. Dans le voc. du jeu de dés *point* désigne une « marque sur un dé » et une « unité de valeur attribuée à chaque carte, dans un jeu, dans un sport ». Le sens de *point* « signe de ponctuation » date du XVIe s. *Point,* particule de négation (XIIe s.), est un emploi spéc. de *point* au sens de « petite parcelle d'étendue ou de temps ». || ***pointer*** (XIIe s.), empl. à partir du XVIIIe s. au sens de « marquer d'un point les noms pour un contrôle », d'où au XXe s. le sens de « contrôler les entrées et les sorties du personnel » ; à partir du XVIIe s. dans le voc. de la navigation, de la musique (*note pointée*) et au sens de « orienter, diriger vers » (arme à feu, jeu de boules) ; ***appointer*** (XIIIe s.), d'abord « préparer, arranger », au XVIe s. au sens du fr. mod. « rétribuer » ; ***appointement*** (XIVe s.), a suivi l'évol. du verbe ; ***appoint*** (XIVe s.), au sens de « somme qui solde un compte » et au XVIIIe s. au sens fig. « ajout, complément » ; ***désappointer*** (XIVe s.), seul usuel au sens fig., rare avant le XVIIIe s., de « décevoir », qui provient de l'infl. de l'angl. *desappointed* et *to disappoint* ; **contrepoint** (XIVe s.), formé sur *point* au sens de « note », les notes de musique étant d'abord figurées par des points ; ***rond-point*** (XIVe s.), d'abord « demi-cercle », au XIXe s. au sens mod. ; ***point de vue*** (XVIIe s.), « endroit d'où l'on voit le mieux » et au sens fig. « manière de voir les choses, opinion personnelle ».

pointe (XIIe s.), du lat. tard. *puncta* « estocade », du part. pas. de *pungere* « poindre », empl. dès l'a. fr. au sens de « extrémité aiguë d'un objet servant à percer, à piquer », d'où de nombreux emplois tech. Date du m. fr. le sens de « extrémité d'un objet », *sur la pointe des pieds,* au XVIIe s. au sens fig. Le sens fig. de « trait d'esprit », dér. du sens de « fait de piquer, douleur cuisante », puis « remarque blessante », date du XVIe s. ; au XVIe s. « petite quantité de » ; au XXe s. au sens temporel, *vitesse de pointe, heure de pointe.* || ***pointer*** (XIVe s.), d'abord « façonner en pointe », a été confondu au sens de « dresser en pointe » avec *pointer* « diriger vers », dér. de *point* ; au XVIIe s. intr. au sens de « pousser une pointe » et de « commencer à apparaître », en concurrence avec *poindre* ; **pointu** (XIVe s.), « ce qui se termine en pointe, ce qui pique » ; *voix pointue* (XVIe s.) ; au XXe s. « qui a une très grande précision ».

pointiller (XVe s.), dér. de *point*, d'abord « graver de petits points ». || ***pointillé*** (XVIIIe s.), d'abord « action de graver en pointillant », au XIXe s. au sens usuel de « trait discontinu formé d'une succession de points » ; ***pointilleux*** (XVIe s.), d'abord *pontilleux,* est dér. du m. fr. *pontille*, « point de détail, chicane » (XVIIe s.), à rapprocher de l'ital. *puntiglio* « point de détail auquel on s'attache ».

pointure (XIe s.), du lat. *punctura* « piqûre », dér. de *pungere* « piquer », d'abord « brûlure, piqûre », au XVIIIe s. « forme utilisée en cordonnerie », d'où au XIXe s. « taille des chaussures, des gants ».

poire (XIIe s.), du lat. pop. *pira*, neut. plur. pris comme fém. sing. du lat. *pirum* « poire » ; *poire d'angoisse* (XIVe s.), « instrument de torture » ; au XIXe s. au sens fam. de « face, figure » ; *bonne poire* (XIXe s.). ‖ **poirier** (XIIe s.) ; **poiré** (XIIIe s.), « boisson fermentée provenant du jus de poires » ; **piriforme** (XVIIe s.), comp. sav. de *piri-* du lat. *pirum* « poire », et de *-forme*.

poireau (XIe s.), altér. de l'a. fr. *porreau* dér. de l'a. fr. *por*, du lat. *porrum* « poireau » ; *faire le poireau* (XIXe s.), d'où **poireauter** (XIXe s.).

pois (XIIe s.), du lat. *pisum* « pois » ; *petits pois* (XVIIe s.).

poison (XIe s.), du lat. *potionem*, acc. de *potio* « boisson, potion, philtre », dér. du supin *potum* de *potare* « boire », empl. en a. fr. au sens de « boisson », de « boisson suspecte ou empoisonnée », sens du fr. mod., et de « boisson salutaire », sens assuré en fr. mod. par son doublet sav. *potion* ; à partir du XVIe s. au sens fig. « philtre inspirant l'amour ». ‖ **empoisonner** (XIIe s.), à partir du XVIIe s. au sens fig. ; **empoisonnement** (XIIIe s.) ; **contre-poison** (XVIe s.). Voir **potion**.

poisse, **poisser**, **poisseux**, **poissarde**, voir **poix**.

poisson (Xe s.), dér. ancien de l'a. fr. *peis, pois*, du lat. *piscis* « poisson » ; *poisson d'avril*, d'abord « entremetteur, intermédiaire » (XVe s.), au XVIIe s. « tromperie, le jour du 1er avril » ; *les Poissons* « signe du zodiaque », du lat. *Pisces*. ‖ **poissonnier**, **poissonnerie** (XIIIe s.) ; **poissonneux** (XVIe s.).

poitrail (XIe s., d'abord *peitral*), du lat. *pectorale* « cuirasse » et en lat. méd. « attelle de cheval », neut. subst. de *pectoralis* « de la poitrine, qui couvre la poitrine », empl. en fr. au sens de « partie du harnais qui couvre la poitrine du cheval » ; au XVIIe s. « région antérieure de la poitrine du cheval ». ‖ **dépoitraillé**, **dépoitrailler** (XIXe s.), du sens plaisant de *poitrail* « poitrine humaine ».

poitrine (XIe s.), du lat. vulg. **pectorina*, fém. subst. de *pectorinus* « qui concerne la poitrine », dér. de *pectus, pectoris* « poitrine », empl. dès l'a. fr. au sens de « cage thoracique » et au sens, usuel depuis le XIXe s., de « seins de femme » ; au sens de « poitrine humaine », *poitrine* a évincé *pis* à partir du XVIIe s. Voir **pis 1**.

poivre (XIIe s.), du lat. *piper, piperis*, empr. au grec *peperi*, lui-même d'orig. orientale. ‖ **poivrer** (XIIIe s.) ; **poivrier** (XIIIe s.) ; **poivrade** (XVIe s.), dér. de *poivre* avec infl. de l'a. prov. *pebrada* « sauce poivrée » ; **poivron** (XVIIIe s.) ; **poivrot** (XIXe s.), « ivrogne », dér. pop. de *poivre* au sens de eau-de-vie.

poix (XIe s.), de l'acc. *picem* du lat. *pix, picis* « poix ». ‖ **poisser** (XVIe s.), « enduire de poix », au XVIIe s. « salir d'une matière collante » ; **poisse** (XVIIIe s.), déverb. de *poisser*, d'abord « fagot enduit de poix », au XXe s. au sens fig. et fam. « malchance persistante » ; **poisseux** (XVIe s.) ; **poissard**, **poissarde** (XVIe s.), d'abord « voleur » (qui a de la poix aux doigts), au XVIIe s. *poissarde* « marchande de poisson », par rapprochement plaisant avec *poisson* ; au XVIIIe s. comme adj., « qui emploie ou imite le langage grossier du peuple ».

poker (XIXe s.), empr. à l'anglo-améric. *poker*, d'orig. obsc.

polaire, voir **pôle**.

polar, voir **police 1**.

polder (XIIIe s.), réempr. au XIXe s. au néerl. *polder*.

pôle (XIIIe s.), empr. au lat. *polus* « pôle, étoile polaire », du grec *polos* « pivot, axe du monde, voûte céleste », de *polein* « tourner », d'abord empl. en astron., au XVe s. en géogr. ; *pôle magnétique* (XVIIe s.), au XIXe s. au sens fig. ‖ **polaire** (XVIe s.), empr. au lat.

méd. *polaris* « situé près d'un pôle » ; ***polarité*** (XVIIIe s.), dér. sav. de *polaire,* comme ***polariser*** (XIXe s.), au XIXe s. au sens fig.

polémique (XVIe s.), empr. au grec *polémikos* « qui concerne la guerre, belliqueux », dér. de *polémos* « tumulte de la guerre », est d'abord empl. comme adj. « guerrier, qui appartient à la dispute » et au XVIIe s., comme subst. « discussion par écrit ». || ***polémiste*** (XIXe s.) ; ***polémiquer*** (XIXe s.).

polenta (XVIIIe s.), de l'ital. *polenta* « bouillie de farine de maïs », du lat. *polenta,* de même sens.

poli, voir ***polir***.

police 1 (XIIIe s.), empr. au lat. tard. *politia* « organisation politique, gouvernement », du grec *politeia* « situation de citoyen, vie de citoyen, ensemble des citoyens, constitution », dér. de *polis* « cité », est d'abord attesté en m. fr. au sens de « bonne organisation, bonne administration » et, au XVIIe s., au sens courant de « ensemble des règles imposées aux citoyens pour garantir la sécurité » et de « administration assurant le maintien de l'ordre public ». || ***policer*** (XVe s.), « réglementer », *policé* (XVIIe s.) « civilisé, raffiné » ; ***policier*** (XVIIe s.), au XVIIIe s. « membre de la police », au XIXe s. adj. « qui appartient à la police », *roman policier (*XXe s.*), polar,* arg. (XXe s.).

police 2 (XIVe s.), empr. à l'ital. *polizza* « certificat », puis « contrat », p.-ê. du lat. méd. *apodixa*, du grec *apodeixis* « quittance, reçu », est attesté au XVIe s. au sens du fr. mod. « écrit fixant les conditions d'un contrat d'assurance » ; au XVIIIe s. dans le voc. de la typogr., *police de caractères.*

polichinelle (XVIIe s.), empr. au napolitain *Pulëcënella*, en ital. *Pulcinella,* nom d'un personnage bouffon de la Commedia dell'arte, du lat. tard. *pullicenus* « jeune poulet », puis « homme timide, maladroit ».

poliomyélite (XIXe s.), mot sav. formé du grec *polios* « gris blanchâtre » et de *muelos* « moelle », maladie causée par une lésion de la moelle épinière grise.

polir (XIIe s.), du lat. *polire* « rendre uni, aplanir », au sens fig. « limer, châtier (en parlant du style) », empl. dès l'a. fr. au sens concret, au XVIIe s. au sens fig. « parfaire, perfectionner (un ouvrage) ». || ***poli*** (XIIe s.), du lat. *politus* « uni, brillant, poli (par l'instruction), limé, châtié », attesté dès l'a. fr. au sens de « lisse » et de « choisi, soigné » (en parlant des mots), est empl. à partir du XVIIe s. au sens de « qui se conforme aux règles de la politesse » ; ***impoli*** (XIVe s.), au XVIIe s. au sens de « grossier » ; ***dépolir*** (XVIIe s.).

polisson (XVIIe s.), s. d. dér. de *polisse* « vol », lui-même dér. de *polir* « voler » en arg. (XVe s.), d'abord empl. au sens de « gueux, vagabond », à partir du XVIIe s. adj. et subst. au sens de « fripon, garnement » et de « qui est trop libre, licencieux ». || ***polissonnerie*** (XVIIe s.) ; ***polissonner*** (XVIIIe s.).

politesse (XVIe s.), empr. à l'ital. *pulitezza, politezza* « propreté », puis « élégance, raffinement » et « culture, civilisation », dér. de *polito* « lisse, propre », du lat. *pulitus* « lisse, brillant, orné », est d'abord empl. au sens concret et, à partir du XVIIe s., au sens du fr. mod., « respect des bonnes manières, bonne éducation ». || ***impolitesse*** (XVIIe s.).

politique 1 (XIVe s.), adj. empr. au lat. *politicus* « relatif au gouvernement des hommes », du grec *politikos* « qui concerne les citoyens, l'Etat », est empl. au sens de « qui concerne le gouvernement des hommes entre eux » (*droit politique, corps politique*), à partir du XVIIIe s. au sens de « ce qui est relatif à l'organisation et à l'exercice du pouvoir dans une société » *(droits politiques*) et de « ce qui est relatif à la conception, à la théorie du pouvoir » (*science politique*). Date du XVIe s. l'empl. comme subst. masc., et du XVIIe s. le sens de « homme habile, compétent dans les affaires civiles ». ||

politiser (XIVe s.), au XXe s. « donner un caractère, un rôle politique » ; **apolitique**, **apolitisme** (XXe s.) ; **politicien** (XVIIIe s.), péj., adapt. de l'angl. *politician,* est rare avant la fin du XIXe s.

politique 2 (XIIIe s.), subst. fém., empr. par l'interméd. du lat. tard. *politice* au grec *politikê* « science des affaires de l'Etat », subst. fém. de *politikos* (voir **politique 1**), est d'abord empl. au sens de « science et pratique du gouvernement », au XVIIe s. au sens de « habileté, subtilité de la conduite dans un domaine privé ».

polka (XIXe s.), s. d. empr. par l'interméd. de l'all. au tchèque *polka* qui est soit une altér. de *pulka* « demi-pas », soit le subst. *Polka* « Polonaise ».

pollen (XVIe s.), empr. au lat. *pollen* « fleur de farine, farine fine », d'abord « farine », au XVIIIe s. au sens mod.

polluer (XVe s.), empr. au lat. *polluere* « salir, souiller, déshonorer », d'abord empl. au sens vieilli de « profaner », au XVIIe s. « se masturber », au XIXe s. « souiller un milieu naturel par des déchets ». || **pollution** (XIIe s.), empr. au lat. *pollutio* « salissure, souillure », en lat. chrét. « profanation », a suivi l'évol. du verbe ; au XXe s. au sens de « dégradation d'un milieu par un polluant ».

polo (XIXe s.), empr. à l'angl. *polo*, lui-même empr. à *polo* « balle » mot d'orig. tibétaine, pour désigner ce sport ; au XXe s. « chemise de sport ».

polochon (XIXe s.), d'orig. obsc., « traversin ».

polonaise (XVIIIe s.), subst. de l'adj. *polonais,* dér. de la forme latinisée *Polonia* « Pologne », du lat. méd. *Polonus,* issu du polon. *Polanin* « polonais », désigne en fr. mod. une danse et une sorte de pâtisserie. Voir **poulaine**.

poltron (XVIe s.), empr. à l'ital. *poltrone* « paresseux, oisif » et « peureux », dér. de *poltro* « poulain non dompté », du lat. vulg. **pulliter,* dér. de *pullus* « petit d'un animal », est usuel en fr. mod. au sens de « lâche ». || **poltronnerie** (XVIe s.).

poly-, élém. tiré du grec *polu-*, de *polus* « nombreux » et entrant dans la construct. de nombreux termes techniques et scientifiques (souvent en opp. à *mono-*).

polychrome (XVIIIe s.), empr. au grec tard. *polukhromos* « qui a plusieurs couleurs », de *polu-* (voir **poly-**), et *chromos,* de *chroma* « couleur ».

polygame (XVIe s.), empr. au grec *polugamos,* de *polu-* (voir **poly-**) et *gamos* « mariage », au sens de « homme uni à plusieurs femmes ». || **polygamie** (XVIe s.), empr. au lat. chrét. *polygamia*, empr. au grec.

polyglotte (XVIIe s.), empr. au grec *polu-* (voir **poly-**), et *glossa* « langue », au sens de « qui parle plusieurs langues ».

polymorphe (XIXe s.), empr. au grec *polumorphos* « qui a plusieurs formes » au sens de « qui offre des apparences diverses ».

polype (XIIIe s.), empr. au lat. *polypus* « zoophyte » et « tumeur molle », du grec *polupous, polupodos* « poulpe » et « excroissance de chair, tumeur dans le nez », empl. comme terme de médecine. Voir **poulpe**.

polyphone (XIXe s.), empr. au grec *poluphonos* « qui a beaucoup de sons », de *polu-* (voir **poly-**), et *phoné* « son, voix ». || **polyphonie** (XIXe s.), d'abord en linguistique, en fr. mod. dans le voc. de la musique ; **polyphonique** (XIXe s.).

polyptote (XVIe s.), terme de rhétor., empr. au lat. gram. tard. *polyptoton,* empr. au grec *poluptoton* « à plusieurs cas ».

polyptyque (XVIIIe s.), empr. au lat. tard. *polyptycha* « registres, rôles » et « registre des revenus d'une église », du grec *poluptukhos* « qui a de nombreux plis », empl. en fr. mod. au sens de « tableau d'autel, peinture à plusieurs volets ».

polysémie (XIXe s.), terme de linguistique, formé à partir du grec tard. *polusémos* « qui a beaucoup de sens ».

polythéisme (XVIe s.), formé sur le grec *poluthéos* « qui adore de nombreux dieux », de *polu-* (voir ***poly-***) et de *théos* « dieu » et s'opposant à *monothéisme* pour désigner une doctrine qui admet l'existence de plusieurs dieux.

pommade (XVIe s.), empr. à l'ital. du Nord *pomada* « crème pour le soin de la peau », dér. de *pomo* « pomme », parce que les pommades étaient autrefois parfumées à la pomme, est d'abord empl. en ce sens, au XVIIe s. « onguent médicinal », au XIXe s. au sens fig. *passer de la pommade*. || ***pommader*** (XVIe s.).

pomme (XIe s.), du lat. *poma,* neut. coll. pris comme subst. fém. sing. de *pomum* « fruit d'un arbre », spéc. en lat. tard. au sens de « fruit du pommier » et qui a alors éliminé *malum* (voir ***melon***), empl. dès l'a. fr. au sens de « fruit du pommier », ou suivi d'un qualifiant (*pomme de pin*), ou pour désigner divers objets sphériques ; au sens fig. à partir du XIIIe s. pour désigner le fruit défendu du paradis terrestre ; *pomme de discorde* (XVIIe s.) par allusion au jugement de Pâris ; *pomme d'Adam* ; au XIXe s. arg. « tête », *ma pomme* « moi ». || ***pommier*** (XIe s.) ; ***pommeau*** (XIe s.), dér. de l'a. fr. *pom* « pommeau (de l'épée) », dér. régressif de *pomme,* ou issu du lat. *pomum,* d'abord empl. au sens de « petite boule surmontant un objet, terminant la poignée d'une épée », au XIXe s. « boule terminant une canne » ; ***pommelé*** (XIIe s.), s'empl. d'abord en parlant de la robe d'un cheval ; ***pomme de terre*** (XIIIe s.), d'abord pour désigner un tubercule domestique, au XVIIe s. « topinambour », s'est généralisé au sens mod. dans la seconde moitié du XVIIIe s. sous l'infl. de l'agronome A. Parmentier ; ***pommette*** (XIIe s.), d'abord « petite pomme », au XVIe s. « partie saillante de la joue ».

pompe 1 (XIIe s.), empr. au lat. *pompa* « procession, cortège, apparat », d'abord empl. au sens de « cérémonial, déploiement de luxe », *en grande pompe* (XVIIe s.) ; *pompes funèbres* (XVIe s.) ; au XVIIe s. « noblesse du style », puis péj., « excès, grandiloquence ». || ***pompeux*** (XIVe s.), empr. au lat. tard. *pomposus* « grave » et « affecté », empl. dès le m. fr. au sens péj. de « affecté, emphatique ».

pompe 2 (XVe s.), s. d. empr. au m. néerl. *pompe* « machine permettant d'aspirer ou de refouler un liquide », est d'abord empl. en ce sens, au XIXe s., arg., « chaussure » ; *coup de pompe* (XXe s.). || ***pompier*** (XVIe s.), « fabricant de pompes », au sens du fr. mod. à partir du XVIIIe s. ; ***pomper*** (XVIe s.), d'abord « faire fonctionner une pompe », à partir du XVIIIe s. au sens fig. de « attirer à soi » et de « boire avec excès » ; au XXe s. « copier » et « épuiser » ; ***pompiste*** (XXe s.).

pompier 1, voir ***pompe 2***.

pompier 2 (XIXe s.), terme d'arg. artistique « emphatique, boursouflé », d'orig. obsc., est p.-ê. une allusion aux casques portés par les personnages de l'Antiquité dans les tableaux de David et de son école, avec infl. de *pompe, pompeux.*

pompon (XVIe s.), d'orig. incert., p.-ê. issu du rad. onomat. *pomp-* exprimant l'idée de rondeur, var. de *pimp-* (voir ***pimpant***) ; au XIXe s. *avoir le pompon* « l'emporter ». || ***pomponner*** (XVIIIe s.).

ponant (XIIIe s.), empr. à l'a. prov. *ponen* « ouest, vent d'ouest », du lat. pop. *sol ponens* « soleil couchant », du lat. *ponere* « se coucher (en parlant des astres) », est régional ou littér. en fr. mod. au sens de « couchant ».

ponce (XIIIe s.), du lat. tard. *pomicem,* acc. de *pomex* « pierre ponce », altér. du lat. clas. *pumex, pumicis* ; *pierre ponce* (XVIe s.). || ***poncer*** (XIIIe s.) ; ***poncif*** (XVIe s.), d'abord « dessin piqué que l'on reproduit en passant une ponce », d'où au XIXe s. « dessin sans originalité », sens disparu, mais à l'orig. du sens péj. de « expression ou œuvre sans originalité ».

poncho (XVIIIe s.), empr. à l'esp. d'Amérique *poncho* « manteau de paysan percé d'une ouverture pour la tête ».

poncif, voir ***ponce***.

ponction (XIIIe s.), empr. au lat. *punctio* « action de piquer », dér. du supin *punctum* de *pungere* « piquer », s'est spéc. au XVIe s. dans le voc. médic. ; au XXe s. « prélèvement d'argent ». || ***ponctionner*** (XIXe s.).

ponctuel (XVe s.), empr. au lat. méd. *punctualis* « qui va à un point », terme de géométrie dér. de *punctum* « point », rare avant le XVIIe s. au sens de « qui fait à point nommé ce qu'il doit faire » ; au XIXe s. au sens du fr. mod. « qui est toujours à l'heure » et au XXe s. « qui porte sur un point précis ». || ***ponctualité*** (XVIIe s.).

ponctuer (XVe s.), empr. au lat. méd. *punctuare* « mettre des signes de ponctution », dér. de *punctum* « point », d'abord empl. au sens de « accentuer en lisant », puis en fr. mod. « souligner ce que l'on dit ». Le sens de « mettre la ponctuation dans un texte » date du XVIe s. || ***ponctuation*** (XVIe s.).

pondérer (XIVe s.), empr. au lat. *ponderare* « peser » et « estimer, apprécier », de *pondus, ponderis* « poids » (de la balance) et « influence, autorité », empl. jusqu'au XVIe s. au sens de « peser, considérer », au XVIIIe s. au sens de « équilibrer les forces politiques concurrentes », puis de « équilibrer des volumes, des masses, des données ». || ***pondération*** (XVe s.), a suivi l'évol. du verbe ; ***pondérable*** (XVIIIe s.), empr. au lat. tard. *ponderabilis* « qui peut être pesé » ; ***impondérable*** (XVIIIe s.).

pondre (XIIe s.), du lat. *ponere* « poser, déposer » et spéc. « déposer des œufs, pondre », seul sens conservé en gallo-roman et usuel en fr. || ***ponte*** (XVIe s.), anc. part. pas. de *pondre*, pris comme subst. fém. Voir ***poser***.

poney (XIXe s.), empr. à l'angl. *pony*, p.-ê. issu de **pouleney*, empr. au m. fr. *poulenet*, dimin. de *polain, poulain*.

pont (XIe s.), du lat. *pontem*, acc. de *pons, pontis* « pont, passerelle », empl. dès l'a. fr. au sens concret, au sens fig. de « ce qui sert de lien entre deux choses » et pour désigner « un plancher que l'on jette d'un navire à terre pour débarquer ou embarquer », puis au sens de « plancher fermant tout ou partie de la coque d'un bateau », d'où *navire à deux ponts, trois ponts* ; *pont aux ânes* (XVIe s.) « chose, problème que tout le monde sait résoudre » ; *Ponts et Chaussées* (XVIIe s.). || ***ponter*** (XIIIe s.), usuel à partir du XVIe s. au sens de « couvrir d'un pont un navire » ; ***pontage*** (XIIIe s.), usuel à partir du XVIIe s. au sens de « construire un pont », au XXe s. dans le voc. de la chirurgie ; ***entrepont*** (XVIIe s.) ; ***pont-levis*** (XIIe s.), formé de « pont » et de *levis* « qui se lève ».

ponter 1, voir ***pont***.

ponter 2 (XVIIIe s.), « miser une somme d'argent », dér. de *pont*, ancien part. pas. de *pondre* « poser, mettre », à rapprocher du m. fr. *poner*, attesté en franco-prov. au sens de « mettre de l'argent, payer ». || ***ponte*** (XVIIe s.), « personne qui joue contre le banquier » (dans un jeu de hasard), au XIXe s. « homme riche, important » (*un grand ponte*) avec infl. de *pontife*.

pontife (Xe s., sous la forme *pontifex*, au XIIIe s. *pontifice*), empr. au lat. *pontifex* « pontife, catégorie de prêtres », en lat. chrét. « prêtre, évêque, prélat », est d'abord empl. au XIIIe s. comme titre donné au Pape (*souverain pontife*), puis à un haut dignitaire catholique ; au XVIIe s. « personnage riche », puis « qui exerce une autorité dans un domaine ». || ***pontifical*** (XIIIe s.), empr. au lat. *pontificalis* « de pontife, du grand pontife », en lat. chrét. « du prêtre, du prélat », usuel au sens de « qui appartient à la dignité d'évêque, de pape » ; ***pontificat*** (XIVe s.), empr. au lat. *pontificatus* « dignité de pontife, de pape », d'abord empl. en ce sens, se spéc. au XVIe s. au sens de « temps pendant lequel un pape exerce cette dignité » ; ***pontifier*** (XVe s.), disparu en fr. mod. au sens de « élever à la dignité de pape », usuel au sens de « s'exprimer avec prétention, emphase », comme le dér. ***pontifiant***.

ponton (XIIIe s.), du lat. *pontonem,* acc. de *ponto, pontonis* « bateau de transport », d'abord attesté au sens de « pont » et de « grand bateau plat et ponté » et en m. fr. au sens de « bateau désarmé servant de dépôt » ; au XIXe s. « plate-forme flottante de débarquement ».

pool (XIXe s.), empr. à l'angl.-améric. *pool* « groupement de personnes physiques ou morales assurant une gestion commune ».

pop (XXe s.), empr. à l'angl.-améric. *pop,* abrév. de *popular*, représentant les expres. *popular concert, popular music* « concert, musique populaire ». || ***pop-art*** (XXe s.), empr. à l'anglo-améric., abrév. de *popular art* « art populaire » pour désigner un mouvement artistique.

pop-corn (XIXe s.), empr. à l'anglo-améric. *popcorn* « maïs dont les grains éclatent », de *corn* « maïs » et *to pop* « éclater ».

pope (XVIIe s.), empr. au russe *pop* « prêtre de l'église orthodoxe russe », lui-même du grec tard. *pappas,* nom enfantin du père.

popeline (XVIIIe s.), empr. à l'angl. *poplin*, lui-même du fr. *papeline* (XVIIe s.), de l'ital. *papalina* « papale », cette sorte d'étoffe étant d'abord fabriquée à Avignon, ou altér. du nom de Poperinghe, ville de Flandres connue pour ses draps.

popote (XIXe s.), d'orig. incert. p.-ê. altér. de **soupote,* dér. de *soupe,* par croisement avec *pot,* est d'abord empl. en arg. milit. au sens de « table commune », puis de « soupe, cuisine » et comme adj., « qui est trop occupé par les tâches domestiques ».

populace (XVIe s.), empr. à l'ital. *popolaccio* « plèbe, bas-peuple », dér. péj. de *popolo* « peuple ». || ***populacier*** (XVIe s.), est rare avant le XVIIIe s.

populaire (XIIIe s.), empr. au lat. *popularis* « du peuple », dér. de *populus* « peuple », est d'abord empl. au sens de « du peuple, composé de gens du peuple », puis de « ce qui appartient au peuple », à partir du XVIe s. au sens de « naturel, simple », de « vulgaire » et pour désigner une personne ou une chose ayant la faveur du peuple ; le mot s'est également dévelop. dans le voc. polit., *Front populaire* (XXe. s.). || ***populariser*** (XVIIe s.) ; ***populeux*** (XVe s.), empr. au lat. imp. *populosus* « nombreux, peuplé » ; ***popularité*** (XVIe s.), empr. au lat. *popularitas* « ce qui lie ceux du même peuple » et « recherche de la faveur du peuple », empl. dans ce dernier sens en fr. au XVIIIe s., mais aussi au sens, infl. par l'angl. *popularity*, de « faveur auprès du peuple, succès auprès du plus grand nombre » ; ***impopulaire, impopularité*** (XVIIIe s.) ; ***populisme*** (XXe s.), dér. sav. de *populus.*

population (XIVe s.), empr. au lat. *populatio* « ensemble des habitants d'un lieu », dér. de *populus* « peuple », empl. à partir du XVIIIe s. au sens courant en fr. mod., empr. à l'angl. *population,* de « ensemble des habitants d'un pays ». || ***dépopulation*** (XIVe s.), d'abord empl. au sens du lat. *depopulatio* « dévastation, ravage », dér. de *populari* « dévaster », puis au XVIIIe s. au sens du fr. mod. d'après *dépeupler*.

porc (XIIe s.), empr. au lat. *porcus* « porc domestique », également attesté en a. fr. au sens de *sanglier,* est concurrencé, au sens propre comme au sens fig., à partir du XIIIe s., par *cochon.* || ***porcherie*** (XIIe s.), au XIXe s. au sens fig. ; ***porcher*** (XIIe s.), du lat. *porcarius,* de *porca* « truie » ; ***porcin***

(XIIIe s.), empr. au lat. *porcinus* « du porc, relatif au porc ».

porcelaine (XIIIe s.), empr. à l'ital. *porcellana* « mollusque logé dans un coquillage » et « céramique à pâte fine », dér. de *porcella* « truie », (le coquillage étant comparé à la vulve de la truie), empl. en fr. avec ces deux sens. || ***porcelainier*** (XIXe s.).

porc-épic (XIIIe s.), d'abord *porc espi*, empr. à l'ital. *porcospino,* du lat. vulg. **porcospinus,* comp. de *porcus* « porc » et *spinus* « épine », calque du grec *akanthokhoiros*, comp. de *akanthos* « épine » et *khoiros* « porc ».

porche (XIe s.), du lat. *porticus* « passage couvert à colonnes », dér. de *porta* « porte », s'est spéc. en fr. mod. au sens de « construction abritant la porte d'entrée d'un édifice (d'une église) » et de « vestibule ouvert d'une maison ». Voir ***portique***.

pore (XIIIe s.), empr. au lat. *porus,* du grec *poros* « passage » au sens de « conduit, passage » et de « très petit orifice à la surface de la peau », seul sens empl. en fr. || ***poreux*** XIVe s.) ; ***porosité*** (XIVe s.).

porion (XVIIIe s.), s. d. issu par aphérèse, sous l'infl. du flamand *porion* « poireau », de *caporion* « chef d'escouade », mot du Borinage, empr. à l'ital. *caporione* « chef de bande », pour désigner un contremaître dans une mine.

pornographe (XVIIIe s.), empr. au grec *pornographos* « auteur d'écrits sur la prostitution », comp. de *porné,* « prostituée » et de l'élém. *-graphos* de *graphein* « écrire », d'abord attesté comme titre d'une œuvre de Restif de la Bretonne, *Le Pornographe* (1769). || ***pornographie*** (XIXe s.), d'abord « traité sur la prostitution », sens disparu, empl. en fr. mod. au sens de « représentation (par l'écrit, l'image, etc.) de choses obscènes » ; ***pornographique*** (XIXe s.), souvent abrégé en fr. mod. en *porno.*

porphyre (XIIe s.), du lat. méd. *porphyrium,* altér. du lat. *porphyrites,* empr. au grec *porphurités,* dér. de *porphura* « pourpre », pour désigner une roche volcanique rouge foncé mêlée de cristaux blancs.

porridge (XVIIe s.), d'abord *plum-porridge*, empr. à l'angl. *porridge* « potage », puis « bouillie de céréales », s. d. altér. (d'après *porrey* « sorte de soupe aux légumes », issu de l'a. fr. *porée*) de l'angl. *potage,* lui-même empr. au fr. Voir ***pot***, ***potage***.

port 1 (XIe s.), empr. au lat. *portus* « passage » et spéc. « entrée d'un lieu aménagé pour recevoir des bateaux », conservé au sens de « passage, col » dans le nom d'une ville des Pyrénées *Saint-Jean-Pied-de-Port*, est empl. dès l'a. fr. au sens propre et au sens fig. « refuge » *(à bon port* « heureusement »). || ***portuaire*** (XXe s.) ; ***aéroport*** (XXe s.).

port 2, voir ***porter***.

porte (Xe s.), du lat. *porta* « passage », spéc. au sens de « porte d'une ville » d'abord par opp. à *fores* « porte de la maison », mais qui en lat. pop. a élim. *fores* en ce sens. *Porte* est usuel dès l'a. fr. au sens de « ouverture dans les murs d'une ville, d'une forteresse » et de « ouverture dans un mur, porte de maison », avec élimination progressive, en ce sens, de *huis* ; *la Sublime Porte* (XVIe s.) « palais du sultan », d'où « cour orientale, empire ottoman ». || ***portail*** (XIIe s.), d'abord *portal,* dér. de *porte,* désigne d'abord un « grand panneau de bois servant de porte » ; au XVIIe s. au sens du fr. mod. ; ***portillon*** (XVIe s.), dimin. de *porte,* au XIXe s. au sens mod. ; ***portière*** (XVIe s.), « rideau, tenture », au XVIIe s. « porte d'un véhicule » ; ***portier*** (XIIe s.), du lat. tard. *portarius* « portier », dér. de *porta.*

portefeuille, voir ***porter***.

porter (Xe s.), du lat. *portare* « transporter, porter », au sens fig. « porter (secours, nouvelles, gloire, espérance, etc.) » ; en lat. chrét. « supporter, subir, apporter, porter en soi », a éliminé dès la fin de l'époque impériale le verbe *ferre* « porter ». *Porter* est attesté dès l'a. fr. au sens de « porter un enfant », de « produire (en parlant de fruits) », de « tenir qq. ch. qui pèse », de « porter sur soi ou avec soi », de « subir, supporter » et de « contenir » ainsi qu'au sens de « déplacer, transporter, apporter », de « apporter un secours, donner un jugement », de « orienter, diriger vers », à partir du XVe s., au sens de « inciter à, pousser à faire qq. ch. » (XVIIe s. *être porté à*), à partir du XVIIe s. au sens de « amener à, faire arriver à » (XIXe s. *porter à la connaissance de*, *porter à la scène*). La forme pronom. est attestée depuis l'a. fr., d'abord au sens de « se comporter », (ce dernier verbe éliminant en ce sens *porter* à partir du XIVe s.), et en m. fr. au sens de « être dans tel ou tel état ». || ***portant*** (XIIe s.), *à bout portant* (XVIIe s.) ; ***port*** (XIIe s.), déverb. de *porter*, usuel dès l'a. fr. au sens de « droit de passage », au XVIe s. « prix payé pour le transport d'une chose » et au sens de « manière de se tenir » (*port de tête*), au XVIe s. au sens de « porter qq. ch. sur soi » (*port d'armes*) ; ***portée*** (XIIe s.), part. pas. fém. subst. de *porter*, est usuel dès l'a. fr. au sens de « action de porter un enfant », puis de « ensemble des petits d'une femelle », et au XVIe s. de « distance à laquelle une chose peut produire son effet (spéc. un projectile) », à partir du XVIe s. de « distance à laquelle une chose est accessible » (*hors de portée*, *à portée)* ; ***porte-***, élém. de comp., entre notamment dans la construct. de nombreux noms d'objets servant de support comme ***portefeuille*** (XVIe s.), ***portemanteau*** (XVIe s.) et reste très productif en fr. mod. ; ***portable*** (XIIIe s.) ; ***portage*** (XIIIe s.) ; ***portatif*** (XIVe s.), s. d. empr. avec chang. de suff. au lat. méd. *portatilis* « que l'on peut porter » ; ***porteur*** (XIIe s.) ; ***transporter*** (XIIIe s.), empr. au lat. *transportare*, de même sens, comp. de *trans* « au-delà » et de *portare* ; ***transport*** (XIVe s.), déverb. de *transporter* ; ***transporteur*** (XIVe s.), d'abord « traducteur », au XVIe s. « celui qui transporte ».

portillon, voir ***porte***.

portion (XIIIe s.), empr. au lat. *portio* « part, proportion ».

portique (XVIe s.), doublet sav. de *porche*, empr. au lat. *porticus* « passage couvert à colonnes », d'abord empl. au sens de « galerie couverte », au XIXe s. pour désigner un instrument de gymnastique. Voir ***porche***.

portrait (XIIe s.), part. pas. subst. du verbe *portraire* (XIIe s.), « dessiner, représenter », sorti d'usage au XVIIIe s., est comp. de *pour* et de *traire* au sens de « dessiner ». || ***portraitiste*** (XVIIe s.).

portulan (XVIe s.), empr. à l'ital. *portolano* « livre, carte décrivant les côtes de mer », empl. en ce sens en fr.

poser (Xe s.), du lat. pop. *pausare* « cesser, s'arrêter », empr. au grec *pauein* « cesser, arrêter », qui a pris en lat. tard. le sens de « poser » et a ainsi repris les sens du lat. *ponere* (voir ***pondre***). Poser est empl. dès l'a. fr. au sens de « mettre, déposer », de « fixer, établir » et de « établir qqn dans une fonction » ; au XVIIIe s. au sens de « formuler une question, un problème » et au XIXe s. dans le voc. de la peinture. || ***pose*** (XVIIe s.), « action de mettre en place », au XVIIIe s. dans le voc. de la peinture ; ***entreposer*** (XIIe s.), d'abord « intercaler », au XVIe s. « poser pour un certain temps » ; ***entrepôt*** (XVe s.) ; ***transposer*** (XIIe s.), empr. au lat. imp. *transponere* « transporter, transposer », francisé d'après *poser* ; ***transposition*** (XIIIe s.). Voir ***pondre***, ***reposer***.

positif (XIIIe s.), empr. au lat. tard. *positivus*, terme de gram. et de philos. « conventionnel, accidentel », dér. du supin *positum* de *ponere* « placer, poser », est d'abord empl. au sens de « qui a un caractère évident », au XVIIe s. « qui donne une chose comme vraie » (par opp. à *négatif*), à partir du XVIIIe s. pour qualifier « ce qui est fondé sur l'expérience, qui est objectif » (*philosophie positive*) et dans le voc. mathémat. || ***positivisme***, ***positiviste*** (XIXe s.).

position (XIIIe s.), empr. au lat. *positio* « action de mettre en place, position, situation », dér. du supin *positum* de *ponere* « placer, poser », est usuel dès l'a fr. au sens de « situation, position », au XVIIIe s. au sens fig. de « situation dans la société », à partir du XVIIe s. « manière de disposer son corps ou une partie du corps » ; au XXe s. dans le voc. de la banque. || ***positionner*** (XXe s.), formé sous l'infl. de l'angl. *to position* pour qualifier notamment une technique de promotion d'un produit ; ***positionnement*** (XXe s.).

posologie (XIXe s.), comp. de l'élém. *-logie* et de l'élém. *poso-* issu de l'adj. interr. grec *poson* « en quelle quantité ? », empl. au sens de « indication concernant la prise d'un médicament ».

posséder (XIVe s.), réfection d'après *possesseur, possession* de l'a. fr. *possider* « avoir la possession d'un bien » (XIIIe s.), empr. au lat. *possidere,* de même sens, est d'abord empl. au sens de « avoir la propriété de qq. ch. » et par ext. « posséder un avantage, une dignité », à partir du XVIIe s. au sens fig. « avoir en propre une idée, un sentiment », « avoir une qualité, un talent, etc. » et « connaître à fond » ; au XVIIe s. *posséder une femme* « avoir ses faveurs » et en théologie, « s'emparer du corps d'un être humain (en parlant du démon) ». || ***possession*** (XIIe s.), empr. au lat. *possessio* « jouissance, propriété, prise de possession » et en lat. chrét. « fait d'être possédé par le démon », d'abord empl. au sens de « propriété, richesse, bien », a suivi l'évol. du verbe ; ***possesseur*** (XIIIe s.), empr. au lat. *possessor* « propriétaire » ; ***possessif*** (XIVe s.), empr. au lat. gram. *possessivus* « qui marque la possession », de *possidere* « posséder », d'abord empl. comme terme de gram., au XXe s. au sens fig. dans le voc. de la psychologie.

possible (XIIIe s.), empr. au lat. imp. *possibilis* « possible », de *posse* « pouvoir », empl. en fr. au sens de « ce qui peut exister, se produire, ce qui peut être fait, ce qui n'excède pas les moyens de », et comme subst. au XVe s. (*faire son possible,* XVIe s.). || ***possibilité*** (XIIIe s.), empr. au lat. imp. *possibilitas* « pouvoir, possibilité » ; ***impossible*** (XIIIe s.), empr. au lat. *impossibilis* « qui ne peut être, qui ne peut se faire » ; comme subst. au XVIe s. ; ***impossibilité*** (XIIIe s.), empr. au lat. *impossibilitas* « ce qui est impossible ».

post-, élém. de préfixation tiré du lat. *post* « après », entrant dans la construct. de termes sav. ou tech. où il indique la postériorité immédiate, dans le temps ou l'espace.

poste 1 (XIIIe s.), empr. à l'ital. *posta* « place de chaque cheval dans l'écurie », puis « relais de chevaux pour voitures », au XVe s. « ensemble des coursiers à cheval chargés du transport des lettres » (*chevaux de poste*) ; au XVIIe s. « local où se font les opérations postales », au XIXe s. « administration publique pour le transport du courrier » (*timbre-poste*). || ***malle-poste*** (XVIIIe s.) ; ***postal*** (XIXe s.), (*carte postale*) ; ***postier*** (XIXe s.) ; ***poster*** (XIXe s.).

poste 2 (XVIIe s.), empr. à l'ital. *posto,* part. pas. masc. subst. de *porre* « placer », d'abord empl. en fr. comme terme milit. « endroit où est placé un militaire ou un groupe de soldats pour remplir une mission » et « ensemble des soldats remplissant cette mission » (*poste de combat, de garde*) ; au XIXe s. « lieu où se trouvent les personnes affectées à une mission de protection, de surveillance » (*poste de police*) ; à partir du XVIIe s. au sens de « emploi professionnel assigné à qqn », puis « lieu où s'exerce cette activité » ; au XIXe s. « dispositif, installation » (*poste de radio, de téléphone*). || ***poster*** (XVIIe s.), « placer ».

poster 1, voir ***poste 1***.

poster 2 (XXe s.), empr. à l'angl. *pos-*

ter « affiche administrative ou publicitaire », de *to post* « afficher dans un lieu public ».

postérieur (XVe s.), empr. au lat. *posterior* « de derrière » et « qui vient après, qui suit », comparatif de *posterus* « qui est après, suivant », dér. de *post* « après », empl. en ce sens en fr. ; au XVIe s. subst. fém. plur. « fesses ». Voir ***antérieur***.

postérité (XIVe s.), empr. au lat. *posteritas* « temps qui vient ensuite » et spéc. « temps qui vient après la mort et les gens de cette époque-là », dér. de *posterus* « qui vient après », empl. en fr. au sens de « suite des générations futures » et de « suite des descendants d'une personne », au XIXe s. au sens fig.

posthume (XVe s.), empr. au lat. *posthumus,* fausse orthographe (sous l'infl. de *humus* « terre » et *humare* « inhumer ») de *postumus* « dernier », dér. de *post* « après », spéc. en parlant d'un enfant né après la mort de son père, est empl. en ce sens en fr. ; *ouvrage posthume* (XVIIe s.) ; *honneurs posthumes* (XVIIIe s.).

postiche (XVIIe s.), empr. à l'ital. *posticcio* « artificiel, feint, qui n'est pas naturel », dér. de *posto*, part. pas. de *porre* « placer » ou issu avec apocope du lat. tard. *appositicius* « placé à côté de, feint », est d'abord empl. au sens, disparu, de « simulé, factice », et de « ajouté après coup, artificiel » ; au XVIIe s. subst. masc.

postillon (XVIe s.), empr. à l'ital. *postiglione* « valet de poste », dér. de *posta* (voir ***poste 1***), d'abord empl. au sens de « homme qui conduit les chevaux d'une voiture de poste » et de « messager » ; au XIXe s. « gouttelette de salive » par allusion au comportement peu raffiné des *postillons* ou par ext. du sens de *postillon* « boulette de pain contenant un message ».

post-scriptum (XVIIIe s.), mot lat., part. pas. neutre subst. de *post scribere* « écrire après ou à la suite de ».

postuler (XIIIe s.), empr. au lat. *postulare* « demander, réclamer » et en lat. chrét. « élire un évêque », dér. de *poscere* « demander, réclamer », est usuel à partir du XIVe s. au sens de « solliciter, faire des démarches pour obtenir qq. ch. », au XIXe s. comme terme de logique « poser en postulat ». ‖ ***postulant*** (XVe s.), « personne qui pose sa candidature à un emploi », également spéc. à partir du XVIIe s. au sens de « personne qui sollicite son admission dans une communauté religieuse » ; ***postulat*** (XVIIIe s.), empr. au lat. *postulatum* « demande », dér. de *postulare,* empl. comme terme de mathémat. et de philos.

posture (XVIe s.), empr. à l'ital. *postura* « position, attitude », du lat. *positura* « position, disposition », dér. de *ponere* « placer », d'abord empl. au sens concret de « position, attitude du corps », au XVIIe s. au sens fig. *être en bonne, mauvaise posture*.

pot 1 (XIIe s.), s. d. d'un rad. préceltique **pott-*, empl. dès l'a. fr. au sens de « récipient de ménage pour liquides et aliments » ; *pot de chambre* (XIIIe s.) ; *pot-de-vin* (XVe s.) au sens fig. ; *en pot* « bouilli, préparé dans un pot » (XIIIe s.), d'où *poule au pot* ; *pot-au-feu* (XVIIe s.), de *pot à feu* ; *pot-pourri* (XVIe s.), d'abord « mélange de viandes et de légumes » ; *pot aux roses* (XIVe s.). Datent du XIXe s. l'empl. arg. au sens de « postérieur » et de « anus » et le sens fig. et pop. de « chance » (*avoir du pot)* ; au XXe s., fam., « boisson » (*prendre un pot*). ‖ ***potier*** (XIIe s.) ; ***potée*** (XIIIe s.), d'abord « contenu d'un pot », au XVe s. « plat régional » ; ***poterie*** (XIIIe s.) ; ***potiche*** (XVIIIe s.), spéc. au XIXe s. au sens de « vase de porcelaine de Chine ou du Japon », au XIXe s. au sens fig. ; ***potage*** (XIIIe s.), « aliments cuits au pot », au XVIe s. « bouillon » ; ***potager*** (XIVe s.), d'abord « cuisinier qui prépare les potages », au XVIe s. adj. « qui est cultivé pour l'usage alimentaire » (*jardin potager*) ; ***dépoter*** (XVIIe s.) ; ***dépotoir*** (XIXe s.), usuel au sens de « lieu destiné à recevoir les matières de vidange, lieu où l'on met des objets au rebut » ; ***rempoter*** (XIXe s.). Voir ***porridge***.

pot 2 (XVIIIe s.), empr. au m. néerl. *pot* « trou creusé pour jouer aux billes », au XXe s. dans l'argot des joueurs « somme prélevée par le tripot » et « totalité des enjeux d'une partie ».

potable (XIIIe s.), empr. au lat. tard. *potabilis* « qui peut être bu », dér. de *potare* « boire », est aussi terme d'alchimie (*or potable*) jusqu'au XVIIe s.

potache (XIXe s.), s. d. dér. régressif de *potachien* « élève d'un lycée ou d'un collège de province », d'abord attesté au sens de « élève interne », puis de « collégien ».

potage, voir ***pot***.

potasse (XVIe s.), empr. au néerl. *potas, potasch* (all. *Pottasche*) « cendre du pot », de *pot* et *Asch* « cendre » au sens de « variété de carbonate de potassium ». || ***potassium*** (XIXe s.), mot forgé sur l'angl. *potash, potas* « potasse » ; ***potasser*** (XIXe s.), fam. au sens de « étudier avec acharnement », d'orig. obsc., une dérivation à partir de *potasse*, par comparaison avec le bouillonnement de la potasse dans certaines réactions chimiques paraissant douteuse.

pote, voir ***poteau***.

poteau (XIIe s.), dér. avec le suff. *-el, -eau* de l'a. fr. *post* « pièce de charpente verticale », du lat. *postis* « jambage de porte », au plur. « porte », en lat. méd. « pilori », est d'abord empl. au sens de « pièce de charpente verticale », au XVe s. « pilori, potence » (*poteau d'exécution*, XIXe s.) ; à partir du XVIe s. au sens de « pièce de bois servant de repère, de signalisation, de support » (*poteau télégraphique* (XIXe s.). || ***pote*** (XIXe s.), issu par apocope de *poteau* au sens fig. de « soutien, camarade ».

potelé (XIIe s.), « dodu », dér. de l'a. adj. *pote* « enflée » en parlant de la *main*, d'orig. incert.

potence (XIIe s.), du lat. *potentia* « puissance, force », dér. de *potens* « puissant », attesté en lat. méd. au sens concret de « béquille », sens usuel en fr. jusqu'au XVIIIe s., et à partir du XVe s. au sens courant de « gibet » (*gibier de potence* au XVIIe s.).

potentat (XIVe s.), empr. au lat. méd. *potentatus* « pouvoir seigneurial, puissance, prince souverain », du lat. clas. *potens* « puissant », est usuel à partir du XVIe s. au sens de « prince souverain » ; au XIXe s., péj. « homme qui possède un pouvoir excessif ».

potentiel (XVe s.), empr. au lat. tard. *potentialis*, dér. de *potentia* « puissance », est usuel à partir du XVIe s. au sens de « en puissance, virtuel », puis spéc. dans le voc. de la philos. et de la gram. ; au XIXe s. comme subst. masc. || ***potentialité*** (XVIIIe s.), empr. à l'angl. *potentiality*, lui-même empr. au lat. méd. *potentialitas*.

poterne (XIe s.), altér. de l'a. fr. *posterle*, du lat. tard. *posterula* « porte de derrière », de *posterus* « qui est après, derrière », est usuel dès l'a. fr. au sens de « porte dérobée dans une muraille d'enceinte ».

potiche, voir ***pot 1***.

potin (XIXe s.), empr. au norm. *potin* « commérage », de *potiner* « bavarder », dér. de *potine* « chaufferette », dér. de *pot*, au sens de « se réunir autour des *potines* pour causer ».

potion (XIIIe s.), empr. au lat. *potio* « action de boire » et « breuvage » qui a aussi donné *poison*, est d'abord attesté au sens de « boisson », et spéc. à partir du XVIe s. au sens de « médicament liquide ». Voir ***poison***.

potiron (XVe s.), d'orig. obsc., d'abord « gros champignon », au XVIIe s. « variété de courge ».

potlatch (XXe s.), de l'anglo-améric. *potlatch*, empr. à des langues indiennes d'Amérique pour désigner un don ou une destruction de richesses de caractère rituel constituant un défi.

potron-minet (XIXe s.), loc. issue par substitution de *minet* « chat » à *jacquet* « écureuil », dans l'expres. *dès le poitron-jacquet, poitron* dérivant du lat. tard. *posterio* « cul », au sens de « dès que l'écureuil dresse sa queue et montre son derrière », d'où « à la pointe du jour, de bon matin », la substitution du chat venant p.-ê. du caractère matinal de l'animal.

pou (XIIe s., sous la forme *peoil, pooil*), issu, avec généralisation au sing. de la forme *pou* (tirée du plur. *pous*), du lat. pop. *peduculus,* en lat. clas. *pediculus*, dimin. de *pedis* « pou ». || ***pouilleux*** (XIIe s.), dér. de la forme ancienne *pouil*, au XIIIe s. au sens fig. de « misérable », au XVIIIe s. « peu fertile » (*Champagne pouilleuse)*; ***pouillerie*** (XIVe s.); ***pouille*** (XVIe s.), « injures, reproches » (*chanter pouilles*), déverb. de *pouiller* au sens de « injurier ».

pouacre, voir ***podagre***.

pouah (XVIIe s.), interject. d'orig. onomat. exprimant le dégoût.

poubelle (XIXe s.), emploi comme nom commun du nom du préfet de la Seine, E. R. *Poubelle* qui imposa l'usage de cette boîte à ordures.

pouce (XIIe s.), du lat. *pollicem,* acc. de *pollix* « pouce », empl. dès l'a. fr. au sens de « premier doigt de la main ou du pied » et de « mesure de longueur » ; au XVIIIe s. *mettre les pouces* ; *coup de pouce.*

poudre (XIe s.), du lat. *pulverem*, acc. de *pulvis* « poussière », empl. au sens de « poussière (du sol) » (*poussière* ayant peu à peu éliminé *poudre* en ce sens), et de « substance solide finement pulvérisée » (en pharm., comme cosmétique) ; au XIVe s. « mélange explosif » *(poudre à canon*). || ***poudreux*** (XIe s.), d'abord « couvert de poussière », au XXe s. « qui a la consistance de la poudre » (*neige poudreuse*) ; ***poudrière*** (XIIe s.), « nuage de poussière », au XVIe s. « lieu où l'on fabrique la poudre à canon », puis « magasin où on la conserve » ; ***poudrer*** (XIIe s.), d'abord « dégager de la poussière », au XVIIe s. « couvrir de poudre (des cheveux) » ; ***poudrier*** (XIIe s.), d'abord « poussière », à partir du XVIIIe s. « boîte à poudre pour perruque, pour maquillage » ; ***poudroyer*** (XIVe s.) ; ***poudroiement*** (XVIIe s.).

pouf (XVe s.), onomat. exprimant les idées de « chute », de « gonflement, rembourrage », attestée à partir du XVIIIe s. comme subst. « sorte de bonnet », au XIXe s. au sens mod. de « gros coussin posé sur le sol ». || ***pouffer*** (XVIe s.), usuel en fr. mod. au sens de « éclater de rire ».

poulain (XIIe s.), du lat. tard. *pullamen* « petit d'un animal » et « petit du cheval », dér. de *pullus* « petit d'un animal », pour désigner un jeune cheval de moins de deux ans ; au XIXe s. au sens fig., d'abord « jeune sportif qui fait partie d'une écurie », puis « débutant aidé dans sa carrière par qqn d'influent ». || ***poulinière*** (XVIIe s.), « jument destinée à la reproduction » ; ***pouliche*** (XVIe s.), mot empr. au pic. ou au norm., qui a remplacé *pouline,* fém. de *poulin*, var. de *poulain* au sens de « jeune jument qui n'a pas procréé ».

poulaine (XIVe s.), fém. de l'adj. *Poulain* « polonais » dans l'expres. *souliers à la poulaine* (à pointe très allongée), cette mode passant pour provenir de la Pologne. Voir ***polonaise***.

poule 1 (XIIIe s.), du lat. *pulla*, fém. de *pullus* « petit d'un animal », spéc. au sens de « jeune poule » et qui a peu à peu éliminé l'a. fr. *géline* « poule » ; *poule mouillée* (XVIIe s. au sens fig.) ; *poule (*XIXe s.), en arg. « femme galante » et « maîtresse ». || ***poulet*** (XIIIe s.), au XVIe s. « billet doux », au XXe s. en arg. « policier » ; ***poulailler*** (XIIIe s.), au XIVe s. au sens du fr. mod. « lieu où vivent les poules », au XIXe s. « partie d'un théâtre où les places sont moins chères » ; ***poularde*** (XVIe s.).

poule 2 (XVIIe s.), terme d'arg. des joueurs, d'orig. obsc., empl. au sens de

« enjeu déposé », puis dans le voc. sportif « compétition ».

poulie (XIIe s.), du lat. vulg. **polidia*, plur. pris pour un fém. sing. du neutre **polidium*, empr. au grec *polidion*, dimin. de *polos* « pivot ».

poulpe (XVIIe s.), réfection sav. d'après le prov. *pourpre* du lat. *polypus* « tumeur du nez » et « mollusque », usuel en fr. mod. au sens de « mollusque ». Voir ***polype***.

pouls (XIIe s.), du lat. *pulsus* « impulsion, heurt, choc », dér. de *pellere* « pousser », empl. en fr. au sens spéc. de « battement des artères » (*tâter le pouls*, au XIIe s. au sens propre, au XIIIe au sens fig.).

poumon (XIe s.), du lat. *pulmo* « poumon ». || ***(s')époumoner*** (XVIIIe s.) ; ***pulmonaire*** (XVe s.), empr. au lat. *pulmonarius* « du poumon », à partir du XVIe s. dans le voc. médical.

poupe (XIIIe s.), empr. au génois *popa* « poupe », du lat. vulg. **puppa*, altér. du lat. clas. *puppis*, s. d. sous l'infl. de *prora* « proue ».

poupée (XIe s.), dér. avec suff. *-ée* du lat. vulg. **puppa*, en lat. clas. *pupa* « petite fille, poupée », d'abord empl. en fr. au sens de « paquet de lin », au XIIIe s. au sens usuel du fr. mod.

poupon (XVIe s.), « bébé, nourrisson », dér. par substitution de suff. de ***poupard*** (XIIIe s.), « enfant au maillot », lui-même dér. du lat. vulg. **puppa* (voir ***poupée***). || ***pouponner*** (XIXe s.) ; ***pouponnière*** (XIXe s.).

pour (IXe s.), du lat. *pro*, passé en lat. pop. à *por* par métathèse du *r* ; *pour* prép. est attesté dès l'a. fr. dans ses valeurs courantes en fr. mod.

pourboire, voir ***boire***.

pourceau (XIIe s.), du lat. *porcellus*, dimin. de *porcus* « porc ».

pourcentage, voir ***cent***.

pourchasser, **pourfendre**, **pourlécher**, **pourparler**, voir ***chasser***, ***fendre***, ***lécher***, ***parler***.

pourpier (XIIIe s.), altér. de *polpier* (XIe s.), du lat. vulg. **pullipedem*, acc. de *pullipes* « pied de poulet, pourpier ».

pourpoint (XIIIe s.), forme subst. de l'ancien adj. *porpoint* « piqué, brodé », du lat. méd. *perpunctum*, part. pas. du lat. tard. *perpungere* « percer en piquant » (voir ***poindre***) pour désigner un vêtement d'homme en usage du XIIIe au XVIIe s. ; *à brûle-pourpoint* (XVIIe s.).

pourpre (Xe s.), du lat. *purpura*, empr. au grec *porphura* et désignant le coquillage appelé *murex*, la teinture qu'on en tire, le vêtement teint de cette couleur et emblème du pouvoir, est attesté dès l'a. fr. au sens de « riche vêtement, étoffe d'un rouge foncé », et de « couleur rouge vif », au XVIIe s., par métonymie « dignité dont la pourpre est le symbole ». || ***pourpré***, ***empourprer*** (XVIe s.).

pourquoi (XIe s.), comp. de la prép. *pour* et du relatif *quoi*.

pourrir (XIe s.), du lat. vulg. **putrire*, altér. du lat. clas. *putrescere* « se corrompre, se pourrir », attesté dès l'a. fr. au sens propre et au sens fig. ainsi que le part. pas. *pourri*. || ***pourriture*** (XIIe s., d'abord *porreture*), dér. de *pourrir* sur le modèle des subst. lat. en *-ura* dér. de verbes en *-ire* comme *norreture, nourriture* ; ***pourrissement*** (XVe s.), au XIXe s. au sens fig.

poursuivre, **poursuite**, **pourtant**, voir ***suivre***, ***tant***.

pourtour (XVe s.), déverb. de l'a. verbe *portorner* (XIIIe s.), s. d. issu du lat. vulg. **protornare*, comp. de *pro-* et de *tornare* « tourner ».

pourvoir (XIIe s.), du lat. *providere* « voir en avant, prévoir, pourvoir à », usuel dès l'a. fr. au sens de « procurer qq. ch. à qqn », est concurrencé par *prévoir* au sens de « voir à l'avance » ; au XVIIe s. dans le voc. jur. *se pourvoir*. || ***pourvu que*** (XIVe s.), « à la condition que », loc. conj. formée sur le part. pas. *pourvu* de *pourvoir* et la conj. *que* au sens de « à la condition que » ;

pourvoi (XIVe s.), d'abord « précaution, prévoyance », au XIXe s. comme terme jur. « recours déposé devant une juridiction supérieure » (*pourvoi en cassation*) ; ***dépourvu*** (XIIe s.), au XVIe s. *au dépourvu* « à l'improviste ».

poussah (XVIIe s.), « buste de magot servant de jouet » et « gros homme mal bâti », empr. au chinois *p'usa* « image de Bouddha ».

pousser (XIIe s.), du lat. *pulsare* « bousculer, heurter, secouer, chasser », dér. du supin *pulsum* de *pellere* « mettre en mouvement, remuer », rare en a. fr., est concurrencé jusqu'au XVIe s. par *bouter* au sens de « exercer une pression, une pesée » ; au XVIe s. « faire avancer, déplacer », « faire tomber » et au sens fig. « inciter à » ; à partir du XVIe s. intr. au sens de « croître » ; *se pousser* (XVIe s.) au sens fig. « avancer dans la hiérarchie sociale ». || ***poussif*** (XIIIe s.), dér. de *pousser* au sens de « respirer péniblement » ; ***pousse*** (XVe s.), au XVIIe s. au sens courant de « fait de croître » et de « ce qui pousse » ; ***pousse-***, élém. entrant dans la construct. de termes comme ***pousse-café***, ***pousse-au-crime*** (« vin rouge grossier »), ***pousse-pousse*** ; ***poussée*** (XVIIe s.) ; ***poussette*** (XVIIIe s.), au XXe s. au sens cour. de « petite voiture d'enfant » ; ***repousser*** (XIVe s.) ; ***repoussoir*** (XVe s.). Voir ***pulsation***.

poussière (XIIe s.), terme régional (Lorraine, Hainaut, Wallonie, Franche-Comté), rare jusqu'au XVIe s., dér. de l'a. fr. *pous,* de même sens, du lat. vulg. **pulvus,* en lat. clas. *pulvis* (voir ***poudre***), est d'abord empl. au sens de « terre desséchée, réduite en fines particules », au XIIIe s. « restes matériels de l'homme après la mort ». A partir du XVIe s. *poussière* désigne toute matière réduite à l'état de particules (*poussière de charbon*). || ***poussiéreux*** (XIXe s.), aux sens propre et fig. ; ***épousseter*** (XVe s.), dér. de l'a. fr. *pous* « poussière ».

poussif, voir ***pousser***.

poussin (XIIe s., d'abord *pulcin*), du lat. tard. *pullicinus*, altér. de *pullicenus* « jeune poulet », dér. de *pullus* « jeune animal », empl. dès l'a. fr. au sens de « petit d'un oiseau quelconque » et au sens courant du fr. mod. « poulet nouvellement éclos » ; au XXe s. dans le voc. sportif. || ***poussinière*** (XIIe s.).

poutre (XIIIe s.), emploi métaph. (comme pour *bélier, sommier*) de l'a. fr. *poutre* subst. fém. « jeune jument », subst. masc. « poulain », du lat. vulg. **pullitra,* d'après *pullitru* « jeune cheval », issu du lat. clas. *pullus* « petit d'un animal », et qui a éliminé l'a. fr. *tref* « poutre », usuel jusqu'au XVIe s. (voir ***entraver 1***, ***travée***). || ***poutrelle*** (XVe s.).

pouvoir (IXe s.), du lat. vulg. **potere,* réfection du lat. clas. *posse* « être capable de, avoir de l'importance, de l'influence », d'après les formes du verbe à rad. en *pot-*, est d'abord attesté sous la forme *poeir, pooir*, la forme *pouvoir* apparaissant en m. fr. *Pouvoir* est usuel dès l'a. fr. comme verbe et comme subst. au sens de « puissance politique, autorité » (*pleins pouvoirs,* XVIIe s.), « capacité que l'on a de faire une chose, propriété d'une chose » ; à partir du XVIIIe s. *pouvoir* désigne la puissance politique considérée dans ses diverses fonctions (*pouvoir législatif, exécutif*) et les personnes, les organes dans lesquels elle s'incarne (*pouvoirs publics*). || ***peut-être***, adv., d'abord *puet estre* (XIIe s.), ellipse de *puet cel estre* « cela peut être ». Voir ***puissant***.

pragmatique (XVe s.), empr. au lat. *pragmaticus* « relatif aux affaires politiques » et « habile ou expérimenté en droit », empr. au grec *pragmatikos,* dér. de *pragma* « activité, action », est d'abord empl. dans l'expres. jur. *pragmatique sanction* « acte solennel par lequel le souverain règle certaines affaires », au XIXe s. au sens courant de « orienté vers le réel, la vie pratique », au XXe s. spéc. en linguistique comme adj. et subst. fém. || ***pragmatisme***

(XIXe s.), empr. à l'all. *Pragmatismus* comme terme philos.

praire (XIXe s.), empr. au prov. *praire* « sorte de mollusque », au sens propre « prêtre », du lat. vulg. **prebiter*, var. de *presbyter* (voir **prêtre**) s. d. parce que ce coquillage était un insigne de pèlerin (comme la coquille Saint-Jacques).

prairie (XIIe s.), du lat. vulg. **prataria*, dér. avec le suff *-aria* de *prata*, neut. plur. de *pratum* « pré ». || ***prairial*** (XVIIIe s.), dér. de *prairie* pour désigner le neuvième mois dans le calendrier républicain.

praline (XVIIe s.), du nom du maréchal du *Plessis-Praslin* dont le cuisinier inventa cette confiserie.

pratique 1 (XIIIe s.), nom fém., du lat. chrét. *practice* « la vie pratique » (par opp. à la contemplation), empr. au grec *praktikê*, fém. subst. de l'adj. *praktikos* « propre à agir, efficace », dér. de *prassein* « agir », est d'abord empl. au sens de « application des règles et principes » (par opp. à « théorie »), au XIVe s. « expérience qu'a une personne dans un métier, un art » ; au XVe s. « manière habituelle d'agir » ; au XVIe s. « clientèle » ; au XVIIe s. « actes extérieurs relatifs à la religion » (*pratique religieuse*). || ***praticien*** (XIVe s.), « médecin qui exerce la médecine » et plus spéc. « toute personne qui connaît la pratique d'un art, d'une technique » ; ***pratiquer*** (XIVe s.) ; ***pratiquant*** (XIVe s.), spéc. au sens de « qui observe les pratiques de sa religion » ; ***praticable*** (XVIIe s.) ; ***impraticable*** (XVIIe s.).

pratique 2 (XIVe s.), adj., empr. au lat. *practicus* « actif, qui concerne l'action », du grec *praktikos*, est d'abord empl. comme terme philos. « qui a rapport à l'action, à l'application », au XIXe s. « qui a le sens des réalités » et « qui peut être appliqué », d'où « commode » ; *travaux pratiques* (XXe s.).

praxis (XXe s.), terme philos. empr. à l'all., du grec *praxis* « action », dér. de *prassein* « agir ».

pré (XIe s.), du lat. *pratum* « pré ». || ***préau*** (XIIe s.), dimin. de *pré*, usuel dès l'a. fr. au sens, rare en fr. mod., de « petit pré » et au sens courant de « cour entourée de bâtiments » (« cour d'école » au XIXe s.).

pré-, préf. issu du lat. *prae* « avant, devant », marquant l'antériorité temporelle, plus rarement spatiale, et s'opposant à *post.*

préalable (XVe s.), dér. de l'a. verbe *prealler* « aller devant » et « avoir la prééminence », d'abord adj. au sens de « qui doit précéder » *(question préalable)*, au XVIe s. comme subst. masc.

préambule (XIVe s.), empr. au lat. méd. *praeambulum* « ce dont on fait précéder un texte officiel », neut. du lat. tard. *preambulus* « qui précède », dér. de *prae* « devant » et *ambulare* « marcher », est d'abord empl. en fr. pour désigner ce dont on fait précéder un acte officiel ou légal.

préau, voir ***pré***.

prébende (XIVe s.), empr. au lat. méd. *praebenda* « traitement alloué par l'Etat », neut. plur. pris comme fém. sing. de *praebendus* « qui doit être fourni », de *praebere* « présenter, offrir », est d'abord empl. au sens de « revenu accordé à un ecclésiastique » et par ext. « revenu attaché à une charge lucrative ». || ***prébendier*** (XVe s.), empr. au lat. méd. *praebendarius* au sens de « celui qui jouit d'une prébende ». Voir ***provende***.

précaire (XIVe s.), empr. au lat. jur. *precarius* « obtenu par la prière », de *precari* « prier », d'abord empl. au sens de « ce qui ne s'exerce que grâce à une autorisation révocable » et à partir du XVIIe s. au sens de « incertain, fragile ». || ***précarité*** (XIXe s.).

précaution (XVIe s.), empr. au lat. tard. *precautio* « mesure de prudence », dér. du supin *praecavetum* de *praecavere* « se tenir sur ses gardes », formé sur *cavere* « faire attention », empl. en fr. au sens de « disposition prise pour éviter un mal ou en atténuer l'effet » et « manière prudente d'agir » (*précautions oratoires* au XVIIIe s.). || ***précautionneux*** (XVIIIe s.). Voir ***caution***.

précédent (XIIIe s.), adj., empr. au lat. *praecedens* « antérieur, qui précède », part. prés. de *praecedere* « marcher devant » et « venir avant, être antérieur » ; *précédent* est empl. comme subst. masc. à partir du XVIIIe s. sous l'infl. de l'angl. *precedent* « fait, cas antérieur pouvant servir d'exemple ». || ***précéder*** (XIVe s.), empr. au lat. *praecedere* « avoir lieu auparavant ».

précellence (XVe s.), empr. au lat. tard. *praecellentia* « supériorité, excellence ».

précepte (XIIe s.), empr. au lat. *praeceptum* « leçon, règle, commandement », de *praecipere* « prendre le premier » et « recommander, prescrire », comp. de *prae* « avant, devant », et *capere* « prendre », empl. à partir du XVIe s. au sens de « règle de conduite ». || ***précepteur*** (XIVe s.), empr. au lat. *praeceptor* « celui qui enseigne ».

prêcher (Xe s.), forme francisée du lat. eccl. *praedicare* au sens spéc. de « enseigner une doctrine, annoncer l'Evangile », en lat. clas. « proclamer, annoncer », comp. de *prae* « avant, devant » et *dicare* « proclamer solennellement », dér. de *dicere* « dire », empl. dès l'a. fr. au sens de « annoncer l'Evangile », de « tenir des discours destinés à convaincre » et de « donner des conseils, sermonner ». || ***prêcheur*** (XIIe s.), forme francisée du lat. eccl. *praedicator*, d'abord empl. au sens de « prédicateur », qui l'a supplanté, est conservé pour désigner les dominicains, les *frères prêcheurs* et au sens, souvent péj. en fr. mod., de « qui enseigne, fait des exhortations » ; ***prêche*** (XIVe s.), « discours, sermon », spéc. au XVIe s. au sens de « sermon prononcé par un ministre protestant ». Voir ***prédication***.

précieux (XIe s.), empr. au lat. *pretiosus* « qui a du prix, coûteux », dér. de *pretium* « prix », d'abord attesté au sens religieux « vénérable » (*précieux sang du Christ* au XVIIe s.), est usuel dès l'a. fr. au sens fig. « qui est cher » et au sens matériel « qui a une valeur marchande » (*pierre précieuse*) ; au XVIIe s. « qui manifeste un raffinement excessif (*Les Précieuses ridicules*) ». || ***préciosité*** (XVe s.), empr. au lat. imp. *preciositas* « grande valeur, haut prix », dér. de *pretiosus*, spéc. au XVIIe s. pour désigner l'ensemble des traits propres aux *Précieuses* ; au XIXe s. « maniérisme du style, affectation du langage ».

précipice (XVIe s.), empr. au lat. *praecipitium* « chute d'un lieu élevé, abîme », de *praecipitia*, plur. de *praeceps, praecipitis*, susbt. « précipice, danger mortel », formé de *prae* « avant, devant » et de *-ceps* de *caput* « tête ». || ***précipiter*** (XVe s.), empr. au lat. *praecipitare* « jeter d'un lieu élevé » et « abaisser, faire déchoir », de l'adj. *praeceps* au sens de « la tête la première », empl. dès le m. fr. au sens fig. de « faire déchoir », au sens concret « faire tomber » ; au XVIe s. « hâter, accélérer » ; *se précipiter* (XVIe s.) ; ***précipité*** (XVIe s.), subst., voc. de la chimie ; ***précipitation*** (XIVe s.), empr. au lat. *praecipitatio* « chute », en lat. chrét. « irréflexion, précipitation », au XVe s. au sens courant de « hâte excessive », au XIXe s. empl. au plur. en météorologie.

précis (XIVe s.), empr. au lat. *praecisus* « séparé de, coupé » et en réthor. « abrégé, tronqué », part. pas. adj. de *praecidere* « trancher, abréger », compos. de *prae* « avant, devant » et *caedere* « frapper, abattre », empl. en fr. au sens de « déterminé, défini », à partir du XVIe s. au sens de « qui est exprimé nettement », puis de « qui fait l'objet d'une représentation claire, exacte » ; au XVIIe s. subst. « ouvrage didactique donnant l'essentiel d'une matière ». || ***préciser*** (XIVe s.), rare avant le XVIIIe s. au sens de « rendre clair, précis » ; ***précision*** (XIVe s.), empr. au lat. imp. *praecisio* « action de couper, de rogner », d'abord empl. en ce sens, a suivi l'évol. de *précis* ; ***imprécis***, ***imprécision*** (XIXe s.).

précoce (XVIIe s.), empr. au lat. *praecox* « hâtif, primeur (en parlant d'un fruit) », est usuel dès le XVIIe au sens propre et au sens fig. || ***précocité*** (XVIIIe s.).

préconiser (XIVe s.), empr. au lat. tard. *praeconizare* « proclamer, annoncer », de *praeco* « crieur public », d'abord empl. au sens de « publier, proclamer », au XVIIe s. « vanter chaleureusement », en fr. mod. « recommander ».

précurseur (XVe s.), empr. au lat. *praecursor* « celui qui court devant, qui précède », de *praecurrere* « courir devant », spéc. en lat. chrét. pour désigner saint Jean-Baptiste, le *précurseur* du Christ, est d'abord empl. en ce sens ; à partir du XVIe s. « qui annonce, prépare la venue de qqn, de qq. ch. ».

prédateur (XVIe s.), empr. au lat. *praedator* « pillard, voleur », dér. de *praeda* « butin de guerre, proie », d'abord attesté au sens de « pilleur », puis en parlant d'un animal qui se nourrit de proie.

prédécesseur (XIIIe s.), empr. au lat. tard. *praedecessor,* de *prae* « avant, devant » et de *decessor* « magistrat qui sort de charge », de *decedere* (voir ***décéder***), empl. en fr. au sens de « celui qui a précédé qqn dans une fonction ».

prédelle (XIXe s.), empr. à l'ital. *predella* au sens de « partie inférieure d'un tableau d'autel », spéc. du sens de « escabeau », du longobard **pretil* « petite planche ».

prédestiner (XIIe s.), empr. au lat. chrét. « préparer de toute éternité », en lat. clas. « réserver par avance », de *prae* « avant, devant » et de *destinare* « destiner à, affecter », est d'abord attesté au sens religieux « destiner qqn au salut en fonction de ses mérites ». || ***prédestination*** (XIIIe s.), empr. au lat. chrét. *praedestinatio* « choix prédestiné de Dieu ».

prédétermination, **prédéterminer**, voir ***déterminer***.

prédicat (XIVe s.), empr. au lat. tard. *praedicatum* « chose déclarée avec force », de *praedicare* « proclamer, annoncer », spéc. dans le voc. au sens, repris en fr. (voc. philos. et gram.), de « attribut ». || ***prédicatif*** (XIXe s.), empr. au lat. tard. *praedicativus* « affirmatif ».

prédication (XIIe s.), empr. au lat. eccl. tard. *praedicatio* « action d'annoncer l'Evangile », du supin *praedicatum* de *praedicare* « annoncer ». || ***prédicateur*** (XIIIe s.), empr. au lat. eccl. tard. *praedicator* « celui qui évangélise », en lat. clas. « héraut, crieur public ». Voir ***prêcher***.

prédilection, voir ***dilection***.

prédire (XIIe s.), empr. au lat. *praedicere* « dire à l'avance », d'abord empl. au sens de « ordonner », au sens mod. au XVe s. || ***prédiction*** (XVIe s.), empr. au lat. *praedictio* « action de prédire ».

prééminence (XIVe s.), empr. au lat. tard. *praeeminentia* « avantage, supériorité », subst. au fém. de l'adj. *praeeminens* « prédominant, prépondérant », de *praeeminere* « être au-dessus », au propre et au fig., empl. en fr. au sens de « avantage, supériorité », puis de « supériorité absolue ». || ***prééminent*** (XVe s.), empr. au lat. tard. *praeeminens*, de même sens.

préemption (XVIe s.), terme sav. du voc. jur., formé du lat. *prae* « avant, devant », et de *emptio* « achat », dér. de *emere* « acheter » au sens de « priorité dont jouit un acheteur pour se porter acquéreur » (*droit de préemption*).

préexister, voir ***exister***.

préface (XIIe s.), empr. au lat. *praefatio* « préambule, avant-propos », de *praefari* « dire avant », spéc. en lat. chrét. pour désigner la « partie initiale du canon de la messe », est usuel dès l'a. fr. en ce sens et au sens de « avant-propos ». || ***préfacier*** (XVIIIe s.).

préférer (XIVe s.), empr. au lat. *praeferre*, comp. de *prae* « avant, devant » et de *ferre* « porter » au sens de « porter en avant » et au sens fig., seul attesté en fr., de « considérer comme meilleur ». || ***préférence*** (XVe s.), d'abord « supériorité », au XVIe s. au sens de « marque particulière d'estime » et « jugement par lequel on place une personne ou une chose au-dessus des autres » ; ***préférable*** (XVIe s.) ; ***préférentiel*** (XXe s.).

préfet (XIIe s.), empr. au lat. *praefectus* « préposé à une fonction, gouverneur, administrateur », part. pas. subst. de *praeficere* « mettre à la tête de, établir comme chef », de *prae* « avant, devant » et *facere* « faire », est d'abord empl. au sens de « maître, chef », les empl. mod. se développant à partir du XVIIe s. (dans l'éducation, l'admin. eccl. et publique). || ***préfectoral*** (XIXe s.) ; ***préfecture*** (XIVe s.), empr. au lat. *praefectura* « dignité de préfet » et « ville administrée par un préfet », d'abord empl. comme terme d'antiquité romaine, en 1800 dans le voc. de l'admin. publique.

préfigurer (XIIIe s.), empr. au lat. chrét. *praefigurare* « faire comprendre à l'avance par une parabole », de *prae* « avant, devant » et *figurare* « former, façonner, imaginer, concevoir » empl. en fr. au sens de « figurer à l'avance ». || ***préfiguration*** (XVe s.), empr. au lat. chrét. *praefiguratio* « figure prophétique, qui annonce à l'avance (en parlant des faits, des personnages de l'Ancien Testament) », au XVIIIe s. « action de figurer ». Voir ***figure***.

préfixe (XVIIe s.), empr. au lat. gram. *praefixa*, fém. de *praefixus* « fixé devant », est d'abord empl. comme terme de gram. hébraïque, au XVIIIe s. au sens mod. || ***préfixer***, ***préfixation*** (XIXe s.). Voir ***fixe***.

prégnant (XVIe s.), dér. de l'a. fr. *priembre* « presser » (XIIe s.), du lat. *premere* « presser, comprimer », littér. au sens de « qui s'impose à l'esprit », est spéc. en linguist. Voir ***empreindre***, ***presser***.

préhension (XVe s.), empr. au lat. *prehensio* « action d'appréhender au corps, droit d'arrêter », d'abord empl. au sens de « compréhension », au XVIe s. dans le voc. jur. « arrestation » (*droit de préhension,* « droit de réquisition » au XVIIIe s.). Voir ***appréhender***.

préjudice (XIIIe s.), empr. au lat. *praejudicium* « jugement préalable, opinion préconçue », dér. de *praejudicare* « préjuger », empl. au sens de « tort, dommage ». || ***préjudiciable*** (XIIIe s.), empr. au lat. tard. *praejudiciabilis* « qui porte tort » ; ***préjudiciel*** (XIIIe s.), empr. au lat. tard. *praejudicialis*.

préjuger (XVe s.), francisation, d'après *juger,* du lat. *praejudicare* « juger préalablement », d'abord empl. au sens de « juger par conjecture, sans examen », au XVIIe s. « prévoir qq. ch. par conjecture ». || ***préjugé*** (XVIe s.), part. pas. subst., n'a conservé en fr. mod. que le sens, péj., de « opinion adoptée sans examen ».

prélasser (se), voir ***prélat***.

prélat (XIIe s.), empr. au lat. *praelatus* (subst. du part. pas. de *praeferre* « se porter en avant », au propre et au fig.) « chef militaire, supérieur, noble », en lat. méd. « évêque, dignitaire ecclésiastique », sens présents en fr. || ***prélature*** (XIVe s.), empr. au lat. méd. *praelatura* « dignité ecclésiastique » ; ***se prélasser*** (XVIe s.), dér. de *prélat* avec infl. de *lasser,* « aller en prenant son temps », par allusion au comportement attribué aux prélats.

prêle, **prèle** (XVIe s.), forme altér. de l'a. fr. *aspresle,* du lat. vulg. **asperella,* dér. de *asper* « rude », en raison du toucher rugueux de cette plante.

prélever (XVIIe s.), empr. au lat. tard. *praelevare* « lever d'abord ou auparavant », au sens de « lever un impôt » et au sens usuel en fr. mod. de « prendre une part d'un ensemble ». ||

prélèvement (XVIIIe s.), « impôt », au XXe s. en médecine et en droit.

préliminaire, voir ***liminaire***.

prélude (XVIe s.), empr. au lat. tard. *praeludium,* dér. de *praeludere* « se préparer à jouer », de *prae* et *ludere* « jouer », empl. en fr. dans le voc. de la musique et au sens fig. de « ce qui annonce et précède qq. ch. ». || ***préluder*** (XVIIe s.), empr. au lat. *praeludere* au sens de « commencer, faire une chose à titre d'essai » et spéc. « essayer sa voix », puis « annoncer, précéder ».

prématuré (XVIIe s.), fait à partir du lat. *praematurus* « précoce, hâtif », au sens propre « qui est mûr avant », de *prae* « avant, devant » et *maturus* « mûr », empl. au sens de « qu'il n'est pas encore temps d'entreprendre » et de « qui arrive avant le temps normal », spéc. au XXe s. en parlant d'un enfant né avant terme.

préméditer (XIVe s.), empr. au lat. *praemeditari* « méditer d'avance, se préparer par la réflexion », empl. au sens de « décider d'avance ce que l'on fera ». || ***préméditation*** (XIVe s.), empr. au lat. *praemeditatio* « action de méditer à l'avance », au XVIIe s. au sens usuel de « dessein réfléchi de commettre une action (surtout mauvaise) ».

prémices (XIIe s.), empr. au lat. eccl. *primitiae* « premiers fruits de la terre, du bétail » et « commencement, début », dér. du lat. *primus* « le premier », empl. dès l'a. fr. en ces sens.

premier (Xe s.), du lat. *primarius* « le premier en rang, du premier rang », dér. de *primus* « le plus avancé, le premier », empl. dès l'a. fr. au sens de « qui est le plus ancien dans le temps », « qui se présente d'abord » et « qui vient en tête par l'importance, la qualité » ; au XVIe s. après un nom propre pour désigner le plus ancien d'une série de souverains (*François Ier*) ; *nombre premier* (XIVe s.) ; *la première* (classe de rhétorique) (XVIIIe s.) ; *première classe* dans un moyen de transport (XIXe s.) ; *jeune premier (*XIXe s.).

prémisse (XIVe s.), empr. au lat. scolast. *praemissa,* terme de logique désignant chacune des deux propositions, majeure et mineure, d'un syllogisme, dér. du part. pas. du verbe *praemittere* « envoyer devant ou préalablement ».

prémonition (XVe s.), empr. au lat. tard. *praemonitio* « avertissement préalable », de *prae* « avant, devant » et *monitio* « avertissement », dér. de *monere* « avertir », est rare jusqu'au XIXe s., au XXe s. au sens de « pressentiment, intuition ». || ***prémonitoire*** (XIXe s.), empr. au lat. *praemonitorius* « qui avertit ».

prémunir (XIVe s.), empr. au lat. *praemunire* « fortifier à l'avance un lieu » et « protéger », empl. au sens de « garantir », au XVIIe s. comme pronominal. || ***prémunition*** (XVIe s.), empr. au lat. *praemunitio* « précaution », spéc. dans le voc. médical en fr. mod. Voir ***munir***.

prendre (IXe s.), du lat. *prehendere,* contracté en *prendere* « saisir, prendre, prendre sur le fait, se saisir de qqn, occuper un lieu, atteindre », qui a peu à peu éliminé *capere* « prendre » dans tous ses emplois, est empl. dès l'a. fr. au sens concret courant de « saisir », au sens fig. de « comprendre, interpréter qq. ch. », au sens de « prélever qq. ch., recevoir (de l'argent, un coup, etc.), s'approprier qq. ch., qqn, se mettre en situation de, commencer à », etc. *Prendre* est intransitif dès l'a. fr. au sens de « se durcir » (d'un métal), « s'embraser (du feu), au XVIe s. « s'enraciner ». || ***prise*** (XIIe s.), part. pas. fém. de *prendre,* est usuel dès l'a. fr. au sens de « action de capturer un animal » et de « action de s'emparer de » ; ***preneur*** (XIIIe s.) ; ***entreprendre*** (XIIe s.), employé dès l'a. fr. au sens de « attaquer » et de « mettre en œuvre qq. ch. » ; ***entreprise*** (XIVe s.), d'abord au sens de « action de mettre en œuvre » et de « opération militaire », au XVIIe s. « opération de commerce » et au XVIIIe s. « établissement, exploitation » (*chef d'entreprise*) ; au plur. « tentatives de séduction » (XVIIIe s.) ; ***méprendre (se)*** (Xe s.), d'abord intr. « commettre une faute », est pronom. à partir du XIIIe s., au XVIe s. « se tromper » ; ***méprise*** (XIIe s.) déverb. de *méprendre*, a suivi l'évol. du verbe.

prénom, **prénommer**, voir ***nom***, ***nommer***.

préoccuper (XIIIe s.), empr. au lat. *preoccupare* « occuper le premier » et « gagner par avance l'esprit de », de *prae* « avant, devant » et *occupare* « occuper », empl. dès le XIVe s. au sens courant de « occuper fortement l'esprit de qqn », au XIXe s. « donner du souci, inquiéter ». || ***préoccupation*** (XVe s.), empr. au lat. *praeoccupatio*, « action d'occuper un lieu en premier », a suivi l'évol. du verbe. Voir ***occuper***.

préparer (XIVe s.), empr. au lat. *praeparare* « apprêter d'avance », de *prae* « avant, devant » et *parare* « apprêter, arranger », empl. en m. fr. au sens, disparu, de « panser » et au sens du fr. mod. || ***préparateur*** (XVIe s.), empr. au lat. tard. *praeparator* ; ***préparatif*** (XIVe s.) ; ***préparation*** (XIVe s.), empr. au lat. *praeparatio* ; ***préparatoire*** (XIVe s.), empr. au lat. tard. *praeparatorius*.

prépondérant (XVIIIe s.), empr. au lat. *praeponderans*, part. prés. de *praepondere* « être plus pesant, avoir l'avantage », de *prae* « avant, devant » et *ponderare* « peser », empl. en fr. au sens fig. || ***prépondérance*** (XVIIIe s.), au sens fig. de « supériorité ».

préposer (XVe s.), forme francisée d'après *poser*, issue du lat. *praeponere* « placer, mettre devant », et empl. au sens de « placer à la direction de qq. ch. ». || ***préposé*** (XVIIe s.), « qui est affecté à une tâche particulière », au XXe s. « facteur ».

préposition (XIVe s.), empr. au lat. *praepositio* « action de mettre en avant » et spéc. terme de gram., dér. de *praepositum* supin de *praeponere* « placer devant », empl. en fr. comme terme de gram.

prépuce (XIIe s.), empr. au lat. imp. *praeputium*, terme d'anatomie, empl. en lat. chrét. au sens de « fait de ne pas être circoncis », est usuel dès le XIIe s. au sens courant de « repli de peau entourant le gland de la verge ».

prérogative (XIIIe s.), empr. au lat. *praerogativa*, fém. subst. de *praerogativus* « qui vote le premier », empl. en fr. au sens de « privilège attaché à certaines fonctions ».

près (XIe s.), de l'adv. lat. *presse* « d'une manière serrée » (ablatif de l'adj. *pressus* « comprimé, serré, pressé » au propre et au fig.), qui a indiqué en lat. imp. la proximité dans l'espace et dans le temps, emplois présents dès l'a. fr. || ***auprès*** (XVe s.).

présage (XIVe s.), empr. au lat. imp. *praesagium* « connaissance anticipée, présage » dér. de *praesagire* « deviner, prévoir », de *prae* et *sagire* « avoir du flair », d'abord empl. au sens de « signe où l'on voit l'annonce d'un événement futur », puis de « conjecture ». || ***présager*** (XVIe s.). Voir ***sagace***.

presbyte (XVIIe s.), empr. au grec *presbutés* « ancien, vieux », spéc. au sens médical de « qui ne distingue que les objets éloignés ». || ***presbytie*** (XIXe s.).

presbytère (XIIe s.), empr. au lat. chrét. *presbyterium* « ordre des prêtres, sacerdoce », d'où « assemblée des prêtres », puis « lieu où se tiennent les prêtres », du grec eccl. *presbutérion* « conseil d'anciens », de *presbutéros*, comparatif de *presbus* « vieux, âgé », est empl. à partir du XVe s. au sens du fr. mod. « habitation du curé ». || ***presbytéral*** (XIVe s.), empr. au lat. chrét. *presbyteralis* « de prêtre » ; ***presbytérien*** (XVIIe s.), forme francisée empr. à l'angl. *presbyterian*, dér. de *presbyter* « membre de l'assemblée des anciens dans l'organisation de l'Eglise calviniste » au sens de « qui appartient à l'Eglise réformée selon la doctrine de

Calvin » ; ***presbytérianisme*** (XVIIIe s.), empr. à l'angl. *presbyterianism* « organisation de l'Eglise réformée ». Voir ***prêtre***.

prescience (XIIe s.), empr. au lat. chrét. *praescientia* « connaissance anticipée (en parlant de Dieu) », dér. de *praesciens*, part. prés. adj. de *praescire* « savoir d'avance », comp. de *prae* « avant, devant » et *scire* « savoir », empl. en fr. comme terme de théologie et au sens de « connaissance innée » et de « intuition ».

prescrire (XIIIe s.), empr. au lat. *praescribere* « écrire en tête, mentionner d'avance, faire opposition (droit), prescrire (médecine) », est d'abord attesté au sens de « enrôler », au XIVe s. au sens jur. de « libérer qqn d'une obligation » et au XVIe s. au sens courant de « ordonner expressément », spéc. en médecine (XVIIIe s.). || ***prescriptible*** (XIVe s.), dér. sav. du supin *praescriptum* « ce qui peut être ordonné » ; ***imprescriptible*** (XVe s.), à partir du XVIIIe s. « qui a une existence, une valeur immuable » (en parlant d'un droit) ; ***prescription*** (XIIIe s.), empr. au lat. *praescriptio* « titre, intitulé, préambule », dér. de *praescribere* « prescrire », d'abord empl. comme terme de droit et à partir du XVIe s. dans le voc. médical.

préséance, voir ***seoir***.

présent 1 (XIe s.), empr. au lat. *praesens* « présent, immédiat, efficace, maître de soi, ferme », part. prés. de *praesse* « être en avant, commander, diriger », comp. de *prae* « avant, devant » et *esse* « être », est attesté dès l'a. fr. au sens de « qui est là (par opp. à *absent*), et de « actuel, qui se produit au moment où l'on parle » ; à partir du XVIe s. au sens de « dont on est conscient, dont on se souvient », de « disponible, attentif » ; à partir du XIIIe s. comme subst. et terme de gram. || ***présence*** (XIIe s.), empr. au lat. *praesentia* « présence, efficacité, puissance », dér. de *praesens*, empl. dès l'a. fr. comme terme religieux (*présence de Dieu*, au XVIIe s., *présence réelle*) et au sens courant ; au XXe s. « intensité du jeu d'un acteur, forte personnalité » ; ***omniprésence***, ***omniprésent*** (XIXe s.).

présent 2, voir ***présenter***.

présenter (IXe s.), empr. au lat. imp. *praesentare* « rendre présent » et « offrir », empl. dès l'a. fr. au sens de « mettre une personne en présence d'une autre », de « mettre qq. ch. à la portée, sous les yeux de qqn » et, comme pronominal, au sens de « apparaître, arriver » ; au XVIe s. « apparaître sous un certain aspect » ; au XIXe s. « se porter candidat » et « donner son identité ». || ***présent*** (XIIe s.), déverb. de *présenter*, au sens de « cadeau » ; ***présentation*** (XIIe s.), empr. au lat. chrét. *praesentatio* « fait de montrer », d'abord empl. au sens de « action de présenter qqn » et à partir du m. fr. de « action de présenter qq. ch. » ; au XIXe s. dans le voc. du spectacle, de la mode et au sens de « manière de présenter un document » ; ***présentateur*** (XVe s.) ; ***présentoir*** (XIXe s.) ; ***représenter*** (XIIIe s.), est surtout usuel à la forme pronominale (*se représenter à un examen*).

préserver (XIVe s.), empr. au lat. tard. *praeservare* « observer auparavant », comp. de *prae* « avant, devant » et *servare* « faire attention à, conserver, sauver », empr. au sens de « garantir qqn d'un mal » et au XVe s. en parlant d'une chose. || ***préservation*** (XIVe s.) ; ***préservateur*** (XVIe s.) ; ***préservatif*** (XIVe s.), au XIXe s. « capote anglaise, condom ».

présider (XIVe s.), empr. au lat. *praesidere*, intr. « être assis devant, présider à » et trans. « diriger, protéger », empl. au sens de « commander à » et « avoir la présidence de » ; au XVIe s. en parlant de forces occultes ; au XIXe s. « occuper la place d'honneur ». || ***président*** (XIIIe s.), empr. au lat. imp. *praesidens* « celui qui a la préséance, gouverneur (de province), président », part. prés. subst. de *praesidere*, d'abord « celui qui préside » ; à partir du XVIIIe s. « chef de l'Etat dans une république », au XXe s. *président-directeur général,* abrégé en *P.-D.G.* ; ***présidence*** (XIVe s.), au début du XIXe s. « fonction de président de la République » (d'abord en parlant des Etats-Unis d'Amérique) ; au XIXe s. « palais, bureaux du président » ; ***présidentiel*** (XVIIIe s.).

présomptif (XIVe s.), empr. au lat. tard. *praesumptivus* « qui prend d'avance », dér. de *praesumere* (voir ***présumer***), empl. en fr. au sens disparu de « présomptueux », se spéc. à partir du XVe s. comme terme jur. (*héritier présomptif* « qui, du vivant de qqn, a vocation à lui succéder »). || ***présomption*** (XIIe s.), empr. au lat. *praesumptio* « prise, conception anticipée », dér. de *praesumere,* empl. en fr. au sens de « opinion trop avantageuse que l'on a de soi » et de « opinion uniquement fondée sur des apparences » ; ***présomptueux*** (XIIIe s.), empr. au lat. tard. *praesomptuosus* « qui a une grande confiance en soi ».

presque (XIIIe s.), soudure de la loc. adv. *pres que* « à peu près » comp. de *pres* au sens, en a. fr, de « presque » et de *que.*

pressentir (XVe s.), empr. au lat. *praesentire* « prévoir », comp. de *prae* « avant, devant » et *sentire* « sentir », empl. en fr. au sens de « prévoir une chose par un effet de l'expérience, de la prudence » ; au XVIIe s. « sonder qqn ». || ***pressentiment*** (XVIe s.).

presser (XIIe s.), du lat. *pressare* intensif de *premere* « presser, harceler, faire sortir », est attesté dès l'a. fr. au sens de « tourmenter, accabler », et de « comprimer, serrer », au XIVe s. au sens de « être urgent, ne laisser aucun délai » ; *se presser* « arriver en foule » (XIIIe s.), au XVIIe s. « se hâter ». || ***presse*** (XIe s.), déverb. de *presser,* d'abord au sens de « foule où l'on se presse » et de « hâte » ; au XVe s. « machine servant à l'impression » (*sous presse*), au XVIIIe s. « ensemble des journaux » ; *avoir une bonne, une mauvaise presse* (XIXe s.) ; ***presse-***, élém. entrant dans la construct. de mots comme ***presse-papiers***, ***presse-citron***, etc. ; ***pression*** (XIIIe s.), empr. au lat. *pressio* « poids, point d'appui d'un levier », dér. du supin *pressum* de *premere* « presser », empl. à partir du XVIIe s. au sens de « action de presser, de comprimer qq. ch. » et au sens fig. de « influence » ; ***pressoir*** (XIIIe s.), empr. au lat. tard. *pressorius* « presse, pressoir », dér. de *premere* ; ***pressurer*** (XIIIe s.), au XIVe s. au sens fig. « exploiter » ; ***pressing*** (XXe s.), soit formé sur *presser* à l'aide de la finale angl. *-ing,* soit empr. à l'angl. *pressing* « action d'appuyer, de presser », au sens de « fait de repasser à la vapeur » et dans le voc. du sport sous l'infl. de l'angl. *to press* « exercer une pression, ne pas laisser de répit » ; ***pressuriser*** (XXe s.), empr. à l'angl. *to pressurize* « mettre à la pression d'air normale un avion » ; ***empresser*** (XIIe s.), « presser, serrer », au XVIe s. pronom. au sens mod. ; ***empressement*** (XIIIe s.), au XVIIe s. au sens mod. Voir ***prégnant***.

prestance (XVe s.), empr. au lat. *praestantia* « supériorité des personnes, des choses », dér. de *praestans* « qui excelle, supérieur », part. prés. de *praestare* « se tenir en avant », de *prae* et *stare* « être debout », d'abord empl. au sens de « supériorité, excellence », au XVIe s. « maintien imposant d'une personne ».

prestation (XIIIe s.), empr. au lat. *praestatio* « action de s'acquitter de qq. ch., de fournir qq. ch. en vertu d'une obligation » dér. du supin *praestatum* de *praestare*, empl. au sens de « action de fournir qq. ch. », au XIXe s. « ce qui est dû aux militaires », d'où au XXe s. *prestations familiales, prestations sociales, prestations en nature.* || ***prestataire*** (XIXe s.). Voir ***prêt***, ***prêter***, ***prestance***.

preste (XVe s.), empr. à l'ital. *presto* « prompt, agile », du lat. tard. *praestus* « prêt ». || ***presto*** (XVIe s.), empr. à l'ital. *presto* « rapidement », se spéc. au XVIIIe s. en musique ; ***prestidigitateur*** (XIXe s.), comp. de l'adj. *preste*, du rad. du lat. *digitus* « doigt » et du suff. *-ateur*, « escamoteur, artiste qui fait des tours d'adresse » ; ***prestidigitation*** (XIXe s.).

prestige (XIVe s.), empr. au lat. *praestigium* « artifice, illusion », d'abord empl. au sens de « illusion produite par des sortilèges », puis « par des moyens naturels » ; au XVIIIe s. au sens du fr. mod. « ascendant, séduction » ; *de prestige, politique de prestige* (XXe s.). ‖ ***prestigieux*** (XVIe s.), empr. au lat. tard. *praestigiosus* « trompeur », a suivi l'évol. de *prestige*.

présumer (XIIIe s.), empr. au lat. *praesumere* « prendre d'avance », d'où « conjecturer », en lat. tard. « trop présumer de », de *prae* et *sumere* « saisir », d'abord empl. au sens de « conjecturer » ; au XVe s. *présumer de* « avoir une trop bonne opinion de ». Voir ***présomptif***.

présupposer, voir ***supposer***.

présure (XIIe s.), du lat. vulg. **pre(n)sura* « ce qui est pris, ce qui fait prendre », dér. du supin *prehensum* de *prehendere* « prendre » pour désigner une substance qui fait cailler le lait.

prêt 1, subst., voir ***prêter***.

prêt 2, adj. (XIe s.), du lat. tard. *praestus*, dér. de l'adv. lat. *praesto* « tout près, sous la main », empl. dès l'a. fr. au sens courant de « entièrement préparé » (en parlant d'une chose, d'une personne). ‖ ***prêt-à-porter*** (XXe s.), calque de l'anglo-améric. *ready-to-wear* ou *ready-for-wear* ; ***apprêter*** (Xe s.), dér. du rad. de *praesto* ; ***apprêt*** (XIVe s.), déverb. de *apprêter*.

prétendre (XIVe s.), empr. au lat. *praetendere* « tendre en avant » et au fig. « alléguer, prétexter », en lat. méd. « affirmer fermement », comp. de *prae* « avant, devant » et *tendere* « tendre », d'abord empl. au sens, vieilli en fr. mod., de « réclamer un droit, revendiquer », au XIVe s. « affirmer, soutenir », au XVe s. au sens de « aspirer à ». Le sens courant de « avoir la ferme intention de » se développe à partir du XVIe s. ‖ ***prétendu*** (XIVe s.), au XVIe s. au sens du fr. mod. « qui n'est pas ce qu'il paraît être » ; ***prétendant*** (XVe s.) ; ***prétention*** (XVe s.), dér. sav. de *praetentus*, part. pas. de *praetendere*, d'abord au sens de « droit que l'on croit avoir sur qq. ch. », à partir du XVIIe s. au sens de « fait de revendiquer pour soi un avantage, une qualité » et au sens péj. au XIXe s. « estime trop grande de soi » ; ***prétentieux*** (XVIIIe s.), péj.

prétentaine (XVIIe s.), conservé dans la loc. *courir la prétentaine*, « faire des escapades (spéc. galantes) », d'orig. obsc.

prêter (XIIe s.), du lat. *praestare* « mettre à la disposition de, fournir », empl. en ce sens dès l'a. fr. et au sens courant de « prêter une chose à condition qu'elle vous soit rendue » ; au XVIe s. au sens de « donner matière à » et de « attribuer (un caractère, un acte) » ; *se prêter à qq. ch.* (XVIe s.). ‖ ***prêt*** (XIIe s.), déverb. de *prêter*, au XVIIe s. au sens de « contrat par lequel une chose est donnée à charge de restitution » ; ***prêteur*** (XIIIe s.), *prêteur sur gages* (XIXe s.) ; ***prête-nom*** (XVIIIe s.).

prétérit (XIIIe s.), empr. au lat. gram. *praeteritum* (*tempus*) « temps passé », de *praeterire* « laisser en arrière, passer », comp. de *prae* « avant, devant » et de *ire* « aller » pour désigner une forme temporelle du passé, le passé simple.

prétérition (XVIe s.), empr. au lat. tard. *praeteritio* « action de passer », au sens fig. « action de passer sous silence », dér. de *praeterire* (voir ***prétérit***), spéc. au XVIe s. en rhétor.

préteur (XIIIe s.), empr. au lat. *praetor* « celui qui marche en tête, préteur » comme terme d'antiq. rom. ‖ ***prétoire*** (XIIe s.), empr. au lat. *praetorium* « tente du général, palais du préteur », d'abord terme d'antiq. rom., au XVIe s.

littér. « salle d'audience d'un tribunal ». || ***prétorien*** (XIIIe s.), empr. au lat. *praetorianus* « de la garde prétorienne ».

prétexte (XVIe s.), empr. au lat. *praetextus* « action de mettre devant, prétexte », de *praetexere* « border un vêtement », au sens fig. « alléguer comme excuse », empl. en fr. au sens de « motif spécieux cachant un motif réel ». || ***prétexter***, p.-ê. attesté dès le XVe s.

prêtre (XIIe s.), du lat. chrét. *presbyter*, empr. au grec *presbuteros* « ancien du peuple », d'où « prêtre », comparatif de *presbus* « vieux, âgé » ; l'a. fr. connaissait aussi la forme de cas régime *provoire*. || ***prêtrise*** (XVe s.) ; ***archiprêtre*** (XIIIe s.), du lat. eccl. *archipresbyter*, calque du grec *arkhipresbuteros*, formé avec l'élém. *arkhi-* (archi-) marquant le premier rang. Voir ***presbytère***.

preuve, voir ***prouver***.

preux (XIe s.), d'abord *proz*, de l'adj. du lat. tard. *prodis* « utile, profitable », tiré de *prode* attesté depuis le IVe s. dans *prode est* (lat. clas. *prodest* « il est utile »), du verbe *prodesse* « être utile ». *Preux* est empl. en a. fr. au sens général de « qui est utile » et au sens spéc. de « qui fait preuve de qualités chevaleresques et spéc. de bravoure » ; usuel comme adj. jusqu'au XVIIe s., *preux* subst., comme le fém. *preuse* (*les neuf preuses*), est en fr. mod. un terme archaïque ou un terme de civilisation. || ***prouesse*** (XIe s.) ; ***prud'homme*** (XIe s.), fixation graphique au XVIIe s. de l'a. fr. *prozdome, preudome,* comp. de *preu* et de *homme,* a suivi dès l'a. fr. une évol. du sens de « preux, parfait chevalier » au sens de « homme de mérite, qui fait preuve de sentiments nobles » et de « homme expérimenté, compétent dans un domaine », d'où le sens spéc. dans le voc. jur. (*conseil de prud'hommes* au XIXe s.) ; au XIXe au sens péj. de « bourgeois médiocre et satisfait », illustré par la comédie de H. Monnier « Grandeur et décadence de *M. Joseph Prudhomme* ; ***prudhommesque*** (XIXe s.) ; ***prude*** (XVIIe s.), forme altér. s. d. sous l'infl. de *prudent* de l'a. fr. *preudhomme,* au fém. *prodefemme* (XIIe s.) « femme sérieuse et de mérite ». *Prude*, terme laudatif jusqu'au XVIIe s., devenu péj. par l'intermédiaire de l'expres. *fausse prude* qui désigne une femme à la réserve excessive ou affectée ; ***pruderie*** (XVIIe s.), péj. « pudeur excessive, pudibonderie ».

prévaloir (XVe s.), empr. au lat. *praevalere* « valoir plus, l'emporter sur », comp. de *prae* « avant, devant » et *valere* « valoir » ; *se prévaloir de qq. ch.* (XVIIe s.). || ***prévalence*** (XVIe s.).

prévariquer (XVe s.), empr. au lat. *praevaricari* « marcher de travers » (comp. de *prae* « avant, devant » et de *varicare* « écarter les jambes », d'où « écarter du droit chemin »), spéc. en droit au sens de « être de connivence avec la partie adverse » et en lat. eccl. « trahir, transgresser », est d'abord empl. au sens religieux et au XVIe s. au sens jur. « manquement aux devoirs de sa charge ». || ***prévarication*** (XIIe s.), empr. au lat. *praevaricatio* « intelligence avec la partie adverse » et en lat. eccl. « transgression de la loi » ; ***prévaricateur*** (XIIIe s.), empr. au lat. *praevaricator* « qui est de connivence avec la partie adverse ».

prévenir (XVe s.), empr. au lat. *praevenire* « prendre les devants, devancer, surpasser », comp. de *prae* « avant, devant » et *venire* « venir », est d'abord empl. en fr. au sens jur., sorti d'usage, de « citer en justice » ; les sens du fr. mod., d'une part « aller au-devant d'une chose pour en hâter l'accomplissement ou pour faire obstacle » et d'autre part « informer, mettre au courant de qq. ch. », se développent à partir du XVIe s. || ***prévenu*** (XVIe s.), surtout usuel comme adj. et subst. au sens de « accusé », provenant du sens ancien de *prévenir* ; au XVIIe s. « qui a des préventions » ; ***prévenant*** (XVIe s.), au XVIIIe s. « attentionné, obligeant » ; ***prévenance*** (XVIIIe s.) ; ***préventif***

(XIXe s.), dér. sav. du supin *praeventum* de *praevenire,* au sens de « qui tend à empêcher une chose fâcheuse de se produire » ; ***prévention*** (XIVe s.), empr. au lat. tard. *praeventio* « action de prévoir », à partir du XVIe s. au sens de « mesure de précaution » (*prévention routière*, XXe s.), au XVIIe s. au sens de « opinion préconçue défavorable, préjugé » ; ***préventorium*** (XXe s.), dér. sav. du supin *praeventum* de *praevenire,* sur le modèle de *sanatorium.*

prévoir (XIIIe s.), empr. au lat. *praevidere* « voir auparavant, prévoir », comp. de *prae* « avant, devant » et *videre* « voir », concurrencé en a. et m. fr. par *pourvoir* au sens de « concevoir, imaginer », spéc. à partir du XVIe s. au sens de « envisager les événements à venir et prendre les mesures nécessaires » ; au XVIIe s. « disposer, organiser d'avance ». || ***prévoyance*** (XVe s.), de l'a. fr. *porveance*, *pourvoyance*, refait d'après *prévoir*, est d'abord empl. au sens de « prévision » et au XVIe s. au sens du fr. mod. ; ***imprévoyance*** (XVIIe s.) ; ***prévision*** (XIIIe s.), empr. au lat. tard. *praevisio* « action de prévoir », spéc. au XIXe s. dans le voc. météorologique, économique, etc. ; ***prévisionnel*** (XIXe s.) ; ***prévisible*** (XIXe s.) ; ***imprévisible*** (XIXe s.) ; ***imprévu*** (XVIe s.), au XVIIIe s. comme subst.

prévôt (XIIe s.), du lat. *praepositus* « chef, officier », en lat. chrét. « chef d'une communauté de moines, de clercs », en lat. méd. « magistrat communal », part. pas. subst. de *praeponere* « placer devant, mettre à la tête », comp. de *prae* « avant, devant » et *ponere* « poser, placer », empl. au M. A. et sous l'ancien régime pour désigner des magistrats, des officiers chargés d'une juridiction ou des dignitaires ecclésiastiques ; *prévôt des marchands* (XIVe s.). || ***prévôté*** (XIIe s.), « fonction, juridiction du prévôt, circonscription où elle s'exerce ».

prévoyance, voir ***prévoir***.

prier (IXe s.), du lat. tard. *precare,* en lat. clas. *precari* « prier, supplier », dér. de *prex, precis* « demande, prière », empl. dès l'a. fr. au sens de « prier Dieu » et de « demander de manière pressante », au XVe s. au sens de « inviter à ». *Prier* a élim. l'a. fr. *orer* « prier ». || ***prie-Dieu*** (XVIIe s.) ; ***prière*** (XIIe s.), du lat. tard. *precaria* « charte de supplication, supplique », fém. subst. de l'adj. *precarius* « obtenu par prière » (voir ***précaire***), dér. de *preces,* plur. de *prex, precis* « prière » dont il a pris la place. Voir ***oraison***.

prieur (XIIe s.), empr. au lat. *prior* « le premier des deux », spéc. en lat. eccl., puis en fr. au sens de « supérieur (d'un couvent), abbé ». || ***prieuré*** (XIIe s.), empr. au lat. méd. *prioratus* « charge de prieur » et « maison régie par un prieur », seul sens en fr.

primaire (XVIIIe s.), doublet sav. de *premier*, empr. au lat. *primarius,* pour qualifier ce qui constitue la base, le premier degré de qq. ch. (*assemblées primaires, école primaire*) ou ce qui vient en premier (*ère primaire*) ; au XIXe s. au sens de « simpliste, peu cultivé » ; au XXe s. comme subst. au sens de *enseignement primaire.*

primat 1 (XIIe s.), empr. au lat. *primas,* « qui est au premier rang », dér. de *primus* « premier », spéc. en lat. eccl., puis en fr. comme titre honorifique attribué à certains prélats (*primat des Gaules*). || ***primatial*** (XVe s.), empr. au lat. méd. *primatialis.*

primat 2 (XIXe s.), terme du voc. philos. empr. à l'all. *Primat* « primauté intellectuelle, spirituelle », empr. au lat. *primatus* « prééminence, supériorité », dér. de *primus* « premier ».

primate (XVIIIe s.), empr. au lat. sav. *primates,* plur. de *primas*, désigne en fr. un « ordre de mammifères supérieurs » et par analogie un « être fruste, grossier » (XIXe s.). Voir ***primat 1***.

primauté (XIIIe s.), dér. sav. du lat. *primus* « premier » sur le modèle de mots comme *royauté*, est rare avant le

XVIe s. où il prend le sens de « prééminence, supériorité ».

prime 1 (XIIe s.), fém. de l'adj. de l'a. fr. *prin, prim* « premier », du lat. *primus* « premier », usuel comme subst. fém. en a. fr. au sens de « première des heures canoniales », est vieilli ou littér. en fr. mod. au sens de « premier » *(prime jeunesse, de prime abord).* || ***primer 1*** (XVIIe s.), dér. de *prime* au sens de « l'emporter sur » et de « exceller » ; ***primeur*** (XIIe s.), d'abord dans l'expres. *al primeur* « au commencement » ; datent du XVIIIe s. l'expres. *avoir la primeur* et l'emploi au plur. pour désigner des fruits et légumes précoces.

prime 2 (XVIIe s.), francisation de l'angl. *premium* « récompense, prix » et « prime d'assurance », du lat. *praemium* « avantage, prélèvement », d'abord empl. au sens de « somme payée à une compagnie d'assurance », les sens du fr. mod. se développant à partir du XVIIIe s. ; *chasseur de primes* (XIXe s.). || ***primer 2*** (XIXe s.) « récompenser par une prime, un prix ».

primerose (XIIIe s.), comp. de *prime 1* et de *rose* ; au XIXe s. « rose trémière ».

primesaut (XIIe s.), d'abord *de prin saut* « du premier bond, tout à coup », comp. de l'a. fr. *prim, prin* (voir ***prime 1***) et de *saut,* puis refait avec *prime.* || ***primesautier*** (XIIe s.), d'abord *prinsautier*, dér. de *prinsaut.*

primeur, voir ***prime 1***.

primevère (XIIe s.), d'abord *primevoire*, s. d. issu du lat. tard. *prima vera* « printemps », fém. de *primum ver,* de l'ablatif du lat. clas. *primo vere* « au début du printemps », parce que cette plante fleurit en cette saison.

primipare (XIXe s.), empr. au lat. *primipara* « femelle qui a mis bas pour la première fois », de *primus* « premier » et *parere* « enfanter ». Voir ***parent***.

primitif (XIVe s.), empr. au lat. imp. *primitivus* « premier-né, premier en date », spéc. en lat. chrét. au sens de « premier-né dans la foi », empl. en a. fr. au sens de « qui est à son origine, à ses débuts », le sens de « qui est proche de l'état de nature » se développant à partir du XVIIIe s. ; au XIXe s. dans le voc. des beaux-arts, comme adj. et subst. Depuis le XVIe s. *primitif* qualifie aussi « ce qui est la source, l'origine d'autre chose ».

primo (XIVe s.), empr. de l'adv. lat. *primo* « au commencement, d'abord », ablatif de *primus* « premier ».

primogéniture (XVe s.), empr. au lat. méd. *primogenitura* « aînesse », dér. du lat. *primogenitus* « premier-né », comp. de *primo-*, élém. issu de *primus* « premier » et de *genitus* « né », part. pas. de *gignere* « engendrer », empl. en fr. au sens de « antériorité de naissance entre frères et sœurs ».

primordial (XIVe s.), empr. au lat. chrét. tard. *primordialis* « primitif, originel », dér. du lat. clas. *primordium* « commencement, origine », comp. de *primus* « premier » et du rad. de *ordiri* « commencer » (voir ***ourdir***), est d'abord empl. en fr. au sens de « qui est le plus ancien, qui existe dès l'origine », au XIXe s. au sens courant de « de première importance, essentiel ».

prince (XIIe s.), empr. au lat. *princeps* « qui occupe la première place », comp. de *primus* « premier » et de *capere* « prendre », est d'abord empl. au sens de « qui possède une souveraineté », puis à partir du XVe s. au sens de « souverain », de « qui appartient à une famille royale, fils de roi », comme titre de noblesse (*princes de l'Eglise* au XVIe s.). Dès le XIIe s. *prince de mort, prince des ténèbres* désigne le démon. || ***princesse*** (XIIe s.), *aux frais de la princesse* « aux frais de l'Etat » (XIXe s.) ; ***princier*** (XVIe s.), au XIXe s. au sens fig. ; ***prince-de-galles*** (XXe s.), nom de tissu, tiré du nom propre *Prince de Galles* « fils aîné du roi d'Angleterre » ; ***principat*** (XIVe s.), empr. au lat. *principatus* « premier rang », puis « dignité impériale ».

principal (XIe s.), empr. au lat. *prin-*

cipalis « primitif, fondamental, capital », dér. de *princeps* « qui occupe la première place », empl. dès l'a. fr. au sens de « qui est le plus important (en parlant d'une ch., d'une pers.) » ; au XIIIe s. subst. masc. dans le voc. du droit « ce qui fait l'objet essentiel d'une action » ; au XVIIIe s. comme terme de gram.

principauté (XIIIe s.), altér., s. d. sous l'infl. de *royauté*, de l'a. fr. *principalité* « domination, puissance », du lat. tard. *principalitas* « primauté », dér. de *principalis* « principal », qui a pris au XIXe s. son sens usuel de « petit Etat indépendant » (*la principauté de Monaco*).

principe (XIIe s.), empr. au lat. *principium* « commencement, fondement, origine », dér. de *princeps* « qui occupe la première place », est attesté dès l'a. fr. au sens de « origine, première cause » et de « notion fondamentale » (*principes mathématiques*). Datent du XXe s. les empl. dans le voc. de la psychan. (*principe de plaisir, principe de réalité*). A partir du XIVe s. *principe* s'emploie aussi au sens de « règle de conduite, d'action » et se spécialise à partir du XVIIe s. au plur. au sens de « règles morales ».

printemps (XIIIe s.), comp. de l'a. fr. *prins* (voir ***prime 1***) et de *temps*, p.-ê. issu du lat. *primus tempus* « la bonne saison » et qui a élim. l'a. fr. *primever* « printemps », disparu au XVIe s. || ***printanier*** (XVIe s.).

priorité (XIVe s.), empr. au lat. méd. *prioritas* « préséance », dér. de *prior* « premier de deux », d'abord empl. au sens, sorti d'usage, de « primauté de rang », les sens du fr. mod. (« antériorité, importance préférentielle accordée à qq. ch., droit de passer avant les autres ») se développant à partir du XVIIIe s. || ***prioritaire*** (XXe s.).

prise, voir ***prendre***.

priser 1 (XIXe s.), « prendre, aspirer du tabac par le nez », dér. de *prise*. Voir ***prendre***.

priser 2 (XIe s.), d'abord *preisier*, du lat. tard. *pretiare* « estimer, accorder de la valeur à », de *pretium* « prix », est vieilli en fr. mod. au sens de « estimer » et littér. au sens de « attacher du prix à ». || ***priseur*** (XIIIe s.), conservé dans le comp. *commissaire-priseur* (XIXe s.), « officier public chargé des estimations d'objets mobiliers et des ventes aux enchères » ; ***mépriser*** (XIIe s.) ; ***mépris*** (XIVe s.). Voir ***apprécier***, ***déprécier***, ***précieux***, ***prix***.

prisme (XVIIe s.), empr. au lat. tard. *prisma*, du grec *prisma* « morceau de bois scié », et déjà spéc. comme terme de géométrie, est empl. au XVIIe s. en géométrie et en optique et au XVIIIe s. au sens fig. « élément transformant l'image du réel ». || ***prismatique*** (XVIIe s.).

prison (XIe s.), du lat. *pre(n)sionem*, acc. de *pre(n)sio* « action d'appréhender qqn au corps », contraction de *prehensio*, devenu *preison* puis *prison* sous l'infl. de *pris*, part. pas. de *prendre*, est usuel dès l'a. fr. aux sens, conservés en fr. mod., de « emprisonnement, captivité » et de « lieu de détention », le sens de « prisonnier » ayant disparu. || ***prisonnier*** (XIIe s.) ; ***emprisonner*** (XIIe s.) ; ***emprisonnement*** (XIIIe s.).

privé (XIe s.), du lat. *privatus* « particulier, individuel », subst. « simple particulier », est d'abord attesté, comme adj. et subst., au sens de « familier, intime » et à partir du m. fr. au sens de « qui n'a pas de part aux affaires publiques », puis « qui n'a pas de caractère officiel » ; *(détective) privé* (XIXe s.), calque de l'angl. *private detective*. || ***privauté*** (XIIIe s.), d'abord *priveté* (XIIe s.), refait sur le modèle de *royauté*, est usuel en fr. mod. au sens de « familiarité, liberté (de langage, de comportement) » ; ***privatiser*** (XXe s.) ; ***privatisation*** (XXe s.). Voir ***apprivoiser***, ***priver***.

priver (XIVe s.), empr. au lat. *privare* « ôter de, dépouiller », empl. dès l'a. fr. au sens de « ôter à qqn, à qq. ch., un bien, un avantage», *se priver de* (XVIe s.), d'abord «renoncer à», au XIXe s. «s'imposer des privations». ‖ ***privation*** (XIIIe s.); ***privatif*** (XVIe s.), terme de gram. et de droit, empr. au lat. *privativus.*

privilège (XIIe s.), empr. au lat. jur. *privilegium* «loi concernant un particulier», comp. de *privus* «privé» et *lex* «loi», empl. dès l'a. fr. comme terme jur. «avantage particulier accordé à une pers., à un groupe» et au sens fig. de «faveur particulière» et de «avantage naturel». ‖ ***privilégier*** (XIIIe s.); ***privilégié*** (XIIIe s.).

prix (XIe s.), du lat. *pretium* «valeur d'une chose» et «récompense, salaire», est usuel dès l'a. fr. au sens de «valeur commerciale d'une chose» et de «récompense accordée à celui qui réussit le mieux dans une compétition» (*distribution des prix, prix de Rome, Grand prix* au XIXe s.). Voir ***apprécier***, ***déprécier***, ***précieux***, ***priser 2***.

pro-, préf. issu de la prép. lat. *pro* (grec *pro*) «avant, devant» et qui marque en fr. l'antériorité spatiale et plus souvent temporelle ou l'idée qu'une chose, une personne est favorable à une autre (par opp. à *anti-*).

probable (XIIIe s., d'abord *proubable*), empr. au lat. *probabilis* «vraisemblable, plausible, estimable», dér. de *probare* «faire l'essai de», d'abord empl. au sens de «que l'on peut prouver», sens repris par *prouvable,* et à partir du m. fr. au sens mod. «qui a une apparence de vérité», puis «qu'il est raisonnable de supposer, de prévoir». ‖ ***probabilité*** (XIVe s.), empr. au lat. *probabilitas* «vraisemblance», dér. de *probabilis*; *calcul des probabilités* (XVIIIe s.); ***improbable*** (XVe s.); ***improbabilité*** (XVIIe s.); ***probant*** (XVIe s.), empr. au lat. *probans* «qui prouve», part. prés. de *probare*, rare avant le XVIIIe s. au sens de «qui est convaincant»; ***probation*** (XIVe s.), empr. au lat. *probatio* «épreuve, examen», dér. de *probare,* spéc. comme terme de religion et de droit pénal; ***probatoire*** (XVIe s.), en fr. mod. «qui est propre à prouver la capacité d'un candidat». Voir ***prouver***.

probe (XVe s.), empr. au lat. *probus* «de bonne qualité, honnête, vertueux», empl. en fr. au sens moral de «intègre, honnête». ‖ ***probité*** (XVe s.), empr. au lat. *probitas* «droiture, loyauté», dér. de *probus.*

problème (XIVe s.), empr. au lat. *problema* «problème, question à résoudre», du grec *probléma* «ce qu'on a devant soi, obstacle, problème», est empl. en fr. avec le sens du lat. dans le voc. philos. et relig., au XVIIe s. dans le domaine scientifique, au XVIIIe s. au sens de «difficulté qu'il faut résoudre» (*avoir des problèmes* XXe s.). ‖ ***problématique*** (XVe s.), empr. au lat. tard. *problematicus* (empr. au grec) au sens de «qui constitue un problème auquel on ne peut apporter de solution», au XVIIe s. au sens de «aléatoire, hypothétique»; au XXe s. subst. fém. *la problématique.*

procéder (XIVe s.), empr. au lat. *procedere* (de *pro* «avant, devant» et de *cedere* «s'avancer»), «aller en avant, progresser, procéder à une action judiciaire» et en lat. chrét. «émaner de», empl. à partir du XIVe s. au sens de «émaner de» (d'abord en théologie), de «opérer, agir de telle manière» et dans le voc. du droit. ‖ ***procédure*** (XIVe s.), usuel comme terme de droit et depuis le XXe s. au sens de «ensemble des procédés utilisés dans la conduite d'une opération complexe»; ***procédé*** (XVIe s.); ***procédurier*** (XIXe s.).

procès (XIIe s.), empr. au lat. *processus* «action de s'avancer, progrès», attesté en lat. méd. comme terme jur., empl. à partir du XIIIe s. au sens, vieilli ou littér. en fr. mod., de «développement, marche», au XXe s. en linguist. et au sens de «litige soumis à un tribunal». ‖ ***procès-verbal*** (XIVe s.).

processeur (XXe s.), francisation de

l'angl. *processor* « personne chargée de l'exécution d'une opération », puis « dispositif exécutant cette opération », de *to process* « traiter », empl. dans le voc. de l'électronique et de l'informatique.

procession (XIIe s.), empr. au lat. *processio* « action de s'avancer », puis « sortie solennelle », en lat. chrét. « cortège, procession », dér. du supin *processum* de *procedere* (voir ***procéder***), est usuel dès l'a. fr. au sens de « cortège de caractère religieux » et de « suite de personnes marchant à la file ». || ***processionnaire*** (XIVe s.), empr. au lat. méd. *processionarius* ; ***processionnel*** (XVIe s.).

processus (XVIe s.), empr. au lat. *processus* « progrès, procession » (voir ***procès***), d'abord empl. comme terme d'anatomie, à partir du XIXe s. dans le voc. didactique et au sens courant de « ensemble de phénomènes se déroulant dans le même ordre, manière de procéder ».

prochain (XIIe s.), du lat. vulg. **propeanus*, adj. dér. de l'adv. *prope* « près, auprès », a éliminé l'adj. de l'a. fr. *proisme* « ami, proche », dér. de *proximus* « le plus proche ». *Prochain* est usuel dès l'a fr. comme adj. au sens de « qui est proche dans l'espace, dans le temps », et de « qui est proche dans la parenté, la fraternité, l'amitié » ; en ce sens *prochain* a été remplacé par *proche*, sauf comme subst. ; au XIIe s., dans le voc. religieux (*le prochain* « le semblable »). || ***proche*** (XIIIe s.), adj., adv. et prép., dér. régressif de *prochain*, rare avant le XVIe s., est empl. comme adj., puis comme subst., pour exprimer la proximité dans la parenté, l'amitié (*les proches* XVIe s.), ainsi que la proximité spatiale et temporelle ; *de proche en proche* (XVIIe s.) ; ***approcher*** (XIe s.), empr. au lat. tard. *appropiare*, formé sur le rad. de *prope* avec infl. de *proche*. Voir ***approximation***, ***proximité***, ***reprocher***.

proclamer (XIVe s.), empr. au lat. *proclamare* « crier fortement, réclamer », comp. de *pro* « avant, devant » et *clamare* « appeler » (voir ***clamer***), empl. en fr. au sens de « annoncer publiquement » (au XVe s. *proclamer roi*) et par ext. de « annoncer, déclarer hautement ». || ***proclamation*** (XIVe s.), empr. au lat. *proclamatio* « cris violents », spéc. en lat. méd. au sens de « plainte en justice », est d'abord empl. au sens de « action de proclamer », au XVIIe s. au sens de « texte contenant ce qu'on proclame, avis ».

proclitique (XIXe s.), terme de linguistique, adaptation du grec mod. *proklitikos* « qui penche en avant ». Voir ***enclitique***.

proconsul (XVe s.), empr. au lat. *proconsul* « magistrat qui gouverne une province auprès du consulat », empl. comme terme d'antiq. rom. || ***proconsulat*** (XVIe s.), empr. au lat. *proconsulatus* « fonction de proconsul ».

procréer (XIVe s.), empr. au lat. *procreare* « produire, engendrer », au fig. « causer ». || ***procréation*** (XIIIe s.), empr. au lat. *procreatio* « action de procréer » ; ***procréateur*** (XVIe s.), empr. au lat. *procreator* « créateur ».

procurateur (XIIIe s.), empr. au lat. *procurator* « celui qui a soin pour un autre, qui administre », du supin *procuratum* de *procurare* (voir ***procurer***), empl. en fr. comme terme d'histoire.

procuration (XIIIe s.), empr. au lat. *procuratio* « action d'administrer », dér. du supin *procuratum* de *procurare*, attesté dès l'a. fr. au sens usuel du fr. mod. de « mandat, pouvoir donné par qqn à une personne pour agir en son nom » et de « écrit constatant un mandat », au XVIIIe s. *par procuration*.

procurer (XIIe s.), empr. au lat. *procurare* « donner ses soins à, s'occuper de », comp. de *pro* « avant, devant » et *curare* « avoir soin de », de *cura* « soin, administration », empl. jusqu'au XVIIe s. au sens de « prendre soin de », le sens du fr. mod. « faire obtenir qq.

ch. à qqn » se développant au XVe s. ; au XVIIIe s. *procurer une édition.* || ***procureur*** (XIIIe s.), spéc. dès l'a. fr. au sens jur., notamment pour désigner divers magistrats (*procureur de la République* XIXe s.) ; ***procure*** (XIIIe s.), au XVIIIe s. dans le voc. religieux.

prodige (XIVe s.), empr. au lat. *prodigium* « événement prodigieux, chose merveilleuse », d'abord empl. en fr. au sens de événement extraordinaire », au XVIIe s. « personne extraordinaire » et « chose surprenante », au XIXe s. *enfant prodige.* || ***prodigieux*** (XIVe s.), empr. au lat. *prodigiosus* « qui tient du prodige », dér. de *prodigium,* usuel au sens de « extraordinaire, surprenant ».

prodigue (XIIIe s.), empr. au lat. *prodigus* « gaspilleur, dissipateur » et « qui produit en abondance », au sens fig. « généreux », dér. de *prodigere* « dépenser avec profusion », empl. en fr. au sens de « gaspilleur » (au XVIe s. *enfant prodigue*) et au sens fig., au XVIIe s., de « généreux ». || ***prodiguer*** (XVIe s.), empr. au lat. *prodigere* « dépenser avec profusion », d'abord au sens de « dépenser sans compter », au XVIIe s. au sens fig. « donner généreusement » ; ***prodigalité*** (XIIIe s.), empr. au lat. tard. *prodigalitas* « caractère d'une personne prodigue ».

prodrome (XVIe s.), empr. au lat. *prodromus* « précurseur », du grec *prodromos* « qui court devant », empl. en fr. au sens de « signe précurseur » et spéc. au XVIIIe s. au sens de « premiers symptômes d'une maladie ».

produire (XIVe s.), empr. au lat. *producere* « conduire en avant », au fig. « présenter, provoquer, faire croître, procréer », comp. de *pro* « avant, devant » et de *ducere* « conduire », la forme *produire* étant refaite sur des verbes comme *conduire. Produire* est attesté dès le m. fr. au sens jur. « présenter une pièce, des témoins », aux sens de « présenter, faire connaître » (*se produire* au XVIe s.), de « causer, provoquer (un effet) » et spéc. « composer (une œuvre) », puis au sens de « donner naissance à », le sens de « donner un revenu » se développant à partir du XVIIIe s. ; au XXe s. « assurer la réalisation matérielle d'un film ». || ***production*** (XIIIe s.), dér. sav. de *produire,* d'abord attesté au sens jur., a suivi l'évol. du verbe ; ***productif*** (XVe s.), dér. sav. de *produire*, d'après le supin *productum* de *producere,* est d'abord empl. au sens de « qui produit, crée » et, à partir du XVIIIe s., dans le voc. de l'économie comme son dér. ***productivité*** (XVIIIe s.) ; ***producteur*** (XVe s.), dér. sav. de *produire,* spéc. à partir du XVIIIe s. dans le voc. de l'économie, au XXe s. dans le voc. du cinéma, sous l'infl. de l'angl. *producer* ; ***produit*** (XVIe s.), part. pas. subst. de *produire,* s'empl. d'abord au sens de « résultat d'une multiplication », à partir du XVIIe s. au sens de « gain », du XVIIIe s. au sens de « biens résultant de l'activité naturelle ou économique » et à partir du XVIIIe s. au sens de « ce qui résulte de qq. ch. » ; ***reproduire*** (XVIe s.), d'abord « produire de nouveau », au XVIIIe s. au sens de « répéter, rendre l'équivalent de (spéc. en art) », puis de « imiter l'apparence, les gestes, le comportement » ; ***reproduction*** (XVIIe s.) ; ***reproducteur*** (XVIIIe s.) ; ***coproduire***, ***coproduction*** (XXe s.).

proéminent (XVIe s.), empr. au lat. *proeminens,* part. prés. de *proeminere* « former un relief », du lat. clas. *prominere*, de même sens, empl. en fr. au sens de « saillant, bombé ». || ***proéminence*** (XVIIIe s.).

profane (XIIIe s.), empr. au lat. *profanus* « non consacré, qui n'est plus sacré » et par ext. « impie, non initié », comp. de *pro* et de *fanum* « lieu consacré, temple », est d'abord empl. comme adj. au sens de « qui n'est pas sacré », au XVIIe s. subst. « celui qui n'est pas initié (à un art, une science) » ; au XVIIIe s. *le profane,* par opp. au *sacré.* || ***profaner*** (XIVe s.), empr. au lat. *profanare* « rendre à l'usage profane » et « souiller », empl. au sens de « violer la sainteté des choses sacrées » et au sens fig. « avilir, souiller » ; ***profanation*** (XVe s.), empr. au lat. chrét. *profanatio*, dér. du supin *profanatum* de *profanare*, empl. en fr. au sens de « action de profaner les choses sacrées, les lieux saints » ; ***profanateur*** (XVIe s.), empr. au lat. *profanator*, de même sens.

proférer (XIIIe s.), empr. au lat. *proferre* « porter en avant, porter à la connaissance de », comp. de *pro* « avant, devant » et *ferre* « porter », empl. en fr. au sens de « prononcer » et spéc. « prononcer des paroles violentes, des menaces ».

profès (XIIe s.), empr. au lat. eccl. *professus* « qui a prononcé ses vœux » (voir ***professeur***), spéc. au sens religieux.

professer, voir ***profession***.

professeur (XIVe s.), empr. au lat. *professor* « celui qui se dit expert dans un art, une science », d'où « maître », dér. de *profiteri* « déclarer ouvertement », d'où « faire profession de », comp. de *pro* « avant, devant » et *fateri* « déclarer, publier », empl. en fr. au sens de « celui qui enseigne un art, une science ». || ***professoral*** (XVIIe s.) ; ***professorat*** (XVIIe s.).

profession (XIIe s.), empr. au lat. *professio* « déclaration publique, état, métier », dér. du supin *professum* de *profiteri* « déclarer ouvertement, se donner pour », d'abord empl. au sens de « déclaration publique » et au sens religieux, à partir du m. fr. au sens de « métier ayant un certain prestige », et au XVIIIe s. « ensemble des personnes exerçant le même métier ». || ***professer*** (XVIe s.), d'abord « déclarer, avouer publiquement », au XVIIe s. « enseigner en public » ; ***professionnel*** (XIXe s.) ; ***professionnalisme*** (XXe s.).

profil (XVIIe s.), empr. à l'ital. *profilo* « aspect d'un visage vu de côté », déverb. de *profilare* « représenter de côté » (voir ***filer***), qui a élim. l'a. fr. *porfil* « bordure » et spéc. « dessin ne donnant que les contours d'un visage » ainsi que le dér. *porfiler* « ourler, broder » ; au XXe s. « ensemble des traits caractéristiques d'une personne, d'une chose ». || ***profiler*** (XVIIe s.), « représenter de profil », au XVIIIe s. *se profiler*.

profit (XIIe s.), du lat. *profectus* « avancement, progrès », de *proficere* « avancer, faire des progrès », d'abord attesté en a. fr. sous la forme *pourfit*, empl. dès l'a. fr. au sens de « avantage, avantage pécuniaire » et « avantage moral ou intellectuel ». || ***profiter*** (XIIe s.), « procurer un avantage matériel ou moral », au XIIIe s. « faire des progrès », au XIVe s. *profiter de* « faire son profit d'une chose » ; ***profitable*** (XIIe s.) ; ***profiteur*** (XVIIe s.) ; ***profiterole*** (XVIe s.), « petit profit » et en fr. mod. « sorte de gâteau ».

profond (XIe s.), réfection sous l'infl. du lat. *profundus* « profond, dense, épais », de l'a. fr. *parfunt*, de même orig., d'abord attesté au sens propre, les sens fig. se développant en m. fr. || ***approfondir*** (XIIIe s.), au XVIIe s. au sens fig. ; ***profondeur*** (XIVe s.), au XVIe s. au sens abstrait.

profus (XVe s.), empr. au lat. *profusus*, part. pas. de *profundere* « répandre », vieilli ou littér. au sens de « qui se répand avec profusion » || ***profusion*** (XVe s.), empr. au lat. *profusio* « épanchement, prodigalité », empl. au sens courant de « abondance extrême ».

progéniture (XVe s.), dér. sav. du lat. *genitura* « génération, créature », avec infl. du lat. *progenies* « race, lignée », de *gignere* « engendrer », empl. à partir du XVIIe s. au sens de « descendance d'une personne, d'un animal ».

progestérone (XXe s.), empr. à l'all. *Progesterone*, comp. à partir de l'angl. *progestin*, premier nom de cette hormone. || ***progestatif*** (XXe s.), dér. sav. du lat. *progestare* « porter en avant ».

prognathe (XIXe s.), empr. à l'angl. *prognathous*, formé de *pro* « avant, devant » et du grec *gnathos* « mâchoire ».

programme (XVIIe s.), empr. au grec

programma « ce qui est écrit à l'avance, ordre du jour », comp. de *pro* « avant, devant » et *gramma* « ce qui est écrit », empl. en fr. au sens de « écrit annonçant le contenu d'une cérémonie, d'un spectacle », à partir du XVIIIe s. au sens de « exposé général d'intentions, de projets, d'objectifs politiques », et dans le voc. didactique (enseignement, art, sciences, informatique). || ***programmer***, ***programmation***, ***programmateur*** (XXe s.).

progrès (XVIe s.), empr. au lat. *progressus* « marche en avant, développement des choses, accroissement », dér. du supin *progressum* de *progredi* « aller en avant, avancer », empl. au sens fig. neut. de « développement, avancement » et de « amélioration » (au XVIIIe s. *le progrès*). || ***progresser*** (XIXe s.), également empl. au sens spatial de « avancer » dans le voc. milit. ; ***progressiste*** (XIXe s.) ; ***progression*** (XIIIe s.), empr. au lat. *progressio* « accroissement, développement », d'abord dans le voc. mathémat., et à partir du XVIIe s. au sens de « action de marcher » ; au XVIIIe s. au sens fig. « développement » ; ***progressif*** (XVe s.), d'abord « qui porte à avancer », au XVIIIe s. au sens de « qui s'effectue d'une manière régulière et continue », concurrencé au sens politique par *progressiste.*

prohiber (XVe s.), empr. au lat. *prohibere* « tenir éloigné, écarter, interdire », comp. de *pro* « avant, devant » et *habere* « avoir », empl. comme terme de droit « interdire légalement ». || ***prohibitif*** (XVIe s.), d'abord « qui interdit », au XXe s. en parlant d'un prix trop élevé ; ***prohibition*** (XIIIe s.), empr. au lat. *prohibitio* « interdiction, défense », spéc. à partir de la fin du XIXe s. sous l'infl. de l'angl. *prohibition,* pour désigner l'interdiction des boissons alcoolisées sur le territoire des Etats-Unis.

proie (XIIe s.), du lat. *praeda* « butin, dépouille, prise de chasse ou de pêche, gain, profit », empl. dès l'a. fr. au sens de « être vivant que capture un animal » et de « ce dont on s'empare par la force » ; au sens fig. à partir du XVIe s.

projection (XIVe s.), du lat. *projectio* « fait de jeter, saillie, avance », dér. du supin *projectum* de *projicere* « jeter en avant », empl. en m. fr. au sens de « action de jeter en avant », les emplois tech. se développant à partir du XVIIe s., spéc. en géom., et au XIXe s. en optique. || ***projectile*** (XVIIIe s.) ; ***projecteur*** (XIXe s.).

projeter (XIVe s.), réfection de l'a. fr. *porjeter* (XIIe s.) « jeter dehors, au loin », comp. de l'a. adv. *puer* « en avant, au loin » (du lat. *porro*, de même sens) et de *jeter* au sens de « concevoir un projet », est d'abord empl. au sens de « dresser un premier état », le sens du fr. mod. « concevoir un projet » se développant à partir du XVe s. ; à partir du XVIIIe s., sous l'infl. de *projection, projeter* s'emploie comme terme de géom., d'optique. || ***projet*** (XVe s.), d'abord au sens de « idée qu'on met en avant », puis à partir du XVIe s. au sens de « premier état d'un travail » ; au XVIIIe s. dans le voc. du droit et de la politique ; ***contre-projet*** (XVIIIe s.).

prolégomènes (XVIIe s.), mot sav. empr. au grec *prolegomena* « choses dites avant, préliminaires », part. pas. neut. plur. de *prolegein* « dire d'avance, annoncer ».

prolepse (XVIe s.), empr. au grec *prolepsis* « opinion que l'on se fait d'avance, préjugé », de *pro* et *lambanein* « prendre », empl. en fr. pour désigner une figure de rhétor. « anticipation ».

prolétaire (XIVe s.), empr. au lat. *proletarius* « citoyen de la dernière classe de la société romaine (qui n'était considéré comme utile que par les enfants qu'il engendrait) », dér. du lat. *proles* « race, lignée d'enfants », est rare en fr. avant le XVIIIe s. où il est synonyme de « pauvre, indigent », avant de prendre au XIXe s. son sens mod. dans la théorie marxiste où il s'oppose à *capitaliste* et à *bourgeois.* ‖ ***prolétariat*** (XIXe s.) ; ***prolétarien*** (XIXe s.).

prolifère (XVIIIe s.), terme sav. comp. des élém. *proli-*, du lat. *proles* « lignée, enfants », et de *-fère* « qui porte, qui produit » au sens de « qui se multiplie rapidement », spéc. en botan. et en biol. ‖ ***proliférer*** (XIXe s.), aussi usuel au sens fig. de « se développer, croître en importance » ; ***prolifération*** (XIXe s.), a suivi l'évol. du verbe ; ***prolifique*** (XVIe s.), au XVIIIe s. au sens du fr. mod. « qui se multiplie rapidement », au XIXe s. au sens fig. « très fécond ».

prolixe (XIVe s.), réfection de l'a. fr. *prolipse* depuis le lat. *prolixus* « qui dure longtemps, diffus, verbeux », issu de *proliquere* « couler », qui n'a gardé en fr. que le sens de « trop long (en parlant d'un discours, d'un écrit), bavard (d'une personne) ». ‖ ***prolixité*** (XIIIe s.), empr. au lat. tard. *prolixitas.*

prologue (XIIe s.), d'abord *prologe*, empr. au lat. *prologus* « prologue (d'une pièce de théâtre), préambule », du grec *prologos,* comp. de *pro* « avant, devant » et *logos* « discours », empl. dès l'a. fr. au sens de « texte introductif, entrée en matière », au XVIIe s. dans le voc. du théâtre.

prolonger (XIIIe s.), empr. au lat. chrét. *prolongare* « faire durer, allonger », comp. de *pro* « avant, devant » et de *longus* « long », d'abord empl. pour qualifier l'ext. dans le temps et à partir du XVIe s. dans l'espace. ‖ ***prolongement*** (XIIe s.), d'abord « action de retarder, de différer », puis « action d'augmenter la durée d'une chose » et au XVIIIe s., « ce par quoi un événement, une activité se prolonge » ; au XVIIIe s. *dans le prolongement de* ; ***prolonge*** (XIVe s.), spéc. dans le voc. de l'artillerie « voiture servant au transport du matériel » ; ***prolongation*** (XIIIe s.), empr. au lat. chrét. *prolongatio* au sens de « action de prolonger dans le temps », au XXe s. *jouer les prolongations (*football).

promener, **promenade**, voir ***mener***.

promettre (Xe s.), francisation, d'après *mettre*, du lat. *promittere* « assurer, garantir » de *pro* et *mittere (*voir ***mettre***), empl. dès l'a. fr. au sens de « s'engager à qq. ch. » et de « sembler annoncer qq. ch. » ; au XVIe s. en emploi absolu « donner de grandes espérances ». ‖ ***prometteur*** (XIIe s.) ; ***promis*** (XVIe s.), ***promise*** (XVIIIe s.) « fiancé, fiancée » ; au XVe s. *terre promise* ; ***promesse*** (XIIe s.), empr. au lat. tard. *promissa* « action de s'engager sur qq. ch. », du part. pas. neut. *promissum* de *promittere,* a élim. l'a. fr. *promission* (XIIe s.).

promiscuité (XVIIIe s.), dér. sav. de l'adj. lat. *promiscuus* « mêlé, indistinct, confondu », comp. de *pro* et *miscere* « mélanger ».

promontoire (XIIIe s.), empr. au lat. méd. *promontorium,* en lat. clas. *promuntorium*, de *prominere* « faire saillie » (voir ***proéminent***).

promotion, voir ***promouvoir***.

promouvoir (XIIIe s.), empr. au lat. *promovere* « pousser en avant, faire avancer », au sens fig. « élever à un grade supérieur », empl. en fr. au sens de « élever qqn à un grade, une dignité », et repris au XXe s. au sens ancien de « encourager, soutenir », dans le voc. de la recherche et du marketing. ‖ ***promoteur*** (XIVe s.), empr. au lat. méd. *promotor*, au XXe s. *promoteur immobilier* ; ***promotion*** (XIVe s.), empr. au lat. *promotio* au sens conservé en fr. de « accession à un grade plus élevé », au XXe s., sous l'infl. de l'anglo-améric. *promotion*, dans le voc. du commerce « développement, publicité des ventes, baisse des prix ».

prompt (XIIe s.), empr. au lat. *promptus* « prêt, disposé à », part. pas. de *promere* « faire sortir, exprimer », d'abord empl. dans le voc. religieux au sens de « enclin au péché », en m. fr. au sens mod. de « qui met peu de temps à ce qu'il fait, rapide », puis « qui comprend vite » et « qui passe vite (en parlant d'une chose) ». || ***promptitude*** (XVᵉ s.), empr. au lat. tard. *promptitudo* « zèle, empressement précipité », a suivi l'évol. de l'adj.

prompteur (XXᵉ s.), empr. à l'angl. *prompter* « instigateur, incitateur », de *to prompt* « inciter à l'action, assister », comme terme spéc. dans le voc. de la télévision au sens de « appareil faisant défiler un texte sur écran au-dessus d'une caméra ».

promulguer (XIVᵉ s.), empr. au lat. *promulgare* « publier, afficher (une loi) », empl. en fr. dans le voc. du droit et de la religion. || ***promulgation*** (XIVᵉ s.), empr. au lat. *promulgatio* « publication ».

prône (XIᵉ s.), du lat. vulg. **protinum,* du lat. tard. *protirum,* de *propthyra*, plur. neut., empr. au grec *prothuron* « espace devant la porte, vestibule », empl. en fr. pour désigner la grille séparant dans une église le chœur de la nef ; au XVᵉ s. au sens courant « prêche du dimanche ». || ***prôner*** (XVIᵉ s.), d'abord « prêcher », au XVIIᵉ s. au sens fig. « vanter, préconiser ».

pronom (XIVᵉ s.), empr. au lat. *pronomen* « pronom », de *pro* et de *nomen* « nom », empl. comme terme de gram. || ***pronominal*** (XVIIIᵉ s.), empr. au lat. tard. *pronominalis.*

prononcer (XIIᵉ s.), empr. au lat. *pronuntiare* « annoncer à haute voix, proclamer, publier », de *pro* et *nuntiare* « faire savoir, annoncer », empl. dès l'a. fr. au sens de « déclarer », qui subsiste en droit (*proclamer un jugement*), en m. fr. au sens de « décider, trancher » (au XVIIIᵉ s. *se prononcer sur*), et dès l'a. fr. au sens de « proférer, énoncer en articulant » ; au XVIᵉ s. « dire à haute voix (un discours, etc.) ». || ***prononciation*** (XIIIᵉ s.), empr. au lat. *pronuntiatio* « publication, sentence », en lat. tard. « prononciation », d'abord empl. au sens de « jugement, arrêt » et au XVᵉ s. « manière dont un mot est prononcé », puis « manière d'articuler ».

pronostic (XIIIᵉ s.), empr. au lat. tard. *prognosticus* « de pronostic », empr. au grec *prognostika,* du verbe *progignoskein* « connaître d'avance », empl. en a. fr. au sens de « signe permettant de conjecturer l'avenir », en m. fr. au sens de « conjecture, prévision », spéc. à partir du XIVᵉ s. en médecine. || ***pronostiquer*** (XIVᵉ s.).

pronunciamento (XIXᵉ s.), mot esp. signifiant « déclaration », de *pronunciar* (même orig. que *prononcer*), empr. en fr. pour désigner une insurrection militaire.

propagande (XVIIᵉ s.), francisation du lat. mod. *Congregatio de propaganda fide* « Congrégation pour propager la foi », par ellipse *propagande, propaganda* étant l'adj. verbal au fém. du lat. *propagare* (voir **propager**) ; le mot a d'abord été repris dans un contexte religieux et au XVIIIᵉ s. au sens courant du fr. mod. || ***propagandiste*** (XVIIIᵉ s.).

propager (XVᵉ s.), empr. au lat. *propagare* « provigner, perpétuer, faire durer », comp. de *pro* et de *pagare, pangere* « enfoncer, planter », empl. à partir du XVIIIᵉ s. au sens de « répandre, multiplier » au propre et au fig. || ***propagation*** (XIIIᵉ s.), empr. au lat. *propagatio* « provignement, extension, prolongation », d'abord empl. au sens de « multiplication par voie de génération », les autres sens se développant à partir du XVIIᵉ s. ; ***propagateur*** (XVᵉ s.), empr. au lat. *propagator.*

propédeutique (XIXᵉ s.), empr. à l'all. *Propädeutik* « enseignement préparatoire en vue d'études plus approfondies », formé d'après le grec *propaideuein* « enseigner auparavant ».

propension (XVIᵉ s.), empr. au lat. *propensio* « penchant », dér. du supin *propensum* de *propendere* « être penché vers » et « avoir une tendance à », empl. en fr. au sens de « tendance naturelle ».

prophète (Xe s.), empr. au lat. chrét. *propheta* « devin qui prédit l'avenir » et, dans la Bible, « homme inspiré par Dieu », du grec *prophêtês* « interprète d'un dieu », de *prophanai* « dire d'avance », comp. de *pro* et *phanai* « rendre visible par la parole », est attesté dès l'a. fr. au sens biblique et au sens courant de « personnage qui annonce l'avenir par conjecture ». || ***prophétie*** (XIIe s.), empr. au lat. chrét. *prophetia,* empl. dès l'a. fr. au sens de « prédiction faite par inspiration divine » et de « conjecture » ; ***prophétique*** (XIVe s.), empr. au lat. chrét. *propheticus* « qui concerne un prophète » ; ***prophétiser*** (XIIe s.), empr. au lat. chrét. *prophetizare,* de même sens que le mot. fr., du grec *prophêtizein* « prophétiser » ; ***prophétisme*** (XIXe s.).

prophylactique (XVIe s.), du grec *prophulaktikos* « de précaution, de préservation », de *prophulassein* « prendre des précautions contre », spéc. dans le voc. médical. || ***prophylaxie*** (XVIIIe s.).

propice (XIIe s.), empr. au lat. *propitius* « bienveillant, favorable », en lat. chrét. « qui pardonne (en parlant de Dieu) », empl. dès l'a. fr. au sens de « bienveillant » (en parlant d'une personne), au XIVe s. « favorable » (en parlant d'une chose). || ***propitiation*** (XIIe s.), empr. au lat. *propitiatio* « sacrifice expiatoire », en lat. chrét. « expiation, moyen d'expiation », de *propitiare* « rendre favorable », formé sur *propitius*, empl. en fr. dans le voc. religieux ; ***propitiatoire*** (XIIe s.), empr. au lat. chrét. *propitiatorium* « lieu de propitiation », usuel en fr. à partir du XVIe s. comme adj. d'abord au sens religieux de « rite destiné à rendre la divinité propice ».

proportion (XIIIe s.), empr. au lat. *proportio* « proportion, analogie », comp. de *pro* et de *portio* « part, rapport », empl. dès l'a. fr. au sens de « rapport de grandeur entre les parties d'une chose, entre une des parties et le tout ». || ***disproportion*** (XVIe s.) ; ***proportionner*** (XIVe s.) ; ***proportionnalité*** (XIVe s.), empr. au lat. tard. *proportionalitas,* de même sens ; ***proportionnel*** (XIVe s.), empr. au lat. tard. *proportionalis* « proportionné ».

proposer (XIIe s.), empr. avec francisation d'après *poser* du lat. *proponere* « placer devant les yeux, présenter », au sens fig. « annoncer, offrir une récompense, avoir pour dessein », empl. dès l'a. fr. au sens, littér. en fr. mod., de « placer devant les yeux (comme modèle) », de « projeter, avoir l'intention de » (*se proposer de* au XVe s.), de « faire connaître à qqn », puis de « soumettre un choix, un projet à l'acceptation de qqn » ; au XVIIe s. « offrir (en mariage, pour un emploi) ». || ***propos*** (XIIIe s.), déverb. de *proposer,* d'abord au sens de « intention, projet » (conservé dans l'expres. *ferme propos, de propos délibéré*), au XVIe s. « mots échangés dans une conversation » ; *à propos* (XVe s.) « de manière opportune », au XVIe s. *à propos de* « au sujet de », *à ce propos ;* ***proposition*** (XIIe s.), empr. au lat. *propositio* « action de présenter », en logique « exposé d'un sujet », en gram. « phrase, proposition », en lat. tard. « dessein, intention, suggestion », d'abord empl. en fr. au sens, disparu, de « dessein » et au sens de « ce que l'on propose, soumet au consentement » et de « texte proposé », est spéc. en logique, et à partir du XVIe s. en théologie, au XVIIe s. en gram. et en mathémat. ; *faire des propositions à une femme* (XVIIIe s.) ; ***contre-proposition*** (XVIIIe s.).

propre (XIIe s.), empr. au lat. *proprius* « qui n'appartient qu'à soi, spécial, caractéristique », empl. dès l'a. fr. au sens de « qui appartient en propre » (*nom propre, bien propre*) et au sens, rare avant le XVIIe s., de « net, soigné, élégant » ; au XIXe s. au sens de « qui se lave avec soin ». || ***propreté*** (XVIe s.), d'abord « manière convenable de s'habiller, de présenter certaines choses », a suivi l'évol. de *propre* ; ***malpropre*** (XVe s.), d'abord

« inapte », sens repris par ***impropre*** (XIVe s.), empr. au lat. gram. *improprius,* d'abord empl. au sens de « qui ne convient pas » (en parlant d'un mot) ; ***approprier*** (XIIIe s.), empr. au lat. *appropriare* au sens vieilli de « attribuer en propre », au XVIe s. *s'approprier* « faire sien ».

propriété (XIIe s.), empr. au lat. jur. *proprietas* « caractère propre, spécifique » et en lat. imp. « droit de possession, chose possédée », est d'abord empl. en fr. au sens jur., à partir du XVe s. au sens de « bien-fonds (terre, maison) » ; au XIIIe s. au sens de « qualité propre d'un être, d'une chose ». || ***impropriété*** (XVe s.), empr. au lat. *improprietas,* empl. au sens de « incorrection langagière » ; ***propriétaire*** (XIIIe s.), empr. au lat. jur. tard. *proprietarius* « ce qui appartient à qqn », comme subst. « celui qui possède un bien », empl. au sens de « celui qui possède qq. ch. en propre », puis de « celui qui possède un bien immeuble » ; ***exproprier*** (XVIIe s.) ; ***expropriation*** (XVIIIe s.).

propulsion (XVIIe s.), dér. sav. sur le modèle de *impulsion* du lat. *propulsus,* part. pas. de *propellere* « pousser devant soi », est rare jusqu'au XIXe s. || ***propulser*** (XVIe s.), empr. au lat. *propulsare* « repousser », empl. au sens concret, fam. en fr. mod. au sens fig.

prorata (XIVe s.), empr. au lat. *pro rata* « selon la part déterminée », conservé dans la loc. *au prorata de* « à proportion de ».

proroger (XIVe s.), empr. au lat. *prorogare* « prolonger les pouvoirs de », d'abord empl. dans le voc. du droit, au XVIIe s. dans le voc. polit., empr. à l'angl. *to proroge* « suspendre les séances (d'une assemblée) pendant un certain temps ». || ***prorogation*** (XIVe s.), empr. au lat. *prorogatio* « délai, ajournement ».

proscrire (XIIe s.), empr. d'après *écrire* au lat. *proscribere* « publier par voie d'affiche, mettre sur les listes de proscription », dér. de *scribere* « écrire », est d'abord empl. en ce sens, au XVIIe s. au sens fig. « rejeter, supprimer ». || ***proscrit***, subst. (XVIe s.) ; ***proscription*** (XVe s.), empr. au lat. *proscriptio* « affichage » et « condamnation à mort sans forme judiciaire ».

prose (XIIIe s.), empr. au lat. imp. *prosa* « forme du discours non soumise aux lois de la versification », subst. de l'adj. *prosus* « qui va en ligne droite » dans l'expres. *prosa oratio* « discours qui va en droite ligne », empl. en ce sens dès l'a. fr. || ***prosaïque*** (XVe s.), empr. au lat. tard. *prosaicus* « écrit en prose », dér. de *prosa,* d'abord empl. en ce sens, au XVIIIe s. au sens fig. « ordinaire, vulgaire » ; ***prosaïsme*** (XVIIIe s.) ; ***prosateur*** (XVIIe s.), empr. à l'ital. *prosatore* « qui écrit en prose ».

prosélyte (XIIIe s.), empr. au lat. eccl. *proselytus* « païen converti au judaïsme », du grec *prosélutos* « nouveau venu, étranger, nouveau converti », d'abord empl. au sens du lat., au XVIIIe s. au sens de « personne récemment gagnée à une cause, une opinion ». || ***prosélytisme*** (XVIIIe s.).

prosodie (XVIe s.), empr. au lat. *prosodia* « accent tonique ou mélodique », du grec *prosodia* « chant pour accompagner la lyre » et spéc. « prononciation d'une syllabe accentuée », empl. en fr. comme terme de gram. au sens de « prononciation régulière des mots selon l'accent et la quantité », spéc. en métrique et au XXe s. en linguistique. || ***prosodique*** (XVIIIe s.).

prosopopée (XVIe s.), terme de rhétor., empr. au lat. *prosopopeia,* du grec *prosopopoiia* « action de faire parler un personnage dans un récit », dér. de *prosopopoiein* « personnifier ».

prospecter (XIXe s.), empr. à l'anglo-améric. *to prospect* « regarder en avant, de loin », spéc. au sens de « examiner (un terrain) pour rechercher des gisements miniers », au XXe s. au sens fig. || ***prospection*** (XIXe s.), a suivi l'évol. du verbe ; ***prospecteur*** (XIXe s.).

prospectif (XVe s.), empr. au lat. tard. *prospectivus* « qui permet de voir au loin », de *prospicere* « regarder de loin », d'abord empl. dans l'expres. *science prospective* « optique », est utilisé au XIXe s. au sens de « tourné vers le futur » et comme subst. fém. *la prospective.*

prospectus (XVIIIe s.), empr. au lat. *prospectus* « action de regarder devant, au loin », dér. de *prospicere* « regarder en avant » et qui a donné au XVIe s. *prospect* « vue, perspective » ; *prospectus* a d'abord été employé comme terme de librairie « document d'annonce d'un livre », au XIXe s. au sens mod.

prospère (XIVe s.), empr. au lat. *prosper* et *prosperus* « heureux, propice, favorable », empl. au sens de « dont l'état est florissant », sens usuel du fr. mod., et au sens, vieilli ou littér. en fr. mod., de « propice ». ‖ ***prospérité*** (XIIe s.), empr. au lat. *prosperitas* dér. de *prosper* ; ***prospérer*** (XIVe s.), empr. au lat. *prosperare* « rendre prospère » et en lat. tard. « prospérer, réussir ».

prostate (XVIe s.), empr. au grec *prostatés* « qui se tient devant », spéc. en anat.

prosterner (se) (XIVe s.), empr. au lat. *prosternere* « coucher en avant, renverser » et pronom. « s'incliner en signe de respect, de soumission », est empl. jusqu'au XIXe s. comme verbe transitif « abattre, renverser » et à partir du XVe s. comme pronom., emploi usuel en fr. mod. ‖ ***prosternation*** (XVIe s.).

prostituer (XIVe s.), empr. au lat. *prostituere* « placer devant, exposer aux yeux », au sens fig. « déshonorer, salir », d'abord empl. en fr. au sens de « déshonorer qq. ch. par l'usage indigne qu'on en fait », et spéc. au XVIIe s. en parlant d'un écrivain ; à partir du XVIe s. au sens de « livrer à la débauche » et comme pronom. ‖ ***prostituée*** (XVIe s.) ; ***prostitution*** (XIIIe s.), empr. au lat. chrét. *prostitutio* « profanation, prostitution », dér. du supin *prostitutum* de *prostituere*, au XVIIe s. au sens courant du fr. mod. « action de se prostituer pour de l'argent » ; à partir du XVIe s. au sens fig.

prostré (XIIIe s.), empr. au lat. chrét. *prostratus* « prosterné », part. pas. de *prosternere* (voir ***prosterné***), d'abord empl. au sens, disparu, de « prosterné », au XIXe s. au sens médical « abattu, sans force ». ‖ ***prostration*** (XIVe s.), empr. au lat. chrét. *prostratio*, a suivi l'évol. de l'adj.

protagoniste (XVIIIe s.), empr. au grec *protagonistés* « celui qui a le rôle principal dans une pièce de théâtre », comp. de *protos* « le premier » et de *agonistés* « athlète, homme qui lutte par la parole, par l'action », dér. de *agonizesthai* « lutter, combattre ». Voir ***agonie***.

protase (XVIIe s.), empr. au lat. *protasis*, lui-même empr. au grec, empl. à partir du XVIIIe s. dans le voc. de la rhétor., puis de la gram.

prote (XVIIe s.), d'abord *proto*, empr. à l'ital. *proto* « celui qui dirige les travaux dans une imprimerie », empr. au grec *protos* « premier ».

protéger (XIVe s.), empr. au lat. *protegere* « couvrir en avant, abriter », au sens fig. « garantir », comp. de *pro* et *tegere* « couvrir », est rare avant le XVIIe s. au sens de « défendre qqn, qq. ch. contre un danger, un risque » ; *se protéger* (XVIIIe s.) ; *protéger* s'emploie à partir du XVIIe s. au sens de « faciliter la carrière, les intérêts de qqn », d'où au XIXe s. le sens de « entretenir une femme » et au XVIIIe s. le sens de « encourager, favoriser une activité, les sciences, les arts ». ‖ ***protection*** (XIIIe s.), empr. au lat. tard. *protectio* « abri, défense », spéc. en lat. chrét. au sens de « assistance de Dieu », empl. en fr. au sens de « action de défendre, de protéger », au XVIIe s. comme terme d'écon. polit. ; ***protectionnisme*** (XIXe s.) ; ***protectionniste*** (XIXe s.) ; ***protecteur*** (XIIIe s.), empr. au lat. tard. *protector* « celui qui protège, garde du corps », empl. comme adj. et comme subst. ; ***protectorat*** (XVIIIe s.), dér. sav. de *protecteur,* d'abord attesté pour désigner la dignité de *protecteur* (en parlant de Cromwell), au XIXe s. comme terme de droit international.

protéiforme (XVIIIe s.), dér. du nom de *Protée*, dieu marin qui avait le don de se métamorphoser, et de l'élém. *-forme.*

protéine (XIXe s.), terme de biochimie formé sur le grec *proteios* « qui occupe le premier rang », de *protos* « premier » et du suff. *-ine.* || ***protide*** (XIXe s.), formé sur le rad. de *protéine.*

protester (XIVe s.), empr. au lat. imp. *protestare* « déclarer hautement, attester, témoigner », est d'abord empl. en fr. au sens, disparu, de « s'engager solennellement », puis de « attester avec une certaine solennité (*protester de son innocence*) » et à partir du XVIIe s. au sens de « exprimer vivement son opposition ». || ***protêt*** (XVe s.), d'abord *protest* « déclaration, affirmation », spéc. à partir du XVIIe s. en droit commercial ; ***protestant*** (XVIe s.), part. prés., adj. et subst. de *protester*, empl. sous l'infl. de l'all. *Protestant* pour désigner d'abord les partisans de Luther, et qui a été concurrencé jusqu'au XVIIe s. par *huguenot* ou *réformé* ; ***protestantisme*** (XVIIe s.) ; ***protestation*** (XIIIe s.), empr. au lat. tard. *protestatio* « assurance, déclaration », usuel dès l'a. fr. au sens de « déclaration solennelle » et au sens du fr. mod. « opposition à une demande » ; à partir du XVe s. « écrit exprimant cette opposition », d'abord dans le voc. du droit.

prothèse (XVIIe s.), empr. au grec *prothésis* « action de poser devant, sur, contre » et terme de gram., empl. en fr. comme terme médical.

protide, voir ***protéine***.

prot(o)-, élém. tiré du grec *protos* « premier », empl. comme premier élém. de nombreux noms et adj. au sens de « qui se situe au commencement » ou « qui est immédiatement antérieur ».

protocole (XIVe s.), empr. au lat. méd. *protocollum* « minute de contrat, registre de chancellerie, acte original », du grec tard. *protokollon* désignant une feuille collée aux chartes pour les authentifier, d'abord empl. au sens de « registre authentique » et à partir du XIXe s. au sens de « document diplomatique constituant le procès-verbal d'une réunion, le texte d'un accord », de « recueil de règles à observer en matière d'étiquette, de préséances » et dans le voc. de la médecine (*protocole opératoire*), de l'imprimerie, de l'informatique. || ***protocolaire*** (XXe s.).

proton (XXe s.), terme de physique nucléaire, empr. à l'angl. *proton*, forme simplifiée de *prouton*, p.-ê. formé d'après le nom du chimiste *W. Prout* croisé avec le grec *proton,* neut. subst. de *protos* « premier ».

prototype (XVIe s.), empr. au lat. tard. *prototypos* « forme primitive », empr. au grec *prototupos* « primitif », comp. de *protos* « premier » et *tupos* (voir **type**), empl. au sens de « modèle premier, premier exemplaire ».

protubérant (XVIe s.), empr. au lat. tard. *protuberans,* part. prés. de *protuberare* « devenir saillant », comp. de *pro* et *tuberare* « se gonfler ». || ***protubérance*** (XVIIe s.).

prou (XIe s.), d'abord *prod*, emploi comme adv. au sens de « beaucoup, assez », du subst. de l'a. fr. *pro* (XIe s.), « profit, avantage », issu du lat. tard. *prode* « profit », conservé en fr. mod. dans la loc. littér. *peu ou prou* « plus ou moins ».

proue (XIIIe s.), d'orig. incert., p.-ê. empr. à l'a. génois *proa,* issu par dissimilation du lat. *prora* « proue », empr. au grec *prora*, de même sens.

prouesse, voir ***preux***.

prouver (XIIe s.), du lat. *probare* « éprouver, prouver, approuver », dér. de *probus* (voir **probe**), empl. dès l'a. fr. au sens de « démontrer, apporter la preuve de » et de « être le signe de ». || ***preuve*** (XIIe s.), d'abord *prueve,* issu des formes toniques *(il prueve)* du verbe en a. fr. ; ***éprouver*** (XIIe s.) ; ***épreuve*** (XIIe s.), déverb. de *éprouver,* d'abord au sens de « souffrance, danger qui éprouve », à partir du XVe s. « opération par laquelle on juge les qualités d'une chose ou d'une personne » ; au XVIIe s. dans le voc. de l'imprim. et de la gravure, au XIXe s. dans celui de la photographie ; ***éprouvette*** (XVIe s.), « sonde médicale », au XVIIe s. au sens courant de « tube à essai ». Voir ***approuver***, ***probe***.

provençal (XIIe s.), dér. avec le suff. *-al* de *Provence* (XIe s.), forme sav. issue du lat. *Provincia.* Voir **province**.

provende (XIe s.), du lat. tard. *provenda* « distribution occasionnelle d'aliments » et « vivres distribués aux pauvres », s. d. altér. du lat. tard. *praebenda*, empl. en fr. au sens, vieilli ou littér. en fr. mod., de « provision de vivres pour une personne ». Voir ***prébende***.

provenir (XIIIe s.), empr. au lat. *provenire* « venir en avant », d'où « naître, éclore » et « se produire, avoir lieu », empl. dès l'a. fr. au sens de « venir de, tirer son origine de ». || ***provenance*** (XIIIe s.), au XIXe s. au sens de « endroit d'où vient un produit, une chose » (au XXe s. *en provenance de*).

proverbe (XIIe s.), empr. au lat. *proverbium* « dicton, adage », comp. de *pro* et *verbum* (voir **verbe**), dans la langue biblique « énigme, comparaison, parabole », empl. dès l'a. fr. au sens courant du fr. mod., au XVIIIe s. « petite comédie illustrant un proverbe ». || ***proverbial*** (XVe s.), empr. au lat. tard. *proverbialis*, de même sens.

providence (XIIe s.), empr. au lat. *providentia* « prévision, prévoyance, prévoyance divine », dér. de *providere* « voir en avant, prévoir, pourvoir à », spéc. dès l'a. fr. dans le voc. religieux « suprême sagesse de Dieu », les sens anciens de « vues pour l'avenir » et de « prudence » étant repris par *prévision* et *prévoyance* ; à partir du XVIIe s. au sens fig. *être la providence de qqn.* || ***providentiel*** (XVIIIe s.), dér. de *providence* d'après l'angl. *providential.*

provigner, voir ***provin***.

provin (XIIIe s.), d'abord *provain,* du lat. *propaginem,* acc. de *propago* « marcotte, bouture », dér. de *propagare* (voir ***propager***) au sens de « propager par bouture », empl. en fr. au sens spéc. de « sarment de vigne ». || ***provigner*** (XIVe s.), réfection de l'a. fr. *provainier* « marcotter une vigne » et au sens fig. « multiplier, accroître », dér. de *provin.*

province (XIIe s.), empr. au lat. *provincia* « circonscription territoriale gouvernée par un proconsul », empl. en lat. méd. dans le voc. de l'admin. eccl. « district d'un évêque métropolite » et dans celui de l'admin. franque « circonscription territoriale » et comme nom propre pour désigner la *Provence*, première province romaine de Gaule ; dès l'a. fr. *province* est attesté au sens de « circonscription ecclésiastique », de « contrée, pays » et de « circonscription territoriale, Etat », l'emploi de *province* par opp. à *Paris* se développant à partir du XVIIe s. || ***provincial*** (XIIIe s.), empr. au lat. *provincialis* « de province, des provinces », d'abord attesté comme adj et subst dans l'admin. eccl., puis dans l'admin. laïque, a suivi l'évol. de *province* ; ***provincialisme*** (XVIIIe s.).

proviseur (XIIIe s.), empr. au lat. *provisor* « celui qui pourvoit à », dér. du supin *provisum* de *providere* « pourvoir à », spéc. en lat. chrét. au sens de « protecteur, abbé » et de « intendant, économe », est d'abord empl. en a. fr. au sens de « chef d'un hospice », à partir du XVIIe s. au sens de « chef de certaines corporations, de certaines maisons de l'Université, le sens mod. de « directeur d'un lycée » se développant au XIXe s.

provision (XIIIe s.), empr. au lat. *provisio* « action de prévoir, action de pourvoir à », dér. du supin *provisum* de *providere* « pourvoir à », empl. en a. fr. au sens de « attribution d'un salaire », puis au sens courant de « réunion de choses utiles à l'entretien, à la subsistance, à la défense », d'où au XVIe s. le sens de « achat de choses nécessaires à la vie » ; à partir du XIVe s. *provision* s'emploie également dans le voc. jur. au sens de « somme versée par le juge au créancier » et de « acompte, avance versée à un avocat ». || ***approvisionner*** (XVIe s.) ; ***approvisionnement*** (XVIIe s.) ; ***provisionnel*** (XVIe s.).

provisoire (XVe s.), dér. sav. du lat. *provisum,* supin de *providere* « prévoir, pourvoir à », d'abord empl. dans le voc. jur. ; au XVIIIe s. au sens courant de « qui existe, qui se fait en attendant autre chose ».

provoquer (XIIe s.), empr. au lat. *provocare* « appeler dehors, exciter à, défier », comp. de *pro* et *vocare* « appeler », est usuel dès l'a. fr. au sens de « inciter, pousser qqn par une sorte de défi ou d'appel ». || ***provocant***, usuel à partir du XVIIIe s. au sens de « agressif » et de « aguichant » ; ***provocation*** (XIIIe s.), empr. au lat. *provocatio* « appel, défi », usuel à partir du XVIe s. au sens du fr. mod. ; ***provocateur*** (XVIe s.), empr. au lat. *provocator* « celui qui défie ».

proxénète (XVIe s.), empr. au lat. *proxeneta* « celui qui s'entremet pour un marché, courtier », du grec *proxénétés,* de même sens, d'abord empl. au sens de « courtier », le sens péj. se développant à partir du XVIe s. || ***proxénétisme*** (XIXe s.).

proximité (XVe s.), empr. au lat. *proximitas* « voisinage », au fig. « affinité, ressemblance », dér. de *proximus* « le plus proche », a supplanté l'a. et m. fr. *proismeté* « voisinage, parenté », dér. de *proisme* « proche, voisin », issu de *proximus* ; d'abord empl. au sens de « proche parenté », au sens fig. « parenté spirituelle », à partir du XVIe s. au sens courant de « voisinage », puis au sens temporel de « ce qui est proche dans le temps ».

prude, **pruderie**, voir ***preux***.

prudent (XIIe s.), empr. au lat. *prudens* « qui prévoit, réfléchi, avisé », issu de *providens*, part. prés. de *providere* « pourvoir à », spéc. à partir du XVIe s. au sens de « circonspect, précautionneux ». || ***prudence*** (XIIIe s.), empr. au lat. *prudentia* « prévoyance, sagesse », empl. comme *prudent* au sens de « sagesse, conduite raisonnable », est usuel à partir du XVIe s. au sens de « prévoyance, circonspection, précaution » ; ***imprudence*** (XIVe s.), empr. au lat. *imprudentia* « ignorance, absence de préméditation », est rare jusqu'au XVIe s. où il prend le sens de « absence de prudence, action imprévoyante » ; ***imprudent*** (XVe s.).

prudhomme, voir ***preux***.

prune (XIIe s.), du lat. pop. *pruna,* plur. neut. de *prunum* « fruit du prunier ». || ***prunelle*** (XIIe s.), dimin. de *prune,* attesté dès l'a. fr. au sens de « petite prune » et de « pupille de l'œil » (*jouer de la prunelle,* XVIIe s.) ; ***prunier*** (XIIIe s.), d'abord *pruner* ; ***pruneau*** (XVIe s.), au XIXe s. « balle de fusil, de pistolet ».

prurit (XIIIe s.), empr. au lat. *pruritus* « démangeaison », de *prurire* « démanger ». || ***prurigineux*** (XIVe s.), empr. au lat. *pruriginosus,* dér. de *prurigo* « démangeaison », attesté en fr. au XIXe s.

prytanée (XVIe s.), empr. au lat. *prytaneum* « prytanée, résidence des prytanes », du grec *prutaneion,* empl. en fr. comme terme d'antiq. grecque et au XVIIIe s. pour désigner, sur le modèle antique, un établissement fondé en faveur de ceux qui ont bien mérité de la patrie, puis un établissement d'enseignement destiné à des boursiers de l'Etat (le *Prytanée militaire* de La Flèche).

psalmodie (XIIe s.), empr. au lat. tard. eccl. *psalmodia* « art de réciter ou de chanter des psaumes », du grec *psalmodia* « chant ou composition de psaumes », de *psalmos* (voir **psaume**) et *odos* « chant », empl. au sens de « manière de réciter ou de chanter les psaumes », au XIXe s. « manière monotone de déclamer, de chanter ». || ***psalmodier*** (XVe s.).

psaltérion (XIIe s.), empr. au lat. *psalterium* « cithare à cordes pincées frappées ou grattées », du grec *psalterion,* dér. de *psallein* « pincer, tirer, jouer d'un instrument à cordes ».

psaume (XIIe s.), empr. au lat. tard. eccl. *psalmus,* du grec *psalmos* « air joué sur un instrument à cordes », de *psallein* « pincer, tirer », empl. pour désigner les poèmes religieux hébraïques qui constituent l'un des livres de la Bible et qui servent de prières et de chants religieux dans la liturgie juive et chrétienne. || ***psautier*** (XIIe s.), « livre des psaumes », empr. au lat. tard. eccl. *psalterium* « recueil des psaumes ».

pseud(o)-, élém. tiré du grec *pseud-, pseudo-,* de *pseudés* « menteur », au sens de « qui est faussement, qui passe, qui veut passer pour ».

pseudonyme (XVIIe s.), du grec *pseudonumos* « qui a un faux nom », de *pseudo-* (voir *pseudo-*) et de *-onumos,* de *onoma* « nom », usuel depuis le XIXe s. au sens de « nom choisi par une personne pour dissimuler son identité ».

psittacisme (XVIIIe s.), dér. sav. du lat. *psittacus* « perroquet », empr. au grec, pour désigner un trouble du langage.

psoriasis (XIXe s.), empr. au lat. sav., lui-même empr. au grec *psoriasis* « éruption galeuse ».

psych(o)-, élém. tiré du grec *psukh(o)-,* de *psukhé* « souffle, respiration, âme, esprit » et servant à la construct. de nombreux termes dans le voc. de la médecine, de la psychologie, de la psychiatrie et de la psychanalyse.

psychanalyse (XIXe s.), contraction de *psycho-analyse,* mot empr. à l'all., créé par le psychiatre autrichien Sigmund Freud. || ***psychanalytique***, ***psychanalyste***, ***psychanalyser*** (XXe s.).

psyché (XIXe s.), emploi comme nom commun au sens de « grand miroir » du nom propre *Psyché,* jeune princesse d'une grande beauté dont s'éprit Cupidon.

psychédélique (XXe s.), empr. à l'angl. *psychedelic* « qui manifeste la psyché », formé à partir du grec *psukhé* (voir **psych(o)-**) et *deloun* « rendre visible » pour désigner un état psychique provoqué par l'absorption de drogues hallucinogènes.

psychiatre (XIXe s.), comp. du préf. *psych(o)-* et du suff. *-iatre.* || ***psychiatrie*** (XIXe s.).

psychique (XVIe s.), empr. au lat. chrét. *psychicus,* du grec *psukhikos* « qui concerne le souffle, la vie », puis « qui concerne les êtres vivants » dér. de *psukhé* « âme », est usuel à partir du XIXe s. au sens du fr. mod. « qui concerne l'esprit ». || ***psychisme*** (XIXe s.), usuel au sens de « ensemble de phénomènes psychiques ».

psychologie (XVIe s.), empr. au lat. *psychologia* créé au XVIe s. à partir de *psukhé* « âme » et *logos* « esprit, discours », au XVIIe s. au sens de « partie de la philosophie qui traite de l'âme, de ses facultés, de ses opérations », à partir du XIXe s. au sens de « science qui étudie les faits psychologiques ». || ***psychologique*** (XVIIIe s.) ; ***psychologue*** (XVIIIe s.), au XIXe s. au sens de « qui a une connaissance de l'âme humaine ».

psychose (XIXe s.), formé à l'aide de l'élém. *psycho-* sur le modèle de *névrose*, désigne une maladie mentale.

pubère (XIVe s.), empr. au lat. *puber,* dér. de *pubes* « qui a atteint l'adolescence, adulte », de même rad. que *pubis.* || ***puberté*** (XIVe s.), empr. au sens du lat. *pubertas* « passage de l'enfance à l'adolescence » ; ***pubescent*** (XVIe s.), empr. au lat. *pubescens,* part. prés. de *pubescere* « se couvrir de poil follet, entrer dans l'adolescence » et

« se développer » (en parlant de plantes), empl. au XVIIIe s. comme terme de botanique ; ***impubère*** (XVe s.), empr. au lat. *impuber* « qui n'a pas atteint la puberté ».

pubis (XVe s.), empr. au lat. tard. *pubis,* var. du lat. clas. *pubes* « poil follet » et « os pubis », empl. en fr. comme terme d'anatomie.

public (XIIIe s.), d'abord *publique,* masc. et fém. jusqu'au XVIIe s., empr. au lat. *publicus* « qui concerne le peuple, d'un usage public, commun à tous », est d'abord empl. au sens de « qui concerne le peuple, la collectivité », à partir du XIVe s. au sens de « qui est connu de tous », et du XVIe s. au sens de « qui est commun, à l'usage de tous » ; *public* subst. apparaît au XIVe s. (*en public*) et à partir du XVIIIe s. au sens spéc. de « personnes assistant à un spectacle, une réunion ». || ***publicité*** (XVIIe s.), au XIXe s. au sens spéc. « ensemble de moyens destinés à faire connaître au public un produit » ; ***publiciste*** (XVIIIe s.), d'abord « journaliste », au XXe s. au sens spéc. « agent de publicité » ; ***publier*** (XIIe s.), empr. au lat. *publicare* « mettre à la disposition du public », dér. de *publicus,* d'abord au sens de « faire connaître », spéc. à partir du XIVe s. au sens de « faire paraître un ouvrage » ; ***publication*** (XIIIe s.), empr. au lat. tard. *publicatio* « action de dévoiler », du supin *publicatum,* de *publicare,* a suivi l'évol. de *publier* ; au XIXe s. « écrit publié ».

publicain (XIIe s.), empr. au lat. *publicanus* « fermier de l'Etat, fermier de l'impôt public », dér. de *publicus* « public ».

puce (XIIe s.), du lat. *pulicem,* acc. de *pulex, pulicis* « puce » ; au XIIIe s. *avoir, mettre la puce à l'oreille,* d'abord « provoquer un sentiment amoureux », au XVIIe s. au sens mod. L'expres. *marché aux puces* « marché d'objets d'occasion » date du XXe s. || ***puceron*** (XVIIe s.).

pucelle (IXe s.), du lat. vulg. **pullicella,* d'orig. incert., p.-ê. dimin. du lat. *pulla,* fém. de *pullus* « petit d'un animal », usuel dès l'a. fr. au sens neutre de « jeune fille » et de « jeune vierge », empl. à partir du XVIe s. de façon plaisante ou ironique. || ***pucelage*** (XIIe s.) ; ***dépuceler*** (XIIe s.) ; ***dépucelage*** (XVIe s.).

pudding (XVIIe s.), empr. à l'angl. *pudding* désignant d'abord une sorte de boudin. || ***plum-pudding*** (XVIIIe s.), mot empr. à l'angl., formé de *plum* « prune », puis « raisin sec pour gâteau » et de *pudding.*

pudeur (XVIe s.), empr. au lat. *pudor* « sentiment de réserve, de retenue, sentiment moral, honneur » et en mauvaise part « honte, déshonneur », dér. de *pudere* « avoir honte » et « causer de la honte », est empl. en fr. au sens de « sentiment de honte, de gêne » et plus spéc. « gêne devant les réalités sexuelles », au XVIIe s. « retenue empêchant d'exprimer ses sentiments » ; *attentat à la pudeur* (XIXe s.). || ***impudeur*** (XVIIe s.) ; ***pudique*** (XVe s.), empr. au lat. *pudicus* « chaste, vertueux, modeste » ; ***impudique*** (XIVe s.), empr. au lat. *impudicus* ; ***pudibond*** (XVe s.), empr. au lat. *pudibundus* « qui éprouve de la honte », dér. de *pudere,* à partir du XVIIe s. d'emploi iron. comme ***pudibonderie*** (XIXe s.).

puer (XIIe s.), variante, rare jusqu'au XVIIe s., de l'a. fr. *puir,* du lat. vulg. **putire,* en lat. clas. *putere* « être pourri, sentir très mauvais ». || ***puant*** (Xe s.), part. prés. empl. comme adj. de *puir, puer,* au sens de « qui sent très mauvais », au XVIIe s. au sens de « personne d'une vanité insupportable » ; ***puanteur*** (XIIIe s.) ; ***empuantir*** (XVe s.).

puéril (XVe s.), empr. au lat. *puerilis* « enfantin, irréfléchi », dér. de *puer* « enfant », est supplanté en fr. mod. par *enfantin,* au sens d'abord attesté de « propre à l'enfant » ; à partir du XVe s. au sens de « frivole, qui ne convient qu'à un enfant ». || ***puérilité*** (XIVe s.), empr. au lat. *puerilitas* « enfance, puérilité » a suivi l'évol. de l'adj. ; ***puériculture*** (XIXe s.), comp. sav. de *puéri-* sur le modèle des mots en *-culture* ; **puerpéral** (XVIIIe s.), empr. à l'angl. *puerperal fever* du lat. *puerpera* « femme accouchée », de *puer* et de *parere* « accoucher », au sens de « qui est relatif aux suites de couches ».

pugilat (XVIe s.), empr. au lat. *pugilatus* « combat à coups de poing », de *pugilari* « se battre à coups de poing », du même rad. que *pugnus* (voir ***poing***). || ***pugiliste*** (XVIIIe s.).

pugnacité (XVIIIe s.), empr. au lat. *pugnacitas* « ardeur au combat » au propre et au fig., surtout empl. en fr. mod. au sens fig. || ***pugnace*** (XIXe s.), empr. au lat. *pugnax* « combatif », terme littér.

puîné (XIIe s.), d'abord *puiz né,* comp. de *puis* « après » et de *né,* part. pas. de *naître.*

puis (XIe s.), du lat. vulg. **postius*, réfection de *post* et de *postea* « après, ensuite », d'après *melius* « mieux », empl. comme adv. pour marquer la succession dans le temps, et à partir du XIIIe s. dans une énumération (*et puis...*). || ***puisque*** (Xe s.), d'abord *puis que*, soudé à partir du XVIIe s., est usuel dès l'a. fr. au sens, disparu au XIVe s., de « depuis que », et au sens causal.

puiser, voir ***puits***.

puissant (XIe s.), d'abord *poissant,* part. prés. de *pouvoir* refait en *puissant* sur les formes en *puis-* du verbe, est employé dès l'a. fr. comme adj. et subst. (le *Tout-Puissant,* en parlant de Dieu). || ***puissance*** (XIIe s.) ; ***impuissant*** (XVe s.) ; ***impuissance*** (XIVe s.) ; ***toute-puissance*** (XIVe s.). Voir ***pouvoir***.

puits (XIIe s.), du lat. *puteus* « trou, fosse », spéc. « puits de mine » et « puits d'eau vive », empl. dès l'a. fr. au sens de « gouffre », empl. au XIXe s. en géogr. au sens de « fontaine, source » et au sens fig. || ***puiser*** (XIIe s.), attesté dès le XIIIe s. au sens fig. « prendre sans compter, largement » ; ***puisatier*** (XIXe s.) ; ***puisard*** (XVIIe s.) ; ***épuiser*** (XIIe s.), d'abord « utiliser jusqu'au bout », au XVIe s. au sens de « abattre, exténuer ».

pull-over (XXe s.), mot empr. à l'angl. *pull-over*, formé de *to pull* « tirer » et *over* « au-dessus ».

pulluler (XIVe s.), empr. au lat. *pullulare* « avoir des rejetons », au sens fig. « se répandre », de *pullulus* « tout petit animal », dimin. de *pullus* (voir ***poulain***, ***poule***), empl. en fr. au sens fig., et à partir du XIXe s. avec val. péj. || ***pullulement*** (XIXe s.), aux sens propre et fig.

pulmonaire, voir ***poumon***.

pulpe (XVIe s.), réfection sav. de l'a. fr. *poulpe,* empr. au lat. *pulpa* « chair, viande, pulpe des fruits, partie tendre du bois », d'orig. inconnue, empl. en fr. comme terme d'anatomie (*pulpe dentaire* au XIXe s.) et pour désigner le tissu constituant la plus grande partie des fruits charnus. || ***pulpeux*** (XVIe s.), au XIXe s. au sens fig.

pulsation (XIVe s.), empr. au lat. *pulsatio* « action de pousser, heurt, choc », du supin de *pulsare* (voir ***pousser***), est usuel à partir du XVIe s. au sens de « mouvement de battement du cœur, des artères », et à partir du XVIIIe s. dans le voc. scient. Voir ***pouls***, ***pousser***.

pulsion (XVIe s.), empr. au lat. *pulsio* « action de repousser », du supin *pulsum* de *pellere* (voir ***pousser***), d'abord empl. au sens de « action de pousser » et au XXe s. dans le voc. de la psychan. || ***pulsionnel*** (XXe s.) ; ***impulsion*** (XIVe s.), empr. au lat. *impulsio* « impulsion, excitation », dér. de *impellere* « pousser vers » ; ***impulsif*** (XVe s.), empr. au lat. tard. *impulsivus*. Voir ***répulsion***.

pulvériser (XIVe s.), empr. au lat. tard. *pulverizare* « réduire en poussière », dér. de *pulvis* (voir ***poudre***), est empl. en fr. au sens de « réduire en poudre », puis de « détruire, anéantir », au sens fig. à partir du XVIIIe s., au XIXe s. « projeter un liquide sous pression », au XXe s. dans le voc. sportif. || ***pulvérisateur*** (XIXe s.), spéc. pour désigner un appareil projetant un produit sous pression ; ***pulvérisation*** (XIVe s.) a suivi l'évol. de *pulvériser* ; ***pulvérulent*** (XVIIIe s.), terme scient., empr. au lat. *pulverulentus* « couvert de poussière, poudreux », dér. de *pulvis.*

puma (XVIIe s.), mot quéchua (Pérou), introduit par l'intermédiaire de l'esp.

punaise (XIIIe s.), fém. subst. de l'ancien adj. *punais* « puant, fétide », du lat. vulg. **putinasius* « qui sent mauvais », formé du rad. de *putere* (voir **puer**) et d'un dér. de *nasus* « nez », est d'abord attesté au sens de « insecte » ; au XIXe s. « petit clou plat » ; *punaise de sacristie* (XXe s.).

punch 1 (XVIIe s.), mot empr. à l'angl. *punch,* boisson alcoolisée, terme attesté au XVIIe s. dans les Caraïbes et en Afrique occidentale.

punch 2 (XXe s.), empr. à l'angl. *punch* « coup direct et puissant », au fig. « force, vigueur », du verbe *to punch* « poinçonner, percer », d'où « frapper du poing ». || ***punching-ball*** (XXe s.).

punir (XIIIe s.), du lat. *punire, poenire* « punir, châtier », dér. de *poena* (voir **peine**), empl. en fr. au sens courant de « infliger un châtiment ». || ***punition*** (XIIIe s.), empr. au lat. *punitio* « action de punir » ; ***punitif*** (XIVe s.), au XVIIIe s. au sens du fr. mod. « qui a pour objet de punir » ; ***impuni*** (XIVe s.) ; ***impunité*** (XIVe s.), empr. au lat. *impunitas* « caractère de ce qui n'est pas puni ». Voir **peine**, **pénal**.

pupille 1 (XIVe s.), empr. au lat. jur. *pupillus* « pupille, mineur », dimin. de *pupus* « petit garçon », formé sur le fém. *pupa* (voir **poupée**), pour désigner « un orphelin mineur placé sous la garde d'un tuteur » ; au XXe s. *pupille de la Nation.*

pupille 2 (XIVe s.), empr. au lat. *pupilla* « petite fille » et « pupille de l'œil », en raison de la petite image qu'on peut voir se refléter dans la pupille, dimin. de *pupa* « petite fille, poupée », empl. en fr. comme terme d'anat.

pupitre (XIVe s.), empr. au lat. *pulpitum* « tréteau, estrade », empl. au sens général de « petit meuble en forme de plan incliné ».

pur (Xe s.), du lat. *purus* « sans tache, sans souillure », puis « net, sans mélange », est empl. dès l'a. fr. au sens moral de « sans tache, sans souillure » et au sens concret de « exempt de tout mélange » ; se développent à partir du XVIIIe s. les emplois au sens de « qui ne dépend pas de l'expérience » *(raison pure),* et de « véritable, qui est exclusivement ce qu'il est » (*pur esprit, poésie pure).* || ***pur-sang*** (XIXe s.) ; ***puriste*** (XVIe s.), d'abord synonyme de « rigoriste », au XVIIe s. au sens mod. ; ***purisme*** (XVIIIe s.) ; ***apurer*** (XIIe s.), d'abord « rendre pur » au sens concret, spéc. en finances à partir du XVIIe s. ; ***épurer*** (XIIe s.), d'abord « rendre plus pur, meilleur », à partir du XVIIIe s. au sens de « éliminer des personnes jugées indésirables » ; ***épuration*** (XVIIe s.), même évol. ; ***épure*** (XVIIe s.), spéc. au sens de « dessin simplifié, épuré » ; ***pureté*** (XIVe s.), réfection sav. de l'a. fr. *purté,* du lat. tard. *puritas* « pureté, netteté », est d'abord empl. au sens de « état de ce qui est pur, exempt de souillure morale », d'où au XVIIe s. « chasteté » ; à partir du XVIe s. pour qualifier l'exactitude dans le choix des mots, la correction, l'élégance du trait en art, et à partir du XVIe s. au sens concret ; ***purifier*** (XIIe s.), empr. au lat. *purificare* « nettoyer, purifier » au propre et au fig., est usuel dès l'a. fr. au sens moral et dans le voc. religieux, au XVIIIe s. « rendre plus correct » (en parlant de la langue, du style) ; ***purification*** (XIIe s.), empr. au lat. *purificatio* dér. de *purificare,* d'abord empl. pour désigner un rite religieux (*Purification de la Vierge*) ; ***impur*** (XIIIe s.), empr. au lat. *impurus* « corrompu, non pur », au propre et au fig., d'abord empl. au sens de « sale » et à partir du XIVe s. au sens de « qui contient des éléments étrangers », au XVIIe s. dans le voc. religieux (*animal impur*) et au sens moral, vieilli ou littér. en fr. mod. ; ***impureté*** (XIVe s.), empr. au lat. *impuritas* « impureté », a suivi l'évol. de l'adj. ; ***dépurer*** (XIIIe s.), empr. au lat. tard. *depurare* « rendre pur » ; ***dépuratif*** (XVIIIe s.).

purée (XIIIe s.), part. pas. fém. subst. de l'a. verbe *purer* « nettoyer, cribler, passer », du lat. tard. *purare* « purifier », dér. de *purus,* empl. dès l'a. fr. au sens de « mets préparé avec des légumes écrasés et passés », au XIXe s. en arg., « misère, pénurie d'argent ».

purger (XIIe s.), du lat. *purgare* « nettoyer », aux sens propre et fig., dér. de *purus* « pur », empl. dès l'a. fr. au sens concret de « débarrasser une substance de ce qui l'altère », d'où « nettoyer, filtrer, évacuer », dans le voc. moral (*purger les passions,* XVIIe s.) et dans le voc. médical ; à partir du XVe s. dans le voc. jur. (*purger une peine*). || ***purge*** (XIIIe s.), déverb. de *purger,* a suivi l'évol. du verbe ; ***purgatif*** (XIVe s.), empr. au lat. tard. médical *purgativus* « purgatif », empl. comme terme médical, au XVIIe s. subst. masc., au XVIe s. au sens moral « qui purifie l'âme » ; ***purgeur*** (XVIe s.) ; ***purgation*** (XIIe s.), empr. au lat. médical *purgatio* « nettoyage, curage », dér. de *purgare,* vieilli depuis le XVIIe s. au sens religieux de « purification du pécheur », est conservé dans le voc. de l'histoire littér. dans l'expres. *purgation des passions* ; *purgation* est aussi vieilli au sens médical de « action de purger » ; ***purgatoire*** (XIIe s.), empr. au lat. eccl. méd. *purgatorium,* subst. de l'adj. lat. tard. *purgatorius* « qui purge » et « qui purifie (l'âme) », pour désigner le lieu où les pécheurs morts en état de grâce se purifient de leurs péchés ; à partir du XVIIe s. au sens fig. (*faire son purgatoire*) ; ***expurger*** (XIVe s.), réfection de l'a. verbe *espurgier* (XIIe s.), du lat. *espurgare* « nettoyer », d'abord « purger », au XVIe s. « enlever d'un livre les passages contraires à la religion, à la morale ».

purin (XIXe s.), mot dial., dér. de l'a. verbe *purer* au sens de « s'écouler, dégoutter », en fr. « partie liquide d'un fumier ». Voir ***purée***.

puritain (XVIe s.), empr. à l'angl. *puritan,* dér. de *purity* « pureté » du lat. *puritas,* dér. de *purus* « pur », désignant d'abord les membres d'une secte de presbytériens rigoristes ; à partir du XVIIIe s. par ext. au sens de « austère, rigoriste ». || ***puritanisme*** (XVIIe s.), empr. à l'angl. *puritanism* « doctrine des puritains » et par ext. au XIXe s. « rigorisme excessif, affecté ».

pus (XVIe s.), empr. au lat. *pus* « pus, humeur ». || ***purulent*** (XVIe s.), empr. au lat. *purulentus* « qui ressemble au pus, contient du pus », dér. de *pus* ; ***purulence*** (XVIe s.), empr. au lat. tard. *purulentia* « pus ».

pusillanime (XIIIe s.), empr. au lat. tard. *pusillanimis* « qui manque de courage », formé sur l'expres. *pusillus animus* « esprit mesquin, petit esprit », comp. de *pusillus* « tout petit », dimin. de *pusus* « petit garçon » et de *animus* « âme, courage », terme littér., d'abord empl. en parlant d'une personne au sens de « qui manque de cœur », puis au XVIe s. pour qualifier un comportement. || ***pusillanimité*** (XIIIe s.), empr. au lat. tard. *pusillanimitas.*

pustule (XIVe s.), empr. au lat. imp. *pustula* « pustule, ampoule », dér. de *pus* (voir ***pus***), empl. dans le voc. médic. au sens de « bouton purulent ». || ***pustuleux*** (XVIe s.), empr. au lat. imp. *pustulosus* « couvert de pustules ».

putain (XIIe s.), ancien cas régime en *-ain* de l'a. fr. *pute* (XIe s.), est courant jusqu'au XVe s. au sens de « sale, puant », du lat. *putidus* « pourri, puant », dér. de *putere* « pourrir ». Dès l'a. fr. *pute, putain* ont été empl. au sens de « femme débauchée, corrompue, prostituée » et comme terme d'injure.

putatif (XIVe s.), empr. au lat. méd.

jur. *putativus* « imaginaire », dér. de *putare* « penser », empl. comme terme jur. (*enfant, père putatif*).

putois (XIIe s.), dér. de l'adj. de l'a. fr. *put* « puant ». Voir ***putain***.

putréfier (XIVe s.), empr. au lat. imp. *putrefacere* « pourrir, gâter », comp. de *putris* « corrompu », dér. de *pus* « pus » et de *facere* « faire », empl. en fr. au sens de « pourrir », au XVIe s. comme pronom. || ***putréfaction*** (XIVe s.), empr. au lat. tard. *putrefactio* « corruption d'une matière organique », usuel en fr. au sens concret ; ***putride*** (XIVe s.), empr. au lat. *putridus* « pourri, gâté », empl. en fr. au sens concret « qui est en état de putréfaction », rare et littér. au sens fig. « malsain » ; ***imputrescible*** (XVe s.), empr. au lat. tard. chrét. *imputrescibilis* « qui ne pourrit pas », rare jusqu'au XVIIIe s.

putsch (XXe s.), empr. à l'all. *Putsch* « action de pousser » d'où « mouvement en avant », d'orig. onomat., usuel en fr. au sens de « soulèvement d'un groupe politique armé pour prendre le pouvoir ».

puy (XIe s.), du lat. tard. *podium* « petite éminence », d'abord empl. comme terme géogr. « hauteur, colline », a aussi désigné à partir du XIIIe s. une société littéraire ou musicale organisant des concours poétiques *(Puy d'Arras, de Reims)*, p.-ê. du nom de la ville du *Puy* où existait depuis longtemps une société de ce type et à cause de la réputation du sanctuaire de Notre-Dame du Puy.

puzzle (XXe s.), empr. à l'angl. *puzzle* ou *Chinese puzzle* « casse-tête chinois », de *to puzzle* « embarrasser, laisser perplexe », d'orig. obsc.

pygmée (XIIIe s.), empr. au lat. *Pygmaei,* adapt. du grec *oi Pugmaioi* « les Pygmées », nom d'un peuple mythique, dér. de *pugmaios* « haut d'une coudée, nain », de *pugmé* « poing », empl. comme terme d'antiquité, puis au XVIIIe s. pour désigner des individus de petite taille, de race africaine ou indonésienne ; au XVIe s. « être insignifiant ».

pyjama (XIXe s.), empr. à l'angl. *pyjama,* de l'hindoustani *paejama* « vêtement de jambes », comp. de *pae* « pied » et *jamah* « vêtement », est d'abord empl. pour désigner un pantalon porté dans certaines régions de l'Inde et à la fin du XIXe s. au sens courant de vêtement de nuit.

pylône (XIXe s.), empr. au grec *pulon* « grande porte, porche, portail », dér. de *pulé* « porte », d'abord attesté comme terme d'archéologie, puis au sens de « poteau en ciment armé, charpente métallique en forme de pyramide, de tour ».

pylore (XVIe s.), empr. au lat. médic. tard. *pylorus* « orifice faisant communiquer l'estomac avec le duodénum », du grec *puloros* « gardien des portes, pylore », de *pulé* « porte » et *ora* « soin », empl. comme terme d'anat.

pyramide (XIIe s.), empr. au lat. *pyramis,* du grec *puramis* « grand monument égyptien, pyramide », et par analogie « figure géométrique », d'abord empl. comme terme d'architecture, au XIVe s. en géométrie, à partir du XVe s. au sens de « ce qui forme une pyramide » (au XXe s. *pyramide des âges).* || ***pyramidal*** (XIIIe s.), empr. au lat. tard. *pyramidalis* « qui est en forme de pyramide ».

pyrex (XXe s.), empr. à l'anglo-améric. *pyrex,* nom de marque déposée et tiré du grec *pur* « feu ».

pyrite (XIIe s.), empr. au lat. *pyrites,* du grec *purités (lithos),* littéralement « pierre de feu », de *pur* « feu ».

pyr(o)-, élém. tiré du grec *pur* « feu » et entrant dans la comp. de termes sav. comme ***pyrogravure***, ***pyrolyse***, ***pyromane***, ***pyrotechnie***.

pythie (XVIe s.), empr. au lat. *pythia,* du grec *puthia* « pythienne », et spéc. « prêtresse de l'oracle d'Apollon à Delphes », dér. de *Putho* (voir ***python***), d'abord empl. en ce sens et par ext. « devineresse, prophétesse ».

python (XVIe s.), du grec *Puthon,* nom du serpent fabuleux qui désolait la région de Delphes et qui fut tué par Apollon, d'abord empl. en ce sens, au XIXe s. nom commun « serpent constricteur de très grande taille ».

pythonisse (XIIIe s.), empr. au lat. méd. *phitonissa,* du lat. eccl. *pythonissa,* dér. de *pytho* « devin », du grec *puthon* (voir **python**), au sens de « devineresse, prophétesse », souvent iron. à partir du XVIIe s.

pyxide (XVe s.), empr. au lat. *pyxis* « petite boîte, coffret », empr. au grec et empl. en fr. comme terme de botan., s'est spéc. en liturgie au sens de « boîte utilisée pour conserver l'Eucharistie ».

Q

quadr-, **quadri-**, **quadru-**, élém. tiré du lat. *quadri-* ou *quadru-*, dér. de *quattuor* « quatre », comme ***quadripartite***.

quadragénaire (XVIe s.), empr. au lat. *quadragenarius* « qui a quarante ans », dér. de *quadraginta* « quarante ».

quadragésime (XVe s.), empr. au lat. *quadragesima* « la quarantième partie », désignant en lat. chrét. le carême, jeûne de quarante jours, d'abord empl. en ce sens en fr., au XVIIe s. au sens de « premier dimanche de carême ». Voir ***septuagésime***.

quadrant, voir ***cadran***.

quadrature (XVe s.), empr. au lat. tard. *quadratura* « quadrature (réduction d'une fig. de géométrie au carré de surface équivalente) », dér. de *quadratus* « carré », au XVe s. *la quadrature du cercle,* au XVIIe s. au sens fig. « problème insoluble ».

quadriceps (XIXe s.), empr. au lat. *quadriceps* « qui a quatre têtes », a remplacé en fr. mod. la forme plus ancienne *quadrijumeaux.*

quadriennal (XVIIe s.), empr. au lat. méd. *quadriennalis* « qui dure quatre ans, qui revient tous les quatre ans », formé sur *triennalis* (voir ***triennal***).

quadrige (XVIIe s.), terme d'antiquité rom. empr. au lat. *quadrigae* « attelage à quatre chevaux », puis « char à quatre chevaux », contract. de *quadrijugae,* subst. au fém. plur. de *quadrijugus* « attelé de quatre chevaux », de *quadri-* et *jugum* (voir ***joug***).

quadrilatère (XVIe s.), terme de géométrie, empr. au lat. tard. *quadrilaterus* « qui a quatre côtés », de *quadri-* et de *latus, lateris* « côté » (voir ***latéral***).

quadrille (XVIe s.), empr. à l'esp. *cuadrilla* « division de l'armée en quatre parties pour la répartition du butin », de *cuadro* « carré », du lat. tard. *quadrus* « carré », d'abord empl. en fr. au sens de « petite troupe de soldats à cheval », au XVIIe s. au sens de « troupe de cavaliers prenant part à un carrousel », puis à partir du XVIIIe s. au sens de « sorte de contredanse ».

quadriller (XIXe s.), du subst. *quadrille* (XVIIIe s.), « carré ou losange (de dentelle) », de l'esp. *cuadrillo* « carreau », en fr. « diviser une surface en carrés », puis « contrôler secteur par secteur » ; ***quadrillage*** (XIXe s.).

quadrupède (XIVe s.), empr. au lat. *quadrupes* « qui a quatre pieds ».

quadruple (XIIIe s.), empr. au lat. *quadruples,* de même sens. || ***quadrupler*** (XVe s.), empr. au lat. tard. *quadruplare* « multiplier par quatre » ; ***quadruplés*** (XXe s.).

quai (XIIe s.), d'abord *cai,* forme normanno-pic. représentant s. d. le gaul. *caio* (voir ***chai***) « lieu pour l'embarquement et le débarquement des navires » ; au XIXe s. au sens de « plateforme longeant les voies ».

quaker (XVIIe s.), empr. à l'angl. *quaker* « trembleur, qui tremble », de *to quake* « trembler » pour désigner les membres d'une église protestante fondée au XVIIe s.

qualifier (XVe s.), empr. au lat. scolast. *qualificare* « qualifier, apporter des modifications », comp. de *qualis* « quel » et de *-ficare* de *facere* « faire », d'abord empl. au sens de « caractériser par l'attribution d'une qualité » et de « donner la qualification à ». || ***qualification*** (XVe s.), empr. au lat. méd. *qualificatio* « acte, manière de qualifier une personne, une chose », au XIXe s. dans le voc. sportif, sous l'infl. de l'angl. *qualification,* empr. au fr. ; ***qualificatif*** (XVIIIe s.) ; ***inqualifiable*** (XIXe s.) ; ***disqualifier*** (XVIIIe s.), empr. à l'angl. *to disqualify* « priver des qualifications nécessaires » ; ***disqualification*** (XVIIIe s.), empr. à l'angl. *disqualification.*

qualité (XIIe s.), empr. au lat. *qualitas*

« manière d'être », tiré de *qualis* « quel », sur le modèle du grec *poiotés*, de même sens, de *poios* « lequel », empl. dès l'a. fr. dans le voc. philos. et au sens courant de « manière d'être », à partir du XVIIe s. au sens laudatif « manière d'être jugée bonne » et à partir du XIVe s. au sens de « condition sociale, civile, juridique, titre » ; vieilli au sens de « de haut rang » (*homme de qualité*). || **qualitatif** (XVIe s.), empr. au lat. tard. *qualitativus* « qui concerne la qualité », sens attesté en fr. à partir du XIXe s.

quand (XIe s.), du lat. *quando* « quand », à la fois conj. et adv., emplois présents dès l'a. fr.

quant (à) (XIIIe s.), du lat. *quantum ad* « pour, en ce qui concerne », emploi spéc. de *quantum* « quelle quantité, combien », neut. de *quantus* « combien grand ». || **quant-à-soi** (XVIIIe s.), subst. de la loc. *quant à soi* « réserve, distances prises ».

quantième (XVe s.), dér. de l'a. fr. *quant* « combien, quel nombre de », du lat. *quantus* « combien grand », empl. en fr. au sens de « de quel rang », au XVIe s. comme subst.

quantifier (fin XIXe s.), empr. à l'angl. *to quantify*, du lat. méd. *quantificare*, dér. de *quantus* « combien grand », au sens de « déterminer l'extension, la mesure de ». || **quantification** (XXe s.), empr. à l'angl. *quantification*, d'abord terme de logique ; **quantificateur** (XXe s.).

quantité (XIIe s.), empr. au lat. imp. *quantitas* « nombre d'unités, mesure, abondance, somme (d'argent) », de *quantus* « combien grand », est empl. dès l'a. fr. au sens courant de « nombre d'unités de qq. ch. de nombrable » ; *quantité de* (XVe s.). || **quantitatif** (XVIe s.), dér. sav. de *quantité* ou empr. au lat. méd. *quantitativus* « qui a rapport à la quantité ».

quantum (XVIIe s.), empr. au lat. *quantum* « quelle quantité », neut. subst. de *quantus* « combien grand », empl. au XXe s. dans le voc. de la physique (*théorie des quanta*).

quarante (Xe s.), du lat. tard. *quaranta*, contract. du lat. clas. *quadraginta* « quarante ». || **quarantaine** (XIIe s.), dér. de *quarante*, d'abord au sens de « espace de quarante jours », au XVIIe s. « âge de quarante ans » et « isolement de quarante jours (pour éviter la contagion) », au XIXe s. au sens fig.

quart (XIe s.), du lat. *quartus* « quatrième », de *quattuor* « quatre », attesté dès l'a. fr. comme adj. (*fièvre quarte* au XIIIe s., *quart monde* au XXe s.) et comme subst. au sens de « quatrième partie d'un tout » ; au XVIe s. dans le voc. de la marine ; *quart d'heure* (XVIe s.). || **quartier** (XIe s.), dér. de *quart*, d'abord empl. au sens de « quatrième partie » a développé de nombreux empl. spéc. en astron. (*quartier de lune* au XVIe s.), en héraldique (XIIIe s.) et par ext. en généalogie (XVIIe s. *quartiers de noblesse*) ; au sens spatial, *quartier* désigne dès l'a. fr. une partie de territoire et se spécialise à partir du XVe s. au sens de « division d'une ville » et dans le voc. milit. « cantonnement » ; au XVIIe s. *demander quartier* « demander la vie sauve », *ne pas faire de quartier* « être impitoyable » ; **quarteron** (XIIIe s.), d'abord « unité de mesure », au XXe s. péj. « petit groupe » ; **quarte** (XIIIe s.), subst. fém. repris à partir du XVIIe s. en musique, en escrime, au jeu de cartes ; **quartier-maître** (XVIIe s.), trad. de l'all. *Quartiermeister* « maréchal des logis », de *Quartier* « quartier », « cantonnement », d'abord empl. dans le voc. de la marine milit.

quarteron 1, voir **quart**.

quarteron 2 (XVIIe s.), empr. à l'esp. *cuarteron* « enfant né d'un blanc et d'une mulâtresse (ou inversement) ».

quartz (XVIIIe s.), empr. à l'all. *Quarz*, de même sens.

quasi 1 (XIe s.), empr. au lat. *quasi* « comme si, à peu près, environ », empl. en fr. au sens de « presque », vieilli ou littér. en fr. mod. || ***quasiment*** (XVIe s.).

quasi 2 (XVIIIe s.), d'orig. obsc., p.-ê. du turc *kas* « muscle » ou du lat. *quasi* « comme si », ce morceau de viande de boucherie étant « quasiment » du gîte.

quaternaire (XVe s.), empr. au lat. *quaternarius* « qui a quatre éléments », de *quaterni* « quatre par quatre », distributif de « quatre », empl. au XIXe s. comme terme de géologie « quatrième ère géologique » (*terrains quaternaires*).

quatorze (XIIe s.), du lat. vulg. **quattordecim,* altér. du lat. clas. *quattuordecim* « quatorze », comp. de *quattuor* « quatre » et *decem* « dix ».

quatre (Xe s.), du lat. pop. *quattor,* en lat. clas. *quattuor* « quatre ». || ***quatrième*** (XIVe s.), adj. numéral ordinal dér. de *quatre* ; ***quatrain*** (XVIe s.), « strophe de quatre vers ».

quatuor (XVIIIe s.), empr. tard., comme terme de musique, au lat. *quatuor,* var. de *quattuor* « quatre », en fr. « œuvre musicale pour quatre interprètes, groupe de quatre interprètes ».

que 1, pron., voir ***qui***.

que 2 conj. (IXe s.), issu de la conj. lat. *quia,* qui exprime en lat. clas. la cause et qui s'est peu à peu imposée au détriment de *quod* pour introduire les prop. complétives ; *quia* s'est affaibli en *qui* devant voyelle et en *qua* devant cons. ; c'est la forme *qui,* affaiblie en *que,* qui s'est imposée en gallo-roman.

quel (Xe s., d'abord *qual*), du lat. *qualis,* inter. « quel, de quelle espèce, de quelle nature ? », empl. dès l'a. fr. comme adj. inter. pour interroger sur la nature ou l'identité d'une personne ou d'une chose, et comme adj. excl. ; à la fin du XIe s. comme adj. indéfini dans la loc. *quel que* à val. concessive. || ***lequel*** (XIe s.), pron. inter. et relatif ; ***quelque***, adj. indéfini et adv. indéfini (XIIe s.), forme soudée de *quel que* ; ***quelqu'un***, pron. indéfini (XIIIe s.) ; ***quelquefois***, adv. (XVIe s.) ; ***quelconque***, adj. indéfini (XIIe s., d'abord *quelcunques*), francisation à l'aide de *quel, que* et *onques* du relat. lat. *qualiscumque* « quel que, de quelque nature que » ; adj. indéfini « n'importe quel, quelconque », à la fin du XIXe s. adj. qualif. « médiocre ».

quémander (XVIe s.), déformation de *caymander,* dér. du m. fr. *caïmant* « mendiant », d'orig. obsc., d'abord empl. au sens de « mendier », au XVIIIe s. « demander humblement et avec insistance ». || ***quémandeur*** (XVIIIe s.).

qu'en-dira-t-on, voir ***on***.

quenelle (XVIIIe s.), empr. à l'all. *Knödel* « aliment en forme de boulette, quenelle ».

quenotte (XVIIe s.), mot fam., dér. avec suff. dimin. de l'a. norm. *cane* « mâchoire, dent » (XIIe s.), du franc. **kinni* « mâchoire, joue », en fr. « petite dent ».

quenouille (XIIe s.), du lat. tard. *conucula* « quenouille », forme dissimilée de *colucula,* élargissement pop. du lat. clas. *colus* « quenouille » ; au XVIe s. *tomber en quenouille* (en parlant d'un domaine dont une femme devient l'héritière).

querelle (XIIe s.), empr. au lat. *querel(l)a* « plainte, lamentation, plainte en justice », de *queri* « pousser des cris plaintifs », d'abord empl. comme terme jur. « plainte, accusation en justice » et à partir du XIIIe s. au sens du fr. mod. « différend, altercation ». || ***quereller*** (XIIe s.), surtout usuel en fr. mod. à la forme pronom. (XVIIe s.), a suivi l'évol. du subst. ; ***querelleur*** (XVIe s.).

quérir (XIVe s.), réfection de l'a. fr. *querre* « chercher » (Xe s.), du lat. *quaerere* « chercher » et qui a été concurrencé à partir du XVe s. par *chercher,* est arch. ou littér. depuis le XVIIe s. || ***requérir*** (XIIIe s.), réfection de l'a. fr. *requerre* (IXe s.), issu du lat. vulg. **requaerere,* altér., d'après *quaerere,* du lat. clas. *requirere* « rechercher, être en quête de » et qui est bien attesté jusqu'au XVIe s. au sens de « prier qqn, demander, réclamer qq. ch. » ; comme *quérir*, *requérir* a perdu une partie de ses emplois au profit de *rechercher* ; littér. et vieilli en fr. mod. au sens de « prier, demander », il est resté usuel dans le voc. jur. au sens de « réclamer au nom de la loi » (XIIIe s.) ; ***requête*** (XIIIe s.), issu de l'a. forme *requerre*, d'après *quête*, empl. dès l'a. fr. au sens courant de « demande instante » et dans le voc. jur. (XIXe s. *maître des requêtes*). Voir ***réquisition***.

questeur (XIIIe s.), empr. au lat. *quaestor*, « fonctionnaire romain chargé du trésor public », d'abord au même sens en fr., puis « membre du bureau d'une assemblée parlementaire chargé des finances ». || ***questure*** (XVIIe s.), empr. au lat. *quaestura* « charge de questeur », en fr. depuis le XVIIIe s. « charge de questeur dans une assemblée ».

question (XIIe s.), empr. au lat. *quaestio* « recherche, enquête », « torture » (pour interroger un suspect), « problème », de *quaerere* « chercher ». Le sens de « demande » s'est dévelop. en a. fr. dès le XIIe s., mais les val. de « interrogatoire », « enquête judiciaire » et « torture » de l'a. fr. ont disparu du fr. mod. || ***questionner*** (XIIe s.), « interroger », « soumettre à la torture » (XIVe s.) ; ***questionnaire*** (XVIe s., rare avant le XIXe s.), « série de questions », empr. au lat. tard. *quaestionarius* « bourreau » et aussi « livre de questions ».

quête (XIIe s.), du lat. *quaesita*, part. pas. fém. subst. de *quaerere* « chercher », « action de chercher, recherche ». Le sens de « collecte d'argent » est attesté à partir du XIIIe s. || ***quêter*** (XIIIe s.), « chercher », « demander de l'argent » (XVIe s.), « solliciter, réclamer avec insistance » (XVIIIe s.) ; ***quêteur*** (XIIIe s.), « qui cherche », puis « qui demande de l'argent » (XVe s.).

quetsche (XIXe s.), empr. par les parlers de l'Est à l'all. région. *Quetsche*, var. de *Zwetsche, Zwetschge* « grosse prune ».

queue (XIe s., d'abord *coe*, *coue*), du lat. *cauda* de même sens. Nombreux empl. dér. marquant notamment la partie terminale, les derniers rangs, une file d'attente (XVIIIe s.). || ***équeuter*** (XIXe s.), « enlever la queue » (d'un fruit) ; ***couard*** (XIe s.), fait sur *coue*, forme ancienne de *queue*, à l'orig. « qui a la queue basse », d'où « lâche, craintif » ; ***couardise*** (XIe s.).

queux (XIe s.), « cuisinier », du lat. *coquus*, de même sens, de *coquere* « cuire, faire cuire », ne s'emploie plus que dans l'expres. *maître queux*.

qui, **que**, **quoi** (IXe s.), pron. relat. et inter., du lat. *qui, quem, quid*. || ***quiconque*** (XIIe s.), de l'a. fr. *qui que onques* « quel que soit celui qui un jour... » ; ***quoique*** (XIe s.).

quia (à) (XVe s.), « être dans l'incapacité de répondre », empr. au lat. scolast. *quia* « parce que », le savoir fondé d'après les causes étant jugé inférieur à la connaissance tirée de l'essence des choses.

quiche (XIXe s.), « tarte », p.-ê. adapt. de l'all. *Küchen* « gâteau, tarte ».

quidam (XIVe s.), mot lat. *quidam* « certain, un certain », désigne un individu dont on ne donne pas le nom.

quiet (XIIIe s.), empr. au lat. *quietus* « tranquille, paisible ». || ***quiétude*** (XVe s.), empr. au lat. tard. *quietudo* « repos », en fr. « paix mystique de l'âme », puis « calme, tranquillité » (XIXe s.) ; ***quiétisme*** (XVIIe s.), dér. sav., désigne une doctrine mystique prônant l'inaction et le repos de l'âme dans la contemplation de Dieu. Voir ***inquiet***.

quignon (XIVe s., au sens de « coin »), dimin., dér. de *coin*, du lat. *cuneus*. Du sens de « coin de pain » le mot est passé à celui de « gros morceau de pain (avec de la croûte) ».

quille 1 (XIIIe s.), terme de jeu, empr. au m. h. all. *Kegel* « poteau, pieu ». Le sens pop. de « jambe » est attesté au XVe s. et se répand au XIXe s.

quille 2 (XIVe s.), partie inférieure d'un bateau, du norr. *kilir*, de même sens.

quinaud (XVIe s.), d'orig. obsc., d'abord au sens de « singe », puis « confus, penaud ».

quine (XIIe s., sous la forme *quines*), du lat. *quinas*, acc. de *quini* « cinq chaque fois, cinq chacun », en fr. terme de jeu dans les loteries « cinq numéros pris et sortis ensemble (par chance) ».

quincaillerie (XIIIe s.), s. d. d'orig. onomat., dér. de *quinquaille* « ustensiles de ménage et instruments en fer ou en cuivre ». Le sens de « objets de peu de valeur » date du XVIIIe s. || ***quincaillier*** (XVe s.).

quinconce (XVIe s.), empr. au lat. *quincunx* « cinq onces » (monnaie marquée de cinq points en carré avec un point au milieu), s'emploie dans l'expres. *en quinconce*, pour désigner un groupe d'éléments disposés en cinq (en carré avec l'un d'entre eux au centre).

quinine, voir ***quinquina***.

quinquagénaire (XVe s.), « de cinquante ans », empr. au lat. *quinquagenarius* « de cinquante ».

quinquagésime (XIIIe s.), empr. au lat. *quinquagesima*, fém. de *quinquagesimus* « cinquantième », désigne le dimanche précédant le premier dimanche de Carême, qui tombe toujours cinquante jours avant Pâques.

quinquennal (XVIe s.), empr. au lat. *quinquennalis* « qui a lieu tous les cinq ans ».

quinquet (XVIIIe s., fréq. au XIXe s.), ancienne lampe, du nom de l'homme qui perfectionna et fabriqua ce type de lampe.

quinquina (XVIIe s.), de l'esp. *quinaquina*, empr. au quechua du Pérou, désigne un arbre du Pérou, puis son écorce aux propriétés toniques. || ***quinine*** (XIXe s.), dér. de *quina*, abrév. de *quinquina*, produit pharmac. tiré de l'écorce de quinquina.

quintaine (XIIe s.), du lat. *quintana* (litt. « cinquième ») désignant une rue dans le camp romain près de l'emplacement où avaient lieu les exercices militaires, a pris en a. fr. le sens de « poteau avec un mannequin servant de cible pour l'entraînement chevaleresque », puis « exercice d'entraînement militaire ».

quintal (XIIIe s.), empr. au lat. méd. *quintale*, issu par l'interméd. de l'ar., du grec méd. *kentenarion*, lui-même du lat. *centenarium* « poids de cent livres », pris au sens de « poids de cent livres » jusqu'au début du XIXe s., puis « poids de cent kilos ».

quinte (XIVe s.), du fém. lat. *quinta* « cinquième », désigne en musique le cinquième accord de la gamme. Les sens de « suite de cinq cartes » et celui de « accès de toux » (à l'orig. revenant toutes les cinq heures) sont attestés au XVIIe s.

quintessence (XIIIe s.), empr. au lat. méd. *quinta essentia* « cinquième essence », concept empr. à la pensée d'Aristote, pour qui la « cinquième essence » était l'éther, le plus subtil des éléments de l'univers. Le sens de « partie subtile d'un corps extraite par distillation », d'où « extrait concentré » date de l'alchim. méd., celui de « élément raffiné, épuré, précieux, essentiel » du XVIe s.

quintette (XIXe s.), empr. à l'ital. *quintetto* « morceau de musique pour cinq instruments ou cinq voix », « groupe de cinq instruments ou de cinq chanteurs », dér. de *quinto* « cinq ».

quintuple (XVe s.), empr. au lat. imp. *quintuplex* « cinq fois plus grand ». || ***quintupler*** (XVe s.).

quinze (XIe s.), du lat. *quindecim*, de même sens. || ***quinzième*** (XIIe s.) ; ***quinzaine*** (XIIe s.).

quiproquo (XIVe s.), empr. au lat.

méd. *quid pro quo* « prendre une chose pour une autre », désigne en a. fr. une méprise, parfois une tromperie. Le sens de « méprise, malentendu » a seul survécu.

quitte (XIIe s.), empr. au lat. jur. méd. *quitus*, issu (par accent. hypercorrecte) du lat. clas. *quietus* « libéré de toute dette », donc « tranquille », fréq. en a. fr. au sens de « libéré de toute obligation (financière ou morale) ». L'expres. *quitte ou double* « en annulant ou en doublant les gains et les pertes », d'où « en jouant le tout pour le tout » est un terme de jeu déjà attesté au XVe s. || ***quitter*** (XIIe s.), d'abord « libérer d'une obligation, tenir quitte », puis « prendre congé, laisser » (XIIIe s.), enfin « partir, s'éloigner de » (XVIe s.) ; ***quittance*** (XIIe s.) en a. fr. au sens de « libération, acquittement, abandon, paix, tranquillité », « reconnaissance d'un paiement, de l'acquittement d'une dette ». Ce dernier sens a seul survécu en fr. mod. ; ***acquitter*** (XIe s.), « libérer d'une obligation (juridique ou morale), payer une dette ». Le sens judic. de « absoudre, déclarer non coupable » date du XIXe s. ; ***acquit*** (XIIe s.), d'abord au sens de « libération d'un engagement, paiement d'une dette », auj. au seul sens de « reconnaissance écrite d'un paiement » (XIIIe s.) ; ***acquittement*** (XIIIe s.), d'abord au sens de « libération d'une obligation », en fr. mod. « paiement d'un droit », et surtout « déclaration de non-culpabilité » (depuis le XVIIIe s.) ; ***quitus*** (XVe s.), empr. au lat. méd. *quitus* « libéré de toute dette », devenu subst. au sens de « décharge donnée à qqn ».

qui-vive (XVe s.), inter. milit. au sens de « qui va là ? ». L'expres. *être sur le qui-vive* « être sur ses gardes » date du XVIIe s.

quoi, **quoique**, voir ***qui***.

quolibet (XIVe s.), empr. à l'expres. de la scolast. méd. *disputatio de quolibet* « débat sur ce que l'on veut, sur un sujet libre ». Le sens de « plaisanteries, propos moqueurs » date du XVIe s.

quorum (XVIIe s.), subst., empr. à l'angl., lui-même empr. au lat. *quorum* « desquels », gén. plur. du pron. *qui*, utilisé dans les formules jur. désignant les personnes dont la présence était nécessaire à la validité des débats. Ce terme de droit administr. désigne en France depuis le XIXe s. le nombre minimum de membres indispensable à la tenue d'une assemblée.

quota (XXe s.), empr. à l'angl. *quota* « quotité », du lat. *quota (pars)* « combien », désigne un contingent ou un pourcentage déterminé.

quote-part (XVe s.), formé de l'adj. inter. fém. lat. *quota* « quelle, combien » et du subst. *part*, litt. « quelle part » (lat. *quota pars*), marquant « la part qui revient à chacun dans la répartition d'une somme (à payer ou à recevoir) ». || **quotité** (XVe s.), fait sur l'a. fr. *cote*, *quote* « part qui revient à chacun » du lat. *quota (pars)* avec infl. du mot *quantité*, en fr. « montant d'une quote-part ». L'expres. jur. *quotité disponible* « fraction d'un patrimoine dont un testateur peut disposer librement malgré la présence d'héritiers réservataires » date du XIXe s. Voir ***cote***.

quotidien (XIIe s.), empr. au lat. *quotidianus* « de tous les jours ».

quotient (XVe s.), empr. au lat. *quotiens, quoties* « combien de fois », empl. en divers sens tech. (arithmétique, élections, fiscalité, démographie) pour indiquer le résultat de la division d'un nombre par un autre.

R

rabâcher (XVIIe s.), d'orig. obsc., a d'abord signifié « faire du vacarme ». Le sens mod. « redire constamment la même chose » est attesté dès le XVIIIe s. || ***rabâchage*** (XVIIIe s.) ; ***rabâcheur*** (XVIIIe s.).

rabais, **rabaisser**, voir ***baisser***.

rabattre, voir ***battre***.

rabbin (XIVe s.), de l'araméen *rabbi* « maître », désigne un docteur de la loi juive (XIVe s.), puis le chef religieux d'une communauté juive (XIXe s.). || ***rabbinique*** (XVIe s.).

râble (XIIIe s., sous la forme *roable, reable*), sorte de râteau plat, du lat. *rutabulum* « instrument de nettoyage », fait sur *ruere* « remuer ». L'emploi dér. pour désigner le bas du dos d'un animal est attesté dès le XVIe s.

rabot (XIVe s.), outil de menuiserie, d'orig. peu claire. || ***raboter*** (XVe s.) ; ***raboteux*** (XVIe s.) ; ***rabotage*** (XIe s.).

rabougri (XVIIe s.), part. et adj. de *rabougrir*, dér. de l'a. fr. **abougrir* « affaiblir », fait sur *bougre* « chétif, malingre ».

rabrouer (XIVe s.), p.-ê. fait de *ra-* et de *brouer* « écumer, gronder », d'où en fr. « traiter qqn avec rudesse ».

racaille (XIIe s., sous la forme *rascaille*), terme péj. d'orig. peu claire, p.-ê. de la région normande. On y voit un dér. au sens de « lie du peuple, rebut » d'un verbe non attesté **rasquer* qui signifierait « racler ». L'étym. et l'évol. sémant. ne sont pas assurées. Le mot s'empl. au sens de « canaille, populace » et « individu méprisable ».

race (XVe s.), empr. à l'ital. *razza* « famille, espèce (d'animaux) », p.-ê. du lat. *(gene)ratio*. Le mot s'emploie pour désigner les générations qui se succèdent dans une famille noble au sens de « lignée, ascendants, descendants » (*la race des Capétiens*), d'où les sens « origine, extraction, génération », puis au sens de « espèce zoologique, groupe ethnique possédant des caractères héréditaires » au plan humain (*race caucasienne*) ou animal (*un chien de pure race*). || ***racé*** (XIXe s.), « qui présente les qualités propres à la race », puis « distingué » ; ***racial*** (XXe s.) ; ***racisme*** (XXe s.), « doctrine politique affirmant la suprématie d'une race », puis « sentiments d'hostilité contre les ethnies jugées inférieures » ; ***raciste*** (XXe s.) ; ***antiraciste*** (XXe s.).

rachis (XVIe s.), empr. au grec *rhakhis* « épine dorsale ». || ***rachidien*** (XIXe s.) ; ***rachitique*** (XVIIIe s.), dér. du lat. médic. *rachitis* « de l'épine dorsale », s'applique à un malade victime d'un arrêt de la calcification du squelette ; ***rachitisme*** (XVIIIe s.).

racine (XIIe s.), du lat. tard. *radicina*, fait sur *radix* « racine ». Le sens dér. « origine, base, fondement, lien » est attesté dès le XIIe s. || ***enraciner*** (XIIe s.) ; ***enracinement*** (XIVe s.) ; ***déraciner*** (XIIIe s.), au sens de « arracher une plante enracinée », puis « extraire », enfin « arracher à son pays d'origine, à sa condition » (XIXe s.) ; ***indéracinable*** (XVIIIe s.).

racket (XXe s.), empr. à l'améric. *racket* « chantage, escroquerie », désigne une association de malfaiteurs, puis l'extorsion d'argent par la violence.

racler (XIVe s.), du prov. *rasclar*, issu du lat. vulg. **rasclare*, de **rasiculare*, lui-même fait sur *rasus*, part. pas. de *radere* « raser, gratter ». || ***racloir*** (XVIe s.) ; ***raclette*** (XVIIIe s.), instrument pour racler, puis plat valaisan fait avec du fromage que l'on racle (XIXe s.) ; ***raclée*** (XIXe s.), pop. « volée de coups, correction ».

racoler, voir ***accoler***.

racornir (XIVe s.), dér. de *corne*.

radar (XXe s.), de l'angl. *radar*, sigle de *radio detection and ranging (system)* « système de détection et de repérage par ondes électro-magnétiques ».

rade (XIIIe s.), de l'a. angl. *rad* « voyage, passage », qui a donné aussi *road* « chemin ». Le mot désigne un bassin où les bateaux peuvent mouiller.

radeau (XVe s.), empr. au prov. *radel*, dimin. de *rat*, issu du lat. *ratis*, de même sens.

radi-, premier élém. de mots sav. comme ***radiesthésie***, tiré du lat. *radius* « rayon ».

radial (XVe s.), adj. sav. tiré du lat. *radius* « rayon », « relatif au radius (os de l'avant-bras) » (*muscle radial*), pris au XXe s. au sens de « disposé en rayon, relatif au rayon » (*voie radiale* « voie qui forme un rayon en allant de la périphérie vers le centre »).

radiant (XIIIe s., rare avant le XIXe s.), empr. au lat. *radians*, part. prés. de *radiare*, « qui envoie des rayons, qui rayonne » ; ***radian*** (XVIIIe s.), empr. à l'angl. *radian*, unité de mesure d'angle ; ***radiation*** (XVe s.), empr. au lat. *radiatio* « rayonnement », pris au sens de « émission de rayons lumineux, émission d'ondes » ; ***radiateur*** (XIXe s.), appareil assurant un rayonnement (de la chaleur dans une pièce, permettant le refroidissement d'un moteur) ; ***radieux*** (XVe s.), empr. au lat. *radiosus* « rayonnant », « qui émet des rayons lumineux, rayonnant, éclatant », puis « rayonnant de joie, de bonheur » (XVIIe s.) ; ***radius*** (XVIe s.), empr. au latin *radius* « rayon », en fr. « os long de l'avant-bras » ; ***radium*** (XIXe s.), « élément émettant des radiations ». Voir ***irradier***.

radiation 1, voir ***radial***.

radiation 2 (XIVe s.), « suppression, retrait », dér. s. d. du lat. méd. *radiare* « rayer, supprimer », latinisation erronée de l'a. fr. *rayer* « tracer une ligne, une raie » d'où « supprimer », tiré lui-même du subst. *rai*, d'orig. gaul. ‖ ***radier*** (XIXe s.), « rayer, supprimer ».

radical (XVe s.), empr. au lat. tard. *radicalis* « qui se rattache à la racine, fondamental, primordial », d'abord au sens de « qui tient à la racine, à l'essence d'une chose », d'où « absolu, total, intense ». Nombreux empl. tech. (philos., linguist., chimie, mathémat., polit.). ‖ ***radicalement*** (XIVe s., rare avant le XIXe s.), « absolument, complètement » ; ***radicalisme*** (XIXe s.) ; ***radicaliser*** (XIXe s.).

radicule (XVIIe s.), empr. au lat. *radicula* « petite racine ».

radieux, voir ***radial***.

radin (XIXe s.), terme pop. « ladre, avare », p.-ê. empr. à l'arg. des voleurs *radin* « gousset ».

radio-, premier élém. de mots sav. comme ***radiographie*** (abrégé en ***radio***), tiré du lat. *radius* « rayon ». Le terme *radio-* s'applique soit à des rayons lumineux, soit à des ondes électromagnétiques.

radis (XVIe s.), de l'ital. *radice*, du lat. *radix, radicis* « racine ».

radoter (XIe s., sous la forme *redoté* « retombé en enfance, qui tient des propos décousus, fou »), issu s. d. du préf. *re-, ra-* et d'un verbe **doter* d'orig. germ. « tomber en enfance, être fou » (cf. l'angl. *to dote*). ‖ ***radoteur*** (XVIe s.) ; ***radotage*** (XVIIIe s.).

radouber, **radoub**, voir ***adouber***.

rafale (XVIIe s.), d'orig. peu claire, « coup de vent violent », puis « série de tirs d'armes à feu » (XIXe s.), « succession rapide et violente » (XXe s.).

raffiner, **raffinement**, **raffinerie**, **raffineur**, voir ***fin***.

raffoler, voir ***fou***.

raffut (XIXe s.), « tapage », dér. de *raffûter*, dér. de *affûter*, d'abord « affûter de nouveau », puis « faire du bruit » (XVIIIe s.).

rafiot (XVIIIe s., sous la forme *rafiau*), d'orig. obscure, « petite embarcation », « mauvais navire » dans la lang. pop.

rafistoler (XVIIe s.), « remettre en état », mot pop., d'orig. peu claire, p.-ê. tiré de *afistoler* « tromper », d'où « arranger, orner ».

rafle 1 (XIIIe s.), empr. au m. h. all. *raffel* « instrument pour racler le feu », en fr. avec le même sens, puis terme de jeu « jeu de dés où l'on peut d'un coup saisir toute la mise » (XIVe s.), ensuite « action de piller », « butin » (XVIe s.) et « arrestation en masse » (XIXe s.). || ***rafler*** (XVIe s.), d'abord terme de jeu, puis « enlever de vive force sans rien laisser » ; ***érafler*** (XVe s.), d'abord *arafler* (XIVe s.) ; ***éraflure*** (XVIIe s.).

rafle 2 (XVe s.), « grappe sans raisins », d'orig. incert.

rage (XIe s.), du lat. vulg. **rabia*, du lat. clas. *rabies*, de même sens (cf. l'ital. *rabbia*, l'esp. *rabia*). || ***rager*** (XIIe s.) ; ***enrager*** (XIIe s.) ; ***rageur*** (XIXe s.).

raglan (XIXe s.), mot empr. au nom de lord *Raglan*, désigne un manteau à pèlerine, puis un manteau aux emmanchures coupées en biais.

ragot 1 (XVIIe s.), d'orig. inconnue, « commérage, médisance ».

ragot 2 (XIVe s.), d'orig. peu claire, « jeune sanglier mâle ».

ragoût, **ragoûtant**, voir ***goût***.

rai (XIIe s.), « rayon », du lat. *radius*. || ***rayon*** de lumière (XVIe s.) ; ***rayonner*** (XVIe s.) ; ***rayonnement*** (XVIe s.) ; ***enrayer*** (XVIe s.), fait sur *rai* « rayon de roue », d'abord « entraver le mouvement d'une roue en agissant sur les rayons » ; ***enrayage*** (XIXe s.).

raid (XIXe s.), de l'angl. *raid* « expédition militaire, incursion », du v. angl. *rad* « chevauchée », désigne une incursion rapide en territoire ennemi, puis une épreuve sportive.

raide, **roide** (arch.) (XIIe s., sous la forme *roit* masc., *roide* fém.), issu de l'a. fr. *roide*, forme fém. généralisée, du lat. *rigidus* « ferme, rigide », dès le XIIe s. au sens de « rigide », « sans concession, inflexible », puis « droit, abrupt » (XIIe s.). Les valeurs « difficile à admettre, choquant » datent du XIXe s. || ***raideur*** (XIIe s.) ; ***raidir*** (XIIIe s.) ; ***raidissement*** (XVIe s.) ; ***raidillon*** (XVIIIe s.).

raie 1 (XIIe s., sous la forme *roie*), « ligne, sillon », empr. au gaul. **rica* « sillon », empl. au sens de « sillon », « rayure, bande », « ligne de séparation des cheveux » (XVe s.). || ***rayon*** (XIIe s. *roion*) « sillon » ; ***rayer*** (XIIe s.) ; ***rayure*** (XIVe s.).

raie 2 (XIIe s.), « poisson », du lat. *raia*, de même sens.

raifort (XVe s.), subst. masc., de l'a. fr. *raiz fort* « racine forte », du lat. *radix, radicis*, cette plante ayant une racine au goût épicé.

rail (XIXe s.), de l'angl. *rail* « barre (de fer) constituant la voie ferrée », pris au sens de « voie ferrée », et « transport par voie ferrée ». || ***dérailler*** (XIXe s.) ; ***déraillement*** (XIXe s.) ; ***dérailleur*** (XXe s.) ; ***monorail*** (XXe s.).

railler (XVe s.), p.-ê. d'un lat. vulg. **ragulare* « crier », du lat. tard. *ragere* « rugir » (cf. l'a. prov. *ralhar* « plaisanter »), au sens de « plaisanter » et « se moquer de ». La seconde acception existe seule en fr. mod. || ***raillerie*** (XVe s.) ; ***railleur*** (XVe s.).

rainette (XIVe s.), de l'a. fr. *raine* « grenouille », du lat. *rana*, de même sens.

rainure (XIVe s.), dér. de l'a. fr. *roisner* « entailler », fait sur *roisne* « tarière », du lat. vulg. **rucina*, du grec *rukané* « tarière ».

raisin (XIIe s.), du lat. vulg. **racimus*, du lat. clas. *racemus*, de même sens. || ***raisiné*** (XVIe s.).

raison (Xe s.), de l'acc. lat. *rationem*, de *ratio* « calcul, compte, considération » et « raison, explication, justification (d'une action), argumentation, théorie », marque dès le XIIe s. la conformité avec une norme de vérité, d'équité (*avoir raison* est attesté au XIIe s., *donner raison à qqn* au XVIIIe s.), l'explication, le fondement de qq. ch., l'argument (*à plus forte raison* existe au XVIe s.), le rapport (*en* *raison de, en raison inverse* à partir du XVIIIe s.), la satisfaction que l'on demande (*demander raison* « demander réparation » date du XVe s.). Du sens de « compte » attesté au XIIe s. (*livre de raison* est une expres. empl. au XVIe s.) le mot est passé à celui de « faculté de compter », d'où dès le XIIe s. « faculté intellectuelle, jugement, discernement, pensée » (*perdre la raison* existe au XVIe s.), et aussi comme principe d'explication au sens de « cause » (XIIe s.). || ***déraison*** (XIIe s.) ; ***déraisonner*** (XIIIe s.) ; ***raisonnable*** (XIIe s.) ; ***raisonner*** (XIIe s.) ; ***raisonnement*** (XIVe s.) ; ***raisonneur*** (XIVe s., rare avant le XVIIe s.) ; ***arraisonner*** (XIe s.), d'abord au sens de « s'adresser à qqn » ; ***irraisonné*** (XIXe s.).

rajah (XVIe s.), empr. à l'hindi *raja* « roi ». || ***maharajah*** (XVIIIe s.), de *maha* « grand » et *raja* « roi ».

râler (XVe s., sous la forme *rasler*), var. fr. de *racler*, au sens de « faire un bruit rauque ». || ***râle*** (XIIe s.), « oiseau (qui fait du bruit) » et « bruit de la respiration » (XVIIe s.) ; ***râleur*** (XVIe s.). Le sens de « grognon, mécontent » date du XIXe s.

rallier « rassembler », voir ***allier***.

rallye (XXe s.), terme de sport, de l'angl. *rally* « rassemblement », au sens de « compétition, épreuve sportive », et « ensemble de réunions dansantes ».

ramadan (XVe s.), empr. à l'ar. *ramadan* « neuvième mois (de l'année musulmane) », désigne le mois où les musulmans doivent jeûner pendant le jour.

ramage, voir ***rameau***.

ramasser, voir ***masse 1***.

ramdam (XIXe s.), mot pop., de l'ar. maghrébin *ramdam* « ramadan », pris au sens de « tapage, vacarme » en raison du bruit intense fait la nuit par les musulmans au cours du ramadan.

rame 1 « aviron », voir ***ramer***.

rame 2 (XVIIe s.), « piquet servant de tuteur pour une plante », de l'a. fr. *ram, raim*, du lat. *ramus* « branche ». || ***ramée*** (XIIIe s.), « abri de feuillage couvert formé par les branches des arbres » ; ***ramer*** (XIVe s.), « installer une rame ». Voir ***rameau***.

rame 3 (XIVe s., sous la forme *rayme, reyme*), « paquet de 500 feuilles de papier », empr. au catal. *raima* ou à l'esp. *resma*, de l'ar. *razma, rizma* « paquet, ballot ». Le sens de « groupe de wagons » date du XXe s. || ***ramette*** (XVIIe s.).

rameau (XIIe s.), du lat. vulg. **ramellus*, du lat. clas. *ramus* « branche, rameau ». || ***ramier*** (XIIIe s.), dér. de l'a. fr. *ram, raim* « branche », du lat. *ramus*, de même sens, désigne un pigeon sauvage vivant dans les branches ; ***ramille*** (XIIIe s.), dér. de l'a. fr. *ram, raim* ; ***ramure*** (XIIIe s., sous la forme *rameüre*), dér. de l'a. fr. *ram, raim*, désigne l'ensemble des branches d'un arbre, puis l'ensemble des bois d'un cervidé (XIIIe s.) ; ***ramage*** (XIIIe s.), dér. de l'a. fr. *ram, raim*, d'abord au sens de « branchu » et « sauvage » en a. fr., puis subst. au sens de « ensemble des branches, feuillage » (XIIIe s.), enfin « chant des oiseaux dans les branches » (XVIe s.). Voir ***rame 1***.

ramequin (XVIIe s.), du m. néerl. *rammeken* « petit gâteau au fromage », empl. en ce sens, puis par dér. au sens de « petit récipient » (XXe s.).

ramer 1 (XIIIe s.), du lat. vulg. **remare* « manœuvrer l'aviron », fait sur *remus* « rame ». || ***rame*** (XIVe s.), déverb., « aviron » ; ***rameur*** (XIIIe s.).

ramer 2, voir ***rame 2***.

rami (XXe s.), s. d. de l'angl. *rummy*, désignant un jeu de cartes.

ramifier (XIVe s.), empr. au lat. méd. *ramificare* « diviser en rameaux ». || ***ramification*** (XVIe s.).

ramollir, voir ***mou***.

ramoner (XIIIe s.), de l'a. fr. *ramon* « balai de branchages », dér. de *ram, raim* « branche », au sens de « balayer », parfois « frapper », puis au sens sexuel « avoir des rapports sexuels avec une femme » (XVe s.). Le sens de « nettoyer une cheminée » est attesté au XVIe s. || ***ramonage*** (XIVe s.) ; ***ramoneur*** (XVIe s.).

ramper (XIIe s.), du franc. **hrampon* « grimper, s'accrocher avec des griffes », au sens de « grimper » (*rampant* en hérald. conserve ce sens), de « avancer par reptation » (dès le XIVe s.). La nuance morale de « s'abaisser, s'aplatir » date du XVIIe s. || ***rampe*** (XVIe s.), désigne un plan incliné, un terrain en pente, une balustrade, enfin un alignement de projecteurs (XXe s.).

rancart (XVIIIe s.), d'orig. obsc., empl. dans l'expres. *mettre au rancart* « mettre au rebut ».

rance (XIVe s.), empr. au lat. *rancidus* « avarié, infect ». || ***rancir*** (XVIe s.) ; ***rancissure*** (XVIe s.).

ranch (XIXe s.), mot améric., lui-même empr. à l'esp. *rancho* « cabane, petite ferme », désigne une ferme ou une exploitation agricole dans la Prairie américaine.

rancœur (XIIe s.), du lat. tard. *rancor* « état d'une chose avariée », d'où en lat. chrét. au sens moral « désagrément, ressentiment, aigreur ».

rançon (XIIe s.), du lat. *redemptio, redemptionis* « action de racheter, rachat », empl. au M. A. au sens de « somme à payer pour délivrer un captif ». || ***rançonner*** (XIIIe s.), « exiger une rançon, faire payer de force une contribution financière ».

rancune (XIe s.), de l'a. fr. *rancure* par chang. de suff., du lat. vulg. **rancura*, lui-même créé par chang. de suff. sur *rancor, rancoris* « désagrément, ressentiment », désigne en fr. un ressentiment tenace. || ***rancunier*** (XVIIIe s.).

randonnée (XIIe s.), dér. de l'a. fr. *randonner* (XIIe s.) « courir impétueusement », fait sur le franc. **rand* « course » (cf. l'all. *rennen* « courir »), signifie d'abord « course impétueuse », puis « circuit fait par une bête (poursuivie à la chasse) » (XVIe s.), enfin « longue course, longue promenade » (XVIIIe s.). || ***randonneur*** (XXe s.).

rang (XIe s.), du franc. **hring* « cercle, anneau », d'où « rangée circulaire » (cf. l'all. *Ring* « cercle »), puis « rangée », a désigné en a. fr. la disposition sur une même ligne, une rangée de personnes, de guerriers, puis la place dans une série (XVIe s.), dans une hiérarchie (XVIe s.), dans la société (XVIIe s.). || ***ranger*** (XIIe s.), « disposer dans un ordre » ; ***rangée*** (XIIe s.) ; ***rangement*** (XVIIe s.) ; ***arranger*** (XIIe s.), « disposer en ordre, mettre en état » ; ***arrangement*** (XIVe s.) ; ***déranger*** (XIe s.), ***dérangement*** (XVIIe s.).

raout (XVIIIe s.), de l'angl *rout* « troupe, compagnie », puis « réunion mondaine ».

rapace (XVe s.), empr. au lat. *rapax, rapacis* « qui s'empare de, ravisseur, pillard ». || ***rapacité*** (XIVe s.), empr. au lat. *rapacitas* « avidité, cupidité ».

râper (XIIIe s.), « frotter, gratter, réduire en poudre », du germ. *raspon* « gratter ». || ***râpe*** (XIIIe s.), s. d. déverb. de *râper*, « lime servant à râper » (XIIIe s.), « grappe de raisins pressée et dépouillée de ses grains » (XIVe s.) ; ***râpeux*** (XVIe s.) ; ***râpure*** (XIIIe s.).

rapetasser (XVIe s.), mot fam. du parler lyonnais, de *petassar* « rapiécer », fait sur *petas* « morceau, pièce », du lat. *pittacium* « pièce de cuir ou de parchemin », empr. au grec *pittakion*. || ***rapetassage*** (XVIIe s.).

raphia (XIXe s.), empr. au malgache *raphia* désignant un palmier dont on tire des fibres.

rapide (XVIe s.), empr. au lat. *rapidus* « prompt, vif, impétueux ». Le sens de « abrupt, en pente » date du XVIIIe s. || ***rapidité*** (XVIIIe s.), empr. au lat. *rapiditas*.

rapiécer, voir ***pièce***.

rapière (XVe s.), dér. de *râpe*, la garde de cette longue épée étant percée de trous comme une râpe.

rapin (XIXe s.), d'orig. obsc., « apprenti dans un atelier de peintre », puis « peintre » (empl. péj.).

rapine (XIIe s.), empr. au lat. *rapina* « vol, pillage ». || ***rapiner*** (XIIIe s.).

rapt (XIIIe s.), empr. au lat. *raptus* « enlèvement ».

raquette (XIVe s. au sens de « paume de la main » sous la forme *raschete, rasquette*), du lat. méd. *rasceta (manus)*, de l'ar. *rahat, rahet* « paume ». Le sens de « instrument servant à lancer une balle » est attesté au XVe s.

rare (XIVe s.), du lat. *rarus* « peu serré, espacé, peu nombreux, peu fréquent ». || ***rareté*** (XIVe s.), empr. au lat. *raritas* « faible nombre » ; ***raréfier*** (XIVe s.), empr. au lat. *rarefacere* « diminuer le nombre » ; ***raréfaction*** (XIVe s.), empr. au lat. méd. *rarefactio* ; ***rarissime*** (XVIe s.), empr. à l'ital. *rarissimo* « très rare ».

ras (XIIe s., rare jusqu'au XVIe s.), réfect. de l'a. fr. *rés* d'après le verbe *raser*, au sens de « au poil coupé court » et « parfaitement uni, au niveau du bord, complètement plein ». || ***rasade*** (XVIIe s.), « quantité de boisson servie à ras bord » ; ***araser*** (XIIe s.), « mettre à ras » ; ***arasement*** (XIVe s.). Voir ***raser***.

rascasse (XVIe s.), « poisson », empr. à l'a. prov. *rascassa*, fém. subst. de *rascas* « teigneux » du lat. tard. *rasicare* « gratter, avoir la teigne », ce poisson ayant des taches ressemblant à celles de la teigne.

raser (XIIe s.), du lat. vulg. **rasare*, fait sur *rasus*, part. pas. de *radere* « raser, polir, effleurer », en a. fr. au sens de « couper au rasoir », « effleurer », « mettre à ras, abattre à ras de terre », d'où « détruire complètement » (XIIIe s.). Le sens mod. de « importuner, gêner » est attesté au XIXe s. dans la langue pop. || ***rasage*** (XVIIIe s.) ; ***raseur*** (XIVe s.). Le sens de « importun » date du XIXe s. ; ***rasoir*** (XIIe s.), du lat. vulg. **rasorium* « outil qui rase ».

rassasier (XIIIe s.), de l'a. fr. *assasier*, du lat. méd. *assatiare*, du lat. clas. *satiare* « satisfaire, assouvir », fait sur *satis* « suffisamment, assez ».

rasséréner, voir ***serein***.

rat (XIIe s.), d'orig. obscure. || ***raton*** (XIIIe s.) ; ***ratière*** (XIIIe s.) ; ***ratier*** (XIXe s.), « qui chasse les rats » ; ***dératisation*** (XXe s.) ; ***rater*** (XVIIIe s.), « ne pas réussir, échouer », tiré de l'expres. *prendre un rat* « manquer son coup (en parlant d'un tir avec une arme à feu) » ; ***raté*** (XVIIIe s.), subst. « coup qui n'est pas parti », d'où « mauvais fonctionnement ».

ratafia (XVIIe s.), p.-ê. mot créole à l'occasion d'un toast, empl. au sens de « liqueur ».

ratatiner (XVIIe s.), mot expres. au sens de « amoindrir, rapetisser ». Le part. pas. s'emploie au sens de « recroquevillé, flétri ».

ratatouille (XVIIIe s.), d'orig. incert., mot indiquant que les divers ingrédients de ce mets ont été mélangés et remués.

rate (XIIe s.), d'orig. incert. || ***dératé*** (XVIe s.), d'abord « à qui on a enlevé la rate (pour supprimer la bile noire et faire courir plus vite) » (en parlant d'un chien ou d'un cheval), d'où l'expres. *courir comme un dératé* « très vite » (XIXe s.).

râteau (XIIe s.), du lat. *rastellum*, dimin. de *rastrum* « bêche, râteau ». || ***râtelier*** (XIIIe s.), « support de divers outils, assemblage à claire-voie contenant la nourriture du bétail ».

rater, voir ***rat***.

ratifier (XIIIe s.), empr. au lat. méd. *ratificare* « approuver, confirmer », fait sur *ratus* qui avait déjà en lat. clas. le sens de « valable, approuvé ». || ***ratification*** (XIVe s.), empr. au lat. méd. *ratificatio* « approbation, confirmation ».

ratio (XXe s.), terme angl., du lat. *ratio* « calcul, compte », en angl., puis en fr. « rapport entre deux nombres ».

ratiociner (XVIe s.), empr. au lat. *ratiocinari* « calculer, raisonner », a signifié « raisonner », puis au XIXe s. avec val. péj. « ergoter, faire des raisonnements subtils et interminables ». || ***ratiocination*** (XVe s.), empr. au lat. méd. *ratiocinatio* « compte », même évol.

ration (XIIIe s.), du lat. *ratio* « compte, calcul », d'où « portion de vivres attribuée aux soldats ». || ***rationner*** (XVIIIe s.), « distribuer par ration ». Le sens de « soumettre au rationnement » date du XIXe s. ; **rationnement** (XIXe s.).

rationnel (XIIe s.), empr. au lat. philos. *rationalis* « raisonnable, doué de raison, fondé sur le raisonnement ». Le sens de « qui procède d'un raisonnement (indépendant de l'expérience) » date du XVIIe s. || ***rationalisme*** (XIXe s.), « croyance que tout l'univers est intelligible », « croyance selon laquelle toute connaissance vient de la raison », « croyance en la seule raison humaine » ; ***rationaliste*** (XVIe s.) ; ***rationalité*** (XIIIe s.) ; ***rationalisation*** (XXe s.) ; ***irrationnel*** (XIVe s.), empr. au lat. *irrationalis* ; ***irrationalisme*** (XIXe s.) ; ***irrationalité*** (XIXe s.).

ratisser (XIVe s.), dér. du m. fr. *rater* « racler, peler, raturer », empl. au sens de « racler, enlever, nettoyer ». Le sens mod. « fouiller méthodiquement un endroit » date du XXe s. || ***ratissage*** (XVIIIe s.).

rattraper, voir ***trappe***.

rature (XIIIe s.), « action de racler, de gratter, d'effacer », p.-ê. d'un lat. vulg. **raditura*, de *radere* « racler », d'abord au sens de « raclure ». La valeur de « suppression de lettres » est attestée au XVIe s. || ***raturer*** (XVe s.), « effacer d'un trait de plume ».

rauque (XIVe s.), du lat. *raucus* « enroué, rude et âpre (en parlant de la voix) ».

ravage, voir ***ravir***.

ravalement, **ravaler**, voir ***val***.

ravauder (XVIe s.), d'orig. peu claire, empl. surtout au sens de « rapiécer, raccommoder », a signifié au XVIIe s. « maltraiter en paroles, débiter des impertinences, dire des bavardages ». || ***ravaudage*** (XVIe s.) ; ***ravaudeur*** (XVIe s.).

rave (XIIe s., sous la forme *rabe*), du franco-prov. *rava*, du lat. *rapa*, plur. de *rapum* « rave, navet », du lat. *raphanus* « navet, radis », en fr. parfois au sens de « radis ». || ***ravier*** (XVIe s.), d'abord « champ de raves », puis « petit récipient où l'on sert les radis et hors-d'œuvre » (XIXe s.).

ravigoter (XVIIe s.), altér. par chang. de suff. du m. fr. *ravigorer* « rendre plus vigoureux », dér. sav. fait sur *vigueur*.

raviner (XIIe s.), dér. de l'a. fr. *ravine* « impétuosité, élan » et « torrent », du lat. *rapina* « action violente, pillage », verbe empl. au sens de « couler avec force », puis au XVIe s. de « creuser le sol », enfin au sens fig. « marquer le visage de rides » (XIXe s.). || ***ravin*** (XVe s.).

ravioli (XIVe s., sous la forme *raviolle*, XIXe s., sous la forme *ravioli*), de l'ital. *ravioli*, morceau de pâte contenant du hachis.

ravir (XIIe s.), du lat. vulg. **rapire*, du lat. clas. *rapere* « entraîner, emporter précipitamment, saisir violemment », en fr. au sens de « enlever de force ». Les sens de « mettre hors de soi, transporter en extase » et « causer un vif plaisir » sont attestés au XIIe s. || ***ravissement*** (XIIIe s.), « rapt » et « extase » ; ***ravisseur*** (XIIe s.) ; ***ravissant*** (XIVe s.), est resté longtemps au sens de « qui enlève de force » (en hérald. « qui tient une proie »). Le sens de « qui charme, qui provoque une vive joie » date du XVIIe s. ; ***ravage*** (XIVe s.), « dommage, dégât » ; ***ravager*** (XIVe s.), « arracher des plants », puis « endommager, piller » (XVIe s.).

ravitailler (XVe s.), « pourvoir en vivres », dér du m. fr. *avitailler*, lui-même fait sur *vitaille* (XIIe s.) « nourriture », du lat. *victualia* « vivres, aliments ». || ***ravitaillement*** (XVe s.). Voir ***victuaille***.

rayer, voir ***raie 1***.

rayon 1 (de lumière), voir ***rai***.

rayon 2 « sillon », voir ***raie 1***.

rayon 3 « alvéoles emplis de miel, casier » (XVe s.), dér. de l'a. fr. *ree* « rayon de miel », du franc. **hrata* « miel ». Le sens de « casier de rangement, planche de rangement » est attesté au XVe s., celui de « comptoir d'un magasin » au XIXe s. || ***rayonnage*** (XIXe s.).

rayonne (XXe s.), fibre artificielle, de l'angl. *rayon*.

rayonnement, **rayonner**, voir ***rai***.

rayure, voir ***raie 1***.

raz, **ras** (XIVe s.), empr. au scand. *ras* « courant d'eau », pris en fr. au sens de « courant marin », « passage étroit » et « grosse vague » (*raz de marée*).

razzia (XIXe s.), de l'ar. d'Algérie *rhazya*, ar. clas. *rhazwa* « attaque, incursion », en fr. « incursion d'une troupe de pillards », puis « attaque par surprise ». || ***razzier*** (XIXe s.).

re-, **ré-**, **r-**, préfixe, du lat. *re-*, marquant le retour en arrière, la répétition, le renforcement.

ré (XIIIe s.), issu de la première syllabe de *resonare*, 2e vers de l'hymne latin de Paul Diacre, seconde note de la gamme.

réaction, voir ***action***.

réaliser, **réalité**, voir ***réel***.

rébarbatif (XIVe s.), de l'a. fr. *se rebarber* « tenir tête, barbe contre barbe », d'où en fr. « rude, revêche, désagréable ».

rebeller (se), (XIIe s.), empr. au lat. *rebellare* « reprendre les armes, se révolter, résister ». || ***rebelle*** (XIIe s.), empr. au lat. *rebellis* « insoumis, révolté » ; ***rébellion*** (XIIIe s.), empr. au lat. *rebellio* « révolte ».

rebiffer (se) (XIIe s.), d'orig. obsc., en fr. d'abord « rabrouer », surtout « refuser vivement, regimber, se révolter ».

reblochon (XIXe s.), de *reblocher* « traire une seconde fois », fromage savoyard (fait avec le lait de la seconde traite).

rebours (XIIe s.), du lat. tard. *reburrus* « rebroussé », altér. en **rebursus* d'après *reversus*, d'abord sous la forme de l'adj. *rebours* « hérissé, ébouriffé », puis « revêche », puis dans l'expres. *à rebours* « en sens contraire » (XIIe s.). || ***rebrousser*** (XIIe s., sous la forme *reborser*), d'abord au sens de « retrousser la peau ». Le sens de « revenir en arrière » est attesté au XVIe s. ; ***rebroussement*** (XVIIe s.).

rebouter, **rebouteux**, voir **bouter**.

rebuffade (XVIe s.), dér. de *rebuffe*, de l'ital. *rebuffo*, *ribuffo* « reproche, menace », en fr. au sens de « refus désagréable ».

rébus (XVe s.), du lat. *rebus*, ablatif plur. de *res* « chose », s. d. parce que le jeu a consisté à représenter les mots à deviner par des choses dessinées.

rebut, **rebuter**, voir ***but***.

récalcitrant (XVIe s.), de l'a. fr. *récalcitrer* (XIIe s.), empr. au lat. *recalcitrare* « regimber, résister ».

récapituler (XIVe s.), empr. au lat. tard. *recapitulare* « reprendre au début, reprendre les points principaux ». || ***récapitulation*** (XIIIe s.), empr. au lat. tard. *recapitulatio* « reprise point par point ».

recel, **receler**, **receleur**, voir ***celer***.

recenser (XIIIe s.), empr. au lat. *recensere* « passer en revue, énumérer », en fr. au sens de « dénombrer, faire l'inventaire ». || ***recensement*** (XVIIe s.) ; ***recension*** (XVIIIe s.), au sens de « dénombrement » (XVIIIe s.) et aussi « examen critique » (XIXe s.).

récent (XVe s.), empr. au lat. *recens*

« frais, nouveau, proche, de fraîche date ».

récépissé (XIVe s.), mot lat., infin. passé *recepisse* de *recipere*, qui s'empl. dans les formules où l'on reconnaissait avoir bien reçu qq. ch. (*cognosco me recepisse* « je reconnais avoir reçu »).

réceptacle (XIVe s.), empr. au lat. *receptaculum* « réservoir, refuge », empl. au sens de « lieu de rassemblement de diverses choses ».

récepteur (XIIIe s.), empr. au lat. *receptor* « qui reçoit ». Nombreux sens tech. et scient. || ***réceptif*** (XVe s.), « qui reçoit » ; ***réceptivité*** (XIXe s.).

réception (XIIIe s.), empr. au lat. *receptio* « action de recevoir ». Nombreux sens tech., jur., commerc., scient., etc. || ***réceptionner*** (XXe s.) ; ***réceptionnaire*** (XIXe s.), terme commercial « qui prend livraison, qui assure la réception ».

récession (XIXe s.), empr. au lat. *recessio* « action de s'éloigner, de se retirer ». Le sens économique « ralentissement économique » (XXe s.) vient de l'angl. *recession.*

recette, voir ***recevoir***.

recevoir (XIe s.), du lat. *recipere* « retirer, reprendre, accueillir, accepter, admettre », en fr. au sens de « admettre, agréer, accueillir ». Le sens de « se voir confier une tâche » est attesté dès le XVe s. L'expres. *opposer une fin de non-recevoir,* d'orig. jur. (XVIe s.), indique d'abord que le but poursuivi est de faire déclarer la cause de l'adversaire irrecevable, puis signifie « refuser » dans la langue cour. (XXe s.). || ***recette*** (XIIIe s.), empr. au plur. neut. du part. pas. lat. *recepta* pris pour un fém. « chose reçue, somme reçue », d'abord au sens de « argent reçu, encaissement de l'argent », « local où l'on encaisse l'argent » ; puis à partir de l'idée de « procédé reçu » le mot prend une autre série de sens : « formule pharmaceutique, composition d'un remède » (XIIIe s.), puis « composition d'un plat » (XIVe s.), « moyen, procédé » (XVIe s.) ; ***reçu*** (XVIIe s.) ; ***receveur*** (XIIe s.) ; ***recevable*** (XIIIe s.) ; ***irrecevable*** (XVIe s.) ; ***irrecevabilité*** (XIXe s.) ; ***récipiendaire*** (XVIIe s.), empr. au lat. *recipiendus* « qui doit être reçu », au sens de « bénéficiaire d'une nomination » ; ***récipient*** (XVIe s.), empr. au lat. *recipiens* « qui reçoit », d'abord adj. dans *vaisseau récipient* « réceptacle qui reçoit ».

rechampir, **réchampir** (XVIIe s.), de *échampir*, dér. de *champ*, terme de peinture et de décoration « détacher du fond » ; ***réchampi*** (XVIIe s.), subst. « ornement détaché du fond ».

réchaud, voir ***chauffer***.

rêche (XIIIe s.), d'orig. peu claire, « rude, désagréable, revêche ».

rechigner (XIIe s.), s. d. dér. du verbe **chigner* « montrer les dents », du franc. **kinan* « tordre la bouche », au sens de « montrer les dents, grincer des dents, grimacer ». Le sens dér. « montrer son mécontentement » est attesté au XIIe s. || ***rechignement*** (XIVe s.).

rechute, voir ***chute***.

récidive (XVIe s.), empr. au subst. fém. lat. méd. *recidiva* « réapparition, retour », de l'adj. *recidivus* « qui retombe, qui revient », en fr. « réapparition d'une maladie » (XVIe s.), et « action de retomber dans le même crime » (XVIe s.). || ***récidiver*** (XVe s.), empr. au lat. méd. *recidivare* « recommencer (un délit, un crime) » ; ***récidiviste*** (XIXe s.).

récif (XVIIe s.), au sens de « rocher à fleur d'eau », de l'esp. *arrecife* « chaussée empierrée », de l'ar. *arrasif* « digue, levée de terre ».

récipiendaire, voir ***recevoir***.

récipient, voir ***recevoir***.

réciproque (XIVe s.), empr. au lat. *reciprocus* « qui revient au point de départ », en fr. au sens de « symétrique, inverse ». || **réciprocité** (XVIIIe s.), empr. au lat. tard. *reciprocitas.*

réciter (XIIe s.), du lat. *recitare* « dire à haute voix », d'abord en ce sens (XIIIe s.), puis « raconter », « chanter un texte musical » (XVIIIe s.). || ***récit*** (XVe s.), « relation orale ou écrite » ; ***récitation*** (XIVe s.), d'abord « récit », puis « action de réciter » ; ***récitant*** (XVIIIe s.) ; ***récitatif*** (XVIIe s.), empr. à l'ital. *recitativo* « déclamation chantée qui se rapproche du style parlé » ; ***récital*** (XIXe s.), de l'angl. *recital* « exposé, concert donné par un soliste ».

réclamer (XIe s.), empr. au lat. *reclamare* « se récrier, protester », en a. fr. au sens de « appeler, appeler à soi (un faucon), demander, invoquer, prier, revendiquer », en fr. mod. « demander avec insistance, exiger, revendiquer, protester, invoquer en sa faveur ». L'empl. jur. ou judic. « élever une protestation en justice » est attesté dès le XIIIe s. || ***réclamation*** (XIIIe s.), empr. au lat. *reclamatio* « protestation » ; ***réclame*** (XVIe s.), d'abord « rappel » en fauconnerie, puis indication de rappel dans les manuscrits ou en imprimerie au sens de « mot mis en bas de page, indiquant qu'il doit être en tête de la page suivante ». Les sens de « annonce publique », puis « publicité » et « prix réduit » datent du XIXe s.

reclus (Xe s.), empr. au lat. tard. *reclusus* « enfermé », de *recludere* qui signifiait « ouvrir » en lat. clas., puis « enfermer » en lat. tard., désigne un homme qui se retire du monde. || ***réclusion*** (XIIIe s.), empr. au lat. *reclusio*.

récoler (XIVe s.), empr. au lat. *recolere* « cultiver de nouveau, pratiquer de nouveau », au sens de « passer en revue, vérifier, inventorier ». || ***récolement*** (XIVe s.), « dénombrement, inventaire ».

récollection (XIVe s.), empr. au lat. méd. *recollectio* « rassemblement », pris au sens de « inventaire des actes dans une perspective spirituelle » (XVIe s.), d'où le sens mod. de « retraite spirituelle » (XIXe s.). || ***récollet*** (XVe s.), empr. au lat. chrét. *recollectus* « recueilli », désigne un ordre de religieux désireux de pratiquer la méditation et la retraite spirituelle.

récolte (XVIe s.), de l'ital. *ricolta* « action de recueillir, récolte », désigne non seulement l'action de récolter, la cueillette, mais aussi les produits récoltés. || ***récolter*** (XVIIIe s.).

récompenser (XIVe s.), empr. au lat. tard. *recompensare* « compenser, donner en compensation », empl. d'abord au sens de « dédommager, compenser un service rendu », puis « accorder une récompense (en échange d'un service rendu) » (XIVe s.), « gratifier » (XIVe s.). || ***récompense*** (XVe s.), même évol.

réconciliation, **réconcilier**, voir ***concilier***.

réconfort, **réconforter**, voir ***conforter***.

record (XIXe s.), empr. à l'angl. *record* « enregistrement, fait exceptionnel digne d'être enregistré », au sens de « performance sportive ».

recours (XIIIe s.), empr. au lat. *recursus* « retour sur une affaire, pourvoi en justice », empl. au sens de « action de recourir, action de faire appel, action en justice ». || **recourir** (XIIe s., sous la forme *recourre*), d'abord « courir à nouveau », puis « avoir recours, faire appel » (XIIIe s.).

recouvrer (XIe s.), du lat. *recuperare* « rentrer en possession de, regagner, récupérer ». || ***recouvrable*** (XVe s.) ; ***irrécouvrable*** (XVe s.) ; ***recouvrement*** (XIe s.).

récréer (XIIe s.), empr. au lat. *recreare* « rétablir, remettre en état », au sens de « ragaillardir » (XIIe s.) et « détendre, délasser » (XIIIe s.). || **récréation** (XIIIe s.), empr. au lat. *recreatio* « rétablissement », au sens de « détente, amusement, distraction » ; ***récréatif*** (XVe s.).

récriminer (XVIe s.), empr. au lat. méd. *recriminari* « accuser en retour », fait sur *crimen* « accusation, grief ». Le sens de « manifester vivement son mécontement » date du XIXe s. || ***récrimination*** (XVIe s.), empr. au lat. méd. *recriminatio* « accusation en retour », empl. au sens de « protestation » (XVIIIe s.).

recroqueviller (XIVe s.), s. d. altér. de *recoquiller*, fait sur *coquille*, pris au sens de « rétracter, contracter », à la forme pronom. « se recourber, se replier sur soi-même ».

recru (XIe s.), part. pas. de *soi recroire* (XIIe s.), du lat. tard. *se recredere* « se rendre à merci, s'avouer vaincu », au sens de « qui s'avoue vaincu » et « épuisé de fatigue » (XIIe s.).

recrudescence (XIXe s.), dér. sav. du lat. *recrudescere* « se raviver, devenir plus violent », empl. au sens de « aggravation d'une maladie », puis « intensification ». || ***recrudescent*** (XIXe s.).

recrue (XVIe s.), part. pas. fém. subst. de *recroître*, d'abord au sens de « levée supplémentaire de soldats », puis « ensemble des soldats recrutés » (XVIe s.), enfin « conscrit » (XIXe s.). || ***recruter*** (XVIIe s.), « compléter l'effectif d'une troupe, enrôler » ; ***recrutement*** (XVIIIe s.) ; ***recruteur*** (XVIIIe s.).

rectangle (XVIe s.), empr. au lat. méd. *rectangulus* « à angles droits ». || ***rectangulaire*** (XVIe s.).

recteur (XIIIe s.), empr. au lat. *rector* « qui dirige, maître, gouverneur », au sens de « chef d'une université » (XIIIe s.), « curé » (en Bretagne) depuis le XVIe s., « recteur d'Académie » (XIXe s.). || ***rectorat*** (XVIe s.).

rectifier (XIIIe s.), empr. au lat. tard. *rectificare* « redresser, remettre droit ». || ***rectification*** (XIVe s.), empr. au lat. tard. *rectificatio* ; ***rectificatif*** (XVIIIe s.), adj. « qui sert à rectifier » ; subst. « note rectifiant des informations erronées déjà publiées » (XXe s.).

rectiligne (XIVe s.), empr. au lat. tard. *rectilineus* « défini par des lignes droites, qui avance en ligne droite ». || ***rectilinéaire*** (XXe s.).

rectitude (XIVe s.), empr. au lat. tard. *rectitudo* « direction en ligne droite, droiture », pris en fr. au sens moral.

recto (XVIIe s.), empr. au lat. *folio recto* « sur le feuillet qui est à l'endroit ». Le mot désigne la première page et s'oppose à *verso* désignant le feuillet inverse.

rectum (XVIe s.), empr. au lat. médic. *intestinum rectum* « intestin droit », qui désigne le bout de l'intestin se terminant par l'anus. || ***rectal*** (XIXe s.) ; ***rectoscopie*** (XXe s.), « examen du rectum ».

recueillir (XIIe s.), du lat. *recolligere* « rassembler, réunir », dès le M. A. au sens de « rassembler, réunir » et « recevoir, accueillir ». La forme pronom. *se recueillir* a d'abord signifié « se concentrer en soi », d'où « s'isoler du monde extérieur pour pratiquer une méditation spirituelle ». || ***recueil*** (XVe s.), d'abord « accueil », « action de recueillir » (XVIe s.). En fr. mod. le sens de « réunion de documents, d'écrits » est attesté depuis le XVIe s. ; ***recueillement*** (XVIIe s.), désigne la concentration de l'esprit dans une perspective religieuse.

reculer, voir ***cul***.

récupérer (XIVe s.), empr. au lat. *recuperare* « recouvrer, rentrer en possession ». Les sens mod. de « reprendre des forces », « travailler pour remplacer des heures de travail non faites » et « détourner un mouvement à son profit » (langue politique) datent du XXe s. || ***récupération*** (XIVe s.), même évol. de sens ; ***récupérable*** (XIVe s.) ; ***irrécupérable*** (XIVe s.), empr. au lat. *irrecuperabilis* ; ***récupérateur*** (XVIe s.).

récurrent (XVIe s.), empr. au lat. *recurrens*, part. prés. de *recurrere* « revenir en arrière, revenir vite, revenir », s'applique surtout en médecine à une fièvre qui se répète. || ***récurrence*** (XIXe s.), « retour, répétition ».

récurer, voir ***curer***.

récuser (XIIIe s.), empr. au lat. *recu-*

sare « repousser, opposer un refus », s'empl. surtout dans la lang. jur. au sens de « refuser le jugement, le témoignage de qqn, une charge, une autorité ». L'expres. *récuser un juge* est attestée au XVIe s. || ***récusation*** (XIVe s.), empr. au lat. *recusatio* « refus, réclamation » ; ***récusable*** (XVIe s.) ; ***irrécusable*** (XVIe s.), empr. au lat. *irrecusabilis* « qui ne peut être récusé ».

recycler (XXe s.), dér. de *cycle*, « changer d'orientation », « passer dans un circuit d'opérations ». || ***recyclage*** (XXe s.). Voir ***cycle***.

rédacteur (XVIIIe s.), dér. sav. tiré de *redactum*, supin de *redigere* « faire entrer, réduire », pris en lat. méd. au sens de « résumer par écrit », en fr. au sens de « personne qui rédige », « fonctionnaire chargé de la rédaction de certains documents ». || ***rédaction*** (XVIe s.), dér. sav. de *redactum* « action de mettre par écrit ». Voir ***rédiger***.

redan, **redent**, voir ***dent***.

reddition (XIVe s.), empr. au lat. tard. *redditio* « action de rendre », au sens de « action de se rendre, capitulation » et « action de présenter les comptes à l'examen » (*reddition des comptes*), sens attesté depuis le XIVe s.

rédempteur (Xe s.), empr. au lat. chrét. *redemptor* « qui rachète (de la servitude), sauveur du genre humain ». || ***rédemption*** (Xe s.), empr. au lat. *redemptio* « rachat » ; ***rédimer*** (XIVe s.), empr. au lat. *redimere* « racheter ».

rédhibitoire (XIVe s.), empr. au lat. jur. *redhibitorius* « qui entraîne la résiliation d'un acte de vente », fait sur *redhibere* « faire reprendre une chose vendue », conservé en ce sens en fr. mod., puis au sens de « qui présente un défaut radical ».

rédiger (XVe s.), empr. au lat. *redigere* « ramener, réduire », en a. fr. au sens de « résumer, mettre par écrit » (XVIe s.). L'idée de « condenser » s'est perdue au profit du seul sens « écrire ».

rédimer, voir ***rédempteur***.

redingote (XVIIIe s.), empr. à l'angl. *riding-coat* « vêtement de cavalier ».

redondant (XIVe s.), empr. au part. prés. lat. *redundans* « débordant, surabondant ». || ***redondance*** (XIVe s.), empr. au lat. *redundantia* « trop-plein, surabondance ».

redoute (XVIe s.), de l'ital. *ridotto* « refuge, abri », d'abord en fr. terme de fortification.

redouter (XIIe s.), de l'a. fr. *douter* « craindre », fait sur le lat. *dubitare* « hésiter ». || ***redoutable*** (XIIe s.).

réduire (XIIe s.), empr. au lat. *reducere* « ramener, conduire », en fr. au sens de « remettre en place » (*réduire un membre*) depuis le XVIe s., « ramener à un état inférieur » (XVIe s.), « faire passer d'un état dans un autre » (*réduire en cendres*) et « soumettre » depuis le XVIIe s., d'où le sens de « diminuer » (*réduire son train de vie*). || ***réduction*** (XIIIe s.), empr. au lat. *reductio* « action de ramener », même évol. de sens ; ***réductible*** (XVIIe s.) ; ***réducteur*** (XVIe s.), empr. au lat. *reductor* « qui rétablit », en fr. « qui réduit » ; ***irréductible*** (XVIIe s.).

réduit subst. (XIIe s., sous la forme *reduit*), du lat. vulg. **reductum* « qui est à l'écart », du lat. *reducere* « ramener », a signifié « lieu retiré, retraite, refuge » (XIIe s.), « ouvrage fortifié à l'intérieur d'un autre » (XVIIe s.), puis « local exigu, recoin, logement misérable » (XVIIe s.).

réduplication (XIVe s.), mot sav. empr. au lat. tard. *reduplicatio* « redoublement, répétition ».

réel (XIIIe s.), empr. au lat. méd. *realis* « réel, effectif, qui existe par soi-même », fait sur *res* « chose, réalité, bien matériel », empl. au M. A avec val. jur. « concernant les choses, les biens » (XIIIe s.) et non les personnes, au sens philos. « qui existe effectivement » (XVe s.), d'où le sens de « authentique, véritable » (XVIIe s.). Divers empl. tech. en mathémat. (*nombre réel*), philos., polit. (*pays réel* s'oppose à *pays légal*), économ. (*taux réel* s'oppose à *taux nominal*), etc. || ***réalité*** (XIVe s.), du lat. méd. *realitas*; ***irréel*** (XVIIIe s.); ***irréalité*** (XIXe s.); ***réaliser*** (XVe s.), dér. de *réel* d'après le lat. méd. *realis* « réel, qui existe par lui-même », en fr. « accomplir, faire ». Le sens « convertir en argent » est attesté au XVIIIe s. L'emploi mod. « comprendre, se rendre compte » date du XIXe s. et vient de l'angl. *to realize*; ***réalisateur*** (XIXe s.), au sens de « responsable de la fabrication d'un film, de la production d'une émission de radio » (XXe s.); ***réalisation*** (XVIe s.), « accomplissement », nombreux sens tech.; ***réalisable*** (XVIIIe s.); ***irréalisable*** (XIXe s.); ***réalisme*** (XIXe s.), nombreux sens philos., esthét., littér.; ***réaliste*** (XVIe s.); ***irréalisme*** (XXe s.); ***irréaliste*** (XXe s.); ***surréalisme*** (XXe s.), mouvement littéraire; ***surréaliste*** (XXe s.).

réfection (XIIe s.), empr. au lat. *refectio* « réparation, rétablissement, réconfort », au sens de « restauration, réparation ».

réfectoire (XIIe s.), empr. au lat. méd. *refectorium*, litt. « salle qui redonne des forces », « salle à manger (d'un monastère) ».

refend (XVe s.), de l'a. fr. *refens* « cloison », tiré du verbe *refendre*, empl. surtout dans l'expres. *mur de refend* « mur faisant séparation ».

référendaire (XIVe s.), empr. au lat. tard. *referendarius* « chargé de faire un rapport », en fr. « fonctionnaire de la chancellerie chargé de la rédaction d'actes », en fr. mod. ne s'applique plus qu'à un magistrat de la Cour des comptes (*conseiller référendaire*).

référendum (XVIIIe s.), empr. au lat. jur. *ad referendum* « pour rapporter à qqn, pour consultation », s'applique à une consultation de l'ensemble du corps électoral (XXe s.).

référer (XIVe s.), empr. au lat. *referre* « rapporter », en fr. au sens de « rapporter, mettre en rapport, recourir à, soumettre à une autorité ». || ***référé*** (XVIIe s.), subst., « procédure jur. rapide » et « arrêt rendu par cette procédure »; ***référence*** (XIXe s.), au sens de « renvoi à un livre », de l'angl. *reference*; au plur. « renseignements donnés sur qqn » (XIXe s.).

réfléchir (XIIIe s.), réfection d'après *fléchir* du lat. *reflectere* « ployer en arrière, retourner », au sens de « renvoyer dans une direction » (en parlant des rayons lumineux); puis à la forme pronom. « faire retour sur soi en méditant, revenir sur sa pensée pour l'approfondir », d'où « méditer, délibérer » (XVIIe s.). || ***réflecteur*** (XIXe s.), « qui renvoie »; ***réflexible*** (XVIIIe s.), « qui peut être réfléchi »; ***réflexibilité*** (XVIIIe s.), empr. à l'angl. *reflexibility*; ***réflexion*** (XIVe s.), empr. au lat. tard. *reflexio* « changement de direction », puis « retour sur soi, méditation » (dès le XIIIe s.), même évol. de sens; ***irréflexion*** (XVIIIe s.); ***réfléchi*** (XVIIIe s.); ***irréfléchi*** (XVIIIe s.).

reflet (XVIIe s.), de l'ital. *riflesso* « lumière réfléchie », d'où en peinture « éclat », « image affaiblie ». || ***refléter*** (XVIIIe s.).

réflexe (XVe s.), empr. au lat. *reflexus*, part. pas. de *reflectere* « ployer en arrière, retourner », d'abord adj. en optique, puis en physiologie (XIXe s.); subst. au XXe s. pour désigner une réaction involontaire et immédiate.

refluer (XVe s.), empr. au lat. *refluere* « couler en sens inverse, revenir en arrière ». || ***reflux*** (XVIe s.), dér. de *flux*.

réformer (XIIe s.), empr. au lat. *reformare* « rendre à sa première forme, rétablir, améliorer », en fr. au sens de « rétablir dans sa forme primitive », d'où « corriger » (XVe s.), « supprimer » (XVIIe s.). || ***réforme*** (XVIIe s.), déverb.; ***réformation*** (XIIIe s.), empr. au lat. *reformatio* « changement, réforme des mœurs », empl. au sens de « modification », puis au XVIe s. pour désigner la réforme protestante; ***réformateur*** (XIVe s.), empr. au lat. *reformator* « qui réforme »; ***réformé*** (XVIe s.), « de la

Réforme protestante» (*religion réformée*); ***réformiste*** (XIXᵉ s.), «partisan de réformes», de l'angl. *reformist*; ***réformisme*** (XXᵉ s.).

refouler, **refoulement**, voir ***fouler***.

réfractaire (XVIᵉ s.), empr. au lat. imp. *refractarius* «intraitable, querelleur», en fr. au sens de «insoumis, rebelle».

réfraction (XIIIᵉ s.), empr. au lat. tard. *refractio* «retournement», en fr. au sens de «réfraction». || ***réfracter*** (XVIIIᵉ s.).

refrain (XIᵉ s., sous la forme *refrait*), part. pas. de *refraindre* «briser», d'où «moduler la voix», du lat. vulg. **refrangere*, réfect. de *refringere* «briser», a désigné en a. fr. une répétition de mots interrompant une suite poétique. Le sens de «rengaine» date du XVIIIᵉ s.

réfréner, **refréner** (XIIᵉ s.), terme d'équitation, du lat. *refrenare* «arrêter (un cheval) par le frein», en fr. au sens de «freiner, réprimer, contenir».

réfrigérer (XIVᵉ s., rare avant le XVIᵉ s.), empr. au lat. *refrigerare* «refroidir», en fr. «abaisser la température, refroidir». || ***réfrigération*** (XVIᵉ s.), empr. au lat. *refrigeratio* «refroidissement, rafraîchissement»; ***réfrigérateur*** (XVIᵉ s. au sens de «ce qui rafraîchit»), empl. depuis le XIXᵉ s. au sens de «appareil conservant les aliments à basse température».

réfringent (XVIIIᵉ s.), mot sav., empr. au lat. *refringens*, part. prés. de *refringere* «briser» d'où «se réfracter», en fr. au sens de «qui produit une réfraction».

refuge (XIIᵉ s.), empr. au lat. *refugium* «fuite, asile», d'abord «personne apportant un appui» (XIIᵉ s.), puis «lieu où l'on se met en sûreté» (XIIIᵉ s.). || ***réfugier*** (XVᵉ s.), «donner asile», surtout «trouver asile», n'existe plus en fr. mod. qu'au part. pas. ***réfugié*** «qui a quitté son pays (pour trouver refuge ailleurs)» et à la forme pronom. ***se réfugier*** (XVIᵉ s.).

refuser (XIᵉ s.), du lat. vulg. **refusare* (cf. l'esp. *rehusar*), création faite par amalgame de *refutare* «repousser» et *recusare* «repousser, refuser», au sens de «repousser une demande», «ne pas consentir (à faire), ne pas accepter (qq. ch. d'offert)» (XIIᵉ s.), d'où «écarter un candidat» (XIIIᵉ s.). || ***refus*** (XIIᵉ s.), mêmes sens.

réfuter (XIVᵉ s.), empr. au lat. *refutare* «repousser», au sens de «repousser une affirmation, un raisonnement». || ***réfutation*** (XIIIᵉ s.), empr. au lat. *refutatio*; ***réfutable*** (XVIᵉ s.); ***irréfutable*** (XVIIIᵉ s.), empr. au lat. *irrefutabilis*.

regain (XIIᵉ s., sous la forme *regaïn*), de *re-* et *gaïn*, du franc. **waidimen*, fait sur **waida* «prairie», au sens de «nouvelle herbe qui repousse dans une prairie fauchée», puis «réapparition, renaissance (de qq. ch.)». Voir ***gagner***.

régal (XIVᵉ s.), de l'a. fr. *gale* «réjouissance» (voir ***galant***), au sens de «fête, festin, plaisir» (XVᵉ s.), puis «plat délicieux» (XIXᵉ s.). || ***régaler*** (XVIᵉ s.), «offrir un divertissement, un festin»; ***régalade*** (XVIIIᵉ s.). L'expres. *boire à la régalade* «boire en faisant tomber le liquide de haut, sans toucher le récipient avec les lèvres» vient s. d. d'un mot région. *galade*, *galet* désignant le gosier, avec influence de *régaler*.

régalien (XVIIᵉ s.), création faite à partir du lat. *regalis* «royal qui appartient en propre au roi» et du suff. *-ien*.

regard, **regarder**, voir ***garder***.

régate (XVIIᵉ s.), du vénitien *regata* «course de gondoles», d'orig. obsc., empl. au sens de «course nautique».

régénérer (XIᵉ s.), empr. au lat. *regenerare* «faire revivre», en lat. chrét. «faire renaître à la vie spirituelle», empl. au sens religieux de «transformer au plan spirituel (par la grâce divine)» (XIᵉ s.), puis «redonner vie, renouveler, renaître» (XIIIᵉ s.), en biologie « reconstituer un tissu ou un organe détruit » (XIVe s.). || ***régénération*** (XIIe s.), empr. au lat. chrét. *regeneratio* « régénération spirituelle », même évol. ; ***régénérateur*** (XVe s.).

régent (XIIIe s.), empr. au part. prés. *regens*, du lat. *regere* « diriger, guider, conduire » a d'abord signifié « professeur d'université » (XIIIe s.), « chef d'un Etat, d'une institution » (XIVe s.), « personne exerçant le pouvoir pendant la minorité ou l'absence du roi » (XIVe s.), et « professeur de collège » (XIXe s.). || ***régence*** (XVe s.) ; ***régenter*** (XVe s.).

régicide (XVIe s.), empr. au lat. méd. *regicida* « assassin de roi ».

regimber (XIIe s.), d'orig. obsc., var. de l'a. fr. *regiber*, au sens de « refuser d'avancer, ruer » (en parlant d'un animal). || ***regimbement*** (XVIe s.).

régime 1 (XIIIe s.), mot sav. empr. au lat. *regimen* « direction, conduite, administration », fait sur *regere* « conduire », d'abord au sens de « façon d'administrer » (XIIIe s.), « manière réglée de vivre et de s'alimenter pour rester en bonne santé » (XIVe s.), « dispositions régissant une collectivité, organisation politique d'un Etat » (XVe s.), « terme régi par un autre terme » (XVIIe s.) dans le voc. de la linguist., « règles de production de certains mouvements » (XIXe s.), notamment « vitesse de rotation d'un moteur » (XIXe s.) (*régime ralenti, régime accéléré*). Le terme polit. *ancien régime* est attesté au XVIIIe s.

régime 2 (XVIIe s.), « grappe de fruits », s. d. de l'esp. des Antilles *racimo* « grappe de raisin ».

régiment (XIIIe s.), empr. au lat. tard. *regimentum* « direction, gouvernement », au sens de « gouvernement », « règles de vie ». Le sens de « unité militaire (placée sous la direction d'un colonel) » est attesté au XVIe s. || ***enrégimenter*** (XVIIIe s.).

région (XIIe s. au sens de « portion de territoire, pays »), empr. au lat. *regio* « direction, ligne, zone délimitée, contrée, territoire », empl. en a. fr. au sens géogr. « contrée » (parfois un territoire étendu), astronom. « zone du ciel », médic. « partie du corps », en fr. mod. souvent pour désigner une « circonscription administrative » (XXe s.). || ***régional*** (XVe s.) ; ***régionalisme*** (XIXe s.) ; ***régionaliser*** (XXe s.), « transférer un pouvoir politique aux régions » ; ***régionalisation*** (XXe s.), « décentralisation ».

régir (XIIIe s.), empr. au lat. *regere* « diriger ». || ***régie*** (XVIe s.), « administration, gestion, organisme public gestionnaire » (*régie des tabacs*) ; ***régisseur*** (XVIIIe s.), « administrateur ». Le sens de « administrateur d'un domaine agricole » date du XVIIIe s., celui de « organisateur d'une représentation théâtrale » du XIXe s.

registre (XIIIe s.), empr. au lat. tard. *regesta* « catalogue, répertoire », avec altér. de la finale, issu du lat. *regere* « reporter, transcrire, consigner », empl. en fr. en divers empl. tech. Le sens music. « commande des jeux de l'orgue » date du XVIe s., d'où les sens de « étendue de la voix d'un chanteur, tonalité » (XIXe s.). || ***enregistrer*** (XIIe s.), d'abord « transcrire sur un registre ». Le sens de « recueillir des sons, des images » date du XXe s. ; ***enregistrement*** (XIVe s.), même évol. ; ***enregistreur*** (XIVe s.).

règle (XIIe s.), empr. au lat. *regula* « bâton droit, équerre, étalon », empl. en fr. au sens de « prescription, principe dirigeant la conduite » (XIIIe s.), « instrument » (XIVe s.). Au sens de « principe régissant » le mot s'est dévelop. en fr. mod. || ***régler*** (XIIIe s.) ; ***dérégler*** (XIIIe s.) ; ***réglable*** (XIXe s.) ; ***réglage*** (XVIe s.) ; ***règlement*** (XVe s.) ; ***dérèglement*** (XVe s.) ; ***réglementaire*** (XVIIIe s.) ; ***réglementer*** (XVIIIe s.) ; ***réglementation*** (XIXe s.). Voir ***régulier***.

réglisse (XIVe s.), métathèse de *licorice, ricolice,* empr. au lat. tard. *liquiritia*, altér. du grec *glukurrizha* « racine douce » sous l'infl. de *liquor*.

règne (Xᵉ s.), empr. au lat. *regnum* « autorité royale, royauté, royaume », sens conservés en a. fr. Le sens de « gouvernement d'un roi » apparaît au XIIᵉ s., celui de « domaine d'étude » (*règne animal, règne végétal*) au XVIIIᵉ s. || ***régner*** (Xᵉ s.), empr. au lat. *regnare.*

régression (XIVᵉ s.), empr. au lat. *regressio* « retour ». Les sens de « recul » et « retour à un stade antérieur de développement » datent du XIXᵉ s. || ***régressif*** (XIXᵉ s.) ; ***régresser*** (XXᵉ s.).

regretter (XIᵉ s.), d'orig. peu claire, empl. d'abord au sens de « se lamenter sur un mort, déplorer la mort de qqn » et « se désoler sur un bien perdu ». Les sens dér. « être mécontent, désapprouver, s'excuser d'une action » sont attestés à partir du XVIᵉ s. || ***regret*** (XIIᵉ s.), déverb. ; ***regrettable*** (XVᵉ s.).

régulier (XIIᵉ s.), empr. au lat. *regularis* « qui sert de règle », empl. en fr. au sens de « conforme aux règles, à la règle » (XIIᵉ s.), « uniforme, constant, présentant un rythme égal » (XIIᵉ s.), « présentant des dispositions harmonieuses » (XVIIᵉ s.), « durable, assidu » (XIXᵉ s.). || ***régulariser*** (XVIIIᵉ s.), dér. sav. fait sur l'adj. lat. *regularis* « qui sert de règle », empl. au sens de « rendre conforme aux règles, rendre régulier » ; ***régularisation*** (XIXᵉ s.) ; ***régularité*** (XIVᵉ s.), « conformité aux règles », d'où « rythme uniforme », « proportions régulières » ; ***irrégulier*** (XIIIᵉ s.), empr. au lat. tard. *irregularis* ; ***irrégularité*** (XIVᵉ s.), empr. au lat. tard. *irregularitas* ; ***régulateur*** (XVIᵉ s.), dér. du lat. tard. *regulare* « régler » ; ***régulation*** (XVᵉ s.), « action de régler le fonctionnement ».

réhabiliter, voir ***habile***.

rein (XIIᵉ s.), du lat. *renes, renum* « reins, lombes », empl. aussi au sens de « pulsions inconscientes » (*sonder les reins et les cœurs*). || ***éreinter*** (XIIIᵉ s.), d'abord au sens de « blesser les reins ». Les sens de « fatiguer » et « décrier » datent du XVIIᵉ s. La nuance de « critiquer vivement » date du XIXᵉ s. ; ***éreintement*** (XIXᵉ s.) ; ***éreintage*** (XIXᵉ s.) ; ***rénal*** (XIVᵉ s.).

reine (Xᵉ s., sous la forme *reïne*), du lat. *regina*, de même sens. || ***reine-claude*** (XVIIᵉ s.), abrév. de *prune de la reine Claude*, nom de l'épouse de François Iᵉʳ.

reinette (XVIᵉ s.), variété de pomme, s. d. dér. de *reine* (pour marquer l'excellence du fruit), et non de *rainette* « grenouille ».

réintégrer (XIVᵉ s.), empr. au lat. méd. *reintegrare* « restaurer », du lat. clas. *redintegrare* « rétablir, restaurer », empl. comme terme jur. « rétablir dans la possession d'un droit », d'où « rentrer dans ». || ***réintégration*** (XIVᵉ s.), empr. au lat. tard. *redintegratio* « renouvellement, rétablissement ».

réitérer (XIVᵉ s.), empr. au lat. tard. *reiterare* « recommencer, répéter ». || ***réitération*** (XVᵉ s.).

reître (XVIᵉ s.), empr. à l'all. *Reiter* « cavalier », d'abord au sens de « cavalier allemand servant comme mercenaire du roi de France », puis « guerrier brutal » (XIXᵉ s.).

rejeter (XIIᵉ s.), du lat. *rejectare* « répercuter, repousser », pris en fr. au sens de « jeter en sens inverse », « jeter, repousser », au sens fig. « refuser ». La valeur « donner des rejetons » est attestée au XIVᵉ s. || ***rejet*** (XIIIᵉ s., sous la forme *regiet*), « action de rejeter ». Divers sens tech. en géol., en stylist. ; en métrique « enjambement ». Le sens « pousse nouvelle d'une plante » date du XIVᵉ s. ; ***rejeton*** (XVIᵉ s.), « pousse nouvelle », puis « descendant, enfant ».

réjouir, voir ***jouir***.

relais, voir ***relayer***.

relaps (XIIIᵉ s.), empr. au lat. méd. *relapsus* « retombé (dans l'hérésie) », désigne un hérétique qui retombe dans ses anciennes erreurs après les avoir abjurées, d'où le sens de « récidiviste ».

relater (XIVᵉ s.), terme jur., du subst.

lat. *relatus* « rapport, relation », de *referre* « rapporter », empl. en fr. au sens de « rapporter de façon détaillée ». || **relation** (XIIIe s.), empr. au lat. *relatio* « rapport, relation », en fr. « récit » et surtout « rapport, lien » (XIIIe s.), « lien entre des personnes » (XVIIe s.). L'expres. *relations publiques* (XXe s.) vient de l'angl. *public relations* ; **relationnel** (XIXe s.) ; **relatif** (XIIIe s.), empr. au lat. méd. *relativus* « qui est en rapport avec », empl. en fr. au sens de « qui présente une relation avec qq. ch. », « qui n'est ni absolu ni indépendant », d'où « incomplet, imparfait ». Le terme de gram. « qui établit une relation » date du XIVe s. ; **relativité** (XIXe s.), « qualité de ce qui est relatif ». Le mot a désigné les théories d'Einstein (XXe s.) ; **relativisme** (XIXe s.) ; **relativiser** (XXe s.), « faire perdre son caractère absolu à qq. ch. ».

relaxer (XIIe s.), empr. au lat. *relaxare* « relâcher », en fr. au sens de « libérer, acquitter ». Le pronom. (XXe s.) « se détendre, se reposer » vient de l'angl. *to relax* « se détendre, se décontracter ». || **relaxation** (XIVe s.), empr. au lat. *relaxatio* « relâchement », en fr. empl. en médec., en psychol. Le sens général « repos, détente » vient de l'angl. *relaxe* (XIXe s.) « acquittement, mise en liberté ». L'empl. comme adj. « qui favorise la détente » ou comme subst. « détente » (XXe s.) vient de l'angl. *relax*.

relayer (XIIIe s.), de l'a. fr. *laier* « laisser », d'orig. peu claire, d'abord en a. fr. « changer de chiens pendant la chasse » (XIIIe s.), « remplacer les chevaux fatigués » (XVIe s.), puis « prendre la suite » (XVIIe s.), « retransmettre une émission » (XXe s.). || **relais** (XIIIe s., sous la forme *relai*), s. d. déverb. de *relayer* et non de *relaisser*, « troupe de chiens postés sur le parcours d'une chasse pour remplacer les chiens fatigués », « chevaux frais » (*relais de poste*) depuis le XVIe s. ; d'où les notions de « étape » au XVIIe s. (*relais routier*), « intermédiaire » au XVIIIe s. (*prêt-relais*), « suite, transmission » (*course de relais, prendre le relais*) au XXe s., « retransmission par les ondes » (XXe s.).

reléguer (XIVe s.), empr. au lat. *relegare* « renvoyer, bannir », d'abord en ce sens terme jur., puis « confiner dans une situation médiocre » (XVIIe s.). || **relégation** (XIVe s.), empr. au lat. *relegatio* « exil ».

relent (XIIIe s.), de *re-* préf. intensif, et du lat. *lentus* « tenace, visqueux », d'où en fr. les sens de « mauvais goût, mauvaise odeur persistante ».

relever (Xe s.), du lat. *relevare* « soulever, alléger, décharger, soulager », en a. fr. au sens de « remettre debout, se relever, ramasser », d'où « se rétablir d'un mal » (*relever de maladie*), « remettre en bon état » (XIIe s.), puis « mettre en relief » (XVIIe s.), d'où « augmenter », « remarquer, noter » (XIXe s.), « répondre à un défi » (XIVe s.), « élever, redresser » (XVIe s.), « être dans la dépendance de, du ressort de » (XVIe s.), « libérer d'un engagement, remplacer » (XVe s.). || **relevailles** (XIIe s.), « le fait de se relever de couches », d'où « cérémonie d'actions de grâces à l'église après un accouchement » ; **relève** (XIXe s.), « remplacement » ; **relèvement** (XIIIe s.), d'abord « action de se relever », « relevé, dessin » (XIVe s.), « redressement, rétablissement » (XVe s.), enfin « augmentation » (XIXe s.) ; **releveur** (XIIIe s.) ; **relief** (XIe s.), déverb. de *relever*, « ce qui reste d'un repas (quand on dessert la table) ». Le sens de « ce qui fait saillie sur une surface » (XVIe s.) vient de l'ital. *relievo* « saillie ».

religion (XIe s.), du lat. *religio* « attention scrupuleuse, scrupule religieux, respect, culte, croyance religieuse, caractère sacré, engagement sacré, chose sacrée », en a. fr. au sens de « religion, dévotion », « condition monastique, maison monastique » (*entrer en religion* « devenir moine »), « croyances et pratiques religieuses », puis « respect, conscience, sentiment du devoir à accomplir » (XVIIe s.) (*se faire une reli-*

gion « se faire une obligation scrupuleuse »). || ***religieux*** (XIIe s.), empr. au lat. *religiosus*, au sens de « pieux », « consacré à Dieu » (adj., puis subst. depuis le XIIIe s.), « respectueux, recueilli » (XVIe s.) (*silence religieux)*; ***religiosité*** (XIIIe s.), empr. au lat. *religiositas*; ***religionnaire*** (XVIe s.) « adepte de la religion réformée » ; ***coreligionnaire*** (XIXe s.) ; ***irréligion*** (XVIe s.) ; ***irréligieux*** (XVe s.) empr. au lat. *irreligiosus* « impie ».

reliquat (XIVe s., sous la forme *reliqua*), empr. au lat. *reliqua*, plur. neut. de *reliquus* « qui reste ». La forme *reliquat* vient du lat. jur. tard. *reliquatum* « reliquat de compte ».

relique (XIe s.), empr. au lat. *reliquiae* « restes d'un mort », en a. fr. surtout au sens de « ossements d'un saint ». || ***reliquaire*** (XIVe s.), « coffret contenant des restes d'un saint ».

reluquer (XVIIIe s.), mot picard fam. et pop., empr. au néerl. *reloeken* « regarder, épier », au sens de « lorgner, guigner ».

remake (XXe s.), empr. à l'angl. *to remake* « refaire », au sens de « nouvelle version d'une œuvre ».

rémanent (XIIe s.), empr. au lat. *remanens* « qui demeure, qui subsiste », au sens de « qui persiste ». || ***rémanence*** (XIIe s.), « persistance ».

remanier, voir ***manier***.

remarque, **remarquer**, voir ***marquer***.

remblayer (XIIIe s., sous la forme *remblaer*), dér. de l'a. fr. *emblaer* (XIIIe s.), d'abord « ensemencer », puis « encombrer » dér. de *blé*, en fr. « remplir une cavité, faire un terrassement ». || ***remblai*** (XVIIe s.), déverb. « terrassement, levée de terre ».

remède (XIIe s.), empr. au lat. *remedium* « médicament » et « expédient, solution », sens conservés en fr. || ***remédier*** (XIIIe s.) ; ***remédiable*** (XIVe s.), empr. au lat. *remediabilis* « qui guérit » ; ***irrémédiable*** (XVe s.), empr. au lat. *irremediabilis* « qui est sans remède ».

remémorer (XIVe s.), empr. au lat. tard. *remorari* « se ressouvenir », en fr. d'abord au sens de « commémorer », puis de « remettre en mémoire ». || ***remémoration*** (XIVe s.).

réméré (XVe s.), subst., empr. au lat. méd. *reemere* « racheter », terme jur. « rachat possible d'un bien par le vendeur ».

remettre (XIIe s.), du lat. *remittere* « renvoyer, relâcher, renoncer à, faire remise, pardonner (en lat. chrét.) », en fr. « mettre de nouveau », « ramener, rétablir », « mettre entre les mains de qqn » (XIVe s.), « renvoyer à plus tard, différer » (XIVe s.), « faire grâce, pardonner » (XIVe s.). || ***remise*** (XIVe s.), « action de remettre », « grâce » (XVe s.), « réduction, rabais » (XVIIe s.), « mise en possession » (XVIIe s.), « local où l'on abrite des voitures » (XVIIe s.). L'expres. *voiture de remise* (XVIIIe s.) désignait à l'orig. une voiture de louage plus luxueuse mise sous un abri ; ***remiser*** (XVIIIe s.), « mettre à l'abri dans une remise », puis « ranger ».

réminiscence (XIIIe s.), empr. au lat. tard. *reminiscentia* « ressouvenir », en fr. mod. au sens de « souvenir affaibli » (XVIIe s.), « emprunt inconscient d'un auteur » (XVIIIe s.).

rémission (XIIe s.), empr. au lat. chrét. *remissio* « pardon des péchés », en fr. au sens religieux « pardon », au sens médic. « diminution ou arrêt provisoire d'une maladie ». || ***rémissible*** (XIVe s.), empr. au lat. chrét. *remissibilis* « pardonnable » ; ***irrémissible*** (XIIIe s.), empr. au lat. eccl. *irremissibilis* « irréparable », dér. de *remissibilis* « pardonnable ».

rémittent (XVIIIe s.), terme médic., empr. au lat. *remittens* « qui s'apaise, qui se calme » (en parlant d'une maladie). || ***rémittence*** (XVIIIe s.).

remontrer (XIIe s.), dér. de *montrer*, d'abord « montrer, exposer », puis

« exposer à qqn ce qu'on lui reproche » (XIVe s.), d'où « admonester » (XVe s.). || ***remontrance*** (XIVe s.), d'abord « exposition », puis « admonestation » (XIVe s.) et « doléances adressées au roi » (XIVe s.).

remords (XIIIe s.), part. pas. subst. de *remordre* « mordre, causer une douleur morale », en fr. « tourment moral ».

remorquer (XVe s.), de l'ital. *rimorchiare* « tirer avec un câble », fait sur le lat. *remulcum* « câble de halage ». || ***remorque*** (XVIIe s.) ; ***remorqueur*** (XIXe s.) ; ***remorquage*** (XIXe s.).

rémoulade (XVIIIe s.), « sauce piquante », p.-ê. empr. par le canal du picard *ramolas* « raifort », à l'ital. *ramolaccio* « raifort sauvage » avec chang. de suff.

rémouleur (XIVe s.), dér. du verbe *rémoudre* « émoudre de nouveau », issu du lat. vulg. **exmolere* « aiguiser sur une meule », en fr. « artisan ambulant qui aiguise les couteaux ».

remous (XVIIe s.), déverb. de *remoudre* (XVIe s.) « moudre de nouveau, passer à la meule », par compar. entre le mouvement de la meule et le tourbillon de l'eau, en fr. au sens de « tourbillon (d'air, d'eau) », puis « mouvements divers » (XIXe s.).

rempart (XIVe s.), dér. du m. fr. *remparer* « munir d'un rempart », fait sur *emparer*.

remuer, voir ***muer***.

remugle (XVIe s.), du v. norr. *mygla* « moisissure », en fr. « odeur désagréable de moisi ou de renfermé ».

rémunérer (XIVe s.), empr. au lat. tard. *remunerare*, lat. clas. *remunerari* « donner un présent en retour, récompenser », en fr. « récompenser » (XIVe s.), puis « payer (pour des services, pour un travail) » (XVIe s.) ; || ***rémunération*** (XIVe s.), empr. au lat. *remuneratio* « récompense », même évol. ; ***rémunérateur*** (XIIIe s.), empr. au lat. chrét. *remunerator* « qui récompense », d'abord en fr. au sens de « qui récompense », puis « qui rapporte, qui procure un gain » (XIXe s.).

renâcler (XVIIIe s.), d'orig. peu claire, au sens de « renifler fortement », « exprimer son mécontentement », notamment en parlant d'un cheval. || ***renâclement*** (XIXe s.).

renard (XIIIe s.), du nom propre *Renart*, nom de l'animal, qui a éliminé *goupil*, issu du lat. tard. *vulpiculus*, en raison du succès du *Roman de Renart*.

rencontre, **rencontrer**, voir ***contre***.

rendre (Xe s.), du lat. vulg. **rendere*, altér. sous l'infl. de *prendere*, du lat. clas. *reddere* « donner en retour, restituer, émettre, ramener d'un état dans un autre », sens conservés en fr. || ***rente*** (XIIe s.), du part. pas. fém. lat. **rendita* « rendu en retour », en fr. au sens de « revenu périodique » ; ***rendement*** (XIIe s.), d'abord « action de rendre », d'où « production », mot empl. en économ. au XIXe s. ; **rentier** (XIIe s.), d'abord « qui doit des rentes » et « qui reçoit des rentes », puis « qui vit de rentes (sans travailler) » (XVIIIe s.) ; ***rentable*** (XIIIe s.), d'abord « qui produit une redevance », puis « qui rapporte un bénéfice » (XIXe s.) ; ***rentabilité*** (XXe s.) ; ***rendu*** (XIXe s.), « marchandise rendue », « traduction artistique d'une impression » ; ***rendez-vous*** (XVIe s.), « rencontre », « lieu de rencontre ».

rêne (XIe s.), du lat. vulg. **retina*, déverb. de *retinere* « retenir », qui a remplacé le lat. clas. *retinaculum* « bride, rêne », désigne la courroie de la bride du cheval.

renégat (XVe s.), de l'ital. *rinnegato* « qui a renié sa religion, apostat ».

renflouer (XVIe s.), fait sur le norm. *flouée* « marée », du subst. *flod* « marée montante », tiré du norrois *flod* « flux », en fr. au sens de « remettre à flot ». L'empl. au sens de « sauver de difficultés financières » date du XXe s.

renforcer, **renfort**, voir ***force***.

renfrogner (XIIIe s., sous la forme *re-*

frogner), de l'a. fr. *frogner* « froncer le nez », du gaul. **frogna* « narine ».

rengaine (XVIIe s.), dér. de *rengainer* « remettre dans la gaine », d'abord au sens de « refus » (XVIIe s.), puis « formule répétée » (XIXe s.) et « refrain ». || ***rengainer*** (XVIe s.).

renier (IXe s., sous la forme *reneier*), du lat. vulg. **renegare* « refuser », d'où « apostasier », en fr. d'abord « abjurer sa religion », puis « abandonner, désavouer, rétracter ses engagements » (XIIe s.), à la forme pronom. « renier ses opinions, revenir sur ses déclarations » (XIXe s.). || ***reniement*** (XIIe s.).

renifler (XVIe s.), dér. de l'a. fr. *nifler*, s. d. onomat., « aspirer bruyamment de l'air ». || ***reniflement*** (XVIe s.) ; ***renifleur*** (XVIe s.).

renne (XVIe s.), empr. au norv. ou au suéd. *ren*.

renom, **renommée**, voir ***nommer***.

renoncer (XIIe s.), empr. au lat. *renuntiare* « annoncer en retour » et « renvoyer, renoncer à », en fr. au sens de « abandonner, cesser de prétendre à qq. ch. ». || ***renonciation*** (XIIIe s.) ; ***renoncement*** (XIIe s.).

renoncule (XVIe s.), empr. au lat. *ranunculus* « petite grenouille », ces plantes poussant dans des lieux marécageux.

renouveler, **renouvellement**, voir ***nouveau***.

rénover (XIIe s.), empr. au lat. *renovare* « renouveler, recommencer, remettre en état », au sens de « régénérer, rétablir ». || ***rénovation*** (XIVe s.), empr. au lat. *renovatio* « renouvellement » ; ***rénovateur*** (XVIe s.), empr. au lat. tard. *renovator* « qui restaure ».

rente, **rentable**, **rentabilité**, voir ***rendre***.

renverser (XIIIe s.), dér. de l'a. fr. *enverser* « renverser, faire tomber sur le dos », dér. de *envers*, du lat. *inversus* « retourné, renversé », part. pas. de *invertere*, en fr. au sens de « chavirer, retourner sens dessus dessous », « faire tomber », « pencher en arrière » (XIVe s.), « bouleverser, étonner » (XVIIe s.), « répandre un liquide » (XIXe s.). || ***renverse*** (XVe s.), déverb. « le fait d'être renversé », subst. disparu, sauf dans des empl. tech. et dans l'expres. *à la renverse* ; ***renversement*** (XVIe s.).

repaire (XIIe s.), déverb. du verbe d'a. fr. *repairier*, du lat. tard. *repatriare* « rentrer dans sa patrie, revenir chez soi », en a. fr. « retour », puis « lieu de refuge des bêtes sauvages ». Le sens de « refuge d'hommes dangereux » date du XVIIe s. || ***repère*** (XVIIe s.), de même orig. avec une graphie modifiée sous l'infl. du lat. *reperire* « trouver », d'abord empl. au sens de « retour à un lieu déterminé », puis de « marque servant à retrouver un lieu, à localiser un phénomène ». || ***repérer*** (XVIIe s.) ; ***repérage*** (XIXe s.) ; ***repérable*** (XXe s.).

réparer (XIIe s.), empr. au lat. *reparare* « préparer de nouveau », d'où « remettre en état, restaurer, rétablir », en fr. avec les mêmes sens et aussi les nuances de « faire disparaître, corriger (des défauts), remédier à » (XIVe s.). || ***réparation*** (XIVe s.), empr. au lat. *reparatio* « rétablissement », en fr. au sens de « remise en état », puis « dédommagement » (XVIe s.) ; ***réparateur*** (XIVe s.), empr. au lat. *reparator* « restaurateur » ; ***réparable*** (XVe s.) ; ***irréparable*** (XIIIe s.), empr. au lat. *irreparabilis*.

repas (XIIe s.), dér. de l'a. fr. *past* (XIIe s.), « nourriture, pâture », du lat. *pastus*, de même sens, de *pascere* « faire paître, nourrir », a eu jusqu'au XVIe s. le sens de « nourriture (en général) », puis de « nourriture prise à des heures fixes ». Voir ***paître***.

repasser (XIIe s.), dér. de *passer*, d'abord attesté au sens, disparu, de « guérir », et de « passer de nouveau », se spéc. à partir du XVIIe s. au sens de « retoucher, corriger » et au sens courant en fr. mod. de *repasser (du linge,* *des couteaux*). ‖ ***repassage*** (XIVe s.), au XVIIIe s. en parlant d'un tissu.

repentir (se) (XIe s.), du lat. méd. *repoenitere,* forme altér. sous l'infl. de *poena* « peine », du lat. clas. *paenitere* « être mécontent de, avoir du regret, du repentir », est usuel dès l'a. fr. au sens de « renoncer », sens disparu en m. fr., de « regretter un acte, une décision » et avec la val. religieuse de « manifester du regret d'avoir commis une faute ». ‖ ***repentance*** (XIIe s.), vieilli ou littér. ; ***repentir*** (XIIe s.).

répercuter (XVe s.), empr. au lat. *repercutere* « faire rebondir, repousser » et « réfléchir, refléter », est d'abord empl. dans le voc. scient. et médic., et à partir du XVIIIe s. au sens fig. « se transmettre, se propager par une suite de réactions ». ‖ ***répercussion*** (XIVe s.), empr. au lat. *repercussio* « réflexion de la lumière », a suivi l'évol. du verbe.

repère, **repérer**, **repérage**, voir ***repaire***.

répertoire (XIVe s.), empr. au lat. tard. jur. *repertorium* « inventaire », du lat. clas. *reperire* « retrouver (spéc. après recherches) », est d'abord empl. au sens de « inventaire méthodique », puis de « recueil méthodique » et à partir du XVIIIe s. au sens de « liste des pièces qui forment le fonds ordinaire d'un théâtre » et par analogie « ensemble des œuvres qu'un acteur, un musicien a l'habitude d'interpréter ». ‖ ***répertorier*** (XXe s.).

répéter (XIIIe s.), empr. au lat. *repetere* « reprendre, recommencer », est usuel dès l'a. fr. au sens de « redire » et à partir du XVIIIe s. au sens de « reproduire » et de « expliquer de nouveau », au XIXe s. dans le voc. du théâtre. ‖ ***répétition*** (XIIIe s.), empr. au lat. *repetitio* « répétition, redite », est usuel à partir du XIVe s. au sens courant « action de dire plusieurs fois », au XVIIe s. dans le voc. du théâtre « séance de travail » ; ***répétiteur*** (XVIIe s.), empr. au lat. *repetitor* « celui qui réclame », repris au sens de « celui qui explique à des élèves la leçon d'un professeur » ; ***répétitif*** (XXe s.).

répit (XIIe s.), du lat. *respectus* « action de regarder en arrière, égard, considération », et par ext. « délai, répit », du verbe *respicere* « regarder derrière soi », empl. en a. fr. au sens, disparu, de « proverbe, sentence » et au sens courant en fr. mod. de « délai ». Voir ***respect***.

replet (XIVe s.), empr. au lat. *repletus* « rempli », part. pas. de *replere* « remplir », empl. au sens, disparu, de « rempli » et au sens courant de « gras ». ‖ ***réplétion*** (XIVe s.), empr. au lat. tard *repletio* « action de remplir », empl. dans le voc. médic.

replier, **repli**, voir ***ployer***.

répliquer (XIIIe s.), empr. au lat. jur. tard. *replicare* « répondre à ce qui a été répondu, répéter une réponse, » du lat. clas. *replicare* « replier, dérouler un manuscrit, lire », empl. en fr. au sens de « répéter un argument », puis de « répéter avec humeur ». ‖ ***réplique*** (XIVe s.), a suivi l'évol. du verbe.

répondre (Xe s.), du lat. tard. *respondere,* (avec *e* bref), en lat. clas. *respondere* (avec *e* long), d'abord terme du voc. religieux « répondre à un engagement solennellement pris » (de *spondere* « promettre »), puis « faire une réponse orale ou écrite », est attesté dès l'a. fr. au sens de « donner une réponse » et de « se porter garant de ». ‖ ***répondeur*** (XIIe s.), au XXe s. au sens spéc. de « émetteur-récepteur radio » et « répondeur téléphonique » ; ***répons*** (XIIe s.), empr. au lat. *responsum,* spéc. dans le voc. liturg. ; ***réponse*** (XIIe s.), a élim. *répons* au sens courant, au XVIe s. au sens de « réfutation », au XXe s. *droit de réponse.*

reporter 1 (XIe s.), dér. de *porter,* est d'abord usuel au sens de « porter à nouveau », au XVIIIe s. au sens abstrait de « transférer son attention, un sentiment sur », au XIXe s. « différer, remettre à plus tard ». ‖ ***report*** (XIXe s.), d'abord comme terme de bourse, puis en comptabilité.

reporter 2 (XIXe s.), empr. à l'angl. *reporter* « celui qui fait un rapport, un récit », de l'a. fr. *reporteur* (voir **reporter**), spéc. comme terme de journalisme. || ***reportage*** (XIXe s.), d'abord « activité de reporter », puis « document élaboré par un reporter ».

reposer (Xe s.), du lat. tard. *repausare* « calmer, apaiser ; se reposer », dér. de *pausare* « cesser, s'arrêter », usuel dès l'a. fr. à la forme pronom., et comme verbe intransitif au sens de « être déposé » (d'abord en parlant des reliques d'un saint) ; *se reposer sur* « compter sur » (XVIe s.). || ***repos*** (XIe s.), déverb. de *reposer,* usuel dès l'a. fr. au sens courant et comme désignation euphémistique de « mort » (*repos éternel* au XVIe s.) ; ***reposoir*** (XIVe s.), spéc. au XVIIe s. dans le voc. de la liturg. catholique.

répréhension (XIIe s.), empr. au lat. *reprehensio* « blâme », formé sur le supin *reprehensum* de *reprehendere* (voir **reprendre**). || ***répréhensible*** (XIIIe s.), empr. au lat. *reprehensibilis* « blâmable ».

reprendre (XIIe s.), du lat. *reprendere*, contract. de *reprehendere* « saisir, retenir, reprendre, blâmer », dér. de *prehendere* (voir **prendre**), empl. dès l'a. fr. au sens de « prendre de nouveau », de « prendre racine, vigueur » et de « blâmer ». || ***reprise*** (XIIIe s.), part. pas. fém. subst. de *reprendre,* au XVIIIe s. au sens spéc. de « reprise à la scène d'une pièce », au XVIIe s. « réparation », spéc. au XVIIIe s. dans le voc. de la couture, d'où ***repriser***, ***reprisage*** (XIXe s.).

représailles (XVe s.), empr. au lat. méd. *represalia* « dommages infligés à titre de réciprocité, de punition », p.-ê. d'après l'ital. *ripresaglia,* dér. du lat. *reprehendere* (voir **reprendre**).

représenter (XIIe s.), empr. au lat. *repraesentare* « rendre présent, répéter », puis « amener devant qqn, livrer à la justice, remplacer qqn », empl. dès l'a. fr. au sens de « faire apparaître par l'évocation, la pensée » et de « rendre présent par le jeu théâtral », au XVIe s. « jouer une pièce » ; au XIIIe s. comme terme de droit « agir au nom de qqn ». || ***représentant*** (XVIe s.), d'abord comme terme de droit, au XVIIIe s. dans le voc. polit. (*représentant du peuple),* au XIXe s. *représentant de commerce* ; ***représentation*** (XIIIe s.), empr. au lat. *repraesentatio* « action de mettre sous les yeux », d'où « image », du supin *repraesentatum* de *repraesentare,* a suivi l'évol. de *représenter* ; à partir du XIVe s. dans le voc. polit., au XVIe s. au sens de « spectacle », au XVIIe s. dans le voc. philos. et aussi au sens de « train de vie impliquant des dépenses, des réceptions », d'où *frais de représentation* (XIXe s.).

répression, voir ***réprimer***.

réprimer (XIIIe s.), empr. au lat. *reprimere* « faire reculer, réfréner », empl. à partir du XIVe s. au sens de « contenir le développement (d'une passion, d'un sentiment) » et de « empêcher par la force des fauteurs de trouble d'agir ». || ***réprimande*** (XVIe s.), empr. au lat. *reprimenda (culpa)* « faute qui doit être réprimée », empl. au sens de « blâme » ; ***réprimander*** (XVIe s.) ; ***répression*** (XIVe s.), dér. de *repressus* sur le modèle de *oppression* pour servir de subst. à *réprimer* ; ***répressif*** (XIVe s.), empr. au lat. méd. *repressivus,* d'abord empl. dans le voc. médic., au XVIIIe s. « qui réprime » ; ***irrépressible*** (XIXe s.).

reprise, voir ***reprendre***.

réprobation, voir ***réprouver***.

reprocher (XIIe s.), du lat. vulg. **repropriare* « mettre sous les yeux », qui a dû s'employer au sens fig. « blâmer, faire grief de », dér. avec le préf. *re-* de *prope* « près », empl. dès l'a. fr. au sens courant de « blâmer, faire grief ». || ***reproche*** (XIe s.) ; ***irréprochable*** (XVe s.).

réprouver (XIe s.), du lat. eccl. *reprobare* « rejeter, condamner qq. ch., qqn », dér. du lat. *probare* « trouver bon, prouver », empl. dès l'a. fr. au sens de « rejeter, blâmer » et spéc. dans le voc. religieux au sens de « condamner un pécheur » (*réprouvé* au XVIIe s., subst., « damné »). || ***réprobation*** (XVe s.), empr. au lat. eccl. *reprobatio* « réprobation, reproche ».

reptation (XIXe s.), empr. au lat. *reptatio* « action de se traîner, de ramper », dér. de *reptare,* fréq. de *repere* « ramper ».

reptile (XIVe s.), empr. au lat. *reptilis* « rampant », dér. de *repere* « ramper », d'abord adj., au XIVe s. comme subst.

repu, voir ***paître***.

république (XVIe s.), empr. au lat. *res publica* « la chose publique, l'Etat, l'administration de l'Etat », est d'abord empl. au sens de « Etat, communauté, société organisée », puis se spécialise à partir du XVIIe s. au sens de « Etat dont la forme de gouvernement est fondée sur la souveraineté des citoyens », au XVIIe s. au sens fig. (*république des lettres*). || ***républicain*** (XVIe s.), à partir du XVIIe s. au sens de « qui est favorable à ce type de régime », à la fin du XVIIIe s. « propre, relatif à la République française ».

répudier (XIIIe s.), empr. au lat. *repudiare* « repousser » et spéc. « renvoyer sa fiancée, sa femme », empl. en fr. au sens jur. et au XIVe s. au sens fig. « rejeter ce qu'on avait jusque-là admis ». || ***répudiation*** (XIVe s.), empr. au lat. *repudiatio* « action de rejeter ».

répugner (XIIIe s.), d'abord attesté sous la forme du part. prés. et adj. *répugnant,* empr. au lat. *repugnare* « lutter contre, s'opposer à », est usuel à partir du XVIe s. au sens du fr. mod. « éprouver de l'aversion à faire qq. ch. », au XVIIIe s. « dégoûter, déplaire ». || ***répugnance*** (XIIIe s.), empr. au lat. *repugnantia* « désaccord, antipathie », d'abord « opposition », au XVIIe s. au sens mod. « hésitation, manque d'enthousiasme » et « dégoût, répulsion ».

répulsion (XVe s.), empr. au lat. tard. *repulsio* « action de repousser, rejet », du supin *repulsum* de *repellere* « repousser », d'abord empl. au sens de « action de repousser des ennemis », au XVIIIe s. dans le voc. de la physique et au sens de « répugnance physique ou morale, dégoût ». || ***répulsif*** (XVe s.), dér. sav. du lat. *repulsus*, part. pas. de *repellere* « repousser ».

réputer (XIIIe s.), empr. au lat. *reputare* « calculer, compter », empl. au sens de « tenir qqn pour, considérer comme », est surtout usuel au passif, *être réputé* « être tenu pour, avoir la réputation de ». || ***réputation*** (XIVe s.), empr. au lat. imp. *reputatio* « compte, considération », empl. en fr. au sens de « célébrité, bonne renommée ».

requérir, **requête**, voir ***quérir***.

requiem (XIIIe s.), « prière, chant pour les morts dans la liturgie catholique », emploi comme nom commun du lat. *requiem,* acc. de *requies* « repos », premier mot de la prière pour les morts, *Requiem aeternam dona eis, Domine* « donne-leur le repos éternel, Seigneur ».

requin (XVIe s.), d'orig. obsc., au XVIIIe s. au sens fig.

requinquer (XVIe s.), fam., d'orig. incert., à partir du XVIIIe s. au sens de « redonner de l'entrain, remonter le moral » ; *se requinquer* « reprendre des forces » (XXe s.).

réquisition (XIIe s.), empr. au lat. imp. *requisitio* « recherche », du supin *requisitum* de *requirere* (voir ***quérir***), d'abord empl. au sens de « action de sommer », à partir du XVIIe s. dans le voc. du droit pénal, au XVIIIe s. dans le voc. milit. et admin. || ***réquisitionner*** (XVIIIe s.) ; ***réquisitoire*** (XIVe s.), dér. sav. de *requisitus,* part. pas. de *requirere,* usuel à partir du XVIe s. comme subst. au sens de « requête, demande », de « discours, écrit contenant des reproches, des accusations » et au XVIIe s. comme terme de droit pénal « exposé développant l'accusation ».

rescapé, voir ***échapper***.

rescousse (XIIe s.), part. pas. fém. subst. de l'a. fr. *rescourre* « arracher, délivrer (une personne ou une chose qui a été enlevée de force) », dér. avec le préf. *re-* du lat. *excutere* « arracher, secouer », d'où en fr. « secours, aide » (XIXe s.).

réseau, voir ***rets***.

réséda (XVIe s.), empr. au lat. *reseda*, de même sens, empl. comme subst. de la 2e pers. de l'impératif du verbe *resedare* « apaiser, calmer » en raison des propriétés sédatives attribuées à cette plante.

réserver (XIIe s.), empr. au lat. *reservare* « mettre de côté, conserver, sauver », dér. à valeur intensive de *servare* (voir ***sauver***), est d'abord attesté au sens de « attribuer, destiner qq. ch. à qqn » et à partir du XIVe s. au sens de « restreindre, mettre à part dans un contrat (un droit, un pouvoir pour l'avenir) » ; au XVIe s. au sens de « garder une chose pour une autre occasion » et comme pronom., *se réserver* « se proposer d'agir de telle manière au moment opportun », au XIXe s. « retenir à l'avance (une place, etc.) ». || ***réserve*** (XIVe s.), déverb. de *réserver*, d'abord empl. au sens jur., puis au sens courant de « restriction, limitation » (*sans réserve* (XVe s.), *faire des réserves* (XIXe s.) et au sens concret de « provision » (XVIe s.) ; *réserve* se spécialise à partir du XVIe s. dans le voc. milit., *corps de réserve*, d'où au XIXe s. ***réserviste*** ; à partir du XVIIIe s. pour désigner une zone protégée (*réserve de chasse, de pêche*), l'expres. *réserve naturelle* (XIXe s.) « territoire réservé aux indigènes » étant un empr. à l'anglo-améric. *reservation* « action de réserver ». L'emploi de *réserve* au sens de « discrétion, retenue » (XVIIe s.) provient du part. pas. *réservé* au sens de « modeste » (XVIe s.) ; ***réservoir*** (XVIe s.) ; ***réservation*** (XIVe s.), empr. au lat. méd. *reservatio* « restriction, droit réservé », d'abord empl. comme terme jur., le sens du fr. mod. étant un empr. à l'angl. *reservation* « action de retenir une place ».

résider (XIVe s.), empr. au lat. *residere* « demeurer, séjourner », au fig. « subsister », d'abord empl. au sens de « avoir sa résidence dans un lieu », puis au sens fig. « consister en ». || ***résident*** (XIIIe s.), empr. au lat. *residens*, part. prés. de *residere*, d'abord empl. au sens de « habitant », puis au XVIe s. pour désigner un agent diplomatique (*résident général*), à la fin du XIXe s. au sens du fr. mod. « personne établie dans un pays étranger » ; ***résidence*** (XIIIe s.), empr. au lat. méd. *residentia* « séjour, logis », usuel dès l'a. fr. dans le voc. admin. et au sens de « lieu où l'on demeure », au XXe s. *résidence secondaire* ; ***résidentiel*** (XIXe s.).

résidu (XIVe s.), empr. au lat. *residuum* « reste », neutre subst. de l'adj. *residuus* « qui reste en arrière, qui subsiste », de *residere* « rester, séjourner », usuel dès le m. fr. au sens de « ce qui reste ». || ***résiduel*** (XIXe s.).

résigner (XIIIe s.), empr. au lat. *resignare* « rompre le sceau », au fig. « rompre, annuler » et spéc. en lat. méd. « renoncer à, céder (une possession, une charge) », empl. comme verbe transitif au sens de « abandonner volontairement un droit, une charge », pronom. à partir du XVIe s. au sens courant de « se soumettre, accepter ». || ***résignation*** (XIIIe s.), empr. au lat. méd. *resignatio* « action de céder », à partir du XVIIe s. au sens de « renoncement, soumission ».

résilier (XVIe s., d'abord *resiler*), empr. au lat. *resilire* « sauter en arrière, se retirer », qui a pris dans le voc. jur. le sens de « renoncer, se dédire », empl. en fr. comme terme de droit. || ***résiliation*** (XVe s.).

résille (XVIIIe s.), empr. à l'esp. *redecilla* « résille », dér. dimin. de *red* « filet », du lat. *rete, retis* « filet ». Voir ***rets***.

résine (XIIIe s.), empr. au lat. *resina* « gomme ». || ***résineux*** (XIVe s.), empr.

au lat. *resinosus* « mélangé de résine, résineux », dér. de *resina.*

résipiscence (XVe s.), empr. au lat. eccl. *resipiscentia* « repentir », du lat. *resipiscens*, part. prés. de *resipiscere* « reprendre ses sens », d'où « revenir à soi » et en lat. eccl. « se repentir », empl. à partir du XVIe s. dans l'expres. *venir en* (fr. mod. *à*) *résipiscence* « se repentir ».

résister (XIVe s.), empr. au lat. *resistere* « tenir tête, opposer de la résistance », d'abord empl. au sens de « s'opposer par la force », spéc. dans le voc. milit., est usuel à partir du XVIe s. au sens de « ne pas céder à l'effet d'une force, d'une attirance ». || ***résistance*** (XIIIe s.), empr. au lat. eccl. *resistentia* « résistance », dér. de *resistere,* a suivi l'évol. du verbe ; à partir du XVIe s. au sens de « action de résister à une autorité établie » (1940, *la Résistance*) ; ***résistant*** (XIVe s.), adj. et subst. ; ***irrésistible*** (XVIIe s.).

résolu, **résolution**, voir ***résoudre***.

résonner (XIIe s.), empr. au lat. *resonare* « renvoyer les sons, faire retentir », empl. dès l'a. fr. au sens propre et au sens fig. || ***résonance*** (XIVe s.), dér. de *résonner,* surtout usuel comme terme scient., au XIXe s. au sens fig. « écho » ; ***résonateur*** (XIXe s.).

résorber (XVIIIe s.), empr. au lat. *resorbare* « avaler, refluer », empl. dans le voc. médic. et au XIXe s. au sens fig. || ***résorption*** (XVIIIe s.), dér. sav. de *résorber.*

résoudre (XIIIe s.), adaptation, d'après l'a. fr. *soudre* « payer », du lat. *resolvere* « délier, dissoudre, démêler, expliquer », est d'abord empl. au sens de « payer, rembourser », disparu au XVIe s., puis de « décomposer un corps » ; au XVe s. au sens de « trouver une solution, élucider » ; à partir du XIVe s. au sens de « décider » (au XVIe s. *se résoudre à*). || ***résolu*** (XIVe s.), au XVe s. « ferme dans ses projets » ; ***irrésolu*** (XVIe s.) ; ***résolution*** (XIIIe s.), empr. au lat. *resolutio* « action de dénouer, décomposition, action de résoudre », d'abord empl. au sens de « dissolution, réduction d'un corps », à partir du XVe s. au sens de « décision », et au XVIe s. au sens de « fermeté ».

respect (XIIIe s.), empr. au lat. *respectus* « action de regarder en arrière » et « considération, égard », d'abord empl. au sens de « prise en considération », disparu au XVIIe s., puis à partir du XVIe s. au sens du fr. mod. « vénération, déférence envers qqn (spéc. envers une femme) », et de « considération pour une chose jugée bonne » ; au XVIIe s. *tenir en respect.* || ***respecter*** (XVIe s.), empr. au lat. *respectare* « regarder en arrière » et au sens fig. « prendre en considération », a suivi l'évol. de *respect* ; ***respectueux*** (XVIe s.) ; ***respectable*** (XVe s.) ; ***respectabilité*** (XVIIIe s.), empr. à l'angl *respectability* au sens de « caractère d'une personne ou d'une chose respectable » ; ***irrespect*** (XVIIIe s.) ; ***irrespectueux*** (XVIIe s.). Voir ***répit***.

respectif (XVIe s.), empr. au lat. scolast. *respectivus* « relatif à », dér. de *respectus* (voir **respect**), empl. à partir du XVIIe s. au sens de « qui concerne chaque chose, chaque personne parmi plusieurs ».

respirer (XIIe s.), empr. au lat. *respirare* « exhaler », au fig. « se reposer, avoir du répit », d'abord empl. au sens de « reprendre vie » ; sont attestés dès l'a. fr. le sens courant de « aspirer de l'air dans les poumons, puis le rejeter » et le sens de « exhaler », d'où « rayonner, exprimer », celui de « avoir un délai, un moment de calme » datant du XVIIe s. || ***respiration*** (XIVe s.), empr. au lat. *respiratio* « action de respirer » et « pause pour reprendre haleine », *respiration artificielle* (XIXe s.) ; ***respiratoire*** (XVIe s.) ; ***irrespirable*** (XVIIIe s.).

resplendir (XIIe s.), empr. au lat. *resplendere* « renvoyer la clarté, reluire », empl. au sens de « briller d'un vif éclat ». || ***resplendissant*** (XIIe s.), aux sens propre et fig. Voir ***splendeur***.

responsable (XIIIe s.), dér. sav. du lat. *responsum*, supin de *respondere*, au sens de « se porter garant » (voir ***répondre***), empl. comme adj. à partir du XIVe s. au sens de « qui doit rendre compte de ses actes » (dans un contexte jur., en vertu de la morale), puis de « qui est chargé de » ; au XXe s. comme subst. et au sens de « raisonnable, réfléchi », sous l'infl. de l'angl. *responsible*. || ***responsabilité*** (XVe s.), repris au XVIIIe s. sous l'infl. de l'angl. *responsibility*, terme spéc. en droit constitutionnel, est usuel comme terme de droit civil, pénal, constitutionnel, admin. et au sens cour. de « obligation de répondre de ses actes », au XXe s. « charge entraînant des responsabilités » ; ***irresponsabilité*** (XVIIIe s.) ; ***irresponsable*** (XVIIIe s.).

resquiller (début XXe s.), mot pop., empr. au prov. *resquilla* « glisser, faire un faux pas », s. d. dér. de *quilho* « jambe », d'abord attesté dans l'arg. des marins au sens de « se procurer qq. ch. sans payer », d'où « entrer, se faufiler quelque part sans payer ». || ***resquille***, ***resquilleur*** (XXe s.).

ressac (XVIIe s.), empr. à l'esp. *resaca*, de la loc. *saca y resaca* « flux et reflux de la mer », de *sacar* « tirer » et *resacar* « tirer de nouveau ».

ressasser, voir ***sas***.

ressembler, **ressemblance**, voir ***sembler***.

ressource (XIIe s.), part. pas. fém. subst. de l'a. fr. *resourdre* « ressusciter », du lat. *resurgere* « rejaillir », au fig. « se rétablir », est empl. en a. et en m. fr. au sens disparu de « secours, rétablissement » et à partir du XVIe s. au sens du fr. mod. « moyens pécuniaires » et « moyens de faire face à une situation difficile » ; au XVIIe s. au sens fig. « force de l'esprit, du caractère » ; au XVIIIe s. « possibilité d'expression de la langue » ; à partir du XIXe s. au sens de « moyens matériels dont dispose une collectivité » (*ressources pétrolières, ressources humaines*). Voir ***sourdre***, ***résurgent***.

ressort, voir ***sortir***.

ressusciter (XIIe s.), empr. au lat. chrét. *resuscitare* « ramener à la vie », en lat. clas. « réveiller, rallumer (la colère) », empl. dès l'a. fr. au sens de « revenir de la mort à la vie » et de « faire revenir de la mort à la vie », d'où « rendre la santé, la vigueur » ; au XVIe s. au sens fig. « faire revivre, faire renaître ». Voir ***susciter***.

restaurer (Xe s.), empr. au lat. *restaurare* « rebâtir, refaire » et « reprendre, renouveler », empl. dès l'a. fr. au sens de « remettre dans un état antérieur, reconstruire », de « rétablir, remettre en vigueur » et de « redonner des forces », à partir du XVIIe s. « réparer » (des objets d'art, des monuments). || ***restaurant*** (XVIe s.), d'abord « aliment ou remède fortifiant », au XIXe s. au sens mod. ; ***restauration*** (XIIIe s.), empr. au lat. tard. *restauratio* « renouvellement », d'abord attesté au sens de « action de remettre une chose en état », au XVIIe s. dans le voc. polit. « rétablissement d'une dynastie », le sens de « métier de restaurateur », qui date du XIXe s., s'étant développé, d'abord en Suisse, en relation avec *restaurant* ; ***restaurateur*** (XVe s.).

rester (XIIe s.), empr. au lat. *restare* « s'arrêter, rester » et « être de reste », est d'abord empl. au sens de « s'arrêter, demeurer » et de « continuer à être dans tel ou tel état » et à partir du XVIIe s. au sens de « subsister, être encore présent ». || ***reste*** (XIIIe s.), souvent fém. jusqu'au XVIe s., se spéc. dès le XIVe s. au sens de « somme qui reste à payer » ; à partir du XVIIe s. pour désigner ce qui subsiste d'un être, d'une chose, d'un sentiment (*avoir de beaux restes, les restes* « le cadavre d'un être humain »).

restituer (XIIIe s.), empr. au lat. *restituere* « remettre à sa place, remettre en son état primitif, rendre », empl. au sens de « rendre ce qui a été pris indûment », puis à partir du XVIIe s. au sens de « reconstituer (un texte, un monument) », au XIXe s. « faire revivre par la pensée ». || ***restitution*** (XIIIe s.), empr. au lat. *restitutio* « rétablissement, réparation, restauration », a suivi l'évol. du verbe.

restreindre (XIIe s.), empr. au lat. *restringere* « serrer fortement, resserrer, restreindre », empl. en a. fr. au sens de « presser, comprimer », est usuel en fr. mod. aux sens propre et fig. de « renfermer dans des limites plus étroites », au XIVe s. *se restreindre* « faire des économies ». || ***restriction*** (XIVe s.), empr. au lat. tard. *restrictio* « modération, restriction », usuel en fr. mod. au sens de « limitation » (*restriction mentale* au XVIIe s.) et de « réserve », à partir du XVe s. au plur. « réductions des dépenses, du train de vie » ; ***restrictif*** (XIVe s.), dér. sav. du part. pas. *restrictus,* de *restringere* au sens de « ce qui restreint, limite ».

résulter (XVe s.), empr. au lat. *resultare* « rebondir », en lat. scolast. « s'ensuivre, résulter de », spéc. au sens de « être l'effet, la conséquence d'une cause ». || ***résultat*** (XVIIe s.), empr. au lat. scolast. *resultatum* « résultat », terme didactique jusqu'au XIXe s. où se développent les sens courants du fr. mod.

résumer (XIVe s.), empr. au lat. *resumere* « prendre de nouveau », d'abord empl. au sens de « répéter des arguments » et à partir du XVIIe s. au sens courant en fr. mod. de « abréger, condenser ». || ***résumé***, part. pas. de *résumer*, est empl. comme subst. à partir du XVIIIe s.

résurgence (XIXe s.), dér. sav. de *resurgens,* part. prés. de *resurgere* « rejaillir », spéc. comme terme de géogr. || ***résurgent*** (XVIe s.), empr. au lat. *resurgens,* d'abord au sens de « ressuscité », au XXe s. en géogr. et au sens fig. Voir ***sourdre***, ***surgir***.

résurrection (XIIe s.), empr. au lat. eccl. *resurrectio* « fait de se relever, de revenir à la vie », d'abord empl. au sens de « action de ressusciter », spéc. en parlant du Christ, et à partir du XVIIe s. au sens de « retour à l'existence, à l'activité, guérison » et de « nouvel essor, renaissance ».

retable (XVe s.), s. d. adapt. d'après *table* de l'a. prov. *retaule*, issu par simplification de *reiretaule,* en lat. méd. *retrotabulum*, comp. de *retro* « derrière » et *tabula* « planche, autel », pour désigner la partie postérieure et décorée d'un autel.

rétablir, voir ***établir***.

rétamer, voir ***étain***.

retaper, voir ***taper.***

retarder (XIIe s.), du lat. *retardare* « retarder, arrêter », au fig. « empêcher », d'abord empl. au sens de « remettre à un temps ultérieur » et de « ralentir », au XVIIe s. en parlant d'une horloge, au XIXe s. au sens fig. « avoir des idées désuètes ». || ***retard*** (XVIIe s.), au XIXe s. au sens de « état de ce qui est moins avancé dans un développement » ; ***retardement*** (XIVe s.), surtout usuel dans l'expres. *à retardement* ; ***retardataire*** (XIXe s.). Voir ***tarder***.

retenir, **rétention**, voir ***tenir***.

retentir (XIIe s.), de l'a. fr. *tentir* « faire entendre un son », du lat. vulg. **tinnitire,* dér. du lat. clas. *tinnire* « tinter », est d'abord empl. au sens de « résonner d'un son éclatant », puis au sens fig. « avoir des répercussions ». || ***retentissement*** (XIIIe s.), au XIXe s. au sens de « conséquences, effet produit ».

rétiaire, voir ***rets***.

réticence (XVIe s.), empr. au lat. *reticentia* « fait de taire qq. ch., silence », dér. de *reticere* « garder une chose par devers soi, garder le silence », d'abord empl. au sens, vieilli, de « omission volontaire d'une chose que l'on devrait dire », spéc. au XVIIe s. comme terme de rhétor., est usuel à partir du XVIIIe s. au sens de « marque de réserve ». || ***réticent*** (XIXe s.).

réticule (XVIIe s.), francisation du lat.

reticulum « filet à mailles, résille », empl. en fr. mod. comme terme d'optique et au sens vieilli de « petit sac de femme ». || ***réticulaire*** (XVIIe s.), dér. sav. du lat. *reticulum.*

rétif (XIe s.), du lat. vulg. **restivus,* s. d. issu de **restitivus* « qui s'arrête », de *restare* « s'arrêter », empl. dès l'a. fr. en parlant d'un animal qui refuse d'avancer et au sens fig. en parlant d'une personne difficile à entraîner, à persuader.

rétine (XIVe s.), empr. au lat. méd. médic. *retina* « membrane du fond de l'œil », du lat. *rete* « filet », la rétine présentant un réseau de vaisseaux sanguins.

rétorquer (XIVe s.), empr. au lat. *retorquere* « tourner en arrière, changer », empl. à partir du XVIe s. au sens, vieilli, de « tourner contre son adversaire les arguments qu'il a utilisés », au XIXe s. au sens cour. « répliquer ». || ***rétorsion*** (XIVe s.), dér. de *rétorquer* d'après *torsion,* n'est plus usité que dans l'expres. *mesure de rétorsion,* « mesure de coercition (en réplique à une action antérieure) ». Voir ***tordre***.

retoucher (XIIe s.), dér. de *toucher,* spéc. à partir du XVIIe s. au sens de « reprendre en modifiant, corriger » et au XIXe s. dans le voc. de la photographie et de la couture, comme le déverb. ***retouche*** (XVIe s.).

retour, **retourner**, voir ***tourner***.

rétracter (XIVe s.), empr. au lat. *retractare* « remanier, revenir sur un sujet, retirer sa parole », empl. au sens de « révoquer, annuler » et à partir du XVIe s., sous la forme pronom. au sens de « se dédire ». || ***rétractation*** (XIVe s.), empr. au lat. *retractatio* « remaniement, retouche », usuel à partir du XVIe s. au sens de « action de se rétracter » ; ***rétractile*** (XVIIIe s.), dér. au sens de « qui peut se raccourcir, se rentrer » du rad. du verbe *rétracter* ; ***rétraction*** (XIVe s.), terme du voc. médic., empr. au lat. *retractio* « raccourcissement ».

retrait (XIIe s.), part. pas. subst. de *retraire* (XIe s.), usuel en a. fr. au sens de « raconter », de « retirer qq. ch. » et de « abandonner (un lieu) », issu du lat. *retrahere* « tirer en arrière », ramener, réduire » et qui a été éliminé par *retenir* ; *retrait* est d'abord attesté au sens de « fait de revenir en arrière » et au sens disparu de « lieu où l'on se retire » ; *retrait* s'est spécialisé à partir du XIXe s. dans le voc. de la banque et du droit ; *en retrait* (XIXe s.) « en arrière de l'alignement » et au sens fig. || ***retraite*** (XIIe s.), part. pas. fém. subst. de *retraire,* d'abord usuel au sens de « action de reculer », spéc. dans le voc. milit., et à partir du XVIe s. au sens de « action de se retirer de la vie active ou mondaine », d'où la spéc. dans le voc. religieux (*faire une retraite*) et dans celui du droit admin. ; ***retraité*** (XIXe s.).

retrancher, **retranchement**, voir ***trancher***.

rétrécir (XVe s.), issu avec chang. de désinence de l'a. fr. *estrecier* « rendre étroit, resserrer », du lat. vulg. **strictiare* « rendre plus étroit », de *strictus* « serré, étroit » ; *rétrécir* « rendre plus étroit » et au sens fig. « diminuer l'importance de qq. ch., l'activité de qqn » a éliminé *étrécir,* usuel jusqu'au XVIIIe s. ; au XVIIIe s. en parlant d'un tissu. || ***rétrécissement*** (XVIe s.).

rétribuer (XIVe s.), empr. au lat. *retribuere* « donner en échange, récompenser », rare avant le XIXe s. au sens courant en fr. mod. (et attesté à partir du XVIe s.) de « rémunérer ». || ***rétribution*** (XIIe s.), empr. au lat. tard. *retributio* « récompense, renvoi », empl. au sens de « salaire » et au XVIIe s. dans le voc. religieux.

rétro-, élém. tiré du lat. *retro* « derrière, par-derrière » et repris au sens de « derrière, en arrière ».

rétroactif (XVIe s.), dér. sav. du lat. *retroactus,* part. pas. de *retroagere* « ramener en arrière, faire reculer, annuler ».

rétrocéder (XVIe s.), empr. au lat. *retrocedere* « reculer, rebrousser chemin », en lat. méd. « rétrocéder ». || ***rétrocession*** (XVIe s.), empr. au lat. tard. *retrocessio* « retrait ».

rétrograde (XIVe s.), empr. au lat. *retrogradus* « qui va en arrière, en sens inverse », du verbe *retrogradi* « aller en arrière », d'abord empl. comme terme de poétique et d'astron., au XVIIIe s. au sens du fr. mod. « qui est opposé au progrès », souvent abrégé en *rétro*. || ***rétrograder*** (XVe s.), empr. au lat. tard. *retrogradere* « rétrograder », usuel à partir du XVIIe s. au sens de « revenir à une situation antérieure à celle qu'on avait atteinte », au XXe s. dans le voc. de l'automobile.

rétrospectif (XVIIIe s.), formé du préf. *rétro-* et du rad. *spect-* de *spectare* « regarder » et du suff. *-if,* au sens de « relatif au passé » ; le fém. subst. *rétrospective* (XXe s.) désigne une projection ou une exposition présentant l'ensemble des œuvres d'un artiste, d'une époque.

retrousser, voir ***trousser***.

rets (XIIe s.), terme littér., avec graphie sav., issu du lat. *retis* « filet », var. du neut. *rete*. || ***rétiaire*** (XVIIe s.), empr. au lat. *retiarius*, dér. de *rete,* pour désigner un gladiateur combattant avec un trident et un filet ; ***réseau*** (XIIe s.), dér. avec le suff. *-eau* de la forme d'a. fr. *rez (rets)*, est d'abord attesté au sens de « petit filet de chasse ou de pêche », à partir du XVIe s. de « tissu en forme de rets » (*résille*), puis pour désigner dans des domaines divers (anatomie, architecture, optique) un ensemble de lignes, de fils entrecroisés ; se développent au XIXe s. de nombreux sens analogiques (*réseau d'espionnage, réseau ferroviaire, réseau urbain,* etc.). Voir ***résille***, ***rétiaire***, ***réticule***.

réussir (XVIe s.), empr. à l'ital. *riuscire* « aboutir, avoir une issue », dér. de *uscire* « sortir », du lat. *exire,* de même sens, empl. dès le XVIe s. au sens neut. de « résulter, aboutir à » et au sens de « aboutir à un heureux résultat ». || ***réussite*** (XVIe s.), empr. à l'ital. *riuscita* « issue, succès », a suivi l'évol. du verbe ; au XIXe s. « jeu de cartes solitaire ».

revanche (XIIIe s.), d'abord « vengeance » et à partir du XVIe s. au sens de « seconde partie dans un jeu, une compétition » est le déverb. de *revancher* (XIIe s.), « se venger », vieilli en fr. mod. || ***revanchard*** (XIXe s.).

revêche (XIIIe s.), s. d. du franc. **hreubisck* « rude, âpre, ébréché », usuel depuis le XVe s. au sens du fr. mod. « qui est d'abord difficile, peu engageant ».

réveil, **réveiller**, **réveillon**, voir ***éveiller***.

révéler (XIIe s.), empr. au lat. *revelare* « découvrir, mettre à nu », attesté dès l'a. fr. comme terme de religion « faire connaître par une révélation divine » et au sens courant « faire savoir une chose secrète, inconnue » ; l'emploi pronom. *se révéler* « se dévoiler, apparaître comme » se développe à partir du XVIIIe s. || ***révélation*** (XIIe s.), empr. au lat. imp. *revelatio* « action de découvrir », spéc. en lat. eccl. au sens de « acte par lequel Dieu fait connaître aux hommes sa volonté, son enseignement », sens d'abord attesté en a. fr., au XIVe s. au sens courant ; ***révélateur*** (XVe s.), empr. au lat. eccl. *revelator* « celui qui révèle », au XIXe s. « ce qui révèle, sert d'indice, de signe » et dans le voc. de la photographie.

revendication (XVIe s.), réfect. de *reivendication*, adapt. du lat. jur. *rei vindicatio* « action de réclamer une chose », comp. de *res* « chose » et de *vindicatio,* dér. du supin *vindicatum* de *vindicare* « réclamer en justice », d'abord empl. comme terme de droit, à partir du XIXe s. au sens courant de « action de réclamer ce que l'on estime être un droit » (*revendications salariales*). || ***revendiquer*** (XVe s.), a suivi l'évol. du subst.

revenir, voir ***venir***.

rêver (XIIe s.), d'abord *resver*, terme

d'orig. incert. p.-ê. d'un verbe non attesté **esver* « vagabonder » (voir l'a. fr. *desver* « perdre le sens »), est d'abord employé au sens, attesté jusqu'au XVIIe s., de « délirer, dire des choses extravagantes » ; à partir du XVIe s. *rêver* est employé au sens, conservé en fr. mod., de « être perdu dans des pensées vagues » ; le sens courant « faire un rêve, un songe », se développe à partir du XVIIe s., *rêver* tendant alors à supplanter *songer* en ce sens. || ***rêverie*** (XIIIe s.), d'abord attesté au sens de « délire, folie », et à partir du XVIe s. au sens du fr. mod. « activité de l'esprit qui médite, qui réfléchit » (les *Rêveries du promeneur solitaire,* titre d'un ouvrage de Rousseau au XVIIIe s.) ; ***rêveur*** (XIIIe s.), à partir du XVIIe s. au sens de « qui se laisse aller à la rêverie » ; ***rêvasser*** (XIVe s.) ; ***rêvasserie*** (XVIe s.) ; ***rêve*** (XVIIe s.), dér. tard. de *rêver*, a éliminé à partir du XVIIIe s. *songe* au sens courant du fr. mod. et s'empl. aussi à partir du XVIIIe s. au sens de « construction de l'imagination, projet chimérique ».

réverbérer (XIVe s.), empr. au lat. *reverberare* « repousser, réfléchir (des rayons) », d'abord empl. au sens de « frapper de nouveau », le sens mod. « réfléchir la lumière, la chaleur » se développant vers la fin du XVe s. || ***réverbère*** (XVIe s.), d'abord « écho », au XVIIIe s. au sens de « appareil destiné à l'éclairage des lieux publics » ; ***réverbération*** (XIVe s.).

révérer (XVe s.), empr. au lat. *revereri* « respecter », empl. au sens de « traiter qqn, qq. ch., avec le plus grand respect ». || ***révérence*** (XIIe s.), empr. au sens du lat. *reverentia* « respect, déférence » ; *faire la révérence* (XIVe s.) ; ***révérend*** (XIIIe s.), empr. au lat. *reverendus* « vénérable », spéc. à partir du XIXe s. comme titre donné par les Anglo-Saxons aux pasteurs de la plupart des églises chrét. non catholiques, d'usage plaisant ou ironique en fr. mod. ; ***irrévérence*** (XIIIe s.), empr. au lat. *irreverentia* « manque de respect » ; ***irrévérencieux*** (XVIIIe s.).

revers (XIIe s.), du lat. *reversus,* part. pas. de *revertere* « retourner sur ses pas », est attesté depuis le XIVe s. comme subst. au sens de « côté d'une chose opposé à celui qui se présente d'abord » (*revers d'une médaille*), au sens fig. au XVIIe s. dans l'expres. *revers de la médaille*, puis de « coup donné avec le dos de la main » ; à partir du XVIe s. au sens fig. (*revers de fortune*) et dans le voc. du sport (jeu de paume, tennis, boxe, etc.). || ***réversible*** (XVIIe s.), empr. au lat. jur. méd. *reversibilis,* en parlant d'un bien qui doit faire retour à son propriétaire, dér. de *revertere,* est d'abord empl. comme terme jur., puis au XIXe s. dans le voc. scient. et tech. ; ***réversibilité*** (XVIIIe s.), terme jur., aussi employé en théologie (*réversibilité des mérites*) et au sens courant de « caractère de ce qui est réversible » ; ***réversion*** (XIVe s.), empr. au lat. *reversio* « retour en arrière ».

revigorer, voir ***vigueur***.

réviser (XIIIe s.), empr. au lat. *revisere* « revenir voir, examiner à nouveau », dér. du supin *visum* de *videre* « voir », d'abord employé au sens de « considérer, examiner », à partir du XVIe s. au sens de « soumettre (une chose) à un nouvel examen » et spéc. au XVIIIe s. « revoir un ouvrage » ; le sens de « revoir ce qu'on a déjà étudié » date du XXe s. || ***révision*** (XIIIe s.), empr. au lat. tard. *revisio* « révision », a suivi l'évol. du verbe ; au XIXe s. *conseil de révision* ; ***révisionniste*** (XIXe s.).

reviviscence, voir ***vivre***.

révocation, voir ***révoquer***.

révolter (XVe s.), empr. à l'ital. *rivoltare* « échanger, retourner », du lat. vulg. **rivoltare,* fréquent. de *volvere* « tourner », d'abord empl. à la forme pronom. au sens de « se tourner » et à partir du XVIe s. au sens de « entrer en rébellion contre l'autorité établie » ; la forme active se développe à partir du XVIIe s. au sens de « heurter, irriter ». || ***révolte*** (XVIe s.).

révolu (XIVe s.), empr. au lat. *revolutus,* « qui a accompli un tour complet », empl. dès le m. fr. au sens, vieilli, de « qui a accompli son cours, son cycle » et au sens courant de « écoulé, terminé » (en parlant du temps).

révolution (XIIIe s.), empr. au lat. tard. et au lat. chrét. *revolutio* « retour du temps, cycle » et en lat. méd. « révolution » comme terme d'astronomie, dér. du lat. *revolvere* « ramener en arrière, imprimer un mouvement circulaire », est d'abord empl. comme terme d'astronomie et au sens de « achèvement d'un cycle » ; le sens courant en fr. mod. de « changement brusque et profond », spéc. dans l'ordre social, moral et polit., se développe à partir du XVIe s. || ***révolutionnaire*** (fin XVIIIe s.).

revolver (XIXe s.), empr. à l'angl. *revolver,* dér. de *to revolve* « retourner », du lat. *revolvere* « retourner en arrière », terme créé par l'inventeur, le colonel américain Samuel Colt, de cette arme.

révoquer (XIIIe s.), du lat. *revocare* « rappeler, faire revenir, ramener à la vie », empl. dès l'a. fr. au sens, disparu, de « rappeler » et de « revenir sur une décision, annuler », d'où au XVe s. « destituer qqn ». || ***révocation*** (XIIIe s.), empr. au lat. *revocatio* « rappel », en lat. tard « annulation », dér. de *revocare,* attesté à partir du XIVe s. au sens de « abrogation, annulation » (*révocation de l'Edit de Nantes,* 1685), et à partir du XVIIe s. de « destitution » ; ***irrévocable*** (XIVe s.), empr. au lat. *irrevocabilis* « que l'on ne peut modifier » ; ***irrévocabilité*** (XVIe s.).

revue, voir ***voir***.

révulser (XIXe s.), dér. sav. du part. pas. *revulsus,* de *revellere* « arracher, ôter de force », empl. comme terme médic. et au sens de « bouleverser, révolter ». || ***révulsion*** (XVIe s.), empr. au lat. imp. *revulsio* « fait d'arracher » ; ***révulsif*** (XVIe s.).

rez-de-chaussée (XIVe s.), comp. de l'a. fr. *res* « rempli à ras bord », d'où « tout contre, au niveau de », de *de* et de *chaussée.* Voir ***ras*** et ***chaussée***.

rhapsode (XVIe s.), terme d'antiq. grecque, du grec *rhapsodos* « chanteur qui récite des poèmes homériques ou épiques », au sens propre « qui coud ou ajuste des chants », dér. de *rhaptein* « coudre ». || ***rhapsodie*** (XVIe s.), du grec *rhapsodia* « récitation d'un poème épique », d'abord empl. en ce sens, au XIXe s. comme terme de musique (les *Rhapsodies* de Liszt).

rhéo-, élém. tiré du grec *rhéon* « qui coule » et entrant dans la construct. de mots sav. comme ***rhéographe***, ***rhéomètre***.

rhéostat (XIXe s.), empr. à l'angl. *rheostat,* terme tech. (« résistance électrique réglable ») formé avec l'élém. *rhéo-* du grec *rhein* « couler, s'écouler » et l'élém. *-statés* « stationnaire ».

rhésus (XVIIIe s.), empr. comme terme de zoologie, au lat. *Rhesus,* nom d'un roi légendaire de Thrace.

rhéteur (XVIe s.), empr. au lat. *rhetor* « orateur, rhéteur », empr. au grec. || ***rhétorique*** (XIIe s.), empr. au lat. *rhetorica (ars)* « art de l'éloquence », du grec *rhétoriké (tekhné),* est attesté dès l'a. fr. pour désigner l'ensemble des procédés constitutifs de l'art de l'éloquence, écrite et orale ; *couleurs de rhétorique* (XVe s.) ; au XVIIe s. au sens péj. ; ***rhétoricien*** (XIVe s.) ; ***rhétoriqueur*** (XVe s.), terme d'histoire littér. désignant spéc. un groupe de poètes de la Cour de Bourgogne au XVe s. (les *Grands Rhétoriqueurs*).

rhino-, élém. tiré du grec *rhino-,* de *rhis, rhinos* « nez » et entrant dans la construct. de mots appartenant au voc. de la médecine et de la zoologie.

rhinocéros (XIIIe s.), empr. au lat. *rhinoceros,* empr. au grec, de *rhis, rhinos* « nez » et de *kéras* « corne d'un animal ».

rhiz(o)-, élém. tiré du grec *rhizo-,* de *rhiza* « racine » entrant dans la construct. de termes sav. dans lesquels il désigne l'organe végétal.

rhizome (XIXe s.), empr. sav. comme terme de botanique, au grec *rhizoma* « racine », dér. de *rhizoun* « enraciner ».

rhododendron (XVIe s.), empr. au lat. *rhododendron* « laurier rose », du grec *rhodon* « rose » et *dendron* « arbre ».

rhubarbe (XIIIe s.), nom de plante, empr. au lat. méd. *rheubarbarum*, attesté au VIIe s. chez Isidore de Séville selon qui *rheu* est un mot barbare signifiant « racine », *barbarum* étant le neut. de *barbarus* « barbare ».

rhum (XVIIe s.), empr. à l'angl. *rum, rhum,* p.-ê. forme abrégée de *rumbullion*, mot d'orig. inconnue et désignant aussi cette boisson à base de canne à sucre.

rhumatisme (XVIe s.), empr. au lat. *rheumatismus* « flux, catarrhe », empr. au grec et dér. de *rheumatizein* « couler » et spéc. « souffrir d'un épanchement d'humeurs », dér. de *rheuma*. Voir ***rhume***.

rhume (XIIIe s., d'abord *reume*), empr. au lat. *rheuma* « flux de la mer, catarrhe », du grec *rheuma* « écoulement », de *rhein* « couler ». || ***enrhumer*** (XIIIe s.).

ribambelle (XVIIIe s.), p.-ê. composé de *riban,* forme ancienne de *ruban,* et du rad. *bamb-*, qui évoque le balancement, en fr. « longue suite ».

ribaud (XIIe s.), vieilli en fr. mod., dér. de l'a. fr. *riber* « se livrer au plaisir », du m. h. all. *riban* « frotter, s'accoupler », est usuel en a. fr. au sens de « débauché » et empl. à partir du XIIIe s. pour désigner un homme ou une femme qui suit l'armée pour piller ou des gens de peine (portefaix, crocheteurs, etc.). || ***ribote*** (XVIIIe s.), vieux et pop. au sens de « partie de plaisir », déverb. de *riboter,* issu par chang. de suff. de l'a. fr. *ribauder* « paillarder », dér. de *ribaud.*

ricaner (XIVe s.), var., s. d. sous l'infl. de *rire,* de l'a. fr. *recaner* « braire », dér. de l'a. norm. *cane* « dent », du franc. **kinni* « joue », qui a pris à partir du XVIe s. le sens de « rire de manière forcée », puis de « rire bêtement ». || ***ricanement*** (XVIIIe s.).

riche (XIe s.), du franc. **riki* « puissant », d'abord empl. en a. fr. au sens large de « puissant, important » et au sens spéc. de « qui possède de grands biens » ; le sens de « qui contient de nombreux éléments » se développe à partir du XIIIe s. || ***richesse*** (XIIe s.), réfect. de l'a. fr. *richoise*, est d'abord attesté au sens de « puissance, haut rang » et à partir du XIIIe s. au sens courant du fr. mod. « opulence, possession de grands biens » ; ***enrichir*** (XIIe s.), au XVIe s. au sens fig. en parlant du style, de la langue, au XIVe s. à la forme pronominale « devenir riche » ; ***enrichissement*** (XVIe s.) ; ***richissime*** (XIVe s.).

ricin (XVIe s.), empr. au lat. *ricinus* « plante (dont les graines fournissent l'huile de ricin) ».

ricochet (XVIIe s.), d'orig. obsc., p.-ê. du rad. de *coq*, dimin. de *cochet* « petit coq ». || ***ricocher*** (XIXe s.).

ric-rac, ric-et-rac (XVe s., d'abord *ric à rac*), d'orig. onomat., d'abord attesté au sens de « complètement », au XIXe s. « tout juste ».

rictus (XIXe s.), empr. du part. pas. lat. *rictus,* subst. au sens de « ouverture de la bouche, bouche ouverte », de *ringi* « grogner en montrant les dents », empl. comme terme médic. et au sens de « sourire grimaçant ».

ride, **rideau**, voir ***rider***.

rider (XIIe s.), s. d. du m. h. all. *ridan* « tourner, tordre », est d'abord attesté au sens de « plisser, froncer (un tissu, une chemise) » et à partir du XIIIe s. au sens de « sillonner, marquer de rides ». || ***ride*** (XIIIe s.), au XVe s. au sens de « pli sur la peau du visage » et au XVIIe s. au sens de « petite ondulation à la surface de l'eau » ; ***rideau*** (XVe s.), dér. de *ride* au sens de « étoffe froncée, plissée et tendue pour cacher, dissimuler qq. ch. », au XVIe s. dans le voc. du théâtre ; ***dérider*** (XVIe s.) aux sens propre « enlever les rides » et fig. « rendre le sourire », d'où « égayer ».

ridicule (XVIe s.), empr. au lat. *ridiculus,* dér. de *ridere* « rire », au sens de « plaisant, drôle » et de « absurde, extravagant », n'a gardé en fr. que le sens dépréciatif de « qui excite la moquerie, la dérision », au XIXe s. « dérisoire » ; à partir du XVIe s. *ridicule* s'emploie aussi comme subst. au sens de « trait, travers qui prête à rire ». || ***ridiculiser, se ridiculiser*** (XVIIe s.).

rien (Xe s.), de l'acc. lat. *rem* de *res* « chose », a d'abord été un subst. fém. au sens de « quelque chose », val. conservée jusqu'à la fin du XVIe s. ; mais, par suite de son empl. fréq. en relation avec l'adv. négatif *ne*, *rien* est devenu lui-même au XVIe s. un mot négatif et de genre masc.

rigide (XVe s.), empr. au lat. *rigidus* « raide, dur, inflexible », dér. de *rigere* « être raidi, insensible », d'abord empl. au sens de « inflexible », puis au sens concret. || ***rigidité*** (XVIIe s.), empr. au lat. *rigiditas* « rigidité, inflexibilité », a suivi la même évol. (*rigidité cadavérique*).

rigodon, rigaudon (XVIIe s.), « danse des XVIIe et XVIIIe s. », mot d'orig. obsc.

rigole (XIIIe s.), empr. au m. néerl. *regel* « rangée, ligne droite », *richel* « fossé d'écoulement », du lat. *regula* (voir ***règle***) au sens de « petit conduit aménagé pour évacuer l'eau ».

rigoler (XIIIe s.), s. d. issu du croisement de *riolle* « partie de plaisir » et de *gale* « réjouissance », de l'a. verbe *galer* « s'amuser, mener joyeuse vie » (voir ***galand***). || ***rigolard, rigolade*** (XIXe s.), pop. ou fam. ; ***rigolo*** (XIXe s.), fam.

rigueur (XIIe s.), empr. au lat. *rigor* « raideur, dureté », au fig. « sévérité, inflexibilité », dér. de *rigere* « être raide » (voir ***rigide***), est d'abord attesté au sens de « sévérité inflexible » et à partir du XVe s. au sens de « dureté difficile à supporter » (*les rigueurs de l'hiver*) ; au XVIe s. au sens de « exactitude, précision » ; *à la rigueur* (XVIIIe s.) « en s'en tenant à ce qui est strictement nécessaire ». || ***rigoureux*** (XIVe s.), empr. au lat. tard. *rigorosus* « très froid » et « sévère, inflexible », dont le sens moral « sévère, inflexible » a décliné au profit du sens de « pénible, difficile à supporter » (spéc. au XVIIe s. en parlant du froid) ; ***rigoriste, rigorisme*** (XVIIe s.), dér. sav. du lat. *rigor.*

rillettes (XIXe s.), mot de l'Ouest (Touraine), dér. du m. fr. *rille* « longue bande de lard », forme dial. de *reille* « planchette », du lat. *regula* « règle, barre ». || ***rillons*** (XIXe s.), mot de l'Ouest (Touraine), dér. de *rille.*

rime (XIIe s.), d'orig. incert., soit du lat. *rhythmus* « rythme », puis « vers non métrique, vers rimé, rime », soit du franc. **rim* « série, nombre » ; *n'avoir ni rime ni raison* (XIVe s.), d'orig. obsc. || ***rimer*** (XIIe s.) ; ***rimailler*** (XVIe s.).

rimmel (XXe s.), nom de marque déposé *Rimmel.*

rinceau (XIIIe s., d'abord *rainsel*), du lat. vulg. **ramuscellus* « petit rameau », du lat. tard. *ramusculus,* dimin. du lat. *ramus* « branche, rameau », est d'abord attesté au sens de « petit rameau », puis spéc. au XIVe s., au sens de « motif ornemental (en forme de branchage, etc.) » et en héraldique.

rincer (XIIIe s.), s. d. issu par dissimilation de l'a. fr. *recincier* « rincer », du lat. vulg. **recentiare*, dér. de *recens* « frais » au sens de « rafraîchir, laver ». || ***rincée*** (XVIIIe s.), pop. « volée de coups », au XIXe s. « pluie torrentielle » ; ***rinçage*** (XVIIIe s.), au XIXe s. au sens courant.

ring (XIXe s.), empr. à l'angl. *ring* « anneau, cercle », spéc. au sens de « espace circulaire où se déroule un combat de boxe ».

ringard (XXe s.), d'orig. obsc., d'abord empl. au sens de « comédien médiocre, démodé », puis de « personne incapable ».

ripaille (XVIe s.), dér. de *riper* « gratter », surtout usuel dans l'expres. *faire ripaille* « faire grande chère » (XVIe s.).

riper (XIVe s.), s. d. empr. au m. néerl. *rippen* « tirailler avec force », est d'abord attesté au sens de « gratter, étriller », puis comme terme tech. (marine, chemins de fer) et au sens courant en fr. mod. de « faire glisser » et de « déraper ».

riposte (XVIe s.), empr. à l'ital. *risposta* « réponse » et terme d'escrime, part. pas. fém. subst. de *rispondere* « répondre », du lat. *respondere*, empl. en fr. au sens de « réponse vive et immédiate », dans le voc. milit. et en sport au sens de « contre-attaque ». || ***riposter*** (XVIIe s.).

riquiqui (XVIIIe s.), dér. du rad. expressif *rik-* qui évoque un bruit sec, un son bref et aigu et au fig. la mesquinerie, l'avarice, a d'abord désigné une liqueur alcoolique ; au XIXe s. au sens de « étriqué, mesquin ».

rire (XIe s.), du lat. vulg. **ridere* avec *e* bref, en lat. clas. *ridere* (*e* long), est attesté dès l'a. fr. au sens de « marquer un sentiment de gaieté » et de « se moquer » ; au XVIe s. *se rire de* « traiter par le mépris, le dédain » ; comme subst. masc. au XIIIe s. || ***ris*** (XIIe s.), du lat. *risus* « rire, objet du rire », du supin *risum* de *ridere*, littér. en fr. mod. ; ***rieur*** (XVe s.) ; ***risée*** (XIIe s.), vieilli ou littér. en fr. mod. (*être la risée de* « être un objet de moquerie » au XVIIe s.) ; ***risette*** (XIXe s.) ; ***risible*** (XIVe s.), empr. au lat. tard. *risibilis* « risible, ridicule, capable de rire », dér. du supin *risum* de *ridere*, d'abord empl. au sens de « qui provoque le rire », puis au XVIIe s. « qui provoque la moquerie ». Voir ***ridicule***.

ris 1 (XIIe s.), terme de marine, s. d. issu du plur. **rifs*, de l'a. nord. *rif* « bande horizontale de la voile que l'on peut serrer ». || ***risée*** (XVIIe s.), terme de marine.

ris 2 (XVIe s.), « ris de veau, thymus », d'orig. inconnue.

ris 3, voir ***rire***.

risotto, voir ***riz***.

risque (XVIe s.), empr. à l'a. ital. *risco* « risque », p.-ê. issu du lat. **resecum* « ce qui coupe », dér. de *resecare* « couper », empl. ensuite au sens de « rocher escarpé, écueil », puis de « risque encouru par une marchandise transportée par bateau » ; d'abord fém. *risque* devient masc. à partir du XVIIe s. || ***risquer*** (XVIe s.) ; ***risque-tout*** (XIXe s.).

rissole (XIIIe s.), forme altér. de *roissole* « sorte de pâtisserie frite », du lat. vulg. **rousseola* « préparation rougeâtre », de *russeolus* « rougeâtre », dér. de *russus* « roux » en raison de la couleur de cette préparation culinaire. || ***rissoler*** (XVIe s.).

ristourne (XVIIIe s.), empr. avec le préf. *re-*, puis refait en *ri-*, à l'ital. *storno* « annulation d'un contrat », de *stornare* « annuler un contrat », s. d. adapt. de l'a. fr. *destorner* (voir ***détourner***), est d'abord spéc. comme terme de droit maritime « annulation d'un contrat d'assurance », puis de droit commercial « remboursement » ; au XXe s. au sens courant de « réduction, remise ».

rite (XVe s.), d'abord *rit*, empr. au lat. *ritus* « rite, cérémonie religieuse » et « usage, coutume ». || ***rituel*** XVIe s.), empr. au lat. *ritualis* « relatif au rite », subst. à partir du XVIIe s., au XVIIIe s. au sens courant de « ensemble de règles, de rites » ; ***ritualiste*** (XVIIIe s.) ; ***ritualisme*** (XIXe s.) ; ***ritualiser*** (XXe s.).

ritournelle (XVIIe s.), empr. à l'ital. *ritornello* « répétition d'un motif musical », dimin. de *ritorno* « retour », empl. dès le XVIIe s. comme terme musical et au sens fig.

rival (XVIe s.), empr. au lat. *rivalis* « rival en amour », au sens propre « riverain autorisé à faire usage du même cours d'eau », dér. de *rivus* « ruisseau », empl. comme subst. au sens de

« rival en amour », au XVIIe s. au sens de « concurrent, adversaire », au XIXe s. comme adj. || ***rivaliser*** (XVIIIe s.) ; ***rivalité*** (XVIIe s.), empr. au lat. *rivalitas* « rivalité en amour », a suivi l'évol. de *rival.*

rive (XIe s.), du lat. *ripa* « rive, rivage, côte », s'emploie aussi en a. et en m. fr. au sens de « bord de mer » ; *rives* au sens de « contrée, pays » (XVIIe s.) est vieilli ou littér. en fr. mod. ; les expres. *rive droite, rive gauche* (XIXe s.), sont spéc. pour désigner des quartiers qui longent à Paris le cours de la Seine. || ***rivage*** (XIIe s.), dér. de *rive,* peu à peu spéc. au sens de « bord de la mer » et plus rarement de « bord d'un lac » ; le sens de « contrée, pays » (XIIe s.) est vieilli ou littér. en fr. mod. ; ***river*** (XIIe s.), « attacher solidement qqn avec des chaînes, des fers », dér. de *rive* au sens de « bord » ; au XVe s. *river son clou à qqn,* au sens fig. ; ***rivet*** (XIIIe s.), dér. de *river.*

riverain, voir ***rivière***.

rivière (XIe s.), du lat. *riparia,* fém. subst. de l'adj. *riparius* « de la rive, qui se tient sur la rive », de *ripa* « rive » et qui a dû s'employer au sens de « région proche d'un cours d'eau ou de la mer » ; dès l'a. fr. *rivière* est empl. au sens de « ruisseau, cours d'eau » et aussi de « terrain en bordure d'une rivière », sens conservé dans des expres. comme *vins de rivière* (récoltés sur les bords de la Marne) ; *rivière de diamants* (XVIIIe s.). || ***riverain*** (XVIe s.), d'abord *riveran* « batelier, pêcheur », à rapprocher de l'a. lyonnais *reveyran* « batelier », au XVIIe s. au sens et avec la graphie du fr. mod.

rixe (XVe s.), empr. au lat. *rixa* « dispute, lutte, combat ».

riz (XIIIe s.), empr. à l'ital. *riso* « riz », empr. au grec byzantin *ruzi,* en grec clas. *oruza* ou *oruzion* ; le *z* final a été rétabli au XIVe s. sous l'infl. du lat. *oryza.* || ***rizière*** (XVIIIe s.) ; ***risotto*** (XIXe s.), empr. à l'ital. *risotto* « plat de riz coloré au safran ou à la tomate », dér. de *riso* « riz ».

robe (XIIe s.), du germ. **rauba* « butin », d'où « vêtement dont on a dépouillé qqn », empl. en a. fr. au sens, disparu, de « butin, dépouille de guerre », de « ensemble de vêtements taillés dans une même étoffe, habillement complet (d'homme ou de femme) » et de « vêtement féminin de dessus », sens courant en fr. mod. ; le sens de « long vêtement ample » est conservé dans la désignation de certaines professions : *gens, noblesse de robe* « gens de justice », *la robe* « la profession ecclésiastique ». || ***robin*** (XVIIe s.), dér. de *robe,* vieilli et péj. au sens de « magistrat, homme de loi » ; ***enrober*** (XIIe s.), d'abord « vêtir », au XIXe s. « entourer d'une couche protectrice » et au sens fig. « envelopper pour adoucir, masquer ». Voir ***dérober***.

robinet (XIIIe s.), dimin. du m. fr. *robin,* emploi au sens fig. de l'a. fr. *robin* « mouton » (forme fam. du prénom Robert, désignant souvent en a. fr. un paysan sot et prétentieux), les premiers robinets ayant souvent eu la forme d'une petite tête de mouton. || ***robinetterie*** (XIXe s.).

roboratif (XVIe s.), dér. sav. au sens de « qui revigore » de l'a. verbe *roborer* « fortifier », du lat. *roborare,* de même sens, dér. de *robur* au sens fig. « force, solidité ». Voir ***rouvre***, ***robuste***.

robot (XXe s.), mot tchèque formé sur *robota,* fém. « travail pénible, corvée » pour désigner des ouvriers artificiels. || ***robotiser***, ***robotisation*** (XXe s.), au sens propre et au sens fig. ; ***robotique*** (XXe s.).

robuste (XIVe s.), empr. au lat. *robustus* « solide, dur, résistant », dér. de *robur* « chêne très dur », au fig. « dureté, solidité », empl. au sens propre « vigoureux » et au sens fig. « ferme, inébranlable ». || ***robustesse*** (XIXe s.).

roc, **rocaille**, voir ***roche***.

rocade, voir ***roquer***.

rocambolesque (XIXe s.), adj. dér. de

Rocambole, héros des romans-feuilletons de P.-A. Ponson du Terrail (1829-1871).

roche (Xe s.), du lat. méd. *rocca,* d'orig. incert., s. d. prélatin. || ***rocher*** (XIIe s.), au XVIIe s. au sens fig. « personne dure, insensible » ; ***roc*** (XVe s.), à partir du XVIIe s. pour qualifier l'insensibilité ou la fermeté ; ***rocaille*** (XIVe s.), à partir du XVIIe s. dans le voc. des arts décoratifs (*style rocaille,* en vogue sous Louis XV) ; ***rocailleux*** (XVIIe s.), au XVIIIe s. « dur, heurté » (en parlant du style) ; ***rococo*** (XIXe s.), dér. irrégulier de *rocaille* au sens de « vieillot, désuet », par réaction plaisante contre le style décoratif rocaille.

rochet (XIIe s.), dér. du germ. *Rock,* de l'a. h. all. *rock* « tunique, casaque », du franc. **hrokk* (voir **froc**) pour désigner une tunique courte et spéc. un surplis de prêtre.

rock and roll (XXe s.), empr. à l'anglo-améric. *rock and roll* « balancez et roulez », de *to rock* « bercer, balancer » et *to roll* « rouler », et désignant une musique pop. américaine.

rocking-chair (XIXe s.), empr. à l'anglo-améric. *rocking-chair,* comp. de *to rock* « bercer, balancer » et *chair* « chaise ».

rodéo (XXe s.), empr. à l'anglo-améric. *rodeo,* nom de jeux de maîtrise des bêtes (chevaux, vaches) que l'on monte, de l'esp. *rodeo* « encerclement, rassemblement du bétail », de *rodear* « tourner autour », du lat. *rotare,* dér. de *rota.* Voir **roue**.

roder (XVIIIe s.), empr. au lat. *rodere* « ronger, miner, user », empl. depuis le XIXe s. au sens de « user par frottement, polir une pièce pour l'ajuster à une autre », et depuis le XXe s. en parlant d'un moteur de voiture, et au sens fig. « mettre au point qq. ch. ». || ***rodage*** (XIXe s.).

rôder (XVe s.), empr. à l'a. prov. *rodar* « vagabonder, tourner çà et là », du lat. *rotare* « tourner » (comme une roue), dér. de *rota* « roue », d'abord empl. au sens de « errer, parcourir à l'aventure » et à partir du XVIIe s. au sens de « tourner autour d'un endroit, de personnes, avec des intentions suspectes, hostiles » ; au XXe s. au sens fig. || ***rôdeur*** (XVIe s.).

rodomontade (XVIe s.), dér. surtout usuel au plur., au sens de « attitude, propos fanfarons », de *rodomont* (XVIe s.) « personnage fanfaron et hautain », emploi comme nom commun de l'ital. *Rodomonte,* personnage de l'*Orlando innamorato* de Boiardo, puis de l'*Orlando furioso* de l'Arioste.

rogation (XIVe s.), empr. au lat. *rogatio* « demande, proposition, projet de loi », puis en lat. tard. eccl. au plur. « supplications, processions en prières », du lat. *rogare* « demander » ; empl. comme terme d'antiq. rom. « projet de loi soumis à l'approbation du peuple romain », *rogations* (au plur.) désigne également dans la liturg. catholique des prières publiques et des processions, faites pendant les trois jours qui précèdent l'Ascension. || ***rogatoire*** (XVIe s.), d'abord attesté dans l'expres. *commission rogatoire,* empr. au lat. tard. eccl. *rogatorius* « de demande (adressée à un tribunal par un autre tribunal) ».

rogaton (XIVe s.), empr. au lat. *rogatum,* formé sur le supin de *rogare* « demander », d'abord attesté au sens de « semonce, convocation » et de requête » ; depuis le XVIIe s. *rogatons* au plur. a pris le sens péj. de « chose de rien » et spéc. « bribes, restes de nourriture ».

rogne 1 (XIIe s.), du lat. vulg. **ronea* « gale », altér. sous l'infl. de *rodere* « ronger » de *aranea* « araignée » (au sens de « herpès »), ancien nom pop. de la gale et de la teigne.

rogne 2 (XVe s.), attesté à partir du XIXe s. au sens de « mauvaise humeur, colère », est le déverb. de *rogner* « grogner, bougonner » (XIIIe s.), dér. du rad. onomat. *ron-* qui exprime le grondement.

rogner (XIe s.), du lat. vulg. **retundiare*, altér. de **rotundiare* « couper en rond », du lat. *rotundus* « rond », d'abord empl. en a. fr. aux sens disparus de « couper, trancher » et de « tonsurer » et au sens de « raccourcir qq. ch. sur le pourtour, les bords, l'extrémité » (en parlant des ongles, des griffes, des feuillets d'un livre, etc.) et à partir du XIVe s. au sens de « diminuer, retrancher de manière mesquine, diminuer l'autorité de qqn ». || ***rognure*** (XIe s.).

rognon (XIIe s.), du lat. vulg. **renionem*, acc. de **renio*, dér. de *ren* « rein », spéc. en fr. mod. pour désigner le rein d'un animal, a également désigné jusqu'au XVIIe s. le rein de l'homme.

rogomme (XVIIIe s.), « liqueur forte », pop. et vieilli, d'orig. incert., surtout attesté à partir du XIXe s. dans l'expres. *voix de rogomme* « voix rauque, rude ».

rogue (XIIe s.), du subst. de l'a. nord. *hrokr* « excès, insolence », empl. au sens de « hautain, insolent ».

roi (IXe s.), du lat. *regem*, acc. de *rex* « souverain, chef, maître », s'emploie dès l'a. fr. au sens courant de « souverain d'un Etat » et en parlant de Dieu et du Christ (*roi de gloire, roi de majesté*), dans le voc. du jeu d'échecs et au sens fig. « celui qui est le meilleur dans un domaine donné ». || ***royal*** (IXe s.), du lat. *regalis* « royal » et « digne d'un roi », dér. de *rex*; ***royauté*** (XIIe s.), du lat. méd. *regalitas* « pouvoir royal, dignité », empl. en a. fr. au sens disparu de « royaume » et au sens courant de « dignité de roi, pouvoir royal »; ***royaliste***, adj. et subst. (XVIe s.); ***royalisme*** (XVIIIe s.); ***roitelet*** (XIVe s.), d'abord « petit roi », au XVe s. « oiseau passereau »; ***royalty*** (XIXe s.), surtout empl. au plur. *royalties*, « redevances », empr. à l'angl. *royalty*, lui-même empr. à l'a. fr. *roialté* (voir ***royauté***). Voir ***royaume***.

rôle (XIIe s.), empr. au lat. méd. *rollus* « rouleau, parchemin roulé », à rapprocher du lat. tard. *rotulus* « petite roue », dimin. de *rota* (voir ***roue***), empl. en a. fr. au sens disparu au XVIIe s. de « parchemin contenant qq. ch. d'écrit », d'où « liste, énumération détaillée », sens qui s'est spéc. ensuite dans le voc. admin. et jur. (*rôle d'équipage, rôle d'impôt*); *à tour de rôle* « chacun à son tour » (XVe s.). A partir du XVIe s. *rôle* apparaît au sens courant de « partie d'un texte que doit dire un acteur » et de « personnage que l'acteur représente » et au sens de « action, influence exercée, fonction remplie ». || ***rouleau*** (XIVe s.), dimin. de *rôle*, est d'abord attesté au sens de « bande de papier, d'étoffe, etc., roulée sur elle-même ou autour d'un support », au XVe s. pour désigner la bande à demi déroulée qui sort de la bouche d'un personnage dans certaines représentations et sur laquelle on lit le nom, les paroles qu'il est censé prononcer; *être au bout du rouleau* (XIXe s.); à partir du XIVe s. et sous l'infl. de *rouler* et de *enrouler*, *rouleau* a désigné un cylindre de bois, de métal, etc., servant à divers usages (*rouleau à patisserie, rouleau d'imprimerie, rouleau-compresseur, rouleau de machine à écrire*); ***enrôler*** (XIIe s.), d'abord « inscrire sur un rôle », spéc. au XVIe s. dans l'armée, d'où au XVIIe s. *s'enrôler* « s'engager dans l'armée » et au sens fig. « s'affilier à un parti »; ***enrôlement*** (XVIe s.), a suivi la même évol. Voir ***contrôle***.

romain (XIe s.), du lat. *romanus* « romain », dér. de *Roma* « Rome », empl. dès l'a. fr. au sens de « habitant de Rome » et à partir du XIIIe s. au sens de « qui se rapporte au Saint-Siège, à la Rome moderne »; au XVIe s. *caractère romain* (dans le voc. de l'imprimerie); au XVIIe s. au sens moral « qui rappelle les vertus de la Rome antique ». || ***romaine*** « sorte de salade » (XVIe s.), d'abord *laitue romaine*; ***romaniste*** (XVIe s.), spéc. à partir du XIXe s. pour désigner un spécialiste du droit romain et un spécialiste des langues romanes (dér. en ce sens de *roman*).

roman (XIIe s.), du lat. méd. *romanice,* adv. signifiant « en langue vulgaire » (en *gallo-roman*, par opp. à en *latin*), est attesté en a. et m. fr. au sens de « langue vulgaire » et de « texte narratif en vers ou en prose, écrit en langue vulgaire ». Le sens mod. et cour. de *roman* comme genre littéraire se développe à partir du XVIe s. ; *roman,* adj. et subst. au sens de « langue vulgaire issue du latin » est attesté à partir du XVIe s., et à partir du XIXe s. dans le voc. des Beaux-Arts (*art roman*) ; ***romanistique*** (XXe s.), « étude des langues romanes », empr. à l'all. ; ***romancer*** (XIIIe s.), d'abord « écrire en langue vulgaire », et à partir du XVIIe s. « présenter sous forme de roman des faits, une histoire » ; ***romancier*** (XVe s.), d'abord « celui qui compose, adapte en langue vulgaire », au XVIIe s. « auteur de romans » ; ***romancière*** (XIXe s.) ; ***romanesque*** (XVIIe s.), adj. et subst. aux sens de « qui est propre au roman comme genre littéraire », « qui évoque les caractères du roman traditionnel », « qui est rêveur, sentimental ». Voir ***romantisme***, ***romantique***, ***romance***.

romance (XVIe s.), empr. à l'esp. *romance* « bref poème épique », s. d. empr. à l'a. prov. ou à l'a. fr. *romanz* « œuvre narrative en langue vulgaire », d'abord empl. au sens de « vieille chanson espagnole », à partir du XVIIIe s. au sens de « chanson naïve et sentimentale » et au XIXe s. au sens de « pièce instrumentale romantique ». || ***romancero*** (XIXe s.), empr. à l'esp. *romancero* « recueil de poèmes épiques espagnols ».

romanche (XIXe s.), « langue romane parlée dans les Grisons », empr. au rhéto-roman *romontsch,* du lat. méd. *romanice.*

romanichel (XIXe s.), mot de la langue des tziganes d'Allemagne signifiant « peuple des tziganes, tzigane ».

romantique (XVIIe s.), empr. à l'angl. *romantic* qualifiant ce qui est caractéristique du genre littéraire du *roman* et qui parle à l'imagination, est issu de l'a. fr. *romanz, romant* (voir ***roman***) ; d'abord empl. au sens de « romanesque », puis à la fin du XVIIIe s. au sens de « qui évoque le M. A., la romance », *romantique,* adj. et subst., se spécialise au début du XIXe s. pour désigner un mouvement littéraire et artistique (*école romantique, musique, peinture romantique,* etc.) et prend aussi le sens courant de « qui évoque les attitudes, les thèmes caractéristiques des romantiques ». || ***romantisme*** (XIXe s.), « attitude, caractère romantique » et « école littéraire s'opposant au classicisme ».

romarin (XIIIe s.), empr. au lat. *rosmarinus* « rosée de mer », désigne une plante aromatique.

rompre (Xe s.), du lat. *rumpere* « briser avec force, casser », d'abord empl. au sens, vieilli en fr. mod., de « briser, casser » (*rompre le pain*), de « briser en arrachant » et dès le XIIIe s. au sens de « mettre fin, arrêter le cours de » ; *rompre*, intr., est attesté à partir du XVIIe s. au sens de « se détacher brusquement de qqn » ; au XIXe s. dans le voc. milit. (*rompre les rangs).* Voir ***rupture***.

romsteck, rumsteck (XIXe s.), empr. à l'angl. *rump-steak,* de *rump* « croupe (d'un animal) » et *steak* « tranche ».

ronce (XIIe s.), du lat. *rumicem,* acc. de *rumex,* d'abord « dard », puis « arbuste épineux ».

ronchonner (XIXe s.), mot s. d. venu de la région lyonnaise, dér. de *roncher* « ronfler », du lat. *roncare,* de même sens, empl. en fr. au sens de « bougonner, grogner ».

rond (XIIe s.), du lat. vulg. **retundus,* issu par dissimilation du lat. *rotondus* « rond, arrondi, poli », dér. de *rota* « roue », empl. dès l'a. fr. comme adj. et comme subst. ; *être rond* « être ivre » (XVe s.). || ***ronde*** (XIIe s.), d'abord attesté comme subst. fém. dans la loc. *à la ronde* (XIIe s.) « dans un espace circulaire », au XVIIe s. « tour à tour » ; *ronde* au sens de « danse », attesté au

XIIIe s. et en concurrence avec *carole,* est rare avant le XVIIIe s. ; *ronde,* déverb. de *roonder, ronder* « faire la ronde » est attesté à partir du XVIe s. au sens de « inspection, visite militaire » (*chemin de ronde* au XVIIe s.) ; ***rondeau*** (XIIIe s., d'abord *rondel*), « poème à forme fixe » ; ***rondelle*** (XIIIe s.) ; ***rondeur*** (XIVe s.), d'abord « caractère de ce qui est rond », au XVe s. en parlant des parties du corps, au XVIe s. au sens fig. « bonhomie » ; ***rondouillard*** (XIXe s.) ; ***rond-de-cuir*** (XIXe s.), péj. « employé de bureau » ; ***rond-point*** (XIVe s.), d'abord « demi-cercle », à partir du XVIIIe s. au sens de « carrefour » ; ***arrondir*** (XIIIe s.) ; ***arrondissement*** (XVe s.), d'abord « action d'arrondir », au XVIIIe s. « division territoriale », puis « circonscription administrative ».

rondache (XVIe s.), « bouclier rond », s. d. mot normanno-pic. formé par substitution du suff. péj. *-ache* à *-elle* de *rondelle,* dér. de *rond* au sens de « bouclier rond ».

ronéo (XXe s.), nom déposé de la Compagnie du *Ronéo* et désignant une machine à reproduire un texte dactylographié au moyen de stencils. || ***ronéoter***, ***ronéotyper*** (XXe s.).

ronfler (XIIe s.), mot expres., dér. du rad. onomat. *ronfl.* exprimant le bruit de l'air sortant des voies respiratoires, élarg. expres. du rad. *ron-* (voir ***rogner*** « grogner » et ***ronchonner***). || ***ronflement*** (XVIe s.) ; ***ronfleur*** (XVIe s.).

ronger (XIIe s., d'abord *rungier*), issu du croisement du lat. *rumigare* « ruminer » avec le verbe du lat. vulg. **rodicare* « ronger », empl. dès l'a. et le m. fr. au sens, disparu au XVIIe s., de « ruminer », au sens courant de « déchiqueter avec les dents », et au sens de « entamer, détruire peu à peu », au propre et au fig. (*ronger son frein* au XIIIe s.). || ***rongeur*** (XVe s.), d'abord *rongeur d'or* « celui qui rogne les monnaies », au XVIIIe s. au sens fig. (*ver rongeur* « remords du coupable »), au XIXe s. « animal qui ronge ».

ronron (XVIIIe s.), onomat. formée par le redoublement du rad. *ron-* exprimant un bruit sourd et continu. || ***ronronner, ronronnement*** (XIXe s.).

roquefort (XVIIe s.), réduct. de *fromage de Roquefort* (dans l'Aveyron) où est fabriquée cette sorte de fromage.

roquer (XVIIe s.), terme du jeu d'échecs dér. de *roc*, ancien nom de la tour, et empr. à l'esp. *roque,* de l'ar. *ruhh* « tour aux échecs » et « char », lui-même empr. au persan. || ***rocade*** (XVIIIe s.), dér. de *roquer*, est d'abord attesté comme terme milit. « voie de communication parallèle au front de combat », au XXe s. « route qui contourne le centre d'une agglomération ».

roquet (XVIIe s.), « petit chien », s. d. dér. du verbe dial. *roquer* « heurter, craquer, croquer », au XVIIIe s. au sens fig. « personne hargneuse mais peu redoutable ».

roquette 1 (XVIe s.), « sorte de salade », empr. à l'ital. *rochetta,* var. de *ruchetta,* dimin. de *ruca,* du lat. *eruca* « chenille » et « plante ».

roquette 2 (XXe s.), « fusée de guerre », puis « projectile auto-propulsé », reprise, d'après l'angl. *rocket,* du vieux mot fr. *roquette* « fusée de guerre » (au XVIIIe s. *faire la roquette* « jeter des fusées éclairantes »), empr. à l'ital. *rochetta* « fusée », dimin. de *rocca,* du germ. **rukka* « quenouille » en raison de l'anal. de forme.

rosace, voir ***rose***.

rosaire (XVe s.), empr. au lat. eccl. *rosarium,* au sens propre « guirlande de roses dont on couronnait la Vierge », et qui a ensuite désigné un grand chapelet, puis au XVIIe s. la suite de prières récitées sur ce chapelet.

rosat (XIIe s.), terme de pharmacie, calque du lat. imp. *rosatum (oleum)* « (huile) rosat », de *rosatus* « fait avec des roses ». Voir ***rose***.

rosbif (XVIIe s.), empr. à l'angl. *roast-*

beef « rôti de bœuf », comp. de *beef* « viande de bœuf » et de *roast* de *to roast* « rôtir ».

rose (XIIe s.), subst., empr. au lat. *rosa* « rose, rosier », au XVIIe s. au sens de *rosace*. *Rose* adj. « qui a la couleur de la rose » est attesté à partir du XIIe s., et au XIVe s. comme subst. au sens de « couleur rose », puis au XIXe s. au sens fig. (*voir la vie en rose*). || ***rosé*** (XIIe s.), au XVIe s. « vin rouge clair » ; ***rosier*** (XIIe s.) ; ***rosir*** (XIXe s.) ; ***roseraie*** (XVIIe s.) ; ***rosière*** (XVIIIe s.), d'abord « jeune fille récompensée pour sa vertu d'une couronne de roses » ; ***rosette*** (XIIIe s.), d'abord « petite rose », puis « ornement en forme de petite rose », au XIXe s. « insigne de certains ordres civils ou militaires », au XXe s. « saucisson de la région lyonnaise » ; ***rosace*** (XVIe s.), dér. de *rose*, est d'abord attesté au sens de « ornement d'architecture en forme de rose », au XIXe s. « ensemble de vitraux disposés en forme de rose dans une église ».

roseau (XIIe s.), dér. de l'a. fr. *ros* « roseau », d'abord *raus*, du germ. **raus* « jonc ».

rose-croix (XVIIe s.), traduction de l'all. *Rosenkreuzer*, désignant les membres de la confrérie de la Rose-Croix.

rosée (XIe s.), du lat. vulg. **rosata* « rosée », dér. de *ros, roris* « rosée ».

rosse (XVe s.), « mauvais cheval », du m. h. all. *ros* « cheval, coursier », au XIXe s. adj. et subst. au sens de « personne dont on subit la méchanceté, la dureté ». || ***rosserie*** (XIXe s.), pop., fam.

rosser (XIIe s.), d'abord *roissier* « frapper avec violence », du lat. vulg. **rustiare* « battre », dér. de **rustia* « gaule », forme altér. de *rustum* « ronce », a été refait en *rosser* sous l'infl. de *rosse* ou bien dérive directement de *rosse* au sens de « malmener, traiter comme une rosse ». || ***rossée*** (XIXe s.).

rossignol (XIIe s.), empr. à l'a. prov. *rossinhol*, du lat. vulg. **lusciniolus*, en lat. clas. *lusciniola*, dimin. de *luscinia* (d'où en a. fr. les var. *lossignol, lorsignol*). Le *r* initial est p.-ê. issu d'une dissimilation du *l* ou d'un croisement avec *russus* « roux », en raison de la couleur du plumage de l'oiseau ; au XVe s. « crochet pour ouvrir les serrures », au XIXe s. « livre invendu, objet démodé ».

rostre (XIVe s.), d'abord attesté comme terme d'hist. rom., empr. au lat. *rostra* « tribune aux harangues du Forum (ornée d'éperons de navires) », plur. neut. de *rostrum* « bec d'oiseau » et « éperon de navire », de *rodere* « ronger » ; au XIXe s. dans le voc. de la zoologie.

rot (XIIe s.), du lat. tard. *ruptus* « rot », altér., sous l'infl. du part. pas. *ruptus* de *rumpere* « rompre », du lat. *ructus* « rot » (voir ***éructer***). || ***roter*** (XIIe s.), « émettre des gaz stomacaux », du lat. tard. *ruptare*, altér. de *ructare*.

rôt, voir ***rôtir***.

rotation (XVe s.), empr. au lat. *rotatio*, « action de mouvoir en rond, de faire tourner », dér. du supin *rotatum* de *rotare* « tourner », est rare avant le XVIIIe s. au sens courant de « mouvement circulaire » et dans le voc. de l'économie, puis de l'agriculture ; au XXe s. *rotation du personnel*. || ***rotatif*** (XIVe s.), dér. sav. de *rotation*, *presse rotative* (XIXe s.), d'où *rotative* subst. fém.

rote 1 (XIIe s.), « instrument de musique, à cordes pincées » du germ. **hrôta* « instrument de musique », p.-ê. empr. aux langues celtiques.

rote 2 (XVIe s.), « tribunal ecclésiastique siégeant à Rome », empr. au lat. *rota* « roue ».

rotin (XVIIe s.), empr. au néerl. *rottin*, du malais *rotan*, nom d'un palmier d'Inde, de Malaisie.

rôtir (XIIe s.), du germ. **raustjan* « rôtir », empl. dès l'a. fr. au sens de « faire cuire à la broche, au four » et de « exposer à une forte chaleur ». || ***rôt*** (XIIe s.), d'abord *rost,* « viande rôtie », au XVIIe s. « repas en général », est vieilli en fr. mod. ; ***rôti*** (XVe s.), « morceau de viande rôtie », au XVIIe s. « service consistant en viandes rôties » ; ***rôtie*** (XIIIe s.), subst. fém. « tranche de pain grillé » ; ***rôtisseur*** (XIVe s.) ; ***rôtisserie*** (XVe s.) ; ***rôtissoire*** (XVe s.).

rotonde (XVe s.), empr. à l'ital. *Rotonda,* nom propre d'une église établie à Rome dans l'ancien Panthéon, empl. en fr. comme nom commun à partir du XVIIe s. au sens de « édifice circulaire surmonté d'une coupole ».

rotondité (XIVe s.), empr. au lat. *rotunditas* « rondeur », dér. de *rotundus* « rond ».

rotule (XVe s.), empr. au lat. méd. *rotula* « petite roue », dimin. de *rota* « roue », empl. en lat. méd., puis en fr. comme terme d'anat.

roture (XVe s.), du lat. imp. *ruptura* « fracture » (voir ***rupture***), dér. de *rumpere* « défricher », d'abord empl. au sens de « terre nouvellement défrichée et non noble », puis de « redevance due à un seigneur pour une terre » ; *roture* au sens de « état d'un bien, puis d'une personne qui n'est pas noble » est attesté à partir du XVIe s. || ***roturier*** (XIIIe s.), « non noble » (en parlant d'une personne), peut être rapproché du lat. méd. *rupturarius* « paysan ».

rouage, voir ***roue***.

roublard (XIXe s.), d'orig. incert., p.-ê. dér. arg. de *râbler* « ramasser avec un râble », fam. et péj. en fr. mod. au sens de « astucieux, rusé ». || ***roublardise*** (XIXe s.), fam., péj., « ruse ».

rouble (XVIIe s.), empr. au russe *rubl'* « unité monétaire de la Russie », p.-ê. du verbe *rubit'* « couper », l'ancien rouble étant coupé dans une barre d'argent.

roucouler (XVe s.), du rad. onomat. *ruk-* qui apparaît dans différentes langues pour caractériser le chant des pigeons, des tourterelles, au XIXe s. au sens fig. « tenir des propos langoureux ». || ***roucoulement*** (XVIIe s.).

roue (XIe s.), du lat. *rota* « roue, rouleau », la forme *roue* (l'a. fr. a la forme réguliere *roe*) étant due à une réfect. sur *rouler* ; au XIIe s. *roue de la fortune* ; au XVIe s. « instrument de supplice » (*enrouer* au XIIIe s. « soumettre au supplice de la roue »). || ***rouage*** (XIIIe s.), « taxe perçue pour le charroi des vins », au XVIe s. « ensemble des pièces d'une machine » et au XVIIIe s. au sens fig. « chaque partie essentielle (d'une chose qui fonctionne) » ; ***rouet*** (XIIIe s.), d'abord « roue pour monter l'eau », au XIVe s. au sens du fr. mod. « machine à filer » ; ***rouer*** (XIVe s.), dér. de *roue* au sens de « faire subir le supplice de la roue », au XVIIe s. *rouer de coups* ; ***roué*** (XVIIe s.), « qui a subi le supplice de la roue », au XVIIIe s. « débauché (qui est digne du supplice de la roue) » ; au XIXe s. « personne très rusée et peu scrupuleuse » ; ***rouerie*** (XVIIIe s.), au XIXe s. au sens du fr. mod. « action pleine de ruse » ; ***rouelle*** (XIe s.), d'abord *roeille* « petite roue », du lat. tard. *rotella,* spéc. dès l'a. fr. comme terme de cuisine et de boucherie, en concurrence avec *rondelle,* s'est aussi employé à partir du XIVe s. pour désigner le cercle d'étoffe de couleur, porté comme signe infamant, au M. A., par les Juifs ; ***roulette*** (XIIe s.), dér. de *rouelle* « petite roue », a développé de nombreux empl. tech. : au XVIIe s. « petite roue fixée sous les pieds d'un meuble ; *patins à roulettes* (XIXe s.) ; au XXe s. « fraise de dentiste ») ; *jouer à la roulette (*XVIIIe s.), *aller comme sur des roulettes (*XIXe s.), fam.

rouflaquette (XIXe s.), mot pop., puis fam., le plus souvent au plur. « pattes de cheveux sur le côté de la joue, chez un homme », d'orig. obsc.

rouge (XIIe s.), du lat. *rubeus* « roux, rougeâtre », dér. de *rubere* « être rouge », et qui a supplanté le lat. clas. *ruber* « rouge », empl. dès l'a. fr. comme adj., comme subst. « couleur rouge » et à partir du XVIIIe s. comme adv. (*se fâcher tout rouge, voir rouge*). || **rougeur** (XIIIe s.), d'abord « coloration en rouge », au XVIe s. « coloration en rouge de la peau sous l'effet de la chaleur, de l'émotion » ; **rouget** (XIIe s.), d'abord « rougeâtre », au XIIIe s. pour désigner une variété de poisson de mer ; **rougeoyer** (XIIe s.), « devenir rouge », au XIXe s. « prendre une teinte rougeâtre » ; **rougir** (XIIe s.), « devenir rouge » et « devenir rouge sous l'effet d'un sentiment, avoir honte » ; **rougeaud** (XVIIe s.) ; **rouge-gorge** (XVe s.) ; **rouge-queue** (XVIIe s.) ; **infrarouge** (XIXe s.), comp. sav. de l'élém. *infra* et de *rouge*.

rougeole (XVe s.), d'abord *rougeule*, refait en *rougeole* d'après la finale de *vérole*, du lat. vulg. **rubeola*, fém. subst. d'un type **rubeolus* « rouge », désigne une maladie infectieuse.

rouille (XIIe s.), d'abord *roïl*, masc., puis au fém. *roïlle*, du lat. vulg. **robicula*, dimin. du lat. *robigo* « rouille, rouille du blé », au fig. « inaction, mauvaises habitudes », est attesté dès l'a. fr. au sens propre et au sens fig. « ce qui altère l'efficacité d'une chose ». || **rouiller** (XIIe s.), à partir du XVIe s. au sens fig. ; **dérouiller** (XIIe s.), d'abord « perdre sa rouille », au XVIIe s. « rendre plus actif, plus vif », au XXe s. en arg. « donner, prendre des coups ».

rouir (XIIIe s.), du franc. **rotjan* « rouir (le chanvre) ».

rouleau, voir **rôle**.

rouler (XIIe s.), d'abord *reoller, roeler*, dér. de l'a. fr. *roele* « petite roue » (voir **rouelle**, **rôle**), empl. dès l'a. fr. comme verbe intransitif au sens de « effectuer un mouvement en tournant sur soi-même » et comme verbe transitif « déplacer un objet en le faisant tourner sur lui-même », au XVIIe s. « rouler un dessein dans sa pensée » ; au XIXe s. « abuser, tromper ». || **roulis** (XIIe s.), d'abord *roilleïz*, « palissade de troncs d'arbres », au XVIIe s. « balancement d'un navire » ; **roulement** (XVIe s.), « mouvement de ce qui roule », au XVIIIe s. *roulement de tambour* (XIXe s.) « action de se remplacer à tour de rôle » et dans le voc. du commerce *fonds de roulement* ; **roulade** (XVIIe s.), « vocalise », au XVIIIe s. comme terme de cuisine, au XXe s. mouvement de gym. ; **roulage** (XVIIe s.), « transport de marchandises par voiture » ; **roulure** (XVIIIe s.), « personne méprisable, prostituée » (du sens péj. de *rouler* « aller çà et là, rouler sa bosse ») ; **roulotte** (XVIIe s.), au XIXe s. au sens mod. « grande voiture où logent les forains, les nomades », *vol à la roulotte* (XIXe s.) ; **enrouler** (XIVe s.) ; **enroulement** (XVIIe s.) ; **dérouler** (XIVe s.), au XVIIIe s. *se dérouler*, au sens fig. en parlant d'événements, de pensées qui se développent dans le temps ; **déroulement** (XVIIIe s.).

roulette, voir **roue**.

round (XIXe s.), empr. à l'angl. *round* « sphère, cercle », empr. au fr. *rond*, attesté comme terme de boxe à partir du XIXe s.

roupie 1 (XIIIe s.), « humeur sécrétée par la muqueuse nasale », d'orig. inconnue ; *roupie de sansonnet* (XIXe s.).

roupie 2 (XVIIe s.), « unité monétaire de l'Inde et du Pakistan », empr. au port. *rupia*, de l'hindoustani *rupiya*, nom d'une monnaie de l'Inde, du sanskrit *rupya* « argent ».

rouquin (XIXe s.), mot des parlers du Nord de la France, formé de *roux* et du suff. dimin. *-quin*, soit forme pic. de « chien », soit du néerl. *-ken* (voir **mannequin**).

rouspéter (XIXe s.), pop. et fam., p.-ê. issu du croisement de l'a. verbe *rousser* « gronder » et de *péter* « protester avec bruit ».

roussin (XIVe s.), forme altér. sous l'infl. de *roux*, de l'a. fr. *roncin* (XIe s.), « cheval de charge », d'orig. incert., p.-ê. de **ruccinus (caballus)*, de l'a. h. all. *rukki* « dos », au sens de « cheval équipé sur le dos ».

route (XIIe s.), du lat. *rupta (via)* « voie rompue, frayée », forme fém.

subst. du part. pas. *ruptus* de *rumpere* « rompre », empl. dès l'a. fr. au sens de « voie, direction » et de « chemin, voie de passage », au XIXe s. (voc. milit.) *feuille de route* ; à la fin du XIXe s. dans le voc. du cyclisme, par opp. à *piste* ; *code de la route* (XXe s.). ‖ ***routier***, subst masc. (XIIIe s.), « soldat organisé en bandes », est dérivé de *route* au sens ancien de « bande, troupe » ; *vieux routier* (XVIIe s.) « homme habile, qui a de l'expérience » ; ***routier*** adj., est usuel à partir du XIXe s. au sens de « relatif à la route », et comme subst. au XXe s. au sens de « conducteur de poids lourds » ; ***routard*** (XXe s.) ; ***routine*** (XVIe s.), dér. de *route* au sens de « chemin très fréquenté », a pris le sens fig. de « savoir-faire acquis par une pratique prolongée », puis au XVIIe s. « action accomplie de façon machinale », d'où le sens péj. de « habitude de penser, d'agir selon des schémas invariables » ; au XXe s. *de routine*, expres. non péj. au sens de « banal, habituel ». Voir ***déroute***, ***dérouter***.

rouvre (XVe s.), « variété de chêne », du lat. vulg. **roborem*, acc. du lat. clas. neut. *robur* « rouvre, bois de chêne ». Voir ***corroborer***, ***robuste***.

roux (XIe s.), du lat. *russus* « rouge, roux », apparenté au lat. *ruber* « rouge ». ‖ ***rousseur*** (XIIe s.) ; ***roussir*** (XIIIe s.) ; *sentir le roussi* « être suspect d'hérésie et menacé du bûcher » (XIXe s.).

royal, **royaliste**, voir ***roi***.

royaume (XIe s.), altér. par croisement avec *royal* de l'a. fr. *reiame*, de même sens, du lat. *regimen* « direction, gouvernement ». Voir ***régime***.

ru (XIIe s., d'abord *riu*), « petit ruisseau », vieilli ou région. en fr. mod., du lat. *rivus* « ruisseau ». Voir ***ruisseau***.

ruade, voir ***ruer***.

ruban (XIIIe s.), issu par labialisation du *-i-* devant *-b-* de *riban*, empr. au m. néerl. *ringband* « collier ». ‖ ***enrubanner*** (XVIIIe s.), au sens fig. « orner à l'excès ».

rubato (XXe s.), terme de musique, empr. à l'ital. *tempo rubato* « temps dérobé », *rubato* étant le part. pas. de *rubare* « voler, dérober », du germ. **raubon*. Voir ***robe***.

rubéole (XIXe s.), dér. sav. du lat. *rubeus* « roux », sur le modèle de *roséole*. Voir ***rouge***.

rubicond (XVe s.), empr. au lat. *rubicundus* « rouge, rougeaud », dér. de *rubere* « être rouge », de *ruber* « rouge », d'abord empl. comme terme médical, au XVIIe s. « très rouge » (en parlant d'un visage).

rubis (XIIe s.), empr. au lat. méd. *rubinus* « rubis », dér. de *rubeus* « rouge » ; la forme du plur. *rubis* a éliminé vers le XVIe s. le sing. *rubi*.

rubrique (XIIIe s.), empr. au lat. *rubrica* « terre rouge, ocre rouge » (servant notamment à écrire les titres des chapitres des recueils de lois), fém. subst. de *rubricus* « rouge », du lat. clas. *ruber* « rouge » ; *rubrique* est d'abord attesté en a. fr. au sens de « titre de chapitre » (d'abord écrit en rouge dans les manuscrits), puis au XVIIe s. au sens, vieilli, de « règles, coutumes ». A partir du XIXe s. *rubrique* s'emploie au sens de « titre indiquant la matière d'un article » et de « article sur un sujet déterminé, paraissant régulièrement dans un journal ».

ruche (XIIIe s., d'abord *rosche*), du gaul. *rusca* « écorce », les ruches étant à l'origine faites avec des écorces d'arbres, avant d'être fabriquées en paille tressée. ‖ ***rucher*** (XVIIe s.).

rude (XIIIe s.), empr. au lat. *rudis* « brut, grossier », au sens fig. « inculte, mal dégrossi », empl. dès l'a. fr. au sens de « inculte, grossier » et au sens de « fatigant, difficile à supporter » ; *être à rude école* (XVIIe s.) ; au XIVe s. « rugueux, dur au toucher » ; au XIXe s. au sens de « difficile à comprendre, ardu ». ‖ ***rudesse*** (XIIIe s.) ; ***rudoyer*** (XIVe s.).

rudiment (XVe s.), empr. au lat. *rudimentum* « apprentissage, essais » et « premiers éléments d'une science, d'un art », dér. de *rudis* (voir **rude**), empl. à partir du XVIe s. au plur. au sens de « premiers éléments d'une science, d'un art ». *Rudiment* au sing. désigne plus spéc. un « petit livre contenant les premiers éléments d'une matière (spéc. la gram. latine) ». || ***rudimentaire*** (XVIIIe s.), « à l'état de rudiment, sommaire ».

rue (XIe s.), du lat. tard. *ruga* « chemin bordé de maisons », sens issu par métaphore du lat. *ruga* « ride, pli ». || ***ruelle*** (XIIe s.), « petite rue » ; *ruelle du lit* « espace laissé vide entre le lit et le mur d'une chambre » (XVe s.).

ruer (XIIe s.), du lat. vulg. **rutare* « lancer », créé sur le supin *rutum* de *ruere* « lancer, bousculer », d'abord empl. au sens, disparu au XVIIIe s., de « jeter, projeter », comme pronom. « s'élancer, se précipiter », et spéc. à partir du XIVe s. en parlant d'un cheval. || ***ruée*** (XIIe s.), au XIXe s. au sens du fr. mod. « action de se ruer » (*ruée vers l'or*) ; ***ruade*** (XVIe s.), en parlant d'un cheval.

ruf(f)ian (XIVe s.), empr. à l'ital. *ruffiano* « entremetteur », d'orig. obsc., vieilli ou littér. au sens de « souteneur, voyou ».

rugby (XIXe s.), empr. à l'angl. *Rugby,* nom de la ville du comté de Warwick où ce sport fut inventé en 1823.

rugir (XIIe s.), empr. au lat. *rugire* « pousser des rugissements », a élim. la forme de l'a. fr. *ruir(e),* attestée jusqu'au XVIe s. || ***rugissement*** (XIIe s.) ; ***rugissant*** (XVe s.) ; *les quarantièmes rugissants,* expres. désignant les zones de tempêtes autour du quarantième degré de latitude sud (calque de l'angl. *the roaring forties*) (XXe s.).

rugueux (XVIe s.), empr. au lat. *rugosus* « ridé, plissé, rugueux », dér. de *ruga* « ride », est rare avant le XVIIIe s. au sens de « dur, raboteux, rêche ». || ***rugosité*** (XVIe s.), dér. sav. de *rugueux,* rare avant le XVIIIe s. au sens de « petite aspérité », puis de « état d'une surface rugueuse ».

ruine (XIIe s.), empr. au lat. *ruina* « chute, écroulement, ruine », au fig. « effondrement, catastrophe », dér. de *ruere* « faire tomber, s'écrouler », empl. dès l'a. fr. au sens de « dévastation, destruction », au plur. au sens de « restes d'un édifice écroulé » et au sens fig. de « chute, déchéance, perte » ; le sens spéc. de « perte des biens, de la fortune » se développe au XVIIe s. ainsi que le sens de « ce qui cause une dépense excessive ». || ***ruiner*** (XIIIe s.), à partir du XIVe s. au sens cour. du fr. mod. « causer la perte des biens » ; ***ruineux*** (XIIe s.), empr. au lat. *ruinosus* « qui menace ruine, ruiné », en lat. tard. « dangereux, funeste », au XIIIe s. « qui menace ruine », empl. à partir du XVIIe s. au sens de « qui provoque des dépenses excessives ».

ruisseau (XIIe s.), du lat. vulg. **rivuscellus*, dimin. de *rivus* « petit cours d'eau », empl. au sens de « petit cours d'eau » et à partir du XIVe s. au sens de « eau qui coule le long d'un trottoir ou au milieu de la rue », d'où les expres. comme *tirer du ruisseau, rouler dans le ruisseau.* || ***ruisseler*** (XIIe s.), dér. de *ruissel,* forme ancienne de *ruisseau* ; ***ruissellement*** (XVIIe s.), rare avant le XIXe s.

rumba (XXe s.), mot hispano-améric. désignant une danse d'orig. cubaine, *rumba* (d'abord « fête, partie de plaisir »), étant le fém. de l'esp. *rumbo* « vacarme, tapage ».

rumeur (XIe s.), du lat. *rumorem,* acc. de *rumor* « bruits vagues, propos colportés », d'abord empl. en a. fr. au sens, disparu, de « grand bruit », au XIIIe s. au sens de « bruit qui court, nouvelle sans certitude » et à partir du XVe s. au sens de « bruit confus de personnes qui protestent » (*rumeur de mécontentement*), au XVIIe s. « bruit confus, brouhaha ».

ruminer (XIIIe s.), empr. au lat. *ruminare* « ruminer » et « répéter, remâcher », dér. de *rumen* « premier estomac des ruminants », qui a élim. au sens propre l'a. fr. *rongier* (voir **ronger**), empl. depuis le XIIIe s. au sens fig. de « tourner et retourner qq. ch. dans son esprit ». ‖ ***rumination*** (XIVe s.), empr. au lat. *ruminatio* « rumination » et « répétition, réflexion », d'abord empl. au sens de « récitation par cœur », au XVIIIe s. au sens propre et à partir du XIXe s. au sens fig. « ressassement » ; ***ruminement*** (XVIe s.), aux sens propre et fig.

rune (XVIIe s.), empr. par l'interméd. d'une langue scand. à l'a. nord. *run* « secret, signe magique, rune », mot apparenté au gothique *runa* « secret ». ‖ ***runique*** (XVIIe s.).

rupestre (XIXe s.), empr. au lat. scient. *rupestris* « relatif aux rochers », dér. du lat. *rupes* « paroi de rocher ».

rupture (XIVe s.), empr. au lat. *ruptura* « rupture, bris », dér. du rad. du supin de *rumpere* (voir **rompre**), est rare avant le XVIIe s., où se développent les sens de « séparation, annulation » (*rupture de mariage*), de « interruption, cessation », de « querelle, brouille » et en peinture « opposition tranchée » (*rupture de ton*). Voir **roture**.

rural (XIVe s.), empr. au lat. *ruralis* « de la campagne », dér. de *rus* « campagne », empl. au sens de « qui concerne la vie à la campagne, qui concerne les paysans ».

ruse (XIIe s.), « détours du gibier dans sa fuite », puis « tromperie, astuce, feinte », déverb. de l'a. fr. *reuser, ruser* « repousser, faire repartir » et « se retirer, reculer », du lat. *recusare* « refuser, repousser » (voir **récuser**). ‖ ***ruser*** (XIVe s.), dér. de *ruse,* attesté comme verbe intransitif au sens de « user de ruses » et au XVIe s. comme terme de vénerie « tromper les chasseurs en les égarant ».

rush (XIXe s.), empr. à l'angl. rush « mouvement brusque », d'abord au sens de « afflux brusque d'un grand nombre de gens » et dans le voc. du sport, au XXe s. dans le voc. du cinéma.

rustique (XIVe s.), empr. au lat. *rusticus* « relatif à la campagne » et subst. « campagnard », dér. de *rus* « campagne », empl. en fr. au sens, vieilli, de « qui vit à la campagne » et de « qui est propre aux gens de la campagne », d'où le sens de « très simple, peu raffiné » ; *grotte rustique* (XVIe s.) « qui imite la nature » ; *mobilier, style rustique* (XIXe s.). ‖ ***rusticité*** (XIVe s.), empr. au lat. *rusticitas* « mœurs de la campagne, grossièreté ».

rustre (XIIe s.), réfect., d'après le lat. *rusticus*, de l'a. fr. *ruiste, ruste* (XIIe s.) « sauvage, rude, important », forme mi-savante tirée de *rusticus.* D'abord empl. au sens de « homme grossier et brutal », *rustre* est attesté comme adj. à partir du XVIIe s. au sens de « grossier, inculte, qui manque de finesse, de savoir-vivre ». ‖ ***rustaud*** (XVIe s.), dér. de la var. ancienne *ruste,* de *rustre,* au sens de « qui manque d'éducation, de finesse ».

rut (XIIe s.), du lat. tard. *rugitus* « rugissement », dér. de *rugire* « rugir », spéc. au sens de « bramement du cerf lorsqu'il est en rut », empl. en fr. pour désigner la « période d'accouplement des animaux » et par analogie, des êtres humains.

rutabaga (XIXe s.), empr. au suédois dial. *rotabagge* « chou-rave ».

rutiler (XVe s.), empr. au lat. *rutilare* « teindre en rouge » et « être éclatant », dér. de *rutilus* « d'un rouge ardent, brillant », d'abord empl. au sens de « résonner avec éclat », puis au sens du fr. mod. « briller d'un vif éclat ». ‖ ***rutilant*** (XVe s.), empr. au lat. *rutilans* « brillant ».

rythme (XIVe s.), empr. au lat. *rhythmus* « mouvement régulier, mesure, cadence, rythme », du grec *rhuthmos* « mesure, cadence, rythme, harmonie (d'une période), proportions régulières », empl. à partir du XVIe s. comme terme de poétique et de versification, puis au sens de « mouvement régulier, périodique, cadencé », notamment en médecine ; au XIXe s. au sens courant de « allure, vitesse (à laquelle s'exécute une action, se déroule un processus, etc.) ». ‖ ***rythmer*** (XIVe s.), rare jusqu'au XIXe s., « régler qq. ch. selon une cadence » ; ***rythmique*** (XIVe s.), empr. au lat. tard. *rhythmicus* « qui concerne le rythme », empr. au grec, est d'abord attesté comme subst. et comme terme de musique (« science du rythme ») et à partir du XVe s. comme adj. au sens de « mesuré, cadencé » ; *gymnastique, danse rythmique* (XXe s.).

S

sabayon (XIXe s.), empr. à l'ital. du Nord *zabaione,* « sorte de dessert », p.-ê. à rapprocher du lat. tard. *sabaia* « espèce de bière », mot dalmate.

sabbat (XIIe s.), empr. au lat. chrét. *sabbatum,* du grec *sabbaton,* lui-même empr. à l'hébreu *sabbat* « repos » et spéc. « repos observé par les Juifs le septième jour de la semaine », empl. en ce sens en fr. et à partir du XIVe s. au sens de « tapage », puis de « assemblée nocturne de sorciers et de sorcières ». || ***sabbatique*** (XVIe s.), empr. au lat. chrét. *sabbaticus* « qui concerne le sabbat, sabbatique », empr. à l'hébreu par l'interméd. du grec *sabbatikos,* dér. de *sabbaton* ; *année sabbatique* « année de congé », empr. à l'angl. *sabbatical year* (XXe s.).

sabir (XIXe s.), altér. de l'esp. *saber* « savoir », pour désigner d'abord un jargon mêlé de fr., d'ar., d'esp. et d'ital. parlé par les Algériens après 1830, puis au sens péj. de « langue peu compréhensible ».

sable 1 (XIIe s.), du lat. *sabulum* « sable, gros sable, gravier », puis *sablum,* est peu représenté en fr. avant le XVe s., par rapport à *sablon* et à *arène.* || ***sabler*** (XVIe s.), au XVIIe s. « boire d'un trait » (*sabler le champagne*) ; ***sablier*** (XVIIe s.) ; ***sablière*** (XVIIe s.) ; ***sablon*** (XIIe s.), de l'acc. lat. *sabulonem,* de *sabulo* « sable, lieu couvert de sable » d'abord empl. au sens disparu de « sable » et de « lieu couvert de sable » ; ***sablonneux*** (XIIe s.) ; ***ensabler*** (XVIe s.) ; ***ensablement*** (XVIIe s.).

sable 2 (XIIe s.), s. d. empr. par l'interméd. du lat. méd. au russe *sobol* « zibeline » pour désigner la fourrure de la martre zibeline, puis, en héraldique, la couleur noire.

sabord (XVe s.), terme de marine, « ouverture dans la coque d'un navire (pour le passage de la bouche d'un canon) », s. d. formé à partir de *bord,* mais l'élém. *sa-* est inexpliqué. || ***saborder*** (XIXe s.), d'abord dans le voc. de la marine, « percer des trous au-dessous de la ligne de flottaison (pour couler un navire) », puis au sens fig. « mettre volontairement fin à une activité ».

sabot (XIVe s.), s. d. issu par croisement avec *savate* du poitevin *bot,* autre forme de *botte,* au sens de « chaussure paysanne faite d'une seule pièce de bois évidée » ; au XVIIIe s. « demi-baignoire ». || ***saboter*** (XIIIe s.), d'abord au sens de « heurter, secouer », puis de « faire du bruit avec ses sabots », au XIXe s. au sens courant de « faire un travail mal et vite » ; ***sabotage*** (XIXe s.), d'abord au sens propre « fabrication des sabots », puis « action de mal faire un travail, d'endommager ou de détruire » (XIXe s.).

sabre (XVIIe s.), empr. à l'all. *Sabel,* var. de *Säbel* « arme blanche à lame recourbée », lui-même du hongrois *szablya.* || ***sabrer*** (XVIIe s.), « frapper à coups de sabre », au XVIIIe s. au sens de « expédier une tâche sans soin », de « pratiquer de larges coupures » et de « traiter sans ménagement ».

sac 1 (XIe s.), du lat. *saccus* « sac, besace, vêtement d'étoffe grossière », empr. au grec *sakkos* « étoffe grossière », est attesté dès l'a. fr. au sens de « étoffe, habit misérable » et de « contenant de matière souple, ouvert par le haut ». || ***sachet*** (XIIe s.) ; ***sa(c)quer***, d'abord *sachier* (XIIe s.) « tirer l'épée » et « tirer violemment hors de », attesté jusqu'au XVIIIe s., a pris au XIXe s., à partir de l'expres. *donner son sac à qqn,* « congédier », le sens arg. et pop., de « congédier » et de « punir sévèrement » ; ***ensacher*** (XIIIe s.). Voir ***bissac***.

sac 2 (XVe s.), empr. à l'ital. *sacco* « saccage », p.-ê. abrév. de *saccomano* « saccage », empr. au m. h. all. *Sakman*

« valet d'armée, pillard », conservé dans l'expres. *mettre à sac* « piller de fond en comble ». || **saccager** (XVe s.), empr. à l'ital. *sacchegiare,* dér. de *sacco* « saccage » ; **saccage** (XVIe s.), déverb. de *saccager.*

saccade (XVIe s.), dér. de *saquer* « secouer », var. dial. de *sachier* « tirer violemment » (voir **sac**), est d'abord attesté comme terme d'équitation et comme terme érotique au sens de « secousse brusque et irrégulière ». || **saccadé** (XVIIIe s.).

sacchar(o)-, élém. tiré du lat. *saccharum* « sucre », du grec *sakkharon,* et entrant dans la construct. de termes scient. où il indique la présence de sucre, comme **saccharine**, **saccharose** (XIXe s.).

sacerdoce (XIIIe s.), empr. au lat. *sacerdotium* « sacerdoce, dignité d'augure », dér. de *sacerdos, sacerdotis* « prêtre », empl. dès l'a. fr. au sens de « ministère du pape, des évêques, prêtrise » et à partir du XVIIe s. au sens de « fonction qui revêt un caractère presque religieux ». || **sacerdotal** (XIVe s.), empr. au lat. *sacerdotalis* « de prêtre, sacerdotal ».

sachem (XVIIIe s.), mot algonquin, « vieillard faisant fonction de conseiller et de chef chez les Indiens d'Amérique du Nord ».

sachet, voir **sac**.

sacoche (XVIIe s.), empr. à l'ital. *saccoccia* « petit sac », dér. de *sacco* « sac ».

sa(c)quer, voir **sac 1**.

sacrer (XIIe s.), empr. au lat. *sacrare* « consacrer à une divinité, rendre sacré », de *sacer, sacrum* « sacré », par opp. à *profanum* (voir **profane**), est attesté dès l'a. fr. au sens de « consacrer un homme d'Eglise à Dieu » et de « sacrer un roi », au XVIe s. au sens fig. ; *sacrer* (XVIIe s.) au sens de « jurer » est vieilli en fr. mod. ; à partir du XVIIIe s., *sacré,* adj., s'emploie avec valeur d'admiration ou d'ironie (*sacrée bonne femme*) ou en renforcement d'un juron (*sacré nom de Dieu,* parfois abrégé en *crénom de Dieu*). || **sacre** (XIIe s.), déverb. de *sacrer,* « cérémonie par laquelle un roi est sacré » et au XIXe s. au sens fig. de « consécration » ; *sacre* au sens de « sacré » entre dans la formation de nombreux jurons comme *sacrebleu, sacredieu, sacristi* ; **sacrement** (Xe s.), empr. au lat. *sacramentum* « dépôt fait aux dieux, accompagné d'un serment », puis « serment », en lat. chrét. « lien sacré entre l'homme et Dieu, rite, mystère » et spéc. « rite sacramentel, Eucharistie », est empl. dès l'a. fr. au sens général de « rite religieux institué par le Christ (pénitence, eucharistie, extrême-onction, mariage) » et spéc. « sacrifice de la messe » ; **sacramentel** (XIVe s.), empr. au lat. chrét. *sacramentalis* « mystique », est en concurrence avec *sacramental* jusqu'au XVIIIe s. au sens de « qui appartient à un sacrement » (*paroles sacramentelles,* XVIIIe s.) ; **sacramentaire** (XVIe s.) ; **sacraliser** (XIXe s.). Voir **serment**.

sacrifier (XIIe s.), empr. au lat. *sacrificare* « accomplir une cérémonie sacrée », d'où « offrir un sacrifice à une divinité », comp. de *sacrum,* neut. de *sacer* « sacré » et de *facere* « faire », est attesté dès l'a. fr. au sens de « offrir un sacrifice » et de « rendre qqn victime de quelque dessein, de son ambition », au XVIIe s. au sens de « négliger qq. ch., qqn au bénéfice de ce qu'on fait passer avant ». || **sacrifice** (XIIe s.), empr. au lat. *sacrificium* « offrande à la divinité » et en lat. chrét. « sacrifice eucharistique, messe », empl. dès l'a. fr. au sens de « offrande à la divinité » et au sens spéc. de « mort du Christ pour la rédemption du genre humain », au XVIIe s. au sens de « abandon volontaire, renoncement ».

sacrilège (XIIe s.), subst. masc., empr.

au lat. *sacrilegium* « profanation des choses sacrées, impiété », d'abord empl. en ce sens en a. fr. et à partir du XVIIIe s. au sens de « attentat contre ce qui est sacré, particulièrement respectable, vénérable ». || **sacrilège**, adj. et subst. masc. (XIIIe s.), d'abord « personne qui profane les choses sacrées », empr. au lat. *sacrilegus,* comp. de *sacra,* plur. neut. de *sacer* « sacré » et de *legere* « ramasser, recueillir », au sens de « voleur d'objets sacrés », d'où « profanateur, impie », au XVIe s. comme adj. au sens de « qui a le caractère du sacrilège ».

sacripant (XVIIe s.), empr. à l'ital. *Sacripante,* nom d'un faux brave de l'*Orlando innamorato* de Boiardo, empl. en fr. au sens disparu de « fanfaron, faux brave », puis fam. au sens de « mauvais sujet, chenapan ».

sacristain (XIIe s.), d'abord *segrestain,* du lat. méd. *sacristanus* « préposé à la sacristie », ou *secrestanus,* dér. de *sacrista,* de même sens, lui-même dér. de *sacer* « sacré » ; *sacristanus* a élim. *secrestanus* (voir **secrétaire**) au sens de « sacristain, gardien de la sacristie ». || **sacristie** (XIVe s.), empr. au lat. méd. *sacristia* « lieu où sont déposés les vases sacrés, les ornements d'église ».

sadisme, **sadique** (XIXe s.), dér. du nom du marquis de *Sade,* auteur de romans d'un érotisme cruel et violent. || **sado(-)masochisme** (XXe s.).

safari (XXe s.), empr. au swahili *safari* « voyage, expédition, groupe de personnages voyageant ensemble », de l'ar. *safar* « voyage » pour désigner une expédition de chasse, d'abord en Afrique noire.

safran (XIIe s.), empr. au lat. méd. *safranum,* de l'ar. *zafaran* « safran ».

saga (XVIIIe s.), empr. à l'a. nord. *saga* « conte, récit ».

sagace (XVe s.), empr. au lat. *sagax* « qui a l'odorat subtil » et « fin, pénétrant », dér. de *sagire* « avoir du nez, sentir finement », empl. au sens de « avisé, pénétrant ». || **sagacité** (XVe s.), empr. au lat. *sagacitas* « finesse de l'odorat » et « perspicacité », n'est usuel en fr. mod., comme *sagace,* qu'au sens fig.

sagaie (XIVe s.), d'abord attesté sous les formes *archegaie, assagaie,* empr. à l'esp. *azagaya* « petite lance », empr. à l'ar. *az-zagaya* « javelot, lance », mot d'orig. berbère.

sage (XIe s., d'abord *savie, saive*), du lat. vulg. **sabius,* de **sabidus*, altér. du lat. imp. *sapidus* « qui a du goût, de la saveur », de *sapere* « savoir », empl. dès l'a. fr. comme adj. et subst. au sens de « instruit, savant », de « sage, expérimenté », et de « modeste, vertueux » et pour désigner ceux qui se sont qualifiés (les Grecs anciens) par leur connaissance de la philosophie, de la science ; le sens de « qui est maître de ses passions » se développe à partir du XVIe s. ; au XVIIe s. « qui n'est pas turbulent » (en parlant d'un enfant). || **sage-femme** (XIIIe s.) ; **sagesse** (XIIIe s.), a suivi l'évol. de l'adj. ; **assagir** (XIIe s.), d'abord « instruire qqn », au XIVe s. « rendre sage ».

sagittaire (XIIe s.), empr. au lat. *sagittarius* « archer » et nom d'une constellation, dér. de *sagitta* « flèche », empl. dès l'a. fr. pour désigner un signe du zodiaque.

sagouin (XVIe s.), empr. au tupi *saguim* par l'interméd. du port. pour désigner une espèce de petit singe, et à partir du XVIIe s. au sens de « sale, malpropre ».

sahel (XVIIe s.), terme de géogr. empr. à l'ar. *sahil* « rivage de la mer, littoral », pour désigner une région de collines littorales en Afrique du Nord.

saie (XIIe s.), du lat. vulg. **sagia* « étoffe pour vêtement », d'abord empl. au sens de « étoffe légère », à partir du XVIe s. pour désigner un manteau court porté par les soldats romains et gaulois.

saigner (XIe s.), du lat. *sanguinare* « saigner », dér. de *sanguis* « sang », empl. dès l'a. fr. au sens de « perdre du sang » et de « tirer du sang, faire une saignée à qqn », à partir du XVIIe s. au sens fig. « tirer de qqn une somme considérable ». || ***saignée*** (XIIe s.), au XIIIe s. dans le voc. médic., au XVIIIe s. « incision faite à un arbre » ; ***saignement*** (XVIIe s.).

saillir (XIe s.), du lat. *salire* « sauter, bondir » et « couvrir une femelle », usuel en a. fr. et jusqu'au XVIe s. au sens de « sauter, s'élancer avec force » a été concurrencé par *sauter* et s'est conservé au sens spéc. de « couvrir une femelle » (XIVe s.) et au sens de « être en saillie, déborder le mur » (XIIIe s.). || ***saillie*** (XIIe s.), d'abord attesté au sens, vieilli, de « action de s'élancer, brusque sortie », s'est conservé au sens de « partie qui dépasse, qui avance » (XIIIe s.), au sens spéc. de « accouplement des animaux domestiques » (XIXe s.) et au sens fig. (à partir du XVIe s.), de « mouvement soudain de la pensée, trait brillant, trait d'esprit ».

sain (XIIe s.), du lat. *sanus* « bien portant » et « sensé, raisonnable », empl. dès l'a. fr. au sens de « bien portant » (disparu sauf par opp. à *malade* et dans l'express. *sain et sauf*), au sens de « qui jouit d'une bonne santé mentale (*sain d'esprit*) » et au sens courant en fr. mod. de « qui est bon pour la santé, salutaire ». || ***malsain*** (XIVe s.), au XVIe s. au sens de « qui est nuisible à la santé » ; ***assainir*** (XVIIIe s.), au XIXe s. au sens fig. « purifier (les mœurs, l'esprit) », au XXe s. en parlant de la monnaie ; ***assainissement*** (XVIIe s.), rare avant le XXe s. Voir ***santé***.

saindoux (XIIIe s.), comp. de *sain* « graisse d'origine animale », du lat. vulg. **sagimen*, du lat. *sagina* « engraissement des animaux », d'où « embonpoint » et de *doux*, et désignant la graisse de porc fondue.

sainfoin, voir ***foin***.

saint (Xe s.), du lat. clas. *sanctus* « sacré, inviolable, consacré, vénéré », part. pas. passif de *sancire* « consacrer, rendre irrévocable », qui a pris en lat. chrét. le sens de « qui est admis parmi les bienheureux, qui est canonisé par l'Eglise ». Dès l'a. fr., *saint* s'emploie comme subst. et comme adj. au sens de « qui est parfaitement pur » en parlant de Dieu, du Saint-Esprit, de la Sainte-Trinité, de « qui est sacré, consacré » en parlant d'un lieu (*Terre sainte*), d'un jour de fête consacré à un saint, etc. », de « ce qui est motivé par des considérations religieuses » (*guerre sainte*). || ***saint*** entre dans la constrnuct. de nombreux termes liés à la religion chrétienne comme ***Saint-Père*** (XIVe s.), ***Saint-Siège*** (XVIIe s.), ***Saint-Office*** (XVIIe s.) ; ***sainteté*** (XIIIe s.), réfect. de l'a. fr. *sainteé, sainté,* d'après le lat. *sanctitas* « sainteté, caractère inviolable », en lat. eccl., titre donné aux évêques, dér. de *sanctus*.

saisir (XIe s.), du m. a. all. **sazjan* « mettre qqn en possession de qq. ch. », empl. en a. fr. comme terme de droit féodal au sens de « mettre en possession de » et de « prendre possession de », d'où au sens courant « saisir vivement ». || ***saisine*** (XIIe s.), terme de droit féodal, puis dans le voc. jur. au sens de « action de saisir, prise de possession » ; ***saisie*** (XVIe s.), terme jur., « procédure par laquelle la justice appréhende un bien mobilier ou immobilier » ; ***saisissement*** (XIIe s.), d'abord « action de s'emparer de qqn ou de qq. ch. », à partir du XVIe s. au sens fig. de « émotion vive et soudaine » ; ***saisissable*** (XVIIIe s.) ; ***insaisissable*** (XVIIIe s.).

saison (XIIe s.), de l'acc. lat. *sationem,* de *satio* « action de semer, temps des semailles », du supin *satum* de *serere* « semer » et « planter », est d'abord empl. au sens de « temps qu'il fait » et de « laps de temps, délai » et plus spéc. de « époque de l'année convenant à certains travaux, à certaines productions » (*légumes de saison*) ; à partir du XIIIe s. au sens courant de « division de l'année » et de « période caractérisée par certains phénomènes atmosphériques » (*saison froide, saison des pluies*). || ***saisonnier*** (XVIIIe s.), « ce qui est propre à une saison, qui ne dure qu'une saison », au XXe s. *ouvrier saisonnier* ; ***assaisonner*** (XIIIe s.), d'abord « préparer, approprier à la saison », « cultiver selon la saison », au XVIe s. au sens du fr. mod. ; ***assaisonnement*** (XVIe s.).

salace (XVIe s.), empr. au lat. *salax* « lubrique, lascif », de *salire* « couvrir une femelle », vieilli ou littér. en fr. mod. au sens de « lubrique, licencieux ». || ***salacité*** (XVIe s.), empr. au lat. *salacitas* « lascivité ».

salade (XVe s.), « plat composé d'herbes potagères assaisonnées », empr. à l'ital. du Nord *salada, salata*, part. pas. de *salare* « saler », du lat. tard. *salare,* de même sens, dér. de *sal, salis* « sel ». || ***saladier*** (XVIe s.), d'abord « marchand de salades », au XVIIe s. au sens du fr. mod.

salaire (XIIIe s.), empr. au lat. *salarium* « ration de sel, somme donnée aux soldats pour acheter le sel », d'où « solde, traitement », dér. de *sal, salis* « sel » ; à partir du XIVe s. au sens fig. de « récompense ». || ***salarier*** (XIVe s.), « récompenser », rare avant le XVIIIe s. au sens propre de « donner un salaire » ; ***salariat*** (XIXe s.), « ensemble des salariés » et « mode de rétribution du travail par le salaire » ; ***salarial*** (XXe s.).

salamalec (XVIe s.), empr. à l'ar. *as-salam alayk*, formule de salutation signifiant « paix sur toi », d'abord empl. au sens de « salut à la turque », puis au XVIIe s. au sens péj. de « révérences, politesses exagérées ».

salamandre (XIIe s.), empr. au lat. *salamandra* « salamandre (reptile) », empr. au grec, d'orig. inconnue, empl. en fr. comme nom d'animal et au sens de « amiante », car on attribuait à ce reptile la propriété de vivre dans le feu ; d'où au XVIIe s. dans le voc. de l'alchim. le sens de « esprit du feu ».

salami (XVIIe s.), empr. à l'ital. *salami,* plur. de *salame* « viande salée », puis « saucisson de porc » dér. de *sale,* voir *sel.*

salaud, voir ***sale***.

sale (XIIe s.), du franc. **salo* « trouble, terne, sale », empl. dès l'a. fr. aux sens propre et fig. « qui blesse la pudeur ». || ***salir*** (XIIIe s.), au XVIIe s. au sens fig. ; ***saleté*** (XVIe s.) ; ***salissure*** (XVIe s.), au XIXe s. au sens fig. ; ***salaud*** (XVIe s.), « personne très sale », au XVIIIe s. comme terme d'injure.

salin, **saline**, **saler**, voir ***sel***.

salique (XIVe s.), empr. au lat. méd. *salicus* « qui concerne les Francs saliens », surtout empl. en fr. dans l'expres. *loi salique.*

salive (XIIe s.), du lat. *saliva* « salive ». || ***saliver*** (XVIIe s.) ; ***salivaire*** (XVIe s.).

salle (XIe s.), du franc. **sal*, masc. passé au fém., d'abord attesté au sens de « vaste pièce dans un château où l'on vit, où l'on reçoit », souvent qualifiée à partir du XVIe s. selon la destination (*salle d'armes, salle d'hôpital, salle à manger, salle de garde,* etc.) ; *salle de spectacle* (XVIIe s.).

salmigondis (XVIIe s.), d'abord *salmigondin* (XVIe s.) « ragoût », dér. de *salemine* « plat de poissons », lui-même dér. du rad. de *sel,* avec un second élém. *-gondin,* à rapprocher de l'a. verbe *condir* « assaisonner », du lat. *condire* « épicer » (voir ***condiment***) ; au XVIIe s. au sens fig. « mélange disparate ». || ***salmis*** (XVIIIe s.), « préparation culinaire », abrév. de *salmigondis.*

salon (XVIIe s.), empr. à l'ital. *salone,* dér. de *sala* « salle », d'abord « pièce de réception dans une demeure privée », les sens de « exposition périodique d'ouvrages d'artistes vivants », « lieu de réunion et de conversation » et de « lieu où l'on reçoit des clients » se développant à partir du XVIIIe s.

saloon (XIXe s.), empr. à l'angl. *saloon,* issu de *salon* au sens de « établissement public, bar où l'on sert des boissons alcoolisées ».

salope (XVIIe s.), d'orig. incert., p.-ê. comp. de *sale* et de *hoppe*, forme dial. de *huppe,* cet oiseau passant pour très sale, est d'abord attesté au sens de « personne sale », au XVIIIe s. « femme de mauvaise vie ». || ***saloperie*** (XVIIe s.) ; ***saloper*** (XIXe s.), « mal faire un travail » ; ***salopette*** (XIXe s.), « vêtement d'enfant » et « vêtement de travail » ; ***salopard*** (XXe s.), d'abord terme d'arg. milit.

salpêtre (XIVe s.), empr. au lat. méd. *salpetrae* « sel de pierre », nom du nitrate de potassium. || ***salpêtrière*** (XVIIe s.), « fabrique de salpêtre » ; *La Salpêtrière,* nom d'un hôpital parisien, fondé sur l'emplacement d'une ancienne fabrique de poudre (XVIIIe s.).

salsifis (XVIe s.), empr. à l'ital. *sassefrica* « salsifis », du lat. tard. *saxifrica,* var. de *saxifraga* « saxifrage, plante de rocaille ».

saltimbanque (XVIIe s.), « bateleur de foire », empr. à l'ital. *saltimbanco* « acrobate de foire », comp. de *salta,* de *saltare* « sauter » et *banco* « banc, estrade ».

salubre (XIIIe s.), empr. au lat. *salubris* « utile à la santé, sain, salubre », en lat. chrét. « salutaire », d'abord empl. au sens de « sain, salubre », au XVIe s. au sens fig. || ***salubrité*** (XVe s.), empr. au lat. *salubritas* « caractère de ce qui est salubre, assure la santé » ; ***insalubre*** (XVIe s.), empr. au lat. *insalubris* « malsain ».

salut (Xe s.), de l'acc. lat. *salutem* de *salus, salutis* « salut, conversation » et « action de saluer, compliments », empl. dès l'a. fr. au sens religieux « fait d'être sauvé du péché », au sens de « fait d'échapper à un danger » et au sens de « action de saluer ». || ***saluer*** (Xe s.), du lat. *salutare* « saluer qqn » ; ***salutation*** (XIIIe s.), empr. au lat. *salutatio* « salutation, salut », au XVe s. pour désigner la *salutation angélique* (*Ave Maria*) ; ***salutaire*** (XIVe s.), empr. au lat. *salutaris* « utile, avantageux, favorable ».

salvateur, **salvation**, voir ***sauver***.

salve (XVIe s.), « décharge simultanée d'armes à feu en signe de réjouissance, etc. », empr. à l'ital. *salve* « salut ».

samba (XXe s.), empr. au port. du Brésil *samba,* lui-même empr. à une langue africaine.

samedi (XIIe s.), du lat. vulg. **sambati dies* comp. de *dies* « jour » et de *sambati,* gén. de **sambatum,* empr. au grec *sambaton,* var. de *sabbaton* « sabbat », qui a élim. la désignation latine, *dies Saturni* « jour de Saturne ».

samouraï (XIXe s.), mot jap. désignant un guerrier dans la société féodale du Japon.

samovar (XIXe s.), « bouilloire », mot russe, au sens litt. « qui bout (*varit*) par soi-même (*samo*) ».

sampan (XVIe s.), « petite embarcation à voile », s. d. du chinois *sanpan,* au sens propre « trois (*san*) planches (*pan*) ».

sanatorium (XIXe s.), empr. à l'angl., terme sav. du lat. tard. *sanatorius* « propre à guérir », du lat. *sanare* « soigner, guérir ».

sanctifier (Xe s.), empr. au lat. tard. eccl. *sanctificare* « rendre saint, sacré ». || ***sanctification*** (XIIe s.), empr. au lat. tard. *sanctificatio,* de même sens. Voir ***saint***.

sanction (XIVe s.), empr. au lat. *sanctio* « action de sanctionner, peine, punition » et en lat. tard. « édit, ordonnance », empl. à partir du XVIIIe s. au sens de « peine » ou plus rarement « récompense » et à partir du XIXe s. au sens courant de « amende, condamnation, répression ». ‖ ***sanctionner*** (XVIIIe s.), d'abord « ratifier, entériner », au XXe s. « punir d'une sanction ».

sanctuaire (XIIe s.), empr. au lat. *sanctuarium* « cabinet d'un roi » et en lat. tard. « lieu sacré », dér. de *sanctus* (voir ***saint***), est d'abord empl. au sens de « lieu le plus saint d'un temple, d'une église » et en général « lieu saint », au XVIIIe s. « séjour, lieu privilégié ».

sanctus (XIIIe s.), empr. au lat. *sanctus* « saint, sacré », premier mot de cette prière.

sandale (XIIe s.), empr. au lat. eccl. *sandalium* « sandale de femme », du grec *sandalion,* dimin. de *sandalon* « sandale de bois retenue par des courroies ».

sandre (XVIIIe s.), « poisson d'eau douce », de l'all. *Zander, Sander*, de même sens.

sandwich (XIXe s.), empr. à l'angl. *sandwich,* du nom du Comte de *Sandwich* dont le cuisinier aurait inventé ce mode de restauration.

sang (Xe s.), du lat. *sanguem,* acc. d'une forme parisyllabique issue de *sanguis, sanguinis* « sang qui coule », « sang en tant que force vitale, vigueur, vie », « sang en tant que constituant la parenté, l'hérédité », tous sens présents dès l'a. fr. ‖ ***sang-froid*** (XVe s.) ; ***sanglant*** (XIe s.), au XVIIe s. au sens de « outrageant », du lat. tard. *sanguilentus* « sanguinolent, en sang », en lat. clas. *sanguinolentus* qui a donné ***sanguinolent*** (XIVe s.) ; ***ensanglanter*** (XIe s.) ; ***sanguin*** (XIIe s.), empr. au lat. *sanguineus* « ensanglanté, de la couleur du sang », d'abord empl. au sens de « ensanglanté », au XIIIe s. au sens de « où le sang prédomine », au XIVe s. « qui a rapport au sang » ; ***sanguinaire*** (XIVe s.), empr. au lat. *sanguinarius* « de sang » et au sens fig. « qui aime à répandre le sang », usuel depuis le XVIe s. au sens fig.

sangle (XIe s.), d'abord *cengle,* du lat. *cingula* « ceinture, ceinturon, sangle », de *cingere* « ceindre », empl. au sens de « bande passée sous le ventre d'une bête de somme », puis au XVIe s. « bande servant à serrer, à porter qq. ch. ». ‖ ***sangler*** (XIIe s.).

sanglier (XIIe s.), d'abord *sengler,* du lat. tard. *singularis porcus* « porc solitaire », désignant le mâle qui vit seul.

sanglot (XIIe s.), d'abord *sanglout, senglout,* du lat. vulg. **singluttus,* altér. d'après *gluttire* « avaler », du lat. *singultus* « hoquet, râle ». ‖ ***sangloter*** (XIIe s.).

sangria (XXe s.), mot esp. désignant une boisson à base de vin rouge et d'oranges.

sangsue (XIIe s.), du lat. *sanguisuga,* de *sanguis* « sang » et *sugere* « sucer », qui a élim. le lat. *hirudo* « sangsue » ; au XIVe s. au sens fig.

sanhédrin (XVIe s.), empr. à l'hébreu *sanhedrin* « tribunal rabbinique », du grec *sunedrion* « assemblée, conseil », dér. de *sunedros* « qui siège ensemble ».

sanie (XIVe s.), empr. au lat. *sanies* « sang corrompu ».

sanitaire, voir ***santé***.

sans (Xe s.), prép. et adv., du lat. *sine* « sans » avec *s* adverbial ; ***sans-***, élém. entrant dans la construct. de subst. dans lesquels les mots formés prennent un sens privatif par rapport au subst. de base comme ***sans-abri***, ***sans-culotte***, ***sans-gêne***.

sanscrit, **sanskrit** (XVIIe s.), empr. au sanscrit *sanskr(i)ta* « parfait » (observant toutes les règles fixées par la grammaire).

sansonnet (XVe s.), dimin. de *sanson* « étourneau », p.-ê. du nom propre

Samson personnage biblique, cet oiseau étant souvent mis en cage.

santal (XIIIe s.), « substance odoriférante », empr. au lat. méd. *sandalon,* de l'ar. *sandal,* mot d'orig. sanscrite, refait en *santal* d'après le grec *santalon.*

santé (Xe s.), du lat. *sanitas* « santé du corps et de l'esprit », dér. de *sanus* « sain ». || ***sanitaire*** (XIXe s.), dér. sav. du lat. *sanitas.*

santon (XIXe s.), empr. au prov. *santoun* « petite figurine de la crèche », dér. dimin. de *sanh, sant* « saint ».

saoul, **saouler**, voir ***soûl***.

sapajou (XVIIe s.), empr. au tupi *sapajou* pour désigner un petit singe de l'Amérique centrale et du Sud.

saper 1 (XVIe s.), empr. à l'ital. *zappare* « piocher », de *zappa* « pioche », empl. dès le XVIe s. dans le voc. milit. « détruire les fondements d'une muraille, d'un édifice » et au sens fig. « ébranler, miner ». || ***sape 1*** (XVIe s.) « tranchée creusée sous un mur » ; ***sapeur*** (XVIe s.), d'abord « soldat employé à la sape », au XVIIIe s. « soldat du génie ».

saper 2 (XXe s.), mot d'arg. au sens de « vêtir, habiller », d'orig. obsc. || ***sape 2*** (XXe s.), « vêtement », arg.

saperlipopette (XIXe s.), pop., fam., altération de *sacré* empl. dans des jurons.

saphique (XIVe s.), empr. au lat. *Sapphicus* « de *Sapho*, poétesse de Lesbos », lui-même empr. au grec, est d'abord attesté comme terme de poésie (*vers saphique*), au XVIIIe s. au sens de « relatif à l'homosexualité féminine ».

saphir (XIIe s.), empr. au lat. clas. *sappirus,* en lat. tard. *sapphirus* « pierre précieuse », empr. au grec *sappheiros,* mot d'orig. sémitique.

sapide (XVe s.), empr. au lat. *sapidus* « qui a du goût, de la saveur », de *sapere* « avoir du goût », empl. à partir du XVIIIe s. au sens du lat.

sapience (XIIe s.), empr. au lat. *sapientia* « intelligence, sagesse », vieilli en fr. mod., empl. en a. fr. au sens du lat. chrét. « sagesse de Dieu ».

sapin (XIIe s.), du lat. *sappinus* « sorte de sapin », comp. d'un mot prélat. **sappus,* p.-ê. croisé avec le lat. *pinus* « pin ».

sapristi (XIXe s.), altér. de *sacristi.* Voir ***sacrer***.

sarabande (XVIIe s.), empr. à l'esp. *zarabanda* « danse vive et lascive accompagnée de castagnettes » ; *danser, faire la sarabande* « faire du tapage, du vacarme » (XIXe s.).

sarbacane (XVIe s.), empr. à l'esp. *cerbatana,* de l'ar. *zarbatana* « long tube creux dont on se sert pour tuer les oiseaux », mot d'orig. persane.

sarcasme (XVIe s.), « ironie, raillerie insultante », du lat. tard. *sarcasmus,* terme de rhétor. empr. au grec *sarkasmos* « rire amer, sarcasme ». || ***sarcastique*** (XIXe s.).

sarcelle (XIIe s.), d'abord *cercelle,* du lat. *cercedula,* altér. du lat. clas. *querquedula* « sarcelle », empr. au grec, mot d'orig. expres.

sarcler (XIIIe s.), du lat. tard. *sarculare* « sarcler », dér. du lat. clas. *sarculum* « sarcloir », de *sarire* « sarcler ».

sarco-, élém. tiré du grec *sarx, sarkos* « chair » et entrant dans la construct. de termes scient. (anat., biol., botan., médec., etc.).

sarcophage (XVe s.), « cercueil de pierre », empr. à l'adj. lat. *sarcophagus* « qui consume les chairs », empr. au grec, surtout employé dans l'expres. *sarcophagus lapis* « pierre servant de tombeau » (pierre ayant la réputation de consumer les chairs). Voir ***cercueil***.

sardane (XXe s.), empr. au cat. *sardana,* nom d'une danse.

sardine (XIVe s.), empr. au lat. *sardina,* de même sens, dér. de *sarda*

« sardine » (poisson abondant sur les côtes de *Sardaigne*).

sardonique (XVIe s.), d'abord dans l'expres. *ris sardonique,* du lat. *sardonicus risus,* calque du grec *sardonios gelos* « rire malveillant » (provoqué par les effets de la *sardonia,* herbe de *Sardaigne*).

sargasse (XVIe s.), « algue brune marine », empr. au port. *sargaço* « algue de mer », du lat. vulg. **salicaceus,* dér. de *salix* « saule », en raison de la ressemblance entre les feuilles du saule et cette plante.

sari (XIXe s.), mot hindi.

sarment (XIIe s.), du lat. *sarmentum* « sarment ».

saroual (XIXe s.), empr. à l'ar. *sirwal* pour désigner un pantalon large et flottant.

sarrasin (XIe s.), empr. au lat. méd. *Sarracenus,* sing. de *Sarraceni,* nom donné à l'ensemble des populations musulmanes, empr. au grec byzantin *Saracenoi,* désignant les Arabes ; *blé sarrasin* « blé noir », par comparaison avec le teint des Sarrasins (XVIe s.).

sarrau (XIe s.), « ample blouse de travail », d'abord *sarrot,* empr. au m. h. all. *sarroc* « vêtement militaire ».

sarriette (XIVe s.), dimin. de l'a. fr. *sarree,* de même sens, du lat. *satureia* « sarriette (plante) ».

sas (XIIe s.), d'abord « tamis fin de crin », du lat. tard. *setacium* « tamis », dér. de *seta* « soie de porc » (voir ***soie***), empl. à partir du XVIe s. au sens de « bassin d'une écluse » et du XIXe s. au sens de « pièce étanche entre deux milieux différents ». || ***sasser*** (XIIe s.) ; ***ressasser*** (XVIe s.), d'abord « repasser au sas, au tamis », au XVIIe s. au sens conservé en fr. mod. de « répéter sans cesse qq. ch. ».

satan (Xe s.), empr. au lat. chrét. *Satan* ou *Satanas* « Satan, le diable », du grec *Satan,* empr. à l'hébreu *satan* « adversaire, accusateur, Satan ». || ***satané*** (XVIIIe s.) ; ***satanisme*** (XIXe s.) ; ***satanique*** (XVe s.).

satellite (XIVe s.), empr. au lat. *satelles* « garde du corps, compagnon, serviteur, complice », est d'abord empl. au sens de « homme de main » et à partir du XVIIe s. en astronomie « planète qui tourne autour d'une planète principale » ; au XXe s. « pays soumis politiquement à un pays plus puissant » ; *satellite artificiel* (XXe s.).

satiété (XIIe s.), empr. au lat. *satietas* « rassasiement, satiété, dégoût », dér. de *satis* « assez », surtout empl. en fr. mod. dans la loc. *à satiété.*

satin (XIVe s.), s. d. empr. direct à l'ar. *zaituni* « de la ville de *Zayntun* (Tsia-Toung, en Chine) » où l'on fabriquait des étoffes de satin. || ***satiner*** (XVIIe s.).

satire (XIIIe s.), empr. au lat. imp. *satira,* var. de *satura,* terme désignant toutes sortes de mélanges et spéc. en littérature « pièce mélangeant divers mètres », puis « poème critiquant les vices », est d'abord empl. en fr. en ce dernier sens et comme terme d'hist. littér., puis au sens cour. de « écrit, discours qui s'attaque à qq. ch. ou à qqn en s'en moquant ». || ***satirique*** (XVe s.), empr. au lat. tard. *satiricus,* de même sens.

satisfaire (XIIIe s.), adapt. d'après *faire* du lat. *satisfacere* « satisfaire à, s'acquitter de, payer un créancier » et « donner satisfaction à qqn », d'abord empl. au sens de « payer ses créanciers », puis de « s'acquitter de ce qui est attendu, donner satisfaction » et à partir du XVIIe s. au sens de « assouvir un besoin, un désir ». || ***satisfaction*** (XIIe s.), empr. au lat. *satisfactio* « action d'acquitter une dette, excuse, réparation », d'abord empl. aux sens du lat. et à partir du XVIIe s. au sens de « sentiment de bien-être, de plaisir résultant de l'accomplissement de ce que l'on désire » ; ***insatisfaction*** (XVIIe s.), rare avant le XXe s.

satrape (XIVe s.), empr. au lat. *satrapes* « gouverneur de province dans l'empire perse », empr. au grec, lui-même du persan *xsatrapa* « officier du roi ».

saturer (XIVe s.), empr. au lat. *saturare* « rassasier, repaître, assouvir », de *satur* « rassasié », d'abord empl. au sens de « rassasier », au XVIIIe s. au sens fig., au XIXe s. « remplir complètement ». || ***saturation*** (XVIe s.), empr. au lat. tard. *saturatio* « rassasiement », d'abord « satiété », à partir du XVIIIe s. dans le voc. scient. Voir ***satiété***.

saturne (XVIe s.), « plomb », empr. au lat. *Saturnus*, nom d'un dieu, désignant en alchimie le plomb, ce métal étant considéré comme un métal froid, tout comme la planète Saturne. || ***saturnales*** (XIVe s.), empr. au lat. *saturnalia* « fêtes en l'honneur de Saturne, jours de réjouissances, de liberté absolue » ; ***saturnien*** (XIVe s.), « qui a rapport à la planète Saturne », d'où « mélancolique » (les gens nés sous le signe de Saturne étant selon l'astrologie enclins à la mélancolie), dér. sav. du lat. *saturnius* « de Saturne » ; ***saturnin*** (XVIIe s.) ; ***saturnisme*** (XIXe s.).

satyre (XVe s.), d'abord au sens du lat. *Satyrus*, « compagnon de Bacchus », au XVIIe s. au sens de « homme lubrique ». || ***satyrique*** (XVIe s.), empr. au lat. *satyricus* « qui concerne les Satyres », surtout usuel au XVIIIe s. pour désigner une forme théâtrale antique, le *drame satyrique*.

sauce (XIIe s.), du lat. pop. *salsa* « chose salée », du lat. *salsus* « salé », empl. dès l'a. fr. au sens de « préparation culinaire liquide ». || ***saucer*** (XIIIe s.), d'abord « tremper dans la sauce », au XIVe s. « assaisonner » ; *être saucé* « être mouillé par la pluie » (XVIIIe s.) ; ***saucière*** (XIVe s.).

saucisse (XIIIe s.), du lat. imp. *farta salsicia* « saucisse », de l'adj. du lat. tard. *salsicius* « salé », dér. de *salsus*, de même sens. || ***saucisson*** (XVIe s.), empr. à l'ital. *salsiccione* « grosse saucisse », dér. de *salsiccia* ; ***saucissonner*** (XIXe s.).

sauf (Xe s.), du lat. *salvus* « entier, intact », en lat. chrét. « sauvé du mal (par le Sauveur) », est attesté dès l'a. fr. en ce sens et au sens courant de « qui a échappé à un grave péril, entier, intact » ; *sain et sauf* (XIIe s.) ; *sauf* prép. (XIIe s.), d'abord attesté au sens de « sans qu'il soit porté atteinte à », sens conservé dans des expres. comme *sauf votre honneur, sauf votre respect,* et au XIIIe s. comme prép. au sens de « excepté, hormis ». || ***sauf-conduit*** (XIIe s.) ; ***sauvegarde*** (XIVe s.), « protection, garantie ».

sauge (XIe s.), du lat. *salvia* « sauge », dér. de *salvus* « bien portant, en bonne santé » en raison des vertus médicinales de cette plante.

saugrenu (XVIe s.), « inattendu, bizarre », réfect. d'après *grenu* de l'adj. *saugreneux* « piquant, salé », empl. au sens fig. et s. d. issu de *saugrenée* « fricassée de pois, de fèves », comp. de *sau,* forme dial. de *sel,* et de *grain.*

saule (XIIIe s.), du franc. **salha*, fém., a élim. en fr. l'a. fr. *sauz, saulx,* du lat. *salix, salicis* « saule ». || ***saulaie*** (XIIIe s.).

saumâtre (XIIIe s.), du lat. vulg. **salmaster* « qui a un goût amer et salé comme l'eau de mer », altér. du lat. *salmacidus* « saumâtre », dér. de *salgama* « conserves faites dans le sel ».

saumon (XIIe s.), de l'acc. lat. *salmonem* de *salmo* « saumon ».

saumure (XIe s.), du lat. tard. *salimuria* « saumure », comp. de *sal* « sel » et de *muria* « eau salée ».

sauna (XIXe s.), mot finnois.

sauner (XVIIe s.), « produire du sel », du lat. vulg. **salinare* dér. de *salinae* « salines ». || ***saunier*** (XIIe s.), « celui qui débite, vend le sel », du lat. méd.

salinarius « fabricant de sel » ; ***faux-saunier*** (XVe s.), « celui qui fabrique et vend du sel en fraude ».

saupiquet (XIVe s.), s. d. d'un verbe non attesté **saupiquer* « piquer avec du sel », pour désigner une sauce piquante.

saupoudrer (XIVe s.), « couvrir d'une légère couche de sel », à partir du XVIe s. au sens de « couvrir qq. ch. avec une poudre » et au XVIIIe s. au sens fig., est comp. de *sau,* forme dial. de *sel* et de *poudrer.* || ***saupoudrage*** (XIXe s.).

saur (XIIIe s.), empr. au m. néerl. *soor* « séché, desséché » (*hareng saur*).

saurien (XIXe s.), dér. sav. du grec *saura, sauros* « lézard ».

saut (XIe s.), du lat. *saltus* « saut, bond », de *salire* « sauter, bondir ». || ***sursaut*** (XIIe s.), d'abord *en sorsaut* « à l'improviste », au XVIe s. « mouvement brusque » ; ***sursauter*** (XVIe s.), rare avant le XIXe s.

sauter (XIIe s.), du lat. *saltare* « danser », puis « sauter », sens empr. au lat. *salire*, dont il dérive. || ***saute*** (XVIIIe s.), terme de marine, « changement brusque de direction du vent », au XIXe s. au sens fig. ; ***saute-mouton*** (XIXe s.) ; ***saute-ruisseau*** (XVIIIe s.) ; ***sauterelle*** (XIIe s.), « insecte sauteur » ; ***sautoir*** (XIIIe s.), d'abord terme d'héraldique, au XIXe s. « long collier » et « installation pour le saut » ; ***sautiller*** (XVIe s.) ; ***tressauter*** (XIVe s.). Voir ***saut***.

sauvage (XIIe s.), du lat. tard. *salvaticus,* en lat. clas. *silvaticus* « qui est fait pour le bois », puis « sauvage » (en parlant des plantes), dér. de *silva* « forêt », s'emploie dès l'a. fr. au sens de « non domestiqué » (en parlant d'un animal, d'une plante), de « rude, grossier » (d'un homme) et de « inculte, inhabitée » (d'une terre) et à partir du XVIe s. au sens de « homme, femme appartenant à une population primitive » (*le bon sauvage*) ; le sens de « qui fuit toute relation avec les hommes » se développe à partir du XVIIe s. ; au XXe s. « qui échappe aux règles établies » (*grève sauvage*). || ***sauvagerie*** (XVIIIe s.), usuel au sens de « caractère, humeur sauvage », au XIXe s. « caractère barbare, féroce » ; ***sauvageon*** (XIIIe s.), « pommier sauvage », puis « arbre non greffé », au XIXe s. en parlant d'un enfant qui a grandi sans éducation.

sauvegarde, voir ***sauf***.

sauver (IXe s.), du lat. tard. *salvare* « rendre bien portant, guérir », en lat. chrét. « assurer le salut éternel », dér. du lat. *salvus* « sauf », est attesté dès l'a. fr. au sens religieux, au sens de « faire échapper qqn à un grave danger » et de « empêcher la destruction, la ruine de » ; au XIIIe s. *se sauver.* || ***sauvetage*** (XVIIIe s.) ; ***sauveur*** (XIIe s.), du lat. chrét. *salvator,* d'abord en parlant du Christ, celui qui a sauvé les hommes ; ***sauveteur*** (XIXe s.) ; ***salvateur*** (XVe s.), empr. au lat. eccl. *salvator* ; ***salvation*** (XIIe s.), empr. au lat. eccl. *salvatio* « action de sauver » ; ***sauve(-)qui(-)peut*** (XIVe s.) ; ***à la sauvette*** (XIXe s.), conservé dans l'expres. *vendre à la sauvette* « à la hâte, en se cachant ».

savane (XVIe s.), empr. à l'esp. *çabana,* lui-même empr. au taïno, langue indienne de Haïti.

savant (XIIe s.), a. part. prés. du verbe *savoir,* remplacé dans cet emploi par *sachant*, d'abord empl. comme adj. « qui a des connaissances étendues » (*femme savante, société savante*) ; au XVIe s. comme subst.

savarin (XIXe s.), « sorte de gâteau », du nom du gastronome *Brillat-Savarin.*

savate (XIIIe s.), « vieille chaussure », d'orig. obsc. || ***savetier*** (XIIIe s.).

saveur (XIIe s.), du lat. *sapor, saporis* « goût, saveur », attesté dès l'a. fr. au sens propre et au sens fig. « agrément, attrait ». || ***savourer*** (XIIe s.), d'abord

« avoir de la saveur », puis au XIIIᵉ s. « apprécier par le sens du goût » et au fig. « jouir de qq. ch. » ; ***savoureux*** (XIIIᵉ s.).

savoir (IXᵉ s.), du lat. vulg. **sapere,* en lat. clas. *sapire* « avoir de la saveur, du goût » et « avoir du discernement, être sage », qui a éliminé le verbe *scire* au sens de « savoir, comprendre » ; *savoir* est attesté dès l'a. fr. comme verbe au sens de « avoir la connaissance de qq. ch. » et de « avoir la possibilité de faire qq. ch. », et comme subst. ; au XIIᵉ s. *faire savoir* ; *savoir* entre comme premier élém. dans des comp. comme ***savoir-faire***, ***savoir-vivre***.

savon (XIIᵉ s.), de l'acc. lat. *saponem* de *sapo, saponis* « mélange de suif et de cendre (utilisé par les Gaulois pour se rougir les cheveux) », du germ. **saipon,* est attesté dès l'a. fr. au sens mod. « produit de dégraissage et de lavage ». || ***savonner*** (XVIᵉ s.) ; ***savonneux*** (XVIIIᵉ s.) ; ***savonnette*** (XVIᵉ s.) ; ***savonnerie*** (XIVᵉ s.).

saxifrage (XIIIᵉ s.), empr. au lat. *saxifraga (herba)* « plante qui brise les pierres ».

saxophone (XIXᵉ s.), du nom des inventeurs, *Sax,* et de *-phone,* du grec *phonê* « voix ».

saynète (XVIIIᵉ s.), empr. à l'esp. *sainete,* dimin. de *sain* (voir **saindoux**), d'abord attesté au sens de « morceau de graisse que l'on donne aux faucons », puis de « bouchée agréable » et de « petite pièce bouffonne », est usuel en fr. à partir du XIXᵉ s. au sens de « petite pièce comique en une seule scène ».

sbire (XVIᵉ s.), empr. à l'ital. *sbirro* au sens de « archer de la police », de *birro,* du lat. *birrus, burrus* « rougeâtre », s. d. à cause de la couleur de l'uniforme de ces archers, empl. en fr. à partir du XVIIIᵉ s. au sens de « homme de main, tueur à gages ».

scabieuse (XIIIᵉ s.), empr. au lat. méd. *scabiosa* « scabieuse », fém. subst. de l'adj. *scabiosus* « raboteux, rugueux, galeux », de *scabies* « gale », cette plante ayant servi de remède contre la gale.

scabreux (XVIᵉ s.), empr. au lat. tard. *scabrosus* « rude, inégal, sale », de *scaber,* de même sens, d'abord empl. au sens de « rude, raboteux » et au sens fig. de « dangereux », usuel à partir du XVIIIᵉ s. au sens courant de « qui choque la décence ».

scalp (XVIIIᵉ s.), empr. à l'angl. *scalp,* s. d. d'orig. nord., attesté depuis le XVIIᵉ s. au sens de « cuir chevelu », spéc. dans son utilisation comme trophée par les Indiens d'Amérique du Nord. || ***scalper*** (XVIIIᵉ s.).

scalpel (XIVᵉ s.), empr. au lat. *scalpellum* « lancette », dimin. de *scalprum* « outil tranchant », de *scalpere* « graver, tailler ».

scandale (XIIᵉ s.), empr. au lat. eccl. *scandalum* « pierre d'achoppement, ce qui fait tomber dans le mal », du grec *skandalon* « piège », au sens fig. de « occasion de scandale, de péché », est d'abord employé dans un contexte religieux, à partir du XIVᵉ s. au sens de « esclandre, désordre » et à partir du XVIIᵉ s. au sens courant de « effet fâcheux produit par des faits, des propos contraires à la morale, aux usages » (*faire scandale*). || ***scandaliser*** (XVᵉ s.) ; ***scandaleux*** (XIVᵉ s.), empr. au lat. tard *scandalosus* « abominable ».

scander (XVIᵉ s.), empr. au lat. des grammairiens *scandere* « lever et baisser le pied, battre la mesure » et « scander des vers ». || ***scansion*** (XVIIIᵉ s.), empr. au lat. des grammairiens *scansio* « manière de scander un vers ».

scanner (XXᵉ s.), « appareil servant à fabriquer des clichés typographiques » et, dans le voc. médic., « appareil de radiodiagnostic », empr. à l'angl. *scanner* « celui qui scrute, qui examine », de *to scan* « examiner minutieusement », de même orig. que le fr. *scander.*

scaphandre (XVIIIe s.), comp. sav. des mots grecs *skaphé* « barque » et *aner, andros* « homme », litt. « homme barque » désigne un « appareil de plongée individuel ». || ***scaphandrier*** (XIXe s.).

scapulaire (XIIe s.), d'abord *chapulaire,* empr. au lat. méd. *scapularis* « relatif à l'épaule », dér. du lat. *scapulae* « épaules », pour désigner d'abord une sorte de pèlerine, de vêtement porté par certains religieux, et à partir du XVIIe s. un objet de dévotion.

scarabée (XVIe s.), empr. au lat. *scarabaeus* « escarbot (sorte de scarabée) », du grec *karabos* « crabe, scarabée ».

scarifier (XVe s.), empr. au lat. tard. *scarificare* « inciser », empr. au grec. || ***scarification*** (XIVe s.), empr. au lat. tard. *scarificatio* « incision ».

scarlatine (XVIe s.), *fièvre scarlatine* (XVIIIe s.), empr. au lat. méd. *scarlatum* « écarlate », issu, comme l'a. fr. *escarlate* (voir ***écarlate***), du persan.

scarole (XIIIe s.), empr. au lat. tard. *escariola* « sorte d'endive », du lat. *escarius* « bon à manger », de *esca* « nourriture ».

scatologie (XIXe s.), formation sav. à partir de l'élém. *scato-,* du grec *skatos,* génitif de *skor* « excrément » (voir ***scorie***), et de *-logie.* || ***scatologique*** (XIXe s.).

sceau (XIe s.), d'abord *seel,* du lat. vulg. **sigellum,* en lat. clas. *sigillum* « empreinte d'un cachet, signe, marque », dér. de *signum* « marque distinctive, empreinte », écrit ensuite *sceau,* p.-ê. pour éviter l'homophonie avec *seau* ; *sous le sceau du secret* (XVIIe s.) ; *garde des Sceaux* (XVIIe s.) « chancelier ». || ***sceller*** (XIe s.), du lat. vulg. **sigellare,* du lat. tard. *sigillare* « empreindre, marquer d'un signe », dér. de *sigillum* ; *apposer le scellé* (XVIIe s.), puis *les scellés.*

scélérat (XVIe s.), empr. au lat. *sceleratus* « souillé par un crime, impie, infâme », de *scelerare* « souiller, profaner », dér. de *scelus, sceleris* « crime », empl. au sens vieilli de « qui a commis un crime », de « coquin, méchant » et de « infâme » (en parlant de choses). || ***scélératesse*** (XVIIe s.).

scénario (XVIIIe s.), empr., au sens de « canevas d'une pièce de théâtre », à l'ital. *scenario,* dér. de *scena* « scène » ; au XXe s. « description de l'action d'un film ».

scène (XVIe s.), empr. au lat. *scaena,* du grec *skéné,* au sens de « scène de théâtre », au fig. « scène publique, théâtre du monde » et de « mise en scène, comédie, intrigue, partie d'un acte », d'abord empl. en fr. au sens de « représentations théâtrales de l'Antiquité », puis de « partie du théâtre où jouent les acteurs » ; le sens de « partie, division d'un acte » se développe à partir du XVIe s., le sens de « événement offrant une unité, présentant une action, constituant un spectacle remarquable » date du XVIIe s. ; *scène de ménage* (XIXe s.) ; *scène primitive, scène originaire* (XXe s., psychan.). || ***avant-scène*** (XVIe s.) ; ***scénique*** (XVIe s.), empr. au lat. *scaenicus* « de la scène, de théâtre » ; ***scénographie*** (XVIe s.), d'abord au sens du lat. *scaenographia* « coupe en perspective », au XXe s. « étude des aménagements matériels de la scène ».

sceptique (XVIe s.), empr. au grec *skeptikos* « qui observe, réfléchit » et « philosophe sceptique », d'abord attesté en fr. comme terme de philos., est empl. à partir du XVIIe s. au sens de « personne qui pratique le doute scientifique », puis au sens courant de « personne qui adopte une attitude incrédule ». || ***scepticisme*** (XVIIe s.), a suivi l'évol. de *sceptique.*

sceptre (XIe s.), empr. au lat. *scep-*

trum « sceptre, trône, royaume », du grec *skeptron* « bâton de commandement, de chef ».

s(c)hah (XVIe s.), mot persan signifiant « roi ».

schéma (XVIe s.), empr. au lat. *schema* « attitude, figure géométrique, figure de rhétorique », du grec *skhéma,* de mêmes sens, est d'abord empl. au sens de « figure de rhétorique » et à partir du XIXe s. au sens de « figure donnant une représentation simplifiée et fonctionnelle d'un objet, d'un processus », puis de « représentation mentale élémentaire ». || ***schématique***, ***schématiser***, ***schématisation*** (XIXe s.) ; ***schème*** (XVIe s.), empr. au lat. *schema,* d'abord « figure de style », spéc. au début du XIXe s. dans le voc. de la philos., puis de la didactique.

scherzo (XIXe s.), terme de musique, empr. à l'ital. *scherzo,* d'abord « badinage, plaisanterie », puis « mouvement vif, plaisant, en musique », déverb. de *scherzare* « s'amuser ».

schisme (XIIe s.), empr. au lat. tard. eccl. *schisma,* du grec *skhisma* « fente, séparation », dér. de *skhizein* « fendre », empl. dès l'a. fr. dans le voc. relig. au sens de « séparation des fidèles d'une religion ». || ***schismatique*** (XIIe s.), empr. au lat. eccl. *schismaticus.*

schiste (XVIe s.), d'abord *pierre schiste,* empr. au lat. *schistos (lapis)* « pierre fendue », du grec *skhistos* « fendu, qu'on peut fendre », de *skhizein* « fendre ». Voir ***schisme***.

schizo-, élém. tiré du grec *skhizein* « fendre » et entrant dans la construct. de termes sav. où le 2e élém. désigne ce qui est divisé ou présente une fente comme ***schizophrène***, ***schizophrénie***, ***schizoïde***.

schlague (XIXe s.), empr. à l'all. *Schlag* « coup », d'abord pour désigner une punition autrefois en usage dans les armées allemandes ; *à la schlague* « de manière brutale ».

schnaps (XVIIIe s.), mot all., de *schnappen* « happer, aspirer » désignant une sorte d'eau-de-vie.

schuss (XXe s.), « descente à skis en trace directe », de l'all. *Schussfahrt,* comp. de *Schuss* « coup de feu, mouvement rapide » et de *Fahrt* « marche, parcours ».

sciatique (XIIIe s.), empr. au lat. tard. *sciaticus* « qui a la goutte sciatique », du grec *iskhiadikos* « qui concerne la sciatique », de *iskhion* « hanche ».

science (XIe s.), empr. au lat. *scientia* « connaissance, savoir, connaissance théorique », dér. du part. prés. *sciens, scientis* « qui sait, instruit, habile », de *scire* « savoir », d'abord empl. au sens de « connaissance, savoir » et de « savoir-faire, aptitude acquise dans un domaine particulier » et à partir du XIIIe s. au sens du fr. mod. « corps de connaissances ayant un objet, une méthode propre, domaine organisé du savoir ». || ***scientifique*** (XIVe s.), d'abord adj., empr. au lat. tard. *scientificus* « qui fait, qui produit de la science », au XVIIIe s. comme subst. ; ***scientiste*** (XIXe s.) ; ***scientisme*** (XXe s.) ; ***science-fiction*** (XXe s.), empr. à l'angl. *science fiction.*

scier (XIIe s., d'abord *seier*), du lat. *secare* « couper, découper » empl. dès l'a. fr. au sens, disparu, de « couper l'herbe, le blé avec une faucille » et au sens cour. de « couper avec une scie ». || ***scie*** (XIIIe s.), d'abord *sie* ; ***sciage*** (XIIIe s.) ; ***sciure*** (XIIIe s.), d'abord « action de faucher l'herbe », au XIVe s. au sens mod. ; ***scierie*** (XVe s.) ; le *c* de *scier, scie,* etc., est d'abord attesté dans le subst. ***scieur*** pour le distinguer p.-ê. de *sieur,* et s'impose au XVIe s. pour le verbe et ses dérivés.

scinder (XVIe s.), empr. au lat. *scindere* « déchirer, fendre », d'abord attesté au sens de « retrancher », au XVIIIe s. « diviser, couper ». || ***scission***

(XVe s.), empr. au lat. tard. *scissio* « coupure, division », à partir du XVIe s. dans le voc. polit. « séparation, division dans une assemblée, un parti, etc. ».

scintiller (XIVe s.), empr. au lat. *scintillare* « avoir une lueur scintillante, étinceler », dér. de *scintilla* « étincelle », s'emploie d'abord en parlant des étoiles, des astres et à partir du XVIe s. au sens de « étinceler, jeter de l'éclat par intervalles ». || ***scintillement*** (XVIIIe s.).

scion (XIIIe s.), « rejeton, pousse de l'année », dér. avec le suff. dimin. *-on* d'un mot non attesté, issu du franc. **kith* « rejeton ».

scission, voir ***scinder***.

sciure, voir ***scier***.

sclér(o)-, élém. tiré du grec *skléros* « dur, sec », entrant dans la construct. de termes didactiques (botanique, médecine).

scléreux (XIXe s.), empr. au grec *skleros* « dur au toucher ». || ***sclérose*** (XIXe s.), empr. au grec *sklérosis* « durcissement », dér. de *skléros* ; ***scléroser*** (XIXe s.).

scolaire (XIXe s.), terme sav., empr. au lat. tard. *scholaris* « d'école », dér. de *schola* « école ». || ***scolariser***, ***scolarisation*** (XXe s.) ; ***scolarité*** (XIVe s.), empr. au lat. méd. *scholaritas* « état d'écolier » (au M. A.), au XIXe s. « fait de suivre régulièrement les cours d'un établissement d'enseignement ».

scolastique (XIIIe s.), empr. au lat. *scholasticus* « d'école », comme subst. masc. « rhéteur, savant, étudiant, écolier », en lat. méd. « chef d'une école ecclésiastique », empr. au grec *skholastikos* « qui a du loisir » et « qui se consacre à l'étude », dér. de *skholé* « école ». *Scolastique* est attesté à partir du XVIe s. comme adj. au sens de « relatif à l'enseignement philosophique et théologique donné au M. A. », et à partir du XVIIe s. comme subst. fém. « enseignement philosophique et théologique propre au M. A. ».

scolie (XVIe s.), « note d'un commentateur », empr. au grec *skholion* « explication, commentaire », dér. de *skholé* « repos, loisir, étude, école ». || ***scoliaste*** (XVIe s.), empr. au grec méd. *skholiastés* « commentateur ».

scoliose (XIXe s.), empr. au grec *skoliosis* « action de rendre oblique ou tortueux », dér. de *skolios* « oblique, tortueux ».

scolopendre (XVIe s.), « sorte de serpent fabuleux », puis « insecte » (mille-pattes), empr. au lat. *scolopendra* « scolopendre » (insecte), empr. au grec.

scooter (XXe s.), empr. à l'angl. *scooter,* ou *motor-scooter,* dér. de *to scoot* « démarrer brusquement, filer ».

scorbut (XVIIe s.), empr. au lat. méd. *scorbutus*, s. d. empr. au m. néerl. *scorbut,* qui a p.-ê. été empr. à l'a. nord. *skyr-bjugr,* de *skyr* « lait caillé » et *bjugr* « œdème », le lait caillé consommé par les marins passant pour favoriser la formation d'œdèmes.

score (XIXe s.), mot angl. *score* « entaille, vingtaine (marquée par une longue entaille), marque, nombre de points », de l'a. nord. *skor* « entaille », empl. comme terme de sports « nombre de points obtenus au cours d'un match ».

scorie (XIIIe s.), empr. au lat. *scoria,* du grec *skoria* « écume d'un métal », dér. de *skor, skatos* « excrément », d'abord attesté au sens de « alluvion », au XVIe s. « résidu solide provenant de la fusion de minerais métalliques », au XVIIIe s. en géologie.

scorpion (XIIe s.), empr. au lat. *scorpio* « insecte venimeux » et « constellation du scorpion ».

scotch, voir ***whisky***.

scout, **scoutisme**, voir ***boy***.

scribe (XIIIe s.), empr. au lat. *scriba*

« copiste, secrétaire », en lat. chrét. « docteur de la loi, chez les Juifs », dér. de *scribere* « écrire ». || ***scribouillard*** (XIXe s.), terme fam. « employé aux écritures ».

script (XXe s.), empr. à l'angl. *script* « document écrit », au sens de « système d'écriture simplifiée » et de « texte écrit d'un scénario de film ».

scripteur (XIVe s.), empr. au lat. *scriptor* « secrétaire, écrivain ».

scripturaire (XVIIIe s.), dér. sav. du lat. *scriptura* « écriture », d'abord attesté au sens de « secrétaire » et au XIXe s. au sens de « qui se rapporte à l'Ecriture sainte ».

scrofule (XIVe s.), empr. au lat. tard. *scrofulae* « écrouelles », d'abord empl. au plur. en ce sens, puis en fr. mod. au sens de « lésion de la peau ». || ***scrofuleux*** (XIVe s.), au XVIe s. au sens de « personne atteinte de scrofule ».

scrupule (XIVe s.), empr. au lat. *scrupulus* « petite pierre pointue », au fig. « souci, scrupule », d'abord empl. au sens du lat. « inquiétude morale » et à partir du XVIIe s. au sens de « exigence, délicatesse morale très poussée ». || ***scrupuleux*** (XIVe s.), dér. de *scrupule* sur le modèle du lat. *scrupulosus* « minutieux, vétilleux », d'abord au sens de « qui est inquiet, exigeant au plan moral », au XVIIe s. « minutieux, méticuleux ».

scruter (XVIe s.), rare avant le XVIIIe s., empr. au lat. *scrutari* « fouiller, explorer, rechercher », d'abord empl. au sens de « examiner avec attention, sonder », au XIXe s. « fouiller du regard ». || ***scrutin*** (XIIIe s.), empr. au lat. tard. *scrutinium* « action de fouiller », dér. de *scrutari* « fouiller », empl. en lat. méd. pour qualifier l'examen des opinions, apparaît en fr. au sens de « élection, décision par vote secret », au XVIIIe s. au sens mod. de « opération électorale » ; ***scrutateur*** (XVIe s.), empr. au lat. *scrutator* « celui qui fouille, qui recherche », empl. au XVIIe s. comme subst. au sens de « personne qui dépouille un scrutin », au XVIIIe s. comme adj. « qui examine attentivement ».

sculpter (XIVe s.), réfect. sous l'infl. de *sculpteur, sculpture,* de l'a. verbe *sculper* « graver », empr. au lat. *sculpere* « tailler » ou dér. du supin *sculptum* de *sculpere*, est d'abord attesté au sens de « graver, tailler dans la matière dure », au XVIIIe s. « faire une sculpture ». || ***sculpture*** (XIVe s.), empr. au lat. *sculptura* « travail de sculpteur, gravure sur pierre » ; ***sculpteur*** (XVe s.), empr. au lat. imp. *sculptor,* de même sens ; ***sculptural*** (XVIIIe s.), d'abord « relatif à la sculpture », au XXe s. « qui a la beauté formelle des sculptures classiques ».

se, voir ***soi.***

séance, **séant**, voir ***seoir***.

seau (XIIe s.), mot d'abord propre à la France du Nord, du lat. vulg. **sitellus,* var. du lat. clas. *sitella* « urne de scrutin », dimin. de *situla* ou *situlus* « seau » et « urne de vote ». || ***seille*** (XIIe s.), du lat. *situla,* forme région. (Ouest et Est), a été concurrencé par *seau.*

sébile (XVe s.), « récipient en bois » (spéc. pour recueillir les aumônes), d'orig. inconnue.

sébum (XVIIIe s.), empr. au lat. *sebum* « suif » pour désigner la matière sébacée. || ***sébacé*** (XVIIIe s.), empr. au lat. tard. *sebaceus* « de suif », dér. de *sebum* ; ***séborrhée*** (XIXe s.), comp. de *se(bum)* et de *-rhée*, du grec *rhein* « couler ».

sec (Xe s.), du lat. *siccus* « sec », au fig. « froid, sec » (en parlant du style), d'abord empl. au sens concret et à partir du XIIIe s. au sens de « qui manque de sensibilité, de tendresse », au XVIIIe s. « qui manque de grâce » ; *à sec* (XIIe s.) d'abord « hors de l'eau » ; *être à sec* « n'avoir plus d'argent » et « n'avoir plus rien à dire » (XVIe s.). ||

sécher (XIIe s.), du lat. *siccare* « rendre sec, assécher », empl. dès l'a. fr. au sens de « assécher » et de « dessécher, dépérir » ; au XVe s. *se sécher* ; ***séchage*** (XIVe s.) ; ***séchoir*** (XVIIe s.) ; ***sécheresse*** (XIIe s.), d'abord empl. au sens concret, à partir du XVIIe s. au sens fig. « dureté, froideur » et en parlant du style ; ***assécher***, ***dessécher*** (XIIe s.).

sécable (XVIIIe s.), empr. au lat. *secabilis* « qui peut être coupé », de *secare*, voir *scier.* || ***sécant*** (XVIe s.), terme de géom., « qui coupe une ligne, une surface », empr. au part. prés. *secans* de *secare* ; ***sécateur*** (XIXe s.), dér. sav. de *secare.*

sécession (XIVe s.), empr. au lat. *secessio* « action de se séparer, de se retirer à l'écart », dér. de *secedere* « s'écarter, s'éloigner », est d'abord empl. au sens de « sédition », puis de « séparation politique, retrait d'une communauté » (*faire sécession*) ; *la guerre de Sécession* (1861-1865) entre le nord et le sud des Etats-Unis.

second (XIIe s.), empr. au lat. *secundus* « qui suit, qui vient après, inférieur, secondaire » et « propice, favorable », dér. de *sequi* « suivre », est empl. dès l'a. fr. au sens de « deuxième » et de « qui constitue une nouvelle forme d'une chose unique » et à partir du XVIIe s. comme subst. fém. *seconde* « unité de temps ». || ***seconder*** (XIIIe s.), d'abord « répéter, recommencer », au XVIe s. « aider, favoriser » ; ***secondaire*** (XIIIe s.), empr. au lat. *secondarius* « de second rang », d'abord « qui vient au second rang », à partir du XVIIIe s. au sens de « qui constitue un second ordre dans le temps » et de « qui est de moindre importance ».

secouer (XVe s.), réfect. d'après *secouons, secouez, secouent* de l'a. fr. *secourre* « remuer vivement », du lat. *succutere* « secouer par-dessous, ébranler, agiter », de *sub* « dessous » et *quatere* « secouer », est attesté dès le XVIe s. au sens de « remuer avec force », de « mouvoir brusquement une partie de son corps » (*secouer la tête*), de « ébranler par une commotion physique ou morale » et de « se débarrasser de » ; *se secouer* « réagir » (XVIIIe s.). || ***secousse*** (XVe s.), fém. subst. du part. pas. *secous* de l'a. verbe *secourre.*

secourir (XIVe s.), réfect. d'après *courir* de l'a. verbe *secorre* (XIe s.) « porter secours », du lat. *succurrere* « courir sous, courir vers, courir au secours », de *sub* « sous » et *currere* « courir », est empl. dès le m. fr. au sens de « porter un secours physique ou moral, venir en aide ». || ***secours*** (XIIe s.), du lat. pop. *succursum,* subst. du supin de *succurere* « secourir » ; ***secourable*** (XIIe s.) ; ***secouriste*** (XVIIIe s.), au XIXe s. subst. et adj. au sens du fr. mod. « celui qui porte secours ».

secret (XIIe s.), adj., empr. à l'adj. lat. *secretus* « distinct, isolé, caché, secret », du part. pas. passif de *secernere* « séparer », au fig. « rejeter », empl. dès l'a. fr. au sens de « qui est connu d'un petit nombre » et de « qui est à l'écart », au XIVe s. au sens de « qui ne se confie pas » (en parlant de personnes), au XVIIe s. « qui appartient à un domaine réservé » ; ***secret*** (XIIe s.), subst., empr. au lat. *secretum* « lieu écarté, retraite, solitude », empl. dès l'a. fr. au sens de « ce qui doit être tenu caché » et de « ce qui ne peut être compris, connu » ; *en secret, sous le sceau du secret* (XVIIe s.) ; *mettre au secret* (XVIIIe s.).

secrétaire (XIVe s.), empr. au sens de « meuble où l'on range des papiers » au lat. *secretarium* « lieu retiré », en lat. tard. « sacristie, salle d'audience » ; *secrétaire,* au sens de « confident » et au sens de « personne chargée de rédiger des lettres, etc., pour une autre personne », est empr. au subst. du lat. tard. *secretarius,* d'abord « secrétaire à la Cour », puis « confident, conseiller privé » ; *secrétaire d'Etat* (XVIe s.). || ***secrétariat*** (XVIe s.).

sécrétion (XVe s.), empr. au lat. *secretio* « séparation », d'abord empl. au sens de « action de séparer », au XVIIIe s. « action de sécréter » et « substance sécrétée ». || ***sécréter*** (XVIIIe s.).

secte (XIIe s.), empr. au lat. *secta* « ligne de conduite, secte, école philosophique », de *sequi* « suivre », empl. à partir du XIIIe s. au sens de « groupe de personnes qui ont une même doctrine au sein d'une religion ». || ***sectateur*** (XVe s.), empr. au lat. *sectator* « qui suit, disciple » ; ***sectaire*** (XVIe s.), « membre d'une secte religieuse », puis au XIXe s. « fanatique, intolérant » ; ***sectarisme*** (XIXe s.).

secteur (XVIe s.), empr. au lat. *sector* « celui qui tranche », puis terme de géométrie, de *secare* « couper », empl. en fr. comme terme technique (géométrie, électricité) et au XIXe s. au sens courant de « zone, aire délimitée » ; au XXe s. *secteur public, secteur privé.* || ***section*** (XIVe s.), empr. au lat. *sectio* « action de couper », en géométrie « division », de *secare* « couper », d'abord empl. comme terme technique (géométrie, médecine, etc.) et à partir du XVIIe s. au sens de « division d'une œuvre écrite », puis au XVIIIe s. au sens de « partie, subdivision d'un groupe, d'un ensemble, d'un parti, d'un syndicat » ; ***sectionner*** (XVIIIe s.) ; ***sectoriel*** (XXe s.) ; ***sectorisation*** (XXe s.), « action de diviser en secteurs » ; ***bissecteur***, ***bissectrice*** (XIXe s.).

séculaire (XIIIe s.), empr. au lat. *saecularis* « séculaire », en lat. chrét. « qui appartient au siècle, profane », de *saeculum* « siècle », empl. à partir du XVIe s. au sens de « ce qui a lieu tous les cent ans », au XVIIIe s. « qui existe, dure depuis des siècles ».

séculier (XIIe s.), d'abord sous la forme *seculer,* empr. au lat. *saecularis* (voir **séculaire**), empl. au sens de « qui vit dans le siècle, dans le monde, laïque ». || ***séculariser*** (XVIe s.) ; ***sécularisation*** (XVIe s.).

secundo (XVe s.), « en second lieu », ablatif neut., employé comme adv., de *secundus* (voir **second**).

sécurité (XIIIe s.), empr. au lat. *securitas* « tranquillité, sécurité », de *securus* « exempt de soucis », doublet sav. de *sûreté,* devient usuel à partir du XVIIIe s. au sens de « situation exempte de danger, qui inspire la confiance », puis spéc. de « organisation, conditions matérielles, économiques, politiques propres à créer un tel état » (*sécurité publique, Sécurité sociale*). || ***sécuriser*** (XXe s.) ; ***insécurité*** (XVIIIe s.). Voir **sûr**, **sûreté**.

sédatif (XIVe s.), empr. au lat. méd. *sedativus,* dér. du supin *sedatum* de *sedare* « faire asseoir, faire retomber, calmer ». || ***sédation*** (XIVe s.), empr. au lat. *sedatio* « action de calmer ».

sédentaire (XVe s.), empr. au lat. *sedentarius* « qui travaille assis », dér. de *sedere* « être assis », empl. au sens de « qui se tient toujours au même endroit », puis de « qui ne quitte guère son domicile ».

sédiment (XVIe s.), empr. au lat. *sedimentum* « tassement, fond, sédiment », dér. de *sedere* « être assis, demeurer fixé », d'abord empl. comme terme de médecine et au XVIIIe s. de géologie. || ***sédimentation*** (XIXe s.) ; ***sédimenter*** (XXe s.).

sédition (XIIIe s.), empr. au lat. *seditio* « division, discorde », de *sed,* marquant la séparation et de *itio* « action d'aller », dér. du supin *itum* de *ire* « aller », empl. au sens de « émeute contre une autorité établie ». || ***séditieux*** (XIVe s.), empr. au lat. *seditiosus* « séditieux, factieux », dér. de *seditio.*

séduire (XIIe s.), réfect., d'après le lat. eccl. *seducere* « séduire, détourner du droit chemin », en lat. clas. « emmener à part, à l'écart », de l'a. fr. *souduire* (XIe s.), de même sens, du lat. *subdu-*

cere « soulever, retirer », qui a dû signifier en lat. pop. « séduire » ; d'abord attesté au sens, vieilli, de « détourner qqn du bien, corrompre », *séduire* s'emploie à partir du XVIe s. au sens de « abuser, déshonorer une femme », au XVIIe s. « charmer, attirer irrésistiblement qqn ». || ***séducteur*** (XIVe s.), empr. au lat. eccl. *seductor* « séducteur, trompeur », a suivi la même évol. que le verbe ; ***séduction*** (XIIe s.), empr. au lat. eccl. *seductio* « action de corrompre, séduction ».

segment (XVIe s.), empr. au lat. *segmentum* « encoche, entaille », au fig. « segment, bande », dér. de *secare* « couper », empl. comme terme de géométrie ; au XVIIIe s. « partie d'un tout ». || ***segmenter***, ***segmentation*** (XIXe s.).

ségrégation (XIVe s.), empr. au lat. tard. *segregatio* « séparation », du supin *segregatum* de *segregare* « séparer du troupeau, mettre à part, à l'écart », d'abord empl. au sens de « action de séparer », au XXe s. au sens courant « ségrégation raciale », empr. à l'anglo-améric. *segregation,* de même orig. || ***ségréguer*** (XIVe s.), empr. au lat. *segregare.*

seiche (XIIe s.), du lat. *sepia* « seiche, encre », du grec *sépia* « seiche (mollusque) ». Voir ***sépia***.

séide (XIXe s.), du nom de *Séide,* personnage de la tragédie de Voltaire *Mahomet,* inspiré de *Zayd,* fils adoptif de Mahomet et empl. comme nom commun au sens de « personnage fanatique, entièrement dévoué à son maître ».

seigle (XIIe s.), empr. à l'a. prov. *segle* ou du lat. *secale* « seigle ».

seigneur (IXe s., sous la forme *sendra*), du lat. *seniorem,* acc. de *senior* « plus âgé », comparatif de *senex* « vieux », subst. « vieillard », devenu en lat. chrét. un terme de respect, empl. dès l'a. fr. pour désigner Dieu, *le Seigneur,* et comme titre honorifique donné à des personnages de haut rang. || ***seigneurial*** (XIIIe s.), d'abord « du seigneur », au XVIe s. « digne d'un seigneur, magnifique » ; ***seigneurie*** (XIIe s.), d'abord « autorité » et « pouvoir, droits du seigneur sur les terres et les personnes », au XIIIe s. précédé d'un pronom comme titre honorifique. Voir ***sire***.

seille, voir ***seau***.

sein (XIIe s.), du lat. *sinus* « courbure, sinuosité, pli de la toge en travers de la poitrine » et par ext. « poitrine », en lat. chrét. *in sinum Abraham* « dans le sein d'Abraham » et *sinus Ecclesiae* « le sein de l'Eglise », est d'abord empl. en a. fr. au sens de « partie antérieure du thorax humain », au fig. « siège des sentiments » et au sens de « partie intérieure, intime » ; *sein* se spécialise à partir du XIIIe s. au sens de « poitrine de la femme », au XVIe s. « chacune des mamelles de la femme », rare au plur. avant le XIXe s. ; *donner le sein* « allaiter » (XIXe s.). Voir ***sinueux***.

seing (XIIe s.), du lat. *signum* « marque, signe, empreinte, cachet, sceau », empl. dès l'a. fr. au sens de « marque apposée au bas d'un écrit pour le certifier ». Voir ***signe***.

séisme (XIXe s.), empr. comme terme de géol. au grec *séismos* « ébranlement, tremblement de terre » de *seiein* « secouer ». || ***sismique***, ***sismographe***, ***sismologie*** (XIXe s.).

seize (XIIe s.), du lat. *sedecim* « seize », comp. de *sex* « six » et *decem* « dix ». || ***seizième*** (XIIe s.), d'abord *sezime.*

séjourner (XIIe s.), du lat. vulg. **subdiurnare* « durer un certain temps », comp. de *sub* au sens de « un peu » et de *diurnare* « durer, vivre longtemps », dér. de *diurnus,* (voir ***jour***), empl. dès l'a. fr. au sens, disparu, de « se reposer » et au sens du fr. mod. « demeurer un certain temps dans un lieu ». || ***séjour*** (XIe s.), déverb. de *séjourner,*

« action de s'arrêter », puis au XIIIe s. « lieu où l'on séjourne ».

sel (XIIe s.), du lat. *sal, salis* « sel » et « esprit piquant » empl. dès l'a. fr. au sens concret et à partir du XVIe s. au sens fig. « élément vivant, actif » et « ce qui donne du piquant, de l'intérêt ». || ***saler*** (XIIe s.), du lat. vulg. **salare,* au XVIe s. « vendre trop cher » ; *salé* « grivois » (XVIIe s.) ; ***salage*** (XIIIe s.), au XVIIe s. « fait de saler » ; ***salin*** (XVIIe s.) ; ***salinité*** (XIXe s.) ; ***salant***, *marais salant* (XVe s.) ; ***saline*** (XIIIe s.), « lieu d'exploitation du sel marin », du lat. *salinae* « lieu où se fait le sel », dér. de *sal, salis* ; ***saloir*** (XIVe s.) ; ***demi-sel*** (XIXe s.), « peu salé » et arg. et péj. « homme qui affecte d'être du milieu sans être reconnu comme tel » ; ***salière*** (XIIe s.), fém. de *salier*, du lat. *salarius* « par où on transporte le sel », empl. au sens de « petit récipient à sel », au XVIIe s. « enfoncement derrière la clavicule chez une personne maigre » ; ***salaison*** (XIIIe s.), « action de saler », au XVe s. « denrée alimentaire conservée dans le sel ».

sélection (XVIIe s.), empr. au lat. *selectio* « choix, tri », du rad. du supin *selectum* de *seligere* « trier, mettre à part », rare avant le XIXe s. au sens de « choix », est alors empl. sous l'infl. de l'angl. *selection* au sens de « choix, au sein d'un groupe, des éléments, des individus qui conviennent le mieux selon certains critères » ; au XIXe s. *sélection naturelle.* || ***sélectif*** (XIXe s.) ; ***select*** (XIXe s.), empr. à l'angl. au sens de « choisi, distingué » ; ***sélectionner*** (XIXe s.).

self-, élém. tiré de l'angl. *self* « soi-même » et entrant dans la construct. de comp. comme ***self-control***, ***self-service***.

selle (XIIe s.), du lat. *sella* « siège, chaise » et en lat. tard. « selle de cheval », empl. en a. fr. au sens de « petit siège sans dossier », et de « selle de cheval », au XIIIe s. au sens de « chaise percée », d'où *selles* « matières fécales » et *aller à la selle.* || ***seller*** (XIIe s.) ; ***sellier*** (XIIe s.) ; ***sellerie*** (XIVe s.) ; ***sellette*** (XIIIe s.), conservé dans les expres. *mettre qqn sur la sellette* (XIVe s.) « interroger » et *être sur la sellette* (XVIe s.).

selon (XIIe s.), s. d. du lat. vulg. **sublongum* « le long de », de *sub* « vers, tout proche » et de *longum* « long », empl. dès l'a. fr. au sens, disparu, de « le long de » et au sens de « suivant, conformément à ».

semaine (XIe s.), du lat. eccl. *septimana,* fém. subst. de *septimanus* « relatif au nombre sept », dér. de *septem* « sept », calque du grec eccl. *hebdomas* « nombre sept » et « semaine », dér. de *hebdomos* « septième ». || ***semainier*** (XIIIe s.).

sémantique (XVIe s.), empr. au grec *sémantikos* « qui signifie, indique », de *sémainein* « faire un signal, signifier », dér. de *séma, sématos* « caractère distinctif », rare avant le XIXe s. où il est empl. comme subst. au sens de « étude du langage considéré du point de vue du sens » et comme adj.

sémaphore (XIXe s.), comp. sav. du grec *séma* « signe » et *-phoros* « qui porte », en fr. « poste permettant de communiquer avec les navires par signaux optiques ».

sembler (XIe s.), du lat. tard. *similare* « être semblable », du lat. *similis* « semblable, ressemblant, pareil », empl. dès l'a. fr. au sens de « présenter telle apparence, avoir l'air » et, suivi de l'infinitif, de « donner l'impression de » et en construct. impers. || ***semblable*** (XIIe s.), dér. de *sembler* ; ***semblance*** (XIIe s.), vieilli ou littér. en fr. mod. au sens de « apparence, aspect » ; ***semblant*** (Xe s.), part. prés. subst. de *sembler,* d'abord au sens de « apparence, aspect » et « traits physiques » et « signe, indice », d'où l'expres. *faire semblant de* « faire voir, laisser apparaître » et « faire comme si, feindre », seul sens conservé en fr. mod. ; **faux-semblant** (XIIe s.), « apparence trompeuse » ; **ressembler** (XIe s.), transitif jusqu'au XVIIe s., au XVIe s. *ressembler à*, au XVIIe s. « être digne de son auteur » (*cela lui ressemble*) ; **ressemblance** (XIIIe s.) ; **dissemblable** (XIIe s., d'abord *dessemblable*).

semelle (XIIe s.), p.-ê. issu du pic. *lemelle* « petite lame », la première syllabe ayant été prise pour l'art., puis remplacée par *se-*, du lat. *ipsa,* fém. de *ipse* « en personne, même ». ‖ **ressemeler** (XVe s.) ; **ressemelage** (XVIIIe s.).

semer (XIIe s.), du lat. *seminare* « produire, procréer, semer », en lat. tard. au sens fig. « propager, disséminer », dér. de *semen, seminis* « semence » et qui a éliminé le verbe *serere* « planter, semer », empl. dès l'a. fr. au sens concret et au sens fig. ; *semer qqn* « s'en débarrasser » (XIXe s.). ‖ **semeur** (XIIe s.) ; **semaille** (XIIIe s.), usuel au plur. depuis le XVIIe s., du lat. tard. *seminalia* « moissons, terres ensemencées », d'abord empl. au sens de « action de semer », puis de « temps où l'on sème » ; **semis** (XVIIIe s.), « action ou manière de semer » ; **semence** (XIIe s.), du lat. tard. *sementia* « semences », plur. neut. pris comme fém. sing. de *sementis* « semailles, époque des semailles », empl. dès l'a. fr. au sens de « sperme », d'où « postérité, descendance » et de « graines semées, à semer » ; au XIXe s. « petit clou » ; **ensemencer** (XIVe s.) ; **ensemencement** (XVIe s.) ; **parsemer** (XVe s.).

semestre (XVIe s.), d'abord adj. au sens de « semestriel », puis subst. (XVIIe s.), empr. au lat. *semestris* « de six mois », comp. de *sex* « six » et d'un dér. de *mensis* « mois ». ‖ **semestriel** (XIXe s.).

semi-, premier élém. issu du lat. *semi-* « moitié, demi ».

sémillant (XVIe s.), « qui est d'une vivacité plaisante, agréable », part. prés. pris comme adj. de l'a. fr. *semillier* « s'employer, s'occuper, s'ingénier à », dér. du subst. *semille* (XIIe s.) « descendance, progéniture » et « action valeureuse ou mauvaise », lui-même dér. du lat. *semen* « semence ».

séminaire (XVIe s.), empr. au lat. *seminarium* « pépinière », au fig. « source, origine », spéc. dès le XVIe s. au sens de « établissement consacré à la formation des futurs prêtres », au XIXe s. au sens de « groupe de travail d'étudiants, dirigé par un professeur », sous l'infl. de l'all. *Seminar.* ‖ **séminariste** (XVIIe s.).

séminal (XIVe s.), terme didactique, empr. au lat. *seminalis* « destiné à être semé », de *semen* « semence ».

sémiologie (XVIIe s.), d'abord terme du voc. médic., au XXe s. au sens de « science qui étudie la vie des signes, les systèmes de signes », du grec *sémeion* « signe » et *logos* « discours ». ‖ **sémiotique** (XVIe s.), d'abord dans le voc. médic., au XXe s. « théorie générale des signes », du grec *séméiotiké* « observation des symptômes », dér. de *séméion* « signe ».

semis, voir **semer**.

sémite (XIXe s.), dér. avec le suff. *-ite* de *Sem,* l'un des trois fils de Noé, à qui la Bible attribue l'origine des peuples sémitiques. ‖ **sémitique** (XIXe s.), empr. à l'all. *semitisch* ; **antisémite**, **antisémitisme** (fin XIXe s.).

semonce (XIe s.), part. pas. subst. de *semondre* (XIe s.) « exhorter, inviter à qq. ch. », du lat. *submonere* « avertir secrètement », d'abord empl. au sens vieilli de « convocation, assignation » et à partir du XVIe s. au sens de « avertissement » et spéc. au XVIIIe s. « sommation faite à un navire de montrer ses couleurs » (*coup de semonce*). ‖ **semoncer** (XIIIe s.).

semoule (XVIe s.), empr. à l'ital. *se-*

mola « son », du lat. tard. *simola,* en lat. imp. *simila* « fleur de farine ».

sempiternel (XIIIe s.), empr. au lat. tard. *sempiternalis* « éternel », dér. du lat. clas. *sempiternus* « qui dure toujours », formé de *semper* « toujours » et *aeternus* « éternel », d'abord empl. au sens de « qui ne finit pas », courant en fr. mod. au sens fam. de « qui se répète indéfiniment et en devient lassant ».

sénat (XIIIe s.), empr. au lat. *senatus* « assemblée, réunion de cette assemblée », au sens propre « assemblée des anciens », dér. de *senex* « vieux, vieillard », d'abord empl. comme terme d'hist. rom. et à partir du XVIIe s. pour désigner un corps politique de certains Etats. || ***sénateur*** (XIIe s.), empr. au lat. *senator,* de même sens ; ***sénatorial*** (XVIe s.), dér. de *sénateur* d'après le lat. *senatorius* « sénatorial ».

séné (XIIIe s.), empr. au lat. méd. *sene,* de l'ar. *sana,* nom d'un arbrisseau dont les feuilles étaient utilisées en médecine pour leurs propriétés purgatives.

sénéchal (XIe s.), du franc. **siniskalk* « serviteur le plus âgé », empl. en a. fr. pour désigner un grand officier attaché à la cour d'un roi ou d'un grand seigneur et un officier chargé de l'intendance de la maison du seigneur, puis sous l'Ancien Régime un officier royal exerçant des fonctions de justice analogues à celles du bailli. || ***sénéchaussée*** (XVe s.), réfect. de l'a. fr. *seneschaucie* « dignité de sénéchal » (XIIe s.), empl. au sens de « juridiction d'un sénéchal ».

séneçon (XIIe s.), empr. au lat. *senecio* « séneçon », litt. « petit vieillard », de *senex* « vieillard », parce que cette plante se couvre de poils blancs au printemps.

sénestre, senestre (XIe s.), du lat. *sinister* « gauche, qui est à gauche » et « funeste », empl. en fr. au sens propre du lat. « gauche » et au fém. « main gauche », a été ensuite concurrencé, puis éliminé par *gauche.* Voir ***sinistre***.

sénevé (XIIIe s.), du lat. vulg. **sinapatum,* dér. de *sinapis* « sénevé, moutarde (plante et sa graine) », empr. au grec. Voir ***sinapisme***.

sénile (XVIe s.), empr. au lat. *senilis* « de vieillard », dér. de *senex* « vieillard ». || ***sénilité*** (XIXe s.) ; ***sénescence*** (XIXe s.), dér. sav. du lat. *senescere* « vieillir ».

senior (XIXe s.), empr. à l'angl. *senior* « le plus âgé », spécialisé comme terme de sports, du lat. *senior* (voir ***seigneur***), et désignant un sportif plus âgé que les juniors.

sens 1 (XIe s.), du lat. *sensus* « perception, sensation, manière de sentir, de penser, idée, signification d'un mot », dér. du supin *sensum* de *sentire* « percevoir par les sens, percevoir par l'intelligence », a conservé en fr. les différents sens du lat. « faculté de juger, bon sens », « faculté de percevoir des impressions, d'éprouver des sensations », « signification d'un mot », et a absorbé l'a. fr. *sen* (voir ***assener***, ***forcené***) au sens de « direction » (voir ***sens 2***) ; au XVIe s. *sens commun* « intelligence commune » ; au XVIIe s. au plur. au sens de « instinct sexuel » (*plaisir des sens*). || ***sensé*** (XVIe s.) ; ***insensé*** (XVe s.), empr. au lat. eccl. *insensatus* « qui n'est pas sensé » ; ***non-sens*** (XIIIe s.), d'abord « déraison, sottise », repris au XVIIIe s. à l'angl. *nonsense* « défi au bon sens, absurdité » ; ***contresens*** (XVIe s.).

sens 2 (XIIe s.), au sens de « direction, orientation selon laquelle s'effectue un mouvement », est issu du croisement de l'a. fr. *sen* « chemin, direction », du germ. *sinn* (voir ***assener***) et de *sens 1* ; ***sens dessus dessous*** (XVIe s.), altér. de *cen (ce en) dessus dessous,* comme ***sens devant derrière*** (XVIIe s.), de *ce devant derrière.*

sensation (XIVe s.), empr. au lat. tard. *sensatio* « compréhension », formé sur le supin *sensum* de *sentire* (voir ***sen-***

tir), rare avant le XVIIIe s. au sens de « impression agréable ou non produite par les objets extérieurs sur les sens » ; *faire sensation* (XVIIIe s.). || ***sensationnel*** (XIXe s.).

sensible (XIIIe s.), empr. au lat. imp. *sensibilis* « ce qui peut être ressenti » et « doué de sensibilité », dér. du supin *sensum* de *sentire* (voir ***sentir***), d'abord empl. au sens de « qui a la faculté de recevoir des impressions physiques » et à partir du XVIIe s. au sens de « qui est facilement ému », le sens de « qui fait impression sur les sens, qui peut être perçu par les sens », se développant à partir du XIVe s. || ***sensibilité*** (XIVe s.), empr. au lat. tard. *sensibilitas* « sens, signification, sentiment, sensibilité » dér. de *sensibilis,* d'abord empl. au sens de « qualité par laquelle un sujet est sensible aux impressions physiques » et à partir du XVIIe s. au sens de « sentiment d'humanité, de pitié », au XVIIIe s. « aptitude à réagir rapidement à un contact » ; ***sensibiliser*** (XIXe s.) ; ***insensible*** (XIIIe s.), empr. au lat. imp. *insensibilis* « incompréhensible », puis « qui ne sent pas », empl. à partir du XIVe s. au sens de « qui n'a pas de sensibilité morale » et de « qui est à peine perceptible », d'où « graduel, progressif » (XVIe s.) ; ***insensibilité*** (XIVe s.), empr. au lat. tard. *insensibilitas* ; ***sensiblerie*** (XVIIIe s.).

sensitif (XIIIe s.), empr. au lat. méd. *sensitivus* « qui concerne la sensation », dér. du lat. *sensus* (voir ***sens 1***), d'abord empl. au sens de « qui appartient aux sens, à la sensibilité », puis dans le voc. de la médecine (*nerf sensitif*), est rare avant le XIXe s. au sens, littér. en fr. mod., de « qui est particulièrement sensible ». || ***sensitive***, « variété de mimosa » (XVIIe s.).

sensoriel (XIXe s.), « qui a rapport aux sens, à la sensation », dér. sav. du lat. tard. *sensorium* « siège d'une faculté », dér. de *sensus* « action de percevoir ». Voir ***sens 1***.

sensuel (XIVe s.), empr. au lat. chrét. *sensualis* « relatif aux sens, doué de sensation », du lat. *sensus* « action de percevoir » (voir ***sens 1***), d'abord attesté au sens de « qui flatte les sens », empl. à partir du XVIe s. au sens de « qui est relatif aux plaisirs des sens » et « qui est attaché aux plaisirs des sens ». || ***sensualité*** (XIIe s.), empr. au lat. chrét. *sensualitas* « faculté de sentir, de percevoir des sensations », d'abord empl. au sens de « activité des sens » et à partir du XVe s. au sens de « attachement aux plaisirs du corps », au XVIIe s. « plaisirs sexuels » ; ***sensualisme*** (XIXe s.), terme de philos.

sente (XIIe s.), du lat. *semita* « petit chemin de traverse, sentier ». || ***sentier*** (XIIe s.), du lat. vulg. **semitarius,* forme subst. de l'adj. du lat. clas. *semitarius* « qui se tient dans les ruelles », dér. de *semita,* empl. au sens de « chemin étroit pour les piétons et les bêtes ».

sentence (XIIe s.), empr. au lat. *sententia* « sentiment, opinion, avis, maxime, pensée exprimée », dér. de *sentire* « penser, juger », empl. dès l'a. fr. au sens vieilli de « maxime, opinion exprimée de manière dogmatique » et de « décision rendue par un juge, un arbitre ». || ***sentencieux*** (XIIIe s.), rare avant le XVIe s., empr. au lat. *sententiosus* « riche d'idées, de pensées », dér. de *sententia,* d'abord empl. au sens de « qui s'exprime par maximes » et à partir du XVIIe s. au sens de « dogmatique, grave, pompeux ».

senteur, voir ***sentir***.

sentier, voir ***sente***.

sentiment, **sentimental**, voir ***sentir***.

sentine (XIIe s.), empr. au lat. *sentina* « endroit de la cale où s'entassent les eaux », au fig. « rebut, lie », empl. dès l'a. fr. au sens, disparu, de « bateau plat » et aux sens du lat.

sentinelle (XVIe s.), « soldat placé en faction », empr. à l'ital. à partir de l'expres. *far la sentinella* « faire le guet », dér. de *sentire* « sentir, entendre, écouter » (voir ***sentir***).

sentir (XIe s.), du lat. *sentire* « percevoir par les sens, percevoir par l'intelligence, penser, juger », empl. dès l'a. fr., aux sens de « percevoir, saisir qq. ch. par intuition », de « percevoir, recevoir une impression par les sens », de « avoir conscience de » et à partir du XIIIe s. au sens de « dégager une odeur, exhaler ». || ***sentiment*** (XIIe s.), d'abord *sentement*, attesté jusqu'au XVIe s., empl. dès l'a. fr. au sens vieilli de « faculté de recevoir des impressions physiques », au sens de « connaissance, fait de savoir qq. ch. » et à partir du XIIIe s. au sens de « émotion, état affectif complexe, stable et durable » ; au XVIIIe s. dans le voc. des beaux-arts (*le sentiment du beau*) ; ***sentimental*** (XVIIIe s.), empr. à l'angl. *sentimental* au sens de « qui concerne la vie affective », « qui est sensible, rêveur » et « qui est trop sensible » ; ***sentimentalité*** (XIXe s.) ; ***senteur*** (XVe s.), d'abord terme de vénerie, « mauvaise odeur », au XVIe s. « odeur » (*pois de senteur* au XVIIIe s.) ; ***ressentir*** (XIIe s.), à partir du XVIe s. au sens de « éprouver les conséquences d'un événement » et de « sentir vivement » ; ***ressentiment*** (XVIe s.), usuel au sens de « animosité, rancune ».

seoir (Xe s.), du lat. *sedere* « être assis, siéger, être arrêté, demeurer fixé dans l'esprit », d'où en lat. tard. « plaire, convenir », empl. dès l'a. fr. au sens de « être assis » et de « convenir ». || ***séant*** (XIe s.), part. prés. de *seoir* « assis » (*sur son séant* « en position assise ») et « décent, convenable », a été remplacé en fr. mod. au sens de « qui va bien » par la var. *seyant* (XIXe s.), à partir de l'imparfait *seyait* ; ***séance*** (XIIIe s.), au XIVe s. au sens de « réunion des membres d'une assemblée », au XVIIe s. au sens de « durée d'une réunion », puis de « durée consacrée à un travail », au XIXe s. « durée d'un divertissement » (*séance de cinéma, dernière séance*) ; ***préséance*** (XVIe s.), formé d'après le lat. *praesidere* « être assis en avant, avoir la préséance » (voir ***présider***) ; ***bienséant*** (XIe s.) ; ***bienséance*** (XVIe s.) ; ***malséant*** (XVIIe s.). Voir ***surseoir***, ***sursis***.

séparer (XIVe s.), empr. au lat. *separare* « mettre à part, distinguer ». || ***séparation*** (XIVe s.), empr. au lat. *separatio*, de même sens, spéc. au XVIIe s. au sens jur. (*séparation de corps, de biens*) ; ***séparateur*** (XVIe s.) ; ***inséparable*** (XIIIe s.), empr. au lat. *inseparabilis* ; ***séparatiste*** (XVIIe s.), empr. à l'angl. *separatist*, d'abord en parlant d'une secte opposée à l'Eglise anglicane. Voir ***sevrer***.

sépia (XVIIe s.), empr. au lat. *sepia* « seiche », au XIXe s., par empr. à l'ital. *seppia*, au sens de « liquide noirâtre produit par la seiche et utilisé en peinture » et « dessin fait à la sépia ». Voir ***seiche***.

sept (Xe s.), du lat. *septem*, la graphie *sept* étant étymologique. || ***septième*** (XIIe s.), d'abord *setime* ; ***septante*** (XIIe s.), du lat. vulg. **septanta* « soixante-dix », altér. du lat. *septuaginta*, toujours empl. dial. en Suisse et en Belgique ; ***septuple*** (XVe s.), empr. au lat. tard. *septuplus*, de même sens ; ***septuagésime*** (XIIe s.), empr. au lat. eccl. *septuagesima (dies)* « soixante-dixième jour », désignant le dimanche qui précède de deux semaines le carême ; ***septuagénaire*** (XIVe s.), empr. au lat. *septuagenarius* « âgé de soixante-dix ans », dér. de *septuageni* « soixante-dix chacun », distributif de *septuaginta* ; ***septennat*** (XIXe s.), dér. de ***septennal*** « qui dure sept ans » (XVe s.), empr. au lat. méd. *septennalis*.

septembre (XIIe s.), empr. au lat. *sep-*

tember, dér. de *septem* « sept », l'année romaine commençant en mars.

septentrion (XIIe s.), vieilli et littér. au sens de « nord », empr. au lat. *septentrio,* sing. formé sur le plur. *septentriones* « les sept bœufs de labour » (de *septem* « sept » et *trio, trionis* « bœuf de labour »), désignant les sept étoiles de la constellation de l'Ourse à laquelle appartient l'étoile polaire. || ***septentrional*** (XIVe s.), empr. au lat. *septentrionalis,* de même sens.

septique (XVIe s.), empr. au lat. *septicus* « qui purifie », du grec *septikos,* dér. de *sépein* « corrompre, pourrir », d'abord empl. au sens de « qui fait pourrir les chairs », puis au XIXe s. de « qui produit, présente une infection » ; *fosse septique* (XXe s.). || ***antiseptique*** (XVIIIe s.) ; ***antisepsie*** (XIXe s.) ; ***asepsie***, ***aseptiser*** (XIXe s.) ; ***septicémie*** (XIXe s.), comp. sav. tiré du lat. *septicus* et du grec *haima* « sang » sur le modèle de *anémie.*

septuor (XIXe s.), dér. de *sept* sur le modèle de *quatuor.*

sépulcre (Xe s.), empr. au lat. *sepulcrum* « tombe, sépulcre », empl. dès l'a. fr. au sens du lat. et spéc. *Saint-Sépulcre* (XIIe s.) « tombeau où fut déposé le corps du Christ ». || ***sépulcral*** (XVe s.), empr. au lat. *sepulcralis* « du tombeau ».

sépulture (XIIe s.), empr. au lat. *sepultura* « derniers devoirs rendus à un mort » et « lieu où l'on dépose le corps », du supin *sepultum* de *sepelire* « ensevelir », empl. dès l'a. fr. au sens de « action d'inhumer » et de « tombeau ».

séquelle (XIVe s.), empr. au lat. *sequel(l)a* « suite de gens », au fig. « conséquence », dér. de *sequi* « suivre », d'abord empl. au sens de « suite de gens » et de « conséquence », s'est spéc. en fr. mod. dans le voc. médic. au sens, empr. à l'angl. *sequel,* de « suites, complications d'une maladie ».

séquence (XIIe s.), empr. au lat. tard. *sequentia* « suite, succession », dér. du part. prés. *sequens, sequentis* « suivant, qui suit », de *sequi* « suivre », d'abord empl. dans le voc. religieux « chant rythmé qui prolonge le verset de l'alléluia », au XVIe s. dans le jeu de cartes, au XXe s. dans le voc. du cinéma et de la linguist. || ***séquentiel*** (XXe s.).

séquestre (XIIIe s.), empr. au sens jur. de « dépôt d'un bien en litige », au lat. *sequestrum* « dépôt, sequestre » et au sens de « dépositaire d'un bien litigieux » au lat. *sequester* « entremetteur, médiateur, dépositaire ». || ***séquestrer*** (XIIIe s.), empr. au lat. jur. *sequestrare* « mettre en dépôt, confier, séparer, éloigner », d'abord empl. au sens de « mettre sous séquestre », à partir du XVIe s « enfermer, isoler qqn » ; ***séquestration*** (XIVe s.), empr. au lat. jur. *sequestratio* « dépôt chez une tierce personne, séparation ».

séquoia (XIXe s.), empr. au lat. botan. *sequoia* « conifère originaire de Californie », formé à partir du nom d'un chef cherokee *See-Quayah.*

sérac (XVIIIe s.), du savoyard *serai, serat* « fromage de montagne », du lat. vulg. **seraceum*, lat. clas. *serum* « petit-lait », empl. en géogr. pour désigner par analogie de forme et de couleur, un bloc de glace qui se forme dans un glacier aux ruptures de pente.

sérail (XVe s.), empr. à l'ital. *serraglio,* lui-même empr. par le turc au persan *saray* « palais, hôtel » et désignant le palais d'un sultan.

séraphin (XIIe s.), « ange de la première hiérarchie », empr. au lat. chrét. *Seraphim,* mot hébreu, au plur., dér. de *saraph* « brûler ». || ***séraphique*** (XVe s.), empr. au lat. méd. *seraphicus,* au XIXe s. au sens fig. « angélique, éthéré ».

serein 1 (XIIe s.), « tombée du jour, soir » et « humidité du crépuscule », réfect. (d'après l'adj. *serein*) de *serain,* du lat. vulg. **seranus*, dér. de *serus*

« heure tardive, soir ». || ***sérénade*** (XVIe s.), empr. à l'ital. *serenata* « concert donné le soir sous les fenêtres d'une personne ».

serein 2 (XIIe s.), adj., issu du lat. clas. *serenus* « pur, sans nuages, paisible » (XIIe s.), d'abord empl. en parlant des conditions atmosphériques, au XIIIe s. au sens fig. « qui indique la maîtrise de soi, le calme ». || ***sérénité*** (XIIe s.), empr. au lat. *serenitas* « sérénité, calme » au propre et au fig., d'abord empl. au sens fig., au XVe s. en parlant du temps ; ***sérénissime*** (XIIIe s.), rare avant le XVIIe s., empr. à l'ital. *serenissimo,* superl. de *serenus* « serein », empl. comme titre honorifique ; ***rasséréner*** (XVIe s.).

séreux, voir ***sérum***.

serf (Xe s.), du lat. *servus* « esclave », en lat. chrét. « serviteur de Dieu », d'abord empl. au sens de « serviteur » et dans le système féodal, de « personne attachée à une terre, qui n'est pas de condition libre », au XVe s. « esclave ». || ***servage*** (XIIe s.), « condition de serf » et « état de dépendance » ; ***servile*** (XIIIe s.), empr. aux sens propre et fig. au lat. *servilis* « qui appartient aux esclaves » ; ***servilité*** (XVIe s.), rare avant le XVIIIe s. ; ***asservir*** (XIIIe s.). Voir ***servir***, ***serviteur***.

serge (XIIe s.), « étoffe légère et croisée », du lat. vulg. **sarica,* altér. du lat. *serica,* fém. subst. de l'adj. *sericus* « de soie », du grec *serikos,* dér. de *Seres* « les Sères », peuple d'Asie qui produisait la soie.

sergent (XIe s.), du lat. *servientem,* acc. de *serviens,* part. prés. de *servire* « servir », empl. dès l'a. fr. au sens, disparu, de « serviteur employé par un seigneur » et aux sens spécialisés de « officier de justice » (au XIXe s. *sergent de ville*) et de « homme d'armes, homme de guerre » ; au XVIIIe s. « sous-officier » ; ***sergent-major*** (XVIe s.).

série (XVIIIe s.), empr. au lat. *series* « file, enchaînement, suite ininterrompue », de *serere* « attacher en enfilade », empl. en fr. comme terme de mathémat. et au sens courant de « suite déterminée et limitée de choses de même nature formant un ensemble » ; au XIXe dans le voc. du sport ; *en série* (XXe s.). || ***sérier*** (XIXe s.) ; ***sériel*** (XIXe s.), *musique sérielle* (XXe s.).

sérieux (XIVe s.), empr. au lat. méd. *seriosus* « sérieux », dér. du lat. clas. *serius* « sérieux (en parlant de choses) » et *serium* « chose sérieuse », d'abord empl. en fr. en parlant d'une chose, au XVIe s. en parlant d'une personne ; au XVIIe s. comme subst.

serin (XVe s.), « oiseau au plumage jaune vif », d'orig. peu claire, p.-ê. empr. à l'a. prov. *serena* « guêpier (oiseau) », du lat. tard. *sirena*, lat. clas. *siren* « sirène », empr. au grec où le mot avait aussi le sens de « guêpe » et de « petit oiseau chanteur » ; au XIXe s. « niais, nigaud ». || ***seriner*** (XVIe s.), d'abord « chanter (en parlant d'un oiseau) », au XIXe s. « apprendre à chanter à un oiseau » et « répéter sans cesse qq. ch. ».

seringa(t) (XVIIe s.), empr. au lat. des botanistes *syringa,* du lat. tard. *syringa* au sens de « seringue », parce que le bois de cet arbrisseau servait à faire des flûtes et des seringues.

seringue (XIIIe s.), du lat. tard. *syringa* « seringue » et « fistule », empr. à l'acc. grec *suringa,* de *surinx* « flûte de berger » et désignant différents objets creux, d'abord empl. au sens de « petite pompe permettant de faire des lavements, des injections », au XIXe s. au sens mod.

serment (IXe s.), du lat. *sacramentum* « dépôt consigné entre les mains des prêtres », puis « serment militaire » et « serment en général », dér. de *sacrare* « consacrer à une divinité » (voir ***sacrement***). || ***assermenter*** (XIIe s.).

sermon (Xe s.), empr. au lat. *sermo, sermonis* « entretien, propos, langage familier, manière de s'exprimer », en lat. chrét. « sermon familier, prédication », empl. dès l'a. fr. au sens spéc. de « prédication » et de « discours moralisateur long et ennuyeux ». || ***sermonner*** (XIIe s.), au sens disparu de « prêcher » et au sens courant de « faire des remontrances » ; ***sermonneur*** (XIIIe s.).

serpe (XIIIe s., d'abord *sarpe*), du lat. vulg. **sarpa,* de *sarpere* « tailler la vigne » ; *taillé à la serpe* « aux traits grossiers, anguleux ».

serpent (XIe s.), du lat. *serpentem,* acc. de *serpens* « serpent », part. prés. subst. de *serpere* « ramper, se glisser », en a. fr. désigne aussi un dragon. || ***serpenter*** (XIVe s.), au XVIIIe s. au sens fig. ; ***serpentin***, adj. (XIIe s.), empr. au lat. *serpentinus* « de serpent », au XVIe s. comme subst., d'abord « sorte de canon allongé », puis au XIXe s. « petit ruban de papier coloré enroulé sur lui-même ».

serpillière (XIIe s.), d'orig. obsc., p.-ê. du lat. vulg. **sirpicularia,* dér. de *scirpus* « jonc » au sens de « toile grossière ».

serpolet (XVIe s.), dimin. du m. fr. *serpol* « thym sauvage », issu, s. d. par l'intermédiaire de l'a. prov. *serpol,* du lat. *serpullum,* du grec *herpullon* « thym, serpolet », dér. de *herpein* « ramper ».

serrer (XIIe s.), du lat. vulg. **serrare,* altér. du lat. clas. *serare* « fermer », dér. de *sera* « barre pour fermer une porte, serrure », empl. dès l'a. fr. au sens vieilli ou région. de « enfermer, mettre dans un lieu sûr » et aux sens courants de « saisir, maintenir vigoureusement », de « joindre, rapprocher vigoureusement » et de « comprimer, oppresser (en parlant du cœur) » ; au XVIe s. « rester tout près de qqn, pour le gêner » et « comprimer la taille, etc. », au XVIIe s. « longer au plus près, raser ». || ***serre-***, élém. issu du verbe entre dans la construct. de termes comme ***serre-file***, ***serre-joint***, ***serre-tête***, ***serre-livres*** ; ***serre*** (XIIe s.), déverb. de *serrer,* d'abord « ce qui presse, ce qui serre », empl. à partir du XVIIe s. au sens de « lieu où l'on conserve, renferme des plantes » et du XVIe s. au sens de « griffe des oiseaux de proie » ; ***serrement*** (XVIe s.), d'abord *serrement de mains*, au XVIIe s. au fig. *serrement de cœur* ; ***enserrer*** (XIIe s.) ; ***desserrer*** (XIIe s.) ; ***resserrer*** (XIIe s.) ; ***serrure*** (XIe s.), dér. de *serrer* au sens de « fermer » ; ***serrurier*** (XIIIe s.) ; ***serrurerie*** (XIVe s.).

sertir (XVIIe s.), var. de l'a. fr. *sartir* « attacher solidement plusieurs pièces de métal », du lat. vulg. **sartire,* dér. du supin *sartum,* du lat. *sarcire* « raccommoder, réparer », spéc. à partir du XVIIe s. en joaillerie, au sens de « insérer une pierre précieuse dans la monture d'un bijou ». || ***sertissage*** (XIXe s.) ; ***sertisseur*** (XIXe s.).

sérum (XVe s.), mot lat. *serum* « petit-lait » et « liquide séreux », d'abord empl. au sens, vieilli, de « petit-lait », au XVIe s. « partie séreuse du sang », au XIXe s. en médecine et en biochimie « préparation à base de sérum d'un animal pour divers emplois thérapeutiques ». || ***séro-***, élém. tiré de *sérum* et entrant dans la construct. de termes de médec. comme ***sérodiagnostic***, ***séronégatif***, ***séropositif***, ***sérothérapie*** ; ***séreux*** (XIVe s.), dér. du rad. de *serum* ; ***sérosité*** (XVe s.).

service (XIe s., d'abord *servise*), empr. au lat. *servitium* « condition d'esclave, ensemble des esclaves », en lat. eccl. « service de Dieu », en lat. méd. « service dû par le vassal », dér. de *servus* « esclave », empl. dès l'a. fr. dans le voc. religieux au sens de « obligations envers Dieu, culte rendu à Dieu, office religieux » et dans le sytème féodal pour désigner les différentes obligations du vassal envers son seigneur *(service de l'ost,* « de l'armée »), (à la fin du XVIIIe s. *service militaire*) et les obligations envers l'Etat, l'autorité publique ; date également de l'a. fr. le sens de « activité particulière que l'on doit accomplir auprès d'un maître », et spéc. dans le voc. amoureux, « service auprès d'une femme » ; au XIIIe s. « action de servir, manière de servir à table », au XIVe s. « plats servis », au XVIe s. « ensemble de la vaisselle ou du linge qui sert à table » ; à partir du XVIe s. au sens de « ensemble d'opérations par lesquelles on fait fonctionner qq. ch. » (*mettre en service, hors service*) ; au XIXe s. « fonction d'utilité commune, publique » (*service public, service des postes*) ; au XVIIe s. dans le voc. sportif (d'abord dans le jeu de paume) ; *self-service* (XXe s.). empr. à l'anglo-améric. Voir ***servir***.

serviette (XIVe s.), « linge dont on se sert à table, pour la toilette », a éliminé l'a. fr. *touaille* (XIIe s.), du franc. **twahlja* ; au XIXe s. « sac, cartable ».

servile, voir ***serf***.

servir (IXe s.), du lat. *servire* « être esclave », au fig. « être sous la dépendance de, se mettre au service de », en lat. chrét. « servir Dieu », en lat. méd. « accomplir les services vassaliques », empl. dès l'a. fr. dans le voc. religieux, « servir Dieu, le diable », (*servir* « célébrer le culte »), au sens de « s'acquitter des fonctions de domestique » et de « accomplir ses obligations vassaliques, spéc. militaires » et au sens de « être utile à » et de « mettre à la disposition de » ; au XVIe s. *se servir de* « faire usage de ». ‖ ***servant*** (XIe s.), part. prés. subst. de *servir*, d'abord « serviteur de Dieu », au XIIe s. « serviteur » et spéc. « serviteur d'une dame, amoureux » (au XIXe s. *chevalier servant*) ; ***servante*** (XIVe s.) ; ***serviable*** (XIIe s.) ; ***serveur*** (XIIIe s.), d'abord « serviteur », au XIXe s. dans le voc. sportif et au sens courant de « garçon de café », comme *serveuse* ; ***serviteur*** (XIe s.), empr. au lat. tard. *servitor* « serviteur de Dieu », dér. du supin *servitum* de *servire*, usuel dès l'a. fr. au sens de « serviteur de Dieu », de « domestique », à partir du XIIIe s. au sens de « personne qui sert qqn ou une collectivité (*serviteur de l'Etat, de la loi*) », au XVIIe s. formule de politesse ; ***resservir*** (XIIe s.). Voir ***desservir 1*** et ***2***.

servitude (XIIIe s.), empr. au lat. tard. *servitudo* « servitude, esclavage », dér. de *servus* « esclave », empl. dès l'a. fr. au sens de « état d'asservissement, servage » et au sens fig. de « état de dépendance », spéc. par rapport au péché.

sésame (XIIIe s.), empr. au lat. *sesamum, sisamum,* empr. au grec et d'orig. sémitique ; *Sésame ouvre-toi* (formule magique qui ouvrait la caverne aux trésors d'Ali-Baba dans *Les Mille et Une Nuits*) (XVIIIe s.).

session (XIIe s.), empr. au lat. *sessio,* « action de s'asseoir, audience du préteur, pause », du supin *sessum* de *sedere* « s'asseoir », d'abord empl. au sens de « fait d'être assis » et à partir du XVe s. au sens de « séance d'une assemblée qui délibère » ; au XVIIe s., s. d. sous l'infl. de l'angl. *session,* de même orig., « temps pendant lequel une assemblée siège ».

setier (XIIe s.), « ancienne mesure de capacité pour les grains », du lat. *sextarius* « sixième partie, setier », de *sextus* « sixième », dér. de *sex* « six ».

seuil (XIIe s., d'abord *suil, sueil, suel*), du lat. *solea* « sandale, garniture de sabot » et en lat. tard. « sorte de plancher », dér. de *solum* « fondement, fond, sol, pays », empl. dès l'a. fr. au sens de « dalle ou pièce de bois qui forme la partie inférieure de l'ouverture d'une porte » ; au XVIe s. au sens fig. « limite marquant le passage à un état différent » (*seuil de la mort*).

seul (Xe s.), du lat. *solus* « seul, unique, isolé, solitaire, désert », empl. dès l'a. fr. au sens de « isolé », et de « unique » ; au XVIe s. *seul* à valeur adv., « sans considération du reste ».

sève (XIIIe s.), du lat. *sapa* « vin cuit », qui a s. d. signifié à l'orig. « suc, sève », seul sens empr. par le fr. ; au XVIIe s. au sens fig. « vigueur, principe vital ».

sévère (XIIIe s.), empr. au lat. *severus* « grave, sérieux, austère, dur, rigoureux », empl. en fr. au sens de « dur, rigoureux, rigide » ; au XVIIIe s. dans le voc. esthét. (*tenue sévère*) ; au XIXe s. « inclément, froid » en parlant du temps ; au XXe s. « très grave, pénible » (*pertes sévères*), sous l'infl. de l'angl. *severe.* || ***sévérité*** (XIIIe s.), empr. au lat. *severitas* « sévérité, austérité, gravité, dureté », dér. de *severus.*

sévir (XIVe s.), empr. au lat. *saevire* « être furieux, être en rage », dér. de *saevus* « cruel, sauvage », empl. à partir du XVIe s. au sens de « maltraiter, user de violence », au XIXe s. « faire des ravages » en parlant d'un fléau. || ***sévices*** (XIIIe s.), empr. au lat. imp. *saevitia* « fureur, rigueur, cruauté », dér. de *saevus* « cruel », empl. au sens de « mauvais traitements corporels, brutalité ».

sevrer (XIe s.), du lat. vulg. **seperare*, en lat. clas. *separare*, (voir ***séparer***), d'abord empl. au sens de « séparer, trancher » et à partir du XIIIe s. au sens spéc. du fr. mod. « cesser progressivement d'allaiter ». || ***sevrage*** (XVIIIe s.).

sexagénaire (XVe s.), empr. au lat. imp. *sexagenarius,* de même sens.

sexe (XIIIe s.), empr. au lat. *sexus* « sexe, organes sexuels », empl. dès l'a. fr. au sens de « organes génitaux » et de « ensemble des caractères organiques permettant de distinguer le mâle et la femelle » ; au XVIe s. *le sexe* « les femmes » ; au XIXe s. au sens de « sexualité ». || ***sexuel*** (XVIIIe s.), empr. au lat. tard. *sexualis* « du sexe de femme, féminin », empl. en fr. au sens de « qui concerne les comportements liés au sexe », puis au XIXe s. « qui concerne la sexualité » (*instinct sexuel*) ; ***sexualité*** (XIXe s.), dér. sav. de *sexuel* au sens de « caractère de ce qui est sexué » et de « ensemble des comportements relatifs à la vie sexuelle » ; ***homosexuel*** (XIXe s.), comp. du grec *homo-* « le même », et *sexuel* ; ***sexué*** (XIXe s.), « qui a un sexe », dér. sav. de *sexe* ; ***sex-appeal*** (XXe s.), empr. à l'angl. *appeal* « appel » au sens de « attrait » ; ***sexy*** (XXe s.), empr. à l'angl. *sexy,* dér. de *sex* ; les dérivés et composés de *sexe* comme ***sexologue***, ***sexologie***, ***sexisme***, etc., datent tous du XXe s.

sextant (XVIe s.), empr. au lat. *sextans* « sixième partie d'une unité », dér. de *sex* « six », d'abord empl. au sens de « mesure de longueur », au XVIIe s. « instrument utilisé en astronomie, en marine ».

sexte (XIIIe s.), empr. au lat. chrét. *sexta* « sexte, heure canoniale ».

sextuor (XVIIIe s.), comp. de *sex-* et de *-tuor*, d'après *quatuor.*

seyant, voir ***seoir***.

shampo(o)ing (XIXe s.), empr. à l'angl. *shampooing*, déverb. de *to shampoo* « frictionner », s. d. d'orig. hindi.

shérif (XVIe s.), empr. à l'angl. *sheriff* (XIe s.), de *shire-reeve* « premier magistrat » (*reeve*), du « comté » (*shire*).

sherry (XIXe s.), empr. à l'angl. *sherry,* forme altérée de *Xeres* (voir ***xérès***).

shilling (XVIe s.), empr. à l'angl. *shilling* « ancienne unité monétaire anglaise », terme issu du vieil angl. et d'orig. obsc.

shoot (XIXe s.), empr. à l'angl. *shot* « coup, décharge », empl. en fr. dans le voc. du football « tir au but » ; au XXe s. arg. au sens de « injection de drogue ». || ***shooter*** (XXe s.).

shopping (XIXe s.), empr. à l'angl. *shopping* « fait d'aller dans les magasins », dér. de *shop* « magasin ».

short (XXe s.), empr. à l'angl. *shorts,*

subst. de l'adj. *short* « court » utilisé au plur. pour désigner une culotte courte.

show (XVIIIe s.), empr. à l'angl. *show,* spéc. au sens de « spectacle » et de « exhibition, présentation publique » ; *one man show, show-business* (XXe s.).

si 1 (IXe s.), conj., du lat. *si* « toutes les fois que, au cas où » ; la forme *se,* prépondérante en a. fr. et attestée jusqu'au XVIe s., est issue de la forme du lat. tard. *se* ou est une altér. de *si* d'après *quid* passé à *qued, que.*

si 2 (IXe s.), adv., du lat. *sic* « ainsi, de cette façon ». Voir ***aussi***.

si 3 (XVIIe s.), « septième note de la gamme de do majeur », est formé des initiales de *S*ancte *I*ohannes dans l'hymne lat. de saint Jean-Baptiste de Paul Diacre.

siamois (XVIIe s.), d'abord « habitant du *Siam* », au XIXe s. *frères siamois,* désignant d'abord des jumeaux rattachés l'un à l'autre, originaires du Siam, et présentés en France en 1829.

sibylle (XIIe s.), empr. au lat. *Sibylla,* du grec, et d'orig. obsc., nom d'une prophétesse. || ***sibyllin*** (XIVe s.), empr. au lat. *sibyllinus,* de *Sibylla*, d'abord empl., comme en fr., pour désigner un recueil de prophéties déposé au Capitole ; au XIXe s. « énigmatique, obscur ».

sic (XVIIIe s.), mot lat. signifiant « ainsi ».

sicaire (XIVe s.), « tueur à gages », empr. au lat. *sicarius* « assassin », de *sica* « poignard ».

siccatif (XIVe s.), « qui fait sécher, sèche rapidement », empr. au lat. tard. *siccativus,* dér. de *siccare* « sécher ». Voir **sec**.

sida (XXe s.), sigle signifiant *syndrome immuno-déficitaire acquis,* trad. de l'angl. *AIDS* (*acquired immune deficiency syndrome*).

side-car (XIXe s.), empr. à l'angl. *side-car*, au sens propre « véhicule de côté », de *car* « véhicule » empr. au fr. *car*, var. de *char,* et *side* « côté », d'orig. obsc.

sidéral (XVIe s.), empr. au lat. *sideralis* « qui a rapport aux astres », de *sidus, sideris* « étoile, astre ». || ***intersidéral*** (XIXe s.).

sidéré (XVIe s.), au sens de « influencé par les astres », empr. au lat. *sideratus,* part. pas. de *siderari* « subir l'influence funeste des astres », dér. de *sidus, sideris* « étoile, astre », au XIXe s. « qui est frappé de stupeur ». || ***sidérer*** (XIXe s.), formé sur *sidéré* ; ***sidération*** (XVIe s.), empr. au lat. *sideratio* « action funeste des astres ».

sidérurgie (XIXe s.), dér. sav., sur le modèle de *métallurgie* du grec *siderourgos* « qui travaille le fer, forgeron, serrurier », comp. de *sideros* « fer » et *ergon* « ouvrage, travail ».

sidi (XVIe s.), empr. à l'ar. maghrébin *sidi* « seigneur », d'abord empl. au sens de « seigneur », au XXe s. péj., « Nord-Africain ».

siècle (IXe s.), empr. au lat. *saeculum* « génération, race, durée d'une génération, époque, siècle, espace de cent ans », en lat. chrét. « le monde, la vie du monde », empl. dès l'a. fr. au sens de « vie terrestre » par opp. à « vie future », de « vie dans le monde, dans la société laïque », par opp. à « vie monacale », et au sens de « longue période de temps » ; au XIVe s. « période de cent ans ». Voir ***séculaire***, ***séculier***.

siège (XIe s.), du lat. vulg. **sedica* ou **sedicum,* de **sedicare*, dér. de *sedere* « être assis » (voir ***seoir***), empl. dès l'a. fr. au sens de « place que l'on occupe, où l'on est assis », de « meuble fait pour s'asseoir », de « lieu où est établie une autorité » et de « investissement d'une ville » ; au XIIIe s. au sens de « lieu où réside l'origine, le principe d'un élément » ; au XVIe s. « derrière, fesses ». || ***siéger*** (XVIe s.) ; ***assiéger*** (XIe s.).

sien (Xᵉ s.), d'abord *suen,* de l'acc. lat. *suum* de *suus* « son », refait en *sien* sur le modèle de *mien.*

sierra (XVIᵉ s.), terme de géogr., empr. à l'esp. *sierra* « chaîne de montagnes », au sens propre « scie », du lat. *serra* « scie ».

sieste (XVIIᵉ s.), empr. à l'esp. *siesta* « sieste », du lat. *hora sexta* « la sixième heure du jour » (l'heure de midi, la plus chaude).

sieur (XIIIᵉ s.), a. cas régime de *sire,* du lat. vulg. **seiorem,* d'abord empl. au sens de « seigneur », au XVIIᵉ s. dans le voc. du droit et péj. ou iron. Voir ***sire***.

siffler (XIIᵉ s.), du lat. *sifilare,* var. de *sibilare* « siffler » et « siffler qqn », dér. de *sibilus* « sifflet, huées ». || ***siffleur*** (XIIIᵉ s.) ; ***sifflet*** (XIIIᵉ s.) ; ***sifflement*** (XIIIᵉ s.) ; ***siffloter*** (XIXᵉ s.) ; ***persifler*** (XVIIIᵉ s.), « se moquer de ».

sigisbée (XVIIIᵉ s.), empr. à l'ital. *cicisbeo* « chevalier servant », s. d. dér. d'une rac. onomat. exprimant le bavardage.

sigle (XVIIIᵉ s.), empr. au lat. tard. des juristes *sigla,* neut. plur. signifiant « abréviations », issu de *singula* au sens de « lettres isolées », ou de *signum* (voir ***signe***).

signal (XIVᵉ s.), réfect., d'après *signe,* de l'a. fr. *seignal* « sein, cachet », du lat. tard. *signale,* neut. de *signalis* « qui sert de signe », dér. de *signum* (voir ***signe***), d'abord empl. au sens de « marque distinctive, cachet, sceau », puis de « signe matériel par lequel on indique qq. ch. à qqn ». || ***signaler*** (XVIᵉ s.) ; ***signalétique*** (XIXᵉ s.) ; ***signalement*** (XVIIIᵉ s.) ; ***signalisation***, ***signaliser*** (XXᵉ s.).

signe (Xᵉ s.), empr. au lat. *signum* « marque distinctive, empreinte, signal, drapeau, signe, présage, cachet, sceau », qui a aussi donné en a. fr. la forme *seing* ; d'abord attesté au sens de « miracle », *signe* s'emploie dès l'a. fr. au sens de « élément permettant de conclure à l'existence ou à la vérité d'une autre chose » et à partir du XIVᵉ s. au sens de « mouvement, geste permettant de communiquer avec qqn, de faire savoir qq. ch. ». || ***signet*** (XIIIᵉ s.), « petit sceau », au XIVᵉ s. « marque » ; ***signer*** (XIIIᵉ s.), réfect., d'après *signe,* de l'a. fr. *seignier* (XIᵉ s.), du lat. *signare* « marquer d'un signe, marquer d'un sceau, désigner, distinguer », d'abord empl. au sens de « faire le signe de la croix, se signer », puis au sens de « marquer d'un signe » ; à partir du XVIᵉ s. au sens courant en fr. mod. de « apposer sa signature », puis de « reconnaître comme sien en mettant sa signature » ; ***signature*** (XVᵉ s.), empr. au lat. jur. tard. *signatura,* dér. de *signator* « signataire » ; ***signataire*** (XVIIIᵉ s.).

signifier (XIᵉ s., d'abord *senefier),* empr. au lat. *significare* « indiquer par signe, faire comprendre, annoncer, avoir tel ou tel sens », comp. de *signum* « marque, signe » et de *facere* « faire », d'abord empl. au sens de « notifier, faire connaître qq. ch. à qqn », au XVIᵉ s. au sens de « avoir tel sens » (en parlant d'un mot). || ***signifiance*** (XIᵉ s.), d'abord *senefiance* « signification », au XXᵉ s. dans le voc. de la sémiotique ; ***signification*** (XIIᵉ s.), empr. au lat. *significatio* « action d'indiquer, sens, acception d'un mot », dér. du supin *significatum* de *significare,* empl. dès l'a. fr. au sens de « sens attaché à une chose », au XIVᵉ s. comme terme de droit « connaissance qu'on donne d'un jugement » ; ***significatif*** (XVᵉ s.), empr. au lat. tard. *significativus* « qui a la propriété de faire comprendre, qui est le signe de », dér. de *significare,* usuel à partir du XVIᵉ s. au sens de « qui exprime bien, qui a une signification claire et précise » ; ***insignifiant***, ***insignifiance*** (XVIIIᵉ s.).

silence (XIIᵉ s.), empr. au lat. *silentium* « silence », de *silere* « rester silencieux ». || ***silencieux*** (XVIᵉ s.), empr. au lat. tard. *silentiosus*, d'abord appliqué à un lieu, au XVIIe s. à une personne.

silex (XVIe s.), empr. au lat. *silex* « caillou, pierre dure ».

silhouette (XVIIIe s.), dans l'expres. *portrait à la silhouette* « portrait de profil, exécuté en suivant l'ombre projetée », du nom d'Etienne de *Silhouette*, homme politique impopulaire dont les projets de réformes furent ridiculisés, d'où d'abord, *à la silhouette* « à l'économie », au XIXe s. au sens mod. « allure, ligne générale d'une personne, figurée de façon sommaire ». || ***silhouetter*** (XIXe s.).

silice (XVIIIe s.), dér. sav. du lat. *silex, silicis* (voir ***silex***). || ***silicone*** (XIXe s.) nom générique des dérivés du *silicium*, mot créé au XIXe s. d'après le lat. *silex* ; ***silicose*** (XXe s.).

sillage, voir ***sillon***.

sillon (XIIIe s.), dér. de l'a. verbe *silier* « labourer avec la charrue », de l'a. fr. *seil* « sillon », d'abord empl. au sens de « mesure de terre » et à partir du XIVe s. au sens de « tranchée qu'on ouvre avec la charrue » ; *tracer son sillon* « poursuivre patiemment son œuvre » (XVIIIe s.). || ***sillonner*** (XVIe s.), d'abord « tracer des sillons », puis au XVIe s « parcourir en tous sens » ; au XIXe s. en parlant des voies de communication ; ***microsillon*** (XXe s.), de *micro-* « petit » pour désigner le sillon très fin d'un disque, puis le disque lui-même ; ***sillage*** (XVe s.), dér. de *silier, siller*, d'abord au sens de « ligne que trace un bâtiment sur l'eau », au XXe s. au sens fig. *marcher dans le sillage de, suivre le sillage de qqn.*

silo (XIXe s.), « souterrain pour conserver les grains », empr. à l'esp. *silo*, du lat. *sirus*, du grec *siros* « excavation souterraine où l'on conserve le grain » et « trappe » ; au XXe s. « site souterrain de lancement de missiles ».

simagrée (XIIIe s.), « comportement affecté » d'orig. obsc.

simiesque (XIXe s.), dér. sav. du lat. *simia* « singe ».

similaire (XVIe s.), dér. sav. du lat. *similis* « semblable ». || ***similitude*** (XIIIe s.), empr. au lat. *similitudo* « ressemblance, analogie, comparaison, rapprochement », dér. de *similis* « semblable », empl. dès l'a. fr. au sens de « rapport exact entre deux êtres », puis « analogie, ressemblance entre deux choses » ; ***simili-***, élém. issu du lat. *similis* « semblable » exprimant l'idée de ressemblance, d'imitation par rapport à ce qui est signifié par le second élém.

simonie (XIIe s.), terme de droit canonique, « volonté réfléchie d'acheter ou de vendre un bien spirituel pour un prix temporel », empr. au lat. méd. eccl. *simonia*, dér. du nom de *Simon*, magicien ayant tenté de corrompre les apôtres Pierre et Jean pour obtenir le pouvoir de conférer le Saint-Esprit. || ***simoniaque*** (XIVe s.), empr. au lat. chrét. *simoniacus*.

simoun (XVIIIe s.), « vent du désert », empr., par l'interméd. de l'angl., à l'ar. *samum*, de même sens, de *samma* « empoisonner », s'applique à un vent sec et violent.

simple (XIIe s.), empr. au lat. *simplex* « composé d'une seule substance, seul, isolé, naturel, ingénu, naïf », empl. dès l'a. fr. comme adj. en parlant d'une personne, de son statut social, de son comportement, en parlant de choses (« qui n'est pas compliqué, qui n'est pas composé ») et comme subst. à partir du XIIIe s. (*le simple et le composé*) ; *simples* subst. masc. plur. « plantes médicinales » (XVIe s.). || ***simplicité*** (XIIe s.), empr. au lat. *simplicitas* « qualité de ce qui est un » et « qualité de ce qui a une nature ingénue », d'abord empl. au sens religieux « humilité » et au sens de « sincérité », au XVIe s. au sens de « trop grande naïveté » (en parlant d'une personne qui a des goûts simples), puis de « qualité de ce qui n'est pas chargé d'éléments superflus » ; ***simplet*** (XIIIe s.) ; ***simplifier*** (XIVe s.) ; ***simplification*** (XVe s.) ; ***simplificateur*** (XVIIIe s.) ; ***simpliste*** (XIXe s.), au sens de « qui simplifie outre mesure ».

simulacre (XIIe s.), empr. au lat. *simulacrum* « représentation figurée, fantôme, spectre, apparence », dér. de *simulare* (voir **simuler**), empl. dès l'a. fr. au sens, vieilli, de « statue, représentation » et à partir du XVIIe s. au sens de « semblant, apparence, vaine représentation d'une chose ».

simuler (XIVe s.), empr. au lat. *simulare* « rendre semblable, feindre », dér. de *similis* « semblable ». || ***simulation*** (XIIe s.), empr. au lat. *simulatio* « faux-semblant, feinte », du supin *simulatum* de *simulare* ; ***dissimuler*** (XIIIe s.), empr. au lat. *dissimulare* « dissimuler, cacher » ; ***dissimulation*** (XIIe s.), empr. au lat. *dissimulatio*.

simultané (XVIIIe s.), empr. au lat. méd. *simultaneus,* formé sur le lat. clas. *simultas* « rivalité » et « haine », empl. comme adj. au sens de « ce qui se produit en même temps ». || ***simultanéité*** (XVIIIe s.).

sinapisme (XVIe s.), empr. au lat. médic. tard. *sinapismus* « préparation médicamenteuse à base de farine de moutarde », empr. au grec, dér. de *sinapizein* « faire des applications de graines de moutarde », dér. de *sinapi* « sénevé, moutarde ». Voir ***sénevé***.

sincère (XVe s.), empr. au lat. *sincerus* « pur, non altéré, non corrompu », d'abord empl. en fr. au sens moral, au XVIIIe s. au sens de « qui est réellement pensé », au XIXe s. au sens de « authentique, non truqué ». || ***sincérité*** (XVe s.), empr. au lat. imp. *sinceritas* « pureté, intégrité ».

sinécure (XVIIIe s.), empr. à l'angl. *sinecure,* du lat. *sine cura*, abrév. de l'expres. *beneficium sine cura* « bénéfice sans soin, sans charge », en parlant de charges ecclésiastiques, empl. en fr. en ce sens et au sens courant de « emploi où l'on est rétribué sans avoir rien à faire ».

sine die (XIXe s.), loc. lat. « sans fixer le jour », comp. de *sine* « sans » et *die*, ablatif de *dies* « jour ».

singe (XIIe s.), du lat. *simius* « singe » et au fig. « imitateur servile », empl. en fr. pour désigner l'animal et au XVIe s. au sens de « personne très laide » ; *payer en monnaie de singe* « payer par des promesses creuses » (XVIe s.). || ***singer*** (XVIIIe s.) ; ***singerie*** (XIVe s.), rare avant le XVIe s. au sens de « imitation gauche, ridicule », puis de « bouffonnerie, grimace ».

singulier (XIIe s., sous la forme *singuler*), empr. au lat. *singularis* « seul, isolé, unique », avec chang. de suff. Le lat. déjà a les deux valeurs de « particulier, personnel » et de « unique en son genre, exceptionnel, extraordinaire » ; en a. fr. le sens est surtout « individuel, particulier » ; empl. gram. dès le XIIe s. L'expres. *combat singulier* « combat qui concerne un seul » est attestée au XVIe s. La valeur « qui se distingue des autres » (XIVe s.), usuelle en fr. mod., est rare avant le XVIIe s. Elle peut prendre les nuances de « extraordinaire » au sens laudatif et « bizarre » au sens péj. || ***singularité*** (XIIe s.), empr. au lat. *singularitas* « caractère singulier » en lat. chrét. ; ***singulariser*** (XVIe s.), « distinguer des autres ». Le pronom. au sens de « se distinguer des autres » est devenu péj. dès le XVIIIe s. et signifie « se faire remarquer (par son extravagance) ».

sinistre (XIIIe s.), adj., empr. au lat. *sinister* « qui est à gauche » et « défavorable, funeste ». Le sens de « funeste » apparaît au XVe s. Le subst. au sens de « catastrophe » vient de l'ital. *sinistro* « malheur ». || ***sinistré*** (XIXe s.). Voir ***senestre***.

sino-, premier élém. de mots sav. comme ***sinologie***, tiré du lat. tard. *Si-*

nae nom d'un peuple d'Extrême-Orient, s'applique à des termes concernant la Chine.

sinon (XIe s., sous la forme *se... non*, XVe s., sous la forme *senon*, XVIe s., sous la forme *sinon*), formule marquant l'exception, la restriction, formée à l'orig. de la conjonction hypothétique *se* et de la négation *non*.

sinople (XIIe s.), empr. au lat. *sinopis* « terre de *Sinope* » (en Asie Mineure), en a. fr. d'abord « rouge » (XIIe s.), puis « vert » (fin du XIIIe s.), terme de blason.

sinueux (XVIe s.), empr. au lat. *sinuosus* « recourbé, compliqué ». || ***sinuosité*** (XVIe s.).

sinus 1 (XVIe s.), terme médic., empr. au lat. *sinus* « pli, repli ». || ***sinusite*** (XXe s.), « inflammation des sinus ».

sinus 2 (XVIe s.), terme de géométrie, empr. au lat. méd. *sinus*, trad. de l'ar. *djayb*, désignant la demi-corde de l'arc double. || ***cosinus*** (XVIIe s.).

sionisme (XIXe s.), empr. à l'all. *Zionismus*, fait sur *Zion* « Sion », nom d'une colline de Jérusalem, désigne un mouvement politique juif.

siphon (XIVe s.), du lat. *sipho, siphonis* « conduite d'eau », du grec *siphon* « pompe à eau, conduite d'eau, trombe marine », d'abord en a. fr. « trombe marine », puis « tuyau recourbé servant à transvaser un liquide » (XVIe s.). L'emploi du mot pour désigner le tuyau des appareils sanitaires empêchant la remontée des mauvaises odeurs date du XIXe s. || ***siphonner*** (XIXe s.).

sire (Xe s.), du lat. vulg. **seior*, du lat. clas. *senior*, comparatif de *senex* « vieux, ancien », désignant en lat. méd. un noble détenant un fief et un pouvoir de commandement, cas sujet de *seigneur*, appellation en a. fr. adressée à un souverain, à un seigneur, puis terme de politesse (XIIe s.). En fr. mod. quelques empl. ironiques au sens de « individu » (*triste sire*). Voir ***seigneur***. || ***messire*** (XIIe s.), de l'adj. possessif *mes* « mon » et de *sire*, litt. « monseigneur », en a. fr. dénomination honorifique.

sirène (XIe s., sous la forme *sereine*), empr. au lat. tard. *sirena*, lat. clas. *siren* « personnage féminin (fabuleux) de la mythologie grecque, qui cherche à perdre les hommes par ses chants », en a. fr. d'abord femme-oiseau, puis femme-poisson.

sirocco (XIIIe s.), de l'ital. *scirocco* « vent de sud-est », empr. à l'ar. pop. *chaluq* « vent d'est ».

sirop (XIIe s.), empr. au lat. méd. *siroppus*, de l'ar. *sarap* « boisson, potion », désigne une solution de sucre et de liquide. || ***sirupeux*** (XVIIIe s.), fait sur le lat. méd. *sirupus* « sirop » ; ***siroter*** (XVIIe s.), « boire à petites gorgées ».

sismique, **sismographe**, **sismologie**, voir ***séisme***.

site (XIVe s.), empr. au lat. *situs* « emplacement, situation ».

sit-in (XXe s.), de l'améric. *sit-in* « installation dans un lieu pour protester », en fr. au sens de « occupation d'un lieu en s'asseyant sur le sol ».

sitôt (XVe s.), adv. formé de *si* et de *tôt* « si vite, aussi vite », adv. de temps.

situer (XIVe s.), empr. au lat. méd. *situare* « mettre en un lieu, établir », fait sur *situs* « situation ». || ***situation*** (XIVe s.), « place, position », puis « ensemble des circonstances à un moment donné » (XVIIe s.). Les sens de « capacité d'agir » (*être en situation de*) et de « moment important d'une œuvre » datent du XVIIIe s., celui de « emploi » du XIXe s.

six (XIIe s.), du lat. *sex*, de même sens. || ***sizain*** (XIIIe s.), « assemblage de six objets de même nature », puis « strophe de six vers » (XVe s.).

sixte (XVIIe s.), empr. au lat. *sextus* « sixième ».

skating (XIXe s.), empr. à l'angl. *skating* « patinage ».

sketch (XXe s.), de l'angl. *sketch* « esquisse », d'où « plan, canevas », en fr. au sens de « saynète ».

ski (XIXe s.), empr. au norv. *ski*, de même sens. || ***skier*** (XXe s.) ; ***skieur*** (XXe s.).

skiff (XIXe s.), empr. à l'angl. *skiff* « embarcation légère, canot », terme sportif en fr. désignant un canot long à un seul rameur.

skipper (XVIIIe s.), de l'angl. *skipper* « commandant de navire », d'abord en ce sens en fr., puis « barreur d'un voilier de régate, d'un yacht » (XIXe s.).

slalom (XXe s.), empr. au norv. *slalom* « descente à ski avec des virages en zigzag », d'où en fr. mod. « parcours en zigzag ».

slave (XVIe s., sous la forme *sclave*), du lat. méd. *sclavus* « slave ».

sleeping-car (XIXe s.), empr. à l'angl. « voiture où l'on dort », en fr. au sens de « wagon-lit, compartiment dans un wagon-lit ».

slip (XIXe s.), empr. à l'angl. *slip* qui signifie « combinaison, jupon », en fr. « caleçon court ».

slogan (XIXe s.), empr. à l'angl *slogan* « cri de guerre (des Ecossais) », puis « mot d'ordre, devise », enfin « formule publicitaire » (XXe s.).

slow (XXe s.), mot angl. abrév. de *slow fox-trot* « danse de rythme lent (*slow*) ».

smalah (XIXe s.), empr. à l'ar. d'Algérie *zmâla*, d'abord « réunion de tentes abritant la famille et les serviteurs d'un chef », puis « famille nombreuse, suite nombreuse ».

smoking (XIXe s.), de l'angl. *smoking-jacket* « veste d'intérieur pour fumer (après le repas) », désigne un costume de cérémonie en drap noir et à revers de soie.

snob (XIXe s.), de l'angl. *snob* « cordonnier », puis « étranger à l'université » dans l'arg. des étudiants de Cambridge, en fr. « imitateur naïf des modes et usages des classes dominantes ». || ***snobisme*** (XIXe s.) ; ***snober*** (XXe s.).

sobre (XIIe s.), empr. au lat. *sobrius* « frugal, modéré ». || ***sobriété*** (XIIe s.), empr. au lat. *sobrietas*.

sobriquet (XIVe s.), d'orig. obsc., est d'abord empl. au sens de « coup sous le menton », puis de « surnom familier, malicieux » par une évol. peu claire.

soc (XIIe s.), du gaul. **succos*, infl. s. d. par le lat. *soccus* « soulier bas ».

sociable (XIVe s.), empr. au lat. *sociabilis* « uni, associé », d'abord en a. fr. « uni, lié », puis « apte à vivre en société » (XVIe s.), enfin « d'un commerce agréable » (XVIIe s.). || ***sociabilité*** (XVIIe s.) ; ***insociable*** (XVIe s.), empr. au lat. *insociabilis* ; ***insociabilité*** (XVIIIe s.).

social (XIVe s.), empr. au lat. *socialis* « qui concerne la société, sociable, social, qui concerne les alliés », fait sur *socius* « associé, allié », a d'abord eu en fr. le sens de « allié », puis « qui concerne la société » (XVIe s.), d'où *contrat social, pacte social* « concernant la vie collective » au XVIIIe s. Le sens de « agréable » date du XVIe s. Les valeurs politiques impliquant des classes différentes au sein de la société, une aide générale envers les défavorisés (*question sociale, aide sociale*) datent surtout du XIXe s. et du XXe s. Le sens « qui concerne une société industrielle » (*siège social*) est attesté au XVIIIe s. || ***socialiser*** (XVIIIe s.), d'abord « rendre social ». Le sens de « transférer des biens à la collectivité, à l'Etat » date du XIXe s. ; ***socialisation*** (XIXe s.) ; ***socialisme*** (XIXe s.), « politique humanitaire », « politique sacrifiant l'individu à la société »,

« idéal politique » (XXe s.) ; ***socialiste*** (XVIIIe s.).

société (XIIe s.), empr. au lat. *societas* « association, réunion, compagnie », en fr. au sens de « compagnie, relation avec qqn, association », « groupement économique » (XVIe s.), « congrégation religieuse » (XVIIe s.) (*société de Jésus*), « groupement de savants » (XVIIIe s.), « réunion mondaine, groupe de gens du monde qui se reçoivent » (XVIIIe s.), « communauté humaine, vie collective » (XVIIe s.). || ***sociétaire*** (XVIIIe s.), « membre d'une société » ; ***sociologie*** (mot créé par A. Comte en 1830) « étude des faits sociaux humains » ; ***sociologue*** (XIXe s.).

socle (XVIIe s.), de l'ital. *zoccolo* « sabot », au sens de « base d'un édifice, soubassement ».

socque (XVIe s.), empr. au lat. *soccus* « chaussure basse » et en lat. méd. « chaussure à semelle de bois », sens conservé jusqu'au XXe s.

socquette (XXe s.), dér. de l'angl. *sock* « chaussette » avec le suff. fém. *-ette*, sur le modèle de *chaussette*, désigne en fr. une chaussette courte.

soda (XIXe s.), abrév. de l'angl. *soda-water* « eau gazéifiée (par du bicarbonate de soude, *soda*) », désigne une eau gazeuse aromatisée aux fruits.

sodium (XIXe s.), nom sav. fait sur l'angl. *soda* « soude », donné par l'inventeur à ce métal nouveau, ce métal étant produit par la soude.

sodomie (XIIe s.), empr. au lat. chrét. *sodomia* « pratique du coït anal (notamment entre hommes) », du nom biblique de la ville de *Sodome*, connue pour la dépravation de ses mœurs. || ***sodomite*** (XIIe s.).

sœur (XIe s.), du lat. *soror, sororis*, de même sens. L'a. fr. disait *suer* au cas sujet et *seror* au cas régime. La forme du cas sujet a seule survécu en fr. mod. L'empl. du mot pour désigner des religieuses date du XIIIe s.

sofa (XVIe s.), empr. au turc *sofa* « estrade couverte de coussins et de tapis », d'abord en ce sens en fr., puis « lit de repos » (XVIIe s.).

soi (XIIe s.), du lat. *se*, pron. person. de la 3e pers. qui a également donné la forme *se*. || ***soi-disant*** (XVe s.), litt. « se disant..., se prétendant... » (*soi disant roi de France*), empl. en fr. mod. au sens de « qui se prétend, prétendu, prétendument ».

soie (XIIe s.), du lat. vulg. **seta*, du lat. clas. *saeta* « poil rude d'un animal », sens conservé en fr., puis « fil sécrété par le ver à soie », « étoffe de soie » (XIIe s.). || ***soierie*** (XIVe s.) ; ***soyeux*** (XIVe s.), « de soie », puis « doux, brillant comme la soie » (XVIIe s.), « fabricant de soieries » (XIXe s. à Lyon).

soif (XIIe s. d'abord sous la forme *seit*, *sei*), du lat. *sitis* de même sens, avec modification de la finale. || ***assoiffer*** (XVIIe s.).

soigner (XIIe s.), p.-ê. du franc. **sunnôn* « s'occuper de, se soucier de », d'abord en ce sens en a. fr. L'empl. spécialisé au sens de « donner des soins à un malade » date du XVIIe s. || ***soin*** (XIe s.), au M. A. « souci, préoccupation, effort ». Au plur. le sens de « attentions délicates, prévenances, assiduités galantes » date du XVIIe s. L'expres. *aux petits soins* avec la même valeur apparaît au XVIIe s. Le sens « actes pour rétablir la santé » est attesté au XVIIe s. ; ***soigneux*** (XIIe s.) ; ***soigneur*** (XXe s.) ; ***soignante*** (XIIe s. au sens de « concubine »), au XXe s. au sens médical.

soir (XIe s.), de l'adv. lat. *sero* « tard », tiré de l'adj. *serus* « tardif ». || ***soirée*** (XIIe s., sous la forme *seree*) ; ***bonsoir*** (XVe s.).

soit (XIIe s.), forme figée du subj. prés. de la 3e pers. du verbe *être*.

soixante (XIe s.), du lat. tard. *sexanta*, du lat. clas. *sexaginta*.

sol 1 (XVe s.), empr. au lat. *solum* « base, fondement, surface de la terre », en fr. au sens de « terrain », « surface », « territoire (du pays) ». || ***entresol*** (XVIIe s.), empr. à l'esp. *entresuelo*, comp. de *entre* et *suelo* du lat. *solum* au sens de « plancher, étage ».

sol 2 (XVIe s.), « cinquième note de la gamme » du lat. *solve*, première syllabe du premier mot du 3e vers de l'hymne de saint Jean-Baptiste de Paul Diacre.

sol 3, voir ***sou***.

solaire (XIIIe s.), empr. au lat. *solaris* « relatif au soleil ». || ***solarium*** (XVIIe s.), mot lat. « endroit exposé au soleil ».

soldat (XVe s.), de l'ital. *soldato* « homme de guerre à qui l'on paie une solde », d'abord en ce sens en fr., puis « homme de guerre » et « militaire non gradé » (XVIe s.). || ***soldatesque*** (XVIe s.), de l'ital. *soldatesco* « propre au soldat ».

solde 1 (XVe s.), de l'ital. *soldo* « paie versée aux militaires », a remplacé l'a. fr. *soldee*, de même valeur.

solde 2, voir ***solder***.

solder (XVIIe s.), « arrêter un compte », de l'ital. *saldare* « souder du métal », et « arrêter un compte ». Le sens de « vendre au rabais » date du XIXe s. || ***solde*** (XVIIe s.), de l'ital. *saldo* « règlement d'un compte », puis « vente au rabais » (XIXe s.) ; ***soldeur*** (XIXe s.).

sole 1 (XIIIe s.), partie inférieure du sabot d'un cheval, du lat. vulg. **sola*, du lat. imp. *solea*, de même sens.

sole 2 (XIIIe s.), « pièce de charpente posée à plat, poutre, solive » du lat. vulg. **sola*, du lat. clas. *solea* « sabot, plancher ». Le sens de « parcelle de terre » (XIVe s.) est un empl. fig. de « poutre, solive ». || ***solive*** (XIIe s.), « pièce de charpente » ; ***soliveau*** (XIIIe s.), « petite solive » ; ***assolement*** (XVIIIe s.), « cultures successives sur une même terre ».

sole 3 (XIIIe s.), « poisson plat », valeur tirée du sens de « planche » de *sole 2*.

solécisme (XIIIe s.), « faute de grammaire », empr. au lat. *soloecismus*, du grec *soloikismos*, du nom de *Soloi*, ville de Cilicie où l'on parlait un grec incorrect.

soleil (Xe s.), du lat. vulg. **soliculus*, fait sur le lat. clas. *sol, solis* || ***ensoleillé*** (XIXe s.) ; ***ensoleillement*** (XIXe s.).

solennel (XIIe s.), empr. au lat. *solemnis* « qui revient tous les ans », d'où « solennel, consacré », en fr. « célébré avec faste, empreint de majesté », puis « public, officiel » (XIIIe s.). La val. péj. « d'une gravité affectée et ridicule » date du XIXe s. || ***solennité*** (XIVe s.), empr. au lat. imp. *solemnitas* ; ***solenniser*** (XIIe s.), empr. au lat. chrét. *sollemnizare*.

solfatare (XVIe s.), de l'ital. *solfatare*, désignant des terrains dégageant des vapeurs sulfureuses, fait sur *solfo* « souffre ».

solfège (XVIIIe s.), de l'ital. *solfeggio* « exercice élementaire de musique, dictée musicale », fait sur les deux notes *sol* et *fa*.

solfier (XIIIe s.), dér. du lat. méd. *solfa* « gamme », fait sur les deux notes *sol* et *fa*.

solide (XIVe s.), empr. au lat. *solidus* « compact, massif, complet, ferme », empl. en fr. au sens de « dur, consistant, résistant », « sérieusement élaboré (en parlant d'un travail, d'un ouvrage) » (XVIe s.), « vigoureux (en parlant de la santé, de la force physique) » (XIXe s.). || ***solidité*** (XIVe s.), empr. au lat. *soliditas* ; ***solidifier*** (XVIIIe s.) ; ***solidaire*** (XVe s.), d'abord terme jur. « commun à plusieurs personnes liées par la responsabilité et des intérêts partagés » ; ***solidarité*** (XVIIIe s.) ; ***se désolidariser*** (XXe s.).

soliloque (XVIIe s.), empr. au lat. tard. *soliloquium* « monologue ».

solitaire (XIIe s.), empr. au lat. *solitarius* « isolé ». || ***solitude*** (XIIIe s.), empr. au lat. *solitudo* « isolement ». Les sens de « lieu solitaire » et de « aspect solitaire » remontent au M. A.

solive, voir ***sole 2***.

solliciter (XIVe s.), empr. au lat. *sollicitare* « remuer, agiter fortement », d'où « exciter, chercher à séduire », en fr. au sens de « inciter, exciter, attirer » et « prier instamment ». || ***sollicitude*** (XIIIe s.), empr. au lat. *sollicitudo* « inquiétude, souci ». Le sens de « soins attentifs » date du M. A. ; ***sollicitation*** (XVe s.), empr. au lat. *sollicitatio* « instigation » et « souci » ; ***solliciteur*** (XIVe s.), d'abord « qui prend soin des affaires (dans un procès) » (cf. *solicitor* en angl. « avoué, notaire, conseiller juridique »), puis « demandeur » (XVIe s.).

solo (XVIIIe s.), de l'ital. *solo* « seul ». || ***soliste*** (XIXe s.).

solstice (XIIIe s.), terme d'astron., époque de l'année où le soleil est le plus éloigné de l'équateur, empr. au lat. *solsticium* « solstice, arrêt du soleil » (le soleil paraissant stationnaire).

soluble (XIIIe s.), empr. au lat. tard. *solubilis* « qui se dissout, qui se désagrège ». || ***insoluble*** (XIIIe s.), empr. au lat. *insolubilis*.

solution (XIIe s.), empr. au lat. *solutio* « dissolution, désagrégation », en fr. « explication dénouant une difficulté » (XIIe s.), empl. en mathémat. (XVIIe s.), en chimie « dissolution » (XVIIe s.), puis « résultat de la dissolution, liquide obtenu par dissolution » (XIXe s.). L'expres. *solution de continuité* (XIVe s.) marque la séparation de parties en contact, d'où le sens de « rupture » (XVIIe s.). || ***soluté*** (XIXe s.), « liquide formé par la dissolution d'un corps solide ».

solvable (XIVe s.), dér. sav., du lat. *solvere* « délier, dissoudre, désagréger » et aussi « payer », en fr. « qui peut payer ». || ***solvabilité*** (XVIIe s.) ; ***insolvable*** (XVe s.), ***insolvabilité*** (XVIIe s.).

solvant (XIXe s.), mot sav., du lat. *solvere* « dissoudre ».

somatique (XVIIe s.), mot sav., du grec *somatikos* « du corps ».

sombre (XIVe s.), p.-ê. dér. d'un verbe **sombrer*, issu du lat. tard. *subumbrare* « couvrir d'ombre » (cf. l'esp. *sombra* « ombre »). || ***sombrer*** (XVIIe s.), « être englouti (en parlant d'un bateau), plonger, s'enfoncer », s. d. de l'a. verbe *soussoubrer* « se renverser, chavirer », empr. à l'esp. *zozobrar* ; ***assombrir*** (XVIe s.) ; ***assombrissement*** (XIXe s.).

sombrero (XVIe s.), mot esp. désignant un chapeau à large bord, litt. « qui fait de l'ombre ».

sommaire (XIVe s.), empr. au lat. *summarium* « abrégé, résumé ».

sommation, voir ***somme 1***.

somme 1 (XIIe s.), du lat. *summa* « sommet, partie essentielle, total (dans un compte) », en fr. au sens de « rassemblement de plusieurs éléments », « recueil rassemblant toutes les connaissances sur un sujet » (XIIIe s.), « total, masse » (XIVe s.). L'expres. *en somme* (XIVe s.) est un calque du lat. méd. *in summa* « au total, tout compte fait, finalement ». La tournure *somme toute* (XIVe s.) signifie d'abord « tout compte fait », puis « finalement ». || ***sommer*** (XIIe s.), du lat. méd. *summare* « dire en résumé », d'abord « achever, accomplir », puis « enjoindre, mettre en demeure » (XIIIe s.) ; ***sommation*** (XIIIe s.), « mise en demeure ».

somme 2 (XIIe s.), dans l'expres. *bête de somme*, du lat. tard. *sauma* « bât, charge », du grec *sagma*, de même sens.

somme 3 (XIIe s.), réfect. d'après *sommeil* du lat. *somnus* « sommeil ».

sommeil (XIIe s.), du lat. tard. *somniculus* « léger sommeil, bref sommeil », en fr. au sens de « sommeil ». || ***sommeiller*** (XIIe s.) ; ***ensommeillé*** (XVIe s.).

sommelier (XIIIe s.), s. d. altér. de **sommerier* « conducteur de bêtes de somme », fait sur le mot d'a. fr. *sommier* « bête de somme », d'abord en a. fr. au sens de « officier chargé du transport des bagages » (XIVe s.), puis « officier chargé du couvert et du vin » (XIVe s.). Le seul sens conservé depuis le XIXe s. est « personne chargée de la cave et du vin (dans un restaurant) ».

sommer, voir ***somme 1***.

sommet (XIIe s.), de l'a. fr. *som* « sommet », du lat. *summum* « sommet, point le plus élevé ».

sommier (XIe s.), du lat. tard. *sagmarius* « animal bâté, bête de somme », fait sur *sagma* « bât », d'abord en a. fr. « bête de somme », puis pièce de charpente » (XIVe s.), « matelas » (XVe s.). Le sens mod. « support d'un lit » date du XIXe s.

sommité (XIIIe s.), empr. au lat. tard. *summitas* « sommet ». Le sens de « personne éminente » date du XIXe s.

somnambule (XVIIe s.), mot sav. fait sur le lat. *somnus* « sommeil » et *ambulare* « marcher », désigne une personne qui marche tout endormie. || ***somnambulisme*** (XVIIIe s.).

somnifère (XVIe s.), empr. au lat. *somnifer* « qui apporte le sommeil ».

somnolent (XVe s.), empr. au lat. *somnolentus* « assoupi », en fr. au sens de « en proie à un demi-sommeil ». || ***somnolence*** (XIVe s.), empr. au lat. *somnolentia* ; ***somnoler*** (XIXe s.).

somptuaire (XVIe s.), empr. au lat. *sumptuaria (lex)* « loi qui concerne les dépenses », en fr. « réglant les dépenses, concernant les dépenses ». L'expres. *dépenses somptuaires* (XXe s.) « dépenses excessives » vient d'une confusion avec *somptueux*.

somptueux (XIVe s.), empr. au lat. *somptuosus* « coûteux, onéreux, fastueux », fait sur *sumptus* « dépenses, frais ». || ***somptuosité*** (XVe s.), empr. au lat. *somptuositas*.

son 1 (IXe s.), adj. possessif, du lat. *suum*.

son 2 (XIIe s.), issu du lat. *sonus* « son, bruit, sonorité » avec réfect. d'après *sonner*, en a. fr. au sens de « bruit », « chant des oiseaux », « musique instrumentale ». || ***supersonique*** (XXe s.).

son 3 (XIIe s.), « céréale », du lat. *secundus* « second », le son étant séparé au second tamisage, désigne en a. fr. le résidu de la mouture du blé.

sonate (XVIIe s.), de l'ital. *sonata* « pièce instrumentale », fait sur *sonare* « jouer d'un instrument », par opp. à *cantata* « pièce chantée », sens conservé en fr.

sonde (XIIe s.), d'orig. peu claire, p.-ê. du vieil angl. *sund* « mer », empl. dans *sundgyyrd* « perche à sonder », en fr. « instrument de marine », puis « instrument d'exploration médic. » (XVIe s.). || ***sonder*** (XIVe s.) ; ***sondage*** (XVIIIe s.). Le sens « enquête rapide » date du XIXe s. et *sondage d'opinion* du XXe s. ; ***insondable*** (XVIe s.).

songe (XIIe s.), du lat. *somnium* « rêve, chimère », en fr. « rêve » et « fiction, illusion ». || ***songer*** (XIe s.), « rêver (pendant le sommeil) », puis « laisser aller son esprit, s'abandonner à la rêverie (tout en étant éveillé) » au XIIe s., d'où « penser, envisager, imaginer » (XIIIe s.) ; ***songeur*** (XIIe s.) ; ***songerie*** (XVe s.) ; ***songe-creux*** (XVIe s.).

sonner (Xe s.), du lat. *sonare* « rendre un son, résonner, retentir » et « émettre un son, faire entendre », en fr. avec ces deux val. Le mot désigne aussi en a.

fr. le langage articulé au sens de « prononcer, vouloir dire, signifier ». || ***sonneur*** (XIIIe s.) ; ***sonnerie*** (XIIIe s.) ; ***sonnaille*** (XVe s.), « clochette attachée au cou des animaux » et « bruit des clochettes » (XIXe s.) ; ***dissoner*** (XIVe s.), empr. au lat. tard. *dissonare* « faire entendre des sons discordants » ; ***dissonance*** (XIVe s.), empr. au lat. tard. *dissonantia* « sons désagréables, discordance » ; ***malsonnant*** (XVe s.).

sonnet (XVIe s.), de l'ital. *sonetto* « poème de 14 vers (composé de deux quatrains et de deux tercets) ».

sonore (XVIe s.), empr. au lat. tard. *sonorus* « retentissant ». || ***sonorité*** (XVe s.), empr. au lat. *sonoritas* ; ***sonoriser*** (XIXe s.) ; ***sonorisation*** (XIXe s.) ; ***sonorisateur*** (XXe s.) ; ***insonore*** (XIXe s.) ; ***insonorisé*** (XXe s.) ; ***insonorisation*** (XXe s.).

sophiste (XIIIe s.), empr. au lat. *sophistes*, du grec *sophistés* « sage, savant » et « imposteur », en a. fr. avec les deux val. de « philosophe » et « rhéteur fallacieux ». || ***sophisme*** (XIIe s.), empr. au lat. *sophisma*, mot grec « raisonnement fallacieux » ; ***sophistiquer*** (XIVe s.), empr. au lat. méd. *sophisticare* « tromper, altérer, falsifier » et *sophisticari* « montrer une habileté artificieuse » ; ***sophistication*** (XIVe s., rare avant le XXe s.).

soporifique (XVIe s.), mot sav., dér. du lat. *sopor* « profond sommeil », au sens de « qui a la vertu d'endormir », d'où « très ennuyeux » (XVIIIe s.).

soprano (XVIIIe s.), de l'ital. *soprano* « qui est au-dessus », désigne la partie supérieure d'une polyphonie.

sorbe (XIIIe s.), du lat. vulg. **sorba*, du lat. clas. *sorbum* « fruit du sorbier ». || ***sorbier*** (XIIIe s.).

sorbet (XVIe s.), s. d. de l'ital. *sorbetto* « boisson des Turcs », empr. au turc *serbet* « boisson rafraîchissante ». Le sens de « glace légère faite avec des fruits » apparaît au XVIIIe s.

sorcier (XIIe s.), du lat. tard. *sortiarius* « diseur de sorts, jeteur de sorts ». || ***sorcellerie*** (XIIIe s.), issu par dissimilation de l'a. fr. **sorcererie*, de *sorcerie*, dér. de *sorcier* ; ***ensorceler*** (XIIIe s.) ; ***ensorcellement*** (XIVe s.) ; ***ensorceleur*** (XVIe s.).

sordide (XVe s.), empr. au lat. *sordidus* « sale, malpropre », d'où « bas, vil ». En fr. le sens moral apparaît au XVIe s.

sorgho (XVIe s.), empr. à l'ital. *sorgo*.

sornette (XVe s.), dér. de l'a. fr. *sorne* « raillerie », d'orig. obsc. Le sens de « chose insignifiante » apparaît dès le XVe s. en même temps que celui de « plaisanterie ». Ce dernier sens a disparu du fr.

sort (XIe s.), du lat. *sors, sortis* « objet mis dans une urne pour un tirage au sort », « tirage au sort », « oracle, lot, destin », en fr. dès le M. A. « ce qui échoit du fait du hasard, destin, lot » et « pratique magique, effet malfaisant, oracle ».

sorte (XIIIe s.), empr. au lat. *sors, sortis*, qui a pris en lat. tard. le sens de « catégorie », d'où « manière, façon », en a. fr. au sens de « compagnie, groupe homogène » et surtout au sens général de « manière ». Voir ***assortir***.

sortilège (XVe s.), empr. au lat. méd. *sortilegium* « maléfice de sorcier », fait sur *sortilegus* « devin, sorcier ».

sortir (XIIe s.), du lat. *sortiri* « tirer au sort, obtenir par le sort ». Le sens « aller à l'extérieur » (rare avant le XVIe s., car on disait *issir* en a. fr. au sens de « sortir »), propre au fr., s'explique mal. || ***sortable*** (XIVe s.), « que l'on peut sortir », d'où « présentable » ; ***sortie*** (XVe s.) ; ***ressortir*** (XIe s.), d'abord au sens de « rebondir », d'où « paraître avec plus de relief » au XIIe s. (*il ressort* « il résulte »), « sortir d'un lieu où l'on est entré » (XIIe s.), « sortir à nouveau ». Le sens jur. « être de la compétence d'une juridiction » vient du subst. *ressort* « rebondissement », puis « recours à une justice supérieure » ; ***ressort*** (XIIIe s.), « recours » ; du sens de « rebondissement » (XIIIe s.) passage au sens de « force, résistance morale » (XVIe s.) ; ***ressortissant*** (XIVe s.), « qui appartient à une juridiction ».

sosie (XVIIIe s.), du nom propre *Sosie*, personnage d'une comédie de Plaute dont le dieu Mercure prend l'apparence ; en fr. « personne ressemblant parfaitement à une autre ».

sot (XIIe s.), d'orig. obsc., en fr. au sens de « borné, sans intelligence, maladroit » et « fou, insensé ». || ***sottise*** (XIIIe s.).

sou (XIIe s., sous la forme *sol*), du lat. *solidus* « solide », qui a désigné en lat. tard. une pièce de monnaie d'abord en or (IVe s.), puis au M. A. successivement en argent et en cuivre.

soubresaut (XIVe s.), empr. à l'a. prov. *sobresaut*, d'abord « saut périlleux », puis « saut brusque du cheval » (XVIe s.), enfin « mouvement brusque » (XVIIe s.).

soubrette (XVIIe s.), empr. au prov. *soubret* « affecté, qui minaude », en fr. au sens de « servante de comédie », puis « servante ».

souche (XIe s.), du gaul. **tsukka* (cf. l'all. *Stock* « bâton »), « base d'un tronc d'arbre », puis « base d'une lignée ». L'expres. *faire souche* est attestée au XVIIe s.

souci 1, voir ***soucier***.

souci 2 (XIIIe s.), plante, du lat. tard. *solsequia* « tournesol ».

soucier (XIIIe s.), du lat. *sollicitare* « agiter, inquiéter, troubler », en fr. au sens de « causer de l'inquiétude », fréquemment à la forme pronom. « s'inquiéter, se tourmenter ». || ***souci*** (XIIIe s.), « inquiétude, préoccupation » et « objet d'inquiétude, de soins attentifs » ; ***soucieux*** (XIIIe s.) ; ***insoucieux*** (XVIIe s.) ; ***insouciant*** (XVIIIe s.) ; ***insouciance*** (XVIIIe s.).

soucoupe (XVIIe s.), de l'ital. *sottocopa* « petit plateau sur lequel on place une coupe, un verre ou une tasse ».

soudain (XIIe s.), du lat. tard. *subitanus*, du lat. clas. *subitaneus* « subit ». || ***soudaineté*** (XIIIe s.).

soudard (XIVe s.), dér. de l'a. fr. *soldee, soudee* « solde » et du suff. *-ard* « soldat touchant une solde », puis péj. « soldat brutal » (XVIe s.).

soude (XVIe s.), empr. à l'ital. *soda*, de l'ar. *suwwad*, « plante (riche en carbonate de sodium) ».

souder (XIe s.), du lat. *solidare* « affermir, consolider », en fr. au sens de « joindre, assembler des pièces métalliques », « faire adhérer, lier étroitement ». || ***soudure*** (XIe s.) ; ***dessouder*** (XIIe s.) ; ***ressouder*** (XIIe s.).

soudoyer (XVe s.), dér. de *solde, soude* « versement d'argent », en fr. « verser une solde à des soldats », d'où « acheter, corrompre » (XVIIIe s.).

souffler (XIIe s.), du lat. *sufflare* « souffler, gonfler ». En fr. le sens de « prendre un peu de repos » est attesté au XVIIe s., celui de « prendre rapidement » au XVIe s. (*souffler qq. ch. à qqn*). L'expres. *ne souffler mot* « ne pas dire un mot » date du XIIIe s. et le sens « dire tout bas » du XVIe s. || ***souffle*** (XIIe s.), d'abord « expiration, haleine, respiration », puis « énergie, endurance » (XVIIe s.) (l'expres. *ne pas manquer de souffle* au sens fig. « ne pas manquer d'aplomb » est attestée au XIXe s.), « mouvement naturel de l'air » (XVIIe s.), « air déplacé par une explosion » (XVIIe s.) ; ***soufflet*** (XIIIe s.), « instrument servant à souffler de l'air », puis « coup sur la joue » (XIVe s.) ; ***soufflé*** (XIXe s.), subst. « entremets qui s'élève à la cuisson » ; ***souffleter*** (XVIe s.) ; ***soufflerie*** (XIIIe s.) ; ***soufflure*** (XIIIe s.) ; ***souf-***

flage (XVIIe s.) ; ***essouffler*** (XIIe s.) ; ***boursoufler*** (XVIe s.), « rendre enflé ».

souffreteux (XIIIe s., sous la forme *soufraitos*), dér. de l'a. fr. *soufraite* « dénuement, privation » du lat. *suffracta*, subst. fém., tiré de *suffractus*, part. pas. de **suffrangere*, réfect. de *suffringere* « rompre » (en a. fr. *soufraindre* signifie « faire défaut, manquer »), en a. fr. au sens de « qui se trouve dans le dénuement ». Le sens mod. « de constitution maladive, de santé débile » date du XIXe s.

souffrir (XIe s.), du lat. vulg. **sufferire* « supporter ». || ***souffrance*** (XIIe s.), d'abord « attente, répit ». L'expres. *en souffrance* « en attente » existe encore. Le sens de « douleur » date du XIIe.

soufre (XIIe s.), du lat. *sulphur*, de même sens. || ***soufré*** (XIIIe s.) ; ***soufrer*** (XVIIe s.).

souhaiter (XIIe s., d'abord sous la forme *sohaidier*), fait à l'aide de la prép. *subtus* « dessous » et de *haitier* fait sur le franc. **haitan* « promettre, ordonner », en fr. au sens de « vouloir, désirer ». || ***souhait*** (XIIe s.) ; ***souhaitable*** (XVIe s.).

souiller (XIIe s.), dér. de l'a. fr. *soil, souil* « fange où se vautre le sanglier », du lat. *solium* « cuve, baignoire », en fr. « salir ». || ***souille*** (XVIe s.), « bourbier » et « fange où le sanglier se vautre » ; ***souillarde*** (XIVe s.), « arrière-cuisine » (litt. « lieu peu propre où l'on lave la vaisselle ») ; ***souillure*** (XIIIe s.) ; ***souillon*** (XVe s.), « femme malpropre ».

souk (XIXe s.), empr. à l'ar. *suq* « marché ».

soûl, **saoul** (XIIe s., sous la forme *saoul*), du lat. *satulus* « rassasié », en fr. d'abord au sens de « repu, rassasié ». Le sens de « ivre » date du XVIe s. || ***soûler***, ***saouler*** (XIIIe s.) ; ***dessoûler*** (XVIe s.) ; ***soûlaud*** (XVIIe s.), « ivrogne ».

soulager (XIIIe s., sous la forme *souslegier*), du lat. vulg. **subleviare*, du lat. clas. *sublevare* « soulever, alléger, soulager ». La forme avec un *a* vient de l'infl. de l'a. fr. *soulas*. || ***soulagement*** (XIVe s.).

soulier (XIIe s., sous la forme *souler*), du lat. tard. *subtelaris* (*calceus*) s. d. « chaussure couvrant seulement le dessous du pied », du lat. tard. *subtel* « dessous du pied », en fr. « chaussure » dès le M. A.

soulte (XIIe s.), part. pas. fém. subst. de l'a. fr. *soudre* « payer », du lat. *solvere*, de même sens, empl. en fr. au sens de « versement d'argent », et notamment dans un partage pour compenser l'inégalité des lots.

soumettre (XIIe s.), du lat. *submittere* « mettre dessous, abaisser, envoyer de dessous, envoyer à la place », en a. fr. « mettre dans un état de dépendance », puis « présenter, proposer à l'examen » (XVIe s.). || ***soumission*** (XIVe s.), empr. au lat. *submissio* « abaissement », en fr. « action de se soumettre à une autorité ». Le sens jur. « engagement à se soumettre aux clauses d'un cahier des charges et propositions faites dans un marché par adjudication » date du XVIIIe s. ; ***insoumission*** (XIXe s.) ; ***soumissionner*** (XVIIe s.), « faire des propositions en vue d'un marché par adjudication ».

soupape (XIIe s.), d'orig. inconnue, d'abord au sens de « coup sous le menton ». Le sens tech. de « obturateur mobile » date du XVIe s.

soupçon (XIIe s.), du lat. tard. *suspectionem*, acc. de *suspectio* « suspicion, soupçon », en fr. au sens de « défiance, soupçon ». Le sens de « quantité minime » date du XVIIIe s. || ***soupçonneux*** (XIIe s.) ; ***soupçonner*** (XIIIe s.) ; ***insoupçonnable*** (XIXe s.).

soupe (XIIe s.), du franc. **suppa* « tranche de pain trempé dans du bouillon » (cf. l'angl. *sop* « tranche de pain »), en a. fr. « tranche de pain trempée », puis « potage avec des tranches de pain » (XIVe s.). Les expres. *tremper la soupe, tailler la soupe* datent du XVIIe s. || ***souper*** (XIIe s.), d'abord « prendre le repas du soir, dîner », puis « prendre un repas à une heure tardive, après le théâtre » (XIXe s.) ; ***soupière*** (XVIIIe s.).

soupente (XIVe s.), de l'a. fr. *souspendre* « suspendre », désigne une partie de la maison en saillie, sise en l'air, suspendue sous le toit.

soupirer (XIe s.), du lat. *suspirare* « respirer, exhaler, soupirer », en fr. « exhaler des soupirs, pousser des soupirs amoureux » (XIIe s.), « gémir, se lamenter » (XIVe s.). || ***soupir*** (XIIe s.), déverb., « exhalaison, exhalaison émue », « plaintes » (XVIIe s.) ; ***soupirant*** subst. (XIIIe s.), au sens de « amoureux (soumis aux rigueurs de la dame et versant des soupirs) » ; ***soupirail*** (XIIe s.), dér. de *soupirer* « exhaler » d'après le lat. *spiraculum* « ouverture pour donner de l'air », désigne en fr. une ouverture permettant de respirer en sous-sol.

souple (XIIe s.), du lat. *supplex, supplicis* « qui plie les genoux, suppliant », en a. fr. « flexible, humble, suppliant », en fr. mod. « flexible (avec aisance). || ***souplesse*** (XIIIe s.) ; ***assouplir*** (XIIe s.) ; ***assouplissement*** (XIXe s.).

souquenille (XIIe s., sous la forme *sousquenie*), du m. h. all. *suskenie* « jaquette », en fr. désigne une longue blouse paysanne.

source (XIIe s.), fém. subst. du part. pas. *sors, sours*, de *sourdre* « surgir », au sens de « eau qui surgit du sol », puis « origine, principe » (XIIe s.). || ***sourcier*** (XVIe s.).

sourcil (XIIe s.), du lat. *supercilium*, de même sens. || ***sourciller*** (XIIIe s.), « froncer les sourcils » ; ***sourcilleux*** (XVIe s.).

sourd (XIe s.), du lat. *surdus* « qui n'entend pas, sourd, insensible, assourdi, peu sonore », tous sens conservés en fr. || ***assourdir*** (XIIe s.) ; ***assourdissement*** (XVIIe s.).

sourdine (XVIe s.), de l'ital. *sordina* « épinette au son assourdi », a désigné un dispositif permettant d'atténuer l'intensité sonore des instruments de musique. L'expres. *en sourdine* date du XIXe s.

sourdre (XIe s.), du lat. *surgere* « se lever, se dresser », en a. fr. « jaillir » (en parlant d'une eau) et « apparaître, se manifester ».

sourire verbe (XIIe s.), du lat. vulg. **subridere* « sourire, rire faiblement, rire par-dessous » ; ***sourire*** subst. (XVe s.).

souris animal (XIIe s.), de l'acc. *soricem*, du lat. clas. *sorex, soricis*, de même sens. || ***souricière*** (XIVe s.) ; ***souriceau*** (XVe s.) ; ***chauve-souris*** (XIIe s.), empr. au lat. tard. *calva sorix* « souris chauve, sans poil » (l'animal ayant des poils très courts sur la tête), p.-ê. d'un franc. **kawa* « chouette ».

sournois (XVIIe s.), p.-ê. dér. de l'anc. prov. *sorn* « sombre, obscur ». || ***sournoiserie*** (XIXe s.).

sous (Xe s.), de l'adv. *subtus* « dessous », empl. en lat. tard. comme prép., à la place du lat. clas. *sub*. || ***dessous*** (Xe s.) ; subst. (XVe s.).

sous-, préfixe, tiré de la prép. *sous*.

souscrire (XIVe s.), empr. au lat. *subscribere* « écrire au-dessous, signer un document », en a. fr. « inscrire son nom au bas d'un acte », puis « approuver, donner son adhésion » (XVIe s.). Le sens de « s'engager par écrit à payer » date du XVIIe s. || ***souscription*** (XIIIe s.), empr. au lat. *subscriptio* « signature au bas d'un document », en ce sens en a. fr. Le sens de « engagement de payer pour financer une œuvre » date du XVIIIe s. ; ***souscripteur*** (XVIIe s.).

sous-jacent (XIXe s.), empr. au lat. *subjacens* « qui est situé au-dessous », de même sens en fr., puis « caché, profond » (XIXe s.).

soustraire (XIIe s.), empr. au lat. *subtrahere* « enlever, retirer », sens conservés en fr. || ***soustraction*** (XIIe s.), empr. au lat. tard. *subtractio* « enlèvement ».

soutache (XIXe s.), du hongrois *sujtas* « galon servant d'ornement ».

soutane (XVIe s.), de l'ital. *sottana* « jupe », fém. de *sottano* « vêtement de dessous », en fr. « longue robe de femme », « longue robe de prêtre » (XVIe s.).

soute (XIVe s.), du lat. vulg. **sobta*, altér. d'après *supra* du lat. tard. *subtus* « en dessous », empl. au sens de « partie d'un bateau située sous le pont du navire ». || ***soutier*** (XIXe s.), « matelot chargé de porter le charbon de la soute à la chaufferie ».

soutenir (Xe s.), du lat. vulg. **sustenire*, du lat. clas. *sustinere* « tenir par-dessous, maintenir, entretenir, endurer, résister », tous sens conservés en fr. La valeur « faire valoir, défendre » apparaît dès le M. A. Le sens dér. « se montrer digne » (*soutenir sa réputation*) date du XVIIe s. || ***soutenable*** (XIIIe s.) ; ***insoutenable*** (XVe s.) ; ***soutènement*** (XIIe s.), ***soutenance*** (XIIe s.), d'abord au sens de « soutien », puis « action de soutenir une thèse » (XIXe s.) ; ***soutien*** (XIVe s.) ; ***souteneur*** (XIIIe s.), « qui protège, défenseur ». L'empl. dans le voc. de la prostitution date du XVIIIe s.

souterrain (XIIe s.), de *sous* et *terre* d'après le lat. *subterraneus* « souterrain », d'abord adj. « qui est sous terre », puis « caché, obscur » (XVIe s.) ; subst. (XVIIIe s.).

souvenir (XIe s.), verbe, du lat. *subvenire* « se présenter à l'esprit », d'abord sous la forme impers. (*il me souvient*), puis sous la forme person. (XIIIe s.) au sens de « se remémorer, se rappeler » ; subst. (XIIIe s.). || ***souvenance*** (XIIIe s.).

souvent (XIe s.), du lat. imp. *subinde* « tout aussitôt » et « de temps en temps, souvent », qui a remplacé le lat. clas. *saepe*.

souverain (XIe s.), du lat. vulg. **superanus* « supérieur », fait sur *super* « au-dessus », signifie en fr. « qui est au-dessus, suprême » et notamment au sens polit. « qui détient le pouvoir (sans relever de personne) ». Dans le droit fr. « qui est sans appel » (*arrêt souverain*). || ***souveraineté*** (XIIe s.).

soviet (XIXe s.), du russe *soviet* « conseil ». || ***soviétique*** (XXe s.), « relatif au soviet, relatif à l'U.R.S.S. » ; ***soviétiser*** (XXe s.).

soyeux, voir ***soie***.

spacieux (XIIe s.), empr. au lat. *spatiosus* « de vaste étendue ».

spadassin (XVIe s.), de l'ital. *spadaccino* « qui tire vite le poignard », en fr. au sens de « mercenaire qui tire l'épée », puis « tueur à gages » (XVIe s.).

spaghetti (XXe s.), de l'ital. *spaghetti* désignant des pâtes longues et fines, plur. de *spaghetto* « ficelle ».

spahi (XVIe s.), du turc *sipahi* « soldat de la cavalerie », en fr. d'abord « cavalier de l'armée ottomane », puis « cavalier des corps auxiliaires indigènes de l'armée française en Afrique du Nord » (XIXe s.).

sparadrap (XIVe s.), d'étym. obsc., en fr. « pansement », « bande adhésive mise sur la peau ».

sparte (XVIe s.), plante, du lat. *spartum*, de même sens. || ***sparterie*** (XVIIIe s.), « fabrication d'objets en fibres végétales, ouvrages en fibres végétales ».

spasme (XIIIe s.), empr. au lat. *spasma*, du grec *spasma* « crispation d'un muscle, réaction convulsive », sens conservés en fr. || ***spasmodique***

(XVIIIe s.), empr. à l'angl. *spasmodic* « convulsif » ; ***antispasmodique*** (XVIIIe s.) ; ***spasmophilie*** (XXe s.).

spatial (XIXe s.), dér. sav., fait sur le lat. *spatium* « espace », au sens de « qui concerne l'espace ».

spatule (XIVe s.), du lat. *spat(h)ula,* « petite latte », fait sur *spatha* « battoir, épée », désigne en fr. un instrument plat.

speaker (XVIIe s.), de l'angl. *speaker* « celui qui parle », a signifié « président de la Chambre des communes » (XVIIe s.), puis auj. « annonceur, présentateur » à la radio. || ***speakerine*** (XXe s.).

spécial (XIIe s.), empr. au lat. imp. *specialis* « relatif à l'espèce, particulier », sens conservés en fr. || ***spécialité*** (XIIIe s.), empr. au lat. tard. *specialitas,* « caractère de ce qui est spécial ». Le sens de « connaissances approfondies dans un domaine particulier » date du XIXe s. ; ***spécialiser*** (XVIe s.) ; ***spécialisation*** (XIXe s.) ; ***spécialiste*** (XIXe s.).

spécieux (XVe s.), empr. au lat. *speciosus* « d'aspect brillant ». Le sens de « fallacieux » est attesté au XVIIe s.

spécifier (XIIIe s.), empr. au lat. tard. *specificare* « distinguer (une espèce) », en fr. d'abord « déterminer », puis « désigner avec précision » (XVIIe s.). || ***spécification*** (XIVe s.), empr. au lat. tard. *specificatio* « action de spécifier, rattachement à une espèce » ; ***spécifique*** (XIVe s.), empr. au lat. tard. *specificus* « propre à l'espèce » ; ***spécificité*** (XIXe s.).

spécimen (XVIIe s.), empr. au lat. *specimen* « modèle, échantillon ».

spectacle (XIIe s.), empr. au lat. *spectaculum* « ce qui se présente au regard, vue, aspect », de *spectare* « regarder ». Le sens de « divertissement offert au public, représentation théâtrale » date du XIIIe s., puis développement de cet empl. en fr. mod. au XXe s. || ***spectateur*** (XIVe s.) ; ***spectaculaire*** (XXe s.).

spectre (XVIe s.), empr. au lat. *spectrum* « simulacre », en fr. au sens de « apparition d'un fantôme ». Depuis la traduction en fr. du *Traité d'optique* de Newton, le mot s'applique aux rayons colorés résultant de la décomposition d'une lumière complexe (XVIIIe s.). Divers empl. en physique mod. (XXe s.). || ***spectral*** (XIXe s.), d'abord terme de physique.

spéculer (XIVe s.), empr. au lat. *speculari* « observer, guetter », en fr. au sens de « méditer, réfléchir », puis « se livrer à des opérations financières ou commerciales pour s'enrichir fondées sur les variations des marchés » (XVIIIe s.). || ***spéculatif*** (XIIIe s.), empr. au lat. tard. *speculativus* « qui relève de la théorie ». Le sens financier « relatif à la spéculation boursière et financière » date du XVIIIe s. ; ***spéculation*** (XIVe s.), empr. au lat. tard. *speculatio* « observation, considération », d'abord en ce sens, puis au sens de « opérations financières et commerciales pour s'enrichir » (XVIIIe s.) ; ***spéculateur*** (XIVe s.), empr. au lat. *speculator* « observateur », même évol.

spéculum (XVe s.), empr. au lat. *speculum* « miroir », en fr. instrument médic. || ***spéculaire*** (XVIe s.), d'abord « relatif au miroir ».

speech (XIXe s.), de l'angl. *speech* « parole, discours », désigne une brève allocution.

spéléologie (XIXe s.), mot sav., fait sur le grec *spélaion* « caverne » et *-logie* « étude ». || ***spéléologue*** (XXe s.).

spencer (XVIIIe s.), mot angl., « veste courte », qui tire son nom de lord *Spencer.*

sperme (XIIIe s.), empr. au lat. tard. *sperma,* du grec *sperma* « semence ». || ***spermatozoïde*** (XIXe s.).

sphère (XIIe s.), empr. au lat. *sphaera,*

du grec *sphaira* « balle, globe », empl. en géom., astron. Le sens de « domaine circonscrit où s'exerce une activité » date du XVIIe s. || ***sphérique*** (XIVe s.), empr. au lat. tard. *sphaericus*, du grec *sphairikos* « en forme de sphère » ; ***sphéricité*** (XVIIIe s.) ; ***planisphère*** (XVIe s.).

sphincter (XVIe s.), terme médic., empr. au lat. méd. *sphincter*, du grec *sphincter* « qui serre », désigne un muscle permettant de fermer un orifice naturel.

sphinx (XVIe s.), empr. au lat. *sphinx*, du grec *sphinx*, désignant un monstre ailé à tête d'homme et corps de lion qui parle par énigmes. Le sens de « personnage mystérieux » est attesté au XVIIIe s.

spirale (XVIe s.) adj., empr. au lat. méd. *spiralis* « en forme de courbe », du lat. *spira*, du grec *speira* « courbe, volute » ; subst. (XVIIe s.).

spirite (XIXe s.), abrév. de l'angl. *spirit-rapper* « esprit frappeur », en fr. au sens de « relatif aux esprits des morts, qui communique avec les esprits ». || ***spiritisme*** (XIXe s.).

spirituel (Xe s.), empr. au lat. chrét. *spiritalis, spiritualis* « qui concerne l'âme, immatériel » (par opp. à *corporalis*, *carnalis*) et « qui concerne le Saint-Esprit, qui est inspiré par le Saint-Esprit, qui relève de l'ordre de la grâce (et non de la simple nature), qui procède d'une perspective surnaturelle », sens conservés en fr. Au M. A., par opp. à *temporel*, l'adj. désigne aussi ce qui relève du domaine ecclésiastique. L'empl. au sens de « vif, incisif, piquant » date du XVIe s. || ***spiritualité*** (XIVe s.) ; ***spiritualiser*** (XVIe s.) ; ***spiritualisme*** (XVIIIe s.) ; ***spiritualiste*** (XVIIIe s.).

spiritueux (XVIe s.), empr. au lat. méd. *spirituosus* « qui contient des esprits animaux », d'où « qui contient de l'esprit de vin, de l'alcool » (XVIIe s.).

spleen (XVIIIe s.), de l'angl. *spleen* « rate, bile noire, mélancolie », désigne un état de mélancolie (surtout au XIXe s.).

splendeur (XIIe s.), du lat. *splendor* « éclat, magnificence ». || ***splendide*** (XVIe s.).

spolier (XVe s.), empr. au lat. *spoliare* « dépouiller, déshabiller, déposséder », sens conservés en fr. || ***spoliation*** (XVe s.), empr. au lat. *spoliatio* « action de dépouiller ».

spondée (XIVe s.), terme de prosodie antique, empr. au lat. *spondeus*, du grec *spondaios* « pied de deux syllabes longues ».

spondyle (XIVe s.), empr. au lat. *sphondylus*, du grec *spondulos* « vertèbre ».

spongieux (XIVe s.), empr. au lat. *spongiosus* « qui est de la nature de l'éponge », fait sur *spongia* « éponge ». || ***spongiosité*** (XVIIe s.).

sponsor XXe s.), empr. à l'angl. *sponsor* « garant, caution », empr. au lat. *sponsor*, de même sens.

spontané (XVIe s.), empr. au lat. tard. *spontaneus* « volontaire, de sa propre initiative », fait sur *mea sponte* « de ma propre volonté, *sua sponte* « de sa propre volonté », en fr. « instinctif », « naturel » (XVIe s.), « involontaire » (XIXe s.). || ***spontanéité*** (XVIIe s.).

sporadique (XVIIe s.), du grec *sporadikos* « dispersé », d'abord terme de pathologie médic. en parlant d'une maladie, puis en botan., enfin au sens de « intermittent, isolé » (XIXe s.).

spore (XIXe s.), du grec *spora* « ensemencement, semence », terme de biol. et de botan.

sport (XIXe s.), de l'angl. *sport* « amusement, passe-temps », puis « activités physiques de plein air » par réduct. du m. angl. *disport*, issu de l'a. fr. *desport* « divertissement », en fr. désigne des activités physiques généralement de plein air. || ***sportif*** (XIXe s.).

spot (XIXe s.), de l'angl. *spot* « tache », en fr. d'abord « tache lumineuse », puis « point lumineux », « petit projecteur » et « bref message publicitaire » (XXe s.).

sprint (XIXe s.), de l'angl. *sprint* « vitesse, course de vitesse », de *to sprint* « sauter, s'élancer », en fr. « effort intense, course de vitesse ».

squale (XVIIIe s.), empr. au lat. *squalus* « requin ».

squame (XIVe s.), empr. au lat. *squama* « écaille ». || ***squameux*** (XVe s.).

square (XVIIIe s.), de l'angl. *square* « carré, jardin au milieu d'une place carrée ou rectangulaire ».

squatter (XIXe s.), de l'améric. *squatter* « pionnier s'installant sur des terres inoccupées », d'abord au sens étym., puis au sens de « occupant sans titre d'un logement vacant » (XXe s.).

squelette (XVIe s.), terme d'anatomie, empr. au lat. tard. *sceletus*, du grec *skelétos* « corps desséché », fait sur *skélein* « dessécher », en fr. au sens de « ossements, charpente (du corps) ». || ***squelettique*** (XIXe s.). Le sens de « décharné, d'une extrême maigreur » date du XXe s.

stable (XIIe s.), empr. au lat. *stabilis* « ferme, solide, inébranlable », sens conservés en fr. || ***stabilité*** (XIIe s.), empr. au lat. *stabilitas* « solidité, fermeté » ; ***stabiliser*** (XVIIIe s.) ; ***stabilisation*** (XVIIIe s.) ; ***stabilisateur*** (XIXe s.) ; ***instable*** (XIIIe s.), empr. au lat. *instabilis* ; ***instabilité*** (XIIIe s.), empr. au lat. *instabilitas*.

stabulation (XIXe s.), mot sav., fait sur le lat. *stabulatio* « séjour dans l'étable ».

stade (XIIIe s.), empr. au lat. *stadium*, du grec *stadion* « mesure de longueur » et « enceinte où les Grecs s'exerçaient à la course », d'où en fr. « terrain de sport » (XIXe s.). Les sens « phase d'une maladie » et « degré d'un développement » datent du XIXe s.

stage (XVIIe s.), empr. au lat. méd. *stagium* « résidence, demeure », latinisation de l'a. fr. *estage* « résidence », fait sur *ester* « demeurer » (lat. *stare*), d'abord en fr. « temps de résidence (imposé à un nouveau chanoine avant qu'il puisse toucher sa prébende) », puis « temps de mise à l'épreuve et de formation » (XXe s.). || ***stagiaire*** (XIXe s.).

stagner (XVIIIe s.), empr. au lat. *stagnare* « être stagnant, être inondé », en fr. « rester immobile (sans couler) », d'où « être inerte » (XIXe s.). || ***stagnation*** (XVIIIe s.), dér. du supin *stagnatum*, de *stagnare*.

stalactite (XVIIe s.), mot sav., du grec *stalactos* « qui coule goutte à goutte ». || ***stalagmite*** (XVIIe s.), mot sav., du grec *stalagmos* « écoulement goutte à goutte ».

stalag (XXe s.), mot all., abrév. de *Stammlager* « camp de base », désigne des camps des prisonniers de guerre non officiers en Allemagne pendant la Deuxième Guerre mondiale (par opp. à *oflag*, dér. de *Offizierlager* « camp des officiers »).

stalle (XVIe s.), empr. au lat. méd. *stallum* « siège (dans une église) », latinisation de l'a. fr. *estal* « siège, situation », du franc. **stal* « position, demeure ». Voir ***étal*** et ***installer***.

stance (XVIe s.), de l'ital. *stanza* « action de se tenir dans un lieu », puis « lieu de séjour », enfin « structure métrique d'une chanson », d'où le sens dér. « strophe, chanson » (dès le XIVe s. en ital.).

stand (XIXe s.), de l'angl. *stand* « endroit où l'on se tient debout », « baraque, boutique de foire » et « emplacement réservé à un exposant (dans une exposition) ».

standard (XVIIe s.), de l'angl. *standard* « modèle, exemple » et « valeur de référence », en fr. fréq. au sens de « conforme à un type de fabrication ». || ***standardiser*** (XXe s.), de l'angl. *to standardize*, au sens de « normaliser » ; ***standardisation*** (XXe s.), de l'angl. *standardization*, « normalisation » ; ***standardiste*** (XXe s.), terme fr. s'appliquant seulement aux réseaux téléphoniques, « employé chargé du service d'un réseau de téléphone, téléphoniste ».

standing (XXe s.), de l'angl. *standing* au sens de « rang dans la société, niveau de vie ».

staphylo-, premier élém. de mots sav. comme ***staphylocoque***, du grec *staphulê* « grappe de raisin ».

star (XXe s.), de l'angl. *star* « étoile », désigne une vedette du monde du spectacle. || ***starlette*** (XXe s.), « jeune actrice de cinéma ».

starter (XIXe s.), de l'angl. *starter* « qui donne le départ », empl. dans le voc. de l'automobile « dispositif facilitant le départ ».

stase (XVIIIe s.), terme médic., du grec *stasis* « stabilité, arrêt », désignant l'arrêt d'un processus.

station (XIIe s.), empr. au lat. *statio* « fait de demeurer droit, état d'immobilité, stationnement, emplacement, poste de garde », sens conservés en fr. avec quelques dévelop., notamment « fait de s'arrêter, lieu où l'on s'arrête », « lieu aménagé pour l'arrêt des véhicules « (XIIIe s.), « action de se tenir debout » (XIXe s.). Les sens « installations scientifiques » et « centre émetteur » datent du XXe s. || ***stationnaire*** (XIVe s.), empr. au lat. tard. *stationarius* « qui est de garde », en fr. au sens de « qui ne bouge pas, sédentaire » ; ***stationner*** (XVIe s.) ; ***stationnement*** (XVIIIe s.).

statique (XVIIe s.), empr. au grec *statikos* « relatif à l'équilibre des corps ».

statistique (XVIIIe s.), s. d. empr. à l'all. *Statistik*, mot forgé par l'économiste Achenwall « étude des faits économiques et sociaux fondée sur des données numériques (que doit posséder un homme d'Etat) », fait sur l'ital. *statista* « homme d'Etat », puis « branche des mathématiques » (XIXe s.), « recueil de données numériques » (XIXe s.). || ***statisticien*** (XIXe s.).

statue (XIIe s.), empr. au lat. *statua* « ouvrage de sculpture », de *statuere* « dresser, mettre debout », de même sens en fr. || ***statuaire*** (XIVe s.), empr. au lat. *statuarius* ; ***statufier*** (XIXe s.) ; ***statuette*** (XVIIe s.), « petite statue ».

statuer (XIIIe s.), empr. au lat. *statuere* « fixer, établir », en fr. terme jur. au sens de « établir ».

statu quo (XVIIIe s.), abrév. de la loc. du lat. diplom. *in statu quo ante* « dans l'état où étaient les choses auparavant », désigne la situation antérieure à un conflit (*statu quo ante bellum*).

stature (XIIe s.), empr. au lat. *statura* « hauteur, taille ».

statut (XIIIe s.), empr. au lat. tard. *statutum* « décision juridique, décret, règlement », en fr. « législation et réglementation s'appliquant à des personnes, des groupes, des lieux » (XVIIIe s.), puis « état, situation de fait » (XXe s.). Le sens de « règles de fonctionnement d'une association » date du XXe s. || ***statutaire*** (XVIe s.).

steak (XIXe s.), mot angl., « tranche de bœuf grillée, bifteck ».

steamer (XIXe s.), « navire à vapeur », de l'angl. *steamer*, dér. de *steam* « vapeur ».

steeple-chase (XIXe s.), de l'angl. signifiant à l'orig. « chasse, poursuite (*chase*) jusqu'au clocher (*steeple*) », puis « course hippique comportant des obstacles ».

stèle (XVIIe s.), empr. au lat. *stela*, du grec *stêlê* « bloc de pierre dressé », en fr. fréq. « monolithe comportant une inscription ».

stellaire (XVIe s.), empr. au lat. tard. *stellaris* « qui concerne les étoiles ». || ***interstellaire*** (XIXe s.).

stencil (XXe s.), de l'angl. *stencil* « pochoir », désigne un papier spécial perforé servant à la polycopie.

sténo-, premier élém. de mots sav. comme ***sténotypie***, du grec *sténos* « étroit, resserré ».

sténographie (XVIIIe s.), empr. à l'angl. *stenography* « écriture abrégée », fait du grec *sténos* « resserré » et de l'élém. *graphie* « écriture ».

stentor (XVIe s.), du nom de *Stentor*, personnage de l'*Iliade* à la voix retentissante.

steppe (XVIIe s.), du russe *step* « plaine de Russie ».

stéréo-, premier élém. de mots sav. comme ***stéréoscope***, du grec *stéréos* « solide ».

stérile (XIVe s.), empr. au lat. *sterilis* « infécond ». Le sens de « improductif » date du XVIe s. et celui de « sans germes microbiens » du XIXe s. || ***stérilité*** (XIVe s.), empr. au lat. *sterilitas* ; ***stériliser*** (XIVe s.) ; ***stérilisation*** (XIXe s.) ; ***stérilisateur*** (XIXe s.).

sternum (XVIe s.), mot sav. empr. au grec *sternon* « poitrine ».

stéthoscope (XIXe s.), mot sav., du grec *stéthos* « poitrine » et de l'élém. *-scope* « qui examine », instrument d'auscultation médicale.

steward (XIXe s.), de l'angl. *steward* « maître d'hôtel ».

stigmate (XVe s.), empr. au lat. *stigmata*, plur. neut. pris pour un fém., de *stigma* « marque au fer rouge, marque d'infamie », du grec *stigma* « piqûre », en fr. « marques des plaies de la Crucifixion du Christ », « cicatrices, traces indélébiles » et « marques au fer rouge, marques de flétrissure » (XVIe s.). || ***stigmatiser*** (XVIe s.) ; ***astigmate***, ***astigmatisme*** (XIXe s.), termes d'ophtalmologie, empr. à l'angl. *astigmatism*, fait sur le grec *stigma* « point », défaut de courbure des milieux réfringents de l'œil entraînant une modification de l'image d'un point.

stimuler (XIVe s.), empr. au lat. *stimulare* « aiguillonner, exciter », fait sur *stimulus* « aiguillon ». || ***stimulation*** (XIVe s.), empr. au lat. *stimulatio* ; ***stimulateur*** (XVIe s.).

stipendié (XVe s.), empr. au lat. *stipendiatus* « qui touche une solde ».

stipuler (XIVe s.), empr. au lat. jur. tard. *stipulari* « s'engager solennellement », en fr. terme de droit « énoncer une condition dans un contrat ». || ***stipulation*** (XIIIe s.), empr. au lat. *stipulatio* « engagement ».

stock (XVIIIe s.), de l'angl. *stock* « fonds, réserve, magasin », en fr. « marchandises en réserve », puis « choses en réserve ». || ***stocker*** (XXe s.) ; ***stockage*** (XXe s.).

stoïque (XIVe s.), empr. au lat. *stoïcus* « stoïcien ». Le sens de « ferme, inébranlable » est attesté au XVIIe s. || ***stoïcien*** (XIVe s.) ; ***stoïcisme*** (XVIIe s.).

stomo-, **stomato-**, premier élém. de mots sav., comme ***stomatologiste***, empr. au grec *stoma* « bouche ».

stomacal (XVe s.), dér. sav. de *stomachus* « estomac », en fr. « qui concerne l'estomac ».

stop (XVIIIe s.), interject., « halte ! », de l'angl. *to stop* « arrêter, s'arrêter » à l'impératif. || ***stopper*** (XIXe s.), « faire arrêter », « arrêter, s'arrêter ».

stopper (XVIIIe s.), du néerl. *stoppen* « repriser, réparer une étoffe ». || ***stoppage*** (XIXe s.).

store (XVIe s.), de l'ital. septentrional *stora* « panneau de jonc », désigne un panneau mobile qui s'enroule pour monter et descendre.

strabisme (XVIe s.), empr. au grec

strabismos, dér. de *strabos* « louche, qui louche ».

strangulation (XVIe s.), empr. au lat. *strangulatio* « étranglement ».

strapontin (XVIe s.), de l'ital. *strapuntino* « matelas de marin », d'abord en fr. « hamac », puis « petit siège plat (à l'extérieur d'un carrosse) » (XVIIe s.), enfin « siège supplémentaire (qui se replie) dans un théâtre » (XIXe s.). Le sens fig. de « place inférieure » date du XXe s.

strass (XVIIIe s.), du nom du joaillier de Strasbourg, *Stras*, qui inventa cette imitation de pierres précieuses.

stratagème (XIVe s.), empr. au lat. *strategema* « ruse de guerre », du grec *stratégéma*, de même sens.

strate (XVIIIe s.), empr. au lat. scient. *stratum* « couche géologique ». || ***stratifier*** (XVIIe s.), « ranger en couches » ; ***stratification*** (XVIIe s.).

stratège (XVIIIe s.), empr. au lat. *strategus*, du grec *stratégos* « chef d'armée ». || ***stratégie*** (XIXe s.), « art de faire évoluer une armée », « conduite générale d'une guerre », « actions coordonnées en vue d'obtenir la victoire » (polit., écon., etc.) (XXe s.) ; ***stratégique*** (XIXe s.).

stratosphère (XIXe s.), mot sav. fait de *strato-* « couche », du lat. *stratus* « étendu » et de *sphère*, désigne une couche de l'atmosphère.

strepto-, premier élém. de mots sav. comme ***streptocoque***, tiré du grec *streptos* « arrondi, recourbé ».

stress (XXe s.), de l'angl. *stress* « agression », « état de perturbation (qui en résulte) ». || ***stresser*** (XXe s.).

strict (XVIIIe s.), empr. au lat. *strictus* « serré, sévère, rigoureux ».

strident (XVIe s.), empr. au lat. *stridens* « qui produit un son aigu ». || ***stridulation*** (XXe s.).

strie (XVIe s.), empr. au lat. *stria* « sillon ». || ***strié*** (XVIe s.), empr. au lat. *striatus* « cannelé, marqué de stries » ; ***strier*** (XIXe s.).

strip-tease (XXe s.), dér. régres. de l'améric. *strip-teaser* « qui éveille le désir (*teaser*) en se déshabillant » (*to strip* « se déshabiller »), au sens de « spectacle de déshabillage » et « établissement où l'on donne ce spectacle ».

strophe (XVIe s.), empr. au lat. *stropha*, du grec *strophé* « première des trois parties d'une pièce lyrique chantée par le chœur dans la Grèce antique (avant l'antistrophe et l'épode) au cours d'une évolution vers la droite ». Le sens mod. « couplet (d'une poésie) » est attesté au XVIIe s.

structure (XIVe s.), empr. au lat. *structura* « arrangement, disposition, construction », de *struere* « disposer en ordre, construire », sens conservés en fr. dans de nombreux domaines pour désigner l'agencement des éléments constitutifs d'un ensemble, tout particulièrement d'un ensemble complexe. || ***structural*** (XIXe s.) ; ***structuralisme*** (XXe s.) ; ***structuraliste*** (XXe s.) ; ***structurer*** (XIXe s.) ; ***structurel*** (XXe s.) ; ***infrastructure*** (XIXe s.) ; ***superstructure*** (XVIIIe s.).

stuc (XVIe s.), de l'ital. *stucco* (cf. l'all. *Stück*) « enduit imitant le marbre ».

studieux (XIIe s.), empr. au lat. *studiosus* « appliqué, zélé, appliqué à l'étude ».

studio (XIXe s.), de l'angl. *studio* « lieu où l'on étudie », d'où « atelier d'artiste », d'abord en ce sens en fr. (XIXe s.), puis au XXe s. « petit appartement », lui-même empr. à l'ital., et « atelier de photographe », « atelier de prise de vues », « atelier de prise de son », « atelier d'enregistrement de disques ».

stupéfier (XVe s.), empr. au lat. *stupefacere* « étourdir, paralyser » avec infl. de la finale verbale en *-fier*, en fr.

d'abord « engourdir », puis « remplir d'un extrême étonnement, effarer ». || ***stupéfait*** (XVIIe s.), empr. au lat. *stupefactus* « étourdi, paralysé », en fr. « interdit, stupéfié » ; ***stupéfaction*** (XVe s.), empr. au lat. tard. *stupefactio* « stupeur ».

stupeur (XIVe s.), empr. au lat. *stupor* « engourdissement, paralysie », d'abord en ce sens en fr., puis « profond étonnement » (XIVe s.). || ***stupide*** (XIVe s.), empr. au lat. *stupidus* « étourdi » et « stupide », en fr. « engourdi, paralysé » (XIVe s.), puis « borné, inintelligent » (XVIe s.) ; ***stupidité*** (XVIe s.), empr. au lat. *stupiditas*, même évol.

stupre (XIVe s.), empr. au lat. *stuprum* « attentat à la pudeur, débauche ».

style (XIIIe s.), empr. au lat. *stilus* « poinçon pour écrire, composition, manière d'écrire » (la graphie fr. avec *y* est due à l'infl. erronée du grec *stulos* « colonne, poinçon »), en fr. « poinçon à écrire ou à inciser » (XIVe s.) ; « expression, manière d'écrire », « caractère d'une œuvre d'art » (XVIe s.), « qualité d'une œuvre » (XVIIe s.), « façon de se comporter » (XXe s.). L'expres. *style de vie* date du XVIe s. || ***stylé*** (XIVe s.) ; ***styler*** (XVe s.) ; ***styliste*** (XIXe s.), « écrivain remarquable », puis « spécialiste de l'esthétique industrielle » (XXe s.) ; ***stylistique*** (XIXe s.), « étude des procédés de style d'une langue, d'un écrivain » ; ***stylisticien*** (XXe s.) ; ***styliser*** (XIXe s.), « représenter en simplifiant et en réduisant à l'essentiel », « idéaliser », « imprimer une marque originale » ; ***stylisation*** (XIXe s.).

stylet (XVIe s.), poignard, de l'ital. *stiletto* « poignard ».

stylite (XVIIe s.), ermite vivant sur une colonne, du grec *stulitês* « qui vit sur une colonne ».

stylographe, **stylo** (XXe s.), de l'améric. *stylograph* « poinçon à écrire », puis par abrév. ***stylo*** (XXe s.). || ***stylographique*** (XXe s.) ; ***stylomine*** (XXe s.).

suaire (XIIe s.), francisation du lat. imp. *sudarium*, d'abord « mouchoir », puis en lat. chrét. « linceul ».

suave (XVe s.), empr. au lat. *suavis* « doux, agréable ». || ***suavité*** (XIIe s.), empr. au lat. *suavitas* « douceur ».

sub-, préfixe de mots, comme ***subaigu***, empr. au lat. *sub* « sous » et « tout proche », indiquant une position inférieure ou une proximité dans l'espace.

subalterne (XVe s.), empr. au lat. tard. *subalternus* « subalterne (terme de logique) », empl. en fr. au sens de « subordonné, inférieur ».

subdiviser (XIVe s.), empr. au lat. tard. *subdividere* « diviser en plusieurs parties », avec infl. du fr. *diviser*. || ***subdivision*** (XIVe s.), empr. au lat. *subdivisio*.

subir (XVe s.), empr. au lat. *subire* « aller sous, s'approcher, supporter, subir une peine », en fr. « être soumis à une contrainte, être réduit à un état pénible », « être l'objet de », « se soumettre (à un examen) », « rester passif ».

subit (XIIe s.), du lat. *subitus* « imprévu, soudain ».

subjectif (XVe s., rare avant le XIXe s.), empr. au lat. scolast. *subjectivus* « qui se rapporte au sujet ». Le sens « individuel, personnel » en fr. date du XIXe s. avec infl. de l'all. *subjektiv*. || ***subjectivité*** (XIXe s.), avec infl. sémant. de l'all. *Subjektivität*, d'abord « caractère de ce qui appartient au sujet pensant ».

subjonctif (XVIe s.), empr. au lat. gram. *subjunctivus* « qui sert à lier, qui exprime un rapport de dépendance », a d'abord été appliqué à des conjonctions de subordination. L'empl. mod. pour désigner un mode verbal date du XVIe s. et a supplanté *conjonctif* et *optatif*.

subjuguer (XIIe s.), empr. au lat. tard. *subjugare* « mettre sous le joug, soumettre », fait sur *jugum* « joug ».

sublime (XVe s.), empr. au lat. *sublimis* « haut, élevé, grand ». L'empl. comme adj. s'appliquant à des personnes remarquables date du XVIe s. Le subst. apparaît au XVIIe s. || ***sublimer*** (XIVe s.), empr. au lat. des alchimistes *sublimare* « procéder à la distillation d'un corps solide qui passe à l'état gazeux ». Les sens de « épurer, idéaliser » et « transposer des pulsions sur un plan supérieur » (psychan.) datent du XXe s. || ***sublimation*** (XIIIe s.), empr. au lat. *sublimatio* « action d'élever », repris par les alchimistes pour désigner l'opération de purification de la matière, en fr. « opération de passage de l'état solide à l'état gazeux », puis « purification », enfin dans le voc. de la psychan. « processsus de substitution de valeurs sociales aux pulsions individuelles » (XXe s.).

subliminal (XXe s.), mot angl. fait de *sub* « dessous » et de *limen* « seuil », au sens de « au-dessous du seuil de la conscience, inconscient ».

sublunaire (XVIe s.), empr. au lat. *sublunaris* « situé au-dessous de la lune ».

submerger (XIVe s.), empr. au lat. *submergere* « engloutir ». || ***submersion*** (XIVe s.), empr. au lat. tard. *submersio*, de même sens ; ***submersible*** (XVIIIe s.), fait sur le part. *submersus* de *submergere* ; ***insubmersible*** (XVIIIe s.).

subodorer (XVIIe s.), empr. au lat. tard. *subodorari* « sentir un peu, flairer ».

subordonner (XVe s.), empr. au lat. méd. *subordinare* « placer dessous ». || ***subordination*** (XVIIe s.). empr. au lat. méd. *subordinatio* « soumission (à une autorité) », en fr. « dépendance, tutelle ».

suborner (XIIIe s.), empr. au lat. *subornare* « préparer, pourvoir » et « préparer en dessous ». Le sens de « séduire, soudoyer » apparaît dès le XIIIe s. || ***subornation*** (XIVe s.), du lat. méd. *subornatio* ; ***suborneur*** (XVe s.).

subreptice (XIVe s.), empr. au lat. *subrepticius* « qui se glisse, qui s'insinue », d'où « clandestin », en fr. « obtenu de manière illicite » (terme jur.), « obtenu par surprise ».

subroger (XIVe s.), empr. au lat. *subrogare* « substituer une personne à une autre », en fr. terme de droit. || ***subrogation*** (XVe s.), empr. au lat. tard. *subrogatio* « substitution d'une personne à une autre ».

subséquent (XIVe s.), empr. au lat. *subsequens* « qui suit immédiatement », terme jur. en fr.

subside (XIIIe s.), empr. au lat. *subsidium* « secours, assistance, renfort », en fr. au sens de « aide financière, subvention ». || ***subsidiaire*** (XIVe s.), empr. au lat. *subsidiarius* « de réserve (en parlant de troupes) », puis en lat. méd. « qui vient à l'appui d'une chose plus importante ».

subsister (XVe s.), empr. au lat. *subsistere* « s'arrêter, demeurer », d'où en fr. « continuer d'exister », « survivre » (XVIe s.). || ***subsistance*** (XVe s.). Le sens de « approvisionnement, ravitaillement » date du XVIIIe s.

substance (XIIe s.), du lat. *substantia* « être, essence », désigne en philos. ce qui existe par soi-même, indépendamment de tout accident. Le sens de « partie essentielle » apparaît dans l'expres. *en substance* (XVIIe s.) « pour s'en tenir à l'essentiel ». || ***substantiel*** (XIIIe s.), empr. au lat. tard. *substantialis* « qui concerne la substance », empl. au sens de « essentiel », « nourrissant » (XVIIe s.), « important » (XVIIe s.) ; ***consubstantiel*** (XVe s.), empr. au lat. chrét. *consubstantialis* « uni de substance ».

substantif (XIVe s.), empr. au lat.

gram. *substantivus* « qui existe par lui-même ». || ***substantiver*** (XIVe s.).

substituer (XIIIe s.), empr. au lat. *substituere* « mettre sous, mettre à la place ». || ***substitut*** (XIVe s.), empr. au lat. *substitutus* « mis à la place, qui remplace », en fr. d'abord « suppléant », puis au sens jur. désigne le magistrat qui remplace le procureur de la République ; ***substitution*** (XIIIe s.), empr. au lat. *substitutio* ; ***substitutif*** (XIXe s.), empr. au lat. tard. *substitutivus* « conditionnel, subordonné ».

substrat (XVIIe s.), empr. au lat. sav. mod. *substratum* « ce qui s'est étendu dessous », désigne le « support d'une couche géologique », une « langue ancienne subsistant à titre de vestige dans une autre langue superposée ».

subsumer (XIXe s.), empr. au lat. méd. *subsumere* « prendre sous », en fr. « ramener un élément particulier à une loi générale ».

subterfuge (XIVe s.), empr. au lat. tard. *subterfugium* « échappatoire, ruse ».

subtil (XIIe s., sous la forme *sotil*, *soutil*), du lat. *subtilis* « fin, délicat », en fr. « habile, perspicace, ingénieux ». || ***subtilité*** (XIIe s.), empr. au lat. *subtilitas* « finesse, pénétration » ; ***subtiliser*** (XIVe s.).

subvenir (XIVe s.), empr. au lat. *subvenire* « venir au secours ». || ***subvention*** (XIIIe s.), du lat. tard. *subventio* « aide », d'abord en fr. « secours financier » ; ***subventionner*** (XIXe s.).

subvertir (XIIIe s.), empr. au lat. *subvertere* « mettre sens dessus dessous, bouleverser ». || ***subversion*** (XIIe s.), empr. au lat. tard. *subversio* « bouleversement, renversement » ; ***subversif*** (XVIIIe s.), dér. de *subversum*, supin de *subvertere*.

suc (XVe s.), du lat. *sucus* « sève ».

succédané (XVIIe s.), du lat. *succedaneus* « qui remplace ».

succéder (XIIIe s.), empr. au lat. *succedere* « aller sous, venir à la place de, venir à la suite », sens conservés en fr., en outre au sens de « hériter ». || ***successeur*** (XIIe s.), empr. au lat. *successor* ; ***succession*** (XIIIe s.), empr. au lat. *successio* ; ***successif*** (XVe s.), empr. au lat. imp. *successivus*.

succès (XVIe s.), empr. au lat. *successus* « succession », « réussite ». || ***insuccès*** (XVIIIe s.).

succinct (XVe s.), empr. au lat. *succintus* « le vêtement retroussé », d'où « bref » en lat. chrét.

succion (XIVe s.), empr. au lat. méd. *succio* « action de sucer ».

succomber (XIVe s.), empr. au lat. *succumbere* « tomber sous, se laisser abattre ».

succube (XVe s.), empr. au lat. *succuba* « concubine », désigne un démon femelle.

succulent (XVIe s.), empr. au lat. tard. *suculentus* « plein de suc », en fr. d'abord au sens de « nourrissant », puis au sens de « de saveur exquise » (XVIIIe s.), seul attesté auj.

succursale (XVIIe s.), empr. au lat. méd. *succursus* « aide, secours », en fr. au sens de « qui supplée, qui sert d'annexe », puis « agence, filiale » (XIXe s.).

sucer (XIIe s.), du lat. vulg. **suctiare*, fait sur le supin *suctum* de *sugere* « sucer ». || ***suceur*** (XVIe s.) ; ***sucette*** (XIXe s.) ; ***suçoter*** (XVIe s.) ; ***resucer*** (XVIIe s.).

sucre (XIIe s.), de l'ital. *zucchero*, de l'ar. *sukkar*, de même sens. || ***sucrer*** (XIIIe s.) ; ***sucrier*** (XVIe s.) ; ***sucrage*** (XIXe s.) ; ***sucrerie*** (XVIe s.).

sud (XIIe s.), de l'ancien angl. *suth* (angl. mod. *south*).

sudation (XVIe s.), empr. au lat. *sudatio* « action de suer ».

suède (XIXe s.), du nom de la *Suède*, désigne une peau de gant dont le côté chair est à l'extérieur.

suer (XIIe s.), du lat. *sudare*, de même sens. || ***sueur*** (XIe s.); ***suée*** (XVe s.).

suffire (XIIe s.), du lat. *sufficere* « être suffisant ». || ***suffisance*** (XIIIe s.), d'abord « contentement, satisfaction », puis « fatuité, présomption »; ***insuffisance*** (XIVe s.). Le sens de « manque, déficience » date du XIXe s.

suffixe (XIXe s.), empr. au lat. *suffixus* « attaché à ».

suffoquer (XIVe s.), empr. au lat. *suffocare* « serrer la gorge, étouffer ». || ***suffocation*** (XIVe s.), empr. au lat. *suffocatio*.

suffragant (XIIe s.), empr. au lat. chrét. *suffraganeus* « subordonné, dépendant » (pour le sens) et de *suffragans* « qui soutient, qui appuie » (pour la forme), part. prés. de *suffragari*, se dit en fr. d'un évêque soumis à l'autorité d'un archevêque.

suffrage (XIIIe s.), empr. au lat. *suffragium* « vote, voix » et en lat. méd. « aide, soutien », d'où le sens en a. fr. de « prière adressée aux saints ». Le sens de « vote » est attesté dès le XIVe s. || ***suffragette*** (XXe s.), mot angl. « femme revendiquant le droit de vote pour les femmes ».

suggérer (XIVe s.), empr. au lat. *suggerere* « mettre sous, fournir ». Les sens de « inspirer » (XIVe s.) et « susciter » (XVIe s.) sont propres au fr. || ***suggestion*** (XIIe s.), empr. au lat. *suggestio* « avis, conseil » en lat. tard.; ***suggestif*** (XVIIIe s.), « évocateur ».

suicide (XVIIIe s.), mot créé sur le lat. *sui* « de soi » à partir de *homicide*. || ***se suicider*** (XVIIIe s.); ***suicidaire*** (XXe s.).

suie (XIIe s.), d'orig. gaul. sous la forme d'un gallo-rom. **sudia*.

suif (XIIe s., sous la forme *sieu, sui)*, du lat. *sebum* « graisse » avec *f* final ajouté au XIIIe s.

suint (XIVe s.), dér. de *suer* avec le suff. *-in* et un *-t* final, « graisse sécrétée par la peau du mouton ». || ***suinter*** (XVIe s.); ***suintement*** (XVIIe s.).

suisse (XVe s.), de *Schweizer* « suisse », nom des habitants de la Suisse, d'abord en ce sens, puis « portier » (XVIIe s.), « bedeau d'une église » (XVIIIe s.), désigne aussi un fromage frais (XIXe s.).

suivre (Xe s.) du lat. vulg. **sequere*, du lat. clas. *sequi* « suivre ». || ***suite*** (XIIe s.), du lat. vulg. **sequita*; ***ensuite*** (XVIe s.); ***suiveur*** (XIXe s.); ***poursuivre*** (XIIe s.); ***poursuite*** (XIIIe s.); ***suivisme*** (XXe s.).

sujet 1 (XIIe s.), adj., empr. au lat. *subjectus* « soumis, assujetti ». || ***sujétion*** (XIIe s.), empr. au lat. *subjectio* « action de soumettre, soumission » en lat. chrét., en fr. « dépendance, assujettissement »; ***assujettir*** (XVe s.); ***assujettissement*** (XVIe s.).

sujet 2 (XIVe s.), subst., du lat. tard. *subjectum* « substance, matière, thème », sens conservé en fr. Le sens gram. est attesté au XVIIe s.

sulf-, **sulfa-**, **sulfo-**, **sulfur-**, premier élém. de mots sav. comme ***sulfate***, ***sulfamide***, du lat. *sulfur* « soufre ».

sultan (XIIIe s., sous la forme *soudan*; au XVIe s., sous la forme *sultan*), de l'ar. *sultan* « autorité, souverain ».

summum (XIXe s.), mot lat. « le plus haut, le plus élevé ».

sunlight (XXe s.), de l'angl. *sunlight* « lumière du soleil », au sens de « puissant projecteur ».

super-, premier élém. de mots sav. comme ***supercarburant***, ***supermarché***, ***supersonique***, du lat. *super* « au-dessus ».

superbe (XIIe s.), adj., empr. au lat. *superbus* « orgueilleux », en fr. « orgueilleux », « fier » (XIIIe s.), « magnifique » (XVIIe s.). || ***superbe*** subst. (XIIe s.), empr. au lat. *superbia* « orgueil ».

supercherie (XVIe s.), de l'ital. *so-*

perchieria « injure, affront », sens conservés au XVIe s., puis « attaque par surprise, tromperie ».

superfétatoire (XXe s.), « superflu », dér. du mot sav. *superfétation* (XVIe s.), du lat. méd. *superfetatio*, « fécondation de deux ovules », d'où « addition inutile ».

superficie (XVe s.), empr. au lat. *superficies* « surface ». || ***superficiel*** (XIVe s.), empr. au lat. *superficialis*.

superflu (XIIIe s.), empr. au lat. tard. *superfluus* « débordant, excessif ».

supérieur (XIIe s.), empr. au lat. *superior* « plus haut, plus élevé », compar. de *superus* « qui est en haut ». || ***supériorité*** (XVe s.), empr. au lat. *superioritas*.

superlatif (XIIIe s.), empr. au lat. tard. *superlativus* « poussé à l'extrême, hyperbolique ».

superposer (XVIIIe s.), empr. au lat. *superponere* « poser par-dessus » avec infl. de *poser*. || ***superposition*** (XVIIe s.), empr. au lat. méd. *superpositio*.

superstition (XIVe s.), empr. au lat. *superstitio* « crédulité religieuse », d'où en fr. « croyance irrationnelle et magique ». || ***superstitieux*** (XIVe s.), empr. au lat. *superstitiosus*, de même sens.

superviser (XXe s.), empr. à l'angl. *to supervise* « surveiller, contrôler », de même sens en fr. || ***supervision*** (XXe s.).

supin (XIIIe s.), terme de gram., empr. au lat. tard. *supinum* désignant un mode du verbe latin.

supplanter (XIIe s.), empr. au lat. chrét. *supplantare* « abattre, tromper, prendre la place », en fr. au sens de « faire tomber » (XIIe s.), « évincer » (XVIe s.).

suppléer (XIVe s.), empr. au lat. *supplere* « compléter, remplacer, combler ce qui manque », sens conservés en fr., et aussi « occuper la place de qqn, remplir la fonction » (XIVe s.). || ***suppléant*** (XVIIIe s.) ; ***suppléance*** (XVIIIe s.).

supplément (XIVe s.), empr. au lat. *supplementum* « complément ». || ***supplémentaire*** (XVIIIe s.).

supplétif (XVIe s.), empr. au lat. tard. *suppletivus* « qui supplée » ; empl. milit. au XXe s. (*forces supplétives*).

supplication ([illegible]Ie s.), empr. au lat. *supplicatio* « prière publique adressée aux dieux », en fr. « prière insistante, imploration ». Voir ***supplier***.

supplice (XVe s.), empr. au lat. *supplicium* « peine, châtiment ». || ***supplicier*** (XVIe s.).

supplier (XIIe s., sous la forme *souploier*), réfect. de *souploier* « plier les genoux avec humilité, implorer » d'après le lat. *supplicare* « se prosterner, supplier, prier les dieux », en fr. « implorer avec insistance et humilité ».

supplique (XVIIe s.), de l'ital. *supplica* « requête ».

supporter 1 (XIIe s.), du lat. clas. *supportare* « apporter, transporter », en lat. chrét. « soutenir, tolérer, endurer, subir les effets », sens conservés en fr. || ***support*** (XVe s.) ; ***supportable*** (XIVe s.) ; ***insupportable*** (XIVe s.), empr. au lat. tard. *insupportabilis*.

supporter 2 (XIXe s.), mot angl. signifiant « défenseur, partisan ».

supposer (XIIe s.), du lat. *supponere* « mettre dessous, metttre à la place », avec infl. de *poser*. Le sens de « admettre à titre d'hypothèse, présumer, conjecturer » date du XIIIe s. || ***supposition*** (XIIIe s.), empr. au lat. *suppositio* « hypothèse » en lat. méd. ; ***présupposer*** (XIVe s.).

suppositoire (XIIIe s.), empr. au lat. méd. *suppositorium* « élément placé en dessous », d'où « médicament introduit dans l'anus ».

suppôt (XIIIe s.), du lat. *suppositus*

« placé sous, soumis à l'autorité de qqn, subordonné », en fr. au sens de « employé, auxiliaire » et « partisan » dès le M. A.

supprimer (XIVe s.), empr. au lat. *supprimere* « arrêter, étouffer ». || **suppression** (XVe s.), empr. au lat. *suppressio*.

suppurer (XIIIe s.), empr. au lat. *suppurare* « couler, être purulent ». || **suppuration** (XIVe s.), empr. au lat. *suppuratio*.

supputer (XVIe s.), empr. au lat. *supputare* « calculer », en fr. « évaluer par un calcul ». || **supputation** (XVIe s.), empr. au lat. tard. *supputatio* « évaluation ».

supra (XIXe s.), adv. lat. « au-dessus, plus haut, précédemment ».

supra-, premier élém. de mots sav. comme **supranational**, fait sur le lat. *supra* « au-dessus ».

suprématie (XVIIe s.), de l'angl. *supremacy* « primauté ».

suprême (XVe s.), empr. au lat. *supremus* « le plus haut, le dernier ».

sur 1 prép. (XIIe s. d'abord sous la forme *sor*), du lat. *super* « sur, au-dessus ».

sur 2 adj. (XIIe s.), du franc. **sur* « acide, aigre » (cf. l'all. *sauer*).

sur-, préfixe empl. dans des mots sav. comme **surendettement**, du lat. *super* « au-dessus ».

sûr (IXe s., sous la forme *seür*), du lat. *securus* « tranquille, sans inquiétude, en sécurité », sens conservés en fr., en outre « assuré, certain, indubitable ». || **sûreté** (XIIe s.) ; **assurer** (XIe s.), du lat. vulg. **assecurare* « rendre sûr » ; **assurance** (XIIe s.), « sentiment de sécurité, confiance, sentiment de certitude ». Le sens de « garantie, contrat juridique » date du XVIe s. ; **assureur** (XVIe s.), au sens de « qui garantit par contrat d'assurance » (depuis le XVIIe s.) ; **rassurer** (XIIe s.) ; **réassurer** (XVIIe s.).

suranné (XIIe s.), fait de *sur* et de *an*, en a. fr. « qui a plus d'un an », puis « caduc, démodé, désuet ».

surcot (XIIe s.), « vêtement de dessus », dér. de *sur* « dessus » et de *cotte*.

surcroît (XIIIe s.), déverb. de *surcroître* « croître au-delà de la norme », en fr. subst. au sens de « augmentation, supplément ». La loc. *de surcroît* (XVe s.) a le sens de « en outre ».

surdité (XIVe s.), empr. au lat. *surditas* « le fait d'être sourd ».

sureau (XIVe s.), dér. de l'a. fr. *seür*, altér. de *seü*, du lat. *sabucus*, de même sens.

surérogatoire (XVIe s.), empr. au lat. méd. *supererogatorius* « ajouté en plus, supplémentaire », terme jur. de même sens en fr. || **surérogation** (XIIIe s. d'abord sous la forme *supererogation*), d'abord « action de donner en plus », en fr. « action de faire plus que ce qui est nécessaire, supplément ».

surf (XXe s.), de l'angl. *surf* « lame venant se briser sur la plage », en fr. « glissade sur la vague. || **surfer** (XXe s.) ; **surfeur** (XXe s.).

surface (XIVe s.), du lat. *superficies* avec infl. de *face*.

surgeon (XIIIe s., d'abord sous la forme *sorjon, sourjon*), dér. de l'a. fr. *sordre* « surgir » avec infl. du lat. *surgere*, de même sens, en fr. au sens de « source » et « rejeton (d'un arbre) ».

surgir (XVe s.), du lat. *surgere* « s'élever », en fr. « apparaître brusquement (en s'élevant) ». || **surgissement** (XIXe s.).

surnuméraire (XVIe s.), empr. au lat. *supernumerarius* « en surnombre, supplémentaire ».

suroît (XVe s.), « sud-ouest », terme de

marine, du norm. *surouest*, *surouet*, déform. de *sud-ouest*.

surpasser, voir ***passer***.

surplis (XIIe s.), empr. au lat. méd. *superpellicium* « ce qui est sur la pelisse », désigne un vêtement ecclésiastique.

surprendre (XIIe s., sous la forme *sorprendre*), dér. de *prendre*, d'abord « prendre à l'improviste, saisir, prendre sur le fait », puis au sens dér. de « frapper l'esprit, étonner (XVIe s.) et de « découvrir qq. ch. de caché » (XVIIe s.). || ***surprise*** (XIIe s., sous la forme *sorprise*), d'abord « impôt extraordinaire », puis « action de surprendre, action de prendre ou d'être pris par surprise » (*La Surprise de l'amour*, pièce de Marivaux), « chose inattendue » (XVIe s.), « étonnement » (XVIIe s.) ; ***surprise-partie*** (XIXe s.), de l'améric. *surprise-party* « réunion de personnes qui s'invitent à l'improviste », puis « réunion dansante ».

surseoir (XIIe s.), dér. de *seoir* sur le modèle du lat. *supersedere* « se dispenser de, s'abstenir de », sens conservés en a. fr., puis en fr. mod. au sens de « différer ». || ***sursis*** (XIVe s.), part. pas. subst. « retard, ajournement » en droit méd. ; ***sursitaire*** (XXe s.), « qui bénéficie d'un sursis ».

surtout (XVe s.), formé de *sur* et de *tout*, d'abord « en tout » et « principalement ».

sus (IXe s.), du lat. vulg. **susum*, du lat. clas. *sursum* « en haut ». Voir ***dessus***.

sus-, premier élém. de termes sav. comme ***susdit***, ***susvisé***, de *sus* « au-dessus ».

susceptible (XIVe s.), empr. au lat. tard. *susceptibilis* « capable de recevoir ». Le sens de « sensible, ombrageux » date du XVIIIe s. || ***susceptibilité*** (XVIIIe s.).

susciter (XIe s.), empr. au lat. *suscitare* « éveiller, exciter », en fr. d'abord « faire naître, appeler à la vie, rappeler à la vie ».

suscription (XVe s.), empr. au lat. tard. *superscriptio* « inscription au-dessus », en fr. mod. « adresse écrite sur le pli extérieur ».

suspect (XIVe s.), empr. au lat. *suspectus* « soupçonné, qui suscite des soupçons », en fr. le sens « qui éveille les soupçons » est fréq. || ***suspecter*** (XVIe s.) ; ***suspicion*** (XIIe s.), empr. au lat. *suspicio* « soupçon » ; ***suspicieux*** (XIVe s.), empr. au lat. *suspiciosus*.

suspendre (XIIe s.), empr. au lat. *suspendere* « tenir en l'air, tenir en suspens », puis en lat. chrét. « tenir à l'écart », en lat. méd. « priver d'une charge », sens conservés en fr. Le sens de « interrompre (une activité) » est attesté dès le XIIIe s., celui de « différer, surseoir » dès le XVe s. || ***suspens*** (XIVe s.), subst. « arrêt, report » et « incertitude » (XIVe s.). La loc. *tenir en suspens* est attestée au XIVe s. au sens de « arrêter, suspendre », puis « reporter à plus tard » (XVe s.), « laisser dans l'incertitude, ne pas prendre parti » (XVe s.), enfin « captiver, tenir en haleine » (XIXe s.) ; ***suspension*** (XIIe s.), empr. au lat. *suspensio* « action de suspendre » ; ***suspensif*** (XIVe s.), empr. au lat. méd. *suspensivus* « qui suspend un processus » ; ***suspense*** (XXe s.), « tension dramatique », empr. à l'angl. *suspense*.

suspicion, voir ***suspect***.

sustenter (XIIe s.), empr. au lat. *sustentare* « soutenir, conserver en bon état, nourrir », sens conservés en fr. ; ***sustentation*** (XIIIe s.), empr. au lat. *sustentatio* « soutien », « nourriture » (sens attesté en lat. tard.).

susurrer (XVIe s.), empr. au lat. tard. *susurrare* « murmurer ». || ***susurrement*** (XIXe s.).

suture (XVIe s.), empr. au lat. *sutura* « couture », du lat. *suere* « coudre ». || ***suturer*** (XIXe s.).

suzerain (XIVe s.), « seigneur qui se trouve au-dessus du vassal (dans le système féodal) », fait sur l'adv. *sus* « au-dessus », sur le modèle de *souverain*. ‖ ***suzeraineté*** (XIVe s.).

svastika (XIXe s.), empr. au sanscrit *svastika* « de bon augure », désigne une croix coudée (en forme de gamma majuscule), dite croix gammée.

svelte (XVIIe s.), de l'ital. *svelto* « souple, élancé », dans le lang. des arts « léger, élégant », s'appliquant au corps humain « mince, souple ». ‖ ***sveltesse*** (XVIIIe s.).

sweater (XXe s.), de l'angl. *sweater* « tricot de laine (contre la transpiration) », de *to sweat* « transpirer », puis « tricot de sportif », enfin « tricot de laine ».

swing (XIXe s.), de l'angl. *to swing* « balancer », en fr. d'abord « coup balancé » (terme de boxe), puis « balancement rythmique de jazz ».

sybarite (XVIe s.), « voluptueux », du nom de la ville de *Sybaris*.

sycomore (XIIe s.), empr. au lat. *sycomorus*, du grec *sukomoros* « figuier sauvage ».

sycophante (XVe s.), empr. au lat. imp. *sycophanta*, du grec *sukophantés* « dénonciateur (des voleurs de figues) », d'où « délateur ».

syllabe (XIIe s.), empr. au lat. *syllaba*, du grec *sullabê* « assemblage, assemblage de lettres formant un son ». ‖ ***syllabique*** (XVIe s.), empr. au lat. tard. *syllabicus* « relatif aux syllabes » ; ***syllabaire*** (XVIIIe s.) ; ***monosyllabe*** (XVe s.) ; ***monosyllabique*** (XVIIIe s.) ; ***dissyllabe*** (XVIe s.) ; ***polysyllabe*** (XVe s.).

syllabus (XIXe s.), empr. au lat. chrét. *syllabus* « liste », document publié par le pape Pie IX énumérant les principales erreurs doctrinales des temps modernes.

syllepse (XVIIe s.), empr. au lat. *syllepsis*, du grec *sullepsis* « compréhension », figure de gram. où les mots s'accordent selon le sens, et non la forme.

syllogisme (XIIIe s.), empr. au lat. *syllogismus*, du grec *sullogismos* « raisonnement déductif ».

sylphe (XVIIe s.), s. d. empr. au lat. du XVIe s. *sylphus* « génie, créature surnaturelle ». ‖ ***sylphide*** (XVIIe s.).

sylvain (XVe s.), empr. au lat. *Sylvanus* « dieu des forêts », en fr. au sens de « qui vit dans la forêt ». ‖ ***sylvestre*** (XIVe s.), empr. au lat. *sylvestris* « de forêt » ; ***sylviculture*** (XIXe s.), mot sav. fait de *sylvi-*, tiré du lat. *silva* « forêt », et de *culture*, « entretien des forêts ».

symbiose (XIXe s.), du grec *sumbiosis* « vie en commun », en biol. « association durable de deux organismes », « union étroite ».

symbole (XIVe s.), empr. au lat. clas. *symbolus* « signe de reconnaissance », lat. chrét. *symbolum* « résumé de la foi chrétienne », du grec *sumbolon* « jeton, signe de reconnaissance, emblème ». Le sens de « signe représentant une réalité abstraite ou absente » date du XVIe s. L'empl. scient. au sens de « convention arbitraire » date du XVIIIe s. et se répand au XIXe s. ‖ ***symbolique*** (XVIe s.), empr. au lat. tard. *symbolicus* « allégorique, qui signifie » ; ***symboliser*** (XVIe s.), empr. au lat. méd. *symbolizare* « s'accorder », en fr. en ce sens, puis « exprimer par symbole » ; ***symbolisation*** (XIVe s.) ; ***symbolisme*** (XIXe s.), « système de symboles », « emploi de symboles », « mouvement littéraire cherchant à suggérer des réalités cachées » ; ***symboliste*** (XIXe s.).

symétrie (XVIe s.), empr. au lat. *symmetria*, du grec *summétria* « juste proportion ». ‖ ***symétrique*** (XVIe s.) ; ***asymétrie*** (XVIIe s.) ; ***dissymétrie*** (XIXe s.).

sympathie (XVe s.), empr. au lat. *sym-*

pathia « accord, affinité », du grec *sumpatheia* « participation aux souffrances d'autrui, communauté de sentiments », sens conservés en fr., d'où « inclination, amitié, bonnes dispositions ». || ***sympathique*** (XVIe s.) ; ***sympathiser*** (XVIe s.) ; ***sympathisant*** subst. (XXe s.).

symphonie (XIIe s.), empr. au lat. *symphonia* « harmonie de sons, accord musical, orchestre, concert », du grec *sumphonia*, de même sens, en a. fr. d'abord « instrument de musique », puis « harmonie » (XIVe s.), ensuite « morceau de musique pour un ensemble d'instruments » (XVIIe s.), « composition musicale à plusieurs mouvements composée pour orchestre » (XVIIIe s.). || ***symphonique*** (XVIIe s.).

symposium (XIXe s.), empr. au grec *sumposion* « banquet ». Le sens de « colloque » existe depuis le XXe s.

symptôme (XVe s.), empr. au lat. tard. *symptoma*, du grec *sumptoma* « événement fortuit » et notamment « signe d'une maladie », sens conservé en fr., d'où le sens dér. « marque, signe » (XVIe s.). || ***symptomatique*** (XVIe s.).

synagogue (XIe s.), empr. au lat. chrét. *synagoga*, du grec *sunagogé* « réunion », en fr. « lieu de culte des Juifs ».

synalèphe (XVIe s.), empr. au lat. gram. *synaloepha*, du grec *sunaloiphé* « mélange », désigne la fusion de plusieurs voyelles en une seule syllabe.

synchronisme (XVIIIe s.), du grec *sunkronismos* « événement en même temps », en fr. au sens de « simultanéité, coïncidence ». || ***synchronique*** (XVIIIe s.) ; ***synchroniser*** (XIXe s.) ; ***synchronisation*** (XIXe s.).

syncope (XIVe s.), empr. au lat. méd. *syncopa*, du grec *sunkopé* « défaillance, perte de connaissance ». || ***syncoper*** (XIVe s.).

syncrétisme (XVIIe s.), empr. au grec *sunkrétismos* « union de deux Crétois », d'où « alliance de deux adversaires » en fr. « fusion de différentes croyances » (XVIIe s.), « appréhension globale plus ou moins confuse » (XXe s.).

syndic (XIIIe s.), empr. au lat. tard. *syndicus* « représentant, défenseur, avocat » (en droit), du grec *sundikos*, de même sens, empl. en fr. au sens de « gestionnaire ». || ***syndicat*** (XVe s.), « fonction de syndic », puis « association de défense d'intérêts communs » (XVIe s.), enfin au XIXe s. « association de salariés et d'ouvriers » ; ***syndical*** (XIVe s.) ; ***syndicalisme*** (XIXe s.) ; ***syndicaliste*** (XIXe s.) ; ***syndiquer*** (XVIe s.), d'abord « organiser en corps », puis à la forme pronom. « adhérer à un syndicat » (XVIIIe s.).

syndrome (XVIe s., repris au XIXe s.), du grec *sundromé* « réunion, rencontre », en fr. « association de divers symptômes ».

synecdoque (XVe s.), empr. au lat. *synecdoche*, du grec *sunekdokhé* « compréhension simultanée », figure de rhétorique.

synérèse (XVIe s.), empr. au lat. *synaeresis*, du grec *sunairesis* « rapprochement, contraction ».

synergie (XVIIIe s.), empr. au grec *sunergeia* « coopération, action concomitante », empl. en fr. en biol., pharmac., écon.

synesthésie (XIXe s.), empr. au grec *sunaisthésis* « perception simultanée », désigne en médec. un trouble de la perception.

synode (XIVe s.), empr. au lat. chrét. *synodus*, du grec *sunodos* « réunion », empl. au sens de « réunion d'ecclésiastiques (prêtres ou évêques) ».

synonyme (XIIe s.), empr. au lat. *synonymus*, du grec *sunonumos* « de même nom », désigne au XVIe s. des mots ayant une analogie de sens et des acceptions différentes, puis à partir du

XVIIe s. des mots de sens voisin. || ***synonymie*** (XVIe s.).

synopsis (XIXe s.), du grec *sunopsis* « vue d'ensemble », dans le lang. du cinéma « schéma du scénario » (XXe s.). || ***synoptique*** (XVIIe s.), du grec *sunoptikos* « qui peut voir l'ensemble d'un coup d'œil, qui donne une vue d'ensemble », terme d'exégèse appliqué d'abord aux évangiles.

synovie (XVIIe s.), empr. au lat. méd. *synovia* « liquide des articulations.

syntaxe (XVIe s.), empr. au lat. gram. *syntaxis*, du grec *suntaxis* « assemblage, arrangement des mots, construction grammaticale ». || ***syntaxique*** (XIXe s.) ; ***syntagme*** (XIIIe s., sous la forme *sintasme*, rare avant le XVIIe s.), empr. au grec *suntagma*, au XVIIe s. au sens de « ordre, arrangement ». Le sens linguistique « unité linguistique significative » date du XXe s.

synthèse (XVIe s.), empr. au lat. *synthesis* « réunion de plusieurs éléments, composition », du grec *sunthésis* « arrangement, composition », désigne une opération intellectuelle qui va du simple au composé et procède par élargissements successifs (XVIIe s.), au sens de « fusion, généralisation, réunion d'éléments en un tout, constitution d'un ensemble organisé » (XVIIe s.). Nombreux empl. dans la lang. scient. du XXe s. || ***synthétique*** (XVIIe s.), empr. au grec *sunthétikos* ; ***synthétiser*** (XXe s.).

syphilis (XVIIe s.), maladie vénérienne, empr. au lat. mod. *syphilis*, du nom d'un berger *Syphilus*, empr. à Ovide. || ***syphilitique*** (XVIIe s.).

syrinx (XVIIIe s.), empr. au grec *surinx* « roseau, flûte de Pan ».

système (XVIe s.), empr. au grec *sustéma* « assemblage, ensemble, composition », s'applique dans le langage philosophique et scientifique du XVIe et du XVIIe s. à une « théorie d'ensemble », à une « doctrine cohérente », à un « ensemble organisé (qui rend compte d'une pluralité de phénomènes) », à une « structure complexe (formée d'éléments cohérents) ». || ***systématique*** (XVIe s.), empr. au lat. tard. *systematicus* ; ***systématiser*** (XVIIIe s.) ; ***systématisation*** (XIXe s.).

systole (XIVe s.), empr. au grec *sustolé* « contraction, resserrement », d'abord « abrègement », ensuite en médec. « contraction (du cœur) » pour désigner une phase du cycle cardiaque (XVIe s.).

T

tabac 1 (XVIe s.), de l'esp. *tabaco*, empr. aux Indiens de Cuba et d'Haïti. || ***tabatière*** (XVIIe s.).

tabac 2, voir ***tabasser***.

tabasser (XXe s. pour les attestations écrites, mais antérieur), « rouer de coups », mot d'arg., d'orig. inconnue. || ***tabac*** (XIXe s.), déverb. de *tabasser*, mot d'arg. empl. d'abord dans l'expres. *passer à tabac* « rouer de coups », puis au sens de « bruit, vacarme » (XIXe s.). Les sens de « courte tempête » (arg. des marins) et « applaudissement », d'où « succès » (arg. du théâtre) datent du XXe s.

tabagie (XVIIe s.), empr. à l'algonquin *tabagia* « festin », empl. en fr. très vite sous l'infl. de *tabac* au sens de « estaminet où l'on va fumer », puis « action de fumer sans cesse » (XVIIIe s.). || ***tabagisme*** (XIXe s.).

tabellion (XIIIe s.), empr. au lat. imp. *tabellio, tabellionis* « qui écrit sur des tablettes, notaire », auj. péj. ou plaisant.

tabernacle (XIIe s.), empr. au lat. chrét. *tabernaculum* « tente », a désigné dès le XIIe s. la tente des Juifs, le sanctuaire portatif des Juifs dans le désert, enfin l'endroit où l'on enferme le ciboire dans une église.

tablature (XVIe s.), empr. s. d. au lat. méd. *tabulatura*, fait sur *tabula* « table, tableau », signifie « tableau des sons musicaux d'un instrument ». L'expres. *donner de la tablature* « donner des soucis à qqn » est attestée au XVIIe s.

table (XIe s.), du lat. *tabula* « planche, tablette, affiche, liste, tableau », désigne en fr. une surface plane reposant sur un support. Le sens de « mets placés sur une table, repas pris à table » date du XIIIe s., celui de « recueil de données, inventaire, sommaire » du XVIIe s. || ***tableau*** (XIIIe s.), au sens de « panneau plat, support plat » (XIVe s.), « peinture » (XIVe s.), « liste » (XVIe s.), « spectacle » (XVIe s.). ; ***tableautin*** (XIXe s.) ; ***tablée*** (XIIIe s.), « ensemble des personnes assises à table » ; ***tabler*** (XIIIe s.), d'abord au sens de « être à table ». Le sens « compter sur » date du XVIIe s. ; ***tablette*** (XIIIe s.) ; ***tablier*** (XIIe s.), d'abord au sens de « table du jeu d'échecs » et « dessus de table », puis « vêtement de toile protégeant le devant du corps » (XVIe s.), ensuite « partie qui s'abaisse d'un pont-levis » (XVIIIe s.), « ossature d'un pont » (XIXe s.) ; ***tableur*** (XIXe s.) ; ***tabulateur*** (XXe s.), dér. sav. du lat. *tabula* « table » ; ***tabulation*** (XXe s.) ; ***attabler*** (XVe s., rare avant le XVIIe s.) ; ***entablement*** (XIIe s.), d'abord « plancher », puis « saillie supportant une charpente » (XVIe s.), « partie saillante » (XIXe s.).

tabou (XVIIIe s.), empr. à l'angl. *taboo*, lui même du polynésien *tabu* « frappé d'interdit en raison d'un caractère sacré ou impur ». Le mot est à la fois adj. et subst. au XVIIIe s.

taboulé (XXe s.), de l'ar. syrien et libanais *tabbula*, de même sens, désigne un mets du Proche-Orient.

tabouret (XVe s.), dér. de *tabour*, ancienne forme de *tambour*, désigne un petit siège sans dossier.

tabulateur, **tabulation**, voir ***table***.

tache (XIe s., d'abord sous la forme *teche*), p.-ê. du franc. **tekan* « marque, signe » parallèle au got. **taikko* (cf. l'all. *Zeichen* « signe »), empl. en a. fr. au sens de « salissure, souillure » (XIIe s.), puis « marque colorée sur la peau » (XIVe s.), « élément coloré » (XIXe s.). || ***tacher*** (XIIIe s.) ; ***tacheter*** (XVIe s.), « marquer de petites taches » ; ***détacher*** (XVIe s.) ; ***détachant*** (XIXe s.) subst. ; ***entacher*** (XIIIe s.), d'abord « doter d'une qualité (bonne ou mauvaise) », puis au sens péj. « salir, souiller ». Le sens jur. « vicier » date du XIXe s.

tâche (XIIe s.), empr. au lat. méd. *tasca* « redevance », tiré du lat. clas.

taxare « estimer, taxer », signifie en fr. « travail imposé », d'où le sens de « fonction, rôle » (XIXe s.). ‖ ***tâcher*** (XIVe s.), « faire des efforts » ; ***tâcheron*** (XVIe s.), d'abord au sens de « ouvrier agricole travaillant à la tâche », puis « ouvrier payé à la tâche » (XIXe s.), « personne laborieuse » (XXe s.).

tachy-, premier élément de mots sav. comme ***tachycardie***, empr. au grec *takhus* « rapide ».

tacite (XIIIe s.), empr. au lat. *tacitus* « dont on ne parle pas, secret, caché » et « qui ne parle pas, silencieux », en fr. au sens de « implicite, sous-entendu ».

taciturne (XVe s.), empr. au lat. *taciturnus* « silencieux ».

tacot (XIXe s.), s. d. onomat. de *tac* « bruit », d'abord « outil de tisserand », puis « vieille voiture », mot fam.

tact (XIVe s.), empr. au lat. *tactus* « action de toucher, sens du toucher ». Les sens de « jugement sûr » et « intuition délicate, délicatesse » datent du XVIIIe s. ‖ ***tactile*** (XVIe s.), empr. au lat. *tactilis* « tangible ».

tactique (XIVe s.), adj. empr. au grec *taktikê (tekhnê)* « art de ranger et de faire manœuvrer des soldats », en fr. d'abord au sens militaire. Le sens « art d'utiliser les moyens propres pour obtenir un résultat » date du XVIIIe s. ‖ ***tacticien*** (XVIIIe s.).

taffetas (XIVe s.), de l'ital. *taffeta*, empr. au persan *tafta* « tissu de soie serré », du verbe *taftan* « tisser ».

taie (XIIe s.), du lat. *theca*, du grec *thêkê* « étui, boîte », désigne dès le XIIe s. une enveloppe de tissu entourant un oreiller ou un coussin et aussi une membrane sur l'œil (XIIIe s.).

taïga (XXe s.), du russe *taiga*, forêt de conifères.

taillade (XVe s.), « entaille, estafilade », empr. à l'ital. *tagliata*, de même sens. ‖ ***taillader*** (XVIe s.).

tailler (Xe s.), s. d. du lat. tard. *taliare* « élaguer, couper », fait sur le lat. clas. *talea* « rejeton, bouture », en fr. au sens de « couper, trancher », d'où « faire des incisions » (XIIe s.), « confectionner en découpant » (XIIe s.). ‖ ***taille*** (XIIe s.), déverb. « action de tailler, manière de tailler » et « dimension (due à une coupe) », d'où « forme du corps » (XIIIe s.), « hauteur du corps » (XVIe s.) a signifié aussi « impôt » (XIIe s.) s. d. en raison de l'idée de coupe faite sur les biens des contribuables. L'expres. *pierre de taille* « pierre ayant subi la taille, pierre taillée » date du XIIIe s. En gravure *taille* signifie « incision », d'où *taille-douce* (XVIe s.), d'abord « action d'inciser au burin », puis « gravure au burin sur cuivre, gravure en creux faite par petites incisions » (XVIIe s.) (s'oppose à *eau-forte* et à *taille en relief*) ; ***tailleur*** (XIIe s.), « ouvrier qui taille (divers objets) », et « artisan qui coupe et confectionne des vêtements sur mesure » (XIIe s.). Le sens de « costume féminin » date de la fin du XIXe s. ; ***taillis*** (XIIIe s.), « bois taillé périodiquement » (s'oppose à *futaie*) ; ***entailler*** (XIIe s.) ; ***entaille*** (XIIe s.), divers empl. tech. ; ***retailler*** (XIIe s.). Voir ***détailler***.

tain, voir ***étain***.

taire (Xe s., d'abord sous la forme *taisir*), du lat. *tacere* « garder le silence, ne pas parler de qq. ch. ».

talc (XVIe s.), de l'ar. *talq*, de même sens. ‖ ***talquer*** (XXe s.).

talent (Xe s.), du lat. *talentum* « monnaie (de compte) », du grec *talanton* « plateau de balance, poids, monnaie ». Les sens de « dispositions d'esprit, désir, envie » (XIIe s.), courants en a. fr., puis « don, aptitude, habileté » (depuis le XIVe s.) viennent de la parabole des talents de *l'Evangile*. ‖ ***talentueux*** (XIXe s.).

taler (XVe s.), du germ. **talon* « arracher », en fr. au sens de « meurtrir ». ‖ ***taloche*** (XVIIe s.), « gifle », mot pop.

talion (XVe s.), empr. au lat. *talio*, *ta-*

lionis, « châtiment identique au dommage subi ».

talisman (XVIe s.), de l'ar. *tilsam*, du grec *télesma* « rite religieux », d'où « objet consacré au pouvoir surnaturel » en grec byzantin, désigne un objet au pouvoir magique.

talkie-walkie (XXe s.), par inversion de l'améric. *walkie-talkie* « appareil de transmission portatif », fait sur *to walk* « marcher » et *to talk* « parler ».

talmud (XIIIe s.), mot hébreu signifiant « enseignement, étude », désigne le recueil d'enseignements des rabbins.

talon (XIIe s.), du lat. vulg. **talo, talonis*, dér. du lat. clas. *talus* « cheville », puis « talon » en lat., désigne en fr. l'extrémité postérieure du pied. || ***talonner*** (XIIe s.), d'abord « frapper un cheval du talon, éperonner », puis « presser, suivre de près » (XVIe s.) ; ***talonnette*** (XIXe s.) ; ***talonneur*** (XXe s.), dans la lang. du rugby.

talus (XIIe s.), du gaul. **talutum* « terrain en pente, versant ».

tamarin (XIIIe s.), du lat. méd. *tamarindus*, de l'ar. *tamr hindi* arbrisseau, litt. « datte de l'Inde ».

tamaris (XIIIe s.), empr. au lat. tard. *tamariscus*, du lat. clas. *tamarix* « arbrisseau ». || ***tamarinier*** (XVIIe s.).

tambour (XIe s., sous la forme *tabour*), s. d. du persan *tabir* « tambour » ou plutôt de l'ar. *al-tambour* « guitare » avec infl. de l'ar. *tubul* « tambours » (au plur.), désigne à l'orig. en fr. un instrument à percussion des Maures, puis à partir du XVIIe s. divers empl. tech. || ***tambourin*** (XVe s.) ; ***tambouriner*** (XVIe s.).

tamis (XIIe s.), du lat. vulg. **tamisium* « crible », d'orig. gaul. || ***tamiser*** (XIIe s.).

tampon (XIVe s.), forme nasalisée de *tapon*, du franc. **tappo* « bouchon, bonde », d'abord au sens de « bouchon (en bois ou en métal) servant à obturer », puis « petite masse de tissu ou d'étoupe » servant à étendre un liquide (*vernir au tampon*) (XVIIe s.), ou servant à étancher le sang, à nettoyer la peau (XIXe s.). Le sens de « dispositif recevant et amortissant les chocs » date du XIXe s., d'où la loc. *zone tampon* (XXe s.) ; le sens de « timbre servant à marquer, à oblitérer » remonte au XIXe s. || ***tamponner*** (XVe s.), d'abord « enfoncer un tampon », puis « obturer » (XVIIe s.), « heurter » (XIXe s.), « frotter une plaie, arrêter une hémorragie » (XVIIIe s.), « oblitérer avec un timbre » (XXe s.). ; ***tamponnement*** (XVIIIe s.).

tam-tam (XVIIIe s.), onomat. d'orig. créole de l'Océan Indien, désigne un instrument à percussion. Le sens de « bruit assourdissant, vacarme » date du XIXe s.

tan (XIIIe s.), s. d. du gaul. **tanno* « chêne » (cf. le breton *tann* « chêne »), « poudre d'écorce de chêne servant au tannage ». || ***tanner*** (XIIIe s.), « fatiguer, lasser » et « traiter les cuirs (avec du tan) pour les assouplir et les rendre imputrescibles » ; ***tannage*** (XIVe s.) ; ***tanneur*** (XIIIe s.) ; ***tannerie*** (XIIIe s.) ; ***tan(n)in*** (XVIIIe s.).

tancer (XIe s., sous la forme *tencier*), du lat. vulg. **tentiare* « faire effort », d'où « combattre, quereller », en fr. au sens de « s'en prendre à qqn, réprimander qqn ».

tanche (XIIIe s.), du lat. tard. *tinca*, p.-ê. d'orig. gaul.

tandem (XIXe s.), empr. à l'angl. *tandem*, du lat. *tandem* « enfin », dans l'arg. étudiant s'est appliqué à un attelage long (deux chevaux en flèche), puis à une bicyclette à deux sièges (l'un devant l'autre).

tandis (que) (XIIe s.), du lat. *tamdiu* « aussi longtemps » avec un *s* final adverbial, d'abord en a. fr. adv. « pendant ce temps ». La loc. conjonctive *tandis com, tandis que* marque en a. fr. la durée « pendant que », la simultanéité et de manière implicite l'opposition. En fr. mod. les deux derniers empl. subsistent.

tangente (XVIIe s.), terme de géométrie, empr. au part. prés. lat. *tangens*, de *tangere* « toucher », empl. au sens de « qui touche une courbe ou une surface en un seul point ». || ***tangent*** (XVIIIe s.).

tangible (XIVe s.), empr. au lat. tard. *tangibilis* « qui peut être touché, palpable », en fr. a pris les val. dér. « perceptible par les sens, matériel, dont l'existence est indéniable ». || ***intangible*** (XVe s.), d'abord « qu'on ne peut toucher », puis « à quoi on ne peut porter atteinte » (XXe s.).

tango (XIXe s.), mot de l'esp. d'Amérique, p.-ê. onomat., désigne une danse pop. d'Argentine.

tanguer (XVIIe s.), p.-ê. du frison *tüngeln* « se balancer, vaciller », désigne un mouvement d'oscillation d'avant en arrière (voc. de la marine). Le sens « chanceler, tituber » date du XIXe s. || ***tangage*** (XVIIe s.).

tanière (XIIe s., sous la forme *taisniere* « terrier du blaireau, refuge d'un animal »), dér. de *taisson* « blaireau », du lat. tard. *taxo, taxonis* « blaireau », d'orig. germ. Le sens dér. « logis où l'on se cache » est attesté au XVIe s.

tank (XVIIe s.), de l'angl. *tank* « réservoir, citerne », d'abord en fr. « citerne », puis nom donné au XXe s. à un char d'assaut motorisé (la coque de l'engin ressemblant à une citerne). || ***tankiste*** (XXe s.); ***tanker*** (XXe s.), « navire pétrolier ».

tant (XIe s.), du lat. *tantum* « autant » et « tellement », en a. fr. adv. d'intensité, de comparaison, adv. temporel, parfois causal ou adversatif. || ***autant*** (XIIe s.); ***partant*** (XIIe s.), « par conséquent »; ***pourtant*** (XIIe s.).

tante (XIIIe s.), déform. p.-ê. enfantine de l'a. fr. *ante*, du lat. *amita* « sœur du père ou de la mère, tante ». || ***grand-tante*** (XVIe s.); ***tantine*** (XIXe s.), dimin. fam.

taon (XIIe s.), empr. au lat. tard. *tabo, tabonis*, du lat. clas. *tabanus* « grosse mouche (qui pique) ».

taper (XIIe s.), s. d. onomat., au sens de « frapper ». Divers empl. partic., notamment au sens de « dactylographier » (XXe s.). Mot empl. aussi dans le lang. fam. et pop. (XVIIIe s.) au sens de « demander de l'argent » et à la forme pronom. « s'offrir qq. ch. » (XVIIIe s.), d'où « manger, boire » (XVIIIe s.) et « avoir des relations sexuelles avec qqn » (XXe s.). || ***tapin*** (XVIIIe s.), « soldat qui joue du tambour », puis « racolage sur la voie publique » (XXe s.) dans la lang. pop.; ***tapage*** (XVIIe s.), « bruit violent » et « scandale »; ***tapageur*** (XVIIIe s.); ***tapoter*** (XVIIe s.), « donner des petits coups ». Divers dér. dans la lang. pop. : ***retaper*** (XVIe s.), au XIXe s. au sens fam. « remettre en état, remettre en bonne santé »; ***tapeur*** (XIXe s.), « emprunteur »; ***retape*** (XVIIIe s.); ***tapette*** (XVIe s.), « femme bavarde », puis « pédéraste passif » (XIXe s.).

tapinois (en) (XVe s.), voir ***tapir***.

tapioca (XVIIe s., rare avant le XXe s.), du portugais *tapioca*, lui-même empr. au tupi du Brésil *typy ca, tipioca* « résidu pressé », désigne une fécule extraite du manioc, concassée et séchée.

tapir (XVIe s.), empr. au tupi *tapira*, de même sens, désigne un animal exotique.

tapir (se) (XIIe s.), du franc. **tappjan* « fermer », en fr. « se cacher ». || ***en tapinois*** (XVe s.), dér. de l'expres. *en tapin* « en se cachant, à la dérobée » », faite sur l'a. fr. *tapin* « mendiant, vagabond », s. d. dér. de *tapir*.

tapis (XIIe s.), du grec *tapétion* (prononcé *tapition* à l'époque byzantine) « petite couverture », en a. fr. désigne un tissu couvrant le sol ou une tenture murale, puis « tissu recouvrant un meuble » (XVe s.), « revêtement souple de sol » (XIXe s.). L'expres. *envoyer au tapis* (XXe s.) vient de la boxe. || ***tapissier*** (XIIIe s.), d'abord au sens de « marchand de tapisseries et d'étoffes ». Le sens de « artisan vendant et posant des papiers peints » date du XXe s.; ***tapisserie*** (XIVe s.), « tenture murale ». L'expres. *faire tapisserie*

« être le long d'un mur sans bouger, ne pas être invitée à une danse (en parlant d'une femme) » date du XIXe s. ; ***tapisser*** (XVe s.), d'abord « recouvrir des murs de tissu », auj. « recouvrir de papiers peints ».

tapoter, voir ***taper***.

taquet (XIVe s., rare avant le XIXe s.), « pièce de bois servant de verrou », s. d. dér. de l'a. fr. *estaque, estache* « morceau de bois, attache », nombreux sens tech. en fr. mod.

taquin (XVe s.), d'orig. peu claire, a signifié « bandit, homme violent » (XVe s.), « avare » (XVe s.), « querelleur » (XVIIIe s.). Le sens mod. « malicieux, qui prend plaisir à agacer autrui » date du XIXe s. || ***taquinerie*** (XVIe s.), d'abord « avarice », puis « contrariété » ; ***taquiner*** (XVIIe s.), d'abord au sens de « être avare », puis « s'amuser à contrarier malicieusement qqn » (XVIIIe s.).

tarabiscoter (XIXe s.), terme de menuiserie, dér. de *tarabiscot* « outil servant à faire une moulure ». Le sens de « chargé d'ornements excessifs » pour le part. pas. date du XIXe s.

tarabuster (XIVe s.), d'orig. peu claire, s. d. mot pop., d'abord au sens de « faire du vacarme », « secouer », « contrarier, tracasser », auj. « harceler ».

taraud (XVIe s.), outil servant à forer des trous, déform. de *tarel* « tarière ». || ***tarauder*** (XVIIe s.), « forer un petit trou », d'où « tourmenter » (XIXe s.).

tard (XIe s.), du lat. *tarde* « lentement, tardivement ». || ***tarder*** (XIe s.), du lat. *tardare* « ralentir » et « être en retard », rare jusqu'au XVIe s., la forme courante en a. fr. étant *targier*, du lat. vulg. **tardicare*. Sens complexes en a. fr. : 1° « être lent à se produire, mettre du temps à venir, à faire qq. ch., se faire attendre, s'attarder », 2° « retarder, différer », 3° « attendre avec impatience (en parlant d'une personne), être attendu avec impatience (en parlant d'une chose) ». En fr. mod. la val. « retarder » a disparu. Survivance de l'idée d'impatience dans *il me tarde*. || ***tardif*** (XIIe s.) ; ***s'attarder*** (XVe s.). Voir ***retarder***.

tare (XIVe s.), de l'ital. *tara*, de l'ar. *tarh* « déduction, soustraction », d'abord en a. fr. « diminution dans le poids ou la qualité d'une marchandise », d'où « défaut, vice » (XVe s.) et « poids de l'emballage ou du récipient » (XIXe s.). || ***taré*** (XVIe s.), « défectueux, vicieux » ; ***tarer*** (XVIe s.).

tarentule (XIIIe s.), de l'ital. *tarantola* « grosse araignée venimeuse », dér. de la ville de *Tarento* dans les Pouilles où cette araignée est répandue.

targe (XIe s.), « bouclier médiéval », du franc. **targa*, de même sens. || ***targette*** (XIVe s.), d'abord « petite targe », puis « ornement », enfin « petit verrou de protection » (XVIe s.).

targuer (se) (XVIe s.), d'abord *se targer* « se couvrir d'une targe, se protéger », dér. de *targe* « bouclier », du franc. **targa*. Le sens « se prévaloir, se faire fort de » date du XVe s.

tarière (XIe s.), réfect. de *tarere* « doloire, vrille », du lat. tard. *taratrum* « vrille ».

tarif (XVIe s.), de l'ital. *tariffa*, de l'ar. *tarif* « notification », en fr. au sens de « tableau indiquant les prix des marchandises, des droits à acquitter », d'où « système d'évaluation » (XVIIe s.), « prix d'une marchandise, d'un travail » (XXe s.). || ***tarifer*** (XVIIIe s.) ; ***tarification*** (XIXe s.) ; ***tarifaire*** (XXe s.).

tarir (XIIe s.), du franc. **tharrjan* « sécher », en fr. en parlant d'un liquide « cesser de couler, être à sec, s'arrêter » (XIIIe s.), « mettre à sec » (XVIe s.). || ***tarissable*** (XVIe s.), rare en fr. mod. ; ***tarissement*** (XVIe s.) ; ***intarissable*** (XVIe s.).

tarot (XVIe s.), de l'ital. *tarocco*, de même sens, désigne des cartes à jouer aux figures spéciales, parfois utilisées pour la divination.

tarse (XVIe s.), empr. au grec *tarsos*

« ensemble des doigts de pied », d'où « pied », mot sav. empl. en anat. || ***métatarse*** (XVIe s.).

tartan (XVIIIe s.), empr. à l'angl. *tartan*, désigne une étoffe de laine à carreaux de diverses couleurs portée par les Ecossais.

tarte (XIIIe s.), d'orig. obsc. || ***tartelette*** (XIVe s.) ; ***tartine*** (XVe s.), « tranche de pain (recouverte d'un aliment) », puis « longue tirade » (XIXe s.) dans la lang. fam. ; ***tartiner*** (XIXe s.).

tartre (XIIIe s.), empr. au lat. tard. *tartarum* « dépôt, sédiment », désigne en fr. le dépôt du vin (XIVe s.), le dépôt qui s'amasse sur les dents (XVIIIe s.). || ***tartrique*** (XIXe s.) ; ***détartrer*** (XIXe s.) ; ***entartrer*** (XXe s.).

tartuf(f)e (XVIIe s.), empr. à l'ital. *tartufo* « imposteur, trompeur », « faux dévot » chez Molière, puis « hypocrite ». || ***tartuf(f)erie*** (XVIIe s.).

tas (XIIe s.), s. d. du franc. **tas* « amas », en fr. au sens de « amas, monceau », puis « grande quantité ». L'expres. *sur le tas* en architect. « sur l'assise de la construction, à l'endroit où l'on édifie la construction » (XVe s.), d'où « sur le chantier », puis « sur le lieu du travail » (XIXe s.), est attestée déjà au XVe s. || ***tasser*** (XIIe s.), « mettre en tas, entasser » ; ***tassement*** (XIVe s.) ; ***entasser*** (XIIe s.) ; ***entassement*** (XIIIe s.).

tasse (XIIe s.), de l'ar. *tassa* « coupe, écuelle », désigne un récipient pour boire. L'expres. *boire à la grande tasse* est attestée au XVIIIe s. au sens de « se noyer ». Au XXe s. *boire une tasse, boire la tasse* « avaler de l'eau en se baignant ».

tasseau (XIIe s.), terme de charpenterie et de construction, s. d. du lat. vulg. **tassellus*, croisement du lat. clas. *taxillus* « dé (à jouer) » et de *tessela* « carreau, cube, dé ». Le mot a pris en lat. tard. le sens de « petit morceau de bois ».

tasser, voir ***tas***.

tâter (XIIe s.), du lat. vulg. **tastare*, contract. de **taxitare*, dér. de *taxare* « toucher, estimer », fait sur *tangere* « toucher », signifie dès le M. A. « toucher », d'où « palper, caresser » et « explorer, mettre à l'épreuve, chercher à connaître ». L'expres. *tâter le terrain* est attestée au XVIIe s. || ***tatillon*** (XVIIe s.), « méticuleux, qui attache de l'importance aux détails » ; ***tâtonner*** (XIIe s.), « tâter à l'aveuglette », d'où « hésiter » ; ***à tâtons*** (XIIe s.), subst. tiré de *tâtonner* ; ***tâtonnement*** (XIVe s.).

tatouer (XVIIIe s.), de l'angl. *to tattoo*, empr. au tahitien *tatau* « marque sur le corps ». || ***tatouage*** (XVIIIe s.).

taudis (XIVe s.), dér. de *se tauder* « s'abriter », d'orig. peu claire, a désigné d'abord un abri, puis au XVIIe s. un logement misérable.

taule, **tôle** (XIXe s.), terme d'arg., d'abord « petite maison », « chambre », « prison », « maison de prostitution », « atelier, entreprise », p.-ê. issu de *tôle* « plaque de fer », forme dial. issue du lat. *tabula*. || ***taulier***, ***tôlier*** (XIXe s.), « patron d'une maison de prostitution, d'un café » ; ***taulard*** (XVIIIe s.) ; ***entôler*** (XIXe s.), « voler » ; ***entôleuse*** (XXe s.), arg.

taupe (XIIIe s.), du lat. *talpa*, de même sens. || ***taupinière*** (XIVe s.) ; ***taupin*** (XVe s.), « soldat posant des mines sous terre », puis dans l'arg. scolaire « élève préparant Polytechnique (où se formaient les officiers du génie) » (XIXe s.), « élève de la classe de mathématiques spéciales » (XIXe s.) ; ***taupe*** (XIXe s.), « classe préparant à Polytechnique ».

taureau (XIIe s., sous la forme *torel*), dér. de l'a. fr. *taur, tor*, du lat. *taurus* « taureau ». || ***taurin*** (XVIe s., très rare avant le XIXe s.) ; ***taurillon*** (XIVe s.) ; ***tauromachie*** (XIXe s.).

tautologie (XVIe s.), empr. au lat. tard. *tautologia*, du grec *tauto* « le même » et *logos* « discours ». || ***tautologique*** (XVIIIe s.).

taux (XIVe s.), déverb. de l'a. fr. *tauxer*, var. de *taxer*, « prix fixé », d'où « niveau, évaluation », « montant, valeur ».

tavelé (XIIIe s.), « marqué de petites taches (en carreaux) », dér. de l'a. fr. *tavel* « carreau », du lat. *tabella* « planche, carreau ».

taverne (XIIIe s.), du lat. *taberna* « échoppe, boutique, auberge », a d'abord eu le sens en a. fr. de « auberge où l'on boit du vin, débit de boisson ». Le sens de « hôtellerie où l'on mange » semble tardif (XIXe s.). || ***tavernier*** (XIIe s.).

taxer (XIIIe s.), empr. au lat. *taxare* « toucher », d'où « estimer, évaluer » et « blâmer », d'abord en a. fr. au sens de « évaluer ». Les sens de « fixer un prix », soumettre à une taxe » (XVe s.) et « blâmer, accuser, qualifier » (XVIe s.) en sont dérivés. || ***taxation*** (XIIIe s.), empr. au lat. *taxatio* « estimation, clause » ; ***taxe*** (XIVe s.) ; ***détaxer*** (XIXe s.) ; ***surtaxer*** (XVIe s.) ; ***surtaxe*** (XVIIIe s.).

taxi (XXe s.), abrév. de *taximètre* « compteur indiquant le prix à payer », puis « véhicule équipé de ce compteur », formé du grec *taxis* au sens de « taxe » et de *mètre*, du grec *métron* « mesure ». || ***taxiphone*** (XXe s.).

taxi-, (XIXe s.), premier élém. de mots sav. comme ***taxinomie***, tiré du grec *taxis* « arrangement, ordre ».

te (Xe s.), du lat. *te* « toi », pron. person. en position atone.

tea-room (XIXe s.), mot angl. « salon de thé ».

technique (XVIIe s.), adj., du grec *technikos* « qui concerne un art », dér. de *techné* « art manuel », puis subst. à partir du XVIIIe s. ; sert de second élém. à de nombreux composés, comme ***polytechnique***. || ***technicien*** (XIXe s.) ; ***technicité*** (XIXe s.) ; ***technologie*** (XVIIe s.) ; ***technocratie*** (XXe s.), « système où prédominent les avis fondés sur les données techniques » ; ***technocrate*** (XXe s.), mot péj., « expert qui décide seulement d'après les données techniques ».

te(c)k (XVIIe s.), du port. *teca*, du tamoul *tekku*, désigne un bois d'Asie tropicale.

teckel (XIXe s.), de l'all. *Teckel*, variante de *Dackel* « basset ».

tee-shirt (XXe s.), mot améric. désignant une chemisette (*shirt*) en forme de *T* (prononcé *ti*).

tégument (XIIIe s.), empr. au lat. *tegumentum* « enveloppe, couverture ».

teigne (XIIe s.), du lat. *tinea* « insecte, mite » et en lat. méd. « maladie du cuir chevelu ». || ***teigneux*** (XIIe s.) ; ***tignasse*** (XVIIe s., sous la forme *teignasse*), a d'abord désigné la chevelure d'un teigneux, puis une vilaine perruque, enfin une chevelure ébouriffée.

teille (XIIIe s.), « écorce du tilleul, du chanvre et du lin », du lat. *tilia* « tilleul ». || ***teiller*** (XIIIe s.), « détacher le filament du chanvre ou du lin » ; ***teilleur*** (XVIIe s.).

teindre (XIe s.), du lat. *tingere* « tremper, baigner, teindre ». || ***teint*** (XIIe s.), « manière de teindre, couleur de la teinture ». L'expres. *de bon teint* (XVIIe s.) signifie d'abord « qui résiste au lavage, indélébile », puis « solide, inaltérable » ; ***teinte*** (XIIIe s.) ; ***déteindre*** (XIIIe s.), « faire perdre sa teinture », puis « perdre sa teinture » ; ***teinture*** (XIIe s.), du lat. *tinctura* ; ***teinturier*** (XIIIe s.) ; ***teinturerie*** (XIIIe s.) ; ***tinctorial*** (XVIIIe s.), dér. sav. du lat. *tinctorius* « servant à teindre ».

tel (Xe s.), du lat. *talis* « de cette nature, tel ».

télé-, (XXe s.), premier élém. de mots sav. comme ***téléphone*** ou ***télévision***, du grec *télé* « au loin, à distance ».

tellurique (XIXe s.), dér. sav. du lat. *tellus, telluris* « terre » avec le suf. *-ique*, empl. au sens de « qui a rapport à la terre, qui concerne la terre ».

téméraire (XIVe s.), empr. au lat. *te-*

merarius « accidentel, inconsidéré », en fr. au sens de « hardi, imprudent ». || ***témérité*** (XIVe s.), empr. au lat. *temeritas* « hasard aveugle, irréflexion », en fr. au sens de « hardiesse irréfléchie, imprudence ».

témoin (XIIe s.), du lat. *testimonium* « témoignage, attestation, preuve », en fr. encore au sens de « témoignage » dans les expres. *en témoin de quoi* ou *témoin* « à preuve », *prendre à témoin* « invoquer le témoignage ». Le sens de « personne qui témoigne » est attesté aussi depuis le M. A., celui de « spectateur (d'un événement) » depuis le XVIe s. || ***témoigner*** (XIIe s.) ; ***témoignage*** (XIIe s.).

tempe (XIe s.), du lat. vulg. **tempila*, altér. du lat. clas. *tempora*, plur. de *tempus* « tempe ».

tempérament (XVIe s.), terme médic., empr. au lat. *temperamentum* « combinaison proportionnée des éléments d'un tout », en fr. au sens de « équilibre d'un mélange », « dosage des quatre humeurs dans le corps », d'où « constitution physique du corps humain » (XVIIe s.), puis « caractère », parfois au sens de « appétit sexuel » (XVIIIe s.), « forte personnalité » (XIXe s.). L'expres. *vente à tempérament* « moyennant des paiements échelonnés » date du XIXe s.

température (XVIe s.), empr. au lat. *temperatura* « constitution équilibrée », d'abord au sens de « tempérament » (XVIe s.), puis « état (chaud ou froid) de l'air ».

tempérer (XIIe s.), empr. au lat. *temperare* « équilibrer, modérer, régler » et « être modéré », en fr. au sens de « adoucir, modérer ». || ***tempérance*** (XIIIe s.), empr. au lat. *temperantia* « modération, mesure », en fr. en ce sens et aussi « continence » et « sobriété ». Voir ***intempérance***.

tempête (Xe s.), du lat. vulg. **tempesta* « temps (bon ou mauvais) », puis « mauvais temps, orage », de l'adj. *tempestus* « qui vient à point », pris au sens du lat. *tempestas* « temps, température » et notamment « mauvais temps ». || ***tempêter*** (XIIe s.) ; ***tempétueux*** (XIVe s.).

temple (Xe s.), empr. au lat. *templum* « espace consacré ». || ***templier*** (XIIIe s.), « membre d'un ordre militaire médiéval institué à Jérusalem près du Temple de Salomon ».

tempo (XVIIIe s.), de l'ital. *tempo* « temps », empl. en musique.

temporaire (XVIe s.), empr. au lat. *temporarius* « dépendant des circonstances » et « qui dure un temps limité », en fr. « qui dure un temps ».

temporel (XIIe s.), empr. au lat. eccl. *temporalis* « qui est du domaine du temps, des choses périssables, du domaine séculier (par opp. à *spirituel, éternel*) ». || ***temporalité*** (XIIe s.), empr. au lat. eccl. *temporalitas* ; ***intemporel*** (XIXe s.).

temporiser (XVe s.), empr. au lat. méd. *temporisare* « passer le temps », fait sur *tempus*. Le sens de « différer d'agir » est attesté au XVe s. || ***temporisation*** (XVIIIe s.) ; ***temporisateur*** (XVIe s.).

temps (Xe s.), du lat. *tempus*, marque en fr. à la fois la durée continue, les moments particuliers isolés dans cette durée (y compris le moment d'agir), la succession des événements au plan chronologique. || ***contretemps*** (XVIe s.) ; ***quatre-temps*** (XVIe s.). Voir ***printemps***.

tenace (XVIe s.), empr. au lat. *tenax, tenacis* « qui tient fortement, adhérent, obstiné », sens qui survivent en fr. || ***ténacité*** (XIVe s.), empr. au lat. *tenacitas* « action de tenir solidement ».

tenaille (XIIe s.), du lat. vulg. **tenacula*, plur. neut. pris pour un fém. du lat. *tenaculum* « lien, attache », fait sur *tenere* « tenir », désigne en a. fr. une pince en métal. || ***tenailler*** (XVIe s.).

tenancier (XVe s.), dér. de l'a. fr. *tenance* « tenure, propriété », dér. de *tenir*, désigne d'abord une personne qui tient des terres dépendant d'un fief (XVe s.), puis une personne qui tient une exploitation agricole, enfin le patron d'un établissement (parfois avec val. péj.) (XIXe s.).

tendon, voir ***tendre 2***.

tendre 1 adj. (XIe s.), du lat. *tener* « tendre, délicat, frêle, jeune ». En fr. dès le XIIe s. apparaît aussi la nuance de « sensible, qui se laisse émouvoir », celle de « doux, affectueux, sentimental » au XVIIe s., « attendrissant, touchant » au XVIIIe s. || ***tendresse*** (XIIIe s.) ; ***attendrir*** (XIIe s.) ; ***attendrissement*** (XVIe s.).

tendre 2 verbe (Xe s.), du lat. *tendere* « tendre, étendre, déployer, faire des efforts, se diriger ». || ***tendon*** (XIVe s.), d'abord pour désigner une plante, puis au sens anatomique (XVIe s.) ; ***tendance*** (XIIIe s.), « inclination, penchant ». Le sens de « orientation (politique ou intellectuelle) » date du XVIIIe s., celui de « évolution, direction » (*les tendances de la mode*) du XIXe s. ; ***tendancieux*** (XXe s.), « qui trahit une tendance inexprimée, partial » ; ***tente*** (XIIe s.), « pavillon », du part. pas. substantivé du lat. vulg. **tenta*, fém. de *tentus* « tendu » ; ***tenture*** (XVIe s.) ; ***tendeur*** (XIIIe s.) ; ***tendinite*** (XXe s.) ; ***détendre*** (XIIe s.) ; ***détente*** (XIIe s.) ; ***distension*** (XIVe s.), empr. au lat. imp. *distentio* « extension, contraction » ; ***distendre*** (XVe s.), empr. au lat. *distendere*.

tendron (XIIe s.), du lat. vulg. **tenerumen* « cartilage », du lat. clas. *tenerume*, d'abord au sens de « chair molle », puis « bourgeon, rejeton » (XIIIe s.), et par plaisanterie « jeune fille » (XIIIe s.).

ténèbres (XIe s.), empr. au lat. *tenebrae* « obscurité, nuit, ténèbres de la mort, cécité, oubli », empl. en fr. au sens de « obscurité profonde » (XIe s.), « obscurité difficile à élucider » (XIIIe s.), au sens religieux « domaine du diable, enfer » (XIIe s.), enfin « obscurantisme de celui qui n'a pas été touché par les lumières de la raison » (XVIIIe s.). || ***ténébreux*** (XIe s.), empr. au lat. *tenebrosus* « obscur, sombre ».

teneur (XIIe s.), « contenu d'un acte », empr. au lat. jur. *tenor* « teneur, sens ».

ténia (XVe s.), empr. au lat. *taenia* « bandelette » et « ver solitaire », du grec *tainia*, de même sens.

tenir (Xe s.), du lat. vulg. **tenire* « tenir, maintenir, occuper », en fr. nombreux empl., comme verbe trans. dès le M. A. « occuper un lieu, serrer, étreindre (un objet), saisir, maîtriser, posséder, ne pas céder, résister, exercer une charge, gérer, considérer », comme verbe intrans. « être attaché, être solide, avoir un rapport de dépendance avec qq. ch. ». || ***tenant*** subst. (XIIe s.) ; ***tenue*** (XIIe s.) ; ***tenon*** (XIIIe s.) ; ***tenable*** (XIIe s.) ; ***intenable*** (XVIIe s.) ; ***entretenir*** (XIIe s.) ; ***entretien*** (XVe s.) ; ***retenir*** (XIe s.) ; ***retenue*** (XIIe s.) ; ***rétention*** (XIIIe s.), empr. au lat. *retentio* « captivité ».

tennis (XIXe s.), de l'angl. *lawn tennis*, de *lawn* « pelouse » et *tennis* de *tenez*, impératif de *tenir*, cri lancé au moment de l'envoi de la balle. || ***tennisman*** (XIXe s.).

ténor (XVe s., rare avant le XVIIIe s.), de l'ital. *tenore* en musique, au sens de « concert », puis « voix harmonieuse », désigne une voix d'homme aiguë au-dessus du baryton. Le sens de « personne en vue » date du XIXe s.

tension (XVe s.), empr. au lat. *tensio* « action de tendre », de *tensus*, part. pas. de *tendere*. || ***hypertension*** (XIXe s.) ; ***hypotension*** (XIXe s.).

tentacule (XVIIIe s.), dér. sav. du lat. *tentare* « toucher ». || ***tentaculaire*** (XVIIIe s.).

tentation, voir ***tenter***.

tentative, voir ***tenter***.

tenter (XIIe s.), du lat. *temptare* « attaquer, assaillir, essayer », en fr. au sens chrétien de « mettre qqn à l'épreuve ». Les sens « essayer de séduire, de faire tomber dans le péché » ou simplement « essayer, expérimenter» sont attestés dès le M. A. || ***tentative*** (XVIe s.), empr. au lat. scolast. *tentativa* «épreuve universitaire», en fr. en ce sens, puis au sens de «essai» (XVIIe s.); ***tentation*** (XIIe s.), empr. au lat. *temptatio* «attaque d'une maladie» et «essai, expérience» en lat. clas., «attirance pour le mal» en lat. chrét., en fr. «désir (de commettre le péché), envie»; ***tentateur*** (XVe s.), empr. au lat. chrét. *temptator* «séducteur» (qualificatif du diable).

tenture, voir ***tendre***.

ténu (XVIe s.), empr. au lat. *tenuis* «mince, ténu, petit, chétif, délié, fin, subtil», en fr. au sens de «très fin, très mince» et «subtil». || ***ténuité*** (XIVe s.), empr. au lat. *tenuitas*; ***atténuer*** (XIIe s.), «rendre plus faible», du lat. *attenuare* «amincir, affaiblir»; ***atténuation*** (XIVe s.), empr. au lat. *attenuatio*.

térato-, premier élém. de mots sav. comme ***tératologie***, du grec *téras, tératos* «monstre, prodige».

tercet (XVIe s.), de l'ital. *terzetto* «troisième», désigne un couplet de trois vers.

térébinthe (XIIe s.), empr. au lat. *terebinthus*, du grec *térébinthos*. || ***térébenthine*** (XIIe s.).

tergal (XXe s.), tissu, nom inventé d'après *acide téréphtalique*.

tergiverser (XVIe s.), empr. au lat. *tergiversari* «tourner le dos», d'où «user de détours, d'échappatoires». || ***tergiversation*** (XIIIe s.), empr. au lat. *tergiversatio* «détours, faux-fuyants».

terme (XIe s.), du lat. *terminus* «borne, limite, fin». Le sens de «date limite fixée dans le temps, échéance» est attesté dès le XIIe s. Le sens de «mot» (XIVe s.) vient du lat. méd. *terminus* «qui délimite et définit un sens». || **terminologie** (XVIIIe s.), mot sav. fait sur *terminus* et *-logie*. La valeur moderne vient s. d. de l'angl. *terminology*.

terminer (XIIe s.), empr. au lat. *terminare* «limiter, terminer, finir». || ***terminal*** (XVIe s.), empr. au lat. *terminalis* «final», en fr. «qui forme le dernier élément», puis subst. (XXe s.) sous l'infl. de l'angl. *terminal*, empl. dans plusieurs domaines (installations pour le stockage du pétrole, point de départ et d'arrivée en ville pour se rendre à l'aéroport, appareil d'informatique permettant une transmission de données); ***terminaison*** (XIIe s.), fait d'après le lat. *terminatio* «limitation, borne».

terminus (XIXe s.), empr. à l'angl. *terminus*, du lat. *terminus* «terme», mot des chemins de fer, désigne la dernière station d'un trajet.

termite (XVIIIe s.), empr. au lat. tard. *termes, termitis*.

ternaire (XIIIe s.), empr. au lat. *ternarius* «composé de trois éléments».

terne, voir ***ternir***.

ternir (XIIe s.), s. d. d'orig. germ. (cf. l'a. h. all. *tarnjan* «obscurcir»). || ***terne*** (XVe s.), «mat, pâle, morne».

terrain (XIIe s.), du lat. *terrenum*, neut. subst. de l'adj. *terrenus* «fait de terre, terrestre».

terrasse (XIIe s.), de l'a. prov. *terrassa* «levée de terre, surface de terre, plateforme», fait sur *terra*, désigne une plateforme en plein air. || ***terrasser*** (XVIe s.), d'abord «faire une terrasse», puis «jeter à terre»; ***terrassement*** (XVIe s.); ***terrassier*** (XVIe s.).

terre (Xe s.), du lat. *terra* «globe terrestre», «terre (en tant qu'élément)», «sol», «terre (par opp. à la mer et au ciel)», «pays, contrée où vivent des hommes», tous sens qui survivent en fr. || ***terreau*** (XIIIe s.), d'abord au sens de «terrain»; ***terrer*** (XIIe s.), d'abord «entourer de terre». L'empl. du réfl. *se terrer* au sens de «se cacher (dans un terrier), se mettre à l'abri» date du XVIIe s.; ***terrier*** (XIIIe s.), d'abord «rempart, levée de terre», puis «droit perçu sur les produits de la terre» (XIIIe s.) et «registre où sont consignés ces droits». Le seul sens courant auj.

est « trou, galerie dans le sol » (depuis le XVIIe s.). Le terme *chien terrier* existe depuis le XIVe s. ; ***terrestre*** (XIIe s.), empr. au lat. *terrestris* « relatif à la terre », pris au sens de « qui concerne le monde d'ici-bas » en lat. chrét. (par opp. à *coelestis* « céleste »), sens conservé en fr. ; ***terrien*** (XIIe s.) ; ***terreux*** (XIIe s.), du lat. tard. *terrosus* ; ***terril*** (XIXe s.), terme dial., mot de mine « monticule de déchets miniers » ; ***atterrer*** (XIIe s.), d'abord « renverser à terre », puis « accabler » (XVIe s.) ; ***atterrir*** (XVIIe s.), d'abord terme de marine « toucher terre » ; terme d'aviation au XXe s. ; ***enterrer*** (XIe s.), « mettre en terre » ; ***enterrement*** (XIIe s.) ; ***parterre*** (XVIe s.), « sol, plancher », « partie d'un jardin » (XVIe s.), « rez-de-chaussée d'une salle » (XVIIe s.).

terre-plein (XVIe s.), empr. à l'ital. *terrapieno* « rempli de terre », d'abord « amas de terres rapportées », puis « plateforme », en fr. d'abord terme de fortification.

terrestre, voir ***terre***.

terreur (XIVe s.), empr. au lat. *terror* « effroi, épouvante » et « objet qui suscite la peur ». Les deux sens sont passés en fr. La nuance de « peur collective », « dispositions prises par un pouvoir tyrannique pour instaurer la terreur dans la population » date de la Révolution française. || ***terrorisme*** (XVIIIe s.), « emploi systématique de la violence à des fins politiques » ; ***terroriste*** (XVIIIe s.) ; ***terroriser*** (XVIIIe s.) ; ***terrible*** (XIIe s.), empr. au lat. *terribilis* ; ***terrifier*** (XVIe s.), empr. au lat. *terrificare*.

terrine (XVe s.), de l'a. adj. *terrin*, du lat. vulg. **terrinus* « en terre », désigne un récipient en terre.

territoire (XIIIe s.), empr. au lat. *territorium* « étendue de pays où vit une population ». Le sens « étendue de pays sur laquelle s'exerce une juridiction » date du XVIIIe s. || ***territorial*** (XVIIIe s.) ; ***territorialité*** (XIXe s.) ; ***exterritorialité*** (XIXe s.), « immunité accordée à des personnes qui échappent ainsi à la juridiction de l'Etat où elles se trouvent ».

terroir (XIIIe s.), s. d. du lat. vulg. **terratorium*, déform. de *territorium*, d'abord au sens de « région, territoire », puis « sol, terrain (apte à la culture d'un vin) », enfin « traits spécifiques attribués aux êtres d'une région » (XVIIe s.).

tertiaire 1 (XVIIIe s.), terme de géologie, empr. au lat. *tertiarius* « d'un tiers », fait sur *tertius* « troisième », désigne la troisième phase d'une évolution.

tertiaire 2 (XVIIe s.), terme ecclésiastique, empr. au lat. *tertiarius* « membre d'un tiers ordre », c'est-à-dire d'une congrégation laïque rattachée à un ordre religieux.

tertre (XIe s.), du lat. vulg. **termitem*, acc. par déformation de **terminem*, tiré du neut. *termen* « borne », en fr. au sens de « monticule ».

tessiture (XIXe s.), terme de musique, empr. à l'ital. *tessitura* « texture », désigne l'étendue des sons émis par une voix, le registre vocal d'une personne.

tesson (XIIIe s.), dér. de l'a. fr. *tes*, du lat. *testum* « récipient de terre ».

test (XVIIIe s.), de l'angl. *test* « examen, épreuve ». || ***tester*** (XXe s.).

testament 1, voir ***tester 1***.

testament 2 (XIIe s.), mot biblique, empr. au lat. *testamentum* « disposition testamentaire » pour traduire le grec *diathéké* « convention, pacte » désignant en grec chrét. l'alliance de Dieu et des hommes.

tester 1 (XVe s.), du lat. jur. *testari* « témoigner, attester ». Le sens de « disposer de ses biens par testament » est le seul qui a survécu. || ***testament*** (XIIe s.), empr. au lat. *testamentum* « testament » (le legs des biens se faisant devant des témoins) ; ***testamentaire*** (XVe s.), empr. au lat. jur. *testamentarius* « qui concerne un testament » ; ***testateur*** (XIIIe s.).

tester 2, voir ***test***.

testicule (XIVe s.), empr. au lat. *testiculus* « petit témoin (de la virilité) », d'où « testicule », désigne les glandes productrices de spermatozoïdes.

testimonial (XIIIe s.), empr. au lat. imp. *testimonialis* « qui rend témoignage ».

teston (XVIe s.), de l'ital. *testone*, fait sur *testa* « tête », en fr. « monnaie d'argent frappée à l'effigie des rois ».

tétanos (XVIe s.), du grec *tétanos* « tension et convulsion d'un muscle », de l'adj. *tétanos* « rigide ». || ***tétanique*** (XVIe s.), ***antitétanique*** (XIXe s.) ; ***tétaniser*** (XIXe s.).

tête (XIe s.), du lat. *testa* « vase en terre cuite, pot, cruche », puis en lat. tard. « crâne, tête ». Nombreux empl. du mot (surtout depuis les XVe et XVIe s.) comme siège de la pensée, du jugement (*avoir de la tête*), des états psychologiques (*avoir la tête chaude*). Les empl. au sens de « personne » (*par tête*) et de « premiers éléments d'un ensemble » (*la tête du cortège*) se développent. surtout en fr. mod. Nombreuses expres. : *tenir tête* (XVIe s.), d'abord « faire front » dans le lang. de la chasse en parlant d'un animal aux abois ; *tête à tête* (XIIIe s.) « seuls » ; *à tue-tête* (XVIe s.), « au point d'incommoder la tête », d'où « très fort » (en parlant d'un cri) ; *perdre la tête* (XIIe s.) ; *voix de tête* (XIXe s.) « voix d'un registre aigu ». || ***têtu*** (XIIIe s.) ; ***têtard*** (XIVe s.), d'abord « entêté », puis « qui a une grosse tête » (XVe s.), ensuite subst. « larve de batracien » (XVIe s.) ; ***en-tête*** (XIXe s.) ; ***étêter*** (XIIIe s.) ; ***entêter*** (XIIe s.) ; ***entêtement*** (XVIe s.) ; ***tête-à-queue*** (XXe s.).

téter (XIIIe s.), dér. de *tette* « bout de la mamelle », du germ. **titta*, de même sens (cf. l'all. *Zitze*). || ***tétine*** (XIIe s.) ; ***téton*** (XVe s.), « sein » ; ***tétée*** (XVIIe s.).

tétra-, premier élém. de mots sav. comme ***tétralogie***, tiré du grec *tétra* « quatre ».

tétras (XVIIIe s.), « coq de bruyère », empr. au lat. *tetrax*, du grec *tétrax*, de même sens.

teuton (XVIIe s.), empr. au lat. *teutonus*, nom d'un peuple de Germanie. L'empl. au sens de « allemand » (XIXe s.) est péj. || ***teutonique*** (XVIe s.), empr. au lat. *teutonicus*.

texte (XIIe s.), empr. au lat. *textus* « chose tissée, tramée », d'où « tissu, enlacement » et « récit, discours », en lat. chrét. « texte de la parole divine, évangile ». Ce dernier sens survit au M. A. Dès le XIIIe s. sens de « œuvre écrite », « énoncé authentique ». Le sens de « fragment caractéristique » est attesté au XVIIe s. || ***textuel*** (XVe s.), empr. au lat. méd. *textualis* « tiré du texte, qui se trouve dans le texte », d'où « conforme au texte » dès le XVe s. ; ***contexte*** (XVIe s.), empr. au lat. *contextus* « assemblage, enchaînement, contexture d'un discours », en fr. au sens de « environnement (d'un mot dans une œuvre) ».

textile (XVIIIe s.), empr. au lat. *textilis* « tissé ».

texture (XIVe s.), empr. au lat. *textura* « tissu », en fr. « disposition des fils », puis « arrangement, disposition d'une matière » (XVe s.), « agencement d'une œuvre ».

thalasso-, premier élém. de mots sav. comme ***thalassothérapie***, tiré du grec *thalassa* « mer ».

thaumaturge (XVIIe s.), du grec *thaumatourgos* « faiseur de miracles ». || ***thaumaturgie*** (XIXe s.).

thé (XVIIe s.), empr. au malais *teh*. || ***théière*** (XVIIe s.).

théâtre (XIIe s.), empr. au lat. *theatrum*, du grec *théatron* « lieu de représentation, public, scène », sens qui survivent en fr. Nombreux autres empl. en fr. mod. depuis le XVIIe s. : « spectacle auquel on assiste », « entreprise de spectacles », « décor dans lequel se passe un événement», «ensemble d'œuvres dramatiques». || ***théâtral*** (XVIe s.), empr. au lat. *theatralis* «qui concerne le théâtre», en ce sens en fr. Le sens péj. «outré, emphatique» est attesté au XIXe s.

thébaïde (XVIIe s.), empl. fig. tiré du nom d'une région d'Egypte, proche de *Thèbes* où ont vécu les premiers anachorètes, d'où le sens de «endroit désert».

théisme (XVIIIe s.), mot sav. fait sur le grec *théos* «dieu» d'après l'angl. *theism* «croyance en un Dieu unique indépendant des religions révélées».

thème (XIIIe s.), empr. au lat. *thema*, du grec *théma* «sujet d'un développement oratoire», dér. du verbe *tithénai* «poser», en fr. d'abord «sujet de réflexion», puis divers sens tech., notamment «exercice de traduction d'un texte de sa propre langue dans une langue étrangère» (XVIIe s.), en musique «dessin mélodique soumis à des variations» (XIXe s.), en astrologie «situation des astres dans le ciel au moment de la naissance de qqn» (XVIIe s.), en linguist. «radical d'un verbe dans les langues à flexion» (XVIIIe s.). || ***thématique*** (XVIe s.), «relatif à un thème»; ***thématisme*** (XXe s.).

théo-, premier élém. de mots sav. comme ***théologie***, fait sur le grec *théos* «dieu».

théorème (XVIe s.), empr. au lat. imp. *theorema* «proposition démontrable» du grec *théoréma* «objet d'étude, principe». En fr. par opp. à *postulat* «proposition qui ne peut être démontrée et qui est prise comme base de la démonstration», le mot signifie «proposition démontrable».

théorie (XIVe s.), empr. au lat. tard. *theoria* «spéculation, recherche spéculative», du grec *théoria* «députation envoyée vers un oracle, dans une fête solennelle», puis «contemplation», en fr. «connaissance abstraite, spéculation, doctrine» s'opposant à *pratique,* «construction intellectuelle méthodique» (XVIIe s.). || ***théorique*** (XIIIe s.); ***théoricien*** (XVIe s.).

thérapeutique (XIVe s.), empr. au grec *thérapeutikos* «qui prend soin de», fait sur le mot *thérapeuein* «prendre soin d'un malade». || ***thérapeute*** (XVIIIe s.); ***thérapie*** (XVIIe s.).

thériaque (XIIe s.), empr. au lat. médic. *theriaca* «remède contre les morsures venimeuses», fait sur le grec *ther* «bête sauvage».

thermes (XIIIe s.), empr. au lat. *thermae* «bains chauds». || ***thermal*** (XVIIe s.); ***thermalisme*** (XIXe s.).

thermidor (XVIIIe s.), mot inventé d'après le grec *thermos* «chaud» et *doron* «présent».

thermo-, premier élém. de mots sav. comme ***thermostat***, tiré du grec *thermos* «chaud».

thésauriser (XIVe s.), empr. au lat. tard. *thesaurizare* «amasser un trésor», d'où «amasser», en fr. «accumuler de l'argent, accumuler des richesses». || ***thésaurisation*** (XVIIIe s.).

thèse (XVIe s.), empr. au lat. *thesis* «sujet, proposition», du grec *thésis* «action de poser, d'établir un principe», empl. au sens de «proposition avancée», d'où au XVIIe s. «propositions avancées et défendues par un candidat à un titre universitaire». Depuis le XIXe s. le sens est «travail universitaire présenté devant un jury pour l'obtention du doctorat».

thon (XIVe s.), du lat. *thunnus*, du grec *thunnos*, de même sens. || ***thonier*** (XIXe s.), «navire pour la pêche au thon».

thorax (XIVe s.), empr. au lat. *thorax*, du grec *thorax* «cuirasse», d'où «torse» (dans le lang. médic.), fréq. terme médic. en fr. || ***thoracique*** (XVIe s.).

thriller (XXe s.), mot angl. «roman ou film qui donne le frisson», de *to thrill* «faire frémir».

thrombose (XXe s.), mot sav. empr.

au grec *thrombosis* « coagulation », désignant dans le voc. de la médecine la formation d'un caillot dans un vaisseau sanguin ou une cavité cardiaque.

thuriféraire (XVIIᵉ s.), empr. au lat. méd. *thuriferarius* « qui porte l'encensoir » (terme de liturgie), du lat. *thurifer* « qui produit de l'encens, qui offre de l'encens ». Le sens dér. « flatteur, laudateur » date du XIXᵉ s.

thym (XIIIᵉ s.), empr. au lat. *thymus*, de même sens.

thyroïde (XVIᵉ s.), mot médic., empr. du grec *thuroeidés* « semblable à une porte » (par confusion avec *thuréoeidés* « semblable à un bouclier »), car on estimait que ce cartilage couvrant une part importante du larynx représentait une protection, comme un bouclier.

thyrse (XVIᵉ s.), empr. du lat. *thyrsus*, du grec *thursos* « bâton des Bacchantes entouré de lierre et de pampre ».

tian (XXᵉ s.), mot prov., du grec *téganon* « poêle, récipient », désigne un récipient provençal, puis le plat de légumes fait dedans, terme de cuisine et de restauration.

tiare (XIVᵉ s.), empr. au lat. *tiara* « coiffure orientale », du grec *tiara* « coiffure persane », s. d. mot d'orig. perse. Le sens de « coiffure conique portée par le Pape » apparaît dès le XIVᵉ s., celui de « dignité papale » au XVIIᵉ s.

tibia (XVIᵉ s.), empr. au lat. *tibia* « flûte », puis « jambe ».

tic (XVIIᵉ s.), s. d. onomat., d'abord « mouvement convulsif de la gorge du cheval (avec déglutition d'air) », puis « geste répété » (XVIIᵉ s.), « manie » (XVIIIᵉ s.). || ***tiquer*** (XVIIᵉ s.), d'abord en parlant du cheval, puis « manifester son dépit » en parlant d'un homme (XIXᵉ s.).

ticket (XVIIIᵉ s.), de l'angl. *ticket* (de la même famille que le fr. *étiquette*) « étiquette, billet donnant un droit d'entrée ». L'expres. *ticket de rationnement* est attestée au XXᵉ s. Le sens de « liste électorale, couple de deux candidats » (XXᵉ s.) vient de l'anglo-américain.

tic-tac (XVIᵉ s.), onomat.

tiède (XIIᵉ s.), du lat. *tepidus* « de chaleur modérée ». || ***tiédeur*** (XIIᵉ s.) ; ***tiédir*** (XIVᵉ s.) ; ***attiédir*** (XIVᵉ s.) ; ***tiédissement*** (XIXᵉ s.).

tien (XIᵉ s., d'abord sous la forme *tuen)*, du lat. *tuum*, acc. de *tuus,* dér. de *tu* « tu » et refait en *tien* au XIIIᵉ s., sur le modèle de *mien.*

tierce, voir ***tiers***.

tiercelet (XIIIᵉ s., sous la forme *tercuel*), du lat. vulg. **tertiolus* « un tiers (plus petit) », du lat. clas. *tertius* « troisième, tiers », le faucon mâle portant ce nom étant un tiers plus petit que la femelle.

tiers (Xᵉ s.), adj., du lat. *tertius* « troisième », ne survit plus que dans quelques expres. comme *tierce personne, tiers état*, etc. Le fém. ***tierce*** est subst. en divers sens tech. Le sens de « suite de trois cartes de même couleur » date du XVIIᵉ s. || ***tiercé*** (XIIIᵉ s.), d'abord adj. « divisé en trois » ou « augmenté du tiers, augmenté du triple », puis au XXᵉ s. empl. dans le lang. des courses sous la forme *pari tiercé*, ensuite subst. *tiercé* (XXᵉ s.), pour désigner un pari sur trois chevaux.

tige (XIᵉ s.), du lat. *tibia* « flûte, os de la jambe, jambe », puis en lat. vulg. « partie allongée des plantes ».

tignasse, voir ***teigne***.

tigre (XIIᵉ s.), empr. au lat. *tigris*, du grec *tigris*, de même sens. || ***tigresse*** (XVIᵉ s.) ; ***tigré*** (XVIIIᵉ s.), « tacheté ».

tilde (XIXᵉ s.), de l'esp. *tilde*, du lat. *titulus* « titre, inscription », d'où « signe placé au-dessus (d'un mot ou d'un son abrégé) », notamment signe mis sur *n* en espagnol et donnant à *n* le son *ñ*.

tillac (XIVᵉ s.), du norr. *thilja* « planche, plancher », désigne le pont supérieur d'un navire.

tilleul (XIIe s.), du lat. vulg. **tiliolus*, dér. de *tilius*, du lat. clas. *tilia*.

timbale (XIIIe s.), altér. (par infl. de *cymbale*) de *tamballe* « tambourin », de l'esp. *atabal*, empr. à l'ar. *tabl* « tambour ». Le sens dér. (par anal. de forme) de « gobelet de métal » date du XVIIIe s. ‖ ***timbalier*** (XVIIe s.).

timbre (XIIe s.), du grec tard. *timbanon*, du grec clas. *tumpanon* « tambour, tambourin », en fr. au sens de « cloche immobile frappée par un marteau », « son d'un instrument » (XVIIe s.), puis « cachet officiel » (XVIIe s.), « instrument servant à timbrer », « vignette », « marque de la poste » (XVIIIe s.). ‖ ***timbrer*** (XIIe s.) ; ***timbré*** (XVIe s.), d'abord au sens de « surmonté d'un cimier », puis « marqué d'un cachet » (XVIIe s.). Le sens de « marqué par la folie, insensé » est attesté au XVIe s., celui de « sonore, qui résonne (en parlant d'une voix) » au XIXe s. Voir ***tympan***.

timide (XVIe s.), empr. au lat. *timidus* « craintif, circonspect », de *timere* « craindre ». ‖ ***timidité*** (XIVe s.), empr. au lat. *timiditas* « manque d'assurance » ; ***intimider*** (XVIe s.) ; ***intimidation*** (XVIe s.).

timing (XXe s.), mot angl., « minutage, calcul du temps nécessaire à une opération ».

timon (XIIe s.), du lat. tard. *timo, timonis,* du lat. clas. *temo*, *temonis* « flèche d'un char ou d'une charrue ». ‖ ***timonier*** (XIIIe s.), « qui tient le timon », et « qui tient la barre du gouvernail », d'où « guide » ; ***timonerie*** (XVIIIe s.).

timoré (XVIe s.), empr. au lat. eccl. *timoratus* « qui craint Dieu », d'où en fr. « scrupuleux à l'extrême » et « pusillanime » (XVIIIe s.).

tintamarre (XVIe s.), s. d. onomat.

tinter (XIIe s.), du lat. tard. *tinnitare*, dér. de *tinnire* « rendre un son clair, résonner ». ‖ ***tintement*** (XVe s.) ; ***tintin*** (XIIIe s.), d'abord au sens de « bruit d'objets qui tintent, tintement ». L'express. pop. *faire tintin* (XXe s.) a le sens de « être privé de » ; ***tintouin*** (XVIe s.).

tintinnabuler (XIXe s.), fait sur le lat. *tintinnabulum* « grelot, clochette ».

tique (XVe s.), empr. à l'angl. *tick*, désigne un acarien parasite des animaux.

tirade (XVe s.), de *tirer* avec le suff. *-ade*, d'abord « action de tirer ». Le sens de « développement continu » est attesté au XVIIe s.

tirelire (XIIIe s.), d'orig. peu claire, désigne un petit récipient muni d'un trou où l'on introduit des pièces de monnaie.

tirer (XIe s.), d'orig. peu claire. L'explication par la réduct. de *martirier* « martyriser » en *tirier* semble peu vraisemblable. Nombreux sens attestés au XIIe s. : « allonger, tendre, étendre, amener à soi, attirer, traîner, exercer une traction, se mouvoir, se rapprocher de, faire sortir, obtenir, faire venir » et aussi « lancer un projectile » (XVe s.), « tracer, représenter, faire le portrait » (XVIe s.). ‖ ***tir*** (XIIIe s.) ; ***tireur*** (XIIIe s.) ; ***tirage*** (XVe s.), « action de tirer ». Le sens « action d'imprimer » date du XVIIe s. ; ***tire*** (XIXe s.), « action de tirer » dans *vol à la tire* ; ***tirée*** (XVIe s.) ; ***tiret*** (XVIIe s.), « petit trait » ; ***tiroir*** (XIIIe s.) ; ***tirailler*** (XVIe s.), « tirer à plusieurs reprises, harceler » ; ***tiraillement*** (XVIIe s.) ; ***tirailleur*** (XVIe s.) ; ***attirer*** (XVIe s.), a remplacé l'a. fr. *atraire* ; ***attirance*** (XIXe s.) ; ***étirer*** (XIIIe s.) ; ***retirer*** (XVIe s.) ; ***soutirer*** (XVIIIe s.).

tisane (XIIIe s.), empr. au lat. tard. *tisana*, altér. de *ptisana*, du grec *ptisanê* « orge mondé, tisane d'orge », en fr. au sens de « infusion » ou « décoction » de plantes.

tison (XIIe s.), du lat. *titio, titionis* « brandon », en fr. « bûche en partie brûlée ». ‖ ***tisonner*** (XIIIe s.), « remuer la braise » ; ***tisonnier*** (XVe s.), « instrument pour attiser le feu ».

tisser (XVIe s.), réfect. de l'a. fr. *tistre* (XIIe s.), du lat. *texere* « tisser, ourdir, entrelacer ». ‖ ***tisserand*** (XIIIᵉ s.) ; ***tissu*** (XIIᵉ s.), part. substantivé ; ***tissage*** (XIIIᵉ s.) ; ***tisseur*** (XIIᵉ s.).

titan (XIVᵉ s.), nom propre, personnage de la mythologie grecque, pris au sens de « géant » (XIXᵉ s.). ‖ ***titanesque*** (XVIIᵉ s.).

titiller (XIIᵉ s.), empr. au lat. *titillare* « chatouiller », en fr. « chatouiller (agréablement), caresser ». ‖ ***titillation*** (XVᵉ s.), empr. au lat. *titillatio* « chatouillement ».

titre (XIIᵉ s., sous la forme *title*), du lat. *titulus* « inscription, titre d'un livre, affiche, étiquette, titre d'honneur, prétexte », en fr. d'abord « inscription », puis « écrit reconnaissant un droit » (XIIIᵉ s.), d'où « droit sur lequel on se fonde, raison » au XIVᵉ s. (*à juste titre* est attesté au XIVᵉ s.), « intitulé d'un ouvrage, indication du sujet d'un texte » (XIIIᵉ s.), d'où « subdivision d'un ouvrage » (XIIIᵉ s.), puis « désignation honorifique marquant une dignité » au XVᵉ s., « qualité » (*à titre de* « en qualité de » est attesté au XVᵉ s.), « proportion (d'or ou d'argent) dans un alliage » (XVIᵉ s.), « sujet d'un article en gros corps (dans un journal) » (XIXᵉ s.). ‖ ***titrer*** (XIIIᵉ s.) ; ***attitrer*** (XIIᵉ s.). Le part. pas. *attitré* au sens de « chargé d'une fonction » s'empl. au sens de « habituel » (XVIIIᵉ s.).

tituber (XVᵉ s., rare avant le XIXᵉ s.), empr. au lat. *titubare* « chanceler ». ‖ ***titubement*** (XXᵉ s.).

titulaire (XVIᵉ s.), dér. sav. du lat. *titulus* au sens de « titre d'honneur », en fr. désigne qqn « revêtu d'un titre, qui a des droits », puis « qui a une fonction en raison d'un titre » (XVIIᵉ s.). ‖ ***titulature*** (XIXᵉ s.) ; ***titulariser*** (XIXᵉ s.) ; ***titularisation*** (XIXᵉ s.).

toast (XVIIIᵉ s.), empr. à l'angl. *toast* « pain grillé » (de l'a. fr. *toster* « griller, rôtir »), puis (de manière peu claire) « action de boire à la santé de qqn » (*porter un toast*). Le sens « allocution faite avant de boire à la santé de qqn » est attesté au XXᵉ s.

toboggan (XIXᵉ s.), mot angl. du Canada, empr. à l'algonquin, désigne un traîneau, puis une piste glissante.

toc (XVᵉ s.), onomat., imitation d'un bruit. Le sens de « imitation d'une matière précieuse », d'où « camelote » est dér. ‖ ***toquer*** (XVᵉ s.), d'abord au sens de « heurter ». La forme *se toquer de* (XVIIᵉ s.) « s'enticher » appartient à la lang. fam. ; ***toqué*** (XIXᵉ s.), « fou » (lang. pop.) ; ***tocard*** ou ***toquard*** (XIXᵉ s.), d'abord « mauvais cheval ».

tocsin (XIVᵉ s., sous la forme *toquesain*), de *toquer* « toucher, sonner » et *sain*, du lat. *signum* « cloche », désigne une sonnerie de cloche répétée en vue de donner l'alarme.

toge (XIIIᵉ s.), empr. au lat. *toga* « vêtement des citoyens romains en temps de paix ». Le mot désigne depuis le XIXᵉ s. un habit professionnel long (de professeur, d'avocat, de magistrat).

tohu-bohu (XIIIᵉ s.), empr. à l'hébreu *tohu wabohu* « chaos (antérieur à la création du monde) », en fr. d'abord « chaos, confusion », puis au XIXᵉ s. « désordre » et « brouhaha, bruit confus ».

toi (fin XIᵉ s. d'abord sous la forme *tei*), du lat. *te*, acc. de *tu*, qui a également donné *te* en position inaccentuée.

toile (XIIᵉ s.), du lat. *tela*, de même sens. ‖ ***toilette*** (XIVᵉ s.), d'abord « petite toile, fine toile ». Le sens de « action de se parer, parure » date du XVIIᵉ s., celui de « habillement, mise, tenue » et « meuble servant à la toilette » du XVIIIᵉ s., celui de « soins de propreté » du XIXᵉ s., celui de « lieux d'aisances » du XXᵉ s. ; ***toiletter*** (XIXᵉ s.) ; ***toilettage*** (XXᵉ s.) ; ***entoiler*** (XIIᵉ s.) ; ***entoilage*** (XVIIIᵉ s.) ; ***rentoiler*** (XVᵉ s.), d'abord « renforcer la toile d'un objet », puis « remplacer la toile usée d'un tableau » (XVIIIᵉ s.) ; ***rentoilage*** (XVIIIᵉ s.).

toise (XIIᵉ s.), du lat. vulg. **tensa* « étendue », désignant une mesure de longueur, part. pas. fém. de *tendere*

« tendre ». || ***toiser*** (XIIIe s.), d'abord « mesurer à la toise », puis « estimer » (XVIIIe s.), enfin « regarder avec dédain » (XVIIIe s.) ; ***entretoise*** (XIIIe s.), pièce de bois servant à relier des poutres, des pièces d'un ensemble.

toison (XIIe s.), du lat. tard. *to(n)sio, to(n)sionis* « tonte », d'abord en fr. au sens de « pelage des moutons ». Le sens de « chevelure abondante » date du XIXe s.

toit (XIIe s.), du lat. *tectum*, de même sens, de *tegere* « couvrir ». || ***toiture*** (XVIe s.).

tôle (XVIIe s.), « feuille de fer », forme dial. de *table* en raison de la forme aplatie de la feuille de fer. Voir ***taule*** pour l'empl. arg. || ***tôlerie*** (XIXe s.) ; ***tôlier*** (XIXe s.).

tolérer (XIVe s.), empr. au lat. *tolerare* « supporter, endurer ». Les sens de « supporter patiemment, accepter, autoriser » datent du XIXe s. || ***tolérance*** (XIVe s.), empr. au lat. *tolerantia* « endurance, constance à supporter ». Le sens de « indulgence », d'où « liberté de pratique religieuse (résultant de l'absence d'interdiction) » (*édit de tolérance*) date du XVIe s., celui de « compréhension, indulgence, respect des opinions d'autrui » du XVIIe s., celui de « aptitude à supporter les effets d'un remède ou d'un élément extérieur » (*seuil de tolérance*) du XIXe s. ; ***tolérable*** (XIVe s.), empr. au lat. *tolerabilis* « supportable » ; ***intolérable*** (XIIIe s.), empr. au lat. *intolerabilis* ; ***intolérance*** (XVIe s.).

tollé (XVe s.), « clameur de protestation », altér. graphique de l'a. fr. *tollez* « enlevez », d'après le lat. de l'*Evangile tolle* « prends-le, enlève-le » (cri des Juifs à Ponce Pilate en parlant de Jésus).

tomate (XVIe s.), empr. à l'esp. *tomata*, de l'aztèque *tomatl*. Le mot a remplacé *pomme d'or* (cf. l'ital. *pomodoro*), *pomme d'amour*.

tombe (XIIe s.), du lat. chrét. *tumba*, du grec *tumbos* « tumulus funéraire », puis « tombe ». || ***tombeau*** (XIIe s.).

tomber (XIIe s., sous les formes *tumer, tumber* « faire des culbutes »), s. d. onomat. Le verbe a remplacé l'a. fr. *cheoir*, du lat. *cadere*. L'a. fr. *tumer* « gambader, faire des culbutes, danser » (idée de tours acrobatiques) était un terme de jongleur. Les sens de « faire une chute, dévaler rapidement, s'effondrer, descendre » apparaissent déjà au M. A. Les valeurs de « déchoir », « mourir » sont attestées au XVIe s., « arriver du haut » au XVIe s., « s'élancer, se précipiter, survenir inopinément » au XVIIe s. || ***tombée*** (XVe s.), « chute », puis « crépuscule » (*tombée de la nuit*) au XIXe s. ; ***tombereau*** (XIIIe s.), « véhicule dont la caisse bascule » ; ***tombeur*** (XIXe s.) ; ***retomber*** (XVIe s.) ; ***retombée*** (XVIe s.).

tombola (XIXe s.), empr. à l'ital. *tombola* « culbute », puis « jeu de loterie », désigne un tirage au sort où chacun reçoit un lot.

tome (XVIe s.), empr. au lat. *tomus*, du grec *tomos* « morceau coupé, portion », d'abord au sens de « division d'un ouvrage » (indépendante des volumes à paraître), puis de « volume publié ». || ***tomaison*** (XIXe s.).

tomme (XVIIe s.), forme francisée de *toma*, mot de Savoie et du Dauphiné, d'orig. obsc., désignant un fromage.

ton 1 adj. (XIe s.), du lat. *tuum*.

ton 2 subst. (XIIe s.), empr. au lat. *tonus*, du grec *tonos* « son d'un instrument, accent syllabique », terme de musique en fr., d'abord au sens de « son d'un instrument » et aussi « hauteur, timbre, intensité de la voix » (XIIe s.). Au XVIe s. divers sens tech. en musique « échelle de sons, hauteur d'une échelle musicale, note donnant la tonalité dans l'échelle (*donner le ton*), intervalle constituant un degré dans l'échelle diatonique », d'où « manière de s'exprimer, de se comporter » (*le bon ton*) au XVIIe s., en peinture

« teinte, nuance d'une couleur » (XVIIe s.). || ***tonal*** (XIXe s.) ; ***tonalité*** (XIXe s.) ; ***détonner*** (XVIIe s.), d'abord « sortir du ton », puis « ne pas être en harmonie » (XVIIIe s.) ; ***entonner*** (XIIe s.).

tondre (XIIe s.), du lat. *tondere* « raser, couper, émonder, brouter ». || ***tondaison*** (XIIIe s.) ; ***tondeur*** (XIIIe s.) ; ***tondeuse*** (XIXe s.), div. sens tech. ; ***tonte*** (XIVe s.), part. pas. subst.

tonique (XVIe s.), du grec *tonikos* « qui se tend » et « qui concerne le ton, l'intonation », en fr. empl. en médec. « relatif au tonus musculaire » et « qui stimule les forces » (XVIIIe s.), en musique (*note tonique* « note fondamentale, premier degré d'un système tonal ») au XVIIIe s., en linguist. « voyelle ou syllabe qui reçoit un accent » au XIXe s. || ***tonicité*** (XIXe s.) ; ***tonifier*** (XIXe s.).

tonitruer (XIXe s.), empr. au lat. tard. *tonitruare* « tonner », en fr. « faire retentir ».

tonne (XIIIe s.), du lat. méd. *tunna, tonna* « grand tonneau », d'orig. gaul. Le mot désigne jusqu'au XIXe s. un énorme tonneau, puis une mesure de capacité au sens de « poids valant 1 000 kilos » (depuis le XIXe s.). || ***tonneau*** (XIIe s.) ; ***tonnelet*** (XIIIe s.) ; ***tonnelier*** (XIIIe s.) ; ***tonnelle*** (XIVe s.), « pergola de construction circulaire à sommet arrondi » ; ***tonnellerie*** (XIIIe s.) ; ***entonner*** (XIIIe s.) ; ***entonnoir*** (XIIIe s.), « instrument servant à verser un liquide dans un tonneau » ; ***tonnage*** (XIVe s.), empr. à l'angl. *tonnage* (d'orig. française), d'abord « droit payé pour le vin en tonneaux », puis « droit payé par un navire », enfin « capacité de transport d'un navire évaluée en tonneaux ».

tonner (XIIe s.), du lat. *tonare* « tonner (en parlant du tonnerre), retentir ». || ***tonnerre*** (XIe s.), du lat. *tonitrus*, de même sens.

tonsure (XIIIe s.), empr. au lat. *tonsura* « action de couper les cheveux », empl. en a. fr. aussi au sens de « petit cercle rasé au sommet de la tête des ecclésiastiques » et « entrée dans le clergé ». || ***tonsurer*** (XIVe s.).

tontine (XVIIe s.), du nom propre *Tonti*, inventeur du système de mise en commun du capital avec répartition de la rente viagère sur l'ensemble des survivants.

tonton (XVIIIe s.), mot enfantin à réduplication « oncle ».

tonus (XIXe s.), empr. au lat. *tonus* « tension », en fr. « contraction des muscles, excitabilité des nerfs », puis « énergie, dynamisme » (XXe s.).

top (XIXe s.), « signal sonore », de l'angl. *stop* « arrêt ».

topaze (XIe s.), empr. au lat. *topazus*, du grec *topazos*, gemme de couleur jaune.

toper (XIIe s.), « consentir (en frappant dans la main) », s. d. d'orig. onomat.

topinambour (XVIe s.), plante, du nom d'une peuplade du Brésil.

topique (XIVe s.), empr. au lat. tard. *topicus*, du grec *topikos* « concernant un lieu, habitant un lieu », en philos. « relatif aux lieux communs (d'Aristote) », en médec. « qui agit à l'endroit concerné », puis « qui se rapporte au sujet traité » (XIXe s.).

topo-, premier élém. de mots sav. comme ***topographie***, ***toponymie***, fait sur le grec *topos* « lieu ».

toquard, voir ***toc***.

toque (XVe s.), d'orig. peu claire, coiffure de forme cylindrique.

toqué, voir ***toc***.

torche (XIIe s.), du lat. vulg. **torca*, altér. de *torqua*, autre forme de *torques* « objet torsadé, faisceau de choses tordues », en fr. au sens de « bouchon de paille », et « flambeau (fait d'une corde tordue enduite de résine) » (XIIIe s.), mot pris en divers sens tech. au XXe s. || ***torchère*** (XVIIe s.), « grand chandelier, candélabre monumental » ; ***torcher*** (XIIe s.), « essuyer (en frottant avec un bouchon de paille) ». Le verbe pronom. *se torcher* « s'essuyer le derrière (avec un bouchon de paille) », auj. pop., est attesté au XVIe s. ; **torchis** (XIIIe s.), d'abord « bouchon de paille roulé dans la terre », puis « matériau rudimentaire fait de terre argileuse et de paille coupée » ; **torchon** (XIIe s.), litt. « petite torche », d'abord « bouchon de paille », puis « toile servant à essuyer » (XIIIe s.), « linge sale », d'où « souillon » (XVIIIe s.), « texte bâclé, mal présenté » (XIXe s.). Dans l'expres. *le torchon brûle* (XVIIIe s.) « ils se disputent » le sens de « torche allumée » semble exister au sens littéral ; **torchonner** (XVe s.), d'abord « essuyer avec un bouchon de paille », puis « bâcler » (XIXe s.).

tordre (XIIe s., d'abord *tortre*), du lat. vulg. **torcere*, en lat. clas. *torquere* « tourner, faire tourner, tourmenter », empl. dès l'a. fr. au sens courant de « déformer par torsion » et de « soumettre à une torsion ». || **tors** (XIIIe s.), a. part. pas. de *tordre*, ne subsiste que dans des expres. comme *fil tors, jambes torses* ; **torsade** (XIXe s.) ; **tord-boyaux** (XIXe s.), pop. « alcool fort, de mauvaise qualité » ; **distordre** (XVIe s.), empr. au lat. *distorquere* ; **distorsion** (XVIe s.), empr. au lat. tard. *distorsio*, en lat. clas. *distortio*.

toréador (XVIIe s.), empr. à l'esp. *toreador*, a. terme de tauromachie, dér. de *torear* « combattre le taureau dans l'arène », de *toro* « taureau ». || **toréro** (XVIIIe s.), empr. à l'esp. *torero* « homme qui affronte le taureau dans une corrida » a remplacé *toréador* ; **toréer** (XXe s.), empr. à l'esp. *torear*.

tornade (XVIIe s.), empr. à l'esp. *tornado* « tourmente, ouragan », s. d. part. pas. subst. de *tornar* « tourner ».

torpeur (XVe s.), empr. au lat. *torpor* « engourdissement, torpeur, physique et morale », dér. de *torpere* « être engourdi, immobile », rare avant le XVIIIe s. ; au XIXe s. au sens courant de « engourdissement, léthargie » et de « inaction, abattement ».

torpille (XVIe s., d'abord *torpile*), empr. au prov. *torpio*, issu avec chang. de suff. de *torpin*, du lat. *torpedo* « engourdissement » et « poisson torpille », dér. de *torpere* « être engourdi », d'abord empl. en fr. pour désigner « un poisson produisant des décharges électriques », puis au XIXe s. au sens de « engin de guerre », trad. de l'angl. *torpedo* « charge d'explosifs utilisés sous l'eau ». || **torpilleur** (XIXe s.) ; **torpiller** (XIXe s.), d'abord « faire sauter à l'aide de torpilles », puis au sens fig.

torréfier (XVIe s.), empr. au lat. *torrefacere* « torréfier, dessécher », comp. de *torrere* « sécher, griller » et *facere* « faire ». || **torréfaction** (XVIe s.), d'abord empl. au sens de « grillage d'un minerai », au XVIIIe s. au sens du fr. mod.

torrent (XIIe s.), empr. au lat. *torrens*, part. prés. de *torrere* « brûler, dessécher », spéc. dès le lat. au sens de « brûlant, impétueux » et comme subst. au sens de « torrent », au propre et au fig., empl. dès l'a. fr. au sens fig. de « grande abondance, déluge » et pour qualifier un cours d'eau impétueux. || **torrentiel** (XIXe s.) ; **torrentueux** (XIXe s.).

torride (XVe s.), empr. au lat. *torridus* « desséché, brûlé » et « brûlant », dér. de *torrere* « sécher, dessécher » empl. en fr. au sens de « brûlant, chaud ».

torse (XVIIe s.), empr. à l'ital. *torso* « buste », sens spéc. de *torso* « trognon de chou, d'un fruit », dér. du lat. tard. *tursus* « tige » (voir **thyrse**), empl. en fr. dans le voc. artist., puis au XIXe s. au sens de « buste, poitrine ».

torsion (XIIIe s.), empr. au lat. tard. *torsio* ou *tortio* « coliques », dér. de *torquere* « tordre », d'abord empl. en ce sens et à partir du XIVe s. au sens de « action de tordre ».

tort (Xe s.), du lat. pop. *tortum*, part. pas. neut. de *torquere*, au sens propre « ce qui est tordu », spéc. au sens de « action contraire au droit, à la justice » ; au XIIe s. au sens de « dommage matériel ou moral causé indûment ».

torticolis (XVIe s.), empr. à l'ital. *torti colli* « faux-dévot », au sens propre « cou tordu », empl. dès le XVIe s. au sens de « contracture douloureuse du cou ».

tortiller (XIIIe s., d'abord *tortoillier*), s. d. dér. de *entortiller*. || ***tortillon*** (XVe s.) ; ***tortillement*** (XVIe s.) ; ***tortillard*** (XVIIIe s.), au XIXe s. au sens de « train d'intérêt local qui fait de nombreux détours ». Voir ***entortiller***.

tortionnaire (XVe s.), empr. au lat. méd. *tortionarius*, dér. du lat. *tortio* « action de tourner » et « torture », de *torquere* « tordre », d'abord empl. au sens de « injuste, cruel », surtout usuel depuis le XIXe s. comme subst. au sens de « bourreau ».

tortue (XIIe s.), altér. sous l'infl. de *tortu, tordu* de l'a. prov. *tartuga*, forme dissimilée de *tartaruca*, fém. de l'adj. *tartarucus* « qui appartient au Tartare, à l'enfer », la tortue ayant été prise par les premiers chrétiens comme symbole des ténèbres par opp. au coq, symbole de lumière.

tortueux (XIIIe s.), empr. au lat. *tortuosus* « sinueux, compliqué », dér. de *tortus*, part. pas. de *torquere* « tordre », empl. dès l'a. fr. au sens fig. de « subtil, compliqué », puis de « hypocrite, retors » et au sens de « qui fait des tours et des détours ».

torture (XIIe s.), du lat. tard. *tortura* « action de tordre, torture », de *torquere* « tordre », spéc. au XVe s. dans le voc. pénal au sens de « supplice pouvant entraîner la mort », puis de « souffrances physiques infligées à qqn pour le faire avouer » et à partir du XVIIe s. au sens de « souffrance physique ou morale intolérable ». || ***torturer*** (XVe s.).

torve (XVIe s.), empr. au lat. imp. *torvus* « qui regarde de travers, farouche », d'abord empl. au sens de « louche », puis « dont le regard est oblique, menaçant ».

tôt (IXe s.), attesté jusqu'au XVIIe s., sous la graphie *tost*, du lat. pop. *tostum*, neut. empl. comme adv. de *tostus*, part. pas. de *torrere* « brûler, griller » ; l'évol. du sens de « chaudement » à celui de « promptement » peut provenir d'un emploi métaphorique que l'on retrouve dans des expres. comme *griller, brûler une étape*. Usuel juqu'au XVIIe s. au sens de « vite, promptement » (*avoir tôt fait de*), *tôt* s'emploie aussi à partir du XIIe s. au sens de « bientôt » et de « précocement ». || ***aussitôt*** (XIIIe s.) ; ***bientôt*** (XIVe s.) ; ***plutôt*** (XVIe s.), d'abord *plus tost*, empl. au sens vieilli de « plus tôt », puis au sens courant de « de préférence » ; ***sitôt*** (XIIIe s. d'abord *si tost que*), au XVIe s. comme adv. ; ***tantôt*** (XIIe s.), d'abord « aussitôt », au XVIe s. *tantôt... tantôt*.

total (XIVe s.), empr. au lat. méd. *totalis*, dér. du lat. clas. *totus* « tout », empl. dès le m. fr. au sens de « ce qui est complet » ; au XVIe s. comme subst. || ***totaliser*** (XIXe s.) ; ***totalité*** (XIVe s.) ; ***totalitaire***, ***totalitarisme*** (XXe s.).

totem (XVIIIe s.), empr. à l'angl. *totem* lui-même empr. à une langue indienne d'Amérique du Nord, de la famille algonquin, pour désigner un animal considéré comme l'ancêtre et par conséquent le protecteur du clan. || ***totémisme*** (XIXe s.), s. d. empr. à l'angl. *totemism* ; ***totémique*** (XIXe s.), dér. de *totem*, s. d. d'après l'angl. *totemic*.

toton (XVIIe s.), « petite toupie », empr. au lat. *totum* « tout », prononcé *toton*.

touareg (XIXe s.), « relatif à la population nomade du Sahara, de race blanche », mot ar., masc. plur. de *targui*.

toubib (XVIIe s.), empr. à l'ar. d'Algérie *tabib* « médecin, savant habile », empl. à partir du XIXe s. au sens de « médecin militaire », puis, fam., « médecin ».

toucan (XVIe s.), empr. au tupi (Brésil) *tucano* pour désigner un oiseau à très gros bec.

toucher (XIe s.), du lat. vulg. **toccare,* d'un rad. onomat. *tokk-,* empl. dès l'a. fr. au sens de « entrer en contact » et de « porter la main sur » ; au XVIIe s. « heurter violemment » ; à partir du XVIe s. au sens de « s'occuper, se mêler de » et du XVIIe s. au sens de « émouvoir, attendrir ». || ***touche*** (XIIe s.), « action de toucher », s'emploie également en musique (XVIe s.), en peinture (XVIIe s.), à la fin du XIXe s. dans le voc. des jeux de ballon (*ligne de touche, juge de touche*) ; au XXe s. *faire une touche* ; ***touche-à-tout*** (XIXe s.) ; ***intouchable*** (XVIe s.), s'emploie spéc. en parlant des parias de l'Inde ; ***touchant*** (XVIe s.), au XVIIe s. au sens de « attendrissant » ; ***attoucher***, ***attouchement*** (XIIe s.), spéc. au sens de « caresser » et de « caresse sexuelle ». Voir ***retoucher***.

touffe (XIVe s.), d'orig. germ., de la même famille que l'all. *Zopf* « tresse de cheveux ». || ***touffu*** (XVe s.).

touffeur, voir ***étouffer***.

touiller (XIIe s.), d'abord *tooillier,* terme dial. (Nord), du lat. *tudiculare* « piler, broyer », de *tudicula* « machine pour broyer », d'abord « remuer » et « salir », empl. en fr. mod. au sens fam. de « remuer, agiter (une sauce, une pâte) ».

toujours, voir ***jour***.

toundra (XIXe s.), empr. au russe *toundra* « étendue sans arbres au climat rude », mot empr. au finnois.

toupet (XIIe s.), dér. de l'a. fr. *top, toup* « touffe de cheveux au sommet du crâne », du franc. **top* « bout, pointe », d'abord empl. au sens de « touffe de cheveux », au XIXe s. au sens fig. et fam. « aplomb, audace ».

toupie (XIIIe s.), « jouet d'enfant », s. d. issu du vieil angl. *top* « toupie ». Voir ***toupet***.

toupin (XXe s.), « petit pot en terre », empr. au prov. *toupin,* lui-même issu du fr. *toupin, tupin*, du franc. **toppin* « pot ».

tour 1 (XIe s.), du lat. *turris* « tour », empr. au grec. || ***tourelle*** (XIIe s.), dim. de *tour.*

tour 2 (XIe s.), du lat. *tornus* « instrument du tourneur », empr. au grec *tornos,* empl. à partir du XIVe s. au sens de « instrument qui permet de façonner le bois, etc. » ; au XVIe s. « armoire cylindrique tournant sur pivot » (spéc. à l'entrée des hospices, pour recueillir les enfants abandonnés).

tour 3, voir ***tourner***.

tourbe 1 (XIIIe s.), « matière combustible spongieuse et légère », du franc. **turba* « touffe d'herbe ». || ***tourbière*** (XIIIe s.).

tourbe 2 (XIe s.), du lat. *turba* « trouble d'une foule en désordre » et « foule, cohue », d'abord empl. au sens de « foule » et au sens péj. à partir du XVIe s.

tourbillon (XIIe s., d'abord *torbeillon*), dér. de l'a. fr. *torbeil, torbil* « tourbillon », lui-même dér. du lat. *turbo* « ce qui tourne en rond, tourbillon », empl. à partir du XVIIe s. dans le voc. scient. (*théorie des tourbillons*) et au sens fig. « mouvement entraînant, irrésistible ». || ***tourbillonner*** (XVIe s.) ; ***tourbillonnement*** (XVIIIe s.).

touriste (XIXe s.), empr. à l'angl. *tourist,* de *tour* « voyage circulaire », lui-même empr. au fr. *tour,* dér. de *tourner.* || ***tourisme*** (XIXe s.), empr. à l'angl. *tourism* ; ***touristique*** (XIXe s.).

tourment (Xe s.), du lat. *tormentum* « machine de guerre, instrument de torture », dér. de *torquere* « tordre », empl. jusqu'au début du XVIIe s. au sens de « supplice, torture » et à partir du XIIe s. au sens de « grande douleur physique, vive souffrance morale ». || ***tourmenter*** (XIIe s.), empl. dès l'a. fr. au sens de « affliger de souffrances physiques ou morales ».

tourmente (XIIe s.), du lat. tard. *tormenta,* plur. neut. pris comme fém. de *tormentum* (voir ***tourment***), d'abord empl. au sens, vieilli, de « tempête soudaine, violente », au XVIIIe s. au sens fig. « troubles politiques, sociaux, violents ».

tournebouler (XVIe s.), « faire perdre la tête, bouleverser », dér. de l'a. fr. *torneboele* « culbute », au sens propre « tourne boyau », de *boele* « boyau ».

tourner (Xe s.), du lat. *tornare* « tourner, façonner au tour », de *tornus* « instrument de tourneur », empl. dès l'a. fr. au sens de « déplacer qq. ch. d'un mouvement circulaire », de « changer de position, de direction » (*tourner le dos*), et de « faire mouvoir autour d'un axe » ; au XVIe s. au sens de « mettre à l'envers, sur une face opposée ». || ***tour*** (XIe s.), empl. dès l'a fr. au sens de « volte-face, mouvement fait sur soi-même » (en parlant d'un corps ou d'un objet), pour désigner une action demandant de l'adresse, de la ruse et au sens temporel, conservé dans des expres. comme *tour à tour, à tour de rôle* ; au XVIIe s. « circuit, périple » (*le Tour de France*, 1903 ; ***tournée*** (XIIIe s.), spéc. à partir du XVIIe s. au sens de « déplacement professionnel d'une troupe de théâtre » ; ***tournant*** (XIIIe s.), spéc. comme subst. à partir du XVIIe s. au sens de « endroit où une voie tourne », au XIXe s. au sens fig. ; ***tournage*** (XVIIIe s.), au XXe s. « action de tourner un film » ; ***tourneur*** (XIIIe s.) ; ***tournis*** (XIIIe s.), d'abord adj. « qui tourne, qui a le vertige », au XIXe s. pour désigner une maladie des bêtes à cornes et au sens fig. et fam. « vertige » ; ***en un tournemain*** (XVIe s.), « en un instant » ; ***tournebroche*** (XIVe s.) ; ***tournevis*** (XVIIe s.) ; ***tourne-disque*** (XXe s.), vieilli ; ***tournedos*** (XVIe s.), d'abord « poltron », spéc. au XIXe s. comme terme de boucherie ; ***retourner*** (IXe s.) ; ***retour*** (XIIe s.) ; ***retournement*** (XIIe s.) ; ***alentour*** (XIVe s.), au XVIIIe s. comme subst. plur. *les alentours* ; ***autour*** (XIIIe s.).

tournesol (XIVe s.), d'abord « matière colorante », empr. à l'ital. *tornasole* « qui se tourne vers le soleil. Voir ***héliotrope***.

tourniquet (XVIe s.), s. d. dér. de *tourner*, désigne à partir du XVIIe s. différents dispositifs tournant sur un pivot. || ***tournicoter*** (XXe s.).

tournoi, voir ***tournoyer***.

tournoyer (XIIe s., d'abord *torneier, tornoier*), dér. de *tourner* avec le suff. *-oyer*, empl. dès l'a. fr. au sens, disparu, de « combattre dans un tournoi » et au sens de « tourner sur soi-même, ou en spirale ». || ***tournoi*** (XIIe s.), déverb. de *tournoyer*, spéc. au M. A. au sens de « combat courtois entre chevaliers en champ clos » ; au XVIe s. « lutte d'émulation » ; en fr. mod. au sens courant de « concours, compétition à plusieurs séries d'épreuves » ; ***tournoiement*** (XIIe s.), d'abord synonyme de *tournoi*, au XIIIe s. « action de tourbillonner ».

tournure (XIVe s.), dér. de *tourner*, empl. à partir du XVIe s. au sens de « forme donnée à l'expression, manière d'agencer les mots » et au sens, vieilli, de « forme, maintien du corps, allure » ; au XVIIIe s. au sens fig. « aspect que prend une situation ».

touron (XVIe s.), « confiserie aux amandes et au miel », empr. à l'esp. *turron* « sorte de confiserie », dér. de *torrar*, du lat. *torrere* « griller ».

tourte (XIIIe s.), du lat. tard. *torta (panis)* « sorte de pain rond », désigne à partir du XVIIe s. une sorte de pâtisserie salée semblable à une tarte. || ***tourteau*** (XIIe s.), dér. de *tourte*, désigne en fr. mod. un aliment pour le bétail ; ***tourtière*** (XVIe s.).

tourteau 1 (XVIIe s.), de l'a. part. pas. *tort* « tordu » de *tordre* par allusion à la démarche du crabe.

tourteau 2, voir ***tourte***.

tourterelle (XIe s.), du lat. tard. *turturella*, dim. de *turtur* « tourterelle ». || ***tourtereau*** (XIIe s.), au XVIIIe s. au plur., au sens fig. « jeunes amoureux ».

toussaint (XIIe s.), abrév. de *feste de toz sainz* « fête de tous les saints ».

tout (IXe s.), adj., pron., adv. et subst.,

du lat. tard. *tottus,* altér. expres. du lat. clas. *totus* « tout ». || ***partout*** (XIIe s.).

toutou (XVIIe s.), s. d. redoublement expres. du rad. onomat. *to-*, désignant un objet, un être de petite taille.

toux (XIe s.), du lat. *tussis* « toux ». || ***tousser*** (XIIIe s.), a remplacé l'a. fr. *toussir,* du lat. *tussire* « tousser ».

toxique (XIIe s.), empr. au lat. *toxicum* « poison à l'usage des flèches », puis « poison (en général) », empr. au grec *toxikon (pharmakon)* « poison dont on imprègne les flèches », de *toxon* « arc ». || ***toxico-***, élém. tiré du lat. *toxicum* « poison » ; les dérivés et composés du mot *toxique* comme ***toxicologue***, ***toxicomanie***, ***toxicité*** sont tous postérieurs à 1800 ; ***intoxiquer*** (XVe s.), empr. au lat. méd. *intoxicare.*

trac 1 (XIXe s.), « peur, frousse », mot d'orig. onomat., du rad. expres. *trak-*, exprimant le sursaut causé par la peur.

trac 2 (XVe s.), mot d'orig. onomat., issu du rad. expres. *trak-,* exprimant le bruit de la marche, d'abord empl. au sens de « piste d'un animal » et de « bagages d'une armée », n'est plus empl. que dans la loc. *tout à trac* « soudainement, sans préparation ». Voir ***traquer***.

tracasser (XVe s.), dér. de *traquer,* empl. à partir du XVIe s. au sens de « donner du souci à » ; *se tracasser* (XVIIe s.). || ***tracas***, ***tracasserie*** (XVIe s.) ; ***tracassin*** (XXe s.).

tracer (XIIe s.), du lat. vulg. **tractiare,* de *tractus* (voir ***trait***), dér. de *trahere* « tirer », d'abord empl. en a. fr. au sens, vieilli, de « suivre à la trace, poursuivre » et au XVIe s. au sens de « faire une trace, indiquer la voie à suivre », au propre puis au fig. ; au XVIIe s. au sens de « tracer une ligne, marquer les contours de ». || ***trace*** (XIIe s.), déverb. de *tracer,* d'abord « empreinte, marque » a suivi l'évol. du verbe ; ***retracer*** (XVe s.), « tracer à nouveau », au XVIIe s. « raconter de manière à faire revivre ». Voir ***traire***.

trachée (XIIIe s.), empr. au lat. tard. *trachia,* terme d'anatomie empr. au grec *trakheia (artéria)* « conduit respiratoire raboteux », de *trakhus* « rugueux, rocailleux » et *artéria* « artère ». || ***trachée-artère*** (XIIIe s.) ; ***traché(o)-***, élém. tiré de *trachée* entrant dans la construct. de termes sav. comme ***trachéotomie*** (XVIIIe s.).

tract (XIXe s.), empr. à l'angl. *tract* « brochure, opuscule de propagande », abrév. du lat. *tractatus* « traité ».

tractation (XVe s.), empr. au lat. *tractatio* « action de traiter, maniement », dér. de *tractere*, surtout empl. en fr. au plur. et au sens péj. Voir ***traiter***.

tracteur (XIXe s.), dér. du supin *tractum* de *trahere* « tirer ». || ***tracter*** (XXe s.).

traction (XVIe s.), empr. au lat. tard. *tractio* « action de tirer », dér. du supin *tractum* de *trahere* « tirer », empl. à partir du XIXe s. dans le voc. scient., tech. et comme terme de gymnastique.

tradition (XIIIe s.), empr. au lat. *traditio* « action de transmettre, transmission, enseignement », dér. du supin *traditum* de *tradere* « faire passer à un autre, remettre », empl. à partir du XVe s. au sens de « doctrine, pratique religieuse, morale transmise de siècle en siècle » et du XVIIe s. au sens de « récits plus ou moins légendaires, relatifs au passé et transmis de génération en génération » (*tradition orale*) ; au XVIIIe s. « manière de penser, d'agir qui est un héritage du passé ». || ***traditionnel*** (XVIIIe s.), « fondé sur la tradition » ; ***traditionalisme*** (XIXe s.) ; ***traditionaliste*** (XIXe s.).

traduire (XVe s.), empr. au lat. *traducere* « conduire au-delà, faire passer » et « faire passer d'une langue dans une autre », empl. en fr. comme terme de droit, *traduire qqn en justice* « citer, déférer en justice » et à partir du XVIe s. au sens de « faire passer d'une langue dans une autre », éliminant l'a. et m. fr. *translater*, de même sens, conservé dans l'angl. *to translate.* || ***traduction*** (XIIIe s.), d'après le lat. *traductio*, spéc. au sens du fr. mod. à partir du XVIe s. ; **traducteur** (XVIe s.), dér. de *traduire* d'après le lat. *traductor.*

trafic (XIVe s.), empr. à l'ital. *traffico,* déverb. de *trafficare,* d'orig. obsc., d'abord empl. au sens de « commerce », à partir du XVIe s. au sens de « commerce plus ou moins illégal et immoral » et au XIXe s. au sens de « mouvement général des trains, des véhicules ». || **trafiquer** (XVe s.), empr. à l'ital. *trafficare,* d'abord au sens de « faire du commerce avec un autre pays », en fr. mod. de sens péj. comme **trafiquant** (XVIe s.), d'abord « commerçant ».

tragédie (XIVe s.), empr. au lat. *tragoedia* « tragédie », empr. au grec, empl. à partir du XVIe s. pour désigner une forme théâtrale et au sens fig. || **tragédien** (XIVe s.), « acteur qui joue spéc. les rôles tragiques » ; **tragique** (XVe s.), empr. au lat. *tragicus* « tragique, de tragédie » et au fig. « tragique, pathétique », empr. au grec, empl. à partir du XVIe s. au sens de « qui concerne la tragédie » et de « qui inspire une émotion intense » ; **tragi-comédie** (XVIe s.), empr. au lat. *tragi(co)comoedia,* de même sens.

trahir (XIe s., d'abord *traïr*), du lat. vulg. **tradire,* en lat. clas. *tradere* « transmettre, remettre, livrer », a pris en fr. le sens de « manquer à la foi donnée ». *Trahir* est attesté au XVIIe s. au sens de « être le signe, l'indice d'une chose dissimulée » ; *trahir la confiance de qqn* (XVIIe s.). || **trahison** (XIe s.), d'abord *traïsun* ; *haute trahison* (XVIIe s.), empr. à l'angl. *high treason* ; **traître** (XIe s.), du lat. *traditor* « traître » et « celui qui transmet, enseigne », empl. en fr. sous la forme du cas sujet de l'a. fr. *traïtre,* plus souvent employé, comme appellatif, que la forme de cas régime *traïtour* ; **traîtrise** (XIXe s.).

train, **traîneau**, voir **traîner**.

traîner (XIIe s., d'abord *traïner*), du lat. vulg. **traginare* « traîner », de **tragere,* forme altér. de *trahere* « tirer », empl. dès l'a. fr. au sens de « tirer après soi » et de « pendre à terre » et à partir du XVe s. au sens de « durer trop longtemps » ; au XVIe s. « être posé sans être rangé ». || **train** (XIIe s., d'abord *traïn*), déverb. de *traîner,* d'abord empl. aux sens, vieillis en fr. mod., de « convoi, file de bêtes de somme », puis de « équipage, suite » (*train de vie,* XIXe s.) et à partir du XVIe s. au sens mod. de « file de choses traînées, entraînées » (*train des équipages,* XIXe s.) ; au XIXe s. en emploi absolu pour désigner la locomotive et l'ensemble des wagons ; date du XVe s. l'empl. de *train* au sens de « partie qui traîne » (*train d'atterrissage* XXe s.). *Train* s'emploie également à partir du XIIe s. au sens, vieilli, de « manière d'aller, d'évoluer », sens conservé dans des expres. comme *du train où vont les choses, aller son train* ; au XVIIe s. *en train* ; **train-train** (XVIIIe s.), altér. de *tran-tran* (XVIIe s., redoublement de *tran*, d'orig. onomat.), par attract. de *train* ; **traîneau** (XVIe s.) ; **traîne** (XIIe s., d'abord *traïne*), au sens de « retard », au XIXe s. « bas d'un vêtement qui traîne » ; *à la traîne* (XVIIIe s.), d'abord en parlant d'un bateau qu'on remorque, puis d'un type de pêche et au sens fig. ; **traînage** (XVIe s.) ; **traînailler** (XIXe s.) ; **traînard** (XVIIe s.) ; **entrain** (XIXe s.), soit déverb. de *entraîner* « charmer » soit issu de la loc. *être en train* « être en bonne disposition » ; **entraîner** (XIIe s.), d'abord « amener avec soi », au XVIIe s. au sens de « pousser qqn vers qq. ch. » et de « avoir pour conséquence nécessaire », au XIXe s. dans le voc. sportif ; **entraînement** (XVIIIe s.).

traire (XIe s.), du lat. vulg. **tragere* « tirer, traîner », en lat. clas. *trahere,* empl. en a. fr. au sens de « tirer, attirer » et de « supporter », spéc. à partir du XIIIe s. au sens de « tirer le lait d'une vache ». || **traite** (XIIe s.), part. pas. fém. subst. de *traire,* a conservé des emplois plus variés comme « action de faire venir, de transporter » (*traite des* *nègres* au XVIIe s.), « opération par laquelle on trait les vaches » (XVIe s.), dans le voc. du commerce (à partir du XIVe s.) et au sens de « trajet effectué en une fois » conservé dans l'expres. *d'une traite* (XIVe s.) ; ***trait*** (XIIe s.), du lat. *tractus* « action de tirer, de traîner », d'abord empl. au sens de « acte, action », de « action de tirer » (*animaux de trait*), de « action de boire en une seule fois » et pour désigner un projectile lancé à la main ; le sens de « ligne tracée » se développe à partir du XVIe s. ; au XVIe s. *les traits du visage.* Se développent à partir du XVIIe s. les emplois au sens fig. « acte qui constitue un signe, une marque, trait de caractère » et « acte ou parole méchante » et « expression brillante, trait d'esprit » ; ***trait d'union*** (XVIIIe s.).

traiter (XIIe s.), du lat. *tractare,* dér. du supin *tractum* de *trahere* (voir ***traire***), empl. dès l'a. fr. au sens de « se conduire avec qqn de telle ou telle façon », de « négocier un accord » et de « traiter une question » ; à partir du XVIe s. au sens de « soigner ». || ***traitement*** (XIIIe s.), au XVIe s. au sens de « rémunération », au XVIIe s. dans le voc. médical ; ***traiteur*** (XIVe s.), réfect. de l'a. fr. *traitour* au sens de « négociateur », s'emploie à partir du XVIIe s. au sens de « restaurateur », à la fin du XIXe s. au sens du fr. mod. ; ***traité*** (XIVe s.), francisation du lat. *tractatus,* empl. au sens de « ouvrage didactique » et au sens jur. « accord, engagement entre Etats » ; ***maltraiter*** (XVIe s.) ; ***intraitable*** (XVIe s.), empr. au lat. *intractabilis.*

traître, voir ***trahir***.

trajectoire (XVIIIe s.), empr. au lat. scient. *trajectoria,* empl. à partir du XVIIIe s. comme terme scient. au sens de « courbe décrite par le centre de gravité d'un mobile » et au début du XXe s. au sens fig.

trajet (XVIe s.), empr. à l'ital. *tragetto* « traversée, sentier », du lat. *trajectus* « traversée », dér. de *trajectare* « traverser, transpercer », empl. dès le XVIe s. au sens usuel du fr. mod. « espace à parcourir » et « parcours, voyage » et au XIXe s. dans le voc. médical.

tralala (XIXe s.), « luxe recherché et voyant », onomat. présente dans le refrain d'une chanson du XIXe s.

trame (XIIe s.), réfect. d'après *tramer* de l'a. fr. *traime,* du lat. *trama* « trame, tissu », d'abord empl. au sens tech., à partir du XVIIe s. au sens fig. de « ce qui se déroule comme un fil » et au XIXe s. au sens de « ce qui constitue le fond, la liaison d'une chose organisée ». || ***tramer*** (XIIIe s.), dér. du lat. *trama,* d'abord empl. au sens tech., à partir du XVIe s. au sens de « combiner, machiner, ourdir ».

tramontane (XIIIe s., d'abord *tresmontaine*), empr. à l'ital. *transmontana (stella)* « étoile au-delà des monts, étoile polaire », puis « nord, vent du nord » ; seul ce dernier sens est conservé en fr. mod.

tramway (XIXe s.), empr. à l'angl. *tramway,* au sens propre « voie » (*way*) « à rails plats » (*tram*).

trancher (XIe s.), s. d. du lat. vulg. **trinicare* « couper en trois », dér. de *trini* « trois », empl. dès l'a. fr. au sens de « couper en deux, séparer » et au sens de « être tranchant » (en parlant d'une lame) ; au XVIe s. au sens fig. « abréger, couper court » ; au XIXe s. *trancher dans le vif.* || ***tranchée,*** part. pas. fém. subst., empl. à partir du XIIe s. au sens de « cavité creusée en longueur », au XVIe s. dans le voc. milit. ; ***tranche*** (XIIIe s.), « partie d'un tout », d'où « partie coupée, mince, d'une chose comestible » ; au XVe s. « partie tranchée, rognée des feuillets d'un livre », d'où l'expres. *doré sur tranche* ; au XIXe s. « partie séparée dans le temps » (*tranche horaire, tranche de vie*) ; ***tranchoir*** (XIIIe s.) ; ***retrancher*** (XIIe s.), d'abord « ôter, supprimer », au XVIIe s. *se retrancher* « se mettre à l'abri derrière qq. ch. » ; ***retranchement*** (XIIe s.), au XVIe s. « ouvrage de défense », au XVIIe s. au sens fig.

tranquille (XVe s.), empr. au lat. *tranquillus* « calme, tranquille » (en parlant de la mer), au fig. en parlant de l'état d'âme d'une personne, de la vie. || ***tranquillité*** (XIIe s.), empr. au lat. *tranquillitas* « calme de la mer » et « tranquillité » ; ***tranquilliser*** (XVe s.), rare avant le XVIIe s. ; ***tranquillisant*** (XVIIIe s.), spéc. au XXe s. dans le voc. médical.

trans-, préf., du lat. *trans* « au-delà, par-delà », a en fr. le sens de « au-delà de » (***transalpin***), « à travers » (***transpercer***) et marque le passage ou le changement (***transition***, ***transformation***).

transaction (XIIIe s.), empr. au lat. jur. tard. *transactio* « action d'achever, de finir », dér. du supin *transactum* de *transigere* (voir ***transiger***), d'abord empl. au sens de « acte par lequel on transige », spéc. depuis le XIXe s. au sens de « contrat » et au sens cour. de « arrangement, compromis ».

transatlantique (XIXe s.), « qui traverse l'Atlantique » (en parlant d'un paquebot) ; au XXe s. « chaise longue » et « course de voiliers » (abrégé en *transat*).

transcender (XIIIe s.), empr. au lat. *transcendere* « franchir, escalader », au fig. « transgresser », d'abord empl. au sens de « surpasser, transgresser, dépasser », au XXe s., dans le voc. philos., au sens de « dépasser, se situer au-delà de », sous l'infl. de *transcendant*. || ***transcendant*** (XVe s.), empr. au lat. scolast. *transcendens*, part. prés. de *transcendere* ; ***transcendance*** (XVIIe s.), rare avant le XIXe s. ; ***transcendantal*** (XVIe s.), empr. au lat. scolast. *transcendentalis*.

transcrire (XIIIe s.), empr. au lat. *transcribere* « transcrire » et « faire passer par un acte juridique », d'abord empl. comme terme de droit, « copier un acte », et à partir du XVIe s. au sens de « recopier par écrit » ; au XIXe s. dans le voc. music. et linguist. || ***transcription*** (XIVe s.), du lat. *transcriptio* « transcription, copie », a suivi l'évol. du verbe ; ***retranscrire*** (XVIIIe s.) ; ***retranscription*** (XXe s.).

transe, voir ***transir***.

transept (XIXe s.), « nef transversale qui coupe la nef principale d'une église », empr. à l'angl. *transept*, adapt. du lat. *transeptum* « enclos qui est au-delà de la nef ».

transférer (XIVe s.), empr. au lat. *transferre* « porter d'un lieu à un autre », spéc. à partir du XVe s. comme terme jur. « transmettre la propriété d'un bien, d'un droit », puis en fr. mod. dans le voc. commercial et au sens de « étendre un sentiment à un autre objet ». || ***transfert*** (XVIIIe s.), 3e pers. de l'ind. prés. de *transferre* « il transfère », d'abord empl. dans le voc. commercial, a en fr. mod. de nombreux emplois spécialisés dérivés du sens de « déplacement d'un endroit à un autre » (voc. tech., médic., de la psychan., voc. sportif).

transfigurer (XIIe s.), empr. au lat. *transfigurare* « transformer, métamorphoser », dér. de *figura* (voir ***figure***), d'abord empl. en parlant du Christ « prendre miraculeusement un aspect éclatant » et au sens de « changer d'apparence », le sens de « transformer en améliorant, en embellissant » se développant à partir du XVIe s. || ***transfiguration*** (XIIIe s.), empr. au lat. *transfiguratio* « métamorphose, transformation », d'abord empl. en parlant du Christ, puis au XVIIe s., de la *Fête de la Transfiguration* (6 août), a suivi l'évol. du verbe.

transformer (XIVe s.), empr. au lat. *transformare* « transformer, métamorphoser ». || ***transformation*** (XIVe s.), empr. au lat. eccl. *transformatio*, de même sens ; ***transformisme*** (XIXe s.).

transfuge (XIVe s.), rare avant le XVIIe s., empr. au lat. *transfuga* « déserteur », issu de *transfugere* « passer à l'ennemi », d'abord empl. au sens de « personne qui passe à l'ennemi », à partir du XVIIIe s. au sens de « personne qui change de parti, trahit sa cause ».

transfusion (XIVe s.), empr. au lat. *transfusio* « action de transvaser » et « apport, mélange de peuples » de *transfundere* « transvaser », empl. à partir du XVIIe s. dans le voc. médic. (*transfusion sanguine,* deuxième moitié du XIXe s.). || ***transfuser*** (XVIIe s.), dér. de *transfus* « transfusé », part. pas. de *transfundere* « faire passer », empr. au lat. *transfundere.*

transgression (XIIe s.), empr. au lat. *transgressio* « action de passer de l'autre côté », dér. du supin *transgressum* de *transgredi* « passer de l'autre côté, traverser », d'abord empl. au sens moral « péché, faute » et à partir du XVIe s. au sens courant de « action de transgresser, violation ». || ***transgresser*** (XIVe s.), dér. du lat. *transgressus*, part. pas. de *transgredi,* empl. au sens de « désobéir, enfreindre ».

transhumer (XIXe s.), empr. à l'esp. *transhumar* « aller paître dans la montagne », de *trans* « au-delà » et de *humus* « terre ». || ***transhumance*** (XIXe s.).

transiger (XIVe s.), empr. au lat. *transigere* au sens de « mener à bonne fin, accommoder, transiger », d'abord empl. en fr. dans le voc. jur. « faire des concessions pour régler un différend », puis au XVIIe s. au sens de « faire des concessions » au sens propre et au fig. || ***intransigeant*** (XIXe s.), empr. au sens de « qui ne fait aucune concession » à l'esp. *intransigente* désignant des républicains fédéralistes hostiles à la république unitaire, comme ***intransigeance*** (XIXe s.), de l'esp. *intransigencia.*

transir (XIIe s.), empr. au lat. *transire* « aller au-delà », spéc. en lat. chrét. au sens de « mourir », sens d'abord empl. en a. fr. et jusqu'au XVIe s. ; à partir du XVIe s. au sens de « pénétrer, saisir » (en parlant d'un sentiment, du froid). || ***transi*** (XIIe s.), d'abord « mort », puis au sens fig. (*amoureux transi,* XVe s.) désigne plus spéc. comme subst. la représentation sculptée d'un cadavre dans l'art de la fin du M. A. ; ***transe*** (XIIe s.), déverb. de *transir,* d'abord empl. au sens de « mort, trépas », à partir du XIVe s. au sens de « crainte très grande, affres ». L'emploi au XIXe s. du mot au sens de « état d'hypnose » est un empr. à l'angl. *trance* « exaltation, transport », de même orig.

transistor (XXe s.), mot angl., contraction de *transfer resistor* « résistance de transfert ».

transit (XVIIe s.), empr. dans le voc. du commerce, à l'ital. *transito* « transport de marchandises en franchise », du lat. *transitus* « action de franchir, passage », part. pas. subst. de *transire* (voir ***transir***) ; empl. au XXe s. en parlant de voyageurs en escale et dans le voc. médic. || ***transiter*** (XIXe s.).

transitif (XIVe s.), empr. au lat. *transitivus* « transitif », de *transire* « passer », terme de gram. empl. en ce sens en fr. || ***transitivité*** (XXe s.) ; ***intransitif*** (XVIIe s.), empr. comme terme de gram. au lat. *intransitivus,* de même sens.

transition (XVIe s.), empr. au lat. *transitio* « action de passer » et terme de rhétor. « transition », du lat. *transire* « passer », empl. à partir du XVIe s. comme terme de rhétor., à partir du XVIIIe s. au sens de « passage graduel, état intermédiaire ». || ***transitoire*** (XIIe s.), empr. au lat. *transitorius* « qui offre un passage » et, en lat. chrét. « passager, transitoire », d'abord empl. en fr. au sens de « passager », puis au XVIIIe s. « qui constitue une transition ».

translation (XIIe s.), empr. au lat. *translatio* « action de transférer, de transporter » et « traduction », dér. du supin *translatum* de *transferre* (voir ***transférer***), d'abord empl. comme nom d'action correspondant à l'ancien verbe *translater* au sens, disparu, de « traduction » ; désigne à partir du XIIIe s. le « fait de transporter des reliques, puis les restes d'un mort » ; au XIVe s. dans le voc. jur. ; à partir du XVIIIe s. dans le voc. scient.

translucide (XVIe s.), empr. au lat.

translucidus « transparent, diaphane », comp. de *trans* « à travers » et de *lucidus* « éclatant, lumineux », rare avant le XIXe s.

transmettre (XIIe s., d'abord *trametre*), empr. au lat. *transmittere* « envoyer de l'autre côté, faire passer au-delà », empl. en a. fr. au sens, disparu, de « envoyer » et au sens courant de « faire parvenir, faire passer qq. ch. à qqn ». || ***transmetteur*** (XVe s.), spéc. au XIXe s. dans le voc. de la télégraphie ; ***transmission*** (XIVe s.), empr. au lat. *transmissio* « trajet, traversée », empl. en m. fr. au sens de « action de transmettre », spéc. à partir du XVIIIe s. dans le voc. scient. et tech. (*courroie de transmission*) et dans le voc. médic. ; ***transmissible*** (XVIe s.), dér. sav. du supin *transmissum* de *transmittere* au sens de « qui peut être transmis ».

transmuer (XIIIe s.), empr. au lat. *transmutare* « transférer, faire changer de place », refait sur *muer*, empl. dès l'a. fr. dans le voc. alchim. au sens de « transformer une substance », comme le subst. ***transmutation*** (XIIe s.), empr. au lat. *transmutatio* « transposition (de lettres) » et au sens de « transformer, changer », qui ne subsiste en fr. mod. qu'au sens fig. La forme refaite *transmuter* date du XIXe s.

transparent (XIVe s.), empr. au lat. méd. *transparens*, comp. de *trans* « à travers » et de *parere* « apparaître », d'abord empl. au sens propre, au XVIIIe s. au sens fig. || ***transparence*** (XIVe s.), a suivi la même évol. ; ***transparaître*** (XVIIe s.), réfect. de *transparoir* (XVIe s.), rare avant le XIXe s. au sens de « apparaître, se laisser voir ».

transpercer, voir ***percer***.

transpirer (XVIe s.), empr. au lat. méd. *transpirare*, comp. de *trans* « à travers » et *spirare* « respirer, exhaler », d'abord empl. au sens propre et à partir du XVIIIe s. au sens fig. de « finir par être connu ». || ***transpiration*** (XVIe s.).

transsubstantiation (XIVe s.), empr. au lat. eccl. *transsubstantiatio*, dér. de *substantia* « substance », et désignant dans la religion chrétienne le changement de toute la substance du pain et du vin en toute la substance du corps et du sang du Christ.

transvaser (XVIe s.), formé sur *trans* « à travers » et *vase* au sens de « faire passer un liquide d'un récipient dans un autre ».

transversal (XIVe s.), empr. au lat. méd. *transversalis*, dér. du lat. *transversus* « oblique, transversal », empl. comme terme d'anatomie et à partir du XVIIe s. au sens courant de « qui traverse, qui est en travers ».

trapèze (XVIe s.), empr. au lat. tard. *trapezium* « figure de géométrie quadrangulaire », empr. au grec *trapézion* « petite table, table de changeur », déjà attesté comme terme de géométrie, dimin. de *trapéza* « table ».

trappe 1 (XIIe s.), du franc. **trappa* « piège », empl. dès l'a. fr. au sens de « piège » et de « ruse » et de « panneau fermant une ouverture dans un plancher, un plafond » ; au XIXe s. « partie mobile du plancher d'une scène ». || ***trappeur*** (XIXe s.), empr. à l'angl. *trapper*, dér. de *trap* « piège » et désignant un chasseur professionnel du nord des Etats-Unis et du Canada faisant commerce des fourrures ; ***attraper*** (XIIe s.) ; ***attrape*** (XIIIe s.), déverb. de *attraper* ; ***rattraper*** (XIIIe s.) ; ***rattrapage*** (XIXe s.).

trappe 2 (XVIIe s.), nom d'un ordre religieux, tiré par abrév. de *Notre-Dame-de-la-Trappe*, monastère fondé en 1140. || ***trappiste*** (XIXe s.), nom des moines cisterciens observant la règle réformée de la *Trappe*.

trapu (XVIe s.), dér. de l'a. adj. *trape* « court et grossier », d'orig. obsc.

traquenard (XVIe s.), empr. au gasc. *tracanart* « trot décousu d'un cheval qui paraît trébucher », dér. de *tracan* « marche, allure », de *traca* (voir ***traquer***), empl. au sens du gasc. et à partir du XVIIe s. au sens de « piège » et au sens fig. de « piège, embûche ».

traquer (XVe s.), s. d. dér. de l'a. fr. *trac* « piste des bêtes » (voir ***trace***), empl. à partir du XVe s. au sens de « chasser devant soi un troupeau » et à partir du XVIIIe s. dans le voc. de la chasse et au sens de « poursuivre qqn sans lui laisser d'issue ». || ***traque*** (XVIIIe s.), déverb. de *traquer*, « action de traquer le gibier », au XXe s. « chasse à l'homme ».

traumatique (XVIe s.), empr. au lat. tard. *traumaticus* « efficace contre les blessures », du grec *traumatikos* « qui concerne les blessures », dér. de *trauma* « blessure », s'emploie à partir du XIXe s. au sens de « qui a rapport aux plaies, aux blessures ». || ***traumatisme*** (XIXe s.) ; ***traumatiser***, ***traumatisant*** (XXe s.).

travailler (XIe s.), du lat. vulg. **tripaliare* « tourmenter, torturer avec le *trepalium* » (désignant en lat. tard. un instrument de torture), d'abord empl. au sens de « faire souffrir, physiquement et moralement, gêner, ennuyer » et comme pronom. au sens de « se tourmenter » et de « faire des efforts pour » ; se développent à partir du XVIe s. les sens du fr. mod. « modifier par le travail », « agir pour obtenir un résultat utile », « exercer une profession, un métier ». || ***travail*** (XIIe s.), déverb. de *travailler*, a suivi la même évol. Le plur. *travaux* se spéc. à partir du XVIIe s. au sens de « entreprises difficiles et périlleuses » (*les douze travaux d'Hercule*) ou de « suite d'entreprises exigeant une activité physique suivie et l'emploi de moyens particuliers » (*travaux des champs, travaux domestiques*) ; *travaux publics* (XVIIIe s.) ; *travaux forcés* (XVIIIe s.) ; ***travailleur*** (XIIe s.), d'abord « celui qui fait souffrir », au XVIe s. au sens de « personne qui travaille » ; ***travailliste*** (XXe s.), dér. de *travail* pour traduire l'angl. *Labour party* « parti des travailleurs ».

travée (XIVe s.), dér. de l'a. fr. *tref* « poutre » et « mât de navire » (XIe s.), du lat. *trabs, trabis* « poutre », d'abord empl. au sens de « espace entre deux poutres », puis de « portion de voûte comprise entre deux points d'appui » et en fr. mod. au sens de « rangée de tables, de bancs ».

travelling (XXe s.), abrév. de l'angl. *travelling shot* « prise de vue en mouvement », terme de cinéma formé sur *to travel* « voyager ».

travers (XIe s.), du lat. *traversus*, var. de *transversus* « oblique, transversal », part. pas. pris comme adj. de *transvertere* « tourner vers » et « détourner », d'abord attesté dans des loc. comme *en travers, à travers, de travers*, et comme subst. au sens de « chemin de traverse », au XVIIe s. au sens fig. « défaut, imperfection » (en parlant d'une personne). || ***traverse*** (XIIe s.), du lat. tard. *traversa*, fém. subst. de *traversus*, empl. depuis le XIVe s. au sens de « barre, pièce rigide disposée en travers » ; *chemin de traverse* « qui coupe » (XVIe s.) ; au XVe s. vieilli et littér. « difficulté, revers » ; ***traversin*** (XIIIe s.), d'abord « qui est en travers », au XIVe s. au sens du fr. mod. ; ***traversier*** (XIVe s.), du lat. *traversarius*, var. de *transversarius* « transversal », dér. de *transversus* ; ***traviole*** (XIXe s.), pop., surtout empl. dans la loc. *de traviole* « de travers », altér. en *-iole* de la finale de *traverse*.

traverser (Xe s.), du lat. pop. *traversare*, en lat. clas. *transversare* « remuer en travers », puis en lat. tard. « parcourir d'un bord à l'autre », dér. de *transversus* (voir ***travers***) ; au XVIe s. au sens fig. « passer par la tête ». || ***traversée*** (XVIIe s.), « action de traverser la mer » et « trajet par mer », puis au XIXe s. « action de traverser un espace » (au sens fig. *traversée du désert*).

traversin, voir ***travers***.

travertin (XVIIe s.), empr. à l'ital. *travertino*, altér. de *tivertino*, du lat. *tiburtinus* « de Tibur » (Tivoli) désignant un type de roche calcaire provenant de cette ville voisine de Rome.

travestir (XVIe s.), empr. à l'ital. *travestire* « changer de vêtements pour ne pas être reconnu », aussi empl. au fig., d'abord empl. en fr. à la forme pronom. *se travestir* « se déguiser » et à partir du XVIIe s. comme transitif au sens fig. « dénaturer, défigurer ». || ***travesti*** (XVIe s.), d'abord « déguisé », au XXe s. comme subst. « déguisement » et pour désigner un homosexuel habillé en femme ; ***travestissement*** (XVIIe s.), au XIXe s. au sens fig.

trébucher (XIe s.), comp. du préf. *tres-* « au-delà », du lat. *trans* et de l'a. fr. *buc* « tronc du corps », du franc. **buk* « ventre », d'abord empl. au sens de « faire tomber » et de « tomber », à partir du XVIe s. au sens de « hésiter », puis de « faire un faux pas », au propre et au fig. || ***trébuchet*** (XIIe s.), « piège pour les animaux » et à partir du XIVe s. « petite balance pour peser la monnaie », à partir du sens tech. de *trébucher* « modifier le poids d'une monnaie ».

tréfilerie (XIIIe s.), « atelier, usine où se fait le tréfilage », dér. de l'a. fr. *trefilier* « ouvrier qui étire le métal en le faisant passer par les trous d'une filière », comp. de *tres-, tré-* « à travers » et de *fil.*

trèfle (XIVe s.), du grec de Marseille *triphullon,* forme subst. de l'adj. *triphullos* « à trois feuilles », de *tri* « trois » et *phullon* « feuille ».

tréfonds, voir ***fond***.

treille (XIe s.), du lat. *trichila* « berceau de treille, tonnelle », empl. en a. fr. au sens de « berceau de ceps de vigne soutenus par un treillage », puis au XIIIe s. de « vigne que l'on fait pousser contre un support ». || ***treillis*** (XIIIe s.), d'abord *treilleïz,* dér. de *treille* au sens de « entrecroisement de lattes, de fils métalliques » ; ***treillage*** (XVIe s.).

treillis (XIVe s.), forme altér. de l'adj. de l'a. fr. *tresliz* (XIIe s.) « tissé à mailles », du lat. vulg. **trilicius*, dér. du lat. clas. *trilix* « à triple fil », désigne d'abord une toile de chanvre très résistante ; au XXe s. « tenue militaire d'exercice ou de combat ».

treize (XIIe s.), du lat. *tredecim* « trois plus dix », comp. de *tres* « trois » et *decem* « dix ». || ***treizième*** (XIIe s.), d'abord *trezime.*

tréma (XVIIe s.), d'abord *points tremaz,* empr. au grec *tréma* « trou, orifice » et spéc. « points sur un dé », empl. en fr. au sens de « signe de deux points placé sur une voyelle, (pour indiquer que la voyelle qui précède doit être prononcée séparément) ».

trembler (XIIe s.), du lat. vulg. **tremulare* « trembler », formé sur *tremulus* « tremblant », dér. de *tremere* « trembler, redouter », empl. dès l'a. fr. au sens propre et au sens fig. || ***tremblement*** (XIVe s.), empl. au sens de « oscillation, secousse » (*tremblement de terre*), au XVIe s. « mouvement involontaire du corps » ; ***tremble*** (XIIe s.), du lat. tard. *tremulus* « le tremblant », forme subst. de l'adj. *tremulus* « qui tremble » pour désigner un arbre dont les feuilles tremblent facilement au vent ; ***trembloter*** (XVIe s.).

trémie (XIe s., d'abord *tremuie*), du lat. *trimodia,* var. de *trimodium* « vase qui contient trois muids ou boisseaux », comp. de *tri-* « trois » et de *modius,* (voir ***muid***), d'abord empl. au sens de « sorte de grand entonnoir où l'on met le grain à broyer », a ensuite développé de nombreux sens dans les voc. tech.

trémière (XVIe s.), dans l'expres. *rose trémière*, est une forme altér. de *rose d'outremer.*

trémolo (XVIIIe s.), empr. à l'ital. *tremolo* « tremblement de la voix », du lat. *tremulus* « qui tremble » (voir ***trembler***), empl. en fr. comme terme de musique et au sens courant de « tremblement d'émotion dans la voix, souvent outré ».

trémousser (se) (XVIe s.), comp. du préf. *tré-,* du lat. *trans*, et de *mousse*

« écume » au sens de « trembler, s'agiter », n'est plus empl. qu'à la forme pronom. || ***trémoussement*** (XVIe s.).

tremper (XIVe s.), forme altér. par métathèse de l'a. fr. *temprer* (XIe s.), du lat. *temperare* « disposer convenablement, organiser, régler » et « garder la mesure, l'équilibre », empl. dès l'a. fr. au sens de « plonger dans un liquide » et de « imbiber d'un liquide » ; à partir du XIIe s. (d'abord *temprer*) au sens tech. de « plonger un métal dans un bain froid pour le durcir » et au XVIIe s. au sens fig. « aguerrir, endurcir ». || ***trempe*** (XVe s.), altér. de *tempre* (XIIe s.), d'abord « immersion d'un métal dans un bain froid », au XVe s. au sens fig. de « caractère, énergie ». Voir ***température***, ***tempérer***, ***détremper***.

tremplin (XVIIe s.), empr. à l'ital. *trampolino* « tremplin », dér. de *trempellare* « remuer, branler », formé sur un rad. germ. *tramp-* « piétiner, trépigner ».

trench-coat (XXe s.), mot angl., litt. « manteau (*coat*) de tranchée (*trench*) », ce vêtement ayant été porté par les officiers anglais dans les tranchées pendant la guerre de 1914-1918.

trente (Xe s., d'abord *trenta*), du lat. vulg. **trinta*, contract. du lat. *triginta* « trois fois dix », dér. de *tres* « trois ». || ***trentième*** (XIIe s.), d'abord *trentisme* ; ***trentaine*** (XIIe s.).

trépan (XIIIe s.), empr. au lat. méd. *trepanum,* du grec *trupanon* « instrument pour percer » et spéc. « instrument de chirurgie », d'abord empl. en fr. au sens médic., puis à partir du XVIe s. comme terme tech. || ***trépaner*** (XIVe s.) ; ***trépanation*** (XVe s.).

trépasser (XIe s.), comp. de *tres,* du lat. *trans* « au-delà » et de *passer,* qui s'emploie aussi en a. et m. fr. aux sens, disparus, de « traverser » et de « transgresser », n'est plus attesté en fr. mod. qu'au sens de « mourir ». || ***trépas*** (XIIe s.), déverb. de *trépasser*, a suivi la même évol.

trépidation (XIIIe s.), empr. au lat. *trepidatio* « agitation, trouble », de *trepidare* « s'agiter, trembler », empl. à partir du XVIIIe s. au sens de « agitation de ce qui subit des secousses rapides » et spéc. en parlant d'un moteur, et au XIXe s. au sens fig. « agitation ». || ***trépider*** (XVIe s.), empr. au lat. *trepidare,* d'abord « s'agiter », puis au XIXe s. « être agité d'oscillations rapides ».

trépied (XIIe s.), réfect., d'après *pied,* de l'a. fr. *trepez,* de l'acc. lat. *tripedem* de *tripes* « qui a trois pieds » et comme subst. « siège à trois pieds ».

trépigner (XVe s.), dér. de l'a. fr. *treper, triper* (XIIe s.) « frapper, du pied, sauter, danser », du franc. **trippon* « sauter », d'abord empl. au sens, disparu, de « avancer d'un pas mal assuré » et à partir du XVIe s. au sens de « frapper des pieds contre terre en restant sur place » et au sens fig. de « témoigner de la joie, de l'impatience, etc. ». || ***trépignement*** (XVIe s.). Voir ***tripot***.

très (XIe s.), du lat. *trans* « au-delà de, à travers », d'abord empl. comme adv. et prép. marquant le temps « dès » et le lieu « auprès, derrière », attesté à partir du XIIe s. comme adv. d'intensité, emploi qui l'emporte à partir du XVIe s. *Très* entre également dans la formation de verbes où il marque l'idée de mouvement au-delà, d'intensité, d'excès.

trésor (XIe s.), altér. inexpliquée du lat. *thesaurus,* empr. au grec *thésauros* « magasin où l'on enferme les choses précieuses, trésor ». || ***trésorier*** (XIe s.), dér. de *trésor* d'après le lat. tard. *thesaurarius* « personne chargée de l'administration des finances d'un prince, etc. » ; ***trésorerie*** (XIIIe s.), d'abord « lieu où l'on garde un trésor », sens vieilli, et « administration du Trésor de l'Etat » ; au XIXe s. « état et gestion des fonds ». Voir ***thésauriser***.

tressaillir (XIe s.), comp. de *tres,* du lat. *trans* « au-delà » et de *saillir* « sauter », empl. dès l'a. fr. au sens, disparu, de « franchir en sautant » et au sens de

« frémir, sursauter sous l'effet d'une émotion ». || ***tressaillement*** (XVIe s.).

tressauter, voir ***sauter***.

tresse (XIe s.), d'orig. discutée, p.-ê. du lat. vulg. **trichia*, dér. du grec *thrix* « cheveu, poil », empl. dès l'a. fr. au sens de « natte de cheveux » et au XVIe s. au sens de « galon, cordon plat ». || ***tresser*** (XIe s.), d'abord *trecier*.

tréteau (XIIe s.), du lat. vulg. **tra(n)stellum*, altér. du lat. *transtillum* « petite poutre », dimin. de *transtrum* « poutre, planche allant d'une paroi à une autre », d'abord empl. au sens de « pièce de bois sur quatre pieds servant de support » et à partir du XVIIe s. au sens, vieilli, de « théâtre de foire » (*monter sur les tréteaux*).

treuil (XIIIe s., d'abord *truil*), du lat. *torc(u)lum* « pressoir », en lat. vulg. **troclum*, dér. de *torquere* « tordre », d'abord empl. au sens de « pressoir » et au XIVe s. au sens mod. de « appareil de levage et de chargement ».

trêve (XIIe s., d'abord *trive, true*), du franc. **treuwa* « sécurité », empl. dès l'a. fr. au sens de « armistice militaire », au XVe s. au sens fig. « arrêt d'une action, relâche ».

tri, voir ***trier***.

tri-, préf. signifiant « trois », du lat. ou du grec *tri-* « trois », représentant le grec *treis* ou le lat. *tres*.

triade (XVIe s.), empr. au lat. tard. *trias, triadis* « nombre de trois », du grec *trias, triados*, de même sens, dér. de *treis* « trois », empl. au sens de « groupe de trois personnes ou de trois choses ».

triangle (XIIIe s.), empr. au lat. *triangulum* « triangle », forme subst. de l'adj. *triangulus* « qui a trois angles ». || ***triangulaire*** (XIVe s.), empr. au lat. *triangularis* « qui a trois angles » ; au XXe s. au sens fig. « qui met en jeu trois éléments ».

tribord (XVe s.), empr. au m. néerl. *stierbord*, de *stier* « gouvernail » et *boord* « bord d'un vaisseau », s'oppose à *bâbord* pour désigner le côté droit d'un navire. Voir ***bâbord***.

tribu (XIVe s.), empr. au lat. *tribus* « tribu, division du peuple romain », d'abord empl. comme terme d'hist. antique, puis désigne à partir du XVe s. les douze peuples issus des douze tribus d'Israël ; à partir du XVIIIe s. est attesté le sens courant de « groupe social et politique fondé sur une parenté ethnique réelle ou supposée » ; au XVIIe s. au sens fig. et plaisant, « famille nombreuse ». || ***tribal*** (XIXe s.) ; ***tribalisme*** (XXe s.).

tribulation (XIIe s.), empr. au lat. chrét. *tribulatio* « tourment », de *tribulare* « oppresser, tourmenter », empl. dès l'a. fr. au sens religieux « tourment imposé par Dieu » et au sens vieilli de « adversité, épreuve », en fr. mod. au plur. au sens de « aventures plus ou moins désagréables ».

tribun (XIIIe s.), empr. au lat. *tribunus* « officier ou magistrat romain », empl. comme terme d'antiq. rom., au XIXe s. au sens de « défenseur éloquent d'une cause, d'une idée ».

tribunal (XIIe s.), empr. au lat. *tribunal* « tribunal, estrade en demi-cercle où siégeaient les magistrats romains », empl. à partir du XVe s. au sens mod. de « lieu où l'on rend la justice » et à partir du XVIIe s. au sens de « magistrat, corps de magistrats affectés à une juridiction ».

tribune (XIIIe s.), rare avant le XVIIe s., empr. au lat. méd. *tribuna*, altér. du lat. clas. *tribunal* « tribunal », d'abord empl. au sens de « galerie réservée dans une église », puis de « galerie où se trouvent les musiciens, le buffet d'orgue » et de « endroit élevé d'où l'orateur s'adresse à l'assemblée » ; au XVIIIe s. au sens fig. « lieu d'où l'on s'exprime par le discours ou l'écriture ».

tribut (XIVe s.), empr. au lat. *tributum* « taxe, impôt, tribut », dér. de *tribuere* « répartir entre les tribus, attribuer, répartir », a éliminé l'a. forme *treü* (XIe s.), également issu de *tributum*. || **tributaire** (XIIe s.), empr. au lat. *tributarius* « qui concerne la tribu », d'abord « qui paye tribut à un seigneur, à un souverain », au XVIe s. au sens du fr. mod. « qui dépend de qqn, de qq. ch. ».

triceps (XVIe s.), terme d'anatomie, du lat. *triceps* « qui a trois têtes », de *tres* « trois » et de *caput* « tête ». Voir **biceps**.

tricher (XIIe s., d'abord *trichier, trechier*), du lat. vulg. **triccare*, var. expres. du lat. *tricari* « chercher des détours, chicaner », dér. de *tricae* « bagatelles » et « embarras, difficultés », empl. dès l'a. fr. au sens, vieilli, de « tromper » et au sens du fr. mod. « enfreindre discrètement les règles d'un jeu pour gagner », puis « se conduire avec mauvaise foi » ; au XIXe s. « dissimuler un manque, un défaut ». || **tricherie** (XIIe s.), a suivi la même évol. ; **tricheur** (XIIe s.).

tricolore (XVIIe s.), empr. au lat. tard. *tricolor* « de trois couleurs », rare jusqu'à la fin du XVIIIe s. où il qualifie (à partir de 1789) le drapeau français.

tricorne (XIXe s.), empr. au lat. imp. *tricornis* « qui a trois cornes », pour désigner une sorte de chapeau. Voir **bicorne**.

tricoter (XVe s.), dér. du m. fr. *triquot* « gourdin », dér. de *trique,* d'abord empl. au sens de « battre », puis de « remuer vivement les jambes », et à partir du XVIe s. au sens courant du fr. mod. « exécuter un tricot ». || **tricot** (XVIIe s.), déverb. de *tricoter,* d'abord empl. au sens de « aiguille à tricoter » et de « tissu confectionné avec des aiguilles ».

trictrac (XVe s.), mot d'orig. onomat., désigne à partir du XVIe s. un jeu de dés.

trident (XIVe s.), empr. au lat. *tridens* « harpon » et « trident, attribut traditionnel du dieu de la mer Neptune », forme subst. de l'adj. *tridens* « qui a trois dents », empl. aux sens du lat.

trièdre (XVIIIe s.), terme de géométrie, comp. de *tri-* « trois » et de *-èdre,* du grec *hédra* « siège, base », sur le modèle de *tétraèdre.*

triennal (XIVe s.), empr. au lat. tard. *triennalis* « de trois ans, qui dure trois ans ».

trier (XIIe s.), s. d. du lat. tard. *tritare* « broyer », dér. du supin *tritum* de *terere* « frotter, user », empl. dès l'a. fr. au sens, disparu, de « disperser » et au sens courant de « séparer, sélectionner » (en éliminant ce qui est mauvais) ; au XIXe s. au sens neutre de « classer ». || **tri** (XIVe s.), déverb. de *trier,* rare avant le XVIIIe s. où il est repris au sens de « action de trier » ; **triage** (XIVe s.), *gare de triage* (XXe s.).

trifouiller, voir **fouiller**.

trigone (XIVe s.), terme de géom., empr. au lat. *trigonus*, empr. au grec *trigonos* « qui a trois angles », comp. de *tri-* « trois » et *gonia* « angle ». || **trigonométrie** (XVIIe s.), empr. au lat. scient. *trigonometria,* mot créé au XVIe s. à partir du grec *trigonon* et de *-metria* « mesure ».

trille (XVIIIe s.), terme du voc. musical, empr. à l'ital. *trillo* « trille, battement rapide sur deux notes contiguës », s. d. d'orig. onomat.

trilogie (XVIIIe s.), empr. au grec tard. *trilogia,* comp. de *tri-* « trois » et *-logia*, d'abord au sens de « ensemble de trois tragédies sur un même thème ». Voir **tétralogie**.

trimaran, voir **catamaran**.

trimbal(l)er (XVIIIe s.), altér. de *tribaler* « ballotter » (XVIe s.), s. d. formé à partir de *baller* « danser » et *tribouler* « tourmenter ».

trimer (XVIIe s.), arg., d'orig. incert., d'abord attesté au sens de « marcher sans but ou avec effort », puis au XIXe s. de « travailler dur sans grand résultat », est p.-ê. une var. de *trumer* (XIVe s.) « courir ». || **trimardeur**

(XVIIIe s.), d'abord « voleur de grand chemin », puis « chemineau ».

trimestre (XVIe s.), empr. au lat. *trimestris* « qui dure trois mois », comp. de *tres* « trois » et *mensis* « mois ». || ***trimestriel*** (XIXe s.).

tringle (XIVe s., d'abord *tingle*), empr. au m. néerl. *tingel, tengel* « cale de bois », terme de marine, d'abord empl. au sens, vieilli, de « baguette équarrie », puis à partir du XVIIe s. « tige métallique servant de support, etc. » || ***tringler*** (XIVe s., d'abord *tingler*), au XXe s., empl. vulg. « posséder sexuellement ».

trinité (Xe s.), empr. au lat. *trinitas* « la réunion de trois », spéc. en lat. chrét. pour désigner le mystère de la *Sainte Trinité* (réunion en un seul Dieu du Père, du Fils et du Saint-Esprit), empl. dès l'a. fr. en ce sens et au sens de « groupe de trois personnes, de trois principes ».

trinôme (XVIe s.), comp. de *tri-* et *-nôme,* d'après *binôme.*

trinquer (XIVe s.), empr. à l'all. *trinquen* « boire », d'abord empl. en ce sens et à partir du XVIIe s. au sens mod.

trio (XVIe s.), empr. à l'ital. *trio* formé, comme terme de musique, d'après *duo,* sur le rad. lat. *tri-* « trois ». Voir ***duo***.

triolet (XVe s.), poème à forme fixe, du grec *triphullon* « trèfle », par comparaison entre la forme de la plante et la structure de cette sorte de poème.

triomphe (XIIe s.), empr. au lat. *triumphus* « triomphe (entrée solennelle à Rome d'un général victorieux) », d'abord empl. au sens de « victoire militaire éclatante » et comme terme d'antiq. rom., puis au sens général de « victoire à l'issue d'un combat, d'une lutte, d'une rivalité » ; *arc de triomphe* (XVIIe s.) ; *porter qqn en triomphe* (XVIIIe s.). || ***triompher*** (XIIIe s.), empr. au lat. *triumphare* « obtenir les honneurs du triomphe » et « triompher de », d'abord empl. au sens de « vaincre avec éclat » et à partir du XVIe s. au sens fig. « venir à bout de qq. ch. » ; ***triomphal*** (XIVe s.), empr. au lat. tard. *triumphalis* « relatif au triomphe, triomphal » ; ***triomphateur*** (XIVe s.) ; ***triomphalisme*** (XXe s.).

triparti, **tripartite** (XVe s.), empr. au lat. *tripartitus* « divisé en trois ». || ***tripartition*** (XVIIIe s.), empr. au lat. *tripartitio* « division en trois parties ».

tripe (XIIIe s.), « boyau d'un animal », d'orig. incert., désigne fam. à partir du XVIe s. les « boyaux humains » (*rendre tripes et boyaux* « vomir ») ; *prendre aux tripes* (XXe s.). || ***tripaille*** (XVe s.) ; ***tripier*** (XIIIe s.) ; ***triperie*** (XIVe s.) ; ***tripette*** (XVe s.), « petite tripe », surtout empl. dans l'expres. fam. *cela ne vaut pas tripette* « cela ne vaut rien » (XVIIIe s.) ; ***tripoux*** (XVIIe s.), d'abord « boudin » ; ***étriper*** (XVIe s.).

triphtongue (XVIe s.), dér. de *tri-,* « trois », d'après *diphtongue.*

triple (XIIe s., d'abord *treble, trible*), du lat. *triplus* « triple ». || ***tripler*** (XIVe s.) ; ***triplé*** (XXe s.), empl. au sens de « groupe de trois enfants » et dans le voc. sportif.

tripot (XIIe s.), dér. de l'a. fr. *treper, triper* « frapper du pied, sauter », du franc. **trippon* « sauter, sautiller », d'abord empl. au sens de « acte sexuel » et de « ruse » ; au XVe s. « enclos aménagé pour le jeu de paume » ; au XVIIIe s. au sens du fr. mod., « maison de jeu ». || ***tripoter*** (XVIe s.), d'abord « manigancer », à partir du XVIIIe s. au sens de « spéculer, trafiquer », au XIXe s. « manier sans précautions » et au sens fam. de « peloter » ; ***tripotage*** (XVe s.) ; ***tripotée*** (XIXe s.), « raclée, volée de coups » et « grande quantité de » ; ***tripatouiller*** (XIXe s.), issu du croisement de *tripoter* et de *fouiller.* Voir ***trépigner***.

triptyque (XIXe s.), empr. au grec *triptukhos* « plié en trois », pour désigner un ouvrage de peinture ou de sculpture en trois parties. Voir ***diptyque***.

trique (XIVe s.), mot dial. du Nord-Est, var. de *estrique* « bâton passé sur une mesure pour en faire tomber le grain en excès », de *estriquier*, empr. au m. néerl. *striken* « passer un objet sur un autre », d'abord empl. dans l'expres. *jouer aux triques* (sorte de jeu) et à partir du XVIIe s. au sens de « gros bâton, gourdin ».

triste (Xe s.), empr. au lat. *tristis* « triste, affligé ». || ***tristesse*** (XIIe s.) ; ***attrister*** (XIVe s.) ; ***contrister*** (XIIe s.).

triton (XVIe s.), empr. au lat. *Triton,* nom d'un dieu marin, fils de Neptune, d'abord empl. comme terme de mythologie et au XIXe s. en zoologie.

triturer (XVIe s.), empr. au lat. tard. *triturare* « battre le blé », dér. de *tritura* « battage du blé », du supin *tritum* de *terere* « frotter, user », empl. jusqu'au XVIIIe s. au sens de « battre le blé » et à partir du XVIIe s. au sens de « broyer, piler » ; au XIXe s. « malaxer, pétrir ». || ***trituration*** (XIIIe s.), empr. au lat. tard. *trituratio* « battage du blé ».

triumvir (XVIe s.), terme d'hist. rom. empr. au lat. *triumvir* « membre d'une commission de trois personnes », issu du génitif pluriel *trium virum* « de trois hommes », de *vir* « homme » et *tres* « trois ». || ***triumvirat*** (XVIe s.), empr. au lat. *triumviratus* « commission de triumvirs ».

trivial (XVIe s.), empr. au lat. imp. *trivialis* « grossier, vulgaire », dér. de *trivium* « carrefour à trois voies », d'où « lieu fréquenté, place publique », d'abord empl. au sens, vieilli, de « plat, commun » et à partir du XIXe s. au sens courant de « bas, vulgaire », au XXe s. dans le voc. didactique « banal, évident », s. d. sous l'infl. de l'angl. *trivial* « quelconque, insignifiant ». || ***trivialité*** (XVIIe s.), a suivi l'évol. de l'adj.

troc, voir ***troquer***.

troène (XIIIe s.), d'abord *troine,* altér. d'une forme dial. *troy* (Metz), du franc. **trugil.*

troglodyte (XIIe s.), empr. au lat. *Troglodytae* « Troglodytes (habitants des cavernes) », empr. au grec *Troglodutés,* comp. de *troglé* « trou » et *dunein* « s'enfoncer », pour désigner les habitants d'une excavation naturelle.

trogne (XVe s.), fam., d'abord *trongne,* s. d. issu d'un rad. gaul. **trugna* « groin, museau », empl. à partir du XVIIe s. au sens du fr. mod. « visage rubicond de buveur, de gros mangeur ».

trognon (XIVe s.), « ce qui reste d'un fruit, d'un légume, etc. », dér. de l'a. verbe *estroigner* « élaguer », altér. d'après *trogne* de *estroignier,* var. de *estronchier* « élaguer », du lat. *truncare* « tronquer, amputer ». Voir ***tronc***.

troïka (XIXe s.), mot russe désignant un attelage de trois chevaux ; au XXe s. « groupe de trois dirigeants politiques, de trois entreprises, etc. ».

trois (Xe s.), du lat. *tres,* de même sens. || ***troisième*** (XIIe s.), d'abord *troisime.*

troll (XIXe s.), mot suédois désignant un esprit, un lutin des légendes scandinaves.

trolley (XIXe s.), empr. à l'anglo-améric. *trolley* dér. de *to troll* « bouger, se déplacer », puis « rouler », p.-ê. dér. du fr. dial. *trôler* « rôder », du lat. vulg. **tragulare* « suivre le gibier à la trace ».

trombe (XVIIe s.), empr. à l'ital. *tromba* « trompe, trompette ». Voir ***trompe***.

trombine (XIXe s.), mot d'arg., d'orig. incert., p.-ê. croisement de *trompe* au sens de « nez » et de *bobine* « visage », ou empr. à l'ital. *trombina* « petite trompe ».

tromblon (XIXe s.), empr. à l'ital. *trombone*, nom d'arme, le *l* du fr. étant inexpliqué.

trombone (XVIIIe s.), empr. à l'ital. *trombone* « instrument de musique à vent », dér. de *tromba* « trompe ».

trompe (XIIe s.), du franc. **trumba,* s. d. d'orig. onomat., d'abord empl. au sens de « instrument à vent, trompette », les emplois fig. se développant à partir du XVIe s. (*trompe d'éléphant*) et à partir du XVIIe s. en anatomie (*trompe de Fallope, trompe d'Eustache*). || **trompette** (XIIIe s.), « instrument de musique », au XVIIe s. *sans tambour ni trompette* « secrètement », au XVe s. comme subst. masc.

tromper (XIVe s.), d'orig. obsc., d'abord attesté sous la forme *se tromper de* « se moquer de qqn », s. d. emploi fig. de *tromper* « sonner de la trompe ». || **trompeur** (XIIIe s.), rare avant le XVe s. ; **tromperie** (XIVe s.) ; **trompe-l'œil** (XIXe s.), terme de peinture ; **détromper** (XVIIe s.).

tronc (XIIe s.), du lat. *truncus* « tronc d'arbre, souche », d'abord empl. en ce sens et dès le XIIIe s. au sens de « tronc, boîte pour recueillir les aumônes » ; au XVIIe s. en architecture et en anatomie « torse, buste » ; au XXe s. *tronc commun* « partie commune d'un ensemble appelé à se différencier ». || **tronche** (XIVe s.), du lat. vulg. **trunca* « billot de bois », au XVIe s. fam. au sens de « tête » ; **tronçon** (XIe s.), dér. de l'a. fr. *trons* « morceau », du lat. vulg. **tronceum*, de l'adj. lat. *truncus* « élagué, mutilé », au XIXe s. au sens de « portion de voie, de chemin de fer, etc. » ; **tronçonner** (XIIIe s.) ; **tronçonneuse** (XXe s.). Voir **trognon**, **tronquer**.

trône (XIIe s.), empr. au lat. imp. *thronus* « trône », du grec *thronos*, de même sens. || **trôner** (XIXe s.), vieilli au sens de « régner », courant au sens de « être comme sur un trône, occuper la place d'honneur » ; **détrôner** (XVIe s.), au XVIIIe s. au sens fig. « faire cesser la prééminence, la vogue de ».

tronquer (XVIe s.), empr. au lat. imp. *truncare* « amputer, éplucher (des légumes) », au fig. « raccourcir (des vers) », dér. de *truncus* « tronc », a remplacé l'a. fr. *tronchier* (XIIIe s.) au sens, vieilli, de « couper, amputer » ; au XVIIe s. au sens fig. de « retrancher qq. ch. (d'un ouvrage, d'un texte) ». Voir **tronc**.

trop (XIe s.), adv. employé dès l'a. fr. au sens, vieilli, de « très suffisamment, beaucoup » et au sens courant de « excessivement », issu du franc. **throp* « village, troupeau, tas » latinisé en *troppus*, attesté au sens de « troupe, troupeau ». || **trop-plein** (XVIIe s.), d'abord au sens fig., au XVIIIe s. au sens de « qui est en excès ». Voir **troupe**, **troupeau**.

trope (XIVe s.), « figure de rhétorique », empr. au lat. *tropus*, du grec *tropos* au sens spéc. dans le voc. de la rhétor. de « tour, manière de s'exprimer ».

trophée (XVe s.), empr. au lat. tard. *trophaeum*, forme altér. du lat. *tropaeum* « trophée », empr. au grec *tropaion* « monument de victoire », dér. de l'adj. *tropaios* « qui fait tourner, qui met en fuite », de *tropé*, « tour », d'abord empl. comme terme d'antiq., puis pour désigner un motif décoratif et à partir du XVIIe s. au sens fig. « signe, témoignage d'une victoire » ; *trophée de chasse* (XIXe s.).

tropique (XIVe s.), empr. au lat. tard. *tropicus* « tropical », du grec *tropikos (kuklos)* « cercle du tropique », dér. de *tropos* (voir **trope**), empl. en fr. pour désigner chacun des deux cercles parallèles à l'équateur (*tropique du Cancer, tropique du Capricorne*, au XVIe s.). || **tropical** (XIXe s.).

tropisme (XXe s.), subst. de l'élém. *-tropisme* (utilisé antérieurement pour former des mots comme *héliotropisme*), tiré du grec *tropos* « tour, direction. Voir **trope**.

troquer (XIIIe s.), d'orig. incert., à rapprocher du lat. méd. *trocare*, p.-ê. formé sur le rad. onomat. **trokk-* « frapper dans les mains » (pour conclure un échange). || **troc** (XVIe s.), a élim. *truke* (XVe s.), puis *troque*.

trotter (XIIe s.), du franc. **trotton* « courir », à rapprocher de l'all. *treten* « marcher », aussi empl. à partir du

XVIIe s. au sens fig. « trotter par la tête ». || ***trot*** (XIIe s.) ; ***trottiner*** (XIIe s.) ; ***trotte***, au XVIIe s. au sens de « distance assez longue à parcourir », au XIXe s. d'empl. fam. ; ***trotteur*** (XVe s.), d'abord « vagabond », au XVIe s. « cheval dressé à trotter » ; ***trottoir*** (XVIe s.), rare avant le XIXe s. au sens mod. « chemin surélevé réservé aux piétons » ; *faire le trottoir* « se prostituer » (XIXe s.) ; ***trottinette*** (XIXe s.), d'abord « bottines », au XXe s. « jouet d'enfant ».

trou (XIIe s.), du lat. vulg. **traucum*, en lat. méd. *traugum*, p.-ê. empr. au gaul., aussi empl. à partir du XVIe s. au sens de « localité, maison à l'écart » et à partir du XVIIe s. au sens de « absence d'un élément dans un ensemble, espace vide » (spéc. en parlant d'argent), ou au sens fig. *trou de mémoire*. || ***trouer*** (XIIe s.) ; ***trouée*** (XVe s.), d'abord *trauee*, empl. à partir du XVIIIe s. dans le voc. milit., au XIXe s. en parlant du ciel.

troubadour (XVIe s.), de l'a. prov. *trobador* (XIIe s.), cas régime de *trobaire* « poète », dér. de *trobar* « trouver », et spéc. « faire des vers, composer » (voir ***trouver***, ***trouvère***), empl. au sens de « poète lyrique en langue d'oc ; *style troubadour* (XIXe s.).

trouble 1, adj. (XIIe s.), du lat. vulg. **turbulus*, issu du croisement de *turbidus* « troublé, agité, confus », dér. de *turba* « agitation de la foule » et de *turbulentus* « troublé, agité », avec métathèse du *r*, empl. dès l'a. fr. au sens concret « qui n'est pas limpide » et au sens fig. « qui contient des éléments obscurs », puis au XVIIIe s., sous l'infl. de *troubler*, « qui contient des éléments équivoques, inavouables ». Voir ***troubler***.

trouble 2, subst., voir ***troubler***.

troubler (XIe s.), du lat. vulg. **turbulare*, de **turbulus* (voir ***trouble 1***), dérivé qui a élim. le lat. *turbare* « troubler, agiter », empl. dès l'a. fr. au sens de « devenir brouillé », de « empêcher le bon fonctionnement de qq. ch. » et de « gêner l'exercice des facultés mentales de qqn » ; à partir du XVIIe s. au sens de « mettre qqn dans un état de trouble, spéc. amoureux ». || ***trouble***, subst. (XIIIe s.), d'abord « confusion, état de désordre » (*fauteur de troubles*), à partir du XVIe s. au sens de « perte de lucidité » et de « agitation, émotion », au XIXe s. souvent au plur. dans le voc. médic. (*troubles mentaux*) ; ***trouble-fête*** (XIVe s.).

trouille (XVe s.), mot fam., d'abord « colique », p.-ê. dér. de l'a. et m. fr. *troillier* « broyer » (XIIIe s.), dér. de *truil, troil* « pressoir à raisins », au sens de « péter » ; *avoir la trouille* « avoir peur » (XXe s.).

troupeau (XIIe s.), s. d. dér. du lat. méd. *troppus* « troupeau », issu par métathèse du franc. **thorp* « village », aussi empl. en a. fr. et jusqu'au XVIIe s. au sens de « troupe », et à partir du XIIIe s., mais rare avant le XVIe s., au sens de « réunion d'animaux domestiques » ; au XVIIe s. au sens péj. en parlant d'êtres humains. || ***troupe*** (XIIe s.), d'abord *trope*, dér. de *troupeau*, empl. dès l'a. fr. au sens, vieilli, de « réunion de gens » et spéc. à partir du XVe s. au sens de « groupe d'hommes armés » ; au XVIIe s. *troupe théâtrale* ; ***attrouper*** (XIIIe s.) ; ***attroupement*** (XVIe s.) ; ***troupier*** (XIXe s.), d'abord « homme de troupe, soldat », spéc. dans l'expres. *comique troupier*. Voir ***trop***.

trousser (XIe s.), du lat. vulg. **torsare*, dér. du part. pas. **torsus* (en lat. clas. *tortus*), de *torquere* « tordre », avec métathèse du *r*, d'abord empl. au sens de « charger une bête de somme (en mettant les objets en paquet) », au XIVe s. au sens de « relever un vêtement » (*trousser les jupons*), au XVIe s. au sens, vieilli ou littér., de « expédier rapidement qq. ch. ». || ***trousse*** (XIIe s., d'abord *torse*), d'abord empl. au sens de « ballot, choses liées ensemble » et à partir du XIVe s. au sens de « contenant (à divers usages) » ; les expres. *être aux trousses de, courir aux trousses de* (XVIe s.) proviennent du sens de *trousse* « haut-de-chausses relevé porté par les pages » ; ***trousseau*** (XIIe s.), « paquet, ballot d'objets », spéc. à partir du XIIIe s. au sens de « habits, linge qu'emporte une jeune fille qui se marie » ; au XVIIe s. *trousseau de clés* ; ***détrousser*** (XIIe s.) ; ***retrousser*** (XIIIe s.).

trouver (Xe s.), du lat. vulg. **tropare,* dér. de *tropus* « figure de rhétorique », empl. dès l'a. fr. au sens de « rencontrer, en cherchant, ou par hasard », au sens de « découvrir par un effort de l'esprit, de l'imagination », au sens de « voir qqn, qq. ch. se présenter d'une certaine manière », de « trouver un caractère, une qualité » et au sens, disparu, de « faire des vers, composer », l'emploi comme verbe de jugement se développant à partir du XIIIe s. ; à partir du XVIe s. au sens de « rencontrer par hasard » (*trouver la mort*) ; *se trouver* est d'abord attesté (XVe s.) au sens de « être là » ; au XVIe s. *se trouver bien, mal* ; au XVIIe s. « découvrir sa personnalité ». || ***trouvère*** (XIIe s.), d'abord *trovere,* cas sujet de *troveor* qui a donné *trouveur,* correspond, au sens de « poète lyrique de la France du Nord », à *troubadour* (voir ce mot) ; ***trouvaille*** (XIIe s.), d'abord empl. au sens de « épave », au XVIIe s. au sens de « découverte heureuse », au XIXe s. en parlant d'une idée originale, intéressante ; ***retrouver*** (XIIe s.) ; ***retrouvaille*** (XVIIIe s.), surtout usuel au plur.

truand (XIIe s.), d'abord « mendiant », du gaul. **truganto* « malheureux », au XXe s. « malfaiteur qui fait partie du milieu ». || ***truander*** (XIIe s.), d'abord « mendier, vagabonder », a suivi l'évol. de *truand* ; ***truanderie*** (XIIIe s.).

trublion (XXe s.), mot formé par Anatole France au sens de « fauteur de troubles, agitateur », pour désigner les partisans du prétendant au trône, le duc d'Orléans, surnommé Gamelle, à partir du mot lat. *trublium* « gamelle » et d'après le sens de *troubler.*

truc (XIIIe s.), empr. à l'a. prov. *truc,* de *trucar* « cogner, heurter contre », du lat. vulg. **trudicare,* dér. du lat. clas. *trudere* « pousser avec force, avec violence », d'abord empl. au sens de « coup d'adresse, ruse », à partir du XVIIIe s. au sens de « moyen habile de se tirer d'affaire » et au XIXe s. de « savoir-faire ». || ***truquer*** (XIXe s.) ; ***truquage*** (XIXe s.).

truchement (XIVe s.), réfect. de *drugement* (XIIe s.) « interprète », empr. à l'ar. *tourguman* « traducteur », vieilli au sens de « interprète », empl. à partir du XVIe s. au sens fig. « intermédiaire » (*par le truchement de*).

trucider (XVe s.), empr. au lat. *trucidare* « égorger, massacrer », de *trux, trucis* « farouche, féroce », d'abord empl. au sens du lat. et à la fin du XIXe s. comme synonyme plaisant de « tuer ».

truculent (XVe s.), empr. au lat. *truculentus* « farouche, cruel », dér. de *trux, trucis,* de même sens, d'abord empl. au sens du lat. et à partir du XIXe s. au sens de « haut en couleur ». || ***truculence*** (XVIe s.), empr. au lat. *truculentia* « manières farouches », a suivi l'évol. de l'adj.

truelle (XIIIe s.), du lat. tard. *truella,* en lat. clas. *trulla* « petite écumoire », de *trua* « écumoire », empl. en fr. pour désigner un outil de maçon, de plâtrier.

truffe (XIIe s.), de l'a. prov. *trufa,* du lat. tard. *tufera,* plur. neut. du lat. *tufer,* var. de *tuber* « tumeur, excroissance » et « truffe », d'abord empl. en a. fr. au sens de « plaisanterie, moquerie » et à partir du XIVe s. pour désigner le tubercule. || ***truffer*** (XIIIe s.), d'abord « se moquer de », au XIXe s. « garnir de truffes » et au sens fig. Voir ***tubercule***.

truie (XIIe s.), du lat. tard. *troja,* d'orig. obsc., p.-ê. issu du gaul. **trogja,* dér. du rad. **trogh-* « tirer ».

truisme (XIXe s.), empr. à l'angl. *truism* « vérité d'évidence », dér. de *true* « vrai, véritable ».

truite (XIIe s.), du lat. tard. *tructa,* de même sens.

trumeau (XIIIe s.), d'abord « gras de la jambe, mollet », du franc. **thrum* « morceau », empl. à partir du XVIe s. comme terme d'architecture.

truquer, **truquage**, voir ***truc***.

trust (XIXe s.), empr. à l'anglo-améric. *trust,* forme abrégée de *trust company*, de *to trust* « avoir confiance », empl. en fr. dans le voc. écon. et au sens courant de « entreprise, groupe d'entreprises constituant une force de pression économique et politique ». || ***truster*** (XXe s.), « monopoliser ».

tsar (XVIIe s.), **tzar** (XVIIIe s.), **czar** (XVIe s.), sont des empr. de *tsar*, mot slave, dér. du lat. *Caesar* « César », comme l'all. *Kaiser.* || ***tsarine***, ***tzarine*** (XVIIIe s.) ; ***tsariste*** (XXe s.).

tsé-tsé (XIXe s.), mot de la langue des Tswana, peuple d'Afrique australe, désignant une mouche d'Afrique transmettant la maladie du sommeil.

tsigane, voir ***tzigane***.

tu (Xe s.), pron. pers., du lat. *tu.* || ***tutoyer*** (XIVe s.) ; ***tutoiement*** (XVIIe s.). Voir ***tien***, ***toi***, ***ton***.

tub (XIXe s.), empr. à l'angl. *tub* « grande cuvette servant à se laver », d'orig. inconnue.

tuba (XIXe s.), empr. au lat. *tuba* « trompette droite ».

tube (XVe s.), empr. au lat. *tubus* « tuyau, canal, conduit », d'abord empl. au sens de « voûte » et à partir du XVIIe s. au sens de « conduit de forme cylindrique » ; à partir du XVIIIe s. dans le voc. de l'anat. ; au XXe s. « emballage en forme de tube ». || ***tuber***, ***tubage*** (XIXe s.) ; ***tubulaire*** (XVIIIe s.), dér. du rad. du lat. *tubulus* « petit tuyau », dim. de *tubus* ; ***tubulure*** (XVIIIe s.) ; ***entuber*** (XXe s.), arg. « escroquer, posséder ».

tubercule (XVIe s.), empr. au lat. *tuberculum* « petite saillie, petit gonflement », dim. de *tuber* « excroissance, tumeur », d'abord empl. en anat. et à partir du XVIIIe s. en botan. « excroissance arrondie d'une racine, d'une tige souterraine » et, dans le voc. médic., au sens de « petite masse arrondie provoquée par des maladies diverses dont la tuberculose ». || ***tuberculose*** (XIXe s.), « maladie infectieuse et contagieuse », a entraîné l'évol. de ***tuberculeux*** (XVIe s.), d'abord « qui forme un tubercule », au XIXe s. « qui a rapport à la tuberculose, qui est atteint de tuberculose » ; ***tubard*** (XXe s.), d'empl. fam.

tubéreux (XVe s.), empr. au lat. *tuberosus* « rempli de proéminences », de *tuber* « truffe », et comme subst. au fém. ***tubéreuse*** (XVIIe s.) pour désigner une plante à bulbe.

tudieu, voir ***dieu***.

tuer (XIIe s.), du lat. vulg. **tutare,* en lat. clas. *tuteri* « garder, conserver », s. d. devenu synonyme de *extinguere* « éteindre » et « tuer », p. -ê. par l'intermèd. de « protéger », dans des expres. comme *tutare famem, sitim* « apaiser la faim, la soif » ; empl. en a. fr. au sens de « frapper, assommer » et à partir du XIIIe s. au sens de « faire périr de mort violente » ; au XVe s. au sens fig. « se fatiguer » ; au XVIe s. *se tuer* « se donner la mort », au XVIIe s. *se faire tuer.* || ***tueur*** (XIIIe s.), *tueur à gages* (XVIe s.) ; ***tuerie*** (XIVe s.), d'abord « abattoir », au XVe s. « action de tuer en masse, carnage » ; ***à tue-tête*** (XVIe s.).

tuf (XIIIe s.), empr. à l'ital. *tufo,* du lat. tard. *tufus,* en lat. clas. *tofus* « tuf, pierre spongieuse et friable ».

tuile (XIIe s., d'abord *tiule*), du lat. *tegula* « tuile », surtout empl. au plur. au sens de « toit », de *tegere* « couvrir », empl. en fr. au sens du lat. et au XVIIIe s. au sens fig. et fam. de « désagrément inattendu ». || ***tuilerie*** (XIIIe s.).

tulipe (XVIe s.), empr. au turc *tulbend* « turban » et « plante-turban », par comparaison avec la forme de la fleur, mot d'orig. persane.

tulle (XVIIIe s.), de *point de tulle,* du nom de la ville de *Tulle* (Corrèze), où cette sorte de tissu léger aurait été fabriquée.

tumeur (XIVe s.), empr. au lat. *tumor,* « enflure, gonflement », de *tumere* « être gonflé, enflé », spéc. dans le voc. médic. || ***tuméfier*** (XVIe s.), adapt. du lat. *tumefacere* « gonfler » ; ***tuméfaction*** (XVIe s.), dér. sav. du lat. *tumefacere* ; ***tumescent*** (XIXe s.), empr. au part. prés. *tumescens* de *tumere* ; ***tumescence*** (XIXe s.).

tumulte (XIIe s., d'abord *temolte*), empr. au lat. *tumultus* « désordre, trouble, vacarme, levée en masse », au fig. « agitation, trouble de l'esprit », de *tumere* « être gonflé », empl. dès l'a. fr. au sens de « désordre bruyant », à partir du XVIe s. au sens, vieilli et littér., de « agitation, activité désordonnée et excessive » (*le tumulte du monde*) et du XVIIe s. au sens de « violent désordre intérieur » (*le tumulte des passions*). || ***tumultueux*** (XIVe s.), empr. au lat. *tumultuosus* « plein d'agitation, de trouble », dér. de *tumultus.*

tumulus (XIXe s.), mot lat. signifiant « éminence, tertre », empl. en archéologie au sens de « amas de pierres, de terre élevé sur une tombe ».

tungstène (XVIIIe s.), terme de chimie, empr. au suédois *tungsten* « pierre lourde », de *sten* « pierre » et *tung* « lourd ».

tunique (XIIe s.), empr. au lat. *tunica* « tunique (vêtement de dessous) », empl. dès l'a. fr. comme terme d'antiq. et pour désigner un vêtement liturgique ; au XVIIIe s., « vêtement de femme », puis aussi « veste d'uniforme ».

tunnel (XVIIIe s.), empr. à l'angl. *tunnel,* empr. au m. fr. *tonnel* (voir ***tonneau***), empl. en fr. au sens de l'angl. « galerie souterraine ».

turban (XIVe s., d'abord *tourbelon*), empr. au turc *tulbent* « turban », d'orig. persane, qui a également donné *tulipe.*

turbine (XVIe s.), empr. au lat. *turbo,* « ce qui tourne en rond, tourbillon, bobine, fuseau », d'abord empl. au sens de « tourbillon », au XIXe s. au sens de « dispositif rotatif ». || l'élém. ***turbo-***, empr. au lat. *turbo,* entre dans la construct. de nombreux mots désignant des mécanismes, des moteurs rotatifs comme ***turbocompresseur***, ***turbomoteur***, ***turboréacteur*** ; ***turbiner*** (XIXe s.), en arg. au sens de « travailler dur » et « se prostituer » ; ***turbin*** (XIXe s.).

turbot (XIIe s.), empr. à l'a. scand. **thornbutr,* au sens propre *butr* « barbue », *thorn* « à piquants ».

turbulent (XIIIe s.), empr. au lat. *turbulentus* « troublé, agité », dér. de *turba* « agitation de la foule », empl. à partir du XVIe s. au sens de « qui est bruyant, agité ». || ***turbulence*** (XVe s.), empr. au lat. *turbulentia* « trouble, perturbation », rare avant le XVIIe s. au sens du lat. et au plur. au sens de « troubles politiques » ; au XIXe s. « caractère d'une personne turbulente », au XXe s. terme scient. (météorologie).

turc (XIe s.), empr. au turc *turk* « turc », d'abord empl. au sens de « habitant de la Turquie » ; au XVe s. *fort comme un Turc* ; au XIXe s. *tête de Turc.* || ***turquerie*** (XVIIe s.), au sens de « composition littéraire ou artistique d'inspiration orientale », à la mode aux XVIIe et XVIIIe s.

turf (XIXe s.), mot angl., au sens propre « gazon, pelouse », spéc. depuis le XVIIIe s. dans le voc. des courses de chevaux, d'abord empl. au sens, vieilli, de « terrain de courses », puis par ext. au sens de « ce qui concerne les courses de chevaux et les activités qui s'y rapportent ». || ***turfiste*** (XIXe s.).

turgescent (XIXe s.), empr. au part. prés. lat. *turgescens* de *turgescere* « se gonfler, s'enfler », dér. de *turgere* « être gonflé, enflé », empl. comme terme de physiologie et au sens fig. « gonflé ». || ***turgescence*** (XVIIIe s.), empr. au lat. scient. *turgescentia,* dér. de *turgescens,* terme de physiologie.

turlupiner (XVIIe s.), d'abord « faire des farces de mauvais goût », au XVIIIe s. « tourmenter qqn », dér. de ***turlupin*** (XIVe s.), mot d'orig. inconnue, d'abord empl. au sens de « membre d'une secte hérétique » et de « rieur, badin ».

turne (XVIe s.), empr. à l'alsacien *türn* « prison », forme dial. de l'all. *Turm* « tour » et « prison », d'abord empl. en jargon au sens de « maison », au XIXe s. dans l'arg. des voleurs, puis dans l'arg. scolaire « chambre d'étudiant ».

turpitude (XIVe s.), empr. au lat. *turpitudo* « laideur, difformité », au fig. « laideur morale, infamie », de *turpis* « difforme, laid », empl. en fr. au sens moral de « ignominie, infamie ».

turquerie, voir ***turc***.

turquoise (XIIIe s.), fém. subst. de l'a. adj. *turquois*, dér. de *turc*, pour désigner une pierre précieuse de couleur bleue.

tussor (XIXe s.), empr. à l'angl. *tussore*, de l'hindi *tassar*, mot d'orig. sanscrite.

tuteur (XIIIe s.), empr. au lat. *tutor* « défenseur, protecteur », d'abord empl. comme terme de droit, au XVIIIe s. dans le voc. de l'horticulture. || ***tutelle*** (XIVe s.), empr. au lat. *tutela* « action de veiller sur, protection », empl. comme terme jur. au XVIe s. « état de dépendance d'une personne soumise à une surveillance » ; ***tutélaire*** (XVIe s.), empr. au lat. *tutelaris* « protecteur ».

tutoyer, voir ***tu***.

tutti quanti (XVIIe s.), loc. ital. signifiant « tous autant qu'ils sont ».

tutu (XIXe s.), déformation enfantine de *cucu*, redoublement de *cul*, spéc. au sens de « jupe de gaze portée par les danseuses classiques ».

tuyau (XIe s., d'abord *tudel, tuiel*), du franc. **thuta* « tuyau », empl. dès l'a. fr. au sens de « tige creuse des céréales » et au sens courant de « canal fermé, permettant de faire passer un liquide, un gaz, etc. » ; au XIXe s., d'empl. fam., au sens de « renseignements confidentiels (donnés par le *tuyau* de l'oreille) ». || ***tuyère*** (XIVe s.), issu de *tuyau* par substitution de suff. ; ***tuyauterie*** (XIXe s.), courant en fr. mod. au sens de « ensemble des tuyaux, des canalisations » ; ***tuyauter*** (XIXe s.), « orner du linge de tuyaux » (au sens de *tuyau* « pli ornemental ») et fam. « donner un tuyau, un renseignement ».

tweed (XIXe s.), empr. à l'angl. *tweed* « lainage d'Ecosse », marque de fabrique, altér. sous l'infl. du nom de la rivière *Tweed*, de *tweel* « étoffe croisée », de *to tweel*, var. de l'angl. *to twill* « croiser un tissu ».

twist (XXe s.), empr. à l'anglo-améric. *twist*, nom d'une danse, de *to twist* « se tordre, se tortiller ».

tympan (XIIe s.), empr. au lat. *tympanum* « tambourin » et terme d'architecture, du grec *tumpanon* « tambourin », d'abord empl. en ce sens, puis à partir du XVIe s. comme terme d'architecture et à partir du XVIIe s. pour désigner la membrane séparant le conduit auditif et l'oreille moyenne. Voir ***timbre***.

type (XIVe s.), empr. au lat. *typus* « figure, image », du grec *tupos* « empreinte en creux », « figure, image, contour » et « forme de l'expression », empr. en m. fr. au lat. méd. pour désigner un personnage ou un élément de l'Ancien Testament préfigurant le Nouveau Testament et au sens, qui se développe surtout à partir du XVIIIe s., de « ensemble des traits généraux exprimant l'essence d'un ensemble d'objets ou de personnes » ; au XVIe s. au sens, vieilli, de « caractère d'imprimerie » ; au XIXe s. au sens de « individu bizarre ». || ***typique*** (XVe s.), empr. au lat. chrét. *typicus*, du grec *tupikos* « symbolique, exemplaire », d'abord terme d'exégèse biblique, « qui réalise un type de l'Ancien Testament », empl. en fr. mod. au sens courant de « qui constitue un type, un modèle idéal » ; ***typologie*** (XIXe s.), d'abord dans le voc. de l'exégèse, puis à la fin du XIXe s. « science des types humains » et « science de l'élaboration des types » ; ***atypique*** (XIXe s.).

typhon (XVIe s.), empr. au lat. *typhon* « tourbillon », empr. au grec *tuphon,* de même sens. *Typhon* a été réempr. à partir du XVIIe s. au sens de « cyclone des mers de Chine et de l'Océan Indien » au port. *tufao,* lui-même empr. à l'ar. *tufan,* du grec *tuphon.*

typhus (XVIIe s.), empr. au lat. méd. *typhus,* du grec *tuphos* « torpeur, léthargie ». || ***typhoïde*** (XIXe s.).

typographe (XVIe s.), « compositeur d'imprimerie », formé du grec *tupos* « caractère d'écriture » et de l'élém. *-graphe* de *graphein* « écrire ». || ***typographie***, ***typographique*** (XVIe s.).

typologie, voir ***type***.

tyran (Xe s.), empr. au lat. *tyrannus* « souverain absolu, tyran, usurpateur », du grec *turannos* « maître absolu, usurpateur », empl. dès l'a. fr. au sens de « homme cruel, violent » et au sens politique « despote, usurpateur ». || ***tyrannie*** (XIIe s.), empr. au lat. eccl. *tyrannia,* de même sens ; ***tyrannique*** (XIVe s.), empr. au lat. *tyrannicus,* d'abord « qui est injuste, violent », au XVIe s. « qui est relatif à la tyrannie » ; ***tyranniser*** (XIVe s.).

tyrolienne (XIXe s.), « chant montagnard », dér. de l'adj. *tyrolien* « habitant du Tyrol ».

tzigane, **tsigane** (XIXe s.), attesté dès le m. fr. sous d'autres graphies, empr. au russe *tsigan',* lui-même empr. au grec byzantin *atsinganos,* puis *tsiganos,* au sens propre « qui ne touche pas », qui se rattacherait au grec byzantin *adiganos* désignant une secte hérétique. *Tzigane* a remplacé en fr. mod. l'appellation de « égyptien » pour désigner un ensemble de populations venues de l'Inde, apparues en Europe au XVe s. et vivant en nomades.

U

ubac (XXe s.), empr. au prov. *ubac* « versant d'une montagne exposé au nord », du lat. *opacus* « sombre ».

ubiquité (XVIe s.), dér. sav. du lat. *ubique* « partout », de *ubi* « où », d'abord attesté pour désigner un attribut de Dieu, « le fait d'être présent partout », puis au XIXe s. au sens courant « possibilité d'être présent partout à la fois ».

uhlan (XVIIIe s.), empr. à l'all. *Uhlan*, lui-même repris au polon. *oglan*, empr. au tartare au sens de « enfant » et attesté au sens de « cavalier mercenaire des armées de Pologne, Prusse, Autriche, Allemagne », puis de « cavalier allemand ».

ukase (XVIIIe s.), empr. au russe ***ukas*** « texte officiel, décret ».

ulcère (XIVe s.), empr. au lat. *ulcus, ulceris* « blessure à vif, ulcère, plaie, physique ou morale », empl. en fr. comme terme médic. « plaie qui ne se cicatrise pas ». || ***ulcérer*** (XIVe s.), empr. au lat. *ulcerare* « faire une plaie », au propre et au fig., d'abord au sens propre, au XVIe s. au sens fig. « causer un grand déplaisir, blesser dans son amour-propre » ; ***ulcéreux*** (XVe s.), empr. au lat. *ulcerosus* « couvert d'ulcères » ; ***ulcération*** (XIVe s.), empr. au lat. *ulceratio*, au XIXe s. au sens fig.

ultérieur (XVe s.), empr. au lat. *ulterior* « qui est au-delà, de l'autre côté, qui est plus éloigné dans le temps », comparatif dér. de **ulter,* qui se retrouve dans les adv. *ultro, ultra* (voir ***outre***, ***ultra***), est empl. comme terme de géogr. « qui est au-delà par rapport à une ligne donnée » et au sens temporel de « qui arrivera dans le futur ».

ultimatum (XVIIIe s.), empr. au lat. méd. *ultimatus,* dér. de *ultimus* (voir ***ultime***) au sens de « dernières conditions présentées par un Etat à un autre et comportant une sommation ».

ultime (XIIIe s.), empr. au lat. *ultimus* « qui est le plus reculé, le plus éloigné, le dernier », superlatif de **ulter*, est usuel à partir du XIXe s. au sens de « dernier, final dans le temps ».

ultra-, élém. emprunté au lat. *ultra* « au-delà », qui entre dans la construct. de termes sav. où il indique le degré extrême de qq. ch. || ***ultra*** (XVIIIe s.), emploi comme subst. de *ultra* ou ellipse de *ultraroyaliste* au sens de « extrémiste en politique » ; ***ultramontain*** (XIVe s.), de *ultra* et de *mons, montis* « montagne », empl. au sens, vieilli, de « qui est au-delà des montagnes (spéc. des Alpes, par rapport à la France) » et au sens de « qui soutient la position traditionnelle de l'Eglise italienne (la position du Pape) » au XVIIe s. (par opp. à *gallican*).

ululement, **ululer**, voir ***hululement***, **hululer**.

un (IXe s.), du lat. *unus,* adj. numéral et subst. « un », qui est aussi empl. dès l'a. fr. comme article indéfini et comme pronom. || ***unième*** (XVIe s.), adj. numéral ord., a élim. *unime* (XIIIe s.) au sens de « qui vient en premier, après une dizaine, une centaine, un millier ».

unanime (Xe s.), empr. au lat. *unanimus* « qui a les mêmes sentiments », de *unus* « un » et *animus* « âme, esprit », est rare avant le XVIe s. au sens de « qui ont tous le même avis (au plur., en parlant de personnes) » et de « qui exprime un avis commun à plusieurs ». || ***unanimité*** (XIVe s.), du lat. *unanimitas* « accord, harmonie », dér. de *unanimus* ; ***unanimisme*** (XXe s.), « doctrine littéraire selon laquelle le créateur doit exprimer la vie *unanime* ».

uni-, élém. de mots sav., comme ***unicellulaire***, tiré du lat. *unus* « un ».

unifier (XIVe s.), empr. au lat. tard. *unificare*, du lat. *unus* « un » et *facere*

« faire », est rare jusqu'au XIXe s. où il est empl. au sens de « faire de plusieurs éléments une seule et même chose » et « rendre homogène, cohérent ». || ***unification*** (XIXe s.) ; ***réunifier*** (XXe s.) ; ***réunification*** (XXe s.).

uniforme (XIVe s.), empr. au lat. *uniformis* « simple, uniforme », de *unus* « un » et *forma* « forme », est d'abord attesté comme adj. et à partir du XVIIIe s. comme subst. au sens de « costume dont la forme, le tissu, la couleur sont définis par un règlement pour tous les hommes d'une même unité militaire » et par ext. « tenue d'un même groupe professionnel ». || ***uniformité*** (XIVe s.), empr. au lat. tard. *uniformitas* ; ***uniformiser*** (XVIIIe s.).

union (XIIIe s.), empr. au lat. tard. *unio* « grosse perle » et « sorte d'oignon », dér. de *unus* « un », qui a également donné *oignon,* est usuel à partir du XIVe s. au sens de « réunion de deux ou plusieurs choses ensemble pour former un tout » ; à partir du XVe s. au sens de « concorde, harmonie » et de « liaison d'affection, d'amitié » (*union conjugale* au XVIIe s., *union libre* au XIXe s.) ; *union* est également empl. à partir du XVIIe s. pour désigner une association offensive et défensive entre Etats, ou des associations de personnes, de groupes ayant un but commun.

unique (XVe s.), empr. au lat. *unicus* « seul, unique », de *unus* « un », est d'abord attesté au sens quantitatif et à partir du XVIIe au sens qualitatif « singulier » et « irremplaçable, exceptionnel ». || ***unicité*** (XVIIIe s.), dér. sav. de *unicus.*

unir (Xe s.), empr. au lat. imp. *unire* « joindre, unir », de *unus* « un », est d'abord attesté au sens de « mettre ensemble des éléments de manière à former un tout », à partir du XVIe s. en parlant de personnes, puis dans les domaines écon., polit., relig. et à partir du XVIIe s. au sens spéc. de « marier » ; le sens de « rendre uni, aplanir » date du XVe s. || ***réunir***, ***réunion*** (XVe s.) ; ***désunir***, ***désunion*** (XVe s.). Voir ***union***.

unisson (XIVe s.), empr. au lat. méd. *unisonus* « d'un seul son », de *unus* « un » et *sonus* « son », est d'abord attesté au sens de « son unique produit par plusieurs voix ou instruments » et à partir du XVIe s. au sens fig. (*à l'unisson*).

unité (XIIe s.), empr. au lat. *unitas, unitatis* « unité, identité », de *unus* « un », est d'abord attesté au sens de « caractère de ce qui est un, qui forme un tout organique », et de « chose qui est une », et spéc. « élément arithmétique formant les nombres » (XIVe s.) ; *unités de mesure* (XVIIe s.) et au XVIIe s. dans le domaine littér. (*la règle des trois unités*). Date du XIXe s. le sens de « chose dont les éléments sont liés, cohérents » notamment dans le voc. milit. (*unité tactique*) et de « structure organisée à l'intérieur d'un plus vaste ensemble » (*unité de production, unité de valeur*). || ***unitaire*** (XVIIe s.), d'abord au sens relig. « hérétique opposé au dogme de la Trinité et ne croyant qu'à l'existence d'une seule personne en Dieu », puis au sens polit. et social « partisan de l'unité ».

univers (XIIe s.), empr. au lat. *universus* « considéré dans son ensemble, tout entier, universel », au sens propre « tourné de manière à former un tout », subst. *universum* « l'ensemble des choses, l'univers », comp. de *unus* « un » et *versus*, part. pas. de *vertere* « tourner », est d'abord empl. comme adj. au sens de « entier, dans sa plus grande extension », et dans l'expres. *monde univers*. Attesté comme subst. à partir du XVIe s., *univers* est d'abord empl. au sens, vieilli, de « surface du globe terrestre », puis pour désigner « les hommes » ; à partir du XVIe s. se développe le sens courant en fr. mod. de « ensemble de la matière distribuée dans l'espace et dans le temps » ; au

XVIIIe s. au sens fig. « milieu réel, matériel ou moral » (*univers mental, univers de l'enfance,* etc.).

universel (XIIe s.), empr. au lat. *universalis* « relatif au tout, général », de *universus* (voir ***univers***), est d'abord empl. au sens de « général, qui concerne la totalité des individus d'une classe », puis « qui s'étend, s'applique à la totalité des personnes ou des choses considérées » ; au XVIe s. dans le voc. jur. (*légataire universel*) ; le plur. *universaux*, qui traduit le lat. scolast. *universalia,* plur. neut. de *universalis*, a été utilisé à partir du XVIIe s. dans le voc. philos. || ***universalité*** (XIVe s.), empr. au lat. tard. *universalitas.*

université (XIIIe s.), empr. au lat. *universitas, universitatis* « totalité, ensemble », en lat. jur. « corporation, communauté humaine », d'abord au sens de « corporation professionnelle », est empl. à partir du XIIIe s. au sens de « corps de maîtres qui enseigne les disciplines libérales et scientifiques dans chacune des institutions ecclésiastiques d'enseignement secondaire et supérieur nées de la fusion des écoles cathédrales » ; au XIXe s. au sens de « établissement d'enseignement supérieur » et « corps des maîtres de l'enseignement public des divers degrés ». || ***universitaire*** (XVIIIe s.), adj. et subst.

univoque (XIVe s.), empr. au lat. tard. *univocus* « qui n'a qu'un son, qui n'a qu'un sens, homonyme ».

uppercut (XIXe s.), de l'angl. *upper cut* « coup vers le haut », terme de boxe désignant un coup de poing porté de bas en haut.

uranium (XIXe s.), mot sav. tiré de *urane* (XVIIIe s.), nom donné en Allemagne à un corps appelé ainsi d'après la planète *Uranus*, du grec *Ouranos* « le Ciel », nom du père de Saturne.

urbain (XIVe s., rare avant le XVIIIe s.), empr. au lat. *urbanus* « de la ville, urbain », d'où « poli, délicat », en fr. surtout au sens premier (par opp. à *rural*). Le sens fig. apparaît au XVIe s. || ***urbanité*** (XIVe s., rare avant le XVIe s.), empr. au lat. *urbanitas* « politesse, savoir-vivre, bon ton » (qui caractérise la ville) », empl. surtout en fr. au sens étymol. ; ***urbaniser*** (XVIIIe s.), « donner le caractère de la ville à un lieu » ; ***urbanisme*** (XIXe s.), « étude de l'habitat et de l'aménagement des villes » ; ***urbaniste*** (XXe s.) ; ***urbanisation*** (XXe s.).

urée, voir ***urine***.

uretère (XVIe s.), empr. au grec *ourétêr*, désigne le canal conduisant l'urine du rein à la vessie.

urètre (XVIIe s.), empr. au lat. médic. *urethra*, du grec *ouréthra*, canal d'excrétion de l'urine.

urgent (XIVe s.), empr. au lat. *urgens*, part. prés. du lat. *urgere* « presser », en fr. « qui ne souffre pas de retard ». || ***urgence*** (XVIe s.).

urine (XIIe s., sous la forme *orine*), du lat. vulg. **aurina*, sous l'infl. de *aurum* « or » (d'après la couleur de l'urine), du lat. clas. *urina.* || ***uriner*** (XIVe s.) ; ***urinal*** (XIIe s.) ; ***urinoir*** (XVIIIe s.), d'abord « vase pour uriner », puis « édifice où l'on urine » (XIXe s.) ; ***urinaire*** (XVIe s.) ; ***urée*** (XIVe s.), fait sur la racine d'*urine*, substance qui se trouve dans l'urine ; ***urique*** (XIXe s.) ; ***urémie*** (XIXe s.) ; ***uricémie*** (XIXe s.).

urne (XIVe s.), empr. au lat. *urna* « récipient (pour puiser de l'eau, pour voter, pour enfermer les cendres des morts, etc.) ».

uro-, premier élém. de mots sav. comme ***urologue***, tiré du grec *ouron* « urine ».

urticaire (XVIIIe s. d'abord sous la forme *fièvre urticaire*), dér. du lat. *urtica* « ortie », d'où « démangeaison », désigne une éruption sur la peau accompagnée de démangeaisons. || ***urticant*** (XIXe s.).

us (XIIe s.), du lat. *usus* « usage », usité

auj. seulement dans l'expres. *us et coutumes*. || ***usage*** (XIIe s.) ; ***usager*** adj. (XIVe s.) ; ***usagé*** (XIIIe s.), d'abord « habituel, accoutumé », puis « qui a beaucoup servi, usé » (XIXe s.).

user (XIe s.), du lat. tard. *usare*, dér. du part. pas. *usus*, de *uti* « se servir de, faire usage, utiliser, employer », empl. en ce sens en fr. et aussi au sens de « utiliser jusqu'à épuisement, diminuer, détériorer, détruire » (XIIIe s.). || ***usable*** (XIIIe s.) ; ***inusable*** (XIXe s.) ; ***mésuser*** (XIIIe s.), « faire un mauvais usage, commettre une faute ».

usine (XIIIe s., sous la forme *wisine, huisine*), mot dial. du Nord, du lat. *officina* « atelier, fabrique », a désigné d'abord une machine hydraulique, un établissement où l'on travaillait le fer, une forge. Le sens de « établissement industriel, manufacture » date du XVIIIe s. || ***usiner*** (XVIIIe s.) ; ***usinage*** (XIXe s.).

usité (XIVe s.), empr. au lat. *usitatus* « entré dans l'usage, accoutumé », en fr. « entré en usage », d'où « courant, usuel ». || ***inusité*** (XVe s.).

ustensile (XIVe s., sous la forme *utensile*, modifiée au XVe s. d'après *us* « usage »), empr. au lat. *utensilia*, plur. de *utensilis* « utile, nécessaire aux besoins », a désigné en fr. des objets de la vie quotidienne, puis des outils propres à un métier (XVIe s.). En fr. mod. le sens premier a seul survécu.

usuel (XIIIe s.), empr. au lat. *usualis* « qui est en usage », d'où « habituel, ordinaire », en fr. au sens de « dont on se sert habituellement ». || ***inusuel*** (XVIIIe s.).

usufruit (XIIIe s.), empr. au lat. jur. *usus fructus* « fruit de l'usage, droit d'usage », empl. au même sens en fr., désigne le droit d'usage et de jouissance, distinct du droit de propriété. || ***usufruitier*** (XVe s.), « qui détient un usufruit ».

usure 1 (XVIe s.), dér. de *user*, « détérioration (par un usage prolongé), dégradation ».

usure 2 (XIIe s.), empr. au lat. *usura* « usage » et aussi « intérêt (d'un capital prêté) », d'abord en ce second sens en fr. (XIIe s.), puis « intérêt excessif, abusif » (XVIIe s.). || ***usurier*** (XIIe s.), d'abord « qui prête à intérêt », puis « qui prête à un taux excessif » (XVIIe s.) ; ***usuraire*** (XIVe s.), empr. au lat. *usurarius* « dont on fait usage » et « qui concerne l'intérêt de l'argent », en fr. d'abord « à intérêt », puis « à intérêt excessif » (XVIe s.).

usurper (XIVe s.), empr. au lat. *usurpare* « faire usage » et « s'arroger de façon illégitime », en fr. « s'approprier illégalement ». || ***usurpation*** (XIVe s.), empr. au lat. *usurpatio* « usage, emploi » et « usage illicite » ; ***usurpateur*** (XVe s.), empr. au lat. tard. *usurpator* « qui s'empare de façon illégitime » ; ***usurpatoire*** (XVIIIe s.), empr. au lat. jur. tard. *usurpatorius*.

ut (XIIIe s.), « première note de la gamme », nom tiré du premier mot du premier vers de l'hymne latin de Paul Diacre (*Ut queant*), mot supplanté par *do* à partir du XVIIIe s. || ***contre-ut*** (XIXe s.), « note plus haute d'une octave que l'*ut* supérieur du registre normal ».

utérus (XVIe s.), empr. au lat. *uterus* « ventre, flanc », désigne en fr. médic. l'organe de gestation de la femelle, la matrice. || ***utérin*** (XVe s.), empr. au lat. tard. *uterinus* « de même mère », d'abord adj. jur. qui s'applique à des enfants de même mère et de père différent, puis adj. médic. « qui concerne l'utérus ».

utile (XIIe s., rare avant le XVIIe s.), empr. au lat. *utilis* « qui sert, profitable, avantageux », empl. avec cette valeur en fr. L'adj. est empl. aussi au XVIIIe s. comme terme jur. pour qualifier une durée (*jours utiles, temps utile*) au sens de « pendant lequel un acte jur. peut être accompli », d'où « déterminé, prescrit » (en parlant du temps). || ***inutile*** (XIIe s.), empr. au lat. *inutilis* ; ***utiliser*** (XVIIIe s.) ; ***utilisation*** (XVIIIe s.) ; ***utilisateur*** (XXe s.) ; ***utilité*** (XIIe s.), empr. au lat. *utilitas* « avantage, profit, intérêt » ; ***inutilité*** (XIVe s.), empr. au lat. *inutilitas,* de même sens ; ***utilitaire*** (XIXe s.), de l'angl. *utilitarian*, d'abord au sens de « qui s'applique à l'intérêt général », puis « qui vise à l'utile », parfois péj. « qui s'attache aux seuls intérêts matériels » ; ***utilitarisme*** (XIXe s.).

utopie (XVIe s.), empr. au lat. mod. *Utopia*, nom propre créé par Th. More pour désigner un pays imaginaire « de nulle part », à partir du grec *ou* « non » (négation) et *topos* « lieu », empl. en fr. au sens de « gouvernement imaginaire » (XVIIIe s.) et « idéal éloigné de la réalité, chimère, rêve » (XIXe s.). || ***utopique*** (XVIe s.), « chimérique, irréaliste » ; ***utopiste*** (XVIIIe s.).

uval (XVe s.), « qui a rapport avec le raisin », du lat. *uva* « raisin ».

uvule (XIVe s.), du lat. médic. *uvula* « appendice à l'entrée du gosier, luette », dér. de *uva* « grappe de raisin ». || ***uvulaire*** (XVIIIe s.), « en rapport avec la luette ».

V

vacant (XIIIe s.), empr. au lat. *vacans*, part. prés. de *vacare* « être vide, libre, inoccupé, oisif », en fr. mod. terme jur. « sans titulaire, sans propriétaire, disponible, inoccupé ». || ***vacance*** (XIVe s.), « temps pendant lequel un emploi se trouve sans titulaire », puis « le fait d'être sans titulaire » ; au plur. « période où les tribunaux interrompent leurs activités » (XVIe s.), puis « interruption des études dans les établissements d'enseignement » (XVIIe s.), « repos, détente » (XVIe s.), enfin « arrêt du travail des salariés » (XXe s.) ; ***vacancier*** (XXe s.).

vacarme (XIIIe s.), du m. néerl. *wach arme* « hélas, malheureux que je suis ! », formé de *wach* « hélas » et *arme* « pauvre », a d'abord été une interject. d'appel au secours dans une querelle. Le sens de « tapage, tumulte » (dans une querelle ou sans querelle) est attesté au XIVe s.

vacation (XIVe s.), empr. au lat. *vacatio* « exemption, dispense », en fr. d'abord au sens de « occupation », d'où « séance, vente aux enchères, période de temps consacrée à une fonction » (XVe s.), puis « émoluments, honoraires » (XVIIe s.). L'évol. sémant. du mot tient à l'infl. de *vaquer* « s'occuper de ». || ***vacataire*** (XXe s.), « personne non titulaire travaillant pendant un temps limité ».

vaccin (XIXe s., dans l'expres. *virus vaccin*), d'abord adj. « de vache », empr. au lat. *vaccinus*, de même sens, puis subst. au sens de « virus de la variole des vaches », enfin « substance immunisant un individu » (XIXe s.) ; ***vaccine*** (XVIIIe s.), empr. au lat. médic. *(variola) vaccina* « (variole) de vache ». || ***vacciner*** (XIXe s.) ; ***vaccination*** (XIXe s.).

vache (XIIe s.), du lat. *vacca*, de même sens. Nombreux empl. fam. ou arg. Le sens de « méchant » date du XIXe s. || ***vacher*** (XIIe s.), du lat. vulg. **vaccarius* « gardien de vaches » ; ***vacherie*** (XIIIe s.), d'abord « troupeau de vaches », puis « étable à vaches ». Les sens de « méchanceté, chose désagréable » datent du XIXe s. ; ***vacherin*** (XVIIe s.), fromage de lait de vache, mot d'orig. régionale (Franche-Comté, Savoie) ; ***avachir*** (XIVe s.), d'orig. incert., s. d. du franc. **waikjan* « amollir » avec infl. de *vache*.

vaciller (XIVe s.), empr. au lat. *vacillare* « branler, chanceler ». En fr. le sens de « devenir faible, incertain » est attesté au XIVe s., celui de « être sur le point de s'éteindre, scintiller faiblement » (en parlant d'une lumière) au XVIIe s. || ***vacillement*** (XVIIe s.) ; ***vacillation*** (XVIe s.).

vacuité (XIVe s.), empr. au lat. *vacuitas* « espace vide », d'où « absence », en fr. au sens phys. et moral de « vide ».

vade-mecum (XVe s.), mots lat. signifiant « va avec moi », d'abord en fr. au sens de « choses emportées habituellement avec soi (en déplacement) ». Le sens de « livre, répertoire emporté avec soi » date du XVIIe s., celui de « manuel portatif rappelant l'essentiel d'une science » du XIXe s.

vadrouille (XVIIe s.), mot fam., d'orig. peu claire, d'abord « tampon de nettoyage », puis « femme de mauvaise vie » (XIXe s.). || ***vadrouiller*** (XIXe s.), « errer, marcher sans but ».

vagabond (XIVe s.), empr. au lat. tard. *vagabundus* « errant », d'abord en ce sens en fr., puis « instable, qui change sans cesse ». Le sens de « sans domicile fixe » est attesté au XVIe s. || ***vagabonder*** (XIVe s.) ; ***vagabondage*** (XVIIIe s.).

vagin (XVIIe s.), empr. au lat. *vagina* « gaine, étui, fourreau », terme médic. désignant chez la femme le conduit qui va de l'utérus à la vulve. || ***vaginal*** (XVIIIe s.) ; ***vaginite*** (XIXe s.), « inflammation du vagin ».

vagir (XVIe s.), empr. au lat. *vagire*

« pousser un cri » (en parlant d'un nouveau-né ou d'animaux). || ***vagissement*** (XVIe s.).

vague 1 subst. (XIIIe s.), s. d. du v. scand. *vagr* « mer » (cf. l'all. mod. *Woge* « vague, flot »). Le sens fig. « masse qui déferle, masse d'hommes » date du XIXe s., celui de « mouvement d'opinion » du XXe s. || ***vaguelette*** (XIXe s.).

vague 2 adj. (XIIIe s.), empr. au lat. *vagus* « errant, vagabond, inconstant, indéfini », d'abord « vagabond », en fr. mod. surtout au sens de « imprécis, indéfini, indéterminé » (depuis le XIVe s.), « faible », « insignifiant » (XVIIe s.) ; subst. (XVIe s.) « imprécision, flou », puis « mélancolie » (XIXe s.).

vague 3 adj. (XIIIe s.), du lat. *vacuus* « vide, inoccupé », s'empl. surtout dans l'expres. *terrain vague*.

vaguemestre (XVIIe s.), empr. à l'all. *Wagenmeister* « maître d'équipage », fait de *Wagen* « voitures » et *meister* « maître », désigne auj. un sous-officier chargé du service de la poste dans les armées.

vaguer (XIIIe s.), empr. au lat. *vagari* « errer, aller au hasard, aller à l'aventure ».

vahiné (XVIIIe s.), mot de Tahiti signifiant « femme ».

vaillant (XIe s.), part. prés. de *valoir*, d'abord au sens de « qui vaut, de valeur » (*n'avoir pas un sou vaillant* « ne rien posséder »), très tôt au sens de « valeureux, courageux » (XIe s.). || ***vaillance*** (XIIe s.), « valeur » (du XIIe s. au XVIIe s.) et « valeur guerrière, bravoure » dès le XIIe s.

vain (XIIe s.), du lat. *vanus* « vide, sans consistance, sans fondement, sans effet, fallacieux, prétentieux », en fr. avec les mêmes nuances. L'expres. *vaine pasture* en fr. (XVIIIe s.) désigne une terre inculte où il est permis de mener paître des bêtes.

vaincre (Xe s., d'abord sous la forme *vaintre*), du lat. *vincere* « triompher, être vainqueur, surpasser, surmonter, avoir gain de cause ». || ***vainqueur*** (XIIe s.) ; ***vaincu*** (Xe s.) ; ***invaincu*** (XVe s.) ; ***invincible*** (XIVe s.), empr. au lat. *invincibilis*. Voir ***victoire***.

vair (XIe s.), du lat. *varius* « varié, bigarré, tacheté », « divers, différent » et « mobile, changeant », empl. en a. fr. en parlant des yeux au sens de « aux couleurs variées, gris-bleu » (désignant une teinte qui n'est ni bleue ni marron), en parlant du petit-gris, fourrure variée (blanche et grise) d'un écureuil. || ***vairon*** (XIIe s.).

vaisseau (XIIe s.), du lat. tard. *vascellum* « récipient », d'abord en ce sens en fr., puis « coque de navire » et « navire » (XIIIe s.).

vaisselle (XIIe s.), du lat. tard. *vascella* pris avec val. collective, plur. de *vascellum*, en fr. au sens de « ensemble de récipients » ; ***vaisselier*** (XIVe s.).

val (XIe s.), du lat. *vallis* « vallée, enfoncement », en fr. mod. remplacé par *vallée*, ne survit plus que dans la toponymie et dans quelques expres. comme *par monts et par vaux*. || ***aval*** (XIe s.), « en suivant la pente (d'une rivière) », d'où « en bas » ; ***avaler*** (XIe s.), « faire descendre (par le gosier) », d'où « ingurgiter, manger » ; ***vallée*** (XIe s.) ; ***dévaler*** (XIIe s.) ; ***ravaler*** (XIIe s.), d'abord « redescendre », au XIVe s. au sens fig. « abaisser, humilier », au XVe s. au sens de « gratter, refaire l'enduit d'un mur », au XVIIe s. « réprimer l'expression d'un sentiment » ; ***ravalement*** (XVe s.), au XVIIe s. au sens courant de « nettoyage, remise en état d'un mur ».

valence (XIXe s.), empr. au lat. tard. *valentia* « valeur », terme de chimie ; mot de psychol. au sens de « puissance d'attraction » (XXe s.).

valentin (XVe s.), du nom de saint *Valentin*, patron des amoureux, a signifié « homme galant, amoureux, prétendant ».

valériane (XIIIe s.), empr. au lat. méd.

valeriana, tiré du nom de la ville de *Valeria* en Pannonie.

valet (XIIe s.), s. d. de **vassellitus*, dimin. du gaul. latinisé *vassus* « serviteur », en a. fr. au sens de « jeune homme » et « serviteur » (le jeune homme faisant son apprentissage au service d'un adulte) ; en fr. mod. quelques survivances au sens de « écuyer » (par ex. *valet* dans les jeux de cartes), empl. surtout au sens de « domestique », parfois « appareil facilitant un travail » (depuis le XVIe s.) ; empl. dans des expres. comme *valet de chambre* (XIVe s.) « valet attaché au service de la personne d'un maître », *valet de pied* (XVe s.) « serviteur en livrée suivant à pied les grands personnages ». || ***valetaille*** (XVIe s.), péj.

valétudinaire (XIVe s.), empr. au lat. *valetudinarius* « malade », fait sur *valetudo* « santé », puis « mauvaise santé », en fr. au sens de « maladif, à la santé précaire ».

valeur (XIe s.), du lat. tard. *valor* « qualités, mérite », fait sur *valere* « valoir », en fr. avec ces sens fondamentaux et aussi les nuances de « bravoure », « importance », « référence intellectuelle ou morale, représentation idéale », en économie « mesure de grandeur, caractère mesurable, prix » (*valeur d'un terrain*), au XVIe s. « sens d'un mot », au XVIIe s. « production de bons résultats, d'un bon rapport » (*mettre en valeur* « rendre un bien productif », d'où « mettre en relief »), au XVIIIe s. en musique « durée d'une note », en mathémat. « expression algébrique ou numérique ». || ***valeureux*** (XIIIe s.), d'abord au sens de « qui a des mérites », puis « brave » (XVe s.) ; ***valoriser*** (XXe s.) ; ***dévaloriser*** (XXe s.) ; ***dévalorisation*** (XXe s.) ; ***revaloriser*** (XXe s.) ; ***revalorisation*** (XXe s.).

valgus (XIXe s.), empr. au lat. *valgus* « bancal », terme médic., se dit surtout d'un pied « tourné vers l'extérieur ».

valide (XVIe s.), empr. au lat. *validus* « fort, vigoureux », en fr. « bien portant » et en parlant d'un acte « qui n'est entaché d'aucune irrégularité, valable » (XVIe s.). || ***valider*** (XVe s.), empr. au lat. tard. *validare* « fortifier », en fr. au sens de « entériner, ratifier » ; ***validation*** (XVIe s.) ; ***validité*** (XVIe s.), empr. au lat. tard. *validitas* « force, solidité ». Voir ***invalide***.

valise (XVIe s.), de l'ital. *valigia*, d'abord « sac de cuir porté en croupe de la monture », puis « bagage » (XIXe s.). L'expres. *faire ses valises* (XXe s.) signifie « partir ». || ***dévaliser*** (XVIe s.), « détrousser », puis « dépouiller complètement ».

vallon (XVIe s.), empr. à l'ital. *vallone* « grande vallée », en fr. dimin. « petite vallée ». || ***vallonné*** (XIXe s.) ; ***vallonnement*** (XIXe s.).

valoir (XIe s.), du lat. *valere* « être fort, vigoureux, puissant », et « s'établir, viser, équivaloir, coûter, signifier », en fr. « avoir du mérite, avoir du prix, être estimé à telle valeur, être égal en valeur, en intérêt ». || ***valable*** (XIIIe s.), « qui remplit les conditions requises », puis « qui a du mérite, qui a de la valeur, qui est recevable » (XVe s.), enfin « important » et « qui vaut la peine » (XXe s.), sens empr. à l'angl. *valuable* ; ***value*** (XIIe s.), part. pas. de *valoir*, subst., mot disparu, qui n'existe plus que dans *plus-value* (XVe s.), *moins-value* (XVIIIe s.) ; ***évaluer*** (XIVe s.) ; ***évaluation*** (XIVe s.) ; ***dévaluer*** (XXe s.) ; ***dévaluation*** (XXe s.) ; ***réévaluer*** (XVIe s.) ; ***réévaluation*** (XXe s.) ; ***surévaluer*** (XXe s.) ; ***vaurien*** (XVIe s.), « qui ne vaut rien », d'où « personnage méprisable », « jeune garnement ».

valse (XVIIe s., puis repris au XIXe s.), empr. à l'all. *Walzer*, de même sens, désigne une danse à trois temps. Le sens de « changement rapide, fréquent » date du XXe s. || ***valser*** (XVIIIe s.) ; ***valseur*** (XIXe s.).

valve (XVIe s.), empr. au lat. clas. *valvae* « battant d'une porte », sens tech. en fr. « soupape à clapet » (XIXe s.), « appareil réglant un flux de liquide ou de gaz dans un seul sens » (XIXe s.). || ***valvule*** (XVIe s.), terme médic., membrane empêchant le reflux d'un liquide circulant dans le corps.

vamp (XXe s.), terme de cinéma, de l'améric. *vamp*, abrév. de *vampire*, désigne une femme fatale et irrésistible.

vampire (XVIIIe s.), empr. à l'all. *Vampir*, du serbe *vampir* « fantôme sortant du tombeau la nuit pour boire le sang des vivants », a désigné aussi qqn qui s'enrichit aux dépens du peuple et un assassin coupable de nombreux crimes.

van 1 (XIIIe s.), panier servant à vanner, du lat. *vannus*, de même sens. || ***vanner*** (XIe s.), du lat. vulg. **vannare*, du lat. clas. *vannere*, « secouer dans un van (pour séparer les grains des déchets) ». Le sens dér. « épuiser, harasser » est attesté au XVe s. et revit dans la lang. pop. au XIXe s. ; ***vannier*** (XIIIe s.), d'abord « qui fabrique des vans », puis « qui travaille l'osier » ; ***vannerie*** (XIVe s., puis XVIIe s. au sens de « métier de vannier, objets fabriqués par le vannier ») ; ***vannage*** (XIIIe s.) ; ***vanneur*** (XIIIe s.) ; ***vanneau*** (XIIIe s.), oiseau, ainsi appelé s. d. à cause du bruit des ailes.

van 2 (XIXe s.), véhicule pour le transport des chevaux, empr. à l'angl. *van* « camion », issu de *caravan*.

vandale (XIIIe s.), tiré du nom du peuple germ. des *Vandales*, qui ravagèrent l'Empire romain, signifie « destructeur sauvage ». || ***vandalisme*** (XVIIIe s.), destruction ou détérioration d'œuvres d'art.

vandoise (XIIIe s.), du gaul. **vindesia*, dér. de *vindos* « blanc », nom d'un poisson de rivière.

vanille (XVIIe s.), empr. à l'esp. *vainilla* « petite gaine, petite gousse », désigne le fruit du vanillier, puis la substance aromatique. || ***vanillé*** (XIXe s.) ; ***vanillier*** (XVIIIe s.).

vanité (XIIe s.), empr. au lat. *vanitas* « vaine apparence, frivolité, légèreté », et « fatuité, jactance », en fr. d'abord « apparence vaine et vide », ensuite au sens moral « complaisance, prétention » (XVIe s.). Le sens de « faiblesse physique, défaillance » a existé du M. A. jusqu'au XVIIe s., celui de « état de vide, sans solidité ni consistance » d'où « fragilité, frivolité, inconsistance » a fait naître au XVIIe s. dans la lang. artist. l'empl. de « peinture représentant la fragilité et la précarité des occupations humaines » (sens encore utilisé auj.). || ***vaniteux*** (XVIIIe s.).

vanne (XIIIe s.), s. d. d'orig. gaul., désigne un barrage pour prendre le poisson, puis un panneau mobile dans une écluse.

vanneau, voir ***van***.

vantail, voir ***vent***.

vanter (XIe s.), du lat. tard. *vanitare* « être vain, s'infatuer », en fr. « célébrer, exalter » et à la forme réfléchie « tirer vanité, se glorifier de ». || ***vanterie*** (XIIIe s.) ; ***vantard*** (XVIe s.) ; ***vantardise*** (XIXe s.).

vapeur (XIIIe s.), empr. au lat. *vapor* « vapeur d'eau, fumée, bouffées de chaleur, feux de l'amour », en m. fr. au sens de « exhalaison, fumée, brume de condensation de l'eau, odeur » et en médec. au plur. « exhalaison subtile des humeurs montant au cerveau » (XVIIe s.), d'où « trouble, malaise » (XVIIe s.), en fr. mod. « vapeur d'eau servant de force motrice » (XVIIIe s.), « eau à l'état gazeux » (XVIIIe s.). L'expres. *machine à vapeur* (XVIIIe s.) vient de l'angl. *steam engine* « machine à vapeur, locomotive ». La loc. *à toute vapeur* (XIXe s.) signifie « à toute vitesse ». || ***vaporiser*** (XVIIIe s.), d'abord « faire passer de l'état liquide à l'état gazeux », puis « pulvériser de fines gouttelettes » (XIXe s.) ; ***vaporisation*** (XVIIIe s.), même évol. ; ***vaporisateur*** (XIXe s.), « appareil servant à pulvériser » ; ***vaporeux*** (XIVe s.), empr. au lat. imp. *vaporosus* « plein de vapeurs », en fr. d'abord « empli de vapeurs » (XIVe s.), puis (en peinture) « semblable à de la vapeur, flou, incertain » (XVIIIe s.), « nébuleux, léger, transparent » (XIXe s.).

vaquer (XIIIe s.), empr. au lat. *vacare* « être libre, inoccupé », d'où « avoir des loisirs pour qq. ch., s'occuper de qq. ch. », en fr. sens conservés dans *vaquer à* « s'occuper de » et dans la langue administrative, où *vaquer* signifie « cesser de fonctionner, être en vacances » (en parlant des tribunaux ou des établissements d'enseignement).

varapper (XIXe s.), du nom propre *Varappe*, couloir de roches en Haute-Savoie. || ***varappe*** (XIXe s.), « escalade d'une paroi abrupte ».

varech (XIIe s.), du scand. *wagrek* « épave », d'abord en fr. au sens de « épave », puis « algues et herbes rejetées par la mer ».

vareuse (XVIIIe s.), s. d. mot dial. de l'Ouest, de *varer* « protéger », forme norm. de *garer*, de même sens, a désigné d'abord une blouse de toile portée par les marins, puis a eu divers sens tech.

varice (XIVe s.), empr. au lat. *varix, varicis*, de même sens. || ***variqueux*** (XVIe s.), empr. au lat. *varicosus*.

varicelle (XVIIIe s.), dér. de *variole*, avec le suff. *-celle*.

varier (XIIe s.), empr. au lat. *variare* « diversifier, nuancer », en fr. avec ces valeurs et aussi au sens de « changer, se modifier, fluctuer ». || ***variété*** (XIIe s.), empr. au lat. *varietas* ; ***variation*** (XIVe s.), empr. au lat. *variatio* « changement » ; ***variable*** (XIIe s.), empr. au lat. *variabilis* « changeant » ; ***variabilité*** (XIVe s.) ; ***invariable*** (XIVe s.) ; ***variant*** (XIVe s.) ; ***variante*** (XVIIIe s.), « variation, changement dans un texte (par rapport à la version admise) » (XVIIIe s.), « forme d'un mot qui s'écarte de la norme d'une langue » (XIXe s.) (*variante dialectale*) ; ***invariant*** subst. (XIXe s.), « réalité qui ne change pas, constante ».

variole (XIVe s.), empr. au lat. tard. médic. *variola* « maladie éruptive », dér. de *varus* « pustule ».

varlope (XVe s.), du néerl. *voorloper* « qui court devant », désigne un grand rabot en néerl.

vasculaire (XVIIIe s.), dér. sav. du lat. *vasculum* « petit vase », en fr. médic. « relatif aux vaisseaux sanguins ». || ***vascularisation*** (XIXe s.).

vase 1 (XIIIe s.), empr. au lat. *vas* « récipient ». || ***transvaser*** (XVIe s.) ; ***transvasement*** (XVIIe s.).

vase 2 (XVe s.), empr. au néerl. *wase* « limon, terre », en fr. « boue (au fond de l'eau) ». || ***vaseux*** (XVe s.), d'abord « qui contient de la vase », puis « fatigué » (XIXe s.), enfin « trouble, obscur » (XXe s.) ; ***envasement*** (XVIIIe s.).

vaseline (XIXe s.), création mod. faite sur l'all. *Wasser* « eau », avec l'élém. *-el*, tiré du grec *élaion* « huile d'olive », enfin le suff. *-ine*.

vasistas (XVIIIe s.), empr. à l'all. *was ist das ?* « qu'est-ce ce que c'est ? » (question s. d. posée à travers un guichet pratiqué dans une porte), désigne en fr. un petit vantail mobile. Mot venu de l'Est.

vaso-, premier élém. de mots sav. comme ***vasodilatateur***, tiré du lat. *vas* « récipient », désignant dans la lang. médic. un vaisseau sanguin.

vasque (XVIe s.), empr. à l'ital. *vasca* « bassin », désigne un bassin ornemental.

vassal (XIe s.), terme féodal, empr. au lat. méd. *vassalus*, fait sur le mot d'orig. celt. *vassus* « serviteur », désigne un homme lié à un seigneur qui lui concède un fief. Le sens dér. « dépendant, inférieur » date du XIXe s. || ***vassalité*** (XVIIe s.) ; ***vavasseur*** (XIIe s.), terme de féodalité, empr. au lat. *vassus vassorum* « vassal de vassaux », « vassal d'un seigneur déjà pourvu de suzerains ».

vaste (XVe s.), empr. au lat. *vastus* « vide, désert », « très grand, démesuré » et « sauvage, grossier », d'abord sous la forme *gast* en a. fr. au sens de « dévasté, désert » ; à partir du XVIIe s.

ne survit plus que le sens « très grand, étendu ».

vaticiner (XVe s.), empr. au lat. *vaticinari* « prophétiser ». || ***vaticination*** (XVIe s.), empr. au lat. *vaticinatio* « prédiction ».

vaudeville (XVe s., sous la forme *vaudevire*), d'orig. peu claire, a désigné d'abord une chanson satirique, puis une pièce de théâtre avec des chansons (XVIIe s.), enfin une comédie légère (XIXe s.).

vaudou (XVIIIe s.), mot africain désignant un culte animiste.

vaurien, voir ***valoir***.

vautour (XIe s.), du lat. vulg. **vultorem*, du lat. clas. *vultur*, de même sens, d'abord au sens de « oiseau de proie de grande taille », puis « homme avide » (XVIIe s.).

vautrer (se) (XIIe s.), du lat. vulg. **volutulare* « se coucher, se rouler », dér. de *volutus*, part. pas. de *volvere* « rouler, se rouler », en fr. surtout en parlant d'un animal qui se roule dans la boue.

veau (XIIe s.), du lat. *vitellus*, de même sens. || ***vêler*** (XIVe s.), « mettre bas (en parlant d'une vache) » ; ***vélin*** (XIIIe s.), d'abord « peau de veau mort-né », puis « cuir de veau ».

vecteur (XVIe s., au sens de « conducteur », puis XVIIIe s., au sens scient.), empr. au lat. *vector* « qui conduit », au XVIIIe s. adj. désignant en astronomie un rayon vecteur, un segment de droite joignant le soleil à une planète ; puis subst. (XIXe s.) au sens mathématique d'après l'angl. *vector* « segment de droite orienté formant un être mathématique ». || ***vectoriel*** (XIXe s.), terme mathématique.

vedette (XVIe s.), empr. à l'ital. *vedetta* « lieu d'observation élevé », en fr. au sens de « sentinelle », puis « mise en évidence, en valeur » (XVIIIe s.), dans la lang. du théâtre « mise en gros caractères du nom » (XIXe s.), « personne très réputée » (XIXe s.) ; dans la lang. de la marine « petit navire d'observation » (XIXe s.), « petit navire rapide » (XXe s.). || ***vedettariat*** (XXe s.), « situation de vedette » (mot du spectacle).

végéter (XIVe s.), empr. au lat. tard. *vegetare* « animer, vivifier, croître », en fr. d'abord « se développer », puis « pousser difficilement, mener une vie inerte, languir » (XIXe s.). || ***végétatif*** (XIIIe s.) ; ***végétal*** (XVIe s.), empr. au lat. méd. *vegetalis* « capable de croissance », a d'abord signifié « vivant, qui se développe ». Le sens « qui concerne les plantes » date du XVIIIe s. ; ***végétation*** (XVIe s.), empr. au lat. *vegetatio* « animation », en fr. d'abord « croissance ». Le sens « ensemble de végétaux » date du XVIIIe s. ; ***végétarien*** (XIXe s.), de l'angl. *vegetarian* « qui mange des légumes, non de la viande ».

véhément (XIIe s.), empr. au lat. *vehemens* « impétueux, violent ». || ***véhémence*** (XVe s.).

véhicule (XVIe s.), empr. au lat. *vehiculum* « moyen de transport », de *vehere* « transporter », en fr. « ce qui sert à transmettre, à faire passer » (XVIe s.), « engin de transport » (XVIe s.). Dans le bouddhisme le mot *Véhicule* signifie la « Voie du salut ». || ***véhiculer*** (XIXe s.).

veille (XIIe s.), du lat. *vigilia* « action de ne pas dormir, de veiller, garde de nuit, sentinelle », en fr. « action de veiller ». Le sens de « jour précédent » date du XVIe s. et vient de l'habitude de veiller pour prier pendant la nuit qui précède une fête religieuse. || ***veiller*** (XIIe s.), du lat. *vigilare* « ne pas dormir, être éveillé, être vigilant, sur ses gardes », sens conservés en fr. Le sens « prêter attention à » est attesté au XVIe s. ; ***veillée*** (XIIIe s.) ; ***veilleur*** (XIIe s.) ; ***veilleuse*** (XVIIIe s.), « petite lampe laissée allumée la nuit » ; ***surveiller*** (XVIe s.), « observer avec attention » ; ***surveillant*** (XVIe s.) ; ***surveillance*** (XVIIIe s.).

veine (XIIe s.), du lat. *vena* « vaisseau sanguin » et aussi « filon de métal, fond d'une chose, inspiration poétique », sens conservés en fr. L'empl. au sens de « bonne disposition » est méd., celui de « chance, heureux hasard » est attesté au XIXe s. (*être en veine*). || ***veineux*** (XVIe s.) ; ***intraveineux*** (XIXe s.) ; ***veinule*** (XVIIe s.), empr. au lat. imp. *venula* ; ***veinard*** (XIXe s.), dans la lang. pop. « chanceux » ; ***venelle*** (XIIe s.), « ruelle étroite » ; l'expres. *enfiler la venelle* « s'enfuir » date du XVIe s.

vélaire, **vélarisation**, voir ***voile 2***.

vêler, voir ***veau***.

vélin, voir ***veau***.

velléité (XVIIe s.), empr. au lat. *velleitas* « volonté faible, sans grand effet ». || ***velléitaire*** (XIXe s.), « hésitant ».

vélo (XIXe s.), abrév. de *vélocipède* (XIXe s.) « au pied rapide », fait sur le lat. *velox, velocis* « rapide » et *pes, pedis* « pied » d'après le modèle de *bipède*. Le mot en fr. est devenu un synon. de *bicyclette*. || ***vélodrome*** (XXe s.) ; ***vélomoteur*** (XXe s.).

véloce (XVIe s.), empr. au lat. *velox* « rapide ». || ***vélocité*** (XIVe s.), empr. au lat. *velocitas* « rapidité ».

velours (XIIe s., sous la forme *velos, velous*), du lat. *villosus* « velu, couvert de poils ». L'adjonction du *r* se fait au XVe s. par hypercorrection, le *r* final étant alors parfois omis dans certains mots. Le mot s'applique à un tissu spécial à deux chaînes superposées, doux au toucher. || ***velouté*** (XVe s.), « qui a l'aspect du velours », « doux, onctueux (au toucher, au goût, à l'oreille, à l'œil) » ; ***velouteux*** (XXe s.).

velu (XIIe s.), du lat. tard. *villutus* « couvert de poils », dér. du lat. clas. *villus* « poil (des animaux) ».

vélum (XIXe s.), empr. au lat. *velum* « voile », en fr. « grande pièce d'étoffe servant de toiture ».

venaison (XIIe s.), empr. au lat. *venatio, venationis* « chasse, gibier », en fr. « chair du gros gibier tué à la chasse ».

vénal (XIIIe s.), empr. au lat. *venalis* « à vendre », en fr. « qui s'achète », d'où « cupide, qui agit par intérêt, corrompu ». || ***vénalité*** (XVIe s.), empr. au lat. tard. *venalitas* « action d'acheter », en fr. « possibilité d'acheter » (*vénalité des charges*).

vendange (XIIe s.), du lat. *vindemia* « action de vendanger, raisins récoltés, temps de la vendange », fait de *vinum* « vin » et de *demere* « récolter », sens conservés en fr. || ***vendanger*** (XIIe s.) ; ***vendangeur*** (XIIIe s.) ; ***vendémiaire*** (XVIIIe s.), mois du calendrier révolutionnaire.

vendetta (XIXe s.), de l'ital. *vendetta* « vengeance », du lat. *vindicta* « revendication », qui a pris en lat. imp. le sens de « punition, vengeance », mot désignant une coutume corse avant de passer en fr.

vendre (Xe s.), du lat. *vendere*, de même sens. En fr. le verbe signifie aussi « ne pas donner facilement », d'où « faire payer » (cf. la loc. *vendre cher sa vie*) et au sens péj. « abandonner par intérêt, trahir, dénoncer » (*vendre ses complices*). || ***vendable*** (XIIIe s.) ; ***invendable*** (XVIIIe s.) ; ***vendeur*** (XIIIe s.) ; ***vendu*** (XIIIe s.) ; le sens de « qui a trahi pour de l'argent », « traître, corrompu » est attesté au XVIIe s. ; ***invendu*** (XVIIIe s.), subst. ; ***vente*** (XIIe s.), du lat. *vendita*, plur. neut. pris pour un fém., de *venditum* « vente » ; ***mévente*** (XVIIe s.) ; ***revendre*** (XIIe s.) ; ***revendeur*** (XIIe s.) ; ***revente*** (XIIIe s.).

vendredi (XIIe s.), du lat. *Veneris dies* « jour de Vénus ».

venelle, voir ***veine***.

vénéneux (XVe s.), empr. au lat. *venenosus* « empoisonné ».

vénérer (XVe s.), empr. au lat. *venerari* « témoigner du respect, révérer ». || ***vénérable*** (XIIIe s.), empr. au lat. *venerabilis* « digne de respect » et « respectueux », en fr. avec la première valeur. Depuis le XVIIIe s. le mot désigne le chef d'une loge maçonnique ; ***vé-***

nération (XIIe s.), empr. au lat. *veneratio* « respect ».

vénerie (XIIe s.), dér. fr. du verbe *vener* « chasser à courre », du lat. *venari*, de même sens. || ***veneur*** (XIIe s.), du lat. *venator* « chasseur ».

vénérien (XVe s.), dér. du lat. *venerius* « qui concerne Vénus, qui concerne les plaisirs de l'amour », en fr. « qui concerne les relations sexuelles » (*maladies vénériennes*).

venger (XIe s.), du lat. *vindicare* « réclamer en justice », puis « tirer vengeance », en fr. « punir le responsable d'un dommage », puis dans l'expres. *venger son honneur* « obtenir réparation (d'une offense) » (XVIIe s.). || ***vengeance*** (XIe s.); ***vengeur*** (XIIe s.).

véniel (XIIIe s.), empr. au lat. *venialis* « pardonnable, excusable », fait sur *venia* « pardon ». Dans la lang. chrétienne l'adj. s'applique à une faute légère (*péché véniel*), par opp. à une faute lourde (*péché mortel*).

venin (XIIe s.), du lat. vulg. **venimen*, du lat. clas. *venenum* « poison, breuvage magique », empl. en fr. au sens de « substance toxique » et de « haine, méchanceté » (*jeter son venin*). || ***venimeux*** (XIIe s.); ***envenimer*** (XIIe s.).

venir (IXe s.), du lat. *venire* « venir, arriver, parvenir », en fr. marque un déplacement « se déplacer » (*venir à, venir de*), l'arrivée « arriver, survenir », « apparaître, naître et se développer ». || ***venue*** (XIIe s.); ***bienvenu*** (XIIIe s.); ***bienvenue***, subst. (XIIIe s.); ***revenir*** (Xe s.); ***revenu*** (XIVe s.), littt. « ce qui revient à qqn comme rémunération (d'un travail ou d'un capital) », d'où « profit »; ***survenir*** (XIIe s.), « venir de surcroît » et « venir brusquement ». Voir ***avenir***.

vent (XIe s.), du lat. *ventus* « air en mouvement, vent, souffle, flatuosité », sens conservés en fr. Divers empl. dans le voc. de la marine au XIIe s.; (*avoir bon vent*), de la chasse à courre au XIVe s. (*prendre le vent* « aller à la rencontre du gibier, humer les odeurs du gibier »). Le mot peut désigner aussi les « influences du moment » (XXe s.) (*être dans le vent* « suivre la mode ») ou des choses vaines et vides à partir du XIIe s. (*du vent*). || ***venter*** (XIIe s.); ***venteux*** (XIIIe s.); ***ventail*** (XIIe s., sous la forme *ventaille*) « partie de la visière du heaume »; sous la forme ***vantail*** (XVIIe s., réfect. de *ventaille*) « battant d'une porte ou d'une fenêtre »; ***ventôse*** (XVIIIe s.), empr. au lat. *ventosus* « venteux », mois du calendrier révolutionnaire; ***éventer*** (XIIe s., sous la forme *esventer*), « exposer au vent », « mettre à l'air libre, rendre public, faire connaître » (XVe s.), « trouver les traces du gibier » (lang. de la chasse), d'où « découvrir » (XVIe s.); puis « exposer à l'air, gâter » (XIXe s.); ***évent*** (XVIe s.); ***éventail*** (XIVe s.); ***ventiler*** (XIe s.), empr. au lat. *ventilare* « agiter dans l'air, éventer, donner de la fraîcheur », en lat. jur. « discuter, débattre », en fr. d'abord « agiter en l'air, flotter au vent », puis « produire un courant d'air, aérer » (XIXe s.), au sens jur. « procéder à l'évaluation de plusieurs parties dans une vente » (XVIIe s.), puis « répartir entre plusieurs comptes » (XIXe s.); ***ventilation*** (XIVe s.), empr. au lat. *ventilatio* « exposition à l'air », même évol. Le sens de « répartition » date du XXe s.; ***ventilateur*** (XVIIIe s.), de l'angl. *ventilator* « appareil servant à brasser l'air ».

ventiler, voir ***vent***.

ventouse (XIIIe s.), empr. au lat. médic. tard. *ventosa*, abrév. de *ventosa cucurbita* « courge pleine de vent ».

ventre (XIe s.), du lat. *venter, ventris* « ventre », désigne en fr. l'abdomen en tant que siège de la digestion, de la gestation. Le sens de « proéminence, renflement » est attesté dès le XIVe s. || ***ventrée*** (XIIe s.); ***ventrière*** (XIIe s.); ***ventral*** (XIVe s.), empr. au lat. *ventralis*; ***ventricule*** (XVe s.), empr. au lat. médic. *ventriculus* (*cordis*) « petit ventre (du cœur) »; ***ventriloque*** (XVIe s.), empr. au lat. tard. *ventriloquus* « qui parle du ventre »; ***éven-***

trer (XIIIe s.) ; ***éventration*** (XVIIIe s.) ; ***éventreur*** (XIXe s.).

vêpres (XIIIe s., sous la forme *vespres*), empr. au lat. chrét. *vesperae* « office célébré le soir », du lat. clas. *vespera* « temps du soir, soirée », plur. fait sur le modèle de *vigiliae* désignant en lat. chrét. une réunion nocturne de prières la veille d'une fête. || ***vespéral*** (XIXe s.), empr. au lat. tard. *vesperalis* « du soir ».

ver (Xe s.), du lat. *vermis*, de même sens, désigne depuis le M. A. diverses sortes d'animaux (sans pattes et au corps cylindrique). || ***véreux*** (XIVe s.), « qui contient des vers, corrompu » ; ***vermifuge*** (XVIIe s.) ; ***vermisseau*** (XIIe s.), du lat. vulg. **vermiscellus*, déform. de *vermiculus* « petit ver », fait sur *vermis*. Le sens fig. de « créature chétive » est attesté au XIIe s.

véracité (XVe s.), dér. sav. du lat. *verax, veracis* « véridique, sincère ».

véranda (XVIIIe s., rare avant le XIXe s.), de l'angl. *veranda*, empr. à l'hindi *varanda* « balustrade », désigne une galerie vitrée adossée à une maison.

verbe (XIe s.), empr. au lat. *verbum* « mot » et « parole », sens conservés en a. fr. Le sens de « parole » survit en fr. mod. dans l'expres. *avoir le verbe haut*. Auj. le mot s'empl. au sens gram. (terme soumis à des variations de personne, de temps et de mode), au sens de « parole de Dieu » (attesté dès le M. A.), et au sens de « expression orale ou écrite de la pensée » (*la magie du verbe*). || ***verbeux*** (XIIIe s.), empr. au lat. *verbosus* « diffus, prolixe » ; ***verbosité*** (XVIe s.), empr. au lat. tard. *verbositas* « bavardage, verbiage » ; ***verbal*** (XIVe s.), empr. au lat. tard. *verbalis* « de paroles » et « relatif au verbe », en fr. surtout au sens de « oral, qui s'exprime par des mots » (*violence verbale*), parfois avec la nuance « sans contenu profond » (XXe s.) et « relatif au verbe » (*système verbal*) ; ***verbalisme*** (XIXe s.) ; ***verbaliser*** (XVIe s.), d'abord « palabrer », puis « dresser un procès-verbal » (XVIIe s.) ; ***verbalisation*** (XIXe s.).

verbiage (XVIIe s.), dér. du verbe *verbier* (XVIe s.) « gazouiller » (en parl. des oiseaux), s. d. du franc. **werbilon* « tourbillonner » (cf. l'all. *Wirbeln* « tournoiement »), en fr. « abondance de paroles vides, bavardage insipide ».

verdeur, voir ***vert***.

verdict (XVIIe s., rare avant le XIXe s.), de l'angl. *verdict* « jugement d'un jury », en fr. « déclaration d'un jury (acquittant ou condamnant un prévenu) », d'où « jugement rendu ».

verdoyant, **verdoyer**, **verdure**, voir ***vert***.

véreux, voir ***ver***.

verge (XIe s.), du lat. *virga* « petite branche, baguette » (notamment pour battre), « baguette magique », sens conservés en fr. Divers empl. tech., comme *huissier à verge* « huissier tenant une baguette de commandement ». Le sens de « membre viril » est attesté dès le XIIIe s. || ***vergé*** (XIe s.), « rayé » (en parlant d'un papier pourvu de bandes) ; ***vergette*** (XIIe s.) ; ***vergeture*** (XVIIIe s.), « petite raie sur la peau ».

verger (XIe s.), du lat. *viridarium* « jardin planté d'arbres, parc », fait sur *viridis* « vert ».

verglas (XIIe s., sous la forme *verreglaz*), s. d. de l'a. fr. *verre glas* « glace semblable à du verre ». || ***verglacé*** (XVIe s.).

vergne (XIIe s., sous la forme *verne*), du gaul. *verne*, mot régional, nom de l'aulne.

vergogne (XIe s.), du lat. *verecundia* « retenue, pudeur, discrétion », « respect » et « sentiment de honte », subst. fait sur le verbe *vereri* « éprouver une crainte religieuse ou respectueuse » en fr. au sens de « honte », n'existe plus guère que dans l'expres. *sans vergogne*.

vergue (XIIe s.), forme dial. de *verge*,

terme de marine désignant une pièce de bois tenant les voiles. || ***envergure*** (XVIIe s.), au XIXe s. au sens fig. « capacité intellectuelle ».

véridique (XVe s.), empr. au lat. *veridicus* « qui dit la vérité, sincère » et « vrai, conforme à la vérité », sens conservés en fr.

vérifier (XIIIe s.), empr. au lat. tard. *verificare* « présenter comme vrai », en fr. d'abord « enregistrer (un acte) », puis « prouver la vérité » (XVe s.), « examiner, contrôler » (XVIIe s.). || ***vérifiable*** (XIVe s.) ; ***vérification*** (XIVe s.) ; ***vérificateur*** (XVIIe s.) ; ***vérificatif*** (XVIIe s.).

vérin (XIVe s.), p.-ê. du lat. *veruina* « dard », dér. de *veru* « broche, dard », en fr. d'abord « vis en bois », puis « appareil de levage formé d'une double vis ».

vérité (Xe s., d'abord sous la forme *verté*), empr. au lat. *veritas* « vérité, réalité ». || ***véritable*** (XIIe s.), dès le M. A. « sincère, digne de foi » et « vrai, conforme à la réalité, qui existe réellement, justement nommé », puis « authentique » (XVIIe s.).

verjus, voir ***jus***.

vermeil (XIe s.), du lat. *vermiculus* « vermisseau », désignation de la cochenille, insecte des chênes kermès, dont on tirait une couleur rouge vif. || ***vermillon*** (XIIe s., sous la forme *vermeillon*), « rouge vif ».

vermicelle (XVIe s.), de l'ital. *vermicelli* « vermisseaux », pâtes très fines en forme de vers.

vermine (XIIe s.), du lat. *vermina* « vers », plur. de *vermen*, en fr. à valeur collective désignant des insectes et des parasites divers. Le sens péj. « êtres nuisibles » est attesté au XVIe s.

vermoulu (XIIIe s.), litt. « rongé (*moulu*) par les vers ».

vermouth (XVIIIe s.), de l'all. *Wermuth* « absinthe ».

vernaculaire (XVIIIe s.), empr. au lat. *vernaculus* « esclave né dans la maison », empl. au sens de « indigène, propre au pays » (*langue vernaculaire*).

vernal (XIIe s.), empr. au lat. *vernalis* « de printemps ».

vernis (XIIe s.), p.-ê. adapt. du lat. méd. *veronice* « résine, laque (produite à Bérénikê en Cyrénaïque) ». || ***vernir*** (XIIe s.) ; ***vernisser*** (XIVe s.) ; ***vernissage*** (XIXe s.), d'abord « action de vernir un tableau », puis « inauguration d'une exposition de peintures » (XIXe s.).

vérole (XIIe s.), empr. au lat. méd. *vairola*, du lat. médic. *variola* « maladie éruptive » (voir ***variole***), en fr. a désigné la variole, appelée *petite vérole* quand le terme s'est appliqué à la syphilis (XVIe s.). || ***vérolé*** (XVIe s.).

véronique (XVIe s.), empr. au lat. *veronica*, nom de plante empr. au nom propre lat. *Veronica*.

verrat (XIVe s.), dér. de l'a. fr. *ver* « sanglier, porc mâle », du lat. *verres*, de même sens, en fr. « porc mâle en tant que reproducteur ».

verre (XIIe s., sous la forme *voirre*), du lat. *vitrum* « verre » et « pastel » (en raison de l'opacité et de la couleur du verre antique), en fr. « substance transparente », « objet en verre » (XIIe s.), « récipient à boire » (XIVe s.), « contenu d'un verre » (XVIIe s.). || ***verrier*** (XIIIe s.) ; ***verrerie*** (XIIIe s.) ; ***verrière*** (XIIe s.), d'abord « fenêtre en verre », puis « grand vitrail », « grand vitrage » ; ***verroterie*** (XVIIe s.), fait sur le modèle de *bimbeloterie*, « petits objets en verre coloré », d'où « bimbeloterie, pacotille (servant au troc avec des populations primitives) ». Voir ***vitre***.

verrou (XIIIe s., sous la forme *verouil*), du lat. *veruculum* « petite broche », en fr. « système de fermeture fait d'une barre transversale ». || ***verrouiller*** (XIIe s.) ; ***verrouillage*** (XXe s.).

verrue (XIIIe s.), du lat. *verruca* « excroissance, tache, verrue », sens conservés en fr. || ***verruqueux*** (XVe s.).

vers 1 prép. (xe s.), du lat. *versus* « dans la direction de ».

vers 2 subst. (XIIe s.), du lat. *versus* « ligne, rangée » et « séquence rythmique », en a. fr. a signifié aussi « poésie lyrique », « tirade, morceau d'une œuvre poétique ». Le seul sens conservé en fr. mod. est celui de « séquence rythmique ». L'expres. *vers libres* apparaît au XVIe s. au sens de « vers de longueur inégale », sens courant aux XVIIe et XVIIIe s. et plus rarement de « vers non rimés ». Ce dernier sens est repris au XIXe s. La loc. *vers blancs* est attestée au XVIIIe s. en ce sens. || ***verset*** (XIIe s.), au sens de « petite pièce liturgique » (sens du lat. chrét. *versus*), « petite pièce de vers » (XIIIe s.), « petite section du texte de la Bible » (XIIIe s.), « phrases rythmées (à l'imitation de la Bible) » (XXe s.).

versatile (XIVe s.), empr. au lat. *versatilis* « mobile, flexible, qui tourne vite ». || ***versatilité*** (XVIIIe s.).

versé (XVIe s.), du lat. *versatus* « qui s'occupe de, qui s'applique à », part. de *versari* « vivre habituellement dans, s'occuper de », d'où en fr. « expérimenté, savant ».

verseau (XVIe s.), litt. « qui verse de l'eau », signe du zodiaque correspondant à des mois pluvieux, calque du lat. *aquarius* et du grec *hudrokhoeus*, de même sens.

verser (XIe s.), du lat. *versare* « tourner souvent, faire tourner, retourner, remuer », en fr. « faire tomber », « faire couler (un liquide) ». Le sens « déposer, payer » date du XVIIIe s., celui de « incorporer » du XIXe s. || ***versant*** (XIXe s.), « pente » ; ***à verse*** dans *pleuvoir à verse* « en abondance » ; d'où ***averse*** (XVIIIe s.), « pluie abondante » ; ***versement*** (XIIIe s.), d'abord « action de répandre », puis « dépôt d'argent » (XVIIe s.) ; ***versoir*** (XVIIIe s.), « pièce de la charrue (qui verse la terre sur le côté) » ; ***déverser*** (XVIIIe s.) ; ***déversement*** (XVIIIe s.).

versifier (XIIIe s.), empr. au lat. *versificare* « faire des vers ». || ***versificateur*** (XVe s.), empr. au lat. *versificator* ; ***versification*** (XVIe s.), empr. au lat. *versificatio*.

version (XVIe s.), empr. au lat. méd. *versio* « changement, retournement » et « traduction », en fr. d'abord « retournement », puis « traduction » (XVIe s.), « manière de rapporter, d'interpréter » (XVIIe s.), « état d'un texte au cours des phases de son histoire » (XIXe s.).

verso (XVIIe s.), abrév. de l'expres. lat. *folio verso* litt. « sur le feuillet qui est à l'envers, qui est au dos », d'où « à l'envers du recto ».

vert (XIe s.), du lat. *viridis* « vert, verdoyant, frais, vigoureux », sens conservés en fr. L'expres. *se mettre au vert* « s'en aller à la campagne » est attestée au XIXe s. La *langue verte* désigne d'abord au XIXe s. l'argot des tricheurs (par référence au tapis vert des joueurs), puis signifie « langue forte, pittoresque ». || ***verdâtre*** (XIVe s.), « qui tire sur le vert, qui n'est pas franchement vert, d'un vilain vert » ; ***verdeur*** (XIIe s.), d'abord au sens de « verdure », puis « vigueur de la jeunesse » (XVe s.) et « rudesse du langage » (XVIIe s.) ; ***verdir*** (XIIe s.) ; ***reverdir*** (XIIe s.) ; ***verdoyer*** (XIIe s.) ; ***verdoyant*** (XIIe s.) ; ***verdure*** (XIIIe s.).

vertèbre (XIVe s.), empr. au lat. *vertebra* « articulation ». || ***vertébral*** (XVIIe s.) ; ***vertébré*** (XIXe s.) ; ***invertébré*** (XIXe s.).

vertical (XVIe s.), empr. au lat. *verticalis* « perpendiculaire au plan horizontal ». || ***verticalité*** (XVIIIe s.).

vertige (XVIIe s.), empr. au lat. *vertigo* « rotation, tournoiement » et « étourdissement, trouble de l'équilibre », sens conservés en fr. Les sens « peur de tomber dans le vide » (XVIIIe s.) et « égarement, trouble, ivresse » (XVIIe s.) sont courants en fr. mod. || ***vertigineux*** (XIVe s.), empr. au lat. *vertiginosus* « sujet au vertige », en fr. d'abord au sens étym., puis surtout au sens de « qui donne le vertige »

(XIXe s.) et « très grand, très rapide » (XXe s.).

vertu (Xe s.), du lat. *virtus*, *virtutis* « qualités faisant la valeur de l'homme (*vir*), mérite, perfection morale, énergie, bravoure », en fr. depuis le XIIe s. « courage, vaillance », et aussi « force, énergie, principe actif » (*vertu des herbes*), dans le voc. relig. du M. A. « pouvoir miraculeux ». Le sens de « énergie morale vers le bien, conduite vertueuse » date du XIIe s. L'expres. *femme de petite vertu* « femme aux mœurs légères » est attestée au XIXe s. || ***vertueux*** (XIe s.), d'abord au sens de « vigoureux, vaillant », ensuite « honnête, sage » (XIIIe s.) et « édifiant » (XVe s.) ; ***s'évertuer*** (XIe s.), « se donner de la peine, mettre tous ses efforts ».

vertugadin (XVIIe s.), de *vertugade*, empr. à l'esp. *verdugado* « bourrelet faisant bouffer la jupe autour des hanches », de *verdugo* « baguette », en fr. terme de mode de même sens.

verve (XIIe s.), du lat. vulg. **verva*, du lat. clas. *verba*, plur. de *verbum* « parole », en a. fr. « proverbe, exposé ». Le sens de « inspiration, fantaisie créatrice » est attesté au XVe s. Les valeurs « vivacité, fougue » (XVIIIe s.) et « brio » (XIXe s.) prédominent auj.

verveine (XIIIe s.), du lat. vulg. **verena*, du lat. clas. *verbenae* « rameaux d'herbes (laurier, olivier, myrte) portés par les prêtres », désigne en fr. une plante médicinale aux vertus calmantes.

vesce (XIIe s.), plante, du lat. *vicia*, de même sens.

vésication (XVe s.), empr. au lat. méd. *vesicatio* « formation d'ampoules sur la peau », dér. de *vesica* « vessie, ampoule ». || ***vésicatoire*** (XVIIe s.), « qui provoque des ampoules sur la peau » ; ***vésicant*** (XVe s.), « qui fait naître des ampoules cutanées ».

vésicule (XVIe s.), terme médic., empr. au lat. *vesicula* « petite vessie, petite ampoule ».

vespasienne (XIXe s.), du nom de l'empereur romain *Vespasien*, à qui l'on a attribué à tort l'établissement d'urinoirs publics à Rome.

vespéral, voir ***vêpres***.

vesse (XVe s.), déverb. de l'a. verbe *vessir*, du lat. tard. *vissire*, en lat. clas. *visire* « faire un pet silencieux », mot vieilli au sens de « gaz intestinal émis sans bruit ».

vessie (XIIIe s.), du lat. vulg. **vessica*, en lat. clas. *vesica* « vessie » et « ampoule, tumeur », empl. dès l'a. fr. au sens propre et au sens fig. de « chose sans importance » (*prendre des vessies pour des lanternes*) ; au XVIIe s. « membrane gonflée d'air, quelle qu'en soit la matière ». || ***vésical*** (XVe s.), empr. au lat. tard. *vesicalis*, de *vesica* « vessie », d'abord au sens de « en forme d'ampoule », puis au XIXe s. « qui a rapport à la vessie ».

vestale (XIVe s.), empr. au lat. *vestalis* « prêtresse de *Vesta* (nom de la déesse du foyer domestique à Rome) vouée à la chasteté », d'abord empl. comme adj., au XVIe s. comme subst. fém., d'abord attesté comme terme d'antiq. rom. et à partir du XVIIe s. au sens de « femme d'une parfaite chasteté ».

veste (XVIe s.), empr. à l'ital. *veste* « vêtement », du lat. *vestis*, de même sens, d'abord empl. au sens de « vêtement à quatre pans qui se portait sous l'habit », au XIXe s. au sens du fr. mod. ; *remporter, ramasser, prendre une veste* « subir un échec » (XIXe s.) ; *retourner sa veste* « changer d'opinion » (XIXe s.). || ***veston*** (XVIIIe s.), d'abord « vêtement d'homme », au XIXe s. au sens courant de « veste d'un complet d'homme ».

vestiaire (XIIIe s.), empr. au lat. *vestiarium* « armoire, coffre pour ranger les vêtements », dér. de *vestis* « vêtement », rare en fr. mod. au sens ancien de « lieu où sont déposés les vêtements des personnes appartenant à une communauté » ; au XIXe s. au sens de « ensemble des vêtements constituant une garde-robe » et « lieu où l'on dépose momentanément des vêtements ».

vestibule (XVe s.), empr. au lat. *vestibulum* « pièce d'entrée d'un édifice, entrée », d'orig. obsc., avec infl. de l'ital. *vestibulo,* de même sens.

vestige (XIVe s.), empr. au lat. *vestigium* « semelle ou plante du pied, trace, empreinte », au fig. « trace, vestige », du lat. *vestigare* « suivre à la trace, traquer », d'abord empl. au sens de « ce qui reste d'une idée, d'un sentiment, etc. » et à partir du XVe s. « ce qui demeure d'une chose détruite, disparue ». Voir ***investigation***.

vêtement (Xe s.), du lat. *vestimentum* « vêtement, couverture », dér. de *vestis* (voir ***veste***), d'abord empl. au sens de « tout ce qui sert à couvrir le corps », puis, au plur., au sens de « habillement » et spéc. « habillement de dessus » par opp. à *sous-vêtement* (XXe s.). || ***vestimentaire*** (XIXe s.), dér. sav. du lat. *vestimentum* ; ***survêtement*** (XVIIe s.), dér. du verbe disparu *survêtir* (XVIe s.) « vêtir par-dessus », spéc. au XXe s. dans le voc. du sport.

vétéran (XVIe s.), empr. au lat. *veteranus* « vieux, ancien », dér. de *vetus, veteris* « ancien », d'abord empl. comme terme d'antiq. rom., puis au XVIIIe s. dans le voc. milit. « soldat qui a de longs états de service » et au sens fig. « personne qui a de l'expérience », au XIXe s. dans le voc. du sport.

vétérinaire (XVIe s.), empr. au lat. *veterinarius* « relatif aux bêtes de somme » et « personne qui soigne les animaux », de *veterina* « bêtes de somme, de trait », plur. neut. de l'adj. *veterinus* « propre à porter les fardeaux », empl. en fr. comme adj. « qui a rapport aux soins des bêtes » et comme subst. « spécialiste de la médecine des animaux ».

vétille (XVIe s.), déverb. du verbe vieilli ***vétiller*** « s'occuper à des choses insignifiantes » (XVIIe s.), s. d. dér. de l'a. fr. *vette* « courroie, ruban », du lat. clas. *vitta*, de même sens, empl. au sens de « chose insignifiante, bagatelle ». || ***vétilleux*** (XVIIe s.), « qui s'attache à des détails ».

vêtir (Xe s.), du lat. *vestire* « vêtir, habiller » et « revêtir, recouvrir, garnir », dér. de *vestis* (voir ***veste***), empl. dès l'a. fr. au sens de « couvrir qqn de vêtements », de « mettre sur soi un vêtement », et à la forme pronom., l'emploi fig. « mettre en possession de qq. ch. » ayant disparu au XVIIIe s. || ***vêture*** (XIIe s., d'abord *vesteüre*), d'abord empl. au sens, vieilli, de « habit, vêtement », se spéc. au XVIIe s. au sens de « cérémonie par laquelle les postulants d'un ordre religieux reçoivent l'habit de novice » ; ***revêtir*** (Xe s.), attesté dès l'a. fr. au sens de « couvrir, se couvrir d'un vêtement particulier, de cérémonie » et au sens fig. de « mettre en possession, investir » et de « couvrir d'une apparence, d'un aspect » ; au XVe s. « couvrir pour protéger, orner » et spéc. « enduire, garnir » ; ***revêtement*** (XIIIe s.), spéc. à partir du XIVe s. au sens de « élément qui recouvre une paroi » et au XXe s. au sens de « matériau avec lequel on recouvre une voie pour la rendre carrossable » ; ***dévêtir*** (XIIe s.), n'est plus empl. au sens ancien de « déposséder ».

vétiver (XIXe s.), empr. d'un mot tamoul *vettivern*, désignant une plante odoriférante, utilisée en parfumerie.

veto (XVIIIe s.), mot lat. *veto,* « j'interdis », 1re pers. de l'ind. prés. de *vetare* « interdire », qui a donné en a. fr. *veer,* de même sens, est d'abord empl. comme terme d'antiq. rom., puis à la fin du XVIIIe s. au sens de « droit qu'a une autorité de s'opposer à l'entrée en vigueur d'une loi » (*droit de veto*) et au sens cour. de « opposition, refus ».

vétuste (XVIe s.), empr. au lat. *vetustus* « qui a une longue durée, ancien, archaïque », dér. de *vetus* « vieux », d'abord empl. au sens de « antique », au XIXe s. au sens de « qui est vieux, délabré ». || ***vétusté*** (XVe s.), empr. au lat. *vetustas* « vieillesse », empl. à partir du XVIIIᵉ s. au sens de « ancienneté, délabrement ».

veuf (XIᵉ s.), forme masc. attestée à partir du XVIᵉ s. de l'a. fr. *veuve,* nom et adj. fém. (parfois employé au masc. à partir du XIVᵉ s.), du lat. *vidua* « veuve », fém. subst. de *viduus* « veuf, veuve » ; la prédominance du féminin est due au fait qu'au M. A. l'état de veuve représentait pour la femme et non pour l'homme un état civil à part ; au XVIIᵉ s., en arg., *la veuve* « la potence », puis au XIXᵉ s. « la guillotine ». || ***veuvage*** (XIVᵉ). Voir ***viduité***.

veule (XIIIᵉ s.), d'orig. obsc., s. d. du lat. vulg. **volus* « volant », au fig. « frivole, léger », de *volare* « voler », d'abord empl. au sens, disparu, de « léger », au XVIᵉ s. en parlant d'une terre trop légère et à partir du XVIIᵉ s. au sens moral, courant en fr. mod., « qui n'a aucune énergie, faible, lâche ». || ***veulerie*** (XIXᵉ s.) ; ***aveulir*** (XIXᵉ s.).

vexer (XIVᵉ s.), empr. au lat. *vexare* « agiter, tourmenter, inquiéter », d'abord empl. au sens du latin « tourmenter, inquiéter », au XVIIᵉ s. « tourmenter par abus de pouvoir, par des chicanes », au XIXᵉ s. au sens courant en fr. mod. de « blesser qqn dans son amour-propre » et à la forme pronom. *se vexer.* || ***vexation*** (XIIIᵉ s.), empr. au lat. *vexatio* « tourment, mauvais traitement, persécution », a suivi l'évol. de *vexer* ; ***vexatoire*** (XVIIIᵉ s.).

via (XIXᵉ s.), prép. qui reprend l'ablatif lat. *via* « par la voie de », de *via* « route, chemin », au sens de « en passant par ».

viabilité (XIXᵉ s.), dér. de l'a. adj. *viable* « où l'on circule aisément », du lat. tard. *viabilis* « où l'on peut passer », de *via* « voie », spéc. en fr. mod. au sens de « ensemble des travaux d'aménagement qu'on exécute avant toute construction ». || ***viabiliser*** (XXᵉ s.).

viable, voir ***vie***.

viaduc (XIXᵉ s.), francisation, d'après *aqueduc*, de l'angl. *viaduct* « grand pont servant au passage d'une voie ferrée, d'une route au-dessus d'une vallée », comp. de *via* « voie » et *ductus* « conduite », de *ducere* (voir ***conduire***).

viager, voir ***vie***.

viande (XIᵉ s.), du lat. tard. *vivanda* « ce qui sert à vivre, vivres, provisions », altér. du lat. clas. *vivenda,* subst. du neut. plur. de *vivendus,* du lat. *vivere* « vivre », d'abord empl. au sens général de « nourriture », spéc. à partir du XIVᵉ s. au sens de « chair des animaux dont l'homme se nourrit », éliminant en ce sens *chair* ; au XVIᵉ s. au sens fig. « nourriture pour l'esprit ». Voir ***vivandier***.

viatique (XIVᵉ s.), empr. au lat. *viaticum* « ce qui sert pour la route, provisions, argent de voyage », de l'adj. *viaticus* « du voyage », dér. de *via* « route, voie », empl. à partir du XVIᵉ s. au sens spéc. de « communion portée à un mourant » et au XIXᵉ s. au sens fig. et littér. « soutien, secours indispensable ».

vibrer (XVIᵉ s.), empr. au lat. *vibrare* « agiter rapidement, secouer, brandir » et « vibrer (en parlant de sons) », empl. à partir du XVIIIᵉ s. au sens de « produire des vibrations », au sens fig. « réagir à une émotion » et en parlant de la voix « manifester une émotion par le tremblement de la voix ». || ***vibration*** (XVIᵉ s.), empr. au lat. tard. *vibratio* « action de lancer, d'agiter », empl. au XVIIᵉ s. au sens courant « mouvement, état de ce qui vibre » et dans le voc. scient. ; ***vibratoire*** (XVIIIᵉ s.) ; ***vibrion*** (XVIIIᵉ s.), « bactérie incurvée en forme de virgule » ; au XXᵉ s., au sens fig. et fam., « personne agitée » ; ***vibrato*** (XIXᵉ s.), empr. à l'ital. « tremblement rapide d'un son, dans la musique vocale ou instrumentale ».

vicaire (XIIᵉ s.), empr. au lat. *vicarius* « suppléant, remplaçant », de *vicis* « tour, succession », d'abord empl. au sens de « gouverneur du pays » et en parlant du pape, par rapport à saint Pierre ; au XVᵉ s. en parlant d'un ecclésiastique qui remplace un évêque, un curé ou l'assiste. || ***vicariat*** (XVᵉ s.).

vice (XIIᵉ s.), empr. au lat. *vitium* « défaut physique, défaut, faute, vice », empl. dès l'a. fr. au sens moral, vieilli en fr. mod., de « disposition habituelle au mal » et de « défaut, mauvais penchant que réprouve la morale » (par opp. à *vertu*) et au sens, conservé en fr. mod., de « imperfection grave qui rend une personne, une chose impropre à sa destination » ; à partir du XVIIᵉ s. s'emploie plus spéc. au sens de « dérèglement dans la conduite, dans les mœurs » ; au XIXᵉ s. « défaut, mauvaise habitude que l'on ne peut réprimer, perversion sexuelle ». || ***vicieux*** (XIIIᵉ s.), empr. au lat. *vitiosus* « gâté, corrompu, défectueux », dér. de *vitium*, au XVIᵉ s. « rétif » en parlant spéc. d'un cheval, usuel à partir du XVIIᵉ s. au sens de « qui a des mœurs déréglées », a suivi l'évol. de *vice* ; ***vicier*** (XIIIᵉ s.), empr. au lat. *vitiare* « gâter, corrompre », au XVIIIᵉ s. en parlant de l'air, aussi empl. à partir du XIVᵉ s. comme terme de droit « rendre défectueux un acte » (*vice de forme* au XIXᵉ s.).

vice-, empr. au lat. *vice* « au lieu de, à la place de », ablatif de *(vix), vicis* « place occupée par qqn, succession », entre dès l'a. fr. dans la construct. de noms ou de titres de fonctions exercées en second, à la place de, comme ***vice-chancelier***, ***vice-amiral***, ***vice-président***, etc. || ***vice versa*** (XVᵉ s.), loc. lat. signifiant « réciproquement », litt. « à tour (*vice*) renversé (*versa*) ».

vicinal (XVIᵉ s.), rare avant le XVIIIᵉ s., empr. au lat. *vicinalis* « de voisin, de voisinage », dér. de *vicinus* « voisin », usuel dans l'expres. *chemin vicinal* « route étroite qui met en communication des villages ».

vicissitude (XIVᵉ s.), empr. au lat. *vicissitudo* « alternative, passage d'un état à un autre », dér. de *vicis* « tour, succession », d'abord empl. au sens de « changement, succession, instabilité », puis, au XVIIᵉ s. de « événements heureux et malheureux » et spéc. en fr. mod. au sens de « événements malheureux ».

victime (XVᵉ s.), empr. au lat. *victima* « victime, animal destiné au sacrifice », d'abord empl. au sens de « créature vivante offerte en sacrifice aux dieux », à partir du XVIIᵉ s. au sens de « personne qui subit la haine, les tourments de qqn » et de « personne qui souffre des agissements d'autrui, de choses, d'événements malheureux, etc. ».

victoire (XIᵉ s.), empr. au lat. *victoria* « victoire », fém. de l'adj. *victorius* dér. de *victor* « vainqueur », lui-même issu du supin *victum,* de *vincere* « vaincre ». || ***victorieux*** (XIIIᵉ s.), empr. au lat. tard. *victoriosus,* de même sens. Voir ***vaincre***.

victuaille (XIIᵉ s., d'abord sous la forme *vitaille*), du lat. chrét. *victualia* « vivres, victuailles, aliments », du lat. imp. *victualis* « relatif à la nourriture », dér. de *victus* « nourriture, subsistance », de *vivere* « vivre », empl. à partir du XVIᵉ s., au plur. et au sens de « provisions de bouche, vivres ». Voir ***ravitailler***.

vidame (XIIIᵉ s.), du lat. eccl. *vice dominus* « lieutenant d'un seigneur », de *vice* « à la place de » et *dominus* « maître, seigneur », désigne un officier qui remplaçait au M. A. les seigneurs ecclésiastiques dans les fonctions juridiques et administratives.

vide (XIᵉ s.), d'abord *vuide,* forme de fém. qui a élim. le masc. *vuit* et qui s'est maintenue sous cette graphie jusqu'au XVIIᵉ s., issu du lat. vulg. **vocitus*, dér. de *vocuus,* var. archaïque de *vacuus* « vide, libre de, vacant » ; *vide* adj. est attesté dès l'a. fr. au sens de « qui ne contient rien de perceptible, de sensible », « qui est sans occupant » et au sens de « libéré », au sens fig. « qui est affaibli, sans idée » et « qui manque de substance, d'intérêt ». Les empl. de *vide* subst. dans le voc. philos. et scient. se développent à partir du XVIIᵉ s. ; au XIIIᵉ s. *à vide* « sans rien contenir » ; au XIXᵉ s. *tourner à vide.* || ***vider*** (XIIᵉ s.), d'abord *vuidier*, forme attestée jusqu'au XVIIIe s., du lat. vulg. **vocitare,* dér. de *vocitus,* empl. dès l'a. fr. au sens de « rendre vide », de « sortir d'un lieu » (XVIIe s. *vider les lieux*) et à partir du XIVe s. au sens de « enlever, mettre dehors (des ordures), décharger une voiture, un bateau » ; au XVIIe s. *vider* « ôter les entrailles d'un animal » ; ***vidange*** (XIIIe s.), dér. de *vider,* avec le suff. *-ange*, d'orig. germ., d'abord attesté sous la forme *widenghe,* d'abord empl. au sens de « vide, vacuité » et de « égout », à partir du XIVe s. « action de vider une fosse d'aisances » et « action de vider (en parlant d'opérations grossières et sales) » ; ***évider*** (XIIe s.), au XVIIe s. au sens spéc. « creuser en enlevant une partie de la matière » ; ***vide-***, entre dans la construct. de mots comme ***vide-ordures***, ***vide-poche***, ***vide-pomme***.

vidéo (XXe s.), empr. à l'anglo-améric. *video,* 1re pers. de l'ind. présent du lat. *video* « je vois », empl. comme adj. au sens de « qui concerne l'enregistrement des images et des sons et leur retransmission sur un écran » et subst., abrév. de *vidéo-fréquence.* || ***vidéo-*** entre dans la construct. de mots récents comme ***vidéocassette***, ***vidéoclip***, ***vidéothèque***.

viduité (XIVe s.), empr. au lat. *viduitas* « privation, veuvage », de *viduus* (voir ***veuf***), empl. au sens de « veuvage, état de veuve » et, par attract. de *vide* et confusion avec *vacuité,* au sens de « état de ce qui est vide ».

vie (Xe s.), du lat. *vita* « vie, existence », « genre de vie, manière de vivre », « biographie », dér. de *vivere* « vivre », empl. dès l'a. fr. au sens général de « fait de vivre » de « durée de la vie », de « manière de vivre, mode de vivre » et au sens de « biographie » ; à partir du XVIe s. au sens de « moyens de vivre » (*gagner sa vie*). || ***viable*** (XVIe s.) ; ***viabilité*** (XIXe s.) ; ***survie*** (XVIe s.), d'abord terme jur., au XIXe s. au sens fig. « fait de survivre » et spéc. « fait de survivre après la mort, immortalité » ; ***viager*** (XIVe s.), adj. et subst., dér. de l'a. fr. *viage* « temps de la vie » et « usufruit à vie », spéc. comme terme jur. (*rente viagère*). Voir ***vivre***, ***vital***.

vielle (XIIe s.), déverb. de *vieller* « jouer de la vielle », du rad. onomat. *vi-*, d'abord empl. pour *viole.* Voir ***viole***.

vierge (Xe s., d'abord *virge*), empr. au lat. *virgo, virginis* « jeune fille, vierge », « constellation du zodiaque », en lat. imp. aussi au sens de « qui n'a pas servi (en parlant d'une terre) », également empl. en lat. chrét. puis en fr. pour désigner Marie, mère du Christ, *la Vierge*, et à partir du XIIIe s. au sens de « qui n'a pas encore servi » (*cire vierge*), puis de « intact », et « sans tache, sans marque » ; au XIXe s. *forêt vierge.* || ***virginal*** (XIIe s.), adj., d'abord *virginel*, empr. au lat. *virginalis* « de jeune fille » ; subst. au XVIe s. « instrument de musique du type de l'épinette », empr. à l'angl. *virginal* ; ***virginité*** (IXe s.), empr. au lat. *virginitas* « état d'une personne vierge », à partir du XVIe s. au sens fig.

vieux, vieil (XIe s.), du lat. tard. *veclus* « vieux », en lat. clas. *vetulus* « d'un certain âge », dér. de *vetus, veteris* « vieux, ancien », empl. dès l'a. fr. comme subst. et comme adj., en parlant des personnes, par opp. à *jeune*, et des choses, par opp. à *neuf, nouveau, récent.* || ***vieillesse*** (XIIe s.) ; ***vieillard*** (XIIe s.), subst. et aussi adj. du XIIe au XVIe s. ; ***vieillir*** (XIIIe s.), à partir du XVIe au sens de « perdre de sa force, de son intérêt avec le temps », puis de « devenir suranné » ; ***vieillerie*** (XVIIe s.) ; ***vieillissement*** (XVIe s.) ; ***vieillot*** (XIIIe s.), d'abord « petit vieux », au XIXe s. comme adj. au sens courant de « désuet, suranné ».

vif (Xe s.), du lat. *vivus* « vivant, animé, vif », aussi en parlant de choses, dér. de *vivere* « vivre », n'est plus empl. au sens ancien de « vivant » que dans quelques expres. comme *plus mort que vif, le mort saisit le vif, écorché vif,* ou au sens fig. *haie vive*; à partir du XVIe s. au sens de « qui réagit avec rapidité, vivacité » et de « qui agit fortement sur les sens ». || ***aviver***, ***raviver*** (XIIe s.); ***vif-argent***, voir ***argent***.

vigie (XVIIe s.), empr. au port. *vigia*, de *vigiar* « veiller », du lat. *vigilare* « être éveillé, veiller », empl. au sens, vieilli, de « écueil à fleur d'eau » et au sens courant de « guetteur chargé de surveiller le large ».

vigilance (XIVe s.), empr. au lat. *vigilantia* « habitude de veiller », au fig. « soin vigilant, attention », dér. de *vigilare* « veiller », lui-même dér. de *vigil* (voir ***vigile 2***), d'abord empl. au sens, disparu, de « insomnie, veillée » et à partir du XVIe s. au sens de « surveillance attentive ».

vigile 1 (XIIe s.), subst. fém., du lat. eccl. *vigilia* « veillée religieuse », en lat. clas. « veille, garde de nuit » et « sentinelle », en fr. terme de liturgie catholique, « veille d'une fête importante et office célébré ce jour-là ».

vigile 2 (XIXe s.), subst. masc., empr. au lat. *vigil* « éveillé, vigilant » et, subst. « garde de nuit », d'abord comme terme d'antiq. rom. et au XXe s. au sens de « veilleur de nuit » et spéc. de « personne exerçant une fonction de surveillance au sein d'une police privée ».

vigne (XIIe s.), du lat. *vinea* « plantation de vigne, vigne, cep », fém. subst. de *vineus* « de vin », dér. de *vinum* « vin ». || ***vigneron*** (XIIIe s.); ***vignoble*** (XIIIe s.), empr. avec subst. de suff. à l'a. prov. *vinhobre*, du lat. régional **vineoporus*, transformation de *vinea* « vigne », sous l'infl. du grec *ampelophoros* « qui porte des vignes », de *ampelos* « vigne » et *phoros* dér. de *phorein* « porter », pour désigner une plantation de vignes; ***vignette*** (XIIIe s.), dim. de *vigne*, a d'abord désigné des ornements représentant des branches et feuilles de vigne, sens disparu; à partir du XVe s. au sens de « ornement qui décore un endroit d'un livre », puis au XVIIe s. « la première page ou la fin des chapitres »; à partir du XIXe s. « petit dessin, motif d'une marque de fabrique » et « petit carré de papier ayant une valeur légale » (*vignette de médicament*, etc.). Voir ***vin***.

vigogne (XVIe s.), empr. à l'esp. *vicuna*, lui-même empr. à un mot quechua (Pérou), *vikuna*, pour désigner un mammifère d'Amérique du Sud, puis la laine fine faite avec son poil.

vigueur (XIe s.), empr. au lat. *vigor, vigoris* « force vitale, énergie morale et intellectuelle », dér. de *vigere* « avoir de la force, être en honneur, en vogue », d'abord empl. au sens de « force, énergie », et à partir du XVe s. comme terme de droit, sens attesté dans l'expres. *en vigueur* (XVIIe s.) « en application, en usage »; à partir du XVIe s. au sens de « activité libre, efficace dans le domaine moral, intellectuel » (*vigueur de l'esprit, de la pensée*), au XVIIIe s. dans le domaine de la peinture (*vigueur du trait*). || ***vigoureux*** (XIIe s.), a suivi l'évol. du subst.; ***revigorer*** (XIIIe s.). Voir ***ravigoter***.

viguier (XIVe s.), empr. à l'a. prov. *viguier*, du lat. *vicarius* (voir ***vicaire***), terme d'hist. désignant un magistrat exerçant des fonctions analogues à celles du prévôt dans certaines provinces du midi de la France.

vil (XIe s.), du lat. *vilis* « bon marché, de peu de valeur, sans valeur, vil », empl. dès l'a. fr. aux sens, vieillis ou littér. en fr. mod., de « qui est sans valeur » (*à vil prix*), de « qui est de la plus basse condition », par opp. à *noble*, et au sens de « qui inspire le mépris ». || ***avilir*** (XIe s.), d'abord *aviler* « rendre vil, indigne d'estime ». Voir ***vilipender***.

vilain (XIe s.), du lat. tard. *villanus* « habitant de la campagne », dér. de *villa* « ferme » (voir ***ville***), empl. en a. fr. au sens de « paysan, homme de basse condition », sens archaïque, conservé en fr. mod. comme terme d'hist., et au sens, disparu, de « rustre, grossier », par opp. à *courtois*. Le rapprochement, dès l'a. fr., avec *vil*, est à l'orig. de l'évol. de *vilain* au sens de « méprisable, déshonorant », de « désagréable, déplaisant », puis de « mauvais, dangereux ». || ***vilenie*** (XIIe s.), dér. de *vilain*, et qui a également subi l'infl. de *vil*, n'est plus attesté en fr. mod. qu'au sens de « action vile et basse ».

vilebrequin (XVe s.), forme altér. du m. fr. *wimbelkin*, empr. au m. néerl. *wimmelkijn*, de *wimmel* « tarière » et du suff. dim. *-kijn* (voir ***mannequin***), qui a subi l'infl. de mots comme *virer, vibrer, libre,* la partie du milieu de cet outil se mouvant librement.

vilipender (XIVe s.), empr. au lat. méd. *vilipendere* « estimer comme vil, traiter avec mépris », de *vilis* « vil » et *pendere* « peser, estimer », empl. littér. en fr. mod. au sens de « dénoncer comme vil ».

villa (XVIIIe s.), empr. à l'ital. *villa* « ferme, maison de campagne », du lat. *villa*, de même sens, d'abord empl. au sens de « riche maison de plaisance en Italie » (*la villa Médicis*) et au XIXe s. au sens usuel de « maison de plaisance, d'habitation avec jardin ». Voir ***villégiature***.

village (XIVe s.), au XIIIe s., sous la forme latinisée *villagium*, dér. de *ville* avec le suff. collectif *-age*, d'abord empl. au sens de « groupement d'habitations rurales », puis au sens courant de « agglomération rurale ». || ***villageois*** (XVIe s.). Voir ***ville***.

villanelle (XVIe s.), empr. à l'ital. *villanella* « chanson, danse villageoise », dér. de *villano* « paysan », du lat. tard. *villanus* (voir ***vilain***), d'abord empl. au sens de « poésie pastorale, danse », puis pour désigner un poème à forme fixe.

ville (Xe s.), du lat. *villa* « ferme, maison de campagne », en lat. tard. « groupe de maisons, village », désigne dès les premiers textes une agglomération urbaine qui s'est le plus souvent formée autour d'une ancienne cité, sur le terrain d'anciens domaines ruraux ; le sens ancien de « ferme, domaine rural » se retrouve dans le dér. *village* ; *ville franche* (XIIe s.) ; *habit de ville* (XVIe s.), d'abord « habit que l'on porte à la ville », puis « habit que l'on porte dans la journée » ; *en ville* (XVIe s.).

villégiature (XVIIIe s.), empr. à l'ital. *villeggiatura* « séjour à la campagne », dér. de *villeggiare* « aller à la campagne », formé sur *villa* (voir ***ville***), empl. au sens de « séjour de repos, à la campagne ou dans un lieu de plaisance ».

vin (Xe s.), du lat. *vinum* « vin, raisin, grappe » et « liqueur tirée d'autres fruits », empl. en fr. au sens du lat. || ***vinasse*** (XVIIIe s.), dér. de *vin* avec le suff. péj. *-asse*, au sens tech. de « résidu liquide des liqueurs alcooliques » et au sens courant de « mauvais vin ». || ***vineux*** (XIIIe s.), empr. au lat. *vinosus* « adonné au vin, ivre » et « qui rappelle le vin », dér. de *vinum* « vin » ; au XVIe s. au sens de « qui est riche, fertile en vin » ; au XIXe s. au sens courant « qui a la couleur, l'odeur du vin » ; ***vini-***, élém. tiré de *vinum* entre dans la construct. de termes comme ***vinification*** (XVIIIe s.), « fabrication du vin », sur le modèle de mots comme *panification*, ***vinicole*** (XIXe s.), ***viticole*** (XIXe s.), ***viniculture*** (XIXe s.), remplacé par ***viticulture*** (XIXe s.), formé de l'élém. *viti-*, du lat. *vitis* « vigne », qui entre également dans la formation de *viticole*, et de *culture*, sur le modèle de *agriculture* ; ***aviner*** (XIIe s.), seul usuel en fr. mod. au part. pas. *aviné* ; ***vinaigre*** (XIIIe s.), comp. de *vin* et de *aigre*, a éliminé l'a. fr. *aisil*, du lat. *acetum* « vinaigre » ; ***vinaigrette*** (XIVe s.).

vindicatif (XIVe s.), dér. sav. du lat. *vindicare* « venger », au sens de « qui est porté à la vengeance ».

vindicte (XVIe s.), empr. au lat. *vindicta* « action de revendiquer, de reconquérir », en lat. imp. « vengeance, punition », dér. de *vendicare* « venger », empl. comme terme de droit,

« poursuite et punition des crimes par l'autorité publique » ; *vindicte publique* (XVIIe s.).

vingt (XIe s., d'abord sous la forme *vint*), du lat. tard. *vinti*, contract. du lat. clas. *viginti* ; le système fondé sur le nombre *vingt*, dont il reste en fr. mod. *quatre-vingts*, qui a éliminé *uitante, octante*, et *quatre-vingt-dix*, qui a éliminé *nonante*, était mieux représenté en a. fr. qui connaissait notamment la forme *quinze vingts*, conservé dans l'*hôpital des Quinze-Vingts*, à Paris, fondé par Louis IX pour trois cents aveugles. || **vingtième** (XIIe s.), d'abord *vintisme* ; **vingtaine** (XIIIe s.).

vinyle (XIXe s.), formé à partir de *vin* sur le modèle de *éthyle* comme terme de chimie et au sens de « matière plastique imitant le cuir ».

viole (XIIIe s.), empr. à l'a. prov. *viola*, de *violar* « jouer de la vielle », s. d. d'orig. onomat., désigne un instrument de musique à cordes et à archet ; *viole de gambe* (XVIIe s.). Voir **vielle**.

violent (XIIIe s.), empr. au lat. *violentus* « violent, emporté, (en parlant de personnes) », « impétueux (en parlant de choses) », dér. de *vis* « force, vigueur, violence », d'abord empl. au sens de « qui agit, s'exprime sans retenue », puis de « qui a un intense pouvoir d'action », au XVIe s. *mort violente* « mort par accident ou par meurtre », par opp. à *mort naturelle*. || **violenter** (XIVe s.), d'abord « contraindre par la force », puis « faire violence à » ; au XXe s. par euphémisme, « violer » ; **violence** (XIIIe s.), empr. au lat. *violentia* « caractère violent, emporté, violence (en parlant du vin, du temps) », dér. de *vis* ; *faire violence à une femme* « la violer » (XVIIIe s.) ; *se faire violence* « se contenir, se contraindre » (XVIIe s.) ; *non-violence* (XXe s.), empr. à l'angl. *non violence*, trad. du sanskrit *ahimsa* pour désigner la doctrine prêchée par Gandhi et recommandant d'éviter la violence dans l'action politique en toutes circonstances.

violer (XIe s.), empr. au lat. *violare* « traiter avec violence, violer », « dévaster, endommager (une terre, etc.) », « profaner, enfreindre », dér. de *vis* « force » (voir **violent**), empl. dès l'a. fr. au sens de « faire violence à, porter atteinte à ce qu'on doit respecter, dévaster » et spéc. « violer une femme » ; *violer une sépulture, un lieu de culte* « profaner » (XVIIIe s.). || **viol** (XVIIe s.), déverb. de *violer* ; **violation** (XIVe s.), empr. au lat. *violatio* « profanation », du supin *violatum* de *violare*, empl. au sens de « action de violer un droit, un engagement » et de « profanation », au XXe s. dans le voc. jur. pour qualifier certains délits (*violation du secret professionnel*) ; **inviolable** (XIVe s.) ; **inviolabilité** (XVIIIe s.).

violette (XIIe s.), dimin. de l'a. fr. *viole*, du lat. *viola* « violette » et « couleur violette ». || **violet** (XIIe s.), dér. régressif de *violette*, d'abord attesté au sens de « drap violet », sens disparu, puis au XIIIe s. pour désigner la couleur violette ; **violacé** (XIXe s.), empr. au lat. *violaceus* « de la couleur de la violette », dér. de *viola ;* **violine** (XIXe s.) ; **ultra-violet** (XIXe s.).

violon (XVIe s.), dér. de *viole* avec le suff. *-on* ; au XVIIIe s. « prison de police » (*mettre qqn au violon*). || **violoniste** (XIXe s.), en concurrence avec *violon* au sens de « musicien qui joue du violon (*premier, second violon*) » ; **violoncelle** (XVIIIe s.), empr. à l'ital. *violoncello* « petite viole », dér. de *violone*.

viorne (XIIIe s., d'abord *vione*), du lat. tard. *viburna*, plur. neut. pris pour un fém. du lat. *viburnum* « petit alisier », d'orig. obsc., désignant un arbrisseau vivace, usuel au sens de « clématite ».

vipère (XIIIe s.), empr. au lat. *vipera* « vipère », a éliminé la forme de l'a. fr. *guivre*, également dér. de *vipera* et conservé dans le voc. de l'héraldique ; au XVIe s. au sens fig. (*langue de vipère*). || **vouivre** (XIIe s.), var. de *guivre*, d'abord au sens de « serpent fabuleux », puis comme terme d'héraldique.

virago (XIVe s.), empr. au lat. *virago* « femme robuste, femme guerrière », dér. de *vir* « homme », empl. au sens péj. de « femme autoritaire ».

virer (XIIe s.), du lat. vulg. **virare,* altér. du lat. clas. *vibrare* « agiter, brandir, lancer, faire vibrer » (voir ***vibrer***), par dissimilation des consonnes *-br-*, le *i* étant devenu long sous l'infl. de *librare* « balancer » et « lancer une arme en la faisant tournoyer ». *Virer* est d'abord attesté au sens de « faire tourner » et de « lancer une arme en la faisant tournoyer », puis au XVe s., de « tourner sur soi, tourner en rond » ; à partir du XIIIe s. au sens de « changer d'aspect » ; au XVIIe s. *virer partie* « payer par virement » ; au XVIIe s. dans le voc. de la marine, *virer de bord* « changer de direction » ; au XXe s. *virer qqn,* fam., « le renvoyer ». || ***virée*** (XVIe s.), d'abord « allée et venue », au XXe s. « promenade, voyage rapide » (*faire une virée*) ; ***virement*** (XVIe s.), d'abord « action de tourner en rond », l'emploi dans le voc. de la finance se développant à partir du XVIIe s. ; ***virage*** (XVIIIe s.), d'abord attesté comme terme de marine au sens de « action de virer », puis de « changement de direction » ; au XIXe s. dans le voc. de la photographie et au sens courant de « courbure du tracé d'une route, d'une piste, tournant » ; au XXe s. au sens fig. « changement radical d'attitude, de politique, etc. » ; ***revirement*** (XVIe s.) ; ***environ*** (Xe s.), au XVe s. subst. plur. *les environs* (d'un lieu).

virevolter (XVIe s.), forme altér., sous l'infl. de l'ital. *giravolta* « tour en rond », de *virevouster* (XVe s.) « tournoyer, voltiger », comp. de *virer* et *vouster* « faire tourner un cheval », lui-même issu du lat. vulg. **volvitare* « rouler, tourner ». *Virevolter* est d'abord attesté au sens de « tourner rapidement sur soi-même » et en fr. mod. au sens de « aller en tous sens sans nécessité ». || ***virevolte*** (XVIe s.), supplanté comme terme d'équitation par *demi-volte,* aussi empl. depuis le XIXe s. au sens fig. « changement d'opinion ».

virginal, **virginité**, voir ***vierge***.

virgule (XVIe s.), empr. au lat. *virgula* « petite branche, petite baguette », puis en lat. tard. « trait critique, signe d'accentuation », dimin. de *virga* « verge, baguette », empl. en fr. au sens de « signe de ponctuation ».

viril (XIVe s.), empr. au lat. *virilis* « mâle, masculin », au fig. « fort, courageux », dér. de *vir* « homme », empl. en fr. au sens propre « propre à l'homme » et au sens fig. « qui a les caractères moraux qu'on attribue à l'homme ». || ***virilité*** (XVe s.), empr. au lat. imp. *virilitas* « virilité, âge viril, sexe de l'homme », dér. de *vir* « homme », empl. en fr. au sens de « ensemble des attributs et caractères physiques et sexuels de l'homme » ; au XVIIe s. « puissance sexuelle », au XIXe s. au sens fig. « fermeté, énergie ».

virole (XIIe s., d'abord *virol,* masc.), empr. au lat. *viriola* « sorte de bracelet », dim. de *viria,* de même sens, empl. au sens de « petite bague de métal qui garnit l'extrémité du manche d'un instrument ».

virtuel (XVIe s.), empr. au lat. scolast. *virtualis* « qui n'est qu'en puissance », dér. de *virtus, virtutis* au sens de « force », empl. en fr. à partir du XVIIIe s. dans le voc. scient. || ***virtualité*** (XVIIe s.), dér. sav. de *virtuel.*

virtuose (XVIIe s.), empr. à l'ital. *virtuoso,* dér. de *virtù* (voir ***vertu***), d'abord attesté au sens de « personne d'un mérite exceptionnel », puis spéc. dans le voc. de la musique ; au XXe s. comme adj. (*pianiste virtuose*). || ***virtuosité*** (XIXe s.), d'abord dans le voc. de la musique.

virulent (XIVe s.), empr. au lat. tard. *virulentus* « venimeux », dér. de *virus* « suc, jus » et « venin, poison », d'abord empl. dans le voc. médic., et à partir du XVIIIe s. au sens fig. « qui est plein d'âpreté, de violence ». || ***virulence*** (XIVe s.), empr. au lat. tard.

virulentia « mauvaise odeur, infection », a suivi la même évol.

virus (XVe s.), empr. au lat. *virus* « suc des plantes, semence des animaux, venin, poison, infection » et fig. « âcreté, amertume », d'abord empl. au sens, vieilli, de « substance organique (pus, etc.) capable de transmettre la maladie » et au sens fig., à partir de la fin du XIXe s. au sens spéc. de « micro-organisme infectieux ». ‖ ***virose*** (XXe s.) ; ***virologie*** (XXe s.), « étude scientifique des virus » ; ***viral*** (XXe s.), « provoqué par un virus » (*hépatite virale*).

vis (XIe s.), d'abord *viz*, du lat. *vitis* « vigne, vrille », empl. dès l'a. fr. au sens de « escalier tournant » (au XVIIe s. *escalier à vis*) et au sens courant de « tige de métal, de bois que l'on enfonce en la faisant tourner sur elle-même ». ‖ ***visser*** (XVIIIe s.), d'abord empl. au sens propre « fixer avec des vis » ; au XIXe s. au sens fig. « traiter sévèrement, (*serrer la vis*) » ; ***dévisser*** (XVIIIe s.), au XIXe s. dans le voc. de l'alpinisme.

visa (XVIe s.), mot lat. *visa* « choses vues », plur. neut. subst. du part. pas. *visum* de *videre* « voir », désigne en fr. une formule ou un sceau accompagné d'une signature que l'on appose sur un acte pour le rendre valable et spéc. au XXe s. « formule exigée en sus du passeport ». ‖ ***viser*** (XVIIe s.).

visage (XIe s.), dér. de l'a. fr. *vis* « visage », du lat. *visus* « action de voir, sens de la vue, vue, vision, aspect, apparence », dér. du supin *visum* de *videre* « voir » et qui a dû prendre en lat. pop. le sens de « visage ». *Vis*, qui s'est conservé en fr. jusqu'au XVIIe s., n'est plus représenté que dans *vis-à-vis* (XIIIe s.) et dans le comp. *avis*. ‖ ***dévisager 1*** (XVIe s.), est sorti d'usage au XVIIIe s. au sens de « défigurer » ; ***dévisager 2*** apparaît au XIXe s. au sens de « regarder avec insistance », sens d'abord assuré par ***envisager*** (XVIe s.), à partir du XVIIe s. au sens de « prendre en considération qq. ch., avoir en vue un événement qui doit se produire ».

viscère (XVe s.), empr. au lat. *viscera*, (neut. plur. du sing., rare en lat., *viscus, visceris*) « viscères, intestins, entrailles », au sens propre et au sens fig., empl. en fr. au sens propre, et plus spéc. pour désigner les viscères abdominaux. ‖ ***viscéral*** (XVe s.), empr. au lat. tard. *visceralis* « profond, intime (en parlant d'un sentiment) », empl. en ce sens en fr. (*peur viscérale* au XXe s.), aussi attesté à partir du XVIIIe s. au sens de « relatif aux viscères ».

viscose, **viscosité**, voir ***visqueux***.

viser 1 (XIIe s.), du lat. vulg. **visare*, en lat. clas. *visere* « voir attentivement, examiner », intensif de *videre* « voir », d'abord empl. au sens de « voir, regarder » et de « diriger son regard vers un but pour y lancer qq. ch. », puis à partir du XIVe s. au sens de « avoir en vue un objectif, tendre à » ; au XVIIe s. *viser*, transitif dir. « pointer une arme sur un objectif » ; au XIXe s. au sens fig. *viser haut, viser bas*. ‖ ***visée*** (XVe s.), d'abord « regard, coup d'œil », au XVIe s. « action de viser », puis de « pointer une arme », à partir du XVIe s. au sens fig. et souvent alors au plur. (*avoir des visées sur*) ; ***viseur*** (XIIIe s.), au XXe s. au sens de « instrument, dispositif optique servant à viser » ; ***rétroviseur*** (XXe s.). Voir ***aviser***, ***réviser***.

viser 2, voir ***visa***.

visible (XIIe s.), empr. au lat. *visibilis* « qui a la faculté de voir » et « visible », dér. du supin *visum* de *videre* « voir », empl. au sens du lat. « qui peut être vu » et à partir du XVIe s. au sens de « sensible, rendu sensible aux sens » (*le monde visible*). ‖ ***visibilité*** (XIIIe s., d'abord *visibleté*), empr. au lat. tard. *visibilitas* « qualité d'une chose visible », au XIXe s. au sens de « possibilité de voir plus ou moins bien des objets à une certaine distance, d'un point donné » ; ***invisible*** (XIIIe s.), empr. au lat. tard. *invisibilis* ; ***invisi-***

bilité (XVIe s.), empr. au lat. tard. *invisibilitas*.

visière (XIIIe s.), dér. de l'a. fr. *vis*, d'abord au sens de « pièce mobile du casque » ; *rompre en visière*, au XVIIe s. au sens fig. « contredire en face, violemment », loc. issue du voc. des tournois ; au XIXe s. au sens courant de « partie d'une casquette qui protège les yeux ».

vision (XIIe s.), empr. au lat. *visio* « action de voir, image, simulacre des choses » et « action de voir par l'esprit, conception », dér. du supin *visum* de *videre* « voir », empl. dès l'a. fr. dans le voc. relig. au sens de « représentation surnaturelle » et au sens de « action, manière de voir » et à partir du XVIe s. pour désigner le mécanisme physiologique ; à partir du XVIe s. au sens fig. « représentation imaginaire », puis « idée extravagante, absurde » (XXe s. *avoir des visions*, fam. « déraisonner ») ; au XIXe s. au sens de « manière de concevoir un ensemble de choses complexes ». || ***visionnaire*** (XVIIe s.), d'abord « qui a ou croit avoir des visions » et à partir du XVIIIe s. au sens de « qui est capable de concevoir des projets grandioses » ; ***visionner*** (XXe s.).

visiter (Xe s.), empr. au lat. *visitare* « voir souvent, venir voir qqn, visiter », fréquent. de *visere* « aller, venir voir », d'abord empl. dans le voc. relig. en parlant de Dieu au sens de « soumettre les hommes à une épreuve, pour leur donner ses grâces ou les punir » et au sens courant de « aller voir qqn chez lui » ; au XVIIe s. en parlant d'un médecin ; à partir du XIIIe s. « aller voir un monument, un lieu ». || ***visitation*** (XIIIe s.), empr. au lat. *visitatio* « apparition, manifestation, action de visiter », d'abord empl. au sens de « action d'aller voir » et dans le voc. relig., ne s'emploie plus en fr. mod. que pour désigner la visite que rendit la Sainte Vierge à sainte Elizabeth et la fête qui commémore cet événement ; au XVIIe s. *Ordre de la Visitation*, ordre de religieuses ; ***visite*** (XIVe s.), déverb. de *visiter*, « fait d'aller voir qqn » et « fait de se rendre dans un lieu pour voir, visiter, procéder à un examen, une inspection » ; au XIXe s. « se rendre chez un médecin » (*passer la visite, aller à la visite*) ; ***visiteur*** (XIIIe s.), rare avant le XVIe s.

vison (XVIe s.), s. d. du lat. vulg. **vissio* « puanteur », de *vissire* (voir ***vesse***), d'abord attesté en Saintonge au sens de « belette », est passé au Canada et est repris à partir du XVIIIe s. au sens du fr. mod.

visqueux (XIIIe s.), empr. au lat. tard. *viscosus* « gluant », dér. de *viscum* « gui, glu préparée avec du gui ». || ***viscosité*** (XIIIe s.), empr. au lat. méd. *viscositas* « état de ce qui est visqueux », dér. de *viscosus* ; ***viscose*** (XIXe s.), empr. à l'angl. *viscose*, mot créé à partir du rad. de *viscum* « gui ».

visuel (XVIe s.), empr. au lat. tard. *visualis* « relatif à la vue, visuel », dér. du supin *visum* de *videre* « voir ». || ***visualiser*** (XIXe s.), empr. à l'angl. *to visualize*, dér. de *visualis*, dans le voc. de la psychologie et au sens courant de « rendre visible un phénomène qui ne l'est pas » ; ***visualisation*** (XIXe s.), empr. à l'angl. *visualization* ; ***audio(-)visuel*** (XXe s.), adj. au sens de « qui concerne en même temps la perception auditive et visuelle » (*méthode audio-visuelle*) et subst. « les moyens qui, dans la communication, unissent l'utilisation de l'image aux éléments du langage » et spéc. « l'ensemble des chaînes de télévision ».

vit (XIIe s.), vieilli ou littér. au sens de « pénis », du lat. *vectis* « levier, barre d'un pressoir, barre de porte », dér. de *vehere* « porter, transporter ».

vital (XIIIe s.), empr. au lat. *vitalis* « qui concerne la vie, qui entretient, donne la vie » et « qui est digne d'être vécu », dér. de *vita* « vie », d'abord empl. au sens de « ce qui concerne, constitue la vie » (*souffle vital*) ; au XVIIIe s. *principe vital*, au XXe s. *élan vital* ; à partir du XIXe s. au sens de « ce qui est très important, essentiel à la vie d'un individu, d'une collectivité ». || ***vitalité*** (XVIe s., rare avant le XVIIIe s.), empr. au lat. *vitalitas* « vitalité, le principe de la vie », d'abord au sens de « vie, propriétés vitales », au XIXe s. au sens courant de « dynamisme, énergie, vigueur » ; ***vitalisme*** (XVIIIe s.) ; ***vitaliste*** (XIXe s.).

vitamine (XXe s.), empr. à l'angl. *vitamine,* ensuite écrit *vitamin,* mot créé en 1912 par Casimir Funck, comp. de *vita* « vie » et de l'angl. *amine,* terme chimique formé sur le rad. de *ammoniac* pour désigner une substance indispensable au bon fonctionnement de l'organisme.

vite (XIIe s., écrit *viste* jusqu'au XVIe s.), d'orig. incert., d'abord attesté comme adj., emploi rare à partir du XVIIIe s., et comme adv. à partir du XVIe s., emploi dans lequel il a éliminé l'a. adv. *vitement.* || ***vitesse*** (XIIe s.), dér. de *vite,* d'abord empl. au sens de « habileté, agilité », au XVIe s. au sens courant.

viticole, **viticulture**, voir ***vin***.

vitre (XIIIe s.), doublet sav. de *verre,* empr. au lat. *vitrum* « verre », d'abord empl. au sens de « verre », à partir du XVIe s. au sens de « panneau de verre garnissant une fenêtre, etc. ». || ***vitreux*** (XIIIe s.), d'abord empl. au sens de « qui ressemble au verre fondu », au XIXe s. au sens de « dont l'éclat est terni » ; ***vitrer*** (XVe s.) ; ***vitrier*** (XIVe s.) ; ***vitrerie*** (XIVe s.) ; ***vitrage*** (XVIIe s.) ; ***vitrail*** (XVe s., d'abord *vitral*), dér. de *vitre,* et qui a élim. l'a. et m. fr. *verrine,* de même sens, rare jusqu'au XIXe s. ; ***vitrifier*** (XVIe s.), comp. de *vitri-,* du lat. *vitrum* et de *-fier,* du lat. *facere* « faire », d'abord attesté au sens de « transformer une substance en verre » ; au XXe s. « recouvrir un parquet d'une matière plastique transparente de protection » ; ***vitrification*** (XVIe s.), a suivi la même évol. ; ***vitrine*** (XVIe s.), réfect. d'après *vitre* de l'a. fr. *verrine* « vitrail », dér. de *verre,* empl. à partir du XIXe s. au sens de « devanture vitrée d'un local commercial, espace où l'on expose les objets à vendre » et de « petit meuble où l'on expose des objets de collection ». Voir ***verre***.

vitriol (XIIIe s.), réfect. de l'a. fr. *vedriol* (XIe s.), empr. au lat. méd. *vitriolum,* altér. du lat. *vitreolus* « de verre » et désignant dans l'ancienne chimie des sulfates ayant une apparence vitreuse ; au XIXe s. pour désigner l'acide sulfurique concentré. || ***vitrioler*** (XIXe s.).

vitupérer (Xe s.), empr. au lat. *vituperare* « critiquer, blâmer », dont le premier élém. est apparenté au lat. *vitium* (voir ***vice***), empl. à partir du XIVe s. au sens de « blâmer fortement », est d'emploi littér. en fr. mod ; au XIXe s. *vitupérer contre qqn, qq. ch.*

vivace 1 (XVe s.), empr. au lat. *vivax* « qui vit longtemps, vivace, vif, animé », dér. de *vivere* « vivre », empl. aux sens du lat., s'est spécialisé en fr. mod. en parlant des plantes et au sens fig. « persistant, tenace ». || ***vivacité*** (XVe s.), empr. au lat. *vivacitas* « longue vie, durée » et « vivacité d'esprit », dér. de *vivax,* empl. jusqu'au XVIIe s. au sens, disparu, de « longue vie », à partir du XVIe s. au sens de « prestesse, rapidité » et pour qualifier « ce qui est vif, emporté, mordant ».

vivace 2 (XVIIIe s.), mot ital., du lat. *vivax* « vivace », introduit comme terme de musique au sens de « d'un mouvement vif, rapide ».

vivandier (XIIe s.), réfect. d'après le lat. méd. *vivenda* « vivres », de l'a. fr. *viandier,* dér. de *viande* « nourriture », d'abord empl. au sens de « qui nourrit bien ses hôtes » et au XVe s. au sens spéc. de « homme qui suit les troupes pour leur vendre des vivres ou des boissons », s'est plus longtemps conservé au fém. *vivandière,* éliminé au XIXe s. par *cantinière.* Voir ***viande***.

vivat (XVIe s.), interject., mot lat., 3e pers. du subj. prés. de *vivere* « vivre ».

vive 1 (XIVe s.), nom d'un poisson, altér. de l'a. fr. *wivre, vivre* « vipère », autre forme de *guivre,* en raison des épines venimeuses que portent les nageoires de ce poisson. Voir ***guivre***, ***vipère***.

vive 2, voir ***vivre***.

vivement, voir ***vif***.

vivier (XIIe s., d'abord *viver*), du lat. *vivarium* « parc à gibier, parc à huîtres, bassin où l'on conserve le poisson », aussi empl. au sens fig., dér. de *vivus* (voir ***vif***), s'est spéc. au sens de « bassin aménagé pour élever des poissons, des crustacés » ; au XXe s. au sens fig. || ***vivarium*** (XIXe s.), mot lat. empr. au sens de « cage vitrée où l'on garde de petits animaux vivants (insectes, reptiles, etc.) ».

vivifier (XIIe s.), empr. au lat. tard. *vivificare* « vivifier », aux sens propre et fig., empl. dès l'a. fr. au sens relig. « être le principe de la vie spirituelle », puis à partir du XIIIe s. au sens courant de « donner de la force, de la vigueur, de la vitalité ». || ***revivifier*** (XIIIe s.).

vivipare (XVIIe s.), empr. au lat. imp. *viviparus* « vivipare », de *vivus* « vivant » et *parere* « engendrer ».

vivisection (XVIIIe s.), mot sav. comp. du lat. *vivus* « vivant » et de *-section,* élém. final de *dissection.*

vivre (Xe s.), du lat. *vivere* « être vivant, durer, subsister, passer sa vie de telle ou telle manière », empl. dès l'a. fr. au sens de « être vivant », de « avoir une certaine durée », de « mener une certaine vie », de « gagner sa vie » et au sens fig. de « demeurer dans le souvenir » ; à partir du XVIe s. au sens de « jouir de la vie » et de « trouver dans qq. ch. un aliment à la vie morale, intellectuelle ». *Vivre* est attesté comme subst. à partir du XIIe s. au sens, vieilli, de « fait de vivre » et de « nourriture » (*le vivre et le couvert*) ; il est rare au plur. avant le m. fr. au sens de « tout ce qui sert à l'alimentation de l'homme » ; au XVIe s. dans le voc. milit. (*les vivres et les munitions*), au XIXe s. *couper les vivres à qqn* « lui refuser une aide pécuniaire ». || ***vive***, ***vivent*** (XIIe s.), formules d'acclamation ; ***vivoter*** (XVe s.) ; ***revivre*** (Xe s.), du lat. *revivere* « revenir à la vie », d'abord au sens de « ressusciter », au XIIIe s. « laisser chez qqn un souvenir vivant », au XVIe s. « être de nouveau en vogue » et « retrouver des forces (en parlant d'une personne) » ; au XIXe s. « vivre de nouveau qq. ch. » ; ***survivre*** (XIe s.) ; ***survivant*** (XIIe s.) ; ***survivance*** (XVIe s.) ; ***reviviscence*** (XVIe s.), « action de reprendre vie », empr. au lat. tard. *reviviscentia*, de *reviviscere* « revenir à la vie ».

vizir (XVe s.), empr. au turc *vizir,* lui-même empr. au persan, spéc. au sens de « ministre ou lieutenant du roi ».

vocable (XIIIe s.), empr. au lat. *vocabulum* « dénomination, nom d'une chose », de *vocare* « appeler », empl. au sens, vieilli, de « mot considéré quant à la signification et à l'expression ». || ***vocabulaire*** (XVe s.), empr. au lat. méd. *vocabularium* « vocabulaire, ensemble de mots », dér. de *vocabulum*, d'abord attesté au sens de « dictionnaire », à partir du XVIIIe s. au sens de « ensemble des mots dont dispose une personne » ; au XIXe s. « termes spécialisés d'une science, d'un art » (*vocabulaire juridique, scientifique*).

vocal (XIIIe s.), empr. au lat. *vocalis* « qui fait entendre un son de voix (en parlant d'animaux), qui se sert de la voix (en parlant d'hommes), sonore », et comme subst. fém. « voyelle », dér. de *vox, vocis* « voix », est d'abord empl. au sens, disparu, de « voyelle », au XVe s. au sens de « qui s'exprime au moyen de la voix » (par opp. à *par écrit*), puis de « qui a rapport à la voix » (*technique vocale, musique vocale*). || ***vocalique*** (XIXe s.) ; ***vocaliser 1*** (XIXe s.), « faire des vocalises » ; ***vocalise*** (XIXe s.), terme de chant ; ***vocaliser 2*** (XVIIe s.), « se changer en voyelle » ; ***vocalisation*** (XIXe s.) et ***vocalisme*** (XIXe s.), termes du voc. de la phonétique. Voir ***voyelle***.

vocatif (XIIIe s.), rare avant le XVIe s., empr. au lat. gram. *vocativus* « qui sert à appeler » et subst. masc. « le vocatif », dér. de *vocare* « appeler », empl. en fr. comme terme de gram.

vocation (XIIIe s.), empr. au lat. *vocatio* « action d'appeler, assignation en justice », dér. du supin *vocatum* de *vocare* « appeler », qui a pris en lat. chrét. le sens de « appel de Dieu touchant une personne, un peuple », sens empl. dès l'a. fr. ; à partir du XVe s. au sens de « inclination, penchant pour un état, une profession » ; au XXe s. *avoir vocation pour* « être qualifié pour ».

vociférer (XIVe s.), empr. au lat. *vociferare* ou *vociferari* « pousser de grands cris ». || ***vocifération*** (XIIe s.), empr. au lat. *vociferatio*.

vodka (XIXe s.), empr. au russe *vodka* « petite eau », dimin. de *voda* « eau », désignant une eau-de-vie de grain.

vœu (XIIe s., d'abord *veu*), du lat. *votum* « promesse faite aux dieux, souhait, désir », en lat. imp. « vœux prononcés par les époux, mariage », subst. du part. pas. neut. de *vovere* « faire un vœu à la divinité, souhaiter, désirer », empl. dès l'a. fr. au sens de « promesse faite à Dieu, engagement religieux » et à partir du XVIe s. au sens de « souhait que l'on adresse à Dieu, prière » et « désir de voir s'accomplir qq. ch. » ; à partir du XVIIe s. *vœux* au plur. « souhaits adressés à qqn », spéc. au nouvel an ; à partir du XVIIIe s. au sens de « demande, requête ». || ***vouer*** (XIIe s.), dér. de *vœu,* empl. dès l'a. fr. au sens, vieilli, de « promettre qq. ch. à Dieu, à une divinité par un vœu » et au sens de « consacrer à Dieu, à une divinité en faisant un vœu » ; à partir du XVIIe s. au sens de « promettre, engager d'une manière définitive » ; ***votif*** (XIVe s.), empr. au lat. *votivus* « voué, promis par un vœu, souhaité, désiré », dér. de *votum,* empl. en fr. au sens de « qui est offert pour acquitter un vœu » et de « ce qui exprime ce vœu (*messe votive*) » ; ***dévouer*** (XIIIe s.), d'abord « révoquer un vœu » ; au XVIIe s. *se dévouer à* « se consacrer entièrement à », *dévoué* « qui est plein de dévouement » ; ***dévouement*** (XIVe s.), d'abord « vœu », à partir du XVIe s. « action de se sacrifier », au XVIIe s. au sens courant du fr. mod. « disposition à servir, à se dévouer pour qqn, qq. ch. ».

voguer (XIIIe s.), d'orig. discutée, p.-ê. empr. à l'ital. *vogare*, qui serait lui-même issu du grec ; *vogue la galère* (XVIe s.). || ***vogue*** (XVe s.), p.-ê. déverb. de *voguer,* apparaît au sens de « ce qui est apprécié momentanément, qui est à la mode » ; au XVIIIe s. mot régional (Lyonnais et région du Sud-Est) « foire annuelle d'un village ».

voici (XVe s.), d'abord *vois ci* et *vez ci* (XIIe s.), **voilà** (XVIe s.), d'abord *vez la, vela*, comp. de l'impératif de *voir* et des adverbes *ci* et *là*.

voie (XIe s.), du lat. *via* « voie, chemin, chemin parcouru, voyage », au fig. « chemin à suivre, méthode, procédé », empl. dès l'a. fr. au sens concret de « espace à parcourir pour aller quelque part » et au sens fig. de « conduite, suite d'actes orientés vers un but, chemin que l'on peut suivre » ; le sens de « chemin tracé et aménagé » se développe à partir du XVIIe s. (*voie publique*) ; au XIXe s. *voie ferrée*. || ***dévoyer*** (XIIe s.), d'abord *desvoier,* « égarer, détourner », n'est conservé en fr. mod. qu'au sens moral « faire sortir du droit chemin » ; ***dévoiement*** (XIIe s.), au XIIIe s. au sens, disparu, de « débauche, égarement », en fr. mod. au sens de « dérive, déviation, écart » ; ***fourvoyer*** (XIIe s.), comp. de *fors* « hors » (voir ***fors***) et de *voie,* d'abord attesté au sens de « conduire hors du bon chemin », n'est conservé en fr. qu'au sens fig. ; au XVIIe s. à la forme pronom.

voile 1 fém. (XIIe s.), du lat. tard. *vela,* plur. neut. pris comme fém. sing. de *velum* « voile, de navire, navire ». || ***voilier*** (XVIe s.), d'abord adj., au XVIIe s. subst. ; ***voilure*** (XVIIe s.), d'abord « art de placer les voiles », puis « ensemble des voiles d'un bâtiment » ; ***voilage*** (XIIIe s.), d'abord « péage sur les bateaux à voiles », au XXe s. « tissu léger » et « rideau ».

voile 2 masc. (XIIe s.), d'abord sous la forme *voil,* de *velum* « toile, tenture, rideau », distinct en lat. de *velum* « voile de navire », empl. dès l'a. fr. dans le voc. relig. (au XVIIIe s. *prendre le voile*), au sens courant « morceau d'étoffe destiné à cacher » et à partir du XVIIe s. au sens fig. « ce qui masque, dissimule ». || ***voiler*** (XIIe s.), usuel jusqu'au XVIIIe s. au sens de « couvrir une jeune femme d'un voile (pour marquer l'entrée en religion) », à partir du XVIIe s. au sens fig. « dissimuler, masquer », puis « rendre moins visible, obscurcir » ; au XIXe s. *se voiler* « porter le voile (spéc. en parlant des femmes musulmanes) » ; ***voilette*** (XIIIe s.), d'abord « couvre-chef », au XIXe s. au sens du fr. mod. ; ***dévoiler*** (XVe s.), d'abord « révéler », à partir du XVIe s. au sens concret ; ***dévoilement*** (XVIIe s.), aux sens propre et fig. ; ***vélaire*** (XIXe s.), empr. au lat. scient. *velaris,* dér. de *velum* au sens de « voile du palais », terme de phonétique comme ***vélarisation*** (XIXe s.) et ***vélariser*** (XXe s.).

voir (Xe s.), du lat. *videre* « percevoir par la vue, être témoin de, constater, aller voir » et au sens fig. « imaginer, juger, examiner, pourvoir à, s'occuper de », sens présents en fr. dès le M. A. La forme usuelle de l'a. fr. *veoir* est attestée jusqu'au XVIIe s. || ***vue*** (XIe s., d'abord *veüe*), est usuel dès l'a. fr. au sens de « action de voir » et de « ce qui est vu », au XVe s. au sens de « image, spectacle offert ». Se développent à partir du XVIe s. les valeurs abstraites « fait d'envisager par l'esprit, façon de se représenter qq. ch. » et à partir du XVIIe s. l'emploi au plur. au sens de « dessein, intention, projet » (XVIIIe s. *avoir des vues sur*) ; ***voyant,*** part. prés. de *voir,* empl. comme nom au sens de « personne qui voit » (XXe s. *non-voyant,* « aveugle ») ; au XIXe s. « visionnaire » ; au XIXe s. au fém. *voyante* « cartomancienne » ; au XXe s. « dispositif lumineux » ; au XVIIe s. comme adj. au sens de « qui attire la vue » ; ***voyance*** (XIIIe s.), d'abord « vue », au XIXe s. « don de double vue » ; ***voyeur*** (XIIe s.), d'abord « guetteur », au XIXe s. au sens de « personne assistant sans être vu à des scènes érotiques », d'où ***voyeurisme*** (XXe s.) ; ***revoir*** (Xe s.), d'abord « voir de nouveau », puis « examiner de nouveau (pour corriger, parachever) » ; *au revoir* (XVIIIe s.), d'abord au XVIIe s., sous la forme *adieu jusqu'au revoir,* au XIXe s. fam. *à la revoyure* ; ***revue*** (XIVe s.), d'abord au sens de « examen, inspection », spéc. dans le voc. milit., au XIXe s. « cérémonie militaire », au XVIe s. « fait de se revoir ». Le sens de « publication périodique (qui passe en revue l'actualité) », attesté à partir du XVIIIe s., est un empr. à l'angl. *review,* de même orig. ; au XIXe s. « pièce comique ou satirique » ; ***entrevoir*** (XIe s.), d'abord « se voir les uns les autres », puis au XIIIe s. « voir imparfaitement », au XVIe s. « voir rapidement », au XVIIe s. au sens fig. « deviner, pressentir » ; ***entrevue*** (XVe s.). spéc. au sens de « rencontre concertée ». Voir ***pourvoir***, ***prévoir***, ***voici***.

voire (XIIe s.), du lat. *vera,* plur. neut. de *verus* « vrai », pris comme adv., d'abord attesté jusqu'au XVIIe s. au sens de « sans aucun doute, certainement », empl. en fr. mod. comme renforcement, reprise d'une assertion, d'une idée ; vieilli ou plaisant comme exclamation marquant le doute.

voirie, voir ***voyer***.

voisin (XIIe s.), du lat. vulg. **vecinus,* en lat. clas. *vicinus* « qui est à proximité », au sens fig. « qui a du rapport, qui se rapproche », dér. de *vicus* « quartier d'une ville, bourg, village », empl. dès l'a. fr. comme subst. au sens de « personne qui habite le plus près » et comme adj. pour marquer la proximité spatiale ; à partir du XVIIe s. au sens de « qui est proche dans le temps » ; à partir du XVIe s. au sens fig. « qui présente un trait de ressemblance, une analogie ». || ***voisinage*** (XIIIe s.), d'abord « l'ensemble des voisins » et au sens de « état de proximité d'un lieu, d'une chose par rapport à une autre », puis au XVIIe s. en parlant d'une personne ; au XVIe s. « rapport entre voisins » (*bon voisinage*) ; ***avoisiner*** (XIVe s.), d'abord « être voisin de », en fr. mod. au sens fig. « être proche de ».

voiture (XIIe s.), du lat. *vectura* « action de transporter », dér. du supin *vectum* de *vehere* « transporter », empl. au sens, vieilli, de « mode de transport » et de « charge transportée » et au sens usuel en fr. mod. de « dispositif servant au transport » et spéc., à partir du XIXe s., en parlant des personnes. || ***voiturer*** (XIIIe s.) ; ***voiturier*** (XIIIe s.), au XXe s. « employé chargé de garer les voitures des clients d'un hôtel ou d'un restaurant ».

voix (Xe s., d'abord *voiz, vois,* le *x* final ayant été repris au mot latin), du lat. *vocem,* acc. de *vox* « voix, son de la voix, accent, mot », au plur. « paroles, propos », empl. dès l'a. fr. au sens courant de « voix humaine », de « sons produits par les animaux, par des instruments » ; à partir du m. fr. en parlant de la voix éduquée pour le chant ; se développent à partir du XVIe s. le sens de « possibilité de voter, action de voter » et à partir du XVIIe s. le sens de « avertissement, inspiration » (*voix de la conscience, voix intérieure*) ; au XVIIIe s. comme terme de gram.

vol, voir ***voler 1*** et ***2***.

volage (XIIe s.), du lat. *volaticus* « qui vole, ailé », au sens fig. « changeant, inconstant », dér. de *volare* « voler », n'est plus empl. en fr. qu'au sens fig. « changeant, inconstant ».

volaille (XIIe s., d'abord *voleille*), du lat. tard. *volatilia* « oiseaux, animaux qui peuvent voler », plur. neut. subst., pris comme fém. sing. de *volatilis* « qui vole », dér. de *volare* « voler », d'abord empl. au sens de « ensemble des oiseaux », spéc. à partir du XVIe s. pour désigner « l'ensemble des oiseaux élevés pour leur chair et leurs œufs » ; au XVIIe s. *volaille* « oiseau de basse-cour ». || ***volailler*** (XVIIe s.), « marchand de volaille » ; ***volatile*** (XIVe s.), « qui peut voler », au XVIe s. comme subst. « oiseau domestique » est la réfect. (XVe s.) de l'a. fr. *volatille* « ensemble des oiseaux », empr. au lat. tard. *volatilia.*

volatil (XIIe s.), empr. au lat. *volatilis* « qui vole », au sens fig. « éphémère, rapide », dér. de *volare* « voler », d'abord empl. au sens fig. « inconstant, volage », et à partir du XIVe s. au sens de « qui passe rapidement à l'état de vapeur » (*alcali volatil* « ammoniac »). || ***volatiliser*** (XVIIe s.), d'abord « faire passer à l'état gazeux », au XIXe s. *se volatiliser* « disparaître » ; ***volatilisation*** (XVIIe s.).

vol-au-vent, voir ***voler 1***.

volcan (XIVe s.), empr. à l'ital. *vulcano, volcano,* lui-même du lat. *Vulcanus, Volcanus* (Vulcain, nom du dieu du feu chez les Latins), est d'abord attesté pour désigner l'Etna et les volcans des îles Lipari, puis à partir du XVIe s. les volcans de l'Amérique ; à partir du XVIIIe s. au sens fig. || ***volcanique*** (XVIIIe s.), au XIXe s. au sens fig. ; ***volcanisme*** (XIXe s.) ; ***volcanologie***, (XIXe s.) ; ***volcanologue*** (XXe s.).

voler 1 « voler dans l'air », (IXe s.), du lat. *volare* « se déplacer dans les airs », au sens fig. « venir, aller rapidement » a en fr. les acceptions du verbe latin « se déplacer dans l'air au moyen d'ailes », « se déplacer rapidement », « être projeté dans l'air (en parlant d'une pierre, d'une flèche) » et au sens fig. « se propager rapidement (en parlant d'une nouvelle, de paroles) ». || ***vol 1*** (XIIe s.) a des emplois parallèles à ceux de *voler* ; au XIXe s. dans le voc. de l'aéronautique ; ***volant*** (XIIe s.), d'abord comme adj., subst. à partir du XIIIe s., a reçu diverses acceptions tech., notamment « petit morceau de liège utilisé dans le jeu du volant», «pièce d'étoffe formant garniture», et au XIXe s. au sens courant de «dispositif servant à orienter les roues d'un véhicule»; **volée** (XIIe s.), d'abord «fait de voler» (*prendre sa volée* «prendre son essor», au propre puis au fig.); à partir du XVIIe s. pour désigner un mouvement rapide, violent (en parlant de flèches, de cloches) et à partir du XVIe s. comme terme de jeu (*à la volée*); **volet** (XIVe s.), d'abord empl. au sens de «partie flottante d'une coiffe», puis de «sorte de tamis» (*trier sur le volet* au XVIe s.), spéc. à partir du XVIIe s. au sens de «panneau de bois servant à protéger une fenêtre»; **voleter** (XIIe s.); **volière** (XIVe s.), «enclos assez vaste pour que les oiseaux puissent voler»; **s'envoler** (XIIe s.), d'abord intransitif, puis pronom. au XIIIe s. au sens de «prendre son vol»; au XVIe s. en parlant du temps; **envolée** (XIXe s.), aux sens propre et fig.; **vol-au-vent** (XIXe s.), comp. de *vol,* dér. de *voler* à cause de la légèreté de la pâte feuilletée de cette préparation, et de *vent*; **survoler** (XVe s.); **survol** (XXe s.).

voler 2 «dérober» (XVIe s.), est issu de l'emploi de **voler 1** dans le voc. de la chasse, dans des expres. comme *le faucon vole la perdrix* «l'attrape au vol». ‖ **vol 2** (XVIIe s.); **voleur** (XVe s.), au XVIe s. au sens courant.

volley-ball (XXe s.), empr. à l'anglo-améric. comp. de *volley* «volée» de *to volley* «jouer à la volée» (voir **volée**) et de *ball* «ballon».

volonté (Xe s.), du lat. *voluntas* «volonté, vœu, désir, bonne volonté, intention, dernières volontés», dér. de *velle* «vouloir», empl. dès l'a. fr. au sens de «disposition, bonne ou mauvaise, à vouloir, à agir» et de «exigence, désir». Se développent à partir du XIVe s. le sens de «faculté de vouloir, de se déterminer librement», à partir du XVIe s. le sens de «ce que veut l'ensemble ou la majorité d'un groupe»; au XIIIe s., d'abord au sing., *dernière volonté*; au XVIIe s., d'abord dans le voc. relig., *hommes de bonne volonté.* ‖ **volontaire** (XIIIe s.), empr. au lat. *voluntarius* «qui agit librement», au plur. *voluntarii* «soldats volontaires», dér. de *voluntas* «volonté», d'abord empl. comme adj., puis comme subst. (XVIIe s.) au sens spéc. de «soldat qui sert dans une armée sans y être obligé», puis de «toute personne qui se propose pour une action dangereuse»; **volontariat** (XIXe s.); **volontarisme** (XXe s.); **volition** (XVe s.), terme de philos. et de psychol., empr. au lat. méd. *volitio* «acte de volonté»; **volitif** (XIXe s.), empr. au lat. méd. *volitivus*; **volontiers** (Xe s.), de l'adv. lat. *voluntarie* «volontairement, spontanément», dér. de *voluntarius,* d'abord attesté au sens de «de bon gré», puis au XIIIe s. «par une tendance naturelle ou ordinaire».

volt (XIXe s.), du nom du physicien *Volta*, qui a fabriqué la première pile électrique. ‖ **voltage** (XIXe s.); **survolter**, **survoltage** (XXe s.).

volte (XVe s.), empr. à l'ital. *volta* «tour», du lat. vulg. **volvita,* part. pas. fém. subst. de *volvere* «rouler», qui a aussi donné *voûte,* s'est spéc. comme terme d'équitation. ‖ **volte-face** (XVIIe s.), empr. à l'ital. *volta-faccia* «tourne face», de *volta,* 2e pers. du sing. de l'impératif de *voltare* «tourner» et *faccia* «face», d'abord empl. au sens de «action de se retourner pour faire face», au XVIIIe s. au sens fig.; **voltiger** (XVIe s.), empr. à l'ital. *volteggiare* «faire de la voltige», de *volta* «volte», empl. comme terme d'équitation et au sens courant de «voleter»; **voltige** (XVIe s.), terme d'équitation, au XIXe s. au sens fig., au XXe s. *voltige aérienne*; **voltigeur** (XVIe s.), terme d'équitation, puis au XVIIe s. «acrobate»; au XIXe s. dans le voc. milit.

volubile (XVIe s.), empr. au lat. *volubilis* «qui tourne», au fig. «qui se déroule facilement, qui a la parole facile», dér. de *volvere* «tourner», d'abord attesté au sens de « changeant », usuel depuis le XIXe s. au sens de « qui parle avec abondance, rapidité ». || ***volubilité*** (XIVe s.), empr. au lat. *volubilitas* « rotation » et « facilité de parole », à partir du XVIe s. au sens de « rapidité et facilité de la parole » ; ***volubilis*** (XVe s., d'abord *voluble*), empr. au lat. des botanistes *volubilis* pour désigner le liseron.

volume (XIIIe s.), empr. au lat. *volumen* « chose enroulée, rouleau d'un manuscrit, manuscrit, volume, livre », dér. de *volvere* « tourner », attesté dès l'a. fr. au sens de « réunion de cahiers manuscrits, puis imprimés, reliés ensemble » (au XVe s. « partie d'un ouvrage ») et au sens de « partie de l'espace à trois dimensions occupée par un corps » ; au XVIIIe s. « intensité de la voix » ; au XIXe s. *faire du volume*. || ***volumineux*** (XVIIe s.), empr. au lat. tard. *voluminosus* « qui se roule, qui forme des plis », usuel au sens de « qui occupe une grande place ».

volupté (XVe s.), empr. au lat. *voluptas* « plaisir, contentement, plaisir des sens, volupté », dér. de l'adv. *volup* « d'une manière conforme aux désirs, agréablement », empl. en fr. au sens de « plaisir des sens » et spéc. « plaisir sexuel, jouissance ». || ***voluptueux*** (XIVe s.), empr. au lat. *voluptuosus* « agréable, délicieux, qui plaît », d'abord empl. en fr. au sens de « qui procure, inspire un plaisir sensuel », puis au XVIe s. « qui est porté aux plaisirs de l'amour, à leurs raffinements » et au XVIIIe s. au sens de « qui inspire un plaisir intense ».

volute (XVIe s.), empr. à l'ital. *voluta* « volute », du lat. méd. *voluta*, terme d'architect., subst. du part. pas. fém. de *volvere* « tourner », pour désigner en architecture un « ornement sculpté en forme de spirale ».

vomir (XIIe s.), du lat. vulg. **vomire*, en lat. clas. *vomere* « vomir, rejeter » au propre et au fig., à partir du XVIe s. au sens fig. de « rejeter avec violence, répugnance », d'abord dans le voc. relig. || ***vomissement*** (XIIe s.) ; ***vomissure*** (XIIIe s.) ; ***vomitif*** (XIVe s.), dér. sav. du lat. *vomitum*, supin de *vomere*, empl. comme terme de médec., au XIXe s. empl. fig. et fam. « répugnant, ignoble » ; ***vomitoire*** (XVIIe s.), empr. au lat. *vomitorium*, au plur. *vomitoria*, désignant les portes donnant accès aux spectateurs dans un amphithéâtre.

vorace (XVe s., d'abord *vorage*), du lat. *vorax* « dévorant, qui engloutit », dér. de *vorare* « manger avec avidité », d'abord empl. au sens propre, au XIXe s. au sens fig. || ***voracité*** (XVe s.), empr. au lat. *voracitas* « voracité, avidité », au fig. « nature dévorante », d'abord empl. au sens propre, au XVIIIe s. au sens fig.

vos, voir ***votre***.

vote (XVIIIe s.), empr. à l'angl. *vote*, attesté comme terme de polit. à partir du XIVe s., issu du lat. *votum* (voir ***vœu***), n'est courant en fr. comme terme du voc. polit. qu'à partir de la Révolution et en relation avec *voter*. || ***voter*** (XVIIe s.), du lat. méd. *votare* « exprimer sa voix dans un chapitre (dans un couvent) », dér. de *votum* « vœu », d'abord empl. en ce sens, et au début du XVIIIe s. au sens de « exprimer son opinion par un vote », sous l'infl. de l'angl. *to vote* ; ***votation*** (XVIIIe s.), est vieilli ou rég. (Suisse) en fr. mod. au sens de « vote, référendum ».

votif, voir ***vœu***.

votre (Xe s.), plur. ***vos*** (XIe s.), du lat. vulg. **voster*, en lat. clas. *vester, vestra, vestrum*, refait sur *noster* « notre », adj. possessif de la 2e pers. du plur. et des deux genres, correspondant au pron. pers. *vous*. || ***vôtre***, ***vôtres***, adj., pron. poss. et subst. (XIe s., d'abord *vostre*) est vieilli en fr. mod. comme épithète et en fonction d'attribut (*amicalement vôtre*) ; *les vôtres* (XIIIe s.) ; l'emploi comme pronom est attesté à partir du XVe s. La différence d'orthographe entre *votre* et *vôtre* est fonction de la place, *votre* avec *o* bref devant le subst., *vôtre* avec *o* long derrière l'article.

vouivre, voir ***vipère***.

vouloir (IXe s.), du lat. vulg. **volere*, réfect. du lat. clas. *velle*, sur le modèle de **potere* « pouvoir », et de formes du lat. clas. comme *volo* « je veux », *volebam* « je voulais », empl. dès l'a. fr. au sens courant de « avoir une volonté, une intention, un désir » ; au XVIIe s. *en vouloir à qqn* « avoir de l'hostilité envers qqn ». *Vouloir*, inf. subst., est attesté à partir du XIIe s. au sens de « volonté, intention » (*bon, mauvais vouloir*).

vous (Xe s.), du lat. *vos*, pron. pers. de la 2e pers. du plur. (réel ou de politesse). || ***vouvoyer*** (XIXe s.), refait d'après *tutoyer*, a remplacé la forme plus ancienne *voussoyer* ; ***vouvoiement*** (XIXe s.).

voûte (XIIe s., d'abord *volte*), du lat. vulg. **volvita*, part. pas. fém. subst. de **volvitus*, en lat. clas. *volutus*, part. pas. de *volvere* « tourner, rouler », empl. dès l'a. fr. au sens mod. « ouvrage de maçonnerie courbe, cintré ». || ***voûter*** (XIIIe s.), « fermer par une voûte », au XVIe s. en parlant d'une personne ; ***voussure*** (XIIe s.), terme d'architecture « courbure d'une voûte », au XIXe s. au sens de « partie courbe surmontant une porte, une fenêtre ».

voyage (XIe s., d'abord *veiage, voiage*), du lat. *viaticum* « ce qui sert à faire la route », dér. de *via* (voir ***voie***, ***viatique***), empl. en a. fr. au sens de « chemin à parcourir », au sens spéc. de « pèlerinage », « croisade » et à partir du XVe s. au sens courant de « déplacement d'une personne se rendant dans un lieu assez éloigné ». || ***voyager*** (XIVe s.) ; ***voyageur*** (XVe s.), d'abord comme subst., au XVIIIe s. comme adj. (*pigeon voyageur* au XIXe s.) ; ***voyagiste*** (XXe s.), dér. de *voyage* pour remplacer l'anglicisme *tour-operator* au sens de « personne, entreprise organisant et commercialisant des voyages ».

voyelle (XVe s.), forme refaite au fém. de l'a. fr. *voieul* (XIIIe s.) « vocal », du lat. *vocalis* « qui fait entendre un son de voix », et, comme subst., surtout au plur., au sens de « voyelle », empl. en fr. comme terme de gram.

voyer (XIe s., d'abord *veier*), du lat. *vicarius* « remplaçant de qqn, de qq. ch. » qui a aussi donné le terme sav. de *vicaire*, empl. en a. fr. au sens, vieilli, de « officier de justice », puis de « officier chargé des voies publiques », au XIXe s. comme terme admin. *agent voyer*. || ***voirie*** (XIIe s., d'abord *voierie*), dér. de *voyer*, d'abord empl. au sens de « basse juridiction d'un seigneur », puis, sous l'infl. de *voie* et en relation avec l'évol. de *voyer*, désigne à partir du XIIIe s. « l'ensemble des voies de communication et leur entretien ».

voyou (XIXe s.), dér. de *voie*, avec un suff. *-ou*, p.-ê. sous l'infl. de *filou*, au sens courant de « chenapan, vaurien ».

vrac (en) (XVIIIe s.), loc. adv. formée sur l'adj. *vrac* (XVIIe s. *hareng vrac*), du m. néerl. *wrac* « gâté, corrompu, mal salé ».

vrai (XIe s., d'abord *verai*), du lat. vulg. **veracus* « vrai », en lat. clas. *verax* « qui dit la vérité, sincère », dér. de *verus* « vrai, véritable », d'où est issu l'a. fr. *voir*, éliminé par *vrai*. || ***vraisemblable*** (XIIIe s.), comp. de *vrai* et de *semblable* d'après le lat. *verisimilis* (de *verum* « le vrai » et *similis* « semblable »), d'abord adj., subst. à partir du XVIe s. ; ***vraisemblance*** (XIVe s.), comp. de *vrai* et de *semblance* d'après le lat. *verisimilitudo*, dér. de *verisimilis* ; ***invraisemblable***, ***invraisemblance*** (XVIIIe s.). Voir ***véracité***.

vrille (XIVe s.), altér. s. d. sous l'infl. de *virer* de l'a. fr. *vedille* (XIIIe s.), puis *veïlle* « pousse en forme d'hélice de la vigne », et de *veïlle, ville* « outil servant à faire des trous », du lat. *viticula* « cep de vigne », dér. de *vitis* « vigne », d'abord empl. pour désigner un outil et au XVIe s. en parlant de la vigne et d'autres plantes grimpantes ; au XIXe s. au sens fig. || ***vriller*** (XVIIIe s.).

vrombir, **vrombissement** (XIXe s.), d'orig. onomat.

vulcaniser (XIXe s.), adapt. de l'angl. *to vulcanize,* dér. de *Vulcain,* dieu du feu, pour désigner un procédé de traitement du caoutchouc.

vulgaire (XIIIe s., d'abord *vulgar*), empr. au lat. *vulgaris* « qui concerne la foule, ordinaire, commun, banal », dér. de *vulgus* « la foule, le commun des hommes », est vieilli en fr. mod. au sens, ancien, de « commun, banal » ; au XIVe s. *le vulgaire* « la langue courante » (par opp. à la langue savante, le latin). Le sens péj., courant en fr. mod., se développe à partir du XVIe s. || ***vulgarité*** (XVe s.), empr. au lat. *vulgaritas* « qualité de ce qui est commun, le commun des hommes », d'abord empl. au sens de « masse du peuple », empl. au XIXe s. au sens de « caractère commun, banal » et de « absence de distinction, de délicatesse » ; ***vulgariser*** (XVIe s.), au XIXe s. au sens de « répandre des connaissances en les mettant à la portée du grand public », comme ***vulgarisation*** (XIXe s.), et au sens de « rendre, faire paraître vulgaire » ; ***vulgate*** (XVIIe s.), empr. au lat. eccl. *versio vulgata*, au sens propre « version répandue », nom de la traduction latine de la Bible à partir de l'hébreu par saint Jérôme, de l'adj. *vulgatus* « habituel, répandu, accessible au public », dér. de *vulgus.*

vulnérable (XVIIe s.), empr. au lat. tard. *vulnerabilis* « qui blesse, qui veut être blessé », dér. de *vulnerare* « blesser », de *vulnus* « blessure, plaie », d'abord empl. au sens propre « qui peut être blessé, frappé » et à partir du XIXe s. au sens fig. « qui se défend mal, fragile ». || ***vulnérabilité*** (XIXe s.) ; ***invulnérable*** (XVIe s.), empr. au lat. *invulnerabilis* ; ***invulnérabilité*** (XVIIIe s.).

vulve (XVe s.), empr. au lat. *vulva* « vulve, matrice ». || ***vulvaire*** (XIXe s.).

W

wagon (XVIIIe s.), empr. à l'angl. *wagon* « chariot tiré sur rails », du néerl. *waghen*, d'abord attesté en fr. dans le voc. de la mine, puis, au XIXe s. au sens courant de « véhicule sur rails tiré par une locomotive » et de « voiture destinée aux voyageurs ». || ***wagonnet*** (XIXe s.).

walkyrie (XVIIIe s.), empr. à l'a. norr. *valkyrja* pour désigner une déesse de la mythologie scandinave et germanique.

water-closet (XIXe s.), empr. à l'angl. au sens de « cabinet à eau », de *water* « eau » et *closet* « cabinet », est remplacé dans l'usage courant par l'abrév. *W.-C.* ou par *waters.*

week-end (XXe s.), empr. à l'angl. *weekend,* comp. de *week* « semaine » et *end* « fin ».

western (XXe s.), empr. à l'anglo-améric. *western* « de l'Ouest », dér. de *west,* pour désigner un film d'aventures ayant pour thème la conquête de l'ouest des Etats-Unis sur les Indiens au XIXe s.

whisky (XVIIIe s.), empr. à l'angl. *whisky (Scotch* « écossais » *whisky*) ou *whiskey (Irish* « irlandais » *whiskey),* forme abrégée de *whiskybae,* var. anglicisée de *usquebaugh*, du gaélique *uisge beatha* « eau-de-vie » et désignant une eau-de-vie de grain.

whist (XVIIe s.), empr. à l'angl. *whist,* altér. de *whisk*, p.-ê. issu de to *whisk* « balayer », avec l'infl. de *whist,* ancienne interject. servant d'appel au silence, pour désigner ce jeu de cartes pratiqué jusqu'au XXe s.

white-spirit (XXe s.), empr. à l'angl. *white spirit,* comp. de *white* « blanc » et *spirit* « produit obtenu par distillation » pour désigner un solvant de dégraissage.

X

xén(o)-, élém. tiré du grec *xenos* « hôte, étranger » et entrant dans la construct. de mots sav. comme ***xénophobe***, ***xénophobie*** ou ***xénophile***, ***xénophilie*** (XXe s.).

xérès (XVIIIe s.), d'abord *Jerez,* nom d'une ville d'Andalousie, où est produit ce vin blanc liquoreux, également appelé *sherry.* Voir ***sherry***.

xyl(o)-, élém. tiré du grec *xulon* « bois » et entrant dans la construct. de termes scient. comme ***xylographie*** (XVIIIe s.) « technique d'impression de textes et de figures », du grec *graphein* « écrire », ***xylophone*** (XIXe s.), « instrument de musique à percussion », du grec *phoné* « voix ».

Y

yacht (XVIe s.), rare avant le XVIIe s., est s. d. à l'orig. un empr. au néerl. *jacht* « bateau pour la chasse », qui s'est diffusé sous l'infl. de l'angl. *yacht* dont il a pris la prononciation ; au XIXe s. au sens de « navire de plaisance à voiles ou à moteur ». ‖ ***yachting***, ***yachtman***, ***yacht-club*** (XIXe s.).

ya(c)k (XVIIIe s.), empr. au tibétain *gyak,* s. d. par l'intermédiaire de l'angl., désignant un mammifère domestiqué par les Tibétains.

yang, **yin** (XIXe s.), mots chinois désignant deux principes fondamentaux et liés de la philosophie taoïste chinoise.

yankee (XVIIIe s.), empr. à l'angloaméric. *Yankee,* d'orig. obsc., désignant d'abord les Américains du nord-est des Etats-Unis, puis l'ensemble des habitants de ce pays.

yaourt, **yog(h)ourt** (XVe s.), rare avant la fin du XIXe s., empr. au bulgare *yugurt,* lui-même du turc *joyurt* au sens de « lait caillé non égoutté et fermenté ».

yard (XVIIe s.), empr. à l'angl. *yard* « unité de longueur » (0,914 m.).

yearling (XIXe s.), empr. à l'angl. *yearling* « d'un an », de *year* « année », et spécialisé pour désigner un cheval pur-sang âgé d'un an.

yen (XIXe s.), adapt. du mot jap. désignant l'unité monétaire du Japon.

yeuse (XVIe s.), empr. à l'a. prov. *euse* « chêne vert », du lat. dial. *elex,* en lat. clas. *ilix* « sorte de chêne ».

yeux, voir ***œil***.

yé-yé (XXe s.), redoublement de l'interject. *yea* ou *yé,* empr. à l'angloaméric. *yea(h)*, pour désigner un style de chansons à la mode dans les années 1960-1970.

yiddis(c)h (XXe s.), empr. à l'angl. *yiddish,* lui-même empr. à l'all. *Jüdisch* « juif », abrév. de *jüdisch deutsch,* litt. « judéo-allemand », *Jüdisch* dérivant de *Jude* « juif », du lat. *Judaeus* (voir ***juif***), pour désigner l'ensemble des parlers germaniques des communautés juives d'Europe orientale et autrefois d'Allemagne.

yod (XVIIIe s.), mot hébreu désignant le *i* consonne, empl. au XXe s. en phonétique pour désigner la semi-consonne fricative palatale transcrite en fr. par *i, y, il, ille.*

yoga (XIXe s.), empr. au sanscrit *yoga* « jonction » dér. du verbe *yuj-* « joindre » et usuel pour désigner une discipline spirituelle et corporelle fondée sur des exercices de posture et de respiration. ‖ ***yogi*** (XIIIe s.), rare avant le XXe s., du sanscrit *yogin* « qui est unifié », dér. de *yuj-* et désignant un ascète hindou qui pratique le yoga.

yole (XVIIIe s.), empr. au néerl. *jol,* du danois et du norvégien *jolle,* d'orig. inconnue, et désignant une embarcation non pontée et légère.

youpin (XIXe s.), « juif », injure raciste, déformation arg. de *youdi*, de l'ar. algérien *yaoudi*, du rad. lat. de *juif.* Voir ***juif***.

youyou 1 (XIXe s.), d'orig. obsc., s. d. repris à un dial. chinois pour désigner un petit canot.

youyou 2 (XXe s.), onomat., « cri aigu modulé en certaines circonstances par les femmes arabes ».

yo(-)yo (XXe s.), nom déposé d'orig. incert., p.-ê. chinoise pour désigner un jouet.

ypérite (1917), du nom d'*Ypres, Yper* en flamand, ville belge sur laquelle les Allemands envoyèrent pour la première fois ce gaz asphyxiant.

yucca (XVIe s.), empr. par l'esp. à une langue d'Haïti, d'abord pour désigner la racine du manioc, puis le manioc lui-même et réempr. au XXe s. pour désigner une plante arborescente ornementale.

Z

zapper (XXe s.), empr. à l'améric. *to zap* « bouger vite », signifie « changer fréquemment et rapidement de chaînes à la télévision, pianoter sur les boutons, papillonner ».

zazou (XXe s.), p.-ê. onomat. faite à partir de *jazz*, surnom donné à des jeunes gens excentriques après la Seconde Guerre mondiale.

zèbre (XVIIe s.), de l'esp. et du port. *zebra* désigne le cheval sauvage africain à robe rayée. || ***zébrer*** (XIXe s.), « rayer » ; ***zébrure*** (XIXe s.), « rayure, raie allongée, strie ».

zébu (XVIIIe s.), d'orig. incert., p.-ê. du tibétain *zeu, zeba* « bosse du zébu », désigne un bovidé originaire de l'Inde.

zèle (XVIe s.), empr. au lat. chrét. *zelus* « jalousie, ardeur, émulation » et « ferveur religieuse », en fr. d'abord « empressement à servir Dieu, ferveur », puis « ardeur pour servir une cause ou une personne » (XVIe s.) et « dévouement dans le travail » (XIXe s.). La *grève du zèle* (XXe s.) est une tentative pour limiter et paralyser le travail. || ***zélateur*** (XIVe s.), empr. au lat. chrét. *zelator* « jaloux, ardent », en fr. « partisan d'une cause » ; ***zélé*** (XVIe s.), « diligent, dévoué ».

zen (XIXe s.), mot jap., du chinois *chan* « méditation », désigne une secte bouddhique japonaise.

zénith (XIVe s.), empr. au lat. méd. *zenit*, mauvaise lecture de *semt, zemt*, de l'ar. *samt* « chemin (au-dessus de la tête) », désigne le point du ciel situé à la verticale, puis « point culminant » (XVIIe s.). || ***azimut*** (XVIe s.), empr. à l'esp. *acimut*, lui-même de l'ar. *sumut*, plur. de *samt* « chemin, point de l'horizon », terme d'astron. « angle formé par le plan vertical d'un astre et le méridien de l'observateur ».

zéphyr (XVIe s.), empr. au lat. *zephyrus* « vent d'ouest doux et tiède annonçant le printemps (en Italie) », du grec *zéphyros* « vent d'ouest », en fr. « brise légère », également « laine légère » (XIXe s.).

zeppelin (XXe s.), mot tiré du nom de l'inventeur du dirigeable, le comte de *Zeppelin*.

zéro (XVe s.), de l'ital. *zero*, de l'ar. *sifr* « vide, zéro », nombre désignant une grandeur nulle. Au XIXe s. *zéro* est le point de départ d'instruments de mesure, le point de départ du compte des heures, au XXe s. dans le lang. pop. il exprime l'inexistence (*compter pour zéro*).

zeste (XVIe s., sous la forme *zec*), s. d. onomat., d'abord au sens de « chose insignifiante », puis « écorce d'un citron ».

zeugma (XVIIIe s.), empr. au lat. tard. *zeugma*, du grec *zeugma* « lien, jonction », terme de rhétor. désignant une construction unique servant à deux mots ou groupes de mots voisins.

zézayer (XIXe s.), onomat. faite d'une réduplication du son *z*, désignant un défaut de prononciation (production fâcheuse d'un *z* ou d'un *s*). || ***zézaiement*** (XIXe s.).

zibeline (XIIIe s., rare avant le XVIe s.), empr. à l'ital. *zibelino*, du russe *sobol* « zibeline, fourrure de zibeline ».

zig (XIXe s.), mot pop., p.-ê. déform. de *gigue*, empl. au sens de « individu ». || ***zigoto*** (XXe s.).

zigouiller (XIXe s.), pop., mot dial. (Centre, Ouest) au sens de « couper avec un mauvais couteau » formé sur le rad. onomat. *zik-*, empl. au sens de « tuer ».

zigzag (XVIIe s.), mot expres., a d'abord désigné un assemblage de pièces en losange pouvant s'allonger ou se réduire, puis une « ligne brisée » (XVIIe s.). || ***zigzaguer*** (XVIIIe s.).

zinc (XVIIe s.), empr. à l'all. *Zink*, désigne un métal. Il a pris le sens de « comptoir d'un débit de boissons » (XIXe s.), fait autrefois en zinc (d'où l'expres. *sur le zinc* « au comptoir »), puis « petit café » (XIXe s.), enfin « petit avion » (XXe s.). | ***zingueur*** (XIXe s.) ; ***zingage*** (XIXe s.).

zizanie (XIIIe s.), empr. au lat. chrét. *zizania* « ivraie », nom d'une mauvaise herbe, puis empl. au sens de « discorde, mésentente » d'après la parabole de l'ivraie de *l'Evangile*.

zodiaque (XIIIe s.), empr. au lat. *zodiacus* « cercle contenant les douze signes parcourus par le soleil », du grec *zodiakos* (*kuklos*) « cercle qui concerne les constellations de personnages », de *zodion* « figure, personnage, signe du zodiaque ». | ***zodiacal*** (XVIe s.).

zombi, zombie (XIXe s.), mot créole, haïtien, signifiant « esprit, revenant ».

zona (XIXe s.), terme du voc. médic., empr. du mot lat. *zona* « ceinture ». Voir ***zone***.

zone (XIIe s.), empr. au lat. *zona* « ceinture » et « partie de la sphère terrestre caractérisée par un climat », en fr. d'abord terme géogr. Le sens général de « région, portion du territoire » (indépendant de l'idée de climat) est attesté au XIXe s., celui de « domaine » (*de seconde zone*) au XXe s. L'empl. au sens de « faubourg misérable, banlieue pauvre » vient de l'abrév. de *zone militaire fortifiée* (des logements s'étant édifiés sur les anciennes fortifications). | ***zonage*** (XXe s.), adaptation de l'angl. *zoning*, terme d'urbanisme, « répartition et planification des espaces urbains » ; ***zonard*** (XXe s.), « habitant de la zone autour de Paris ».

zoo-, premier élém. de mots sav comme ***zoologie***, tiré du grec *zoon* « être vivant, animal ». Le mot **zoo** (XIXe s.) est aussi une abrév. de *jardin zoologique* et désigne un parc d'acclimatation, un jardin enfermant des animaux sauvages.

zoom (XXe s.), mot angl., désignant dans la langue de la photographie des effets de rapprochement ou d'éloignement obtenus par un objectif spécial, puis cet objectif lui-même ; dans la langue de la photocopie un objectif permettant de diminuer ou d'agrandir la reproduction d'un original.

zouave (XIXe s.), empr. au berbère *Zwawa*, nom d'une tribu kabyle, a désigné d'abord un corps d'infanterie légère algérienne créé par la France. L'expres. *faire le zouave* (XIXe s.) signifie « faire le fanfaron, l'excentrique ».

zozo (XIXe s.), mot fam., issu du redoublement, avec altération, de la première syllabe du prénom *Joseph*, empl. au sens de « naïf, niais », puis « individu » au sens péj.

zozoter (XIXe s.), onomat. fam. « zézayer ».

zut (XIXe s.), onomat. exprimant le dépit, le mécontentement.

Composition réalisée par COMPOFAC — PARIS

IMPRIMÉ EN FRANCE PAR BRODARD ET TAUPIN
La Flèche (Sarthe).
N° d'imprimeur : 13791 – Dépôt légal Édit. 24854-09/2002
LIBRAIRIE GÉNÉRALE FRANÇAISE - 43, quai de Grenelle - 75015 Paris.

ISBN : 2 - 253 - 16004 - 0 31/6004/1